國家社科基金
GUOJIA SHEKE JIJIN HOUQI ZIZHU XIANGMU
後期資助項目

蘇轍詩編年箋注

The Collation, Annotation and Chronology of
Su Zhe's Poems

一

[宋]蘇　轍　撰
蔣宗許　袁津琥　陳　默　箋注

中華書局
ZHONGHUA BOOK COMPANY

圖書在版編目(CIP)數據

蘇轍詩編年箋注/(宋)蘇轍撰;蔣宗許,袁津琥,陳默箋注. —北京:中華書局,2019.12
(國家社科基金後期資助項目)
ISBN 978-7-101-14349-2

Ⅰ.蘇… Ⅱ.①蘇…②蔣…③袁…④陳… Ⅲ.古典詩歌-詩集-中國-北宋 Ⅳ.I222.744.1

中國版本圖書館 CIP 數據核字(2019)第 300437 號

書　　名	蘇轍詩編年箋注(全四册)
撰　　者	〔宋〕蘇　轍
箋 注 者	蔣宗許　袁津琥　陳　默
叢 書 名	國家社科基金後期資助項目
責任編輯	許慶江
出版發行	中華書局 (北京市豐臺區太平橋西里 38 號　100073) http://www.zhbc.com.cn E-mail:zhbc@ zhbc.com.cn
印　　刷	北京瑞古冠中印刷廠
版　　次	2019 年 12 月北京第 1 版 2019 年 12 月北京第 1 次印刷
規　　格	開本/710×1000 毫米　1/16 印張 133　插頁 8　字數 1900 千字
國際書號	ISBN 978-7-101-14349-2
定　　價	468.00 元

國家社科基金後期資助項目
出版説明

後期資助項目是國家社科基金設立的一類重要項目,旨在鼓勵廣大社科研究者潛心治學,支持基礎研究多出優秀成果。它是經過嚴格評審,從接近完成的科研成果中遴選立項的。爲擴大後期資助項目的影響,更好地推動學術發展,促進成果轉化,全國哲學社會科學規劃辦公室按照"統一設計、統一標識、統一版式、形成系列"的總體要求,組織出版國家社科基金後期資助項目成果。

全國哲學社會科學工作辦公室

目　録

第一册

蘇轍詩編年箋注卷二

蘇轍詩編年箋注卷三

第二册

蘇轍詩編年箋注卷六

蘇轍詩編年箋注卷七

蘇轍詩編年箋注卷八

蘇轍詩編年箋注卷九

蘇轍詩編年箋注卷十

蘇轍詩編年箋注卷十一

第三册

蘇轍詩編年箋注卷十二

蘇轍詩編年箋注卷十三

蘇轍詩編年箋注卷十四

蘇轍詩編年箋注卷十五

蘇轍詩編年箋注卷十六

蘇轍詩編年箋注卷十七

第四册

蘇轍詩編年箋注卷十八

蘇轍詩編年箋注卷十九

蘇轍詩編年箋注卷二十

蘇轍詩編年箋注卷二十一

蘇轍詩編年箋注卷二十二

蘇轍詩編年箋注卷二十四

前　言

一、蘇轍的生平行事

蘇轍(一〇三九——一一一二),字子由,一字同叔。北宋眉州眉山(今四川眉山市)人,晚號"潁濱遺老",與其父洵、兄軾合稱"三蘇"。蘇轍是著名的政治家,且學術成就卓越,在中國經學史、史學史、文學史上都有着非常重要的地位。

蘇轍出身於一個耕讀世家,其父洵年青時喜游宦。轍幼時,其母程氏教以詩書。後父洵以丁艱,始大發憤閉户讀書,凡五六年,經史百家之説無不貫悉。屢試不中,於是盡以所學授軾轍兄弟,且曰:"是庶幾能明吾道者。"稍長,轍與兄軾等同受學於眉山之宿儒劉巨,學業精進。宋仁宗嘉祐元年(一〇五六)三月,父子三人離開眉山,過成都,經閬中,出褒斜谷,入鳳翔,過長安,路澠池,五月到達汴京(今河南開封市),開始仕進之旅。嘉祐二年,蘇轍與兄軾同中進士。後因母喪,歸川守孝。嘉祐四年,服喪期滿,父子三人經渝州出三峽第二次出川,於第二年春抵京師。嘉祐六年,經歐陽脩、楊畋推轂,兄弟二人參加制科考試,蘇軾被録爲三等。(按,宋代的制科考試一、二等皆爲虚設,故三等爲最高等第，宋代凡舉行制科考試二十二次，中三等者有吴育、蘇軾、范百禄、孔文仲四人，而蘇軾之前，僅有吴育一人。）蘇轍因所作《御試制策》批評仁宗，言辭激烈。考官或主張罷黜，或主張録取，爭執不已。幸而仁宗還算寬明，云："求直言而以直棄之，天下其謂我何！"（《續資治通鑑長編》卷一百九十四）最終以四等次録取。此間，蘇氏文章名震天下。歐陽脩云："眉山在西南數千里外，一日父子隱然名動京師，而蘇氏文章遂擅天下。"（《歐陽文忠公集·故霸州文安縣主簿蘇君墓誌銘》）曾鞏亦贊之曰："三人者表見於當時，而其名並重於天下。"（《元豐類稿·蘇允明哀詞》）仁宗也以"兩宰相"期許軾轍兄弟（《宋史·曹皇后傳》）。制科及第後，蘇轍被命爲試秘校充商州軍事推官。而王安石不肯撰詞（蘇軾《病中聞子由得告不赴商州三首》趙次公注："子由與先生同舉賢科，子由以訐直止得下第，除商州推官，而知制誥王介甫猶不肯撰辭。告未即下，故先生自去年十一月先赴鳳翔。至今年秋，子由方告下，而以老泉傍無侍子，乃奏乞養親三年，此所以得告而不赴也。"）直到次年秋天，告詞方下。試想，對懷才抱志、滿腹經綸的蘇轍來説，前有考官爭論批評之傷，後有王安石不肯撰詞之辱，而任職又是一個區區不足道且無以施展抱負的軍事推官，這是何等的打擊！也難怪蘇轍以"養親"爲由，辭不赴任。直到英宗治平二年（一〇六五），蘇轍始因深得韓琦器重而就任大名府留守推官，被委以管句大名府路安撫總管司機宜文字。三年，父洵病逝於京師，轍兄弟護喪回川。

神宗熙寧二年（一〇六九），蘇轍服滿還朝。正值朝廷變法，轍上書神宗論變革之道，得召對延和殿。時王安石以執政與陳升之領三司條例，重轍之才識，命轍爲之屬。吕惠卿附安石，轍與論多相牾，特别是對青苗法全盤否定。安石起初尚虚與委蛇，稱"君言有理，當徐議行之"，爾後便不再理睬，一意孤行。轍"力不能救”,因“請補外”(《潁濱遺老傳》)。熙寧三年,受張方平之辟,爲陳州(治今河南淮陽縣)教授。六年,改任齊州(治今山東濟南市)掌書記。任滿回京時,王安石罷相。轍以地方親身經歷上書論新法之害,仍未引起朝廷重視。熙寧十年,再應張方平之辟,任南京(治今河南商丘市)留守簽書應天府判官。神宗元豐二年(一〇七九),蘇軾以作詩“謗訕朝廷”罪被捕,繫御史臺獄,史稱“烏臺詩案”。轍冒死上書,請求以己官爲兄贖罪,坐貶監筠州(今江西高安市)鹽酒税。七年,調爲歙州績溪令。八年,神宗崩,哲宗即位,太皇太后(英宗皇后)高后攝政,用司馬光等爲相,起用因反對新法而被貶的官員,轍亦被召回。從元豐八年到元祐七年(一〇九二),轍以其卓越的政治才能得高后重用,一路擢升,先後爲祕書省校書郎、右司諫、起居郎、中書舍人、户部侍郎、翰林學士知制誥、吏部尚書、御史中丞、尚書右丞、門下侍郎。期間,多有建樹,這也是蘇轍仕途最爲輝煌的時期。《宋史》本傳評價蘇轍此段經歷云:“元祐秉政,力斥章蔡,不主調停;及議回河、雇役,與文彦博、司馬光異同;西方之謀又與吕大防、劉摯不合。君子不黨,於轍見之。”洵爲公允平正之論。南宋何萬《蘇轍覆謚議》:“是以九年之間,朝廷尊,公路闢,忠賢相望,貴倖斂跡,邊陲綏靖,百姓休息。君子謂公之力居多焉,信也。”雖不無溢美,但比較前後,可以算得上是頗有作爲的時期,而蘇轍也的確功不可没。

元祐八年,高后駕崩,哲宗親政,李清臣等反對元祐革政之人得到重用。紹聖元年(一〇九四),轍因上書反對李清臣策題詆毁元祐之政,激怒哲宗,被貶出知汝州(治今河南臨汝縣)、袁州(治今江西宜春市),試少府監、分司南京、筠州居住。四年,再責授化州(今廣東化州市)别駕、雷州(今廣東海康縣)安置。五年,又移循州(今廣西龍川縣)安置。元符三年(一一〇〇),哲宗崩,徽宗即位，大赦天下，轍兄弟因得北歸。年底，轍定居潁昌（今河南許昌市）。徽宗建中靖國元年（一一〇一），蘇軾在歸途中病卒於常州。嗣後轍即閉門謝客，静坐參禪，專心著述，教育子孫，近十三年。徽宗政和二年（一一一二）九月，轍以中大夫轉大中大夫致仕，十月三日病卒，年七十四。追復端明殿學士、宣奉大夫。與兄軾同葬於汝州郟城縣（今河南郟縣）上瑞里。南宋時累贈太師、魏國公，後謚文定。轍傳世之作按傳統的分法有：《欒城集》及《後集》《三集》《應詔集》共九十六卷，《詩集傳》二十卷，《春秋集解》十二卷，《古史》六十卷，《龍川略志》十卷，《龍川别志》二卷，《老子解》二卷。

二、蘇轍詩歌概説

蘇轍一生著述宏富，經史子集成就皆斐然可觀。以文學論，蘇轍今存詩歌近一千八百首，文千餘篇。蘇軾曾説："子由之文實勝僕，而世俗不知，乃以爲不如。"又言："其文汪洋澹泊，有一唱三歎之聲，而其秀傑之氣，終不可没。"（《答張文潛縣丞書》）蘇轍在古代散文史上的地位早已得到後人的推尊，與父洵、兄軾一同高居"唐宋八大家"之列。然而，他的詩歌成就卻未免寂寂，不獲後人普遍認可。這不能不説是遺憾的事。其實，蘇轍是詩文并茂的。於詩，他在理論上卓有見地，在創作實踐上亦自成一家。他的《詩病五事》以詩教義理爲衡量標準，除高推杜甫，以爲"得詩人之遺法"外，對李白、白居易、韓愈、孟郊等無不批評。如説李白"詩類其爲人，駿發豪放，華而不實，好事喜名，不知義理之所在也"，説白居易"詩詞甚工，然拙於紀事，寸步不遺，猶恐失之，此所以望老杜之藩垣而不及也"，説韓愈《元和聖德詩》言劉闢之死是"此李斯頌秦所不忍言，而退之自謂無愧於《雅》《頌》，何其陋也”,批評“唐人工於爲詩而陋於聞道”則以孟郊《贈崔純亮》爲例。他如《詩論》《〈既醉〉備五福論》《詩説》等都有對詩的獨到見解。這些看法在宋代具有一定的代表性。蘇轍生活的時代,正值北宋“詩文革新”,革新的創作潮流和宋學發展的義理化傾向,對蘇轍的詩是有影響的。蘇軾曾説:“子由詩過吾遠甚。”(《記子由詩》)而蘇轍自己也説:“轍少好爲詩,與家兄子瞻所爲,多少略相若也。子瞻既已得罪,轍亦不復作詩。然今世士大夫亦自不喜爲詩,以詩名世者蓋無幾人。”(《答徐州陳師仲書二首》之二)又説:“子瞻嘗稱轍詩有古人之風,自以爲不若也。然自其斥居東坡,其學日進,沛然如川之方至,其詩比杜子美、李太白爲有餘,遂與淵明比。轍雖馳驟從之,而常出其後。”(《子瞻和陶淵明詩集引》)從蘇轍的自論來看,他認爲自己前期的詩歌水平或大致與兄相埒,而從蘇軾謫居黄州以後,自己的詩歌再也不能與哥哥相提並論了。蘇轍這番話,亦可謂肺腑之言,因爲在“烏臺詩案”之後,蘇軾被貶於黄州,九死一生的人生挫折,無所作爲的苦痛消磨了他早年希望致君舜堯的鋭氣,窮而後工,其詩歌風格上發生了巨大的變化,閑適灑脱,鋒芒内斂,藝術上更臻成熟。與蘇轍詩相比,的確拉開了距離。當然,蘇轍言詩不如兄,一方面也許是事實如此,但也不無尊崇友于的成分在内。蘇轍内心,對自己的詩作特别是年輕時所作還是頗爲自負的,這既從我們上邊的引述可知,還能從他晚年的兩首《讀舊詩》中可見。此詩第一首有“開編一笑恍如夢,閉目徐思定是誰? 敵手一時無復在,賞音他日更難期”,“定是誰”,連自己也不太相信這些好詩出自己手,而“敵手”云云則大有知音難覓,天下誰敵的悲壯;第二首有“舊詩展卷驚三年,粲然佳句疑昔賢”,我見猶憐,掀髯自得之狀呼之欲出。顯然,他在人生的最後階段,是視自己的詩歌有如拱璧的。“性命早知元有分,文章誰信舊無雙”(政和二年《十月二十九日雪四首》之四)這是何等的自負。張耒有詩云:“長公(蘇軾)波濤萬頃海,少公(蘇轍)峭拔千尋麓。”(《贈李德載》)張耒早年曾從學於蘇轍,後又受教於蘇軾,爲“蘇門四學士”之一。他認爲蘇軾、蘇轍的詩歌雖機杼出一,但在風格上卻有不同,蘇軾詩歌的特點是“浩瀚”,蘇轍詩歌的特點是“峭拔”。周必大説:“吾友陸務觀(游),當今詩人之冠冕,數勸予哦蘇黄門詩。退取《欒城集》觀之,殊未識其旨趣。甲申閏月,郊居無事,天寒踞爐如餓鴟,劉子澄忽自城中寄此卷相示,快讀數過,温雅高妙,如佳人獨立,姿態易見,然後知務觀於此道真先覺也。”(《跋子由〈和劉貢父省上示坐客〉詩》)從周必大的求教與學習中,我們可以瞭解到轍詩的妙處是“温雅高妙”;從陸游的詩歌創作中,我們可以看出蘇轍詩對陸游的深刻影響,試舉幾個例子:蘇轍《葺居五首》之一:“開牆北風入,爽氣通户牖。”陸游《水亭獨酌十二韻》:“清風掃鬱蒸,爽氣生户牖。”蘇轍《立秋後》:“伏中苦熱焦皮骨,秋後清風濯肺肝。”陸游《十月十四夜月終夜如晝》:“泠泠漱齒頰,皓皓濯肺肝。”蘇轍《南齋獨坐》:“獨坐南齋久,忘家似出家。”陸游《春晚雜興》:“莫問明朝事,忘家即出家。”蘇轍《贈德仲》:“憐子肝心如鐵石,昔所謂可今不移。”陸游《連日大寒夜坐復苦饑戲作短歌》:“老翁肝心等鐵石,他年骨朽此固存。”蘇轍《問蔡肇求李公麟畫觀音德雲》:“久聚要當散,能分慰所望。”陸游《待旦》:“是身如浮煙,久聚要當散。”蘇轍《次韻李簡夫秋園》:“菊細初藏蝶,桐疏不庇鴉。”陸游《久病灼艾後獨卧有感》:“江邊雲濕初横雁,牆下桐疏不庇蟬。”如此的“生吞活剥”,在陸游詩中不少。元代方回認爲,蘇轍詩歌與蘇軾詩各有千秋,難分高下,他説:“子由詩佳處,世鮮會者。”(《瀛奎律髓》卷十)又説:“周益公嘗問陸放翁以作詩之法,放翁對以宜讀蘇子由詩。蓋詩家之病忌乎對偶太過,如此則有形而無味,三洪(洪适、洪遵、洪邁)工於四六而短於詩,殆胸中有先入者,故難化也。放翁其以此箴益公歟? 或問蘇子瞻勝子由否? 以予觀之,子瞻浩博無涯,所謂‘詩濤洶退之’也,不若所謂‘詩骨聳東野’則易學矣;子由詩淡静有味,不拘字面事料之儷,而鍛意深,下句熟。老坡自謂不如子由,識者宜細咀之可也。”(同上卷二十四)紀昀曰:“子由詩窮不及東坡,此論似高而非。”(《瀛奎律髓匯評》)方回認爲蘇轍詩與孟郊相類,孟郊向來被認爲“詩窮”,“孟郊、賈島皆以詩窮至死,而平生尤自喜爲窮苦之句”(歐陽脩《六一詩話》)。於此説,紀昀不以爲然,認爲此看法可商,是貶低了蘇轍,言外之意,他認爲蘇轍雖然也曾窮困潦倒,但他的精神境界或與孟郊輩不可同日而語。對於方回所謂“淡静有味”,紀昀未作評價,想來是贊成的。清人王士禛有云:“潁濱集中如《魏佛貍》《湖陰曲》等篇,亦是高作。”(《池北偶談》卷十一“岐梁倡和集”)諸如此類評論蘇轍詩歌的材料還多,我們編有《蘇轍資料彙編》。請讀者參看。

在這裏,我們暫且不論諸家所説蘇軾、蘇轍詩歌的優劣,但張耒、方回分别以爲蘇轍詩歌的特點是“峭拔”和“淡静”,這似乎是兩種不同類型的詩歌風貌,如何理解,倒值得玩味研索。我們認爲,蘇氏兄弟早年志向宏遠,以天下蒼生爲己任,蘇軾“有筆頭千字,胸中萬卷。致君堯舜,此事何難”(蘇軾《沁園春・孤館燈青》)。可謂是他們那時積極進取精神的剖白,而這種精神也充溢於蘇轍的詩歌之中,剛健勁拔,氣象恢宏,如《郭綸》《初發嘉州》《嚴顔碑》《竹枝歌》《入峽》等,都見其峭拔之風。熙寧至元豐間,士大夫政治處於上升時期,他們頗以天下爲己任,好論國是,加之在宋學“義理化”的背景下,蘇轍詩歌呈現出高昂雄渾的基調。賀裳《載酒園詩話・蘇轍》云:“《和子瞻好頭赤》一篇,真勝子瞻……不惟音節入古,且言外慷慨悲涼,有吴子泣西河、廉公思趙將之意,大蘇集中未見有是。”類似的作品,大都重義理,發議論,果敢强力,確有"峭拔千尋麓"之姿。這是早年詩歌的一個方面。但從另一個角度看,蘇轍早年的詩歌間或也呈現出淡靜沖融的一面,蓋蘇轍不同於蘇軾的是,蘇軾從政的欲望一直便十分濃烈,而蘇轍大概是性格使然,於仕於隱則總是在矛盾之中,這從開始出川便露出了端倪,如:"江上誠足樂,無怪陶朱生。"(《江上早起》)羡慕漁翁的自由。"今我何爲爾,豈亦愚者徒?"(《浰陽早發》)對趨奔功名的迷茫。等等。又如侍父京師時的《東湖》云:"異鄉雖云樂,不如反故岑。瘦田可鑿耕,桑柘可織紝。東有軒轅泉,隱隱如牛涔。西有管輅宅,尚存青石砧。彭女留膝踝,禮拜意已欽。慈母抱衆子,亂石寒蕭森。朝往莫可還,此豈不足臨?慎勿語他人,此意子獨諶。"對故鄉眷念之情殷殷之至。這種渴望自由,心繫田園的思想反映在詩歌中自然顯得閑適曠遠。即或已在仕途,對故鄉的懷念,負郭二頃的理想也反復在詩歌中吟唱:"病懶近來全廢學,宦遊唯是苦思鄉。"(《次韻孫推官朴見寄二首》之二)"還尋赤松子,獨就丹砂術。恨無二頃田,伴公老蓬蓽。"(《送張公安道南都留臺》)"不才似我真當去,零落衡茅隔雍岐。"(《次韻毛君將歸》)"一官終竊食,何計早歸耕?"(《陰晴不定簡唐覲秘校并敖吴二君五首》之三)"金章紫綬本非有,緑蓑黄箬甘長貧。"(《贈寫真李道士》)"萬里還朝徑歸去,江湖浩蕩一輕鷗。"(《題王詵都尉設色山卷後》)以致於他還時時調侃蘇軾歸隱的口是心非。如,蘇軾《自金山放船至焦山》云:"行當投劾謝簪組,爲我佳處留茆庵。"蘇轍戲之曰:"我知此地便堪隱,稻苗旆旆魚斑斑。"(蘇軾説:"我將辭官了,希望能替我尋一個好的所在。"蘇轍回答説:"我覺得這裏(金山)就是個好去處,是魚米之鄉,不必他求。")蘇軾《遊金山寺》云:"我謝江神豈得已,有田不歸如江水。"蘇轍戲之云:"不待遊人盡歸去,恐公未識山中趣。"(《和子瞻金山》)所以,我們説,蘇轍詩的沖淡簡遠一面,與他醇温的個性有關。蘇軾嘗云:“念子似先君,木訥剛且静。寡辭真吉人,介石乃機警。”(《潁州初别子由二首》之一)宋洪邁云:“蘇子由《南窗》詩云:‘京城三日雪,雪盡泥方深。閉門謝還往,不聞車馬音。西齋書帙亂,南窗朝日升。輾轉守床榻,欲起復不能。開户失瓊玉,滿階松竹陰。故人遠方來,疑我何苦心。疏拙自當爾,有酒聊共斟。’此其少年時所作也。東坡好書之,以爲人間當有數百本,蓋閒淡簡遠,得味外之味云。”(《容齋隨筆》卷十五)楊慎盛贊宋詩中“有王維輞川遺意”的,蘇轍《中秋夕》《旅行》等篇便入其青眼。還有,歷代論詩者所稱道的《逍遥堂會宿二首》,皆可見子由詩之静淡。只不過,在前期詩歌中,這些詩所占的比重甚少。蘇轍詩歌的淡静,主要表現於其後期的創作當中,其中以晚年居潁昌時的詩爲最。蓋紹聖以後,蘇轍飽經世故,義理自然更加嫻熟,駕馭語言的能力達到隨心所欲的地步,故其詩歌呈現出另外一種風貌。從具體文本分析,大量閒適詩的出現是其晚年詩歌的一大特徵。此時新黨長期把持朝廷,對舊黨的打擊變本加厲。特别是到了徽宗時期,蔡京等人專權作佞,朝政更加黑暗,對所謂元祐黨人的迫害愈演愈烈,他們不僅羅織舊黨大臣,加上種種莫須有的罪名,竟至於株連子孫(《宋史·徽宗紀一》:“[崇寧元年八月]丙子,詔司馬光等二十一人子弟毋得官京師。”)。在朝的士大夫傾耳重足,不敢肆言。在貶竄中如蘇轍輩更是恐慄萬狀。蘇轍退居潁昌之後,自號“潁濱遺老”,“閉門不出十年久”(《遊西湖》),惟恐招來禍端。自言“杜門本畏人,門開自無客”(《遺老齋絶句》之一),“謾存講説傳家學,深謝交遊絶世譏”(《十日二首》之一)。幾乎是驚弓之鳥,惶惶不可終日,風聲鶴唳,草木皆兵,其隻身避居汝南的行徑可見狼跋之一斑。《朱子語類》中有一段故事,更可爲上説之補:“後來居潁昌,全不敢見一客。一鄉人自蜀特來謁之,不見。候數日不見,一日見在亭子上，直突入，子由無避處了，見之云：‘公何故如此？’云：‘某特來見。’云：‘可少候，待某好出來相見。’歸，不出矣。”小心謹慎竟到了這種地步。蘇轍這期間的詩歌，很少有直接抨擊朝政及現實的詩作，像《八璽》《仲夏始雷》那樣直斥皇帝或執政的政治詩已是空谷足音。閉門索居，遠離政治，詩歌創作的内容空前狹窄，只能以抒寫個人閒暇生活和田園景物爲對象。詩作自然也多是幽居生活的實録，日常起居、飲食、生病、教子、生日等盡皆入詩，諸如《守歲》《釀重陽酒》《病肺》《示諸子》《種花》《讀書》《買宅》《記夢》《移竹》《午寢》等皆然。這些詩篇，記録生活感受，清新淡雅，直觀而簡捷地傳遞出自己淒清淡泊的暮年心態，與蘇軾貶逐黄州後詩歌的風格是迥然不同的。

從創作淵源來説，蘇轍的詩，説植根於蘇軾似不爲過。蘇轍弟兄情誼深篤，自來爲文壇嘉話。《宋史》本傳云：“轍與其兄進退出處無不相同，患難之中友愛彌篤，無少怨尤，近古罕見。”史臣由衷之言，感人至深。的確，展玩他們弟兄的詩歌，特别是那“與君世世爲兄弟，更結人間未了因”的拳拳，情義之淳切，千百年來，讀之亦令人酸鼻。在詩歌創作上，蘇轍虔心向兄長學習，這我們從蘇轍與蘇軾的大量唱和詩中分明可見，轍詩不僅很多謀篇布局範式於軾，而且大量的詞藻或徑直用蘇軾語，或稍加變通而移植入詩。錢鍾書先生嘗云：“蘇轍《欒城集》卷一《懷澠池》詩有個自注：‘昔與子瞻應舉，過宿縣中寺舍，題其老僧奉閒之壁。’從前和尚死後，人家把他遺體燒化，造個小塔來埋葬他的骨灰。蘇轍每每學他哥哥的詩（甚至哥哥用錯的典故，弟弟會照錯），例如《欒城集》卷三《秀州僧本瑩净照堂》的‘故山别後成新歲，歸夢春來繞舊房’，就是摹仿蘇軾這一聯。”（《宋詩選注》）可謂鞭辟入裏之言。

蘇轍的詩，受白居易的影響極大，清人汪琬説：“且宋詩未有不出於唐者也,楊劉則學温李也,歐陽永叔則學太白也,蘇黄則學子美也,子由、文潛則學樂天也。”(汪琬《堯峰文鈔》卷二十七)的爲不刊之論。雖然,蘇轍對白居易曾有如上所説的批評,但似乎只是針對白居易的敘事詩而言,對於白居易詩歌的創作精神,“詩詞甚工”也就是説語言駕馭的能力是十分心儀的,這在他的詩歌創作中隨處可見。展繹蘇轍的詩,可以説白居易詩歌的影子所在多有,一些吊古諷今、針砭現實的詩歌,是白居易樂府詩精神的再現,如《野鷹來》《東方書生行》《李氏園》《買炭》《八璽》之類。在語言方面,猶如向蘇軾學習一樣,蘇轍詩許多句子和詞語即移易變化於白詩。甚至白居易一些好的詩句就直接拿來,如白居易《遊悟真寺詩》:“漸怪耳目曠,不聞人世喧。”蘇轍《吕希道少卿松局圖》:“不聞人世喧,自得山中趣。”白居易《劉蘇州寄釀酒糯米李浙東寄楊柳枝舞衫偶因嘗酒試衫輒成長句寄謝之》:“慚愧故人憐寂寞,三千里外寄歡來。”蘇轍《將至南京雨中寄王鞏》:“賴有故人憐寂寞,繫舟待我久徘徊。”白居易《聞庾七左降因詠所懷》:“外物不可必,中懷須自空。”蘇轍《次韻答張耒》:“外物不可必,惟此方寸心。”

他晚年詩,以個人閒暇生活爲主要内容,幾乎是克隆了白詩的神韻。他不僅學習白居易的詩,甚而不時以自己的生活與白居易相比較,其中最爲典型而又有些酸楚的,莫過於《讀樂天集戲作五絶》了:他羡慕白居易有詩友劉禹錫一生互相唱和,而自己閉門索居,親朋疏遠,無人可與論詩説文;羡慕白居易有條件引洛水入園,而自己宅院與濮水隔城,只好拄杖出去欣賞湖光水色;羡慕白居易作過郡守,有珍奇可以把玩,自己没有那樣的經歷也就没有異物可以養眼;羡慕白居易“十畝之園,有竹千竿”,而自己只有倚牆的區區數百竿竹子。一比之下,煞是淒涼!好在,他終于也找到了自己的亮點,白居易學佛,可還不能忘掉聲色啊,佛家不是説色空麼,你白居易“櫻桃樊素口,楊柳小蠻腰”,“樂天得法老凝師,後院猶存楊柳枝”,雖然得法,但卻是不徹底的居士啊!我蘇轍到底乾净,無聲色之累,“春盡絮飛餘一念,我今無累日無思”,是標準的在家居士。類似的如《除日二首》之二,其詩云:“時人莫作樂天看,燕坐端能畢此身。”自注云:“樂天居洛陽日,正與予年相若,非齋居道場,輒攜酒尋花,遊賞泉石,略無暇日。予性拙且懶,杜門養病,已僅十年,樂天未必能爾也。”本來閉門索居,既無友朋可與講論偕游,亦無較好的物資條件,心境十分的落寞,卻偏要自己找臺階下,云白不能如自己閉門養身。凡此種種,假如白居易地下有知,或當莞爾一笑。當然,蘇軾也是十分心儀白居易的,前人著述中論及者多多,但是,他們伯仲立足點不一樣,蘇軾更多的是喜歡白居易瀟灑的生活態度,而並不刻意去模仿或學習白的詩作,蘇轍則在他們共同愛好的基礎上增加了對白居易藝術上的膜拜和追索。

還有,蘇轍弟兄都篤信佛教,且造詣深至,蘇轍政治上的起落特别是晚年的落寞擯斥,使他更沉溺佛學,大有“一生幾許傷心事,不向空門何處銷”的空落。參禪誦佛,《金剛經》《法華經》《楞嚴經》《維摩經》《華嚴經》《涅盤經》《般若經》《傳燈録》皆有涉獵,甚至手抄《楞嚴經》。誦讀之餘,還寫下了不少與佛禪有關的詩篇,如《東亭》《讀傳燈録示諸子》《夜坐》等。當然,我們仔細品味,也可以發現蘇轍的這些避談世事、隱逸參禪的行徑其實是被迫無奈之舉,是一種壓抑著内心政治追求的淡静。南宋孫汝聽説蘇轍晚年“杜門深居,著書以爲樂,謝卻賓客,絶口不談時事,意有所感,一寓於詩,人莫能窺其際”。(《蘇潁濱年表》)事實上也是這樣,雖然,蘇轍晚年詩絶少直抒胸臆,一般借景寓意,藉事抒情,作爲政治家的蘇轍,自然也不可能完全地忘懷世情,其間鬱鬱不平之氣,也時時透過字裏行間映射出來。淡泊無心的背後,我們也間或可以咀嚼出他“刑天舞干戚”的弦外之音。這就是人們推崇的蘇轍詩歌“寓理”“有味”的緣由。因爲蘇轍自己就主張“言辭應有味”(《和文與可洋州園亭三十詠·野人廬》),這些詩,恰是其成功的實踐。所以,我們可以這樣説,蘇轍晚年詩歌的平淡不是淡而無味,而是“淡静有味”。而這種“味”,只有結合蘇轍的人生遭際,北宋晚期的混沌迷亂全面地解讀,潛心玩繹,才可能品味出來,也才能讀懂蘇轍,真正“窺其際”。

再者,蘇轍弟兄都出入經史,貫穿百家,除佛教外,他們對於道家的養生服食之説亦篤信非常。他們的詩歌,特别是晚年的詩歌中不時傳遞出“學道”的信息。比較蘇軾,似乎蘇轍更有心得,蘇軾曾説:“每日飲少酒調食,令胃氣壯健。安道軟朱砂膏,軾在湖親服數兩,甚覺有益,到可久服。子由昨來陳相别,面色殊清潤,目光炯然。夜中行氣臍腹間,隆隆如雷聲。其所行持,亦吾輩所常論者,但此君有志節能力行耳。”(《與王定國書》)蘇轍晚年的詩歌中,反映學道養生服食的詩篇不少,竟連明知是弄鬼的方士,蘇轍也半信半疑了起來(《次韻姚道人二首》《次韻姚道人》《蔡州壺公觀劉道士》《城東野老》等),甚而有“得道”的自慰(《次韻子瞻生日見寄》)。尤其是晚年居潁時,更是醉心於此,所謂“梨棗”“上池”“還丹”“九轉”“吐納”“赤松”“王喬”之類不厭其煩地敘説(按,這方面蘇軾更爲癡迷,請參《蘇過詩文編年箋注》前言)。這既是蘇轍詩歌的又一特色,也是研究蘇轍弟兄思想的可貴資源。不過,蘇轍到了生命之燈漸熄的最後幾年,他終於醒悟,覺得道家學説虚妄荒唐,最有代表性的便是寫於大觀四年的《夜坐》:“少年讀書目力耗,老怯燈光睡常早。一陽未復夜正長,城上鼓聲寒考考。老僧勸我習禪定,跏趺正坐推不倒。一心無著徐自静,六塵消盡何曾掃?湛然已似須陀洹,久爾不負瞿曇老。回看塵勞但微笑,欲度群迷先自了。平生誤與道士遊,妄意交梨求火棗。知有毗盧一徑通，信腳直前無別巧。"一生津津樂道的"陽復""交梨""火棗"此時已不復相親，"珍重老盧留種子，養生不復問王江"(《十月二十九日雪四首》之三)。精神上則完全皈依佛教了。

上述種種之外，還須特別提出的是，蘇轍詩兼收並蓄、博采衆長也非常成功，在他的詩作中，除我們前邊説到最心儀白居易且向其學習外，其他先秦、兩漢、魏晉六朝、隋唐作品無不拮其精華，或者直接沿用前人好句佳辭，或者熔鑄前人詩句而巧加剪裁，即師其意而不師其辭，信手拈來，自成佳構。用《詩經》典故、化用《詩經》的詩句我們不説，因爲蘇轍對《詩經》的研究非常深透，有《詩集傳》傳世，我們且試舉出藍於唐人數例，看蘇轍是如何陶鑄語言的:《論語・子罕》:"後生可畏，焉知來者之不如今也。"晉王羲之《蘭亭集序》:"向之所欣，俛仰之間，已爲陳迹。"王維《老將行》:"自從棄置便衰朽，世事蹉跎成白首。"蘇轍《次韻子瞻與安節夜坐三首》之三:"黄岡俯仰成陳迹，白首蹉跎畏後生。"兩句詩融三語典於其中。唐雍陶《懷無可上人》:"山寺秋時後，僧家夏滿時。清涼多古跡，幾處有新詩。"蘇轍《次韻子瞻病中遊虎跑泉僧舍二首》之一:"掃地開門松檜香，僧家長夏亦清涼。"唐劉長卿《送馬秀才落第歸江南》:"南客懷歸鄉夢頻，東門帳别柳條新。"蘇轍《送陳安期都官出城馬上》:"歸意已隨行客去，流年驚見柳條新。"這種化妙語於無形的功夫真讓人拍案叫絶。類似的例子不勝枚舉。更可貴的是，蘇轍還注意向前輩甚至於同輩學習，前輩歐陽脩、張方平、梅堯臣的影子多見於詩，而同輩王安石、黄庭堅等詩作中的妙意美辭亦時時捃拾爲用——儘管與王安石政治上不相能，但似并不影響他向王安石的詩作中"作竊"。這些，我們在注解中已著意拈出，亦不縷羅。

當然，我們也不得不承認，蘇轍的詩中，也有一些平庸之作。

唱和詩中有,因爲那是帶著鐐銬跳舞,有時難免步履蹣跚。晚年隨著才思漸退、生活圈子狹窄,有的詩篇顯得陳腐累贅,了無詩趣,特别是津津樂道的什麽有生無生、明月朝日之類的佛義燈語更是乏味,也無怪乎自己也懷疑"舊詩"(早年精彩的詩篇)是不是自己的了!

綜觀蘇轍的詩,雖有微瑕,但也堪稱婀娜多姿,無論是有宋一朝還是古代詩史中都算得上是自成一家且是大家,值得繼承玩味。但可惜的是,由於其兄蘇軾的海涵地負,無所不通,無論是詩、詞還是散文,甚而至於書法都彪炳了整個宋代(私意還以爲,非唯宋,蘇軾應是中國士大夫才人中古今獨步第一人。這是題外的話了,留待他日專題研究),有兄如此,於是人們對於蘇轍的關注多少便顯得蒼白了。譬如,蘇軾詩文的注本幾乎是無代不有,研究的著述充棟汗牛,而蘇轍迄今竟然尚無一個詩文全注本。於此,古今學人已多爲不平,謹舉一例:明蜀藩刻本《欒城集》劉大謨序云:"若文定者,天性高明,資稟渾厚,既有父文安以爲之師,又有兄文忠以爲之友,故其文章遂成大家。議者謂其汪洋澹泊,深醇温粹,似其爲人。文忠亦嘗稱之,以爲實勝於己,信不誣也。夫何老泉(謹按,關於老泉,向有爭論,或以爲是指蘇洵,或以爲是指蘇軾,劉氏此處是指蘇洵)、東坡全集盛行,獨公所著雖附《三蘇集》,而采輯未備,雖有《潁濱集》,而脱誤實多,君子未嘗不三歎焉。"陳寅恪先生嘗評陳衍《宋詩精華録》云:"同叔佳詩頗多,何以僅録此二絶?殆即就《東坡詩注》隨鈔二首耶?若果如此,殊可謂草率矣!"(《陳寅恪手書〈宋詩精華録〉批語輯注》,張求會《陳寅恪叢考》二一五頁,浙江大學出版社二〇一二年)陳先生的批評,揭開了古人對他們弟兄文學審視傾向的面紗,也即蘇軾的光輝在很大程度上掩没了蘇轍的成就,顧此而失彼了。錢鍾書先生《宋詩選注》蘇轍詩一首都未入選,或亦是以爲蘇軾足以代表弟兄二人了還是有其他原因,不可得知。以錢先生的眼光,不至於蘇轍詩皆不入法眼。這也是一個值得研究的問題。

特别是二〇一〇年河北人民出版社推出了四川大學張志烈教授等的《蘇軾全集校注》,其書匯集古今研究成果,浸漬川大幾代學人的心血,洋洋二十巨册,將蘇軾研究推向了一個新的高峰。於是乎,在蘇軾蘇轍歷史研究的落差上再增懸殊。我們整理蘇轍的詩歌,進行編年、校勘、箋注,便是填補這一空白的第一步。爾後,我們將次第完成蘇轍全集的校注,讓北宋文壇這一對雙子星座壎篪重奏,珠璧再輝。

三、蘇轍詩編年箋注説明

蘇轍詩編年基本按照蘇轍本人編定的《欒城集》《欒城後集》《欒城三集》編次。《欒城集》是詩文合集,其中《欒城集》詩十六卷,《後集》詩四卷,《三集》詩四卷,我們將詩抽出依原次第合編爲二十四卷。編次中我們參考了宋人孫汝聽《蘇潁濱年表》、曾棗莊先生《蘇轍年譜》、孔凡禮先生《三蘇年譜》、《蘇轍年譜》(爲不至混淆,簡稱《孔譜》),總體無大變化,只是一些篇目的年月編次前後有所調整。

這裏需要説明的是,此外,《欒城集》中還有少許三言、四言、六言詩。既然我們將詩文分開箋注,何以還將這些詩依然放在文中?原因是這樣的,《欒城集》是蘇轍親自編定的,我們從蘇轍的編排發現,在《欒城集》中,詩文是各自爲卷的,而詩歌的全部卷帙中,除答文同六言詩有十首六言(《答文與可以六言詩相示因道濟南事作十首》,因爲是和詩)外没有三言、四言、六言的篇章。由此或可見,在蘇轍看來,五言、六言、七言詩才是正統的詩歌,其他的韻文(包括了三言詩、四言詩、六言詩)則不當混同。最能印證我們推論的是，同是舜泉詩，蘇轍將四言的《舜泉詩》編入文，而將七言的《舜泉復發》編入詩，這當然不會是疏忽大意。至於蘇轍何以如此看，這已不是這裏所應牽纏的，留待日後專論。所以，我們還是尊重蘇轍原編而不將這些詩闌入詩歌中。

蘇轍詩文頗有漏訛，本次整理我們參考了樂貴明先生《蘇軾蘇轍集拾遺》，劉尚榮先生《蘇轍佚著輯考》，曾棗莊、馬德富《欒城集》點校本，陳宏天、高秀芳《蘇轍集》點校本及高秀芳、吕桂珍、劉尚榮三位先生整理的《全宋詩・蘇轍》部分。同時我們也借鑒了胡建升、楊茜《蘇轍佚詩辨僞》等辨僞成果，進而研究或取或舍。

標點，一律用規範的新式標點。

校勘，蘇轍在世時曾親手點定其詩文集，即通行本《欒城集》五十卷、《欒城後集》二十四卷、《欒城第三集》十卷、《應詔集》十二卷，共九十六卷。據蘇轍曾孫蘇詡在《欒城集跋》中提及四種版本：建安本、麻沙本、蜀本及家藏本，可知此書於宋即有多種版本。現存最早刻本爲宋刻《蘇文定公文集》（存四十六卷，國家圖書館藏）殘本，另有宋刻遞修本《蘇文定公文集》（存十卷）及宋刻遞修本《欒城集》（存二十一卷）兩種殘本。明代有兩種刻本，一爲明清夢軒刻本《欒城集》，每半頁十行，行二十字，白口，單黑魚尾，左右雙邊，版框高二一・八釐米，寬一五・三釐米。明萬曆間刊刻，王執禮、顧天叙同校，總九十六卷，内容最全，且校勘頗精，故以爲底本。一爲明嘉靖二十年蜀藩朱讓栩刻本《欒城集》，前集五十卷，後集二十四卷，三集十卷，少《欒城應詔集》十卷。又有明活字本，按蜀藩刻本刻印，款式相同。清道光十二年眉州三蘇祠刻本《三蘇全集》（簡稱清三蘇祠本，内有蘇轍文章共九十四卷）雖以嘉慶本《三蘇全集》增補而成，標王、顧合校，但卷數、文字與明清夢軒本均有出入，係補刻時所臆改，其底本仍應爲清夢軒本。另有清宛陵貢彧刻本,亦由清夢軒本翻刻而成。

此次校勘由浙江師範大學譚勤博士以浙江大學圖書館藏明清夢軒刻本《欒城集》五十卷、《欒城後集》二十四卷、《欒城第三集》十卷、《應詔集》十二卷(共九十六卷,省稱原本)爲底本,以宋刻《蘇文定公文集》(存四十六卷,省稱宋大字本)殘本、宋刻遞修本《蘇文定公文集》(存十卷,省稱宋文集本)、宋刻遞修本《欒城集》(存二十一卷,省稱宋小字本)、日藏宋刻《類編潁濱先生大全文集》(省稱宋建本)爲主要參校本,旁參以四部叢刊影印明活字本《欒城集》、《欒城後集》、《欒城第三集》及影宋寫本《欒城應詔集》(省稱叢刊本)、明嘉靖二十年蜀藩朱讓栩刻本《欒城集》(共八十四卷,省稱蜀藩刻本)、清乾隆時期文淵閣《四庫全書》本《欒城集》(省稱爲四庫本)、清道光十二年眉州三蘇祠刻本《三蘇全集》(省稱三蘇祠本,内含蘇轍文集共九十二卷,浙江圖書館藏),間或稽考相關典籍予以佐證。

箋注包括以下幾個方面:繫年,説明寫作年代。關於繫年的問題,我們參考孔凡禮《三蘇年譜》和《蘇轍年譜》較多一些,從篇幅計,我們往往只是縮略大意,不一定每篇一一注明參考《三蘇年譜》或參考《蘇轍年譜》,希望讀者理解。解題,根據不同情況或大略説明該篇主旨,有的詩意義已很明白則不再費辭。箋注,如果注解是針對某幾句進行注解,則引起始詞句加引號云“某某”幾句,而後按需要或先概括大意,繼而次第注釋;如果只是針對某一單句作注,則徑行解釋,不以“某句”或某一詞語提示。如需要對某句中的某一詞語作注,則以詞語提頭。爲了揭示蘇轍在遣詞造句方面的繼承發揚,我們盡可能尋繹出相關語源;爲了探索蘇轍詩中某些詞語的意義流變,我們適時引設一些書證以佐證解釋。再有,蘇轍於其兄軾,亦師亦友,故他的詩歌,時常用蘇軾詩意或化用蘇軾詩句,或沿用蘇軾詩中詞語。爲了揭示這種淵源關係，我們在注解中予以了較多的的關注。對於蘇轍，蘇軾亦頗欣賞眷愛，有時弟弟詩中的精彩語句或詞，蘇軾也逐入自己的詩歌，我們也在注中引列。爲省篇幅，就不一一説明誰先誰後。在注釋典故詞語時，第一次出現作注，如以後再出現時則分別情況而變通處理。大略是：如後出者與第一次出現在意義上無別，則以"見某注"表示，如果後出者與原見小有差異，或者爲了讀者閲讀方便，則簡釋意義，然後以"參某注"示之；如果有的詞語釋語比較簡明，則直接注比參見更省篇幅，同時也更利閲讀，就不避重複。人物的注解只出注一次，後邊如再出現則以見某詩某注標明。

蘇轍詩中有不少唱和詩，包括蘇轍與蘇軾唱和而他人亦同和，這些唱和詩一則有利於原詩理解，二則可以看出蘇轍與相關作者特别是與蘇軾互相師法學習的關係，所以我們在當詩下附上這些唱和詩；還有一些同題或同詠詩（包括針對同一人物或同一事物），即蘇轍因某人或某事作詩而蘇軾或朋輩亦作詩，這些詩對於蘇轍原詩的理解同樣有很大的幫助，特别是對詩中人或物的全面瞭解尤爲重要，我們也附上。例如，蘇轍有《歐陽公所蓄石屏》詩，僅注原詩，無論如何也是泛泛，我們附上歐陽修、梅堯臣、蘇軾的詩，則不僅石屏立體眼前，歐陽修的興趣愛好以及該詩的淵源皆眉目清晰了；又如蘇轍《傅欽之學士濟源草堂》，我們附上了蘇軾、司馬光、劉攽、秦觀的同詠詩，這無疑對原詩的注解多有裨益。至於次韻或唱和詩或同題相關的詩今已不存，則不一一贅説，從我們的體例已可知其佚。上述的注法，也許有繁瑣累贅之嫌，但我們考慮到蘇轍的詩文迄今還没有一個全注本，比較翔實的資料提供或對於人們多角度全方位地研究蘇轍各有意義，故不避獺祭衒博之譏。同行及讀者想亦鑒諒。爲了讀者理解更爲直觀，引列文獻時除蘇洵、蘇軾外的作者不管名氣大小、地位高低皆注明朝代，如晉陶潛某詩某文，唐杜甫某詩某文。如同篇第一次已標明某人朝代,則第二次及再後的出現不再標明朝代。

關於文字的處理,異體字注"同某",古今字注"後來寫作某",通假字注"通某"。再,有的常見的異體,爲讀者方便,不管是原文還是徵引文獻中的,一律改爲通行字,如"葢"徑改爲"蓋","乆"徑改爲"久","恵"改"惠","聴"改"聽","栁"改"柳","徳"改"德","竒"改"奇"等。

關於文獻的徵引,我們考慮到讀者如只是一般性閲讀,通常不會去復核原文。如果需要復核者則往往是業内或研究人員,而今有各種檢索軟件,那麽,基本上都會通過軟件查找。爲了簡捷方便,我們能不引卷帙則不引,如:作《史記·淮陰侯列傳》而不作《史記》卷九十二《淮陰侯列傳》,作《太平廣記·寶六·謝靈運鬚》,而不作《太平廣記》卷四百五,作《博物志·異草木》,而不作《博物志》卷三。他如《通典·州郡六·興州》,《文獻通考·輿地考七·興州》皆是如此。或許,這樣處理既省文字而又能直接揭示相關内容。

因爲我們考慮到這是第一次給蘇轍詩作注,我們盡可能周延些以備讀者及研究者不時之需,所以較爲詳細。如行政區劃的問題,我們主要依據《文獻通考》等介紹了相關沿革。對於古代的行政區劃或地名,我們通常在括號中注明原治所對應的今地,或者注明大致相當於今某省某市或某縣,如果是縣,即直接標注,如中江,括號中則標明(今四川中江縣),如果是市下的縣級區,如南蘭陵,則標明(今江蘇常州市武進區)。關於宋代的官制,我們主要參考龔延明先生《宋代官制詞典》以作介紹;關於人物注釋,宋代以前我們主要參考臧勵和等編《中國人名大辭典》,宋代人物我們以曾棗莊先生主編的《全宋文》中的人物介紹爲藍本,所以凡是《全宋文》中有的人物我們即依沿增損。同時,我們也參考了北京大學古文獻研究所編的《全宋詩》。蘇轍詩中還涉及大量的佛教人物及名詞，主要依據明代釋一如《三藏法數》，近人丁福保《佛學大辭典》，今人陳義孝《佛學常見詞彙》及諸佛學典籍中人物傳記部份進行取捨。爲省篇幅，謹致謝於此，文中不再一一説明。還需要交代一下的是，同一篇詩文，在我們的注解中也許出處不一，如《楚辭》中的篇目，或引《楚辭》，或引《文選》，這並非操作失照，而是或需要引王逸注，或是需要引李善注或六臣注的原因。其他類此。

注文中有特別説明之處，如作者生卒年、地理的古今異同等均用圓括號（　），註文中引列文獻因文義暢通的需要所補充的内容等則用方括號[　]。

書後附録五種，分别是：蘇轍本傳、孫汝聽《潁濱先生年表》、蘇籀《欒城遺言》、目録序跋、參考書目。

箋注者

二〇一四年十月二十日

蘇轍詩編年箋注卷一[①]

絶勝亭[②]〔一〕

夜郎秋漲水連空〔二〕,上有虚亭縹緲中〔三〕。山滿長天宜落日,江吹曠野作驚風〔四〕。爨煙慘澹浮前浦〔五〕,漁艇縱横逐釣筒〔六〕。未省岳陽何似此,應須子細問南公〔七〕。

【校記】

①底本作"卷之一",今改作"卷一"。他卷類此,不再出校。

②此詩蘇轍《欒城集》等失載,今據蘇軾《東坡文集》卷六十四《書子由絶勝亭詩》、清黄廷桂《(雍正)四川通志》卷三十九"蘇轍絶勝亭詩"條輯出。

【箋注】

〔一〕作於嘉祐二年(一〇五七)秋。《東坡文集》卷六十四《書子由絶勝亭詩》有云:"蜀州新建絶勝亭,舍弟十九歲作。"孔凡禮《三蘇年譜》(以下徑稱《三蘇年譜》)疑爲蘇轍二十一歲免喪後作,其理由是蘇氏有居喪不作詩文的規矩。見《霞外攟屑・居喪不作詩文》。按,蘇軾與轍感情甚篤,既言轍十九歲作,當不致有誤。至於居喪不作詩文之禁,偶爾爲之,似不必因此而否定蘇軾之説。絶勝亭:宋范成大《吴船録》卷上:"修覺者,新津縣對江一小山。上有絶勝亭,一望平野,可盡西川。杜子美所謂'西川供客眼,惟有此江郊'。"清仇兆鼇《杜詩詳注・遊修覺寺》注引《蜀總志》:"修覺山,在新津縣治東南五里,山有修覺寺、絶勝亭。"

〔二〕夜郎:古國名,在今貴州省西北部及雲南、四川二省部分地區。秦漢時包括蜀州等地皆屬夜郎。漢司馬相如《難蜀父老》:"今罷三郡之士,通夜郎之塗,三年於兹,而功不竟,士卒勞倦,萬民不贍。"

〔三〕虚:高聳;淩空。縹緲:連綿詞,高遠隱約貌。亦作"縹眇"。《文選・木華〈海賦〉》:"群仙縹眇,餐玉清涯。"唐李善注:"縹眇,遠視之貌。"唐杜甫《白帝城最高樓》:"城尖徑仄旌旆愁,獨立縹緲之飛樓。"

〔四〕驚風:强勁的風。司馬相如《上林賦》:"然後揚節而上浮,淩驚風,歷駭猋。"

〔五〕爨(cuàn)煙:猶言炊煙。爨,燒火煮飯。《左傳・宣公十五年》:"易子而食,析骸以爨。"晉杜預注:"爨,炊也。"慘澹:暗淡淒清貌。《世説新語・言語》:"道壹道人……經吴中,已而會雪下,未甚寒。諸道人問在道所經,壹公曰:'風霜固所不論,乃先集其慘澹;郊邑正自飄瞥,林岫便已皓然。'"浦:水邊。唐王維《漢江遠眺》:"郡邑浮前浦,波瀾動遠空。"

〔六〕釣筒:插在水裹捕魚的竹器。唐崔道融《溪夜》:"漁人抛得釣筒盡,卻放輕舟下急灘。"唐陸龜蒙《天隨子・序》:"天隨子于海山之顔有年矣,矢漁之具莫不窮極其趣,大凡結繩持網者總謂之網罟,網罟之流曰罛、曰罾、曰罺,圓而縱捨曰罩……緡而竿者總謂之筌,筌之流曰筒、曰車、横川曰梁,承虚曰笱,編而沈之曰箄,矛而卓之曰矠,棘而中之曰乂,鏃而綸之曰射,扣而駭之曰桹。"

〔七〕"未省"二句:謂不知道岳陽樓的美景是否也如此,有機會時當仔細詢問南方的老翁。未省:不知;不了解。岳陽:指岳陽樓。湖南省岳陽市西門古城樓。相傳三國吴魯肅在此建閲兵臺,唐開元四年(七一六)中書令張説謫守巴陵(即今岳陽市)時在舊閲兵臺基礎上興建此樓。主樓三層,巍峨雄壯。登樓遠眺,八百里洞庭盡收眼底,爲古今著名風景名勝。唐李白、杜甫、白居易、韓愈、李商隱等皆有詠岳陽樓詩。宋慶曆五年(一〇四五)滕子京守巴陵時重修,范仲淹爲撰《岳陽樓記》,蘇舜欽書其丹,邵竦篆其首,時稱四絶,名益著。南公:戰國時楚國隱士。《史記・項羽本紀》:"故楚南公曰:'楚雖三户,亡秦必楚也。’”南朝宋裴駰集解:“徐廣曰:‘楚人也,善言陰陽。’文穎曰:‘南方老人也。’”蘇軾《竹枝歌》:“千里逃歸迷故鄉,南公哀痛彈長鋏。”按,蘇轍此時尚未到過岳陽,因見江水浩蕩(新津河流縱横,南河、西河、金馬河、羊馬河、楊柳河五河匯聚),亭閣高聳,於是擬想岳陽樓勝況。

郭綸〔一〕 綸本河西弓箭手〔二〕,屢戰有功,不賞。自黎州都監官滿〔三〕,貧不能歸,權嘉①州監税〔四〕。

郭綸本蕃種,騎鬥雄西戎〔五〕。流落初無罪〔六〕,因循遂龍鍾〔七〕。嘉州已經歲〔八〕,見我涕無窮。自言將家子,少小學彎弓。長遇西鄙亂,走馬救邊烽〔九〕。手挑丈八矛,所往如投空〔一〇〕。平生事苦戰,數與大寇逢。昔在定川寨〔一一〕,賊來如群蜂。萬騎擁酋帥,自謂白相公〔一二〕。揮兵取其元〔一三〕,模糊腥血紅。戰勝士氣振,赴敵如旋風。蚩蚩氈裘將,不信勇且忠。遥語相勸誘,一矢摧厥胸〔一四〕。短兵接死地,日落沙塵蒙。馳歸不敢息,馬口銜折鋒。誰知八尺軀,脱命萬死中〔一五〕。忽聞南蠻叛,羽檄行怱怱②。將兵赴危難,瘴霧不辭沖〔一六〕。行經賀州城,寂寞無人蹤。攀堞莽不見,入據爲築墉〔一七〕。一旦賊兵下,百計燒且攻。三日不能陷③,救至遂得通〔一八〕。崎嶇有成績〔一九〕,元帥多異同〔二〇〕。有功不見賞,憔悴落巴賨〔二一〕。已矣誰復信,言之氣恟恟〔二二〕。予不識郭綸,聞此爲斂容〔二三〕。一夫何足言,竊恐悲群雄〔二四〕。此非介子推,安肯不計功〔二五〕? 郭綸未嘗敗,用之可前鋒〔二六〕。

【校記】

①嘉:叢刊本作“加”,誤。

②怱怱:原作“忽忽”,據宋文集本、宋建本、三蘇祠本改。

③日:宋建本、蜀藩刻本、叢刊本作“月”。

【箋注】

〔一〕作於嘉祐四年(一〇五九)十月六日或七日。此詩爲隨父兄赴京師在嘉州遇郭綸而作。感慨郭綸有功而不得賞用,流落邊鄙。蘇軾亦有詩。《續資治通鑑長編·仁宗康定元年》:"[九月]三班借職郭綸困守定川堡,得不陷。劉璠堡本軍指使散直王遇、弓箭手都虞候劉用以事急出降,并陷乾溝、乾河、趙福三堡。是役也,官軍戰没者凡五千餘人。"

〔二〕河西:春秋、戰國時指今山西、陝西兩省間黄河南段之西。《左傳·文公十三年》:"秦伯師于河西。"漢唐時指今甘肅、青海兩省黄河以西,即河西走廊與湟水流域。《漢書·霍去病傳》:"渾邪王以衆降數萬,開河西酒泉之地。"北宋時設河西軍,其轄區非復唐時舊觀,版圖已無涼州。郭綸時代,張掖、酒泉、敦煌、武威已爲西夏元昊所有,北宋的所謂河西,其實只是蘭州以西、西寧以南的一塊地方。似此,郭綸最開始應該是在蘭州、湟州或西寧州當兵。

〔三〕黎州:唐置。宋爲黎州漢源郡。故治在今四川漢源縣南。都監:官名。宋於諸路、州、府,皆置兵馬都監,省稱"都監"。《文獻通考·職官十三·都監》:"宋朝兵馬都監有路,分掌本路禁、屯戍、邊防、訓練之政令……州都監則以大小使臣充,掌本城屯駐、兵甲、訓練、差使之事,兼在城巡檢。"

〔四〕謂郭編暫時代理監税。權:唐宋而下稱試官或暫時代理官職爲"權"。宋戴埴《鼠璞·權行守試》:"本朝職事官,並以寄禄官品高下爲權行守試。侍郎、尚書,始必除權,即真後始除試守行。予考之漢,試守即權也……權字唐始用之。韓愈權知國子博士,三歲爲真。"嘉州:北周置。隋廢。唐復置,改爲犍爲郡,尋復爲嘉州。宋升爲嘉定府,屬成都府路,治嘉州(今四川樂山市)。此沿用舊名。監税:負責税收事務的州郡屬吏。

〔五〕"郭綸"二句:謂郭綸爲吐蕃人,擅長騎戰。西戎:指我國西北方吐蕃等少數民族。唐杜甫《秦州雜詩二十首》之十八:"西戎外甥國,何得迕天威。"

〔六〕初:全;簡直。此謂郭綸無辜而流落。

〔七〕因循:延宕;拖延。韓愈《示爽》:"吾老世味薄,因循致留連。"龍鍾:連綿詞。頽唐潦倒貌。

〔八〕經歲:猶言連年。

〔九〕邊烽:邊疆的烽火。指戰事。

〔一〇〕投空：向空中，往空曠處。晉索靖《草書狀》："淩魚奮尾，蛟龍反據。投空自竄，張設牙距。"按，此猶言如入無人之境。言其所向無敵。

〔一一〕定川：宋時西北堡寨。屬涇原路。故地在今寧夏固原西北。

〔一二〕白相公：謂對方自稱是西夏的高官。西夏自稱"白上國"。參吴天墀《西夏稱"邦泥定"即"白上國"新解》，《寧夏大學學報》一九八三年三期。相公：本指丞相。郭綸但以借言是敵方高官。

〔一三〕謂殺了對方取其首級。元：頭顱。《左傳·僖公三十三年》："［先軫］免冑入狄師，死焉。狄人歸其元，面如生。"晉杜預注："元，首。"《孟子·滕文公下》："志士不忘在溝壑，勇士不忘喪其元。"

〔一四〕"蚩蚩"四句：郭綸叙述自己射殺敵方另一首領的過程。謂愚蠢的敵將對自己勸降，自己一箭將對方射死。蚩蚩：愚蠢貌。氈裘：本指古代北方遊牧民族以皮毛製成的衣服。漢蔡琰《胡笳十八拍》："氊裘爲裳兮骨肉震驚。"此以氈裘將代稱西北少數民族的將領。

〔一五〕"短兵"六句：叙述戰敗僥幸脱身的經過。死地：絶境。《孫子·九變》："圍地則謀，死地則戰。"《史記·淮陰侯列傳》："兵法不曰：陷之死地而後生，置之亡地而後存。"折鋒：折斷的兵刃。這是説唯恐戰馬嘶鳴暴露行蹤，於是將折斷的兵刃横扎于馬口，猶如銜枚一樣。此反用《焦氏易林·蒙》："恒。折鋒載殳，與馬放休，狩軍褒營，天下安寧。"以上爲第一部分，郭綸叙述自己在西北殺敵的功勞。

〔一六〕"忽聞"四句：謂南方少數民族造反，自己又踴躍從軍，不懼南方的瘴氣毒霧。南蠻：古稱南方的民族及其居住的地方。《禮記·曲禮下》："其在東夷、北狄、西戎、南蠻，雖大曰子。"《宋書·荆雍州蠻傳》："荆、雍州蠻，槃瓠之後也。分建種落，布在諸郡縣。荆州置南蠻，雍州置寧蠻校尉以領之。世祖初，罷南蠻併大府，而寧蠻如故。"按，"南蠻叛"依時間推算，或是指嶺南儂智高之叛。《續資治通鑑長編·仁宗皇祐四年》："［九月］，儂智高殺廣南鈐轄蔣偕於賀州太平場，莊宅副使何宗古、右侍禁張達、三班奉職唐峴皆没。"又《皇祐五年》："十二月丁酉，廣西安撫司言，捕獲儂智高母阿儂及智高弟智光、子繼宗繼封，詔護送京師。"羽檄：古代軍事文書，插鳥羽以示緊急，必須迅速傳遞。《史記·韓信盧綰列傳》："陳豨反，邯鄲以北皆豨有，吾以羽檄徵天下兵，未有至者,今唯獨邯鄲中兵耳。"南朝宋裴駰集解:"魏武帝《奏事》曰:'今邊有小警,輒露檄插羽,飛羽檄之意也。'推其言,則以鳥羽插檄書,謂之羽檄,取其急速若飛鳥也。"按,下云"賀州",則當是廣西境内的戰事。瘴霧:猶瘴氣。指南部、西南部地區山林間濕熱蒸發能致病之氣。《後漢書·南蠻傳》:"南州水土温暑,加有瘴氣,致死者十必四五。"韓愈《杏花》:"浮花浪蘂鎮長有,纔開還落瘴霧中。"

〔一七〕墉:牆垣。《詩·召南·行露》:"誰謂鼠無牙?何以穿我墉?"毛傳:"墉,牆也。"

〔一八〕"行經"八句:敘述自己在賀州據城防守之功。賀州:秦屬南海郡,兩漢屬蒼梧郡,吴分置臨賀郡,晉因之。隋平陳,置賀州。唐宋因之。治今廣西賀縣。參《通典·州郡四·賀州》。堞:城上呈齒形的矮牆,也稱女牆。《左傳·襄公六年》:"甲寅,堙之環城,傅於堞。"杜預注曰:"堞,女牆也。"

〔一九〕謂歷盡艱險立下功勞。崎嶇:困厄,歷經險阻。《史記·燕召公世家》:"燕外迫蠻貉,内措齊、晉,崎嶇彊國之間,最爲弱小。"蘇軾《書黄子思詩集後》:"唐末司空圖,崎嶇兵亂之間,而詩文高雅,猶有承平之遺風。"成績:猶言功績。《書·洛誥》:"萬邦咸休,惟王有成績。"《南史·吴喜傳》:"喜隨沈慶之累經軍旅,性既勇决,又習戰陣,若能任之,必有成績。"

〔二〇〕謂將帥們對自己的功績意見不統一。

〔二一〕"有功"二句:謂自己有功而不獲賞,流落在蜀地。憔悴:衰敗潦倒。巴賨:本義爲巴蜀東部的少數民族。這裏因爲韻律的關係借以代指蜀地。以上爲第二部分,敘述自己在賀州立功而不獲賞,結果流落在蜀中。

〔二二〕悔悔:憤慨難平貌。

〔二三〕斂容:正容,顯出端莊的臉色。《漢書·霍光傳》:"光每朝見,上虚己斂容,禮下之已甚。"

〔二四〕謂郭綸之事似無關緊要,但賞罰不明會使將士們寒心。

〔二五〕"此非"二句:介子推:春秋時人。初隨晉公子重耳出亡,後重耳歸國即位(爲文公),遍賞從亡臣屬,介子推不言禄,禄亦不及,遂偕母隱居綿上山中而死。"晉侯求之不獲,以綿上爲之田"。事見《左傳·僖公二十四年》。

〔二六〕"郭綸"二句:謂郭綸還壯健可用。敗:衰老;頹唐。以上爲第三部分，爲郭綸遭遇而感慨。

附録　蘇軾《郭綸》綸本河西弓箭手，屢戰有功，不賞。自黎州都監官滿，貧不能歸，今權嘉州監税。

河西猛士無人識，日暮津亭閲過船。路人但覺驄馬瘦，不知鐵槊大如椽。因言西方久不戰，截髮願作萬騎先。我當憑軾與寓目，看君飛矢射蠻氈。

初發嘉州〔一〕

放舟沫江濱〔二〕，往意念荆楚〔三〕。擊鼓樹兩旗，勢如遠征戍〔四〕。紛紛上船人，櫨急不容語。余生雖江陽，未省至嘉樹〔五〕。巉巉九頂峰〔六〕，可愛不可住。飛舟過山足，佛腳見江滸〔七〕。舟人盡斂容，競欲揖其拇〔八〕。俄頃已不見，烏牛在中渚〔九〕。移舟近山陰，壁峭上無路。云有古郭生璞，此地苦箋注。區區辨蟲魚，《爾雅》細分縷。洗硯去殘墨，遍水如黑霧。至今江上魚，頂有遺墨處〔一〇〕。覽物悲古人，嗟此空自苦。余今方南行，朝夕事鳴櫨〔一一〕。至楚不復留，上馬千里去。誰能居深山，永與禽獸伍〔一二〕？此事誰是非，行行重回顧。

【箋注】

〔一〕作於嘉祐四年(一〇五九)十月十三日。時蘇洵父子初發嘉州，皆有詩。蘇軾詩末句自注云："是日，期鄉僧宗一，會别釣魚臺下。"

〔二〕沫江：亦名青衣江，亦名沫水、平羌水。源出今四川蘆山縣西北，東南流，經洪雅縣、夾江縣而入樂山市，會大渡河而入岷江。

〔三〕荆楚：荆爲楚之舊號，略當古荆州地區，在今湖北湖南一帶。《詩·商頌·殷武》："撻彼殷武，奮伐荆楚。"唐杜甫《江上》："江上日多雨，蕭蕭荆楚秋。"蓋蘇轍父子順江而下，由荆楚而前往京師故云。

〔四〕"擊鼓"二句：謂船出行時有如遠征狀。《國語·齊語》："賞服大輅，龍旗九旒,渠門赤旂。諸侯稱順焉。"三國吴韋昭注:"渠門,兩旗所建,以爲軍門,若今牙門也。"

〔五〕未省:未曾;没有。嘉樹:《太平寰宇記·劍南西道二·嘉州》:"嘉樹在縣東南三十里陽山江灘,兩樹對植,圍各三尺,一幹上引,横枝亘二丈,圍徑相援連理,陰庇百尺,其木名黄葛,號嘉樹。"

〔六〕九頂峰:宋祝穆《方輿勝覽·嘉定府》:"九頂山在城左有九峰,曰鳳集、棲鸞、靈寶、就日、丹霞、祝融、擁翠、望雲、兑説,會昌以前峰各有寺,今惟存報恩一寺。"

〔七〕佛足:指樂山大佛。在四川省樂山市東面的淩雲山前,面臨岷江與大渡河、青衣江匯流處。佛是唐開元元年(七一三)到貞元十九年(八〇三)間就山巖鑿成的彌勒佛像,高七十一米。造像氣魄雄偉,爲中國最大的佛像。江滸:江邊。南朝梁陶弘景《吴太極左仙公葛公之碑》:"西臨江滸,北旁郊邑。"

〔八〕"舟人"二句:謂乘船者都非常虔誠競相去禮拜大佛。蓋樂山大佛臨江而鑿,舟行從其腳下經過,故云。斂容:正容。

〔九〕烏牛:《蜀中廣記·上川南道·嘉定州》引《紀勝》:"烏尤山一名離堆山,在九頂山之左,舊名烏牛,突然水中作犀牛狀。至山谷題涪翁亭。始謂之烏尤。"

〔一〇〕"郭生"以下八句:謂郭璞嘗於此注《爾雅》,蓋《爾雅》有"釋蟲""釋魚"等篇目。唐韓愈《讀皇甫湜公安園池詩書其後》:"《爾雅》注蟲魚,定非磊落人。"傳説江中有魚黑頭,乃郭璞箋注時墨跡所污。《蜀中廣記·方物記·鱗介》引《方物略》:"黑頭魚,形若鱓,長者及尺,出嘉州,歲三月則至,惟郭璞臺前有之。里人欲怪其説,則言璞著書臺下,魚吞其墨,故首黑。贊曰:黑首白腹,修體短頷。春則群泳,促罟斯獲。"郭生:即郭璞(二七六—三二四),字景純。晉河東聞喜(今山西聞喜縣)人。好經術,博學有高才,而訥於言論,詞賦爲當時之冠。洞曉五行、天文、卜筮之術,其占卜時以爲多驗。以世亂過江,官著作佐郎,後爲王敦記事參軍。以力阻王敦起兵,被殺。死後追贈弘農太守。璞長古文字,勤著述,注《爾雅》《方言》《山海經》《穆天子傳》等。《晉書》有傳。

〔一一〕鳴櫓:摇櫓聲。借指船行。杜甫《送王十六判官》:"客下荆南盡,君今復入舟。買薪猶白帝，鳴櫓已沙頭。”

〔一二〕“誰能”二句：《論語・微子》：“夫子憮然曰：‘鳥獸不可與同群，吾非斯人之徒與而誰與？天下有道，丘不與易也。’”按，此暗用孔子意，謂將出仕。

附録　蘇洵《初發嘉州》

家託舟航千里速，心期京國十年還。烏牛山下水如箭，忽失峨眉枕席間。

蘇軾《初發嘉州》

初發鼓闐闐，西風獵畫旗。故鄉飄已遠，往意浩無邊。錦水細不見，蠻江清可憐。奔騰過佛腳，曠蕩造平川。野市有禪客，釣臺尋暮煙。相期定先到，久立水潺潺。是日，期鄉僧宗一，會別釣魚臺下。

過宜賓見夷中亂山〔一〕

江流日益深，民語漸已變〔二〕。岸闊山盡平，連峰遠非漢〔三〕。慘慘瘴氣青〔四〕，薄薄寒日暖。峰巒苦崖石，草木條幹短〔五〕。遥想彼居人，狀類麏鹿竄〔六〕。何時遂平定，戍卒從此返〔七〕？

【箋注】

〔一〕作於嘉祐四年（一〇五九）冬。宜賓：《元和郡縣志・劍南道・義賓縣》：“本漢南安縣地，屬犍爲郡。天寶元年改爲義賓，屬戎州。”《太平寰宇記・劍南西道八・戎州》：“宜賓縣西北一百六十里，元六鄉，本漢南安縣地，屬犍爲郡。蜀諸葛亮南征于此置郁鄢戍，後改爲郁鄢縣。唐開元十七年爲義賓縣，後移于狼川，即今治也。皇朝開寶九年改爲宜賓縣。”按，宋時因避宋太宗趙光義諱改宜賓，屬梓州路戎州所屬四縣之一。其故地在今四川宜賓市。蘇軾有同題詩。清王文誥總案：“凡人涉歷所經，每遇群山複沓，不可指而名者，始謂之亂山。苟有一名可指，雖十峰五嶂即曰某山，不更以亂山目之。……如公已知其名，題當云見‘夷牢山’，必無此‘亂’字也。”按，縱蘇軾詩題可如此推想,但《欒城集》爲蘇轍手自編定,必當不誤;再則王文誥乃杭州人,或未見川南山巒之狀,川南宜賓而下,往往群峰錯落重疊,鱗次櫛比,"亂"字正寫其形。

〔二〕宜賓多少數民族,苗、彝、回等民族世居於此,故語言不通。

〔三〕此言山勢峰巒相連,與漢人居住地域山水迥然不同。

〔四〕瘴氣:指南部、西南部地區山林間濕熱蒸發能致病之氣。参《郭綸》注〔一六〕。

〔五〕"峰巒"二句謂山高風疾,土地瘠薄,故草木皆枯短衰頹。

〔六〕"遥想"二句:謂當地民人皆生活在山上,山高路險,荆棘叢生,生存環境幾與禽獸無别。麕(jūn)鹿:獐子和鹿子。麕,亦作"麏"。《詩·召南·野有死麏》:"野有死麏,白茅包之。"《楚辭·淮南小山〈招隱士〉》:"白鹿麕麚兮,或騰或倚。"宋洪興祖補注:"麕,麞也。"

〔七〕宜賓乃川南重鎮,控扼雲南,自來有重兵駐守。

附録　蘇軾《過宜賓見夷中亂山》

江寒晴不知,遠見山上日。朦朧含高峰,晃蕩射峭壁。横雲忽飄散,翠樹紛歷歷。行人挹孤光,飛鳥投遠碧。蠻荒誰復愛,穠秀安可適。豈無避世士,高隱鍊精魄。誰能從之遊,路有豺虎跡。

夜泊牛口〔一〕

行過石壁盡,夜泊牛口渚。野老三四家〔二〕,寒燈照疏樹。見我各無言,倚石但箕踞〔三〕。水寒雙脛長,壞袴不蔽股〔四〕。日莫江上歸,潛魚遠難捕〔五〕。稻飯不滿盂,飢卧冷徹曙〔六〕。安知城市歡,守此田野趣。秖應長凍飢,寒暑不能苦。

【箋注】

〔一〕作於嘉祐四年(一〇五九)冬。牛口:清沈欽韓《蘇詩查注補正》卷一引《讀史方輿紀要》:"牛口水驛,在叙州(按,北宋稱戎州)府西北六十里。"按,其地在今宜賓縣喜捷鎮牛口壩,爲長江下行的一個重要碼頭。蘇軾有同題詩。

〔二〕野老:村野老人。南朝梁丘遲《旦發漁浦潭》:“村童忽相聚,野老時一望。”

〔三〕箕踞:一種輕慢、不拘禮節的坐的姿態。即隨意張開兩腿坐著,形似簸箕。《莊子·至樂》:“莊子妻死,惠子弔之,莊子則方箕踞鼓盆而歌。”唐成玄英疏:“箕踞者,垂兩腳如簸箕形也。”《史記·張耳陳餘列傳》:“高祖箕踞詈。”唐司馬貞索隱引北魏崔浩曰:“屈膝坐,其形如箕。”按,當地土著山民自然不懂士人禮節,此但言其隨意不拘而已。

〔四〕“水寒”二句:江邊居民多以捕魚爲生,所以長年多穿短褲。脛:小腿。袴:同“褲”。

〔五〕“日莫”二句:日莫:傍晚。莫,後來寫作“暮”。後同此,不再出注。潛魚:深潛水底的魚。唐杜甫《詠懷二首》:“潛魚不銜鉤,走鹿無反顧。”

〔六〕“稻飯”二句:謂漁民們過著饑寒交迫的生活。盂:盛湯漿或飯食的圓口器皿。《漢書·東方朔傳》:“置守宫盂下。”唐顏師古注:“盂,食器也。若盋而大,今之所謂盋盂也。”唐韓愈《送石處士序》:“[先生]冬一裘,夏一葛,食朝夕飯一盂,蔬一盤。”徹:到;達。

附録　蘇軾《夜泊牛口》

日落江霧生,繫舟宿牛口。居民偶相聚,三四依古柳。負薪出深谷,見客喜且售。煮蔬爲夜飧,安識肉與酒。朔風吹茅屋,破壁見星斗。兒女自咿嚘,亦足樂且久。人生本無事,苦爲世味誘。富貴耀吾前,貧賤獨難守。誰知深山子,甘與麋鹿友。置身落蠻荒,生意不自陋。今子獨何者,汲汲强奔走。

戎州〔一〕

江水通三峽,州城控百蠻〔二〕。沙昏行旅倦,邊静禁軍閑〔三〕。漢虜更成市,羅紈靳不還〔四〕。投氈揀精密〔五〕,换馬瘦孱顔〔六〕。兀兀頭垂髻〔七〕,團團耳帶環〔八〕。夷聲不可會,争利苦間關〔九〕。

【箋注】

〔一〕作於嘉祐四年（一〇五九）冬。蘇軾有同題詩。戎州：《元和郡縣志·劍南道·戎州》："初秦軍破滇，通五尺道。至漢武帝建元六年，遣唐蒙發蜀卒通西南夷，自僰道抵牂柯，鑿石開道二十餘里，通西南夷，置僰道縣，屬犍爲郡，今州即僰道縣也。"《太平寰宇記·劍南西道八·戎州》："梁大同十年於此置六同郡，以六合所同爲郡之名。尋又置戎州以鎮撫戎夷也。隋初郡廢而州存。煬帝初廢州，以其地爲犍爲郡，唐武德元年復改爲戎州，領僰道、犍爲、南溪、開邊、郁鄢五縣……乾元元年復爲戎州，貞元中會治於僰道縣，至長慶中復理于此州。"其地在今四川宜賓市。

〔二〕《太平寰宇記·劍南西道八·戎州》："其土有四族，黎、蒯、虞、牟。夷夏雜居，風俗各異，其蠻獠之類不識文字，不知禮教，言語不通，嗜慾不同，椎髻跣足，鑿齒穿耳，衣緋布、羊皮、莎草，以神鬼爲徵驗，以殺傷爲戲笑。少壯爲上，衰老爲下。男女無別，山岡是居。"唐王勃《滕王閣序》："襟三江而帶五湖，控蠻荆而引甌越。"

〔三〕禁軍：本指古代保衛京城或宮廷的軍隊，宋代亦稱由中央直接掌握的正規軍。宋陳亮《上孝宗皇帝第一書》："故京師嘗宿重兵以爲固，而郡國亦各有禁軍，無非天子所以自守其地也。"參《文獻通考·兵考五·禁軍》。按，此爲後者。

〔四〕此言市集上人們都舍不得買貴重物品。羅紈：泛指精美的絲織品。《戰國策·齊策四》："下宮糅羅紈，曳綺縠，而士不得以爲緣。"《淮南子·齊俗》："有詭文繁繡，弱緆羅紈。"漢高誘注："羅，縠；紈，素也。"靳：吝惜。《後漢書·崔烈傳》："帝顧謂親倖者曰：'悔不小靳，可至千萬。'"唐李賢注："靳，固惜之也。"還：指還價。言一般都不去問貴重的絲織品價格。因爲買不起。按，蘇軾詩所謂"頗能貪漢布"正可爲此句注腳，言當地的少數民族都喜歡買漢人織作的棉布，但都舍不得買昂貴的絲織品。"還"指買賣中賣方喊出價格後買方給價，今四川方言中"討價還價"中的"還"即此義。

〔五〕謂人們挑來挑去選擇精密的氈製品。氈：羊毛或其他動物毛經縮製而成的塊片狀材料，可用作鋪墊及禦寒。《周禮·天官·掌皮》："共其毳毛爲氈，以待邦事。"

〔六〕《史記·司馬相如傳》:“沛艾赳螑仡以佁儗兮,放散畔岸驤以孱顔。”唐司馬貞索隱引服虔曰:“馬仰頭,其口開,正孱顔也。”《元亨療馬集·相良馬圖·頭》:“馬頭欲得高峻如削成,又欲得方而重直,少肉、如剥兔頭。壽骨欲得大,如棉絮包圭石,嗣骨欲得廉而闊、又欲長,額欲方而平,入肉欲大而明,易骨欲直,元中欲深,項欲開,鞅欲方。”

〔七〕兀兀:高聳貌。髻:髮髻。

〔八〕團團:圓貌。漢班婕妤《怨歌行》:“裁爲合歡扇,團團似明月。”南朝宋謝惠連《七月七日夜詠牛女》:“團團滿葉露,析析振條風。”謂帶著圓圓的耳環。

〔九〕“夷聲”二句:謂雖然聽不懂他們的話,但是看得出來他們在買賣中苦苦地討價還價的情景。會:明白;懂。間關:連綿詞。反復曲折的樣子。

附録　蘇軾《戎州》

亂山圍古郡,市易帶群蠻。瘦嶺春耕少,孤城夜漏閑。往時邊有警,征馬去無還。自頃方從化,年來亦款關。頗能貪漢布,但未脱金鐶。何足争强弱,吾民盡玉顔。

舟中聽琴〔一〕

江流浩浩群動息〔二〕,琴聲琅琅中夜鳴〔三〕。水深天闊音響遠,仰視斗牛皆從横〔四〕。昔有至人愛奇曲,學之三歲終無成。一朝隨師過滄海,留置絶島不復迎。終年見怪心自感,海水震掉魚龍驚。翻回蕩潏有遺韻,琴意忽忽從此生。師來迎笑問所得,撫手無言心已明〔五〕。世人囂囂好絲竹,撞鐘擊鼓浪謂榮。安知江琴韻超絶,擺耳大笑不肯聽〔六〕。

【箋注】

〔一〕作於嘉祐四年(一〇五九)冬南行途中某冬夜。蘇軾同日有《舟中聽大人彈琴》。

〔二〕群動:各種動物。晉陶潛《飲酒》之七:“日入群動息,歸鳥趨林鳴。”

〔三〕琅琅:清朗響亮貌。漢司馬相如《子虛賦》:“礧石相擊,琅琅磕磕。”

〔四〕斗牛:二十八宿中的斗宿和牛宿。北周庾信《哀江南賦》:“路已分於湘漢,星猶看於斗牛。”唐賈島《逢博陵故人彭兵曹》:“踏雪携琴相就宿,夜深開户斗牛斜。”

〔五〕“昔有”十句:《文選·嵇康〈琴賦〉》:“伶倫比律,田連操張。”唐李善注:“《韓子》曰:‘田連,成竅,天下善鼓琴者也。然而田連鼓上,成竅擫下,而不成曲。’或曰:‘成連,古之善音者。’《琴操》:‘伯牙學琴於成連先生,先生曰:“吾能傳曲而不能移情。吾師有方子春,善於琴,能作人之情,今在東海上,子能與我同事之乎?”伯牙曰:“夫子有命,敢不敬從。”’乃相與至海上見子春受業焉。”按,蘇轍詩即演繹此故事。至人:道家稱超凡脱俗,達到無我境界之人。《莊子·逍遥遊》:“至人無己,神人無功,聖人無名。”又《田子方》:“得至美而遊乎至樂,謂之至人。”蕩潏(yù):涌騰起伏。唐陳子昂《感遇》之二十二:“雲海方蕩潏,孤鱗安得寧?”

〔六〕“世人”四句:謂父親之琴藝超凡脱俗,而常人不知其味,猶對牛彈琴。漢牟融《理惑論》:“公明儀爲牛彈清角之操,伏食如故,非牛不聞,不合其耳矣。”《莊子·齊物論》:“彼非所明而明之,故以堅白之昧終。”晉郭象注:“是猶對牛鼓簧耳,彼竟不明,故己之道術終於昧然也。”擺耳:擺動耳朵。按,此爲調侃語,蓋牛耳甚大,時時擺動。

附録　蘇軾《舟中聽大人彈琴》

彈琴江浦夜漏永,斂衽竊聽獨激昂。風松瀑布已清絶,更愛玉佩聲琅璫。自從鄭衛亂雅樂,古器殘缺世已忘。千年寥落獨琴在,有如老仙不死閲興亡。世人不容獨反古,强以新曲求鏗鏘。微音淡弄忽變轉,數聲浮脆如笙簧。無情枯木今尚爾,何況古意墮渺茫。江空月出人響絶,夜闌更請彈《文王》。

泊南井口期任遵聖〔一〕

期君荒江濆〔二〕,未至望已極。朔風吹烏裘,隱隱沙上立。愧余後期至，先到犯寒色。既泊問所如，歸去已無及〔三〕。繫舟重相邀，雨冷塗路濕〔四〕。

【箋注】

〔一〕作於嘉祐四年（一〇五九）冬南行途中。蘇軾有《泊南井口期任遵聖長官到晚不及見復來》。南井口：南井古爲製鹽處，鹽成而以江船運送他地，故以南井口名其江津。熙寧八年於其地置南井監。地在今宜賓市江安縣井口鎮。任遵聖（？—一〇七七）：名孜，蘇洵老友，於蘇轍兄弟爲長輩。是時爲平泉令。《東都事略·任伯雨傳》："任伯雨，字德翁，眉州眉山人也。父孜字遵聖，以問學氣節雄鄉閭，名聲與蘇洵相上下，仕至光禄寺丞。其弟伋字師中，亦知名，嘗通判黄州，最後知瀘州，當時所謂大任小任者也。"

〔二〕期：邀約；約定。濆（fén）：水邊；涯岸。《詩·大雅·常武》："鋪敦淮濆，仍執醜虜。"毛傳："濆，涯。"

〔三〕"朔風"六句：謂任因爲等不及已離開。烏裘：《戰國策·秦策一》："［蘇秦］説秦王書十上，而説不行。黑貂之裘弊，黄金百斤盡。"後遂以"烏裘"爲落魄失意之典。南朝梁荀濟《贈陰梁州》："五噫如適越，十上似遊秦……烏裘日日故，白髮朝朝新。"隱隱：憂戚貌。《楚辭·劉向〈九歎·遠逝〉》："志隱隱而鬱怫兮，愁獨哀而冤結。"漢王逸注："隱隱，憂也。《詩》云：'憂心殷殷。'一作隱隱。"後期：《史記·留侯世家》："五日平明，良往。父已先在，怒曰：'與老人期，後，何也？'"寒色：寒氣。唐駱賓王《西京守歲》："忽見嚴冬盡，方知列宿春。夜將寒色去，年共曉光新。"所如：所往。

〔四〕"繫舟"二句：謂停船再使人相邀，天寒路滑，深感歉疚。

附録　蘇軾《泊南井口期任遵聖長官到晚不及見復來》

江上有微徑，深榛煙雨埋。崎嶇欲取别，不見又重來。下馬未及語，固已慰長懷。江湖涉浩渺，安得與之偕。

江上早起〔一〕

晨興孤舟上〔二〕，盥濯夜氣清〔三〕。整巾未皇坐〔四〕，雙櫓軋已鳴〔五〕。日出江霧散,江上山從横。區區茅舍翁〔六〕,曉出露氣腥〔七〕。收筒得大鯉〔八〕,愛惜不忍烹〔九〕。持之易斗粟,朝飯厭魚羹。蕭蕭遠風起,泛泛野雁驚。忽過百餘里,山水互變更。逢舟問所如,彼此不知名。超超江湖間〔一〇〕,殊勝地上行。旦遊市井喧,莫宿無人聲。江上誠足樂,無怪陶朱生〔一一〕。

【箋注】

〔一〕作於嘉祐四年(一〇五九)冬南行途中。時在渝州境。

〔二〕晨興:早起。晉陶潛《歸園田居五首》之三:"晨興理荒穢,帶月荷鋤歸。"

〔三〕盥濯:洗滌。陶潛《庚戌歲九月中於西田穫早稻》:"盥濯息簷下,斗酒散襟顔。"

〔四〕未皇:未及。皇,通"遑",閑暇,餘裕。

〔五〕軋(yà):雙櫓相切摩。《楚辭・淮南小山〈招隱士〉》:"坱兮軋,山曲岪。"

〔六〕區區:匆忙貌。

〔七〕謂江上的空氣帶著魚腥味。

〔八〕謂收釣筒捕得一條大鯉魚。筒:釣筒。參《絶勝亭》注〔五〕。

〔九〕愛惜:吝惜;不捨得。《文選・古詩十九首・生年不滿百》:"愚者愛惜費,但爲後世嗤。"

〔一〇〕超超:超然出塵貌。陶潛《扇上畫贊》:"超超丈人,日夕在耘。"

〔一一〕"江上"二句:謂江上快樂如此,無怪乎范蠡要漫游五湖。陶朱生:即范蠡。春秋楚人,字少伯,事越王勾踐二十餘年,苦身戮力,卒以滅吴,尊爲上將軍。蠡以勾踐難與共安樂,"遂乘輕舟以浮於五湖,莫知其所終極"(見《國語・越語下》)。《史記・越王勾踐世家》云:"[范蠡]乃歸相印,盡散其財,以分與知友鄉黨,而懷其重寶,閒行以去,止于陶……逐什一之利。居無何,則致貲累巨萬。天下稱陶朱公。"

江上看山〔一〕

朝看江上枯崖山,憔悴荒榛赤如赭〔二〕。莫行百里一回頭,落日孤雲靄新畫〔三〕。前山更遠色更深,誰知可愛信如今〔四〕。唯有巫山最穠秀〔五〕,依然不負遠來心〔六〕。

【箋注】

〔一〕作於嘉祐四年(一〇五九)冬南行途中。與上詩當作於同日。蘇軾有同題詩。

〔二〕謂枯崖山上灌木稀落荒蕪。赭(zhě):猶言赤地。唐柳宗元《段太尉逸事狀》:"涇州野如赭。"

〔三〕"莫行"二句:謂傍晚時回望,落日、孤雲、暮靄組成一幅美妙的畫圖。靄(ǎi):雲氣;煙霧。晉陸機《挽歌》之二:"悲風徽行軌,傾雲結流靄。"

〔四〕信:確然;真切。

〔五〕巫山:山名。在重慶、湖北兩省邊境。北與大巴山相連,形如"巫"字,故名。長江穿流其中,形成三峽。唐劉方平《巫山高》:"楚國巫山秀,清猿日夜啼。"穠秀:豔麗秀美。蘇軾《過宜賓見夷中亂山》:"蠻荒誰復愛,穠秀安可適。"

〔六〕唐元稹《嘉陵水》:"若使江流會人意,也應知我遠來心。"

附録　蘇軾《江上看山》

船上看山如走馬,倏忽過去數百群。前山槎牙忽變態,後嶺雜沓如驚奔。仰看微逕斜繚繞,上有行人高縹緲。舟中舉手欲與言,孤帆南去如飛鳥。

山胡〔一〕

山胡擁蒼毳〔二〕,兩耳白茸茸。野樹啼終日〔三〕,黔山深幾重。啄溪探細石〔四〕,噪虎上孤峰〔五〕。被執應多恨,筠籠僅不容〔六〕。

【箋注】

〔一〕作於嘉祐四年(一〇五九)冬南行途中。考蘇軾有《涪州得山胡次子由韻》,知《山胡》作於涪州(今重慶涪陵市)。蘇軾詩題自注:"山胡,善鳴,出黔中。”清屈大均《廣東新語・禽語・山鶘畫眉》:“山鶘青紫,畫眉紅緑,形色小異,而情性相同……山鶘一名山烏,其鐵脚者、眼赤而突者善鬬,臆間有黑毛一片、圓小而長者善鳴。雄者尾長雌尾短,雄者音長雌音短……山鶘喜棲水,自調其聲,與流波相應以自娱……陽春、東安人喜鬬此鳥及黄頭,購以重金,致有以駿馬易之者。美食雕籠,視若嬌子,家家皆有之。畫眉性燥,山鶘性静,尤易畜。一名珊瑚,珍之也。予詩:‘人家盡養珊瑚鳥’是也。”《廣東通志・物産・鳥》:“山烏形如八哥(原注:按,一名山鶘,又名珊瑚),能作種種禽獸音,教之能學人語。臆間有黑色圓長者善鳴,眼紅者善鬥。彼處多畜之。”

〔二〕蒼毳:黑色的毛羽。毳,鳥的細毛。漢劉向《説苑・尊賢》:“[鴻鵠]背上之毛,腹下之毳,無尺寸之數,去之滿把,飛不能爲之益卑。”

〔三〕謂終日在山野的樹上啼叫。按,因爲音韻的關係顛倒詞序。

〔四〕啄溪:啄於溪,指在溪中的石縫中覓食小魚小蝦之類。

〔五〕謂在高峰上學各種禽獸叫。按,此鳥“能作種種禽獸音”,此但以虎概言之。噪:蟲鳥鳴叫。

〔六〕筠籠:用篾條編製的鳥籠。唐杜牧《爲人題贈》之一:“蘭徑飛蝴蝶,筠籠語翠襟。”清馮集梧注:“禰衡《鸚鵡賦》:‘緑衣翠衿。’又:‘閉以雕籠。’”按,此亦用歐陽脩《畫眉鳥》意:“百囀千聲隨意移,山花紅紫樹高低。始知鎖向金籠聽,不及林間自在啼。”

附録　蘇軾《涪州得山胡次子由韻》山胡善鳴出黔中

終日鎖筠籠,回頭惜翠茸。誰知聲嚧嚧,亦自意重重。夜宿煙生浦,朝鳴日上峰。故巢何足戀,鷹隼豈能容。

白鷴〔一〕

白鷴形似鴿,摇曳尾能長。寂寞懷溪水,低回愛稻粱〔二〕。田家比雞鶩,野食薦杯觴。肯信朱門裏,徘徊占玉塘〔三〕。

【箋注】

〔一〕作於嘉祐四年(一〇五九)冬南行途中。以諸詩次第看,此詩亦當作於涪陵境。白鷳:鳥名。又稱銀雉。雄鳥的冠及下體純藍黑色,上體及兩翼白色,故名。舊題師曠《禽經》:"鷳鷺之潔。"晉張華注:"鷳白,鷳似山雞而色白,行止閑雅。"唐李白《贈黄山胡公求白鷳》序云:"然此鳥耿介,尤難畜之。予平生酷好,竟莫能致。而胡公輟贈於我,唯求一詩,聞之欣然。適會宿意,因援筆三叫,文不加點以贈之。"

〔二〕"寂寞"二句:謂白鷳生活在水邊,食魚蝦及稻粱之類。低回:徘徊;流連。《史記・司馬相如傳》:"低回陰山翔以紆曲兮,吾乃今目睹西王母皬然白首。"

〔三〕"田家"四句:謂農夫把白鷳當作雞鴨一樣,捕捉以爲下酒物,哪裹相信城市裹豪門大户把它養在園囿中的池塘裹作爲觀賞物。玉塘:美稱宫廷園囿中的池塘。

留題仙都觀〔一〕

道士白髮尊,面黑嵐氣染〔二〕。自言王方平,學道古有驗。道成白晝飛,人世不留窆〔三〕。後有陰長生,此地亦所占。并騎雙翔龍,霞綬紫雲擔〔四〕。揚揚玉堂上,與世作豐歉〔五〕。

【箋注】

〔一〕作於嘉祐四年(一〇五九)冬南行途中。本詩輯自宋黄善夫家塾刊本《王狀元集百家注分類東坡先生詩》卷五《留題仙都觀》林子仁注引。注軾詩云:"王方平、陰長生,皆在此山學道得仙者。"《古今事文類聚前集・仙佛部・仙》附《仙都觀》下注云:"乃王方平、陰長生學道得仙之山。"蘇洵、蘇軾皆有詩。宋范成大《吴船録》卷下:"百二十里,至忠州酆都縣。去縣三里,有平都山仙都道觀,本朝更名景德。冒大暑往遊,阪道數折,乃至峰頂。碑牒所傳,前漢王方平、後漢陰長生皆在此得道仙去……壁皆唐時所畫,不能盡精,惟隋殿後壁十仙像爲奇筆,豐腫妍怪,各各不同,非若近世繪仙聖者一切爲靡曼之狀也。”

〔二〕嵐氣：山中霧氣。晉夏侯湛《山路吟》：“冒晨朝兮入大谷，道逶迤兮嵐氣清。”

〔三〕“自言”四句：謂道士言王方平學道成仙事。王方平：晉葛洪《神仙傳·王遠》：“王遠，字方平，東海人也。舉孝廉，除郎中，稍加至中散大夫。博學五經，尤明天文圖讖，河洛之要，逆知天下盛衰之期，九州吉凶，觀諸掌握。後棄官入山修道，道成……如此兩時間，麻姑來，來時亦先聞人馬之聲，既至，從官當半於方平也。麻姑至，蔡經亦舉家見之，是好女子，年十八九許……又麻姑手爪不如人爪，形皆似鳥爪，蔡經中心私言：‘若背大癢時，得此爪以爬背，當佳也。’方平已知經心中所言，即使人牽經鞭之，曰：‘麻姑，神人也，汝何忽謂其爪可以爬背耶！’”窆（biǎn）：墓穴。

〔四〕“後有”四句：叙陰長生成仙事。《雲笈七籤·紀傳部·傳四·陰真君》：“陰長生者，新野人。漢和帝永元八年三月己丑立皇后陰氏，即長生之曾孫也。”《明一統志》卷二十九：“不好榮位，潛居隱身，專務道術。聞馬明生者得度世法，乃求見於太和山中，執役二十年不懈，乃偕入青城山，立壇歃血，以太清金液神丹授之。丹成著書九篇，白日昇天而去。”

〔五〕“并騎”四句：謂仙都觀中供奉王方平和陰長生的塑像，藉此護佑人間的豐收。

附録　蘇洵《題仙都觀》

飄蕭古仙子，寂寞蒼山上。觀世眇無言，無人獨惆悵。深巖聳喬木，古觀靄遺像。超超不可揖，真意誰復亮？蜿蜒乘長龍，倏忽變萬狀。朝食白雲英，暮飲石髓鬯。心肝化瓊玉，千歲已無恙。世人安能知，服藥本虚妄。嗟哉世無人，江水空蕩漾。

蘇軾《留題仙都觀》

山前江水流浩浩，山上蒼蒼松柏老。舟中行客去紛紛，古今换易如秋草。空山樓觀何峥嶸，真人王遠陰長生。飛符御氣朝百靈，悟道不復誦《黄庭》。龍車虎駕來下迎，去如旋風摶紫清。真人厭世不回顧，世間生死如朝暮。學仙度世豈無人，餐霞絶粒長辛苦。安得獨從逍遥君，泠然乘風駕浮雲，超世無有我獨存。

屈原塔[一]在忠州。

屈原遺宅秭歸山，南賓古者巴子國[二]。山中遺塔知幾年，過者遲疑不能識。浮圖高絶誰所爲，原死豈復待汝力[三]？臨江慷慨心自明，南訪重華訟孤直[四]。世人不知徒悲傷[五]，强爲築土高岌岌[六]。

【箋注】

〔一〕作於嘉祐四年（一〇五九）冬南行途中。或在十一月某日。蘇軾作於同時的《新灘阻風》有云："飛雪滿巖谷，舞雪穿窗牖。灘下三日留，識盡灘前叟。"按，川東氣候，落大雪一般應在冬臘月。而蘇軾《南行記》序作於十二月八日在江陵，是則此以下詩當在冬月後。蘇軾有同《屈原塔》題自注："在忠州，原不當有碑塔於此，意者後人追思，故爲作之。"忠州：秦、兩漢爲巴郡地，晉、宋皆因之，梁置臨江郡，後周兼置臨州，隋煬帝初州廢，併其地入巴東郡。唐置忠州，或爲南賓郡，屬山南道，領縣五。宋屬夔州路。治臨江。故治在今重慶市忠縣。參《文獻通考・輿地考七・忠州》。宋陸游《三峽歌》之九："我遊南賓春莫時，蜀船曾繫挂猿枝。雲迷江岸屈原塔，花落空山夏禹祠。"宋祝穆《方輿勝覽・涪州》："屈原塔，在臨江縣東。"《蜀中廣記・名勝記・忠州》引《九域志》："臨江郡有古屈原碑，王象之碑目亦引之，東坡謂屈原古塔在忠，忠不當有此，意者後人追思爲之。"屈原（前三四〇—前二七八）：名平，戰國時楚人，博聞强記，明於治亂，嫻於辭令。懷王時爲三閭大夫，王甚任之，上官大夫害其能，因讒之，王怒而疏原，原憤愁幽思而作《離騷》。頃襄王立，原復因讒而遷於江濱，作《漁父》諸篇以見志，後於五月五日懷石自投汨羅死。事見《史記》本傳。

〔二〕"屈原"二句：謂屈原出身地與忠州不相干，忠州戰國時是巴子國的領域。宋范成大《吴船録》卷下："州東五里，有清烈公祠，屈平廟也。秭歸之名，俗傳以屈平被放，其姊女嬃先歸，故以名，殆若戲論。好事者或書作此‘姊歸'字。"巴子國:古代國名。因其以巴族爲主故名。其族主要分佈在今川東、鄂西一帶。傳説周以前居今甘肅南部,後遷武落鍾離山(今湖北長陽縣西北),以廩君爲首領,稱廩君蠻;因以白虎爲圖騰,又稱白虎夷或虎蠻。周初封爲子國,稱巴子國。春秋時與楚鄧等國交往頻繁。周慎靚王五年(前三一六)并於秦,以其地爲巴郡。其族人一支遷至今鄂東,東漢時稱江夏蠻,西晉、南北朝時稱五水蠻。一支遷至今湘西,構成武陵蠻或五溪蠻的一部分。留在四川境内的,部分稱板楯蠻。南北朝時更大量遷移,大都先後與漢族同化。一説與今湘西土家族有淵源關係。參晉常璩《華陽國志·巴志》。

〔三〕"浮圖"二句:謂不知高聳的的佛塔是誰建造的,其實屈原哪裹需要這塔來紀念張揚。浮圖:佛教語。也作浮屠,指佛塔。俗稱寶塔。最初用於供奉佛骨,後亦用於供奉佛像,收藏佛經或保存僧人遺體。晉法顯《佛國記》卷上:"此處别有佛塔。"

〔四〕"臨江"二句:謂屈原無以自明,於是投江去向虞舜傾訴。《楚辭·屈原〈九章·涉江〉》:"駕青虬兮驂白螭,吾與重華遊兮瑶之圃。"重華:虞舜的美稱。上古五帝之一。姓姚,名重華,因其先國于虞,故稱虞舜。爲古代傳説中的聖君。《書·堯典》:"師錫帝曰:'有鰥在下,曰虞舜。'帝曰:'俞,予聞,如何?'岳曰:'瞽子,父頑、母嚚、象傲,克諧以孝,烝烝乂,不格姦。'"《史記·五帝本紀》:"虞舜者,名曰重華。"唐司馬貞索隱:"虞,國名……舜,謚也。"唐張守節正義:"瞽叟姓嬀。妻曰握登,見大虹意感而生舜於姚墟,故姓姚。目重瞳子,故曰重華。"孤直:孤高耿直。《楚辭·劉向〈九歎·逢紛〉》:"伊伯庸之末胄兮,諒皇直之屈原。"漢王逸注:"言屈原承伯庸之後,信有忠直美德,甚於衆人也。"唐李世民《金鏡》:"孑身而執節,孤直而自毁,屈原是也。"

〔五〕《楚辭·屈原〈離騷〉》:"亂曰:已矣哉,國無人莫我知兮,又何懷乎故都?"

〔六〕岌岌(jí jí):《楚辭·屈原〈離騷〉》:"高余冠之岌岌兮,長余佩之陸離。"漢王逸注:"岌岌,高貌。"

附録　蘇軾《屈原塔》在忠州,原不當有碑塔於此,意者後人追思,故爲作之。

楚人悲屈原,千載意未歇。精魂飄何處,父老空哽咽。至今滄江上,投飯救飢渴。遺風成競渡，哀叫楚山裂。屈原古壯士，就死意甚烈。世俗安得知，眷眷不忍决。南賓舊屬楚，山上有遺塔。應是奉佛人，恐子就淪滅。此事雖無憑，此意固已切。古人誰不死，何必較考折。名聲實無窮，富貴亦暫熱。大夫知此理，所以持死節。

嚴顔碑〔一〕亦在忠州。

古碑殘缺不可讀，遠人愛惜未忍磨。相傳昔者嚴太守，刻石千歲字已訛。嚴顔平生吾不記，獨憶城破節最高。被擒不辱古亦有，吾愛善折張飛豪〔二〕。軍中生死何足怪，乘勝使氣可若何？斫頭徐死子無怒，我豈畏死如兒曹〔三〕？匹夫受戮或不避，所重壯氣吞黄河。臨危閑暇有如此〔四〕，覽碑慷慨思横戈。

【箋注】

〔一〕作於嘉祐四年（一〇五九）十一月南行途中作。嚴顔：漢末益州牧劉璋將，璋使守巴郡，爲劉備將張飛生擒。不屈，云只有斷頭將軍，無降將軍。張飛義而釋之，引爲賓客，助張飛直驅成都。事見《三國志·蜀書·張飛傳》。《蜀中廣記·名勝記·忠州》："州西五十里，江中高阜，名唐土洲，有嚴顔墓碑及祠。"

〔二〕張飛（？—二二一）：字益德，漢末涿郡（在今河北涿州市）人。少與關羽俱事劉備。劉備當陽之敗，飛以二十騎立長坂坡拒追者，敵不敢近，魏程昱等稱爲萬人敵。劉備定益州，進車騎將軍，封西鄉侯。章武中劉備伐吴，飛率兵會，爲其部將張達、范彊所殺。謚桓。飛雄壯威猛，愛惜君子而不恤小人，劉備嘗戒之，不改，卒遇害。《三國志》有傳。其義釋嚴顔事，見本傳："至江州，破璋將巴郡太守嚴顔，生獲顔。飛呵顔曰：'大軍至，何以不降而敢拒戰？'顔答曰：'卿等無狀，侵奪我州，我州但有斷頭將軍，無有降將軍也。'飛怒，令左右牽去斫頭，顔色不變，曰：'斫頭便斫頭，何爲怒邪！'飛壯而釋之，引爲賓客。"

〔三〕兒曹：詈語，猶兒輩。《史記·外戚世家·褚少孫論》："是非兒曹愚人所知也。”

〔四〕閑暇:猶言從容鎮定。

附録　蘇軾《嚴顔碑》

先主反劉璋,兵意頗不義。孔明古豪傑,何乃爲此事。劉璋固庸主,誰爲死不二。嚴子獨何賢,談笑傲碪几。國亡君已執,嗟子死誰爲。何人刻山石,使我空涕淚。吁嗟斷頭將,千古爲病悸。

竹枝歌〔一〕忠州作。

舟行千里不至楚〔二〕,忽聞《竹枝》皆楚語。楚言啁哳安可分〔三〕,江中明月多風露。扁舟日落駐平沙,茅屋竹籬三四家。連舂並汲各無語,齊唱《竹枝》如有嗟〔四〕。可憐楚人足悲訴,歲樂年豐爾何苦?釣魚長江江水深,耕田種麥畏狼虎。俚人風俗非中原〔五〕,處子不嫁如等閑〔六〕。雙鬟垂頂髮已白〔七〕,負水採薪長苦艱。上山採薪多荆棘,負水入溪波浪黑〔八〕。天寒斫木手如龜〔九〕,水重還家足無力。山深瘴暖霜露乾,夜長無衣猶苦寒。平生有似麋與鹿,一旦白髮已百年〔一〇〕。江上乘舟何處客?列肆喧譁占平磧。遠來忽去不記州,罷市歸船不相識〔一一〕。去家千里未能歸,忽聽長歌皆慘凄。空船獨宿無與語,月滿長江歸路迷〔一二〕。路迷鄉思渺何極?長怨歌聲苦凄急。不知歌者樂與悲,遠客乍聞皆掩泣〔一三〕。

【箋注】

〔一〕作於嘉祐四年(一〇五九)十一月南行途中。竹枝歌:本爲巴渝(今重慶)一帶民歌。其基調凄苦哀婉,内容亦百變千奇,凡有所感皆可入歌。參附録蘇軾《竹枝歌·序》。又,唐劉禹錫據《竹枝歌》而改作新詞,棄其怨嗟之愁慘,唯取三峽風光和男女戀情爲主,其形式爲七言絶句,語言通俗,音調輕快。盛行於世,成爲樂府《近代曲辭》之一。後人所作也多詠當地風土或兒女柔情,不過爲《竹枝歌》之一色而已。

〔二〕楚:古國名。芈姓。始祖鬻熊。西周時立國於荆山一帶,都丹陽(今湖北秭歸縣東南)。周人稱爲荆蠻。後建都於郢(今湖北江陵縣西北紀王城)。春秋戰國時國勢强盛,疆域由湖北、湖南擴展到今河南、安徽、江蘇、浙江、江西和四川。爲五霸七雄之一。戰國末,漸弱,屢敗於秦,遷都陳(今河南淮陽縣),又遷壽春(今安徽壽縣)。公元前二二三年爲秦所滅。參《史記·楚世家》。按,忠州戰國時非楚地,故云"不至楚"。

〔三〕啁哳(zhāo zhā):形容聲音煩雜而細碎。《楚辭·宋玉〈九辯〉》:"鴈廱廱而南遊兮,鵾鷄啁哳而悲鳴。"宋洪興祖補注:"啁哳,聲繁細貌。"

〔四〕"連舂"二句:謂當地山民舂米汲水都在唱竹枝詞。汲:打水。忠州一帶山高谷深,住居皆依山傍水,多是在江中汲水以供炊爨。按,此以舂、汲代指所有勞作,云無時不唱。

〔五〕謂忠州風俗與中原不同。俚人:本爲古代生活於粤西、桂東、桂南及越南北部等地的一個民族,古稱百越夷蠻。此處言忠州非中原之地。忠州古屬巴楚。漢置臨江縣,王莽時改稱臨江,屬巴郡。梁大同六年(五四〇)於縣設置臨江郡,屬楚州;唐貞觀八年(六三四)置忠州,以意懷忠信爲名。宋初名忠州南賓郡,屬夔州路。

〔六〕因爲貧窮,女子不出嫁是常見的情形。

〔七〕蘇轍所詠與唐杜甫《負薪行》略同:"夔州處女髮半華,四十五十無夫家。更遭喪亂嫁不售,一生抱恨長咨嗟。土風坐男使女立,男當門户女出入。十有八九負薪歸,賣薪得錢當供給。至老雙鬟只垂頸,野花山葉銀釵並。筋力登危集市門,死生射利兼鹽井。面粧首飾雜啼痕,地褊衣寒困石根。若道巫山女粗醜,何得此有昭君村。"雙鬟:處女的髮式。宋陸游《入蜀記》卷六:"未嫁者,率爲同心髻,高二尺,插銀釵至六隻,後插大象牙梳,如手大。"

〔八〕波浪黑:謂水深。南朝梁何遜《賦詠聯句》:"日照汀沙素,山影浪黑。"唐陸龜蒙《漁具詩·網》:"大罟綱目繁,空江波浪黑。"

〔九〕龜(jūn):凍裂手上皮膚。龜通"皸"。《莊子·逍遥遊》:"宋人有善爲不龜手之藥者。”清郭慶藩集釋引李楨曰：“龜手，《釋文》云：‘徐舉倫反’，蓋以龜爲皸之叚借。”

〔一〇〕“平生”二句：唐秦系《山中書懷》：“昨日年催白髮新，身如麋鹿不知貧。”

〔一一〕“江上”四句：寫江邊集市的情形。長江邊上在可泊船而岸邊有寬平處則往往有集市貿易，主要是當地人銷售山貨水産等。列肆：謂擺置商鋪。《史記·平準書》：“今弘羊令吏坐市列肆，販物求利。”平磧（qì）：平曠的靠岸淺灘。磧，沙石淺灘。《説文·石部》：“水陼有石者。”

〔一二〕“月滿”二句：唐白居易《琵琶行》：“去來江口守空船，遶船月明江水寒。”唐司空圖《松滋渡二首》之一：“楚岫接鄉思，茫茫歸路迷。”

〔一三〕白居易《琵琶行》：“凄凄不似向前聲，滿座重聞皆掩泣。”

附録　蘇軾《竹枝歌》并叙

《竹枝歌》本楚聲，幽怨惻怛，若有所深悲者。豈亦往者之所見有足怨者與？夫傷二妃而哀屈原，思懷王而憐項羽，此亦楚人之意相傳而然者。且其山川風俗鄙野勤苦之態，固已見於前人之作與今子由之詩，故特緣楚人疇昔之意，爲一篇九章，以補其所未道者。

蒼梧山高湘水深，中原北望度千岑。帝子南遊飄不返，惟有蒼蒼楓桂林。楓葉蕭蕭桂葉碧，萬里遠來超莫及。乘龍上天去無蹤，草木無情空寄泣。水濱擊鼓何喧闐，相將扣水求屈原。屈原已死今千載，滿船哀唱似當年。海濱長鯨徑千尺，食人爲糧安可入？招君不歸海水深，海魚豈解哀忠直？吁嗟忠直死無人，可惜懷王西入秦。秦關已閉無歸日，章華不復見車輪。君王去時簫鼓咽，父老送君車軸折。千里逃歸迷故鄉，南公哀痛彈長鋏。三户亡秦信不虚，一朝兵起盡讙呼。當時項羽年最少，提劍本是耕田夫。横行天下竟何事，棄馬烏江自垂涕。項王已死無故人，首入漢庭身委地。富貴榮華豈足多，至今唯有冢嵯峨。故國凄涼人事改，楚鄉千古爲悲歌。

望夫臺〔一〕在忠州南數十里。

江上孤峰石爲骨〔二〕，望夫不來空獨立。去時江水拍山流，去後江移水成磧〔三〕。江移岸改安可知，獨與高山化爲石。山高身在心不移〔四〕，慰爾行人遠行役〔五〕。

【箋注】

〔一〕作於嘉祐四年（一〇五九）十一月。蘇軾有同題詩。《蜀中廣記·名勝記·涪州》："南山即翠屏山也，在對岸二里。山中有禹廟、陸宣公墓、玉虚觀、朝真洞、望夫臺、仙履迹諸勝。"按，古代男子或行役或游宦或經商在外，女子思念丈夫十分凄苦，故民間多有日日望夫歸來以至化而爲山爲臺爲石之傳説。附會而成古跡，各地多有。

〔二〕晉張華《博物志·地》："地以名山爲輔佐，石爲之骨，川爲之脈，草木爲之毛，土爲之肉，三尺以上爲糞，三尺以下爲地。"

〔三〕"去時"二句：以江岸變易言别離歲月之久。磧（qì）：水岸上的沙石淺灘。參《竹枝歌》注〔一一〕。

〔四〕唐李白《贈從弟南平太守之遥二首》之一："愛君山嶽心不移，隨君雲霧迷所爲。"

〔五〕行役：舊指因服兵役、勞役或公務而出外跋涉。《詩·魏風·陟岵》："嗟，予子！行役夙夜無已。"《周禮·地官·州長》："若國作民而師田行役之事，則帥而致之。"唐賈公彦疏："行謂巡狩，役謂役作。"後泛稱行旅，出行。李白《估客行》："海客乘天風，將船遠行役。譬如雲中鳥，一去無蹤跡。"

附録　蘇軾《望夫臺》在忠州南數十里。

山頭孤石遠亭亭，江轉船回石似屏。可憐千古長如昨，船去船來自不停。浩浩長江赴滄海，紛紛過客似浮萍。誰能坐待山月出，照見寒影高伶俜。

八陣磧〔一〕在夔州。

漲江吹八陣,江落陣如故〔二〕。我來苦寒後〔三〕,平沙如匹素〔四〕。乘高望遺跡,磊磊六十四〔五〕。遥指如布棋,就視不知處〔六〕。世稱諸葛公〔七〕,用衆有法度。區區落褒斜,軍旅無闊步。中原竟不到,置陣狹無所〔八〕。茫茫平沙中,積石排隊伍。獨使後世人,知我非莽鹵〔九〕。奈何長蛇形,千古竟不悟?惟餘桓元子〔一〇〕,久視不能去。

【箋注】

〔一〕作於嘉祐四年(一〇五九)十一月南行途中。蘇軾有同題詩。八陣:古代作戰陣法。銀雀山漢墓竹簡《孫臏兵法·八陣》:"用八陳戰者,因地之利,用八陳之宜。"《三國志·蜀書·諸葛亮傳》:"推演兵法,作八陣圖。"《晉書·桓温傳》:"初,諸葛亮造八陣圖於魚腹平沙之下,壘石爲八行,行相去二丈。温見之,謂'此常山蛇勢也'。文武皆莫能識之。"蘇軾《東坡志林·八陣圖》:"諸葛亮造八陣圖於魚腹平沙之上,壘石爲八行,相去二丈。桓温征譙縱,見之,曰:'此常山蛇勢也。'文武皆莫識。吾嘗過之,自山上俯視,百餘丈凡八行,爲六十四蕝,蕝正圜,不見凹凸處,如日中蓋影。予就視,皆卵石,漫漫不可辨,甚可怪也。"夔(kuí)州:春秋時爲魚國,後屬楚。秦、兩漢屬巴郡,三國時爲蜀重鎮。晉宋齊並屬巴東郡,齊兼置巴州,梁置信州,隋亦爲巴東郡。唐武德三年因避諱改信州爲夔州。其後或爲雲安郡。治奉節(今重慶奉節縣)。宋設夔州路,轄州九、軍三、監一、縣三十一。參《文獻通考·輿地考七·夔州》。

〔二〕"漲江"二句:宋陸游《入蜀記》卷六:"州東南有八陣磧,孔明之遺迹,碎石行列如引繩。每歲江漲,磧上水數十丈,比退,陣石如故。"

〔三〕苦寒:嚴寒。唐杜甫《擣衣》:"已近苦寒月,况經長别心。"

〔四〕匹素:白色的絹。這裏用以形容白色的沙磧。

〔五〕磊磊:衆多委積貌。《文選·宋玉〈高唐賦〉》:"礫磥磥而相摩兮,巆震天之磕磕。"唐李善注:"磥磥,衆石貌。"

〔六〕就視:走近看。

〔七〕諸葛公:指諸葛亮(一八一—二三四)。字孔明,漢末琅邪陽都(今山東臨沂沂水縣南)人,一説湖北襄陽。隱居隆中,自比管仲樂毅,人稱"卧龍"。後佐劉備,取荆州、定益州,與魏吴鼎足而三。劉備稱帝,亮爲丞相。備死,亮輔後主劉禪,竭忠盡智,屢次北伐,病殁於軍。謚忠武侯。《三國志》有傳。

〔八〕"區區"四句:謂諸葛亮從褒斜出兵,地勢險峻,不能施展八陣之法。區區:奔走盡力。區,通"驅"。落:經過;走。《文選·孫綽〈游天台山賦〉》:"濟楢溪而直進,落五界而迅征。"唐吕向注:"落,經也。"褒斜:即褒斜道,古道路名。因取道褒水、斜水二河谷得名。二水同出秦嶺太白山:褒水南注漢水,谷口在今陜西省勉縣褒城鎮北;斜水北注渭水,谷口在今陜西省眉縣西南。通道山勢險峻,歷代鑿山架木,于絶壁修成棧道,舊時爲川陜交通要道。《漢書·溝洫志》:"其後人有上書,欲通褒斜道及漕,事下御史大夫張湯。湯問之,言'抵蜀從故道,故道多阪,回遠。今穿褒斜道,少阪,近四百里'。"闊步:邁大步;大步走。

〔九〕"茫茫"四句:謂諸葛亮在沙磧上排陣,是要使後人知道他的遺憾。莽鹵:輕率,莽撞。

〔一〇〕桓元子:即桓温(三一二—三七三)。温字元子。晋譙國龍亢(今安徽懷遠西北)人,桓彝子,明帝婿。初爲荆州刺史,定蜀,進位征西大將軍、開府,封臨賀郡公。繼攻前秦,破姚襄,威權大盛,官至大司馬。太和四年(三六九)北伐,與慕容垂戰于枋頭,大敗,威名重損。因欲内立威信,廢帝奕,立簡文帝。欲廢晋自立,未果而死,謚宣武侯。後子玄篡位,追尊爲宣武皇帝。《晋書》有傳。

附録　蘇軾《八陣磧》

平沙何茫茫,仿佛見石蕝。縱横滿江上,歲歲沙水囓。孔明死已久,誰復辨行列。神兵非學到,自古不留訣。至人已心悟,後世徒妄説。自從漢道衰,蜂起盡姦傑。英雄不相下,禍難久連結。驅民市無烟,戰野江流血。萬人賭一擲,殺盡如沃雪。不爲久遠計,草草常無法。

孔明最後起，意欲掃群孽。崎嶇事節制，隱忍久不決。志大遂成迂，歲月去如瞥。六師紛未整，一旦英氣折。唯餘八陣圖，千古壯夔峽。

灩澦堆〔一〕或云上有古碑。

江中石屏灩澦堆，鼈靈夏禹不能摧〔二〕。深根百丈無敢近，落日紛紛鳧雁來。何人磊落不畏死，爲我赤脚登崔嵬。上有古碑刻奇篆，當使盡讀磨蒼苔。此碑若見必有怪，恐至絶頂遭風雷〔三〕。

【箋注】

〔一〕作於嘉祐四年（一〇五九）十一月南行途中。灩澦堆：横亘於長江三峽瞿塘峽口的險灘。水漲則没，水枯而顯，自古爲三峽奇險。唐李白《長干行》之一："十六君遠行，瞿塘灩澦堆。"宋范成大《吴船録》卷下："丙辰。泊夔州。早遣人視瞿唐，水齊，僅能没灩澦之頂，盤渦散出其上，謂之灩澦撒髮。人云如馬尚不可下，況撒髮耶！是夜，水忽驟漲，渰及排亭諸簟舍，亟遣人毁拆，終夜有聲，及明走視，灩澦則已在五丈水下。或謂可以僥倖乘此入峽，而夔人猶難之……丁巳。水長未已，辰、巳時，遂决解維。十五里，至瞿唐口，水平如席。獨灩澦之頂，猶渦紋瀺灂，舟拂其上以過，摇艫者汗手死心，皆面無人色。蓋天下至險之地，行路極危之時，傍觀皆神驚。余已在舟中，一切付自然，不暇問，據胡牀坐招頭處，任其蘯兀。每一舟入峽數里，後舟方敢續發。水勢怒急，恐猝相遇，不可解拆也。帥司遣卒執旗，次第立山之上，下一舟平安，則簸旗以招後船……峽中兩岸，高巖峻壁，斧鑿之痕皴皴然，而黑石灘最號嶮惡。兩山束江驟起，水勢不及平，兩邊高而中窪下，狀如茶碾之槽，舟楫易以傾側，謂之茶槽齊，萬萬不可行。余來，水勢適平，免所謂茶槽者。又水大漲，渰没草木，謂之青草齊，則諸灘之上，水寬少浪，可以犯之而行。余之來，水未能盡漫草木，但名草根齊，法亦不可涉，然犯難以行，不可回首也。十五里，至大溪口。水稍闊，山亦差遠，夔峽之險紓矣。七十里，至巫山縣宿。縣人云：'昨夕水大漲，灩澦恰在船底，故可下夔峽。至巫峽則不然，則須水退十丈乃可。'"蘇軾有《灩澦堆賦》，一反舊説，序云："世以瞿唐峽口灩澦堆爲天下之至險，凡覆舟者，皆歸咎於此石。以余觀之,蓋有功於斯人者。夫蜀江會百水而至於夔,瀰漫浩汗,横放於大野,而峽之大小,曾不及其十一。苟先無以齟齬於其間,則江之遠來,奔騰迅快,盡鋭於瞿唐之口,則其險悍可畏,當不啻於今耳。”按,灧澦堆一九五八年炸除。而今三峽大壩修成,船行已無險礙。

〔二〕鼈靈:傳説中古代蜀國帝名。《太平御覽·妖異部四·變化下》引漢揚雄《經典集林》:“望帝積百餘歲,荆有一人名鼈靈,其尸亡去,荆人求之不得。鼈靈尸至蜀復生,蜀王以爲相。時玉山出水,若堯之洪水,望帝不能治水,使鼈靈决玉山,民得陸處。鼈靈治水去後,望帝與其妻通。帝自以薄德,不如鼈靈,委國授鼈靈而去,如堯之禪舜。鼈靈即位,號曰開明奇帝。”《後漢書·張衡傳》:“鼈令殪而尸兮,取蜀禪而引世。”唐李賢注:“鼈令,蜀王名也。令音靈。”《太平寰宇記·劍南西道一·益州》:“時有荆人鼈泠死,其尸隨水上,荆人求之不得。鼈泠至汶山下,忽復生,見望帝,帝立以爲相。”宋羅泌《路史·餘論一·杜宇鱉令》:“按諸《蜀記》,杜宇末年遜位鱉令。鱉令者,荆人也。”夏禹:古代部落聯盟領袖。姒姓,名文命,鯀之子。又稱大禹、夏禹、戎禹。原爲夏后氏部落領袖,奉舜命治理洪水,疏通江河,興修溝渠,發展農業。據傳治水十三年中,嘗三過家門不入。舜死後即位,建立夏代。後世視爲聖王。其事蹟詳見《書》之《舜典》、《大禹謨》、《皋陶謨》、《益稷》、《禹貢》等篇。

〔三〕“何人”六句:蘇轍想像能有人登上灧澦堆探視古碑篆文,又恐鬼神怪罪。磊落:形容胸懷坦蕩。漢阮瑀《箏賦》:“慷慨磊落,卓礫盤紆,壯士之節也。”崔嵬:高聳貌;高大貌。《楚辭·屈原〈九章·涉江〉》:“帶長鋏之陸離兮,冠切雲之崔嵬。”漢王逸注:“崔嵬,高貌。”

入峽〔一〕

舟行瞿唐口,兩耳風鳴號。渺然長江水,千里投一瓢〔二〕。峽門石爲户,鬱怒水力驕〔三〕。扁舟落中流,浩如一葉飄。呼吸信奔浪,不復由長篙〔四〕。捩柁破濆旋〔五〕,畏與亂石遭。兩山蹙相值,望之不容舠〔六〕。漸近乃可入,白鹽最雄高〔七〕。草木皆倒生,哀叫悲玄猱〔八〕。白雲繚長袖,零露如飛毛〔九〕。緬懷洚水年,慘慼①病有堯〔一〇〕。禹益決岷水，屢與山鬼鏖。摧岡轉大石，破地疏洪濤。巉巉當道山，斬截肩尾銷。峭壁下無趾，連峰斷修腰。破處不生草，上不掛鳥巢。水怪不盡戮，下有龍與鼇〔一一〕。遼哉千萬年〔一二〕，禹死遺跡牢。豈必見河洛，開峽斯已勞〔一三〕。

【校記】

①慼：原作"蹙"，據宋文集本、宋建本改。

【箋注】

〔一〕作於嘉祐四年（一〇五九）十一月。入三峽。三峽是位於重慶、湖北兩省境内，爲長江上游的瞿塘峽、巫峽和西陵峽的合稱。此指進入瞿唐峽。蘇軾有同題詩。參《灔澦堆》注〔一〕。

〔二〕"舟行"四句：謂江水至此處傾瀉而下，"投一瓢"言瞿唐口水勢洶湧之狀。瞿唐：又作瞿塘。三峽中最短，也最爲雄偉險峻的峽谷。西起於今重慶奉節白帝城，東至巫山縣大溪鎮，全長約八公里。唐白居易《夜入瞿塘峽》："瞿塘天下險，夜上信難哉。"

〔三〕謂水勢因受阻而洶涌。鬱怒：氣勢盛積。《文選·傅毅〈舞賦〉》："馬材不同，各相傾奪……或有宛足鬱怒，般桓不發。"唐李善注："鬱怒，氣遲留不發也。"

〔四〕"呼吸"二句：謂乘船者十分緊張，性命只好付之奔騰的波浪。信：任憑。

〔五〕捩（liè）柁：拗扭擺動船柁。唐杜甫《清明》："金鐙下山紅日晚，牙檣捩舵青樓遠。"濆旋：洶湧的水勢，迴旋的水流。

〔六〕"兩山"二句：瞿唐峽口兩山對峙，遠望似一艘小船也過不去。蹙：接近；迫近。相值：相對。舠（dāo）：小船。《詩經·衛風·河廣》："誰謂河廣？曾不容刀。"鄭箋："不容刀，亦喻狹。小船曰刀。"按，"刀"通"舠"。

〔七〕白鹽：三峽入口處之高崖。北魏酈道元《水經注·江水》："江水又東逕廣溪峽，斯乃三峽之首也。其間三十里，頹巖倚木，厥勢殆交。北岸山上有神淵，淵北有白鹽崖，高可千餘丈，俯臨神淵。土人見其高白，故因名之。"《太平寰宇記·山南東道七·夔州》："黄龍灘。《荆州記》云：三峽之首北岸有白鹽峰，下有黄龍灘，水最急，沿泝所忌。”

〔八〕“草木”二句：極言白鹽峰之險峻。倒生：謂樹木向下生長。《藝文類聚·木部上·松》引晉葛洪《抱朴子》：“天陵偃蓋之松，太谷倒生之柏，皆爲天齊其長，地等其久。”玄猱（náo）：黑色的猿猴。唐李白《蜀道難》：“黄鶴之飛尚不得，猿猱欲度愁攀緣。”

〔九〕零露：降落的露水。《詩·鄭風·野有蔓草》：“野有蔓草，零露漙兮。”鄭箋：“零，落也。”南朝宋鮑照《代蒿里行》：“馳波催永夜，零露逼短晨。”

〔一〇〕“緬懷”二句：謂堯時洪水泛濫。洚（jiàng）水：洪水。《孟子·滕文公下》：“當堯之時，水逆行，氾濫於中國，蛇龍居之，民無所定。下者爲巢，上者爲營窟。《書》曰：‘洚水警余。’洚水者，洪水也。使禹治之。禹掘地而注之海，驅蛇龍而放之菹。水由地中行，江、淮、河、漢是也。險阻既遠，鳥獸之害人者消，然後人得平土而居之。”慘慼：亦作“慘戚”。悲傷淒切。舊題漢蘇武《答李陵詩》：“憂心常慘戚，晨風爲我悲。”有堯：即堯。有，名詞前綴。古帝王。傳爲帝嚳之子，姓伊祁（祁一作耆），名放勳。先封于陶，後封于唐（今山西臨汾一帶），故又號陶唐氏。以子丹朱不肖，傳位于舜。古人視爲賢明之君。事見《書·堯典》、《史記·五帝本紀》等。

〔一一〕“禹益”十二句：叙禹治水經歷。禹：見《灩澦堆》注〔二〕。益：人名。即伯益。相傳爲堯舜時大臣。《書·舜典》：“帝曰：‘俞，咨！益，汝作朕虞。’”曾助禹治水。巉巉：形容山勢峭拔險峻。唐張祜《遊天台山》：“巉巉割秋碧，媧女徒巧補。”

〔一二〕遼：久遠。

〔一三〕“豈必”二句：謂不要説禹治平天下大水，即以開峽之功已十分偉大了。河洛：黄河與洛水的並稱。洛水，古水名。即今河南省洛河。北魏酈道元《水經注·洛水》：“洛水出京兆上洛縣讙舉山。”這裹以河洛代指當時的所有地方。《漢書·溝洫志》：“昔大禹治水，山陵當路者毁之，故鑿龍門，辟伊闕，析底柱，破碣石，墮斷天地之性。”

附録　蘇軾《入峽》

自昔懷幽賞，今兹得縱探。長江連楚蜀，萬派瀉東南。合水來如電，黔波緑似藍。餘流細不數,遠勢競相參。入峽初無路,連山忽似龕。縈紆收浩渺,蹙縮作淵潭。風過如呼吸,雲生似吐含。墜崖鳴窣窣,垂蔓緑毵毵。冷翠多崖竹,孤生有石楠。飛泉飄亂雪,怪石走驚驂。絶澗知深淺,樵童忽兩三。人煙偶逢郭,沙岸可乘籃。野戍荒州縣,邦君古子男。放衙鳴晚鼓,留客薦霜柑。聞道黄精草,叢生緑玉篸。盡應充食飲,不見有彭聃。氣候冬猶煖,星河夜半涵。遺民悲昶衍,舊俗接魚蠶。板屋漫無瓦,巖居窄似庵。伐薪常冒險,得米不盈甔。歎息生何陋,劬勞不自慚。葉舟輕遠泝,大浪固嘗諳。矍鑠空相視,嘔啞莫與談。蠻荒安可駐,幽邃信難妉。獨愛孤棲鶻,高超百尺嵐。横飛應自得,遠颺似無貪。振翮遊霄漢,無心顧雀鴿。塵勞世方病,局促我何堪。盡解林泉好,多爲富貴酣。試看飛鳥樂,高遁此心甘。

巫山廟〔一〕

山中廟堂古神女,楚巫婆娑奏歌舞〔二〕。空山日落悲風吹,舉手睢盱道神語〔三〕。神仙潔清非世人,瓦盎傾醪薦麋脯〔四〕。子知神君竟何自,西方真人古王母。飄然乘風遊九州,朅渡西海薄中土〔五〕。白雲爲車駕蒼虬〔六〕,驂乘湘君宓妃御〔七〕。天孫織綃素非素,衣裳飋颸薄煙霧〔八〕。泊然沖虚眇無營〔九〕,朝餐屑玉嚥瓊乳〔一〇〕。下視人世安可據,超江乘山去無所〔一一〕。巫山之下江流清,偶然愛之不能去。湍崖激作相喧豗〔一二〕,白花翻翻龍正怒。堯使大禹導九川①〔一三〕,石隕山隊幾折股〔一四〕。山前恐懼久無措,稽首山下苦求助〔一五〕。丹書玉笈世莫窺,指示文字相爾汝。擘山泄江幸無苦,庚辰虞余實相禹。功成事定世莫知,空山俄頃千萬古〔一六〕。廟中擊鼓吹長簫,採蘭爲殽蕙爲肴〔一七〕,玉缶薦芰香飄蕭,龍勺取酒注白茅,神來享之風飄飄〔一八〕。荒山長江何所有,豈有瓊玉薦沉寥?神君聰明無我責,爲我驅獸攘龍蛟〔一九〕。乘船入楚泝巴蜀，濆旋深惡秋水高。歸來無恙無以報，山上麥熟可作醪。神君尊貴豈待我，再拜長跪神所勞②〔二〇〕。

【校記】

①川：原本、宋建本作“州”，據宋文集本改。

②勞：宋文集本、宋建本作“多”。

【箋注】

〔一〕作於嘉祐四年（一〇五九）十一月。轍同時作有《巫山賦》。蘇洵、蘇軾皆有詩。洵、軾詩名《神女廟》。名異實同。神女廟，在今重慶市巫山縣東，巫峽北岸。宋陸游《入蜀記》卷四：“二十三日過巫山凝真觀，謁妙用真人祠。真人，即世所謂巫山神女也。祠正對巫山，峰巒上入霄漢，山脚直插江中。議者謂太華衡廬皆無此奇。”宋范成大《吴船録》卷下：“三十五里，至神女廟……神女廟乃在諸峰對岸小岡之上，所謂陽雲臺、高唐觀，人云在來鶴峰上，亦未必是。神女之事，據宋玉賦云以諷襄王……今廟中石刻引《墉城記》：瑶姬，西王母之女，稱雲華夫人，助禹驅鬼神，斬石疏波，有功見紀，今封妙用真人，廟額曰凝真觀，從祀有白馬將軍，俗傳所驅之神也。”按，神女廟其説有二，一因宋玉《高唐賦》有所謂楚王夢與神女交接，後世附會其事，爲之立廟以祭。二則以爲神女爲西王母女，助大禹治水有功。《太平廣記・女仙一・雲華夫人》引《集仙録》略云：雲華夫人，王母第二十三女，名瑶姬。受徊風混合萬景煉神飛化之道。嘗東海游，還，過江上，有巫山焉。峰巖挺拔，林壑幽麗，巨石如壇，留連久之。時大禹理水，駐山下，大風卒至，崖振谷隕不可制，因與夫人相值，拜而求助。即敕侍女授禹策，召鬼神之書，因命其神狂章、虞余、黄魔、大翳、庚辰、童律等助禹，斫石疏波，决塞導扼，以循其流。禹拜而謝焉。禹嘗詣之崇巘之巔，顧盼之際，化而爲石，或倏然飛騰，散爲輕雲；油然而止，聚爲夕雨。或爲游龍，或爲翔鶴，千態萬狀，不可親也。忽見雲樓玉臺，瑶宫瓊闕，森然靈官侍衛，不可名識。獅子抱關，天馬啓塗，毒龍電獸，八威備軒。夫人宴坐於瑶臺之上，禹稽首問道。召禹使坐，而言之以天地四時，陰陽變化，治亂興衰之道。且命侍女陵容華，出丹玉之笈，開《上清寶文》以授禹。又得庚辰、虞余之助，遂能導波决川以成其功，奠五岳，别九州，而天錫玄珪也。祠在山下，神女石即所化也。壇側有竹，垂之若篲，有槁葉飛物着壇上者，竹則因風掃之，終瑩潔不爲所汙。

蘇轍與兄皆主後説，此詩即概括故事而成，祈禱神女保佑來往旅人平安。有繫此詩於治平三年護父喪過此而作，《三蘇年譜》已有駁正。不過其駁尚有可補苴者。“荒山長江何所有，豈有瓊玉薦汍寥？神君聰明無我責，爲我驅獸攘龍蛟。乘船入楚溯巴蜀，濆旋深惡秋水高。歸來無恙無以報，山上麥熟可作醪。”“乘船入楚溯巴蜀，濆旋深惡秋水高”當是大致計算回程，希望神女福佑自己弟兄父子平安往來，“麥熟作醪”云回歸時當深深拜祭。

〔二〕婆娑：舞貌。《詩·陳風·東門之枌》：“子仲之子，婆娑其下。”毛傳：“婆娑，舞也。”

〔三〕睢盱（huī xū）：睜眼仰視貌。唐韓愈《謁衡嶽廟遂宿嶽寺題門樓》：“廟令老人識神意，睢盱偵伺能鞠躬。”

〔四〕謂人皆以酒脯祭祀神女。瓦盎：瓦罐。盎，盆類盛器。《急就篇》卷三：“甀、缶、盆、盎、甕、罃、壺。”唐顔師古注：“缶、盆、盎一類耳。缶即盎也，大腹而斂口，盆則斂底而寬上。”醪（láo）：酒。麇脯：乾麇肉。《禮記·内則》：“牛脩、鹿脯、田豕脯、麇脯……皆有軒，雉兔皆有芼。”漢鄭玄注：“脯，皆析乾肉也。”

〔五〕“子知”四句：朅（qiè）：助詞。用於句首。唐李白《禪房懷友人岑倫》：“朅來已永久，頹思如迴圈。”西海：傳説中西方之神海。《山海經·大荒西經》：“西海之南，流沙之濱，赤水之後，黑水之前，有大山，名曰昆侖之丘。……有人，戴勝，虎齒，豹尾，穴處，名曰西王母。”薄：至。《文選·范雲〈贈張徐州稷〉》：“田家樵采去，薄暮方來歸。”唐李善注引《廣雅》曰：“薄，至也。”中土：指中國。

〔六〕蒼虬：青色的龍。三國魏曹植《九詠》：“驅蒼虬兮翼轂，駕陵魚兮驂鯨。”

〔七〕謂湘君驂乘宓妃駕車。湘君：堯二女，舜妃。《史記·秦始皇本紀》：“上問博士曰：‘湘君何神？’博士對曰：‘聞之，堯女，舜之妻，而葬此。’”漢劉向《列女傳·有虞二妃》：“舜陟方死於蒼梧，號曰重華。二妃死於江湘之間，俗謂之湘君。”按，湘君或以爲湘水男神。清趙翼《陔餘叢考·湘君湘夫人非堯女》：“湘君、湘夫人，蓋楚俗所祀湘山神夫妻二人……屈原《湘君》篇明言‘望夫君兮未來’，夫君，即指湘君也，若女子則不應稱夫君也。”但揆之情理，神女之驂乘御者故當爲女姓，似仍當以常解指舜妃爲宜。

〔八〕“天孫”二句：説神女穿著織女紡織的薄絹。天孫：星名。即織女星。《史記・天官書》：“婺女，其北織女。織女，天女孫也。”唐司馬貞索隱：“織女，天孫也。”綃：薄的生絲織品；輕紗。《文選・曹植〈洛神賦〉》：“踐遠遊之文履，曳霧綃之輕裾。”唐李善注：“綃，輕縠也。”

〔九〕謂神女恬淡虚静，無欲無求。泊然：恬淡無欲貌。《文選・嵇康〈養生論〉》：“愛憎不棲於情，憂喜不留於意，泊然無感，而體氣和平。”李善注曰：“《老子》曰：‘我獨泊然而未兆。’《説文》曰：‘泊，無爲也。’《禮記》曰：‘樂行血氣和平。’”沖虚：恬淡虚静。無營：無欲。無所謀求。

〔一〇〕謂神女食玉飲露。屑玉：即玉屑。玉的碎末。古代傳説神仙服食玉屑。《周禮・天官・玉府》“王齊則共食玉”鄭玄注：“玉是陽精之純者，食之以禦水氣。鄭司農云：‘王齊當食玉屑。’”嚥：飲，吞食。瓊乳：猶玉液，仙漿。宋梅堯臣《紅鸚鵡賦》：“雖使飲瓊乳，啄雕胡，以充飢渴……又奚得於烏鳶之與雞雛?”

〔一一〕謂飛越江河和山巒而無定所。超：跳。《説文》：“超，跳也。”《孟子・梁惠王上》：“挾太山以超北海，語人曰‘我不能’，是誠不能也。”按，超、乘互文。猶言跨越，飛越。

〔一二〕“湍崖”二句：喧豗(huī)：形容轟響。李白《蜀道難》：“飛湍瀑流争喧豗，砯崖轉石萬壑雷。”白花：浪花；水花。水相激而色白，故稱。唐顧況《望簡寂觀》：“仙人住在最高處，向晚春泉流白花。”以上爲第一部分，説巫山神女是天上神仙下凡。

〔一三〕九川：九州的大河。《書・益稷》：“予决九川，距四海。”孔傳：“决九州名川，通之四海。”

〔一四〕隊：後來寫作“墜”。墜落。

〔一五〕稽首：古時一種跪拜禮，叩頭至地，是九拜中最恭敬者。《公羊傳・宣公六年》：“靈公望見趙盾，愬而再拜；趙盾逡巡北面再拜稽首，趨而出。”

〔一六〕“丹書”六句：謂神女傳授大禹治水秘籍而獲得成功。丹書：指《洛書》。傳説夏禹治水時，洛水神龜負之而出，故稱《洛書》。此附會神女傳授的秘籍。《淮南子・俶真》：“洛出丹書，河出緑圖。”玉笈：玉飾的書箱。南朝梁沈約《桐柏山金庭館碑銘》:"啓玉笈之幽文,貽金壇之妙訣。"爾汝:本指彼此親昵的稱呼,表示不拘形跡,親密無間。此極言神女授受的隱秘情狀。韓愈《聽穎師彈琴》:"昵昵兒女語,恩怨相爾汝。"参注〔一〕。

〔一七〕謂神女飲食的高潔。飱(cān):同"餐"。肴:本指熟肉。此處飱肴均代指神女的飲食。

〔一八〕"玉缶"三句:言祭祀豐潔。玉缶:玉製的盛酒漿的器皿。《禮記·禮器》:"五獻之尊,門外缶,門内壺。"唐孔穎達疏:"缶,尊名也。列尊之法,缶盛酒在門外。"芰:菱。唐杜甫《佐還山後寄三首》之三:"隔沼連香芰,通林帶女蘿。"清仇兆鼇注:"《武陵記》:'兩角曰菱,三角四角曰芰。'"龍勺:古禮器。用以舀酒漿。柄刻龍形,故稱。《禮記·明堂位》:"其勺,夏后氏以龍勺,殷以疏勺,周以蒲勺。"鄭玄注:"龍,龍頭也。"孔穎達疏:"勺爲龍頭。"清孫希旦集解:"勺,所以酌鬱鬯而注於瓚者也。"按,所謂"注白茅"者,是古代祭祀的一種方式,即酒從成捆的茅草上倒下去,就像神飲了一樣。参《周禮·甸師》鄭玄注。

〔一九〕"荒山"四句:言自己雖無物可獻,然神女理解,依然保佑父子一帆風順。泬(jué)寥:清朗空曠貌。《楚辭·宋玉〈九辯〉》:"泬寥兮天高而氣清。"漢王逸注:"泬寥,曠蕩空虚也。或曰,泬寥猶蕭條。蕭條,無雲貌。"

〔二〇〕"乘船"六句:謂將乘船入楚,來年秋季返蜀,到時再虔誠祭拜。濆旋:見《入峽》注〔五〕。以上爲第二部分,頌揚神女助大禹治水之功,保佑過往船只的平安,并祈禱神女保佑自己父子三人來去吉祥。

附録　蘇洵《神女廟》

巫陽仙子雲爲裾,高情杳渺與世疏。微有薄酒安足獻?願採山下霜中蔬。仙壇古洞何清虚,中有瓊樓白玉除。江山洗蕩誰來過?聞道琴高駕鯉魚。

蘇軾《神女廟》

大江從西來,上有千仞山。江山自環擁,恢詭富神姦。深淵鼉鼈横,巨壑蛇龍頑。旌陽斬長蛟,雷雨移蒼灣。蜀守降老蹇,至今帶連環。縱横若無主,蕩逸侵人寰。上帝降瑶姬,來處荆巫間。神仙豈在猛?玉座幽且閑。飄蕭駕風馭,弭節朝天關。倏忽巡四方,不知道里艱。

古粧具法服，邃殿羅烟鬟。百神自奔走，雜沓來趨班。雲興靈怪聚，雲散鬼神還。茫茫夜潭静，皎皎秋月彎。還應摇玉珮，來聽水潺潺。

巫山廟烏〔一〕

巫廟真人古列仙〔二〕，高心獨愛玉爐煙〔三〕。飢烏巧會行人意，來去紛紛噪客船〔四〕。

【箋注】

〔一〕作於嘉祐四年（一〇五九）十一月南行途中。蘇軾亦有詩。宋范成大《吴船録》卷下："廟有馴鴉，客舟將來，則迓於數里之外，或直至縣。下船過，亦送數里。人以餅餌擲空，鴉仰喙承取不失一。土人謂之神鴉，亦謂之迎船鴉。"清王士禎《池北偶談·神女廟神鴉》："巫峽神女廟有神鴉迎送客舟，陸放翁入蜀，恨不及見。予壬子冬下三峽，至十二峰，果有鴉十餘往來旋繞，以肉食投之，即攫去，十不失一。其鴉比常鴉差小，棲絶壁石洞中，得食即入洞去。"

〔二〕真人：道家稱存養本性或修真得道之人。因亦泛稱"成仙"之人。《莊子·大宗師》："古之真人，其寢不夢，其覺無憂，其食不甘，其息深深……古之真人，不知説生，不知惡死，其出不訢，其入不距；翛然而往，翛然而來而已矣。"《淮南子·本經》："莫死莫生，莫虚莫盈，是謂真人。"列仙：諸仙。《漢書·司馬相如傳下》："相如以爲列仙之儒居山澤間，形容甚臞，此非帝王之仙意也，乃遂奏《大人賦》。"

〔三〕謂神女到人間來享用香火。

〔四〕"飢烏"二句：謂人們是對神女的景仰而給烏鴉投食，可烏鴉以爲是喂食自己而來。會：和。謂人們因爲祭祀神女而神化了烏鴉。

附録　蘇軾《巫山廟上下數十里有烏鳶無數取食於行舟之上舟人神之故亦不敢害》

群飛來去噪行人，得食無憂便可馴。江上飢烏無足怪，野鷹何事亦頻頻。

寇萊公〔一〕

人知公惠在巴東〔二〕，不識三朝社稷功〔三〕。平日孤舟已何處，江亭依舊傍秋風〔四〕。

【箋注】

〔一〕作於嘉祐四年（一〇五九）十一月。本詩輯自宋王象之《輿地紀勝·荆湖北路·歸州·巴東詩》。蘇軾亦有詩。宋范成大《吴船録》卷下："二十里，過歸州巴東縣，有寇忠愍公祠。縣亭二柏，傳爲公手植。"寇萊公：即寇準（九六一——一〇二三）。字平仲，華州下邽（今陜西渭南市北）人。太平興國五年進士，授大理評事，知巴東縣。太宗朝累官同知樞密院事、參知政事。景德初，拜同中書門下平章事。時遼兵大入，中外震駭，準力排衆議，擁帝親征，遂有澶淵之盟。爲王欽若所陷，罷知陜州。天禧三年再相，以請太子監國，爲丁謂所陷，罷相，封萊國公，累貶道州司馬、雷州司户參軍。天聖元年卒於貶所，年六十三。仁宗朝追謚忠愍。《宋史》有傳。

〔二〕謂寇準任巴東縣令時多有惠政。《宋史·寇準傳》："後中第，授大理評事，知歸州巴東、大名府成安縣。每期會賦役，未嘗輒出符移，唯具鄉里姓名揭縣門，百姓莫敢後期。"巴東：《輿地紀勝·荆湖北路·歸州·巴東縣》："在州西六十五里。《舊經》云：'本漢秭歸縣地，屬南郡。'"又《巴東詩》收蘇軾殘句："謂語巴東人，世世當諱準。"按，寇準在巴東留詩頗多，《郡齋讀書志》有《巴東集》一卷。

〔三〕謂寇準曾歷事太宗、真宗、仁宗三朝，皆有大功。

〔四〕"平日"二句：《古今事文類聚·文章部·預知大用》："寇準爲巴東令，巴東有秋風亭。準析韋應物一言爲二句，云：'野水無人渡，孤舟盡日横'識者知其大用。"宋陸游《入蜀記》卷四："謁寇萊公祠堂，登秋風亭，下臨江山。是日重陰微雪，天氣飈飈。復觀亭名使人悵然，始有流落天涯之歎。遂登雙柏堂、白雲亭。堂下舊有萊公所植柏，今已槁死。"

附録　蘇軾《過巴東縣不泊聞頗有萊公遺迹》

萊公昔未遇,寂寞在巴東。聞道山中樹,猶餘手種松。江山養豪俊,禮數困英雄。執版迎官長,趨塵拜下風。當年誰刺史,應未識三公。

昭君村〔一〕

峽女①王嬙繼屈須〔二〕,入宫曾不愧秦姝〔三〕。一朝遠逐呼韓去,遥憶江頭捕鯉魚。江上大魚安敢釣,轉柂②横江筋力小。深邊積雪厚埋牛〔四〕,兩處辛勤何處好。去家離俗慕榮華,富貴終身獨可嗟。不及故鄉山③上女,夜從東舍嫁西家〔五〕。

【校記】

①女:叢刊本作"如",誤。

②柂:原本、宋建本作"拖",據宋文集本、三蘇祠本改。

③山:宋文集本作"江"。

【箋注】

〔一〕作於嘉祐四年(一〇五九)十一月。蘇軾有同題詩。昭君村:在今湖北興山南,相傳爲漢王昭君之故鄉。宋范成大《吴船録》卷下:"屬邑興山縣,王嬙生焉。今有昭君臺、香溪,尚存。城南二里有明妃廟。余嘗論歸爲州僻陋,爲西蜀之最,而男子有屈、宋,女子有昭君。閥閲如此,政未易忽。"昭君:名嬙,字昭君,漢南郡秭歸(今屬湖北)人。晉避司馬昭諱,改稱爲明君,後人又稱明妃。元帝宫人。竟寧元年,匈奴呼韓邪單于入朝,求美人爲閼氏,以結和親,昭君請嫁。入匈奴後,稱爲寧胡閼氏。生一男。呼韓邪死,其前閼氏子代立,成帝又命從胡俗,復爲後單于之閼氏。生二女。卒葬於匈奴。現内蒙古呼和浩特南有昭君墓,世稱青冢。參《漢書・匈奴傳下》。唐杜甫《詠懷古跡五首》之三:"群山萬壑赴荆門,生長明妃尚有村。"清仇兆鼇注:"《漢書注》:文穎曰:昭君,本蜀郡秭歸人也。《漢書》:王嬙,字昭君。石崇《明君詞序》:'明君,本昭君,觸晉文帝諱改焉。'《一統志》:昭君村,在荆州府歸州東北四十里。"

〔二〕《楚辭·屈原〈離騷〉》:"女嬃之嬋媛兮,申申其詈予。"漢王逸注:"女嬃,屈原姊也。"宋洪興祖補注:"《水經》引袁崧云:'屈原有賢姊,聞原放逐,亦來歸,喻令自寬全。鄉人冀其見從,因名曰秭歸。縣北有原故宅,宅之東北,有女須廟,擣衣石猶存。秭與姊同。'"按,王嫱與女須同鄉,故言繼。

〔三〕謂王嫱之才藝不亞秦姝。曾不:不曾。謂可以比肩。秦姝:唐劉禹錫有《傷秦姝行》,記虞部郎中房開士得善箏藝伎於長安懷遠里,求國工而再誨教之,藝工而不幸夭折。房寄詩與劉,感念甚至,劉爲之作《傷秦姝行》。

〔四〕蘇軾《次韻舒堯文祈雪霧豬泉》:"行看積雪厚埋牛,誰與春工掀百蟄。"深邊:猶言邊庭,邊鄙。

〔五〕"不及"二句:謂昭君因慕榮華而流落異邦,遠不如故鄉的女子那樣自由瀟灑。《太平御覽·人事部·醜丈夫》引《風俗通》:"齊有一女,二家求之,其家語其女曰:'汝欲東家則左袒,欲西家則右袒。'其女兩袒。父母問其故,對曰:'願東家食而西家息。'以東家富而醜,西家貧而美也。"

附録　蘇軾《昭君村》

昭君本楚人,艷色照江水。楚人不敢娶,謂是漢妃子。誰知去鄉國,萬里爲胡鬼。人言生女作門楣,昭君當時憂色衰。古來人事盡如此,反覆縱横安可知。

遊三遊洞〔一〕

昔年有遷客,携手過嵌巖〔二〕。去我歲三百,遊人忽復三〔三〕。

【箋注】

〔一〕作於嘉祐四年(一〇五九)十一月底南行途中。三遊洞:在峽州(今湖北省宜昌市)西北約二十里長江北岸西陵峽口。唐憲宗元和十四年三月,白居易與其弟行簡、元稹三人同游此洞,爲之命名爲三游洞。白居易《三遊洞序》:"平淮西之明年冬,予自江州司馬授忠州刺史,微之自通州司馬授虢州長史。又明年春,各祗命之郡,與知退偕行。三月十日,參會於夷陵。翌日,微之反棹送予,至下牢戍。又翌日,將别未忍,引舟上下者久之。酒酣,聞石間泉聲。因捨棹進策,步入缺岸……請各賦古調詩二十韻,書于石壁;仍命予序而紀之。又以吾三人始遊,故目爲三遊洞。洞在峽州上二十里北峰下,兩崖相廞間。欲將來好事者知,故備書其事。"蘇軾又有詩題曰:"遊洞之日,有亭吏乞詩,既爲留三絶句於洞之石壁,明日至峽州,吏又至,意若未足,乃復以此詩授之。"所謂三絶句者,蘇洵有《題三遊洞石壁》絶句,蘇軾有《游三遊洞》絶句,蘇轍有此五絶。而下一詩則當是"州吏"求詩而與蘇軾同作。

〔二〕嵌巖:山洞。唐盧照鄰《五悲·悲昔遊》:"因嵌巖以爲室,就芬芳以列筵。"

〔三〕"去我"二句:謂三百年後又有三人同遊。按,唐憲宗元和十四年(八一九)至此爲二四〇年,三百言成數耳。

附録　蘇洵《題三游洞石壁》

洞中蒼苔流成乳,山下寒溪冷若冰。天寒二子苦求去,吾欲居之亦不能。

蘇軾《遊三游洞》

凍雨霏霏半成雪,游人屨凍蒼苔滑。不辭携被巖底眠,洞口雲深夜無月。

三遊洞〔一〕

洞前危逕不容足〔二〕,洞中明曠坐百人。蒼崖硉兀①起成柱〔三〕,亂石散列如驚麇〔四〕。清溪百丈下無路,水滿沙上如魚鱗。夜深明月出山頂,下照洞口纔及唇〔五〕。沉沉深黑若大屋〔六〕,野老構火青如燐。平明欲出迷上下,洞氣飄亂爲横雲。深山大澤亦有是,野鳥鳴噪孤熊蹲。三②人一去無復見,至今冠蓋長滿門〔七〕。

【校記】

①兀:叢刊本作"几"。形近而誤。

②蹲三：叢刊本作“三蹲”。誤倒。

【箋注】

〔一〕作於嘉祐四年（一〇五九）十一月底南行途中。上詩次日與蘇軾同作。說見上。此詩描繪三遊洞周邊形勢及洞中景況，最後以感慨作結，云白傅等三人早已作古，而後人景仰者時時冠蓋滿門。《三蘇年譜》謂“三人”指蘇氏父子三人。非也。

〔二〕危逕：崎嶇難走的小道。唐王維《至黄牛嶺見黄花川》：“危徑幾萬轉，數里將三休。”

〔三〕硉（lù）兀：即“硉矹”。高聳突出的樣子。唐李白《明堂賦》：“掔金龍之蟠蜿，掛天珠之硉矹。”

〔四〕驚麏（jūn）：受驚而奔散的獐群。

〔五〕謂月光剛照及洞口邊緣。脣：邊緣。《釋名·釋形體》：“脣，緣也，口之緣也。”

〔六〕沉沉：深邃貌。《文選·司馬相如〈上林賦〉》：“沈沈隱隱，砰磅訇礚。”唐李善注：“沈沈，深貌也。”按，“沉沉”同“沈沈”。

〔七〕“三人”二句：謂白居易等三人早已作古，而今人仰慕先賢，絡繹不絕地來到此地游覽。冠蓋：本泛指官員的冠服和車乘。冠，禮帽；蓋，車蓋。《史記·魏公子列傳》：“平原君使者冠蓋相屬於魏。”此用以指有地位或聲勢顯赫者。

附録　蘇軾《遊洞之日有亭吏乞詩既爲留三絶句於洞之石壁明日至峽州吏又至意若未足乃復以詩此授之》

一徑繞山翠，縈紆去似蛇。忽驚溪水急，争看洞門呀。滑磴攀秋蔓，飛橋踏古楂。三扉迎北吹，一穴向西斜。歎息烟雲老，追思歲月遐。唐人昔未到，古俗此爲家。洞煖無風雪，山深富鹿豭。相逢衣盡草，環坐髻應髽。竈突依巖黑，尊罍就石窪。洪荒無傳記，想像在羲媧。此事今安有，遺蹤我獨嗟。山翁勸留句，强爲寫槎牙。

寄題清溪寺〔一〕在峽州①,鬼谷子故居〔二〕。

清溪鬼谷子,雄辯傾六國。視世無足言,自閉長默默〔三〕。蘇張何爲者,欲竊長短術。學成果無賴,遂爲世所惑。顛倒賣諸侯,傾轉莫可執〔四〕。後世何不明,疑我不汝及?誰知居深山,玩世可終日〔五〕。君觀二弟子,死處竟莫得。客齊自披裂〔六〕,投魏求寄食〔七〕。悠悠清溪中,石亂流水急。溪魚爲朝飡,老死得安穴。居亂獨無言,其辯吾不測〔八〕。

【校記】

①峽州:原本、宋文集本作“硤州”,據宋建本、宋施元之注《施注蘇詩》蘇軾同題詩自注改。

【箋注】

〔一〕作於嘉祐四年(一〇五九)十一月底南行途中。蘇轍父子三人十二月初至江陵,父子匯江行詩文爲《南行集》,蘇軾十二月八日作叙云:“蓋家君之作與弟轍之文皆在,凡一百篇,謂之《南行集》,將以識一時之事,爲他日之所尋繹,且以爲得於談笑之間,而非勉强所爲之文也。時十二月八日江陵驛書。”是則此詩當作於十一月底。蘇軾有同題詩。清溪寺:《太平寰宇記·山南東道五·峽州》:“清溪在縣南六十五里,源出清溪山下,冬無夏增。《鬼谷先生傳》云:‘楚有清溪,下深千仞,其水靈異。’”清溪寺當在此地。鬼谷子:戰國人,不知鄉里姓氏,因其所居,稱爲鬼谷先生。張儀、蘇秦皆師事之。或云姓王名詡,一名利,一名誗。《隋書·經籍志》有《鬼谷子》一卷。

〔二〕峽州:春秋戰國時並楚地,秦二漢並爲南郡地,魏武平荆州,置臨江郡,後蜀先主改爲宜都郡,吴改夷陵爲西陵,常爲重鎮,晉宋齊並爲宜都郡,梁改置宜州,西魏改曰拓州,後周改爲峽州。唐爲峽州,或爲夷陵郡,以扼三峽之口,故爲峽州。宋屬荆湖北路。治夷陵(今湖北宜昌市)。參《文獻通考·輿地考五·峽州》。

〔三〕“視世”二句:謂鬼谷子覺得世上無可與論大道者,故隱居不言。默默:緘口不言貌。《韓詩外傳》卷十:"有諤諤争臣者,其國昌;有默默諛臣者,其國亡。"

〔四〕"蘇張"六句:謂蘇秦、張儀反復無常,在諸侯間追名逐利,惑亂世事。蘇秦(? —前三一七),戰國時東周洛陽(今河南洛陽市)人,與張儀同師從鬼谷子。初以連横説秦,不用,後游説燕、趙、韓、魏、齊、楚,合縱抗秦,佩六國相印,爲縱約長。後死於齊。《史記》有傳。張儀(? —前三〇九),戰國魏大梁(今河南開封市)人,初從鬼谷子學縱横之術。相秦惠王,以連横之策説六國,使背從約而事秦,號曰武信君。惠王卒,失寵於武王,六國皆叛横而合從。張儀乃去秦相魏。一歲卒。《史記》有傳。長短術:謂縱横家的論辯術。漢劉向《上〈戰國策〉叙》稱《戰國策》"或曰《國策》,或曰《短長》……",因以爲名。無賴:無聊。謂反復無常而令人討厭。

〔五〕"後世"四句:謂後世人淺陋,居然有人認爲鬼谷子不及兩弟子榮耀。玩世:以游戲人生的態度對待現實生活。《漢書·東方朔傳贊》:"依隱玩世,詭時不逢。"唐顔師古注引三國魏如淳曰:"依違朝隱,樂玩其身於一世也。"蘇軾《次韻子由清汶老龍珠丹》:"先生不作金椎袖,玩世徜徉隱屠酒。"

〔六〕謂蘇秦車裂于齊事。《史記·蘇秦列傳》:"其後齊大夫多與蘇秦争寵者,而使人刺蘇秦,不死,殊而走。齊王使人求賊,不得。蘇秦且死,乃謂齊王曰:'臣即死,車裂臣以徇於市曰"蘇秦爲燕作亂於齊",如此則臣之賊必得矣。'於是如其言,而殺蘇秦者果自出,齊王因而誅之。"

〔七〕謂張儀窮途末路而死于魏。《史記·張儀列傳》:"張儀相魏一歲,卒於魏也。"

〔八〕"悠悠"六句:謂鬼谷子明哲保身,深不可測。

附録　蘇軾《寄題清溪寺》在峽州,鬼谷子之故居。

口舌安足恃,韓非死説難。自知不可用,鬼谷乃真姦。遺書今未亡,小數不足觀。秦儀固新學,見利不知患。嗟時無桓文,使彼二子顛。死敗無足怪,夫子固使然。君看巧更窮,不若愚自安。遺宫若有神,頷首然吾言。

息壤〔一〕在荆南南門外〔二〕。

江上寒沙薄如席，一夕墳起成高丘〔三〕。江流傾轉力不勝，左齧右吐非自由〔四〕。南郡城南獨何者，平地生長殊不休？當中屋背不盈尺，深入百丈皆石樓。古人不知下有怪，發破不掩水漲浮。傳言夏鯀塞洚水，上帝愛此無敢偷。竊持大畚負長鏄，剌取不已帝使流〔五〕。禹知水怒非塞止，網捕百怪雜蜃鰍。掘壕入土不計丈，投擲填壓聲嗚啾。一時既定憂後世，恐此竊出壞九州。神人已死無復制，故以此土封其頭。發之輒滿不可既，意使靈物長幽囚〔六〕。前年大旱千里赤，取土盈掬雨不收〔七〕。誰言咫尺舊黄壤，中有千歲龍與虬？高山萬仞猶可削，嗟此何獨生如疣〔八〕？天長地遠莽無極，雖有缺壞誰能賙〔九〕？我疑天意固有在，患世多事窮鎸鎪〔一〇〕。埏陶鼓鑄①地力困〔一一〕，久不自補無爲憂。世無女媧空白石〔一二〕，磊磊滿地如浮漚〔一三〕。耕田鑿井自無已，息壤無幾安能酬？

【校記】

①鑄：原作"濤"，據宋大字本、宋建本改。

【箋注】

〔一〕作於嘉祐五年(一〇六〇)正月。蘇轍父子三人十二月至江陵驛，在江陵棲遲一月。五年正月五日離江陵北上。此詩及以下荆地諸詩皆作於同時。息壤：古代傳説的一種能自生長，永不減耗的土壤。唐李石《續博物志》卷十："息壤在荆州南門外，狀若屋宇陷土中，而猶見其脊。"宋范成大《吴船録》卷上："息壤在子城南門外，舊記以爲不可犯。畚鍤所及，輒復如故，又能致雷雨。唐元和中，裴宙爲牧，掘之六尺，得石樓如江陵城樓狀。是歲，霖雨爲災。用方士説復埋之，一夕如故。舊傳如此。"清朱國楨《涌幢小品・息壤》："餘姚蔣勸能分部永州，有要人冀攘奪此寺爲宅。……土功興，執役者八人,一日盡死。未幾,要人亦卒……聞者相共驚異。"清陳康祺《郎潛記聞四筆·息壤》:"息壤之在荆州,自唐虞已有其跡,至今靈異昭然可見。"

〔二〕荆南:唐至德初置荆南節度,治荆州。宋爲江陵府。在今湖北江陵縣治。

〔三〕《爾雅·釋地》:"墳,大防。"晉郭璞注:"謂隄。"宋邢昺疏引李巡曰:"墳謂厓岸,狀如墳墓,名大防也。"

〔四〕左齧右吐:謂江水左右沖擊。齧(niè),謂水衝堤土,猶齒之噬物。《周禮·考工記·匠人》:"凡溝必因水埶,防必因地埶。善溝者水漱之,善防者水淫之。"漢鄭玄注:"漱,猶齧也。"

〔五〕"傳言"四句:述鯀治水被殺事。夏鯀:傳説中中國古代部落酋長名,號崇伯。禹之父。曾奉堯命治水,因築堤堵水,九年未治平,被舜殺死在羽山。《書·洪範》:"我聞在昔,鯀陻洪水。"《山海經·海内經》:"洪水滔天。鯀竊帝之息壤以堙洪水,不待帝命。帝令祝融殺鯀于羽郊。鯀復生禹。帝乃命禹卒布土以定九州。"晉郭璞注:"息壤者,言土自長息無限,故可以塞洪水也。"洚水:見《入峽》注〔一〇〕。畚(běn):盛土器。鎛(bó):本謂除草短柄鋤。此謂挖土器。

〔六〕"禹知"十句:叙述大禹治水改堵爲疏,治平洪水,封固息壤。以上爲第一部分,叙述息壤的來由。

〔七〕"前年"二句:《續資治通鑑長編·仁宗嘉祐三年》:"[秋七月]癸巳,以夔州路旱饑,命侍御史丁詡爲體量安撫使。"盈掬:滿捧。兩手合捧曰匊。《詩·唐風·椒聊》:"椒聊之實,蕃衍盈匊。"毛傳:"兩手曰匊。"唐杜甫《佳人》:"摘花不插鬢,采柏動盈掬。"按,匊,後來寫作"掬"。

〔八〕此謂息壤如疣般癒而復生且隆起如丘。疣:疣子。同"肬"。《釋名·釋疾病》:"肬,丘也。出皮上聚高,如地之有丘也。"

〔九〕賙:救濟;拯救。

〔一〇〕鎸鎪(sōu):猶言挖掘。

〔一一〕謂陶冶破壞了自然而使土地的出産能力下降。埏(shān):和泥製作陶器。《老子》第十一章:"埏埴以爲器,當其無,有器之用。"漢河上公注:

“埏,和也;埴,土也。謂和土以爲器也。”鼓鑄:鼓風扇火,冶煉金屬,鑄造器械或錢幣。《史記·貨殖列傳》:“即鐵山鼓鑄,運籌策,傾滇蜀之民,富至僮千人。”地力:土地的生長出産能力。宋梅堯臣《和孫端叟農具·耒耜》:“稼穡盡民勤,墾耕窮地力。”

〔一二〕女媧(wā):中國神話傳説中人類的始祖。傳説她與伏羲由兄妹而結爲夫婦,産生人類。又傳説她曾用黄土造人,煉五色石補天,斷鼇足支撑四極,平治洪水,驅殺猛獸,使人民得以安居。並繼伏羲而爲帝。參《淮南子·覽冥》、《史記》司馬貞補《三皇本紀》、《太平御覽·皇王部·女媧氏》等。

〔一三〕浮漚:水面上的泡沫。因其易生易滅,常比喻變化無常的世事和短暫的生命。唐陳陶《謫仙詞》:“人間磊磊浮漚客,鸞鶩蜻蜓飛自隔。”以上是第二部分,由息壤而嘆息自然遭到破壞。

附録　蘇軾《息壤詩》并叙

《淮南子》曰:鯀堙洪水,盜帝之息壤,帝使祝融殺之於羽淵。今荆州南門外,有狀若屋宇,陷入地中,而猶見其脊者。旁有石,記云:不可犯。畚鍤所及,輒復如故。又頗以致雷雨,歲大旱,屢發有應。予感之乃爲作詩,其辭曰:

帝息此壤,以藩幽臺。有神司之,隨取而培。帝勑下民,無敢或開。惟帝不言,以雷以雨。惟民知之,幸帝之怒。帝茫不知,誰敢以告。帝怒不常,下土是震。使民前知,是役於民。無是墳者,誰取誰干。惟其的之,是以射之。

游渚宫〔一〕(殘句)

楚塞多秋水,荆王有故宫〔二〕。……湘東晉宗子〔三〕,高氏楚元戎〔四〕。鑿沼長千尺〔五〕,開亭費萬工……

【箋注】

〔一〕與上詩大致同時作。全詩已佚,殘句見舊題宋王十朋《東坡詩集注・渚宫》引林子仁注。此當是憑吊渚宫遺跡而作。渚宫:春秋楚國的宫名。故址在今湖北省江陵縣。《左傳・文公十年》:"[子西]沿漢泝江,將入郢。王在渚宫,下見之。"

〔二〕荆王:即楚王。荆,古國名。春秋時楚國的舊稱,因境内有荆山而得名。《春秋・莊公十年》:"秋,九月,荆敗蔡師於莘。"晉杜預注:"荆,楚本號,後改爲楚。"

〔三〕此謂梁元帝蕭繹曾都於此,梁元帝初封湘東王。蕭繹(五〇八—五五四),字世誠,南蘭陵(今江蘇常州武進區)人,小名七符,自號金樓子,武帝蕭衍第七子。生眇一目,既長好學,博涉技術。初封湘東王,任荆州刺史、使持節、都督荆雍湘司郢寧梁南北秦九州諸軍事、鎮西將軍。侯景作亂,梁武帝餓死臺城。蕭繹起兵,平定侯景之亂,即帝位於江陵。史稱元帝。五五四年,西魏宇文泰命于謹、楊忠等來伐,梁元帝戰敗,投降。旋被殺。繹多才藝,時稱詩書畫三絶。然性猜忌偏狹,先後剪滅宗室諸王,因内無强助,而外有勁敵,故速敗亡。《梁書》《南史》有傳。

〔四〕高氏:指唐末割據荆州一帶的高季興政權(九〇七—九六三)。九〇七年後梁建立,封高季興爲荆南節度使;九二四年,後唐封高季興爲南平王,始立國。九二九年高季興死,後唐追封爲楚王,故又别稱北楚。共歷五主,歷時五十七年,九六三年爲北宋所滅。疆域全盛時約當今湖北西部、重慶東部等地。新舊《五代史》《宋史》有傳。

〔五〕"鑿沼"而下慨嘆舊景依稀而人事已非。

附録　蘇軾《渚宫》

渚宫寂莫依古郢,楚地蒼茫非故基。二王臺閣已鹵莽,何況遠問縱横時。楚王獵罷擊靈鼓,猛士操舟張水嬉。釣魚不復數魚鼈,大鼎千石烹蛟螭。當時郢人架宫殿,意思絶妙般與倕。飛樓百尺照湖水,上有燕趙千蛾眉。臨風揚揚意自得,長使宋玉作楚辭。秦兵西來取鐘簴,故宫禾黍秋離離。千年壯觀不可復,今之存者蓋已卑。池空野迥樓閣小,惟有深竹藏狐狸。臺中絳帳誰復見,臺下野水浮清漪。緑窗朱户春晝閉,想見深屋彈朱絲。腐儒亦解愛聲色,何用白首談孔姬。沙泉半涸草堂在,破窗無紙風飈飈。陳公踪迹最未遠,七瑞寥落今何之。百年人事知幾變,直恐荒廢成空陂。誰能爲我訪遺迹,草間應有湘東碑。

荆門惠泉〔一〕

泉源何從來,山下長溪發。油然本無營〔二〕,誰使自激洌〔三〕? 茫茫九地底〔四〕,大水浮一葉。使水皆爲泉,地已不勝洩。應是衆水中,獨不容至潔。涓涓自傾瀉〔五〕,奕奕見清澈〔六〕。石泓浄無塵,中有三尺雪〔七〕。下爲百丈溪,冷不受魚鼈。脱衣浣中流,解我雙足熱。樂哉泉上翁,大旱不知竭①〔八〕。

【校記】

①渴:宋文集本作"竭"。

【箋注】

〔一〕作於嘉祐五年(一〇六〇)正月。父子三人皆有同題詩。蘇軾《荆門惠泉》題自注:"荆門山在宜都大江之南,與虎山對。"荆門:《太平寰宇記·山南東道五·荆州》:"荆門軍本漢舊縣,隋時廢。即荆襄州之要津,唐貞觀二十一年復置。唐末荆州高氏割據,建爲軍。領荆州當陽縣。皇朝開寳五年,割荆州之長林縣、襄州之故樂鄉合爲一縣置於郭下。"惠泉:宋葛立方《韻語陽秋》卷十三:"荆門軍亦有惠泉,李德裕有詩題於泉上云:'兹泉由太潔,終不蓄纖鱗。到底清何益,涵虚祇自貧。'至今碑版存焉。小説載德裕在中書,置水遞以取惠山泉,一僧指昊天觀井,謂與惠山水脉相通,辨之味同,遂停水遞。其好水殆成癖矣。荆門惠泉,本名蒙泉,沈傳師有'蒙泉聊息駕,可以洗君心'之句,而德裕乃直名曰惠泉,豈非思惠山泉不可得,求其似者而强名之與? 然德裕嘗令所親取揚子江中泠水,其人醉忘,乃汲石城水以紿之,德裕能辨其非是。審爾,其可以蒙泉爲惠泉而自欺乎?"《輿地紀勝·荆湖北路·荆門軍·景物上·蒙泉》:"在軍城西,出於硤石山之麓,即蒙山也。南曰蒙泉,北曰惠泉。每晝夜兩潮,水溢數寸,世傳南出玉,北出珠。"

〔二〕油然：自然而然。《莊子·知北遊》："惛然若亡而存，油然不形而神。"無營：無所謀求。謂聽任自然。

〔三〕激：泉水流急促。洌：泉水寒冷。《文選·盧諶〈時興〉》："下泉激洌清，曠野增遼索。"唐李善注："《毛詩》曰：'洌彼下泉。'毛萇曰：'洌，寒也。'司馬彪《莊子注》曰：'流急曰激。'"

〔四〕九地：指地的最深處。南朝梁江淹《遂古篇》："九地之下，如有天兮。"

〔五〕涓涓：細水緩流貌。《荀子·法行》："《詩》曰：'涓涓源水，不雝不塞。'"唐楊倞注曰："源水，水之泉源也。"

〔六〕奕奕：亮光閃動貌。南朝宋謝惠連《秋懷》："皎皎天月明，奕奕河宿爛。"

〔七〕"石泓"二句：謂清澈小潭中有大魚。石泓：凹石積水而成的小潭。唐柳宗元《石渠記》："踰石而往，有石泓，昌蒲被之，青鮮環周。"三尺雪：三尺長的魚，此虛指大魚。唐賈島《雙魚謡》："天河墮雙魴，飛我庭中央。掌握尺餘雪，劈開腸有璜。"

〔八〕"樂哉"二句：謂住在泉邊的老翁從未見泉水乾竭過。

附録　蘇洵《荆門惠泉》

古郡帶荒山，寒泉出西郭。嘈嘈幽響遠，衮衮清光活。當年我少年，繫馬弄潺湲。愛此泉旁鷺，高姿不可攀。今逾二十載，我老泉依舊。臨流照衰顔，始覺老且瘦。當時同遊子，半作泉下塵。流水去不返，遊人歲歲新。

蘇軾《荆門惠泉》荆門山在宜都大江之南，與虎山對。

泉源從高來，走下隨石脈。紛紛白沫亂，隱隱蒼崖坼。縈回成曲沼，清澈見肝膈。溓瀉爲長溪，奔駛蕩蛙蟈。初開不容椀，漸去已如帛。傳聞此山中，神物懶遭謫。不能致雷雨，灩灩吐寒碧。遂令山前人，千古灌稻麥。

答荆門張都官維見和惠泉〔一〕

荒涼荆門西,泉水誰爲泄?發源雖甚微,來勢①不可折。平鋪清池②滿,皎皎自明澈。甘涼最宜茶,羊炙可用雪〔二〕。炎風五月交,中夜吐明月〔三〕。太守燕已遠③,青嶂空嵲嵲〔四〕。泉上白髮翁,來飲杯饌闕。酌水自獻酬,箕踞無禮節〔五〕。區區遊泉人,常值午日烈。回首憂重城,賞玩安能徹〔六〕?

【校記】

①勢:原本、宋建本作“意”,據宋文集本改。

②池:原作“地”,據宋大字本、宋建本、叢刊本改。

③遠:宋大字本、宋建本、蜀藩刻本作“還”,形近而誤。

【箋注】

〔一〕作於嘉祐五年(一〇六〇)正月。蘇軾有《次韻答荆門張都官維見和惠泉詩》。張維:事跡不詳,俟考。《三蘇年譜》引《長編》卷二百八十熙寧十年紀事,不足據。

〔二〕“甘涼”二句:謂泉水宜泡茶,可洗滌羊肉以去膻腥。《韓非子·外儲説左下》:“黍者,非飯之也,以雪桃也。”陳奇猷集釋:“太田方曰:雪,拭也。”唐杜甫《陪諸貴公子丈八溝携妓納涼晚際遇雨二首》之一:“公子調冰水,佳人雪藕絲。”清仇兆鰲注:“雪,拭也。”

〔三〕“炎風”二句:謂值盛夏月夜在泉上納涼當愜意無比。交:至。

〔四〕“太守”二句:謂昔日太守在泉上飲宴,而今已時過境遷。燕:通“宴”。青嶂:青山。嶂,聳立如屏障的山峰。《文選·沈約〈鍾山詩應西陽王教〉》:“鬱律構丹巘,崚嶒起青嶂。”唐吕向注:“山横曰嶂。”嵲嵲(niè niè):山石聳立貌。按,此太守不知指何人。待考。

〔五〕箕踞:一種輕慢、不拘禮節的坐的姿態。即隨意張開兩腿坐著,形似簸箕。參《夜泊牛口》注〔三〕。

〔六〕“回首”二句:思及自己將奔赴京城求功名,日後很難有這種游山玩水的機會。重城:指宫城,都城。唐李白《鼓吹入朝曲》:“搥鐘速嚴妝,伐鼓啓重城。”

附録　蘇軾《次韻答荆門張都官維見和惠泉詩》

楚人少井飲,地氣常不洩。蓄之爲惠泉,坌若有所折。泉源本無情,豈問濁與澈。貪愚彼二水,終古恥莫雪。只應所處然,遂使語異别。泉旁地平衍,泉上山嵽嵲。君子慎所居,此義安可缺。古人貴言贈,敢用况高節。不爲冬霜乾,肯畏夏日烈。泠泠但不已,海遠要當徹。

涮陽早發〔一〕

春氣入楚澤〔二〕,原上草猶枯〔三〕。北風吹栗林,梅蕊颯已無〔四〕。我行亦何事,驅馬無疾徐〔五〕。楚人信稀少,田畝任蓁蕪。空有道路人,擾擾不留車〔六〕。悲傷彼何懶①,嘆息此亦愚。今我何爲爾,豈亦愚者徒?行行楚山曉,霜露滿陂湖。

【校記】

①懶:三蘇祠本作“賴”,形近而誤。

【箋注】

〔一〕作於嘉祐五年(一〇六〇)正月赴京途中。詩對赴京求取功名亦不免迷惘惆悵。蘇軾有同題詩。涮陽:驛名。在郢州(今湖北鍾祥市)涮河口附近。

〔二〕楚澤:古楚地有雲夢等七澤。後以“楚澤”泛指楚地或楚地的湖澤。此指後者。

〔三〕唐白居易《賦得古原草送别》:“離離原上草,一歲一枯榮。”

〔四〕梅蕊:梅花蓓蕾。此言寒冬已過,梅花已凋謝了。

〔五〕“我行”二句:謂自己爲何如此匆匆趕路。蘇軾《出都來陳所乘船上有題小詩八首不知何人有感於余心者聊爲和之》:“我行無疾徐,輕楫信容漾。”何事:爲何,何故。晉左思《招隱》之一:“何事待嘯歌?灌木自悲吟。”

〔六〕"楚人"四句：謂楚地人稀，田多荒蕪，只見有旅人匆匆路過。蓁蕪：猶荒蕪。雜草叢生。道路人：謂旅人。白居易《賀雨》："奔騰道路人，傴僂田野翁。"擾擾：紛亂貌；煩亂貌。《國語·晉語六》："唯有諸侯，故擾擾焉。凡諸侯，難之本也。"

附録　蘇軾《浰陽早發》

富貴本無定，世人自榮枯。囂囂好名心，嗟我豈獨無。不能便退縮，但使進少徐。我行念西國，已分田園蕪。南來竟何事，碌碌隨商車。自進苟無補，乃是懶且愚。人生重意氣，出處夫豈徒。永懷江陽叟，種藕春滿湖。

襄陽古樂府二首〔一〕

野鷹來

野鷹來，雄雉走〔二〕。蒼茫荒榛下，毰毸大如斗〔三〕。鷹來蕭蕭風雨寒，壯士臺中一揮肘。臺高百尺臨平川，山中放火秋草乾。雉肥兔飽走不去，野鷹飛下風蕭然〔四〕。嵯峨呼鷹臺，人去臺已圮。高臺不可見，況復呼鷹子？長歌《野鷹來》，當年落誰耳〔五〕？父生已不武，子立又不强。北兵果南下，擾擾如驅羊。鷹來野雉何暇走，束縛籠中安得翔？可憐野雉亦有爪，兩手捽鷹猶可傷〔六〕。

【箋注】

〔一〕作於嘉祐五年（一〇六〇）正月。蘇軾有同題詩三首。其一爲《野鷹來》。晉習鑿齒《襄陽耆舊記》："劉表爲荆州刺史，築呼鷹台，作《野鷹來》曲。"北魏酈道元《水經注·沔水》："水南有層臺，號曰景升臺，蓋劉表治襄陽之所築也。言表盛遊于此，常所止憩。表性好鷹，嘗登此臺，歌《野鷹來》曲，其聲韻似孟達《上堵吟》矣。"按，《野鷹來》本樂府古曲，劉表昔喜歌之。襄陽：即襄州。春秋以來楚地，秦南郡之北界，兩漢屬南郡南陽二郡地，至獻帝時魏武始置襄陽郡。晉初因之,兼置豫州。西魏改曰襄州,隋復爲襄陽郡,唐因之,爲山南東道節度,屬山南道。宋屬京西南路,宣和元年陞爲襄陽府。宋屬京西南路。治襄城(今湖北襄陽市)。參《文獻通考・輿地考六・襄州》。

〔二〕雉:野雞。

〔三〕毰毸(péi sāi):鳥羽張開貌。唐劉禹錫《飛鳶操》:"樸遬危巢向莫時,毰毸飽腹蹲枯枝。"即"陪鰓"。《文選・潘岳〈射雉賦〉》:"摛朱冠之艴赫,敷藻翰之陪鰓。"唐李善注:"陪鰓,奮怒之貌也。"

〔四〕"鷹來"六句:描繪當初劉表呼鷹走犬的盛況。

〔五〕"嵯峨"六句:謂高臺早已坍塌,人事亦已全非。嵯峨:山高峻貌。《楚辭・淮南小山〈招隱士〉》:"山氣巃嵸兮石嵯峨,谿谷嶄巖兮水曾波。"漢王逸注:"嵯峨,巀嶭,峻蔽日也。"圮(pǐ):《書・咸有一德》:"祖乙圮於耿。"孔傳:"河水所毁曰圮。"

〔六〕"父生"八句:謂劉表本非英雄,而幼子劉琮更爲窩囊,曹兵南下便束手投降,連野雞都不如。蓋漢獻帝建安十三年曹操南征,兵未至而劉表病死,表妻蔡氏假劉表遺囑立少子劉琮爲主,操兵至而琮舉州歸降。不武:謂無將帥之才。《三國志・蜀書・龐統傳》:"統復説曰:'陰選精兵,晝夜兼道,徑襲成都;璋既不武,又素無預備,大軍卒至,一舉便定。此上計也。'"擾擾:紛亂貌。

附録　蘇軾《野鷹來》

野鷹來,萬山下。荒山無食鷹苦飢,飛來爲爾繫綵絲。北原有兔老且白,年年養子秋食菽。我欲擊之不可得,年深兔老鷹力弱。野鷹來,城東有臺高崔巍。臺中公子著皮袖,東望萬里心悠哉。心悠哉,鷹何在!嗟爾公子歸無勞,使鷹可呼亦凡曹,天陰月黑狐夜嘷。

襄陽樂〔一〕

誰言襄陽苦,歌者樂襄陽。太守劉公子,千年未可忘。劉公一去歲時改,惟有州南漢水長〔二〕。漢水南流峴山碧,種稻耕田泥没尺〔三〕。里人種麥滿高原,長使越人耕大澤。澤中多水原上乾,越人爲種楚人食〔四〕。火耕水耨古常然〔五〕,漢水魚多去滿船。長有行人知此樂,來買槎頭縮項①鯿〔六〕。

【校記】

①項:宋建本、叢刊本作"頸",形近而誤,参注〔六〕可知。

【箋注】

〔一〕作於嘉祐五年(一〇六〇)正月。《宋書·劉道産傳》:"善於臨民,在雍部政績尤著,蠻夷前後叛戾不受化者,並皆順服,悉出緣沔爲居。百姓樂業,民户豐贍,由此有《襄陽樂》歌,自道産始也。"劉道産即下文劉公子,南朝宋江蘇徐州人,太尉咨議參軍簡之子。初爲無錫令,有能名,累遷雍州刺史,兼襄陽太守,政聲更著。進號輔國將軍。卒謚襄。《宋書》有傳。劉道産元嘉六年(四二九)爲襄陽太守,距此僅六百餘年,此蓋言成數。一説,郭茂倩《樂府詩集·清商曲辭》"襄陽樂"引《古今樂録》曰:"《襄陽樂》者,宋隨王誕之所作也。誕始爲襄陽郡,元嘉二十六年仍爲雍州刺史,夜聞諸女歌謡,因而作之,所以歌和中有'襄陽來夜樂'之語也。"

〔二〕漢水:中國長江的最大支流。全長一千五百三十二公里,流域面積十七萬零四千平方公里。發源於陝西省西南部寧强縣北的米倉山,東南流經陝西南部、湖北西部和中部,在武漢市入長江。《書·禹貢》:"嶓塚導漾,東流爲漢。"孔傳:"泉始出山爲漾水,東南流爲沔水,至漢中東流爲漢水。"

〔三〕"漢水"二句:謂漢水爲此處種植水稻提供豐沛的水源。峴山:山名。在湖北襄陽縣南。又名峴首山。東臨漢水,爲襄陽南面要塞。西晉羊祜鎮襄陽時,常登此山,置酒吟詠。《晉書·羊祜傳》:"祜樂山水,每風景,必造峴山,置酒言詠,終日不倦。"

〔四〕"里人"四句:謂襄陽地區依地形乾濕差異耕種稻、麥兩種作物。

〔五〕謂火耕水耨爲耕種常道。火耕水耨:古代一種耕種方法。燒去雜草,灌水種稻。《史記·平準書》:"江南火耕水耨,令飢民得流就食江淮間。"南朝宋裴駰集解引漢應劭曰:"燒草,下水種稻。草與稻並生,高七八寸,因悉芟去,復下水灌之,草死,獨稻長,所謂火耕水耨也。"

〔六〕縮項鯿:魚名。以肥美著名。唐杜甫《解悶十二首》之六:"即今耆舊無新語,漫釣槎頭縮頸鯿。"清仇兆鰲注引趙次公曰:"習鑿齒《襄陽耆舊傳》

云:'峴山下漢水中出鯿魚,味極肥而美,襄陽人採捕,遂以槎斷水,因謂之槎頭縮項鯿。'"蘇軾《監洞霄宫俞康直所居·退圃》:"百丈休牽上瀨船,一鈎歸釣縮頭鯿。"

附録　蘇軾《襄陽樂》

使君未來襄陽愁,提戈入市裹氈裘。自從氈裘南渡沔,襄陽無事多春遊。襄陽春遊樂何許,峴山之陽漢江滸。使君朱旆來翻翻,人道使君似羊杜。道邊逢人問洛陽,中原苦戰春田荒。北人聞道襄陽樂,目送飛鴻應斷腸。

雙鳧觀〔一〕在葉縣〔二〕。

王喬西飛朝洛陽〔三〕,飄飄千里雙鳧翔〔四〕。鳧飛遭網不能去,惟有空屨鳧已亡〔五〕。誰知野鳥不能化,豈必雙屨能飛揚?鳧神屨怪常有在,搔首野廟春風長。

【箋注】

〔一〕作於嘉祐五年(一〇六〇)正月。漢應劭《風俗通·正失·葉令祠》:"俗説孝明帝時,尚書郎河東王喬,遷爲葉令,喬有神術,每月朔常詣臺朝。帝怪其來數而無車騎,密令太史候望,言其臨至時,常有雙鳧從東南飛來。因伏伺,見鳧舉羅,但得一雙舄耳。使尚方識視,四年中所賜尚書官屬履也。"雙鳧觀:地在葉縣治東北隅,即王喬祠。按,自江陵至京師,父子三人途中作詩文共七十三篇,匯爲《南行後集》,蘇轍有《南行後集引》,已佚。《南行後集》詩共五十二首,其中蘇洵詩六首。蘇軾詩三十七首,賦一首。蘇轍詩八首,其中《渚宫》一首已殘。是年三月,蘇轍以選人至流内銓,授河南府澠池縣主簿。未赴。六月,與兄寓居懷遠驛。

〔二〕葉縣:春秋楚葉邑,沈諸梁所封。漢置縣,南朝宋省,後魏復置。北宋時屬汝州。故地在今河南葉縣南三十里。

〔三〕洛陽:地名。以在洛水之北而得名。周平王遷都於此。戰國秦襄王建洛陽縣。西漢爲河南郡治。東漢建爲都城,三國魏及西晉亦建都於此。唐高宗始以洛陽爲都,稱東都。宋以洛陽爲西京,置河南府。治在今河南洛陽市。

〔四〕鳧:野鴨。狀如家鴨而略小,肉味甚美。《詩·鄭風·女曰雞鳴》:"將翱將翔,弋鳧與鴈。"宋朱熹集傳:"鳧,水鳥,如鴨,青色,背上有文。"

〔五〕屨:鞋子。

附録　蘇軾《雙鳧觀》

王喬古仙子,時出觀人寰。常爲漢郎吏,厭世去無還。雙鳧偶爲戲,聊以驚世頑。不然神仙迹,羅網安能攀。紛紛塵埃中,銅印紆青綸。安知無隱者,竊笑彼愚姦。

懷黽池寄子瞻兄〔一〕

相携話别鄭原上〔二〕,共道長途怕雪泥〔三〕。歸騎還尋大梁陌〔四〕,行人已渡古崤西〔五〕。曾爲縣吏民知否,轍嘗爲此縣簿,未赴而中第。舊宿僧房壁共題。轍昔與子瞻應舉,過宿縣中寺舍,題其老僧奉閑之壁。遥想獨遊佳味少,無言騅馬但鳴嘶〔六〕。

【箋注】

〔一〕作於嘉祐六年(一〇六一)十一月十九日後。是年轍二十三歲。八月,與兄同應制科考試,合格。同月殿試。以蘇轍爲試秘書省校書郎充商州軍事推官。轍奏乞養親,不赴商州任。蘇軾赴鳳翔府判官任,有《辛丑十一月十九日既與子由别於鄭州西門之外馬上賦詩一篇寄之》,是知蘇轍詩當作於此日而後書以寄軾。黽池:戰國時秦趙相會于此。漢爲縣,後或爲郡或爲縣,唐宋時爲縣。宋屬河南府。治在今河南黽池縣。子瞻:指蘇軾(一〇三七—一一〇一)。字子瞻,號東坡居士,眉州眉山(今四川眉山市)人。蘇洵子,蘇轍兄。嘉祐二年登進士乙科,受歐陽脩賞識。任鳳翔府判官,入直史館。熙寧間王安石變法,軾因政見分歧,通判杭州,徙知密州、徐州、湖州。元豐二年烏臺詩案後,謫爲黄州團練副使。元祐初返京,累遷中書舍人、翰林學士、知制誥。旋拜龍圖閣學士、出知杭州、潁州、揚州、定州,其間曾被召還朝任禮部尚書等職。爲元祐黨争所累,紹聖初謫於惠州,再徙儋州。徽宗立,遇赦北還。建中靖國元年卒于常州。其主要著作存世者有《易傳》、《書傳》及《東坡傳》四十卷、《後集》二十卷、《奏議》十五卷、《内制》十卷、《外制》三卷、《和陶詩》四卷。《宋史》有傳。按,蘇軾後不再出注。

〔二〕鄭原:即上注之鄭州西門外原野。

〔三〕雪泥:雪融後的泥路。唐李商隱《西南行卻寄相送者》:"百里陰雲覆雪泥,行人只在雪雲西。"

〔四〕謂自己别兄後回京都開封。大梁:古地名。戰國魏都。在今河南省開封市西北。隋唐以後,通稱今開封市爲大梁。唐韓愈《送僧澄觀》:"愈昔從軍大梁下,往來滿屋賢豪者。"

〔五〕崤(xiáo):山名。崤,也作"殽"。又名嶔崟山、嶔岑山。在河南省洛寧縣北。山分東西二崤,中有谷道,阪坡峻陡,爲古代軍事要地。參《元和郡縣圖志·河南道一·永寧》。鳳翔府在崤山之西,故云。

〔六〕騅馬:毛色蒼白相間的馬。《詩·魯頌·駉》:"有騅有駓,有騂有騏。"毛傳:"蒼白雜毛曰騅。"

附録　蘇軾《和子由澠池懷舊》

人生到處知何似?應似飛鴻踏雪泥。泥上偶然留指爪,鴻飛那復計東西。老僧已死成新塔,壞壁無由見舊題。往日崎嶇還記否,路長人困蹇驢嘶。往歲,馬死於二陵,騎驢至澠池。

辛丑除日寄子瞻〔一〕

一歲不復居,一日安足惜?人心畏增年〔二〕,對酒語終夕〔三〕。夜長書室幽,燈燭明照席。盤飧雜梁楚,羊炙錯魚腊〔四〕。庖人饌雞兔,家味宛如昔。有懷岐山下,展轉不能釋〔五〕。念同去閭里,此節三已失[六]。初來寄荆渚,魚雁賤宜客。楚人重歲時,爆竹鳴磔磔[七]。新春始涉五,田凍未生麥[八]。相携歷唐許,花柳漸牙拆[九]。居梁不耐貧,投杞避糠覈[一〇]。城南庠齋静,終歲守墳籍[一一]。酒酸未嘗飲,牛美每共炙。謂言從明年,此會可懸射[一二]。同爲洛中吏,相去不盈尺。濁醪幸分季,新筍可餉伯[一三]。巑巑嵩山美,漾漾洛水碧[一四]。官閑得相從,春野玩朝日。安知書閣下,群子並遭馘。偶成一朝榮,遂使千里隔。何年相會歡,逢節勿輕擲[一五]?

【箋注】

〔一〕作於嘉祐六年(一〇六一)除日。是時蘇軾在鳳翔府判官任。

〔二〕謂人們都怕虚度了年華。增年:年歲增長。蘇軾《次韻楊褒早春》:"破恨徑須煩麴蘖,增年誰復怨羲娥。"

〔三〕因爲對舊年的眷戀,于是徹夜飲酒不睡,以迎候新年的到來,即俗謂之守歲。晉周處《風土記》:"蜀之風俗,晚歲相與餽問,謂之餽歲;酒食相邀爲别歲;至除夕達旦不眠,謂之守歲。"

〔四〕"盤飧"二句:謂菜肴非常豐盛,兼具川、陝及楚地菜品。梁:古九州之一。《書·禹貢》:"華陽,黑水惟梁州。"孔傳:"東據華山之南,西距黑水。"炙:烤肉。錯:間雜;混雜。《書·禹貢》:"厥賦惟上上錯,厥田惟中中。"孔傳:"上上,第一。錯,雜,雜出第二之賦。"唐孔穎達疏:"交錯是間雜之義,故錯爲雜也。"腊:乾肉。按,"雜""錯"互文,謂菜肴擺放很多。

〔五〕"有懷"二句:謂思念兄長子瞻。時蘇軾在鳳翔,故言岐山下。岐山:山名。在今陝西省岐山縣境。上古稱"岐"。《書·禹貢》:"導岍及岐,至於荆山。"孔傳:"三山皆在雍州。"《文選·張衡〈西京賦〉》:"岐、梁、汧、雍。"三國吴薛綜注引《説文》:"岐山在長安西美陽縣界,山有兩岐,因以名焉。"展轉:翻來覆去貌,形容憂思不寐。《楚辭·劉向〈九歎·惜賢〉》:"憂心展轉,愁怫鬱兮。"王逸注:"展轉,不寤貌。"

〔六〕轍父子嘉祐四年離鄉,至此已三個除夕,故云。

〔七〕磔磔:象聲詞。形容鞭炮聲響。

〔八〕“新春”二句:追憶嘉祐五年正月五日父子三人離江陵赴京師。

〔九〕“相携”二句:憶赴京路途情景。謂花始欲開,而柳芽待放。唐許:宋京城開封唐代屬許州。故稱唐許。牙:後來寫作“芽”。拆:同“坼”。裂開;綻開。《詩·大雅·生民》:“誕彌厥月,先生如達,不拆不副,無菑無害。”唐陸德明釋文:“坼。”

〔一〇〕糠覈:指粗劣的食物。《史記·陳丞相世家》:“人或謂陳平曰:‘貧何食而肥若是?’其嫂嫉平之不視家生産,曰:‘亦食糠覈耳。’”南朝宋裴駰集解:“孟康曰:‘麥糠中不破者也。’晉灼曰:‘覈音紇,京師謂麄屑爲紇頭。’”杞:古杞國在今河南雍丘境。蘇轍《伯父墓表》有“轍生九年,始識公于鄉。其後見公于杞”。似此蘇涣或有産業在杞。故父子三人投奔而寓居于杞。蘇洵《嘉祐集》卷十二《謝趙司諫書》:“寓居雍丘,無故不至京師。瞻望君子,日以復日。”

〔一一〕“城南”二句:謂在杞潛心讀書。庠齋:書齋;學校。庠,古代的學校,特指鄉學。《孟子·滕文公上》:“夏曰校,殷曰序,周曰庠,學則三代共之,皆所以明人倫也。”按,此當是住處距鄉學近,故有條件讀書。墳籍:古代典籍。《後漢書·郭太傳》:“[郭太]就成臯屈伯彦學,三年業畢,博通墳籍。”墳指古籍,語出《左傳·昭公十二年》:“是能讀三墳、五典、八索、九丘。”晉杜預注:“皆古書名。”

〔一二〕“謂言”二句:言今後除夕當弟兄相聚。懸射:預先猜測;估量。以下各句皆爲對弟兄未來親情的擬想。

〔一三〕“濁醪”二句:謂弟兄飲食互通往來。濁醪:即濁酒。指用糯米、黄米等釀製的酒,較渾濁。晉左思《魏都賦》:“清酤如濟,濁醪如河。”季:弟。指自己。伯:兄。指蘇軾。

〔一四〕“巑巑”二句:互文。謂兄弟徜徉於山水之間。巑巑(cuán cuán):高峻貌。嵩山:山名。在河南省登封縣北,爲五嶽之中嶽。古稱外方、太室,又名崇高、嵩高。其峰有三:東爲太室山,中爲峻極山,西爲少室山。漾漾:水波閃耀貌。唐皇甫曾《山下泉》:“漾漾帶山光,澄澄倒林影。”

〔一五〕“安知”六句:謂授官而弟兄分離,并希望今後年節時兄弟能夠聚會。見上詩注〔一〕。馘(guó):本義指古代戰爭中割取所殺敵人或俘虜的左耳以計數獻功。《詩・大雅・皇矣》:“執訊連連,攸馘安安。”毛傳:“馘,獲也。不服者,殺而獻其左耳曰馘。”這裏爲趁韻只取其斷離義。輕擲:輕易地錯過,放過。

附録　蘇軾《和子由除日見寄》

薄宦驅我西,遠别不容惜。方愁後會遠,未暇憂歲夕。强歡雖有酒,冷酌不成席。秦烹惟羊羹,隴饌有熊腊。念爲兒童歲,屈指已成昔。往事今何追,忽若箭已釋。感時嗟事變,所得不償失。府卒來驅儺,矍鑠驚遠客。愁來豈有魔,煩汝爲攘磔。寒梅與凍杏,嫩萼初似麥。攀條爲惆悵,玉蕊何時折。不憂春豔晚,行見棄夏翮。人生行樂耳,安用聲名藉。胡爲獨多感,不見膏自炙。詩來苦相寬,子意遠可射。依依見其面,疑子在咫尺。兄今雖小官,幸忝佐方伯。北池近所鑿,中有汧水碧。臨池飲美酒,尚可消永日。但恐詩力弱,鬭健未免馘。詩成十日到,誰謂千里隔。一月寄一篇,憂愁何足擲。

次韻子瞻減降諸縣囚徒事畢登覽〔一〕

山川足清曠,闤闠巧拘囚〔二〕。安得孅阿御,同①爲穆滿遊〔三〕。遥知因涣汗,遠出散幽憂〔四〕。原隰繁分繡〔五〕,村墟盡小侯〔六〕。春深秦樹緑,野闊渭河流。四顧神蕭瑟〔七〕,前探意漲浮〔八〕。勝觀殊未已,往足詎能收〔九〕?下阪如浮舸〔一〇〕,登崖劇上樓〔一一〕。强行腰傴僂〔一二〕,困坐氣噓咻〔一三〕。鳥語林巒静,花明澗谷幽。濯溪驚野老〔一四〕,伐路駭他州〔一五〕。中散探深去〔一六〕,文淵到處留〔一七〕。聽琴峰下寺,弄石水中洲。溪冷泉冰脚〔一八〕,山高霧繞頭。石潭清照骨,瀑水濺成鈎〔一九〕。仙廟鳴鐘磬,神官秉鉞劉〔二〇〕。養生聞帝女,服氣絶彭讎〔二一〕。故宅猶傳尹,先師不喜丘〔二二〕。居人那識道,過客謾停騶〔二三〕。巖谷誠深絶,神仙信有不？雲居無几杖，霞珮棄鐫鏤〔二四〕。豹隱連山霧，龍潛百尺湫〔二五〕。門開誰與叩？桃熟浪傳偷〔二六〕。紺髮清無比，方瞳凜不侔②〔二七〕。會須林下見，乞取壽年修〔二八〕。拔去和雞犬，相隨若旆旒〔二九〕。乘風遺騕褭〔三〇〕，長嘯賤笙篌〔三一〕。從騎衣皆羽，前驅鬣盡虯〔三二〕。安能牽兩足，暫得快雙眸〔三三〕？自昔辭鄉樹，南行上楚舟〔三四〕。萬江窮地脈，三峽束天溝〔三五〕。雲暗酆都晚〔三六〕，波吹木櫪秋。尋溪緣窈窕，入洞聽颼飀〔三七〕。空寺收黄栗，荒祠畫伏彪〔三八〕。登臨雖永日，行邁肯停輈〔三九〕？蓄縮今何事〔四〇〕？攀躋昔已悠〔四一〕。魏京饒士女，春服聚蜉蝣〔四二〕。雷動車爭陌〔四三〕，花揺樹繫鞦〔四四〕。遊人紛蕩漾〔四五〕，野鳥自嚶呦〔四六〕。平日曾經洛，閑居願卜緱〔四七〕。空言真比夢，久渴漸成愁。早退嘗相約，辭囂痛自摟③〔四八〕。愛山心劫劫〔四九〕，從宦興油油〔五〇〕。海宇都無礙〔五一〕，山林盡可投。願爲雲上鵠，莫作盎中鯈〔五二〕。適性行隨足〔五三〕，謀生富給喉〔五四〕。今遊雖不與〔五五〕，後會豈無由？晝出同穿屨，宵眠共覆裘〔五六〕。弟兄真欲爾，朋好定誰儔〔五七〕。試寫長篇調，何人肯見酬〔五八〕？

【校記】

①同：原作“固”，據宋大字本、宋建本改。

②侔：宋大字本、叢刊本作“眸”，形近而誤。

③摟：叢刊本作“樓”，形近而誤。

【箋注】

〔一〕作於嘉祐七年（一〇六二）二月底。蘇軾詩題作《壬寅二月有詔令郡吏分往屬縣減决囚禁自十三日受命出府至寶雞虢郿盩厔四縣既畢事因朝謁太平宫而宿於南溪溪堂遂並南山而西至樓觀大秦寺延生觀仙游潭十九日乃歸作詩五百言以記凡所經歷者寄子由》。減降：減少或降低（對囚犯的）處罰。按，蘇軾《和子由除日見寄》有云：“詩成十日到，誰謂千里隔。”凡次韻詩約略以推後十日計。以下不再作説明。

〔二〕“山川”二句:謂兄爲案牘所羈,不得游覽山川之樂。闤闠:街市;街道。晉崔豹《古今注·闤闠》:“闤者,市牆也;闠者,市門也。”《文選·左思〈魏都賦〉》:“班列肆以兼羅,設闤闠以襟帶。”唐吕向注:“闤闠,市中巷繞市,如衣之襟帶然。”

〔三〕“安得”二句:謂何時能如周穆王暢游天下。孅阿:古神話中御月運行的女神。《文選·司馬相如〈子虛賦〉》:“陽子驂乘,孅阿爲御。”唐李善注引郭璞曰:“孅阿,古之善御者。”《史記·司馬相如列傳》:“陽子驂乘,纖阿爲御。”唐司馬貞索隱:“服虔云:‘纖阿爲月御。或曰美女姣好貌。’又樂産曰:‘纖阿,山名,有女子處其巖,月歷巖度,躍入月中,因名月御也。’”穆滿:指周穆王。《文選·王融〈三月三日曲水詩序〉》:“穆滿八駿,如舞瑶水之陰。”唐劉良注:“穆滿,周穆王也。”《太平廣記·神仙二·周穆王》:“周穆王名滿,房后所生,昭王子也。昭王南巡不還,穆王乃立,時年五十矣。立五十四年一百四歲。王少好神仙之道,常欲使車轍馬跡遍於天下,以倣黄帝焉。”

〔四〕“遥知”二句:擬想兄正好趁奉詔公幹外出散散心。涣汗:語本《易·涣》:“九五:涣汗其大號。涣,王居无咎。”三國魏王弼注:“處尊履正,居巽之中,散汗大號,以盪險阨者也。爲涣之主,唯王居之,乃得无咎也。”後以喻帝王的聖旨,號令。《宋書·范泰傳》:“是以明詔爰發,已成涣汗。學制既下,遠近遵承。”幽憂:過度憂勞;憂傷。《莊子·讓王》:“我適有幽憂之病,方且治之,未暇治天下也。”唐成玄英疏:“幽,深也;憂,勞也。”

〔五〕原隰:廣平與低濕之地。《書·禹貢》:“原隰底績,至于豬野。”《國語·周語上》:“猶其原隰之有衍沃也。”三國吴韋昭注:“廣平曰原,下濕曰隰。”分繡:唐韓愈《南山》“縷脉碎分繡”宋孫傳注:“言衆山之狀相錯如繡。”

〔六〕村墟:村莊。唐杜甫《季秋江村》:“喬木村墟古,疏籬野蔓懸。”侯:通“堠”,鄉村中記里程的土堆。《北史·韋孝寬傳》:“先是,路側一里置一土堠,經雨頹毁,每須修之。自孝寬臨州,乃勒部内,當堠處植槐樹代之。既免修復,行旅又得庇蔭。”《周書》作“土候”。韓愈《路旁堠》:“堆堆路旁堠,一雙復一隻。”

〔七〕蕭瑟:冷落;凄涼。《楚辭·宋玉〈九辯〉》:“悲哉!秋之爲氣也。蕭瑟兮,草木摇落而變衰。”

〔八〕謂情緒隨著游蹤所及而變化。

〔九〕"勝觀"二句:謂觸處都是美景,令人不能止足。往足:前行的脚步。詎(jù):豈;難道。表示反詰。

〔一〇〕謂下坡摇晃如水中浮動不穩的船。下阪:下坡。阪,斜坡。舸(gě):船。

〔一一〕謂登崖難如上樓。劇:難;艱難。

〔一二〕傴僂:彎曲;俯身。唐施肩吾《誚山中叟》:"天陰傴僂帶嗽行,猶向巖前種松子。"

〔一三〕嘘咻(xiū):喘氣貌。

〔一四〕濯溪:濯於溪。在溪中洗浴。野老:村野的老人。

〔一五〕謂如謝靈運開山覓徑而遊。《宋書·謝靈運傳》:"登躡常著木履,上山則去前齒,下山去其後齒。嘗自始寧南山伐木開逕,直至臨海,從者數百人。臨海太守王琇驚駭,謂爲山賊,徐知是靈運,乃安。"

〔一六〕謂如嵇康作竹林之游。因嵇康嘗爲魏中散大夫,人稱嵇中散。嵇康(二二三—二六二),字叔夜,三國魏譙郡(今安徽濉溪縣)人。相傳嵇康本姓奚,後徙銍,居嵇山側,因改姓嵇。少孤,有奇才。豐神俊逸,博洽多聞,恬静寡欲,好《老》《莊》。工詩文,善鼓琴,精樂理。爲魏宗室婿,拜中散大夫。與阮籍、山濤、向秀、阮咸、王戎、劉伶等友善,稱"竹林七賢"。司馬氏掌朝權,山濤爲選曹郎,舉康自代,康答書拒絶。後遭鍾會誣陷,爲司馬昭所殺。臨行索琴彈《廣陵散》曲。今存著名作品有《琴賦》、《養生論》、《聲無哀樂論》、《與山巨源絶交書》等。《晉書》有傳。

〔一七〕謂如馬援身歷崎嶇難行的路徑。文淵:指馬援(前一四—四九)。字文淵,後漢茂陵(今陝西興平市東北)人。少有大志,爲郡督郵,以縱囚亡命北地牧畜,賓客多歸附之。王莽以爲新城大尹。莽敗,依隗囂。後歸光武,助光武破囂。建武中拜伏波將軍,征交阯,平之。立石柱以表功。武陵五溪蠻反,援復將兵討之。卒於軍。建武中謚忠成。《後漢書》有傳。按,馬援行軍常不避險阻,出敵於不意,此但借以言探奇攬勝,不避艱險。

〔一八〕冰:涼;冷。

〔一九〕鉤:通"溝",謂瀑布濺而成溝壑。

〔二〇〕神官：猶仙官。道教指有爵位的神仙。韓愈《記夢》："夜夢神官與我言，羅縷道妙角與根。"按，此指廟宇中的神像。鉞劉：鉞和劉。鉞，古兵器。圓刃，青銅製。形似斧而較大。盛行於殷周時。《史記·殷本紀》："湯自把鉞以伐昆吾，遂伐桀。"劉，古兵器。斧鉞。《書·顧命》："一人冕執劉，立於東堂。"孔傳："劉，鉞屬。"唐孔穎達疏引鄭玄曰："劉，蓋今鑱斧。"

〔二一〕"養生"二句：言唐玉真公主學道事。帝女：指唐玄宗女玉真公主。《新唐書·諸帝公主傳》："玉真公主字持盈，始封崇昌縣主。俄進號上清玄都大洞三景師。天寶三載，上言曰：'先帝許妾捨家，今仍叨主第，食租賦，誠願去公主號，罷邑司，歸之王府。'玄宗不許。又言：'妾，高宗之孫，睿宗之女，陛下之女弟，於天下不爲賤，何必名繫主號、資湯沐，然後爲貴？請入數百家之産，延十年之命。'帝知至意，乃許之。"後出家爲道士。延生觀後有玉真公主修道處。服氣：吐納。道家養生延年之術。《晉書·隱逸傳·張忠》："恬静寡欲，清虚服氣，餐芝餌石，修導養之法。"絶彭讎：唐張讀《宣室志》卷一："契虚拜，真君召契虚上，訊曰：'爾嘗絶三彭之仇乎？'契虚不能對……契虚因問梓子曰：'吾向者謁覲真君，真君問我"三彭之仇"，我不能對。'梓子曰：'夫彭者，三尸之姓，常居人身中，伺察功罪。每至庚申日，籍于上帝。故凡學仙者，當先絶其三尸，如是，則神仙可得；不然，雖苦其心，無補也。'契虚悟其事。自是而歸。"《雲笈七籤·三洞經教部·經四·太清中黄真經》："一者上蟲居腦宫……二者中蟲住明堂……三者下尸居腹胃。"

〔二二〕"故宅"二句：述關令尹喜傳經事。先師：指老子。姓李名耳，楚之苦縣（今河南鹿邑縣）人。字聃，又稱老聃。相傳其母懷之八十一年而生，故號爲老子。傳曾爲周守藏室之史，孔子嘗往問禮焉。後見周道衰，乃西出函谷關，關吏尹喜嘗得其傳授。後隱去。著《道德經》五千餘言。莫知所終。《史記》有傳。丘：指孔子（前五五一—前四七九）。名丘，字仲尼，春秋魯陬邑（今山東曲阜南）人。儒家之祖。初仕於魯，爲司寇，攝行相事。其後不用，遂周四方。歸魯，删《詩》《書》，定禮樂，贊《周易》，修《春秋》，聚徒講學，據傳有弟子三千，身通六藝者七十二人。其學主"禮""仁"，弟子輯其言論爲《論語》，其思想爲歷代封建王朝所尊崇。詳見《史記·孔子世家》。"不喜丘"事見《史記·老子列傳》，云孔子問禮於老子，老子以孔子之行徑非宜。

〔二三〕“居人”二句：謂當地人傳言所謂老子、關尹等事純屬信口開河，而來遊者卻留連徘徊。停騶：停車。騶，古時掌管養馬並管駕車的人。《左傳·成公十八年》：“程鄭爲乘馬御，六騶屬焉。”孔穎達疏：“騶是主駕之官也。”謾：欺騙；蒙蔽。

〔二四〕“雲居”二句：謂山野百姓過著神仙一樣的日子，只是老者不像傳説中的神仙行有几杖，而女人也不似仙女穿著鏤刻彩繡的衣服。几杖：坐几和手杖，皆老者所用。霞珮：仙女的飾物。鐫鎪（juān sōu）：鏤刻；雕鏤。

〔二五〕“豹隱”二句：謂深山不乏有道的隱者。豹隱：漢劉向《列女傳·陶答子妻》：“妾聞南山有玄豹，霧雨七日而不下食者，何也？欲以澤其毛而成文章也，故藏而遠害。”後因以“豹隱”比喻潔身自好，隱居不仕。湫：深潭。杜甫《乾元中寓居同谷縣作歌七首》之六：“南有龍兮在山湫，古木巃嵸枝相樛。”蘇軾原詩自注：“山上有湫，甚靈。以今歲旱，方議取之。”

〔二六〕“門開”二句：謂仙家所居，大門開著。到處是仙桃隨意采摘，那用得著偷。偷桃，《漢武故事》云：西王母種桃，三千年一結子，東方朔曾三次偷食，乃被謫降人間。

〔二七〕“紺髮”二句：描繪得道者的風采。紺（gàn）髮：原指佛教如來紺琉璃色頭髮。後亦指道教得道者之髮。唐白居易《送毛仙翁》：“仙翁已得道，混迹尋巖泉。肌膚冰雪瑩，衣服雲霞鮮。紺髮絲並緻，齠容花共妍。”方瞳：方形的瞳孔。古人以爲長壽之相。晉王嘉《拾遺記·周靈王》：“老聃在周之末，居反景日室之山，與世隔絶迹，惟有黄髮老叟五人……瞳子皆方，面色玉潔，手握青筠之杖，與聃共談天地之數。”唐李白《遊太山》之二：“山際逢羽人，方瞳好容顔。”清王琦注：“按仙經云：八百歲人瞳子方也。”不侔：不相等；不等同。謂常人無此相。按，“巖谷”到此句皆言蘇軾當在行程中遇到神仙。

〔二八〕“會須”二句：言與仙人約將來至此學道。壽年修：即修壽年，學長生不老術。因爲韻腳，故將“壽年”前置。

〔二九〕“拔去”二句：謂與仙家形影不離。舊題葛洪《神仙傳·淮南王》：“乃取鼎煮藥，使王服之，骨肉近三百餘人，同日昇天，雞犬舐藥器者，亦同飛去。”旆旒：旆，此處指旌旗。旒，旌旗懸垂的飾物。《詩·商頌·長髮》：“受小球大球，爲下國綴旒。”鄭箋：“旒，旌旗之垂者也。”

〔三〇〕騕褭(yǎo niǎo):古駿馬名。《文選·張衡〈思玄賦〉》:"斥西施而弗御兮,縶騕褭以服箱。"李善注:"《漢書音義》應劭曰:'騕褭,古之駿馬也,赤喙玄身,日行五千里。'"

〔三一〕長嘯:撮口發出悠長清越的聲音。《世説新語·棲逸》:"彼猶如前,凝矚不轉。籍因對之長嘯。"笙篌:笙和篌。笙,管樂器名。《説文·竹部》:"笙,十三簧,象鳳之身也。笙,正月之音。物生,故謂之笙。大者謂之巢,小者謂之和。古者,隨作笙。"篌,即箜篌。古代撥絃樂器名。《廣韻·東韻》:"箜,箜篌,樂器。"《隋書·音樂志下》:"今曲項琵琶、竪頭箜篌之徒,並出自西域,非華夏舊器。"按,此以笙篌代指樂器。全句言長嘯比吹奏樂器更有韻味。亦暗用《晉書·孟嘉傳》語:"又問:'聽妓絲不如竹,竹不如肉,何謂也?'嘉答曰:'漸近自然。'一坐咨嗟。"

〔三二〕"從騎"二句:謂前後都是仙人簇擁。鬛(liè):長而硬的鬍鬚。《左傳·昭公七年》:"楚子享公于新臺,使長鬛者相。"晉杜預注:"鬛,鬚也。"按,此指龍鬚。虯(qiú):同"虬"。傳説中的一種無角龍。《楚辭·屈原〈離騷〉》:"駟玉虬以椉鷖兮,溘埃風余上征。"漢王逸注:"有角曰龍,無角曰虯。"宋洪興祖補注:"虬,龍類也。"

〔三三〕快:愉悦。以上爲第一部分,擬想蘇軾游覽盛況。

〔三四〕"自昔"二句:鄉樹:家鄉的樹木。此以代指故鄉。楚舟:時出川途徑是自蜀入楚故云。參《初發嘉州》。

〔三五〕"萬江"二句:謂江水因地理形勢而流向三峽。地脈:指地的脈絡;地勢。唐劉孝孫《遊靈山寺》:"深谿窮地脈,高嶂接雲根。"束:猶夾。天溝:指長江。

〔三六〕酆都:今重慶豐都縣,其地在長江下游七十二公里的北岸。爲長江下行必經之路。隋置縣。因道家有鬼神治事之所曰酆都山,後來人們附會於酆都縣,於是酆都俗稱爲鬼城。

〔三七〕"尋溪"二句:憶遊三遊洞。颼飀(sōu liú):晉左思《吴都賦》:"與風颾颺,颲瀏颼飀。"唐張銑注:"颲瀏、颼飀,風聲也。"參《三遊洞》。

〔三八〕"空寺"二句:憶遊神女廟。黄栗:栗樹的果實,又叫栗子、板栗。韓愈《送張道士序》:"霜天熟柿栗,收拾不可遲。"伏彪:伏在草叢中的老虎。

彪,老虎。北周庾信《枯樹賦》:"乃有拳曲擁腫,盤坳反覆,熊彪顧盼,魚龍起伏。"參《神女廟》。

〔三九〕"登臨"二句:謂雖然遊賞很愉快,但路途遥遠也只好匆匆趕路。永日:消磨時日。《詩・唐風・山有樞》:"且以喜樂,且以永日。"行邁:行走不止;遠行。《詩・王風・黍離》:"行邁靡靡,中心如醉。"清馬瑞辰通釋:"邁亦爲行,對行言,則爲遠行。行邁連言,猶《古詩》云'行行重行行'也。"停輈(zhōu):停車。宋梅堯臣《和謝舍人洊震》:"齋精潔慮祠望内,僚屬奔從無停輈。"

〔四〇〕蓄縮:畏縮;退縮。柳宗元《賀進士王参元失火書》:"雖欲如向之蓄縮受侮,其可得乎!"何事:爲什麽。

〔四一〕攀躋:猶攀登。指努力進取。三國魏劉劭《人物志・體别》:"休動磊落,業在攀躋,失在疏越。"

〔四二〕"魏京"二句:叙開封的繁華。魏京:開封爲戰國魏都,時稱大梁。士女:青年男女。蜉蝣:蟲名。《詩・曹風・蜉蝣》:"蜉蝣之羽,衣裳楚楚。"毛傳:"蜉蝣,渠略也,朝生夕死,猶有羽翼以自脩飾。"晉郭璞《遊仙詩》:"借問蜉蝣輩,寧知龜鶴年。"按,此借詩以譏諷都市的紈絝子女。

〔四三〕如雷聲響起,那是遊人的車在争路。

〔四四〕樹上的花枝摇擺,那是因爲樹上有人繫了秋千在蕩漾。

〔四五〕蕩漾:水波微動貌。謂人們在水中泛舟。

〔四六〕嚶呦:鳥鳴聲。

〔四七〕卜緱(gōu):猶言卜居。特指仙家之居。此借用王子喬成仙事。舊題漢劉向《列仙傳・王子喬》:"王子喬者,周靈王太子晉也。好吹笙,作鳳凰鳴。游伊洛之間,道士浮丘公接以上嵩高山。三十餘年後,求之於山上,見桓良曰:'告我家:七月七日待我於緱氏山巔。'至時,果乘白鶴駐山頭,望之不得到,舉手謝時人,數日而去。"後因以爲修道成仙之典。李白《鳳笙篇》:"緑雲紫氣向函關,訪道應尋緱氏山。"

〔四八〕"早退"二句:謂弟兄早就約好了早日退隱。辭囂:離開喧囂的官場。蘇洵《送王吏部知徐州》:"辭囂乞静得此守,走免入藪魚投津。"自揉:自已矯正自己。

〔四九〕劫劫：猶汲汲。匆忙急切貌。韓愈《貞曜先生墓誌銘》："人皆劫劫，我獨有餘。"蘇軾《醉僧圖頌》："人生得坐且穩坐，劫劫地走覓甚麽。"

〔五〇〕謂對於做官興味索然。油油：即"悠悠"。憂思貌。《詩·邶風·終風》："莫往莫來，悠悠我思。"鄭箋："言我思其如是，心悠悠然。"唐鄒紹先《湘夫人》："日落水雲裏，油油心自傷。"一作"悠悠"。

〔五一〕海宇：猶海内，宇内。謂國境以内之地。按，此言什麽地方都可以。

〔五二〕盎中鯈：瓶盎中的小魚。鯈，一種白色的小魚。《莊子·秋水》："鯈魚出遊從容，是魚之樂也。"《爾雅·釋魚》"鮂，黑鰦"郭璞注："即白鯈魚。"按，今西南地俗稱爲白條子。此魚性急難養。

〔五三〕適性：稱心，合意。白居易《山雉》："適性遂其生，時哉山梁雉。"

〔五四〕給喉：猶言填飽肚子。

〔五五〕不與：没參與。蘇轍未能同行，故云。

〔五六〕《舊唐書·睿宗諸子·讓皇帝憲》："玄宗嘗製一大被長枕，將與成器等共申友悌之好，睿宗知而大悦，累加賞歎。"

〔五七〕朋好：朋友，好友。杜甫《陪鄭廣文遊何將軍山林十首》之十："祇應與朋好，風雨亦來過。"儔：比；相比。

〔五八〕見酬：同我唱和。見，指代我。以上爲第二部分，回憶出川以來的經歷，對弟兄未來能一同歸隱暢游山水滿懷憧憬。

附録　《壬寅二月有詔令郡吏分往屬縣減决囚禁自十三日受命出府至寶雞虢郿盩厔四縣既畢事因朝謁太平宫而宿於南溪溪堂遂並南山而西至樓觀大秦寺延生觀仙遊潭十九日乃歸作詩五百言以記凡所經歷者寄子由》

遠人罹水旱，王命釋俘囚。分縣傳明詔，尋山得勝遊。蕭條初出郭，曠蕩實消憂。薄暮來孤鎮，登臨憶武侯。峥嶸依絶壁，蒼茫瞰奔流。半夜人呼急，横空火氣浮。天遥殊不辨，風急已難收。曉入陳倉縣，猶餘賣酒樓。煙煤已狼藉，吏卒尚呀咻。十三日宿武城鎮，即俗所謂石鼻寨也。云孔明所築。是夜二鼓，寶雞火作，相去三十里，而見於武城。雞嶺雲霞古，龍宫殿宇幽。縣有雞爪峯、龍宫寺。南山連大散，歸路走吾州。欲往安能遂，將還爲少留。回趨西虢道，却渡小河洲。聞道磻溪石，猶存渭水頭。蒼崖雖有迹，大釣本無鈎。十四日，自寶雞行至虢。聞太公磻溪石在縣東南十八里，猶有投竿跪餌兩膝所著之處。東去過郿塢，孤城象漢劉。十五日至郿縣，縣有董卓城，其城象長安，俗謂之小長安。誰言董公健，竟復伍孚仇。白刃俄生肘，黄金謾似丘。平生聞太白，一見駐行騶。鼓角誰能試，風雷果致不。巖崖已奇絶，冰雪更琱鎪。春旱憂無麥，山靈喜有湫。蛟龍懶方睡，瓶罐小容偷。是日晚，自郿起至青秋鎮宿。道過太白山，相傳云：軍行鳴鼓角過山下，輒致雷雨。山上有湫，甚靈，以今歲旱，方議取之。二曲林泉勝，三川氣象侔。近山麰麥早，臨水竹篁脩。十六日至盩厔，以近山地美，氣候殊早。縣有官竹園，十數里不絶。先帝膺符命，行宫畫冕旒。侍臣簪武弁，女樂抱箜篌。秘殿開金鎖，神人控玉虬。黑衣横巨劍，被髪凛雙眸。十七日，寒食。自盩厔東南行二十餘里，朝謁太平宫二聖御容。此宫乃太宗皇帝時，有神降於道士張守真，以告受命之符所爲立也。神封翊聖將軍，有殿。邂逅逢佳士，相將弄彩舟。投篙披緑荇，濯足亂清溝。晚宿南溪上，森如水國秋。遶湖栽翠密，終夜響颼飀。是日，與監宫張杲之泛舟南溪，遂宿於溪堂。冒曉窮幽邃，操戈畏炳彪。十八日，循終南而西縣尉以甲卒見送。或云，近官竹園，往往有虎。尹生猶有宅，老氏舊停輈。問道遺蹤在，登仙往事悠。御風歸汗漫，閲世似蜉蝣。羽客知人意，瑶琴繫馬鞦。不辭山寺遠，來作鹿鳴呦。帝子傳聞李，巖堂髣像緱。輕風幃幔卷，落日髻鬟愁。入谷驚蒙密，登坡費挽摟。亂峰巉似槊，一水澹如油。中使何年到，金龍自古投。千重横翠石，百丈見游儵。最愛泉鳴洞，初嘗雪入喉。滿瓶雖可致，洗耳歎無由。是日遊崇聖觀，俗所謂樓觀也。乃尹喜舊宅。山脚有授經臺，尚在。遂與張杲之同至大秦寺，早食而别。有太平宫道士趙宗有，抱琴見送，至寺，作《鹿鳴》之引，乃去。又西至延生觀，觀後上小山，有唐玉真公主修道之遺迹。下山而西行十數里，南入黑水谷，谷中有潭，名僊遊潭。潭上有寺三，倚峻峯，面清溪，樹林深翠，怪石不可勝數。潭水以繩縋石數百尺不得其底，以瓦礫投之，翔揚徐下，食頃乃不見。其清澈如此。遂宿於中興寺。寺中有玉女洞，洞中有飛泉，甚甘。明日以泉二瓶歸至郿。又明日，乃至府。忽憶尋蟆培，方冬脱鹿裘。昔與子由游蟆培，時方冬，洞中温温如二三月。山川良甚似，水石亦堪儔。惟有泉旁飲，無人自獻酬。

次韻子瞻太白山下早行題崇壽院〔一〕

山下晨光晚，林梢露滴昇。峰頭斜見月，野市早明燈〔二〕。樹暗猶藏鵲，堂開已饌僧〔三〕。據鞍應夢我，聯騎昔嘗曾〔四〕。

【箋注】

〔一〕作於嘉祐七年（一〇六二）二月底。太白山：山名。在今陝西眉縣南。唐李白《蜀道難》："西當太白有鳥道，可以横絶峨眉巔。"清王琦注引慎蒙《名山記》："太白山，在鳳翔府郿縣東南四十里，鍾西方金宿之秀，關中諸山莫高於此。其山巔高寒，不生草木，常有積雪不消，盛夏視之猶爛然。故以'太白'名。"崇壽院：在眉縣東五十里横渠鎮南。

〔二〕野市：鄉村集市。蘇軾《初發嘉州》："野市有禪客，釣臺尋暮煙。"

〔三〕饌僧：和尚吃飯。僧人一日一餐，食不過午。

〔四〕嘉祐元年蘇轍與父親兄長赴京曾經此，故云。

附録　蘇軾《太白山下早行至横渠鎮書崇壽院壁》

馬上續殘夢，不知朝日昇。亂山横翠幛，落月澹孤燈。奔走煩郵吏，安閑愧老僧。再遊應眷眷，聊亦記吾曾。

次韻子瞻延生觀後山上小堂〔一〕

謝公遊意未能厭，踏盡登山屐齒尖〔二〕。古殿神仙深杳杳〔三〕，香爐煙翠起纖纖〔四〕。巖花寂歷飄瓊片〔五〕，庭檜蕭疏漏玉蟾〔六〕。帝子莫歸人不見〔七〕，微風細雨自開簾〔八〕。唐玉真公主修道于此山。

【箋注】

〔一〕作時同上。蘇軾有"壬寅二月壬寅二月有詔令郡吏分往屬縣減決囚禁”云云長題詩自注:“又西至延生觀,觀後上小山有唐玉真公主修道之遺迹。”

〔二〕“謝公”二句:謂如謝靈運般遊賞。謝公:指謝靈運(三八五—四三三)。靈運,南朝宋陽夏(今河南太康縣)人,謝玄孫,襲爵康樂公,世稱“謝康樂”。幼而穎悟,好學博覽。文章之美,江左莫逮。初仕晉,歷撫軍將軍劉毅記室參軍、太尉劉裕參軍。裕北伐長安,靈運奉使勞軍,作《撰征賦》以歌美之。累遷宋國黄門侍郎、相國從事中郎、世子左衛率。入宋,爲散騎常侍,轉太子左衛率。少帝即位,出爲永嘉太守,無心政務。肆意遊遨。娱情山水。後稱疾去職,移籍會稽,與隱士王弘之等縱放爲樂。作《山居賦》以表終焉之志。文帝登阼,復徵爲祕書監,使整理祕閣書。尋遷侍中。終以不樂仕官,遊宴無倦,表請東歸。遂與族弟惠連及何長瑜、荀雍、羊璿輩文章賞會,極山澤之遊,人謂之“四友”。後被謀反之名,棄市廣州。性豪奢,車服鮮麗,衣裳器物多改舊制,世共宗之。登山常著木屐,上山取其前齒,下山則去其後齒。詩書兼美,每文竟,手自寫之,文帝譽爲“二寶”。《宋書》《南史》有傳。厭:滿足。屐齒:屐底的齒。參《次韻子瞻減降諸縣囚徒事畢登覽》注〔一五〕。

〔三〕杳杳:深邃貌。

〔四〕纖纖:細長貌。

〔五〕寂歷:凋零疏落貌。《文選·江淹〈王徵君微〉》:“寂歷百草晦,欻吸鵾雞悲。”唐李善注:“寂歷,彫疏貌。”瓊片:喻花瓣。

〔六〕謂月光從樹隙中照射出來。玉蟾:月亮的别名。唐李白《初月》:“玉蟾離海上,白露濕花時。”

〔七〕謂不見玉真公主的仙馭歸來。帝子:指玉真公主。參《次韻子瞻減降諸縣囚徒事畢登覽》注〔二一〕。

〔八〕蘇軾《聽武道士彈賀若》:“清風終日自開簾,涼月今宵肯掛簷。”

附録　蘇軾《留題延生觀後山上小堂》

溪山愈好意無厭,上到巉巉第幾尖。深谷野禽毛羽怪,上方仙子鬢眉纖。不慚弄玉騎丹鳳,應逐常娥駕老蟾。澗草巖花自無主,晚來蝴蝶入疎簾。

次韻子瞻題仙遊潭中興寺〔一〕

潭邊沙水不成泥，潭上孤禽掛嶮啼〔二〕。繚繞飛橋能試客，蒙茸翠蔓巧藏溪〔三〕。雲爲絳帳馬融室〔四〕，石作屏風玉女閨〔五〕。仙果知君今未足，臨潭腳戰怕長梯〔六〕。

【箋注】

〔一〕作時同上。仙遊潭：在陝西周至縣城南。原爲隋代仙遊宫遺址，隋文帝常來此避暑。唐代咸通元年（八六〇）改爲三寺，分隔在黑水南北兩岸。中興寺：即北寺。寺東有"玉女洞"，洞内飛泉，名"玉女泉"，泉水甘冽。再東爲芒谷，有一石洞殘跡，傳爲漢朝馬融讀書處，人稱"馬融石室"，爲仙遊寺十景之一。蘇軾有"壬寅二月壬寅二月有詔令郡吏分往屬縣減决囚禁"云云長題詩自注："下山而西行十數里，南入黑水谷，谷中有潭名仙遊潭。上有寺三，倚峻峰，面清溪，樹林深翠，怪石不可勝數。潭水，以繩縋石數百尺不得其底，以瓦礫投之，翔揚徐下，食頃乃不見。其清澈如此。遂宿於中興寺，寺中有玉女洞，洞中有飛泉，甚甘。"

〔二〕掛嶮：懸掛在飄摇的枝頭上。

〔三〕在藤纏樹繞之下有小溪流過。蒙茸：雜亂貌。《史記・晉世家》："狐裘蒙茸，一國三公，吾誰適從。"南朝宋裴駰集解引漢服虔曰："蒙茸以言亂貌。"

〔四〕馬融（七九——一六六）：字季長，後漢扶風茂陵（今陝西興平市東北）人。少聰慧，從京兆摯恂學，恂奇其才，妻以女。初應大將軍鄧騭召，拜郎中，校書東觀。時鄧太后臨朝，融以諷諫被禁錮。安帝時復起，歷武都南郡太守。後復爲議郎，重在東觀著述。以病去職。融才高博洽，爲世通儒，著《三傳異同説》，注《孝經》《論語》《詩》《易》《三禮》《尚書》《列女傳》《老子》《淮南子》《離騷》等書。教養諸生常千數，盧植、鄭玄皆爲其徒。善鼓琴，好吹笛，達生任性，不拘儒者之節。常坐高堂，施絳紗帳，前授生徒，後列女樂，弟子依次相傳，鮮有入其室者。融因鄧氏起，故不敢復忤勢家，曾爲梁冀草奏李固，又作

《大將軍西第頌》,以此頗爲正直所羞。延熹末卒。《後漢書》有傳。

〔五〕玉女閨:猶言玉女的居室。即所謂玉女洞。

〔六〕"仙果"二句:戲謂蘇軾成仙的火候還未到,還未修成正果,所以不敢過橋。蓋因蘇軾詩云"不敢渡"而發。仙果:道教語。謂成仙的功夫。

附録　蘇軾《留題仙遊潭中興寺寺東有玉女洞洞南有馬融讀書石室過潭而南山石益奇潭上有橋畏其險不敢渡》

清潭百丈皎無泥,山木陰陰谷鳥啼。蜀客曾遊明月峽,秦人今在武陵溪。獨攀書室窺巖竇,還訪仙姝款石閨。猶有愛山心未至,不將雙腳踏飛梯。

石鼻城〔一〕

千山欲盡垂爲鼻,百戰皆空但有城〔二〕。虎闖穴中秦地恐〔三〕,龍飛渭上漢江傾〔四〕。雍人未有章邯怨〔五〕,魏將猶存仲達精〔六〕。睥睨陵遲春草滿,白羊無數向風鳴〔七〕。

【箋注】

〔一〕作時同上。石鼻城:蘇軾有"壬寅二月有詔令郡吏分往屬縣減決囚禁"云云長題詩:"曉入陳倉縣,猶餘賣酒樓。烟煤已狼藉,吏卒尚呀咻。"自注:"十三日宿武城鎮,即俗所謂石鼻寨也。云:孔明所築。"舊題宋王十朋《東坡詩集注》引李厚曰:"石鼻在汧水之北,南去陳倉三十里。"

〔二〕因陳倉爲古兵家必争之地,故云。

〔三〕用漢高祖劉邦暗度陳倉事。《史記·高祖本紀》:"漢王之國,項王使卒三萬人從,楚與諸侯之慕從者數萬人,從杜南入蝕中。去輒燒絶棧道,以備諸侯盜兵襲之,亦示項羽無東意……八月,漢王用韓信之計,從故道還,襲雍王章邯。邯迎擊漢陳倉,雍兵敗,還走;止戰好畤,又復敗,走廢丘。漢王遂定雍地。"

〔四〕諸葛亮號卧龍，故云龍飛。此意同上句，極言諸葛亮兵勢的强勁。渭上：渭水之上。渭水是黄河最大支流，源出甘肅省鳥鼠山，横貫陝西省中部，至潼關入黄河。《書・禹貢》："弱水既西，涇屬渭汭。"漢江：也稱漢水。爲長江最長的支流。參《襄陽樂》注〔二〕。

〔五〕章邯（？—前二〇五）：秦二世時官少府。陳涉兵起，二世使章邯發酈山徒擊殺周章，與長史司馬欣等滅陳涉，破項梁，平魏咎。楚地略定。後爲項羽所敗，降項羽，羽立邯爲雍王，王關中。漢高祖還定三秦，邯敗走自殺。參《史記・秦始皇本紀》《項羽本紀》《高祖本紀》等。《史記・淮陰侯列傳》："至新安，項王詐阬秦降卒二十餘萬，唯獨邯、欣、翳得脱，秦父兄怨此三人，痛入骨髓。"按，此言歷史已爲陳跡，當地人於章邯事已不再提及。

〔六〕諸葛亮出祁山，數與魏將司馬懿戰，互有勝負。後出陳倉，曹真與郝昭守之，諸葛亮不能克，故云"仲達精"。《三國志・魏書・曹真傳》："真以亮懲於祁山，後出必從陳倉，乃使將軍郝昭、王生守陳倉，治其城。明年春，亮果圍陳倉，已有備而不能克。"又《蜀書・諸葛亮傳》："冬，亮復出散關，圍陳倉。曹真拒之，亮糧盡而還。"仲達：指三國魏司馬懿（一七九—二五一）。懿字仲達，温（今河南温縣）人。出身士族，曹操時爲太子中庶子，每與大謀，則有奇策，爲太子所信重。文帝時屢率師以拒諸葛亮，亮不能得志於中原。嘉平初殺曹爽，代爲丞相，加九錫。尋卒。其孫炎代魏，追尊爲宣帝。《三國志》《晉書》有傳。

〔七〕"睥睨"二句：言此兵家所争之地早已敗落而成了牧場。睥睨：矮牆；女牆。陵遲：衰敗；頽殘。

磻溪石〔一〕

吕公年已莫〔二〕，擇主渭河邊。跪餌留雙膝〔三〕，臨溪不計年。神專能陷石，心大豈營鱣〔四〕？不到磻溪上，安知自守堅？

【箋注】

〔一〕作時同上。磻（pán）溪：水名。在今陝西省寶雞市東南，傳説爲周吕尚未遇文王時垂釣處。晉李石《續博物志》卷八:"汲縣舊汲郡,有硤水爲磻溪,太公釣處,有太公泉、太公廟。"蘇軾有"壬寅二月有詔令郡吏分往屬縣減决囚禁"云云長題詩:"聞道磻溪石,猶存渭水頭。蒼崖雖有跡,大釣本無鈎。"自注:"十四日,自寶雞行至虢。聞太公磻溪石在縣東南十八里,猶有投竿跪餌兩膝所著之處。"

〔二〕吕公:即吕尚。周東海(今山東日照市)人。本姓姜氏,從其封姓,故曰吕尚。字子牙。傳文王遇吕尚於渭水之陽,時已七十餘歲。與語大悦,曰:"吾太公望子久矣。"號曰太公望,立爲師。武王尊師爲尚父,佐武王滅紂,有天下,封於齊營丘。陳王時得專征伐,爲大國。參《史記·齊世家》。

〔三〕因釣魚時鉤上要穿魚餌,故兩膝有時著地,於是地上留下了所謂雙膝印跡。

〔四〕此言吕尚志不在魚。鱣(zhān):即鱘鰉魚。《爾雅·釋魚》:"鱣"晉郭璞注:"鱣,大魚,似鱏而短鼻,口在頷下,體内有邪行甲,無鱗,肉黄。大者長二、三丈。今江東呼爲黄魚。"按,此因趁韻用"鱣"。

附録　蘇軾《磻溪石》

墨突不暇黔,孔席未嘗煖。安知渭上叟,跪石留雙骭。一朝嬰世故,辛苦平多難。亦欲就安眠,旅人譏客懶。

郿塢〔一〕

董公平昔甚縱横〔二〕,晚歲藏金欲避兵。當日英雄智相似,燕南趙北亦爲京〔三〕。

【箋注】

〔一〕作時同上。郿(méi)塢:東漢初平三年,董卓築塢於郿(故址在今陝西眉縣東北),高厚七丈,與長安城相埒,號曰萬歲塢,世稱"郿塢"。塢中廣聚珍寶,積穀爲三十年儲。自云:"事成,雄據天下;不成,守此足以終老。"後卓敗,塢毁。塢中珍藏有金二三萬斤,銀八九萬斤,錦綺繢縠紈素奇玩積如丘山。

見《後漢書・董卓傳》。後因用以借指奸佞藏財享樂終老之所。

〔二〕董公:指董卓(? —一九二)。卓字仲穎,後漢隴西臨洮(今甘肅岷縣)人。粗猛有謀。少遊羌中,盡與豪帥相結。膂力過人,爲羌胡所畏。桓帝末以六郡良家子爲羽林郎,屢立戰功。靈帝時拜前將軍。帝崩,將兵入朝,廢少帝,立獻帝,弑何太后。袁紹等起兵討卓,卓擁帝入長安,自爲太師,凶暴滋甚。司徒王允密誘其部將吕布殺之。《後漢書》有傳。

〔三〕"當日"二句:譏諷董卓驕横而智短,其後之公孫瓚亦如董卓之愚。《後漢紀・孝獻皇帝紀》:"先有童謡曰:'燕南垂,趙北際,中央不合大如礪,唯有此中可避世。'瓚以爲易當之,乃築京固守,積粟三百萬斛。瓚曰:'昔謂天下事可指麾而定,今日視之,非我所決。不如伏兵力田,食盡此穀,足知天下事矣。'"後公孫瓚爲袁紹所攻敗死。

樓觀〔一〕

老聃厭世入流沙,飄蕩如雲不可遮〔二〕。弟子憐師將去國,關門望氣載還家。高臺尚有傳經處,畫壁空留駕犢車。一授遺書無復老,不知何苦服胡麻〔三〕?此觀尹喜舊宅,《神仙傳》言:"尹喜於流沙之西服苣①勝實〔四〕。"

【校記】

①苣:四庫本作"巨",誤。

【箋注】

〔一〕作時同上。蘇軾有"壬寅二月有詔令郡吏分往屬縣減決囚禁"云云長題詩自注:"是日游崇聖觀,俗所謂樓觀也。乃尹喜舊宅。山腳有授經臺,尚在。"又蘇軾《樓觀》自注:"秦始皇立老子廟於觀南,晉惠始修此廟。"

〔二〕"老聃"二句:謂老子離周化胡。《史記・老子列傳》:"老子脩道德,其學以自隱無名爲務。居周久之,見周之衰,迺遂去。"《後漢書・襄楷傳》:"或言老子入夷狄爲浮屠。浮屠不三宿桑下,不欲久生恩愛,精之至也。天神遺以好女,浮屠曰:'此但革囊盛血。'遂不眄之。其守一如此,乃能成道。"《南齊書・高逸傳・顧歡》:"老子入關之天竺維衛國,國王夫人名曰净妙,老子因其晝寢,乘日精入净妙口中,後年四月八日夜半時,剖左腋而生,墜地即行七步,於是佛道興焉。"老聃:見《次韻子瞻減降諸縣囚徒事畢登覽》注〔二二〕。

〔三〕"弟子"六句:舊題漢劉向《列仙傳・關令喜》:"關令尹喜者,周大夫也。善内學,常服精華,隱德修行,時人莫知。老子西遊,喜先見其氣,知有真人當過,物色而遮之,果得見老子。老子亦知其奇,爲著書授之。後與老子俱遊流沙,化胡。服苣勝實,莫知其所終。尹喜亦自著書九篇,號曰《關尹子》。"胡麻:即芝麻。相傳漢張騫得其種於西域,故名。《神農本草經》卷一:"胡麻,一名巨勝。"晉葛洪《抱朴子・仙藥》:"巨勝一名胡麻,餌服之不老,耐風濕,補衰老也。"按,巨勝即苣勝。

〔四〕流沙:指西域地區。因其地多沙漠而風吹沙移,故名。

附録 蘇軾《樓觀》秦始皇始立老子廟於觀南,晉惠始修此廟。

門前古碣卧斜陽,閲世如流事可傷。長有幽人悲晉惠,强修遺廟學秦皇。丹砂久窨井水赤,白朮誰燒厨竈香?聞道神仙亦相過,只疑田叟是庚桑。

子瞻喜雨亭北隋仁壽宫中怪石〔一〕

仁壽宫中穭穀生〔二〕,太湖蒼石草間横〔三〕。興衰换世身猶在,南北從人事已輕〔四〕。累石作臺秋蘚上,鑿汧通水細渠清〔五〕。三年此亦非公有,空使他年記姓名〔六〕。

【箋注】

〔一〕作於嘉祐七年(一〇六二)三月。蘇軾《和子由岐下詩引》:"予既至岐下逾月,於其廨宇之北隙地爲亭。亭前爲横池,長三丈。池上爲短牆,屬之堂。分堂之北厦爲軒窗曲檻,俯瞰池上。出堂而南,爲過廊,以屬之廳。廊之兩傍,各爲一小池。三池皆引汧水,種蓮養魚於其中。"喜雨亭:在鳳翔府東北,蘇軾判郡時建。鑿池其南,引流種樹,爲休息之所。自爲《喜雨亭記》記之。仁壽宮:宫殿名。隋開皇十三年建,唐貞觀五年改爲九成宫。故址在今陝西麟游縣境内。《隋書・高祖紀下》:"[開皇]十三年……二月丙子,詔營仁壽宫。"

〔二〕穭(lǚ)穀:野生的稻穀。唐劉禹錫《登司馬錯故城》:"廢井抽寒菜,毁臺生穭穀。"

〔三〕太湖蒼石:即太湖石。江蘇太湖産的石頭,多窟窿和皺紋,園林中用以疊造假山,點綴庭院。宋杜綰《雲林石譜・太湖石》:"平江府太湖石,産洞庭水中。性堅而潤,有嵌空穿眼宛轉嶮怪勢……其質文理縱横,籠絡隱起,於石面遍多坳坎。蓋風浪衝激而成,謂之彈子窩。"

〔四〕"興衰"二句:謂太湖石任人搬移,閲盡人世變遷。

〔五〕汧(qiān):水名。渭水支流,今名千河。源出甘肅省六盤山南麓,上游東南流經陝西隴縣千陽注入渭河。古以河中出五色魚,因又稱爲龍魚川。參北魏酈道元《水經注・渭水二》。

〔六〕"三年"二句:謂蘇軾官滿即將離此(蓋三年一任),不過後人記得姓名而已。

利路提刑亡伯郎中挽詞二首〔一〕

其一

好學先鄉黨〔二〕,登科復妙年〔三〕。誰爲《耆舊傳》?最處搢紳先〔四〕。淪謝今亡矣〔五〕,風流孰繼焉〔六〕?魂歸食里社〔七〕,世世仰仁賢。

【箋注】

〔一〕作於嘉祐七年(一〇六二)八月。轍二十四歲。蘇轍《伯父墓表》:"嘉祐七年八月乙亥,無疾暴卒。"利路提刑:利州路提刑。利州路,宋置。原爲峽西路屬,地東接三峽,西抵陰平,南扼群獠,北連大散。治興元府。即今陝西漢中。提刑,全稱提點刑獄公事,宋代各路均設此官,掌"察所部之獄訟而平其曲直",兼管農桑。參《文獻通考・職官考十五・提刑》。亡伯:指蘇涣

(一〇〇一—一〇六二)。蘇洵兄,始字公群,晚字文父,天聖二年(一〇二四)進士,爲寶雞主簿,調鳳州司法,又通判閬州,知祥符。至和二年(一〇五五)爲職方員外郎。終提點利州路刑獄、都官郎中。嘉祐七年卒,年六十二。有《南麾退翁雜文》,已佚。事見蘇轍《伯父墓表》。郎中:這裏是都官郎中之省,全稱尚書省刑部都官司郎中。官階名,宋前期無職事,爲文臣遷轉寄禄官階,屬中行郎中。挽詞:哀悼死者之詞章。

〔二〕鄉黨:泛稱家鄉。蓋周制一萬二千五百家爲鄉,五百家爲黨。《論語·鄉黨》:"孔子之於鄉黨,恂恂如也,似不能言者。"

〔三〕蘇涣天聖二年中進士,時年二十三歲。妙年:少壯之年。《三國志·魏書·陳思王植傳》:"終軍以妙年使越。"

〔四〕"誰爲"二句:言若有人爲眉州耆舊作傳,蘇涣當爲首選。蘇轍《伯父墓表》:"蘇氏自唐始家於眉,閲五季皆不由仕。蓋非獨蘇氏也,凡眉之士大夫修身於家,爲政於鄉,皆莫肯仕者……公於是時獨勤奮問學,既冠,中進士乙科。"耆舊:年高望重者。《漢書·蕭育傳》:"上以育耆舊名臣,乃以三公使車,載育入殿中受策。"按,古籍中多有主要記地方先賢的耆舊傳,如《襄陽耆舊傳》《京口耆舊傳》《陳留耆舊傳》等。搢紳:插笏於紳。紳,古代仕宦者和儒者圍于腰際的大帶。《周禮·春官·典瑞》"王晉大圭"漢鄭玄注引鄭司農曰:"晉讀爲搢紳之搢,謂插於紳帶之間,若帶劍也。"後用爲官宦或儒者的代稱。

〔五〕淪謝:去世。唐張九齡《商洛山行》:"碩人久淪謝,喬木自森羅。"

〔六〕《南齊書·張緒傳》:"從弟融敬重緒,事之如親兄,齎酒於緒靈前酌飲,慟哭曰:'阿兄風流頓盡!'"

〔七〕里社:古代里中祭祀土地神的處所。漢蔡邕《獨斷》卷上:"大夫不得特立社,與民族居,百姓已上則共一社,今之里社是也。"

其二

晚歲官仍困,終身恥自言。廉明漢循吏〔一〕,仁愛鄭公孫〔二〕。赤縣朝稱理〔三〕,衡山德共尊〔四〕。遠人應罷市〔五〕,處處有遺恩。

【箋注】

〔一〕循吏:守法循理的官吏。《史記·太史公自序》:"奉法循理之吏,不伐功矜能，百姓無稱，亦無過行。作《循吏列傳》第五十九。"

〔二〕鄭公孫：指春秋時鄭國的子産。姓公孫，名僑，字子産。柄鄭國四十餘年，晉楚不能加兵于鄭。其執政，百姓歌之曰："我有子弟，子産誨之。我有田疇，子産殖之。子産而死，誰其嗣之？"

〔三〕謂治赤縣時朝中稱其治能。赤縣：唐、宋、元各代京都所治的縣。《通典・州郡下・縣令》："大唐縣有赤、畿、望、緊、上、中、下七等之差。"原注："京都所治爲赤縣，京之旁邑爲畿縣，其餘則以户口多少、資地美惡爲差。"理：治。按，蘇涣嘗官開封士曹。

〔四〕謂治衡州時百姓服其德行。衡山：在湖南，爲浦資二水之分水嶺，主峰在衡山縣西北，衡陽縣北，即古之南嶽。參《伯父墓表》。

〔五〕蘇轍《伯父墓表》："嘉祐七年八月乙亥，無疾暴卒。吏民哭者皆失聲。閭人聞之，罷市，相率爲佛事市中以報。"

次韻子瞻秋雪見寄二首〔一〕

其一

秋氣蕭騷仍見雪〔二〕，客愁繞繚動縈心〔三〕。幽吟北户窗聲細〔四〕，歸夢函關馬迹深〔五〕。疏樹飛花輕蔌蔌〔六〕，衰荷留柄亂簪簪〔七〕。遥聞詩酒皆推勝，社客何人近納䝲〔八〕？

【箋注】

〔一〕作於嘉祐七年（一〇六二）九月末。東坡詩題作《九月二十日微雪懷子由弟二首》。蘇轍詩題有"見寄"語，故當在月末。

〔二〕蕭騷：蕭條淒清貌。唐祖詠《晚泊金陵水亭》："江亭當廢國，秋景倍蕭騷。"

〔三〕客愁：客居懷鄉的愁思。唐杜甫《絶句漫興九首》之一："眼見客愁愁不醒，無賴春色到江亭。"

〔四〕唐劉禹錫《酬樂天小亭寒夜有懷》："斜風閃燈影，迸雪打窗聲。"

〔五〕唐徐安貞《奉和喜雪應制》:“蓬萊北上旌門暗,花萼南歸馬跡深。”歸夢:懷鄉的夢。南朝齊謝朓《和别沈右率諸君》:“望望荆臺下,歸夢相思夕。”函關:函谷關的省稱。此言時時懷念故鄉。因回歸須出函谷關,故云。

〔六〕蔌蔌(sù sù):飄落貌。唐元稹《連昌宫詞》:“又有牆頭千葉桃,風動落花紅蔌蔌。”

〔七〕簪簪:參差不齊貌。

〔八〕“遥聞”二句:謂兄詩酒皆超絶於人,問軾近日與何人詩酒往來。蘇軾原詩有“愁腸别後能消酒”語。社客:結社爲詩的朋友。唐齊己《送東林寺睦公往吴國》:“社客無宗炳,詩家有鮑昭。”納賝(chēn):猶言稱臣上貢。按,此戲言近日又與誰唱和而讓對方俯首稱臣了。

其二

平時出處常聯袂〔一〕,文翰叨陪舊服膺〔二〕。自信老兄憐弱弟,豈關天下少良朋〔三〕? 何時杯酒看浮白〔四〕,清夜肴蔬粗滿登〔五〕。離思隔年詩不盡,秦梁雖遠速須膺〔六〕。

【箋注】

〔一〕聯袂:衣袖相聯。喻携手偕行。唐杜甫《暮秋枉裴道州手札率爾遣興寄遞呈蘇涣侍御》:“市北肩輿每聯袂,郭南抱甕亦隱几。”

〔二〕叨陪:謙稱陪侍或追隨。唐王勃《滕王閣序》:“他日趨庭,叨陪鯉對。”服膺:語出《禮記·中庸》:“得一善,則拳拳服膺而弗失之矣。”宋朱熹集注:“服,猶著也;膺,胸也。奉持而著之心胸之間,言能守也。”後來引申指心服;心悦誠服。《世説新語·品藻》:“支道林問孫興公:‘君何如許掾?’孫曰:‘高情遠致,弟子蚤已服膺;一吟一詠,許將北面。’”

〔三〕“自信”二句:反《論語》意而用之,云自己有好哥哥。《論語·顔淵》:“司馬牛憂曰:‘人皆有兄弟,我獨亡。’子夏曰:‘商聞之矣:死生有命,富貴在天。君子敬而無失,與人恭而有禮。四海之内,皆兄弟也。君子何患乎無兄弟也?’”

〔四〕浮白:漢劉向《説苑·善説》:“魏文侯與大夫飲酒,使公乘不仁爲觴政,曰:'飲不嚼者,浮以大白。'"原意爲罰飲一滿杯酒,後亦稱滿飲或暢飲酒爲浮白。南朝梁沈約《郊居賦》:"或升降有序,或浮白無算。"

〔五〕登:古代祭器名。《詩·大雅·生民》:"卬盛于豆,于豆于登。"毛傳:"木曰豆,瓦曰登。豆,薦菹醢也;登,大羹也。"按,此借指食盤之類器皿。

〔六〕秦梁:是時蘇軾在鳳翔,古爲秦地。蘇轍在開封,古爲梁地,故云。譍:應對;唱和。

附録　蘇軾《九月二十日微雪懷子由弟二首》

其一

岐陽九月天微雪,已作蕭條歲暮心。短日送寒砧杵急,冷官無事屋廬深。愁腸别後能消酒,白髮秋來已上簪。近買貂裘堪出塞,忽思乘傳問西琛。

其二

江上同舟詩滿篋,鄭西分馬涕垂膺。未成報國慚書劍,豈不懷歸畏友朋。官舍度秋驚歲晚,寺樓見雪與誰登。遥知讀《易》東窗下,車馬敲門定不譍。

次韻子瞻聞不赴商幕三首〔一〕

其一

怪我辭官免入商〔二〕,才疏深畏忝周行〔三〕。學從社稷非源本〔四〕,近讀詩書識短長〔五〕。東舍久居如舊宅,春蔬新種似吾鄉。閉門已學龜頭縮〔六〕,避謗仍兼雉尾藏〔七〕。雉藏不能盡尾,鄉人以爲諺。

【箋注】

〔一〕作於嘉祐七年(一〇六二)九月底。蘇轍《潁濱遺老傳》上:"二十三舉直言,仁宗親策之於廷。時上春秋高,始倦於勤,轍因所問,極言得失……惟胡武平以爲不遜,力請黜之。上不許,曰:'以直言召人,而以直棄之,天下謂我何?’宰相不得已,寘之下第,除商州軍事推官……是時先君被命修禮書,而兄子瞻出簽書鳳翔判官,傍無侍子。轍乃奏乞養親三年。子瞻解還,轍始求爲大名推官。”從上文及此組詩可知,蘇轍辭官乃是對策而被謗心有怨憤。再,蘇軾詩亦頗道其間委曲。

〔二〕蘇軾對轍之辭官,頗以爲不然。“答策不堪宜落此,上書求免亦何哉?”故轍云此。

〔三〕謂自己對從政心存恐懼。周行:周官的行列。《詩·周南·卷耳》:“嗟我懷人,寘彼周行。”毛傳:“行,列也。思君子,官賢人,置周之列位。”按,此謂從政。

〔四〕謂自己爲學之根本是修身,並非太在意出仕。此爲除商州軍事推官之怨懟情緒。《論語·憲問》:“子曰:‘古之學者爲己,今之學者爲人。’”《説苑·臣術》:“公曰:‘然,夫子於寡人奚爲者也?’對曰:‘社稷之臣也。’公曰:‘何謂社稷之臣?’對曰:‘社稷之臣,能立社稷,辨上下之宜,使得其理;制百官之序,使得其宜;作爲辭令,可分布於四方。’”

〔五〕謂自己不赴商州後浸潤詩書之中,明世間是非之理。短長:優劣;是非。《鬼谷子·捭闔》:“度權量能,校其伎巧短長。”蘇轍《論張頡不可用札子》:“然不知人才各有短長,未必生於其鄉必善其事。”

〔六〕龜頭縮:南齊蕭子良《修理六根門》:“昔有道人,河邊學道,但念六塵,曾無寧息。龜從河出,水狗將噉龜,龜縮頭尾四腳,藏於甲中,不能得便。狗去復出,便得入水。”按,烏龜善于保護自己,人們常以之形容明哲保身,不惹是非。

〔七〕雉尾藏:野雞在遇到危險時往往鑽進草叢中躲藏,但總是情急之下尾巴没有藏好而露了出來。宋孔平仲《蘇子由寄題小庵詩用元韻和》:“畏人自比藏頭雉,老世今同作蛹蠶。”雉,野雞。按,此云自己但願藏身遠禍。

其二

南商西洛曾虛署①,長吏居民怪不來〔一〕。妄語自知當見棄〔二〕,遠人未信本非才〔三〕。厭從貧李嘲東閣〔四〕,懶學諛張緩兩腮〔五〕。知有四翁遺迹在,山中豈信少人哉〔六〕?

【校記】

①南商西洛曾虚署：叢刊本作"南童西曾虚署"，不辭，誤。

【箋注】

〔一〕"南商"二句：嘉祐五年，蘇轍曾被任命爲河南澠池縣主簿，因應制科考試而未赴。澠池在洛水之西。

〔二〕謂對策被謗事。蘇轍《御試制科策》："今陛下無事則不憂，有事則大懼，臣以爲陛下失所憂矣。""陛下自近歲以來，宫中貴姬至以千數，歌舞飲酒，歡樂失節，坐朝不聞咨謨，便殿無所顧問""陛下擇吏不精，百姓受害於下，無所告訴，則是陛下未得以生結民也。陛下賦斂煩重，百姓日以貧困，衣不蓋體，則是陛下未得以財結民也。吏之不仁，尚可以爲吏之過；賦斂之不仁，誰當任其咎？""凡今百姓所爲，一物已上，莫不有税。""臣觀陛下之意，不過欲使史官書之以邀美名於後世耳。"《宋史・蘇轍傳》："策入，轍自謂必見黜。"是時，朝臣争論激烈。司馬光認爲蘇轍"指正朝廷得失，無所顧慮，於（御試）四人之中最爲切直"，主張列入三等。胡宿卻認爲蘇轍以致亂之君況盛世，力請罷免。後來仁宗干預，方才列入四等下，除商州（今陝西商縣）軍事推官，即題中所説的"商幕"。但知制誥王安石認爲蘇轍袒護宰相，專攻人主，不肯撰詞。後來詔命雖下，轍奏乞留京養親，辭不赴任。

〔三〕謂自己做不好官。《論語・季氏》："夫如是，故遠人不服，則脩文德以來之。既來之，則安之。"

〔四〕貧李：指唐李商隱（八一三—約八五八）。商隱字義山，號玉谿生、樊南生。晚唐詩人。河内懷州（今河南沁陽市）人。開成進士，累官工部員外郎。爲文瑰麗奇古，詩與温庭筠齊名而異趣，庭筠詩多艷麗，而商隱詩則感時傷事，頗得風人之旨。宋王安石以爲唐人學老杜而及其藩籬者，唯商隱一人。有《李義山詩集》傳世。新舊《唐書》有傳。嘲東閣事，商隱早年爲令狐楚從事，深受禮遇。令狐楚去世後，其子令狐綯爲相，因黨争關係而有憾李商隱依附李德裕，有意疏遠之。重陽日李商隱拜謁令狐綯，不得見，題《九日》於壁。末二句云："郎君官貴施行馬，東閣無因再得窺。"東閣：古代稱宰相招致、款待賓客的地方。按，蘇轍用此典表示不會去屈從權貴。

〔五〕諛張：指張説（六六七—七三〇）。説字道濟，一字説之。原籍范陽

(今河北涿州市)。世居河東(今山西永濟市),後徙洛陽。永昌中策賢良方正第一,授校書郎,累官中書令。封燕國公。朝廷之述作,多出其手,時人以與蘇頲并稱爲大手筆。素與姚崇不相能,罷爲相州刺史,徙岳州。後復爲中書令。卒謚文貞。有《張燕公集》。新舊《唐書》有傳。緩兩腮:猶言緩頰,指婉言阿諛。蓋張説早年直言敢諫,唐玄宗譽爲"言則不諛,自得謀猷之體"。後因"承平歲久,志在粉飾盛時","首建封禪之義"。聲譽漸損。按,蘇轍借此表示不會阿諛取容。

〔六〕"知有"二句:謂商州古有商山四皓,而今也應有出色的人才,自己赴不赴任没什麽關係。四翁:即商山四皓。指秦末隱居商山的東園公、甪里先生(甪,一作角)、綺里季、夏黄公。四人鬚眉皆白,故稱商山四皓。高祖召,不應。後高祖欲廢太子,吕后用張良計,迎四皓,使輔太子,高祖以太子羽翼已成,乃不廢太子。事見《史記·留侯世家》《漢書·張良傳》。

其三

塤動篪鳴衹自知〔一〕,憂輕責少幸官卑。聲名謾作耳中瑱〔二〕,科第空收頷底髭〔三〕。西鄙倡狂猶將將〔四〕,中朝閑暇自師師〔五〕。近成《新論》無人語〔六〕,仰羡飛鴻兩翅差〔七〕。

【箋注】

〔一〕謂兄長的情誼自己非常心感。壎、篪皆古代樂器,二者合奏時聲音相應和。因常以"壎篪"比喻兄弟親密和睦。《詩·小雅·何人斯》:"伯氏吹壎,仲氏吹篪。"毛傳:"土曰壎,竹曰篪。"鄭箋:"伯仲,喻兄弟也。我與女恩如兄弟,其相應和如壎篪,以言俱爲王臣,宜相親愛。"唐孔穎達疏:"其恩亦當如伯仲之爲兄弟,其情志亦當如壎篪之相應和。"塤(xūn),古代一種吹奏樂器。《爾雅·釋樂》:"大塤謂之嘂。"晉郭璞注:"塤,燒土爲之,大如鵝子,鋭上,平底,形如稱錘,六孔。小者如雞子。"字亦作"壎"。篪(chí),古代竹製的管樂器之一。《爾雅·釋樂》:"大篪謂之沂。"郭璞注:"篪,以竹爲之。長尺四寸,圍三寸。一孔上出一寸三分,名翹,横吹之。小者尺二寸。《廣雅》云:'八孔。'"

〔二〕謂聲名可有可無。瑱(tiàn):古人垂在冠冕兩側用以塞耳的玉墜。《詩·鄘風·君子偕老》:"鬒髮如雲,不屑髢也。玉之瑱也,象之揥也,揚且之晳也。”毛傳:“瑱,塞耳也。”

〔三〕謂徒然一舉成名,而歲月空逝。其間亦隱指被人中傷事。唐韓愈《寄崔二十六立之》:“連年收科第,若摘頷底髭。”

〔四〕謂自己雖名位低下而能爲國事憂心。西鄙:因蜀地在西邊,故云。倡狂:即“倡狂”,倡,通“猖”。謂隨心所欲,無所束縛。《莊子·在宥》:“浮遊,不知所求;猖狂,不知所往。”唐成玄英疏:“無心妄行,無的當也。”按,結合蘇轍《潁濱遺老傳》及《詩集傳》,此處意義明了。《詩·小雅·鼓鐘》:“鼓鐘將將,淮水湯湯,憂心且傷。淑人君子,懷允不忘。”蘇轍傳:“幽王作樂於淮上,而人疾之,故思古之君子焉。”

〔五〕此句暗中譏諷朝廷大臣們徒有其表,無所事事。師師:莊嚴恭敬貌。漢賈誼《新書·容經》:“朝廷之容,師師然,翼翼然,整以肅。”

〔六〕謂不能與兄討論。新論:即蘇轍自作的《新論》上、中、下三篇,論天下之治亂。

〔七〕謂不能將書信繫雁足以傳與兄。古有雁足傳書之説,語出《漢書·蘇武傳》:“昭帝即位。數年,匈奴與漢和親。漢求武等,匈奴詭言武死。後漢使復至匈奴,常惠請其守者與俱,得夜見漢使,具自陳道。教使者謂單于,言天子射上林中,得雁,足有係帛書,言武等在某澤中。使者大喜,如惠語以讓單于。單于視左右而驚,謝漢使曰:‘武等實在。’”後遂成爲書信的典實。差(cī):形容飛行時傾斜貌。

附録　蘇軾《病中聞子由得告不赴商州三首》

其一

病中聞汝免來商,旅雁何時更著行。遠别不知官爵好,思歸苦覺歲年長。著書多暇真良計,從宦無功漫去鄉。惟有王城最堪隱,萬人如海一身藏。

其二

近從章子聞渠説,苦道商人望汝來。説客有靈慚直道,逋翁久没厭凡才。夷音僅可通名姓,瘿俗無由辨頸頤。答策不堪宜落此,上書求免亦何哉。章子惇。

其三

辭官不出意誰知，敢向清時怨位卑。萬事悠悠付杯酒，流年冉冉入霜髭。策曾忤世人嫌汝，《易》可忘憂家有師。此外知心更誰是，夢魂相覓苦參差。

次韻子瞻病中大雪〔一〕

吾兄筆鋒雄，詩俊不可和。雪中思清絶，韻惡愈難奈〔二〕。殷勤賦《黄竹》〔三〕，自勸飲白墮〔四〕。言隨飛花落〔五〕，意與長風簸〔六〕。餘力遠見撩，千里寄瓘瑳〔七〕。嗟予學久廢，有類轉空磨〔八〕。研磨久無得，安可待充貨〔九〕？空①記乘峽船，行意被摧銼〔一〇〕。溟濛覆洲渚〔一一〕，泠冽光照坐〔一二〕。我唱君實酬，馳騁不遑卧〔一三〕。譬如逐獸盧，豈覺山徑坷〔一四〕？酒肴助喧熱，筆硯盡霑涴〔一五〕。詩詞禁推類，令肅安敢破〔一六〕？亦有同行人，牽挽赴程課〔一七〕。爾來隔秦魏〔一八〕，渴望等飢餓。徒然遇佳雪，有酒誰與賀？

【校記】

①貨空：叢刊本作"空貨"，誤倒。

【箋注】

〔一〕作於嘉祐七年（一〇六二）冬初。

〔二〕韻惡：謂蘇軾詩韻難賡和。此詩除用了"箇"韻外，還通押了"哿、賄"韻。

〔三〕謂蘇軾賦雪詩相寄。黄竹：《穆天子傳》卷五載，周穆王往蘋澤打獵，"日中大寒，北風雨雪，有凍人，天子作詩三章以哀民"，首句爲"我徂黄竹"。本爲傳説中之地名，後即用指周穆王所作詩名。其詩亦爲後人僞託。南朝宋謝惠連《雪賦》："岐昌發詠於來思，姬滿申歌於《黄竹》。"

〔四〕謂蘇軾飲酒自樂。蓋蘇軾來詩有"惟思近醇釀"語。白墮：人名。北魏楊衒之《洛陽伽藍記·法雲寺》："河東人劉白墮善能釀酒。季夏六月，時暑赫晞,以罌貯酒,暴於日中,經一旬,其酒味不動。飲之香美,醉而經月不醒。"後因用作美酒别稱。

〔五〕此謂文思敏捷。用佛典天花亂墜意。《妙法蓮華經》卷一:"爾時世尊,四衆圍繞,供養恭敬尊重讚歎,爲諸菩薩説大乘經……佛説此經已,結加趺坐,入於無量義處三昧,身心不動。是時天雨曼陀羅華、摩訶曼陀羅華、曼殊沙華、摩訶曼殊沙華,而散佛上及諸大衆。"

〔六〕謂詩氣魄宏大。《宋書·宗慤傳》:"宗慤字元幹,南陽人也。叔父炳,高尚不仕。慤年少時,炳問其志,慤曰:'願乘長風破萬里浪。'"

〔七〕"餘力"二句:謂兄政事之餘寄詩挑起自己的詩興。餘力:餘裕的力量。《論語·學而》:"行有餘力,則以學文。"宋邢昺疏:"能行已上諸事,仍有閒暇餘力,則可以學先王之遺文。"見撩:撩撥我。見,指代性副詞。北周庾信《結客少年場行》:"歌撩李都尉,果擲潘河陽。"。璀瑳(cuǐ cuō):連綿詞。光彩絢麗貌。此借指華美的詩句。

〔八〕謂自己詩意蹇澀,腦子如石磨空轉而無粉屑出來。

〔九〕"研磨"二句:謂想不出好的詩句,又不能空等下去。爲下邊回憶出峽張本。梁武帝《賜到溉連珠一首》:"研磨墨以騰文,筆飛毫以書信。"

〔一〇〕摧銼:挫折;損害。蘇轍出峽詩中已頗有淡薄功名之意。

〔一一〕溟濛:昏暗模糊貌。按,此謂江上霧氣籠照。南朝梁沈約《八詠詩·被褐守山東》:"上瞻既隱軫,下睇亦溟濛。"

〔一二〕謂寒夜裏月光照著行船。泠冽:寒冷。

〔一三〕"我唱"二句:謂弟兄唱和無暇休息。不遑:無暇,没有閒暇。

〔一四〕"譬如"二句:謂捕捉詩意如獵犬追逐獵物。《史記·范雎蔡澤列傳》:"夫以秦卒之勇,車騎之衆,以治諸侯,譬若施韓盧而搏蹇兔也,霸王之業可致也。"唐司馬貞索隱引《戰國策》云:"'韓盧者,天下之壯犬也。'是韓呼盧爲犬,謂施韓盧而搏蹇兔,以喻秦彊,言取諸侯之易。"盧:獵犬。《詩·齊風·盧令》:"盧令令,其人美且仁。"毛傳:"盧,田犬;令令,纓環聲。"漢劉向《説苑·善説》:"韓氏之盧,天下疾狗也。"坷:坎坷不平。

〔一五〕"酒肴"二句:謂兄弟舉杯酬唱,提筆作詩之狀。助:增加,增添。喧熱:喧鬧,熱情。霑涴(wò):沾汙;弄髒。

〔一六〕"詩詞"二句:謂規定詩需要有新意,不能重複别人的意思。推類:猶言類推。令:指唱和的規約。肅:嚴格。此謂詩律之嚴。清李漁《閒情偶寄·詞曲上·音律》:"語有一定之字,字有一定之聲;對必同心,意難合掌,矩度不爲不肅矣。"

〔一七〕"亦有"二句:謂同船有去繳納賦税和赴役的百姓。程課:指徵發賦税徭役。《逸周書·大匡》:"程課物徵,躬競比藏。"這裏指去交納賦税或赴徭役。

〔一八〕秦魏:猶言秦梁。參《次韻子瞻秋雪見寄二首》之二注〔六〕。

附録　蘇軾《病中大雪數日未嘗起觀虢令趙薦以詩相屬戲用其韻答之》

經旬卧齋閣,終日親劑和。不知雪已深,但覺寒無那。飄蕭窗紙鳴,堆壓簷板墮關中皆以板爲簷。風飇助凝冽,幃幔困掀簸。惟思近醇醲,未敢窺璨瑳。何時反炎赫,却欲躬臼磨。誰云坐無氈,尚有裘充貨。西鄰歌吹發,促席寒威挫。崩騰踏成逕,繚繞飛入座。人歡瓦先融,飲隽瓶屢卧。嗟予獨愁寂,空室自困坷。欲爲後日賞,恐被遊塵涴。寒更報新霽,皎月懸半破。有客獨苦吟,清夜默自課。詩人例窮蹇,秀句出寒餓。何當暴霜雪,庶以躡郊賀。

次韻子瞻記歲莫鄉俗三首〔一〕

饋歲〔二〕

周公制鄉禮,無有相通佐〔三〕。鼎肉送子思〔四〕,烝豚出陽貨〔五〕。交親隨高低,豈問小與大〔六〕? 自從此禮衰,伏臘有飢卧〔七〕。鄉人慕古俗,酬酢等四坐〔八〕。東鄰遺西舍,迭出如蟻磨〔九〕。寧我不飲食,無爾相咎過〔一〇〕。相從慶新春,顔色買愉①和〔一一〕。

【校記】

①愉:宋建本作"輸",不辭,形近而誤。

【箋注】

〔一〕作於嘉祐七年(一〇六二)歲晚。歲莫:歲暮;年底。

〔二〕饋歲:歲末相互饋贈,互通有無。

〔三〕"周公"二句:謂周公制定了鄉間的禮儀。人們互通有無。鄉禮:鄉間的禮儀,禮節。《禮記·王制》:"耆老皆朝於庠,元日習射上功,習鄉上齒。大司徒帥國之俊士與執事焉。"漢鄭玄注:"鄉禮,春秋射,國蜡,而飲酒養老。"周公:指姬旦。周文王子,輔武王滅紂,建周王朝,封于魯。武王死,成王年幼,周公攝政,管叔、蔡叔挾殷王後裔武庚作亂,周公討平之。七年,建成周雒邑。相傳周之禮樂制度均爲周公所制。參《史記·魯周公世家》。

〔四〕鼎肉:《孟子·萬章下》:"繆公之於子思也,亟問,亟餽鼎肉。"宋朱熹集注:"鼎肉,熟肉也。"子思:即孔伋。字子思。孔子之孫,孔鯉之子。受學於曾子,獨傳孔門心法。作《中庸》以見父師之意,後世稱爲述聖。按,此于下句不過是借言饋贈之禮古已有之。

〔五〕《論語·陽貨》:"陽貨欲見孔子,孔子不見。歸孔子豚。"《孟子·滕文公下》:"陽貨矙孔子之亡也,而饋孔子蒸豚。"烝豚:蒸熟的小豬。烝,後來寫作"蒸"。陽貨:春秋魯國陽虎,字貨。爲季氏家臣,事季平子。平子卒,虎遂專政。欲去三桓,劫定公與叔孫州仇以伐孟氏。事敗,出奔齊,復奔晉。事見《左傳·昭公二十六年》《定公五年》等。

〔六〕"交親"二句:謂此時相互饋贈不分輩分名望。交親:謂相互親近,友好交往。《荀子·不苟》:"交親而不比。"

〔七〕"自從"二句:謂古禮不存,時時有饑民。伏臘:古代兩種祭祀的名稱。"伏"在夏季伏日,"臘"在農曆十二月。

〔八〕"鄉人"二句:謂蜀地鄉鄰在歲末時互相宴請。酬酢:主客相互敬酒,主敬客稱酬,客還敬稱酢。《淮南子·主術》:"觴酌俎豆酬酢之禮,所以效善也。"

〔九〕"東鄰"二句:謂人們忙忙碌碌相互饋贈食物。蟻磨:謂如螞蟻樣忙碌奔走。語出《晉書·志第一·天文上》:"又《周髀》家云:'天員如張蓋,地方如棋局。天旁轉如推磨而左行,日月右行,隨天左轉,故日月實東行,而天牽之以西没。譬之於蟻行磨石之上,磨左旋而蟻右去,磨疾而蟻遲,故不得不隨磨以左迴焉。'"宋王禹偁《七夕》:"客計魚脱泉,年光蟻旋磨。"

〔一〇〕"寧我"二句:謂鄉人寧願自己省儉,也不願被别人小看。相:指代性副詞,指代第一人稱。咎過:過失。

〔一一〕買:增加。愉和:即和愉。猶和悦。

别歲〔一〕

富貴日月速,貧賤覺歲遲。遲速不須問,俱作不可追〔二〕。親舊且酣飲[①],送爾天北涯〔三〕。歲歲雖無情,從我曆四時。酌爾一杯酒,留我壯且肥。長作今歲歡,勿起異日悲。掉頭不肯顧〔四〕,曾莫與我辭。酒闌氣方横,豈信從爾衰〔五〕?

【校記】

①飲:叢刊本作"飯",不辭,形近而誤。

【箋注】

〔一〕别歲:歲末相與宴飲辭舊,稱爲别歲。晉周處《風土記》:"蜀之風俗,晚歲相與餽問,謂之餽歲;酒食相邀,爲别歲;至除夕達旦不眠,謂之守歲。"

〔二〕"富貴"四句:謂歲月流逝貧富都一樣。

〔三〕此謂送歲星歸去。一〇六二年爲壬寅,歲星在析木,處于北邊,故云。

〔四〕唐杜甫《送孔巢父謝病歸遊江東兼呈李白》:"巢父掉頭不肯住,東將入海隨煙霧。"

〔五〕"酒闌"二句:謂酒後心意豪壯,不因歲月流逝而頹唐。《南齊書·謝超宗傳》:"超宗既坐,飲酒數甌,辭氣横出,太祖對之甚歡。板爲驃騎諮議。"酒闌:筵席將盡。衰(cuī):減少;衰落。

守歲〔一〕

於菟絶繩去〔二〕,顧兔追龍蛇〔三〕。是歲壬寅。奔走十二蟲,羅網不及遮〔四〕。嗟我地上人,豈復奈爾何?未去不自閑,將去乃喧嘩〔五〕。天上驅獸官,爲君肯停撾〔六〕?魯陽揮長戈,日車果再斜〔七〕。釃酒勸爾醉,期爾暫蹉跎〔八〕。偕醉遣爾去,壽考自足誇。

【箋注】

〔一〕守歲：見《别歲》注〔一〕。

〔二〕於菟：虎的别稱。《左傳・宣公四年》："楚人謂乳穀，謂虎於菟。"唐陸德明釋文："於，音烏。"按，此年是虎年，故云。

〔三〕顧兔：古代神話傳説月中陰精積成兔形，後因以爲月的别名。《楚辭・屈原〈天問〉》："厥利維何，而顧菟在腹？"漢王逸注："言月中有菟，何所貪利；居月之腹，而顧望乎？"宋洪興祖補注："菟，與兔同。《靈憲》曰：月者，陰精之宗，積而成獸，象兔，陰之類，其數偶。"按，虎年之後是兔年，再接著是龍年，故云。

〔四〕"奔走"二句：謂歲月流逝很快。十二蟲：古代以十二種動物配十二支，即子鼠、丑牛、寅虎、卯兔、辰龍、巳蛇、午馬、未羊、申猴、酉雞、戌狗、亥豬。後以爲人生在某年即肖某物，如子年生的肖鼠，丑年生的肖牛等，稱爲"十二相屬"，又稱"十二生肖"。蟲，古時飛禽走獸之總稱。

〔五〕"未去"二句：調侃人們平時不愛惜光陰，等到過去時又戀戀不舍了。閑：馬廄。《周禮・夏官・校人》："天子十有二閑，馬六種。"漢鄭玄注："每廄爲一閑。"晉陸機《辨亡論上》："巨象逸駿，擾於外閑。"這裏借指關閉動物的栅欄。因爲每年與一動物相配，故云自己平時不把生肖關好，跑了纔覺得惋惜。

〔六〕"天上"二句：謂天上管理十二生肖的官吏不會因爲你的不舍而停止驅趕它們。意即歲月是留不住的。撾（zhuā）：擊；敲打。

〔七〕"魯陽"二句：《淮南子・覽冥》："魯陽公與韓搆難，戰酣日暮，援戈而撝之，日爲之反三舍。"魯陽：戰國時楚魯陽邑公。按，此句接上句言歲月不會真如魯陽揮戈而日退。

〔八〕"釃酒"二句：謂給歲星敬酒，希望歲星暫時留下。蹉跎：停足；停下腳步。

附録　蘇軾《歲晚相與饋問爲饋歲酒食相邀呼爲别歲至除夜達旦不眠爲守歲蜀之風俗如是余官於岐下歲暮思歸而不可得故爲此三詩以寄子由》

饋歲

農功各已收，歲事得相佐。爲歡恐無及，假物不論貨。山川隨出産，貧富稱小大。寘盤巨鯉横，發籠雙兔卧。富人事華靡，綵繡光翻座。貧者愧不能，微摯出舂磨。官居故人少，里巷佳節過。亦欲舉鄉風，獨唱無人和。

别歲

故人適千里，臨别尚遲遲。人行猶可復，歲行那可追。問歲安所之，遠在天一涯。已逐東流水，赴海歸無時。東鄰酒初熟，西舍彘亦肥。且爲一日歡，慰此窮年悲。勿嗟舊歲别，行與新歲辭。去去勿回顧，還君老與衰。

守歲

欲知垂盡歲，有似赴壑蛇。修鱗半已没，去意誰能遮。況欲繫其尾，雖勤知奈何。兒童强不睡，相守夜讙譁。晨雞且勿唱，更鼓畏添撾。坐久燈燼落，起看北斗斜。明年豈無年，心事恐蹉跎。努力盡今夕，少年猶可誇。

記歲首鄉俗寄子瞻二首〔一〕

踏青

江上冰消岸草青，三三五五踏青行。浮橋没①水不勝重〔二〕，野店壓糟無復清〔三〕。松下寒花初破萼，谷中幽鳥漸嚶鳴〔四〕。洞門泉脈龍睛動〔五〕，觀裏丹池鴨舌生〔六〕。山下瓶罌霑稚孺〔七〕，峰頭鼓樂聚簪纓〔八〕。縞裙紅袂臨江影〔九〕，青蓋驊騮踏石聲〔一〇〕。曉去争先心蕩漾，莫歸誇後醉從横〔一一〕。最憐人散西軒静，曖曖斜陽著樹明〔一二〕。

【校記】

①没：叢刊本作“波”，不辭，誤。

【箋注】

〔一〕作於嘉祐八年（一〇六三）正月。歲首：一年開始的時候。一般指第一個月。《史記·孝武本紀》:“夏,漢改曆,以正月爲歲首。”後世例以正月爲歲首。蘇軾《和子由踏青》舊題宋王十朋《東坡詩集注》引趙次公云:“子由《踏青》詩序云:眉之東門十數里,有山曰蟇頤,山上有亭榭松竹,山下臨大江。每正月八日,士女相與遊嬉飲酒於其上,謂之踏青也。”按,今各本皆佚此序。

〔二〕謂因爲過橋的人很多浮橋已低出水面。浮橋:在並列的船、筏、浮箱或繩索上面鋪木板而造成的橋。

〔三〕謂小酒店壓酒很忙。壓糟:米酒釀造將熟時,壓榨取酒。唐陸龜蒙《看壓新醅寄懷襲美》:“曉壓糟牀漸有聲,旋如荒澗野泉清。”

〔四〕謂鳥相和鳴。語出《詩·小雅·伐木》:“嚶其鳴矣,求其友聲。”

〔五〕謂到處泉水流淌。《太平御覽·地部·泉水》引《淮南子》:“黄金千歲生黄龍,黄龍入藏生黄泉。”注:“黄泉,黄龍之精汋也。”精,通“睛”。後因稱泉水爲“龍睛”。唐皮日休《以紫石硯寄魯望兼酬見贈》:“石墨一研爲鳳尾,寒泉半勺是龍睛。”

〔六〕鴨舌:指鴨舌草。地膚的别稱。生水田,高尺許,葉形似鴨舌。見明李時珍《本草綱目·草五·地膚》。

〔七〕謂小孩拿著瓶罐舀泉水解渴。瓶罌:瓶子罐子。罌,古代盛酒或水的瓦器,小口大腹,較缶爲大。亦有木製者。此泛指瓶子。稚孺:幼童;小孩。

〔八〕謂山頂上游春的官吏們正在欣賞戲曲。簪纓:古代官吏的冠飾。此借指官吏。

〔九〕謂江中倒映出許多美女的身影。南朝梁江淹《春賦》:“影來池裏,花落衫中。”

〔一〇〕謂時時有撑著青蓋的車輛從石板路上走過。驊騮(huá liú):《荀子·性惡》:“驊騮……此皆古之良馬也。”唐楊倞注:“皆周穆王八駿名。”《穆天子傳》卷一:“天子之駿,赤驥、盜驪、白義、踰輪、山子、渠黄、華騮、緑耳。”晉郭璞注:“八駿,皆因其毛色以爲名號耳。”後多以驊騮比喻名馬、人傑。青蓋:青色的傘蓋。本指高官的車蓋,這裏指官員及富豪們的車輛。

〔一一〕謂傍晚帶著醉意歸來。縱横:腳步踉蹌貌。

〔一二〕曖曖:昏昧不明貌。《楚辭·屈原〈離騷〉》:“時曖曖其將罷兮,結幽蘭而延佇。"漢王逸注:"曖曖,昏昧貌。"宋洪興祖補注:"曖,日不明也。"

附録　蘇軾《和子由踏青》

春風陌上驚微塵,遊人初樂歲華新。人閑正好路旁飲,麥短未怕遊車輪。城中居人厭城郭,喧闐曉出空四鄰。歌鼓驚山草木動,簞瓢散野烏鳶馴。何人聚衆稱道人,遮道賣符色怒嗔。宜蠶使汝繭如甕,宜畜使汝羊如麕。路人未必信此語,强爲買服禳新春。道人得錢徑沽酒,醉倒自謂吾符神。

蠶市〔一〕

枯桑舒牙葉漸青,新蠶可浴日晴明〔二〕。前年器用隨手敗,今冬衣著及春營〔三〕。傾困計口賣餘粟〔四〕,買箔還家待種生〔五〕。不唯箱篚供婦女〔六〕,亦有鋤鎛資男耕〔七〕。空巷無人鬥容冶〔八〕,六親相見争邀迎。酒肴勸屬坊市滿,鼓笛繁亂倡優獰〔九〕。蠶叢在時已如此〔一〇〕,古人雖没誰敢更?異方不見古風俗〔一一〕,但向陌上聞吹笙〔一二〕。

【箋注】

〔一〕作於嘉祐八年(一〇六三)二月。蘇軾《和子由蠶市》舊題王十朋《東坡詩集注》引趙次公曰:"子由詩序云:眉之二月望日鬻蠶器于市,因作樂縱觀,謂之蠶市。"按,此序今佚。

〔二〕謂孵蠶需天氣晴朗暖和。參《齊民要術》卷五。

〔三〕養蠶關涉到一年的經濟狀況,當然包括了冬天的衣被等,所以蠶區的百姓都非常重視養蠶。營:經營;謀劃。

〔四〕謂留夠了自己家中必備的糧食外其餘的都賣掉投入到蠶事中。困(qūn):穀倉。

〔五〕箔(bó):養蠶用的竹篩子或竹席。唐王建《簇蠶辭》:"三日開箔雪團團,先將新繭送縣官。"

〔六〕謂置備婦女養蠶的用品。《書・禹貢》"厥貢漆絲,厥篚織文。"孔傳:

“地宜漆林,又宜桑蠶,織文,錦綺之屬,盛之筐篚而貢焉。”

〔七〕謂開春時置辦耕種器具。鋤鎛(bó):鋤頭。鎛,除草的短柄鋤。《釋名·釋用器》:“鎛,亦鋤田器也。”

〔八〕謂人們都忙忙碌碌投身於養蠶或春耕的活動中,没有閑著的。容冶:容貌美豔。戰國楚宋玉《登徒子好色賦》:“此郊之姝,華色含光,體美容冶,不待飾裝。”

〔九〕謂民間的戲班搭臺演出。倡優:以音樂歌舞或雜技戲謔娱人的藝人。獰:凶猛;凶惡。按,此謂戲班演出的那些鬼神戲曲。

〔一〇〕謂此風俗歷史悠久。蠶叢:相傳爲蜀王的先祖,教人蠶桑。《藝文類聚·地部·益州》引漢揚雄《蜀本紀》:“蜀始王曰蠶叢,次曰伯雍,次曰魚鳧。”唐李白《蜀道難》:“蠶叢及魚鳧,開國何茫然。”

〔一一〕異方:他鄉;外地。唐杜甫《陪鄭公秋晚北池臨眺》:“異方初艷菊,故里亦高桐。”

〔一二〕唐李商隱《二月二日》:“二月二日江上行,東風日暖聞吹笙。”

附録　蘇軾《和子由蠶市》

蜀人衣食常苦艱,蜀人遊樂不知還。千人耕種萬人食,一年辛苦一春閑。閑時尚以蠶爲市,共忘辛苦逐欣歡。去年霜降斫秋荻,今年箔積如連山。破瓢爲輪土爲釜,争買不啻金與紈。憶昔與子皆童丱,年年廢書走市觀。市人争誇鬭巧智,野人喑啞遭欺謾。詩來使我感舊事,不悲去國悲流年。

子瞻寄示岐陽十五碑〔一〕

堂上岐陽碑,吾兄所與我。吾兄自善書,所取無不可。歐陽弱而立〔二〕,商隱瘦且橢〔三〕。小篆妙詰曲〔四〕,波字美婀娜〔五〕。譚藩居顔前〔六〕,何類學顔頗〔七〕。魏華自磨淬,峻秀不包裹〔八〕。九成刻賢俊,磊落雜麽麽〔九〕。英公與褒鄂,戈戟聞自荷。何年學操筆,終歲惟箭笴。書成亦可愛,藝業嗟獨夥〔一〇〕。余雖謬學文,書字每慵墮〔一一〕。車前駕騏驥,車後縶羸跛。逾年學舉足,漸亦行駊騀〔一二〕。古人有遺迹,筐短不及鏁〔一三〕。願從兄發之,洗硯處兄左〔一四〕。

【箋注】

〔一〕作於嘉祐八年(一〇六三)二月。此詩蘇軾次韻,題作《次韻子由論書》。舊題宋王十朋《東坡詩集注》引趙次公曰:"子由首詩,本爲謝先生寄碑。在《東軒集》。其序云:答子瞻兄,凡寄十五碑。"又引趙堯卿曰:"魯直常謂東坡心通得於翰墨之外,子由詩云:吾兄自善書,無可無不可。"蘇過《書先公字後》:"吾先君子豈以書自名哉! 特以其至大至剛之氣,發於胸中而應之於手,故不見其有刻畫嫵媚之工,而端章甫,若有不可犯之色,知此然後可以知其書。"又云:"公之書如有道之士,隱顯不足以議其榮辱。"皆可謂得東坡書法之真諦。詩對十五碑之精神一一刻畫,頗中肯綮。岐陽:鳳翔府舊稱。因其地在岐山之南。春秋以來爲秦都,始皇平天下,爲内史地。漢至六朝名稱時變。西魏爲岐陽郡,隋初郡廢,置岐州。唐爲岐州,或爲扶風郡,後改爲鳳翔府節度,屬關内道。宋屬永興軍路鳳翔府,治天興(今陝西鳳翔縣)。

〔二〕謂歐陽詢之書看似纖弱而有筋力。歐陽:指歐陽詢(五五七—六四一)。字信本,唐潭州臨湘(今湖南長沙市)人。博貫經史,仕隋爲太常博士,唐太宗時官太子率更令,弘文館學士,封渤海男。善書,其書初仿王羲之,而險勁過之,世號爲率更體。有《藝文類聚》一百卷,隋前遺失書籍頗可從此書考求。新舊《唐書》有傳。

〔三〕謂李商隱的書法清瘦而圓潤。義山善書,《宣和書譜》卷三:"義山爲文瑰邁奇古,不可跂及。觀四六稿草,方其刻意致思,排比聲律,筆劃雖具,亦本非用意。然字體妍媚,意氣飛動,亦可尚也。"商隱:即李商隱。見《次韻子瞻聞不赴商幕三首》之二注〔四〕。

〔四〕謂小篆的美妙在于曲折有致。小篆:秦代通行的一種字體,省改大篆而成。亦稱秦篆,後世通稱篆書。今尚有《琅邪臺刻石》《泰山刻石》等殘石存世。漢許慎《説文解字序》:"秦始皇帝初兼天下,丞相李斯乃奏同之,罷其不與秦文合者。斯作《倉頡篇》,中車府令趙高作《爰歷篇》,太史令胡毋敬作《博學篇》,皆取史籀大篆,或頗省改,所謂小篆者也。"詰曲:屈曲;屈折。

〔五〕謂偃波書美在婀娜多姿。波字:即偃波書。書體的一種。即版書,狀如連文,故稱。爲頒發詔命所用。《初學記·文部·文字》引漢摯虞《决疑要注》:"尚書臺召人用虎爪書,告下用偃波書,皆不可卒學,以防矯詐。"清周亮工《書影》卷一:"按蕭子良《古今篆隸文體》曰:鶴頭書與偃波書,俱詔板所用,漢謂之尺一簡。"

〔六〕謂譚藩書法勝過顏真卿。譚藩:唐開元間書法家。其事跡已不可考。唯《寶刻類編》卷三有云:"譚藩,陳公肅《文宣王册文》,正書,篆額,開元二十七年立鳳翔。"按,依此條材料之次第及顏真卿最以正書稱,似此碑正書爲譚藩書,而譚藩亦當以正書名世。顏:指顏真卿(七〇九—七八五):字清臣,唐京兆(今陝西西安市)人,顏師古五世從孫。博學工辭章,事親孝。開元中舉進士,又擢制科,累遷侍御史。爲楊國忠所惡,出爲平原太宗。度安禄山必反,陰爲之備。禄山反,平原獨完。真卿益募兵士,與從兄杲卿起兵討賊。河北諸郡共推爲爲盟主,拜兵部侍郎,加河北招討使。後賊勢益張,河北諸郡多陷。乃間關至鳳翔,謁肅宗。授憲部尚書,遷御史大夫。坐讒屢貶。代宗時再遷爲尚書右丞。盧杞惡之。改太子少師。李希烈反,杞建言遣真卿往諭,卒遇害。贈司徒,謚文忠。真卿正色立朝,剛而有禮。天下不以姓名稱,謂爲魯公。真卿善正草書,筆力遒婉,世寶重之。有《顏魯公集》。新舊《唐書》有傳。

〔七〕謂何類學顏未得其精神。何類:唐代書法家。其事跡已不可考。詩云"學顏",自當爲開元後人。頗:偏。

〔八〕"魏華"二句:謂魏華之書法峻秀而稍鬆散。魏華:唐魏徵孫。《新唐書·魏徵傳》:"四子,叔玉、叔琬、叔璘、叔瑜……叔瑜,豫州刺史,善草隸,以筆意傳其子華及甥薛稷。世稱善書者前有虞、褚,後有薛、魏。爲檢校太子左庶子,武陽縣男。"宋陳思《書小史》卷八:"魏華字茂實,叔瑜之子,官至太子左庶子。世業清素,尤好書翰,初與薛稷俱師於褚,後習右軍行草,其迹遂過於師。世稱善書者前有虞、褚,後有薛、魏。"磨淬:磨礪,鍛煉。唐韓愈《南内朝賀歸呈同官》:"法吏多少年,磨淬出角圭。"

〔九〕"九成"二句:贊頌歐陽詢《九成宫碑》。唐貞觀六年,太宗避暑于陝西麟游九成宫,得泉而甘,因名醴泉,敕魏徵撰銘、歐陽詢書之以刻石。字體温潤峭勁,兼有隸書筆意,爲歐書中著名碑刻,極爲世重。宋以來摹刻難以悉數,傳世有唐拓本,發現于敦煌石室,今藏法國巴黎圖書館。亦省稱“九成宫碑”。磊落:瀟灑俊美貌。麽麽:細瘦娟秀貌。《廣韻・果韻》:“麽,幺麽,細小。”

〔一〇〕“英公”六句:謂李勣、尉遲恭、段志玄等本是武將,没想到他們的書法也各具特色。英公,指李勣(五九四—六六九)。勣原名徐世績,字懋功(亦作茂公),唐曹州離狐(今山東菏澤東明縣東南)人。初屬李密,後歸高祖李淵。淵賜姓李。授黎州總管,封英國公。後避李世民諱改名爲李勣。從李世民征伐,平竇建德,俘王世充,破劉黑闥。貞觀初拜并州都督,降突厥,破薛延陀,屢有功。高宗立,拜尚書左僕射,進司空。率兵討高麗,平其國。卒贈太尉,謚貞武。新舊《唐書》有傳。褒鄂:指褒國公尉遲敬德和鄂國公段志玄。尉遲敬德(五八五—六五八),名恭,字敬德,以字行。鮮卑族,唐朔州鄯陽(今山西朔州市)人。隋末歸唐。從討竇建德、王世充、劉黑闥功居多。武德初秦王李世民引爲右府參軍。以功累封鄂國公,卒謚忠武,贈司徒兼并州都督,賜陪葬昭陵。新舊《唐書》有傳。段志玄(?—六四二),唐齊州臨淄(今山東淄博市)人。隋末,隨父在太原。父從李淵起兵。志玄募兵奔太宗。資質偉岸,驍勇善戰。從太宗據屈突通,討王世充,破竇建德,皆有功。屢封褒國公。卒謚壯肅。新舊《唐書》有傳。箭笴(gǎn):箭竿。此代指兵器。夥:衆多;盛多。

〔一一〕慵墮:猶言懶惰。

〔一二〕“車前”四句:謂自己學書時學時輟,不能堅持。羸跛:瘦弱而瘸腿的(牲畜)。駊騀(pǒ ě):馬起伏奔騰,縱恣奔突。《楚辭・屈原〈遠遊〉》:“服偃蹇以低昂兮,驂連蜷以驕驁。”漢王逸注:“驅馬駊騀而鳴驤也。”

〔一三〕謙稱自己對書法未曾入門,猶鑰匙短了打不開鎖一樣。簻(shí):鑰匙。後來寫作“匙”。鏁(suǒ):同“鎖”。

〔一四〕“願從”二句:謂希望跟著兄長好好學習書法。古人在室内以右爲尊,故言處左。謂願意跟著兄長好好學習書法。

附録 蘇軾《次韻子由論書》

吾雖不善書,曉書莫如我。苟能通其意,常謂不學可。貌妍容有矉,璧美何妨橢。端莊雜流麗,剛健含婀娜。好之每自譏,不獨子亦頗。書成輒棄去,繆被旁人裹。體勢本濶落,結束入細麽。子詩亦見推,語重未敢荷。邇來又學射,力薄愁官笴。官箭十二把,吾能十一把箭耳。多好竟無成,不精安用夥。何當盡屏去,萬事付懶惰。吾聞古書法,守駿莫如跛。世俗筆苦驕,衆中强嵬騀。此下少一韻。鍾張忽已遠,此語與時左。

蘇轍詩編年箋注卷二

畫文殊普賢[一]

誰人畫此二菩薩,趺坐花心乘象狻[二]。弟子先後執盂缶[三],老僧槎牙森比肩[四]。山林修道幾世劫[五],顔貌偉麗如開蓮。重崖宛轉帶林樹,野水荒蕩浮雲天[六]。峨眉高處不可上[七],下有絶澗錮九泉。朝陽未出白霧起,有光升天如月圓。靈仙居中粗可識,有類白兔依清瀍[八]。遊人禮拜千萬萬,迤邐漸遠如飛煙。五臺不到想亦爾[九],今之畫圖誰所傳?吾兄子瞻苦好異,敗繒破紙收明鮮[一〇]。自從西行止得此,試與記録代一觀。

【箋注】

〔一〕作於嘉祐八年(一〇六三)正月。蘇軾有和詩。文殊:佛教菩薩名。以"大智"著稱。其形頂結五髻,象徵大日如來之五智;持劍、騎青獅,象徵智慧、鋭利、威猛。爲釋迦牟尼佛之左脅侍,與司"理"之普賢菩薩相對。其道場爲山西五臺山。普賢:佛教菩薩名。與文殊菩薩并稱爲釋迦牟尼佛之二脅士。寺院塑像,侍立於釋迦之右,乘白象。以"大行"著稱,其道場爲四川峨眉山。《三蘇年譜》以爲,此詩末云:"吾兄子瞻苦好異,敗繒破紙收明鮮。自從西行止得此,試與記録代一觀。"是知畫爲蘇軾于鳳翔求得而囑蘇轍作題記。甚是。

〔二〕趺坐："結跏趺坐"之略稱。佛教中修禪者的坐法：兩足交叉置于于左右股上，稱"全跏坐"。或單以左足押在右股上，或單以右足押在左股上，叫"半跏坐"。據佛經説，跏趺可以減少妄念，集中思想。《無量壽經》卷上："哀受施草敷佛樹下跏趺而坐，奮大光明使魔知之。"象狻（suān）：大象和獅子。花心：蓮花之心。《法苑珠林》卷二十："故十方諸佛，同出於淤泥之濁；三坐正覺，俱坐於蓮臺之上。"此謂二佛周圍是蓮花簇擁。

〔三〕先後：前後。盂缶：瓶鉢之類。盂即鉢盂。僧人的食器。亦指傳法之器。宋程大昌《演繁露》卷二："《東方朔傳》：'置守宫盂下'注：'盂，食器也，若盋而大，今之所謂盋盂也。盋音撥，今僧家名其食鉢爲鉢，則中國古有此名，而佛徒用之耳。'"缶，僧人汲水之瓶。

〔四〕槎牙：錯落不齊貌。森：衆多貌，衆盛貌。《後漢書・張衡傳》："百神森其備從兮，屯騎羅而星布。"唐李賢注："森，衆皃也。"此謂僧衆環繞，高低參差。

〔五〕劫：佛教語。"劫波"的略稱。意爲極久遠的時節。佛教以爲世界經歷若干萬年毁滅一次，重新再開始，這樣一個週期叫做一"劫"。

〔六〕荒蕩：連綿詞。摇曳摇動貌。

〔七〕峨眉：山名。在四川峨眉縣西南，因山勢逶迤，有山峰相對如蛾眉，故名。佛教稱爲光明山，道教稱爲"虚靈洞天"、"靈陵太妙天"。又與浙江普陀山、安徽九華山、山西五臺山並稱爲我國佛教四大名山。

〔八〕白兔：指神話中月亮裏的玉兔。唐杜甫《八月十五夜月二首》之一："此時瞻白兔，直欲數秋毫。"清躔：清光。這裏指月亮。躔，日月星辰在黄道上運行的軌跡。

〔九〕云五臺山大概也是這個樣子。五臺：我國佛教四大名山之一。在山西省五臺縣東北。五峰聳峙，峰頂如壘土之臺，故稱五臺。漢永平年間，始建寺廟，歷代增修，蔚爲大觀，遂有文殊道場之稱。簡稱"五臺"。

〔一〇〕敗繒：破爛的絲帛。繒，古代絲織品的總稱。《漢書・灌嬰傳》："灌嬰，睢陽販繒者也。"顔師古注："繒者，帛之總名。"按，此戲言蘇軾喜收藏，只要是有價值的東西，哪怕是敗繒破紙也收藏起來。

附録　蘇軾《記所見開元寺吴道子畫佛滅度以答子由題畫文殊普賢》

西方真人誰所見？衣被七寶從雙狻。當時修道頗辛苦，柳生兩肘烏巢肩。初如濛濛隱山玉,漸如濯濯出水蓮。道成一旦就空滅,奔會四海悲人天。翔禽哀響動林谷,獸鬼躑躅淚迸泉。龐眉深目彼誰子,邊牀彈指性自圓。隱如寒月墮清晝,空有孤光留故躔。春遊古寺拂塵壁,遺像久此霾香煙。畫師不復寫名姓,皆云道子口所傳。從横固已蔑孫鄧,有如巨鰐吞小鮮。來詩所誇孰與此,安得携掛其旁觀。

聞子瞻重遊南山〔一〕

終南重到已春回,山木緣崖緑似苔。谷鳥鳴呼嘲獨往,野人笑語記曾來。定邀道士彈《鳴鹿》〔二〕,誰與溪堂共酒杯〔三〕?應有新詩還寄我〔四〕,與君和取當遊陪。彈《鳴鹿》,飲溪堂,皆前游終南時事。

【箋注】

〔一〕作於嘉祐八年(一〇六三)二月。擬想子瞻重游情景,并索詩。南山:即終南山。秦嶺主峰之一。在陝西省西安市南。一稱南山,即狹義的秦嶺。參清顧祖禹《讀史方輿紀要·陝西一》。

〔二〕鳴鹿:語出《詩·小雅·鹿鳴》:"呦呦鹿鳴,食野之苹。"毛傳:"鹿得蓱,呦呦然鳴而相呼,懇誠發乎中。以興嘉樂賓客,當有懇誠相招呼以成禮也。"後因以"鳴鹿"代指歡迎嘉賓的歌詩。

〔三〕溪堂:在終南山上,其堂面臨南溪故名。

〔四〕唐李山甫《山中覽劉書記新詩》:"記室新詩相寄我,藹然清絶更無過。"

附録　蘇軾《重遊終南子由以詩見寄次韻》

去年新柳報春回,今日殘花覆緑苔。溪上有堂還獨宿,誰人無事肯重來。古琴彈罷風吹座,山閣醒時月照杯。懶不作詩君錯料,舊逋應許過時陪。

次韻子瞻題薛周逸老亭〔一〕

飛鳥不知穴，山鹿不知流。薛子善飲酒，口如汲水虯〔二〕。吾觀腸胃間，何異族黨州？人滿地已盡，一介不可留。謂子試飲水，一酌不再求〔三〕。謂子飲醇酒，百爵豈待酬〔四〕？酒可水不可，其説亦已悠〔五〕。以我視夫子，胸腹百丈幽〔六〕。譬如田中人，視彼公與侯。未省破顔飲，何況裸露頭〔七〕？鴟夷謂大瓠〔八〕，皆飽安用浮？多少苟自適，豈害爲朋①遊〔九〕？

【校記】

①朋：叢刊本作"明"，形近而誤。

【箋注】

〔一〕作於嘉祐八年(一〇六三)二月。薛周：其家爲河東著姓，世有顯人，其祖父薛顔，父薛寅皆仕北宋，《宋史》有傳。劉攽《宋故中大夫守光禄卿分司西京上柱國河東郡開國侯食邑一千三百户賜紫金魚袋薛公神道碑》："［薛顔］孫三人，同爲華州渭南縣主簿，其次曰周，曰向。公以天聖七年十月二十四日，葬京兆府萬年縣龍首鄉靖恭里，子孫因家於京兆。後三十七歲，周爲駕部員外郎致仕，向爲主客郎中、陝西轉運副使。兄弟皆材敏，有聲當世。"明趙崡《石墨鐫華·宋薛紹彭詩刻》："紹彭(薛向子)書詩刻，余凡得五紙，其一書唐人玉真公主莊玉真觀諸詩……其一書其叔薛周詩。"清劉於義《陝西通志》卷二十七："醴泉縣學，初在舊縣治東南。宋皇祐間，殿中丞薛周創建大學。"蘇軾詩云："近聞薛公子，早退驚常流。買園招野鶴，鑿井動潛虬。自言酒中趣，一斗勝涼州。"蘇轍詩亦言其善飲。參之二詩，知周淡於功名，不樂繁華，喜飲酒自娱，與蘇軾弟兄及當時名流如劉攽等多有交往。弟兄詩皆頌揚薛周高蹈歸隱，飲酒自樂。

〔二〕唐杜甫《飲中八仙歌》："左相日興費萬錢，飲如長鯨吸百川。"唐孟郊《峽哀》："梟鴟作人語，蛟虯吸水波。"虯：同"虬"。傳説中的一種無角龍。《楚辭·屈原〈離騷〉》："駟玉虬以椉鷖兮，溘埃風余上征。"漢王逸注："有角曰龍，無角曰虯。"宋洪興祖補注:"虯,龍類也。"

〔三〕"吾觀"六句:謂肚腹只有那麽大的空間,爲什麽能裝下那麽多酒。族黨州:《周禮·地官·大司徒》:"令五家爲比,使之相保;五比爲閭,使之相受;四閭爲族,使之相葬;五族爲黨,使之相救;五黨爲州,使之相賙;五州爲鄉,使之相賓。"按,此言肚子的空間就像地上的民户編制一樣滿滿的。

〔四〕酹(lèi):以酒澆地,表示祭奠。酬:勸酒;敬酒。按,此戲言以酒祭奠薛周,薛周當不嫌其多。

〔五〕謂肚内酒可以多裝,而水卻不能,這種説法從來如此。悠:久。

〔六〕此語雙關,既説薛周善飲,也説薛周胸懷寬廣。

〔七〕"譬如"四句:是説對薛周的善飲只能仰視,自己從來没有醉酒到忘形的地步。破顔:《太平廣記·婦人四·杜牧》:"聞命遽來,時會中已飲酒。女妓百餘人,皆絶藝殊色。牧獨坐南行,瞪目注視,引滿三卮,問李云:'聞有紫雲者,孰是?'李指示之。牧復凝睇良久,曰:'名不虚得,宜以見惠。'李俯而笑,諸妓皆亦迴首破顔。牧又自飲三爵。"裸露頭:《新唐書·張旭傳》:"旭,蘇州吴人,嗜酒,每大醉,呼叫狂走。乃下筆,或以頭濡墨而書,既醒,自視以爲神,不可復得也。世呼'張顛'。"唐李頎《贈張旭》:"露頂據胡床,長叫三五聲。"未省:未曾。

〔八〕《莊子·逍遥遊》:"惠子謂莊子曰:'魏王貽我大瓠之種,我樹之成而實五石,以盛水漿,其堅不能自舉也。剖之以爲瓢,則瓠落無所容。非不呺然大也,吾爲其無用而掊之。'莊子曰:'夫子固拙於用大矣……今子有五石之瓠,何不慮以爲大樽,而浮於江湖,而憂其瓠落無所容?'"鴟夷:指盛酒器。《藝文類聚·雜器物部·缾》引漢揚雄《酒賦》:"鴟夷滑稽,腹大如壺。盡日盛酒,人復藉酤。"按,此反用《莊子》意,謂能酒足飯飽而又何在乎用與不用。乃針對薛周早退官場而言。

〔九〕"多少"二句:發表自己對飲酒的看法,認爲飲酒適可而止,不必强求他人。朋遊:朋友。唐杜審言《贈蘇味道》:"輿駕還京邑,朋遊滿帝畿。"

附録　蘇軾《和劉長安題薛周逸老亭周善飲酒未七十而致仕》

近聞薛公子,早退驚常流。買園招野鶴,鑿井動潛虯。自言酒中趣,一斗勝涼州。翻然拂衣去,親愛挽不留。隱居亦何樂,素志庶可求。所亡嗟無幾,所得不啻酬。青春爲君好,白日爲君悠。山鳥奏琴筑,野花弄閑幽。雖辭功與名,其樂實素侯。至今清夜夢,尚驚冠壓頭。誰能載美酒,往以大白浮。之子雖不識,因公可與游。

次韻子瞻題長安王氏中隱堂五首〔一〕

其一

秦中勝岷①蜀〔二〕,故國不須歸。甲第春風滿〔三〕,巴山晝夢非。竹深啼鳥亂,花落晚蜂飛。我欲西還去,敲門慎勿違。

【校記】

①岷:宋文集本、宋建本、蜀藩刻本、叢刊本作"三",誤。

【箋注】

〔一〕作於嘉祐八年(一〇六三)二月。王氏:指王紳(一〇六四——一〇三)。字公儀,其上世太原人,唐末因官居閬中,後復以官居長安。父瀆任尚書度支員外郎,三司度支判官。紳十歲以父蔭爲太廟齋郎。自少喜讀書,記問精博,爲詞章有條理。舉進士不第,調鳳州梁泉縣主簿。以市田令轉大理評事,知絳州正平縣。累遷衛尉寺丞,大理寺丞,知鳳翔岐山縣。轉太子中舍,賜緋衣銀魚,入朝授通判乾州。凡所在皆有政聲。性孝友,事母兄有聞於里閭。參文同《太子中舍王君墓誌銘》(《丹淵集》卷三十九)。中隱堂:王氏堂名,其命意自白居易《中隱》:"大隱住朝市,小隱入丘樊。丘樊太冷落,朝市太囂諠。不如作中隱,隱在留司官。"即謂作閑散官吏。參附録蘇軾詩序。又,蘇轍原詩自編次第有誤,謹按蘇軾原詩韻腳乙正。

〔二〕岷蜀:指四川。四川古稱蜀,蜀地有岷山、岷江,故稱岷蜀。王紳祖上爲蜀人。

〔三〕甲第:豪門貴族的宅第。《史記・孝武本紀》:"賜列侯甲第,僮千人。"南朝宋裴駰集解引《漢書音義》:"有甲乙第次,故曰第。"《文選・張衡

〈西京賦〉》："北闕甲第，當道直啓。"三國吴薛綜注："第，館也；甲，言第一也。"

其二

官去空留鶴〔一〕，山浮不見鰲〔二〕。竹林迎日浄①，槐木擁亭高。鳥②噪知人至〔三〕，蟬鳴覺口勞〔四〕。誰能飲堂上，解帶不穿袍〔五〕？

【校記】

①浄：宋文集本作"静"，似義長。

②鳥：原作"烏"，據蜀藩刻本改。

【箋注】

〔一〕南朝宋孔稚圭《北山移文》："蕙帳空兮夜鵠怨，山人去兮曉猨驚。"宋王安石《草堂》："草堂今寂寞，往事翳山椒。蕙帳空留鶴，蘿衣終换貂。"

〔二〕《列子·湯問》有云，渤海之東，有一深壑，中有岱輿、員嶠、方壺、瀛洲、蓬萊五山，乃仙聖所居之地。然五山皆浮於海，常隨潮波上下往還。"帝恐流於西極，失群仙聖之居，乃命禺彊使巨鼇十五，舉首而戴之。迭爲三番，六萬歲一交焉。"

〔三〕庭院深邃，鳥聲鳴叫知有客來訪。

〔四〕此言聽斷續的蟬聲感覺到蟬子已叫得十分疲倦。勞：勞倦。

〔五〕"誰能"二句：謂知己痛飲如淳于髡所云情景。《史記·滑稽列傳·淳于髡》："日暮酒闌，合尊促坐，男女同席，履舄交錯，杯盤狼藉，堂上燭滅，主人留髡而送客，羅襦襟解，微聞薌澤，當此之時，髡心最歡，能飲一石。"

其三

唐朝卿相宅〔一〕，此外更應無。請看庭前樹，曾攀屋裏姝〔二〕。流傳漸失實，遺老不禁徂〔三〕。試問歸登物〔四〕，林間翠石孤。或云此即歸登宅。

【箋注】

〔一〕傳聞王家所居是唐朝達官舊宅。

〔二〕謂庭前樹木是昔年美女攀爬過的。姝:美女。戰國楚宋玉《登徒子好色賦》:“此郊之姝,華色含光。”

〔三〕徂(cú):死亡;凋謝。《史記·伯夷列傳》:“于嗟徂兮,命之衰矣!”唐司馬貞索隱:“徂者,往也,死也。”按,此言遺老凋零,已難以確知王氏第宅的歷史。

〔四〕“試問”二句:謂園林間的山石,或能回答這是否真是歸登的故宅。歸登(七五四—八二〇):字沖之,唐吴縣(今江蘇蘇州市)人,崇敬之子。事繼母篤孝。貞元初,策賢良,爲右拾遺,轉右補闕、起居舍人。順宗爲皇太子,登父子侍讀。及即位,以東宫恩,拜給事中,遷工部侍郎,封長沙縣男。登性温恕,有文學,工草隸。嘗慕陸象先之爲人,人亦以爲近之。新舊《唐書》有傳。

其四

愛君高堂上,有似蜀江壖〔一〕。牆外終南近,簷西太白偏〔二〕。晚梅晴自媚,老竹暗相遷〔三〕。未到遥聞説,吾廬安得然〔四〕?

【箋注】

〔一〕壖(ruán):空地;邊緣餘地。《史記·河渠書》:“五千頃故盡河壖棄地,民茭牧其中耳。”南朝宋裴駰集解引三國吴韋昭曰:“謂緣河邊地也。”按,此言王氏府第頗有蜀地風貌。

〔二〕太白:山名。在陝西省眉縣東南。參《次韻子瞻太白山下早行題崇壽院》注〔一〕。

〔三〕遷:延伸。此言竹鞭向四面延伸而抽筍。

〔四〕安得然:哪能如此。按,此對王氏宅堂無限神往。

其五

君看原上墓,墳盡但餘碑〔一〕。誰見生前貴〔二〕,塵生帶下龜。高堂幸有酒,一飲豈論貲〔三〕。勉强行樂耳〔四〕,古人良可悲。

【箋注】

〔一〕謂墳堆已經坍塌只有碑還在。

〔二〕"誰見"二句:謂也許原房主生前家中龜綬成堆。帶下龜:指龜綬,即龜紐印綬。《後漢書・西域傳論》:"先馴則賞籯金而賜龜綬。"唐李賢注:"龜謂印文也。《漢舊儀》曰:'銀印皆龜紐,其文刻曰:某官之章。'"

〔三〕貲:價值;價格。

〔四〕《漢書・楊惲傳》:"人生行樂耳,須富貴何時?"

附録　蘇軾《中隱堂詩》并叙

岐山宰王君紳,其祖故蜀人也。避亂來長安,而遂家焉。其居第園圃,有名長安城中,號中隱堂者是也。予之長安,王君以書戒其子弟邀予遊,且乞詩甚勤,因爲作此五篇。

其一

去蜀初逃難,遊秦遂不歸。園荒喬木老,堂在昔人非。鑿石清泉激,開門野鶴飛。退居吾久念,長恐此心違。

其二

徑轉如修蟒,坡垂似伏鼇。樹從何代有,人與此堂高。好古嗟生晚,偷閑厭久勞。王孫早歸隱,塵土污君袍。

其三

二月驚梅晚,幽香此地無。依依慰遠客,皎皎似吴姝。不恨故園隔,空嗟芳歲徂。春深桃杏亂,笑汝益羈孤。

其四

翠石如鸚鵡,何年别海壖。貢隨南使遠,載壓渭舟偏。已伴喬松老,那知故國遷。金人解辭漢,汝獨不潸然?

其五

都城更幾姓,到處有殘碑。古隧埋蝌蚪,崩崖露伏龜。安排壯亭榭,收拾費金貲。峋嶁何須到,韓公浪自悲。

和子瞻鳳翔八觀八首〔一〕

石鼓〔二〕

岐山之陽石爲鼓〔三〕,叩之不鳴懸無虡〔四〕。以爲無用百無直,以爲有用萬物祖〔五〕。置身無用有用間,自托周宣誰敢侮〔六〕? 宣王没後墳壟平〔七〕,秦野蒼茫不知處〔八〕。周人舊物惟存山〔九〕,文武遺民盡囚虜〔一〇〕。鼎鐘無在鑄戈戟〔一一〕,宫殿已倒生禾黍〔一二〕。厲宣子孫竄四方〔一三〕,昭穆錯亂不存譜〔一四〕。時有過客悲先王,綢繆牖户徹桑土。思宣不見幸鼓存,由鼓求宣近爲愈〔一五〕。彼皆有用世所好,天地能生不能主。君看項籍猛如狼〔一六〕,身死未冷割爲脯〔一七〕。馬童楊喜豈不仁,待汝封侯非怨汝。何況外物固已輕〔一八〕,毛擒翡翠尾執麈〔一九〕。惟有蒼石於此時,獨以無用不見數。形骸偃蹇任苔蘚〔二〇〕,文字皴剥困風雨〔二一〕。遭亂既以無用全〔二二〕,有用還爲太平取。古人不見見遺物,如見方召與申甫〔二三〕。文非科斗可窮詰〔二四〕,簡編不載無訓詁〔二五〕。字形漫汗隨石缺,蒼蛇生角龍折股〔二六〕。亦如老人遭暴横,頤下髭秃口齒齬〔二七〕。形雖不具意可知,有云楊柳貫魴鱮〔二八〕。魴鱮豈厭居溪谷,自投網罟入君俎〔二九〕。柳條柔弱長百尺,挽之不斷細如縷〔三〇〕。以柳貫魚魚不傷,貫不傷魚魚樂死。登之廟中鬼神格〔三一〕,錫女豐年多黍稌〔三二〕。宣王用兵征四國〔三三〕,北摧犬戎南服楚〔三四〕。將帥用命士卒歡〔三五〕,死生不顧闞虓虎〔三六〕。問之何術能使然? 撫之如子敬如父。弱柳貫魚魚弗違,仁人在上民不怒〔三七〕。請看石鼓非徒然〔三八〕,長笑太山刻秦語。

【箋注】

〔一〕作於嘉祐八年(一〇六三)。鳳翔:府名,宋屬秦鳳路,轄扶風等九縣。鳳翔府治天興。蘇軾嘉祐六年十二月到鳳翔府簽判任,至孔子廟,觀石鼓;過府廳,讀詛楚文;游開元寺,觀王維、吴道子畫;游天柱寺,觀楊惠之塑維摩像;泛東湖;登真興寺;遊李氏園;吊秦穆公墓。詩非一時所作,彙爲《鳳翔八觀》。其作時當在嘉祐七年或八年。姑繫于八年。清畢沅《關中勝跡圖志》卷十七:"一爲開元寺王維吴道子畫,一爲天柱寺楊惠之塑維摩像,今二寺雖有其名,不特畫壁塑像久而不存,即梵宇亦俱非舊制。一爲李氏園,禾黍彌望。一爲真興寺閣,故址莫尋。惟秦穆公墓在城東南隅,今置守冢。而東湖尚爲岐下勝遊。八觀陳迹遺留僅此而已。"

〔二〕石鼓:《元和郡縣圖志》卷二:"石鼓文,在縣(即天興縣,鳳翔府治)南二十里許,石形如鼓,其數有十,蓋紀周宣王畋獵之事,其文即史籀之跡也。"唐鄭餘慶始移於鳳翔孔子廟。宋歐陽脩《集古録》卷一:"岐陽石鼓,初不見稱於前世,至唐人始盛稱之。而韋應物以爲周文王之鼓,宣王刻詩;韓退之直以爲宣王之鼓。在今鳳翔孔子廟中。鼓有十,先時散棄於野,鄭餘慶始置於廟,而亡其一。皇祐四年,向傳師求於民間,得之,十鼓乃足。"關于石鼓年代,歷來衆説紛紜。或以爲周宣王時,或以爲秦時,或以爲北周時。鼓上刻籀文四言詩,記述國君游獵情況,後世亦稱爲"獵碣"。現存北京故宫博物院。

〔三〕陽:山南爲陽。

〔四〕虡(jù):懸鐘鼓木架兩側立柱。

〔五〕"以爲"二句:謂不懂者看來是毫無價值,内行才知道它是寶貝。《莊子·人間世》:"人皆知有用之用,而莫知无用之用也。"又《外物》:"惠子謂莊子曰:'子言无用。'莊子曰:'知无用而始可與言用矣。天地非不廣且大也,人之所用容足耳。然則厠足而墊之,致黄泉,人尚有用乎?'惠子曰:'无用。'莊子曰:'然則无用之爲用也亦明矣。'"百無:毫無。直:後來寫作"值",價值。

〔六〕"置身"二句:謂因爲是周宣王時故物,所以很珍貴。無用有用間:語本《莊子·山木》:"明日,弟子問於莊子曰:'昨日山中之木,以不材得終其天年;今主人之雁,以不材死。先生將何處?'莊子笑曰:'周將處乎材與不材之間。'"周宣:周宣王(?—前七八二)。名静,周厲王子。長于召公家。厲王崩于彘，周召二相立之爲王，二相輔佐之，法文武成康之遺風，命秦仲征西戎，尹吉甫伐玁狁，方叔征荆蠻，召虎平淮夷。周道復興，爲中興之王。在位四十六年崩，謚曰宣。參《史記·周本紀》。侮：輕慢，小看。

〔七〕墳壟：墳墓。漢應劭《風俗通·山澤·陵》："陵有天性自然者，今王公墳壟各稱陵也。"

〔八〕蒼茫：廣闊無邊貌。晉潘岳《哀永逝文》："視天日兮蒼茫，面邑里兮蕭散。"

〔九〕晉陶潛《擬挽歌辭三首》之三："死去何所道，託體同山阿。"舊物：遺物。

〔一〇〕謂周王朝滅亡。文武：周文王、周武王。文王，姓姬名昌，殷商末期周部落首領。初居岐山，爲西方諸侯之長，稱西伯。曾爲紂囚于羑里，後獲釋。勢力彊盛，先後攻滅黎、邘、崇等。遷都豐邑（今陝西西安市西南灃水西岸）。其子武王滅殷，追尊爲文王。後世目爲賢明之君。事見《史記·周本紀》。武，即周武王。名發，承父文王遺志，聯合各族東滅商，建立西周王朝。參《史記·周本紀》。囚虜：罪犯，俘虜。

〔一一〕漢賈誼《過秦論上》："於是廢先王之道，燔百家之言，以愚黔首。墮名城，殺豪傑，收天下之兵聚之咸陽，銷鋒鑄鐻以爲金人十二，以弱天下之民。"鼎鐘：古代鐘鼎上刻銘文，以表彰有功者。

〔一二〕《史記·宋微子世家》："其後箕子朝周，過故殷虚，感宫室毁壞，生禾黍，箕子傷之，欲哭則不可，欲泣爲其近婦人，乃作《麥秀之詩》以歌詠之。"

〔一三〕謂周室後裔流落四方。厲宣：周厲王和周宣王。周厲王（？一前八二八），名胡，周夷王子。以榮夷公爲卿士，芮良夫、召虎皆諫，不聽。暴虐好利。國人謗王，使衛巫以監謗者，得則殺之，道路以目。三年，民叛襲王，王出奔共。在位三十二年。周召二公行政，號曰共和。又十四年，王死于彘。謚厲。參《史記·周本紀》。

〔一四〕昭穆：古代宗法制度，宗廟或宗廟中神主之排列次序，始祖居中，以下父子（祖、父）遞爲昭穆，左爲昭，右爲穆。

〔一五〕"時有"四句：謂有學人企圖從石鼓考索周宣王的功績，於是建室將石鼓保護起來。《詩·豳風·鴟鴞》："迨天之未陰雨，徹彼桑土，綢繆牖户。”唐孔穎達疏:“鄭以爲,鴟鴞及天之未陰雨之時,剥彼桑根,以纏綿其牖户,乃得成此室巢。”宋朱熹集傳:“桑土,桑根皮也……我及天未陰雨之時,而往取桑根以纏綿巢之隙穴,使之堅固,以備陰雨之患。”牖(yǒu):窗。户:門。桑土:指桑根皮。

〔一六〕項籍(前二三二—前二〇二):字羽,秦末下相(今江蘇宿遷市)人。目重瞳子,力能扛鼎。與叔父梁避地吴中。陳涉兵起,籍與梁起兵吴中。梁敗死,籍將其軍,遇秦軍九戰皆破之。自立爲西楚霸王,與劉邦争天下,戰無不利。後爲漢軍與諸侯軍圍於垓下,夜聞漢軍四面皆楚歌。潰圍出,至烏江,自刎而死。《史記》《漢書》有傳。猛如狼:語本《項羽本紀》:“[宋義]因下令軍中曰:‘猛如虎,很如羊,貪如狼,彊不可使者,皆斬之。’”

〔一七〕《史記·項羽本紀》:“[項王]乃自刎而死。王翳取其頭,餘騎相蹂踐争項王,相殺者數十人。最其後,郎中騎楊喜,騎司馬吕馬童,郎中吕勝、楊武各得其一體。五人共會其體,皆是。故分其地爲五:封吕馬童爲中水侯,封王翳爲杜衍侯,封楊喜爲赤泉侯,封楊武爲吴防侯,封吕勝爲涅陽侯。”脯(fǔ):乾肉。

〔一八〕外物:身外之物。指利欲功名之類。《莊子·外物》:“外物不可必,故龍逢誅,比干戮,箕子狂,惡來死,桀、紂亡。”

〔一九〕謂鳥羽被製成扇子,麈尾被製爲拂塵。翡翠:鳥名。羽毛有藍、緑、赤、棕等色,可做裝飾品。《逸周書·王會》:“倉吾翡翠,翡翠者所以取羽。”《楚辭·宋玉〈招魂〉》:“翡翠珠被,爛齊光些。”漢王逸注:“雄曰翡,雌曰翠。”宋洪興祖補注:“翡,赤羽雀;翠,青羽雀。《異物志》云:翠鳥形如燕,赤而雄曰翡,青而雌曰翠。”麈(zhǔ):麈尾,興起于魏晉六朝的一種兼具拂塵和涼扇功用的器具。長尺餘,形狀與撣子相近,由固定有兩排麈尾毛的軸桿與把柄相接而成。把柄一般爲木質,上可塗漆,或飾以玉石、玳瑁殼等;也可徑用金銀、象牙、犀角等。當時清淡之士均甚愛賞,遂爲風雅之物。

〔二〇〕形骸:指石鼓形體。偃蹇(jiǎn):謂石鼓倒卧的樣子。

〔二一〕皴(cūn)剥:糙裂剥落。

〔二二〕無用全:因無用而得以保全。典出《莊子·逍遥遊》:“惠子曰:‘吾有大樹,人謂之樗。其大本臃腫而不中繩墨,其小枝卷曲而不中規矩,立之塗,匠者不顧。今子之言,大而無用,衆所同去也。'莊子曰:'子獨不見狸狌乎?卑身而伏,以候敖者;東西跳梁,不避高下;中於機辟,死於罔罟。今夫斄牛,其大若垂天之雲。此能爲大矣,而不能執鼠。今子有大樹,患其無用,何不樹之於無何有之鄉,廣莫之野,彷徨乎無爲其側,逍遥乎寢卧其下?不夭斤斧,物無害者,無所可用,安所困苦哉!'"

〔二三〕方召:方叔、召虎。西周時助宣王中興之賢臣。申甫:申伯、仲山甫。亦爲周之名臣。《詩・大雅・崧高》:"維嶽降神,生甫及申。維申及甫,維周之翰。"鄭箋:"申,申伯也;甫,甫侯也。皆以賢知入爲周之楨幹。"

〔二四〕科斗:指科斗文字。我國古代字體之一。以其筆劃頭圓大尾細長,狀似蝌蚪而得名。《書序》:"至魯共王好治宫室,壞孔子舊宅以廣其居,於壁中得先人所藏古文虞、夏、商、周之書,及傳《論語》《孝經》,皆科斗文字。"窮詰:追問,深究。

〔二五〕簡編:串連竹簡之絲帶。指書籍。訓詁:對字句所作解釋。清陳澧《東塾讀書記・小學》:"詁者,古也。古今異言,通之使人知也。蓋時有古今,猶地有東西,有南北,相隔遠則言語不通矣。地遠則有翻譯,時遠則有訓詁。有翻譯則能使别國如鄉鄰,有訓詁則能使古今如旦暮,所謂通之也,訓詁之功大矣哉!"

〔二六〕"字形"二句:謂石鼓文文字奇特不同尋常。漫汗:散亂貌。唐柳宗元《天對》:"胡紛華漫汗,而潛謂不死?"生角折股:指文字筆劃增衍、缺損。按,蛇本無角,龍亦無股。此謂不可以常理認知。

〔二七〕"亦如"二句:謂石碑如老者遭遇暴力,殘敗不堪。頤(yí):口腔下部,下巴。齬(yǔ):上下牙齒參差不相應。蘇軾《和黄魯直食筍次韻》:"胡爲遭暴横,三嗅不忍嘬。"

〔二八〕蘇軾《石鼓歌》:"强尋偏傍推點畫,時得一二遺八九。我車既攻馬亦同,其魚維鱮貫之柳。"自注曰:"其詞云:'我車既攻,我馬亦同。'又云:'其魚維何?維鱮維鯉。何以貫之?維楊與柳。'惟此六句可讀,餘多不可通。"楊柳:泛指柳樹。魴(fáng):鯿魚。體廣而薄肥,細鱗,青白色,味美。鱮(xù):鰱魚。

〔二九〕網罟(gǔ):捕魚及捕鳥獸的工具。《管子・勢》:"獸厭走而有伏網罟。”俎(zǔ):切肉所用砧板。

〔三〇〕縷:綫。

〔三一〕格:至;來。《儀禮・士冠禮》:“孝友時格,永乃保之。”漢鄭玄注:“格,至也。”

〔三二〕錫:賜予。女:通“汝”。黍稌(tú):稻穀等糧食。《詩・周頌・豐年》:“豐年多黍多稌,亦有高廩,萬億及秭。”毛傳:“稌,稻也。”

〔三三〕四國:四方鄰國。指四方,天下。

〔三四〕犬戎:古族名。即畎戎。又稱畎夷、犬夷、昆夷、緄夷等。殷周時,遊牧西北,常與殷周作戰。

〔三五〕用命:執行命令;聽從命令。語出《書・甘誓》:“用命,賞于祖。弗用命,戮於社。”《國語・魯語下》:“若得楚師以伐魯,魯既不違夙之取卞也,必用命焉,守必固矣。”三國吴韋昭注:“言夙取卞時,魯人不違而從之,是爲聽用其命。”

〔三六〕闞虓(hǎn xiāo)虎:咆哮怒吼之虎。喻勇士,猛將。語出《詩・大雅・常武》:“進厥虎臣,闞如虓虎。”毛傳:“虎之自怒虓然。”

〔三七〕仁人:有德行之人。《書・泰誓中》:“雖有周親,不如仁人。”

〔三八〕“請看”二句:謂不唯石鼓,就連秦人的泰山刻石也成了過眼煙雲。秦始皇二十八年(前二一九),始皇東巡登泰山,丞相李斯等頌秦德刻石立於泰山之巔。刻石四面有字,三面爲始皇詔書,一面爲秦二世元年(前二〇九)詔書與從臣姓名。書體爲典型小篆,相傳皆李斯手筆。現刻石存岱廟東御座院中,除“斯”、“昧死”三字各殘存半外,餘字尚完整。是中國現存的最早石刻之一。有北宋拓本一百六十五字傳世,《史記》則載有全文。長笑:大笑。太山:即泰山。位於今山東中部,古稱東岳,爲五岳之一,以其爲四岳所宗,又名岱宗。

詛①楚文〔一〕

詛楚楚如桀,詛秦秦則紂〔二〕。桀罪使信然,紂語安足受?牲②肥酒醪潔〔三〕,誇誕鬼不祐〔四〕。鬼非東諸侯,豈信辯士口〔五〕?碑埋祈年下〔六〕,意繞章華走〔七〕。得楚不付孫,但爲劉季取〔八〕。吾聞秦穆公〔九〕,與晉實甥舅〔一〇〕。盟鄭絶晉歡〔一一〕,結楚將自救〔一二〕。

事見吕相絶秦。使秦詛楚人，晉亦議其③後〔一三〕。諸侯迭相詛〔一四〕，禍福果誰有？世人不知道〔一五〕，好古無可否。何當投涇流，渾濁蓋鄙醜〔一六〕。

【校記】

①詛：原本、宋建本作“咀”，題下原有小字注：“咀當作詛。”據此詩正文及蘇軾《鳳翔八觀》改，並删去小字注文。

②牲：叢刊本作“性”，形近而誤。

③其：宋建本、蜀藩刻本、叢刊本作“秦”。

【箋注】

〔一〕詛楚文：秦國石刻。内容爲秦王祈求天神制克楚兵，復其邊城，故後世稱“詛楚文”。據考證，約爲秦惠文王和楚懷王時事。已發現三石：一爲“巫咸”，一爲“大沈厥湫”，一爲“亞駝”，宋時先後在不同地方出土。宋歐陽脩《集古録跋尾·秦祀巫咸神文》：“右《秦祀巫咸神文》，今流俗謂之‘詛楚文’。其言首述秦穆公與楚成王事，遂及楚王熊相之罪。”郭沫若有《詛楚文考釋》。

〔二〕“詛楚”二句：謂秦楚互相詛咒很是可笑。桀：夏代最後一個君主，名履癸。相傳爲暴君。《左傳·莊公十一年》：“禹湯罪己，其興也悖焉；桀紂罪人，其亡也忽焉。”紂：商代最後一個君主的謚號。一作受，亦稱帝辛。相傳爲暴君。歷代著作中多以爲暴君的典型。《史記·殷本紀》：“帝乙崩，子辛立，是爲帝辛，天下謂之紂。”南朝宋裴駰集解引《謚法》：“殘義損善曰紂。”

〔三〕牲肥酒醪：爲祭祀鬼神之物。

〔四〕謂（縱然祭祀豐潔）但夸大不實之詞神靈也不會如所祈禱而佐祐。夸誕：言詞誇大虚妄，不合實際。鬼：神明。

〔五〕“鬼非”二句：謂神靈不像東方諸侯那樣容易被辯士左右。按，戰國時東方六國不時爲張儀、蘇秦之類辯士所播弄，時而合縱，時而聯横。

〔六〕祈年：宫名。指秦之祈年宫。穆公時所造。故地在今陝西鳳翔南。

〔七〕謂詛文都是針對楚國而發。章華：即章華臺。楚離宫名。漢荀悦《漢紀·武帝紀一》：“楚靈王起章華之臺而楚人散。”故址有四：一在今湖北監利西北，晉杜預以爲春秋時楚靈王所建者即此。臺高十丈，基廣十五丈。稱

"華容之章華"。二在今安徽亳州東南,一説楚靈王所建即此。清楊守敬以爲靈王可能先建于華容,後因樂乾溪風物而築此,仍襲用舊名。即"城父之章華"。三在今河南汝南東,戰國楚襄王爲秦將白起所逼,北保于陳時所建,并襲用舊名。即"汝陽之章華"。四在今湖北沙市,建者不詳。後人附會爲靈王所築,即豫章臺。按,此以章華代指楚國。

〔八〕"得楚"二句:謂秦王朝滅了楚國,但没傳到孫子輩便被劉邦取代了。劉季(前二五六—前一九五):即劉邦。邦字季,秦末沛縣豐邑(今江蘇豐縣)人。初爲泗上亭長,秦二世元年,陳勝、吴廣起義,邦起兵於沛,號沛公。受楚義帝令,與項羽分兵入關破秦。邦先入,與秦父老約法三章,除秦苛法,得秦民之心。項羽入關,自據關中,徙邦爲漢王,邦先定三秦,繼與項羽于滎陽、成皋間争戰五年,項羽敗死。即帝位,國號漢。在位十二年。《史記》《漢書》有紀。

〔九〕秦穆公:秦德公第三子,名任好。既立,勤求賢士,由余、百里奚、蹇叔、丕豹、公孫支皆網羅至秦。敗晉惠公,納晉文公。稱霸西戎,益國二十,開地千里。在位三十九年。卒謚穆。從死者七十七人,秦之良臣子車氏之三子殉焉。參《史記·秦始皇本紀》。

〔一〇〕秦穆公夫人穆姬爲晉獻公長女,晉太子申生的同母姐姐。

〔一一〕《左傳·僖公三十年》:"九月,甲午,晉侯、秦伯圍鄭,以其無禮於晉,且貳於楚也。"鄭使燭之武説秦伯,"秦伯説,與鄭人盟。使杞子、逢孫、楊孫戍之,乃還"。詩所言即此事。

〔一二〕《左傳·成公十三年》:"晉侯使吕相絶秦。曰:'……我襄公未忘君之舊勳,而懼社稷之隕,是以有殽之師。猶願赦罪于穆公。穆公弗聽,而即楚謀我。'"

〔一三〕謂晉亦攻擊秦人。蓋吕相絶秦,其間言語亦頗與事實不符。

〔一四〕迭相:相繼,輪番。

〔一五〕謂不通大道;不明事情始末。

〔一六〕"何當"二句:謂應該將這種顛倒黑白的東西投入涇水中。何當:何時。涇(jīng):涇水,渭河支流,在陝西中部。也稱涇河。《詩·邶風·谷風》:"涇以渭濁,湜湜其沚。"毛傳:"涇渭相入而清濁異。"唐陸德明釋文:"涇音經,濁水也;渭音謂,清水也。”故古人謂涇濁渭清。鄙醜:卑鄙下作。

王維吴道子畫在普門及開元寺。〔一〕

吾觀天地間,萬事同一理。扁也工斲輪,乃知讀文字〔二〕。我非畫中師,偶亦識畫旨。勇怯不必同〔三〕,要以各善耳。壯馬脱銜放平陸,步驟風雨百夫靡〔四〕。美人婉娩守閑獨,不出庭户修容止〔五〕。女能嫣然笑傾國〔六〕,馬能一蹴致千里〔七〕。優柔自好勇自强〔八〕,各自勝絶無彼此。誰言王摩詰〔九〕,乃過吴道子?試謂道子來,置女所挾從軟美〔一〇〕。道子掉頭不肯應,剛①傑我已足自恃〔一一〕。雄奔不失馳,精妙實無比。老僧寂滅生慮微,侍女閑潔非復婢〔一二〕。丁寧勿相違,幸使二子齒〔一三〕。二子遺迹今豈多,岐陽可貴能獨備〔一四〕。但使古壁常堅完〔一五〕,塵土雖積光豔長不毀。

【校記】

①剛:叢刊本無。

【箋注】

〔一〕王維(七〇一—七六一):字摩詰,唐太原祁(今山西祁縣)人。官至尚書右丞,以詩畫名重天寶間。蘇軾贊其“詩中有畫,畫中有詩”。維嘗隱居藍田輞川,悠遊吟詠。作《輞川圖》,盡其山谷鬱鬱,曲徑盤盤,雲水飛動之狀(見唐朱景玄《唐朝名畫録》)。新舊《唐書》有傳。吴道子:吴道玄,字道子。唐陽翟(今河南禹州市)人。少孤貧,未弱冠而窮盡丹青之妙,稱畫聖。初授瑕丘尉,明皇知其名,召入内供奉,爲内教博士。嘗于大同殿畫嘉陵江三百里山水,一日而畢。尤善畫佛像。(見唐朱景玄《唐朝名畫録》)普門:即普門寺。在陝西鳳翔縣東門外。寺壁有吴道子畫佛像。開元寺:在陝西鳳翔縣城内北街。唐開元元年建,寺内有吴道子畫佛像。東閣有王維畫墨竹。

〔二〕“扁也”二句:《莊子·天道》:“桓公讀書於堂上,輪扁斲輪於堂下,釋椎鑿而上,問桓公曰:‘敢問公之所讀者何言邪?’公曰:‘聖人之言也。’曰:‘聖人在乎?’公曰:‘已死矣。’曰:‘然則君之所讀者,古人之糟魄已夫!’桓公曰:‘寡人讀書,輪人安得議乎!有説則可,無説則死。’輪扁曰:‘臣也,以臣之事觀之。斲輪,徐則甘而不固,疾則苦而不入。不徐不疾,得之於手而應於心,口不能言,有數存焉於其間。臣不能以喻臣之子,臣之子亦不能受之於臣,是以行年七十而老斲輪。古之人與其不可傳也死矣,然則君之所讀者,古人之糟魄已夫!'"斲(zhuó):砍,削。

〔三〕勇怯:勇敢、膽小。此指氣勢雄渾剛健與風格纖柔細膩的畫。

〔四〕"壯馬"二句:比喻氣勢雄渾的畫。語本唐韓愈《酬司門盧四兄雲夫院長望秋作》:"歸來得便即遊覽,暫似壯馬脱重銜。"銜:馬嚼子。青銅或鐵製,放在馬口内,用以勒馬,控制其行止。平陸:平原,陸地。百夫:衆人。靡(mǐ):倒下。

〔五〕"美人"二句:比喻纖柔細膩的畫。婉娩(wǎn miǎn):柔順貌。《禮記·内則》:"女子十年不出,姆教婉、娩、聽從。"漢鄭玄注:"婉謂言語也,娩之言媚也,媚謂容貌也。"閑獨:清閑獨處。庭户:門庭,門户。容止:儀容舉止。

〔六〕《漢書·外戚傳》:"孝武李夫人,本以倡進。初,夫人兄延年性知音,善歌舞,武帝愛之。每爲新聲變曲,聞者莫不感動。延年侍上起舞,歌曰:'北方有佳人,絶世而獨立。一顧傾人城,再顧傾人國。寧不知傾城與傾國,佳人難再得!'上嘆息曰:'善!世豈有此人乎?'平陽主因言延年有女弟,上乃召見之,實妙麗善舞。由是得幸,生一男,是爲昌邑哀王。李夫人少而蚤卒,上憐閔焉,圖畫其形於甘泉宫。及衛思后廢後四年,武帝崩,大將軍霍光緣上雅意,以李夫人配食,追上尊號曰孝武皇后。"嫣然:嬌媚之笑態。笑傾國:形容女子極其美麗。

〔七〕踧(cù):通"蹴",踩,踏。猶言一舉足。

〔八〕蘇轍認爲二者各有其美。

〔九〕蘇轍以爲王維與吴道子各有所長,不當强分高下。此與蘇軾意見相左。蘇軾詩云:"吴生雖妙絶,猶以畫工論。摩詰得之於象外,有如仙翮謝籠樊。吾觀二子皆神俊,又於維也歛衽無間言。"

〔一〇〕"試謂"二句:謂要吴道子放棄自己的風格。軟美:柔和美好,温順。

〔一一〕自恃:自負。

〔一二〕"老僧"二句:謂吴道子所畫老僧超脱世俗,而王維所畫侍女嫻静高潔。寂滅:佛教語。"涅盤"之意譯。指超脱生死之理想境界。《無量壽經》卷上:"超出世間,深樂寂滅。"生慮:生計之慮。侍女:古代宫中侍奉君王后妃之女子。閑潔:閑静高潔。

〔一三〕"丁寧"二句:建議蘇軾能將二者等同看待。丁寧:聯綿詞。囑咐,告誡。《詩·小雅·采薇》:"曰歸曰歸,歲亦莫止。"鄭箋:"又丁寧歸期,定其心也。"

〔一四〕岐陽:即鳳翔。參《子瞻寄示岐陽十五碑》注〔一〕。

〔一五〕堅完:堅固完好。《後漢書·陳俊傳》:"遣俊將輕騎馳出賊前,視人保壁堅完者,敕令固守。放散在野者,因掠取之,賊至無所得遂散敗。"

楊惠之塑維摩像在天柱寺〔一〕

金粟如來瘦如腊〔二〕,坐上文殊秋月圓〔三〕。法門論極兩相可〔四〕,言語不復相通傳。至人養心遺四體〔五〕,瘦不爲病肥非妍〔六〕。誰人好道塑遺像,鮐皮束骨筋扶咽〔七〕。兀然隱几心已滅〔八〕,形如病鶴竦兩肩。骨節支離體疏緩〔九〕,兩目視物猶炯然〔一〇〕。長嗟靈運不知道,强剪美鬚插兩顴〔一一〕。彼人視身若枯木〔一二〕,割去右臂非所患〔一三〕。何況塑畫已身外,豈必奪爾庸自全?真人遺意世莫識〔一四〕,時有遊僧施鉢錢〔一五〕。

【箋注】

〔一〕楊惠之:唐代著名雕塑家。開元中與吴道玄同師張僧繇。道玄名聲獨著,惠之焚筆硯,毅然發憤而改攻雕塑,崑山慧聚寺天王像及二侍女爲其名作。後人稱爲"雕聖"。參宋劉道醇《五代名畫補遺·塑作門》。維摩:維摩詰略稱,佛教菩薩名。《維摩詰經》載,維摩爲毗耶離神通廣大之大乘居士,嘗以稱病爲由,與釋迦牟尼所遣問病之文殊師利等反復論説佛法。華譯爲浄名,浄是清浄無垢之義,名是聲名遠揚之義,相傳是金粟如來之化身,自妙喜國化生在此世上,以居士的身份輔助釋迦教化衆生。天柱寺:《關中勝跡志》卷十八:"在縣北三里,舊有楊惠之塑維摩像。"

〔二〕謂維摩居士像清瘦羸弱。金粟如來,佛名。即維摩詰大士。如來,佛之别名。梵語意譯。如，謂如實。“如來”即從如實之道而來，開示真理之人。又爲釋迦牟尼的十種法號之一。《金剛經》卷一：“如來者，無所從來，亦無所去，故名如來。”腊（xī）：乾肉。

〔三〕謂文殊塑像豐滿肥碩。《佛本行經》卷五：“世尊面貌，如月盛滿。”文殊：見《畫文殊普賢》注〔一〕。

〔四〕謂維摩與文殊討論佛法。法門：佛所説法，因是衆生超凡入聖之門户，故稱法門。《妙法蓮華經》卷一：“以種種法門，宣示於佛道。”參注〔一〕。

〔五〕至人：道家稱超凡脱俗，達到無我境界之人。《莊子·逍遥遊》：“至人無己，神人無功，聖人無名。”又《田子方》：“得至美而遊乎至樂，謂之至人。”四體：四肢。指身體，身軀。

〔六〕姸：美麗，美好。

〔七〕“誰人”二句：此極言塑像精瘦，如皮包骨頭。鮐（tái）皮：代稱老年人。因老年人多皺如鮐魚皮。《方言》第一：“鮐，老也……秦晉之郊、陳兗之會曰耇鮐。”晉郭璞注：“言背皮如鮐魚。”束骨：纏束著骨頭。形容骨頭凸現的樣子。扶：攀。《淮南子·原道》：“扶摇抮抱羊角而上”漢高誘注：“扶，攀也。”

〔八〕兀（wù）然：静止貌。晉陸機《文賦》：“兀若枯木。”隱几：靠着几案，伏在几案上。《莊子·齊物論》：“南郭子綦隱机而坐，仰天而嘘，荅焉似喪其耦。顔成子游立侍乎前，曰：‘何居乎？形固可使如槁木，而心固可使如死灰乎？今之隱机者，非昔之隱机者也？’”《經典釋文》曰：“隱，凴也。”心已滅：即“心滅”。佛教語。言真如離心念之相，故心行之處滅而無可思念也。

〔九〕支離：殘缺不全。《莊子·人間世》：“夫支離其形者，猶足以養其身，終其天年，又況支離其德者乎！”《文選·謝靈運〈永初三年七月六日之郡初發都〉》：“良時不見遺，醜狀不成惡。曰余亦支離，依方早有慕。”唐李善注引《七賢音義》：“形體離，不全正也。”疏緩：懶散遲鈍。

〔一〇〕炯然：明亮貌，光明貌。

〔一一〕“長嗟”二句：謂謝靈運舍髭須事不可取。《太平廣記·寶六·謝靈運鬚》：“晉謝靈運鬚美，臨刑施於南海祇洹寺爲維摩詰鬚。寺人寶惜，初不虧損。中宗樂安公主五月鬬百草，欲廣其物色，令馳取之，又恐他人所得，因翦棄其餘，今遂絶。”長嗟：長歎。謝靈運：見《次韻子瞻延生觀後山上小堂》

注〔二〕。

〔一二〕《莊子·齊物論》:"形固可使如槁木,而心固可使如死灰乎?"

〔一三〕此承謝事而言,謂佛家之人即使真的斷臂亦無所憂患,何況是塑像。《舊唐書·方伎傳·僧神秀》:"達摩傳慧可,慧可嘗斷其左臂以求其法。"按,蘇轍誤記左臂爲右臂。

〔一四〕遺意:前人留下的意味、旨趣。

〔一五〕遊僧:遊方僧。四方雲遊的和尚。鉢錢:布施僧尼之錢財。

東湖〔一〕

不到東湖上,但聞《東湖吟》〔二〕。詩詞已清絕,佳境亦可尋〔三〕。蜿蜒蒼石螭①〔四〕,蟠拏據湖心〔五〕。倒腹吐流水,奔注爲重深〔六〕。清風蕩微波,渺渺平無音〔七〕。有鼃行在沙,有魚躍在潯〔八〕。鼃圓如新荷,魚細如蠹蟫〔九〕。梧桐生兩涯〔一〇〕,蕭蕭自成林。孫枝復生孫〔一一〕,已中瑟與琴。秋蟲噪蜩蛰〔一二〕,春鳥鳴鳩鵀〔一三〕。有客來無時〔一四〕,濯足蔭清陰〔一五〕。自忘府中官,取酒石上斟。醉倒卧石上,野蟲上其襟。醒來不知莫,湖月翻黄金〔一六〕。油然上馬去,縱意②不自箴〔一七〕。作詩招路人,行樂宜及今。人生不滿百,一瞬何所任〔一八〕?路人掉頭笑,去馬何駸駸〔一九〕。子有不肖弟〔二〇〕,有冠未嘗簪〔二一〕。願身化爲綫,使子爲之針。子欲烹鯉魚,爲子溉釜鬵〔二二〕。子欲枕山石〔二三〕,爲子求布衾〔二四〕。異鄉雖云樂,不如反故岑〔二五〕。瘦田可鑿耕〔二六〕,桑柘可織紝〔二七〕。東有軒轅泉〔二八〕,隱隱如牛涔〔二九〕。西有管輅宅〔三〇〕,尚存青石砧〔三一〕。彭女留膝踝,禮拜意已欽〔三二〕。慈母抱衆子,亂石寒蕭森〔三三〕。朝往莫可還,此豈不足臨?慎勿語他人,此意子獨諶〔三四〕。

【校記】

①螭:原作"蟵",據宋大字本、宋建本改。

②意:蜀藩刻本作"牽",誤。

【箋注】

〔一〕東湖:在鳳翔城東門外,古稱飲鳳池。《明一統志》卷三十四:"[東湖]在府治東。……宋蘇軾詩:'……不謂郡城東,數步見湖潭。'"

〔二〕東湖吟:指蘇軾的詩。

〔三〕佳境:美景;勝景。

〔四〕蜿蜒:縈回屈曲貌。漢李尤《德陽殿賦》:"連壁組之潤漫,雜虬文之蜿蜒。"螭(chī):無角龍。

〔五〕蟠拏:同蟠挐(rú),屈曲作攫拿狀。唐杜甫《李潮八分小篆歌》:"八分一字直百金,蛟龍盤拏肉屈强。"清仇兆鰲注:"挐同,音如。又音拿。"

〔六〕奔注:奔流灌注。

〔七〕渺渺:微弱貌。

〔八〕潯(xún):水邊。

〔九〕蠹蟫(dù yín):蠹魚,又稱衣魚。蛀蝕書籍衣服。

〔一〇〕梧桐:落葉喬木。鳳凰棲止之木。《詩·大雅·卷阿》:"鳳凰鳴矣,于彼高岡。梧桐生矣,于彼朝陽。"

〔一一〕孫枝:樹幹所長新枝。《太平御覽·木部五·桐》引漢應劭《風俗通》:"梧桐生於嶧山陽巖石之上,采東南孫枝爲琴,聲甚清雅。"

〔一二〕蜩(tiáo):蟬。蚻(zhá):《爾雅·釋蟲》:"蚻,蜻蜻。"晉郭璞注:"如蟬而小。"

〔一三〕鴂(jué):鶗鴂,即杜鵑鳥。《文選·張衡〈思玄賦〉》:"恃己知而華予兮,鶗鴂鳴而不芳。"唐李善注:"《臨海異物志》曰:'鶗鴂,一名杜鵑,至三月鳴,晝夜不止,夏末乃止。'"《廣韻·屑韻》:"關西曰巧婦,關東曰鸋鴂,春分鳴則衆芳生,秋分鳴衆芳歇。"鵀(rén):鳥名。即戴鵀。狀似雀,頭有冠,五色如方勝,也稱戴勝。《爾雅·釋鳥》:"戴鵀"郭璞注:"鵀即頭上勝,今亦呼爲戴勝。"《淮南子·時則》:"鳴鳩奮其羽,戴鵀降于桑。"漢高誘注:"戴鵀,戴勝鳥也。"

〔一四〕無時:不定時;隨時。

〔一五〕清陰:清涼的樹陰。晉陶潛《歸鳥》:"顧儔相鳴,景庇清陰。"

〔一六〕黄金:指湖光在月色閃爍下如黄金。

〔一七〕箴:規諫,告誡。

〔一八〕“人生”二句:三國魏曹植《遊仙》:“人生不滿百,歲歲少歡娱。”唐寒山《詩》之一百三十五:“人生不滿百,常懷千載憂。”一瞬:一眨眼。佛書中以二十念爲一瞬,二十瞬爲一彈指。見《翻譯名義集·時分》。因指極短時間。

〔一九〕駸駸(qīn):馬疾速奔馳貌。《詩·小雅·四牡》:“載驟駸駸。”毛傳:“駸駸,驟貌。”

〔二〇〕不肖:本謂子不似父。《禮記·雜記下》:“諸侯出夫人,夫人比至於其國……主人對曰:‘某之子不肖,不敢辟誅。’”漢鄭玄注:“肖,似也。不似,言不如人。”後用以稱子孫之不孝。引申指不成材。按,此轍自謙之詞。

〔二一〕謂自己辭官事。是年八月,與兄同應制科考試,合格。同月殿試。以蘇轍爲試秘書省校書郎充商州軍事推官。轍奏乞養親,不赴商州任。冠(guān):古代官吏所戴的禮帽。簪:古人用來綰定髮髻、冠之長針。

〔二二〕語出《詩·檜風·匪風》:“誰能亨魚,溉之釜鬵。”釜鬵(fǔ qín):皆古炊具。釜,斂口,圜底,或有二耳。其用如鬲,置於竈口,上置甑以蒸煮。鬵亦釜類。

〔二三〕枕山石:枕於山石上。喻隱居山林。三國魏曹操《秋胡行》之一:“遨游八極,枕石漱流飲泉。沉吟不决,遂上升天。”《三國志·蜀書·彭羕傳》:“伏見處士綿竹秦宓……枕石漱流,吟詠緼袍,偃息於仁義之途,恬淡於浩然之域。”

〔二四〕衾(qīn):被子。唐杜甫《茅屋爲秋風所破歌》:“布衾多年冷似鐵,嬌兒惡卧踏裏裂。”

〔二五〕“異鄉”二句:《文選·古詩十九首·客從遠方來》:“行客雖云樂,不如早旋歸。”唐李白《蜀道難》:“錦城雖云樂,不如早還家。”異鄉:他鄉,外地。故岑:故鄉之山。指故鄉。唐王維《送權二》:“芳草空隱處,白雲餘故岑。”蘇軾《參寥上人初得智果院會者十六人分韻賦詩軾得心字》:“涨水返舊壑,飛雲思故岑。”

〔二六〕瘦田:瘠薄之田。鑿耕:開墾。

〔二七〕桑柘(zhè):桑葉、柘葉皆可喂蠶。柘,桑屬。織紝:織作布帛。

〔二八〕軒轅泉：即老人泉。《蜀中廣記・名勝記・眉州》："蟇頤山在江東七里，狀如蟇頤，因名。有至德觀，有爾朱淘丹泉。傳記所載以爲軒轅氏丹宅。"軒轅，古代帝王黄帝名。姓公孫，居于軒轅之丘，故名曰軒轅。曾戰勝炎帝于阪泉，戰勝蚩尤于涿鹿，諸侯尊爲天子。後人以之爲中華民族始祖。

〔二九〕隱隱：隱約不分明貌。牛涔（cén）：牛足印中之水。喻狹小之境地。《淮南子・氾論》："夫牛蹏之涔，不能生鱣鮪。"漢高誘注："涔，雨水也。滿牛蹏中，言其小也，故不能生鱣鮪也。"

〔三〇〕管輅（lù）：字公明，平原（今山東平原縣）人。三國魏術士。應清河太守華表召爲文學掾，官至少府丞。幼年好天文，及長，精通《易》與占卜。相傳其自知壽不過四十七八，年四十八果卒。後人以爲才高不壽，且無貴仕之典型。《三國志》有傳。

〔三一〕砧（zhēn）：擣衣石。

〔三二〕"彭女"二句：《蜀中廣記・名勝記・眉州》引《南中八郡志》："犍爲有魚鳧津數百步，一名彭女津，在彭亡山南，導江皂江等水會處，彭祖塚及祠在此。後漢岑彭爲刺客所中而死，又名彭亡山，亦名平模山。《郡國志》謂之朝女山，云昔有朝祖女於此山得道，今足跡尚存，故名。"

〔三三〕蕭森：草木茂密貌。北魏楊衒之《洛陽伽藍記・平等寺》："堂宇宏美，林木蕭森。"

〔三四〕諶（chén）：相信。

真興寺閣〔一〕

秦川不爲廣〔二〕，南山不爲高。嵯峨真興閣〔三〕，傑立陵風飆〔四〕。危檻俯翔鳥，跳簷落飛猱〔五〕。上有傲世人〔六〕，身衣白鶴毛〔七〕。下視市井喧〔八〕，奔走何嗷嗷〔九〕？蕭然倚楹嘯〔一〇〕，遺響入雲霄〔一一〕。清風吹其裾，冉冉不可操〔一二〕。不知何所爲，豈即非盧敖〔一三〕？遊目萬里間〔一四〕，遠山如伏羔〔一五〕。遺語謝世俗〔一六〕，釣魚當釣鰲〔一七〕？

【箋注】

〔一〕真興寺閣:在鳳翔城中,宋鳳翔節度使王彦超建。

〔二〕秦川:指今陝西、甘肅秦嶺以北平原地帶。因春秋、戰國時地屬秦國而得名。

〔三〕嵯(cuó)峨:高峻貌。

〔四〕傑立:高聳。陵風:乘風,駕着風。飆(biāo):風迅疾。

〔五〕謂高而翹起的檐角只有猿猴纔攀援得上。跳檐:飛檐。屋檐上翹,若飛舉之勢。

〔六〕傲世:輕視世事,鄙視世人。晉成公綏《嘯賦》:"逸群公子,體奇好異。傲世忘榮,絶棄人事。"按,以下均爲蘇轍擬想的仙人盧敖風采。

〔七〕謂盧敖身著羽衣。白鶴毛:代指羽衣。常爲神仙所著。三國魏曹植《平陵東》:"閶闔開,天衢通,被我羽衣乘飛龍。"

〔八〕市井喧:塵世的喧鬧。唐杜甫《園》:"始爲江山静,終防市井喧。"

〔九〕奔走:爲功名利禄而奔忙。嗷嗷:形容衆聲喧雜。《漢書·劉向傳》:"無罪無辜,讒口嗸嗸。"唐顔師古注:"嗸嗸,衆聲也。"按,"嗸嗸"同"嗷嗷"。

〔一〇〕漢徐幹《情詩》:"踟躕雲屋下,嘯歌倚華楹。"蕭然:蕭灑,悠閑。嘯:撮口出聲,類今之打口哨。《世説新語·棲逸》:"阮步兵嘯聞數百步。"

〔一一〕遺響:餘音。

〔一二〕冉冉(rǎn):飄飛貌。操:執持。

〔一三〕盧敖:傳説爲秦時博士,後得道成仙。《淮南子·道應》:"盧敖乎北海。"漢高誘注:"盧敖,燕人,秦始皇召以爲博士,使求神仙,亡而不反也。"

〔一四〕遊目:放眼縱觀;流覽。《楚辭·屈原〈離騷〉》:"忽反顧以遊目兮,將往觀乎四方。"

〔一五〕伏羔:起伏奔走的羊群。

〔一六〕謂盧敖給世人寄語。遺語:留下言語。謝:勸誡。世俗:塵世;世間。《莊子·天地》:"夫明白入素,无爲復朴,體性抱神,以遊世俗之間者,汝將固驚邪?"

〔一七〕釣鰲:喻抱負遠大,舉止豪邁。《列子·湯問》:"[勃海之東有五山],而五山之根無所連箸,常隨潮波上下往還,不得蹔峙焉。仙聖毒之,訴之於帝。帝恐流於西極，失群仙聖之居，乃命禺彊使巨鼇十五舉首而戴之。迭爲三番，六萬歲一交焉。五山始峙而不動。而龍伯之國有大人，舉足不盈數步而暨五山之所，一釣而連六鼇，合負而趣歸其國，灼其骨以數焉。於是岱輿、員嶠二山流於北極，沈於大海。"

李氏園李茂正園也，俗謂皇后園，蓋茂正謂其妻也〔一〕。

有客騎白駒〔二〕，揚鞭入青草〔三〕。悠悠無遠近，但擇林亭好。蕭條北城下〔四〕，園號李家媪〔五〕。繫馬古車門〔六〕，隨意無灑掃〔七〕。鳴禽驚上屋，飛蝶紛入抱〔八〕。竹林浄如濯，流水清可澡。閑花不着行，香梨獨依島。松枝貫今昔，林影變昏早。草木皆蒼顔〔九〕，亭宇已新造。臨風置酒樽〔一〇〕，庭下取栗棗。今人强歡笑，古人已枯槁。欲求百年事，不見白鬚老〔一一〕。秦中古云樂，文武在豐鎬〔一二〕。置囿通樵蘇〔一三〕，養獸護①麀麌〔一四〕。池魚躍金碧，白鳥飛紵縞〔一五〕。牛羊感仁恕，行葦亦自保〔一六〕。當年歌《靈臺》〔一七〕，後世詠《魚藻》〔一八〕。古詩宛猶在〔一九〕，遺處不可考。悲哉李氏末，王霸出奴皂〔二〇〕。城中開芳園，城外羅戰堡〔二一〕。擊鼓鳴巨鐘〔二二〕，百姓皆懊惱。及夫聖人出，戰國卷秋潦〔二三〕。園田賦貧民，耕破園前道。高原種菽粟〔二四〕，陂澤滿粳稻〔二五〕。春耕雜壺漿〔二六〕，秋賦輸秸槁〔二七〕。當年王家孫，自庇無尺橑〔二八〕。空餘百歲木，妄爲夭巫禱〔二九〕。遊人足譏罵，百世遭舌討〔三〇〕。老翁不願見，垂涕祝繈褓：持用戒滿盈，飲酒無②醉倒〔三一〕。

【校記】

①護：原本、宋建本作"讓"，據宋文集本改。

②無：宋文集本、宋建本作"毋"。

【箋注】

〔一〕《陝西通志》卷七十三："李茂貞園在鳳翔府城東北五里。唐光啓中，茂貞節度鳳翔時建。"李茂正:即李茂貞,宋人避仁宗嫌名稱李茂正。李茂貞原名宋文通,深州博野(今河北博野)人。唐僖宗光啓元年,因平朱玫功封武定軍節度使,賜姓李,名茂貞,僖宗字之曰正臣。光啓三年因討李昌符之叛封鳳翔隴右節度使。昭宗時封隴西郡王,漸跋扈不臣。唐亡,後唐莊宗入洛,乃上表稱臣,莊宗改封爲秦王。卒謚忠敬。新舊《五代史》有傳。

〔二〕白駒(jū):白色駿馬。按,此言蘇軾游茂貞園。

〔三〕揚鞭:揮鞭。

〔四〕蕭條:寂寞冷落。

〔五〕李家媪(ǎo):李家的婦人。按,李茂貞稱其妻爲皇后,蘇轍稱之爲李家媪,可見蘇轍對李氏的鄙視。

〔六〕車門:大門旁專供車馬出入的門。《漢書·灌夫傳》:"蚡已罷朝,出止車門。"

〔七〕謂任意進出已無人清掃管理。

〔八〕謂蝴蝶亂飛。

〔九〕蒼顔:蒼翠之色。

〔一〇〕置酒樽:陳設酒宴。

〔一一〕"欲求"二句:謂想找遺老講述一下往事卻没有人。

〔一二〕豐鎬(hào):周舊都。文王邑豐,在今陝西西安西南豐水以西。武王遷鎬,在豐水以東。其後周公雖營洛邑,豐鎬仍爲當時政治文化中心。

〔一三〕謂文王的園囿與百姓共享。《孟子·梁惠王下》:"文王之囿方七十里,芻蕘者往焉,雉兔者往焉,與民同之。"囿(yòu):古代帝王畜養禽獸以供觀賞之園林。漢以後稱苑。樵蘇:砍柴刈草。《史記·淮陰侯列傳》:"臣聞千里餽糧,士有飢色。樵蘇後爨,師不宿飽。"南朝宋裴駰集解引《漢書音義》:"樵,取薪也。蘇,取草也。"

〔一四〕麀(yōu):母鹿。麌(yǎo):幼麋。《爾雅·釋獸》:"麋,牡麔,牝麎,其子麌。"《詩·大雅·靈臺》:"王在靈囿,麀鹿攸伏。"

〔一五〕謂白鳥飛翔如彩帶飄舞。紵縞(zhù gǎo):紵衣,縞帶。《左傳·襄公二十九年》:"[吴公子札]聘於鄭,見子産,如舊相識。與之縞帶,子産獻紵衣焉。"晉杜預注:"吴地貴縞,鄭地貴紵,故各獻己所貴。"

〔一六〕“牛羊”二句：謂牛羊都被文王的仁愛所感染（而不損害），路邊的葦草得以蓬勃生長。語出《詩·大雅·行葦》：“敦彼行葦，牛羊勿踐履。”蘇轍《詩集傳》：“道上之葦，其爲物也微矣，仁人君子將於是何求哉，然謂其方且欲生也，故禁牛羊使勿踐之，而況於人乎？”行葦：路旁蘆葦。

〔一七〕謂百姓歌頌文王。《詩·大雅·靈臺》：“經始靈臺，經之營之。庶民攻之，不日成之。……”蘇轍《詩集傳》：“文王克崇而都豐，豐鎬之間，民始附之，於是作靈臺焉。靈之言善也，孟子曰：‘文王以民力爲臺爲沼，而民歡樂之，謂其臺曰靈臺，謂其沼曰靈沼。經度之也，營表之也。’”

〔一八〕謂百姓譏刺周幽王。《詩·小雅·魚藻》：“魚在在藻，有頒其首。王在在鎬，豈樂飲酒。……”蘇轍《詩集傳》：“今王亦在鎬耳，寡恩無助，天下將有圖之者，而飲酒自樂，恬於危亡之禍亦如是魚也。”

〔一九〕宛：好比，好象。

〔二〇〕“悲哉”二句：謂唐王朝末期小吏下人也稱王稱霸。王霸：王業，霸業。《孟子·滕文公下》：“大則以王，小則以霸。”奴皂：猶言奴隸。皂，本爲古代賤等人之稱。《左傳·昭公七年》：“人有十等……故王臣公，公臣大夫，大夫臣士，士臣皂，皂臣輿，輿臣隸，隸臣僚，僚臣僕，僕臣臺。”

〔二一〕戰堡：壁壘。指修築的戰争工事。《舊五代史·世襲傳·李茂貞》：“天復元年十月，梁祖攻同、華，勢逼京師。十一月六日，繼筠與中尉韓全誨劫昭宗幸鳳翔，茂貞遂與全誨矯詔徵兵天下，將討梁祖。宰相崔胤召梁祖引四鎮之兵屯岐下，重溝複壘圍守。三年，茂貞山南諸州盡爲王建所陷，涇、原、秦、隴、邠、鄜、延、夏皆降於汴。茂貞獨據孤城，内外援絶，乃請車駕還京，求和於汴，即斬韓全誨等二十人首級送於梁祖。自是兵力殫盡，垂翅不振，懼梁祖復討，請落尚書令，許之。”

〔二二〕“擊鼓”二句：謂李茂貞雖僭越未成但擊鼓鳴鐘儼然君王的排場。《舊五代史·世襲傳·李茂貞》：“茂貞疆土危蹙，不遂僭竊之志，但開岐王府，署天官，目妻爲皇后，鳴鞘掌扇，宣詞令，一如王者之制。然尚行昭宗之正朔焉。”

〔二三〕“及夫”二句：謂宋王朝統一。秋潦：秋季因久雨而形成大水。此言割據勢力被掃蕩如秋水席卷而光。

〔二四〕菽(shū)粟:豆和小米。泛指糧食。《墨子·尚賢中》:"是以菽粟多而民足乎食。"

〔二五〕陂(bēi)澤:湖澤。粳(jīng)稻:水稻的一種。粳,稻之不黏者。

〔二六〕謂春耕的熱鬧場面。壺漿:茶水,酒漿。

〔二七〕秋賦:秋季進貢。輸:交出;獻納。秸藁(jiē gǎo):農作物莖秆。《書·禹貢》:"三百里納秸服。"孔傳:"秸,槁也。"

〔二八〕"當年"二句:謂過去的王侯子弟都淪落成了平民。王家孫:指如李茂貞等那些暴發户子弟。尺橑(liǎo):一尺屋椽。此代指房屋。

〔二九〕妄爲:不守本分,任意而爲。禱:向神祝告祈求福壽等。

〔三〇〕舌討:聲討。譴責罪行,加以討伐。

〔三一〕"老翁"四句:謂李氏遺民見園林敗落而告誡後人凡事要謹慎持中。垂涕:落淚流涕。指哭泣。祝:用同"囑"。囑咐。繈褓(qiǎng bǎo):背負嬰兒之布兜。此處因趁韻用代指年青人。滿盈:過分;過量。

秦穆公墓在橐泉上〔一〕

泉上秦伯墳,下埋三良士〔二〕。三良百夫特〔三〕,豈爲無益死? 當年不幸見迫脅〔四〕,詩人尚記臨穴惴〔五〕。豈如田横海中客,中原皆漢無報所〔六〕。秦國吞西周,康公穆公子。盡力事康公,穆公不爲負。豈必殺身從之遊? 夫子乃以侯嬴所爲疑三子〔七〕。王澤既未竭,君子不爲詭。三良徇秦穆,要自不得已〔八〕。

【箋注】

〔一〕秦穆公:見《詛楚文》注〔九〕。橐(tuó)泉:《鳳翔府志》卷一:"[橐泉]在城内東南隅,注水不盈,有如橐然,故名。秦穆公塚在其下。"宋吴子良《荆溪林下偶談》卷三:"東坡《秦穆公墓》詩云:'昔公生不誅孟明,豈有死之日而忍用其良? 乃知三子殉公意,亦如齊之二子從田横。古人感一飯,尚能殺其身。今人不復見此等,乃以所見疑古人。'子由和篇云:'泉上秦伯墳,下埋三良士。三良百夫特,豈爲無益死。當年不幸見迫脅,詩人尚記臨穴惴。豈如田横海中客,中原皆漢無報所。秦國吞西周,康公穆公子,盡力事康公,穆公不爲負。豈必殺身從之游,夫子乃以侯嬴所爲疑三子。王澤既未竭,君子不爲諱。三子殉公意,要自不得已。'二詩不同,愚謂子由之説稍近。君子進退存亡,要不失正而已,豈苟爲匹夫之諒哉? 論者罕能知此。如王仲宣云:'結髮事明主,受恩良不資。臨没要之死,安得不相隨。'曹子建亦云:'生時等榮樂,既没同憂患。'若然,則是三良者,特荆軻、聶政之徒耳。東坡晚年《和淵明》詩云:'三子死一言,所死良已微。賢哉晏平仲,事君不以私。我豈犬馬哉,從君求蓋帷。殺身固有道,大節要不虧。君爲社稷死,我則同其歸。顧命有治亂,臣子得從違。魏顆真孝愛,三良安足希。'蓋其飽更世故,閲義理熟矣。前詩作於壯年氣鋭之時,意亦有所激而云也。"

〔二〕三良士:三賢臣。指奄息、仲行、鍼虎。《詩·秦風·黄鳥序》:"黄鳥,哀三良也。國人刺穆公以人從死,而作是詩也。"毛傳:"三良,三善臣也。謂奄息、仲行、鍼虎也。"《史記·蒙恬列傳》:"昔者秦穆公殺三良而死,罪百里奚而非其罪也,故立號曰'繆'。"南朝梁劉勰《文心雕龍·哀悼》:"昔三良殉秦,百夫莫贖。"

〔三〕《詩·秦風·黄鳥》:"交交黄鳥,止于棘。誰從穆公? 子車奄息。維此奄息,百夫之特。臨其穴,惴惴其慄。彼蒼者天。殲我良人。如可贖兮,人百其身。"特:傑出者。

〔四〕迫脅(xié):逼迫,威脅。

〔五〕惴(zhuì):惴惴,憂懼貌,戒慎貌。

〔六〕"豈如"二句:謂田横客從田横死是因爲没有報答田横的機會了。田横:戰國齊宗室。韓信虜齊王廣,横自立爲王。漢高祖立,田横與其黨五百人入居海島中。帝使人召之,横因與客二人乘傳詣洛陽。未至三十里,自殺。帝拜其二客爲都尉,以王禮葬横。既葬,二客自刎。餘五百人在海中者,聞横死,皆自殺。參《漢書·田儋傳》。

〔七〕"秦國"六句:認爲三良不應從死,應該盡力輔佐康公。且對蘇軾將三良與田横客爲比提出異議。康公:秦穆公子,名罃。母爲晉獻公女。立十二年卒,穆公之業漸衰。侯嬴:戰國時魏隱士。年七十,家貧,爲大梁夷門監者。信陵君置酒大會,賓客皆至,駕車自迎侯生,引之上座。秦圍趙,趙求救于魏。魏軍遲疑不敢進。嬴薦朱亥于信陵君。擊殺晉鄙,進兵卻秦存趙。嬴自殺以謝殺晉鄙。参《史記·信陵君列傳》。

〔八〕“王澤”四句:謂三良當是被脅迫而從死,非自愿也。

附録 蘇軾《鳳翔八觀》并叙

《鳳翔八觀》詩,記可觀者八也。昔司馬子長登會稽,探禹穴,不遠千里;而李太白亦以七澤之觀至荆州。二子蓋悲世悼俗,自傷不見古人,而欲一觀其遺迹,故其勤如此。鳳翔當秦、蜀之交,士大夫之所朝夕往來此八觀者,又皆跬步可至,而好事者有不能徧觀焉,故作詩以告欲觀而不知者。

石鼓歌

冬十二月歲辛丑,我初從政見魯叟。舊聞石鼓今見之,文字鬱律蛟蛇走。細觀初以指畫肚,欲讀嗟如箝在口。韓公好古生已遲,我今況又百年後。强尋偏傍推點畫,時得一二遺八九。我車既攻馬亦同,其魚維鱮貫之柳。其詞云:“我車既攻,我馬亦同。”又云:“其魚維何?維鱮維鯉。何以貫之?維楊與柳。”惟此六句可讀,餘多不可通。古器縱横猶識鼎,衆星錯落僅名斗。模糊半已隱瘢胝,詰曲猶能辨跟肘。娟娟缺月隱雲霧,濯濯嘉禾秀稂莠。漂流百戰偶然存,獨立千載誰與友。上追軒頡相唯諾,下揖冰斯同鷇㲉。憶昔周宣歌《鴻雁》,當時籀史變蝌蚪。厭亂人方思聖賢,中興天爲生耆耇。東征徐虜闞虓虎,北伏犬戎隨指嗾。象胥雜沓貢狼鹿,方召聯翩賜圭卣。遂因鼓鼙思將帥,豈爲考擊煩矇瞍。何人作頌比《嵩高》,萬古斯文齊岣嶁。勳勞至大不矜伐,文武未遠猶忠厚。欲尋年歲無甲乙,豈有名字記誰某。自從周衰更七國,竟使秦人有九有。埽除詩書誦法律,投棄俎豆陳鞭杻。當年何人佐祖龍,上蔡公子牽黄狗。登山刻石頌功烈,後者無繼前無偶。皆云皇帝巡四國,烹滅强暴救黔首。《六經》既已委灰塵,此鼓亦當遭擊剖。傳聞九鼎淪泗上,欲使萬夫沉水取。暴君縱欲窮人力,神物義不污秦垢。是時石鼓何處避,無乃天工令鬼守。興亡百變物自閑,富貴一朝名不朽。細思物理坐嘆息,人生安得如汝壽?

詛楚文

峥嶸開元寺,仿佛祈年觀。舊築掃成空,古碑埋不爛。詛書雖可讀,字法嗟久换。詞云秦嗣王,敢使祝用瓚。先君穆公世,與楚約相捍。質之於巫咸,萬葉期不叛。今其後嗣王,乃敢搆多難。刳胎殺無罪,親族遭圉絆。計其所稱訴,何啻桀紂亂。吾聞古秦俗,面詐背不汗。豈惟公子卬,社鬼亦遭謾。遼哉千載後,發我一笑粲。

王維吴道子畫

何處訪吴畫? 普門與開元。開元有東塔,摩詰留手痕。吾觀畫品中,莫如二子尊。道子實雄放,浩如海波翻。當其下手風雨快,筆所未到氣已吞。亭亭雙林間,彩暈扶桑暾。中有至人談寂滅,悟者悲涕迷者手自捫。蠻君鬼伯千萬萬,相排競進頭如黿。摩詰本詩老,佩芷襲芳蓀。今觀此壁畫,亦若其詩清且敦。祇園弟子盡鶴骨,心如死灰不復温。門前兩叢竹,雪節貫霜根。交柯亂葉動無數,一一皆可尋其源。吴生雖妙絶,猶以畫工論。摩詰得之於象外,有如仙翮謝籠樊。吾觀二子皆神俊,又於維也斂衽無間言。

維摩像唐楊惠之塑在天柱寺

昔者子輿病且死,其友子祀往問之。跰躃鑒井自嘆息,造物將安以我爲。今觀古塑維摩像,病骨磊嵬如枯龜。乃知至人外生死,此身變化浮雲隨。世人豈不碩且好,身雖未病心已疲。此叟神完中有恃,談笑可卻千熊羆。當其在時或問法,俯首無言心自知。至今遺像兀不語,與昔未死無增虧。田翁里婦那肯顧,時有野鼠銜其髭。見之使人每自失,誰能與詰無言師。

東湖

吾家蜀江上,江水清如藍。爾來走塵土,意思殊不堪。況當岐山下,風物尤可慚。有山禿如赭,有水濁如泔。不謂郡城東,數步見湖潭。入門便清奥,恍如夢西南。泉源從高來,隨波走涵涵。東去觸重阜,盡爲湖所貪。但見蒼石螭,開口吐清甘。借汝腹中過,胡爲目眈眈。新荷弄晚涼,輕棹極幽探。飄飖忘遠近,偃息遺珮篸。深有龜與魚,淺有螺與蚶。曝晴復戲雨，戢戢多於蠶。浮沉無停餌，倏忽遽滿籃。絲緡雖强致，瑣細安足戡。聞昔周道興，翠鳳棲孤嵐。飛鳴飲此水，照影弄毿毿。至今多梧桐，合抱如彭聃。彩羽無復見，上有鸇搏鵮。嗟予生雖晚，好古意所妉。圖書已漫漶，猶復訪僑郯。《卷阿》詩可繼，此意久已含。扶風古三輔，政事豈汝諳。聊爲湖上飲，一縱醉後談。門前遠行客，劫劫無留驂。問胡不回首，毋乃趁朝參。予今正疎懶，官長幸見函。不辭日遊再，行恐歲滿三。暮歸仍倒載，鐘鼓已鐺鐺。音譫。

真興寺閣

山川與城郭，漠漠同一形。市人與鴉鵲，浩浩同一聲。此閣幾何高，何人之所營？側身送落日，引手攀飛星。當年王中令，斫木南山赬。寫真留閣下，鐵面眼有稜。身强八九尺，與閣兩峥嶸。古人雖暴恣，作事今世驚。登者尚呀喘，作者何以勝。曷不觀此閣？其人勇且英。

李氏園李茂貞園也，今爲王氏所有。

朝遊北城東，回首見修竹。下有朱門家，破牆圍古屋。舉鞭叩其户，幽響答空谷。入門所見夥，十步九移目。異花兼四方，野鳥喧百族。其西引溪水，活活轉牆曲。東注入深林，林深窗户緑。水光兼竹净，時有獨立鵠。林中百尺松，歲久蒼鱗蹙。豈惟此地少，意恐關中獨。小橋過南浦，夾道多喬木。隱如城百雉，挺若舟千斛。陰陰日光淡，黯黯秋氣蓄。盡東爲方池，野雁雜家鶩。紅梨驚合抱，映島孤雲馥。春光水溶漾，雪陣風翻撲。其北臨長溪，波聲卷平陸。北山卧可見，蒼翠間磽秃。我時來周覽，問此誰所築？云昔李將軍，負險乘衰叔。抽錢算間口，但未榷羹粥。當時奪民田，失業安敢哭。誰家美園囿，籍没不容贖。此亭破千家，鬱鬱城之麓。將軍竟何事，蟣蝨生刀韣。何嘗載美酒，來此駐車轂。空使後世人，聞名頸猶縮。我今官正閑，屢至因休沐。人生營居止，竟爲何人卜。何當辦一身，永與清景逐。

秦穆公墓

橐泉在城東，墓在城中無百步。乃知昔未有此城，秦人以泉識公墓。

昔公生不誅孟明,豈有死之日而忍用其良。乃知三子徇公意,亦如齊之二子從田横。古人感一飯,尚能殺其身。今人不復見此等,乃以所見疑古人。古人不可望,今人益可傷。

子瞻見許驪山澄泥硯〔一〕

長安新硯石同堅,不待書求①遂許頒〔二〕。豈必魏②人勝近世,强推銅雀没驪山〔三〕。寒煤舒卷開雲葉,清露霑流發涕潸〔四〕。早與封題寄書案〔五〕,報君湘竹筆身斑③〔六〕。

【校記】

①求:宋建本、蜀藩刻本、叢刊本作“來”,形近而誤。

②魏:三蘇祠本作“饋”。

③斑:原本、宋建本作“班”,據三蘇祠本、蜀藩刻本改。

【箋注】

〔一〕作於嘉祐八年(一〇六三)二月。蘇軾有和詩。驪山:在陝西西安臨潼區東南,因古驪戎居此得名。又名酈山。《漢書·劉向傳》:“秦始皇葬於驪山之阿,下錮三泉,上崇山墳,其高五十餘丈,周回五里有餘。”唐張説《應制奉和》:“漢家行樹直新豐,秦地驪山抱温谷。”唐開元十一年建温泉宫於驪山,天寶六年改名華清宫,温泉池改名華清池。唐明皇及楊貴妃常浴於彼。見許:許我;答應給我。見,指代性副詞。澄泥硯:古硯名。以水澄結細泥燒製而成。宋蘇易簡《文房四譜·硯譜》:“作澄泥硯法:以墐泥令入于水中,挼之,貯於甕器内。然後别以一甕貯清水,以夾布囊盛其泥而擺之,俟其至細,去清水,令其乾,入黄丹團和溲如麵。作一模如造茶者,以物擊之,令至堅。以竹刀刻作硯之狀,大小隨意,微蔭乾……燒一伏時,然後入墨蠟貯米醋而蒸之五七度,含津益墨,亦足亞于石者。”宋米芾《硯史·陶硯》:“相州土人自製陶硯,在銅雀上。以熟絹二重淘泥澄之,取極細者燔爲硯。”轍詩向兄索硯,且云欲以湘竹筆作桃李之報。

〔二〕頒:賜與;分賞。

〔三〕“豈必”二句:謂人們總是高推銅雀臺瓦硯而貶低驪山澄泥硯。銅雀:指銅雀臺。漢末建安十五年冬曹操所建。周圍殿屋一百二十間,連接榱棟,侵徹雲漢。鑄大孔雀置于樓頂,舒翼奮尾,勢若飛動,故名銅雀臺。故址在今河北省臨漳縣西南古鄴城之西北隅,與金虎、冰井合稱三臺。《三國志·魏書·武帝紀》:“[建安十五年]冬,作銅雀臺。”晉陸翽《鄴中記》:“銅爵臺高一十丈,有屋一百二十間。”按,這裏以銅雀代稱用鄴瓦製作的硯臺。宋蘇易簡《文房四譜》卷三:“魏銅雀臺遺址,人多發其古瓦琢之爲硯,甚工,而貯水數日不燥,世傳云,昔人製此臺,其瓦俾陶人澄泥以絺濾過,碎胡桃油方埏埴之,故與衆瓦異焉。今之大名相州等處土人有假作古瓦之狀硯以市於人者甚衆。”

〔四〕“寒煤”二句:謂研墨作畫寫詩。寒煤:清涼的墨汁。雲葉:猶雲片,雲朵。涕潸:落淚。潸,流淚貌。

〔五〕封題:物品封裝妥善後,在封口處題簽。

〔六〕謂將回寄湘筆。湘竹:即斑竹,又稱湘妃竹。《初學記·果林部·柳》引晉張華《博物志》:“舜死,二妃淚下,染竹即斑。妃死爲湘水神,故曰湘妃竹。”按,此指以湘竹製作的毛筆。

附録　蘇軾《次韻和子由欲得驪山澄泥硯》

舉世爭稱鄴瓦堅,一枚不换百金頒。豈知好事王夫子,自採臨潼繡領山。經火尚含泉脈暖,弔秦應有淚痕潸。封題寄去吾無用,近日從戎擬學班。

寒食前一日寄子瞻〔一〕

寒食明朝一百五,誰家冉冉尚廚煙〔二〕?桃花開盡葉初緑,燕子飛來體自便〔三〕。愛客漸能陪痛飲〔四〕,讀書無思懶開編。秦川雪盡南山出,思共肩輿看麥田〔五〕。

【箋注】

〔一〕作於嘉祐八年(一〇六三)二月二十九日。蘇軾《和子由寒食》:“寒食今年二月晦，樹林深翠已生煙。"知爲二月二十九日。寒食：在清明前一日或二日，離冬至節一百零五天。相傳春秋時晉文公負其功臣介之推，之推憤而隱于綿山。文公悔悟，燒山逼令出仕，之推抱樹焚死。人們同情其遭遇，相約于其忌日禁火冷食而悼念之。後相沿成俗。南朝梁宗懔《荆楚歲時記》："去冬節一百五日，即有疾風甚雨，謂之寒食，禁火三日。"宋潘志牧《紀纂淵海·拜掃》引唐明皇《詔》："寒食上墓，禮經無聞。近代相承，浸以成俗。士庶有不合廟祭者，何以用展孝思？宜許上墓。"

〔二〕云寒食禁火，但也有人不遵此習俗在燒火做飯。

〔三〕便（pián）：安適；安寧。《楚辭·屈原〈大招〉》："魂乎歸徠，恣所便只。"漢王逸注："便，猶安也。"

〔四〕《文選·曹植·〈公讌詩〉》："公子敬愛客，終宴不知疲。"按，蘇轍本不喜飲酒，但因爲應酬客人也漸漸能飲。

〔五〕"秦川"二句：擬想陝西境内也應該雪化了，很想和蘇軾一起坐著轎子去看麥田。秦川：古地區名。泛指今陝西、甘肅的秦嶺以北平原地帶。因春秋、戰國時地屬秦國而得名。《三國志·蜀書·諸葛亮傳》："天下有變，則命一上將將荆州之軍以向宛、洛，將軍身率益州之衆出於秦川，百姓孰敢不簞食壺漿以迎將軍者乎？"肩輿：兩個人用肩扛擡的俗稱爲轎子的代步工具，其製作材料多以竹爲之。

附録　蘇軾《和子由寒食》

寒食今年二月晦，樹林深翠已生煙。邊城駿馬誰能借，到處名園意盡便。但掛酒壺那計盞，偶題詩句不須編。忽聞啼鴂驚羇旅，江上何人治廢田。

大人久廢彈琴比借人雷琴以記舊曲十得三四率爾拜呈〔一〕

久厭凡桐不復彈〔二〕，偶然尋繹尚能存〔三〕。倉庚鳴樹思前歲〔四〕，春水生波滿舊痕〔五〕。泉落空巖虚谷應，珮敲清殿百官寒①〔六〕。

終宵竊聽不能學,庭樹無風月滿軒〔七〕。

【校記】

①寒:宋文集本作“蹇”,不辭,形近而誤。

【箋注】

〔一〕作於嘉祐八年(一〇六三)三月。《三蘇年譜》卷十三云:“此詩之前,爲《寒食前一日寄子瞻》,此詩有‘春水生波’句,則父洵彈琴爲春末事。”是。按,上詩爲二月二十九日,此詩云“倉庚鳴樹”,爲三月作無疑。蘇軾次韻有云:“琴上遺聲久不彈,琴中古義本長存。苦心欲記常迷舊,信指如歸自著痕。”是知蘇洵確息琴已久。大人:指蘇洵(一〇〇九—一〇六六),字明允,眉州眉山(今四川眉山市)人,軾轍父。年二十七始發憤爲學。歲餘舉進士不中,又舉茂才異等不中,遂絶意於科舉,閉户讀書爲文辭。至和二年,知益州張方平訪知其人,嘉祐元年薦於歐陽脩。脩上其書於朝,召試舍人院,辭不至。五年八月命爲秘書省試校書郎,六年七月爲霸州文安縣主簿,編纂太常禮書。治平二年九月修成《太常因革禮》一百卷。三年四月卒,年五十八。著有《嘉祐集》二十卷、《謚法》三卷、《易傳》十卷。見歐陽脩《故霸州文安縣主簿蘇君墓誌銘》。《宋史》有傳。按,蘇洵後不再出注。雷琴:唐代琴工雷威所製琴。據唐李肇《唐國史補》載:“蜀中雷氏斫琴,常自品第,第一者以玉徽,次者以瑟瑟徽,又次者以金徽,又次者螺蚌之徽。”率爾:急遽貌。此謂即興賦詩。前此《舟中聽琴》已知蘇洵長於音樂,此詩及《次韻子由彈琴》可見蘇洵古曲及琴之造詣已臻化境,其後輩似已無人可及。

〔二〕凡桐:普通琴;尋常木材所做的琴。桐代指琴,事本《後漢書·蔡邕傳》:“吴人有燒桐以爨者,邕聞火烈之聲,知其良木,因請而裁爲琴,果有美音,而其尾猶焦,故時人名曰‘焦尾琴’焉。”

〔三〕尋繹:抽引推求。《漢書·循吏傳·黄霸》:“米鹽靡密,初若煩碎,然霸精力能推行之。吏民見者,語次尋繹。”唐顔師古注:“繹,謂抽引而出也。”

〔四〕倉庚:黄鶯的别名。《詩·豳風·東山》:“倉庚于飛,熠燿其羽。”舊題師曠《禽經》:“倉鶊,黧黄、黄鳥也。”晉張華注:“今謂之黄鸝,黄鶯是也。”

〔五〕唐杜甫《春水》:“三月桃花浪,江流復舊痕。”

〔六〕珮:玉佩,古人佩帶的飾物。《墨子·辭過》:“鑄金以爲鉤,珠玉以爲珮。"唐李賀《黄頭郎》:"水弄湘娥珮,竹啼山露月。"按,此與上句皆形容琴聲的深沉清曠。

〔七〕唐劉長卿《雜詠八首上禮部李侍郎》之一:"月色滿軒白,琴聲宜夜闌。飀飀青絲上,静聽松風寒。"

附録　蘇軾《次韻子由以詩見報編禮公借雷琴記舊曲》

琴上遺聲久不彈,琴中古義本長存。苦心欲記常迷舊,信指如歸自著痕。應有仙人依樹聽,空教瘦鶴舞風騫。誰知千里溪堂夜,時引驚猿撼竹軒。

聞子瞻習射〔一〕

舊讀兵書氣已振,近傳能射喜征鼖〔二〕。手隨樂節寧論中,箭作鴟聲不害文〔三〕。力薄僅能勝五斗〔四〕,才高應自敵三軍。良家六郡傳真法〔五〕,馬上今誰最出群?

【箋注】

〔一〕作於嘉祐八年(一〇六三)四月。四月壬申(初一日),皇子趙曙即位,是爲英宗。此時蘇軾亦在鳳翔任上。蘇軾次韻。

〔二〕鼖(fén):大鼓。古代軍中所用。《周禮·考工記·鼓人》:"以鼖鼓鼓軍事。"漢鄭玄注:"大鼓謂之鼖。鼖鼓,長八尺。"

〔三〕《梁書·曹景宗傳》:"景宗謂所親曰:'我昔在鄉里,騎快馬如龍,與年少輩數十騎,拓弓弦作霹靂聲,箭如餓鴟叫。平澤中逐麞,數肋射之,渴飲其血,飢食其肉,甜如甘露漿。'"不害:不妨礙;不影響。按,此謂軾文武雙全。

〔四〕《宋史·兵志八》:"凡選禁軍,自奉錢三百已上、弓射一石五斗、弩蹠三石五斗,等樣及龍衛者,並親閲,以隸龍衛、神衛。"宋沈括《夢溪筆談·辨證》:"鈞石之石,五權之名,石重百二十斤。後人以一斛爲一石,自漢已如此,'飲酒一石不亂'是也。挽蹶弓弩,古人以鈞石率之,今人乃以粳米一斛之重爲一石。凡石者,以九十二斤半爲法,乃漢秤三百四十一斤也。今之武卒蹶弩,有及九石者,計其力乃古之二十五石,比魏之武卒,人當二人有餘;弓有挽三石者,乃古之三十四鈞,比顔高之弓,人當五人有餘。此皆近歲教養所成。”

〔五〕良家六郡:《漢書·地理志下》:“天水、隴西,山多林木,民以板爲室屋。及安定、北地、上郡、西河,皆迫近戎狄,修習戰備,高上氣力,以射獵爲先……漢興,六郡良家子選給羽林、期門,以材力爲官,名將多出焉。”唐顔師古注:“六郡謂隴西、天水、安定、北地、上郡、西河。”後因以良家六郡代指精兵。按,蘇氏祖籍是河北欒城,地處北邊,并非六郡所在,蘇轍在此不過是戲言祖先出自擅長騎射之地。

附録　蘇軾《次韻和子由聞予善射》

中朝鸞鷺自振振,豈信邊隅事執蔹。共怪書生能破的,也如驍將解論文。穿楊自笑非猿臂,射隼長思逐馬軍。觀汝長身最堪學,定如髯羽便超群。

種菜〔一〕

久種春蔬旱①不生,園中汲水亂瓶罌。菘葵經火未出土〔二〕,僮僕何朝飽食羹?强有人功趨節令,悵②無甘雨困耘耕〔三〕。家居閑暇厭長日〔四〕,欲看年華上菜莖。

【校記】

①旱:原本作“早”,據宋大字本、宋建本改。

②悵:宋文集本、宋建本作“恨”。

【箋注】

〔一〕作於嘉祐八年(一〇六三)五月。從“經火”可知。《左傳·昭公十八年》:“夏五月,火始昏見。”晉杜預注:“火,心星。”詩看似閑適,而“欲看年華上菜莖”則透露出光陰虚度的苦悶。蘇軾詩云“時繞麥田求野薺,强爲僧舍煮山羹。園無雨潤何須歎,身與時違合退耕”,其鬱悶更溢於言表。

〔二〕謂因天旱菘葵五月了還没長出苗來。菘葵：菘和葵。蔬菜名。菘，即白菜。明李時珍《本草綱目・菜一・菘》："菘，即今人呼爲白菜者。有二種，一種莖圓厚微青，一種莖扁薄而白。其葉皆淡青白色……燕京圃人又以馬糞入窖壅培，不見風日，長出苗葉皆嫩黄色，脆美無滓，謂之黄芽菜，豪貴以爲嘉品。"葵，即葵菹。李時珍《本草綱目・草五・葵》："葵菜古人種爲常食，今之種者頗鮮。有紫莖、白莖二種，以白莖爲勝。大葉小花，花紫黄色，其最小者名鴨腳葵。其實大如指頂，皮薄而扁，實内子輕虚如榆莢仁。"火：星名。見注〔一〕。

〔三〕"强有"二句：謂雖然節令應該播種，但天旱卻没有辦法。

〔四〕唐獨孤及《同皇甫侍御齋中春望見示之作》："時攀芳樹愁花盡，晝掩高齋厭日長。"

附録　蘇軾《次韻子由種菜久旱不生》

新春階下筍芽生，廚裏霜虀倒舊罌。時繞麥田求野薺，强爲僧舍煮山羹。園無雨潤何須歎，身與時違合退耕。欲看年華自有處，鬢間秋色兩三莖。

亡伯母同安縣君楊氏挽詞〔一〕

德盛諸楊族〔二〕，賢宜伯父家〔三〕。周姜職蘋藻〔四〕，歡母事桑麻〔五〕。大邑移封近，陰堂去日賒〔六〕。空餘鏡奩在，時出舊笄珈〔七〕。

【箋注】

〔一〕作於嘉祐八年（一〇六三）六月。同安縣君楊氏：指蘇轍伯父蘇渙妻。蘇轍《伯父墓表》記蘇渙"嘉祐七年八月乙亥無疾暴卒……夫人楊氏，累封玉城同安縣君。公没之明年六月庚辰卒"。時轍二十五歲。縣君：古代婦人封號。晉已有此稱。唐制，五品母妻爲"縣君"。宋庶子、少卿監、司業、郎中、京府少尹、赤縣令等官之妻封"縣君"。

〔二〕諸楊：楊氏自漢而後便爲名族。《後漢書・楊震傳》："贊曰：楊氏載德，仍世柱國。"

〔三〕《詩・周南・桃夭》："之子于歸，宜其室家。"

〔四〕謂楊氏如周姜那樣克履妻子的職責。周姜：周太王妃，文王之祖母。以賢惠稱。蘋藻：蘋與藻。皆水草名。古人常采作祭祀之用。《詩・召南・采蘋》："于以采蘋？南澗之濱。于以采藻？于彼行潦。"鄭箋："古者婦人先嫁三月，祖廟未毁，教于公宫；祖廟既毁，教於宗室。教以婦德、婦言、婦容、婦功。教成之祭，牲用魚，芼用蘋藻，所以成婦順也。"《詩・小雅・思齊》蘇轍集傳："能以禮齊其家者，文王之母大任也；能以德媚其國者，周室之婦太姜也。"按，此與下句皆言楊氏之賢德。

〔五〕謂楊氏如周文王之母那樣賢惠。歜母：指周文王之母大任。《吕氏春秋・遇合》："人之於滋味無不説甘脆，而甘脆未必受也。文王嗜菖蒲菹，孔子聞而服之，縮頞而食之，三年然後勝之。"歜（zàn）：昌歜，即昌蒲菹。《左傳・僖公三十年》："冬，王使周公閲來聘，饗有昌歜。"晉杜預注："昌歜，昌蒲菹。"南朝梁蕭統《謝敕賚河南菜啓》："周原澤洽，味備百羞；堯韭未儔，姬歜非喻。"按，此因上句"周姜"指文王之祖母，爲對仗，故用"歜母"稱文王之母，即用"歜"代稱文王。

〔六〕陰堂：墓室；壙穴。唐柳宗元《萬年縣丞柳君墓誌》："嗚呼，銘誌之來古矣，是不可闕，遂勒玄石，措於陰堂。"宋童宗説注："陰堂，壙中。"賒：遠。

〔七〕笄珈（jī jiā）：笄和珈。笄，簪。古時用以貫髮或固定弁、冕。《儀禮・士冠禮》："皮弁笄，爵弁笄。"漢鄭玄注："笄，今之簪。"珈，古代婦女的一種首飾。《詩・鄘風・君子偕老》："君子偕老，副笄六珈。"毛傳："珈，笄飾之最盛者，所以别尊卑。"鄭箋："珈之言加也，副既笄而加飾，如今步摇上飾。"按，此泛指首飾之類。謂親人時時把玩楊氏的首飾之類遺物懷念。

聞子瞻將如終南太平宫溪堂讀書〔一〕

爲吏豈厭事，厭事日墮婾〔二〕。著書雖不急，實與百世謀〔三〕。問吏所事何？過客及繫囚〔四〕。客實虚攬人〔五〕，囚有不自由。辦之何益增，不辨亦足憂。嗟此誰不能，脱去使自收。幽幽南山麓，下有溪水流。溪上亦有堂，其水可濯漱〔六〕。終日不見人，惟有山鹿呦〔七〕。是時夏之初，溪冷如孟秋〔八〕。山椹黄笠展，林筍紫角抽〔九〕。朝取筍爲羹，莫以椹爲羞〔一〇〕。溪魚鯉與魴，山鳥鶯與鳩〔一一〕。食之飽且平〔一二〕，偃仰自佚休〔一三〕。試探篋中書，把卷揖前修〔一四〕。恍如反故鄉，親朋自相求。蔚如甕中糟，久熟待一蒭〔一五〕。爲文若江河，豈復有刻鎪〔一六〕。尚何憶我爲？欲與我同遊。我雖不能往，寄詩以解愁。

【箋注】

〔一〕作於嘉祐八年（一〇六三）七月。終南：參《聞子瞻重游南山》注〔一〕。溪堂：在終南山上。此詩因傳聞而作，擬想蘇軾讀書處環境之清幽，身心之閑適，并遥寄神往之情。蘇軾和詩云"役名則已勤，徇身則已媮。我誠愚且拙，身名兩無謀。始者學書判，近亦知問囚"，"對之食不飽，餘事更遑求"云云，則知蘇軾疲於公務，所謂讀書蓋誤傳耳。

〔二〕媮：同"偷"。苟且；馬虎。

〔三〕"著書"二句：三國魏曹丕《典論・論文》："蓋文章經國之大業，不朽之盛事。年壽有時而盡，榮樂止乎其身，二者必至之常期，未若文章之無窮。是以古之作者，寄身於翰墨，見意於篇籍，不假良史之辭，不託飛馳之勢，而聲名自傳於後。"

〔四〕過客：謂迎送客人。繫囚：處理囚犯事。指蘇軾減降囚徒事。參《次韻子瞻減降諸縣囚徒事畢登覽》注〔一〕。

〔五〕虚攪：無謂地攪亂了生活規律和節奏。

〔六〕唐韓愈《送李愿歸盤谷序》："坐茂樹以終日，濯清泉以自潔。"濯漱：洗滌。

〔七〕呦：象聲詞。鹿鳴聲。《詩・小雅・鹿鳴》："呦呦鹿鳴，食野之苹。"毛傳："鹿得蓱，呦呦然鳴而相呼。"

〔八〕孟秋：秋季的第一個月，農曆七月。《禮記・月令》："孟秋之月，日在翼。"

〔九〕"山椹"二句:謂山間桑椹展開了笠狀外�院(將成熟了),林間的竹筍冒出了紫色的筍尖。

〔一〇〕羞:後來寫作"饈"。

〔一一〕"溪魚"二句:謂山中亦自有飛禽水産可食用。唐白居易《渭上偶釣》:"渭水如鏡色,中有鯉與魴。"鷽:《爾雅·釋鳥》:"鷽,山鵲。"晉郭璞注:"似鵲而有文彩,長尾,觜脚赤。"鳩:斑鳩。

〔一二〕平:舒服,舒適。《説文·亏部》:"平,語平舒也。"段注:"引申爲凡安舒之稱。"

〔一三〕佚休:休息。宋范祖禹《上太皇太后表》:"特矜枯朽之餘,再遂佚休之請。"

〔一四〕"試探"二句:謂努力在書中向前賢學習。宋梅堯臣《寄宋次道中道》:"屢假篋中書,校證多護真。"《晉書·文苑傳·褚陶》:"陶嘗謂所親曰:'聖賢備在黄卷中,捨此何求!'"《新唐書·狄仁傑傳》:"爲兒時,門人有被害者,吏就詰,衆争辨對,仁傑誦書不置。吏讓之,答曰:'黄卷中方與聖賢對,何暇偶俗吏語耶?'"前修:前賢。《後漢書·劉愷傳》:"今愷景仰前脩,有伯夷之節,宜蒙矜宥,全其先功,以增聖朝尚德之美。"唐李賢注:"前修,前賢也。"

〔一五〕蒭:本指以草餵牲口。《周禮·地官·充人》:"祀五帝,則繫於牢,芻之三月。"漢鄭玄注:"養牛羊曰芻。"此引申而指飲。蒭:同"芻"。

〔一六〕"爲文"二句:梁鍾嶸《詩品》卷一:"陸才如海,潘才如江。"贊揚兄長文思奔涌如江河,不須雕琢。刻鎪:雕琢鐫刻。鎪,鏤刻。《文選·嵇康〈琴賦〉》:"鎪會裛厠,朗密調均。"唐李善注:"鎪會,謂鎪鏤其縫會也。"

附録　蘇軾《和子由聞子瞻將如終南太平宫谿堂讀書》

役名則已勤,徇身則已媮。我誠愚且拙,身名兩無謀。始者學書判,近亦知問囚。但知今當爲,敢問向所由。士方其未得,唯以不得憂。既得又憂失,此心浩難收。譬如倦行客,中路逢清流。塵埃雖未脱,暫憩得一漱。我欲走南澗,春禽始嚶呦。鞅掌久不決,爾來已徂秋。

橋山日月迫，府縣煩差抽。王事誰敢慰，民勞吏宜羞。中間罹旱暵，欲學喚雨鳩。千夫挽一木，十步八九休。渭水涸無泥，菑堰旋插修。對之食不飽，餘事更遑求。近日秋雨足，公餘試新篘。劬勞幸已過，朽鈍不任鎪。秋風迫吹帽，西阜可縱游。聊爲一日樂，慰此百日愁。

次韻子瞻麻田青峰寺下院翠麓亭〔一〕

走馬紅塵合〔二〕，開懷野寺存〔三〕。南山抱村轉〔四〕，渭水帶沙渾〔五〕。亭峻朱欄繞，堂虛白佛尊〔六〕。煩襟喜修竹〔七〕，倦馬樂芳蓀〔八〕。白氎柔隨手〔九〕，清泉滿照盆。塵顏洗濯浄〔一〇〕，髀肉再三捫〔一一〕。饋食青蔬軟，流匙細粟翻〔一二〕。老僧勿施敬，對客説山門。

【箋注】

〔一〕作於嘉祐八年（一〇六三）八月。青峰寺：清查慎行《蘇詩補注》引《岐山縣志》："青峰山，在縣南一百五十里，上有青峰寺。"又："翠麓亭，在縣東南一百八十里青峰禪寺之下。"按，《三蘇年譜》疑此詩"次韻"當作"和"，或軾寄爲二首，而另一首已佚。非也，所謂"次韻"，韻腳字全同固爲常例，但也可是韻腳爲同一韻的字。二人詩皆同爲平聲魂韻，謂之"次韻"不誤。兩詩皆抒寫佛寺山亭之景象。

〔二〕紅塵：車馬揚起的飛塵。漢班固《西都賦》："紅塵四合，煙雲相連。"唐白居易《有感三首》之一："車輿紅塵合，第宅青煙起。"

〔三〕野寺：野外廟宇。唐劉長卿《偶然作》："野寺長依止，田家或往還。"

〔四〕謂村落在南山懷抱之中。

〔五〕渭水：黄河的最大支流。發源于今甘肅省定西市渭源縣鳥鼠山，主要流經今甘肅天水、陝西省關中平原的寶雞、咸陽、西安、渭南等地，至渭南市潼關縣匯入黄河。按，渭水濁、涇水清，通常涇渭對言以喻清濁。

〔六〕白佛：涂飾成白色的佛像。佛教尚白，佛像多有飾作白色者。

〔七〕煩襟：煩悶的心懷。唐白居易《題楊穎士西亭》："竹露冷煩襟，杉風清病容。”

〔八〕芳蓀：本香草名。南朝宋謝靈運《入彭蠡湖口作》：“乘月聽哀狖，浥露馥芳蓀。”按，此處猶言芳草，謂青翠的芳草讓馬非常歡喜。

〔九〕白氎(dié)：白色的細毛布。《字彙·毛部》：“氎，細毛布。《南史》：‘高昌國有草，實如繭，繭中絲如細纑，名曰白氎子，國人取織以爲布，甚軟白。’今文氎作疊。”

〔一〇〕塵顔：塵容。塵世的容顔。唐李白《望廬山瀑布》之一：“無論漱瓊液，且得洗塵顔。”

〔一一〕髀肉：大腿上的肉。典出《三國志·蜀書·先主傳》：“荆州豪傑歸先主者日益多，表疑其心，陰禦之。”南朝宋裴松之注引晉司馬彪《九州春秋》：“備住荆州數年，嘗於表坐起至厠，見髀裏肉生，慨然流涕。還坐，表怪問備，備曰：‘吾常身不離鞍，髀肉皆消。今不復騎，髀裏肉生。日月若馳，老將至矣，而功業不建，是以悲耳。’”後成爲光陰虚度的典實。

〔一二〕流匙：舀食物的器具。白居易《殘酌晚餐》：“魚香肥潑火，飯細滑流匙。”

附録 蘇軾《是日自磻溪將往陽平憩於麻田青峰寺之下院翠麓亭》

不到峰前寺，空來渭上村。此亭聊可喜，修徑豈辭捫。谷映朱欄秀，山含古木尊。路窮驚石斷，林缺見河奔。馬困嘶青草，僧留薦晚飧。我來秋日午，旱久石牀温。安得雲如蓋，能令雨瀉盆。共看山下稻，涼葉晚翻翻。

次韻子瞻宿南山蟠龍寺〔一〕

谷中夜行不見月，上下不辨山與谷。前呼後應行相從，山頭誰家有遺燭〔二〕？趵趵深徑馬蹄響〔三〕，落落稀星著疏木〔四〕。行投野寺僧已眠，叩門無人狗出縮〔五〕。號呼從者久嗔罵，老僧下牀揉兩目。問知官吏冒夜來〔六〕，掃牀延客卧華屋〔七〕。釜中無羹甑實盡〔八〕,愧客滿盎惟脱粟〔九〕。客來已遠睡忘覺,僧起開堂勸晨粥〔一〇〕。自嗟奔走閔僧閑〔一一〕,偶然來過何年復?留詩滿壁待重遊,但恐塵埃難再讀。

【箋注】

〔一〕作於嘉祐八年(一〇六三)八月。弟兄詩皆寫夜宿僧寺情景。蘇軾是身臨其境,蘇轍則是據蘇軾詩而展開想像。蟠龍寺:清查慎行《蘇詩補注》引《鳳翔府志》:"蟠龍寺,在郿縣西南三十里。"

〔二〕遺燭:殘留的燭火;留存的燭光。

〔三〕唐張籍《關山月》:"秋月朗朗關山上,山中行人馬蹄響。"跫跫(qióng qióng):象聲詞,足踏地聲。

〔四〕落落:稀疏貌。唐賈島《宿山寺》:"流星透疏木,走月逆行雲。"蘇軾《和趙德麟送陳傳道》:"君行踏曉月,疏木挂寸銀。"

〔五〕出縮:猶伸縮。宋梅堯臣《蚯蚓》:"蚯蚓在泥穴,出縮常似盈。"蘇軾《次韻高要令劉湜峽山寺見寄》:"人間無南北,蝸角空出縮。"

〔六〕冒夜:在夜晚;夜行。

〔七〕華屋:豪華的居宅。蘇軾《與客遊道場何山得鳥字》:"奔泉何處來,華屋過溪沼。"按,此指僧居最好的居室。

〔八〕《史記·楚元王世家》:"始高祖微時,嘗辟事,時時與賓客過巨嫂食。嫂厭叔,叔與客來,嫂詳爲羹盡,櫟釜,賓客以故去。已而視釜中尚有羹,高祖由此怨其嫂。"按,此但借言無佳肴待客,與《史記》史實無關。

〔九〕脱粟:糙米;只去皮殼,不加精製的米。《史記·平津侯主父列傳》:"食一肉脱粟之飯。"唐司馬貞索隱:"脱粟,纔脱穀而已,言不精鑿也。"

〔一〇〕開堂:佛教語。指開壇説法。這裏指和尚早起作晨課。

〔一一〕羨慕和尚清閑而自憐奔走勞碌。閔:憂傷。爲動用法,因爲和尚的清閑而自傷。

附録　蘇軾《二十七日自陽平至斜谷宿於南山中蟠龍寺》

橫槎晚渡碧澗口,騎馬夜入南山谷。谷中暗水響瀧瀧,嶺上疎星明熐熐。寺藏巖底千萬仞,路轉山腰三百曲。風生飢虎嘯空林,月黑驚麏竄修竹。入門突兀見深殿,照佛青熒有殘燭。媿無酒食待遊人,旋斫杉松煮溪蔌。板閣獨眠驚旅枕,木魚曉動隨僧粥。起觀萬瓦鬱參差,目亂千巖散紅緑。門前商賈負椒荈,山後咫尺連巴蜀。何時歸耕江上田,一夜心逐南飛鵠。

賦園中所有十首〔一〕時在京師。

萱草

萱草朝始開〔二〕,呀然黄鵠觜〔三〕。仰吸日出光,口中爛如綺。纖纖吐須鬣〔四〕,冉冉隨風哆〔五〕。朝陽未上軒,粲粲幽閑女〔六〕。美女生山谷,不解歌與舞。君看野草花,可以解憂悴〔七〕。

【箋注】

〔一〕作於嘉祐八年(一〇六三)秋。嘉祐六年(一〇六一),蘇軾赴鳳翔後,園由蘇轍繼續經營。蘇軾《和子由記園中草木十一首》王文誥總按:"南園在京師宜秋門内,公在京所置業也。時子由奉宫師居其中。"此詩施注編於嘉祐八年,查注、王文誥皆將其編在治平元年。蘇轍自編此組詩于嘉祐八年八月作《次韻子瞻宿南山蟠龍寺》之下而九月作《次韻子瞻題岐山周公廟》之上,其詩多至十首,必不至誤次。再考蘇軾和詩,第九首云:"自我來關輔,南山得再遊。"第十首:"我歸自南山,山翠猶在目。"蘇軾當年春天曾游南山,七月下旬因禱雨再去南山,故云得再游。雖然,治平元年一月曾游南山,但第十一首詩有云:"歸來寫遺聲,猶勝人間曲。"該詩自注云:"八月十一日夜宿府學,方和此詩。"明言八月作,以其弟兄唱和慣例看,决不可能時隔半年再和蘇轍詩。且"歸來寫遺聲"亦可見時間相距甚近,故可以肯定此詩作於嘉祐八年八月。《三蘇年譜》亦依《欒城集》。是。詩詠園中生物,詩面上似乎仔細觀察其生長盛衰,其實也是無聊之不得已,故其中頗多寄寓之辭。"美女生山谷,不解歌與舞。君看野草花,可以解憂悴。""移來種堂下,何爾短局促。""誰言石榴病,乃久占年華。鄰家花最盛,早發豈容遮?""有用皆勿輕,吾師灌園老。""物生隨年華,還日何足數。""柏生嗟幾年,失意自淒愴。有子壓枝低,已老非少壯。尤柏柏已冤,尤地亦恐妄。兩既無所尤,高枝幾時放?""得時能幾時?狼籍成荒冗。"尤其是第九首,"雙柏不得長"、"高枝幾時放"對弟兄眼前的處境,歲月虛擲鬱悶至極。正因爲此,故蘇軾的和詩既寬慰蘇轍,"煌煌帝王都,赫赫走群彦。嗟汝獨何爲,閉門觀物變。""吾聞東山傅,置酒携嬿婉。富貴未能忘,聲色聊自遣。汝今又不然,時節看瓜蔓。懷寶自足珍,藝蘭那計畹。吾歸於汝處,慎勿嗟歲晚。"然其中也不免憤懣之辭,"物生感時節,此理等廢興。飄零不自由,盛亦非汝能。""柏生何苦艱,似亦費天巧。天工巧有幾,肯盡爲汝耗。君看藜與藿,生意常草草。""宦遊歸無時,身若馬繫皁。悲鳴念千里,耿耿志空抱。多憂竟何爲,使汝玄髮縞。"

〔二〕萱草:植物名。即黄花菜。古人以爲種植此草,可以使人忘憂,因稱忘憂草。漢蔡琰《胡笳十八拍》:"對萱草兮憂不忘,彈鳴琴兮情何傷。"

〔三〕呀然:張口貌;張開貌。此言萱草花蕾初開時其狀如黄鵠之嘴。觜:同"嘴"。

〔四〕須鬣:指萱草的如胡鬚狀的花蕊。鬣,長而硬的髯鬚。《左傳·昭公七年》:"楚子享公於新臺,使長鬣者相。"晉杜預注:"鬣,鬚也。"

〔五〕冉冉:柔弱下垂貌。三國魏曹植《美女篇》:"柔條紛冉冉,葉落何翩翩。"哆(chǐ):謂張口。《詩·小雅·巷伯》:"哆兮侈兮,成是南箕。"唐陸德明釋文:"哆,昌者反,《説文》云:'張口也。'"此處言展開,開放。

〔六〕《文選·顔延之〈秋胡詩〉》:"婉彼幽閒女,作嬪君子室。"唐吕向注:"幽閒,柔順貌。"

〔七〕三國魏嵇康《養生論》:"合歡蠲忿,萱草忘憂。"

竹

寒地竹不生,雖生常若病。斸根種幽砌〔一〕,開葉何已猛。嬋娟冰雪姿〔二〕,散亂風日影。繁華見孤淡,一個敵千頃〔三〕。令人憶江上,森聳緣崖劲〔四〕。無風籜自飄〔五〕,策策鳴荒徑〔六〕。

【箋注】

〔一〕斸(zhú):挖掘。北魏賈思勰《齊民要術·種竹》:"正月二月中,斸取西南引根並莖,芟去葉,於園内東北角種之。"

〔二〕《莊子·逍遥遊》:"藐姑射之山,有神人居焉,肌膚若冰雪,綽約若處子。"

〔三〕一個:猶言一竿。

〔四〕"令人"二句:想起故鄉山崖邊聳挺的竹子。森聳:高聳。唐白居易《和答詩十首·和松樹》:"森聳上參天,柯條百尺長。"

〔五〕籜(tuò):竹筍皮。包在新竹外面的皮葉,竹長成逐漸脱落。俗稱筍殼。《文選·謝靈運〈于南山往北山經湖中瞻眺〉》:"初篁苞緑籜,新蒲含紫茸。"唐李善注引服虔《漢書》注:"籜,竹皮也。"

〔六〕策策:象聲詞。

蘆

蘆生井欄上,蕭騷大如竹〔一〕。移來種堂下,何爾短局促〔二〕。莖青甲未解,枯葉已可束。蘆根愛溪水,餘潤長鮮緑。强移性不遂,灌水惱僮僕〔三〕。晡日下西山〔四〕,汲者汗盈掬。

【箋注】

〔一〕蕭騷:茂盛貌。按,此首詠蘆葦。

〔二〕局促:短小貌。

〔三〕謂蘆葦需要時常灌水讓童僕不堪其勞。

〔四〕晡日:西下的太陽。

石榴

堂後病石榴〔一〕,及時亦開花。身病花不齊,火候漸已差〔二〕。芳心竟未已,新萼綴枯槎〔三〕。誰言石榴病,乃久占年華。鄰家花最盛,早發豈容遮? 殘紅已零落,婀娜子如瓜〔四〕。

【箋注】

〔一〕石榴：原名“安石榴”，花多呈橙紅色，可供觀賞，果皮可入藥。原産於中亞地區。《太平御覽·果部·石榴》引晉張華《博物志》：“張騫使西域還，得安石榴。”又引晉陸機《與弟雲書》曰：“張騫爲漢使外國十八年，得塗林安石榴也。”《廣群芳譜·花譜·石榴花》：“本出塗林安石國，漢張騫使西域，得其種以歸，故名安石榴。今處處有之。”安石國即現伊朗、阿富汗等中亞一帶。

〔二〕“身病”二句：謂樹病而花不成。齊（jì）：通“濟”。成功；成熟。《詩·商頌·長髮》：“帝命不違，至於湯齊。”宋朱熹集傳：“蘇氏曰：‘至湯而王業成。’”火候：本指烹飪時火力的强弱和時間的長短。這裏指石榴積蓄的開花的條件。

〔三〕枯槎：乾枯的枝杈。

〔四〕婀娜：茂盛柔美貌。

蒲桃〔一〕

蒲桃不禁冬〔二〕，屈盤似無氣〔三〕。春來乘盛陽，覆架青綾被。龍髯亂無數，馬乳垂至地〔四〕。初如早梅酸，晚作醲酪味〔五〕。誰能釀爲酒，爲爾架前醉？滿斗不與人，涼州幾時致〔六〕？

【箋注】

〔一〕本詩無論其立意還是語言皆取法於唐人劉禹錫《蒲桃歌》。

〔二〕蒲桃：亦作“蒲陶”、“蒲萄”，即今“葡萄”。《漢書·西域傳上·大宛國》：“漢使采蒲陶、目宿種歸。”

〔三〕屈盤：葡萄幹爲藤狀，彎彎曲曲，故云。劉禹錫《蒲桃歌》：“分岐浩繁縟，修蔓蟠詰曲。”

〔四〕“龍髯”二句：謂葡萄藤上的須狀物及葡萄果實的形狀。龍髯：龍的鬍鬚。語出《史記·封禪書》：“鼎既成，有龍垂胡髯下迎黄帝。”按，此形容葡萄藤上的須狀物。馬乳：葡萄的一種。因其形狀如馬乳頭且有奶香而得名。今仍有乳白色長粒葡萄稱馬奶提或馬奶葡萄。唐封演《封氏聞見記·蜀無兔鴿》：“太宗朝，遠方咸貢珍異草木，今有馬乳葡萄，一房長二丈餘，葉護國所獻也。”劉禹錫《蒲桃歌》:“馬乳帶輕霜,龍鱗曜初旭。”韓愈《題張十一旅舍三詠・蒲萄》:“若欲滿盤堆馬乳,莫辭添竹引龍須。”

〔五〕謂成熟後有如淳厚的奶酪味。

〔六〕“誰能”四句:《太平御覽・果木部九・蒲萄》:“《續漢書》曰:‘扶風孟佗以蒲萄酒一斛遺張讓,即以爲凉州刺史。’”劉禹錫《蒲桃歌》:“釀之成美酒,令人飲不足。爲君持一斗,往取凉州牧。”

篲草

室幽來客稀〔一〕,塵土積不掃。鄰翁笑我拙,教我種叢草〔二〕。經霜斫爲篲,不讓秋竹好〔三〕。始生如一毛,張王忽侵道〔四〕。鋤耰禁芟斸〔五〕,愛惜待枯槁。有用皆勿輕,吾師灌園老〔六〕。

【箋注】

〔一〕唐杜甫《賓至》:“幽棲地僻經過少,老病人扶再拜難。”又《寄李十四員外布十二韻》:“渚柳元幽僻,村花不掃除。”

〔二〕叢草:這裏是指一種俗名“鐵掃把”的植物。叢生,高可達一米以上,秋後用爲製作掃帚的材料。

〔三〕“經霜”二句:謂叢草作掃帚比竹枝更好。篲(huì):掃帚。《莊子・達生》:“開之操拔篲以侍門庭。”唐陸德明釋文:“篲,帚也。”

〔四〕張王:熾盛;蓬勃。唐劉禹錫《蒲桃歌》:“移來碧墀下,張王日日高。”

〔五〕芟斸(shān zhú):鏟掉;割掉。

〔六〕“有用”二句:謂當物盡其用。《莊子・天地》:“子貢南遊於楚,反於晉,過漢陰,見一丈人方將爲圃畦,鑿隧而入井,抱甕而出灌,搰搰然用力甚多而見功寡。子貢曰:‘有械於此,一日浸百畦,用力甚寡而見功多,夫子不欲乎?’爲圃者卬而視之曰:‘奈何?’曰:‘鑿木爲機,後重前輕,挈水若抽,數如泆湯,其名爲槔。’爲圃者忿然作色而笑曰:‘吾聞之吾師:“有機械者必有機事,有機事者必有機心。”機心存於胸中,則純白不備;純白不備,則神生不定;神生不定者,道之所不載也。吾非不知,羞而不爲也。’”

果蠃

吾兄客關中,果裸施吾宇〔一〕。兄雖未得還,我豈如婦女。呦呦感微物,涕泗若零雨〔二〕？但愛果裸莖,屈曲上牆堵。朝見緣牆頭〔三〕,莫已過牆去。物生隨年華,還日何足數〔四〕。

【箋注】

〔一〕果裸:植物名,莖上有捲鬚,以攀緣他物。其果實亦稱"栝樓""果蠃"。《詩·豳風·東山》:"果蠃之實,亦施于宇。"毛傳:"果蠃,栝樓也。"

〔二〕"兄雖"四句:謂雖然思念兄長,但也不會如婦人哭哭啼啼。《詩·邶風·燕燕》:"之子于歸,遠送于野。瞻望弗及,泣涕如雨。"《世説新語·方正》:"周叔治作晉陵太守,周侯、仲智往别,叔治以將别,涕泗不止。仲智恚之曰:'斯人乃婦女,與人别,唯啼泣。'便舍去。"

〔三〕緣:爬上。

〔四〕"物生"二句:謂兄回歸當不會太久了

牽牛

牽牛非佳花〔一〕,走蔓入荒榛〔二〕。開花荒榛上,不見細蔓身。誰剪薄素紗,浸之①青藍盆。水淺浸不盡,下餘一寸銀。嗟爾脆弱草,豈能淩霜晨？物性有稟受〔三〕,安問秋與春？

【校記】

①之:叢刊本作"文",不辭。

【箋注】

〔一〕牽牛:植物名。因其,花冠成漏斗形,連花梗看起來像一支喇叭,故亦稱爲"喇叭花"。宋孫奕《履齋示兒編·雜記二·因物得名》:"世有所出所嗜所作因冠名者多矣……人牽牛來易藥,而名其藥曰牽牛。"

〔二〕謂牽牛的藤蔓爬上鄰近的叢木。走蔓:藤蔓延伸。榛:叢木。《文選·左思〈招隱詩〉之二》:"經始東山廬,果下自成榛。"唐李善注:"高誘《淮南子》注曰:'叢木曰榛。'"

〔三〕稟受:猶承受。舊常指受於自然的體性或氣質。

雙柏

南園地性惡,雙柏不得長〔一〕。蓬麻春始生,今已滿一丈。柏生嗟幾年,失意自淒愴〔二〕。有子壓枝低,已老非少壯。尤柏柏已①冤,尤地亦恐妄。兩既無所尤,高枝幾時放?

【校記】

①已:蜀藩刻本、叢刊本作"也"。

【箋注】

〔一〕"南園"二句:謂土地的條件不宜雙柏生長。按,此詩寄寓頗深,雙柏顯然暗指自己弟兄歲月虚度而不得大用。"蓬麻"則暗寓一些年少的奸邪後進。

〔二〕淒愴:凄慘悲傷。南朝梁蕭繹《金樓子·立言》:"襲貂狐之煖者,不知至寒之淒愴。"

葵花

葵花開已闌〔一〕,結子壓枝重。長條困風雨,倒卧枕丘壟。憶初始放花,岌岌旌節聳。得時能幾時?狼籍成荒冗〔二〕。浮根不任雪〔三〕,采剥收遺種。未忍焚枯莖,積疊牆角擁。

【箋注】

〔一〕葵花:植物名。又名朝陽花。莖很高,開黄花,圓盤狀頭狀花序,常朝向太陽,故名。種子叫葵花子。參明李時珍《本草綱目·草五·葵》。此詩與上詩寄寓相同。

〔二〕"憶初"四句:暗寓自己弟兄當時科考時名聲鵲起,而如今卻冷落閑放。

〔三〕不任:經受不起。

附録　蘇軾《和子由記園中草木十一首》

其一

煌煌帝王都，赫赫走群彦。嗟汝獨何爲，閉門觀物變。微物豈足觀，汝獨觀不倦。牽牛與葵蓼，采摘入詩卷。吾聞東山傅，置酒携燕婉。富貴未能忘，聲色聊自遣。汝今又不然，時節看瓜蔓。懷寶自足珍，藝蘭那計畹。吾歸於汝處，慎勿嗟歲晚。

其二

荒園無數畝，草木動成林。春陽一以敷，妍醜各自矜。蒲萄雖滿架，困倒不能任。可憐病石榴，花如破紅襟。葵花雖粲粲，蔕淺不勝簪。叢蓼晚可喜，輕紅隨秋深。物生感時節，此理等廢興。飄零不自由，盛亦非汝能。

其三

種柏待其成，柏成人亦老。不如種叢篲，春種秋可倒。陰陽不擇物，美惡隨意造。柏生何苦艱，似亦費天巧。天工巧有幾，肯盡爲汝耗。君看藜與藿，生意常草草。

其四

萱草雖微花，孤秀能自拔。亭亭亂葉中，一一勞心插。牽牛獨何畏，詰曲自芽蘗。走尋荆與榛，如有夙昔約。南齋讀書處，亂翠曉如潑。偏工貯秋雨，歲歲壞籬落。

其五

蘆筍初似竹，稍開葉如蒲。方春節抱甲，漸老根生鬚。不愛當夏緑，愛此及秋枯。黄葉倒風雨，白花摇江湖。江湖不可到，移植苦勤劬。安得雙野鴨，飛來成畫圖。

其六

行樂惜芳辰，秋風常苦早。誰知念離别，喜見秋瓜老。秋瓜感霜霰，莖葉颯已槁。宦遊歸無時，身若馬繫皁。悲鳴念千里，耿耿志空抱。多憂竟何爲，使汝玄髮縞。

其七

官舍有叢竹,結根問囚廳。下爲人所徑,上密不容釘。殷勤戒吏卒,插棘護中庭。遶砌忽墳裂,走鞭瘦竛竮。我常携枕簟,來此蔭寒青。日暮不能去,卧聽窗風泠。

其八

芎藭生蜀道,白芷來江南。漂流到關輔,猶不失芳甘。濯濯翠莖滿,愔愔清露涵。及其未花實,可以資筐籃。秋節忽已老,苦寒非所堪。斸根取其實,對此微物慚。

其九

自我來關輔,南山得再遊。山中亦何有,草木媚深幽。菖蒲人不識,生此亂石溝。山高霜雪苦,苗葉不得抽。下有千歲根,蹙縮如蟠虬。長爲鬼神守,德薄安敢偷。

其十

我歸自南山,山翠猶在目。心隨白雲去,夢繞山之麓。汝從何方來,笑齒粲如玉。探懷出新詩,秀語奪山緑。覺來已茫昧,但記說秋菊。八月十一日夜,宿府學,方和此詩。夢與弟游南山,出詩數十首,夢中甚愛之。及覺,但記一句云:蟋蟀悲秋菊。有如採樵人,入洞聽琴筑。歸來寫遺聲,猶勝人間曲。

其十一

野菊生秋澗,芳心空自知。無人驚歲晚,唯有暗蛩悲。花開澗水上,花落澗水湄。菊衰蛩亦蟄,與汝歲相期。楚客方多感,秋風詠江蘺。落英不滿掬,何以慰朝飢。

和子瞻讀道藏〔一〕

道書世多有,吾讀《老》與《莊》〔二〕。《老》《莊》已云多,何況其駢傍〔三〕? 所讀嗟甚少,所得半已强。有言至無言〔四〕,既得旋自忘〔五〕。譬如飲醇酒,已醉安用漿〔六〕? 昔者惠子死,莊子哭自傷。微言不復知,言之使誰聽? 哭已輒復笑,不如斂此藏〔七〕。脂牛雜肥羜〔八〕,烹熟有不嘗。安得西飛鴻〔九〕,送弟以與兄?

【箋注】

〔一〕作於嘉祐八年(一〇六三)九月。蘇軾有《九月中曾題二小詩於南溪竹上既而忘之昨日再遊見而録之》,是知蘇軾在南山讀書爲九月。南溪:在終南山。知至上清讀道藏,爲九月事。道藏:道教書籍之總匯,包括周秦以下道家子書及六朝以來道教典籍。

〔二〕指《老子》與《莊子》。老子:相傳爲春秋時期思想家老子(姓李名耳,字伯陽)所著,亦名《道德經》,凡五千言,其主旨以虚無爲本,爲道教的經典著作。莊子:戰國時思想家莊周所著書。計"内篇"七、"外篇"七、"雜篇"十一。相傳除"内篇"爲莊子自撰外,其餘均後學弟子及道家門徒所撰。因爲其書是《老子》精神的繼承和發展,故後世以《老》《莊》并稱。唐王朝崇奉道教,天寶元年(七四二)尊莊子爲"南華真人",稱其書爲《南華真經》。

〔三〕駢傍:猶言駢枝旁條。比喻多餘無用的東西。《莊子·駢拇》:"是故駢於足者,連無用之肉也;枝於手者,樹無用之指也。多方駢枝於五藏之情者,淫僻於仁義之行,而多方於聰明之用也。"

〔四〕《莊子·齊物論》:"夫言非吹也。言者有言,其所言者特未定也。果有言邪?其未嘗有言邪?"又"天地與我並生,而萬物與我爲一。既已爲一矣,且得有言乎?既已謂之一矣,且得無言乎?一與言爲二,二與一爲三。自此以往,巧歷不能得,而況其凡乎!"《淮南子·説山》:"人無言而神,有言則傷。"

〔五〕此謂得意忘言。語出《莊子·外物》:"言者所以在意,得意而忘言。"

〔六〕漿:古代一種微酸的飲品。《周禮·天官·酒正》:"辨四飲之物:一曰清,二曰醫,三曰漿,四曰酏。"漢鄭玄注:"漿,今之截漿也。"清孫詒讓正義:"案漿截同物,纍言之則曰截漿。蓋亦釀糟爲之,但味微酢耳。"

〔七〕"昔者"六句:以莊子和惠子的諧合比喻弟兄間的情誼和默契。惠子:即惠施。戰國時宋人。名家代表人物之一。主張"合同異",認爲一切事物的差别、對立都是相對的。由于過分誇大事物的同一性,結果往往流于詭辯。惠施曾勸魏聯合齊、楚以抗秦,欲破連衡,爲張儀所逐。《莊子·天下》稱"惠施多方,其書五車"。《漢書·藝文志》"名家"著録《惠子》一篇。今佚。《莊子》中,多記載莊子與惠施相互論辨。《莊子·徐无鬼》:"莊子送葬,過惠子之墓，顧謂從者曰：'……自夫子之死也，吾無以爲質矣，吾無與言之矣。'"微言：精深微妙的言辭。

〔八〕脂牛：肥牛。肥羜（zhù）：肥嫩的羊羔。《詩・小雅・伐木》："既有肥羜，以速諸父。"毛傳："羜，未成羊也。"

〔九〕唐李白《淮南卧病書懷寄蜀中趙徵君蕤》："寄書西飛鴻，贈爾慰離析。"宋歐陽脩《送吴照鄰還江南》："五年歸來婦應喜，從此不問西飛鴻。"

附録　蘇軾《讀道藏》

嗟予亦何幸，偶此琳宫居。宫中復何有？戢戢千函書。盛以丹錦囊，冒以青霞裾。王喬掌關籥，蚩尤守其廬。乘閒竊掀攪，涉獵豈暇徐。至人悟一言，道集由中虚。心閑反自照，皎皎如芙蕖。千歲厭世去，此言乃籧篨。人皆忽其身，治之用土苴。何暇及天下，幽憂吾未除。

次韻子瞻招隱亭〔一〕

隱居吾未暇，何暇勸夫人〔二〕？試飲此亭酒，自慚纓上塵〔三〕。林深開翠帟〔四〕，岸斷峻巖闉〔五〕。送雪村酤釅〔六〕，迎陽鳥哢新〔七〕。竹風吹斷籟，湖月轉車輪。霜葉飛投坐，山梅重壓巾〔八〕。欲居常有待〔九〕，已失嘆無因〔一〇〕。古語君看取，聲名本實賓〔一一〕。

【箋注】

〔一〕作於嘉祐八年（一〇六三）秋。招隱：招人歸隱。唐駱賓王《酬思玄上人林泉》："聞君招隱地，仿佛武陵春。"

〔二〕"隱居"二句：自嘲己身尚奔走於功名而勸他人歸隱。夫人：猶言他人，别的人。

〔三〕唐權德輿《奉送韋起居老舅百日假滿歸嵩陽舊居》："顧慚纓上塵，未絶區中緣。"纓：帽帶，結于頷下，使帽固定于頭上。這裏指冠纓，亦承上句言爲仕宦奔走而慚愧。

〔四〕《文選·謝朓〈齊敬皇后哀策文〉》:"翠帟舒皁,玄堂啓扉。"唐吕延濟注:"翠帟,翠幕也。"帟(yì):帷幕。

〔五〕闉(yīn):本指城門外的瓮城。這裏指城門,云斷岸聳立,有如高峻的城門。

〔六〕謂冬天驅寒喝著鄉村釀造的美酒。醲:(酒味)濃厚。

〔七〕謂春天到來群鳥歡歌。哢(lòng):鳥鳴。晉陶潛《癸卯歲始春懷古田舍二首》之一:"鳥哢歡新節,泠風送餘善。"

〔八〕"竹風"四句:此"竹風""湖月""霜葉""山梅"之態,皆蘇轍依兄軾詩擬想之景物。斷籟:斷斷續續的器樂聲。唐陸龜蒙《江南曲》:"水深烟浩浩,空對雙車輪。車輪明月團,車蓋浮雲盤。"重(chóng):重疊。

〔九〕此句調侃説隱居也還得有條件。有待:道家哲學用語。謂需要依賴一定的條件。莊子認爲世俗生活都是有待的,不自由的;而絶對的精神自由則是無待的。《莊子·逍遥遊》:"夫列子御風而行,泠然善也,旬有五日而後反。彼於致福者,未數數然也。此雖免乎行,猶有所待者也。"晉郭象注:"非風則不得行,斯必有待也,唯無所不乘者無待耳。"唐成玄英疏:"乘風輕舉,雖免步行,非風不進,猶有須待……唯當順萬物之性,遊變化之塗,而能無所不成者,方盡逍遥之妙致者也。"

〔一〇〕無因:無所憑藉;没有機緣。《古詩十九首·去者日以疏》:"思還故里閭,欲歸道無因。"

〔一一〕《莊子·逍遥遊》:"堯讓天下於許由……許由曰:'子治天下,天下既已治也。而我猶代子,吾將爲名乎? 名者,實之賓也,吾將爲賓乎?'"按,此言名實應相輔相成,戲言招隱亭名實不相副。

附録　蘇軾《南溪有會景亭處衆亭之間無所見甚不稱其名予欲遷之少西臨斷岸西向可以遠望而力未暇特爲製名曰招隱仍爲詩以告來者庶幾遷之》

飛簷臨古道,高榜勸遊人。未即令公隱,聊須濯路塵。茅茨分聚落,煙火傍城闉。林缺湖光漏,窗明野意新。居民惟白帽,過客漫朱輪。山好留歸屐,風迴落醉巾。他年誰改築,舊製不須因。再到吾雖老,猶堪作坐賓。

次韻子瞻題扶風道中天花寺小亭〔一〕

客車來不息,轍迹自成溝。莫怪慵登寺〔二〕,猶宜常①舉頭。獨游知憶弟,望遠勝登樓〔三〕。處處題詩遍〔四〕,篇篇誰爲收?

【校記】

①常:原本作"賞",據宋建本、蜀藩刻本、叢刊本改。

【箋注】

〔一〕作於嘉祐八年(一〇六三)九月。清查慎行《蘇詩補注》卷四引《扶風縣志》曰:"天和寺在城南。"又引《鳳翔志》曰:"此詩石刻在扶風縣南山馬援祠中,先生自題其後云:'癸卯九月十六日挈家來遊。'……又宋人陳雄題云:'天和寺在扶風縣之南山,蘇公留詩于庭壁,迄今二十年矣。予承乏斯邑,因暇日與絳臺田愿子立、洛陽趙卭勝翁同觀,愛其真墨之妙,慮久而漫滅,乃召方渠閻圭公儀就摸于石。元豐癸亥六月二十三日,終南陳雄仲武題。'"是知蘇轍詩作於九月無疑。扶風:即鳳翔府(今陝西鳳翔)。蘇軾時爲鳳翔府判官。

〔二〕慵:懶;疏懶。

〔三〕唐王之涣《登鸛雀樓》:"欲窮千里目,更上一重樓。"

〔四〕唐許渾《長慶寺遇常州阮秀才》:"晚收紅葉題詩遍,秋待黄花釀酒濃。"

附録　蘇軾《扶風天和寺》

遠望若可愛,朱欄碧瓦溝。聊爲一駐足,且慰百回頭。水落見山石,塵高昏市樓。臨風莫長嘯,遺響浩難收。

次韻子瞻南溪微雪〔一〕

南溪夜雪曉來霽〔二〕,有客晨遊酒未消〔三〕。風泛餘花來逐馬〔四〕,

光浮斷澗不知橋。山寒凍合行人息[五]，醉熟賓歡舞意囂[六]。歸騎相將踏瑶玉[七]，嗅林閑認早梅條[八]。

【箋注】

〔一〕作於嘉祐八年(一〇六三)十二月下旬。從蘇軾詩題可知。

〔二〕霽(jì)：雨雪之類停止曰霽。

〔三〕唐白居易《醉吟》："耳底齋鍾初過後，心頭卯酒未消時。"

〔四〕唐張謂《送裴侍御還上都》："江月隨人影，山花逐馬蹄。"

〔五〕凍合：猶言冰封。唐李商隱《對雪二首》之二："關河凍合東西路，腸斷班騅送陸郎。"

〔六〕舞意：起舞之意。宋韓琦《再賦柳枝詞二闋》之二："啼鶯便學歌喉囀，知是春來舞意多。"

〔七〕相將：相隨；前後相從。瑶玉：喻雪。

〔八〕聞著林中的香氣，纔發現是梅花已經開了。嗅林：聞著林中的香氣。

附録　蘇軾《十二月十四日夜微雪明日早往南溪小酌至晚》

南溪得雪真無價，走馬來看及未消。獨自披榛尋履迹，最先犯曉過朱橋。誰憐破屋眠無處，坐覺村飢語不囂。惟有暮鵶知客意，驚飛千片落寒條。

次韻子瞻南溪避世堂[一]

柱杖行窮徑，圍堂尚有林。飛禽不驚處，萬竹正當心[二]。虎嘯風吹籟[三]，霜多蟬病瘖[四]。獸驕從不避，人到記由今。未暇終身住，聊爲半日吟[五]。青松可絶食[六]，黄葉不須衾[七]。偶到初迷路，將還始覺深。堂中有幽士[八]，插髻尚餘簪。

【箋注】

〔一〕作於嘉祐八年(一〇六三)十二月下旬。從上詩之時日可知。避世：

慎行《蘇詩補注》卷三:"明年十一月,除大理評事簽書鳳翔判官。十二月到任。時陳希亮爲府帥,以屬禮待之,或謁入不得見。先生壯年盛氣,不肯相下,所作《凌虚臺記》及《客位假寐》,不平之語,時一發露。"

〔二〕干天:猶參天。謂高出空際。北魏酈道元《水經注・溱水》:"崖峻險阻,巖嶺干天,交柯雲蔚,霾天晦景,謂之瀧中。"

〔三〕"遠望"二句:謂遠望看不到山脚,近看看不到山巔。

〔四〕皴(cūn)裂:皮膚坼裂。《梁書・武帝紀下》:"執筆觸寒,手爲皴裂。"

〔五〕"强爾"二句:謂登臺可見南山,免得再穿街過巷遠道跋涉。闤闠(huì huán):街市。晉崔豹《古今注・闤闠》:"闤者,市牆也;闠者,市門也。"

附録　蘇軾《凌虚臺》

才高多感激,道直無往還。不如此臺上,舉酒邀青山。青山雖云遠,似亦識公顔。崩騰赴幽賞,披豁露天慳。落日銜翠壁,暮雲點煙鬟。浩歌清興發,放意末禮删。是時歲云暮,微雪灑袍斑。吏退迹如掃,賓來勇躋攀。臺前飛雁過,臺上雕弓彎。聯翩向空墜,一笑驚塵寰。

次韻子瞻竹鼦〔一〕

野食不穿囷,溪飲不盜盎〔二〕。嗟鼦獨何罪,膏血自爲罔〔三〕?陰陽造百物,偏此愚不爽。肥癡與瘦黠,稟受不相仿〔四〕。王孫處深谷,小若兒在繈。超騰避彈射,將中還復枉①。一朝受羈緤,冠帶相賓饗〔五〕。愚死智亦擒,臨食抵吾掌〔六〕。

【校記】

①枉:蜀藩刻本、叢刊本作"往",似作"往"義長。

【箋注】

〔一〕作於治平元年(一〇六四)夏。竹鼦(liú):即竹鼠。在竹林穴居的野鼠,似家鼠而稍大,背部棕灰色,腹部灰色,四肢和尾短,食竹筍和地下莖。晉劉欣期《交州記》:“竹鼠,如小貓大,食竹根,出封溪縣。”按,今四川蜀南竹海還有這種動物。俗稱竹熊貓,其形陋而味美。因爲竹筍是在夏初生發,竹鼦活動亦當在此時,故繫在夏季。蘇軾詩憐憫竹鼠柔弱無自護力卻仍然飽人口腹;蘇轍詩謂强弱乃所處環境而定,不必因此而感傷。

〔二〕謂竹鼠不像通常老鼠那樣爲害於人。囷(qūn):穀倉。圓形穀倉。《周禮·考工記·匠人》:“囷窌倉城。”漢鄭玄注:“囷,圜倉。”唐賈公彦疏:“方曰倉,圜曰囷。”此泛指糧倉。盎:盆類盛器。參《巫山廟》注〔四〕。

〔三〕因爲肉質的肥美而遭殺身之禍。罔:後來寫作“網”,網羅。

〔四〕“陰陽”四句:謂陰陽所造之物的秉性如竹鼠和老鼠般各有差異。

〔五〕“王孫”六句:謂猴子聰明敏捷,也同樣被人縶囚玩賞。王孫:猴子的别稱。漢王延壽《王孫賦》:“有王孫之狡獸,形陋觀而醜儀。”唐柳宗元《憎王孫文》:“猨、王孫居異山,德異性,不能相容。”明蔣之翹輯注:“王孫,猴也。”繦:襁褓。羈紲(xiè):拘禁;束縛。

〔六〕謂將要享用(竹鼦)時抵掌嘆息。

附録　蘇軾《竹鼦》

野人獻竹鼦,腰腹大如盎。自言道旁得,采不費罝網。鴟夷讓圓滑,混沌慚瘦爽。兩牙雖有餘,四足僅能仿。逢人自驚蹶,悶若兒脱襁。念兹微陋質,刀几安足枉。就禽太倉卒,羞愧不能饗。南山有孤熊,擇獸行舐掌。

和子瞻三遊南山九首〔一〕

樓觀〔二〕次韻

神仙避世守關門,一世沉埋百世尊〔三〕。舊宅居人無姓尹〔四〕,深山道士即爲孫〔五〕。天寒遊客常逢雪,日暮歸鴉自識村〔六〕。君欲留身託①幽寂〔七〕,直將山外比羌渾〔八〕。

【校記】

①託：原作“記”，據宋建本、蜀藩刻本改。

【箋注】

〔一〕作於治平元年（一〇六四）正月下旬。蘇軾詩作《自清平鎮遊樓觀五郡大秦延生仙遊往反四日得十一詩寄子由同作》。《晚香樓蘇帖》：“嘉祐九年正月十三日，軾與前商洛令章惇子厚，同遊仙遊潭……大理寺丞、簽書鳳翔府節度判官廳公事蘇軾書。”《關中金石記》、《金石萃編》及《宋史·章惇傳》皆記其事。以日程推之，當在下旬。

〔二〕樓觀：見《樓觀》注〔一〕。

〔三〕“神仙”二句：見《樓觀》注〔三〕。

〔四〕戲言已無關尹喜的後代在此。

〔五〕謂道士有如孫登似的高人。《世説新語·棲逸》：“嵇康遊於汲郡山中，遇道士孫登，遂與之遊。康臨去，登曰：‘君才則高矣，保身之道不足。’”

〔六〕蘇軾《倉守携酒見過用前韻作詩聊復和之》：“孤雲落日西南望，長羨歸鴉自識村。”

〔七〕幽寂：幽静；清静。唐長孫佐輔《山居》：“看書愛幽寂，結宇青冥間。”

〔八〕謂蘇軾居鳳翔有如老子出關。羌渾：羌族和吐谷渾。以此代指異族。

五郡〔一〕次韻

蜀人不信秦川好，食蔗從梢未及甘〔二〕。當道沙塵類河北，依山水竹似江南〔三〕。觀形隨阜飲溪鹿〔四〕，雲氣侵山食葉蠶。猶有道人迎客笑，白鬚黄袖豈非聃〔五〕？

【箋注】

〔一〕五郡：道觀名。查慎行《蘇詩補注》引《名勝志》：“盩厔縣有五郡城，舊説有兄弟五人並居此，後爲道觀。”蘇軾詩自注：“觀有明皇碑，言夢老子告享國長久之意。”此五觀純屬民間牽强附會而與老子相攀。弟兄詩皆侃笑其無稽。蘇軾云：“汝師豈解言符命，山鬼何知托老聃。”蘇轍詩云：“猶有道人迎客笑，白鬚黄袖豈非聃？”

〔二〕“蜀人”二句：謂蜀人往往只知道蜀地是天府之國，而不知道八百里秦川也是富庶之地，就好像吃甘蔗只吃了蔗梢。秦川：見《寒食前一日寄子瞻》注〔五〕。“食蔗”語出《世説新語・排調》：“顧長康噉甘蔗先食尾，人問所以，云：‘漸至佳境。’”

〔三〕“當道”二句：謂秦川兼有河北和江南的特點。

〔四〕宋梅堯臣《魯山山行》：“霜落熊升樹，林空鹿飲溪。”

〔五〕聃：老聃，即老子。見《次韻子瞻減降諸縣囚徒事畢登覽》注〔二二〕。

傳經臺〔一〕

輪扁不能令子巧，老聃雖智若爲傳〔二〕？遺經尚在臺如故，弟子今無似喜賢〔三〕。

【箋注】

〔一〕作時同上。蘇軾詩自注：“乃南山一峰耳，非復有築處。”此峰傳聞爲老子傳經關尹喜處。亦無稽。參《樓觀》注〔三〕。

〔二〕“輪扁”二句：謂所謂傳經之無稽。輪扁：見《王維吴道子畫》注〔二〕。若爲：如何；怎麽樣。

〔三〕喜：指關尹喜。參《樓觀》注〔三〕。

大秦寺〔一〕

大秦遥可説，高處見秦川。草木埋深谷，牛羊散晚田〔二〕。山平堪種麥，僧魯不求禪〔三〕。北望長安市，高城遠似煙。

【箋注】

〔一〕大秦寺：唐代所建景教寺，通稱大秦寺。宋王溥《唐會要・大秦寺》：“天寶四載九月，詔曰：‘波斯經教，出自大秦，傳習而來，久行中國。爰初建寺，因以爲名。將欲示人，必修其本。其兩京波斯寺宜改爲大秦寺。天下諸府郡置者，亦準此。’”從軾與轍詩看，時原寺早已不存，故詩中無限歷史滄桑之慨。又蘇軾詩有“忽逢孤塔迴，獨向亂山明”，似僅有一孤塔尚存。

〔二〕《詩・國風・王風》：“日之夕矣，羊牛下來。”

〔三〕謂和尚愚笨不解禪理。魯:笨拙;遲鈍。禪:佛教語。原指静坐默念。引申爲禪理,禪法。唐杜甫《宿贊公房》:"放逐寧違性,虚空不離禪。"

仙遊潭五首〔一〕

潭

潭深不可涉,潭小不通船。路斷遊人止,龍藏白沫旋。剪藤量水短〔二〕,插石置橋堅。橋外居民少,躬耕不用錢〔三〕。

【箋注】

〔一〕蘇軾詩自注:"潭上有寺二。一在潭北,循黑水而上,爲東路,至南寺。渡黑水西里餘,從馬北上,爲西路,至北寺。東路險,不可騎馬,而西路隔潭,潭水深不可測,上以一木爲橋,不敢過,故南寺有塔,望之可愛而終不能到。"按,此詩與軾詩皆言潭之深峻。

〔二〕謂剪下藤條去測水深,難測其底。

〔三〕謂橋外居民過著幾乎與世隔絶的生活,不必繳納賦税。躬耕:親身從事農業生産。《三國志・蜀書・諸葛亮傳》:"臣本布衣,躬耕於南陽。"

南寺〔一〕

澄潭下無底,將渡又安能? 慣上横空木,輕生此寺僧〔二〕。曉魚聞考考〔三〕,石塔見層層。不到殊非惡,它年記未曾?

【箋注】

〔一〕《宋史・章惇傳》:"惇豪儁,博學善文。進士登名,恥出姪衡下,委敕而出。再舉甲科,調商洛令。與蘇軾遊南山,抵仙游潭,潭下臨絶壁萬仞,横木其上,惇揖軾書壁,軾懼不敢書。惇平步過之,垂索挽樹,攝衣而下,以漆墨濡筆大書石壁曰:'蘇軾、章惇來。'既還,神彩不動,軾拊其背曰:'君他日必能殺人。'惇曰:'何也?'軾曰:'能自判命者,能殺人也。'惇大笑。"至南寺地極險,故蘇軾詩云:"東去愁攀石,西來怯渡橋。"蘇轍詩云:"慣上横空木,輕生此寺僧。"可見除寺僧外常人多不敢過。

〔二〕"慣上"二句:謂和尚從獨木橋上可以信步來去。輕生:不愛惜自己的生命。宋司馬光《介甫作巫山高命光屬和勉率成篇真不知量》:"輕生重利三巴客,一葉直衝高浪白。"此從旁觀的角度認爲和尚從横木來去太冒險。

〔三〕早晨寺僧擊鼓聚衆誦經。魚:指木魚。佛教法器。相傳佛家謂魚晝夜不合目,故刻木像魚形,用以警戒僧衆應晝夜忘寐而思道。考考:擊鼓聲。唐韓愈《鄆州谿堂詩》:"既歌以舞,其鼓考考。"

北寺〔一〕

君看潭北寺,何用減潭南〔二〕? 不到還能止,重來獨未厭。荒涼增客思,貧病覺僧慚。飲水寒難忍,誰言柏子甘〔三〕?

【箋注】

〔一〕蘇軾詩云:"畏虎關門早,無村得米遲。山泉自入甕,野桂不勝炊。信美那能久,應先學忍飢。"而轍詩云:"荒涼增客思,貧病覺僧慚。飲水寒難忍,誰言柏子甘。"可見寺僧生活極其貧苦。

〔二〕減:不如;不及。六朝而下常語。

〔三〕柏子:柏樹結的籽,傳説長期服用能長生不老。《太平廣記・神仙四十・陶尹二君》記陶太白、尹子虚登芙蓉峰遇毛女,毛髪翠潤,自稱爲秦宫人,服松脂、柏子得以不老。因以萬歲松子、千秋柏子相賜。後二人皆得道。

馬融石室〔一〕

扶風貴公子,早歲伴山家。吹笛墮秋葉〔二〕,讀書隨曉鴉。業成心自叛,學苦我長嗟。石室非人住,窮山雪似沙〔三〕。

【箋注】

〔一〕傳説爲馬融讀書處。馬融:見《次韻子瞻題仙遊潭中興寺》注〔四〕。《後漢書・馬融傳》:"初,京兆摯恂以儒術教授,隱于南山,不應徵聘,名重關西。融從其遊學,博通經籍。恂奇融才,以女妻之。"

〔二〕馬融善音樂。著有《長笛賦》,云:"融既博覽典雅,精核數術,又性好音律,鼓琴吹笛。"

〔三〕唐李賀《馬詩二十三》之五:"大漠沙如雪,燕山月似鈎。"

玉女洞〔一〕

洞門蒼蘚合,逼仄不容身〔二〕。傳有虚明處,中藏窈窕人。吹笙橋上月〔三〕,拾翠洞①南春〔四〕。往往來山下,蕭然雨灑塵。

【校記】

①洞:宋建本作“澗”,從詩題知爲形誤。

【箋注】

〔一〕詩對虚無中的玉女極盡想像之能事。

〔二〕逼仄:猶狹窄。唐李邕《鬬鴨賦》:“逼仄兮掣曳,聯翩兮踴躍。”

〔三〕謂玉女明月之夜在橋上吹笙。唐杜牧《寄楊州韓綽判官》:“二十四橋明月夜,玉人何處教吹簫。”

〔四〕謂遊春。拾翠:拾取翠鳥羽毛以爲首飾。後多指婦女游春。語出三國魏曹植《洛神賦》:“或採明珠,或拾翠羽。”唐沈佺期《洛陽道》:“乘羊稚子看,拾翠美人嬌。”

附録　蘇軾《自清平鎮遊樓觀五郡大秦延生仙遊往返四日得十一詩寄子由同作》

樓觀

鳥噪猿呼晝閉門,寂寥誰識古皇尊。青牛久已辭轅軛,白鶴時來訪子孫。山近朔風吹積雪,天寒落日淡孤村。道人應怪遊人衆,汲盡堦前井水渾。

五郡

古觀正依林麓斷,居民來説水泉甘。亂溪赴渭争趨北,飛鳥迎山不復南。羽客衣冠朝上象,野人香火祝春蠶。汝師豈解言符命,山鬼何知托老聃。觀有明皇碑,言夢老子告以享國長久之意。

授經臺乃南山一峰耳,非復有築處。

劍舞有神通草聖,海山無事化琴工。此臺一覽秦川小,不待傳經意已空。

大秦寺

晃蕩平川盡，坡陀翠麓横。忽逢孤塔迥，獨向亂山明。信足幽尋遠，臨風卻立驚。原田浩如海，袞袞盡東傾。

仙遊潭五首

潭上有寺二。一在潭北，循黑水而上，爲東路，至南寺。渡黑水西里餘，從馬北上，爲西路，至北寺。東路險，不可騎馬，而西路隔潭，潭水深不可測，上以一木爲橋，不敢過。故南寺有塔，望之可愛而終不能到。

潭

翠壁下無路，何年雷雨穿。光摇巖上寺，深到影中天。我欲然犀看，龍應抱寶眠。誰能孤石上，危坐試僧禪。

南寺

東去愁攀石，西來怯渡橋。碧潭如見試，白塔苦相招。野餽慚微薄，村沽慰寂寥。路窮斤斧絶，松桂得干霄。

北寺

唐初傳有此，亂後不留碑。畏虎關門早，無村得米遲。山泉自入甕，野桂不勝炊。信美那能久，應先學忍飢。

馬融石室

未應將軍聘，初從季直遊。絳紗生不識，蒼石尚能留。豈害依梁冀，何須困李傒。吾詩慎勿刻，猿鶴爲君羞。

玉女洞

洞裏吹簫子，終年守獨幽。石泉爲曉鏡，山月當簾鈎。歲晚杉楓盡，人歸霧雨愁。送迎應鄙陋，誰繼楚臣謳。

和子瞻調水符〔一〕

子瞻令人取玉女洞水，恐其見欺，破竹爲契，使寺僧藏其一，以爲往來之信，故云。

多防出多欲，欲少防自簡〔二〕。君看山中人，老死竟誰謾〔三〕？渴飲吾井泉，飢食甑中飯。何用費卒徒，取水負瓢罐？置符未免欺，反覆慮多變。授君無憂符，階下泉可咽。

【箋注】

〔一〕與上一組詩作於同時。蘇轍和詩以爲蘇軾此舉未免"多欲"，建議兄長隨遇而安，不必爲外物所煩。

〔二〕"多防"二句：謂越是防範越增貪欲。用老莊之意。《莊子·胠篋》有云："將爲胠篋、探囊、發匱之盜而爲守備，則必攝緘縢，固扃鐍，此世俗之所謂知也。然而巨盜至，則負匱、揭篋、擔囊而趨，唯恐緘縢、扃鐍之不固也。然則鄉之所謂知者，不乃爲大盜積者也？"

〔三〕謾：欺騙。

附録　蘇軾《愛玉女洞中水既致兩瓶恐後復取而爲使者見紿因破竹爲契使寺僧藏其一以爲往來之信戲謂之調水符》

欺謾久成俗，關市有契繻。誰知南山下，取水亦置符。古人辨淄澠，皎若鶴與鳧。吾今既謝此，但視符有無。常恐汲水人，智出符之餘。多防竟無及，棄置爲長吁。

四月二十八日新熱寄仇池〔一〕

細莎爲屨如編鬚，輕葛爲服如剪莩〔二〕。寒泉灑屋朝露濡，霜簟可薦机可扶〔三〕。風鳴牖間如吹竽，此雖有暑宜亦無。庭前峻山槎之餘，盆中養鱖大如魚〔四〕。荻生抱甲未見膚〔五〕，蔓起上屋將懸壺〔六〕。麥苗高齊可藏烏〔七〕，此雖非野僅亦如〔八〕。兄居溪堂南山趺，濯足溪水驚雁鳧〔九〕。澄潭百丈清無淤，將往思我立踟躕。東軒鄙陋何足居，欲行不行繫轅駒〔一〇〕。

【箋注】

〔一〕作於治平元年（一〇六四）四月二十八日。本詩有"兄居溪堂南山跌”,知蘇軾尚在鳳翔任,而詩中物事亦爲庭院中所有,故知是時轍仍在京侍父。詩云“欲行不行繫轅駒”正是猶豫於仕與不仕之間,轍治平二年就任大名府推官,則此詩自當在元年。

〔二〕“細莎”二句:謂天熱穿戴極少。細莎:細軟的草。輕葛:輕薄的布。

〔三〕“寒泉”二句:謂因天熱以冷水灑屋,鋪上涼席,倚著茶几。霜簟:光潔清涼的竹席。

〔四〕“庭前”二句:謂庭院中假山、水池之狀。

〔五〕謂荻外殼未剥落,荻:草本植物,與蘆同類。抱甲:甲殻未脱如環抱。

〔六〕壺:葫蘆。《詩·豳風·七月》:“七月食瓜,八月斷壺。”毛傳:“壺,瓠也。”

〔七〕南朝梁庾信《春賦》:“苔始緑而藏魚,麥纔青而覆雉。”

〔八〕僅:差不多,幾近。

〔九〕《孟子·離婁上》:“有孺子歌曰:‘滄浪之水清兮,可以濯我纓;滄浪之水濁兮,可以濯我足。’孔子曰:‘小子聽之!清斯濯纓,濁斯濯足矣。自取之也。’”

〔一〇〕謂駕轅的馬因爲羈束進退不得自由。語出《史記·魏其武安侯列傳》:“上怒内史曰:‘公平生數言魏其、武安長短,今日廷論,局趣效轅下駒,吾并斬若屬矣。’”按,此或已有從仕意而尚猶疑,故以“轅下駒”自況。

六月十三日病起走筆寄仇池〔一〕

入伏節氣變,翛然如九秋。牆上有短樹,庭下風飅飅。風來吹我衣,虻蚋各已收〔二〕。移牀就堂下,仰見月成鈎。但與支體快,不作腑臟謀〔三〕。半夜起寒熱〔四〕,展轉脱水鰌〔五〕。藥劑失先後,欲速反見留〔六〕。不免召楊子,把臂揣厥由〔七〕。笑我冷治冷,徒爾苦舌喉〔八〕。授我桂與薑〔九〕,乃始與病投〔一〇〕。逾旬不出户,映牖披重裘〔一一〕。遥聞南山下,不與他土侔〔一二〕。山寒雪不解,清氣晝夜浮。餘冷入市城,煩熱遭濯漱〔一三〕。況乃郡齋静,滿地貯清流。露濕荷葉浄,月上松柏幽。牆頭白楊樹,秋聲無時休〔一四〕。夜蜩感寒氣,上樹鳴啾啾。野鶴弄池水,落拍翅羽修。此處雖可愛,慎勿恣意游。凡人愛涼冷,涼冷乃熱讎。試掃北窗下,静卧卻所憂〔一五〕。屏扇去冰雪,虚室風自油。歲熱强自厚,良藥彼有不。

【箋注】

〔一〕作於治平元年(一〇六四)六月十三日。此詩當在上詩之後,前寫生病經歷,而後囑咐蘇軾善自珍攝,一一"遥聞"南山情事,故知蘇軾尚未離任而蘇轍仍在京侍父。

〔二〕"入伏"六句:謂六月天氣突然轉涼。九秋:指深天。虻蚋(méng ruì):蚊類害蟲。

〔三〕"但與"二句:謂自己貪涼,雖身體暢快卻忽略内臟的運行。支體:指整個身體。快:舒適;暢快。腑臟:中醫對人體内部器官的總稱。胃、膽、大腸、小腸、膀胱、三焦爲六腑;心、肝、脾、肺、腎爲五臟。此泛指人的内臟。

〔四〕寒熱:中醫指怕冷發熱的癥狀。即發燒。《史記·扁鵲倉公列傳》:"濟北王侍者韓女病要背痛,寒熱。"

〔五〕此謂自己高燒出汗之狀。鰌:即泥鰍。

〔六〕"藥劑"二句:謂服藥失次序,弄巧成拙。

〔七〕"不免"二句:謂找楊子把脈看病。楊子:不詳。俟考。

〔八〕謂處方不當,徒然苦口。中藥味苦,故云。

〔九〕桂:木名。即肉桂。可入藥。《急就篇》卷四:"芎藭厚朴桂栝樓。"唐顔師古注:"桂謂菌桂、牡桂之屬,百藥之長也。"肉桂性大熱,味甘辛,能温腎補火,祛寒止痛。參明李時珍《本草綱目·木一·桂》。薑:生薑。亦可藥用。按,詩言原來不當用了涼藥,因言冷治冷,故楊生改用熱藥薑桂之類。

〔一〇〕投:投合;合宜。

〔一一〕重裘:厚毛皮衣。漢賈誼《新書·諭誠》:"重裘而立,猶憯然有寒氣,將奈我元元之百姓何?"此謂按楊生的治療方法保暖防風。此上叙自己得病經歷。

〔一二〕"遥聞"二句:謂南山與他處氣候水土不一樣。侔:齊等;相當。按,此下囑托蘇軾注意保養珍攝。

〔一三〕"山寒"四句:謂南山寒涼之氣會侵襲城市。清氣:清冷之氣。濯漱:洗滌。

〔一四〕北周庾信《周譙國公夫人步陸孤氏墓誌銘》:"樹樹秋聲,山山寒色。"

〔一五〕"試掃"二句:晉陶潛《與子儼等疏》:"常言:五六月中,北窗下卧,遇涼風暫至,自謂是羲皇上人。"

和子瞻記夢二首〔一〕

其一

兄從南山來,夢我南山下。探懷出詩卷,卷卷盈君把〔二〕。詩詞古人似,弟則吾弟也〔三〕。相與千里隔,安得千里馬?携手上南山,不知今乃夜。晨雞隔牆唱,欹枕窗月亞〔四〕。百語記一詞,秋菊悲蛩吒〔五〕。此語鮑謝流,平日我不暇。我本無此詩,嗟此誰所借〔六〕?

【箋注】

〔一〕作於治平元年(一〇六四)八月下旬。蘇軾《和子由記園中草木十一首》之八自注:"八月十一日夜宿府學,方和此詩,夢與弟遊南山,出詩數十篇,夢中甚愛之,及覺,唯記一句云'蟋蟀悲秋菊'。"故知作於八月下旬。

〔二〕把:謂一掌所握的粗細或多少。《韓詩外傳》卷五:"故盈把之木,無合拱之枝。"

〔三〕"詩詞"二句:謂兄詩好自己不如。弟:次。言自己詩不如兄是因爲本來就是弟弟啊。

〔四〕亞:低;低垂。

〔五〕蛩(qióng):蟋蟀的别名。南朝宋鮑照《擬古八首》之七:“秋蛩扶户吟,寒婦晨夜織。”

〔六〕“此語”四句:謙言蘇軾夢中所記詩自己寫不出來。鮑謝流:鮑照和謝靈運一類。鮑照(約四一四—四六六),字明遠,南朝宋東海(治所在今山東郯城西南)人,久客南京。出身寒微。曾任秣陵令、中書舍人等職。後爲臨海王劉子頊前軍參軍,子頊起兵失敗,照爲亂兵所殺。照文學成就很高,樂府、賦及駢文皆一時之冠。其詩風格俊逸,對唐詩人李白、岑參等影響頗大。有《鮑參軍集》傳世。謝靈運,見《次韻子瞻延生觀後山上小堂》注〔二〕。

其二

蟋蟀感秋氣〔一〕,夜吟抱菊根。霜降菊叢折,寸①根安可存? 耿耿荒苗下〔二〕,唧唧空自論〔三〕。不敢學蝴蝶,菊盡兩翅翻。蟲凍不絶口,菊死不絶芬。志士豈棄友〔四〕? 烈女無兩婚〔五〕。

【校記】

①寸:蜀藩刻本、叢刊本作“守”,不辭,誤。

【箋注】

〔一〕蟋蟀:昆蟲名。黑褐色,觸角很長,後腿粗大,善於跳躍。雄的善鳴,好鬥。也叫促織。《詩·豳風·七月》:“十月蟋蟀入我牀下。”《欽定日下舊聞考·物産三》:“促織感秋而生,其音商,其性勝,秋盡則盡。”

〔二〕耿耿:不寐貌。《楚辭·屈原〈遠遊〉》:“夜耿耿而不寐兮,魂營營而至曙。”漢王逸注:“耿耿,猶儆儆,不寐貌也。”

〔三〕唧唧:象聲詞。蟲吟聲,此處爲蟋蟀叫聲。唐張藉《秋夜長》:“愁人不寐畏枕席,暗蟲唧唧遶我傍。”

〔四〕《世説新語·德行》:“荀巨伯遠看友人疾,值胡賊攻郡。友人語巨伯曰:‘吾今死矣,子可去。’巨伯曰:‘遠來相視,子令吾去,敗義以求生,豈荀巨伯所行邪!’賊既至,謂巨伯曰:‘大軍至,一郡盡空,汝何男子,而敢獨止?’巨伯曰:‘友人有疾,不忍委之,寧以我身代友人命。’”

〔五〕烈女:古指重義輕生的女子。宋司馬光《家範》卷八:“故忠臣不事二主,貞女不事二夫。”

次韻子瞻題岐山周公廟〔一〕

周人尚記有周公,禾黍離離下有宫〔二〕。破豆烝豚非以報〔三〕,野巫長跪若爲通〔四〕？山圍棟宇泉流近,廟後有德潤泉,世亂則竭。鳳去梧桐落葉濛〔五〕。有客賦詩題屋壁,《二南》猶自有遺風〔六〕。

【箋注】

〔一〕作於治平元年(一〇六四)秋。蘇軾原詩云:“吾今那復夢周公,尚喜秋來過故宫。”知是秋日作。周公:即姬旦。周文王子,輔武王滅紂,建周王朝,封於魯。参《饋歲》注〔三〕。詩謂周公立德立功當代而澤被後世,後人緬懷而題詠謳歌。“有客賦詩題屋壁”既指軾題詩,也泛言後人歌頌。

〔二〕《詩·王風·黍離》三章皆有“彼黍離離”語。《詩序》云:“《黍離》,閔宗周也。周大夫行役至於宗周,過故宗廟宫室,盡爲禾黍。閔宗周之顛覆,彷徨不忍去,而作是詩也。”

〔三〕破豆:殘破的祭器。豆,古代食器。亦用作裝酒肉的祭器。形似高足盤,大多有蓋。多爲陶質,也有用青銅、木、竹製成的。《詩·大雅·生民》:“卬盛于豆,于豆于登。”毛傳:“木曰豆,瓦曰登。豆,薦葅醢也。”烝豚:蒸熟的小豬。烝,後來寫作“蒸”。報:秋日祭祀。《詩·周頌·良耜序》:“良耜,秋報社稷也。”唐孔穎達疏:“秋物既成,王者乃祭社稷之神。以報生長之功。”

〔四〕謂鄉間巫師祭神豈能通於周公之靈。若爲:如何;怎麽。問訊之詞。

〔五〕傳説鳳凰非梧桐不棲。濛:即“濛濛”,因詩字數限制省作“濛”。紛雜貌。唐賈島《送神邈法師》:“柳絮落濛濛,西州道路中。”

〔六〕“有客”二句:稱贊蘇軾詩有《二南》遺韻。二南:指《詩經》中的《周南》和《召南》。這些詩多歌頌周公和召公的功績。

附録　蘇軾《周公廟廟在岐山西北七八里廟後百許步有泉依山湧冽異常國史所謂潤德泉世亂則竭者也》

吾今那復夢周公,尚喜秋來過故宫。翠鳳舊依山硉兀,清泉長與世窮通。至今游客傷離黍,故國諸生詠雨濛。牛酒不來烏鳥散,白楊無數暮號風。

木山引水二首〔一〕

其一

引水穿牆接竹梢〔二〕,谷藏峰底大容瓢。將流旋滴廬山瀑〔三〕,已盡還來海上潮。亂點落池驚睡覺,半山含①潤沃心焦〔四〕。瓦盆一斛何勝滿,溢去猶能浸菊苗。

【校記】

①山含:叢刊本作"含山",誤倒。

【箋注】

〔一〕作於治平元年(一〇六四)秋。木山:即蘇洵《寄楊緯》中之木山。嘉祐四年江行赴京師,楊緯嘗以木山相贈。從蘇洵詩"誰知有楊子,磊落收百段。揀贈最奇峰,慰我苦長嘆。連城盡如削,邃洞幽可欵。回合抱空虚,天地聳其半"及蘇軾《和子由木山引水二首》"蜀江久不見滄浪,江上枯槎遠可將",知木山乃長江三峽受山風水蝕而成的形狀奇特的枯木。蘇轍詩蓋以木山寄寓廢棄不用的苦悶,"將流旋滴廬山瀑,已盡還來海上潮。亂點落池驚睡覺,半山含潤沃心焦。""但愛堅如湖上石,誰憐收自竈中焦。"心緒之落寞歷歷可見。蘇軾和詩有云:"材大古來無適用,不須鬱鬱慕山苗。"可説是蘇轍詩旨意的詮釋,也聊爲弟兄解嘲。

〔二〕謂木山上的水是從牆外用竹筒引入的。通常竹筒是接的山泉。

〔三〕謂流水時斷時續,形如廬山瀑布。廬山:爲我國風景名勝。地處江西省北部,又稱"匡山"或"匡廬"。傳説殷周時期有匡氏兄弟七人結廬隱居於此,後成仙而去,其所居之廬幻化爲山而得名。其山以瀑布群最爲有名。

〔四〕謂木山引來的水浸潤盆景中的石山。

其二

簷下枯槎拂荻梢〔一〕,山川①迤邐費公瓢。幽泉細細流巖鼻,盆水瀰瀰漲海潮〔二〕。但愛堅如湖上石,誰憐收自竈中焦〔三〕。蒼崖寒溜須佳蔭,尚少冬青石蘚苗。

【校記】

①川:叢刊本作"州"不辭,誤。

【箋注】

〔一〕枯槎:枯樹枝。槎,樹的杈枝。

〔二〕瀰瀰:水滿貌。《詩·邶風·新臺》:"新臺有泚,河水瀰瀰。"

〔三〕"但愛"二句:謂人們欣賞山木的堅硬和形態,可不知道這本是差點成了柴禾的廢物啊。《後漢書·蔡邕傳》:"吴人有燒桐以爨者,邕聞火烈之聲,知其良木,因請而裁爲琴,果有美音,而其尾猶焦,故時人名曰'焦尾琴'焉。"按,此以焦桐比山木。

附録　蘇洵《寄楊緯》

家居對山木,謂是忘言伴。去鄉不能致,回顧頗自短。誰知有楊子,磊落收百段。揀贈最奇峰,慰我苦長歎。連城盡如削,邃洞幽可款。回合抱空虚,天地聳其半。舟行因樂載,陸挈敢辭懶?飄飄乎千里,有客來就看。自言此地無,愛惜苦欲换。低頭笑不答,解纜風帆滿。京洛有幽居,吾將隱而玩。

蘇軾《和子由木山引水二首》

其一

蜀江久不見滄浪,江上枯槎遠可將。去國尚能三犢載,汲泉何愛一夫忙。崎嶇好事人應笑,冷淡爲歡意自長。遥想納涼清夜永,窗前微月照汪汪。

其二

千年古木卧無梢,浪捲沙翻去似瓢。幾度過秋生蘚暈,至今流潤應江潮。泫然疑有蛟龍吐,斷處人言霹靂焦。材大古來無適用,不須鬱鬱慕山苗。

興州新開古東池〔一〕

山繞興州萬疊青〔二〕,池開近郭百泉並。昔年種柳人安在〔三〕? 累歲開花藕自生。波暖跳魚聞樂喜〔四〕,人來野鴨望船鳴。西還過此須終日〔五〕,爲問使君行未行?

【箋注】

〔一〕作於治平元年(一〇六四)秋。興州:西魏始置,隋改爲順政郡。唐復名興州,或爲順政郡。宋屬利州路。故治在今陝西略陽。參《通典·州郡六·興州》,《文獻通考·輿地考七·興州》。其池當是唐代詩人鄭谷曾經流連且有題詩遺跡處,池爲晁仲約所重開。蘇軾、司馬光、文同皆有詩。晁仲約字質夫。晁迥孫,程琳婿。慶曆間舉進士,嘗官屯田員外郎、都官員外郎。歷知深州、知高郵、知興州。初,群盗剽刧淮南,將過高郵,晁仲約度不能禦,令富民出金帛具牛酒使人迎勞且厚遺之,盗悦徑去,不爲暴。事聞朝廷,富弼議欲誅之,賴范仲淹申救得免。事見《宋史全文》卷八,《東都事略》卷五十九,《宋名臣奏議》卷九十七等。蘇轍詩當是受蘇軾及司馬光等題詠所感而寫。而其詩意則與鄭谷詩呼應。鄭谷《興州東池》云:"南連乳郡流,闊碧浸晴樓。徹底千峰影,無風一片秋。垂楊拂蓮葉,返照媚漁舟。鑒貌還惆悵,難遮兩鬢羞。"轍詩其末云:"西還過此須終日,爲問使君行未行?"是擬想日後回歸當盡日留連賞玩,但不知彼時晁仲約還在其地否。《三蘇年譜》謂"嘉祐元年自蜀赴京師,疑經興州",非是。

〔二〕謂興州周圍都是重重疊疊的蒼翠群山。

〔三〕《世説新語・言語》:“桓公北征經金城,見前爲琅邪時種柳,皆已十圍,慨然曰:‘木猶如此,人何以堪!’”

〔四〕謂游魚因音樂聲而歡跳。唐白居易《泛太湖書事寄微之》:“避旗飛鷺翩翻白,驚鼓跳魚撥剌紅。”

〔五〕謂如果回歸故里一定在這裏留連終日欣賞美景。

附録　蘇軾《寄題興州晁太守新開古東池》

百畝清池傍郭斜,居人行樂路人誇。自言官長如靈運,能使江山似永嘉。縱飲坐中遺白帢,幽尋盡處見桃花。不堪山鳥號歸去,長遣王孫苦憶家。

司馬光《寄題興州晁都官仲約東沼沼上唐鄭都官有詩刻石》

名郎遊勝地,心跡繼風流。昔爲題詩著,今因好事修。四山相照映,五馬屢淹留。想見波光净,依然一片秋。鄭詩云:“徹底千峰影,無風一片秋。”

文同《余過興州太守晁侯延之於東池晴碧亭且道其所以爲此池亭之意使余賦詩》

鄭谷題詩處,荒涼不復知。使君來問日,景物欲歸時。崖巘供清溜,亭臺繞翠漪。主人憐過客,借與傲炎曦。

次韻子瞻渼陂魚〔一〕

渼陂霜落魚可掩,枯茭破盤蒲折劍〔二〕。巨斧敲冰已暗知,長叉刺浪那容閃?鯨孫蛟子誰復惜?朱鬣金鱗漫如染。邂逅相遭已失津,偶然一掉猶思塹〔三〕。嗟君游宦久羊炙,有似遠行安野店〔四〕。得魚未熟口流涎,豈有哀矜自欺僭〔五〕?人生飽足百事已,美味那令一朝欠?少年勿笑貪匕①箸,老病行看費針砭〔六〕。羊生懸骨空自飢〔七〕,伯夷食菜有不贍〔八〕。清名驚世不益身,何異飲醢徒酷②醲〔九〕。

【校記】

①匕:叢刊本作“七”,不辭,形近而誤。

②酷:蜀藩刻本、叢刊本作“醅”。

【箋注】

〔一〕作於治平元年(一〇六四)冬。從“霜落”“枯芡破盤蒲折劍”“巨斧敲冰”可知。蓋芡實葉如盤狀,到秋末就開始裂口,冬季就凋爛了。渼陂(měi bēi):湖名。在今陝西户縣西,匯終南山諸谷水,西北流入澇水。一説因水味美得名,一説因所産魚味美得名。宋吴曾《能改齋漫録·事實·渼陂》:“唐元澄撰《秦京雜記》載,渼陂以魚美得名。”蘇軾詩盛贊渼陂魚美,在西北難得一遇,掀髯朵頤之狀可掬。“携來雖遠鬣尚動,烹不待熟指先染。坐客相看爲解顔,香粳飽送如填塹。”蘇轍詩唱和之餘,亦對蘇軾詩“紫荇穿腮氣慘悽”戲爲調侃,“得魚未熟口流涎,豈有哀矜自欺僭?”“清名驚世不益身”云云,亦是牢騷之語。

〔二〕芡:水生植物名。又名雞頭。全株有刺,葉圓盾形,浮於水面。種子稱“芡實”,供食用,亦可入藥。《吕氏春秋·恃君》:“夏日則食菱芡,冬日則食橡栗。”漢高誘注:“芡,雞頭也。”北魏賈思勰《齊民要術·養魚》:“鷄頭,一名雁喙,即今芡子是也。由子形上花似鷄冠,故名曰鷄頭。”蒲:植物名。香蒲。其莖可以織席。

〔三〕“邂逅”二句:形容魚被叉上後掙扎的樣子。失津:離開了水。掉:摇動;擺動。塹:溝壕。這裏指湖水。

〔四〕“嗟君”二句:感慨蘇軾遠離京師爲官,以腥膻的羊炙爲食,有如寄居在山野村店。按,此時蘇軾已在鳳翔四年,故蘇轍詩有“遊宦”之語;西北人喜食羊肉,蘇軾蜀人飲食不慣,故有“自從西征復何有,欲致南烹嗟久欠”之歎。

〔五〕欺僭:欺騙。這是對蘇軾“紫荇穿顋氣慘悽”的調侃,云只想欣賞美味,説可憐魚哪是自欺欺人。

〔六〕針砭:用砭石製成的治病石針。

〔七〕羊生:指後漢羊續。字興祖,平陽(今浙江平陽縣)人。累官廬江、南陽二郡太守,討平諸寇。時權豪之家多尚奢麗,續深疾之。常敝衣薄食,車馬羸敗。府丞嘗獻其生魚,續受而懸于庭。丞後又進之,續乃出前所懸者以杜其意。靈帝欲以爲太尉,時拜三公者皆輸東園禮器千萬,令中使督之,續舉緼袍示之曰:“臣之所資,惟此而已。”遂不登公位。徵爲太常,病卒。《後漢書》有傳。

〔八〕伯夷:商末孤竹君之子。相傳其父遺命立次子叔齊爲繼。孤竹君死,叔齊讓位與伯夷,伯夷不受,叔齊亦不願繼位,先後逃到周國。周武王伐紂,二人叩馬諫阻。武王滅商後,恥食周粟,采薇而食,餓死于首陽山。事見《吕氏春秋·誠廉》《史記·伯夷列傳》。不贍:不足。

〔九〕“清名”二句:謂清名無益於身就象飲已經壞了的酒。醢(hǎi):指醢雞。瓮中酒醋上滋生的小蟲。醲:酒味濃厚。

附録　蘇軾《渼陂魚》陂在鄠縣。

霜筠細破爲雙掩,中有長魚如卧劍。紫荇穿腮氣慘悽,紅鱗照坐光磨閃。攜來雖遠鬣尚動,烹不待熟指先染。坐客相看爲解顔,香粳飽送如填塹。早歲嘗爲荆渚客,黄魚屢食沙頭店。濱江易採不復珍,盈尺輒棄無乃僭。自從西征復何有,欲致南烹嗟久欠。游鯈瑣細空自腥,亂骨縱横動遭砭。故人遠饋何以報,客俎久空驚忽贍。東道無辭信使頻,西鄰幸有庖虀釅。

和子瞻司竹監燒葦園因獵園下〔一〕

駿馬七尺行馮馮〔二〕,曉出射獸①霜爲冰。荻園斫盡有枯枿〔三〕,束茅吹火初如燈。乍分乍合勢開展〔四〕,蒼煙被野風騰騰。黄狐驚顧嘯儔侶〔五〕,飛鳥先起如蒼鷹②。須臾立旆布行伍,有似修蟒横岡陵〔六〕。蒼鷹猛獸出前後,缺處已掛黄麻罾〔七〕。回風忽作火力怒〔八〕,平地一卷無疆塍〔九〕。商辛不出抱寶死〔一〇〕,曹瞞逸去燋其肱〔一一〕。投身誤喜脱灰燼,闖首旋已遭侵淩〔一二〕。何人上馬氣吞虎〔一三〕,狐帽壓耳皮蒙膺〔一四〕。開弓徐射疊雙兔〔一五〕,擁馬歡叫驚未曾〔一六〕。舉鞭一麾百夫進,擊鼓再發箭舉③掤〔一七〕。去如飛虻中如雹〔一八〕,獲若雨獸膏流澠〔一九〕。肉分麾下飽壯士,皮與公子留縑繒〔二〇〕。縱横分裂惠村塢〔二一〕,尚有磊落載後乘〔二二〕。吾兄善射久無敵,是日斂手稱不能〔二三〕。憑鞍縱馬聊自適,酒後醉語誰能譍?健兒擊搏信可樂,主將雄猛今誰勝?胸中森列萬貔虎,嗟世但以文儒稱。安得强弓傳長箭,使射蔽日垂天鵬〔二四〕?

【校記】

①獸:蜀藩刻本作"犬",不辭,誤。

②蒼鷹:原本、宋文集本、宋建本作"蒼蠅",據下文"蒼鷹猛獸出前後"改。

③啓:原作"舉",據宋建本、蜀藩刻本改。掤:原作"棚",據宋文集本、宋建本改。

【箋注】

〔一〕作於治平元年(一〇六四)十二月。蘇軾詩"深冬放火""戰鼓雖凍猶堪撾""農工已畢歲云暮""獵獵霜風吹帽斜",知時當在冬至前後。司竹監:漢有司竹長丞,魏晉河南淇園竹各置官守之,後魏有司竹都尉,隋曰司竹監,唐因之,有監副、監丞,掌植養園竹之事,正七品下。在京兆鄠盩厔、懷州河内,宋朝惟有鄠盩厔一監,屬鳳翔。蘇軾詩題作《司竹監燒葦園因召都巡檢柴貽勗左藏以其徒會獵園下》。司竹監在府東南二百三十里。

〔二〕馮馮:象聲詞。此謂馬蹄聲。《説文·馬部》:"馮,馬行急也。"

〔三〕枯枿(niè):枯枝,枯株。枿,樹木砍伐所留根株。

〔四〕乍分乍合:猶言時分時合。按,此言射獵的隊伍隨時變换隊形。

〔五〕驚顧:驚慌地回頭張望。儔(chóu)侣:伴侣。

〔六〕修蟒:長蛇。岡陵:山岡和丘陵。按,兵法陣勢有所謂長蛇陣,此言圍獵隊伍的整肅。

〔七〕罾(zēng):魚網。此謂爲防野獸逃逸,在一些缺口處已用網攔了起來。

〔八〕回風:旋風。《楚辭·屈原〈九章·悲回風〉》:"悲回風之摇蕙兮,心冤結而内傷。"

〔九〕疆塍（chéng）：疆界。塍：田埂，畦田。《説文·土部》："塍，稻田中畦埒也。"

〔一〇〕商辛：即商紂王。《史記·殷本紀》："甲子日，紂兵敗。紂走入，登鹿臺，衣其寶玉衣，赴火而死。"參《詛楚文》注〔二〕。

〔一一〕曹瞞：指曹操（一五五—二二〇）。操字孟德，小字阿瞞。漢末沛國譙（今安徽亳州市）人，曹丕（魏文帝）父。幼而穎悟，長多機變。初舉孝廉，歷雒陽北部尉、頓丘令，以平黄巾遷濟南相。後討董卓，迎獻帝都許，勢力漸熾。先後剪除袁術、袁紹、吕布、張魯、劉表等割據勢力，統一北方，南向與孫權争雄。仕至丞相、大將軍，封魏王，朝政實出於己。丕代漢，追尊爲武皇帝，廟號太祖。用人唯才，然猜忍輒殺。精兵法、善詩文，著有《孫子略解》《兵書接要》。所傳教令詩文，今人輯爲《曹操集》。《三國志》有紀。逸去：猶逃走。燋：古同"灼"，火燒。肱（gōng）：胳膊。按，曹操公元一九四年征吕布，在濮陽爲吕布圍困，突圍時手掌被火燒傷。《三國志·魏書·武帝紀》："布出兵戰，先以騎犯青州兵。青州兵奔，太祖陳亂，馳突火出，墜馬，燒左手掌。司馬樓異扶太祖上馬，遂引去。"

〔一二〕"投身"二句：謂野獸從火中逃出，結果仍被擒獲。投身：奔逃；逃竄。闖首：伸頭；舉頭。宋黄庭堅《靈龜泉銘》："有龜闖首兮足尾伏匿，閲游者兮不知年。"

〔一三〕謂主將氣概可以吞食老虎，此夸張言勇猛之狀。按，此句直到"主將雄猛"句皆是頌揚主將威猛，指揮有度。

〔一四〕謂主將頭上戴著狐皮的帽子，身上穿著皮衣。極言其裝束幹練。

〔一五〕謂一箭貫穿了兩只野兔。漢班固《西都賦》："矢不單殺，中必疊雙。"唐路季登《皇帝冬狩一箭射雙兔賦》："疊穿兮彼兔則雙，舍拔兮我矢惟一。"

〔一六〕此謂部屬都紛紛圍著主將稱頌從未見過如此高超的箭術。

〔一七〕掤（bīng）：箭筒蓋。《詩·鄭風·大叔于田》："抑釋掤忌，抑鬯弓忌。"毛傳："掤，所以覆矢。"唐孔穎達疏："掤爲覆矢之物。"

〔一八〕飛虻（méng）：飛箭。虻，通"鋩"，一種短箭。按，此句言禽獸奔走其疾如箭，然而仍不免被擒殺。

〔一九〕此言獵獲禽獸之多。《文選・司馬相如〈子虛賦〉》:"獲若雨獸,揜草蔽地。"唐李善注:"言所在衆多,若天之雨獸。"澠(shéng):古水名。源出今山東省淄博市東北,西北流至博興縣東南入時水。此下時水亦通稱澠水。按,此泛稱水流,因爲韻脚的緣故。

〔二〇〕獸皮留下給公子做衣服。《詩・豳風・七月》:"載玄載黄,我朱孔陽,爲公子裳。"按,這裏只借用語典,與《詩》原意無關。縑(jiān):黄色絹。繒:古代絲織品的總稱。

〔二一〕謂將禽獸的肉臠割成塊成片分發給鄉民。塢(wù):村莊;村落。

〔二二〕謂還帶回了很多的禽獸。磊落:衆多委積貌。《文選・潘岳〈閒居賦〉》:"石榴蒲陶之珍,磊落蔓衍乎其側。"唐吕延濟注:"磊落、蔓衍,衆多貌。"

〔二三〕斂手:縮手。此言比起圍獵的將士自愧弗如。

〔二四〕"胸中"四句:對蘇軾淪落而爲小吏憤憤不平。希望自己弟兄能爲國立功邊陲。森列:紛然羅列。貔(pí)虎:貔和虎。貔,猛獸名。似虎。《書・牧誓》:"如虎如貔,如熊如羆。"孔傳:"貔,執夷,虎屬也,四獸皆猛健。"强弓:硬弓。唐杜甫《前出塞九首》之六:"挽弓當挽强,用箭當用長。"垂天鵬:語出《莊子・逍遥游》:"北冥有魚,其名爲鯤,鯤之大,不知其幾千里也。化而爲鳥,其名爲鵬,鵬之背,不知其幾千里也。怒而飛,其翼若垂天之雲。"按,此以垂天鵬比喻强寇。

附録　蘇軾《司竹監燒葦園因召都巡檢柴貽勗左藏以其徒會獵園下》

官園刈葦留枯槎,深冬放火如紅霞。枯槎燒盡有根在,春雨一洗皆萌芽。黄狐老兔最狡捷,賣侮百獸常矜誇。年年此厄竟不悟,但愛蒙密争來家。風迴焰卷毛尾熱,欲出已被蒼鷹遮。野人來言此最樂,徒手曉出歸滿車。巡邊將軍在近邑,呼來颯颯從矛叉。戍兵久閑可小試,戰鼓雖凍猶堪撾。雄心欲搏南澗虎,陣勢頗學常山蛇。霜乾火烈聲爆野,飛走無路號且呀。迎人截來砉逢箭,避犬逸去窮投罝。擊鮮走馬殊未厭,但恐落日催棲鴉。弊旗仆鼓坐數獲,鞍掛雉兔肩分麛。主人置酒聚狂客，紛紛醉語晚更譁。燎毛燔肉不暇割，飲啖直欲追羲媧。青丘雲夢古所咤，與此何啻百倍加。苦遭諫疏説夷羿，又被賦客嘲淫奢。豈如閑官走山邑，放曠不與趨朝衙。農工已畢歲云暮，車騎雖少賓殊嘉。酒酣上馬去不告，獵獵霜風吹帽斜。

用林侄韻賦雪〔一〕

密雪來何晚？窮冬候欲差〔二〕。投空落細米，布地浄平沙。繚繞飛相著，重仍積暗加。雨微花破碎，風細腳傾斜。次第來如糝①，冥濛墮不譁〔三〕。燖鵝吹勁鞴〔四〕，秀葦拂輕耞〔五〕。畫字飄還没，團毬暖旋窊〔六〕。出鹽東海若〔七〕，煉石古皇媧〔八〕。翻簸騰歸騎，紛飄集晚鴉。庭梅辨紅萼，壠麥覆黄芽〔九〕。撥砌求新藥〔一〇〕，尋蹤射伏麚〔一一〕。埋樓平盡脊，集樹短留楂〔一二〕。亂下曾何擇，平鋪欲盡遮。欺貧寒入褐〔一三〕，惱客重添車〔一四〕。積素聊成燭〔一五〕，烹甘强試茶〔一六〕。病僧添曉鉢〔一七〕，老令放晨衙〔一八〕。融液曾何有？鮮明竟不奢。積多還避井，化早發從畬〔一九〕。溜滴簷垂箸〔二〇〕，行觀徑②轉虵〔二一〕。誰能相就醉〔二二〕，都市酒容賒？

【校記】

①糝：原本、宋建本、蜀藩刻本作"摻"，不辭，據清陳訏《宋十五家詩選》（清康熙刻本）所收蘇轍詩改。

②徑：宋建本作"遥"。"簷""徑"對仗，作"遥"誤。

【箋注】

〔一〕作於侍父京師期間。《三蘇年譜》卷十五："具體作時，轍編集時距作詩已二十餘年，已不能詳，故次於此卷之末。以下自《送張唐英監閬州税》至《送道士楊見素南游》五詩同此。"今從《三蘇年譜》編次。林乃蘇轍伯父澹之孫，位之子。

〔二〕密雪：大雪。唐鄭谷《放朝偶作》："時安逢密雪，日晏得高眠。"窮冬：隆冬；深冬。唐韓愈《重雲李觀疾贈之》："窮冬百草死，幽桂乃芬芳。"

〔三〕"投空"八句：謂雪下之狀。細米：喻雪。次第：依次。糝（sǎn）：米粒，飯粒。冥濛：幽暗不明。不譁：不喧嘩，謂雪悄悄地下。

〔四〕燖（xún）：燖毛。韛（bài）：鼓風吹火之皮囊。風箱。按，此言雪花飄落就像殺鵝後脱毛時羽毛飛舞。

〔五〕秀葦：開花的蘆葦。耞（jiā）：即連枷。一種脱粒用的農具。按，此言就像連耞從蘆花上掃過。

〔六〕窊（wā）：下凹；低陷。此言玩雪球時球上因手的暖氣而留下凹痕。

〔七〕謂雪如東海之神在灑鹽。因東海産鹽，故云。《周禮·天官·鹽人》："祭祀，共其苦鹽、散鹽。"漢鄭玄注："散鹽，鬻水爲鹽。"唐賈公彦疏："散鹽，煮水爲之，出於東海。"若：東海海神。《莊子·秋水》："河伯始旋其面目，望洋向若而歎。"

〔八〕謂有如女媧正在煉石補天。女媧：中國神話傳説中人類的始祖。參《息壤》注〔一二〕。

〔九〕"庭梅"二句：謂庭中梅花和壟上麥苗皆被大雪覆蓋只露稍許花蕊與芽尖。

〔一〇〕南朝齊謝朓《直中書省》："紅藥當階翻，蒼苔依砌上。"砌：臺階。

〔一一〕謂根據雪上的腳印去獵取野獸。麚（jiā）：同"麚"，雄鹿。

〔一二〕槎（chá）：樹的杈枝。

〔一三〕謂窮人分外寒冷。褐（hè）：指粗布或粗布衣，古時貧賤者所服。《詩·豳風·七月》："無衣無褐，何以卒歲？"鄭箋："褐，毛布也。"

〔一四〕謂在外的客商苦惱車子因爲大雪越來越重。

〔一五〕謂晶瑩的雪光如蠟燭般明亮。

〔一六〕謂用雪水煮茶。試茶：品茶。唐皮日休、陸龜蒙《寂上人院聯句》："背日聊依桂，嘗泉欲試茶。"

〔一七〕謂和尚因爲天寒而添加了飲食。

〔一八〕謂長官下令部下不必衙參，放假了。晨衙（yá）：早衙。謂清晨於衙署參見長官，治事。衙，舊時官署之稱。

〔一九〕謂雪化後浸潤田地，畬：開墾過三年的田地，熟田。《詩・周頌・臣工》："亦又何求？如何新畬。"毛傳："田，二歲曰新，三歲曰畬。"此泛指田地。

〔二〇〕箸：筷子。此指簷間懸掛的小冰柱。

〔二一〕虵：同"蛇"。謂雪上彎彎曲曲的行跡。

〔二二〕唐白居易《携酒往朗之莊居同飲》："不挈一壺相就醉，若爲將老度殘春？"

送張唐英監閬州税〔一〕

閬中雖近蜀，監税本閑官。豈足淹賢俊？聊應長羽翰〔二〕。讀書心健否，答策意何闌〔三〕？未可厭畋獵，田中有走貆〔四〕。

【箋注】

〔一〕作於侍父京師期間。張唐英（一〇二七——一〇六八）：字次功，蜀州新津（今屬成都市）人。少攻苦讀書，至經歲不知肉味。慶曆三年進士，翰林學士孫抃得其《正議》五十篇，以爲馬周、魏元忠不足多也。嘗爲閬州監税，神宗時爲御史。撰有《蜀檮杌》及《昭陵名臣傳》等。閬州：秦、兩漢屬巴郡。晉爲巴郡，宋齊因之。唐爲崇州，先天中改爲閬州，或爲閬中郡。宋改德安軍，屬利州路。治閬中（今四川閬中市）。

〔二〕"豈足"二句：安慰張説作閑官是增長才幹的需要。羽翰：翅膀。此喻才能。

〔三〕"讀書"二句：謂讀書時雄心勃勃，而没料到答策後如此結局。唐白居易《對酒自勉》："肺傷雖怕酒，心健尚誇詩。"答策：朝廷選人時，提出當時政治、經濟等問題，要求對答，應選者作答，謂之"答策"。宋葉適《制科》："蓋昔以三題試進士，而爲制舉者，以答策爲至難；彼其能之，則猶有以取之。"闌：消沉；寥落。

〔四〕"未可"二句：此勸張唐英時時可到田野打獵散心。貆（huán）：豪豬。因韻的緣故用此代指禽獸。

送張師道楊壽祺二同年〔一〕

故國多賢俊,登科並弟兄。重來舊遊處,兩見近題名。冉冉須堪把〔二〕,駸駸歲可驚〔三〕。孤轅已南向,匹馬①復西征。入峽猿應苦〔四〕,還荆雁已鳴。喜從元帥幕,官職漸峥嶸〔五〕。

【校記】

①匹馬:叢刊本作"馬匹",不辭,誤倒。

【箋注】

〔一〕作於侍父京師期間。張師道:清王文誥總案:"張師道,蜀人張師厚之兄也。"蘇軾有《送蜀人張師厚赴殿試二首》。楊壽祺:生平不詳。詩云"故國多賢俊",楊亦當是蜀人無疑。《蘇轍年譜》據詩意推知,一人當往荆湖北路荆南軍府,一人當往成都府益州爲幕官。甚是。又據楊壽祺《將過益昌先寄馮允南使者》,知入蜀者爲楊。餘不詳。俟考。同年:古代科舉考試同科中式者之互稱。唐宋時同榜進士稱"同年"。

〔二〕謂人已漸漸變老了。見面時都是一把鬍鬚了。冉冉:下垂貌。堪把:可用手握住。按,此與下句皆言歲月飛逝。

〔三〕駸駸:疾速。南朝梁簡文帝《納涼》:"斜日晚駸駸,池塘半生陰。"

〔四〕北魏酈道元《水經注·江水》:"每至晴初霜旦,林寒澗肅,常有高猿長嘯,屬引淒異,空谷傳響,哀轉久絶。故漁者歌曰:'巴東三峽巫峽長,猿鳴三聲淚沾裳。'"

〔五〕"喜從"二句:謂作幕僚當是通達的開始。元帥:官稱。《三蘇年譜》卷十五:"宋制,知荆南例爲馬步軍都總管,知成都例爲成都府、利州、梓州、夔州四路兵馬都鈐轄,故得以元帥稱之。"宋趙與時《賓退録》卷二:"元帥之名肇見於左氏,'晉謀元帥'是也。然是時所謂元帥者,中軍之將爾,未以官名也。至隋始有行軍元帥,唐初有左右元帥……自此寖多。"峥嶸:高峻貌。形容仕途出人頭地。宋黄庭堅《次韻子瞻武昌西山》:"山川悠遠莫浪許,富貴峥嶸今鼎來。"

送家定國同年赴永康掾〔一〕

清慎岷山掾〔二〕，登科已七年。迎親就魚稻〔三〕，爲吏擇林泉。去騎關中熱，歸心沫水鮮〔四〕。官閑幸可樂，記買鷓鴣煎〔五〕。永康多鷓鴣。

【箋注】

〔一〕作於治平侍父京師期間。家定國（一〇三一—一〇九四）：字退翁，眉山（今四川眉山市）人，少時與弟安國及蘇軾、蘇轍皆嘗從學於眉州劉巨。嘗官永康司法參軍，韓絳欲治西山道，定國謂蜀近夷，恃險以安。若塹爲坦途，將有後憂。韓絳以爲是，罷役。更歷澧州司理，遷知洪雅縣，簽書蜀州判官事。歲滿通判瀘州，知懷安軍，終朝請郎知嘉州，紹聖元年卒。永康：宋置。本唐鎮静軍，後蜀曰灌州，宋改爲永安軍，又改爲永康軍。今四川灌縣治。掾（yuàn）：官府中佐助官吏之通稱。

〔二〕清慎：清廉謹慎。岷山：在四川北部，綿延四川、甘肅邊境。爲長江、黄河分水嶺，岷江、嘉陵江支流白龍江發源地。因爲家定國爲眉山人，而眉山屬岷山山脈，故云。

〔三〕迎親：迎養尊親。多指官吏迎養父母。

〔四〕沫水：古水名。即今四川省大渡河。北魏酈道元《水經注・沫水》："沫水出廣柔徼外，東南過旄牛縣北，又東至越嶲靈道縣，出蒙山南，東北與青衣水合，東入于江。"

〔五〕鷓鴣：鳥名。形似雌雉，頭如鶉，胸前有白圓點，如珍珠。背毛有紫赤浪紋。爲中國南方留鳥。肉鮮美。宋陸佃《埤雅・釋鳥・鷓鴣》："《本草》曰：'鷓鴣形似母雞，鳴云"鈎輈格磔"。'《嶺表録異》云：'肉白而脆，味勝雞雉。'"

送霸州司理翟曼〔一〕

大梁能賦客〔二〕，邊郡繫囚曹。官職不相稱〔三〕，聲名終自高。試觀爲吏苦,應過讀書勞。努力事初宦,尺絲無厭繅〔四〕。

【箋注】

〔一〕作於侍父京師期間。霸州:唐招附生羌,置静戎郡,改羈縻霸州。宋改亨州,又改霸州。故治在今四川理縣東南新保關西北。翟曼:生平不詳。初官霸州司理,終至承議郎、韓王、冀王宫大小學教授兼穆親宅講書。元豐八年開寶寺寓禮部貢院火,與奉議郎陳之方、宣德郎太學博士馬希孟皆焚死。與一子官,賜錢十萬。見《文獻通考・物異考四・火災》《能改齋漫録・謹正・狀元焦》《續資治通鑑長編・神宗元豐八年》《宋史》卷六十三。餘不詳。俟考。司理:官名。五代以來,諸州皆有馬步獄,以牙校充馬步都虞候,掌刑法。宋太祖以爲刑獄人命所繫,當選士流任之。開寶六年秋,敕改馬步院爲司理院,以新進士及選人爲之,掌獄訟勘鞫之事,不兼他職。

〔二〕謂翟曼在京都以詞賦擅名。大梁:見《懷黽池寄子瞻兄》注〔四〕。

〔三〕謂翟曼才高而位卑。

〔四〕"努力"二句:鼓勵翟漫努力仕宦,不以位卑爲意。"尺絲"語出唐鮑溶《將歸舊山留别孟郊》:"一飯吐尺絲,誰見此殷勤。"繅(sāo):抽繭出絲。

送道士楊見素南遊〔一〕

黄河春漲入隋溝〔二〕,往意隨波日夜流。萬里尋山如野鶴〔三〕,一身浮水似輕鷗〔四〕。湖風送客那論驛,嶽寺留人暗度秋〔五〕。遲子北歸來見我,攜琴委曲記深幽〔六〕。

【箋注】

〔一〕作於侍父京師期間。楊見素:不詳。俟考。清《四川通志》卷二十九上:"楊見素墓"注曰:"在滎縣南二里。"疑爲得道者,且爲滎縣人。從詩内容看,楊見素似是一雲游道人,善琴,頗讀書。

〔二〕隋溝:指隋唐時開鑿的運河。隋唐大運河以洛陽爲中心,南起杭州,北到北京,隋朝開鑿全長二千七百公里,經過浙江、江蘇、安徽、河南、山東、河北、北京七個省市,通達黄河、淮河、長江、錢塘江、海河五大水系,是中國古代南北交通的大動脈。楊見素當是從開封登船南行。

〔三〕野鶴：鶴居林野，其性孤高，故詩文中常以喻隱士或品行高潔者。

〔四〕唐杜甫《旅夜書懷》："飄飄何所似，天地一沙鷗。"

〔五〕"湖風"二句：對楊見素行程的擬想。或在驛站盤桓，或在山寺逗留。暗度：在不知不覺中過去。杜甫《舟中夜雪有懷盧十四侍御弟》："暗度南樓月，寒深北渚雲。"

〔六〕"遲子"二句：謂等待楊見素南游歸來彈琴記游。遲：等待。委曲：猶言一一。謂詳盡；詳細。

蘇轍詩編年箋注卷三

北京送孫曼叔屯田權三司開拆①司〔一〕

人生不願才,才士困奔走〔二〕。君爲大農屬〔三〕,求暇更能否?自我游魏博〔四〕,相識恨未久。誰言但傾蓋,信有勝白首〔五〕?清晨坐風觀〔六〕,落日語②涼牖〔七〕。棋精動如律,弓健不論斗〔八〕。旁觀我不能,晤語君見受〔九〕。秋風起沙漠,淒雨濕征袖〔一〇〕。送行欲汲汲,富貴恐君後〔一一〕。將去聊遲遲〔一二〕,已遠悲朋友。

【校記】

①坼:宋文集本作"拆",形近而誤。

②語:叢刊本作"説",不辭,誤。

【箋注】

〔一〕作於治平二年(一〇六五)秋。從"秋風起沙漠,淒雨濕征袖"可知。詩云"自我游魏博,相識恨未久",是年二月,軾還朝,除判登聞鼓院,轍爲大名府留守推官。《潁濱遺老傳》上:"子瞻解還,轍始求爲大名推官。逾年,先君捐館舍。"按,蘇洵卒於治平三年四月,則此前一年爲治平二年。以此推算,當在三月爲推官。北京:指大名府,唐爲魏州,五代漢改爲大名府。周爲天雄軍,宋慶曆八年復置大名府,號北京。屬河北東路。治北京(今河北大名縣)。地在今河北大名東北。孫曼叔(一〇二八—一〇九四):名永,字曼叔,世爲趙人,徙長社(今河南許昌市)。第進士。元豐間累官端明殿學士,以疾辭。起知陳州。哲宗時召拜工部尚書改吏部卒。謚康簡。永論議持平,内和外勁。與人交,終身無怨仇。范純仁、蘇頌皆稱其爲國器。《宋史》有傳。屯田:利用戍卒或農民、商人墾殖荒地。漢以後歷代政府沿用此措施取得軍餉和税糧。有軍屯、民屯、商屯之分。此指專司屯田之官員屯田郎中。三司:唐宋以鹽鐵、度支、户部爲三司,主理財賦。開拆(chè)司:官署名。宋代設此官署。隸屬三司。掌接受皇帝旨命及諸州申報奏章,分發鹽鐵、度支、户部;兼掌三司發放司、勾鑿司、催驅司、受事司、衙司等事務。置"判司"官一名,由朝臣充任,宋之"開拆"置廢無常,無定制。此司即三司之收發部門。蘇轍小孫永十三歲,春夏時論交,秋季分别,故惆悵莫名。贈詩謂與孫永傾蓋如故,而友情將白首相共。對孫的離别深表惋惜。

〔二〕"人生"二句:《莊子·山木》:"明日,弟子問於莊子曰:'昨日山中之木,以不材得終其天年;今主人之雁,以不材死。先生將何處?'莊子笑曰:'周將處夫材與不材之間。'"唐白居易《偶作》:"木雁一篇須記取,致身才與不才間。"

〔三〕大農:官名。秦置治粟内史,漢景帝時改稱大農令,武帝太初元年更名大司農。掌租税錢穀鹽鐵和國家財政收支,爲九卿之一。北齊時稱司農寺卿,隋唐以後所置略同,稱户部,長官爲户部尚書。參《通典·職官七·司農卿》。因孫曼叔爲户部屬官,故云。

〔四〕魏博:唐時置魏博節度使。治所在今河北大名東北。此沿用舊稱。

〔五〕"誰言"二句:《史記·鄒陽列傳》載陽《獄中上梁王書》:"諺曰:'有白頭如新,傾蓋如故。'何則?知與不知也。"唐司馬貞索隱引《志林》曰:"傾蓋者,道行相遇,軿車對語,兩蓋相切,小欹之,故曰傾。"《孔子家語·致思》:"孔子之郯,遭程子於塗,傾蓋而語終日,甚相親。"傾蓋:路上相逢兩車緊靠以致車蓋傾側。謂新交情濃。白首:猶白髮。表示年老。

〔六〕風觀:高處的臺榭。北魏酈道元《水經注·穀水》:"堂上則石路崎嶇,巖嶂峻險,雲臺風觀,纓巒帶阜。"

〔七〕涼牖:即北牖;北邊的窗子,因朝北是在陰涼處故言。唐王粲《涼風至賦》:"北牖閒眠,西園夜宴。"

〔八〕"棋動"二句:謂孫曼叔善棋且善射。《文選·陳琳〈爲袁紹檄豫州〉》:"如律令。"唐李善注:"故文書下如律令,言當履繩墨,動不失律令也。"唐杜甫《牽牛織女》:"防身動如律,竭力機杼中。"

〔九〕晤語:推心置腹交談。《詩·陳風·東門之池》:"彼美淑姬,可與晤語。"參《聞子瞻習射》注〔四〕。

〔一〇〕唐鄭谷《鷓鴣》:"遊子乍聞征袖濕,佳人纔唱翠眉低。"

〔一一〕"送行"二句:謂孫永前途無量。《隋書·楊素傳》:"帝命素爲詔書,下筆立成,詞義兼美。帝嘉之,顧謂素曰:'善自勉之,勿憂不富貴。'素應聲答曰:'臣但恐富貴來逼臣,臣無心圖富貴。'"

〔一二〕遲遲:徐行貌。《詩·邶風·谷風》:"行道遲遲,中心有違。"毛傳:"遲遲,舒行貌。"按,此言舍不得分手。

和强至太博小飲〔一〕

誰能飲酒如傾水〔二〕,醉倒坐中扶不起〔三〕?形骸外物已如遺〔四〕,升斗任君無復避〔五〕。霜梨冰脆寒侵齒〔六〕,未盡一杯先已醉。强將文字笑紅裙〔七〕,冷淡爲歡何足貴〔八〕?

【箋注】

〔一〕作於治平二年(一〇六五)秋。是時蘇轍官差管勾大名府路安撫總管司機宜文字。蘇轍《北京謝韓丞相啓》有云:"曾未逾時,就改此職。"强至(一〇二二—一〇七六):字幾聖,錢唐(今浙江杭州市)人。慶曆六年登進士第,歷爲泗州司理參軍,浦江、東陽、元城諸縣令。受知於韓琦。神宗立,琦罷相判永興軍,又移鎮相、魏,皆辟爲管勾機宜文字,表章書記,多出其手。琦數薦之朝廷,謂宜在館閣,然未及大用,仕僅至三司户部判官、祠部郎中。熙寧九年卒,年五十五。工詩,句出驚人,書記必聲比字屬,他文則簡古不徇俗。著有《韓忠獻公遺事》一卷,《祠部集》四十卷。《宋史》有傳。太博:太學博士。轍與强至唱和二詩可知,强至來北京已三載,其人善飲酒,喜吟詩,是時佐幕大名。詩惋惜强至沉淪下僚而不得展其才華，并預祝强終將大用。

〔二〕謂强至善飲。唐韓愈《劉生》："問胡不歸良有由，美酒傾水炙肥牛。"

〔三〕唐杜牧《醉題》："醉頭扶不起，三丈日還高。"

〔四〕謂超然于萬物之外，包括了自己的軀體。《莊子・大宗師》："子貢反，以告孔子曰：'彼何人者邪？修行無有，而外其形骸，臨尸而歌，顔色不變，無以命之。彼何人者邪？'"又《天地》："汝方將忘汝神氣，墮汝形骸，而庶幾乎？"唐張説《翻著葛巾呈趙尹》："宿酒何時醒，形骸不復存。"

〔五〕升斗：升和斗。都是酒器。唐杜甫《遭田父泥飲美嚴中丞》："月出遮我留，仍嗔問升斗。"

〔六〕霜梨：即梨。梨在霜後收取，故稱。唐李白《尋魯城北范居士作》："酒客愛秋蔬，山盤薦霜梨。"清王琦注："《齊民要術》：藏梨法，初霜後即收。"

〔七〕韓愈《醉贈張秘書》："長安衆富兒，盤饌羅羶葷。不解文字飲，惟能醉紅裙。雖得一餉樂，有如聚飛蚊。"蘇軾《蘇州閭丘江君二家雨中飲酒二首》之一："肯對綺羅辭白酒，試將文字惱紅裙。"

〔八〕唐白居易《閑夜詠懷因招周協律劉薛二秀才》："香濃酒熟能嘗否，冷淡詩成肯和無。"

和强君瓦亭〔一〕

君爲魏博三年客，日有江湖萬里心〔二〕。蹔得野亭留馬足〔三〕，强循疏柳步堤陰。無人携手共吴語〔四〕，得意摇頭時越吟〔五〕。何日東郊過微雨，並騎鞍馬去同尋〔六〕？

【箋注】

〔一〕强君：即上詩之强至。

〔二〕江湖：指隱士居處。《莊子・大宗師》："泉涸魚相與處於陸，相呴以濕，相濡以沫，不如相忘於江湖。"宋王安石《試院中》："朝來雁背西風急，吹折江湖萬里心。"

〔三〕野亭：野外供人休息的亭子。唐杜甫《嚴中丞枉駕見過》："元戎小隊出郊坰，問柳尋花到野亭。”

〔四〕謂無人與强吟詠家鄉的風物。吴語：吴地方言。按，强至爲錢唐人，故云。

〔五〕越吟：語出《史記·陳軫列傳》：“越人莊舄仕楚執珪，有頃而病。楚王曰：‘舄故越之鄙細人也，今仕楚執珪，貴富矣，亦思越不？’中謝對曰：‘凡人之思故，在其病也。彼思越則越聲，不思越則楚聲。’使人往聽之，猶尚越聲也。”後因以越吟指故鄉之思。

〔六〕三國魏阮籍《詠懷》之六十六：“假乘汧渭間，鞍馬去行遊。”杜甫《劉九法曹鄭瑕丘石門宴集》：“掾曹乘逸興，鞍馬到荒林。”

附録　强至《瓦亭偶書》

城中塵土眯人眼，堤上風煙醒客心。沙擁河聲時斷續，雲含野色屢晴陰。平蕪點白鷺雙起，細柳弄青蟬一吟。魏北古來車馬地，此亭偶爾得幽尋。

中秋夜八絶得“月明星稀，烏鵲南飛”韻①〔一〕

其一

長空開積雨，清夜流明月〔二〕。看盡上樓人，油然就西没〔三〕。

【校記】

①韻：原本無，據叢刊本補。

【箋注】

〔一〕作於治平二年（一〇六五）中秋。三國魏曹操《短歌行·對酒當歌》有“月明星稀，烏鵲南飛”語，每詩依次以一字爲韻。

〔二〕“長空”二句：謂久雨天晴，夜空清澄。唐吴融《古别離》：“蟾蜍正向清夜流，蛺蝶須教墮絲罥。”長空：指天空。天空遼闊無垠，故稱。南朝梁蕭統《弓矢贊》：“楊葉命中，猿墮長空。”積雨：猶久雨。唐韓愈《符讀書城南》：“時秋積雨霽，新涼入郊墟。”

〔三〕"看盡"二句:"謂月亮與上樓人同樂,而後纔慢慢西沉。"油然:舒緩貌。

其二

誰遣常時月,偏從此夜明〔一〕? 暗添珠百倍,潛感兔多生〔二〕。

【箋注】

〔一〕中秋給人視覺上月亮是最大最圓最亮。

〔二〕謂月亮中的玉兔反而有礙月亮的光輝。傳説月亮中有白兔搗藥。晉傅玄《擬天問》:"月中何有? 白兔擣藥。"潛感:謂無形的感應。晉郭璞《山海經圖贊·磁石》:"磁石吸鐵,瑇瑁取芥。氣有潛感,數亦冥會。"

其三

欲見初容燭,將升尚有星。漸高圜漸小,雲外轉亭亭〔一〕。

【箋注】

〔一〕謂月亮突破了雲層更加明亮。亭亭:(月亮)皎潔的樣子。

其四

明入庭陰白,寒侵酒氣微〔一〕。夜深看更好,樓上漸人稀。

【箋注】

〔一〕謂酒也難抵禦寒冷。宋李覯《早起有懷》:"山僧好睡鐘聲晏,社户多貧酒氣微。"

其五

浮光看不定,重露試還無。影翻狂舞客〔一〕,明誤已棲烏〔二〕。

【箋注】

〔一〕謂人們在如晝的月光下狂舞。唐李白《月下獨酌》:"我歌月徘徊,我舞影零亂。"

〔二〕謂已經棲息的烏鴉以爲天明了開始飛騰。蘇軾《次韻蔣潁叔》："月明驚鵲未安枝，一棹飄然影自隨。"又《杭州牡丹開時僕猶在常潤周令作詩見寄次其韻復次一首送赴闕》："天静傷鴻猶戢翼，月明驚鵲未安枝。"

其六

巧轉上人衣，徐行度樓角。河漢冷無雲〔一〕，冥冥獨飛鵲〔二〕。

【箋注】

〔一〕河漢：指銀河。《文選・古詩十九首・迢迢牽牛星》："河漢清且淺，相去復幾許。"明楊慎《樂府詩話》卷四："宋詩信不及唐，然其中豈無可匹體者，在選者之眼力耳……蘇子由《中秋夕》云：'巧轉上人衣，徐行度樓角。河漢冷無雲，冥冥獨飛鵲。'……五詩有王維輞川遺意，誰謂宋無詩乎？"

〔二〕冥冥：空闊貌。

其七

猿狖號枯木〔一〕，魚龍泣夜潭〔二〕。行人已天北，思婦隔江南。

【箋注】

〔一〕狖（yòu）：長尾猿。《文選・左思〈吴都賦〉》："狖鼯猓然。"晉劉逵注引《異物志》："狖，猿類，露鼻，尾長四五尺。居樹上，雨則以尾塞鼻。"

〔二〕魚龍：魚和龍。泛指鱗介水族。唐杜甫《秋興八首》之四："魚龍寂寞秋江冷，故國平居有所思。"

其八

看久須扶立〔一〕，行貪遂失歸。誰能終不睡，爛醉羽觴飛〔二〕？

【箋注】

〔一〕謂因賞月站久了力不能支不免要扶著拐杖。

〔二〕爛醉：大醉。唐杜甫《杜位宅守歲》："誰能更拘束？爛醉是生涯。"羽觴：古代一種酒器。作鳥雀狀，左右形如兩翼。一説，插鳥羽於觴，促人速飲。

《楚辭·宋玉〈招魂〉》:“瑶漿蜜勺,實羽觴些。”漢王逸注:“羽,翠羽也。觴,觚也。”宋洪興祖補注:“杯上綴羽,以速飲也。一云作生爵形,實曰觴,虚曰觶。”

次韻王君貺尚書會六同年〔一〕

有美佳賓賢主人〔二〕,布衣曾共脱京塵〔三〕。歡來未覺歲華晚,醉後能令秋氣春。發譽早同初宧①日〔四〕,收功終藉老成身〔五〕。他年此會應圖畫,傳入誰家屏幛②新〔六〕?

【校記】

①宧:宋文集本作“官”,形近而誤。

②幛:原作“障”,據宋大字本、宋建本改。

【箋注】

〔一〕作於治平二年(一〇六五)秋。詩“歡來未覺歲華晚,醉後能令秋氣春”可知。王君貺(kuàng 一〇一二—一〇八五):即王拱辰,原名拱壽,仁宗賜今名,開封咸平(今河南開封市)人。天聖八年舉進士第一,通判懷州,入直集賢院,歷鹽鐵判官、修起居注、知制誥。慶曆元年,爲翰林學士,權知開封府,拜御史中丞。後以翰林學士權三司使,出知鄭、澶、瀛、并州。使契丹還,除宣徽北院使。元豐初,轉南院使,再判大名,改武安軍節度使。元豐八年徙彰德軍節度使,加檢校太師,是年卒,年七十四。見劉敞《王開府行狀》,《宋史》有傳。尚書:官名。始置於戰國,或稱掌書,尚即執掌之義。秦爲少府屬官,漢武帝提高皇權,因尚書在皇帝左右辦事,掌管文書奏章,位任漸重。漢成帝時設尚書五人,始分曹辦事。東漢時正式成爲協助皇帝處理政務的官員,從此三公權力大大削弱。魏晉以後,尚書事務益繁。隋代始分六部,唐代更確定六部爲吏、户、禮、兵、刑、工。從隋唐開始,中央首要機關分爲三省,尚書省即其中之一,職權益重。宋以後三省分立之制漸成空名,行政全歸尚書省。時王拱辰知大名府兼北京留守。《公是集》卷五十一《王開府行狀》:“治平二年,知大名府兼北京留守。”詩頌揚王早獲美譽,壯立名聲,“發譽早同初宧日,收功終藉老成身。”且極言宴飲之快。同年:古代科舉考試同科中式者之互稱。唐宋時同榜進士稱"同年"

〔二〕贊賞王君貺風采出衆。《詩·鄭風·野有蔓草》:"有美一人,婉如清揚。邂逅相遇,與子偕臧。"

〔三〕京塵:語本晉陸機《爲顧彦先贈婦二首》之一:"京洛多風塵,素衣化爲緇。"後以"京洛塵"比喻功名利禄等塵俗之事。此謂王君貺與六同年同舉進士。

〔四〕發譽:獲得聲譽。語出《鄧析子·無厚》:"因勢而發譽,則行等而名殊;人齊而得時,則力敵而功倍。"

〔五〕收功:取得成功。唐李白《出自薊門行》:"收功報天子,行歌歸咸陽。"老成身:猶言"老成人",指舊臣。語出《詩·大雅·蕩》:"雖無老成人,尚有典刑。"宋朱熹集傳:"老成人,舊臣也。"蘇軾《送歐陽主簿赴官韋城四首》之四:"故國依然喬木在,典刑復見老成人。"

〔六〕"他年"二句:謂王會六同年實是難得的韻事,畫師將繪出美圖作爲屏幛而傳譽後世。

附録　强至《依韻奉和留守尚書會六同年感舊詩二首》

其一

鼎科第一策名人,金榜誰能躡後塵。三紀鵬圖猶緑髮,累朝龍首最青春。同懷談笑宜開口,間代文章各致身。古詩有"惜無同懷客,共登青雲梯"句。醉倒不知歌舞罷,杏園舊態恰如新。

其二

好傳此會詫時人,歌揭青雲動暗塵。霄漢得仙同白日,風騷寡如敵陽春。笑談未減題名地,富貴相高報主身。誰向衣冠增盛事,龍頭結客事尤新。

王公①生日〔一〕

純陰十月晚〔二〕,勁氣肅群驕。惟有喬松在,長看積雪消〔三〕。生賢稟真性,特立冠當朝〔四〕。早歲初成賦,群雄已失標〔五〕。治才精破竹〔六〕,廷論壯生飆〔七〕。博士皆推賈〔八〕,宣皇重試蕭〔九〕。周旋窮政體〔一〇〕,出入解心焦〔一一〕。九列高稱冠,三台豈足超〔一二〕。論功歸潁霸〔一三〕,舉相待虞姚〔一四〕。驥騁經新卧〔一五〕,弓强發矢弨〔一六〕。百年時節在〔一七〕,四海衆心翹〔一八〕。當見飛中使,賚金賜此朝〔一九〕。二府②生日例賜金帛〔二〇〕。

【校記】

①公:宋建本、蜀藩刻本、叢刊本作"君貺",誤,蘇轍不會直呼其名。

②二府:三蘇祠本作"三府",誤。

【箋注】

〔一〕作於治平二年(一〇六五)十月末。宋强至《祠部集》卷十一《王尚書生辰》云:"肅時天氣凝良月,近晦星精降慶閭。""近晦"自是月末。轍詩對王拱辰文才、節操、治績一一品題,并預祝王更獲大用。雖不無溢美,但作爲屬吏,勢當如此,詩大致還算平正公允。

〔二〕"純陰"二句:謂冬初肅殺之氣正盛。純陰:陰陽家以農曆十月己亥日爲純陰。《協紀辨方書·義例二·純陰》:"《堪輿經》曰:'十月卦得坤,謂六爻皆陰,陽氣已盡,故以己配亥爲純陰也。'"勁氣:凜烈的寒氣。晉陶潛《癸卯歲十二月中作與從弟敬遠》:"勁氣侵襟袖,簞瓢謝屢設。"肅:萎縮;肅殺。唐吕温《孟冬蒲津關河亭作》:"嚴冬不肅殺,何以見陽春?"

〔三〕"惟有"二句:《論語·子罕》:"歲寒,然後知松柏之後彫也。"

〔四〕贊揚王品節爲朝臣之冠。特立:謂有堅定的志向和操守。《禮記·儒行》:"儒有委之以貨財,淹之以樂好,見利不虧其義;劫之以衆,沮之以兵,見死不更其守……其特立有如此者。"

〔五〕"早歲"二句:謂王年輕時即以文才力壓時賢。《宋史·王拱辰傳》:"元名拱壽,年十九,舉進士第一,仁宗賜以今名。"失標:失去領先的地位。標,頂端。

〔六〕謂王治政的才幹出色。破竹:劈竹子。喻循勢而下,順利無阻。《晉書·杜預傳》:"昔樂毅藉濟西一戰以並强齊。今兵威已振,譬如破竹,數節之後,皆迎刃而解,無復著手處也。"

〔七〕謂王在朝廷上辯論無所畏避。《宋史・王拱辰傳》:"權知開封府,拜御史中丞。夏竦除樞密使,拱辰言:'竦經略西師,無功稱而歸。今置諸二府,何以厲世?'因對,極論之。帝未省,遽起,拱辰前引裾,乃納其説,竦遂罷。又言:'滕宗諒在慶州,所爲不度,而但降秩守虢,懼邊臣則效,宜施重責。'未聽,即家居,求自貶。乃徙宗諒岳州,敕拱辰赴臺。入見,帝曰:'言事官第自舉職,勿以朝廷未行爲沮己,而輕去以沽名。自今有當言者,宜力陳毋避。'"廷論:在朝廷上辯論。飆:旋風;暴風。按,此喻言辭的激烈。

〔八〕謂王之才華有如漢代的賈誼。賈:即賈誼(前二〇一—前一六九),西漢洛陽(今河南洛陽市)人,年十八,以能誦詩書屬文稱于郡中。文帝召爲博士,時年二十餘,歲中超遷至太中大夫,力倡改革朝政。旋爲大臣絳灌等所讒,出爲長沙王太傅,後改拜梁王太傅,上《治安策》。梁王墮馬死,誼自傷爲傅無狀,哭泣歲餘亦死。《史記》《漢書》有傳。博士:古代學官名。六國時有博士,秦因之,諸子、詩賦、術數、方伎皆立博士。漢文帝置一經博士,武帝時置"五經"博士,職責是教授、課試,或奉使、議政。晉置國子博士。唐宋因之,皆教授官。

〔九〕謂王如蕭望之那樣受到漢宣帝的重視。宣皇:漢宣帝。即劉詢(前九二—前四九)。本名病已,字次卿,武帝曾孫,戾太子劉據之孫。出身數月遭逢戾太子巫蠱之禍,關押于獄,因建尉監邴吉保護,得免于難,流落民間。元平元年(前七四),霍光等廢昌邑王,迎其爲帝。委政于霍光,地節二年(前六八)霍光死,始親政。四年,因大司馬霍禹謀反,廢皇后霍氏,徹底清除霍氏勢力。因養于民間,備知閭里情僞及吏治奸邪,勵精圖治。魏相、丙吉、黄霸、于定國相繼爲相。趙廣漢、朱邑、龔遂、尹翁歸皆一時之循良。兩漢吏治,莫此爲盛。置西域都護,漢朝之威遂遠及西北諸國。史稱中興。在位二十五年崩。《漢書》有記。蕭:即蕭望之(前一〇六—前四一)。字長倩,漢東海蘭陵(今山東蘭陵縣)人,射策爲郎,宣帝時累官至御史大夫,遷太子太傅。元帝立,以師傅見重。後爲宦官弘恭、石顯等所陷,飲鴆自殺。《漢書》有傳。其本傳云:"宣帝察望之經明持重,論議有餘,材任宰相,欲詳試其政事,復以爲左馮翊。"即詩所謂重試。

〔一〇〕周旋：運轉；實施。政體：爲政的要領、關鍵。漢荀悦《申鑒·政體》："承天惟允，正身惟常，任賢惟固，恤民惟勤，明制惟典，立業惟敦，是謂政體也。"

〔一一〕出入：朝廷内外，指出將入相。唐杜甫《投贈哥舒開府翰二十韻》："智謀垂睿想，出入冠諸公。"此謂王施政得要領且能爲朝廷分憂。

〔一二〕"九列"二句：謂王君貺在朝地位崇高。九列：九卿之列。九卿歷代稱謂不一，周朝指天官冢宰、地官司徒、春官宗伯、夏官司馬、秋官司寇、冬官司空以及少師、少傅、少保，合爲"九卿"。秦漢九卿是指奉常、郎中令、衛尉、太僕、廷尉、典客、宗正、治粟内史和少府這九個部門的長官。後來名稱時有變化，職權漸輕。三台：漢因秦制，以尚書爲中台，御史爲憲台，謁者爲外台，合稱三臺。《後漢書·袁紹傳》："坐召三臺，專制朝政。"唐李賢注引《晉書》："漢官，尚書爲中臺，御史爲憲臺，謁者爲外臺，是謂三臺。"

〔一三〕此用王霸事。霸：即王霸（？—五九）。字元伯，潁川潁陽（今河南許昌市西）人，東漢名將，"雲臺二十八將"之一。從光武擊敗王尋、王邑兵。王朗兵起，光武至下曲陽，傳聞王朗兵在彼，從者皆恐。至滹沱河，不可渡。光武使王霸往視，恐驚衆，還詭言曰："冰堅可渡。"前至河，河冰果合。乃令霸護渡，未畢數騎而冰解。光武即位，累功拜上谷太宗。治飛狐道、起亭障，凡與匈奴、烏桓大小數十百戰，後南單于、烏桓降服。在上谷二十餘年，封淮陵侯卒。《後漢書》有傳。

〔一四〕此用銚期事。姚：即銚期（？—三四）。字次況，潁川郡郟縣（今河南郟縣）人。身材魁梧，容貌威嚴。光武召署賊曹掾，屬鄧禹。徇旁縣，有功拜偏將軍。從擊王朗于鉅鹿，先登陷陣，遂大破之。拜虎牙大將軍。後降銅馬軍數十萬，從擊青犢赤眉，身被三創，戰尤力，賊遂破走。光武即位，拜衛尉，封安成侯。期重信義，自爲將，未嘗擄掠。及在朝，憂國愛主，凡有不得於心，必犯顔諫諍。卒謚忠。《後漢書》有傳。按，銚本屬姚姓，而虞屬氏，因舜爲姚姓虞氏，故古代常虞姚并稱。

〔一五〕此用漢汲黯故事。西漢時汲黯爲東海太守，"多病，卧閨閤内不出，歲餘，東海大治"。後召爲淮陽太守，不受。武帝曰："吾徒得君之重，卧而治之。"見《史記·汲鄭列傳》。後因以"卧治"謂政事清簡，無爲而治。

〔一六〕謂王不戰而卻敵。《宋史·王拱辰傳》:"契丹使劉六符嘗謂賈昌朝曰:'塘濼何爲者?一葦可杭,投箠可平;不然,決其堤,十萬土囊,即可路矣。'仁宗以問拱辰,對曰:'兵事尚詭,彼誠有謀,不應以語我,此誇言爾。設險守國,先王不廢,而祖宗所以限敵人也。'至是,又使六符來,求關南十縣,斥太宗伐燕爲無名,舉朝莫知所答。拱辰曰:'王師征河東,契丹既通使,而寇石嶺關以援賊。太宗怒,遂回軍伐之,豈謂無名?'乃作報書曰:'既交石嶺之鋒,遂有薊門之役。'契丹得報,遂繼好如初。帝喜,謂輔臣曰:'非拱辰深練故實,殆難答也。'"《詩·小雅·彤弓》:"彤弓弨兮,受言藏之。"毛傳:"弨,弛貌。"

〔一七〕時節:此謂王之生日。

〔一八〕翹:企盼。

〔一九〕"當見"二句:謂皇帝將派中使來賀。中使:宫中派出的使者。《文選·沈約〈齊故安陸昭王碑文〉》:"勉膳禁哭,中使相望。"唐張銑注:"天子私使曰中使。"

〔二〇〕二府:宋代稱中書省和樞密院。《宋史·職官志二》:"宋初,循唐、五代之制,置樞密院,與中書對持文武二柄,號爲'二府'。"宋高晦叟《珍席放談》卷上:"神宗朝,王公帶觀文殿大學士,在金陵府。及生日,有旨契勘,有無所賜禮物,樞密院具到,宰臣樞密使帶平章事,并使相生日,支賜則例進呈,特令依在外使相例賜。昔趙忠獻拜太師,西京養疾,國朝故事:非帶同平章事,無生辰賜物例,太宗以普故相特示異數,遣使就賜,是時自當舉此以聞,不知何以遺忘之也。本朝舊相不帶平章事,生日錫之以禮物唯二公爾。"

次韻姚孝孫判官見還岐梁唱和詩集〔一〕

伯氏文章豈敢知〔二〕,岐梁偶有往還詩。自憐兄力能兼弟〔三〕,誰有塤終不聽篪〔四〕?西虢春遊池百頃〔五〕,南溪秋入竹千枝〔六〕。恨君曾是關中吏,屬和追陪失此時〔七〕。

【箋注】

〔一〕作於治平二年(一〇六五)十月冬。姚孝孫:字光祖,安吉(今浙江安吉縣)人。皇祐五年進士。官至司農主簿。時亦佐大名幕。判官:唐代節度使、觀察使、防禦使均置判官,爲地方長官僚屬,輔理政事。宋沿唐制,并於團練、宣撫、制置、轉運、常平諸使亦設置判官。參《文獻通考·職官考十六·判官》。岐梁唱和詩集:軾官鳳翔(包括往還)、轍侍父居京師期間,有《岐梁唱和詩集》。《三蘇年譜》卷十五:"今存岐梁唱和詩,見《蘇軾詩集》卷三者四十首,卷四者三十八首,卷五者三十五首,共一百一十三首。見《欒城集》卷一者二十二首,卷二者五十八首,卷十八者五首,共八十五首。蘇軾《次韻子由岐下詩》缺轍原唱二十一首,卷五《壬寅重九不預會獨游普門寺僧閣有懷子由》缺轍次韻,卷五《和子由苦寒見寄》缺轍原唱,《華陰寄子由》缺轍次韻。轍詩共佚二十四首。"此詩主要針對詩集而言,云兄之才華非己所及,自己之詩有幸伴兄而爲人知。并言姚昔曾爲關中屬吏,遺憾未能於彼時一起吟詠唱和。

〔二〕伯氏:長兄。《詩·小雅·何人斯》:"伯氏吹壎,仲氏吹篪。"鄭箋:"伯仲,喻兄弟也。"

〔三〕兼:兩倍以上。

〔四〕謙言姚是因爲要讀兄軾的詩不免旁及自己。《全唐文·許堯佐·〈塤篪相須賦〉》:"彼塤篪兮謂何,同律吕兮相和。苟論功於衆樂,孰有德而同科?遂使手之足之,候清音而屢舞;伯氏仲氏,諧雅韻於升歌。"塤、篪:古代的兩種吹奏樂器。見《次韻子瞻聞不赴商幕三首》之三注〔一〕。

〔五〕謂春天經過寶雞一帶。西虢(guó):古國名。周文王弟虢仲(一説虢叔)封地,故城在今陝西寶雞東。平王東遷,隨徙上陽(今河南陜縣),改稱南虢。前六五五年爲晉所滅。《左傳·隱公元年》:"虢叔死焉"唐孔穎達疏:"虢國有二,而《經》《傳》不言東西者,於時東虢已滅,故西虢不稱西。"

〔六〕謂秋天在南溪游玩。參《次韻子瞻南溪避世堂》下所附蘇軾詩,有"猶恨溪堂淺,更穿修竹林"句。

〔七〕屬和:猶言唱和。追陪:追隨;伴隨。唐韓愈《奉酬盧給事荷花行見寄》:"上界真人足官府,豈如散仙鞭笞鸞鳳終日相追陪。"宋劉敞《登城》:"幸有風光相挽引,那無賓友共追陪。"

次韻王臨太博馬上〔一〕

冬晚霜露重,城遥鞍馬勞。徒知事奔走,曾未補毫毛〔二〕。水旱嗟嚬蹙〔三〕,瘡痍費抑搔〔四〕。莫歸何暇食? 堆案簿書高〔五〕。

【箋注】

〔一〕作於治平二年(一〇六五)冬。王臨(? —一〇八七):字大觀,大名成安(今河北成安縣)人。第進士,簽書雄州判官。治平中,自屯田員外郎崇儀使知順安軍。熙寧元年爲河北沿邊安撫都監,上備禦數十策。進安撫副使,知涇、鄜州、廣信安肅軍。元豐初,還文階,自皇城使擢爲兵部郎中、直昭文館。歷知齊州、滄州、荆南,入爲户部副使,出知廣州、河中。元祐元年提舉崇福宫,次年七月卒。《宋史》附《王廣淵傳》。太博:見《和强至太博小引》注〔一〕。詩謂王臨官卑事繁,奔走簿書之間而於大事無補。其實也是自身屈居下僚的夫子自道。馬上:王臨詩當是馬背上即興而作。

〔二〕謂於國事無補。《晉書・山濤傳》:"臣年垂八十,救命旦夕,若有毫末之益,豈遺力於聖時。"

〔三〕嚬蹙:皺眉蹙額。《文選・王延壽〈魯靈光殿賦〉》:"狀若悲愁於危處,憯嚬蹙而含悴。"唐李善注:"嚬蹙,憂貌。"

〔四〕瘡痍:本指創傷,引申比喻災害困苦。漢桓寬《鹽鐵論・國疾》:"然其禍累世不復,瘡痍至今未息。"抑搔:按摩抓搔。按,此謂撫慰黎民。

〔五〕蘇軾《寄子由》:"也知堆案文書滿,未暇開軒硯墨中。"簿書:官署中的文書簿册。

次韻王君①北都偶成三首〔一〕

其一

河轉金隄近〔二〕,天高魏闕新〔三〕。千夫奉儒將〔四〕,百獸伏麒麟〔五〕。校獵沙場莫,談兵玉帳春〔六〕。關南知不遠,誰試問蕃鄰〔七〕?

【校記】

①"王君"下:宋文集本多"睨"字。

【箋注】

〔一〕作於治平三年(一〇六六)春。轍二十八歲。此年四月,蘇洵卒,轍即居喪。居喪不作詩文,是知必作於春季無疑。至于《三蘇年譜》謂"談兵玉帳春"可知爲春季作則不足爲據,詩不過以"春"與"暮"對仗而爲互文言一年四季均與兵戎相關耳。王君:指王拱辰。此詩備言大名山川形勢而恭維王拱辰,多爲套話,亦下屬常態,不足爲怪。

〔二〕金堤:堤名。在今河南省滑縣東。《史記・河渠書》:"孝文時河决酸棗,東潰金隄。"唐張守節正義引《括地志》:"金隄一名千里隄,在白馬縣東五里。"

〔三〕魏闕:古代宮門外兩邊高聳的樓觀。樓觀下常爲懸布法令之所。亦借指朝廷。《莊子・讓王》:"身在江海之上,心居乎魏闕之下。"

〔四〕謂部屬皆擁戴王。千夫:秦漢武功爵秩名。《史記・平準書》:"諸買武功爵官首者試補吏,先除;千夫如五大夫。"唐司馬貞索隱:"千夫,武功爵第七;五大夫,二十爵第九也。言千夫爵秩比於五大夫二十爵第九。"儒將:有學識,風度儒雅的將帥。唐薛能《清河泛舟》:"儒將不須誇郄縠,未聞詩句解風流。"

〔五〕麒麟:形狀像鹿,頭上有角,全身有鱗甲,尾像牛尾。古人以爲仁獸、瑞獸。《史記・司馬相如列傳》:"獸則麒麟角端。"司馬貞索隱引三國魏張揖曰:"雄曰麒,雌曰麟;其狀麇身,牛尾,狼蹄,一角。"

〔六〕玉帳:主帥所居的帳幕,取如玉之堅的意思。元陶宗儀《説郛》卷二十八引《雲谷雜記・玉帳》曰:"杜子美《送嚴公入朝》云:'空留玉帳術,愁殺錦城人。'又《送盧十四侍御》云:'但促銅壺箭,休添玉帳旗。'王洙於'玉帳術'句注云:'兵書也。'後來增釋者,不過曰《唐・藝文志》有《玉帳經》一卷而已。至'玉帳旗'句則云:見'空留玉帳術'注。然'玉帳術'謂之兵書則可,句中無'術'字,則不當引前注,蓋洙與增釋者俱不得其詳也。按,顔之推《觀我生賦》云:'守金城之湯池,轉絳宮之玉帳。'又袁卓《遁甲專征賦》曰:'或倚直使之遊宮,或居貴神之玉帳。'蓋'玉帳'乃兵家厭勝之方位,謂主將於其方置軍帳,則堅不可犯,猶玉帳然。其法出於《遁甲》,以月建前三位取之。如正月建寅,則巳爲玉帳,主將宜居。李太白《司馬將軍歌》云:'身居玉帳臨河魁。'戌爲河魁,謂主將之帳在戌也。非深識其法者,不能爲此語。”

〔七〕“關南”二句:此謂大名地勢的重要。關南:古地區名。北宋時指瓦橋、益津、淤口三關以南的地區。約當今河北省白洋淀以東的大清河流域以南至河間縣一帶。蕃鄰:與之爲鄰的少數民族。

其二

天寶亂已定,河壖兵更多〔一〕。故城埋白骨,遺俗喜長戈〔二〕。卧獸常思肉〔三〕,奔鯨不受羅〔四〕。縱横竟安在〔五〕,唯見塚嵯峨〔六〕。

【箋注】

〔一〕“天寶”二句:謂自從天寶之亂後河北便成了軍事重鎮。天寶:唐玄宗年號。天寶十四載(七五五)胡人安禄山與史思明作亂,起兵范陽。唐王朝不絶如線,歷時八年始平定。河壖(ruán):河邊地。此指河北一帶。《史記·河渠書》:“五千頃故盡河壖棄地,民茭牧其中耳。”南朝宋裴駰集解引韋昭曰:“謂緣河邊地也。”《漢書·溝洫志》作“河堧”。唐顔師古注:“謂河岸以下,緣河邊地素不耕墾者也。”

〔二〕謂風俗喜亂好鬥。

〔三〕《後漢書·班超傳》:“其後行詣相者,曰:‘祭酒,布衣諸生耳,而當封侯萬里之外。’超問其狀。相者指曰:‘生燕頷虎頸,飛而食肉,此萬里侯相也。’”按,此但用班超典言河北好戰,與班超本事無關。

〔四〕奔鯨:奔騰的鯨魚。喻指不義兇暴之人。《文選·謝脁〈和王著作八公山〉》:“長蛇固能翦,奔鯨自此曝。”唐李善注:“《左氏傳》:‘取其鯨鯢而封,以爲大戮。’晉杜預曰:‘鯨鯢,大魚名。以喻不義之人,吞食小國也。’”羅:羅網。

〔五〕縱横:合縱連横的縮略語。《淮南子·覽冥》:“縱横間之,舉兵而相角。”漢高誘注:“蘇秦約縱,張儀連横。南與北合爲縱,西與東合爲横,故曰‘縱成則楚王,横成則秦帝’也。”按,此言河北戰國時即多戰事,六國與秦或合從或連横幾未消停,而這些都早已成爲了歷史。

〔六〕塚:墳堆。嵯(cuó)峨:高峻貌。此言到處都是高高的墳堆。

其三

禁籞封金殿〔一〕,清河貫石門〔二〕。時平餘古木,兵散有空屯〔三〕。形勝山圍闊〔四〕,蕃宣海内尊〔五〕。川原不論頃,雲夢可勝吞〔六〕?

【箋注】

〔一〕禁籞(yù):禁苑周圍的藩籬。《漢書·宣帝紀》:"又詔池籞未御幸者假與貧民。"唐顔師古注:"蘇林曰:'折竹以繩緜連禁禦,使人不得往來,律名爲籞。'應劭曰:'池者,陂池也;籞者,禁苑也。'"因大名府爲北宋陪都,故云禁籞。

〔二〕石門:控制水流的石閘。北魏酈道元《水經注·河水五》:"靈帝建寧中,又增脩石門,以遏渠口。水盛則通注,津耗則輟流。"

〔三〕空屯:廢棄的營壘。

〔四〕形勝:謂地理位置優越,地勢險要。《荀子·强國》:"其固塞險,形埶便,山林川谷美,天材之利多,是形勝也。"唐劉禹錫《石頭城》:"山圍故國周遭在,潮打空城寂寞回。"

〔五〕蕃宣:即藩垣。蕃,通"藩"。宣,通"垣"。本指藩籬與垣牆,引申爲藩屏護衛。語本《詩·大雅·崧高》:"四國于蕃,四方于宣。"

〔六〕謂王胸襟博大。漢司馬相如《子虛賦》:"吞若雲夢者八九,其於胸中曾不蔕芥。"雲夢:古藪澤名。今江漢平原一帶,爲先秦時楚王狩獵區。

次韻沈立少卿白鹿〔一〕

白鹿何年養?驚猜未肯馴〔二〕。軒除非本性〔三〕,飲食强依人。照影冰浮水,飛毛雪灑塵。獨遊應已倦,忽見乍疑神。野色明幽步,煙蕪薦卧身〔四〕。異姿人共愛,清意爾誰親〔五〕?日暖山苗熟,風微澗草春。何緣解纆縶,奔放任天真〔六〕。

【箋注】

〔一〕作於治平三年(一〇六六)春。"日暖山苗熟,風微澗草春"是其證。

沈立(一〇〇七—一〇七八):字立之,宋歷陽(治今安徽和縣)人。舉進士,簽書益州判官,提舉商胡埽。采摭大河事跡古今利病,著《河防通議》,治河者皆宗之。遷兩浙轉運使,復著《茶法要覽》。累判都水監,出爲江淮發運使。初立在蜀,悉以公粟售書,積數萬卷。神宗問所藏,立上其書目及所著《名山水記》三百卷。徙宣州,提舉崇禧觀卒。《宋史》有傳。少卿:北魏太和時所設官名,北齊時爲正卿的副職、隋唐以下沿置。參《文獻通考·職官考九》、《職官考十》。宋代俗稱中央各寺正職長官爲大卿。白鹿:古時以爲祥瑞。詩寫白鹿異姿可愛,同時也爲白鹿被羈束圈養爲憾,其間也多少透露出自己對下僚生活的厭倦。

〔二〕驚猜:驚恐猜疑。唐高適《鶻賦》:"望鳳沼而輕舉,紛羽族以驚猜。"

〔三〕軒除:本指房室,引申而指圈養。

〔四〕"野色"二句:山野的景色使白鹿步伐更加悠閑,時時在雲煙迷茫的草叢中出現。幽步:悠閑的步履。煙蕪:雲煙迷茫的草地。唐權德輿《奉和李大夫九日龍沙宴會》:"煙蕪斂暝色,霜菊發寒姿。"

〔五〕清意:清純的意念。

〔六〕"何緣"二句:希望什麼時候能將白鹿放歸山林。何緣:怎麼。縶縶(zhí):指束縛。縶,絆馬索。天真:自然之性。上天賦與的品質。語本《莊子·漁父》:"禮者,世俗之所爲也;真者,所以受於天也,自然不可易也。故聖人法天貴真,不拘於俗。"

送陳安期都官出城馬上〔一〕

城中二月不知春,唯有東風滿面塵。歸意已隨行客去,流年驚見柳條新〔二〕。簿書填委休何日〔三〕?學問榛蕪愧古人〔四〕。一頃稻田三畝竹,故園何負不收身〔五〕?

【箋注】

〔一〕作於治平三年(一〇六六)二月。陳安期:閬中(今四川閬中市)人。其父漢卿,爲尚書比部員外郎。安期元祐中爲屯田郎中。後請外,知濟州。名爲送别,實亦自況。"歸意已隨行客去,流年驚見柳條新。"清曠俊逸。末尾二句,充滿對歸隱生活的向往。

〔二〕"歸意"二句:謂見新柳而引動鄉思。語本唐劉長卿《送馬秀才落第歸江南》:"南客懷歸鄉夢頻,東門悵别柳條新。"

〔三〕謂何時能從繁瑣的公牘中解放出來。填委:紛集;堆積。漢劉楨《雜詩》:"職事相填委,文墨紛消散。"

〔四〕榛蕪:本指草木叢雜,引申而指學問蕪雜無章。唐劉知幾《史通·煩省》:"夫論史之煩省者,但當要其事有妄載,苦於榛蕪,言有闕書,傷於簡略,斯則可以。"

〔五〕"一頃"二句:謂當歸隱。何負:有什麽對不起(自己)。收身:猶言抽身。指隱退。唐韓愈《和僕射相公朝回見寄》:"放意機衡外,收身矢石間。"

登上水關〔一〕

淇水沄沄入禁城〔二〕,城樓中斷過深清。空郊南數牛羊下〔三〕,落日迴瞻觀闕明。歲月逼人行老大〔四〕,江湖發興感平生〔五〕。畫舫①早晚籠新屋,慰意來看水面平〔六〕。

【校記】

①舫:叢刊本作"船"。

【箋注】

〔一〕作於治平三年(一〇六六)三月。是年四月蘇洵卒,後轍即居喪離大名。詩中"牛羊下"、"觀闕明"、"水面平"應是春深景象,故當是作於三月。"歲月逼人行老大,江湖發興感平生。"詩寫春日景象,情不自禁而生時不我待之嘆。上水關:此當是指穿城壁以通城内外水的閘門。淇縣的高村歷史上曾叫淇水關,上水關或當在此。

〔二〕淇(qí)水:在河南北部。古爲黄河支流,南流至今汲縣東北淇門鎮南入河。東漢建安中,曹操於淇口作堰,遏使東北流,注入白溝今衛河,以通漕運。此後遂成爲衛河支流。沄沄(yún):水流洶湧貌。禁城:宫城。

〔三〕《詩·王風·君子于役》:"日之夕矣,羊牛下來。"

〔四〕老大:年紀大;老了。《樂府詩集·相和歌辭五·長歌行》:"少壯不努力,老大徒傷悲。"唐劉長卿《七里灘重送》:"手折衰楊悲老大,故人零落已無多。"

〔五〕唐杜甫《南池》:"平生江海興,遭亂身局促。"發興:激發意興;觸動情思。南朝宋鮑照《園中秋散》:"臨歌不知調,發興誰與歡。"

〔六〕唐白居易《錢塘湖春行》:"孤山寺北賈亭西,水面初平雲脚低。"

寒食贈游壓沙諸君〔一〕

城南壓沙古河淤,沙上種梨千萬株。隆冬十月我獨往,風吹葉盡枝條疏〔二〕。老僧屈指數春候〔三〕,卻後百日花當蘇〔四〕。微風細雨膏潤足,枝頭萬萬排明珠〔五〕。齊開競發不知數,照曜冰雪明村墟。此時官閑得遊賞,長堤平穩宜駿駒〔六〕。寺門古木芽葉動,倉庚布穀相和呼〔七〕。及時行樂不可緩,歲長春短花須臾〔八〕。僧言我意兩相值〔九〕,欲往屢已脂吾車〔一〇〕。今朝寒食煙①火斷,薄雲蔽日風沙除。此花久已待我至,况有朋友相携扶。來邀反覆不能往,豈獨負君花已辜〔一一〕。諸君高邁足才思〔一二〕,佐酒況得萬玉奴〔一三〕。坐中未醉慎無起,倒載②當使山公如〔一四〕。

【校記】

①煙:叢刊本作"燈",誤。

②載:原作"戴",據宋建本、蜀藩刻本改。

【箋注】

〔一〕作於治平三年(一〇六六)寒食。寒食:寒食節。見《寒食前一日寄子瞻》注〔一〕。詩擬想河灘春日梨花盛開景象,遺憾自己無緣陪諸友賞花飲酒。寄詩勸諸友及時行樂,一醉方休如山簡倒騎駿馬而歸。黄庭堅《壓沙寺梨花》:“壓沙寺後千株雪,長樂坊前十里香。寄語春風莫吹盡,夜深留與雪争光。”可見其勝況。宋史季温注引趙舜欽《茅齋詩話》:“大名壓沙寺梨花之盛,聞於天下。”

〔二〕“隆冬”二句:追憶前一年冬天情景。

〔三〕春候:春季的節氣。

〔四〕卻後:過後。蘇:復蘇;重新生長。唐杜甫《寒雨朝行視園樹》:“林香出實垂將盡,葉蒂辭枝不重蘇。”

〔五〕謂枝頭布滿了小梨子。明珠:喻小梨子。

〔六〕謂便於行車。騄駒:小馬。

〔七〕倉庚:即黄鶯。參《大人久廢琴比借人雷琴以記舊曲十得三四率爾拜呈》注〔四〕。布穀:鳥名。以鳴聲似“布穀”,又鳴於播種時,故相傳爲勸耕之鳥。

〔八〕“及時”二句:謂好景須臾,當抓緊時機作樂。語本《文選·古詩十九首·生年不滿百》:“爲樂當及時,何能待來兹。”唐李錡《勸少年》:“勸君莫惜金縷衣,勸君須惜少年時。有花堪折直須折,莫待無花空折枝。”一題杜秋娘作。

〔九〕唐項斯《句》:“春風吹兩意,何意更相值。”

〔一〇〕謂以油脂塗車,利於運轉。語出《詩·小雅·何人斯》:“爾之亟行,遑脂爾車。”

〔一一〕謂既辜負了朋友,也辜負了花。

〔一二〕蘇洵《送陸權叔提舉茶税》:“茶《易》兩無妨,知君足才思。”才思:才氣和思致。

〔一三〕玉奴:南朝齊東昏侯妃潘氏,小名玉兒,詩詞中多稱“玉奴”,且作爲美女的代稱。按,此以梨花比喻美女。

〔一四〕《世説新語·任誕》:“山季倫爲荆州,時出酣暢,人爲之歌曰:‘山公時一醉,徑造高陽池。日暮倒載歸,茗艼無所知。復能乘駿馬,倒著白接䍦。舉手問葛强,何如并州兒?’高陽池在襄陽。强是其愛將,并州人也。”倒載:倒卧車中。山公:指山簡(二五三—三一二)。簡字季倫,晉河内懷縣(治今河南武陟縣西南)人。山濤幼子。性嗜酒。永嘉中,累官尚書左僕射、領吏部,尋任鎮南將軍,住襄陽。劉聰陷洛陽,簡居夏口,爲流民所困,卒于鎮。《晉書》有傳。唐李白《襄陽歌》:"落日欲没峴山西,倒著接䍦花下迷。襄陽小兒齊拍手,攔街争唱《白銅鞮》。傍人借問笑何事,笑殺山公醉似泥。"接䍦:一種用白鷺羽毛裝飾的便帽。

附録　强至《丙午寒食厚卿置酒壓沙寺邀諸君觀梨花獨蘇子由不至以詩來邀席客同作予走筆依韻和之》

種梨易長地舊淤,春風一掃無枯株。沙頭古寺枕城角,樓殿自與人迹疎。看花置酒三月破,點檢座客惟欠蘇。酒酣花底不知處,恍若身世游蘂珠。銅臺割據古豪盛,樂事已去惟邱墟。直須及時結勝賞,莫局官事同轅駒。林僧迎我屨前揖,野鳥避客遥相呼。咸陽有花遠莫見,豈若此地來須臾。風前嗅雪不宜緩,春芳過眼猶奔車。繁枝向月合照映,亂片落地無掃除。罇邊酩酊不復計,馬上倒載聊掖扶。子由閉户自懶出,花與雙眼知何辜。天姿必欲貴純白,紅杏可婢桃可奴。君詩險絶不容和,梁園騁思慚相如。

明日安厚卿强幾聖復召飲醉次前韻[一]

芳樽酌水清無淤[二],梨園著雪迷根株[三]。鄴宫①士女喜行樂[四],坐上醉客誰親疏?倦遊不知歲月過[五],痛飲漸覺筋骸蘇[六]。風吹落片亂鵝毳[七],雨結細實駢明珠[八]。雲屯冰積動論頃,誰信城郭涵村墟[九]。坐觀明媚低照席[一〇],行看繁鬧横遮駒。我貧不辦供酒炙[一一],側耳日聽交朋呼[一二]。無端人事巧拘束,曾不見置閑須臾[一三]。長鯨渴水求入海[一四],老驥伏櫪思就車[一五]。清明未過春未老[一六],寒食豈必節與除[一七]?二君爲我重置酒,席上醉倒交相扶。歡娱安用苦酬酢[一八]?叫嘯不畏相罪辜[一九]。昏然已覺萬物小,下視吏役真婢奴[二〇]。請君數具牛酒費〔二一〕,此外百事何能如?

【校記】

①宫:原作“官”,據宋文集本、宋建本改。

【箋注】

〔一〕作於治平三年(一〇六六)清明。安厚卿:即安燾(一〇三一——一一〇五)。字厚卿,開封(今河南開封市)人。嘉祐四年登進士第,授兩使幕職官。熙寧二年,以策論優等授秘閣校理。元豐二年,奉使高麗稱旨,授左諫議大夫,兼直學士院,知審刑院。歷官龍圖閣直學士、判軍器監、權三司使、户部尚書。元豐六年,同知樞密院。元祐二年,進知院事。以母憂去位,終喪,拜觀文殿學士、知鄭州、徙潁昌及河南府,入爲門下侍郎。以議事屢忤相臣章惇,遂爲惇所譖,復出知鄭州。元符三年,徽宗即位,復以燾知樞院,職如故,兼侍讀。建中靖國元年七月,罷爲觀文殿學士、知河南。崇寧初,復以他事,屢遭貶謫。四年卒,年七十五。有文集四十卷、奏議十卷。《宋史》有傳。强幾聖:即强至。詩對昨日失約解釋,“無端人事巧拘束,曾不見置閑須臾。”對諸友備酒宴重邀表示感激,且戲言“請君數具牛酒費,此外百事何能如”,希望諸友多多備酒相邀。按,本年四月戊申(二十五日)蘇洵卒。蘇軾蘇轍回京師奔喪。六月,與兄軾載洵柩自汴入淮泝江歸蜀。十二月入峽。治平四年四月還里,十月,葬父于彭山縣安鎮鄉可龍里。熙寧元年(一〇六八)冬,兄弟免喪,東游京師。轍時年三十歲。

〔二〕謂酒清澈澄明。芳樽:精致的酒器。淤:《玉篇·水部》:“淤,濁也。”

〔三〕謂梨花隨風飄落,看上去整棵樹爲梨花所掩。迷:通“彌”。佈滿;遮掩。唐杜甫《送靈州李判官》:“血戰乾坤赤,氛迷日月黄。”

〔四〕謂至此游樂的人很多。因爲此地三國時屬魏地,魏都鄴,其故址在今河北省臨漳縣西南鄴鎮東。故以此代指游客。

〔五〕倦游:厭倦遊宦生涯。《史記·司馬相如列傳》:“長卿故倦遊。”南朝宋裴駰集解引晉郭璞曰:“厭遊宦也。”

〔六〕謂飲酒後感覺渾身舒暢。筋骸:猶筋骨。唐白居易《酬别微之》:“且喜筋骸俱健在,勿嫌鬚鬢各皤然。”蘇:舒適。

〔七〕鵝毳(cuì):鵝毛。毳,鳥獸的細毛。

〔八〕此謂風吹花落，梨子的小果實已初現。

〔九〕“雲屯”二句：謂梨花飄滿城郭和村墟。杜甫《草堂》：“城郭喜我來，賓客隘村墟。”雲屯：盛多貌。冰積：梨花爲白色，故云。

〔一〇〕謂漂亮的梨花垂拂於坐席之上。

〔一一〕酒炙：酒和肉。此泛指菜肴。

〔一二〕戲言隨時注意聽朋友召喚飲宴的聲音。交朋：朋友。唐駱賓王《疇昔篇》：“當時門客今何在，疇昔交朋已疏索。”

〔一三〕“無端”二句：謂恰巧因公事纏繞脱不開身。無端：無奈。唐楊巨源《大堤曲》：“無端嫁與五陵少，離别煙波傷玉顔。”人事：世事；政事。陶潛《歸去來兮辭》序：“嘗從人事，皆口腹自役。”巧：正，恰好。唐韓愈《符讀書城南》：“兩家各生子，孩提巧相如。”

〔一四〕謂喝酒如長鯨飲水。語出杜甫《飲中八仙歌》：“左相日興費萬錢，飲如長鯨吸百川。”

〔一五〕言即或是年紀大的也豪飲不拘。老驥伏櫪（lì）：語出三國魏曹操《龜雖壽》：“老驥伏櫪，志在千里。烈士暮年，壯心不已。”驥，千里馬。伏櫪，馬伏在槽上。指受人馴養。按，在座者强至爲慶曆進士，當已四十餘歲。

〔一六〕謂還没到晚春。春未老：語出白居易《六年寒食洛下宴遊贈馮李二少尹》：“假開春未老，宴合日屢傾。”唐岑參《喜韓樽相過》：“三月灞陵春已老，故人相逢耐醉倒。”蘇軾《望江南・超然台作》：“春未老，風細柳斜斜。”

〔一七〕除：祓除。《周禮・春官・女巫》：“掌歲時祓除釁俗。”鄭玄注：“歲時祓除，如今三月上巳如水上之類。”唐賈公彦疏：“一月有三巳，據上旬之巳而爲祓除之事，見今三月三日水上戒浴是也。”

〔一八〕酬酢（zuò）：主客相互敬酒，主敬客稱酬，客還敬稱酢。

〔一九〕謂醉酒大家都能互相理解，不至於責怪有失禮節。

〔二〇〕“昏然”二句：謂酒醉中頹然自傷，並言吏事繁瑣如奴婢般忙碌，不得自由。萬物小：語出《莊子・秋水》：“河伯曰：‘若物之外，若物之内，惡至而倪貴賤？惡至而倪大小？’北海若曰：‘以道觀之，物無貴賤；以物觀之，自貴而相賤；以俗觀之，貴賤不在己。以差觀之，因其所大而大之，則萬物莫不大；因其所小而小之，則萬物莫不小；知天地之爲稊米也，知豪末之爲丘山也，則差數等矣。'"按,此以萬物爲小,故言吏役爲婢奴。晉劉伶《酒德頌》:"兀然而醉,豁爾而醒。静聽不聞雷霆之聲,熟視不覩泰山之形。"吏役:官府中的胥吏和差役。唐白居易《病假中南亭閒望》:"欹枕不視事,兩日門掩關。始知吏役身,不病不得閑。"婢奴:即奴婢。

〔二一〕希望此後時常有這樣的聚會。牛酒:牛和酒。古代用作餽贈、犒勞、祭祀的物品。《史記·孟嘗君列傳》:"聞先生得錢,即以多具牛酒而燒券書,何?"按,此處牛酒費指飲宴的費用。

附録　强至《寒食安厚卿具酒饌邀數君子遊壓沙寺觀梨花獨蘇子由不至詩成命座客同賦予既次韻和之明日上巳安復置酒招予與蘇又明日請予屈二君爲射飲之會而蘇君仍用前韻作詩見及予亦復和》

花前爛醉如泥淤,猶恐花過嗟空株。壓沙梨開百頃雪,春晚未賞計已疎。厚卿置酒趁寒食,蜂喧蝶點鬧人意蘇。林間把盞誰我侑,鳥歌聲滑如溜珠。魏都風流重行樂,艷妝麗服明郊墟。我初聞招便勇往,恨不插翼傅駿駒。峨眉夫子趣獨異,静坐幕府煩邀呼。車公不到座寂寞,大句落紙來須臾。樽邊弄筆輒强和,布鼓乃敢當雷車。主人明朝復命客,是日禊事修祓除。日涵花氣暖不散,酒力易著起要扶。清明予亦飲射圃,罰觶屢困辭不辜。杯盤一飽藉脱粟,那有白飯餘君奴。事見《杜工部集》。梨花好在期共醉,功名身外終何如。

次韻柳子玉郎中見寄〔一〕

新年始是識君初,顧我塵埃正滿裾〔二〕。談辯未容朝夕聽,情親空愧往還書。久聞筆陣無前敵〔三〕,更擬詩壇托後車〔四〕。待得入城應少暇,相從有約定何如?

【箋注】

〔一〕作於熙寧二年(一〇六九)二月初。蘇轍詩"新年始是識君初,顧我塵埃正滿裾",知當初識柳瑾於正月赴京師路途之中,是年初蘇轍弟兄守父喪滿自蜀還朝,而詩又云"待得入城應少暇",知還未入城。再,蘇軾《次韻柳子玉見寄》有云:"遥知寒食催歸騎。"也似還在途中語。故繫於二月初。柳子玉:名瑾,丹徒(今江西鎮江市丹徒區)人。慶曆二年進士。其子子文,爲轍伯父涣之婿,故子玉於轍兄弟爲長輩行。子玉善詩文及行草書,熙寧初官尚書郎。嘗與蘇軾弟兄、王安石、黄庭堅等唱和。梅堯臣有《還柳瑾祕丞詩編》有云:"吾友蘇子美,聞昔許君詩。子美今下世,令人重嗟咨。"故知柳嘗官秘書丞,其詩頗得蘇舜欽贊許。王安石有《次韻酬子玉同年》,云:"盛德無心漠北窺,蕃胡亦恐勢方羸。塞垣高壘深溝地,幕府輕裘緩帶時。趙將時皆思李牧,楚音身自感鍾儀。慚君許我論邊鎖,俎豆平生卻少知。"知柳瑾胸有大志,嘗欲立功邊陲。郎中:見《利路提刑亡伯郎中挽詞二首》之一注〔一〕。詩叙親情,且贊譽對方書法詩才,期以日後多相往來。

〔二〕裾:衣服的前後襟。《爾雅·釋器》:"衱謂之裾。"晉郭璞注:"衣後襟也。"按,此指衣衫,謂正奔走於行路。

〔三〕謂柳詩文超群出衆,語本唐杜甫《醉歌行》:"詞源倒流三峽水,筆陣獨掃千人軍。"清仇兆鰲注引晉王羲之《題衛夫人筆陣圖後》:"紙者陣也,筆者刀稍也,墨者鏊甲也,硯者城池也,本領者將軍也,心意者副將也。"筆陣:本書法術語。後比喻寫作文章。謂詩文謀篇佈局擘畫如軍陣。蘇軾《王鞏屢約重九見訪既而不至以詩送將官梁交且見寄次韻答之交頗文雅不類武人家有侍者甚惠麗》:"花枝不共秋欹帽,筆陣空來夜斫營。"

〔四〕三國魏曹丕《與朝歌令吴質書》:"從者鳴笳以啓路,文學託乘於後車。"後車:副車,侍從所乘的車。《詩·小雅·綿蠻》:"命彼後車,謂之載之。"鄭箋:"後車,倅車也。"唐陸德明釋文:"倅,副車。"按,後車本指副車,詩文中往往指最出色者。如李商隱《宋玉》:"可憐庾信尋荒徑,猶得三朝託後車。"而此處則是謙言當向柳子玉學習。

附録　蘇軾《次韻柳子玉見寄》

薄雷輕雨曉晴初,陌上春泥未濺裾。行樂及時雖有酒,出門無侶漫看書。遥知寒食催歸騎，定把鴟夷載後車。他日見邀須强起，不應辭病似相如。

秀州僧本瑩浄照堂〔一〕

有僧訪我携詩卷，自説初成浄照堂。求得篇章書壁素〔二〕，不論塵土漬衣黄〔三〕。故山别後成新歲，歸夢春來繞舊房〔四〕。看取盈編定何益〔五〕？客來無語但循牆〔六〕。

【箋注】

〔一〕作於熙寧二年（一〇六九）春。從“歸夢春來繞舊房”可知。按，此年王安石推行新法，故蘇軾、蘇轍弟兄詩中頗多寄寓之詞。如“故山别後成新歲”之類皆有所影射。《宋史·王安石傳》：“［熙寧］二年二月，拜參知政事……安石令其黨吕惠卿預其事，而農田、水利、青苗、均輸、保甲、免役、市易、保馬、方田諸役相繼並興，號爲新法。遣提舉官四十餘輩，頒行天下。”秀州：《元和郡縣志》卷二十五：“［嘉興］本春秋時長水縣，秦爲由拳縣，漢因之。吴時有嘉禾生，改名禾興縣。後以孫皓父名，改爲嘉興縣也。”《新五代史·職方考》：“秀州，吴越王錢元瓘置，割杭州之嘉興縣爲屬而治之。”浄照堂：柳琰《嘉興舊志》：“招提講寺在郡治西北二里，唐曹刺史捨宅爲院，賜名羅漢院。宋治平四年改招提院，僧慧空住院。内有静照堂，蘇文忠、王介甫諸公皆有詩。慧空即本瑩字也。”《至元嘉禾志》卷九：“静照堂一名寂照堂，在招提寺。”此外王珪、鄭獬、黄庭堅等詩皆作静照堂，故當以“静照”爲是。《至元嘉禾志》卷九載宋人静照堂詩三十二首，可參。今本詩附録下只載蘇軾詩。詩言本瑩不辭辛苦遠道求詩，“求得篇章書壁素，不論塵土漬衣黄。”并設想日後静照堂將因衆多的詩文墨跡爲雅客激賞，“客來無語但循牆”擬想逼真。

〔二〕壁素：猶言素壁，指雪白無垢的牆壁。

〔三〕謂本瑩求詩遠道跋涉。不論：不在乎；不計較。漬（zì）：沾染；污染。

〔四〕“故山”二句：蘇軾《和子由澠池懷舊》：“老僧已死成新塔，壞壁無由見舊題。”錢鍾書先生云：“蘇轍《欒城集》卷一《懷澠池》詩有個自注：‘昔與子瞻應舉,過宿縣中寺舍,題其老僧奉閒之壁。'從前和尚死後,人家把他遺體燒化,造個小塔來埋葬他的骨灰。蘇轍每每學他哥哥的詩(甚至哥哥用錯的典故,弟弟會照錯),例如《欒城集》卷三《秀州僧本瑩浄照堂》的'故山别後成新歲,歸夢春來繞舊房',就是摹仿蘇軾這一聯。"(《宋詩選注》)

〔五〕盈編:衆多的著述。盈,充盈。編,簡編。按,這也是譏刺王安石《三經新義》而言。

〔六〕此言日後堂多名人題詠,游人將會恭敬地閲讀牆上的詩文。唐白居易《藍橋驛見元九詩》:"每到驛亭先下馬,循牆繞柱覓君詩。"

附録　蘇軾《秀州僧本瑩静照堂》

鳥囚不忘飛,馬縶常念馳。静中不自勝,不若聽所之。君看厭事人,無事乃更悲。貧賤苦形勞,富貴嗟神疲。作堂名静照,此語子爲誰。江湖隱淪士,豈無適時資。老死不自惜,扁舟自娱嬉。從之恐莫見,況肯從我爲。

京師送王頤殿丞〔一〕

憶游長安城,皆飲毋卿宅〔二〕。身雖坐上賓〔三〕,心是道路客。笑言安能久,車馬就奔迫〔四〕。城南南山近,勝絶聞自昔〔五〕。徘徊竟莫往,指點煩鞭策。道傍古龍池,深透河渭澤〔六〕。山行吾不能,愧此纔咫尺〔七〕。壯哉誰開鑿?千頃如一席。參差山麓近,滉蕩波光射〔八〕。君時在池上,俗事厭紛劇〔九〕。望門不敢叩,恐笑塵土迹〔一〇〕。自從旅京城,所向愈無適。君來曾未幾,已復向南國。扁舟出淮汴,唯見江海碧〔一一〕。野人處城市,長願有羽翮。脱身相從遊,未果聊自責〔一二〕。

【箋注】

〔一〕作於熙寧二年(一〇六九)五月。蘇軾有《王頤赴建州錢監求詩及草書》。當作於同時。孔凡禮《蘇軾文集》卷七十《跋醉道士圖》附章子厚跋有云:"正父赴豐國時,子厚令武進,復題此,以繼子瞻之後。己酉端午後一日。"是知蘇轍詩當作於五月。王頤:字正父,太原人,嘗爲武功令。武功屬永興軍路,永興軍路治長安,武功距長安一百五十里。頤與軾轍兄弟多交往,喜書法筆硯,軾、轍詩文中屢有見及。殿丞:殿中丞之省。殿中監之屬吏。唐置殿中省,監一人,少監二人,掌天子服御之事。宋殿中省監一人,少監一人,掌供奉天子玉食醫藥服御幄帟輿輦舍次之政令。唐置丞二人,宋置一人。詩言相知雖久而交往不多,今王頤居京師不久,又將外任,"君來曾未幾,已復向南國。扁舟出淮汴,唯見江海碧。"期望他日能相從游遨。

〔二〕毋卿:指毋清臣(?—一〇七五)。范純仁《祭毋中散文》:"南山峨峨,八川蕩潏。鄠杜之郊,挺生人傑。粲粲毋公,静深秀發。徒步起家,九卿是列。澹然無營,白首一節。謝事退居,塵紛屏絶。琴奕壺觴,寄傲風月。遽驚淪謝,吞聲悲噎。平昔故僚,契義稠結。何以叙懷? 尊酒徒設。長夜冥冥,音容永訣。嗚呼哀哉!"可知其大略。蘇軾《再跋醉道士圖》:"熙寧元年十二月二十九日,再過長安,會正父於毋清臣家。再觀《醉士圖》,見子厚所題,知其爲予噱也。持耳翁余固畏之,若子厚乃求其持而不得者。他日再見,當復一噱。時與清臣、堯夫、子由同觀。子瞻書。"詩當是言此。餘不詳,俟考。

〔三〕謂作客。唐劉禹錫《送張盥赴舉詩》:"爾生始懸弧,我作座上賓。"

〔四〕"笑言"二句:謂高興不久,又不免奔走道途。笑言:笑容與言語。唐李白《金陵白下亭留别》:"向來送行處,回首阻笑言。"奔迫:急促,匆忙。李白《淮南卧病書懷寄蜀中趙徵君蕤》:"功業莫從就,歲光屢奔迫。"

〔五〕勝絶:絶妙(之地)。唐權德輿《與沈十九拾遺同遊棲霞寺上方于亮上人院會宿二首》之一:"攝山標勝絶,暇日諧想矚。"蘇軾《遊武昌寒溪西山寺》:"相將踏勝絶,更裹三日糗。"

〔六〕"道傍"二句:傳説龍池下邊與黄河渭水相通。

〔七〕"山行"二句:謂未能與王頤一起同游南山。

〔八〕滉蕩:摇晃,波動貌。唐柳宗元《哀溺文》:"世濤鼓以風涌兮,浩滉蕩而無舟。"

〔九〕紛劇:紛亂繁雜。唐張九齡《巡屬縣道中作》:"至邑無紛劇,來人但歡迎。"

〔一〇〕"望門"二句：謂自己不敢造訪對方。望門：望門投止之意。語出《後漢書・黨錮傳・張儉》："儉得亡命，困迫遁走，望門投止，莫不重其名行，破家相容。"清王先謙集解："《通鑑》胡注：'望門而投之，以求止舍，困急之甚也。'王幼學云：'窘迫之中，見門即投歸而止宿，求隱匿也。'"按，此藉言自己狼狽困頓而不便相投。

〔一一〕"君來"四句：謂王頤赴建州任錢監事。淮汴：淮水與汴水。即隋通濟渠、唐廣濟渠的東段。自今滎陽縣北黄河東南流，經今開封市及杞縣、睢縣、寧陵、商丘、夏邑、永城等縣，復東南經今安徽省宿縣、靈璧縣、泗縣和江蘇省泗洪縣，至盱眙縣對岸入淮河。自隋至北宋爲中原通往東南沿海地區的主要水運幹道。此王頤赴建州必經水道，故云。蘇軾《望海樓晚景五絶》之二："雨過潮平江海碧，電光時掣紫金蛇。"

〔一二〕"野人"四句：謂自己不習慣於都市生活，希望他日與王頤一起漫游。野人：士人自謙之稱。唐杜甫《贈李白》："野人對羶腥，蔬食常不飽。"清仇兆鰲注："野人，公自謂也。"羽翮：指翅膀。翮，鳥羽的莖。《周禮・地官・羽人》："羽人掌以時徵羽翮之政。"漢鄭玄注："翮，羽本。"

附録　蘇軾《王頤赴建州錢監求詩及草書》

我昔識子自武功，寒廳夜語樽酒同。酒闌燭盡語不盡，倦僕立寐僵屏風。丁寧勸學不死訣，自言親受方瞳翁。嗟予聞道不早悟，醉夢顛倒隨盲聾。邇來憂患苦摧剥，意思蕭索如霜蓬。羨君顔色愈少壯，外慕漸少由中充。河車挽水灌腦黑，丹砂伏火入頰紅。大梁相逢又東去，但道何日辭樊籠。未能便乞勾漏令，官曹似是錫與銅。留詩河上慰離别，草書未暇緣悤悤。

石蒼舒醉墨堂〔一〕

石君得書法，弄筆歲月久〔二〕。經營妙在心〔三〕，舒卷功隨手〔四〕。惟兹逸群氣，扶駕須斗酒〔五〕。作堂名醉墨，揮灑動牆牖。安得濁酒池〔六〕，淋漓著①濡首〔七〕。但取②繼張君，莫顧顛名醜〔八〕。

【校記】

①著：宋建本、四庫本作“看”。

②但取：叢刊本作“取但”，不辭，誤倒。

【箋注】

〔一〕作於熙寧二年（一〇六九）。石蒼舒：字才美，京兆（今陝西西安市）人。善行草，人謂得草聖三昧。官爲承事郎，通判保安軍。嘗爲丞相吕公微仲所薦，不達而卒。宋文與可《屯田郎中石君墓誌銘》：“男一人蒼舒，雋慧修爽，雜習可喜，攻詞章，善草隸，前爲高陵縣主簿，諸公譽之。”宋黄伯思《東觀餘論》卷下：“石蒼舒書，雖有骨氣，而失于麄俗。”蘇軾有同題詩。弟兄皆推揚石之書法，而尤贊其草書。蘇軾自謙不如，而蘇轍輒以草聖張旭並提。醉墨：謂醉中作詩作畫。語出唐陸龜蒙《奉和襲美醉中偶作見寄次韻》：“憐君醉墨風流甚，幾度題詩小謝齋。”

〔二〕弄筆：謂執筆寫字、爲文、作畫。漢王充《論衡·佚文》：“天文人文，文豈徒調墨弄筆爲美麗之觀哉！”按，這裏指習書法。

〔三〕經營：構思。唐杜甫《丹青引》：“詔謂將軍拂絹素，意匠慘澹經營中。”

〔四〕謂書畫的奔放和凝練都恰到好處。舒卷：舒展和卷縮，此謂運筆之狀。唐皎然《奉應顔尚書真卿觀玄真子置酒張樂舞破陣畫洞庭三山歌》：“昨日幽奇湖上見，今朝舒卷手中看。”功：功夫；造詣。

〔五〕蘇軾《鐵溝行贈喬太博》：“荒村野店亦何有，欲發狂言須斗酒。”

〔六〕濁酒：用糯米、黄米等釀造的酒，較混濁。按，酒以清爲佳，古人常以濁酒形容生活清貧或酌飲不拘。

〔七〕濡首：沾濕了頭，形容酒醉失去常態的情況。語出《易·未濟》：“上九，有孚于飲酒，無咎。濡其首，有孚失是。象曰：‘飲酒濡首，亦不知節也。’”

〔八〕“但取”二句：謂石蒼舒草書可繼張旭之妙。張君：指張旭（六七五—約七五〇）。旭字伯高，一字季明，唐吴（今江蘇蘇州市）人。曾官常熟縣尉，金吾長史。善草書，其草書當時與李白詩歌、裴旻劍舞並稱“三絶”。性好酒，與李白、賀知章等人共稱“飲中八仙”。其詩以七絶見長。唐張懷瓘《書斷·

張旭》:“飲醉,輒草書,揮毫大呼,以頭揾水墨中,天下呼爲張顛。”

附録　蘇軾《石蒼舒醉墨堂》

人生識字憂患始,姓名粗記可以休。何用草書誇神速,開卷惝怳令人愁。我嘗好之每自笑,君有此病何年瘳。自言其中有至樂,適意無異逍遥遊。近者作堂名醉墨,如飲美酒消百憂。乃知柳子語不妄,病嗜土炭如珍羞。君於此藝亦云至,堆牆敗筆如山丘。興來一揮百紙盡,駿馬倏忽踏九州。我書意造本無法,點畫信手煩推求。胡爲議論獨見假,隻字片紙皆藏收。不減鍾張君自足,下方羅趙我亦優。不須臨池更苦學,完取絹素充衾裯。

遊浄因院寄璉禪師〔一〕

歲月潛消日裏冰〔二〕,依然來見佛堂燈。此身已自非前我〔三〕,問法何妨似舊僧〔四〕? 灑面飛泉時點點,壓池蒼石尚層層。遥知近愛金山好,江水煎茶日幾升〔五〕?

【箋注】

〔一〕作於熙寧二年(一〇六九)。浄因院:即浄因寺。在河南開封。北宋皇祐元年(一〇四九),内侍李允寧舍宅而建,仁宗賜“十方浄因寺”額。當時京師,唯修南山律宗,而天台、禪宗未興,帝聞居訥(祖印禪師)名聲大揚,乃召居訥駐錫本寺,居訥稱疾不出,因以懷璉舉代,京師禪風遂興。蘇轍所游,當即指此。璉禪師:即懷璉。宋高僧,本龍溪陳氏子,皇祐中召對稱旨,賜號大覺,詔住浄因禪院。所賜問答詩頌凡十七篇。治平二年丐歸,英宗許之。渡江,少留金山,入四明,郡守迎致,建大閣,榜曰宸奎。蘇軾爲撰碑。參《僧林僧寶傳》卷十八、《五燈會元》卷十五等。詩寫游浄因院所感所見,因懷念懷璉,遥致問候。時懷璉在金山,故問:“遥知近愛金山好,江水煎茶日幾升?”

〔二〕此言歲月飛逝就像烈日下的冰一樣很快就消逝了。《宋高僧傳·後唐福州長慶院慧稜傳》:“昔時謬向途中覓,今日看來火裏冰。”

〔三〕《莊子·齊物論》:"南郭子綦隱机而坐,仰天而噓,荅焉似喪其耦。顔成子游立侍乎前,曰:'何居乎?形固可使如槁木,而心固可使如死灰乎?今之隱机者,非昔之隱机者也。'子綦曰:'偃,不亦善乎而問之也!今者吾喪我,汝知之乎?汝聞人籟而未聞地籟,汝聞地籟而未聞天籟夫!'"已自:已經。自,後綴。

〔四〕問法:請教佛法。

〔五〕"遥知"二句:謂璉禪師當在金山用揚子江水煎茶。按,世傳揚子江水煎茶味最佳。宋張世南《游宦紀聞》卷十:"揚子江心水,號中泠泉,在金山寺傍,郭璞墓下,最當波流險處,汲取甚艱,士大夫慕名求以瀹茗。"金山:在今江蘇鎮江西北。《太平寰宇記·江南東道一·潤州》:"金山澤心寺在城東南揚子江。按《圖經》云:本名浮玉山,因頭陀開山得金,故名金山寺。"

送柳子玉〔一〕

柳侯白首郎〔二〕,風格終近古〔三〕。舊遊日零落,新輩誰與伍?人情逐時好〔四〕,變化無定主。試看近時人,相教蹈規矩。行身劇孔孟,稱道皆舜禹〔五〕。但求免譏評,豈顧愁肺腑〔六〕。坐令不羈士,舉足遭網罟〔七〕。緬懷我生初,遺俗尚目睹〔八〕。中庸雖已亡〔九〕,比近則猶愈。老成慎趨好,後生守淳魯〔一〇〕。豈效相謾欺,衒牛沽馬脯〔一一〕。過惡酒色間,可罪非可惡。譬如嵇與阮,心迹豈深蠹?京師逢柳侯,往事能歷數〔一二〕。嘆息子美賢〔一三〕,相與實舊故。至今存篇章,醉墨龍蛇舞〔一四〕。斯人今苟在,亦恐終囚虜。惜哉時論隘,安置失處所。一麾寄河壖,垂老幸有土〔一五〕。世俗安足論,且盡杯中醑〔一六〕。

【箋注】

〔一〕作於熙寧二年(一〇六九)端午後。柳子玉時任何官不得而知,亦不知欲往何處,或是出京遊幕。《三蘇年譜》以爲"一麾寄河壖,垂老幸有土"是指的柳,云柳似往黄河邊某地作一地方長官,或是縣令之類,不然便不會有"且盡杯中醑"之語,誤。詩後邊數句是歎息蘇舜欽之事。最後兩句是相勉不必爲世俗所左右,且飲酒自得其樂。

〔二〕白首郎:《漢書·馮唐列傳》:"唐以孝著,爲郎中署長,事文帝。帝輦過,問唐曰:'父老何自爲郎?'"後因稱年老官小爲"白首郎"。唐杜甫《元日示宗武》:"訓諭青衿子,名慚白首郎。"

〔三〕風格:風度;品格。唐齊己《還黄平素秀才卷》:"如君好風格,自可繼前賢。"

〔四〕宋歐陽脩《和聖俞李侯家鴨脚子》:"物性久雖在,人情逐時流。"時好:世俗的愛好。

〔五〕"試看"四句:謂世風虚僞,人們交往之間總是互相恭維吹嘘,人人都是孔子孟子,聖人賢人。孔子:見《次韻子瞻減降諸縣囚徒事畢登覽》注〔二二〕。孟子(約前三七二—前二八九):名軻,戰國鄒(今山東西南)人,受業於子思之門人。始遊説於齊梁之間,未見用,退而與門人萬章等著述,繼孔子之意,兼言仁義,鼓倡"仁政"。有書《孟子》。《史記》有傳。

〔六〕"但求"二句:爲免受批評,而説些言不由衷的話。

〔七〕"坐令"二句:謂正直高潔之人動不動就遭災禍。不羈:謂才行高遠,不可拘限。《文選·鄒陽〈獄中上書自明〉》:"使不羈之士,與牛驥同皁。"唐李善注:"不羈,謂才行高遠,不可羈縶也。"

〔八〕"緬懷"二句:謂自己小時世風尚好。暗用《詩·衛風·兔爰》語,其詩三章分别有"我生之初尚無爲,我生之後逢此百罹"、"我生之初尚無造,我生之後逢此百憂"、"我生之初尚無庸,我生之後逢此百凶"語。

〔九〕中庸:儒家的政治、哲學思想。主張待人處事不偏不倚,無過無不及。《論語·雍也》:"中庸之爲德也,其至矣乎。"三國魏何晏集解:"庸,常也,中和可常行之道。"

〔一〇〕"老成"二句:謂人們都有原則。老成:指年高有德的人。趨好:趨時好。此"慎趨好"謂不隨波逐流。淳魯:忠厚樸實。

〔一一〕猶言掛的是牛頭而賣的是馬肉。《晏子春秋·内篇雜下》:"靈公好婦人而丈夫飾者,國人盡服之。公使吏禁之,曰:'女子而男子飾者,裂其衣,斷其帶。'裂衣斷帶,相望而不止。晏子見,公問曰:'寡人使吏禁女子而男子飾,裂斷其衣帶,相望而不止者,何也?'晏子對曰:'君使服之於内,而禁之於外,猶懸牛首於門,而賣馬肉於内也。公何以不使内勿服,則外莫敢爲也。'公曰:'善。'使内勿服,不逾月,而國人莫之服。"

〔一二〕"過惡"六句:爲蘇舜欽被黜鳴不平。嵇與阮,指三國魏阮籍與嵇康。阮籍(二一〇—二六三),字嗣宗,魏陳留尉氏(今河南尉氏縣)人,容貌瓌傑,志氣宏放,博覽群籍,尤好老莊。嗜酒,能詩善琴。嘗爲步兵校尉,故後世呼爲阮步兵。籍能爲青白眼,見禮俗之士,輒以白眼對之。《三國志》《晉書》有傳。嵇康,見《次韻子瞻減降諸縣囚徒事畢登覽》注〔一六〕。

〔一三〕子美:即蘇舜欽(一〇〇八—一〇四八)。字子美,綿州鹽泉(今四川綿陽遊仙區)人,舜元弟。少慷慨有大志,以父廕補太廟齋郎,調滎陽縣尉。景祐元年舉進士中第,改光禄寺主簿,知蒙城縣。丁父憂,居喪於長安。服除,知長垣縣,遷大理評事,監在京店宅務。慶曆四年,以范仲淹薦,爲集賢校理,監進奏院。以岳父杜衍與仲淹、富弼主新政,爲人傾陷,坐用鬻故紙公錢召妓樂會賓客被除名。寓居蘇州,買水石作滄浪亭,益讀書,時發憤懣於詩文。八年,復官爲湖州長史,同年十二月卒,年四十一。詩文豪健,善草書。有集十六卷。見歐陽脩《湖州長史蘇君墓誌銘》,《宋史》有傳。

〔一四〕謂蘇舜欽的草書奔放生動。唐李白《草書歌行》:"怳怳如聞神鬼驚,時時只見龍蛇走。"

〔一五〕"一麾"二句:謂蘇舜欽爲湖州長史事。一麾:謂被揮斥,排擠。語出南朝宋顏延之《五君詠·阮始平》:"屢薦不入官,一麾乃出守。"謂阮咸受荀勖排斥,出爲始平太守。河壖:河邊地。參《次韻王君北都偶成三首》之二注〔一〕。有土:本義指有封地,後用以指作地方行政長官。唐元稹《贈楚繼吾等刺史制》:"特追有土之榮,用明死政之節。"

〔一六〕醑(xǔ):美酒。

送蘇公佐修撰知梓州〔一〕

乘軺舊西蜀,出鎮復東川〔二〕。父老知遺愛,壺漿定滿前〔三〕。江山昔年路,旄節異邦權〔四〕。望重朝中舊〔五〕,疆分劍外天〔六〕。歲登無猛政〔七〕，蠻服罷防邊。去國身雖樂〔八〕，憂時論獨堅。孤誠抱松直，彙進比茅連〔九〕。我亦相從逝，疏狂且自全〔一〇〕。

【箋注】

〔一〕作於熙寧二年（一〇六九）八月十九日。蘇公佐：名寀，字公佐，磁州滏陽（今河北磁縣）人。擢第，調兗州觀察推官，受知於守杜衍。遷審刑院詳議，御史臺推直官，知單州，提點梓州益州路刑獄，利州路轉運使。嘗以侍御史使契丹。還及半道，英宗崩。契丹置晏仍用樂，寀以義責之，遂撤樂。累官給事中，知審刑院卒。寀長於刑名，故累爲法官。持獄平正，屢受詔獎。《宋史》有傳。修撰：官名。唐代史館有修撰，掌修國史，宋有集英殿、右文殿等修撰。參《新唐書・百官志二》《清文獻通考・職官考七・修撰》。知梓州：爲梓州知州。宋時"分命朝臣出守列郡，號權知軍州事"（《宋史・職官七》）；縣亦如之。省稱爲知州、知縣。梓州：路名，轄境約當今四川中江、鹽亭、西充、渠縣以南，金堂、資中、榮縣、屏山、筠連以東及大竹、鄰水、合川、永川、合江以西地區。治梓州（今四川三臺縣）。重和元年，改爲潼川府路。治所在昌城縣（今四川三臺縣潼川鎮）。詩言寀昔曾任西蜀法官，有遺愛於民。此行出鎮，定將大得民心，平治西蜀。且言希望追隨蘇寀而尋求自保。

〔二〕"乘軺"二句：謂入蜀爲官。乘軺（yáo）：乘使者之車。軺，一馬所駕之輕車。東川：今四川東境。唐肅宗於梓潼置劍南東川節度，宋因之。

〔三〕"父老"二句：謂父老知道蘇公佐先前在蜀地的名聲一定會遠道相迎。遺愛：本指有古人高尚德行、被人敬愛的人。《左傳・昭公二十年》："及子産卒，仲尼聞之，出涕曰：'古之遺愛也。'"晉杜預注："子産見愛，有古人之遺風。"按，此指蘇公佐先前曾任職梓州，惠政在民間流傳。壺漿：語出《孟子・梁惠王下》："簞食壺漿，以迎王師。"原謂竹籃中盛著飯食，壺中盛著酒漿茶水，以歡迎王者的軍隊。後多用指百姓歡迎、慰勞自己所擁護的軍隊或喜歡的長官。

〔四〕旄節：鎮守一方的長官所擁有的節。唐李嘉祐《送從弟歸河朔》："諸將矜旄節，何人重布衣？"

〔五〕唐劉禹錫《送王司馬之陝州》："府公既有朝中舊，司馬應容酒後狂。"望重：名聲大；德望高。

〔六〕劍外:指四川劍閣以南地區。唐杜甫《聞官軍收河南河北》:“劍外忽傳收薊北,初聞涕淚滿衣裳。”

〔七〕歲登:年成好;豐收年。漢桓寬《鹽鐵論·力耕》:“豐年歲登,則儲積以備乏絶。”猛政:嚴酷的政治。《世説新語·政事》:“山遐去東陽,王長史就簡文索東陽,云:‘承藉猛政,故可以和静致治。’”南朝梁劉孝標注引《江惇傳》:“山遐爲東陽,風政嚴苛,多任刑殺,郡内苦之。”

〔八〕去國:離開京都或朝廷。南朝宋顔延之《和謝靈運》:“去國還故里,幽門樹蓬藜。”

〔九〕謂遞相推薦引進。語出《易·泰》:“拔茅茹,以其彙,征吉。”三國魏王弼注:“茅之爲物,拔其根而相牽引者也。茹,相牽引之貌也。”唐孔穎達疏:“彙,類也,以類相從……征,行也。”彙進:猶彙征。因此處需仄聲故换爲“進”。謂連類而進。唐陸贄《請許台省長官舉薦屬吏狀》:“惟廣求才之路,使賢者各以彙征;啓至公之門,令職司皆得自達。”

〔一〇〕“我亦”二句:希望自己也有機會外任而自由自在。從此逝:謂當遠走高飛。語出《史記·高祖本紀》:“高祖以亭長爲縣送徒酈山,徒多道亡。自度比至皆亡之,至豐西澤中,止飲,夜乃解縱所送徒。曰:‘公等皆去,吾亦從此逝矣。’”杜甫《送樊二十三侍御赴漢中判官》:“恨無匡復姿,聊欲從此逝。”疏狂:豪放,不受拘束。唐白居易《代書詩寄微之》:“疏狂屬年少,閑散爲官卑。”

送任師中通判黄州〔一〕

一别都門今五年,劇談精壯故依然。厭居巴蜀千山底〔二〕,决住荆河十頃田〔三〕。老去功名無意取,身閑詩筆更能專〔四〕。黄州無事聊須飲,世俗方今自足賢。

【箋注】

〔一〕作於熙寧二年(一〇六九)八月後。任師中:名伋(一〇一七—一〇八一),字師中,孜弟,眉州眉山(今四川眉山市)人。與蘇洵相友善。慶曆六年登第，負氣節，善詩，與其兄伯雨齊名，時稱爲大任小任。熙寧三年通判黄州。嘗爲齊安令，其民愛之，因買田以居，郡人作師中菴，任公亭，東坡爲之作《師中菴題名》。元豐初知瀘州，不主開邊之議。故東坡詩曰："任公鎮西南，嘗贈繞朝策。當時若盡鬬，善陣無赫赫。"元豐四年三月卒，年六十四歲。參秦觀《淮海集》卷三十三《瀘州使君任公墓表》。通判：官名。宋代爲抑制地方勢力，於各州府或軍置通判，以京官儒臣充任，地位略次於州府長官，但握有連署州府公事和監察官吏的實權，號稱監州。"知府公事並須長吏、通判簽議連書，方許行下。"參《宋史・職官七》。黄州：春秋時邾國之地，後爲黄國之境，戰國時屬楚，秦屬南郡，兩漢爲江夏郡，曹魏亦爲重鎮，晉爲西陽國，後周又置衡州及黄州，隋初改衡州爲黄州。唐爲黄州，或爲齊安郡。治黄岡（今湖北黄岡市）。參《文獻通考・輿地考五・黄州》。詩言與任師中一别五年（以時推之，當在治平元年），而任健壯善談如故。下聯是追憶任離蜀來京師，"荆河"語出《書・禹貢》："荆河惟豫州。"時宋京開封，在豫州地，故云。《三蘇年譜》言"不詳其地"。失察。其意云任不願蝸居巴蜀，而來中原求發展。通判黄州，實爲閑職，故蘇轍希望任伋飲酒賦詩樂得逍遥，不必太以功名爲念。

〔二〕蘇軾《送張職方吉甫赴閩漕六和寺中作》："君如大江日千里，我如此水千山底。"

〔三〕蘇軾《寄吴德仁兼簡陳季常》："門前罷亞十頃田，清溪繞屋花連天。"

〔四〕謂處閑職更可專意於詩。

附録　蘇軾《送任伋通判黄州兼寄其兄孜》

吾州之豪任公子，少年盛壯日千里。無媒自進誰識之，有才不用今老矣。别來十年學不厭，讀破萬卷詩愈美。黄州小郡隔溪谷，茅屋數家依竹葦。知命無憂子何病，見賢不薦誰當耻。平泉老令更可悲，六十青衫貧欲死。桐鄉遺老至今泣，潁川大姓誰能箠。因君寄聲問消息，莫對黄鷂矜爪觜。

南窗〔一〕

京師三日雪，雪盡泥方深。閉門謝還往〔二〕，不聞車馬音〔三〕。西齋書帙亂,南窗初日升。展轉守牀榻,欲起復不能〔四〕。開户失瓊玉〔五〕,滿階松竹陰。客從遠方來〔六〕,疑我何苦心。疏拙自當爾〔七〕,有酒聊共斟〔八〕。

【箋注】

〔一〕作於熙寧二年(一〇六九)冬。閑居無聊,閉門謝客。遠客造訪,把酒消愁。還往:來往;往來。宋曾鞏《答葛藴》:"歸來客舍中,未及還往頻。"宋洪邁《容齋隨筆》卷十五:"蘇子由《南窗》詩云……此其少年時所作也。東坡好書之,以爲人間當有數百本,蓋閒談簡遠得味外之味云。"

〔二〕還往:來往;往來(之人)。蘇軾《送安惇秀才失解西歸》:"我昔家居斷還往,著書不暇窺園葵。"

〔三〕晉陶潛《飲酒二十首》之五:"結廬在人境,而無車馬喧。"

〔四〕"展轉"二句:謂因爲天冷多是擁被而卧,不願起床。

〔五〕謂關門睡覺雪化了都不知道。

〔六〕《文選·古詩十九首·客從遠方來》:"客從遠方來,遺我一端綺。"

〔七〕疏拙:粗疏笨拙。唐張籍《三原李氏園宴集》:"疏拙不偶俗,常喜形體閒。"

〔八〕唐李白《下終南山過斛斯山人宿置酒》:"歡言得所憩,美酒聊共揮。"

次韻楊褒直講攬鏡〔一〕

鬢髮年來日向衰〔二〕,相寬不用强裁詩〔三〕。壯心付與東流去,霜蟹何妨左手持①〔四〕。花②發黄鸝巧言語〔五〕,池開楊柳鬥腰肢③〔六〕。勸君行樂還聽否〔七〕,即是南風苦熱時。

【校記】

①持:宋建本誤作"特"。

②花:叢刊本作"苑"。

③肢:宋文集本、宋建本作"支"。

【箋注】

〔一〕作於熙寧三年(一〇七〇)春。是年正月九日,轍差充省試點檢試卷官。二十六日,張方平知陳州,辟轍爲陳州教授。楊褒:字之美,華陽(今四川成都市)人。王安石之婿。嘉祐末爲國子監直講,治平間出通判潁州,好收法書,蔡君謨多從借搨。褒善詩,喜聲伎,與當時勝流多有交往。歐陽公見其女奴彈琵琶,有詩云:"嬌兒兩幅青布裙,三腳木牀坐調曲。奇書古畫不論價,盛以錦囊裝玉軸。"可見一斑。蘇軾有《次韻楊褒早春》詩。直講:官名。輔助博士講授經學。《新唐書·百官志三》:"直講四人,掌佐博士助教,以經術講授。"《續資治通鑑長編·太宗淳化五年》:"[十月]復以國子學爲國子監,改講書爲直講,從判學李至請也。"宋王辟之《澠水燕談録》卷九:"華陽楊褒好古博物,家雖貧,尤好書畫奇玩,充實橐中。家姬數人,布裙糲食而歌舞絶妙。故歐陽公贈之詩云:'三腳木床坐調曲。'蓋言褒之貧也。"攬鏡:持鏡;對鏡。楊褒詩今不傳。以常情及和詩推之,楊褒《攬鏡》當是對鏡忽見顔面又增歲月痕跡,不免傷時感事。蘇轍詩頌揚楊褒名士風流,不必太汲汲於功名,及時行樂才是要務。"勸君行樂還聽否,即是南風苦熱時。"二句寓"行樂須及春"意。

〔二〕五代李中《寄廬山白大師》:"别後音塵隔,年來鬢髮衰。"

〔三〕裁詩:寫詩;賦詩。唐杜甫《江亭》:"故林歸未得,排悶强裁詩。"

〔四〕"壯心"二句:是時王安石推行新法,朝中正直之士盡被放逐。故蘇轍頗多傷感。《宋史·王安石傳》:"公著雖爲所引,亦以請罷新法出潁州。御史劉述、劉琦、錢顗、孫昌齡、王子韶、程顥、張戩、陳襄、陳薦、謝景温、楊繪、劉摯,諫官范純仁、李常、孫覺、胡宗愈皆不得其言,相繼去。驟用秀州推官李定爲御史,知制誥宋敏求、李大臨、蘇頌封還詞頭,御史林旦、薛昌朝、范育論定不孝,皆罷逐。"《晉書·畢卓傳》:"卓嘗謂人曰:'得酒滿數百斛船,四時甘味置兩頭,右手持酒杯,左手持蟹螯,拍浮酒船中,便足了一生矣。'"按,《世説新語·任誕》作"一手持蟹螯,一手持酒杯"。霜蟹:結霜時節的蟹,霜後螃蟹肥美。唐皮日休《病中有人惠海蟹轉寄魯望》:"病中無用霜螯處,寄與夫君左手持。"唐許渾《洛中秋日》:"壯心能幾許,伊水更東流。"蘇軾《和人見贈》:"壯心無復春流起,衰鬢從教病葉零。"

〔五〕唐白居易《南湖早春》:"翅低白雁飛仍重,舌澀黄鸝語未成。"

〔六〕腰肢:腰身,身段。唐劉禹錫《楊柳枝詞》之五:"花萼樓前初種時,美人樓上鬥腰支。"

〔七〕漢楊惲《報孫會宗書》:"人生行樂耳,須富貴何時?"

送錢婺州純老〔一〕

桃花汴水半河流,已作南行第一舟①。倦報朝中言嘖亂〔二〕,喜聞淮上櫓咿呦〔三〕。平時答策詞無枉,此去爲邦學更優〔四〕。自古東陽足賢守〔五〕,請君重賦沈公樓〔六〕。

【校記】

①舟:宋文集本作"州",誤。

【箋注】

〔一〕作於熙寧三年(一〇七〇)三月。從下引曾鞏詩序可知。錢婺州:即錢藻(一〇二二—一〇八二),字純老,一作醇老,錢塘(今浙江杭州市)人,寓蘇州。仁宗皇祐五年進士,爲旌德尉。嘉祐四年(一〇五九)試校書郎、無爲軍判官。英宗時通判秀州。神宗熙寧三年知婺州。入直舍人院,同修起居注,擢知制誥。加樞密直學士,知開封府,改翰林侍讀學士,知審官東院。元豐五年卒。事見《元豐類稿》卷四十二《錢公墓誌銘》。《宋史》有傳。婺(wù)州:春秋戰國時並越地,秦屬會稽郡,兩漢置會稽西部都尉,吴置東陽郡,晉宋齊皆因之。梁陳置金華郡,隋平陳置婺州。煬帝初州廢,置東陽郡,唐爲婺州,或爲東陽郡,治金華(今浙江金華市)。屬江南道。宋改保寧軍節度,屬浙東路。曾鞏《館閣送錢純老知婺州詩序》:"熙寧三年三月,尚書司封員外郎、秘閣校理錢君純老出爲婺州,三館秘閣同舍之士相與飲餞于城東佛舍之觀音院,會者凡二十人。純老亦重僚友之好,而欲慰處者之思也,乃爲詩二十言以示坐者。於是在席人各取其一言爲韻,賦詩以送之……純老以明經進士制策入等,歷教國子生,入館閣爲編校書籍校理檢討。其文章學問有過人者,宜在天子左右,與訪問,任獻納。而顧請一州,欲自試於川窮山阻僻絶之地。其志節之高,又非凡才所及。此賦詩者所以推其賢,惜其志,殷勤反復而不能已。"宋胡仔《苕溪漁隱叢話前集・東坡七》:"錢藻知婺州,臨行,館閣同舍舊例餞送,席上衆人先索錢藻相別詩,欲各分韻作送行詩。錢藻作五言絶句一首,分得英字韻,作古詩送之,云……此詩言朝廷方急才,多士並進,子獨遠出爲郡,不少自勉,强求進,但守高義,意譏時人之急進也。又言青苗助役既行,百姓輸納不前,則爲郡者不免用鞭箠催督,醉中道此,醒後卻驚恐得罪,以譏新法不便也。"宋朋九萬《東坡烏臺詩案・送錢藻知婺州》:"元豐三年三月内,軾曾將相識僧行脚色,寫書與弟轍,令送與錢藻,問錢藻房弟駙馬都尉錢景臻求祠部紫衣各一道,既不識景臻,其祠部亦不曾取,上件册子内。"蘇轍詩云:"倦報朝中言嘖亂,喜聞淮上櫓咿呦。平時答策詞無枉,此去爲邦學更優。"可見錢之外放,其間定有隱情。曾鞏序所謂"宜在""固請"云云,蓋有所諱飾。蘇軾《送錢藻出守婺州得英字》云:"老手便劇郡,高懷厭承明。"

〔二〕言嘖:大聲紛争的言辭。《左傳・定公四年》:"會同難,嘖有煩言,莫之治也。"晉杜預注:"嘖,至也;煩言,忿争。"

〔三〕咿呦(yī yōu):象聲詞,摇櫓聲。

〔四〕《論語・子張》:"子夏曰:'仕而優則學,學而優則仕。'"

〔五〕東陽:今屬浙江。素有"婺之望縣"之美稱。足:多。北周庾信《周大將軍司馬神道碑銘》:"谷寒無日,山空足雲。"

〔六〕沈公樓:樓名。原名玄暢樓,又名八詠樓。在浙江金華南隅,婺江北岸。南朝齊隆昌元年沈約爲東陽太守時所建。沈公:即沈約(四四一——五一三),字休文,南朝宋武康(今浙江德清縣)人。博通群籍,善爲文。歷仕宋、齊、梁三朝。初任記室,仕齊遷太子家令,隆昌元年,除吏部郎,出爲寧朔將軍、東陽太守,屢遷南清河太守。入梁拜尚書僕射,封建昌縣侯。官至尚書令,卒謚隱。《梁書》《南史》有傳。

附録　蘇軾《送錢藻出守婺州得英字》

老手便劇郡,高懷厭承明。聊紆東陽綬,一濯滄浪纓。東陽佳山水,未到意已清。過家父老喜,出郭壺漿迎。子行得所願,愴恨居者情。吾君方急賢,日旰坐邇英。黄金招樂毅,白璧賜虞卿。子不少自貶,陳義空峥嶸。古稱爲郡樂,漸恐煩敲搒。臨分敢不盡,醉語醒還驚。

次韻柳子玉見贈〔一〕

壯心衰盡愧當年〔二〕，刻意爲文日幾千〔三〕。老去讀書聊度歲，春來多睡苦便氈。夢歸似雁長飛去，才短如蠶祗自纏〔四〕。唯有聞詩尚思和，可能時寄最高篇？

【箋注】

〔一〕作於熙寧三年（一〇七〇）春末。詩前四句寫柳，"壯心衰盡"，其情可憫；讀書多睡，老態龍鍾。"春來多睡"當是柳原詩自云近況，亦知轍詩當寫於春夏之交。"夢歸"一聯自解。末聯希望柳時寄詩來。

〔二〕宋柳開《贈諸進士》："髮白壯心衰，不覺老之至。"

〔三〕刻意爲文：潛心致志，用盡心思寫詩文。語出南朝梁劉勰《文心雕龍·通變》："才穎之士，刻意學文。"

〔四〕唐白居易《江州赴忠州至江陵以來舟中示舍弟五十韻》："燭蛾誰救護？蠶繭自纏縈。"

次韻任遵聖見寄〔一〕

故國老成誰復先〔二〕，壯心空記話①當年。灌夫失意貧無友〔三〕，梅福辭官晚作仙〔四〕。詩句清新非世俗，退居安穩卜江天。它年我亦從君隱，多買黄魚煮復煎〔五〕。

【校記】

①話：原作"語"，據宋建本、宋文集本、叢刊本改。

【箋注】

〔一〕作於熙寧三年（一〇七〇）春夏間。任遵聖：見《泊南井口期任遵聖》注〔一〕。揆詩意，任時已老退，心境落寞。轍詩委婉安慰，奉勸其逍遥山水，頤養天年。

〔二〕謂任遵聖是故鄉老成之冠。老成：指年高有德的人。語出《後漢書·和帝紀》："今彪聰明康彊，可謂老成黄耇矣。"唐李賢注："老成，言老而有成德也。"

〔三〕《史記·魏其武安侯列傳》附"灌夫"："灌夫家居雖富，然失勢，卿相、侍中賓客益衰。"灌夫（？—前一三一）：字仲孺，西漢潁陰（今河南許昌市）人。吴楚七國之亂時，隨父從軍，以功封中郎將。建元元年（前一四〇），爲太僕。次年改燕國相。後坐法免官。灌夫任俠，家産數千萬，食客日數十百人，横暴潁川郡。與魏其侯竇嬰交，交惡于丞相田蚡。後爲田蚡誣陷，與竇嬰皆誅死。《史記》《漢書》有傳。

〔四〕梅福：字子真，西漢末九江郡壽春（今安徽壽縣）人。少年求學長安，精《尚書》、《穀梁春秋》。爲郡文學，補南昌縣尉。後去官歸。成帝時，王鳳擅權，福屢上書言事，書載其本傳。元始中，王莽專政，福一朝棄妻子去九江，至今傳以爲仙。《漢書》有傳。

〔五〕黄魚：即鱣。參《磻溪石》注〔四〕。

次韻劉貢甫學士畫松石圖歌〔一〕

長松大石生長見，竭遊塵土嗟空羡〔二〕。寒翠關心失舊交，榮華過眼驚流電〔三〕。破繒買得古畫圖〔四〕，遺墨參差隨斷綫。蟉枝倒掛風自舞〔五〕，直幹孤生看面面〔六〕。故山舊①物遠莫致，愛此隨人共流轉〔七〕。物生真僞②竟何有，適意一時寧復辨？少年所好老成癖，傍人指笑嗟矜衒〔八〕。京城宅舍松石希，買費百金猶恐賤〔九〕。

【校記】

①舊：叢刊本作"臼"，誤。

②僞：叢刊本作"傍"，不辭，誤。

【箋注】

〔一〕作於熙寧三年（一〇七〇）春夏間。劉貢父：即劉攽（一〇二三—一〇八九），字貢父，號公非，臨江新喻（今江西新餘市）人。與兄敞同舉仁宗慶曆六年進士,歷仕州縣二十年始爲國子監直講。神宗熙寧中判尚書考功、同知太常禮院。因考試開封舉人時與同院官争執,爲御史所劾,又因致書王安石反對青苗法,貶泰州通判遷知曹州,爲京東轉運使,知兗、亳二州。吴居厚代京東轉運使,奉行新法,追咎攽在職廢弛,貶監衡州鹽倉。哲宗即位,起居襄州,入爲秘書少監,以疾求知蔡州。在蔡數月,召拜中書舍人。元祐四年卒,年六十七。劉攽精邃經學、史學,助司馬光修《資治通鑑》,專職漢史。《宋史》本傳稱著書百卷,已佚。清四庫館臣據《永樂大典》所載,輯爲《彭城集》四十卷。學士:官名。南北朝以後,以學士爲司文學撰述之官。唐代翰林學士亦本爲文學侍從之臣,因接近皇帝,往往參預機要。宋代始設專職,其地位職掌與唐代略同。劉詩對畫圖評價甚高。蘇轍詩對愛玩此圖加以解釋,"故山舊物遠莫致,愛此隨人共流轉。"所以愛玩,是因爲古圖多似蜀中景致,睹圖而思故里。至于畫之真僞并不重要,"適意"則可。是亦物物而不物于物的哲學理念。比較起蘇軾製調水符,收貯奇石等等,轍似更爲通達。

〔二〕謂離别了故鄉山水只有徒然懷念。朅(qiè)遊:漫遊;遊宦。語出《漢書·司馬相如傳下》:"悲世俗之迫隘兮,朅輕舉而遠遊。"唐顔師古注:"朅,去意也。"空羡:徒然羡慕。

〔三〕流電:閃電。蘇軾《吉祥寺僧求閣名》:"過眼榮枯電與風,久長那得似花紅。"按,蘇軾用蘇轍意。

〔四〕謂繒上的畫圖已經破爛。繒:絲織品的總稱。按,蘇轍《畫文殊普賢》有"吾兄子瞻苦好異,敗繒破紙收明鮮",其畫或爲蘇軾所購。

〔五〕蟉(liú)枝:盤曲之樹枝。

〔六〕謂不管從哪個角度看都是挺拔卓立的。面面:猶言四面。

〔七〕"故山"二句:謂此畫畫的是故鄉風物,因而時常携帶在身邊。《詩·衛風·竹竿》:"籊籊竹竿,以釣于淇。豈不爾思,遠莫致之。"

〔八〕矜衒(xuàn):夸耀,炫耀。唐羅隱《殘花》:"繁陰莫矜衒,終是共塵埃。"

〔九〕"京城"二句:謂京城很難見到這樣的畫圖,即或是百金恐亦難以買到。百金:形容錢多。金爲銅質布(鎛)錢的單位名稱,字本作"釿"。一金即一銅錢。

附録　劉攽《蘇子瞻家畫松圖歌》

君家圖畫皆所見，近得此松尤可羨。根蟠平石蹙蛟螭，幹出青冥起雷電。樛枝横斜復幾尺，緑葉茸聳鋪繡綫。空堂深沈白日寒，謖謖似有風吹面。此圖翦裂人不知，塵外分張數流轉。能令神物還相從，非君苦心誰與辨。更惜良工名不傳，可憐世俗多夸衒。爲君作歌君志之，後千百年無復賤。

送頓起及第還蔡州〔一〕

詔書京輔起沉淪〔二〕，歲貢仍居第一人〔三〕。不愧得官名暫屈，自誇對策語深淳〔四〕。讀書飽足終無厭，從宦奔馳自此新。我去淮陽今不久，鄰邦時得問音塵〔五〕。

【箋注】

〔一〕作於熙寧三年（一〇七〇）春。宋朝的殿試通常是在春季舉行，故繫於當年春季。頓起：字敦詩，汝南（今河南汝南縣）人。神宗熙寧三年進士。七年，爲青州教授 。元豐中，爲監察御史。哲宗元祐四年通判泰州，後提點西川刑獄。頓起與軾、轍弟兄交好，頗多唱酬。蔡州：春秋時沈蔡二國之地，戰國時爲楚魏二國之境。秦屬潁川郡，漢高祖置汝南郡，後漢因之。魏晉亦曰汝南郡，宋初因之，兼置豫州以爲重鎮。煬帝初復置汝南郡。唐爲豫州，或爲汝南郡，寶應元年更名蔡州，屬河南道。宋爲淮康軍節度，屬京西北路，治汝陽（今河南汝陽縣）。參《文獻通考・輿地考六・蔡州》。詩對頓起名高而位卑頗爲不平，“不愧得官名暫屈，自誇對策語深淳。”實亦同病相憐。末云即將赴陳州任，與蔡爲鄰郡，希望多通音問。

〔二〕京輔：國都及其附近地區。沉淪：指埋没不遇的賢士。唐李白《贈從弟南平太守之遥二首》之一：“彤庭左右呼萬歲，拜賀明主收沉淪。”

〔三〕歲貢：諸侯郡國定期向朝廷推薦人才的制度。《後漢書・蔡邕傳》：“臣聞古者取士，必使諸侯歲貢。”唐李賢注引《尚書大傳》：“古者諸侯之於天子,三年一貢士。”按,此謂頓起以第一名被地方推薦。

〔四〕深淳:深厚淳樸。宋司馬光《參政尚書文簡丁公度挽辭二首》之一:“閨臺尤顯重,訓詁愈深淳。”

〔五〕音塵:音信,消息。漢蔡琰《胡笳十八拍》之十:“故鄉隔兮音塵絶,哭無聲兮氣將咽。”

初到陳州二首〔一〕

其一

謀拙身無向〔二〕,歸田久未成。來陳爲懶計,傳道愧虚名〔三〕。俎豆終難合〔四〕,詩書强欲明。斯文吾已試〔五〕,深恐誤諸生〔六〕。

【箋注】

〔一〕作於熙寧三年(一〇七〇)春。蘇軾《潁州初别子由二首》宋施元之注:“神宗青苗法既行,子由度不能救,以書抵介甫,指陳其決不可者,且請補外。介甫大怒,將加以罪,同列止之,除河南推官。會張安道知陳州,辟爲教授。東坡是時亦以論新法爲介甫所嫉,通判杭州,出都來陳。子由送至潁,且同謁歐陽公而别。蓋熙寧四年也。”按,《長編》繫於六年,而《年表》繫三年,《宋史》記其事亦在三年。故繫於三年。陳州:周初封舜後嬀滿於此,爲陳國。楚滅爲縣。楚頃襄王自郢徙於此。秦屬潁川郡,漢汝南郡淮陽國之地,後漢亦同。南朝略同。隋置陳州,煬帝初州廢,置淮陽郡。唐爲陳州,或爲淮陽郡,屬河南道。宋因之。宣和元年陞爲淮寧府,屬京西北路。治宛丘(今河南淮陽縣)參《文獻通考·輿地考六·陳州》。

〔二〕唐白居易《秋齋》:“阮籍謀身拙,嵇康向事慵。”

〔三〕“來陳”二句:謙言因疏懶而任教授,並非真能傳道。懶計:因爲疏懶而考慮的。唐杜甫《大歷三年春城放船出瞿塘峽久居夔府將適江陵漂泊有詩凡四十韻》:“浮名尋已已,懶計卻區區。”唐韓愈《師説》:“古之學者必有師。師者,所以傳道受業解惑也。”按,此牢騷很盛,因爲當時王安石“新學”推行,傳統的舊學已無用。

〔四〕“俎豆”二句：自謙之辭。謂自己作爲教授於《詩》《書》《禮》等經典無法闡明，故後句言“深恐誤諸生”。俎豆：俎和豆。古代祭祀禮器。此指代《禮》。

〔五〕《論語·衛靈公》：“子曰：‘吾之於人也，誰毁誰譽？如有所譽者，其有所試矣。’”

〔六〕杜甫《奉贈韋左丞丈二十二韻》：“紈袴不餓死，儒冠多誤身。”

其二

久愛閑居樂，兹行恐遂不？上官容碌碌〔一〕，飽食更悠悠。枕畔書成癖，湖邊柳散愁。疏慵愧韓子，文字化潮州〔二〕。

【箋注】

〔一〕謂張安道不苛求下屬，下屬頗寬鬆自由。

〔二〕“疏慵”二句：謂不能如韓愈在潮州那樣推行教化。韓子：指韓愈（七六八—八二四）。愈字退之，唐鄧州南陽（今河南南陽市）人。貞元八年進士及第。十九年任監察御史。因上書言宫市弊，貶陽山令。後隨裴度平淮西，以功遷刑部侍郎，旋因諫迎佛骨貶潮州刺史。在潮州，多行善政，民嘗立廟以祀。穆宗時再遷爲吏部侍郎。愈博學善文，其文爲後世所宗，稱“韓文”。新舊《唐書》有傳。潮州：今廣東潮州。晉置義安郡，梁兼置東揚州，後改曰瀛州。陳時州廢，隋罷郡，尋分置潮州。以潮流往復，因以爲名，唐復爲潮州，宋曰潮州潮陽郡，治在今廣東潮州市。《新唐書·韓愈傳》：“初，愈至潮，問民疾苦，皆曰：‘惡溪有鱷魚，食民畜産且盡，民以是窮。’數日，愈自往視之，令其屬秦濟以一羊一豚投溪水而祝之曰……祝之夕，暴風震電起溪中，數日水盡涸，西徙六十里，自是潮無鱷魚患。”

附録　蘇軾《次韻子由初到陳州二首》

其一

道喪雖云久，吾猶及老成。如今各衰晚，那更治刑名。懶惰便樗散，疎狂託聖明。阿奴須碌碌，門户要全生。

其二

舊隱三年别，杉松好在不？我今尚眷眷，此意恐悠悠。閉户時尋夢，無人可説愁。還來送别處，雙淚寄南州。

柳湖感物〔一〕

柳湖萬柳作雲屯〔二〕，種時亂插不須根〔三〕。根如卧蛇身合抱，仰視不見蜩蟬喧〔四〕。開花三月亂飛雪〔五〕，過牆度水無復還。窮高極遠風力盡，棄墜泥土顔色昏。偶然直墮湖中水，化爲浮萍輕且繁〔六〕。隨波上下去無定，物性不改天使然。南山老松長百尺，根入石底蛟龍蟠。秋深葉上露如雨，傾流入土①明珠圓。乘春發生葉短短〔七〕，根大如指長而堅。神農嘗藥最上品〔八〕，氣力直壓鍾乳温〔九〕。物生稟受久已異〔一〇〕，世俗何始分愚賢？嘗見野人言柳花入水爲浮萍，松上露墮地爲仙茅〔一一〕，陰乾服之益人。古②方云，十斤鍾乳不如一斤仙茅。

【校記】

①土：叢刊本作"上"，形近而誤。

②古：叢刊本作"右"，形近而誤。

【箋注】

〔一〕作於熙寧三年（一〇七〇）暮春。"開花三月亂飛雪"可知。柳湖：地當在陳州州城之外。清查慎行《蘇詩補注》引《名勝志》："柳湖在陳州城北，子由爲教授時創亭於上。"詠柳詠松，實有所寄寓。柳之不擇地而生，隨緣自適，正是自身寫照；松之盤根錯節，根深葉勁，只因稟所不同。

〔二〕雲屯：如雲之聚集，謂盛多。《後漢書·袁紹劉表傳贊》："魚麗漢軸，雲屯冀馬。"

〔三〕柳樹以枝條插植，故云不須根。

〔四〕蜩（tiáo）：蟬。《莊子·逍遥遊》："蜩與學鳩笑之。"唐陸德明釋文：

"蜩,音條。司馬云:蟬。"

〔五〕唐張子容《自樂城赴永嘉枉路泛白湖寄松陽李少府》:"百花亂飛雪,萬嶺疊青霄。"

〔六〕浮萍:浮生在水面上的一種草本植物。按,楊花化爲浮萍,其説甚早。明陳耀文《天中記·萍》引《世説》:"楊花入水化爲浮萍。"蘇軾《再次韻曾仲錫荔支》:"柳花著水萬浮萍"自注曰:"柳至易成,飛絮落水中,經宿即成浮萍。"

〔七〕《莊子·庚桑楚》:"夫春氣發而百草生,正得秋而萬實成。"唐杜甫《春夜喜雨》:"好雨知時節,當春乃發生。"

〔八〕神農:傳説中的太古帝王名。始教民爲耒耜,務農業,故稱神農氏。又傳其曾嘗百草,發現藥材,教人治病。也稱炎帝,謂以火德王。《易·繫辭下》:"包犧氏没,神農氏作。"梁任昉《述異記》卷下:"太原神釜岡中,有神農嘗藥之鼎存焉。"

〔九〕鍾乳:鍾乳石。《神農本草經·石鍾乳》:"石鍾乳一名留公乳,味甘,温,無毒。"

〔一〇〕唐韓愈《秋懷》之二:"運行無窮期,稟受氣苦異。"

〔一一〕仙茅:植物名。原生西域,粗細有筋,或如筆管,有節文理。唐開元元年婆羅門僧進此藥,因又名婆羅門參。宋莊季裕《雞肋編》卷下:"仙茅一名婆羅門参,出南雄州大庾嶺上,以路北雲封寺後者爲佳。切以竹刀,洗暴通白,其寺南及他處者,即心有黑暈,以此爲别。"

附録　蘇軾《次韻子由柳湖感物》

憶昔子美在東屯,數間茅屋蒼山根。嘲吟草木調蠻獠,欲與猿鳥争啾喧。子今憔悴衆所棄,驅馬獨出無往還。惟有柳湖萬株柳,清陰與子供朝昏。胡爲譏評不少借,生意凌挫難爲繁。柳雖無言不解愠,世俗乍見應憮然。嬌姿共愛春濯濯,豈問空腹修蛇蟠。朝看濃翠傲炎赫,夜愛疎影摇清圓。風翻雪陣春絮亂,蠹響啄木秋聲堅。四時盛衰各有態,摇落淒愴驚寒温。南山孤松積雪底,抱凍不死誰復賢。

柳湖久無水悵然成詠〔一〕

平湖水盡起黄埃〔二〕,惟有長堤萬萬栽〔三〕。病鶴摧頹沙上舞〔四〕,遊人寂寞岸邊回。秋風草木初摇落〔五〕,日暮樵蘇自往來〔六〕。更試明年春絮起,共看飛雪亂成堆〔七〕。

【箋注】

〔一〕作於熙寧三年(一〇七〇)初秋。詩所描繪盡秋日景象,“秋風草木初摇落,日莫樵蘇自往來”更可爲證。

〔二〕唐杜甫《夏日歎》:“雨降不濡物,良田起黄埃。”

〔三〕萬萬栽:言栽插之多。蘇軾《種松得徠字》:“荒園一雨過,戢戢千萬栽。”

〔四〕唐錢起《病鶴篇》:“獨鶴聲哀羽摧折,沙頭一點留殘雪。”

〔五〕三國魏曹丕《燕歌行》:“秋風蕭瑟天氣涼,草木摇落露爲霜。”

〔六〕樵蘇:謂砍柴割草的人。晉左思《魏都賦》:“樵蘇往而無忌,即鹿縱而匪禁。”

〔七〕唐劉兼《芳春》:“桃花滿地春牢落,柳絮成堆雪棄嫌。”

次韻孫户曹朴柳湖〔一〕

疏慵非敢獨違時,野性顛狂不受羈〔二〕。猶有曲湖容笑傲〔三〕,誰言與物苦參差〔四〕?水乾生草曾非惡,鶴舞因風忽自怡。最愛柳陰遲日暖〔五〕,幅巾輕屨肯相隨〔六〕?

【箋注】

〔一〕作於熙寧三年(一〇七〇)初秋。“水乾生草”“鶴舞因風”“遲日暖”皆初秋景象。孫朴:字元忠,鄭州管城(今河南鄭州市)人,固長子。元祐初,以承議郎、行軍器監丞爲秘閣校理,後守真定。時官陳州户曹。户曹:掌管民户、祠祀、農桑等官署。後漢、三國魏以下有户曹掾。北齊與功曹同爲參軍。隋有户曹參軍。唐諸府稱户曹，在州曰司户。户曹掌管籍賬、婚姻、田宅、雜徭、道路等事。《宋史·職官志七》："户曹參軍掌户籍賦税、倉庫受納。"轍與孫朴同爲閑官，情意相投，笑傲世事，流連山水。幅巾輕屨，柳蔭夕陽，徜徉徘徊，其樂融融。

〔二〕謂山野之性不受拘束。漢司馬遷《報任安書》："僕少負不羈之才，長無鄉曲之譽。"羈：馬絡頭。

〔三〕笑傲：嬉笑游樂。唐薛能《彭門解嘲二首》之一："嗚嗚吹角貳師營，落日身閒笑傲行。"

〔四〕參差（cēn cī）：不一致，矛盾。

〔五〕唐白居易《錢塘湖春行》："最愛湖東行不足，緑楊陰裏白沙隄。"

〔六〕蘇軾《贈王子直季才》："幅巾我欲相隨去，海上何人識故侯。"幅巾：謂不加冠，只用全幅細絹裹頭。多指山林隱士的裝束。

贈李簡夫司封〔一〕

平生談笑接諸公，歸老身心著苦空〔二〕。往事少能陪晤語〔三〕，新詩時喜挹清風〔四〕。形骸摩詰羸偏健〔五〕，筆札西臺晚更工〔六〕。笑我壯年常苦病，異時何以作衰翁〔七〕？

【箋注】

〔一〕作於熙寧三年（一〇七〇）秋。李簡夫：名宗易，字簡夫，陳州（今河南淮陽縣）人。天禧三年進士，少好學，詩文琴棋遊藝皆妙絶過人。其詩效白樂天。歷官尚書屯田員外郎知光化軍事，仕至太常少卿。以疾乞歸，優遊林泉，所交多名士，晏殊知之尤深。蘇轍時與之游，且序其詩集。司封：司封郎中之省稱。吏部屬官，主封爵之事。郎中，參《利路提刑亡伯郎中挽詞二首》之一注〔一〕。詩贊揚李宗易交游名流，作詩清新工致。

〔二〕歸老：辭官養老。苦空：佛教語。謂人世間一切皆苦，凡事俱空。唐施肩吾《觀花後遊慈恩寺》："世事知難了，應須問苦空。"

〔三〕晤語:對面交談。《詩·陳風·東門之池》:"彼美淑姬,可與晤語。"

〔四〕挹:吸取。《全後漢文·顔子碑》:"爾乃安陋巷,挹清風。甘箪瓢以充飢,雖屢空而不憂。"

〔五〕摩詰:維摩詰的省稱。參《楊惠之塑維摩像》注〔一〕。

〔六〕此言李的文章晚年越好。筆札:猶筆記。此處代指文章。西臺:官署名。中書省的别稱。《文獻通考·職官考五·中書省》:"[中書省]後魏亦謂之西臺……唐武德三年,復中書省。龍朔二年改爲西臺。"因李宗易曾爲尚書省屬吏,故云。

〔七〕謂到老來還不知如何。衰翁:老翁。唐白居易《秋寄微之十二韻》:"屈君爲長吏,伴我作衰翁。"

次韻李簡夫[①]秋園〔一〕

秋色豈相負?小園仍有花。繞欄吟落日,拾徑得殘[②]葩〔二〕。菊細初藏蝶[③],桐疏不庇鴉。遊觀須作意,霜雪僅留槎〔三〕。

【校記】

①夫:宋文集本作"大",誤。

②殘:叢刊本作"殘",誤。

③蝶:宋文集本作"珠",誤。

【箋注】

〔一〕作於熙寧三年(一〇七〇)中秋前後。"殘葩""桐疏"是其證。

〔二〕拾徑:猶言躡徑。拾(shè),躡足而上。《史記·司馬相如列傳》:"精罔閬而飛揚兮,拾九天而永逝。"

〔三〕"遊觀"二句:謂當好好欣賞,到冬天就只有殘枝了。作意:注意。槎:樹的杈枝。

題李簡夫葆光亭〔一〕

徑[①]草侵芒屩〔二〕,庭花墮石臺。小亭[②]幽事足〔三〕,野色向人來。

坐上烏皮几〔四〕，牆間大瓠罍〔五〕。老成無不可，談笑得徘徊。

【校記】

①徑：原作"遥"，據宋大字本、宋建本改。

②亭：叢刊本作"庭"，從詩題知誤。

【箋注】

〔一〕作於熙寧三年（一〇七〇）中秋前後。葆（bǎo）光：隱蔽其光輝。比喻才智不外露。語出《莊子・齊物論》："注焉而不滿，酌焉而不竭，而不知其所由來，此之謂葆光。"唐成玄英疏："葆，蔽也。至忘而照，即照而忘，故能韜蔽其光，其光彌朗。"李簡夫多才藝，詩文琴棋游藝皆妙絶過人。其官不顯者，恐與聲名太彰有關，亭名褒光，或亦有感於此。

〔二〕芒屩：用芒莖外皮編織成或草製的鞋。

〔三〕幽事：幽景，勝景。唐杜甫《北征》："青雲動高興，幽事亦可悦。"

〔四〕烏皮：黑色的皮革。南朝齊謝朓有《詠烏皮隱几》詩。杜甫《阻雨不得歸瀼西甘林》："拂拭烏皮几，喜聞樵牧音。"

〔五〕大瓠罍：大的酒缸。

次韻李簡夫因病不出〔一〕

十五年來一味閑〔二〕，近來推病更安眠。鶴形自瘦非關老〔三〕，僧定端居不計年〔四〕。坐上要須長滿客〔五〕，杖頭何用出携錢〔六〕？未嫌語笑妨清静，閑暇陪公几杖前〔七〕。

【箋注】

〔一〕作於上詩略後。"一味閑"透露出其間隱曲，末云如不嫌棄，當陪伴漫步消閑。

〔二〕一味：一直；向來。

〔三〕鶴形：鶴的形態。形容人形體清瘦。唐李翱《贈藥山高僧惟儼二首》之一："練得身形似鶴形，千株松下兩函經。"

〔四〕僧定：猶言禪定。佛教禪宗修行方法之一。參《少林寺贈頓起》注

〔四〕。端居:深居簡出。

〔五〕《後漢書·孔融傳》:"賓客日盈其門。常歎曰:'坐上客常滿,尊中酒不空。吾無憂矣。'"

〔六〕《世説新語·任誕》:"阮宣子常步行,以百錢掛杖頭,至酒店,便獨酣暢,雖當世貴盛,不肯詣也。"

〔七〕几杖:坐几和手杖,皆老者所用,古常用爲敬老者之物。《禮記·曲禮上》:"謀於長者,必操几杖以從之。"

故成都尹陸介夫挽詞〔一〕

擁節西來①未一年,淒涼道路泣東轅〔二〕。蜀都富樂真當惜〔三〕,民事艱難誰復論〔四〕? 白馬何人趨遠日,青芻盈束更無言〔五〕。異時歸去逢遺老,空聽諮嗟述舊恩〔六〕。

【校記】

①來:原本作"南",蜀藩刻本、叢刊本作"來",義長,據改。

【箋注】

〔一〕作於熙寧三年(一〇七〇)八月二十九日。陸介夫(一〇一二—一〇七〇):名詵(shēn),字介夫,餘杭(今浙江杭州餘杭區)人。第進士,簽書北京判官,以平貝州亂加集賢校理,通判秦州。知桂州,親往邕州簡閱武備,軍聲大振,交人遂遣使入貢。改知延州,卻李諒祚。後知成都,陳青苗法不便,請罷四路使者。詔獨置成都一路。《宋史》有傳。成都:宋于今四川成都置成都府。尹:古代官吏通稱。成都府,本益州蜀郡劍南西川節度,太平興國六年降爲州,端拱元年復爲劍南西川成都府。淳化五年降爲節度,嘉祐五年復爲府,六年復節度。轄府一,州十二,軍二,監一,縣五十八。治今四川成都市。詩對陸詵早逝深表痛惜,云蜀民對陸之恩德當會銘記不忘。陵家鄉在餘杭故云。

〔二〕謂陸詵靈車東回。東轅:向東行進。

〔三〕謂陸詵至成都僅一年就去世,至爲痛惜。蜀地有富樂之名源自劉備,宋祝穆《方輿勝覽・綿州》載“富樂山”條云:“在巴西縣東五里。劉備自鑾荆入蜀,劉璋延之於此山,望見蜀之全盛,飲酒樂甚,故得富樂之名。”又宋唐庚《富樂山》一詩曰:“富樂之名誰所留,建安年中劉豫州。”富樂:富裕而安樂。

〔四〕謂陸詵死後無人再爲民請命。《續資治通鑑長編・神宗熙寧三年》:“[八月]又詔:‘嘉、蜀二州違朝旨,不報提舉常平倉司文字,委知成都府陸詵劾罪以聞。’詵尋卒,不果劾。初,遣使提舉常平倉貸青苗錢,詵言:‘川峽四路與内地不同,刀耕火種,民食常不足,至種芋充饑。今本路省税科折已重,蜀民輕侈不爲積蓄,萬一歲儉不能償官,適陷民於死地可哀。願罷四路使者,如其故便。’并言差役、水利事皆不當改爲。其後卒罷三路之使,獨置成都府路提舉官一員。”

〔五〕“白馬”二句:《詩・小雅・白駒》:“皎皎白駒,在彼空谷。生芻一束,其人如玉。”《後漢書・范式傳》:張元伯與范式友,張元伯死,“式未及到,而喪已發引,既至壙,將窆,而柩不肯進。其母撫之曰:‘元伯,豈有望邪?’遂停柩移時,乃見素車白馬,號哭而來。其母望之曰:‘是必范巨卿也。’巨卿既至,叩喪言曰:‘行矣元伯!死生路異,永從此辭。’會葬者千人,咸爲揮涕。式因執紼而引,柩於是乃前。式遂留止塚次,爲脩墳樹,然後乃去。”後常用爲弔喪之典。

〔六〕“異時”二句:謂他年自己回蜀地,當還會聽到父老緬懷陸的惠政。諮嗟:嘆息貌。

附録　蘇軾《陸龍圖詵挽詩》

挺然直節庇峨岷,謀道從來不計身。屬纊家無十金産,過車巷哭六州民。塵埃輦寺三年别,樽俎岐陽一夢新。他日思賢見遺像,不論宿草更沾巾。

張安道尚書生日〔一〕

出入三朝望愈尊〔二〕,淮陽退卧避喧煩〔三〕。崇高歷遍知皆妄,風俗頻遷氣獨存〔四〕。世事直須勞舊德〔五〕,歸心那復厭名藩〔六〕。

赤松作伴功雖切，白髮憂時義所敦[七]。仁比高山年自倍[八]，秋逢生日喜盈門。知公知命身無禱[九]，聊爲生靈舉壽樽[一〇]。

【箋注】

〔一〕作於熙寧三年（一〇七〇）九月二十三日。《宋朝事實類苑・詩歌賦詠・禪理詩》："張尚書方平、李給事徽之、王秘監端俱以丁未九月二十三日生。"張安道（一〇〇七—一〇九一）：名方平，號樂全居士，應天宋城（今河南商丘市）人。少穎悟，景祐元年舉茂才異等，寶元元年又中賢良方正。西夏叛，上《平戎十策》。歷知諫院、知制誥，進翰林學士，拜御史中丞、三司使。出知杭、益等州府，十易藩鎮。英宗召拜翰林學士承旨。神宗即位，除參知政事，尋以父憂免。服除，以觀文殿學士留守西京，又歷數郡。極論新法之害。數請老，元豐二年以太子少師致仕，元祐六年卒，年八十五，謚文定。深識三蘇父子，故蘇軾終身敬事之。方平慷慨有氣節，平居未嘗以言徇物，以色假人。王安石用事，巋然不少屈，以是望高一時。見王鞏《張公行狀》，蘇軾亦有《張文定公墓誌銘》，《宋史》有傳。詩歷頌張安道功德，并祝張健康長壽。

〔二〕張方平仁宗時入仕，歷英宗、神宗，故云三朝。

〔三〕謂張方平知陳州有如漢汲黯治淮陽，同時也是避禍。漢汲黯學黄老之言，治官理民，好清静。嘗坐法免官，武帝時再起爲淮陽太守，黯力辭，武帝告之曰："顧淮陽吏民不相得，吾徒得君之重，卧而治之。"淮陽：國名，"高帝十一年置"，都陳（今河南淮陽縣）。隋置陳州，煬帝初州廢，置淮陽郡。唐爲陳州，或爲淮陽郡，宋爲陳州，屬京西北路。治宛丘（今河南淮陽縣）。參《文獻通考・輿地考・陳州》。喧煩：喧囂煩擾。

〔四〕"崇高"二句：謂王安石妄意孤行，而張方平氣節獨存。宋司馬光《温公日記》："九月初四日，張觀文判南京留臺。安道素與介甫不善，上初即位，人薦介甫之賢者甚衆，上訪于安道，安道曰：'是人有虚名而無實用，晉之王夷甫。若果用之，恐敗天下風俗。'介甫聞而銜之。故安道以參知政事丁父憂，服除而不復舊位，知陳州，内不自安，故稱疾而去。"

〔五〕舊德：指德高望重的老臣。漢蔡邕《焦君贊》："惜哉朝廷，喪兹舊德。"

〔六〕名藩:指地方重鎮。《晉書·王國寶傳》:"時王恭與殷仲堪並以才器,各居名藩。"

〔七〕"赤松"二句:謂張方平雖學赤松子養身之術,但耽於道義心繫時事也白髮滿頭了。赤松:指赤松子。亦作"赤誦子",事蹟記載不一。《史記·留侯世家》:"願棄人間事,欲從赤松子遊耳。"唐司馬貞索隱引《列仙傳》:"神農時雨師也,能入火自燒,崑崙山上隨風雨上下也。"《淮南子·齊俗》:"今夫王喬、赤誦子,吹嘔呼吸,吐故納新。"漢高誘注:"赤誦子,上谷人也,病癘入山,導引輕舉。"敦:敦促;督促。

〔八〕謂張有仁德而必享長壽。語出《論語·雍也》:"子曰:'知者樂水,仁者樂山。知者動,仁者静;知者樂,仁者壽。'"宋邢昺疏:"言仁者少思寡欲,性常安静,故多壽考也。"

〔九〕謂張方平知命常樂,不事禱告。語出《論語·述而》:"子疾病,子路請禱。子曰:'有諸?'子路對曰:'有之,誄曰:禱爾于上下神祇。'子曰:'丘之禱久矣。'"

〔一〇〕謂姑且代替百姓向張方平敬酒祝壽。

送劉道原學士歸南康〔一〕

大川傾流萬物俱,根旋腳脱争奔徂。流萍斷梗誰復數?長林巨石曾須臾。軒昂顛倒唯恐後,嗟子①何獨强根株〔二〕。三年一語未嘗屈,擬學文學驚當塗。心知勢力非汝敵,獨恐清議無遺餘〔三〕。扁舟歲晚告歸覲〔四〕,家膳欲及羞蓴鱸〔五〕。隱居高節世所尚,掛冠早歲還州閭〔六〕。紛紜世事不著耳,得失豈復分錙銖〔七〕?投身固已陷泥滓,獨立未免遭霑濡〔八〕。君歸左右誰高趣,牛毛細數分賢愚〔九〕。

【校記】

①子:蜀藩刻本作"予",宋文集本作"于",形近而誤。

【箋注】

〔一〕作於熙寧三年(一〇七〇)十二月。劉道原(一〇三二—一〇七八):

即劉恕,字道原,筠州(今江西高安市)人。皇祐初舉進士,調鉅鹿主簿、和川令。篤好史學。司馬光編《資治通鑑》,凡紛雜難治者則以問恕。王安石欲引寘三司條例,恕以不習金穀爲辭,且言不宜以財利爲治。求監南康軍酒,許即官修書。累官至秘書丞。司馬光出知永興軍,恕亦以親老告歸。元豐元年九月卒,年四十七。事跡見黄庭堅《劉道原墓誌銘》。《宋史》有傳。南康:戰國時屬楚,秦屬九江郡,兩漢屬章郡,吴屬廬陵郡。及晉平吴,置南康郡。隋平陳,置虔州,煬帝初州廢,置南康郡。唐爲虔州,或爲南康郡。宋爲南康軍,治江州星子縣。詩對劉恕守正不阿高度評價,"三年一語未嘗屈",寧願棄官歸隱也不同流合污。因有所顧忌,故詩句不免隱曲。

〔二〕"大川"六句:謂萬物争相隨波逐流。暗寓當時朝臣們紛紛追隨王安石的情形。"流萍短梗"比喻趨炎附勢者,而"長松巨石"比喻一些重臣且素有名望者。流萍斷梗:漂流的浮萍和草木之類。斷梗,猶言浮梗。語出《戰國策·齊策三》:"有土偶人與桃梗相與語……[土偶]曰:'今子,東國之桃梗也,刻削子以爲人,降雨下,淄水至,流子而去,則子漂漂者將何如耳?'"後以"浮梗"喻飄流無定。

〔三〕"三年"四句:謂劉恕潛心著述,不願屈己失節。三年一語:謂劉語不多而精當。語本《史記·滑稽列傳·淳于髡》:"齊威王之時喜隱,好爲淫樂長夜之飲,沈湎不治,委政卿大夫。百官荒亂,諸侯并侵,國且危亡,在於旦暮。左右莫敢諫。淳于髡説之以隱曰:'國中有大鳥,止王之庭,三年不蜚又不鳴,王知此鳥何也?'王曰:'此鳥不飛則已,一飛沖天;不鳴則已,一鳴驚人。'"當塗:執政;掌權。《韓非子·孤憤》:"當塗之人擅事要,則外内爲之用矣。"《文選·郭璞〈遊仙詩〉之七》:"長揖當塗人,去來山林客。"唐李善注:"當塗,即當仕路也。"清議:對時政的議論。

〔四〕扁舟:小船。歸覲:歸謁君王父母。這裏指劉恕聲稱歸謁父母而去職。

〔五〕蒓鱸:即蓴菜與鱸魚。《世説新語·識鑒》:"張季鷹辟齊王東曹掾,在洛,見秋風起,因思吴中菰菜羹、鱸魚膾,曰:'人生貴得適意爾,何能羈宦數千里以要名爵?'遂命駕便歸。"

〔六〕謂辭官歸故鄉。掛冠:晉袁宏《後漢紀·光武帝紀五》:"[逢萌]聞王莽居攝，子宇諫，莽殺之。萌會友人曰：‘三綱絶矣，禍將及人。’即解衣冠，掛東都城門，將家屬客於遼東。”又，南朝梁陶弘景，于齊高帝作相時，曾被引爲諸王侍讀。家貧，求作縣令不得，乃脱朝服掛神武門，上表辭禄。見《南史・隱逸傳下・陶弘景》。後因以“掛冠”指辭官、棄官，成爲辭官的常典。州閭：本是古代地方基層行政單位州和閭的連稱。《禮記・曲禮上》：“夫爲人子者，三賜不及車馬，故州閭鄉黨稱其孝也。”漢鄭玄注：“《周禮》二十五家爲閭，四閭爲族，五族爲黨，五黨爲州。”按，此指鄉里。

〔七〕錙銖：錙和銖，都是極小的重量單位，因以比喻微小的數量。蘇軾《劉壯輿長官是是堂》：“當爲感麟翁，善惡分錙銖。”按，此謂對於得失處之泰然。

〔八〕“投身”二句：謂劉恕身不由己卷入了政治紛争之中。霑濡：沾濕；浸潤。指受到牽連。

〔九〕贊揚劉恕品格之高，不與世俗爲伍。《晉書・華譚傳》：“或問譚曰：‘諺言人之相去，如九牛毛。寧有此理乎？’譚對曰：‘昔許由、巢父讓天子之貴，市道小人争半錢之利，此之相去，何啻九牛毛也！’聞者稱善。”

附録　蘇軾《送劉道原歸覲南康》

晏嬰不滿六尺長，高節萬仞陵首陽。青衫白髮不自歎，富貴在天那得忙。十年閉户樂幽獨，百金購書收散亡。朅來東觀弄丹墨，聊借舊史誅姦强。孔融不肯下曹操，汲黯本自輕張湯。雖無尺箠與寸刃，口吻排擊含風霜。自言静中閲世俗，有似不飲觀酒狂。衣巾狼藉又屢舞，旁人大笑供千場。交朋翩翩去略盡，惟吾與子猶徬徨。世人共棄君獨厚，豈敢自愛恐子傷。朝來告别驚何速，歸意已逐征鴻翔。匡廬先生古君子，挂冠兩紀鬢未蒼。定將文度置膝上，喜動鄰里烹豬羊。君歸爲我道姓字，幅巾他日容登堂。

題滑州畫舫齋贈李公擇學士〔一〕

窗户重重向日明，船居氣味此中生〔二〕。汀洲出没叢花短〔三〕，波浪澄虚兩岸平。竄逐南來身未穩〔四〕,安閑感物意猶驚。前賢事蹟君今似,不愧當年畫舫名。歐陽公南還佐是邦而爲此齋,公擇之謫亦從南來,故云①。

【校記】

①云:叢刊本作"耳"。

【箋注】

〔一〕作於熙寧三年(一〇七〇)十二月十一日後。滑州:春秋戰國屬衛,秦、兩漢置東郡,晉爲陳留濮陽二國。隋初置杞州,後爲滑州,又改爲兗州。尋廢兗州,置東郡。唐爲滑州,或爲靈昌郡,義成軍節度,屬河南道。宋太平興國初改武成軍爲輔郡,屬京西路,後又爲滑州靈河郡,武成軍節度。治所在今河南滑縣。畫舫齋:在滑縣治,歐陽脩爲守日建以爲燕私之居。有記。其記云:"予至滑之三月,即其署東偏之室治爲燕私之居,而名曰畫舫齋。凡入予室者,如入乎舟中。"蔡襄書扁。畫舫(fǎng):裝飾華美之游船。舫,並連起來的船只。指船。李公擇:即李常(一〇二七—一〇九〇),字公擇,南康建昌(今江西南城縣)人,黄庭堅舅父。皇祐進士。熙寧中爲右正言,王安石與之善。時安石立新法,常極言其不便。安石遣所親喻意,常不爲止。落職通判滑州。哲宗時累拜御史中丞。少讀書廬山白石僧舍,既擢第,留所抄書萬卷於室,名曰李氏山房。有文集奏議,《詩傳》、《元和會計録》。《宋史》有傳。熙寧三年(一〇七〇)三月,轍嘗與李常晤於河浦。四月李常通判滑州。秦觀《李中丞常行狀》:"而其論青苗尤爲激切,至十餘上不已。於是落職,通判滑州。"歐陽脩爲滑州通判,是在朝不爲權相吕夷簡等所容求補外,而李常亦因忤王安石落職。蘇轍詩兩賢并舉,"前賢事蹟君今似,不愧當年畫舫名",對李常高度評價。

〔二〕氣味:猶言意趣,情調。唐白居易《閑意》:"漸老漸諳閑氣味,終身不擬作忙人。"

〔三〕汀洲:水中小洲。《楚辭·屈原〈九歌·湘夫人〉》:"搴汀洲兮杜若,將以遺兮遠者。"

〔四〕竄逐:放逐;流放。唐韓愈《謁衡嶽廟遂宿嶽寺題門樓》:"竄逐蠻荒幸不死,衣食纔足甘長終。"

送王恪郎中知襄州〔一〕

魏公德業冠當年〔二〕，汝守威名竦漢邊〔三〕。將相傳家俱未遠，子孫到處各推賢〔四〕。風流最喜君真似〔五〕，符竹連分政得專〔六〕。峴首重尋碑墮淚〔七〕，習池還指客橫鞭〔八〕。逃亡已覺依劉表〔九〕，寒俊應須禮浩然〔一〇〕。當有郡人知古意，欄街齊唱《接羅①》篇〔一一〕。

【校記】

①羅：原本、宋文集本作"籬"，據宋建本、蜀藩刻本改。

【箋注】

〔一〕作於熙寧三年（一〇七〇）十二月十一日後。王恪：宋名相封魏公王旦之孫，王素侄，大名莘縣（今山東聊城市）人。襄州：春秋以來楚地，秦南郡之北界，兩漢屬南郡南陽二郡地，至獻帝時魏武始置襄陽郡。晉初因之，兼置豫州。西魏改曰襄州，隋復爲襄陽郡，唐因之，爲山南東道節度，屬山南道。宣和元年陞爲襄陽府。宋屬京西南路，治襄城（今湖北襄陽市）。參《文獻通考·輿地考六·襄州》。詩頌王恪父祖輩功業，期望王恪光耀家聲。

〔二〕魏公：指王恪祖王旦（九五七—一〇一七），字子明，王祐子。太宗太平興國五年進士。以著作郎預編《文苑英華》。真宗咸平時累官同知樞密院事、參知政事，景德三年拜丞相，監修兩朝國史。性坦蕩，有謗不校。善知人，多薦賢能，而不令其自知。軍國大事，皆預參决。天禧元年，以疾罷相。卒封魏國公。有文集。《宋史》有傳。

〔三〕汝守：指王恪叔父王素。素爲王旦第三子，字仲儀。賜進士出身。歷知鄂州。仁宗擢知諫院，遇事敢言。知成都，有惠政。再知汝州、渭州，修保寨，教民耕戰，積粟支十年，士氣感憤，敵不敢犯。官終工部尚書，卒謚懿敏。《宋史》有傳。

〔四〕推賢：推薦賢人。此謂被（地方）推舉。《禮記·儒行》："儒有内稱不辟親，外舉不辟怨，程功積事，推賢而進。"按，言王氏家族傳承家風，賢人輩出。

〔五〕唐李白《贈孟浩然》:“吾愛孟夫子,風流天下聞。”

〔六〕竹符:即竹使符。漢時竹製的信符。右留京師,左與郡國。凡發兵用銅虎符,其餘徵調用竹使符。《漢書·文帝紀》:“初與郡守爲銅虎符、竹使符。”唐顔師古注引應劭曰:“竹使符皆以竹箭五枚,長五寸,鐫刻篆書,第一至第五。”亦省稱“竹使”。後泛指地方官的印符。

〔七〕《晉書·羊祜傳》:“襄陽百姓於峴山祜平生游憩之所建碑立廟,歲時饗祭焉。望其碑者,莫不流涕,杜預因名爲墮淚碑。”峴首:即峴山,在湖北襄陽縣南。按,此與下句寄意王恪繼踵前賢。

〔八〕《晉書·山簡傳》:“[簡]鎮襄陽……諸習氏,荆土豪族,有佳園池,簡每出遊嬉,多之池上,置酒輒醉,名之曰高陽池。時有童兒歌曰:‘山公出何許,往至高陽池。日夕倒載歸,酩酊無所知。時時能騎馬,倒著白接䍦。’”後人或省稱習池。又名高陽池。在湖北襄陽峴山南。唐杜甫《初冬》:“日有習池醉,愁來《梁甫吟》。”

〔九〕漢末詩人王粲避難到荆州依附劉表,作《登樓賦》,其辭有云:“雖信美而非吾土兮,曾何足以少留?”劉表(一四二—二〇八):字景升,山陽郡高平(今山東微山縣)人,魯共王餘之後。漢末名士,與同郡張儉等號爲八顧。初平中爲荆州刺史,愛民養士,意在自保。曹操擊敗袁紹後南征,兵未至而疽發背死。《後漢書》有傳。按,此與下句希望王恪能善待賢士。

〔一〇〕浩然:指孟浩然(? —七四〇)。唐襄陽(今湖北襄陽市)人,世稱孟襄陽,詩與王維齊名。少好節義,隱鹿門山。年四十游京師,不偶而歸。張九齡辟爲荆州從事。病疽背卒。有《孟浩然集》傳世。新舊《唐書》有傳。

〔一一〕接䍦:即白接䍦,以白鷺羽爲飾的帽子。宋李石《續博物志》卷六:“鷺有長翰毛,江東人取以爲睫攡,名之曰‘白鷺纕’。”宋曾慥《類説·海物異名記》:“江東人取白鷺頭頸上翰爲接離,謂之‘白鷺簑’。”清李調元《卍齋瑣録·戌録》:“《爾雅》注:‘白鷺纕。’按,即晉山簡接籬,白帽也。”參上注〔六〕。

和張安道讀杜集〔一〕用其韻

我公才不世〔二〕,晚歲道尤高。與物都無著〔三〕,看書未覺勞。微言精《老》《易》〔四〕,奇韻喜《莊》《騷》〔五〕。杜叟詩篇在,唐人氣①力豪。近時無沈宋〔六〕,前輩蔑劉曹〔七〕。天驥精神穩〔八〕,層臺結構牢〔九〕。龍騰非有迹〔一〇〕,鯨轉自生濤〔一一〕。浩蕩來何極〔一二〕,雍容去若遨〔一三〕。壇高真命將〔一四〕,毳亂始知髦〔一五〕。白也空無敵〔一六〕,微②之豈少褒〔一七〕? 論文開錦繡,賦命委蓬蒿〔一八〕。初試中書日,旋聞鄜畤逃〔一九〕。妻孥隔豺虎〔二〇〕,闞輔暗旌旄。入蜀營三徑〔二一〕,浮江寄一艘〔二二〕。投人慚下舍〔二三〕,愛酒類東皋〔二四〕。漂泊終浮梗〔二五〕,迂疏獨釣鰲〔二六〕。誤身空有賦〔二七〕,掩脛惜無袍〔二八〕。卷軸今何益〔二九〕? 零丁昔未遭〔三〇〕。相如元並世〔三一〕,惠子謾臨濠〔三二〕。得失將誰怨,憑公付濁醪〔三三〕。

【校記】

①氣:叢刊本作"喜",不辭,誤。

②敵微:叢刊本作"微敵",誤倒。

【箋注】

〔一〕作於熙寧四年(一〇七一)七月。是年七月,蘇軾至陳州,兄弟相聚,張方平賦《讀杜工部詩》,軾兄弟皆次韻。詩對張安道之學問及從政才能盛贊高推,借杜甫之遭遇而自傷淹滯下僚。杜集:指杜甫詩集。杜甫(七一二—七七〇),字子美。唐初著名詩人杜審言從孫。居杜陵,自號杜陵布衣,又稱少陵野老。少貧,舉進士不第。玄宗時以獻賦待制集賢院。安禄山作亂,玄宗入蜀,肅宗立,甫赴鳳翔上謁,拜左拾遺。宰相房琯兵敗陳陶斜,甫上疏救獲罪,出爲華州司功參軍。棄官客秦州。後流落劍南,依嚴武。武表爲檢校工部員外郎。大歷中游耒陽,一夕大醉卒。甫博極群書,善爲詩。其詩浩涵汪洋,千態萬狀,憂時即事,世號詩史。元稹謂詩人以來,未有如甫者。有《杜工部集》。新舊《唐書》有傳。

〔二〕杜甫《奉和嚴中丞西城晚眺十韻》:"直詞才不世,雄略動如神。"不世:非一世所能有,罕有。多謂非凡。語本《漢書·杜周傳》:"竊見朱博忠信勇猛,材略不世出,誠國家雄俊之寶臣也。"

〔三〕謂超脱不以榮辱爲懷。無著:佛教語。無所羈絆;無所執著。

〔四〕老易:《老子》和《周易》,爲道家代表作。老子,見《和子瞻讀道藏》注〔二〕。周易,書名。古代卜筮之書。有《連山》《歸藏》《周易》三種,合稱三《易》,今僅存《周易》,簡稱《易》。爲儒家十三經之一。

〔五〕莊騷:《莊子》和《離騷》。莊子,見《和子瞻讀道藏》注〔二〕。離騷,因爲韻腳的緣故,此以《離騷》代指《楚辭》類作品。楚辭,本爲楚地歌謡。後戰國楚屈原創作出《離騷》等巨製鴻篇,後人仿效,成爲獨具特色的文學作品,通稱楚辭。西漢劉向編輯成《楚辭》集,東漢王逸又有所增益,分章加注成《楚辭章句》。宋洪興祖又有《楚辭補注》。

〔六〕沈宋:指唐初著名詩人沈佺期和宋之問。沈佺期,字雲卿,唐内黄(在今河南内黄縣)人。第進士,由協律郎累除給事中考功。因攀附張易之被長流驩州。神龍中爲修文館學士。其詩與宋之問齊名,靡麗如錦繡。終太子少詹事。開元初卒。新舊《唐書》有傳。宋之問,字延清,唐汾州(在今山西)人。武后時累轉尚方監丞左奉宸内供奉,詩與沈佺期齊名,時號爲沈宋。以媚附張易之貶,景龍中復官考功員外郎。諂事太平公主,以受賄聲名狼藉,貶越州長史。睿宗時流嶺南賜死。新舊《唐書》有傳。

〔七〕劉曹:指漢末三國時詩人劉楨與曹操及其子曹丕、曹植。劉楨(?—二一七),字公幹,漢末東平國(今山東東平縣)人。有文才,善詩,與王粲、孔融、陳琳、阮瑀、應瑒、徐幹相友善,時號建安七子。曹操以爲丞相掾屬。嘗從曹丕飲,丕令甄氏出拜,坐中咸伏,楨獨平視。操聞之,收治罪。刑竟署吏,建安中卒。《三國志》有傳。曹操,見《和子瞻司竹監燒葦園因獵園下》注〔一一〕。曹丕(一八七—二二六),字子桓,三國魏沛國譙(今安徽亳州市)人,曹操次子。初爲漢五官中郎將、副丞相。操死,繼位爲魏王、漢丞相。獻帝延康元年(二二〇),受漢"禪讓"爲帝,改元黄初,國號魏,都洛陽。在位七年卒,謚文皇帝。性猜忍忌刻。通騎射、彈棋諸技藝。好讀書屬文,著《典論》及詩賦百餘篇。其中《典論・論文》爲文學批評名篇,《燕歌行》爲現存最早最完整七言詩。《三國志》有紀。曹植(一九二—二三二),字子建,曹操第三子,曹丕弟。少博學善詩文,操嘗欲立以爲嗣,故深爲丕所忌。丕廢漢稱帝後,于植屢加貶抑,植不得意。丕死,叡立,植屢上疏求自試,皆不聽用,鬱鬱早逝。所作詩今存八十餘首,文章辭賦四十餘篇,其成就影響居建安作家之首。以其封陳王,謚曰思,稱陳思王,又因其嘗封東阿,故又稱東阿王。傳有《曹子建集》十卷。《三國志》有傳。

〔八〕謂杜詩如天馬行空,不受羈縶。天驥,神馬。《文選·張協〈七命〉》:"天驥之駿,逸態超越。"唐李善注:"天驥,天馬也。"唐杜甫《贈陳二補闕》:"皂雕寒始急,天馬老能行。"

〔九〕謂杜詩如高樓聳立,基礎牢固。杜甫《飛仙閣》:"棧雲闌干峻,梯石結構牢。"

〔一〇〕謂杜詩如飛龍騰躍,無跡可尋。

〔一一〕謂杜詩如鯨濤翻涌,氣勢磅礴。杜甫《舟出江陵南浦奉寄鄭少君審》:"溟漲鯨波動,衡陽雁影徂。"古以海漲爲鯨魚興波。

〔一二〕杜甫《奉贈韋左丞丈二十二韻》:"白鷗没浩蕩,萬里誰能馴?"

〔一三〕雍容:舒緩;從容不迫。《文選·班固〈兩都賦〉序》:"雍容揄揚,著于後嗣。"唐吕向注:"雍,和;容,緩。"

〔一四〕謂如築詩壇,杜甫詩當爲壇主。

〔一五〕毳(cuì):鳥獸的細毛。《尚書·益稷》孔穎達疏曰:"毳是亂毛,故以毳爲名。"髦(máo):鳥獸頭頸上之長毛。《爾雅·釋言》:"髦,選也。髦,俊也。"晉郭璞注:"士中之俊,如毛中之髦。"宋邢昺疏:"毛中之長豪曰髦,士之俊選者是也。"

〔一六〕杜甫《春日憶李白》:"白也詩無敵,飄然思不群。"以下是對杜甫才高命拙的感慨。

〔一七〕謂元稹對杜甫詩評價很高。元稹《唐故工部員外郎杜君墓係銘》:"至於子美,蓋所謂上薄《風》、《雅》,下該沈、宋,言奪蘇、李,氣吞曹、劉,掩顔、謝之孤高,雜徐、庾之流麗,盡得古人之體勢,而兼昔人之所獨專矣。……則詩人已來,未有如子美者。"

〔一八〕"文章"二句:謂杜甫雖然詩文爲一時之冠,然而文齊福不齊,命運不好。賦命:指命運。南朝宋鮑照《代空城雀》:"賦命有厚薄,長嘆欲如何?"

〔一九〕"初試"二句:云杜甫到鳳翔謁德宗事。清仇兆鰲引朱鶴齡《杜工部年譜》:"天寶十一載,公在長安,送隸有司,參列選序。""五月,自奉先往白水依舅氏崔少府。六月,又自白水往鄜州。聞肅宗即位,自鄜羸服奔行在,遂陷賊中。”鄜畤：鳳翔五畤之一。在今陜西鳳翔縣南。又稱五畤原，秦漢時祭祀天帝的處所。《史記·孝武本紀》：“上初至雍，郊見五畤。”唐張守節正義：“先是文公作鄜畤，祭白帝；秦宣公作密畤，祭青帝；秦靈公作吴陽上畤、下畤，祭赤帝、黄帝；漢高祖作北畤，祭黑帝。是五畤也。”

〔二〇〕“妻孥”二句：謂妻子隔絶。杜甫《雨過蘇端》：“妻孥隔軍壘，撥棄不擬道。”是時杜甫妻子尚在鄜州羌村。關輔：指關中及三輔地區。《文選·鮑照〈升天行〉》：“家世宅關輔，勝帶宦王城。”唐李善注：“關，關中也。《漢書》曰：‘右扶風、左馮翊、京兆尹，是爲三輔。’”旌旄：軍中用以指揮之旗。指官兵。杜甫《喜聞官軍已臨賊境二十韻》：“秦山當警蹕，漢苑入旌旄。”

〔二一〕謂杜甫肅宗乾元二年（七五九）入川依嚴武築草堂事。三徑：《文選·陶潛〈歸去來兮辭〉》：“三徑就荒，松菊猶存。”李善注引《三輔决録》曰：“蔣詡，字元卿，舍中三徑，唯羊仲求仲從之遊，皆挫廉逃名不出。”後以“三徑”指家園。

〔二二〕永泰元年（七六五）嚴武卒，杜甫離蜀南下，先後在忠州、夔州、岳州、譚州等地流寓，大歷五年病死于至郴州的船中。

〔二三〕下舍：與“上舍”相對，指下等的居舍。謂不被人禮敬。杜甫《奉贈韋左丞丈二十二韻》：“朝扣富兒門，暮隨肥馬塵。殘杯與冷炙，到處潛悲辛。”

〔二四〕此言杜嗜酒。子美詩集中言其嗜酒處頗多。如杜甫《江畔獨步尋花七絶句》之一：“走覓南鄰愛酒伴，經旬出飲獨空牀。”又《落日》：“濁醪誰造汝？一酌散千憂。”東皋：指隋王績（約五九〇—六四四），字無功，號東皋子，絳州龍門（今山西河津市）人。隋末舉孝廉，除秘書正字。辭疾。復授揚州六合丞。因亂棄官歸故鄉。唐武德中，詔以前朝官待詔門下省。貞觀初，以疾罷歸河渚間，躬耕東皋，自號“東皋子”。性簡傲，嗜酒，能飲五斗，自作《五斗先生傳》、《無心子傳》，撰《酒經》、《酒譜》。其詩質而不俗，有曠懷高致，直追魏晉。律體爲唐代律詩先聲。有《東皋子集》傳世。新舊《唐書》有傳。

〔二五〕浮梗：漂流的草木之類。參《送劉道原學士歸南康》注〔二〕。

〔二六〕謂甫志向遠大而不合時宜。迂疏：迂腐疏懶。釣鰲：喻抱負遠大或舉止豪邁。唐李白《悲清秋賦》：“臨窮溟以有羨，思釣鼇於滄洲。”宋王讜《唐語林》卷五：“李白開元中謁宰相，封一板，上題曰：‘海上釣鼇客李白。’宰相問曰:‘先生臨滄海,釣巨鼇,以何物爲釣綫?’白曰:‘風浪逸其情,乾坤縱其志;以虹蜺爲絲,明月爲鉤。’又曰:‘何物爲餌?’曰:‘以天下無義氣丈夫爲餌。’宰相悚然。”參《真興寺閣》注〔一七〕。

〔二七〕杜甫玄宗時嘗獻三大禮賦。杜甫《奉贈韋左丞丈二十二韻》有云:“紈袴不餓死,儒冠多誤身。”

〔二八〕杜甫《乾元中寓居同谷縣作歌七首》之二:“黄精無苗山雪盛,短衣數挽不掩脛。”脛:小腿。

〔二九〕謂讀書無用。卷軸:指裱好有軸可卷舒的書籍或字畫等。按,此處指書籍。

〔三〇〕謂没受到皇帝的恩寵。零丁:孤獨無依貌。杜甫《秦州見敕目薛三璩授司議郎畢四曜除監察與二子有故遠喜遷官兼述索居凡三十韻》:“宫臣仍點染,柱史正零丁。”

〔三一〕謂杜甫之才可與司馬相如比美。相如:指漢司馬相如(前一七九—前一一八),字長卿,西漢蜀郡成都(今四川成都市)人。初名犬子,慕藺相如之爲人,更名相如。好讀書,善辭賦,著有《子虚賦》、《上林賦》、《大人賦》等。初爲景帝武騎常侍,非其所好,以病免,從梁孝王客枚乘、鄒陽等遊。後以辭賦爲武帝所賞,拜爲郎,通使巴蜀,招撫邛、筰、冄駹、斯榆等西南夷,以功拜孝文園令。淡漠官爵,不交公卿,每稱病閒居。病卒于家。《史記》《漢書》有傳。

〔三二〕惠施與莊子很相得,嘗在濠水上談道。惠子:即惠施。參《和子瞻讀道藏》注〔六〕。

〔三三〕宋强至《冬盡日睢陽感事》:“天邊愁緒細如毛,眼底詩情付濁醪。”又《二月過半猶未見花昨日逢之珍云已有小桃因成短句》:“有興撫清景,將愁付濁醪。”

附録　張方平《讀杜工部詩》

文物皇唐盛,詩家老杜豪。雅音還正始,感興出離騷。運海張鵬翅,追風騁驥髦。三春上林苑,八月浙江濤。璀璨開鮫室,幽深閉虎牢。金晶神鼎重,玉氣霽虹高。甲馬屯千隊,戈船下萬艘。吴鈎銛莫觸,羿彀巧無逃。遠意隨孤鳥,雄筋舉六鼇。曲嚴周廟肅,頌美孔圖褒。世亂多群盜,天遥隔九皐。途窮傷白髮,行在窘青袍。憂國論時事,司功去諫曹。七哀同谷寓,一曲錦川遨。妻子飢寒累,朝廷戰伐勞。倦遊徒右席,樂善伐干旄。舊里歸無路,危城至輒遭。行吟悲楚澤,達觀念莊濠。逸思乘秋水,愁腸困濁醪。耒陽三尺土,誰爲翦蓬蒿。

蘇軾《次韻張安道讀杜詩》

《大雅》初微缺,流風困暴豪。張爲詞客賦,變作楚臣騷。展轉更崩壞,紛綸閱俊髦。地偏蕃怪産,源失亂狂濤。粉黛迷真色,魚鰕易豢牢。誰知杜陵傑,名與謫仙高。掃地收千軌,争標看兩艘。詩人例窮苦,天意遣奔逃。塵暗人亡鹿,溟翻帝斬鼇。艱危思李牧,述作謝王褒。失意各千里,哀鳴聞九皐。騎鯨遁滄海,捋虎得綈袍。巨筆屠龍手,微官似馬曹。迂踈無事業,醉飽死遊遨。簡牘儀刑在,兒童篆刻勞。今誰主文字?公合把旌旄。開卷遥相憶,知音兩不遭。般斤思郢質,鯤化陋鯈濠。恨我無佳句,時蒙致白醪。慇懃理黄菊,未遣没蓬蒿。

送張公安道南都留臺〔一〕

識公歲已深〔二〕,從公非一日。仰公如重雲〔三〕,庇我貧賤迹。公歸無留意,我處念平昔。少年喜文字,東行始觀國〔四〕。成都多遊士,投謁密如櫛〔五〕。紛然衆人中,顧我好顔色〔六〕。倡狂感一遇〔七〕,邂逅登仕籍〔八〕。爾來十六年,鬢髮就衰白〔九〕。謀身日已謬,處世復何益?從來學俎豆,漸老信典册〔一〇〕。自知百不堪〔一一〕,偶未三見黜〔一二〕。譬如溝中斷,誰復强收拾〔一三〕?高懷絶塵土,舊好等金石〔一四〕。庠齋幸無事〔一五〕,樽俎奉清適〔一六〕。居然遠憂患,況復取矜式〔一七〕。汪洋際海深,淡泊朱弦直〔一八〕。徇時非所安,歸去亦何失?道存尚可卷,功成古難必。還尋赤松子，獨就丹砂術〔一九〕。恨無二頃田，伴公老蓬蓽〔二〇〕。

【箋注】

〔一〕作於熙寧四年（一〇七一）八月二十六日。《續資治通鑑長編·神宗熙寧四年》："［八月］戊寅，觀文殿學士、户部尚書、知陳州張方平判南京御史臺，從所乞也。"南都：指南京。宋大中祥符七年，因應天府爲趙匡胤舊藩，建爲南京。治所在今河南商丘南。留臺：留司御史臺之簡稱。宋于西京（今河南洛陽市）、北京（今河北大名縣）、南京三留守司均設御史臺，各設管勾臺事一人，以朝官充任，掌拜表行香、糾舉違失。實爲閑散職位。轍詩深感張方平對自己弟兄的知遇之恩，祝張方平養頤以延年，其間亦頗多壯志難伸的苦悶。

〔二〕蘇轍兄弟結識張安道於嘉祐元年。蘇轍《追和張安道贈别絶句引》："予年十八，與兄子瞻東游京師，是時張安道守成都，一見以國士相許，自爾遂結忘年之契。"

〔三〕重雲：《孟子·梁惠王下》："民望之，若大旱之望雲霓也。"

〔四〕觀國：指觀察國情。語出《易·觀》："觀國之光，利用賓于王。"引申而指從仕。按，此言當年欲入京師科考。

〔五〕言希望張推轂而投的名帖如梳篦齒之多且密。投謁：投遞名帖求見。櫛（zhì）：梳子、篦子等梳髮用具。此指櫛齒。

〔六〕"紛然"二句：謂得到張方平的賞識。顔色：表情；神色。三國魏曹植《豔歌》："長者賜顔色，泰山可動移。"唐高適《燕歌行》："男兒本自重横行，天子非常賜顔色。"

〔七〕倡狂：猶言狼狽，謂處境艱難。

〔八〕邂逅：偶然；僥幸。仕籍：本指記載官吏名籍的簿册，此謂從政作官。

〔九〕衰白：謂人老體衰鬢髮疏落花白。語本三國魏嵇康《養生論》："至於措身失理，亡之於微，積微成損，積損成衰，從衰得白，從白得老，從老得終，悶若無端。"唐杜甫《收京》之二："生意甘衰白，天涯正寂寥。"

〔一〇〕"從來"二句：謂空有治國安邦的大志，結果只是在簿書中消磨時光。俎豆：見《初到陳州二首》之一注〔四〕。

〔一一〕三國魏嵇康《與山巨源絶交書》："又人倫有禮，朝廷有法。自惟至熟，有必堪者七，甚不可者二。"唐白居易《除夜寄微之》："鬢毛不覺白毿毿，一事無成百不堪。”

〔一二〕三見黜：三次被罷官。語本《論語·微子》：“柳下惠爲士師，三黜。人曰：‘子未可以去乎？’曰：‘直道而事人，焉往而不三黜？’”

〔一三〕“譬如”二句：謂被廢棄不用。溝中斷：語本《莊子·天地》：“百年之木，破爲犧樽，青黄而文之；其斷在溝中，比犧樽於溝中之斷，則美惡有間矣，其於失性一也。”

〔一四〕“高懷”二句：謂只有知己的交情仍在。金石：指金石交。《漢書·韓信傳》：“今足下雖自以爲與漢王爲金石交，然終爲漢王所禽矣。”唐顔師古注：“稱金石者，取其堅固。”

〔一五〕庠齋：猶言書齋。蓋蘇轍時任陳州教授。庠，古代的學校，特指鄉學。《禮記·學記》：“黨有庠。”唐孔穎達疏：“庠，學名也，於黨中立學教閭中所升者也。”

〔一六〕謂飲酒吃肉來打發清閑而舒暢的日子。樽俎：古代盛酒食的器皿。樽以盛酒，俎以盛肉。《莊子·逍遥遊》：“庖人雖不治庖，尸祝不越樽俎而代之矣。”按，其實是牢騷很盛的話。

〔一七〕謂可時時向張安道學習。矜式：敬重和取法。語出《孟子·公孫丑下》：“我欲中國而授孟子室，養弟子以萬鍾，使諸大夫、國人皆有所矜式。”漢趙岐注：“矜，敬也；式，法也。欲使諸大夫、國人皆敬法其道。”

〔一八〕“汪洋”二句：“謂張方平處變不驚如海，清明正直如絃。”南朝宋鮑照《代白頭吟》：“直如朱絲繩，清如玉壺冰。”朱弦：用熟絲製的琴弦。

〔一九〕“還尋”二句：見《張安道尚書生日》注〔七〕。

〔二〇〕“恨無”二句：遺憾自己没有産業隨張歸隱。二頃田：《史記·蘇秦列傳》：“且使我有雒陽負郭田二頃，吾豈能佩六國相印乎！”蓬蓽：“蓬門蓽户”的省語。用蓬草、荆條等做成的門户。形容窮苦人家所住的簡陋房屋。晉傅咸《贈何劭王濟》：“歸身蓬蓽廬，樂道以忘飢。”

附録　蘇軾《送張安道赴南都留臺》

我公古仙伯，超然羨門姿。偶懷濟物志，遂爲世所縻。黄龍遊帝郊，簫韶鳳來儀。終然反溟極，豈復安籠池。出入四十年，憂患未嘗辭。

一言有歸意,闔府諫莫移。吾君信英睿,搜士及茅茨。無人長者側,何以安子思。歸來掃一室,虛白以自怡。遊於物之初,世俗安得知。我亦世味薄,因循鬢生絲。出處良細事,從公當有時。

傅欽之學士濟源草堂〔一〕

聞有高居直百金〔二〕,西山南麓北山陰。園通濟水池塘好〔三〕,花近洛川顔色深〔四〕。人去節旄分重鎮〔五〕,客來猿鶴感幽吟①〔六〕。漢溪雨過西湖漲〔七〕,歸興蕭然定不任〔八〕。欽之時在許州〔九〕。

【校記】

①吟:叢刊本作"泠",不辭,誤。

【箋注】

〔一〕作於熙寧四年(一〇七一)八月二十六日後。傅欽之(一〇二四—一〇九一):名堯俞,字欽之,鄆州須城(今山東東平縣)人,徙居孟州濟源(今河南濟源市)。十歲能文,及登第,猶未冠。知新息縣,累遷太常博士。嘉祐末,爲監察御史。英宗即位,轉殿中侍御史,遷起居舍人。再遷右司諫、同知諫院。治平三年,除侍御史知雜事,堅辭,出知和州。神宗即位,徙知廬州。熙寧三年,授兵部員外郎、直昭文館,權監鐵副使。四年,除河北轉運使,改知江寧府。徙許州、河陽、徐州,再歲六移官。七年,提舉崇福宫。明年,坐罪落職。哲宗立,自知明州召爲秘書少監兼侍講,擢給事中、吏部侍郎、御史中丞。元祐二年,坐言張舜民事,以龍圖閣待制知陳州。三年,復爲吏部侍郎。四年,再爲御史中丞,進吏部尚書兼侍讀,拜中書侍郎。六年十一月卒,年六十八,謚獻簡。紹聖中,以元祐黨人奪贈謚。《宋史》有傳。傅欽之愛孟州風光,建草堂,當時名流除軾轍弟兄外如秦觀、范仲淹、蘇頌、劉攽等皆有題詠。轍詩頌草堂風光,云來往于草堂者皆名士勝流。

〔二〕高居:對他人居處的敬稱。唐韓愈《與大顛師書》之二:"至此一二日卻歸高居,亦無不可。"

〔三〕唐李中《題徐五教池亭》:"多士池塘好,塵中景恐無。"濟水:濟水發源於河南省濟源市區西北王屋山，濟源因此得名。俗稱大清河。濟水在古時獨流入海，與江水（長江）、河水（黄河）、淮水（淮河）並稱華夏“四瀆”。

〔四〕洛川：即今河南省洛河。源出陝西洛南縣塚嶺山，至鞏縣東北洛口入於黄河。按，洛川以牡丹聞名，故言“顏色深”，梅堯臣《和王待制牡丹詠》：“誰移洛川花，一日來汝海。”

〔五〕《宋史·傅堯俞傳》：“神宗即位，徙知廬州。熙寧三年，至京師。王安石素與之善，方行新法，謂之曰：‘舉朝紛紛，俟尹來久矣，將以待制、諫院處君。’堯俞曰：‘新法世以爲不便，誠如是，當極論之。平生未嘗好欺，敢以爲告。’安石愠之，但授直昭文館、權鹽鐵副使，俄出爲河北轉運使，改知江寧府。陛辭，言：‘仁廟一室，與藝祖、太宗並爲百代不遷之主。’徙許州、河陽、徐州，再歲六移官，困於道路。知不爲時所容，請提舉崇福宫。”傅堯俞先後嘗出知多州，故云分重鎮。

〔六〕南朝宋孔稚珪《北山移文》：“蕙帳空兮夜鶴怨，山人去兮曉猨驚。”謂主人離去，猿鶴怨懟。此反其意而用之。

〔七〕潩（yì）：潩水：古水名。今名清潩河。在今河南省新鄭縣，南流入潁水。北魏酈道元《水經注·潩水》：“潩水出河南密縣大騩山，東南入於潁。”西湖：宋葉夢得《石林詩話》：“許昌西湖與子城密相附，緣城而下，可策杖往來，不涉城市。云是曲環作鎮時，取土築城，因以其地導潩水瀦之。略廣百餘畝，中爲横堤。初但有其東之半耳，其西廣於東增倍，而水不甚深。宋莒公爲守時，因起黄河春夫浚治之，始與西相通，則其詩所謂‘鑿開魚鳥忘情地，展盡江湖極目天’者也。其後韓持國作大亭水中，取其詩名之曰展江。然水面雖闊，西邊終易堙塞，數十年來，公厨規利者，遂涸以爲田，歲入纔得三百斛，以佐釀酒，而水無幾矣。予爲守時，復以還舊，稍益開浚，渺然真有江湖之趣。”後蘇轍即卜居於此，今已辟爲西湖公園。尚有蘇氏讀書亭、聽水亭、鼓琴臺等遺址。

〔八〕歸興：歸思；回鄉的興致。唐杜甫《官定後戲贈》：“故山歸興盡，回首向風飈。”

〔九〕許州：北周於潁川郡置許州。隋廢。唐復置，改爲潁川郡，尋復爲許州。宋曰許州許昌郡，升爲潁昌府。故治在今河南許昌市。

附録　蘇軾《傅堯俞濟源草堂》

微官共有田園興，老罷方尋隱退廬。栽種成陰十年事，倉黄求買萬金無。先生卜築臨清濟，喬木如今似畫圖。鄰里亦知偏愛竹，春來相與護龍雛。

蘇頌《寄題傅欽之學士濟源草堂》

大形南址直河津，君有茅廬泲水濱。蒼翠入簷藏絶景，潺湲繞舍隔囂塵。久遊臺閣忘聲利，長憶漁樵狎隱淪。待得功成年至日，歸來不負故園春。

司馬光《寄題傅欽之濟源别業》

縣郭遥相望，脩篁百畝餘。林間清濟水，門外太行車。道勝隨宜足，身閑與世疏。何時容命駕，采蕨釣肥魚。

劉攽《傅堯俞草堂歌》

漢朝名臣有傅伯，諫諍由來犯顔色。蘭臺下筆不自休，義陽封侯勇無敵。石渠昨者承明直，虎符今爲二千石。邀我請賦草堂詩，草堂欲歸那可得。太行之上無高山，濟水之外無清源。聞君築居山水際，清高正爲若家言。上有無心之雲出幽谷，下有勁節之竹森寒玉。四鄰空地猶幾許，容我東西一茅屋。

范祖禹《寄題傅欽之濟源草堂》

傅公有幽居，近在盤山下。清濟出其間，白石明可把。盈科赴溟渤，習坎日傾瀉。竹色洗娟嬋，松姿照蕭灑。室有古詩書，門無俗車馬。公居雖畎畝，寤寐惟朝社。雲山聊嘯遨，魚鳥同游冶。在我本無心，群生繫用捨。終當入帝夢，肖象求巖野。題詩寄林坰，俚調慚非雅。

秦觀《寄題傅欽之草堂》

河陽有洑流，經營太行根。盛德不終晦，發爲清濟源。斯堂濟源上，太行正當門。仰視浮雲作，俯窺流水奔。修竹帶藩籬，百禽鳴朝暾。相望有盤谷，李愿故居存。主人國之老，實惟商巖孫。班行昔供奉，亟進逆耳言。天子色爲動，群公聲亦吞。蕭條冰霜際，不改白玉温。

出處士所重，其微難具論。公勿思草堂，朝廷待公尊。

郭祥正《濟源草堂歌贈傅欽之學士》

秀氣鴻濛濟州曲，十歌清池萬竿竹。竹裏修椽架草堂，不羨長安買華屋。春生廣野碧玉柔，月擁翠嵐銀粉撲。低飛白鷺揀晴沙，聞曉黃鸝囀喬木。明明長劍倚太行，拂拂愁烟蔽盤谷。重岡漸遠勢愈高，雲開青出分秋毫。龍蛇鱗甲雪霜洗，壯士四顧空提刀。陰晴萬變恣吟寫，三疊琴聲猿夜嗥。君不見古來功名輸隱叟，種桃採芝皆皓首。不將機械攪靈源，能使形骸頗長久。明公何年歸草堂，扁舟我即浮滄浪。江魚有味四時美，一蓑醉臨蘆花傍。男兒彼此送終畢，自算此身無得失。江東片月過河陽，爲照兩處無何鄉。

文與可學士墨君堂〔一〕

虚堂竹叢間，那復壓①竹遠。風庭響交戛〔二〕，月牖散淩亂〔三〕。尚恐晝掩關〔四〕，嬋娟不長見〔五〕。中堂開素壁，蕭颯起霜幹〔六〕。隨宜賦生意〔七〕，落筆皆蔥蒨〔八〕。根莖雜土石，枝葉互長短。依依露下緑，冉冉風中展。開門視叢薄，與此終何辨〔九〕？

【校記】

①厭：原本作“壓”，據宋建本、叢刊本、四庫本改。

【箋注】

〔一〕作於熙寧四年（一〇七一）九月。文與可（一〇一八—一〇七九）：名同，字與可，自號笑笑先生，人稱石室先生，梓州梓潼（今四川鹽亭縣）人，蘇轍從表兄弟。善詩，書畫尤精，所畫竹枝山水冠絶當時。皇祐進士，歷職太常博士，集賢校理，知陵州、洋州、湖州。有《丹淵集》。《宋史》有傳。墨君堂：文同《夏日閒書墨君堂壁二首》有云：“先人有敝廬，涪水之東邊。我罷漢中守，歸此聊息焉。是時五六月，赤日烘遥天……。”是知此堂在文同故鄉，即今四川鹽亭縣境。詩中“霜幹”“露下”皆是深秋景象，故繫於九月。《蘇轍年譜》謂在陵州作，且以爲文同或在陵州新建墨君堂。不可謂不辯，然證據仍嫌不足。暫繫於此待考。

〔二〕唐羅隱《竹》:"籬外清陰接藥闌,曉風交戛碧琅玕。"交戛:象聲詞。

〔三〕月牖:月光下的窗户。

〔四〕唐吴少微《怨歌行》:"長信重門晝掩關,清房曉帳幽且閑。"掩關:關門。

〔五〕嬋娟:形容月色明媚。唐劉長卿《琴曲歌辭·湘妃》:"嬋娟湘江月,千載空蛾眉。"

〔六〕"中堂"二句:謂文與可在粉壁上畫霜後的竹子。蕭颯:蕭灑自然。唐白居易《畫竹歌》:"嬋娟不失筠粉態,蕭颯盡得風煙情。"

〔七〕生意:意態。唐皎然《鄭容全成蛟形木機歌》:"蒼山萬重採一枝,形如器車生意奇。"

〔八〕蔥蒨(cōng qiàn):茂盛貌。

〔九〕"開門"二句:謂牆壁上畫的竹子與門外的竹林幾乎無别。叢薄:叢生的草木。按,這裏指門外的竹林。

次韻柳子玉謫官壽春舟過宛丘見寄二首〔一〕

其一

局冷曾非簿領迷〔二〕,幽居渾似未官時〔三〕。忽聞客至驚還喜,出見泥深笑不知。謀拙未能憂歲計〔四〕,身閑聊可飽晨炊〔五〕。行舟借問何忽草? 淮口無潮月正虧〔六〕。

【箋注】

〔一〕作於熙寧四年(一〇七一)九月。蘇軾時在陳,而《次韻柳子玉過陳絶糧二首》有云:"風雨蕭蕭夜晦迷,不須鳴叫强知時"、"南行千里成何事,一聽秋濤萬鼓音"。知作於是年秋無疑。謫官:貶官降職。時柳子玉貶何官不詳,但從《次韻柳子玉二首·地爐》有"遥知麻步無人客"看,當是作監税。參該篇注〔五〕。壽春:本楚邑,秦改爲縣。晉時避諱改爲壽陽,後魏時復爲壽春,自後皆名壽春。故治在今安徽壽縣。宛丘:古陳國地。漢置陳縣。北齊移項縣于此,唐改名宛丘。故治在今河南淮陽縣東南。第一首寫自己閑職的百無聊賴,第二首對柳的遷謫憤憤不平,“曲直”不問,我心自知,不過是“要路風波無限惡”而已。其後四句言他日但願能與柳共隱,希望柳時時書信往來。

〔二〕謂官署清冷。宋梅堯臣《奉和子華持國玉汝來飲西軒》:“我誠官局冷,終日事靡括。”簿領:官府記事的簿册或文書。

〔三〕渾似:全似;完全像。唐戴叔倫《過柳溪道院》:“溪上誰家掩竹扉,鳥啼渾似惜春暉。”

〔四〕謂不善於爲自己謀劃。唐白居易《秋齋》:“阮籍謀身拙,嵇康向事慵。”唐劉商《春日卧病》:“今日方知命,前身自覺非。不能憂歲計,無限故山薇。”

〔五〕晨炊:早飯。唐杜甫《石壕吏》:“急應河陽役,猶得備晨炊。”按,此猶言能飽肚子,爲了和上“歲計”成對而言“晨炊”。

〔六〕“行舟”二句:因柳子玉要經過淮河口往壽春去,而月圓時潮漲最爲厲害,所以算著在月缺時經過淮口。怱草:匆忙。虧:殘缺不圓。

其二

獻酬不用辭升斗〔一〕,曲直何勞問尺尋〔二〕。要路風波無限①惡〔三〕,謫居情味最能深。交從錦水初無間〔四〕,鄰卜共山已有心〔五〕。草聖詩豪並神速〔六〕,數因南雁惠佳音〔七〕。

【校記】

①限:叢刊本作“恨”。

【箋注】

〔一〕獻酬:謂飲酒時主客互相敬酒。《詩·小雅·楚茨》:“獻醻交錯,禮儀卒度,笑語卒獲。”鄭箋:“始主人酌賓爲獻,賓既酌主人,主人又自飲酌賓曰醻。”升斗:都是量酒器。

〔二〕謂官場中的事説不清楚是非長短。尺尋:皆長度計量單位,猶言短長。《詩·魯頌·閟宫》:“是斷是度,是尋是尺。”毛傳:“八尺曰尋。”

〔三〕要路：顯要的地位；權重的官職。按，此句頗含譏諷，王安石《世上》云："可憐世上風波惡，最有仁賢不敢行。"蘇軾《李行中秀才醉眠亭三首》之一亦云："從教世路風波惡，賀監偏工水底眠。"風波：變動的時局形勢。《後漢書·馮衍傳下》："棄衡石而意量兮，隨風波而飛揚。"

〔四〕謂在成都時便與柳開始交往。錦水：即錦江。岷江分支之一，在今四川成都平原。傳説蜀人織錦濯其中則錦色鮮豔，濯于他水，則錦色暗淡，故稱。《文選·左思〈蜀都賦〉》"百室離房，機杼相和；貝錦斐成，濯色江波。"晉劉逵注引三國蜀譙周《益州志》："成都織錦既成，濯於江水，其文分明，勝於初成；他水濯之，不如江水也。"

〔五〕共山：在河南輝縣北九里。

〔六〕謂柳子玉善書如張旭、能詩如劉禹錫。參《次韻柳子玉郎中見寄》注〔一〕。草聖：指張旭。見《石蒼舒醉墨堂》注〔三〕。詩豪：指唐劉禹錫（七七二—八四二）。字夢得，唐洛陽（今河南洛陽市）人。貞元九年（七九三）進士，官至集賢殿直學士、太子賓客。永貞元年（八〇五），參與王叔文集團改革，事敗後貶司馬。劉禹錫善詩，其詩豪邁慷慨，白居易《劉白唱和集解》："彭城劉夢得，詩豪者也，其鋒森然，少敢當者。"新舊《唐書》有傳。

〔七〕希望南來的大雁經常帶來柳子玉的佳音。雁足傳書，見《次韻子瞻聞不赴商幕三首》之三〔七〕。

附録　蘇軾《和柳子玉過陳絶糧二首》

其一

風雨蕭蕭夜晦迷，不須鳴叫强知時。多才久被天公怪，闕食惟應爨婦知。杜叟挽衣那及脛，顔翁食粥敢言炊。詩人情味真嘗遍，試問於君底事虧。

其二

如我自觀猶可厭，非君誰復肯相尋。圖書跌宕悲年老，燈火青熒語夜深。早歲便懷齊物意，微官敢有濟時心。南行十里成何事，一聽秋濤萬鼓音。

次韻子瞻潁州留别二首〔一〕

其一

托身遊宦鄉〔二〕,終老羡箕潁〔三〕。隱居亦何樂?親愛形隨影〔四〕。念兄適吴越,霜降水初冷。翩然事舟楫,棄此室廬静。平明知當發,中夜抱虚警〔五〕。永懷江上宅,歸計失不猛。人生徇所役①,有若魚墮井〔六〕。遠行豈易還?劇飲終難醒。不如早自乞,閑日庶猶永〔七〕。世事非所憂,多憂亦誰省〔八〕?

【校記】

①役:宋文集本作"投",形近而誤。

【箋注】

〔一〕作於熙寧四年(一〇七一)九月末。九月末,蘇軾離陳州,轍送至潁州。參《初到陳州二首》之一注〔一〕。潁州:本春秋時胡子國地,戰國時屬楚,秦爲潁川郡地,兩漢爲汝南郡地,魏置汝陰郡,後廢。晉武帝復置汝陰郡,後魏置潁川郡,隋復爲汝陰郡,唐爲潁州,或爲汝陰郡。屬河南道。宋元豐二年陞順昌軍節度,政和六年改爲順昌府,屬京西北路。治汝陰(今安徽阜陽市)。參《通典·州郡七·潁州》,《文獻通考·輿地考六·潁州》。蘇軾至陳探望蘇轍,歷時近兩月。弟兄情深,離别悵然無已。

〔二〕游宦:離開故鄉在外求官或做官。

〔三〕箕潁:箕山和潁水。相傳堯時,賢者許由曾隱居箕山之下,潁水之陽。後蘇轍終老潁川之上。

〔四〕謂弟兄如影隨形在一起。晉陶淵明有《形影神》三首,備言三者相隨相依關係。唐杜甫《醉時歌》:"得錢即相覓,沽酒不復遺。"

〔五〕"平明"二句:謂知兄平明將動身,一夜也難以入睡,生怕誤了時間。虚警:因過敏而不實的驚覺。唐韓愈《秋懷十一首》之五:"離離挂空悲,慼慼抱虚警。"

〔六〕“人生”二句：謂一旦爲形骸所拘束役使則不得自由。陶潛《歸去來兮辭》：“既自以心爲形役，奚惆悵而獨悲？”《淮南子·原道》：“夫井魚不可與語大，拘於隘也。”

〔七〕“不如”二句：謂早一點脱離官場。自乞：自求（免職）。永：長久。

〔八〕“世事”二句：謂國家大事不是自己弟兄這種閑散小吏該考慮的，即或是憂國憂民又誰能理解。

其二

放舟清淮上，蕩潏洗心胸〔一〕。所遇日轉勝，恨我不得同。江淮忽中斷，陂埭何重重〔二〕？紫蟹三寸筐，白鳧五尺童〔三〕。赤鯉寒在汕〔四〕，紅粳滿霜風〔五〕。西成百物賤〔六〕，加餐慰貧窮。胡爲復相念？未肯安南東。人生免飢寒，不受外物攻。不見田野人，四壁編茅蓬。有食輒自樂，誰知富家翁？

【箋注】

〔一〕“放舟”二句：謂船行在淮河上。清淮：古時“清淮”並稱，“清”是指古稱清水，爲淮河下游的一大支流。“淮”指淮河，蘇軾自陳至杭州水路經淮河流域，故云。蕩潏：波浪起伏翻騰貌。

〔二〕陂埭（dài）：堵水的水壩。

〔三〕“紫蟹”二句：謂蟹有三寸之大，白鵠有五尺之高。紫蟹：明彭大翼《山堂肆考·甲蟲·蟹》：“紫蟹一名子蟹，殼似蝤蛑，足亦有撥掉子，但殼上有臙脂斑點，不比蝤蛑之純青色耳。所謂隨潮退殼，一退一長即此。”唐羅隱《東歸》：“盈盤紫蟹千卮酒，添得臨岐淚滿巾。”唐杜甫《白鳧行》：“君不見黄鵠高於五尺童，化爲白鳧似老翁。”白鳧：白色的野水鳥。

〔四〕汕：一種魚網。《爾雅·釋器》：“罺謂之汕。”晉郭璞注：“今之撩罟。”清郝懿行義疏：“按，撩罟，今謂之抄網也。”

〔五〕紅粳（jīng）：稻的一種，米泛紅色，甚香美，又稱赤米、紅稻、胭脂稻、紅蓮等。宋龔明之《中吴紀聞》：“紅蓮稻從古有之……一至今以此爲佳種。”唐齊己《山中里》：“青泉碧樹夏風涼，紫威紅粳午爨香。”

〔六〕謂秋收季節物價便宜。西成：秋天莊稼已熟，農事告成。《書·堯典》："平秩西成。"唐孔穎達疏："秋位在西，於時萬物成熟。"

附録　蘇軾《潁州初别子由二首》

其一

征帆掛西風，别淚滴清潁。留連知無益，惜此須臾景。我生三度别，此别尤酸冷。念子似先君，木訥剛且静。寡辭真吉人，介石乃機警。至今天下士，去莫如子猛。嗟我久病狂，意行無坎井。有如醉且墜，幸未傷輒醒。從今得閑暇，默坐消日永。作詩解子憂，持用日三省。

其二

近别不改容，遠别涕霑胸。咫尺不相見，實與千里同。人生無離别，誰知恩愛重。始我來宛丘，牽衣舞兒童。便知有此恨，留我過秋風。秋風亦已過，别恨終無窮。問我何年歸？我言歲在東。離合既循環，憂喜迭相攻。語此長太息，我生如飛蓬。多憂髮早白，不見六一翁。

陪歐陽少師永叔燕潁州西湖〔一〕

西湖草木公所種〔二〕，仁人實使甘棠重〔三〕。歸來築室傍湖東，勝遊還與邦人共〔四〕。公年未老髮先衰〔五〕，對酒清歡似昔時。功成業就了無事〔六〕，令①名付與他人知〔七〕。平生著書今絶筆，閉門燕居未嘗出〔八〕。忽來湖上尋舊遊，坐令湖水生顔色〔九〕。酒行樂作遊人多，争觀竊語誰能呵〔一〇〕。十年思潁今在潁，不飲耐此遊人何！

【校記】

①令：宋文集本作"今"，誤。

【箋注】

〔一〕作於熙寧四年（一〇七一）九月末。歐陽少師：即歐陽脩（一〇〇七一一〇七二)，字永叔，號醉翁，晚號六一居士，廬陵(今江西吉安市)人。幼孤力學，天聖八年第進士，任西京留守推官。景祐初召試學士院，充館閣校勘。以范仲淹謫降事致書責諫官高若訥，貶峽州夷陵令，移光化軍乾德令。康定初召還復職，慶曆間歷知諫院，同修起居注，知制誥，出爲河北都轉運使。以支持“慶曆新政”，貶知滁州，徙揚州、潁州。至和初召爲翰林學士，修《唐書》。累擢至樞密副使、參知政事。治平末，出知亳州。神宗立，徙知青州。議青苗法與王安石異，再徙蔡州。熙寧四年致仕歸潁，明年卒於汝陰，年六十六，謚文忠。嘗集三代以來金石銘刻一千卷，撰《新唐書》紀、志、表七十五卷，《五代史》七十四卷，《詩本義》十四卷，後人集其文爲一百五十三卷。見吴充所撰行狀、韓琦撰墓誌銘。《宋史》有傳。參《題滑州畫舫齋贈李公擇學士》注〔一〕。少師：古代官名。“三孤”之一。周代始置，爲君國輔弼之官，地位次於太師。北周以後歷代多沿置，與少傅、少保合稱“三少”。一般爲大官加銜，以示恩寵而無實職。熙寧四年六月，歐陽脩以觀文殿學士、太子少師致仕。軾、轍皆有賀啓。蘇軾在潁，弟兄與歐陽脩多游從，蘇軾有《歐陽少師令賦所蓄石屏》、《陪歐陽公燕西湖》。歐陽脩于蘇軾弟兄爲座主，有獎拔之恩，故二人畢生對歐禮敬周至。弟兄詩皆對歐陽脩超然瀟灑的風貌欽佩禮贊，蘇軾詩云：“已將夭壽付天公，彼徒辛苦吾差樂。”云歐陽脩于生死夭壽皆不掛于心，但得時時快樂足矣。蘇轍詩云：“功成業就了無事，令名付與他人知。”言歐陽脩視功名如浮雲，唯酒是務，不知其餘。活畫出醉翁神韻。潁州西湖：在阜陽縣西北三里。參《傅欽之學士濟源草堂》注〔七〕。

〔二〕歐陽脩嘗在西湖種植草木。有《初至潁州西湖種瑞蓮黄楊寄淮南轉運吕度支發運》詩。

〔三〕《史記·燕召公世家》：“周武王之滅紂，封召公於北燕……召公巡行鄉邑，有棠樹，决獄政事其下，自侯伯至庶人各得其所，無失職者。召公卒，而民人思召公之政，懷棠樹不敢伐，哥詠之，作《甘棠》之詩。”後遂以“甘棠”稱頌循吏的美政和遺愛。甘棠：木名。即棠梨。《詩·召南·甘棠》：“蔽芾甘棠，勿翦勿伐，召伯所茇。”三國吴陸璣疏：“甘棠，今棠梨，一名杜梨。”

〔四〕“歸來”二句：謂歐築室西湖與民同樂。勝遊：指景物優美人們向往的游覽之地。唐韓愈《秋字》：“莫以宜春遠，江山多勝遊。”按，歐陽脩早有卜居潁州西湖意。《思潁詩後序》云:"皇祐元年春,予自廣陵得請來潁,愛其民淳訟簡而物産美,土厚水甘而風氣和,于時慨然已有終焉之意也。"《續思潁詩序》云:"皇祐二年,余方留守南都,已約梅聖俞買田於潁上。"

〔五〕歐陽脩憂國憂民,髮白甚早,《初至夷陵答蘇子美見寄》:"白髮新年出,朱顔異域銷。"(景祐三年,時年三十歲)《春日西湖寄謝法曹歌》:"少年把酒逢春色,今日逢春頭已白。"(景祐四年)

〔六〕了無事:全無事,簡直没有事。

〔七〕令名:美好的聲譽。令,善;美好。南朝宋鮑照《行京口至竹里》:"君子樹令名,細人效命力。"

〔八〕燕居:退朝而處;閒居。《禮記·仲尼燕居》:"仲尼燕居,子張、子貢、言游侍。"漢鄭玄注:"退朝而處曰燕居。"

〔九〕杜甫《哀江頭》:"憶昔霓旌下南苑,苑中萬物生顔色。"坐:遂;乃。

〔一〇〕謂歐與民同樂,誰會去指責游人的近指遠觀。呵:呵責;斥責。

附録　蘇軾《陪歐陽公燕西湖》

謂公方壯鬢似雪,謂公已老光浮頰。朅來湖上飲美酒,醉後劇談猶激烈。湖邊草木新著霜,芙蓉晚菊争煌煌。插花起舞爲公壽,公言百歲如風狂。赤松共遊也不惡,誰能忍飢啖仙藥。已將夭壽付天公,彼徒辛苦吾差樂。城上烏棲暮靄生,銀缸晝燭照湖明。不辭歌詩勸公飲,坐無桓伊能撫箏。

歐陽公所蓄石屏〔一〕

石中枯木雙扶疏〔二〕,粲然脈理通肌①膚〔三〕。剖開左右兩相屬,細看不見毫髮殊②。老樗剥落但存骨〔四〕,病松憔悴空留鬚。丘陵迤邐山麓近〔五〕,雲煙滄靄風雨餘〔六〕。我驚造物巧如此,刻畫瑣細供人須。公家此類尚非一,客至不識空嗟籲〔七〕。案頭紫雲抱明月,牀上寒木翻飢烏〔八〕。賦形簡易神自足,鄙棄筆墨嗟勤劬〔九〕。

天工此意與人競，雜出變怪驚群愚〔一〇〕。世間淺拙無與敵，比擬賴有公新書〔一一〕。月石硯屏及石上寒林棲烏，皆公詩[③]所賦。

【校記】

①肌：叢刊本作"飢"，形近而誤。

②殊：叢刊本作"珠"，不辭，形近而誤。

③詩：宋文集本作"爲"。

【箋注】

〔一〕與上詩當作於同一時段。時軾在潁，有《歐陽少師令賦所蓄石屏》。歐陽脩酷好金石，所蓄異物甚多，"公家此類尚非一，客至不識空嗟籲。案頭紫雲抱明月，牀上寒木翻飢烏"。《集古録》之作，良有以也。歐有《紫石屏歌》，梅堯臣有《讀月石屏詩》，皆描摹石屏之奇美。蘇轍兄弟詩亦然，軾詩想象奇絶夸張，轍詩則刻畫精工，"老樗剥落但存骨，病松憔悴空留鬚"，形神畢見。

〔二〕扶疏：枝葉繁茂分披貌。《世説新語·汰侈》："枝柯扶疏，世罕其比。"

〔三〕粲然：鮮明貌；清晰貌。

〔四〕"老樗"二句：謂石屏上有蒼勁的樗木和松樹。樗（chū）：木名。即臭椿。《詩·豳風·七月》："采荼薪樗，食我農夫。"毛傳："樗，惡木也。"唐孔穎達疏："唯堪爲薪，故云惡木。"

〔五〕迤邐：曲折連綿貌。南朝齊謝朓《治宅》："迢遞南川陽，迤邐西山足。"

〔六〕澹霸（duì）：蕩漾貌。

〔七〕嗟籲（yù）：感嘆；嘆息。

〔八〕翻：飛舞。《文選·木華〈海賦〉》："飜動成雷"唐張銑注："飜，飛也。"唐王維《輞川閒居》："青菰臨水映，白鳥向山翻。"

〔九〕勤劬（qú）：辛勤勞苦。

〔一〇〕變怪：災變怪異。《漢書·張敞傳》："月朓日蝕，晝冥宵光，地大震裂，火生地中，天文失度，祆祥變怪，不可勝記。"蘇軾《十月十六日記所見》："怳疑所見皆夢寐，百種變怪旋消亡。"

〔一一〕指歐陽脩《集古録》。《集古録》是歐陽脩對家藏金石銘刻拓本所作題跋的彙集,《集古録自序》云:"故上自周穆王以來,下更秦、漢、隋、唐、五代,外至四海九州,名山大澤,窮崖絶谷,荒林破塚,神仙鬼物,詭怪所傳,莫不皆有。"其跋尾内容多偏重於史事評論,其目的在補正史傳之闕謬,以傳後學。比擬:比配;與之相比。

附録 歐陽脩《紫石屏歌》

月從海底來,行上天東南。正當天中時,下照千丈潭。潭心無風月不動,倒影射入紫石巖。月光水潔石瑩净,感此陰魄來中潛。自從月入此石中,天有兩曜分爲三。清光萬古不磨滅,天地至寶難藏緘。天公呼雷公,夜持巨斧隳嶄巖。隳此一片落千仞,皎然寒鏡在玉奩。蝦蟇白兔走天上,空留桂影猶杉杉。景山得之惜不得,贈我意與千金兼。自云每到月滿時,石在暗室光出簷。大哉天地間,萬怪難悉談。嗟予不度量,每事思窮探。欲將兩耳目所及,而與造化争毫纖。煌煌三辰行,日月尤尊嚴。若令下與物爲比,擾擾萬類將誰瞻。不然此石竟何物,有口欲説嗟如鉗。吾奇蘇子胸,羅列萬象中包含。不惟胸寬膽亦大,屢出言語驚愚凡。自吾得此石,未見蘇子心懷慚。不經老匠先指决,有手誰敢施鐫鑱。呼工畫石持寄似,幸子留意其無謙。

蘇軾《歐陽少師令賦所蓄石屏》

何人遺公石屏風,上有水墨希微踪。不畫長林與巨植,獨畫峨嵋山西雪嶺上萬歲不長之孤松。崖崩澗絶可望不可到,孤烟落日相溟濛。含風偃蹇得真態,刻畫始信天有工。我恐畢宏韋偃死葬虢山下,骨可朽爛心難窮。神機巧思無所發,化爲烟霏淪石中。古來畫師非俗士,摹寫物象略與詩人同。願公作詩慰不遇,無使二子含憤泣幽宫。

梅堯臣《讀月石屏詩》

余觀二人作詩論月石,月在天上,石在山下,安得石上有月蹟。至矣歐陽公,知不可詰不竟述,欲使來者默自釋。蘇子苦豪邁,何用强引犀角蚌蛤巧譬析,犀蛤動活有情想,石無情想已非的。吾謂此石之蹟雖似月，不能行天成紀曆。曾無纖毫光，不若燈照夕，徒爲頑璞一片圓，温潤又不似圭璧，乃有桂樹獨扶疏，嫦娥玉兔了莫覓。無此等物豈可靈，秖以爲屏安足惜。吾嗟才薄不復詠，略評二詩庶有益。

次韻子瞻初出潁口見淮山〔一〕

清淮此日見滄浪〔二〕，始覺南來道路長。窗轉山光時隱見〔三〕，船知水力故軒昂〔四〕。白魚受釣收寒玉〔五〕，紅稻①堆場列遠岡〔六〕。波浪連天東近海，乘桴直恐漸茫茫〔七〕。

【校記】

①紅稻：三蘇祠本作"赤稻"。

【箋注】

〔一〕作於熙寧四年（一〇七一）十月。蘇軾九月末離陳赴杭，途中賦詩二十首。中有詩題《十月二日將至渦口五里所遇風留宿》，故知作於十月。蘇軾詩題爲《出潁口初見淮山是日至壽州》。到杭州後，寄蘇轍二絶句，凡二十二首。蘇轍次韻九首，和十三首，除《龜山》外皆次韻。是知蘇轍詩作於十月。潁口：潁水入淮河處。

〔二〕滄浪：水面廣闊、波浪騰涌貌。

〔三〕隱見：或隱或現。見，後來寫作"現"。唐杜甫《玉臺觀》之一："江光隱見黿鼉窟，石勢參差烏鵲橋。"

〔四〕軒昂：高昂。謂船隨水時時揚起。唐柳宗元《招海賈文》："舟航軒昂兮，下上飄鼓。"

〔五〕杜甫《即事》："一雙白魚不受釣，三寸黄柑猶自青。"寒玉：比喻清澈晶瑩的江水。唐李賀《江南弄》："吴歈越吟未終曲，江上團團帖寒玉。"

〔六〕紅稻：稻之一種。參《次韻子瞻潁州留别二首》之二注〔五〕。

〔七〕《論語·公冶長》："子曰：'道不行，乘桴浮于海，從我者其由與？'"三國魏何晏集解："大者曰栰，小者曰桴。"茫茫：渺茫；模糊不清。按，既暗喻不爲時用的悲哀，亦抒發弟兄不得相從的惆悵—蓋轍字子由。

附録　蘇軾《出潁口初見淮山是日至壽州》

我行日夜向江海,楓葉蘆花秋興長。平淮忽迷天遠近,青山久與船低昂。壽州已見白石塔,短棹未轉黄茅岡。波平風軟望不到,故人久立烟蒼茫。

次韻子瞻壽州城東龍潭〔一〕

東行取次閲三州〔二〕,擊鼓清晨復解舟〔三〕。車騎紛紜追過客〔四〕,歌鐘凄咽動潛虯①〔五〕。宦遊底處非巢燕〔六〕?歸計何嫌誚沐猴〔七〕。賴有故人憐遠適,殷勤屢勸酒行周〔八〕。

【校記】

①虯:叢刊本作"蚪",形近而誤。

【箋注】

〔一〕作於熙寧四年(一〇七一)十月。蘇軾詩題爲《壽州李定少卿出餞城東龍潭上》。壽州:戰國時楚地,秦兵擊楚,楚考烈王東徙都壽春,名曰郢。漢高帝更名淮南國,武帝復爲九江郡,後漢因之,兼置揚州。魏曰淮南郡。東晉亦爲重鎮。宋屬淮南郡,齊因之,兼置荆河州爲重鎮。後魏曰揚州。隋文帝改曰壽州,煬帝初復爲郡。唐爲壽州,或爲壽春郡。宋屬淮西路。治下蔡(今安徽壽縣)。參《文獻通考・輿地考四・古揚州》。龍潭:舊時各地均有所謂龍神棲息之深潭。壽州龍潭在城外郭東北。北魏酈道元《水經注・肥水》:"肥水又西逕東臺下,臺即壽春外郭東北隅阿之榭也。東側有一湖,三春九夏,紅荷覆水,引瀆城隍,水積成潭,謂之東臺湖,亦肥南播也。""宦游底處非巢燕?歸計何嫌誚沐猴",因遷謫而動鄉關之思。蘇轍云"賴有故人憐遠適,殷勤屢勸酒行周"。所謂故人者,指李定。不詳。俟考。

〔二〕取次:依次;挨次。一個接一個地。唐元稹《清明日》:"常年寒食好風輕,觸處相隨取次行。"按,蘇軾從陳州出發,經潁州,到壽州,故云。

〔三〕謂船將行前要擊鼓催人登船。蘇轍《初發嘉州》:"擊鼓樹兩旗,勢如遠征戍。紛紛上船人,櫨急不容語。"

〔四〕謂送行的人很多。紛紜:多盛貌。

〔五〕謂潭中的深藏的龍也爲離别氣氛感傷。歌鐘:歌樂聲。唐李白《魏郡别蘇明府因北遊》:"青樓夾兩岸,萬家喧歌鐘。"凄咽:聲音悲涼嗚咽。

〔六〕謂宦遊就像燕子築巢一樣辛苦,巢築好了卻又因季節變化而遷徙。

〔七〕謂回歸故鄉,不在乎人們笑話。語出《史記·項羽本紀》:"項王見秦宮室皆以燒殘破,又心懷思欲東歸,曰:'富貴不歸故鄉,如衣繡夜行,誰知之者?'説者曰:'人言楚人沐猴而冠耳,果然。'"誚:嘲笑;譏諷。

〔八〕"故人"二句:謂李定置酒殷勤送别。

附録　蘇軾《壽州李定少卿出餞城東龍潭上》

山鴉噪處古靈湫,亂沫浮涎繞客舟。未暇燃犀照奇鬼,欲將燒燕出潛虯。使君惜别催歌管,村巷驚呼聚玃猴。此地他年頌遺愛,觀魚并記老莊周。

和子瞻渦口遇風〔一〕

長淮暮生風,來自渦河口。新舟雖云固〔二〕,波浪亦難受〔三〕。詩來話艱厄〔四〕,驚恐及兒婦。憶同溯荆峽,終夜愁石首。餘飆入幃幄,跳沫濺窗牖。平生未省見,驚顧欲狂走〔五〕。爾來涉憂患〔六〕,漸覺成老醜〔七〕。遥喜波浪中,時能飲醇酒。

【箋注】

〔一〕作於熙寧四年(一〇七一)十月。蘇軾詩題作《十月二日將至渦口五里所遇風留宿》。渦口:渦水入淮之口,在安徽懷遠縣東北。因子瞻遇風而憶弟兄出峽時情景。

〔二〕雖云:雖然。

〔三〕難受:難以承受。

〔四〕艱厄:艱險;危難。

〔五〕“憶同”六句:回憶治平三年(一〇六六)扶喪歸蜀的情景。“蘇軾、蘇轍兄弟載洵之柩歸蜀。……過樊口、石首。”(參《三蘇年譜》卷十六)石首:在江陵府東南二百里,屬江陵府。帷幄(wò):本指室内懸掛的帳幕,帷幔。這裏指船艙中人居住的地方。跳沫:飛濺的水沫。漢司馬相如《上林賦》:“馳波跳沫,汩隱漂疾。”未省:未曾;没有。驚顧:驚慌地回頭張望。狂走:亂跑;疾奔。

〔六〕爾來:從那時以來。

〔七〕唐杜甫《將適吴楚留别章使君留後兼幕府諸公》:“豈惟長兒童,自覺成老醜。”唐白居易《感櫻桃花因招飲客》:“漸覺花前成老醜,何曾酒後更顛狂。”

附録　蘇軾《十月二日將至渦口五里所遇風留宿》

長淮久無風,放意弄清快。今朝雪浪滿,始覺平野隘。兩山控吾前,吞吐久不嘬。孤舟繫桑本,終夜舞澎湃。舟人更傳呼,弱纜恃菅蒯。平生傲憂患,久已恬百怪。鬼神欺吾窮,戲我聊一噫。瓶中尚有酒,信命誰能戒。

和子瞻濠州七絶〔一〕

塗山〔二〕

娶婦山中不肯留,會朝山下萬諸侯。古人辛苦今誰信?祇見清淮入海流。

【箋注】

〔一〕作於熙寧四年(一〇七一)十月。濠州:春秋末鍾離子國,戰國時屬楚,秦屬九江郡,兩漢因之。晉初屬淮南郡,後僑置徐州,安帝時置鍾離郡,宋齊因之,兼置徐州,亦爲重鎮,梁因之。北齊改鍾離郡,爲西楚州,隋改曰濠州。煬帝復置鍾離郡。唐武德八年爲濠州,或爲鍾離郡。宋屬淮西路。治鍾離(今安徽鳳陽縣)。參《通典・州郡十一・濠州》、《文獻通考・輿地考四・濠州》。

〔二〕塗山:在安徽懷遠縣東南八里淮河東岸。亦名當塗山,與荆山夾淮相對。詩詠大禹事。《左傳・哀公七年》:"禹合諸侯于塗山,執玉帛者萬國,今其存者無數十焉。"《史記・夏本紀》:"禹傷先人父鯀功之不成受誅,乃勞身焦思,居外十三年,過家門不敢入。"

彭祖廟〔一〕

長説先師似老彭〔二〕,共疑好學古書生〔三〕。不知亦解餐雲母〔四〕,白日登天萬事輕〔五〕。山有雲母,云彭祖所采服①。

【校記】

①宋文集本、宋建本注作"有雲母山,彭祖所採服也"。

【箋注】

〔一〕彭祖:姓錢名鏗,相傳爲帝顓頊之玄孫,陸終氏第三子。歷夏至殷末,八百餘歲。常食桂芝雲母,善導引行氣。參《列仙傳・彭祖》。《太平廣記・神仙二・彭祖》引《神仙傳》:"彭祖者,姓籛諱鏗,帝顓頊之玄孫也。殷末已七百六十七歲,而不衰老。少好恬静,不恤世務,不營名譽,不飾車服,唯以養生治身爲事。王聞之,以爲大夫。常稱疾閒居,不與政事。善於補導之術,服水桂、雲母粉、麋角散,常有少容。然性沉重,終不自言有道,亦不作詭惑變化鬼怪之事。窈然無爲,少周遊,時還獨行,人莫知其所詣,伺候竟不見也。"

〔二〕《論語・述而》:"子曰:'述而不作,信而好古,竊比于我老彭。'"

〔三〕《論語・公冶長》:"子曰:'十室之邑必有忠信如丘者焉,不如丘之好學也。'"

〔四〕唐白居易《夢仙》:"朝餐雲母散,夜吸沆瀣精。"參本首注〔一〕。雲母:礦石名。可供藥用。《淮南子・墬形》:"磁石上飛,雲母來水。"

〔五〕傳説彭祖飛升成仙。

逍遥臺①莊周墓上祠堂也〔一〕。

倡狂戰國古神仙〔二〕,曳尾泥塗老更安〔三〕。厭世乘雲人不見〔四〕,

空墳聊復葬衣冠。

【校記】

①臺:原作"堂",據宋文集本改。

【箋注】

〔一〕臺爲紀念莊子而建。蓋《莊子》首篇爲《逍遥遊》。莊周(約前三六九—前二八六):戰國宋蒙(今山東蒙陰縣)人。曾爲漆園吏。相傳楚威王重其名,迎以爲相。辭不就。著書十餘萬言,發揮、發展《老子》學説,貶斥儒、墨,主張清静無爲。《史記》有傳。由祠堂而感念莊子事行。《明一統志》卷七"莊子冢":"在舊府城開元寺後,即逍遥臺。"

〔二〕《莊子·山木》:"南越有邑焉,名爲建德之國。其民愚而朴,少私而寡欲,知作而不知藏,與而不求其報。不知義之所適,不知禮之所將,猖狂妄行,乃蹈乎大方。"

〔三〕《莊子·秋水》:"莊子釣於濮水,楚王使大夫二人往先焉,曰:'願以竟内累矣!'莊子持竿不顧,曰:'吾聞楚有神龜,死已三千歲矣,王巾笥而藏之廟堂之上。此龜者,寧其死爲留骨而貴乎,寧其生而曳尾於塗中乎?'二大夫曰:'寧生而曳尾塗中。'莊子曰:'往矣!吾將曳尾於塗中。'"

〔四〕《莊子·天地》:"封人曰:'始也我以女爲聖人邪,今然君子也。天生萬民,必授之職,多男子而授之職,則何懼之有!富而使人分之,則何事之有!夫聖人鶉居而鷇食,鳥行而無彰;天下有物則與物皆昌,天下無道則修德就閒;千歲厭世,去而上僊,乘彼白雲,至於帝鄉。三患莫至,身常無殃,則何辱之有!'"

觀魚臺〔一〕

莊子談空惠子聽〔二〕,郢人斤斧俟忘形〔三〕。莫嗟質喪無知者,對石何妨自説經〔四〕。

【箋注】

〔一〕《莊子·秋水》:"莊子與惠子遊於濠梁之上。莊子曰:'鯈魚出游從容,是魚之樂也。'惠子曰:'子非魚,安知魚之樂?'莊子曰:'子非我,安知我不知魚之樂？’惠子曰：‘我非子，固不知子矣；子固非魚也，子之不知魚之樂全矣。’莊子曰：‘請循其本。子曰“汝安知魚樂”云者，既已知吾知之而問我。我知之濠上也。’”觀魚臺即得名于此。

〔二〕談空：清談；玄談。按，此謂莊子與惠子談玄。惠子：見《和子瞻讀道藏》注〔六〕。

〔三〕《莊子·徐无鬼》：“郢人堊慢其鼻端若蠅翼，使匠石斵之。匠石運斤成風，聽而斵之，盡堊而鼻不傷。郢人立不失容。宋元君聞之，召匠石曰：‘嘗試爲寡人爲之。’匠石曰：‘臣則嘗能斵之。雖然，臣之質死久矣。’自夫子之死也，吾無以爲質矣，吾無與言之矣。”

〔四〕晉佚名《蓮社高賢傳·道生法師》：“師被擯，南還，入虎丘山，聚石爲徒。講《涅盤經》，至闡提處，則説有佛性，且曰：‘如我所説，契佛心否？’群石皆爲點頭，旬日學衆雲集。”

虞姬墓〔一〕

布叛增亡國已空〔二〕，摧殘羽翮自令窮。艱難獨與虞姬共，誰使西來敵沛公？

【箋注】

〔一〕虞姬：《史記·項羽本紀》：“項王則夜起，飲帳中。有美人名虞，常幸從；駿馬名騅，常騎之。於是項王乃悲歌忼慨，自爲詩曰：‘力拔山兮氣蓋世，時不利兮騅不逝。騅不逝兮可奈何，虞兮虞兮奈若何。’歌數闋，美人和之，項王泣數行下，左右皆泣，莫能仰視。”南朝宋裴駰集解引徐廣曰：“一云姓虞氏。”唐張守節正義引《括地志》云：“虞姬墓在濠州定遠縣東六十里。長老傳云項羽美人冢也。”此詩言項羽有謀臣范曾而不能用，有猛將黥布而不能親，終至衆叛親離，獨與虞姬相向而泣，是可悲矣。

〔二〕布叛增亡：指英布背叛，范增逃亡。英布（？—前一九五），六（今安徽六安市）人，因受秦律被黥，又稱黥布。秦末以兵屬項梁，梁敗死，復屬項籍。每戰，常以少敗衆。從入關，籍封其爲九江王。漢遣隋何説布棄楚降漢，佐高祖定天下，封淮南王。後以彭越、韓信皆被誅，懼禍及，發兵反。高祖討破之。布走越，爲番越人所殺。《史記》《漢書》有傳。范增（前二七七—前二〇四），秦居巢(今安徽巢湖市)人。年七十,居家好奇計,輔項羽霸諸侯,號稱亞父。勸羽殺劉邦,不聽。羽信漢反間疑增。增遂棄羽歸。至彭城疽發背卒。

四望亭太和中,郡守劉嗣之立,李紳爲之記。今亭廢矣〔一〕。

唐史不聞劉嗣之,空傳短李舊歌詩。高亭毁盡唯存記,猶有區區父老知〔二〕。

【箋注】

〔一〕太和:唐敬宗年號。劉嗣之:唐彭城(今江蘇徐州市銅山區)人。太和中嘗爲濠州守。餘不詳。俟考。李紳(七七二—八四六):字公垂,唐安徽亳州(今安徽亳州市譙城區)人。二十七歲中進士,補國子助教。善詩,樂府最爲有名。與元稹、白居易交遊甚密,爲人矮小,時稱短李。《全唐詩》存其詩四卷。其《四望亭記》今存,見《文苑英華》卷八百二十五。

〔二〕猶:只;獨。唐杜甫《得舍弟消息》:"猶有淚成河,經天復東注。"區區:少許;不多。

浮山洞洞在淮上,夏潦不能及,而冬不加高,故人疑其浮也〔一〕。

洞府元依水面開〔二〕,秋潮每到洞門回。幽人燕坐門前石〔三〕,長看長淮船去來。

【箋注】

〔一〕《太平寰宇記·河南道十六·泗州》:"浮山在縣西七十里,下有石穴,每淮波泛溢,不能没其穴。"

〔二〕元:"原"之本字。明人諱"元來",始以"原"爲原來之原。

〔三〕燕坐:閑坐。

附録　蘇軾《濠州七絶》

塗山下有鯀廟山,前有禹會村。

川鎖支祁水尚渾,地埋汪罔骨應存。樵蘇已入黄能廟,烏鵲猶朝禹會村。

彭祖廟有雲母山，云彭祖所採服也。

跨歷商周看盛衰，欲將齒髮鬭蛇龜。空餐雲母連山盡，不見蟠桃著子時。

逍遥臺莊子祠堂在開元寺，即墓爲堂也。

常怪劉伶死便埋，豈伊忘死未忘骸。烏鳶奪得與螻蟻，誰信先生無此懷。

觀魚臺

欲將同異較錙銖，肝膽猶能楚越如。若信萬殊歸一理，子今知我我知魚。

虞姬墓

帳下佳人拭淚痕，門前壯士氣如雲。倉黄不負君王意，只有虞姬與鄭君。

四望亭太和中，刺史劉嗣之立。李紳以太子賓客分司東都，過濠爲作記，今存而亭廢者數年矣。

頹垣破礎没柴荆，故老猶言短李亭。敢請使君重起廢，落霞孤鶩换新銘。

浮山洞洞在淮上，夏潦不能及，而冬不加高，故人疑其浮也。

人言洞府是鼇宫，升降隨波與海通。共坐船中那得見，乾坤浮水水浮空。

和子瞻泗州僧伽塔〔一〕

清淮濁汴争强雄，龜山下閟支祁宫〔二〕。高秋水來無遠近，蕩滅洲渚乘城墉〔三〕。千艘銜尾誰復惜〔四〕，萬人雨泣哀將窮〔五〕。城中古塔高百尺，下有蜕骨黄金容〔六〕。蛟龍百怪不敢近，迴風倒浪歸無蹤〔七〕。越商胡賈豈知道，脱身獻寶酬元功〔八〕。至人已立萬物表〔九〕,劫火僅置毛孔中〔一〇〕。區區淮汴亦何有?一挹可注滄溟東〔一一〕。胡爲尚與水族較〔一二〕,時出變怪驚愚聾〔一三〕?於乎此意不可詰〔一四〕,仰觀①飛栱淩晴空〔一五〕。

【校記】

①觀:宋文集本、宋建本作"視"。

【箋注】

〔一〕作於熙寧四年(一〇七一)十月。泗州:古徐州地,春秋爲魯國地,戰國魯宋吴三國之境,秦屬泗水郡,漢屬臨淮、東海、沛三郡地,後漢以其地合于下邳國,兼置徐州,後周改爲泗州,隋改爲下邳郡,唐爲泗州,或爲臨淮郡,屬河南道。唐末爲楊行密所有,周世宗伐南唐而取之。宋屬河東路,治臨淮(今江蘇盱眙縣)。參《文獻通考·輿地考三·泗州》。僧伽塔:埋葬僧伽遺體的佛塔。僧伽,西域高僧,姓何氏。唐高宗時至洛陽行化,歷吴楚間,手執楊枝,混於淄流,神變無方。後於泗州築廟居之,中宗親爲書額爲普光王寺,遷止薦福寺。景龍末卒。宋乾符中謚證聖大師。參《高僧傳·僧伽》。蘇軾詩對所謂靈驗頗爲懷疑:"耕田欲雨刈欲晴,去得順風來者怨。若使人人禱輒遂,造物應須日千變。"蘇轍詩前寫世人祈禱盛況,後則亦不免微辭:"胡爲尚與水族較,時出變怪驚愚聾?於乎此意不可詰,仰觀飛栱淩晴空。"是亦庶幾"祭神如神在"之意。

〔二〕支祁:水神名。即無支祁。唐李公佐《古岳瀆經》:"[夏禹]乃獲淮渦水神,名無支祁。善應對言語,辨江淮之淺深,原隰之遠近。形若猿猴,縮鼻高額,青軀白首,金目雪牙。頸伸百尺,力踰九象,搏擊騰踔疾奔,輕利倏忽,聞視不可久……頸鎖大索,鼻穿金鈴,徙淮陰之龜山之足下,俾淮水永安流注海也。"相傳今江蘇省盱眙縣東北下奄山寺後的支祁井即夏禹鎖支祁處。見《清一統志·泗州直隸州·山川》。

〔三〕謂大水沖毁了水中小島,登上了城牆。墉(yōng):城牆。《詩·大雅·皇矣》:"與爾臨衝,以伐崇墉。"毛傳:"墉,城也。"

〔四〕謂發大水船只無法行進,都密密麻麻停泊在港灣裏。宋歐陽脩《送王學士赴兩浙轉運》:"邑屋連雲盈萬井,舳艫銜尾列千艘。"

〔五〕雨泣：淚下如雨。語本《詩·邶風·燕燕》："瞻望勿及，泣涕如雨。"三國魏曹植《王仲宣誄》："延首歎息，雨泣交頸。"

〔六〕"城中"二句：謂塔中有水神的神像。蜕骨：脱骨。靈魂成神後的骸骨。黄金容：指金光神像閃耀之神像面容。

〔七〕"蛟龍"二句：謂水神神通廣大，可以回風轉浪。

〔八〕"越商"二句：泛言來往的商旅行人愚昧無知，皆禮拜水神以祈求平安。越商：越地的商人。胡賈：少數民族的商人。脱身：抽身擺脱。

〔九〕至人：見《舟中聽琴》注〔三〕。萬物表：萬物之外。唐孟郊《送蕭鍊師入四明山》："閑於獨鶴心，大於高松年。迥出萬物表，高棲四明巔。"

〔一〇〕謂災難禍福不可預料。劫火：佛教語。謂壞劫之末所起的大火。梁慧皎《高僧傳·譯經上·竺法蘭》："又昔漢武穿昆明池，底得黑灰。以問東方朔，朔曰：'不知，可問西域人。'後法蘭既至，衆人追以問之。蘭云：'世界終盡，劫火洞燒，此灰是也。'朔言有徵，信者甚衆。"《大方廣佛華嚴經》卷二："過去所有諸國土，一毛孔中皆示現。此是諸佛大神通，愛樂寂静能宣説。"

〔一一〕一挹（yì）：一瓢。滄溟：大海。

〔一二〕水族：水生動物的統稱。南朝宋鮑照《還都至三山望石頭城》："晨光被水族，曉氣歇林阿。"

〔一三〕變怪：災變怪異。愚聾：謂愚蠢昏憒的芸芸衆生。聾，愚昧，不明事理。《左傳·僖公二十四年》："即聾、從昧、與頑、用嚚，姦之大者也。"

〔一四〕於乎：即嗚呼。

〔一五〕飛栱（gǒng）：喻彩虹。

附録　蘇軾《泗州僧伽塔》

我昔南行舟繫汴，逆風三日沙吹面。舟人共勸禱靈塔，香火未收旗腳轉。回頭頃刻失長橋，卻到龜山未朝飯。至人無心何厚薄，我自懷私欣所便。耕田欲雨刈欲晴，去得順風來者怨。若使人人禱輒遂，造物應須日千變。我今身世兩悠悠，去無所逐來無戀。得行固願留不惡，每到有求神亦倦。退之舊云三百尺，澄觀所營今已换。不嫌俗士污丹梯，一看雲山繞淮甸。

次韻子瞻發洪澤遇大風卻還宿〔一〕

昨夜宿洪①澤，再來遂如歸。卻行雖云拙，乘險諒亦非〔二〕。誰言淮陰近〔三〕，阻此駭浪飛？長風徑千里〔四〕，蛟蜃相因依〔五〕。眇然恃一葉〔六〕，此勢安可違？冒涉彼何人〔七〕？勇決生慮微〔八〕。欲速有不達〔九〕，魚腹豈足肥〔一〇〕？風帆尚可轉，野廟誰能祈？但當擁衾睡，慎閉窗與扉。夜聞②聲尚惡〔一一〕，起視聊披衣。

【校記】

①洪：原本、宋建本作"鴻"，據詩題及宋文集本改。

②聞：原作"間"，據宋文集本改。

【箋注】

〔一〕作於熙寧四年(一〇七一)十月。洪澤：指洪澤湖。亦名富陵湖，在江蘇安徽間。長八十里，形如壁虎，首向東北。江蘇之淮陰，泗陽，安徽之泗縣、五河、盱眙諸縣環之。宋熙寧中開洪澤河達于淮。卻：退回。即退回洪澤住宿。

〔二〕《史記・袁盎列傳》："臣聞千金之子坐不垂堂，百金之子不騎衡。"乘險：猶言冒險。

〔三〕淮陰：秦置。漢封韓信爲淮陰侯。後爲縣，北齊改爲淮恩，北周又改壽張。隋復名淮陰。宋代屬楚州。故城在今江蘇淮陰縣東南。

〔四〕長風：暴風；大風。玄應《一切經音義》卷一引《兼明苑》："風暴疾而起者謂之長風。"

〔五〕唐陸龜蒙《奉酬襲美先輩吴中苦雨一百韻》："又疑伍胥濤，蛟蜃相黶撈。"蛟蜃(shèn)：蛟與蜃。蜃，大蛤。《左傳・昭公二十年》："海之鹽蜃，祈望守之。"晉杜預注："蜃，大蛤也。"

〔六〕眇然：微小貌。一葉：極言船小在寬闊的水面中如一片樹葉。

〔七〕冒涉：謂冒著危險而跋涉。唐韓愈《送靈師》："靈師不掛懷，冒涉道轉延。"

〔八〕勇决：勇敢而有决斷。《後漢書·南蠻傳》："故并州刺史長沙祝良性多勇决。"唐杜甫《北征》："此輩少爲貴，四方服勇决。"生慮：生命之憂。

〔九〕《論語·子路》："子曰：'無欲速，無見小利。欲速則不達，見小利則大事不成。'"三國魏何晏集解引漢孔安國曰："事不可以速成，而欲其速則不達矣。"

〔一〇〕謂不小心則葬身魚腹。語本唐劉駕《反賈客樂》："行舟觸風浪，盡入魚腹去。"

〔一一〕聲尚惡：謂風浪聲還大。

附録　蘇軾《發洪澤中途遇大風復還》

風浪忽如此，吾行欲安歸。掛帆却西邁，此計未爲非。洪澤三十里，安流去如飛。居民見我還，勞問亦依依。攜酒就船賣，此意厚莫違。醒來夜已半，岸木聲向微。明日淮陰市，白魚能許肥。我行無南北，適意乃所祈。何勞舞澎湃，終夜摇窗扉。妻孥莫憂色，更典篋中衣。

次韻子瞻記十月十六日所見〔一〕

君不見天高后土黄〔二〕，變化出入唯陰陽〔三〕。旋凝細霧作飛雹〔四〕，復遣震雷追日光。可憐萬物甚微細，坐聽百變隨顛僵〔五〕。深根固蒂無計遁〔六〕，倏來忽返安能防〔七〕？平生未見實驚耳〔八〕，稍遠不知如隔牆〔九〕。君看歌舞醉華屋，下有纍縶排兩廊〔一〇〕。眼前苦樂尚懸絶，空中造化知有亡？我居宛丘厭凝冱〔一一〕，雪翻海水填陂塘。但知膏澤利牟麥〔一二〕，恣食餅餌真嘉祥〔一三〕。山陽所記亦何事〔一四〕，有酒胡不盡一觴？

【箋注】

〔一〕作於熙寧四年（一〇七一）十月十六日後。東坡詩記在淮陰一天中陰陽變怪無常，有如夢寐。蘇轍詩則言人生但得隨遇而安，不必驚詫于萬物之變幻。

〔二〕《左傳·僖公十五年》："君履后土而戴皇天。"后土：對大地的尊稱。

〔三〕謂陰陽二氣主宰著萬物盛衰變幻。《春秋繁露·陰陽出入上下第五十》："天道大數，相反之物也，不得俱出，陰陽是也。春出陽而入陰，秋出陰而入陽，夏右陽而左陰，冬右陰而左陽；陰出則陽入，陽出則陰入，陰右則陽左，陰左則陽右，是故春俱南，秋俱北，而不同道；夏交於前，冬交於後，而不同理；並行而不相亂，澆滑而各持分，此之謂天之意。"

〔四〕飛雹：飛落的冰雹。

〔五〕"可憐"二句：嘆息萬物在自然面前無可奈何，只有隨其任意擺布。顛僵：跌倒死亡。

〔六〕深根固蔕：謂根基深厚牢固，不可動摇。《老子》第五十九章："有國之母，可以長久，是謂深根固柢，長生久視之道。"遁（dùn）：逃。

〔七〕謂突然來突然去不可預防。

〔八〕驚耳：使人聽到後震驚，驚異。

〔九〕謂如被牆壁隔斷而看不見。

〔一〇〕"君看"二句：華屋：見《次韻子瞻宿南山蟠龍寺》注〔七〕。纍縶（zhí）：被拘囚的人。

〔一一〕凝冱（hù）：結冰，凍結。指寒冷。宛丘：今河南淮陽。

〔一二〕膏澤：滋潤作物的雨雪。三國魏曹植《贈徐幹》："良田無晚歲，膏澤多豐年。"牟麥：大麥，稞麥。牟，通"麰"，大麥。《詩·周頌·臣工》："於皇來牟。"鄭箋："於美乎赤烏，以牟麥俱來。"

〔一三〕恣（zì）：滿足，盡情。餅餌：餅類食物。《急就篇》卷二："餅餌麥飯甘豆羹。"唐顔師古注："溲麪而蒸熟之則爲餅，餅之言并也，相合并也；溲米而蒸之則爲餌，餌之言而也，相黏而也。"嘉祥：祥瑞。

〔一四〕山陽：漢射陽縣。三國時廢。晉復置，東晉改爲山陽縣。宋改爲淮安縣。此沿用舊稱。即今江蘇淮安。

附録　蘇軾《十月十六日記所見》

風高月暗雲水黄，淮陰夜發朝山陽。山陽曉霧如細雨，炯炯初日寒無光。雲收霧卷已亭午，有風北來寒欲僵。忽驚飛雹穿户牖，迅駛不復容遮防。市人顛沛百賈亂,疾雷一聲如頹牆。使君來呼晚置酒,坐定已復日照廊。恍疑所見皆夢寐,百種變怪旋消亡。共言蛟龍厭舊穴,魚鼈隨徙空陂塘。愚儒無知守章句,論説黑白推何祥。惟有主人言可用,天寒欲雪飲此觴。

蘇轍詩編年箋注卷四

次韻子瞻廣陵會三同舍各以其字爲韻〔一〕

劉貢甫〔二〕

貢甫少多才,交游一何衆〔三〕!談詞坐傾倒,玉塵①日揮弄〔四〕。逡巡不爲虐,巧捷有微中〔五〕。群情忌超邁,微過出嘲諷〔六〕。南遷時已久,未見肯力貢〔七〕。舌在終自奇〔八〕,髀滿安足痛〔九〕?人生百年内〔一〇〕,僅比一朝夢〔一一〕。駸駸就消涸,斗水傾漏甕〔一二〕。江淮未可嫌,遲晚聊自送。試觀終日閑,何似兩耳閧〔一三〕?

【校記】

①麈:原本、宋建本作"塵",據三蘇祠本改。

【箋注】

〔一〕作於熙寧四年(一〇七一)十月十六日後。廣陵:春秋時屬吴,吴滅屬越,越滅屬楚。秦滅楚,屬九江郡,漢爲廣陵國,景帝更名江都國,武帝更名廣陵國,後漢爲廣陵郡。唐初爲兖州,後改爲邗州,其後或爲廣陵郡,屬淮南道,置大都督。同舍:同僚。詩贊貢甫之才而惜貢甫之不得大用。

〔二〕劉貢甫:即劉攽。參《次韻劉貢甫學士畫松石圖歌》注〔一〕。

〔三〕一何：多麽。唐杜甫《石壕吏》："吏呼一何怒，婦啼一何苦。"

〔四〕"談詞"二句：謂劉貢父健談爲大家佩服。劉攽健談有才氣，筆記雜著中多有著録，王安石《送劉貢父赴秦州清水》亦云："劉郎高論坐噓枯，幕府調胹用緒餘。筆下能當萬人敵，腹中猶記五車書。"傾倒：心折；佩服。南朝宋鮑照《答休上人》："味貌復何奇，能令君傾倒。"玉麈（zhǔ）：柄上鑲玉的麈尾。麈，麈尾。參《和子瞻鳳翔八觀八首・石鼓》注〔一九〕。揮弄：猶揮動。

〔五〕"逡巡"二句：謂劉貢父談論時從容不迫，但細微處也能闡發得十分中肯。逡巡：從容；不慌忙。《莊子・秋水》："東海之鼈左足未入，而右膝已縶矣，於是逡巡而卻。"唐成玄英疏："逡巡，從容也。"虐：過分。《詩・衛風・淇奥》："善戲謔兮，不爲虐兮！"清馬瑞辰通釋："虐之言劇，謂甚也。"微中：偶有合符大道處。語本《史記・滑稽列傳》："天道恢恢，豈不大哉！談言微中，亦可以解紛。"

〔六〕"群情"二句：謂大家都忌憚劉貢甫的談鋒，于是都儘量尋找劉的漏洞而抨擊。按，此刻畫大家聚談的和諧熱烈，無貶義。超邁：卓越高超；不同凡俗。微過：輕微的過失。

〔七〕"南遷"二句：謂劉雖長期貶謫，但仍然不肯委曲求全。南遷：見《次韻劉貢甫學士畫松石圖歌》注〔一〕。力貢：致力于奉獻呈拜之類事。

〔八〕謂能説善辯之口才尚在。《史記・張儀列傳》："張儀已學而游説諸侯。嘗從楚相飲，已而楚相亡璧，門下意張儀，曰：'儀貧無行，必此盜相君之璧。'共執張儀，掠笞數百，不服，醳之。其妻曰：'嘻！子毋讀書游説，安得此辱乎？'張儀謂其妻曰：'視吾舌尚在不？'妻笑曰：'舌在也。'儀曰：'足矣。'"自奇：自負不凡。唐韓愈《歸彭城》："緘封在骨髓，耿耿空自奇。"

〔九〕謂即使閑置也并不覺得痛苦。髀滿：大腿上肉長起來。參《次韻子瞻麻田青峰寺下院翠麓亭》注〔一一〕。

〔一〇〕唐白居易《詠懷》："人生百年内，疾速如過隙。"

〔一一〕晉陶潛《飲酒》之八："吾生夢幻間，何事紲塵羈。"

〔一二〕"駸駸"二句：謂人生短暫有如一斗水倒在一個漏缸裏很快就完了。駸駸（qīn qīn）：疾速；很快。涸：乾。

〔一三〕"試觀"二句：謂與其兩耳在喧鬧中受折磨還不如作閑官自在。閧

（hòng）：哄鬧；衆聲並作。

孫巨源〔一〕

巨源學從横〔二〕，世事夙討論〔三〕。著書十萬字，辯如白波翻〔四〕。諫垣適多事〔五〕，憂心生病根〔六〕。立談信無補，閉口出國門〔七〕。棄置卧江海〔八〕，閔嘿寧復言〔九〕？朝行共長嘆〔一〇〕，逐客繼二孫。謂莘老、巨源。南方固鄉黨，謫官①侶鶴猿〔一一〕。風俗未寧静，朋黨争排根②〔一二〕。引去良自得，濁清在澄源〔一三〕。往者未可招，冠蓋方駿奔〔一四〕。

【校記】

①官：宋大字本、蜀藩刻本、叢刊本作“宦”，不辭，誤。

②根：原作“跟”，據宋大字本、宋建本、蜀藩刻本改。

【箋注】

〔一〕孫巨源：即孫洙（一〇三一—一〇七九）。字巨源，真州揚子（今江蘇儀徵市東南）人，錫子。童年能文，十九歲登進士第，補秀州司法參軍，調杭州於潛縣令。包拯、歐陽脩、吴奎舉應制科，進策五十篇，一時傳寫摹印，曰《經緯集》。遷集賢校理、知太常禮院。歷秘書丞，兼史館檢討、同知諫院，與王安石不和，出知海州。尋幹當三班院，進知制誥。元豐初，兼直學士院，以作《澶州靈津廟碑文》擢翰林學士。元豐二年卒，年四十九。參李清臣《孫學士洙墓誌銘》，《宋史》有傳。詩稱贊孫巨源明練世事，口辯超群。嘆巨源才大難用，竟遭棄逐。

〔二〕從横：謂孫學問廣博，無所不通。

〔三〕夙：早。討論：研究。

〔四〕白波翻：喻言辭滔滔不絶。唐韓愈《記夢》：“絜携陬維口瀾翻，百二十刻須臾間。”蘇軾《戲用晁補之韻》：“知君忍飢空誦詩，口頰瀾翻如布穀。”

〔五〕諫垣：指諫官官署。唐權德輿《酬南園新亭宴會璩新第慰慶之作時任賓客》：“予壻信時英，諫垣金玉聲。”按，治平中孫“兼史館檢討、同知諫院”，與王安石政見不合。

〔六〕唐杜甫《貽華陽柳少府》:“自非曉相訪,觸熱生病根。”蘇軾《介亭餞楊傑次公》:“今晨積霧卷千里,豈畏觸熱生病根。”

〔七〕“立談”二句:治平中,“王安石主新法,多逐諫官、御史,洙知不可,而鬱鬱不能有所言,但力求補外,得知海州”。立談:本指站著談話,後用以比喻談話時間短暫。漢揚雄《解嘲》:“或七十説而不遇,或立談而封侯。”按,此反揚雄意而用之。

〔八〕唐李白《游謝氏山亭》:“淪老卧江海,再歡天地清。”

〔九〕閔嘿(mò):即“閔默”。憂鬱不語。南朝梁吴均《送歸曲》:“送子獨南歸,攬衣空閔默。”

〔一〇〕朝行:朝列;朝臣。韓愈《盧郎中雲夫寄示送盤谷子詩兩章歌以和之》:“我今進退幾時決,十年蠢蠢隨朝行。”

〔一一〕與猿鶴爲伴,謂過著隱居生活。

〔一二〕“風俗”二句:謂朝廷黨争仍然厲害。朋黨:指因政見不同而形成的相互傾軋的宗派。排根:排斥。《漢書·灌夫傳》:“及竇嬰失勢,亦欲倚夫引繩排根生平慕之後棄者。”唐顔師古注:“孟康曰:‘根者,根格,引繩以彈排擯根格之也。’師古曰:孟説近之。言嬰與夫共相提挈,有人生平慕嬰夫,後見其失職而頗慢弛,如此者,共排退之,不復與交。譬如相對挽繩而根格之也。今吴楚俗猶謂牽引前卻爲根格也。”

〔一三〕獨清:謂清白自處,不同流合污。《楚辭·屈原〈漁父〉》:“舉世皆濁我獨清,衆人皆醉我獨醒。”

〔一四〕“往者”二句:謂朝廷上人們正奔走於權勢,孫巨源不願同流合污。冠蓋:本指官員的冠服和車乘。此以之代官員。冠,禮帽;蓋,車蓋。駿奔:急速奔走。韓愈《郴州祈雨》:“旱氣期銷蕩,陰官想駿奔。”

劉莘老〔一〕

莘老奮徒步,首與觀國賓〔二〕。儼然自約束,被服韍與紳〔三〕。黽勉丞相府,接迹輿臺臣〔四〕。顧嫌任安躁,未忍裂坐茵〔五〕。推置冠獬豸,謂言我比鄰〔六〕。三晉固多士,骯髒存斯人〔七〕。竄責不敢辭,狂言見天真〔八〕。南方異風俗,强食魚尾莘〔九〕。應同賈太傅,抱屈恥自陳〔一〇〕。猶有痛哭書〔一一〕,受釐定何辰〔一二〕?

【箋注】

〔一〕劉莘老(一〇三〇—一〇九八):名摯,字莘老,永静東光(今河北東光縣)人。嘉祐四年中進士甲科。初任冀州南宫縣令,政績卓異,與信都令李沖、清河令黄莘稱爲河朔三令。遷御史裏行。王安石一見器異之,欲大用。然摯不附安石,上書極言新法之弊,貶監衡州鹽倉。哲宗朝擢侍御史,論罷蔡確、章惇。累遷尚書右僕射。摯性峭直,勇於去惡,爲讒所中,連貶鼎州團練副使,新州安置卒。摯嗜學,老不釋卷,精於《三禮》、《春秋》。其教子孫,先行實而後文藝。每曰士當以器識爲先。一號文人,便無足觀。紹興中追謚忠肅。有《忠肅集》。《宋史》有傳。詩贊劉莘老高才自約,不爲强權折腰。雖遭貶謫,而節不少屈。

〔二〕觀國賓:謂步入仕途。《易·觀》:"觀國之光,利用賓于王。"三國魏王弼注:"居近得位,明習國儀者也,故曰利用賓于王也。"唐杜甫《奉贈韋左丞丈二十二韻》:"甫昔少年日,早充觀國賓。"參《送張公安道南都留臺》注〔四〕。

〔三〕謂劉從仕後矜持自守。被服:穿著。韍:古代大夫以上祭祀或朝覲時遮蔽在衣裳前的服飾。《禮記·明堂位》:"有虞氏服韍。"鄭玄注:"韍,冕服之韠也。舜始作之,以尊祭服。"紳:古代士大夫束于腰間,一頭下垂的大帶。《論語·衛靈公》:"子張書諸紳。"宋邢昺疏:"此帶束腰,垂其餘以爲飾,謂之紳。""韍與紳"皆爲士大夫所服,此代從仕。

〔四〕"黽勉"二句:謂劉作丞相屬官勤勉努力。黽勉:勉勵,盡力。《詩·邶風·谷風》:"黽勉同心,不宜有怒。"毛傳:"言黽勉者,思與君子同心也。"接跡:足跡前後相接。形容人多。輿臺:古代十等人中兩個低微等級的名稱。輿爲第六等,臺爲第十等。《文選·張衡〈東京賦〉》:"發京倉,散禁財,賚皇僚,逮輿臺。"唐張銑注:"輿臺,賤職。"按,劉曾官檢正中書禮房,爲丞相王安石屬吏。

〔五〕"顧嫌"二句:謂劉雖然不滿王安石所爲,但亦不便公然决絶。任安:字少卿,漢滎陽人(今河南滎陽市)人。嘗爲大將軍衛青舍人。後青門下多往事霍去病,安獨不去。後爲益州刺史,以涉戾太子事誅死。其本傳有云:"乃爲衛將軍舍人,與田仁會,俱爲舍人,居門下,同心相愛。此二人家貧,無錢用以事將軍家監,家監使養惡齧馬。兩人同默卧,仁竊言曰:'不知人哉家監也!'任安曰:'將軍尚不知人,何乃家監也!'衛將軍從此兩人過平陽主,主家令兩人與騎奴同席而食,此二子拔刀列斷席别坐。主家皆怪而惡之,莫敢呵。"

〔六〕"推置"二句:言劉官御史裏行事。其本傳有云:"王安石一見器異之,擢檢正中書禮房,默默非所好也。才月餘,爲監察御史裏行,欣然就職,歸語家人曰:'趣裝,毋爲安居計。'"冠獬豸:戴獬豸冠。指作御史裏行。古代御史等執法官吏戴獬豸冠。獬豸,傳説是一種能以其獨角辨别邪佞的神獸。《後漢書·輿服志下》:"法冠,一曰柱後。高五寸,以纚爲展筩,鐵柱卷,執法者服之,侍御史、廷尉正監平也。或謂之獬豸冠。獬豸,神羊,能别曲直,楚王嘗獲之,故以爲冠。"唐王勃《送杜少府之任蜀州》:"海内存知己,天涯若比鄰。"

〔七〕"三晉"二句:稱贊劉爲三晉豪傑之士。三晉:戰國時趙、韓、魏三國的合稱。趙氏、韓氏、魏氏原爲晉國大夫,戰國初,分晉各立爲國,故稱。其地約當今之山西省及河南省中部、北部,河北省南部、中部。因劉出生地古屬趙國,故云。《史記·張儀列傳論》:"三晉多權變之士,夫言縱横强秦者大抵皆三晉之人也。"骯髒:高亢剛直貌。漢趙壹《疾邪詩二首》之二:"伊優北堂上,骯髒倚門邊。"

〔八〕"竄責"二句:言劉因上疏痛斥時政而被貶竄。本傳云:"疏奏,安石欲竄之嶺外,神宗不聽,但謫監衡州鹽倉。"竄責:放逐處罰。狂言:狂直之言。杜甫《寄李白詩》:"劇談憐野逸,嗜酒見天真。"

〔九〕謂劉爲北方人,而南方吃魚,頗不適應。魚尾莘(shēn):語出《詩·小雅·魚藻》:"魚在在藻,有莘其尾。"毛傳:"莘,長貌。"

〔一〇〕"應同"二句:謂劉之冤屈有如賈誼。賈太傅:指賈誼。參《王公生日》注〔八〕。

〔一一〕賈誼《陳政事疏》有"臣竊惟事埶可爲痛哭者一,可爲流涕者二,可爲長太息者六"語。

〔一二〕謂不知何時能如賈誼召還朝廷。受釐:漢制祭天地五畤,皇帝派人祭祀或郡國祭祀後,皆以祭餘之肉歸致皇帝,以示受福,叫受釐。"釐"即"胙",祭餘之肉。《史記·屈原賈生列傳》:"後歲餘,賈生徵見。孝文帝方受釐,坐宣室。"南朝宋裴駰集解引三國魏如淳曰:"漢唯祭天地五畤,皇帝不自行，祠還致福。”司馬貞索隱引應劭云：“釐，祭餘肉也。”何辰：何時。

附録　蘇軾《廣陵會三同舍各以其字爲韻仍邀同賦》

劉貢父

去年送劉郎，醉語已驚衆。如今各漂泊，筆硯誰能弄。我命不在天，羿彀未必中。作詩聊遣意，老大慵譏諷。夫子少年時，雄辯輕子貢。爾來再傷弓，戢翼念前痛。廣陵三日飲，相對怳如夢。況逢賢主人，白酒潑春甕。竹西已揮手，灣口猶屢送。羨子去安閑，吾邦正喧閧。

孫巨源

三年客京輦，憔悴難具論。揮汗紅塵中，但隨馬蹄翻。人情貴往返，不報生禍根。坐令平生友，終歲不及門。南來實清曠，但恨無與言。不謂廣陵城，得逢劉與孫。異趣不兩立，譬如王孫猿。吾儕久相聚，恐見疑排根。我褊類中散，子通真巨源。絶交固未敢，且復東南奔。

劉莘老

江陵昔相遇，幕府稱上賓。再見明光宫，峨冠挹搢紳。如今三見子，坎坷爲逐臣。朝遊雲霄間，欲分丞相茵。暮落江湖上，遂與屈子鄰。了不見愠喜，子豈真可人。邂逅成一歡，醉語出天真。士方在田里，自比渭與莘。出試乃大謬，芻狗難重陳。歲晚多霜露，歸耕當及辰。

劉攽《與孫巨源蘇子瞻劉莘老廣陵相遇蘇請賦詩爲别各用其字爲韻每篇十韻》

其一

都城每過從，車馬動逾衆。分飛無此歡，會合杳如夢。薄霜作微寒，淺水未成凍。秋花正爛斑，幽鳥雜清哢。此邦人事稠，南北屢迎送。以兹信宿間，得與數君共。遂將結吾廬，念有用餘俸。稍營負郭田，畢力輸賦貢。百齡欲過半，來日頗自縱。冀君數相存，詩酒尚足用。

其二

本爲東方生，避世不避喧。仍慕管夷吾，畏事復畏言。外物不可期，高風難重論。我辭金馬門,君來西掖垣。淮瀕一相見,握手雙淚痕。矜我鬢雪多,歲月何崩奔。默然念既往,所遇皆籠樊。恨不值羽人,拂衣入桃源。腰間銀青綬,車上朱兩轓。專城自不惡,相思徒種萱。

其三

因言浙江潮,憶上吴山尖。八月天地空,千里澄圓蟾。海水爲羣飛,迅雷發幽潛。壯士懷惴栗,怯夫竊窺瞻。春風潮水平,青玉開鏡奩。輕舟載花女,翠髮腰纖纖。勝事冠東南,君行獨能兼。吾以狂自名,將老無所嫌。會當從君遊,不計歲月淹。鱠魚必令鮮,釀酒勿使甜。

其四

嗷嗷南飛鴻,羽翼何莘莘。哀鳴衡山陽,落影湘水濱。歲晏道路長,雪霜多苦辛。豈無稻粱謀,畢弋如魚鱗。此鴈欲誰比,正若羈旅人。古來瘴癘地,常有忠直臣。扁舟慎自將,勿重蛟鼉嗔。鵩鳥惡似鴞,端能伺承塵。東風發衆芳,宿莽熙陽春。鴈歸君未歸,悵望汀洲蘋。

和子瞻金山〔一〕

長江欲盡闊無邊,金山當中唯一石〔二〕。潮①平風静日浮海,縹緲樓臺轉金碧〔三〕。瓜洲初見石頭城〔四〕,城下波濤與海平〔五〕。中流轉柂疑無岸〔六〕,泊舟未定僧先迎。山中岑寂恐未足〔七〕,復將江水繞山麓。四無鄰家群動息〔八〕,鐘聲鏗鍠答山谷〔九〕。烏鳶力薄墮中路〔一〇〕,惟有胡鷹石上宿。誰知江海多行舟,遊人上下奪巖幽〔一一〕。老僧心定身不定,送往迎來何時竟?朝遊未厭夜未歸,愛山如此如公稀〔一二〕。不待遊人盡歸去,恐公未識山中趣〔一三〕。

【校記】

①潮:四庫本作"湖",形近而誤。

【箋注】

〔一〕作於熙寧四年(一〇七一)十一月。蘇軾原詩有云:"是時江月初生魄。"初生魄指每月初三日,故知蘇轍詩當作於此後。金山:見《遊浄因院寄璉禪師》注〔五〕。蘇軾原詩寫金山所見長江壯美景象。因家鄉之嘉陵江流入長江,於是牽動鄉思,"我謝江神豈得已,有田不歸如江水。"發誓欲歸耕故里。轍詩寫江景之餘,對兄之歸田而調侃之:"不待遊人盡歸去,恐公未識山中趣。"云兄所謂歸田不過是一時興至而已。

〔二〕當中:位於中間;處在中間。

〔三〕縹緲:高遠隱約貌。轉:副詞。更加。唐韓愈《賀雨表》:"青天湛然,旱氣轉甚。"

〔四〕瓜洲:鎮名。在江蘇省邗江縣南部、大運河分支入長江處。與鎮江市隔江斜對,向爲長江南北水運交通要衝。又稱瓜埠洲。石頭城:古城名。又名石首城。故址在今江蘇省南京市清涼山。本楚金陵城,漢建安十七年孫權重築改名。城負山面江,南臨秦淮河口,當交通要衝,六朝時爲建康軍事重鎮。唐後城廢。《文選・謝靈運〈初發石首城〉》唐李善注引伏韜《北征記》:"石頭城,建康西界臨江城也,是曰京師。"

〔五〕唐任翻《春晴》:"野色臨空闊,江流接海平。"

〔六〕柂:同"舵"。

〔七〕岑寂:高而静。亦泛指寂静。《文選・鮑照〈舞鶴賦〉》:"去帝鄉之岑寂,歸人寰之喧卑。"唐李善注:"岑寂,猶高静也。"唐杜甫《樹間》:"岑寂雙柑樹,婆娑一院香。"

〔八〕唐司空曙《喜外弟盧綸見宿》:"静夜四無鄰,荒居舊業貧。"晉陶潛《飲酒》之七:"日入群動息,歸鳥趨林鳴。"

〔九〕鏗鍠:象聲詞。形容樂聲洪亮。

〔一〇〕《後漢書・馬援傳》:"援乃擊牛釃酒,勞饗軍士,從容謂官屬曰:'吾從弟少游常哀吾慷慨多大志,曰:"士生一世,但取衣食裁足,乘下澤車,御款段馬,爲郡掾吏,守墳墓,鄉里稱善人,斯可矣。致求盈餘,但自苦耳。"當吾在浪泊、西里間,虜未滅之時,下潦上霧,毒氣重蒸,仰視飛鳶跕跕墮水中,卧念少游平生時語,何可得也!'"鳶(yuān):鴟鷹;老鷹。中路:半路;中途。

〔一一〕巖幽:山巖幽静可以棲止處。唐王勃《青苔賦》:"繞江曲之寒沙,抱巖幽之古石。"

〔一二〕因蘇軾詩描寫白日登覽、落日斷霞、二更江心等不同美景,故云。

〔一三〕宋歐陽脩《謝人寄雙桂樹子》:“有客賞芳叢,移根自幽谷。爲懷山中趣,愛此巖下緑。”

附録　蘇軾《遊金山寺》

我家江水初發源,宦游直送江入海。聞道潮頭一丈高,天寒尚有沙痕在。中泠南畔石盤陁,古來出没隨濤波。試登絶頂望鄉國,江南江北青山多。羇愁畏晚尋歸楫,山僧苦留看落日。微風萬頃靴文細,斷霞半空魚尾赤。是時江月初生魄,二更月落天深黑。江心似有炬火明,飛焰照山棲烏驚。悵然歸卧心莫識,非鬼非人竟何物。是夜所見如此。江山如此不歸山,江神見怪驚我頑。我謝江神豈得已,有田不歸如江水。

和子瞻焦山〔一〕

金山游遍入焦山,舟輕帆急須臾間。涉江已遠風浪闊,遊人到此皆争還。山頭冉冉萬竿竹,樓閣不見門長關。金山共此一江水,祇有勝絶無此閑〔二〕。野僧終日飽一飯〔三〕,與世相視如髦蠻〔四〕。門無舟楫斷還往,説法教化黿鼉頑〔五〕。偶然客至話鄉國,西望落日低銅鐶〔六〕。岷峨正在日入處,想像積雪堆青鬟〔七〕。稻田一頃良自給,仕宦不返知誰扳?久安禄廩農事廢,强弓一弛無由彎〔八〕。行逢佳處輒嘆息,想見茅屋藏榛菅〔九〕。我知此地便堪隱,稻苗旆旆魚斑斑〔一〇〕。焦山長老〔一一〕,蜀僧也。

【箋注】

〔一〕作於熙寧四年(一〇七一)十一月。蘇軾詩題作《自金山放船至焦山》。焦山:在江蘇丹徒縣東九里,孤峙大江中,與金山對峙,相距十里許。山較金山差大,巉崖峭壁,老樹蔥蘢,風景之佳,與金山并稱。傳説後漢焦先隱於此故名。蘇轍詩擬想子瞻與蜀僧共話故鄉風光，因蘇軾言“行當投劾謝簪組，爲我佳處留茅庵”，蘇轍又調之云：“我知此地便堪隱，稻苗旆旆魚斑斑。”言不必尋他處，即此正好。想來東坡讀子由和詩，當爲絶倒。

〔二〕勝絶：絶妙。唐杜甫《宴戎州楊使君東樓》：“勝絶驚身老，情忘發興奇。”

〔三〕蘇軾《和歸園田居六首》之一：“我飽一飯足，薇蕨補食前。”

〔四〕謂焦山的和尚與世隔絶給人感覺就像蠻夷一樣。髦（máo）蠻：指少數民族。《詩·小雅·角弓》：“如蠻如髦。”毛傳：“蠻，南蠻也；髦，夷髦也。”鄭箋：“髦，西夷别名。武王伐紂，其等有八國從焉。”

〔五〕“門無”二句：謂因爲交通不便也就没有人去聽説法了。教化黿鼉，純是無稽。説法：指講論佛法。教化：教育感化。《國語·晉語九》：“黿鼉魚鼈，莫不能化。”黿鼉（yuán tuó）：大鼈，豬婆龍。

〔六〕謂焦山長老遇見鄉人話不盡家鄉情事，不知不覺間夕陽的影子已漸漸從大門上消逝。鄉國：家鄉。北齊顔之推《顔氏家訓·勉學》：“父兄不可常依，鄉國不可常保。”銅鐶：大門上的環形門扣，用以推拉。

〔七〕“岷峨”二句：擬想故鄉的岷山峨眉山此時已是大雪封山了。青鬟：黑色環形髮髻。這裏指青翠的樹木。

〔八〕“久安”二句：針對蘇軾歸隱的話，認爲是理想與現實的矛盾，不可能脱離仕途。禄廩：亦作“禄稟”，用作官俸的粟米；官俸。此處謂作官。《周禮·天官·宫正》：“幾其出入，均其稍食。”漢鄭玄注：“稍食，禄稟。”唐賈公彦疏：“其禄，與之米稟，故云禄稟也。”唐韓愈《雪後寄崔二十六丞公》：“腦脂遮眼卧壯士，大弨掛壁無由彎。”

〔九〕“行逢”二句：每在風景優美處，便擬想茅屋掩藏在樹木和草叢中的隱居環境。韓愈《將至韶州先寄張端公使君借圖經》：“願借《圖經》將入界，每逢佳處便開看。”榛菅（zhēn jiān）：叢木和草茅。榛，叢木。《文選·左思〈招隱詩〉之二》：“經始東山廬，果下自成榛。”唐李善注：“高誘《淮南子》注曰：‘叢木曰榛。’”菅，茅草。《山海經·南山經》：“白菅爲席。”按，此處泛指草本植物。

〔一〇〕“我知”二句：戲言焦山便可隱居，不必他求。因爲蘇軾詩有“行當投劾謝簪組,爲我佳處留茅庵”語。旆旆(pèi):茂盛貌。斑斑:形容爲數衆多。

〔一一〕焦山長老:蘇軾詩自注云:“焦山長老,中江人。”餘不詳。俟考。中江:漢代爲郪縣,三國蜀置五城縣,南朝宋曰伍城縣。宋改爲中江縣。即今四川德陽市中江縣。長老:僧之年德俱高者。《景德傳燈録》卷六《禪門規式》曰:“凡具道眼有可尊之德者,號曰長老。”

附録 蘇軾《自金山放船至焦山》

金山樓觀何耽耽,撞鐘擊鼓聞淮南。焦山何有有修竹,采薪汲水僧兩三。雲霾浪打人跡絶,時有沙户祈春蠶。我來金山更留宿,而此不到心懷慚。同遊興盡决獨往,賦命窮薄輕江潭。清晨無風浪自湧,中流歌嘯倚半酣。老僧下山驚客至,迎笑喜作巴人談。自言久客忘鄉井,只有彌勒爲同龕。困眠得就紙帳暖,飽食未厭山蔬甘。山林飢卧古亦有,無田不退寧非貪。展禽雖未三見黜,叔夜自知七不堪。行當投劾謝簪組,爲我佳處留茅庵。吴人謂水中可田者爲沙。焦山長老,中江人也。

次韻子瞻遊甘露寺〔一〕

去國日已遠〔二〕,涉江歲將闌〔三〕。東南富山水,跬步留清歡〔四〕。遷延廢行邁〔五〕,忽忘身在官〔六〕。清晨陟甘露〔七〕,乘高棄征鞍〔八〕。超然脱闤闠,穿雲撫朱欄〔九〕。下視萬物微,惟覺滄海寬。潮來聲洶洶,望極空漫漫。一一渡海舶〔一〇〕,冉冉移檣竿。水怪時出没,群嬉類猳豲〔一一〕。幽陰自生火,青熒復誰鑽〔一二〕?石頭古天險,憑恃分權瞞〔一三〕。疑城曜遠目,來騎驚新觀①〔一四〕。聚散定王業,成毁猶月團。金山百圍石,岌岌隨濤瀾〔一五〕。猶疑漢宫廷,屹立承露盤〔一六〕。狂波恣吞噬,萬古嗟獨完。凝眸厭滉瀁〔一七〕,繞屋行盤跚〔一八〕。此寺歷今古,遺迹皆龍鸞〔一九〕。孔明所坐石,牂牂非人刊。經霜衆草短,積雨青苔寒〔二〇〕。蕭翁嗜佛法，大福將力干。坡陁故鑊在，甲錯蒼龍蟠〔二一〕。衛公秉節制，佛骨埋金棺。長松看百尺，畫像留三嘆〔二二〕。新詩語何麗，傳讀紙遂刓〔二三〕。嗟我本漁釣，江湖心所安。方爲籠中閉，仰羨天際摶〔二四〕。遊觀惜不與，賦詠嗟獨難。俸禄藉升斗，虀鹽嗜鹹酸〔二五〕。何時扁舟去？不俟官長彈〔二六〕。

【校記】

①觀：原本脱，據各本補。

【箋注】

〔一〕作於熙寧四年（一〇七一）十一月。甘露寺：《江南通志》卷四十五："甘露寺在北固山，吴主皓所建，時改元甘露，因名寺。舊在山下，唐李德裕施州宅後地增拓之。"宋施元之《東坡詩注》："《潤州圖經》：甘露寺在北固山上，唐寶曆中李德裕建。"蘇軾《甘露寺》自注："欲遊甘露寺，有二客相過，遂與偕行。寺有石如羊，相傳謂之狠石，云：'諸葛亮孔明坐其上，與孫仲謀論曹公也。'大鐵鑊二，案銘梁武帝所鑄。畫師子一、菩薩二，陸探微筆。衛公所留祠堂在寺，手植柏合抱矣。近寺僧發古殿基，得舍利七粒，并《石記》，乃衛公爲穆宗皇帝造福所葬者也。"詩詠甘露寺之形勝，追憶有關的歷史掌故。

〔二〕唐白居易《寄微之三首》之三："去國日已遠，喜逢物似人。"

〔三〕《文選・謝莊〈宋孝武宣貴妃誄〉》："白露凝兮歲將闌。"唐李善注："闌，猶晚也。"

〔四〕跬（kuǐ）步：半步。言距離、範圍之小。清歡：清雅恬適之樂。按，此言每一步都是美景。

〔五〕謂因爲美景耽誤了行程。遷延：拖延。多指時間上的耽誤。行邁：行走不止；遠行。《詩・王風・黍離》："行邁靡靡，中心如醉。"毛傳："邁，行也。"

〔六〕在官：在職爲官。《書・皋陶謨》："九德咸事，俊乂在官。"

〔七〕陟：登；往高處走。

〔八〕征鞍：猶征馬。指旅行者所乘的馬。唐杜審言《經行嵐州》："自驚牽遠役，艱險促征鞍。"

〔九〕"超然"二句：謂離開了市井的喧囂，手扶著欄干向高處的寺院攀登。

闤闠:街市;街道。《文選·左思〈魏都賦〉》:"班列肆以兼羅,設闤闠以襟帶。"唐吕向注:"闤闠,市中巷繞市,如衣之襟帶然。"

〔一〇〕海舶:海船。

〔一一〕豭(jiā):公豬。羱(yuán):羱羊。

〔一二〕謂遍山都是燐火閃耀,戲言不是鑽木而生。青熒:青光閃映貌。《文選·揚雄〈羽獵賦〉》:"玉石嶜崟,眩耀青熒。"李善注:"青熒,光明貌。"鑽:即鑽木取火。

〔一三〕"石頭"二句:謂憑借石頭城的險阻孫權得以割據江東。權瞞:指孫權和曹操。孫權(一八二—二五二),字仲謀,吴大帝。權承父兄基業,據有江東六郡,於公元二二二年受封吴王。二二九年自立爲帝,國號吴。旋自武昌(今湖北鄂州市鄂城區)遷都建業(今江蘇南京市)。在位二十三年卒。幼子亮繼位。《三國志》有傳。曹操,見《和子瞻司竹監燒葦園因獵園下》注〔一一〕。

〔一四〕"疑城"二句:《三國志·吴書·吴主傳》南朝宋裴松之注引晉干寶《晉紀》:"魏文帝之在廣陵,吴人大駭,乃臨江爲疑城,自石頭至於江乘,車以木楨,衣以葦席,加采飾焉,一夕而成。魏人自江西望,甚憚之,遂退軍。"

〔一五〕岌岌:聳立貌。

〔一六〕承露盤:漢武帝迷信神仙,於建章宫築神明台,立銅仙人舒掌捧銅盤承接甘露,冀飲以延年。後三國魏明帝亦於芳林園置承露盤。《漢書·郊祀志上》:"其後又作柏梁、銅柱、承露仙人掌之屬矣。"唐顔師古注:"《三輔故事》云:建章宫承露盤高二十丈,大七圍,以銅爲之,上有仙人掌承露,和玉屑飲之。"

〔一七〕凝眸:注視。滉漾:廣闊無涯貌。

〔一八〕盤跚:猶蹣跚。行步緩慢貌。

〔一九〕"此寺"二句:謂甘露寺留下的遺跡都是歷史上的傑出人才。龍鸞:龍與鳳。喻賢士。三國魏曹植《九愁賦》:"感龍鸞而匿跡,如吾身之不留。"

〔二〇〕"孔明"四句:謂傳説是諸葛亮坐過的石頭不是人工僞造的,石上苔跡斑斑。孔明:即諸葛亮。見《八陣磧》注〔七〕。牂羅(zāng lì):形容羊强壯勇悍。此指石堅固。

〔二一〕"蕭翁"四句：謂梁武帝蕭衍沉溺佛法，希望求得菩薩的保佑。現在只留下當時鑄造的巨大的鐵鼎。蕭翁：即蕭衍（四六四—五四九），字叔達，小字練兒。初仕齊爲雍州刺史、都督軍事，鎮襄陽。其兄懿有功，爲嬖臣茹法真等讒構而死，乃起兵圍建康，弒齊主蕭寶卷。登帝位。蕭衍孝慈恭儉，博學能文，初政頗有可觀。後崇信佛教，三度舍身同泰寺。侯景以河南降，納之。後侯景反，攻陷臺城，衍餓死。在位四十八年，衍篤學，凡陰陽緯候占決卜筮草隸尺牘騎射莫不稱妙，著述甚多，以經學佛學成就爲高。參《梁書》《南史》本紀。宋張邦基《墨莊漫録》卷七："京口北固山甘露寺舊有二大鐵鑊，梁天監中鑄。……近復游於寺，因熟觀之，蓋有文可讀，云：'天監十八年，太歲乙亥十二月丙午朔，十日乙卯，皇帝親造鐵鑊於解脱仏殿前，滿□甘泉，種以荷蕖，供養十方一切諸仏，以仏神力，遍至十方，盡虚空界，窮未來際，令地獄苦鑊變爲七珍寶池，地獄沸湯化爲八功德水，一切四生解脱衆苦，如蓮花在泥，清浄無染，同得安樂到涅槃城……始知二鑊乃當時植蓮供養佛之器耳。'"坡陁：即陂陀。《文選·司馬相如〈子虛賦〉》："罷池陂陀。"唐李周翰注："陂陀，寬廣貌。"按，其鼎可容五十石，故言其坡陁。

〔二二〕"衛公"四句：叙唐李德裕有關遺跡事。衛公：即李德裕（七八七—八五〇），字文饒，唐趙郡贊皇（今河北贊皇縣）人。宰相李吉甫之子。少力學，卓犖有大節，敬宗時爲浙西觀察使，因帝狎妮群小，數出游幸，上書諫。文宗立，裴度薦其才堪宰相，李宗閔、牛僧孺擯不得進。武宗時以淮南節度使入相。當國六年，弭藩鎮之禍，決策制勝，威權獨重。宣宗立，爲忌者所構陷，貶崖州司户卒。有《次柳舊聞》、《會昌一品集》等傳世。新舊《唐書》有傳。宋施元之《東坡詩注》引《玉壺清話》："潤州甘露寺，熙寧四年春，江中漁者見神光累夕起於溷廁間，一旦，其廁無故自圮。長老應夫再營之，方築基墾土，去地數尺，一礎覆土中。刻曰：'有唐太和三年正月二十四日，於上元縣禪衆寺舊塔基下，獲舍利石函，以其年二月十五日，重瘞於丹徒縣甘露寺東塔下。金棺一，銀槨一，錦襆九重，皆余之施也。余創甘露寺寶剎，重瘞舍利，以資穆皇之冥福也。江浙西道觀察等使兼潤州刺史李德裕記。'"

〔二三〕刓（wán）：削去棱角。按，此極言蘇軾詩精彩，大家傳讀紙都磨舊了。

〔二四〕"方爲"二句：唐白居易《重贈李大夫》："鳳巢閣上容身穩，鶴鎖籠中展翅難。”搏：鳥類向高空盤旋飛翔。《莊子·逍遥遊》：“搏扶摇而上者九萬里。”

〔二五〕“俸禄”二句：謂官小清苦。升斗：容量單位。以比喻微薄的薪俸。《漢書·梅福傳》：“秩以升斗之禄，賜以一束之帛。”虀鹽：醃菜和鹽。極言生活貧苦。唐韓愈《送窮文》：“太學四年，朝齏暮鹽。惟我保汝，人皆汝嫌。”虀（jī），腌菜。

〔二六〕“何時”二句：謂自己趁早辭官，免得被長官彈劾而罷。彈：彈劾。

附録　蘇軾《甘露寺》欲遊甘露寺，有二客相過，遂與偕行。寺有石如羊，相傳謂之狠石，云：“諸葛亮孔明坐其上，與孫仲謀論曹公也。”大鐵鑊二，案銘梁武帝所鑄畫師子一、菩薩二，陸探微筆。衛公所留祠堂在寺，手植柏合抱矣。近寺僧發古殿基，得舍利七粒，并《石記》，乃衛公爲穆宗皇帝造福所葬者也。

江山豈不好，獨遊情易闌。但有相携人，何必素所歡。我欲訪甘露，當途無閑官。二子舊不識，欣然肯聯鞍。古郡山爲城，層梯轉朱欄。樓臺斷崖上，地窄天水寬。一覽吞數州，山長江漫漫。卻望大明寺，惟見煙中竿。狠石卧庭下，穹隆如伏貏。緬懷卧龍公，挾策事琱鑽。一談收獮子，再説走老瞞。名高有餘想，事往無留觀。蕭翁古鐵鑊，相對空團團。陂陁受百斛，積雨生微瀾。泗水逸周鼎，渭城辭漢盤。山川失故態，怪此能獨完。僧繇六化人，霓衣挂冰紈。隱見十二疊，觀者疑夸謾。破板陸生畫，青猊戲盤跚。上有二天人，揮手如翔鸞。筆墨雖欲盡，典型垂不刊。赫赫贊皇公，英姿凛以寒。古柏手親種，挺然誰敢干。枝撑雲峰裂，根入石窟蟠。薙草得斷碑，斬崖出金棺。瘞藏豈不牢，見伏理可歎。四雄皆龍虎，遺迹儼未刓。方其盛壯時，争奪肯少安。廢興屬造物，遷逝誰控摶。况彼妄庸子，而欲事所難。古今共一軌，後世徒辛酸。聊興廣武歎，不待雍門彈。

李簡夫挽詞二首〔一〕

其一

老成渾欲盡〔二〕，弔客一潸然〔三〕。遺事人人記，清①詩句句傳〔四〕。

掛冠疎傅早〔五〕,樂世白公賢〔六〕。嘆息風流在,埋文得細鐫〔七〕。

【校記】

①清:宋大字本作“新”。

【箋注】

〔一〕李簡夫:見《次韻李簡夫司封》注〔一〕。老友仙逝,哀傷甚至。追想宗易之詩作爲人,悵恨不能再相與“談禪”。

〔二〕謂朝中老臣已將去世殆盡。老成:指舊臣,老臣。宋黄庭堅《司馬文正公挽詞四首》之一:“元祐開皇極,功歸用老成。”參《次韻王君貺尚書會六同年》注〔五〕。渾:全。

〔三〕弔客:弔喪的來客。潸(shān)然:流淚貌。

〔四〕唐杜甫《遣悶》之六:“復憶襄陽孟浩然,清詩句句盡堪傳。”

〔五〕謂李簡夫如漢疏廣早早辭官。疏傅:即漢疏廣疏受。廣字仲翁,東海蘭陵(今山東蘭陵縣)人。少好學,明《春秋》,家居教授,學者自遠方至。宣帝地節中爲太子太傅。廣兄子受字公子,亦以賢良舉,拜爲少傅。廣以“知足不辱”,與侄受俱稱病請退。“公卿大夫故人邑子設祖道,供張東都門外。”《漢書》有傳。

〔六〕白公:指白居易(七七二—八四六),字樂天,唐下邽(今陝西渭南市)人。貞元中擢進士拔萃。元和中入翰林爲學士,遷左拾遺。累上章奏抨擊時政,貶江州司馬,累遷杭蘇二州刺史。文宗立,遷刑部侍郎。會昌初以刑部尚書致仕。大中初卒,謚文。居易文章精切,尤工詩。其詩淺近平易,婦孺能解。與元稹齊名,世號元白。有《白氏長慶集》七十一卷,《六帖》二十卷。新舊《唐書》有傳。

〔七〕埋文:指墓銘。因其文是刻在石上埋入地中。

其二

歸隱淮陽市〔一〕,遨遊十六年。養生能淡泊〔二〕,愛客故留連。傾蓋知心晚〔三〕,論詩卧病前。葆光塵滿榻〔四〕,無復聽談禪〔五〕。

【箋注】

〔一〕《楚辭·招隱士》漢王逸序:“《招隱士》者,淮南小山之所作也。昔淮南王安，博雅好古，招懷天下俊偉之士。自八公之徒，咸慕其德，而歸其仁，各竭才智，著作篇章，分造辭賦，以類相從，故或稱小山，或稱大山。其義猶《詩》有《小雅》、《大雅》也。”

〔二〕淡泊：恬淡，不追名逐利。

〔三〕傾蓋：車上的傘蓋靠在一起。指初次相識或偶然相逢。參《北京送孫曼叔屯田權三司開拆司》注〔五〕。

〔四〕謂葆光亭中坐榻布滿灰塵。參《題李簡夫葆光亭》注〔一〕。

〔五〕談禪：談説佛教教義。宋高承《事物紀原·道釋科教·談禪》：“《寶林》曰：佛涅槃時，告迦葉曰：‘吾清净法服以付汝。’迦葉傳阿難，二十八代至達摩。梁普通中，自南天竺泛海至廣州，後止崇山，住少林寺，傳惠可，中國談禪自此始也。”

次韻子瞻初到杭州見寄二絶〔一〕

其一

吏治區區豈不任〔二〕？吴中已自富才能。還應占位書名姓，學取藍田崔縣丞〔三〕。

【箋注】

〔一〕作於熙寧四年（一〇七一）十二月。《蘇詩補注》言十一月到任。《總案》云蘇軾十一月二十八日到杭。詩寄子由，子由和詩，自然得經歷數日。故繫於十二月。

〔二〕《宋史·蘇軾傳》云：四年，安石欲變科舉，興學校，詔兩制三館議，蘇軾上疏非之。時安石創行新法，軾又上書論其不便。“安石滋怒，使御史謝景温論奏其過，窮治無所得，軾遂請外，通判杭州。”

〔三〕“還應”二句：謂當如崔立之那樣無所事事署名而已。崔立之：貞元四年進士。元和初以前大理評事言得失黜官，再轉而爲藍田縣丞。唐韓愈有《藍田縣丞廳壁記》記崔立之事，有云：“丞之職所以貳令，於一邑無所不當問。

其下主簿、尉。主簿、尉乃有分職。丞位高而偪，例以嫌不可否事。文書行，吏抱成案詣丞。卷其前，鉗以左手，右手摘紙尾，雁鶩行以進，平立，睨丞曰：‘當署。’丞涉筆占位，署惟謹。”按，此以崔立之事比況蘇軾爲通判無所事事。

其二

試盡風波萬里身〔一〕，到官山水卻宜人。君知晏子恩仍厚〔二〕，還與從來舊卜鄰〔三〕。

【箋注】

〔一〕謂蘇軾赴任杭州路途艱難。宋王安石《江行》：“試盡風波惡，生涯亦可哀。”唐孟浩然《除夜》：“迢遞三巴路，羈危萬里身。亂山殘雪夜，孤燭異鄉人。”一作崔塗詩，題作《巴山道中除夜書懷》。

〔二〕“君知”二句：此暗言皇帝是了解蘇軾的。《晏子春秋·内篇雜下》：“晏子使晉，景公更其宅，反則成矣。既拜，迺毁之，而爲里室，皆如其舊，則使宅人反之。且‘諺曰：“非宅是卜，維鄰是卜。”二三子先卜鄰矣。違卜不祥。君子不犯非禮，小人不犯不祥，古之制也。吾敢違諸乎？’卒復其舊宅。公弗許。因陳桓子以請，迺許之。”《左傳·昭公三年》亦載此事。晏子：字平仲。春秋齊大夫。事靈公、莊公，相景公。節儉力行，食不重肉，妾不衣帛。一狐裘三十年，名顯諸侯。後人采摭其行事及諫諍之言，編爲《晏子春秋》。

〔三〕卜鄰：《左傳·昭公三年》：“且諺曰：‘非宅是卜，唯鄰是卜。’二三子先卜鄰矣。”杜預注：“卜良鄰。”

附録　蘇軾《初到杭州寄子由二絶》

其一

眼看時事力難任，貪戀君恩退未能。遲鈍終須投劾去，使君何日换聾丞。

其二

聖明寬大許全身，衰病摧頽自畏人。莫上岡頭苦相望，吾方祭竈請比鄰。

和柳子玉地爐〔一〕

鑿地泥牀不費功，山深炭賤火長紅。擁衾熟睡朝衙後〔二〕，抱膝微吟莫雪中〔三〕。寵辱兩忘輕世味〔四〕，冰霜不到傲天工。遥知麻步無人客，寒夜清樽誰與同〔五〕？

【箋注】

〔一〕作於熙寧四年（一〇七一）寒冬。柳子玉：見《次韻柳子玉郎中見寄》注〔一〕。柳子玉是時仍官壽春。柳子玉原詩已遺。蘇軾有《次韻柳子玉二首・地爐》。地爐：就地挖砌的火爐。詩暗用《莊子・大宗師》："今一以天地爲大鑪，以造化爲大冶，惡乎往而不可哉！"詩擬想柳子玉官閑逍遥之狀，遺憾不能與柳圍爐飲酒共話。

〔二〕朝衙：即早衙。舊時官府早上卯時坐衙治事，故稱"朝衙"。唐白居易《城上》："城上鼕鼕鼓，朝衙復晚衙。"

〔三〕《三國志・蜀書・諸葛亮傳》南朝宋裴松之注引三國魏魚豢《魏略》："每晨夕從容，常抱膝長嘯。"

〔四〕《世説新語・棲逸》："阮光禄在山東，蕭然無事，常内足於懷。有人以問王右軍，右軍曰：'此君近不驚寵辱，雖古之沈冥，何以過此？'"世味：功名宦情。唐貫休《聞無相道人順世五首》之三："嘗思將道者，高論地鑪傍。迂談無世味，夜深山木僵。"唐韓愈《示爽》："人生但如此，其實亦可憐。吾老世味薄，因循致留連。"

〔五〕"遥知"二句：言柳寂寞無聊。麻步：宋代榷茶場名。《文獻通考・征榷考・茶》："宋制榷貨務六……又有場十三：……壽州曰霍山、麻步。"按，從此句可知柳子玉當是官監税。

和柳子玉紙帳〔一〕

夫子清貧不耐①冬，書齋還費紙重重。窗明曉日從教入〔二〕，帳厚霜飆定不容[三]。京兆牛衣聊可藉[四],公孫布被旋須縫[五]。吴綾蜀錦非嫌汝,簡淡爲生要易供[六]。

【校記】

①耐:宋建本作"奈",誤。

【箋注】

〔一〕作於熙寧四年(一〇七一)寒冬。紙帳:宋趙希鵠《調燮類編·衣服》:"紙帳,藤紙纏於木上,以索纏緊,勒作皺紋,以綫拆縫縫之,稀布爲頂,取其透風。"蘇軾《紙帳》稱其"亂文龜殼細相連,慣卧青綾恐未便。潔似僧巾白疊布,暖於蠻帳紫茸氊"。柳之清貧,歷歷可見。詩謂柳貧似王章,叮囑柳還需縫製布被禦寒。

〔二〕從教:任隨;任它。

〔三〕謂紙帳可禦寒冷。霜飆:凜冽的寒風。唐鮑溶《寒夜吟》:"寒飈乘陰掃地起,旅鴻迷雪遶枕聲。"

〔四〕用西漢王章事。章字仲卿,西漢泰山鉅平(在今山東泰安境)人。嘗貧病,無被,卧牛衣中泣。其妻激勵之。成帝時爲京兆尹,剛直敢言。雖爲王鳳所舉,不親附之。鳳使尚書劾章,冤死。《漢書》有傳。牛衣:供牛禦寒用的披蓋物。多用麻草編織。《漢書·王章傳》"卧牛衣中泣"唐顏師古注:"牛衣,編亂麻爲之,即今俗呼爲龍具者。"京兆:官名。漢代管轄京兆地區的行政長官,職權相當于郡太守。按,京兆爲漢京畿的行政區域,爲三輔之一。在今陝西西安以東至華縣之間,下轄十二縣。

〔五〕謂還需準備布被禦寒。公孫:指西漢公孫弘(前二〇〇—前一二一)。因對仗而省稱。弘字季,西漢薛(今山東壽光縣南)人。家貧,年四十餘乃學《春秋》。武帝初以賢良爲博士,免歸。元光中有詔徵文學,對策,太常奏公孫弘第居下,武帝擢爲第一。拜爲博士。元朔中爲丞相,封平津侯。爲人尚節儉,爲布被,食不重肉,帝賢之。然外寬内忌,凡有郤者,陰報其禍。殺主父偃,徙董仲舒,皆弘爲之。《史記》《漢書》有傳。

〔六〕"吴綾"二句:謂生活必需品需根據客觀條件備辦。吴綾:吴地的綾羅。蜀錦:蜀地的錦緞。

附録　蘇軾《次韻柳子玉二首》

地爐

細聲蚯蚓發銀瓶,擁褐横眠天未明。衰鬢鑷殘敧雪領,壯心降盡倒風旌。自稱丹竈錙銖火,倦聽山城長短更。聞道牀頭惟竹几,夫人應不解卿卿。俗謂竹几爲竹夫人。

紙帳

亂文龜殼細相連,慣卧青綾恐未便。潔似僧巾白氎布,暖於蠻帳紫茸氈。錦衾速卷持還客,破屋那愁仰見天。但恐嬌兒還惡睡,夜深踏裂不成眠。

次韻子瞻遊孤山訪惠懃惠思〔一〕

鳥依山,魚依湖,但有所有無所無。輕舟沿泝窮遠近〔二〕,肩輿上下更傳呼〔三〕。翩然獨往不携孥〔四〕,兼擅魚鳥兩所娱①。困依巖石坐巉絶〔五〕,行牽翠蔓隨纏紆。道逢懃思訪其廬,誦詩清切秋蟬孤。隱居羞踏陌上土,何人起愛輪下蒲〔六〕？水南巷中羅百夫,雞鳴朝謁至日晡〔七〕。人生變化安可料？憐汝久遁終無圖。鳬鷖不足鶴有餘〔八〕,一俯一仰戚與籧〔九〕。嗟我久欲從逃逋〔一〇〕,方圓不敢左右摹〔一一〕。

【校記】

①娱:叢刊本作"誤",形近而誤。

【箋注】

〔一〕作於熙寧四年(一〇七一)十二月底。按熙寧四年臘日是十二月二十三日。孤山:位於西湖西北角,四面環水,一山獨峙,旁無聯附,爲湖山勝絶處。惠懃:錢塘人。歐陽脩《山中之樂》:"佛者慧勤,餘杭人也。少去父母,長無妻子,以衣食于佛之徒,往來京師二十年。其人聰明材智,亦嘗學問于賢士大夫。”蘇軾《六一泉銘叙》曰:“予昔通守錢塘,見公(歐陽脩)于汝陰而南。公曰:‘西湖僧惠勤甚文,而長於詩,吾昔爲《山中樂》三章以贈之。予間于民事,求人於湖山間而不可得,則往從勤乎?’予到官三日,訪勤於孤山之下,抵掌而論人物。”惠思:亦爲孤山僧。能詩。蘇軾有《哭歐公孤山僧惠思示小詩次韻》,蘇轍有《張惕山人即昔所謂惠思師也余舊識之於京師忽來相訪茫然不復省徐自言其故戲作二小詩贈之》。轍詩依蘇軾詩而發揮,羡方外之人瀟灑自由。

〔二〕沿泝:順水下行與逆水上行。

〔三〕肩輿:轎子。參《寒食前一日寄子瞻》注〔五〕。

〔四〕孥:通“奴”。這裏指隨從。

〔五〕因依:依傍;憑靠。巉絶:險峻陡峭(的地方)。

〔六〕謂不期望朝廷徵召。輪下蒲:指用蒲草裹車輪。轉動時震動較小。古時常用于封禪或迎接賢士,以示禮敬。《漢書·武帝紀》:“遣使者安車蒲輪,束帛加璧,徵魯申公。”唐顔師古注:“以蒲裹輪取其安也。”起愛:生愛戀之心。

〔七〕“水南”二句:謂達官早晨上朝日落纔退朝。羅百夫:謂達官前呼後擁。日晡:申時,下午三時到五時。

〔八〕謂順應自然,不委曲求全。《莊子·駢拇》:“是故鳧脛雖短,續之則憂;鶴脛雖長,斷之則悲。”鳧(fú):野鴨。鷖(yī):鷗。

〔九〕謂不效法那些希世苟合,諂諛獻媚之人。戚與蘧:即戚施與蘧蒢。《文選·李康〈運命論〉》:“凡希世苟合之士,蘧蒢戚施之人,俛仰尊貴之顔,逶迆勢利之間。”唐張銑注:“蘧蒢,口柔也;戚施,面柔也。”

〔一〇〕逃逋:即逋逃,逃亡;流亡。《書·費誓》:“馬牛其風,臣妾逋逃。”孔傳:“馬牛其有風佚,臣妾逋亡。”

〔一一〕謂不願意隨世俯仰。《楚辭·屈原〈離騷〉》:“何方圜之能周兮,夫孰異道而相安?”漢王逸注:“言何所有圜鑿受方枘而能合者,誰有異道而相安耶? 言忠佞不相爲謀也。”

附録　蘇軾《臘日游孤山訪惠勤惠思二僧》

天欲雪,雲滿湖,樓臺明滅山有無。水清石出魚可數,林深無人鳥相呼。臘日不歸對妻孥,名尋道人實自娱。道人之居在何許? 寶雲山前路盤紆。孤山孤絶誰肯廬,道人有道山不孤。紙窗竹屋深自暖,擁褐坐睡依圓蒲。天寒路遠愁僕夫,整駕催歸及未晡。出山迴望雲木合,但見野鶻盤浮圖。兹游淡薄歡有餘,到家恍如夢蘧蘧。作詩火急追亡逋,清景一失後難摹。

宛丘二詠〔一〕并叙

宛丘城西柳湖,累歲無水〔二〕。開元寺殿下山茶一株〔三〕,枝葉甚茂,亦數年不開。轍頃從子瞻遊此,每以二物爲恨。去秋雨雪相仍〔四〕,湖中春水忽生數尺。至二月中,山茶復開千餘朵。因作二詩奉寄。

其一

旱①湖堤上柳空多〔五〕,倚岸輕舟奈汝何? 秋雨連渠添積潤〔六〕,春風吹凍忽生波。蟲魚便爾來無數〔七〕,鳧雁猶疑未肯過〔八〕。持詫錢塘應笑我,坳中浮芥兩么麽〔九〕。

【校記】

①旱:原作"早",據宋大字本、宋建本改。

【箋注】

〔一〕作於熙寧五年(一〇七二)二月。

〔二〕累歲:連年;多年。

〔三〕山茶:原産中國。俗名茶花。也叫耐冬花、曼陀羅樹。

〔四〕相仍:相繼;連續不斷。《楚辭·屈原〈九章·悲回風〉》:"觀炎氣之相仍兮,窺煙液之所積。"漢王逸注:"相仍者,相從也。"

〔五〕空多:徒然多。

〔六〕積潤:積久濕潤。唐温庭筠《和友人溪居别業》:"積潤初銷碧草新,鳳陽晴日帶雕輪。"

〔七〕便爾:連詞。於是。

〔八〕猶疑:即猶豫。

〔九〕"持詫"二句:謂蘇軾見錢塘之偉觀而笑自己見聞鄙陋。蓋蘇軾通守杭州。錢塘:錢塘江。在浙江杭州。錢塘以江潮著名。宋吴自牧《夢粱録·浙江》:"初一至初三,十五至十八,六日之潮最大,銀濤沃日,雪浪吞天,聲若雷霆,勢不可禦。"此以錢塘代指蘇軾。坳:地面的洼下處。浮芥:喻微小的事物。么麽:微細貌。

其二

古殿山花叢百圍〔一〕,故園曾見色依依〔二〕。淩寒强比松筠秀〔三〕,吐豔空驚歲月非〔四〕。冰雪紛紜真性在,根株老大衆園希。山中草木誰携種,潦倒塵埃不復歸。

【箋注】

〔一〕《莊子·人間世》:"匠石之齊,至於曲轅,見櫟社樹。其大蔽數千牛,絜之百圍。"晉李頤注:"徑尺爲圍。"

〔二〕依依:依稀貌;隱約貌。

〔三〕淩寒:冒寒;耐寒。唐戴叔倫《題黄司直園》:"爲憶去年梅,淩寒特地來。"松筠:松竹。

〔四〕唐劉禹錫有"令狐僕射與余投分素深"云云長題詩:"忽歎幽明異,俄驚歲月除。"

附録　蘇軾《和子由柳湖久涸忽有水開元寺山茶舊無花今歲盛開二首》

其一

太昊祠東鐵墓西,一樽曾與子同携。回瞻郡閣遥飛檻,北望樯竿半隱堤。飯豆羹藜思兩鵠,飲河噀水賴長霓。如今勝事無人共,花下壺盧鳥勸提。

其二

長明燈下石欄干,長共杉松守歲寒。葉厚有棱犀甲健,花深少態鶴頭丹。久陪方丈曼陀雨,羞對先生苜蓿盤。雪裏盛開知有意,明年開後更誰看。

贈提刑賈司門青〔一〕

前年乘舟護南河,宛丘官舍酣且歌〔二〕。去年持節憂犴獄〔三〕,驅車道路日不足。今年春風塵土黄,遠赴三州議繇役〔四〕。天子憂民法令新,整齊百事無閑人〔五〕。苗耘髮櫛何時已〔六〕?回首昔遊如夢寐。區區學舍曾未知,春晚日長唯有睡〔七〕。才智有餘安得閑?疏慵顧我自當然〔八〕。喜君未忘太平事,獨稱赦書旌孝子。項城有孝子負土成墳〔九〕,賈移文陳州,請用赦書存恤之〔一〇〕。

【箋注】

〔一〕作於熙寧五年(一〇七二)暮春,時在陳州。項城在陳州,詩云"春晚日長唯有睡",是知作於暮春。提刑:全稱提點刑獄公事,宋代各路均設此官,掌"察所部之獄訟而平其曲直",兼管農桑。參《宋史·職官七》。司門:司門員外郎之省。《文獻通考·職官考六·刑部尚書》:"司門掌門關津梁道路之禁令,凡所過官吏軍民商販出入,稽其詐僞。"《續資治通鑑長編·神宗熙寧三年》:"[十一月]丙午,司門員外郎,蔡河撥發賈青提點京西路刑獄。"賈青,字春卿,昌朝子,真定獲鹿(今河北鹿泉市)人。熙寧三年提點京西刑獄,五年以擅增科役錢,詔奪一官,權知祥符縣。元豐二年爲權發遣福建路轉運使兼提舉鹽事,改河北路轉運副使,徙都提舉市易司。哲宗即位,黜監衡州鹽酒税、常州茶税,管勾東霄宫。紹聖中知蘇州,權兩浙轉運副使。元符元年除知河中府,次年即罷。哲宗時以朝散大夫致仕。詩對賈青之勤于吏事十分贊許,尤對其存恤孝子充分肯定。

〔二〕謂酒酣而高歌。晉陶潛《擬古九首》之七:"佳人美清夜,達曙酣且歌。"

〔三〕犴(àn)獄:牢獄。唐柳宗元《吊屈原文》:"犴獄之不知避兮,宫庭之不處。"

〔四〕繇役：徭役。古代官府强制農民承擔的一定數量的無償勞動。

〔五〕"天子"二句：譏刺新法擾民。此反用唐姚合《閑居遣懷十首》之一："身外無徭役，開門百事閑。"

〔六〕《淮南子·兵略》："故聖人之用兵也，若櫛髮耨苗，所去者少，而所利者多。"

〔七〕宋王安石《山陂》："白髮逢春唯有睡，睡聞啼鳥亦生憎。"

〔八〕疏慵：疏懶平庸。

〔九〕負土成墳：親自背土築墳。古代認爲是一種孝義的行爲。《後漢書·桓榮傳》："會朱普卒，榮奔喪九江，負土成墳。"

〔一〇〕存恤：慰撫；救濟。

同陳述古舍人觀芍藥〔一〕

藹藹堂西十畝園〔二〕，晚涼迎步緑陰繁。共驚春去已多日，争看花開最後番〔三〕。未許狂風催爛熳，故將青幄强安存〔四〕。請公作意勤歡賞〔五〕，趁取殘紅照酒樽〔六〕。

【箋注】

〔一〕作於熙寧五年（一〇七二）夏初。詩云"春去已多日"，且芍藥開花在五月，故知作於夏初。陳述古（一〇一七—一〇八〇）：名襄，字述古，人稱古靈先生，福州侯官（今福建閩侯縣）人。慶曆間進士，初任浦城縣，攝縣令事。後升仙居縣令。時仙居"民尚樸野，罕知讀書"，"民窮多變，監獄患滿"。襄改文廟，創學宫，延聘名師。先後作《勸學文》、《勸俗文》，勸諭鄉民遣子弟入學，並親至縣學講學。自此仙居辦學之風日盛，"弦誦相聞，人才蔚起"，"百里田疇熟，一年囹圄閑"。離任時民衆攀車遮道，依依不捨。遷知制誥，王安石忌之，擿其書詔小失，出知陳州，徙杭州，以樞密直學士知通進銀臺司，兼侍讀、判尚書都省卒，年六十四。贈給事中。有《古靈集》。《宋史》有傳。舍人：官名。《周禮·地官·舍人》："舍人掌平宫中之政，分其財守，以灋掌其出入者也。"本宫内人之意，後世以爲親近左右之官。秦漢有太子舍人，爲太子屬官；魏晉以後有中書通事舍人,掌傳宣詔命;隋唐又置起居舍人,掌修記言之史;置通事舍人,掌朝見引納。宋初中書舍人爲所遷官,實不任職,復置知制誥及直舍人院。元豐五年詔中書舍人印爲中書後省之印。曾鞏、陸佃並試中書舍人,自是始正官名,遂以中書舍人判後省之事。參《文獻通考·職官考五·舍人》。芍藥:多年生草本植物。五月開花,花大而美麗,有紫紅、粉紅、白等多種顏色,供觀賞。

〔二〕藹藹:茂盛貌。晉陶潛《和郭主簿二首》之一:"藹藹堂前林,中夏貯清陰。"

〔三〕番:量詞。回;次。《世説新語·文學》:"於是弼自爲客主數番,皆一坐所不及。"

〔四〕青幄:青色的的篷子。因爲怕風雨挫折,故爲芍藥搭上篷幔。

〔五〕作意:著意,加意。

〔六〕趁取:趁著。取,動詞後綴。

次韻子瞻見寄〔一〕

我將西歸老故丘〔二〕,長江欲濟無行舟。宦遊已如馬受軛〔三〕,衰病擬學龜藏頭〔四〕。三年學舍百不與〔五〕,糜費廩粟常慚羞。矯時自信力不足〔六〕,從政敢謂學已優〔七〕? 閉門卻掃誰與語〔八〕? 晝夢時作鈞天遊〔九〕。自從四方多法律,深山更深逃無術〔一〇〕。衆人奔走我獨閑,何異端居割蜂蜜〔一一〕? 懷安已久心自知,彈劾未至理先屈。餘杭軍府百事勞,經年未見持干旄〔一二〕。賈生作傅①無封事〔一三〕,屈平憂世多離騷〔一四〕。煩刑弊法非公恥,怒馬奔車忌鞭棰〔一五〕。藐藐何自聽諄諄〔一六〕,諤諤未必賢唯唯〔一七〕。求田問舍古所非〔一八〕,荒畦弊宅今餘幾〔一九〕? 出從王事當有程,去須膰肉嫌無名〔二〇〕。掃除百憂唯有酒〔二一〕,未退聊取身心輕。

【校記】

①傅:原作"傳",據宋大字本、宋建本改。

【箋注】

〔一〕作於熙寧五年(一〇七二)四月。蘇軾作《戲子由》,詆斥新法,對自己弟兄不爲時用尤其是弟弟沉淪學官大爲不滿。蘇轍詩則謙抑自退,自言才能不足以矯時從政,充位學官已時常懷慚,進而勸蘇軾不必心懷不平,且樂得職閑逍遥。

〔二〕故丘:家鄉的山丘;故鄉。唐杜甫《解悶》之二:"一辭故國十經秋,每見秋瓜憶故丘。"

〔三〕軛(è):牛馬拉物件時駕在脖子上的器具。《楚辭·屈原〈卜居〉》:"寧與騏驥亢軛乎?"宋朱熹集注:"軛,車轅前衡也。"

〔四〕龜藏頭:猶言龜縮頭。宋梅堯臣《裴如晦自河陽至同韓玉汝謁之》:"有似縮殼龜,藏頭非得計。"按,比喻深居簡出,安分無求。

〔五〕蘇轍一〇七〇年任陳州教授,至此已歷三年。

〔六〕《論語·雍也》:"冉求曰:'非不説子之道,力不足也。'子曰:'力不足者,中道而廢,今女畫。'"矯時:匡正時弊。

〔七〕《論語·子張》:"子夏曰:'仕而優則學,學而優則仕。'"

〔八〕閉門卻掃:關上大門,不打掃庭院路徑。意爲謝絶應酬,不與親友往來。漢應劭《風俗通·十反·蜀郡太守潁川劉勝》:"蜀郡太守潁川劉勝季陵,去官在家,閉門卻掃。"三國魏王粲《寡婦賦》:"闔門兮卻掃,幽處兮高堂。"

〔九〕鈞天:天的中央。古代神話傳説中天帝住的地方。《吕氏春秋·有始》:"中央曰鈞天。"漢高誘注:"鈞,平也。爲四方主,故曰鈞天。"按,此言希望超越塵世。

〔一〇〕"自從"二句:對王安石變法予以譏刺。時王安石以爲,學者但習詩賦,不通律令,"及其入官,世事皆所不習。""於是改法,罷詩賦。""又立新科明法,試律令、《刑統》大義、斷案,所以待諸秋之不能業進士者。未幾,選人、任子,亦試律令始出官。"(參《宋史·選舉志一》)唐杜荀鶴《山中寡婦》:"任是深山更深處,也應無計避征徭。"

〔一一〕"衆人"二句:猶言自己無所事事,坐享其成。割蜂蜜:即采蜂蜜。杜甫《秋野》之三:"風落收松子,天寒割蜜房。"

〔一二〕"餘杭"二句:謂蘇軾作杭州通判終年忙碌繁瑣的小事,無暇外出。

干旄:旄旗的一種。以旄牛尾飾旗竿,作爲儀仗。《詩·鄘風·干旄》:"孑孑干旄,在浚之郊。"鄭箋:"時有建此旄來至浚之郊,卿大夫好善也。"

〔一三〕謂蘇軾如賈誼只是作賦而不再向朝廷上疏。賈生:指賈誼。見《王公生日》注〔八〕。封事:密封的奏章。古時臣下上書奏事,防有洩漏,用皂囊封緘,故稱。《後漢書·明帝紀》:"於是在位者皆上封事,各言得失。"唐李賢注:"宣帝始令群臣得奏封事,以知下情。封有正有副,領尚書者先發副封,所言不善,屏而不奏。後魏相奏去副封,以防擁蔽。"杜甫《早宿左省》:"明朝有封事,數問夜如何。"

〔一四〕謂蘇軾詩文不免多牢騷之詞。離騷:牢騷。《北史·儒林傳論》:"孝籍徒離騷其文,尚何救也。"屈平:即屈原。見《屈原塔》注〔一〕、〔二〕。

〔一五〕"煩刑"二句:謂嚴刑峻法將會造成動亂。怒馬:受驚而失控的馬。奔車:急速的車子。

〔一六〕言執政者剛愎自用,聽不進忠言。藐藐:輕視冷漠貌。諄諄(zhūn):反復告誡,再三丁寧貌。《詩·大雅·抑》:"誨爾諄諄,聽我藐藐。"

〔一七〕言朝臣皆唯唯諾諾,不敢抗争。《史記·商君列傳》:"趙良曰:'千羊之皮,不如一狐之腋;千人之諾諾,不如一士之諤諤。'"諤諤(è):直言争辯貌。唯唯:恭敬應答聲。

〔一八〕漢末陳登忠亮高爽,深沈有大略,少有扶世濟民之志。歷任廣陵、東城太守。後以擒吕布有功,封伏波將軍。嘗居下邳,許汜過訪,登以汜徒有國士之名而不問世事,求田問舍,言無可采,遂不禮焉。見《三國志》本傳。

〔一九〕謂故鄉田園不知如何。畦:古代土地面積單位,通常爲五十畝。《莊子·天地》:"[子貢]見一丈人方將爲圃畦。"唐陸德明釋文:"李云:'埒中曰畦。'《説文》云:'五十畝曰畦。'"

〔二〇〕"出從"二句:謂進退不得自由。杜甫《前出塞九首》之一:"公家有程期,亡命嬰禍羅。"《詩·召南·小星》:"肅肅宵征,夙夜在公。寔命不同。"王事:公事。有程:有程限。《孟子·告子下》:"孔子爲魯司寇,不用。從而祭,燔肉不至,不税冕而行。"

〔二一〕百憂:煩多的憂愁。語出《詩·王風·兔爰》:"我生之初尚無造,我生之後逢此百憂。"

附録　蘇軾《戲子由》

宛丘先生長如丘，宛丘學舍小如舟。常時低頭誦經史，忽然欠伸屋打頭。斜風吹帷雨注面，先生不愧旁人羞。任從飽死笑方朔，肯爲雨立求秦優。眼前勃蹊何足道，處置六鑿須天遊。讀書萬卷不讀律，致君堯舜知無術。勸農冠蓋鬧如雲，送老虀鹽甘似蜜。門前萬事不掛眼，頭雖長低氣不屈。餘杭別駕無功勞，畫堂五丈容旂旄。重樓跨空雨聲遠，屋多人少風騷騷。平生所慚今不耻，坐對疲氓更鞭箠。道逢陽虎呼與言，心知其非口諾唯。居高志下真何益，氣節消縮今無幾。文章小技安足程，先生別駕舊齊名。如今衰老俱無用，付與時人分重輕。

文同《子瞻戲子由依韻奉和》

子由在陳窮於丘，正若淺港横巨舟。每朝升堂講書罷，緊合兩眼深埋頭。才名至高位至下，此事自屬他人羞。猶勝俁俁彼賢者，手把翟籥隨群優。岌如老鶴立海上，退避不與鶖鶬遊。文章豈肯用一律，獨取無間有神術。所蓄未嘗資己身，揞揞恰如蜂聚蜜。有時七日不火食，支體雖羸心不屈。陵陽謬守卑且勞，馬前空媿持旌旄。平生讀書苦渫詬，老大下筆侵《離騷》。貧且賤焉真可恥，欲撻群邪無尺箠。安得來親絳帳旁，日與諸生共唯唯。須知道義故可樂，莫問功名能得幾。君子道遠不計程，死而後已方成名。千鈞一羽不須校，女子小人知重輕。

趙少師自南都訪歐陽少師於潁州留西湖久之作詩獻歐陽公〔一〕

公居潁水上，德與潁水清〔二〕。身閑道轉勝，内足無復營〔三〕。平昔富交游，開門坐常盈〔四〕。退居萬事樂，獨恨無友生〔五〕。汝潁亦多士〔六〕，後來非老成〔七〕。趙公平生舊，情好均弟兄〔八〕。少年結意氣，晚歲齊功名。携手踐廊廟〔九〕，躡足辭鈞衡〔一〇〕。徜徉里閭間〔一一〕，脱略世俗縈〔一二〕。興來忽命駕，一往千里輕〔一三〕。白髮儼相映，元勳各峥嶸〔一四〕。人生會面難〔一五〕，此會有餘情〔一六〕。遨遊西湖中，仲夏草木榮。壺觴列四坐，歌舞羅前楹。畫舫極沿溯，肩輿並逢迎〔一七〕。棹進鳬鴨亂〔一八〕，樂作蟲魚驚。近寺駢履迹〔一九〕，高臺吹笑聲。往事語京洛〔二〇〕，餘歡發吟賡〔二一〕。拳拳主人厚，款款來客誠〔二二〕。此樂有時盡，此好何由傾？

【箋注】

〔一〕作於熙寧五年（一〇七二）五月。詩有“遨遊西湖中，仲夏草木榮”，是知作於五月。南都：指南京。參《送張公安道南都留臺》注〔一〕。趙少師：即趙抃（一〇〇八——一〇八四），字閱道。衢州西安（今浙江衢州）人。第進士，景祐初累官殿中侍御史，彈劾不避權倖，時稱鐵面御史。歷益州路轉運史，加龍圖閣學士知成都。以一琴一鶴自隨，爲政簡易。神宗立，擢參知政事。與王安石不合，再知成都，蜀郡晏然。以太子少保致仕，卒謚清獻。抃長厚清修，而其詩諧婉多姿，不類其爲人。有《趙清獻集》。《宋史》有傳。趙抃爲益州路轉運使時，蘇轍曾見之於成都。蘇軾有《趙清獻公神道碑》。歐陽少師：即歐陽脩。見《陪歐陽少師永叔燕潁州西湖》注〔一〕。

〔二〕謂歐德行爲百姓稱頌。潁水清：語出《史記·魏其武安侯列傳》：“［灌夫］宗族賓客爲權利，横於潁川，潁川兒乃歌之曰：‘潁水清，灌氏寧；潁水濁，灌氏族。’”

〔三〕“身閑”二句：唐韋應物《寓居永定精舍》：“眼暗文字廢，身閑道心精。”唐皎然《奉應顔尚書真卿觀玄真子置酒張樂舞破陣畫洞庭三山歌》：“如何萬象自心出，而心澹然無所營。”内足：内心充實。《世説新語·棲逸》：“阮光禄在山東，蕭然無事，常内足於懷。”

〔四〕“平昔”二句：謂歐陽脩好士喜客。《後漢書·孔融傳》：“賓客日盈其門。常歎曰：‘坐上客常滿，尊中酒不空。吾無憂矣。’”《續資治通鑑長編·神宗熙寧五年》：“［八月］修喜薦士，一時名卿賢士出修門下者甚衆，而薦秩與連庶尤力。”

〔五〕《宋史·王安石傳》："友生曾鞏携以示歐陽脩，脩爲之延譽，擢進士上第，簽書淮南判官……召試館職，不就。脩薦爲諫官，以祖母年高辭。脩以其須禄養言於朝，用爲群牧判官，請知常州。移提點江東刑獄，入爲度支判官。"按，此似針對王安石而言，蓋歐曾對王器重提携，而王恩將仇報。《續資治通鑑長編·神宗熙寧四年》："［七月］甲子，觀文殿學士、兵部尚書、知蔡州歐陽脩爲太子少師、觀文殿學士致仕。脩以老病數上章乞骸骨，馮京固請留之，上不許。王安石曰：'脩附麗韓琦，以琦爲社稷臣，尤惡綱紀立、風俗變。'上曰：'脩爲言事官，獨能言事。'安石曰：'以其後日所爲，考其前日用心，則恐與近日言事官用心未有異。'王珪曰：'脩若去位，衆必藉以爲説。'上曰：'罔違道以干百姓之譽，衆説何足恤？脩頃知青州殊不佳。'安石曰：'如此人，與一州則壞一州，留在朝廷則附流俗，壞朝廷，必令留之何所用？'上以爲然。"友生：朋友。《詩·小雅·常棣》："雖有兄弟，不如友生。"

〔六〕《三國志·魏書·郭嘉傳》："先是時，潁川戲志才，籌畫士也，太祖甚器之，早卒。太祖與荀彧書曰：'自志才亡後，莫可與計事者。汝、潁固多奇士，誰可以繼之？'"

〔七〕《詩·大雅·蕩》："雖無老成人，尚有典刑。"宋朱熹集傳："老成人，舊臣也。"按，此頗有深意，蓋對朝政有所譏諷。

〔八〕《宋史·趙抃傳》："吴充、鞠真卿、刁約以治禮院吏，馬遵、吕景初、吴中復以論梁適，相繼被逐。抃言其故，悉召還。吕溱、蔡襄、吴奎、韓絳既出守，歐陽脩、賈黯復求郡。抃言：'近日正人端士紛紛引去，侍從之賢如脩輩無幾，今皆欲去者，以正色立朝，不能諂事權要，傷之者衆耳。'脩黯由是得留。一時名臣賴以安焉。"情好：感情；交情。

〔九〕謂趙與歐同爲朝廷重臣。廊廟：猶言"廟堂"，指朝廷。廊爲殿四周之廊，廟乃太廟，俱爲君臣議政之處。按，歐陽脩仁宗嘉祐五年拜樞密副使，六年參知政事，神宗熙寧四年以太子少師致仕。

〔一〇〕謂辭去高位。鈞衡：比喻國家政務重任。唐楊炯《王勃集序》："幼有鈞衡之略，獨負舟航之用。"按，趙抃熙寧四年以太子少保致仕。

〔一一〕徜徉：徘徊。盤旋往返。里閭（lǘ）：鄰里。

〔一二〕脱略：擺脱；拋開。唐皎然《答蘇州韋應物郎中》："脱略文字累，免爲外物攖。"縈:纏繞;束縛。

〔一三〕"興來"二句:謂趙閱道訪歐陽脩有如山陰訪戴。《世説新語·任誕》:"王子猷居山陰,夜大雪。……忽憶戴安道。時戴在剡,即便夜乘小船就之。"又《簡傲》:"嵇康與吕安善,每一相思,千里命駕。"

〔一四〕"白髮"二句:擬想趙歐二人見面的情狀。元勳:大功勞。峥嶸:卓越,不平凡。唐張説《唐故夏州都督太原王公神道碑》:"卓犖文藝,峥嶸武節。"

〔一五〕《文選·古詩十九首·行行重行行》:"道路阻且長,會面安可知。"唐杜甫《贈衛八處士》:"主稱會面難,一舉累十觴。"宋黄庭堅《次韻奉送公定》:"人生會面難,取醉聽狂癡。"

〔一六〕蘇軾《罷徐州往南京馬上走筆寄子由五首》之三:"暫别復還見,依然有餘情。"餘情:猶言餘味,餘韻。晉陶潛《詠荆軻》:"其人雖已没,千載有餘情。"

〔一七〕"畫舫"二句:謂或乘船或坐轎率意游玩。畫舫(fǎng):裝飾華美之游船。舫,並連起來的船只。指船。肩輿:轎子。參《寒食前一日寄子瞻》注〔五〕。

〔一八〕棹(zhào):船槳。

〔一九〕謂兩人並轡前行。騈:兩馬相并。

〔二〇〕謂二人追憶在京都任職時的往事。

〔二一〕吟賡:謂互相唱和。賡,繼續;連續。此指賡和,唱和。即續用對方原韻或題意唱和。

〔二二〕"拳拳"二句:謂二人感情真摯。拳拳、款款:對文。皆誠摯貌。

次韻子瞻望湖樓上五絶〔一〕

其一

欲看西湖兩岸山,卧乘湖上木蘭船〔二〕。湖山已自隨船改,更值陰晴欲雨天〔三〕。

【箋注】

〔一〕作於熙寧五年(一〇七二)七月。蘇軾詩題作《六月二十七日望湖樓醉書五絶》,故知作於此後。

〔二〕即木蘭舟。用木蘭樹造的船。木蘭,香木名。皮似桂而香,狀如楠樹。南朝梁任昉《述異記》卷下:"木蘭洲在潯陽江中,多木蘭樹。昔吴王闔閭植木蘭於此,用構宫殿也。七里洲中,有魯般刻木蘭爲舟,舟至今在洲中。詩家云木蘭舟,出於此。"後常用爲船的美稱,並非實指木蘭木所製。南朝梁劉孝威《採蓮曲》:"金槳木蘭船,戲採江南蓮。"

〔三〕唐白居易《聞蟲》:"闇蟲唧唧夜綿綿,况是秋陰欲雨天。"

其二

眼看西湖不暫來,簿書無筭撥還開〔一〕。三年屈指渾將盡〔二〕,記取從今得幾回。

【箋注】

〔一〕無筭:不計其數。極言其多。《周禮・春官・男巫》:"冬堂贈無方無筭。"漢鄭玄注:"無筭,道里無數,遠益善也。"筭,同"算"。

〔二〕屈指:彎著指頭計數。比喻時間快速。

其三

湖山欲買恨無錢,且盡芳樽對玉盤〔一〕。菱角雞頭應已厭〔二〕,蟹螯馬頰更勤餐〔三〕。

【箋注】

〔一〕謂在明月下飲酒。芳樽:猶言美酒。唐杜甫《贈虞十五司馬》:"過逢連客位,日夜倒芳樽。"玉盤:比喻月亮。唐李白《古朗月行》:"小時不識月,呼作白玉盤。"

〔二〕菱角:菱的果實。菱,植物名。水上葉棱形,葉柄上有浮囊,花白色。果實有硬殼,一般有角,俗稱菱角。雞頭:即芡實。參《次韻子瞻渼陂魚》注〔二〕。

〔三〕蟹螯：螃蟹的第二對腳，狀似鉗。參《次韻楊褒直講攬鏡》注〔四〕。馬頰：貝名。即江瑶柱。是一種名貴的海味。唐劉恂《嶺表録異》卷下："馬甲柱，即江瑶柱。"宋陸游《老學庵筆記》卷一："明州江瑶柱有二種：大者江瑶，小者沙瑶。然沙瑶可種，逾年則江瑶矣。"

其四

終日清漪弄短橈〔一〕，久忘車乘走翹翹〔二〕。秋風且食鱸魚美〔三〕，洛下諸生未可招〔四〕。

【箋注】

〔一〕清漪（yī）：謂水清澈而有波紋。《詩·魏風·伐檀》："河水清且漣猗。"橈（ráo）：船槳。

〔二〕《左傳·莊公二十二年》："《詩》曰：'翹翹車乘，招我以弓。豈不欲往？畏我友朋。'"晉杜預注："逸《詩》也，翹翹，遠貌。"

〔三〕用晉張翰事。見《送劉道原學士歸南康》注〔五〕。

〔四〕《史記·賈生列傳》："賈生名誼，雒陽人也。……廷尉乃言賈生年少，頗通諸子百家之書，文帝召以爲博士。"按，此反用賈誼事，謂不願爲功名屈節。

其五

滯留朝市常嫌鬧，放棄江湖也未閑〔一〕。孤舫粗窮千頃浪〔二〕，肩輿未盡百重山。

【箋注】

〔一〕放棄：外放；貶謫。《楚辭·劉向〈九歎·思古〉》："操繩墨而放棄兮，傾容幸而侍側。"漢王逸注："言賢者執持法度而見放棄，傾頭容身讒諛之人，反得親近侍於旁側也。"

〔二〕"孤舫"二句：謂乘船坐轎游覽名山勝水。粗窮：大略歷盡。肩輿：轎子。

附録　蘇軾《六月二十七日望湖樓醉書五絶》

其一

黑雲翻墨未遮山，白雨跳珠亂入船。卷地風來忽吹散，望湖樓下水如天。

其二

放生魚鼈逐人來，無主荷花到處開。水枕能令山俯仰，風船解與月徘徊。

其三

烏菱白芡不論錢，亂繫青菰裹緑盤。忽憶嘗新會靈觀，滯留江海得加餐。

其四

獻花游女木蘭橈，細雨斜風濕翠翹。無限芳洲生杜若，吴兒不識楚詞招。

其五

未成小隱聊中隱，可得長閑勝暫閑。我本無家更安往，故鄉無此好湖山。

次韻子瞻餘杭法喜寺緑野亭懷吴興太守孫莘老〔一〕

信美非吾土〔二〕，三吴一水中〔三〕。亭高望已極，舟入去無窮。朝市知安在〔四〕？湖山信有功。遨遊逐鳧鴨，飲食數魚蟲。波浪喧朝夕，梅烝變緑紅〔五〕。逢人問京洛〔六〕，去國長兒童〔七〕。同舍情相接，鄰邦信屢通。相邀欲相過，道里訊溪翁〔八〕。

【箋注】

〔一〕作於熙寧五年（一〇七二）七月。蘇軾熙寧六年有《元日次韻張先子野見和七夕寄莘老之作》，詩云：“得句牛女夕，轉頭參尾中。”張先和即此詩，是知詩作於七月七日後。餘杭:縣名,在杭州西北七十里。法喜寺:《寶慶四明志》卷十五:"法喜院,縣西五十里。唐咸通九年置,名永泰。皇朝治平二年改今額。常住田七十五畝,山二百八十九畝。"緑野亭:《咸淳臨安志》卷八十三:"餘杭縣法喜院,在縣郭内溪北,舊名吉祥,光化二年建,大中祥符八年改今額,有王荆公安石讀書堂,繪公像其中。左有亭跨城,東坡嘗宿于寺,望吴興諸山懷孫莘老,留題亭上,後人名爲懷舊亭。"吴興:古郡名。三國吴寶鼎元年(二六六年)置。治所在烏程縣。宋時爲湖州,治在今浙江湖州市(吴興區)。孫莘老(一〇二八—一〇九〇):名覺,字莘老,江蘇高郵(今江蘇高郵市)人。師事胡瑗,第進士。爲館閣校勘。神宗時累擢至右正言。知諫院王安石早與覺善,引用之,將引以爲助。而覺與異議,條奏青苗法病民。由是出知廣德軍,後徙知湖州。哲宗立,累遷御史中丞,以疾請罷。除龍圖閣學士,奉祠歸卒。《宋史》有傳。

〔二〕《文選·王粲〈登樓賦〉》:"雖信美而非吾土兮,曾何足以少留。"

〔三〕三吴:宋指蘇州、常州、湖州。宋司馬光《送楊太祝忱知長洲縣》:"三吴佳縣首,民物舊熙熙。"

〔四〕謂遠離朝廷。朝市:指朝廷。晉陶潛《讀山海經》之十三:"巖巖顯朝市,帝者慎用才。"

〔五〕梅蒸:梅雨季的濕熱之氣。宋宋庠《夏日久雨》:"澤國梅蒸早,郊雲泄雨多。"按,此言在梅雨天氣裏果木由緑變紅。

〔六〕晉陸機《爲顧彦先贈婦二首》之一:"京洛多風塵,素衣化爲緇。"

〔七〕杜甫《將適吴楚留别章使君留後兼幕府諸公》:"豈惟長兒童?自覺成老醜。"

〔八〕"相邀"二句:謂受孫覺邀請將前往拜訪。道里:道路;路途。溪翁:溪上捕魚的老翁。

附録　蘇軾《宿餘杭法喜寺寺後緑野亭望吴興諸山懷孫莘老學士》

徙倚秋原上,淒涼晚照中。水流天不盡,人遠思何窮。問諜知秦過,看山識禹功。餘杭,始皇所舍舟也。西北舟枕山,堯時洪水,繫舟山上。稻涼初吠蛤，柳老半書蟲。荷背風翻白，蓮腮雨退紅。追遊慰遲暮，覓句效兒童。北望苕溪轉，遥憐震澤通。烹魚得尺素，好在紫髯翁。

和柳子玉共城新開御河過所居牆下〔一〕

卜築共山功欲成〔二〕，新河入縣巧相縈〔三〕。誰將畚鍤千夫力〔四〕，添上園林一倍清？生長魚鰕供晚饌，浮沉鵝鴨放春聲〔五〕。爲鄰有意非今日，丐我餘波伴濯纓〔六〕。

【箋注】

〔一〕作於熙寧五年（一〇七二）七月。共城：古共伯國故城，漢置共縣，隋置共城縣。唐置共州，後廢仍設共城縣。宋因之。今河南輝縣治。柳子玉卜居共城，宅下新開御河風光宜人，于是蘇轍有卜鄰之念。

〔二〕蘇軾《次韻答孫侔》：“艤舟苕霅人安在，卜築江淮計已成。”卜築：擇地建築住宅，即定居之意。唐白居易《題贈鄭秘書徵君石溝溪隱居》：“終當解塵纓，卜築來相從。”

〔三〕縈：環繞。

〔四〕畚鍤（běn chā）：指挖運泥土之用具。畚，盛土器；鍤，起土器。

〔五〕宋歐陽脩《和丁寶臣遊甘泉寺》：“谷裹花開知地暖，林間鳥語作春聲。”

〔六〕濯（zhuó）纓：洗滌冠纓。喻超脱世俗，操守高潔。《孟子·離婁上》：“滄浪之水清兮，可以濯我纓；滄浪之水濁兮，可以濯我足。”

和子瞻宿臨安淨土寺〔一〕

四方清淨居，多被僧所占。既無世俗營，百事得豐贍〔二〕。家居每紛薄〔三〕，奉養出①寒欠〔四〕。昔年旅東都，局促籲已厭〔五〕。城西近精廬〔六〕,長老時一覘〔七〕。每來獲所求,食飽山茶釅。塵埃就湯沐〔八〕,垢膩脱巾韂〔九〕。不知禪味深,但取飢腸饜〔一〇〕。京城苦煩溷〔一一〕,物景費治染〔一二〕。吴都況清華,觀刹吐光豔〔一三〕。石矼度空闊〔一四〕,泉溜瀉深塹〔一五〕。經過未足多,終老應長歉。

【校記】

①出:蜀藩刻本、叢刊本作"世",誤。

【箋注】

〔一〕作於熙寧五年(一〇七二)七月。蘇軾有《七月一日出城舟中苦熱》,出城,蓋巡行屬縣。以下各首皆爲此後巡行屬縣之作,轍次韻。臨安:在杭州西一百二十里。净土寺:蘇軾《宿臨安净土寺》舊題宋王十朋《東坡詩集注》引《臨安縣圖經》:"净土禪寺在縣南二里,周顯德中吴越王錢氏建,號光孝明因寺,大中祥符元年改賜今額。"

〔二〕"既無"二句:謂僧人不像常人那様辛勞,但卻物質豐足。豐贍:豐富;豐足。

〔三〕紛薄:紛雜交錯。謂生事多而雜。

〔四〕謂無力奉養親老。奉養:侍奉;贍養。寒欠:寒傖貧乏。按,此愧嘆當初未能好好奉養父親。

〔五〕"昔年"二句:指嘉祐元年(一〇五六)蘇洵父子三人抵京師。館于興國寺浴室院事。局促:形容受束縛而不得舒展。籲(yù):嘆息。

〔六〕精廬:佛寺;僧舍。《一切經音義》卷十六:"精廬,廬舍也。"

〔七〕覘(chān):觀看,觀察。此猶言光顧。

〔八〕湯沐:沐浴。

〔九〕韂(chàn):墊在馬鞍下,垂于馬背兩旁,以擋泥土之馬具。

〔一〇〕饜(yàn):飽。

〔一一〕煩溷(hùn):混雜。

〔一二〕物景:景物。五代王周《過武寧縣》:"行過武寧縣 ,初晴物景和。"治染:猶言治理。按,此言京城景物雖人爲培植,但少自然之趣。爲下文吴都風光作襯。

〔一三〕觀刹(guàn chà):道觀和佛寺。此偏指佛寺。刹,梵語刹多羅之省稱,意爲土地或國土、世界。《大方廣佛華嚴經》卷七十四:"嚴浄一切刹,滅除三惡道。"亦用指佛寺。北魏酈道元《水經注・文水》:"水出謁泉山之上頂……頂上平地十許頃,沙門釋僧光表建二刹。泉發於兩寺之間,東流瀝石,沿注山下。"

〔一四〕石矼(gāng):石橋。

〔一五〕泉溜:山泉和瀑布。溜,瀑布。唐方干《題報恩寺上方》:"巖溜噴空晴似雨,林蘿礙日夏多寒。"

附録　蘇軾《宿臨安浄土寺》

雞鳴發餘杭,到寺已亭午。参禪固未暇,飽食良先務。平生睡不足,急掃清風宇。閉門群動息,香篆起烟縷。覺來烹石泉,紫笋發輕乳。晚涼沐浴罷,衰髮稀可數。浩歌出門去,暮色入村塢。微月半隱山,圓荷争瀉露。相携石橋上,夜與故人語。明朝入山房,石鏡炯當路。昔照熊虎姿,今爲猿鳥顧。廢興何足弔,萬古一仰俯。

和子瞻自浄土步至功臣寺〔一〕

山平村塢連〔二〕,野寺鐘相答。晚陰生林莽〔三〕,落日猶在塔。行招兩社僧,共步青山月〔四〕。送客渡石橋,迎客出林樾〔五〕。幽尋本真性〔六〕,往事聽徐説〔七〕。錢王方壯年,此邦事輕俠。鄉人鄙貧賤,異類識英傑〔八〕。立石象興王,遺迹今岌嶫〔九〕。功勳三吴定,富貴四海甲。歸來父老藏,崇高畏摧壓。詩人巧譏病,牛領恣挑抉。流傳後世人,談笑資口舌〔一〇〕。是非亦已矣,興廢何倉卒?持歸問禪翁,笑指浮漚没〔一一〕。

【箋注】

〔一〕作於熙寧五年(一〇七二)七月。功臣寺:蘇軾《自浄土步至功臣寺》舊題宋王十朋《東坡詩集注》引《臨安縣圖經》:"功臣山在縣南二里,本名大官山，吴越王錢氏建爲功臣院，祥符元年改賜今額。”

〔二〕村塢：村莊。多指山村。北周庾信《杏花》：“依稀映村塢，爛熳開山城。”

〔三〕林莽：叢生的草木。戰國楚宋玉《風賦》：“蹷石伐木，梢殺林莽。”

〔四〕唐高駢《筇竹杖寄僧》：“寄與沃洲人，閑步青山月。”

〔五〕林樾（yuè）：林間隙地。唐皮日休《桃花塢》：“夤緣度南嶺，盡日寄林樾。”

〔六〕幽尋：猶言尋幽。探尋勝境。

〔七〕徐説：慢慢道來；一一叙説。

〔八〕“錢王”四句：叙吴越王錢鏐平生事跡。錢王：指五代時吴越王錢鏐（八五二—九三二），字具美，五代吴越臨安（今浙江杭州市）人。唐僖宗時黄巢亂，鏐率鄉兵破走之。劉漢宏反，復率八都兵破越州，歸董昌爲裨將，累遷同中書門下平章事。昌反，鏐執之。昭宗拜鏐鎮海鎮東軍節度使，賜鐵券，擁兵兩浙，統十二州，旋封越王，又封吴王。唐亡，受後梁太祖之封，稱吴越國王。是爲五代十國之一。在位四十一年卒。謚武肅。新舊《五代史》有傳。其本傳云：“鏐幼時與群兒戲木下，鏐坐大石指麾群兒爲隊伍，號令頗有法，群兒皆憚之。及壯，無賴，不喜事生業，以販鹽爲盗。”鄉人初鄙之，而術士以其將大貴。

〔九〕“立石”二句：宋錢儼《吴越備史》卷一：“王嘗憩後山，忽一石屹然自立，王志之。及貴，建功臣精舍，遂以石爲佛坐，樹號衣錦將軍。”岌嶪（jí yè）：高峻貌。

〔一〇〕“詩人”四句：清查慎行《蘇詩補注》云：“（牛領）二字疑有訛。”按，此謂羅隱戲謔錢鏐事。《舊五代史·世襲傳·錢鏐傳》：“江東有羅隱者，有詩名，聞於海内，依鏐爲參佐。鏐嘗與隱唱和，隱好譏諷，嘗戲爲詩，言鏐微時騎牛操梃事，鏐亦怡然不怒，其通恕也如此。”

〔一一〕浮漚：水面上的泡沫。因其易生易滅，常比喻變化無常的世事和短暫的生命。唐李遠《題僧院》：“百年如過鳥，萬事盡浮漚。”

附録　蘇軾《自浄土寺步至功臣寺》

落日岸葛巾，晚風吹羽扇。松間野步穩，竹外飛橋轉。神功鑿横嶺，巖石得巨片。直度千人溝，下有微流泫。岡巒蔚回合，金碧爛明絢。緬懷異姓王，負擔此鄉縣。長逢胯下辱，屢乞桑間飯。誰謂山石頑，識此希世彦。凛然英氣逼，屹起猶聳戰。他年萬騎歸，父老恣歡宴。錦繡被原野，金珠散貧賤。竇融既入朝，吴芮空記面。榮華坐銷歇，閲世如郵傳。惟有長明燈，依然照深殿。

次韻子瞻遊徑山〔一〕

去年渡江愛吴山〔二〕，忽忘蜀道輕秦川〔三〕。錢塘後到山最勝〔四〕，下枕湖水相縈旋。坐疑吴會無復有，扁舟屢出淩濤淵。今秋復入徑山寺，勢壓衆嶺皆摧顛。連峰遝①嶂不知數，重重相抱如青蓮〔五〕。散爲雲霧翳星斗〔六〕，聚作潭井藏蜿蜒〔七〕。欽翁未到人迹絶，千里受記來安禪。荒榛野草置茅屋，坐令海賈輸金錢。至今傳法破煩惱，飽食過客容安眠〔八〕。解裝投錫不復去〔九〕，紛紛四合來烏鳶。或言此處猶未好，海上人少無煩煎〔一〇〕。天台雁蕩最深秀〔一一〕，水驚石瘦尤清便〔一二〕。青山獨往無不可，論説好醜徒紛然〔一三〕。終當直去無遠近，藤鞋竹杖聊窮年〔一四〕。

【校記】

①遝：叢刊本、四庫本作"沓"。

【箋注】

〔一〕作於熙寧五年（一〇七二）七月。徑山：《咸淳臨安志》卷二十五："在縣北。去縣五十里。《徑山事狀》云：'山乃天目之東北峰，有徑路通天目，故謂之徑山。奇勝特異，五峰周抱，中有平地，人跡不到。'"

〔二〕吴山：山名。又名胥山。俗稱城隍山。在今浙江杭州西湖東南。

〔三〕忽忘：忘記。《史記·魏其武安侯列傳》："武安鄂謝曰：'吾昨日醉，忽忘與仲孺言。'"

〔四〕錢塘：見《宛丘二詠》之一注〔九〕。

〔五〕“連峰”二句：謂峰巒疊翠如青蓮合抱。唐曹汾《早發靈芝望九華寄衡陽杜員外》：“戴月早辭三秀館，遲明初識九華峰。差差玉劍寒鋩利，嫋嫋青蓮翠葉重。”遝(tà)嶂：猶言疊嶂。遝，通“沓”。

〔六〕謂山中夜裹升騰的霧氣遮蔽了天空。

〔七〕蜿蜒：指龍。北魏酈道元《水經注・浙江水》：“於潛縣北天目山，山極高峻，崖嶺竦疊，西臨峻澗。山上有霜木，皆是數百年樹，謂之翔鳳林。東面有瀑布下注數畮深沼，名曰浣龍池。”蘇軾《遊徑山》舊題宋王十朋《東坡詩集注》引《徑山事狀》：“國一大師因獵者導自重岡之西，至于危峰之北，石巖之隈，坐于石牀之上。有頃，有素衣老人前而致拜，師曰：‘汝何人也。’曰：‘龍也。’師曰：‘何以至此？’曰：‘自師到此，吾屬五百皆不安息。師若久住於此，我將挈其屬歸天目，願捨此地爲師立錫之所。’師許之，乃請師登山絶頂，入五峰之間，中有大湫，指謂師曰：‘吾家若去，此湫當漲，留一穴水慎勿湮之，我將時至而衛師。’言訖不見。今此一穴尚存，謂之龍井。”

〔八〕“欽翁”六句：叙述徑山寺創寺經歷。欽翁：指欽禪師。舊題宋王十朋《東坡詩集注》引《徑山事狀》：“大師諱法欽，吴郡崑山人。姓朱氏，年二十二，馬素禪師見而識之，躬爲去髮，謂師曰：‘汝乘流而行，遇徑而止。’師至臨安東北山下而問之，樵者曰：‘此山中謂之徑塢。’乃求挂錫之地，四顧無人，適遇苫蓋覆罝罘，師就之宴坐。獵者見之，以其地結廬，與師居之。”安禪：佛教語。指静坐入定。俗稱打坐。南朝梁張纘《南征賦》：“尋太傅之故宅，今築室以安禪。”海賈：海上往來的商人。

〔九〕投錫：僧人投奔某寺院居止。錫，指錫杖。僧人所持的禪杖。其制：杖頭有一鐵卷，中段用木，下安鐵纂，振時作聲。梵名隙棄羅，取錫錫作聲爲義。宋釋道潛《九江與東坡居士話别》：“投錫雲林聊避暑，絶江舟楫自東還。”

〔一〇〕煩煎：煩惱。謂世俗的煩惱。蘇軾《懷西湖寄晁美叔同年》：“讀我壁間詩，清涼洗煩煎。”

〔一一〕天台：山名，在浙江天台縣北。南朝梁陶弘景《真誥》：“[山]當斗牛之分，上應台宿，故名天台。”晉支遁《天台山銘》序：“剡縣東南有天台山。”雁蕩：山名。在浙江省東南部。分南、北兩個山群：南雁蕩山在平陽縣西，北雁蕩山在樂清縣東北。

〔一二〕蘇軾《與毛令方尉遊西菩提寺二首》之二:“路轉山腰足未移,水清石瘦便能奇。”

〔一三〕“青山”二句:此用白居易詩借遊山而發泄自己制科考試被批評的鬱悶。白居易《九年十一月二十一日感事而作》:“當君白首同歸日,是我青山獨往時。”宋阮閲《詩話總龜・評論門》:“樂天爲王涯所誣,謫江州司馬。甘露之禍,樂天在洛,適遊香山寺,有詩云:‘當君白首同歸日,是我青山獨往時。’不知者以樂天爲幸之,樂天豈幸人之禍者? 蓋悲之也。”

〔一四〕謂寄情於山水。宋歐陽脩《滄浪亭》:“丈夫身在豈長棄,新詩美酒聊窮年。”

附録　蘇軾《遊徑山》

衆峰來自天目山,勢若駿馬奔平川。中途勒破千里足,金鞭玉鐙相回旋。人言山住水亦住,下有萬古蛟龍淵。道人天眼識王氣,結茅宴坐荒山巔。精誠貫山石爲裂,天女下試顔如蓮。寒窗暖足來朴朔,夜鉢呪水降蜿蜒。雪眉老人朝叩門,願爲弟子長參禪。爾來廢興三百載,奔走吴會輸金錢。飛樓湧殿壓山破,朝鐘暮鼓驚龍眠。晴空仰見浮海蜃,落日下數投林鳶。有生共處覆載内,擾擾膏火同烹煎。近來愈覺世議隘,每到寬處差安便。嗟余老矣百事廢,却尋舊學心茫然。問龍乞水歸洗眼,欲看細字銷殘年。龍井水,洗病眼有效。

次韻子瞻自徑山回宿湖上〔一〕

朝從徑山來,泱莽徑山色〔二〕。莫從湖上歸,滉漾湖光碧〔三〕。借問泛湖舟,何似登山屐〔四〕? 高懷厭朝市〔五〕,遠去忘憂栗〔六〕。目向幽人青〔七〕,顔從濁醪赤〔八〕。塵埃解羅網〔九〕,宇宙爲安宅。油然了無營〔一〇〕,此意誰能詰? 嗟予①别離久,欲往徒反側〔一一〕。留滯亦何爲? 空驚突深黑〔一二〕。

【校記】

①予：原本、宋建本作“子”，據宋大字本、蜀藩刻本改。

【箋注】

〔一〕作於熙寧五年（一〇七二）七月。

〔二〕泱漭：彌漫貌。唐張説《奉和聖制野次喜雪應制》：“泱漭雲陰積，氤氲風雪迴。”

〔三〕滉瀁：廣闊無涯貌。

〔四〕登山屐：登山時穿的木屐。參《次韻子瞻延生觀後山上小堂》注〔二〕。

〔五〕蘇軾《送錢藻出守婺州得英字》：“老手便劇郡，高懷厭承明。”朝市：朝廷和市集。泛指名利之場。

〔六〕憂栗：即憂慄。憂愁恐懼。南朝宋謝靈運《擬魏太子〈鄴中集詩·徐幹〉》：“摇蕩箕濮情，窮年迫憂慄。”

〔七〕對高潔之士施以青眼。青眼：指對人喜愛或器重。與“白眼”相對。因眼睛平視則見黑眼珠，稱“青眼”，上視則見白眼珠，謂之“白眼”。語出《世説新語·簡傲》“嵇康與吕安善”劉孝標注引《晉百官名》：“嵇喜字公穆，歷揚州刺史，康兄也。阮籍遭喪，往弔之。籍能爲青白眼，見凡俗之士，以白眼對之。及喜往，籍不哭，見其白眼，喜不懌而退。康聞之，乃齎酒挾琴而造之，遂相與善。”後因以“青眼”與“白眼”表示對人的尊敬和輕視兩種截然不同的態度。唐杜甫《短歌行·贈王郎司直》：“仲宣樓頭春色深，青眼高歌望吾子。”

〔八〕唐貫休《懷張爲周朴》：“聖君在上知不知，赤面濁醪許多好。”濁醪：濁酒。

〔九〕陶潛《歸園田居五首》之一：“誤落塵網中，一去三十年。”

〔一〇〕“宇宙”二句：謂寄身天地之間隨遇而安。安宅：猶安居。《詩·小雅·鴻雁》：“雖則劬勞，其究安宅。”油然：自然而然。了：全然；皆。

〔一一〕反側：猶豫不定。

〔一二〕謂蘇軾沉淪於下僚很久了。突深黑：語出《文子·自然》：“孔子無黔突，墨子無煖席。”黔突，因炊爨而熏黑了的煙囱。突，煙囱。杜甫《發同谷縣》：“賢有不黔突，聖有不煖席。”

附録　蘇軾《自徑山回得吕察推詩用其韻招之宿湖上》

多君貴公子,愛山如愛色。心隨葉舟去,夢遶千山碧。新詩到中路,令我喜折屐。古來軒冕徒,操舍兩悲慄。數朝辭簪笏,兩脚得暫赤。歸來不入府,卻走湖上宅。寵辱吾久忘,寧畏官長詰。飄然便歸去,誰在子思側。君能從我遊,出郭及未黑。

歐陽太師挽詞三首〔一〕

其一

雄文元命世〔二〕,直氣早成風〔三〕。受任衰遲後〔四〕,安邦反側中〔五〕。迴天深有力〔六〕,扈聖恥言功〔七〕。事已身隨去,驚嗟柱石空〔八〕。

【箋注】

〔一〕作於熙寧五年(一〇七二)閏七月底。歐陽太師:即歐陽脩。見《陪歐陽少師永叔燕潁州西湖》注〔一〕。歐陽脩逝世於閏七月庚午(二十三日)。見歐陽脩《年譜》(《歐陽文忠公集》前附)。蘇轍弟兄受知於歐,交情深篤。歐大歸,挽詞必然時間接近。故繫於閏七月底。

〔二〕命世:著名於當世。多用以稱譽有治國之才者。語本《漢書·楚元王傳贊》:"聖人不出,其間必有命世者焉。"《宋史·歐陽脩傳》:"宋興且百年,而文章體裁,猶仍五季餘習……修游隨,得唐韓愈遺藁於廢書簏中,讀而心慕焉……舉進士,試南宫第一,擢甲科調西京推官,始從尹洙游,爲古文,議論當世事,迭相師友。與梅堯臣游,爲歌詩相倡和,遂以文章名冠天下。"

〔三〕直氣:正氣。唐杜甫《别李義》:"先朝納諫諍,直氣横乾坤。"

〔四〕此遺憾歐陽脩擔當大任很晚。按,歐陽脩仁宗嘉祐五年(一〇六〇)拜樞密副使,六年參知政事,神宗熙寧四年以太子少師致仕。衰遲:衰年遲暮。

謂年老。唐鄭谷《中年》:"衰遲自喜添詩學,更把前題改數聯。"

〔五〕《宋史》本傳云:"[仁宗]不豫,訛言籍籍……修嘗因水災上疏曰:'陛下臨御三紀而儲宫未建……'其後建立英宗,蓋原於此。"反側:不安定;意見分歧。

〔六〕迴天:舊以皇帝爲天,凡能諫止皇帝改變意志者稱迴天。迴天主要指立太子事。參上注。

〔七〕扈聖:擁護、擁戴皇帝。此指立英宗爲太子事。

〔八〕"事已"二句:《宋史·歐陽脩傳》:"脩以風節自持,既數被汙衊,年六十,即連乞謝事,帝輒優詔弗許。及守青州,又以請止散青苗錢,爲安石所詆,故求歸愈切。熙寧四年,以太子少師致仕。"柱石:擔當重任(之人)。此謂歐逝世。杜甫《鹿頭山》:"冀公柱石姿,論道邦國活。"蘇軾《賜宰相吕公著乞不允批答口宣》:"卿柱石本朝,蓍龜當代。"唐李白《俠客行》:"事了拂衣去,深藏身與名。"

其二

唐弊文初喪〔一〕,書成法至今〔二〕。雍容趨聖處〔三〕,深切可人心〔四〕。氣力知難繼〔五〕,風流喜不淫〔六〕。懸知公欲謝,異説勇交侵〔七〕。

【箋注】

〔一〕宋初承五代餘習,文尚駢儷,體氣卑弱,柳開、穆修輩欲挽其弊而力有所不逮,歐陽脩苦讀韓文,與尹洙、梅堯臣等爲歌詩相倡和,由是而文風丕變。

〔二〕歐陽脩有《集古録》、《新唐書》、《新五代史》等著作問世。爲時人所取法。

〔三〕蘇軾《六一居士集序》:"歐陽子論大道似韓愈,論事似陸贄,記事似司馬遷,詩賦似李白。此非余言也,天下之言也。"

〔四〕《宋史·歐陽脩傳》:"爲文天才自然,豐約中度。其言簡而明,信而通,引物連類,折之於至理,以服人心。超然獨騖,衆莫能及,故天下翕然師尊之。"

〔五〕謂歐陽脩詩文無人能及。氣力:氣魄和功力。

〔六〕謂辭采優美而適中。《論語·八佾》:"《關雎》,樂而不淫,哀而不傷。"不淫:不過分。

〔七〕"懸知"二句:謂歐陽脩引退後遭到小人的攻擊。懸知:預知。參《宋史》本傳及《趙少師自南都訪歐陽少師於潁州留西湖久之作詩獻歐陽公》注〔五〕。

其三

推轂誠多士〔一〕,登龍盛一時〔二〕。西門行有慟〔三〕,東閣見無期〔四〕。念昔先君子,嘗蒙國士知〔五〕。舊恩終未報,感嘆不勝悲。

【箋注】

〔一〕推轂(gǔ):薦舉,援引。語本《史記·魏其武安侯列傳》:"魏其武安俱好儒術,推轂趙綰爲御史大夫,王臧爲郎中令。"唐司馬貞索隱:"推轂謂自卑下之,如爲之推車轂也。"

〔二〕登龍:登龍門之省語。語出《後漢書·黨錮傳·李膺》:"是時朝庭日亂,綱紀頹阤,膺獨持風裁,以聲名自高。士有被其容接者,名爲登龍門。"龍門,在陝西韓城黄河上。《藝文類聚·鱗介部上·龍》引《三秦記》:"河津一名龍門,大魚積龍門下數千不得上,上者爲龍,不上者魚,故云曝鰓龍門。"後以喻得到有名望者接待和援引而提高身價。按,歐陽脩獎拔後進,不遺餘力。其本傳云:"獎引後進,如恐不及。賞識之下,率爲聞人。曾鞏、王安石、蘇洵、洵子軾、轍,布衣屏處,未爲人知,脩即游其聲譽,謂必顯於世。"

〔三〕《晉書·謝安傳》:"羊曇者,太山人,知名士也,爲安所愛重。安薨後,輟樂彌年,行不由西州路。嘗因石頭大醉,扶路唱樂,不覺至州門。左右白曰:'此西州門。'曇悲感不已,以馬策扣扉,誦曹子建詩曰:'生存華屋處,零落歸山丘。'慟哭而去。"

〔四〕東閣:古代稱宰相招致、款待賓客的地方。參《次韻子瞻聞不赴商幕三首》之二注〔四〕。按,歐陽脩曾爲參知政事,故云。

〔五〕"念昔"二句:蘇洵嘗受知于歐陽脩,故云。《宋史·文苑傳·蘇洵》:"嘉祐間,與其二子軾、轍皆至京師,翰林學士歐陽脩上其所著書二十二篇。既出，士大夫争傳之，一時學者競效蘇氏爲文章。"

附録　畢仲游《輓歐陽文忠公三首》

其一

夜夢鈞天去不還，送車千乘出長安。醉翁亭遠名空在，會老堂深壁未乾。墓草荒涼秋日暗，松林蕭索晚風寒。北山有石誰能取，四十年名不易刊。

其二

少師盛德書生服，居士高名數歲餘。清潁歸來人事近，白雲乘去夜堂虚。累朝舊籍刊成史，集古新編滿載車。聞説使星來已晚，茂陵應復進遺書。

其三

冠冕魁吾二府尊，義緣宗社不謀身。生前事業成三主，天下文章無兩人。志與經綸埋厚地，道懷正直作明神。未年七十身先退，再使人間風俗淳。

熙寧壬子八月於洛陽妙覺寺考試舉人及還道出嵩少之間至許昌共得大小詩二十六首〔一〕

洛陽試院樓上新晴五絶

其一

縹緲危譙面面山〔二〕，朝來雲作雨潺潺。忽然風卷歸何處？百里陰晴反掌間〔三〕。

【箋注】

〔一〕作於熙寧五年（一〇七二）九月。蘇轍政和二年《送遲赴登封丞》有云："昔我過嵩陽，秋高日重九。晨邀同行客，共舉登高酒。"則其中《登嵩山十首》當是在重九期間所寫。下詩有“高樓一閉三十日”語,更足證詩寫在九月。蘇轍《次韻頓起考試徐沂舉人見寄二首》之二自注:“前舉與頓同試西京舉人。”知此次考試是與頓起同任考官。此組詩中與頓起之應酬留别,亦知所謂“道出嵩少之間,至許昌”是與頓起同行。嵩少:嵩山與少室山的並稱。唐賈島《永福湖和楊鄭州》:“嵩少分明對,瀟湘闊狹齊。”

〔二〕危譙:高聳的譙樓。譙,城門上的瞭望樓。

〔三〕反掌:反手。猶言轉瞬。喻時間之短暫。唐杜甫《觀公孫大娘弟子舞劍器行》:“五十年間似反掌,風塵澒洞昏王室。”

其二

嵩少猶藏薄霧中,前山迤邐夕陽紅〔一〕。高樓一閉三十日,遥憶巖頭種藥翁〔二〕。

【箋注】

〔一〕迤邐:曲折連綿貌。

〔二〕“高樓”二句:謂考試舉人閉院一月,不如山上藥農之自由自在。

其三

伊闕遥臨鳳闕前〔一〕,龍門女几氣蒼然〔二〕。唐朝御路依稀在,猶想東巡塵暗天〔三〕。

【箋注】

〔一〕伊闕:地名。在今河南洛陽市南。即春秋周闕塞。因兩山相對如闕門,伊水流經其間,故名。鳳闕:本漢代宫闕名,在今西安。《史記·孝武本紀》:“其東則鳳闕,高二十餘丈。”唐司馬貞索隱引《三輔故事》:“北有圜闕,高二十丈,上有銅鳳皇,故曰鳳闕也。”按,此謂唐時以長安爲西都,以洛陽爲東都,故云“遥臨”。

〔二〕龍門:山名。在河南省洛陽市南。《漢書·溝洫志》:“昔大禹治水,山陵當路者毁之,故鑿龍門,辟伊闕。”唐李白《漢東紫陽先生碑銘》:“王公卿士送及龍門,入葉縣,次王喬之祠。”清王琦注:“《文章正宗》:‘龍門在河南縣。’《地志》曰:‘闕塞山,一名伊闕,而俗名龍門。’”女几:山名。在河南宜陽縣治西南三十餘里。

〔三〕“唐朝”二句：洛陽爲唐王朝東都，故云。東巡：古代謂天子巡視東方。語本《書·舜典》：“歲二月，東巡守，至於岱宗。”

其四

天壇王屋北侵河〔一〕，高比嵩丘一倍多。小有清虚①今尚②在〔二〕，俗緣深重奈成魔〔三〕。

【校記】

①虚：原作“靈”，據宋大字本改。

②尚：叢刊本作“上”。

【箋注】

〔一〕天壇：王屋山的絶頂，相傳爲黄帝禮天處。唐杜甫《昔遊》：“王喬下天壇，微月映皓鶴。”清仇兆鰲注：“王屋山絶頂曰天壇。”

〔二〕宋張君房《雲笈七籤·洞天福地部·天地宫府圖》：“第一王屋山洞，周迴萬里，號曰小有清虚之天，在洛陽、河陽兩界，去王屋縣六十里，屬西城王君治之。”

〔三〕俗緣：佛教以因緣解釋人事，因稱塵世之事爲俗緣。唐許渾《記夢》：“塵心未盡俗緣在，十里下山空月明。”魔：佛教語。佛教把一切擾亂身心，破壞行善者和一切妨礙修行的心理活動均稱作“魔”。《大智度論》卷五：“問曰：‘何以名魔？’答曰：‘奪慧命、壞道法功德善本，是故名爲魔。’”唐韓愈《華山女》：“仙梯難攀俗緣重，浪憑青鳥通丁寧。”

其五

前朝宫闕倚芒山〔一〕，殿閣層層半嶺間。猶恐北來岡阜淺〔二〕，太行東抱故孱顔〔三〕。

【箋注】

〔一〕芒山：在江蘇碭山縣東南，接河南永城縣界，與碭山相去八里。漢高祖微時，嘗藏匿芒碭山中。

〔二〕岡阜：山丘。《南齊書·氐傳》：“仇池四方壁立……上有岡阜泉源。”

〔三〕孱顔:險峻,高聳貌。唐李商隱《荆山》:"壓河連華勢孱顔,鳥没雲歸一望間。"

附録　蘇軾《追和子由去歲試舉人洛下所寄九首·暴雨初晴樓上晚景五首》

其一

秋後風光雨後山,滿城流水碧潺潺。煙雲好處無多子,及取昏鴉未到間。

其二

洛邑從來天地中,嵩高蒼翠北邙紅。風流耆舊消磨盡,只有青山對病翁。

其三

白汗翻漿午景前,雨餘風物便蕭然。應傾半熟鵝黄酒,照見新晴水碧天。

其四

疾雷破屋雨翻河,一掃清風未覺多。應似畫師吴道子,高堂巨壁寫降魔。

其五

客路三年不見山,上樓相對夢魂間。明朝卻踏紅塵去,羞向清伊照病顔。

和頓主簿起見贈二首〔一〕

其一

聾病消磨祗古文〔二〕,諸儒經術鬥紛紜〔三〕。不知舊學都無用,猶把新書强欲分〔四〕。老病心情愁見敵,少年詞氣動干雲〔五〕。搜賢報國吾何敢〔六〕? 欲補空疏但有勤〔七〕。

【箋注】

〔一〕頓主簿:即頓起。見《送頓起及第還蔡州》注〔一〕。主簿:官名。漢代中央及郡縣官署多置之。其職責爲主管文書,辦理事務。至魏晉時漸爲將帥重臣主要僚屬,參與機要,總領府事。此後各中央官署及州縣雖仍置主簿,但任職漸輕。唐宋時皆以主簿爲初事之官。

〔二〕聲病:指詩文聲律上的毛病。做詩講求韻律,探討聲病,始自南朝梁沈約等,至唐乃有此稱。唐時以詩賦取士,常以此決定優劣取舍。《資治通鑑·唐紀三十八·唐代宗廣德元年》:"考文者以聲病爲是非。"元胡三省注:"聲病,謂以平、上、去、入四聲輯而成文,音從聲順謂之聲,反是則謂之病。"

〔三〕《續資治通鑑長編·神宗熙寧五年》:"[春正月]戊戌,王安石以試中學官等第進呈,且言黎侁、張諤文字佳,第不合經義。上曰:'經術,今人人乖異,何以一道德? 卿有所著可以頒行,令學者定於一。'安石曰:'《詩》,已令陸佃、沈季長作義。'上曰:'恐不能發明。'安石曰:'臣每與商量。'季長,錢塘人,安石妹壻也。"經術:猶經學。以儒家經典爲研究對象的學問。《史記·太史公自序》:"仲尼悼禮廢樂崩,追脩經術,以達王道。"

〔四〕"不知"二句:此針對王安石而言。《宋史·王安石傳》:"初安石訓釋《詩》、《書》、《周禮》既成,頒之學官,天下號曰'新義'。晚居金陵,又作《字説》,多穿鑿傅會,其流入於佛、老,一時學者,無敢不傳習,主司純用以取士,士莫得自名一説,先儒傳注,一切廢不用。黜《春秋》之書,不使列於學官,至戲目爲'斷爛朝報'。"《續資治通鑑長編·神宗熙寧四年》:"[五月]乙未……彦博曰:'齊、魯諸生,常以誦經爲業,近聞朝廷釐改科場,此輩恐未能遽改所業,必有失職之憂。'上曰:'令展一次科場,方依今來新制。'充曰:'齊、魯專經之學,誦書之外,不知其他,登第之後,至於官政人事,漫不通曉,此弊深宜改更。'"舊學:指傳統的經學。新書:指王安石的相關著作。

〔五〕詞氣:言語、文詞的氣勢。干雲:高入雲霄。南朝齊孔稚珪《北山移文》:"度白雪以方絜,干青雲而直上。"

〔六〕謂不敢以搜賢報國爲已任。是牢騷很盛的話。此反用《後漢書·蓋勳傳》:"選賢所以報國也,非賢不舉,死亦何悔!"搜賢:訪求賢才。報國:爲國家效力盡忠。

〔七〕空疏:空虚淺薄。唐王維《責躬薦弟表》:“臣無度量,實自空疏。”按,此言國事無條件過問,只好埋頭讀書。

其二

一鎖樓中暗度秋,微官黽勉未能休〔一〕。笑談容我聊紓放〔二〕,文字憑君便去留。杯酒淋漓已非敵〔三〕,清詩窈眇更難酬〔四〕。東歸猶得聯征騎〔五〕,同上嵩高望九州〔六〕。

【箋注】

〔一〕言雖官小仍然不懈努力。微官:小官;無足輕重的官。晉歐陽建《臨終詩》:“咨余沖且暗,抱責守微官。”黽勉:勉勵,盡力。《詩·邶風·谷風》:“黽勉同心,不宜有怒。”毛傳:“言黽勉者,思與君子同心也。”

〔二〕紓放:抒發寬解。

〔三〕淋漓:酒流滴貌。唐韓愈《醉後》:“淋漓身上衣,顛倒筆下字。”

〔四〕清詩:清新雅致的詩篇。唐杜甫《解悶》之六:“復憶襄陽孟浩然,清詩句句盡堪傳。”窈(yǎo)眇:美好。酬:唱和。

〔五〕謂回京可以同行。東歸,開封在洛陽之東,故云。

〔六〕嵩高:即嵩山。參《熙寧壬子八月於洛陽妙覺寺考試舉人及還道出嵩少之間至許昌共得大小詩二十六首》注〔一〕。

將出洛城過廣愛寺見三學演師引觀楊惠之塑寶山朱瑶畫文殊普賢爲賦三首〔一〕

其一

寺古依喬木,僧閑正莫年〔二〕。爲生何寂寞,愛客尚留連。虚牖羅修竹,空廚響細泉〔三〕。坐聽談舊事,遍識洛中賢。

【箋注】

〔一〕洛城:洛陽。見《雙鳧觀》注〔三〕。廣愛寺:在洛陽建春門外。三學:佛教稱戒學、定學、慧學爲“三學”。宋法雲《翻譯名義集·示三學法》:“今謂防非止惡曰戒,息慮静緣曰定,破惑證真曰慧……三學是爲涅槃法。”按,此指洛陽佛寺院名。宋邵博《邵氏聞見録》卷十九:“富公未第時,家於水北上陽門外,讀書於水南天宫寺三學院。”演師:不詳。楊惠之:唐代著名雕塑家。參《楊惠之塑維摩像》注〔一〕。寶山:對佛僧神道等所居之山的尊稱。《大方廣佛華嚴經》卷三十三:“阿僧祇寶山以爲垣牆周匝圍繞,清浄無礙。”朱瑶:字温琪,五代後梁時人。學吴道子,世稱神筆。與朱繇疑是一人。參《五代名畫補遺·人物門》、《圖繪寶鑑》卷二。

〔二〕莫年:即暮年。

〔三〕唐曹松《山寺引泉》:“劈碎琅玕意有餘,細泉高引入香廚。”

其二

虚室無尋丈,青山有百層。迴峰看不足〔一〕,危石恐將崩。聽法來天女〔二〕,依巖老梵僧〔三〕。須彌傳納芥〔四〕,觀此信還曾?

【箋注】

〔一〕蘇軾《游道場山何山》:“我從山水窟中來,尚愛此山看不足。”

〔二〕《維摩詰所説經》卷二:“時維摩詰室有一天女,見諸大人聞所説説法,便現其身,即以天華散諸菩薩、大弟子上,華至諸菩薩即皆墮落,至大弟子便著不墮。一切弟子神力去華,不能令去。”

〔三〕梵僧:域外來華的僧侣。按,此指壁畫上的文殊、普賢像。

〔四〕《維摩詰所説經》卷二:“若菩薩住是解脱者,以須彌之高廣,内(納)芥子中,無所增減,須彌山王本相如故。”須彌:佛語中之山名,據云其大無朋,爲一小世界之中心。芥:原係芥菜之種子,體積微小,故於佛典中用以比喻極小之物。

其三

壁毁丹青在〔一〕,移來殿廡深。賦形驚變態〔二〕,觀佛覺無心〔三〕。旌旆翻空色〔四〕,笙竽含妙音〔五〕。風流出吴樣,遺法到如今〔六〕。

【箋注】

〔一〕丹青:丹砂,青雘,可作顔料。此指詩題中所説的佛寺的畫像,圖畫。

〔二〕變態:形態變化不同。唐皎然《張伯英草書歌》:"須臾變態皆自我,象形類物無不可。"

〔三〕無心:佛家謂無妄心雜念。宋釋延壽《宗鏡録》卷四十五:"故經云:'有心皆苦,無心即樂。'"

〔四〕旌旆(pèi):旗幟。空色:即"色空"的倒用。佛教語。"色即是空"的略語。謂一切事物皆由因緣所生,虚幻不實。唐白居易《感悟妄緣題如上人壁》:"弄沙成佛塔,鏘玉謁王宫。彼此皆兒戲,須臾即色空。"

〔五〕妙音:美妙的聲音。這裏指梵唄之聲即和尚作法事時的歌詠讚頌之聲。《妙法蓮華經》卷一:"若使人作樂,擊鼓吹角貝,簫笛琴箜篌,琵琶鐃銅鈸。如是衆妙音,盡持以供養。或以歡喜心,歌唄頌佛德,乃至一小音,皆已成佛道。"

〔六〕"風流"二句:謂塑像和壁畫都是和吴道子一脈相承的。遺法:留傳下來的技法。

附録　蘇軾《過廣愛寺見三學演師觀楊惠之塑寶山朱瑶畫文殊普賢三首》

其一

寓世身如夢,安閑日似年。敗蒲翻覆卧,破衲再三連。勸客眠風竹,長齋飲石泉。回頭萬事錯,自笑覺師賢。

其二

妙迹苦難尋,兹山見幾層。亂峰螺髻出,絶澗陣雲崩。措意元同畫,觀空欲問僧。莫教林下意,終老歎何曾。

其三

朱瑶唐晚輩,得法尚雄深。滿寺空遺跡,何人識苦心。長廊敧雨脚,破壁撼鐘音。成壞無窮事,他年復弔今。

登封道中三絶〔一〕

緱山祠〔二〕

飛仙不返周王子,重阜相連少室孫〔三〕。夜静笙聲兼鶴下〔四〕,迴看惟有故山存。

【箋注】

〔一〕登封:本古陽城邑。秦置陽城縣,隋置嵩陽縣。唐武后登嵩山封禪,改縣爲登封,宋沿唐制。即今河南登封市,地在嵩山南麓。

〔二〕緱山祠:爲祭祀王子喬在緱山修建的祠宇。參《次韻子瞻減降諸縣囚徒事畢登覽》注〔四七〕。

〔三〕嵩山其峰有三:東爲太室山,中爲峻極山,西爲少室山。因少室次第在第三也是最後,故云孫。參《辛丑除日寄子瞻》注〔一四〕。

〔四〕謂夜静時似聽到仙人騎鶴鳴笙而下。

轘轅道〔一〕

青山欲上疑①無路,澗道相縈九十盤〔二〕。東望嵩高分草木,回瞻原隰湧波瀾〔三〕。

【校記】

①疑:宋建本誤作"凝"。

【箋注】

〔一〕轘轅:山名,關口名。在河南。因山路有十二曲,盤旋往還得名。《史記·高祖本紀》:"因張良遂略韓地轘轅"唐司馬貞索隱曰:"按,十三州志云河南緱氏縣,以山爲名。一云轘轅凡九十二曲,是險道也。"參《元和郡縣志·河南府·緱氏縣》。

〔二〕縈:繚繞。

〔三〕原隰(xí):廣平與低濕之地。猶言原野。隰,低濕的地方。《書·禹貢》:"原隰厎績,至于豬野。"孔傳:"下濕曰隰。"

少林寺贈頓起〔一〕

一徑喬林下黄葉〔二〕,三山翠壁繞禪居〔三〕。共君將住還歸去,欲問安心知已疏〔四〕。少林東接少室,北倚石城,南臨鳳凰山。鳳凰山上有初祖庵,二祖問法於此〔五〕。

【箋注】

〔一〕少林寺:佛教禪宗發源地。在河南登封西少室山北麓,後魏太和二十年建。寺右有面壁石,西北有面壁庵,相傳即達摩面壁九年處。《五燈會元·東土祖師·初祖菩提達磨大師者》:"當魏孝明帝孝昌三年也,寓止于嵩山少林寺,面壁而坐,終日默然。人莫之測,謂之壁觀婆羅門。"頓起:見《送頓起及第還蔡州》注〔一〕。

〔二〕喬林:喬木聚集的叢林。

〔三〕禪居:僧人居住之所。指寺院。隋江總《修心賦》:"邇迺野開靈塔,地築禪居。"

〔四〕安心:即禪宗的禪定。佛教禪宗修行方法之一。一心審考爲禪,息慮凝心爲定。佛教修行者以爲静坐斂心,專注一境,久之達到身心安穩、觀照明浄的境地。唐釋宗密《禪源諸詮集都序》卷上之二:"達摩以壁觀教人安心,外止諸緣,内心無喘,心如牆壁,可以入道,豈不正是坐禪之法?"

〔五〕二祖:佛家指中國禪宗第二代祖師慧可。慧可,後魏高僧,洛陽姬氏子,博極群書,尤精玄理。初名神光,達摩大師居嵩山少林寺,神光請道甚篤。至雪夜,斷其左臂,達摩感而許之,爲改名曰慧可。後受達摩衣鉢,繼禪宗法統,于鄴都行化三十四年卒。爲第二祖。

登嵩山十首

石徑

蒼壁上參天,微徑隨流水。聱牙石齒亂〔一〕,紛薄黄葉委①〔二〕。牽攀不得上,顛仆幾將止〔三〕。勉强終此行,更老知難至〔四〕。

【校記】

①委:宋建本作"倚"。

【箋注】

〔一〕聱(áo)牙:參差不齊。

〔二〕紛薄:紛雜交錯。漢賈誼《旱雲賦》:"遂積聚而合遝兮,相紛薄而慷慨。"委:委積;堆砌。

〔三〕顛仆:跌倒;跌落。

〔四〕"勉强"二句:謂勉力而行,否則今後年紀大了更難攀登。

玉女窗〔一〕

巖竇有虚明,曨曨發晴曉〔二〕。真人無儔匹〔三〕,窗下晨妝早。門開秋雨入,室静長風掃。絶迹杳難尋,朱顔未嘗老。

【箋注】

〔一〕嵩山古跡之一。《關中勝跡圖志》卷十一:"《峰麓名勝記》:在雲臺南峰上有石門,入丈餘直上,石窑如窗,望見南峰,明星玉女之别館也。"

〔二〕曨曨(lóng lóng),微明貌。南朝梁劉孝威《郡縣遇見人織率爾寄婦》:"曨曨隔淺紗,的的見妝華。"

〔三〕真人:仙人。謂玉女。儔匹:同伴,伴侣。《樂府詩集・雜曲歌辭二・傷歌行》:"悲聲命儔匹,哀鳴傷我腸。"按,此指配偶。

擣衣石〔一〕

玉女雲爲衣,飄摇不須擣。空傳巖下石,夜杵知誰抱〔二〕?清泉供浣濯,素月鋪繒縞〔三〕。人世迫秋寒,處處砧聲早〔四〕。

【箋注】

〔一〕嵩山古跡之一。傳説爲玉女搗衣之石。歐陽脩、范仲淹均有吟詠。

〔二〕杵:搗衣的棒槌。唐裴説《聞砧》:"祇知抱杵搗秋砧,不覺高樓已無月。"

〔三〕繒縞:絲織品。繒,絲織品的總稱。縞,細白的生絹。按,此謂月光。

〔四〕砧聲:搗衣聲。唐皇甫冉《同李三月夜作》:"處處砧聲發,星河秋夜深。"

醒心泉〔一〕

上山苦飢渴,中道得寒泉。舉瓢石竇響,入口煩痾痊〔二〕。洑流去不見〔三〕,落澗聲鏗然。

莫歸復相值〔四〕,相從下平川〔五〕。

【箋注】

〔一〕嵩山古跡之一。宋朱弁《曲洧舊聞》卷四:“夜叉石一里餘,有泉一眼,清甘可飲。舊號救命水,歐公與聖俞同遊時,改爲醒心泉。或云:‘舊名雖鄙惡,然亦得其實也。’”

〔二〕煩痾(kē):擾人之疾病。痊:痊愈。

〔三〕洑(fú)流:潛流,水潛流地下。

〔四〕相值:猶相遇。唐岑參《冀州客舍酒酣貽王綺寄題南樓》:“憶昨始相值,值君客貝丘。”

〔五〕相從:跟隨;同行。平川:廣闊平坦之地。

峰頂寺

重重山前峰,上上終非頂。行登衆嶺徹,始得山門迥〔一〕。高風慘多寒〔二〕,落日側先暝。卻視向所經〔三〕,眇如在深井。

【箋注】

〔一〕迥:僻遠;偏僻。唐杜甫《嚴公仲夏枉駕草堂兼携酒饌》:“百年地闢柴門迥,五月江深草閣寒。”

〔二〕高風:指秋風。《初學記·歲時部·秋》引梁元帝《纂要》:“[秋]風曰商風、素風、淒風、高風、涼風、激風、悲風。”

〔三〕回頭看先前經過的地方。卻視:回頭看。

登封壇〔一〕

登封事已遥,大碑摧風雨〔二〕。靈壇久銷秃,古木中梁柱。峰巒至此盡,蒼石無寸土。俯視萬仞高,悲辛但狂顧〔三〕。

【箋注】

〔一〕登封壇:唐武后天册萬歲元年(六九五)登嵩山封禪,在峻極峰建壇祭天,在少室山下祭地。壇稱登封壇。

〔二〕謂封禪碑已毀於風雨。登封壇前,嘗立武則天親撰的《大周昇中述志碑》和李嶠撰寫的《大周降禪碑》。碑已無存。

〔三〕唐杜甫《有懷台州鄭十八司户》:“性命由他人,悲辛但狂顧。”悲辛:

悲傷辛酸。狂顧:遑急顧盼。

法華巖〔一〕

飛橋走巖居〔二〕,茅屋今已破。何年避世僧〔三〕,此地常獨卧?秋風高鳥入,夜月寒猿過。自非心已灰〔四〕,静極生悲惰。

【箋注】

〔一〕在嵩山上一所倚巖而建的僧居。按,法華之名來自於《法華經》,《法華經》是釋迦牟尼佛晚年在王舍城靈鷲山所説教法,爲大乘佛教初期經典之一,被稱爲經中之王。

〔二〕飛橋:連接僧居凌空而架的橋梁。

〔三〕避世:逃避塵世;逃避亂世。《莊子・刻意》:"此江海之士,避世之人,閒暇者之所好也。"

〔四〕《莊子・齊物論》:"形固可使如槁木,而心固可使如死灰乎!"自非:本非;原來不是。

將軍柏在天封觀〔一〕,觀即唐避暑宫。

肅肅避暑宫〔二〕,石殿秋日冷。凜然中庭柏〔三〕,氣壓千夫整。風聲答萬壑,雲色通諸嶺。材大難爲工,甘與蓬蒿屏〔四〕。

【箋注】

〔一〕明陳耀文《天中記・柏》引《河南志》:"嵩山天封觀有古柏三株,武后封五品大夫,蔭百餘步,俗云大小將軍。"《河朔訪古記》卷下:"嵩陽宫在登封縣北五里,本漢武帝宫也。後魏建精思觀,隋改上陽觀,唐武后改嵩陽宫,大中祥符二年改天封觀,後復爲嵩陽宫。宫有漢武帝御井,古柏二株,蔭數百步,武后皆封五品大夫,世稱大小將軍云。"

〔二〕肅肅:清幽静謐貌。

〔三〕凜然:令人敬畏貌。中庭:古代廟堂前階下正中部分。爲朝會、授爵行禮時臣下站立之處。

〔四〕"材大"二句:謂古柏不堪爲棟梁,只能爲蓬蒿作屏障。蓋以喻自己弟兄。見《石鼓》注〔二二〕。唐杜甫《古柏行》:"志士幽人莫怨嗟,古來材大難爲用。”

吴道子畫四真君〔一〕在精思觀

浮埃古壁上，蕭然四真人。矯如雲中鶴〔二〕，猶若畏四鄰〔三〕。坐令世俗士，自慚汙濁身。勿謂今所無，嵩少多隱淪〔四〕。

【箋注】

〔一〕吴道子：即唐吴道玄。參《王維吴道子畫》注〔一〕。四真君：四位真人。指莊子（南華真人）、文子（通玄真人）、列子（沖虚真人）、庚桑子（洞靈真人）。精思觀：見《將軍柏》注〔一〕。

〔二〕《世説新語·賞譽》：“公孫度目邴原：‘所謂雲中白鶴，非燕雀之網所能羅也。’”

〔三〕《老子》第十五章：“古之善爲士者，微妙玄通，深不可識。夫惟不可識，故强爲之容。豫兮若冬涉川，猶兮若畏四鄰。”按，此謂真人不可捉摸，表面上與常人無異。

〔四〕隱淪：神人等級之一。泛指神仙。《文選·郭璞〈江賦〉》：“納隱淪之列真，挺異人乎精魄。”唐李善注引漢桓譚《新論》：“天下神人五：一曰神仙，二曰隱淪，三曰使鬼物，四曰先知，五曰鑄凝。”按，此本言嵩山多神仙，因爲韻腳的關係而用“隱淪”。

啓母石〔一〕

神父①化黄熊，神母化白石。嬰兒剖還父，涕泣何暇恤？爾來三千歲，往事誰復識？惟有少姨存〔二〕，相望居二室。

【校記】

①父：原本、宋大字本、宋建本作“夫”，據蜀藩刻本改。

【箋注】

〔一〕《漢書·武帝紀》：“朕用事華山，至於中嶽，獲駮麃，見夏后啓母石。”唐顔師古注：“應劭曰：‘啓生而母化爲石。’文穎曰：‘在嵩高山下。’啓，夏禹子也。其母塗山氏女也。禹治鴻水，通轘轅山，化爲熊，謂塗山氏曰：‘欲餉，聞鼓聲乃來。’禹跳石，誤中鼓。塗山氏往，見禹方作熊，慚而去，至嵩高山下化爲石，方生啓。禹曰：‘歸我子。’石破北方而啓生。事見《淮南子》。”按，今本《淮南子·人間》僅言“禹生於石”。漢高誘注：“禹母修己，感而生禹，拆胸而出。”

〔二〕謂只有少姨廟還存在。少姨：傳説禹娶塗山氏二女，長即啓母，次則少姨。唐楊炯《少室山少姨廟碑》：“少姨廟者，則《漢書·地理志》嵩高少室之廟也。其神爲婦人像者，則故老相傳云啓母塗山之妹也。”

過韓許州石淙莊〔一〕水中有石曰淙。唐天后朝常燕群臣於此，石刻尚在。

飛泉來無窮，發自嵩嶺背。奔馳兩山間，偶與亂石會。傾流勢摧毁，泥土久崩潰。堅姿未消釋，巀嶭儼相對〔二〕。居然受噴潑〔三〕，雷轉諸竅内〔四〕。初喧墮深谷，稍放脱重隘。跳沫濺霏微〔五〕，餘瀾①洶澎湃。宸遊昔事遠〔六〕，絶壁遺刻在。人迹久寂寥〔七〕，物理係興廢〔八〕。相君厭紛華，築室俯湍瀨〔九〕。濯②纓離塵垢〔一〇〕，洗耳聽天籟〔一一〕。將追赤松遊〔一二〕，自置青雲外。道人亦何者？預此事歸計。猶恐山未深，更種萬株檜〔一三〕。

【校記】

①瀾：蜀藩刻本作“潤”，形近而誤。

②濯：蜀藩刻本作“灌”，形近而誤。

【箋注】

〔一〕韓許州：指韓絳（一〇一二—一〇八八）。字子華，宋開封雍丘（今河南杞縣）人。慶曆間進士。初知成都、開封府等。韓琦薦絳有公輔器。拜樞密副使，與王安石共事，凡事皆從安石，時人譏之爲傳法沙門。尋參知政事。夏人犯塞，自請行邊。乃以爲陝西宣撫使，即軍中拜同中書門下平章事。絳素不習兵事，措置失宜，慶卒作亂。罷知鄧州。後復代王安石爲相，事多稽留不決。且數與吕惠卿不協，乃密請帝再用王安石。未幾出絳知許州。哲宗朝封康國公，爲北京留守。請老，以司空、檢校太尉致仕。卒謚獻肅。《宋史》有傳。

〔二〕巀嶭(jié niè):《文選・司馬相如〈上林賦〉》:"九嵕巀嶭,南山峩峩"唐李善注引郭璞曰:"巀嶭,高峻貌也。"

〔三〕噴潑:噴發沖擊。

〔四〕唐李白《蜀道難》:"飛湍暴流争喧豗,砯崖轉石萬壑雷。"雷轉:如雷聲滚動。

〔五〕跳沫:飛濺的水花。漢司馬相如《上林賦》:"馳波跳沫,汨濦漂疾。"

〔六〕宸遊:帝王之巡遊。唐蘇頲《奉和初春幸太平公主南莊應制》:"主第山門起灞川,宸遊風景入初年。"參本詩標題轍自注。

〔七〕寂寥:冷落蕭條。

〔八〕物理:事物道理,規律。唐唐彦謙《感物二首》之一:"物理有翕張,達人同廢興。"

〔九〕湍瀨(lài):急流。瀨,沙石上流過的水。《楚辭・屈原〈九歌・湘君〉》:"石瀨兮淺淺,飛龍兮翩翩。"

〔一〇〕濯纓:洗濯冠纓。語本《孟子・離婁上》:"滄浪之水清兮,可以濯我纓。"後以"濯纓"比喻超脱世俗,操守高潔。南朝宋殷景仁《文殊師利贊》:"體絶塵俗,故濯纓者高其跡。"

〔一一〕洗耳:表示厭聞汙濁之聲。晉皇甫謐《高士傳・許由》:"堯讓天下於許由……由於是遁耕於中岳潁水之陽,箕山之下,終身無經天下色。堯又召爲九州長,由不欲聞之,洗耳於潁水濱。"《孟子・盡心上》"古之賢士,何獨不然。"漢趙岐注:"樂道守志,若許由洗耳,可謂忘人之勢矣。"天籟(lài):自然界之聲響。《莊子・齊物論》:"女聞人籟而未聞地籟,女聞地籟而未聞天籟夫!"

〔一二〕赤松遊:見《張安道尚書生日》注〔七〕。

〔一三〕檜(guì):木名。柏科,常緑喬木,壽命可長達數百年。《詩・衛風・竹竿》:"淇水滺滺,檜楫松舟。"

附録　蘇軾《韓子華石淙莊》

絳侯百萬兵,尚畏書牘背。功名意不已,數與危機會。我公抱絶識,凛凛鎮横潰。欲收伊吕迹,遠與巢由對。誓言雖未從,久已斷諸内。

區區爲懷祖，頗覺羲之隘。此身隨造物，一葉舞澎湃。田園不早定，歸宿終安在？彼美石淙莊，每到百事廢。泉流知人意，屈折作濤瀨。寒光洗肝膈，清響跨竽籟。我舊門前客，放言不自外。園中亦何有，薈蔚可勝計。請公試回首，歲晚餘蒼檜。

過登封閻氏園〔一〕

秋暑尚煩襟，林泉浄客心。菊殘知節過，荷盡覺池深〔二〕。疏柳搖山色，青苔遍竹陰。猶嫌進官道〔三〕，轣轆聽車音〔四〕。

【箋注】

〔一〕閻氏園：其園主待考。

〔二〕"菊殘"二句：蘇軾《贈劉景文》："荷盡已無擎雨蓋，菊殘猶有傲霜枝。"

〔三〕官道：公家修築的道路；大路。唐白居易《西行》："官道柳陰陰，行宫花漠漠。"

〔四〕轣轆（lì lù）：車輪轉動聲。宋梅堯臣《送辛都官知鄂州》："車動自轣轆，旗輕自舒舒。"

許州留别頓主簿

洛寺相從不出門，繞城空復記名園。程文堆案晨興早〔一〕，竹簟連牀夜語喧〔二〕。歸路逢僧暫容與〔三〕，登山無力强扳援〔四〕。遥知别後都如夢〔五〕，賴有君詩一一存。

【箋注】

〔一〕程文：本指考試時用作示範之文，因應試者需依此作文，故亦稱應試者之文曰程文。晨興：早起。按，此言試卷很多，不得不早起閱卷。

〔二〕竹簟（diàn）：竹席。連牀：並榻，同牀而卧。多形容情誼篤厚。唐白居易《奉送三兄》："杭州暮醉連牀卧，吴郡春遊並馬行。"

〔三〕容與：盤桓；逗留。

〔四〕扳（pān）援：攀援，攀登。

〔五〕都如夢:全是夢幻。唐吴融《憲丞裴公上洛退居有寄二首》之一:"抛來簪紱都如夢,泥著杯觴不爲愁。"

次韻子瞻登望海樓五絶〔一〕

其一

山色潮聲四面來,城中金碧爛成堆。不愁門外嚴扃鎖〔二〕,終日憑欄未擬迴〔三〕。

【箋注】

〔一〕作於熙寧五年(一〇七二)八月。是年八月,蘇軾與劉撝等監試中和堂。蘇軾《答范夢得書》:"某旬日來被差本州監試,得閑二十餘日。在中和堂望海樓閑坐,漸覺快適,有詩數首寄去,以發一笑。"

〔二〕因監試不得外出,故云。

〔三〕唐杜甫《又送》:"同舟昨日何由得,並馬今朝未擬迴。"

其二

湖色蒼蒼日向斜,煙波萬狀不容誇〔一〕。畫船人去浮紅葉〔二〕,石徑僧歸躡白蛇〔三〕。

【箋注】

〔一〕煙波:指煙霧蒼茫的水面。

〔二〕謂畫船上的美人倩影已遠去,只留下水面飄浮的紅葉。

〔三〕此言山川之靈異。《宋高僧傳・唐杭州靈智寺德秀傳》云,釋德秀圓寂後頗多靈異,常有白蛇蟠屈守塔,樵牧之童無敢近者。宋張商英《裴公洞》:"中間石室安禪地,蓋代功名不易磨。白蟒化龍歸海去,巖中留下老頭陀。"按,由此可見,宋代關於白蛇的傳説已甚多。

其三

樓觀争高不計層，噰噰過雁自相譍〔一〕。錢王舊業依稀在〔二〕，歲久無人話廢興。

【箋注】

〔一〕噰噰（yōng yōng）：鳥類和鳴聲。《文選・孫綽〈游天台山賦〉》："覿翔鸞之裔裔，聽鳴鳳之噰噰。"唐李善注："《爾雅》曰：'噰噰，和也。'謂聲之和也。"譍（yìng）：呼應。

〔二〕錢王：指五代吴越王錢鏐。參《和子瞻自浄土步至功臣寺》注〔八〕。

其四

荷葉初乾稻穗香〔一〕，驚雷急雨送微涼〔二〕。晚晴稍①放秋山色，洗卻濃妝作淡妝〔三〕。

【校記】

①稍：叢刊本作"相"，形近而誤。

【箋注】

〔一〕唐白居易《九日宴集醉題郡樓兼呈周殷二判官》："江南九月未摇落，柳青蒲緑稻穟香。"

〔二〕唐吴融《禪院弈棋偶題》："裛塵絲雨送微涼，偶出樊籠入道場。"

〔三〕"晚晴"二句：蘇軾《飲湖上初晴後雨二首》之二："水光瀲灎晴方好，山色空濛雨亦奇。欲把西湖比西子，淡粧濃抹總相宜。"洗卻：猶言洗罷，洗了。

其五

白酒傾漿膾斫紅〔一〕，晝遊未厭月明中〔二〕。樓高衹辨聽歌鼓〔三〕，不見遊人轉似蓬。

【箋注】

〔一〕古代酒分清酒、白酒兩種。見《禮記・内則》。《太平御覽・飲食部·酒中》引三國魏魚豢《魏略》:"太祖時禁酒,而人竊飲之,故難言酒,以白酒爲賢人,清酒爲聖人。"蘇軾《泛舟城南會者五人分韻賦詩得人皆苦炎字四首》其三:"運肘風生看斫膾,隨刀雪落驚飛縷。"

〔二〕厭:滿足。

〔三〕祇辨:只能。

附録　蘇軾《望海樓晚景五絶》

其一

海上濤頭一線來,樓前指顧雪成堆。從今潮上君須上,更看銀山二十回。

其二

横風吹雨入樓斜,壯觀應須好句誇。雨過潮平江海碧,電光時掣紫金蛇。

其三

青山斷處塔層層,隔岸人家唤欲譍。江上秋風晚來急,爲傳鐘鼓到西興。

其四

樓下誰家燒夜香,玉笙哀怨弄初涼。臨風有客吟秋扇,拜月無人見晚粧。

其五

沙河燈火照山紅,歌鼓喧喧語笑中。爲問少年心在否,角巾欹倒鬢如蓬。

和子瞻監試舉人〔一〕

登科歲云徂〔二〕,舊學日將落〔三〕。外遭飢寒侵,内苦憂患鑠〔四〕。傳家足墳史〔五〕,遺説本精約〔六〕。群言久紛蕩〔七〕,開卷每驚矍〔八〕。居官忝庠序,授業止干① 籥〔九〕。朝廷發新令,長短棄前蠖[一〇]。緣飾小學家[一一]，睥睨前王作[一二]。聲形一分解，道義因附托[一三]。安行厭衢路，强挽就縻縛。縱横施口鼻，爛漫塗丹堊。强辯忽横流，漂蕩終安泊[一四]？憶惟法初傳，欲講面先②怍[一五]。新科勸多士，從者盡高爵[一六]。徘徊始未信，衒誘終難卻[一七]。嗟哉守愚鈍，幾不被譏謔？獨醒慚餔糟[一八]，未信恥輕諾[一九]。敢言折鋒鋩，但自保城郭[二〇]。有司顧未知，選試謬西洛[二一]。群儒誰號令？新語競投削[二二]。雖云心所安，恐異時量度[二三]。詭遇便巧射[二四]，晚嫁由拙妁[二五]。誰能力春耕，忍飢待秋獲？聞兄職在監，考較筆仍閣。縮手看傍人，此意殊未惡[二六]。

【校記】

①干：叢刊本作"千"，形近而誤。

②先：原作"光"，據宋大字本、宋建本改。

【箋注】

〔一〕作時同上。此乃和蘇軾《監試呈諸試官》。此詩與蘇軾原詩同旨，皆是對王安石新經義表示不滿。參《和頓主簿起見贈二首》之一注〔四〕。

〔二〕登科：科舉時代應考人被録取。歲云徂：唐杜甫《今夕行》："今夕何夕歲云徂，更長燭明不可孤。"徂（cú），往；去。

〔三〕舊學：指傳統的經學。與王安石的"新學"相對。參《和頓主簿起見贈二首》之一注〔四〕。落：凋落；荒穢。

〔四〕鑠（shuò）：消損；折磨。

〔五〕墳史：指典籍史書。《魏書・裴延儁傳》："涉獵墳史，頗有才筆。"

〔六〕精約：精當簡練。南朝梁劉勰《文心雕龍・體性》："若歸其總塗，則數窮八體：一曰典雅，二曰遠奥，三曰精約……精約者，覈字省句，剖析毫釐者也。"

〔七〕紛蕩：紛亂飄浮。

〔八〕驚矍（jué）：驚視。

〔九〕"居官"二句：謂自己屈居學官，不過教學生經書禮樂之類。居官：擔任官職。庠(xiáng)序:學校。殷代叫序,周代叫庠。《禮記・文王世子》:"春夏學干戈,秋冬學羽籥。"漢鄭玄注:"干,盾也。戈,句孑戟也。干戈,《萬》舞,象武也,用動作之時學之。羽籥,《籥》舞,象文也。用安静之時學之。《詩》云:'左手執籥,右手秉翟。'"

〔一〇〕"朝廷"二句:謂熙寧四年頒布的改革科舉制度法令。彠(huò):尺度;法度。

〔一一〕緣飾:文飾。小學家:謂王安石,王曾作《字説》。參《和頓主簿起見贈二首》之一注〔四〕。

〔一二〕謂王安石廢除明經科。睥睨(pì nì):斜視。有鄙視、厭惡、傲慢等意。《淮南子・修務》:"過者莫不左右睥睨而掩鼻。"

〔一三〕"聲形"二句:謂王安石等主右文説,牽强附會,將文字分析得支離破碎。所謂右文,指漢字形聲字中右旁兼聲義者稱爲右文。宋沈括《夢溪筆談・藝文一》:"王聖美治字學,演其義以爲'右文'。古之字書,皆從'左文'。凡字,其類在左,其義在右。如木類,其左皆從木。所謂'右文'者,如'戔',小也。水之小者曰'淺';金之小者曰'錢';歹而小者曰'殘';貝之小者曰'賤'。如此之類,皆以'戔'爲義也。"

〔一四〕"安行"六句:極言新法之弊,特别是科舉改革使人無所適從。衢(qú)路:歧路,岔道。縻(mí)縛:拴縛,束縛。强辯:把無理説成有理。宋陳鵠《耆舊續聞》卷一:"荆公亦有强辯處。"

〔一五〕"意惟"二句:謂不得已宣揚新法,令人慚愧。怍(zuò):羞慚。

〔一六〕"新科"二句:謂趨附新法者皆獲取高位。如蔡卞,可參《宋史》本傳。

〔一七〕"徘徊"二句:謂有的人新法初行時亦持懷疑態度,但經不起誘惑也同流合污了。衒誘:欺騙誘惑。

〔一八〕《楚辭・屈原〈漁父〉》:"舉世皆濁我獨清,衆人皆醉我獨醒。……衆人皆醉,何不餔其糟而歠其釃?"餔糟:喻屈志從俗,隨波逐流。蘇軾《再和》:"當年曹守我膠西,共厭餔糟與汩泥。"

〔一九〕輕諾:輕易許諾。《老子》第六十三章:"夫輕諾必寡信,多易必多難。"

〔二〇〕"敢言"二句:謂不能改變現狀,只能潔身自好而已。

〔二一〕"有司"二句:謙言自己監試能力水平不够。有司:官吏。古代設官分職,各有專司,故稱。《書·大禹謨》:"好生之德,洽于民心,兹用不犯於有司。"

〔二二〕"群儒"二句:謂試官意見無法統一,於是持新經義者紛紛投書干謁。投削:猶言投書。

〔二三〕"雖云"二句:謂若求心安,但又不合符新政取士的標準。量度:標準。

〔二四〕詭遇:比喻用不正當的手段去追求、取得某種東西。語本《孟子·滕文公下》:"吾爲之範我馳驅,終日不獲一;爲之詭遇,一朝而獲十。"漢趙岐注:"横而射之,曰詭遇,非禮之射,則能獲十。"宋朱熹集注:"詭遇,不正而與禽遇也。"巧射:謂投機取巧,估摸猜測。

〔二五〕拙妁:拙劣的媒人。語本《楚辭·屈原〈離騷〉》:"及少康之未家兮,留有虞之二姚。理弱而媒拙兮,恐導言之不固。"

〔二六〕"聞兄"四句:言蘇軾不得已只好隨大流。閣:後來寫作"擱"。放下;放置。

附録　蘇軾《監試呈諸試官》

我本山中人,寒苦盜寸廩。文辭雖久作,勉强非天稟。既得旋廢忘,懶惰今十稔。麻衣如再著,墨水真可飲。每聞科詔下,白汗如流瀋。此邦東南會,多士敢題品。芻蕘盡蘭蓀,香不數葵荏。貧家見珠貝,眩晃自難審。緬懷嘉祐初,文格變已甚。千金碎全璧,百衲收寸錦。調和椒桂釃,咀嚼沙礫磣。廣眉成半額,學步歸踔踸。維時老宗伯。氣壓群兒凜。蛟龍不世出,魚鮪初驚淰。至音久乃信,知味猶食椹。至今天下士,微管幾左衽。謂當千載後,石室祠高朕。爾來又一變,此學初誰諗。權衡破舊法,芻豢笑凡飪。高言追衛樂,篆刻鄙曹沈。先生周孔出,弟子淵騫寢。卻顧老鈍軀,頑樸謝鐫鋟。諸君況才傑,容我懶且噤。聊欲廢書眠,秋濤春午枕。

和子瞻煎茶〔一〕

年來病懶百不堪，未廢飲食求芳甘〔二〕。煎茶舊法出西蜀，水聲火候猶能諳〔三〕。相傳煎茶衹煎水，茶性仍存偏有味〔四〕。君不見閩中茶品天下高〔五〕，傾身事茶不知勞，又不見北方俚人茗飲無不有〔六〕，鹽酪椒薑誇滿口。我今倦遊思故鄉，不學南方與北方。銅鐺得火蚯蚓叫，匙腳旋轉秋螢光〔七〕。何時茅簷歸去炙背讀文字〔八〕，遣兒折取枯竹女煎湯？

【箋注】

〔一〕蘇軾原詩題作《試院煎茶》，知與上二首作於同時。此詩厭倦官場，頗動鄉思。煎茶：唐趙璘《因話録》卷三："［陸羽］性嗜茶，始創煎茶法。至今鬻茶之家，陶爲其像，置於煬器之間，云宜茶足利。"

〔二〕芳甘：芳香甘美。謂茶味。

〔三〕"煎茶"二句：唐陸羽《茶經》卷下引《廣雅》云："荆、巴間采葉作餅，葉老者，餅成，以米膏出之。欲煮茗飲，先炙令赤色，擣末置瓷器中，以湯澆覆之，用葱、薑、橘子芼之。其飲醒酒，令人不眠。"唐皎然《對陸迅飲天目茶園寄元居士晟》："文火香偏勝，寒泉味轉嘉。投鐺湧作沫，著碗聚生花。"諳（ān）：熟悉；了解。

〔四〕"相傳"二句：謂茶葉不入水煎煮。按，唐人茶多烹煮，唐詩中多有記載，而蘇轍所謂"衹煎水"，當即今之泡茶之法。

〔五〕"君不"二句：清陸廷燦《續茶經》卷中引謝肇淛《五雜組》："宋初閩茶，北苑爲最，當時上供者非兩府禁近不得賜，而人家亦珍重愛惜，如王東城有茶囊，惟楊大年至則取以具茶，他客莫敢望也。"按，蘇轍此言與蘇軾《荔枝嘆》寓意相同，其間頗有所譏。明彭大翼《山堂肆考·飲食·茶》引《高齋詩話》："建州大小龍團始于丁晉公，成于蔡君謨。宋太平興國二年，始置龍焙，造龍鳳茶，咸平中丁晉公爲福建漕，監造御茶，進龍鳳團。慶曆中蔡端明爲漕，始造小龍團茶。歐陽永叔聞之曰：'君謨，士人也，何至作此事？'"宋歐陽脩《歸田録》

卷下:"茶之品莫貴於龍鳳,謂之團茶,凡八餅重一斤。慶曆中蔡君謨爲福建路轉運使,始造小片龍茶以進。其品絶精,謂之小團,凡二十餅重一斤,其價直金二兩。然金可有而茶不可得,每因南郊致齋,中書、樞密院各賜一餅四人分之。宫人往往縷金花於其上,蓋其貴重如此。"

〔六〕"北方"二句:清陸廷燦《續茶經》卷下之一引孫月峰《坡仙食飲録》:"唐人煎茶多用薑,故薛能詩云:'鹽損添常戒,薑宜着更誇。'據此則又有用鹽者矣。近世有此二物者輒大笑之,然茶之中等者,用薑煎,信佳,鹽則不可。"茗飲:飲茶。蘇軾《問大冶長老乞桃花茶栽東坡》:"周詩記苦荼,茗飲出近世。"又《和蔣夔寄茶》:"老妻稚子不知愛,一半已入薑鹽煎。"亦可詳參《歷代詩話·庚集下之中·唐詩·鹽薑》。

〔七〕"銅鐺"二句:説煎茶過程。謂用茶匙將茶末舀入茶壺,茶湯在攪拌中閃閃發光。銅鐺(chēng):銅製的三足燒水器。水開則鳴,故謂之。唐劉禹錫《秋螢引》:"漢陵秦苑遥蒼蒼,陳根腐葉秋螢光。"宋趙佶《大觀茶論·點》:"點茶不一。而調膏繼刻,以湯注之,手重筅輕,無粟文蟹眼者,謂之静面點。蓋擊拂無力,茶不發立,水乳未浹,又復增湯,色澤不盡,英華淪散,茶無立作矣。有隨湯擊拂,幹筅俱重,立文泛泛。謂之一發點。蓋用湯已故,指腕不圓,粥面未凝。茶力已盡,雲霧雖泛,水脚易生。妙於此者,量茶受湯,調如融膠。環注盞畔,勿使侵茶。勢不欲猛,先須攪動茶膏,漸加周拂,手輕筅重,指繞腕旋,上下透徹,如酵蘖之起面。疏星皎月,燦然而生,則茶之根本立矣。第二湯自茶面注之,周迴一線。急注急上,茶面不動,擊指既力,色澤慚開,珠璣磊落。三湯多置。如前擊拂,漸貴輕勻,同環旋復,表裏洞徹,粟文蟹眼,泛結雜起,茶之色十已得其六七。四湯尚嗇。筅欲轉稍寬而勿速,其清真華彩,既已焕發,雲霧漸生。五湯乃可少縱,筅欲輕勻而透達。如發立未盡,則擊以作之;發立已過,則拂以斂之。結浚靄,結凝雪。茶色盡矣。六湯以觀立作,乳點勃結則以筅著,居緩繞拂動而已。七湯以分輕清重濁,相稀稠得中,可欲則止。乳霧洶湧,溢盞而起,周迴旋而不動,謂之咬盞。宜勻其輕清浮合者飲之,《桐君録》曰:'茗有餑,飲之宜人,雖多不力過也。'"

〔八〕《列子·楊朱》:"宋國有田夫,常衣緼黂,僅以過冬。暨春東作,自曝於日,不知天下之有廣廈隩室,綿纊狐貉。顧謂其妻曰:'負日之暄,人莫知者;

以獻吾君,將有重賞。'里之富室告之曰:'昔人有美戎菽,甘枲莖芹萍子者,對鄉豪稱之。鄉豪取而嘗之,蜇於口,慘於腹,衆哂而怨之,其人大慚。子,此類也。'"三國魏嵇康《與山巨源絶交書》:"野人有快炙背而美芹子者,欲獻之至尊,雖有區區之意,亦已疏矣。"炙背:曬背。

附録　蘇軾《試院煎茶》

蟹眼已過魚眼生,颼颼欲作松風鳴。蒙茸出磨細珠落,眩轉遶甌飛雪輕。銀瓶瀉湯誇第二,未識古人煎水意。古語云:煎水不煎茶。君不見昔時李生好客手自煎,貴從活火發新泉。又不見,今時潞公煎茶學西蜀,定州花瓷琢紅玉。我今貧病長苦飢,分無玉盌捧蛾眉。且學公家作茗飲,塼爐石銚行相隨。不用撑腸拄腹文字五千卷,但願一甌常及睡足日高時。

次韻子瞻對月見憶並簡崔度〔一〕

先師客陳未嘗飽〔二〕,弟子於今敢言巧?敗牆破屋秋雨多,夜視陰精過畢昴〔三〕。虀鹽冷落空杯盤〔四〕,且依道士修還丹〔五〕。丹田發火五臟暖〔六〕,未補漫漫長夜寒。我生疲駑戀芻①豆〔七〕,崔翁遊邊指北斗。唯有王江亦未歸〔八〕,閉門無客邀沽酒。宛丘道人王江好飲酒,去冬游沈丘〔九〕,遂不歸。

【校記】

①芻:原作"笙",據宋大字本改。

【箋注】

〔一〕作於熙寧五年(一〇七二)閏八月十日後。據蘇軾原題可知。崔度:通經有文,周知世務。早因胡宿等舉應制科,召試秘閣,不中選。後韓琦、張昇薦舉,得爲助教。張方平有《舉陳州崔度助教》奏狀(見《樂全集》卷三十)。崔時爲陳州教授,蘇轍稱崔翁,其年事當已高。

〔二〕謂孔子在陳絶糧事。《莊子・山木》:"孔子圍於陳蔡之間,七日不火食。”

〔三〕謂月亮經過畢昴之間。陰精：指月亮。漢丁鴻《日食上封事》：“月者陰精，盈毀有常，臣之表也。”畢昴：畢星與昴星。二星至秋季時，晨見于東方，故常以表示天將黎明。《文選·司馬相如〈長門賦〉》：“觀衆星之行列兮，畢昴出於東方。”唐吕向注：“畢昴晨見東方，至秋時也。”

〔四〕唐韓愈《送窮文》：“太學四年，朝虀暮鹽。”虀（jī）：醃菜。

〔五〕還丹：道家合九轉丹與朱砂再次提煉而成的仙丹。自稱服後可以即刻成仙。晉葛洪《抱朴子·金丹》：“若取九轉之丹，内神鼎中，夏至之後，爆之鼎，熱，内朱兒一斤於蓋下，伏伺之。候日精照之，須臾，翕然俱起，煌煌煇煇，神光五色，即化爲還丹。取而服之一刀圭，即白日昇天。”

〔六〕丹田：人體部位名。道教稱人體有三丹田：在兩眉間者爲上丹田，在心下者爲中丹田，在臍下者爲下丹田。見晉葛洪《抱朴子·地真》。一般指下丹田。五臟：亦作“五臧”。指心、肝、脾、肺、腎。中醫謂“五臟”有藏精氣而不瀉的功能，故名。《素問·五臟别論》：“所謂五藏者，藏精氣而不寫也。”

〔七〕“我生”二句：謂自己如駑馬貪戀衣食而已，而崔度雖在邊地爲小吏卻不忘國家，其意爲崔度不得大用惋惜。按，此蘇轍自嘲之語，亦是爲自己被貶出京發的牢騷。莝（cuò）豆：喂馬的草料和豆子。《資治通鑑·周紀五·赧王下》：“須賈於堂下置莝豆於前，而馬食之。”元胡三省注：“莝寸斬之藁，雜豆以飼馬。莝、豆兩物也。”遊邊：謂在邊地謀生。北斗：《晉書·天文志上》：“北斗七星在太微北……斗爲人君之象，號令之主也。”後因以喻帝王。

〔八〕蘇轍《龍川略志》卷二：“丐者王江，居宛丘，喜飲酒，醉卧塗潦中不以爲苦。嘗大雪，或以埋之，其氣勃然，雪輒融液。游于市中，常鬌角戴花，小兒群聚捽駡之，江嬉笑自若。往往販鬻餅餌，晚不能售，輒呼與共食。入田舍，父老招之食飲，醉飽即睡，婦女在側，江不以自疑，人亦信其無他也。以此陳人敬愛之，至畫其像，事以香火。劉述爲京西漕，至陳，欲見江。方入城，江當道大駡，劉亦不知其江也，俾州撻之。明日，召江愧謝。江笑曰：‘駡運使受杖，分也。’亦不謝。士大夫知其異，百計欲問其術，輒佯醉極口駡，終莫能問者。熙寧中，予爲陳學教授，屢以酒邀之，飲不甚多，曰：‘年老氣衰，不能劇飲如往偶矣！’大肉、硬餅亦皆不食。每欲啗，輒中止而咽，若喉中時有流水者。然畏其罵,不敢問也。一日,言及養生事,江咈然欲罵,予曰:'予以畏罵,久無所問,今日語,適然耳,非欲盜法也。且吾欲學道,開卷求之,雖不盡得,亦過半矣!顧方溺世故,妻孥滿目前,雖使吕公來,其如我何,而况爾耶?'江笑曰:'君言是也。'予因曰:'吾决不問子術。姑告我昔本何人,緣何學道而已。'江曰:'我本考城人,少亦娶,居妻家,不事生業,妻父屢譴我,至加毆箠。一日,閉門不納。我傍待其門者累日,忽發憤棄之而遊。少嘗舉學究,能誦《周易》。'試之,不遺一字。久之,太守陳述古招劍洲李昊,使作符禁。昊爲人大言多誕,欲見江。江即逃去,遂不知所在。"

〔九〕沈丘:今河南周口市沈丘縣。

附録　蘇軾《八月十日夜看月有懷子由并崔度賢良》

宛丘先生自不飽,更笑老崔窮百巧。一更相過三更歸,古柏陰中看參昴。去年舉君苜蓿盤,夜傾閩酒赤如丹。今年還看去年月,露冷遥知范叔寒。典衣自種一頃豆,那知積雨生科斗。歸來四壁草蟲鳴,不如王江長飲酒。王江,陳州道人。

和子瞻開湯村運鹽河雨中督役〔一〕

興事常苦易,成事常苦難〔二〕。不督雨中役,安知民力殫〔三〕?年來上功勳,智者争雕鑽〔四〕。山河不自保,疏鑿非一端〔五〕。譏訶西門豹,仁智未得完。方以①勇自許,未恤衆口嘆〔六〕。天心閔劬勞〔七〕,雨涕爲汍瀾〔八〕。不知泥滓中,更益手足寒。誰謂邑中黔,鞭棰亦不寬〔九〕?王事未可回,后土何由乾〔一〇〕?

【校記】

①方以:叢刊本作"以方",誤倒。

【箋注】

〔一〕作於熙寧五年(一〇七二)十月。蘇軾詩句有云:"農事未休侵小雪,佛燈初上報黄昏。”小雪在十月，因知作時。湯村：宋施元之注蘇軾《湯村開運鹽河雨中督役》：“《圖經》：‘仁和縣湯村鎮市在安仁東鄉，去縣四十一里，而都鹽倉在天宗門裏。’”

〔二〕“興事”二句：蘇軾《薦誠禪院五百羅漢記》：“然論事易，作事難；作事易，成事難。”

〔三〕殫：盡；竭盡。

〔四〕雕鑽：亦作“琱鑽”。刻意鑽營。蘇軾《甘露寺》：“緬懷卧龍公，挾策事琱鑽。”

〔五〕疏鑿：開鑿。唐皇甫冉《雜言無錫惠山寺流泉歌》：“任疏鑿兮與汲引，若有意兮山中人。”

〔六〕“譏訶”四句：《史記·滑稽列傳·西門豹》：“西門豹即發民鑿十二渠，引河水灌民田，田皆溉。當其時，民治渠少煩苦，不欲也。豹曰：‘民可以樂成，不可與慮始。今父老子弟雖患苦我，然百歲後期令父老子孫思我言。’至今皆得水利，民人以給足富。”《漢書·溝洫志》：“至文侯曾孫襄王時，與群臣飲酒，王爲群臣祝曰：‘令吾臣皆如西門豹之爲人臣也。’史起進曰：‘魏氏之行田也以百畝，鄴獨二百畝，是田惡也；漳水在其旁，西門豹不知用，是不智也。知而不興，是不仁也。仁智豹未之盡，何足法也？’於是以史起爲鄴令，遂引漳水溉鄴，以富魏之河内。民歌之曰：‘鄴有賢令兮爲史公，決漳水兮灌鄴旁。終古舄鹵兮生稻粱。’”西門豹：戰國魏文侯時爲鄴令，發民鑿十二渠，引河水灌田，民賴其利。鄴俗素信巫，歲選良民處女投河中，謂爲河伯娶婦。豹投巫河中，其俗遂寢。《史記》有傳。

〔七〕劬（qú）勞：勞累；勞苦。《詩·小雅·蓼莪》：“哀哀父母，生我劬勞。”

〔八〕雨（yù）涕：謂上天爲之落淚。汍（wán）瀾：淚疾流貌。《後漢書·馮衍傳下》：“淚汍瀾而雨集兮，氣滂浡而雲披。”

〔九〕“誰謂”二句：謂刑法對百姓也未寬鬆過。黔：黑色。這裏代指平民百姓。鞭棰：鞭子和木棒。都是用來行刑的工具。

〔一〇〕“王事”二句：謂開鑿鹽河不能挽回，但願天不再下雨，百姓免得在泥濘中遭罪。后土：本是對大地的尊稱，因泛指土地，泥土。晉陶潛《祭從弟敬遠文》:"卜辰云窆,永寧后土。"按,這裏指泥濘之地。

附録　蘇軾《湯村開運鹽河雨中督役》

居官不任事,蕭散羨長卿。胡不歸去來,滯留愧淵明。鹽事星火急,誰能卹農耕。薨薨曉鼓動,萬指羅溝坑。天雨助官政,泫然淋衣纓。人如鴨與豬,投泥相濺驚。下馬荒堤上,四顧但湖泓。線路不容足,又與牛羊争。歸田雖賤辱,豈識泥中行。寄語故山友,慎毋厭藜羹。

次韻子瞻雨中督役夜宿水陸寺二首〔一〕

其一

雲氣連山雨瀉盆,莫投僧舍欲關門。暫時灑掃寬行役〔二〕,終夕崎嶇入夢魂〔三〕。煩熱暗消秋簟冷〔四〕,烝濡未解夜燈昏〔五〕。二年游宦多勞苦,何日相從得細論?

【箋注】

〔一〕與上詩作時同。水陸寺:明吴之鯨《武林梵志》卷一:"水陸寺在獅子巷南,宋太平興國七年生法師建。咸淳間僧師則重修,内有銀杏二株甚巨,蓋宋物也。"

〔二〕暫時:一時;匆匆。行役:因公務而出外跋涉。参《望夫臺》注〔五〕。

〔三〕謂帶著一天的勞累進入了夢鄉。崎嶇:跋涉;奔波。唐韓偓《避地》:"西山爽氣生襟袖,南浦離愁入夢魂。"

〔四〕謂清涼的竹蓆驅除了煩熱。簟:竹蓆。

〔五〕烝濡:蒸騰的濕氣。

其二

野寺蕭條厭客喧,雨披修竹亂紛然。已因無食聊從仕〔一〕,深悟勞生不問禪〔二〕。未至莫憂明日事〔三〕,偷閑且就此宵眠。天明歸去芒鞋滑〔四〕,雖有藤輿懶上肩〔五〕。

【箋注】

〔一〕《孟子·萬章下》:"孟子曰:'仕非爲貧也,而有時乎爲貧;娶妻非爲養也,而有時乎爲養。'"

〔二〕勞生:語本《莊子·大宗師》:"夫大塊載我以形,勞我以生,佚我以老,息我以死。"後以"勞生"指辛苦勞累的生活。唐張喬《江南別友人》:"勞生故白頭,頭白未應休。"問禪:猶參禪。

〔三〕唐羅隱《自遣》:"今朝有酒今朝醉,明日愁來明日愁。"

〔四〕芒鞋:草鞋。蘇軾《宿石田驛南野人舍》:"芒鞵竹杖自輕軟,蒲薦松牀亦香滑。"

〔五〕藤輿:藤條編製的轎子。

附録　蘇軾《是日宿水陸寺寄北山清順僧二首》

其一

草没河堤雨暗村,寺藏修竹不知門。拾薪煮藥憐僧病,掃地焚香淨客魂。農事未休侵小雪,佛燈初上報黄昏。年來漸識幽居味,思與高人對榻論。

其二

長嫌鐘鼓聒湖山,此境蕭條却自然。乞食遶村真爲飽,無言對客本非禪。披榛覓路衝泥入,洗足關門聽雨眠。遥想後身窮賈島,夜寒應聳作詩肩。

次韻子瞻將之吴興贈孫莘老〔一〕

宦游莫向長城窟〔二〕,冬冰折膠弦亦絶〔三〕。吴中臘月百事便,蟹煮黄金鱸鱠雪〔四〕。京城舊友一分散,近憶吴興須滿頰〔五〕。世事反復如翻飛,今日共蘇前益垂〔六〕。畏人但恐去不遠,適意未覺歸來遲。借問校讎天禄閣，何如江海同遊嬉〔七〕？

【箋注】

〔一〕作於熙寧五年（一〇七二）十一月。宋施宿《東坡先生年譜》云："五年壬子十月乙酉宴於中和堂，作是詩以勉之。十二日，運司差先生往湖州相度堤埠利害，與湖州太守孫莘老相見，有《贈莘老》七絶及作《山村》五絶。"清厲鶚《宋詩紀事》卷二十一引《烏臺詩案》："任杭州通判日，轉運司差往湖州相度堤岸利害，因與知湖州孫覺相見，作詩與之。某是時約孫覺并坐，客如有言及時事者，罰一大盞。雖不指言時事是非，意言時事多不便，不得説也。"孫莘老：見《次韻子瞻餘杭法喜寺緑野亭懷吴興太守孫莘老》注〔一〕。

〔二〕長城窟：即長城。因《漢樂府》有《飲馬長城窟行》，故後來常常以"長城窟"代指長城及北方邊地。

〔三〕《漢書・晁錯傳》："欲立威者，始於折膠。"唐顔師古注引蘇林曰："秋氣至，膠可折，弓弩可用，匈奴以爲候而出軍。"後因用以指秋冬時節。南朝梁庾信《擬詠懷二十七首》之十五："壯冰初開地，盲風正折膠。"

〔四〕謂烹煮蟹和鱸魚膾。因爲螃蟹的膏是黄色的，故云煮黄金。而鱸魚是白色的，故謂鱸鱠雪。

〔五〕吴興：代指知湖州的孫莘老。

〔六〕"世事"二句：謂世事多變，賢愚難分。共鯀：共工與鯀的並稱。古史傳説人物。爲堯臣，和驩兜、三苗並稱爲"四凶"，共被流放于幽州。《書・舜典》："流共工於幽洲。"鯀治水失敗爲舜誅殺。益垂：益和垂，相傳爲舜時賢臣。

〔七〕"借問"二句：謂與其在朝廷賦閑作文字工作，還不如外任逍遥自在。天禄閣：漢宫中藏書閣名。漢高祖時創建，在未央宫内。成帝、哀帝及王莽時，劉向、劉歆、揚雄等曾先後校書于此。《三輔黄圖・未央宫》："天禄閣，藏典籍之所。《漢宫殿疏》云：'天禄麒麟閣，蕭何造，以藏秘書，處賢才也。'"校讎（chóu）：一人獨校爲校，二人對校爲讎。謂考訂書籍，糾正訛誤。《文選・左思〈魏都賦〉》注引《風俗通》曰："劉向《别録》：讎校，一人讀書，校其上下得謬誤爲校；一人持本，一人讀書，若怨家相對爲讎。"

附録　蘇軾《將之湖州戲贈莘老》

餘杭自是山水窟,仄聞吳興更清絶。湖中橘林新著霜,溪上苕花正浮雪。顧渚茶芽白於齒,梅溪木瓜紅勝頰。吳兒膾縷薄欲飛,未去先説饞涎垂。亦知謝公到郡久,應怪杜牧尋春遲。鬢絲只可對禪榻,湖亭不用張水嬉。

次韻子瞻題孫莘老墨妙亭〔一〕

高岸爲谷谷爲陵〔二〕,一時豪傑空飛騰〔三〕。身隨造化不復返,忽若野雀逢蒼鷹〔四〕。當年碑刻最深固,風吹土蝕消無棱。遺文漫滅雨中迹,翠石斷裂春後冰。古墳欲毁野廟廢,行人不去征鞍凴。書生耽玩立風雪,飢驢厭苦疲奴憎。愛之欲取恨無力,旋揉翠墨濡黄繒〔五〕。不如好事孫太守,牛車徙置華堂登。繞牆羅列耀珪璧,罷燕起讀留賓朋〔六〕。卻思遺迹本安在?原隰處處荒榛藤。田夫野老誰復顧?鬼火夜照來寒燈。廢興聚散一如此,反使涕泗沾人膺。

【箋注】

〔一〕作於熙寧五年(一〇七二)十二月。蘇軾《墨妙亭記》:"熙寧四年十一月,高郵孫莘老自廣德移守吳興。其明年二月,作墨妙亭於府第之北,逍遥堂之東……是歲十二月,余以事至湖,周覽歎息,而莘老求文爲記。"《三蘇年譜》繫蘇軾《題孫莘老墨妙亭》與《李公擇求黄鶴樓詩因記舊所聞於馮當世者》于此年八月蘇軾監試時作,未知何據。

〔二〕《詩・小雅・十月之交》:"高岸爲谷,深谷爲陵。"按,此以喻世道變遷。

〔三〕謂英雄豪傑都已成爲歷史。唐羅隱《春日登上元石頭故城》:"謾道城池須險阻,可知豪傑亦埃塵。"

〔四〕蒼鷹:鳥名。即鷹。

〔五〕“當年”以下十句：謂古代碑刻零落斷殘，愛玩者只好在在荒郊野嶺愛玩欣賞或拓製。耽玩：專心研習；深切玩賞。《三國志·吴書·士燮傳》：“耽玩《春秋》，爲之注解。”濡黄繒：謂用絲帛拓製碑碣上的文字。

〔六〕“不如”四句：謂孫覺搜羅不遺餘力，而後集中于墨妙亭中。蘇軾《墨妙亭記》：“取凡境内自漢以來古文遺刻以實之……又以其餘暇，網羅遺逸，得前人賦詠數百篇，爲《吴興新集》，其刻畫尚存而僵仆斷缺於荒陂野草之間者，又皆集於此亭。”

附録　蘇軾《孫莘老求墨妙亭詩》

蘭亭繭紙入昭陵，世間遺迹猶龍騰。顔公變法出新意，細筋入骨如秋鷹。徐家父子亦秀絶，字外出力中藏稜。嶧山傳刻典刑在，千載筆法留陽冰。杜陵評書貴瘦硬，此論未公吾不憑。短長肥瘦各有態，玉環飛燕誰敢憎。吴興太守真好古，購買斷缺揮縑繒。龜趺入坐螭隱壁，空齋晝静聞登登。奇踪散出走吴越，勝事傳説誇友朋。書來乞詩要自寫，爲把栗尾書溪藤。後來視今猶視昔，過眼百世如風燈。他年劉郎憶賀監，還道同時須服膺。

賦黄鶴樓贈李公擇公擇時知鄂州〔一〕。

前年見君河之浦，東風吹河沙如霧。北潭楊柳强知春，樽酒相携終日語〔二〕。君家東南風氣清，謫官河壖不稱情〔三〕。一麾夏口亦何有〔四〕？高樓黄鶴慰平生。荆江洞庭春浪起〔五〕，漢沔初來入江水〔六〕。岸頭南北不相知，惟見風濤湧天地。巫峽瀟湘萬里船〔七〕，中流鼓楫四茫然。高城枕山望如帶，華榱照日光流淵〔八〕。樓上騷人多古意〔九〕，坐忘朝市無窮事〔一〇〕。誰道武昌岸下魚，不如建業城邊水〔一一〕？

【箋注】

〔一〕作於熙寧五年（一〇七二）。按，蘇轍繫此詩於熙寧五年下，月份不可考。黄鶴樓:故址在湖北武昌黄鶴磯上(今武漢長江大橋武昌橋頭),背靠蛇山,俯瞰長江。《南齊書·州郡志》云,有仙人子安乘黄鶴過此,故名黄鶴樓。李公擇:見《題滑州畫舫齋贈李公擇學士》注〔一〕。鄂州:春秋時屬楚地。漢屬江夏郡,後漢因之。三國吴分江夏,更置武昌郡,孫權嘗都之,孫皓又徙都之。亦曰夏口,亦曰魯口。南朝時有分合,至隋時改鄂州,唐宋因之。治所在今湖北武昌。唐屬江南道。宋屬湖北路。治武昌(今湖北武漢市武昌區)。

〔二〕"前年"四句:李公擇於熙寧三年謫官滑州通判。蘇轍應是當年春天與李公擇相晤。

〔三〕"君家"二句:謂李公擇老家江西,於滑州多有不適。河壖:河邊地。此謂滑州。參《次韻王君北都偶成三首》之二注〔一〕。稱情:猶言稱心。

〔四〕一麾:一面旌麾。舊時作爲出爲外任的代稱。參《送柳子玉》注〔一五〕

〔五〕荆江:長江自湖北省枝城市到湖南省城陵磯段的别稱。洞庭:指洞庭湖。古代曾稱爲雲夢、九江和重湖,位於湖南省北部,長江荆江河段以南。

〔六〕漢沔:漢水古稱沔水。漢水:見《襄陽樂》注〔二〕。

〔七〕唐杜甫《春夜峽州田侍御長史津亭留宴》:"北斗三更席,西江萬里船。"瀟湘:指湘江。因湘江水清深故名。

〔八〕蘇軾《書韓幹牧馬圖》:"柘袍臨池侍三千,紅妝照日光流淵。"華榱(cuī):雕畫的屋椽。《漢書·司馬相如傳上》:"華榱璧璫,輦道纚屬。"唐顔師古注:"榱,椽也。華,謂彫畫之也。"

〔九〕杜甫《登兗州城樓》:"從來多古意,臨眺獨躊躇。"

〔一〇〕謂將世事置諸腦後。杜甫《絶句漫興九首》之四:"莫思身外無窮事,且盡生前有限杯。"坐忘:道家謂物我兩忘、與道合一的精神境界。《莊子·大宗師》:"墮肢體,黜聰明,離形去知,同於大通,此謂坐忘。"晉郭象注:"夫坐忘者,奚所不忘哉!既忘其跡,又忘其所以跡者,内不覺其一身,外不識有天地,然後曠然與變化爲體而無不通也。"

〔一一〕"誰道"二句:三國時吴孫皓欲遷都武昌,童謡云:"寧飲建業水,不食武昌魚。寧還建業死,不止武昌居。"語見《三國志·吴書·陸凱傳》。

附録　蘇軾《李公擇求黄鶴樓詩因記舊所聞於馮當世者》

黄鶴樓前月滿川,抱關老卒飢不眠。夜聞三人笑語言,羽衣著屐響空山。非鬼非人意其仙，石扉三叩聲清圓。洞中鏗鋐落門關，縹緲入石如飛烟。雞鳴月落風馭還，迎拜稽首願執鞭。汝非其人骨腥羶，黄金乞得重莫肩。持歸包裹弊席氈，夜穿茅屋光射天。里閭來觀已變遷，似石非石鉛非鉛。或取而有衆憤喧，訟歸有司今幾年。無功暴得喜欲顛，神人戲汝真可憐。願君爲考然不然，此語可信馮公傳。

和子瞻畫魚歌〔一〕 吴人以長釘加杖頭，以杖畫水取魚，謂之畫魚。

潛魚在淵安可及？垂餌投竿易如拾〔二〕。横江設網雖不仁，一瞬未移收百十。畫魚何者漫區區，終日辛勤手拮据〔三〕。已嫌長網不能遍，肯信一竿良有餘。鯤鯢駭散蛟龍泣，獲少驚多亦何益〔四〕？願從網罟登君庖〔五〕，碎首屠鱗非所惜。

【箋注】

〔一〕作於熙寧五年（一〇七二）十二月。宋談鑰《嘉泰吴興志·物産》："屬郡有漁户，專以取魚爲生，風朝雨暮，月夜雪天，鼓枻鳴榔，披蓑垂釣，悠揚波上，宛若圖畫。又有據水畔設網，編葦爲斷。又獨籠罩，機械不一，四時不停，隨得隨貨，俗喜鮮食，多寡皆盡。至於桃花水生，黄梅潦漲，湖魚泝急流而群上，漁人至施長網、截巨川而取之，舉網至數十尾，市價爲俯，家率飫，且爲鮓以寄遠，非時暑又爲鱠。"蘇軾原詩下自注："湖州道中作。"清汪師韓《蘇詩選評箋釋》卷二："時新法盛行，故即短鉤畫水以爲喻，所言此意，'豈復遺鰍鯢'與'一魚中刃百魚驚'者，似皆指新法之病民。王、吕輩壞法亂制，豈異拔渚蒲而亂藻荇哉？其《請罷條例司疏》有云：'造端宏大，民實驚疑。創法新奇，吏皆惶惑。'正與詩意相同。"蘇轍此詩與蘇軾詩寄寓相同。

〔二〕蘇軾《魚蠻子》："擘水取魴鯉，易如拾諸途。"

〔三〕《詩·豳風·鴟鴞》："予手拮据，予所捋荼。"拮据：艱難困頓；經濟窘迫。

〔四〕"鯤鯢"二句：謂水中大小魚類及水族無不驚慌失措。鯤鯢、蛟龍：泛指水族。

〔五〕網罟(gǔ):捕魚及捕鳥獸的工具。杜甫《五盤》:“地僻無網罟,水清反多魚。”按,此處指魚網。庖:厨房。《穀梁傳·桓公四年》:“四時之田用三焉,唯其所先得,一爲乾豆,二爲賓客,三爲充君之庖。”晉范寧注:“先宗廟,次賓客,後庖厨。”

附録　蘇軾《畫魚歌》湖州道中作。

天寒水落魚在泥,短鈎畫水如耕犂。渚蒲拔折藻荇亂,此意豈復遺鰍鯢。偶然信手皆虚擊,本不辭勞幾萬一。一魚中刃百魚驚,蝦蟹奔忙誤跳擲。漁人養魚如養雛,插竿冠笠驚鵜鶘。豈知白挺鬧如雨,攪水覓魚嗟已疎。

蘇轍詩編年箋注卷五

次韻子瞻吴中田婦嘆〔一〕

久雨得晴唯恐遲,既晴求雨來何時?今年舟楫委平地〔二〕,去年蓑笠爲裳衣〔三〕。不知天公誰怨怒,棄置下土塵與泥?丈夫强健四方走〔四〕,婦女齷齪將安歸〔五〕?塌①然四壁倚機杼〔六〕,收拾遺粒吹糠粞②〔七〕。東鄰十日營一炊,西鄰誰使救汝飢〔八〕?海邊唯有鹽不旱,賣鹽連坐收嬰兒〔九〕。傳聞四方同此苦,不關東海誅孝婦〔一〇〕。

【校記】

①塌:叢刊本作"榻",形近而誤。

②粞:叢刊本作"粃"。

【箋注】

〔一〕作於熙寧五年(一〇七二)十二月。

〔二〕謂因乾旱河中不能行船。委:丢棄;放置。

〔三〕謂澇災隨時穿著蓑衣戴著斗笠。

〔四〕《孟子·梁惠王下》:"凶年饑歲,君之民老弱轉乎溝壑,壯者散而之四方者,幾千人矣。"

〔五〕齷齪：孱弱；衰邁。

〔六〕謂屋中空蕩蕩得只有一個倚牆的織機。塌然：哀痛淒苦貌。唐杜甫《垂老别》："棄絶蓬室居，塌然摧肺肝。"機杼：指織機。杼，織梭。

〔七〕糠粞（xī）：穀皮碎米。指粗劣的糧食。蘇軾《吴中田婦歎》："汗流肩赬載入市，價賤乞與如糠粞。"

〔八〕"東鄰"二句：互文。謂百姓家家生活都十分困窘。

〔九〕"海邊"二句：言只有海邊的鹽不受旱澇的影響，但是販私鹽可是要治重罪的。嬰兒亦不能倖免。按，此譏當時鹽法峻急。《漁隱叢話前集·東坡五》："（東坡《戲子由》詩）云：'平生所慚今不恥，坐對疲氓更鞭箠。'是時多徒配犯鹽之人，例皆飢貧，言鞭箠此等貧民，平生所慚，今不復恥，以譏鹽法太急也。"蘇軾《上韓丞相論災傷手實書》："軾在錢塘，每執筆斷犯鹽者，未嘗不流涕也。"連坐：一人犯法，其家屬親友鄰里等連帶受處罰。《史記·商君列傳》："令民爲什伍，而相牧司連坐。"唐司馬貞索隱："一家有罪而九家連舉發，若不糾舉，則十家連坐。"

〔一〇〕《漢書·于定國傳》："東海有孝婦……養姑甚謹……其後姑自經死，姑女告吏：'婦殺我母。'吏孝婦辭不殺姑。吏驗治，孝女自誣服。具獄上府，于公以爲此婦養姑十餘年，以孝聞，必不殺也。太守不聽，于公争之，弗能得，……太守竟論殺孝婦。郡中枯旱三年。"

附録　蘇軾《吴中田婦嘆》和賈收韻。

今年粳稻熟苦遲，庶見霜風來幾時。霜風來時雨如瀉，杷頭出菌鐮生衣。眼枯淚盡雨不盡，忍見黄穗卧青泥。茅苫一月隴上宿，天晴穫稻隨車歸。汗流肩赬載入市，價賤乞與如糠粞。賣牛納税拆屋炊，慮淺不及明年飢。官今要錢不要米，西北萬里招羌兒。龔黄滿朝人更苦，不如却作河伯婦。

次韻子瞻遊道場山何山〔一〕

兩山相負爲峰麓，流水重重注溪谷。遊人上尋流水源，未覺崎嶇病雙足。山深下視雲漫漫，徑垂石底千屈盤。松林陰森白日靜〔二〕，忽驚人世如奔湍〔三〕。客行不避苦寒出，僧定端居不下席〔四〕。人生嗟與草木同，置身所在由初植。堂中白佛青髻鬟〔五〕，氣象沖淡非人間。坐令遠客厭奔走，徑欲築室依空山。木魚椵椵夜將旦〔六〕，星斗攲斜掛山半〔七〕。行役有程未可留〔八〕，將出山門復長嘆。

【箋注】

〔一〕作於熙寧五年(一〇七二)十二月。道場山：《輿地紀勝・兩浙西路・安吉州・景物下・道場山》："湖州大剎也。東坡詩有'道場山頂何山麓'之句。内瀚汪藻云：'遊道場者如入王侯之家，過何山如造高人隱士之廬。今爲護聖萬壽院。'"何山：《太平寰宇記・江南東道六・湖州》："何口山在縣南十里，山下當何山等路。昔曰何山，亦曰金蓋山。晉何楷居此修儒業，楷後爲吴興太守，改金蓋爲何山。山口有次山，曰今口山，今曰何口山。"蘇軾《遊道場山何山》："道場山頂何山麓，上徹雲峰下幽谷。"清王文誥引查慎行注曰："《釋氏稽古略》：梁乾化二年，湖州道場山，如訥禪師卓庵於山，乘虎遊行。"

〔二〕唐杜甫《題省中院壁》："落花遊絲白日靜，鳴鳩乳燕青春深。"

〔三〕奔湍：急速的水流。唐杜甫《營屋》："蕭蕭見白日，洶洶開奔湍。"

〔四〕謂和尚入定端坐不動。端居：端坐。唐貫休《書無相道人庵》："造化太茫茫，端居紫石房。心遺無句句，頂處有霜霜。"

〔五〕髻鬟：將頭髮環曲束於頂，此爲佛教髮式。唐白居易《繡阿彌陀佛贊》："金身螺髻，玉毫紺目。"

〔六〕椵椵(láng láng)：象聲詞。

〔七〕攲(qī)斜：歪斜不正。

〔八〕行役：見《望夫臺》注〔五〕。有程：見《次韻子瞻見寄》注〔二〇〕。

附録　蘇軾《遊道場山何山》

道場山頂何山麓，上徹雲峰下幽谷。我從山水窟中來，尚愛此山看不足。陂湖行盡白漫漫，青山忽作龍蛇盤。山高無風韻自響，誤認石齒號驚湍。山僧不放山泉出,屋底清池照瑶席。階前合抱香入雲,月裏仙人親手植。出山回望翠雲鬟,碧瓦朱欄縹緲間。白水田頭問行路,小溪深處是何山。高人讀書夜達旦,至今山鶴鳴夜半。我今廢學不歸山,山中對酒空三嘆。

癸丑二月重到汝陰寄子瞻二首〔一〕

其一

憶赴錢塘九月秋,同來潁尾一扁舟〔二〕。退居尚有三師在〔三〕,好事須爲十日留〔四〕。傾瀉向人懷抱盡〔五〕,忠誠爲國始終憂。重來東閣皆塵土,淚滴春風自不收〔六〕。

【箋注】

〔一〕作於熙寧六年(一〇七三)二月。汝陰:即潁州。宋屬京西北路。治汝陰(今安徽阜陽市)。參《次韻子瞻潁州留别二首》之一注〔一〕。此詩寄寓對歐陽脩的懷念。

〔二〕"憶赴"二句:熙寧四年(一〇七一)九月,蘇軾離陳州,轍送至潁州,在潁州盤桓與歐陽脩共遊賞。參《陪歐陽少師永叔燕潁州西湖》。

〔三〕退居:退職家居。三師:北魏以後以太師、太傅、太保爲三師。見《通典·職官一》。按,歐陽脩以太子少師致仕,故云三師。

〔四〕蘇軾有"今年正月十四日與子由别於陳州"云云長題詩:"暌離動作三年計,牽挽當爲十日留。"

〔五〕謂歐陽脩對人坦誠無所不言。語本唐杜甫《贈鄭十八賁》:"温温士君子,令我懷抱盡。"又《奉待嚴大夫》:"身老時危思會面,一生襟抱向誰開?"

〔六〕"重來"二句:傷感歐陽脩早已去世。東閣:見《次韻子瞻聞不赴商幕三首》之二注〔四〕。宋王禹偁《有傷》:"繐帷一慟無由得,徒灑春風淚數行。"

其二

百頃西湖十里源〔一〕,近依城郭帶川原〔二〕。古臺駮駭先臨水〔三〕,

野寺參差半掩門〔四〕。遠泛便成終日醉〔五〕，幽尋不盡數家園〔六〕。錢塘未到能先説，更看①青山兩岸屯〔七〕。

【校記】

①看：原本、宋建本作“着”，據宋大字本改。

【箋注】

〔一〕西湖：潁州有西湖。見《傅欽之學士濟源草堂》注〔七〕。

〔二〕川原：河流與原野。

〔三〕駊騀（pǒě）：高大貌。《文選·揚雄〈甘泉賦〉》：“崇丘陵之駊騀兮，深溝嶔巖而爲谷。”唐李善注：“駊騀，高大貌也。”

〔四〕謂寺廟門在山樹之間半開半閉。參差：紛繁雜亂貌。唐齊己《寄尚顔》：“北闕故人隨喪亂，南山舊寺在參差。”唐許渾《南樓春望》：“下岸誰家住，殘陽半掩門。”

〔五〕唐李白《春日醉起言志》：“所以終日醉，頹然卧前楹。”

〔六〕幽尋：幽雅的去處；美景。唐杜甫《西枝村尋置草堂地夜宿贊公土室二首》之二：“幽尋豈一路，遠色有諸嶺。”

〔七〕李白《望天門山》：“兩岸青山相對出，孤帆一片日邊來。”

次韻子瞻二月十日雪〔一〕

春雪漫天密又稀，句芒失據走靈威〔二〕。故欺貧窶冬裘盡〔三〕，巧助遨遊酒盞飛。林下細花添百草，階前輕素剪新機〔四〕。老農先解憂桑柘〔五〕，九月家人當授衣〔六〕。

【箋注】

〔一〕作於熙寧六年（一〇七三）二月十日後。蘇軾詩題爲《癸丑春分後雪》。是年春分爲二月十日。

〔二〕句芒：主木之官。又爲木神名。《禮記·月令》：“［孟春之月］其帝大皞，其神句芒。”漢鄭玄注：“句芒，少皞氏之子曰重，爲木官。”靈威：靈威仰，即青帝。五帝之一。東方之神，春神。《禮記·大傳》：“禮，不王不禘。王者禘其祖之所自出。以其祖配之”鄭玄注：“王者之先祖皆感大微五帝之精以生。蒼則靈威仰。”《隋書・禮儀志二》：“春迎靈威仰者，三春之始，萬物稟之而生，莫不仰其靈德，服而畏之也。”按，春日萬物始生，而此時降雪，故云“失據”“走”。

〔三〕謂窮人因爲寒衣典當了很冷。貧窶(jù)：《詩・邶風・北門》：“終窶且貧，莫知我艱。”毛傳：“窶者，無禮也；貧者，困於財。”

〔四〕“林下”二句：謂雪花鋪滿山野和院落。細花：猶小花。輕素：純白的絲。皆喻雪。語本白居易《春夜喜雪有懷王二十二》：“微寒生枕席，輕素對階墀。”蘇軾《菩薩蠻・回文春閨怨》：“細花梨雪墜，墜尋梨花細。”

〔五〕桑柘(zhè)：桑葉、柘葉皆可喂蠶。柘，桑屬。

〔六〕《詩・豳風・七月》：“七月流火，九月授衣。”授衣：謂製備寒衣。

附録　蘇軾《癸丑春分後雪》

雪入春分省見稀，半開桃李不勝威。應慚落地梅花識，卻作漫天柳絮飛。不分東君專節物，故將新巧發陰機。從今造物尤難料，更暖須留御臘衣。

和子瞻題風水洞〔一〕

風送江湖滿洞天，洞門可聽入無緣。土囊鬱怒聲初散〔二〕，石齒聱牙勢未前〔三〕。樂奏洞庭真跌宕〔四〕，歌傳帝所亦清便〔五〕。何人隱几觀遺韻？重使顏成問嗒然〔六〕。

【箋注】

〔一〕作於熙寧六年(一〇七三)二月二十七日後。《烏臺詩案》：“熙寧七年二月二十七日，遊杭州風水洞。節推李佖知軾到來，先行三日留彼見待。某到彼，於壁上留題，詩末句云：‘世上小兒誇疾走，如君相待今安有。’意以譏諷世之小人多務急進也。”

〔二〕土囊：洞穴。《文選・宋玉〈風賦〉》：“夫風生於地，起於青蘋之末，浸淫溪谷,盛怒於土囊之口。"唐李善注:"土囊,大穴也。"鬱怒:氣勢盛積。

〔三〕聱牙:參差不齊貌。蘇軾《山行見月四言》:"卧玩我語,聱牙岌嶪。"

〔四〕洞庭:《莊子·天運》:"帝張咸池之樂於洞庭之野。"唐成玄英疏:"洞庭之野,天池之間,非太湖之洞庭也。"跌宕(dàng):謂音調抑揚頓挫。

〔五〕帝所:天帝之居。《史記·趙世家》:"趙簡子疾,五日不知人……居二日半,簡子寤。語大夫曰:'我之帝所甚樂,與百神遊於鈞天,廣樂九奏萬舞,不類三代之樂,其聲動人心。'"清便:清通暢達。南朝梁鍾嶸《詩品》卷中:"范詩清便宛轉,如流風迴雪。"

〔六〕"何人"二句:謂洞中當有南郭子綦樣的隱士與弟子問答。語出《莊子·齊物論》:"南郭子綦隱几而坐,仰天而噓,嗒焉似喪其耦。顔成子游立侍乎前,曰:'何居乎?形固可使如槁木,而心固可使如死灰乎?今之隱几者非昔之隱几者也?'子綦曰:'偃不亦善乎?而問之也,今者吾喪我,汝知之乎?汝聞人籟而未聞地籟,汝聞地籟而未聞天籟夫?'子游曰:'敢問其方?'子綦曰:'夫大塊噫氣,其名爲風,是唯無作,作則萬竅怒號……'"顔成:即上引文中的南郭子綦弟子顔成子游。嗒然:形容身心俱遺,物我兩忘的神態。

附録　蘇軾《風水洞二首和李節推》

其一

風轉鳴空穴,泉幽瀉石門。虚心聞地籟,妄意覓桃源。過客詩難好,居僧語不繁。歸瓶得冰雪,清冷慰文園。

其二

山前乳水隔塵凡,山下仙風舞檜杉。細細龍鱗生亂石,團團羊角轉空巖。馮夷窟宅非梁棟,御寇車輿謝轡銜。世事漸艱吾欲去,永隨二子脱讒讒。

次韻子瞻遊富陽普照寺〔一〕

塵埃日已遠,斗藪更無餘〔二〕。寺到逢門入,詩成信手書〔三〕。山深僧自樂，路遠客終疏。訪盡前朝①景，佗年一告予〔四〕。

【校記】

①朝：宋大字本作"期"，誤。

【箋注】

〔一〕作於熙寧六年(一〇七三)二月。富陽：在今杭州市富陽區。《通典·州郡十二·餘杭》："漢曰富春，吴置東安郡，晉孝武改曰富陽。西有孫洲。"普照寺：宋王十朋《東坡詩集注》引曹夢良《圖經》："净明院在縣北五里，唐號普照，後廢。石晉天福七年重建，治平二年改賜今額。"

〔二〕"塵埃"二句：唐白居易《遊悟真寺詩》："斗藪塵埃衣，禮拜冰雪顔。"蘇軾《發廣州》："朝市日已遠，此身良自如。"斗藪：抖動；抖落。

〔三〕唐姚合《寄崔之仁山人》："苦將杯酒判身痛，狂作文章信手書。"信手：隨手。

〔四〕佗：同"他"。

附録　蘇軾《獨遊富陽普照寺》

富春真古邑，此寺亦唐餘。鶴老依喬木，龍歸護賜書。連筒春水遠，出谷曉鐘疎。欲繼江潮韻，何人爲起予。

次韻子瞻自普照入山獨遊二庵〔一〕

披榛入山山路細〔二〕，鐘聲出寺門將閉。石苔冉冉上芒鞋，草露漙漙著衣袂〔三〕。野人茅茨苫竹屋〔四〕，終身局促無生計〔五〕。天公未省長困人，春田米盡秋田繼。老妻稚子亦自樂，野草山花還插髻〔六〕。長笑人間醉未醒〔七〕，終老辛勤漫欺世。

【箋注】

〔一〕作於熙寧六年(一〇七三)二月。宋王十朋《東坡詩集注》引饒德操《富陽縣圖經》："延壽院在縣北四里，院前有東西二庵。"清查慎行注引《咸淳臨安志》:“大明院在縣北四里,四峰環繞,前如連璧,俗呼裹庵,即東坡所謂東西二庵是也。舊名普明,乾德三年建,治平二年改今額。”

〔二〕披榛:撥開叢木。榛,叢木。

〔三〕漙漙(tuán tuán):露水多貌。漙,露多貌。《詩·鄭風·野有蔓草》:“野有蔓草,零露漙兮。”毛傳:“漙漙然盛多也。”

〔四〕謂用茅草蘆葦等遮蔽屋頂。茅茨(cí):茅草與蘆葦之類。苫(shān):遮蔽;覆蓋。

〔五〕局促:困頓窘迫。指生活很困難。

〔六〕“老妻”二句:謂山野庶民自得其樂。老妻稚子:語本唐杜甫《江村》:“老妻畫紙爲棋局,稚子敲針作釣鈎。”蘇軾《和寄茶》:“老妻稚子不知愛,一半已入薑鹽煎。”李白《宫中行樂詞八首》之一:“山花插寶髻,石竹繡羅衣。”

〔七〕杜甫《橋陵詩三十韻因呈縣内諸官》:“流寓理豈愜,窮愁醉未醒。”唐白居易《戲禮經老僧》:“何年飲著聲聞酒,直到如今醉未醒。”

附録　蘇軾《自普照遊二庵》

長松吟風晚雨細,東庵半掩西庵閉。山行盡日不逢人,裛裛野梅香入袂。居僧笑我戀清景,自厭山深出無計。我雖愛山亦自笑,獨往神傷後難繼。不如西湖飲美酒,紅杏碧桃香覆髻。作詩寄謝採薇翁,本不避人那避世。

次韻子瞻新城道中〔一〕

春深溪路少人行〔二〕,時聽田間耒耜聲〔三〕。飢就野農分餉黍〔四〕,迎嫌尉卒鬧金鉦〔五〕。閑花開盡香仍在,白酒沽來壓未清〔六〕。此味暫時猶覺勝,問兄何日便歸耕〔七〕?

【箋注】

〔一〕作於熙寧六年(一〇七三)二月。元方回《瀛奎律髓》卷十四:“東坡爲杭倅時詩,熙寧六年癸丑二月循行屬縣,由富陽至新城有此作。”是知作於二月。

〔二〕唐白居易《長洲苑》:"春入長洲草又生,鷓鴣飛起少人行。"

〔三〕耒耜(lěi sì):古代耕地翻土的農具。《禮記·月令》:"[孟春之月]天子親載耒耜。"漢鄭玄注:"耒,耜之上曲也。"唐柳宗元《田家三首》之一:"札札耒耜聲,飛飛來烏鳶。"

〔四〕語本《詩·周頌·良耜》:"其饟伊黍,其笠伊糾。""饟",同"餉"。餉黍:送到田間給勞動者吃的飲食。餉,指所饋之食物。

〔五〕金鉦:古樂器。《文選·張衡〈東京賦〉》:"戎士介而揚揮,戴金鉦而建黄鉞。"三國吴薛綜注:"金鉦,鐲鐃之屬也。"按,此言隨從鳴鑼開道多事。

〔六〕謂酒不清亮。壓:指壓酒。米酒釀造將熟時,用糟床壓榨取酒。北魏賈思勰《齊民要術·作酢法》:"至十月中,如壓酒法,毛袋壓出,則貯之。"

〔七〕歸耕:回家耕田。謂辭官回鄉。

附録　蘇軾《新城道中二首》

其一

東風知我欲山行,吹斷簷間積雨聲。嶺上晴雲披絮帽,樹頭初日挂銅鉦。野桃含笑竹籬短,溪柳自摇沙水清。西崦人家應最樂,煮葵燒筍餉春耕。

其二

身世悠悠我此行,溪邊委轡聽溪聲。散材畏見搜林斧,疲馬思聞卷旆鉦。細雨足時茶户喜,亂山深處長官清。人間岐路知多少,試向桑田問耦耕。

次韻子瞻山村五絶〔一〕

其一

山行喜遇酒旗斜〔二〕,無限桃花續杏花〔三〕。與世浮沉真避世〔四〕,

將家漂蕩似無家〔五〕。

【箋注】

〔一〕作於熙寧六年(一〇七三)二月。此組詩旨趣與蘇軾原詩同,都是抨擊新法的。

〔二〕唐白居易《春末夏初閑遊江郭二首》之一:“雨埋釣舟小,風颺酒旗斜。”酒旗:即酒帘。

〔三〕唐齊己《春寄尚顔》:“含桃花謝杏花開,杜宇新啼燕子來。”無限:無邊。極言其多。白居易《下邽莊南桃花村》:“村南無限桃花發,唯我多情獨自來。”

〔四〕謂隨波逐流。語出《史記·袁盎列傳》:“袁盎病免居家,與閭里浮沈,相隨行,鬥雞走狗。”避世:見《次韻子瞻南溪避世堂》注〔一〕。蘇軾《與王郎昆仲及兒子邁繞城觀荷花登峴山亭晚入飛英寺分韻得月明星稀四首》之一:“此間真避世,青蒻低白髮。”

〔五〕唐戴叔倫《客中言懷》:“官閑如致仕,客久似無家。”將家:猶言携家。

其二

塍間白水細無①聲〔一〕,日暖泥融草不生〔二〕。似恐田家忘帝力,多差使者出催耕〔三〕。

【校記】

①無:叢刊本作“照”,誤。

【箋注】

〔一〕唐杜甫《春夜喜雨》:“隨風潛入夜,潤物細無聲。”塍(chéng):田埂;畦田。《説文·土部》:“塍,稻田中畦埒也。”白水:指清水。唐劉禹錫《插田歌》:“田塍望如線,白水光參差。”

〔二〕唐杜牧《宣州送裴坦判官往舒州時牧欲赴官歸京》:“日暖泥融雪半銷,行人芳草馬聲驕。”蘇軾《元修菜》:“潤隨甘澤化,暖作青泥融。”

〔三〕“似恐”二句:謂新法施行,使者頻繁“勸農”催耕。帝力:帝王的作用或恩德。《古樂府·擊壤歌》:“日出而作,日入而息,鑿井而飲,耕田而食,帝力於我何有哉!"唐高適《送楊山人歸嵩陽》:"鑿井耕田不我招,知君以此忘帝力。"

其三

旋舂紅稻始經鐮〔一〕,新煮黃雞取次甜〔二〕。無慕無營人自樂〔三〕,莫將西子愧無鹽〔四〕。

【箋注】

〔一〕旋舂:即刻就舂。謂新稻曬乾就舂米。可見生活拮据,迫不及待。紅稻:見《次韻子瞻初出潁口見淮山》注〔六〕。

〔二〕謂煮雞粥。取次:依次。按,雞粥可以是鹹的或甜的,因爲無鹽可放,于是只好做成甜粥。

〔三〕謂不外慕於人,無所企求而自得其樂。唐白居易《宿溪翁》:"於中甚安適,此外無營欲。"

〔四〕西子:即西施。傳爲春秋越國美女。越王勾踐爲吴王夫差困于會稽,命范蠡訪美女于國中,得西施于諸暨縣之苧蘿山,以獻夫差,因得媾和。後勾踐滅吴,西施偕范蠡歸隱五湖。事見《吴越春秋》、《越絶書》等。後世以西施爲美女之代稱。無鹽:即鍾離春。傳爲戰國齊國無監邑(今山東東平縣東)醜女。自詣齊宣王陳析時弊,宣王納其爲后。後世多用爲醜女之代稱。事見《列女傳》卷六、《新序·雜事二》。按,這裏的"無鹽"語含雙關。也是針對新法的鹽政而説的。

其四

升平事業苦怱怱〔一〕,未信浮名到底空〔二〕。何用橐駝朝塞外〔三〕,試聽碌軸語場中〔四〕。

【箋注】

〔一〕升平:太平。《漢書·梅福傳》:"使孝武帝聽用其計,升平可致。"唐顔師古注引張晏曰:"民有三年之儲曰升平。"

〔二〕唐杜甫《曲江二首》之一:"細推物理須行樂,何用浮名絆此身。"

〔三〕槖(luò)駝:駱駝。《宋史·食貨志上》:"河北地里差近,西路回遠,又涉磧險,運致甚艱。熙寧六年,詔鄜延路經略司支封樁錢,於河東買槖駝三百,運沿邊糧草。"

〔四〕碌(liù)軸:碌碡。碾壓農具。用牲畜、人力牽引來壓平田地、碾脱穀粒等。北魏賈思勰《齊民要術·大小麥》"青稞麥"原注:"治打時稍難,唯伏日用碌碡碾。"按,此言百姓怨聲載道,連碌碡都如泣如訴。

其五

貧賤終身未要羞〔一〕,山林難處便堪愁〔二〕。近來南海波尤惡〔三〕,未許乘桴自在遊〔四〕。

【箋注】

〔一〕《史記·蘇秦列傳》:"蘇秦喟然嘆曰:'此一人之身,富貴則親戚畏懼之,貧賤則輕易之,况衆人乎!'"蘇洵《送李才元學士知邛州》:"貧賤羞妻子,富貴樂鄉闕。"未要羞:猶言不必羞。

〔二〕唐白居易《雨夜憶元九》:"天陰一日便堪愁,何况連宵雨不休。"

〔三〕此承蘇軾詩而言用伏波將軍馬援事。見《次韻子瞻減降諸縣囚徒事畢登覽》注〔一七〕。

〔四〕乘桴:乘木筏。參《次韻子瞻初出潁口見淮山》注〔七〕。

附録　蘇軾《山村五絶》

其一

竹籬茅屋趁溪斜,春入山村處處花。無象太平還有象,孤烟起處是人家。

其二

細雨濛濛雞犬聲,有生何處不安生。但令黄犢無人佩,布穀何勞也勸耕。

其三

老翁七十自腰鐮,慚愧春山筍蕨甜。豈是聞韶解忘味,邇來三月食無鹽。

其四

杖藜裹飯去忽忽，過眼青錢轉手空。贏得兒童語音好，一年强半在城中。

其五

竊禄忘歸我自羞，豐年底事汝憂愁。不須更待飛鳶墮，方念平生馬少游。

次韻子瞻與蘇世美同年夜飲〔一〕

晚歲事游宦，相從未嘗足。羨君四海皆兄弟〔二〕，棧中直木不容曲〔三〕。臨安老令況同科，相逢豈厭樽中醁〔四〕？潦倒誰憐澗底松〔五〕？歲寒尚有霜前竹〔六〕。聞道渠家八丈夫〔七〕，它日歸耕免幽獨〔八〕。

【箋注】

〔一〕作於熙寧六年（一〇七三）三月。《苕溪漁隱叢話前集·東坡八》："在杭州日，因往諸縣季點，至臨安縣，有知縣大理寺丞蘇舜舉來相接。某與本人同年，自來相識。"蘇世美：名舜舉，字世美，眉州（今四川眉山市）人，寓常州武進縣。嘉祐二年登進士第。仕途不達。蘇軾有《蘇世美哀詞》，稱其人頎長多髯，爲官清廉，敬事友生，誨養貧弱。同年：古代科舉考試同科中式者之互稱。唐宋時同榜進士稱"同年"。

〔二〕《論語·顔淵》："四海之内皆兄弟也。"

〔三〕《管子·内業》："桓公觀於廄，問廄吏曰：'廄何事最難？'廄吏未對。管仲對曰：'夷吾嘗爲圉人矣，傅馬棧最難，先傅曲木，曲木又求曲木。先傅直木，直木又求直木，直木已傅，曲木亦無所施矣。"唐房玄齡注："喻君子用則小人退。"棧：編木製成的墊子，用於禽畜的房籠内以除濕。《莊子·馬蹄》："［伯樂］曰：'我善治馬，燒之，剔之，刻之，雒之，連之以羈馽，編之以阜棧。'"唐成玄英疏："棧，編木爲椗，安馬腳下，以去其濕，所謂馬牀也。"

〔四〕醁(lù):美酒。

〔五〕晉左思《詠史》之二:"鬱鬱澗底松,離離山上苗。以彼徑寸莖,蔭此百尺條。世胄躡高位,英俊沈下僚。地勢使之然,由來非一朝。"澗底松:比喻德才高而官位卑之人。

〔六〕《論語·子罕》:"子曰:'歲寒,然後知松柏之後凋也。'"三國魏何晏集解:"大寒之歲,衆木皆死,然後知松柏小彫傷;平歲則衆木亦有不死者,故須歲寒而後别之。喻凡人處治世,亦能自脩整,與君子同,在濁世,然後知君子之正不苟容。"

〔七〕謂蘇舜舉家有弟兄八人。渠:第二人稱代詞。起始於魏晉時。

〔八〕幽獨:静寂孤獨。《楚辭·屈原〈九章·涉江〉》:"哀吾生之無樂兮,幽獨處乎山中。"

附録　蘇軾《與臨安令宗人同年劇飲》

我雖不解飲,把盞歡意足。試呼白髮感秋人,令唱黄雞催曉曲。與君登科如隔晨,敝袍霜葉空殘緑。如今莫問老與少,兒子森森如立竹。黄雞催曉不須愁,老盡世人非我獨。

和子瞻東陽水樂亭歌〔一〕

君不見武安前堂立曲旃,官高利厚多憂患〔二〕。又不見夏侯好妓貧無力,簾箔爲衣人莫識〔三〕。兩人操行雖不同,辛苦經營實如一〔四〕。不如君家激水石中流,聽之有聲百無憂〔五〕。笙竽窈眇度溪谷,琴築淒咽穿林丘〔六〕。高人處世心淡泊,衆聲過耳皆爲樂。退食委蛇石上眠〔七〕,幽音斷①續牀前作。正如古人樂易多歡娱〔八〕,積土爲鼓塊爲桴〔九〕。但能復作太古意〔一〇〕,君家水樂真有餘。

【校記】

①斷:叢刊本作"繼"。不辭。誤。

【箋注】

〔一〕作於熙寧六年(一〇七三)三月。蘇軾時爲東陽令王槩題所作水樂亭。王槩:字公操,左蜀(在今四川三臺縣)人。時以都官員外郎出知東陽縣。政尚文禮,民知向學。蘇軾《與康(王)公操都管(官)三首》之一有云:"時投餘隙,輒出訪覽,亦自可卒歲也。東陽自昔勝處。"之三有云:"即日履兹春和,起居佳適。向承寄示圖記及詩,實深慰仰。此真得賢者之樂,雖鄙拙,亦欲勉作歌詩,庶幾附託高人絶境,以傳永久。適會紛紛未暇,更旬日當寄上也。""履兹春和"當是三月左右,而"更旬日當寄上"必不至太久。故繫于三月。按,"水樂亭"之名取意《論語·雍也》:"子曰:'知者樂水,仁者樂山;知者動,仁者静;知者樂,仁者壽。"

〔二〕"君不"二句:《史記·魏其武安侯列傳》:"[武安]治宅甲諸第。田園極膏腴,而市買郡縣器物相屬於道。前堂羅鐘鼓,立曲旃;後房婦女以百數。諸侯奉金玉狗馬玩好,不可勝數。"武安:指武安侯田蚡(?—前一三一)。西漢長陵(今陝西咸陽市)人,孝景王皇后胞弟,便佞而善言辭。竇嬰方貴,田蚡往來侍酒魏其,跪起如子侄。景帝末,蚡始貴倖。武帝即位,封爲武安侯,先後任太尉及丞相。每奏事,多稱合帝意,權重一時。誣殺竇嬰灌夫。未幾,蚡一身盡痛,呼服謝罪死。《史記》《漢書》有傳。旃(zhān):純色帛所製旌幡。

〔三〕"又不"二句:《梁書·夏侯亶傳》:"[亶]晚年頗好音樂,有妓妾十數人,竝無被服姿容。每有客,常隔簾奏之,時謂簾爲夏侯妓衣也。"夏侯:指夏侯亶,字世龍,梁譙郡(今安徽亳州)人。蕭慧景作亂,以捍禦功,除驍騎將軍。天監中爲安陸太守,甚有威惠。爲邊人悦服。歷尚書,豫、南豫二州刺史。卒謚襄。《梁書》《南史》有傳。

〔四〕"兩人"二句:謂夏侯與田蚡二人操行雖異,然愛好聲色卻是一樣。操行:操守,品行。

〔五〕"不如"二句:蘇軾《虔州八境圖八首》之一:"坐看奔湍繞石樓,使君高會百無憂。"

〔六〕筑:形如琴,十三絃。見清陳元龍《格致鏡原》卷四十六。

〔七〕謂公餘休息。退食委蛇:語出《詩·召南·羔羊》:"退食自公,委蛇委蛇。"鄭箋:"退食,謂減膳也。自,從也;從於公,謂正直順於事也。"宋朱熹集傳:"退食,退朝而食於家也。自公,從公門而出也。"唐戴叔倫《寄禪師寺華上人次韻三首》之二:"白晝談經罷,閑從石上眠。"

〔八〕樂易:和樂平易。《荀子·榮辱》:"安利者常樂易,危害者常憂險;樂易者常壽長,憂險者常夭折。"唐楊倞注:"樂易,歡樂平易也,《詩》所謂愷悌者也。"

〔九〕《禮記·明堂位》:"土鼓蕢桴葦籥,伊耆氏之樂也。"漢鄭玄注:"蕢當爲凷,聲之誤也。籥如笛,三孔;伊耆氏,古天子有天下之號也。"唐孔穎達疏:"此一經明魯用古代之樂。土鼓者,謂築土爲鼓;蕢桴,以土塊爲桴;葦籥者,謂截葦爲籥。此等是伊耆之樂,魯得用也。"

〔一〇〕太古:遠古,上古。

附録　蘇軾《東陽水樂亭》

君不學白公引涇東注渭,五斗黄泥一鍾水。又不學哥舒横行西海頭,歸來羯鼓打涼州。但向空山石壁下,愛此有聲無用之清流。流泉無弦石無竅,强名水樂人人笑。慣見山僧已厭聽,多情海月空留照。洞庭不復來軒轅,至今魚龍舞鈞天。聞道磬襄東入海,遺聲恐在海山間。鏘然澗谷含宫徵,節奏未成君獨喜。不須寫入薰風弦,縱有此聲無此耳。

王仲儀尚書挽詞〔一〕

謝公德業久彌新〔二〕,幼度英奇也絶倫〔三〕。父子俱賢真不朽〔四〕,功名自致豈相因？邊兵屢動思良將〔五〕,廷論蕭條憶諍臣〔六〕。青史世家他日事〔七〕,新阡①宿草倍沾巾〔八〕。

【校記】

①阡:叢刊本作"芊",誤。

【箋注】

〔一〕作於熙寧六年(一〇七三)三月十一日後。宋張方平《宋故端明殿學士金紫光禄大夫行工部尚書致仕上柱國太原郡開國公食邑三千八百户食實封一千二百户謚懿敏王公神道碑銘》:“熙寧六年三月甲寅(十一日)薨於京師,享年六十有七。”王仲儀:即王素(一〇〇七—一〇七三)。字仲儀,開封(今河南開封市)人,旦子。以父蔭賜進士出身,至屯田員外郎,知諫院。諫仁宗納王德用二女,擢天章閣待制、淮南都轉運按察使。歷知渭州、華州、汝州、開封府、成都府。治平初拜端明殿學士、知渭州。熙寧中,知通進銀臺司,轉工部尚書。熙寧六年卒,年六十七,謚懿敏。見王珪《王懿敏公墓誌銘》,《宋史》有傳。參《送王恪郎中知襄州》注〔二〕。

〔二〕謝公:指謝安(三二〇—三八五)。安字安石,晉陳郡陽夏(今河南太康縣)人,謝裒子,謝琰(望蔡)父。風神秀徹,神識沈敏,少負重名,爲桓彝、王濛所賞。初無仕宦意,與王羲之、支遁等以山水談賞娱情,屢辟不就,年逾四十始就征西大將軍桓温司馬,歷吴興太守、侍中、吏部尚書、中護軍。孝武帝年幼即位,安以尚書僕射、領吏部,總中書事。外禦强敵,内修德政,文武用命;兼能清言、善行書、好音樂、喜宴遊、有雅量,人以比王導,而謂文雅過之。孝武視事,進安中書監、驃騎將軍、録尚書事,旋復加侍中、都督揚豫徐兖青五州及幽州之燕國諸軍事。苻堅南侵,安爲征討大都督。使謝玄等破之於淝水。遂都督揚、江等十五州軍事,規謀北征。尋以會稽王道子專政,出鎮步丘以避之。病卒,贈太傅,謚文靖。《晉書》有傳。按,此以謝安比況王素之父王旦。

〔三〕幼度:指謝玄(三四三—三八八)。玄字幼度,小字遏(《晉書·列女傳·王凝之妻謝氏》作羯),晉陳郡陽夏(今河南太康縣)人,謝奕子,謝靈運祖。少穎悟,爲叔父安所器;及長,有經國才略。桓温辟爲掾,甚禮重之。轉征西將軍桓豁司馬、領南郡相、監北征諸軍事。時苻堅强盛,屢南犯,安舉玄應朝廷之徵,拜建武將軍、兖州刺史,領廣陵相。監江北諸軍事。頻有斬將復地之功,進號冠軍,加領徐州刺史。既而爲前鋒,都督徐兖青三州及揚州之晉陵、幽州之燕國諸軍事,與謝石、謝琰等打破苻堅於肥水。遂爲前鋒都督,乘勝北定兖青冀諸州。封康樂縣公,都督徐兖青司冀幽并七州軍事,還鎮淮陰。以病轉授散騎常侍、左將軍、會稽内史。卒贈車騎將軍。《晉書》有傳。

〔四〕王素父王旦,爲真宗、太宗時名臣。封魏國公。參《送王恪郎中知襄州》注〔二〕。

〔五〕《宋史·王素傳》:“治平初,夏人寇静邊砦。召拜端明殿學士,復知渭州,於是三鎮、涇原蕃夷故老皆歡賀,比至,敵解去。”

〔六〕《宋史·王素傳》:“適皇子生,將進百僚以官,惠諸軍以賞。素争曰:‘今西夏畔涣,契丹要求,縣官之須,且日急矣。宜留爵秩以賞戰功,儲金繒以佐邊費。’議遂已。”諍臣:諫諍之臣。

〔七〕謂王素家族將入宋朝史書的“世家”。

〔八〕新阡:新築的墳塚。唐杜甫《秋日夔府詠懷奉寄鄭監李賓客一百韻》:“共誰論昔事,幾處有新阡。”清仇兆鰲注:“《風俗通》:阡謂之冢。”宿草:隔年的草。《禮記·檀弓上》:“朋友之墓,有宿草而不哭焉。”唐孔穎達疏:“宿草,陳根也,草經一年則根陳也,朋友相爲哭一期,草根陳乃不哭也。”後多用爲悼亡之辭。

次韻子瞻病中遊虎跑①泉僧舍二首〔一〕

其一

掃地開門松檜香,僧家長夏亦清涼〔二〕。公庭多事久來厭,浄處安眠計甚長。修竹填窗藤簟緑,白蓮當户石盆方。香廚晚飯紅粳熟,忽憶烹雞田舍嘗〔三〕。

【校記】

①跑:原作“跪”,據宋大字本、宋建本改。

【箋注】

〔一〕作於熙寧六年(一〇七三)五、六月間。此詩乃次蘇軾《病中遊祖塔院》韻。《病中遊祖塔院》有云:“紫李黄瓜村路香,烏紗白葛道衣涼。”而蘇轍詩云:“僧家長夏亦清涼。”皆爲盛夏情景,故知當作於五六月間。虎跑泉:在浙江杭州市西南大慈山白鶴峰下慧禪寺(俗稱虎跑寺)側院内,距市區約五公里。《臨安新志》:“性空禪師居大慈山,苦無水,忽有神人告曰:‘明日當有水。’是夜二虎跑地作穴,泉水涌出,因號虎跑泉。”

〔二〕唐雍陶《懷無可上人》:"山寺秋時後,僧家夏滿時。清涼多古跡,幾處有新詩。"

〔三〕唐孟浩然《過故人莊》:"故人具雞黍,邀我至田家。緑樹村邊合,青山郭外斜。"田舍:田家;農家。

其二

澗谷新晴草木香,野情蕭①散自生涼〔一〕。雨添山色翠將溜〔二〕,日轉松陰晚更長〔三〕。病客獨來唯有睡〔四〕,遊僧相見亦它方〔五〕。還家煩熱都消盡,不信醫王與藥嘗〔六〕。

【校記】

①蕭:蜀藩刻本作"消"。

【箋注】

〔一〕"澗谷"二句:野情:不受世事人情拘束的閒散心情。唐白居易《早春獨遊曲江》:"慵慢疏人事,幽棲逐野情。"又《早夏游平原回》:"夏早日初長,南風草木香。肩輿頗平穩,澗路甚清涼。"蘇軾《游靈隱高峰塔》:"霧霏巖谷暗,日出草木香。"

〔二〕此猶言山色清翠欲滴。

〔三〕唐李世民《儀鸞殿早秋》:"松陰背日轉,竹影避風移。"

〔四〕唐王建《江館對雨》:"鳥聲愁雨似秋天,病客思家一向眠。"蘇軾《和子由四首・送春》:"酒闌病客惟思睡,蜜熟黄蜂亦懶飛。"

〔五〕它方:遠方來的。

〔六〕醫王:醫中之王。佛、菩薩之尊稱。佛、菩薩能醫治衆生之心病,故以良醫爲喻,而尊稱爲醫王。《無量義經》卷一:"醫王大醫王,分别病相,曉了藥性,隨病授藥,令衆生服。"

附録　蘇軾《病中遊祖塔院》

紫李黄瓜村路香,烏紗白葛道衣涼。閉門野寺松陰轉,攲枕風軒客夢長。因病得閑殊不惡,安心是藥更無方。道人不惜階前水,借與匏樽自在嘗。

《虎跑泉》

亭亭石塔東峰上，此老初來百神仰。虎移泉眼趁行脚，龍作浪花供撫掌。至今遊人盥濯罷，卧聽空堦環玦響。故知此老如此泉，莫作人間去來想。

寄題蒲傳正學士閬中藏書閣〔一〕

朱欄碧瓦照山隈〔二〕，竹簡牙籤次第開〔三〕。讀破文章隨意得〔四〕，學成富貴逼身來〔五〕。詩書教子真田宅〔六〕，金玉傳家定糞灰。更把遺編觀得失，君家舊物豈須猜？

【箋注】

〔一〕作於熙寧六年（一〇七三）離陳前。蒲傳正：名宗孟（一〇二八—一〇九三），字傳正，閬州新井（今四川南部縣西）人，師道子。皇祐五年進士，調夔州觀察推官。熙寧三年，召試學士院，以爲館閣校勘、中書檢正官，進集賢校理。七年，奉命查訪荆湖兩路，奏罷辰、沅役錢及湖南丁賦，助吕惠卿製手實法。九年，同修起居注、直舍人院、知制誥。神宗稱其有史才，命同修仁、英兩朝國史，爲翰林學士兼侍讀。元豐五年，拜尚書左丞。次年罷知汝州。加資政殿學士，歷知亳、杭、鄆三州、河中府。御史劾其慘酷，奪職知虢州。後復職知河中、永興、大名。元祐八年卒，年六十六，謚恭敏。《宋史》有傳。

〔二〕唐杜甫《越王樓歌》："孤城西北起高樓，碧瓦朱甍照城郭。"山隈：山的彎曲處。

〔三〕唐元稹《和樂天過秘閣書省舊廳》："聞君西省重徘徊，秘閣書房次第開。"牙籤：係在書卷上作爲標識、以便翻檢的牙骨等製成的簽牌。唐韓愈《送諸葛覺往隨州讀書》："鄴侯家多書，插架三萬軸。一一懸牙籤，新若手未觸。"按，此以代指書籍。

〔四〕杜甫《奉贈韋左丞丈二十二韻》："讀書破萬卷，下筆如有神。"蘇軾《送任伋通判黄州兼寄其兄孜》："别來十年學不厭，讀破萬卷詩愈美。"

〔五〕《隋書·楊素傳》:“[周武帝]顧謂素曰:‘善自勉之,勿憂不富貴。’素應聲答曰:‘臣但恐富貴來逼臣,臣無心圖富貴。’”蘇軾《二公再和亦再答之》:“行看富貴逼,炙手借餘暖。”

〔六〕“詩書”二句:《漢書·韋賢傳》:“賢四子,長子方山爲高寢令,早終;次子弘,至東海太守;次子舜,留魯守墳墓;少子玄成,復以明經歷位至丞相。故鄒魯諺曰:‘遺子黄金滿籝,不如一經。’”

次韻子瞻祈雨〔一〕

世故紛紛誰復閑?蛟龍不雨獨安眠。人間已厭三秋旱〔二〕,澗底猶慳一掬泉〔三〕。廟令酒肴時醉飽〔四〕,田家糠粃久安便〔五〕。憂心未已誰知恤,更把爐香試一燃。

【箋注】

〔一〕作於熙寧六年(一〇七三)七月後。

〔二〕三秋:指秋季。七月稱孟秋、八月稱仲秋、九月稱季秋,合稱三秋。晉陶潛《閑情賦》:“願在莞而爲席,安弱體於三秋。”

〔三〕一掬:兩手所捧(的東西)。因以形容極少的數量。《詩·小雅·采緑》:“終朝采緑,不盈一匊。”毛傳:“兩手曰匊。”

〔四〕廟令:指太廟令,太廟的最高長官。屬宗正,掌祭祀。《通典·職官七·諸卿上》卷二十五:“漢有諸廟寢園令長丞,晉有太廟令,宋太廟令領齋郎二十四人。”按,此謂太廟令失職。

〔五〕安便:安適。謂習以爲常。極言百姓生活艱難。

附録　蘇軾《立秋日禱雨宿靈隱寺同周徐二令》

百重堆案掣身閑,一葉秋聲對榻眠。牀下雪霜侵户月,枕中琴筑落階泉。崎嶇世路嘗應遍,寂寞山棲老漸便。惟有憫農心尚在,起占雲漢更茫然。

次韻子瞻有美堂夜歸〔一〕

飲闌鐘虡欲移軒〔二〕，香霧猶殘金博山〔三〕。明月飛來松嶺外，遊人散落馬蹄間。城嚴畫鼓初傳角〔四〕，路暗山花自落鬟。清境暫時都不見，夜深人静始來還。

【箋注】

〔一〕作於熙寧六年（一〇七三）七月。蘇軾原詩云："娟娟雲月稍侵軒，瀲瀲星河半隱山。魚鑰未收清夜永，鳳簫猶在翠微間。"蘇轍詩："明月飛來松嶺外，遊人散落馬蹄間。城嚴畫鼓初傳角，路暗山花自落鬟。"皆爲初秋景象，故繫之七月。有美堂：在杭州城内吴山最高處，爲宋梅摯任杭州知州時所建造，其堂盡得錢塘之美，爲杭州著名風景勝地。歐陽脩曾撰《有美堂記》。

〔二〕鐘虡（jù）：飾以猛獸形象的懸樂鐘的格架。漢班固《西都賦》："列鐘虡於中庭，立金人於端闈。"

〔三〕博山：博山爐，古香爐名。爐蓋上造型似傳聞海中名山博山。宋陳敬《陳氏香譜》卷四引漢劉向《博山鑪銘》曰："嘉此正器，嶄巖若山。上貫太華，承以銅盤。中有蘭綺，朱火青煙。"唐劉復《夏日雨》："銀瓶綆轉桐花井，沉水煙銷金博山。"

〔四〕畫鼓：有彩繪的鼓。唐白居易《柘枝妓》："平鋪一合錦筵開，連擊三聲畫鼓催。"角：古樂器名。出西北遊牧民族，鳴角以示晨昏。唐杜甫《閣夜》："五更鼓角聲悲壯，三峽星河影動摇。"

附録　蘇軾《與述古自有美堂乘月夜歸》

娟娟雲月稍侵軒，瀲瀲星河半隱山。魚鑰未收清夜永，鳳簫猶在翠微間。淒風瑟縮經弦柱，香霧淒迷著髻鬟。共喜使君能鼓樂，萬人争看火城還。

次韻范景仁侍郎移竹〔一〕

雙檜生南户，叢筠種北牆〔二〕。交陰奉君子〔三〕，爲伴老中堂〔四〕。露洗秋階緑，風含夏簟涼〔五〕。栽花知已誤，新上一番霜〔六〕。

【箋注】

〔一〕作於熙寧六年（一〇七三）。范鎮《移竹》今未見，詩云"秋階""夏簟涼""一番霜"，知作於秋日。范景仁（一〇〇八—一〇八八）：名鎮，字景仁，成都華陽（今四川成都市）人。仁宗寶元元年進士，授新安主簿。召試學士院，授直祕閣、判吏部南曹，開封府推官。擢起居舍人、知諫院，改集賢殿修撰，糾察在京刑獄，同修起居注，遂知制誥。英宗立，遷翰林學士。明年，出知陳州。神宗即位，召復翰林學士兼侍讀、知通進銀臺司。因與王安石政見不合，熙寧三年以户部侍郎致仕。哲宗立，起提舉中太一宫兼侍讀，懇辭不就，改提舉崇福宫。數月復告老。再致仕，累封蜀郡公。卒，謚忠文。有文集百卷，已佚。《宋史》有傳。

〔二〕筠：本義爲竹的青皮。《禮記·禮器》："其在人也，如竹箭之有筠也，如松柏之有心也。"漢鄭玄注："筠，竹之青皮也。"此引申而指竹。

〔三〕唐孟郊《和宣州錢判官使院廳前石楠樹》："養此奉君子，賞覿日爲娱。"交陰：謂檜與竹交相掩映。

〔四〕中堂：唐於中書省設政事堂，以宰相領其事，後因稱宰相爲中堂。按，范鎮未做過宰相，此處蘇轍用"中堂"以示尊崇且便於押韻。

〔五〕夏簟：夏日的竹席。南朝梁江淹《别賦》："夏簟清兮晝不暮，冬釭凝兮夜何長。"

〔六〕一番：一回；一次。

次韻子瞻再遊徑山〔一〕

我兄東南游，我亦夢中去。徑山聞已熟，往意穿雲霧。夢經山前溪,足冷忽先渡。舉頭雲峰合〔二〕,到寺霜日莫。香廚饌巖簌〔三〕,野徑踏藤屨〔四〕。平生共遊處,蹇足躡高步〔五〕。崎嶇每生胝,眩晃屢回顧〔六〕。何年棄微官,携手衆山路?得此詩後夢與兄同遊山中,故爲此篇。

【箋注】

〔一〕作於熙寧六年(一〇七三)八月後。"舉頭雲峰合,到寺霜日莫。"應是秋八月後情景。

〔二〕隋盧思道《贈劉儀同西聘》:"極野雲峰合,遥嶂日輪低。"

〔三〕巖簌:山崖上生長的野菜之類。簌,通"蔬"。

〔四〕藤屨:用藤條編製的鞋子。

〔五〕蹇足:跛足。唐張南史《早春書事奉寄中書李舍人》:"蹇足終難進,嚬眉竟未舒。"高步:闊步。晉左思《詠史》之五:"被褐出閶闔,高步追許由。"按,此句雙關。以蹇足自謂,高步指兄。謙言力不從心地追隨著哥哥的腳步。

〔六〕"崎嶇"二句:胝(zhī):皮厚成繭;手腳掌上的繭巴。眩晃:暈眩恍惚。按,此句亦是雙關。以登山之艱難喻仕途之不易。

附録　蘇軾《與周長官李秀才遊徑山二君先以詩見寄次其韻二首》

其一

少年飲紅裙,酒盡推不去。呼來徑山下,試與洗塵霧。癡馬惜障泥,臨流不肯渡。獨有汝南君,從我無朝暮。肯將紅塵腳,暫著白雲屨。嗟我與世人,何異笑百步。功名一破甑,棄置何用顧。更憑陶靖節,往問征夫路。

其二

龍亦戀故居,百年尚來去。至今雨雹在,殿閣風纏霧。而我棄鄉國,大江忘北渡。便欲此山前,築室安遲暮。又恐太幽獨,歲晚霜入屨。同遊得李生,仄足隨蹇步。孔明不自愛,臨老起三顧。吾歸便卻掃,誰踏門前路。

自陳適齊戲題〔一〕

庠齋三歲最無功〔二〕,羞愧宣王禄萬鍾〔三〕。猶欲談經誰復信?相招執籥更須從〔四〕。陳風清浄眠真足,齊俗强梁懶不容〔五〕。久爾安閑長自怪,此行磨折信天工。

【箋注】

〔一〕作於熙寧六年(一〇七三)八月後。前數詩皆數涉秋景,則赴齊當是秋日事。《潁濱遺老傳》:"會張文定知淮陽,以學官見辟,從之三年,授齊州掌書記。"齊州:春秋戰國並屬齊,秦屬齊郡,漢韓信伐齊至歷下即其地。文帝分置濟南國,景帝改爲濟南郡,後漢晉因之。後魏改爲齊州,兼置濟南郡。隋煬帝初置齊州,唐宋因之。宋屬京東路,治歷城(今山東濟南市歷下區)。參《通典·州郡十·齊州》,《文獻通考·輿地考三·齊州》。

〔二〕庠齋:書齋;學校。

〔三〕語出《孟子·公孫丑下》:"孟子致爲臣而歸。王就見孟子,曰:'前日願見而不可得,得侍同朝,甚喜;今又棄寡人而歸,不識可以繼此而得見乎?'對曰:'不敢請耳,固所願也。'他日,王謂時子曰:'我欲中國而授孟子室,養弟子以萬鍾,使諸大夫國人皆有所矜式,子盍爲我言之!'"按,蘇轍爲齊州掌書記,借用此典謙言自己不稱職虚糜稟禄。宣王:指齊宣王田辟疆(?—前三〇一),威王之子。魏將龐涓攻韓,韓請救於齊。王使田忌、田嬰將,大敗魏於馬陵。其後三晉之王皆朝王於博望。王喜文學游説之士,鄒衍、淳于髡之徒七十六人,皆賜列第,爲上大夫,不治而議論。是以稷下學士復勝,至數百千人。在位十九年卒。謚宣。參《戰國策·齊策》、《史記·齊世家》。

〔四〕"猶欲"二句:謂舊學不合於時,只好另找謀生之道。執籥:掌管鎖鑰。指看守門户。漢蔡邕《表太尉董公可相國》:"乞在他署,抱關執籥,以守漏刻。"按,此爲牢騷之詞,謂只要有人給飯吃就去。

〔五〕"陳風"四句:謂要適應齊地風俗,不能再如在陳時疏懶了。清浄:潔浄簡明。强梁:强幹果決。

送董揚休比部知真州〔一〕

奏課西南最〔二〕，分符江海衝〔三〕。往來觀惠術，蟠錯試餘鋒〔四〕。文字從堆案〔五〕，樽罍强解容〔六〕。金山衹隔水，時復聽晨鐘〔七〕。

【箋注】

〔一〕作於熙寧六年(一〇七三)秋。時在齊。董揚休：嘗爲朝請郎、知沂州，是年以比部郎中知真州。比部：古代官署名。三國魏始設，爲尚書的一個辦事機關。後幾代因之。隋、唐、宋屬刑部。元以後廢。其長官，三國魏以下爲比部曹，隋初爲比部侍郎，後改稱比部郎；唐宋爲比部郎中及員外郎。其職原掌稽核簿籍。後變爲刑部所屬四司之一。參《文獻通考·職官六》、《新唐書·百官志一》。真州：《文獻通考·輿地考四·真州》："本唐揚州子縣之白沙鎮，南唐改迎鑾鎮，宋乾德二年陞爲建安軍，雍熙二年以永正來屬，至道二年又以六合隸焉，大中祥符六年建爲真州。"治永正(今江蘇真州鎮)。

〔二〕奏課：把對官吏的考績上報朝廷。南朝梁任昉《王文憲集序》："爲義興太守，風化之美，奏課爲最。"

〔三〕分符：猶剖符。謂帝王封官授爵，分與符節的一半作爲信物。後泛指作地方長官。唐孟浩然《送韓使君除洪州都曹》："述職撫荆衡，分符襲寵榮。"江海衝：真州處於長江與京杭大運河的交匯口，是溝通南北的水上樞紐，故云。衝，交通要道。《左傳·昭公元年》："及衝，擊之以戈。"晉杜預注："衝，交道。"

〔四〕《後漢書·虞詡傳》："後朝歌賊甯季等數千人攻殺長吏，屯聚連年，州郡不能禁。乃以詡爲朝歌長。故舊皆弔詡曰：'得朝歌何衰？'詡笑曰：'志不求易，事不避難，臣之職也。不遇槃根錯節，何以別利器乎？'"蟠錯：盤曲交錯。"槃根錯節"的的縮略語。

〔五〕從：從教；任憑。

〔六〕樽罍：泛指酒器。此言以酒解愁。

〔七〕時復：時時。復，副詞後綴。晨鐘：清晨的鐘聲。北周庾信《陪駕幸終南山和宇文内史》："戍樓鳴夕鼓，山寺響晨鐘。"

送排保甲陳祐甫〔一〕

我生本西南,爲學慕齊魯〔二〕。從事東諸侯,結綬濟南府〔三〕。誰言到官舍,旱氣裂后土〔四〕。饑饉費囷倉〔五〕,剽奪驚桴鼓〔六〕。緬焉禮義邦〔七〕,憂作流亡聚。君來正此時,王事最勤苦。驅馳黄塵中,勸説野田①父。穰穰百萬家,一一連什伍〔八〕。政令當及期,田間貴安堵〔九〕。歸乘忽言西,劬勞共誰語〔一〇〕?

【校記】

①野田:宋大字本作"田野",誤倒。

【箋注】

〔一〕作於熙寧六年(一〇七三)秋。時在齊。從"結綬濟南府"可知。排保甲:推行編排保甲之法。保甲,宋代的一種鄉兵制度。熙寧初,王安石變募兵而爲保甲。其法是:十家爲一保,有保長。五十家爲一大保,有大保長。十大保爲一都保,有正副都保正。家有兩丁以上者,選一人做保丁,組成保甲,授以弓弩,教之戰陣。參《宋史·兵志六》、《文獻通考·兵考五·兵制》。陳祐甫:從《宋史》及《資治通鑑長編》知其曾爲北外都水丞、大理寺丞、都水監主簿、權管勾都水監丞等官,似皆與水利興置有關。陳祐甫此次當是到齊州落實貫徹保甲之法。餘不詳。俟考。

〔二〕齊魯:即今山東地區。此地産生了孔子爲代表的儒家思想學説。蘇轍謂"慕齊魯"即仰慕儒家文化。

〔三〕"從事"二句:二句互文。謂到濟南府作官。《左傳·成公十六年》:"郤犨將新軍,且爲公族大夫,以主東諸侯。"晉杜預注:"主齊、魯之屬。"結綬:佩繫印綬。《漢書·蕭育傳》:"少與陳咸、朱博爲友,著聞當世。往者有王陽、貢公,故長安語曰:'蕭朱結綬,王貢彈冠。'言其相薦達也。"濟南府:齊州州治所在,即今山東濟南市。

〔四〕謂遭遇特大的旱災。宋司馬光《送邵興宗之丹陽》:"赤日裂后土,萬家如烘爐。"旱氣:乾旱的氣候;旱災。《漢書·食貨志上》:"恐生旱氣,民被其災。"后土:泛指土地,泥土。

〔五〕饑饉(jǐn):災荒。莊稼收成很差或顆粒無收。《墨子·七患》:"一穀不收謂之饉……五穀不收謂之饑。"囷(qūn)倉:糧倉。《周禮·考工記·匠人》:"囷窌倉城。"唐賈公彦疏:"方曰倉,圜曰囷。"按,這是指國庫。

〔六〕剽(piāo)奪:擄掠。桴(fú)鼓:指警鼓。用於報警告急。唐崔日用《餞唐永昌》:"洛陽桴鼓今不鳴,朝野咸推重太平。"

〔七〕緬焉:猶緬然。遥遠貌。焉,後綴。《文選·陸機〈赴洛詩〉之一》:"肆目眇不及,緬然若雙潛。"唐吕向注:"緬,遠也。"

〔八〕"穰穰"二句:謂陳祐甫完善齊州的保甲制度。穰穰:衆多。《詩·周頌·執競》:"降福穰穰,降福簡簡。"毛傳:"穰穰,衆也。"什伍:古代軍隊編制,五人爲伍,十人爲什,稱什伍。亦泛指軍隊的基層建制。《禮記·祭義》:"軍旅什伍,同爵則尚齒,而弟達乎軍旅矣。"漢鄭玄注:"什伍,士卒部曲也。"唐孔穎達疏:"五人爲伍,二伍爲什。"

〔九〕田閭:田間;鄉間。安堵:猶安居。漢陳琳《檄吴將校部曲文》:"百姓安堵,四民反業。"

〔一〇〕劬勞:辛勞。

送韓祇嚴户曹得替省親成都〔一〕

宦遊東土暫相依〔二〕,政役頻煩會合稀〔三〕。每恃詳明容老病〔四〕,不堪羈旅送將歸〔五〕。思親道路寧論遠〔六〕?入蜀山河漸覺非〔七〕。我有舊廬江水上,因君聊復夢魂飛。

【箋注】

〔一〕作於熙寧六年(一〇七三)秋。時在齊。韓祇嚴:從詩中可知其爲蜀人,且原官爲齊州司户。其年頗長於蘇轍。餘不詳。俟考。户曹:掌管民户、祠祀、農桑等官署。因代指户曹參軍等官吏。參《次韻孫户曹朴柳湖》注〔一〕。省親:探望父母或其他尊親。

〔二〕唐韓愈《落葉送陳羽》:"飄颻終自異,邂逅暫相依。"東土:指齊州。

相依:依賴(韓祇嚴)。相,指代性副詞。

〔三〕謂互相都忙碌很少會聚。政役:政事役使。《禮記·鄉飲酒義》:“五十者立侍,以聽政役,所以明尊長也。”唐孔穎達疏:“政事役使也。”

〔四〕恭維府主能夠寬待屬下。詳明:審慎明敏。老病:年老多病。此指韓。唐杜甫《旅夜書懷》:“名豈文章著,官應老病休。”

〔五〕《楚辭·宋玉〈九辯〉》:“悲哉秋之爲氣也,蕭瑟兮草木摇落而變衰。憭慄兮若在遠行,登山臨水送將歸。”不堪:不能忍受。羈旅:寄居異鄉。《左傳·莊公二十二年》:“齊侯使敬仲爲卿,辭曰:‘羇旅之臣……敢辱高位?’”晉杜預注:“羇,寄;旅,客也。”

〔六〕寧論:難道説;豈能説。

〔七〕蘇軾《華陰寄子由》:“三年無日不思歸,夢裏還家旋覺非。”

和孔教授武仲濟南四詠〔一〕

環波亭〔二〕

南山迤邐入南塘,北渚岧嶤枕北牆〔三〕。過盡緑荷橋斷處,忽逢朱檻水中央〔四〕。鳧鷖聚散湖光浄,魚鼈浮沉瓦影涼〔五〕。清境不知三伏熱〔六〕,病身唯要一藤牀〔七〕。

【箋注】

〔一〕作於熙寧六年(一〇七三)初秋。在齊。時孔武仲爲齊州教授。“清境不知三伏熱,病身唯要一藤牀。”“洶洶秋聲明月夜,蓬蓬曉氣欲晴天。”“三伏”在初秋。孔武仲(一〇四二—一〇九八):字常父,臨江新淦(今江西峽江縣)人,與兄文仲、弟平仲齊名,稱“清江三孔”。幼力學,舉進士中甲科。調穀城主簿,選教授齊州,爲國子直講。元祐初歷秘書省正字、校書,集賢校理,著作郎,國子司業。進起居郎兼侍講,除起居舍人,拜中書舍人、直學士院。擢給事中,遷禮部侍郎,以寶文閣待制知洪州,徙宣州。坐元祐黨奪職,居池州。元符元年卒,年五十七。元符末年追復原官。《宋史·孔文仲傳》有附傳。教授:

學官名。宋代除宗學、律學、醫學、武學等置教授傳授學業外，各路州縣學均置教授，掌管學校課試等事，位居提督學事司之下。參《宋史・職官志七・教授》。

〔二〕元于欽《齊乘》卷五："《水經注》：濼水北爲大明湖。西有大明寺，水成浄池，池上有亭，即北渚也。池今名五龍潭，潭上有五龍廟，亭則廢矣。湖上舊有水西亭、環波亭，并見南豐、子由諸賢詩，今廢。"

〔三〕苕蕘（tiáo ráo）：猶"苕嶢"。高陡貌；遠高貌。《文選・張協〈七命〉》："揺刖峻挺，茗邈苕嶢。"唐吕延濟注："茗邈苕嶢，遠高貌。"

〔四〕《詩・秦風・蒹葭》："遡游從之，宛在水中央。"

〔五〕語出唐韓愈《奉和虢州劉給事使君三堂新題二十一詠・新亭》："湖上新亭好，公來日出初。水文浮枕簟，瓦影蔭龜魚。"按，人之求庇於人如龜魚之入瓦影。蘇轍以此言寄人籬下之感。

〔六〕三伏：初伏、中伏、末伏。爲一年中最熱之時。《初學記・歲時部・伏日》引《陰陽書》："從夏至後第三庚爲初伏，第四庚爲中伏，立秋後初庚爲後伏，謂之三伏。"按，此指末伏。

〔七〕藤床：用藤條編織的卧床。

北渚亭〔一〕

西湖已過百花汀〔二〕，未厭相携上古城。雲放連山瞻嶽麓〔三〕，雪消平野看春耕。臨風舉酒千鍾盡，步月吹笳十里聲〔四〕。猶恨雨中人不到，風雲飄蕩恐神驚〔五〕。

【箋注】

〔一〕北渚亭：熙寧五年（一〇七二）曾鞏爲齊州知州時所建。其命意本於杜甫《陪李北海宴歷下亭》："東藩駐皂蓋，北渚凌青荷。"後紹聖元年晁補之知齊州，重新修葺北渚亭，并作《北渚亭賦》。

〔二〕西湖：大明湖。《歷城縣誌》："湖出城中，擅奇宇内。"又："湖光浩渺，山色遥連，冬泛冰天，夏挹荷浪，秋容蘆雪，春色楊煙，鼓枻其中，如游香國，鷗鷺點乎晴波，簫鼓助其遠韻，固江北之獨勝也。"百花汀：即百花洲。爲大明湖畔重要景區，曾鞏亦有《百花臺》、《百花堤》詩存焉，詠洲内名勝。

〔三〕謂晴朗時可遠觀嶽麓。嶽麓：山名。一稱麓山。在湖南省長沙市郊，湘江西岸，因當衡山之足，故以麓名。山上有晉代修建的麓山寺，山下有嶽麓書院。

〔四〕步月：謂月下散步。笳（jiā）：胡笳。古管樂器。傳説爲春秋時李伯陽避亂西戎時所造，漢張騫從西域傳入，其音悲涼。後形制遞變，名稱亦各異。魏晉以後以笳、笛爲軍樂，入鹵簿。

〔五〕神指娥皇、女英，相傳爲堯之二女。堯嫁二女于舜，助舜治天下。後來舜出巡南方，二女往尋，至洞庭湖聞舜已死于蒼梧，于是投水而死，死後"神遊洞庭之淵，出入瀟湘（二水名，在今湖南）之浦"，爲湘水之神。屈原《九歌・湘夫人》有"帝子降兮北渚，目眇眇兮愁予"語。傳舜曾耕于歷山，故趵突泉上有娥英祠。《水經注・濟水》："濟水又東北，濼水入焉。水出歷城縣故城西南，泉源上奮，水涌若輪。《春秋》：桓公十八年，公會齊侯於濼是也。俗謂之爲娥姜水，以泉源有舜妃娥英廟故也。城南對山，山上有舜祠。山下有大穴，謂之舜井，抑亦茅山禹井之比矣。《書》，舜耕歷山，亦云在此，所未詳也。"

鵲山亭〔一〕

築臺臨水巧安排，萬象軒昂發瘞埋〔二〕。南嶺崩騰來不盡〔三〕，北山斷續意尤佳。平時戰伐皆荒草，永日登臨慰病懷〔四〕。更欲留詩題素壁〔五〕，坐中誰與少陵偕〔六〕？

【箋注】

〔一〕鵲山亭：在鵲上湖畔。此湖因繞鵲山而得名。《嘉慶一統志・濟南府》："鵲上湖，在歷城縣北二十里，湖北岸有鵲山，故云。"唐段成式《酉陽雜俎》卷十一："歷城北二里有蓮子湖，周環二十里，湖中多蓮花，紅緑間明，乍疑濯錦。又漁船掩映，罟罾踈布，遠望之者，若蛛網浮杯也。"此蓮子湖疑即鵲山湖。唐李白有《陪從祖濟南太守泛鵲山湖三首》。關於此亭曾鞏有《鵲山亭》詩云："大亭孤起壓城顛，屋角峨峨插紫煙。濼水飛綃來野岸，鵲山浮黛入晴天。少陵騷雅今誰和，東海風流世謾傳。太守自吟還自笑，歸時乘月尚留連。"

〔二〕“築臺”二句：謂在此處選址祭地修建山亭。瘞埋：古代祭地禮儀之一。《禮記·祭法》：“瘞埋於泰折，祭地。用騂犢。”唐孔穎達疏：“瘞埋於泰折，祭地也者，謂瘞繒埋牲祭神祇於此郊也。”

〔三〕謂山勢如駿馬奔騰而來。崩騰：奔騰。蘇軾《淩虚臺》：“青山雖云遠，似亦識公顏。崩騰赴幽賞，披豁露天慳。”

〔四〕永日：長日。病懷：多病的心境。

〔五〕唐白居易《花樓望雪命宴賦詩》：“素壁聯題分韻句，紅爐巡飲暖寒杯。”

〔六〕少陵：指杜甫。見《和張安道讀杜集》注〔一〕。杜甫《同李太守登歷下古城員外新亭》有“主稱壽尊客，筵秩宴北林”句，其自注云：“亭對鵲山湖。”偕：俱；同。

檻泉亭〔一〕

連山帶郭走平川〔二〕，伏澗潛流發涌泉〔三〕。洶洶秋聲明月夜〔四〕，蓬蓬曉氣欲晴天〔五〕。誰家鵝鴨横波去，日暮牛羊飲道邊〔六〕？滓穢未能妨潔浄〔七〕，孤亭①每到一依然。

【校記】

①亭：叢刊本作“高”，形近而誤。

【箋注】

〔一〕檻泉亭：其命意本於《詩·小雅·采菽》：“觱沸檻泉，言采其芹。”毛傳：“觱沸，泉出貌。檻，泉正出也。”趙抃有《寄題劉詔寺丞檻泉亭》詩云：“泉名從古冠齊丘，獨占溪心湧不休。”《山東通志·古蹟志》：“[檻泉亭]在府城西南，蘇轍有詩。即今之趵突泉也。”

〔二〕帶郭：謂水繞外城如帶。郭，外城。平川：廣闊平坦之地。

〔三〕濟南古稱泉城，有名泉七十二處。

〔四〕唐李白《贈崔侍御》：“誰憐明月夜，腸斷聽秋砧。”洶洶：水騰湧貌。《文選·宋玉〈高唐賦〉》：“濞洶洶其無聲兮，潰淡淡而并入。”唐李善注：“《説文》曰：‘洶，洶湧也。’謂水波騰貌。”

〔五〕蓬蓬:飽滿,充盈的樣子。

〔六〕《詩·王風·君子于役》:"日之夕矣,羊牛下來。"

〔七〕《世説新語·言語》:"司馬太傅齋中夜坐,于時天月明浄,都無纖翳,太傅歎以爲佳。謝景重在坐,答曰:'意謂乃不如微雲點綴。'太傅因戲謝曰:'卿居心不浄,乃復强欲滓穢太清邪!'"

踏藕〔一〕

春湖柳色黄〔二〕,宿藕凍猶僵〔三〕。翻沼龍蛇動,撑船牙角長〔四〕。清泉浴泥滓,粲齒碎冰霜〔五〕。莫使新梢盡,炎風翠蓋涼〔六〕。

【箋注】

〔一〕作於熙寧七年二月。"春湖柳色黄,宿藕凍猶僵"爲二月情景。踏藕:踏泥取藕。今四川方言稱爲踩藕。唐杜甫《陪鄭公秋晚北池臨眺》:"采菱寒刺上,踏藕野泥中。"

〔二〕唐賈至《春思二首》之一:"草色青青柳色黄,桃花歷亂李花香。"

〔三〕宿藕:先一年的藕。

〔四〕"翻沼"二句:謂水中沉渣泛起時一條藕就浮了起來,農夫撑船將一條條的藕裝在船上運到一起。牙角:牙齒和角。唐韓愈《月蝕詩效玉川子作》:"東方青色龍,牙角何呀呀!"按,此謂藕剛出淤泥時的枝蔓。

〔五〕冰霜:喻清脆可口之物,此處指藕。杜甫《園人送瓜》:"落刃嚼冰霜,開懷慰枯槁。"

〔六〕"莫使"二句:告誡踏藕的人不要把新發的藕莖取完了,夏天炎熱時人們還要用蓮葉遮涼。

和李誠之待制燕别西湖〔一〕并叙

熙寧六年九月,天章閣待制李公自登州來守此邦〔二〕,愛其山川泉石之勝,怡然有久留之意。此邦之人安公之惠,亦欲公之久於此也。然自其始至，而民知其方將復用，懼其不能久矣。明年二月，詔書移牧河間〔三〕，邦之父兄皆惜其去，雖公亦將留焉而不可得也。於是數與其僚燕於湖上，曰："北方幸安，余將復老於此。"酒酣，賦詩以別，從而作者三人。公平生喜爲詩，所至成編。及來此邦而未嘗有所爲，故尤貴之。遂相與刻於石，以慰邦人之思焉。

東來亦何恃？夫子此分符〔四〕。談笑萬事畢，樽罍衆客俱〔五〕。高情生遠岫，清興發平湖〔六〕。坐使羈遊士，能忘歲月徂〔七〕。縱歡真樂易〔八〕，恨別不須臾〔九〕。廟幄新謀帥，河間最近胡①〔一〇〕。安邊本餘事〔一一〕，清賞信良圖。應念茲園好，流泉海内無。

【校記】

①胡：原作"湖"，據宋大字本、宋建本改。

【箋注】

〔一〕作於熙寧七年（一〇七四）二月。從叙可知。李誠之（一〇一三—一〇七八）：名師中，字誠之，本楚丘（今山東曹縣）人，徙居鄆（今山東鄆城縣）。年十五上封事言時政，由是得名。舉進士，龐籍辟知洛川縣，又薦爲太子中允、知敷政縣，權主管經略文字。提點廣西刑獄，攝帥事，邊人化聽，稱李大夫，不敢名。還知濟、兗二州，遷直使館，知鳳翔府。熙寧初，拜天章閣待制、河東都轉運使，知秦州，爲政持重總大體，乞召司馬光、蘇軾等置左右，爲吕惠卿所排，貶和州團練副使。杜衍、范仲淹、富弼皆薦其有王佐才，雖屢黜，氣未嘗稍衰。事見劉摯《右司郎中李公墓誌銘》。元豐元年卒，年六十六。《宋史》有傳。《續資治通鑑長編・神宗熙寧八年》："[閏四月]龍圖閣直學士、給事中李師中卒。王安石言師中悉心奉公，畏法勤事，雖見識不高，然近臣如此者至少，謂宜賻之加等，上以爲然。"

〔二〕天章閣：宋宫中藏書閣名。始建於宋真宗天禧四年，翌年成。坐落會慶殿西，龍圖閣北。仁宗即位，專用以藏真宗御制文集、御書。置天章閣學士、直學士、待制等官。登州：春秋牟子國地。戰國屬齊，秦屬齊郡，漢以下並屬東萊郡。唐武后分萊州置登州，或爲東牟郡。屬河南道。宋屬京東東路。治蓬萊（今山東蓬萊縣）。

〔三〕即下詩所謂知瀛州事。

〔四〕分符：指作地方行政長官。參《送董揚休比部知真州》注〔三〕。

〔五〕"談笑"二句：《莊子·天地》："通於一而萬事畢，無心得而鬼神服。"杜甫《相從行贈嚴二別駕》："萬事盡付形骸外，百年未見歡娱畢。"樽罍：酒尊。此指宴客。

〔六〕"高情"二句：謂李師中高雅脱俗，時時即興吟詠。遠岫（xiù）：遠處的峰巒。唐張籍《霅溪西亭晚望》："夕陰生遠岫，斜照逐迴流。"清興：清雅的興致。蘇軾《淩虚臺》："浩歌清興發，放意末禮删。"

〔七〕"坐使"二句：謂李師中的雅興使羈旅異鄉的下屬忘記了歲月的流逝。徂：消逝；流逝。

〔八〕樂易：和樂平易。參《和子瞻東陽水樂亭歌》注〔八〕。

〔九〕唐元稹《思歸樂》："長安不須臾，復作交州行。"

〔一〇〕"廟幄"二句：謂朝廷需要李擔當大任。廟幄：朝廷。幄，篷帳。此指君王的帷帳。謀帥：尋求元帥的人選。事本《左傳·僖公二十七年》："作三軍，謀元帥。趙衰曰：'郤縠可。'"唐韓愈《酬别留後侍郎》："爲文無出相如右，謀帥難居郤縠先。"按，河間宋時屬河北東路，爲宋遼交界之處。故云"最近胡"。參下首注〔一〕。

〔一一〕餘事：多餘的事；閑事。這是超脱于功名的説法，乃反韓愈《和席八十二韻》"多情懷酒伴，餘事作詩人"而用之。

送李誠之知瀛州〔一〕

少年學詩書，晚歲探至道〔二〕。豈伊封疆臣〔三〕？乃是廊廟寶。苦恨富貴遲，聲名得空早〔四〕。憶惟西羌桀，始建元戎纛。恩威炳朝日，號令靡秋草〔五〕。功勳不容究，孤高易摧倒〔六〕。歸來易三邦〔七〕，但養胸中顥〔八〕。寧知北邊將，還須用耆老〔九〕。春風吹旌旆，先聲遍城堡〔一〇〕。往事安足懲〔一一〕？遺黎待公保。

【箋注】

〔一〕作於熙寧七年(一〇七四)二月。瀛州:春秋時屬晉,七國時屬趙,秦上谷郡之地,漢屬涿郡,後爲河間國,後漢及晉因之,後魏爲河間郡,孝文帝分置瀛州,隋初廢河間郡置瀛州,唐因之,治河間縣。宋慶曆八年始置高陽關路安撫使,統瀛、莫、雄、貝、冀、滄、永、静、保定、乾寧、信安一十州。此詩爲李誠之功高而屢屢困頓深表同情。參上詩注〔一〕。

〔二〕至道:大道;治國之道。

〔三〕"封疆"二句:謂李非唯好的行政長官,更是社稷股肱之臣。封疆臣:謂作地方行政長官。語本《禮記·樂記》:"君子聽磬聲,則思死封疆之臣。"白居易《華原磬》:"宫懸一聽華原石,君心遂忘封疆臣。"廊廟寶:語本《後漢書·孟嘗傳》:"廊廟之寶,棄於溝渠。"

〔四〕對李師中早獲名聲而長期沉淪下僚倍感遺憾。唐白居易《六十拜河南尹》:"流水光陰急,浮雲富貴遲。"蘇軾《追作淮口遇見詩戲用其韻》:"養氣勿吟哦,聲名忌太早。"

〔五〕"憶惟"四句:追憶李師中在秦州時的功勞。其本傳云:"熙寧初,拜天章閣待制、河東都轉運使。西人入寇,以師中知秦州……師中亦以持重總大體自處。前此多屯重兵於境,寇至則戰,嬰其鋭鋒,而内無以遏其人。師中簡善守者列塞上,而使善戰者中居,令諸城曰:'即寇至,堅壁固守,須其去,出戰士尾襲之。'約束既熟,常以取勝。"西羌:漢代時對羌人的泛稱。《後漢書·西羌傳》:"西羌之本,出自三苗,姜姓之本也。"後世稱居于西北的羌人。元戎纛:主帥的大旗。元戎,主將,統帥。纛,古時軍隊或儀仗隊的大旗。靡秋草:如秋草望風披靡。語本《南齊書·高帝紀上》:"麾旆所臨,風行草靡。"

〔六〕"功勳"二句:謂李師中有功而被黜。其本傳云:"[王]韶又請置市易,募人耕緣邊曠土,師中奏阻其謀。王安石方主韶,坐以奏報反覆,罪削職,知舒州。徙洪、登、齊,復待制知瀛州。"《老子》第七十六章:"故堅强者死之徒,柔弱者生之徒。是以兵强則不勝,木强則共。"

〔七〕三邦:即上注之洪、登、齊三州。

〔八〕《孟子·公孫丑上》:"我善養吾浩然之氣。"顥:猶言顥氣。清新潔白盛大之氣。《文選·班固〈西都賦〉》:"軼埃壒之混濁,鮮顥氣之清英。"唐張銑

注:“鮮,潔也;顥,白也。言過埃塵之上以承潔白清英之露。”

〔九〕耆老:老成人。《禮記·檀弓上》:“魯哀公誄孔子曰:‘天不遺耆老,莫相予位焉。’”清陳澔集説:“言天不留此老成,而無有佐我之位者,以寓其傷悼之意而已耳。”

〔一〇〕先聲:先前的聲望。蘇軾《送錢承制赴廣西路分都監》:“知是丹霞破佛手,先聲應已懾群夷。”

〔一一〕“往事”二句:勉勵李師中不以過去遭遇的不平爲念,努力做好保國安民之事。懲:鑒戒。

西湖二詠〔一〕

觀捕魚

西湖不放長竿入,群魚空作淘河食〔二〕。漁人攘臂下前汀〔三〕,蕩漾清波浮兩腋。藕梢菱蔓不容網〔四〕,箔作長圍徒手得。逡巡小舟十斛重,踴躍長魚一夫力。柳條穿頰洗黄金〔五〕,鱠縷堆盤雪花積〔六〕。燒薤香橙巧相與,白飯青蔬甘莫逆〔七〕。食罷相携堤上步,將散重煎葉家白〔八〕。人生此事最便身,金印垂腰定何益〔九〕?

【箋注】

〔一〕作於熙寧七年(一〇七四)秋。“東遊塵土未應嫌,此物秋來日嘗食”明言“秋”,“香橙”亦是秋時水果。

〔二〕淘河:鵜鶘的别名。《爾雅·釋鳥》“鵜,鴮鸅”晉郭璞注:“今之鵜鶘也。好群飛,沈水食魚,故名洿澤,俗呼之爲淘河。”

〔三〕攘臂:捋起衣袖,伸出胳膊。

〔四〕此指用竹籬層層推進將魚攔在圍内。箔:竹籬笆。

〔五〕黄金:謂金黄的魚鱗。此謂將魚洗滌乾净。

〔六〕蘇軾《春菜》:“茵陳甘菊不負渠,鱠縷堆盤纖手抹。”又《次韻子由病酒肺疾發》:“初如雪花積,漸作櫻珠大。”鱠縷:魚片,魚絲。

〔七〕“燒薤”二句：謂餐飯豐盛且與魚肉搭配得當。燒薤（xiè）：燒烤的藠頭。蘇軾《金橙徑》：“須是松江煙雨裏，小船燒薤擣香虀。”又《和蔣夔寄茶》：“三年飲食窮芳鮮，金虀玉鱠飯炊雪。”舊題宋王十朋《東坡詩集注》引趙次公曰：“《隋唐嘉話》云：吴都獻松江鱸魚鱠，煬帝曰：‘所謂金虀玉鱠，東南之佳味也。師南人鱠魚以細縷，金橙伴之，號爲金虀玉鱠。’”莫逆：語出《莊子·大宗師》：“［子祀、子輿、子犂、子來］四人相視而笑，莫逆於心，遂相與爲友。”後遂以謂彼此志同道合。按，此處指四種飲食與魚肉搭配相得益彰。

〔八〕葉家白：福建建溪的一種名茶。蘇軾《岐亭》之三：“仍須煩素手，自點葉家白。”舊題宋王十朋《東坡詩集注》引趙次公曰：“葉家白，建谿茶名。”宋施元之注引《茶録》：“建州葉氏多茶山，每歲貢焉。”

〔九〕唐王建《送唐大夫罷節歸山》：“不堪腰下懸金印，已向雲西寄玉田。”

食雞頭〔一〕

芡葉初生縐如縠〔二〕，南風吹開輪脱轂〔三〕。紫苞青刺攢蝟毛，水面放花波底熟〔四〕。森然赤手初莫近，誰料明珠藏滿腹。剖開膏液尚模糊，大盎磨聲風雨速〔五〕。清泉活火曾未久，滿堂坐客分升掬。紛然咀嚥惟恐遲，勢若群雛方脱粟〔六〕。東都每憶會靈沼，南國陂塘種尤足〔七〕。東遊塵土未應嫌，此物秋來日嘗食。

【箋注】

〔一〕雞頭：即芡實。參《次韻子瞻渼陂魚》注〔二〕。

〔二〕縠（hú）：有皺的紡織品。

〔三〕謂秋風一起芡實在水中如車輪脱轂到處漂蕩。轂：車輪的中心部位，周圍與車輻的一端相接，中有圓孔，用以插軸。《詩·秦風·小戎》：“文茵暢轂，駕我騏馵。”宋朱熹集傳：“轂者，車輪之中，外持輻内受軸者也。”

〔四〕“紫苞”二句：謂芡葉爛掉，種子成熟。蝟毛：刺猬的毛。

〔五〕“剖開”二句：叙述取芡實的過程。取出種子，用石磨磨去種子硬殼。

〔六〕“清泉”四句：謂煮芡實分食。咀嚥：同“咀嚼”。《漢書·司馬相如傳下》：“呼吸沆瀣兮餐朝霞，咀嚥芝英兮嘰瓊華。”

〔七〕“東都”二句:言在京城時往往是皇帝賞賜之物,而在南方到處都是。靈沼:語出《詩·大雅·靈台》:“王在靈沼,於牣魚躍。”毛傳:“靈沼,言靈道行於沼也。”後喻指帝王的恩澤所及之處。陂(bēi)塘:池塘。

次韻孫推官朴見寄二首〔一〕

其一

蒙①愠未能憂悄悄〔二〕,得閑時復醉昏昏〔三〕。知君亦學無言語〔四〕,豈悟維摩不二門〔五〕?

【校記】

①蒙:叢刊本作“家”,形近而誤。

【箋注】

〔一〕作於熙寧七年(一〇七四)甲寅秋。“懷舊暗聽秋雁過”可知。孫朴或仍在陳州。孫朴:見《次韻孫户曹朴柳湖》注〔一〕。

〔二〕謂遭受怨怒不能隱忍不發。蒙愠:遭受怨怒。愠,怨怒;惱怒。憂悄悄:默不作聲。唐杜甫《臨邑舍弟書至苦雨黄河泛溢隄防之患簿領所憂因寄此詩用寬其意》:“職司憂悄悄,郡國訴嗷嗷。”

〔三〕唐白居易《不如來飲酒七首》之四:“不如來飲酒,合眼醉昏昏。”

〔四〕謂當謹言慎行。無言語:即無言戒。《大方等大集經》卷十二:“時王舍城師子將軍家産一子。當其生時,虚空之中多有諸天作如是言:‘童子!當應念法,思惟於法。凡所發言,莫説世事,常當頒宣出世之法,常當守口,慎言少語,莫於世事起諸覺觀,當依於義,莫依文字。’爾時童子聞是語已,不復涕泣,無嬰兒相。”

〔五〕維摩:見《楊惠之塑維摩像》注〔一〕。不二門:猶言“不二法門”。不二之理,佛道之軌範,故云法。聖由之趣入,故云門。《維摩詰所説經》卷二:“如我意者,於一切法無言無説,無示無識,離諸問答,是爲入不二法門。”

其二

病懶近來全廢學，宦遊唯是苦思鄉。粗知會計猶堪仕①〔一〕，貪就功名有底忙〔二〕？懷舊暗聽秋雁過，夢歸偏愛曉更長。故人知我今何念？擬向東山賦首章〔三〕。

【校記】

①仕：宋大字本作"任"，誤。

【箋注】

〔一〕會(kuài)計：管理財物及其出納等事。《孟子·萬章下》："孔子嘗爲委吏矣，曰：'會計當而已矣。'"

〔二〕唐杜甫《寄邛州崔録事》："久待無消息，終朝有底忙。"底：疑問代詞。何；什麽。

〔三〕《詩·豳風·東山》："我徂東山，慆慆不歸。"毛傳："慆慆，言久也。"東山：指遠行之地。按，此謂思歸心切。

送張正彦法曹〔一〕

憶見君兄弟，相携謁侍郎。通經誇早歲〔二〕，落筆盡成章〔三〕。試劇何輕鋭①〔四〕，當官便激昂。三年知力竭，大府覺才長。知己未如格〔五〕，歸貲纔滿囊〔六〕。舊書還讀否？師説近淒涼。君以《三傳》及第，今廢此科。

【校記】

①輕鋭：宋建本、蜀藩刻本作"風發"。

【箋注】

〔一〕作於熙寧七年(一〇七四)秋。張正彦法曹官滿罷任離齊州，此詩爲送别之作。《三蘇年譜》卷二十四："此侍郎疑爲張掞。《宋史》張掞傳謂'累官户部侍郎致仕'。《長編》卷二百一十四熙寧三年八月庚午紀事謂掞以龍圖閣直學士、工部郎中爲户部侍郎致仕,月日皆可考。則正彦或爲掞之子侄輩,亦爲齊州歷城人。惜其兄弟不可考。據此詩,知轍曾拜謁掞,受其教誨。”謁:晉見;拜見。

〔二〕早歲:早年;年青時。南朝宋王僧達《祭顔光禄文》:“惟君之懿,早歲飛聲。”

〔三〕《三國志·魏書·陳思王植傳》:“言出爲論,下筆成章。”唐方干《贈許牘山人》:“支頤忽有得,揺筆便成章。”

〔四〕試劇:任用於繁重的職務。參《送董揚休比部知真州》注〔四〕。唐宋之問《酬李丹徒見贈之作》:“鎮吴稱奥里,試劇仰通才。”劇,繁重的職務。輕鋭:輕鬆快捷。

〔五〕如格:猶言合格。此爲憤激語,蓋言不合時宜。

〔六〕歸貲(zī):回歸時的財物。按,此極言其清貧。

送青州簽判俞退翁致仕還湖州〔一〕

不作清時言事官〔二〕,海邦那復久①盤桓。早依蓮社塵緣少〔三〕,新就草堂歸計安〔四〕。富貴暫時朝露過〔五〕,江山故國水精寒〔六〕。宦遊從此知多事,收取《楞伽》静處看〔七〕。

【校記】

①復久:叢刊本作“久復”,誤倒。

【箋注】

〔一〕作於熙寧七年(一〇七四)。元方回《瀛奎律髓》卷二十四:“吴興俞汝尚以御史召,力辭不允,竟歸。子由爲齊州記室,作此送之。第五句乃虚説,第六句乃實事,自然高妙。汝尚四世孫澂淳熙丁未守筠陽,併其高祖和詩刊置《欒城集》中。蓋亦不附荆公者也。”青州:州、府名。漢置青州。曹魏及晉初因之。南北朝仍置州,治所屢遷,轄領不一。隋廢。唐初復置州,後改平盧軍節度使。五代及宋因之。簽判:宋代各州、府選派京官充當州郡判官,時稱簽書判官廳公事,簡稱“簽判”。掌諸案文移事務。參《事物紀原·撫字長民·

簽判》、《文獻通考・職官十六・簽判》。俞汝尚:字仁廓,號退翁,又號溪堂居士,歸安(在今浙江湖州市)人。慶曆二年進士。爲人温淳有禮,議論不苟,澹於勢利,聞人善言善行,記之不忘。歷僉書西川判官。王安石當國,欲寘汝尚御史。驛召詣京,力辭得免。從趙抃於青州,以屯田郎中致仕卒。《宋史》有傳。致仕:辭去官職。《公羊傳・宣公元年》:"退而致仕。"漢何休注:"致仕,還禄位於君。"湖州:春秋時屬吴,吴滅屬越,越滅屬楚。秦爲會稽、鄣二郡之境,漢亦同。後漢屬吴郡,三國南朝時有變遷。隋置湖州,唐宋屬浙兩路。治烏程(今浙江烏程縣)。

〔二〕謂俞汝尚辭御史不作。其本傳云:"王安石當國,患一時故老不同己。或言汝尚清望,可寘之御史,使以次彈擊。驛召詣京師,既知所以薦用意,力辭,章再上得免。"

〔三〕蓮社:佛教浄土宗最初的結社。晉代廬山東林寺高僧慧遠,與僧俗十八賢結社念佛,因寺池有白蓮,故稱。塵緣:佛教、道教謂與塵世的因緣。唐韋應物《春月觀省屬城始憩東西林精舍》:"佳士亦棲息,善身絶塵緣。"

〔四〕草堂:茅草蓋的堂屋。舊時文人常以"草堂"名其所居,以標風操之高雅。南朝齊孔稚珪《北山移文》:"鍾山之英,草堂之靈。馳煙驛路,勒移山庭。"歸計:辭官歸故里的打算。

〔五〕朝露:早晨的露水。語出《漢書・蘇武傳》:"人生如朝露,何久自苦如此。"唐顔師古注:"朝露見日則晞,人命短促亦如之。"按,此言富貴不過是過眼煙雲。

〔六〕水精:指湖州。宋佚名《豹隱紀談》:"吴興之水晶宫,不載《圖經》,刺史楊漢公《九月十五夜絶句》云:'江南地暖少嚴風,九月炎涼正得中。溪上玉樓樓上月,清光合作水晶宫。'後來,林子中聞滕元發得湖洲,以詩賀何洵直邦彦曰:'清風樓下兩溪春,三十餘年一夢新。欲識玉皇香案史,水晶宫主謫仙人。'因爲故事。"《苕溪漁隱叢話前集・水晶宫》亦載此事。宋歐陽脩《送胡學士知湖州》:"吴興水精宫,樓閣在寒鑒。"宋蘇泂《苕溪雜興》:"斜風細雨轉船頭,夜半波平帶月流。行到下菰城畔望,水晶宫闕是湖州。"

〔七〕謂抛卻塵世煩惱而研讀佛經。楞伽:《楞伽經》。全稱《楞伽阿跋多羅寶經》。楞伽,山名;阿跋多羅,入之義。意謂佛陀入此山所説之寶經。《五燈會元・東土祖師・初祖菩提達磨大師者》:"吾有《楞伽經》四卷,亦用付汝,即是如來心地要門,令諸衆生開示悟入。"

附録 俞汝尚《汝尚將歸吴興齊州記室蘇子由辱詩送因逐韻謝之》

釋履從軍忝濫官,已衰能復尚盤桓。邇來齒髮羞相問,乞有衡茅覓自安。使我襟懷遺内熱,誦君詩句襲人寒。知誰便是知音者,且作巖溪雪景看。

和青州教授頓起九日見寄〔一〕

歲月飄然風際煙〔二〕,紫萸黄菊又霜天〔三〕。莫思太室杉松外〔四〕,且醉青州歌舞前。昔年與頓君同登嵩頂,時正重九〔五〕。杯酒追歡真一夢〔六〕,天涯回望正三年。近來又欲東觀海,聽説《毛詩》《雅》《頌》篇〔七〕。君善講《詩》。

【箋注】

〔一〕作於熙寧七年(一〇七四)九月九日後。頓起:見《送頓起及第還蔡州》注〔一〕。九日:指農曆九月九日重陽節。《藝文類聚・歲時部中・九月九日》引南朝梁吴均《續齊諧記》:"今世人每至九日,登山飲菊酒。"

〔二〕風際煙:猶言風中煙。言其消失得快。唐杜甫《詠懷古跡五首》之一:"支離東北風塵際,漂泊西南天地間。"唐韓愈《謝自然詩》:"須臾自輕舉,飄若風中煙。"因音韻而用風際。

〔三〕紫萸:即茱萸。植物名。香氣辛烈,可入藥。古俗農曆九月九日重陽節,佩茱萸能祛邪辟惡。《西京雜記》卷三:"九月九日,佩茱萸,食蓬餌,飲菊華酒,令人長壽。"

〔四〕太室:即嵩山。參《辛丑除日寄子瞻》注〔一四〕。

〔五〕熙寧五年,蘇轍與頓起同登嵩山。參《熙寧壬子八月於洛陽妙覺寺考試舉人及還道出嵩少之間至許昌共得大小詩二十六首》注〔一〕。

〔六〕“杯酒”二句：追歡：猶尋歡。杜甫《九日登梓州城》：“伊昔黄花酒，如今白髮翁。追歡筋力異，望遠歲時同。”蘇軾《贈寫御容妙善師》：“三年歸來真一夢，橋山松檜淒風霜。”又《天竺寺》：“十七年真一夢，天涯流落涕横斜。”

〔七〕毛詩：漢初，傳《詩》者有齊、魯、韓、毛四家。前三家爲今文經學，《毛詩》爲古文經學。相傳爲漢初學者毛亨和毛萇所傳。據稱其學出于孔子弟子子夏。《毛詩》在西漢未立學官，東漢時著名學者鄭衆、賈逵、馬融、鄭玄等皆治《毛詩》。鄭玄作《毛詩傳箋》。魏晉以後，齊、魯、韓三家漸散亡或無傳者，唯《毛詩》獨盛。至唐孔穎達定《五經正義》，於《詩》取毛傳與鄭箋，乃更爲後世所宗尚。《詩》分“風”“雅”“頌”三部分。

題徐正權秀才城西溪亭〔一〕

竹林分徑水通渠，真與幽人作隱居〔二〕。溪上路窮惟畫舫，城中客至有罾魚〔三〕。東來衹爲林泉好〔四〕，野外從教簿領疏〔五〕。不識徂徠石夫子，兼因女婿覓遺書〔六〕。徐生，石介女婿也。

【箋注】

〔一〕作於熙寧七年（一〇七四）冬。徐正權：名遁。爲石介婿，善醫。詩云“東來衹爲林泉好，野外從教簿領疏”，知徐正權亦齊州僚屬。蘇轍《龍川略志》卷二：“後爲齊州從事，有一舉子徐遁者，石守道之壻也，少嘗學醫於衛州，聞高敏之遺説，療病有精思。予爲道驪之言，遁喜曰：‘齊嘗大飢，群匄相臠割而食，有一人皮肉盡而骨脈全者。遁以學醫故，往觀其五臟，見右腎下有脂膜如手大者，正與膀胱相對，有二白脈自其中出，夾脊而上貫腦。意此即導引家所謂夾脊雙關者，而不悟脂膜如手大者之爲三焦也。單君之言，與所見懸合，可以正古人之謬矣！’”餘不詳。俟考。秀才：漢時開始與孝廉并爲舉士之科名，東漢時避光武帝諱改稱“茂才”。唐初曾與明經、進士并設爲舉士科目，旋停廢。後唐宋間凡應舉者皆稱秀才，明清則稱入府州縣學生員爲秀才。

〔二〕隱居：指隱士的住所。唐孟浩然《尋白鶴巖張子容隱居》：“白鶴青巖半，幽人有隱居。”

〔三〕罾(zēng)魚:用罾捕撈之魚。罾,魚網。

〔四〕唐李華《詠史十一首》之四:"寧知市朝變,但覺林泉好。"

〔五〕簿領:官府的簿籍文書。參《次韻柳子玉謫官壽春舟過宛丘見寄二首》之一注〔二〕。

〔六〕"不識"二句:戲言徐正權大概奉其岳父命到齊州訪求遺書。石夫子:即石介(一〇〇五—一〇四五),字守道,一字公操,兖州奉符(今山東泰安市岱岳區徂徠鎮)人。天聖八年登進士第,歷鄆州觀察推官、南京留守推官、鎮南掌書記、嘉州軍事判官。丁母憂歸。居喪期間,開館講學於家鄉徂徠山下,學者因稱徂徠先生。慶曆二年服除,召入爲國子監直講,主盟上庠。著《慶曆聖德頌》,謳歌范仲淹慶曆新政。變法旋告失敗,介不自安,求放外,得通判濮州。未及赴任,於慶曆五年卒。介爲北宋頗具影響之思想家,師事孫復,推尊韓愈所倡之"道統",力倡古文運動,排佛、老,反楊億。與胡瑗、孫復合稱爲"宋初三先生"。事跡見歐陽脩《徂徠石先生墓志銘》,《宋史》有傳。

和子瞻喜虎兒生〔一〕

生男如狼猶恐尫〔二〕,寅年生虎慰爺娘。汝家家世事文史,門户豈有空剛强?試看猛虎在山谷,斧牙鉤爪旗尾揚〔三〕。徐行當道擇牛羊,狐狸驚走熊豬忙〔四〕。我今老病思退藏〔五〕,生子安得尚激昂?不見伯父擅文章,逡巡議論前無當〔六〕。

【箋注】

〔一〕作於熙寧七年(一〇七四)十二月。本年十二月三日,蘇軾知密州任。虎兒:即蘇遠,字叔寬。蘇轍第三子,後改名遜。因生於寅年,故乳名虎兒。蘇轍貶筠,改遷雷、徙循,唯遜侍之。

〔二〕《後漢書》:"諺有云:生男如狼,猶恐其尫。"尫(wāng):指孱弱,瘦弱。

〔三〕斧牙鉤爪:牙如斧,爪如鉤。極言其利。

〔四〕忙:驚慌;恐懼。

〔五〕退藏：語出《易·繫辭上》："聖人以此洗心，退藏於密，吉凶與民同患，神以知來，知以藏往。"三國魏韓康伯注："言其道深微，萬物日用而不能知其原，故曰退藏於密，猶藏諸用也。"後亦指辭官引退，藏身不用。唐白居易《元十八從事南海欲出廬山臨別舊居有戀泉聲之什因以投和兼伸別情》："我自退藏君變化，一杯可易得相逢。"

〔六〕逡巡：從容；不慌忙。參《次韻子瞻廣陵會三同舍各以其字爲韻·劉貢甫》注〔五〕。

附録　蘇軾《虎兒》

舊聞老蚌生明珠，未省老兔生於菟。老兔自謂月中物，不騎快馬騎蟾蜍。蟾蜍爬沙不肯行，坐令青衫垂白鬚。於菟駿猛不類渠，指揮黄熊駕黑貙。丹砂紫麝不用塗，眼光百步走妖狐。妖狐莫誇智有餘，不勞摇牙咀爾徒。

次韻子瞻病中贈提刑段繹〔一〕

京東分東西〔二〕，中劃齊魯半。兄來本相從，路絶人長嘆。前朝使者還，手把新詩玩。憐我久别離，卷帙爲舒散。誰言窮陋邦〔三〕，得此唱酬伴？相逢傾蓋間，晤語何旦旦〔四〕！宦遊少娱樂，纏縛苦文案。能於王事餘，時作《楚詞①》亂。譬②如近膏油，未肯忘濯盥〔五〕。賢豪真勉强，功業畏遼③緩〔六〕。伊余獨何爲？舊籍西南貫。竊禄未遑歸〔七〕，自笑嗟已懦。方當四海寒，戀此一寸炭〔八〕。主倦客欲留，逡巡要奪館。奈何獨見收，軟語④强温暖。此意定難酬，還予授子粲〔九〕。

【校記】

①詞：宋大字本作"辭"。

②譬：原作"臂"，據宋大字本、宋建本改。

③遼：原本、宋建本作"繚"，據蜀藩刻本改。

④語:原作“言”,據蜀藩刻本改。

【箋注】

〔一〕作於熙寧八年(一〇七五)正月。蘇軾原詩題作《除夜病中贈段屯田》。轍詩云:“前朝使者還,手把新詩玩。”故知作於正月。段繹:字釋之。歷朝奉郎、守太常博士、上騎都尉,權發遣夔州路提點刑獄,屯田員外郎。熙寧四年,徙京西路、職方員外郎,復易權發遣京東路提點刑獄。七年,因議開河失策罰銅十斤。蘇軾贈詩,轍次韻。

〔二〕《宋史・地理志一》:“至道三年以應天、兖、徐、曹、青、鄆、密、齊、濟、沂、登、萊、單、濮、濰、淄,淮陽軍、廣濟軍、清平軍、宣化軍、萊蕪監、利國監爲京東路。熙寧七年分爲東西兩路,以青、淄、濰、萊、登、密、沂、徐州,淮陽軍爲東路;鄆、兖、齊、濮、曹、濟、單州,南京爲西路。”

〔三〕陋邦:邊遠閉塞之地。語本《論語・子罕》:“子欲居九夷,或曰:‘陋如之何?’子曰:‘君子居之,何陋之有?’”

〔四〕“相逢”二句:謂雖新知而感情真淳。傾蓋:車上的傘蓋靠在一起。指初次相識或偶然相逢。參《北京送孫曼叔屯田權三司開拆司》注〔五〕。晤語:見面交談。

〔五〕“能於”四句:謂於公事之餘,寫一些詩詞。此以王事爲膏油,詩詞爲盥洗心性之物。王事:公事。楚詞:即楚辭。楚地歌謡。其篇後往往有“亂曰”收束總結,故此處因韻腳關係而稱“楚詞亂”代指楚辭。參《和張安道讀杜集》注〔五〕。濯盥:盥洗。

〔六〕遼緩:猶遲緩。

〔七〕謙言無德能而虚領俸禄。唐杜荀鶴《自叙》:“寧爲宇宙閒吟客,怕作乾坤竊禄人。”未遑:來不及。

〔八〕軟語:柔和而委婉的話語。南朝梁王僧孺《禮佛唱導發願文》:“折伏攝受之仁,遇緣而咸拯。苦言軟語之德,有感而斯唱。”唐杜甫《贈蜀僧閭丘師兄》:“夜闌接軟語,落月如金盆。”蘇軾《往在東武與人往反作粲字韻詩四首今黄魯直亦次韻見寄復和答之》:“吾儕眷微禄,寒夜抱寸炭。”

〔九〕“主倦”六句:謂自己正有解職之憂,而段爲自己斡旋,自己心感不已,將宴請段。語本《詩・鄭風・緇衣》:“緇衣之宜兮,敝,予又改爲兮。適子之館兮，還，予授子之粲兮。”蘇轍《詩集傳》曰：“武公爲平王卿士。緇衣，其聽朝之正服也。諸侯入爲卿士，皆受館於王室，民之愛武公不知厭也，故曰：‘子之緇衣敝歟？予將爲子改爲之。子適子之館歟？苟還也，予將授子以粲。’粲，飧也。愛之無厭之辭也。”見收：猶言收留自己。見，動詞前稱代自己。軟語：柔和而委婉的話語。强：勉强。温暖：緩和。

附録　蘇軾《除夜病中贈段屯田》

龍鍾三十九，勞生已强半。歲暮日斜時，還爲昔人歎。樂天詩云：行年三十九，歲暮日斜時。今年一線在，那復堪把玩。欲起强持酒，故交雲雨散。惟有病相尋，空齋爲老伴。蕭條燈火冷，寒夜何時旦。倦僕觸屏風，飢鼯嗅空案。數朝閉閣卧，霜髪秋蓬亂。傳聞使者來，策杖就梳盥。書來苦安慰，不怪造請緩。大夫忠烈後，高義金石貫。要當擊權豪，未肯覷衰懦。此生何所似，暗盡灰中炭。歸田計已决，此邦聊假館。三徑灑成資，一枝有餘暖。願君留信宿，庶奉一笑粲。

黄庭堅《見子瞻粲字韻和答三人四返不困而愈崛奇輒次舊韻寄彭門三首》

其一

公材如洪河，灌注天下半。風日未嘗攖，晝夜聖所歎。名世二十年，窮無歌舞玩。入宫又見妬，徒友飛鳥散。一飽事難諧，五車書作伴。風雨暗樓臺，雞鳴自昏旦。雖非錦繡贈，欲報青玉案。文似《離騷》經，詩窺《關雎》亂。賤生恨學晚，曾未奉巾盥。昨蒙雙鯉魚，遠託鄭人緩。風義薄秋天，神明還舊貫。更磨薦禰墨，推挽起疲懦。忽忽未嗣音，微陽歸候炭。仁風從東來，拭目望齋館。鳥聲日日春，柳色弄晴暖。漫有酒盈樽，何因見此粲。

其二

人生等尺棰，豈耐日取半。誰能如秋蟲，長夜向壁嘆。朝四與暮三，適爲狙公玩。臭腐暫神奇，暗噫即飄散。我觀萬世中，獨立無介伴。小黠而大癡，夜氣不及旦。低首甘豢養，尻脽登俎案。所以終日飲，醉眼朱碧亂。無人明此心,忍垢待濯盥。仰看東飛雲,只使衣帶緩。先生古人學,百氏一以貫。見義勇必爲,少作衰俗懦。忠言願回天,不忍斆吞炭。還從股肱郡,待詔圖書館。投壺得賜金,侏儒餘飽煖。寧令東方公,但索長安粲。

其三

元龍湖海士,毀譽略相半。下床卧許君,上床自永歎。丈夫屬有念,人物非所玩。坐令結歡客,化爲煙霧散。武功有大略,亦復寡朋伴。詠歌思見之,長夜鳴鶡旦。東南望彭門,官道平如案。簡書束縛人,一水不能亂。斯文媲秬鬯,可用圭瓚盥。試求活國醫,何忍棄和緩。開疆日百里,都内錢朽貫。銘功甚俊偉,迺見儒生懦。且當置是事,勿使冰作炭。上帝群玉府,道家蓬萊館。曲肱夏簟寒,炙背冬屋暖。只令文字垂,萬世星斗粲。

次韻子瞻賦雪二首〔一〕

其一

麥苗出土正纖纖〔二〕,春早寒官令尚嚴〔三〕。雲覆南山初半嶺,風乾東海盡成鹽。來時瞬息平吞野,積久欹危欲敗簷〔四〕。强付酒樽判醉熟〔五〕,更尋詩句鬥新尖〔六〕。

【箋注】

〔一〕作於熙寧八年(一〇七五)正月。蘇軾詩名《雪後書北臺壁二首》。蘇軾詩施宿《東坡先生年譜》繫於熙寧八年。王文誥總案次於除夜詩前,定爲七年冬末作。蘇轍自繫此詩於上詩之後,且自注云:"是歲京師雪尤甚。"考《宋史・神宗紀二》、《宋史・五行志三》,熙寧八年春正月,"京師雨木冰"。蘇軾熙寧八年春三月有《出城送客》,云:"今年好雨雪。"是知此年春曾下雪。故繫於八年正月。

〔二〕纖纖(xiān):尖細貌。

〔三〕寒官：即司寒，古代傳説的冬神。《左傳·昭公四年》："其藏之也，黑牡、秬黍以享司寒。"晉杜預注："司寒，玄冥，北方之神。"

〔四〕攲（qī）危：傾斜欲墜貌。

〔五〕判：通"拚"。甘願。唐杜甫《將赴成都草堂途中有作先寄嚴鄭公五首》之三："豈藉荒庭春草色，先判一飲醉如泥。"

〔六〕新尖：新穎而特出。蘇軾《答郡中同僚賀雨》："愧我賢友生，雄篇鬬新語。"

其二

點綴偏工亂鵲鵶，淹留亦解①惱船車〔一〕。乘春已覺矜餘力〔二〕，騁巧時能作細花〔三〕。僵雁墮鴟②誰得罪〔四〕？敗牆破壁③若爲家〔五〕。天公愛物遥憐汝，應是門前守夜叉〔六〕。是歲京師雪尤甚，鴟鳶凍死如積〔七〕。

【校記】

①亦解：原作"欲解"，宋大字本作"欲醉"，據宋建本、蜀藩刻本改。

②鴟：宋大字本作"鳶"。

③壁：宋建本、蜀藩刻本、叢刊本作"屋"。

【箋注】

〔一〕謂因下雪車船都没法行駛，旅客滯留。

〔二〕唐杜甫《贈韋左丞丈》："不謂矜餘力，還來謁大巫。"

〔三〕唐韓愈《喜雪獻裴尚書》："騁巧先投隙，潛光半入池。"

〔四〕謂禽鳥因雪凍餓而死。鴟：鳶屬。鷂鷹。

〔五〕若爲：如何；怎麼。

〔六〕夜叉：梵語的譯音。佛經中一種形象醜惡的鬼，勇健暴惡，能食人，後受佛之教化而成爲護法之神，列爲天龍八部衆之一。《維摩詰所説經》卷一："並餘大威力諸天：龍、夜叉、乾闥婆、阿修羅、迦樓羅、緊那羅、摩睺羅伽等悉來會坐。"鳩摩羅什注："［夜叉］有三種：一在地，二在虚空，三天夜叉也。地夜叉但以財施，故不能飛空，天夜叉以車馬施，故能飛行。"

〔七〕鳶（yuān）：鴟鷹、老鷹。

附録　蘇軾《雪後書北臺壁二首》

其一

黄昏猶作雨纖纖，夜静無風勢轉嚴。但覺衾裯如潑水，不知庭院已堆鹽。五更曉色來書幌，半夜寒聲落畫簷。試埽北臺看馬耳，未隨埋没有雙尖。

其二

城頭初日始翻鴉，陌上晴泥已没車。凍合玉樓寒起粟，光摇銀海眩生花。遺蝗入地應千尺，宿麥連雲有幾家。老病自嗟詩力退，空吟《冰柱》憶劉叉。

王安石《讀眉山集次韻雪詩五首》

其一

若木昏昏末有鵶，凍雷深閉阿香車。摶雲忽散簁爲屑，翦水如分綴作花。擁篲尚憐南北巷，持杯能喜兩三家。戲挼亂掬輸兒女，羔袖龍鍾手獨叉。

其二

神女青腰寶髻鵶，獨藏雲氣委飛車。夜光往往多聯璧，小白紛紛每散花。珠綱纚連拘翼座，瑶池淼漫阿環家。銀爲宫闕尋常見，豈即諸天守夜叉。

其三

惠施文字黑如鵶，於此機緘漫五車。皭若易緇終不染，紛然能幻本無花。觀空白足寧知處，疑有青腰豈作家。慧可忍寒真覺晚，爲誰將手少林叉。

其四

寄聲三足阿環鵶，問訊青腰小駐車。一一照肌寧有種，紛紛迷眼爲誰花。争妍恐落江妃手，耐冷疑連月姊家。長恨玉顔春不久，畫圖時展爲君叉。

其五

戲珠微縞女鬟鴉，試咀流酥已頰車。歷亂稍埋冰揉粟，消沉時點水圓花。豈能舴艋真尋我，且與蝸牛獨卧家。欲挑青腰還不敢，直須詩膽付劉叉。

又《讀眉山集愛其雪詩能用韻復次韻一首》

靚粧嚴飾曜金鵶，比興難工漫百車。水種所傳清有骨，天機能識皦非花。嬋娟一色明千里，綽約無心熟萬家。長此賞懷甘獨卧，袁安交戟豈須叉。

次韻韓宗弼太祝送遊太山〔一〕

羨君官局最優游〔二〕，笑我區區學問囚〔三〕。今日登臨成獨往，終年勤苦粗相酬。春深緑野初開繡，雲解青山半脱裘。回首紅塵讀書處〔四〕，煮茶留客小亭幽。

【箋注】

〔一〕作於熙寧八年（一〇七五）三月。詩云“春深緑野初開繡，雲解青山半脱裘”。“春深”知爲三月。韓宗弼：韓縝之侄。太祝：官名。商官有六太，其一曰太祝。《周禮》春官宗伯之屬有太祝，掌祭祀祈禱之事。秦漢有太祝令丞，屬太常卿。歷代多因之。太山：即泰山。位於今山東中部，古稱東岳，爲五岳之一，以其爲四岳所宗，又名岱宗。

〔二〕優游：悠閒自得。語出《詩·大雅·卷阿》：“伴奂爾遊矣，優遊爾休矣。”

〔三〕謂困於職守而不能自由。按，是時轍爲齊州掌書記，自不免周旋於文字簿籍之間。故曰學問囚。

〔四〕蘇軾原詩云“未應回首厭籠囚”“但教塵土驅馳足”，此句意近似。

附録　蘇軾《韓太祝送遊太山》

偶作郊原十日遊，未應回首厭籠囚。但教塵土驅馳足，終把雲山爛漫酬。聞道逢春思濯錦,便須到處覓菟裘。恨君不上東封頂,夜看金輪出九幽。

次韻劉敏殿丞送春〔一〕

春去堂堂不復追,空餘草木弄晴暉〔二〕。交游歸雁行將盡〔三〕,蹤迹鳴鳩懶不飛〔四〕。老大未須驚節物〔五〕,醉狂兼得避危機〔六〕。東風雖有經旬在,芳意從今日日非〔七〕。四月十一日立夏。

【箋注】

〔一〕作於熙寧八年(一〇七五)四月。"春去"可證。末句自注:"四月十一日立夏。"劉敏:參後《送劉長清敏》自注及詩注〔一〕。餘不詳。俟考。殿丞:殿中丞之省。殿中監之屬吏。參《京師送王頤殿丞》注〔一〕。

〔二〕暉(huī):同"輝"。光輝,日光。唐朱灣《送陳偃賦得白鳥翔翠微》:"不知鷗與鶴,天畔弄晴暉。"

〔三〕謂朋友都紛紛離去了。歸雁:大雁春天北飛,秋天南飛,候時去來。

〔四〕謂自己疏懶而安閑職。鳴鳩(jiū):斑鳩。《詩·小雅·小宛》:"宛彼鳴鳩,翰飛戾天。"唐孔穎達疏:"毛以爲,言宛然翅小者,是彼鳴鳩之鳥也,而欲使之高飛至天,必不可得也。"按,斑鳩性情疏懶,故蘇轍以自比。

〔五〕節物:反映季節變化的風光景物。唐高適《重陽》:"節物驚心兩鬢華,東籬空繞未開花。"

〔六〕《世説新語·任誕》:"周伯仁風德雅重,深達危亂。過江積年,恒大飲酒,嘗經三日不醒。時人謂之'三日僕射'。"

〔七〕唐白居易《感秋詠意》:"須知流輩年年失,莫歎衰容日日非。"

附録 蘇軾《送春》

夢裏青春可得追,欲將詩句絆餘暉。酒闌病客惟思睡,蜜熟黄蜂亦懶飛。芍藥櫻桃俱掃地,病過此二物。鬢絲禪榻兩忘機。憑君借取《法界觀》,一洗人間萬事非。來書云:近看此書,余未嘗見也。

次韻趙至節推首夏〔一〕

首夏尋芳也未遲,繞園紅紫尚菲菲。無心與物真皆可〔二〕,有酒逢人勸莫違〔三〕。夢逐楊花無限思〔四〕,身慚啼鳥不如歸〔五〕。官居寂寞如僧舍〔六〕,海燕憐貧故入扉。

【箋注】

〔一〕作於熙寧八年(一〇七五)四月。四月爲夏之首。趙至:不詳。俟考。節推:"節度推官"的略稱。爲節度使屬官,掌勘問刑獄。宋蘇洵《與楊節推書》:"節推足下:往者見託以先丈之埋銘,示之以程生之行狀。"首夏:初夏。農曆四月。

〔二〕唐張九齡《詠燕》:"無心與物競,鷹隼莫相猜。"

〔三〕晉陶潛《形贈影》:"願君取吾言,得酒莫苟辭。"

〔四〕唐白居易《春盡日宴罷感事獨吟》:"閑聽鶯語移時立,思逐楊花觸處飛。"

〔五〕古人以爲杜鵑啼聲酷似人言"不如歸去",因用爲催人歸家之詞。舊題漢揚雄《蜀王本紀》:"蜀望帝淫其臣鱉靈之妻,乃禪位而逃,時此鳥適鳴,故蜀人以杜鵑鳴爲悲望帝,其鳴爲不如歸去云。"亦省作"不如歸"。宋范仲淹《越上聞子規》:"春山無限好,猶道不如歸。"

〔六〕宋歐陽脩《與梅堯臣》:"某居此久,日漸有趣,郡齋静如僧舍。"

附録　蘇軾《首夏官舍即事》

安石榴花開最遲,絳裙深樹出幽菲。吾廬想見無限好,客子倦遊胡不歸。座上一樽雖得滿,古來四事巧相違。令人卻憶湖邊寺,垂柳陰陰晝掩扉。

次韻李昭叙供備燕别湖亭〔一〕

池亭雨過一番涼〔二〕,雲髻羅裙客兩旁〔三〕。不覺行人離恨遠〔四〕,

貪看積水照筵光[五]。滿堂樽俎歡方劇,極目江湖意自長[六]。歸去伊川瀟灑地[七],不須遺念屬清湘。

【箋注】

〔一〕作於熙寧八年(一〇七五)四月。李昭叙:洛陽(今河南洛陽市)人。嘗爲供備庫使、黎陽都監、開封府推官、石州、忻州等郡守。入元祐黨籍。供備:供備庫使。屬西班諸司使。通常無職掌,僅爲武臣遷轉之階。太平興國三年改供備庫爲内物庫而使名未改。餘不詳。俟考。

〔二〕宋文同《夜思寄蘇子平秘丞》:"亂竹敲風遠,高松過雨涼。"

〔三〕謂席間有舞女陪侍。雲髻:高聳的髮髻。《文選·曹植〈洛神賦〉》:"雲髻峩峩,脩眉聯娟。"唐李善注:"峩峩,高如雲也。"

〔四〕離恨:因别離而産生的愁苦。南朝梁吴均《陌上桑》:"故人寧知此,離恨煎人腸。"

〔五〕筵:坐席。

〔六〕蘇軾《殘臘獨出二首》之一:"幽尋本無事,獨往意自長。"

〔七〕伊川:古地名。指伊水所流經的伊河流域。《左傳·僖公二十二年》:"辛有適伊川,見被髮而祭於野者。"晉杜預注:"伊川,周地。伊,水也。"

附録　蘇軾《送李供備席上和李詩》

家聲赫奕蓋并涼,也解微吟錦瑟傍。擘水取魚湖起浪,引杯看劍坐生光。風流别後人人憶,才器歸來種種長。不用更貪窮事業,風騷分付與沉湘。

送李昭叙移黎陽都監歸洛省親[一]

與君非舊識,傾蓋便相親[二]。共事林泉郡,忘歸南北人[三]。煮茶流水曲,載酒後湖湄[四]。未覺遊從厭,空驚别恨新。瀕河今重地[五],知已舊元臣[六]。洛下聞雞犬,家書不浹旬[七]。西還倚門罷,北渡羽書頻[八]。忠孝傳家事,風流待一振。

【箋注】

〔一〕作於熙寧八年(一〇七五)四月。黎陽:漢舊縣,三國魏置黎州及黎陽郡。隋開皇三年州郡俱廢爲縣,屬魏州,唐武德二年重置黎陽縣,貞觀七年廢縣歸衛州,宋天聖四年以衛州縣隸通利軍,熙寧三年廢,以二縣隸衛州。治在今安徽黎陽縣。按,李昭叙當是任衛州都監,因治所在黎陽故稱。都監:宋于諸路、州、府,皆置兵馬都監,省稱"都監"。《文獻通考·職官考十三·都監》:"宋朝兵馬都監有路,分掌本路禁、屯戍、邊防、訓練之政令……州都監則以大小使臣充,掌本城屯駐、兵甲、訓練、差使之事,兼在城巡檢。"

〔二〕傾蓋:車上的傘蓋靠在一起。指初次相識或偶然相逢。參《北京送孫曼叔屯田權三司開拆司》注〔五〕。

〔三〕南北人:語本《禮記·檀弓上》:"今丘也,東西南北之人也。"漢鄭玄注:"東西南北,言居無常處也。"後因以"南北人"指居無常處、行蹤不定的人。唐杜甫《謁文公上方》之三:"甫也南北人,蕪蔓少耘鋤。"

〔四〕漘(chún):水邊。

〔五〕謂黎陽是軍事重地。瀕河:靠近,臨近黄河。

〔六〕元臣:重臣,大臣。唐韓愈《送張侍郎》:"兩府元臣今轉密,一方逋寇不難平。"

〔七〕浹(jiā)旬:一旬,十天。

〔八〕"西還"二句:謂探望父母之後又要急著赴任。倚門:《戰國策·齊策六》:"王孫賈年十五,事閔王。王出走,失王之處。其母曰:'女朝出而晚來,則吾倚門而望;女暮出而不還,則吾倚閭而望。'"後因以"倚門"謂父母望子歸來之心殷切。羽書:猶羽檄。《文選·虞羲〈詠霍將軍北伐〉》:"羽書時斷絶,刁斗晝夜驚。"唐張銑注:"羽書,徵兵檄也。"

遊太山四首〔一〕

初入南山

自我來濟南,經年未嘗出。不知西城外,有路通石壁。初行澗谷淺，漸遠峰巒積。翠屏互舒卷，耕耨隨欹側〔二〕。雲木散山阿〔三〕，逆旅時百室〔四〕。兹人謂川路，此意屬行客。久遊自多念，忽誤向所歷。嘉陵萬壑底〔五〕，棧道百迴屈〔六〕。崖巘遞峥嶸〔七〕，征夫時出没。行李雖云艱〔八〕，幽邃亦已劇〔九〕。坐緣斗升米〔一〇〕，被此塵土厄〔一一〕。何年道褒斜，長嘯理輕策〔一二〕？

【箋注】

〔一〕作於熙寧八年(一〇七五)四月。"春深草木長，山暖冰雪潰。"山中春遲，唐白居易《大林寺桃花》云："人間四月芳菲盡，山寺桃花始盛開。長恨春歸無覓處，不知轉入此中來。"言草木長，冰雪潰應是初夏情景。故繫之四月。

〔二〕謂山民根據地形而墾殖。耕耨：耕種。

〔三〕雲木：高聳入雲的樹木。唐杜甫《朝二首》之一："野人時獨往，雲木曉相參。"山阿：山的曲折處。

〔四〕謂有不少的客舍。《左傳·僖公二年》："今虢爲不道，保爲逆旅，以侵敝邑之南鄙。"晉杜預注："逆旅，客舍也。"百室：指衆多房屋。晉左思《蜀都賦》："百室離房，機杼相和。"

〔五〕嘉陵：指嘉陵江。發源於秦嶺北麓的寶雞市鳳縣。因鳳縣境内的嘉陵谷而得名。

〔六〕棧道：險絶處依山架木而爲之路。此處指嘉陵道，又稱故道或陳倉道。此道修建甚早，爲出入蜀地重要通道。《史記·河渠書》："湯問其事，因言：'抵蜀從故道，故道多阪，回遠。今穿褒斜道，少阪，近四百里；而褒水通沔，斜水通渭，皆可以行船漕。'"宋王安石《和文淑》："天梯雲棧蜀山岑，下視嘉陵水萬尋。"

〔七〕崖巘(yǎn)：高崖險峰。峥嶸：高峻貌。

〔八〕行李：行旅。

〔九〕幽邃：清幽深邃。

〔一〇〕坐緣：只因。斗升米：指薄俸。參《次韻子瞻遊甘露寺》注〔二五〕。

〔一一〕塵土：塵事。蘇軾《和子由四首·韓太祝送遊太山》："但教塵土驅馳足，終把雲山爛漫酬。"

〔一二〕“何年”二句：謂從褒斜道回歸故鄉。唐王維《藍田山石門精舍》：“舍舟理輕策，果然愜所適。”褒斜：即褒斜古道。古道路名。因取道褒水、斜水二河谷得名。参《八陣磧》注〔八〕。輕策：輕便的拐杖。

四禪寺〔一〕

山蹊容車箱，深入遂有得。古寺依巖根，連峰轉相揖〔二〕。樵蘇草木盡，佛事亦蕭瑟〔三〕。居僧麋鹿人〔四〕，對客但羞澀。雙碑立風雨，八分存法則〔五〕。云昔義靖師，萬里窮西域。《華嚴》貝多紙，歸來手親譯。蜕骨儼未移，至今存石室〔六〕。遺文盡法界〔七〕，廣大包萬億。變化浩難名，丹青畫京邑〔八〕。粲然共一理，眩晃莫能識〔九〕。末法漸衰微〔一〇〕，徒使真人泣。

【箋注】

〔一〕四禪寺：《山東通志·泰州府·四禪寺》：“寺在府城東南徂徠山陽（南邊）。”清趙國麟《游徂徠山記》：“又數里，山限叢樹森鬱，殿宇廊舍若人冠巾幘襍立其中。邱曰：‘此四禪寺也。’”

〔二〕相揖：本謂互相拱手行禮。此處指兩峰相對。唐孟郊《立德新居十首》之一：“碧峰遠相揖，清思誰言孤。”

〔三〕謂禪寺冷落。佛事：大凡佛教徒誦經、祈禱及供養佛像之類皆稱佛事。蕭瑟：冷落貌。

〔四〕麋（mí）鹿人：隱逸之人。隱居山林，與麋鹿爲伍。唐李白《山人勸酒》：“各守麋鹿志，恥隨龍虎争。”

〔五〕八分：漢字書體名。字體似隸而體勢多波磔。相傳爲秦時上谷人王次仲所造。關于八分之命名，歷來説法不一，或以爲二分似隸，八分似篆，故稱八分；或以爲漢隸之波折，向左右分開，“漸若八字分散”，故名八分。見唐張懷瓘《書斷上》。唐杜甫《李潮八分小篆歌》：“陳倉石鼓又已訛，小大二篆生八分。”

〔六〕“云昔”六句：言義靖（義净）和尚譯經傳經之功。義靖：即義净（六三五—七一三）。義净字文明，俗姓張，唐范陽（今河北涿州市）人。幼時出家。

内外閑習,今古博通。咸亨二年出遊,經二十五年歷三十餘國,得梵本經律論近四百部。嘗與于闐三藏實叉難陀翻譯《華嚴經》。與玄奘齊名。華嚴:佛教經典。《大方廣佛華嚴經》之簡稱。"大方廣"爲所證之法,"佛"爲能證之人,證得大方廣理之佛也,"華嚴"二字爲喻此佛者。因位之萬行如華,以此華莊嚴果地,故曰華嚴。又佛果地之萬德如華,以此華莊嚴法身,故曰華嚴。貝多:梵語音譯。意爲樹葉。古印度常以多羅樹葉寫經。西域:漢以來對玉門關、陽關以西地區的總稱。蜕骨:謂義靖的骸骨。蜕,脱。道家、佛家等謂死爲解脱。

〔七〕法界:佛教語。梵語意譯。通常稱各種事物現象及其本質。《大方廣佛華嚴經》卷四十四:"入於真法界,實亦無所入。"

〔八〕謂唐京兆大荐福寺有義靖的畫像碑文。

〔九〕眩晃:迷惑。宋歐陽脩《人日聚星堂燕集探韻得豐字》:"文章爛照耀,應和相撞舂。而予處其間,眩晃不知從。"

〔一〇〕末法:佛教語。謂佛法的衰微時期。《妙法蓮華經》卷五:"如來滅後,於末法中欲説是經,應住安樂行。"

靈巖寺〔一〕

青山何重重,行盡土①囊底〔二〕。巖高日氣薄,秀色如新洗。入門塵慮息〔三〕,盥漱得清泚〔四〕。高堂見真人,不覺首自稽〔五〕。祖師古禪伯〔六〕,荆棘昔親啓〔七〕。人迹尚蕭條,豺狼夜相抵。白鶴導清泉,甘芳勝醇醴〔八〕。聲鳴青龍口,光照白石②陛。尚可滿畦塍,豈惟濯蔬米。居僧三百人,飲食安四體。一念但清涼〔九〕,四方盡兄弟〔一〇〕。何言庇華屋〔一一〕,食苦當如薺〔一二〕。

【校記】

①土:叢刊本作"上",形近而誤。

②石:叢刊本作"室"。

【箋注】

〔一〕《山東通志·濟南府·靈巖寺》:"在縣東九十里方山上,元魏時爲竺僧朗公説法之所，正光中僧法定修建，唐開元十三年重修，梁昇卿譔碑，宋景德中賜今額，内有甘露、雙鶴等六泉，佛日巖、鐵袈裟、辟支塔、十里松諸蹟，歷代題詠甚多。”

〔二〕土囊：洞穴。參《和子瞻題風水洞》注〔二〕。

〔三〕塵慮：俗念。唐李程《春臺晴望》：“登高塵慮息，觀徼道心清。”

〔四〕盥（guàn）漱：洗手，漱口。清泚（cǐ）：清水。

〔五〕稽（qǐ）：叩頭至地。

〔六〕禪伯：對有道僧人的尊稱。唐李白《答族侄僧中孚贈玉泉仙人掌茶》：“宗英乃禪伯，投贈有佳篇。”

〔七〕“祖師”二句：謂開創寺院的高僧創業艱辛。“荆棘”云云語本《左傳·宣公十二年》：“篳路藍縷，以啓山林。”唐孔穎達疏：“以荆竹織門謂之篳門，則篳路亦以荆竹編車，故謂篳路爲柴車。《方言》云：‘楚謂凡人家貧衣破醜敝爲藍縷。’藍縷，謂敝衣也。”

〔八〕醴（lǐ）：甜酒。

〔九〕一念：佛家語。指極短促的時間。《佛説仁王般若波羅蜜經》卷上：“九十刹那爲一念。”蘇軾《過大庾嶺》：“一念失垢汙，身心洞清浄。”

〔一〇〕《論語·顔淵》：“死生有命，富貴在天。君子敬而無失，與人恭而有禮。四海之内皆兄弟也。”

〔一一〕謂和尚們從來不會想到要庇身華屋之下。華屋：華麗的居宅。

〔一二〕《詩·邶風·谷風》：“誰謂荼苦？其甘如薺。”薺（jì）：薺菜。

嶽下〔一〕

東來亦何求？聊欲觀海岱〔二〕。海西尚千里，將行勇還退。岱陰即齊疆，南往曾歷塊〔三〕。春深草木長〔四〕，山暖冰雪潰。中巷無居人，南畝釋耕耒〔五〕。車徒八方至，塵坌百里内〔六〕。牛馬汗淋漓，綺紈聲綷縩〔七〕。喧闐六師合〔八〕，洶涌衆流匯。無復問誰何〔九〕，但自舍耽愛〔一〇〕。龍鸞畫車服〔一一〕，貝玉飾冠佩。驊騮蹴騰騫〔一二〕，幡旆飛晻曖〔一三〕。腥膻及魚鼈〔一四〕，瑣細或蒲菜。游憧愧無賚,技巧窮殊態〔一五〕。縱觀眄未已,精意殫一酹〔一六〕。出門青山屯,繞廊遺迹昧〔一七〕。登封尚壇壝,古觀寫旗隊。戈矛認毫末,舒卷分向背。雍容太平業,磊落豐碑在〔一八〕。往事半蓬蒿,遺氓但悲慨〔一九〕。回瞻最高峰,遠謝徂徠對〔二〇〕。欲將有限力,一放目所迨。天門四十里,預恐雙足廢。三宿遂徘徊〔二一〕,歸來欲誰懟〔二二〕?前年道轘轅〔二三〕,直上嵩嶺背。中休强飲食,莫宿時盥頮〔二四〕。稍知天宇寬,不覺人寰穢〔二五〕。歲時未云久,筋骸老難再。山林無不容,疲薾坐自礙〔二六〕。自知俗緣深,畢老守闤闠〔二七〕。何當御清風〔二八〕,不用車馬載。

【箋注】

〔一〕《三蘇年譜》卷二十五:"未登上太山之頂,故云'嶽下'。"

〔二〕海岱:今山東渤海至泰山地帶。海,渤海;岱,泰山。《書·禹貢》:"海岱惟青州。"孔傳:"東北據海,西南距岱。"唐杜甫《登兖州城樓》:"浮雲連海岱,平野入青徐。"

〔三〕歷塊:《漢書·王褒傳》:"過都越國,蹶如歷塊。"唐顔師古注:"如經歷一塊,言其疾之甚。"後以"歷塊"形容疾速。

〔四〕晉陶潛《讀山海經十三首》之一:"孟夏草木長,遶屋樹扶疎。"

〔五〕謂已無人耕種。南畝:《詩·豳風·七月》:"嗟我父子,饁彼南畝。"耕耒:即耒。古代一種翻土農具。

〔六〕塵坌(bèn):灰塵,塵土。坌,塵埃。按,此下一段是描述真宗封禪時景況。

〔七〕綺紈:華麗之絲織品。指富貴人家。綷縩(cài):即綷縩。象聲詞。衣服摩擦聲。《漢書·外戚傳下·孝成班倢伃》:"感帷裳兮發紅羅,紛綷縩兮紈素聲。"顔師古注:"綷縩,衣聲也。"

〔八〕喧闐(tián):喧嘩,熱鬧。六師:周天子所統六軍之師。《書·康王之誥》:"張皇六師,無壞我高祖寡命。"曾運乾《正讀》:"六師,天子六軍。周制一萬二千五百人爲師。"後以爲天子軍隊之稱。此謂禁軍。

〔九〕誰何:《史記·屈原賈生列傳》:"信臣精卒,陳利兵而誰何?"南朝宋裴駰集解引三國魏如淳曰："何猶問也。"

〔一〇〕謂軍隊搶駐了民房、任意奪取百姓的東西。耽（dān）愛：深愛，溺愛。

〔一一〕車服：車輿禮服。《書·舜典》："敷奏以言，明試以功，車服以庸。"孔傳："功成則賜車服以表顯其能用。"唐孔穎達疏："人以車服爲榮，故天子之賞諸侯，皆以車服賜之。"

〔一二〕驊騮：見《記歲首鄉俗寄子瞻二首·踏青》注〔一〇〕。騰騫：飛騰。

〔一三〕幡旆（fān pèi）：指旗幟。晻（ǎn）曖：盛貌。

〔一四〕腥膻（shān）：指肉食。

〔一五〕"游惶"二句：謂所謂祥瑞都是些不務正業的方士或游手好閑之徒編造出來的。殊態：千奇百怪的手段。殊，奇特。

〔一六〕"縱觀"二句：謂將國計民生寄托于神靈讓人感到驚訝。精意：精誠的心意。酹：以酒澆地，表示祭奠。

〔一七〕謂登封的遺跡漸漸模糊。昧：昏暗不明。

〔一八〕"登封"六句：謂還有不少當年登封的壁畫。登封：登山封禪。指古帝王登泰山祭天祭地。壇壝（wěi）：壇場。祭祀之所。

〔一九〕遺氓（méng）：遺民。

〔二〇〕徂（cú）徠：山名。在山東泰安東南。

〔二一〕謂三天便不再攀登了。三宿：三日。

〔二二〕懟（duì）：怨恨。

〔二三〕轘轅：見《登封道中三絶·轘轅道》注〔一〕。

〔二四〕盥頮（guàn huì）：洗手，洗臉。頮，洗臉。

〔二五〕蘇軾《又次前韻贈賈耘老》："今朝偶上法華嶺，縱觀始覺人寰隘。"人寰（huán）：人間；人世。

〔二六〕疲薾（ěr）：困憊。

〔二七〕"自知"二句：自愧還不能徹底擺脱官場。俗緣：佛教以因緣解釋人事，因稱塵世之事爲俗緣。闤闠：街市；街道。參《次韻子瞻減降諸縣囚徒事畢登覽》注〔二〕。

〔二八〕《莊子·逍遥游》："列子御風而行，泠然善也。"御風：乘風飛行。

送王璋長官赴真定孫和甫辟書〔一〕

昔年旅南服〔二〕,始識王荆州〔三〕。威動千里肅,恩寬行客留。從容見少子,風采傾凡儔〔四〕。温然吐詞氣,已覺清且修。不見十五年,相逢話百憂。青衫走塵土〔五〕,白髮各滿頭。新棄東海邑,願從北諸侯。北鄙事方夥,饑饉連戈矛〔六〕。盟好未可輕,念當事懷柔〔七〕。主將今老成〔八〕,勉盡良計籌。

【箋注】

〔一〕作於熙寧八年(一〇七五)五月。《三蘇年譜》卷九:"時轍在齊州。王璋辭東海邑令,回齊州家鄉,與蘇轍相晤。轍作此詩時,王荆州當已去世:如王荆州在,詩中當言及,轍熙寧六年至齊時,未云及王荆州,疑去世已久。"又卷二十五:"詩首敘嘉祐四年十二月晤其父與璋於荆州,……璋爲一邑之令,或在齊州附近瀕海之所。"真定:戰國時屬趙,秦屬鉅鹿郡,漢爲常山郡,後唐爲北都真定府,宋慶曆八年置真定府路安撫使,統真定、磁、相、邢、趙、洺六州。宋屬河北西路。治真定(今河北正定縣)。孫和甫:即孫固(一〇一六—一〇九〇),字和甫,鄭州管城(今河南鄭州市)人。擢進士第,調磁州司户參軍,轉霍邑令,遷秘書丞,爲審刑詳議官、編修中書諸房文字,皇太子侍讀。神宗即位,知通進銀臺司,出知澶州。還知審刑院,復領銀臺、封駁兼侍讀,判少府監;歷知真定府、開封府,元豐初同知樞密院事,改太中大夫、樞密副使,進知院事,以疾避位,出知河陽。哲宗即位,知河南府,徙鄭州。元祐二年,召除侍讀、提舉中太一宫,遂拜門下侍郎,復知樞密院事,累官右光禄大夫。五年卒,年七十五,謚温靖。後列元祐黨籍,政和中以嘗爲神宗宫僚特出籍。《宋史》有傳。辟書:徵召的文書。按,王璋當是受孫固徵召。《續資治通鑑長編·神宗熙寧七年》:"[二月]同提舉在京諸司庫務、龍圖閣直學士孫固知成德軍。"

〔二〕南服:古代王畿以外地區分爲五服,故稱南方爲"南服"。《文選·謝瞻〈王撫軍庾西陽集别時爲豫章太守庾被徵還東〉》:"祇召旋北京,守官反南服。”唐李善注:“南服,南方五服也。”

〔三〕王荆州:清查慎行《蘇詩補注》:“先生全集有《上荆州王兵部書》,又有《與王刑部書》,二人皆爲荆州守,又同姓,其名字俱失考。”餘不詳。俟考。按,此暗用唐李白《與韓荆州書》:“白聞天下談士相聚而言曰:‘生不用萬户侯,但願一識韓荆州。’何令人之景慕一至於此耶?”

〔四〕凡儔:所有的同輩。

〔五〕青衫:唐制,文官八品九品服以青色,故後多以“青衫”代指小官。又下層官吏每值上司按臨,均需道左相迎,故謂“走塵土”。蘇洵《憶山送人》:“爛漫走塵土,耳囂目眵昏。”蘇軾《東湖》:“爾來走塵土,意思殊不堪。”

〔六〕謂既有災荒,又時有戰事。語出《論語·子路》:“千乘之國,攝乎大國之間,加之以師旅,因之以饑饉。”《續資治通鑑長編·神宗熙寧八年》:“[四月]又詔:‘聞真定府界旱甚,其令孫固親禱名山靈祠。’”戈矛:代指打仗。

〔七〕懷柔:語本《禮記·中庸》:“送往迎來,嘉善而矜不能,所以柔遠人也。繼絶世,舉廢國,治亂持危,朝聘以時,厚往以薄來,所以懷諸侯也。”後因以稱安撫少數民族等爲“懷柔”。

〔八〕謂孫固老成持重。老成:穩重;持重。

寄孫朴〔一〕

憶昔補官太皞墟〔二〕,泮宫蕭條人事疏〔三〕。日高鼾睡聲噓噓〔四〕,往還廢絶門無車。君爲户曹畏簡書〔五〕,放懷疏懶亦似余。相逢語笑夜躊躇,烹煮梨栗羞肴蔬。官居一去真蘧廬〔六〕,東來失計悔厥初〔七〕。夜聞桴鼓驚閭閻〔八〕,事如牛毛費耘鋤〔九〕。違失真性從吏胥,目視紾臂邀徐徐〔一〇〕。羨①君不出心自如,北潭秋水多芙蕖〔一一〕。青荷包飯蒲爲菹〔一二〕,翛②然獨往深淵魚〔一三〕。人生如此樂有餘,胡爲自投檻中狙③〔一四〕?

【校記】

①羡:叢刊本作"美",形近而誤。

②倏:原作"修",據宋大字本、宋建本、蜀藩刻本改。

③狙:蜀藩刻本作"徂",形近而誤。

【箋注】

〔一〕作於熙寧八年(一〇七五)五月。孫朴:見《次韻孫户曹朴柳湖》注〔一〕。

〔二〕謂熙寧三年爲陳州教授事。太皞墟:太皞所居之地。太皞,亦作"太昊"。傳説中的古帝名,即伏羲氏。《左傳・昭公十七年》:"陳,大皞之虚也。"晉杜預注:"大皞居陳,木火所自出。"《元和郡縣志・陳州・宛丘縣》:"八封臺及壇,縣北一里。古伏羲氏始畫八卦于此。"蘇轍熙寧三年爲陳州教授,故云。按,宋時陳州尚有伏羲廟、伏羲陵等,蘇轍有《陳州日食禱諸廟文》,所禱即伏羲廟。今淮陽猶有太皞陵。

〔三〕泮(pàn)宫:西周諸侯所設大學。《詩・魯頌・泮水》:"既作泮宫,淮夷攸服。"後泛指學宫。

〔四〕太陽升起很高了還在睡覺。鼾睡:熟睡而打呼嚕。

〔五〕熙寧三年(一〇七〇)暮春,轍至陳州爲教授,孫朴時爲户曹。畏簡書:語本《詩・小雅・出車》:"豈不懷歸,畏此簡書。"宋朱熹集傳:"簡書,戒命也。"按,此處指公文案牘。

〔六〕蘧廬:古代驛傳中供人休息之處。猶今言旅館。《莊子・天運》:"仁義,先王之蘧廬也,止可以一宿,而不可久處。"晉郭象注:"蘧廬,猶傳舍。"

〔七〕失計:猶言失策。謀劃錯誤。

〔八〕謂晚上常常被報警告急聲驚擾。閭閻:里巷内外之門。指里巷。

〔九〕謂政務如牛毛猥多。唐杜甫《述古》之二:"秦時任商鞅,法令如牛毛。"

〔一〇〕"違失"二句:謂只好隨俗從流,混日子而已。"目視"句語本《孟子・盡心上》:"齊宣王欲短喪。公孫丑曰:'爲期之喪,猶愈於已乎?'孟子曰:'是猶或紾其兄之臂,子謂之姑徐徐云爾,亦教之孝悌而已矣。'"漢趙岐注:"齊宣王以三年之喪爲太長久,欲減而短之,因公孫丑使自以其意問孟子,既不能三年喪,以朞年差愈於止而不行喪者也。紾,戾也。孟子言:'有人戾其兄之臂爲不順也,而子謂之曰且徐徐云爾,是豈以徐徐之爲差者乎?不若教之以孝弟,勿復戾其兄之臂也。今欲行其朞喪,亦猶曰徐徐之類也。'"紾(zhěn)臂:扭折手臂。語出《孟子·告子下》:"紾兄之臂,而奪之食。"趙岐注:"紾,戾也。"按,扭折哥哥的手臂搶奪飲食,這本來是很忤逆的事,應該立即制止,而説慢點慢點,當然是不對的。這是孟子以此比況説齊宣王的作法不對。邀:阻攔;阻擋。蘇轍引此説自己也只能敷衍混日子而已。

〔一一〕芙蕖(qú):荷花。

〔一二〕唐柳宗元《柳州峒氓》:"青箬裹鹽歸峒客,緑荷包飯趁虚人。"蒲:香蒲。《詩·大雅·韓奕》:"其蔌維何?維筍及蒲。"菹(zū):醃菜。《詩·小雅·信南山》:"疆埸有瓜,是剥是菹。"漢箋:"淹漬以爲菹。"

〔一三〕翛(xiāo)然:無拘無束貌;超脱貌。《莊子·大宗師》:"翛然而往,翛然而來而已矣。"唐成玄英疏:"翛然,無係貌也。"

〔一四〕"人生"二句:謂人生當以閑適爲樂,不要像獮猴一樣自投陷阱,不得自由。三國魏曹植《當來日大難》:"日苦短,樂有餘。"《淮南子·俶真》:"置猿檻中,則與豚同,非不巧捷也,無所肆其能也。"南朝宋鮑照《東武吟》:"昔如韝上鷹,今似檻中猿。"檻(jiàn):陷阱。狙:獮猴。

和韓宗弼暴雨次韻〔一〕

執熱卧北窗〔二〕,淋漓汗流注。蛟龍遁水府,誰起叩天户〔三〕?偶然終日風,振擾北山霧。崩騰轉相軋〔四〕,變化不容睹。雷聲運車轂〔五〕,雨點傾豆黍〔六〕。逡巡溜河①漢,指顧纔笑語〔七〕。破屋少乾牀〔八〕,茅苫固難禦〔九〕。出門泥没足,此厄比鄰溥〔一〇〕。苟令終歲熟,敢有今日怒?晚照上東軒,清風襲虚廡〔一一〕。微生免荷鋤〔一二〕,但喜脱煩暑。農父更事多,缺塘已增土。

【校記】

①河:叢刊本作"可",誤。

【箋注】

〔一〕作於熙寧八年(一〇七五)五六月間。“執熱卧北窗,淋漓汗流注”乃盛夏情狀。韓宗弼:韓縝之侄。時官太祝。

〔二〕執熱:謂苦熱。語出《詩・大雅・桑柔》:“誰能執熱,逝不以濯。”卧北窗:指隱居生活。晉陶潛《與子儼等書》描述自己隱居的閒適生活,其中有“常言五六月中,北窗下卧,遇涼風暫至,自謂是羲皇上人”之語。唐盧照鄰《山林休日田家》:“還思北窗下,高卧偃羲皇。”

〔三〕“蛟龍”二句:謂蛟龍躲藏了起來怎麼能下雨啊。水府:神話傳説中水神或龍王所住的地方。晉木華《海賦》:“爾其水府之内,極深之庭,則有崇島巨鼇,峌垷孤亭。”天户:天門。

〔四〕崩騰:飛揚,紛飛。

〔五〕傳説雷神駕車而行。舊題晉陶潛《搜神後記》卷五:“永和中,義興人姓周……向一更中,聞外有小兒唤阿香聲,女應諾。尋云:‘官唤汝推雷車。’女乃辭行,云:‘今有事當去。’夜遂大雷雨。”車轂(gǔ):車輪中心插軸部分。此指車輪。

〔六〕蘇軾《次韻舒堯文祈雪霧豬泉》:“前年太守爲旱請,雨點隨人如撒菽。”

〔七〕指顧:一指一瞥之間。形容時間短暫,迅速。

〔八〕唐杜甫《茅屋爲秋風所破歌》:“牀頭屋漏無乾處,雨脚如麻未斷絶。”

〔九〕茅苫(shān):茅舍,草屋。苫,茅草所編覆蓋物。《爾雅・釋器》:“白蓋謂之苫。”晉郭璞注:“白茅,苫也。今江東呼爲蓋。”

〔一〇〕厄:災難;困苦。溥(pǔ):大。

〔一一〕虚廡:空曠的屋廊。

〔一二〕謂有幸不親身勞作。微生:卑微的人生。

舜泉復發〔一〕

奕奕清波舊繞城〔二〕,旱來泉眼亦塵生。連宵暑雨源①初接,發地春雷夜有聲〔三〕。復理溝渠通屈曲,重開池沼放澄清。通衢細灑浮埃淨〔四〕，車馬歸來似晚晴。

【校記】

①源：宋建本作“原”，蜀藩刻本、叢刊本作“涼”。

【箋注】

〔一〕作於熙寧八年（一〇七五）五六月間。蘇轍《舜泉詩叙》云：“又明年夏，大雨霖，麥禾薦登，泉始復發。民驩曰：‘舜其尚顧我哉！’泉之始發，瀦爲二池，釃爲石渠，自東南流於西北，無不被焉。”舜泉：又名舜井，在今舜井街西側，已掩。舜泉在古時出水量很大，是歷水的源頭，北流匯爲歷下陂（今大明湖）。唐封演《封氏聞見記·齊州》：“齊州城東，有孤石平地聳出，俗謂之‘歷山’。以北有泉，號‘舜井’。東隔小街，又有石井，汲之不絶，云是舜東家之井。”參酈道元《水經注》卷四。舜：見《屈原塔》注〔四〕。

〔二〕奕奕（yì）：亮光閃動貌。

〔三〕唐元稹《芳樹》：“春雷一聲發，驚燕亦驚蛇。”發地：拔地而起；起自地面。

〔四〕通衢（qú）：四通八達之道路。

次韻徐正權謝示閔子廟記及惠紙〔一〕

西溪秋思日盈箋〔二〕，幕府拘愁學久騫〔三〕。記廟終慚無好句，酹墳猶喜有前篇〔四〕。先生作《祭閔子文》。屏除筆硯真良計，寫寄交遊畏妄傳。吴紙贈君君莫怪〔五〕，耕耘廢罷有閑田〔六〕。

【箋注】

〔一〕作於熙寧八年（一〇七五）秋。“西溪秋思日盈箋，幕府拘愁學久騫。”當是初秋作。徐正權：見《題徐正權秀才城西溪亭》注〔一〕。閔子：指閔損。字子騫，春秋時魯國人，孔子弟子，以德行著稱。《論語·先進》：“德行：顔淵，閔子騫，冉伯牛，仲弓。”《孟子·公孫丑上》：“冉牛、閔子、顔淵善言德行。”參蘇轍《齊州閔子祠堂記》。

〔二〕秋思：秋日寂寞淒涼的思緒。

〔三〕幕府:《史記·李牧列傳》"市租皆入莫府"南朝宋裴駰集解引三國魏如淳曰:"將軍征行無常處,所在爲治,故言莫府。"按,莫、幕相通。此"幕府",指入幕府爲僚佐者,即幕僚。《宋史·職官志七》:"幕職官:掌裨贊郡政,總理諸案文移,斟酌可否,以白於其長而罷行之。"騫(qiān):虧,損。

〔四〕酹(lèi)墳:在墳前祭祀。酹,以酒澆地,表示祭奠。

〔五〕宋太平老人《袖中錦·天下第一》:"監書、内酒、端硯、洛陽花、建州茶、蜀錦、定磁、浙漆、吴紙……皆爲天下第一,他處雖效之,終不及。"

〔六〕《世説新語·賞譽》:"凡此諸君,以洪筆爲鉏耒,以紙札爲良田,以玄默爲稼穡,以義理爲豐年。"

張文裕侍郎挽詞〔一〕

持節西南二十年,華堂遺像已蒼然。歸來侍從三朝舊,老去雍容平地仙〔二〕。落筆縱横題壁處,誦詩清壯舉杯前。東遊邂逅迎歸旐〔三〕,淚落城南下馬阡〔四〕。

【箋注】

〔一〕作於熙寧八年(一〇七五)秋。張文裕(九九五—一〇七四):名掞,字文裕,齊州歷城(今山東濟南市歷城區)人。幼篤孝,舉進士,知益都縣。明道中,知萊州掖縣,通判永興軍,爲集賢校理。四遷爲龍圖閣直學士、知成德軍。入判太常寺、司農寺,累官户部侍郎致仕。熙寧七年卒,年八十。《宋史》有傳。

〔二〕平地仙:即地行仙。原爲佛典中所記的一種長壽的神仙。《首楞嚴經》卷八:"人不及處有十種仙:阿難,彼諸衆生,堅固服餌,而不休息,食道圓成,名地行仙……阿難,是等皆於人中鍊心,不修正覺,别得生理,壽千萬歲,休止深山或大海島,絶於人境。"後因以喻高壽或隱逸閒適的人。蘇軾《樂全先生生日以鐵拄杖爲壽二首》之一:"先生真是地行仙,住世因循五百年。"

〔三〕旐(zhào):喪事所用魂幡。

〔四〕阡:墳冢,墳墓。

附録　蘇軾《張文裕挽詞》

高才本出朝廷右，能事方推德業餘。每見便聞曹植句，至今傳寶魏華書。濟南名士新彫喪，劍外生祠已潔除。欲寄西風兩行淚，依然喬木鄭公廬。

東方書生行〔一〕

東方書生多愚魯，閉門誦書口生土〔二〕。窗中白首抱遺編〔三〕，自信此書傳父祖。辟雍新説從上公，册除僕射酬元功〔四〕。太常子弟①不知數，日夜吟諷如寒蟲〔五〕。四方窺覘不能得，一卷百金猶復惜。康成穎達棄塵灰〔六〕，老聃瞿曇更出入〔七〕。舊書句句傳先師，中途欲棄還自疑。東鄰小兒識機會，半年外舍無不知〔八〕。乘輕策肥正年少，齒疏唇腐真堪笑〔九〕。是非得失付它年〔一〇〕，眼前且買先騰踔〔一一〕。

【校記】

①子弟：原本、宋建本作"弟子"，據蜀藩刻本改。

【箋注】

〔一〕作於熙寧八年（一〇七五）六月後。此詩乃諷王安石而作。《續資治通鑑長編·神宗熙寧八年》："［六月］王安石上《詩》、《書》、《周禮》義序，詔付國子監置之《三經義解》之首。"宋孫汝聽《蘇潁濱年譜》："六月辛亥，吏部尚書同平章事、昭文殿大學士王安石授尚書左僕射兼門下侍郎同平章事，以修《詩》、《書》、《周禮》義畢推恩也。""東方書生多愚魯，閉門誦書口生土。窗中白首抱遺編，自信此書傳父祖。""康成穎達棄塵灰，老聃瞿曇更出入。"皆謂王安石離經叛道，出入老佛之間。清賀裳《載酒園詩話·張九成》："'汲汲我何事，愛此窗日光。北門終日開，風透軒檻涼。貧病何以療，六經真古方。榮辱頓爾失，泰山亦毫芒。呼兒來讀書，弦誦驚滿堂。仕途有捷徑，掩口笑我狂。'

滿肚不合時宜,與子由《東方書生行》同意。然蘇曰……不免裂背而談,此全用嬉笑也。按蘇譏新學,此並不關學,其旨微異。”參《和頓主簿起見贈二首》之一注〔四〕。

〔二〕蘇軾《起伏龍行》:“東方久旱千里赤,三月行人口生土。”

〔三〕唐韓愈《寄盧仝》:“春秋三傳東高閣,獨抱遺經究終始。”

〔四〕“辟雍”二句:謂太學都用王説,王也因《三經新義》而晉爵。辟(bì)雍:本爲西周天子所設大學,校址圓形,圍以水池,前門外有便橋。東漢以後,歷代皆有辟雍,除北宋末年爲太學之預備學校(亦稱“外學”)外,均爲行鄉飲、大射或祭祀禮之地。漢班固《白虎通·辟雍》:“天子立辟雍何? 所以行禮樂宣德化也。辟者,璧也,象璧圓,又以法天,於雍水側,象教化流行也。”辟:通“璧”。新説:指王安石《三經新義》。册除:猶册拜。元功:大功。《宋史·神宗紀二》:“[六月]己酉,頒王安石《詩》、《書》、《周禮義》於學官。辛亥,以安石爲尚書左僕射兼門下侍郎。”

〔五〕“太學”二句:謂太常官員們不僅不駁正邪説,反而擁戴王説。太常:官名。秦置奉常,漢景帝六年更名太常,掌宗廟禮儀,兼掌選試博士。歷代因之,則爲專掌祭祀禮樂之官。《漢書·百官公卿表上》:“奉常,秦官,掌宗廟禮儀,有丞。景帝中六年更名太常。”唐顔師古注:“太常,王者旌旗也。畫日月焉,王有大事則建以行,禮官主持之,故曰奉常也。後改曰太常,尊大之義也。”蘇軾《讀孟郊詩二首》之一:“何苦將兩耳,聽此寒蟲號?”

〔六〕謂將鄭玄、孔穎達的經注都廢棄不用了。鄭玄(一二七—二〇〇),字康成,東漢高密(今山東高密縣西南)人。曾入太學習《京氏易》《公羊春秋》及《三統曆》《九章算術》,又從張恭祖受《禮記》、《左傳》、《古文尚書》等。繼師事大儒馬融,遊學十餘年。後回鄉聚徒講學,弟子至者千餘人。玄遍注五經,今有《毛詩箋》、《周禮》、《儀禮》、《禮記》注傳世。《後漢書》有傳。孔穎達(五七四—六四八),字沖遠、仲達,冀州衡水(今河北衡水市)人。少聰穎,八歲就學,日誦千餘言。及長,尤明《左傳》、鄭氏《尚書》、王氏《易》、《毛詩》、《禮記》,賅博南學、北學,兼善算歷。隋大業初舉明經高第,授河内郡博士。入唐,爲秦王府文學館學士。歷任國子博士、國子司業、國子祭酒等職。助魏徵撰成《隋書》。受詔與顔師古等撰定《五經正義》,成爲十三經中後世規範讀本。卒謚憲,陪葬昭陵。《舊唐書》有傳。

〔七〕謂王氏之學出入于佛老之間。老聃:指老子。見《次韻子瞻減降諸縣囚徒事畢登覽》注〔二二〕。瞿曇(tán):釋迦牟尼之姓。釋迦牟尼(約前五六三—前四八三),佛教始祖。姓瞿曇,一譯喬答摩,名悉達多。"釋迦牟尼"乃佛教徒對其尊稱,意即釋迦族之聖人。弟子甚多,著名者有大迦葉等十人,稱佛門十哲。按,此以瞿曇代指佛教。如《周禮·春官宗伯·大宗伯》:"王大封,則先告后土。乃頒祀於邦國、都家、鄉邑。"王安石《周官新義》解作:"禮之道,施報而已,以吉禮事邦國之鬼神示,則施報之大者;以凶禮哀邦國之憂,則施報之急者;能務施報,以主天下之平,則能賓諸侯、一天下。有不帥也,軍禮於是乎用矣;無敢不帥,然後人得各保其常居,而嘉禮行焉。"以佛教施報思想釋《周禮》。

〔八〕"舊書"四句:此譏諷王對三經的説解膚淺而無師承,初學者可投機,半年就能通曉。外舍:古以小學爲外舍。《大戴禮記·保傅》:"古者年八歲而出就外舍,學小藝焉。履小節焉;束髮而就大學,學大藝焉,履大節焉。"又宋代太學爲三舍,初學者入外舍,由外舍升内舍,由内舍升上舍。參《宋史·選舉志三》。

〔九〕"乘輕"二句:謂書生正是青春年少之時,卻爲新義所誤。乘輕策肥:語出《三國志·魏書·王粲傳》:"至景元中坐事誅"南朝宋裴松之注引《魏氏春秋》:"會,名公子,以才能貴幸,乘肥衣輕,賓從如雲。"齒疏脣腐:語出漢東方朔《答客難》:"今子大夫脩先生之術,慕聖人之義,諷誦詩書百家之言,不可勝記,著於竹帛,脣腐齒落,服膺而不可釋。"按,此極言讀書之勤苦。

〔一〇〕韓愈《忽忽》:"絶浮塵,死生哀樂兩相棄,是非得失付閑人。"

〔一一〕買:博取,追逐。騰踔(chuō):騰達。指地位上升,宦途得意。

送韓宗弼〔一〕

大野將凍河水微,慨然臨流送將歸。登舟上帆手一揮〔二〕,脱棄朋友如弊衣〔三〕。我來三見芳草腓〔四〕,來時同寮今已非〔五〕。念昔相從未嘗違,西湖幽遠人事稀〔六〕。青蓮紫芡傾珠璣〔七〕,白魚掉尾黄鼈肥〔八〕。客醉將起命闔扉,方橋月出風露霏。星河下照搖清輝,喧呼笑語相嘲譏。歲月一逝空長欷〔九〕,交遊去盡將誰依?君家漢代平與韋〔一〇〕,藹然令德傳餘徽〔一一〕。鳴鳩著地鴻高飛〔一二〕,安得久此同縶鞿〔一三〕?

【箋注】

〔一〕作於熙寧八年(一〇七五)秋末。《三蘇年譜》卷二十五:"韓宗弼罷太祝。轍作詩送行。""我來三見芳草腓"知作於本年,"大野將凍河水微"知是秋末冬初情景。韓宗弼:韓縝之侄。

〔二〕唐李紳《聞里謡效古歌》:"我無工巧唯無私,舉手一揮臨路岐。"

〔三〕弊衣:破舊的衣服。喻無用之物。語本《孟子·盡心上》:"舜視棄天下猶棄敝蹝也。"

〔四〕腓(féi):枯萎。梁蕭綱《大同哀辭》:"猶兹紫山明玉碎,譬彼西都芳草腓。"

〔五〕同寮:即同僚。

〔六〕唐劉商《春日卧病》:"楚客經年病,孤舟人事稀。"

〔七〕珠璣(jī):珠寶,珠玉。比喻芡實。宋文同《采芡》:"提籠當筵破紫苞,老蚌一開珠一掬。"

〔八〕掉尾:摇尾。唐白居易《玩止水》:"净分鶴翹足,澄見魚掉尾。"

〔九〕三國魏曹植《洛神賦》:"悼良會之永絶兮,哀一逝而異鄉。"長欷:猶長歎。

〔一〇〕贊頌韓出高門。因韓宗弼爲名相韓琦之後。平與韋:西漢韋賢、韋玄成與平當、平晏父子的並稱。韋平父子相繼爲相,世所推重。《漢書·平當傳》:"漢興,唯韋平父子至宰相。"唐顔師古注:"韋謂韋賢也。"

〔一一〕令德:美德。餘徽:遺美;遺德。

〔一二〕此以鳴鳩自比,而希望韓如鴻鵠高飛。參《次韻劉敏殿丞送春》注〔四〕。

〔一三〕縶鞿(zhí jī):猶言束縛,牽絆。縶,絆馬索。鞿,馬嚼子。

送劉長清敏〔一〕

汝州太守卧病年〔二〕,亹亹猶復能清言〔三〕。平生雄辯嗟不見,風流尚有曹州存〔四〕。歷下東遊少相識〔五〕，歡喜聞君在西邑。舊知兄弟無凡儔，相逢一笑開顔色〔六〕。三年政令如牛毛〔七〕，思歸南畝皆蓬蒿。羨君飲酒動論斗〔八〕，引觥向口收狂潮〔九〕。醉後胸中百無有，偃然嘯傲傾朋曹〔一〇〕。中朝卿士足官府〔一一〕，君歸何處狂歌謡？劉原甫自長安病歸，余始識之。

【箋注】

〔一〕作於熙寧八年（一〇七五）秋末冬初。《三蘇年譜》卷二十五："長清令劉敏官滿罷任。轍作詩送行。""劉原甫名敞，原甫之弟名攽，與劉敏之'敏'偏旁皆從'攵'，疑敏爲敞、攽之兄弟輩或堂兄弟輩。又，此詩首云：'汝州太守卧病年，亹亹猶復能清言。平生雄辯嗟不見，風流尚有曹州存。'曹州謂攽，時知曹州。……則汝州太守當爲攽等之前輩。"按，所疑甚是，詩後自注"劉原甫自長安病歸，余始識之"，則劉敏爲劉攽群從兄弟更可成立。

〔二〕汝州：在周爲王畿，七國時屬韓，秦屬三川郡，漢屬河南、潁川二郡地，後漢因之，魏晉屬河南、舞陽二郡地，後魏屬汝北郡。隋初置伊州，煬帝初改爲汝州，後廢。唐爲汝州，或爲臨汝郡。北宋爲汝州。治在今河南臨汝。參《文獻通考·輿地考七·汝州》。

〔三〕亹亹（wěi）：同"娓娓"。談論滔滔不絶的樣子。《世説新語·賞譽》："謝太傅……詣王長史清言良久。去後，苟子問曰：'向客何如尊？'長史曰：'向客亹亹，爲來逼人。'"清言：本指魏晉時期何晏、王衍等崇尚《老》《莊》，擯棄世務，競談玄理之談論。此用以贊譽别人議論高雅。

〔四〕曹州：周爲曹國，戰國時屬宋，秦屬碭郡，漢改爲梁國，宣帝更名定陶，後爲濟陰郡，後漢因之。六朝時有變更，唐復爲曹州，或爲濟陰郡。宋因之。參《文獻通考·輿地考六·曹州》。按，此指劉攽，時任曹州知州。劉攽：見《次韻劉貢甫學士畫松石圖歌》注〔一〕。

〔五〕歷下：古城名，春秋戰國齊邑，蓋城在歷山下而名。故址在今山東濟南市附近歷城縣西。

〔六〕相逢一笑：猶言會心一笑。唐李商隱《贈鄭讜處士》："相逢一笑憐疎放，他日扁舟有故人。"

〔七〕謂政令繁瑣。見《寄孫朴》注〔九〕。

〔八〕蘇軾《陳季常自岐亭見訪郡中及舊州諸豪争欲邀致之戲作陳孟公詩一首》:"孟公好飲寧論斗,醉後關門防客走。"動:往往;常常。

〔九〕觥(gōng):飲酒器。盛行於商代和西周前期。《詩·周南·卷耳》:"我姑酌彼兕觥,維以不永傷。"毛傳:"兕觥,角爵也。"

〔一〇〕嘯傲:放歌長嘯,傲然自得。晉郭璞《遊仙》之八:"嘯傲遺世羅,縱情在獨往。"朋曹:朋輩,朋友。

〔一一〕唐韓愈《奉酬盧給事雲夫四兄曲江荷花行見寄并呈上錢七兄閣老張十八助教》:"上界真人足官府,豈如散仙鞭笞鸞鳳終日相追陪。"卿士:卿大夫。中朝:朝廷。

國家社科基金
GUOJIA SHEKE JIJIN HOUQI ZIZHU XIANGMU
後期資助項目

蘇轍詩編年箋注

The Collation, Annotation and Chronology of Su Zhe's Poems

二

[宋]蘇　轍 撰
蔣宗許 袁津琥 陳　默 箋注

中華書局
ZHONGHUA BOOK COMPANY

蘇轍詩編年箋注卷六

題張安道樂全堂[一]

天命無不全,人事每自傷[二]。譬如摩尼珠,宛轉有餘光。藻飾不能加,塵垢豈有亡[三]? 世人未嘗識,姑射手自將[四]。我公體自然[五],率性非勉强。馳驅四十年,不入憂患場[六]。晚歲事蒙養,斂退就此堂[七]。小儒豈知道? 宿昔窺門牆[八]。申屠師無人,無足亦自忘。如逢鄭執政,一笑先生傍[九]。

【箋注】

〔一〕作於熙寧八年(一〇七五)秋末冬初。張安道:即張方平。見《張安道尚書生日》注〔一〕。樂全堂:命意於《莊子·繕性》:"樂全之謂得志。"唐成玄英疏:"夫己身履于正道,則所作皆虚通也。既而無順無逆,忘哀忘樂,所造皆適,斯樂之全者也。"按,樂全者,即道家所謂超脱哀樂之情、無往而不適的境界。

〔二〕"天命"二句:謂天道與人事總是難免不盡吻合。天命:天道,自然規律。

〔三〕"譬如"四句:謂張如摩泥珠不因遭際而變化。摩泥珠:佛教寶珠。亦名如意珠。傳出自龍王或摩竭魚之腦中,或爲佛舍利所化。《大智度論》卷十:“如意珠,生自佛舍利,若法没盡時,諸舍利皆變爲如意珠,譬如過千歲冰化爲頗梨珠。”又卷五十九:“有人言:此寶珠從龍王腦中出,人得此珠毒不能害,入火不能燒,有如是等功德。……此寶珠名如意,無有定色,清澈輕妙。四天下物皆悉照現。如意珠義如先説,是寶常能出一切寶物,衣服飲食隨意所欲盡能與之。”

〔四〕姑射:指神仙。《莊子·逍遥遊》:“藐姑射之山,有神人居焉。肌膚若冰雪,綽約若處子,不食五穀,吸風飲露,乘雲氣,御飛龍,而遊乎四海之外。”自將:自己保全。《漢書·兒寬傳》:“寬爲人温良,有廉知自將,善屬文,然懦於武,口弗能發明也。”

〔五〕體:取法;效法。《淮南子·本經》:“帝者體太一,王者法陰陽。”漢高誘注:“體,法也。”隋煬帝《步虚詞二首》之一:“洞府凝玄液,靈山體自然。”

〔六〕蘇軾《子由自南都來陳三日而别》:“納之憂患場,磨以百日愁。”

〔七〕“晚歲”二句:謂張安道晚年潛心修養。蒙養:潛心修養。語本《易·蒙》:“蒙以養正,聖功也。”唐孔穎達疏:“能以蒙昧隱默,自養正道,乃成至聖之功。”斂退:收斂退讓;隱退。唐韓愈《秋懷詩》之五:“斂退就新懦,趨營悼前猛。”

〔八〕“小儒”二句:謂自己早年曾得到張方平的教誨。蘇轍《追和張安道贈别絶句引》:“予年十八,與兄子瞻東游京師,是時張安道守成都,一見以國士相許,自爾遂結忘年之契。”窺門牆:語本《論語·子張》:“夫子之牆數仞,不得其門而入,不見宗廟之美,百官之富。得其門者或寡矣。”後因稱師門爲“門牆”。

〔九〕“申屠”四句:謂張安道如申屠嘉之物我兩亡。《莊子·德充符》:“申徒嘉,兀者也,而與鄭子産同師於伯昏无人。子産謂申徒嘉曰:‘我先出,則子止;子先出,則我止。’其明日,又與合堂同席而坐。子産謂申徒嘉曰:‘我先出,則子止;子先出,則我止。今我將出,子可以止乎,其未邪?且子見執政而不違,子齊執政乎?’申徒嘉曰:‘先生之門,固有執政焉……人以其全足笑吾不全足者多矣。我怫然而怒,而適先生之所,則廢然而反。不知先生之洗我以善邪!吾與夫子遊十九年矣,而未嘗知吾兀者也。今子與我遊於形骸之内,而子索我於形骸之外,不亦過乎!’”

附録　張方平《題樂全堂》

《莊子》云:"樂全之謂得志。"古之所謂得志者,非軒冕之謂也,謂其無以益其樂而已矣。

樂全得意自莊書,静閲流光樂有餘。四句幻泡明《般若》,一篇力命信《沖虚》。心閒自覺浮雲薄,才拙誠知與世疎。只此空名漫兒戲,何王城闕不坵墟。

蘇軾《張安道樂全堂》

列子御風殊不惡,猶被莊生譏數數。步兵飲酒中散琴,於此得全非至樂。樂全居士全於天,維摩丈室空翛然。平生痛飲今不飲,無琴不獨琴無絃。我公天與英雄表,龍章鳳姿照魚鳥。但令端委坐廟堂,北狄西戎談笑了。如今老去苦思歸,小字親書寄我詩。試問樂全全底事,無全何處更相虧。

和鮮于子駿益昌官舍八詠〔一〕

桐軒

桐身青琅玕〔二〕,桐葉蒲葵扇〔三〕。落落出軒墀〔四〕,亭亭奉閑燕〔五〕。夜聲疏雨滴〔六〕,午影微風轉①〔七〕。秋飆一凌亂〔八〕,淅瀝驚葱蒨〔九〕。朝日失繁陰,青苔覆遺片〔一〇〕。空使坐中人,慨然嗟物變。

【校記】

①轉:叢刊本作"輔",形近而誤。

【箋注】

〔一〕作於熙寧八年(一〇七五)冬。熙寧元年,蘇轍弟兄免蘇洵喪入京師,過益昌。蘇轍所謂"昔過益昌城,莫登君子堂"是也。蘇軾《書鮮于子駿八詠後》:"始予過益昌,子駿治漕利路。其後八年,予守膠西,而子駿始移漕京東。自朝廷更法以來,奉法之吏,尤難其人……子駿爲之九年,其聲藹然,聞之四方……子駿以其所作《八詠》寄余。余甚愛其詩,欲作而不可及,乃書其末,以遺益昌之人,使刻于石,以無忘子駿之德。"子駿詩詠官舍之物,自是還在益昌任事,故繫之八年冬。鮮于子駿(一〇一八—一〇八七):即鮮于侁,字子駿,閬州(今四川閬中市)人,唐鮮于叔明後裔。景祐元年進士,神宗時累官利州路轉運判官。時王安石有重名,侁惡其行,上書論時政,專指安石,升副使,兼提舉常平。元豐八年,"朝議大夫鮮于侁爲京東轉運使。熙寧末,侁已嘗爲京東轉運使。于是司馬光語人曰:'今復以子駿爲轉運使,誠非所宜。然朝廷欲救東土之弊,非子駿不可。此一路福星也。可以爲諸路轉運使模範矣。'"又曰:"安得百子駿布在天下乎!"後除集賢殿修撰,知成都卒。侁長于經學,有《詩傳》、《易斷》問世。《宋史》有傳。參蘇轍《鮮于子駿諫議哀辭》。按,蘇涣曾通判閬州,于鮮于禮之甚厚,得獲仕進。益昌:春秋戰國時爲蜀侯國,秦滅蜀,其地入蜀郡,二漢屬廣漢郡。蜀先主分屬梓潼郡,晉屬晉壽郡,宋齊因之,後魏立益州,世號爲小益州,梁曰黎州,西魏復曰益州,尋改爲利州,後周易爲晉壽郡,隋初郡廢,煬帝初置義城郡,唐爲利州,或爲益昌郡,屬山南道。宋平蜀,因之,屬利州路。領縣五,治綿谷(今四川廣元市)。參《文獻通考·輿地考七·益昌》。

〔二〕青琅玕(láng gān):一種青色似珠玉的美石。又名緑青。唐杜甫《鄭駙馬宅宴洞中》:"主家陰洞細煙霧,留客夏簟青琅玕。"清仇兆鰲注:"青琅玕,比竹簟之蒼翠。"因以喻竹。唐皮日休《太湖詩·上真觀》:"琪樹夾一徑,萬條青琅玕。"按,梧桐外皮青色且挺拔細長如竹,故云青琅玕。

〔三〕蒲葵扇:用蒲葵葉做的扇子。蒲葵,常緑喬木,其葉大,如掌狀分裂,可以做扇子。宋孫奕《履齋示兒編·雜記·人物異名》:"扇曰六角、蒲葵、白羽。"

〔四〕落落:清楚分明貌。軒墀(chí):堂前臺階。指廳堂。

〔五〕閑燕:即"閒燕",謂閑適休息。

〔六〕《唐才子傳·孟浩然》:"嘗集秘省聯句,浩然曰:'微雲淡河漢,疏雨滴梧桐。'衆欽服。"

〔七〕唐嚴巨川《太清宫聞滴漏》:"乍逐微風轉,時因雜珮輕。"

〔八〕秋飆(biāo):肅殺的秋風。南朝宋顔延之《從軍行》:"秋飆冬未至,春液夏不涓。"

〔九〕謂桐葉在秋風中凋零。淅瀝:象聲詞。此指落葉的聲音。唐喬知之《定情篇》:"碧榮始芬敷,黄葉已淅瀝。"唐李商隱《到秋》:"扇風淅瀝簟流灕,萬里南雲滯所思。"葱蒨(cōng qiàn):草木青翠茂盛貌。

〔一〇〕唐李白《送祝八之江東賦得浣紗石》:"昔時紅粉照流水,今日青苔覆落花。"

竹軒

幽軒離紛華,惟有一叢竹。纖梢起餘寒,紫笋散輕馥〔一〕。擢幹春雨餘〔二〕,挺節秋霜足。不知歲時改〔三〕,守此娟娟緑〔四〕。上有吟風蟬〔五〕,空腹未嘗食。剪伐非所辭〔六〕,不受塵土辱。

【箋注】

〔一〕輕馥:淡淡的香氣。唐劉言史《林中獨醒》:"微涼生亂筱,輕馥起孤萱。"

〔二〕謂春雨過後竹筍飛快成長。擢幹:謂樹幹挺生,聳拔。

〔三〕歲時:猶言歲月。

〔四〕唐杜甫《嚴鄭公宅同詠竹》:"雨洗娟娟浄,風吹細細香。"

〔五〕吟風:在(秋)風中鳴叫。唐戴叔倫《畫蟬》:"飲露身何潔,吟風韻更長。"

〔六〕翦伐:砍伐。語本《詩·召南·甘棠》:"蔽芾甘棠,勿剪勿伐。"唐杜甫《古柏行》:"不露文章世已驚,未辭剪伐誰能送?"

柏軒

築室城市間,移柏南澗底。山林夙所尚,封植聊自寄〔一〕。崎嶇脱巖石,擁塞出蓊翳〔二〕。上承清露滋,下受寒泉惠〔三〕。秋來采霜葉,咀嚼有餘味〔四〕。苦澀未須嫌,愈久甘如薺〔五〕。

【箋注】

〔一〕封植:即"封殖"。壅土培育。《左傳·昭公二年》:"宿敢不封殖此樹,以無忘《角弓》,遂賦《甘棠》。"晉杜預注:"封,厚也;殖,長也。"

〔二〕棼翳(fén yì):繁密的蔭翳。

〔三〕寒泉:清冽的泉水或井水。《易·井》:"井洌寒泉,食。"

〔四〕古傳食柏葉能令人長壽。唐李乂《元日恩賜柏葉應制》:"勁節淩冬勁,芳心待歲芳。能令人益壽,非止麝含香。"

〔五〕《詩·邶風·谷風》:"誰謂荼苦?其甘如薺。"

巽堂〔一〕

山前三秦道〔二〕,車馬不遑息〔三〕。日出紅塵生,不見青山色。峰巒未嘗改,往意自奔迫。誰言幽堂居,近在使者宅?俯聽辨江聲,卻立睨石壁〔四〕。藤蘿自太古,松竹列新植。暑簟卧清風〔五〕,寒樽對佳客。試問東行人,誰能同此適〔六〕?

【箋注】

〔一〕巽堂:《易·蒙》:"童蒙之吉,順以巽也。"唐孔穎達疏:"巽謂貌順。故褚氏云……巽者外迹相卑下也。"此取謙下卑順之意。

〔二〕三秦:指今陝西一帶。秦亡以後,項羽三分關中,封秦降將章邯爲雍王,司馬欣爲塞王,董翳爲翟王,合稱三秦。

〔三〕不遑:無暇,没有閑暇。唐杜甫《題衡山縣文宣王廟新學堂呈陸宰》:"征夫不遑息,學者淪素志。"按,此謂車馬往來不停。

〔四〕卻立:退立。

〔五〕蘇轍《奉敕祭西太一和韓川韻四首》之三:"解劍獨行殘月,披衣困卧清風。"

〔六〕"試問"二句:謂追求功名利禄之人没有鮮于子駿的閑適。蓋宋都開封,在東邊。此與首二句相呼應。

山齋

平地厭喧囂,虚齋上山足。蕭條遠城市,坡陁富林麓〔一〕。簡書日填委〔二〕,杖屨每幽獨〔三〕。豈無山中士,高卧白茅屋〔四〕? 逢人默無語〔五〕,長嘯響巖谷〔六〕。此室庶可招,夜月相從宿。

【箋注】

〔一〕坡陁(tuó):山勢起伏貌。

〔二〕簡書:公文案牘。參《寄孫朴》注〔五〕。填委:紛集,堆積。

〔三〕杖屨:拄杖漫步。唐杜甫《祠南夕望》:"興來猶杖屨,目斷更雲沙。"

〔四〕"豈無"二句:杜甫《玄都壇歌寄元逸人》:"故人昔隱東蒙峰,已佩含景蒼精龍。故人今居子午谷,獨並陰崖白茅屋。"山中士:隱士。高卧:安卧,悠閑地躺著。指隱居不仕。

〔五〕唐白居易《再授賓客分司》:"吾若默無語,安知吾快活。"

〔六〕《世説新語·棲逸》:"阮步兵嘯聞數百步,蘇門山中忽有真人,樵伐者咸共傳説……籍因對之長嘯,良久乃笑曰:'可更作。'籍復嘯,意盡,退還半嶺許。聞上嗜然有聲,如數部鼓吹,林谷傳響。顧看乃向人嘯也。"

閑燕亭

登山稍已高,曠望良亦遠。危亭在山腹〔一〕,物景行自變。諸峰宿霧①收,草木朝陽絢〔二〕。盎盎雲出山〔三〕,溜溜泉垂坂〔四〕。徐行得佳處,永日遂忘返〔五〕。此樂祇自知,傍人任嫌懶。

【校記】

①霧:原作"露",據宋大字本、宋建本、蜀藩刻本改。

【箋注】

〔一〕危亭:高亭。

〔二〕"諸峰"二句:謂夜霧消散,朝陽朗照,草木相輝映。唐于良史《冬日野望寄李贊府》:"地際朝陽滿,天邊宿霧收。"宿霧:夜霧。晉陶潛《詠貧士》:

"朝霞開宿霧,衆鳥相與飛。"絢:照耀,輝映。

〔三〕蘇軾《連雨江漲二首》之一:"越井岡頭雲出山,牂牁江上水如天。"盎盎:洋溢貌;充盈貌。

〔四〕溜溜:水流瀉注。坂:山坡。

〔五〕蘇軾《日日出東門》:"意適忽忘返,路窮乃歸休。"永日:消磨時日;打發時光。《詩・唐風・山有樞》:"且以喜樂,且以永日。"

會景亭

亭高衆山下,勝勢不自收〔一〕。岡巒向眼盡〔二〕,風籟與耳謀〔三〕。鳶飛半嶺息,雲起當空遊。視身如乘風〔四〕,超然忘百憂〔五〕。暮歸室中居,唯見窗户幽。視聽隨物變〔六〕,恍誰識其由〔七〕?

【箋注】

〔一〕蘇軾《子由自南都來陳三日而别》:"至言雖久服,放心不自收。"

〔二〕向眼:隨眼;隨目力所及。

〔三〕風籟:風聲。與耳謀:同耳朵交流。語出唐柳宗元《鈷鉧潭西小丘記》:"枕席而卧,則清泠之狀與目謀,瀯瀯之聲與耳謀。"

〔四〕《太平廣記・神仙四十六・白幽求》:"幽求隨指,而身如乘風。"

〔五〕《詩・王風・兔爰》:"我生之初尚無造,我生之後逢此百憂。"蘇軾有"去年秋偶遊寶山上方入一小院"云云長題詩:"去年造其室,清坐忘百憂。"

〔六〕蘇軾《巫山》:"人心隨物變,遠覺含意深。"

〔七〕蘇轍《巫山賦》:"高丘深其蒼蒼兮,恍誰識其有無?"恍:模糊;迷離。《老子》第二十一章:"恍兮惚兮,其中有物。"

寶峰亭

昔過益昌城,莫登君子堂〔一〕。駕言念長道〔二〕,未暇①升崇岡〔三〕。今聞寶峰上,縹緲陵朝陽〔四〕。三休引蘿蔓,一覽窮蒼茫〔五〕。微雲靄雙劍,落日明故鄉〔六〕。奔馳迹未安,山藪意自長〔七〕。漂摇萬里外〔八〕,手把新詩章。宦遊不忘歸,何異鳥欲翔?塵土汙顔面〔九〕,年華侵鬢霜。何時首歸路〔一〇〕? 所至聊徬徨〔一一〕。樽俎逢故人,亭榭凝清光〔一二〕。爲我具斗酒,宿恨猶可償〔一三〕。

【校記】

①暇:叢刊本作“假”,形近而誤。

【箋注】

〔一〕“昔過”二句:見《桐軒》注〔一〕。

〔二〕駕言:駕,乘車;言,後綴。語本《詩·邶風·泉水》:“駕言出遊,以寫我憂。”後用以指代出遊,出行。三國魏阮籍《詠懷》之三十一:“駕言發魏都,南向望吹臺。”

〔三〕未暇:没有時間顧及。崇岡:高岡,高的山脊。

〔四〕縹緲:即“縹眇”。高遠隱約貌。《文選·木華〈海賦〉》:“群仙縹眇,餐玉清涯。”唐李善注:“縹眇,遠視之貌。”

〔五〕“三休”二句:謂拉著藤蘿且行且歇終于登上了峰頂。三休:多次休息。

〔六〕謂晚晴可以遠望西邊故鄉的山峰。

〔七〕“奔馳”二句:謂汲汲奔走于功名,還不如歸隱心安。唐李群玉《洞庭驛樓雪夜宴集奉贈前湘州張員外》:“賤子跡未安,謀身拙如鳩。”蘇軾《殘臘獨出二首》之一:“幽尋本無事,獨往意自長。”山藪:山林與湖澤。指歸隱。

〔八〕唐賈宗《旅泊江津言懷》:“飄飖萬里外,辛苦百年中。”

〔九〕晉陸機《爲顧彦先贈婦二首》之一:“京洛多風塵。素衣化爲緇。”蘇軾《中隱堂》之二:“王孫早歸隱,塵土汙君袍。”

〔一〇〕首歸路:謂往故鄉行進。此暗用“首丘”之意。《禮記·檀弓上》:“古之人有言曰‘狐死正丘首’,仁也。”漢鄭玄注:“正丘首,正首丘也。”唐孔穎達疏:“所以正首而向丘者,丘是狐窟穴根本之處,雖狼狽而死,意猶向此丘。”後因以此指懷念故鄉。唐韓愈《赴江陵途中寄贈王二十補闕李十一拾遺李二十七員外翰林三學士》:“胡爲首歸路,旅泊尚夷猶。”

〔一一〕彷徨:優游自得。《莊子·大宗師》:“芒然彷徨乎塵垢之外,逍遥乎無爲之業。”唐成玄英疏:“彷徨、逍遥,皆自得逸豫之名也。”

〔一二〕唐杜甫《觀公孫大娘弟子舞劍器行》:“來如雷霆將震怒,罷如江海凝清光。”

〔一三〕宿恨;先前的遺憾。

附録　鮮于侁(存兩首)

《會景堂》

金城環雉堞,雲屋瞰闤闠。雙林聳江右,九隴覘天外。

《寶峰亭》

舟航日上下,車馬不少閑。近邑湊商賈,遠峰自雲煙。

次韻分司南京李誠之待制求酒二首〔一〕

其一

世上升沉都夢裏,春來强健鬥樽前〔二〕。公田種秫全抛卻〔三〕,坐客無氈誰與錢〔四〕?

【箋注】

〔一〕作於熙寧九年(一〇七六)春。詩有“春來”“春深”語,當爲二月後事。宋劉摯《右司郎中李公墓誌銘》:“應詔上書,貶和州團練副使,本州安置。稍徙單州,復右司郎中,分司南京。”分司:唐宋之制,中央官員在陪都(唐洛陽,宋南京)任職者,稱爲分司。唐白居易《達哉樂天行》:“達哉達哉白樂天,分司東都十三年。”南京:古都名。宋大中祥符七年,因應天府爲趙匡胤舊藩,建爲南京。地在今河南商丘南。待制:官名。宋朝於殿、閣均設待制之官,如“保和殿待制”、“龍圖閣待制”之類,典守文物,位在學士、直學士之下。

〔二〕“世上”二句:唐韓偓《味道》:“升沉不定都如夢,毁譽無恒卻要聾。”唐牛僧孺《席上贈劉夢得》:“粉署爲郎四十春,今來名輩更無人。休論世上升沉事,且鬬樽前見在身。”

〔三〕《晉書·隱逸傳·陶潛》:“在縣,公田悉令種秫穀,曰:‘令吾常醉於酒足矣。’妻子固請種秔,乃使一頃五十畝種秫,五十畝種秔。”

〔四〕《晉書·吴隱之傳》："尋拜度支尚書、太常，以竹蓬爲屏風，坐無氊席。"唐杜甫《戲簡鄭廣文虔兼呈蘇司業源明》："才名四十年，坐客寒無氈。"

其二

春深風雨半相和〔一〕，節物令人意緒多〔二〕。中酒何須問賢聖〔三〕，和詩今尚許羊何〔四〕。

【箋注】

〔一〕謂又吹風又下雨。唐羅鄴《芳草》："不似萋萋南浦見，晚來煙雨半相和。"

〔二〕意緒：心意，情緒。唐杜甫《暮春陪李尚書李中丞過鄭監湖亭汎舟得過字》："海内文章伯，湖邊意緒多。"

〔三〕《太平御覽·飲食部·酒中》引三國魏魚豢《魏略》："太祖時禁酒，而人竊飲之，故難言酒，以白酒爲賢人，清酒爲聖人。"《三國志·魏書·徐邈傳》："時科禁酒，而邈私飲至於沈醉，校事趙達問以曹事，邈曰：'中聖人。'達白之太祖，太祖甚怒。度遼將軍鮮于輔進曰：'平日醉客謂酒清者爲聖人，濁者爲賢人，邈性脩慎，偶醉言耳。'竟坐得免刑。"中酒：醉酒。

〔四〕唐李白《贈從弟南平太守之遥二首》之一："别後遥傳臨海作，可見羊何共和之。"羊何：指羊璿之與何長瑜。南朝宋謝靈運有《登臨海嶠初發彊中作與從弟惠連見羊何共和之》，《宋書·謝靈運傳》："靈運既東還，與族弟惠連、東海何長瑜、潁川荀雍、太山羊璿之以文章賞會，共爲山澤之游，時人謂之四友。"

和文與可洋州園亭三十詠〔一〕

湖橋

湖南堂宇深，湖北林亭遠。不作過湖橋，兩處那相見？

【箋注】

〔一〕作於熙寧九年（一〇七六）三月初。是年蘇轍三十七歲，改著作佐郎,簽書南京判官。時文同任職興元(今陝西漢中市)。蘇軾有《和文與可洋川園池三十首》,清陸耀遹《金石續編》卷十六收此詩石刻,其下署"熙寧九年三月四日東武西齋"。東武:即密州。文與可:即文同。見《文與可學士墨君堂》注〔一〕。洋州:春秋戰國皆楚地,秦、兩漢、晉宋齊梁屬漢中郡,西魏、後周、隋唐并爲洋州或洋川郡。宋爲洋州。屬利州路。治興道(今陝西洋縣)。

横湖

湖裏種荷花,湖邊種楊柳。何處渡橋人,問是人間否?

書軒

緑竹覆清渠,塵心日日疏〔一〕。使君遺癖在〔二〕,苦要讀文書。

【箋注】

〔一〕唐羅隱《閑居早秋》:"相如賦團扇,恩情日日疏。"塵心:指凡俗之心,名利之念。

〔二〕"使君"二句:《晉書·杜預傳》:"預常稱(王)濟有馬癖,(和)嶠有錢癖。武帝聞之,謂預曰:'卿有何癖?'對曰:'臣有《左傳》癖。'"遺癖:前人留下的嗜好。

冰池

水深冰亦厚,滉蕩鋪寒玉〔一〕。好在水中魚,何愁池上鶩〔二〕。

【箋注】

〔一〕此謂水上結了冰。滉蕩:廣大貌。

〔二〕鶩(wù):家鴨。《左傳·襄公二十八年》:"公膳日雙雞,饔人竊更之以鶩。"唐孔穎達疏引舍人曰:"鳧,野名也;鶩,家名也。"

竹塢〔一〕

空陂放修竹,肅肅復冥冥〔二〕。莫除塢外笋,從使入園生。

【箋注】

〔一〕塢(wù):四面如屏的花木深處。按,此指幽深的竹林。

〔二〕肅肅:清幽;静謐。冥冥:昏暗貌。

荻浦〔一〕

離披寒露下〔二〕,蕭索微風觸。摧折有餘青〔三〕,從横未須束。

【箋注】

〔一〕荻:蘆葦。浦:水邊。

〔二〕離披:分散下垂貌,紛紛下落貌。

〔三〕摧折:毁壞;折斷。

蓼嶼〔一〕

風高蓮欲衰,霜重蓼初發。會使此池中,秋芳未嘗歇〔二〕。

【箋注】

〔一〕蓼(liǎo):植物名。一種水草,又名辛菜。嶼:小島。

〔二〕秋芳:秋日開放的花朵。唐白居易《題元八溪居》:"晚葉尚開紅躑躅,秋芳初結白芙蓉。"

望雲樓

雲生如涌泉〔一〕,雲散如翻水〔二〕。百變一憑欄,悠悠定誰使?

【箋注】

〔一〕宋孔平仲《不雨》:"雨意竟寥寂,浮雲如涌泉。"

〔二〕翻水:猶言覆水,即倒水。極言其快。唐韓愈《寄二十六立之》:"文如翻水成,初不用意爲。"蘇軾《袁公濟和劉景文登介亭詩復次韻答之》:"文如翻水成,賦作叉手速。"

天漢臺〔一〕

臺高天漢近,匹練挂林端〔二〕。秋深霜露重〔三〕,誰見落西山。

【箋注】

〔一〕天漢:銀河。《詩·小雅·大東》:"維天有漢,監亦有光。"毛傳:"漢,天河也。"

〔二〕匹練:白絹。比喻銀河。蘇軾《同柳子玉游鶴林招隱醉歸呈景純》:"巔頭匹練兼天浄,泉底真珠濺客忙。"

〔三〕唐柳宗元《秋曉行南谷經荒村》:"杪秋霜露重,晨起行幽谷。"

待月臺

夜色何蒼蒼,月明久未上〔一〕。不上倚城臺,無奈東南嶂。

【箋注】

〔一〕宋司馬光《佇月亭》:"孤蟾久未上,五馬不成歸。"

二樂榭〔一〕

動静惟所遇,仁智亦偶然。誰見二物外,猶有天地全〔二〕。

【箋注】

〔一〕二樂:命意於《論語·雍也》:"知者樂水,仁者樂山。知者動,仁者静。"

〔二〕《莊子·田子方》:"孔子出,以告顔回曰:'丘之於道也,其猶醯雞與!微夫子之發吾覆也,吾不知天地之大全也。'"

灙泉亭〔一〕

泉來草木滋,泉去池塘滿。委曲到庭除〔二〕,清泠備晨盥〔三〕。

【箋注】

〔一〕宋樂史《太平寰宇記·山南西道六·洋州》:"儻谷水一名駱谷水,在縣北三十里,南注漢水。"疑即此水。灙(dǎng):水貌。

〔二〕委曲:猶言曲折。庭除:庭階。

〔三〕清泠(líng):清涼瀅澈。

吏隱亭〔一〕

隱居亦非難,欲少求易遂。有意未成歸,聊就茅檐試。

【箋注】

〔一〕吏隱:謂不以利禄縈心,雖居官而猶如隱者。唐王勃《廣州寶莊嚴寺舍利塔碑》:"山濤天骨,無情吏隱之間;王衍風神,自出塵埃之表。"按,吏隱之名蓋出於此。參《次韻子瞻題長安王氏中隱堂五首》注〔一〕。

霜筠亭〔一〕

林高日氣薄〔二〕,竹色浄如水。寂歷斷人聲〔三〕,時有鳴禽起。

【箋注】

〔一〕筠:竹皮。此指竹,霜筠謂霜後的竹林。

〔二〕日氣:日光散發的熱氣。

〔三〕唐李商隱《吴宫》:"龍檻沈沈水殿清,禁門深掩斷人聲。"寂歷:寂静,冷清。唐張説《灉湖山寺二首》之一:"空山寂歷道心生,虚谷迢遥野鳥聲。"

無言亭〔一〕

處世欲無言,事至或未可。唯①有此亭空,燕坐聊從我。

【校記】

①唯:原本作"如",據宋建本、四庫本改。

【箋注】

〔一〕《莊子·寓言》:"不言則齊,齊與言不齊,言與齊不齊也,故曰無言。言無言,終身言,未嘗言。終身不言,未嘗不言。"

露香亭

重露覆千花,繁香凝畦圃〔一〕。不忍日將晞〔二〕,散逐微風去〔三〕。

【箋注】

〔一〕畦圃(qí pǔ):種蔬菜、花果之田園。

〔二〕晞(xī):曝;曬。《楚辭·屈原〈遠遊〉》:"朝濯髮於湯谷,夕晞余身兮九陽。"宋洪興祖補注:"晞,日氣乾也。"

〔三〕唐劉禹錫《柳花詞三首》之一:"開從緑條上,散逐香風遠。"

涵虚亭〔一〕

虚亭面疏篁〔二〕,窈窕衆景聚〔三〕。更與坐中人,行尋望來處。

【箋注】

〔一〕唐孟浩然《洞庭》:"八月湖水平,涵虚混太清。"虚:虚空;天空。

〔二〕篁(huáng):竹林。

〔三〕窈窕:幽静美好貌。

溪光亭

溪亭新雨餘,秋色明滉漾〔一〕。鳥渡夕陽中〔二〕,魚行白石上。

【箋注】

〔一〕"溪亭"二句:唐王維《山居秋暝》:"空山新雨後,天氣晚來秋。"滉漾:明亮廣闊貌。

〔二〕唐劉長卿《陪王明府泛舟》:"山含秋色近,鳥度夕陽遲。"又《自夏口至鸚鵡洲夕望岳陽寄元中丞》:"漢口夕陽斜渡鳥,洞庭秋水遠連天。"

過溪亭

溪淺復通橋,過者猶恨懶。賴有沙上鷗,常爲獨遊伴。

披錦亭

春晚百花齊,綿綿巧如織。細雨洗還明,輕風卷無迹。

禊亭〔一〕

觴流無定處，客醉醒還酌。毋令仲御歌，空使人驚愕〔二〕。

【箋注】

〔一〕禊（xì）：古代民俗，三月上巳日于水濱洗滌，祓除不祥，清去宿垢。後人仿行，於環曲的水流旁宴集，在水的上流放置酒杯，任其順流而下，杯停在誰的面前，誰就取飲，稱爲"流觴曲水"。

〔二〕"毋令"二句：言晉夏統事。仲御：指晉隱士夏統。統字仲御，永興（故城在今浙江蕭山縣西）人。幼孤貧，以孝聞。雅善談論。親戚勸之仕，不聽。母病，至洛陽市藥。會三月上巳，洛中王公以下并至浮橋，士女駢填，車服燭路，統時在船中曝所市藥，諸貴人車乘來者如雲，統並不之顧。太尉賈充奇之，與交談，令作歌。統"以足叩船，引聲喉囀，清激慷慨，大風應至；含水嗽天，雲雨響集；叱咤讙呼，雷電晝冥；集氣長嘯，沙塵烟起。王公已下皆恐，止之乃已"。後歸會稽，不知所終。《晉書》有傳。

菡萏軒〔一〕

開花濁水中，抱性一何潔〔二〕！朱檻月明時，清香爲誰發？

【箋注】

〔一〕菡萏（hàn dàn）：荷花。

〔二〕抱性：猶言禀性。一何：嘆詞。猶言多麽。唐杜甫《石壕吏》："吏呼一何怒，婦啼一何苦。"

荼蘼洞〔一〕

猗猗翠蔓長〔二〕，藹藹繁香足〔三〕。綺席墮殘英〔四〕，芳樽漬餘馥。

【箋注】

〔一〕荼蘼（tú mí）：亦作"酴醾"。初夏開放，其莖蔓生，花繁香濃。宋朱弁《曲洧舊聞》卷三："蜀公（范鎮）居許下，於所居造大堂，以長嘯名之。前有荼醿架，高廣可容數十客。每春季花繁盛時，燕客於其下。約曰：'有飛花墮酒中者，爲余釂一大白。'或語笑喧譁之際，微風過之，則滿座無遺者。當時號爲'飛英會'，傳之四遠，無不以爲美談也。"

〔二〕猗猗(yī yī)：美盛貌。

〔三〕藹藹：(香氣)濃烈貌。

〔四〕殘英：落花。

篔簹谷〔一〕

誰言使君貧，已用谷量竹。盈谷萬萬竿，何曾一竿曲？

【箋注】

〔一〕篔簹(yún dāng)：皮薄節長而竿高之竹。這裏泛指谷中的竹子。

寒蘆港

蘆深可藏人〔一〕，下有扁舟泊。正似洞庭風，日莫孤帆落。

【箋注】

〔一〕《吴越春秋·吴太伯傳》："子胥既渡，漁父乃視之有飢色。乃謂曰：'子俟我此樹下，爲子取餉。'漁父去後，子胥疑之，乃潛身於深葦之中。有頃，父來持麥飯、鮑魚羹、盎漿，求之樹下，不見，因歌而呼之曰：'蘆中人，蘆中人，豈非窮士乎？'如是至再，子胥乃出蘆中而應。"

野人廬

野人三四家，桑麻足生意〔一〕。試與叩柴荆〔二〕，言辭應有味〔三〕。

【箋注】

〔一〕生意：生計；生活。

〔二〕柴荆：指用柴荆做的簡陋門户。唐杜甫《羌村三首》之三："驅雞上樹木，始聞扣柴荆。"

〔三〕謂或是隱士之流。

此君庵〔一〕

風梢繞檐①匝，霜幹當窗浄。遥知素壁上，醉墨森相映〔二〕。與可墨竹，冠絶今世。

【校記】

①檐：宋大字本作“林”，不辭，誤。

【箋注】

〔一〕此君庵：即竹庵。此君，指竹。《世説新語・任誕》：“王子猷嘗暫寄人空宅住，便令種竹，或問暫住何煩爾。王嘯詠良久，直指竹曰：‘何可一日無此君！’”後遂以此君指竹。

〔二〕“遥知”二句：猜想文與可在牆壁上一定畫滿了墨竹。素壁：白色的牆壁。

金橙徑〔一〕

葉如石楠堅〔二〕，實比霜柑①大〔三〕。穿徑得新苞，令公憶鱸膾〔四〕。

【校記】

①柑：原作“柏”，據宋大字本改。

【箋注】

〔一〕金橙：《太平御覽・果部八・橙》引晉張華《博物志》：“成都、廣成、郫、繁、江原、臨邛六縣，生金橙，似橘而非，若柚而芬香。”

〔二〕石楠：植物名。花供觀賞，葉可入藥。

〔三〕霜柑：指柑橘。柑橘經霜後成熟。

〔四〕憶鱸膾：用晉張翰故事。見《送劉道原學士歸南康》注〔五〕。

南園

官是勸農官〔一〕，種桑亦其所。安得陌上人，隔葉攀條語〔二〕？

【箋注】

〔一〕宋高承《事物紀原・節鉞帥漕部・勸農》：“漢承秦置大農丞十三人，

人部一州以勸農桑力田者,此勸農官之始也。唐中睿之世,州郡牧守皆以勸農名其官。《宋朝會要》曰:'至道二年七月,直史館陳靖言天下多曠土流民,請置使招集。八月,以靖爲勸農使,按行陳許等八州,勸民墾田。……至景德三年二月,詔諸路轉運、開封知府、諸知州少卿監以上並兼勸農使,其餘如州軍、通判並兼勸農事令,自今除授依此。'"

〔二〕"安得"二句:戲言怎麼能遇到采桑的美人。《藝文類聚・人部二・美婦人》引《列婦傳》:"秋胡子既官於陳,五年乃歸,未至,見路傍有一美婦人方採桑。秋胡子下車謂之曰:'吾有金,願與夫人。'婦笑曰:'嘻!夫採桑以作紡績,經織以供衣食,奉二親養夫子而已矣,吾不願人之金。'"陌上:田間小路曰陌。

北園

使君美且仁,遍地種桃李〔一〕。豈獨放春花,行看食秋子。

【箋注】

〔一〕"使君"二句:《詩・鄭風・叔于田》:"豈無居人?不如叔也,洵美且仁。"《白孔六帖・縣令》:"潘岳爲河陽令,樹桃李花,人號曰:河陽一縣花。"

附録　文同《守居園池雜題三十首》

湖橋

飛橋架横湖,偃若長虹卧。自問一日中,往來凡幾過?

横湖

長湖直東西,漾漾承守寢。一望見荷花,天機織雲錦。

書軒

清泉繞庭除,緑篠映軒檻。坐此何可爲?惟宜弄鉛槧。

冰池

日暮池已冰,翩翩下鳧鶩。不怕池中寒,便於冰上宿。

竹塢

文石間蒼苔,相引入深塢。莫撼青琅玕,有時露如雨。

菡萏軒

朝陽媚秋漪,菡萏隔深竹。誰開翠錦障?無限點銀燭。

荼蘼洞

柔條綴繁英,擁架若深洞。是處欲清香,憑風爲持送。

篔簹谷

千輿翠羽蓋,萬騎緑沈槍。定有葛陂種,不知何處藏?

金橙逕

金橙實佳果,不爲土人重。上苑聞未多,誰能爲移種?

荻浦

枯荻饒霜風,暮寒聲索索。每見有微禽,投之宿如客。

蓼嶼

孤嶼紅蓼深,清波照寒影。時有雙鷺鷥,飛來作佳景。

望雲樓

巴山樓之東,秦嶺樓之北。樓上卷簾時,滿樓雲一色。

待月臺

城端築層臺,木杪轉深路。常此候明月,上到天心去。

二樂榭

戛山孰云静?漢水亦非動。二見因妄生,仁智何常用?

天漢臺

北岸亭館衆,最先登此臺。臺高望群峰,萬里雲崔嵬。

吏隱亭

竹籬如雞栖,茅屋類蝸殻。静几默如禪,往來人不覺。

霜筠亭

危亭入幽深,正在修篁裏。坐久寒逼人,暫來須索起。

瀼泉亭

逕源分瀼水,衮衮出亭下。横湖能許深?日夜見傾瀉。

無言亭

誰此設懶床?頗稱我衰惰。公事凡少休,須來默然坐。

露香亭

宿露濛曉花,婀娜清香發。隨風入懷袖,累日不消歇。

涵虚亭

石磴抱城回,入竹見虚檻。前望佳景多,倚筇聊此暫。

溪光亭

横湖决餘波,瀌瀌瀉寒溜。日影上高林,清光動窗牖。

過溪亭

小彴過清溪,有亭纔四柱。地僻少人行,翩翩下鷗鷺。

禊亭

懸流效曲水,上巳娱嘉賓。飲罷已陳迹,那復山陰人?

南園

農桑乘曉日,凌亂如碧油。紫椹熟未熟,但聞黄栗留。

北園

春風有多少?盡入使君家。當與郡人樂,滿園桃李花。

寒蘆港

落月照冰湖,曉氣何太爽?兩岸雪煙昏,鳧鷗出深港。

野人廬

蕭條野人廬,籬巷雜蓬葦。每一過衡門,歸心爲之起。

披錦亭

繁紅層若雲,密緑疊如浪。青帝下尋春,滿園開步障。

此君庵

叢�裹圜欄,浄影碧如水。誰識愛君心?過橋先到此。

蘇軾《和文與可洋川園池三十首》

湖橋

朱欄畫柱照湖明,白葛烏紗曳履行。橋下龜魚晚無數,識君拄杖過橋聲。

横湖

貪看翠蓋擁紅粧,不覺湖邊一夜霜。卷卻天機雲錦段,從教匹練寫秋光。

書軒

雨昏石硯寒雲色，風動牙籤亂葉聲。庭下已生書帶草，使君疑是鄭康成。

病池

不嫌冰雪繞池看，誰似詩人巧耐寒。記取羲之洗硯處，碧琉璃下黑蛟蟠。

竹塢

晚節先生道轉孤，歲寒惟有竹相娱。粗才杜牧真堪笑，唤作軍中十萬夫。

荻浦

雨折霜乾不耐秋，白花黄葉使人愁。月明小艇湖邊宿，便是江南鸚鵡洲。

蓼嶼

秋歸南浦蟪蛄鳴，霜落横湖沙水清。卧雨幽花無限思，抱叢寒蝶不勝情。

望雲樓

陰晴朝暮幾回新，已向虚空付此身。出本無心歸亦好，白雲還似望雲人。

天漢臺

漾水東流舊見經，銀潢左界上通靈。此臺試向天文覓，閣道中間第幾星。

待月臺

月與高人本有期，挂簷低户映蛾眉。只從昨夜十分滿，漸覺冰輪出海遲。

二樂榭

此間真趣豈容談，二樂并君已是三。仁智更煩訶妄見，坐令魯叟作瞿曇。來詩云：二見因妄生。

瀛泉亭

聞道池亭勝兩川,應須爛醉答雲烟。勸君多揀長腰米,消破亭中萬斛泉。

吏隱亭

縱横憂患滿人間,頗怪先生日日閑。昨夜清風眠北牖,朝來爽氣在西山。

霜筠亭

解籜新篁不自持,嬋娟已有歲寒姿。要看凜凜霜前意,須待秋風粉落時。

無言亭

殷勤稽首維摩詰,敢問如何是法門。彈指未終千偈了,向人還道本無言。

露香亭

亭下佳人錦繡衣,滿身瓔珞綴明璣。晚香消歇無尋處,花已飄零露已晞。

涵虚亭

水軒花榭兩争妍,秋月春風各自偏。惟有此亭無一物,坐觀萬景得天全。

溪光亭

决去湖波尚有情,卻隨初日動簷楹。溪光自古無人畫,憑仗新詩與寫成。

過溪亭

身輕步穩去忘歸,四柱亭前野彴微。忽悟過溪還一笑,水禽驚落翠毛衣。

披錦亭

烟紅露緑曉風香,燕舞鶯啼春日長。誰道使君貧且老,繡屏錦帳咽笙簧。

禊亭

曲池流水細鱗鱗，高會傳觴似洛濱。紅粉翠蛾應不要，畫船來往勝於人。

菡萏亭

日日移牀趁下風，清香不盡思何窮。若爲化作龜千歲，巢向田田亂葉中。

荼蘼洞

長憶故山寒食夜，野荼蘼發暗香來。分無素手簪羅髻，且折霜蕤浸玉醅。

篔簹谷

漢川修竹賤如蓬，斤斧何曾赦籜龍。料得清貧饞太守，渭濱千畝在胸中。

寒蘆港

溶溶晴港漾春暉，蘆筍生時柳絮飛。還有江南風物否？桃花流水鮆魚肥。

野人廬

少年辛苦事犁鉏，剛厭青山遶故居。老覺華堂無意味，卻須時到野人廬。

此君菴

寄語菴前抱節君，與君到處合相親。寫真雖是文夫子，我亦真堂作記人。

金橙徑

金橙縱復里人知，不見鱸魚價自低。須是松江烟雨裏，小船燒薤擣香虀。

南園

不種夭桃與綠楊，使君應欲候農桑。春畦雨過羅紈膩，夏壠風來餅餌香。

北園

漢水巴山樂有餘,一麾從此首歸途。北園草木憑君問,許我他年作主無?

附録　鮮于侁《洋州三十景》

冰池

東西横塘裏,積疊崑嶺玉。潛鱗知幾何,還待春風觸。

書軒

朱門謝俗客,幽齋叙友人。澄瀾鑒止水,高節看叢筠。

披錦亭

春歸閬風家,功入天匠手。能將五色雲,點綴當户牖。

横湖

三冬修生色,六月芙蕖風。軒窗復起處,盡入菱花中。

湖橋

千峰起華陽,一水連天漢。初月正沉鈎,隱然飛兩岸。

望雲樓

雲山日在眼,飛觀復看雲。願似崇朝雨,飄揚静世氛。

待月臺

臺高上宵漢,人遠絶囂紛。秋中午夜静,萬里無纖雲。

二樂榭

琴躋積翠外,絺結穹隆間。軒檻最佳處,四顧惟江山。

灙泉亭

泉聲日琮琤,泉水深浩渺。可愛主人心,亭中狎鷗鳥。

吏隱亭

心休忘物我,道勝一軒静。隱几度朝晡,可嗟人畏影。

霜筠亭

亭出竹更密,林幽人不知。能教三伏景,變作九秋時。

無言亭

物來言有應,事去言自忘。翛然一榻上,聊可傲羲皇。

露香亭

葉上花露泣,軒前紅日長。遊風復爲誰,時送席間香。

涵虚亭

危欄試睡聽,空翠如何把。悄悄憂世心,臨風一傾瀉。

過溪亭

溪橋入庭下,杖屨可忘憂。誰識釣璜翁,有時抛直鈎。

禊亭

流水彎還來,羽觴酬酢競。應有蘭亭篇,邦人起歌詠。

菡萏亭

夏緑分照水,秋香仍滿地。吴宫誰教戰,一一盡妖媚。

野人廬

深深惟使君,草草學田舍。持此歸與心,隨時自瀟灑。

此君庵

結庵已忘情,植竹更端操。迢遥月上床,習静誰能造。

金橙徑

遠分穰下美,移植使君園。何人爲修貢,佳味上雕盤。

荼蘼洞

天香分外清,玉色無奈白。誰向瑶池遊,依稀太真宅。

南園

城上望南園,園深知幾許。啼鳥聞間關,遊人不知處。

北園

朝陽動湖水,春色入名園。邑人千萬户,日日望朱幡。

竹塢

幽溪入疏篁,翠色連遠塢。清夜天風來,不隔鸞鳳語。

荻浦

凝霜壓寒蘆,白月鋪浄練。誰起落梅聲,愁人淚如霰。

蓼嶼

盈枝紅欲滴,照水色更好。朝暮幾回新,何用催秋老。

寒蘆港

蒹葭何紛披,湖水還詰曲。誰言江渚間,亦有雙鷺宿。

天漢臺

臺外遶佳山,臺中垂暇日。齪齪絳守居,徒勞誇紹述。

溪花亭

湖源深可釃,溪水清能照。坐見落花來,不知春色老。

篔簹谷

暉暉藍田山,山下多緑玉。安得結茅茨,林間許容足。

送施歷城辯歸常州〔一〕

高人不受塵土侵〔二〕,三年浙江藏何深? 久閑物理有相復,歷城官事森成林。乘時斂散逐十二,鞭撻逋負徒哀矜〔三〕。一杯相屬未嘗得〔四〕,百畝歸去將安能〔五〕? 潛逃雖出知者後〔六〕,黽勉尚見仁人心〔七〕。歸期忽告三月尾,强留不顧千黄金〔八〕。河豚雖過鱸鱖在〔九〕,粳稻正插風雨淫〔一〇〕。酒肴勞苦罄鄰里〔一一〕,期會迫隘思僚朋〔一二〕。山川吴越我所愛,扁舟他日要追尋。滯留未用便相詫〔一三〕,半年歲月行駸駸〔一四〕。

【箋注】

〔一〕作於熙寧九年(一〇七六)三月末。從"歸期忽告三月尾""粳稻正插風雨淫"可知。施辯:生卒不詳,乾隆《歷城縣誌》卷三十四《宦績録》:"施辯,常州人,熙寧、元豐間歷城令,修濼源石橋,蘇轍爲文記之。"餘不詳。俟考。歷城:今山東歷城。常州:春秋時吴地,戰國時屬越,後屬楚。秦漢會稽郡之地,後漢順帝以後屬吴郡,其後東海王越嫡子毘封於毘陵,元帝以毘諱改爲晉陵郡。唐爲常州,或爲晉陵郡,屬江南道。宋爲常州,屬浙西路。治晉陵(今江蘇常州市)。

〔二〕謂不被塵土污染。唐孟郊《忽不貧喜盧仝書船歸洛》:“下免塵土侵,上爲雲霞居。”

〔三〕“乘時”二句:謂做一些征收賦税,鞭打百姓的事。乘時:乘機,趁勢。斂散:古代國家對糧食物資之買進和賣出。語本《管子·國蓄》:“夫民有餘則輕之,故人君斂之以輕;民不足則重之,故人君散之以重。”十二:特指税率或利率十分之二。《周禮·地官·載師》:“凡任地……甸稍縣都,皆無過十二。”唐賈公彦疏:“皆無過十二者……皆無過十而税二。”鞭撻(tà):鞭打。唐高適《封丘作》:“拜迎長官心欲碎,鞭撻黎庶令人悲。”逋(bū)負:拖欠賦税,債務。哀矜:哀憐;憐憫。

〔四〕謂很難與施在一起飲宴。唐韓愈《八月十五夜贈張功曹》:“沙平水息聲影絶,一杯相屬君當歌。”蘇軾《次韻吕梁仲屯田》:“雨葉風花日夜稀,一杯相屬竟何時。”相屬:互相勸酒;向人敬酒。

〔五〕謂自己早想歸耕田園。百畝:古代一夫所耕種。《孟子·梁惠王上》:“百畝之田,勿奪其時,八口之家可以無飢矣。”蘇軾《蝶戀花·述懷》:“尊酒不空田百畝,歸來分得閒中趣。”

〔六〕謙言自己醒悟在施之後。潛逃:偷偷地逃走。語出《詩·小雅·四月》:“匪鱣匪鮪,潛逃於淵。”知者:即智者。知,後來寫作“智”。

〔七〕謂與施心意是相通的。黽勉:勉勵,盡力。《詩·邶風·谷風》:“黽勉同心,不宜有怒。”毛傳:“言黽勉者,思與君子同心也。”

〔八〕唐白居易《丘中有一士二首》之二:“所逢苟非義,糞土千黄金。”

〔九〕河豚(tún):魚名。肉味鮮美。鱸鱖:鱸魚和鱖魚。鱖魚,又名桂花魚。唐張志和《漁歌》之一:“西塞山前白鷺飛,桃花流水鱖魚肥。”

〔一〇〕粳(jīng)稻:見《李氏園》注〔二五〕。淫:久雨。

〔一一〕鄰里:同一鄉里的人。

〔一二〕期會:期限。此謂赴常州的日期。迫隘:迫近。

〔一三〕謂如自己在此不得意將追隨施而去。詫:告知。《莊子·達生》:“有孫休者,踵門而詫子扁慶子。”唐成玄英疏:“詫,告也。”唐韓愈《落齒》:“因歌遂成詩,持用詫妻子。”

〔一四〕駸駸(qīn qīn):疾速貌。

施君既去復以事還戲贈〔一〕

令尹西行去又迴〔二〕,西湖重把舊樽罍。吏民再見雞棲乘〔三〕,猶道吾公挽不來〔四〕。

【箋注】

〔一〕與上詩作時稍後。

〔二〕此戲言。關令尹與老子不知所終,而施辯卻走後又復還。見《樓觀》注〔二〕。

〔三〕雞棲乘:形容車簡陋如雞窩一樣小。典出《後漢書·陳蕃傳》附"朱震":"震字伯厚,初爲州從事,奏濟陰太守單匡臧罪,并連匡兄中常侍車騎將軍超。桓帝收匡下廷尉以譴超,超詣獄謝。三府諺曰:'車如雞栖馬如狗,疾惡如風朱伯厚。'"按,栖,同"棲"。此言施辯清正廉明。

〔四〕《白孔六帖·刺史·挽不來》:"鄧攸爲吴郡不受禄,載米來食,唯飲郡中水而已。去郡,數千人挽舡,進不得,乃少停,夜中遁去。人歌曰:'紞如打五更,雞鳴天欲曙。鄧侯挽不來,謝令推不去。'"挽:謂挽車留止。

次韻吴興李行中秀才見寄并求醉眠亭詩二首〔一〕

和見寄

才堪簿領更無餘,贏得十年閑讀書〔二〕。寵辱何須身自試〔三〕,窮愁不待酒驅除〔四〕。故人歸去無消息〔五〕,佳句新來屢卷舒〔六〕。前日使君今在此,不妨時復置雙魚〔七〕。李公擇自吴興移濟①南。

【校記】

①濟:原作"齊",據宋大字本改。

【箋注】

〔一〕作於熙寧九年(一〇七六)三月末。李行中:宋龔明之《中吴紀聞》卷四:"行中字無悔,本霅川(在今浙江湖州市)人,徙居松江。高尚不仕,獨以詩酒自娱,晚治園亭號醉眠,東坡居士與之遊。"元徐碩《至元嘉禾志》卷二十九:"行中字無悔,築亭青龍江上,東坡名之曰:'醉眠。'諸公皆有詩。"醉眠亭:取陶潛語意。《宋書·陶潛傳》:"潛若先醉,便語客:'我醉欲眠,卿可去。'其真率如此。"按,詩後附録只録李詩三首及蘇軾三首,餘可參《至元嘉禾志》卷二十九。

〔二〕"才堪"二句:謂官閑職樂得讀書快意。《宋書·沈攸之傳》:"攸之晚好讀書,手不釋卷,《史》《漢》事,多所諳憶。常歎曰:'早知窮達有命,恨不十年讀書。'"

〔三〕《老子》第十三章:"寵辱若驚,貴大患若身。何謂寵辱若驚,寵爲下,得之若驚,失之若驚,是謂寵辱若驚。"按,此言不必得失在心。

〔四〕三國魏曹操《短歌行》:"何以解憂,唯有杜康。"唐李白《月下獨酌》之四:"窮愁千萬端,美酒三百杯。愁多酒雖少,酒傾愁不來。"此反古意而用之。蘇軾《次韻答王定國》:"眼前百種無不有,知君一以詩驅除。"

〔五〕蘇軾有"七月二十四日以久不雨"云云長題詩:"故人漸遠無消息,古寺空來有姓名。"

〔六〕唐權德輿《從叔將軍宅薔薇花開太府韋卿有題壁長句因以和作》:"名卿洞壑仍相近,佳句新成和者稀。"

〔七〕謂寄書信。雙魚:指書信。《文選·古樂府三首〈飲馬長城窟行〉》:"客從遠方來,遺我雙鯉魚。呼兒烹鯉魚,中有尺素書。"

醉眠亭

是非一醉了無餘,唯有胸中萬卷書〔一〕。已把人生比蘧傳〔二〕,更將江浦作階除。欲眠賓客從教去〔三〕,倒卧氍毹豈暇舒〔四〕?京洛舊遊真夢裏〔五〕,秋風無復憶鱸魚〔六〕。

【箋注】

〔一〕唐杜甫《奉贈韋左丞丈二十二韻》:"讀書破萬卷,下筆如有神。"宋黄庭堅《老杜浣花谿圖引》:“故衣未補新衣綻,空蟠胸中書萬卷。”

〔二〕蘧傳:蘧廬,古代驛傳中供人休息之房屋。猶今言旅館。《莊子·天運》:“仁義,先王之蘧廬也,止可以一宿而不可久處。”唐成玄英疏:“蘧廬,逆旅傳舍也。”

〔三〕《宋書·隱逸傳·陶潛》:“貴賤造之者,有酒輒設。潛若先醉,便語客:‘我醉欲眠,卿可去。’”唐李白《山中與幽人對酌》:“我醉欲眠卿且去,明朝有意抱琴來。”

〔四〕倒卧:横卧;横倒。唐李賀《江南弄》:“鱸魚千頭酒百斛,酒中倒卧南山緑。”氍毹(qú shū):毛織的毯子。《樂府詩集·相和歌辭十二·隴西行》:“請客北堂上,坐客氈氍毹。”

〔五〕蘇軾《定風波》:“十五年間真夢裏,何事? 長庚對月獨淒涼。”舊游:昔日的遊覽。唐白居易《憶舊遊》:“憶舊遊,舊遊安在哉? 舊遊之人半白首,舊遊之地多蒼苔。”

〔六〕唐杜甫《洗兵馬》:“東走無復憶鱸魚,南飛覺有安巢鳥。”參《送劉道原學士歸南康》注〔五〕。

附録　李行中《醉眠亭》

簷低檻曲莫嫌陋,地僻草深宜晝眠。代枕莫憑溪上石,當簾時借屋頭煙。倦遊拂壁畫山逕,貪醉解衣還酒錢。一水近通西浦路,客來猶可棹漁船。

《醉眠亭寄韓憲仲廷評》

野徑荒亭草没腰,一眠聊以永今朝。放懷不管人間事,破夢時聞夜半潮。冰柱劉叉詩未獻,金龜太白酒難招。知君有意尋安道,咫尺何時弄晝橈。

《趙明叔未識醉眠亭先貺佳篇》

要識荒亭路不賒,浦西橋北對漁家。窗嫌日曝新栽竹,蔬占畦長未種花。壁上客來堆酒墨,籬根潮過積寒沙。被人誤號陶潛宅,也學門前五柳遮。

蘇軾《李行中醉眠亭三首》

其一

已向閑中作地仙,更於酒裏得天全。從教世路風波惡,賀監偏工水底眠。

其二

君且歸休我欲眠，人言此語出天然。醉中對客眠何害，須信陶潛未若賢。

其三

孝先風味也堪憐。肯爲周公晝日眠。枕麴先生猶笑汝，枉將空腹貯遺編。

和子瞻玉盤盂二首〔一〕 東武蘇莒公家園中千葉白芍藥〔二〕，子瞻新爲此名。

其一

千葉團團一尺餘，揚州絶品舊應無〔三〕。賞傳莒國遷鐘虡〔四〕，移憶胡僧置鉢盂〔五〕。叢底留連傾鑿落，瓶中捧擁照浮屠〔六〕。强將絳蠟封紅萼〔七〕，憔悴無言損玉膚。

【箋注】

〔一〕作於熙寧九年（一〇七六）四月。蘇軾《玉盤盂叙》："東武舊俗，每歲四月大會，於南禪、資福兩寺芍藥供佛，而今歲最盛。"以此可知作於四月。玉盤盂：指白芍藥。

〔二〕蘇莒公：指蘇禹珪（八九五—九五六）。字元錫，五代高密（今山東高密市）人。以五經中第。五代漢高祖劉知遠作鎮并門，奏爲兼判。高祖即位，累官尚書左僕射，與蘇逢吉等受顧命立少主。太祖入立，加守司空。世宗嗣位，受代歸卒。《舊五代史》有傳。東武：西漢初年置縣，隋代改稱諸城，宋沿之，屬密州。

〔三〕揚州：春秋時前後屬吴、越、楚，秦滅楚屬九江郡，兩漢爲廣陵國或郡，三國六朝時有變化，唐或爲廣陵郡或爲揚州，屬淮南道，宋因之，屬淮東路。治江都（今江蘇揚州市）。參《文獻通考·輿地考四·揚州》。蘇軾《趙昌四季·芍藥》："揚州近日紅千葉，自是風流時世妝。"清查慎行注引《志林》："揚州芍藥爲天下冠。蔡繁卿作守爲萬花會,以御愛紅爲第一。"宋王十朋《芍藥》:"千葉揚州種,春深霸衆芳。無言比君子,窈窕有温香。"

〔四〕謂蘇有禪代之功。鐘虡(jù):飾以猛獸形象的懸樂鐘的格架。漢班固《西都賦》:"列鐘虡於中庭,立金人於端闈。"此以之代政權轉移。

〔五〕謂和尚折芍藥供佛。胡僧:古代泛稱西域、北地或外來的僧人。唐杜甫《寄劉峽州伯華使君四十韻》:"藥囊親道士,灰劫問胡僧。"清仇兆鰲注引曹毗《志怪》:"漢武帝穿昆明池極深,悉是灰墨,無復土。以問東方朔,曰:'臣愚不足以知之,可問西域僧。'"按,佛法從西域傳入,故此處稱胡僧以與上對仗。

〔六〕"叢底"二句:謂即可在花下酌酒,亦可以花供佛。鑿落:以鐫鏤金銀爲飾的酒盞。唐白居易《送春》:"銀花鑿落從君勸,金屑琵琶爲我彈。"

〔七〕此謂將花瓣作爲製作蠟燭的材料。

其二

故相林亭父老知〔一〕,出群草木尚何疑?無多産業殘花藥,幾許功名舊鼎彝〔二〕。豐豔不知人世别〔三〕,佳名新换使君詩〔四〕。明年會看花尤①好,剥盡浮苞養一枝〔五〕。

【校記】

①尤:宋大字本作"猶"。

【箋注】

〔一〕謂只有一些遺老纔知道這亭院的來歷。

〔二〕謂只有傳承下來的鼎彝上還記載著蘇禹珪的功績。

〔三〕謂芍藥不知人世早非而依然繁茂艷麗。

〔四〕謂蘇軾爲白芍藥更名爲玉盤盂并爲之賦詩。

〔五〕浮苞:指那些多餘冗贅的花苞。

附録　蘇軾《玉盤盂二首》并引

東武舊俗,每歲四月,大會於南禪、資福兩寺。以芍藥供佛,而今歲最盛。凡七千餘朶,皆重跗累萼,繁麗豐碩。中有白花,正圓如覆盂,其下十餘葉,稍大,承之如盤,姿格絶異,獨出於七千朵之上。云:得之於城北蘇氏園中,周宰相莒公之别業也。而其名俚甚,乃爲易之。

其一

雜花狼藉占春餘,芍藥開時掃地無。兩寺粧成寶瓔珞,一枝争看玉盤盂。佳名會作新翻曲,絶品難尋舊畫圖。從此定知年穀熟,姑山親見雪肌膚。

其二

花不能言意可知,令君痛飲更無疑。但持白酒勸嘉客,直待瓊舟覆玉彝。負郭相君初擇地,看羊屬國首吟詩。吾家豈與花相厚,更問殘芳有幾枝。

寄題密州新作快哉亭二首〔一〕

其一

車騎崩騰送客來〔二〕,奔河斷岸首頻回。鑿成户牖功無幾〔三〕,放出江湖眼一開。景物爲公争自致〔四〕,登臨約我共追陪〔五〕。自矜新作《超然賦》〔六〕,更擬蘭臺誦《快哉》〔七〕。

【箋注】

〔一〕作於熙寧九年(一〇七六)四、五月間。密州:戰國屬齊,秦屬瑯琊郡,漢屬高密國、城陽國地,後漢屬瑯琊郡、北海國地,後魏復置高密郡,隋初爲密州,以密水爲名。唐宋因之。宋屬京東東路。治諸城(今山東諸城市)。快哉亭:在黄岡縣南,張夢得謫居齊安,即其廬之西爲亭以覽觀江流之勝,蘇軾爲之命名曰快哉,蘇轍爲之作《快哉亭記》。按,快哉之名,語出戰國楚宋玉《風賦》:"楚襄王遊於蘭臺之宫,宋玉景差侍。有風颯然而至,王乃披襟而當之,曰:'快哉此風!寡人所與庶人共者邪?'宋玉對曰:'此獨大王之風耳,庶人安得而共之?'"

〔二〕崩騰:奔騰。唐張籍《廢居行》:“胡馬崩騰滿阡陌,都人避難唯空宅。”

〔三〕無幾:不多;少許。

〔四〕自致:自己奉上,獻上。

〔五〕唐吴融《酬僧》:“聞説近郊寒尚緑,登臨應待一追陪。”宋劉敞《登城》:“幸有風光相挽引,那無賓友共追陪。”

〔六〕蘇軾爲高密守,因城上之廢臺修葺之,囑蘇轍命名,蘇轍命名爲超然,且作《超然臺賦》。

〔七〕謂效法宋玉作賦。因宋玉《風賦》有“遊於蘭臺之宫”語,故云“擬蘭臺”。

其二

檻前濰水去沄沄〔一〕,洲渚蒼茫煙柳匀。萬里忽驚非故國〔二〕,一樽聊復對行人。謝安未厭頻携妓〔三〕,汲黯猶須卧理民〔四〕。試問沙囊無處所,于今信怯定非真〔五〕。

【箋注】

〔一〕濰水:今稱濰河。在山東省東部。《書·禹貢》:“嵎夷既略,濰淄其道。”孔傳:“濰淄二水,復其故道。”《水經注·濰水》:“濰水出琅邪箕縣,東北過東武縣西,又北過平昌縣東,又北過高密縣西,又北過淳于縣東,又東北逕都昌縣東,又東北入於海。”沄沄:水流洶湧貌。

〔二〕蘇軾《二月三日點燈會客》:“蠶市光陰非故國,馬行燈火記當年。”

〔三〕《世説新語·識鑒》:“謝公在東山畜妓。簡文曰:‘安石必出,既與人同樂,亦不得不與人同憂。’”謝安:見《王仲儀尚書挽詞》注〔三〕。

〔四〕汲黯(前? —前一一二):字長孺,西漢濮陽(今河南濮陽市西南)人。武帝時,爲東海太守,繼爲主爵都尉。好黄老之術,常切言直諫。後出爲淮陽太守,政治清明,吏民歡悦。武帝嘗歎之曰:“古有社稷之臣,至如黯,近之矣。”《史記》《漢書》有傳。《史記·汲黯列傳》:“黯學黄老之言,治官理民,好清静,擇丞史而任之。其治,責大指而已,不苛小。黯多病,卧閨閤内不出。歲餘,東海大治。稱之。上聞,召爲主爵都尉,列於九卿。治務在無爲而已,引大體,不拘文法。”

〔五〕"試問"二句：謂已找不到當年韓信用沙囊攔水破敵的地方。《史記·淮陰侯列傳》："淮陰屠中少年有侮信者，曰：'若雖長大，好帶刀劍，中情怯耳。'衆辱之曰：'信能死，刺我；不能死，出我袴下。'於是信孰視之，俛出袴下，蒲伏。一市人皆笑信，以爲怯。……韓信已定臨菑，遂東追廣至高密西。楚亦使龍且將，號稱二十萬，救齊。齊王廣、龍且并軍與信戰，未合。人或説龍且曰：'漢兵遠鬬窮戰，其鋒不可當。齊、楚自居其地戰，兵易敗散。不如深壁，令齊王使其信臣招所亡城，亡城聞其王在，楚來救，必反漢。漢兵二千里客居，齊城皆反之，其勢無所得食，可無而降也。'龍且曰：'吾平生知韓信爲人，易與耳。且夫救齊不戰而降之，吾何功？今戰而勝之，齊之半可得，何爲止！'遂戰，與信夾濰水陳。韓信乃夜令人爲萬餘囊，滿盛沙，壅水上流，引軍半渡，擊龍且，詳不勝，還走。龍且果喜曰：'固知信怯也。'遂追信渡水。信使人决壅囊，水大至。龍且軍大半不得渡，即急擊，殺龍且。龍且水東軍散走，齊王廣亡去。信遂追北至城陽，皆虜楚卒。"沙囊：裝著沙的袋子。

贈馬正卿秀才〔一〕

男兒生可憐〔二〕，赤手空腹無一錢〔三〕。死喪三世委平地，骨肉不得歸黄泉〔四〕。徒行乞丐買墳墓，冠幘破敗衣履穿〔五〕。矯然未肯妄求取〔六〕，恥以不義藏其先〔七〕。辛勤直使行路泣〔八〕，六親不信相尤愆〔九〕。問人何罪窮至此？人不敢尤其怨天〔一〇〕。孝慈未省鬼神惡，兄弟寧有木石頑〔一一〕？善人自古有不遇，力行不廢良謂賢〔一二〕。

【箋注】

〔一〕作於熙寧九年（一〇七六）四五月間。時馬正卿自密州來濟南。正卿回密州，作詩贈之。馬正卿：字夢得，雍丘（今河南杞縣）人。蘇軾《東坡八首·叙》："余至黄州，二年，日以困匱，故人馬正卿哀余乏食，爲於郡中請故營地數十畝，使得躬耕其中。"《仇池筆記·書秋雨詩》："杞人馬正卿作太學生，有氣節，學生不喜，博士亦忌之，予偶至齋書杜子美《秋雨歎》一篇壁上，初無意也。正卿即日辭歸不出,至今白首固窮守節。”

〔二〕《樂府詩集·企喻歌辭》:“男兒可憐蟲,出門懷死憂。尸喪狹谷中,白骨無人收。”

〔三〕蘇軾《寄吴德仁兼簡陳季常》:“東坡先生無一錢,十年家火燒凡鉛。”

〔四〕“死喪”二句:謂三代親人死後皆無錢安葬。三世:三代。委:放置。

〔五〕晉皇甫謐《高士傳·曾參》:“居於衛,緼袍無表,顔色腫噲,手足胼胝,三日不舉火,十年不製衣,正冠而纓絶,捉衿而肘見,納履而踵决。”

〔六〕矯然:堅勁貌。漢桓寬《鹽鐵論·褒賢》:“文學高行,矯然若不可卷。”

〔七〕藏(zàng):埋葬。《禮記·檀弓上》:“葬也者,藏也。”

〔八〕行路:指路人。《後漢書·黨錮傳·范滂》:“行路聞之,莫不流涕。”

〔九〕謂正卿似不爲弟兄親人所理解。尤愆:罪過;過失。

〔一〇〕《論語·憲問》:“子曰:‘莫我知也夫!’子貢曰:‘何爲其莫知子也?’子曰:‘不怨天,不尤人。下學而上達。知我者,其天乎!’”

〔一一〕“孝慈”二句:對馬之遭遇有所不解。宋歐陽脩《與子華原父小飲坐中寄同州江十學士休復》:“奈何章綬榮,飾此木石頑。”未省:不明白;不理解。此云何以不受鬼神福祐。

〔一二〕力行:猶言竭力而行。

答文與可以六言詩相示因道濟南事作十首〔一〕

其一

遠遊既爲東魯,還居又愛南山。齒髮自知將老〔二〕,心懷且欲偷安〔三〕。

【箋注】

〔一〕作於熙寧九年(一〇七六)四五月間。文同以六言詩四十七首寄轍,轍以六言詩回和。

〔二〕唐白居易《除官去未間》:"江山信爲美,齒髮行將老。"齒髮:牙齒和頭髮。借指年齡。

〔三〕偷安:只圖目前的安逸,苟安。《史記·秦始皇本紀》:"小人乘非位,莫不怳忽失守,偷安日日。"

其二

舜井溢流陌上〔一〕,歷山近在城頭〔二〕。羈旅三年忘去〔三〕,故園何日歸休〔四〕?

【箋注】

〔一〕舜井:即舜泉。參《舜泉復發》注〔一〕。

〔二〕歷山:古山名。相傳舜耕歷山。所在地點説法不一。《史記·五帝本紀》:"舜耕歷山,漁雷澤,陶河濱。"南朝宋裴駰集解引鄭玄曰:"在河東。"唐張守節正義引《括地志》:"'蒲州河東縣雷首山,一名中條山,亦名歷山,亦名首陽山,亦名蒲山,亦名襄山,亦名甘棗山,亦名豬山,亦名狗頭山,亦名薄山,亦名吴山。此山西起雷首山,東至吴阪,凡十一名,隨州縣分之。歷山南有舜井。'又云:'越州餘姚縣有歷山舜井,濮州雷澤縣有歷山舜井,二所又有姚墟,云生舜處也。及嬀州歷山舜井,皆云舜所耕處,未詳也。'"按,蘇轍所謂歷山在齊州。參《舜泉復發》注〔一〕。

〔三〕羈旅:寄居異鄉。參《送韓祗嚴户曹得替省親成都》注〔五〕。

〔四〕歸休:辭官回鄉休息。

其三

野步西湖緑縟〔一〕,晴登北渚煙綿〔二〕。蒲蓮自可供腹,魚蟹何嘗要錢。

【箋注】

〔一〕野步:野外散步。緑縟:青翠的草坪。

〔二〕煙綿:煙霧籠照(的小洲)。唐杜甫《樂遊園歌》:"樂游古園崒森爽,煙綿碧草萋萋長。"

其四

飲酒方橋夜月,釣魚晝舫秋風。冉冉荷香不斷,悠悠水面無窮。

其五

雨過山光欲溜〔一〕,寒來水氣如烝〔二〕。勝處何須吴越〔三〕,隨方亦有遊朋〔四〕。

【箋注】

〔一〕謂清翠欲滴。

〔二〕烝:後來寫作"蒸"。

〔三〕勝處:風景優美的地方。

〔四〕隨方:不拘何方;各處。

其六

揚雄執戟雖久〔一〕,陶令歸田未能〔二〕。眼看雲山無奈,神傷簿領相仍〔三〕。

【箋注】

〔一〕宋梅堯臣《送石昌言舍人還蜀拜埽》:"揚雄位卑纔執戟,豈有爵禄多文章。"揚雄(前五三—前一八):字子雲,西漢蜀郡成都(今成都郫都區)人。少好學,不爲章句訓詁。博覽無所不見。爲人簡易佚蕩,口吃不能劇談。成帝時召對承明庭,奏《甘泉》、《河東》、《長揚》等賦,多仿司馬相如。後仕於王莽,爲學人所譏。所著有《方言》、《法言》、《太玄》等書。《漢書》有傳。執戟:秦漢時的宫廷侍衛官。值勤時手持戟。《文選·曹丕〈與楊德祖書〉》:"昔揚子雲,先朝執戟之臣耳。"唐李善注:"《漢書》曰:揚雄奏《羽獵賦》爲郎。然郎皆執戟而持也。"宋梅堯臣《送石昌言舍人還蜀拜埽》:"揚雄位卑纔執戟,豈有爵禄多文章。"

〔二〕陶令:指陶潛(三六五—四二七)。潛一名淵明,字元亮,東晉潯陽柴桑(今江西九江市)人。歷任江州祭酒,鎮軍參軍,彭澤令。時士族執政,朝綱壞弛,潛遂去官歸隱,詩酒自娱。潛長於詩文,詩多抒寫自然風物及田園旨趣,平淡爽朗,間有慷慨悲歌之音。其語言質樸凝煉,深爲後人稱道,蘇氏弟兄父子皆篤愛之。有《陶淵明集》。《晉書》《南史》有傳。《晉書·陶潛傳》:"素簡貴,不私事上官。郡遣督郵至縣,吏白應束帶見之,潛嘆曰:'吾不能爲五斗米折腰,拳拳事鄉里小人邪!'義熙三年,解印去縣,乃賦《歸去來》。"陶潛《歸園田居五首》之一:"開荒南野際,守拙歸園田。"

〔三〕相仍:相繼;連續不斷。《楚辭·屈原〈九章·悲回風〉》:"觀炎氣之相仍兮,窺煙液之所積。"漢王逸注:"相仍者,相從也。"

其七

終歲常親鞭扑①〔一〕,此生知負詩書〔二〕。欲尋舊學無處〔三〕,時有故人起予〔四〕。

【校記】

①扑:原本作"朴",據四庫本改。

【箋注】

〔一〕鞭扑:用作刑具的鞭子和棍棒。《國語·魯語上》:"薄刑用鞭扑,以威民也。"

〔二〕唐韋充《筆賦》:"修辭立句,曾無點畫之虧;游藝依仁,空負詩書之力。"

〔三〕舊學:昔從之學;昔時所學。按,這裏指王安石倡新學,傳統經學皆被摒棄。

〔四〕《論語·八佾》:"子曰:'起予者,商也,始可與言《詩》已矣。'"三國魏何晏集解引苞氏曰:"予,我也。孔子言子夏能發明我意,可與共言詩已矣。"

其八

故人遠在江漢,萬里時寄聲音。聞道禪心寂寞〔一〕,未廢詩人苦吟。

【箋注】

〔一〕禪心:佛教語。謂清静寂定的心境。南朝梁江淹《吴中禮石佛》:“禪心暮不雜,寂行好無私。”

其九

佳句近參《風》《雅》,微詞間發《離騷》〔一〕。竊欲比君庾信,莫年詩賦尤高〔二〕。

【箋注】

〔一〕“佳句”二句:謂文詩中佳句可比肩《詩經》,而且委婉諷喻之詞又如《離騷》。參:並立。風雅:指《詩經》中的《國風》和《大雅》、《小雅》。此用以指代《詩經》。唐杜甫《戲爲六絶句》之六:“别裁僞體親《風》《雅》,轉益多師是汝師。”微詞:微辭。委婉而隱含諷諭之言辭,隱晦之批評。離騷:戰國屈原所創作的長篇抒情詩。漢王逸注:“離,别也;騷,愁也;經,徑也。言己放逐離别,中心愁思,猶陳直徑,以風諫君也。”參《和張安道讀杜集》注〔五〕、《屈原塔》注〔一〕、〔二〕。

〔二〕“竊欲”二句:唐杜甫《詠懷古跡五首》之一:“庾信平生最蕭瑟,暮年詩賦動江關。”庾信(五一三—五八一):字子山,北周南陽新野(今河南新野縣)人。初仕南朝梁,奉使西魏,被留不還。西魏亡,事北周,官至驃騎大將軍、開府儀同三司。故後世稱“庾開府”。信善詩文,尤長駢體,《四庫總目》評價云:“其駢偶之文,則集六朝之大成,而導四傑之先路。自古迄今,屹然爲四六宗匠。”有《庾子山集》。《北史》《周書》有傳。

其十

相思欲見無路〔一〕,滿秩西歸有時〔二〕。及君鈴閣少事〔三〕,飲我松醪滿巵〔四〕。

【箋注】

〔一〕《文選·沈約〈别范安成詩〉》:“夢中不識路,何以慰相思?”唐李善注引《韓非子》曰:“六國時,張敏與高惠二人爲友,每相思不能得見,敏便於夢中往尋，但行至半道，即迷不知路，遂回，如此者三。”

〔二〕滿秩：秩滿。官吏任期結束。

〔三〕鈴閣：州郡長官辦事之地。《晉書·羊祜傳》：“在軍常輕裘緩帶，身不披甲，鈴閣之下，侍衛者不過十數人。”

〔四〕松醪：用松肪或松花釀造的酒。

附録　文同《郡齋水閣閑書二十六首》

湖上

湖上雙禽泛泛，橋邊細柳垂垂。日午亭中無事，使君來此吟詩。

獨坐

不報門前賓客，已收案上文書。獨坐水邊林下，宛如故里閑居。

湖橋

湖橋北頰花塢，水閣西頭竹村。霏霏薄霧紅暖，漠漠輕煙翠昏。

推琴

點點新萍帖水，濛濛亂絮縈風。盡日推琴默坐，有人池上亭中。

静觀

十許文魚弄水，一雙花鴨眠沙。静觀只恐驚去，無語憑欄日斜。

亭館

亭館翛翛度日，園林寂寂經春。且遮新笋誇客，莫掃殘花悶人。

流水

四首秦僧絶論，一篇楚客《離騷》。讀罷卻彈流水，先生此興尤高。

報國

報國無忘竭節，居官勿用論功。莫問啌啌趨樂，不煩咄咄書空。

聞道

聞道幸非曲士，讀書甘作陳人。爲文自怪逆俗，好畫誰知入神。

相如

相如何必稱病？靖節奚須去官？就下其誰不許，如愚是處皆安。

彭澤

彭澤先生未去,武陵太守常貧。上官幸且容己,下鬼休來笑人。

憑几

列傳日逢佳士,群書時得微言。自對古人憑几,不煩俗客登門。

衰後

衰後常親藥餌,憂來頗憶林泉。身坐謝莊小閣,心游沈約東田。

自悟

自悟空王理勝,因知辯士辭窮。但了一亡六解,休論四異三同。

鷺鷥

避雨竹間點點,迎風柳下翻翻。静依寒蓼如畫,獨立晴沙可憐。

蓮子

緑實填房未滿,黄茸繞殼方開。爲問因誰勸酒,一時齊側金杯。

采蓮

岸幘客來橋上,濺裙人在湖中。桂楫蘭橈甚處?蓮花荷葉無窮。

翡翠

見諸長喙須避,得少纖鱗便飛。爲報休來近岸,有人愛汝毛衣。

朱槿

含露方矜杳裊,摇風旋見離披。湖上先生笑汝,朝開暮落何爲?

青鶴

常惡静時鳧鶩,不驚飽處蝦魚。與吾閑正相似,問爾樂復何如?

車軒

平湖静處朱閣,垂柳深中畫橋。隱几香煙露濕,投竿衣帶風飄。

偶書

犢去食苗莫問,烏來攫肉休知。物須以信相感,事忌於心有爲。

北岸

曲榭紅蕖影上,圓庵緑篠陰中。門外何人會畫,故來寫作屏風?

自詠

看畫亭中默坐,吟詩岸上微行。人謂偷閑太守,自呼竊禄先生。

再贈鷺鷥

頸若瓊鈎淺曲，骰如碧管深翹。湖上水禽無數，其誰似汝風標？

聞書

逐出堪羞子溥，歸來可重淵明。試問七松處士，何如五柳先生？

次韻李公擇寄子瞻〔一〕

青蒲一下復東來〔二〕，擁扇西風滿面埃〔三〕。擊柝自營何擇地〔四〕，餔糟同醉未須回〔五〕。孤高振鷺瞻初下〔六〕，淡泊嬰兒及未孩〔七〕。我亦漂流家萬里，年來羞上望鄉臺〔八〕。

【箋注】

〔一〕作於熙寧九年（一〇七六）四五月間。二月李肅之去職，李公澤知齊州。李公澤：見《題滑州晝舫齋贈李公擇學士》注〔一〕。

〔二〕謂李公擇從朝中而外放。青蒲：指天子内庭。《文選·任昉〈天監三年策秀才文〉三》："比雖輻湊闕下，多非政要；日伏青蒲，罕能切直。"唐李周翰注："青蒲，天子内庭也，以青色規之，而諫者伏其上。"

〔三〕《世説新語·輕詆》："庾公權重，足傾王公。庾在石頭，王在冶城坐，大風揚塵，王以扇拂塵曰：'元規塵污人。'"按，此當是影射王安石。参《題滑州晝舫齋贈李公擇學士》注〔一〕。

〔四〕謂自己作小吏爲謀生活命而已。擊柝：敲梆子巡夜。《荀子·榮辱》："故或禄天下而不自以爲多，或監門禦旅，抱關擊柝，而不以爲寡。"唐楊倞注："抱關，門卒也；擊柝，擊木所以警夜者。"自營：自謀生計。擇地：選擇處所和職位。《韓詩外傳》卷一："任重道遠者，不擇地而息；家貧親老者，不擇官而仕。"《後漢書·第五倫傳》："素性懦怯，位尊爵重，拘迫大義，思自策厲；雖遭百死，不敢擇地，又況親遇危言之世哉！"

〔五〕謂自己隨波逐流。餔糟：將酒糟吃了。語出《楚辭·屈原〈漁父〉》："屈原曰：'舉世混濁而我獨清，衆人皆醉而我獨醒，是以見放？'漁父曰：'夫聖人者不凝滯於物，而能與世推移，舉世混濁，何不隨其流而揚其波？衆人皆醉，何不餔其糟而啜其醨？何故懷瑾握瑜，而自令見放爲？'"

〔六〕謂李操行純清。振(zhēn)鷺：語出《詩·周頌·振鷺》："振鷺于飛，于彼西雝。"唐孔穎達疏："言有振振然絜白之鷺鳥往飛也……美威儀之人臣而助祭王廟亦得其宜也。"

〔七〕此言李心無城府。《老子》第二十章："衆人熙熙，若享太牢，若春登臺。我獨泊兮其未兆，如嬰兒之未孩。"蘇轍《老子解》："人各溺于所好，其美如享太牢，其樂如春登臺，嚣然從之而不知其非。唯聖人深究其妄，遇之泊然不動，如孾兒之未能孩也。"孩：小兒笑。

〔八〕望鄉臺：古人久戍不歸或流落外地，往往登高或築臺以眺望故鄉之處。唐王勃《九日升高》："九月九日望鄉臺，他席他鄉送客杯。"

次韻李公擇以惠泉答章子厚新茶二首〔一〕

其一

無錫銅瓶手自持〔二〕，新芽顧渚近相思〔三〕。故人贈答無千里，好事安排巧一時。蟹眼煎成聲未老〔四〕，兔毛傾看色尤宜〔五〕。槍旗携到齊西境〔六〕，更試城南金綫奇〔七〕。金綫泉在齊州城南〔八〕。

【箋注】

〔一〕作於熙寧九年(一〇七六)四五月間。章惇自湖州寄新茶與李常，常答以惠泉，并作詩，轍次其韻。章子厚(一〇三五——一〇五)：名惇，字子厚，建州浦城(今福建浦城縣)人。嘉祐舉進士，恥出侄衡下，四年再登甲科，調商洛令，與蘇軾游。熙寧初，王安石用爲編修三司條例官，經制南北江群蠻，命爲湖南、北察訪使。召還，擢知制誥，直學士院、判軍器監。因言者論，出知湖州，徙杭州，入爲翰林學士。元豐三年，拜參知政事，罷知蔡州，歷陳、定二州，五年召拜門下侍郎。哲宗即位，知樞密院事。宣仁聽政，駁司馬光所役法，黜知汝州。哲宗親政，起惇爲尚書左僕射兼門下侍郎，復熙、豐之政，力排元祐黨人，報復仇怨，株連甚衆，天下怨憤。徽宗初，罷知越州，尋貶武昌軍節度副使、潭州安置，徙睦州。崇寧四年卒，年七十一。《宋史》有傳。惠泉：即惠山泉。在今無錫。清陸廷燦《續茶經》卷下之一："惠山寺東爲觀泉亭，堂曰漪瀾。泉在亭中，二井石甃，相去咫尺，方圓異形。汲者多由圓井，蓋方動圓静，静清而動濁也。流過漪瀾，從石龍口中出，下赴大池者有土氣，不可汲。泉流冬夏不涸，張又新品爲'天下第二泉'。"唐陸羽有《惠山寺記》亦可詳參。

〔二〕銅瓶：盛水的器具。無錫：今江蘇無錫。參上注。

〔三〕宋樂史《太平寰宇記·江南東道六·湖州》："顧渚在縣西北三十里。顧渚者，山墟名，云昔吴王夫概顧其渚，次原隰平衍爲都邑之所。今崖谷林薄之中多産茶茗以充歲貢。"按，顧渚産名茶，唐嘗置貢茶院于此。

〔四〕蟹眼：螃蟹的眼睛。比喻水初沸時泛起的小氣泡。宋龐元英《談藪》："俗以湯之未滚者爲盲湯，初滚者曰蟹眼，漸大者曰魚眼，其未滚者無眼，所語盲也。"

〔五〕兔毛：細嫩的茶葉上的白毫，借指茶葉。唐吕巖《大雲寺茶詩》："兔毛甌淺香雲白，蝦眼湯翻細浪俱。"

〔六〕槍旗：成品緑茶之一。由帶頂芽的小葉製成。芽尖細如槍，葉開展如旗，故名。唐齊己《聞道林諸友嘗茶因有寄》："槍旗冉冉緑叢園，穀雨初晴叫杜鵑。"

〔七〕金綫奇：宋吴曾《能改齋漫録·方物·金綫泉》："《澠水燕談》云，齊州城西張意諫議園亭有金綫泉，石甃方池，廣袤丈餘，泉亂發其下，東注城濠中，澄徹見底。池心南北有金綫一道，隱起水面，以油滴一隅，則綫紋遠去，或以紋亂之，則綫輒不見，水止如故，天陰亦不見。"

〔八〕齊州宋屬京東路，治歷城（在今濟南市歷城區）。參《自陳適齊戲題》注〔一〕。

其二

新詩態度靄春雲〔一〕，肯把篇章妄與人？性似好茶常自養〔二〕，交如泉水久彌親〔三〕。睡濃正想羅聲發〔四〕，食飽尤便粥面匀〔五〕。底處翰林長外補〔六〕，明年誰送雪溪春〔七〕？

【箋注】

〔一〕唐韓愈《醉贈張秘書》:"君詩多態度,藹藹春空雲。"

〔二〕自養:猶自奉;自給。

〔三〕謂賢者之交誼,平淡如水,不尚虚華。語出《莊子·山木》:"且君子之交淡若水,小人之交甘若醴;君子淡以親,小人甘以絶。"晉郭象注:"無利故淡,道合故親。"

〔四〕羅聲:煮茶之聲。

〔五〕粥面:濃茶表面所凝結的薄膜,以其狀如粥膜,故稱粥面。宋宋子安《東溪試茶録·壑源》:"其茶甘香特勝,近焙受水,則渾然色重,粥面無澤。"

〔六〕翰林:官名。指翰林學士。唐玄宗開元初以張九齡、張説、陸堅等掌四方表疏批答、應和文章,號"翰林供奉",與集賢院學士分司起草詔書及應承皇帝的各種文字。唐代後期,往往即以翰林學士升任宰相。北宋翰林學士仍掌制誥。按,此指章惇。

〔七〕謂章惇知湖州,不過短暫之事,知將大用,不知明年何人再送霅溪茶與自己。霅(zhá)溪:水名。在浙江省湖州市。此代指章惇。《續資治通鑑長編·神宗熙寧八年》:"[十月]右正言、知制誥、直學士院、權三司使章惇知湖州。"

和李公擇赴歷下道中雜詠十二首〔一〕

泛清河

南北無多水,崎嶇未捨船。何時好霖雨?是處有通川〔二〕。墳壟看書卷,興亡指道邊。蒼芒半秋草,猶復較愚賢〔三〕。

【箋注】

〔一〕作於熙寧九年(一〇七六)夏。詩題三《桃園阻淺將易小舟一夜水大至復乘便風頃刻百里》,可知當是夏日水漲狀況。《三蘇年譜》卷二十六:"據和詩,李常自吴興起程,過長江,沿運河至宿遷之桃園,經項羽廟,至下邳之黄石公廟,經徐州彭城之吕梁,至鄆州之清河經梁山伯,達齊州。"甚是。

〔二〕“何時”二句:此處雙關。蘇轍齊州仕宦不得意,霖雨、通川皆祈望之辭。霖雨:甘雨,時雨。《書・説命上》:“若歲大旱,用汝作霖雨。”是處:到處;處處。通川:流通的河川。《文選・司馬相如〈上林賦〉》:“醴泉湧於清室,通川過於中庭。”唐李善注:“通流爲川而過中庭。”

〔三〕“蒼茫”二句:謂古人早已葬身荒隴,可笑人們還在評點比較誰愚誰賢。

將至桃園阻淺且風不得進〔一〕

卷帆倚棹淺河津,憶泛長江步步新〔二〕。未免生涯寄風浪〔三〕,不堪舟楫委埃塵。往來欲就沙囊堰〔四〕,深淺時看舉策頻〔五〕。一望雲霓百憂集〔六〕,應思平地隱居人。

【箋注】

〔一〕《三蘇年譜》卷二十六:“宿遷有崔野、桃園、漁溝三鎮,屬淮陽軍,在軍東南一百八十里。淮陽軍治下邳。”

〔二〕宋范仲淹《寄題溪口廣慈院》:“越中山水絶纖塵,溪口風光步步新。”

〔三〕唐權德輿《甲子歲元日呈鄭侍御明府》:“世故看風葉,生涯寄海田。”

〔四〕沙囊堰:用沙袋裝上沙或石塊壘成的低壩。

〔五〕謂頻頻拄著手杖到船頭看水的淺深。策:手杖。

〔六〕唐杜甫《百憂集行》:“强將笑語供主人,悲見生涯百憂集。”雲霓(ní):虹。《孟子・梁惠王下》:“民望之,若大旱之望雲霓也。”漢趙岐注:“霓,虹也,雨則虹見,故大旱而思見之。”宋孫奭疏:“雲霓,虹也。”

桃園阻淺將易小舟一夜水大至復乘便風頃刻百里〔一〕

此生與物妄相仇,欲往長嫌苦見留。淺瀨何知向人惡〔二〕,漲溪豈復爲公流?雨痕忽到工催客〔三〕,風信初來轉打頭〔四〕。舉目汀洲都未改〔五〕,忽添清興滿行舟〔六〕。

【箋注】

〔一〕便風:順風。

〔二〕淺瀨:淺灘。瀨,淺水沙石灘。

〔三〕雨痕:將下雨的跡象。唐李商隱《亂石》:“虎踞龍蹲縱復横,星光漸減雨痕生。”工:船工。

〔四〕風信:將要起風的徵兆。打頭:頂頭。謂風浪阻礙前進。唐李涉《卻歸巴陵途中走筆寄唐知言》:“去年臘月來夏口 ,黑風白浪打頭吼。”

〔五〕汀洲:水中小洲。

〔六〕唐李白《流夜郎永華寺寄尋陽群官》:“朝别淩煙樓,賢豪滿行舟。”清興:清雅的興致。

下邳黄石公廟〔一〕

圯下相逢南北人〔二〕,三邀不倦識天真〔三〕。十年卻見穀城下,寂寞同收一夢身。

【箋注】

〔一〕下邳(pī):今安徽靈璧縣東南。黄石公:《史記・留侯世家》:“良嘗閑從容步游下邳圯上,有一老父,衣褐,至良所,直墮其履圯下,顧謂良曰:‘孺子,下取履!’良愕然,欲毆之。爲其老,强忍,下取履。父曰:‘履我!’良業爲取履,因長跪履之。父以足受,笑而去。良殊大驚,隨目之。父去里所,復還,曰:‘孺子可教矣。後五日平明,與我會此。’良因怪之,跪曰:‘諾。’五日平明,良往。父已先在,怒曰:‘與老人期,後,何也?’去,曰:‘後五日早會。’五日雞鳴,良往。父又先在,復怒曰:‘後,何也?’去,曰:‘後五日復早來。’五日,良夜未半往。有頃,父亦來,喜曰:‘當如是。’出一編書,曰:‘讀此則爲王者師矣。後十年興。十三年孺子見我濟北,穀城山下黄石即我矣。’遂去,無他言,不復見。旦日視其書,乃《太公兵法》也。良因異之,常習誦讀之。……子房始所見下邳圯上老父與《太公書》者,後十三年從高帝過濟北,果見穀城山下黄石,取而葆祠之。留侯死,并葬黄石。每上冢伏臘,祠黄石。”

〔二〕圯(yí)下:橋下。

〔三〕天真:天神,天仙。

宿遷項羽廟〔一〕

尺棰西來壟畝中〔二〕,驅馳力盡衆兵衝。舊封獨守君臣義,故國長修俎豆容〔三〕。平日軍聲同破竹,少年心事喜摧鋒〔四〕。錦衣眷戀多鄉思〔五〕,肯顧田家社酒濃〔六〕?

【箋注】

〔一〕宿遷:今江蘇宿遷市。項羽(前二三二—前二〇二):名籍,字羽,秦末下相(今江蘇宿遷市)人,目重瞳子,力能扛鼎。與叔父梁避地吴中。陳涉兵起,籍與梁起兵吴中。梁敗死,籍將其軍,遇秦軍九戰皆破之。自立爲西楚霸王,與劉邦争天下,戰無不利。後爲漢軍與諸侯軍圍於垓下,夜聞漢軍四面皆楚歌。潰圍出,至烏江,自刎而死。《史記》有紀,《漢書》有傳。

〔二〕謂項羽起兵於田畝。《史記·項羽本紀》:"然羽非有尺寸,乘勢起隴畝之中。"尺棰:一尺之棰。棰,木杖。語本《莊子·天下》:"一尺之捶,日取其半,萬世不竭。"按,此處指起兵的武器。

〔三〕"舊封"二句:謂故鄉祀廟香火綿延。俎豆:俎和豆。古代祭祀、宴饗時盛食物用的兩種禮器。亦泛指各種禮器。

〔四〕"平日"二句:謂項羽英勇善戰。破竹:劈竹子。喻循勢而下,順利無阻。語出《晉書·杜預傳》:"昔樂毅藉濟西一戰以並强齊,今兵威已振,譬如破竹,數節之後,皆迎刃而解,無復著手處也。"《史記·項羽本紀》:"項籍少時學書不成,去學劍,又不成。項梁怒之。籍曰:'書足以記名姓而已,劍一人敵,不足學,學萬人敵。'於是項梁乃教籍兵法,籍大喜,略知其意,又不肯竟學。"摧鋒:衝鋒陷陣。

〔五〕項羽引兵西屠咸陽,殺秦降王子嬰,燒秦宫室,火三月不滅。收其貨寶婦女而東。人或説項王曰:"關中阻山河四塞,地肥饒,可都以霸。"項王見秦宫室皆以燒殘破,又心懷思欲東歸,曰:"富貴不歸故鄉,如衣繡夜行,誰知之者!"

〔六〕社酒:舊時於春秋社日祭祀土神,飲酒慶賀,稱所備之酒爲社酒。

吕梁〔一〕

出没懸流雖有道,憑陵險地本無心〔二〕。未能與物都無礙,咫尺清泉亦自深。

【箋注】

〔一〕吕梁:水名。也稱吕梁洪。在今江蘇省徐州市東南五十里。有上下二洪,相去七里。《莊子·達生》:"孔子觀於吕梁,縣水三十仞,流沫四十里,黿鼉魚鱉之所不能游也。"

〔二〕憑陵:逾越,登臨其上。

梁山泊〔一〕次韻。

近通沂泗麻鹽熟,遠控江淮粳稻秋〔二〕。粗免塵泥汙車腳〔三〕,莫嫌菱蔓繞船頭。謀夫欲就桑田變〔四〕,客意終便晝舫游。愁思錦江千萬里,漁蓑空向夢中求〔五〕。時議者將乾此泊以種菽麥〔六〕。

【箋注】

〔一〕《三蘇年譜》卷二十六:"鄆州之須城有梁山,州西南六十里之壽張亦有梁山。梁山泊乃以此得名。濟州鉅野之鉅野澤,乃梁山泊古名。古時,汶水、濟水會此成湖泊。宋時黄河潰决,河水進入其中,遂成數百里巨澤。"梁山泊在今山東梁山、鄆城等縣間。

〔二〕"近通"二句:謂梁山泊已成爲水路交通樞紐。沂(yí):水名,在今山東曲阜南。泗(sì):水名。源於今山東泗水東,四源並發。粳(jīng)稻:見《李氏園》注〔二五〕。

〔三〕車腳:車輪。

〔四〕宋邵博《邵氏聞見後録》卷三十:"王荆公好言利,有小人諂曰:'决梁山泊八百里水以爲田,其利大矣。'荆公喜甚,徐曰:'策固善,决水何地可容。'劉貢父在坐中,曰:'自其旁别鑿八百里泊,則可容矣。'荆公笑而止。"桑田:桑田滄海。指大海變成農田,農田變成大海。喻巨大變化。語出晉葛洪《神仙傳·王遠》:"麻姑自説云:'接待以來,已見東海三爲桑田。向到蓬萊水淺,淺于往者會時略半也，豈將復還爲陵陸乎！'"

〔五〕謂想回到故鄉過漁樵的生活只能是夢想。錦江：岷江分支之一，在今四川成都平原。參《次韻謫官壽春舟過宛丘見寄二首》之二注〔四〕。

〔六〕菽（shū）：豆類。

梁山泊見荷花憶吴興五絶次韻

其一

南國家家漾彩艫〔一〕，芙蕖遠近日微明〔二〕。梁山泊裏逢花發，忽憶吴興十里行。

【箋注】

〔一〕彩艫：繪有彩繪的小船。

〔二〕謂泊中到處荷花盛開。

其二

終日舟行花尚多，清香無奈着人何！更須月出波光净，卧聽漁家蕩槳歌。

其三

行到平湖意自寬，繁花仍得就船看。回頭卻向吴儂説〔一〕，從此遠遊心未闌〔二〕。

【箋注】

〔一〕吴儂（nóng）：吴地自稱曰我儂，稱人曰渠儂、個儂、他儂。因稱人多用儂字，故以"吴儂"指吴人。

〔二〕闌：盡；完。

其四

花開南北一般紅，路過江淮萬里通。飛蓋靚妝迎客笑〔一〕，鮮魚白酒醉船中〔二〕。

【箋注】

〔一〕飛蓋:高車篷。此指高聳的荷葉。靚妝:濃妝豔抹。此形容荷花美豔。

〔二〕宋鄭獬《送曉容》:"收得閒名好歸去,鮮魚白酒醉秋風。"

其五

菰蒲出没風波際〔一〕,雁鴨飛鳴霧雨中。應爲高人愛吴越,故於齊魯作南風〔二〕。

【箋注】

〔一〕菰(gū):一種水生植物。其嫩莖即茭白。蒲(pú):香蒲。即蒲草。

〔二〕南風:南國風物。

次韻李公擇九日見約以疾不赴〔一〕

它年逢九日,杯酒逐英豪〔二〕。漸老經秋病,獨醒何處高?牀頭添藥裹〔三〕,坐上減牛毛〔四〕。寂寞知誰問?煩公置濁醪。

【箋注】

〔一〕作於熙寧九年(一〇七六)九月九日。

〔二〕"它年"二句:謂年青時逞酒使氣。它年:昔年;當年。

〔三〕藥裹:藥包;藥囊。唐王維《酬黎居士淅川作》:"松龕藏藥裹,石唇安茶臼。"

〔四〕謂成天坐著,牛毛墊子已幾乎磨光了。

喜雪呈李公擇〔一〕

秋來旱已久,雪至亦不薄。沉沉夜未眠,簌簌聲初落。霏微入疏户〔二〕,眩晃先朱閣〔三〕。披衣視群動〔四〕,照屋始驚愕。晨起犯清寒,繁陰看溟漠〔五〕。喬林凍相倚,隙瓦乾猶爍〔六〕。孤村掩圭竇[七],深徑没芒屩[八]。平野恣汗漫[九],四山增犖埆[一〇]。晚色漏斜陽,林光粲相錯。氛埃一清蕩[一一],疫癘解纏縛[一二]。寒蔬養春芽,宿麥布冬腳[一三]。官居亦何賴,歲事信所托。逋逃幸一飽[一四],剽盜止群惡。無事樂自多,有酒庶可酌。我行今不久,公到時方昨。豐穰識天意[一五],暇豫可前約[一六]。齋廚雖無餘,賓客甚易諾。行須酒壺倒,莫待陰雲剥。

【箋注】

〔一〕作於熙寧九年(一〇七六)十一月。"沉沉夜未眠,簌簌聲初落。霏微入疏户,眩晃先朱閣。披衣視群動,照屋始驚愕。"應是初始下雪情景。

〔二〕唐韋應物《送中弟》:"秋風入疏户,離人起晨朝。"霏微:飄灑;飄溢。唐韓愈《喜雪獻裴尚書》:"浩蕩乾坤合,霏微物象移。"

〔三〕眩晃:耀眼。蘇軾《贈寫御容妙善師》:"仰觀眩晃目生暈,但見曉色開扶桑。"

〔四〕謂起身去看屋外的情形。

〔五〕溟漠:廣漠無際。

〔六〕謂瓦溝與雪交相輝映。爍:發光貌。

〔七〕圭竇:形狀如圭之牆洞。借指微賤之家的門户。《左傳·襄公十年》:"篳門閨竇之人而皆陵其上。"晉杜預注:"篳門,柴門。閨竇,小户,穿辟爲户,上鋭下方,狀如圭也。"

〔八〕芒屩:即芒鞋。草鞋。

〔九〕恣:肆意。汗漫:廣大,漫無邊際。

〔一〇〕犖埆(luò què):怪石嶙峋貌。韓愈《山石》:"山石犖确行徑微,黄昏到寺蝙蝠飛。"

〔一一〕氛埃:污濁之氣;塵埃。《楚辭·屈原〈遠遊〉》:"風伯爲余先驅兮,氛埃辟而清涼。"

〔一二〕疫癘:瘟疫。

〔一三〕謂麥子的根在滋長。宿麥:隔年成熟的麥。即冬麥。《漢書·武帝紀》:"遣謁者勸有水災郡種宿麥。"唐顔師古注:"秋冬種之,經歲乃熟,故云宿麥。”冬腳：冬麥的微根。腳，指植物的微根。北魏賈思勰《齊民要術·黄衣黄蒸及糵》：“盆中浸小麥……腳生，布麥於席上，厚二寸許。”

〔一四〕謂來年豐收逃亡的人都有飽飯吃了，盜賊也不會再出現。逋逃：流亡者。剽盜：强悍的盜賊。

〔一五〕豐穰（ráng）：猶豐熟。《漢書·王莽傳中》：“歲豐穰則充其禮，有災害則有所損。”天意：上天的意旨。

〔一六〕暇豫：悠閑逸樂。《國語·晉語二》：“優施起舞，謂里克妻曰：‘主孟啗我，我教兹暇豫事君。’”三國吴韋昭注：“暇，閑也；豫，樂也。”

次韻范郎中仰之詠雪〔一〕

倉廪未應空〔二〕，長天霰雪濛〔三〕。瓊瑶布地浄〔四〕，組練出師雄〔五〕。雲闊諸峰遍，花繁百草同。農謡麥壟外，客興酒杯中。聚散占風力〔六〕，消融驗藥功。歷城西北陽起石山〔七〕，其上不留雪。遠遊聊自喜，三見歲時豐〔八〕。

【箋注】

〔一〕作時同上。“三見歲時豐”，知到齊已歷三年。范仰之：蘇頌制書有《尚書比部郎中范仰之可駕部郎中制》，可知嘗由比部郎中升任駕部郎中。餘不詳。俟考。

〔二〕倉廪（lǐn）：貯藏米穀的倉庫。《禮記·月令》：“季春之月……命有司發倉廪，賜貧窮，振乏絶。”唐孔穎達疏引漢蔡邕曰：“穀藏曰倉，米藏曰廪。”

〔三〕霰（xiàn）雪：雪珠，雪花。濛：紛雜貌。

〔四〕瓊瑶：本指潔白的美玉。《詩·衛風·木瓜》：“投我以木桃，報之以瓊瑶。”毛傳：“瓊瑶，美玉。”因用以喻雪。唐白居易《西樓喜雪命宴》：“四郊鋪縞素，萬室甃瓊瑶。”

〔五〕組練：語本《左傳·襄公三年》：“［楚子重］使鄧廖帥組甲三百，被練三千以侵吴。”孔穎達疏引漢賈逵曰：“組甲，以組綴甲，車士服之；被練，帛也，以帛綴甲，步卒服之。”組甲、被練皆指將士之衣甲服裝。因練爲白色，故用以喻雪。唐李德裕《寒食日三殿侍宴奉進詩一首》:"雪凝陳組練,林植聳干旄。"

〔六〕宋梅堯臣《雪詠》:"密勢因風力,輕姿任物形。"

〔七〕宋蘇頌《本草圖經・陽起石》:"陽起石,生齊山山谷及瑯琊,或云山陽起山。今惟出齊州,他處不復有。或云邢州鵲山亦有之,然不甚好。今齊州城西惟一土山,石出其中,彼人謂之陽起山。其山常有温暖氣,雖盛冬大雪遍境,獨此山無積白,蓋石氣薰蒸使然也。"

〔八〕蘇轍來齊已度過整三年。歲時:年景;年成。

次韻李公朝著作見贈二首〔一〕

其一

遠客徒爲爾,江邊有故丘。汀洲信廣大,鳬雁任漂浮。好事時携酒〔二〕,歸心久倦遊。還鄉定衰老,朋友肯相收?

【箋注】

〔一〕作於熙寧九年(一〇七六)。李公朝:不詳。俟考。著作:即著作郎。官名。三國魏明帝始置,屬中書省,掌編纂國史。其屬有著作佐郎(後代或稱佐著作郎)、校書郎、正字等。晉元康中改屬秘書省,稱爲大著作。唐代主管著作局,亦屬秘書省。宋元因之,惟宋别有國史院,故著作郎僅參與彙編"日曆"(每日時事)等。

〔二〕謂從學者衆。《漢書・揚雄傳》:"家素貧,嗜酒,人希至其門。時有好事者載酒肴從游學。"宋蘇舜欽《獨步遊滄浪亭》:"時時携酒秖獨往,醉倒唯有春風知。"

其二

稽古終何力〔一〕,扶衰謾有方〔二〕。故人憐困躓〔三〕,佳句贈輝光。未暇抽身去〔四〕,安能插翅翔?空存疏懶性,高卧笑羲皇〔五〕。

【箋注】

〔一〕稽古:考察古事。《書・堯典》:"曰若稽古帝堯。"孔傳:"若,順也;稽,考也。能順考古道而行之者帝堯。"

〔二〕扶衰:養護衰弱。

〔三〕困躓(zhì):受挫,顛沛窘迫。

〔四〕抽身:謂棄官引退。唐白居易《寄山僧》:"會擬抽身去,當風抖擻衣。"

〔五〕"空存"二句:謂自己徒然有閑散疏懶的天性,卻不能如陶潛高卧北窗。笑羲皇:謂爲羲皇上人(即陶潛)所笑。語出晉陶潛《與子儼等疏》:"常言五六月中,北窗下卧,遇涼風暫至,自謂是羲皇上人。"羲皇,伏羲氏。古代傳説中三皇之一。風姓。相傳其始畫八卦,又教民漁獵,取犧牲以供庖廚,因稱庖犧。羲皇之世其民皆恬静閑適。

惠穆吕公挽詞二首〔一〕

其一

全齊開故國〔二〕,清廟饗元功〔三〕。德業真無忝〔四〕,勳名但未充。邊防推信惠,社稷倚勤忠〔五〕。不作司徒貴,何慚鄭武公〔六〕?

【箋注】

〔一〕作於熙寧九年(一〇七六)十一月。是月離齊州,過吕公弼墓,作挽詞。宋王安禮《王魏公集》有吕公弼《行狀》,謂吕公弼"曾祖而下,葬開封新鄭縣神崧鄉懷忠里,卜以今年五月某日祔喪于文靖公之塋次"。《三蘇年譜》云,新鄭縣屬鄭州,距東京一百餘里。由此可知蘇轍回京師嘗至鄭州。吕公:指吕公弼(一〇〇七—一〇七三)。字寶臣,壽州(今安徽鳳臺縣)人,夷簡次子。以父蔭補官,賜進士出身。仁宗朝歷任河北轉運使、都轉運使,加龍圖閣學士、權知開封府及渭、延、成都等州府。英宗即位,召爲權三司使,治平二年拜樞密副使。神宗立,進樞密使。熙寧三年,因反對王安石變法,以觀文殿學士出知太原府。徙知鄭州,以宣徽南院使判秦州。熙寧六年卒,年六十七。贈太尉,謚惠穆。見范鎮《吕惠穆公神道碑》,《宋史·吕夷簡傳》有附傳。

〔二〕西周王朝分封時以吕尚爲齊侯,此言吕公弼爲姜太公吕尚之後裔。

〔三〕謂齊後世立廟祭祀吕尚。清廟:即太廟。古代帝王的宗廟。《文選·司馬相如〈上林賦〉》:"登明堂,坐清廟。"晉郭璞注:"清廟,太廟也。"元功:大功;首功。

〔四〕謂吕之德業無愧祖先。無忝:不玷辱,不羞愧。

〔五〕"邊防"二句:贊揚吕公弼無論在朝在邊都功勛卓著。略舉數例。《宋史·吕夷簡傳》附傳云:"陳升之建議,衛兵年四十以上,稍不中程者,減其牢廩,徙之淮南。公弼以爲非人情。……韓絳議復肉刑,公弼力陳不可,帝皆爲之止。"《宋史·兵志五》:"熙寧初,樞密使吕公弼請以河北義勇每指揮揀少壯藝精者百人爲上等,手背添刺'上等'字,旌别教閲,及數外藝優者亦籍之,俟有闕則補。從之。"又"是月,秦鳳路經略吕公弼乞從本司選差官,自十月初,擇諸州上番義勇材武者以爲'上義勇',免齎送芻糧之役。募養馬者爲'有馬上義勇',并免其本户支移。從之。"

〔六〕"不作"二句:謂吕公弼雖未作司徒(拜相),但其父吕夷簡爲名相,兄公綽、弟公儒皆地位通顯,不遜于鄭武公父子皆爲司徒之榮。《詩·鄭風序》:"《緇衣》,美武公也。父子並爲周司徒,善於其職,國人宜之,故美其德以明有國善善之功焉。"鄭箋:"父謂武公父桓公也。司徒之職,掌十二教。善善者,治之有功也。鄭國之人皆謂桓公、武公居司徒之官,正得其宜。"鄭武公:桓公之子,名掘突。爲周司徒。夫人武姜生太子寤生,生之難,生少子叔段,生之易,愛之。公疾,夫人欲立段爲太子,公弗聽。在位二十七年卒。謚武。

其二

風俗非平昔,賢豪棄此時。新阡長宿草〔一〕,行路拜豐碑。惠術遐方記〔二〕,嘉猷信史知〔三〕。悲涼哭墳客,不爲受恩私〔四〕。

【箋注】

〔一〕謂墓道已長出了隔年的草。見《王仲儀尚書挽詞》注〔八〕。

〔二〕遐方:猶遠方。按,吕曾權知成都,故云。

〔三〕嘉猷:善謀。《書·君陳》:"爾有嘉謀嘉猷,則入告爾后于内,爾乃順之于外。"孔傳:"汝有善謀善道則入告汝君於内。"信史:紀事真實可信的史籍。按,此謂吕當名垂青史。

〔四〕恩私:猶恩惠,恩寵。唐杜甫《北征》:"顧慚恩私被,詔許歸蓬蓽。"

次韻蔣夔寒夜見過〔一〕

都城①廣大漫如天,旅人騷屑誰與歡〔二〕?北風號怒屋無瓦〔三〕,夜氣凝冽冰生盤〔四〕。雪聲旋下白玉片,燈花暗結丹砂丸〔五〕。叩門剥啄驚客至〔六〕,吹火倉卒憐君寒〔七〕。明時未省有遺棄〔八〕,高論自笑終汗漫〔九〕。識君太學嗟歲久〔一〇〕,至今客舍猶泥蟠〔一一〕。正如憔悴入籠鶴,坐見摧落淩風翰〔一二〕。明朝尚肯過吾飲,有酒不盡行將酸〔一三〕。

【校記】

①都城:宋建本作"新城",誤。

【箋注】

〔一〕作於熙寧九年(一〇七六)十二月。在京師作。十二月轍至京師,寓范景仁東園。"北風號怒屋無瓦,夜氣凝冽冰生盤。雪聲旋下白玉片,燈花暗結丹砂丸。"爲隆冬情景無疑。蔣夔:字子莊,信州永豐(今江西上饒市廣豐區)人。熙寧六年與范祖禹同爲點檢試卷官,試卷犯諱不查,詔降遠小處差遣。元豐二年爲京兆府學教授。又曾任河南伊陽令,所與遊如蘇軾、馮當世、蔣之奇等皆一時名士。所著有《論語》《孟子》《周易》解合二十七卷,皆散佚。

〔二〕騷屑:淒清愁苦。唐杜甫《自京赴奉先縣詠懷五百字》:"平人固騷屑,默思失業徒。"

〔三〕號怒:指風聲疾厲。唐李白《北風行》:"日月之賜不及此,惟有北風號怒天上來。"

〔四〕宋梅堯臣《送祖擇之學士使北》:"每食冰生盤,欲飲酒凍榼。"凝冽:謂嚴寒。

〔五〕丹砂:即朱砂。其色深紅,古代道教徒用以化汞煉丹,中醫可作藥用。此丹砂丸謂燈花在燃燒中凝結爲深紅色球狀物。晉葛洪《抱朴子·金丹》:"凡草木燒之即燼,而丹砂燒之成水銀,積變又還成丹砂。"

〔六〕剥啄:敲門聲。唐韓愈《剥啄行》:"剥剥啄啄,有客至門。"蘇軾《次韻趙令鑠惠酒》:"門前聽剥啄,烹魚得尺素。"又《自金山放船至焦山》:"老僧下山驚客至,迎笑喜作巴人談。"

〔七〕倉卒:匆忙急迫。

〔八〕唐孟浩然《歲暮歸南山》:"北闕休上書,南山歸敝廬。不才明主棄,多病故人疎。"未省:不解;不明白。

〔九〕謂前景渺茫不可知。《淮南子·道應》:"吾與汗漫期於九垓之外。"漢高誘注:"汗漫,不可知之也。"

〔一〇〕太學:國學。我國古代設于京城的最高學府。按,相識或在熙寧二年或三年,轍在京師時。

〔一一〕泥蟠:蟠屈在泥汙中。喻處在困厄之中。參注〔一〕。

〔一二〕"正如"二句:謂大志已被消磨。《世説新語·言語》:"支公好鶴,住剡東岇山。有人遺其雙鶴,少時翅長欲飛,支意惜之,乃鎩其翮。鶴軒翥不復能飛,乃反顧翅垂頭,視之如有懊喪意。林曰:'既有凌霄之姿,何肯爲人作耳目近玩!'養令翮成,置使飛去。"

〔一三〕行將:即將;將要。

次韻王鞏廷評招飲〔一〕

病憶故鄉同越舄〔二〕,性安田野似裨諶〔三〕。都城歲晚不歸去,客舍夜寒猶獨吟。樽酒憐君偏好客,詩篇寄我謬知音〔四〕。會須雪裏相從飲〔五〕,履迹旋平無處尋〔六〕。

【箋注】

〔一〕作於熙寧九年(一〇七六)十二月。"都城歲晚",知十二月作於京師。王鞏:字定國,大名府莘縣(今河北莘縣)人,王素子,自號清虚先生。熙寧間爲大理評事。與蘇軾相友善，軾得罪，於元豐三年鞏亦貶監賓州酒務。元祐初爲宗正寺丞，通判揚州，歷知海州、密州。六年，管勾鴻慶宫，以御史言，詔衝替。元符元年特追毁出身以來告敕文字，送全州編管。鞏有儁才，有詩文集及有詩文集及《隨手雜録》《甲申雜記》《聞見近録》等筆記傳世。廷評：官名，漢時爲廷尉屬官。宣帝地節三年，初置廷尉平四人：稱左右平，秩六百石。東漢光武帝省右平，唯有左平一人，掌平决詔獄事。魏晉至唐宋設置時有變革，職掌如故。參《通典·職官七·大理卿》《文獻通考·職官考十·大理卿》。

〔二〕《史記·陳軫列傳》："越莊舄（xì）仕楚執珪，有頃而病。楚王曰：'舄故越之鄙細人也，今仕楚執珪，貴富矣，亦思越不？'中謝對曰：'凡人之思故，在其病也。彼思越則越聲，不思越則楚聲。'使人往聽之，猶尚越聲也。"按，此與下句皆言欲歸耕于故鄉。

〔三〕裨諶（pí chén）：春秋時鄭國大夫。《左傳·襄公三十年》："裨諶能謀，謀於野則獲，謀於邑則否。鄭國將有諸侯之事，子産乃問四國之爲於子羽，且使多爲辭令；與裨諶乘以適野，使謀可否；而告馮簡子使斷之；事成，乃授子大叔使行之，以應對賓客。是以鮮有敗事。"

〔四〕知音：《吕氏春秋·本味》記春秋時楚人伯牙善鼓琴，鍾子期善聽琴，鍾子期死，伯牙破琴絶弦，終生不復鼓琴。後世因謂知己爲知音。

〔五〕會須：應當。唐項斯《山友贈蘚花冠》："會須尋道士，簪去遶霜壇。"

〔六〕蘇軾《過永樂文長老已卒》："初驚鶴瘦不可識，旋覺雲歸無處尋。"履跡：腳印。旋：立刻；馬上。

雪中呈范景仁侍郎〔一〕

羈遊亦何樂，幸此賢主人。東齋暖且深，高眠不知晨〔二〕。開門驚照曜，舞雪方繽紛。繁雲覆庭廡〔三〕，落勢一何匀。霏霺本無着，積疊巧相因。萬類忽同色，九衢浄無塵〔四〕。園林開組練，觀闕堆瓊珉〔五〕。蟲書散鳥足〔六〕，縞帶翻車輪〔七〕。遠遊浩千里，欲出迷四鄰。誰言助春農，亦善欺客貧。賴我古君子，高談吐陽春〔八〕。

方當①庇華屋，豈憂無束薪〔九〕？

【校記】

①方當：叢刊本作"當方"，誤倒。

【箋注】

〔一〕作於熙寧九年（一〇七六）十二月。"羈遊亦何樂，幸此賢主人。東齋暖且深，高眠不知晨。"深感寄寓范東園之安適。范景仁：見《次韻范景仁侍郎移竹》注〔一〕。

〔二〕唐吴融《和韓致光侍郎無題三首十四韻》："漫遊多卜夜，慵起不知晨。"高眠：高枕安眠。

〔三〕繁雲：猶層雲。庭廡：堂下四周的廊屋。

〔四〕九衢（qú）：縱横交叉之大道，繁華之街市。

〔五〕瓊珉：本指美玉。此喻雪。

〔六〕此謂鳥在雪地上所留的痕跡如蟲書。蟲書：秦八體書之一。王莽變八體爲六體。又名鳥蟲書。《漢書·藝文志》："六體者：古文、奇字、篆書、隸書、繆篆、蟲書。"唐顔師古注："蟲書，謂爲蟲鳥之形，所以書幡信也。"

〔七〕唐韓愈《詠雪贈張籍》："隨車翻縞帶，逐馬散銀杯。"縞（gǎo）帶：白色生絹帶。喻雪。

〔八〕謂范談吐高雅。宋歐陽脩《送孔生再遊河北》："裋褐不自暖，高談吐陽春。"高談：高雅的談吐。陽春：古歌曲名。漢李固《致黄瓊書》："《陽春》之曲，和者必寡。"

〔九〕"方當"二句：謂寄居東齋無衣食之憂。束薪：捆紮起來的柴木，一捆薪柴。《詩·王風·揚之水》："揚之水，不流束薪。"

次韻景仁丙辰除夜〔一〕

數舉除夜酒，稍消少年豪〔二〕。浮光寄流水，妙理付濁醪〔三〕。微陽未出土〔四〕，大雪飛鵝毛〔五〕。試問冰霜勁，春來能久牢？

【箋注】

〔一〕作於熙寧九年(一〇七六)十二月二十九日。據《年表》。除夜:即除夕之夜。唐張説《岳州守歲》:"除夜清樽滿,寒庭燎火多。"

〔二〕宋黄庭堅《阮郎歸》:"傳杯猶似少年豪,醉紅浸雪毛。"

〔三〕唐杜甫《晦日尋崔戢李封》:"濁醪有妙理,庶用慰沉浮。"妙理:精微的道理。蘇軾有《濁醪有妙理賦》。

〔四〕謂陽氣始生。冬至後白天漸長,古代認爲是陽氣初動。《易·復》"後不省方"唐孔穎達疏:"冬至一陽生,是陽動用而陰復於静也。"故稱立春前爲微陽。

〔五〕唐白居易《春雪》:"大似落鵝毛,密如飄玉屑。"鵝毛:喻雪。

雪中會孫洙舍人飲王氏西堂戲成三絶〔一〕

其一

新歲逼人無一日,殘冬飛雪已三迴。百分琥珀從君勸〔二〕,十里瓊瑶走馬來〔三〕。

【箋注】

〔一〕作於熙寧十年(一〇七七)正月。是年蘇轍三十八歲。歲初陳襄薦轍,改著作佐郎。《欒城集》卷十六《雪中訪王定國感舊》有云:"昔游都城歲方除,飛雪紛紛落花絮。徑走城東求故人,馬蹄旋没無尋處。翰林詞人呼巨源,笑談通夜倒清樽。""昔游都城歲方除",知已歷新年。蘇軾有"興龍節侍宴前一日微雪與子由同訪王定國小飲清虚堂"云云長題詩,知所謂西堂即"清虚堂"。孫洙:見《孫巨源》注〔一〕。

〔二〕百分:猶滿杯。唐白居易《醉中重留夢得》:"酒醆來從一百分,馬頭去便三千里。"琥珀:古代松柏樹脂的化石。色淡黄、褐或紅褐。古代常用以指美酒。唐李賀《將進酒》:"瑠璃鍾,琥珀濃,小槽酒滴真珠紅。"

〔三〕蘇軾《十二月十四日夜微雪明日早往南溪小酌至晚》:"南溪得雪真無價,走馬來看及未消。"瓊瑶:喻雪。

其二

南國高人真巨源〔一〕，華堂邂逅接清樽〔二〕。十年一見都如夢，莫怪終宵語笑喧。

【箋注】

〔一〕巨源：即孫洙。參《孫巨源》注〔一〕。

〔二〕邂逅：不期而遇。《詩·鄭風·野有蔓草》："有美一人，清揚婉兮，邂逅相遇，適我願兮。"毛傳："邂逅，不期而會。"

其三

傾盡香醪雪亦晴〔一〕，東齋醉卧已三更。佳人不慣生疏客，未①盡清歌宛轉聲〔二〕。

【校記】

①未：四庫本作"不"。

【箋注】

〔一〕香醪(láo)：美酒。

〔二〕清歌：清亮的歌聲。晉葛洪《抱朴子·知止》："輕體柔聲，清歌妙舞。"宛轉：形容聲音抑揚動聽。

次韻景仁招宋温之職方小飲〔一〕

高人兩無事，相見輒傾懷〔二〕。時以酒相命，何妨心自齋〔三〕。燈期飛雪亂〔四〕，春候苦寒乖。不就頹然醉〔五〕，難堪風且霾〔六〕。

【箋注】

〔一〕作於熙寧十年(一〇七七)正月。"燈期飛雪亂，春候苦寒乖"，知正春寒料峭之時。宋温之：名璋，成都人，嘗爲太常博士。文同《仁壽縣太君李氏埋銘》云："宋治平三年丙午春正月壬午，太常博士宋璋與其弟瑄葬其母夫人仁壽太君李氏於犀浦縣金砂下村，從其父贈殿中丞諱某字易從之神域也。"宋范鎮《東齋記事》卷四："其西有文翁石室，其南有高朕石室，比文翁石室差大，皆有石像。朕或以爲勝，宋温之璋洗石以辨之，乃朕字也。相傳東漢人也。"可見宋對文字頗有研究。《宋史·藝文志》有"宋璋《錦里玉堂編》五卷"。職方：官名。《周禮》夏官所屬有職方氏，掌天下地圖與四方職貢。《周禮·夏官·職方氏》："職方氏掌天下之圖，以掌天下之地，辨其邦國、都鄙、四夷、八蠻、七閩、九貉、五戎、六狄之人民與其財用、九穀、六畜之數要，周知其利害。"唐宋至明清皆于兵部設職方司。

〔二〕傾懷：坦誠交談，無所保留。南朝梁庾肩吾《奉和藥名詩》："馬鞭聊寫賦，竹葉暫傾懷。"

〔三〕謂摒除雜念，使心境虚静純一。語出《莊子·人間世》："回曰：'敢問心齋。'仲尼曰：'若一志。無聽之以耳，而聽之以心。無聽之以心，而聽之以氣。耳止於聽，心止於符。氣也者，虚而待物者也。唯道集虚。虚者，心齋也。'"

〔四〕燈期：指元宵節前後張燈游樂之時。一般爲農曆正月十三日至十七日。

〔五〕唐柳宗元《始得西山宴遊記》："引觴滿酌，頹然就醉，不知日之入。"頹然：頹放不羈貌。

〔六〕《詩·邶風·終風》："終風且霾，惠然肯來。"毛傳："霾，雨土也。"《爾雅·釋天》："風而雨土爲霾。"宋邢昺疏引三國魏孫炎曰："大風揚塵土從上下也。"霾（mái）：飛沙蔽天，日色無光貌。

次韻景仁飲宋温之南軒二首〔一〕

其一

白髮迎新歲，皤然國老更〔二〕。感時能細説，對酒任徐行〔三〕。畫軸高分品，詩詞妙入評〔四〕。疏狂先①醉倒〔五〕，應許恃鄉情〔六〕。

【校記】

①先：宋建本作"老"，誤。

【箋注】

〔一〕作於熙寧十年(一〇七七)正月。"白髮迎新歲,皤然國老更",知新年始過。南軒:南向房室。詩對范鎮以極高的評價。宋温之:見上首注〔一〕。

〔二〕皤(pó)然:鬚髮白貌。國老更:指告老退職的卿、大夫、士。《周禮·夏官·羅氏》:"中春,羅春鳥,獻鳩以養國老。"清孫詒讓正義:"國老之内,以老、更爲尤尊。"《漢書·禮樂志》:"養三老五更於辟廱。"唐顔師古注引李奇曰:"王者父事三老,兄事五更。"

〔三〕"感時"二句:謂宴飲間任范細評時事,慢慢行酒。感時:感慨時序的變遷,時勢的變化。《楚辭·王逸〈九思·哀歲〉》:"歲忽忽兮惟暮,余感時兮悽愴。"細説:詳説。行:行酒。

〔四〕"畫軸"二句:謂宴飲間范對書畫、詩詞的品評皆高妙精辟。

〔五〕宋柳永《蝶戀花》:"擬把疏狂圖一醉。對酒當歌,强樂還無味。"

〔六〕鄉情:同鄉的心情。范鎮、宋温之皆爲成都人。

其二

飲闌瓶已罄〔一〕,話久僕須更〔二〕。高會良難得〔三〕,危言豈易行〔四〕?歸休便老計,得失任臺評〔五〕。猶有青編在,它年不世情〔六〕。

【箋注】

〔一〕罄(qìng):空;盡。

〔二〕謂侍奉的僕人需要更替了。極言其久。語出《禮記·儒行》:"遽數之不能終其物,悉數之乃留,更僕未可終也。"清陳澔集説:"卒遽而數之,則不能終言其事;詳悉數之,非久留不可。僕,臣之擯相者。久則疲倦,雖更代其僕,亦未可得盡言之也。"

〔三〕高會:恭維主人飲宴的客氣話。良難得:很不容易有。唐韋應物《擬古詩十二首》之三:"百金非所重,厚意良難得。"

〔四〕危言:直言。《漢書·賈捐之傳》:"臣幸得遭明盛之朝,蒙危言之策,無忌諱之患。”唐顔師古注:“危言,直言也。言出而身危,故曰危言。”按,范鎮在朝,屢進諍言,且反對新法甚力,故云危言。

〔五〕臺評:御史臺之評議。

〔六〕“猶有”二句:謂史書將記録下范鎮巨大的功勳。青編:青絲簡編。借指書籍。不世:非一世所能有。謂非凡。《後漢書·隗囂傳》:“足下將建伊、吕之業,弘不世之功。”唐李賢注:“不世者,言非代之所常有也。”

次韻景仁正月十二日訪吴縝寺丞二絶〔一〕

其一

夜雪滿庭雞失晨〔二〕,瓊田早出不驚塵〔三〕。急須卷凍鋪黄道,欲看燈山萬萬人〔四〕。

【箋注】

〔一〕作於熙寧十年(一〇七七)正月十二日。吴縝:字廷珍,成都(今四川成都市)人,師孟子。治平中登進士第。嘗以朝散郎知蜀州,後歷典數郡,皆有惠政。平生力學,博通古今,著有《新唐書糾謬》二十卷,對《新唐書》指證錯誤多達四百餘條,另有《五代史纂誤》三卷。寺丞:官署中的佐吏。

〔二〕失晨:雞錯過了早晨的打鳴。《太平御覽·人事部·諺下》引《魏武選令》:“失晨之雞,思補更鳴。”

〔三〕謂大雪鋪蓋而無塵土飛揚。瓊田:形容瑩潔如玉的田野。南朝陳張正見《詠雪應衡陽王教》:“九冬飄遠雪,六出表豐年。睢陽生玉樹,雲夢起瓊田。”驚塵:車馬疾馳揚起塵土。

〔四〕“急須”二句:祝願雪不要再下,因爲皇帝觀燈需要鋪設黄道,而老百姓也要觀燈。俗以農曆正月十五日爲上元節,亦稱元宵節。從古迄今都有元宵觀燈的習俗。黄道:帝王出遊時所走的道路。唐李白《上之回》:“萬乘出黄道,千騎揚彩虹。”清王琦注:“蕭士贇曰:《前漢·天文志》:日有中道。中道者,黄道也。日,君象,故天子所行之道亦曰黄道。”燈山:山形的大型燈彩。宋周密《武林舊事・元夕》:"禁中嘗令作琉璃燈山,其高五丈,人物皆用機關活動,結大綵樓貯之。"

其二

濁醪時飲十分杯〔一〕,萬象溟濛曉氣皚〔二〕。醉倒籃輿夜歸去〔三〕,金吾寧復識誰哉〔四〕?

【箋注】

〔一〕十分杯:滿杯。唐白居易《和春深》之十四:"何處春深好?春深痛飲家。十分杯裹物,五色眼前花。"

〔二〕曉氣:清晨的霧氣。皚(ái):白貌。

〔三〕籃輿:古代供人乘坐的交通工具,形制不一,一般以人力抬著行走,類似後世的轎子。唐白居易《晚起》:"閑上籃輿乘興出,醉回花舫信風行。"

〔四〕金吾:古官名。負責皇帝大臣警衛、儀仗以及徼循京師、掌管治安的武職官員。《漢書・百官公卿表上》:"中尉,秦官,掌徼循京師,有兩丞、候、司馬、千人。武帝太初元年更名'執金吾'。"唐顔師古注:"應劭曰:'吾者,禦也,掌執金革以禦非常。'金吾,鳥名也,主辟不祥。天子出行,職主先導,以禦非常。故執此鳥之象,因以名官。"唐代正月十五不禁夜,而宋代此制已漸漸廢弛。宋祝穆《古今事文類聚前集・天時部・金吾禁夜》引唐韋述《西都雜記》:"西都京城街衢,有金吾曉暝傳呼,以禁夜行;惟正月十五日夜,敕許金吾弛禁,前後各一日。"唐蘇味道《正月十五夜》:"金吾不禁夜,玉漏莫相催。"宋宋敏求《春明退朝録》卷上:"太宗時,命張公洎製坊名列牌於樓上。按,唐馬周始建議置鼕鼕鼓,惟兩京有之,後北都亦有鼕鼕鼓,是則京都之制也。二紀以來,不聞街鼓之聲,金吾之職廢矣。"寧復:難道。

柳子玉郎中挽詞二首〔一〕

其一

晚歲抽身塵土中,灊山仍乞古仙宫〔二〕。羞將白髮隨馮叟〔三〕,欲就丹砂繼葛洪〔四〕。龍虎未能留物化〔五〕，芭蕉久已悟身空〔六〕。騷人欲作《招魂》賦〔七〕，蟬蜕疑非世俗同〔八〕。

【箋注】

〔一〕作於熙寧十年(一〇七七)初春。"風流可見身如在，鄉國全歸意所安。行到都門送君處，長河清淚兩汍瀾。"知柳之靈柩將返蜀安葬。柳子玉：見《次韻柳子玉郎中見寄》注〔一〕。

〔二〕從詩意看柳瑾似求得靈仙觀宫觀之職。灊(qián)山：天柱山。在安徽潛山西北。古仙宫：即靈仙觀，在潛山(時屬淮南西路舒州)。

〔三〕馮叟：指馮唐。西漢代郡(今河北蔚縣)人，其祖父爲戰國趙國中丘人，以孝行著稱於時。文帝時，唐年已老，猶爲中郎署長。景帝時爲楚相，免官。武帝時舉爲賢良，已九十餘歲，難以再仕。後人常以馮唐來形容可用時被廢置，及老而難以爲用。《史記》有傳。晉左思《詠史八首》之二："馮公豈不偉，白首不見招。"

〔四〕唐杜甫《贈李白》："秋來相顧尚飄蓬，未就丹砂愧葛洪。"葛洪(二八四—三六四)：字稚川，號抱朴子，晉丹陽句容(今江蘇句容市)人。少好學，性寡欲，尤好神仙導養之法。咸和中爲散騎常侍、領大著作，固辭不就。以年老，欲以煉丹以求遐壽，聞交址出丹，求爲句漏令。遂將子侄俱行。至廣州，刺史鄧岳留不聽去，乃止羅浮山煉丹。在山數年，悠游閑養，著述不輟。其死，視其顔色如生，世以爲尸解得仙。《晉書》有傳。按，葛洪羅浮煉丹竈，至宋猶存。參《次韻蔣夔寒夜見過》注〔五〕。

〔五〕謂即或是聖賢也不能長存。物化：事物的變化。《莊子·齊物論》："昔者莊周夢爲胡蝶，栩栩然胡蝶也；自喻適志與！不知周也。俄然覺，則蘧蘧然周也。不知周之夢爲胡蝶與，胡蝶之夢爲周與？周與胡蝶，則必有分矣。此之謂物化。"唐成玄英疏："夫新新變化，物物遷流，譬彼窮指，方兹交臂。"按，莊子認爲人不是死了，而是化成另一種形式的存在，此反用其意。

〔六〕宋晁迥《法藏碎金録》卷四："《維摩經》云：'是身如芭蕉，中無有堅。'僧肇注云：'芭蕉之草唯葉無幹。予詳大意，止喻人身不堅實也。'"

〔七〕《楚辭》有《招魂》篇，漢王逸題解："《招魂》者，宋玉之所作也……宋玉憐哀屈原，忠而斥棄，愁懣山澤，魂魄放佚，厥命將落。故作《招魂》，欲以復其精神,延其年壽。"

〔八〕謂柳子玉或是成仙去了。蟬蜕:蟬從幼蟲變爲成蟲時脱殼。因以喻脱胎换骨。多指修道成真或羽化仙去。

其二

新詩錦繡爛成編,醉墨龍蛇灑未乾〔一〕。共首卜居空舊約〔二〕,宛丘携手憶餘歡〔三〕。風流可見身如在,鄉國全歸意所安〔四〕。行到都門送君處,長河清淚兩汍瀾〔五〕。

【箋注】

〔一〕謂柳詩書皆有造詣。醉墨龍蛇:謂筆勢圓轉,草書飛動。參《送柳子玉》注〔一四〕。

〔二〕謂卜居共山之約成空。共(gōng)首:山名。共伯隱居地。屬舊共縣(今河南輝縣)。《吕氏春秋·慎人》:"許由虞乎潁陽,而共伯得乎共首。"漢高誘注:"共,國;伯,爵也。棄其國,隱於共首山而得其志也。"卜居:擇地居住。

〔三〕熙寧三年,蘇轍受張方平之辟,爲陳州教授。次年九月柳子玉貶官路過宛丘,二人曾相唱和。見《次韻柳子玉謫官壽春舟過宛丘見寄二首》之一注〔一〕。

〔四〕謂柳得以回故鄉安葬。全歸:保身而得善名以終。語本《禮記·祭義》:"父母全而生之,子全而歸之,可謂孝矣。不虧其體,不辱其身,可謂全矣。"

〔五〕"行到"二句:謂每到與柳送别之處便不禁落淚。汍(wán)瀾:淚疾流貌。

贈浄因臻長老〔一〕

十方老僧十年舊〔二〕,燕坐繩牀看奔走〔三〕。遠遊新自濟南來,滿身自覺多塵垢。暖湯百斛勸我浴〔四〕,驪山衮衮泉傾竇〔五〕。明窗困卧百緣絶〔六〕,此身瑩浄初何有〔七〕? 清泉自清身自潔,塵垢無生亦無滅〔八〕。振衣卻起就華堂,老僧相對無言説。南山采菌軟未乾,西園擷菜寒方茁。與君飽食更何求?一杯茗粥傾銅葉〔九〕。

【箋注】

〔一〕作於熙寧十年(一〇七七)二月。訪浄因臻長老,作詩,並以其韻答范景仁。浄因:浄因寺。參《遊浄因院寄璉禪師》注〔一〕。臻長老:即道臻(一〇一四—一〇九三),宋代臨濟宗僧,福建古田人,俗姓戴,字伯祥。曾住持江蘇因聖寺,後遷東京(開封)浄因寺。英宗賜紫袍,神宗時嘗入宫説法,並主持慧林、智海二寺,賜號"浄照禪師"。元祐八年示寂,世壽八十。詩有"十年舊"語,知當與蘇轍爲舊交。按,蘇轍遊浄因寺爲熙寧二年事,此舉成數言。

〔二〕十方:佛教謂東南西北及四維上下。唐韓偓《僧影》:"智燈已滅餘空燼,猶自光明照十方。"

〔三〕繩牀:一種可以折疊的輕便坐具。宋王觀國《學林·繩牀》:"繩牀者,以繩貫穿爲坐物,即俗謂之交椅之屬是也。"燕坐:指坐禪。

〔四〕暖湯:熱水。斛(hú):指斛形盆缽。宋孫光憲《北夢瑣言》卷五:"歸登尚書每浴,皆屏左右,自於浴斛中坐移時。"

〔五〕謂熱水如驪山的温泉。驪山:見《子瞻見許驪山澄泥硯》注〔一〕。

〔六〕百緣:一切塵世間的因緣。緣,佛教語。塵緣的簡稱。謂心識所緣色、聲、香、味、觸、法六塵之境。

〔七〕瑩静:明浄。南朝梁簡文帝《吊道澄法師亡書》:"法師志業淹明,道風淳素,戒珠瑩浄,福翼該圓。"

〔八〕無生:又作無起。謂諸法之實相無生滅。與"無生滅"或"無生無滅"同義。佛教謂所有存在之諸法無實體,是空,故無生滅變化可言。然凡夫迷此無生之理,起生滅之煩惱,故流轉生死;若依諸經論觀無生之理,可破除生滅之煩惱。《大方廣圓覺修多羅了義經》卷一:"一切衆生,於無生中,妄見生滅。是故説名轉輪生死。"

〔九〕銅葉:蘇軾《次韻蔣穎叔錢穆父從駕景靈宫》之二:"病貪賜茗浮銅葉,老怯香泉灩寶樽。"清王文誥輯注引趙次公曰:"銅葉,言茶盞也。"

次前韻答景仁〔一〕

儒林談道亦云舊,遠自太史牛馬走〔二〕。區區分別意①何爲,擾擾祇添心上垢〔三〕。道大如天不可測〔四〕，異出同歸各穿竇〔五〕。浩然一水散千漚〔六〕，卻觀彼我曾無有。我丈中心冰玉潔〔七〕，世上浮雲②盡灰滅〔八〕。終年行道自不知，笑指空門名異説〔九〕。此心未信道不生，石上下種何由茁〔一〇〕？道在起居飲食中〔一一〕，安問胡僧分五葉〔一二〕？

【校記】

①意：原本、宋建本作"竟"，據蜀藩刻本改。

②雲：四庫本作"榮"。

【箋注】

〔一〕作時同上。

〔二〕"儒林"二句：謂儒家論道遠自司馬遷父子。《文選·司馬遷〈報任少卿書〉》："太史公牛馬走司馬遷再拜言。"唐李善注："走，猶僕也。言已爲太史公（司馬談）掌牛馬之僕。自謙之詞也。"太史：官名，即太史令。三代爲史官曆官之長，位爲上公，故稱太史公。秦漢爲太史令，其職轉卑。

〔三〕擾擾：紛亂貌。唐齊己《懷終南僧》："擾擾一京塵，何門是了因。"心上垢：即心垢。煩惱爲心之垢穢，故曰心垢。《無量壽經》卷一："開神悦體，蕩除心垢。"唐新羅僧憬興疏曰："心垢者，煩惱之名。"

〔四〕《管子·心術上》："道之大如天，其廣如地，其重如石，其輕如羽。"蘇軾《代書答梁先》："道大如天不可求，修其可見致其幽。"

〔五〕《易·繫辭下》："天下同歸而殊塗，一致而百慮。"唐孔穎達疏："言天下萬事終則同歸於一，但初時殊異其塗路也。"

〔六〕漚：水泡。佛教用以喻無常生滅。《首楞嚴經》卷六："空生大覺中，如海一漚發。"

〔七〕丈：對長輩的尊稱。唐杜甫《奉贈李八丈判官》："我丈時英特，宗枝神堯後。"冰玉潔：像玉和冰一樣純潔清白。比喻德行高潔。三國魏曹植《光禄大夫荀侯誄》："如冰之清，如玉之潔。法而不威，和而不褻。"

〔八〕謂范不以富貴縈心。《論語·述而》："不義而富且貴，於我如浮雲。"灰滅：如灰燼之消散泯滅。

〔九〕范鎮素不信佛。宋葉夢得《避暑録話》卷下:“范蜀公素不飲酒,又詆佛教。在許下與韓持國兄弟往還,而諸韓皆崇此二事,每宴集,蜀公未嘗不與極飲盡歡,少間則必以談禪相勉,蜀公頗病之。蘇子瞻時在黄州,乃以書問救之當以何術,曰:‘曲蘖有毒,平地生出醉鄉;土偶作祟,眼前妄見佛國。’子瞻報之曰:‘請公試觀能惑之性何自而生,欲救之心,作何形相。此猶不立,彼復何依? 正恐黄面瞿曇亦須斂衽,況學之者耶?’意亦將有以曉公,而公終不領,亦可見其篤信自守,不肯奪於外物也。”空門:指佛法。大乘以觀空爲入門。

〔一〇〕《大集譬喻王經》卷一:“譬如飢饉惡世所種不生,如在石上種。”蘇轍《書傳燈録後》:“予釋卷嘆曰:‘祖師入處儻在是耶? 既見本來面目,心能不忘,護持不捨,則謂下種也耶? 譬諸草木種子,若置之虚空,不投地中,雖經百千歲,何緣得生? 若種之地中,潤之以雨露,暵之以風日,則開花結子,數日可待。’”茁,生長。

〔一一〕謂道無處不在。《莊子・知北遊》:“東郭子問於莊子曰:‘所謂道,惡乎在?’莊子曰:‘無所不在。’東郭子曰:‘期而後可。’莊子曰:‘在螻蟻。’曰:‘何其下耶?’曰:‘在稊稗。’曰:‘何其愈下耶?’曰:‘在瓦甓。’曰:‘何其愈甚耶?’曰:‘在屎溺。’”

〔一二〕五葉:表示禪宗曹洞、臨濟、雲門、溈仰、法眼等五派,即達磨對於五家分派之讖語。禪宗初祖菩提達磨傳法偈:“吾本來兹土,傳法救迷情。一華開五葉,結果自然成。”

遊城西集慶園〔一〕

送客城西客已遠,歸路北池接南苑。冰澌片斷水光浮〔二〕,柳綫和柔風力軟〔三〕。繚牆朱户誰家園〔四〕? 流水平畦春日淺〔五〕。禁河分溜一池足〔六〕,洛圃移花百金賤。飛甍斤斧聲未絶〔七〕,翠柏栽培影初遍。傍人笑指高臺處,前年適見荒榛滿。金錢力奪天地功,歲月未多風物换。人生富貴無不成,都門坐置山林觀〔八〕。暖風遲日時一到,早出莫歸應未晚。主人最貴稀出城,長使憧憧路人看〔九〕。

【箋注】

〔一〕作於熙寧十年(一〇七七)二月。“冰澌片斷水光浮,柳綫和柔風力軟。繚牆朱户誰家園? 流水平畦春日淺。”正二月初始情景。集慶園:園主未詳。從詩意看似是朝廷重臣。

〔二〕冰澌:解凍時流動之冰。宋司馬光《太皇太后閣六首》之五:“冰澌半解波先緑,柳葉未生條已黄。”

〔三〕柳綫:柳條細長下垂如綫,故名。蘇軾《南鄉子·重九涵輝樓呈徐君猷》:“酒力漸消風力軟,颼颼。破帽多情卻戀頭。”

〔四〕朱户:指朱紅色大門。古代帝王賞賜諸侯、有功大臣的朱紅色的大門,古爲“九錫”之一種。《韓詩外傳》卷八:“諸侯之有德,天子錫之。一錫車馬,再錫衣服……六錫朱户。”

〔五〕平畦(qí):低平的田地。

〔六〕禁河:宫廷外的護城河。

〔七〕謂亭臺的建築還在進行中。飛甍(méng):本指飛簷。此借指亭臺。《文選·左思〈吴都賦〉》:“長幹延屬,飛甍舛互。”唐吕向注:“飛甍舛互,言棟宇相交互也。”

〔八〕“金錢”四句:對園林的奢華頗有微辭。天地功:自然之力。唐李白《流夜郎半道承恩放還兼欣剋復之美書懷示息秀才》:“叱吒開帝業,手成天地功。”

〔九〕憧憧(chōng chōng):往來不絶貌。《易·咸》:“憧憧往來,朋從爾思。”唐陸德明釋文引三國魏王肅曰:“憧憧,往來不絶貌。”

遊景仁東園〔一〕

新春甫驚蟄〔二〕,草木猶未知。高人静無事,頗怪春來遲。肩輿出東郊〔三〕,輕裘試朝曦〔四〕。百草抱生意,喬松解寒姿〔五〕。尺書招友生〔六〕,冠蓋溢通逵〔七〕。人生瞬息間〔八〕,幸此休暇時。濁酒瀹浮蟻〔九〕,嘉蔬薦柔荑〔一〇〕。春來莫嫌早,春去恐莫追。公卿多王事,田野遂我私。松筠自擁蔽,里巷得游嬉。鄰家并侯伯,朱門掩芳菲〔一一〕。畦花被錦繡,庭檜森旌旗。華堂絢金碧,疊觀凝煙霏。仿佛象宫禁,蕭條遠喧卑〔一二〕。徐行日一至,何異已有之?都城閉門早,衆客紛將歸。垂楊返照下,歸騎紅塵飛。但卜永日歡〔一三〕,未與清夜期。人散衆囂絶,庭空①星斗垂。安眠萬物外,高世良在兹〔一四〕。

【校記】

①空:原作"光",據宋建本、蜀藩刻本改。

【箋注】

〔一〕作於熙寧十年(一〇七七)二月八日驚蟄。從"新春甫驚蟄,草木猶未知"可知。詩有"都城閉門早,衆客紛將歸"句,可知此東園當是范鎮在城東的别業。

〔二〕驚蟄:二十四節氣之一。在西曆三月五、六或七日。此時氣温上升,土地解凍,春雷始鳴,蟄伏過冬的動物驚起活動,故名。《逸周書・周月》:"春三月,中氣,驚蟄、春分、清明。"

〔三〕肩輿:轎子。參《寒食前一日寄子瞻》注〔五〕。

〔四〕輕裘:輕暖的皮衣。《論語・雍也》:"赤之適齊也,乘肥馬,衣輕裘。"

〔五〕《論語・子罕》:"子曰:'歲寒,然後知松柏之後彫也。'"喬松:高大的松樹。

〔六〕謂寫信會聚朋友。尺書:信札;書信。《漢書・韓信傳》:"然後發一乘之使,奉咫尺之書。"唐顔師古注:"八寸曰咫。咫尺者,言其簡牘或長咫,或長尺,喻輕率也。今俗言尺書,或言尺牘,蓋其遺語耳。"友生:朋友。《詩・小雅・常棣》:"雖有兄弟,不如友生。"

〔七〕謂四方朋友紛紜而至。通逵:猶通途。四通八達的路。南朝宋謝惠連《長安有狹斜行》:"紀郢有通逵,通逵並軒車。"

〔八〕《莊子・知北遊》:"人生天地之間,若白駒之過隙,忽然而已。"

〔九〕瀹(yuè):煮。浮蟻:酒面之浮沫。

〔一〇〕嘉蔬:嘉美之蔬菜。柔荑(tí):柔的嫩芽。荑,《詩·邶風·静女》:“自牧歸荑。”毛傳:“茅之始生者也。”

〔一一〕“鄰家”二句:謂東園周圍都是達官顯宦的居宅。

〔一二〕喧卑:指人世間。唐杜甫《哭韋大夫之晉》:“童孺交遊盡,喧卑俗事牽。”

〔一三〕唐皇甫冉《劉侍御朝命許停官歸侍》:“賜告承優詔,長筵永日歡。”

〔一四〕高世:出塵離世的所在。

蘇轍詩編年箋注卷七

次韻子瞻送范景仁遊嵩洛〔一〕

尋山非事役〔二〕,行路不應難。洛浦花初滿〔三〕,嵩高雪尚寒〔四〕。平林抽凍笋〔五〕,奇艷變山丹〔六〕。節物朝朝好,肩輿步步安〔七〕。酴醾釀臘酒〔八〕,苜蓿薦朝盤〔九〕。得意忘春晚,逢人語夜闌〔一〇〕。歸休三黜柳〔一一〕,賦咏五噫鸞〔一二〕。鶴老身仍健〔一三〕,鴻飛世共看〔一四〕。雲移忽千里,世路脱重灘〔一五〕。西望應思蜀〔一六〕,東還定過韓〔一七〕。平川涉清潁〔一八〕,絶頂上封壇〔一九〕。出處看公意〔二〇〕,令人欲棄官。

【箋注】

〔一〕作於熙寧十年(一〇七七)三月初。《烏臺詩案》:"熙寧十年二月三日,范鎮往西京去,軾作詩送之。軾昨知密州得替,到關城外,借得樂子鎮園安泊。鎮,鄉里世舊也。"清王文誥總案:"此詩有'杖屨携兒去,園亭借客看'句,是公已寓園中。前考二月間公尚在齊,而子由以驚蟄日往游東園作詩,公尚未至。更以本集寒食北城之游合考《詩案》,則清明在三月三日,而驚蟄即在二月二三日間,是其時子由尚未走馬黄河往迎公也。且會宿詩叙子由以二月見公澶濮之間,今即以二月一日爲澶濮相遇之日,而欲以二月三日寓園賦送行詩,其何能及？再據公答司馬光書，景仁以三月杪還京。其去也，當在三月初間。子由同日和韻送景仁游嵩洛詩，有‘得意忘春晚，逢人語夜闌’句，其去已在春晚，則又三月之確證也。”王説是也，今從之。范景仁：見《次韻范景仁侍郎移竹》注〔一〕。嵩洛：嵩山、洛水的合稱，指洛陽一帶。

〔二〕唐韓愈《南溪始泛三首》之三：“歸時還盡夜，誰謂非事役。”事役：政務；公務。

〔三〕唐盧照鄰《還赴蜀中貽示京邑遊好》：“籞宿花初滿，章臺柳向飛。”洛浦：洛水之濱。

〔四〕嵩高：嵩山。參《熙寧壬子八月於洛陽妙覺寺考試舉人及還道出嵩少之間至許昌共得大小詩二十六首》注〔一〕。

〔五〕平林：平原上的林木。《詩·小雅·車舝》：“依彼平林，有集維鷮。”毛傳：“平林，林木之在平地者也。”凍筍：冬筍。蘇軾《新年》之三：“更待春雷發，先催凍筍生。”

〔六〕謂山丹變得極爲紅豔。奇：極其，非常。山丹：百合的一種。葉披針形，花紅色或紫紅色。唐王建《宫詞》之四十一：“收得山丹紅蕊粉，鏡前洗卻麝香黄。”

〔七〕肩輿：轎子。參《寒食前一日寄子瞻》注〔五〕。

〔八〕酴醾（tú mí）：薔薇科的一種，果實可釀酒。參《和文與可洋州園亭三十詠·荼蘼洞》注〔一〕。宋朱翼中《北山酒經·酴醾酒》：“七月開酴醾，摘取頭子，去青萼，用沸湯綽過，紐乾。浸法：酒一升，經宿漉去花頭，匀入九升酒内，此洛中法。”臘酒：供臘月後飲用的酒。

〔九〕謂盤盂中只放著苜蓿之類菜肴。典出五代王定保《唐摭言·閩中進士》：“薛令之，閩中長溪人。神龍二年及第，累遷左庶子。時開元東宫官僚清淡，令之以詩自悼，復紀于公署曰：‘朝旭上團團，照見先生盤。盤中何所有，苜蓿長闌干。飯澀匙難綰，羹稀筯易寬。無以謀朝夕，何由保歲寒。’”苜蓿：植物名。原産西域各國，漢武帝時，張騫使西域，始從大宛傳入。嫩芽可食用。蘇軾《和子由柳湖久涸忽有水開元寺山茶舊無花今歲盛開二首》之二：“久陪方丈曼陁雨，羞對先生苜蓿盤。”按此言旅途飲食隨意。

〔一〇〕夜闌：夜晚將結束。唐杜甫《山館》：“山鬼吹燈滅，廚人語夜闌。”

〔一一〕謂如屢遭貶黜的柳下惠。三黜柳：見《送張公安道南都留臺》注〔一二〕。

〔一二〕謂清高如梁鸞。梁鴻：字伯鸞。扶風平陵（今西安咸陽市）人。家貧尚節介。少孤，嘗獨止，不與人共食。及長，博覽多通，不爲章句學。娶同縣孟氏女，名光，貌醜而賢，共入霸陵山中，以耕織爲業，詠詩書彈琴以自娱。因東出關，過京師，作《五噫之歌》曰："陟彼北芒兮，噫！顧覽帝京兮，噫！宫室崔嵬兮，噫！人之劬勞兮，噫！遼遼未央兮，噫！"肅宗聞而非之，求鴻不得。後隱于吴，倚大家皐伯通。爲人賃舂，每歸，妻爲具食，不敢於鴻前仰視，舉案齊眉。著書十餘篇。《後漢書》有傳。

〔一三〕鶴老：古人以鶴爲長壽之禽。唐柳公綽《贈毛仙翁》："中有含真客，長爲不死人。松高枝葉茂，鶴老羽毛新。"

〔一四〕三國魏嵇康《四言贈兄秀才入軍詩》："手揮五絃，目送歸鴻。"此藉用字面義。

〔一五〕重灘：重重險灘。

〔一六〕范爲蜀地華陽人（今屬四川成都市），故云。

〔一七〕過韓：謂范鎮回歸時要經過戰國時韓地。韓，古國名。戰國七雄之一。疆域約當今山西省東南角和河南省中部，介於魏、秦、楚三國之間，是古代兵家必争之地。

〔一八〕謂漫游潁水一帶。潁：水名。源出河南省登封市嵩山西南，東南流到商水縣、納沙河、賈魯河，至安徽省壽縣正陽關入淮河。《史記·魏其武安侯列傳》："潁川兒乃歌之曰：潁水清，灌氏寧；潁水濁，灌氏族。"

〔一九〕謂登嵩山。封壇：聚土爲圓壇以祭天。唐武則天天授元年（六九〇）登基，五年後，命嵩陽縣令依照東嶽泰山形制，在嵩山峻極峰，修築封壇。萬歲通天元年（六九六），舉行封禪大典。

〔二〇〕出處（chǔ）：謂出仕和隱退。唐聶夷中《行路難》："出處全在人，路亦無通塞。"

附録　蘇軾《送范景仁遊洛中》

小人真闇事，閑退豈公難。道大吾何病，言深聽者寒。憂時雖早白，駐世有還丹。得酒相逢樂,無心所遇安。去年行萬里,蜀路走千盤。投老身彌健,登山意未闌。西遊爲櫻筍,東道盡鵷鸞。杖屨携兒去,園亭借客看。折花斑竹寺,弄水石樓灘。翾馬衰憐白,驚雷怯笑韓。蘚書標洞府,歐陽永叔嘗遊嵩山。日暮,於絶壁上見苔蘚成文,云:神清之洞。明日復尋,不見。松蓋偃天壇。試與劉夫子,重尋靖長官。劉几云:曾見人嵩山幽絶處,眼光如猫,意其爲靖長官也。

送蔣夔代州教授〔一〕

憶遊太學十年初〔二〕,猶見胡公豈弟餘〔三〕。遍閲諸生非有道〔四〕,最憐能賦似相如〔五〕。青衫共笑方持板〔六〕,白髮相看各滿梳〔七〕。暫免百憂趨長吏〔八〕,勉調三寸事新書〔九〕。

【箋注】

〔一〕作於熙寧十年(一〇七七)三月。此詩蘇軾有次韻。是年四月蘇軾已離京赴徐,由此可知此詩亦當作於三月在京時。蔣夔:見《次韻蔣夔寒夜見過》注〔一〕。代州:春秋屬晉,戰國屬趙,秦爲太原、雁門二郡之境,隋唐時或爲代州或爲雁門郡。宋屬河東路。治雁門(在今山西代縣)。

〔二〕蘇轍曾于熙寧二年二月,與兄蘇軾免喪後東游京師,居南園。

〔三〕胡公:指胡瑗(九九三—一〇五九)。瑗字翼之,泰州如皋(今江蘇南通如皋市)人。以經術教授吴中。景祐初更定雅樂,因范仲淹薦召對,授校書郎。以保寧節度推官教授湖州,弟子常數百人,慶曆四年,取瑗法以爲太學法。皇祐中,爲光禄寺丞、國子監直講,居太學。學者自遠而至,太學不能容,取旁官署以爲學舍。以太常博士致仕歸,卒謚文昭。學者稱安定先生。《宋史》有傳。據詩,知夔嘗學於瑗。其從瑗,當爲皇祐中事。則夔當略長於轍,故此詩有"白髮相看各滿梳"之語。豈弟:語出《詩·小雅·蓼蕭》:"既見君子,孔燕豈弟。"毛傳:"豈:樂。弟:易也。"

〔四〕有道:有才藝或得道之人。《周禮·春官·大司樂》:"凡有道者,有德者,使教焉。"漢鄭玄注:"道,多才藝者。"按,熙寧三年,蘇轍曾爲陳州教授,故有此感慨。

〔五〕憐:愛。相如:司馬相如,西漢著名辭賦家。此代指蔣。參《和張安道讀杜集》注〔三一〕。

〔六〕謂兩人都沉身下僚。青衫:唐制,文官八品、九品服以青。唐白居易《琵琶行》:"座中泣下誰最多?江州司馬青衫濕。"因藉指下級官員。按,嘉祐五年三月,蘇轍被授河南府澠池縣主簿,六年,又被授秘書省校書郎充商州軍事推官事(均未赴任),皆爲下級小官。持板:本指上朝時所持的手板,此亦指小官。宋葉廷珪《海録碎事》卷十二《持版荅拜》:"刺史六條曰:州别駕、治中,部見刺史,持版拜,刺史荅拜。"

〔七〕謂兩人皆白髮滿頭。宋徐鉉有"文彧少卿文山郎中交好深至"云云長題詩:"腰間金印從如斗,鏡裏霜華已滿梳。"

〔八〕謂從此可頓時免除爲小吏之種種煩惱憂愁,無須趨迎上司。暫:頓時。百憂:各種憂愁。《詩・王風・兔爰》:"我生之初尚無造,我生之後逢此百憂。"長吏:此指地位高于己之各類官員。

〔九〕謂蔣可努力著述。勉:盡力。三寸:指筆。唐陳子昂《故宣議郎騎都尉行曹州離狐縣丞高府君墓誌銘》:"帶七尺劍,始遊天子之階;持三寸筆,終入芸香之閣。"

附録　蘇軾《次韻子由送蔣夔赴代州學官》

功利争先變法初,典型獨守老成餘。窮人未信詩能爾,倚市懸知繡不如。代北諸生漸狂簡,牀頭雜説爲爬梳。歸來問雁吾何敢,疾世王符解著書。

次韻宿州教授劉涇見贈〔一〕

此身雖復類潛夫,衰老無心强著書〔二〕。道路不知奔走賤〔三〕,交遊空怪往還疏〔四〕。弦歌更就三年學〔五〕,簿領唯添一味愚〔六〕。它日相逢定何處,莫將文采笑空疏。

【箋注】

〔一〕作於熙寧十年(一〇七七)四月。四月,軾乘舟沿汴赴徐州任,轍同行。過宿州,宿州教授劉涇作詩,轍、軾次韻。劉涇:字巨濟,一字濟震,號前溪,簡州楊安(今四川簡陽市)人。熙寧六年(一〇七三)進士。王安石薦其才,召見,除經義所檢討。久之,爲太學博士,罷知咸陽縣、常州教授。通判莫州、成都府,除國子監丞、知處、虢、真、坊四州。元符末上書召對,除職方郎中。《宋史》有傳。

〔二〕"此身"二句:謂雖境遇如王符但無心著書。潛夫:指東漢王符。字節信。臨涇(今甘肅鎮原縣)人。少好學,有志操,與馬融、張衡、崔瑗等友善。獨耿介不同于俗,不樂仕進。隱居著書三十餘篇,以譏當時失得,不欲章顯其名,號曰《潛夫論》。《後漢書》有傳。唐杜甫《堂成》:"旁人錯比揚雄宅,懶惰無心作《解嘲》。"

〔三〕道路:路上的人。指衆人。奔走:小吏四處趨迎。《左傳·昭公三十一年》:"攻難之士,將奔走之。"晉杜預注:"奔走,猶赴趣也。"

〔四〕往還:交往,來往。宋司馬光《之美訪及不獲展奉以詩爲謝》:"不堪休沐少,便使往還疏。"

〔五〕弦歌:指禮樂教化。《論語·陽貨》:"子之武城,聞弦歌之聲。夫子莞爾而笑曰:'割雞焉用牛刀?'子游對曰:'昔者偃也聞諸夫子曰:君子學道則愛人,小人學道則易使也。'子曰:'二三子,偃之言是也。前言戲之耳。'"三國魏何晏集解引孔安國云:"子游爲武城宰。"三年學:《論語·泰伯》:"子曰:三年學不至於穀,不易得也。"三國魏何晏集解引孔安國云:"穀,善也。言人三歲學不至於善,不可得。言必無也,所以勸人學。"

〔六〕簿領:官府記事的簿册或文書。参《次韻柳子玉謫官壽春舟過宛丘見寄二首》之一注〔二〕。此指處理各種公務文書的小吏(即宿州教授)。蘇軾《南鄉子·自述》:"若問使君才與術,何如。占得人間一味愚。"

附録　蘇軾《宿州次韻劉涇》

我欲歸休瑟漸希,舞雩何日著春衣。多情白髮三千丈,無用蒼皮四十圍。晚覺文章真小技,早知富貴有危機。爲君垂涕君知否?千古華亭鶴自飛。涇之兄汴,亦有文,亦死矣。

徐州送江少卿〔一〕

夜雨泗河深〔二〕,曉日輕舟發。帆開送客遠,城轉高臺没。居人永瞻望〔三〕,歸意何倉卒〔四〕。公來初無事,豐歲多牟①麥〔五〕。鈴閣度清風〔六〕,芳罇對佳客〔七〕。登臨未云厭〔八〕,談笑方自適〔九〕。朝廷念黧老〔一〇〕,府寺虚清劇〔一一〕,何以寄風流,江山遶官宅〔一二〕。

【校記】

①牟:叢刊本作"年",形近而誤。

【箋注】

〔一〕作於熙寧十年(一〇七七)四月二十一日。時蘇軾到徐州任,蘇轍隨。徐州:舊稱彭城。傳爲古時彭祖國。秦王政二十三年(前二二四)置彭城縣。後漢及晉並爲彭城國,晉立徐州以爲重鎮。唐爲徐州,或爲彭城郡,屬河南道。宋屬京東路,元豐初改爲京東西路。治彭城(今江蘇徐州市)。江少卿:即江仲達。餘不詳。俟考。少卿:職官名。宋代俗稱中央各寺的正職長官爲大卿,副職爲少卿,疑江曾爲徐守,現奉調中央。觀後"朝廷念黧老,府寺虚清劇"一聯可知。

〔二〕泗河:古水名,源於今山東省泗水縣東,四源並發,故名。

〔三〕《詩·邶風·燕燕》:"燕燕于飛,差池其羽。之子于歸,遠送于野。瞻望弗及,泣涕如雨。"

〔四〕倉卒(cù):倉猝。

〔五〕牟麥:大麥,稞麥。牟,通"麰"。《詩·周頌·臣工》"於皇來牟"鄭箋:"於美乎赤烏,以牟麥俱來。"

〔六〕鈴閣:指州郡長官的辦事場所。參《答文與可以六言詩相示因道濟南事作十首》之十注〔三〕。

〔七〕芳樽:指美酒。

〔八〕登臨:登山臨水,指遊覽。未云厭:不厭煩。云,句中語氣詞,無義。

〔九〕方自:正;正在。自,詞綴。

〔一〇〕黧老:老人。唐柳宗元《興州江運記》:"黧老童孺,填溢公門。"宋童宗説注:"黧,黑黄色。"按,此猶言老臣。

〔一一〕府寺:本指古代公卿的官舍。《左傳·隱公七年》:"戎朝于周,發幣於公卿。"晉杜預注:"朝而發幣於公卿,如今計獻詣公府卿寺。"唐孔穎達疏:"朝於天子,獻國之所,亦發陳財幣於公卿之府寺……自漢以來,三公所居謂之府,九卿所居謂之寺。"虚清:清浄無人。

〔一二〕唐白居易《初領郡政衙退登東樓作》:"賴是餘杭郡,臺榭遶官曹。"

附録　蘇軾《徐州送交代仲達少卿》

此身無用且東來,賴有江山慰不才。舊尹未嫌衰廢久,清尊猶許再三開。滿城遺愛知誰繼,極目扁舟挽不回。歸去青雲還記否,交游勝絶古城隈。

次韻子瞻寄眉守黎希聲〔一〕

眼看狂瀾倒百川〔二〕,孤① 根漂蕩水無邊〔三〕。思家松菊荒三逕〔四〕,回首謳歌沸二天〔五〕。簿領沉迷催我老〔六〕,《春秋》廢格累公賢〔七〕。鄰居屈指今誰在,一念傷心十五年。轍昔侍先人於京師,與希聲鄰居太學前。是時公之亡兄與二亡妹皆在,今十五年而在者唯公與僕二人,言之② 流涕。

【校記】

①孤:宋建本作"狐",形近而誤。

②之:叢刊本作"與"。

【箋注】

〔一〕作於熙寧十年(一〇七七)四月二十一日後。蘇軾知密州時嘗作詩寄眉守黎錞,轍次其韻。黎希聲(一〇一五—一〇九三):名錞,字希聲,廣安(今四川廣安市)人。慶曆六年進士及第,授利州節度推官,除成德軍觀察推官,監延州折博務。轉大理寺丞,改殿中丞,知閬州南部縣。母喪去職,服除,監在京鑄冶務。遷太常博士、屯田員外郎。歐陽脩等薦，治平中爲國子監直講。守雅、蜀、眉、簡四郡，有政聲。元豐七年，以朝請大夫致仕。哲宗即位，加朝議大夫。元祐八年五月卒，年七十九。見吕陶《黎公墓誌銘》。蘇軾《眉州遠景樓記》甚推黎之爲人。

〔二〕唐韓愈《進學解》："障百川而東之，迴狂瀾于既倒。"此反用其意，暗指王安石變法事。

〔三〕謂自己弟兄與黎皆飄泊無依。唐李商隱《蟬》："薄宦梗猶泛，故園蕪已平。"參《送劉道原學士歸南康》注〔二〕。

〔四〕晉陶潛《歸去來兮辭》："三逕就荒，松菊猶存。"

〔五〕謂百姓對黎稱頌之聲甚盛。二天：指廉正之太守。典出《後漢書·蘇章傳》："順帝時，遷冀州刺史。故人爲清河太守，章行部案其姦臧。乃請太守，爲設酒肴，陳平生之好甚歡。太守喜曰：'人皆有一天，我獨有二天。'章曰：'今夕蘇孺文與故人飲者，私恩也；明日冀州刺史案事者，公法也。'遂舉正其罪。州境知章無私，望風威肅。"

〔六〕簿領：指官府的簿籍文書。因作書記官，故云。參《次韻柳子玉謫官壽春舟過宛丘見寄二首》之一注〔二〕。

〔七〕謂黎因王安石新學推行而無用武之地。春秋：編年體史書名。相傳孔子據魯史修訂而成。所記起於魯隱公元年，止於魯哀公十四年，凡二百四十二年。叙事極簡，用字寓褒貶。爲其傳者，以《左氏》《公羊》《穀梁》最著。廢格：廢棄擱置。《史記·平準書》："於是見知之法生，而廢格沮誹窮治之獄用矣。"南朝宋裴駰集解引三國魏如淳曰："廢格天子文法，使不行也。"按，王安石詆《春秋》爲斷爛朝報，廢之不列於學宫。參《和頓主簿起見贈二首》之一注〔四〕。

附録　蘇軾《寄黎眉州》

膠西高處望四川，應在孤雲落照邊。瓦屋寒雄春後雪，娥眉翠掃雨餘天。治經方笑《春秋》學，好士今無六一賢。且待淵明賦歸去，共將詩酒趁流年。

司馬君實端明獨樂園〔一〕

子嗟丘中親蓺麻〔二〕,邵平東陵親種瓜〔三〕。公今歸去事農圃〔四〕,亦種洛陽千本花〔五〕。修篁遶屋韻寒玉〔六〕,平泉入畦紆卧虵〔七〕。錦屏奇種斸巖竇〔八〕,嵩高靈藥移萌芽〔九〕。城中三月花事起〔一〇〕,肩輿遍入公侯家。淺紅深紫相媚好〔一一〕,重樓多葉争矜誇〔一二〕。一枝盈尺不論價〔一三〕,十千斗酒那容賒〔一四〕?歸來曳履苔逕滑〔一五〕,醉倒閉門春日斜〔一六〕。車輪班班走金轂〔一七〕,印綬若若趨朝衙〔一八〕。世人不顧病楊綰〔一九〕,弟子獨有窮侯芭〔二〇〕。終年著書未曾厭〔二一〕,一身獨樂誰復加〔二二〕?宦遊嗟我久塵土〔二三〕,流轉海角如浮槎〔二四〕。歸心每欲自投劾〔二五〕,孺子漸長能扶車〔二六〕。過門有意奉談笑〔二七〕,幅巾懷刺無袍鞾〔二八〕。

【箋注】

〔一〕作於熙寧十年(一〇七七)五月六日。《烏臺詩案》:"熙寧十年,司馬光任端明殿學士,提舉西京崇福宫,在西洛葺園號獨樂。軾于是年五月六日作詩寄題。"轍亦同題。司馬君實:即司馬光(一〇一九—一〇八六)。字君實,號迂叟,陝州夏縣(今山西夏縣)人。寶元元年登進士甲科。歷大理評事、國子監直講,累遷開封府推官,爲天章閣待制、知諫院。時仁宗未立嗣,數上疏諫言。英宗朝進龍圖閣直學士,判吏部流内銓。神宗即位,擢爲翰林學士,除御史中丞,權知審官院。王安石行新政,光持異議,與安石數論辯於帝前。由是以端明殿學士出知永興軍,判西京御史臺,退居洛陽,專修《資治通鑑》,凡十五年。哲宗立,太皇太后高氏臨朝,召爲門下侍郎。元祐元年拜尚書左僕射兼門下侍郎,力廢新政。是年九月卒,年六十八,贈太師、温國公,謚文正。見蘇軾《司馬文正公光行狀》,《宋史》有傳。端明:職名,正三品,位于資政殿學士之下,樞密直學士之上。後唐天成元年(九二六)五月二十日始置,北宋沿用,爲翰林學士承旨及學士久任者加職。光有《獨樂園記》。

〔二〕《詩·王風·丘中有麻》:"丘中有麻,彼留子嗟。彼留子嗟,將其來施施。”蘇轍《詩集傳》卷四：“子嗟，當時賢者留其氏也。隱居於丘陵之間，而殖麻麥果實以爲生者。子嗟也，民思其賢而庶其肯徐來從之，故曰將其來施施。施施，徐也。”蓺麻：種麻。

〔三〕《史記·蕭相國世家》：“召平者，故秦東陵侯。秦破，爲布衣，貧，種瓜於長安城東，瓜美，故世俗謂之東陵瓜，從召平以爲名也。”

〔四〕《論語·子路》：“樊遲請學稼。子曰：‘吾不如老農。’請學爲圃，曰：‘吾不如老圃。’”

〔五〕千本花：猶千株花。此特指牡丹。宋龔明之《中吴紀聞》卷六：“盤門内有園極廣，植牡丹數千本，花時以繒綵爲幙，帟覆其上。”

〔六〕謂竹林發出琴瑟般的美妙聲音。修篁（huáng）：修竹，長竹。寒玉：指琴瑟。唐權德輿《寄臨海郡崔稺璋》：“新詩寒玉韻，曠思孤雲秋。”

〔七〕宋歐陽脩《贈無爲軍李道士二首》之二：“李師琴紋如卧蛇，一彈使我三咨嗟。”蘇轍《柳湖感物》：“根如卧虵身合抱，仰視不見蜩蟬喧。”虵：同“蛇”。

〔八〕錦屏奇種：指壽安（今河南宜陽一帶）錦屏山中特産的牡丹。歐陽脩《洛陽牡丹記·風土記第三》：“細葉、麤葉壽安者，皆千葉，肉紅。花出壽安縣錦屏山中，細葉者，尤佳。”又“春初時，洛人於壽安山中斲小栽子，賣城市中，謂之山篦子。”巖竇：即巖穴。

〔九〕嵩高靈藥：當指嵩山一帶所産牡丹。

〔一〇〕據歐陽脩《洛陽牡丹記·花品叙第一》：“余在洛陽四見春：天聖九年三月，始至洛，其至也晚，見其晚者。”則洛陽牡丹花期當早於三月。

〔一一〕淺紅深紫：指牡丹之顏色，其中紫色尤爲名貴。歐陽脩《洛陽牡丹記·花釋名第二》：“牡丹之名，或以氏、或以州、或以地、或以色、或旌其所異者而志之。……一擫紅、鶴翎紅、朱砂紅、玉板白、多葉紫、甘草黄，以色著。獻來紅、添色紅、九蘂真珠、鹿胎花、倒暈檀心、蓮花萼、一百五、葉底紫，皆志其異者。”媚好：美好。嬌媚。蘇軾《芙蓉》：“谿邊野芙蓉，花水相媚好。”

〔一二〕重樓多葉：當指牡丹之名貴者。清陳淏子《花鏡·牡丹》：“牡丹爲花中之王，北地最多，花有五色、千葉、重樓之異，以黄紫者爲最。”又據歐陽脩《洛陽牡丹記·花釋名第二》：“姚黄者，千葉，黄花。……牛黄，亦千葉。……魏家花者，千葉。”是彼時牡丹名種多以葉密著稱。

〔一三〕歐陽脩《洛陽牡丹記·風土記第三》:"人家治地爲畦塍,種之至秋,乃接。接花尤工者一人,謂之門園子,豪家無不邀之。姚黄一接頭,直錢五千。秋時立券買之,至春見花乃歸其直。洛人甚惜此花,不欲傳。有權貴求其接頭者,或以湯中蘸殺與之。"

〔一四〕三國魏曹植《名都篇》:"我歸宴平樂,美酒斗十千。"唐李白《行路難》之一:"金樽清酒斗十千,玉盤珍羞直萬錢。"賒:買物延期交款。

〔一五〕曳履:拖著鞋子。這裏形容醉後之疏放。唐劉禹錫《和令狐相公初歸京國賦詩言懷》:"殿庭捧日飄纓入,閣道看山曳履迴。"唐韋莊《和薛先輩見寄初秋寓懷即事之作二十韻·三用韻》:"蝸遊苔徑滑,鶴步翠塘深。"

〔一六〕唐鮑溶《范真傳侍御累有寄因奉酬十首》之七:"相勸醉年華,莫醒春日斜。"

〔一七〕謂車輛絡繹不絶。《後漢書·五行志一》:"車班班入河間者,言上將崩;乘輿班班入河間,迎靈帝也。"唐杜甫《憶昔》之二:"齊紈魯縞車班班,男耕女桑不相失。"金轂(gǔ):權貴所坐裝飾華美的車。南朝陳張君祖《詠懷》之一:"座可棲王侯,門可迴金轂。"

〔一八〕語本《漢書·石顯傳》:"牢邪石邪,五鹿客邪!印何纍纍,綬若若邪!"

〔一九〕謂司馬光爲國鞠躬盡力如唐賢相楊綰。楊綰(?—七七七):字公權,華州華陰(今陝西華陰)人。好學不倦,博通經史,九流七略,無不該覽。尤工文辭,藻思清贍而宗尚玄理。舉進士。大曆中累拜中書侍郎,同中書門下平章事。綰素以德行著聞,質性貞廉,車服儉朴,居廟堂未數月,人心自化。綰有宿痼疾,居職旬日,中風。優詔令就中書省攝養。卒謚文簡。新舊《唐書》有傳。《新唐書·楊綰傳》:"綰有宿痼疾,居職旬日,中風,優詔令就中書省攝養,每引見延英殿,特許扶入。時釐革舊弊,唯綰是瞻,恩遇莫二。綰累抗疏辭位,頻詔敦勉不許。及綰疾亟,上日發中使就第存問,尚書御醫,旦夕在側,上聞其有間,喜見容色。數日而薨,中使在門,馳奏於上,代宗震悼久之,輟朝三日。"按,司馬光亦多病,在其詩中多有提及。如《酬終南閻諫議見寄》云:"齒衰心力耗,揣分乞西台。微禄供多病,閑官養不才。"又《和邵堯夫年老逢春》:"酒因多病無心醉,花不解愁隨處開。"

〔二〇〕此蘇轍以侯芭自指。嘉祐六年制科考試，司馬光將蘇轍置於三等，後不得已入四等次録取。故二蘇兄弟與司馬光有師生之分。言窮，當是蘇轍正是仕途失意困頓之時。侯芭：《漢書・揚雄傳》："雄以病免，復召爲大夫。家素貧，耆酒，人希至其門。時有好事者載酒肴從游學，而鉅鹿侯芭常從雄居，受其《太玄》、《法言》焉。"

〔二一〕謂司馬光編《資治通鑑》事。司馬光《進資治通鑑表》："陛下俯從所欲，曲賜容養，差判西京留司御史臺及提舉嵩山崇福宫，前後六任，仍聽以書局自隨，給之禄秩，不責職業。臣既無他事，得以研精極慮，窮竭所有，日力不足，繼之以夜。徧閲舊史，旁采小説，簡牘盈積，浩如煙海，抉擿幽隱，校計毫釐。上起戰國，下終五代，凡一千三百六十二年，修成二百九十四卷。"

〔二二〕司馬光《獨樂園記》："鷦鷯巢林，不過一枝；鼴鼠飲河，不過滿腹，各盡其分而安之，此乃迂叟之所樂也。"

〔二三〕謂四處奔走。唐沈亞之《送文穎上人遊天台》："莫説人間事，崎嶇塵土中。"

〔二四〕晉張華《博物志・雜説下》："舊説云：天河與海通，近世有人居海渚者，年年八月，有浮槎去來，不失期。"浮槎（chá）：木筏。

〔二五〕謂欲自己辭官。投劾（hé）：呈遞彈狀文。《後漢書・周燮黄憲等傳序》："［仲叔］遂辭出，投劾而去。"唐李賢注："自投其劾狀而去也。"

〔二六〕孺子：幼子。蘇轍幼子蘇遠生于一〇七四，時四歲，故云能扶車學步了。

〔二七〕過門：登門。奉：侍奉，表恭敬。談笑：交談。宋吕陶《次韻李才元舍人二首》之一："昨日尋梅奉談笑，竹軒松塢共徘徊。"

〔二八〕幅巾：見《次韻孫户曹朴柳湖》注〔四〕。懷刺：懷揣名片。《後漢書・禰衡傳》："建安初，來遊許下，始達潁川。乃陰懷一刺，既而無所之適，至於刺字漫滅。"鞾（xuē）：同"靴"。按，此自言窮困。

附録　蘇軾《司馬君實獨樂園》

青山在屋上，流水在屋下。中有五畝園，花竹秀而野。花香襲杖屨，竹色浸杯斝。樽酒樂餘春,棋局消長夏。洛陽古多士,風俗猶爾雅。先生卧不出,冠蓋傾洛社。雖云與衆樂,中有獨樂者。才全德不形,所貴知我寡。先生獨何事,四海望陶冶。兒童誦君實,走卒知司馬。持此欲安歸,造物不我捨。名聲逐吾輩,此病天所赭。撫掌笑先生,年來效瘖啞。

和李邦直學士沂山祈雨有應〔一〕

宿雪雖盈尺〔二〕,不救春夏旱〔三〕。吁嗟遍野天不聞〔四〕,歌舞通宵龍一戰〔五〕。旋開雲霧布旌旗〔六〕,復遣雷霆助舒卷。雨聲一夜洗塵埃〔七〕,流入溝河朝不見。但見青青黍與禾,老農起舞行人歌:汙邪滿車尚可許〔八〕,供輸到骨期無它〔九〕。水行天地有常數〔一〇〕,歲歲出入均無頗〔一一〕。半年分已厭枯槁〔一二〕,及秋更恐憂滂沱〔一三〕。誰能且共蛟龍語,時布甘澤無庸多〔一四〕。

【箋注】

〔一〕作於熙寧十年(一〇七七)六月。《烏臺詩案》:"熙寧十年,軾知徐州日,六月内李清臣因沂山龍池祈雨有應作詩一首與軾,……軾後作一首與李清臣。"蘇轍詩云"半年分已厭枯槁",蘇軾詩云"半年不雨坐龍慵,共怨天公不怨龍",知已半年不雨。李邦直:即李清臣(一〇三二——一〇二)。字邦直,安陽(今河南安陽)人。皇祐五年舉進士,調邢州司户參軍、和川令。治平二年中制科,授平江軍簽判。召試除集賢校理、同知太常禮院。熙寧中坐事出爲海州通判,久之爲京東提點刑獄。紹聖末,坐事罷知河南府,尋落職知真定。徽宗即位,入爲門下侍郎,逾年罷知大名府而卒,年七十一。《宋史》有傳。晁補之《雞肋集》有《李公行狀》。沂山:《元和郡縣圖志》卷十一:"沂山,在縣(沂水縣,宋屬沂州)北一百二十四里。"

〔二〕宿雪:積留過冬的雪。《後漢書·和帝紀》:"京師去冬無宿雪,今春無澍雨,黎民流離,困於道路。"唐李賢注:"以其經冬,故言宿也。"

〔三〕救:挽救、補救。

〔四〕唐齊己《夏雲曲》:"男巫女覡更走魂,焚香祝天天不聞。"吁嗟:哀號之聲。

〔五〕指祈雨過程中舉行的一些活動。唐李約《觀祈雨》:"桑條無葉土生煙,簫管迎龍水廟前。朱門幾處看歌舞,猶恐春陰咽管絃。"龍一戰:本謂陰陽二氣交戰。《易·坤》:"上六,龍戰於野,其血玄黄。"此指蛟龍降雨。唐陸龜蒙、皮日休《開元寺樓看雨聯句》:"海上風雨來,掀轟雜飛電。登樓一凭檻,滿眼蛟龍戰。"

〔六〕旌旗:喻雲霧之形狀。

〔七〕唐李群玉《中秋月臺看月》:"海雨洗塵埃,月從空碧來。"

〔八〕謂地勢低下的田收穫可以裝滿一車。語出《史記·滑稽列傳》:"今者臣從東方來,見道傍有穰田者,操一豚蹄,酒一盂,而祝曰:'甌窶滿篝,汙邪滿車。五穀蕃熟,穰穰滿家。'"唐司馬貞索隱引晉司馬彪曰:"汙邪,下地田。"許:期許;希望。

〔九〕謂繳納賦税已經窮到極限,希望不再有什麼災害了。唐杜甫《又呈吴郎》:"已訴徵求貧到骨,正思戎馬淚盈巾。"供輸:繳納賦税。唐杜荀鶴《題田翁家》:"州縣供輸罷,追隨鼓笛喧。"到骨:到極限。

〔一〇〕常數:一定的規律。《荀子·天論》:"天有常道矣,地有常數矣。"

〔一一〕無頗:公正無偏私。

〔一二〕分:料想。

〔一三〕滂沱:雨大貌。

〔一四〕時布:及時施予。無庸:不用。

附録　李清臣《沂山祈雨有應》

南山高稜層,北山亦峭崒。坐看兩山雲出没,雲行如驅歸若呼,始覺山中有靈物。鬱鬱其焚蘭,罩罩其擊鼓。祝屢祝,巫屢舞,我民無罪神所憐,一夜雷風三尺雨。嶺木兮蒼蒼,溪水兮泱泱。雲散諸峰互明滅,東阡西陌農事忙,廟閉山空音響絶。

蘇軾《和李邦直沂山祈雨有應》

高田生黄埃,下田生蒼耳。蒼耳亦已無,更問麥有幾。蛟龍睡足亦解慚，二麥枯時雨如洗。不知雨從何處來，但聞吕梁百步聲如雷。試上城南望城北，際天菽粟青成堆。飢火燒腸作牛吼，不知待得秋成否？半年不雨坐龍慵，共怨天公不怨龍。今朝一雨聊自贖，龍神社鬼各言功。無功日盜太倉穀，嗟我與龍同此責。勸農使者不汝容，因君作詩先自劾。

陪子瞻遊百步洪〔一〕

城東泗水平如席〔二〕，城頭遠山涵①落日〔三〕。輕舟鳴櫨自生風〔四〕，渺渺江湖動顏色。中洲過盡石縱横，南去清波頭盡白。岸邊怪石如牛馬，銜尾舳艫誰敢下〔五〕。没人出没須臾間〔六〕，卻立沙頭手足乾。客舟一葉久未上〔七〕，吴牛回首良間關〔八〕。風波蕩潏未可觸〔九〕，歸來何事嘗艱難。樓中吹角莫煙起〔一〇〕，出城騎火催君還〔一一〕。

【校記】

①涵：蜀藩刻本作“銜”。

【箋注】

〔一〕作於熙寧十年（一〇七七）六月。蘇軾有詩《次韻子由與顔長道同遊百步洪相地築亭種柳》，知同游者尚有顔長道。百步洪：據清查慎行《蘇詩補注》卷十五引《名勝志》：“百步洪在徐州城東南二里。水中若有限石，懸下迅急，亂石激濤，凡數里。”

〔二〕謂水面波浪不起。唐韓愈《送僧澄觀》：“清淮無波平如席，欄柱傾扶半天赤。”

〔三〕涵：包涵；蘊含。南朝梁元帝《望江中月影》：“澄江涵皓月，水影若浮天。”

〔四〕唐孟浩然《和李侍御渡松滋江》：“截流寧假楫，挂席自生風。”鳴櫨：摇櫓發出的聲響。

〔五〕銜尾舳艫（zhú lú）：謂各船之間相鄰密集，前後相接。銜尾，前後相接。《漢書·匈奴傳下》:"如遇險阻,銜尾相隨。"唐顔師古注:"銜,馬銜也;尾,馬尾也。言前後單行,不得並驅。"舳艫,船頭和船尾的並稱。泛指前後首尾相接的船。《漢書·武帝紀》:"舳艫千里,薄樅陽而出。"顔師古注引李斐曰:"舳,船後持柂處也。艫,船前頭刺櫂處也。言其船多,前後相銜,千里不絶也。"

〔六〕没人:潛水的人。《莊子·達生》:"若乃夫没人,則未嘗見舟而便操之也。"晉郭象注:"没人,謂能鶩没於水底。"

〔七〕一葉:一片葉子。此喻小船。唐司空圖《自河西歸山詩》之一:"一水悠悠一葉危,往來長恨阻歸期。"

〔八〕謂因水急逆行而天又炎熱,縴夫難以將船拉動。語出唐李白《丁都護歌》:"吴牛喘月時,拖船一何苦。"吴牛:吴地之牛畏熱,見月疑日而氣喘。《世説新語·言語》:"滿奮畏風,在晉武帝坐,北窗作琉璃屏,實密似疎,奮有難色。帝笑之。奮答曰:'臣猶吴牛,見月而喘。'"南朝梁劉孝標注:"今之水牛唯生江淮間,故謂之吴牛也。南土多暑,而此牛畏熱,見月疑是日,所以見月則喘。"此謂縴夫一邊拉一邊回望。間關:艱難貌。

〔九〕蕩潏(jué):湧騰起伏貌。南朝齊張融《海賦》:"東西蕩潏,如滿於天。"

〔一〇〕吹角:吹號角。(戍邊或戍城)士卒傍晚常吹奏,以用於警戒。蘇軾《吾謫海南》:"孤城吹角煙樹裏,落日未落江蒼茫。"

〔一一〕騎火:騎馬舉火照明的人。韓愈《同李二十八夜次襄城》:"欲知迎候盛,騎火萬星攢。"

附録　蘇軾《次韻子由與顔長道同遊百步洪相地築亭種柳》

平明坐衙不暖席,歸來閉閤閑終日。卧聞客至到屣迎,兩眼蒙籠餘睡色。城東泗水步可到,路轉河洪翻雪白。安得青絲絡駿馬,蹙踏飛波柳陰下。奮身三丈兩蹄間,振鬣長鳴身自乾。少年狂興久已謝,但憶嘉陵繞劍關。劍關大道車方軌,君自不去歸何難。山中故人應大笑,築室種柳何時還。

舒焕《和蘇子瞻觀百步洪原韻》

先生何人堪並席,李郭相逢上舟日。殘霞明滅日腳沈,水面浮光天一色。磷磷石若鐵林兵,翻激奔衝精甲白。岸頭旌旗蔟五馬,一艤飛艎信東下。入夜寒生波浪間,汗衣如逐秋風乾。相忘河魚元出没,得性沙鳥鳴關關。委蛇二龍乃神物,游樂諸溪誠爲難。築臺種柳恐不暇,天下龍雨須公還。

李邦直見邀終日對卧南城亭上二首〔一〕

其一

一徑坡陁草木間〔二〕,孤亭勝絶俯川原〔三〕。青天圖畫四山合,白晝雷霆百步喧〔四〕。煙柳蕭條漁市遠〔五〕,汀洲蒼莽白鷗翻〔六〕。客舟何事來悤草〔七〕,逆上波濤吐復吞〔八〕。

【箋注】

〔一〕作於熙寧十年(一〇七七)六月末。“舊書半卷都如夢,清簟横眠似欲秋。”是爲夏末秋初情景。南城亭:轍又稱南樓。見後《李邦直出巡青州余不久將赴南都比歸不及見矣作詩贈别》。

〔二〕坡陁(tuó):起伏不平貌。

〔三〕勝絶:絶妙。此謂冠絶他處,難以比並。

〔四〕唐李白《蜀道難》:“飛湍暴流争喧豗,砯崖轉石萬壑雷。”百步:百步洪。見《陪子瞻遊百步洪》注〔一〕。

〔五〕蕭條:凋零;枯槁。漁市:買賣魚類的場所。

〔六〕宋歐陽脩《石樓》:“夕陽洲渚遠,唯見白鷗翻。”汀洲:水中的小洲。蒼莽:灌木茂盛貌。翻:上下翻飛。

〔七〕悤草:匆忙。

〔八〕謂船出没在波濤中。

其二

東來無事得遨遊，奉使清閑亦自由〔一〕。撥棄簿書成一飽〔二〕，留連語笑失千憂〔三〕。舊書半卷都如夢，清簟横眠似欲秋〔四〕。聞説歸朝今不久〔五〕，塵埃還有此亭不〔六〕。

【箋注】

〔一〕"東來"二句：熙寧十年四月，蘇軾乘舟沿汴赴徐州任，轍同行，故云"東來"。李時任提點京東西路刑獄，故云"奉使"。

〔二〕謂丢開公務而自尋其樂。撥棄：丢棄，抛棄。簿書：官署中來往的公文和簿册。晉陶潛《飲酒》之十："傾身營一飽，少許便有餘。"

〔三〕蘇軾《送表弟程六知楚州》："諸孫相逢萬里外，一笑未解千憂積。"留連：猶沉浸。

〔四〕清簟（diàn）：竹編涼席。横眠：隨心所欲，自在安眠。蘇軾《地爐次柳子玉韻》："細聲蚯蚓發銀缾，擁褐横眠天未明。"

〔五〕《三蘇年譜》卷二十七："清臣將赴史館。"

〔六〕謂京都没有這樣清新的去處了。塵埃：猶塵俗。以喻京都。不：同"否"，語氣詞。

附録　蘇軾《次韻答邦直子由五首》

其一

簿書顛倒夢魂間，知我疎慵肯見原。閑作閉門僧舍冷，病聞吹枕海濤喧。忘懷杯酒逢人共，引睡文書信手翻。欲吐狂言喙三尺，怕君嗔我卻須吞。邦直屢以此見戒。

其二

城南短李好交遊，箕踞狂歌總自由。尊主庇民君有道，樂天知命我無憂。醉呼妙舞留連夜，邦直家中舞者甚多。閑作清詩斷送秋。瀟灑使君殊不俗，罇前容我攬須不？

其三

老弟東來殊寂寞,故人留飲慰酸寒。草荒城角開新徑,雨入河洪失舊灘。車馬追陪迹未掃,唱酬往復字應漫。此詩更欲憑君改,待與江南子布看。

其四

君雖爲我此遲留,别後凄涼我已憂。不見便同千里遠,退歸終作十年遊。恨無揚子一區宅,懶卧元龍百尺樓。聞道鵷鸞滿臺閣,網羅應不到沙鷗。

其五

五斗塵勞尚足留,閉關却欲治幽憂。羞爲毛遂囊中穎,未許朱雲地下遊。無事會須成好飲,思歸時欲賦登樓。羨君幕府如僧舍,日向城南看浴鷗。

李清臣《答蘇子由》

匙飯盤蔬强少留,相逢何物可消憂。緣君未得酒中趣,與我漫爲方外遊。草亂不容移馬迹,山雄全欲逼城樓。濟時異日須公等,莫狎翩翩海上鷗。

《再次元韻》

東來嘗恨少朋游,得遇高人蘇子由。已誓不言天下事,相看俱遣世間憂。新詩定及三千首,曩别幾成二十秋。南省都臺風雪夜,問君還記劇談不。

次韻邦直見答〔一〕

真能一醉逃煩暑〔二〕,定勝三杯禦臘寒〔三〕。自有詩書供永日〔四〕,莫將絲竹亂風灘〔五〕。舞雩何處歸春莫〔六〕,叩角誰人怨夜漫〔七〕。聞道丹砂近有術〔八〕,錙銖稱火共君看〔九〕。

【箋注】

〔一〕作於熙寧十年(一〇七七)六月末。清查慎行《蘇詩補注》卷十五:

“慎按:《欒城集》次韻邦直見答共二首,其第二章即‘五斗塵勞尚足留’也。《烏臺詩案》、胡仔《苕溪漁隱叢話》、吴曾《能改齋漫録》載此詩俱係東坡作。子由當别有鷗字韻一首,而今已逸。編集者誆以坡詩充數,不可不辨。”今删去。

〔二〕煩暑:使人心煩的酷暑。唐劉禹錫《劉駙馬水亭避暑》:“盡日逍遥避煩暑,再三珍重主人翁。”

〔三〕唐李白《月下獨酌》:“三杯通大道,一斗合自然。”臘寒:寒冷的臘月。

〔四〕唐劉禹錫《和蘇十郎中謝病閑居時嚴常侍蕭給事同過訪歡初有二毛之作》:“一卷素書消永日,數莖斑髪對秋風。”永日:長日。

〔五〕謂不要讓絲竹之聲打擾清静。絲竹:絃樂器與竹管樂器之總稱,此指音樂。劉禹錫《陋室銘》:“無絲竹之亂耳,無案牘之勞形。”風灘:刮風的河灘。

〔六〕《論語·先進》:“曰:‘莫春者,春服既成。冠者五六人,童子六七人,浴乎沂,風乎舞雩,詠而歸。’夫子喟然歎曰:‘吾與點也。’”舞雩:古人用於祭天禱雨之處。何處:何時。

〔七〕《藝文類聚·獸部中·牛》引《琴操》:“甯戚飯牛車下,叩角而商歌曰:‘南山矸,白石礀,生不逢堯與舜禪,短布單衣裁至骭,長夜漫漫何時旦?’齊桓公聞之,舉以爲相。”

〔八〕丹砂:指丹藥。參《次韻蔣夔寒夜見過》注〔五〕。

〔九〕謂煉丹的火候是錙銖必較,即秤量而用。語本蘇軾《次韻柳子玉二首·地爐》:“自稱丹竈錙銖火,倦聽山城長短更。”

再次前韻四首

其一

城頭棟宇恰三間〔一〕,楚望凄涼弔屈原〔二〕。雨洗山川百里净,風吹語笑一城喧。鄉書莫問經時絶〔三〕,歲事初驚片葉翻〔四〕。南近清淮鱸鱖好〔五〕,釣筒時問有潛吞〔六〕。

【箋注】

〔一〕作於熙寧十年(一〇七七)七月初。從“初驚片葉翻”可知是初秋景況。恰:才。唐杜甫《南鄰》:“秋水纔深四五尺,野航恰受兩三人。”

〔二〕楚望:語出《左傳·哀公六年》:“三代命祀,祭不越望。江、漢、睢、漳,楚之望也。”望,古代祭祀山川的專稱。屈原:見《屈原塔》注〔一〕。

〔三〕經時:經歷了很久的時間。《文選·古詩十九首·庭中有奇樹》:“此物何足貴,但感别經時。”

〔四〕唐杜牧《早秋客舍》:“風吹一片葉,萬物已驚秋。”歲事:一年的時序。宋梅堯臣《自感》之二:“有生無不老,歲事看秋籜。”

〔五〕清淮:即淮河,我國大河之一。參《次韻子瞻潁州留别二首》之二注〔一〕。鱸鱖:鱸魚,鱖魚。以鮮美、名貴著稱。

〔六〕釣筒:一種插在水裏捕魚的竹製工具。參《絶勝亭》注〔六〕。問:查探。潛吞:進入釣筒的魚。

其二

謬將疎野託交遊〔一〕,平日論心亦有由〔二〕。科第聯翩叨舊契〔三〕,利名疎闊少新憂〔四〕。清談已覺忘朱夏〔五〕,濁酒先防虐素秋〔六〕。多病無聊唯有睡〔七〕,頻頻詩句未嫌不〔八〕。

【箋注】

〔一〕疎野:疏略,鄙野。唐白居易《答裴相公乞鶴》:“不知疎野性,解愛鳳池無?”

〔二〕論心:傾心;交心。唐王維《成文學》:“使氣公卿坐,論心遊俠場。”

〔三〕謂與李科第前後相聯。按,李邦直皇祐五年中進士,治平二年中制科。蘇轍嘉祐二年進士及第,嘉祐五年中制科。時間相距不遠,這是述交情的説法。舊契:老交情。

〔四〕疎闊:距離遥遠。按此指遠離功利,自不會新生煩惱。

〔五〕謂談論和諧使自己忘記了炎熱。清談:清雅的談論。唐杜甫《送高司直尋封閬州》:“清談慰老夫,開卷得佳句。”朱夏:夏季。《爾雅·釋天》:“夏爲朱明。”

〔六〕謂秋日共飲。秋主肅殺,故言虐。濁酒:渾濁的酒,劣酒。參《石蒼舒醉墨堂》注〔六〕。素秋:古代五行之説,秋屬金,其色白,故稱素秋。

〔七〕見《次韻子瞻病中遊虎跑泉僧舍二首》之二注〔四〕。

〔八〕不:同“否”。

其三

野鶴應疑鳧鴈苦〔一〕,夏蟲未慣雪霜寒〔二〕。隱居顔氏終安巷〔三〕,垂釣嚴生自有灘〔四〕。破宅不歸塵可埽〔五〕,下田初種水應漫〔六〕。退耕尚作悠悠語〔七〕,拙宦猶須步步看〔八〕。

【箋注】

〔一〕《莊子·駢拇》:“故合者不爲駢,而枝者不爲跂;長者不爲有餘,短者不爲不足。是故鳧脛雖短,續之則憂;鶴脛雖長,斷之則悲。故性長非所斷,性短非所續,無所云憂也。”

〔二〕《莊子·刻意》:“北海若曰:‘井鼃不可以語於海者,拘於虚也;夏蟲不可以語於冰者,篤於時也。’”

〔三〕顔生:指顔回(前五二一—前四八一)。回字子淵,春秋魯國人。孔門高第,以好學、安貧樂道著稱。年三十而卒。參《史記·孔子弟子列傳》。《論語·雍也》:“子曰:‘賢哉回也!一簞食,一瓢飲,在陋巷,人不堪其憂,回也不改其樂,賢哉回也!’”

〔四〕嚴生:指東漢嚴光。《後漢書·逸民傳·嚴光》:“嚴光字子陵,一名遵,會稽餘姚人也。少有高名,與光武同遊學。及光武即位,光乃變名姓,隱身不見。帝思其賢,乃令以物色訪之。後齊國上言,有一男子披羊裘,釣澤中。帝疑其光,乃備安車玄纁,遣使聘之,三反而後至。……除爲諫議大夫,不屈,乃耕於富春山。後人名其釣處爲嚴陵瀨焉。”

〔五〕破宅:破敗的房屋。

〔六〕下田:下等的田。

〔七〕退耕:隱退耕作。《史記·吴太伯世家》:“子胥退而耕於野,以待專諸之事。"悠悠:懷思貌。

〔八〕拙宦:拙於仕宦,仕途不順。唐白居易《初罷中書舍人》:"自慚拙宦叨清貴,還有癡心怕素餐。"

其四

欲作彭城數月留〔一〕,溪山勸我暫忘憂。城頭準擬中秋望〔二〕,臺上遷延九日遊〔三〕。嵐氣雨餘侵近郭〔四〕,江聲風送隱危樓〔五〕。汀洲聚散知誰怪,且學漂浮水上鷗〔六〕。

【箋注】

〔一〕彭城:徐州舊稱。

〔二〕準擬:準備,打算。唐韓愈《北湖》:"應留醒心處,準擬醉時來。"

〔三〕九日:農曆九月九日爲重陽節,故或稱重陽節爲九日。唐張説《九日進茱萸山詩》:"九日重陽數,三秋萬實成。"遷延:猶流連,遲延。

〔四〕嵐氣:山中霧氣。雨餘:猶言雨後。唐韋應物《始夏南園思舊里》:"夏首雲物變,雨餘草木繁。"

〔五〕危樓:高樓。按,二句的正常語序當爲:雨餘嵐氣侵近郭,風送江聲隱危樓。

〔六〕謂早日歸隱。唐杜甫《奉贈韋左丞丈二十二韻》:"白鷗没浩蕩,萬里誰能馴。"又《有懷台州鄭十八司户》:"昔如水上鷗,今如罝中兔。"

雨中陪子瞻同顔復長官送梁燾學士舟行歸汶上〔一〕

客從南方來,信宿北方去〔二〕。手棹木蘭舟〔三〕,不顧長江雨。江昏氣陰黑,雨落無朝暮〔四〕。肅肅赴波濤〔五〕,濛濛暗洲渚〔六〕。微涼入窻闥〔七〕,斜吹濕蕉苧〔八〕。漂灑正紛紜〔九〕,談笑方容與〔一〇〕。不知江路長,但覺青山鶩〔一一〕。客去浩難追〔一二〕,落日平西浦。東遊本無事,愛此山河古①。周旋樽俎歡〔一三〕,邂逅英豪聚〔一四〕。

兹遊有遺趣〔一五〕,此樂恐宜屢〔一六〕。賤仕迫程期〔一七〕,遷延防譴怒〔一八〕。秋風日已至,輕舸行當具〔一九〕。陰森古城曲〔二〇〕,蒼莽交流處〔二一〕。懸知别時念〔二二〕,將行重回顧。非緣一寸禄〔二三〕,應作三②年住。

【校記】

①古:叢刊本作"右",形近而誤。

②三:叢刊本作"二",誤。

【箋注】

〔一〕作於熙寧十年(一〇七七)七月。"秋風日已至,輕舸行當具。"知作於初秋。顔復(一〇三四—一〇九〇):字長道,魯(今山東)人,顔子四十八世孫。嘉祐六年,賜進士,爲校書郎,知永寧縣。熙寧中,爲國子直講。元祐初,召爲太常博士,遷禮部員外郎,兼崇政殿説書,進起居舍人,轉起居郎。拜中書舍人兼國子監祭酒,以疾改天章閣待制。元祐五年五月卒,年五十七。《宋史》有傳。梁燾(一〇三四—一〇九七):字況之,鄆州須城(今山東東平縣)人。舉進士中第,編校祕閣書籍,遷集賢校理,通判明州,檢詳樞密五房文字,未幾提點京西刑獄,哲宗立召爲工部郎中,遷太常少卿,右諫議大夫。紹聖元年知鄆州,朋黨論起,竟以司馬光黨黜知鄂州。三年,再貶少府監,分司南京。次年三貶雷州别駕,化州安置。紹聖三年卒。燾外任體恤民情,百姓擁戴;在朝直言敢諫,樂推賢能。《宋史》有傳。汶上:汶水之北。泛指春秋、戰國時期齊國之地。《論語·雍也》:"季氏使閔子騫爲費宰。閔子騫曰:'善爲我辭焉!如有復我者,則吾必在汶上矣。'"三國魏何晏集解:"去之汶水上,欲北如齊。"楊伯峻注:"桂馥《札樸》云:'水以陽爲北,凡言某水上者,皆謂水北。'"按,梁燾當是回歸故鄉。

〔二〕梁燾爲鄆州須城人,在今山東東平縣,位於徐州的北方。信宿:連宿兩夜。《詩·豳風·九罭》:"公歸不復,於女信宿。"毛傳:"再宿曰信;宿,猶處也。"

〔三〕手棹(zhào):手划船槳。木蘭舟:見《次韻子瞻望湖樓上五絶》之一注〔二〕。

〔四〕謂不分早晚。唐韋應物《休暇東齋》:“由來束帶士,請謁無朝暮。”此謂秋雨連綿。

〔五〕肅肅:象聲詞。風雨聲。

〔六〕濛濛:瀰漫貌。洲渚:水中小塊陸地。

〔七〕窻闔(hé):窗户。闔,門扇。《管子・八觀》:“閭閈不可以毋闔。”唐尹知章注:“闔,扉也。”

〔八〕蕉苧(zhù):《小學蒐佚・字指》:“蕉,生交趾,葉如席,煮可紡績爲布,汁可以漚麻也。”《文選・張衡〈南都賦〉》:“桑漆麻苧”唐李善注:“《説文》:‘苧,麻屬。’”此處謂粗布衣服。

〔九〕漂灑:飄蕩,飛灑。紛紜:多,密集。

〔一〇〕容與:從容舒緩貌。《楚辭・屈原〈九歌・湘夫人〉》:“時不可兮驟得,聊逍遥兮容與。”

〔一一〕騖(wù):通“鶩”。疾馳。

〔一二〕宋蘇舜欽《出京後舟中有作》:“後期浩難知,高吟但悲灑。”浩:遠、久。

〔一三〕周旋:交際往來。唐元稹《李光顔加階制》:“叱吒則風雲迴合,開宴則樽俎周旋。”樽俎:古代盛酒食的器皿。樽以盛酒,俎以盛肉。此指宴席。

〔一四〕邂逅:不期而遇。參《雪中會孫洙舍人飲王氏西堂戲成三絶》之二注〔二〕。

〔一五〕餘趣:餘興;餘味。

〔一六〕屢:多次,常常。謂多趣故當屢游。

〔一七〕賤仕:地位卑下的官職。程期:期限。參《次韻子瞻見寄》注〔二〇〕。

〔一八〕譴怒:猶譴責。語出《詩・小雅・小明》:“念彼共人,睠睠懷顧,豈不懷歸？畏此譴怒!”宋朱熹集傳:“譴怒,罪責也。”按,此與上句謂自己將赴南京應天府。

〔一九〕輕舸(gě):輕便的小船。唐駱賓王《晚泊河曲》:“通波竹箭水,輕舸木蘭橈。”具:備辦。

〔二〇〕唐柳宗元《田家三首》之三:“古道饒蒺藜,縈迴古城曲。”

〔二一〕蒼莽：廣闊無邊的樣子。按，這裏指水勢浩大。

〔二二〕懸知：料想，預知。

〔二三〕極言俸禄之微。唐孫郃《哭方玄英先生》："官無一寸禄，名傳千萬里。"

同子瞻泛汴泗得漁酒二詠〔一〕

其一

江湖性終在〔二〕，平地難久居。淥水雨新漲〔三〕，扁舟意自如〔四〕。
河身縈疋素〔五〕，洪口轉千車〔六〕。願言棄城市〔七〕，長竿夜獨漁。

【箋注】

〔一〕作於熙寧十年（一〇七七）七月。汴泗：當指汴渠。自今河南省滎陽縣東北接黄河，東南經今開封市南、民權縣與商丘市北，復東南經今安徽省碭山縣、蕭縣北，至江蘇省徐州市北入泗水，爲中原通往東南沿海地區的重要水運幹道。得魚酒：當是蘇轍與蘇軾遊玩中分韻，蘇轍得到了六魚韻中的"魚"字和二十五有韻中的"酒"字，即以此二字所屬的韻賦詩。《三蘇年譜》謂"《蘇軾詩集》未見軾詩，蓋已久佚。"按，蘇軾有《與梁先舒焕泛舟得臨釀字二首》，亦爲熙寧十年六月泛舟汴泗時所作，未知是否即爲此次同遊時分韻所作。

〔二〕謂自己秉性恬淡疏放。

〔三〕唐白居易《宿池上》："異夕期新漲，携琴卻此遊。"

〔四〕自如：猶自若。自適，很舒心。

〔五〕北魏酈道元《水經注・澮水》："青崖若黛，素湍如委練。"

〔六〕謂大雨過後，溪流等新漲的洪水注入汴泗之中的聲響很大如千車奔馳。

〔七〕南朝梁劉峻《始居山營室詩》："嘯歌棄城市，歸來事耕織。"願言：思念殷切貌。《詩・衛風・伯兮》："願言思伯，甘心首疾。"鄭箋："願，念也。我念思伯，心不能已。"言，語氣詞。

其二

懶思久廢詩,病腸不堪酒〔一〕。强顔水石間〔二〕,濫蹟賓主後〔三〕。不知白浪翻〔四〕,但怪青山走。莫隨使車塵,豈畏嚴城斗〔五〕。

【箋注】

〔一〕病腸:腸胃疾病。唐僧澹交《病後作》:"病腸猶可洗,瘦骨不禁寒。"

〔二〕强顔:厚顔;忍辱。唐柳宗元《王氏伯仲唱和詩序》:"操斧於班、郢之門,斯强顔耳。"

〔三〕濫蹟:猶濫竽充數。唐崔泰之《同光禄弟冬日述懷》:"功名守留省,濫跡在文昌。"

〔四〕唐李白《遊泰山六首》之四:"銀臺出倒景,白浪翻長鯨。"蘇軾《潤州甘露寺彈筝》:"江妃出聽霧雨愁,白浪翻空動浮玉。"

〔五〕"莫隨"二句:謂到了傍晚就隨長官的車入城,不必擔心城門宵禁。使車:節使之車。時顔復爲彭城令,故云。嚴城:戒備森嚴之城。南朝梁何遜《臨行公車》:"禁門儼猶閉,嚴城方警夜。"斗:刁斗。古代行軍用具。斗形有柄,銅質;白天用作炊具,晚上擊以巡更。此以指代宵禁時打更所用之物。

附録 蘇軾《與梁先舒焕泛舟得臨釀字二首》

其一

彭城古戰國,孤客倦登臨。汴泗交流處,清潭百丈深。故人輕千里,足繭來相尋。何以娱佳客,潭水洗君心。

其二

老守厭簿書,先生罷函丈。風流魏晉間,談笑羲皇上。河洪忽已過,水色緑可釀。君毋輕此樂,此樂清且放。

明日復賦〔一〕

放舟城西南〔二〕,卻向東南泊。朝來雨新霽〔三〕,白水浸城腳〔四〕。

古汴多流苴〔五〕，清泗亦浮沫〔六〕。平吞百澗暴〔七〕，滅盡三洪惡〔八〕。遊人不勝喜，水族知當樂〔九〕。舟行野鳧亂，網盡修鱗躍〔一〇〕。香醪溜白蟻〔一一〕，鱠縷填花萼〔一二〕。人生適意少〔一三〕，一醉皆應諾〔一四〕。同遊非偶然，後會未前約〔一五〕。簡書尚見寬〔一六〕，行日爲公卻〔一七〕。

【箋注】

〔一〕作於前作之次日。

〔二〕放舟：縱舟；順水行船。唐杜甫《放船》："直愁騎馬滑，故作放舟迴。"

〔三〕新霽：雨後初晴。戰國楚宋玉《高唐賦》："遇天雨之新霽兮，觀百谷之俱集。"

〔四〕白水：清澈的河水。唐李白《送友人》："青山横北郭，白水遶東城。"

〔五〕古汴：古汴溝。汴渠有二：一曰古汴，自河北舊鄭州、開封、歸德北境，流經江蘇省舊徐州，會泗水入於淮，此即《水經注》所言之汴獲二水河道，而今之廢黄河是也。一曰新汴，自開封東南行，經陳留、商丘，歷安徽宿縣、靈璧，於泗縣入淮，此即隋朝所開之通濟渠，唐改稱廣濟渠，宋仍爲南北交通要樞。流苴（chá）：漂浮的枯草。《詩・大雅・召旻》："草不潰茂，如彼棲苴。"毛傳："苴，水中浮草也。"

〔六〕浮沫：漂浮的泡沫。北魏酈道元《水經注・河水》引魏徐幹《齊都賦》："驚波沛厲，浮沫揚奔。"

〔七〕平吞：全吞，一口吞没。宋梅堯臣《望海樓》："平吞江作練，遠瀉河如帶。"

〔八〕三洪：與前"百澗"互文。指注入汴泗的各支流上的洪水。惡：指洪水中漂浮的各種沖刷物。

〔九〕水族：水生動物的統稱。

〔一〇〕修鱗：大魚。修，長。

〔一一〕香醪：美酒。溜：滑動。白蟻：酒面漂浮的白色泡沫。

〔一二〕膾縷謂將魚切成絲，鋪在花上。極言飲食之精美。明陳耀文《天中記・膾》："魚鱠：吴中以魚作膾，菰菜爲美。魚白如玉，菜黄若金，稱爲金耕玉膾，一時珍食。吴昭德善造鱸，時人嘲之曰：'鱠若值吴，縷細花鋪。若非遇吴，費醋及葫。’江東呼蒜爲葫。東坡云：吴興庖人斫鱸鱠，亦足一笑，鄉土以此爲盛饌。製時鋪成花草鸞鳳，或詩句詞章，務臻其妙，造虀亦甚得法。謂之金虀玉膾。”

〔一三〕適意：稱心如意。參《送劉道原學士歸南康》注〔五〕。

〔一四〕謂一旦醉倒什麽都可以無所謂了。應諾：答應，允諾。

〔一五〕前約：事前的約定。

〔一六〕謂赴南京時日尚寬。簡書：本謂文書，此謂時限。參《寄孫朴》注〔五〕。寬：寬裕。

〔一七〕謂下次出行時將再次前來。卻：返回；回來。

贈吴子野道人〔一〕

食無酒肉腹亦飽〔二〕，室無妻妾身自好〔三〕。世間深重未肯回〔四〕，達士清虚輒先了〔五〕。眼看鴻鵠薄雲漢〔六〕，長笑駑駘安棧皁〔七〕。腹中夜氣何郁郁〔八〕，海底朝陽常杲杲〔九〕。一廛不顧舊山①深〔一〇〕，萬里來看故人老。空車獨載王陽橐〔一一〕，遠遊屢食安期棗〔一二〕。東州相逢真邂逅〔一三〕，南國思歸又驚矯〔一四〕。道成若見王方平，背癢莫念麻姑爪〔一五〕。

【校記】

①山：叢刊本作“出”，誤。

【箋注】

〔一〕作於熙寧十年（一〇七七）七月。蘇軾《答吴子野》之一：“濟南境上爲别，便至今矣。”《校注》繫於元豐四年。由此知吴復古未來徐州，蘇轍詩乃寄贈與吴。吴子野（一〇〇四——一〇一）：名復古，字子野，號遠遊先生、麻田山人，潮州揭陽顯人（今廣東揭陽市）。隱居不仕，築庵麻田山中，後出家。元符三年十一月，卒於送軾北歸途中。道人：佛道二教門徒皆可稱道人。蘇軾有《吴子野絶粒不睡過作詩戲之芝上人陸道士皆和予亦次其韻》，則吴似爲道士。

〔二〕蘇軾《於潛僧緑筠軒》：“可使食無肉，不可使居無竹。”

〔三〕《太平御覽·人事部·壽老》引東漢應璩詩:“昔有行道人,陌上見三叟。年各百餘歲,相與鋤禾莠。住車問三叟,何以得此壽?上叟前置辭,室内姬麄醜。中叟前置辭,量腹節所受。”此當是吴時已熱衷養身長生之術。

〔四〕《首楞嚴經》卷一:“佛告阿難:汝我同氣,情均天倫。當初發心,於我法中,見何勝相,頓舍世間深重恩愛?”此當指吴捨棄妻孥出家事。

〔五〕達士:達觀之人。清虚:(崇尚)清净,虚無。了:了悟。

〔六〕《史記·留侯世家》:“上曰:‘爲我楚舞,吾爲若楚歌。’歌曰:‘鴻鵠高飛,一舉千里。羽翮已就,横絶四海。’”

〔七〕駑駘(tái):劣馬。《楚辭·宋玉〈九辯〉》:“卻騏驥而不乘兮,策駑駘而取路。”參《次韻子瞻與蘇世美同年夜飲》注〔三〕。

〔八〕謂腹中夜氣充盈。即道家養身行氣之法。按,蘇轍亦頗行運氣之法。蘇軾《與王定國書》:“子由昨來陳相别,面色殊清潤,目光炯然,夜中行氣,臍腹間隆隆如雷聲。”郁郁:盛貌。

〔九〕謂腹中真氣如初升的太陽那樣蒸蒸日上。杲杲(gǎo):明亮貌。《詩·衛風·伯兮》:“其雨其雨,杲杲出日。”

〔一〇〕《漢書·揚雄傳》:“揚雄字子雲,蜀郡成都人,……有田一廛,有宅一區,世世以農桑爲業。”一廛:古時一夫所居之地。《周禮·地官·遂人》:“上地,夫一廛,田百畮,萊百畮。”清孫詒讓正義:“古制田百畮而中有廛,因謂百畮之地爲一廛。”

〔一一〕《漢書·王吉傳》:“王吉字子陽,琅邪皋虞人也。……自吉至崇,世名清廉,然材器名稱稍不能及父,而禄位彌隆。皆好車馬衣服,其自奉養極爲鮮明,而亡金銀錦繡之物。及遷徙去處,所載不過囊衣,不畜積餘財。去位家居,亦布衣疏食。天下服其廉而怪其奢,故俗傳王陽能作黄金。”唐顔師古注:“有底曰囊,無底曰橐。”

〔一二〕《史記·孝武本紀》:“少君言于上曰:……臣嘗游海上見安期生,食巨棗,大如瓜。安期生仙者,通蓬萊中,合則見人,不合則隱。”遠遊:《楚辭》有《遠遊》,述作者思與仙人遊歷天地事。

〔一三〕指熙寧六年十二月,蘇轍爲李師中所招,任齊州掌書記時與吴會晤事。東州:齊州。

〔一四〕謂自己在思歸之時又驚異於吴欲修仙。宋楊億《陳小著從易知邵武軍》:“北堂送喜應占鵲,南國思歸不爲鱸。”矯:飛。《文選·孫綽〈游天台山賦〉》:“哂夏蟲之疑冰,整輕翮而思矯。”唐李善注引《方言》:“矯,飛也。”

〔一五〕“道成”二句:戲言吴不能心生妄念。王方平及麻姑事見《留題仙都觀》注〔三〕。

李邦直出巡青州余不久將赴南都比歸不及見矣作詩贈别〔一〕

東道初來託故人〔二〕,南樓頻上泗河漘〔三〕。江山尚有留人意〔四〕,樽俎寧當厭客貧〔五〕。顧我及秋行不久〔六〕,問君觸熱去何因〔七〕?西歸涼冷霜風後,濁酒清詩誰與親〔八〕。

【箋注】

〔一〕作於熙寧十年(一〇七七)七月。“顧我及秋行不久,問君觸熱去何因?西歸涼冷霜風後,濁酒清詩誰與親?”知已入秋。比:等到。南都:指南京。參《送張公安道南都留臺》注〔一〕。

〔二〕叙隨兄蘇軾由汴來徐事。託:依託、藉助。

〔三〕南樓:見《李邦直見邀終日對卧南城亭上》注〔一〕。漘(chún):水邊。《詩·魏風·伐檀》:“坎坎伐輪兮,寘之河之漘兮。”毛傳:“漘,厓也。”

〔四〕北齊庾信《枯樹賦》:“小山則叢桂留人,扶風則長松繫馬。”宋宋祁《春宴行樂家園》:“陽暉自有留人意,銜照高樓未遽西。”

〔五〕寧當:難道。當,後綴,無義。厭:厭棄,憎惡。

〔六〕謂自己不久亦將於秋天離徐。

〔七〕蘇軾《送顔復兼寄王鞏》:“胡爲一朝舍我去,輕衫觸熱行千里。”觸熱:冒著炎熱。

〔八〕謂後會難期。清詩:清新雅致的詩篇。唐杜甫《解悶》之六:“復憶襄陽孟浩然,清詩句句盡堪傳。”

送顏復赴闕〔一〕

簞瓢未改安貧性〔二〕，鳧繹猶傳直道餘〔三〕。不見失官愁慼慼〔四〕，但聞高卧起徐徐〔五〕。居中舊厭軍容講〔六〕，補外仍遭城旦書〔七〕。此去將身置何許，秋風未免憶鱸魚〔八〕。

【箋注】

〔一〕作於熙寧十年（一〇七七）七月。顏復：見《雨中陪子瞻同顏復長官送梁燾學士舟行歸汶上》注〔一〕。赴闕：入朝。按，復時爲彭城令。

〔二〕謂顏安貧樂道如顏回。《論語・雍也》："子曰：'賢哉回也！一簞食，一瓢飲，在陋巷，人不堪其憂，回也不改其樂，賢哉回也！'"

〔三〕蘇軾《送顏復兼寄王鞏》施元之注曰："顏復字長道，魯人。父名太初，字醇之，先師兖公四十七世孫，號鳧繹先生，東坡爲叙其文。嘉祐中訪遺逸，京東以長道應詔。試者二十二人，復爲第一，賜進士出身。元祐初，入爲太常博士，寖遷二史，經筵西掖，以病改待制，未拜而卒。""鳧繹"出自《詩・魯頌・閟宫》："保有鳧繹。"毛傳："鳧，山也。繹，山也。"因皆爲魯山，故太初以此爲號。直道：忠貞正直之道。《論語》屢見。如《論語・衛靈公》："子曰：'吾之於人也，誰毀誰譽？如有所譽者，其有所試矣。斯民也，三代之所以直道而行也。'"又《微子》："柳下惠爲士師，三黜。人曰：'子未可以去乎？'曰：'直道而事人，焉往而不三黜？枉道而事人，何必去父母之邦？'"回爲魯人，故云。

〔四〕戚戚：憂懼貌。《論語・述而》："君子坦蕩蕩，小人長戚戚。"三國魏何晏集解引漢鄭玄曰："長戚戚，多憂懼。"

〔五〕《莊子・應帝王》："泰氏其卧徐徐，其覺于于。"唐陸德明釋文引司馬彪云："徐徐，安穩貌。"唐成玄英疏："徐徐，寬緩之貌。"高卧：安卧。徐徐：緩慢貌。

〔六〕謂任國子監直講期間爲武學講授很不適應。居中：在朝中（任職）。軍容：指武學。北宋武學置於慶曆三年，阮逸爲武學論。後省去，熙寧五年復置，選知兵書者判武學，置直講，如國子監。參《宋史・職官志五》、宋章如愚

《羣書考索後集》卷二十九、清顧炎武《日知録·武學》。按,此與下句皆謂顏才非其用。

〔七〕謂外任卻又要審案判刑。補外:由京官調任外官。城旦書:語本《史記·轅固生傳》:"竇太后好老子書,召轅固生問老子書,固曰:'此是家人言耳。'太后怒曰:'安得司空城旦書乎?'"南朝宋裴駰集解:"徐廣曰:'司空,主刑徒之官也。'《漢書音義》曰:'道家以儒法爲急,比之於律令。'"按,古時縣令要審案判案,復時爲彭城令,故云。

〔八〕謂顏當懷念故鄉。憶鱸魚:見《送劉道原學士歸南康》注〔五〕。

附録　蘇軾《送顏復兼寄王鞏》

彭城居官冷如水,誰從我遊顏氏子。我衰且病君亦窮,衰窮相守正其理。胡爲一朝捨我去,輕衫觸熱行千里。問君無乃求之與,答我不然聊爾耳。京師萬事日日新,故人如故今有幾。君知牛行相君宅,扣門但覓王居士。清詩草聖俱入妙,别後寄我書連紙。苦恨相思不相見,約我重陽嗅霜蕊。君歸可喚與俱來,未應指目妨進擬。太一老仙閑不出,張安道爲中太一宫使,鞏即安道壻也。踵門問道今時矣。因行過我路幾何,願君推挽加鞭箠。吾儕一醉豈易得,買羊釀酒從今始。

王詵都尉寶繪堂詞〔一〕

侯家玉食繡羅裳〔二〕,彈絲吹竹喧洞房〔三〕。哀歌妙舞奉清觴,白日一醉萬事忘〔四〕。百年將種存慨慷〔五〕,西取庸蜀踐戎羌〔六〕。戰袍賜錦盤鵰章〔七〕,寶刀玉玦餘風霜〔八〕。天孫渡河夜未央〔九〕,功臣子孫白且長〔一〇〕。朱門甲第臨康莊〔一一〕,生長介胄羞膏粱〔一二〕。四方賓客坐華堂,何用爲樂非笙簧〔一三〕。錦囊犀軸堆象牀〔一四〕,竿叉連幅翻雲光〔一五〕。手披横素風飛揚〔一六〕,長林巨石插雕梁〔一七〕。清江白浪吹粉牆〔一八〕,異花没骨朝露香〔一九〕。原注:徐熙畫花〔二〇〕,落筆縱横。其子崇嗣①變格以五色染就,不見筆跡,謂之没骨。蜀趙昌蓋用此法耳〔二一〕。摯禽猛獸舌齶張，騰踏騕褭聯驌驦〔二二〕。噴振風雨馳平岡〔二三〕，前數顧陸後吴王〔二四〕。老成雖喪存典常〔二五〕，坐客不識視茫洋〔二六〕。騏驎飛煙郁芬芳〔二七〕，卷舒終日未用忙〔二八〕。遊意淡泊心清涼，屬目俊麗神激昂〔二九〕。君不見伯孫孟孫俱猖狂，干時與事神弗臧〔三〇〕。

【校記】

①崇嗣：原本、宋建本作"其子嗣"，宋董逌《廣川畫跋·書没骨花圖》、宋孫紹遠《聲畫集》卷六均作"其子崇嗣"，因據正。

【箋注】

〔一〕作於熙寧十年(一〇七七)七月二十二日後。蘇軾有《寶繪堂紀》，文末落款爲"熙寧十年七月二十二日記"。由是知軾兄弟同時應王詵之邀一作記一作詞。王詵：字晉卿，其先太原(山西太原)人，開國功臣王全斌裔孫，祖凱徙家開封。詵尚英宗女蜀國長公主，官拜左衛將軍、駙馬都尉，爲利州防禦使。元豐二年，以與蘇軾、黄庭堅、米芾等爲友，坐黨籍被貶謫均州。後赦還。元祐初官至定州觀察使，封開國公。卒謚榮安。詵能詩善書畫，風流藴藉，爲人稱道。其畫有《烟江疊嶂圖》、《房相宿因圖》及《山陰陳迹》、《雪溪乘興》、《四明狂客》、《西塞風雨圖》等傳於世。

〔二〕謂王本爲貴族子弟。玉食：美食。《書·洪範》："惟辟作福，惟辟作威，惟辟玉食。"孔傳："言惟君得專威福，爲美食。"繡羅裳：錦繡絲羅製作的衣裙，言精美。唐杜甫《麗人行》："肌理細膩骨肉匀，繡羅衣裳照暮春。"

〔三〕謂備盡聲色之樂。彈絲吹竹：彈奏各種樂器。宋柳開《宋故中大夫行監察御史贈秘書少監柳公墓誌銘》："彈絲吹竹，身衣罔覆。"洞房：幽深的内室。南朝梁謝舉《奉和湘東王教班婕好》："寂寂長信晚，雀聲喧洞房。"

〔四〕"哀歌"二句：宋梅堯臣《殘菊》："深叢隱孤秀，猶得奉清觴。"唐白居易《閑坐》："百年慵裏過，萬事醉中休。"哀歌：美妙的歌聲。清觴：美酒。

〔五〕謂王本是將門後代。王詵爲五代末北宋初大將王全斌之後。全斌曾參加平定李筠叛亂、攻北漢、滅後蜀之戰，開寶九年(九七六)去世，至此正好百年。參《宋史》本傳。將種：謂將門的後代。《史記·齊悼惠王世家》："臣，將種也，請得以軍法行酒。"《晉書·后妃傳上·胡貴嬪》："芳對曰：'北伐公孫，西距諸葛，非將種而何？'"慨慷：感慨。三國魏曹操《短歌行》："慨當以慷，憂思難忘。"

〔六〕指乾德二年（九六四），宋太祖任命王全斌爲西川行營前軍兵馬都部署出鳳州道，伐蜀事。庸蜀：本方國名。《書·泰誓》："王曰：嗟我友邦冢君、御事、司徒、司馬、司空、亞旅、師氏、千夫長、百夫長及庸蜀羌髳微盧彭濮人。"唐孔穎達疏："此八國皆西南夷也。"此指後蜀。

〔七〕《宋史·王全斌傳》："全斌之入蜀也，適屬冬暮，京城大雪，太祖設氈帷於講武殿，衣紫貂裘帽以視事，忽謂左右曰：'我被服若此，體尚覺寒，念西征將衝犯霜雪，何以堪處？'即解裘帽，遣中黄門馳賜全斌，仍諭諸將，以不徧及也。全斌拜賜感泣。"鵰章：指錦袍上繡著鵰的花紋。

〔八〕寶刀玉玦：皆爲祖上因戰功所賜之物。餘：積留。

〔九〕天孫：織女星的别稱。《史記·天官書》："婺女，其北織女。織女，天女孫也。"唐司馬貞索隱："織女，天孫也。"天孫渡河：指七夕。夜未央：没到夜半。《詩·小雅·庭燎》："夜如何其，夜未央。"宋朱熹集傳："央，中也。"三國魏曹丕《燕歌行》："明月皎皎照我床，星漢西流夜未央。牽牛織女遥相望，爾獨何辜限河梁。"

〔一〇〕謂王容貌出衆，氣宇軒昂。蘇軾《武昌銅劍歌》："君不見淩煙功臣長九尺，腰間玉具高拄頤。"

〔一一〕謂王宅堂皇富麗。晉張華《輕薄篇》："甲第面長街，朱門赫嵯峨。"甲第：見《次韻子瞻題長安王氏中隱堂五首》之一注〔三〕。康莊：四通八達的大道。

〔一二〕謂王爲將門之後，無富家子弟的驕縱之氣。介冑：鎧甲和頭盔。膏粱：肥美的食物。《國語·晉語七》："夫膏粱之性難正也。"三國吴韋昭注："膏，肉之肥者；粱，食之精者。言食肥美者，率多驕放，其性難正也。"

〔一三〕何用：以何；用什麽。《漢書·武五子傳》："王（廣陵王）自歌曰：'……何用爲樂心所喜，出入無悰爲樂亟。'"笙簧：指笙。這裏指音樂。非笙簧：謂不是音樂歌舞之類，而是大家聚集在一起欣賞畫卷。

〔一四〕錦囊：織錦做的裝畫的袋子。犀軸：犀角做的畫軸。象牀：象牙裝飾的牀。皆言其精美。

〔一五〕竿叉:挑畫的叉竿。飜:飛。雲光:言畫作之精美。

〔一六〕披:打開。橫素:繪製於絹帛上的橫幅畫作。

〔一七〕謂畫作栩栩如生,掛於屋梁的立軸上所畫的長林巨石,仿佛突兀於屋中一樣。

〔一八〕謂掛於粉牆之山水畫,如水奔湧而出。粉牆:白粉塗抹的牆。唐白居易《山石榴花十二韻》:"照灼連朱檻,玲瓏映粉牆。"

〔一九〕指王詵所收唐徐崇嗣畫《没骨花圖》。宋董逌《廣川畫跋·書没骨花圖》:"沈存中言:徐熙之子崇嗣創造新意畫,花不墨圈,直疊色漬染,當時號没骨花,以傾黄居寀父子。余嘗見駙馬都尉王詵所收徐崇嗣《没骨花圖》,其花則草芍藥也。自其破萼、散葉、蓓蕾、露蘂,以至離披格側,皆寫其花,始終盛衰如此。其他見崇嗣畫花不一,皆不名没骨花也。唐鄭虔著《胡本草記》:芍藥一名没骨花。今王晉卿所收獨名没骨。然則存中所論,豈因此圖而得之邪?"

〔二〇〕徐熙:南唐江寧(在今江蘇南京市南)人。世爲江南士族,識度閑雅,性情高放,善畫花竹樹木草蟲之類,花果尤佳。宫中掛設畫圖,皆熙所爲,謂之鋪殿花,又謂裝堂花。宋太宗嘗曰:"花果之妙,吾獨知有熙。"

〔二一〕趙昌:字昌之,宋廣漢(今四川廣漢市)人。擅畫花果,多作折枝花,兼工草蟲。其畫師法滕昌祐,亦效徐崇嗣"没骨"法。自號"寫生趙昌"。所作精於暈染,明潤勻薄,特工敷彩,色若堆起,惟筆跡較爲柔弱。大中祥符間,名重於時。

〔二二〕"摯禽"二句:謂畫中田獵場景栩栩如生。摯:通"鷙"。兇猛。舌齶張:謂畫中野獸張口兇猛的樣子。騰踏:奔騰。騕褭(yǎo niǎo):古駿馬名。參《次韻子瞻減降諸縣囚徒事畢登覽》注〔三〇〕。驌驦(sù shuāng):古駿馬名。《後漢書·馬融傳》:"登于疏鏤之金路,六驌驦之玄龍。"唐李賢注:"驌驦,馬名。《左傳》云,唐成公有兩驌驦馬。"

〔二三〕謂馬鼻中噴吐的氣體如刮風下雨。噴振:謂禽獸鼓鼻噴氣,振發。形容氣勢雄猛。

〔二四〕顧陸:東晉顧愷之與南朝宋陸探微,均以善畫著稱於世。顧愷之(約三四六—四〇七),字長康,小字虎頭,晉晉陵無錫(今江蘇無錫市)人。博學有才氣，桓温引爲大司馬參軍，甚見親昵。好諧謔，善丹青，圖寫特妙，謝安以爲有蒼生來所無。每畫人成，或數年不點目睛，曰："傳神寫照，正在阿堵中。"時傳顧愷之有三絶：才絶、畫絶、癡絶。《晉書》有傳。陸探微，南朝宋吴(今江蘇蘇州市)人。善畫人物肖像、飛禽走獸、佛教圖像等，宋明帝時常在侍從，多爲宫廷貴族寫照。其畫風師法顧愷之而又有創新，謝赫稱其繪畫能"窮理盡性，事絶言象，包前孕後，古今獨立"，將其列爲《畫品》中的第一品第一人，推崇備至，並説："畫有六法，罕能盡該，而自古及今，各善一節，……惟陸探微，衛協備該之矣。"後世與顧愷之並稱"顧陸"。吴王：唐代吴道子和王維。吴道子，見《吴道子畫四真君》注〔一〕。王維嘗隱居藍田輞川，悠遊吟詠。作《輞川圖》，盡其山谷鬱鬱，曲徑盤盤，雲水飛動之狀(見唐朱景玄《唐朝名畫録》)。參《王維吴道子畫》注〔一〕。

〔二五〕語本《詩·大雅·蕩》："雖無老成人，尚有典刑。"

〔二六〕茫洋：迷茫貌。

〔二七〕謂畫中駿馬奔馳騰起陣陣煙霧。騏驎：良馬。飛煙：飄動的煙霧。

〔二八〕謂王終日潛心於畫作之中。卷舒：打開或收納(畫作)。

〔二九〕"遊意"二句：此對王有所規勸。謂心思閑淡則清静而沉迷聲色則狂亂。《老子》第十二章："五色令人目盲，五音令人耳聾，五味令人口爽，馳騁畋獵令人心發狂，難得之貨令人行妨。"遊意：留意。淡泊：閑淡，不熱衷。清涼：清静。蘇軾《乘舟過賈收水閣收不在見其子》詩之二："樂哉無一事，何處不清涼。"俊麗：俊逸華麗(之物)。此謂寶繪堂中的書畫。

〔三〇〕"君不見"二句：引春秋時魯國伯孫孟孫事諷誡王詵行事當内斂謹慎。伯孫孟孫：指春秋時魯國大夫孟孫(仲孫)、叔孫、季孫，他們都是魯桓公的後代，故稱"三桓"。文公死後，三桓勢力日强，實際掌握了魯國的政權。但隨著魯國的滅亡，其子孫後世逐漸没落。故蘇轍言"神弗臧"。臧(zāng)：善。《史記·鄭世家》："日操干戈，以相征伐，后帝弗臧。"南朝宋裴駰集解："賈逵曰：臧，善也。"

逍遥堂會宿二首并引〔一〕

轍幼從子瞻讀書〔二〕，未嘗一日相舍。既壯，將遊宦四方〔三〕，讀韋蘇州詩，至"安知風雨夜，復此對床眠"〔四〕，惻然感之，乃相約早退〔五〕，爲閑居之樂。故子瞻始爲鳳翔幕府〔六〕，留詩爲别曰："夜雨何時聽蕭瑟"〔七〕。其後子瞻通守餘杭〔八〕，復移守膠西〔九〕。而轍滯留於淮陽、濟南〔一〇〕，不見者七年。熙寧十年二月，始復會於澶濮之間，相從來徐，留百餘日〔一一〕。時宿於逍遥堂，追感前約，爲二小詩記之。

其一

逍遥堂後千尋木〔一二〕，長送中宵風雨聲。誤喜對床尋舊約。不知漂泊在彭城〔一三〕。

【箋注】

〔一〕作於熙寧十年（一〇七七）七月二十二日後。逍遥堂：在彭城。

〔二〕蘇轍《祭亡兄端明文》："嗚呼！手足之愛，平生一人。幼學無師，受業先君。兄敏我愚，賴以有聞。寒暑相從，逮壯而分。"

〔三〕遊宦：見《次韻子瞻渼陂魚》注〔四〕。

〔四〕韋蘇州：指韋應物（七三七—約七九二）。唐長安（今陝西西安市）人，以田園詩擅名。玄宗時，曾在宫廷中任三衛郎，建中初拜比部員外郎，遷左司郎中，貞元中出任蘇州刺史。後世稱韋蘇州。韋詩見《示全真元常》："寧知風雪夜，復此對牀眠。"

〔五〕早退：提前退隱。蘇軾《和劉長安題薛周逸老亭周善飲酒未七十而致仕》："近聞薛公子，早退驚常流。"

〔六〕事在嘉祐六年十二月，蘇轍《潁濱遺老傳》："是時先君被命修禮書，而兄子瞻出簽書鳳翔判官，傍無侍子，轍乃奏乞養親三年。"

〔七〕見蘇軾《辛丑十一月十九日既與子由别於鄭州西門之外馬上賦詩一篇寄之》："寒燈相對記疇昔，夜雨何時聽蕭瑟。"自注："嘗有夜雨對牀之言，故云爾。"

〔八〕事在熙寧四年六月，蘇軾除杭州通判。

〔九〕膠西：本漢郡（國）名，治所在今山東高密。此指熙寧七年，蘇軾移除密州事。蘇轍《超然臺賦》："子瞻既通守餘杭，三年不得代，以轍之在濟南也，求爲東州守,既得,請高密。”

〔一〇〕時轍任陳州教授、齊州掌書記。齊州:宋屬京東路。治歷城(在今濟南市歷城區)。參《自陳適齊戲題》注〔一〕。

〔一一〕熙寧十年二月,蘇軾改知徐州,蘇轍自京師迎軾,會軾于澶濮之間。澶(chán)濮:指濮陽一帶。澶,澶淵。古湖泊名,又名繁汙、繁淵。故址在今河南濮陽市西。濮,濮陽。

〔一二〕千尋木:極言樹木之高大。古以八尺爲一尋。唐宋之問《龍門應制》:“層巒舊長千尋木,遠壑初飛百丈泉。”

〔一三〕“誤喜”二句:謂聞風雨而思舊約,然而弟兄兩地離分。

其二

秋來東閣涼如水〔一〕,客去山公醉似泥〔二〕。困卧北窻呼不起〔三〕,風吹松竹雨淒淒〔四〕。

【箋注】

〔一〕唐杜牧《秋夕》:“天階夜色涼如水,坐看牽牛織女星。”

〔二〕唐李白《襄陽歌》:“傍人借問笑何事,笑殺山公醉似泥。”山公:指晉山簡。見《寒食贈遊壓沙諸君》注〔一四〕。

〔三〕見《六月十三日病起走筆寄仇池》注〔一五〕。

〔四〕淒淒:寒涼貌。《詩·鄭風·風雨》:“風雨淒淒,雞鳴喈喈。”

附録　蘇軾《子由將赴南都與余會宿於逍遥堂作兩絶句讀之殆不可爲懷因和其詩以自解余觀子由自少曠達天資近道又得至人養生長年之訣而余亦竊聞其一二以爲今者宦遊相别之日淺而異時退休相從之日長既以自解且以慰子由云》

其一

别期漸近不堪聞,風雨蕭蕭已斷魂。猶勝相逢不相識,形容變盡語音存。

其二

但令朱雀長金花，此別還同一轉車。五百年間誰復在？會看銅狄兩咨嗟。

次韻子瞻留題石經院三首〔一〕

其一

岧嶤山上寺〔二〕，近在古城中。苦恨河流遠，長教目力窮〔三〕。

【箋注】

〔一〕作於熙寧十年（一〇七七）八月四日。《欒城集》失收，此據《蘇軾文集》卷六十八《記子由詩》補，標題爲注者所擬。石經院，在徐州臺頭寺内。《江南通志》卷三十三："戲馬臺在（徐州）府城南一里，項羽因山築臺，以觀戲馬。晉義熙中，劉裕在彭城九日大會賓僚，賦詩於此，今爲臺頭寺，有故塔在焉。"

〔二〕岧嶤（tiáo yáo）：高遠貌。三國魏曹植《九愁賦》："踐蹊隧之危阻，登岧嶤之高岑。"

〔三〕唐王之涣《登鸛雀樓》："欲窮千里目，更上一層樓。"

其二

盤曲山前路，流年向此消〔一〕。興亡須一弔，范老卧山腰〔二〕。

【箋注】

〔一〕流年：如水般流逝的光陰。南朝宋鮑照《登雲陽九里埭》："宿心不復歸，流年抱衰疾。"

〔二〕"興亡"二句：謂到范增墓憑吊。元陸友仁《研北雜志》卷下："范增墓在徐州城南臺頭寺。"范老：指范增。見《虞姬墓》注〔二〕。

其三

孤絶山南寺〔一〕，僧居無限清〔二〕。不知行道處，空聽暮鐘聲〔三〕。

【箋注】

〔一〕孤絶：孤立，獨絶。喻難以比並。山南：指徐州城南之南山，今稱户部山。

〔二〕蘇軾《新年五首》之三："海國空自煖，春山無限清。"

〔三〕唐孟浩然《晚泊潯陽望香爐峰》："東林精舍近，日暮空聞鐘。"

附録　蘇軾《留題石經院三首》

其一

葱蒨門前路，行穿翠密中。卻來堂上看，巖谷意無窮。

其二

夭矯庭中檜，枯枝鵲踏消。瘦皮纏鶴骨，高頂轉龍腰。

其三

窈窕山頭井，潛通伏澗清。欲知深幾許，聽放轆轤聲。

過張天驥山人郊居〔一〕

南山莫將歸〔二〕，下訪張夫子。黍稷滿秋風〔三〕，蓬麻翳鄰里〔四〕。君年三十八，三十有歸意。躬耕奉慈親〔五〕，未覺鉏耰鄙〔六〕。讀書北窗竹〔七〕，釀酒南園水〔八〕。松菊半成陰〔九〕，日有幽居喜〔一〇〕。客來時借問〔一一〕，問子何年起〔一二〕。新求西溪石，更築茆堂址〔一三〕。但令三歲熟，此計行亦遂〔一四〕。堂成不出門，清名滿朝市〔一五〕。

【箋注】

〔一〕作於熙寧十年(一〇七七)八月四日後。八月四日，軾轍同游臺頭寺石經院。軾作《留題石經院三首》,轍和之。此詩當在游石經院之後。張天驥,字聖塗,號雲龍山人,曾在徐州雲龍山西麓築放鶴亭。山人有二鶴,旦則望山西而放,暮則傃山東而歸,因以爲名。蘇軾曾爲其作《放鶴亭記》。過:拜訪。

〔二〕南山:徐州城西南之雲龍山,因山形蜿蜒如龍,故云。上有石佛,又名石佛山。

〔三〕謂秋風吹拂之下,滿眼皆是黍稷。

〔四〕蓬麻:蓬草和麻。《荀子·勸學》:"蓬生麻中,不扶自直。"翳(yì):遮蔽。

〔五〕躬耕:親身從事農業生産。慈親:慈愛的父親。清查慎行《蘇詩補注》卷十五:"天驥父字希甫,母李氏。本集《題張希甫墓志後》云:余爲徐州,始識張希甫父子。元年之冬,李夫人病没,徐人多言其賢。天驥出其母手書數十紙,記浮屠道家,筆迹不類婦人。是時希甫年七十餘,辟穀導引,飲水百餘日,甚瘠而不衰,目瞳子炯然。余不忍天驥之憂懼,乃告之願以時飲食慰子孫之意。希甫强爲余食,然無復在世意。後二年没,知其夫婦皆超然世外者矣。"

〔六〕鉏耰(chú yōu):鉏和耰。農具名。這裏指從事農業生産。

〔七〕唐李白《潯陽紫極宫感秋作》:"何處聞秋聲,翛翛北窗竹。"

〔八〕南園:泛指園圃。晉張協《雜詩》之八:"借問此何時,胡蝶飛南園。"唐王維《田園樂》:"酌酒會臨泉水,抱琴好倚長松。南園露葵朝折,東谷黄粱夜舂。"

〔九〕陶潛《歸去來兮辭》:"三逕就荒,松菊猶存。"

〔一〇〕幽居:隱居。唐韋應物《幽居》:"獨無外物牽,遂此幽居情。"

〔一一〕借問:猶詢問。唐李白《相逢行》:"夾轂相借問,疑從天上來。"

〔一二〕起:應聘;出仕。《東觀漢記·李業傳》:"公孫述欲徵李業,業固不起。"

〔一三〕茆(máo):同"茅"。

〔一四〕遂:完成。

〔一五〕清名:清雅的名聲。唐李中《獻徐舍人》:"清名喧四海,何止並南金。"

附録　蘇軾《過雲龍山人張天驥》

郊原雨初足,風日清且好。病守亦欣然,肩輿白門道。荒田咽蛩蚓,村巷懸梨棗。下有幽人居,閉門空雀噪。西風高正厲,落葉紛可掃。孤僮卧斜日,病馬放秋草。墟里通有無,垣牆任摧倒。君家本冠蓋,絲竹鬧鄰保。脱身聲利中,道德自濯澡。躬耕抱羸疾,奉養百歲老。詩書膏吻頰,菽水媚翁媪。飢寒天隨子,杞菊自擷芼。慈孝董邵南,雞狗相乳抱。吾生如寄耳,歸計失不早。故山豈敢忘,但恐迫華皓。從君學種秫,斗酒時相勞。

魏佛狸歌〔一〕

魏佛狸,飲泗水〔二〕,黄金甲身鐵馬箠〔三〕。睥睨山川俯畫地〔四〕,畫作西方佛名字〔五〕。卷舒三軍如使指〔六〕,奔馳萬夫鑿山觜〔七〕。雲中孤月妙無比,青蓮湛然俛下視〔八〕。擊鉦卷旆抽行營〔九〕,北徐府中軍吏喜〔一〇〕。度僧築室依雲煙〔一一〕,俯窺城郭衆山底。興亡一瞬五百年,細草荒榛没孤壘〔一二〕。

【箋注】

〔一〕作於熙寧十年(一〇七七)八月四日後。《三蘇年譜》卷二十七:"詩盛贊佛狸之勇武。題雖作佛狸,然無貶之之意。北宋時,有强敵遼、夏,轍之詩,或有感於時。"其説甚是。佛(bì)狸:北魏太武帝拓跋燾小名。燾,後魏明元帝長子。宋文帝元嘉元年立。自將擊柔然,走之。并夏地,滅北燕馮弘。伐北涼,降沮渠牧犍。又降鄯善,通西域。侵宋,攻盱眙不克。燾聰明雄斷,清儉率素,臨敵常與士卒同甘苦,以是所向無前。嚴刑賞,雖大臣犯法,無所寬假。在位二十八年,爲宦官宗愛所弑。參《宋書・索虜傳》。

〔二〕指元嘉二十八年(四五一),拓跋燾南征劉宋事。《資治通鑑・宋紀八・宋太祖元嘉二十八年》:"魏人凡破南兖、徐、兖、豫、青、冀六州,殺傷不可勝計。丁壯者即加斬截,嬰兒貫于槊上,盤舞以爲戲。所過郡縣,赤地無餘,春燕歸巢於林木。"又《宋書·索虜傳》:"燾鑿瓜步山爲盤道,於其頂設氈屋。燾不飲河南水,以駱駝負河北水自隨,一駱駝負三十斗。"

〔三〕謂身披黄金甲。《宋書·索虜傳》:"[燾]壯健有筋力,勇於戰鬭,忍虐好殺,夷宋畏之。攻城臨敵,皆親貫甲冑。"鐵馬箠:鐵製的馬鞭。

〔四〕謂其規劃天下大事。語出《史記·魏其武安侯列傳》:"武安曰:'……不如魏其、灌夫日夜招聚天下豪桀壯士與論議,腹誹而心謗,不仰視天而俯畫地,辟倪兩宫間,幸天下有變而欲有大功。'"

〔五〕指拓跋燾小名與佛陀譯音用字相同。按,兩字實不同音。

〔六〕卷舒:進退。使指:使用手指,喻指揮自如。《漢書·賈誼傳》:"令海内之執,如身之使臂,臂之使指,莫不制從。"唐獨孤及《唐丞相故江陵尹御史大夫吕諲謚議》:"且訓其三軍,如臂使指。"

〔七〕山觜(zuǐ):山嘴。按,此即注〔二〕引"燾鑿瓜步山爲盤道"事。"山觜"是爲押韻而用。

〔八〕"雲中"二句:形容佛貍不可一世的狂傲氣概。孤月:指月亮。因明月獨懸天空,故稱孤月。青蓮:喻佛眼。北周庾信《秦州天水郡麥積崖佛龕銘序》:"從容滿月,照耀青蓮。"清倪璠注:"《維摩經》曰:'目淨修廣如青蓮。'"按,此是因拓跋小字佛貍而牽合調侃。

〔九〕謂拓跋燾撤軍回國。《宋書·索虜傳》:"二十八年正月朔,燾會於山上,並及土人。會竟,掠民户,燒邑屋而去。虜初緣江舉烽火,尹弘曰:'六夷如此必走。'正月二日,果退。"鉦(zhēng):一種古代樂器。行軍時用以節止步伐。《詩·小雅·采芑》"鉦人伐鼓"毛傳:"鉦以静之,鼓以動之。"唐孔穎達疏:"《説文》云:'鉦,鐃也。似鈴,柄中上下通。'然則鉦即鐃也。"旆(pèi):本指旐末狀如燕尾的垂旒,這裏指旌旗。蘇軾《新城道中二首》之二:"散材畏見搜林斧,疲馬思聞卷旆鉦。"

〔一〇〕謂宋軍知道拓跋燾撤軍分外高興。北徐:北徐州。《晉書·地理志下》:"義熙七年,始分淮北爲北徐州,淮南但爲徐州。統彭城、沛、下邳、蘭陵、東莞、東安、琅邪、淮陽、陽平、濟陰、北濟陰十一郡。"按,北徐州自東晉起便爲勁兵所在地,所謂北府兵即指此,故云。東晉建都建康(今江蘇南京市),軍府設在建康之北的廣陵(今江蘇揚州市),故稱軍府曰北府。《世説新語·排調》:"郗司空拜北府。"劉孝標注引《南徐州記》:"舊徐州都督以東爲稱。晉氏南遷,徐州刺史王舒加北中郎將。北府之號,自此起也。"

〔一一〕度僧:指落髮出家成爲正式僧侣。依雲烟:因爲寺院都建立在山上,故云。

〔一二〕"興亡"二句:謂當年的營壘早已不見,只剩下荒原亂草。

雜興二首〔一〕

其一

陋巷丈夫病且貧〔二〕,懸鶉百結聊庇身〔三〕。蠕蠕大蝨長孫子〔四〕,敗繒弊絮開陽春〔五〕。故襦寬博裹肩胜〔六〕,出没逡巡初莫畏〔七〕。一朝换酒入鄰家〔八〕,顧視腰間猶犢鼻〔九〕。入縫循腰還自足〔一〇〕,肌膚轉近尤爲福〔一一〕。咋皮吮血無已時〔一二〕,應待渠家具湯沐〔一三〕。

【箋注】

〔一〕作於熙寧十年(一〇七七)八月四日後。雜興:有感而發,隨事吟詠的詩篇。唐李頎有《雜興》、儲光羲有《田家雜興》等。按,第一首以窮漢蟣虱滿身引發同情,期待將那些吸血的蟣虱消滅掉。第二首抒發壯志難酬的苦悶,詩意脱胎於韓愈《駑驥》。

〔二〕唐白居易《秦中吟·傷友》:"陋巷孤寒士,出門苦恓恓。"又《悲哉行》:"丈夫老且病,焉用富貴爲。"

〔三〕懸鶉:鵪鶉毛斑尾禿,似披敝衣,因以"懸鶉"比喻衣服破爛。《荀子·大略》:"子夏貧,衣若縣鶉。"唐杜甫《贈王二十四侍御契四十韻》:"書成無過雁,衣故有懸鶉。"百結:用碎布綴成的衣服。《北堂書鈔·衣冠部三·衣》:"王隱《晉書》云:董威輦至洛陽,止宿白社中。于市得殘碎繒,輒結以爲衣,號曰百結衣。"北周庾信《擬連珠》:"蓋聞懸鶉百結,知命不憂。"蘇軾《薄薄酒二首》之二:"珠襦玉柙萬人祖送歸北邙,不如懸鶉百結獨坐負朝陽。"庇身:

遮蔽(覆蓋)身子。

〔四〕蠕蠕(rú rú):昆蟲爬動的樣子。長:猶言繁衍。

〔五〕謂棉衣破爛到處是洞而裏面的棉花紛紛裸露出來。開陽春:這是調侃的説法,陽春時百花盛開。

〔六〕故襦(rú):舊短衣;舊短襖。寬博:寬大的衣服。《孟子·公孫丑上》:"不受於褐寬博,亦不受於萬乘之君。"脞:同"髀"。指大腿部分。

〔七〕謂蟣虱四處爬行全不畏人。逡(qūn)巡:猶言大搖大擺的爬行。

〔八〕古詩文多有以物换酒之事,如阮孚以金貂换酒,賀知章以金龜换酒等。

〔九〕犢鼻:犢鼻褌。褲管長至膝蓋的貼身短褲。《漢書·司馬相如傳上》:"相如身自著犢鼻褌。"清王先謙《補注》:"但以蔽前,反繫於後,而無袴襠,即吾楚所稱圍裙是也。"

〔一〇〕謂此貧且病之丈夫因陽春到來,故將破襖拿去换酒,蟣虱只好藏入犢鼻縫隙中來至腰間,并對此感到滿足。

〔一一〕因破襖换酒,只剩下犢鼻,所以蟣虱較之以前更爲貼近肌膚,反而成爲好事。轉:更。

〔一二〕咋(zhā)皮:啃咬皮膚。

〔一三〕謂貧漢身上的蟣虱只有用開水燙煮消滅之。渠家:他家。這是從旁觀者角度而言。按,用開水消滅虱子,古已如此,《淮南子·説林》:"湯沐具,而蟣蝨相弔;大廈成,而燕雀相賀,憂樂别也。"宋俗依然。宋莊助《雞肋編》卷上:"又在劍川,見僧舍凡故衣皆煮於釜中,雖褌袴亦然,虱皆浮於水上。"

其二

朱輪華蓋事遠遊〔一〕,廐無良馬乘疲牛。青絲玉勒金絡頭〔二〕,任重道遠旁人憂〔三〕。奔馳往來歷山丘,騰坑投淖摧轅輈〔四〕。已壓復起行未休,青芻黄粱爲君羞〔五〕。長路漫漫經九州,埸有白駒胡不收〔六〕? 饑食玉山飲河流〔七〕,朝秣幽冀莫炎陬〔八〕。奔雲掣電不少留〔九〕,僕夫顧之心懷愁〔一〇〕。王良不生誰與謀〔一一〕,哀哉駿骨千金酬〔一二〕。

【箋注】

〔一〕朱輪:古代王侯顯貴所乘的車子。因用朱紅漆輪,故稱。《文選·楊惲〈報孫會宗書〉》:"惲家方隆盛時,乘朱輪者十人。"唐李善注:"二千石皆得乘朱輪。"華蓋:帝王或權貴車上的傘蓋。《漢書·王莽傳下》:"莽乃造華蓋九重,高八丈一尺,金瑵羽葆。"

〔二〕極言裝飾之華美。青絲:青色的馬韁繩。玉勒:玉裝飾的馬銜。唐韓翃《送康洗馬歸滑州》:"青絲玉勒康侯馬,孟水金堤滑伯城。"金絡頭:黄金裝飾的馬籠頭。南朝宋鮑照《代結客少年場行》:"驄馬金絡頭,錦帶佩吴鉤。"

〔三〕《論語·泰伯》:"曾子曰:'士不可以不弘毅,任重而道遠。'"

〔四〕謂馬跳過坑窪,馳過泥淖。輈輈(zhōu):即車前駕牲口用的直木。用于大車上的稱轅,用于兵車、田車、乘車上的稱輈。

〔五〕青芻黄粱:新鮮的草料和黄粱米。唐杜甫《入奏行贈西山檢察使竇侍御》:"爲君酤酒滿眼酤,與奴白飯馬青芻。"羞:後來寫作"饈"。

〔六〕《詩·小雅·白駒》:"皎皎白駒,食我場苗。縶之維之,以永今朝。"《詩小序》:"《白駒》,大夫刺宣王也。"鄭箋:"刺其不能留賢也。"蘇轍《詩集傳》:"宣王之世,賢者有不得其志而去者,君子思之,曰:'白駒,人之所願乘也。苟其肯食於我場,我將縶維而留之。今賢者既已仕矣,而莫或留之,何哉?'故於其去也,猶欲其於是逍遥。"

〔七〕韓愈《駑驥》:"饑食玉山禾,渴飲醴泉流。"

〔八〕秣(mò):飼料。這裏用做動詞。《詩·周南·漢廣》:"之子于歸,言秣其馬。"炎陬(zōu):南方炎熱邊遠地區。

〔九〕幽冀爲北方,炎陬爲南方,故非奔雲掣電不能。

〔一〇〕僕夫:駕馭車馬之人。《楚辭·劉向〈九歎·惜賢〉》:"聲嗷嗷以寂寥兮,顧僕夫之憔悴。"

〔一一〕王良:古之善御者。《淮南子·主術訓》:"與馬競走,筋絶而弗能及,上車執轡,則馬死於衡下。故伯樂相之,王良御之,明主乘之,無御相之勞而致千里者,乘於人資以爲羽翼也。"又見《孟子·滕文公下》。

〔一二〕《戰國策·燕策一》:"郭隗先生曰:'臣聞古之君人,有以千金求千里馬者,三年不能得。涓人言於君曰:"請求之。"君遣之三月,得千里馬,馬已死,買其首五百金,反以報君。君大怒曰:"所求者生馬,安事死馬而捐五百金?"涓人對曰:"死馬且買之五百金,況生馬乎?天下必以王爲能市馬,馬今至矣。"於是不能期年,千里之馬至者三。'"

贈致仕王景純寺丞〔一〕

灊山隱君七十四〔二〕,紺瞳緑髮初謝事〔三〕。腹中靈液變丹砂〔四〕,江上幽居連福地〔五〕。彭城爲我住三日,明月滿船同一醉〔六〕。丹書細字口傳訣〔七〕,顧我沉迷真棄耳。年來四十髮蒼蒼〔八〕,始欲求方救憔悴〔九〕。它年若訪灊山居,慎勿逃人改名字〔一〇〕。

【箋注】

〔一〕作於熙寧十年(一〇七七)八月四日後。蘇軾有《贈王仲素寺丞》,下自注:"名景純。"轍詩云"彭城爲我住三日",知作於彭城。按,此詩并見蘇軾集及劉攽《彭城集》卷七。致仕:辭去官職。《公羊傳·宣公元年》:"退而致仕。"東漢何休注:"致仕,還禄位於君。"王景純:名仲素,曾爲太常寺太祝(見《西溪集》卷四《太常寺太祝王景純可大理評事制》)。

〔二〕灊(qián)山:即潛山。《太平寰宇記·淮南道三·舒州》:"潛山在縣西北二十里。其山有三峰:一天柱山,一潛山,一晥山。三山峰巒相去隔越天柱,即同立洞府,九天司命真君所主。魏時左慈居潛山,有鍊丹房、金丹竈基存。唐天寶年中,玄宗夢九天司命真君現于天柱山,置祠宇,有二白鹿現,號曰白鹿洞。洞中有香土,色如金,號香泥洞金,殿基在洞之上也。皇朝就修真君祠。"

〔三〕紺(gàn)瞳:言瞳有異彩。紺,本爲深青透紅之色。《神仙傳·薊子訓》:"子訓謂書生曰:'諸人謂我當有重瞳八采,故欲見我。我亦無所道,我不復往,便爾去矣。'"緑髮:烏黑而有光澤的頭髮。唐李白《古風》之五:"太白何蒼蒼,星辰上森列。去天三百里,邈爾與世絶。中有緑髮翁,披雲卧松雪。"謝事:擯棄世俗之事。

〔四〕宋施元之《施注蘇詩》續補遺卷上:"《太清煉靈丹經》:丹砂外包八石,内含金精。" 參《次韻蔣夔寒夜見過》注〔五〕。

〔五〕福地:道教謂神仙居住的地方,有七十二福地之説。後亦以指道觀。

〔六〕《五燈會元·藥山儼禪師法嗣·秀州華亭船子德誠禪師》:"師有偈曰:'千尺絲綸直下垂,一波纔動萬波隨。夜静水寒魚不食,滿船空載月明歸。'"唐白居易《贈江客》:"愁君獨向沙頭宿,水繞蘆花月滿船。"

〔七〕謂王景純傳以道術。丹書:方士用朱色書寫的符書之類。宋施元之《施注蘇詩》續補遺卷上:"《八素經》:司命著籍,玉簡丹書。編以金縷,纓以素絲。"

〔八〕唐韓愈《祭十二郎文》:"吾年未四十,而視茫茫,而髮蒼蒼,而齒牙動摇。"

〔九〕韓愈《又寄周隨州員外》:"金丹别復知傳得,乞取刀圭救病身。"宋曾鞏《追租》:"卒受鞭捶卻,寧論救憔悴。"

〔一〇〕宋施元之《施注蘇詩》續補遺卷上:"《莊子·讓王篇》:'魯君聞顔闔賢,往聘之,闔鑿壞以遁。'《永嘉郡記》:'張廌隱居頤志,家有苦竹數十頃,廌爲屋居其中。王右軍聞而造之,廌逃避竹中,不與相見。'《後漢書》:'孔嵩變名姓爲傭。'"

附録　蘇軾《贈王仲素寺丞》名景純。

養氣如養兒,棄官如棄泥。人皆笑子拙,事定竟誰迷。歸耕獨患貧,問子何所賫。尺宅足自庇,寸田有餘畦。明珠照短褐,陋室生虹霓。雖無孔方兄,顧有法喜妻。彈琴一長嘯,不答阮與嵇。曹南劉夫子,名與子政齊。家有鴻寶書,不鑄金褭蹏。促膝問道要,遂蒙分刀圭。不忍獨不死,尺書肯見梯。我生本强鄙,少以氣自擠。孤舟倒江河,赤手攬象犀。年來稍自笑,留氣下暖臍。苦恨聞道晚,意象颯已淒。空見孫思邈,區區賦病梨。

劉攽《次韻和蘇子瞻贈王仲素寺丞》

龍虎不受羈,鸞鳳不啄泥。仙人雲濤觀,俗子閭巷迷。念昔喜讀書,五車號輕賫。東瞻識津涯,西顧分町畦。博物辨鼮鼠,誦賦嗤雌蜺。

軒冕不克求，舌在徒問妻。世事莫相告，慕虚但攀稽。賴有逍遥篇，爾來頗思齊。道真本微眇，至言乃筌蹄。壹氣中夜存，大方刓角圭。勉從赤松子，定有青雲梯。非若朝市門，强力相排擠。晚友王子喬，如得照水犀。因之喻蘇耽，衰暮毋噬臍。緬思瀫天柱，雲白風淒淒。築居留四鄰，與子參杖藜。

初發彭城有感寄子瞻〔一〕

秋晴卷流潦〔二〕，古汴日向乾〔三〕。扁舟久不解〔四〕，畏此行路難。此行亦不遠，世故方如山〔五〕。我持一寸刃，巉絶何由刊〔六〕？念昔各年少，松筠閟南軒〔七〕。閉門書史叢，開口治亂根〔八〕。文章風雲起，胸膽渤澥寬〔九〕。不知身安危，俛仰道所存〔一〇〕。横流一傾潰，萬類争崩奔〔一一〕。孔融漢儒者，本自輕曹瞞〔一二〕。誓將貧賤身，一悟世俗昏〔一三〕。豈意十年内，日夜增濤瀾〔一四〕。生民竟顛頓〔一五〕，遊宦豈復安〔一六〕？水深火益熱〔一七〕，人知蹈憂患。甄豐且自叛〔一八〕，劉歆苟盤桓〔一九〕。而況我與兄，飽食顧依然〔二〇〕。上願天地仁〔二一〕，止此禍亂源。歲月一徂逝〔二二〕，尚能反丘園〔二三〕。

【箋注】

〔一〕作於熙寧十年（一〇七七）八月十六日。十六日，蘇轍赴南京留守簽判任，離徐州，軾送之離東門。轍作詩寄軾。軾作《初别子由》，轍次韻。蘇軾《水調歌頭》叙："子由相從彭門百餘日，過中秋而去。"又，《與劉貢父書》："子由已赴南都，十六日行矣。"此詩亦對新法多所抨擊。

〔二〕流潦：溝中的流水。《詩·召南·采蘋》："于以采藻？于彼行潦。"毛傳："行潦，流潦也。"

〔三〕謂渠水一天天枯竭。古汴：見《明日復賦》注〔五〕。

〔四〕不解：謂不解纜行船。

〔五〕世故：世事。三國魏嵇康《與山巨源絶交書》："機務纏其心，世故煩其慮。"

〔六〕"我持"二句：謂于國事心有餘而力不足。唐韓愈《月蝕詩效玉川子作》："臣有一寸刃，可刳凶蟇腸。"巉：鋭利；尖鋭。蘇軾"壬寅二月有詔令郡吏往屬縣減决囚禁"云云長題詩："亂峰巉似槊，一水淡如油。"刊：砍斫。

〔七〕松筠：松竹。閟（bì）：關閉。南軒：泛指房屋。《後漢書·延篤傳》："夕則消摇内階，詠《詩》南軒。"

〔八〕"閉門"二句：謂兄弟少時頗涉文史之書。蘇轍《亡兄子瞻端明墓誌銘》："少與轍皆師先君，初好賈誼、陸贄書，論古今治亂，不爲空言。"

〔九〕謂當年兄弟二人文章蓋世而有志行高遠。歐陽脩《故霸州文安縣主簿蘇君墓誌銘》："眉山在西南數千里外，一日父子隱然名動京師，而蘇氏文章遂擅天下。"《文選·司馬相如〈子虚賦〉》："浮渤澥，游孟諸。"唐李善注引漢應劭曰："渤澥，海别支也。"唐孟浩然《與顔錢塘登障樓望潮作》："照日秋雲迴，浮天渤澥寬。"

〔一〇〕"不知"二句：謂兄弟二人堅持道義，反對新法。《宋史·蘇轍傳》："於是青苗法遂行。安石因遣八使之四方，訪求遺利。中外知其必迎合生事，皆莫敢言。轍往見陳升之曰：'昔嘉祐末，遣使寬恤諸路，各務生事，還奏多不可行，爲天下笑。今何以異此？'又以書抵安石，力陳其不可。安石怒，將加以罪，升之止之，以爲河南推官。"漢王充《論衡·儒增》："聞用精者察物不見，存道以亡身。"

〔一一〕"横流"二句：指新法推行，人們紛紛趨附。横流：河水不循水道曰横流，後指社會動盪。《楚辭·佚名〈惜誓〉》："水背流而源竭兮，木去根而不長。"漢王逸注："言水横流，背其源泉，則枯竭，木去其根株，則枝葉不長也。"晉范寧《穀梁傳序》："孔子覩滄海之横流，迺喟然而嘆曰：'文王既没，文不在兹乎？'"唐陸龜蒙《讀陰符經寄鹿門子》："五賊忽迸逸，萬物争崩奔。"崩奔：崩塌，奔跑。

〔一二〕"孔融"二句：謂孔融本來就看不起曹操。《後漢書·孔融傳》："初，曹操攻屠鄴城，袁氏婦子多見侵略，而操子丕私納袁熙妻甄氏。融乃與操書，稱武王伐紂，以妲己賜周公。操不悟，後問：'出何經典？'對曰：'以今度之,想當然耳。'後操討烏桓,又嘲之曰:'大將軍遠征蕭條海外,昔肅慎氏不貢楛矢,丁零盜蘇武牛羊,可并案也。'時年飢兵興,操表制酒禁,融頻書争之,多侮慢之辭。既見操雄詐漸著,數不能堪,故發辭偏宕,多致乖忤。"孔融(一五三—二〇八):字文舉。東漢末魯國(今山東曲阜市)人。孔子二十世孫。父宙,太山都尉。融幼有異才,好學博覽。辟司空掾,拜中軍侯。在職三日,遷虎賁中郎將。因匡正之言忤董卓,轉爲議郎。時黄巾起事,北海(治今山東昌樂西)爲要衝之地,卓乃諷三府同舉融爲北海相,故亦稱"孔北海"。後入朝,拜太中大夫。性寬容少忌,好士,喜誘掖後進,賓客日盈其門。融名重天下,見曹操雄詐漸著,多有侮慢之辭;既積嫌忌,終爲操所殺,妻子皆被誅。融善詩文,與王粲、劉楨等並稱"建安七子"。《三國志》《後漢書》有傳。曹瞞:即曹操,操小字阿瞞。參《和子瞻司竹監燒葦園因獵園下》注〔一一〕。

〔一三〕"誓將"二句:謂弟兄是要想抵制邪説而匡輔正道。杜甫《奉贈韋左丞丈二十二韻》:"致君堯舜上,再使風俗淳。"一悟:開悟。《史記·屈原列傳》:"冀幸君之一悟,俗之一改也。"

〔一四〕"豈意"二句:謂自熙寧變法(一〇六九)至此時兄弟二人輾轉外任,沉淪下僚,故言。十年蓋言成數。唐劉禹錫《竹枝詞九首》之七:"長恨人心不如水,等閑平地起波瀾。"濤瀾:波濤,波瀾。

〔一五〕顑頷:憂愁;困苦。《淮南子·主術》:"百姓黎民顑頷於天下,是故使天下不安其性。"

〔一六〕遊宦:在外求官或做官。參《次韻子瞻渼陂魚》注〔四〕。

〔一七〕《孟子·梁惠王下》:"簞食壺漿以迎王師,豈有他哉?避水火也。如水益深,如火益熱,亦運而已矣。"喻生存之艱難。

〔一八〕甄豐(?—一〇):字長伯。依附王莽,平帝初以定策功拜少傅,位至大司空。王莽稱帝,拜更始將軍,廣新公。後其子甄尋僞造符命,事覺,甄豐自殺,甄尋被殺。《漢書·揚雄傳》:"王莽時,劉歆、甄豐皆爲上公。莽既以符命自立,即位之後,欲絶其原以神前事,而豐子尋、歆子棻復獻之,誅豐父子,投棻四裔,辭所連及便收不請。"

〔一九〕劉歆(前五〇—二三):字子駿,後名秀,字穎叔。西漢楚國彭城(今江蘇徐州市)人。漢宗室。與父向領校秘書,積六藝群書分别門類爲七略,圖書分類自歆始。歆爲古文經學争地位,與群儒相左且忤執政,出爲太守。歆少時與王莽善,及莽篡位,引爲國師。其子棻爲莽所殺,歆謀誅莽,事泄自殺。苟:苟且。盤桓:猶言徘徊,謂與王莽虚與委迤。

〔二〇〕《論語·陽貨》:"子曰:'飽食終日無所用心,難矣哉!不有博弈者乎?爲之猶賢乎已。'"

〔二一〕《老子》第五章:"天地不仁,以萬物爲芻狗;聖人不仁,以百姓爲芻狗。"上願:猶言首先希望。

〔二二〕漢韋孟《諷諫詩》:"歲月其徂,年其逮耇。"

〔二三〕《禮記·檀弓》:"古之人有言曰:狐死正丘首,仁也。"蘇軾《正月十八日蔡州道上遇雪次子由韻二首》之二:"寄謝李丞相,吾將反丘園。"

次韻子瞻見寄〔一〕

衮衮河渭濁〔二〕,皎皎江漢清〔三〕。源流既自異,美惡終未明。嗟我頑鈍質〔四〕,乃與公竝生。出處每自託〔五〕,謳吟輒嘗賡〔六〕。譬如病足馬,共此千里程〔七〕。勝負坐已决,豈待終一枰〔八〕。憶公年少時,濯濯吐新萌〔九〕。堅姿映松栢〔一〇〕,直節凌榛荆〔一一〕。學成志益厲,秋霜落春榮〔一二〕。澹然養浩氣〔一三〕,脱屣遺齊卿〔一四〕。百鍊竟不變,三年終未鳴〔一五〕。區區兩郡守〔一六〕,籍籍四海聲〔一七〕。年來效瘖默〔一八〕,世事慵譏評。不見室家好,悦如揖重城〔一九〕。别離長塵垢〔二〇〕,歲月何峥嶸〔二一〕。彭門偶會合〔二二〕,白髮互相驚。受教恐不足,吐論那復争〔二三〕。疾雷發聾聵〔二四〕,清月照昏盲。篤愛未忍棄,浪云舊齊名。更請問郭許〔二五〕,題品要當精〔二六〕。原注:子瞻杭州見寄詩云:先生别駕舊齊名〔二七〕。

【箋注】

〔一〕作於熙寧十年(一〇七七)八月十七日後。蘇軾《初别子由》云:"昨日忽出門,孤舟轉西城。歸來北堂上,古屋空峥嶸。"知此詩作於蘇轍離徐之後。蘇轍次韻自當在十七日後。

〔二〕《詩·邶風·谷風》:"涇以渭濁,湜湜其沚。"毛傳:"涇渭相入而清濁異。"衮衮(gǔn gǔn):大水奔流貌。唐杜甫《登高》:"無邊落木蕭蕭下,不盡長江衮衮來。"

〔三〕皎皎:清白貌。杜甫《送李卿煜》:"暮景巴蜀僻,春風江漢清。"按,此與上句以河渭與江漢清濁各異,比己與軾雖爲兄弟而賢愚不同。

〔四〕頑鈍:冥頑,愚鈍。唐韋應物《答長安丞裴説》:"爰以林壑趣,遂成頑鈍姿。"

〔五〕謂自己行事總是聽從兄長的意見。

〔六〕謳吟:吟詠歌唱。此指賦詩。唐白居易《張常侍池涼夜閑宴贈諸公》:"或嘯或謳吟,誰知此閑味?"賡:續。

〔七〕千里程:極言其遠。唐權德輿《送謝孝廉移家越州》:"又見一帆去,共愁千里程。"

〔八〕一枰(píng):(圍棋)一局。宋歐陽脩《新開棋軒呈元珍表臣》:"獨收萬慮心,於此一枰競。"

〔九〕濯濯(zhuó):明浄貌;清朗貌。唐韓愈《南山》:"春陽潛沮洳,濯濯吐深秀。"

〔一〇〕謂蘇軾有堅韌不拔的品質。堅姿:堅貞的風姿。

〔一一〕直節:守正不阿的操守。蘇軾《陸龍圖詵挽詩》:"挺然直節庇峨岷,謀道從來不計身。"

〔一二〕喻脱去身上浮華不實之處。南朝齊孔稚圭《遊太平山》:"陰澗落春榮,寒巖留夏雪。"

〔一三〕《孟子·公孫丑上》:"(孟子)曰:'我知言,我善養吾浩然之氣。''敢問何謂浩然之氣?'曰:'難言也。其爲氣也至大至剛,以直養而無害,則塞于天地之間,其爲氣也配義與道,無是,餒也。'"澹然:恬淡貌。

〔一四〕謂視高官如弊屣。脱屣:脱去鞋子,極言不介意,不留戀。《史記·孝武本紀》:"於是天子曰:'嗟乎,吾誠得如黄帝,吾視去妻子如脱躧耳。'"《漢書·郊祀志》作"如脱屣耳"齊卿:齊國的卿,喻高官。《孟子·公孫丑上》:"孟子爲卿於齊。"又"公孫丑問曰:'夫子加齊之卿相,得行道焉,雖由此霸王不異矣。如此,則動心否乎?'"

〔一五〕“百鍊”二句：首句反用晉劉琨《重贈盧諶》：“何意百鍊鋼，化爲繞指柔。”次句反用《史記·滑稽列傳》：“淳于髡説之以隱曰：‘國中有大鳥，止王之庭。三年不蜚又不鳴，王知此鳥何也？’王曰：‘此鳥不飛則已，一飛沖天；不鳴則已，一鳴驚人。’”按，此就新法而言，蘇軾自熙寧四年出京至今節操如故。

〔一六〕指熙寧七年任密州守，熙寧十年任徐州守。區區：極言微不足道。

〔一七〕藉藉：衆口讚歎聲。《史記·遊俠列傳》唐司馬貞述贊：“遊俠豪倨，藉藉有聲。”宋梅堯臣《送李太伯歸建昌》：“聲名久已大，籍籍四海傳。”

〔一八〕蘇軾《司馬君實獨樂園》：“撫掌笑先生，年來效喑啞。”瘖（yīn）默：猶緘默。瘖，嗓子啞，不能出聲，失音。唐柳宗元《與蕭翰林俛書》：“讀《周易·困》卦，至‘有言不信，尚口乃窮’也，往復益喜……用是更樂瘖默，思與木石爲徒，不復致意。”

〔一九〕“不見”二句：謂自己的才能遠不如兄。《論語·子張》：“子貢曰：‘譬之宫牆，賜之牆也及肩，窺見室家之好。夫子之牆數仞，不得其門而入，不見宗廟之美，百官之富，得其門者或寡矣。夫子之云，不亦宜乎？’”此指不見蘇軾詩文之高妙。揖重城：對著高大的城池作揖，言自己只有佩服的分。

〔二〇〕謂與兄别離後自己退步了。《世説新語·德行》：“周子居常云：‘吾時月不見黄叔度，則鄙吝之心已復生矣。’”

〔二一〕峥嶸：坎坷，不平凡。宋鮑照《舞鶴賦》：“歲峥嶸而愁暮，心惆悵而哀離。”

〔二二〕彭門：彭城。

〔二三〕“受教”二句：謂聽從哥哥的教誨尚嫌不足，更不用説與之論辯。

〔二四〕《法言·問明》：“吾不見震風之能動聾聵也。”宋司馬光注：“雷風非不烈不能動聾聵。”

〔二五〕郭許：漢末名士郭泰、許劭。郭泰（一二七—一六九），字林宗，太原介休（今山西介休市東南）人。博通經典，居家教授，弟子至千人。曾遊洛陽，與河南尹李膺相友。後歸鄉，諸儒送者車千乘。辟太常、舉有道，皆不就。泰善處世事，品題人物不爲過激之論，故宦官擅權，黨錮濫禍，均得身免。死後，蔡邕爲作碑銘，慨言平生作碑，唯《郭有道碑》無愧。《後漢書》有傳（范曄避父諱改作“郭太”）。許劭（一五〇—一九五），字子將，汝南平輿（今河南平興縣)人,許虔(子政)弟。少峻名節,行中規表。有人倫鑒識,與郭泰齊名。所賞樊子昭、和陽士等,皆顯名當世。嘗目曹操爲"清平之姦賊,亂世之英雄"。與從兄靖俱負高名,每共覆論鄉黨人物,月更其品題,汝南效之成俗,世稱"月旦評"。初爲郡功曹,黜姦廢惡,一郡肅然。司空楊彪辟,舉方正、敦樸,徵,並以"方今小人道長,王室將亂"不就。避地豫章。尋卒。《後漢書》有傳。

〔二六〕題品:標舉人物,定其高下。《世説新語·政事》:"若得門庭長如郭林宗者,當如所白。"劉孝標注引《郭泰别傳》:"泰字林宗,有人倫鑒識。題品海内之士,或在幼童,或在里肆,後皆成英彦六十餘人。"要當:應當。

〔二七〕蘇軾《戲子由》:"文章小技安足程,先生别駕舊齊名。如今衰老俱無用,付與時人分重輕。"

附録　蘇軾《初别子由》

我少知子由,天資和而清。好學老益堅,表裏漸融明。豈獨爲吾弟,要是賢友生。不見六七年,微言誰與賡。常恐坦率性,放縱不自程。會合亦何事,無言對空枰。使人之意消,不善無由萌。森然有六女,包裹布與荆。無憂賴賢婦,藜藿等大烹。使子得行意,青衫陋公卿。明日無晨炊,倒牀作雷鳴。秋眠我東閣,夜聽風雨聲。懸知不久别,妙理難細評。昨日忽出門,孤舟轉西城。歸來北堂上,古屋空峥嶸。退食悮相從,入門中自驚。南都信繁會,人事水火争。念當閉閤坐,頽然寄聾盲。妻子亦細事,文章固虚名。會須掃白髮,不復用黄精。

將至南京雨中①寄王鞏〔一〕

河牽一線流不斷〔二〕,雨散千絲卷卻來〔三〕。煙際横橋村十里〔四〕,船中倦客酒三杯〔五〕。老年轉覺脾嫌濕〔六〕,世路早令心似灰〔七〕。賴有故人憐寂寞〔八〕,繫舟待我久徘徊。

【校記】

①雨中:叢刊本無。

【箋注】

〔一〕作於熙寧十年(一〇七七)八月二十一日後。"賴有故人憐寂寞,繫舟待我久徘徊。"知王鞏備舟迎接蘇轍。王鞏:見《次韻王鞏廷評招飲》注〔一〕。南京:宋大中祥符七年,因應天府爲趙匡胤舊藩,建爲南京。地在今河南商丘南。《宋史·地理志》:"大中祥符七年,建應天府爲南京。"

〔二〕唐戴叔倫《白苧詞》:"君恩如水流不斷,但願年年此同宵。"

〔三〕唐孟郊《亂離》:"淚下無尺寸,紛紛天雨絲。"唐羅隱《霅溪晚泊寄裴庶子》:"溪風如扇雨如絲,閑步閑吟柳惲詩。"

〔四〕煙際:天邊煙霧迷茫之處。

〔五〕倦客:厭倦宦遊之人。晉陸機《長安有俠邪行》:"余本倦遊客,豪彦多舊親。"

〔六〕謂脾臟不好。脾濕:中醫術語,一般認爲咳嗽多痰、腹漲等爲脾濕癥狀。金張元素《病機氣宜保命集》卷下:"論曰:欬謂無痰而有聲,肺氣傷而不清也。嗽是無聲而有痰,脾濕動而爲痰也。欬嗽謂有痰而有聲,蓋因傷於肺氣,動於脾濕,欬而爲嗽也。"按,轍有肺疾。

〔七〕謂心如死灰。極言消沉。語本《莊子·齊物論》:"顔成子遊立侍乎前曰:'何居乎?形固可使如槁木,而心固可使如死灰乎?'"唐白居易《贈韋鍊師》:"潯陽遷客爲居士,身似浮雲心似灰。"

〔八〕白居易《劉蘇州寄釀酒糯米李浙東寄楊柳枝舞衫偶因嘗酒試衫輒成長句寄謝之》:"慚媿故人憐寂寞,三千里外寄歡來。"

次韻王鞏見贈〔一〕

南都逢故人〔二〕,共此一樽淥〔三〕。初來柳吹絮〔四〕,再見風脱木〔五〕。我老歡意微〔六〕,頭垂腰背曲。羨子方少年,健馬走平陸〔七〕。狂歌手自拊〔八〕,醉倒頭相觸。人生比一瞬〔九〕,世網張萬目〔一〇〕。但取食場雞〔一一〕,豈掛雲飛鵠〔一二〕。彭城久相遲,官舍虚東屋〔一三〕。重陽試新釀〔一四〕,謂子當不速〔一五〕。胡爲聽婦言〔一六〕，婉孌自相逐〔一七〕。我舟得愁霖〔一八〕，牽挽脱坑谷〔一九〕。風霜作初寒，病體欲生粟〔二〇〕。解子腰下龜，换酒不須贖〔二一〕。照碧凝清光〔二二〕，相將飲萸菊〔二三〕。

【箋注】

〔一〕作於熙寧十年（一〇七七）八月底或九月初。"初來柳吹絮，再見風脱木。""照碧凝清光，相將飲萸菊。"皆爲深秋景象。"飲萸菊"爲重九習俗。

〔二〕南都：指南京。參《將至南京雨中寄王鞏》注〔一〕。南朝梁柳惲《江南曲》："洞庭有歸客，瀟湘逢故人。"

〔三〕渌（lù）：醽醁的省稱。唐李白《對雪醉後贈王歷陽》："子猷聞風動窗竹，相邀共醉杯中渌。"醽醁，也作"醽渌"，美酒名。《資治通鑑·梁紀十二·元帝承聖元年》："陸納襲擊衡州刺史丁道貴於渌口。"元胡三省注："衡州，治衡陽縣。縣東二十里有醽湖，其水湛然緑色，取以釀酒，甘美，謂之醽渌。"

〔四〕謂陽春三月，柳絮隨風飄揚。

〔五〕謂秋季八九月。《楚辭·屈原〈九歌·湘夫人〉》："嫋嫋兮秋風，洞庭波兮木葉下。"南朝宋謝莊《月賦》："洞庭始波，木葉微脱。"

〔六〕唐杜甫《羌村三首》之二："晚歲迫偷生，還家少歡趣。"歡意：歡樂的意興。

〔七〕平陸：平原；陸地。

〔八〕謂歌唱時手舞足蹈，極言瀟灑不拘之態。自拊（fǔ）：拍手。

〔九〕一瞬：本爲佛家之計時單位，此喻時間之短暫。《法苑珠林》卷三引《僧祇律》："二十念爲一瞬。"

〔一〇〕世網：世俗禮法的約束。晉陶潛《歸園田居五首》之一："誤落塵網中，一去三十年。"《毛詩注疏·詩譜序》："舉一綱而萬目張，解一卷而衆篇明。"

〔一一〕謂如在曬場上覓室的雞。場：曬場。翻曬作物和脱粒的平坦空地。

〔一二〕謂自己已無鴻鵠的遠大志向。《史記·留侯世家》："鴻鵠高飛，一舉千里。羽翮已就，横絶四海。"

〔一三〕"彭城"二句：謂早就空出官舍東邊的房子等待自己。遲：等待。

〔一四〕重陽：見《和青州教授頓起九日見寄》注〔一〕。新釀：新釀造的酒。唐唐彦謙《寄陳少府兼叔高》："近日鄰家有新釀，每逢詩伴得淹留。"

〔一五〕不速：不邀請而自己來的客人。《易·需》："有不速之客三人來，敬之終吉。"唐孔穎達疏："速，召也。不須召唤之客有三人自來。"

〔一六〕《世説新語·任誕》："劉伶病酒，渴甚，從婦求酒。婦捐酒毀器，涕泣諫曰：'君飲太過，非攝生之道，必宜斷之。'伶曰：'甚善。我不能自禁，惟當祝鬼神自誓斷之耳，便可具酒肉。'婦曰：'敬聞命。'供酒肉於神前，請伶祝誓。伶跪而祝曰：'天生劉伶，以酒爲名。一飲一斛，五斗解酲。婦人之言，慎不可聽。'便引酒進肉，隗然已醉矣。"

〔一七〕婉孌：纏綿；繾綣。晉陸機《於承明作與士龍》："婉孌居人思，紆鬱遊子情。"

〔一八〕愁霖：久雨。雨久使人愁，故稱。唐徐堅《初學記·天部·雨》引《纂要》："雨久曰苦雨，亦曰愁霖。"

〔一九〕牽挽：此指拉縴。

〔二〇〕生粟：皮膚因寒冷起類似雞皮上的疙瘩。蘇軾《雪後書北臺壁二首》之二："凍合玉樓寒起粟，先摇銀海眩生花。"

〔二一〕"解子"二句：唐李白《對酒憶賀監二首序》："太子賓客賀公，於長安紫極宫一見余，呼余爲'謫仙人'，因解金龜，换酒爲樂。"其詩之一亦云："金龜换酒處，卻憶淚沾巾。"又元辛文房《唐才子傳》卷二："［李白］天寶初，自蜀至長安，道携所業投賀知章，讀至《蜀道難》，歎曰：'子謫仙人也。'乃解金龜换酒，終日相樂。"

〔二二〕杜甫《觀公孫大娘弟子舞劍器行》："來如雷霆收震怒，罷如江海凝清光。"

〔二三〕萸菊：茱萸和菊花。參《和青州教授頓起九日見寄》注〔三〕。

送交代劉莘老〔一〕

建元一二間〔二〕，多士四方至〔三〕。翩翩下鴻鵠〔四〕，一一抱經緯〔五〕。功名更唯諾〔六〕，爵禄相饋遺。縱横聖賢業，磊落君臣意。

慷慨魯諸生,雍容古君子〔七〕。扶摇雲漢上〔八〕,睥睨千萬里〔九〕。入臺霜凛然,不肯下詞氣〔一〇〕。失足青冥中,投命江湖裏〔一一〕。區區留都客〔一二〕,矯矯當世士〔一三〕。空使往來人,歎息更相指。我生本羈孤〔一四〕,無食强爲吏。褰裳避塗泥,十載守顚頽〔一五〕。逝將老茅屋,何幸繼前軌〔一六〕。念君今尚然,顧我真當爾〔一七〕。百年同一夢〔一八〕,窮達浪憂喜。有酒慰離愁,貧賤非君恥。

【箋注】

〔一〕作於熙寧十年(一〇七七)九月九日。觀下詩可知。劉莘老:見《劉莘老》注〔一〕。交代:指前後任相接替,移交。其本傳云:"久之,簽書南京判官。……入同知太常禮院。"詩云"何幸繼前軌",知蘇轍即接劉任,故曰交代。唐白居易《送陝府王大夫》:"他時萬一爲交代,留取甘棠三兩枝。"

〔二〕謂建國之初。建元:建國。

〔三〕多士:指衆多的賢士。《書·多方》:"猷告爾有方多士,暨殷多士。"

〔四〕翩翩:輕疾貌。《詩·小雅·四牡》:"翩翩者鵻,載飛載下。"鴻鵠:此喻賢士。

〔五〕經緯:當是經天緯地之才之省。語本《國語·周語下》:"經之以天,緯之以地,經緯不爽,文之象也。"後以此謂經營天下,治理國政。此指抱負不凡,才能出衆。

〔六〕唯喏:此指應答之間,此言時間之短。

〔七〕"慷慨"二句:謂劉如魯二生之氣節。《史記·叔孫通列傳》:"於是叔孫通使徵魯諸生三十餘人,魯有兩生不肯行,曰:'公所事者且十主,皆面諛以得親貴。今天下初定,死者未葬,傷者未起,又欲起禮樂。禮樂所由起,積德百年而後可興也。吾不忍爲公所爲,公所爲不合古,吾不行,公往矣,無汙我。'"

〔八〕語出《莊子·逍遥遊》:"鵬之徙於南冥也,水擊三千里,摶扶摇而上者九萬里。"唐成玄英疏:"扶摇,旋風也。"

〔九〕睥睨(pì nì):傲視;俯視。

〔一〇〕"入臺"二句:謂劉摯任職御史臺正氣凛然,不因權勢而低頭。入臺:進入臺閣,此指劉摯熙寧四年四月任監察御史裏行事。凛然:嚴正不苟貌。

詞氣:言語或文詞的氣勢。

〔一一〕"失足"二句:謂劉摯因反對新法被貶謫。熙寧五年,劉摯因反對新法,謫監衡州鹽倉事。青冥:猶言青天,喻高位。漢揚雄《解嘲》:"當途者升青雲,失路者委溝渠。"投命:猶亡命。

〔一二〕此蘇轍自指。留都:新都之前的舊都,這裏指南京(今河南商丘)。

〔一三〕當世士:指劉。晉陶潛《雜詩》之四:"孰若當世士,冰炭滿懷抱。"

〔一四〕羈孤:羈旅孤獨的人。《文選·謝莊〈月賦〉》:"親懿莫從,羇孤遞進。"李善注:"羇孤,羇客孤子也。"

〔一五〕"褰裳"二句:謂自己不染俗塵而屈居下僚。褰裳:撩起下裳。《詩·鄭風·褰裳》:"子惠思我,褰裳涉溱。"唐杜甫《夢李白》之二:"冠蓋滿京華,斯人獨憔悴。"

〔一六〕"逝將"二句:本想到自己終老茅屋算了,没想到能來接你的任。逝將:語出《詩·魏風·碩鼠》:"逝將去汝,適彼樂土。"鄭箋:"逝,往也。往矣將去女,與之訣别之辭。"前軌:前人樹立的榜樣。

〔一七〕爾:如此。

〔一八〕謂人生短暫,猶如一場大夢。百年:一生;終身。蘇軾《次韻高要令劉湜峽山寺見寄》:"天人同一夢,仙凡無兩録。"同:如同。

次韻王鞏九日同送劉莘老〔一〕

頭上黄花記别時〔二〕,樽中渌酒慰清悲〔三〕。畫船牽挽故不發〔四〕,紅粉留連未遽離〔五〕。小雨無端添别淚〔六〕,遥山有意助顰眉。十分酒盞從教勸〔七〕,堆案文書自此辭〔八〕。

【箋注】

〔一〕作於熙寧十年(一〇七七)九月九日重陽節。

〔二〕唐杜牧《九日齊山登高》:"塵世難逢開口笑,菊花須插滿頭歸。"宋周密《乾淳歲時記》:"都人九月九日,飲新酒,泛萸簪菊。"參《和青州教授頓起九日見寄》注〔三〕。

〔三〕渌酒：醽醁酒，指美酒。參《次韻王鞏見贈》注〔三〕。清悲：暗指時爲秋天。《楚辭·宋玉〈九辯〉》："悲哉，秋之爲氣也。蕭瑟兮，草木摇落而變衰。憭慄兮，若在遠行，登山臨水兮送將歸。泬寥兮，天高而氣清，寂寥兮，收潦而水清。"

〔四〕畫船：裝飾華美的船。南朝梁元帝《玄圃牛渚磯碑》："畫船向浦，錦纜牽磯。"

〔五〕紅粉：本指女人用的胭脂和鉛粉，此藉指筵間歌舞的美女。

〔六〕無端：無心；無意。宋歐陽脩《玉樓春》："游絲有意苦相縈，垂柳無端争贈别。"

〔七〕十分：猶言滿杯。從教：任隨。

〔八〕謂劉從此告别幕府生活。

次韻王鞏欲往徐州見子瞻以事不成行〔一〕

河水南來遶郡城，銀刀空復衙衙兵〔二〕。交情舊許雞爲具〔三〕，客信那知鵲妄鳴〔四〕。爲婦遲留應未怪〔五〕，還家倉卒定何營〔六〕。不關秦女筝聲怨〔七〕，自趂招賢浚上旌〔八〕。

【箋注】

〔一〕作於熙寧十年（一〇七七）九月九日。此詩和蘇軾，知王鞏詩作於九日，蘇轍次韻亦當於此日。王鞏：見《次韻王鞏廷評招飲》注〔一〕。

〔二〕銀刀：唐王智興所建衙兵名。《舊唐書·懿宗紀》："王智興得徐州，召募凶豪之卒二千人，號曰銀刀、雕旗、門槍、挾馬等軍。"衙兵：唐代指節度使的衛兵。《舊唐書·田承嗣傳》："數年之間，其衆十萬。仍選其魁偉强力者萬人以自衛，謂之衙兵。"按，此言徐州唐代屬多事之地，而今已太平安適了。

〔三〕謂蘇軾已準備好好接待王鞏了。雞爲具：語本唐孟浩然《過故人莊》："故人具雞黍，邀我至田家。"

〔四〕謂結果王鞏失約。舊傳以鵲鳴聲兆喜，故云。唐杜甫《羌村三首》之一："柴門鳥鵲噪，歸客千里至。"

〔五〕據前詩《次韻王鞏見贈》："胡爲聽婦言，婉孌自相逐。"則王鞏此次"以事不成行"，似爲其婦之故，故蘇轍雜以諧謔之辭。

〔六〕定：到底。

〔七〕秦女：指秦穆公女弄玉。舊題劉向《列仙傳·蕭史》："蕭史者，秦繆公時人也，善吹簫，能致孔雀、白鶴於庭。繆公有女，字弄玉，好之，公遂以女妻焉。日教弄玉作鳳鳴，居數年，吹似鳳聲，鳳凰來止其屋。"唐王維《與盧象集朱家》："貰得新豐酒，復聞秦女箏。"按，此與下句是戲言王鞏向妻子解釋，不是外邊有什麼艷遇，的確是老朋友蘇軾相邀。

〔八〕《詩·鄘風·干旄》："孑孑干旄，在浚之郊。"毛傳："浚，衛邑。"蘇轍《詩集傳》："凡旗皆注旄於干首。古者，招庶人以旃，招士以旂，招大夫以旌，干旄所以招之也。"趂：同"趁"，趕。

附録　蘇軾《王鞏屢約重九見訪既而不至以詩送將官梁交且見寄次韻答之交頗文雅不類武人家有侍者甚慧麗》

知君月下見傾城，破恨懸知酒有兵。老守亡何惟日飲，將軍競病自詩鳴。花枝不共秋攲帽，筆陣空來夜斫營。愛惜微官將底用，他年只好寫銘旌。

宣徽使張安道生日〔一〕

從公淮陽今幾年〔二〕？憶持壽斝當公前〔三〕。祝公齒髮老復少，歲歲不改冰霜顔〔四〕。掃除四海一清淨，整頓萬物俱安全〔五〕。今年見公商丘側，奉祠太一真仙官〔六〕。身安氣定色如玉〔七〕，脱遺世俗心浩然〔八〕。幽居屢過赤松子〔九〕，長夜親種丹砂田〔一〇〕。此中自有不變地，歲閲生日如等閑〔一一〕。門前賀客任填委〔一二〕，世上多故須陶甄〔一三〕。秋風坐見蒲柳盡〔一四〕。歲晏惟有松柏堅〔一五〕。斯人未安公未用，使公難老應由天〔一六〕。

【箋注】

〔一〕作於熙寧十年(一〇七七)九月二十三日。張方平生日,轍作詩爲壽。《宋朝事實類苑·詩歌賦詠·王建宫詞》:“張尚書方平、李給事徽之、王秘監端俱以丁未九月二十三日生。”宣徽使:此指宣徽院北院使。《宋史·張方平傳》:“韓絳主西師,慶卒亂,京西轉運使令一路各會兵于州。民大駭。方平持檄不下而奏之。帝曰:‘守臣不當爾邪!’命罷諸郡兵。召爲宣徽北院使,留京師。王安石深沮之,以爲青州。”又《職官志》:“宣徽南院使、北院使:掌總領内諸司及三班内侍之籍、郊祀、朝會、宴饗、供帳之儀,應内外進奉,悉檢視其名物。”參《張安道尚書生日》注〔一〕。

〔二〕熙寧三年,張方平知陳州(即淮陽),辟蘇轍爲陳州教授。

〔三〕此當指熙寧三年爲張祝壽事。斝(jiǎ):古代青銅酒器。此指酒杯。

〔四〕唐李白《下途歸石門舊居》:“數人不知幾甲子,昨來猶帶冰霜顔。”

〔五〕唐杜甫《洗兵馬》:“二三豪俊爲時出,整頓乾坤濟時了。”

〔六〕太一:即太一十神。參沈括《夢溪筆談·辯證一》。《宋史》本傳云,是時方平以宣徽院南院使判應天府,除中太一宫使居南京。

〔七〕南朝梁陶弘景《真誥》卷十四:“劉平阿者,無名姓,名姓不示人也。漢末爲九江平阿長,……顔色如玉,似年三十許人。”

〔八〕心浩然:見《次韻子瞻見寄》注〔一三〕。

〔九〕赤松子:古仙人。參《張安道尚書生日》注〔七〕。

〔一〇〕丹砂:見《次韻蔣夔寒夜見過》注〔五〕。按,張方平頗行養生之術。

〔一一〕“此中”二句:謂歲月雖然流逝,而心中不曾留痕。等閒:尋常。唐權德輿《放歌行》:“一言一笑玉墀上,變化生涯如等閒。”

〔一二〕《史記·汲黯列傳》:“始翟公爲廷尉,賓客闐門。及廢,門外可設雀羅。翟公復爲廷尉,賓客欲往。翟公乃大署其門曰:‘一死一生,乃知交情;一貧一富,乃知交態;一貴一賤,交情乃見。’”

〔一三〕陶甄:陶冶,教化。語本《文選·張華〈女史箴〉》:“散氣流形,既陶既甄。”唐李善注引三國魏如淳曰:“陶人作瓦器謂之甄。”《晉書·樂志上》:“弘濟區夏,陶甄萬方。”

〔一四〕《世説新語·德行》:“顧悦與簡文同年,而髮蚤白。簡文曰:‘卿何以先白?'對曰:'蒲柳之姿,望秋而落;松柏之質,經霜彌茂。'"

〔一五〕歲晏:一年將盡的時候。猶言歲寒。參《次韻子瞻與蘇世美同年夜飲》注〔六〕。

〔一六〕"斯人"二句:謂上天眷顧張方平健康長壽是因爲天下百姓還需要張。斯人:即斯民,謂天下百姓。宋韓琦《謝賜詔書奬諭表》:"以斯民未安爲大憂,以經費少侵爲末事。"

章氏郡君挽詞〔一〕子厚母。

馮唐垂老郎潛後〔二〕,李白風流罷直餘〔三〕。解組同歸榮故國〔四〕,剖符仍得奉安輿〔五〕。家聲未替三公舊〔六〕,葬客應傾數郡車〔七〕。德映閨門人莫見〔八〕,埋文子細列幽墟〔九〕。

【箋注】

〔一〕作於熙寧十年(一〇七七)九月二十七日後。《嘉泰吴興志》卷十四《郡守題名》:"章惇:右正言,知制誥,熙寧九年十月到任,十一月移知荆南府,十年四月再任,五月丁母憂。"知章惇母卒於熙寧十年五月。蘇轍自編此詩於南京諸詩間,當是章惇母下葬時所寫。子厚:見《次韻李公擇以惠泉答章子厚新茶二首》之一注〔一〕。郡君:古代婦女的封號。漢武帝尊王太后母臧兒爲平原君,爲封郡君之始。宋中散大夫、大將軍、團練使、雜學士以上之母或妻封郡君。

〔二〕此謂章惇父老而方入仕。以馮唐作譬,表面是用事,而亦暗有諷意。《續資治通鑑長編·神宗熙寧四年》:"[三月]壬子,王安石白上曰:'陛下頃令發運司舉官,一切應副,所舉官多非其人。'上曰:'此必薛向所爲,向性質不如羅拯。'安石曰:'或恐如此。近舉一章俞知漣水軍之類,欲以酬宣力於發運司者。今舉俞殊爲無理。'上曰:'莫罷卻。'安石曰:'臣非敢養交,但方賴向協濟三司,令改更事。若陛下元許一切應副,輒抑其所奏,則内懷蔕芥;若陛下特旨罷之,則向必畏服,庶幾懲創。緣陛下方賴薛向爲用,須至委以舉人,若不稍加提撕,即恐害事。'上曰:'朕爲不識章俞。'安石曰:'俞已七十,素無人稱引亦可知。臣亦不識俞，陛下更試博問。'上曰：'極好。'俞，惇父也。"馮唐：見《柳子玉郎中挽詞二首》之一注〔二〕。唐王勃《滕王閣序》："馮唐易老，李廣難封。"郎潛：指顔駟。《後漢書·張衡傳》："尉龙眉而郎潛兮，逮三葉而遘武。"唐李賢注："《漢武故事》曰：上至郎署，見一老郎鬢眉皓白，問：'何時爲郎？何其老也？'對曰：'臣姓顔名駟，以文帝時爲郎。文帝好文而臣好武，景帝好老而臣尚少，陛下好少而臣已老，是以三葉不遇也。'上感其言，擢爲會稽都尉也。"

〔三〕謂章惇罷知制誥知湖州事。《宋史·姦臣傳·章惇》："召惇還，擢知制誥，直學士院，判軍器監。……吕惠卿去位，鄧綰論惇同惡，出知湖州。"李白（七〇一—七六二）：字太白，生於四川江油市青蓮鄉，故自號青蓮居士。天才英特，喜縱橫術，擊劍任俠。賀之章見其文，嘆爲謫仙，言於玄宗，供奉翰林，甚見愛重。因醉辱高力士，玄宗欲官白，力士則立沮之。賜金放還。安史之亂，永王璘起兵，白入幕府。璘敗，長流夜郎。遇赦還，卒於當途。其詩高妙清逸，與杜甫并稱李杜。有《李太白集》傳世。新舊《唐書》有傳。按，章惇"惇豪儁，博學善文"，故轍以李白況之。罷直：值班供職完畢。直，當值。按，此爲貶謫的委婉説法。

〔四〕解組：解去用於佩戴官印的印綬。本指辭官或免職。此指章丁憂去職。

〔五〕剖符：猶剖竹。古代帝王分封諸侯、功臣時，以竹符爲信證，剖分爲二，君臣各執其一。安輿：猶安車。供年老的高級官員及貴婦人乘用。此指奉養母親。《新唐書·趙隱傳》："懿宗誕日，宴慈恩寺，隱侍母以安輿臨觀。"

〔六〕謂章惇家聲望仍高。蓋其侄章衡嘗"嘉祐二年進士第一"，以博學稱，"衡患學者不知古今，纂歷代帝系名曰《編年通載》，神宗覽而善之，謂可冠冕諸史"。爲官亦頗有政聲。未替：猶言未衰。

〔七〕《後漢書·馬援傳》："杜季良豪俠好義，憂人之憂，樂人之樂，清濁無所失。父喪致客，數郡畢至。"

〔八〕此句似有微詞，蓋章惇母原爲其父岳母，與其父私而生章惇。宋王明清《揮麈後録餘話》卷一："章俞者，郇公之族子，早歲不自拘檢。妻之母楊氏，年少而寡，俞與之通，已而有娠生子。初産之時，楊氏欲不舉，楊氏母勉令留之,以一合貯水,緘置其内,遣人持以還俞。俞得之云:'此兒五行甚佳,將大吾門。'雇乳者謹視之。既長登第,始與東坡先生締交。後送其出守湖州詩,首云:'方丈仙人出渺茫,高情猶愛水雲鄉。'以爲譏己,由是怨之。其子入政府,俞尚無恙,嘗犯法,以年八十,勿論。事見《神宗實録》。紹聖相天下,坡渡海,蓋修報也。所謂燕國夫人墓,獨處而無者,即楊氏也。"閨門:婦女所居之處。

〔九〕埋文:指《墓誌銘》,蓋墓志銘是埋於地下的。子細:即仔細。幽墟:墳墓。唐韓愈《試大理評事王君墓誌銘》:"鑽石埋辭,以列幽墟。"

聞王鞏還京會客劇飲戲贈〔一〕

聞君歸去便招呼,笑語不知清夜徂〔二〕。結束佳人試銀甲〔三〕,留連狂客惱金吾〔四〕。燭花零落玉山倒〔五〕,詩筆欹斜翠袖扶〔六〕。暫醉何年依錦瑟〔七〕,東齋還復卧氍毹〔八〕。

【箋注】

〔一〕作於熙寧十年(一〇七七)十月。此組詩當作於同時前後。下首詩有"蕭蕭黄葉下城頭,頓作野田風日秋"句,當是深秋,而蘇轍自編於上數首詩之下,故當已在十月。劇飲:豪飲,痛飲。

〔二〕西漢司馬相如《長門賦》:"懸明月以自照兮,徂清夜於洞房。"唐杜甫《倦夜》:"萬事干戈裏,空悲清夜徂。"徂:消逝。

〔三〕謂美女演奏樂曲。結束:裝束;打扮。杜甫《陪王使君晦日泛江就黄家亭子》之一:"結束多紅粉,歡娱恨白頭。"清仇兆鼇注:"結束,衣裳裝束也。"銀甲:銀製的假指甲,套於指上,用以彈箏或琵琶等絃樂器。杜甫《陪鄭廣文遊何將軍山林十首》之五:"銀甲彈箏用,金魚换酒來。"清仇兆鼇注:"古詩:'十五學彈箏,銀甲不曾卸。'以銀甲作指甲,取其有聲。"

〔四〕謂耽於娱樂的客人惱恨金吾禁夜太早。狂客:狂放之人。杜甫《寄李十二白二十韻》:"昔年有狂客,號爾謫仙人。"金吾:見《次韻景仁正月十二日訪吴縝寺丞二絶》之二注〔四〕。

〔五〕《世説新語·容止》:"山公曰:'嵇叔夜之爲人也,巖巖若孤松之獨立;其醉也,傀俄若玉山之將崩。'"唐李白《襄陽歌》:"清風朗月不用一錢買,玉山自倒非人推。"

〔六〕攲(qī)斜:歪斜。翠袖:指美女。蘇軾《十拍子》:"强染霜髭扶翠袖,莫道狂夫不解狂。"

〔七〕杜甫《曲江對雨》:"何時詔此金錢會,暫醉佳人錦瑟傍。"仇兆鼇注引《周禮樂器圖》:"飾以寶玉者曰寶瑟,繪文如錦者曰錦瑟。"

〔八〕氍毹(qú yú):毛織的毯子。唐李賀《秦宫詩》:"鸞篦奪得不還人,醉卧氍毹滿堂月。"

次韻王鞏遊北禪〔一〕

蕭蕭黄葉下城頭〔二〕,頓作野田風日秋〔三〕。粗有樽罍隨處好〔四〕,蹔無敲扑便能幽〔五〕。人稀野鳥應同樂〔六〕,水涸遊魚似欲愁〔七〕。客去知君歡未已,遶城携手更遲留。

【箋注】

〔一〕作於熙寧十年(一〇七七)十月。北禪:即北禪寺。《明一統志》卷八《蘇州府》:"北禪寺在府治東北,晉戴顒故宅,梁爲寺,唐名北禪,宋名大慈。"

〔二〕蕭蕭:草木墜落聲。唐杜甫《登高》:"無邊落木蕭蕭下,不盡長江滚滚來。"宋王安石《春江》:"吹盡柳花人不見,青旗催日下城頭。"

〔三〕王安石《秋早》:"野田風日好,禪林鳥未泊。"

〔四〕謂有酒則無處不好。樽罍:樽與罍皆盛酒器。此指酒。杜甫《贈特進汝陽王二十二韻》:"樽罍臨極浦,鳧雁宿張燈。"隨處:任隨何處,處處。唐温庭筠《贈越僧岳雲二首》之二:"僧居隨處好,人事出門多。"

〔五〕敲扑:本爲鞭打的刑具,短曰敲,長曰扑。此用爲動詞,指遠離縣役雜事。《文選·賈誼〈過秦論〉》:"履至尊而制六合,執敲扑以鞭笞天下。"唐李善注:"臣瓚以爲短曰敲,長曰扑。"

〔六〕宋文同《寄題何靖山人隱居》:"鳧鶩應同樂,煙雲已共閑。"

〔七〕《文選·應璩〈與侍郎曹長思書〉》:"夫皮朽者毛落,川涸者魚逝。"

唐李善注引蔡邕《正論》曰:“皮朽則毛落,水涸則魚逝,其勢然也。”

次韻王鞏懷劉莘老〔一〕

兩都來往太頻頻〔二〕,真是人間自在人〔三〕。十載讀書同白屋〔四〕,千金爲客買朱唇〔五〕。結交京邑傾心肺〔六〕,寓思禪宗離垢塵〔七〕。爲問西歸天禄客〔八〕,何時同看洛川神〔九〕。

【箋注】

〔一〕作於熙寧十年(一〇七七)十月。

〔二〕兩都:指東京汴梁和南京應天府。頻頻:次數多,屢屢。唐杜甫《送王十五判官扶侍還黔中得開字》:“黔陽信使應稀少,莫怪頻頻勸酒栖。”

〔三〕宋趙抃《送禪師廣教赴衢南禪》:“吾今告老還家近,亦作柯峰自在人。”

〔四〕白屋:古代平民居住的房屋。《漢書·王莽傳上》:“開門延士,下及白屋。”唐顏師古注:“白屋謂庶人以白茅覆屋者也。”

〔五〕謂美女爲客弦歌。朱唇:藉指美女。

〔六〕謂劉善於結交朋友。傾心肺:謂交心。語本唐韓愈《柳子厚墓誌銘》:“握手出肺肝相示,指天日涕泣,誓生死不相背負。”按,此處只取韓愈文字面義,與韓愈原意無關。

〔七〕謂劉信佛。禪宗:佛教宗派名。又名佛心宗或心宗,以印度菩提達摩爲初祖。垢塵:即塵垢,佛教謂煩惱。蘇軾《小篆般若心經贊》:“舉足動念皆塵垢,而以俄傾作禪律。”

〔八〕天禄:指天禄閣。漢宫中藏書閣名。參《次韻子瞻將之吴興贈孫莘老》注〔七〕。按,劉莘老嘗爲館閣校勘,故言。

〔九〕謂回到京都洛陽一起到洛水游賞。洛川神:即洛神。本宓羲氏之女,溺死洛水爲神。三國魏曹植《洛神賦序》:“黄初三年,余朝京師,還濟洛川。古人有言,斯水之神名曰宓妃。”

飲餞王鞏〔一〕

送君不辦沽斗酒，撥醅浮蟻知君有〔二〕。問君取酒持勸君〔三〕，未知客主定何人。府中杯棬强我富〔四〕，案上苜蓿知君①真〔五〕。空廚赤腳不敢出〔六〕，大堤花艷聊相親〔七〕。愛君年少心樂易〔八〕，到處逢人便成醉。醉書大軸作歌詩〔九〕，頃刻揮毫千萬字〔一〇〕。老夫識君年最深，年來多病苦侵凌〔一一〕。賦詩飲酒皆非敵〔一二〕，危坐看君浮太白〔一三〕。

【校記】

①君：原本作“吾”，蜀藩本作“君”。上句云“强我富”，下句自不當以“吾”對“我”，故改作“君”。

【箋注】

〔一〕作於熙寧十年（一〇七七）十月。飲餞：以酒餞行。《詩·邶風·泉水》：“出宿于泲，飲餞于禰。”

〔二〕“送君”二句：謂與王送行自己不去買酒，因爲知道王有好酒。唐盧仝《歎昨日三首》之一：“秋風落葉客腸斷，不辦斗酒開愁眉。”宋歐陽脩《病告中懷子華原父》：“花明曉日繁如錦，酒撥浮醅緑似蠅。”撥醅（pēi）：未濾過的重釀酒。浮蟻：酒面上的浮沫。

〔三〕唐王維《送别》：“下馬飲君酒，問君何所之。”

〔四〕杯棬（quān）：一種木質的飲器。《孟子·告子上》：“性，猶杞柳也；義，猶桮棬也。以人性爲仁義，猶以杞柳爲桮棬。”清焦循正義引《大戴禮記·曾子事父母》盧辯注：“杯，盤盎盆盞之總名也。蓋桮爲總名，其未彫未飾時，名其質爲棬，因而桮器之不彫不飾者，即通名爲棬也。”此用杯棬代指酒。蘇轍《早睡》：“杯棬相勤酬，往往見譏誚。”

〔五〕謂自己生活清貧。苜蓿：見《次韻子瞻送范景仁遊嵩洛》注〔九〕。

〔六〕空廚：空無一物的廚房。唐皮日休《苦雨雜言寄魯望》：“兒飢僕病漏空厨，無人肯典破衣裾。”赤腳：唐韓愈《寄盧仝》：“玉川先生洛城裏，破屋數間而已矣。一奴長鬚不裹頭,一婢赤脚老無齒。”後以赤脚指婢女。

〔七〕唐韓愈《送李尚書赴襄陽八韻得長字》:“風流峴首客,花豔大堤倡。”《樂府詩集·清商曲辭·西曲歌中·襄陽樂》:“朝發襄陽城,暮至大堤宿。大堤諸女兒,花豔驚郎目。”

〔八〕樂易:和樂平易。參《和子瞻東陽水樂亭歌》注〔八〕。

〔九〕大軸:尺幅較大的書軸。

〔一〇〕唐任華《懷素上人草書歌》:“大叫一聲起攘臂,揮毫倏忽千萬字。”揮毫:揮筆。

〔一一〕唐杜甫《多病執熱奉懷李尚書》:“衰年正苦病侵淩,首夏何須氣鬱蒸。”侵凌:侵犯,欺凌。

〔一二〕敵:匹配。

〔一三〕危坐:即正身而跪。唐盧照鄰《贈益府裴録事》:“長歌欲對酒,危坐遂停弦。”太白:即大白。大酒杯。漢劉向《説苑·善説》:“魏文侯與大夫飲酒,使公乘不仁爲觴政,曰:‘飲不釂者,浮以大白。’”

送王鞏兼簡都尉王詵〔一〕

可憐杜老貧無食〔二〕,杖藜曉入春泥濕〔三〕。諸家厭客頻惱人,往往閉門不得入〔四〕。我今貧與此老同,交遊冷落誰相容。幸君在此足遊衍〔五〕,終日騎馬西復東。送君仍令君置酒,如此貧交世安有〔六〕。君歸速語王武子〔七〕,因君同船置十斗〔八〕。

【箋注】

〔一〕作於熙寧十年(一〇七七)十月。王詵:見《王詵都尉寶繪堂詞》注〔一〕。

〔二〕杜老:指杜甫。見《和張安道讀杜集》注〔一〕。杜甫《北征》:“所愧爲人父,無食致夭折。豈知秋禾登,貧窶有倉卒。”

〔三〕杜甫《雨過蘇端》:“雞鳴風雨交,久旱雨亦好。杖藜入春泥,無食起我早。”杖藜:拄著手杖行走。

〔四〕"諸家"二句：杜甫《奉贈韋左丞丈二十二韻》："騎驢三十載，旅食京華春。朝叩富兒門，暮隨肥馬塵。殘杯與冷炙，到處潛悲辛。"唐姚合《閑居遣懷十首》之七："演步憐山近，閑眠厭客頻。"

〔五〕遊衍：暢遊。杜甫《八哀詩·故秘書少監武功蘇公源明》："結交三十載，吾與誰遊衍。"

〔六〕貧交：貧賤時交往的朋友。《史記·貨殖列傳》："［陶朱公］十九年之中三致千金，再分散與貧交、疏昆弟。"唐李白《送魯郡劉長史遷弘農長史》："臨行贈貧交，一尺重山嶽。"

〔七〕王武子：指王濟（約二四〇—約二八五）。濟字武子。晉太原晉陽（今山西太原市）人，王渾子。少有逸才，善《易》及《老》《莊》，長于清言，文詞儁茂，與姊夫和嶠及裴楷齊名。尚武帝女常山公主。歷中書郎、驍騎將軍、侍中，與侍中孔恂、王恂、楊濟爲一時秀彦。出爲河南尹，未拜，坐鞭王官吏免官，移第北邙山下。後以白衣領太僕。濟外雖弘雅，内實忌刻，好以言傷人，儕類以此少之。伎藝過人，尤解馬性，好弓馬，勇力超群。性豪侈，麗服玉食，如王愷比。先于父渾卒。《晉書》有傳。按，王詵亦爲駙馬且爲貴胄，故以作比。蘇軾《書王定國所藏王晉卿畫著色山二首》之二："寄語風流王武子，三人俱是識山人。"

〔八〕十斗：謂酒。《楚辭·屈原〈九歌·東君〉》："援北斗兮酌桂漿"宋洪興祖補注："《詩》云：酌以大斗。斗，酒器也。"陳後主《獨酌謡四首》之四："卷舒乃一卷，忘情且十斗。"

吕希道少卿松局圖〔一〕

溪回山石間〔二〕，蒼松立四五。水深不可涉，上有横橋渡〔三〕。溪外無居人，盤石平可住〔四〕。縱横遠山出，隱見雲日莫。下有四老人，對局不回顧〔五〕。石泉雜松風①〔六〕，入耳如暴雨。不聞人世喧〔七〕，自得山中趣〔八〕。何人昔相遇，圖畫入紈素〔九〕。塵埃依古壁，永日奉樽俎〔一〇〕。隱居畏人知，好事竟相誤。我來再三嘆〔一一〕,空有飛鴻慕〔一二〕。逝將從之遊〔一三〕,不惜爛樵斧〔一四〕。

【校記】

①松風:原本、宋建本作"風松",據蜀藩刻本改。

【箋注】

〔一〕作於熙寧十年(一〇七七)十月冬。吕希道:字景純,壽州(治今安徽鳳臺縣)人,丞相吕夷簡之孫、翰林侍讀學士公綽之子。慶曆進士,歷知解、和、滁、汝、澶、湖、亳七州,皆有惠政。累遷少府監。熙寧、元豐間,士急於進取,希道獨雍容安分,遇事有不可,必力争。及元祐初,吏道寬平,希道亦不改常度,爲時所稱。蘇軾有《送吕希道知和州》詩。少卿:見《次韻沈立少卿白鹿》注〔一〕。揆之詩意,此圖當是吕希道所藏古畫。

〔二〕回:瀠洄。唐杜甫《玉華宫》:"溪回松風長,蒼鼠竄古瓦。"

〔三〕横橋:疑指獨木橋。蘇轍《濯纓庵》:"横木爲橋便獨往,結茅依島類天成。"

〔四〕盤石:即磐石,大石。

〔五〕對局:下圍棋。

〔六〕《楚辭·屈原〈九歌·山鬼〉》:"山中人兮芳杜若,飲石泉兮蔭松柏。"

〔七〕唐白居易《遊悟真寺詩》:"漸怪耳目曠,不聞人世喧。"

〔八〕唐常達《山居八詠》之一:"有問山中趣,庭前是古松。"

〔九〕紈素:此指用來作畫的潔白精緻的細絹。漢班婕妤《怨詩》:"新裂齊紈素,鮮潔如霜雪。"

〔一〇〕樽俎:古代盛酒肉的器皿。尊,盛酒器。俎,置肉之几。《禮記·樂記》:"鋪筵席,陳尊俎,列籩豆。"

〔一一〕《文選·古詩十九首·西北有高樓》:"一彈再三嘆,慷慨有餘哀。"

〔一二〕羡慕鴻鵠高飛雲天,不受羈束。

〔一三〕《詩·魏風·碩鼠》:"逝將去女,適彼樂土。"鄭箋:"逝,往也。"

〔一四〕舊本題梁任昉《述異記》卷上:"信安郡石室山,晉時王質伐木至,見童子數人棊而歌,質因聽之,童子以一物與質,如棗核,質含之,不覺饑。俄頃童子謂曰:'何不去?'質起視,斧柯爛盡,既歸,無復時人。"

睢陽五老圖〔一〕

賢才冠世得優閑，免向金門老贅冠〔二〕。頌德華名盈滿軸，規章文獻表穹桓〔三〕。宦家有道生忠烈，夷夏初寧諫齒寒〔四〕。正是紫微垣裹客〔五〕，如今列上畫圖看。

【箋注】

〔一〕作於熙寧十年（一〇七七）。此時張方平爲南京（今河南商丘市）留守，辟轍簽書應天府判官。商丘即睢陽。蘇軾《出獄次前韻二首》之二："堪笑睢陽老從事，爲余投檄向江西。"所謂"睢陽老從事"即戲稱蘇轍。而睢陽五老於此處致仕，皆爲地方名賢，蘇轍題詠《五老圖》，自在情理之中，故繫於此。本詩輯自清《御定歷代題畫詩類》卷四十一。宋錢明逸《五老圖序》："夫蹈榮名而保終吉，都貴勢而躋遐耉，白首一節，人生所難。今致仕官師相國杜公，雅度敏識，圭璋巖廟，清德令望，龜準當世，功成自引，得謝君門。視所難得者，則安享之；謂所難行者，則恬居之。燕申睢陽，與太原王公、故衛尉河東畢卿、兵部沛國朱公、駕部始平馮公，咸以耆年掛冠。優游鄉梓，暇日宴集，爲五老會。賦詩酬唱，怡然相得。宋人形於繪事，以紀其盛。昔唐白樂天居洛陽，爲九老會，于今圖識相傳，以爲勝事。距兹數百年，無能紹者。以今況昔，則休烈鉅美過之。明逸游公之門久矣，以鄉閭世契，倍厚常品。今假守留鑰，日登翹館，因得圖像，占述序引，以代鄉校詠謠之萬一。至和丙申中秋日錢明逸。"《式古堂書畫叢考・畫十五》："《睢陽五老圖》初藏畢公孫家。紹熙辛亥，兵部朱公孫信庵以故宅餘地易歸，日夕拜瞻祖像。"

〔二〕"賢才"二句：謂睢陽五老得悠閒之樂，而免於仕途奔競。金門：即金馬門。漢代宫門名。學士待詔之處。《史記・滑稽列傳》："金馬門者，宦[者]署門也。門傍有銅馬，故謂之曰'金馬門'。"贅冠：古代特指官吏所戴的禮帽，此謂以仕進爲累。

〔三〕"頌德"二句：謂五老德名可垂範後世。

〔四〕"宦家"二句：表彰五老功績。謂五老勤於王事且敢於規諫朝政得失。

〔五〕紫微垣:星官名,三垣之一。古人以爲天帝所居之地。後指帝王宫殿。《晉書·天文志上》:"紫宫垣十五星,其西蕃七,東蕃八,在北斗北。一曰紫微,大帝之座也,天子之常居也,主命主度也。"

寄孔武仲〔一〕

濟南舊遊中〔二〕,好學惟君耳。君居面南麓,洶湧岡巒起。我來輒解帶〔三〕,簷下炙背睡〔四〕,煎茶食梨栗〔五〕,看君誦書史〔六〕。君歸苦倉卒,窻户日摧毁〔七〕。遷居就清曠〔八〕,改築富前址〔九〕。開畦得遺植〔一〇〕,遶壁見題字。雲山顧依然,簿領輒隨至〔一一〕。思君猶未忘〔一二〕,滿秩行自棄〔一三〕。爾來鉅野溢〔一四〕,流潦壓城壘〔一五〕。池塘漫不知〔一六〕,亭榭日傾弛〔一七〕。官吏困堤障〔一八〕,麻鞋汙泥滓〔一九〕。别來能幾何,陵谷既遷徙〔二〇〕。它日重相逢,衰顔應不記〔二一〕。

【箋注】

〔一〕作於熙寧十年(一〇七七)十月冬。孔武仲:見《和孔教授武仲濟南四詠》注〔一〕。按,武仲時在京師爲國子直講。

〔二〕熙寧六年四月,蘇轍爲李師中所招任齊州掌書記,時孔武仲爲齊州教授。

〔三〕解帶:解開衣帶。表示關係親近故不拘常禮。南朝梁沈約《遊沈道士館》:"開衿濯寒水,解帶臨清風。"

〔四〕炙背:曬背。參《和子瞻煎茶》注〔八〕。

〔五〕蘇軾《中秋月三首》之二:"豈知衰病後,空盞對梨栗。"

〔六〕書史:泛指典籍。唐韓愈《此日足可惜贈張籍》:"閉門讀書史,窗户忽已涼。"

〔七〕摧毁:摧折,毁壞。

〔八〕清曠:清浄,開闊。《後漢書·仲長統傳》:"欲卜居清曠,以樂其志。"

〔九〕富:富餘。

〔一〇〕開畦(qí):猶言開荒。遺植:前人遺留下來的植物。

〔一一〕簿領:官府的簿籍文書。

〔一二〕三國魏曹丕《燕歌行二首》之一:“憂來思君不敢忘,不覺淚下沾衣裳。”

〔一三〕滿秩:官吏任期結束。行:輒;即。

〔一四〕此下六句云本年河決之事。蘇軾有《河復》詩叙云:“熙寧十年秋,河决澶淵,注鉅野,入淮泗。自澶、魏以北皆絶流,而濟、楚大被其害。彭門城下水二丈八尺,七十餘日不退,吏民疲於守禦。”鉅野:古湖澤名。在今山東省鉅野縣北五里。《史記・孔子世家》:“魯哀公十四年春,狩大野。”南朝宋裴駰集解引漢服虔曰:“大野,藪名,魯田圃之常處,蓋今鉅野是也。”

〔一五〕流潦:地面流動的積水。

〔一六〕謂一片汪洋,不知哪兒原是池,哪兒原是塘。

〔一七〕傾弛:傾頽,垮塌。

〔一八〕謂官吏困於築堤防水等事。

〔一九〕杜甫《述懷》:“麻鞋見天子,衣袖見兩肘。”清仇兆鼇注:“至周以麻爲之,謂之麻鞋,貴賤通著。”參五代馬縞《中華古今注・麻鞋》。

〔二〇〕《詩・小雅・十月之交》:“高岸爲谷,深谷爲陵。”

〔二一〕謂彼時或已衰老互相不認識了。喻後會難期。

孔君亮郎中新葺闕里西園棄官而歸〔一〕

宦情牢落苦思歸〔二〕,君側無人留子思〔三〕。手種松筠須灌溉〔四〕,親修寢廟憶烝祠〔五〕。定應此去添桃李〔六〕,還使①舊塋無棘茨〔七〕。他日東遊訪遺烈〔八〕,因公導我謁先師〔九〕。

【校記】

①使:原作“似”,據宋建本、蜀藩刻本、叢刊本改。

【箋注】

〔一〕作於熙寧十年(一〇七七)十月冬。孔舜亮:字君亮,仙源(今山東曲阜市)人。孔子後裔,曾官少師,宋仁宗六年宰曲阜。闕里:孔子故里。在今山東曲阜城内闕里街。因有兩石闕,故名。孔子曾在此講學。後建有孔廟,幾占全城之半。《孔子家語・七十二弟子解》:"顔由,顔回父,字季路,孔子始教學於闕里,而受學,少孔子六歲。"

〔二〕唐白居易《病假中龐少尹携魚酒相過》:"宦情牢落年將暮,病假聯緜日漸深。"牢落:孤寂無聊;消沉。

〔三〕《孟子・公孫丑下》:"[孟子]曰:'坐,我明語子。昔者,魯繆公無人乎子思之側,則不能安子思;泄柳、申詳無人乎繆公之側,則不能安其身。'"此謂其棄官而歸。子思:孔子之孫,受學于曾子,獨傳孔門心法,作《中庸》以傳父師之意。後世稱爲述聖。

〔四〕松�:松竹。唐蕭項《贈翁承贊漆林書堂詩》:"手植松筠同茂盛,身榮金紫倍光輝。"

〔五〕謂對親手修繕的廟堂時時惦記著。寢廟:古代宗廟的正殿稱廟,後殿稱寢,合稱寢廟。《詩・小雅・巧言》:"奕奕寢廟,君子作之。"《禮記・月令》:"寢廟畢備。"漢鄭玄注:"凡廟,前曰廟,後曰寢。"唐孔穎達疏:"廟是接神之處,其處尊,故在前,寢,衣冠所藏之處,對廟爲卑,故在後。但廟制有東西廂,有序牆,寢制唯室而已。故《釋宫》云'室有東西廂曰廟,無東西廂有室曰寢'是也。"烝嘗:指祭祀。冬祭曰烝,春祭曰祠。因代指祭祀。

〔六〕謂孔回歸將培育後進。桃李:喻門生。《韓詩外傳》卷七:"夫春樹桃李,夏得陰其下,秋得食其實。"後遂以"桃李"比喻栽培的後輩和所教的門生。唐劉禹錫《宣上人遠寄和禮部王侍郎放榜後詩因而繼和》:"一日聲名遍天下,滿城桃李屬春官。"

〔七〕舊塋(yíng):先人之墓地,此指孔林。棘茨:荆棘,蒺藜。《詩・小雅・楚茨》:"楚楚者茨,言抽其棘。"按,《太平御覽・禮義部・塚墓》引《皇覽冢墓記》:"孔子塋中不生荆棘及刺人草。"

〔八〕謂到曲阜游覽憑吊。因曲阜在東,故云東游。遺烈:前人遺留的業跡。《史記・越王勾踐世家論》:"句踐可不謂賢哉!蓋有禹之遺烈焉。"

〔九〕先師:指孔子。見《次韻子瞻減降諸縣囚徒事畢登覽》注〔二二〕。晉陶潛《癸卯歲始春懷古田舍二首》之二:"先師有遺訓,憂道不憂貧。"

寄濟南守李公擇〔一〕

岱陰皆平田〔二〕，濟南附山麓。山窮水泉見，發越遍溪谷〔三〕。分流遶塗巷〔四〕，暖氣烝草木〔五〕。下田滿粳稻〔六〕，秋成比禾菽〔七〕。池塘浸餘潤〔八〕，菱芡亦云足〔九〕。辭家四千里，恃此慰窮獨〔一〇〕。公從吴興來〔一一〕，苕霅猶在目〔一二〕。應恐齊魯間，長被塵土辱〔一三〕。不知西垣下，滉漾千畝渌〔一四〕。仰見鷗鷺翻〔一五〕，俯視龜魚浴〔一六〕。初來厭桴鼓〔一七〕，稍久捐鞭扑〔一八〕。清詩調嘉賓〔一九〕，夜話繼華燭〔二〇〕。飛花暮雪深〔二一〕，浮蟻糟床熟〔二二〕。相對各忘歸〔二三〕，西來自嫌速〔二四〕。人生每多故〔二五〕，樂事難再卜〔二六〕。鉅野一汗漫〔二七〕，河濟相騰蹙〔二八〕。流沙翳桑土〔二九〕，蛟蜃處人屋〔三〇〕。農畝分沉埋〔三一〕，城門遭板築〔三二〕。傷心念漂蕩〔三三〕，引手救顛覆〔三四〕。勞苦空自知，吁嗟欲誰告〔三五〕。遥知舊遊處，落落空遺躅〔三六〕。平生讀書史，物理粗能矚〔三七〕。歸耕久不遂〔三八〕，終作羝羊觸〔三九〕。賦詩心自驚〔四〇〕，請公再三讀。

【箋注】

〔一〕作於熙寧十年（一〇七七）十月冬。李公擇：見《題滑州畫舫齋贈李公擇學士》注〔一〕。

〔二〕《公羊傳・桓公十六年》：“越在岱陰齊。”漢何休注：“岱，岱宗，泰山也。山北曰陰。”平田：平坦的田地。

〔三〕謂泉水散布分流。發越：播散；散發。《文選・司馬相如〈上林賦〉》：“欝欝菲菲，衆香發越。”晉郭璞注：“香氣射散也。”

〔四〕分流：水分道而流，即支流。南朝宋謝靈運《于南山往北經湖中瞻眺》：“石横水分流，林密蹊絶蹤。”

〔五〕《禮記・王制》：“南方曰蠻，雕題交趾，有不火食者矣。”漢鄭玄注：“地氣煖，不爲病。”烝：後來寫作“蒸”。

〔六〕下田:下等的田。《書·夏書》:"濟河惟兗州。……厥田惟中下。"粳(jīng)稻:見《李氏園》注〔二五〕。

〔七〕秋成:秋季豐收。唐孟雲卿《田園觀雨兼晴後作》:"秋成不廉儉,歲餘多餒饑。"禾菽:穀類和豆類。比:猶言比比,到處都是。與上"滿"對文。

〔八〕餘潤:富足的水。杜甫《太平寺泉眼》:"何當宅下流,餘潤通藥圃。"

〔九〕菱芡:菱角和芡實。《文選·張衡〈東京賦〉》:"獻鼈蜃與龜魚,供蝸蠯與菱芡。"三國吴薛綜注:"菱,芰也。芡,雞頭也。"杜甫《渼陂西南臺》:"況資菱芡足,庶結茅茨迥。"參《次韻子瞻渼陂魚》注〔二〕。

〔一〇〕杜甫《述懷》:"沈思歡會處,恐作窮獨叟。"

〔一一〕李常先知湖州,自湖移濟南,湖州舊稱吴興。故云。

〔一二〕苕霅(shà):苕溪、霅溪二水的並稱。今在浙江省湖州市境内。

〔一三〕被:遭受。蘇轍《竹軒》:"翦伐非所辭,不受塵土辱。"

〔一四〕滉漾:晃動,蕩漾。渌:清澈。

〔一五〕唐白居易《閒居自題》:"波閒戲魚鼈,風静下鷗鷺。"

〔一六〕唐權德輿《侍從遊後湖讌坐》:"穠芳射水木,欹葉遊龜魚。"

〔一七〕桴鼓:指警鼓。參《送排保甲陳祐甫》注〔六〕。

〔一八〕鞭扑:用於責罰的鞭子、木杖。《漢書·刑法志》:"薄刑用鞭扑。"唐顔師古注:"扑,杖也。"

〔一九〕清詩:清新雅致的詩。參《和頓主簿起見贈二首》之二注〔四〕。嘉賓:貴客。《詩·小雅·鹿鳴》:"我有嘉賓,鼓瑟吹笙。"

〔二〇〕杜甫《羌村三首》之一:"夜闌更秉燭,相對如夢寐。"

〔二一〕飛花:指雪花。唐李白《與諸公送陳郎將歸衡陽》:"迴飈吹散五峰雪,往往飛花落洞庭。"

〔二二〕浮蟻:酒上的浮沫。糟床:榨酒的器具。杜甫《羌村三首》之二:"賴知禾黍收,已覺糟牀注。"

〔二三〕蘇軾《次韻劉景文路分上元》:"嬉遊各忘歸,闐咽頃未覿。"

〔二四〕西來:蘇轍自謂來南京。

〔二五〕唐李白《聞丹丘子于城北營石門幽居中有高鳳遺跡僕離群遠懷亦有棲遁之志因叙舊以寄之》:"人生信多故,世事豈惟一。"白居易《曲江感秋二首并序》:“噫,人生多故,不知明年秋又何許也。”

〔二六〕唐元稹《戲贈樂天復言》:“樂事難逢歲易徂,白頭光景莫令孤。”蘇轍《黄州陪子瞻遊武昌西山》:“妻孥寄九江,此會難再卜。”

〔二七〕謂熙寧十年水災事。《宋史·河渠志二》:“[熙寧十年]八月,又決鄭州滎澤。於是文彦博言:‘臣正月嘗奏:德州河底淤澱,泄水稽滯,上流必至壅遏。又河勢變移,四散漫流,兩岸俱被水患,若不預爲經制,必溢魏、博、恩、澶等州之境。……今者果大决溢,此非天災,實人力不至也。’”鉅野:古湖澤名。參《寄孔武仲》注〔一四〕。汗漫:廣大、漫無邊際。此謂水勢。

〔二八〕河濟(jǐ):濟水,古水名,古四瀆之一,在今山東境内。《書·禹貢》:“導沇水,東流爲濟,入于河,溢爲滎,東出于陶丘北,又東至于菏,又東北會于汶,又北東入于海。”孔傳:“發源爲沇,流去爲濟,在温西北平地。”騰蹙:奔騰蹙踏。蘇轍《河冰》:“匯流忽騰蹙,曲岸相撑抵。”

〔二九〕流沙:携帶泥沙的河流。桑土:宜於植桑的土地。《書·禹貢》:“桑土既蠶,是降丘宅土。”唐孔穎達疏:“宜桑之土既得桑養蠶矣。”

〔三〇〕蛟蜃(shèn):蛟龍和大蛤。此泛指水生動物。

〔三一〕分(fèn):料想。

〔三二〕謂防止洪水浸灌城中而夯土築實城門。板築:築牆用具。板,夾板;築,杵。築牆時,以兩板相夾,填土於其中,用杵搗實。《史記·黥布列傳》:“項王伐齊,身負板築,以爲士卒先。”南朝宋裴駰集解引李奇曰:“板,牆板也;築,杵也。”宋梅堯臣《觀水》:“秋水漫長堤,郊原上下迷。孤城閉板築,高樹見巢棲。”

〔三三〕念:憐。飄蕩:飄泊,流離失所。杜甫《羌村三首》之一:“世亂遭飄蕩,生還偶然遂。”

〔三四〕顛覆:困窮。《詩·邶風·谷風》:“昔育恐育鞫,及爾顛覆。”

〔三五〕吁嗟:感傷之辭。《楚辭·屈原〈卜居〉》:“吁嗟嘿嘿兮,誰知吾之廉貞。”

〔三六〕落落:蕭條,冷清貌。遺躅(zhú):猶遺跡。

〔三七〕矚:認識;明了。

〔三八〕歸耕:辭官歸隱,從事耕作。《吕氏春秋·贊能》:“子何以不歸耕乎,吾將爲子遊。”

〔三九〕謂進退維谷。羝羊觸:語出《易・下經・大壯》:“上六,羝羊觸藩,不能退,不能遂,无攸利;艱則吉。”晉郭璞《遊仙詩》:“進則保龍見,退則觸藩羝。”

〔四〇〕唐李商隱《贈田叟》:“誠感激在野,無賢心自驚。”

雪中會飲李倅鈞東軒三絶〔一〕

其一

衆客喧譁發酒狂,逡巡密雪自飛揚〔二〕。莫嫌作賦無枚叟〔三〕,且喜延賓有孝王〔四〕。

【箋注】

〔一〕作於熙寧十年(一〇七七)十二月底。蘇轍十二月二十三日作《南京祈禱文》之三:“終歲不雪,麥將大乾。”雪當在此後。李鈞:武進人(今屬江蘇常州市),慶曆二年進士,以尚書郎爲南都通守。倅(cuì):副職。

〔二〕逡巡:頃刻,猶言突然。密雪:大雪。

〔三〕枚叟:西漢枚乘、枚皋父子皆善辭賦,此指枚乘。枚乘(?一前一四〇),字叔,西漢淮陰(今江蘇淮安市)人,景帝時爲吴王濞郎中。吴王謀逆,乘諫不納,去之梁。梁孝王尊爲上客,景帝召拜弘農都尉。以病去官。乘善詞賦,所作《七發》最爲有名。武帝即位,以安車蒲輪徵,道卒。《漢書》有傳。

〔四〕延賓:接待客人。孝王:即梁孝王。漢文帝子、漢景帝弟劉武。始封代,後徙淮陽、梁。好客養士,曾築東苑,一時四方豪傑雲集,司馬相如、枚乘、鄒陽皆曾爲其座上賓。《漢書》有傳。南朝宋謝惠連《雪賦》:“歲將暮,時既昬。寒風積,愁雲繁。梁王不悦,遊于兔園。迺置旨酒,命賓友,召鄒生,延枚叟。”

其二

雪花如掌墮堦除〔一〕,劇飲時看卧酒壺〔二〕。半夜瓊瑶深没膝〔三〕,

欲歸迷路肯留無〔四〕。

【箋注】

〔一〕唐羅鄴《大散嶺》:"過往長逢日色稀,雪花如掌撲行衣。"堦除:即階除,臺階。

〔二〕謂痛飲後空酒壺零落倒卧。

〔三〕瓊瑶:此喻雪花。唐白居易《西樓喜雪命宴》:"四郊鋪縞素,萬室甃瓊瑶。"

〔四〕無:語氣詞,猶嗎。唐白居易《問劉十九》:"晚來天欲雪,能飲一杯無。"

其三

竹裹茅庵雪覆簷,爐香藹藹著蒲簾〔一〕。欲求初祖安心法〔二〕,笑我醺然已半酣〔三〕。

【箋注】

〔一〕藹藹:香氣瀰漫貌。《楚辭·劉向〈九歎·愍命〉》:"懷椒聊之藹藹兮,乃逢紛以罹詬。"漢王逸注:"藹藹,香貌。"蒲簾:蒲草做的門簾。

〔二〕初祖:始祖,指達摩。《五燈會元·東土祖師·初祖菩提達磨大師者》:"[初祖菩提達磨大師者],南天竺國香至王第三子也。"安心法:即禪宗的禪定。佛教禪宗修行方法之一。参《少林寺贈頓起》注〔四〕。

〔三〕醺然:微醉貌。半酣:半醉。唐白居易《琴酒》:"耳根得聽琴初暢,心地忘機酒半酣。"

張恕寺丞益齋〔一〕

人生不讀書,空洞一無有〔二〕。羡君常齋居〔三〕,散帙滿前後〔四〕。開編試尋繹〔五〕,閱歲行自富〔六〕。從横畫圖中①〔七〕,次第宫商奏。汪洋畜江河,眇莽包林藪〔八〕。興亡數千歲,絡繹皆在口〔九〕。顧念今所知,頗覺前日陋[一〇]。我家亦多書,早歲嘗竊叩[一一]。晨耕掛牛角[一二],夜燭借鄰牖[一三]。經年謝賓客[一四],飢坐失昏晝[一五]。堆胷稍蟠屈[一六],落筆逢左右[一七]。樂如聽鈞天[一八],醉劇飲醇酎[一九]。自從厭蓬蓽[二〇],誤逐功名誘。初心一漂蕩[二一],舊學皆榛莠[二二]。失足難遽回[二三],撫卷長自詬[二四]。幸君無事年,謂可終身守。春耕不厭深,秋穫當自受[二五]。金玉或爲災[二六],詩書豈相負。

【校記】

①中:原本、宋建本作“出”,據蜀藩刻本改。

【箋注】

〔一〕作於熙寧十年(一〇七七)十二月底。張恕:字忠甫,一字厚之,張方平子,初,人以爲愚,而力學自奮,與蘇軾弟兄、王鞏等詩酒唱和。蘇軾嘗有《張厚之忠甫字説》文。元祐間,擢將作監丞。崇寧元年,以直秘閣知蘇州,元祐黨人案起,落職入黨籍。參《元祐黨人傳》卷八、《宋元學案要補遺》卷九十六。益齋:張恕書齋名,蘇軾是年曾爲作《張寺丞益齋》。

〔二〕《世説新語·排調》:“王丞相枕周伯仁膝,指其腹曰:‘卿此中何所有?’答曰:‘此中空洞無物,然容卿輩數百人。’”

〔三〕齋居:家居;閒居。

〔四〕散帙:打開的書。《文選·謝靈運〈酬從弟惠連〉》:“淩澗尋我室,散帙問所知。”唐劉良注:“散帙,謂開書帙也。”

〔五〕尋繹:探尋推求。

〔六〕閲歲:經歷年歲。

〔七〕從横:即縱横。謂多而雜亂。《文選·左思〈吴都賦〉》:“鈎餌縱横,網罟接緒。”唐張銑注:“縱横,言多也。”

〔八〕眇莽:廣大遼闊貌。莽,同“莽”。按,此喻張歷歲既久,蓄積日富,如江河之浩瀚,林藪之遼遠。

〔九〕絡繹:猶滔滔不絶。

〔一〇〕“顧念”二句:晉陶潛《歸去來兮辭》:“實迷途其未遠,覺今是而昨非。"

〔一一〕《禮記・學記》:"善待問者如撞鐘,叩之以小者則小鳴,叩之以大者則大鳴。"

〔一二〕《新唐書・李密傳》:"感厲讀書,聞包愷在緱山,往從之。以蒲韉乘牛,挂《漢書》一帙角上,行且讀。"

〔一三〕《藝文類聚・雜文部一・讀書》引《漢書》曰:"匡衡鑿壁,引鄰家火光,孔中讀書。"

〔一四〕謂讀書勤苦而謝絶訪客。

〔一五〕謂讀書專注分不清晝夜。

〔一六〕堆胸:喻書之多。唐盧仝《自詠》之二:"萬卷堆胸朽,三光撮眼明。"

〔一七〕謂下筆左右逢源。極言文思敏捷。

〔一八〕鈞天:"鈞天廣樂"的略語。指天上的音樂。參《次韻子瞻見寄》注〔九〕。

〔一九〕《禮記・月令》:"[孟夏之月]天子飲酎,用禮樂。"鄭玄注:"酎之言醇也,謂重釀之酒也。春酒至此始成,與羣臣以禮樂飲之於朝,正尊卑也。"宋歐陽脩《七交七首・自叙》:"飲德醉醇酎,襲馨佩春蘭。"

〔二〇〕蓬蓽(bì):"蓬門蓽户"之省。參《送張公安道南都留臺》注〔二〇〕。

〔二一〕初心:本意。漂蕩:動摇。

〔二二〕榛莠(zhēn yǒu):榛樹和狗尾草,此喻荒蕪。

〔二三〕失足:喻做錯事。回:挽救。

〔二四〕自詬(gòu):自己責駡自己。以上六句皆轍自謙之語。

〔二五〕《漢書・食貨志》:"春耕夏耘,秋穫冬藏。"此喻學力到時,自有所成。

〔二六〕《老子》第九章:"金玉滿堂,莫之能守。富貴而驕,自遺其咎。"宋黄庭堅《題胡逸老致虚庵》:"藏書萬卷可教子,遺金滿籯常作災。"

附録　蘇軾《張寺丞益齋》

張子作齋舍,而以益爲名。吾聞諸夫子,求益非速成。譬如遠遊客,日夜事征行。今年適燕薊,明年走蠻荆。東觀盡滄海,西涉渭與涇。歸來閉户坐,八方在軒庭。又如學醫人,識病由飽更。風雨晦明淫,跛躄瘖聾盲。虚實在其脈,静躁在其情。榮枯在其色,壽夭在其形。苟能閲千人,望見知死生。爲學務日益,此言當自程。爲道貴日損,此理在既盈。願君書此詩,以爲益齋銘。

除夜會飲南湖懷王鞏〔一〕

歲晚城東故相家〔二〕,夜聽簾外落瓊花〔三〕。醉眠東閣銀釭暗〔四〕,起視中庭風竹斜〔五〕。魯酒近來無奈薄〔六〕,秦筝别後苦聞誇〔七〕。思君倦對空陂飲〔八〕,歸去紛如日莫鴉〔九〕。

【箋注】

〔一〕作於熙寧十年(一〇七七)除夕。除夜:除夕。

〔二〕當即王鞏之家。鞏乃宋名相王旦之孫,鞏父素,旦之第三子,見《宋史·王旦傳》。

〔三〕瓊花:喻雪花。唐盧綸《孤松吟詶渾贊善》:"陰郊一夜雪,榆柳皆枯折。迴首望君家,翠蓋滿瓊花。"

〔四〕銀釭:銀白色的燈盞、燭臺。南朝梁元帝《草名》:"金錢買含笑,銀釭影梳頭。"

〔五〕宋曾鞏《早起赴行香》:"枕前聽盡小梅花,起見中庭月未斜。"

〔六〕魯酒:魯國出産的酒。味淡薄,後作爲薄酒的代稱。典出《莊子·胠篋》:"魯酒薄而邯鄲圍。"唐陸德明釋文:"許慎注《淮南》云:'楚會諸侯,魯趙俱獻酒於楚王,魯酒薄而趙酒厚。楚之主酒吏求酒於趙,趙不與。吏怒,乃以趙厚酒易魯薄酒奏之。楚王以趙酒薄,故圍邯鄲也。'"北周庾信《哀江南賦》序:"楚歌非取樂之方,魯酒無忘憂之用。"

〔七〕此句追憶當時飲宴音聲之美。秦筝:漢應劭《風俗通·聲音·筝》:"謹按:《禮樂記》:'筝五弦,築身也。'今并、涼二州筝形如瑟,不知誰所改作也。或曰:秦蒙恬所造。"

〔八〕空陂(bēi):空無一人的池塘,這裏當指曾經會飲之南湖。

〔九〕唐高適《重陽》:"真成獨坐空搔首,門柳蕭蕭噪暮鴉。"

次韻張恕戲王鞏〔一〕去歲此日大雪,僕醉定國東齋。

二君豪俊並侯家〔二〕,歌舞爭妍不受誇〔三〕。聞道肌膚如素練〔四〕,更堪鬢髮似飛鴉〔五〕。

【箋注】

〔一〕作於元豐元年(一〇七八)正月。張恕:張安道之子。參《張恕寺丞益齋》注〔一〕。

〔二〕二君:張恕和王鞏。並侯家:張恕父張方平,歷任知諫院、知制誥、知開封府、翰林學士、御史中丞,神宗朝官拜參知政事(即宰相)。王鞏乃名相王旦之孫,故云。

〔三〕不受:猶言不勝。

〔四〕謂當時歌妓膚色之白皙。唐杜甫《春日戲題惱郝使君兄》:"願携王趙兩紅顔,再騁肌膚如素練。"素練:白色絹帛。

〔五〕謂歌妓鬢髮之黑。《西洲曲》:"單衫杏子紅,雙鬢鵶鶵色。"

送轉運判官李公恕還朝〔一〕

我行未厭山東遠,昔遊歷下今梁宛①〔二〕。官如雞肋浪奔馳〔三〕,政似牛毛常黽勉〔四〕。幸公四年持使節〔五〕,按行千里長相見〔六〕。鷹掣秋田伏兔驚〔七〕,驥馳平野疲牛倦〔八〕。似憐多病與時違,未怪兩川從事懶〔九〕。除書奪去一何速〔一〇〕,歸袖翩然不容挽〔一一〕。黄河東注竭崑崙〔一二〕,鉅野横流入州縣〔一三〕。民事蕭條委濁流〔一四〕,扁舟出入隨奔電〔一五〕。回首應懷微禹憂〔一六〕,歸朝且喜寧親便〔一七〕。公知齊楚即爲魚〔一八〕,勸築宣防不宜緩〔一九〕。

【校記】

①苑:原本作“宛”,從宋建本、蜀藩刻本、叢刊本、四庫本改。

【箋注】

〔一〕作於元豐元年(一〇七八)正月。轉運判官:轉運使的副職。轉運使,《宋史·職官七》:“掌經度一路財賦,而察其登耗有無以足上供,及郡縣之費,歲行所部,檢察儲積,稽考帳籍,凡吏蠹民瘼悉條以上達及專舉刺官吏之事。”李公恕:名察,字公恕。熙寧間歷爲秦鳳等路、京東路轉運判官。元豐三年,遷京東路轉運副使;五年,爲環慶路運判,涇原路、陝西路運判;六年,遷陝西轉運使。與陝西轉運使李稷皆以苛暴著稱,時人語曰:“寧逢黑殺,莫逢稷、察。”元祐三年知淮陽軍,又曾知濟州。此詩爲李察爲京東路轉運判官時送行之作。蘇軾有《送李公恕赴闕》,又有《臨江仙》:“天垂雲重作春陰,坐中人半醉,簾外雪將深。”(《東坡樂府》卷上)調下原注:“送李公恕。”當是同時作。

〔二〕歷下:濟南舊稱。梁苑:又稱梁園,爲西漢景帝時梁孝王所建東苑。《漢書·梁孝王傳》:“於是孝王築東苑方三百餘里,廣睢陽城七十里,大治宫室爲複道,自宫連屬於平臺三十餘里。”唐顔師古注引三國魏如淳曰:“平臺在大梁東北。”在今河南商丘,此指南京(商丘)。

〔三〕雞肋:喻無多大意味,但又不忍捨棄之事物。語出《三國志·魏書·武帝紀》南朝宋裴松之注引晉司馬彪《九州春秋》:“時王欲還,出令曰‘雞肋’,官屬不知所謂。主簿楊脩便自嚴裝,人驚問脩:‘何以知之?’脩曰:‘夫雞肋,棄之如可惜,食之無所得,以比漢中,知王欲還也。’”蘇軾《次韻王滁州見寄》:“獨來坐嘯溪山上,笑捐浮利一雞肋。”浪:徒然。奔馳:奔走。

〔四〕謂政務如牛毛猥多。參《寄孫朴》注〔九〕。黽(mǐn)勉:勉勵,盡力。《詩·邶風·谷風》:“黽勉同心,不宜有怒。”毛傳:“言黽勉者,思與君子同心也。”

〔五〕《續資治通鑑長編·神宗熙寧八年》:“[五月]東路轉運判官、太子中舍李察展磨勘四年。”使節:本古代卿大夫聘於天子諸侯時所持符信。《周禮·地官·掌節》:“凡邦國之節:山國用虎節,土國用人節,澤國用龍節。”漢鄭玄注:“使節,使卿大夫聘於天子諸侯,行道所執之信也。”此指奉命駐守一方。唐白居易《送唐州崔使君侍親赴任》:“連持使節歷專城,獨賀崔君最慶榮。”

〔六〕《續資治通鑑長編·神宗熙寧九年》:"[八月]丙午,京東西路轉運判官、右贊善大夫蔡朦徙京東東路轉運判官,太子中舍李察徙西路。"按,蘇轍爲齊州掌書記時,察爲東路轉運判官;蘇轍回京後爲應天府判官時,察爲西路判官,故云"千里長相見"。

〔七〕《漢書·翟方進傳》:"昔季孫行父有言曰:見有善於君者,愛之若孝子之養父母也;見不善者誅之,若鷹鸇之逐鳥爵也。翅翼雖傷,不避也。"又《郅都傳》:"而都獨先嚴酷,致行法不避貴戚,列侯宗室見都側目而視,號曰蒼鷹。"伏兔:《焦氏易林》卷四:"君猛臣慴,虎行兔伏。"此喻李察執法嚴正,豪强蟄伏。按,《宋史·李稷傳》:"與李察皆以苛暴著稱,時人語曰:寧逢黑殺,莫逢稷察。"轍言似有微諷意。

〔八〕驥當謂李,疲牛當是蘇轍自喻。

〔九〕"似憐"二句:謂李察同情自己多病而不責怪。與時違:猶言不合時宜。唐耿湋《贈韋山人》:"空齋莫閒笑,心事與時違。"兩川從事:蘇轍自謂。兩川,東川和西川的合稱。唐肅宗至德二年,劍南道置東川、西川兩節度使,因有兩川之稱。因轍爲蜀人,而又爲屬吏(掌書記),故自稱兩川從事。從事,官名。漢以後三公及州郡長官皆自辟僚屬,多以從事爲稱。

〔一〇〕謂李察另有任命。除書:拜官授職的文書。《漢書·景帝紀》:"列侯薨及諸侯太傅初除之官,大行奏謚、誄、策。"唐顔師古注引三國魏如淳曰:"凡言除者,除故官就新官也。"唐韋應物《始治尚書郎别善福精舍》:"除書忽到門,冠帶便拘束。"

〔一一〕唐韓愈《送張道士》:"寧當不竢報,歸袖風披披。"

〔一二〕謂黄河泛濫。《爾雅·釋山》:"河出崑崙,虚色白。"按,以下幾句皆言熙寧十年水災事。參《寄濟南守李公擇》注〔二七〕。

〔一三〕横流:不循水道,溢出河岸。鉅野:古湖澤名。參《寄孔武仲》注〔一四〕。

〔一四〕宋梅堯臣《送余少卿知睦州》:"民事蕭條官政簡,家書時問雪溪邊。"民事:農事。

〔一五〕奔電:奔雷閃電。

〔一六〕《左傳·昭公元年》:"劉子曰:'美哉禹功,明德遠矣!微禹,吾其魚乎?'"

〔一七〕寧親:省親。唐李白《送王孝廉覲省》:"寧親候海色,欲動孝廉船。"

〔一八〕唐周曇《三代門·夏禹》:"海内生靈微伯禹,盡應隨浪化爲魚。"

〔一九〕請李察向朝建議修築堤防。宣防:亦作宣房,本宫殿名。西漢元光中,黄河決口于瓠子,二十餘年不能堵塞,漢武帝親臨決口處,發卒數萬人,並命群臣負薪以填,功成之後,築宫其上,名爲宣房宫。見《史記·河渠書》。《漢書·溝洫志》作"宣防"。故址在今河南濮陽市境。此指修建防洪工程。

附録　蘇軾《送李公恕赴闕》

君才有如切玉刀,見之凛凛寒生毛。願隨壯士斬蛟蜃,不願腰間纏錦縧。用違其才志不展,坐與胥吏同疲勞。忽然眉上有黄氣,吾君漸欲收英髦。立談左右俱動色,一語徑破千言牢。我頃分符在東武,脱略萬事惟嬉遨。盡壞屏障通内外,仍呼騎曹爲馬曹。君爲使者見不問,反更對飲持雙螯。酒酣箕坐語驚衆,雜以嘲諷窮詩騷。世上小兒多忌諱,獨能容我真賢豪。爲我買田臨汶水,逝將歸去誅蓬蒿。安能終老塵土下,俯仰隨人如桔槔。

蘇轍詩編年箋注卷八

寄范文景仁〔一〕

京城冠蓋如雲屯〔二〕，日中奔走争市門〔三〕。弊裘瘦馬不知路〔四〕，獨向城西尋隱君〔五〕。隱君白髮養浩氣〔六〕，高論驚世門無賓〔七〕。欣然爲我解東閣〔八〕，明窗浄几舒華茵〔九〕。春天雪花大如手〔一〇〕，九衢斷絶愁四鄰〔一一〕。平明熟睡呼不覺〔一二〕，清詩渌酒時相親〔一三〕。我兄東來自東武①，走馬出見黄河濱〔一四〕。及門卻遣不得入〔一五〕，回顧欲去行無人。東園桃李正欲發〔一六〕，開門借與停車輪〔一七〕。青天露坐列觴豆〔一八〕，落花飛絮飄衣巾〔一九〕。留連四月聽鶗鴂〔二〇〕，扁舟一去浮奔渾〔二一〕。人生聚散未可料〔二二〕，世路險惡終勞神〔二三〕。交遊畏避恐坐累〔二四〕，言詞欲吐聊復吞〔二五〕。安得如公百無忌〔二六〕，百間廣厦安貧身〔二七〕。

【校記】

①東武：三蘇祠本作"定武"，誤。

【箋注】

〔一〕作於元豐元年(一〇七八)正月初。蘇轍自繫此詩於下詩之前，且詩云"春天雪花大如手",故知爲正月初。

〔二〕唐杜甫《夢李白二首》之二:"冠蓋滿京華,斯人獨顦顇。"冠蓋:本指官員的冠服和車乘。冠,禮帽。蓋,車蓋。這裏指達官貴人。漢班固《西都賦》:"冠蓋如雲,七相五公。"

〔三〕謂趨炎附勢之徒不畏炎熱奔走於權貴之門如赴市集。日中:正午。

〔四〕弊裘瘦馬:喻己窮愁寒儉之狀。唐張籍《行路難》:"弊裘羸馬苦難行,僮僕飢寒少筋力。"杜甫《瘦馬行》:"東郊瘦馬使我傷,骨骼硉兀如堵牆。"

〔五〕隱君:隱君子之簡稱。《史記·老子列傳》:"老子,隱君子也。"唐戴叔倫有《題秦隱君麗句亭》,唐陸龜蒙有《丁隱君歌》等。按,此指范景仁。

〔六〕浩氣:即浩然之氣。參《次韻子瞻見寄》(衮衮河渭濁)注〔一三〕。

〔七〕杜甫《飲中八仙歌》:"焦遂五斗方卓然,高談雄辯驚四筵。"門無賓:《北史·斛律光傳》:"杜絶饋餉,門無賓客。"

〔八〕謂范殷勤開門接待。東閣:古代稱宰相招待賓客的地方。唐李商隱《九日》:"郎君官貴施行馬,東閣無因再得窺。"此反用李詩意。蘇軾《九日次韻王鞏》:"聞道郎君閉東閣,且容老子上南樓。"參《次韻子瞻聞不赴商幕三首》之二注〔四〕

〔九〕明窗浄几:明亮的窗子、潔浄的几案。蘇軾《過揚州壽寧文覺顯公房》:"浄几明窗書小楷,便同《爾雅》注蟲魚。"華茵:華美的席子。南朝宋鮑照《松柏篇》:"生存處交廣,連榻舒華茵。"

〔一〇〕謂雪大。唐李白《嘲王歷陽不肯飲酒》:"地白風色寒,雪花大如手。"唐羅鄴《大散嶺》:"過往長逢日色稀,雪花如掌撲行衣。"

〔一一〕九衢:指縱横交叉的大道。《楚辭·屈原〈天問〉》:"靡蓱九衢,枲華安居。"漢王逸注:"九交道曰衢。"

〔一二〕蘇軾《孔毅父以詩戒飲酒問買田且乞墨竹次其韻》:"枕書熟睡呼不起,好學憐君工雜擬。"平明:猶黎明。不覺:不醒。

〔一三〕清詩:清新雅致的詩篇。參《和頓主簿起見贈二首》之二注〔四〕。渌酒:美酒。參《次韻王鞏見贈》注〔三〕。

〔一四〕"我兄"二句:東武:西漢初年置縣,隋代改稱諸城,宋沿之,屬密州。此指熙寧十年二月,蘇軾由密州改知徐州,蘇轍自京師來迎,會軾於澶、濮之間事。

〔一五〕蘇軾《送魯元翰少卿知衛州》施注:"時有旨不許入國門,寓城外范蜀公園。"

〔一六〕唐王勃《臨高臺》:"娼家少婦不須顰,東園桃李片時春。"

〔一七〕蘇軾《與梅守黎希聲三首》之二:"向自密將赴河中,至陳橋受命改差彭城,便欲赴任,以兒子娶婦暫留城東景仁園中。"

〔一八〕唐韓愈《感春五首》之一:"辛夷高花最先開,青天露坐始此迴。"觴豆:盛酒的酒杯和裝酒肉等的食器。《文選·張衡〈東京賦〉》:"執鑾刀以袒割,奉觴豆於國叟。"唐李周翰注:"言天子親執刀,肉袒割牲,奉酒及籩豆於三老五更。"

〔一九〕唐戴叔倫《暮春感懷》:"落花飛絮成春夢,剩水殘山異昔遊。"杜甫《曲江二首》之一:"一片花飛減卻春,風飄萬點正愁人。"

〔二〇〕鶗鴂(tí jué):杜鵑鳥。參《東湖》注〔一三〕。

〔二一〕奔渾:猶奔湧。渾,大水湧流聲。《説文·水部》:"渾,溷流聲也。"洪水渾濁,故云。唐元稹《春蟬》:"安得天上雨,奔渾河海傾。"蘇軾《答吕梁仲屯田》:"黄河西來初不覺,但訝清泗流奔渾。"此處指奔湧的流水。

〔二二〕唐張籍《酬杭州白使君兼寄浙東元大夫》:"人間聚散真難料,莫歎平生信所之。"白居易《江南喜逢蕭九徹因話長安舊遊戲贈五十韻》:"聚散知無定,憂歡事不常。"

〔二三〕唐韓愈《答孟郊》:"古心雖自鞭,世路終難拗。"

〔二四〕交遊:朋友。漢司馬遷《報任安書》:"交遊莫救,左右親近不爲一言。"坐累:受牽連。

〔二五〕謂想説又不敢説,欲言又止。唐韓愈《送李愿歸盤谷序》:"伺候於公卿之門,奔走於形勢之途,足將進而趑趄,口將言而囁嚅。"蘇軾《次韻答邦直子由五首》之一:"欲吐狂言喙三尺,怕君瞋我卻須吞。"宋黄徹《䂬溪詩話》卷六:"坡有'欲吐狂言喙三尺,怕君嗔我卻須吞'。嘗疑其語太怪,及觀杜集,亦有'臨風欲慟哭,聲出已復吞'。韋蘇州云:'高秋長安酒,中憤不可吞。'"

〔二六〕謂一切都不忌諱。蘇軾《范景仁墓誌銘》:"公既退居,專以讀書賦詩自娱。客至,輒置酒盡歡。或勸公稱疾杜門,公曰:'死生禍福,天也,吾其如天何?'"《宋史·范鎮傳》:"鎮清白坦夷,遇人必以誠,恭儉慎默,口不言人過。臨大節,決大議,色和而語壯,常欲繼之以死,雖在萬乘前,無所屈。"

〔二七〕《列子·力命》:"[北宫子]庇其蓬室,若廣廈之蔭。"杜甫《茅屋爲秋風所破歌》:"安得廣厦千萬間,大庇天下寒士俱歡顔。"按,蘇轍熙寧九年十二月至京師即借寓范鎮東齋,後蘇軾在熙寧十年三月亦寓居于此(依《總案》説)。

次韻王鞏上元見寄三首〔一〕

其一

棄擲良宵君謂何〔二〕,清天流月鑒初磨〔三〕。莫辭病眼羞紅燭〔四〕,且試春衫剪薄羅〔五〕。蓮艷參差明繡户,舞腰輕瘦颭鶯鼉〔六〕。《歲時雜詠》作囀新歌。少年微服天街淵〔七〕,何處相逢解佩珂〔八〕。

【箋注】

〔一〕作於元豐元年(一〇七八)上元。上元:即農曆正月十五上元節,今通稱元宵節。

〔二〕細玩詩意,王似因眼疾,未外出觀燈。故詩有"棄擲良宵"、"終宵寂寞"之語。謂何:猶言奈何。

〔三〕謂月光如剛打磨好的銅鏡。流月:流淌的月光。南朝齊王儉《後園餞從兄豫章》:"光風轉蘭蕙,流月汎虚園。"

〔四〕謂莫以病眼羞對紅燭爲推辭。蓋正月十五有觀燈之俗,燈裹多點紅燭。蘇軾《安國寺尋春》:"病眼不羞雲母亂,鬢絲强理茶烟中。"

〔五〕謂且穿上薄羅裁製的春衫出去賞燈。唐白居易《三月三日》:"蓮子數杯嘗冷酒,柘枝一曲試春衫。"薄羅:一種綺類的絲織品。唐羅虬《比紅兒詩》:"薄羅輕剪越溪紋,鵶翅低從兩鬢分。"

〔六〕"蓮艷"二句:謂歌妓艷麗,舞姿優美。蓮艷:如蓮花之豔麗(的歌妓)。繡户:雕繪華美的門户。颭鶯鼉:隨鼓點翩翩起舞。颭,顫動;摇動。鼉,指鼉鼓。唐李賀《將進酒》:“吹龍笛,擊鼉鼓。皓齒歌,細腰舞。”

〔七〕微服:多指達官顯貴爲隱藏身份,避人注目而改换常服。天街:京城中的街道。按,此與下句皆調侃王鞏之詞,謂王如果賞燈説不定還會有什麽艷遇。

〔八〕《藝文類聚·靈異部上·仙道》引《列仙傳》:“江妃二女不知何許人,出遊江湄。逢鄭交甫,不知其神人也,女遂解珮與之,交甫悦,受珮,去數十步,空懷無珮,女亦不見。”珂(kē):白色似玉的美石。

其二

繁燈厭倦作閑遊〔一〕,行到僧居院院留。月影隨人深有意〔二〕,車音争陌去如流〔三〕。酒消鑿落寧論斗〔四〕,魚照琉璃定幾頭〔五〕。過眼繁華真一夢,終宵寂寞未應愁〔六〕。

【箋注】

〔一〕唐白居易《白髮》:“其餘便被春收拾,不作閑遊即醉眠。”繁燈:謂上元節街道中花燈繁多。蘇軾《湖上夜歸》:“睡眼忽驚矍,繁燈鬧河塘。”

〔二〕唐李白《月下獨酌》之一:“月既不解飲,影徒隨我身。”

〔三〕争陌:車馬争道。陌,街道。《後漢書·馬皇后紀》:“太后素好儉,前過濯龍門上,見外家問起居者,車如流水,馬如游龍。”

〔四〕謂豪飲不管酒的多少。鑿落:亦作鑿絡,以鐫鏤金銀爲飾的酒盞。宋葉廷珪《海録碎事·飲食》:“湘楚人以盞斝中鐫鏤金渡者爲金鑿絡。”蘇軾《陳季常自岐亭見訪郡中及舊州諸豪争欲邀致之戲作陳孟公詩一首》:“孟公好飲寧論斗,醉後關門防客走。”舊題宋王十朋《東坡詩集注》:“論斗,如汝陽三斗、焦遂五斗、劉伶五斗、李白一斗合自然是矣。”

〔五〕魚照琉璃:指做成魚形的琉璃燈。《山堂肆考·器用·燈》:“《歲時雜記》:隴西窮州賣藥朱家燈,號天下第一,以琉璃爲諸物之形。”

〔六〕“過眼”二句:蘇軾《和鮮于子駿鄆州新堂月夜二首》之一:“繁華真一夢,寂寞兩榮朽。”

其三

燈火熏天處處同〔一〕，暗遊應避柏臺驄〔二〕。高情自放喧闐外〔三〕，勝事偏多淡泊中〔四〕。平日交遊徒夢想〔五〕，留都歌吹憶年豐〔六〕。知君未有南來意，歸去相從光與鴻〔七〕。

【箋注】

〔一〕熏天：熏染天地，極言繁華熱鬧。

〔二〕此戲言王狎妓出遊應避開御史。暗遊：即冶遊。謂狎妓。明胡應麟《少室山房筆叢·藝林學山二》："唐宋間惡少，競刺其身……國朝此風遂絶。惟冶遊兒與倡伎密，或札刺名號，以互相思憶。"唐杜牧《揚州》："駿馬宜閑出，千金好暗遊。"《後漢書·桓典傳》："是時宦官秉權，典執政無所回避。常乘驄馬，京師畏憚，爲之語曰：'行行且止，避驄馬御史。'"後以"避驄馬"指回避侍御史。柏臺：漢御史府中列植柏樹，常有野鳥數千棲其上。事見《漢書·朱博傳》。後因以柏臺稱御史臺。又據《漢書·百官公卿表》，御史大夫"外督部刺史，内領侍御史員十五人，受公卿奏事，舉劾按章"。

〔三〕謂王不與流俗同趣。唐翁洮《和方干題李頻莊》："高情度日非無事，自是高情不覺喧。"自放：自我放縱。喧闐（tián）：喧囂，熱鬧。

〔四〕勝事：美好的事。唐王維《終南别業》："興來每獨往，勝事空自知。"淡泊：恬淡，不慕名利。

〔五〕蘇軾《贈清涼寺和長老》："老去山林徒夢想，雨餘鐘鼓更清新。"

〔六〕歌吹：歌唱，吹奏。唐蔡希寂《陝中作》："川原餘讓畔，歌吹憶遺棠。"

〔七〕謂王夫妻和諧。光與鴻：東漢孟光及其夫婿名士梁鴻，夫妻恩愛。參《次韻子瞻送范景仁遊嵩洛》注〔一二〕。

謝張安道惠馬〔一〕

從事年來鬢似蓬〔二〕，破車倦僕衆人中〔三〕。作詩僅比窮張籍〔四〕，得馬還從老晉公〔五〕。夜起趨朝非所事〔六〕，曉騎行樂定誰同〔七〕。

慣乘款段遊田里〔八〕，怯聽騣騣兩耳風。〔九〕《張水部集》有謝《裴晉公惠馬詩》〔一〇〕。

【箋注】

〔一〕作於元豐元年（一〇七八）上元後。惠馬：惠贈駿馬。

〔二〕從事：蘇轍自稱。參《送轉運判官李公恕還朝》注〔九〕。鬢似蓬：《詩·衛風·伯兮》："自伯之東，首如飛蓬。"唐白居易《新秋病起》："病瘦形如鶴，愁焦鬢似蓬。"

〔三〕謂己之清寒。破車：猶弊車。《晏子春秋·雜下》："晏子朝，乘敝車、駕駑馬。景公見之曰：'嘻，夫子之禄寡耶！何乘不任之甚也！'"倦僕：疲憊的奴僕。唐元稹《崔二十二院長思愴曩游因投五十韻》："倦僕色肌羸，蹇驢行跛痺。"

〔四〕張籍：字文昌。唐烏江（治今揚州歷陽鎮）人，貞元中登進士第，累授國子博士、水部員外郎、轉水部郎中，世謂之張水部。籍善詩，以樂府最有名，當時名士皆與之遊，韓愈尤重之。《舊唐書》有傳。白居易《讀張籍古樂府》："如何欲五十，官小身賤貧。病眼街西住，無人行到門。"

〔五〕謂有如裴度贈馬與張籍。老晉公：指裴度（七六五—八三九）。度字中立，唐河東聞喜（今山西聞喜）人。貞元進士，累遷司封員外郎，知制誥。田弘正獻魏博六州於朝，憲宗遣度宣諭，魏人悦服。淮蔡作亂，拜度門下侍郎，平章事。督諸軍力討，卒擒吴元濟，撫定其民。封晉國公，入知政事。旋爲程異等所構，罷爲河東節度使。穆宗即位，入爲中書侍郎，平章事。後或起或落，遂不復有功名意，乃治第東都，築緑野堂，與白居易、劉禹錫飲詠其間。開成中拜中書令，卒謚文忠。度操守堅正，名震四夷，以其用不用爲天下重輕。新舊《唐書》有傳。

〔六〕謂欲深夜騎乘入朝覲見，則因己官微，又用不著。趨朝：上朝。元稹《酬翰林白學士代書一百韻》："唱第聽雞集，趨朝忘馬疲。"非所事：猶無所事，用不著。

〔七〕謂欲騎馬行樂而又無伴侣。

〔八〕款段：款段馬，行走遲緩的下劣的馬。《後漢書·馬援傳》："士生一世，但取衣食裁足，乘下澤車，御款段馬……斯可矣。"唐李賢注："款，猶緩也，言形段遲緩也。”

〔九〕駸駸(qīn qīn):馬疾速奔馳貌。晉陸機《挽歌》之一:“翼翼飛輕軒,駸駸策素騏。”

〔一〇〕今《張司業集》題作《謝裴司空寄馬》,裴亦有《答張籍詩》。又白居易有《和張十八秘書謝裴相公寄馬》。

次韻子瞻贈梁交左藏〔一〕

彭城欲往臺無檄,初喜東西合爲一〔二〕。將軍走馬隨春風〔三〕,精鋭千人森尺籍〔四〕。口占佳①句驚衆坐〔五〕,手練强兵試鳴鏑〔六〕,酒酣起舞花滿地,醉倒不聽人扶出〔七〕。歸來相對如夢寐〔八〕,虎踞②熊經苦岑寂〔九〕。黄樓方就可同遊〔一〇〕,飲盡官厨三百石〔一一〕。

【校記】

①佳:叢刊本作“嘉”。

②虎踞:三蘇祠本作“危坐”。

【箋注】

〔一〕作於元豐元年(一〇七八)二月。《宋史·地理志一·京東路》:“元豐元年,割西路齊州屬東路,割東路徐州屬西路。”於是,徐州與應天府皆屬京東西路。“彭城欲往臺無檄,初喜東西合爲一。將軍走馬隨春風,精鋭千人森尺籍。”梁交“走馬”至徐,即“東西合爲一”之後。梁交:字仲通。熙寧四年八月曾以文思副使之職充遼國母生辰使,後曾知莫州。(《續資治通鑑長編·神宗熙寧四年》)左藏:古代國庫之一,以其在左方,故稱左藏。《乾道臨安志》卷八:“左藏庫,受四方財賦之入,以待邦國之經費,其原蓋起於周。職内主賦入,職歲主賦出,而邦布之入出,則外府又主之,皆其職也。漢更隸大農少府,頗與周異。至晉,始置左右藏,分建東西庫,於是職掌益密。然以太府少卿知出納于左,長慶門之東帑官,殆不得職,非古訓也。國初左藏止一庫,置使領焉,率居以清望官。太平興國淳化間,或裂爲三,或增爲六,旋以名物彙而四之。大中祥符以來，併爲南北兩庫。政和六禩，修建新宇，始復以東西庫名焉。蓋至於今用之。"

〔二〕"彭城"二句：謂原來不便來往，因爲不屬同一轄區，轄區調整後來往就方便了。檄：文書。按，古代官吏不能隨便離開自己的轄區或任職的區域内。

〔三〕唐孟郊《登科後》："春風得意馬蹄疾，一日看盡長安花。"

〔四〕森：森嚴。尺籍：書寫軍令、軍功等的簿籍。《史記·循吏列傳》："士無尺籍，喪期不令而治。"唐張守節正義："言士民無一尺方板之籍書。"

〔五〕唐孟棨《本事詩·高逸》引杜牧詩："忽發狂言驚滿座，兩行紅粉一時迴。"

〔六〕鳴鏑：即響箭。矢發射時有聲，故稱。《史記·匈奴列傳》："冒頓乃作爲鳴鏑，習勒其騎射，令曰：'鳴鏑所射而不悉射者，斬之。'"南朝宋裴駰集解："《漢書音義》曰：'鏑，箭也，如今鳴箭也。'韋昭曰：'矢鏑飛則鳴。'"

〔七〕唐張演（一作王駕）《社日村居》："桑柘影斜春社散，家家扶得醉人歸。"不聽：不許。按，據此句似轍曾與梁有來往。

〔八〕唐杜甫《羌村三首》之一："夜闌更秉燭，相對如夢寐。"

〔九〕虎踞熊經：又作虎顧熊經，皆古代導引養生之法。《淮南子·精神》："熊經、鳥伸、鳧浴、蝯躩、鴟視、虎顧，是養形之人也。"熊經，如熊攀樹而懸。岑寂：寂静。參《和子瞻金山》注〔七〕。宋歐陽脩《感事四首》之四："莫笑學仙人，山中苦岑寂。"

〔一〇〕黄樓：故址在今徐州。蘇轍《黄樓賦叙》："熙寧十年秋七月乙丑，河決於澶淵，東流入鉅野，北溢于濟南、溢于泗。八月戊戌，水及彭城下。余兄子瞻適爲彭城守……乃請增築徐城，相水之衝，以木堤捍之，水雖復至，不能以病徐也。故水既去，而民益親。於是即城之東門爲大樓，堊以黄土，曰土實勝水。徐人相勸成之。"

〔一一〕官廚：《三國志·魏書·阮籍傳》南朝宋裴松之注引《魏氏春秋》："［阮籍］聞步兵校尉缺，厨多美酒，營人善釀酒，求爲校尉，遂縱酒昏酣，遺落世事。"

附録　蘇軾《與梁左藏會飲傅國博家》

將軍破賊自草檄,論詩説劍俱第一。彭城老守本虚名,識字劣能欺項籍。風流别駕貴公子,欲把笙歌暖鋒鏑。紅旆朝開猛士噪,翠帷暮捲佳人出。東堂醉卧呼不起,啼鳥落花春寂寂。試教長笛傍耳根,一聲吹裂堦前石。

寒食遊南湖三首〔一〕

其一

春睡午方覺〔二〕,隔牆聞樂聲。肩輿試扶病〔三〕,畫舫聽徐行〔四〕。適性逢樽酒〔五〕,開懷挹友生〔六〕。遊人定相笑,白髪近從横〔七〕。

【箋注】

〔一〕作於元豐元年(一〇七八)二月十九日。寒食:寒食節。見《寒食前一日寄子瞻》注〔一〕。南湖:南京(今河南商丘)附近的一個湖。

〔二〕覺(jiào):醒。

〔三〕謂藉助肩輿支撑病體。肩輿:轎子。參《寒食前一日寄子瞻》注〔五〕。試:用。扶病:支撑病體。亦指帶病做事或行動。《禮記・問喪》:"身病體羸,以杖扶病也。"

〔四〕畫舫:裝飾華美的遊船。聽:聽憑;任隨。

〔五〕適性:趁心,合意。

〔六〕挹:酌,以瓢舀取。《詩・小雅・大東》:"維北有斗,不可以挹酒漿。"友生:朋友。《詩・小雅・常棣》:"雖有兄弟,不如友生。"

〔七〕縱横:散亂貌。

其二

遶郭春水滿〔一〕,被堤新柳黄〔二〕。官池無禁約,野艇得飛揚〔三〕。

浪泛歌聲遠，花浮酒氣香〔四〕。晚風歸棹急〔五〕，細雨濕紅粧〔六〕。

【箋注】

〔一〕晉顧愷之《神情詩》："春水滿四澤，夏雲多奇峰。"

〔二〕被堤：覆蓋著堤岸。《漢書·班固傳》："茂樹蔭蔚，芳草被堤。"

〔三〕野艇：鄉野之人的小船。

〔四〕唐沈佺期《奉和春日幸望春宫應制》："林香酒氣元相入，鳥囀歌聲各自成。"

〔五〕歸棹：猶歸舟。唐王勃《臨江》之二："去驂嘶别路，歸棹隱寒洲。"

〔六〕紅妝：此指花。唐杜甫《春夜喜雨》："曉看紅濕處，花重錦官城。"

其三

攜手臨池路，時逢賣酒壚〔一〕。柳斜低繫纜〔二〕，草緑薦傾壺〔三〕。波蕩春心起，風吹酒力無〔四〕。冠裳强包裹〔五〕，半醉遣誰扶。

【箋注】

〔一〕賣酒壚：古時酒店裏安放酒甕的爐形土檯子，亦指酒店。《漢書·司馬相如傳》："相如與俱之臨邛，盡賣車騎，買酒舍，乃令文君當盧。"唐顏師古注："賣酒之處，累土爲盧，以居酒瓮。四邊隆起，其一面高形如鍛盧，故名盧耳。"

〔二〕唐杜甫《陪諸貴公子丈八溝攜妓納涼晚際遇雨二首》之二："纜侵堤柳繫，幔宛浪花浮。"纜：繫船的粗繩或鐵索。

〔三〕唐柳宗元《始得西山宴遊記》："到則披草而坐，傾壺而醉。"

〔四〕謂風吹散了醉意。

〔五〕三國魏嵇康《與山巨源絶交書》："危坐一時，痹不得摇，性復多虱，把搔無已，而當裹以章服，揖拜上官，三不堪也。"宋歐陽脩《思二亭送光禄謝寺丞歸滁陽》："山林本我性，章服偶包裹。"

觀大閲〔一〕

承平郡國減兵屯〔二〕，唯有留都一萬人〔三〕。票姚將軍思出塞〔四〕，從橫幕府諱和親〔五〕。旌旗不動風將轉，部曲無聲馬亦馴〔六〕。八陣且留遺法在〔七〕，未須親試革車塵〔八〕。

【箋注】

〔一〕作於元豐元年（一〇七八）二月。大閲：大規模地檢閲軍隊。《左傳·桓公六年》："秋，大閲，簡車馬也。"

〔二〕承平：治平相承，太平。兵屯：軍隊駐守之所。

〔三〕留都：指南京，治今河南商丘。

〔四〕謂武將欲戰。票姚：勁疾貌。漢代以爲武官名號。這裏用於對將軍的美稱。《漢書·霍去病傳》："大將軍受詔，予壯士，爲票姚校尉。"唐顔師古注："票姚，勁疾之貌也。"

〔五〕謂文官欲和。從横：合縱和連横。這裏指幕僚們各持己見，要歸是不願打仗。參《次韻王君北都偶成三首》之二注〔五〕。

〔六〕此言號令嚴明。《詩·小雅·車攻》："蕭蕭馬鳴，悠悠旆旌。"毛傳："言不讙譁也。"《孫子·行軍》："夜呼者，恐也；軍擾者，將不重也；旌旗動者，亂也。"

〔七〕八陣：古代作戰的陣法。銀雀山漢墓竹簡《孫臏兵法·八陣》："用八陳戰者，因地之利，用八陳之宜。"八陣名目不一，三國時，傳諸葛亮亦作八陣。參《八陣磧》注〔一〕。

〔八〕革車：兵車之一種。《左傳·閔公二年》："元年革車三十乘，季年乃三百乘。"晉杜預注："革車，兵車。"《孫子·作戰》："凡用兵之法，馳車千駟，革車千乘。"宋梅堯臣注："馳車，輕車也；革車，重車也。凡輕車一乘，甲士步卒二十五人。重車一乘，甲士步卒七十五人。"按，此謂軍威甚盛，不待親試而自可知也。

送林子中安厚卿二學士奉使高麗二首〔一〕

其一

東夷從古慕中華〔二〕，萬里梯航今一家〔三〕。夜静雙星先渡海〔四〕，風高八月自還槎〔五〕。魚龍定亦知忠信〔六〕,象譯何勞較齒牙〔七〕。屈指歸來應自笑,手持玉帛賜天涯〔八〕。

【箋注】

〔一〕作於元豐元年(一〇七八)二月二十五日後。林子中(一〇三五——一〇一):名希,字子中,號醒老,福州福清(今福州福清市)人,槩子。嘉祐二年進士。神宗朝,歷館閣校勘、集賢校理,兩知太常禮院,遷禮部郎中,修國史。元祐初進中書舍人,俄罷出,歷知蘇、杭等六州。紹聖初,章惇復用爲中書舍人。時方推明紹述,盡黜元祐諸臣,自司馬光、吕大防、蘇軾、蘇轍等數十人之制,皆希爲之。遷禮部、吏部尚書、翰林學士。紹聖四年,同知樞密院。元符元年罷,出知亳、杭、太原、揚、舒等州府。建中靖國元年卒,年六十七,謚文節。《宋史》有傳。安厚卿:即安燾。參《明日安厚卿强幾聖復召飲醉次前韻》注〔一〕。《續資治通鑑長編·神宗元豐元年》:"[正月]辛未,命度支員外郎、秘閣校理、同修起居注、檢正中書户房公事安燾假左諫議大夫、史館修撰,爲高麗國信使,著作佐郎、集賢校理、同知太常禮院林希假右正言、直昭文館副之。"高麗:朝鮮舊稱。

〔二〕《史記·朝鮮列傳》:"朝鮮王滿者,故燕人也。……秦滅燕,屬遼東外徼。"古代史書泛稱東方少數民族爲夷。唐杜甫《前殿中侍御史柳公紫微仙閣畫太乙天尊圖文》:"雖《書》載蠻夷率服,《詩》稱徐方大來,許其慕中華與?"

〔三〕杜甫《鹿頭山》:"霸氣曾間發,天下今一家。"梯航:梯與船。登山渡水的工具。唐權德輿《德宗神武孝文皇帝挽歌詞三首》之二:"梯航來萬國,玉帛慶三朝。"

〔四〕此與下句皆擬想二人渡海前往高麗。《後漢書·李郃傳》:"和帝即位,分遣使者,皆微服單行,各至州縣,觀採風謡。使者二人當到益部,投郃候舍。時夏夕露坐,郃因仰觀,問曰:'二君發京師時,寧知朝廷遣二使邪?'二人默然驚相視曰:'不聞也,問何以知之?'郃指星示云:'有二使星向益州分野,故知之耳。'"

〔五〕謂二人八月當返。按,查希本傳知希未行,而《續資治通鑑長編·神宗元豐元年》:[九月]壬辰,"安燾、陳睦言:已離高麗國涉海,今月乙亥至明州定海縣。"小字注:"二月七日往,八月八日即真。"當是陳睦代林希行。槎:木筏。傳説中來往于海上和天河之間的木筏。晉張華《博物志·雜説下》："舊説云：天河與海通，近世有人居海渚者，年年八月，有浮槎去來，不失期。"

〔六〕《論語·衛靈公》："子張問行。子曰：'言忠信，行篤敬，雖蠻貊之邦行矣；言不忠信，行不篤敬，雖州里行乎哉？'"

〔七〕謂（只要能以忠信待人），又何必藉助于翻譯交流。象譯：猶翻譯。《吕氏春秋·慎勢》："凡冠帶之國，舟車之所通，不用象譯狄鞮。"漢高誘注："《周禮》：象胥，古掌蠻夷閩越戎狄之國，使傳通其言也。東方曰羈，南方曰象，西方曰狄鞮，北方曰譯。"

〔八〕玉帛：圭璋和束帛。謂北宋朝廷賞賜朝鮮之物。

其二

官是蓬萊海上仙〔一〕，此行聊復看桑田〔二〕。鯤移鵬徙秋帆健〔三〕，潮濶天低曉日鮮〔四〕。平地誰言無嶮岨〔五〕，仁人何處不安全。但將美酒盈船去，多作新詩異域傳。

【箋注】

〔一〕《史記·孝武本紀》："少君曰：'……海中蓬萊，仙者可見，見之以封禪，則不死，黄帝是也。臣嘗游海上，見安期生食巨棗，大如瓜，安期生仙者，通蓬萊中，合則見人，不合則隱。'"

〔二〕晉葛洪《神仙傳·王遠》："麻姑自説云：'接待以來，已見東海三爲桑田。'"

〔三〕謂二人如鯤鵬從北冥遷徙到遥遠的南冥。《莊子·逍遥遊》："北冥有魚，其名爲鯤，鯤之大，不知其幾千里也。化而爲鳥，其名爲鵬，鵬之背，不知其幾千里也。怒而飛，其翼若垂天之雲，是鳥也，海運則將徙於南冥。"

〔四〕唐王灣《次北固山下》："潮平兩岸闊，風正一帆懸。"唐孟浩然《宿建德江》："野曠天低樹，江清月近人。"唐李白《古風》之二六："碧荷生幽泉，朝日豔且鮮。"鮮：明亮。因爲高麗在東邊，太陽從東方升起，故言。

〔五〕險岨（zǔ）：即險阻。唐劉禹錫《竹枝詞》："長恨人心不如水，等閒平地起波瀾。"

送趙屼秘書還錢塘〔一〕

世人何局促〔二〕，奔走鬢蒼蒼〔三〕。聞道餘杭守〔四〕，獨遊何有鄉〔五〕。禪心朝吐月，元氣夜生光〔六〕。清静安罷瘵〔七〕，寬仁服暴强〔八〕。聲名高一世〔九〕，風采見諸郎。謁帝朱爲紱〔一〇〕，還家綵作裳〔一一〕。經過留晝舫，談笑接清觴〔一二〕。問訊顔依舊〔一三〕，峥嶸歲自長〔一四〕。人生真幾許，世味不堪嘗〔一五〕。歸去聞詩罷，求余卻老方〔一六〕。

【箋注】

〔一〕作於元豐元年(一〇七八)二月。趙屼(？——一〇〇)：一作趙屼。字景仁，衢州西安(今浙江衢州市)人，抃次子。熙寧六年登第，通判江州、温州，歷太僕丞、監察御史，提舉兩浙常平。元祐五年復爲御史。改都官員外郎，提點京東刑獄。元符中，歷鴻臚、太僕少卿。元符三年卒。《宋史·趙抃傳》有附傳。秘書：這裏指通判。宋初始於諸州府設置，即共同處理政務之意。地位略次於州府長官，但握有連署州府公事和監察官吏的實權，號稱監州。趙抃以資政殿大學士再知杭州，屼通判江州改温州，便道省親，而後赴任。故蘇軾次韻，題稱"歸覲錢塘，遂赴永嘉"。

〔二〕蘇軾《寄周安孺茶》："乳甌十分滿，人世真局促。"局促：猶拘束。

〔三〕唐白居易《洛中偶作》："往往顧自哂，眼昏鬢蒼蒼。"

〔四〕餘杭守：指趙抃。參《趙少師自南都訪歐陽少師於潁州留西湖久之作詩獻歐陽公》注〔一〕。按，以下八句皆頌揚趙抃。

〔五〕何有鄉：即無何有之鄉。不存在的地方。《莊子·逍遥遊》："莊子曰：'……今子有大樹，患其無用，何不樹之於無何有之鄉，廣莫之野，彷徨乎無爲其側，逍遥乎寢卧其下，不夭斤斧，物無害者無所可用，安所困苦哉？'"此指潛心老莊道家修養之術。《宋史·趙抃傳》："晚學道有得。"

〔六〕元氣：指人的精神，精氣。蘇轍《龍川别志》卷下："凡人元氣重十六兩，漸老而耗。張公所耗過半矣。"

〔七〕罷瘵(pí zhài):衰老,疾病。按,據《宋史》本傳,趙抃"元豐七年薨,年七十七"。則此時年已七十一。

〔八〕寬仁:寬厚仁慈。暴强:兇暴强横。此二句皆謂趙抃以清静寬厚之心處事。

〔九〕《宋史·趙抃傳》:"其爲政,善因俗施設,猛寬不同。在虔與成都,尤爲世所稱道。神宗每詔二郡守,必以抃爲言。"

〔一〇〕此言官高。《易·困》:"困于酒食,朱紱方來。"宋程頤傳:"朱紱,王者之服,蔽膝也。"

〔一一〕謂趙屼孝養如老萊子。《藝文類聚·人部四·孝》引《列女傳》曰:"老萊子孝養二親,行年七十,嬰兒自娱,著五色采衣,嘗取漿上堂跌仆,因卧地爲小兒啼,或弄烏鳥於親側。"唐孫逖《送李給事歸徐州覲省》:"列位登青瑣,還鄉復綵衣。"按,趙屼以孝稱于時。《宋史·趙屼傳》:"而官其子屼提舉兩浙常平,以便養。屼奉抃遍遊諸名山。吴人以爲榮。"

〔一二〕清觴:美酒。

〔一三〕問訊:詢問。唐李益《喜見外弟又言别》:"問姓驚初見,稱名憶舊容。"

〔一四〕峥嶸:形容歲月之流逝。《文選·鮑照〈舞鶴賦〉》:"歲峥嶸而愁暮,心惆悵而哀離。"唐李善注:"歲之將盡,猶物之高。"

〔一五〕"人生"二句:宋梅堯臣《送尹瞻駕部監靈仙觀》:"人生占幾許,百歲猶比晨。"蘇軾《立秋日禱雨宿靈隱寺同周徐二令》:"崎嶇世味嘗應遍,寂寞山棲老漸便。"

〔一六〕卻老方:避免衰老的方藥。《史記·孝武本紀》:"是時而李少君亦以祠竈、穀道、卻老方見上,上尊之。"

附録　蘇軾《次韻子由送趙屼歸覲錢塘遂赴永嘉》

歸舟轉河曲,稍見楚山蒼。候吏來迎客,吴音已帶鄉。言從謝康樂,先獻魯靈光。已擊三千里,何須四十强。風流半刺史,清絶校書郎。到郡詩成集,尋溪水濺裳。芒鞋隨採藥,繭紙記流觴。海静蛟鼉出,山空草木長。宦遊無遠近,民事要更嘗。願子傳家法,他年請尚方。

馬上見賣芍藥戲贈張厚之二絶〔一〕

其一

春風欲盡無尋處〔二〕,盡向南園芍藥中。過盡此花真盡也〔三〕,此生應與此花同。

【箋注】

〔一〕作於元豐元年(一〇七八)三月。“春風欲盡”“過盡春風”,知當作於春末。下和詩“花柳蕭條”“眼看芍藥紛紛盡,賴有櫻桃顆顆同”亦是春末物事。張厚之:名恕,字厚之,一字忠甫,張方平子。参《張恕寺丞益齋》注〔一〕。芍藥:多年生草本植物。五月開花,花大而美麗,有紫紅、粉紅、白等多種顔色,供觀賞。根可入藥。

〔二〕唐白居易《大林寺桃花》:“長恨春歸無覓處,不知轉入此中來。”

〔三〕唐元稹《菊花》:“不是花中偏愛菊,此花開盡更無花。”芍藥開於春末夏初,宋羅願《爾雅翼·釋草》:“芍藥,華之盛者當春暮祓除之時。”故云。

其二

春來便有南園約,過盡春風約尚賒〔一〕。緑葉成陰花結子〔二〕,便須携客到君家。

【箋注】

〔一〕唐許渾《酬綿州于中丞使君見寄》:“故人書信越褒斜,新意雖多舊約賒。”賒:遠。唐李白《早秋贈裴十七仲堪》:“明主倘見收,煙霄路非賒。”清王琦輯注引《韻會》:“賒,遠也。”

〔二〕《唐才子傳·杜牧》:“太和末,往湖州。近城一女子,方十餘歲,約以‘十年後吾來典郡,當納之’。結以金幣。洎周墀入相,牧上箋乞守湖州。比至,已十四年,前女子從人,兩抱雛矣。賦詩曰:‘自恨尋芳去較遲,不須惆悵怨芳時。如今風擺花狼籍,緑葉成陰子滿枝。'"

答見和〔一〕

其一

花柳蕭條行已老,聖賢希闊未嘗中〔二〕。眼看芍藥紛紛盡,賴有櫻桃顆顆同。

【箋注】

〔一〕作於元豐元年(一〇七八)三月。當是答張恕。

〔二〕謂很少飲酒。聖賢:謂各類酒。參《次韻分司南京李誠之待制求酒二首》之二注〔二〕。希闊:很久;長久。

其二

塵編何用朝朝看〔一〕,新釀還須處處賒〔二〕。好事若能頻載酒,不妨時復到楊家〔三〕。

【箋注】

〔一〕塵編:古舊之書。

〔二〕新釀:新酒。

〔三〕"好事"二句:謂當載酒如訪揚雄然。參《司馬君實端明獨樂園》注〔二〇〕。

送吕希道少卿知滁州〔一〕

長怪名卿亦坐曹〔二〕,忽乘五馬列旌旄〔三〕。才多莫厭官無事〔四〕,郡小不妨名自高。庶子定應牽賦詠〔五〕,醉翁聊復繼遊遨〔六〕。試尋苦戰清流下〔七〕,要識經綸帝業勞〔八〕。

【箋注】

〔一〕作於元豐元年(一〇七八)三月。吕希道:見《吕希道少卿松局圖》注〔一〕。滁州:戰國時屬楚秦及二漢九江郡之地,晉屬淮南郡,宋屬新昌郡,齊置南譙郡,隋改南譙爲滁州,煬帝初州廢,併其地入江都郡,唐復置滁州,或爲永陽郡,屬淮南道。宋因之,屬淮東路。治清流(今安徽滁州市)。參《文獻通考・輿地考四・滁州》。

〔二〕名卿:有名望的公卿。吕希道爲吕夷簡之孫,故云。坐曹:本指小吏在衙門裏辦公。《漢書・薛宣傳》:"及日至休吏,賊曹掾張扶獨不肯休,坐曹治事。"此指赴外任職。

〔三〕五馬:漢時太守乘坐的車用五匹馬駕轅,如《玉臺新詠・日出東南隅行》:"使君從南來,五馬立踟躕。"因亦稱太守。唐錢起《送張中丞赴桂州》:"雲衢降五馬,林木引雙旌。"吕任滁州知州,如漢時太守,故云。旌旄:旗幟。

〔四〕唐杜甫《醉時歌》:"諸公衮衮登臺省,廣文先生官獨冷。"唐元稹《酬白太傅》:"官冷且無事,追陪慎莫忘。"蘇軾《九月二十日微雪懷子由弟二首》之一:"短日送寒砧杵急,冷官無事屋廬深。"

〔五〕謂庶子泉一定會引發詩興。滁州舊有庶子泉,以唐大曆中,右庶子領滁州刺史李幼卿開鑿而得名,唐李陽冰曾撰《庶子泉銘》,然宋時已不復存。宋歐陽脩《集古録・唐李陽冰庶子泉銘》:"慶曆五年,余自河北都轉運使貶滁陽,屢至陽冰刻石處,未嘗不裴回其下。庶子泉昔爲流谿,今爲山僧填爲平地,起屋于其上,問其泉,則指一大井示余曰:'此庶子泉也。'可不惜哉?"

〔六〕謂當如歐陽脩一樣游山玩水。醉翁:指歐陽脩,脩曾知滁,作有《醉翁亭記》、《庶子泉》等文。參《陪歐陽少師永叔燕潁州西湖》注〔一〕。遊遨:漫游,遊歷。

〔七〕謂當在清流旁下棋。歐陽脩《兵部王仲行尚書惠詩叙近日直舍隔壁論詩説棋之戲次韻爲謝尚書近録舊詩一篇爲贈故并及之》:"詩可弄萬象,棊能消百憂。苦吟復苦戰,已過心休休。"

〔八〕經綸:本指整理絲縷、理出絲緒和編絲成繩,統稱經綸。引申爲籌畫治理國家大事。《易・屯》:"雲雷屯,君子以經綸。"唐孔穎達疏:"經謂經緯,綸謂綱綸,言君子法此屯象有爲之時,以經綸天下,約束於物。"

次韻張恕春莫〔一〕

秖言城市無佳處〔二〕，亦有南湖幾度遊。好雨晴時三月盡〔三〕，啼鶯到後百花休〔四〕。老猿好飲常連臂〔五〕，野馬依人自絡頭〔六〕。不肯低徊池上醉〔七〕，試看生滅水中漚〔八〕。

【箋注】

〔一〕作於元豐元年（一〇七八）三月底。觀詩題"春莫"可知。張恕：見《張恕寺丞益齋》注〔一〕。

〔二〕佳處：美景。唐杜甫《次空靈岸》："迴帆覬賞延，佳處領其要。"

〔三〕好雨：春雨。杜甫《春夜喜雨》："好雨知時節，當春乃發生。"

〔四〕古人以爲黄鶯當暮春而鳴。三國吴陸璣《毛詩草木鳥獸蟲魚疏》卷下："[黄鶯]當葚熟時來在桑間，故里語曰：'黄栗留，看我麥黄葚熟。'亦是應節趨時之鳥，或謂之黄袍。"宋黄庭堅《清平樂》："春歸何處？寂寞無行路。若有人知春去處，唤取歸來同住。春無蹤跡誰知？除非問取黄鸝。百囀無人能解，因風吹過薔薇。"

〔五〕《太平廣記·禽獸·猿下》引《王氏見聞》："漢江之壖，有群猿自峭巖中連臂而下，飲於清流。"連臂：手攙手；臂挽臂。北周庾信《北園射堂新成》："驚心一雁落，連臂兩猿騰。"按，此言朋友間的親昵飲酒。

〔六〕宋趙令畤《侯鯖録》卷四："唐興元有知馬者曰李幼清，暇日常取適於馬肆。有致悍馬於肆者，結鏁交絡其頭，二力士以木夾叉其頤，三四輩執撾而從之……乃别市一新絡頭，幼清自侍，徐而語之曰：'爾才性不爲人知，吾爲汝易是鏁結穢雜之物。'馬弭耳引首。幼清自負其知，乃湯沐剪刷，别其槽棧，異其芻秣。數日而神氣小變，踰月而大變，志性如君子，步驟如俊乂，嘶如龍，顔如鳳，乃天下之駿乘也。"絡頭：馬籠頭。按，此言士爲知己者用。

〔七〕謂不似山簡常在醉鄉。参《寒食贈遊壓沙諸君》注〔一四〕。低徊：徘徊，流連。

〔八〕生滅：佛教語。佛教謂生相、住相、異相、滅相爲四相。生相即由無而有,住相即成長之形,異相即衰老變壞,滅相即最終滅亡。此生住異滅四相,遷流不息,此滅彼生,此生彼滅。此指生死。水中漚(ōu):水中的浮泡,比喻短暫,虚幻。《金剛經》卷一:"一切有爲法,如夢幻泡影,如露亦如電,應作如是觀。"《楞嚴經》卷六:"空生大覺中,如海一漚發。"

次韻傅宏推官義方亭〔一〕

居近古城心自幽,簞瓢足用更何求〔二〕。鸎飛旋趂春風出,龍卧終聞莫雨搜〔三〕。科第聯翩收甲乙,鄉閭驚怪問因由〔四〕。隱君淡泊無人識,長夏一衫冬一裘〔五〕。

【箋注】

〔一〕作於元豐元年(一〇七八)三月末。《三蘇年譜》卷二十八:"題所云推官,乃應天府推官。……傅宏,熙寧三年爲鄆州中都縣主簿,見《宋會要輯稿》選舉十九之五。嘗爲蘇州通判,見《崑山雜詠》卷上;《崑山雜詠》有宏詩二首。"義方:行事的準則。《逸周書·官人》:"省其居處,觀其義方。"

〔二〕見《送顔復赴闕》注〔二〕。

〔三〕"鸎飛"二句:謂其或於風和鶯飛時外出,或如龍高卧,終日聽蕭蕭暮雨也。唐白居易《夢與李七庾三十三同訪元九》:"云是二月天,春風出携手。"旋:正。搜:搜搜,猶蕭蕭,這裏指風雨觸樹葉聲。《莊子·寓言》:"搜搜也,奚稍問也?"唐陸德明釋文:"搜,本又作叟……又音蕭。向云:動貌。"

〔四〕"科第"二句:謂傅前作主考官十分得意,而回鄉隱居不免使鄉人不解。聯翩:形容連續不斷。甲乙:甲科、乙科的合稱。宋時進士分甲乙科。按,此聯爲流水對,上下事相承。《孔譜》謂從"科第聯翩收甲乙",知其兄弟進士第。似難成説。

〔五〕《公羊傳·桓公七年》:"士不及兹四者,則冬不裘,夏不葛。"唐韓愈《送石洪處士赴河陽參謀序》:"有薦石先生者,公曰:'先生何如?'曰:'先生居嵩、邙、瀍、穀之間,冬一裘,夏一葛;朝夕飯一盂,蔬一盤。'"

送梁交之徐州〔一〕

湖水清且深，新荷半猶卷。未見紅粧窈窕娘〔二〕，先排翠羽參差扇〔三〕。水面風生人未知〔四〕，欹傾俯仰長先見〔五〕。岸上遊人莫不歸，清香入袖涼吹面〔六〕。投壺擊鞠緑楊陰〔七〕，共盡清樽飡白飯〔八〕。坐中飛將忽先起〔九〕，輕衫出試彭門遠。百步洪西白浪翻〔一〇〕，戲馬臺南雲岫滿〔一一〕。江山雄麗信宜人，風流孰似梁王苑〔一二〕。

【箋注】

〔一〕作於元豐元年(一〇七八)夏初。觀"湖水清且深，新荷半猶卷。""緑楊陰"，知爲夏初。梁交：見《次韻子瞻贈梁交左藏》注〔一〕。

〔二〕《太平御覽·人事部·美婦人上》引《唐書》："知之有侍婢曰窈窕娘，美麗善歌舞，爲武承嗣所奪。"

〔三〕翠羽：翠鳥的羽毛。古代多用作飾物。《逸周書·王會》："請令以珠璣、瑇瑁、象齒、文犀、翠羽、菌鶴、短狗爲獻。"《西京雜記》卷一有"翠羽扇"。參差：指羽毛的長短不齊。

〔四〕唐王建《江館》："水面細風生，菱歌慢慢聲。"

〔五〕謂歌女舞姿優美。欹(qī)傾：摇曳。

〔六〕蘇軾《湖上夜歸》："籃輿湖上歸，春風吹面涼。"

〔七〕唐白居易《錢塘湖春行》："最愛湖東行不足，緑楊陰裹白沙堤。"投壺：古代宴會禮制。亦爲娱樂活動。賓主依次用矢投向盛酒的壺口，以投中多少决勝負，負者飲酒。參《禮記·投壺》。擊鞠：即"馬球"，盛行於唐宋。宋沈括《夢溪筆談·技藝》："余觀彈棊絶不類蹴踘，頗與擊踘相近。"

〔八〕唐杜甫《入奏行贈西山檢察使竇侍御》："爲君酤酒滿眼酤，與奴白飯馬青芻。"

〔九〕飛將：漢代名將李廣稱飛將軍。《史記·李將軍列傳》："廣居右北平，匈奴聞之，號曰'漢之飛將軍'，避之數歲，不敢入右北平。"這裏美稱梁交。

〔一〇〕百步洪:見《陪子瞻遊百步洪》注〔一〕。

〔一一〕戲馬臺:傳説楚漢時項羽所修築。清查慎行《蘇詩補注》卷十五:"《太平寰宇記》:'戲馬臺在徐州城南一里。'本集《上神宗書》曰:'彭城三面阻水,獨其南可通車馬,而戲馬臺在焉。其高十仞,廣袤百步,若用武之世,屯千人其上,凡戰守之具與城相表裏,雖用十萬人,未易取也。"雲岫:雲霧繚繞的峰巒。晉陶潛《歸去來兮辭》:"雲無心以出岫,鳥倦飛而知還。"

〔一二〕梁王苑:即梁苑。參《送轉運判官李公恕還朝》注〔二〕。

附録　蘇軾《和子由送將官梁左藏仲通》

雨足誰言春麥短,城堅不怕秋濤卷。日長惟有睡相宜,半脱紗巾落紈扇。芳草不鋤當户長,珍禽獨下無人見。覺來身世都是夢,坐久枕痕猶著面。城西忽報故人來,急掃風軒炊麥飯。伏波論兵初矍鑠,中散談仙更清遠。南都從事亦學道,不惜腸空誇腦滿。問羊他日到金華,應許相將遊閬苑。

次韻王鞏見寄①〔一〕

日永官閑自在慵〔二〕,門前客到未曾通〔三〕。憐君避世都門裏〔四〕,勸我忘憂酒盞中〔五〕。城下柳陰新過雨〔六〕,湖邊荷葉自翻風〔七〕。早須命駕追清賞〔八〕,大字新詩事事工〔九〕。

【校記】

①"次韻王鞏見寄"有三首,另外兩首見於後,叢刊本將其合之爲"次韻王鞏見寄三首"。

【箋注】

〔一〕作於元豐元年(一〇七八)五月。王鞏自京師寄詩來,轍次其韻。"城下柳陰新過雨,湖邊荷葉自翻風。"盛夏情景。王鞏:見《將至南京雨中寄王鞏》注〔一〕。

〔二〕宋歐陽脩《伏日贈徐焦二生》:"俸優食飽力不用,官閑日永睡莫興。"

〔三〕通:通稟;報告。

〔四〕《史記·滑稽列傳》:"朔曰:'如朔等,所謂避世於朝廷間者也。古之人,乃避世於深山中。'時坐席中,酒酣據地歌曰:'陸沈於俗,避世金馬門。宫殿中可以避世全身,何必深山之中,蒿廬之下。'"憐:愛羨。避世:見《次韻子瞻南溪避世堂》注〔一〕。

〔五〕《文選·陶潛〈雜詩〉》:"泛此忘憂物,遠我遺世情。"唐李善注:"《毛詩》曰:'微我無酒,以遨以遊。'毛萇曰:'非我無酒,可以忘憂也。'"

〔六〕唐崔峒《送薛仲方歸揚州》:"緑楊新過雨,芳草待君來。"蘇軾《出都來陳所乘船上有題小詩八首不知何人有感於余心者聊爲和之》:"吾行亦偶然,及此新過雨。"過:經歷。

〔七〕唐温庭筠《溪上行》:"風翻荷葉一向白,雨濕蓼花千穗紅。"

〔八〕命駕:命人駕車馬。謂立即動身。《左傳·哀公十一年》:"退,命駕而行。"清賞:清新的景致。

〔九〕謂王詩才書藝具佳。事事:件件,樣樣。工:精良;精巧。杜甫《奉贈嚴八閣老》:"新詩句句好,應任老夫傳。"《宋史·王素》:"鞏有雋才,長於詩,從蘇軾遊。"宋胡仔《漁隱叢話後集·山谷下》:"東坡云:近日米芾行書、王鞏小草,頗有高韻。雖不逮古人,然已必有傳世也。"王鞏今有《冷淘帖》傳世。

次韻李逵見贈〔一〕

太學群遊經最明〔二〕,青衫顑頷竟何成〔三〕。虀鹽仍作當年味〔四〕,名譽飛蠅過耳聲〔五〕。

【箋注】

〔一〕作於元豐元年(一〇七八)五月。李逵:事蹟不可考,據詩意,似是嘉祐時曾與轍同遊於國子監。

〔二〕蘇轍於嘉祐六年(一〇六一)至治平二年(一〇六五),曾游於國子監。

〔三〕謂其窮愁不遇。晉陶潛《榮木》:"人生若寄,顑頷有時。"宋王安石

《次韻答陳正叔二首》之一:"青衫憔悴北歸來,髮有霜根面有埃。"青衫:低級官吏的服飾。

〔四〕謂李貧窮如舊。唐韓愈《送窮文》:"太學四年,朝虀暮鹽。"

〔五〕宋歐陽脩《送徐生之澠池》:"文章無用等畫虎,名譽過耳如飛蠅。"

次韻秦觀秀才攜李公擇書相訪〔一〕

濟南三歲吾何求〔二〕,史君後到消人憂〔三〕。君言有客輕公侯〔四〕,扁舟相從古揚州〔五〕。致之匹馬①恨無力,千里相望同異域〔六〕。誦②詩空使四坐③驚〔七〕,隱居未易凡人測。史④君南歸無限情〔八〕,鴻飛携書墮我庭〔九〕。此書兼置昔年客〔一〇〕,袖中秀句淮山青〔一一〕。老夫强顏依府縣〔一二〕,堆案文書本非願。清談亹亹解人頤〔一三〕,安得坐右長相見〔一四〕?狂客吾非賀季真〔一五〕,醉吟君似謫仙人〔一六〕。末契長遭少年笑〔一七〕,白髮應慚傾蓋新〔一八〕。都城酒貴誰當换〔一九〕,塵埃汙面非良算〔二〇〕。歸來泗上苦思君〔二一〕,莫待黄花秋爛漫〔二二〕。秦君與家兄子瞻約秋後再遊彭城。

【校記】

①匹馬:三蘇祠本作"四馬",不辭,誤。

②誦:四庫本作"新",誤。

③坐:四庫本作"座"。

④史:四庫本作"使"。

【箋注】

〔一〕作於元豐元年(一〇七八)五月。秦觀(一〇四九—一一〇〇):字太虚,又字少游,號淮海居士,揚州高郵(今江蘇高郵市)人。元豐八年進士,除定海主簿,尋授蔡州教授。元祐初因蘇軾薦,任太學博士,六年遷秘書省正字,八年任國史院編修,授左宣德郎。紹聖元年坐元祐黨籍,出通判杭州,道貶監處州酒税。後削秩徙郴州,繼編管横州,又徙雷州。徽宗即位召還,復爲宣德郎。

元符三年八月卒於北歸途中。觀善詩賦策論,尤工詞,爲“蘇門四學士”之一。著有《淮海集》四十卷、《後集》六卷、《長短句》三卷。《宋史》有傳。李公擇:見《題滑州畫舫齋贈李公擇學士》注〔一〕。《孔譜》:“秦觀携李常(公擇)簡來訪。觀自徐州來,經南都赴京師應舉。常時爲淮南西路提點刑獄。次觀《别子瞻》韻贈觀。”

〔二〕熙寧六年(一〇七三)至熙寧九年(一〇七六),蘇轍因李師中所招,任齊州掌書記(濟南)。

〔三〕史君:使君。對州郡長官的尊稱。史,通“使”。此指李常。漢王粲《從軍詩》之五:“朝入譙郡界,曠然消人憂。”

〔四〕謂李常向轍推揚秦觀。輕公侯:唐李白《憶舊遊寄譙郡元参軍》:“黄金白璧買歌笑,一醉累月輕王侯。”

〔五〕《孔譜》:“《宋史》卷三百四十四《李常傳》謂知齊州後,徙淮南西路提點刑獄。本年二月十九日寒食過徐州訪軾,約於三月末離徐州南歸。……李常南歸途中過揚州,見秦觀,甚賞識之。”據詩意,此説是。揚州:宋屬淮東路。治江都(今江蘇揚州市)。參《和子瞻玉盤盂二首》之一注〔三〕。

〔六〕“致之”二句:謂欲見秦觀而不得。唐白居易《初到江州》:“菰蔣喂馬行無力,蘆荻編房卧有風。”

〔七〕謂秦觀如杜牧風流才高。《唐才子傳·杜牧》:“後以御史分司洛陽,時李司徒閒居,家妓爲當時第一。宴朝士,以牧風憲,不敢邀,牧因遣諷李使召己。既至曰:‘聞有紫雲者妙歌舞,孰是?’即贈詩曰:‘華堂今日綺筵開,誰唤分司御史來。忽發狂言驚四座,兩行紅粉一時回。’”

〔八〕唐孟貫《過秦嶺》:“欲過一回首,踟躕無限情。”

〔九〕古人謂鴻雁可傳書。《漢書·蘇武傳》:“教使者謂單于言:‘天子射上林中,得雁,足有繫帛書,言武等在某澤中。’使者大喜,如惠語以讓單于。單于視左右而驚,謝漢使曰:‘武等實在。’”

〔一〇〕轍熙寧十年(一〇七七)曾客徐州。

〔一一〕謂秦觀的詩文如其家鄉的山水一樣清秀。按,揚州在淮水以東。

〔一二〕强顔:厚著臉皮。漢司馬遷《報任安書》:“及以至是言不辱者,所謂强顔耳,曷足貴乎?”

〔一三〕謂秦健談而使人愉悦。亹亹(wěi wěi):談論動人,使人忘疲。唐白居易《贈談客》:"上客清談何亹亹,幽人閒思自寥寥。"解人頤:謂使人開顔歡笑。語出《漢書·匡衡傳》:"無説《詩》,匡鼎來;匡説《詩》,解人頤。"宋陳師道《秦少游字序》:"揚秦子過焉,豐醴備樂,如師弟子。其時余病卧里中,聞其行道雍容,逆者旋目,論説偉辯,坐者屬耳,世以此奇之,而亦以此疑之,惟公(蘇軾)以爲傑士。"

〔一四〕坐右:座位的右邊。按,古以右爲尊。此表尊崇之意。

〔一五〕賀季真:指唐賀知章(六五九—七四四)。知章字季真,山陰(今浙江紹興市)人。工文辭,善草隸,證聖初第進士,開元中累擢禮部侍郎,兼集賢院學士,遷太子賓客,授秘書監。晚節尤誕放,自號四明狂客,遨游里巷。天寶初請爲道士,歸里。詔賜鏡湖剡川一曲。新舊《唐書》有傳。

〔一六〕謂秦觀如李白之豪放。謫仙人:本指謫居世間的仙人。常用以稱譽才學優異的人。《南齊書·高逸傳·杜京産》:"永明中會稽鍾山有人姓蔡,不知名。山中養鼠數十頭,呼來即來,遣去便去。言語狂易。時謂之'謫仙'。"唐李白《玉壺吟》:"世人不識東方朔,大隱金門是謫仙。"《舊唐書·李白傳》:"初,賀知章見白,賞之,曰:'此天上謫仙人也。'"後多以代稱李白。

〔一七〕末契:猶下交。指長者對晚輩的交誼。《文選·陸機〈歎逝賦〉》:"託末契於後生,余將老而爲客。"唐李周翰注:"末契,下交也。"杜甫《莫相疑行》:"晚將末契託年少,當面輸心背面笑。"

〔一八〕傾蓋:見《北京送孫曼叔屯田權三司開拆司》注〔五〕。

〔一九〕唐孟棨《本事詩·高逸》:"李太白初自蜀至京師,舍於逆旅。賀監知章聞其名,首訪之,既奇其姿,復請所爲文。出《蜀道難》以示之,讀未竟,稱歎者數四,號爲'謫仙'。解金龜换酒,與傾盡醉,期不間日,由是稱譽光赫。"

〔二〇〕此言京城生活之不易。杜甫《奉贈韋左丞丈二十二韻》:"朝扣富兒門,暮隨肥馬塵。殘杯與冷炙,到處潛悲辛。"良算:良策。

〔二一〕泗上:泛指泗水北岸的地域。按蘇轍時正任職濟州,正爲泗上地。

〔二二〕爛漫:色澤絢麗。

附録　秦觀《别子瞻》

人生異趣各有求,繫風捕影祇懷憂。我獨不願萬户侯,惟願一識蘇徐州。徐州雄偉非人力,世有高名擅區域。珠樹三株詎可攀,玉海千尋真莫測。一昨秋風動遠情,便憶鱸魚訪洞庭。芝蘭不獨庭中秀,松柏仍當雪後青。故人持節過鄉縣,教以東來償所願。天上麒麟昔漫聞,河東鸑鷟今纔見。不將俗物礙天真,北斗以南能幾人。八磚學士風標遠,五馬使君恩意新。黄塵冥冥日月换,中有盈虚亦何算。據龜食蛤暫相從,請結後期游汗漫。

蘇軾《次韻秦觀秀才見贈秦與孫莘老李公擇甚熟將入京應舉》

夜光明月非所投,逢年遇合百無憂。將軍百戰竟不侯,伯郎一斗得涼州。翹關負重君無力,十年不入紛華域。故人坐上見君文,謂是古人吁莫測。新詩説盡萬物情,硬黄小字臨黄庭。故人已去君未到,空吟河畔草青青。誰謂他鄉各異縣,天遣君來破吾願。一聞君語識君心,短李髯孫眼中見。江湖放浪久全真,忽然一鳴驚倒人。從横所值無不可,知君不怕新書新。千金弊帚那堪换,我亦淹留豈長算。山中既未決同歸,我聊爾耳君其漫。

送龔鼎臣諫議移守青州二首〔一〕

其一

稷下諸公今幾人〔二〕,三爲祭酒髮如銀〔三〕。梁王宫殿歸留鑰〔四〕,尚父山河屬老臣〔五〕。沂水絃歌重曾點〔六〕,菑川故舊識平津〔七〕。過家定有金錢費〔八〕,千里争看衣錦身〔九〕。

【箋注】

〔一〕作於元豐元年(一〇七八)五月五日後。蘇轍《代龔諫議謝知青州帥表》云"臣某言,伏奉五月某日……",據《年表》,敕告爲五月五日。故送行當是此後不久。龔鼎臣(一〇一〇—一〇八六):字輔之,鄆州須城(今山東東平縣)

人。景祐元年第進士,爲平陰縣主簿,歷知萊蕪、濛陽縣、渠州。召還,擢起居舍人、知諫院,尋判登聞鼓院,拜户部員外郎兼侍御史知雜事。改集賢修撰、知應天府,徙江寧府。拜諫議大夫、京東路安撫使,知青州。以正議大夫致仕,元祐元年十二月卒,年七十七。見劉摯《正議大夫致仕龔公墓誌銘》。《宋史》有傳。諫議:即諫議大夫。《宋史·職官志一》:"左諫議大夫……同掌規諫諷諭。凡朝政闕失,大臣至百官任非其人,三省至百司事有違失,皆得諫正。"青州:宋屬京東東路,治益都(今山東青州市)。參《送青州簽判俞退翁致仕還湖州》注〔一〕。

〔二〕稷下:指戰國齊都城臨淄西門稷門附近地區。齊威王、宣王曾在此建學宫,廣招文學遊説之士講學議論,成爲各學派活動的中心。漢應劭《風俗通·窮通·孫況》:"齊威、宣王之時,聚天下賢士於稷下,尊寵之。"按龔爲齊人,故云。

〔三〕謂龔多次居高位,資歷很老。祭酒:本指古代饗宴時酹酒祭神的長者。後泛稱年長或位尊者。《史記·孟子荀卿列傳》:"齊襄王時,而荀卿最爲老師。齊尚脩列大夫之缺,而荀卿三爲祭酒焉。"唐司馬貞索隱:"謂荀卿出入前後三度處列大夫康莊之位,而皆爲其所尊。"唐貫休《了仙謠》:"遊戲多騎白騏驎,鬚髪如銀未曾老。"

〔四〕梁王:漢梁孝王劉武。參《雪中會飲李倅鈞東軒三絶》之一注〔四〕。《史記·梁孝王世家》:"明年,漢立太子。其後梁最親有功,又爲大國,居天下膏腴地,地北界泰山,西至高陽。"留鑰:留守,鎮撫。宋宋祁《賜西京留司文武百官資政殿學士尚書吏部侍郎知河南府范雍等賀南郊禮畢詔》:"卿屬司留鑰,虔戒乃僚。"按,《宋史》本傳,龔鼎臣曾提舉西京崇福宫復判太常寺留守南京,則此留鑰,特指龔曾爲知南京留守司事。爲守臣兼職名。

〔五〕謂龔知青州。青州爲齊地。尚父:西周齊國開國國君太公望吕尚。參《磻溪石》注〔二〕。《史記·齊太公世家》唐張守節正義:"《括地志》云:天齊池,在青州臨淄縣東南十五里。《封禪書》云:齊之所以爲齊者,以天齊。"

〔六〕贊揚龔儒雅恬淡如曾點。曾點:字皙,春秋魯南武城(在今山東嘉祥縣南)人。孔子弟子。《論語·先進》:"[曾點]曰:'莫春者,春服既成,冠者五六人,童子六七人,浴乎沂,風乎舞雩,詠而歸。'夫子喟然歎曰:'吾與點也。'"按,宋有沂州,下轄臨沂、沂水、新泰等五縣,與青州同屬京東東路。

〔七〕贊揚龔政聲可比公孫弘。平津:指西漢公孫弘,封平津侯。參《和柳子玉紙帳》注〔一〕。《史記・公孫弘列傳》:"丞相公孫弘者,齊菑川國薛縣人也。"唐張守節正義:"《表》云:菑川國,文帝分齊置,都劇。《括地志》云:故劇城,在青州壽光縣南三十一里。"

〔八〕謂龔回到故鄉將周濟鄉里故舊。《史記・公孫弘列傳》:"故人所善賓客仰衣食,弘奉禄皆以給之,家無所餘,士亦以此賢之。"

〔九〕謂故鄉人當以龔爲榮。衣錦:《史記・項羽本紀》:"項王見秦宫室皆以燒殘破,又心懷思欲東歸,曰:'富貴不歸故鄉,如衣繡夜行,誰知之者?'"《漢書・項籍傳》作:"如衣錦夜行。"按,龔爲齊地鄆州人,故云。

其二

面山負海古諸侯〔一〕,信美東方第一州〔二〕。勝勢未容秦地嶮〔三〕,奇花僅比洛城優〔四〕。新絲出盎冬裘具〔五〕,貢棗登場歲事休〔六〕。鈴閣虚閑官釀熟〔七〕,應容將佐得遨遊〔八〕。

【箋注】

〔一〕《書・禹貢》:"海岱惟青州。"孔傳:"東北據海,西南距岱。"《史記・三王世家》:"武帝曰:'關東之國,無大於齊者。齊東負海而城郭大,古時獨臨菑中十萬户,天下膏腴地,莫盛於齊者矣。'"古諸侯:爲古代諸侯之方國。《書・虞書・舜典》:"肇十有二州。"孔傳:"禹治水之後,舜分冀州爲幽州、并州,分青州爲營州,始置十二州。"

〔二〕青州在東,故云。

〔三〕謂地理位置優越,地勢險要不遜于秦地。勝勢:形勝之勢。《荀子・强國》:"其固塞險,形埶便,山林川谷美,天材之利多,是形勝也。"《史記・高祖本紀》:"秦,形勝之國,帶河山之險,縣隔千里,持戟百萬,秦得百二焉。"南朝宋裴駰集解:"秦地險固,二萬人,足當諸侯百萬人也。"《太平御覽・偏霸部・南燕慕容德》引崔鴻《十六國春秋・南燕録》:"尚書潘聽曰:'青,齊沃壤,號曰東秦。'"

〔四〕奇花:指牡丹。宋歐陽脩《洛陽牡丹記・花品叙》:"牡丹出丹州、延州,東出青州,南亦出越州,而出洛陽者今爲天下第一。洛陽所謂丹州花,延州紅，青州紅者，皆彼土之尤傑者。”又：“牡丹之名或以氏、或以州、或以地、或以色、或旌其所異者而志之。……青州、丹州、延州紅，以州著。”“鞓紅者，單葉，深紅，花出青州，亦曰青州紅。故張僕射有第西京賢相坊，自青州以馲駞馱其種，遂傳洛中。其色類腰帶鞓，謂之鞓紅。”僅：幾乎；差不多。

〔五〕謂從盎中拿出的搗好的新絲。盎，見《巫山廟》注〔四〕。宋李覯《潛書》：“鉏耰未乾，喉不甘矣；新絲出盎，膚不縫矣。”按，青州自唐以來，即以特産絲綾梨棗著稱。《新唐書・地理志》：“青州：北海郡，望，土貢仙紋綾、絲、棗、紅藍紫草。”

〔六〕貢棗：青州盛産棗。北魏賈思勰《齊民要術》卷四：“案青州有樂氏棗，肌細核多，膏肥美，爲天下第一。父老相傳云：樂毅破齊時，從燕來齊所種也。”《宋史・地理志一》：“青州……貢仙紋綾、梨棗。”孟元老《東京夢華録・立秋》：“是月瓜果梨棗方盛。京師棗有數品：靈棗、牙棗、青州棗、亳州棗。”按，青州棗爲秋棗，立秋時上市，故云。

〔七〕鈴閣：州郡長官的辦事地方。參《答文與可以六言詩相示因道濟南事作十首》之十注〔三〕。官釀：官府所釀的酒。

〔八〕遨遊：閑遊。

送余京同年兄通判嵐州〔一〕

矯矯吴越士〔二〕，遠爲并代行〔三〕。寒暄雖云異〔四〕，慷慨慰平生。我昔在濟南〔五〕，君時事淄青〔六〕。連年食羊炙〔七〕，便欲忘蓴羹〔八〕。問君棄鄉國〔九〕，何似弊屣輕〔一〇〕。丈夫事所志〔一一〕，歸去無田耕〔一二〕。閑官少媿耻〔一三〕，教子終餘齡〔一四〕。定心養浩氣〔一五〕，閉目收元精〔一六〕。此志我亦然，偶與長者并〔一七〕。會合不可期〔一八〕，未易夸者評〔一九〕。

【箋注】

〔一〕作於元豐元年（一〇七八）五月。余京：會稽（今浙江紹興市）人。嘉祐二年登進士第。仕至著作佐郎，歷任淄、青、并、嵐州地方官。蘇頌《朝議大夫致仕石君墓碣銘》:"遠近嚮慕,負笈而至者若王景山、余京、方援、伍原輩,同時出黌下,後皆爲聞人。"同年兄:科舉制度中同榜登科者稱爲同年,互稱年兄。嵐州:春秋時先後屬晉趙,秦二漢爲太原郡地,晉末陷於劉淵,及魏末於其地置嵐州,隋煬帝置樓煩郡,唐爲嵐州,或爲樓煩郡,屬河東道。宋屬河東北路,治宜芳(在今山西吕梁嵐縣北)。參《文獻通考·輿地考二·嵐州》。

〔二〕矯矯:卓爾不群貌。《漢書·敘傳下》:"賈生矯矯,弱冠登朝。"吴越士:會稽舊爲吴越故地。

〔三〕并(bīng)代:嵐州舊屬并州、代地。

〔四〕寒暄:謂問候起居寒暖。雖云異:雖然言語有差異。云,句中語氣詞,無義。按,余爲吴人,或仍操吴語,故云。

〔五〕見《次韻秦觀秀才携李公擇書相訪》注〔二〕。

〔六〕謂在淄青一帶爲官。淄青,本唐方鎮名。或稱淄青平盧,或稱平盧。寶應元年(七六二)置,天祐二年(九〇五)爲朱全忠所併。其間節度使李正己祖孫三代割據達五十四年之久,此泛指齊地,抑或指淄博青州一帶,已難查考。

〔七〕羊炙:烤羊。此指齊地物産。

〔八〕謂很難見到家鄉物産。蓴(chún)羹:即蒓菜羹。參《送劉道原學士歸南康》注〔五〕。

〔九〕蘇軾《與周長官李秀才遊徑山二君先以詩見寄次其韻二首》之二:"而我棄鄉國,大江忘北渡。"

〔一〇〕謂像破鞋子一樣不在意。參《次韻子瞻見寄》(衮衮河渭濁)注〔一四〕。

〔一一〕謂爲自己的理想努力。唐貫休《聞徵四處士》:"因知丈夫事,須佐聖明君。"

〔一二〕此反用陶詩意。晉陶潛《歸去來兮辭》:"歸去來兮,田園將蕪胡不歸?"

〔一三〕白居易《春日閑居三首》之三:"問我樂如何,閑官少憂累。"

〔一四〕餘齡:猶餘生。唐韓愈《過南陽詩》:"孰忍生以感?吾其寄餘齡。"

〔一五〕浩氣:浩然之氣。參《次韻子瞻見寄》(衮衮河渭濁)注〔一三〕。

〔一六〕元精：道家修煉術語，指人體最根本的精氣。唐吕岩《七言》之三十七："恍惚中間專志氣，虚無裏面固元精。"

〔一七〕并：吻合。

〔一八〕《古詩十九首·行行重行行》："道路阻且長，會面安可知？"

〔一九〕謂我們的想法難以讓那些自以爲是的人理解。此暗用司馬遷《報任安書》："僕又佴之蠶室，重爲天下觀笑，悲夫悲夫！事未易一二爲俗人言也！"

次韻王鞏見寄〔一〕

觸事如棊一一低〔二〕，昏然一睡更何知〔三〕。賈生流落南遷後〔四〕，陶令衰遲歸去時〔五〕。去住由人真水母〔六〕，簞瓢粗足亦山雌〔七〕。年來未省談堯舜，一吷麄踈豈足吹〔八〕？

【箋注】

〔一〕此首同《次韻王鞏見寄》二首時間約略相同。

〔二〕謂自己命運如下棋樣一步步往下走。低：下。唐韋莊《寄禪月大師》："萬事不如棊一局，雨堂閒夜許來麽？"

〔三〕唐杜甫《七月三日亭午已後校熱退晚加小涼穩睡有詩因論壯年樂事戲呈元二十一曹長》："賤夫美一睡，煩促嬰詞筆。"

〔四〕謂王鞏遭貶如賈誼之謫長沙。參《王公生日》注〔八〕。

〔五〕謂王鞏如陶潛之辭官歸田園。參《答文與可以六言詩相示因道濟南事作十首》之六注〔二〕。

〔六〕謂總是爲人所左右。《文選·郭璞〈江賦〉》："璅蛣腹蟹，水母目蝦。"唐李善注引《南越志》："海岸間頗有水母，東海謂之蛇，正白，濛濛如沫生物，有智識無耳目，故不知避人，常有蝦依隨之，蝦見人則驚，此物亦隨之而没。"

〔七〕謂隨遇而安。山雌：即雉。語本《論語·鄉黨》："山梁雌雉，時哉時哉！"後以"山雌"借指雉。漢揚雄《法言·修身》："山雌之肥，其意得乎？或曰：'回之簞瓢臞，如之何？'曰：'明明在上，百官牛羊亦山雌也；闇闇在上，簞瓢捽茹亦山雌也。何其臞?’”南朝梁皇侃疏:“言人遭亂世,翔集不得其所,是失時矣。而不如山梁間之雉,十步一啄,百步一飲,是得其時,故歎之也。獨云雌者,因所見而言也。”

〔八〕“年來”二句:謂近年來已不談國事的好壞。一吷(xuè):輕輕地吹一口氣。喻微不足道。語本《莊子・則陽》:“夫吹筦也,猶有嗃也;吹劍首者,吷而已矣……道堯舜於戴晉人之前,譬猶一吷也。”清郭慶藩集釋:“吷,小聲也……吹劍環,則聲微小。”麄疏:猶言好壞。麄,同“粗”。

河上莫歸過南湖二絶〔一〕

其一

西來白水滿南池〔二〕,走馬池邊日落時。橋底荷花無限思〔三〕,清香乞與路人知〔四〕。

【箋注】

〔一〕作於元豐元年(一〇七八)夏。迎候自汴來南京的某客,因故未遇。荷花盛開,是夏日情形。

〔二〕白水:泛指清水。

〔三〕蘇軾《和文與可洋川園池三十首・蓼嶼》:“卧雨幽花無限思,抱叢寒蝶不勝情。”

〔四〕乞與:付與,給與。

其二

淤田水淺客來遲〔一〕,解舫都門問幾時〔二〕? 誰道兩京雞犬接〔三〕,差除屈指未曾知〔四〕。

【箋注】

〔一〕淤田:用水將淤泥引入農田,使土質肥沃,稱淤田。宋沈括《夢溪筆談・雜誌一》:"熙寧中,初行淤田法。論者以爲《史記》所載:'涇水一斛,其泥數斗。且糞且溉,長我禾黍。'所謂糞,即淤也。予出使至宿州,得一石碑,乃唐人鑿六陡門,發汴水以淤下澤,民獲其利,刻石以頌刺史之功。則淤田之法,其來蓋久矣。"按,此謂行淤田之法,以致河中水淺船行變慢。

〔二〕解舫:解下舟舫的船纜,停船靠岸。按,據此可知,友人先到汴京。

〔三〕兩京:汴京、南京。雞犬接:極言兩地距離之近。《老子》第八十章:"鄰國相望,雞犬之聲相聞,民至老死不相往來。"

〔四〕差除:官職任命。宋歐陽脩《論按察官吏札子》:"審官三班吏部等處,又只主差除月日,人之能否,都不可知。"按,此承上句而言,雖説兩地很近,但説不清楚哪一天一紙任命就相距天遠。

送提刑孫頎少卿移湖北轉運〔一〕

持節憂邦刑〔二〕,職業已自簡〔三〕。下車攝留都〔四〕,談笑事亦辦〔五〕。開軒揖佳客〔六〕,退食事書卷〔七〕。爲政曾幾何?清風自無限。官居歲月迫,歸念湖湘遠〔八〕。依依東軒竹〔九〕,凛凛故人面〔一〇〕。詔書遂公私,使節許新换〔一一〕。舊治行當經〔一二〕,家山企可見〔一三〕。宦遊得鄉國〔一四〕,勞苦顧猶願。歸旆正滂洋〔一五〕,行舟①豈容緩。

【校記】

①舟:叢刊本、四庫本作"輈"。

【箋注】

〔一〕作於元豐元年(一〇七八)夏。孫頎:字子思,一字景修,長沙(今湖南長沙市)人。元豐初以太常少卿爲荆湖北路轉運使,六年知荆南,七年改知廣州。從蘇軾《與孫子思七首》知軾轍與頎交往甚密。提刑:全稱提點刑獄公事,宋代各路均設此官,掌"察所部之獄訟而平其曲直",兼管農桑。參《宋史・職官七》。

〔二〕持節:魏晉以後有使持節、持節、假節、假使節等,其權大小有別,皆爲刺史總軍戎者。唐初,諸州刺史加號持節,後有節度使,持節之稱遂廢。遂往往以"持節"指作封疆大吏。此指轉運使。

〔三〕職業:猶職責。《資治通鑑·後周紀一·後周太祖廣順二年》:"李穀足跌,傷右臂,在告月餘;帝以穀職業繁劇,趣令入朝,辭以未任趨拜。"

〔四〕孫"攝留都",具體何職無從查考,然孫曾於南京爲官則無疑。留都:南京(今河南商丘市)。

〔五〕談笑:談吐言笑,極言不費氣力。唐李白《永王東巡歌》之二:"但用東山謝安石,爲君談笑静胡沙。"

〔六〕開軒:猶言開門。軒,房室。

〔七〕退食:公餘休息。參《和子瞻東陽水樂亭歌》注〔七〕。

〔八〕孫當是家鄉爲湖湘,從後"家山企可見"可知。

〔九〕依依:(竹葉)柔弱披拂的様子。東軒:本指住房向陽的廊簷。《文選·陶潛〈雜詩〉》:"嘯慠東軒下,聊復得此生。"唐吕向注:"軒,簷也。"

〔一〇〕凜凜:敬畏的様子。

〔一一〕"詔書"二句:謂皇帝體恤孫頎而順應其要求。遂:依從。私:個人的想法,意願。

〔一二〕舊治:舊所治理的地方。據此,則可知孫爲官不止一地。

〔一三〕企可見:踮腳可以看到,極言距離之近。據此則孫當家湖南。

〔一四〕鄉國:故鄉。

〔一五〕歸旆:回鄉的旌旆。此指孫出行的儀仗。滂洋:盛多貌。

次韻劉涇見寄〔一〕

天之蒼蒼亦何有〔二〕? 亦有雲漢爲之章〔三〕。人生混沌一氣耳〔四〕,嘿嘿何由①知肺腸〔五〕。孔公孟子巧言語〔六〕,剖瓢插竹吹笙簧〔七〕。含宫吐角千萬變〔八〕,坐令隱伏皆形相〔九〕。我生禀賦本微薄〔一〇〕,氤氲方寸不自藏〔一一〕。譬如蘭根在黄土〔一二〕,春風驅迫生繁香。口占手寫豈得已〔一三〕,此亦未免物所將〔一四〕。方將寂寞自收斂,不受世俗斗尺量〔一五〕。既知仍作未能止,紛紜竟亦類彼莊〔一六〕。煎烹心脾擢胃腎〔一七〕,自令鬢髮驚秋霜〔一八〕。嗟子獨未知此病,從横自恃觜爪剛。少年一見非俗物〔一九〕,鏘然脩竹鳴孤凰〔二〇〕。近來直與②扛九鼎〔二一〕,令我畏見筆力强。提携童子從冠者〔二二〕,揣摩五帝論三皇〔二三〕。詩書近日貴新説,掃除舊學漫無光〔二四〕。竊攘瞿曇剽李耳〔二五〕,牽挽性命推陰陽〔二六〕。狂流衮衮去不返〔二七〕,長夜漫漫未遽央〔二八〕。詞鋒俊發魯連子,慚愧田巴稱老蒼〔二九〕。是非得失子自了〔三〇〕,一醉早醒余所望〔三一〕。

【校記】

①由:宋建本、叢刊本、四庫本作“用”。

②與:叢刊本、四庫本作“欲”。

【箋注】

〔一〕作於元豐元年(一〇七八)夏。時劉涇任宿州教授。詩對新學頗多抨擊。劉涇:見《次韻宿州教授劉涇見贈》注〔一〕。

〔二〕《莊子・逍遥遊》:“天之蒼蒼,其正色耶? 其遠而無所至極耶?”

〔三〕《詩・大雅・棫樸》:“倬彼雲漢,爲章于天。”蘇轍《詩集傳》卷十五:“天之蒼蒼豈自有章哉? 則亦有雲漢以爲之章耳。”

〔四〕《莊子・知北遊》:“人之生,氣之聚也,聚則爲生,散則爲死。”

〔五〕嘿嘿(mò mò):不説話。《文選・屈原〈卜居〉》:“于嗟嘿嘿兮,誰知吾之廉貞。”唐劉良注:“嘿嘿,不言貌。”《楚辭・屈原〈卜居〉》作“默默”。肺腸:喻内心。《詩・大雅・桑柔》:“自有肺腸,俾民卒狂。”鄭箋:“自有肺腸,行其心中之所欲,乃使民盡迷惑。”

〔六〕孔公孟子:孔子與孟子。孔子,見《次韻子瞻減降諸縣囚徒事畢登覽》注〔二二〕。孟子,見《送柳子玉》注〔四〕。

〔七〕剖瓢插竹:喻製作樂器之過程。此喻孔孟之言論猶如瓢竹製作而成的笙簧。

〔八〕含宫吐角:宫角,皆爲古代五音之一。此喻孔孟學説如美妙的音聲一樣動人。

〔九〕坐令：致使。形相：形狀。《荀子·非相》："故長短小大，善惡形相，非吉凶也。"

〔一〇〕稟賦：天性資質。

〔一一〕氤氲（yīn yūn）：熏蒸瀰漫貌。方寸：心。《三國志·蜀書·諸葛亮傳》："［徐］庶辭先主而指其心曰：'本欲與將軍共圖王霸之業者，以此方寸之地也。今已失老母，方寸亂矣。'"藏（zāng）：通"臧"，善。《莊子·在宥》："不治天下，安藏人心。"唐成玄英疏："既問在宥不治，人心何以履善。"

〔一二〕蘭根：《史記·三王世家》附"王夫人"："蘭根與白芷，漸之滫中，君子不近，庶人不服者，所以漸然也。"南朝宋裴駰集解引徐廣曰："滫者，淅米汁也。"唐司馬貞索隱："白芷，香草也。"按，"蘭根"當是"蘭槐之根"之省。《荀子·勸學》："蘭槐之根是爲芷。"唐楊倞注："蘭槐，香草也，其根是爲芷也，一名白茝。"

〔一三〕口占：口授。

〔一四〕將：猶攜帶。

〔一五〕斗尺：本爲量器和衡器名，這裏指評判標準。

〔一六〕"既知"二句：謂明知不可爲而自己卻不能停止，卷入人世的紛争如莊子所嘲笑的樣子。彼莊：那莊子。按，《莊子》中對世人的紛争多加嘲笑。三國魏阮籍《詠懷》之三十八："視彼莊周子，榮枯何足賴。"紛紜：雜亂貌。

〔一七〕唐韓愈《貞曜先生墓誌銘》："鉤章棘句，掐擢胃腎。"擢（zhuó）：拔。此喻對文字的苦心推敲。

〔一八〕見《宣徽使張安道生日》注〔一四〕。唐李白《秋浦歌》之十五："白髮三千丈，緣愁似箇長。不知明鏡裏，何處得秋霜。"

〔一九〕俗物：俗人。《世説新語·排調》："嵇、阮、山、劉在竹林酣飲，王戎後往。步兵曰：'俗物已復來敗人意！'"

〔二〇〕謂劉獨超儕輩，卓犖不群。《韓詩外傳》卷八："鳳乃止帝東園，集帝梧桐，食帝竹實，没身不去。"韓愈《聽穎師彈琴》："喧啾百鳥群，忽見孤鳳凰。"

〔二一〕"近來"二句：喻劉筆力强健令人生畏。韓愈《病中贈張十八》："龍文百斛鼎。筆力可獨扛。”蘇軾《次韻章傳道喜雨》:“先生筆力吾所畏,蹙踏鮑謝跨徐庾。”

〔二二〕《論語・先進》:“莫春者,春服既成,冠者五六人,童子六七人,浴乎沂,風乎舞雩,詠而歸。”

〔二三〕謂探討聖賢之道。五帝三皇:古以爲夏商周三代之前,是五帝時期,五帝之前,屬于三皇時期。至于具體所指,則説法不一。此亦泛指。

〔二四〕“詩書”二句:新説:即新經義。熙寧六年,王安石“欲變學究爲秀才”(見《後山談叢》卷一),改科舉,置經義局,親撰《新經周禮義》,命吕惠卿及其子王雱等撰寫《新經尚書義》、《新經毛詩義》:“頒於學官,用以取士,士或少違異,輒不中程。由是獨行於世者六十年,而天下學者喜攻其短,自開黨錮之禁。”(《郡齋讀書志・新經尚書義》)

〔二五〕瞿曇:釋迦牟尼的姓。因代指佛教。參《東方書生行》注〔七〕。李耳:即老子。《史記・老子列傳》:“老子者,……姓李氏,名耳,字伯陽,謚曰聃。”按,安石精于佛道典籍,其本人曾注《金剛經》、《注維摩詰所説經》等(已佚),《續資治通鑑長編・神宗熙寧五年》引安石語:“臣觀佛書,乃與經合。蓋理如此,則雖相去遠,其合猶符節也。”其子王雱曾注《莊子》(《南華真經新傳》),故轍謂其王氏新説多剽取自二家。蘇軾《王安石贈太傅制》亦稱:“[王安石]少學孔孟,晚師瞿聃。”

〔二六〕謂王安石背棄儒家學説,墮入邪道。牽挽:牽扯。按,孔子罕言“性”與“命”。《論語・公冶長》:“子貢曰:‘夫子之文章可得而聞也,夫子之言性與天道不可得而聞也。’”又《子罕》:“子罕言利與命與仁。”也不言陰陽,又《述而》:“子不語怪力亂神。”“牽扯”、“推”云云,皆貶斥之詞。

〔二七〕衮衮:大水奔流貌。此言聲勢之大。

〔二八〕央:結束、終結。《詩・小雅・庭燎》:“夜如何其? 夜未央。”按,此以“狂流”、“長夜”喻當世陷入邪説而不知復返。

〔二九〕“詞鋒”二句:稱贊劉談鋒俊發如魯仲連,讓持新學者慚愧而爲老一輩學人稱道。《史記・魯仲連列傳》張守節正義引《魯連子》云:“齊辯士田巴,服狙邱,議稷下,毁五帝,罪三王,服五伯,離堅白,合同異,一日服千人。有徐劫者,其弟子曰魯仲連,年十二,號‘千里駒’,往請田巴曰:‘臣聞堂上不奮,郊草不芸,白刃交前,不救流矢,急不暇緩也。今楚軍南陽,趙伐高唐,燕人十萬,聊城不去,國亡在旦夕,先生奈之何?若不能者,先生之言有似梟鳴,出城而人惡之,願先生勿復言。'田巴曰:'謹聞命矣。'巴謂徐劫曰:'先生乃飛兔也,豈直千里駒?'巴終身不談。"此指當時從事新學者。俊發:俊逸,勃發。老蒼:鬢髮灰白的老人。此謂老一輩學人。杜甫《壯遊》:"脱落小時輩,結交皆老蒼。"

〔三〇〕韓愈《忽忽》:"死生哀樂兩相棄,是非得失付閑人。"了:清楚;明白。

〔三一〕《楚辭·屈原〈漁父〉》:"屈原曰:'舉世皆濁我獨清,衆人皆醉我獨醒。'"

城南訪張恕〔一〕

事似棼絲撥不開〔二〕,秋隨脱葉暗相催〔三〕。城南緑野宜幽步,水北紅塵漫作堆〔四〕。赤棗青瓜報豐熟〔五〕,黄雞白酒勸徘徊〔六〕。此中真有醇風在〔七〕,一畝何年劚草萊〔八〕。

【箋注】

〔一〕作於元豐元年(一〇七八)秋。從"秋隨脱葉暗相催"、"赤棗青瓜報豐熟"可知。

〔二〕棼(fén)絲:亂絲。語出《左傳·隱公四年》:"臣聞以德和民,不聞以亂。以亂,猶治絲而棼之也。"

〔三〕謂秋日來臨。語本《淮南子·説山訓》:"見一葉落而知歲之將暮。"宋唐庚《文録》引唐人詩:"山僧不解數甲子,一葉落知天下秋。"唐樊晃《南中感懷》:"南路蹉跎客未回,常嗟物候暗相催。"

〔四〕紅塵:車馬揚起的飛塵。喻繁華喧囂。唐張祜《洛陽感寓》:"須知此事堪爲鏡,莫遣黄金漫作堆。"

〔五〕赤棗:紅棗。張祜《讀曲歌》:"郎去摘黄瓜,郎來收赤棗。"青瓜:黄瓜。

〔六〕唐李白《淮陰書懷寄王宗成》:“斗酒烹黄雞,一餐感素誠。”又《南陵别兒童入京》:“白酒初熟山中歸,黄鷄啄黍秋正肥。”

〔七〕醇風:醇樸、篤厚的民風。

〔八〕謂何時能得一畝之地鋤草力耕於其間。《楚辭・屈原〈卜居〉》:“寧誅鋤草茅以力耕乎? 將游大人以成名乎?”晉陶潛《歸園田居五首》之三:“種豆南山下,草盛豆苗稀。晨興理荒穢,帶月荷鋤歸。”斸(zhú):古農具名,鋤屬。即斫斸,此用爲動詞。草萊:猶草莽。雜生的草。

同李倅鈞訪趙嗣恭留飲南園晚衙先歸〔一〕

城南高樓出喬木〔二〕,下有方塘秋水足〔三〕。新霜未變草木鮮,晚日漸催梨棗熟〔四〕。雨荒松菊半榛莽〔五〕,風老蒲菰初瑟縮〔六〕。門前大路多塵土,日中過客無留轂〔七〕。開門卻掃如有待〔八〕,下馬升堂真不速〔九〕。勸我一振衣上黄〔一〇〕,臨風共倒樽中渌〔一一〕。肴蔬草草意不盡〔一二〕,絲竹泠泠暗相屬〔一三〕。琳宫仙伯自閒暇〔一四〕,幕府麄官苦煩促〔一五〕。晚衙簿領當及期〔一六〕,後堂車轄要須漉〔一七〕。令人更媿東宫師,眷戀溪山棄華屋〔一八〕。

【箋注】

〔一〕作於元豐元年(一〇七八)秋。“城南高樓出喬木,下有方塘秋水足。新霜未變草木鮮,晚日旋催梨棗熟。”應是中秋景况。李倅鈞:即李鈞。見《雪中會飲李倅鈞東軒三絶》之一注〔一〕。趙嗣恭:未詳。俟考。晚衙:舊時官署長官一日早晚兩次坐衙,受屬吏參拜治事。傍晚申時坐衙稱晚衙。唐白居易《夜歸》:“逐勝移朝宴,留歡放晚衙。”

〔二〕喬木:高大的樹木。《詩・周南・漢廣》:“南有喬木,不可休思。”

〔三〕方塘:人工掘土挖成的池塘。古謂掘土成坑爲方。《三國志・魏書・明帝紀》:“己未,有司奏文昭皇后立廟京都。”南朝宋裴松之注引三國魏魚豢《魏略》:“而使[群臣]穿方舉土,面目垢黑……甚非謂也。”《資治通鑑・魏紀五・魏明帝景初元年》引此文,元胡三省注:“方,穴土爲方也。”三國魏劉楨《雜詩》:"方塘含白水,中有鳧與鴈。"

〔四〕唐杜甫《百憂集行》:"庭前八月梨棗熟,一日上樹能千回。"

〔五〕謂秋雨使南園中之雜木叢生,松菊荒廢。杜甫《宿贊公房》:"雨荒深院菊,霜倒半池蓮。"晉陶潛《歸去來兮辭》:"三逕就荒,松菊猶存。"

〔六〕謂秋風中蒲菰成熟了。瑟縮:葉子變得乾枯,萎縮。

〔七〕《文選·謝朓〈暫使下都夜發新林至京邑贈西府同僚〉》李善注引朓《至尋陽詩》曰:"過客無留軫,馳暉有奔箭。"

〔八〕謂開門等待。卻掃:拒絶打掃,不清掃。三國魏王粲《寡婦賦》:"闔門兮卻掃,幽處兮高堂。"按,此謂感情真摯不拘俗套。

〔九〕不速:不邀請而自己來的客人。參《次韻王鞏見贈》注〔一五〕。

〔一〇〕謂抖落衣上的塵土。黄:古以五色配五行五方,土色黄。此代指塵土。

〔一一〕渌:美酒。參《次韻王鞏見寄》注〔三〕。

〔一二〕草草:匆忙,倉促。唐韓愈《送劉師服》:"草草具盤饌,不待酒獻酬。"此指臨時備辦。

〔一三〕絲竹:管樂和弦樂。泠泠(líng líng):形容聲音清越,悠揚。

〔一四〕琳宫仙伯:指趙嗣恭。琳宫,本道觀名。《初學記·道釋部·道》引《空洞靈章經》:"衆聖集琳宫,金母命清歌。"後用于對道觀的美稱。按,據此趙似解官而提舉某道觀。

〔一五〕幕府麁(cū)官:指其所任留守簽書應天府判官。煩促:迫促。《文選·張華〈答何劭〉之一》:"恬曠苦不足,煩促每有餘。"唐張銑注:"煩促,急迫也。"

〔一六〕簿領:官府的簿籍文書。及期:到時候。

〔一七〕謂縱然留客也得歸去。《漢書·陳遵傳》:"遵耆酒,每大飲,賓客滿堂輒關門,取客車轄投井中,雖有急,終不得去。"車轄(xiá):車軸兩端的鍵,即銷釘。漉(lù):撈取。按,此反用典故,謂因公務纏身,即或車轄被扔入井中,也要撈出先歸。

〔一八〕"令人"二句:謂自己眷戀官場,有愧於父親。東宫師:指蘇洵。洵贈太子少師。

次韻轉運使鮮于侁新堂月夜〔一〕

長愛陶先生〔二〕,閑居棄官後〔三〕。床上卧看書〔四〕,門前自栽柳〔五〕。低徊顧微禄〔六〕,畢竟誰挽袖〔七〕。索莫秋後蜂〔八〕,青熒曉天宿〔九〕。惟將不繫舟〔一〇〕,託此春江溜〔一一〕。尺書慰窮獨〔一二〕,秀句驚枯朽〔一三〕。遥知新堂夜,明月入杯酒〔一四〕。千里共清光〔一五〕,照我茅簷漏〔一六〕。

【箋注】

〔一〕作於元豐元年(一〇七八)秋。"遥知新堂夜,明月入杯酒。千里共清光,照我茅檐漏。"乃爲秋景。鮮于侁:見《和鮮于子駿益昌官舍八詠》之一注〔一〕。轉運使:見《送轉運判官李公恕還朝》注〔一〕。

〔二〕陶先生:指晉陶潛。見《答文與可以六言詩相示因道濟南事作十首》之六注〔二〕。

〔三〕《宋書·陶潛傳》:"郡遣督郵至縣,吏白應束帶見之。潛嘆曰:'我不能爲五斗米折腰向鄉里小人。'即日解印綬去職,賦《歸去來》。"

〔四〕陶潛《與子儼等疏》:"常言五六月中,北窗下卧,遇涼風暫至,自謂是羲皇上人。"

〔五〕陶潛《五柳先生傳》:"宅邊有五柳樹,因以爲號焉。"

〔六〕低徊:此喻留戀貌。唐岑參《潼關使院懷王七季友》:"無心顧微禄,有意在獨往。"

〔七〕挽袖:拉住衣袖,喻挽留。蘇軾《歸來引送王子立歸筠州》:"我挽袖而莫留兮,僕夫在門歌《式微》。"

〔八〕謂自己如秋蜂無蜜可采。索莫:蕭索,寂寞。唐賈島《即事》:"索漠對孤燈,陰雲積幾層。"

〔九〕青熒:光亮貌。《文選·揚雄〈羽獵賦〉》:"玉石嶜崟,眩耀青熒。"唐李善注:"青熒,光明貌。"此指月光。唐元稹《含風夕》:"青熒微月鉤,幽暉洞陰魄。"

〔一〇〕不繫舟：不拴纜繩的船。用喻無所羈束，自由自在。語出《莊子·列禦寇》："巧者勞而知者憂，無能者無所求，飽食而敖遊，汎若不繫之舟，虛而敖遊者也。"唐白居易《適意》之一："豈無平生志，拘牽不自由。一朝歸渭上，泛如不繫舟。"

〔一一〕清查慎行《蘇詩補注》卷十六："鮮于子駿原作流。自註云：去聲。先生和詩及《欒城集》俱作溜，二字固可通用也。"按，查説是。

〔一二〕尺書：書信。因寫於絹帛上，一尺見方，故云。參《游景仁東園》注〔六〕。

〔一三〕謂對方的佳句讓自己驚佩。

〔一四〕白居易《效陶潛體詩十六首》之六："清光入杯杓，白露生衣巾。"

〔一五〕南朝宋謝莊《月賦》："美人邁兮音塵闕，隔千里兮共明月。"蘇軾《水調歌頭》："但願人長久，千里共嬋娟。"

〔一六〕唐杜甫《茅屋爲秋風所破歌》："牀頭屋漏無乾處，雨腳如麻未斷絶。" 蘇軾《催試官考較戲作》："八月十五夜，月色隨處好。不擇茅簷與市樓，況我官居似蓬島。"

附録　鮮于侁《新堂夜坐月色皎然由連理亭信步庭中徘徊久之因爲五言一首》

秋風動微涼，天雨新霽後。閑齋獨隱几，明月在高柳。振衣步庭下，顥氣入襟袖。天空雲漢明，隱約辨列宿。蒼蒼松檜上，零露飛欲流。脱葉滿閑園，繁華追衰朽。清宵望蟾彩，宜付一杯酒。多病謝樽罍，城頭轉寒漏。

蘇軾《和鮮于子駿鄆州新堂月夜二首》

其一

去歲遊新堂，春風雪消後，池中半篙水，池上千尺柳。佳人如桃李，胡蝶入衫袖。山川今何許，疆野已分宿。歲月不可思，駛若船放溜。繁華真一夢，寂寞兩榮朽。惟有當時月，依然照杯酒。應憐船上人，坐穩不知漏。

其二

明月入華池，反照池上堂。堂上隱几人，心與水月涼。風螢已無迹，露草時有光。起觀河漢流，步屧響長廊。名都信繁會，千指調笙簧。先生病不飲，童子爲燒香。獨作五字詩，清絶如韋郎。詩成月漸側，皎皎兩相望。

送梁交供備①知莫州〔一〕

猛士當令守四方〔二〕，中原諸將近相望〔三〕。一樽度日空閒暇〔四〕，千騎臨邊自激昂〔五〕。談笑定先降虜使〔六〕，詩書仍得靖戎行〔七〕。君看宿將何承矩〔八〕，安用摧鋒百戰場〔九〕。

【校記】

①備：原無，據宋建本、蜀藩刻本補。

【箋注】

〔一〕作於元豐元年（一〇七八）秋。蘇軾有《送將官梁左藏赴莫州》，當爲同時作。《三蘇年譜》卷二十八：“《宋史》卷一百六十九《職官》九《武臣三班借職至節度使叙遷之制》云：‘供備庫使，轉西京左藏庫副使。’又云：‘西京左藏庫使階武經大夫，供備庫使階武翼大夫。’供備庫使通常無職掌，左藏庫使掌收受各地財賦收入，供給官吏及軍兵俸禄賜予。然據軾詩，左藏庫使似與供備庫使，均爲虚銜，亦無實際職掌。轍稱供備，軾稱左藏，不過一階之差。或交原爲供備，以後轉爲左藏。軾定詩稿時，乃以左藏稱之。莫州屬河北東路，治任丘縣。”莫州：其地本屬瀛州，唐景雲二年分瀛州置鄚州，開元十三年改爲莫州，其後或爲文安郡，屬河北道。宋屬河北東路。治任丘（今河北任丘市北）。

〔二〕《史記·高祖本紀》：“高祖擊筑，自爲歌詩曰：‘大風起兮雲飛揚，威加海内兮歸故鄉，安得猛士兮守四方。’”

〔三〕中原：此指被遼所佔據的河北、北京一帶。

〔四〕此指昔日爲官之生活。

〔五〕此指知莫州。臨邊：巡視邊防。

〔六〕談笑：形容從容自若。唐劉長卿《登潤州萬歲樓》：“聞道王師猶轉戰，更能談笑解重圍。”降虜使：使敵人的使者折服。莫州臨邊，與遼接壤，故云。

〔七〕謂平定戰事。靖：平定。戎行：本指軍隊。《左傳・成公二年》："下臣不幸，屬當戎行，無所逃隱。"引申而指戰事。

〔八〕宿將：久經戰陣的將領。何承矩（九三五——一〇〇六）：字正則，宋太原（今山西太原市）人。名將何福進孫、何繼筠子。太宗時歷制置河北沿邊屯田使，瀕海廣袤數百里悉爲稻田，民賴其利。旋知雄州，推誠御衆，同其甘苦，邊民有告敵機事者，與之款接，無所猜忌，故契丹動息皆能前知。真宗時累拜齊州團練使。

〔九〕摧鋒：挫敗（敵人的）鋒芒。百戰場：極言戰爭之多。唐杜甫《陪柏中丞觀宴將士二首》之一："極樂三軍士，誰知百戰場。"

附録　蘇軾《送將官梁左藏赴莫州》

燕南垂，趙北際，其間不合大如礪。至今父老哀公孫，蒸土爲城鐵作門。城中積穀三百萬，猛士如雲驕不戰。一朝鼓角鳴地中，帳下美人空掩面。豈如千騎平時來，笑談謦欬生風雷。葛巾羽扇紅塵靜，投壺雅歌清燕開。東方健兒虓虎樣，泣涕懷思廉恥將。彭城老守亦凄然，不見君家雪兒唱。

秋祀高辛①二絶〔一〕

其一

蕩蕩巍巍堯舜前〔二〕，一丘惟見柏森然〔三〕。後來秦漢何堪數〔四〕，跋扈飛揚得幾年〔五〕。

【校記】

①詩題"辛"原本、宋建本作"禖"，據宋孫汝聽《蘇潁濱年表》改。

【箋注】

〔一〕作於元豐元年（一〇七八）秋。詩題"辛"原作"禖"，據《年表》改。

高辛：即帝嚳。堯之父。初受封於辛，後即帝位，號高辛氏。《楚辭·屈原〈離騷〉》："鳳皇既受詒兮，恐高辛之先我。"

〔二〕蕩蕩巍巍：偉大崇高貌，皆爲後人讚美堯舜之語。《論語·泰伯》："子曰：'巍巍乎，舜禹之有天下也而不與焉。'"又"子曰：'大哉堯之爲君也，巍巍乎！唯天爲大，唯堯則之。蕩蕩乎民無能名焉，巍巍乎其有成功也。'"

〔三〕一丘：帝嚳冢。《史記·五帝本紀》南朝宋裴駰集解引《皇覽》曰："帝嚳冢在東郡濮陽頓丘城南臺陰野中。"

〔四〕謂後世王朝皆不如堯舜之仁治能夠長久。

〔五〕言後世王朝皆不免淩暴生民。跋扈：驕横兇暴。《後漢書·朱浮傳》："往年，赤眉跋扈長安。"唐李賢注："跋扈猶暴横也。"《北齊書·神武下》："神武曰：'景專制河南十四年矣，常有飛揚跋扈志。'"

其二

乾德年中初一新〔一〕，頹垣破瓦委荆榛〔二〕。興亡舉墜干戈際〔三〕，閒暇方知國有人。

【箋注】

〔一〕乾德：宋太祖趙匡胤年號（九六三—九六八）。據此，則當時曾予以修繕。《續資治通鑑長編·太祖乾德元年》："［六月］丙申，令有司三歲一舉先代帝王祀典，各以功臣配饗。高辛、堯、舜、禹、湯、文、武、漢高祖，皆因其故廟。"

〔二〕據此則後又荒廢。

〔三〕謂秋祀時重新修繕。

過興教贈釗①上人〔一〕

四十年間此院留〔二〕，臨河看盡往還舟〔三〕。同來並是三年客〔四〕，聽説行藏各自羞〔五〕。

【校記】

①釗:宋建本、叢刊本作"劉"。

【箋注】

〔一〕作於元豐元年(一〇七八)秋。釗上人:不詳俟考。上人,《釋氏要覽·稱謂》引古師云:"内有德智,外有勝行,在人之上,名上人。"多用作對僧人的尊稱。

〔二〕四十年間:當是此禪院修建的時間。《孔譜》謂"釗上人住持興教院四十年",則與第三句矛盾,恐非。

〔三〕據此,則興教禪院臨河而建。

〔四〕據此,則釗上人似與蘇轍同時來南都,然蘇轍熙寧十年來南京,至此實二年,此句之三年,當是虚指。

〔五〕謂釗上人聽聞蘇轍來此地爲客三年奔走之情形與蘇轍聽聞釗上人來此清修之情形,均各感羞愧也。行藏:出處或行止。《論語·述而》:"用之則行,舍之則藏。"

次韻王鞏代書〔一〕

去年河上送君時,我醉看君倒接籬〔二〕。一笑便成經歲隔〔三〕,扁舟重到滿城知〔四〕。舊傳北海偏憐客〔五〕,新恠東方苦愬饑〔六〕。應笑長安居不易,空吟原上草離離〔七〕。

【箋注】

〔一〕作於元豐元年(一〇七八)八月中旬。王鞏自京師來,與轍多唱和。《次韻偶成》云:"樽罍正及明蟾夜,舟楫來隨早雁群。"知接近中秋。王鞏:見《次韻王鞏廷評招飲》注〔一〕。

〔二〕《世説新語·任誕》:"山季倫爲荆州,時出酣暢,人爲之歌曰:'復能乘駿馬,倒著白接籬。'"參《送王恪郎中知襄州》注〔一一〕。唐李白《魯中都東樓醉起作》:"昨日東樓醉,還應倒接籬。"

〔三〕經歲:多年。

〔四〕據此，則王鞏已由水路來南都，兩人同城。

〔五〕謂王好客如孔融。北海：東漢孔融，曾爲北海相，《後漢書》本傳："性寬容少忌，好士，喜誘益後進。及退閑職，賓客日盈其門。常歎曰：'坐上客常滿，尊中酒不空。吾無憂矣。'"偏憐：最愛。唐元稹《遣悲懷三首》之一："謝公最小偏憐女，嫁與黔婁百事乖。"參《初發彭城有感寄子瞻》注〔一二〕。

〔六〕戲言自己正等待王的關照。東方：指漢東方朔。朔字曼倩，平原厭次（在今山東惠民縣）人。詼諧滑稽，善文辭。武帝時上書高自稱譽，帝偉之，令爲常侍郎。帝欲爲上林苑，朔諫之，拜朔爲太中大夫給事中，復爲中郎。帝置酒宣室，欲召董偃入，朔諫止之。朔于國事亦常直言切諫，不見用，因著《答客難》、《非有先生論》。最爲有名。《史記》《漢書》有傳。《漢書·東方朔傳》："對曰：'臣朔生亦言，死亦言。朱儒長三尺餘，奉一囊粟，錢二百四十；臣朔長九尺餘，亦奉一囊粟，錢二百四十。朱儒飽欲死，臣朔飢欲死。臣言可用，幸異其禮，不可用，罷之，無令但索長安米。'上大笑。"愬：同"訴"。

〔七〕"應笑"二句：謂自己不如白居易幸運。五代王定保《唐摭言·知己》："白樂天初舉名未振，以謌詩謁顧況。況謔之曰：'長安百物貴，居大不易。'及讀至《賦得原上草送友人詩》曰：'野火燒不盡，春風吹又生。'況嘆之曰：'有句如此，居天下有甚難。老夫前言戲之耳。'"白居易《賦得古原草送別》："離離原上草，一歲一枯榮。"離離：衆盛貌。

次韻南湖清飲二首〔一〕

其一

翠箔紅窗映大堤〔二〕，遠來清飲嘆參差〔三〕。盈盈積水東西隔，脉脉幽懷彼此知〔四〕。渌酒謾傳工破悶〔五〕，主人何敢恠顰眉〔六〕。明朝看月雲開未〔七〕，試與詹家一問龜〔八〕。

【箋注】

〔一〕作於元豐元年（一〇七八）八月中旬。《孔譜》以爲亦當是次王鞏韻。

或是。蓋前詩云"新恠東方苦愬饑",此詩下首云"喜君重到暫相依",辭氣類同。清飲:無歌舞助興的酒宴。

〔二〕翠箔:翠緑色的簾幕。紅窗:朱紅色的窗户。

〔三〕參差:謂歲月蹉跎。

〔四〕"盈盈"二句:謂二人感情深厚互相心知。《文選·古詩十九首·迢迢牽牛星》:"盈盈一水間,脉脉不得語。"幽懷:隱藏的情懷。

〔五〕渌酒:美酒。破悶:消除煩悶。唐白居易有"和新樓北園偶集"云云長題詩:"銷愁若沃雪,破悶如割瓜。"蘇軾《再和李杞寺丞》:"作詩雖未造藩閾,破悶豈不賢樗蒲。"

〔六〕謂主人自然不敢責怪客人因此生氣。主人:蘇轍自謂。顰眉:皺眉。

〔七〕南朝梁簡文帝《鏡銘》:"雲開月見,水净珠明。"未:句尾語氣詞,猶嗎。

〔八〕詹家:指鄭詹尹。傳説爲楚國太卜。《楚辭·屈原〈卜居〉》:"屈原既放三年,不得復見,竭志盡忠,而蔽障於讒。心煩慮亂,不知所從,乃往見太卜鄭詹尹曰:'余有所疑,願因先生决之。'詹尹乃端筴拂龜。"

其二

坐客經年半已非〔一〕,喜君重到暫相依〔二〕。不嫌愛酒樽頻倒〔三〕,只怕題詩紙屢飛。耿耿幽懷誰與愬〔四〕,徐徐細酌未應違。從今更肯相過否〔五〕,幾誤風吹白版扉〔六〕。

【箋注】

〔一〕謂當年飲宴中之坐客多年來大半已非如昔時。

〔二〕唐韓愈《落葉送陳羽》:"飄颻終自異,邂逅暫相依。"

〔三〕宋蔡子正《喜遷鶯》:"太平也,且歡娱,莫惜金樽頻倒。"宋彭乘《墨客揮犀》卷五云:"此曲成,大傳都下。"轍語當本此。

〔四〕耿耿:明亮貌,此指赤誠之心。愬:同"訴"。

〔五〕過:拜訪。

〔六〕謂屢次將風吹動門聲當成對方來訪。白版扉:未施油漆的門板。謂貧寒之家。唐王維《田家》:“雀乳青苔井,雞鳴白板扉。”

次韻偶成〔一〕

交情淡漠久彌新〔二〕,吏役縈纏日益紛〔三〕。香火社中真避世〔四〕,簿書叢裏强論文〔五〕。樽罍正及明蟾夜〔六〕,舟楫來隨早雁群。世俗如君今有幾,真將富貴等浮雲〔七〕。

【箋注】

〔一〕作於元豐元年(一〇七八)八月中旬。因詩云“明蟾夜”可知。《孔譜》以爲仍是次王鞏詩韻。可從。詩云“真將富貴等浮雲”,王鞏出生豪門而不以富貴自傲,正相榫合。偶成:隨意寫成,未仔細推敲斟酌的詩作。

〔二〕謂兩人來往不頻,卻能始終如一。彌:更加。唐錢起《江陵晦日陪諸官泛舟》:“舟行深更好,山趣久彌新。”

〔三〕吏役:小吏雜役之事。唐白居易《病假中南亭閑望》:“欹枕不視事,兩日門掩關。始知吏役身,不病不得閑。”縈纏:牽扯,糾纏。

〔四〕《舊唐書・白居易傳》:“與香山僧如滿結香火社,每肩輿往來,白衣鳩杖,自稱香山居士。”蘇軾《與王郎昆仲及兒子邁繞城觀荷花登峴山亭晚入飛英寺分韻得月明星稀四首》之一:“此間真避世,青蒻低白髮。”

〔五〕簿書:官府的簿籍文書。

〔六〕明蟾:猶言明月。古代神話稱月中有蟾蜍,因以“明蟾”代月。唐舒元輿《坊州按獄蘇氏莊記室二賢自鄜州走馬相訪》:“陽烏忽西傾,明蟾挂高枝。”

〔七〕《論語・述而》:“子曰:‘飯疏食,飲水,曲肱而枕之,樂亦在其中矣。不義而富且貴,於我如浮雲。’”唐杜甫《丹青引》:“丹青不知老將至,富貴於我如浮雲。”

中秋見月寄子瞻〔一〕

西風吹暑天益高,明月耿耿分秋毫〔二〕。彭城閉門青嶂合〔三〕,卧聽百步鳴飛濤〔四〕。使君携客登燕子〔五〕,月色着人冷如水〔六〕。筵前不設鼓與鐘,處處笛聲相應起。浮雲卷盡流金丸〔七〕,戲馬臺西山鬱蟠〔八〕。杯中渌酒一時盡〔九〕,衣上白露三更寒〔一〇〕。扁舟明日浮古汴〔一一〕,回首逡廵陵谷變〔一二〕。河吞鉅野入長淮〔一三〕,城没黄流只三版〔一四〕。明年築城城似山,伐木爲堤堤更堅〔一五〕。黄樓未成河已退,空有遺蹟令人看。城頭見月應更好,河流深處今生草。子孫幸免魚鼈食,歌舞聊寬使君老。南都從事老更貧〔一六〕,羞見青天月照人。飛鶴投籠不能出〔一七〕,曾是彭城坐中客〔一八〕。

【箋注】

〔一〕作於元豐元年(一〇七八)中秋節。蘇軾有和詩。

〔二〕唐杜甫《八月十五夜月二首》之一:"此時瞻白兔,直欲數秋毫。"《分門集註杜工部詩》注引蘇軾曰:"元典秋夜望月,坐至中宵。人問其久坐,典曰:'仰瞻白兔,直欲數其秋毫耳。'"耿耿:明亮貌。秋毫:鳥獸在秋天新長出來的細毛。喻細微之物。《孟子·梁惠王上》:"曰:'有復於王者曰:吾力足以舉百鈞,而不足以舉一羽;明足以察秋毫之末,而不見輿薪。則王許之乎?'"

〔三〕青嶂:像屏障一樣的青山。按,徐州山水環繞,蘇軾《又送鄭户曹》:"水繞彭城樓,山圍戲馬臺。"

〔四〕百步:百步洪。參《陪子瞻遊百步洪》。飛濤:飛濺的波濤。唐柳宗元《游南亭夜還叙志七十韻》:"叢林留沖飆,石礫迎飛濤。"

〔五〕使君:蘇軾。燕子:即燕子樓。唐白居易《燕子樓三首序》:"徐州故張尚書有愛妓曰盼盼,善歌舞,雅多風態。……昨日司勳員外郎張仲素繢之訪予,因吟新詩有《燕子樓》三首,詞甚婉麗,詰其由,爲盼盼作也。繢之從事武寧軍累年,頗知盼盼始末,云:'尚書既殁,歸葬東洛,而彭城有張氏舊第,第中有小樓名燕子,盼盼念舊愛而不嫁,居是樓十餘年,幽獨塊然,於今尚在。'"一説,盼盼係張建封子張愔之妾。見宋陳振孫《白文公年譜》。

〔六〕唐杜甫《江月》:"江月光於水,高樓思殺人。"唐杜牧《秋夕》:"天階夜色涼如水,坐看牽牛織女星。"

〔七〕金丸：此指月亮。

〔八〕戲馬臺：見《送梁交之徐州》注〔一一〕。欝蟠：連綿蟠曲貌。蘇洵《憶山送人》："往求與識面，復見山欝蟠。絶壁横三方，有類大破鐶。"

〔九〕渌酒：美酒。

〔一〇〕白露：秋天的露水。《詩·秦風·蒹葭》："蒹葭蒼蒼，白露爲霜。"

〔一一〕古汴：見《明日復賦》注〔五〕。

〔一二〕《詩·小雅·十月之交》："高岸爲谷，深谷爲陵。"逡巡：頃刻，言時間之短暫。按，以上似回憶當年與兄軾在徐州事。

〔一三〕鉅野：古湖澤名。參《寄孔武仲》注〔一四〕。《史記·河渠書》："其後四十有餘年，今天子元光之中，而河决於瓠子，東南注鉅野，通於淮、泗。"唐張守節正義引《括地志》云："鄆州鉅野縣東北大澤是。"長淮：淮河。參《次韻子瞻潁州留别二首》之二注〔一〕。

〔一四〕三版：亦作三板。古代築牆、墇所用的板，每塊高二尺，三板爲六尺。《戰國策·趙策一》："智伯從韓、魏以攻趙，圍晉陽而水之，城下不沉者三板。"蘇軾《徐州謝奬諭表》："百堵皆作，蓋僚吏之劬勞；三板不沉，本朝廷之威德。"按，此當指熙寧十年事，參《次韻子瞻贈梁交左藏》注〔一〇〕。又蘇軾《九日黄樓作》："去年重陽不可説，南城夜半千漚發。水穿城下作雷鳴，泥滿城頭飛雨滑。"

〔一五〕參蘇轍《黄樓賦叙》。

〔一六〕南都從事：蘇轍自指。

〔一七〕飛鶴：自喻。晉左思《詠史八首》之八："習習籠中鳥，舉翮觸四隅。"

〔一八〕指熙寧十年在徐州事。

附録　蘇軾《中秋見月懷子由》

明月未出群山高，瑞光萬丈生白毫。一杯未盡銀闕涌，亂雲脱壞如崩濤。誰爲天公洗眸子，應費明河千斛水。遂令冷看世間人，照我湛然心不起。西南火星如彈丸，角尾奕奕蒼龍蟠。今宵注眼看不見，更許螢火争清寒。何人艤舟臨古汴，千燈夜作魚龍變。曲折無心逐浪花，低昂赴節隨歌板。是夜,賈客舟中放水燈。青熒滅没轉山前,浪颭風迴豈復堅。明月易低人易散,歸來呼酒更重看。堂前月色愈清好,咽咽寒螿啼露草。卷簾推户寂無人,窗下咿啞惟楚老。近有一孫,名楚老。南都從事莫羞貧,對月題詩有幾人。明朝人事隨日出,怳然一夢瑶臺客。

次韻王鞏自詠〔一〕

平生未省爲人忙,貧賤安閑氣味長〔二〕。粗免趨時頭似葆〔三〕,稍能忍事腹如囊〔四〕。簡書見廹身今老〔五〕,樽酒聞呼首一昂〔六〕。欲挽天河聊自洗〔七〕,塵埃滿面鬢眉黄〔八〕。

【箋注】

〔一〕作於元豐元年(一〇七八)八月十八日後。按,此詩又見舊題宋王十朋《東坡詩集注》題作《和子由次王鞏韻如囊之句可爲一噱》。查慎行《蘇詩補注》卷五十謂"乃(轍)客徐州時與定國唱和之作",疑軾原有和作,後散佚,後人以轍作補入,姑録詩題。王鞏:見《次韻王鞏廷評招飲》注〔一〕。

〔二〕唐姚合《遊春》:"曉脱青衫出,閑行氣味長。"

〔三〕《漢書·武五子傳》:"當此之時,頭如蓬葆。"唐顔師古注:"頭久不理,如蓬草羽葆也。草叢生曰葆。"趨時:迎合時世。

〔四〕舊題宋王十朋《東坡詩集注續補遺》卷下引《相經》:"腹如懸囊,善蓄多藏。"按,王注爲字面義,此當謂因隱忍故腹如囊袋。

〔五〕簡書:公文案牘。參《寄孫朴》注〔五〕。

〔六〕謂聞召唤飲酒而眉飛色舞。

〔七〕唐杜甫《洗兵行》:"安得壯士挽天河,浄洗甲兵長不用。"挽:牽引、藉助。

〔八〕舊題宋王十朋《東坡詩集注續補遺》卷下引:"《列仙傳》有黄眉翁。"按,王注爲字面義,此當謂鬢眉皆因四處奔走,爲黄土所沾染。蘇軾《謝仲適坐上送王敏仲北使》:"相逢不相識,下馬鬚眉黄。"

附録　蘇軾《和子由次王鞏韻如囊之句可爲一噱》(已佚)

次韻王鞏同飲王廷老度支家戲詠〔一〕

白魚紫蟹曉①霜前〔二〕,有酒何須問聖賢〔三〕。上客遠來工緩頰〔四〕,雙鬟爲出小垂肩〔五〕。新傳大曲皆精絶〔六〕,忽發狂言亦可憐〔七〕。莫怪貧家少還往〔八〕,自須先辦買花錢〔九〕。

【校記】

①曉:宋建本、叢刊本、四庫本作"早"。

【箋注】

〔一〕作於元豐元年(一〇七八)八月。"白魚紫蟹曉霜前"知爲秋八月後。王廷老(一作庭老):字伯揚,熙寧四年爲兩浙路提刑兼提舉鹽事。八年任度支郎中、兩浙路轉運使。以擅增役錢,爲諫官所劾,追兩官勒停。其長子後娶蘇軾第四女。《宋史》有傳。

〔二〕白魚:即白鰷。唐李賀《感諷》之六:"調歌送風轉,杯池白魚小。"清王琦匯解:"白魚即今之白儵,長僅數寸,形狹而扁,狀如柳葉,性好群泳水面。"紫蟹:體呈紅紫色的一種蟹。宋傅肱《蟹略·總論》:"[蟹]生於濟鄆者,其色紺紫。"亦指秋後肥美宜食的蟹。宋梅堯臣《釣蟹》:"老蟹飽經霜,紫螯青石殼。"蘇軾《臺頭寺雨中送李邦直赴史館分韻得憶字人字兼寄孫巨源二首》之一:"紅葉黄花秋正亂,白魚紫蟹君須憶。"

〔三〕聖賢:喻指(酒的)好壞。參《次韻分司南京李誠之待制求酒二首》之二注〔三〕。

〔四〕上客:尊客。《禮記·曲禮上》:"食至起,上客起。"緩頰:本指婉言勸解或代人説情,《史記·魏豹彭越列傳》:"[漢王]謂酈生曰:'緩頰往説魏豹,能下之,吾以萬户封若。'"《漢書·高帝紀上》引此文,唐顔師古注引張晏曰:"緩頰,徐言引譬喻也。"此指勸酒。

〔五〕雙鬟:古代年輕女子梳的兩個環形髮髻。唐白居易《續古詩十首》之五:"窈窕雙鬟女,容德俱如玉。"因亦指侍女。

〔六〕大曲:古代樂曲的一種。《宋書·樂志三》著録有大曲十五曲,多用流傳的詩篇配樂,增減字句,以合音節。唐宋大曲,係由同一宫調的若干"遍"組成的成套樂舞。唐大曲多以詩句入樂疊唱,《樂府詩集》收有殘篇。宋大曲則爲詞體,係長篇叙事歌曲,歌舞結合。宋洪邁《容齋隨筆》卷十四:"今樂府所傳大曲,皆出於唐,而以州名者五,伊、涼、熙、石、渭也。涼州今轉爲梁州,唐人已多誤用,其實從西涼府來也。凡此諸曲,唯伊、涼最著,唐詩詞稱之極多,聊紀十數聯,以資談助。"宋王灼《碧雞漫志·涼州》:"後世就大曲制詞者,類從簡省,而管弦家又不肯從首至尾聲吹彈,甚者,學不能盡。"參《宋史·樂志十七》。

〔七〕謂酒後大言慷慨。狂言:豪放慷慨之言。白居易《秋日與張賓客舒著作同游龍門醉中狂歌凡二百三十八字》:"暫停杯觴輟吟詠,我有狂言君試聽。"可憐:可喜;可愛。

〔八〕貧家:蘇轍自指。

〔九〕戲言需自己準備娱樂費用。五代後蜀花蕊夫人《宫詞》:"月頭支給買花錢,滿殿宫人近數千。"先辦:預先準備。

送王鞏之徐州〔一〕

遨遊公卿間〔二〕,結交非不足〔三〕。高秋遠行邁〔四〕,黄泥没馬腹。問君胡爲爾〔五〕,笑指籬間菊〔六〕。故人彭城守,久作中朝逐〔七〕。詩書自娱戲〔八〕,樽俎當誰屬〔九〕。相望鶴頸引〔一〇〕,欲往龜頭縮〔一一〕。前期失不遂,浪語頻遭督〔一二〕。黄樓適已就〔一三〕,白酒行亦熟〔一四〕。登高暢遠情〔一五〕,戲馬有前躅〔一六〕。篇章雜笑語,行草爛盈幅〔一七〕。歸來貯篋笥,把玩比金玉〔一八〕。吾兄别我久,憂患欲誰告。孤高①多風霆〔一九〕,彈射畏顛覆〔二〇〕。白頭日益新,歲寒喜君獨〔二一〕。紛紛衆草中,冉冉凌霜竹〔二二〕。恨我閉籠樊〔二三〕,無由託君轂〔二四〕。

【校記】

①高:叢刊本作"告",誤。

【箋注】

〔一〕作於元豐元年(一〇七八)秋九月。王鞏之徐州,是應蘇軾之邀參加黄樓落成慶典。蘇軾時知徐州。黄樓之建,實爲厭勝之舉。黄樓於本年八月十二日落成。

〔二〕《史記·陸賈列傳》:"陸生以此游漢廷公卿間,名聲籍盛。"唐王建《荆南贈别李肇著作轉韻詩》:"兩京二十年,投食公卿間。"

〔三〕足:多。

〔四〕唐孟浩然《越中逢天台太乙子》:"問余涉風水,何處遠行邁。"

〔五〕晉陶潛《飲酒》之五:"問君何能爾,心遠地自偏。"

〔六〕陶潛《飲酒》之五:"采菊東籬下,悠然見南山。"

〔七〕中朝:朝中。逐:逐客;被放逐的官吏。按,此謂自熙寧四年(一〇七一),蘇軾因譏評新法,久居外任至今。

〔八〕唐韓愈《病中贈張十八》:"文章自娱戲,金石日擊撞。"

〔九〕樽俎:古代盛酒食的器皿。樽以盛酒,俎以盛肉。此謂酒食。屬(zhǔ):注入,斟酒相勸。《儀禮·士昏禮》:"酌玄酒,三屬於尊。"鄭玄注:"屬猶注也。"

〔一〇〕謂王企盼與蘇軾會面。鶴頸引:如鶴伸長著脖子。唐韓偓《黄蜀葵賦》:"清旦鶯啼,黄昏客散,鶴頸兮長引,猿腸兮屢斷。"

〔一一〕謂王前欲往而又曾疑慮。唐盧仝《月蝕詩》:"北方寒龜被蛇縛,藏頭入殼如入獄。"蘇軾《陳季常見過三首》之三:"人言君畏事,欲作龜頭縮。"

〔一二〕浪語:空話。督:批評、指責。漢王充《論衡·寒温》:"父子相怒,夫妻相督。"

〔一三〕黄樓:見《次韻子瞻贈梁交左藏》注〔一〇〕。

〔一四〕宋司馬光《九日懷聶之美二首》之二:"甕頭白酒行當熟,籬下黄花稍復開。"白酒:美酒。

〔一五〕《三蘇年譜》卷二十八:"鞏之徐州,乃應軾之請,其中重要活動之一,即慶黄樓落成。鞏至徐,約爲九月初。九月初九日,大合樂慶黄樓落成,鞏與會。”

〔一六〕戲馬:戲馬臺。參《送梁交之徐州》注〔一一〕。前躅(zhú):遺跡。

〔一七〕爛:衆多貌。《詩·大雅·韓奕》:“諸娣從之,祁祁如雲。韓侯顧之,爛其盈門。”鄭箋:“媵者必娣姪從之,獨言娣者舉其貴者。爛爛,粲然,鮮明且衆多之貌。”

〔一八〕《孟子·萬章下》:“集大成也者,金聲而玉振之。”

〔一九〕唐杜甫《古柏行》:“落落盤踞雖得地,冥冥孤高多烈風。”

〔二〇〕彈射:猶指摘。漢張衡《西京賦》:“街談巷議,彈射臧否。”顛覆:傾覆,猶打擊。

〔二一〕“白頭”二句:謂舊交紛紛疏遠,只有鞏感情更深。白髮:用“白髮如新”意。參《北京送孫曼叔屯田權三司開拆司》注〔五〕。歲寒:見《次韻子瞻與蘇世美同年夜飲》注〔六〕。

〔二二〕《文選·古詩十九首·冉冉孤生竹》:“冉冉孤生竹,結根泰山阿。”唐李周翰注:“冉冉,漸生進貌。”

〔二三〕籠樊:即樊籠,謂官場的種種約束。語本陶潛《歸園田居五首》之一:“久在樊籠裏,復得返自然。”樊:籬笆。

〔二四〕謂不能同車前往。轂:車。

次韻張恕九日寄子瞻〔一〕

無限黄花簇短籬〔二〕,濁醪霜蟹正堪持〔三〕。坐曹漫爾誇勤瘁〔四〕,割肉何妨稍①詆欺〔五〕。世外樽罍終自②放〔六〕,俗間簿領莫相縻〔七〕。茱萸插遍知人少,談笑須公一解頤〔八〕。王摩詰詩云:遥知兄弟登高處,插遍茱萸少一人。

【校記】

①稍:四庫本作“誚”。

②自:叢刊本作“日”,誤。

【箋注】

〔一〕作於元豐元年(一〇七八)九月九日。九月九日,蘇軾大合樂於黄樓,以蘇轍《黄樓賦》刻石。

〔二〕黄花:這裏指菊花。参《次韻王鞏九日同送劉莘老》注〔二〕。簇:圍繞,簇擁。

〔三〕《世説新語·任誕》:"畢茂世云:'一手持蟹螯,一手持酒杯,拍浮酒池中,便足了一生。'"濁醪:濁酒。霜蟹:霜降後的螃蟹。此時蟹最肥。宋梅堯臣《周仲章通判潤州》:"霜蟹肥可釣,水鱗活堪斫。"

〔四〕坐曹:在衙署值班辦公。参《送吕希道少卿知滁州》注〔二〕。此指在官衙辦公的人。勤瘁:辛苦勞累。

〔五〕《漢書·東方朔傳》:"久之,伏日,詔賜從官肉。大官丞日晏不來,朔獨拔劍割肉,謂其同官曰:'伏日當蚤歸,請受賜。'即懷肉去。大官奏之。朔入,上曰:'昨賜肉,不待詔以劍割肉而去之,何也?'朔免冠謝。上曰:'先生起,自責也!'朔再拜曰:'朔來!朔來!受賜不待詔,何無禮也!拔劍割肉,壹何壯也!割之不多,又何廉也!歸遺細君,又何仁也!'上笑曰:'使先生自責,迺反自譽。'復賜酒一石,肉百斤,歸遺細君。"詆欺:譭謗醜化。唐韓愈《讀東方朔雜事》:"詆欺劉天子,正晝溺殿衙。"

〔六〕謂不妨借樽酒以自放於世外。

〔七〕簿領:官府的簿籍文書。縻:本指牛韁繩,此指羈縻、約束。

〔八〕宋葉夢得《避暑録話》卷上:"子瞻在黄州及嶺表,每旦起不招客相與語,則必出而訪客。所與游者亦不盡擇,各隨其人高下,談諧放蕩,不復爲畛畦。有不能談者,則强之説鬼。或辭無有,則曰'姑妄言之'。于是聞者無不絶倒,皆盡歡而後去。設一日無客,則歉然若有疾。其家子弟嘗爲予言之如此也。"所論雖與此時地不盡相合,然蘇軾天性喜諧謔,當可知也。解頤:謂開顔歡笑。参《次韻秦觀秀才携李公擇書相訪》注〔一三〕。

附録　蘇軾《次韻張十七九日贈子由》

千戈萬槊擁篦籬,九日清樽豈復持。是日,南都敕使按兵。官事無窮何日了,菊花有信不吾欺。逍遥瓊館真堪羡,取次塵纓未可縻。迨此暇時須痛飲,他年長劍拄君頤。

戲次前韻寄王鞏二首〔一〕

其一

白馬貂裘錦羃䍦〔二〕,離觴瀲灩手親持〔三〕。頭風欲待歌詞愈〔四〕,肺病甘從酒力欺〔五〕。不分歸心太怱草〔六〕,更憐人事苦縈縻〔七〕。相逢借問空長嘆,便捨靈龜看朵頤①〔八〕。

【校記】

①頤:叢刊本作"順",形近而誤。

【箋注】

〔一〕作於元豐元年(一〇七八)九月中旬。次前韻者,即次《次韻張恕九日寄子瞻》韻也。

〔二〕羃(mì)䍦:宋王溥《唐會要·羃䍦》:"武德初襲齊隋舊制,婦人多著羃䍦,雖發自異域,而全身障蔽,至永徽已後稍有帷帽,施裙到頸,即漸爲淺露矣。龍朔三年有敕禁斷,初雖暫息,旋又仍舊。"明顧起元《説略》:"羃䍦,按《實録》曰,本羌人之首服,以羊毛爲之謂之氊帽,至秦漢中華競服之,後以故席爲骨而鞔之,謂之席帽。"

〔三〕瀲灩:此指酒滿溢蕩漾貌。

〔四〕《三國志·魏書·陳琳傳》南朝宋裴松之注引《典略》:"琳作諸書及檄草成,呈太祖。太祖先苦頭風,是日疾發,卧讀琳所作,翕然而起曰:'此愈我病。'數加厚賜。"

〔五〕蘇轍詩中屢言己有肺疾,卷十《次韻毛君病中菊未開》亦有"病肺秋深霧雨傷"句。肺:同"肺"。

〔六〕不分:不服氣;不平。怱草:匆忙。

〔七〕縈縻(mí):牽繞、制約。

〔八〕謂飲酒忘憂。靈龜:此指用于占卜的龜。朵頤:鼓腮嚼食。語出《易頤》:“初九舍爾靈龜,觀我朵頤,凶。”

其二

細竹寒花出短籬,故山耕耒手曾持。宦遊蹔比鳧鷖集[一],歸計長遭句僂欺[二]。歌舞夢回空歷記[三],友朋飛去自難縻。悠悠後會須經歲[四],冉冉霜髭漸滿頤[五]。

【箋注】

〔一〕謂自己于官場無足輕重。鳧鷖(yī):鳧和鷗。《詩·大雅·鳧鷖》:“鳧鷖在涇,公尸來燕來寧。”毛傳:“鳧,水鳥也。鷖;鳧屬。太平則萬物衆多。”漢揚雄《解嘲》:“當塗者入青雲,失路者委溝渠。旦握權則爲卿相,夕失埶則爲匹夫。譬若江湖之雀,勃解之鳥,乘雁集不爲之多,雙鳧飛不爲之少。”

〔二〕謂占驗歸休都成了空。句僂:即僂句,本地名。此指用于占卜的龜。《左傳·昭公二十五年》:“初,臧昭伯如晉。臧會竊其寶龜僂句。”

〔三〕歷記:詳細記憶。

〔四〕悠悠:漫長。

〔五〕霜髭(zī):白鬍鬚。頤:下巴。

贈杭僧道潛[一]

月中依松鶴,露下抱葉蟬[二]。賦形已孤潔[三],發響仍清圓[四]。潛師本江海[五],浪迹遊市廛[六]。髭長不能翦,衲壞聊復穿。瘦骨見圖畫[七],禪心離攀緣[八]。出言可人意[九],一一皆自然。問師藏何深[一〇],不與世俗傳。舊識髯學士[一一],復從璉耆年[一二]。塵埃既脱落[一三],文彩自精鮮[一四]。落落社中人,如我亦有旃[一五]。奈何一相見,撫卷坐長歎。歸去勿復言,山林信多賢[一六]。

【箋注】

〔一〕作於元豐元年(一〇七八)九月中旬。道潛(參寥)自京師來,經南京赴徐州,與轍晤,轍贈詩。道潛《訪彭門太守蘇子瞻學士》:"邇來旅食寄梁苑,坐嘆白日徒虚盈。彭門千里不憚遠,秋風疋馬吾能征。"秋風匹馬,知爲秋日。道潛往徐,當經南都,故與轍晤。道潛:於潛浮村(今屬浙江臨安市)人。蘇軾守杭州,卜智果精舍居之。《墨莊漫録》載其本名曇潛,軾爲改曰道潛。軾南遷,坐得罪返初服。建中靖國初詔復祝髮。崇寧末,歸老江湖,嘗賜號妙總大師,有《參寥子詩集》。

〔二〕"月中"二句:以鶴蟬喻道潛。松與鶴,多比喻標格出衆。露與蟬,多比喻清逸高貴。唐常建《白龍窟泛舟寄天台學道者》:"泉蘿兩幽映,松鶴間清越。"唐杜甫《秦州雜詩二十首》之四:"抱葉寒蟬静,歸山獨鳥遲。"

〔三〕孤潔:孤獨,高潔。唐駱賓王《在獄詠蟬》:"無人信高潔,誰爲表予心?"

〔四〕清圓:清亮圓潤。

〔五〕江海:猶言隱居江海之人。《莊子·刻意》:"此江海之士,避世之人。"

〔六〕浪跡:四處漫遊,行蹤不定。唐李頎《謁張果先生》:"寓遊城郭裏,浪跡希夷際。"市廛:本指市中店鋪,此泛指市井。《孟子·公孫丑上》:"市,廛而不征。"漢趙岐注:"廛,市宅也。"

〔七〕時當有爲道潛寫真者,蘇轍故云。道潛《廬山雜興》十五首之十三:"瘦骨喜攀躋,芒鞵便犖确。"

〔八〕禪心:佛教用語。謂清静寂定的心境。南朝梁江淹《吴中禮石佛》:"禪心暮不雜,寂行好無私。"攀援:攀附。唐白居易《續古詩十首》之六:"長安多王侯,英俊競攀援。幸隨衆賓末,得厠門館間。"

〔九〕可人意:稱人心意。

〔一〇〕謂道潛深藏不露。蘇轍《送施歷城辯歸常州》:"高人不受塵土侵,三年浙江藏何深。"

〔一一〕髯學士:蘇軾。蘇軾多髯。

〔一二〕璉:高僧懷璉。見《遊浄因院寄璉禪師》注〔一〕。耆年:年老的人。

〔一三〕塵埃：猶塵俗。《淮南子·俶真》："芒然仿佯於塵埃之外，而消摇於無事之業。"唐寒山《詩》之一百五十五："咸笑外凋零，不憐内紋彩。皮膚脱落盡，唯有真實在。"

〔一四〕精鮮：精美，光鮮。

〔一五〕"落落"二句：謂佛社中不乏我這樣落落寡合的人。唐貫休《送僧之東都》："憑師將遠意，説似社中人。"落落：形容孤高。社：佛社。旃：之；焉。《詩·魏風·陟岵》："上慎旃哉，猶來無止。"清馬瑞辰通釋："之、旃一聲之轉，又爲'之焉'之合聲，故旃訓'之'，又訓'焉'。"

〔一六〕信：確實。

張安道生日二首〔一〕

其一

椿年七十二迴新〔二〕，蓬矢桑弧記此晨〔三〕。養就丹砂無上藥〔四〕，已超諸數自由身〔五〕。中年道路趨真境〔六〕，外物功名委世人〔七〕。今夜空庭香火罷〔八〕，定應星斗識天真〔九〕。

【箋注】

〔一〕作於元豐元年（一〇七八）九月二十三日。

〔二〕椿年：大椿樹的年齡。《莊子·逍遥遊》中謂，上古有大椿木，以八千歲爲一春，八千歲爲一秋。後世因以"椿年"爲祝人長壽之詞。

〔三〕古時男子出生，以桑木作弓，蓬草爲矢，射天地四方，象徵男兒志在四方。《禮記·内則》："國君世子生，告於君，接以大牢，宰掌具，三日，卜士負之，吉者宿齊，朝服寢門外，詩負之，射人以桑弧蓬矢六，射天地四方。"漢鄭玄注："桑弧蓬矢本大古也，天地四方男子所有事也。"

〔四〕丹砂：見《次韻蔣夔寒夜見過》注〔五〕。按，張方平頗習道家養生術。參《宣徽使張安道生日》詩。

〔五〕諸數：數，法數，即法門之數。諸數，總稱有爲之諸法。因諸法有各種差别之法數,故稱諸數。《維摩詰所説經》卷一:"佛身無漏,諸漏已盡。佛身無爲,不墮諸數。"蘇轍《次韻石芝》:"一擲誰令墮我前,無爲知我超諸數。"

〔六〕真境:仙境,謂熱衷道家修煉養身之法。唐王昌齡《武陵開元觀黄煉師院》之三:"暫因問俗到真境,便欲投誠依道源。"

〔七〕謂把功名利禄這類外在的事物丢棄給俗人去追求。《莊子·外物》:"外物不可必。"晉郭象注:"外物,夫忘懷於我者,固無對於天下,然後外物無所用必焉。若乃有所執爲者,諒亦無時而妙矣。"

〔八〕香火:焚香燃(燭)火。指焚香告天。唐皮日休《寒日書齋即事三首》之一:"將近道齋先衣褐,欲清詩思更焚香。空庭好待中宵月,獨禮星辰學步罡。"

〔九〕謂觀星象而洞測事物的本真。天真:本真。參《次韻沈立少卿白鹿》注〔五〕。

其二

十載從公鬢似蓬,羨公英氣老猶充〔一〕。生時别得星辰力〔二〕,晚歲仍加鼎竈功〔三〕。世事不堪開眼看〔四〕,勞生漸恐轉頭空〔五〕。問公試覓刀圭藥〔六〕,歲歲稱觴此日中〔七〕。

【箋注】

〔一〕"十載"二句:謂張老當益壯而已沉淪落魄。唐白居易《新秋病起》:"病瘦形如鶴,愁焦鬢似蓬。"英氣:英武豪邁之氣。充:充溢,不衰減。

〔二〕《雲笈七籤·稟生受命部一·稟受章》:"在胞之時,三元養育,九氣布化,五星爲五臟,北斗七星開其七竅。七星降童子,以衛其身。七星之氣結爲一星,在人頭上,去頂三尺。人爲善時,則其星光大而明;爲惡時,其星冥暗而小。善積則福至,惡積則災生,星光墜滅,其身死矣。"

〔三〕鼎竈(zào):鼎和爐竈。指道家煉丹的用具。

〔四〕開眼:睜眼。

〔五〕《莊子·大宗師》:"夫大塊載我以形,勞我以生,佚我以老,息我以死。”後以“勞生”指辛苦勞累的生活。轉頭:猶轉瞬,極言時間之短暫。白居易《自詠》:“百年隨手過,萬事轉頭空。”

〔六〕唐韓愈《又寄周隨州員外》:“金丹别復知傳得,乞取刀圭救病身。”刀圭藥:此指祛病長生不老之藥。唐殷堯恭《府試中元觀道流步虚》:“儻賜刀圭藥,還成不死名。”刀圭,中藥量器名。晉葛洪《抱朴子·金丹》:“服之三刀圭,三尸九蟲皆即消壞,百病皆愈也。”

〔七〕稱觴:舉起酒杯(祝壽)。

次韻頓起考試徐沂舉人見寄二首〔一〕

其一

齊楚諸生儼韠紳〔二〕,人人願得出君門〔三〕。銜枚勇鋭驚初合〔四〕,棄甲須臾訝許奔〔五〕。細讀未辭燈損目,久留終厭棘爲藩〔六〕。定應親刈翹中楚〔七〕,把卷喧呼半夜言〔八〕。

【箋注】

〔一〕作於元豐元年(一〇七八)九月。蘇軾《中秋月寄子由三首》之三“頓子雖咫尺,兀如在牢扃”自注:“頓起來徐試舉人。”今依《年表》繫之九月。頓起:見《送頓起及第還蔡州》注〔一〕。

〔二〕謂齊楚諸生儼然以事父母之禮事頓。齊楚:徐州舊屬楚地,沂州舊屬齊地,故云。韠(bì)紳:皮製的蔽膝和束於腰間,一頭下垂的大帶。《禮記·内則》:“子事父母,雞初鳴,咸盥漱,櫛,縰,笄,總,拂髦,冠,緌纓,端,韠,紳,搢笏。”

〔三〕唐韓愈《柳子厚墓誌銘》:“諸公要人争欲令出我門下。”

〔四〕喻科考有如沖鋒陷陣。宋歐陽脩《禮部貢院閲進士就試》:“無譁戰士銜枚勇,下筆春蠶食葉聲。”銜枚:横銜枚於口中,以防喧嘩或叫喊。枚,形如筷子,兩端有帶,可係於頸上。《周禮·夏官·大司馬》:“群司馬振鐸,車徒皆作,遂鼓行,徒銜枚而進。”勇鋭:勇於衝鋒陷陣。合:兩軍相接。

〔五〕訮許：即號子聲。一人領呼稱爲號頭，衆人應和稱爲打號。《淮南子·道應》："今夫舉大木者，前呼邪許，後亦應之，此舉重勸力之歌也。"按，此形容考試結束後考生争先恐後出場去。

〔六〕謂屏蔽在荆棘場中閲卷太久亦煩。棘爲藩：古代試士，用棘圍試院，以防止弊端，故稱。《舊五代史·周書·和凝傳》："貢院舊例，放牓之日，設棘於門及閉院門，以防下第不逞者。"

〔七〕《詩·周南·漢廣》："翹翹錯薪，言刈其楚。"鄭箋："楚，雜薪之中尤翹翹者。"此喻士子中之出類拔萃者。

〔八〕謂熬夜閲卷發現好的試卷不禁歡呼雀躍。

其二

老年從事忝南京〔一〕，海内交遊尚記名。怯見廣場心力破〔二〕，厭看細字眼花生〔三〕。新科未暇通三尺〔四〕，舊曲惟知有《六莖》〔五〕。空憶倚樓秋雨霽〔六〕，與君看遍洛陽城〔七〕。前舉與頓同試西京舉人。

【箋注】

〔一〕言自己忝爲南都屬官。從事：轍嘗自稱兩川從事、南都從事。參《送轉運判官李公恕還朝》注〔九〕、《中秋見月寄子瞻》注〔一六〕。

〔二〕廣場：此指稠人廣衆之科場。唐杜甫有"見王監兵馬使"云云長題詩二首之一："在野只教心力破，千人何事網羅求。"

〔三〕細字：小字。唐韓愈《短燈檠歌》："夜書細字綴語言，兩目眵昏頭雪白。"宋梅堯臣《答宣城張主簿遺雅山茶次其韻》："玩久手生胝，窺久眼生花。"

〔四〕三尺：指法律。《史記·酷吏列傳》："周曰：'三尺安出哉？'"南朝宋裴駰集解引《漢書音義》："以三尺竹簡書法律也。"按，此與下句皆對新法有微辭，上言"新科"，下言"舊曲"，寓意甚明。

〔五〕六莖：古樂名。傳爲顓頊所作。《漢書·禮樂志》："昔黄帝作《咸池》，顓頊作《六莖》，帝嚳作《五英》。"

〔六〕熙寧五年轍與頓起同爲考官。嘗作《洛陽試院樓上新晴五絶》。知曾秋雨，雨過天晴曰霽，故云"秋雨霽"。

〔七〕唐孟郊《登科後》:“春風得意馬蹄疾,一日看遍長安花。”

附録　蘇軾《次韻答頓起二首》

其一

挽袖推腰踏破紳,舊聞携手上天門。相逢應覺聲容似,欲話先驚歲月奔。新學已皆從許子,諸生猶自畏何蕃。殿廬直宿真如夢,猶記憂時策萬言。頓君及第時,余爲殿試編排官,見其答策語頗直。其後與子由試舉人西京,既罷,同登嵩山絶頂。嘗見其唱酬詩十餘首,頓詩中及之。

其二

十二東秦比漢京,去年古寺共題名。去歲見之於青州。早衰怪我遽如許,苦學憐君太瘦生。茅屋擬歸田二頃,金丹終掃雪千莖。何人更似蘇司業,和遍新詩滿洛城。

李鈞壽花堂并叙〔一〕

尚書郎晉陵李公秉性直而和,少從道士得養生法,未五十,去嗜欲〔二〕,老而不衰。爲南都通守,其西堂北牖下,池生菖蒲〔三〕,開花三四,芬馥可愛。以書占之,曰:“此壽考之祥也〔四〕。”因名其堂曰壽花,而余爲作詩記之。

石上菖蒲十二節,仙人服之好顏色〔五〕。根如蟠龍不可得,葉中開花誰復識〔六〕?夫子自少讀道書,年未五十嗜欲除。河流通天非轆轤〔七〕,下入金鼎融爲珠〔八〕。一醉斗酒心自如,鬼物窺覘驚睢盱〔九〕。菖蒲花開壽之符,白髮變黑顏如朱〔一〇〕。它年三茆訪君廬〔一一〕,拍手笑我言不虚。

【箋注】

〔一〕作於元豐元年(一〇七八)十月十六日後。李鈞:見《雪中會飲李倅鈞東軒三絶》之一注〔一〕。《三蘇年譜》卷二十八:“鈞爲慶曆二年(一〇四二)進士,見《咸淳毗陵志》卷十一。如鈞登進士之年爲二十歲,則至今年已達五十七歲。”

〔二〕嗜欲:多指男女之事。《梁書·武帝紀論》:“五十外便斷房室。”

〔三〕菖蒲:植物名。葉狹長,似劍形,生水中。初夏開花,淡黄色。根莖亦可入藥。民間在端午節常用來和艾葉紮束,掛在門前。《孝經援神契》:“椒薑禦濕,菖蒲益聰。”

〔四〕《太平御覽·百卉部·菖蒲》引漢應劭《風俗通》:“菖蒲放花,人得食之長年。”

〔五〕“石上”二句:晉葛洪《神仙傳》:“昔漢武帝元封二年,上嵩山,登大愚石室,起道宫,使董奉君、東方朔等齋潔思神。至夜,忽見仙人長二丈餘,耳下垂至肩,武帝禮而問之。仙人曰:‘吾九疑仙人也。聞中嶽有石上菖蒲,一寸九節,服之可以長生,故來採之。’言訖忽然不見。武帝顧謂侍臣曰:‘彼非欲學道服食者,必是中嶽之神,以此教朕耳。’乃採菖蒲服之。”南朝梁江淹《採石上菖蒲》:“冀採石上草,得以駐餘顔。”唐張籍《寄菖蒲》:“石上生菖蒲,一寸十二節。仙人勸我食,令我頭青面如雪。”

〔六〕時人或以爲菖蒲無花,故視菖蒲開花爲異數。明李時珍《本草綱目·草八·菖蒲》:“蘇頌言無花實。然今菖蒲二三月間抽莖,開細黄花成穗。而昔人言菖蒲難得見花,非無花也。”

〔七〕謂道家運氣之法。參《贈吴子野道人》注〔八〕。

〔八〕謂這猶如煉成了金丹。金鼎:特指道士煉丹之鼎爐。南朝宋鮑照《代淮南王》:“琉璃作盌牙作盤,金鼎玉匕合神丹。”

〔九〕《文選·揚雄〈解嘲〉》:“高明之家,鬼瞰其室。”唐李善注引李奇曰:“鬼神害盈而福謙。”唐劉良注曰:“是知高明富貴之家,鬼神窺望其室,將害其滿盈之志矣。故知天道惡盈,鬼神害盈。”睢盱:本喜悦貌。《易·豫》“盱豫悔”唐孔穎達疏:“盱,謂睢盱。睢盱者,喜説之貌。”此表驚懼貌。

〔一〇〕傳説服食菖蒲,能朱顔烏髮。蘇軾《李杞寺丞見和前篇復用元韻答之》:“何時自駕鹿車去,掃除白髮煩菖蒲。”又《和子由盆中石菖蒲忽生九花》:“記取明年十二節,小兒休更籋霜鬢。”

〔一一〕三茆(mǎo):三茅山。宋祝穆《方輿勝覽·建康府》:“三茅山,在句容縣南五十里。《山記》云:‘漢時有三茅君,各乘一鶴來此,故名焉。秦始皇聞民一有謡曰:神仙得者茅初成,駕龍上昇入太清。時下三洲戲赤城,繼世而往在我盈。'於是有尋仙之意。後有茅盈、茅固、茅衷,即三茅君也。"茆:同"茅"。

次韻子瞻題張公詩卷後〔一〕

世俗甘枉尺,所願求直尋〔二〕。不知一律訛,大樂無完音〔三〕。見利心自摇〔四〕,慮害安得深。至人不妄言〔五〕,淡如朱絲琴〔六〕。悲傷感舊俗,不類騷人淫〔七〕。又非避世翁〔八〕,閔嘿遽陽瘖〔九〕。嘐嘐晨雞鳴,豈問晴與陰〔一〇〕。世人積寸木,坐使高樓岑〔一一〕。晚歲卧草廬,誰聽《梁甫吟》〔一二〕。它年楚倚相,儻能記愔愔〔一三〕。

【箋注】

〔一〕作於元豐元年(一〇七八)十月。蘇軾詩爲《張安道見示近詩》。《烏臺詩案》:"元豐元年八月内,張方平令王鞏將詩一卷來徐州,題封曰《樂全堂雜詠》,拆開看,乃是張方平舊詩。……軾作一首題卷末。"此詩爲和蘇軾作。按,張方平詩、蘇軾詩及蘇轍此詩顯然是對新法有所抨擊。

〔二〕"世俗"二句:《孟子·滕文公下》:"陳代曰:'不見諸侯,宜若小然。今一見之,大則以王,小則以霸,且志曰枉尺而直尋,宜若可爲也。'孟子曰:'……且夫枉尺而直尋者,以利言也。如以利,則枉尋直尺而利,亦可爲與?'"漢趙岐注:"尺小尋大,不可枉大就小,而以要其利也。"此謂世人希望受的損失小而獲取的利益多。

〔三〕"不知"二句:以音樂作比謂人只要一步走錯便虧了節操。一律:一個音律。大樂:指典雅莊重的音樂。漢徐幹《中論·治學》:"大樂之成非取乎一音。"

〔四〕摇:心動。

〔五〕至人:指超越世俗,達到無我境界的人。《莊子》一書屢見。如《逍遥遊》:"至人無己。"《齊物論》:"至人神矣!大澤焚而不能熱,河漢沍而不能寒,疾雷破山、風振海而不能驚。"又《外物》:"唯至人乃能遊於世而不僻,順人而不失己。"

〔六〕《文選·鮑照〈白頭吟〉》:"直如朱絲繩,清如玉壺冰。"唐李善注:"朱絲,朱弦也。《禮記》:'清廟之瑟,朱弦而疏越。'桓子《新論》曰:'神農始削桐爲琴,繩絲爲弦。'"蘇軾《送俞節推》:"吴興有君子,澹如朱絲琴。"参《送張公安道南都留臺》注〔一八〕。

〔七〕騷人:詩人。淫:過度,無節制。《書·大禹謨》:"罔遊於逸,罔淫於樂。"孔傳:"淫,過也。"

〔八〕《論語·憲問》:"子曰:'賢者避世,其次避地,其次避色,其次避言。'"唐陳陶有《避世翁》,宋王安石《贈陳君景初》:"顧非避世翁,疑是壁中叟。"

〔九〕閔嘿(mò):即閔默,憂傷不語。南朝梁吴均《送歸曲》:"送子獨南歸,攬衣空閔默。"陽喑(yīn):佯裝啞巴。《後漢書·童恢傳》:"弟翊,字漢文,名高於恢。宰府先辟之,翊陽喑不肯仕。"唐李賢注:"喑,疾不能言也。"

〔一〇〕"嘐嘐"二句:謂日子一天天過去,不管别人怎麽折騰。唐柳宗元《遊朝陽巖遂登西亭二十韻》:"晨雞不余欺,風雨聞嘐嘐。"嘐嘐(xiāo xiāo):雞鳴聲。《詩·鄭風·風雨》:"風雨凄凄,雞鳴喈喈。"毛傳:"興也。風且雨凄凄,然雞猶守時而鳴喈喈然。"鄭箋:"興者。喻君子雖居亂世,不變改其節。"

〔一一〕"世人"二句:譏刺那些利欲熏心的人總是不斷地往上爬。語本《孟子·告子》:"不揣其本,而齊其末,方寸之木,可使高於岑樓。"岑(cén):高。

〔一二〕"晚歲"二句:以諸葛亮事反言無意于天下大事。梁甫吟:樂府楚調曲名。梁甫,即梁父,山名,在泰山下。《梁甫吟》,蓋言人死葬此山,亦爲葬歌。三國時諸葛亮好之,傳曾作辭以述春秋齊相晏嬰二桃殺三士事。《三國志·蜀書·諸葛亮傳》:"亮躬耕隴畝,好爲《梁父吟》。"

〔一三〕"它年"二句:謂將來的史官會記録下張安道的風采。倚相:楚國史官名。見《左傳·昭公十二年》。儻:或許。愔愔(yīn yīn):和悦安舒貌。《左傳·昭公十二年》:"祈招之愔愔,式招德音。"晉杜預注:"愔愔,安和貌。"

附録　蘇軾《張安道見示近詩》

人物一衰謝,微言難重尋。殷勤永嘉末,復聞正始音。清談未足多,感時意殊深。少年有奇志，欲和南風琴。荒林蜩蛰亂，廢沼蛙蟈淫。遂欲掩兩耳，臨文但噫瘖。蕭然王郎子，來自緱山陰。其壻王鞏携來。云見浮丘伯，吹簫明月岑。遺聲落淮泗，蛟鼉爲悲吟。願公正王度，祈招繼愔愔。

次韻廣州陳繹諫議和陳薦宋敏求二龍圖二首〔一〕

和彦升寓定力〔二〕

曾送飛龍白日翔〔三〕，未應中路許還鄉〔四〕。鶴歸仍有當年伴〔五〕，松老知經幾度霜。城下賣坊聊寄榻〔六〕，朝中振鷺舊成行〔七〕。相逢出處何須問〔八〕，五嶺清平十月涼〔九〕。

【箋注】

〔一〕作於元豐元年(一〇七八)十月。“相逢出處何須問，五嶺清平十月涼”是其證。陳繹(一〇二一—一〇八八)：字和叔，洛陽(今河南洛陽市)人。慶曆二年舉進士，調梁山軍判官，嘉祐三年召試學士院，充館閣校勘。英宗時除仁宗實録院檢討官。神宗朝，累遷知制誥，除翰林學士，以侍讀學士知鄧州。還知通進銀臺司，權開封府。歷知滁、廬、廣等州。哲宗立，以太中大夫知密州。元祐三年正月卒，年六十八。見蘇頌《太中大夫陳公墓誌銘》。《宋史》有傳。諫議：見《送龔鼎臣諫議移守青州二首》之一注〔一〕。陳薦(一〇一六—一〇八四)：字彦升，邢州沙河(今河北沙河市)人。舉進士，爲華陽尉。從韓琦定州、河東幕府。琦輔政，薦爲秘閣校理。判登聞檢院、知太常禮院。英宗諸王出閣，選爲記室參軍，直集賢院。神宗即位，拜天章閣待制，進知制誥、知諫院。除龍圖閣直學士、河北都轉運使。還，判流内銓、太常寺。出知蔡州，召爲寶文閣學士兼侍讀，進資政殿學士。提舉崇福宫。元豐七年九月卒，年六十九，贈光禄大夫。《宋史》有傳。宋敏求(一〇一九—一〇七九)：字次道，肇州平棘(今河北趙縣)人，綬子。天聖三年，以父任爲秘書省正字。寶元二年，召試學士院，賜進士第。仁宗朝歷官館閣校勘、集賢校理、知太平、亳州，累遷至工部郎中。治平初,同修起居注,知制誥。熙寧中,除史館修撰、集賢院學士,加龍圖閣直學士。元豐二年卒,年六十一,贈禮部侍郎。敏求學識博洽,著述甚豐。見范鎮《宋諫議敏求墓誌銘》,蘇頌《龍圖閣直學士修國史宋公神道碑》。《宋史》有傳。龍圖:龍圖閣學士的省稱。宋代職官名。宋孫逢吉《職官分紀·龍圖閣·學士》:"國朝大中祥符三年,杜鎬爲龍圖閣學士,班在樞密直學士之上。六年,詔龍圖閣學士、直學士給銜在本官之上。"宋葉夢得《避暑録話》卷上:"龍圖閣學士舊謂之老龍,但稱龍閣。宣和以前,直學士、直閣同爲稱,未之有别也。末年陳亨伯爲發運使,以捕方賊功進直學士,佞之者惡其下同直閣,遂稱龍學,於是例以爲稱。"

〔二〕定力:定力院,在京師蔡河東水門之北,爲僧院。見《汴京遺蹟志》卷十一。

〔三〕指爲神宗召見事。飛龍:喻皇帝。此指爲神宗召見事。《續資治通鑑長編·神宗元豐元年》:"[八月]庚午,判北京留司御史臺、龍圖閣直學士陳薦爲寶文閣學士、提舉醴泉觀。初,薦罷青州,得北京留臺,將歸其鄉里邢州,上以路邇京闕,特令入見,而有是命。"

〔四〕對陳繹不得大用而遠放廣州頗爲感慨。

〔五〕預言陳回歸時舊友尚在。反用丁令威故事。舊題晉陶潛《搜神後記》卷一:"丁令威,本遼東人,學道于靈虚山。後化鶴歸遼,集城門華表柱。時有少年,舉弓欲射之。鶴乃飛,徘徊空中而言曰:'有鳥有鳥丁令威,去家千年今始歸。城郭如故人民非,何不學仙冢纍纍。'遂高上冲天。今遼東諸丁云其先世有升仙者,但不知名字耳。"

〔六〕寶坊:對寺院的美稱。《大方等大集經》卷一:"爾時世尊,至寶坊中昇師子座。"此指京師定力院。

〔七〕振鷺:見《次韻李公擇寄子瞻》注〔六〕。

〔八〕唐李白《答湖州迦葉司馬問白是何人》:"湖州司馬何須問,金粟如來是後身。"

〔九〕五嶺:大庾嶺、越城嶺、騎田嶺、萌渚嶺、都龐嶺的總稱,位于今江西、湖南、廣東、廣西四省之間,是長江與珠江流域的分水嶺,此指廣州一帶。

和彦升赴上醴泉〔一〕

琳宫清浄思悠哉〔二〕，頗似山林未肯迴。五日趨朝真自適〔三〕，一樽無事得頻開〔四〕。董狐執筆何時易〔五〕，馬援征蠻未遽來〔六〕。奔走安閑誰定是，都門携手一徘徊。

【箋注】

〔一〕醴泉：醴泉觀。明李濂《汴京遺蹟志》卷十："在東水門裏。宋真宗大中祥符元年五月，泰山醴泉出，詔於其地建醴泉觀，後復建觀於京城。"《文獻通考・職官考九》："宋自真宗興崇道教，置玉清昭應宫、景靈宫、會靈觀使，以宰相爲之，副使、判官、都監及集禧觀、醴泉觀、東西太一宫提舉，則以兩省兩制丞郎及防禦諸司使副爲之，掌奉齋醮之事。又有譯經、潤文使，亦以宰相爲之。熙寧以後，增置祠禄之官，以尊老優賢，而時相欲以宫觀之禄，處不奉行新法之人，遂無限員，亦無職事。"

〔二〕琳宫：道觀的美稱。參《同李倅鈞訪趙嗣恭留飲南園晚徧先歸》注〔一四〕。悠哉：《詩・周南・關雎》："悠哉悠哉，輾轉反側。"毛傳："悠，思也。"鄭箋："思之哉，思之哉。"唐韋應物《驪山行》："憑高覽古嗟寰宇，造化茫茫思悠哉。"

〔三〕謂陳薦宋敏求受到特别的恩遇。五日趨朝：每五天朝覲一次。爲朝廷優禮老臣的禮數。清趙翼《陔餘叢考》卷二十："五日一朝，今人皆用裴度故事，其實非始於度也。《漢書・孔光傳》：'令太師毋朝，十日一賜餐。黄門令爲太師省中坐置几，太師入省中用杖，賜餐。'師古注：'言十日一入朝，受此寵禮。它日則在家自養也。'是此禮實自孔光始。王莽在哀帝時亦同。《隋書》：文帝忌楊素，敕曰：'僕射國之宰輔，不可親細務，但三五日一朝，向省評論大事。'則又爲疏忌功臣之制。而其後優禮老臣，亦多用之。《唐書》：'李靖以疾，三兩日一至中書門下平章事。''姚崇年老，玄宗命五日一朝，入閣辦事。''又苗晉卿年老，代宗令間日赴政事堂，入閣不趨。'此皆在裴度之前。'鄭覃年老，以疾去位，詔許五日一入中書商量政事。''杜佑請老，詔三五日一入中書平章政事。'《宋史》：'趙普再相，故事中書日向未始退，詔特許普日午便歸，尋免朝,止赴中書視事,大政則召對。'又'王旦多疾,真宗命五日一赴中書,遇軍國重事,不限時日,入預參决。''吕夷簡老,仁宗亦命平章軍國重事,五日一至中書。'王隨亦然。徽宗命何執中一月止六參起居,退治省事。此又度後之故事也。"自適:悠然閒適而自得其樂。《莊子·駢拇》:"夫適人之適,而不自適其適,雖盜蹠與伯夷,是同爲淫僻也。"

〔四〕謂有閑暇則飲酒。唐白居易《宿紫閣山北村》:"村老見予喜,爲予開一樽。"開:猶言置辦、陳設。

〔五〕謂陳薦如良史董狐。董狐:春秋時良史。《左傳·宣公二年》:"孔子曰:董狐,古之良史也,書法不隱。"此以況陳薦。

〔六〕謂陳繹如馬援遠征。馬援:見《次韻子瞻減降諸縣囚徒事畢登覽》注〔一七〕。按,此以況陳繹。

次韻王廷老寄子瞻〔一〕

歌吹新成百尺臺〔二〕,青山臨水巧崔嵬〔三〕。佳人解作回文語〔四〕,狂客能鳴摻鼓雷〔五〕。擷菊傳杯醒復醉〔六〕,採菱盪槳去仍回。新年聞欲相從飲,春酒還須剩作醅〔七〕。

【箋注】

〔一〕作於元豐元年(一〇七八)歲末。"新年聞欲相從飲,春酒還須剩作醅"是其證。王廷老:見《次韻王鞏同飲王廷老度支家戲詠》注〔一〕。

〔二〕謂黄樓修成。

〔三〕青山:黄樓四周群山環繞。蘇軾《九日黄樓作》:"朝來白露如細雨,南山不見千尋刹。"臨水:黄樓臨泗水。蘇軾《答范淳甫》:"惟有黄樓臨泗水。"又《太虚以黄樓賦見寄作詩爲謝》:"楚山以爲城,泗水以爲池。"崔嵬:《詩·周南·卷耳》:"陟彼崔嵬,我馬虺隤。"毛傳:"崔嵬,土山之戴石者。"此指黄樓旁山巒高峻。

〔四〕回文語:指回環往復讀之均能成義的語句。如南朝齊王融《春遊回文詩》:"池蓮照曉月,幔錦拂朝風。"回復讀之則爲"風朝拂錦幔,月曉照蓮池”。傳起源于前秦竇滔妻蘇蕙的《璿璣圖》，見宋嚴羽《滄浪詩話·詩體六》。唐武則天《竇滔妻蘇氏織錦回文記》：“蘇氏悔恨自傷，因織錦爲回文：五采相宣，瑩心耀目。縱横八寸，題詩二百餘首，計八百餘言，縱横反覆，皆爲文章。其文點畫無闕。才情之妙，超古邁今。名《璿璣圖》。然讀者不能悉通。蘇氏笑曰：‘徘徊宛轉，自爲語言，非我佳人，莫之能解。’”

〔五〕狂客：指有似禰衡狂放的客人。《後漢書·禰衡傳》：“操欲見之，而衡素相輕疾，自稱狂病，不肯往，而數有恣言。操懷忿，而以其才名，不欲殺之。聞衡善擊鼓，乃召爲鼓史，因大會賓客，閲試音節。諸史過者，皆令脱其故衣，更着岑牟、單絞之服。次至衡，衡方爲《漁陽》參撾，蹀躞而前，容態有異，聲節悲壯，聽者莫不慷慨。”

〔六〕傳杯：謂宴飲中傳遞酒杯勸酒。唐杜甫《九日》之二：“舊日重陽日，傳杯不放杯。”清仇兆鰲注引明王嗣奭《杜臆》：“‘傳杯不放杯’，見古人只用一杯，諸客傳飲。”按，蘇軾築黄樓後，屢于九日爲黄樓會，見諸詩作中，即有《九日黄樓作》《在彭城日與定國爲九日黄樓之會今復以是日相遇于宋凡十五年憂樂出處有不可勝言者而定國學道有得百念灰冷而顔益壯顧予衰病心形俱瘁感之作詩》。醒復醉：杜甫《春歸》：“此身醒復醉，乘興即歸家。”

〔七〕醅（pēi）：未濾去糟的酒。指劣酒。

送李鈞郎中〔一〕

君家毗陵本江南〔二〕，雖爲浙西終未甘〔三〕。風流秀發自不減〔四〕，氣質渾樸猶中含〔五〕。敲榜滿前但長嘯〔六〕，簿書堆案常清談〔七〕。湖中往往載畫舫①〔八〕，竹下小小開茅庵。歌吟髣髴類《騷》《雅》〔九〕，導引委曲師彭聃〔一〇〕。新茶潑乳睡方覺〔一一〕，渌酒傾水醒復酣〔一二〕。一朝揮手去不顧，使我把袂心難堪〔一三〕。扁舟水涸費牽挽〔一四〕，瘦馬雪凍憂朝参〔一五〕。一官來往似秋鷰，薄俸包裹如春蠶〔一六〕。東南乞麾尚可得〔一七〕，白首誰念家無甔〔一八〕。

【校記】

①舫:原本作"旊",據叢刊本、四庫本改。

【箋注】

〔一〕作於元豐元年(一〇七八)冬。"扁舟水涸費牽挽,瘦馬雪凍憂朝參。"當已近歲末。李鈞:見《雪中會飲李倅鈞東軒三絶》之一注〔一〕。

〔二〕毗陵:古地名。本春秋時吴季札封地延陵邑。西漢置縣,治所在今江蘇常州市。歷代廢置無常,後世多稱今江蘇常州一帶爲毗陵。宋陸游《老學庵筆記》卷十:"今人謂貝州爲甘州,吉州爲廬陵,常州爲毗陵。"

〔三〕浙西:謂兩浙路之西。《宋史·地理四》:"兩浙路,熙寧七年分爲兩路,尋合爲一。九年復分,十年復合。府二:平江、鎮江。州十二:杭、越、湖、婺、明、常、温、台、處、衢、嚴、秀。"

〔四〕秀發:本指植物生長繁茂,花朵盛開。《詩·大雅·生民》:"實發實秀。"此指才華出衆。

〔五〕此與上句謂李才華出衆而又温雅蘊藉。渾樸:樸實,篤厚。中含:蘊含其中。

〔六〕謂超然於政刑之外。敲榜:行刑時用木棒笞打。《三國志·魏書·武帝紀》南朝宋裴松之注引《曹瞞傳》:"太祖初入尉廨,繕治四門。造五色棒,縣門左右,各十餘枚,有犯禁者,不避豪彊,皆棒殺之。"蘇軾《祈雪霧豬泉出城馬上作贈舒堯文》:"一爲符竹累,坐老敲搒間。"長嘯:撮口發出悠長清越的聲音。

〔七〕簿書:官府的簿籍文書。清談:與世俗無關的清雅的談論。

〔八〕畫舫:裝飾華美的游船。

〔九〕騷雅:《離騷》、《詩經》。《詩經》分《風》《雅》《頌》。唐杜甫《陳拾遺故宅》:"有才繼《騷》《雅》,哲匠不比肩。"

〔一〇〕導引:導氣引體。古道家的養生術之一。委曲:詳細。彭聃:彭祖、老聃。《莊子·刻意》:"吹呴呼吸,吐故納新,熊經鳥申,爲壽而已矣;此道引之士、養形之人,彭祖壽考者之所好也。若夫不刻意而高,無仁義而修,無功名而治,無江海而閒,不道引而壽,無不忘也,無不有也。澹然無極而衆美從之。此天地之道,聖人之德也。"彭祖,見《彭祖廟》注〔一〕。老聃,即老子。見《次韻子瞻減降諸縣囚徒事畢登覽》注〔二二〕。

〔一一〕潑乳：比喻烹茶時所起的乳白色泡沫。蘇軾《越州張中舍壽樂堂》："春濃睡足午牕明，想見新茶如潑乳。"宋施元之注引《茶苑》："湯少茶多則乳面聚。"參《和子瞻煎茶》注〔七〕。

〔一二〕謂喝水一樣飲酒不知醉醒。渌酒：美酒。

〔一三〕謂拉著衣袖不舍。把袂：拉住衣袖。南朝梁何遜《贈江長史别》："餞道出郊坰，把袂臨洲渚。"

〔一四〕牽挽：牽拉，拖拽。韓愈《南溪始泛三首》之一："石矗肆磨礪，波惡厭牽挽。"

〔一五〕朝参：入朝参拜國君。杜甫《重過何氏》之四："頗怪朝参懶，應耽野趣長。"

〔一六〕"一官"二句：謂自己奔走往來因微禄束縛而不得自由。秋鷰：即秋雁。

〔一七〕謂李尚得外任。乞麾：請求外任爲地方官員。宋宋祁《回知南京俞給事啓》："嚮者多病乞麾，蒙恩假守。"参《送柳子玉》注〔一五〕。

〔一八〕甔（dān）：陶製罌類容器。《漢書・揚雄傳》："家産不過十金，乏無儋（甔）石之儲，晏如也。"蘇軾《乞賻贈劉季孫狀》："今年五月卒於官所，家無甔石，妻子寒餓，行路傷嗟。"宋王觀國《學林・甔甀》："甔、石乃二物。一甔一石之糧，言甚少也。"

送文與可知湖州〔一〕

連持梁洋印〔二〕，久作溪山主。深知爲郡樂〔三〕，但畏買茶苦〔四〕。來歸天禄閣〔五〕，坐守登聞鼓〔六〕。九重未明入〔七〕，百辟盈庭舞〔八〕。城南獨歸卧〔九〕，心事誰當語。舊聞吴興勝〔一〇〕，試問天公取〔一一〕。家貧橐裝盡，歲莫輕帆舉。苕溪浄多石〔一二〕，弁嶺瘦無土〔一三〕。湖藕雪冰絲〔一四〕，山茶潑牛乳〔一五〕。香粳飯玉粒〔一六〕，鮮鯽鱠紅縷〔一七〕。宫開水精潔〔一八〕，人寄畫屏住〔一九〕。

俗吏自難堪,詩翁正當與〔二〇〕。從來思清絶〔二一〕,況乃病新愈。團團肘後丹〔二二〕,矞矞胸中素〔二三〕。高卧鎮夸俗〔二四〕,清談静煩訴〔二五〕。應笑杜紫微,湖亭但狂顧〔二六〕。

【箋注】

〔一〕作於元豐元年(一〇七八)冬。《丹淵集》卷首《年譜》引《神宗實録》:"'元豐元年冬十月壬寅朔,戊午,以判登舞鼓院、司封員外郎、集賢校理文同知湖州。'蓋十月十七日也。"送行詩當作於此後。湖州:宋屬浙西路。治烏程(今浙江烏程縣)。參《送青州簽判俞退翁致仕還湖州》注〔一〕。

〔二〕梁洋:梁州與洋州(今陝西漢中一帶)。梁州,春秋至戰國並楚地,秦置漢中郡,二漢因之,後漢末張魯據其地,後屬魏,再屬蜀,皆爲重鎮。魏末平蜀又置梁州,晉宋齊梁皆爲梁州,後魏亦置梁州及漢中郡,西魏因之,隋初郡廢而梁州如故,煬帝初州廢,復置漢川郡。唐爲梁州,興元元年爲府,各屬山南道。宋爲興元府,治南鄭(今陝西漢中市)。洋州,宋屬利州路。治興道(今陝西洋縣)。參《和文與可洋州園亭三十詠》注〔一〕。《宋史・文同傳》:"初舉進士,稍遷太常博士、集賢校理,知陵州,又知洋州。元豐初,知湖州。"

〔三〕謂外放作郡守得以縱情山水。唐白居易《白蘋洲五亭記》:"昔謝柳爲郡,樂山水,多高情。"蘇軾《送錢藻出守婺州得英字》:"古稱爲郡樂,漸恐煩敲搒。"

〔四〕謂作湖州守買茶不便。因文爲蜀人,而蜀地蒙山茶最爲有名。文同有《謝人寄蒙頂新茶》:"玉川喉吻澁,莫惜寄來頻。"

〔五〕謂文任集賢校理事。天禄閣:漢宫中藏書閣名。參《次韻子瞻將之吴興贈孫莘老》注〔七〕。

〔六〕文嘗官判登聞鼓院。登聞鼓:古代帝王爲表示聽取臣民諫議或冤情,在朝堂外懸鼓,許臣民擊鼓上聞,謂之"登聞鼓"。《魏書・刑罰志》:"闕左懸登聞鼓,人有窮寃,則撾鼓,公車上奏其表。"

〔七〕謂天未明即上朝。九重:極言宫禁之深遠。《楚辭・宋玉〈九辯〉》:"豈不鬱陶而思君兮,君之門以九重。"

〔八〕百辟:本指諸侯。《書・洛誥》:"汝其敬識百辟享,亦識其有不享。"孔傳:"奉上謂之享。言汝爲王,其當敬識百君諸侯之奉上者,亦識其有違上者。”此指百官。

〔九〕唐張九齡《感遇十二首》之二：“幽林歸獨卧，滯慮洗孤清。”

〔一〇〕吴興：湖州屬郡。參《次韻子瞻餘杭法喜寺緑野亭懷吴興太守孫莘老》注〔一〕。

〔一一〕天公：天。以天擬人，故稱。

〔一二〕苕溪：水名。有二源：出浙江天目山之南者爲東苕，出天目山之北者爲西苕。兩溪合流，由小梅、大淺兩湖口注入太湖。夾岸多苕，秋後花飄水上如飛雪，故名。

〔一三〕弁嶺：即弁山，又名卞山，在湖州城西北。

〔一四〕謂湖州出産的藕潔白如冰。

〔一五〕謂湖州山茶熬制的茶湯像牛奶一樣濃白。參上首注〔一一〕。

〔一六〕香粳（jīng）：亦作“香秔”，一種有香味的粳米。産江浙一帶。《文選·張衡〈南都賦〉》：“若其廚膳，則有華薌重秬，滍皋香秔。”唐吕向注：“香秔，稻名。”明李時珍《本草綱目·穀一·粳》引宋蘇頌：“香粳，長白如玉，可充御貢，皆粳之稍異也。”玉粒：對米的美稱。

〔一七〕宋梅堯臣《邵郎中姑蘇園亭》：“班鱸斫膾紅縷鮮，紫豉煮蒓香味全。”

〔一八〕謂湖州居處皆堂皇潔浄。水精：即水晶。《後漢書·西域傳·大秦》：“［大秦］宫室皆以水精爲柱，食器亦然。”唐杜甫《麗人行》：“紫駝之峰出翠釜，水精之盤行素鱗。”

〔一九〕蘇軾《憶江南寄純如五首》之三：“人在畫屏中住，客依明月邊遊。”

〔二〇〕謂湖州正當委任如文這樣的詩人。

〔二一〕清絶：清新絶俗。

〔二二〕團團：猶圓圓。肘後丹：肘後的丹方。晉葛洪曾撰醫書《肘後備急方》，簡稱《肘後方》，意謂卷帙不多，可以懸于肘後。後因藉以泛指隨身携帶的丹方。唐白居易《六年春贈分司東都諸公》：“每因同醉樂，自覺忘衰疾。始悟肘後方，不如杯中物。”

〔二三〕謂文襟懷坦白。暠暠：明亮貌。素：本指白色生絹。此謂襟懷潔浄無雜質。

〔二四〕謂文以清高威懾流俗。鎮:威懾。夸俗:浮夸不實的世風。

〔二五〕謂文談論高雅不涉俗事。煩訴:指煩雜的俗語。

〔二六〕"應笑"二句:謂文在湖州應笑杜牧當年尋芳的惆悵。此贊揚文老成持重。杜紫薇:指唐杜牧。杜牧曾官中書舍人,唐中書省又稱紫微省。參《馬上見賣芍藥戲贈張厚之二絶》之二注〔二〕。狂顧:遑急顧盼。

次韻王鞏見寄〔一〕

池上輕冰暖卻開〔二〕,迎春送臘仰銜杯〔三〕。君家有酒能無事〔四〕,客醉連宵遣不迴〔五〕。詩就滴消盤上蠟〔六〕,信來飄盡嶺頭梅〔七〕。商邱冷坐君知否〔八〕,瓶罄應須有恥罍〔九〕。

【箋注】

〔一〕作於元豐元年(一〇七八)歲末。王鞏從京師寄詩至,轍次韻。"池上輕冰暖卻開,迎春送臘仰銜杯。"是歲末之證。"商邱冷坐君知否,瓶罄應須有恥罍。"則是對自己賦閑而爲小吏十分感傷。王鞏:見《次韻王鞏廷評招飲》注〔一〕。

〔二〕輕冰:薄冰。

〔三〕謂迎接春天送别臘月而飲酒。漢揚雄《蜀都賦》:"爾乃其俗,迎春送臘,百金之家,千金之公,乾池泄澳,觀魚於江。"銜杯:口含酒杯。多指飲酒。

〔四〕唐高適《奉酬睢陽路太守見贈之作》:"清淨能無事,優遊即賦詩。"

〔五〕唐白居易《睡後茶興憶楊同州》:"昨晚飲太多,嵬峨連宵醉。"

〔六〕謂晚上吟詩消磨了許多時光。蠟:蠟燭。

〔七〕謂信使來的時候正是嶺頭梅花飄盡的時候。北魏陸凱《贈范曄詩》:"折花逢驛使,寄與隴頭人。江南無所有,聊贈一枝春。"

〔八〕商邱:即商丘。此時轍爲簽書應天府判官。冷坐:獨坐。蘇軾《汪覃秀才久留山中以詩見寄次其韻》:"中秋冷坐無因醉,半月長齋未肯辭。"

〔九〕《詩·小雅·蓼莪》:"缾之罄矣,維罍之耻。鮮民之生,不如死之久矣。"蘇轍《詩集傳》:"缾小而罍大,使缾至于罄者,罍之耻也。使民至于窮而無告者,亦上之耻也。"

喜雪呈鮮于子駿三首〔一〕

其一

發函寬大一封書,卧閣雍容三日餘〔二〕。旋見雪花投夜落〔三〕,未應天意與人疎〔四〕。瓦乾淅淅初鳴霰〔五〕,畦潤漸漸想没鉏〔六〕。高會梁園遺勝在〔七〕,早知詞賦似相如〔八〕。

【箋注】

〔一〕作於元豐元年(一〇七八)歲末。《三蘇年譜》卷二十八:"歷叙本年災情,知作於本歲之末。"明朱存理編《珊瑚木難》卷三引蘇轍手跡題作《轍謹賦喜雪一首奉權府運使司封郎中一笑》。鮮于侁:見《和鮮于子駿益昌官舍八詠》之一注〔一〕。

〔二〕卧閣:伏于家中。雍容:舒緩。《文選·班固〈兩都賦〉序》:"雍容揄揚,著于後嗣。"唐吕向注:"雍,和;容,緩。"

〔三〕旋:忽然。投夜:到晚上。

〔四〕謂不應該上天的意旨和人相疏遠。亦即天遂人願之意。

〔五〕淅淅:象聲詞,此指霰粒打在瓦上的聲音。

〔六〕漸漸:浸潤貌。鉏(chú):鋤頭。

〔七〕高會:盛會。梁園:見《送轉運判官李公恕還朝》注〔二〕。

〔八〕謂鮮于有司馬相如詞賦之才。參《和張安道讀杜集》注〔三一〕。

其二〔一〕

《春秋》無麥自當書〔二〕,況復秋田水潦餘〔三〕。一雪端來救焦槁〔四〕,千箱乞與等親疎〔五〕。消殘瘟癘曾非藥〔六〕,蝕遍陳根不用鉏〔七〕。猶恐遠村霑未足〔八〕,試呼農圃問何如〔九〕。

【箋注】

〔一〕明朱存理編《珊瑚木難》卷三引蘇轍手跡題作《再用書字韻賦喜雪一首》。

〔二〕《春秋·莊公七年》:"秋,大水。無麥、苗。"《公羊傳》:"無苗,則曷爲先言無麥,而後言無苗?一災不書,待無麥,然後書無苗,何以書?記災也。"春秋:見《次韻子瞻寄眉守黎希聲》注〔五〕。

〔三〕水潦:大雨,雨水。《禮記·曲禮上》:"水潦降,不獻魚鼈。"

〔四〕端來:猶端的,確實。

〔五〕千箱:極言秋後收成之多。語本《詩·小雅·甫田》:"乃求千斯倉,乃求萬斯箱。"乞與:給予。

〔六〕消殘:消除。瘟癘:瘟疫,疾病。

〔七〕蝕:猶浸潤。陳根:老根。

〔八〕《詩·小雅·信南山》:"既霑既足,生我百穀。"霑:浸潤,沾濕。

〔九〕農圃:種田的和灌園的。此代指農民。

其三

璽紙鋪庭幾誤書〔一〕,楊花糝逕未春餘〔二〕。積隨平野分高下,舞信微風作密踈〔三〕。解使遊人似姑射〔四〕,仍令飛鳥變春鉏〔五〕。共驚天巧無能學,造物無心本亦如〔六〕。

【箋注】

〔一〕謂雪鋪滿了庭院,如白繭製作的紙,屢屢想提筆作詩作畫。

〔二〕謂雪花如細碎的柳絮鋪滿了小路。唐杜甫《絶句漫興九首》之七:"糝徑楊花鋪白氈,點溪荷葉疊青錢。"楊花:柳絮,此喻雪花。糝(sǎn):細粒。

〔三〕"積隨"二句:謂雪花隨風飄舞,平地山野高下各不相同。

〔四〕謂遊人身上堆積滿了白色的雪花。解使:能使。姑射:《莊子·逍遥遊》:"藐姑射之山,有神人居焉,肌膚若冰雪,綽約若處子。"

〔五〕謂飛鳥都變成了白色。《藝文類聚·鳥部下·白鷺》引《爾雅》:"鷺,春鋤。"宋陸佃《埤雅·釋鳥》:"鷺一名春鋤,步於淺水,好自低昂,故曰春鋤也。”宋謝逸《與宗野宗楧二稚子觀蔬圃》:“何時江海去,蓑笠伴春鋤。”自注:“春鋤,白鷺也。”

〔六〕蘇軾《次韻孫莘老見贈時莘老移廬州因以别之》:“鑪錘一手賦形殊,造物無心敢望渠。”

次韻文務光秀才遊南湖〔一〕

料峭東風助臘寒〔二〕,汀瀅白酒借衰顔〔三〕。滿床書卷何曾讀〔四〕,數步湖光自不閑〔五〕。夢想緑楊垂後浦,眼看紅杏照前山〔六〕。湖前小山曰杏山。新春漸好君歸速,不見遊人暮不還〔七〕。

【箋注】

〔一〕作於元豐元年(一〇七八)歲末。“料峭東風助臘寒”是其證。文務光:字逸民,文同第四子,蘇轍婿。善畫能詩。

〔二〕料峭:形容風力寒冷。唐陸龜蒙《京口》:“東風料峭客帆遠,落葉夕陽天際明。”蘇軾《浣溪沙》:“料峭東風翠幕驚,云何不飲對公榮。”

〔三〕隋尹式《别宋常侍》:“秋鬢含霜白,衰顔倚酒紅。”汀瀅:清澈平静的水。唐韓愈《奉酬盧給事雲夫四兄曲江荷花行見寄并呈上錢七兄閣老張十八助教》:“玉山前卻不復來,曲江汀瀅水平杯。”此指酒清澈透明。借:助。

〔四〕北周庾信《擬詠懷二十七首》之十八:“琴聲遍屋裏,書卷滿牀頭。”唐杜甫《漢川王大録事宅作》:“宅中平岸水,身外滿牀書。”

〔五〕謂屢次步行于南湖的湖光山色之中。

〔六〕紅杏:紅豔的杏花。唐楊巨源《將歸東都寄令狐舍人》:“緑楊紅杏滿城春,一騎悠悠萬井塵。”

〔七〕唐姚合《遊杏溪蘭若》:“踏得度溪灣,晨遊暮不還。”

子瞻惠雙刀〔一〕

彭城一雙刀,黄金錯刀鐶〔二〕。脊如雙引繩〔三〕,色如青琅玕〔四〕。

開匣飛電落〔五〕，入手清霜寒〔六〕。引之置膝上，凜然愁胏肝〔七〕。我衰氣力微〔八〕，覽鏡毛髮斑〔九〕。誓將斬鯨鯢〔一〇〕，静此滄海瀾。又欲戮犀兕〔一一〕，永息行路難。有志竟不從，撫刀但長歎。投刀淚如霰〔一二〕，北斗空闌干〔一三〕。歸來刈蓬蒿，鉏田植芳蘭〔一四〕。惜刀不忍用，用亦非所便〔一五〕。棄置塵土中，坐使鋒刃刓〔一六〕。床頭夜生光，知有蛟龍蟠〔一七〕。慚君贈我意，時取一磨看〔一八〕。

【箋注】

〔一〕作於元豐元年（一〇七八）歲末。

〔二〕謂用黄金嵌飾在刀環。極言其精美。錯：嵌飾。《國語・晉語八》："而能金玉其車，文錯其服，能行諸侯之賄。"三國吴韋昭注："錯，錯鏤。"《後漢書・輿服志下》："諸侯王黄金錯，環挾半鮫，黑室。"

〔三〕謂刀脊平直如墨線。引繩：木工取直用的墨綫。

〔四〕青琅玕：見《和鮮于子駿益昌官舍八詠・桐軒》注〔一〕。

〔五〕飛電：閃電。此指刀光耀眼。

〔六〕清霜：喻刀之光芒。唐賈島《劍客》："十年磨一劍，霜刃未曾試。"《文選・左思〈吴都賦〉》："剛鏃潤，霜刃染。"唐劉良注："霜刃，言其殺利也。"唐吕向注："霜刃，兵器之刃，白如霜也。"

〔七〕宋王安石《沂溪懷正之》："寂寞斷音驛，徘徊愁肺肝。"蘇軾（一云蘇洵）《送蜀僧去塵》："十年讀《易》費膏火，盡日吟詩愁肺肝。"

〔八〕《論語・述而》："子曰：'甚矣吾衰也，久矣吾不復夢見周公。'"氣力微：唐祖詠《古意》之二："閒豔絶世姿，令人氣力微。"

〔九〕謂頭髮花白。唐方干《元日》："纔酌屠蘇定年齒，坐中惟笑鬢毛斑。"

〔一〇〕唐李白《贈張相鎬二首》之二："誓欲斬鯨鯢，澄清洛陽水。"鯢（ní）：雌鯨。

〔一一〕《初學記・武部・刀》引三國魏王粲《刀銘》："陸剸犀兕，水截鯨鯢。"杜甫《故秘書少監武功蘇公源明》："青熒芙蓉劍，犀兕豈獨剸。"兕（sì）：獨角犀牛。

〔一二〕南朝梁江淹《雜體詩・李都尉從軍》："日暮浮雲滋，握手淚如霰。"

〔一三〕三國魏曹植《善哉行》:“月没參横,北斗闌干。”唐李賀《河南府試十二月樂詞·七月》:“曉風何拂拂,北斗光闌干。”闌干:横斜貌。

〔一四〕《楚辭·屈原〈離騷〉》:“余既滋蘭之九畹兮,又樹蕙之百晦。”

〔一五〕便:善長。

〔一六〕刓(wán):殘損。唐元稹《箭鏃》:“帥言發硎罪,不使刃稍刓。”

〔一七〕《太平御覽·兵部·劍中》引《世説》:“王子喬墓在京陵。戰國時人有盗發之者,覩無所見,唯有一劍停在空中,欲進取之,劍作龍鳴虎吼,遂不敢近,俄而徑飛上天。”

〔一八〕看:語氣詞。

附録　蘇軾《以雙刀遺子由子由有詩次其韻》

寶刀匣不見,但見龍雀環。何曾斬蛟蛇,亦未切琅玕。胡爲穿窬輩,見之要領寒。吾刀不汝問,有愧在其肝。念此力自藏,包之虎皮斑。湛然如古井,終歲不復瀾。不憂無所用,憂在用者難。佩之非其人,匣中自長歎。我老衆所易,屢遭非意干。惟有王玄通,堦庭秀芝蘭。知子後必大,故擇刀所便。屠狗非不用,一歲六七刓。欲試百鍊剛,要須更泥蟠。作詩銘其背,以待知者看。

蘇轍詩編年箋注卷九

留守與賓客會開元龍興寺觀燈余有故不預中夜登南城①〔一〕。

燈引雙旌萬點紅〔二〕，傾城車馬在城東。使君行樂人人共〔三〕，倦客安眠夜夜同。夢想笑談傾滿座〔四〕，卧聞歌筦逐春風〔五〕。三更試上南樓看，無限繁星十里中〔六〕。

【校記】

①城：宋建本、蜀藩刻本、叢刊本後有"而望"二字。

【箋注】

〔一〕作於元豐二年（一〇七九）正月。留守：古時皇帝出巡或親征，命大臣督守京城，便宜行事，謂之"京城留守"。其陪京和行都則常設留守，多以地方長官兼任。至北魏始爲正式命官。《魏書·東陽王丕傳》："［高祖］車駕南伐，丕與廣陵王羽留守京師，並加使持節。"《資治通鑑·齊紀四·齊武帝永明十一年》載此事，元胡三省注："留守之制因此。"唐韓愈《河南府同官記》："留守之官，居禁省中，歲時出旌旗，序留司文武百官于宫門外而衙之。"其後歷代沿置，職掌不一。參《文獻通考·職官十七》。此留守仍爲鮮于侁攝。從蘇轍《書鮮于子駿父母贈告後》可知，其文有云："予侍親京師，始從之遊。已而予在應天幕府,子駿以部使者攝府事,朝夕相從也。”開元龍興寺:在今河南商丘縣城南。建于唐代。宋代更名寶融寺,又稱興隆寺。寺内有唐代書法家顔真卿所書之《八關齋會報德記》石幢。本詩《欒城集》編在卷八末。前詩爲歲末作,此爲歲首,或一時隨意疏忽。特調入此卷。

〔二〕雙旌:唐代節度領刺史者出行時的儀仗。《新唐書·百官志四下》:“節度使掌總軍旅,顓誅殺。初授,具帑抹兵仗詣兵部辭見,觀察使亦如之。辭日,賜雙旌雙節。”此指鮮于出行之儀仗。

〔三〕使君:尊稱州郡長官。此謂鮮于侁。

〔四〕謂滿座客人爲鮮于談吐所傾倒。

〔五〕謂春風傳來歌聲。唐杜牧《東兵長句十韻》:“凱歌應是新年唱,便逐春風浩浩聲。”

〔六〕繁星:喻燈。十里:指街道。杜牧《縱遊淮南》:“十里長街市井連,月明橋上看神仙。”

上元後一日觀燈寄王四〔一〕

城頭月減一分圓,城裏人家萬炬然〔二〕。紫陌群游逢酒住〔三〕,紅裙醉舞向人妍〔四〕。且爲行樂終今夕〔五〕,共道重來便隔年〔六〕。遥想猖狂夜深處,河沙飛水濕歸韉〔七〕。

【箋注】

〔一〕作於元豐二年(一〇七九)正月十六。本詩輯自宋蒲積中《古今歲時雜詠》卷八。“王四”當即王鞏。元豐元年上元節蘇轍有《次韻王鞏上元見寄三首》,故此詩言“共道重來便隔年”。而“城頭月減一分圓”正與上首《留守與賓客會開元龍興寺觀燈余有故不預中夜登南城》相對應。

〔二〕“城頭”二句:謂雖是上元後一日,城内依然燈火通明。炬:謂上元燈火。然:後來寫作“燃”。

〔三〕謂游春飲宴。紫陌:指城外郊野的道路。唐翁綬《折楊柳》:“紫陌金堤映綺羅,遊人處處動離歌。”《世説新語·任誕》:“阮宣子常步行,以百錢挂杖頭,至酒店便獨酣暢,雖當世貴盛不肯詣也。"

〔四〕紅裙:指美女。唐韓愈《醉贈張秘書》:"不解文字飲,惟能醉紅裙。"妍:美麗。

〔五〕唐杜甫《湖城東遇孟雲卿復歸劉顥宅宿宴飲散因爲醉歌》:"且將款曲終今夕,休語艱難尚酣戰。"

〔六〕謂再賞燈是明年的事了。隔年:過了一年。唐陸龜蒙《寄茅山何道士》:"況是曾同宿,相違便隔年。"

〔七〕"遥想"二句:謂隨心所欲,無所束縛。《莊子·在宥》:"浮遊,不知所求;猖狂,不知所往。"唐成玄英疏:"無心妄行,無的當也。"

春日耕者〔一〕

陽氣先從土脉知〔二〕,老農晨①起飼牛飢。雨深一尺春耕利,日出三竿曉餉遲〔三〕。婦子同來相嫵媚〔四〕,烏鳶飛下巧追隨〔五〕。紛紜政令誠何補,要取終年風雨時〔六〕。

【校記】

①晨:叢刊本、四庫本作"夜"。

【箋注】

〔一〕作於元豐二年(一〇七九)正月。宋方回《瀛奎律髓》卷十:"子由詩佳處世鮮會者,其説詳見送餞類中,前一詩三四自然,後一詩能言耕夫人情物態,利字遲字尤妙。"

〔二〕陽氣:暖氣,生長之氣。《管子·形勢解》:"春者,陽氣始上,故萬物生。"參《次韻景仁丙辰除夜》注〔四〕。土脉:語本《國語·周語上》:"農祥晨正,日月底於天廟,土乃脈發。"三國吴韋昭注:"脈,理也。"此謂土壤。

〔三〕《南齊書·天文志上》:"永明五年十一月丁亥,日出高三竿,朱色赤黄。"唐劉禹錫《竹枝詞》之四:"日出三竿春霧消,江頭蜀客駐蘭橈。"曉餉(xiǎng):早飯。按,此謂時間已不早,送早飯的人還未到。

〔四〕《詩·豳風·七月》:"同我婦子,饁彼南畝。"嫵媚:愛悦。唐韓愈《永貞行》:"狐鳴梟躁争署置,睗睒跳踉相嫵媚。"

〔五〕謂禽鳥跟隨著送飯的希望揀拾剩餘的食物。烏鳶(yuān):一種猛禽。此泛指鳥。

〔六〕"紛紜"二句:謂衆多的新法政令實無必要,只要風調雨順農民自會好好耕種收獲。紛紜:盛多貌。

自柘城還府馬上〔一〕

春色無人見,兹行偶衆先。柳黄新過雨〔二〕,麥緑稍鋪田〔三〕。河潤兼冰散〔四〕,禽聲向日圓〔五〕。城池高受霧,濉涣暖生煙①〔六〕。送客情初惡〔七〕,還家意稍便〔八〕。旋聞夫事起〔九〕,已過佛燈然〔一〇〕。簿領何時畢〔一一〕? 塵埃空自憐〔一二〕。南湖漸可到,早治木蘭船〔一三〕。

【校記】

①煙:叢刊本作"湮",誤。

【箋注】

〔一〕作於元豐二年(一〇七九)正月。柘(zhè)城:位於今河南商丘西南部,爲當時南京屬縣。馬上:猶言在馬背上作。

〔二〕謂春雨後柳條吐露嫩黄的葉芽。唐崔峒《送薛仲方歸揚州》:"緑楊新過雨,芳草待君來。"

〔三〕謂麥苗剛剛鋪滿壟背。蘇軾《元修菜》:"彼美君家菜,鋪田緑茸茸。"

〔四〕謂河流沿岸因冰化而變得濕潤。

〔五〕謂鳥聲因天氣暖和而格外動聽。向:隨。圓:圓潤,滑利。唐元稹《善歌如貫珠賦》:"引妙囀而一一皆圓。"

〔六〕謂濉涣二水河面上彌漫著輕煙。濉(suī)涣:濉水和涣水。濉水,古蒗蕩渠的支津。今上游自河南省睢縣以上,爲惠濟河道所占,在杞縣、開封之間;下游在安徽省蕭縣、宿縣、靈璧、宿遷、泗縣等地,入於淮。涣水,古水名。即今之澮河。北魏酈道元《水經注・淮水》:"淮水又東,逕夏丘縣南,又東,涣水入焉。水首受蒗蕩渠醞開封縣。又東南，西入九里注之。涣水又東南流，逕雍丘縣故城南，又東逕承匡城，又東逕襄邑縣故城南。”宋朱勝非《紺珠集》卷九“繢水”：“濉涣二水其波文皆五色，名章水，又名繢水。”宋王明清《玉照新志》：“隱逸有夷門之操，文章出濉涣之間。”唐李商隱《錦瑟》：“滄海月明珠有淚，藍田日暖玉生烟。”

〔七〕《世説新語・言語》：“謝太傅語王右軍曰：‘中年傷於哀樂，與親友别，輒作數日惡。’”惡：不舒服；不適。謂情緒低落。

〔八〕便（pián）：舒適，安寧。《楚辭・屈原〈大招〉》：“魂乎歸徠，恣所便只。”漢王逸注：“便，猶安也。”

〔九〕謂聽説夫役之事又將開始。旋：回歸；歸來。

〔一〇〕佛燈然：燃佛燈的時候，即黄昏。蘇軾《是日宿水陸寺寄北山清順僧二首》之一：“農事未休侵小雪，佛燈初上報黄昏。”

〔一一〕唐杜甫《北征》：“乾坤含瘡痍，憂虞何時畢。”

〔一二〕塵埃：猶塵俗。謂小吏的煩瑣事務。

〔一三〕治：猶備辦。木蘭船：見《次韻子瞻望湖樓上五絶》之一注〔二〕。

次韻子瞻人日獵城西〔一〕

將賢士氣振，令肅軍聲悄。晨登戲馬臺〔二〕，一試胡騣褭〔三〕。城空巷無人，里社轉相曉〔四〕。吾公庶無疾〔五〕，但恐園囿小〔六〕。荆榛一焚蕩〔七〕，雉兔皆驚矯〔八〕。翩翩白馬將〔九〕，手把青絲挑〔一〇〕。少小事邊徼〔一一〕，斬刈輕荼①蓼〔一二〕。殿前賜鞍勒〔一三〕，珂月明皎皎〔一四〕。自言得所事〔一五〕，强暴無不了〔一六〕。廟筭本詩書〔一七〕，下策禁焚燎〔一八〕。當令百鍊剛，甘就一指繞〔一九〕。低徊未嘗試，坐被世人少〔二〇〕。秋霜一朝下，凌厲見鷙鳥〔二一〕。爲君整驕惰，重立穰苴表〔二二〕。

【校記】

①荼：原作“茶”，據宋建本、蜀藩刻本改。

【箋注】

〔一〕作於元豐二年(一〇七九)正月初七日後。按,舊俗以農曆正月初七爲人日。蘇軾《獵會詩叙》:"雷勝,隴西人。以勇敢應募,得官,爲京東第二將。武力絶人,騎射敏妙,按閲於徐,徐人欲觀其能,爲小獵城西。"

〔二〕戲馬臺:見《送梁交之徐州》注〔一一〕。

〔三〕騕褭(yǎo niǎo):駿馬名。《文選·張衡〈思玄賦〉》:"斥西施而弗御兮,縶騕褭以服箱。"唐李善注:"《漢書音義》,應劭曰:'騕褭,古之駿馬也,赤喙玄身,日行五千里。'"

〔四〕謂相互告之圍獵的事。里社:鄉里。轉:輾轉。

〔五〕《孟子·梁惠王下》:"今王田獵於此,百姓聞王車馬之音,見羽旄之美,舉欣欣然有喜色而相告曰:'吾王庶幾無疾病與？何以能田獵也?'此無他,與民同樂也。"

〔六〕《孟子·梁惠王下》:"齊宣王問曰:'文王之囿方七十里,有諸?'孟子對曰:'於傳有之。'曰:'若是其大乎?'曰:'民猶以爲小也。'"囿:古代帝王畜養禽獸以供觀賞的園林。《詩·大雅·靈台》:"王在靈囿,麀鹿攸伏。"毛傳:"囿,所以域養鳥獸也。"

〔七〕漢揚雄《羽獵賦》:"舉烽烈火,轡者施披,方馳千駟,校騎萬師。"

〔八〕驚矯:因驚嚇而起。

〔九〕翩翩:行動輕疾貌。白馬將:本指英勇善戰的將軍。《三國志·魏書·龐德傳》:"後親與羽交戰,射羽中額。時德常乘白馬,羽軍謂之白馬將軍,皆憚之。"後來成了勇將的象徵。唐陳子昂《送别出塞》:"君爲白馬將,腰佩騂角弓。"唐白居易《公垂尚書以白馬見寄光潔穩善以詩謝之》:"翩翩白馬稱金羈,領綴銀花尾曳絲。"按,此下皆言雷勝是難得的人才。

〔一〇〕唐杜甫《前出塞九首》之二:"走馬脱轡頭,手中挑青絲。"青絲:馬韁繩。

〔一一〕邊徼(jiào):猶邊境。唐李嶠《城》:"何辭一萬里,邊徼捍匈奴。"

〔一二〕謂斬殺敵人輕鬆得像收割田間的野草。荼蓼:荼和蓼。《詩·周頌·良耜》:"以薅荼蓼。"毛傳:"蓼,水草也。"

〔一三〕鞍勒:鞍子和套在馬頭上帶嚼口的籠頭。《漢書·匈奴傳下》:"安車一乘,鞍勒一具。"

〔一四〕珂月:皎潔的月亮。珂,玉之白者。《爾雅翼·釋魚》:"貝,大者爲珂,黄黑色,其骨白,可以飾馬。"《妙法蓮華經》卷七:"眉間毫相,白如珂月。齒白齊密,常有光明。"按,此處謂嵌在馬頭籠轡上的月形飾物。蘇軾《旦起理髮》:"琱鞍響珂月,實與杻械同。"

〔一五〕謂得到合適的職位,即有施展能力的機會。

〔一六〕了:了結;結束。

〔一七〕廟筭:即廟算,指廟堂上對戰争的謀劃。《孫子·計》:"夫未戰而廟算勝者,得算多也;未戰而廟算不勝者,得算少也。"宋張預注:"古者興師命將,必致齋於朝,授以成算,然後遣之,故謂之廟算。"筭:同"算"。

〔一八〕焚燎:焚燒。

〔一九〕"當令"二句:謂雷能屈能伸。晉劉琨《重贈盧諶》:"何意百煉鋼,化爲繞指柔。"

〔二〇〕"低回"二句:謂因爲沉淪下僚没有施展才能的機會,反而被世人小看。低回:猶言沉淪。少:輕視,瞧不起。

〔二一〕"秋霜"二句:謂只有在危難的時候才能顯現雷勝的本領。淩厲:淩空高飛。鷙(zhì)鳥:凶猛之鳥。如鷹鸇之類。

〔二二〕"爲君"二句:謂會像穰苴一樣治理好軍隊。穰苴:司馬穰苴,春秋齊景公時將軍。曾與齊景公寵臣莊賈約旦日會于軍門,穰苴先馳至軍,立表下漏,待賈,賈日中不至,穰苴仆表决漏,立誅賈。事見《史記·司馬穰苴列傳》。

附録　蘇軾《人日獵城南會者十人以身輕一鳥過槍急萬人呼爲韻得鳥字》

兒童笑使君,憂愠常悄悄。誰拈白接䍦,令跨金騕褭。東風吹濕雪,手冷怯清曉。忽發兩鳴髇,相趁飛蝱小。放弓一長嘯,目送孤鴻矯。吟詩忘鞭轡,不語頭自掉。歸來仍脱粟,鹽豉煮芹蓼。何似雷將軍,兩眼霜鶻皎。黑頭已爲將,百戰意未了。馬上倒銀缾,得兔不暇燎。少年負奇志,蹭蹬百憂繞。回首英雄人,老死已不少。青春還一夢,餘年真過鳥。莫上呼鷹臺,平生笑劉表。

送鮮于子駿還朝兼簡范①景仁〔一〕

蜀中耆舊今無幾〔二〕,相逢握手堪流涕〔三〕。倦遊潦倒不還家,舊俗陵遲真委地〔四〕。錢荒粟帛賤如土,榷峻茶鹽不成市〔五〕。詩書鄉校變古法〔六〕,節行古②人安近利〔七〕。欲歸長恐歸不得,歸去相歡定誰是。低佪有似羊觸藩〔八〕,眷戀僅同雞擇米〔九〕。中山先生昔所愛〔一〇〕,南都攝尹私相喜〔一一〕。窮冬夜長一事無,燈火相從夜深睡〔一二〕。讀書萬卷老不廢〔一三〕,感寓百篇深有意〔一四〕。俗吏惟知畏簡書〔一五〕,窮途豈意逢君子〔一六〕。春風歸騎忽西顧,平日高談應且止〔一七〕。朝騎疋馬事朝謁〔一八〕,莫就一床尋夢寐〔一九〕。猶有城西范蜀公〔二〇〕,買池城東種桃李〔二一〕。花絮飛揚酒滿壺,談笑從容詩百紙。紅塵暗天獨不知〔二二〕,白首相看兩無愧〔二三〕。古人避世金馬門〔二四〕,何必柴車返田里〔二五〕。

【校記】

①范:原作“花”,據宋建本、蜀藩刻本改。

②古:叢刊本、四庫本作“故”。

【箋注】

〔一〕作於元豐二年(一〇七九)春。“春風歸騎”知作於春日。鮮于子駿:即鮮于侁。見《和鮮于子駿益昌官舍八詠》注〔一〕。范景仁:見《次韻范景仁侍郎移竹》注〔一〕。《宋史·鮮于侁傳》:“元豐二年召對,命知揚州。”詩痛斥王安石新法之弊,表達對范鎮的崇敬。

〔二〕耆舊:年高望重者。《漢書·蕭育傳》:“上以育耆舊名臣,乃以三公使車,載育入殿中受策。”

〔三〕唐李端《江上喜逢司空文明》:“秦人江上見,握手淚沾巾。落日見秋草,暮年逢故人。”唐竇鞏《漢陰驛與宇文十相遇旋歸西川因以贈別》:“望鄉心共醉,握手淚先流。”

〔四〕陵遲:敗壞,衰敗。委地:猶言墮落到最低點了。

〔五〕榷峻:税收嚴峻。榷,專賣,專利。唐韓愈《論變鹽法事宜狀》:"國家榷鹽,糶與商人。"蘇軾《私試進士策問》之六:"茶之有榷與税,非古也。"

〔六〕謂學校一反傳統教育而倡揚新説。鄉校:古指地方之學校。《左傳·襄公三十一年》:"鄭人游於鄉校以論執政。"晉杜預注:"鄉校,鄉之學校……鄭國謂學爲校。"此泛指學校。

〔七〕謂新法的施行是唯利是圖。《孟子·梁惠王上》:"梁惠王問利國於孟子,孟子對曰:'王何必曰利,亦有仁義而已矣!'"

〔八〕低徊:徘徊,沉滯。羊觸藩:喻進退兩難。參《寄濟南守李公擇》注〔三九〕。

〔九〕《莊子·養生主》:"澤雉十步一啄,百步一飲,不蘄畜乎樊中。"

〔一〇〕中山先生:指鮮于侁。春秋末年鮮虞人曾在今河北省定縣、唐縣一帶建中山國。蘇轍以爲鮮于氏即起源于鮮虞,故《書鮮于子駿父母贈告後》徑稱其"中山鮮于子駿"。

〔一一〕南都攝尹:指鮮于侁。鮮于侁曾以京東西路轉運使攝應天府事。

〔一二〕蘇轍《書鮮于子駿父母贈告後》:"予在應天幕府,子駿以部使者攝府事,朝夕相從也。"

〔一三〕唐杜甫《奉贈韋左丞丈二十二韻》:"讀書破萬卷,下筆如有神。"

〔一四〕鮮于《感寓》詩今佚。

〔一五〕簡書:公文案牘。參《寄孫朴》注〔五〕。

〔一六〕蘇軾有"朱壽昌郎中少年不知母所在"云云長題詩:"長陵朅來見大姊,仲孺豈意逢將軍?"

〔一七〕"春風"二句:謂鮮于還朝後再無人與自己高談了。

〔一八〕朝謁:入朝覲見。

〔一九〕謂鮮于走後自己只有在夢中回味二人的交誼了。

〔二〇〕范蜀公:即范鎮,范爲蜀地華陽人。

〔二一〕買池城東:指范氏所築東園。參《寄范丈景仁》。

〔二二〕謂不問世事。紅塵暗天,語出唐盧照鄰《長安古意》:"弱柳青槐拂地垂,佳氣紅塵暗天起。"按,此頗有深意,針對沸沸揚揚的新法而言。

〔二三〕唐張祜《寄獻蕭相公》:“分明此事無人見,白首相看未肯休。”

〔二四〕《史記·滑稽列傳》:“[東方朔]時坐席中,酒酣,據地歌曰:‘陸沈於俗,避世金馬門。宫殿中可以避世全身,何必深山之中、蒿廬之下!’”金馬門:漢武帝時,相馬者東門京作銅馬法獻之,立馬于未央宫魯班門外,因更名魯班門爲金馬門。東方朔、主父偃、嚴安、徐樂皆待詔金馬門。見《漢書·東方朔傳》及《後漢書·馬援列傳》。

〔二五〕蘇軾《西山詩和者三十餘人再用前韻爲謝》:“欲收暮景返田里,遠泝江水窮離堆。”

次韻秦觀見寄〔一〕

東家有賢人〔二〕,西家苦相忽〔三〕。幽蘭委冰霜,掩靄特未發〔四〕。春風吹芳蕤〔五〕,爛漫安可没〔六〕。東南信多士〔七〕,人物世不闕〔八〕。考槃溪山間〔九〕,自獻恥干謁〔一〇〕。誰憐幽閒女〔一一〕,艷色比南越〔一二〕。垂耳困鹽車〔一三〕,捐金空買骨〔一四〕。讀書謝世事〔一五〕,閉門動論①月〔一六〕。予生亦羇旅〔一七〕,處世常卒卒〔一八〕。誰令釣竿手,强復此持笏〔一九〕。惟餘七尺軀,空洞中無物〔二〇〕。時蒙好事過〔二一〕,解榻聊一拂〔二二〕。野情樂江海〔二三〕,夢想扁舟兀〔二四〕。隱居便醉睡〔二五〕,世路多顛蹶〔二六〕。榮華一朝事〔二七〕,毁譽百年歇〔二八〕。相勸沐咸池〔二九〕,陽阿晞汝髪〔三〇〕。

【校記】

①論:宋建本作“踰”,誤。

【箋注】

〔一〕作於元豐二年(一〇七九)春。上年冬秦觀自高郵寄詩轍,至是次韻。秦觀:見《次韻秦觀秀才携李公擇書相訪》注〔一〕。

〔二〕東家:東鄰。

〔三〕苦:甚;很。

〔四〕掩靄:被霧靄所遮掩。晉陸雲《修身》:“山嵩高以藏景,雲掩靄而荒野。”

〔五〕芳蕤:盛開而下垂的花。晉張協《雜詩》之二:“弱條不重結,芳蕤豈再馥。”

〔六〕爛漫:色彩絢麗。没(mò):掩没。

〔七〕《三國志·吴書·虞翻傳》:“翻與少府孔融書,并示以所著《易注》,融答書曰:‘聞延陵之理樂,覩吾子之治《易》,乃知東南之美者,非徒會稽之竹箭也。’”多士:多人才。參《送交代劉莘老》注〔三〕。

〔八〕人物:特指才能傑出的人。唐杜甫《贈崔十三評事公輔》:“舅氏多人物,無慚困翮垂。”

〔九〕謂秦觀隱居樂道。考槃:本指成德樂道。《詩·衛風·考槃》:“考槃在澗,碩人之寬。”毛傳:“考,成;槃,樂。”清陳奂傳疏:“成樂者,成德樂道也。”《晉書·張忠傳》:“先生考磐山林,研精道素。”

〔一〇〕杜甫《自京赴奉先縣詠懷五百字》:“以兹悟生理,獨耻事干謁。”干謁:對人有所求而請見。

〔一一〕幽閑:恬静閑適。《詩·周南·關雎》:“窈窕淑女,君子好逑。”毛傳:“窈窕,幽閑也。”按,此下六句皆以喻秦觀。

〔一二〕南越:南方的越地,以盛産美女著稱。唐王維《西施詠》:“豔色天下重,西施寧久微。”杜甫《壯遊》:“越女天下白,鑒湖五月涼。”

〔一三〕《戰國策·楚策四》:“汗明曰:‘君亦聞驥乎?夫驥之齒至矣,服鹽車而上太行,蹄申膝折,尾湛胕潰,漉汁灑地,白汗交流,中阪遷延,負轅不能上。伯樂遭之,下車攀而哭之,解紵衣以冪之。驥於是俛而噴,仰而鳴,聲達於天,若出金石聲者。何也?彼見伯樂之知已也。’”

〔一四〕《戰國策·燕策一》:“郭隗先生曰:‘臣聞古之君人,有以千金求千里馬者,三年不能得。涓人言於君曰:請求之。君遣之三月,得千里馬,馬已死,買其骨五百金,反以報君。君大怒曰:所求者生馬,安事死馬而捐五百金?涓人對曰:死馬且買之五百金,況生馬乎?天下必以王爲能市馬,馬今至矣。’”

〔一五〕唐柳宗元《讀書》:“幽沉謝世事,俛默窺唐虞。”謝:謝絶。

〔一六〕謂往往經月不出門。動:往往;常常。唐高適《東平路作》詩之二:

"明時好畫策,動欲干王公。"

〔一七〕羈旅:客居他鄉。

〔一八〕卒卒(cù cù):倉促急迫的樣子。

〔一九〕"誰令"二句:謂自己本無意于功名,不得已而從仕。釣竿手:喻隱居生活。唐杜牧《途中一絶》:"惆悵江湖釣竿手,卻遮西日向長安。"執笏(hù):拿著上朝時的朝板。喻爲官。

〔二〇〕謙言腹中空空無有。蘇軾《寶山晝睡》:"此中空洞渾無物,何止容君數百人。"

〔二一〕《漢書・揚雄傳》:"家素貧,耆酒,人希至其門。時有好事者載酒肴從遊學。"按,此言志同道合者來訪。

〔二二〕解榻:東漢陳蕃任豫章太守時,不接待賓客,只有南州高士徐稺來時特設一榻,徐稺走後即懸掛起來。又任樂安太守時,亦曾爲郡人周璆"特爲置一榻,去則縣之"。事見《後漢書・徐稺傳》及《陳蕃傳》。後以"解榻"指熱情接待賓客。唐白居易《叙法書情四十韻上宣歙崔中丞》:"好風迎解榻,美景待搴帷。"拂:擦拭。

〔二三〕野情:山野之人的情懷。

〔二四〕兀:猶言飄蕩。唐皮日休《孤園寺》:"艇子小且兀,緣湖蕩白芷。"

〔二五〕謂方便喝酒和睡覺。

〔二六〕唐李白《古風五十九首》之十八:"世路多險艱,白日欺紅顔。"顛蹶:猶言坎坷。

〔二七〕唐沈佺期《鳳簫曲》:"世上榮華如轉蓬,朝隨阡陌暮雲中。"

〔二八〕漢司馬遷《報任安書》:"要之,死日然後是非迺定。"百年:謂死。

〔二九〕咸池:神話中謂日浴之處。《楚辭・屈原〈離騷〉》:"飲余馬於咸池兮,揔余轡乎扶桑。"漢王逸注:"咸池,日浴處也。"

〔三〇〕晞髮:曬髮使乾。喻高潔脱俗的行爲。《楚辭・屈原〈九歌・少司命〉》:"與沐兮咸池,晞女髮兮陽之阿。"

次韻道潛見寄〔一〕

蕭蕭華髮映衰容〔二〕,慚愧高僧嘆不逢〔三〕。遊宦終身空處處〔四〕,

塵埃何日退重重〔五〕。已甘憔悴雞群鶴〔六〕，猶勝劬勞旱歲龍〔七〕。回首不堪膏火熱〔八〕，試求甘露洒青松〔九〕。

【箋注】

〔一〕作於元豐二年(一〇七九)春。道潛:見《贈杭僧道潛》注〔一〕。

〔二〕唐元稹《酬復言長慶四年元日郡齊感懷見寄》:“椒花麗句閑重檢,艾髮衰容惜寸輝。”蕭蕭:稀疏貌。

〔三〕謂未能與參寥見面。慚愧:感幸之詞。猶言難得。唐元稹《長灘夢李紳》:“慚愧夢魂無遠近,不辭風雪到長灘。”

〔四〕謂一生奔波無安身之處。處處:定居,安居。《詩·大雅·公劉》:“京師之野,于時處處,于時廬旅。”鄭箋:“京地乃衆民所宜居之野也,於是處其當處者,廬舍其賓旅。”宋朱熹集傳:“處處,居室也。”

〔五〕謂何時纔能從繁多的塵世事務中解脱出來。塵埃:塵世。重重:層層,極言其多。蘇軾《次韻答子由》:“好語似珠穿一一,妄心如膜退重重。”

〔六〕謂道潛如鶴立雞群。《世説新語·容止》:“有人語王戎曰:‘嵇延祖卓卓如野鶴之在雞群。’答曰:‘君未見其父耳!’”雞群鶴:比喻才能卓然出衆者。

〔七〕謂道潛比自己逍遥自在。《淮南子·説林》:“譬若旱歲之土龍,疾疫之芻狗,是時爲帝者也。”劬勞:勞累;勞苦。

〔八〕謂從仕是自尋煩惱。語本《莊子·人間世》:“山木自寇也,膏火自煎也。桂可食,故伐之;漆可用,故割之。人皆知有用之用,而莫知無用之用也。”

〔九〕云企盼道潛爲自己講誦佛法。甘露:佛典常用譬喻。謂佛法之于衆生,如雨露之于草木一樣重要。《妙法蓮華經》卷三:“我爲世尊,無能及者,安隱衆生,故現於世。爲大衆説,甘露浄法,其法一味,解脱涅槃。”

附録　參寥子《寄蘇子由著作》

先生道德若爲容,曾向南都幕下逢。拔俗高標驚萬丈,凌雲逸氣藹千重。低梧暫宿張家鳳,濁水難藏許氏龍。歲晚雪霜雖更苦,未應憔悴碧巖松。

次韻王鞏元日〔一〕

庭鵲營巢初一枝〔二〕，餘寒未便夾羅衣〔三〕。春風娜娜還吹霰〔四〕，歲事駸駸已發機〔五〕。上國遨遊誰信老〔六〕，中年情味秖思歸。和詩應覺添新懶，過盡長空鴈北飛〔七〕。

【箋注】

〔一〕作於元豐二年（一〇七九）春末。下《次韻答王鞏》有"往來兩都間，奔走未安土"語，知王鞏往來於京師、南都兩都之間。"春風娜娜"，知春日已多時。"和詩應覺添新懶"，可知拖延了很久纔和，"過盡長空雁北飛"，應是三月情景。

〔二〕《莊子·逍遥遊》："鷦鷯巢於深林，不過一枝；偃鼠飲河，不過滿腹。"

〔三〕羅衣：輕軟絲織品製成的衣服，一般夏季纔穿。

〔四〕娜娜：本指細長柔弱貌。宋梅堯臣《依韻和永叔子履冬夕小齋聯句見寄》："到時春怡怡，萬柳枝娜娜。"此指輕緩貌。吹霰：下著霰雪。

〔五〕駸駸（qīn qīn）：漸進貌。發機：蘊育出生機。

〔六〕上國：京師。南朝梁江淹《四時賦》："憶上國之綺樹，想金陵之蕙枝。"

〔七〕鴈北飛：謂春天已到。唐韋慶《南中詠雁》："萬里人南去，三春雁北飛。"

送將官歐育之徐州〔一〕

輕衫駿馬走春風〔二〕，未識彭城氣象雄。青山只在白門外〔三〕，明月盡屬黄樓中〔四〕。五斗濁醪消永日〔五〕，一雙鳴鏑戰①晴空〔六〕。歸來笑殺幕府客〔七〕，閉户看書滴滴窮〔八〕。

【校記】

①戰：叢刊本、四庫本作"戲"。誤。

【箋注】

〔一〕作於元豐二年(一〇七九)三月。"輕衫駿馬走春風","五斗濁醪消永日",應是春末情景。《三蘇年譜》卷二十七:《職官分紀·諸衛將軍·將官》:"國朝自南北通和,特分將領置官於河北、京東等處,以統領所部兵,謂之將官。"歐育:從《續通鑑長編》知其嘗官"鄜延走馬承受"、"京東東路第二將"、元豐八年爲杭州鈐轄。餘不詳。俟考。

〔二〕唐白居易《二月二日》:"輕衫細馬春年少,十字津頭一字行。"

〔三〕徐州有著名古跡白門樓。唐李吉甫《元和郡縣誌》卷十:"按下邳城有三重,大城周迴十二里半,中城周四里,吕布所守也。魏武擒布於白門,即大城之門也。"白門樓至清康熙時猶存。

〔四〕黄樓:見《次韻子瞻贈梁交左藏》注〔一〇〕。

〔五〕五斗:指酒。參《次韻王鞏見贈》注〔一六〕。消永日:猶言打發漫長的白天。唐李中《春晚過明氏閒居》:"數局棋中消永日,一樽酒裏送殘春。"蘇軾《和子由除日見寄》:"臨池飲美酒,尚可消永日。"

〔六〕謂歐育無用武之地,無聊時只好將箭射向空中。鳴鏑:響箭。矢發射時有聲,故云。戰:交戰。按,此暗用北齊斛律光的典故。《北齊書·斛律光傳》:"嘗從世宗於洹橋校獵,見一大鳥,雲表飛颺,光引弓射之,正中其頸。此鳥形如車輪,旋轉而下,至地,乃大雕也。世宗取而觀之,深壯異焉。丞相屬邢子高見而嘆曰:'此射雕手也。'"

〔七〕幕府客:蘇轍自指。

〔八〕謂在讀書中消磨歲月。滴滴:漏壺滴水聲。古代利用滴水多寡來計量時間的一種儀器。也稱"漏刻"。

次韻答王鞏〔一〕

君家當盛時〔二〕,晝戟擁朱户〔三〕。中書十八年〔四〕,清明日方午〔五〕。形容畫雲閣〔六〕,功業載盟府〔七〕。中庭三槐在〔八〕,遺迹百世睹。子孫盡豪俊〔九〕,豈類世寒窶〔一〇〕。胡①爲久邅厄〔一一〕,黽俛受侵侮〔一二〕。往來兩都間②〔一三〕,奔走未安土〔一四〕。願言解纓紱〔一五〕，歸去事農圃〔一六〕。嘉禾根未拔〔一七〕，且忍俟甘雨〔一八〕。拂衣走東皐，此語③吾不取〔一九〕。聊復放襟懷〔二〇〕，清談對僧麈〔二一〕。躬耕未可言〔二二〕，知田顧乃父〔二三〕。

【校記】

①胡：原作"朝"，據四庫本改。

②間：叢刊本作"簡"，誤。

③語：宋建本、蜀藩刻本、叢刊本作"説"，誤。

【箋注】

〔一〕作於元豐二年（一〇七九）三月。歷陳王鞏顯赫家世，慨嘆王鞏仕途坎坷不遇，勸王耐心等待機會，不要自暴自棄。

〔二〕《漢書·楊惲傳》："惲家方隆盛時，乘朱輪者十人，位在列卿，爵爲通侯，總領從官，與聞政事。"

〔三〕蘇軾《同王勝之游蔣山》："朱門收畫戟，紺宇出青蓮。"畫戟：古兵器名，有彩飾。舊時常作爲官員儀飾之用。唐嚴維《剡中贈張卿侍御》："深巷烏衣盛，高門畫戟閑。"

〔四〕中書：官名。漢設中書令，掌傳宣詔令，以宦者爲之，後多任用名望之士。隋唐以中書令、侍中、尚書令共議國政，俱爲宰相，後因以中書稱宰相。此指其祖王旦。十八年：蘇軾《三槐堂銘》："而魏國文正公（注者按，指王旦）相真宗皇帝於景德祥符之間，朝廷清明，天下無事之時，享其榮名者十有八年。"

〔五〕謂其爲政期間國家清明，如日當中。參前注。

〔六〕形容：外貌。雲閣：雲臺，漢臺閣名。《後漢書·朱景王杜馬劉傅堅馬列傳》："論曰：……永平中，顯宗追感前世功臣，乃圖畫二十八將於南宫雲臺。"北周庾信《周柱國大將軍大都督同州刺史爾綿永神道碑》："詎知雲閣，名在功臣。"清倪璠注："雲閣，《漢書》所謂'雲臺'是也。臺、閣通稱矣。"

〔七〕盟府：古代掌管保存盟約文書的官府。《左傳·僖公五年》："［虢仲、虢叔］爲文王卿士，勳在王室，藏於盟府。"唐孔穎達疏："以勳受封，必有盟要，其辭當藏於司盟之府也。"

〔八〕三槐：相傳周代宫廷外種有三棵槐樹，三公朝天子時，面向三槐而立。

後因以三槐喻三公。《周禮·秋官·朝士》:"面三槐,三公位焉。"王旦父祐因嘗手植三槐于庭,曰:"吾之後世,必有爲三公者。"見蘇軾《三槐堂銘》。

〔九〕王旦三子王素,王素從子靖,從孫震,《宋史》皆有傳。蘇軾《三槐堂銘》:"吾不及見魏公(注者按,指王旦)而見其子,懿敏公(注者按,指王素)以直諫事仁宗皇帝,出入侍從將帥三十餘年,位不滿其德,天將復興王氏也歟?何其子孫之多賢也?"

〔一〇〕寒窶(jù):貧寒之人。窶,貧窮得無法盡禮。《詩·邶風·北門》:"終窶且貧,莫知我艱。"毛傳:"窶者,無禮也;貧者,困於財。"唐陸德明釋文:"謂貧無可爲禮。"

〔一一〕邅(zhān)厄:迍邅,困厄。

〔一二〕黽勉:勉勵,盡力。《詩·邶風·谷風》:"黽勉同心,不宜有怒。"毛傳:"言黽勉者,思與君子同心也。"

〔一三〕兩都:東京,南京。

〔一四〕語本《禮記·哀公問》:"不能安土,不能樂天。"鄭玄注:"不能安土,動移失業也。"

〔一五〕唐孟浩然《宿天台桐柏觀》:"願言解纓紱,從登去煩惱。"纓紱(fú):冠帶與印綬。借指官位。

〔一六〕宋王珪《樓上述懷》:"舊山幾畝林泉鄉,安得歸兮事農圃。"

〔一七〕嘉禾:生長奇異的禾,古人以之爲吉祥的徵兆。《書·微子之命》:"唐叔得禾,異畝同穎,獻諸天子。王命唐叔,歸周公於東,作《歸禾》。周公既得命禾,旅天子之命,作《嘉禾》。"此以嘉禾喻王,謂王是世家後裔。

〔一八〕甘雨:適時好雨。《詩·小雅·甫田》:"以祈甘雨,以介我稷黍,以穀我士女。"

〔一九〕"拂衣"二句:謂自己不贊成王鞏歸隱的想法。拂衣:振衣而去,謂歸隱。晉殷仲文《解尚書表》:"進不能見危授命,忘身殉國;退不能辭粟首陽,拂衣高謝。"東皋:水邊向陽高地。參《和張安道讀杜集》注〔二四〕。

〔二〇〕聊復:姑且。復,後綴。襟懷:胸懷;懷抱。唐韓偓《山驛》:"瀟灑襟懷遺世慮,驛樓紅葉自紛紛。"

〔二一〕謂與高僧清談。僧麈(zhǔ):執麈尾的高僧。參《和子瞻鳳翔八觀八首・石鼓》注〔一九〕。

〔二二〕躬耕:親身從事農業生産。

〔二三〕謂王不是農家子弟,不懂種田。《漢書・高五王傳》:"酒酣,章進歌舞,已而曰:'請爲太后言耕田。'高后兒子畜之,笑曰:'顧乃父知田耳。若生而爲王子,安知田乎?'"

次韻王鞏留别〔一〕

决策歸田豈世情〔二〕?網羅從此脱餘生〔三〕。請君速治雞黍具〔四〕,待我同爲沮溺耕〔五〕。秋社相從醵錢飲〔六〕,日高時作叩門聲〔七〕。茅廬但恐非君處,籍籍朝中望已傾〔八〕。

【箋注】

〔一〕作於元豐二年(一〇七九)三月。從詩意看,王鞏似欲辭官歸隱,而蘇轍以爲不可能。

〔二〕情:世俗之情。

〔三〕謂從此可以讓自己的餘生從世俗的約束中脱身。網羅:捕捉鳥獸的工具。此指官場的約束。晉陶潛《歸園田居五首》之一:"少無適俗韻,性本愛丘山。誤落塵網中,一去三十年。"

〔四〕唐孟浩然《過故人莊》:"故人具雞黍,邀我至田家。"《論語・微子》:"止子路宿,殺雞爲黍而食之。"

〔五〕謂像長沮、桀溺一樣一起耕作。《論語・微子》:"長沮桀溺耦而耕。"沮溺:長沮、桀溺。皆春秋時隱者。

〔六〕秋社:舊時秋季祭祀土神的日子。《山堂肆考・時令・社日》:"社無定日,春社常在二月,秋社常在八月。自立春後五戊爲春社,立秋後五戊爲秋社。"醵(jù)錢飲:湊錢聚飲。《禮記・禮器》:"周禮其猶醵與?"鄭玄注:"合錢飲酒爲醵。"宋葉夢得《石林燕語》卷五:"京師百司胥吏每至秋,必醵錢爲賽神會,往往因劇飲終日。"

〔七〕唐白居易《自問行何遲》:"酒醒夜深後,睡足日高時。"唐盧仝《走筆謝孟諫議寄新茶》:"日高丈五睡正濃,軍將打門驚周公。"

〔八〕謂王的聲望已經使朝中大臣傾倒。《文選・任昉〈爲蕭揚州作薦士表〉》:"庠序公朝,萬夫傾望。"唐張銑注:"萬人皆傾首而欽慕。"籍籍:也作藉藉(jí jí),(聲名)顯赫貌。《史記・遊俠列傳》唐司馬貞述贊:"遊俠豪倨,藉藉有聲。"

次韻答孔武仲〔一〕

白髮青衫不記年〔二〕,相逢一笑暫欣然〔三〕。誦詩亹亹鋸木屑〔四〕,展卷駸駸下水船〔五〕。未肯尺尋分枉直〔六〕,日知① 鑿枘有方圓〔七〕。閑官更似揚州學,猶得昏昏晝日眠〔八〕。

【校記】

①日知:宋建本、四庫本作"自知",蜀藩刻本、叢刊本作"自然",似作"自知"義長。

【箋注】

〔一〕作於元豐二年(一〇七九)三月。孔武仲時爲揚州教授。

〔二〕唐劉禹錫《酬令狐相公寄賀遷拜之什》:"白髮青衫誰比數,相憐只是有梁王。"青衫:低級官吏的服飾。參《送王璋長官赴真定孫和甫辟書》注〔五〕。

〔三〕猶言會心一笑。唐李商隱《贈鄭讜處士》:"相逢一笑憐疏放,他日扁舟有故人。"暫:頓。

〔四〕謂孔善説詩。《晉書・胡毋輔之傳》:"[王]澄嘗與人書曰:'彦國吐佳言如鋸木屑,霏霏不絶,誠爲後進領袖也。'"亹亹(wěi wěi):不絶貌

〔五〕謂孔筆下功夫好,敏捷。《太平廣記・嘲誚五・姚涓》:"唐裴廷裕字庸餘,乾寧中在内庭,文書敏捷,號爲下水船。"駸駸:急速貌。

〔六〕見《次韻子瞻題張公詩卷後》注〔二〕。

〔七〕《楚辭・屈原〈離騷〉》:"何方圜之能周兮?夫孰異道而相安。"漢王逸注:"言何所有方鑿受圜枘而能合者。"

〔八〕"閑官"二句:謂孔武仲清閑自在。《論語·公冶長》:"宰予晝寢。"《後漢書·邊韶傳》:"韶口辯,曾晝日假卧,弟子私謿之曰:'邊孝先,腹便便。懶讀書,但欲眠。'韶潛聞之,應時對曰:'邊爲姓,孝爲字。腹便便,五經笥。但欲眠,思經事。寐與周公通夢,静與孔子同意。師而可謿,出何典記。'謿者大慚。"宋强至《保安楊公濟書來問疾以詩答之》:"青雲意緒漸悠然,白晝昏昏懶欲眠。"

附録　孔武仲《寄蘇子由》(此爲武仲原唱,《清江三孔集》卷二十五誤作平仲詩,徑改正。)

歷下攀遊今幾年,相逢顔鬢覺蒼然。西齊美錦窺詩軸,北郭濃霞入酒船。别思忽隨春浩蕩,還期已過月團圓。君家早有爲霖望,莫學隆中但穩眠。

送傅宏著作歸覲待觀城闕〔一〕

膠西前輩鄭康成〔二〕,千載遺風及後生〔三〕。舊學詩書儒術富〔四〕,兼通法律吏能精〔五〕。還家綵服頻爲壽〔六〕,得邑河壖喜有兵〔七〕。民事近來多迫促〔八〕,弦歌聊試武城聲〔九〕。律有《鄭氏章句》〔一〇〕。

【箋注】

〔一〕作於元豐二年(一〇七九)三月。傅宏:見《次韻傅宏推官義方亭》注〔一〕。歸覲:歸省父母。著作:著作郎。詩對傅宏高度評價。謂其學如鄭玄,希望其推行家鄉教化。

〔二〕膠西:見《逍遥堂會宿二首》之一注〔九〕。康成:指鄭玄。玄字康成。見《東方書生行》注〔六〕。

〔三〕遺風:前輩遺留下的風範。

〔四〕鄭玄徧注群經,今存《毛詩》及《三禮》,收入《十三經注疏》中。

〔五〕《晉書·刑法志》:"叔孫宣、郭令卿、馬融、鄭玄諸儒章句十有餘家,家數十萬言,凡斷罪所當由用者,合二萬六千二百七十二條,七百七十三萬二千二百餘言,言數益繁,覽者益難。天子於是下詔,但用《鄭氏章句》,不得雜用餘家。”吏能：爲政的才能。

〔六〕謂歸家如老萊子般孝養父母。參《送趙屼秘書還錢塘》注〔一一〕。

〔七〕河壖（ruán）：本指河邊地。參《次韻王君北都偶成三首》之二注〔一〕。《三蘇年譜》卷二十九：“宏之母其時尚在。觀城屬河北東路澶州，在州東九十里，境内有黄河，故曰河壖。”按，澶州從來爲勁兵所在地，故云。

〔八〕民事：百姓之生計事。《國語·魯語上》：“舜勤民事而野死。”迫促：通迫蹙，謂窘迫，窮蹙。此謂新法之禍，具體而言當指經濟問題。《續資治通鑑長編·神宗元豐二年》：“［春正月］丙申，上謂輔臣曰：‘向以陝西用度不足，出鈔稍多，而鈔加賤，遂建京師買鹽鈔之法。本欲權鹽價，飛錢於塞下，而出鈔付陝西無止法，都内凡出錢五百萬緡，卒不能救鈔法之弊。蓋新進之人輕議更法，其後見法不可行，猶遂非憚改。’王珪曰：‘利不百，不變法。’上曰：‘大抵均輸之法，如齊之管仲，漢之桑宏羊，唐之劉晏，其才智僅能推行，況其下者乎！朝廷措置經始，所當重惜，雖少年所不快意，然于國計甚便，姑静以待之。’”又：“［二月］詔：‘聞齊、卭、濟、鄆州穀價貴甚，斗值幾二百，艱食流轉之民頗多。司農寺其諭州縣，以所積常平倉穀通同比元入價，斗虧不及十錢，即分場廣糶，濱、棣、滄州亦然。’三司又言：‘齊、淄等州穀貴，春夏之交，慮更艱食，請輟廣濟河所漕穀二十萬石，減價出糶，所糴價錢發上京理爲年額。’從之。”

〔九〕謂當推行禮樂教化。參《次韻宿州教授劉涇見贈》注〔五〕。

〔一〇〕《鄭氏章句》今已亡佚。參上注〔五〕。

連雨不出寄張恕〔一〕

麥熟蠶繅熱似烝〔二〕，雨傾三尺未爲淫〔三〕。洗清溝澮蚊虻静〔四〕，没盡蒲蓮沼沚深〔五〕。遺秉滿田驚朽腐〔六〕，移牀避漏畏侵尋〔七〕。高閑秖有張公子〔八〕，卧聽蕭蕭打葉音〔九〕。

【箋注】

〔一〕作於元豐二年（一〇七九）三月。“麥熟蠶繅熱似烝”，春末情景。

〔二〕蠶繅：飼蠶繅絲。《孟子·滕文公下》：“夫人蠶繅，以爲衣服。”烝：後來寫作“蒸”。

〔三〕淫：久雨。《素問・五運行大論》：“其眚淫潰。”唐王冰注：“淫，久雨也。”

〔四〕溝澮(kuài)：泛指田間水道。澮，田間水渠。《孟子・離婁下》：“苟爲無本，七八月之間雨集，溝澮皆盈；其涸也，可立而待也。”

〔五〕没(mò)：淹没。蒲蓮：菖蒲和荷花。沼沚：池塘。

〔六〕謂久雨將田中收割後遺留下的成把的麥子都漚爛了。遺秉：成把的遺穗。《詩・小雅・大田》：“彼有遺秉，此有滯穗。”毛傳：“秉，把也。”唐孔穎達疏：“彼處有遺餘之秉把，此處有滯漏之禾穗。”

〔七〕唐杜甫《茅屋爲秋風所破歌》：“牀頭屋漏無乾處，雨脚如麻未斷絶。”蘇軾《連雨江漲二首》之一：“牀牀避漏幽人屋，浦浦移家蜑子船。”侵尋：逐漸逼迫。

〔八〕高閑：清高閑適。唐孟郊《憶周秀才素上人時聞各在一方》：“浮雲自高閑，明月常空浄。”

〔九〕唐韓愈《盆池五首》之二：“從今有雨君須記，來聽蕭蕭打葉聲。”

和子瞻自徐移湖將過宋都途中見寄五首〔一〕

其一

東武厭塵土〔二〕，彭門富溪山〔三〕。從兄百日留〔四〕，退食同躋攀〔五〕。輕帆過百步〔六〕，船底驚雷翻。肩輿上南麓〔七〕，眼界涵川原〔八〕。愛此忽忘歸，願見①且三年〔九〕。我去已怱怱，兄來亦崩奔〔一〇〕。永懷置酒地，繞郭②多雲煙。

【校記】

①見：原本、宋建本作“兄”，據蜀藩刻本改。

②郭：叢刊本作“國”，誤。

【箋注】

〔一〕作於元豐二年(一〇七九)三月。《年表》：“二月丁巳(十八日)，以軾知湖州。”“輕舟舍我南,吴越多清流。”是往湖州路上,故繫之三月。宋都:即南都,周朝時曾爲宋國國都所在地。

〔二〕東武:西漢初年置縣,隋代改稱諸城,宋沿之,屬密州。此指蘇軾熙寧七年,由杭州通判爲密州知州事。

〔三〕彭門:彭城,即徐州。此指熙寧十年,蘇軾爲由密州改知徐州事。

〔四〕蘇轍熙寧十年(一〇七七)二月自京師迎軾,會軾於澶、濮之間,至八月十六日離徐,赴南京留守簽判任,兄弟聚首,凡百餘日。

〔五〕退食:此謂閑暇時。躋攀:猶攀登。唐杜甫《白水縣崔少府十九翁高齋三十韻》:“清晨陪躋攀,傲睨俯峭壁。”參《和子瞻東陽水樂亭歌》注〔七〕。

〔六〕此熙寧十年六月,蘇轍陪軾同遊百步洪事。見《陪子瞻遊百步洪》。百步:百步洪。

〔七〕此指熙寧十年八月,蘇轍與軾同過雲龍山訪張聖途事,見《過張天驥山人郊居》。肩輿:轎子。

〔八〕唐白居易《遊悟真寺詩》:“野緑簇草樹,眼界吞秦原。”

〔九〕三年:自熙寧十年(一〇七七)至元豐二年(一〇七九)。

〔一〇〕崩奔:山崩水奔。極言其匆遽。杜甫《閬州東樓筵奉送十一舅往青城》:“高賢意不暇,王命久崩奔。”清仇兆鰲注:“山下墮曰崩,水急流曰奔。此比行役之匆遽。”

其二

我昔去彭城,明日河流至〔一〕。不見五斗泥〔二〕,但見三竿水〔三〕。驚風鬱飆怒〔四〕,跳沫高睥睨〔五〕。瀲灧三月餘〔六〕,浮沉一朝事〔七〕。分將食魚鼈〔八〕,何暇顧鄰里?悲傷念遺黎〔九〕,指顧出完壘〔一〇〕。繚堞對連山〔一一〕,黄樓麗清泗〔一二〕。功成始逾歲,脱去如一屣〔一三〕。空使西楚氓〔一四〕,欲語先垂涕〔一五〕。

【箋注】

〔一〕指熙寧十年秋七月乙丑河决於澶淵,八月戊戌水及徐州城下事。見蘇轍《黄樓賦叙》。

〔二〕極言黄河泥沙之多,一石水中,五斗爲泥沙。《漢書・溝洫志》:"涇水一石,其泥數斗。"蘇軾《東陽水樂亭》:"君不學白公引涇東注渭,五斗黄泥一鍾水。"

〔三〕三竿水:極言水勢之大。蘇軾《送曹輔赴閩漕》:"憑君問清淮,秋水今幾竿。"

〔四〕飆怒:即怒飆,猶言狂飆。

〔五〕跳沫:飛起的浪花。漢司馬相如《上林賦》:"馳波跳沫,汩濦漂疾。"睥睨:側眼相看,言水勢之大,不能正視。

〔六〕瀲灩:水滿貌。此指洪水聚積。

〔七〕一朝:猶言一瞬。

〔八〕分(fèn):料想。食魚鱉:爲魚鱉所食。蘇軾《罷徐州往南京馬上走筆寄子由五首》之二:"前年無使君,魚鼈化兒童。"

〔九〕遺黎:此指劫後餘生的百姓。

〔一〇〕指顧:猶指揮。完壘:此指軍營。蘇轍《黄樓賦叙》:"子瞻衣製履屨,廬於城上,調急夫、發禁卒以從事。令民無得竊出避水,以身帥之,與城存亡,故水大至而民不潰。"

〔一一〕繚堞:猶言連綿的城牆。

〔一二〕謂黄樓更增加了泗水的秀麗。泗:泗水。古水名。源于今山東省泗水縣東,四源併發,故名。《孟子・滕文公上》:"决汝漢,排淮泗而注之江。"

〔一三〕"黄樓"二句:謂黄樓建成後蘇軾移知湖州。脱屣:扔掉鞋子。參《次韻子瞻見寄》(衮衮河渭濁)注〔一四〕。

〔一四〕西楚:徐州。秦亡,項羽自立爲霸王,都彭城,國號"西楚",故云。

〔一五〕蘇軾《罷徐州往南京馬上走筆寄子由五首》之一:"吏民莫扳援,歌管莫凄咽。吾生如寄耳,寧獨爲此别。别離隨處有,悲惱緣愛結。而我本無恩,此涕誰爲設?"

其三

千金築黄樓,落成費百金〔一〕。誰言史君侈〔二〕,聊慰楚人心。高秋①吐明月〔三〕,白璧懸②青岑〔四〕。晃蕩河漢高〔五〕,恍悢窗户深〔六〕。邀我三日飲，不去如籠禽〔七〕。史君今吴越〔八〕，雖往將誰尋？

【校記】

①高秋：蜀藩刻本作“清秋”。

②懸：宋建本作“縣”。

【箋注】

〔一〕百金：極言其多。《晉書·謝安傳》：“又於土山營墅樓館，林竹甚盛，每携中外子姪往來游集，肴饌亦屢費百金，世頗以此譏焉，而安殊不以屑意。”

〔二〕史君：通“使君”，指蘇軾。

〔三〕唐杜甫《月》：“四更山吐月，殘夜水明樓。”

〔四〕白璧：喻明月。青岑：青山。杜甫《風疾舟中伏枕書懷三十六韻奉呈湖南親友》：“水鄉霾白屋，風岸疊青岑。”

〔五〕晃蕩：閃爍不定貌。蘇軾《過宜賓見夷中亂山》：“朦朧含高峰，晃蕩射峭壁。”河漢：銀河。唐杜頠《淮南秋夜呈周偘》：“天浮河漢高，夜閒砧杵發。”

〔六〕恍悢（lǎng）：即懭悢，悵惘貌。《楚辭·宋玉〈九辯〉》：“愴怳懭悢兮，去故而就新。”宋洪興祖補注：“懭悢，不得志。”

〔七〕南朝梁何遜《贈江長史别》：“籠禽恨跼促，逸翮超容與。”唐白居易《答楊使君登樓見憶》：“兩州何事偏相憶，各是籠禽作使君。”

〔八〕吴越：此指湖州。

其四

欲買爾家田〔一〕，歸種三頃稻〔二〕。因營山前宅，遂作泗濱老〔三〕。奇窮少成事〔四〕，飽暖未應早。願輸橐中裝〔五〕，田家近無報。平生百不遂〔六〕，今夕一笑倒。它年數畝宫〔七〕，懸知迫枯槁〔八〕。

【箋注】

〔一〕爾家：蘇軾《罷徐州往南京馬上走筆寄子由五首》之五：“卜田向何許？石佛山南路。下有爾家川，千畦種秔稌。”舊題宋王十朋《東坡詩集注》以爲指眉山石佛山南爾家川。《蘇軾詩集校注》卷十八據《太平寰宇記·徐州》及《徐州府志》卷十一以爲即徐州雲龍山。揆之蘇軾詩,其説可從。

〔二〕此用蘇秦典。見《送張公安道南都留臺》注〔二〇〕。蘇秦云二頃,此言三頃,調侃耳。

〔三〕泗濱:指徐州。《書·禹貢》:"海岱及淮惟徐州。……厥貢惟土五色,羽畎夏翟,嶧陽孤桐,泗濱浮磬,淮夷蠙珠暨魚,厥篚玄纖縞。"

〔四〕奇(jī)窮:遇事不諧,困窘。蘇軾《乞常州居住表》:"臣受性剛褊,賦命奇窮。"

〔五〕《史記·陸賈列傳》:"有五男,迺出所使越得橐中裝,賣千金,分其子,子二百金,令爲生産。陸生常安車駟馬,從歌舞鼓琴瑟侍者十人,寶劍直百金。謂其子曰:'與汝約:過汝,汝給吾人馬酒食。極欲十日而更所,死家得寶劍車騎侍從者。'"唐司馬貞索隱:"《埤蒼》云:'有底曰囊,無底曰橐。'謂以寶物以入囊橐也。"輸:交出。

〔六〕不遂:不如意。蘇軾《送安惇秀才失解西歸》:"狂謀謬算百不遂,惟有霜鬢來如期。"

〔七〕《孟子·梁惠王上》:"五畝之宅,樹之以桑,五十者可以衣帛矣。"漢趙岐注:"廬井、邑居各二畝半以爲宅,各入保城二畝半,故爲五畝也。"宫:宅院。

〔八〕懸知:料想。枯槁:形容窮困潦倒。

其五

梁園久蕪没〔一〕,何以奉君遊?故城已耕稼,臺觀皆荒丘。池塘塵漠漠,雁鶩空遲留〔二〕。俗衰賓客盡〔三〕,不見枚與鄒〔四〕。輕舟舍我南,吴越多清流。

【箋注】

〔一〕梁園:見《送轉運判官李公恕還朝》注〔二〕。

〔二〕"池塘"二句:謂昔日池塘,今已乾涸,故雁鶩等無處可下。漠漠:瀰漫貌。漢王逸《九思·疾世》:"時咄咄兮旦旦,塵漠漠兮未晞。"

〔三〕謂舊俗無存而故人凋零。

〔四〕枚與鄒:枚乘、鄒陽。當年皆爲客梁園。枚乘,見《雪中會飲李倅鈞東軒三絶》之一注〔三〕。鄒陽,漢臨淄(今山東臨淄)人。景帝時與枚乘等仕吴,以文辨知名。吴王有異謀,陽上書諫,不聽,去之梁。從孝王游,爲羊勝等所譖,下獄。上書自陳,王出之,待爲上客。《史記》有傳。

附録　蘇軾《罷徐州往南京馬上走筆寄子由五首》

其一

吏民莫扳援,歌管莫淒咽。吾生如寄耳,寧獨爲此別。别離隨處有,悲惱緣愛結。而我本無恩,此啼誰爲設。紛紛等兒戲,鞭鐙遭割截。道邊雙石人,幾見太守發。有知當解笑,撫掌冠纓絶。

其二

父老何自來,花枝裊長紅。洗盞拜馬前,請壽使君公。前年無使君,魚鼈化兒童。舉鞭謝父老,正坐使君窮。窮人命分惡,所向招災凶。水來非吾過,去亦非吾功。

其三

古汴從西來,迎我向南京。東流入淮泗,送我東南行。暫别還復見,依然有餘情。春雨漲微波,一夜到彭城。過我黄樓下,朱欄照飛甍。可憐洪上石,誰聽月中聲。

其四

前年過南京,麥老櫻桃熟。今年舊遊處,櫻麥半黄緑。歲月如宿昔,人事幾反覆。青衫老從事,坐穩生髀肉。聯翩閲三守,迎送如轉轂。歸耕何時決,田舍我已卜。

其五

卜田向何許,石佛山南路。下有爾家川,千畦種秔稌。山泉宅龍蜃,平地走膏乳。異時畝一金,近欲爲逃户。逝將解簪紱,賣劍買牛具。故山豈不懷,廢宅生篙稆。便恐桐鄉人,長祠仲卿墓。

次韻子瞻過淮見寄兼簡孫奕職方三首〔一〕

其一

出處平生共〔二〕，江淮恨不來。宦遊良誤我，老病賦懷哉〔三〕。徇物終今世〔四〕，量書盡幾堆〔五〕。歸耕少憂患，惟有仰春雷〔六〕。蜀中謂田無水利者爲雷鳴田。

【箋注】

〔一〕作於元豐二年（一〇七九）四月。蘇軾詩《過淮三首贈景山兼寄子由》，作於往湖州途中。孫奕：字景山，閩縣（今福建福州市）人。陳襄曾辟孫奕爲杭州簽判。《續通鑑》卷二百十三："詔權御史臺推直官屯田員外郎孫奕更不上殿，以馮京舉奕可任御史，召對，而奕辭不願故也。"餘不詳。俟考。

〔二〕出處：出仕和隱退。

〔三〕《詩·王風·揚之水》："懷哉懷哉，曷月予還歸哉。"蘇轍《詩集傳》："久戍而不得代之辭也。"

〔四〕徇物：營求財物。此謂爲飽口腹。《吕氏春秋·貴生》："今世俗之君子，危身棄生以徇物。"

〔五〕《史記·秦始皇本紀》："天下之事無大小皆決於上，上至以衡石量書。"唐張守節正義："衡，秤衡也。言表牋奏請秤取一石，日夜有程，期不滿不休息。"蘇軾《策别四》："文王之日昃而論，始皇之量書，此何以率天下之怠耶？"

〔六〕謂但願風調雨順。宋葉廷珪《海録碎事·農田部·田疇門》："果州、合州等處無平田，農人於山隴起伏間爲防，瀦雨水，用植粳稬稻，謂之噌田，俗名雷鳴田，蓋言待雷而後有水也。戎州亦有之。"宋度正《巴川社倉記》："吾鄉地勢高仰，無陂堰陂塘之利，世所謂雷鳴田者，五日不雨則枯，十日不雨則槁，故豐年常少而凶年常多。"

其二

龜山昔同到〔一〕，松竹故依然〔二〕。紅印封鹹豉〔三〕，黄罌分井泉〔四〕。青天攜杖處，晚日落帆偏〔五〕。無限相思意，新詩句句傳〔六〕。

【箋注】

〔一〕龜山：蘇軾《龜山辯才師》宋施元之注引《泗州圖經》："龜山在盱眙縣東北，周回四里，高十五丈。"龜山有上龜山、下龜山之分，此指下龜山。按，所謂"同到"云云，當指治平三年（一〇六六），蘇轍與兄軾舟載父洵之柩自汴入淮溯江歸蜀時路過此地之事。參《和子瞻渦口遇風》及《過龜山》。

〔二〕謂如過去。故：尚；仍。

〔三〕謂送來的鹽豉加蓋了官印。唐皮日休《夏景冲澹偶然作》："紅印寄泉慚郡守，青筐與笋愧僧家。"

〔四〕罌（yīng）：古代盛酒或水的瓦器。參《次韻李公擇以惠泉答章子厚新茶二首》之一注〔一〕〔二〕。

〔五〕"青天"二句：謂或攜杖登山，或薄暮泛舟。《江南通志》卷十八《潁州府》："下龜山在盱眙縣東北三十里，上有絶壁，下有重淵嶽。"又"龜山湖在州東北三十里，與盱眙下龜山對岸。"

〔六〕唐杜甫《解悶》之六："復憶襄陽孟浩然，清詩句句盡堪傳。"

其三

行役饒新喜〔一〕，臨川逢故人〔二〕。相看對泉石〔三〕，憐我在埃塵〔四〕。會合終多故，分張類有神〔五〕。南遊得如願，夢想雪溪春〔六〕。

【箋注】

〔一〕行役：行旅，出行。饒：多。

〔二〕臨川：臨河。三國魏曹植《朔風》："臨川慕思，何爲汎舟。"故人：疑指孫奕、張大亨等。見蘇軾《書泗州孫景山西軒》、《過泗上喜見張嘉父二首》。

〔三〕泉石:山水。隋周若冰《答江學士協》:"開襟對泉石,携手翫芳菲。"

〔四〕埃塵:語帶雙關。一指多塵土,因北方少山水。一指世俗之生活。

〔五〕分張:分離,分别。唐李白《白頭吟》:"寧同萬死碎綺翼,不忍雲間兩分張。"

〔六〕霅(shà)溪:水名,又稱若水,在湖州,因爲湖州之别稱。

附録 蘇軾《過淮三首贈景山兼寄子由》

其一

好在長淮水,十年三往來。功名真已矣,歸計亦悠哉。今日風憐客,平時浪作堆。晚來洪澤口,捍索響如雷。

其二

過淮山漸好,松檜亦蒼然。藹藹藏孤寺,泠泠出細泉。故人真吏隱,小檻帶巖偏。卻望臨淮市,東風語笑傳。

其三

回首濉陽幕,簿書高没人。何時桐柏水,一洗庾公塵。此去漸佳境,獨游長慘神。待君詩百首,來寫浙西春。

次韻劉貢父登黄樓懷子瞻二首〔一〕

其一

青山開四面,白水繞三禺〔二〕。野闊時聞籟〔三〕,人閑舊據梧〔四〕。畫船留上客〔五〕,遺迹問田夫。事少日常飲,才疏世未須。決河初薦至〔六〕,勝事偶相俱〔七〕。燕子卑無取〔八〕,滕王遠可憮〔九〕。飛濤隱睥睨〔一〇〕,落日麗浮圖〔一一〕。同舍新持節〔一二〕,專城敢遽呼〔一三〕? 未迎行部駕〔一四〕,已放下淮艫〔一五〕。試問登消暑〔一六〕,吴興有消暑樓。如何楚與吴〔一七〕。

【箋注】

〔一〕作於元豐二年(一〇七九)六月。《宋史·劉攽傳》:"爲開封府判官,復出爲京東轉運使。"時劉攽(貢父)以京東轉運使行部至徐州,登黄樓作詩懷蘇軾。蘇軾次韻並寄蘇轍。轍次韻。劉貢父:即劉攽。見《次韻劉貢甫學士畫松石圖歌》注〔一〕。

〔二〕"青山"二句:唐李白《送友人》:"青山横北郭,白水遶東城。"三禺:三隅。

〔三〕籟:從孔穴裏發出的聲音。此泛指各種的聲響。《莊子·齊物論》:"地籟則衆竅是已,人籟則比竹是已,敢問天籟。"

〔四〕《莊子·齊物論》:"昭文之鼓琴也,師曠之枝策也,惠子之據梧也,三子之知,幾乎皆其盛者也。"唐成玄英注:"言據梧者,只是以梧几而據之以談話,猶隱几者也。"據:依。唐王維《故人張諲工詩善易卜兼能丹青草隸頃以詩見贈聊獲酬之》:"藥欄花徑衡門裏,時復據梧聊隱几。"

〔五〕上客:尊客,貴賓。

〔六〕蘇軾四月底到徐州任,而七月十七日黄河決于澶州曹村埽。

〔七〕勝事:美好的事情。此指築黄樓。

〔八〕燕子:即徐州燕子樓。見《中秋見月寄子瞻》注〔五〕。

〔九〕滕王:指滕王閣。在今江西南昌,爲唐高祖之子滕王元嬰所建。橅(mó):效仿,取法。

〔一〇〕睥睨:城牆上鋸齒形的短牆;女牆。唐杜甫《南極》:"睥睨登哀柝,蝥弧照夕曛。"清楊倫鏡銓引《古今注》:"女牆,城上小牆也,亦名'睥睨',言於城上睥睨人也。"

〔一一〕浮圖:本指佛塔。此謂落日斜照在水面,有如金色寶塔層疊。蘇軾有《十月十五日觀月黄樓席上次韻》詩云:"山下白雲横匹素,水中明月卧浮圖。"其景類似。

〔一二〕同舍:同居一舍。按,蘇轍劉攽交往於熙寧三年(一〇七〇),攽賦《畫松圖歌》,轍次其韻,見卷三。所謂同舍,或指此時。持節:持符節,指劉以京東轉運使行部至徐州事。

〔一三〕專城:對地方長官的稱呼。此亦指劉。《文選·潘岳〈馬汧督誄序〉》:"剖符專城,紆青拖墨之司,奔走失其守者,相望於境。"唐張銑注:"專,擅也。擅一城也,謂守宰之屬。"

〔一四〕謂没來得及迎候劉攽的車駕。行部:謂巡行所屬部域。

〔一五〕謂蘇軾已乘船沿淮水離徐赴湖州任。按,蘇軾三月以祠部員外郎、直史館知湖州軍州事。

〔一六〕《浙江通志·古蹟四·湖州府》:"消暑樓,西吴里語在譙門東。唐貞元十五年刺史李詞建,與清風、會景三樓鼎峙於子城之上,譙門翼於前,卞蒼擁於後,爲一郡偉觀。宋淳祐中知州高衡孫即舊址建二樓,消暑改曰'鎮雪',清風仍舊名。會景則爲修廊,子城上又有賞春、望闕、玩景、映溪、照霞五樓。"唐杜牧有《題吴興消暑樓十二韻》。

〔一七〕謂楚地與吴地風光相比,到底如何?

再和

藹藹才名世〔一〕,駸駸日轉禺〔二〕。一時同接淅〔三〕,平昔共棲梧〔四〕。攬轡真壯士〔五〕,擁旄良丈夫〔六〕。塵埃脱緇綬〔七〕,水①石慰霜須〔八〕。勝地來相失,清尊未暇俱〔九〕。射餘空見帖〔一〇〕,鑄罷秖觀橅〔一一〕。歸計何當決,徂年貴早圖〔一二〕。檻中終爲食〔一三〕,鞲上恥聞呼〔一四〕。顧我千羊毳〔一五〕,平生一釣艫〔一六〕。微官不須滿〔一七〕,也復試遊吴。

【校記】

①水:原本作"冰",據宋建本、叢刊本、四庫本改。

【箋注】

〔一〕藹藹:極言其多。《詩·大雅·卷阿》:"藹藹王多吉士。"

〔二〕駸駸(qīn qīn):疾速。禺:白天近中午的時辰。宋趙與時《賓退録》卷一:"按古之漏刻,晝有朝、禺、中、晡、夕,夜有甲、乙、丙、丁、戊。至梁武帝天監六年,始以晝夜百刻布之十二辰,每時八刻,仍有餘分。"此喻人已過盛年,古語所謂人過三十日過午。

〔三〕接淅:謂行色匆忙。《孟子·萬章下》:"孔子之去齊,接淅而行。"漢趙岐注:“淅,漬米也,不及炊,避惡亟也。”

〔四〕棲梧:如鳳凰棲息在梧桐上,喻操行高潔。《詩·大雅·卷阿》:“鳳皇鳴矣,于彼高岡;梧桐生矣,于彼朝陽。”鄭箋:“喻賢者待禮乃行,翔而後集……鳳皇之性,非梧桐不棲,非竹實不食。”《莊子·秋水》:“夫鵷鶵發於南海,而飛於北海,非梧桐不止,非練實不食,非醴泉不飲。”唐白居易《夢得相過援琴命酒因彈秋思偶詠所懷兼寄繼之待價二相府》:“雙鳳棲梧魚在藻,飛沉隨分各逍遥。”參《次韻劉涇見寄》注〔二〇〕。

〔五〕《後漢書·黨錮傳·范滂》:“時冀州飢荒,盜賊群起,乃以滂爲清詔使,案察之。滂登車攬轡,慨然有澄清天下之志。”《世説新語·德行》載爲陳蕃事。此喻有革新政治,安定天下的抱負。

〔六〕擁旄:持旄。本指統率軍隊。《文選·丘遲〈與陳伯之書〉》:“朱輪華轂,擁旄萬里,何其壯也。”唐李善注:“班固《涿邪山祝文》:‘杖節擁旄,征人伐鼓。’”此與上首“持節”義同。

〔七〕宋曾鞏《茅亭閑坐》:“塵埃緇冠蓋,霜露泫衣衿。”淄綬:黑色綬帶,《漢書·百官志上》:“比二百石以上皆銅印黄綬,成帝綏和元年長相皆黑綬。”因指級别不高的小官。

〔八〕水石:猶山水。霜須:白色的鬍鬚。

〔九〕清尊:亦作清樽,本指酒器,此指美酒。《古詩類苑》卷四十五引《古歌》:“清樽發朱顔,四坐樂且康。”

〔一〇〕帖(tiě):箭靶。

〔一一〕橅:模型。

〔一二〕“歸計”二句:宋司馬光《遣興》:“何當治歸計,松菊繞吾廬。”徂年:流年,光陰。

〔一三〕檻(jiàn):關動物的大籠子。漢司馬遷《報任安書》:“猛虎在深山,百獸震恐。及在檻穽之中,摇尾而求食,積威約之漸也。”

〔一四〕韝(gōu):革製臂套,供獵鷹棲息于獵人手臂上。此喻受人指揮,不得自由。唐杜甫《見王監兵馬使》之一:“一生自獵知無敵,百中争能恥下韝。”清仇兆鼇注:“韝,捍臂也,以皮爲之。”

〔一五〕千羊毳(cuì):千只羊的羊毛。唐白居易《青氈帳二十韻》:“合聚千羊毳,施張百子眷。”按,此與下句皆言微不足道。

〔一六〕杜甫《秋日寄題鄭監湖上亭三首》之一:“磨滅餘篇翰,平生一釣舟。”釣艫:釣舟。

〔一七〕滿:秩滿,任期結束。

附録　蘇軾《次韻和劉貢父登黄樓見寄並寄子由二首》

其一

清派連淮上,黄樓冠海隅。此詩尤偉麗,夫子計魁梧。劉爲人短小。世俗輕瑚璉,巾箱襲武夫。坐令乘傳遽,奔走爲儲須。邂逅我已失,登臨誰與俱。貧貪倉氏粟,身聽冶家橅。會合難前定,歸休試後圖。腴田未可買,本欲買田於泗上,近已不遂矣。窮鬼卻須呼。二水何年到,雙洪不受艫。至今清夜夢,飛轡策天吴。此詩寄劉。

其二

與子皆去國,十年天一隅。數奇逢惡歲,計拙集枯梧。好士餘劉表,窮交憶灌夫。不矜持漢節,猶喜攬桓須。清句金絲合,高樓雪月俱。吟哦出新意,指畫想前橅。子由初赴南京,送之出東門,登城上,覽山川之勝,云此地可作樓觀。於是始有改築之意。自寫千言賦,新裁六幅圖。近以絹自寫子由《黄樓賦》,爲六幅圖,甚妙。傳看一座聳,勸著尺書呼。莫使騷人怨,東游不到吴。此詩寄子由。

陪杜充張恕鴻慶宫避暑〔一〕

至後雨如瀉〔二〕,晴來熱更多。簿書霑汗垢〔三〕,巖石思藤蘿〔四〕。賴有祠宫静〔五〕,時容俗客過〔六〕。老郎無不可〔七〕,公子亦能和〔八〕。道勝還相接,禪迷屢見訶〔九〕。清涼生絶念〔一〇〕,煩暑散沉痾〔一一〕。古木便張幄〔一二〕,鳴禽巧當歌。桃香呈絳頰〔一三〕,瓜熟裹青羅〔一四〕。飯細經唇滑,茶新到腹邁〔一五〕。劇談時自笑〔一六〕，飽食更無它。適意未應厭，後遊真若何？官居鄰曲沼〔一七〕，田畎助清波〔一八〕。晚照明疏柳，微風響衆荷。輕舟尚可載，小雨試漁蓑〔一九〕。

【箋注】

〔一〕作於元豐二年（一〇七九）六月。"簿書霑汗垢，巖石思藤蘿。"盛暑難耐，當是六月時。杜充：據後詩"老郎無不可"，似爲郎官。餘不詳。俟考。張恕：見《張恕寺丞益齋》注〔一〕。鴻慶宫：原名聖祖殿，大中祥符七年（一〇一四）改今名。

〔二〕蘇軾《吴中田婦歎》："霜風來時雨如瀉，杷頭出菌鐮生衣。"至後：夏至以後。

〔三〕簿書：官府的簿籍文書。

〔四〕唐杜甫《秋興八首》之二："請看石上藤蘿月，已映洲前蘆荻花。"

〔五〕祠宫：鴻慶宫奉安宋太祖、宋太宗、宋真宗等畫像，用于祭祀拜謁等。

〔六〕杜甫《解悶》之三："一飯未曾留俗客，數篇今見古人詩。"自謙是俗客。過：拜訪。

〔七〕老郎：年老的郎官。唐韓愈《合江亭》："老郎來何暮，高唱久乃和。"此指杜充。無不可：指不固執，隨和。語出《論語·微子》："我則異於是，無可無不可。"又《子罕》："子絶四：毋意、毋必、毋固、毋我。"三國魏何晏集解："無可無不可。"

〔八〕公子：指張恕。和：隨和；謙和。

〔九〕謂互相間常常因佛理而争論。

〔一〇〕絶念：斷絶世俗的想法。

〔一一〕謂一向的暑熱煩燥都消失了。煩暑：暑熱。沉痾（kē）：久治不愈的病。此謂煩燥。

〔一二〕張幄：張設帳篷。

〔一三〕絳頰：紅色的臉頰。比喻桃子顔色鮮艷。

〔一四〕青羅：青色的羅衣。比喻瓜皮青翠可人。

〔一五〕薖（kē）：從容舒適。《詩·衛風·考槃》："考槃在阿，碩人之薖。"毛傳："薖，寬大貌。"唐陸德明《經典釋文》："薖，《韓詩》作過，過，美貌。"蘇轍

《詩集傳》:"寬也、邁也、軸也,皆磐桓不行、從容自廣之謂也。"

〔一六〕劇談:疾談,猶言暢談,盡情談論。《漢書·揚雄傳》:"口吃不能劇談。"唐顏師古注:"劇亦疾也。"

〔一七〕曲沼:曲折迂迴的池塘。

〔一八〕田甽(quǎn):田間的溝渠。

〔一九〕蘇軾《贈梁道人》:"寒盡山中無歷日,雨斜江上一漁蓑。"

宋城宰韓秉文惠日鑄茶〔一〕

君家日鑄山前住,冬後茶芽麥粒粗〔二〕。磨轉春雷飛白雪〔三〕,甌傾錫水散凝酥〔四〕。溪山去眼塵生面,簿領埋頭汗匝膚〔五〕。一啜更能分幕府〔六〕,定應知我俗人無〔七〕。

【箋注】

〔一〕作於元豐二年(一〇七九)六月。宋城:即商丘。韓秉文:僅從詩知其爲會稽人。餘不詳。俟考。日鑄:山名,在越州會稽縣,今屬浙江紹興。宋施宿等撰《會稽志》卷九:"日鑄嶺在縣東南五十五里,地産茶最佳。歐陽文忠《歸田録》:草茶盛於兩浙,兩浙之品,日鑄第一。黄氏《青箱記》云:日鑄茶,江南第一。華初平云:日鑄山茗,天真清烈,有類龍焙。昔歐冶子鑄五劍,采金銅之精於山下,時溪涸而無雲,千載之遠,佳氣不泄,蒸於草芽,發爲英榮,淳味幽香,爲人資養也。"

〔二〕宋楊彦齡《楊公筆録》:"[日鑄]山有寺,其泉甘美,尤宜茶。山頂謂之油車嶺,茶尤奇。所收絶少,其真者芽長寸餘,自有麝氣。"

〔三〕宋時喝茶乃將茶葉磨成粉,沖調飲用。宋范仲淹《和章岷從事鬭茶歌》:"黄金碾畔緑塵飛,紫玉甌心雪濤起。"宋黄庭堅《奉同六舅尚書詠茶碾煎烹三首》之一:"要及新香碾一杯,不應傳寶到雲來。碎身粉骨方餘味,莫厭聲喧萬壑雷。"磨轉春雷,即喻用茶碾碾茶葉發出的聲音。白雪:喻茶粉。

〔四〕甌(ōu):飲具。錫水:錫水壺中的開水。凝酥:凝凍的牛羊奶。此謂將茶粉沖開。參《和子瞻煎茶》注〔七〕、《送文與可知湖州》注〔一五〕。

〔五〕即上首“簿書雨沾汗垢”之意。匝：遍佈。

〔六〕此謂感激韓能想到自己。一啜（chuò）：一飲。幕府：蘇轍自指。

〔七〕《世説新語·排調》：“嵇、阮、山、劉在竹林酣飲，王戎後往，步兵曰：‘俗物已復來敗人意！’王笑曰：‘卿輩意亦復可敗邪？’”無：語氣詞，猶言嗎。

次前韻

龍鸞僅比閩團釅〔一〕，鹽酪應嫌北俗粗〔二〕。采愧吴僧身似腊〔三〕，點須越女手如酥〔四〕。舌根遺味輕浮齒，腋下清風稍襲膚。七碗未容留客試，瓶中數問有餘無〔五〕？

【箋注】

〔一〕謂日鑄茶與龍鳳茶相近而比閩茶更釅。僅：差不多；幾乎。龍鸞：即龍鳳，茶名。傳太宗朝所製，初爲皇帝專用或供賜予。宋熊蕃《宣和北苑貢茶録》：“聖朝開寶末，下南唐。太平興國初，特置龍鳳模遣使，即北苑造團茶，以别庶飲，龍鳳茶蓋始於此。”閩團：福建所産茶。宋初，閩茶北苑爲最當時上供者，非兩府禁近不得賜。宋蔡襄《茶録》：“茶味主於甘滑，惟北苑鳳皇山連屬諸焙所産者味佳。”參《和子瞻煎茶》注〔五〕。釅（yàn）：指茶味醇厚。

〔二〕謂北方飲茶加鹽酪的習慣粗俗。鹽酪：鹽和乳酪。可詳參《和子瞻煎茶》注〔六〕。

〔三〕據此，則日鑄茶當爲山頂寺廟僧侣所採摘。腊（xī）：乾肉。

〔四〕點：點湯，用沸水沖泡。唐杜甫《壯遊》：“越女天下白，鑒湖五月涼。”

〔五〕“舌根”四句：化用唐盧仝詩語意。盧仝《走筆謝孟諫議寄新茶》：“一碗喉吻潤，兩碗破孤悶，三碗搜枯腸，唯有文字五千卷。四碗發輕汗，平生不平事，盡向毛孔散。五碗肌骨清，六碗通仙靈，七碗吃不得也，唯覺兩腋習習清風生。”

答孔武仲〔一〕

飛霜委中林〔二〕，不廢長松緑。驚風振川野，未省勁草伏〔三〕。我貧客去盡〔四〕，君來常不速〔五〕。愧君贈桃李，永願報瓊玉〔六〕。我性本山林〔七〕，苦學筆空禿。騂騮塞康莊〔八〕，病足顧難逐。錦文銜華藻〔九〕，弊褐非所續〔一〇〕。家有五車書〔一一〕，恨不十年讀〔一二〕。濟南昔相遇〔一三〕，我齒三十六。談諧傾蓋間，還往白首熟〔一四〕。從君飲濁酒〔一五〕，過我飯脱粟〔一六〕。西湖多茭葑〔一七〕，白晝下鴻鵠。城西野人居，柴門擁修竹。後車載鴟夷〔一八〕，下馬瀉醽醁〔一九〕。醉眠①卧荒草，空洞笑便腹〔二〇〕。疏狂一如此，豈望世收録？〔二一〕别來今幾何？歸期已屢卜。西南有薄田〔二二〕，茅舍清溪曲。耕耘三男子〔二三〕，伏臘當自足〔二四〕。君能遠相尋，布衣巾一幅〔二五〕。

【校記】

①眠：叢刊本作“眼”，形近而誤。

【箋注】

〔一〕作於元豐二年（一〇七九）六月。孔武仲：見《和孔教授武仲濟南四詠》注〔一〕。

〔二〕飛霜：降霜。晉張協《七命》：“飛霜迎節，高風送秋。”

〔三〕“驚風”二句：《後漢書・王霸傳》：“光武謂霸曰：‘潁川從我者皆逝，而子獨留。努力，疾風知勁草。’”未省：不能。

〔四〕謂賓客因爲自己貧窮而少了。

〔五〕不速：謂未受邀請而突然來臨。參《次韻王鞏見贈》注〔一五〕。《三蘇年譜》卷二十九：“據《宋史》卷三百四十四《孔武仲傳》，武仲或時在京師，官國子直講。京師離南京近，故武仲能常來，且有餽贈。足見情誼之深。”

〔六〕“愧君”二句：謂自己當有以爲報。《詩・衛風・木瓜》：“投我以木瓜，報之以瓊琚。”

〔七〕晉陶潛《歸田園居》之一：“少無適俗韻，性本愛丘山。”山林：借指隱居。

〔八〕騂騮：周穆王八駿之一。《荀子・性惡》：“騂騮、騹驥、纖離、緑耳，此皆古之良馬也。”唐楊倞注：“皆周穆王八駿名。”此指才俊之士。康莊：四通八達的大路。唐韋應物《登樂遊廟作》:"歌吹喧萬井,車馬塞康莊。"

〔九〕謂孔詩文采斐然。錦文:有花紋的錦布。參《次韻柳子玉謫官壽春舟過宛丘見寄二首》之二注〔四〕。華藻:華麗的藻飾。《文選·曹植〈七啓〉》:"步光之劍,華藻繁縟。"唐李善注:"藻,文采也。"

〔一〇〕謙言己詩遠不如孔。弊褐:破舊的粗布衣服。

〔一一〕五車:極言其書之多。《莊子·説劍》:"惠施多方,其書五車。"唐杜甫《題柏學士茅屋》:"富貴必從勤苦得,男兒須讀五車書。"

〔一二〕《宋書·沈攸之傳》:"攸之晚好讀書,手不釋卷,《史》《漢》事多所諳憶。常歎曰:'早知窮達有命,恨不十年讀書。'"

〔一三〕指熙寧四年(一〇七一),參《寄孔武仲》。

〔一四〕"談諧"二句:謂與孔感情老而彌篤。傾蓋:見《北京送孫曼叔屯田權三司開坼司》注〔五〕。

〔一五〕濁酒:劣酒。參《石蒼舒醉墨堂》注〔六〕。

〔一六〕《史記·公孫弘列傳》:"食一肉,脱粟之飯。"唐司馬貞索隱:"案一肉,言不兼味也。脱粟,纔脱穀而已,言不精鑿也。"脱粟:粗糧。

〔一七〕菼薍(tǎn wàn):初生的荻,似葦而小。

〔一八〕鴟夷:盛酒的器具。《藝文類聚·食物部·酒》引漢揚雄《酒賦》:"鴟夷滑稽,腹大如壺。盡日盛酒,人復藉酤。"

〔一九〕醽醁:美酒。參《次韻王鞏見贈》注〔三〕。

〔二〇〕空洞:見《張恕寺丞益齋》注〔二〕。便腹:大肚子。參《次韻答孔武仲》注〔八〕。

〔二一〕收録:接納;容納。

〔二二〕指家鄉眉山。

〔二三〕謂來日自己將率其三子蘇邏、蘇适、蘇遠躬耕於家鄉。

〔二四〕伏臘:伏祭和臘祭之日。"伏"在夏季伏日,"臘"在農曆十二月。

〔二五〕謂當穿著布衣、裹著頭巾(即平民裝束)與孔漫游山水。參《次韻孫户曹朴柳湖》注〔六〕。宋李上交《近事會元·襆頭巾子》:"今宋朝所謂頭巾,乃古之幅巾,賤者之服。"

送吴思道道人歸吴興二絶〔一〕

其一

一去吴興十五年,東歸父老幾人存?惠山唯有錢夫子〔二〕,一寸閑田曉日暾〔三〕。

【箋注】

〔一〕作於元豐二年(一〇七九)七月。吴思道:餘不詳,俟考。吴興:湖州屬郡。參《次韻子瞻餘杭法喜寺緑野亭懷吴興太守孫莘老》注〔一〕。

〔二〕惠山:今屬江蘇無錫市。錢夫子:蘇軾有《惠山謁錢道人烹小龍團登絶頂望太湖》詩,《孔譜》以爲當即錢道人,爲吴思道之道友。

〔三〕唐韋應物《聽鶯曲》:"須臾風暖朝日暾,流音變作百鳥喧。"暾(tūn):日初出貌。《楚辭·屈原〈九歌·東君〉》:"暾將出兮東方,照吾檻兮扶桑。"

其二

遨遊海上冀逢人〔一〕,宴坐山中長閉門〔二〕。去住祇今誰定是〔三〕,相逢一笑各無言〔四〕。

【箋注】

〔一〕海上:海邊;海島。此指吴,但言到處漫游。

〔二〕宴坐:閑坐。南唐李璟《病中書事》:"病身堅固道情深,宴坐清香思自任。"按,此句指錢道人。

〔三〕去住:分指吴、錢兩人。

〔四〕相逢一笑:猶言會心一笑。暗用《莊子·大宗師》:"四人相視而笑,莫逆於心,遂相與爲友。"

次韻答陳之方秘丞〔一〕

南山李將軍,匹馬獨行獵。田中射虎豹,後騎不容躡〔二〕。丈夫貴自遂〔三〕，老大饒驚懾〔四〕。飄揺天地間〔五〕，自視如一葉。故人多東南〔六〕，願作扁舟涉。忽蒙長篇贈，幸此傾蓋接〔七〕。時世尚新奇〔八〕，詩書存舊業。南風吹清汴〔九〕，西去無停楫。恨不留君談，一使衆坐厭〔一〇〕。新詩苦清壯，欲和再三怯。東都多名卿，投刺日盈笈。一言苟合意，富貴出旬浹。行看文石階，高談曳長袘〔一一〕。辱贈但茫然，知君念疲薾〔一二〕。

【箋注】

〔一〕作於元豐二年（一〇七九）七月。《孔譜》據清光緒《清遠縣志》謂陳之方，舒州人，熙寧六年，知英州浛光縣，改清遠縣。秘丞：秘書丞之省。《宋史・職官志四》："秘書省，監、少監、丞各一人，監掌古今經籍圖書、國史實録、天文歷數之事。少監爲之貳，而丞參領之。"

〔二〕"南山"四句：叙李廣射虎事。李將軍：指李廣（前？—前一一九），漢隴西成紀（今甘肅秦安縣）人。善騎射，武帝時爲右北平太守，匈奴不敢犯境，號爲"飛將軍"。與匈奴前後七十餘戰。後屬衛青擊匈奴，失道當罰，自殺。《史記》《漢書》有傳。《史記》本傳云："廣家與故潁陰侯孫屏野居藍田南山中射獵。……廣出獵，見草中石，以爲虎而射之，中石没鏃，視之石也。因復更射之，終不能復入石矣。廣所居郡聞有虎，嘗自射之。及居右北平射虎，虎騰傷廣，廣亦竟射殺之。"南山：陝西藍田附近之終南山。唐杜甫《曲江三章》之三："故將移住南山邊，短衣匹馬隨李廣，看射猛虎終殘年。"

〔三〕唐白居易《新製布裘》："丈夫貴兼濟，豈獨善一身。"蘇軾《和陶郭主簿二首》之二："丈夫貴出世，功名豈人傑。"自遂：自我滿足。遂，如願。

〔四〕驚懾：驚慌害怕。

〔五〕杜甫《詠懷古跡》五首之一："支離東北風塵際，漂泊西南天地間。"

〔六〕舒州在今安徽安慶一帶，故云。

〔七〕傾蓋：見《北京送孫曼叔屯田權三司開拆司》注〔六〕。

〔八〕此隱斥王安石推行之新政新法。

〔九〕南風：夏日之風。清汴：即汴河。《宋史・河渠四》："元豐改汴口爲洛口，名汴河爲清汴者，凡以取水于洛也。"

〔一〇〕《世説新語·文學》:"支道林、許掾諸人共在會稽王齋頭,支爲法師,許爲都講。支通一義,四坐莫不厭心;許送一難,衆人莫不抃舞。但共嗟詠二家之美,不辯其理之所在。"厭:滿足。

〔一一〕"東都"六句:預祝陳之方將大有前途。刺:名片。旬浹:即浹旬,一旬,十天。言時間之短。《漢書·梅福傳》:"故願壹登文石之陛,涉赤墀之塗。"長衱(jié):長裾。《爾雅·釋器》:"衱謂之裾。"晉郭璞注:"衣後襟也。"這裏指華美的衣服。

〔一二〕疲薾(niè):萎靡不振,潦倒貌。唐皮日休《二游詩·任詩》:"以斯爲思慮,吾道寧疲薾。"

登南城有感示文務光王適秀才〔一〕

幽憂隨秋至〔二〕,秋去憂未已。南城①試登望,百草枯且死。落葉投人懷,驚鴻四面起。所思不可見〔三〕,欲往將安至?斯人定誰識,顧有二三子〔四〕。清風皎冰玉,滄浪自湔洗〔五〕。竊脂未嘗穀〔六〕,南箕倘微似〔七〕。網羅一張設,投足遂無寄〔八〕。田深狡兔肥,霜降鱸魚美〔九〕。造形悼前失〔一〇〕,式微慚往士〔一一〕。憧憧畝丘道〔一二〕,歲晚嗟未止。西山有茅屋,鋤耰本吾事。

【校記】

①南城:原本作"城南"。宋建本、蜀藩刻本、叢刊本作"南城"。從詩題知原本誤。據改。

【箋注】

〔一〕作於元豐二年(一〇七九)九月。"城南試登望,百草枯且死。落葉投人懷,驚鴻四面起。"爲深秋情景。是年八月十八日,蘇軾赴御史臺獄。轍上書乞納在身官贖軾,不報。王適與其兄適,臨城人。軾知徐,適兄弟來學;軾往湖,適兄弟從。軾被逮,王適兄弟送軾家人來南都。此詩之愁苦,蓋愁兄也。文務光:蘇軾表兄文同子,後娶蘇轍長女爲妻。王適(yù):字子敏,趙郡臨城(今邢台市臨城縣)人。祖父諱礹,慶曆中樞密使,以厚重氣節稱。考諱正路,尚書比部郎中,樂易好施,得名于士大夫。

〔二〕幽憂:深愁。指兄蘇軾被逮赴御史臺獄事。《莊子·讓王》:"我適有幽憂之病,方且治之,未暇治天下也。"唐成玄英疏:"幽,深也;憂,勞也。"

〔三〕南朝梁何遜《贈族人秣陵兄弟》:"所思不可見,邈若胡與秦。"所思:暗指蘇軾。

〔四〕二三子:指文務光及王適、王遹兄弟。語本《論語·八佾》:"二三子何患於喪乎?天下之無道也久矣,天將以夫子爲鐸。"唐韓愈《山石》:"嗟哉吾黨二三子,安得至老不更歸。"

〔五〕"清風"二句:謂蘇軾心無塵垢,能夠隨遇而安。《孟子·離婁上》:"滄浪之水清兮,可以濯我纓;滄浪之水濁兮,可以濯我足。"湔(jiān)洗:洗滌。

〔六〕竊脂:鳥名,即桑鳸。《詩·小雅·小宛》:"交交桑扈,率場啄粟。"蘇轍《詩集傳》:"君子之不爲不義,出于其性,猶竊脂之不食粟。"

〔七〕南箕:星名。即箕宿。古人觀星象而附會人事,認爲箕星主口舌,多以比喻讒佞。《詩·小雅·巷伯》:"哆兮侈兮,成是南箕。彼譖人者,誰適與謀?"鄭箋:"箕星哆然,踵狹而舌廣。今讒人之因寺人之近嫌而成言其罪,猶因箕星之哆而侈大之。"此與上句言蘇軾因小人羅織而入獄。

〔八〕謂無處棲身。唐張籍《雀飛多》:"雀飛多,觸網羅,網羅高樹顛。汝飛蓬蒿下,勿復投身網羅間。"投足:棲身。

〔九〕"田深"二句:言一旦隱身囹圄,就只好任人宰割了。

〔一〇〕造形:謂造成今日之形勢。宋曾鞏《殿前都指揮使制》:"非造刑而後定計,非合戰而後屈人。"刑,一本作"形"。

〔一一〕式微:《詩·邶風·式微》:"式微式微,胡不歸。"此指懷歸。往士:以往士人之風範。

〔一二〕《詩·小雅·巷伯》:"揚園之道,猗于畝丘。"蘇轍《詩集傳》:"將之楊園,其道必從畝丘,以言讒人欲譖大臣,亦自小臣始。"

附録　張耒《和登城依子由韻》

步登高城望,望望殊未已。惟時歲將窮,冬孟月魄死。紛吾方有懷,一坐爲三起。悲歌擊枯枿,聲與淚俱至。人生隨大鈞,命不貸君子。

付之無如何,外垢資内洗。前知賤終吉,外頗與愚似。開門張瓊瑶,誰者目不寄。支離冒多福,嬋娟畏獨美。舉頭蒼天高,歎此青雲士。酌公芳尊酒,願公百憂止。履善神所勞,委置目前事。

張公生日〔一〕是歲己未初致仕。

少年談王霸〔二〕,英氣干斗牛〔三〕。中年事軒冕〔四〕,徇世仍多憂〔五〕。晚歲探至道〔六〕,眷眷懷林丘〔七〕。今年乞身歸〔八〕,始與夙昔酬〔九〕。高秋過生日,真氣兹一周〔一〇〕。觀心比孤月〔一一〕,視世皆浮漚〔一二〕。表裏一融明〔一三〕,萬物不能留。顧謂憧憧人〔一四〕,斯樂頗曾不?嗟我本俗士,從公十年游。謬聞出世語〔一五〕,俯作籠中囚〔一六〕。俯仰迫憂患〔一七〕,欲去安自由?問公昔年樂,孰與今日優?山中許道士,非復長史儔。腹中生梨棗,結實從今秋〔一八〕。

【箋注】

〔一〕作於元豐二年(一〇七九)九月二十三日。張公:指張方平。見《張安道尚書生日》注〔一〕。

〔二〕王霸:王業與霸業。《孟子·滕文公下》:"大則以王,小則以霸。"《續資治通鑑長編·仁宗慶曆元年》:"[三月]兵既交,天下騷動,方平又獻《平戎十策》,大略以爲邊城千里,我分而賊專,雖屯兵數十萬,然賊至,常以一擊十,必敗之道也。既敗而圖之,則老師費財,不可爲已。宜及民力之完,屯重兵河東,示以形勢。賊入寇必自延、渭,而興州巢穴之守虚,我師自麟、府渡河,不十日可至,此所謂攻其所必救,形格勢禁之道也。宰相吕夷簡見之,謂參知政事宋綬曰:'六科得人矣。'"

〔三〕謂氣勢豪邁。斗牛:二十八宿中的斗宿和牛宿。傳説晉初時,斗、牛之間常有紫氣照射,雷焕以爲是寶劍之精於徹于天所致。見《晉書·張華傳》。宋王禹偁《五哀詩·故太子中允知洛陽縣事潁公》:"提筆入廣場,辭氣干斗牛。"

〔四〕軒冕：古時大夫以上官員的車乘和冕服。此指爲官從政。參《張安道尚書生日》注〔一〕所述爲政履歷。

〔五〕徇世：順應世俗。謂入仕作官。唐王烈《酬崔峒》："徇世甘長往，逢時忝一官。"

〔六〕至道：佛、道謂極精深微妙的道理或道術。蘇軾《張文定公墓誌銘》："公性與道合，得佛老之妙。"

〔七〕眷眷：依戀難捨貌。晉陶潛《雜詩》之三："眷眷往昔時，憶此斷人腸。"

〔八〕乞身：古代以作官爲委身事君，故稱請求辭職爲乞身。語本《史記·張儀列傳》："今齊王甚憎儀，儀之所在，必興師伐之，故儀願乞其不肖之身之梁，齊必興師伐之。"

〔九〕夙昔：往昔。酬：償還。

〔一〇〕謂真氣暢通循環。真氣：人體的元氣。由先天之氣和後天之氣結合而成。道教謂爲"性命雙修"所得之氣。《素問·上古天真論》："恬惔虛無，真氣從之；精神内守，病安從來？"一周：循回一遍。

〔一一〕觀心：佛典語。佛教以心爲萬法的主體，無一事在心外，故觀心即能究明一切事（現象）理（本體）。《十不二門指要鈔》卷上："蓋一切教行，皆以觀心爲要。"孤月：空中孤單的月亮，比喻高潔而無依。

〔一二〕唐李遠《題僧院》："百年如過鳥，萬事盡浮漚。"浮漚：水面漂浮的泡沫，比喻短暫而無常。

〔一三〕蘇軾《初別子由》："我少知子由，天資和而清。好學老益堅，表裏漸融明。"融明：佛典語。融通明徹。

〔一四〕憧憧：往來不絶貌。《易·咸》："憧憧往來，朋從爾思。"唐陸德明釋文引王肅曰："憧憧，往來不絶貌。"按，所謂"憧憧人"即奔走於勢利之途的人。

〔一五〕謬：謙辭。出世：超脱世俗。此謂自己雖與張從遊，但未能超脱世俗。

〔一六〕謂爲仕途羈絆。語本陶潛《歸園田居五首》之一："久在樊籠裏，復得返自然。"

〔一七〕謂進退維谷。俯仰：低頭和抬頭。比喻一切行爲舉動。

〔一八〕“山中”四句：謂張當如許穆修道成仙。蘇軾《次韻子由病酒肺疾發》：“真源結梨棗，世味等糠莝。”王文誥總案引施元之曰：“《真誥》：右英王夫人，授許長史曰：‘火棗交梨之樹，已生君心中。猶有荆棘相雜，是以二樹不見。可剪荆棘，出此樹單生。’”《神仙傳》載晉許穆爲撫軍長史，入華陽洞得道，王母第二十七女紫微夫人常降教之，後有書與穆生曰：“玉醴金漿，交梨火棗，飛騰之藥也，以君心猶有荆棘相雜，是以二樹不生。”梨棗：交梨、火棗，道家所説的仙果，食之能羽化飛行。

次韻答張耒〔一〕

客舟逝將西〔二〕，日夜西北風。維舟罷行役〔三〕，坐令鬢如蓬〔四〕。偶從二三子，步上百尺臺。雲煙遍原隰〔五〕，敞恍令人哀〔六〕。山中難久居〔七〕，浮沉在城郭。欲學揚子雲，避世天禄閣〔八〕。浮木寄流水，行止非所期〔九〕。何須自爲計，水當爲我移。外物不可必〔一〇〕，惟此方寸心。心中有樂事，手付瑟與琴。夜吟感秋詩，惜此芳物零〔一一〕。幽人亦多思〔一二〕，起坐再三聽。白駒在空林〔一三〕，瓶罄有恥罍〔一四〕。盡我一杯酒，愁思如雲頽〔一五〕。

【箋注】

〔一〕作於元豐二年（一〇七九）秋末。張耒（一〇五四——一一一四）：字文潛，楚州淮陰（今江蘇淮安市淮陰區）人。蘇門四學士之一。弱冠第進士，紹聖初知潤州，坐黨謫官。徽宗召爲太常少卿，出知潁汝二州。復坐黨籍落職。耒有雄才，尤善騷詞。作文以理爲主。詩效長慶體，晚年更趨平淡。投閑貧苦，口不言貧。晚節尤篤。《宋史》有傳。本傳云：“游學於陳，學官蘇轍愛之，因得從軾游。”時張耒赴壽安尉任，過南京，有詩《泊南京登岸有作呈子由子中子敏逸民》呈轍，蘇轍詩即次此詩之韻。“客舟逝將西，日夜西北風。”“夜吟感秋詩，惜此芳物零。”而下詩之一云“緑髮驚秋半欲黄”、“孱顔新過一番霜”應是秋末冬初景象。

〔二〕張耒所赴壽安，今屬河南宜陽縣，在商丘以西。

〔三〕唐温庭筠《旅泊新津却寄一二知己》："維舟息行役，霽景近江村。"維舟：繫船停泊。

〔四〕唐韋應物《答重陽》："坐使驚霜鬢，撩亂已如蓬。"謂兩鬢鬍鬚零亂。坐令：讓；致使。

〔五〕原隰（xí）：廣平與低濕之地。此泛指原野。

〔六〕敞恍：聯綿字。指心神不安。

〔七〕漢淮南小山《招隱士》："王孫兮歸來，山中兮不可久留。"

〔八〕"欲學"二句：謂打算像揚雄在天禄閣校書避世。參《答文與可以六言詩相示因道濟南事作十首》之六注〔一〕、《次韻子瞻將之吴興贈孫莘老》注〔七〕。

〔九〕"浮木"二句：謂人生如水上浮木，不可預期。參《送劉道原學士歸南康》注〔二〕。

〔一〇〕《莊子·外物》："外物不可必。故龍逢誅，比干戮，箕子狂，惡來死，桀紂亡。"白居易《聞庾七左降因詠所懷》："外物不可必，中懷須自空。"

〔一一〕韋應物《擬古詩十二首》之五："路長信難越，惜此芳時歇。"芳物：芳香之物。多指花卉草木。

〔一二〕幽人：本指隱士，《易·履》："履道坦坦，幽人貞吉。"這裏蘇轍用於自指。

〔一三〕白駒：喻賢士。《詩·小雅·白駒》："皎皎白駒，在彼空谷。"鄭箋："刺其不能留賢也。"

〔一四〕《詩·小雅·蓼莪》："缾之罄矣，維罍之恥。"鄭箋："缾小而盡，罍大而盈。言爲罍恥者，刺王不使富分貧，衆恤寡。"

〔一五〕謂愁思如頹雲一樣煩亂。韓愈《送侯參謀赴河中幕》："歲老陰沴作，雲頹雪翻崩。"宋歐陽脩《答聖俞大雨見寄》："夕雲若頹山，夜雨如决渠。"

附録　張耒《泊南京登岸有作呈子由子中子敏逸民》

客行歲云暮，孤舟衝北風。出門何蕭條，驚沙吹走蓬。北涉濉河水，南望宋王臺。落葉舞我前，鳴鳥一何哀。重城何諠諠，車馬溢四郭。

朱門列大第,高甍麗飛閣。湯湯長河水,赴海無還期。蒼蒼柏與松,岡原常不移。覽物若有歎,誰者知我心?口吟新詩章,手撫白玉琴。鳴琴感我情,一奏涕淚零。子期久已死,何人爲我聽?推琴置之去,酌我黄金罍。幽憂損華姿,流景良易頹。

次王適韻送張耒赴壽安尉二首〔一〕

其一

緑髮驚秋半欲黄〔二〕,官居無處覓林塘。浮生已是塵勞侣〔三〕,病眼猶便錦繡章〔四〕。羞見故人梁苑廢〔五〕,夢尋歸路蜀山長。憐君顧我情依舊〔六〕,竹性蕭疏未受霜〔七〕。

【箋注】

〔一〕比前詩作時略後,當是冬初。張耒離南京赴壽安,王適作詩送行。轍次適韻。王適:字子立,與兄適皆爲蘇軾知徐時徐州州學生,後娶蘇轍次女爲妻。從子由謫於高安、績溪,同其有無,賦詩絃歌,講道著書於席門茅屋之下者五年,未嘗有愠色。蘇軾與子由有六男子,皆以童子從子立遊學,文有師法。元祐五年卒。見蘇轍《王子立秀才文集引》、蘇軾《王子立墓誌銘》。

〔二〕緑髮:烏黑而有光澤的頭髮。唐李白《遊泰山》之三:"偶然值青童,緑髮雙雲鬟。"

〔三〕塵勞:佛典語。指世俗之煩惱。《無量壽經》卷上:"散諸塵勞,壞諸欲塹。"

〔四〕錦繡章:指王適詩。語本《南史·顔延之傳》:"延之嘗問鮑照已與靈運優劣,照曰:'謝五言如初發芙蓉,自然可愛。君詩若鋪錦列繡,亦雕繢滿眼。'"

〔五〕梁苑:見《送轉運判官李公恕還朝》注〔二〕。

〔六〕顧:顧惜,眷念。

〔七〕謂張與自己的交情經得起考驗。蘇軾《哭刁景純》:"此老如松柏,不受霜雪槁。"蕭疏:灑脱不拘。

其二

魏紅深淺配姚黄〔一〕,洛水家家自作塘〔二〕。遊客賈生多感概〔三〕,閑官白傅足篇章〔四〕。山分少室①雲煙老〔五〕,宫廢連昌草木長〔六〕。路出嵩高應少駐〔七〕,孱顔新過一番霜〔八〕。

【校記】

①室:叢刊本作"石",誤。

【箋注】

〔一〕壽安以盛産牡丹著稱,魏紅、姚黄皆牡丹中之名品。五代王周《和杜運使巴峽地暖節物與中土異黯然有感》之三:"花品姚黄冠洛陽,巴中春早羡孤芳。"宋李格非《洛陽名園記·天王院花園子》:"洛中花甚多種,而獨名牡丹曰花王。……今牡丹歲益滋,而姚黄、魏紫一枝千錢。"宋周師厚《洛陽牡丹記》:"姚黄,千葉黄花也,色極鮮潔,精彩射人,有深紫檀心……洛人貴之,號爲花王。"

〔二〕謂洛水邊園林甚多。塘:園林中陂池塘河之屬。參李格非《洛陽名園記》。

〔三〕謂如賈誼似的游宦他方而感慨良多。賈生:指賈誼,洛陽人。參《王公生日》注〔八〕。按,此以賈誼況王適、張耒。

〔四〕白傅:白居易,曾官太子少傅,晚年隱居洛陽之香山。參《李簡夫挽詞二首》之一注〔五〕。按,此以白傅自況。

〔五〕少室:即少室山,又與太室山,合稱嵩山,在洛陽附近。

〔六〕連昌:連昌宫又名蘭昌宫、玉陽宫,唐代皇家行宫,建於隋朝大業年間(一説建於高宗顯慶三年),故址在河南府壽安縣(縣治在今河南宜陽縣福昌村)西十九里,後毁於安史之亂。唐元稹有《連昌宫詞》,備寫連昌宫之興廢。有云:"荆榛櫛比塞池塘,狐兔驕癡緣樹木。舞榭欹傾基尚在,文窗窈窕紗猶緑。塵埋粉壁舊花鈿,烏啄風箏碎珠玉。上皇偏愛臨砌花,依然御榻臨階斜。蛇出燕巢盤斗拱,菌生香案正當衙。"

〔七〕嵩高:嵩山。

〔八〕孱顏:衰老的容顏。

次韻張耒見寄〔一〕

相逢十年驚我老〔二〕,雙鬢蕭蕭似秋草〔三〕。壺漿①未洗兩腳泥,南轅已向淮陽道〔四〕。我家初無負郭田〔五〕,茅廬半破蜀江邊〔六〕。生計長隨五斗米〔七〕,飄摇不定風中煙〔八〕。茹蔬飯糗不願餘〔九〕,茫茫海内無安居。此身長似伏轅馬〔一〇〕,何日還爲縱壑魚〔一一〕?憐君與我同一手,微官肮髒羞牛後〔一二〕。請看插版趨府門〔一三〕,何似曲肱眠甕牖〔一四〕?中流千金買一壺〔一五〕,櫝中美玉不須沽〔一六〕。洛陽榷酒味如水〔一七〕,百錢一角空滿盂〔一八〕。縣前女几翠欲滴〔一九〕,吏稀人少無晨集〔二〇〕。到官惟有懶相宜〔二一〕,卧看南山春雨濕。

【校記】

①漿:原本作"將",據蜀藩刻本改。

【箋注】

〔一〕作於元豐二年(一〇七九)冬。張耒離南京赴壽安,賦詩寄蘇轍,轍次耒韻。

〔二〕《宋史·張耒傳》:"張耒,字文潛,楚州淮陰人。幼穎異,十三歲能爲文,十七時作《函關賦》,已傳人口。游學於陳,學官蘇轍愛之,因得從軾游,軾亦深知之,稱其文汪洋沖澹,有一倡三歎之聲。"蘇轍熙寧三年爲陳州學官,至此已十年。

〔三〕謂頭髮胡子久未梳理雜亂如秋草叢生。

〔四〕"壺漿"二句:謂還没有很好地接待張耒而耒又離開了。壺漿:語出《孟子·梁惠王下》:"簞食壺漿,以迎王師。"原謂竹籃中盛著飯食,壺中盛著酒漿茶水,以歡迎王者的軍隊。後來也用于接待客人語。蘇軾《新渠詩》叙:

“予方爲旅人,不得親執壺漿簞食,以與侯勸逆四方之來者。”淮陽:屬京西北路陳州,在南京以南,故云南轅。

〔五〕負郭田:指近郊良田。參《次韻吴厚秀才見贈三首》之二注〔二〕。

〔六〕蜀江:三蘇家鄉眉山有岷江、青衣江等。

〔七〕五斗米:此指俸禄微薄的小官。參《答文與可以六言詩相示因道濟南事作十首》之六注〔二〕。

〔八〕唐韓愈《謝自然詩》:“須臾自輕舉,飄若風中煙。”

〔九〕茹(rú)蔬飯糗(qiǔ):吃蔬菜和乾糧。形容生活困苦。語本《孟子·盡心下》:“舜之飯糗茹草也,若將終身焉。”

〔一〇〕伏轅馬:即負轅馬。見《次韻秦觀見寄》注〔一三〕。此喻受人約束。蘇軾《次韻孔文仲推官見贈》:“我本麋鹿性,諒非伏轅姿。”

〔一一〕縱壑魚:被縱歸深壑的魚,喻自由自在的生活。西漢王褒《聖主得賢臣頌》:“翼乎如鴻毛遇順風,沛乎若巨魚縱大壑。”唐杜甫《將適吴楚留别章使君留後兼幕府諸公》:“昔如縱壑魚,今如喪家狗。”蘇軾《游廬山次韻章傳道》:“塵容已似服轅駒,野性猶同縱壑魚。”

〔一二〕肮髒:高亢剛直貌。漢趙壹《刺世疾邪賦》:“伊優北堂上,骯髒倚門邊。”牛後:牛之肛門。喻處於從屬地位。《戰國策·韓策一》:“臣聞鄙語曰:‘寧爲雞口,無爲牛後。’今大王西面交臂而臣事秦,何以異於牛後乎?夫以大王之賢,挾强韓之兵,而有牛後之名,臣竊爲大王羞之。”

〔一三〕插版:搢版,插笏版於腰。指趨謁,覲見。

〔一四〕曲肱(gōng):彎著胳膊作枕頭。比喻清貧而閑適之生活。參《次韻偶成》注〔七〕。甕牖:以破甕爲窗。指貧寒之家。《禮記·儒行》:“篳門圭窬,蓬户甕牖。”

〔一五〕喻物雖微賤,關鍵時得其所用,便十分寶貴。《鶡冠子·學問》:“中河失船,一壺千金。貴賤無常,時使物然。”宋陸佃解:“壺,匏也。佩之可以濟涉,南人謂之腰舟。”

〔一六〕《論語·子罕》:“子貢曰:‘有美玉於斯,韞匵而藏諸?求善賈而沽諸?’子曰:‘沽之哉!沽之哉!我待賈者也。’”櫝(dú):匣子。沽(gū):賣。

〔一七〕謂酒薄。唐段成式《酉陽雜俎續集·支諾皋上》:“和子諾,許以翌日，及午爲期，因酬酒直。且返其酒嘗之，味如水矣。”

〔一八〕角（jué）：古代酒器。後用作容積單位。《禮記·禮器》：“宗廟之祭……尊者舉觶，卑者舉角。”鄭玄注：“凡觴一升曰爵，二升曰觚，三升曰觶，四升曰角，五升曰散。”

〔一九〕女几：山名，在壽安（今宜陽）附近。《太平寰宇記·河南道六·陜州》：“女几山，《九州要記》云：富禄縣有女几，年八十，居陳留沽酒得道，飛升于此，山因名之。”宋楊億《至郡以孫侯詩三章示予且以致意因次韻和酬》：“山光翠欲滴，水氣熱如蒸。”

〔二〇〕晨集：早上集會，即所謂早衙。

〔二一〕唐張籍《酬韓庶子》：“西街幽僻處，正與懶相宜。”

附録　張耒《自南京之陳宿柘城》

荒城人稀荆棘老，野兔驚跳出寒草。蒼蒼落日黄雲西，驅馬城邊尋古道。入門四顧皆桑田，居民三五依道邊。暮投佛寺下馬立，衝眼滿屋燃萁烟。老僧自言八十餘，老矣不能營所居。村僮依竈展敗席，上有空梁懸木魚。旋汲新泉濯雙手，青燈照客黄昏後。群兒烟漫眠我前，新月欲傾光入牖。夜敲僧室借酒壺，不惜青錢取次沽。酒香入户推枕起，剔燈吹火燃銅盂。大杯一沃不留滴，滿眼棼然睡來集。明朝上馬倒殘壺，不怕新霜敗裘濕。

次韻王適兄弟送文務光還陳〔一〕

三君皆親非復客〔二〕，執手河梁我心惻〔三〕。倚門耿耿夜不眠〔四〕，挽袖怱怱有難色〔五〕。君歸使我勞魂夢〔六〕，落葉鳴階自相擁〔七〕。君家西歸在新歲〔八〕，此行未遠心先恐。故山萬里知何許？我欲因君亦歸去〔九〕。清江仿佛釣魚船，修竹平生讀書處〔一〇〕。青衫白髮我當歸〔一一〕，咀嚼《式微》慚古詩〔一二〕。少年勿作老人調〔一三〕，被服榮名慰所思〔一四〕。

【箋注】

〔一〕作於元豐二年（一〇七九）冬。“君歸使我勞魂夢，落葉鳴階自相擁。”應是冬日景象。《宋史·文同傳》：“元豐初知湖州，明年至陳州宛丘驛，忽留不行，沐浴衣冠，正坐而卒。”文務光當是送文同喪歸蜀。王適兄弟：指王適、王遹。文務光：見《登南城有感示文務光王遹秀才》注〔一〕。陳：宛丘。舊稱陳州，在今河南淮陽縣。參《次韻柳子玉謫官壽春舟過宛丘見寄二首》注〔一〕。

〔二〕《三蘇年譜》卷二十九：“三君謂王適、王遹、文務光。務光爲轍長婿，……適以後爲轍次婿，計轍此時已心許之。”

〔三〕執手：猶握手；拉手。《詩·鄭風·遵大路》：“遵大路兮，摻執子之手兮。”鄭箋：“言執手者，思望之甚也。”河梁：指送别之地。舊題漢李陵《與蘇武》之三：“携手上河梁，游子暮何之？……行人難久留，各言長相思。”

〔四〕耿耿：煩躁不安貌。《楚辭·屈原〈遠遊〉》：“夜耿耿而不寐兮，魂營營而至曙。”宋洪興祖補注：“耿耿，不安也。”

〔五〕挽袖：卷起袖子。謂拱手。蘇軾《送周朝議守漢州》：“召還當有詔，挽袖謝鄰里。”

〔六〕唐許棠《冬杪歸陵陽别業五首》之二：“上國勞魂夢，中心甚别離。”

〔七〕蘇軾《次韻孔文仲推官見贈》：“秋草上垣牆，霜葉鳴堦墀。”

〔八〕陳州在南京之西，故云西歸。

〔九〕“故山”二句：謂欲與文務光歸故鄉。

〔一〇〕唐杜甫《不見》：“匡山讀書處，頭白好歸來。”

〔一一〕謂年紀老大還沉身下僚。宋歐陽脩《廬山高贈同年劉中允歸南康》：“策名爲吏二十載，青衫白首困一邦。”蘇軾《送劉道原歸覲南康》：“青衫白髮不自歎，富貴在天那得忙。”

〔一二〕咀嚥：猶咀嚼，謂玩味。《詩·邶風·式微》：“式微式微，胡不歸。”

〔一三〕老人調（diào）：老人的言辭。按，蘇轍覺文務光詩文太過頹唐，爲不吉之兆，故規勸之。蘇轍《王子立秀才文集引》：“然務光之文悲哀摧咽，有江文通、孟東野感物傷己之思。予每非之，曰：‘子有父母昆弟之樂，何苦爲此？’務光終不能改也。既而喪其親，終喪五年而終。予哭之慟，曰：‘悲夫，彼其文固有以兆之乎！'"

〔一四〕鼓勵三人努力上進讓蘇軾感到欣慰。因三人皆從學于軾。杜甫《送高三十五書記》："此行既特達，足以慰所思。"被服：猶言承載，擁有。所思：指蘇軾。前《登南城有感示文務光王適秀才》有云"所思不可見"即指蘇軾。因蘇軾下獄，不便明言。

次韻張芻諫議燕集〔一〕

淮陽卧閣生清風，梁園坐嘯囹圄空〔二〕。不知何術解髖髀〔三〕，但覺羈客忘樊籠〔四〕。樽罍灑落談笑地〔五〕，塵埃脱去文書叢。清心漸欲無一事，少年空記揮千鍾〔六〕。近傳移鎮股肱郡〔七〕，復恐入覲明光宫〔八〕。人生聚散不可料，一杯相屬時方冬〔九〕。浮陽似欲作飛霰〔一〇〕，想見觀闕瓊花中〔一一〕。孝王會集猶可繼〔一二〕，莫嫌作賦無枚翁〔一三〕。聖民昔知陳州，余嘗從之游矣。

【箋注】

〔一〕作於元豐二年（一〇七九）十月。從詩"一杯相屬時方冬""浮陽似欲作飛霰"可知。張芻（一〇一五—一〇八〇）：字聖民，濮州鄄（今山東鄄城縣）人。舉進士，補江州司户參軍，遷餘杭令，改知大名府永濟縣，遷國子監直講、同知太常禮院。以議温成后園寢不合，奪職監潭州酒務，通判揚州。久之，判登聞鼓院、吏部南漕，知登州，召爲開封府判官、三司户部判官，荆湖等路制置發運副使，三司鹽鐵副使，歷知密、滄、陳州，入提舉在京諸司庫務，出知鄧州，徙知應天府兼南京留守司公事。有文集四十卷。參沈括《張公墓志銘》。諫議：見《送龔鼎臣諫議移守青州二首》之一注〔一〕。燕集：宴飲聚會。

〔二〕"淮陽"二句：頌揚芻知陳州、知應天府皆有治績。淮陽：謂張芻知陳州有如汲黯。卧閣：伏處于内室中。指爲官清簡。語出《漢書・汲黯傳》："黯學黄老言，治官民好清静，擇丞史任之，責大指而已，不細苛。黯多病，卧閣内不出，歲餘，東海大治。"梁園：見《送轉運判官李公恕還朝》注〔二〕。指知應天府事。坐嘯：閑坐吟嘯。指爲官清閑。東漢成瑨少修仁義，篤學，以清名見，任南陽太守,用岑晊(字公孝)爲功曹,公事悉委岑辦理,民間爲之謡曰:“南陽太守岑公孝,弘農成瑨但坐嘯。”見《後漢書·黨錮列傳·叙》。囹圄(líng yǔ):監獄。《禮記·月令》:“[仲春之月]命有司,省囹圄,去桎梏。”唐孔穎達疏:“囹,牢也;圄,止也,所以止出入,皆罪人所舍也。”《漢書·禮樂志》:“禍亂不作,囹圄空虚。”

〔三〕髖髀(kuān bì):胯骨,股骨。喻難解决之事物。《漢書·賈誼傳》:“至於髖髀之所,非斤則斧。”

〔四〕樊籠:官場的種種束縛。參《送王鞏之徐州》注〔二三〕。

〔五〕灑落:散落。

〔六〕千鍾:千盅,千杯。極言酒量大。宋歐陽脩《朝中措》:“文章太守,揮毫萬字,一飲千鍾。”

〔七〕謂張將爲應天府長官。移鎮:謂古時地方軍政長官改换轄地。股肱郡:漢時指京師長安附近之河東郡(在今山西一帶)。《史記·季布欒布列傳》:“河東吾股肱郡,故特召君耳。”

〔八〕謂張或許很快會調至中央。入覲:指地方官員入朝進見帝王。明光宫:漢代宫殿名,在長安,漢武帝置。見《漢書·武帝紀》。

〔九〕唐韓愈《八月十五夜贈張功曹》:“沙平水息聲影絶,一杯相屬君當歌。”相屬:互相勸酒;向人敬酒。

〔一〇〕謂看日光的情形似乎將要下雪。《詩·小雅·頍弁》:“如彼雨雪,先集維霰。”鄭箋:“將大雨雪,始必微温,雪自上下,遇温氣而摶謂之霰,久而寒勝則大雪矣。”浮陽:日光。《文選·張協〈雜詩〉》:“浮陽映翠林,迴猋扇緑竹。”唐吕向注:“浮陽,日光也。”

〔一一〕猜想張或許在冬天面聖。觀闕:泛指宫殿。瓊花:喻雪花。

〔一二〕南朝宋謝莊《雪賦》:“歲將暮,時既昏。寒風積,愁雲繁。梁王不悦,遊於兔園。乃置旨酒,命賓友,召鄒生、延枚叟。相如末至,居客之右。俄而微霰,零密雪下。”孝王:梁孝王。見《雪中會飲李倅鈞東軒三絶》之一注〔四〕。

〔一三〕枚翁:枚乘。見《雪中會飲李倅鈞東軒三絶》之一注〔三〕。

臘雪五首〔一〕

其一

長恐冬無雪，今朝忽暗空〔二〕。細聲聞籔籔〔三〕，遠勢望濛濛〔四〕。濕潤猶兼雨，傾斜半雜風。豐登解多事〔五〕，歡喜助三農〔六〕。

【箋注】

〔一〕作於元豐二年（一〇七九）十二月。冬至後立春前所下雪稱臘雪，而詩云“飛霙迫殘臘”，知作於年底。

〔二〕暗空：謂天空昏暗。指下雪前兆。

〔三〕籔籔：（風雪）觸物聲。宋文同《春雪呈知府龍圖》：“朧朧玉魄沉霄彩，籔籔瑶花破曉陰。”

〔四〕濛濛：迷茫貌。《詩·豳風·東山》“零雨其濛”鄭箋：“歸又道遇雨，濛濛然。”

〔五〕豐登：猶豐收。漢焦贛《易林·離之恒》：“東風解凍，和氣兆升，年歲豐登。”

〔六〕三農：古謂居住在平地、山區、水澤三類地區之農民。泛指農民。《周禮·天官·大宰》：“一曰三農，生九穀。”漢鄭玄注引鄭司農云：“三農，平地、山、澤也。”

其二

驕陽不能久，密雪自相催〔一〕。急霰初鳴瓦〔二〕，飛花旋集臺〔三〕。着人消瘴疫〔四〕，覆麥長根荄〔五〕。欲試樽中物，門前問客來〔六〕。

【箋注】

〔一〕密雪：猶言大雪。

〔二〕唐齊己《夜坐聞雪寄所知》：“初宵飛霰急，竹樹灑幹輕。”宋宋祁《馬上逢雪》:“霰急初鳴瓦,塗輕自壓塵。”

〔三〕飛花:喻雪花。唐李白《對雪醉後贈王歷陽》:“白雪飛花亂人目,君家有酒我何愁。”

〔四〕《埤雅·釋天·雪》:“《説文》曰:‘霰,稷雪也。’閩俗謂之‘米雪’,言其霰粒如米。所謂‘稷雪’,義蓋如此。今名‘濇雪’,亦曰‘濕雪’,然臘雪握之輒聚,立春以後,不復可摶,略如霄雪,亦以微温摶之故也。里語以爲‘春雪不能鐲壓瘴癘’,其以此乎?”唐李中《和友人喜雪》:“臘雪頻頻降,成堆不可除。伴吟花莫並,銷瘴藥何如。”

〔五〕根荄:植物的根。荄,草根。

〔六〕唐李適之《罷相作》:“避賢初罷相,樂聖且銜杯。爲問門前客,今朝幾箇來。”

其三

久有歸耕意,西山百畝田。雪來殊不惡〔一〕,酒熟自相便〔二〕。一被簪裳裹〔三〕,長遭羅網牽〔四〕。飛霙迫殘臘〔五〕,愁思渡今年。

【箋注】

〔一〕不惡:猶言不錯。《魏書·崇三益傳》:“崇吉從父弟三益,字敬安,於南陽内附。高祖與語,善之,曰:‘三益了了殊不惡。’拜員外散騎侍郎。”

〔二〕便(pián):安適。

〔三〕簪裳:冠簪和章服。古代仕宦者所服,因以借指仕宦。

〔四〕羅網:喻世俗禮法的約束。參《登南城有感示文務光王適秀才》注〔八〕。

〔五〕飛霙:即飛英,飄舞的雪花。南朝梁任昉《同謝朏花雪詩》:“散葩似浮玉,飛英若總素。”殘臘:殘存的臘月,即農曆年底。蘇軾《與程正輔提刑書》之二十三:“殘臘只數日,感念聚散,不能無異鄉之嘆。”

其四

憂愁不可緩,風雪故相撩。試問五斗米〔一〕,能勝一束樵〔二〕? 耕耘終亦飽,哺啜定誰邀〔三〕? 寒暑不須避,傾危且自遥〔四〕。

【箋注】

〔一〕五斗米:謂作俸禄低微的小官。參《答文與可以六言詩相示因道濟南事作十首》之六注〔二〕。

〔二〕一束樵:一捆柴。喻漁樵的隱居生活。

〔三〕謂自耕自食,不必仰求於人。唐孟浩然《過故人莊》:"故人具雞黍,邀我至田家。"此反孟詩意而用之。哺啜:飲食;吃喝。《孟子·離婁上》:"孟子謂樂正子曰:'子之從於子敖來,徒餔啜也。'"宋朱熹集注:"餔,食也;啜,飲也。"按,哺啜,同"餔啜"。

〔四〕謂危殆的事情便會很遥遠了。傾危:傾側危險。

其五

雪霜何與我? 憂思自傷神。忠信亦何罪? 才名空誤身〔一〕。歸來聊且止〔二〕,老去莫逢嗔。樽酒它年事,相看醉此晨〔三〕。

【箋注】

〔一〕"忠信"二句:謂蘇軾蒙冤只因名聲太大。《戰國策·燕策一》:"蘇秦曰:'且夫孝如曾參……足下皆自覆之君也,僕者進取之臣也,所謂以忠信得罪於君者也。'燕王曰:'夫忠信,又何罪之有也?'"唐杜甫《有懷台州鄭十八司户》:"從來禦魑魅,多爲才名誤。"唐白居易《醉贈劉二十八使君》:"亦知合被才名折,二十三年折太多。"

〔二〕止:知止,懂得節制。《韓詩外傳》卷五:"貪物而不知止者,雖有天下不富矣。"

〔三〕"樽酒"二句:謂今後弟兄此時當相對飲酒。

次韻王適雪晴復雪二首〔一〕

其一

驕陽得一雪,逾尺應更好。晨興視窗隙,驚見晴霞杲〔二〕。九衢無停迹〔三〕,狼藉須一掃〔四〕。空餘浩然氣〔五〕,凜凜接清昊〔六〕。餘寒薄虚室,一静解群燥。晨炊晚未供,客饋慚草草。試脱身上衣,行問酒家保〔七〕。孤吟擊槁木〔八〕,大笑稱有道〔九〕。人生但如此,富貴何用禱?所思獨未見,耿耿屬懷抱〔一○〕。

【箋注】

〔一〕作於元豐二年(一○七九)臘月。上詩稱臘雪,而此詩次"雪晴復雪"詩,故知亦在臘月作。又,詩云"所思獨未見",知蘇軾尚未出獄,蘇軾是十二月二十八遇赦出獄,詩當在此前。王適:見《次王適韻送張耒赴壽安尉二首》之一注〔一〕。

〔二〕杲(gǎo):光明貌。

〔三〕謂路上已没有車跡印。九衢:縱横交錯的大道。《楚辭·屈原〈天問〉》:"靡蓱九衢,枲華安居。"漢王逸注:"九交道曰衢。"

〔四〕狼藉:多而堆積貌。

〔五〕浩然:見《次韻子瞻見寄》(袞袞河渭濁)注〔一三〕。

〔六〕清昊:天。《文選·謝靈運〈擬魏太子"鄴中集"詩·平原侯植〉》:"哀音下迴鵠,餘哇徹清昊。"唐吕向注:"清昊,天也。"

〔七〕"試脱"二句:謂脱衣换酒。酒家保:即酒保,酒店的夥計。《漢書·季布傳》:"欒布,梁人也。彭越爲家人時,嘗與布游,窮困賣庸於齊,爲酒家保。"唐顔師古注:"孟康曰:酒家作保。保,庸也,可保信,故謂之保。師古曰:謂庸作受顧也。爲保,謂保可任使。"唐李白《將進酒》:"五花馬,千金裘,呼兒將出换美酒,與爾同銷萬古愁。"唐杜荀鶴《送姚庭珪》:"脱衣將换酒,對酌話何之。"

〔八〕《莊子·達生》:"孔子窮於陳蔡之間,七日不火食,左據槁木,右擊槁枝而歌。"

〔九〕有道:謂政治清明,所以瑞雪降。《論語·衛靈公》:"邦有道,則仕;邦無道,則可卷而懷之。"按,此是冷嘲。蘇軾無辜入獄,何有道之可言。

〔一○〕"所思"二句:因未見兄長而惴惴不安。耿耿:煩躁不安,心事重重。

其二

同雲自成幄[一],飛雪來無根。一爲清風卷,坐見東方暾[二]。重陰偶復合[三],飛霰滿南軒[四]。油然青春意[五],已見出土萱[六]。老病一不堪,惟恃濁酒温。開户理松菊[七],掃蕩無遺痕。卷舒朝夕間,誰識造化元[八]?乾坤本何施?中有神怪奔。萬物極毫末[九],顛倒何足掀?老農但知種,荷鋤理南園。

【箋注】

〔一〕同雲:《詩·小雅·信南山》:"上天同雲,雨雪雰雰。"宋朱熹集傳:"同雲,雲一色也。將雪之候如此。"因以爲降雪之典。唐李咸用《大雪歌》:"同雲慘慘如天怒,寒龍振鬣飛乾雨。"幄:帳篷。

〔二〕暾(tūn):日初出貌。因指代太陽。參《送吴思道道人歸吴興二絶》之一注〔三〕。

〔三〕重陰:陰雲堆積,謂雲濃且厚。南朝宋謝惠連《詠冬》:"繁雲起重陰,迴飈流輕雪。"

〔四〕飛霰:飄舞的雪珠。

〔五〕蘇軾《除夜野宿常州城外二首》之二:"煙花已作青春意,霜雪偏尋病客鬚。"

〔六〕萱:植物名。古人以爲種植此草,可以使人忘憂,因稱忘憂草。

〔七〕松菊:代指隱居生活。晉陶潛《歸去來兮辭》:"三徑就荒,松菊猶存。"

〔八〕造化元:自然的本元。唐顔真卿《登峴山觀李左相石樽聯句》:"器有成形用,功資造化元。"

〔九〕《莊子·刻意》:"號物之數謂之萬,人處一焉。人卒九州,穀食之所生,舟車之所通,人處一焉。此其比萬物也,不似毫末之在於馬體乎?"

附録　蘇軾《正月十八日蔡州道上遇雪次子由韻二首》

其一

蘭菊有生意,微陽回寸根。方憂集暮雪,復喜迎朝暾。憶我故居室,浮光動南軒。松竹半傾瀉,未數葵與萱。三徑瑶草合,一瓶井花温。至今行吟處,尚餘履舄痕。一朝出從仕,永愧李仲元。晚歲益可羞,犯雪方南奔。山城買廢圃,槁葉手自掀。長使齊安人,指説故侯園。

其二

鉛膏染髭鬚,旋露霜雪根。不如閉目坐,丹府夜自暾。誰知憂患中,方寸寓羲軒。大雪從壓屋,我非兒女萱。平生學踵息,坐覺兩鞜温。下馬作雪詩,滿地鞭箠痕。佇立望原野,悲歌爲黎元。道逢射獵子,遥指狐兔奔。踪跡尚可原,窟穴何足掀。寄謝李丞相,吾將反丘園。

送吕由庚推官得替還洛中二首〔一〕

其一

君家相國舊元勳〔二〕,凜凜中丞繼後塵〔三〕。談笑二年同幕府〔四〕,風流一倍愈它人〔五〕。南都去後少佳客,西洛歸來多老臣。我亦宦遊無久意,他年松竹許相鄰。

【箋注】

〔一〕作於元豐二年(一〇七九)十一月二十八日後。吕由庚:蘇軾有《吕由庚太常寺太祝誥》,知嘗爲太常寺太祝。司馬光有《答吕由庚推官手書》,知嘗爲推官。據清乾隆《陵川縣新誌》卷十八《宦跡》:"吕由庚,元豐間縣令,以瀛洲防禦推官知縣事,教養廉行,士民户頌。"

〔二〕相國:指由庚曾祖吕端(九三五—一〇〇〇)。端字易直,幽州安次(今河北廊坊市安次區)人。吕端以父蔭補千牛備身(禁衛官),後任國子主簿、太僕寺丞。太宗時拜户部侍郎,平章事。太宗稱其大事不糊涂。太宗病篤,撥亂而立真宗。端爲相持重識大體,以清簡爲務。卒贈司空,謚正惠。《宋史》有傳。

〔三〕中丞:指吕由庚父吕誨(一〇一四—一〇七一)。誨字獻可,第進士。神宗初,擢天章閣待制,復知諫院,拜御史中丞。王安石執政,誨言其不通時事。三居言職,皆以彈奏大臣而去。《宋史》有傳。後塵:行進時後面揚起的塵土。《文選·鮑照〈舞鶴賦〉》:“逸翮後塵,翱翥先路。”唐李善注:“言飛之疾,塵起居鶴之後。”後用以喻在他人之後。唐杜甫《戲爲六絶句》之五:“竊攀屈宋宜方駕,恐與齊梁作後塵。”

〔四〕據此知熙寧十年末由庚與蘇轍同在幕府。

〔五〕風流:風度;品格。

其二

洛水留人一向乾〔一〕,雪泥溢路十分寒。送行我豈無樽酒?多難君知久鮮歡〔二〕。回首衹應憐老病,淩風争看試輕翰〔三〕。到家定見嵩陽老〔四〕,問我衰遲未解官〔五〕。司馬君實提舉嵩山崇福宫。

【箋注】

〔一〕一向:一直;長時。

〔二〕“送行”二句:婉言自己未與李餞行之因。多難:指兄軾被逮入獄事。鮮:少。

〔三〕預祝吕將大用。輕翰:輕捷的翅翼。南朝梁沈約《晨征聽曉鴻》:“集勁風於弱軀,負重雪於輕翰。”

〔四〕嵩陽老:指司馬光。見《司馬君實端明獨樂園》注〔一〕。

〔五〕衰遲:衰年遲暮。

四十一歲歲莫日歌〔一〕

小兒不知老人意,賀我明年四十二。人生三十百事衰,四十已過良可知。少年讀書不曉事,坐談王霸了不疑〔二〕。脂車秣馬試長道,一日百里先自期〔三〕。不知中途有陷阱,山高日莫多棘茨〔四〕。長裾大袖足鈎挽〔五〕,卻行欲返筋力疲。蝮蛇當前猛虎後〔六〕,脱身且免充朝飢〔七〕。歸來掩卷淚如雨,平生讀書空自誤〔八〕。山中故人一長笑,布衣脱粟何所苦〔九〕?古人知非不嫌晚〔一〇〕,朝來聞道行當返〔一一〕。四十一歲不可言，四十二歲聊自還。

【箋注】

〔一〕作於元豐二年（一〇七九）年底。歲莫：年底。

〔二〕王霸：王業與霸業。《孟子·滕文公下》："大則以王，小則以霸。"了：完全。

〔三〕"脂車"二句：謂（當年）對前途信心十足。脂車秣馬：以油脂塗車，喂飽馬。指做好出行準備。語本《詩·小雅·何人斯》："爾之亟行，遑脂爾車。"《晉書·曹攄傳》："存公屏欲，舉賢進善，務得其才，然後脂車秣馬，高揖歸藩，則上下同慶。"《後漢書·王允傳》："同郡郭林宗嘗見允而奇之，曰：'王生一日千里，王佐才也。'"

〔四〕棘茨：荆棘蒺藜。語出《詩·小雅·楚茨》："楚楚者茨，言抽其棘。"

〔五〕鉤挽：（被荆棘）鉤拽牽挽。

〔六〕唐李白《蜀道難》："朝避猛虎，夕避長蛇。"

〔七〕謂僅能維持衣食而已。朝飢：早晨空腹時感到的饑餓。《詩·周南·汝墳》"惄如調飢"鄭箋："惄，思也。未見君子之時，如朝飢之思食。"唐杜甫《述古》之一："竹花不結實，念子忍朝饑。"

〔八〕杜甫《奉贈韋左丞丈二十二韻》："紈袴不餓死，儒冠多誤身。"

〔九〕布衣脱粟：喻清貧的生活。脱粟，糙米。參《次韻子瞻宿南山蟠龍寺》注〔九〕。

〔一〇〕知非：省悟以往的錯誤。《淮南子·原道》："故蘧伯玉年五十，而有四十九年非。"

〔一一〕《論語·里仁》："子曰：朝聞道，夕死可矣。"

次韻子瞻繫御史獄賦獄中榆槐竹柏〔一〕

榆〔二〕

秋風一何厲〔三〕，吹盡山中緑。可憐凌雲條〔四〕，化爲樵夫束。凜然造物意,豈復私一木? 置身有得地,不問直與曲。青松未必貴,枯榆還自足。紛然落葉下,蕭條愧華屋。

【箋注】

〔一〕作於元豐二年(一〇七九)年底。詩云"微陽起泉下,生意未應絶",當是已知蘇軾將出獄。蘇軾十二月二十六日,責授水部員外郎,黄州團練副使,轍貶監筠州鹽酒稅。

〔二〕榆:榆樹。落葉喬木。花稱榆莢、榆錢,可食。果實、樹皮和葉可入藥。

〔三〕"秋風"二句:唐權德輿《玉臺體十二首》之九:"秋風一夜至,吹盡後庭花。"《文選·古詩十九首·凜凜歲云暮》:"涼風率已厲,游子寒無衣。"厲:猛烈。

〔四〕淩雲:喻枝榦高大。

槐〔一〕

盛衰日相尋〔二〕,循環何曾歇? 攀條攬柔荑,回首驚脱葉〔三〕。緑槐陰最厚,零落今存莢〔四〕。千林一枯槁〔五〕,平地三尺雪。草木何足道,盈虚視新月〔六〕。微陽起泉下〔七〕,生意未應絶〔八〕。

【箋注】

〔一〕槐:槐樹。落葉喬木。花和果實可製染料。花蕾種子和根上的皮可入藥。

〔二〕相尋:相繼,接連不斷。

〔三〕"攀條"二句:嘆歲月易逝,興衰之疾。柔荑(tí):這裏指柔弱的枝芽。

〔四〕莢:槐莢。

〔五〕千林:猶樹林。唐杜甫《阻雨不得歸瀼西甘林》:"諸侯舊上計,厥貢傾千林。"

〔六〕喻月虧必盈,否極泰來之意。

〔七〕微陽:謂陽氣始生。冬至後白天漸長,古代認爲是陽氣初動。參《次韻景仁丙辰除夜》注〔三〕。

〔八〕生意：生機。《世説新語·黜免》："大司馬府廳前有一老槐，甚扶疏。殷因月朔，與衆在廳，視槐良久，嘆曰：'槐樹婆娑，無復生意！'"

竹

故園今何有？猶有百竿竹。春雷起新萌〔一〕，不放牛羊觸。雖無朱欄擁〔二〕，不見紅塵辱〔三〕。清風時一過，交戛響鳴玉〔四〕。淵明避紛亂〔五〕，歸嗅東籬菊〔六〕。嗟我獨何爲，棄此北窗緑〔七〕？

【箋注】

〔一〕新萌：新萌發的竹筍。

〔二〕朱欄：權貴之家所用的朱紅色的圍欄。唐李嘉祐《同皇甫冉登重元閣》："高閣朱欄不厭遊，蒹葭白水遶長洲。"

〔三〕紅塵：本指（車馬等）揚起的塵土。漢班固《西都賦》："紅塵四合，煙雲相連。"喻塵俗。

〔四〕交戛（jiá）：竹葉交錯所發出的戛然之聲。《全唐詩》卷七百八十五載《琵琶》："珊瑚鞭折聲交戛，玉盤傾瀉真珠滑。"蘇轍《文與可學士墨君堂》："風庭響交戛，月牖散淩亂。"鳴玉：喻風吹竹林發出的聲響。

〔五〕淵明：指晉陶潛，潛字淵明。見《答文與可以六言詩相示因道濟南事作十首》之六注〔二〕。

〔六〕陶潛《飲酒》之五："採菊東籬下，悠然見南山。"

〔七〕"嗟我"二句：自悔不該仕宦。北窗：《晉書·陶潛傳》："嘗言夏月虚閑，高卧北窗之下，清風颯至，自謂羲皇上人。"

柏〔一〕

曲如山下藤，脆若溪上葦。春風一張王〔二〕，秋霜死則已。胡爲南澗中，辛勤種柏子？上枝撓雲霓〔三〕，下根絞石齒〔四〕。伐之爲梁棟〔五〕，歲月良晚矣。白首閲時人，君看柱下史〔六〕。

【箋注】

〔一〕柏：柏科植物的通稱。種類繁多。常緑喬木或灌木。性耐寒，經冬不凋。

〔二〕張王(wàng):高漲,熾盛。唐韓愈《和侯協律詠筍》:"得時方張王,挾勢欲騰騫。"

〔三〕撓雲霓:極言高大。唐皇甫湜《答李生第一書》:"明堂之棟,必撓雲霓;驪龍之珠,必固深泉。"

〔四〕石齒:如齒狀羅列的石頭。唐孟郊《過分水嶺》:"山壯馬力短,路行石齒中。"絞:盤繞。

〔五〕唐杜甫《古柏行》:"大厦如傾要梁棟,萬牛迴首丘山重。"

〔六〕柱下史:指老子。《史記·老子列傳》:"周守藏室之史。"參《樓觀》注〔一〕。

附録　蘇軾《御史臺榆槐竹柏四首》

榆

我行汴堤上,厭見榆陰緑。千株不盈畝,斬伐同一束。及居幽囚中,亦復見此木。蠹皮溜秋雨,病葉埋牆曲。誰言霜雪苦,生意殊未足。坐待春風至,飛英覆空屋。

槐

憶我初來時,草木向衰歇。高槐雖驚秋,晚蟬猶抱葉。淹留未云幾,離離見疏莢。棲鴉寒不去,哀叫飢啄雪。破巢帶空枝,疏影挂殘月。豈無兩翅羽,伴我此愁絶。

竹

今日南風來,吹亂庭前竹。低昂中音會,甲刃紛相觸。蕭然風雪意,可折不可辱。風霽竹已回,猗猗散青玉。故山今何有,秋雨荒籬菊。此君知健否,歸掃南軒緑。

柏

故園多珍木,翠柏如蒲葦。幽囚無與樂,百日看不已。時來拾流膠,未忍踐落子。當年誰所種,少長與我齒。仰視蒼蒼幹,所閲固多矣。應見李將軍,膽落温御史。

次韻子瞻贈張憨子〔一〕

得罪南來正坐言〔二〕，道人閉口意深全〔三〕。天遊本自有真樂〔四〕，羿彀誰知定不賢〔五〕？構火暾暾初吐日，飛流衮衮旋成川〔六〕。此心此去如灰冷〔七〕，肯更逢人問復然〔八〕？

【箋注】

〔一〕作於元豐三年（一〇八〇）正月。蘇轍是年四十二歲。正月初一，蘇軾離京師往黄州，途中作《張先生》，轍次韻。"此心此去如灰冷，肯更逢人問復然？"即將離京赴筠。張憨子：見本詩附録。

〔二〕此謂蘇軾貶至黄州正是因言獲罪。坐：因爲。

〔三〕見下附録蘇軾序。謂張有深意而不便説。

〔四〕天遊：任隨天性。《莊子·外物》："胞有重閬，心有天遊。室無空虚，則婦姑勃谿；心無天遊，則六鑿相攘。"晉郭象注："遊，不繫也。"

〔五〕《莊子·德充符》："遊於羿之彀中，中央者，中地也；然而不中者，命也。"晉郭象注："弓矢所及爲彀中。夫利害相攻，則天下皆羿也。自不遺身忘知與物同波者，皆遊於羿之彀中耳。"唐陸德明釋文："遊於羿之彀中，觸處皆危機也。"羿彀（yì gòu）：羿之弓矢所及。喻世網，人間之危機。

〔六〕"構火"二句：謂意欲有所作爲，但立刻就遭到别人的攻擊誣陷。構火：置火籠中。構通"篝"。暾暾（tūn tūn）：明亮貌。《楚辭·劉向〈九歎·遠遊〉》："日暾暾其西舍兮，陽焱焱而復顧。"此喻構火。飛流：暗喻邪惡勢力的中傷。衮衮：大水奔流貌。唐杜甫《登高》："無邊落木蕭蕭下，不盡長江衮衮來。"

〔七〕《莊子·知北遊》："形若槁骸，心若死灰。真其實知，不以故自持；媒媒晦晦，無心而不可與謀。"此去：謂己將離南京。

〔八〕謂對政治已徹底絶望。《史記·韓長孺列傳》："其後安國坐法抵罪。蒙獄吏田甲辱安國，安國曰：'死灰獨不復然乎？'田甲曰：'然即溺之。'"然，後來寫作"燃"。

附録　蘇軾《張先生》并叙

先生不知其名,黄州故縣人,本姓盧,爲張氏所養。陽狂垢汚,寒暑不能侵。常獨行市中,夜或不知其所止。往來者欲見之,多不能致。余試使人召之,欣然而來。既至,立而不言,與之言,不應,使之坐,不可。但俯仰熟視傳舍堂中,久之而去。夫孰非傳舍者,是中竟何有乎?然余以有思維心追躡其意,蓋未得也。

熟視空堂竟不言,故應知我未天全。肯來傳舍人皆説,能致先生子亦賢。脱屣不妨眠糞屋,流澌争看浴冰川。士廉豈識桃椎妙,妄意稱量未必然。

過龜山〔一〕

再涉長淮水〔二〕,驚呼十四年〔三〕。龜山老僧在,相見一茫然〔四〕。僧老不自知,我老私自憐。驅馳定何獲?少壯空已捐。掉頭不見答,笑指岸下船。人生何足云?陵谷自變遷〔五〕。當年此山下,莫測千仞淵。淵中械神物〔六〕,自昔堯禹傳。帆檣避石壁〔七〕,風雨隨香煙〔八〕。爾來放冬汴〔九〕,冷沙漲成田。褰裳六月渡,中流一帶牽〔一〇〕。俯首見砂礫,群漁捕魴鱣〔一一〕。父老但驚嘆,此理未易原〔一二〕。何況七尺軀〔一三〕,不爲物所旋〔一四〕?衆形要同盡,獨有無生全〔一五〕。百年争奪中〔一六〕,擾擾誰相賢〔一七〕?

【箋注】

〔一〕作於元豐三年(一〇八〇)二月。轍自南京赴筠州,王適隨行。過龜山,作詩。秦觀《與參寥大師簡》:"子由春間過此,相從兩日,僕送至南埭而還。後亦未嘗得書,渠在揚州淹留甚久,時僕值寒食上冢,故不得往從之耳。"以寒食時間推之,此下數詩皆當在二月三月作。龜山:見《次韻子瞻過淮見寄兼簡孫奕職方三首》之二注〔一〕。

〔二〕長淮:指淮河。

〔三〕指治平三年(一〇六六),蘇轍與兄軾舟載父洵之柩自汴入淮,溯江歸蜀時,路過此地之事。參《和子瞻渦口遇風》。蘇軾熙寧四年(一〇七一)作《龜山》亦有"我生飄蕩去何求？再過龜山歲五周。身行萬里半天下,僧卧一庵初白頭"之語。

〔四〕謂當時所見老僧猶在。

〔五〕《詩·小雅·十月之交》:"高岸爲谷,深谷爲陵。"

〔六〕神物:指無支祈,淮渦水神。形如獼猴,力踰九象。禹治水,三至桐柏山乃獲,鎖于龜山之足,淮水乃安。見《太平寰宇記·河南道十六·泗州》。

〔七〕帆檣:桂帆的桅杆。

〔八〕香煙:寺中燃燒香火散發出的青煙。

〔九〕爾來:近來。放冬汴:指冬季放汴水淤田。參《河上莫歸過南湖二絶》之二注〔一〕。

〔一〇〕"褰裳"二句:褰裳:語出《詩·鄭風·褰裳》:"子惠思我,褰裳涉溱。"一帶:猶言一衣帶,極言河道窄,水勢小。《南史·陳本紀》:"隋文帝謂僕射高熲曰:'我爲百姓父母,豈可限一衣帶水不拯之乎?'"

〔一一〕魴鱣(fáng zhān):鯿魚、鱘鰉魚。此泛指。

〔一二〕謂父老驚歎,昔日千丈莫測之深淵,今竟成褰裳可渡之淺灘。原:(推尋)原委。

〔一三〕晉陸機《挽歌詩三首》之二:"昔爲七尺軀,今成灰與塵。"

〔一四〕旋:改變。

〔一五〕"衆形"二句:用莊子齊生死意。《莊子·至樂》:"莊子妻死,惠子弔之,莊子則方箕踞鼓盆而歌。惠子曰:'與人居長子,老身死,不哭亦足矣,又鼓盆而歌,不亦甚乎!'莊子曰:'不然。是其始死也,我獨何能無概然!察其始而本無生,非徒無生也,而本無形,非徒無形也,而本無氣。雜乎芒芴之間,變而有氣,氣變而有形,形變而有生,今又變而之死,是相與爲春秋冬夏四時行也。'"

〔一六〕百年:猶一生。

〔一七〕擾擾:紛亂貌;煩亂貌。

放閘二首〔一〕

其一

畫舫連檣住〔二〕,清流泛閘平。忽看銀漢落〔三〕,仍聽夏雷驚〔四〕。正柂遲迴久〔五〕,開頭取次輕〔六〕。滯留初一快〔七〕,奔駛忽如傾〔八〕。不識風濤恐,聊同枕席行〔九〕。行逢賤魚稻〔一〇〕,飽食慰平生。

【箋注】

〔一〕作於元豐三年(一〇八〇)二月。放閘:開閘。閘,乃邵伯閘。在今江蘇省揚州市東北郊三十公里。因東晉太元十年(三八五)官封太保太傅的謝安于此築埭,百姓比之以周時召伯而得名。經此閘,向北可達山東、安徽,向南可進入長江。

〔二〕連檣:桅杆相連。形容船多。晉郭璞《江賦》:"舳艫相屬,萬里連檣。"

〔三〕銀漢:銀河。南朝宋鮑照《夜聽妓》:"夜來坐幾時,銀漢傾露落。"此指開閘放水。

〔四〕云開閘傾瀉而下的水聲如夏天的雷霆。

〔五〕正柂:主柂。遲迴:遲疑,此言耗費時間。因開閘瀉水,水流湍急,故把柂不易。

〔六〕開頭:原指撑頭篙。後引申指開船。唐杜甫《撥悶》:"長年三老遥憐汝,捩舵開頭捷有神。"取次:逐漸。

〔七〕一快:頓時變得輕快。

〔八〕奔駛:疾馳。如傾:因船行駛於落差很大的水中,故云。

〔九〕枕席:頭枕於睡席。

〔一〇〕謂進入江南魚米之鄉,魚稻價低。

其二

閘空非有礙，水静爲誰興〔一〕？開閉偶然異，喧豗自不勝〔二〕。淵停初鏡浄〔三〕，勢轉忽雲崩〔四〕。脱隘尚容與〔五〕，投深益沸騰〔六〕。玉山紛破碎〔七〕，陳馬急侵陵〔八〕。挾版千鈞重，浮舟萬斛升〔九〕。岸摇將落木，魚困或投罾〔一〇〕。洶涌曾誰止，蕭條遠欲凝〔一一〕。力争知必折，少待亦何能？一發臨流笑，微言早服膺〔一二〕。

【箋注】

〔一〕興：産生。

〔二〕喧豗：形容轟響。唐李白《蜀道難》："飛湍瀑流争喧豗，砯崖轉石萬壑雷。"不勝（shēng）：無法承受。

〔三〕淵停：（河水像）深淵一樣停蓄下來。

〔四〕雲崩：《文選·木華〈海賦〉》："崩雲屑雨，浤浤汩汩。"唐李善注："言波浪飛灑，似雲之崩，如雨之屑也。"唐皮日休《釣侣二章》之二："嚴陵灘勢似雲崩，釣具歸來放石層。"

〔五〕容與：迴旋。

〔六〕沸騰：水波翻湧。《詩·小雅·十月之交》："百川沸騰，山冢崒崩。"

〔七〕唐杜甫《同諸公登慈恩寺塔》："秦山忽破碎，涇渭不可求。"玉山：喻水勢之大，波浪之白。唐劉禹錫《客有爲余話登天壇遇雨之狀因以賦之》："滉漾雪海翻，槎牙玉山碎。"

〔八〕陳馬：破陣之馬。此喻急流。陳，後來寫作"陣"。侵陵：侵犯，欺凌。

〔九〕"挾版"二句：謂千鈞重的閘版一旦提起，裝載萬斛的大船水位上升一下子輕快起來。

〔一〇〕謂開閘後水勢浩大，岸邊樹木摇動，河中游魚倉皇跳入網中。罾（zēng）：用木棍或竹竿做支架的方形魚網，形似仰傘。《楚辭·屈原〈九歌·湘夫人〉》："鳥何萃兮蘋中，罾何爲兮木上！"漢王逸注："罾，魚網也。"

〔一一〕謂到了很遠處水勢纔平静下來。

〔一二〕微言：當指水能載舟，亦能覆舟。《荀子·王制》："傳曰：'君者，舟也;庶人者,水也。水則載舟,水則覆舟。'此之謂也。"服膺:銘記在心;衷心信奉。《禮記·中庸》:"得一善,則拳拳服膺而弗失之矣。"宋朱熹集注:"服,猶著也;膺,胸也。奉持而著之心胸之間,言能守也。"

次韻王適細魚〔一〕

群魚一何微〔二〕,僅比毛髮大。嬉游極草草〔三〕,鬚①鬣自個個〔四〕。造物賦群形〔五〕,偶然如一唾〔六〕。吞舟雖云巨〔七〕,其樂不相過。若言無性靈〔八〕,還知避船柂。

【校記】

①鬚:諸本皆作"鬚",據蜀藩刻本改。

【箋注】

〔一〕作於元豐三年(一〇八〇)二月。王適:見《次王適韻送張耒赴壽安尉二首》之一注〔一〕。細魚:小魚。

〔二〕謂小魚多群聚出游。唐白居易《寓意詩五首》之五:"蠢爾樹間蟲,形質一何微。"

〔三〕草草:匆遽貌。

〔四〕謂小者細如鬍鬚。鬚鬣:鬍鬚。

〔五〕謂造物主賦予自然界的各種形體。

〔六〕一唾:吐一口唾沫。極言輕易。

〔七〕吞舟:能將小船吞進肚子裹。言魚之大。語本《莊子·庚桑楚》:"吞舟之魚,碭而失水,則蟻能苦之。"

〔八〕性靈:猶靈性。

高郵別秦觀三首〔一〕

其一

濛濛春雨濕邗溝〔二〕,蓬底安眠晝擁裘〔三〕。知有故人家在此,速將詩卷洗閑愁。

【箋注】

〔一〕作於元豐三年(一〇八〇)三月。高郵:今江蘇高郵。秦觀:見《次韻秦觀秀才携李公擇書相訪》注〔一〕。

〔二〕邗溝:聯繫長江與淮河的古運河之一,爲春秋末年吴王夫差開鑿。

〔三〕蓬:船篷。

其二

筆端大字鴉棲壁〔一〕,袖裏清詩句琢冰〔二〕。送我扁舟六十里,不嫌罪垢汙交朋〔三〕。

【箋注】

〔一〕蘇軾《次韻王鞏南遷初歸二首》之二:"平生痛飲處,遺墨鴉棲壁。"

〔二〕謂觀詩精致如冰雕之晶瑩。《文子·上德》:"巧冶不能銷木,良匠不能琢冰。"唐貫休《桐江閒居作十二首》之五:"詩琢冰成句,多將大道論。"

〔三〕此蘇轍感激秦觀語,蘇轍此次至筠州爲戴罪之身,故云"汙"。交朋:朋友。

其三

高安此去風濤惡〔一〕,猶有廬山得縱遊〔二〕。便欲携君解船去,念君無罪去何求?

【箋注】

〔一〕高安:筠州治所。在今江西高安市。

〔二〕由邗溝可經揚州、鎮江入長江,溯江而上進入江西境内,路過廬山。

附録　秦觀《次韻子由召伯埭見别三首》

其一

孤蓬短榜泝河流,無賴寒侵紫綺裘。召伯埭南春欲盡,爲公重賦《畔牢愁》。

其二

青熒燈火照深更,逐客舟航冷似冰。到處故應山作主,隨方還有月爲朋。

其三

冠蓋紛紛不我謀,掩關聊與古人遊。會須匹馬淮西去,雲巘風溪遂所求。

召伯埭上斗野亭〔一〕

細雨添春色,微風净鬧流。徂年半今世〔二〕,生計一扁舟〔三〕。飲食隨魚蟹,封疆入斗牛〔四〕。江波方在眼〔五〕,轉覺此生浮〔六〕。

【箋注】

〔一〕作於元豐三年(一〇八〇)三月。召伯埭:見《放閘二首》之一注〔一〕。斗野亭:《江南通志》卷三十三:"斗野亭在江都縣邵伯埭",宋熙寧二年建。《輿地志》云,揚州於天文屬斗野,故名。

〔二〕徂年:過去的年華。《後漢書·馬援傳贊》:"徂年已流,壯情方勇。"

〔三〕生計:生活。

〔四〕謂進入吴地。按,古代的分野概念,吴越屬于斗宿、牛宿的分野。

〔五〕謂即將進入長江。

〔六〕《莊子·刻意》:"其生若浮,其死若休。"

附録 秦觀《次韻子由題斗野亭》

滿市花風起,平堤漕水流。不堪春解手,更爲晚停舟。古埭天連雁,荒祠木蔽牛。杖藜聊復爾,轉盼夕煙浮。

次韻鮮于子駿遊九曲池〔一〕

天高山近海,春盡草生池〔二〕。禾黍多新恨〔三〕,川原自昔時。花存故苑罷，樵出舊城隳[四]。莫望瓜洲渡[五]，曾經駐佛狸[六]。

【箋注】

〔一〕作於元豐三年（一〇八〇）四月初。“春盡草生池”，知是春末夏初氣象。轍晤揚州守鮮于侁。侁游九曲池，轍次韻。鮮于侁：見《喜雪呈鮮于子駿三首》注〔一〕。九曲池：《江南通志》卷三十三：“九曲池在甘泉縣。隋煬帝欲幸江都，命樂人撰水調九曲，建木蘭亭於池上，按節歌之，因名九曲池。”按，在甘泉縣（今江蘇揚州邗江區）西北蜀岡之麓。

〔二〕南朝宋謝靈運《登池上樓》：“池塘生春草，園柳變鳴禽。”

〔三〕見《和子瞻鳳翔八觀八首・石鼓》注〔一二〕。

〔四〕隋代的揚州城在蜀岡附近，隋煬帝在此修建了宮殿，至宋時漸廢。隳（huī）：毁壞，廢棄。

〔五〕瓜州渡：在長江北岸，揚州南面，古運河下游與長江交匯處。今屬揚州市邗江區。

〔六〕佛狸：見《魏佛狸歌》注〔一〕。

揚州五詠[一]

九曲池[二]

嵇老清彈怨《廣陵》[三]，隋家《水調》繼哀音[四]。可憐九曲遺聲盡，惟有一池春水深。鳳闕蕭條荒草外[五]，龍舟想像緑楊陰[六]。都人似有興亡恨，每到殘春一度尋[七]。

【箋注】

〔一〕作於元豐三年（一〇八〇）四月。秦觀次韻。揚州：宋屬淮東路。治江都（今江蘇揚州市）。參《和子瞻玉盤盂二首》之一注〔三〕。

〔二〕九曲池：見《次韻鮮于子駿游九曲池》注〔一〕。

〔三〕嵇老：三國魏嵇康，擅琴。《世説新語・雅量》：“嵇中散臨刑東市，神氣不變。索琴彈之，奏《廣陵散》。曲終，曰：‘袁孝尼嘗請學此散，吾靳固不與,《廣陵散》於今絶矣!’太學生三千人上書,請以爲師,不許。文王亦尋悔焉。”参《次韻子瞻減降諸縣囚徒事畢登覽》注〔一六〕。

〔四〕水調:曲調名。唐杜牧《揚州》之一:“誰家唱水調,明月滿揚州。”自注:“煬帝鑿汴渠成,自造水調。”明胡震亨《唐音癸籤·樂通二》:“《海録碎事》云:‘隋煬帝開汴河,自造水調。’按,水調及新水調,並商調曲也。唐曲凡十一疊,前五疊爲歌,後六疊爲入破。”按,關於《水調》,當以宋王灼《碧雞漫志》卷四“水調”所説爲詳爲是,可詳參。

〔五〕謂隋宫已殘破荒蕪。唐杜牧《隋宫春》:“龍舟東下事成空,蔓草萋萋滿故宫。”鳳闕:本漢代宫闕名。《史記·孝武本紀》:“其東則鳳闕,高二十餘丈。”唐司馬貞索隱引《三輔故事》:“北有圜闕,高二十丈,上有銅鳳皇,故曰鳳闕也。”此指隋時宫殿。

〔六〕謂在緑楊蔭中恍惚看見當年隋煬帝的龍舟。龍舟:指隋煬帝坐船巡幸揚州事。傳隋煬帝下江都,令沿河遍植楊柳。唐白居易《隋堤柳》:“隋堤柳,歲久年深盡衰朽。……大業年中煬天子,種柳成行夾流水。西至黄河東至淮,緑影一千三百里。大業末年春暮月,柳色如煙絮如雪。南幸江都恣佚遊,應將此柳繫龍舟。”

〔七〕“都人”二句:謂暮春時人們至此憑吊古跡。

平山堂歐陽永叔所建〔一〕。

堂上平看江上山,晴光千里對憑欄。海門僅可一二數〔二〕,雲夢猶吞八九寬〔三〕。檐外小棠陰蔽芾〔四〕,壁間遺墨涕汍瀾〔五〕。人亡坐使風流盡,遺構仍須子細觀〔六〕。

【箋注】

〔一〕平山堂:位於揚州市西北郊蜀岡中峰大明寺内。始建於宋仁宗慶曆八年(一〇四八),歐陽脩時任揚州太守,極賞此地清幽古樸,築堂於此。坐此堂上,江南諸山,歷歷在目,似與堂平,平山堂因此得名。沈括曾撰《平山堂記》。

〔二〕海門:海口。内河通海之處。

〔三〕漢司馬相如《子虛賦》:"吞若雲夢者八九,於其胸中曾不蔕芥。"雲夢:古時大澤名。

〔四〕喻歐陽脩善政惠行如召伯。《詩・召南・甘棠》:"蔽芾甘棠,勿翦勿伐。"《詩小序》:"《甘棠》,美召伯也。召伯之教,明於南國。"棠:樹名。亦稱甘棠。蔽芾(fèi):茂盛貌。參《陪歐陽少師永叔燕潁州西湖》注〔三〕。

〔五〕謂看見歐的墨跡忍不住落淚。汍瀾:淚疾流貌。《後漢書・馮衍傳下》:"淚汍瀾而雨集兮,氣滂浡而雲披。"按,歐於二蘇有知遇之恩,故蘇轍對其感慕尤深。

〔六〕"人亡"二句:謂歐雖已逝,但留下的平山堂可供後人觀瞻。《南齊書・張緒傳》:"從弟融敬重緒,事之如親兄,齎酒於緒靈前酌飲,慟哭曰:'阿兄!風流頓盡。'"唐杜甫《將赴成都草堂途中有作先寄嚴鄭公五首》之二:"習池未覺風流盡,況復荆州賞更新。"蘇軾有"李公擇過高郵見施大夫與孫莘老賞花詩"云云長題詩:"前輩風流盡,寂寞兩詩人。"

蜀井在大明寺〔一〕。

信腳東遊十二年〔二〕,甘泉香稻憶歸田〔三〕。行逢蜀井恍如夢,試煮山茶意自便〔四〕。短綆不收容盥濯〔五〕,紅泥仍許置①清鮮〔六〕。早知鄉味勝爲客,遊宦何須更著鞭〔七〕?

【校記】

①仍許置:宋建本、蜀藩刻本、叢刊本作"遠置亦"。

【箋注】

〔一〕蜀井:《江南通志》卷三十三:"蜀井在甘泉縣蜀岡上,禪智寺側。其泉脉通蜀江。相傳有僧洗鉢蜀江,失之,從此井浮出。僧遊揚識之,水味甘冽。蘇軾曾取大明泉較之,以爲不如也。題爲第一泉。"大明寺:在揚州北郊蜀岡中峰之上,初建於南朝宋孝武帝大明年間(四五七—四六四),唐朝鑒真法師曾於此任住持,後東渡日本傳法。

〔二〕蘇轍自熙寧元年(一〇六八)除父喪至今,正十二年。四川在西南,故云出川至中原爲"東遊"。信腳:隨意行走。

〔三〕甘泉:指大明寺内“天下第五泉”。見唐張又新《煎茶水記》:“故刑部侍郎劉公諱伯芻於又新丈人行也,爲學精博,頗有風鑒。稱較水之與茶宜者凡七等:揚子江南零水第一,無錫惠山寺石水第二,蘇州虎丘寺石水第三,丹陽縣觀音寺水第四,揚州大明寺水第五,吴松江水第六,淮水最下第七。”

〔四〕“行逢”二句:宋胡仔《苕溪漁隱叢話後集·玉川子》:“余以陸羽《茶經》考之,不言揚州出茶,惟毛文錫《茶譜》云:‘揚州禪智寺,隋之故宫,寺枕蜀岡,其茶甘香,味如蒙頂焉。’”

〔五〕綆:(汲水器上的)繩索。《左傳·襄公九年》:“具綆缶。”晉杜預注:“綆……汲水索。”《荀子·榮辱》:“短綆不可以汲深井之泉。”

〔六〕紅泥:指紅泥做成的烹酒煮茶的爐子。唐白居易《問劉十九》:“緑螘新醅酒,紅泥小火爐。”清鮮:指新鮮的茶葉。

〔七〕《晉書·劉琨傳》:“與范陽祖逖爲友,聞逖被用,與親故書曰:‘吾枕戈待旦,志梟逆虜,常恐祖生先吾著鞭。’”

摘星亭迷樓舊址〔一〕。

闕角孤高特地迷〔二〕,迷藏渾忘日東西〔三〕。江流入海情無限,莫雨連山醉似泥〔四〕。夢裏興亡應未覺〔五〕,後來愁思獨難齊〔六〕。祇堪留作遊觀地,看遍峰巒處處低。

【箋注】

〔一〕摘星樓:《江南通志》卷三十三:“摘星樓在甘泉縣西北,城角即迷樓故址。”迷樓:宋曾慥《類説·古今詩話·迷樓》:“隋煬帝時,浙人項昇進新宫圖,帝愛之,令揚州依圖營建,既成,幸之,曰:‘使真仙遊此,亦當自迷。’乃名迷樓。”按,迷樓唐時已毁。

〔二〕闕角:城角。特地:格外。唐羅隱《汴河》:“當時天子是閒遊,今日行人特地愁。”

〔三〕謂在迷樓中忘記了時光。唐杜牧《揚州》之一:“煬帝雷塘土,迷藏有舊樓。”迷藏:即捉迷藏。渾忘:全忘。

〔四〕唐李白《襄陽歌》:“傍人借問笑何事,笑殺山公醉似泥。”

〔五〕謂隋文帝因讖言皇帝姓李，於是屠戮李姓大臣，没想到應在"李淵"身上。《資治通鑑・隋紀六・隋煬帝大業十一年》："初，高祖夢洪水没都城，意惡之，故遷都大興。"唐方壺居士《隋堤詞》："傷心一覺興亡夢，堤柳無情織世愁。"覺(jiào)：睡醒。

〔六〕謂隋煬帝未能如願做"長城公"。《資治通鑑・唐紀一・唐高祖武德元年》："帝自曉占候卜相，好爲吴語，常夜置酒，仰視天文，謂蕭后曰：'外間大有人圖儂，然儂不失爲長城公（按，指陳後主叔寶），卿不失爲沈后，且共樂飲耳。'因引滿沈醉。"齊：相并；一樣。

僧伽塔〔一〕

山頭孤塔閟真人〔二〕，云是僧伽第二身〔三〕。處處金錢追晚供〔四〕，家家蠶麥保新春。欲求世外無心地〔五〕，一掃胸中累劫塵〔六〕。方丈近聞延老宿〔七〕，清朝留客語逡巡〔八〕。

【箋注】

〔一〕僧伽塔：揚人通稱光化塔。位於今揚州唐代衙城遺址東南，城北鄉楊村佘田莊，始建於唐昭宗光化年間（八九八—九〇一），故名。本爲淮南節度使楊行密故宅，後舍宅爲寺，初名光孝院。宋建隆四年（九六三），在寺院内鑄造鐵佛，又名鐵佛寺，此後又有光化寺、興教寺等名。

〔二〕山頭：塔在蜀岡邊緣，地勢較高。閟(bì)：埋。真人：佛教稱證真理的人，即阿羅漢。唐玄應《一切經音義》卷八："真人，是阿羅漢也。"後用作對高僧的尊稱。

〔三〕僧伽：自言何國人，因以何爲姓。又稱"泗州大聖"、"大聖菩薩"，傳説是觀音的化身。生年不詳，圓寂於唐中宗景龍四年三月（七一〇），葬於泗州普光王寺下。事見《宋高僧傳》卷十八。第二身：佛典有二身之説，此指父母所賦肉身。

〔四〕供：以花果、時饈、財物等置佛前供養之。佛教以爲有功德。

〔五〕無心：遠離妄念的真心。《宗鏡録》四十五曰："故經云：有心皆苦，無心即樂。"

〔六〕累劫:劫,佛典分别世界成壞之時量名,爲表示時間之最大單位。累劫,持續累積的劫,極言時間之長。《弘明集·正誣論》:"今以其能掘衆惡之栽,滅三毒之燼,修五戒之善,盡十德之美,行之累劫,倦而不已。"

〔七〕方丈:寺廟的住持和尚。相傳維摩居士所住的石室,長寬只有一丈,方丈之名,即是由此而來。老宿:稱釋道中年老而有德行者。杜甫《岳麓山道林二寺行》:"依止老宿亦未晚,富貴功名焉足圖。"

〔八〕清朝:清晨。逡巡:從容;閑暇。

附録　秦觀《廣陵五題》

九曲池

蕭瑟通池閟茂林,岸傍無復屬車音。涵春似恨隋家遠,漲曉疑連蜀井深。鬭草事空煙冉冉,司花人遠樹陰陰。勞生俛仰成陳迹,縱有遺音可用尋。

平山堂

棟宇高開古寺間,盡收佳處入雕欄。山浮海上青螺遠,天轉江南碧玉寬。雨檻幽花滋淺淚,風巵清酒漲微瀾。遊人若論登臨美,須作淮東第一觀。

蜀井

蜀岡精氣滀多年,故有清泉發石田。乍飲肺肝俱澡雪,久窺杖屨亦輕便。炊成香稻流珠滑,煮出新茶潑乳鮮。坐使二公鄉思動,放杯西望欲揮鞭。府尹、司封高安著作皆是蜀人。

摘星亭

崑崙左右兩招提,中起孤高雉堞西。不見燒香成宿霧,虚傳裁錦作障泥。螢流花苑飛星亂,蕪滿春城緑髮齊。長憶凭欄風雨後,斷虹明處海天低。障泥事見李商隱《隋宫》詩。

光化塔

古佛悲憐得度人,應緣來現比丘身。水流月落知何處,花發鸎啼又一春。方外笑談清似玉,夢中煩惱細如塵。老僧自説從居此,卻悔平時事遠巡。

題杜介供奉熙熙堂〔一〕

門前籍籍草生徑〔二〕，堂上熙熙氣吐春〔三〕。遮眼圖書聊度日〔四〕，放情絲竹最關身〔五〕。年來凴①脱烏皮几〔六〕，客去時乾漉酒巾〔七〕。卜築城中移榜就，休心便作廣陵人〔八〕。

【校記】

①凴：宋建本、蜀藩刻本、叢刊本作"頻"。

【箋注】

〔一〕作於元豐三年（一〇八〇）四月。杜介：字幾先，揚州（今江蘇揚州市）人。曾官供奉，後歸隱居平山堂。供奉：職官名。唐初設侍御史内供奉、殿中侍御史内供奉；唐玄宗時有翰林供奉，專備應制。宋時設東、西頭供奉官，爲武職階官，内東、西頭供奉官，爲宦官階官；均用表品級，無實際職掌。蘇軾有《贈杜介》、《送杜介歸揚州》詩。宋董更《書録》卷中："杜介善草書，有詞筆，皆精絶也。"

〔二〕籍籍：衆多而雜亂貌。

〔三〕熙熙：和樂貌。語本《老子》第二十章："衆人熙熙，如享太牢，如春登臺。"

〔四〕《景德傳燈録》卷十四："僧問：'和尚尋常不許人看經，爲甚麽卻自看？'師曰：'我只圖遮眼。'"蘇軾《姪安節遠來夜坐三首》之一："遮眼文書元不讀，伴人燈火亦多情。"

〔五〕放情絲竹：縱情音樂。《世説新語·言語》："謝太傅語王右軍曰：'中年傷於哀樂，與親友别，輒作數日惡。'王曰：'年在桑榆，自然至此。正賴絲竹陶寫，恒恐兒輩覺損欣樂之趣。'"

〔六〕唐杜甫《寄劉峽州伯華使君四十韻》："憑久烏皮綻，簪稀白帽稜。"宋黄希等補注："洙曰：烏皮，几也。蘇曰：宋明不仕，杜門注黄老書，孫登惠烏羔皮裹几，歲久，憑皆破綻，自號守一先生。"凴：憑靠。

〔七〕《南史·隱逸傳上·陶潛》:"郡將候潛,逢其酒熟,取頭上葛巾漉酒,畢,還復著之。"漉酒:濾酒。

〔八〕"卜築"二句:謂安心在揚州隱居。卜築:擇地建築住宅,即定居之意。《梁書·劉訏傳》:"曾與族兄劉歊聽講於鍾山諸寺,因共卜築宋熙寺東澗,有終焉之志。"移榜:移船。休心:放下欲望。《五燈會元·投子青禪師法嗣·東京天寧芙蓉道楷禪師》:"示衆曰:夫出家者,爲厭塵勞,求脱生死,休心息念,斷絶攀緣,故名出家。"廣陵:揚州舊稱。按,杜介時已罷官。

遊金山寄揚州鮮于子駿從事邵光〔一〕

揚州望金山〔二〕,隱隱大如幞〔三〕。揭來長江上〔四〕,孤高二千尺。僧居厭山小,面面貼蒼石。虚樓三百間〔五〕,正壓江潮白〔六〕。清風斂霽霧〔七〕,曉日曜金碧〔八〕。直侵魚龍居〔九〕,似得鬼神役〔一〇〕。我行有程度〔一一〕,欲去空自惜。風吹渡江水〔一二〕,山僧午方食。波瀾洗我心,笋蕨飽我腹。平生足遊衍〔一三〕,壯觀此云極。鐵甕本誰安〔一四〕,海門復誰植〔一五〕? 東南遞隱見,遥與此山匹。茲遊幾不遂,深愧幕府客〔一六〕。歸時日已莫,正值江月黑〔一七〕。顧視天水并,坐恐星斗濕。使君何時罷? 登覽不可失。

【箋注】

〔一〕作於元豐三年(一〇八〇)四月。轍過長江,游金山,作詩寄故人。揚州:宋屬淮東路。治江都(今江蘇揚州市)。參《和子瞻玉盤盂二首》之一注〔三〕。鮮于子駿:見《喜雪呈鮮于子駿三首》之一注〔一〕。時知揚州。邵光:字彦瞻,毗陵(今江蘇常州市)人。嘉祐八年進士,時官揚州簽書判官,元祐時官左朝奉郎。

〔二〕金山:在潤州(今江蘇鎮江市)西北,長江南岸,原爲長江江心的一座島嶼,山上有金山寺,始建於東晉。真宗時,改名龍游寺。清道光年間後,漸與南岸相連,成爲内陸山。

〔三〕唐李肇《唐國史補》卷下:"灧澦大如馬,瞿塘不可下;灧澦大如牛,瞿塘不可留；灧澦大如襆，瞿塘不可觸。”

〔四〕朅來：去。來，語綴，無義。

〔五〕虚樓：高樓。

〔六〕唐王勃《早春野望》：“江曠春潮白，山長曉岫青。”唐杜甫《惜别行送向卿進奉端午御衣之上都》：“向卿將命寸心赤，青山落日江潮白。”

〔七〕霽霧：正在消散的雲霧。宋宋祁《九日侍宴太清樓》：“霽霧供披拂，涼風助掃除。”

〔八〕金碧：指金山佛寺上的金粉碧瓦。

〔九〕魚龍：泛指水族。

〔一〇〕謂金山上的樓閣鬼斧神工。鬼神役：驅使鬼神。《梁書·諸夷列傳·海南諸國》：“阿育王即鐵輪王，王閻浮提，一天下。佛滅度後，一日一夜役鬼神造八萬四千塔，此即其一也。”

〔一一〕程度：程限。即在限期内到達。

〔一二〕謂順風渡江。唐柳宗元《楊白花》：“楊白花，風吹渡江水。”按，此只用原句字詞，與意義無關。

〔一三〕足：多。游衍：盡情遊覽。《詩·大雅·板》：“昊天曰旦，及爾遊衍。”毛傳：“遊，行；衍，溢也。”唐孔穎達疏：“遊行衍溢，亦自恣之意也。”

〔一四〕鐵甕：鐵甕城。潤州北固山前的一座古城。爲三國時孫權所築。唐杜牧《潤州》之二：“城高鐵甕横强弩，柳暗朱樓多夢雲。”清馮集梧注：“原注：‘潤州城，孫權築，號爲鐵甕。’《演繁露》：‘潤州城古號鐵甕，人但知其取喻以堅而已，然甕形深狹，取以喻城，似爲非類。乾道辛卯，予過潤，蔡子平置燕于江亭，亭據郡治前山絶頂，而顧子城雉堞缘岡，彎環四合，其中州郡諸廨在焉，圓深之形，正如卓甕，予始知喻以爲甕者，指子城也。’”

〔一五〕海門：海口。内河通海之處。植：建立。

〔一六〕“兹游”二句：謂此次游覽多虧幕府的朋友幫助纔能成行。愧：感謝。

〔一七〕蘇軾《金山寺》：“是時江月初生魄，二更月落天深黑。”

附録　秦觀《和遊金山》和子由同彦瞻。

江流會揚子，洶洶東南騖。海門劃前開，金山屹中據。鼓鐘食萬指，金腰棲千柱。夜庭游月波,曉觀搏香霧。天清猿鳥哀,風暗魚龍怒。雲物横古今,濤波閲晨暮。三州氣色來,上下端倪露。偉哉元氣間,此勝知誰聚?念昔憩精廬,登臨輒忘去。汲新試團月,飯素羹魁芋。别來星暑换,寤寐經從處。忽蒙珠璧投,了與雲巒過。幽光炯肝肺,爽氣森庭户。區中多滯念,方外饒奇趣。寄語山阿人,泠然行復御。

初至金陵〔一〕

山川過雨曉光浮〔二〕,初看江南第一州〔三〕。路繞匡廬更南去〔四〕,懸知是處可忘憂〔五〕。

【箋注】

〔一〕作於元豐三年(一〇八〇)四月。金陵:江寧。今江蘇南京。

〔二〕曉光:清晨的陽光。南朝梁簡文帝《侍遊新亭應令》:"曉光浮野映,朝煙承日迴。"

〔三〕宋張耒《懷金陵三首》之三:"芰荷聲裏孤舟雨,卧入江南第一州。"

〔四〕匡廬:江西的廬山。相傳殷周之際有匡俗兄弟七人結廬於此,故云。《後漢書·郡國志四·廬江郡》:"尋陽南有九江,東合大江。"南朝梁劉昭注引南朝宋慧遠《廬山記略》:"有匡俗先生者,出殷周之際,隱遯潛居其下,受道於仙人而共嶺,時謂所止爲仙人之廬而命焉。"

〔五〕懸知:擬想;猜測。

蘇轍詩編年箋注卷十

和孔武仲金陵九詠〔一〕

白鷺亭〔二〕

白鷺洲前水〔三〕,奔騰亂馬牛〔四〕。亭高疑欲動,船去似無憂。洶涌山方壞〔五〕,澄清練不收〔六〕。中秋誰在此?明月滿城頭〔七〕。

【箋注】

〔一〕作於元豐三年(一〇八〇)四月。《蘇軾文集》卷六十八《書子由天慶觀詩》:"元豐三年四月,家弟子由過此留詩。七年七月十六日,爲書之壁。"孔武仲:見《和孔教授武仲濟南四詠》注〔一〕。

〔二〕白鷺亭:宋祝穆《方輿勝覽·建康府》:"白鷺亭,在府城。上與賞心亭相接,下瞰白鷺洲,柱間有蘇子瞻留題。"宋陸游《入蜀記》:"凡舟皆由此下至建康,故江左有變,必先固守石頭,真控扼要地也。自新河入龍光門。城上舊有賞心亭、白鷺亭,在門右,近又創二水亭在門左,誠爲壯觀。然賞心爲二亭所蔽,頗失往日登望之勝。"

〔三〕白鷺洲:宋祝穆《方輿勝覽·建康府·白鷺州》引《丹陽記》:"在江中心南邊,新林浦西邊。白鷺洲上多白鷺,故名。"唐李白《登金陵鳳凰臺》:"三山半落青天外，二水中分白鷺洲。”宋張敦頤《六朝事蹟編類》：“白鷺洲對江寧之新林浦。”

〔四〕形容水勢浩大，遠望分不清牛馬。《莊子·秋水》：“秋水時至，百川灌河。涇流之大，兩涘渚崖之間，不辯牛馬。”

〔五〕壞：坍塌。

〔六〕南朝齊謝朓《晚登三山還望京邑》：“餘霞散成綺，澄江静如練。”練，白色熟絹。

〔七〕唐李賀《塞下曲》：“天含青海道，城頭月千里。”

覽輝亭〔一〕

城裹最高處，坡陁見一城〔二〕。山多來有緒，江遠静無聲。歌吹風前度〔三〕，樓臺雨後明。風光同楚蜀，聊此慰平生。

【箋注】

〔一〕宋周應合《景定建康志》卷二十二：“覽輝亭在今保寧寺後，鳳凰臺舊基側。寺有覽輝亭碑，刓缺不可讀，莫詳其人，唯歲月可考，蓋熙寧三年夏四月也。”

〔二〕坡陁：山勢起伏不平貌。唐元稹《黄明府詩》：“邐迤七盤路，坡陁數丈城。”

〔三〕歌吹：歌聲和樂聲。南朝宋鮑照《蕪城賦》：“廛閈撲地，歌吹沸天。”

鳳凰臺〔一〕

鳳鳥久不至，斯臺空復高〔二〕。何年種梧竹〔三〕，特地剪蓬蒿〔四〕。白水來無際〔五〕，青山轉幾遭〔六〕。南遊且未返，江海共滔滔。

【箋注】

〔一〕《輿地紀勝·江南東路·建康府·景物下·鳳凰臺》：“故基在保寧寺後。元嘉十六年，秣陵王顗見三異鳥集於山，衆鳥翼而附集，時人謂之鳳凰，乃起臺於上。”

〔二〕“鳳鳥”二句：唐李白《登金陵鳳凰臺》：“鳳凰臺上鳳凰遊，鳳去臺空江自流。"《論語·子罕》:"鳳鳥不至,河不出圖,吾已矣夫。"

〔三〕梧竹:傳説鳳凰非梧桐不棲,非竹實不食。參《次韻劉涇見寄》注〔二〇〕。

〔四〕特地:特意。

〔五〕白水:清澈的江水。

〔六〕唐劉禹錫《金陵五詠·石頭城》:"山圍故國周遭在,潮打空城寂寞回。"

天慶觀〔一〕

興廢不可必,冶城今静祠〔二〕。松聲聞道路,竹色净軒墀〔三〕。江近風雲改,亭深草木滋〔四〕。孤墳弔遺直〔五〕,狂闇閔元規〔六〕。卞壼墓在觀側〔七〕。

【箋注】

〔一〕《景定建康志》卷四十五:"天慶觀在城西門内崇道橋北。"本係晉朝冶城故址,五代十國吴時,于其地建紫極宫,司命真君殿。北宋大中祥符間,改爲祥符宫,續又改爲天慶觀。

〔二〕《景定建康志》卷二十:"冶城:金陵有古冶城,本吴冶鑄之地。《世説叙録》云:丹陽冶城去宫三里,今天慶觀即其地。"静祠:疑指忠烈廟。《景定建康志》卷四十四:"忠烈廟即卞將軍廟,在天慶觀。"

〔三〕軒墀:窗户和臺階。

〔四〕指忠孝亭。《景定建康志》卷二十二:"忠孝亭在天慶觀西。昔爲冶城。晉卞壼與二子同死蘇峻之難,其墓在焉。南唐於此建忠貞亭,穿地得斷碑,徐鍇爲之識。國朝慶曆三年,葉公清臣取其父爲忠臣,子爲孝子之言,始改曰忠孝。元祐八年,曾公肇即亭爲堂,繪壼像其中,列諸祀典而爲之記。"

〔五〕孤墳:指卞壼墓。遺直:指直道而行、有古人遺風的人。《左傳·昭公十四年》:"叔向,古之遺直也。"

〔六〕狂闇:狂妄不達事理的人。元規:指庾亮(二八九—三四〇)。亮字元規,晉潁川鄢陵(今河南鄢陵縣)人。美姿容,善談論,好《老》《莊》。元帝爲鎮東將軍時,辟西曹掾,甚器重之,轉丞相參軍。明帝時,代王導爲中書監。成帝初,以帝舅爲中書令,執掌朝政。蘇峻、祖約起兵,與温嶠共推陶侃爲盟主,平定叛亂。陶侃死,代鎮武昌,擬北伐,爲郗鑒所阻未果。會邾城陷没,毛寶赴水死,憂慨成疾。卒贈太尉,謚文康。《晉書》有傳。《晉書·庾亮傳》:"先是王導輔政以寬和得衆,亮任法裁物,頗以此失人心。"

〔七〕卞壼(二八一—三二八):字望之,晉濟陰冤句(今山東菏澤市西南)人。明帝時爲尚書令,勤于政事。成帝立,與庾亮同心輔政。蘇峻攻京師,壼扶病率軍拒之,戰死,二子同時被殺。《晉書》有傳。

高齋〔一〕

金陵佳處自無窮,使宅幽深即故宫〔二〕。樓殿六朝遺燼後〔三〕,江山百里舊城中。雨餘尚有金鈿落〔四〕,月出長窺粉堞空〔五〕。看盡一城懷古地,兹遊恨不與君同〔六〕。

【箋注】

〔一〕高齋:《景定建康志》卷二十一:"高齋舊在江寧府治,今在行宫内。康定中,葉公清臣建,胡公宿作記。"

〔二〕使宅:猶使君之宅,指葉清臣修建事。故宫:指原爲皇宫。

〔三〕六朝:歷史上三國吴、東晉和南朝的宋、齊、梁、陳,相繼建都南京,故稱六朝古都。遺燼(jìn):指燃燒後剩下的灰燼,此謂戰火。

〔四〕金鈿:嵌有金花的婦人首飾。南朝梁丘遲《敬酬柳僕射征怨》:"耳中解明月,頭上落金鈿。"此當指昔年王朝易代之際,爲亂兵劫掠散落于地的殘餘。

〔五〕唐劉禹錫《金陵五題·石頭城》:"淮水東邊舊時月,夜深還過女牆來。"粉堞(dié):用白堊塗刷的女牆。

〔六〕唐子蘭《登樓憶友》:"登臨無限趣,恨不與君同。"宋司馬光《和景仁題崇福宫》:"樽中亦有酒,恨不與君同。"

此君亭在華藏寺〔一〕。

緑竹不可數,孤亭一倍幽。色分巖石潤,梢①出澗松修〔二〕。雪節寒方見〔三〕，春萌早不抽。故山多此物，長恨未歸休〔四〕。

【校記】

①梢：原本作"稍"，據宋建本、蜀藩刻本改。

【箋注】

〔一〕此君亭：《景定建康志》卷二十二："此君亭，在華藏寺。"王安石《華藏院此君亭》宋李壁箋注：按《建康志》："在斗門橋西街北，僞吴武義二年建。初爲報先寺，南唐改爲報恩禪院，國朝改爲今額。晉王子猷愛竹，嘗曰：'不可一日無此君。'意亦取此。"參《和文與可洋州園亭三十詠·此君庵》。

〔二〕修：高，長。

〔三〕雪節：竹節。竹節處有白粉，故稱。蘇軾《鳳翔八觀·王維吴道子畫》："門前兩叢竹，雪節貫霜根。"

〔四〕歸休：辭官退休；歸隱。

見江亭在蔣山〔一〕。

江水信浩渺，連山巧蔽虧〔二〕。端能上險絶〔三〕，故自識津涯〔四〕。滅没檣竿度〔五〕，飄摇鷺羽遲〔六〕。何人倚舟望，亦愛此峰危？

【箋注】

〔一〕《景定建康志》卷十七："鍾山一名蔣山，在城東北一十五里，周迴六十里，高一百五十八丈。東連青龍山，西接青溪，南有鍾浦，下入秦淮，北接雉亭山。漢末有秣陵尉蔣子文逐盜，死事於此，吴大帝爲立廟，封曰蔣侯。大帝祖諱鍾，因改曰蔣山。"

〔二〕蔽虧：因遮蔽而半隱半現。唐孟郊《夢澤行》："楚山争蔽虧，日月無全輝。"

〔三〕端能：確實能。

〔四〕唐高適《三君詠·郭代公》："代公實英邁，津涯浩難識。"津涯：此指渡口。

〔五〕滅没：若隱若現。《列子·説符》："天下之馬者，若滅若没，若亡若失。"檣竿：船桅杆。

〔六〕飄搖:舒緩貌。《戰國策·楚策四》:"[黄鵠]奮其六翮,而淩清風,飄搖乎翱翔,自以爲無患,與人無争也。"

定林院〔一〕

定林兩山間,崖木生欲合。茅屋倚巖隈〔二〕,重重陰清樾〔三〕。晨齋取旁寺,生事信幽絶〔四〕。吾人定何爲,常欲依暖熱〔五〕?

【箋注】

〔一〕定林院:《景定建康志》卷四十六:"定林寺有二:上定林寺,舊在蔣山應潮井後。宋元嘉十六年,禪僧竺法秀造,在下定林寺之西。乾道間,僧善鑑請其額,於方山重建。下定林寺在蔣山寶公塔西北。宋元嘉元年置,後廢。今爲定林庵,王安石舊讀書處。"王有《定林院》《書定林院窗》等詩。此當指下定林。

〔二〕巖隈:深山曲折處。

〔三〕清樾:清幽的樹蔭。王安石《定林》:"定林脩木老參天。"知其處樹木極多。又蘇軾《中秋月三首寄子由》之二:"三更歌吹罷,人影亂清樾。"

〔四〕唐張九齡有"冬中至玉泉山寺"云云長題詩:"靈境信幽絶,芳時重暄妍。"

〔五〕暖熱:温暖炎熱。謂世人不欲棲此山中清幽之地,而追慕城市之喧囂熱鬧。然暖熱於此語意雙關,暗指權勢利禄之地。

八功德泉①〔一〕

君言山上泉,定有何功德〔二〕?熱盡自清涼,苦除即甘滑〔三〕。頗遭游人病,時取破匏挹〔四〕。煩惱雖云消,凛然終在臆〔五〕。

【校記】

①泉:原本作"水"。宋大字本、宋建本、蜀藩刻本、叢刊本作"泉"。詩云"君言山上泉",知原本誤。據改。

【箋注】

〔一〕《景定建康志》卷十九:"八功德水在蔣山悟真庵後,因梁天監得名。"

復引《天聖記》云:八功德者謂一清、二冷、三香、四柔、五甘、六浄、七不饐、八蠲痾。八功德水:佛教語。極樂之池中及須彌山與七金山之内海,皆盈滿八功德水。《稱讚浄土佛攝受經》卷一:“何等名爲八功德水?一者澄浄,二者清冷,三者甘美,四者輕軟,五者潤澤,六者安和,七者飲時除飢渴等無量過患,八者飲已定能長養諸根四大;增益種種殊勝善根,多福衆生常樂受用。”

〔二〕定:究竟。功德:佛典語。意指功能福德,亦謂行善所獲之果報。

〔三〕甘滑:甘美爽口。

〔四〕破匏:葫蘆做的水瓢。挹:舀。

〔五〕臆:胸。

遊鍾山〔一〕

江南四月如三伏〔二〕,北望鍾山萬松碧。杖藜試上寶公龕〔三〕,衆壑秋聲起相襲。青峰回抱石城小〔四〕,白練前横大江直〔五〕。石梯南下俯城闉〔六〕,松徑東蟠轉山谷。喬林無風聲如雨,時見遊僧石上息。行窮碧澗一庵巖〔七〕,坐弄清泉八功德〔八〕。歸尋晚飯衆山底,困卧定林依石壁〔九〕。朝遊不知澗谷遠,莫歸但覺穿雙屐〔一〇〕。老僧一身泉上住,十年掃盡人間迹。客到唯燒柏子香〔一一〕,晨飢坐待山前粥。丈夫濟時誠妄語〔一二〕,白首居山本良策。茹蔬飯糗何足道〔一三〕?純灰洗心聊自滌〔一四〕。失身處世足愆尤〔一五〕,愧爾山僧少憂責。

【箋注】

〔一〕作於元豐三年(一〇八〇)四月。“江南四月如三伏,北望鍾山萬松碧。”明言時令。鍾山:見《和孔武仲金陵九詠・見江亭》。

〔二〕三伏:即初伏、中伏、末伏。參《和孔教授武仲濟南四詠・環波亭》注〔四〕。

〔三〕杖藜:拄著拐杖。寶公龕:即寶公塔。寶公名寶誌,南朝宋太始年間至鍾山,雖剃鬚髮而常冠下裙,帽納袍,故俗呼爲誌公。好爲讖記,所謂誌公符是也。天監十三年卒。將死忽移寺金剛像出置户外,語人云菩薩當去,旬日無疾而終。永定公主建塔于鍾山之上,即名寶公塔。《南史》有傳。

〔四〕石城:石頭城之簡稱。據《景定建康志》卷十七引《丹陽記》:"石頭城,吴時悉土塢。義熙初,始加磚累甓,因山以爲城,因江以爲池,地形險固,尤有奇勢,亦謂之石首城,范曄有《初發石首城》。"

〔五〕白練:指江水。參《和孔武仲金陵九詠·白鷺亭》注〔六〕。

〔六〕城闉(yīn):城内重門,此泛指城郭。

〔七〕一庵巖:疑指悟真庵、道卿巖。參前《和孔武仲金陵九詠·八功德泉》。又《景定建康志》卷十九:"道卿巖在八功德水之後,半嶺間,可容數人。慶曆中,知府葉公清臣嘗領客來遊,公字道卿,故名。"

〔八〕清泉八功德:指八功德泉。參前《和孔武仲金陵九詠·八功德泉》。

〔九〕定林:指下定林。參前《和孔武仲金陵九詠·定林院》。

〔一〇〕穿:磨穿。

〔一一〕柏子香:用柏樹果實所製作的一種香料,僧侣喜用。宋張耒《題軫師房二首》之一:"山僧睡起日亭午,出户微微柏子香。"參明周嘉胄《香乘》卷十八。

〔一二〕濟時:猶濟世,救時。唐杜甫《洗兵馬》:"二三豪俊爲時出,整頓乾坤濟時了。"

〔一三〕茹蔬飯糗:吃蔬菜和乾糧。形容生活困苦。參《次韻張耒見寄》注〔九〕。

〔一四〕《晉書·石季龍載記下》:"季龍曰:'吾欲以純灰三斛洗吾腹。腹穢惡,故生凶子,兒年二十餘便欲殺公。今世方十歲,比其二十,吾已老矣。'"

〔一五〕失身:失去操守。愆尤:過失;罪咎。唐李白《古風》之十八:"功成身不退,自古多愆尤。"

郭祥正國博醉吟庵〔一〕

姑熟溪頭醉吟客〔二〕,歸作茅庵劣容席〔三〕。團團鵠卵中自明〔四〕,窗前月出夜更清。醉吟自作溪上語,不學擁鼻洛陽生〔五〕。詩成付與坐中讀,知有清溪可終日。作詩飲酒聊復同,誰來共枕溪中石〔六〕？圓天方地千萬里〔七〕,中與此間大相似。囂然一息不自停〔八〕,水火雷風相滅起〔九〕。直須祇作此庵看,歌罷曲肱還醉眠〔一〇〕。不用騎鯨學太①白〔一一〕,東入滄海觀桑田〔一二〕。

【校記】

①太:原本、宋建本作"李",據蜀藩刻本改。

【箋注】

〔一〕作於元豐三年(一〇八〇)四月。轍至太平州,晤郭祥正,題其醉吟庵。郭祥正:字功父,太平州當塗(今安徽馬鞍山市)人。熙寧中舉進士,官至汀州通判,攝守漳州,後棄去,家于當塗之青山以卒。《宋史》有傳。國博:國子監博士。醉吟庵:郭祥正嘗自稱醉吟先生,築醉吟庵于當塗。《東都事略》卷一百十五:"熙寧中,(郭祥正)知武岡縣,僉書保信軍節度判官,……祥正遂致仕,居于姑孰,不復于進,所居有醉吟庵。"又《青山續集》卷二《浪士歌》:"郭子棄官合肥,歸隱姑孰,一吟一酌,婆娑溪上,自號曰醉吟先生。"

〔二〕姑熟溪:又名姑熟水。《太平寰宇記·江南西道三·太平州》:"姑熟溪在縣南二里。姑熟,即縣名。此水經縣市中過,按溪即因地以名之也。"姑熟,當塗舊稱。

〔三〕謂窄小僅容座席。劣:僅。

〔四〕團團:圓貌。漢班婕妤《怨歌行》:"裁爲合歡扇,團團似明月。"鵠卵:鶴之卵。形體較大,此喻月。鵠,通"鶴"。《莊子·庚桑楚》:"奔蜂不能化藿蠋,越雞不能伏鵠卵。"唐陸德明釋文:"鵠,本亦作鶴,同。"

〔五〕謂郭不趨時媚俗。《世説新語·雅量》:"方作洛生詠諷。"梁劉孝標注引宋明帝《文章志》:"[謝]安能作洛下書生詠,而少有鼻疾,語音濁。後名流多斅其詠,弗能及,手掩鼻而吟焉。"

〔六〕《世説新語·排調》:"孫子荆年少時欲隱,語王武子當枕石漱流,誤曰漱石枕流。王曰:'流可枕,石可漱乎?'孫曰:'所以枕流,欲洗其耳;所以漱石,欲礪其齒。'"

〔七〕《淮南子·天文》:"是故天不發其陰,則萬物不生;地不發其陽,則萬物不成。天圓地方,道在中央。”

〔八〕囂然:擾擾不寧貌。

〔九〕水火雷風:古所尊祀的六神中的四位,位于天地四方之間,助陰陽變化者。見《書·舜典》:“肆類于上帝,禋于六宗,望于山川,徧于群神。”

〔一〇〕曲肱:謂彎著胳膊作枕頭。語出《論語·述而》:“飯疏食飲水,曲肱而枕之,樂在其中矣。”後以“曲肱”比喻清貧而閒適的生活。

〔一一〕唐杜甫《送孔巢父謝病歸遊江東兼呈李白》:“幾歲寄我空中書,南尋禹穴見李白。”清仇兆鰲注:“南尋句,一作‘若逢李白騎鯨魚’。”按,騎鯨魚,出《羽獵賦》。俗因傳太白醉騎鯨魚,溺死潯陽。據《宋史·郭祥正傳》:“[祥正]母夢李白而生。少有詩聲,梅堯臣方擅名一時,見而歎曰:‘天才如此,真太白後身也。’”故此以太白擬之。

〔一二〕桑田:形容巨大的變化。參《送林子中安厚卿二學士奉使高麗二首》之二注〔二〕。

湖陰曲〔一〕

老虎穴中卧〔二〕,獵夫不敢窺。騂騮服箱驂盜驪,巡城三匝漫不知〔三〕。帳中晝夢日繞壁①,驚起知是黄鬚兒〔四〕。馬鞭七寶留道左,猛士徘徊不能過〔五〕。遺矢如冰去②已遥〔六〕,明日神兵下赤霄〔七〕。荒城至今人不住,孤兔驚走風蕭蕭。

【校記】

①壁:原作“璧”,據宋大字本、宋建本、蜀藩刻本改。

②冰去:叢刊本作“去冰”。誤倒。

【箋注】

〔一〕作於元豐三年(一〇八〇)四月。湖陰:即于湖,晉縣名,在蕪湖,或云在今安徽當塗東南三十八里。據張耒《于湖曲序》:“蕪湖令寄示温庭筠《湖陰曲》之序乃云:‘晉王敦反,屯于湖陰,帝微行至其營,敦夢日遶之,覺而追不及,故樂府有《湖陰曲》。’按《晉·地志》有于湖而無湖陰。《本記》云‘敦屯于湖'，又曰'帝至于湖，陰察營壘而去'。頃予遊蕪湖，問父老'湖陰'所在，皆莫之知也。然則帝至于湖，當斷爲句。"元豐七年（一〇八四）蘇軾受東承天院方丈的邀請題温庭筠的《湖陰曲》，後人在此處建玩鞭亭。黄庭堅有"至今亭竹根延蔓，尚想當年七寶鞭"詩句。

〔二〕老虎：此喻東晉明帝時大臣王敦。時欲起兵反叛。

〔三〕"驊騮"二句：《晉書·明帝紀》："［太寧二年］六月敦將舉兵内向，帝密知之，乃乘巴湞駿馬，微行至于湖，陰察敦營壘而出。"服（fù）箱：負載車箱，即駕車。驂（cān）：駕車時位于兩邊的馬。盜驪（lí）：傳説周穆王八駿之一。《穆天子傳》卷一："天子之駿：赤驥、盜驪、白義、踰輪、山子、渠黄、華騮、緑耳。"晉郭璞注："八駿，皆因其毛色以爲名號耳。"此指駿馬。

〔四〕"帳中"二句：《晉書·明帝紀》："有軍士疑帝非常人，又敦正晝寢，夢日環其城，驚起曰：'此必黄鬚鮮卑奴來也。'帝母荀氏燕代人，帝狀類外氏，鬚黄，敦故謂帝云。"

〔五〕"馬鞭"二句：《晉書·明帝紀》："［王敦］於是使五騎物色追帝，帝亦馳去，馬有遺糞，輒以水灌之。見逆旅賣食嫗，以七寶鞭與之曰：'後有騎來，可以此示也。'俄而追者至，問嫗，嫗曰：'去已遠矣。'因以鞭示之。五騎傳玩，稽留遂久。又見馬糞冷，以爲信遠而止不追。帝僅而獲免。"唐李白《南奔書懷》："顧乏七寶鞭，留連道旁玩。"

〔六〕遺矢：遺留下的馬糞。矢：通"屎"。

〔七〕《晉書·明帝紀》："［太寧二年秋七月］帝躬率六軍，出次南皇堂。至癸酉，夜募壯士，遣將軍段秀中、軍司馬曹渾、左衛參軍陳嵩、鍾寅等甲卒千人渡水，掩其未備。平旦，戰于越城，大破之，斬其前鋒將何康。王敦憤惋而死。"

舟次大雲倉回寄孔武仲〔一〕

一風失前期，十日不相見〔二〕。君帆一何駛，去若乘風箭〔三〕。我舟一何遲，出没蔽葭亂〔四〕。甕中有白糟〔五〕，牀上有黄卷〔六〕。妻孥不足共〔七〕，思子但長嘆〔八〕。池陽重相遇〔九〕，撫手成一粲〔一〇〕。先行復草草〔一一〕，回首空眷眷〔一二〕。人生類如此，遲速亦何算〔一三〕。一見① 誠偶然，四海良獨遠。相期廬山陰，把臂上雲巘〔一四〕。

【校記】

①一見：宋建本作“一生”。

【箋注】

〔一〕作於元豐三年（一〇八〇）五月。至池州，轍重遇孔武仲。“池陽重相遇，撫手成一粲。”作詩。大雲倉：在今安徽樅陽縣一帶。宋黄庭堅《題大雲倉達觀臺二首》史容注：“池州泝流四十里，至北岸蔣家沙，又四十里，至大雲倉。按《同安志》此詩注云：大雲倉即今樅楊鎮，去舒州一百四十里。”孔武仲：見《和孔教授武仲濟南四詠》注〔一〕。

〔二〕“一風”二句：謂因爲風的緣故而不得相見。

〔三〕“君帆”二句：謂孔船順風很快。一何駛：多麼快。一何，嘆詞。《三國志·魏書·鄧艾傳》南朝宋裴松之注曰：“宣王爲泰會，使尚書鍾繇調泰：‘君釋褐登宰府，三十六日擁麾蓋，守兵馬郡；乞兒乘小車，一何駛乎？’”《太平御覽·地部五·龍門山》引《慎子》：“河之下龍門，其流駛如竹箭，駟馬追走弗能及。”蘇洵《和楊節推見贈》：“有如乘風箭，勇發豈顧帖？”

〔四〕“我舟”二句：謂己船很慢。葭亂（wàn）：初生的荻。《詩·秦風·蒹葭》“蒹葭蒼蒼”三國吴陸璣疏：“葭，一名蘆菼，一名亂。亂，或謂之荻。至秋堅成，則謂之萑。”

〔五〕白糟：即白醪。糯米酒。宋梅堯臣《送臨江軍監酒李太博》：“白醪燒甕美，黄雀下田肥。”

〔六〕黄卷：書籍。晉葛洪《抱朴子·疾謬》：“雜碎故事，蓋是窮巷諸生，章句之士，吟詠而向枯簡，匍匐以守黄卷者所宜識。”楊明照校箋：“古人寫書用紙，以黄蘗汁染之防蠹，故稱書爲黄卷。”

〔七〕妻孥：妻子兒女。共：後來寫作“供”。

〔八〕漢劉楨《贈徐幹》：“思子沉心曲，長歎不能言。”

〔九〕池陽：今屬安徽池州一帶。

〔一〇〕一粲：一笑。

〔一一〕草草：匆忙倉促的樣子。

〔一二〕眷眷：亦作“睠睠”。依戀反顧貌。《詩·小雅·小明》：“念彼共人，睠睠懷顧。”

〔一三〕算：謀劃。

〔一四〕“相期”二句：預約在廬山下見面。把臂：把持手臂，表示親密。雲巘（yǎn）：高聳入雲之山峰。

池州蕭丞相樓二首〔一〕

其一

繞郭青峰睥睨屯〔二〕，入城流水縠文翻〔三〕。樓成始覺江山勝〔四〕，人去方知德業尊〔五〕。坐久浮雲霾後嶺〔六〕，酒醒飛雪變前村〔七〕。我來邂逅公歸國〔八〕，猶喜登臨共一樽。池守滕元發時將解去。

【箋注】

〔一〕作於元豐三年（一〇八〇）五月。《蘇軾佚文匯編》卷五《題子由蕭丞相樓詩贈王文玉》：“元豐三年五月，家弟子由過池，元發令作此詩，到黄爲軾誦之也。”池州：今安徽省池州一帶。蕭丞相樓：宋祝穆《方輿勝覽·池州》：“蕭相樓，在州治北。唐大歷中蕭復建，後杜牧重建。”宋張舜民《郴行録》：“甲申，觀州宅有蕭相樓、九華樓，蕭相謂復也。嘗爲池州刺史。裴度、竇潏皆守土，各有記述。”蕭丞相：即蕭復（七三二—七八八），字履初，祖籍南蘭陵（今江蘇常州市）人。南朝梁武帝之後。嘗衣垢敝居一室，以清操顯。後以蔭爲宫門郎，歷歙、池二州刺史，潔己愛民，父老立碑頌德。唐德宗建中四年，拜吏部尚書同中書門下平章事。臨事嚴方，多拂帝意，後廢居饒州。貞元四年卒，年五十七。新舊《唐書》有傳。

〔二〕謂高聳的山峰似睥睨著山腳下的村屯。睥睨：斜視。

〔三〕縠（hú）文：縐紗似的皺紋。此喻水的波紋。唐劉禹錫《竹枝詞九首》之三：“江上朱樓新雨晴，瀼西春水縠文生。”

〔四〕祝穆《方輿勝覽·池州》引唐杜牧《池州重建蕭相樓記》：“蕭丞相爲

刺史時,樹樓於大廳西北隅,上藏九經書,下爲刺史便廳事,大曆十年乙卯建。會昌四年甲子,材木悉朽壞,無一可取者。刺史李方玄具材,刺史杜牧命工,南北霤相距五十六尺,東西四十五尺,十六柱,三百七十六椽,上下凡十二間,上有其三焉,皆仍舊制。以會昌五年五月畢,自初至再,凡七十一年。"

〔五〕《明一統志》卷十六:"復有惠政,民追思之,因以名樓。"

〔六〕霾:隱没,埋没。

〔七〕宋楊億《少年行》:"江南節物,水昏雲淡,飛雪滿前村。"

〔八〕謂時任池州知州的滕元發將解職回京都。滕元發(一〇二〇—一〇九〇):字達道,東陽(今浙江東陽市)人。舉進士,神宗時歷官御史中丞,除翰林學士,知開封府。在朝議論勁正,無所隱避。歷知鄆州、定州諸郡。被擠貶居筠州。哲宗時除龍圖閣直學士,復知鄆州。徙真定、太原,治邊凜然,威行西北。官終龍圖閣學士。《宋史》有傳。

其二

丞相風流直至今〔一〕,朱欄仍對舊山林。奔馳軒冕身①何有〔二〕?跌宕圖書意最深〔三〕。松繞城頭風瑟縮〔四〕,江浮山外氣陰森〔五〕。三年不起南遷想〔六〕,應有前人識此心〔七〕。

【校記】

①身:原作"終",據蜀藩刻本、三蘇祠本改。

【箋注】

〔一〕謂雖物是人非,但蕭復當年的流風餘韻卻影響至今。丞相:指蕭復。

〔二〕軒冕:謂入仕作官。參《張公生日》注〔四〕。

〔三〕《新唐書·蕭復傳》:"常衣垢弊,居一室,學自力,非名士夙儒不與游。以清操顯。"跌宕:沉溺,耽嗜。南朝梁江淹《恨賦》:"脱略公卿,跌宕文史。"

〔四〕瑟縮:象聲詞。形容風觸物之聲。

〔五〕陰森:幽暗慘澹。

〔六〕此反用賈誼故事,謂自己當不以貶謫爲意。《史記·賈生列傳》:"爲長沙王太傅三年,有鵩飛入賈生舍,止於坐隅。楚人命鵩曰服。賈生既以適居長沙,長沙卑溼,自以爲壽不得長,傷悼之,乃爲賦以自廣。”唐李白《江上贈竇長史》:“萬里南遷夜郎國,三年歸及長風沙。”

〔七〕謂蕭復能理解自己。前人:指蕭復。

過九華山〔一〕

南遷私自喜〔二〕,看盡江南山。孤舟少僮僕,此志還復難。局促守破窗,聯翩過重巒〔三〕。忽驚九華峰,高拱立我前。蕭然九仙人,縹緲淩雲①煙。碧霞爲裳衣,首冠青琅玕〔四〕。揮手謝世人,可望不可攀〔五〕。我行竟草草,安能拍其肩〔六〕?但聞有高士,卧聽松風眠〔七〕。松根得茯苓〔八〕,狀若千歲黿〔九〕。煮食一朝盡,終身棄腥羶〔一〇〕。腹背生緑毛〔一一〕,輕舉如翔鸞。相逢欲借問,已在長松端〔一二〕。何年脱罪罟〔一三〕,出處良自便。芒鞋拄藤杖〔一四〕,逢山即盤桓〔一五〕。斯人未可求,巖室儻復存〔一六〕。

【校記】

①雲:三蘇祠本作“虚”。

【箋注】

〔一〕作於元豐三年(一〇八〇)五月。過九華山,作詩。九華山:我國佛教四大名山之一。唐李白《改九子山爲九華山聯句序》:“青陽縣南有九子山,山高數千丈,上有九峰如蓮華。按圖徵名,無所依據。太史公南遊,略而不書。事絶古老之口,復闕名賢之紀。雖靈仙往復,而賦詠罕聞。予乃削其舊號。加以九華之目。”《太平御覽·地部·九華山》引《九華山録》曰:“此山奇秀,高於雲表,峰巒異狀,其數有九,故號九子山焉。李白因游江漢,睹其秀異,遂更號曰九華山。”又曰:“山之上有池塘數畝,水田千石。其池有魚,長者半尋,頒首頳尾,朱鰭丹腹。人欲觀之,叩木魚即躍,以可食之物散於池中,食訖而藏焉。其水流泄爲龍池,溢爲瀑泉,入龍潭溪,有白墡窟,其土如麪不墋,歉歲人多食之。”

〔二〕南遷：貶謫到南方。參《池州蕭丞相樓二首》之二注〔六〕。

〔三〕“局促”二句：謂在小船的的窗户裏看到山巒一晃而過。局促：狹窄。聯翩：連續不斷貌。

〔四〕“碧霞”二句：喻九華山之蒼翠。

〔五〕李白《自梁園至敬亭山見會公談陵陽山水兼期同遊因有此贈》：“相思如明月，可望不可攀。”杜甫《前出塞九首》之七：“浮雲暮南征，可望不可攀。”

〔六〕“我行”二句：謂不能登山游賞。草草：匆遽貌。

〔七〕李白《贈宣城宇文太守兼呈崔侍御》：“時遊敬亭上。閒聽松風眠。”

〔八〕茯苓：寄生在松樹根上的菌類植物。道家以爲服食可以長壽延年。《淮南子·説山》：“千年之松，下有茯苓。”《太平御覽·道部三·真人下》引《集仙録》：“其下藥茯苓、菖蒲、巨勝、黄精之服，類可以延年，雖不得長享無期，足以身生光澤，得爲地仙。”又：“（皇）初起知得仙道，便棄家，共服松脂、茯苓，至五百歲。”

〔九〕晉干寶《搜神記》卷十二：“千歲龜黿，能與人語。”黿（yuán）：大鱉。

〔一〇〕腥膻：此謂肉食。

〔一一〕緑毛：古人或以爲成仙得道的標誌。《太平廣記·神仙·姚泓》：“我自逃竄山野，肆意遊行。福地静廬，無不探討。既絶火食，遠陟此峰，樂道逍遥，唯餐松柏之葉，年深代久，遍身生此緑毛，已得長生不死之道矣。”

〔一二〕《太平廣記·神仙·劉清真》：“中有一人，給而先食盡。徒侣莫不愠怒，詬責云：‘違我大師之教。’然業已如是，不能毆擊。久之，忽失所在，仰視在樹杪安坐。清真等復云：‘君以吞藥，故能昇高。’其人竟不下。經七日，通身生緑毛。忽有鶴翱翔其上，因謂十九人云：‘我誠負汝，然今已得道，將捨汝謁帝於九天之上，宜各自勉，以成至真耳。’清真等邀其下樹執别，仙者不顧，遂乘雲上昇，久久方滅。”

〔一三〕罪罟：罪網。語本《詩·小雅·小明》：“豈不懷歸，畏此罪罟。”鄭箋：“我誠思歸，畏此刑罪羅網我，故不敢歸爾。”罟（gǔ）：網的總稱。

〔一四〕芒鞋：即草鞋。

〔一五〕盤桓：徘徊；逗留。唐陸龜蒙《江南秋懷寄華陽山人》：“逢山即堪隱，何路可圖榮。”

〔一六〕“斯人”二句：唐戴叔倫《遊清溪蘭若》：“靈仙已去空巖室，到客唯聞古寺鐘。”

佛池口遇風雨〔一〕

長江五月多風暴，欲行先看風日好〔二〕。此[①]風忽作東南來，陰雲如涌撥不開〔三〕。驚雷往還轉車轂〔四〕，狂波低昂起坑谷。中流一葉那復持〔五〕，卷舒已付[②]天公知。解帆轉柂不容語，佛池口中幸可住。須臾急雨變昏霾，柂師喜賀風已回。澄溪不動縈白練〔六〕，老木蒼崖蔚葱蒨〔七〕。繫舟茅屋得青蔬，試問釣船還有魚。開樽引滿向妻子〔八〕，明日復行未須怖。陰陽開闔良等閑〔九〕，扁舟誰令乘險艱？

【校記】

①此：叢刊本作“北”。

②付：原作“副”，據宋建本、蜀藩刻本改。

【箋注】

〔一〕作於元豐三年（一〇八〇）五月。“長江五月多風暴，欲行先看風日好。”明言時令。佛池口：《孔譜》：“佛池口當即富池口。興國軍永興縣有富池鎮。據《中國歷史地圖集》第六册《北宋・江南西路》，富池鎮臨江，在江州之西。”

〔二〕唐李白《宮中行樂詞八首》之八：“今朝風日好，宜入未央遊。”風日：指天氣；氣候。

〔三〕蘇軾《有美堂暴雨》：“遊人腳底一聲雷，滿坐頑雲撥不開。”涌：噴湧。

〔四〕謂雷聲如車輪轉動。參《和韓宗弼暴雨次韻》注〔五〕。

〔五〕一葉：謂船在水中如一葉之浮。

〔六〕白練：指江水。參《和孔武仲金陵九詠・白鷺亭》注〔五〕。

〔七〕蒼崖：蒼翠的山崖。唐李白《尋高鳳石門山中元丹丘》：“蒼崖渺難涉，白日忽欲晚。”蔚：草木茂盛。葱蒨：草木青翠茂盛貌。

〔八〕引滿：謂斟酒滿杯而飲。《漢書・叙傳上》：“皆引滿舉白，談笑大噱。”唐顔師古注：“謂引取滿觴而飲，飲訖，舉觴告白盡不也。”

〔九〕開闔：開啓與閉合。《老子》第十章：“天門開闔，能爲雌？”

舟次磁湖以風浪留二日不得進子瞻以詩見寄作二篇答之前篇自賦後篇次韻〔一〕

其一

慚愧江淮南北風，扁舟千里得相從。黄州不到六十里〔二〕，白浪俄生百萬重〔三〕。自笑一生渾類此①，可憐萬事不由儂〔四〕。夜深魂夢先飛去，風雨對牀聞曉鐘〔五〕。

【校記】

①此：叢刊本作“世”。

【箋注】

〔一〕作於元豐三年（一〇八〇）五月。蘇軾所寄詩題爲《今年正月十四日與子由别於陳州五月子由復至齊安以詩迎之》。磁湖：《三蘇年譜》卷三十：“《輿地紀勝・江南西路・興國軍・景物上》：‘磁湖：東坡謂其湖邊之石皆類磁石，[湖]面多産菖蒲，故後人名曰磁湖。《輿地廣記》之説亦同。’《讀史方輿紀要》卷七十六謂磁湖在大冶縣東四十里。轍詩其一有‘黄州不到六十里’，似云磁湖距黄州不到六十里。今《中國歷史地圖集》第六册《北宋・江南西路》有慈湖鎮，在大冶東北。”按，原詩次第顛倒，今乙正。

〔二〕黄州：今屬湖北黄岡市。參《送任師中通判黄州》注〔一〕。

〔三〕白浪：雪白的波浪。唐李白《司馬將軍歌》：“揚兵習戰張虎旗，江中白浪如銀屋。”俄：突然。

〔四〕《靈棋經》卷下：“詩曰：萬事不由人，悲懽在一身。”儂：本爲吴語中第一人稱代詞，引申而泛指一般人。唐韓愈《瀧吏》：“比聞此州囚，亦有生還儂。"

〔五〕見《逍遥堂會宿二首引》。

其二

西歸猶未有菟裘〔一〕，擬就南遷買一丘〔二〕。舟楫自能通蜀道〔三〕，林泉真欲老黄州〔四〕。魚多釣户應容貰①〔五〕，酒熟鄰翁便可留〔六〕。從此莫言身外事〔七〕，功名畢竟不如休〔八〕。

【校記】

①貰：叢刊本作"貫"，誤。

【箋注】

〔一〕菟裘（tú qiú）：本爲地名。在今山東泗水。《左傳・隱公十一年》："魯隱公曰：爲其（桓公）少故也，吾將授之矣。使營菟裘，吾將老焉。"晉杜預注："菟裘，魯邑，在泰山梁父縣南（今山東新泰市南）。不欲復居魯朝，故營外邑。"後以"菟裘"指隱居之所。

〔二〕南遷：貶謫到南方。參《池州蕭丞相樓二首》之二注〔六〕。一丘：謂隱居之地。晉陸雲《逸民賦序》："古之逸民，輕天下，細萬物，而欲專一丘之歡，擅一壑之美。"

〔三〕蜀道：猶言蜀地。

〔四〕林泉：指隱居之地。黄州：見《送任師中通判黄州》注〔一〕。

〔五〕唐王建《寄舊山僧》："獵人箭底求傷鴈，釣户竿頭乞活魚。"貰（shì）：賒欠。《史記・高祖本紀》："常從王媪、武負貰酒。"南朝宋裴駰集解引三國吴韋昭曰："貰，賒也。"

〔六〕唐杜甫《客至》："肯與鄰翁相對飲，隔籬呼取盡餘杯。"

〔七〕唐白居易《效陶潛體詩十六首》之五："便得心中適，盡忘身外事。"

〔八〕畢竟：到底；最終。休：歸休。指辭官隱居。

附録　蘇軾《次韻答子由》

平生弱羽寄衝風，此去歸飛識所從。好語似珠穿一一，妄心如膜退重重。山僧有味寧知子，瀧吏無言只笑儂。尚有讀書清浄業，未容春睡敵千鍾。

蘇軾《今年正月十四日與子由别於陳州五月子由復至齊安以詩迎之》

驚塵急雪滿貂裘，淚灑東風别宛丘。又向邯鄲枕中見，卻來雲夢澤南州。暌離動作三年計，牽挽當爲十日留。早晚青山映黄髮，相看萬事一時休。柳子厚别劉夢得詩云："聖恩若許歸田去，黄髮相看萬事休。"

黄州陪子瞻遊武昌西山〔一〕

千里到齊安〔二〕，三夜語不足。勸我勿重陳〔三〕，起遊西山麓。西山隔江水，輕舟亂鳧鶩〔四〕。連峰多回溪〔五〕，盛夏富草木。杖策看萬松，流汗升九曲〔六〕。蒼茫大江涌，浩蕩衆山蹙〔七〕。上方寄雲端，中寺倚巖腹。清泉類牛乳〔八〕，煩熱須一掬〔九〕。縣令知客來〔一〇〕，行庖映修竹〔一一〕。黄鵝時①新煮，白酒亦近熟〔一二〕。山行得一飽，看盡千山緑。幽懷苦不遂〔一三〕，滯念每煩促〔一四〕。歸舟浪花暝，落日金盤浴〔一五〕。妻孥寄九江，此會難再卜。君看孫討虜〔一六〕，百戰不摇目〔一七〕。猶憐江上臺，高會飲千斛。巾冠墮臺下，坐使張公哭〔一八〕。異時君再來，攜被山中宿〔一九〕。

【校記】

①時：宋建本、蜀藩刻本、叢刊本作"特"。

【箋注】

〔一〕作於元豐三年(一〇八〇)六月。蘇軾《答秦太虚第四簡》："五月末，舍弟來。得手書勞問甚厚。"到黄州已是五月末，而此詩首云："千里到齊安，三夜語不足。"可見出游爲六月初事。西山：即樊山，因在武昌西三里，故稱西山。見《元和郡縣誌》二十八。蘇轍《武昌九曲亭記》："子瞻遷於齊安，廬於江上。

齊安無名山，而江之南武昌諸山，坡陁蔓延，澗谷深密，中有浮圖精舍，西曰西山。”

〔二〕齊安：郡名，唐屬淮南道。天寶元年（七四二），改黄州置。此指黄州。

〔三〕晉劉琨《扶風歌》：“棄置勿重陳，重陳令心傷。”重陳：反復陳説。

〔四〕鳧鷖：野鴨和家鴨。此泛指各種水禽。

〔五〕連峰：連綿的山峰。南朝宋謝靈運《會吟行》：“連峰競千仞，背流各百里。”回溪：縈繞曲折的溪流。

〔六〕九曲：九曲嶺，在西山南，因林道迂曲似羊腸，故云。蘇轍《武昌九曲亭記》：“然將適西山，行於松柏之間，羊腸九曲而獲少平，遊者至此必息。”

〔七〕蹙：攢集。唐宋齊丘《陪遊鳳凰臺獻詩》：“山蹙龍虎健，水黑螭蜃作。”

〔八〕西山泉水甚多，有所謂靈泉寺中滴滴泉、涵息泉、活水泉、菩薩泉等，其中以菩薩泉最爲有名。蘇軾《武昌酌菩薩泉送王子立》：“送行無酒亦無錢，勸爾一杯菩薩泉。何處低頭不見我？四方同此水中天。”又《杜沂遊武昌以酴醾花菩薩泉見餉二首》之二：“君言西山頂，自古流白泉。上爲千牛乳，下有萬石鉛。”又《東坡志林》卷四：“西山寺泉水白而甘，名菩薩泉，泉所出石，如人垂手也。”

〔九〕煩熱：悶熱。唐杜甫《入奏行贈西山檢察使竇侍御》：“蔗漿歸廚金碗凍，洗滌煩熱足以寧君軀。”

〔一〇〕縣令：指鄧聖求。見蘇軾《武昌西山敘》。

〔一一〕行庖：特指旅途中的臨時廚房。

〔一二〕唐李白《南陵别兒童入京》：“白酒新熟山中歸，黄鷄啄黍秋正肥。”黄鵝：小鵝。因鵝未長成前色黄，故稱。

〔一三〕《楚辭·屈原〈九章·抽思〉》：“憂心不遂，斯言誰告兮。”幽懷：隱藏在内心的情感。

〔一四〕滯念：凝結在心中的思念。煩促：迫促；倉促。參《同李倅鈞訪趙嗣恭留飲南園晚衙先歸》注〔一五〕。

〔一五〕金盤：金屬製成的盤。此喻落日。

〔一六〕孫討虜：指三國吴孫權。見《次韻子瞻遊甘露寺》注〔一三〕。

〔一七〕謂孫權驍勇善戰。按，孫權在武昌稱帝，故詩稱之。

〔一八〕"猶憐"四句：《三國志·吴書·張昭傳》："權於武昌，臨釣臺，飲酒大醉。權使人以水灑群臣曰：'今日酣飲，惟醉墮臺中，乃當止耳。'昭正色不言，出外車中坐。權遣人呼昭還，謂曰：'爲共作樂耳，公何爲怒乎？'昭對曰：'昔紂爲糟丘酒池長夜之飲，當時亦以爲樂，不以爲惡也。'權默然，有慚色，遂罷酒。"又"權以公孫淵稱籓，遣張彌、許晏至遼東拜淵爲燕王，昭諫曰：'淵背魏懼討，遠來求援，非本志也。若淵改圖，欲自明於魏，兩使不反，不亦取笑於天下乎？'權與相反覆，昭意彌切。權不能堪，案刀而怒曰：'吴國士人入宫則拜孤，出宫則拜君，孤之敬君，亦爲至矣，而數於衆中折孤，孤嘗恐失計。'昭熟視權曰：'臣雖知言不用，每竭愚忠者，誠以太后臨崩，呼老臣於牀下，遺詔顧命之言故在耳。'因涕泣横流。權擲刀致地，與昭對泣。"張公：指張昭（一五六—二三六）。昭字子布，三國吴彭城（今江蘇徐州市）人。學通《左氏春秋》。漢末大亂，昭避難渡江，爲孫策長史，撫軍中郎將。策臨終，以弟權相托。權立，拜輔吴將軍，封婁侯，敬禮彌重，呼張公而不名。昭容貌端嚴，有威儀，自權以下無不敬畏。卒謚文。有《春秋左氏傳解》《論語注》。《三國志》有傳。

〔一九〕携被：帶著被褥。唐韓愈《送靈師》："吾徒頗携被，接宿窮歡妍。"

附録　蘇軾《與子由同遊寒溪西山》

散人出入無町畦，朝遊湖北暮淮西。高安酒官雖未上，兩脚垂欲穿塵泥。與君聚散若雲雨，共惜此日相提携。千摇萬兀到樊口，一箭放溜先鳧鷖。層層草木暗西嶺，瀏瀏霜雪鳴寒溪。空山古寺亦何有，歸路萬頃青玻璃。我今漂泊等鴻雁，江南江北無常棲。幅巾不擬過城市，欲踏徑路開新蹊。路有直入寒溪不過武昌者。却憂別後不忍到，見子行迹空餘悽。吾儕流落豈天意，自坐迂闊非人擠。行逢山水輒羞歎，此去未免勤鹽虀。何當一遇李八百，相哀白髮分刀圭。李八百宅在筠州。

將還江州子瞻相送至劉郎①洑王生家飲別〔一〕

相從恨不多，送我三十里。車湖風雨交〔二〕，晉車武子故居，其水曰車湖。

松竹相披靡〔三〕。繫舟枯木根，會面兩王子。嘉眉雖異郡〔四〕，雞犬固猶爾〔五〕。相逢勿空過，一醉不須起。風濤未可涉，隔竹見奔駛。渡江買羔豚，收網得魴鯉〔六〕。朝畦甘瓠熟〔七〕，冬盎香醪美〔八〕。烏菱不論價〔九〕，白藕如泥耳〔一〇〕。誰言百口活，仰給一湖水〔一一〕。奪官正無賴〔一二〕，生事應且爾。卜居請連屋，扣户容屣履〔一三〕。人生定何爲？食足真已矣。愆尤未見雪〔一四〕，世俗多相鄙。買田信良計，蔬食期没齒〔一五〕。手持一竿竹，分子長湖尾〔一六〕。

【校記】

①“郎”下：原本、宋大字本、三蘇祠本有“家”字，據宋建本、蜀藩刻本删。

【箋注】

〔一〕作於元豐三年（一〇八〇）六月。江州：春秋屬楚，秦屬九江郡，二漢屬廬江、豫章二郡地，晉置江州，後又置潯陽郡，宋齊因之。隋置九江郡，唐改爲江州，或爲潯陽郡，屬江南道。宋屬江東路。治德化（今江西九江市）。江州：今江西九江。劉郎洑：《輿地紀勝・荆湖北路・壽昌軍・景物上・車湖》：“在武昌東三十里。蘇軾在黄州，王文甫居湖上。往來殆百數。”又《景物下・劉郎洑》：“在武昌東江上，舊名‘流浪’，後訛爲‘劉郎’。坡詩‘伍洲遥望劉郎藪’是也。”一説與劉玄德有關，《資治通鑑・後唐紀五・唐明宗天成三年》“至劉郎洑”元胡三省注：“江陵府石首縣沙步有劉郎浦，蜀先主納吴女處也。”王生：王齊愈、王齊萬兄弟，本嘉州犍爲（今四川樂山市犍爲縣）人。蘇軾在《贈别王文甫》中寫道：“僕以元豐三年二月一日至黄州，時家在南都，獨與兒子邁來郡中，無一人舊識者。時時策杖至江上，望雲濤渺然，亦不知有文甫兄弟在江南也。居十餘日，有長而髯者，惠然見過，乃文甫之弟子辯。留語半日，云：‘迫寒食，且歸車湖。’僕送之江上，微風細雨，葉舟横江而去。僕登夏隩尾高丘以望之，髣髴見舟及武昌，乃還。爾後遂相往來。”其中文甫、子辯即是王齊愈、王齊萬兄弟。此蘇軾與王氏兄弟交誼之始。王氏兄弟事跡與蘇軾交往最多，史籍中卻寥寥。《續資治通鑑長編・仁宗天聖九年》：“［九月］王蒙正子齊雄捶老卒死，妻與子以病告，乞毋驗屍，琳察其辭色異，令有司驗劾，得捶死狀。”

其中王蒙正子名齊雄，王氏兄弟名齊愈、齊萬，疑當是王蒙正後人。

〔二〕車武子：即車胤。胤字武子，晉南平（今福建省南平市）人。幼勤學不倦，家貧不常得油，夏月則練囊盛數十螢火以照書，以夜繼日。長而穎悟多能。初爲桓温從事，累遷護軍將軍、吏部尚書。《晉書》有傳。

〔三〕披靡：倒伏。

〔四〕嘉眉：嘉州與眉州。兩王爲嘉州人。蘇轍爲眉州人。嘉州，宋屬成都府路，治嘉州（今四川樂山市）。參《郭綸》注〔一〕。眉州，兩漢至宋齊皆屬犍爲郡地，梁置齊通郡及青州，西魏改青州爲眉州，隋煬帝以其地入眉山郡，唐置眉州，或爲通義郡，屬劍南道。宋屬成都路，治眉山（今眉山市）。

〔五〕《老子》八十一章："鄰國相望，雞犬之聲相聞，民至老死不相往來。"此言兩地相距很近。

〔六〕魴（fáng）：鯿魚。此泛指河鮮。

〔七〕畦：園。《文選・顔延之〈陶徵士誄序〉》："灌畦鬻蔬，爲供魚菽之祭。"晉吕向注："畦，園。"甘瓠：（hù）：瓠瓜。《詩・小雅・南有嘉魚》："南有樛木，甘瓠累之。"宋朱熹集傳："東萊吕氏曰：'瓠有甘有苦，甘瓠則可食者也。'"

〔八〕香醪：美酒。

〔九〕蘇軾《六月二十七日望湖樓醉書五絶》之三："烏菱白芡不論錢，亂繋青菰裹緑盤。"烏菱：完全成熟的菱角。明李時珍《本草綱目・果五・芰實》："其（注者按，指菱）色有青、有紅、有紫，嫩時剥食，皮脆肉美，蓋佳果也。老則殻黑而硬。墜入泥中。謂之烏葠。熟皆佳。"

〔一〇〕如泥：謂賤如泥。唐白居易《首夏》："溢魚賤如泥，烹炙無昏早。"

〔一一〕"誰言"二句：謂當地人一家生計全依賴于湖。百口：全家。仰給：依賴。

〔一二〕奪官：削去官職。蘇軾嘉祐四年（一〇五九）所作《犍爲王氏書樓》："借問主人今何在，被甲遠戍長苦辛。"知當時已貶謫。無賴：無所依靠。

〔一三〕"卜居"二句：謂自己希望與王氏兄弟比鄰而居，享隱逸之趣。卜居：擇地居住。唐杜甫《寄題江外草堂》："嗜酒愛風竹，卜居必林泉。"連屋：房子挨房子、比鄰而居。扣户：敲門。蘇軾《杭州故人信至齊安》："朝來聞好語，扣户得吴餉。”屣履:拖著鞋子走路。形容隨便的様子。

〔一四〕謂冤屈没能申雪。史籍載王蒙正女嫁外戚劉從德,且劉爲官跋扈。宋王明清《揮麈後録》卷二:“蜀中有王氏女,姿色冠世,入京備選。章獻一見以爲妖豔太甚,恐不利於少主,乃以嫁其侄從德,而擇郭后位中宫,上終不樂之。王氏之父蒙正,由劉氏姻黨,屢典名藩。未幾,從德卒,至是,中批王氏封遂國夫人,許入禁中。”《續資治通鑑長編·仁宗天聖五年》:“[三月]王蒙正爲荆南駐泊都監,挾太后姻横肆,知府李若谷繩以法,議事多異同。轉運使王碩具奏,頗右蒙正。”又《仁宗明道元年》:“[春正月]王蒙正恃太后親,多占田嘉州,詔勿收賦,覲又極論其不可。”又《仁宗景祐四年》:“[二月]壬子,洪州别駕王蒙正除名,配廣南編管,永不録用。”可見此處蘇轍所謂“愆尤未見雪”乃虚與委施之言。愆尤:冤屈、罪責。雪:洗刷;昭雪。

〔一五〕謂過一輩子清貧的生活。語出《論語·憲問》:“或問子産。子曰:‘惠人也。’問子西。曰:‘彼哉! 彼哉!’問管仲。曰:‘人也。奪伯氏騈邑三百,飯疏食,没齒無怨言。’”没齒:終生;一輩子。

〔一六〕“手持”二句:謂垂釣分魚給對方。一竿:一根釣竿。唐岑參《漁父》:“扁舟滄浪叟,心與滄浪清。不自道鄉里,無人知姓名。朝從灘上飯,暮向蘆中宿。歌竟還復歌,手持一竿竹。竿頭釣絲長丈餘,鼓枻乘流無定居。世人那得識深意,此翁取適非取魚。”尾:表示魚的量詞。本當説“長湖魚”,因爲韻腳的關係换作“長湖尾”。

赤壁懷古〔一〕

新破荆州得水軍〔二〕,鼓行夏口氣如雲〔三〕。千艘已共長江險,百勝安知赤壁焚〔四〕。觜距方强要一鬥〔五〕,君臣已定勢三分〔六〕。古來伐國須觀釁〔七〕,意突成功所未聞〔八〕。

【箋注】

〔一〕作於元豐三年(一〇八〇)六月。赤壁:此指黄岡赤壁,今在黄岡城西,又稱文赤壁。非孫權破曹之赤壁,此不過借題發揮,與蘇軾《赤壁賦》同趣。

〔二〕《三國志·魏書·賈詡傳》:"建安十三年,太祖破荆州。"

〔三〕鼓行:擊鼓行軍,形容聲勢浩大。夏口:今屬湖北武漢。《三國志·魏書·太祖紀》:"[建安十三年]九月,公到新野,琮遂降。備走夏口,公進軍江陵,下令荆州吏民與之更始。"氣如雲:比喻意氣之盛。唐白居易《戲答諸少年》:"顧我長年頭似雪,饒君壯歲氣如雲。"

〔四〕"千艘"二句:謂曹操水軍已和孫劉聯軍共有長江天險,没料到遭火攻失敗。《藝文類聚·火部·火》引漢王粲《英雄記》:"周瑜鎮江夏,曹操欲從赤壁渡江南,無船,乘排從漢水下,注浦口。未即渡,瑜夜密使輕舡走舸百所艘,艘有五十人移棹,人持炬火,火燃則回船走去,去復還燒者。須臾燒數千排,火大起,光上照天。操夜去。"《三國志·蜀書·先主傳》:"與曹公戰於赤壁,大破之,焚其舟船,先主與吴軍水陸並進,追到南郡。"晉陸機《辨亡論上》:"魏氏嘗藉戰勝之威,率百萬之師,浮鄧塞之舟,下漢陰之衆,羽楫萬計,龍躍順流;鋭騎千旅,虎步原隰。謀臣盈室,武將連衡,喟然有吞江滸之志,一宇宙之氣。而周瑜驅我偏師,黜之赤壁,喪旗亂轍,僅而獲免,收迹遠遁。"

〔五〕觜(zuǐ)距:禽鳥之嘴和爪甲。晉左思《吴都賦》:"羽族以觜距爲刀鈹,毛群以齒角爲矛鋏。"此指軍事實力。

〔六〕指劉備隆中訪諸葛亮時,諸葛亮所獻三分天下的發展戰略。見《三國志·蜀書·諸葛亮傳》。

〔七〕觀釁:窺伺敵人的間隙。《左傳·宣公十二年》:"會聞用師,觀釁而動。"唐陸德明釋文引漢服虔曰:"釁,間也。"

〔八〕意突:隨心所欲,肆意而爲。《三國志·蜀書·廖立傳》:"[關]羽怙恃勇名,作軍無法,直以意突耳。故前後數喪師衆也。"

自黄州還江州〔一〕

身浮一葉返湓城〔二〕,淩犯風濤日夜行〔三〕。把酒獨斟從睡重〔四〕,還家漸近覺身輕〔五〕。岸回樊口依稀見〔六〕,日出廬山紫翠横〔七〕。家在庾公樓下泊〔八〕,舟人遥指岸如赬〔九〕。江州城下土赤如赭。

【箋注】

〔一〕作於元豐三年(一〇八〇)六月。江州:宋屬江東路。治德化(今江西九江市)。參《將還江州子瞻相送至劉郎洑王生家飲别》注〔一〕。

〔二〕一葉:小船。湓(pén)城:古地名。以地當湓水入長江口而得名。漢初灌嬰始築此城,唐初改稱潯陽,爲沿江鎮守要地。今屬江西九江。

〔三〕淩犯:淩駕,觸犯。

〔四〕謂獨自喝酒任憑睡意濃重。從:任隨。

〔五〕時蘇轍家屬已安置在九江,《黄州陪子瞻遊武昌西山》有"妻孥寄九江"語。

〔六〕樊口:地名,因當樊港入江之口而得名。在黄州南岸,今屬湖北鄂州市鄂城區。

〔七〕唐李白《望廬山瀑布二首》之二:"日照香爐生紫烟,遥看瀑布挂前川。"紫翠:謂廬山香煙繚繞,林木蒼翠。唐杜牧《早春閣下寓直蕭九舍人亦直内署因寄書懷四韻》:"千峰横紫翠,雙闕憑欄干。"

〔八〕庾公樓:又稱南樓、庾樓。事本《世説新語・容止》:"庾太尉在武昌,秋夜氣佳景清,使吏殷浩、王胡之之徒登南樓理詠。音調始遒,聞函道中有屐聲甚厲,定是庾公。俄而率左右十許人步來,諸賢欲起避之。公徐云:'諸君少住,老子於此處興復不淺!'因便據胡牀,與諸人詠謔,竟坐甚得任樂。後王逸少下,與丞相言及此事。丞相曰:'元規爾時風範,不得不小頹。'右軍答曰:'唯丘壑獨存。'"宋祝穆《方輿勝覽・江州》:"庾樓,在州治後,庾亮領江州刺史,故名。"按,此樓乃附會,非庾樓。宋陸游《入蜀記》卷三:"五日。郡集於庾樓,樓正對廬山之雙劍峰,北臨大江,氣象雄麗。自京口以西,登覽之地多矣,無出庾樓右者。樓不甚高,而覺江山煙雲,皆在几席間,真絶景也。庾亮嘗爲江、荆、豫州刺史,其實則治武昌。若武昌南樓名庾樓,猶有理,今江州治所,在晉特柴桑縣之湓口關耳,此樓附會甚明。然白樂天詩固已云:'潯陽欲到思無窮,庾亮樓南湓口東。'則承誤亦久矣。張芸叟《南遷録》云:'庾亮鎮潯陽,經始此樓。'其誤尤甚。"庾公,見《天慶觀》注〔六〕。

〔九〕陸游《入蜀記》卷三:"晚抵江州。州治德化縣,即唐之潯陽縣。柴桑、栗里,皆其地也。南唐爲奉化軍節度,今爲定江軍。岸土赤而壁立,東坡先生所謂‘舟人指點岸如頳’者也。”陸游所引當是蘇轍此詩。頳(chēng):紅。

江州五詠〔一〕

射蛟浦〔二〕

萬騎巡遊徧,千帆破浪輕〔三〕。射蛟江水赤,教戰越人驚。山轉樓船影〔四〕,岸摧①連弩聲〔五〕。《祈招》無爲賦〔六〕,酣寢盡平生〔七〕。

浦上積水,相傳漢武教樓船於此。

【校記】

①摧:蜀藩刻本、叢刊本作“催”。形近而誤。

【箋注】

〔一〕作於元豐三年(一〇八〇)六月。

〔二〕射蛟浦:此地名當源自蘇轍。《明一統志》卷五十二:“在湖口縣治西南,一名黄牛浦。昔漢武帝自潯陽浮江,親射蛟江中,獲之,疑即此地。”《漢書·武帝紀》:“[元封]五年冬,行南巡狩,至于盛唐,望祀虞舜于九嶷,登灊天柱山,自尋陽浮江親射蛟江中,獲之。舳艫千里,作《盛唐樅陽之歌》。”

〔三〕“萬騎”二句:想像當年漢武帝出巡至此之盛況。

〔四〕《史記·南越列傳》:“元鼎五年秋……主爵都尉楊僕爲樓船將軍,出豫章,下横浦。”李華《詠古十一首》之四:“漢時征百粤,楊僕將樓船。”

〔五〕連弩:裝有機栝,可以同發數矢或連發數矢之弓。《漢書·李陵傳》:“陵軍步鬬樹木間,復殺數千人,因發連弩射單于。”唐顔師古注:“服虔曰:‘三十弩共一弦也。’張晏曰:‘三十絭共一臂也。’”

〔六〕祈招:周穆王時大臣祭公謀父作,以戒畋遊。原詩已佚。《左傳·昭公十二年》:“對曰:‘臣嘗問焉,昔穆王欲肆其心,周行天下,將皆必有車轍馬跡焉。祭公謀父作《祈招》之詩,以止王心,王是以獲没於祗宫。’”

〔七〕蘇軾《贈李兕彦威秀才》:“酒酣聊復説平生,結襪猶堪一再鼓。”

浪井〔一〕

江波浮陣雲〔二〕,岸壁立青鐵〔三〕。胡爲井中泉,涌浪時驚發?水性本無定,得止自澄澈。誰爲女媧手〔四〕,補此天地裂?

【箋注】

〔一〕浪井:《太平寰宇記·江南西道九·江州》:"浪井,州《圖經》云:漢高祖六年,潁陰侯灌嬰所開,年深埋塞,孫權經此,自標井地,命使鑿之,正得此井。有石函,其銘曰:'漢高祖六年潁陰侯開。'又云:'不滿三百年,當爲應運者所開。'權見而悦,以爲己瑞。江有風浪,此輒自漂動,土人呼爲浪井,今現在城内。"

〔二〕陣雲:濃重厚積形似戰陣的雲。《史記·天官書》:"陣雲如立垣。"

〔三〕青鐵:即鐵,色黑,故云。

〔四〕女媧:中國神話傳説中人類的始祖。傳説曾煉五色石補天。參《息壤》注〔一二〕。

庾樓〔一〕

元規情不薄〔二〕,上客有殷生〔三〕。夜半酒將罷,公來坐不驚。舞翻江月迴〔四〕,談落麈毛輕〔五〕。塵世風流盡〔六〕,高樓空此名。

【箋注】

〔一〕庾樓:見《自黄州還江州》注〔八〕。

〔二〕元規:庾亮字。情不薄:謂其"興復不淺"。參同上。

〔三〕上客:貴客。殷生:指殷浩(?—三五六),字淵源,晉陳郡長平(今河南西華縣東北)人,殷羨(洪喬)子。弱冠有美名,識度清遠,尤善玄言,爲風流談論者所宗尚。初爲征西將軍庾亮記室參軍,歷司徒左長史、安西將軍庾翼司馬。後稱疾不起近十年,除侍中、安西軍司均不就。時人擬之管仲、諸葛亮,以其出處卜江左興亡。簡文輔康帝,因褚裒之薦,固徵爲建武將軍、揚州刺史。時桓温滅蜀,聲高一時,簡文以浩盛名,引爲腹心以抗温,由是與温相疑貳。及石季龍死,江北大亂。浩以中軍將軍、都督揚徐豫兖青五州軍事,率衆北征,爲姚襄所敗,大損將卒軍械。遂爲桓温奏彈,廢爲庶人,徙東陽信安縣。《晉書》有傳。

〔四〕唐李紳《水寺》:“雲散浦間江月迴,日曛洲渚海潮通。”迴:高。

〔五〕《世説新語·文學》:“孫安國往殷中軍許共論,往反精苦,客主無間,左右進食,冷而復煖者數四。彼我奮擲麈尾,悉脱落滿餐飯中。賓主遂至莫忘食。”麈(zhǔ)毛:麈尾毛。麈尾,參《和子瞻鳳翔八觀八首·石鼓》注〔一九〕。

〔六〕風流盡:見《揚州五詠·平山堂》注〔六〕。

東湖〔一〕

讀書廬山中,作郡廬山下〔二〕。平湖浸山腳,雲峰對虚榭〔三〕。紅蕖紛欲落,白鳥時來下〔四〕。猶思隱居勝,亂石驚湍瀉〔五〕。李渤隱居廬山,泉石奇勝,今棲賢寺其故居也。及爲九江太守,始營東湖,風物可愛。

【箋注】

〔一〕東湖:在府城南,又名景星湖。清顧祖禹《讀史方輿紀要》卷八十五:“甘棠湖:在府城南。一名景星湖。唐長慶二年刺史李渤徑湖心爲堤,長七百步,人不病涉,又立斗門,以蓄泄水勢,因名李渤湖。又以其德方召伯,名甘棠湖。”

〔二〕“讀書”二句:云李渤事。宋陳舜俞《廬山記·叙山南篇》:“又五里,至白鹿洞。貞元中,李渤字濬之與仲兄偕隱居焉。後徙少室,以右拾遺召,不拜,即韓文公詩所謂少室山人者。太和間,仕至太子賓客。先是,寶歷中,嘗爲江州刺史,乃即洞創臺榭,環以流水,雜植花木,爲一時之勝。”新舊《唐書》有傳。作郡:指擔任一郡長官。

〔三〕虚榭:高榭。榭,建在高臺上的木屋,用於遊觀。

〔四〕蘇軾《鷓鴣天》:“翻空白鳥時時見,照水紅蕖細細香。”

〔五〕驚湍:猶急流。晉潘岳《河陽縣作》:“山氣冒山嶺,驚湍激巖阿。”

琵琶亭〔一〕

湓江莫雨晴〔二〕,孤舟暝將發。夜聞胡琴語〔三〕,展轉不成别〔四〕。

草①堂寄東林〔五〕,雅意存北闕〔六〕。潸然涕泗下,安用無生説〔七〕?

【校記】

①草:叢刊本作"尊",誤。

【箋注】

〔一〕琵琶亭:在江西省九江市西,長江東南岸。唐白居易任江州司馬時,送客湓浦口,夜聞鄰舟琵琶聲,作《琵琶行》,後人因以名亭。

〔二〕湓江:又名湓水、湓浦,今名龍開河。源出江西省瑞昌縣西清湓山,東流經九江,名湓浦港,北流入長江。

〔三〕胡琴:古代泛稱來自北方和西北各族的撥絃樂器,此指琵琶。

〔四〕白居易《琵琶行》:"醉不成歡慘將别,别時茫茫江浸月。忽聞水上琵琶聲,主人忘歸客不發。"

〔五〕草堂:此指白居易貶謫江州時,于廬山所修草堂,凡五架三間,見《香爐峰下新卜山居草堂初成偶題東壁五首》。宋陳舜俞《廬山記・叙山北篇》:"白公草堂在寺之東北隅。元和十年,公自太子贊善大夫以言事忤執政,出爲州司馬。明年作草堂于香爐峰北,遺愛寺南,往來遊處焉。"又"東林寺:位於廬山西麓。"又,"溪上有清溪亭寺,晉武帝太元九年置,舊名東林。唐會昌三年廢,大中三年復。皇朝興國二年,賜今名。法師諱慧遠,俗姓賈,雁門樓煩人。師道安於恒山,爲安高弟。始住荆州上明寺,後欲之羅浮,道由廬山,居龍泉精舍,去東林十五里而遠,既而學侣浸衆,同時慧永禪師已居香谷山,請結鄰好,刺史桓伊亦所欽仰,乃置寺焉。"

〔六〕謂白居易雖居草堂而心繫朝廷。雅意:本意。北闕:古代宫殿北面的門樓,是臣子等候朝見或上書奏事之處。因代指朝廷。

〔七〕無生:佛教語。謂没有生滅,不生不滅。白居易《晚起》:"北闕停朝簿,西方入社名。唯吟一句偈,無念是無生。"參《贈淨因臻長老》注〔八〕。

題李十八黄龍寺畫壁〔一〕

胸次峥嶸落筆端〔二〕,壁題留與老夫看。枯槎尚倚春風力〔三〕,蒼竹從來自歲寒〔四〕。

【箋注】

〔一〕作於元豐三年(一〇八〇)六月。此時蘇轍在赴筠州路上,途經江州,黄龍寺即在江州所轄縣内。本詩輯自宋孫紹遠《聲畫集》卷八。此詩睹畫思人,蓋此前李常亦因上書極言新法之不便而遭貶謫。"枯槎"則是同病相憐,"蒼松""自歲寒"是與李共勉,"倚春風力"是希望他日還有機會施展抱負。畫壁:謂繪在壁上的畫。李十八:即李常。見《題滑州畫舫齋贈李公擇學士》注〔一〕。黄龍寺:在江西修水。建於唐乾寧二年(八九五),爲超慧祖師所創。超慧至黄龍觀止而言曰:"凝三山之靈秀,蓄九泉之源流,九關十三鎖,真佛境也。"遂建黄龍寺。佛教禪宗黄龍宗發源地。《五燈會元·上藍順禪師法嗣·參政蘇轍居士》:"字子由。元豐三年以睢陽從事,左遷瑞州搉筦之任。是時,洪州上藍順禪師與其父文安先生有契,因往訪焉,相得歡甚。公咨以心法,順示搐鼻因緣,已而有省。"而《續傳燈録》有《黄龍慧南禪師法嗣下·上藍順禪師》,可見蘇轍與黄龍宗淵源頗深。

〔二〕胸次:胸間。亦指胸懷。《莊子·田子方》:"行小變而不失其大常也,喜怒哀樂不入於胸次。"峥嶸:卓犖之氣。

〔三〕唐方干《海石榴》:"滿枝猶待春風力,數朵先欺臘雪寒。"枯槎:老樹的枝杈。

〔四〕《論語·子罕》:"歲寒,然後知松柏之後彫也。"

不到東西二林〔一〕

山北東西寺,高人永遠師〔二〕。來遊亦前定〔三〕,回首獨移時。社散白蓮盡〔四〕,山空玄鶴悲〔五〕。何年陶靖節〔六〕,溪上送行遲?

【箋注】

〔一〕作於元豐三年(一〇八〇)六月。東西二林:廬山東林寺、西林寺的合稱。西林寺,坐落於廬山北麓,建於東晉太和二年(三六七),初是沙門竺曇結庵草舍,死後慧永繼承師業。到晉太元二年江州刺史陶範爲之立廟,命名爲西林寺。宋陳舜俞《廬山記·叙山北篇》:"乾明寺在凝寂塔之西百餘步,舊名西林,興國中賜今額。晉惠永禪師之道場也。"東林寺,東晉慧遠大師的同門師兄慧永法師住錫西林三十年,慧遠大師初來廬山時曾居於此,後建寺於西林之東,故名東林寺。參《琵琶亭》注〔五〕。唐白居易《與微之書》:"僕去年秋,始遊廬山,到東西二林間香爐峯下,見雲水泉石,勝絶第一,愛不能捨,因置草堂。"

〔二〕永遠師:指當時西林寺住持慧永、東林寺住持慧遠。慧永(三三二—四一四),俗姓潘,河内(今河南焦作市)人,初師事竺曇現,後與慧遠共學於道安座下。素與慧遠共期欲赴羅浮山,然慧遠爲道安所留;師乃於東晉太元初年先行,至潯陽時,爲郡人陶範所留而居廬山西林寺,未久慧遠亦來,及至,入住東林精舍,遂有終焉之志。又另立茅室於嶺上,作禪思修持之用,至其室者常聞異香,因號"香谷"。慧遠(三三四—四一六),俗姓賈,雁門郡樓煩縣人(今山西寧武縣附近)。幼隨舅父遊學許洛。成年後從道安出家。始住廬山龍泉精舍,後住東林寺。彭城劉遺民、豫章雷次宗、雁門周續之、新蔡畢穎之、南陽宗炳等,均係一時之秀,咸辭棄世榮,相從遊止,爲浄土宗之始祖。梁慧皎《高僧傳·義解三·釋慧遠》:"時有沙門慧永,居在西林,與遠同門。舊好遂要遠同止。永謂刺史桓伊曰:'遠公方當弘道,今徒屬已廣而來者方多,貧道所棲褊狹不足相處。如何?'桓乃爲遠復于山東更立房殿,即東林是也。遠創造精舍,洞盡山美,卻負香爐之峰,傍帶瀑布之壑。仍石壘基,即松栽構,清泉環階,白雲滿室。復於寺内别置禪林,森樹煙凝,石筵苔合,凡在瞻履,皆神清而氣肅焉。"參《高僧傳》卷六。

〔三〕前定:宿命論説法,謂凡事均爲命中註定。白居易《和思歸樂》:"窮達有前定,憂喜無交争。"

〔四〕白蓮:白蓮社。陳舜俞《廬山記·叙山北篇》:"遠公與慧永、持曇、順曇、恒竺、道生、慧叡、道敬、道昺、曇詵,白衣張野、宗炳、劉遺民、張詮、周續之、雷次宗、梵僧佛駄、耶舍十八人者同修浄土之法,因號白蓮舍十八賢。"

〔五〕南朝齊孔稚圭《北山移文》:"蕙帳空兮夜鶴怨,山人去兮曉猨驚。"玄鶴:黑鶴。晉崔豹《古今注·鳥獸》:"鶴千歲則變蒼,又二千歲變黑,所謂玄鶴也。"

〔六〕陶靖節：晉陶潛，私謚靖節。陳舜俞《廬山記·叙山北篇》："流泉匝寺，下入虎溪。昔遠師送客過此，虎輒號鳴，故名焉。陶元亮居栗里，山南陸修静亦有道之士，遠師嘗送此二人，與語合道，不覺過之，因相與大笑。"参《答文與可以六言詩相示因道濟南事作十首》之六注〔二〕。

遊廬山山陽七詠〔一〕

開先瀑布〔二〕

山上流泉①自作溪，行逢石缺瀉虹霓〔三〕。定知雲外波瀾闊，飛到峰前本末齊。入海明河驚照曜〔四〕，倚天長劍失提携〔五〕。誰來卧枕莓苔石，一洗塵心萬斛泥〔六〕？

【校記】

①流泉：宋大字本作"泉流"。

【箋注】

〔一〕作於元豐三年（一〇八〇）六月。廬山：《太平寰宇記·江南西道九·江州》："廬山，在縣南，高二千三百六十丈，周迴二百五十里。其山九疊，川亦九派。《郡國志》云：'廬山疊嶂九層，崇巖萬仞。《山海經》所謂三天子障，亦曰天子都。本周武王時，匡俗字子孝兄弟七人，皆好道術，結廬于此山，仙去空廬尚在，故曰廬山。'"《輿地紀勝·江南西路·江州·風俗形勝》引《尋真觀記》："廬山山水甲天下，山之南則簡寂、棲賢、開先、歸宗，山之北則太平、圓通、東西二林。"

〔二〕開先瀑布：《輿地紀勝·江南東路·南康軍·景物下·瀑布水》："在開先院之西，廬山南，瀑布無慮十數，皆積雨方見，惟此不竭。僧貫休詩云：'小瀑便高三百尺，短松多是一千年。'徐凝詩云：'古今常如白練飛，一條界破青山色。'李白詩云'飛流直下三千尺，疑是銀河落九天。'即開先之瀑也。"明王禕《開先寺觀瀑布記》："廬山南北瀑布以十數，獨開先寺所見者最勝。開先瀑布有二：其一曰馬尾泉，其一在馬尾泉東。出自雙劍、香爐兩峰間，爲尤勝。或曰瀑水之源，昔人未有窮之者。或曰水出山絶頂，衝激入深澗，西入康王谷爲水簾，東出香爐峰則爲瀑布也。"《太平寰宇記·江南西道九·江州》："瀑布在山東，亦曰水源，出高峰，掛流三百丈許，遠如匹布，故曰瀑布。"

〔三〕虹霓：亦作虹蜺。古人指雨後或日出、日没之際，天空中所現的七色圓弧。虹蜺常有内外二環，内環稱虹；外環稱蜺。戰國楚宋玉《高唐賦》："仰視山顛，肅何千千，炫燿虹蜺。"按，此謂瀑布激水後所見的景象。

〔四〕明河：天河，銀河。唐宋之問《明河篇》："明河可望不可親，願得乘槎一問津。"

〔五〕謂瀑布如長劍倚天。宋玉《大言賦》："至宋玉曰：'方地爲車，圓天爲蓋，長劍耿介倚天外。'"此與上句皆喻瀑布水。

〔六〕"誰來"二句：謂枕卧石上，蕩滌功名世俗之心。唐白居易《南侍御以石相贈助成水聲因以絶句謝之》："泉石磷磷聲似琴，閒眠静聽洗塵心。莫輕兩片青苔石，一夜潺湲直萬金。"參《郭祥正國博醉吟庵》注〔六〕。

漱玉亭〔一〕

山回不見落銀潢〔二〕，餘溜喧豗響石塘〔三〕。目亂珠璣濺空谷〔四〕，足寒雷電繞飛梁〔五〕。入瓶銅鼎春茶白〔六〕，接竹齋廚午飯香〔七〕。從此出山都不棄，滿田秔稻插新秧〔八〕。

【箋注】

〔一〕《輿地紀勝·江南東路·南康軍·景物下·漱玉亭》："在開先寺。東坡有詩曰：擘開青玉峽，飛出兩白龍。亂沫散飛雪，古潭摇清空。餘流滑無聲，快寫雙石硔。其爲佳致可見矣。寺又有漱玉橋。東坡詩云：月出飛橋東。"上所引詩即蘇軾《開先漱玉亭》，清查慎行《蘇詩補注》卷二十三："岳珂《愧郯録》：廬山之址有寺曰開先華藏寺。黄庭堅《開先禪院修造記》：南唐李中主少年無經世意，慕物外之名，問舍五老峰下，有野人獻地，買之爲書堂。及即位，以爲寺，以獻地爲有國之祥，故名開先。"漱玉：謂泉流漱石，聲若擊玉。晉陸機《招隱詩》："山溜何泠泠，飛泉漱鳴玉。"

〔二〕銀潢：天河，銀河。參上首注〔四〕。

〔三〕溜:水流。喧豗:形容轟響。唐李白《蜀道難》:"飛湍瀑流争喧豗,砯崖轉石萬壑雷。"

〔四〕珠璣:喻水珠。蘇軾《六月二十七日望湖樓醉書五絶》之一:"黑雲翻墨未遮山,白雨跳珠亂入船。"

〔五〕飛梁:淩空飛架的橋。北魏酈道元《水經注·晉水》:"水側有涼堂,結飛梁于水上。"按,此言從飛架的橋上經過讓人恐懼而兩腿發軟。

〔六〕謂新茶烹煮後顔色如牛乳。參《送李鈞郎中》注〔一一〕、《送文與可知湖州》注〔一五〕、《宋城宰韓秉文惠日鑄茶》注〔四〕。

〔七〕謂煮飯的水是用竹筒相接引來的山泉。

〔八〕"從此"二句:謂水流出山而供灌溉。秔(jīng)稻:一種黏性較小的稻。《文選·揚雄〈長楊賦〉》:"馳騁秔稻之地,周流梨栗之林。"唐李善注:"《説文》曰:'秔,稻屬也。《聲類》以爲秔,不黏稻也。'《漢書》東方朔曰:'涇渭之南,又有秔稻、梨、栗之饒。'"

簡寂觀〔一〕

山行但覺鳥聲殊,漸近神仙簡寂居。門外長溪浄客足,山腰苦笋助盤蔬〔二〕。喬松定有藏丹處〔三〕,大石仍存①拜斗餘〔四〕。弟子蒼髯年八十〔五〕,養生世世授遺書。

【校記】

①存:叢刊本作"前"。

【箋注】

〔一〕在廬山歸宗寺北。《太平寰宇記·江南西道九·江州》:"簡寂觀在州東南四十里。"簡寂觀:《輿地紀勝·江南東路·南康軍·仙釋·簡寂先生》:"宋陸修静,文帝素敬之,召不至。明帝設崇虚館、通仙堂以待之。求歸,不許。遂化去,不知所在。謚曰簡寂先生,以故居爲簡寂觀。"又《景物下·簡寂觀》:"在城西二十三里,陸先生修養之地。宋大明六年陸修静置簡寂觀於此,今名太虚觀。觀後有二瀑布及白雲樓。"清吴道賢《匡廬紀遊》:"距歸宗之北三里,爲簡寂觀,是陸脩静養道處。古松十九株,爲魏、晉時物,偃者拂地,聳者入雲,虬枝古幹,圖畫所不能寫。"《光緒江西通志》卷一百二十四:"簡寂觀舊名大虚觀,在星子縣西一十五里。宋陸脩静卒,謚簡寂,因以名觀。"

〔二〕苦笋:苦竹之筍。品種不一,其味微苦者可食,俗稱甜苦筍。宋陳舜俞《廬山記·叙山南篇》:"苦竹亘生于山谷,春筍初出,其味甘美,俗傳廬山詩云:'簡寂觀中甜苦筍,歸宗寺裏淡鹹虀。'言皆珍快也。"

〔三〕喬松:王子喬、赤松子。舊題漢劉向《列仙傳·王子喬》:"王子喬者,周靈王太子晉也。好吹笙作鳳凰鳴。游伊洛間,道士浮丘公接上嵩高山。三十餘年後,求之於山上,見柏良曰:'告我家:七月七日待我於緱氏山巔。'至時,果乘鶴駐山頭,望之不可到。舉手謝時人,數日而去。"赤松子:古仙人。參《張安道尚書生日》注〔七〕。

〔四〕謂還留下有神仙遺跡。《雲笈七籤·紀傳部·傳八·劉道偉》:"劉道偉少入嶓冢山學道,積十二年遇仙人試之,將一大石約重萬斤,以一白髮懸之,使道偉卧其下,顔色無異,心安體悦。又十二年,遂賜以神丹,服之昇天。"拜斗:禮拜北斗星。道教修煉的一種方式。元辛文房《唐才子傳》卷八:"[顧況]遂全家去隱茅山,鍊金拜斗,身輕如羽。"

〔五〕蒼髯:黑鬍鬚。

歸宗寺〔一〕

來聽歸宗早晚鐘,疲勞懶上紫霄峰〔二〕。墨池漫疊溪中石〔三〕,白塔微分嶺上松〔四〕。佛宇争推①一山甲〔五〕,僧廚坐待十方供〔六〕。欲游山北東西寺〔七〕,巖谷相連更幾重?此寺王逸少所置〔八〕,云有墨池在焉。

【校記】

①推:宋建本作"堆"。叢刊本作"惟",皆因形近而誤。

【箋注】

〔一〕位於江西星子縣廬山南麓。係東晉咸康六年(三四〇)右將軍王羲之舍其故宅,爲三藏佛陀耶舍所建。唐元和(八〇六—八二〇)中,智常再事興建,白樂天、李渤等亦常來訪道。爾後成爲禪院。宋太平興國九年(九八四)道詮住寺,爲第十二世。道俗雲集,門風大振。後迭經克文、正賢、曇華、慧南諸師住持,遂爲禪家大道場。今有大雄寶殿、天王殿、毗盧殿等,諸堂完備,爲廬山第一。參《高僧傳》卷二、《宋高僧傳》卷十七、《景德傳燈録》卷七、卷二十、卷二十三至卷二十六。《輿地紀勝·江南東路·南康軍·景物下·歸宗寺》:"在城西二十五里。即王羲之宅,墨池、鵝池存焉。寺後有金輪、上霄二峰。水曰鸞溪。唐寶曆中,有赤眼禪師居之,佛刹之盛,冠於山南,與雲居相若,俗謂天上雲居、地下歸宗。"宋陳舜俞《廬山記·叙山南篇》:"至唐寶曆初,僧智常居焉,始大興禪刹。智常大歷中得法于江西道一禪師,道一姓馬,僧史謂之馬祖。智常之目重瞳,以毒藥自按摩之,使目眥俱赤,世號赤眼歸宗。"

〔二〕陳舜俞《廬山記·叙山南篇》:"[簡寂]觀在白雲峰之下,其間一峰獨出而秀卓者,曰紫霄峰。"

〔三〕墨池:傳説爲王羲之洗墨池。陳舜俞《廬山記·叙山南篇》:"自栗里三里,至承天歸宗禪院,晉咸康六年,寧遠將軍江州刺史王羲之置,以捨梵僧那連耶舍尊者一名達摩多羅,故有右軍墨池。"

〔四〕白塔:當指赤眼禪師庵塔。陳舜俞《廬山記·叙山南篇》:"由幽邃至赤眼禪師庵塔一里。禪師即所謂赤眼歸宗,卒葬此山之石人峰下,以石爲像,凜然如生。建隆二年,謚至覺禪師妙相之塔。"

〔五〕陳舜俞《廬山記·叙山南篇》:"土木之盛,山南爲冠。"

〔六〕十方:佛典指東、西、南、北、東南、西南、東北、西北、上、下。指到處。供:供養。

〔七〕東西寺:當指東林寺、西林寺。均在山北。

〔八〕王逸少:即王羲之(三〇三—三六一,一説三〇九—三六五或三二一—三七九),字逸少,晉琅邪臨沂(今山東臨沂市)人,王導從子。起家祕書郎,復爲庾亮參軍、長史。累遷寧遠將軍、江州刺史、護軍將軍、右軍將軍、會稽内史。仕宦非其所好,雅好黄老之術。及在會稽,以山水佳妙,名士所在,有終焉之志,兼與王述不協,遂棄官閒居。工書法,先後師王廙、衛夫人(鑠),終自成一體,草隸正行均當時之冠。時人論其筆勢"飄若浮雲,矯若驚龍"。每自稱"比鍾繇當抗行,比張芝草猶當雁行也"。今存其跡,行書以《樂毅論》《黄庭經》《東方朔畫讚》《蘭亭集序》,草書以《姨母》《初月》《憂懸》《喪亂》諸帖最有名。《晉書》有傳。

萬杉寺〔一〕

萬本青杉一手栽，滿堂白佛九天來〔二〕。仁宗初年，有僧手種萬杉，特爲建此寺，仍以禁中佛賜之。涓涓石溜供廚足〔三〕，矗矗山屏繞寺開〔四〕。半榻松陰秋簟冷〔五〕，一杯香飯午鐘催〔六〕。安眠飽食平生事〔七〕，不待山僧喚始迴。

【箋注】

〔一〕宋陳舜俞《廬山記・叙山南篇》："由開先至萬杉院二里。本朝景德二年始建，舊有古石崖。先是僧曰太超，即山植杉萬本，有爲之言于朝者，乃賜錢建院，仍錫土田佛像供器，及其成也，仁宗錫御篆，牓其殿曰金仙寶殿。"

〔二〕九天：此指皇帝。

〔三〕陳舜俞《廬山記・叙山南篇》："[萬杉]院後有流泉，泉畔有滴翠亭，遊者必久之。"石溜：巖石上的泉水。

〔四〕矗矗：高峻貌。山屏：如屏風的群山。

〔五〕唐殷堯藩《閑居》："花影一闌吟夜月，松聲半榻卧秋風。"簟(diàn)：席子。

〔六〕香飯：此指寺廟僧侣的飯食。唐王維《遊感化寺》："香飯青菰米，嘉蔬緑芋羹。"

〔七〕唐白居易《快活》："飽食安眠消日月，閑談冷笑接交親。"

三峽石橋〔一〕

三峽波濤飽溯沿〔二〕，過橋雷電記當年〔三〕。江聲仿佛瞿唐口〔四〕，石角參差灩澦前〔五〕。應有夜猿啼古木〔六〕，已將秋葉作歸船。老僧未省遊巴蜀〔七〕，松下相逢問信然〔八〕。

【箋注】

〔一〕蘇軾集作《棲賢三峽橋》。三峽石橋：《輿地紀勝・江南東路・南康軍・景物下・三峽橋》："在廬山之歸宗寺，最爲廬山之雄觀。蘇子由記曰：水行石間，聲如雷電，如千乘車行者，震掉不能自持。雖三峽之險，不過也。楊億記云：瀉瀑練於千仞，狀雲屏之九疊。《漁隱叢話》：東坡云：廬山勝絶不可勝談，擇其尤者，莫如三峽橋。"三峽：位於重慶市和湖北省境内，爲長江上游的瞿塘峽、巫峽和西陵峽的合稱。參《入峽》注〔一〕。

〔二〕謂多次往返出入于三峽。飽：猶言多。

〔三〕蘇轍《廬山棲賢寺新修僧堂記》："元豐三年，余得罪遷高安。夏六月，過廬山，知其勝而不敢留，留二日，涉其山之陽，入棲賢谷。谷中多大石，岌嶪相倚，水行石間，其聲如雷霆，如千乘車，行者震掉不能自持，雖三峽之嶮不過也，故其橋曰三峽。"

〔四〕瞿唐：見《入峽》注〔二〕。

〔五〕見《灩澦堆》注〔一〕。

〔六〕北魏酈道元《水經注・江水》："每至晴初霜旦，林寒澗肅，常有高猿長嘯，屬引淒異，空谷傳響，哀轉久絶。故漁者歌曰：巴東三峽巫峽長，猿鳴三聲淚沾裳。"唐杜荀鶴《秋日卧病》："山頂老猿啼古木，渡頭新鴈下平沙。"

〔七〕未省：未曾。

〔八〕唐賈島《尋隱者不遇》："松下問童子，言師採藥去。只在此山中，雲深不知處。"

白鶴觀〔一〕

五老相携欲上天〔二〕，玄猿白鶴盡疑仙〔三〕。浮雲有意藏山頂〔四〕，流水無聲入稻田。古木微風時起籟〔五〕，諸峰落日盡①生煙〔六〕。歸鞍草草還城市〔七〕，慚愧幽人正醉眠〔八〕。

【校記】

①盡：宋建本作"静"。

【箋注】

〔一〕白鶴觀：《輿地紀勝・江南東路・南康軍・景物下・白鶴觀》："在城西北二十里，今名爲承天觀。《白鶴觀記》云：廬山峰巒之奇秀，巖穴之怪邃，泉樹之茂美，爲江南第一。白鶴觀總奇秀、怪邃、茂美，復爲廬山第一。"宋洪邁

《容齋三筆》卷十一:"後在儋耳作《觀棋》詩,記遊廬山白鶴觀,觀中人皆闔户晝寢,獨聞棋聲,云:'五老峰前,白鶴遺址。長松蔭庭,風日清美。我時獨遊,不逢一士。誰歟棋者? 户外屨二。不聞人聲,時聞落子。'"

〔二〕五老:五老峰。《太平寰宇記·江南西道九·江州》:"五老峰在山東,懸崖突出,如五人相逐羅列之狀。"

〔三〕謂玄猿白鶴出没於雲海之中,猶如置身仙境。《藝文類聚·鳥部一·鵠》引《抱朴子》:"周穆王南征,一軍盡化,君子爲猿爲鶴,小人爲蟲爲沙。"

〔四〕謂雲彩有意遮蔽了山頂。晉陶潛《歸去來兮辭》:"雲無心以出岫,鳥倦飛而知還。"此反陶詩意而用之。

〔五〕起籟:發出聲響。唐白居易《白羽扇》:"颯如松起籟,飄似鶴翻空。"

〔六〕煙:暮靄。

〔七〕草草:匆匆。

〔八〕唐杜牧《醉眠》:"幽人本多睡,更酌一樽空。"幽人:此指山中隱士。

南康阻風遊東寺〔一〕

欲涉彭蠡湖〔二〕,南風未相許。扁舟厭摇蕩,古寺慰行旅。重湖面南軒,驚浪卷前浦。霏微雪陣散,顛倒玉山舞〔三〕。一風輒九日,未悉土囊怒〔四〕。百里斷行舟,仰看飛鴻度。故人念征役〔五〕,一飯語平素〔六〕。竹色浄飛濤,松聲亂秋①雨。我生足憂患〔七〕,十載不安處〔八〕。南北已兼忘,遲速何須數〔九〕。

【校記】

①秋:叢刊本作"和"。

【箋注】

〔一〕作於元豐三年(一〇八〇)七月。詩云"竹色浄飛濤,松聲亂秋雨",知已到秋七月。《三蘇年譜》卷三十:"《年表》'東寺'作'東林寺',恐誤。東林寺在山之北,屬江州。此明言東寺爲'古寺'。蓋不甚知名。《輿地紀勝》謂彭蠡湖在南康軍城東南。過湖經洪州,至筠州。"

〔二〕彭蠡:今江西鄱陽湖。

〔三〕雪陣、玉山:喻指浪花。顛倒:傾倒。

〔四〕土囊:洞穴。參《和子瞻題風水洞》注〔二〕。

〔五〕征役:行役,此指因公務而在外跋涉。

〔六〕平素:以往的情誼。晉陶潛《詠二疏》:"促席延故老,揮觴道平素。"

〔七〕宋歐陽脩《奉答原甫見過寵示之作》:"吾生少賤足憂患,憶昔有罪初南遷。"足:多。

〔八〕蘇轍於熙寧二年(一〇六九)八月被貶任河南府推官至今正十一年,此十載言成數。

〔九〕數:猶計較。

寄題陳憲郎中竹軒〔一〕

家有修篁緑滿軒〔二〕,趨庭詩禮舊忘言〔三〕。淩霜自得良朋友〔四〕,過雨時添好子孫〔五〕。試剪輕筠扶野步〔六〕,旋收涼葉煮清樽〔七〕。風流共道勝桑梓〔八〕,鄰里何妨種百根。

【箋注】

〔一〕作於元豐三年(一〇八〇)七月。時蘇轍已赴筠州任。陳憲:《輿地紀勝·江南西路·撫州·景物上·恭軒》:"陳軾,字君式。居於撫州黄土橋。荆公有《陳君式大夫恭軒》詩,曾子固亦有賦詩。東坡名其園曰'中隱堂',曰'老圃'。公詩云:恭軒静對此堂深,新斸檀欒一畝陰。膝下往來前日事,眼中封植去年心。陳手植緑竹一叢於所居側,四時蔥倩。後其子開一軒對之,命曰:'恭'。舒王曾公足弟來歸里閈,必遊息賞玩而去。"又《淮南西路·黄州·官吏·陳軾》:"元豐中,陳軾知黄州。時蘇公軾謫黄州,人皆畏避,懼其累己,公獨願交,期與同憂患。"孔凡禮《三蘇年譜》卷三十:"據轍詩,蘇軾到黄州後三數月,陳軾即罷去。"按,宋代提點刑獄司及提刑别稱憲。宋周必大《二老堂雜誌·憲台》:"憲部,刑部也;憲臺,御史臺也。今直以諸路刑獄爲憲。"清錢大昕《十駕齋養新録·帥漕憲倉》:"宋則有帥漕憲倉四司……憲謂提點刑獄司。"陳軾或曾任提點刑獄之類,故用舊稱。待考。

〔二〕修篁:修竹。南朝陳顧野王《虎丘山序》:"曲澗潺湲,修篁蔭暎。"

〔三〕趨庭:父親對兒子的教誨。語出《論語·季氏》:"[孔子]嘗獨立,鯉趨而過庭。曰:'學詩乎?'對曰:'未也。''不學詩,無以言。'鯉退而學詩。他日,又獨立,鯉趨而過庭。曰:'學禮乎?'對曰:'未也。''不學禮,無以立。'鯉退而學禮。"鯉,字伯魚,孔子之子。

〔四〕凌霜:迎(或者冒)著霜。唐李白《贈韋侍御黄裳》之一:"太華生長松,亭亭凌霜雪。"

〔五〕子孫:指竹笋。唐韓愈《和侯協律詠笋》:"成行齊婢僕,環立比兒孫。"

〔六〕謂截取一段小竹做拐杖。剪:裁下。輕�:輕細的竹子。

〔七〕涼葉:秋葉。南朝宋謝莊《黄門侍郎劉琨之誄》:"秋風散兮涼葉稀,出吴洲兮謝江畿。"

〔八〕桑梓:家鄉。語本《詩·小雅·小弁》:"維桑與梓,必恭敬止。"宋朱熹集傳:"桑、梓二木。古者五畝之宅,樹之牆下,以遺子孫給蠶食、具器用者也……桑梓父母所植。"

附録　曾鞏《陳君式恭軒》

不要牆頭俗眼看,故開蒼蘚種檀欒。虚心得處從天性,勁節知來在歲寒。葉養風煙誇酒美,枝留冰雪送歌殘。名郎感慕同桑梓,手植依然一畝寬。

王安石《陳君式大夫恭軒》

恭軒静對北堂深,新斸檀欒一畝陰。膝下往來前日事,眼中封植去年心。每懷樽斝沾餘瀝,獨喜弦歌有嗣音。肯構會須門閥大,世資何用滿籯金。

次韻孔武仲到官後見寄〔一〕

舉楫同千里,繫舟時一言〔二〕。共嗟蓬作屋〔三〕,願就席爲門〔四〕。

行役①身先困〔五〕，征商思益昏〔六〕。僅同登壟②斷〔七〕，何止服車轅〔八〕。

【校記】

①役：叢刊本作“後”，誤。

②壟：叢刊本作“龍”，誤。

【箋注】

〔一〕作於元豐三年（一〇八〇）七月。詩云“舉楫同千里，繫舟時一言”，《三蘇年譜》卷三十：“本年此前有《舟次大雲倉回寄孔武仲》，叙同行事。《輿地紀勝》卷二十一《江南東路·信州·官吏·孔武仲》：‘嘗爲推官。《修學記》謂武仲元豐中爲教授，蓋以此官權教授耳。’則武仲與轍同行，蓋爲赴信州推官任。‘繫舟’云云，武仲當於江州登陸，登陸告别時，武仲嘗有言云云。”孔武仲：見《和孔教授武仲濟南四詠》注〔一〕。

〔二〕繫舟：停船。

〔三〕謂船行以船艙爲屋。

〔四〕船艙以席爲門，隔斷内外兼遮擋風雨。語本《史記·陳丞相世家》：“家乃負郭窮巷，以弊席爲門。”

〔五〕行役：此謂赴外地作官。

〔六〕征商：征收商業税。

〔七〕謂自己不過是一個市井小吏。《孟子·公孫丑下》：“古之爲市也，以其所有易其所無者，有司者治之耳。有賤丈夫焉，必求龍斷而登之，以左右望，而罔市利。人皆以爲賤，故從而征之。征商自此賤丈夫始矣。”漢趙岐注：“龍斷，謂堁斷而高者也；左右占視，望見市中有利，罔羅而取之。”按，蘇轍爲監筠州鹽酒税，故云。

〔八〕慨嘆孔委身下吏。參《次韻秦觀見寄》注〔一三〕。

附録　孔武仲《寄子由》

江上匆匆别，孤舟誰與言。塵今生我甑，盜肯過君門。水石吴山好，風嵐楚澤昏。相望欲命駕，何日爲東轅。

次韻筠守毛維瞻司封觀修城三首〔一〕

其一

北垣荆棘舊成堆,留待公來次第開〔二〕。車馬已通城下路,榛蕪盡付冶家灰〔三〕。異時碧瓦千門合,應記紅旌百度來〔四〕。自笑裨諶便曠野〔五〕,肩輿飛蓋許追陪〔六〕。

【箋注】

〔一〕作於元豐三年(一〇八〇)七月。毛維瞻(一〇一一—?):字國鎮,蘇門詞人毛滂之父。衢州江山(今浙江江山市)人。慶曆二年進士。慶曆中爲縉雲縣尉,皇祐中爲義烏令。熙寧中任開封府推官、度支郎中。八年,罷爲提舉洞霄宫,與致仕還鄉之趙抃相友善,爲山林之樂。元豐三年以朝請大夫知筠州,與蘇轍多所唱和。五年致仕。《兩浙名賢録》有傳。司封:見《贈李簡夫司封》注〔一〕。按,下《過毛國鎮夜飲》有"風格照人華省郎",知毛嘗官司封員外郎。筠(jūn):即筠州。唐武德七年(六二四)改米州置,以地産筠篁得名。治高安(今江西高安市)。

〔二〕謂毛來筠州後依次修築城闕。

〔三〕冶家:冶鑄金屬器物的人家。

〔四〕紅旌:紅旗。此當指毛之儀仗。

〔五〕借裨諶典事言自己只宜山野。裨諶:春秋時鄭大夫。參《次韻王鞏廷評招飲》注〔三〕。

〔六〕謂時常陪同毛。飛蓋:飛揚的車蓋,喻馬車疾驅。三國魏曹植《公宴》:"清夜遊西園,飛蓋相追隨。"

其二

撥棄案頭文字堆〔一〕,曉晴山色四門開。究懷民事老雖壯〔二〕,俯首山城心已灰〔三〕。荆棘燒殘桑柘出,狐狸去盡犬雞來〔四〕。規模先遣通蹊隧〔五〕,後乘應容衆客陪〔六〕。

【箋注】

〔一〕撥棄:抛開;推開。

〔二〕究懷:猶言究心,專心探究。三國魏曹操《龜雖壽》:"老驥伏櫪,志在千里。烈士暮年,壯心不已。"《後漢書·馬援傳》:"[援]轉游隴漢間,常謂賓客曰:'丈夫爲志,窮當益堅,老當益壯。'"

〔三〕謂心如死灰。極言消沉。參《將至南京雨中寄王鞏》注〔七〕。

〔四〕"荆棘"二句:謂整治田畝,繁殖家禽。唐李德裕《平泉山居子孫記》:"吾乃剪荆莽,驅狐狸,始立班生之宅,漸成應叟之地。"

〔五〕謂整治道路。規模:籌畫,計劃。蹊隧:小路。《莊子·馬蹄》:"當是時也,山無蹊隧,澤無舟梁。"

〔六〕後乘:隨從在後的車馬。唐皮日休《陪江西裴公遊襄州延慶寺》:"不署前驅驚野鳥,唯將後乘載詩人。"

其三

山腳侵城起阜堆〔一〕,繞城徼道斬新開〔二〕。闉闍半壞驚潮信〔三〕,隍壑初深見劫灰〔四〕。蟻聚千夫曾幾日,鱗差萬瓦看將來〔五〕。史君才力輕山郡〔六〕,朝論行聞急召陪〔七〕。

【箋注】

〔一〕謂山脚隆起侵入筠州城。

〔二〕徼道:用於巡邏警戒的道路。《文選·班固〈西都賦〉》:"周廬千列,徼道綺錯。"唐李周翰注:"徼道,循禁道也。"斬新:即嶄新。

〔三〕闉闍(yīn dū):古代城門外甕城的重門。《詩·鄭風·出其東門》:"出其闉闍,有女如荼。"此指城門。潮信:潮水。以其漲落有定時,故稱。

〔四〕隍壑:城壕。《爾雅·釋言》:"隍,壑也。"晉郭璞注:"城池空者爲壑。"劫灰:本謂劫火的餘灰。南朝梁慧皎《高僧傳·譯經上·竺法蘭》:"昔漢武穿昆明池底,得黑灰,問東方朔。朔云:'不知,可問西域胡人。'後法蘭既至,衆人追以問之,蘭云:'世界終盡,劫火洞燒,此灰是也。'"後因謂戰亂或大火毁壞後的殘跡或灰燼。

〔五〕“蟻聚”二句：謂調集民夫修城，很快就焕然一新。蟻聚：像螞蟻般聚集在一起，極言人衆。《三國志·吴書·周魴傳》：“錢唐大帥彭式等蟻聚爲寇。”鱗差：像魚的鱗片一樣依次排列。漢揚雄《太玄經》卷四：“次六，魚鱗差之，乃大施之，帝用登于天。”晉范望注：“差若魚鱗也。”謂新修的城池瓦如魚鱗般整齊。

〔六〕謂毛在地方屬大材小用。史君：使君。指毛維瞻。

〔七〕謂毛之功績已爲朝廷所知，行將赴京任職。

次子瞻夜字韻作中秋對月二篇一以贈王①郎二以寄子瞻〔一〕

其一

平明坐曹黄昏歸〔二〕，終歲得閑惟有夜。已邀明月出牆東〔三〕，更遣清風掃庭下。城上青鬟四山合〔四〕，門前白練長江瀉〔五〕。誰家高會吹參差〔六〕，鄰婦悲歌春②罷亞〔七〕。二年憂患今已過〔八〕，一夜清光天所借。西京詩句出蘇李〔九〕，南國風流數王謝〔一〇〕。已隨孤棹去中原，肯顧新科求上舍〔一一〕？讀書本自比嵇鍛〔一二〕，學劍要須問曹蔗〔一三〕。清觴灩灩君莫違〔一四〕，佳句駸駸予已怕〔一五〕。狂夫狷狂終累人〔一六〕，不返行遭親黨駡〔一七〕。

【校記】

①王：叢刊本作“正”，形近而誤。

②春：三蘇祠本作“舂”，形近而誤。

【箋注】

〔一〕作於元豐三年（一〇八〇）中秋。詩乃次蘇軾《定慧院寓居月夜偶出》韻。王郎：指王適。見《登南城有感示文務光王遹秀才》注〔一〕。按，此詩可與《中秋見月寄子瞻》參看。

〔二〕坐曹：在衙門裏值班辦公。參《送呂希道少卿知滁州》注〔二〕。

〔三〕唐李中《酒醒》："睡覺花陰芳草軟，不知明月出牆東。"

〔四〕青鬟：喻青山。蘇轍《和子瞻焦山》："岷峨正在日入處，想象積雪堆青鬟。"

〔五〕白練：指江水。

〔六〕參差：洞簫，即無底的排簫。亦名笙。相傳爲舜造，象鳳翼參差不齊。《楚辭·屈原〈九歌·湘君〉》："望夫君兮未來，吹參差兮誰思？"

〔七〕罷亞：本稻名，這指稻穀。唐杜牧《郡齋獨酌》："罷亞百頃稻，西風吹半黄。"

〔八〕謂自元豐二年八月，蘇軾被逮御史臺獄以來。

〔九〕西京：西漢，因都城在長安，位置偏西，故云。蘇李：漢蘇武、李陵。相傳爲二人之間相互酬答的組詩被視爲五言詩成熟的標誌之一，後人已駁正其僞。其詩分别存于《文選》、《藝文類聚》之中。蘇武（前一四〇—前六〇），字子卿，京兆（今陝西西安市東南）人，天漢中以中郎將使匈奴，單于欲降之。武不屈，"乃囚武大窖中，絶不飲食。天雨雪，武卧齧雪與旃（通氈）毛并咽之"；後徙武海上，"廩食不至，掘野鼠去中實而食之。"終不屈。昭帝時得還，拜典屬國，宣帝立，賜爵關内侯。事見《漢書》本傳。李陵（前三四—前七四），字少卿，李廣孫。漢隴西成紀（今甘肅秦安縣）人。少爲侍中，建中監。善騎射，愛人下士。武帝時拜騎都尉，將勇敢五千人教射酒泉張掖以備胡。會李廣利伐大宛，武帝欲使陵爲李廣利護輜重，陵請自將一軍，遂率步卒出居延北。行三十日，與匈奴單于相值，殺敵甚衆。後援不至，力竭降。單于壯陵，妻以女，立爲右校王。在匈奴二十餘年卒。《史記》《漢書》有傳。參司馬遷《報任安書》。

〔一〇〕南國：猶南朝。王謝：以東晉王導、謝安爲首的家族。唐杜甫《壯游》："王謝風流遠，闔閭丘墓荒。"王導（二七六—三三九），字茂弘，小字阿龍。晉琅邪臨沂（今山東臨沂市）人，王敦從弟。初參東海王司馬越軍事，後與琅邪王司馬睿相善，引爲腹心。時中原將亂，導勸睿移鎮建康，復設計使江東士族傾心擁戴。西晉亡，遂與從兄敦立司馬睿爲帝，以功拜丞相，號爲仲父。權重一時，時人爲之語曰："王與馬，共天下。"元帝死，受遺詔輔明帝；明帝死，復奉遺詔輔成帝。爲政務求清静,既以南遷之北方士族爲骨幹,復引南方之土著士族爲輔佐,使偏安江南之東晉政權得以穩固。《晉書》有傳。謝安,見《王仲儀尚書挽詞》注〔二〕。

〔一一〕謂豈肯向新進權貴乞求改變命運。新科:當年科舉中式者,此指新進權貴。上舍:上等的館舍。宋魏泰《東軒筆録》卷六:"王荆公在中書,作新經義以授學者。故太學諸生幾及三千人,以至包展錫慶院、朝集院尚不能容。又令判監直講程第諸生之業,處以上中下三舍。而人間傳以爲凡試而中上舍者,朝廷將以不次升擢。於是輕薄書生,矯飾言行,坐作虚譽,奔走公卿之門者若市矣。"

〔一二〕謂性格倨傲如嵇康。《世説新語·簡傲》:"鍾士季精有才理,先不識嵇康。鍾要於時賢儁之士俱往尋康。康方大樹下鍛,向子期爲佐鼓排。康揚槌不輟,旁若無人,移時不交一言。鍾起,去。康曰:'何所聞而來?何所見而去?'鍾曰:'聞所聞而來,見所見而去。'"參《次韻子瞻減降諸縣囚徒事畢登覽》注〔一六〕。

〔一三〕謂凡事力求其精。《三國志·魏書·文帝紀》南朝宋裴松之注引曹丕《典論·自叙》:"余又學擊劍,閲師多矣,四方之法各異,唯京師爲善。桓靈之間,有虎賁王越善斯術,稱於京師。河南史阿言昔與越遊,具得其法。余從阿學之精熟,嘗與平虜將軍劉勳、奮威將軍鄧展等共飲宿,聞展善有手臂,曉五兵,又稱其能空手入白刃,余與論劍良久。謂言:'將軍法非也,余顧嘗好之,又得善術。'因求與余對。時酒酣耳熱,方食甘蔗,便以爲杖,下殿數交,三中其臂,左右大笑。"

〔一四〕清觴:裝滿美酒的酒杯。灩灩:溢滿貌。唐李群玉《長沙陪裴大夫夜宴》:"泠泠玉漏初三滴,灩灩金觴已半酡。"

〔一五〕駸駸:盛貌。唐柳宗元《感遇》詩之一:"東海久摇蕩,南風已駸駸。"

〔一六〕累人:連累他人。

〔一七〕不返:不知回返,不改變。行:將。親黨:親族。

其二

十年秋月照相思〔一〕,相從祇有彭門夜〔二〕。露侵笳鼓思城闕〔三〕,

寒迫魚龍舞潭下〔四〕。厭厭夜飲歡自足〔五〕,落落襟懷向人瀉〔六〕。秋深河來巨野溢〔七〕,水乾樓起滕王亞〔八〕。北海孔公雖好客〔九〕,河内寇尹①那得借〔一〇〕?是非朝野忽紛紜〔一一〕,得喪芳菲一開謝。明月多情還入門〔一二〕,流水何知空繞舍〔一三〕。晨餐江市富鱣魴〔一四〕,夜宿山村足梨蔗。坐隅鵩鳥不須問〔一五〕,牆外蝮蛇猶足怕〔一六〕。婁公見唾行自乾〔一七〕,馮老尚多誰定罵〔一八〕?

【校記】

①尹:宋大字本、宋建本、蜀藩刻本、叢刊本作"君"。通常稱"寇尹",且"君"於此平仄不調,知誤。

【箋注】

〔一〕唐李嶠《送崔主簿赴滄州》:"他鄉有明月,千里照相思。"

〔二〕指熙寧十年(一〇七七)二月,蘇軾改知徐州,轍自京師迎軾,會軾於澶、濮之間。相從至八月十六日,轍赴南京留守簽判任始别。彭門:彭城,即徐州。

〔三〕笳鼓:指戍守城池的軍隊發出的笳聲和鼓聲。

〔四〕魚龍:魚和龍,此指各種鱗介水族。唐周岳秀《君山祠》:"風濤澎湃魚龍舞,棟宇峥嶸燕雀遷。"

〔五〕謂長夜對飲。厭厭(yān yān):漫長貌。《詩·小雅·湛露》:"湛湛露斯,匪陽不晞。厭厭夜飲,不醉無歸。"蘇轍《詩集傳》:"厭厭,久也。"又:"飲酒至夜,非醉而不出,如露之得日而後乾也。"

〔六〕落落:磊落。《三國志·蜀書·彭羕傳》:"若明府能招致此人,必有忠讜落落之譽。"

〔七〕此指熙寧十年秋七月,徐州大水事。巨野:古湖澤名。在今山東省巨野縣北五里。參《寄孔武仲》注〔一四〕。

〔八〕謂蘇軾所築黄樓僅次滕王閣。滕王:滕王閣。唐高祖子元嬰爲洪州刺史時所建。後元嬰封滕王,故名。亞:次;次于。

〔九〕謂如孔融之好客。參《次韻王鞏代書》注〔五〕。

〔一〇〕謂如寇恂爲百姓所擁戴。寇尹：指東漢寇恂（？—三六），字子翼，後漢昌平（今北京昌平區）人。初爲郡功曹，説太守耿況南迎光武。遂拜恂偏將軍。從討平群雄，拜河内太守，行大將軍事。後潁川盜起，恂從征。事平，百姓遮道乞借恂一年。恂經明行修，人稱長者。卒謚威，圖形雲臺。《後漢書》有傳。

〔一一〕紛紜：莫衷一是。

〔一二〕蘇軾《漁家傲·七夕》："明月多情來照户。但攬取，清光長送人歸去。"

〔一三〕杜甫《客至》："舍南舍北皆春水，但見群鷗日日來。"

〔一四〕江市：江邊魚市。鱣魴（zhān fáng）：鱘鰉魚和鯿魚。這裏泛指各類名貴的魚。

〔一五〕謂不似賈誼頹唐自傷。《文選·賈誼〈鵩鳥賦〉》："誼爲長沙王傅，三年，有鵩鳥飛入誼舍，止于坐隅，鵩似鴞，不祥鳥也。誼既以適居長沙，長沙卑濕，誼自傷悼，以爲壽不得長，迺爲賦以自廣。"

〔一六〕謂奸佞之人的陷害至今後怕。蝮蛇：古人以爲蛇之最毒者。《藝文類聚·鱗介部上·蛇》引《抱朴子》："蛇類多，唯有蝮蛇，中人至急，一日不治則殺人。"《史記·田儋列傳》："蝮螫手則斬手，螫足則斬足。何者？爲害於身也。"

〔一七〕謂當如婁師德所教忍辱負重。婁公：指唐婁師德（六三〇—六九九）。字宗仁，鄭州原武（今河南原陽縣）人。第進士，上元初爲監察御史，以功遷殿中侍御史，兼河源軍司馬。與吐蕃戰，八戰八捷。武后時累官同平章事。平生爲將相三十餘年，恭勤樸忠，寬厚容物。卒謚貞。新舊《唐書》有傳。《新唐書》本傳云："其弟守代州，辭之官，教之耐事。弟曰：'人有唾面，潔之乃已。'師德曰：'未也。潔之，是違其怒，正使自乾耳。'"又《尚書大傳》卷三："罵女毋嘆，唾女毋乾。"

〔一八〕謂朝臣如馮道寡廉鮮恥者不少。馮道：字可道。後周瀛州景城（今河北滄州市）人。少淳厚好學，善屬文。入仕後歷事四朝十君，相六帝二十餘年。自號長樂老。後世以其無節操而鄙之。新舊《五代史》有傳。

附録　蘇軾《定惠院寓居月夜偶出》

幽人無事不出門，偶逐東風轉良夜。參差玉宇飛木末，繚繞香烟來月下。江雲有態清自媚，竹露無聲浩如瀉。已驚弱柳萬絲垂，尚有殘梅一枝亞。清詩獨吟還自和，白酒已盡誰能借。不辭青春忽忽過，但恐歡意年年謝。自知醉耳愛松風，會揀霜林結茅舍。浮浮大甑長炊玉，溜溜小槽如壓蔗。飲中真味老更濃，醉裏狂言醒可怕。但當謝客對妻子，倒冠落佩從嘲罵。

《次韻前篇》

去年花落在徐州，對月酣歌美清夜。今年黄州見花發，小院閉門風露下。萬事如花不可期，餘年似酒那禁瀉。憶昔扁舟泝巴峽，落帆樊口高桅亞。長江袞袞空自流，白髮紛紛寧少借。竟無五畝繼沮溺，空有千篇淩鮑謝。至今歸計負雲山，未免孤衾眠客舍。少年辛苦真食蓼，老境安閑如啖蔗。饑寒未至且安居，憂患已空猶夢怕。穿花踏月飲村酒，免使醉歸官長駡。

次韻王適食茅栗〔一〕

相從萬里試南餐〔二〕，對案長思苜蓿盤〔三〕。山栗滿籃兼白黑，村醪入口半甜酸〔四〕。久聞牛尾何曾試①〔五〕，竊比雞頭意未安〔六〕。故國霜蓬如碗大〔七〕，夜來彈劍似馮驩〔八〕。

【校記】

①試：蜀藩刻本、叢刊本作"識"。

【箋注】

〔一〕作於元豐三年(一〇八〇)中秋後。茅栗：即野栗子。王適：見《次王適韻送張耒赴壽安尉二首》之一注〔一〕。

〔二〕南餐：南方飲食。

〔三〕苜蓿盤:謂飲食粗劣,生活清貧。參《次韻子瞻送范景仁遊嵩洛》注〔九〕。

〔四〕村醪:村釀,村酒。

〔五〕牛尾:牛尾貍。筠州特産,見《太平寰宇記・江南西道四・筠州》。唐段成式《酉陽雜俎續集・支動》:"洪州有牛尾貍,肉甚美。"《證類本草・狸骨》:"狸骨,形類猫。其紋有二:一如連錢者,一如虎紋者。此二色狸皆可入藥,其肉味與狐不相遠。江西一種牛尾狸,其尾如牛,人多糟食。"明李時珍《本草綱目・獸二・貍》:"貍有數種……南方有白面而尾似牛者,爲牛尾貍,亦曰玉面貍,專上樹木食百果,冬月極肥,人多糟爲珍品,大能醒酒。"

〔六〕雞頭:即芡實。參《次韻子瞻渼陂魚》注〔二〕。

〔七〕霜蓬:霜後的蓮蓬。蓮蓬即蓮花的花托,内有蓮子。

〔八〕謂意欲思歸。馮驩:戰國時齊國人,初爲孟嘗君門下客,未受禮遇,因彈劍而歌,意欲歸去。後爲孟嘗君禮遇,屢立奇功。見《戰國策・齊四》。

過毛國鎮夜飲〔一〕

風格照人華省郎〔二〕,江山繞郭古仙鄉〔三〕。漫傳鉛鼎八百歲〔四〕,未比金釵十二行〔五〕。不動歌聲人已醉,旋聞詩句夜初長〔六〕。簿書撥盡知餘力〔七〕,道院清虚頃未嘗。

【箋注】

〔一〕作於元豐三年(一〇八〇)中秋後。毛國鎮:見《次韻筠守毛維瞻司封觀修城三首》之一注〔一〕。

〔二〕華省:指清貴者的官署。晉潘岳《秋興賦》:"宵耿介而不寐兮,獨展轉於華省。"華省郎:譽毛。參《次韻筠守毛維瞻司封觀修城三首》之一注〔一〕。

〔三〕蘇轍《筠州聖壽院法堂記》:"昔東晉太寧之間,道士許遜與其徒十有二人散居山,能以術救民疾苦,民尊而化之,至今道士比他州爲多。至於婦人孺子,亦喜爲道士服。唐儀鳳中,六祖以佛法化嶺南,再傳而馬祖,興於江西。於是洞山有价,黄蘗有運,真如有愚,九峰有虔,五峰有觀。高安雖小邦,而五道場在焉。”故此云“古仙鄉”。

〔四〕鉛鼎:煉丹爐。八百歲:高安有李八百歲洞,相傳蜀地異人李某隱此,自稱八百歲。見本卷蘇轍《和毛君州宅八詠·李八百洞》注〔一〕。

〔五〕金釵十二行:本用以形容美女頭上金釵之多。南朝梁武帝《河中之水歌》:“河中之水向東流,洛陽女兒名莫愁……頭上金釵十二行,足下絲履五文章。”此喻侍女之盛。

〔六〕初:方;剛。唐張祜《秋日病中》:“病加陰已久,愁覺夜初長。”

〔七〕餘力:餘裕的力量。語出《論語·學而》:“行有餘力,則以學文。”宋邢昺疏:“能行已上諸事,仍有閒暇餘力,則可以學先王之遺文。”

次韻毛國鎮趙景仁唱和三首一贈毛一贈趙一自詠〔一〕

其一

治劇從容緩策銜〔二〕,鈴軒無事日清談〔三〕。隼旟晝戟明千里〔四〕,紙帳繩牀自一庵〔五〕。金奏屢陳容客和〔六〕,玉山不動看賓酣〔七〕。我來邂逅逢寬政〔八〕,忘卻漂流身在南。

【箋注】

〔一〕作於元豐三年(一〇八〇)中秋後。毛國鎮:見《次韻筠守毛維瞻司封觀修城三首》之一注〔一〕。趙景仁:即趙屼。見《送趙屼秘書還錢塘》注〔一〕。三首依次爲贈毛、贈趙、自詠。

〔二〕謂毛處理政事舉重若輕。治劇:謂處理繁重難辦的事務。《漢書·酷吏傳·尹賞》:“左馮翊薛宣奏賞能治劇,徙爲頻陽令。”策銜:馬鞭和馬勒。

〔三〕鈴軒:猶鈴閣。指州郡長官的辦事場所。參《答文與可以六言詩相示因道濟南事作十首》之十注〔三〕。

〔四〕隼旟（sǔn yú）：畫有隼鳥之旗幟。畫戟：古兵器名，有彩飾。舊時常作爲官員儀飾之用。這裏皆用以指毛之儀仗。參《次韻答王鞏》注〔三〕。

〔五〕紙帳：見《和柳子玉紙帳》注〔一〕。繩牀：見《贈浄因臻長老》注〔二〕。

〔六〕金奏：本指敲擊鐘鎛以奏樂。此指精美之詩歌。唐陳子昂《與東方左史虯修竹篇》："哀響激金奏，密色滋玉英。"

〔七〕唐李白《襄陽歌》："清風朗月不用一錢買，玉山自倒非人推。"此反李白詩意。玉山：此指毛俊美之儀容與風采。《世説新語·容止》："裴令公有儁容儀，脱冠冕，麤服亂頭皆好，時人以爲玉人。見者曰：'見裴叔則如玉山上行，光映照人。'"參《聞王鞏還京會客劇飲戲贈》注〔六〕。

〔八〕寬政：寬簡之政。

其二

一紙新詩過雁銜〔一〕，醒然何異接君談。奉親魚蟹①兼臨海〔二〕，退食琴書定有庵〔三〕。一别經年真似夢〔四〕，多憂不飲亦如酣。共君交②契非今日〔五〕，蔽芾棠陰自劍南〔六〕。

【校記】

①蟹：宋大字本作"稻"。

②交：原作"友"，據宋大字本、宋建本改。

【箋注】

〔一〕古人有大雁傳書的傳説。參《次韻秦觀秀才携李公擇書相訪》注〔九〕。

〔二〕奉親：奉養父親。趙屼時侍父抃於衢州。

〔三〕退食：公餘休息。參《和子瞻東陽水樂亭歌》注〔七〕。

〔四〕謂元豐元年（一〇七八）二月，兩人相逢于南京事，參《送趙屼秘書還錢塘》。

〔五〕交契:交情;交誼。

〔六〕蔽芾棠蔭:指其父於蜀有遺愛焉。參《揚州五詠·平山堂》注〔四〕。南朝梁簡文帝《罷丹陽郡往與吏民别》:"柳栽今尚在,棠陰君詎憐。"按,嘉祐四年(一〇五九),蘇轍至成都,見趙抃,兩人或於此時相識。唐有劍南道,其轄地主要在今四川境。

其三

遠謫江湖舳尾銜〔一〕,到來辛苦向誰談?畏人野鶴長依嶺,厭事山僧祗住庵〔二〕。黄雀頓來成一飽〔三〕,白醪新熟喜初酣〔四〕。疏頑近日尤堪笑〔五〕,坐任飄風去自南〔六〕。

【箋注】

〔一〕舳(zhú):本指舵,這裏指船。

〔二〕"畏人"二句:以野鶴、山僧自喻寂寥。

〔三〕黄雀:即黄雀兒鮓,筠州特産,見《太平寰宇記·江南西道四·筠州》。參《筠州二詠·黄雀》。

〔四〕白醪:糯米甜酒。

〔五〕蘇軾《次韻李邦直感舊》:"酸寒病守尤堪笑,千步空餘僕射場。"疏頑:懶散頑鈍。

〔六〕飄風:旋風;暴風。《詩·大雅·卷阿》:"有卷者阿,飄風自南。"毛傳:"飄風,迴風也。"

再和三首〔一〕

其一

穴鼠何須窶數銜〔二〕,鼺官不用苦高談。夜傾緑①蟻風吹竹〔三〕,晝擁黄紬雪覆庵〔四〕。每作微詞還自笑,偶慚②餘潤亦成酣〔五〕。公詩精絶非倫擬〔六〕,自古騷人盡在南〔七〕。

【校記】

①綠：宋大字本、宋建本、蜀藩刻本、叢刊本作“渌”。

②慚：原本、宋建本作“漸”，據三蘇祠本改。

【箋注】

〔一〕作於元豐三年（一〇八〇）中秋後。

〔二〕《漢書·楊惲傳》：“我不能自保，真人所謂鼠不容穴，銜窶數者也。”唐顏師古注引三國魏如淳曰：“所以不容穴，坐銜窶數自妨，故不得入穴也。”窶（jù）數：以頭頂盆時盆底所墊之物。按，此謂自己不合時宜。

〔三〕綠蟻：本指酒面上浮起的綠色泡沫。因借指酒。《文選·謝朓〈在郡卧病呈沈尚書詩〉》：“嘉魴聊可薦，綠蟻方獨持。”唐張銑注：“綠蟻，酒也。”

〔四〕謂擁被而卧。黄紬：黄綢。《魏書·蠕蠕傳》：“（肅宗）詔賜阿那瓌細明光……五色錦被二領、黄紬被褥三十具。”蘇軾《和孫同年卞山龍洞禱晴》：“看君擁黄紬，高卧放晚衙。”舊題王十朋集注引程縯曰：“世傳，太祖謂一縣令曰：‘謹勿于黄紬被底放衙。’”宋江少虞《宋朝事實類苑·談諧戲謔》：“文潞公始登第，以大理評事知并州榆次縣，吏新鞔衙鼓，面新潔，公戲題詩於上曰：‘置向譙樓一任撾，撾多撾少不知他。如今幸有黄紬被，努出頭來放早衙。’”紬：粗綢布。

〔五〕“每作”二句：謙言自己和詩頗爲勉强，只是敝帚自珍而已。

〔六〕稱贊毛國鎮詩作不是同輩所能比擬的。倫：倫輩；同輩。

〔七〕唐崔峒《送王侍御佐婺州》：“緣溪花木偏宜遠，避地衣冠盡在南。”騷人：詩人。

其二

燕窠①泥土一春銜，慚愧封侯止立談〔一〕。舊隱尚聞存竹徑〔二〕，歸休但要葺茅庵〔三〕。釣船夢想沿溪泛，酒盞遥思向日酣。强欲遲留依幕府，吴公行恐召河南〔四〕。

【校記】

①窠：三蘇祠本作“巢”。

【箋注】

〔一〕《文選·揚雄〈解嘲〉》:“或七十説而不遇,或立談而封侯。”唐李善注:“《史記》曰:虞卿説趙孝成王,再見爲趙上卿,故號爲虞卿。”按,見《史記·虞卿列傳》。

〔二〕《世説新語·任誕》:“陳留阮籍、譙國嵇康、河内山濤三人年皆相比,康年少亞之。預此契者,沛國劉伶、陳留阮咸、河内向秀、琅邪王戎。七人常集於竹林之下,肆意酣暢,故世謂‘竹林七賢’。”

〔三〕歸休:辭官歸家休息。

〔四〕謂朝廷或將于毛另有重任。吴公:西漢上蔡(今河南上蔡)人。文帝時,爲河南守,曾薦賈誼爲博士。《史記·屈原賈生列傳》:“孝文皇帝初立,聞河南守吴公治平爲天下第一……乃徵爲廷尉。”唐司馬貞索隱:“吴,姓也。史失名,故稱公。”按,此以吴公喻毛。

其三

天教窮困欲誰銜,生事那須一一談。自笑豐年塵滿甑〔一〕,不堪雨後菌生庵〔二〕。士師憔悴經三黜〔三〕,陶令幽憂付一酣〔四〕。他日歸耕苦相憶,尺書頻寄北山南〔五〕。

【箋注】

〔一〕《後漢書·范冉傳》:“所止單陋,有時絶粒,窮居自若,言貌無改。閭里歌之曰:‘甑中生塵范史雲,釜中生魚范萊蕪。’”甑(zèng):蒸食炊器。

〔二〕謂房屋簡陋潮濕。唐韓愈《雨中寄張博士籍侯主簿喜》:“見牆生菌遍,憂麥作蛾飛。”

〔三〕見《送張公安道南都留臺》注〔一二〕。

〔四〕陶令:指晉陶潛。曾爲彭澤令。參《答文與可以六言詩相示因道濟南事作十首》之六注〔二〕。

〔五〕尺書:謂書信。參《游景仁東園》注〔六〕。

次韻王適州學新修水閣〔一〕

黄鐘巨挺兩春容〔二〕,何幸幽居近學宫?坐對江山增浩氣〔三〕,力追齊魯欲同風〔四〕。頌詩聞道求何武〔五〕，家法行看試左雄〔六〕。欲伴少年游矍相〔七〕，奔軍慚愧恐詞窮〔八〕。

【箋注】

〔一〕作於元豐三年（一〇八〇）中秋後。

〔二〕《禮記·學記》："善待問者如撞鐘，叩之以小者，則小鳴；叩之以大者，則大鳴。待其從容，然後盡其聲。不善答問者反此。"漢鄭玄注："從讀如富父舂戈之舂。舂容謂重撞擊也。"挺：通梃。這裏指撞鐘的木頭。舂容：用力撞擊。

〔三〕浩氣：浩然之氣。參《次韻子瞻見寄》（衮衮河渭濁）注〔一三〕。因讀聖賢書，故云。

〔四〕齊魯：乃孔孟之鄉，故文化發達，因稱禮儀之鄉。《史記·三王世家》："孝武見其書，擊地怒曰：'生子當置之齊魯禮義之鄉，乃置之燕趙，果有争心，不讓之端見矣。'"

〔五〕此與下句皆是對王適寄予厚望。何武：字君公，蜀郡郫縣（今四川成都市郫都區）人。宣帝時，天下和平，四夷賓服。神爵五鳳之間，屢蒙瑞應，而益州刺史王襄使辯士王褒頌漢德，作《中和》《樂職》《宣布》三篇。武年十四五，與成都楊覆衆等共習歌之。是時宣帝循武帝故事，求通達茂異士，召見何武等于宣室，皆賜帛。武詣博士受業，治《易》，以射策甲科爲郎。遷爲鄠令，坐法免歸。後太僕王音舉武賢良方正徵對策，拜爲諫大夫，遷揚州刺史。執法不畏權貴。官至大司空。哀帝時爲王莽誣殺。《漢書》有傳。

〔六〕家法：漢初儒家傳授經學，都由口授，數傳之後，句讀義訓互有歧異，乃分爲各家。師所傳授，弟子一字不能改變，界限甚嚴，稱爲家法。左雄：字伯豪。東漢豪涅陽（今河南鎮平縣）人。安帝時舉孝廉，稍遷冀州刺史。州部多豪族，好請託，雄常閉門，不與交通。奏案貪猾二千石，無所回忌。遷尚書令。雄博學通經，于朝政多所匡正。每有章表奏議，臺閣以爲故事。《後漢書》有傳。其本傳曰："請自今孝廉年不滿四十，不得察舉，皆先詣公府，諸生試家法，文吏課箋奏，副之端門，練其虚實，以觀異能，以美風俗。"

〔七〕矍（jué）相：古地名。在山東曲阜城内闕里西。《禮記·射義》："孔子射於矍相之圃，蓋觀者如堵牆。"漢鄭玄注："矍相，地名。"此指州學。

〔八〕奔軍:奔跑潰敗的軍隊。此自謙不如州學後進。

次韻毛君九日〔一〕

山腳侵城盡是臺,登高處處喜崔嵬〔二〕。手拈霜菊香無奈〔三〕,面拂江風酒自開〔四〕。幕府尊罍雲裹集〔五〕,民家歌吹静中來〔六〕。定知勝卻陶彭澤,悵望籬邊白日頹〔七〕。

【箋注】

〔一〕作於元豐三年(一〇八〇)九月九日。毛君:指毛國鎮。參《次韻筠守毛維瞻司封觀修城三首》之一注〔一〕。

〔二〕崔嵬:《詩·周南·卷耳》:"陟彼崔嵬,我馬虺隤。"毛傳:"崔嵬,土山之戴石者。"因泛指高峻的山。重陽有登高之習俗。

〔三〕霜菊:傲霜的菊花。參《次韻王鞏九日同送劉莘老》注〔二〕。無奈:猶無比。

〔四〕謂開瓶飲宴。

〔五〕謂登高飲酒。尊罍:泛指酒器。唐杜甫《輕肥》:"尊罍溢九醖,水陸羅八珍。"

〔六〕唐齊己《静坐》:"日月更無閑裏過,風騷時有静中來。"

〔七〕"定知"二句:謂勝於陶潛九日無酒可飲。《宋書·陶潛傳》:"嘗九月九日無酒,出宅邊菊叢中坐久,值宏送酒至,即便就酌,醉而後歸。"陶彭澤:晉陶潛。曾爲彭澤令。唐白居易《酬盧秘書二十韻》:"倏忽青春度,奔波白日頹。"

次韻毛君感事書懷〔一〕

種棠經歲便成科〔二〕,秋雨調匀氣漸和〔三〕。才力有餘嫌事少〔四〕,風情無限覺詩多〔五〕。長松更老仍添節,古井雖深自不波〔六〕。宴坐山房人豈識〔七〕? 一樽聊且慰蹉跎〔八〕。

【箋注】

〔一〕作於元豐三年(一〇八〇)九月九日。

〔二〕謂棠樹漸漸長大。棠:樹名。參《揚州五詠・平山堂》注〔四〕。科:通"棵"。

〔三〕調匀:調和均匀。蘇軾《論河北京東盜賊狀》:"若春雨調匀,卻可以廣種秋稼。"

〔四〕謂有餘力。參《過毛國鎮夜飲》注〔七〕。

〔五〕宋穆修《燭》:"長宵且秉歡遊去,無限風情見古辭。"

〔六〕唐白居易《贈元稹》:"無波古井水,有節秋竹竿。"唐孟郊《烈女操》:"波瀾誓不起,妾心古井水。"

〔七〕宴坐:閑坐。山房:見後《和毛君州宅八詠・山房》注〔一〕。

〔八〕唐韓偓《個儂》:"因傾一尊酒,聊以慰蹉跎。"蹉跎:遲暮衰退貌。

次韻毛君見督和詩〔一〕

新詩落紙一城傳〔二〕,顧我疏蕪豈足編〔三〕?它日杜陵詩集裏〔四〕,韋迢略見兩三篇〔五〕。

【箋注】

〔一〕作於元豐三年(一〇八〇)九月九日。

〔二〕唐張籍《和左司元郎中秋居十首》之十:"新詩纔上卷,已得滿城傳。"

〔三〕疏蕪:(才學)荒疏;蕪陋。編:編入詩集。

〔四〕杜陵:指唐杜甫。甫嘗自稱少陵野老。

〔五〕韋迢:唐人,曾任韶州刺史、嶺南節度行軍司馬。今杜集中附録。有韋迢《潭州留别杜員外院長》、《早發湘潭寄杜員外院長》兩詩。

次韻毛君山房遣興〔一〕

欲就陽崖暖〔二〕,新開石磴斜〔三〕。誰言太守宅,自是野人家。燕坐收心鑒〔四〕,冥觀閲界沙〔五〕。退公長寂寞〔六〕,外物自喧嘩。缺徑移松補,斜陽種竹遮。白雲生後礎〔七〕,孤鶩伴殘霞〔八〕。破悶時尋鶴〔九〕,呼眠亦任鴉。喜聞糟出甕〔一〇〕,屢問菊開花。古井元依斗〔一一〕,丹砂舊養芽①〔一二〕。蚍蜉頻上案〔一三〕,猿狖巧分楂〔一四〕。客到扁舟遠,年侵兩鬢華〔一五〕。心摇挂風旆〔一六〕,眼暗隔輕紗。强撥横肱睡〔一七〕,來從插版衙〔一八〕。隱居慚棄擲,勝地每咨嗟。頑鈍終何取,雕磨豈復加〔一九〕?焦先夙所尚,圜舍恰如蝸〔二〇〕。

【校記】

①芽:宋大字本、宋建本作"牙"。

【箋注】

〔一〕作於元豐三年(一〇八〇)九月九日。遣興:抒發情懷,解悶散心。唐杜甫《可惜》:"寬心應是酒,遣興莫過詩。"山房:見後《和毛君州宅八詠·山房》注〔一〕。

〔二〕陽崖:向陽的山崖。《文選·謝靈運〈于南山往北山經湖中瞻眺〉》:"朝旦發陽崖,景落憩陰峰。"唐劉良注:"山南曰陽也。"

〔三〕石磴(dèng):石級,石臺階。

〔四〕燕坐:猶宴坐。閑坐。心鑒:猶心鏡,指心。佛家以爲衆生之心猶如明鏡,能映照萬象,故稱爲心鏡。《大乘起信論》:"衆生心者,猶如于鏡。鏡若有垢,色像不現。"

〔五〕冥觀:玄妙之體察。《文選·孫綽〈游天台山賦〉》:"渾萬象以冥觀,兀同體於自然。"唐李善注:"冥,昧也。言不顯視也。"界沙:沙界。指多如恒河沙數之世界。《妙法蓮華經》卷四:"其佛以恒河沙等三千大千世界爲一佛土。"

〔六〕退公:公餘休息。唐白居易《秋寄微之十二韻》:"清旦方堆案,黄昏始退公。"

〔七〕後礎:猶言房後。礎(chǔ),柱下石礅。

〔八〕唐王勃《滕王閣序》:"落霞與孤鶩齊飛,秋水共長天一色。"

〔九〕破悶：消除煩惱。參《次韻南湖清飲二首》之一注〔五〕。

〔一〇〕謂酒釀熟了。糟：帶汁的酒。

〔一一〕古井：當指李八百煉丹的丹井。參《和毛君州宅八詠·煉丹井》。

〔一二〕比喻煉丹如植物的逐漸培育。

〔一三〕蚍蜉：大螞蟻。

〔一四〕楂（chá）：樹的杈枝。

〔一五〕唐高適《重陽》："節物驚心兩鬢華，東籬空繞未開花。"

〔一六〕《戰國策·楚一》："寡人卧不安席，食不甘味，心摇摇如懸旌而無所終薄。"唐杜牧《宣州送裴坦判官往舒州時牧欲赴官歸京》："君意如鴻高的的。我心懸旆正摇摇。"

〔一七〕謂自由自在，無所拘束。横肱：彎著胳膊。《禮記·曲禮上》："室中不翔，坐不横肱。"此謂彎著胳膊做枕頭，語本《論語·述而》："子曰：飯疏食，飲水，曲肱而枕之，樂亦在其中矣。不義而富且貴，於我如浮雲。"

〔一八〕插版銜：見《次韻張耒見寄》注〔一三〕。

〔一九〕《論語·公冶長》："宰子晝寢。子曰：'朽木不可雕也，糞土之牆不可杇也，於予與何誅？'"《詩·衛風·淇奥》："有匪君子，如切如磋，如琢如磨。"

〔二〇〕"焦先"二句：謂毛國鎮山房如焦先之廬。焦先：字孝然，漢末隱士，河東（今山西）人。孑然無親，見漢室衰，遂不語。露首赤足，結草爲裳，見婦人即避去。平時不踐邪徑，不取大穗，數日一食。或謂曾結廬於鎮江譙山（今焦山）。傳説死時百餘歲。見晉皇甫謐《高士傳》卷下、晉葛洪《神仙傳》。圜舍：圓形小屋。《三國志·魏書·管寧傳》："拜子簒郎中。"南朝宋裴松之注引三國魏魚豢《魏略》："焦先及楊沛，并作瓜牛廬，止其中。以爲瓜當作蝸；蝸牛，螺蟲之有角者也，俗或呼爲黄犢。先等作圜舍，形如蝸牛蔽，故謂之蝸牛廬。"

和胡教授蒙太守策試諸生〔一〕

著籍初同闕里多〔二〕，采芹先致魯風和〔三〕。欲將大策觀胸膽〔四〕，盡召中堂列雁鵝〔五〕。終日正言何忌諱〔六〕，幾人餘力尚委蛇〔七〕。

豈惟太守知爲政〔八〕,仍見先生善設科〔九〕。

【箋注】

〔一〕作於元豐三年(一〇八〇)閏九月九日後。胡教授:未詳。太守:指毛國鎮。參《次韻筠守毛維瞻司封觀修城三首》之一注〔一〕。策試:以經義或政事等設問要求解答以試士。

〔二〕著籍:記名於某學者門下爲弟子。亦泛指弟子。闕里:見《孔君亮郎中新葺闕里西園棄官而歸》注〔一〕。

〔三〕采芹:古時學宫有泮水,入學則可采水中之芹以爲菜,故稱入學爲"采芹""入泮"。此指考中秀才,成爲縣學生員。《詩·魯頌·泮水》:"思樂泮水,薄采其芹。"毛傳:"泮水,泮宫之水也。"鄭箋:"芹,水菜也。"

〔四〕大策:謂應試的策論。胸膽:胸懷膽識。

〔五〕謂生徒威儀自然,出行有序。《儀禮·聘禮》:"出如舒鴈。"漢鄭玄注:"威儀自然而有行列。舒鴈,鵝也。"宋歐陽脩《讀徂徠集》:"憶在太學年,大雪如翻波。生徒日盈門,飢坐列鴈鵝。"

〔六〕《史記·商君列傳》:"趙良曰:'千羊之皮,不如一狐之掖;千人之諾諾,不如一士之諤諤。武王諤諤以昌,殷紂墨墨以亡。君若不非武王乎?則僕請終日正言而無誅,可乎?'"正言:直言。

〔七〕委蛇:雍容自得貌。《詩·召南·羔羊》:"退食自公,委蛇委蛇。"鄭箋:"委蛇,委曲自得之貌。"

〔八〕爲政:施政;處理政事。《論語》有《爲政》篇。

〔九〕設科:設置考試科目。此褒揚胡。

和毛君州宅八詠〔一〕

鳳凰山〔二〕

山川蟠踞偶成形〔三〕,威鳳低回久未行〔四〕。更種梧桐真可致〔五〕,高飛性似伯夷清〔六〕。

【箋注】

〔一〕作於元豐三年(一〇八〇)閏九月九日後。

〔二〕《輿地紀勝·江南西路·瑞州·景物下·鳳凰山》:"《蜀江志》曰:州衙在鳳凰山麓。《新志》云:唐武德間,應智頊作守,鳳凰集於此山。"

〔三〕蟠踞:蟠繞,蹲踞。

〔四〕威鳳:舊説鳳有威儀,故稱。《漢書·宣帝紀》:"九真獻奇獸,南郡獲白虎威鳳爲寶。"唐顔師古注引晉灼曰:"鳳之有威儀者也,與《尚書》'鳳皇來儀'同意。"低回:猶言徘徊。

〔五〕傳説鳳凰非梧桐不棲。參《次韻劉涇見寄》注〔二〇〕。

〔六〕《孟子·萬章上》:"孟子曰:'伯夷,聖之清者也。'"參《次韻子瞻渼陂魚》注〔八〕。

披仙亭〔一〕

仙翁舊住蜀江邊,千歲歸來一鶴翩。城郭已非人事改〔二〕,淒涼遺迹但披仙〔三〕。

【箋注】

〔一〕《輿地紀勝·江南西路·瑞州·景物下·披仙亭》:"《新志》云:欒城有詩。"按,據詩意,此仙傳説,多與丁令威相似。參《次韻廣州陳繹諫議和陳薦宋敏求二龍圖二首》之一《和彦升寓定力》注〔五〕。

〔二〕蘇軾《竹枝歌》:"故國淒涼人事改,楚鄉千古爲悲歌。"

〔三〕謂昔日遺跡,僅此亭尚存。

方沼亭

池上茅檐覆水低〔一〕,早來秋雨尚虹霓〔二〕。敗荷折葦飛鴻下,正憶漁舟泊故溪。

【箋注】

〔一〕水:當指方沼。

〔二〕虹霓:見《游廬山山陽七詠》之一《開先瀑布》注〔三〕。

翠樾亭[一]

一夜飛霜點緑苔[二],曉庭黄葉掃成堆[三]。檐間翠樾雕疏盡[四],卻放牆東好月來[五]。

【箋注】

〔一〕《輿地紀勝·江南西路·瑞州·景物下·翠樾亭》:"在郡治。亦名半山。蘇欒城有詩。"翠樾:緑蔭。

〔二〕飛霜:降霜。

〔三〕唐鄭谷《長門怨》之二:"流水君恩共不回,杏花争忍掃成堆。"

〔四〕雕疏:凋零,稀疏。

〔五〕唐李白《與夏十二登岳陽樓》:"鴈引愁心去,山銜好月來。"好月:猶言明月。

李八百洞[一]

洞府山川百里賒[二],洞門藤蔓鎖煙霞[三]。神仙不與人間異,弟妹還應共一家。

【箋注】

〔一〕晉葛洪《神仙傳·李八百》:"李八百者,蜀人也,莫知其姓名,歷世見之,時人計其年八百歲,因以爲號。"《晉書·周札傳》:"時有道士李脱者,妖術惑衆,自言八百歲,故號李八百。"《輿地紀勝·江南西路·瑞州·仙釋·李八百》:"《神仙傳》云:蜀人,歷夏、商、周,世見之。時人計其年八百歲。然《華林實録》言明香真人乃李八百之妹,高安稱蜀李八百。蜀人之説,必有因焉。見《蜀江志》。《新志》云:有李八百洞,在郡治後圃五龍崗。蘇欒城有詩。"一説唐仙人李良。唐符載《題李八百洞》:"後世何人來飛昇,紫陽真人李八百。"《宋史·方技傳下·魏漢津》:"魏漢津,本蜀黥卒也。自言師事唐仙人李良號李八百者,授以鼎樂之法。"參《蜀中廣記·神仙記·川西道一》引《集仙録》,《雲笈七籤·紀傳部·傳七·神仙傳》。

〔二〕《明一統志》卷四十九《李八百洞》:"在奉新縣南三十里。洞門甚隘小,但可側肩而入,行數十步漸高,其深莫測,或云高安郡圃亦有李八百洞,與此相通。"則此洞可知。賒:多。

〔三〕鎖:籠罩。唐李商隱《隋宫》:"紫泉宫殿鎖烟霞,欲取蕪城作帝家。"

煉丹井〔一〕

鑿井燒丹八百年,塵緣消盡果初圓〔二〕。石牀蘚甃人安在〔三〕? 緑水團團一片天〔四〕。

【箋注】

〔一〕煉丹井:《輿地紀勝·江南西路·瑞州·景物上·丹井》:"又名玉井。在郡圃,乃李仙煉丹之井,俗傳李仙鑿七井法極星。今州治教授廳井是也。"又《景物下·煉丹井》:"《新志》云:在郡治後,李八百故迹。欒城有詩。"

〔二〕果:佛典語。指按佛法修行達到一定的證悟境界。

〔三〕石牀:石製的井欄。蘚甃(zhòu):長滿苔蘚的井。

〔四〕團團:圍繞貌。《全唐詩》卷八百六十三引慈恩塔院女仙:"湖水團團夜如鏡,碧樹紅花相掩映。"

磨劍池〔一〕

神仙鑄劍本無硎〔二〕,岸石斑斑①尚鐵鉎〔三〕。天上少年仍狡獪〔四〕,不須還爾對方平〔五〕。

【校記】

①斑斑:宋大字本、四庫本作"班班"。

【箋注】

〔一〕磨劍池:《輿地紀勝·江南西路·瑞州·景物上·劍池》:"在州後圃,乃李仙磨劍之池。中有白蓮,山谷所謂'制劍池之菡萏以爲裳者'是也。"又《景物下·磨劍池》:"《新志》云:在郡治後圃李八百故迹,欒城有詩。"

〔二〕硎(xíng):磨刀石。

〔三〕謂池邊石頭上的點點斑紋,如當年鑄劍時迸落的鐵花所生之銹。鐵鉎(shēng):鐵銹。唐皮日休《追和虎丘寺清遠道士詩》:"石澀古鐵鉎,嵐重輕埃漫。"

〔四〕狡獪(jiǎo kuài):狡猾,聰明。

〔五〕方平:仙人王方平。見《留題仙都觀》注〔三〕。

山房〔一〕

岸幘攜笻夜夜來〔二〕,蒲團紙帳竹香臺〔三〕。直須覓取僧爲伴,更爲開庵斸草萊〔四〕。

【箋注】

〔一〕山房:《輿地紀勝·江南西路·瑞州·景物下·無訟堂》:"在郡治。《新志》云:後有堂曰山房,欒城有詩。又有毛維瞻詩二十首。"又《碑記·欒城書郡圃八詠》:"在郡圃。"

〔二〕岸幘:推起頭巾,露出前額。形容態度灑脱,或衣著簡率不拘。笻(qióng):笻竹杖。唐杜甫《送梓州李使君之任》:"老思笻竹杖,冬要錦衾眠。"清仇兆鼇注:"《蜀都賦》:'笻杖傳節於大夏之邑。'顧凱之《竹譜》:'笻竹,高節實中,狀若人,剖爲杖。出南廣邛都縣。'《竹記》云:'邛州多生竹,俗謂之扶老竹。'"

〔三〕蒲團:蒲草墊子。紙帳:見《和柳子玉紙帳》注〔一〕。

〔四〕開庵:開闢一庵,即新修一草屋。

次韻毛君病中菊未開〔一〕

病肺秋深霧雨傷〔二〕,舊繒故絮喜清涼。菊花金粟未曾吐〔三〕,桂酒鵝兒空自黄〔四〕。草木亦知年有閏〔五〕,風霜漸近月方陽。十月爲陽月。得詩聞道維摩病〔六〕,欲到毗耶言已忘〔七〕。

【箋注】

〔一〕作於元豐三年(一〇八〇)十月。"風霜漸近月方陽"下自注:"十月爲陽月。”

〔二〕病肺：蘇轍詩中屢言己有肺疾，《戲次前韻寄王鞏二首》之一亦有“肺病甘從酒力欺”語。

〔三〕金粟：金桂的别稱。因其色黄如金，花小如粟，故云。

〔四〕桂酒：用玉桂浸製的美酒。鵝兒：指鵝黄酒。

〔五〕本年閏九月。

〔六〕維摩病：此用維摩詰生病，文殊師利菩薩問疾事。參《楊惠之塑維摩像》注〔一〕。這裏指毛維瞻。

〔七〕毗耶：毗耶城，維摩詰居住的地方。《莊子·外物》：“言者所以在意，得意而忘言。”晉陶潛《雜詩》：“此中有真意，欲辯已忘言。”

雨中宿酒務〔一〕

微官終日守糟缸〔二〕，風雨淒涼夜渡江〔三〕。早歲謬知儒術貴〔四〕，安眠近喜壯心降〔五〕。夜深①唧唧醅鳴甕〔六〕，睡起蕭蕭葉打窗〔七〕。阮籍作官都爲酒〔八〕，不須分别恨南邦？

【校記】

①深：宋大字本作“清”。

【箋注】

〔一〕作於元豐二年（一〇七九）十月。酒務：酒類等事務，蘇轍監筠州鹽酒税，故云。此當指管理酒務的官所。

〔二〕糟缸：酒缸。

〔三〕《三蘇年譜》卷三十：“江乃蜀江，一名蜀水。”

〔四〕唐權德輿《哭劉四尚書》：“理析環中妙，儒爲席上珍。”

〔五〕謂得過且過，再無壯心。蘇軾《次韻柳子玉二首》之一《地爐》：“衰鬢鑷殘欹雪領，壯心降盡倒風旌。”

〔六〕醅（pēi）：未濾去糟的酒。

〔七〕唐白居易《上陽白髮人》：“耿耿殘燈背壁影，蕭蕭暗雨打窗聲。”

〔八〕見《次韻子瞻贈梁交左藏》注〔一一〕。

次韻毛君經旬不用鞭扑〔一〕

共喜秋深酒味醇，官曹休假①不須旬〔二〕。政寬境内棠陰合〔三〕，訟去庭中草色新〔四〕。不惜牛刀時一割〔五〕，已因鼷鼠發千鈞〔六〕。歲終誰爲公書考〔七〕，豈止江西第一人〔八〕？

【校記】

①假：宋大字本、宋建本、蜀藩刻本、叢刊本作"暇"。

【箋注】

〔一〕作於元豐三年（一〇八〇）十月。鞭扑：（用作刑具的）鞭子和棍棒。

〔二〕唐宋官員十日一休假稱"旬假"。唐白居易有《郡齋旬假始命宴呈座客示郡寮》。宋徐鉉《九月三十夜雨寄故人》："寂寥旬假日，蕭颯夜長時。"宋王溥《唐會要·休假》："每至旬假，許不視事，以與百僚休沐。"《資治通鑑·唐紀六十·唐文宗太和五年》"是日，旬休"元胡三省注："一月三旬，遇旬則下直而休沐，謂之旬休，今謂之旬假是也。"

〔三〕見《揚州五詠·平山堂》注〔四〕。

〔四〕見《和毛君州宅八詠·山房》注〔一〕。《三蘇年譜》："《輿地紀勝》卷二十七'瑞州'有無訟堂，當緣此而建。"唐張籍《與賈島閒遊》："水北原南草色新，雪消風暖不生塵。"

〔五〕牛刀：見《次韻宿州教授劉涇見贈》注〔五〕。又晉左思《詠史》："鉛刀貴一割，夢想騁良圖。"按，此與下句皆言毛大材小用。

〔六〕《三國志·魏書·杜襲傳》："襲曰：'……臣聞千鈞之弩，不爲鼷鼠發機；萬石之鐘，不以莛撞起音。'"鼷（xī）鼠：小鼠。

〔七〕漢時推行考課制度，按一定標準考核官吏優劣，分別等差，決定升降賞罰，歷朝因之。

〔八〕謂毛即或在全國也是出色的。

次韻李撫辰屯田修州門〔一〕

六月江濤壁壘頹〔二〕，蒼崖翠甓就新臺〔三〕。咄嗟雙闕還依舊〔四〕，咫尺群山信有材。晝戟風生兩衙退〔五〕，飛橋日出萬人來〔六〕。不因毀圮催興築〔七〕，誰見雍容治劇才〔八〕？

【箋注】

〔一〕作於元豐三年（一〇八〇）十月。李撫辰：宋樓鑰《跋李光祖所藏蘇黄門帖》："蘇少公謫居筠陽，今有雜著一編别行于世。吾鄉李光祖一日携其曾祖屯田所傳《筠陽唱和集》見示，時在元豐間，毛維瞻度支爲守，屯田字君績爲倅，與潁濱及一時士夫唱和甚衆。"餘不詳。俟考。屯田：職官名。宋於工部下設屯田司，有屯田郎中、屯田員外郎等。

〔二〕謂城牆因江濤而傾頹。壁壘：本指軍營圍牆，此指城牆。

〔三〕翠甓（pì）：綠色的磚。就：成就；修成。

〔四〕咄嗟：猶呼吸之間。謂時間之迅速。《世説新語·排調》："石崇爲客作豆粥，咄嗟便辦。"

〔五〕晝戟：古兵器名，有彩飾。舊時常作爲官員儀飾之用。此當指州守毛國鎮之儀仗。兩衙：早晚衙。舊時官署長官一日早晚兩次坐衙，受屬吏參拜治事。宋曾鞏《不飲酒》："且坐蒲團紙牕暖，兩衙退後睡敦敦。"

〔六〕飛橋：當指架於江上之木橋。

〔七〕毀圮（pǐ）：坍塌毀壞。催：催促。興築：猶興建。按，此謂李寬政愛民。

〔八〕《周書·裴俠傳》："［俠］子祥性忠謹，有治劇才。"治劇：見《次韻毛國鎮趙景仁唱和三首一贈毛一贈趙一自詠》之一注〔二〕。

飲酒過量肺疾復作〔一〕

朝蒙麴塵居〔二〕，夜傍糟牀卧〔三〕。鼻香黍麥熟，眼亂瓶罌過〔四〕。

囊中衣已空,口角涎虚墮。啜嘗未云足,盜釂恐深坐〔五〕。使君信寬仁〔六〕,高會慰寒餓。西樓適新成,明月猶半破〔七〕。擁檐青山横,拂檻流水播①。雕盤貯霜實〔八〕,銀盎薦秋糯〔九〕。共言文字歡,豈待紅裙佐〔一〇〕? 惟知醍醐滑,不悟頗羅大〔一一〕。夜歸肺增漲,晨起脾失磨。情懷忽牢落〔一二〕,藥餌費調和。衰年足奇窮〔一三〕,一醉仍坎坷〔一四〕。清尊自不惡〔一五〕,多病欲何奈? 聞公話少年,舉白不論個〔一六〕。歌吟雜嘲謔,笑語争掀簸〔一七〕。平明起相視,鋭氣曾未挫。達人遺形骸〔一八〕,駑馬懷豆莝〔一九〕。不知逃世網,但解憂歲課〔二〇〕。不見獨醒人,終費招魂些〔二一〕。

【校記】

①播:宋大字本作"過"。

【箋注】

〔一〕作於元豐三年(一〇八〇)十月。上《次韻毛君病中菊未開》有云:"病肺秋深霧雨傷,舊繒故絮喜清涼。"故此詩言復作。

〔二〕麴(qū)塵:亦作"麯塵",酒麴上所生菌。因色淡黄如塵,故言。

〔三〕糟牀:榨酒的器具。

〔四〕謂各種盛酒器皿令人眼花撩亂。瓶罌(yīng):這裏指各種盛酒的器皿。

〔五〕盜釂(jiào):謂雖監酒税但也不敢偷酒喝。釂,飲盡杯中酒。《禮記·曲禮上》:"長者舉未釂,少者不敢飲。"鄭玄注:"盡爵曰釂。"深坐:重重地治罪。

〔六〕使君:指筠守毛維瞻。

〔七〕唐韓愈《題合江亭寄刺史鄒君》:"窮秋感平分,新月憐半破。"宋魏仲舉本引孫汝聽曰:"謂月未圓也。"

〔八〕雕盤:雕繪花紋的精美的盤子。霜實:經霜的果實。

〔九〕秋糯:糯之一種。宋羅願《新安志》卷二:"糯有青稈、羊脂、白矮之名。……有交秋糯。七月熟,米亦好,釀之可以及社節,然無叢箭,其粒赤而長,故又名金釵糯。"宋劉摯《天蘇酒成次路韻》:"軟熟秋糯潔,芬烈吴秫香。"

〔一〇〕韓愈《醉贈張秘書》:"不解文字飲,惟能醉紅裙。"紅裙:侍女。

〔一一〕"惟知"二句:謂只覺酒美,忘記了杯大而多飲了。醍醐:本謂上好的乳酪。此喻美酒。頗羅:口敞底淺的飲酒器。

〔一二〕牢落:寥落,消沉。

〔一三〕奇(jī)窮:猶困厄。奇:不諧。

〔一四〕坎坷:喻不適。

〔一五〕清尊:指酒。

〔一六〕舉白:舉杯告盡,乾杯。《漢書·叙傳上》:"及趙、李諸侍中皆飲滿舉白,談笑大噱。"三國魏孟康注:"舉白,見驗飲酒盡不也。"唐顔師古注:"謂引滿觴而飲,飲訖,舉觴告白盡不也。"個:量詞。這裏指杯,盞。

〔一七〕掀簸:指掀起(笑語和聲浪)。

〔一八〕謂通達者忘掉自身的存在。《莊子·德充符》:"今子與我遊於形骸之内,而子索我於形骸之外,不亦過乎?"唐白居易《卯時酒》:"當時遺形骸,竟日忘冠帶。"

〔一九〕謂貪戀俸禄。《晉書·宣帝紀》:"大司農桓範出赴爽,蔣濟言於帝曰:'智囊往矣。'帝曰:'爽與範内疏而智不及,駑馬戀棧豆,必不能用也。'"唐張懷《吴江别王長史》:"駑馬雖然貪短豆,野麋終是憶長林。"豆莝(cuò):豆類和草料。

〔二〇〕歲課:一年的賦税。蘇轍爲監筠州鹽酒税,故云"憂"。

〔二一〕"不見"二句:謂自己隨波逐流失去了自我。《楚辭·屈原〈漁父〉》:"屈原曰:'舉世皆濁我獨清。衆人皆醉我獨醒。'"招魂:《楚辭》篇名,漢王逸謂乃宋玉爲招屈原魂所作,全辭多以"些"煞尾。些(suò):語氣詞。

附録　蘇軾《次韻子由病酒肺疾發》

憶子少年時,肺病疲坐卧。喊呀或終日,勢若風雨過。虚陽作浮漲,客冷仍下墮。妻孥恐悵望,膾炙不登坐。終年禁晚食,半夜發清餓。胃强鬲苦滿,肺斂腹輒破。三彭恣唉噁,二豎肯逋播。寸田可治生,誰勸耕黄糯。新法方田謂黄糯爲上腴。探懷得真藥,不待君臣佐。初如雪花積,漸作櫻珠大。隔牆聞三嚥,隱隱如轉磨。自兹失故疾,陽唱陰輒和。神仙多歷試,中路或坎坷。平生不盡器,痛飲知無奈。舊人眼看盡,老伴餘幾箇。殘年一斗粟,待子同舂簸。云何不自珍,醉病又一挫。真源結梨棗,世味等糠莝。耕耘當待穫,願子勤自課。相將賦《遠遊》,仙語不用些。

衢州趙閲道少師濯纓亭〔一〕

挂冠纓上已無塵〔二〕,猶愛溪光碧照人。點檢舊游黄石在〔三〕,掃除諸念白鷗親〔四〕。一尊父老囊金盡〔五〕,三徑松筠生事貧〔六〕。他日南公數人物〔七〕,丹青添入縣圖新。

【箋注】

〔一〕作於元豐三年(一〇八〇)十月。趙閲道:即趙抃。參《趙少師自南都訪歐陽少師於潁州留西湖久之作詩獻歐陽公》注〔一〕。濯纓:洗濯冠纓。語本《孟子·離婁上》:“滄浪之水清兮,可以濯我纓。”後以“濯纓”比喻超脱世俗,操守高潔。《明一統志》卷四十三《衢州府》:“濯纓亭。在府城北二里。”

〔二〕挂冠:辭官而去。參《送劉道原學士歸南康》注〔六〕。唐白居易《罷府歸舊居》:“腰間抛組綬,纓上拂塵埃。”

〔三〕黄石:指黄石公。見《下邳黄石公廟》注〔一〕。點檢:仔細考察。

〔四〕謂趙無機巧之心。典出《列子·黄帝》:“海上之人有好漚鳥者,每旦之海上,從漚鳥遊。漚鳥之至者,百住而不止。其父曰:‘吾聞漚鳥皆從汝遊,汝取來,吾玩之。’明日之海上,漚鳥舞而不下也。”

〔五〕謂趙仗義疏財,此暗用漢疏廣叔侄典實。參卷十二《白雲莊偶題》注〔四〕。

〔六〕松筠:松和竹。晉陶潛《歸去來兮辭》:“三徑就荒,松菊猶存。”生事:猶言生計。

〔七〕南公:本爲戰國時楚國隱士,此處泛言南方遺老。云將來南方的遺老品評歷史人物,則趙抃一定會載之畫圖。參《絶勝亭》注〔七〕。數:猶言品評,評述。

茶花二首〔一〕

其一

黄蘗春芽大麥粗〔二〕,傾山倒谷采無餘。久①疑殘枿陽和盡〔三〕,尚有幽花霰雪初。耿耿清香崖菊淡〔四〕,依依秀色嶺梅如〔五〕。經冬結子猶堪種,一畝荒園試爲鋤。

【校記】

①久:宋大字本、宋建本、蜀藩刻本、叢刊本作"衹"。

【箋注】

〔一〕作於元豐三年(一〇八〇)十一月。"衹疑殘枿陽和盡,尚有幽花霰雪初。"陽和盡,十月爲陽和,是當已至十一月。茶花:見《宛丘二詠叙》。"枝枯葉硬天真在,踏遍牛羊未改香",是頗以自況。

〔二〕宋朱彧《萍洲可談》卷二:"江西瑞州黄蘗茶,號絶品,士大夫頗以相餉。所産甚微,寺僧園户竟取他山茶,冒其名以眩好事者。黄魯直家正在雙井,其自言如此。"

〔三〕謂十月和暖的氣候將結束。

〔四〕謂清香比崖菊還要清新淡雅。耿耿:香氣清溢貌。

〔五〕謂秀色如嶺梅。依依:輕柔披拂貌。

其二

細嚼花鬚味亦長〔一〕,新芽一粟葉間藏。稍經臘雪侵肌瘦,旋得春雷發地狂〔二〕。開落空山誰比數〔三〕,烝烹來歲最先嘗〔四〕。枝枯葉硬天真在,踏遍牛羊未改香。

【箋注】

〔一〕花鬚:花蕊。唐杜甫《陪李金吾花下飲》:"見輕吹鳥毳,隨意數花鬚。"宋黄希等《補注杜詩》:"蘇曰:王逸少居山陰,日凭欄默數花鬚,或摘撚咀嗅,怡然自若,人莫識其意。"

〔二〕發地:拔地而起。極言長勢快速。

〔三〕比數:比並;相提并論。

〔四〕謂來年將最先品嘗新茶。烝烹:蒸茶和烹茶。

次韻毛君山房即事十首〔一〕

其一

案牘希疏意自開〔二〕,夜闌幽夢曉方回。青苔紅葉騷人事〔三〕,時見詩筒去又來〔四〕。

【箋注】

〔一〕作於元豐三年(一〇八〇)十一月。毛君山房:見《和毛君州宅八詠·山房》。

〔二〕案牘:官府文書。南朝齊謝朓《落日悵望》:"情嗜幸非多,案牘偏爲寡。"

〔三〕唐劉長卿《酬李穆見寄》:"欲掃柴門迎遠客,青苔黄葉滿貧家。""黄葉"《後村詩話》引作"紅葉"。唐代有"紅葉題詩"之佳話,故事較多,情節略同而人事各異。宣宗時,舍人盧渥偶臨御溝,得一紅葉,上題絶句云:"流水何太急,深宫盡日閑。殷勤謝紅葉,好去到人間。"歸藏于箱。後來宫中放出宫女擇配,不意歸盧者竟是題葉之人。見唐范攄《雲溪友議》卷十。

〔四〕詩筒:盛詩稿以便傳遞的竹筒。唐白居易《秋寄微之十二韻》:"忙多對酒榼,興少閲詩筒。"自注:"此在杭州,兩浙唱和詩贈答,於筒中遞來往。"

其二

東晉仙人借舊山〔一〕,定應天意許公閑。郡人欲問史君處,笑指峰巒紫翠間〔二〕。

【箋注】

〔一〕東晉仙人:指李八百。參《和毛君州宅八詠·李八百洞》注〔一〕。

〔二〕紫翠:紫煙翠樹。

其三

蛩知秋候時鳴壁〔一〕,香礙蒲簾不出門〔二〕。隱几無言心有得〔三〕,南窗晴日暖侵軒。

【箋注】

〔一〕蛩(qióng):蟋蟀。

〔二〕見《雪中會飲李倅鈞東軒三絶》之三注〔一〕。

〔三〕隱几:憑靠在几具上。參《楊惠之塑維摩像》注〔八〕。

其四

溪山付與醉中仙〔一〕,美酒何曾斗十千〔二〕? 就得江邊賤魚稻〔三〕,閑官未用苦相憐。

【箋注】

〔一〕唐李白《贈宣城宇文太守兼呈崔侍御》:"興發每取之,聊向醉中仙。"

〔二〕三國魏曹植《名都篇》:"我歸宴平樂,美酒斗十千。"唐李白《行路難》:"金樽清酒斗十千,玉盤珍羞直萬錢。"唐王維《少年行》:"新豐美酒斗十千,咸陽遊俠多少年。"

〔三〕就得:猶言藉助。

其五

忘身先要解忘名〔一〕,分别須臾起不平。請看早朝霜入屨〔二〕,何如卧聽打衙聲〔三〕?

【箋注】

〔一〕《老子》第十三章:"寵辱若驚,貴大患若身。……何謂貴大患若身?

吾所以有大患者,爲吾有身。及吾無身,吾有何患?"又《莊子·逍遥遊》:"故曰:至人無己,神人無功,聖人無名。"

〔二〕《詩·魏風·葛屨》:"糾糾葛屨,可以履霜。"屨:鞋子。

〔三〕打衙:擊鼓升堂。蘇軾《無錫道中賦水車》:"洞庭五月欲飛沙,鼉鳴窟中如打衙。"

其六

禽哢秋來不復圓〔一〕,桐陰霜後亦成穿〔二〕。黄花强欲招酣飲〔三〕,白髮偏工報老年。

【箋注】

〔一〕哢(lòng):鳥鳴聲。圓:圓潤。宋羅願《新安志》卷二《羽族》:"鶪逢春則聲圓美而可喜,至夏不復鳴。"

〔二〕謂夏日桐樹樹蔭濃密,經霜後逐漸凋零。

〔三〕蘇軾《古纏頭曲》:"我慚貧病百不足,强對黄花飲白酒。"黄花:菊花。

其七

邂逅清歡屢不期〔一〕,病來無奈羽觴飛〔二〕。醉乘籃轝江邊去〔三〕,長伴漁舟月下歸。

【箋注】

〔一〕清歡:清雅恬適之樂。唐李頎《裴尹東溪别業》:"清歡信可尚,散吏亦何有?"

〔二〕羽觴:古代一種酒器。作鳥雀狀,左右形如兩翼。一説,插鳥羽于觴,促人速飲。《楚辭·宋玉〈招魂〉》:"瑶漿蜜勺,實羽觴些。"漢王逸注:"羽,翠羽也。觴,觚也。"

〔三〕籃轝:即籃輿,類似後世的轎子。轝,同"輿"。

其八

醉裹題詩偏韻惡〔一〕,秋來勸酒益杯深。不才多病俱非敵〔二〕,緑綺緣何得報金〔三〕？

【箋注】

〔一〕寫詩時分韻遇上難押的韻。韻惡：即惡韻。險韻，難押的韻。舊題宋尤袤《全唐詩話》卷四：“余在城時，常與客聯句，初無虚日，小酌求押，或窮韻相角，或押惡韻。”蘇軾《和田仲宣見贈》：“好詩惡韻那容和，刻燭應須便置觥。”

〔二〕謙言賦詩、飲酒皆不如毛。不才多病：語出唐孟浩然《歲暮歸南山》：“北闕休上書，南山歸敝廬。不才明主棄，多病故人疏。”

〔三〕晉張載《擬四愁詩》：“佳人遺我緑綺琴，何以贈之雙南金。”緑綺：古琴名。傳説漢司馬相如作《玉如意賦》，梁王悦之，賜以緑綺琴。後即用以指琴。

其九

庵中獨宿雨垂垂〔一〕，永夜無人款竹扉〔二〕。灰冷銅爐香欲滅，牀頭一點蠟①燈微〔三〕。

【校記】

①蠟：原本作“葛”，據宋大字本、宋建本改。

【箋注】

〔一〕垂垂：下落貌。宋蘇舜欽《送人還吴江道中作》：“江雲春重雨垂垂，索寞情懷送客歸。”

〔二〕款：扣，敲。

〔三〕蠟燈：蠟燭燈。唐李商隱《無題》之一：“隔座送鉤春酒暖，分曹射覆蠟燈紅。”

其十

觸事隨緣不用多〔一〕，華堂玉食奈憂何〔二〕！美人未厭山阿陋，薜荔爲裳帶女蘿〔三〕。

【箋注】

〔一〕觸事:遇事。隨緣:本佛教語。謂佛應衆生之緣而施教化。緣,指身心對外界的感觸。引申而指順應機緣;任其自然。

〔二〕玉食:美食。參《王詵都尉寶繪堂詞》注〔二〕。

〔三〕"美人"二句:語本《楚辭·屈原〈九歌·山鬼〉》:"若有人兮山之阿,被薜荔兮帶女蘿。"山阿:山的曲隅處。

再和十首〔一〕

其一

澗草巖花日日開,江南秋盡似春回〔二〕。旋開還落無人顧〔三〕,惟有山蜂暖尚來。

【箋注】

〔一〕作於元豐三年(一〇八〇)十一月。

〔二〕唐杜牧《寄楊州韓綽判官》:"青山隱隱水遥遥,秋盡江南草木凋。"

〔三〕唐韓愈《杏花》:"浮花浪蘂鎮長有,纔開還落瘴霧中。"旋:指時間短暫。

其二

江上孤城面面山〔一〕,居人也自不曾閑。蜂游蟻聚知何事〔二〕,日夜長橋南北間。

【箋注】

〔一〕面面:猶言四面,周遭。

〔二〕謂游人衆多如蜜蜂如螞蟻會聚。何事:爲什麽。

其三

城郭村墟共水雲〔一〕,槿籬竹屋映柴門〔二〕。隱居亦有高人在,岸幘無言倚釣軒〔三〕。

【箋注】

〔一〕謂城郭或村墟間水雲相接之景。唐戎昱《湘南曲》："虞帝南遊不復還，翠蛾幽怨水雲間。"唐楊漢公《明月樓》："吴興城闕水雲中，畫舫青簾處處通。"

〔二〕槿籬：木槿籬笆。南朝梁沈約《宿東園》："槿籬疎復密，荆扉新且故。"

〔三〕岸幘：見《和毛君州宅八詠・山房》注〔二〕。

其四

一官疏散自疑仙〔一〕，三考應成醉日千〔二〕。早病固須閑地著〔三〕，多憂長被達人憐〔四〕。

【箋注】

〔一〕疑：類似，好像。

〔二〕三考：古代官吏考績之制。指經三次考核决定升降賞罰。《書・舜典》："三載考績，三考，黜陟幽明。"唐孔穎達疏："言帝命群官之後，經三載，乃考其功績；經三考則九載，黜陟幽明，明者升之，暗者退之。"此指三年。

〔三〕《世説新語・捷悟》："郗司空在北府，桓宣武惡其居兵權。郗於事機素暗，遣牋詣桓，方欲共獎王室，脩復園陵。世子嘉賓出行，於道上聞信至，急取牋，視竟，寸寸毁裂，便回還更作牋，自陳老病，不堪人間，欲乞閑地自養。宣武得牋大喜，即詔轉公督五郡、會稽太守。"著（zhuó）：安置。

〔四〕達人：通達的人。

其五

養生尤復要功圓〔一〕，溜滴南溪石自穿〔二〕。近見牢山陳道士，微言約我更三年〔三〕。牢山陳道士瑛①近過此，叩之，竟無所云，約三年當再見。

【校記】

①瑛：宋大字本、宋建本、蜀藩刻本、叢刊本作"璞"。

【箋注】

〔一〕功圓:指有始有終。

〔二〕溜:通"霤",屋簷水。《漢書·枚乘傳》:"泰山之霤穿石,單極之綆斷幹。"《孔叢子·與子琳書》:"山霤至柔,石爲之穿。"蘇軾《次韻答章傳道見贈》:"欲將駒過隙,坐待石穿溜。"

〔三〕微言:精深玄妙之言。

其六

張公詩社見公名〔一〕,公昔與張伯達爲唱和之友。白首山城嘆不平。坐客要聞新樂府,應須湓口琵琶聲〔二〕。

【箋注】

〔一〕張伯達:不詳,俟考。

〔二〕"坐客"二句:新樂府:一種用新題寫時事的樂府體詩。雖辭爲樂府,已不被聲律。此類新歌,創始于初唐,發展于李白、杜甫,至元稹、白居易更得到發揚光大,並確定了新樂府的名稱。白居易《新樂府序》稱其創作宗旨爲規諷時事,"爲君爲臣爲民爲事而作,不爲文而作","欲聞之者深誡也"。白居易有樂府詩《琵琶行》,即寫于潯陽江口。湓(pén)口:湓城。參《自黄州還江州》注〔二〕。

其七

高情日與故山期,鴻鵠誰言也倦飛〔一〕?且聽漁人强哺啜〔二〕,坐中羈客畏公歸〔三〕。

【箋注】

〔一〕鴻鵠:天鵝。古人以爲喜高飛的鳥。晉陶潛《歸去來兮辭》:"雲無心以出岫,鳥倦飛而知還。"

〔二〕哺啜:即餔歠。飲食,吃喝。《楚辭·屈原〈漁父〉》:"屈原曰:'舉世皆濁我獨清,衆人皆醉我獨醒,是以見放。'漁父曰:'聖人不凝滯於物,而能與世推移。世人皆濁,何不淈其泥而揚其波?衆人皆醉,何不餔其糟而歠其釃?

何故深思高舉,自令放爲?'"按,此處但言放懷飲酒,不管其餘。

〔三〕羈客:旅居異鄉的客人。這裏指自己。

其八〔一〕

天爲多才故欲禁,府門摧落漲江深〔二〕。鼎新翠壁排精鐵〔三〕,涌出飛樓直百金。

【箋注】

〔一〕《三蘇年譜》卷三十:"謂(李)撫辰。"參《次韻李撫辰屯田修州門》注〔一〕。

〔二〕摧落:摧毁,塌落。

〔三〕鼎新:换舊爲新。精鐵:優質的鐵。參《次韻李撫辰屯田修州門》注〔三〕。

其九

樓上青山繞四垂〔一〕,畫橋百步引朱扉〔二〕。落成當與公同上,一看長江白練微〔三〕。

【箋注】

〔一〕四垂:四周。

〔二〕畫橋:雕飾華麗的橋梁。南朝陳陰鏗《渡岸橋》:"畫橋長且曲,傍險復憑流。"朱扉:朱紅色的大門。

〔三〕語本南朝齊謝朓《晚登三山還望京邑》:"餘霞散成綺,澄江静如練。"

其十

歌舞留賓意自多,華燈數問夜如何〔一〕。白頭病客無才思〔二〕,慣卧茅檐①長薜蘿〔三〕。

【校記】

①檐:宋大字本、蜀藩刻本、叢刊本作"庵"。似作"庵"義長。

【箋注】

〔一〕《詩·小雅·庭燎》:"夜如何其,夜未央。"華燈:雕飾精美的燈具。亦作"華鐙"。《楚辭·宋玉〈招魂〉》:"蘭膏明燭,華鐙錯些。"宋朱熹集注引徐鉉曰:"錠中置燭,故謂之鐙。華謂其刻飾華好或爲禽獸之形也。"

〔二〕才思:才氣和思致。唐白居易《首夏南池獨酌》:"境勝才思劣,詩成不稱心。"按,此白頭病客乃蘇轍自謂。

〔三〕薜蘿:薜荔和女蘿。常攀緣于山野林木或屋壁之上。此指隱居的環境。

筠州二詠〔一〕

牛尾狸〔二〕

首如狸,尾如牛,攀條捷險如猱猴〔三〕。橘柚爲漿栗爲餱〔四〕,筋肉不足惟膏油。深居簡出善自謀〔五〕,尋蹤發窟并執囚〔六〕。蓄租分散身爲羞〔七〕,松薪瓦甑烝浮浮〔八〕。壓入糟盎肥欲流〔九〕,熊肪羊酪真比儔〔一〇〕。引筯將舉訊何尤〔一一〕,無功竊食人所仇。

【箋注】

〔一〕作於元豐三年(一〇八〇)十一月後。牛尾狸、黄雀,皆爲筠州特産。見《太平寰宇記·江南西道四·筠州·土産》。筠州:唐武德七年(六二四)改米州置,以地産筠篁得名。南唐以洪州高安置州,仍置上高、萬載、清江三縣隸之。宋開寶末以萬載屬袁州,太平興國三年以清江屬臨江軍。屬江西路,治高安(今江西高安市)。

〔二〕牛尾貍:見《次韻王適食茅栗》注〔二〕。

〔三〕捷險:猶言履險。捷,迅疾。

〔四〕餱(hóu):乾糧。

〔五〕深居簡出:居處隱秘,很少外出。唐韓愈《送浮屠文暢師序》:"夫獸深居而簡出,懼物之爲己害也。"《左傳·桓公六年》:"君子曰:'善自爲謀。'"

晉杜預注:“言獨絜其身,謀不及國。”

〔六〕執囚:抓捕囚禁。

〔七〕謂牛尾貍積聚的糧食被刨了出來,自己也變成了人們的佳肴。蓄租:蓄,租,同義連文。聚集。《詩·豳風·鴟鴞》:“予所蓄租,予口卒瘏。”羞:美味的食品。後來多寫作“饈”。

〔八〕《詩·大雅·生民》:“釋之叟叟,烝之浮浮。”毛傳:“浮浮,氣也。”唐孔穎達疏:“炊之於甑爨而烝之,其氣浮浮然……既烝熟乃以爲酒食。”

〔九〕謂將牛尾貍糟腌食用。宋曾幾《食牛尾貍》:“不如醉卧糟丘底,猶得聲名異味中。”參《次韻王適食茅栗》注〔五〕。

〔一〇〕熊肪:即熊白。明李時珍《本草綱目·獸二·熊》[釋名]引陶弘景曰:“脂即熊白,乃背上肪,色白如玉,味甚美。寒月則有,夏月則無。”比儔:猶言相提並論。

〔一一〕訊:問也。

黄雀

秋風下,黄雀飛,禾田熟,黄雀肥〔一〕。群飛蔽空日色薄〔二〕,逡巡百頃禾爲稀〔三〕。翾翻巧捷多且微〔四〕。精丸妙繳舉輒違〔五〕,乘時席勢不可揮〔六〕。一朝風雨寒霏霏,肉多翅重天時非,農夫舉網驚合圍。懸頸繫足膚無衣〔七〕,百個同缶仍相依,頭顱萬里行不歸〔八〕。北方居人厭羔豨〔九〕,咀噍聊發一笑欷〔一〇〕。

【箋注】

〔一〕宋高似孫《剡録·草木禽魚下·黄雀》:“剡人候雀曰:‘白露來,霜降去。’張芸叟詩所謂‘黄雀知時節,清江足稻粱’是也。蘇子由亦曰:‘秋風下,黄雀飛,禾日(田)熟,黄雀肥。’其曰‘百箇同缶仍相依’者,可醢也。”

〔二〕謂陽光變得黯淡。唐白居易《長恨歌》:“峨嵋山下少人行,旌旗無光日色薄。”

〔三〕謂黄雀啄食糟蹋禾稻很厲害。逡巡:頃刻,極言時間之短。

〔四〕翾(xuān)翻:翻飛,飛舞。

〔五〕精丸：精緻的彈丸。妙繳（zhuó）：製作精妙的、繫著絲繩的箭。

〔六〕謂黄雀依仗巧捷在田間翻飛。席勢：憑借勢力。揮：驅趕。

〔七〕衣：指鳥的羽毛。

〔八〕謂將黄雀置於缶中腌製，進貢朝廷。《太平寰宇記·江南西道四·筠州·土貢》："黄雀兒鮓。"《後漢書·袁紹傳》："［公孫康］叱伏兵禽之，坐於凍地。［袁］尚謂康曰：'未死之間，寒不可忍，可相與席。'康曰：'卿頭顱方行萬里，何席之爲？'遂斬首送之。"

〔九〕羔豨（xī）：小羊和豬。漢揚雄《方言》卷八："豬，……南楚謂之豨。"

〔一〇〕咀噍（jǔ jiào）：猶咀嚼。欷（xī）：歎息聲。

蘇轍詩編年箋注卷十一

和毛君新葺困庵船齋〔一〕

厭居華屋住東庵,真味全勝食薺甘〔二〕。多病維摩長隱几〔三〕,無心彌勒便同龕〔四〕。誤游田舍空成笑,謬入僧房即欲參〔五〕。風霽①不知吹有萬〔六〕,月明聊共影成三〔七〕。齋如小舫才容住,室類空困定不貪。擁褐放衙人寂寂〔八〕,脱巾漉酒鬢髟髟〔九〕。畫囊書帙堆②窗案,藥裹瓢樽挂壁籃③〔一〇〕。檐竹風霜曾不到,盆花蜂蝶未全諳。公餘野鵲驚初睡,賓醉佳人笑劇談。勸客巨觥那得避〔一一〕,和詩難韻不容探〔一二〕。曉來霏霧連江氣,冬後温風帶嶺嵐〔一三〕。去國屢成還蜀夢〔一四〕,忘憂惟有對公酣。終身徇禄知何益〔一五〕,投檄歸耕貧未堪〔一六〕。借我此庵泥藥竈,古書《鴻寶》試淮南〔一七〕。

【校記】

①霽:宋大字本作"濟",誤。

②堆:叢刊本作"惟",誤。

③籃:原作"藍",據宋大字本、蜀藩刻本改。

【箋注】

〔一〕作於元豐三年(一〇八〇)十一月後。《輿地紀勝·江南西路·瑞州·景物上·囷庵》:"《新志》云:太守毛維瞻所葺。欒城有詩。"按,《明一統志》卷二百五十一《瑞州府》:"囷庵,在府治後鳳凰山右。"囷(qūn):圓形穀倉。此庵外形類空囷。

〔二〕真味:食物本來的味道。薺甘:語本《詩·邶風·谷風》:"誰謂荼苦?其甘如薺。"薺(jì):薺菜。

〔三〕見《次韻毛君病中菊未開》注〔六〕。

〔四〕無心:見《將出洛城過廣愛寺見三學演師引觀楊惠之塑寶山朱瑶畫文殊普賢爲賦三首》之三注〔三〕。彌勒:意譯"慈氏"。著名的未來佛。我國的彌勒塑像胸腹坦露,面帶笑容。傳説五代時布袋和尚是其化身。

〔五〕參:領悟,琢磨。

〔六〕語本《莊子·齊物論》:"子游曰:'地籟則衆竅是已,人籟則比竹是已,敢問天籟?'子綦曰:'夫吹萬不同,而使其自已也。'"唐成玄英疏:"風唯一體,竅則萬殊。"

〔七〕唐李白《月下獨酌》之一:"舉杯邀明月,對影成三人。"

〔八〕褐:粗布衣,古時貧賤者所服。放衙:屬吏早晚參謁主司聽候差遣謂之衙參。退衙謂之"放衙"。寂寂:孤單,冷落貌。蘇軾《縱筆三首》之一:"寂寂東坡一病翁,白鬚蕭散滿霜風。"

〔九〕見《題杜介供奉熙熙堂》注〔七〕。毿毿(sān):頭髮下垂貌。

〔一〇〕藥裹:藥包,藥囊。

〔一一〕五代王定保《唐摭言·怨怒》:"會夜飲,崔以巨觥飲張,張推辭再三。崔曰:'但喫卻,待我作宰相,與你取狀頭。'張拂衣而去。因之大不叶。後七年,崔自内廷大拜,張後於三牓裴公下及第,果於崔公下過堂。"巨觥:大酒杯。

〔一二〕難韻:字數少且生僻的詩韻,又稱險韻、惡韻。比如本詩所押的覃韻即難韻。

〔一三〕嶺嵐:五嶺的霧氣。蘇轍《和子瞻過嶺》:"蠻音慣習疑傖語,脾病縈纏帶嶺嵐。"

〔一四〕去國：離開故鄉。唐章玄同《南望樓》："去國三巴遠，登樓萬里春。傷心江上客，不是故鄉人。"

〔一五〕徇禄：營求俸禄。指出仕。《文選·謝靈運〈登池上樓〉》："徇禄反窮海，卧痾對空林。"唐張銑注："徇，求也。"

〔一六〕投檄：投棄徵召的文書。借指棄官。唐韓愈《憶昨行和張十一》："今君縱署天涯吏，投檄北去何難哉！"

〔一七〕謂當效法淮南王修仙學道。鴻寶：道教修仙煉丹之書。《漢書·劉向傳》："上復興神仙方術之事，而淮南有枕中《鴻寶》《苑秘書》。"唐顔師古注："《鴻寶》《苑秘書》，並道術篇名。臧在枕中，言常存録之不漏泄也。"淮南：指漢淮南王劉安（前一七九—前一二二）。文帝弟淮南厲王長子，襲爲淮南王，好仙道。元狩元年，以謀反罪下獄，自殺。《史記》《漢書》有傳。

寒雨〔一〕

江南殊氣候，冬雨作春寒〔二〕。冰雪期方遠，蕉絺意始闌〔三〕。未妨溪草緑，先恐嶺梅殘〔四〕。忽發中原念，貂裘據錦鞍〔五〕。

【箋注】

〔一〕作於元豐三年（一〇八〇）十一月後。

〔二〕宋歐陽脩《攝事齋宫偶書》："美酒清香銷晝景，冷風殘雪作春寒。"

〔三〕蕉絺（chī）：蕉布。用蕉麻纖維織成的夏日穿著的布。《後漢書·王符傳》"筩中女布"唐李賢注引沈懷遠《南越志》："蕉布之品有三，有蕉布，有竹子布，又有葛焉。雖精麤之殊，皆同出而異名。"清李調元《南越筆記·葛布》："蕉類不一，其可爲布者曰蕉麻，山生或田種。以蕉身熟踏之，煮以純灰水，漂澼令乾，乃績爲布，本蕉也。而曰蕉麻，以其爲用如麻故……蕉布與黄麻布，爲嶺外所重，常以冬布相易云。"

〔四〕《白孔六帖·梅》："大庾嶺上梅，南枝落北枝開。"唐樊晃《南中感懷》："四時不變江頭草，十月先開嶺上梅。"

〔五〕謂遥想他日披上皮衣快馬奔回中原。

積雨二首〔一〕

其一

山雨無時歇,江波上岸流。泥深未免出,橋斷更堪憂〔二〕。房淺鄰糟甕〔三〕,宵寒攬絮裘。朝來勢未已,歸路恐操舟〔四〕。

【箋注】

〔一〕作於元豐三年(一〇八〇)十二月。下詩有"微陽力尚淺"語可知。所謂"冬至一陽生",冬至在陰歷十二月。

〔二〕"泥深"二句:謂雖然泥濘橋斷也得去任所。

〔三〕房淺:言房屋狹窄。糟甕:酒缸。唐白居易《和春深》:"餔歠眠糟甕,流涎見麴車。"

〔四〕"朝來"二句:謂雨仍然很大,回歸時恐怕得乘船了。未已:未止。

其二

微陽力尚淺〔一〕,未解破重陰〔二〕。雲氣山川滿,江流日夜深〔三〕。凍牙生滯穗〔四〕,餘潤及重衾〔五〕。泥濘沉車轂,農輸絶苦心〔六〕。

【箋注】

〔一〕微陽:謂陽氣始生。參《次韻景仁丙辰除夜》注〔四〕。

〔二〕重陰:陰雨;連綿雨。

〔三〕南朝齊謝朓《暫使下都夜發新林至京邑贈西府同僚》:"大江流日夜,客心悲未央。"

〔四〕凍牙:因久雨濕重而生的胚芽。滯穗:遺穗。《詩・小雅・大田》:"彼有遺秉,此有滯穗。"

〔五〕餘潤:潮濕的空氣。重衾:兩層被子。《文選・張華〈雜詩〉》:"重衾無暖氣,挾纊如懷冰。"唐吕延濟注:"衾,被也。"按,此指過重的寒濕氣。

〔六〕“泥濘”二句：謂農夫收運糧食十分艱難。絶：竭盡。

戲贈李朝散〔一〕

江霧霏霏作雪天，樽前醉倒不知寒。後堂桃李①春猶晚，試覓酥花子細看〔二〕。

【校記】

①李：宋大字本、宋建本、蜀藩刻本作“杏”。

【箋注】

〔一〕作於元豐三年（一〇八〇）十二月。詩所寫當是寒冬情景。李朝散：《三蘇年譜》謂“或即李撫辰”，不詳。俟考。朝散：朝散大夫的省稱。隋時設置的散官名。唐宋時文階官之制，從五品下稱朝散大夫。宋費衮《梁谿漫志》卷二：“六曹郎中：前行爲朝請大夫，中行爲朝散大夫，後行爲朝奉大夫；員外郎：前行爲朝請郎，中行及起居舍人爲朝散郎，後行及左右司諫爲朝奉郎。”

〔二〕酥花：即梅花。謂到園中去尋梅看有花蕾没有。

戲答〔一〕

銀瓶瀉酒正霜天〔二〕，玉麈生風夜更寒〔三〕。下客不辭投轄飲〔四〕，好花猶恐隔簾看〔五〕。

【箋注】

〔一〕作於元豐三年（一〇八〇）十二月。此首當是承上首答李朝散而作。

〔二〕蘇軾《試院煎茶》：“銀瓶瀉湯誇第二，未識古人煎水意。”

〔三〕謂寒夜揮麈清談。玉麈：玉柄麈尾。參《和子瞻鳳翔八觀八首·石鼓》注〔一九〕。宋歐陽脩《送薛水部通判并州》：“玉麈生風賓滿坐，金鱗照甲士如林。”

〔四〕下客：此指禮賢下士。投轄：謂留客。參《同李倅鈞訪趙嗣恭留飲南園晚衙先歸》注〔一七〕。

〔五〕謂隔簾看簾内的美女。所謂戲答意即在此。唐元稹《襄陽爲盧竇紀事》："猶帶春酲懶相送，櫻桃花下隔簾看。"

臨江蕭氏家寶堂〔一〕

高人不解作生涯〔二〕，唯有中堂書五車〔三〕。竹簡多於孔氏壁〔四〕，牙籤新似鄴侯家〔五〕。田園豈是子孫計〔六〕？青紫今爲里① 巷誇〔七〕。富貴早知皆有命〔八〕，君應未厭十年賒〔九〕。

【校記】

①里：叢刊本作"理"，誤。

【箋注】

〔一〕作於元豐三年（一〇八〇）十二月。《三蘇年譜》卷三十："蕭氏爲臨江望族。據《輿地紀勝·江南西路·臨江軍·人物》有蕭賀者，兄弟四人，三登科第，賀之弟貫、賁，同登大中祥符八年進士；賀之從侄注，字嵓（yán）夫，尤有名於世。轍爲題詩之蕭氏，當爲賀之族人。"

〔二〕唐皮日休有"魯望憫承吉之孤爲詩序邀予屬和"云云長題詩："唯我共君堪便戒，莫將文譽作生涯。"

〔三〕極言其書之多。《莊子·天下》："惠施多方，其書五車。"

〔四〕孔氏壁：孔子故宅的牆壁。其後人曾于其中貯藏大量先秦典籍。《漢書·藝文志》："《古文尚書》者，出孔子壁中。武帝末，魯共王壞孔子宅，欲以廣其宫，而得《古文尚書》及《禮記》、《論語》、《孝經》，凡數十篇，皆古字也。"

〔五〕鄴（yè）侯：指唐李泌（七二二—七八九），字長源，先世遼東襄平（治今遼寧陽市北）人，徙居京兆。七歲能文，玄宗召試禁中，張説稱爲奇童。張九齡尤爲獎愛。天寶中，以翰林供奉東宫。太子遇之甚厚。爲楊國忠所忌隱居潁陽。肅宗即位靈武，泌赴之，處以師友，入議國事，出陪車駕。中興方略，悉與謀議；代宗時，出歷楚杭二州刺史，德宗時拜中書侍郎、同中書門下平章事，累封鄴侯。新舊《唐書》有傳。泌家富藏書。後用爲稱美他人藏書衆多之典。宋周密《齊東野語·書籍之厄》："若士大夫之家所藏，在前世如張華載書三十車，杜兼聚書萬卷，韋述蓄書二萬卷，鄴侯插架三萬卷……皆號藏書之富。"宋王應麟《困學紀聞·考史》："［鄴侯］李泌父承休，聚書二萬餘卷，戒子孫不許出門，有求讀者，别院供饌。鄴侯家多書，有自來矣。"唐韓愈《送諸葛覺往隨州讀書》："鄴侯家多書，插架三萬軸。一一懸牙籤，新若手未觸。"牙籤：繫在書卷上作爲標識，以便翻檢的牙骨等製成的簽牌。

〔六〕《後漢書·楊震傳》："性公廉，不受私謁。子孫常蔬食步行，故舊長者或欲令爲開産業，震不肯，曰：'使後世稱爲清白吏，子孫以此遺之，不亦厚乎？'"

〔七〕青紫：本爲古時公卿綬帶之色，因借指高官顯爵。《漢書·夏侯勝傳》："勝每講授，常謂諸生曰：'士病不明經術；經術苟明，其取青紫如俛拾地芥耳。'"清王先謙補注引葉夢得曰："漢丞相大尉，皆金印紫綬，御史大夫，銀印青綬。此三府官之極崇者，勝云青紫謂此。"里巷：猶鄉鄰。

〔八〕《論語·顔淵》："司馬牛憂曰：'人皆有兄弟，我獨亡。'子夏曰：'商聞之矣，死生有命，富貴在天。'"

〔九〕謂十年之内主人將發跡。唐佚名《玉泉子》："日者謂禹錫曰：'員外若圖省轉，事勢殊遠，須待十年後此客入相，方轉本曹正郎爾。'自是禹錫失意，連授外官十餘年。文昌入相，方除禹錫吏部郎中。"賒：遠。

和蕭刓察推賀族叔司理登科還鄉四首〔一〕

其一

家聲籍籍大江西〔二〕，臨老揮毫捧御題〔三〕。得意何殊少年樂，還家不惜醉如泥〔四〕。

【箋注】

〔一〕作於元豐三年（一〇八〇）立冬以後。《三蘇年譜》卷三十："蕭刓，據轍之詩題,時爲察推,即爲筠州觀察推官。……剅亦當爲臨江人。"《宋史·兵十一》:"三年知端州蕭剅上疏,極言傷財害民,其弊非一。"蕭剅紹聖中入元祐黨籍。餘不詳。俟考。推官:唐朝始置,掌推勾獄訟等事。司理:《送霸州司理翟曼》注〔一〕。

〔二〕籍籍:聲名盛大貌。南朝宋袁淑《效曹子建〈白馬篇〉》:"籍籍關外來,車徒傾國鄽。"

〔三〕蕭剅族叔登科時當已年齡老大,故云臨老。御題:古代科舉考試,殿試時題目出自皇帝所擬,故云。

〔四〕《後漢書·周澤傳》"一歲三百六十日,三百五十九日齋"唐李賢注:"《漢官儀》此下云:'一日不齋醉如泥。'"唐杜甫《將赴成都草堂途中有作先寄嚴鄭公》詩之三:"肯藉荒亭春草色,先判一飲醉如泥。"

其二

讀盡家藏萬卷書,蕭然華髮宦游初〔一〕。區區獄掾何須愧〔二〕,聊把《春秋》試緒餘〔三〕。漢儒以《春秋》決獄。

【箋注】

〔一〕蕭然:稀疏貌。

〔二〕獄掾:秦時主管刑獄的小吏。此指蕭剅。

〔三〕西漢時董仲舒曾作《春秋決獄》二百三十二事,見《後漢書·楊終傳》。春秋:見《次韻子瞻寄眉守黎希聲》注〔五〕。緒餘:《莊子·讓王》:"道之真以治身,其緒餘以爲國家,其土苴以治天下。"唐陸德明釋文:"司馬、李云:緒者,殘也,謂殘餘也。"此謂蕭剅治獄是不費力氣的小事。

其三

作官未減讀書勤,簿領從今日日新〔一〕。汗簡韋編誰付予〔二〕?傳家應有下帷人〔三〕。

【箋注】

〔一〕日日新:語出《禮記·大學》:"湯之盤銘曰:'苟日新,日日新,又日新。'"

〔二〕汗簡：漢劉向《别録》："殺青者，以火炙簡令汗，取其青易書，復不蠹，謂之殺青，亦謂汗簡。"韋編：古代用竹簡書寫，用皮繩編綴稱"韋編"。此指蕭刓家藏之各類典籍。

〔三〕下帷：放下室内懸挂之帷幕。指教書。語本《史記·董仲舒列傳》："董仲舒，廣川人也。以治《春秋》，孝景時爲博士。下帷講誦，弟子傳以久次相授業。或莫見其面，蓋三年董仲舒不觀於舍園，其精如此。"

其四

巷南諸子足才賢〔一〕，邂逅相逢秀句傳〔二〕。强作短章同寄與〔三〕，異時見我一依然。

【箋注】

〔一〕《新唐書·宰相世系表》："［盧］諶字子諒，晉侍中、中書監，五子勗、凝、融、偃、徵，勗居巷南，號南祖；偃居北，號北祖。祖偃，仕慕容氏，營丘太守。二子邈、闡，邈范陽太守，生玄字子真，後魏中書侍郎、固安宣侯，二子巡、度世，度世字子遷，青州刺史、固安惠侯，四子陽烏、敏、昶、尚之。號四房盧氏。"按，此以盧氏比況蕭家人才衆多。

〔二〕唐杜甫《哭李尚書》："史閣行人在，詩家秀句傳。"

〔三〕短章：指篇幅較短的詩文篇章。南朝宋顔延之《五君詠》："頌酒雖短章，深衷自此見。"

次韻吴厚秀才見贈三首〔一〕

其一

騷人思苦骨巉巉〔二〕，百里携詩相就談〔三〕。故作微詞挑遷客〔四〕，不嫌春雨濕歸衫。少年舊喜登高賦〔五〕，老病今成見敵慚〔六〕。問我近來誰復可？對君聊擬誦《周南》〔七〕。

【箋注】

〔一〕作於元豐三年(一〇八〇)十二月。吴厚:《三蘇年譜》疑即蘇轍所作《吴氏浩然齋記》("齋"當爲"堂")中之吴氏。以爲吴厚爲新喻人。新喻屬臨江軍,距筠州在百里以上,或及二百里,作詩舉成數,亦可云百里。"隱居便作江南計,爲覓佳山早寄聲"此句可知吴厚此時似在江南。餘不詳。俟考。

〔二〕思苦:猶言苦思,謂寫詩冥思苦想。唐貫休《秋夜吟》:"如愚復愛詩,木落即眠遲。思苦香消盡,更深筆尚隨。"

〔三〕携詩:帶着自寫的詩卷。

〔四〕微詞:委婉而暗含深義的言辭。遷客:指遭貶斥放逐之人。此蘇轍自謂。

〔五〕謂年青時喜歡逞才使氣。《韓詩外傳》卷七:"孔子游於景山之上,子路、子貢、顔淵從。孔子曰:'君子登高必賦,小子願者何?'"《漢書·藝文志》:"傳曰:不歌而誦謂之賦,登高能賦,可以爲大夫。"

〔六〕謂老來才思減退不如别人了。

〔七〕謂欲與對方討論《詩經》。誦周南:典出《南史·梁簡文帝諸子》:"西陽王大鈞,字仁博,簡文第十四子也。性厚重,不妄戲弄。年七歲,武帝嘗問讀何書?對曰:'學詩。'因令諷誦,即誦《周南》,音韻清雅,帝重之。"按,蘇轍元豐三年貶監筠州鹽酒税,於是致力於《詩集傳》《春秋集解》等學術著作的寫作。

其二

久欲歸田計未成〔一〕,羨君負郭足爲生〔二〕。躬耕不用千鍾禄〔三〕,高卧誰知萬里征〔四〕?已覺安閑真樂事,可憐辛苦盡浮名〔五〕。隱居便作江南計,爲覓佳山早寄聲〔六〕。

【箋注】

〔一〕歸田:謂辭官回鄉務農。《藝文類聚·産業部·錢》引晉魯褒《錢神論》:"諺曰:官無中人,不如歸田。"唐杜荀鶴《館舍秋夕》:"出門便作還家計,直至如今計未成。"

〔二〕負郭：即負郭田。指近郊良田。參《送張公安道南都留臺》注〔二〇〕。

〔三〕千鍾禄：喻豐厚的俸禄。《史記·魏世家》："魏成子以食禄千鍾，什九在外，什一在内。"

〔四〕高卧：安卧。指隱居不仕。唐陳子昂《夏日暉上人房别李參軍崇嗣》："自超三界樂，安知萬里征。"

〔五〕浮名：虚名。唐杜甫《曲江二首》之一："細推物理須行樂，何用浮名絆此身。"

〔六〕寄聲：托人傳話。晉陶潛《丙辰歲八月中于下潠田舍穫》："司田眷有秋，寄聲與我諧。"

其三

一卷新詩錦一端〔一〕，掉頭吟諷識芳酸〔二〕。哀歌永夜悲牛角〔三〕，朗詠扁舟笑杏壇〔四〕。間發笙簧猶可擬〔五〕，棄捐斤斧定知難〔六〕。繼君高韻君應笑，咀嚼歸塗久據鞍〔七〕。

【箋注】

〔一〕謂吴詩好。用"奪錦"事，典出《新唐書·文藝傳中·宋之問》："武后游洛南龍門，詔從臣賦詩。左史東方虯詩先成，后賜錦袍，之問俄頃獻，后覽之嗟賞，更奪袍以賜。"端：古代量詞。帛類的長度單位。《資治通鑑·漢紀五十二·漢獻帝初平二年》："烈聞而使人謝之，遺布一端。"元胡三省注："布帛六丈曰端。一曰，八丈曰端。按，古以二丈爲端。"

〔二〕芳酸：本指芳椒酸鹹等各種作料。三國魏曹植《七啓》："糅以芳酸，甘和既醇。"此喻其詩境。

〔三〕《吕氏春秋·舉難》："寧戚欲干齊桓公，窮困無以自進，於是爲商旅將任車以至齊，暮宿於郭門之外。桓公郊迎客，夜開門，辟任車，爝火甚盛，從者甚衆。寧戚飯牛居車下，望桓公而悲，擊牛角疾歌。桓公聞之，撫其僕之手曰：'異哉！之歌者非常人也。'命後車載之。"此指窮士自求用世。又唐杜甫《宿府》："永夜角聲悲自語，中天月色好誰看。"

〔四〕謂吴厚如袁虎之有才，如李白之瀟灑，不事章句之學。《世説新語·文學》："袁虎少貧，嘗爲人傭載運租。謝鎮西經船行，其夜清風朗月，聞江渚間估客船上有詠詩聲，甚有情致；所誦五言又其所未嘗聞，歎美不能已。即遣委曲訊問，乃是袁自詠其所作詠史詩。因此相要，大相賞得。"李白詩中時有"扁舟"語，如《古風》之十八："何如鴟夷子，散髮棹扁舟。"《還山留别金門知己》："盡此謝知己，扁舟尋釣翁。"《宣州謝朓樓餞别校書叔雲》："人生在世不稱意，明朝散髮弄扁舟。"李白有《嘲魯儒》："魯叟談《五經》，白髮死章句。問以經濟策，茫如墜烟霧。"杏壇：相傳爲孔子聚徒授業講學處。《莊子·漁父》："孔子遊乎緇帷之林，休坐乎杏壇之上。弟子讀書，孔子絃歌鼓琴。"後因之代指孔子或孔門學説。

〔五〕謂自己唱和一下還可以應付。笙簧：指笙。簧，笙中之簧片。《禮記·明堂位》："垂之和鍾，叔之離磬，女媧之笙簧。"漢鄭玄注："笙簧，笙中之簧也……女媧作笙簧。"

〔六〕謂要對吴的詩有所刊削棄置是難以下手的。棄捐：拋棄；廢置。按，從此句詩可知，當是吴有請蘇轍改詩語。

〔七〕謂吴在歸途中可能還在據鞍吟詠推敲。咀嚼：猶言琢磨，推敲。按，此暗用《新唐書·李賀傳》："每旦日出，騎弱馬，從小奚奴，背古錦囊，遇所得，書投囊中。未始先立題然後爲詩，如它人牽合程課者。及暮歸足成之。"

次韻毛君燒松花六絶〔一〕

其一

茅庵紙帳學僧眠〔二〕，爐爇松花取易然〔三〕。惟有未能忘酒在①，手傾金盞鬥垂蓮②〔四〕。

【校記】

①在：叢刊本作"石"，誤。

②蓮：蜀藩刻本、叢刊本作"連"，形近而誤。

【箋注】

〔一〕作於元豐三年(一〇八〇)十二月。松花:松球。松子脱落時,松球上木質鱗片張開如蓮花狀。

〔二〕茅庵:茅廬;草舍。紙帳:見《和柳子玉紙帳》注〔一〕。

〔三〕爇(ruò):燒,焚燒。《左傳·僖公二十八年》:"爇僖負羈氏。"晉杜預注:"爇,燒也。"然:後來寫作"燃"。

〔四〕垂蓮:形如蓮花的酒盞。蘇軾《二月十九日携白酒鱸魚過詹使君食槐葉冷淘》:"暫借垂蓮十分盞,一澆空腹五車書。"鬥:鬥酒。

其二

餅雜松黄二月天〔一〕,盤敲松子早霜寒。山家一物都無棄,狼藉乾花最後般〔二〕。蜀人以松黄爲餅,甚美。

【箋注】

〔一〕松黄:即松花。明李時珍《本草綱目·木一·松》:"二三月抽蕤生花,長四五寸,采其花蕊爲松黄。"《説郛·山家清供·松黄餅》:"春來松花黄,和蜜模作餅狀,不惟香味清,亦有所益也。"《御定佩文齋廣群芳譜·松三》引《山居雜誌》:"松至三月花,以杖叩其枝,則紛紛墜落。張衣裓盛之,囊負而歸,調以蜜作餅遺人,曰松花餅。"蘇軾《正月二十四日游羅浮道院及棲禪精舍》:"崎嶇拾松黄,欲救齒髮弊。"

〔二〕謂堆放了很多的松球爲燃料。狼藉:多而堆積貌。乾花:指松球。按,詩言松黄作餅,松子剥吃,松果做燃料,正所謂"一物都無棄"。

其三

松老香多氣自嚴,餘煙勃鬱透疏簾〔一〕。須臾過盡惟灰在,借問誰收一番去聲炎。

【箋注】

〔一〕餘煙:謂燒松花未消盡的煙氣。勃鬱:茂盛,旺盛。

其四

美人寒[①]甚懶[②]開扉，金作松花插羃羅〔一〕。幾度低頭疑墮落，青煙已斷未消時。

【校記】

①寒：叢刊本作"懶"。不辭，誤。

②懶：叢刊本作"插"。不辭，誤。

【箋注】

〔一〕謂金首飾做成松花狀。羃羅：古代少數民族的一種頭巾。參《戲次前韻寄王鞏二首》之一注〔一〕。

其五

枯萼鱗皴不復堅〔一〕，重重正似半開蓮。曾經樵舍磚爐見〔二〕，未許邦君畫閣然〔三〕。

【箋注】

〔一〕枯萼鱗皴：狀松果之外形。鱗皴（cūn），像鱗片般之皺皮。

〔二〕謂此物是山野樵夫用以燒火之物。

〔三〕謂達官貴人是不燒這個的。邦君：指刺史等地方官。唐韓愈《題合江亭寄刺史鄒君》："維昔經營初，邦君實王佐。"此謂毛。然：後來寫作"燃"。

其六

黄蠟供炊自一家，錙銖貧富遞矜誇〔一〕。都城争買方薪[①]貴，卻顧松花已自奢〔二〕。

【校記】

①薪：宋建本作"新"。

【箋注】

〔一〕“黄蠟”二句：説王愷石崇鬥富事。《世説新語·汰侈》：“王君夫以糒澳釜，石季倫用蠟燭作炊。君夫作紫絲布步障碧綾裹四十里，石崇作錦步障五十里以敵之。石以椒爲泥，王以赤石脂泥壁。”黄蠟：即蜂蠟，色黄，故稱。蘇軾《蠟梅一首贈趙景貺》：“蜜蜂採花作黄蠟，取蠟爲花亦其物。”

〔二〕“都城”二句：謂都市争買松果取暖，而自己這裏是取之不盡。

陪毛君遊黄仙觀〔一〕

李叟仙居仍近市〔二〕，黄公道院亦依城〔三〕。定應昔日山林地，未有今時雞犬聲〔四〕。白鶴翻飛終不返〔五〕，黄冠憔悴祗躬耕〔六〕。試從車騎尋遺迹，恐有居人解養生〔七〕。

【箋注】

〔一〕作於元豐三年（一〇八〇）十二月。黄仙觀：《輿地紀勝·江南西路·瑞州·景物下·玉宸觀》：“在高安縣東七里。晉黄仁覽胡斗煉丹淬劍之地，俗呼黄仙觀。元豐中，蘇欒城與太守毛維瞻來游。有‘白鶴翻飛終不返，黄冠憔悴祗躬耕’之句。”

〔二〕李叟：李八百。見《和毛君州宅八詠·李八百洞》注〔一〕。

〔三〕黄公：指黄仁覽。《輿地紀勝·江南西路·瑞州·仙釋·黄仁覽》：“字紫庭。許遜以女妻之。遜少學於豫章吴猛，盡傳其道。仁覽遂學於遜。後同父母家屬同許遜昇天。政和二年封沖道真人。《新志》有筋竹廟在高安縣東北十五里之東岡。《風俗記》云：廟去黄仁覽故居祥符觀一里，紫庭爲青州從事時留家不行，每夕取青竹杖噀水化龍乘歸。置杖于此，曉又乘去，既仙鄉人立祠置杖所。”

〔四〕唐皇甫冉《送李山人還》：“雞犬聲相應，深山有幾家。”

〔五〕用丁令威故事。見《次韻子瞻題長安王氏中隱堂五首》之二注〔一〕。

〔六〕黄冠：道士之冠。亦借指道士。

〔七〕謂説不定當地還有懂養生法之居民。解：懂得。

次韻王適梅花〔一〕

江梅似欲競新年，照水窺林態[①]愈妍〔二〕。霜重清香渾欲滴〔三〕，月明素質自生煙〔四〕。未成細實酸猶薄〔五〕，半落南枝意可憐〔六〕。誰寫江西風物樣〔七〕，徐家舊有數枝傳〔八〕。

【校記】

①態：叢刊本作"能"，形近而誤。

【箋注】

〔一〕作於元豐三年（一〇八〇）十二月。"江梅似欲競新年"，知已至年底。

〔二〕唐殷堯藩《友人山中梅花》："臨水一枝春占早，照人千樹雪同清。"宋林逋《山園小梅二首》之一："衆芳摇落獨暄妍，占盡風情向小園。疏影横斜水清淺，暗香浮動月黄昏。"

〔三〕宋文同《北樓晚晴望秦嶺》："秦嶺巉巉列萬峰，晚嵐渾欲滴晴空。"渾：副詞。皆；全。

〔四〕唐韓愈《庭楸》："夜月來照之，蒨蒨自生煙。"素質：梅花色白，故言。

〔五〕謂梅子還没成熟酸味不濃。蘇軾《次前韻送劉景文》："酒肴酸薄紅粉暗，只有潁水清而姝。"細實：小的果實。

〔六〕可憐：可愛。參《寒雨》注〔四〕。

〔七〕樣：式樣，標準。供人觀看或模仿的東西。

〔八〕徐家：謂五代徐熙及其孫徐崇嗣。兩人皆善畫花，而尤以梅花爲精妙。清吴升《大觀録》中著録徐熙有《梅花圖卷》，並有"墨梅一枝，勾勒烘染，自具古法"的評價。宋沈括《夢溪筆談・書畫》："國初，江南布衣徐熙、僞蜀翰林待詔黄筌，皆以善畫著名，尤長於畫花竹。蜀平，黄筌並二子居寶、居實，弟惟亮，皆隸翰林圖畫院，擅名一時。其後江南平，徐熙至京師，送圖畫院品其畫格。諸黄畫花，妙在賦色，用筆極新細，殆不見墨蹟，但以輕色染成，謂之寫生。徐熙以墨筆畫之，殊草草，略施丹粉而已，神氣迥出，別有生動之意。筌惡其軋已，言其畫粗惡不入格，罷之。熙之子乃效諸黄之格，更不用墨筆，直以彩色圖之，謂之‘没骨圖’。工與諸黄不相下，筌等不復能瑕疵，遂得齒院品。然其氣韻皆不及熙遠甚。”沈括言“熙之子”當是其孫徐崇嗣，後成“没骨花”之鼻祖。宋郭若虚《圖畫見聞志》：“［徐崇嗣］其畫皆無筆墨，惟用五彩布成。”

次韻王適春雪二首〔一〕

其一

江南春候①寒猶劇〔二〕，細雨風吹作雪花。中夜窗扉初晃漾〔三〕，平明草木半低斜。潤催江柳排金綫②〔四〕，光雜山茶點絳葩〔五〕。老病不堪乘曉出，紛紛能使鬢增華。

【校記】

①候：宋建本、叢刊本作“後”，誤。

②綫：原作“緑”，據宋大字本、宋建本、蜀藩刻本改。

【箋注】

〔一〕作於元豐四年（一〇八一）正月初。從詩題“春雪”可知。

〔二〕春候：春天的氣候。唐杜牧《雪中書懷》：“且想春候暖，甕間傾一卮。”

〔三〕晃漾：光影摇動貌。

〔四〕謂雨雪滋潤使柳條長出新芽。金綫：喻柳色微黄。唐施肩吾《禁中新柳》：“萬條金線帶春煙，深染青絲不直錢。”

〔五〕山茶：山茶花。冬春開花。花形大，有紅白等色。絳葩：紅花。《普陀洛迦新志・形勝門・山・茶山》：“又有山茶花樹，高數丈。冬春之交，丹葩被谷，若珊瑚林。”

其二

春雪飄摇旋不成〔一〕，依稀履迹散空庭。山藏複閣猶殘白〔二〕，日照南峰已半青〔三〕。

【箋注】

〔一〕旋:回還;歸來。《詩·小雅·黄鳥》:"言旋言歸,復我邦族。"宋朱熹集傳:"旋,回。"

〔二〕複閣:重疊的閣樓。殘白:殘留的積雪。唐白居易《溪中早春》:"南山雪未盡,陰嶺留殘白。"

〔三〕謂陽光使山頂雪化已露出一些青翠的顔色。

毛君惠温柑荔支二絶〔一〕

其一

楚山黄橘彈丸小〔二〕,未識洞庭三寸柑〔三〕。不有風流吴越客〔四〕,誰令千里送江南〔五〕?

【箋注】

〔一〕作於元豐四年(一〇八一)三月。荔枝成熟最早者在三月。俗稱"三月紅"。温柑:柑之一種,又稱真柑,以出温州泥山者爲最。其味似乳酥故名。其木婆娑,其葉纖長,其花香韻,其實圓正,其膚理如澤蠟,其大六七寸,其皮薄而味珍,脈不黏瓣,食不留滓,一顆僅二三核,亦有全無者,擘之香霧噀人,爲柑中絶品。蘇軾《答水陸通長老五首》之二:"惠及温柑甚奇,此中未嘗識也。"參宋韓彦直《橘録》。荔支:即荔枝。

〔二〕黄橘:橘之一種。韓彦直《橘録》卷中:"黄橘狀比之柑差褊小,而香霧多於柑。歲雨暘以時,則肌充而味甘,其圍四寸,色方青黄時,風味尤勝,過是則香氣少減。"彈丸:喻其小。如今之蜜桔。

〔三〕韓彦直《橘録》卷上:"洞庭柑皮細而味美,比之他柑,韻稍不及,熟最早,藏之至來歲之春,其色如丹,鄉人謂其種自洞庭山來,故以得名。"宋梅堯臣《和正月六日沈文通學士遺温柑》:"禹書貢厥包,未知黄柑美。競傳洞庭熟,又莫永嘉比。"

〔四〕吴越客：指毛維瞻，毛爲衢州人，故吴越之地。

〔五〕北魏陸凱《寄早梅》："折梅逢驛使，寄與隴頭人。江南無所有，聊贈一枝春。"

其二

荔子生紅無奈遠〔一〕，陳家曬白到猶難〔二〕。雖無驛騎紅塵起，尚得佳人一笑歡〔三〕。

【箋注】

〔一〕荔子：即荔枝。生紅：當是荔枝名品之一。但《荔枝譜》中無"生紅"者，疑即深紅。宋蔡襄《荔枝譜》第七："十八娘荔枝：色深紅而細長，時人以少女比之。俚傳閩王王氏有女第十八，好噉此品，因而得名。其塚今在城東報國院，塚旁猶有此樹云。"後《乾荔枝》有"想見當年十八娘"，或即此。待考。

〔二〕陳家：指陳紫。蔡襄《荔枝譜》第二："興化軍風俗，園池勝處，唯種荔枝。當其熟時，雖有他果，不復見省，尤重陳紫。富室大家，歲或不嘗，雖别品千計，不爲滿意。陳氏欲採摘，必先閉户，隔牆入錢，度錢與之，得者自以爲幸，不敢較其直之多少也。"曬白：即白曬，爲與上"生紅"對仗而錯位。蔡襄《荔枝譜》第六："白曬者，正爾烈日乾之，以核堅爲止。畜之甕中，密封百日，謂之出汗。去汗耐久，不然踰歲壞矣。福州舊貢紅鹽、蜜煎二種，慶曆初太官問歲進之狀，知州事沈邈以道遠不可致，減紅鹽之數而增白曬者，兼令漳泉二郡亦均貢焉。"又蘇軾《杭州故人信至齊安》："昨夜風月清，夢到西湖上。朝來聞好語，扣户得吴餉。輕圓白曬荔，脆釅紅螺醬。"

〔三〕"雖無"二句：唐杜牧《過華清宫》："長安迴望繡成堆，山頂千門次第開。一騎紅塵妃子笑，無人知是荔枝來。"

次韻王適遊真如寺〔一〕

江上春雨過，城中春草深〔二〕。擾擾市井塵〔三〕，悠悠溪谷心。東郊大愚山，自古檐蔔林〔四〕。微言久不聞〔五〕，墜緒誰當尋〔六〕？道俗數百人〔七〕,請聞海潮音〔八〕。齋罷車馬散〔九〕,萬① 籟俱消沉〔一〇〕。新亭面南山,積霧開重陰。蕭然偶有得〔一一〕,懷抱方愔愔〔一二〕。我坐米鹽間〔一三〕,日被塵垢侵〔一四〕。不知山中趣〔一五〕,强作山中吟〔一六〕。

【校記】

①萬:叢刊本作"方",誤。

【箋注】

〔一〕作於元豐四年(一〇八一)三月。"江上春雨過,城中春草深。""春草深"當是三月情景。真如寺:《輿地紀勝·江南西路·瑞州·景物下·大愚山》:"《新志》云:在州東行春門外,有真如寺。"真如,佛教語。謂永恒存在的實體、實性,亦即宇宙萬有的本體。《成唯識論》卷九:"真謂真實,顯非虛妄;如謂如常,表無變易。謂此真實,於一切位,常如其性,故曰真如。"

〔二〕唐杜甫《春望》:"國破山河在,城春草木深。"

〔三〕擾擾:紛亂貌。

〔四〕謂大愚山爲佛教勝地。檐蔔:亦作"簷蔔"。植物名,産西域,花甚香。南朝陳徐陵《東陽雙林寺傅大士碑》:"色豔沈檀,香踰簷蔔。"清吴兆宜注:"《經》云:'如入簷蔔林,聞簷蔔花香,不聞他香。'"唐段成式《酉陽雜俎·木篇》:"陶真白言:梔子翦花六出,刻房七道,其花香甚,相傳即西域簷蔔花也。"按,因佛法來自西域,故以之代指佛法。

〔五〕《漢書·藝文志》:"昔仲尼没而微言絶,七十子喪而大義乖。"唐顔師古注引李奇曰:"隱微不顯之言也。"自注曰:"精微要妙之言耳。"

〔六〕墜緒:語本《書·五子之歌》:"荒墜厥緒,覆宗絶祀。"孔傳:"太康失其業以取亡。"後以"墜緒"指行將斷絶的皇統或學説。唐韓愈《進學解》:"尋墜緒之茫茫,獨旁搜而遠紹。"

〔七〕道俗:佛家語。出家之人曰道,在家之人曰俗。

〔八〕海潮音:佛典語。海潮按時而至,其音宏大,故以喻佛、菩薩應時適機説法之聲音。《妙法蓮華經》卷七:"妙音觀世音,梵音海潮音,勝彼世間音。"

〔九〕齋:專指僧道或其信徒誦經拜懺、禱祀求福等活動。

〔一〇〕萬籟(lài):各種聲響。籟,從孔穴中發出的聲音。唐常建《題破山寺後禪院》:"萬籟此俱寂,惟聞鐘磬聲。"

〔一一〕蕭然:蕭灑;悠閒。晉葛洪《抱朴子·刺驕》:"高蹈獨往,蕭然自得。"

〔一二〕愔愔(yīn):和悦安舒貌。

〔一三〕此時蘇轍正爲筠州鹽酒税,公務繁瑣,故言。

〔一四〕塵垢:世俗之煩惱。

〔一五〕宋歐陽脩《謝人寄雙桂樹子》:"爲懷山中趣,愛此巖下緑。"

〔一六〕唐陸龜蒙有《疊韻山中吟》詩:"瓊英輕明生,石脈滴瀝碧。玄鉛仙偏憐,白幘客亦惜。"

次韻王適新燕〔一〕

好雨纖纖潤客衣〔二〕,新來雙燕力猶微。似嫌春早無人見,故待簾開掠地飛〔三〕。南國花期知不遠,中原寒劇未①應歸。養雛不怕巢成早,記取朝朝爲啓扉〔四〕。

【校記】

①未:蜀藩刻本、叢刊本作"不",誤。

【箋注】

〔一〕作於元豐四年(一〇八一)三月。

〔二〕唐劉長卿《别嚴士元》:"細雨濕衣看不見,閑花落地聽無聲。"纖纖:細微。蘇軾《雪後書北臺壁二首》之一:"黄昏猶作雨纖纖,夜静無風勢轉嚴。"

〔三〕掠地:擦過或拂過地面。蘇軾《祭常山回小獵》:"弄風驕馬跑空立,趁兔蒼鷹掠地飛。"

〔四〕啓扉:開門。據此,則南方燕巢亦有在廳堂之内者。

官居即事〔一〕

官局紛紜簿領迷〔二〕,生緣瑣細老農齊〔三〕。偷安旋種十年木〔四〕,

肉食還須五母雞〔五〕。對酒不嘗憐酤榷〔六〕,釣魚無術漫臨溪〔七〕。此身已分長貧賤〔八〕,執爨縫裳愧老妻〔九〕。

【箋注】

〔一〕作於元豐四年(一〇八一)三月。

〔二〕見《次韻柳子玉謫官壽春舟過宛丘見寄二首》之一注〔二〕。

〔三〕謂自己爲生計而做的煩瑣事務和老農差不多。生緣:佛典語。塵世的緣分。齊:等同;相并。

〔四〕偷安:苟且的安樂。十年木:語本《管子·權修》:"一年之計,莫如樹穀。十年之計,莫如樹木。"蘇軾《和王晉卿》:"躬耕二頃田,自種十年木。"

〔五〕《孟子·盡心上》:"孟子曰:'……五畝之宅,樹牆下以桑,匹婦蠶之,則老者足以衣帛矣;五母雞、二母彘,無失其時,老者足以無失肉矣。'"

〔六〕酤榷:官府所實行酒專賣制度。《漢書·武帝紀》"初榷酒酤"唐顔師古注引漢應劭曰:"縣官自酤榷賣酒,小民不復得酤也。"

〔七〕用姜尚故事,暗喻没有獲取國君賞識的機緣。《史記·齊太公世家》:"太公望吕尚者,東海上人。……以魚釣奸周西伯。"参《磻溪石》注〔一〕、〔二〕。

〔八〕《史記·陳丞相世家》:"張負歸謂其子仲曰:'吾欲以女孫予陳平。'張仲曰:'平貧不事事,一縣中盡笑其所爲,獨奈何予女乎?'負曰:'人固有好美如陳平而長貧賤者乎?'"分(fèn):料想。按,此反其意而用之。

〔九〕謂妻子辛苦操勞。杜甫《自閬州領妻子卻赴蜀山行三首》之二:"何日干戈盡,飄飄愧老妻。"執爨(cuàn):燒火做飯。

陪毛君夜遊北園〔一〕

池塘草生春尚淺〔二〕,桃李飛花初片片。一尊花下夜忘歸〔三〕,燈火尋春畏春晚〔四〕。春風暗度人不知,滿園紅白已離披〔五〕。江南春雨少晴日,露坐青天能幾時?折花祗恐傷花意〔六〕,携客就花花定喜。落蕊飄香翠袖中〔七〕,交柯接葉燈光裏〔八〕。雨練風柔雪不如〔九〕,精神炫轉影扶疏〔一〇〕。夜看飛燕勝朝日〔一一〕,月暗還須明月珠〔一二〕。美人勸我殊非惡,明日雨來無此樂。醉歸不用怕山公,馬上接䍦先倒著〔一三〕。

【箋注】

〔一〕作於元豐四年(一〇八一)三月。“一樽花下夜忘歸,燈火尋春畏春晚。”“畏春晚”,惜春將去。

〔二〕“池塘”二句:南朝宋謝靈運《登池上樓》:“池塘生春草,園柳變鳴禽。”宋司馬光《遊瀍上劉氏園》:“莫言春尚淺,已有杏花飛。”

〔三〕唐白居易《酬哥舒大見贈》:“花下忘歸因美景,樽前勸酒是春風。”

〔四〕三國魏曹丕《西門行》:“人生不滿百,常懷千歲憂。晝短而夜長,何不秉燭遊。”

〔五〕紅白:謂桃李花。唐韓愈《寒食日出遊》:“邇來又見桃與梨,交開紅白如爭競。”離披:紛紛下落貌。《楚辭·宋玉〈九辯〉》:“白露既下百草兮,奄離披此梧楸。”宋朱熹集注:“離披,分散貌。”

〔六〕唐李錡《勸少年》:“有花堪折直須折,莫待無花空折枝。”

〔七〕北朝庾信《春賦》:“影來池裏,花落衫中。”

〔八〕謂燈光裏枝葉互相交錯。

〔九〕韓愈《李花贈張十一署》:“江陵城西二月尾,花不見桃惟見李。風柔雨練雪羞比,波濤翻空杳無涘。”

〔一〇〕炫轉:惑亂;迷亂。

〔一一〕謂晚上看美人比白天更美。飛燕:指漢成帝皇后趙飛燕(?—前一)。出身微賤,始爲陽阿公主家歌兒,以體輕善舞號曰“飛燕”。成帝微行過陽阿公主家,見而悦之。與妹俱爲婕妤,寵冠一時。許后廢,立爲后,與妹昭儀專寵十餘年。哀帝立,尊爲皇太后。平帝即位,廢爲庶人,自殺。《漢書》有傳。此處代指舞女。

〔一二〕明月珠:即夜光珠。因珠光晶瑩似月光,故名。《史記·李斯列傳》:“垂明月之珠,服太阿之劍。”韓愈《别趙子》:“婆娑海水南,簸弄明月珠。”

〔一三〕“醉歸”二句:見《次韻王鞏代書》注〔二〕。山公:西晉山簡。見《寒食贈遊壓沙諸君》注〔一四〕。

山橙花口號〔一〕

故鄉寒食酴醾發〔二〕，百和香濃村巷深〔三〕。漂泊江南春欲盡〔四〕，山橙仿佛慰人心。

【箋注】

〔一〕作於元豐四年(一〇八一)三月。寒食在三月。"春欲盡"亦指三月。山橙：一種攀援木質藤本植物，花白色。口號：古詩標題用語。表示隨口吟成，和"口占"相似。始見於南朝梁簡文帝《仰和衛尉新渝侯巡城口號》。後爲詩人襲用。如唐張説有《十五日夜御前口號踏歌詞》二首，李白有《口號吴王美人半醉》等。此詩又作宋祁詩，在《景文集》卷二十四，題爲《山橙花》，正文爲："故鄉寒食酴醾發，百合香濃邸巷深。漂泊江南春過盡，山橙仿佛慰人心。"

〔二〕酴醾：見《次韻子瞻送范景仁遊嵩洛》注〔八〕。

〔三〕百和：即"百合"。明李時珍《本草綱目・菜二・百合》："百合一莖直上，四向生葉，葉似短竹葉，不似柳葉。五六月莖端開大白花……百合結實略似馬兜鈴，其内子亦似之。"按，蜀地百合春天開放，其香馥郁。

〔四〕唐李德裕《潭上紫藤》："故鄉春欲盡，一歲芳難再。"

次韻馮弋同年〔一〕

細雨濛濛江霧昏，坐曹聊且免泥奔〔二〕。賣鹽酤酒知同病〔三〕，一笑何勞賦《北門》〔四〕。

【箋注】

〔一〕作於元豐四年(一〇八一)三月。馮弋：不詳。俟考。同年：古代科舉考試同科中式者之互稱。唐宋時同榜進士稱"同年"

〔二〕坐曹：在衙署值班辦公。參《送吕希道少卿知滁州》注〔二〕。泥奔：奔波于泥土之中。指貧窮下力的人。

〔三〕謂與馮同病相憐。賣鹽酤酒：蘇轍監筠州鹽酒税，馮或亦爲小吏。

〔四〕北門:《詩·邶風》篇名。《詩小序》云:"《北門》,刺士不得志也。"

送王適徐州赴舉〔一〕

送別江南春雨淫〔二〕,北方誰是子知音〔三〕? 性如白玉燒猶冷〔四〕,文似朱弦叩愈深〔五〕。萬里同舟寬老病〔六〕,一杯分袂發悲吟〔七〕?明年榜上看名姓,楊柳春風正似今〔八〕。

【箋注】

〔一〕作於元豐四年(一〇八一)三月。"送別江南春雨淫",正是江南"梅雨"季節,詩末云"楊柳春風正似今"亦明點春末時令。《年表》謂爲七月,誤。

〔二〕《玉篇·水部》:"久雨曰淫。"

〔三〕北方:指徐州。蓋徐州在筠州之北。

〔四〕《淮南子·俶真》:"譬若鍾山之玉,炊以鑪炭,三日三夜而色澤不變,則至德天地之精也。"白玉:喻才德之美。

〔五〕朱弦:見《次韻子瞻題張公詩卷後》注〔六〕。

〔六〕謂王適隨蘇轍由徐州來筠事。

〔七〕分袂:分別。唐李山甫《別楊秀才》:"如何又分袂,難話別離情。"袂,衣袖。

〔八〕唐孟郊《登科後》:"春風得意馬蹄疾,一日看盡長安花。"

遊吴氏園〔一〕

細雨作寒晴便暖〔二〕,好風吹袂意初佳。清池解洗春心熱,紅豔能添醉眼花。紫竹暗生岷岫笋〔三〕,山丹①强比洛人家〔四〕。憐渠巧與閑官便〔五〕,申退來游未覺賒〔六〕。

【校記】

①丹:原本作"舟",據宋大字本、宋建本、蜀藩刻本改。

【箋注】

〔一〕作於元豐四年(一〇八一)三月。全詩皆賦寫晚春景象。吴氏園:不詳,俟考。

〔二〕宋梅堯臣《醉中留别永叔子履》:"蕭蕭細雨作寒色,厭厭盡醉安可辭。"蘇軾《八月十七復登望海樓自和前篇是日牓出與試官兩人復留五首》之五:"細雨作寒知有意,未教金菊出蒿蓬。"

〔三〕紫竹:竹之一種。亦名黑竹。元李衎《竹譜》卷七:"紫竹出江浙、兩淮,今處處有之。……宋景文公《益部方物贊》曰:'竹生三歲,色乃變紫。伐榦以用,西南之美。'蘇子由詩'紫竹暗生岷岫筍',此指蜀産而言。"岷岫:岷山的山巒。

〔四〕謂吴氏園中的山丹比洛陽牡丹更美。參《次韻子瞻送范景仁遊嵩洛》注〔六〕。

〔五〕閑官:蘇轍自指。

〔六〕申退:申時退衙。申時,下午三時至五時。晼:猶晚。

江州周寺丞泳夷亭〔一〕

行過廬山不得上,湓江城邊一惆悵〔二〕。羨君山下有夷亭,千巖萬壑長相向。山中李生好讀書〔三〕,出山作郡山前居。手開平湖浸山腳〔四〕,未肯即與廬山疏。道州一去應嫌遠〔五〕,千里思山夢中見。青山長見恐君嫌,要須罷郡歸來看。

【箋注】

〔一〕作於元豐四年(一〇八一)三月。周寺丞:不詳,俟考。寺丞,官署中的佐吏。泳夷:當是取意于涵泳伯夷叔齊之意。參《次韻子瞻渼陂魚》注〔八〕。

〔二〕湓江:見《江洲五詠・琵琶亭》注〔二〕。

〔三〕李生:唐李渤,曾讀書廬山白鹿洞,唐長慶元年,爲江洲刺史。參《江洲五詠・東湖》注〔二〕。

〔四〕平湖：參《江洲五詠·東湖》注〔一〕。

〔五〕道州：春秋時楚地，秦屬長沙國，漢初屬長沙國，後屬零陵郡，後漢魏晉皆因之。六朝時多有更革。唐貞觀八年改爲道州，或爲江華郡，屬江南道。宋因之，屬荆湖南路。治營道（今湖南營道市）。參《文獻通考·輿地考五·道州》。《孔譜》："似周寺丞將爲道州守。"

次韻毛君遊陳氏園〔一〕

增築園亭草木新，損花風雨怨頻頻〔二〕。篔簹似欲迎初暑〔三〕，芍藥猶堪送晚春〔四〕。薄莫出城仍有伴〔五〕，携壺藉草更無巡〔六〕。歸軒有喜知誰見，道上從横滿醉人〔七〕。

【箋注】

〔一〕作於元豐四年（一〇八一）春夏之交。"篔簹似欲迎初暑，芍藥猶堪送晚春。"明言節後。陳氏園：不詳。俟考。

〔二〕唐薛能《題平湖》："映野煙波浮動日，損花風雨寂寥春。"

〔三〕篔簹（yún dāng）：一種皮薄、節長而竿高的竹子。漢楊孚《異物志》："篔簹生水邊，長數丈，圍一尺五六寸，一節相去六七尺，或相去一丈，廬陵界有之。"因作爲竹之美稱。

〔四〕芍藥一般開花在三月，故云。

〔五〕薄莫：薄暮；傍晚。

〔六〕藉（jiè）草：以草爲墊。無巡：飲酒不分次數，謂隨意暢飲。唐雍裕之《春晦送客》："野酌亂無巡，送君兼送春。"

〔七〕唐張演《社日》："桑柘影斜春社散，家家扶得醉人歸。"從横：縱横。

江漲〔一〕

山中三日雨，江水一丈高。崩騰没州渚〔二〕，淫溢浸蓬蒿〔三〕。凌晨我有適〔四〕，出門舟自操。中廛已易肆〔五〕，下道先容舠〔六〕。雞犬萃墳冢〔七〕,牛羊逾圈牢〔八〕。廚薪散流枿,囷米爲浮糟〔九〕。卧席不遑卷,剥繭仍未繅〔一〇〕。老弱但坐視,閭里將安逃〔一一〕?徙居共擾擾,來勢方滔滔。嗟余偶同病,哀爾爲生勞。晴日慰人願,寒風送驚濤。藩籬山舊趾,蠃①蚌遺平皋〔一二〕。流竄非擇地,艱難理宜遭〔一三〕。胡爲苦戚戚〔一四〕,一夕生二毛〔一五〕?

【校記】

①蠃:原本、宋建本作"羸",據宋大字本改。

【箋注】

〔一〕作於元豐四年(一〇八一)夏。"山中三日雨,江水一丈高。"知爲夏日水漲季節。

〔二〕崩騰:猶奔騰。形容水勢浩大。

〔三〕淫溢:氾濫。蓬蒿:蓬草和蒿草。此當指堤岸旁的草叢。

〔四〕淩晨:黎明。有適:有所往;出門。適,往。

〔五〕謂集市已搬遷到了高處。肆:市集。

〔六〕下道:小路。《左傳·莊公九年》:"秦子、梁子以公旗辟於下道。"舠(dāo):小船。

〔七〕萃:聚集。

〔八〕圈牢:同義連文。指關養家畜的欄圈。

〔九〕"廚薪"二句:謂廚房的薪柴被沖走,穀倉的糧食漂浮在水中。枿(niè):指柴木。囷(qūn):圓形的穀倉。

〔一〇〕繅(sāo):抽繭出絲。

〔一一〕"老弱"二句:謂百姓對洪水無能爲力。坐視:坐著觀看。蘇軾《徐大正閑軒》:"卧看盜取氈,坐視麥漂雨。"按,此暗用《孟子·梁惠王下》:"凶年饑歲,君之民老弱轉乎溝壑,壯者散而之四方者幾千人矣。"

〔一二〕蠃(luó)蚌:各種蚌類。蠃,同"螺"。平皋:水邊平展之地。

〔一三〕"流竄"二句:謂貶逐只能任人播弄。擇地:選擇處所和職位。參《次韻李公擇寄子瞻》注〔四〕。

〔一四〕戚戚:憂懼貌,憂傷貌。《論語·述而》:"君子坦蕩蕩,小人長戚戚。”

〔一五〕唐錢起《再得畢侍御書》:“更聞公幹病,一夜二毛新。”二毛:斑白頭髮。頭髮黑白相雜。《左傳·僖公二十二年》:“君子不重傷,不禽二毛。”晉杜預注:“二毛,頭白有二色。”

和子瞻鐵拄杖〔一〕

截竹爲杖瘦且輕,石堅竹破誤汝行。削木爲杖輕且好,道遠木折恐不到。閩君鐵杖七尺長〔二〕,色如黑蛇氣如霜〔三〕。提携但恐汝無力,撞堅過險安能傷?柳公雖老尚强健,閉門卻掃不復將〔四〕。知公足力無險阻,憐公未有登山侶。回生四海惟一身〔五〕,袖中長劍爲兩人〔六〕。洞庭漫天不覺①過〔七〕,半酣起舞驚鬼神。願公此杖亦如此,適意遨遊日千里。歸來倚壁示時人,海外蒼茫空自記〔八〕。

【校記】

①覺:宋建本作“見”,誤。

【箋注】

〔一〕作於元豐四年(一〇八一)初夏。

〔二〕閩君:閩人柳真齡。見蘇軾詩叙。

〔三〕蘇軾《鐵拄杖》:“柳公手中黑蛇滑,千年老根生乳節。”

〔四〕謂不再掃徑迎客。參《次韻子瞻見寄》注〔八〕。將:扶;拄。

〔五〕唐李頎《臨别送張諲入蜀》:“四海維一身,茫茫欲何去。”回生:此處當是起死回生的縮略,蓋蘇軾烏臺詩案(元豐二年)命懸一線,最終能保得性命已屬萬幸。故言回生。而因詩案友朋少來往,故云一身而言其孤獨。

〔六〕謂蘇軾孤單無助只有袖中長劍陪伴。唐崔涯《俠士詩》:“太行嶺上二尺雪,崔涯袖中三尺鐵。”杜甫《投贈哥舒開府翰二十韻》:“防身一長劍,將欲倚崆峒。”

〔七〕蘇軾《鐵拄杖》:“便尋轍迹訪崆峒,徑渡洞庭探禹穴。”

〔八〕海外：四海之外。泛指遥遠之地。

附録　蘇軾《鐵拄杖》并叙

柳真齡字安期，閩人也。家寶一鐵拄杖，如榔栗木，牙節宛轉天成，中空有簧，行輒微響。柳云：得之浙中，相傳王審知以遺錢鏐，鏐以賜一僧。柳偶得之以遺余，作此詩謝之。

柳公手中黑蛇滑，千年老根生乳節。忽聞鏗然爪甲聲，四座驚顧知是鐵。含簧腹中細泉語，迸火石上飛星裂。公言此物老有神，自昔閩王餉吴越。不知流落幾人手，坐看變滅如春雪。忽然贈我意安在，兩腳未許甘衰歇。便尋轍迹訪崆峒，徑渡洞庭探禹穴。披榛覓藥採芝菌，刺虎鏦蛟擉蛇蝎。會教化作兩錢錐，歸來見公未華髮。問我鐵君無恙否，取出摩挲向公説。

競渡〔一〕

史君①欲聽榜人謳〔二〕，一夜江波拍岸流。父老不知招屈恨〔三〕，少年争作弄潮游〔四〕。長鯨破浪聊堪比〔五〕，小旆逆風殊未收〔六〕。角勝争先非老事〔七〕，憑闌②寓目思悠悠〔八〕。

【校記】

①史君：宋建本、四庫本作"使君"。

②欄：原作"闌"，據宋大字本、宋建本改。

【箋注】

〔一〕作於元豐四年（一〇八一）五月初五前後。競渡：划船比賽。南朝梁宗懍《荆楚歲時記》："是日競渡，採雜藥。按，五月五日競渡，俗爲屈原投汨羅日，傷其死所，故並命舟檝以拯之。"

〔二〕史君：使君。此指筠守毛維瞻。榜人：船夫。《文選·司馬相如〈子虚賦〉》："榜人歌，聲流喝，水蟲駭，波鴻沸。"晉郭璞注引張揖曰："榜，船也。"

〔三〕招屈：爲屈原招魂。宋葛立方《韻語陽秋》卷十九："《荆楚記》云：屈原以五月五日投汨羅而死，人傷之，以舟檝拯焉。故武陵競渡用五月五日，蓋本諸此。劉夢得云：今舉檝相和之音，皆曰‘何在’，蓋所以招屈原也。”

〔四〕弄潮：在潮水裹游水作戲。以錢塘弄潮最著名。宋王讜《唐語林·夙慧》：“杭州端午競渡，於錢塘弄潮。”

〔五〕長鯨：大鯨。晉左思《吴都賦》：“長鯨吞航，修鯢吐浪。”破浪：衝開波浪。語本《宋書·宗慤傳》：“慤少時，炳問其志。慤答曰：‘願乘長風破萬里浪。’”

〔六〕小旆：指船頭插的小旗。

〔七〕謂争逐勝負不是老年人的事。角(jué)勝：角逐勝負。

〔八〕唐劉辟《登樓望月二首》之二：“倚窗情渺渺，憑檻思悠悠。”寓目：過目，觀看。

登郡譙偶見姜應明司馬醉歸〔一〕

蒼然莫色映樓臺〔二〕，江市游人夜未迴〔三〕。何處酒仙無一事〔四〕？肩輿鼾睡過橋來。

【箋注】

〔一〕作於元豐四年(一〇八一)五月。譙：譙樓，城門上用于瞭望的樓。姜應明：字如晦(十二卷《次韻唐觀送姜應明謁新昌杜簿》末自注：‘姜如晦方有嶺外之行。’知如晦爲應明之字)。宋程頤《上谷郡君家傳》：“夫人知人之鑒，姜應明者，中神童第，人競觀之。夫人曰：‘非遠器也。’後果以罪廢。”餘不詳。俟考。司馬：唐制，節度使屬僚有行軍司馬。又于每州置司馬，以安排貶謫或閒散之人。此當指筠州府同知。

〔二〕唐柳宗元《始得西山宴遊記》：“引觴滿酌，頹然就醉，不知日之入，蒼然暮色自遠而至。”

〔三〕江市：瀕江的市集。唐杜甫《放船》：“江市戎戎暗，山雲淰淰寒。”

〔四〕酒仙：嗜酒的仙人。多用於對酷愛飲酒者的美稱。杜甫《飲中八仙歌》：“天子呼來不上船，自稱臣是酒中仙。”唐白居易《對酒》之三：“賴有酒仙相煖熱，松喬醉即到前頭。”此指姜應明。

送姜司馬〔一〕

七歲立談明主前〔二〕，江湖晚節弄漁船〔三〕。鬥雞誰識城東老〔四〕？喪馬方知塞上賢〔五〕。生計未成歸去詠〔六〕，草書時發醉中顛〔七〕。當年不解看《齊物》〔八〕，氣踴如山誰見憐〔九〕？

【箋注】

〔一〕作於元豐四年（一〇八一）五月。

〔二〕謂姜應明早慧如唐李泌。《新唐書·李泌傳》：“七歲知爲文……泌既至，帝方與燕國公張説觀奕，因使説試其能。説請賦‘方圓動静’，泌逡巡曰：‘願聞其略。’説因曰：‘方若棋局，圓若棋子。動若棋生，静若棋死。’泌即答曰：‘方若行義，圓若用智。動若騁材，静若得意。’説因賀帝得奇童。”

〔三〕唐杜甫《嚴公仲夏枉駕草堂兼携酒饌得寒字》：“看弄漁舟移白日，老農何有罄交歡。”此喻歸隱江湖。

〔四〕唐陳鴻《東城老父傳》：“老父姓賈名昌，長安宣陽里人。……昌生七歲，趫捷過人。能摶柱乘梁，善應對，解鳥語音。……雞坊中謁者王承恩言於玄宗，召試殿庭，皆中玄宗意，即日爲五百小兒長，加之以忠厚謹密，天子甚愛幸之。”按，此謂姜早年爲皇帝所寵倖。

〔五〕《淮南子·人間》：“夫禍福之轉而相生，其變難見也。近塞上之人，有善術者，馬無故亡而入胡，人皆吊之。其父曰：‘此何遽不爲福乎？’居數月，其馬將駿馬而歸，人皆賀之。其父曰：‘此何遽不爲禍乎？’家富良馬，其子好騎，墮而折其髀，人皆吊之。其父曰：‘此何遽不爲福乎？’居一年，胡人大入塞，丁壯者引弦而戰，近塞之人，死者十九，此獨以跛之故，父子相保。故福之爲禍，禍之爲福，化不可極，深不可測也。”按，此謂姜能識别機變之理。

〔六〕謂如晉陶潛賦《歸去來兮辭》。此指辭官。

〔七〕《舊唐書·張旭傳》：“旭善草書而好酒，每醉後號呼狂走，索筆揮灑，變化無窮，若有神助，時人號爲‘張顛’。”

〔八〕謂不懂齊物的道理。齊物:《齊物論》,《莊子》篇名,晉郭象注:"夫自是而非彼,美己而惡人,物莫不皆然。然故是非雖異,而彼我均也。"

〔九〕謂豪邁之氣如山一樣上踴。氣踴如山:語出《三國志·吴書·孫權傳》南朝宋裴松之注引《江表傳》:"權怒曰:'朕年六十,世事難易,靡所不嘗。近爲鼠子所前卻,令人氣湧如山。不自截鼠子頭以擲于海,無顔復臨萬國,就令顛沛,不以爲恨。'"

寄題趙屼承事戲彩堂〔一〕

春晚安輿遍浙東〔二〕,永嘉别乘喜無窮〔三〕。橐裝已笑分諸子〔四〕,吏道何勞問薛公〔五〕? 堂上壽樽諸椽集〔六〕,室中禪論衲僧通〔七〕。興闌卻返林泉去〔八〕,幕府長留孝弟風〔九〕。

【箋注】

〔一〕作於元豐四年(一〇八一)五月。趙屼:見《送趙屼秘書還錢塘》注〔一〕。戲彩:用老萊子故事,指孝養父母。參《送趙屼秘書還錢塘》注〔一一〕。從詩知此堂因其父母而建。《宋詩記事》卷十一:"《題戲綵堂》:'我憩堂中樂可知,優游踰月竟忘歸。老萊不及吾兒少,且著朱衣勝綵衣。'《蓉塘詩話》:'宋趙屼倅温州時,其父清獻公致仕家居。屼迎以就養,作堂名戲綵,公題詩堂中云。'"亦可詳見清梁章鉅《浪跡三談·戲綵亭詩事》。

〔二〕《宋史·趙抃傳》:"[趙]屼提舉兩浙常平以便養。屼奉抃遍遊諸名山,吴人以爲榮。"安輿:安車。見《章氏郡君挽詞》注〔五〕。

〔三〕永嘉:今屬浙江省温州市。别乘:又謂之别駕。漢爲州刺史佐官,蓋隨長官出行時另乘傳車。宋稱州通判爲别駕。參《文獻通考·職官考十六·别駕》。唐李嘉祐《送兖州杜别駕之任》:"停車邀别乘,促軫奏胡笳。"此指趙屼,時爲温州别駕。

〔四〕橐裝:見《和子瞻自徐移湖將過宋都途中見寄五首》之四注〔五〕。

〔五〕謂趙有家學不須他求。薛公:指西漢薛宣。宣字贛君。郯(今山東郯城縣)人。舉茂才,爲宛句令。王鳳聞其能,薦爲長安令。以明習文法,進御史中丞。數言政事,舉刺州郡二千石,白黑分明。尋爲御史大夫,代張禹爲丞相。封高陽侯。坐子況事免爲庶人,歸郡卒。《漢書》有傳。宣有言曰:"吏道以法令爲師,可問而知及,能與不能,自有資材,何可學也。"

〔六〕謂僚屬齊集祝壽。諸掾:指僚屬。

〔七〕謂與高僧談禪。衲僧:和尚。衲,僧徒的自稱或代稱。衲、僧同義連文。唐黄滔《上李補闕》:"諫草封山藥,朝衣施衲僧。"

〔八〕興闌:興殘,興盡。唐王維《從岐王過楊氏别業應教》:"興闌啼鳥换,坐久落花多。"林泉:山林隱逸之處。

〔九〕《論語·學而》:"其爲人也孝弟,而好犯上者鮮矣。"宋朱熹集注:"善事父母爲孝,善事兄長爲弟。"

次韻温守李鈞見寄兼簡毛大夫〔一〕

梁苑相從簿領中〔二〕,清風相逐畫船東。婆娑江海凌雲鶴〔三〕,飲啄籠樊失渚鴻〔四〕。别後丹砂迷舊訣〔五〕,愁來白髮變衰翁。此間詩老仍勁①敵〔六〕,正憶高吟酒盞空〔七〕。

【校記】

①勁:叢刊本、四庫本作"勍"。

【箋注】

〔一〕作於元豐四年(一〇八一)五月。李鈞:見《雪中會飲李倅鈞東軒三絶》之一注〔一〕。《三蘇年譜》卷三十一:"鈞爲温州守,約爲元豐二年。"毛大夫:毛維瞻。

〔二〕梁苑:見《送轉運判官李公恕還朝》注〔二〕。李鈞曾爲南都通守,故云。

〔三〕婆娑:閒散自得貌。《文選·班彪〈北征賦〉》:"登障隧而遥望兮,聊須臾以婆娑。"唐李善注:"婆娑,容與之貌也。"凌雲鶴:見《吴道子畫四真君》注〔二〕。

〔四〕謂自己是迷途的鴻雁。籠樊:關鳥獸的籠子。《莊子·養生主》:"澤雉十步一啄,百步一飲,不蘄畜乎樊中。"晉郭象注:"樊,所以籠雉也。"《詩·豳風·九罭》:"鴻飛遵渚。"渚:水涯。

〔五〕謂養生之術久不習煉。丹砂:見《次韻蔣夔寒夜見過》注〔五〕。訣:訣竅;秘訣。

〔六〕詩老:老于作詩者,作詩老手。此指毛維瞻。蘇軾《鳳翔八觀·王維吴道子畫》:"摩詰本詩老,佩芷襲芳蓀。"

〔七〕唐杜甫《酬孟雲卿》:"但恐銀河落,寧辭酒盞空。"

次韻洞山克文長老〔一〕

無地容錐卓〔二〕,年來轉覺貧〔三〕。偶知珠在手〔四〕,一任甑生塵〔五〕。竄逐非關性,顛狂卻甚真〔六〕。此心誰復識?試語①洞山人〔七〕。

【校記】

①語:宋建本作"問"。

【箋注】

〔一〕作於元豐四年(一〇八一)七月九日後。洞山:位於江西高安(古屬筠州)。一説洞山即新豐山。九世紀中葉,唐末良價禪師住於該山之普利院,致力禪學之教化,參學者每達數百人。後良價傳法予本寂。本寂後遷至撫州曹山。其法系稱作曹山;良價之法系稱洞山。合稱之,即爲曹洞宗。克文(一〇二五——一〇二):禪僧。陝府閿鄉(今河南三門峽市陝州區)人。俗姓鄭,號雲庵。初參黄龍慧南而不契,復往香城(今陝西大荔縣)見順和尚,和尚反問黄龍之言句,師聞而當下大悟,方知黄龍用意。遂仍歸黄龍,並嗣其法。從此開堂説法,大爲精進,又提携天下衲子。崇寧元年十月十六日,爲衆遺誡宗門大略而示寂,享年七十八。賜號"真浄"。建塔于泐潭新豐。參《五燈會元》卷十七。

〔二〕猶無立錐之地。形容十分貧窮。《吕氏春秋·爲欲》:"其視有天下也,與無立錐之地同。"卓:立。

〔三〕轉:副詞。更。

〔四〕《三蘇年譜》卷三十一:"《蘇軾詩集》卷四十五《乞數珠贈南禪湜老》引清查慎行注《木槵子經》云:'當貫木槵子一百八個,常自隨身志,心稱佛陀,達摩僧伽乃過一子,具如彼經。'此一百八個木槵子相貫,即數珠,亦即轍所云之珠。'偶知'句之意乃謂專心佛法。據此,知轍學佛法于克文。"按,孔説此珠爲僧侶所持念珠,只得其一,此處乃雙關,亦暗用三國曹植《與楊德祖書》:"當此之時,人人自謂握靈蛇之珠,家家自謂抱荆山之玉。"珠,喻要言妙道。

〔五〕甑生塵:見《再和三首》之三注〔一〕。

〔六〕杜甫《又呈吴郎》:"即防遠客雖多事,便插疏籬卻甚真。"

〔七〕"此心"二句:唐姚合《寄九華費冠卿》:"此心誰復識,日與世情疏。"洞山人:指洞山克文長老。

試院唱酬十一首〔一〕

戲呈試官吕防〔二〕

新秋風月正涼天〔三〕,空館相看學坐禪〔四〕。滿榻詩書愁病眼〔五〕,隔牆砧杵思高眠〔六〕。霜飛一葉凋瓊玉〔七〕,風繞雙松奏管弦〔八〕。聞道熊羆歸夢數,侵天闈棘漫①森然〔九〕。

【校記】

①漫:叢刊本作"慢",誤。

【箋注】

〔一〕作於元豐四年(一〇八一)八月。詩中"新秋""霜飛""菊秀""菊花",皆當爲秋八月物事。《年表》:"八月,有《試院唱酬十一首》。"

〔二〕試官:主持考試的官員。吕防:《明一統志》卷四十三《衢州府》有同名者,謂:"龍游人,熙寧中進士,有學行,龍游士子發舉,自防始,累官至太中大夫。"又宋喻陟《九日山題名》:"提點刑獄桐廬喻陟明仲……南安縣令衢梁吕防節之游延福寺……元祐元年四月初沐。"又宋翟思《遊九日山題名》:"郡守丹陽翟思子久……三衢吕防節之……同游延福寺……元祐丁卯孟冬二十有四日。"以此知吕防字節之,元祐元年時爲南安(今福建南安市)縣令。其子吕景著,政和二年第進士。景著有《三賢像贊》存世。《次前韻》之三"太守況兼鄉曲舊",太守指毛維瞻,浙江衢州人,與之正合,當即此人。餘不詳。俟考。

〔三〕新秋:初秋。《初學記·歲時部·秋》引南朝陳張正見《和衡陽王秋夜》:"高軒揚麗藻,即是賦新秋。"

〔四〕坐禪:佛典語。謂静坐息慮,凝心參究。唐劉禹錫《春日書懷寄東洛白二十二楊八二庶子》:"曾向空門學坐禪,如今萬事盡忘筌。"

〔五〕唐姚合《武功縣中作三十首》之七:"客至皆相笑,詩書滿卧牀。"唐元稹《景申秋八首》之五:"風頭難着枕,病眼厭看書。"

〔六〕砧杵:擣衣石和棒槌。此指擣衣。南朝宋鮑令暉《題書後寄行人》:"砧杵夜不發,高門晝常關。"

〔七〕謂樹葉在秋霜中凋零。一葉:宋胡仔《苕溪漁隱叢話前集·五柳先生上》引《唐子西語録》云:"唐人有詩云:'山僧不解數甲子,一葉落知天下秋。'及觀元亮詩云:'雖無紀曆志,四時自成歲。'便覺唐人費力。"瓊玉:喻霜之白。

〔八〕《南史·陶弘景傳》:"特愛松風,庭院皆植松,每聞其響,欣然爲樂。"

〔九〕"聞道"二句:此與吕防戲言:聽説你今年有得子之兆,可惜你關在這裏回不去。熊羆(pí):指生男之兆。語本《詩·小雅·斯干》:"大人占之,維熊維羆,男子之祥。"唐李群玉《哭小女癡兒》:"平生未省夢熊羆,稚女如花墜曉枝。"歸夢:歸鄉之夢。數:屢次。闈棘(wéi jí):試院周圍爲防止作弊種植的荆棘之類。參《次韻頓起考試徐沂舉人見寄二首》之一注〔六〕。侵天:逼近雲天。極言其高。森然:茂密貌。

次韻吕君豐城寶氣亭〔一〕

紫氣飛空不自謀〔二〕,誰憐黽勉匣中留〔三〕。西山猛獸横行甚〔四〕,北海長鯨何日收〔五〕?星斗不堪供醉舞,蛟龍會看反重湫〔六〕。功成變化無蹤迹〔七〕,望斷中原百尺樓〔八〕。

【箋注】

〔一〕寶氣亭:《江西通志》卷三十八:"在豐城縣西北。瞰大江,舊有二碑,刻唐李德裕《劍池賦》、宋黄長善《石堤記》。"豐城:今屬江西省豐城市。寶氣亭:命意于雷焕張華故事。參下注。

〔二〕晉王嘉《拾遺記·昆吾山》:"昔吴國武庫之中,兵刃鐵器,俱被食盡,而封署依然。王令檢其庫穴,獵得雙兔,一白一黄。殺之,開其腹,而有鐵膽腎,方知兵刃之鐵而爲兔所食。王乃召其劍工,令鑄其膽腎以爲劍,一雌一雄,號干將者雄,號鏌鋣者雌。其劍可以切玉斷犀,王深寶之,遂霸其國。後以石匣埋藏。及晉之中興,夜有紫色衝斗牛。張華使雷焕爲豐城縣令,掘而得之。華與焕各寶其一。拭以華陰之土,光耀射人。後華遇害,失劍所在。焕子佩其一劍,過延平津。劍鳴飛入水。及入水尋之,但見雙龍纏屈於潭下,目光如電,遂不敢前取矣。"

〔三〕黽勉:竭力;盡力。

〔四〕宋梅堯臣有《聞西山虎》:"猛虎畏白日,孤客莫夜行。彼以不暴衆,此何獨忘生。"

〔五〕唐李白《王節士歌》:"安得倚天劍,跨海斬長鯨。"

〔六〕謂劍化而爲龍。重湫:猶深潭。

〔七〕蘇軾《贈寫真何充秀才》:"此身常擬同外物,浮雲變化無蹤迹。"

〔八〕這是牢騷很盛的話。因"烏臺詩案"兄弟同時被貶,故有此語。語出《世説新語·黜免》:"殷中軍廢後,恨簡文曰:'上人著百尺樓上,儋梯將去。'"

次韻吕君見贈

偶然傾蓋接清言〔一〕,不覺門前晝漏傳〔二〕。老病低摧方伏櫪〔三〕,壯心堅鋭正當年。莫嫌客舍一杯酒,試論灊山三祖禪〔四〕。明日程文堆几案〔五〕,祇應衰懶得安眠。吕前官舒州〔六〕,問禪灊山。

【箋注】

〔一〕傾蓋:見《北京送孫曼叔屯田權三司開拆司》注〔五〕。清言:高雅的談論。

〔二〕晝漏:古代計時器具。《後漢書·律曆志下》唐李賢注引蔡邕《月令章句》:"夏至之爲極有三焉:晝漏極長,去極極近,晷景極短。"漏,漏壺。《説文·水部》:"漏,以銅受水,刻節,晝夜百刻。"

〔三〕低摧:低首摧眉之縮略語。形容勞瘁。唐柳宗元《閔生賦》:"心沉抑以不舒兮,形低摧而自滑。"伏櫪:見《明日安厚卿强幾聖復召飲醉次前韻》注〔一三〕。此自説,下句則譽吕。

〔四〕灊山三祖:指禪宗第三祖僧璨,其生年、籍貫不詳。一謂徐州人。初以居士身參謁二祖慧可,二祖識器,收受爲徒。遂隨侍慧可二年,得受衣法,後入司空山。北周武帝破佛滅法,隱居皖公山十餘年。大業二年(六〇六)十月十五日,爲四衆廣宣心要訖,合掌立化於樹下。唐玄宗賜謚"鑒智禪師"。參《五燈會元》卷一。灊山即今之皖公山。

〔五〕程文:科場應試者進呈的文章。

〔六〕舒州:戰國時屬楚,秦屬九江郡,二漢屬廬江郡,獻帝時吴克皖城,遂爲重鎮。晉安帝置晉熙郡,宋齊皆因之。唐爲舒州,或爲同安郡,屬淮南道。宋屬淮西路,爲德慶軍節度。治懷寧(今安徽潛山縣治)。參《文獻通考·輿地考五·舒州》。

次韻吕君興善寺静軒〔一〕

自恨尋山計苦遲,年過四十始知非〔二〕。小軒迎客如招隱〔三〕,野鳥窺人自識機〔四〕。窗外竹深孤鶴下,階前菊秀晚蜂飛。老僧戰勝長幽寂,瘦骨緣何未肯肥〔五〕?

【箋注】

〔一〕興善寺静軒:俟考。

〔二〕《淮南子·原道》:"故蘧伯玉年五十,而知四十九年非。"晉陶潛《歸去來兮辭》:"實迷塗其未遠,覺今是而昨非。"

〔三〕招隱:招人歸隱。

〔四〕機:機心,機巧奸詐之心。參《衢州趙閲道少師濯纓亭》注〔四〕。唐杜甫《歸燕》:"春色豈相訪,衆雛還識機。"

〔五〕“老僧”二句:《韓非子·喻老》:“子夏見曾子,曾子曰:‘何肥也?’對曰:‘戰勝故肥也。’曾子曰:‘何謂也?’子夏曰:‘吾入見先王之義,則榮之;出見富貴之樂,又榮之。兩者戰於胸中,未知勝負,故臞。今先王之義勝,故肥。’”南朝宋謝靈運《初去郡》:“戰勝臞者肥,止監流歸停。”

觀試進士呈試官

松庭散朝日,棘户啓秋風〔一〕。鵠鷺紛來下〔二〕,旌旗儼未攻〔三〕。馳詞看倚馬〔四〕,餘力送征鴻〔五〕。逸足誰先到〔六〕,孤標想暗空〔七〕。晶熒雙鏡並〔八〕,高下片言公〔九〕。老病方耽睡,飛沉一夢中。

【箋注】

〔一〕棘户:試院之門。參《次韻頓起考試徐沂舉人見寄二首》之一注〔六〕。

〔二〕鵠鷺:鵠和鷺。古常以喻出色的人才。唐陸龜蒙《和過張祜處士丹陽故居》序:“由是賢俊之士,及高位重名者,多與之遊,謂有鵠鷺之野,孔翠之鮮,竹柏之貞,琴磬之韻。”

〔三〕此以戰喻,謂旌旗儼然,尚未正式進攻。扣“試進士”。

〔四〕《世説新語·文學》:“桓宣武北征,袁虎時從,被責免官。會須露布文,唤袁倚馬前令作。手不輟筆,俄得七紙,絶可觀。”倚馬:靠在馬身上。形容才思敏捷。

〔五〕《論語·學而》:“行有餘力,則以學文。”宋邢昺疏:“能行已上諸事,仍有閒暇餘力,則可以學先王之遺文。”三國魏嵇康《贈兄秀才從軍》之十四:“息徒蘭圃,秣馬華山。流磻平皋,垂綸長川。目送歸鴻,手揮五弦。俯仰自得,游心太玄。”按,此借“從軍”詩題,與上合言文武雙全。

〔六〕《史記·淮陰侯列傳》:“秦失其鹿,天下共逐之,於是高才疾足者先得焉。”逸足:猶疾足,此喻才能出衆者。

〔七〕謂擬想誰能奪魁。孤標:指人品行高潔或才華出衆。暗空:遥遠的天際。此指遐想。

〔八〕謂考官明察。晶熒:明亮閃光。雙鏡:喻試官之光明無私。宋釋惠洪《禪林僧寶傳》卷六:"所以古人道:猶如雙鏡,光光相對,光明相照,更無虧盈。"

〔九〕謂學子的高下由試官片言而定。《論語·顔淵》:"子曰:'片言可以折獄者,其由也與?'子路無宿諾。"高下:(文章)好壞。

次前韻

南國號多士〔一〕,幾人洙泗風〔二〕? 英材自入彀,壞陣不勞攻〔三〕。文縟山藏豹〔四〕,飛高弋慕鴻〔五〕。蚩妍歸品藻〔六〕,得失付虚空〔七〕。考行先推本〔八〕,登賢旋奏公〔九〕。期君緩歸轡〔一〇〕,一醉鹿鳴中〔一一〕。

【箋注】

〔一〕多士:謂人才衆多。

〔二〕謂很少有人如孔子不慕榮華。洙泗風:孔孟的遺風。洙泗:洙水和泗水。古時二水自今山東泗水北合流而下,至曲阜北,又分爲二水,洙水在北,泗水在南。春秋時屬魯國地。孔子在洙泗之間聚徒講學。《禮記·檀弓上》:"吾與女事夫子於洙泗之間。"

〔三〕"英才"二句:謂讀書人大多都難以拒絶功名利禄的誘惑。五代王定保《唐摭言·述進士上篇》:"文皇帝(指唐太宗)修文偃武,天贊神授,嘗私幸端門,見新進士綴行而出,喜曰:'天下英雄入吾彀中矣!'"彀中,指弓箭射程之内。後因以"入彀"比喻人才被籠絡網羅。此指應進士考試。壞陣:被打壞的陣營。《三國志·蜀書·法正傳》:"雒下雖有萬兵,皆壞陣之卒,破軍之將,若欲争一旦之戰,則兵將勢力實不相當。"

〔四〕謂也有高隱之士不願出仕。典出《列女傳》卷二:"妾聞南山有玄豹,霧雨七日而不下食,何也? 欲以澤其毛而成文章也,故藏而遠害。"

〔五〕謂有的考生心不在焉。典出《孟子·告子上》:"弈秋,通國之善弈者也,使弈秋誨二人弈,其一人專心致志,惟弈秋之爲聽,一人雖聽之,一心以爲有鴻鵠將至,思援弓繳而射之。"

〔六〕蚩妍:《文選·陸機〈文賦〉》:"妍蚩好惡,可得而言。"唐劉良注:"妍,美;蚩,惡也。"品藻:品評;鑒定。《漢書·揚雄傳》:"爰及名將尊卑之條,稱述品藻。"唐顔師古注:"品藻者,定其差品及文質。"

〔七〕蘇軾《和文與可洋川園池三十首·望雲樓》:"陰晴朝暮幾回新,已向虚空付此身。"

〔八〕謂首先考察應試者的本質。也就是品行與才能的後先問題。《新唐書·裴行儉傳》:"行儉曰:'士之致遠,先器識,後文藝。'"考行:考察行爲。

〔九〕登賢:録用賢者。

〔一〇〕期:預期;希望。歸轡:猶言歸騎。

〔一一〕鹿鳴:鹿鳴宴。科舉時代,以舉人中式爲賦鹿鳴。鹿鳴:古代宴群臣嘉賓所用之樂歌。源于《詩·小雅·鹿鳴》。

戲呈試官

祇隔牆東便是家,悁悁還似在天涯〔一〕。客心不耐聽松雨,歸信猶堪飲菊花〔二〕。剪燭看書良寂寞〔三〕,披沙見玉忽喧嘩〔四〕。自慚空館難留客,試問姮娥稍駐車〔五〕。

【箋注】

〔一〕悁悁(yuān yuān):憂悶貌。《詩·陳風·澤陂》:"寤寐無爲,中心悁悁。"毛傳:"悁悁,猶悒悒也。"按,閲卷期間,試官均食宿于試院,不得與外交通。

〔二〕歸信:猶歸期。菊花:酒名。一種用菊花雜黍米釀造的酒。《西京雜記》卷三:"九月九日佩茱萸,食蓬餌,飲菊華酒,令人長壽。菊華舒時,並採莖葉,雜黍米釀之,至來年九月九日,始熟,就飲焉,故謂之菊華酒。"按,即此可知當在九月初結束。

〔三〕唐李商隱《夜雨寄北》:"何當共翦西窗燭,卻話巴山夜雨時。"剪燭:即剪去燈花,使燈燭更明亮。

〔四〕謂閲得佳卷時非常興奮。披沙見玉:猶披沙揀金。南朝梁鍾嶸《詩品》卷一:"陸文如披沙簡金,往往見寶。"

〔五〕“自慚”二句:此戲言試官:空館寂寞,讓嫦娥下來陪你如何?姮娥:神話中的月中女神。《淮南子·覽冥》:“羿請不死之藥於西王母,姮娥竊以奔月。”漢高誘注:“姮娥,羿妻。羿請不死之藥於西王母,未及服之,姮娥盜食之,得仙,奔入月中,爲月精也。”

次前韻三首

其一

老去在家同出家〔一〕,《楞伽》四卷即生涯〔二〕。粗詩怪我心猶壯〔三〕,細字憐君眼未花〔四〕。霜落初驚衾簟冷〔五〕,酒酣猶喜笑言嘩。歸心知有三秋恨,莫學怱怱下坂車〔六〕。

【箋注】

〔一〕唐白居易《早服雲母散》:“浄名事理人難解,身不出家心出家。”樂天亦有《在家出家》詩。

〔二〕楞伽:即《楞伽經》。參《送青州簽判俞退翁致仕還湖州》注〔七〕。生涯:生活。

〔三〕自謙心有餘而力不足。唐杜甫《江漢》:“落日心猶壯,秋風病欲疎。”粗詩:粗陋的詩句。

〔四〕唐韓愈《短燈檠歌》:“夜書細字綴語言,兩目眵昏頭雪白。”此反用韓詩意。細字:小字。參《次韻頓起考試徐沂舉人見寄二首》之二注〔三〕。憐:愛;羡慕。

〔五〕唐元稹《遣病十首》之八:“簷宇夜來曠,暗知秋已生。卧悲衾簟冷,病覺肢體輕。”

〔六〕“歸心”二句:戲謂不要因爲想老婆跑得像下長坡的車一樣。《詩·王風·采葛》:“一日不見,如三秋兮。”唐孔穎達疏:“年有四時,時皆三月,三秋謂九月也。”下坂車:從斜坡馳下的馬車。喻急速。唐戴叔倫《去婦怨》:“下坂車轔轔,畏逢鄉里親。”蘇軾《次韻田國博部夫南京見寄二首》之一:“歲歲翩翩下坂輪，歸來杏子已生人。”

其二

門前溪水似漁家，流浪江湖歸未涯〔一〕。邂逅高人來説法，支離枯木旋開花〔二〕。諸生試罷書如積，劇縣歸時訟正嘩〔三〕。安得騎鯨從李白〔四〕，試看牛女轉雲車〔五〕。

【箋注】

〔一〕謂欲歸隱而没有著落。

〔二〕“邂逅”二句：此“高人”當謂克文長老，本卷《次韻洞山克文長老》詩云“此心誰復識？試語洞山人”，當是得克文指點有所頓悟。《景德傳燈録》卷二十三：“唐州大乘山和尚問：‘枯樹逢春時如何？’師曰：‘世間稀有。’”

〔三〕謂吕回去後還有繁忙的政務要處理。劇縣：政務繁重之縣。

〔四〕唐杜甫《送孔巢父謝病歸遊江東兼呈李白》：“南尋禹穴見李白，道甫問訊今何如？”按，此詩一本作“若逢李白騎鯨魚”，蘇轍當用此。

〔五〕此戲言吕終於可以回家與妻團聚，而此時當正接近七夕，故以“牛女”典調之。牛女：牛郎、織女兩星。唐元稹《新秋》：“殷勤寄牛女，河漢正相望。”雲車：仙人以雲爲車，故稱。《文選・曹植〈洛神賦〉》：“載雲車之容裔。”唐劉良注：“神以雲爲車。”

其三

濁醪能使客忘家，屈指歸期已有涯〔一〕。魚化昨宵驚細雨〔二〕，鹿鳴他日飲寒花〔三〕。已諳江上肴蔬薄，莫笑衙前鼓笛嘩〔四〕。太守況兼鄉曲舊〔五〕，會須投轄止行車〔六〕。

【箋注】

〔一〕謂考試即將結束，試官可以歸家了。

〔二〕《太平御覽・居處部・宫》：“金河府磨磷宫北二十里，有石殿，一飛橋岸畫以古賢哲士，太常卿蔣少游製。太和五年文明太后來，幸得鯉魚一雙，長三尺，以黄金鏁穿腮，放於池中，後皆長五尺，沈泛相從。正光元年五月五日,天清氣爽,聞池内鏘鏘聲,水驚沸。須臾,雷電海氣五道自池中屬於天,久之乃滅。波止水定,唯見一魚化爲龍矣。"

〔三〕鹿鳴:見《次前韻》"一醉鹿鳴中"注〔一一〕。寒花:菊花酒。見《戲呈試官》注〔二〕。

〔四〕此謂送别吕宴會上的音樂。

〔五〕太守:指毛維瞻。毛爲浙江衢州人,則吕防當亦是浙人,故云。

〔六〕投轄:謂執意挽留。參《同李倅鈞訪趙嗣恭留飲南園晚衙先歸》注〔一七〕。

試罷後偶作

重門閉不開,烏鳥相呼樂。晨暉轉簾影,微風響松末。喧嘩適已定,寂歷方有覺〔一〕。人生竟何事,外物巧相縛〔二〕?當時不自悟,已過空成怍。耕耘亦何苦?遊宦殊自惡〔三〕。棄彼既已誤,就此良應錯〔四〕。誰能即兩忘〔五〕,隨緣更無作〔六〕?

【箋注】

〔一〕"喧嘩"二句:謂安静下來纔知道考試結束了。寂歷:寂静,冷清。

〔二〕外物:身外之物。多指利欲功名之類。

〔三〕"當時"四句:謂自己誤入仕途。此時蘇轍爲監筠州鹽酒税,仕途失意,故有此感慨。怍:羞愧。

〔四〕棄彼:指耕作。就此:指游宦。

〔五〕兩忘:二者一起忘記。語出《莊子·大宗師》:"與其譽堯而非桀也,不如兩忘而化其道。"此指上説的耕耘與游宦一起忘記。唐駱賓王《在江南贈宋五之問》之三:"揆拙迷三省,勞生昧兩忘。"

〔六〕唐齊己《赴鄭谷郎中招游龍興觀讀題詩板謁七真儀像因有十八韻》:"顧我專無作,於身忘有爲。"

放榜後次韻毛守見招〔一〕

飽食安眠愧不材〔二〕,疏簾翠帟幸相陪〔三〕。深居正厭銀袍亂〔四〕,

失喜初聞鐵鎖開〔五〕。佳句徑蒙探古錦〔六〕,小槽仍報滴新醅〔七〕。諸人欲見風流伯〔八〕,不用招呼亦自來。

【箋注】

〔一〕作於元豐四年(一〇八一)九月。放榜:考試後公佈被録取者名單。毛守:筠州知府毛維瞻。

〔二〕《論語·陽貨》:"子曰:'飽食終日,無所用心,難矣哉!不有博弈者乎?爲之猶賢乎已!'"

〔三〕翠帟(yì):猶翠幕。帟,本指張蓋在上方用以遮蔽塵埃的平幕。此謂時常與毛一起飲宴。

〔四〕銀袍:白袍。唐士子未仕者服白袍,故此以爲入試士子的代稱。唐李肇《唐國史補》卷下:"或有朝客譏宋濟曰:'近日白袍子何太紛紛?'濟曰:'蓋由緋袍子、紫袍子紛紛化使然也。'"

〔五〕從上詩"重門閉不開"亦可知,蘇轍參與閲卷工作,此時放榜方從試院中出來。失喜:喜極不能自已。唐杜甫《遠遊》:"似聞胡騎走,失喜問京華。"

〔六〕稱贊毛詩上佳。語出《新唐書·李賀傳》:"每旦日出,騎弱馬,從小奚奴,背古錦囊,遇所得,書投囊中。"

〔七〕小槽:古時製酒器中的一個部件,酒由此緩緩流出。唐李賀《將進酒》:"琉璃鍾,琥珀濃,小槽酒滴珍珠紅。"

〔八〕風流伯:風流方伯。指毛維瞻。

送毛滂齋郎〔一〕

先志承顔善養親〔二〕,束裝騎馬試爲臣〔三〕。酒腸天①予渾無敵〔四〕,詩律家傳便出人〔五〕。擁鼻高吟方自得,折腰奔走漸勞神〔六〕。歸來一笑須勤取,花發陳吴二月春〔七〕。

【校記】

①天:叢刊本作"大"。誤。

【箋注】

〔一〕作於元豐四年(一〇八一)八月。毛滂:字澤民,毛維瞻之子,官至祠部員外郎,知秀州,有《東堂集》十卷。明董斯張《吴興備志》卷七:"毛滂字澤民,元符中令武康,嘗築東堂於衙齋,有生遠樓、畫舫壘、潛玉菴,清泉修竹,率多遠韵。滂時作長短句,聲文遒媚,緝之爲東堂詞。《鬻山溪》一序,尤膾炙人口,東坡稱其文章典器,可備著述。"齋郎:掌宗廟社稷祭祀的小吏。魏始置,屬太常。唐宋亦皆置之。唐韓愈《省試學生代齋郎議》:"齋郎職奉宗廟社稷之小事,蓋士之賤者也。"《宋史·選舉志四》:"紹興初,嘗以兵革經用不足,有司請募民入貲補官,帝難之。參知政事張守曰:'祖宗時,授以齋郎,今之將仕郎是也。'"按,毛滂時將入京就齋郎任,非《三蘇年譜》懷疑是毛滂小字。

〔二〕先志:先立志向。語出《禮記·學記》:"凡學,官先事,士先志。"唐孔穎達疏:"若學爲士,則先喻教以學士之志。"承顔:順承尊長之顔色。謂侍奉尊長。《晉書·孝友傳序》:"柔色承顔,怡怡盡樂。"

〔三〕束裝:收拾行裝。謂將入京就齋郎職。從"試爲臣"可知。

〔四〕謂毛滂能飲。酒腸:酒量。唐李群玉《重經巴邱》:"詩句亂隨青草落,酒腸俱逐洞庭寬。"唐賈島《上郊寧邢司徒》:"箭頭破帖渾無敵,杖底敲毬遠有聲。"

〔五〕謂毛滂善詩。唐杜甫《宗武生日》:"詩是吾家事,人傳世上情。"出人:超出衆人。

〔六〕"擁鼻"二句:謂正瀟灑自樂,卻不得已而勉强入仕。擁鼻高吟:見《郭祥正國博醉吟庵》注〔五〕。折腰:見《次韻轉運使鮮于侁新堂月夜》注〔三〕。按,即此知毛滂非熱心功名者。

〔七〕"歸來"二句:勉勵毛滂考取功名并預祝其高中。陳吴:毛滂爲衢州江山籍,其地古屬陳吴,故云。

燕貢士〔一〕

泮水生芹藻〔二〕,干旄在浚①城〔三〕。桑鴞同變響〔四〕,苹鹿共和鳴〔五〕。秋晚槐先墮,霜多桂向榮〔六〕。清尊助勸駕〔七〕,急管發歡聲〔八〕。勇鋭青衿士〔九〕,淹通白髪生〔一〇〕。芬芳雜蘭菊〔一一〕,變化等鵾鯨〔一二〕。去日衣冠盛〔一三〕,歸時里巷驚〔一四〕。坐中詞賦客〔一五〕,愧爾一經明〔一六〕。

【校記】

①浚:叢刊本作"俊",形近而誤。

【箋注】

〔一〕作於元豐四年(一〇八一)九月。"秋晚槐先墮,霜多桂向榮。"可知時令。燕貢士:設宴慶祝是科得解者。燕,同"宴"。

〔二〕泮水:指學宫。芹藻:喻才學之士。參《胡教授蒙太守策試諸生》注〔三〕。

〔三〕此讚譽太守毛維瞻善招納賢士。《詩·鄘風·干旄》:"孑孑干旄,在浚之郊。"又:"孑孑干旌,在浚之城。"鄭箋曰:"時有建此旄來至浚之郊,卿大夫好善也。"蘇轍《詩集傳》卷三:"古者招庶人以旃,招士以旂,招大夫以旌,干旄所以招之也。"《詩序》謂此詩是讚美"衛文公臣子多好善,賢者樂告以善道也"。

〔四〕《詩·魯頌·泮水》:"翩彼飛鴞。集于泮林。食我桑黮。懷我好音。"蘇轍《詩集傳》卷十九:"鴞,惡聲鳥也。食泮林之黮,而猶以好音歸之,況於人,安有不化服者哉?"此指皆沐浴德化。

〔五〕《詩·小雅·鹿鳴》:"呦呦鹿鳴,食野之苹。我有嘉賓,鼓瑟吹笙。"毛傳:"鹿得蓱,呦呦然鳴而相呼,懇誠發乎中。以興嘉樂賓客,當有懇誠相招呼以成禮也。"此切宴貢士。

〔六〕此暗用"折桂"意。語本《晉書·郤詵傳》:"武帝於東堂會送,問詵曰:'卿自以爲何如?'詵對曰:'臣舉賢良對策,爲天下第一,猶桂林之一枝,崑山之片玉。'"後因以"折桂"謂科舉及第。榮:茂盛。

〔七〕勸駕:《漢書·高帝紀下》:"賢士大夫有肯從我遊者,吾能尊顯之。佈告天下,使明知朕意……御使中執法下郡守,其有意稱明德者,必身勸,爲之駕。"唐顔師古注引文穎曰:"有賢者,郡守身自往勸勉,令至京師,駕車遣之。"後以"勸駕"稱勸人任職或作事。

〔八〕急管：節奏急速的管樂。

〔九〕青衿：古代學子的常服。《詩・鄭風・子衿》："青青子衿，悠悠我心。"毛傳："青衿，青領也。學子之所服。"

〔一〇〕淹通：弘廣通達。白髮生：年老的書生。

〔一一〕謂各擅其美。《舊唐書・裴敬彝傳》："時同列李朝隱、程行諶皆以文法著稱，子餘獨以詞學知名。或問雍州長史陳崇業子餘與朝隱、行諶優劣，崇業曰：'譬如春蘭秋菊，俱不可廢也。'"

〔一二〕見《送林子中安厚卿二學士奉使高麗二首》之二注〔三〕。

〔一三〕謂離别時送行者多。衣冠：代稱縉紳、士大夫。《漢書・杜欽傳》："茂陵杜鄴與欽同姓字，俱以材能稱京師，故衣冠謂欽爲'盲杜子夏'以相别。"唐顔師古注："衣冠謂士大夫也。"

〔一四〕謂中舉後鄉鄰爲之驚嘆。唐熊孺登《至日荷李常侍過郊居》："禮異江河動，歡殊里巷驚。"

〔一五〕此蘇轍自指。因轍嘉祐二年（一〇五七）應試時，尚以詩賦等爲必考科目。

〔一六〕《宋史・選舉志一》："［熙寧四年］於是改法，罷詩賦、帖經、《墨義》，士各占治《易》《詩》《書》《周禮》《禮記》一經，兼《論語》《孟子》，每試四場，初大經，次兼經，大義凡十道，次論一首，次策三道，禮部試即增二道，中書撰大義式頒行，試義者須通經，有文采，乃爲中格，不但如明經、《墨義》粗解章句而已。"

次韻毛君清居探菊〔一〕

眼前黄葉畏秋霜，耳畔啼蛩怨夜長〔二〕。佳節欣聞近萸菊〔三〕，清商試爲奏《伊》《涼》〔四〕。疏狂久笑謀生拙〔五〕，貧病應憐爲口忙〔六〕。今日共君①拚②一醉，從教人道亦高陽〔七〕。

【校記】

①君：叢刊本作"公"。

②拼：宋建本、叢刊本作“判”。

【箋注】

〔一〕作於元豐四年（一〇八一）九月。“佳節欣聞近萸菊”，佳節，指重陽節。《輿地紀勝·江南西路·瑞州·景物下·小洞山》：“《新志》云：在州西北。有清居寺。欒城與太守毛維瞻於此探菊，有詩。”

〔二〕啼蛩（qióng）：鳴叫的蟋蟀。唐白居易《東坡秋意寄元八》：“少遊客唯我，與君俱啼蛩。”

〔三〕萸菊：茱萸、菊花。參《和青州教授頓起九日見寄》注〔三〕。

〔四〕清商：秋風。晉潘岳《悼亡詩》：“清商應秋至，溽暑隨節闌。”伊涼：曲調名。商調大曲。《新唐書·禮樂志十二》：“天寶樂曲，皆以邊地名，若《涼州》、《伊州》、《甘州》之類。”《樂府詩集·近代曲辭》引《樂苑》：“《伊州》，商調曲，西京節度蓋嘉運所進也。”“《涼州》，宫調曲。開元中，西涼府都督郭知運進。”蘇軾《子玉家宴用前韻見寄復答之》：“自酌金樽勸孟光，更教長笛奏《伊》《涼》。”

〔五〕唐李端《送戴徵士還山》：“不是謀生拙，無爲末路賒。”蘇軾有“伯父送先人下第歸蜀”云云長題詩：“應笑謀生拙，團團如磨驢。”

〔六〕蘇軾《初到黄州》：“自笑平生爲口忙，老來事業轉荒唐。”口：口腹。

〔七〕謂任憑别人説我們也是高陽酒徒。高陽：指酈食其（前二六八—前二〇三）。陳留高陽（今河南杞縣）人。好讀書，家貧落魄，爲里監門，人皆謂之狂生。爲沛公定計下陳留，號爲廣野君。常爲説客，使諸侯。後説齊，憑軾下齊七十餘城。及韓信襲齊，齊以食其賣己。遂烹之。《史記》其本傳云：“初，沛公引兵過陳留，酈生踵軍門上謁……使者出謝曰：‘沛公敬謝先生，方以天下爲事，未暇見儒人也。’酈生瞋目案劍叱使者曰：‘走！復入言沛公，吾高陽酒徒也，非儒人也。’”

次韻毛君見贈〔一〕

江國騷人不耐秋〔二〕，夜吟清句曉相投。鋒藏豈願囊中脱〔三〕，尾斷終非俎上羞〔四〕。擇地何年真得意〔五〕，餔糟是處可同遊〔六〕。

南遷尚有公知我〔七〕,人事何須更預謀〔八〕?

【箋注】

〔一〕作於元豐四年(一〇八一)九月。

〔二〕江國騷人:指毛維瞻。

〔三〕謂毛並不願將自己的才華全部展示出來。《史記·平原君虞卿列傳》:"平原君曰:'夫賢士之處世也,譬若錐之處囊中,其末立見……'毛遂曰:'臣乃今日請處囊中耳。使遂蚤得處囊中,乃穎脱而出,非特其末見而已。'"

〔四〕謂自己一事無成而被放逐。《左傳·昭公二十二年》:"賓孟適郊,見雄雞自斷其尾,問之,侍者曰:'自憚其犧也。'"羞:後來寫作"饈"。

〔五〕謂何時能夠有合適的職位,讓自己能施展抱負。得意:滿意;遂心。參《次韻李公擇寄子瞻》注〔四〕。

〔六〕《楚辭·屈原〈漁父〉》:"衆人皆醉,何不餔其糟而歠其釃?"喻屈志從俗,隨波逐流。蘇軾《再和》:"當年曹守我膠西,共厭餔糟與汩泥。"是處:處處。

〔七〕謂貶謫在筠州有毛與己相知。遷:貶謫,降職。

〔八〕預謀:預先計謀。漢賈誼《鵩鳥賦》:"天不可預慮兮,道不可預謀。"

次韻毛君偶成〔一〕

年來衰病正相兼,薄宦奔馳尚未厭〔二〕。詩句空多渾漫與①〔三〕,俗緣已重不須添〔四〕。聱牙向物知難合〔五〕,疏懶憐公獨未嫌。時聽淵明詠《歸去》〔六〕,猶應爲我故遲淹〔七〕。

【校記】

①與:原本作"興",據宋大字本、宋建本改。

【箋注】

〔一〕作於元豐四年(一〇八一)九月。

〔二〕薄宦:官俸菲薄,喻官職卑微。晉陶潛《尚長禽慶贊》:"尚子昔薄宦,妻孥共早晚。"

〔三〕唐杜甫《江上值水如海勢聊短述》:"老去詩篇渾漫與,春來花鳥莫深愁。"漫與:猶言隨便湊合。蘇軾《次韻表兄程正輔江行見桃花》:"袖手焚筆硯,清篇真漫與。"

〔四〕俗緣:佛教以因緣解釋人事,因稱塵世之事爲俗緣。

〔五〕謂以佶屈聱牙之詩應對時人自然不合時宜。唐韓愈《進學解》:"周誥殷盤,佶屈聱牙。"聱牙:艱澀貌。

〔六〕謂毛時有歸隱之念。歸去:陶淵明有《歸去來兮辭》。

〔七〕希望毛爲友情而再淹留些時日。遲淹:停留;滯留。

孔平仲著作江州官舍小庵〔一〕

近山不作看山計,引水新成照水庵。閉口忘言中自飽〔二〕,安心度日更誰參？簡編圍繞穿書蠹〔三〕,窗户①低回作繭蠶〔四〕。我亦一軒容膝住〔五〕,弊裘粗飯有餘甘。

【校記】

①户:宋建本作"外"。

【箋注】

〔一〕作於元豐四年(一〇八一)九月。孔平仲:字義甫(一作毅父),臨江新淦(今江西峽江縣)人,文仲、武仲弟。治平二年舉進士,又應制科,爲秘書丞、集賢校理。文仲卒,歸葬南康,詔以爲江東轉運判官護葬事。提點江浙鑄錢、京西刑獄。紹聖中,言者詆其元祐時附會當路,削校理,知衡州。提舉劾其不推行常平法,徙韶州,又責爲惠州别駕、安置英州。徽宗立,復朝散大夫,召爲户部、金部郎中,出提舉永興路刑獄,帥鄜延、環慶。黨論再起,罷,主管兗州景靈宫,卒。長史學,工文詞,著《續世説》十二卷、《孔子雜説》一卷、《釋稗》一卷及《珩璜新論》、《良史事證》等。《宋史·孔文仲傳》有附傳。著作:著作郎。因孔曾任秘書丞,集賢校理,故云。江州:宋屬江東路。治德化(今江西九江市)。參《將還江州子瞻相送至劉郎洑王生家飲别》注〔一〕。小庵:即照水庵。

〔二〕《莊子·外物》:"言者所以在意,得意而忘言。"晉陶潛《雜詩》:"此中有真意,欲辯已忘言。"

〔三〕蠹:蛀書的蠹蟲。

〔四〕暗喻孔爲官職纏繞。作繭蠶:比喻出仕。唐張鷟《朝野僉載》卷六:"王顯與文武皇帝有嚴子陵之舊……帝微時,常戲曰:'王顯抵老不作繭。'及帝登極,而顯謁奏曰:'臣今日得作繭耶?'帝笑曰:'未可知也。'召其三子,皆授五品,顯獨不及。"

〔五〕容膝:極言其小。《韓詩外傳》卷九:"北廓先生妻曰:'今如結駟連騎,所安不過容膝。'"陶潛《歸去來兮辭》:"倚南窗以寄傲,審容膝之易安。"

附録　蘇軾《次韻子由寄題孔平仲草菴》

逢人欲覓安心法,到處先爲問道菴。盧子不須從若士,蓋公當自過曹參。羡君美玉經三火,笑我枯桑困八蠶。猶喜大江同一味,故應千里共清甘。

孔平仲《蘇子由寄題小菴詩用元韻和》

官身粗應三錢府,吏隱聊開一草菴。擁砌幽篁如月映,覆簷喬木與天參。畏人自比藏頭雉,老世今同作蛹蠶。豈獨忘言兼閉息,舌津晨漱不勝甘。

又《子瞻子由各有寄題小菴詩卻用元韻和呈》

二公俊軌皆千里,兩首新詩寄一菴。大隱市朝希柱史,好奇兄弟有岑參。雪天凍坐癡于雀,雨夕春眠困若蠶。不是本來忘世味,便投閒寂亦難甘。

送饒州周沃秀才免解〔一〕

少年工作賦〔二〕,中歲復窮經〔三〕。驥老終知道〔四〕,劍埋新發硎〔五〕。束裝鄰里助〔六〕，答策友朋聽。還似臨淄貢①，隨風起北溟〔七〕。

【校記】

①貢：叢刊本作“責”，形近而誤。

【箋注】

〔一〕作於元豐四年（一〇八一）九月。饒州：今屬江西鄱陽。周沃：處州遂昌縣人。治平二年登進士第。歷福建路轉運判官。見《光緒處州府志》卷十六《進士·宋》。免解：宋承五代後唐制，舉人獲准不經解試（薦名於朝廷的地方考試），直接參加禮部試，稱“免解”。《宋史·選舉志三》：“舊，太學遇覃恩無免解法，孝宗始創行之。”宋趙昇《朝野類要·舉業》：“［十歲以下］若能通五經以上，則可以州官薦入於朝廷，而必送中書省覆試，中，則可免解。”

〔二〕《宋史·選舉志一》：“宋之科目有進士，有諸科，有武舉。常選之外又有制科，有童子舉，而進士得人爲盛。神宗始罷諸科而分經義、詩賦以取進士，其後遵行，未之有改。”

〔三〕謂周沃先工作賦，後窮經義，知其困於科場久者也。參《燕貢士》注〔一六〕。

〔四〕戲言周因年紀大而有經驗。語本《韓非子·説林上》：“管仲、隰朋從於桓公而伐孤竹，春往冬返，迷惑失道，管仲曰：‘老馬之智可用也。’乃放老馬而隨之，遂得道。”

〔五〕喻周顯露出不凡的才幹。唐杜甫《秦州見敕目薛三璩畢四曜遷官兼述索居》：“掘劍知埋獄，提刀見發硎。”劍埋：用豐城劍典故。見《次韻吕君豐城寶氣亭》注〔二〕。發硎（xíng）：謂刀新從磨刀石上磨出來。《莊子·養生主》：“今臣之刀十九年矣，所解數千牛矣，而刀刃若新發於硎。”

〔六〕束裝：收拾行裝。

〔七〕“還似”二句：此謂周沃將被推舉而獲大用。臨淄：齊威王時稷下學宫在臨淄，此喻周爲賢士。參《送龔鼎臣諫議移守青州二首》之一注〔二〕。貢：即貢士。指地方向朝廷薦舉人才。《禮記·射義》：“諸侯歲獻，貢士於天子。”唐孔穎達疏：“諸侯三年一貢士於天子也。”按，此與送周“免解”切題。起北溟:見《送林子中安厚卿二學士奉使高麗二首》之二注〔三〕。

雪中洞山黄蘗二禪師相訪〔一〕

江南氣暖冬未回〔二〕,北風吹雪真快哉〔三〕。雪中訪我二大士〔四〕,試問此雪從何來?君不見六月赤日起冰雹,又不見臘月幽谷寒花開。紛然變化一彈指〔五〕,不妨明鏡無纖埃〔六〕。

【箋注】

〔一〕作於元豐四年(一〇八一)十二月二十五日後。洞山:即寶峰克文禪師。參《次韻洞山克文長老》。黄蘗:俗爲洛陽王氏子。十九歲剃度出家,先後師事于誠禪師、甘露禪師、棲賢秀禪師,未能見道。後遊高安,事洞山克文禪師,五年而悟,曰:"吾一槌打透無底藏,一切珍寶皆吾有也。"師喜曰:"汝得之矣。"元豐三年,與蘇轍交,勸其學道。六年,得疾甚苦,從醫於市,見蘇轍仍語不離道。因師見轍有"吾病宿業也,殆不復起矣"之語,故轍詩勸其服藥:"病根何處容他住,日夜還將藥石攻。"不久病愈。元豐七年圓寂,享年四十九歲。參蘇轍《全禪師塔銘》、《五燈會元》卷第十三。

〔二〕唐張九齡《感遇》:"江南有丹橘,經冬猶緑林。豈伊地氣暖,自有歲寒心。"

〔三〕唐高適《别董大二首》之二:"十里黄雲白日曛,北風吹雁雪紛紛。"

〔四〕大士:本佛教對菩薩的通稱。因亦指對高僧的敬稱。

〔五〕一彈指:佛典語。表示極短時間。《法苑珠林》卷三引《僧祇律》:"二十念爲一瞬,二十瞬名一彈指,二十彈指名一羅預,二十羅預名一須臾,一日一夜有三十須臾。"

〔六〕《莊子·德充符》:"鑒明則塵垢不止,止則不明也。"《宋高僧傳》卷八載,弘忍選嗣法弟子,命寺僧各作一偈。神秀偈云:"身是菩提樹,心如明鏡臺。時時勤拂拭,勿使惹塵埃。"慧能偈云:"菩提本無樹,明鏡亦非臺。本來無一物,何處惹塵埃。"

毛國鎮生日二絶〔一〕

其一

生日元同小趙公〔二〕,里閭相接往還通。怪公日夜歸心切,欲寄此生丹竈中。世謂叔平大趙參政,閱道小趙參政〔三〕。趙公善養生〔四〕,故有丹竈之句。

【箋注】

〔一〕作於元豐四年(一〇八一)十二月。

〔二〕小趙公:即趙抃。見《趙少師自南都訪歐陽少師於潁州留西湖久之作詩獻歐陽公》注〔一〕。

〔三〕叔平大趙:即趙槩(九九六—一〇八三)。字叔平,初名禋,南京虞城(今河南虞城縣西南)人。登進士第,通判海州。爲集賢校理、開封府推官。出知洪州。加直集賢院、知青州、滁州。除天章閣待制,知制誥。知蘇州,入爲翰林學士。以龍圖閣學士知鄆州、應天府,代韓絳爲御史中丞。嘉祐七年,自樞密副使遷參知政事。熙寧初,拜觀文殿學士、知徐州。自左丞轉吏部尚書,以太子少師致仕。元豐六年卒,年八十八,謚康靖。《宋史》有傳。

〔四〕《宋史》本傳云:"晚學道有得,將終,與屼訣,詞氣不亂,安坐而没。宰相韓琦嘗稱抃真世人標表,蓋以爲不可及云。"《宋史》有傳。

其二

聞公歸槖尚空虚〔一〕,近送《楞嚴》十卷書〔二〕。心地本無生滅處〔三〕,定逢生日亦如如〔四〕。

【箋注】

〔一〕歸槖:還鄉盛物的袋子。

〔二〕楞嚴:即《楞嚴經》。全經分爲序分、正宗分、流通分三部分。序分講述此經説法因緣:佛遣文殊師利以神咒保護阿難免受摩登伽女誘惑破戒,並爲其説修禪定,能斷煩惱,以顯常住真心性浄明體等。二至九卷爲正宗分,主要闡述"一切世間諸所有物,皆即菩提妙明元心;心精遍圓,含裹十方",衆生不明自心"性浄妙體",故流轉生死,當修禪定,以破種種"顛例"之見,通過由低至高的種種修行階次,達到方盡妙覺,"成無上道"。流通分講述此經應永流後世,利益衆生。

〔三〕心地:佛典語。指心。即思想、意念等。佛教認爲三界唯心,心如滋生萬物的大地,能隨緣生一切諸法,故稱。語本《心地觀經》卷八:"衆生之心,猶如大地,五穀五果從大地生……以是因緣,三界唯心,心名爲地。"生滅:(一切有爲法之)生起和滅盡。

〔四〕如如:《楞伽經》所説五法之一,指永恒存在之真如。蘇軾《濁醪有妙理賦》:"如如不動而體無礙,了了常知而心不用。"

次韻毛君將歸〔一〕

疏傅思歸不待時〔二〕,孟軻出晝苦行遲〔三〕。新詩尚許留章句〔四〕,故事誰從問典彝〔五〕? 金馬尚應堪避世〔六〕,石泉未信可忘飢〔七〕。不才似我真當去,零落衡茅隔雍岐〔八〕。

【箋注】

〔一〕作於元豐四年(一〇八一)十二月。

〔二〕疏傅思歸:指西漢疏廣疏受隱退事。參《李簡夫挽詞二首》之一注〔四〕。

〔三〕《孟子·公孫丑下》:"孟子去齊。尹士語人曰:'不識王之不可以爲湯武,則是不明也;識其不可然且至,則是干澤也。千里而見王,不遇故去,三宿而後出晝,是何濡滯也? 士則兹不悦。'"晝:春秋時齊地名,在今山東淄博境内。

〔四〕謂其詩文淵博,需要註釋。章句:經學家解説經義的一種方式,既解釋字詞,也串講大意。此指詩歌注釋。

〔五〕謂毛歸去朝廷缺少了熟諳掌故的人才。故事:先例,舊日的典章制度。《漢書·劉向傳》:"宣帝循武帝故事,招名儒俊材置左右。"典彝:常典,法度。

〔六〕避世:逃避塵世。参《送鮮于子駿還朝兼簡范景仁》注〔二四〕。

〔七〕《九歌·山鬼》:"山中人兮芳杜若,飲石泉兮蔭松柏。"《詩·陳風·衡門》:"泌之洋洋,可以樂飢。"毛傳:"泌,泉水也。洋洋,廣大也。樂飢,可以樂道忘飢。"

〔八〕衡茅:衡門茅屋,此指故鄉蜀地簡陋之居室。《詩·陳風·衡門》:"衡門之下,可以棲遲。"毛傳:"衡門,横木爲門,言簡陋也。"雍岐:雍州、岐水。指今陝西一帶。按,此言歸鄉路遥,蓋回鄉還要經過陝西一帶。

送楊騰山人〔一〕

胸中萬卷書,不如一囊錢〔二〕。不見楊夫子,歲晚走道邊〔三〕。夜歸空牀卧,兩手摩涌泉〔四〕。窗前雪花落,真火中自然〔五〕。涣然發微潤〔六〕,飛上崑崙顛〔七〕。霏霏雨甘露,稍稍流丹田〔八〕。閉目内自視,色如黄金妍〔九〕。至陽不獨凝,當與純陰堅〔一〇〕。一窮百不遂,此事終無緣。君看《抱朴子》,共推古神仙〔一一〕。無錢買丹砂〔一二〕,遺恨盈塵編〔一三〕。歸去守茅屋,道成要有年〔一四〕。

【箋注】

〔一〕作於元豐四年(一〇八一)十二月。"歲晚走道邊"是其證。楊騰:生平事蹟不詳。從詩看楊學道有得而來見蘇轍談論養生之法。此爲送别楊騰之作。

〔二〕漢趙壹《刺世疾邪賦》:"文籍雖滿腹,不如一囊錢。"

〔三〕謂奔走於路途。道邊:道路;路途。

〔四〕涌泉:中醫針灸穴位名。《素問·陰陽離合論》:"少陰根起於涌泉。"清張隱庵注:"涌泉,穴名,在足心下,踡指宛宛中。"按摩涌泉穴,乃道家養生法之一。

〔五〕真火:道家謂人身體中之元氣。《鍾吕傳道集·論龍虎》:"腎水之中而生氣,氣爲真火。"

〔六〕涣然:汗出貌。三國魏嵇康《養生論》:"夫服藥求汗,或有弗獲;而愧情一集,涣然流離。"微潤:謂汗。

〔七〕謂精神超越形骸之外。古代神仙之説多與昆侖相涉。

〔八〕"霏霏"二句:謂真氣如甘露潤澤丹田。《老子》第二十五章:"天地相合,以降甘露。"丹田:見《次韻子瞻對月見憶並簡崔度》注〔六〕。

〔九〕謂道家修養之法。《雲笈七籤·魂神部二·存身神法》:"次存頭巾七星,下坐青黄白三色雲上,七星在頭,下有金光蓋頂,一身並作黄金色,面是金容。"

〔一〇〕"至陽"二句:道家以爲氣有純陰、純陽,故當根據修煉目的之不同而有所抉擇。参《雲笈七籤·内丹部八·還丹内象金鑰匙》。

〔一一〕"君看"二句:謂葛洪力主神仙之説。抱朴子:西晉葛洪所撰道家典籍。其内篇《論仙》,力證神仙之實有。

〔一二〕丹砂:見《次韻蔣夔寒夜見過》注〔四〕。

〔一三〕塵編:猶言舊編。此謂《抱朴子》。

〔一四〕有年:多年;時間久。

次韻子瞻與安節夜坐三首〔一〕

其一

前山積雪暮峥嶸〔二〕,燕坐微聞落瓦聲〔三〕。共對一尊通夜語〔四〕,相看萬里故鄉情〔五〕。信歸嶺上寒梅遠〔六〕,恨極江南春草生〔七〕。明日青銅添白髮〔八〕,且須醉睡倒燈檠〔九〕。

【箋注】

〔一〕作於元豐四年(一〇八一)十二月。《蘇軾文集》卷六十九《跋所書摩利支經後》:"姪安節於元豐庚申六月大水中,舟行下峽。……明年十二月至黄州。"又卷七十《記與安節飲》:"元豐辛酉冬至,僕在黄州,姪安節不遠千里來省,飲酒樂甚。”前者云十二月,後者云冬至。當以後爲是。《紀年録》繫此詩于十月。誤。蘇軾詩作於十一月,蘇轍詩當稍後或在十二月。安節:蘇不疑字,蘇涣孫。參清馮應榴輯注《蘇軾詩集合注》考證。

〔二〕峥嶸:猶凜冽。唐羅隱《雪霽》:“南山雪乍晴,寒氣轉峥嶸。”

〔三〕唐朱灣《長安喜雪》:“千門萬户雪花浮,點點無聲落瓦溝。”一作陳羽詩。燕坐:閒坐。

〔四〕通夜:通宵;整夜。三國魏曹植《與吴質書》:“時有所慮,至通夜不瞑。”

〔五〕唐杜甫《季秋蘇五弟纓江樓夜宴崔十三評事韋少府姪三首》之一:“一時今夕會,萬里故鄉情。”

〔六〕北魏陸凱《寄早梅》:“折梅逢驛使,寄與隴頭人。江南無所有,聊贈一枝春。”信:使者。按,用此典云路途遥遠,安節難以帶回饋贈鄉親的禮物。

〔七〕梁丘遲《與陳伯之書》:“暮春三月,江南草長。雜花生樹,群鶯亂飛。”唐劉長卿《祭蕭相公文華》:“江南春草,自古傷心。”

〔八〕唐李白《將敬酒》:“君不見高堂明鏡悲白髮,朝如青絲暮成雪。”青銅:青銅鏡。唐白居易《照鏡》:“皎皎青銅鏡,斑斑白絲鬢。”

〔九〕檠(qíng):燭臺;燈檯。北周庾信《對燭賦》:“刺取燈花持桂燭,還卻燈檠下燭盤。”

其二

少年高論苦峥嶸〔一〕,老學寒蟬不復聲〔二〕。目斷家山空記路,手披禪册漸忘情〔三〕。功名久已知前錯〔四〕,婚嫁猶須畢此生〔五〕。家世讀書難便廢〔六〕,漫留案上鐵燈檠。

【箋注】

〔一〕峥嶸:卓越,不平凡。蘇軾《和劉景文見贈》:“元龍本志陋曹吴,豪氣峥嶸老不除。”

〔二〕寒蟬:寒天的蟬。秋深天寒,蟬即不鳴,故常以遇事不敢講話比作寒蟬。《後漢書·黨錮傳·杜密》:“劉勝位爲大夫,見禮上賓,而知善不薦,聞惡無言,隱情惜己,自同寒蟬。此罪人也。”唐李賢注:“謂寂默也。《楚詞》曰:‘悲哉秋之爲氣也,蟬寂漠而無聲。’”

〔三〕“目斷”二句:謂歸隱無望,只好以虚無麻醉自己。忘情:原指無喜怒哀樂之情。《世説新語・傷逝》:“聖人忘情,最下不及情,情之所鍾,正在我輩。”唐杜甫《寫懷》之一:“全命甘留滯,忘情任榮辱。”

〔四〕《世説新語・識鑒》:“張季鷹……曰:‘人生貴得適意爾,何能羈宦數千里以要名爵?’”

〔五〕《文選・謝靈運〈初去郡〉》:“畢娶類尚子,薄遊似邴生。”唐李善注引嵇康《高士傳》曰:“尚長,字子平,河内人。隱避不仕,爲子嫁娶畢,敕家事斷之,勿復相關,當如我死矣。”

〔六〕廢:廢棄,中輟。“家世讀書”語可詳參蘇洵《蘇氏族譜》、《族譜後録》上、下篇。

其三

謫官似我無歸計,落第憐渠有屈聲〔一〕。握手天涯同一笑,倚門歲晚不勝情〔二〕。黄岡俯仰成陳迹〔三〕,白首蹉跎畏後生〔四〕。歸去且安南巷樂〔五〕,莫看歌舞醉長檠。

【箋注】

〔一〕落第:科舉考試未被録取。渠:你。屈聲:抱屈的聲音。

〔二〕《戰國策・齊策六》:“王孫賈年十五,事閔王。王出走,失王之處。其母曰:‘女朝出而晚來,則吾倚門而望;女暮出而不還,則吾倚閭而望。’”後因以“倚門”謂父母望子歸來之心殷切。

〔三〕晉王羲之《蘭亭集序》:“向之所欣,俛仰之間,已爲陳迹。”

〔四〕《論語・子罕》:“子曰:‘後生可畏,焉知來者之不如今也。四十五十而無聞焉,斯亦不足畏也已。’”唐王維《老將行》:“自從棄置便衰朽,世事蹉跎成白首。”

〔五〕謂與鄉鄰融融相處。唐杜甫《苦雨奉寄隴西公兼呈王徵士》:“式瞻北鄰居,取適南巷翁。”

附録　蘇軾《姪安節遠來夜坐三首》

其一

南來不覺歲峥嶸,坐撥寒灰聽雨聲。遮眼文書原不讀,伴人燈火亦多情。嗟予潦倒無歸日,今汝蹉跎已半生。免使韓公悲世事,白頭還對短燈檠。

其二

心衰面改瘦峥嶸,相見惟應識舊聲。永夜思家在何處,殘年知汝遠來情。畏人默坐成癡鈍,問舊驚呼半死生。夢斷酒醒山雨絶,笑看飢鼠上燈檠。

其三

落第汝爲中酒味,吟詩我作忍飢聲。便思絶粒真無策,苦説歸田似不情。腰下牛閑方解佩,洲中奴長足爲生。大弨一弛何緣彀,已覺翻翻不受檠。

次韻毛君上書求歸未報〔一〕

白髪憂民帶減圍〔二〕,頻聞慷慨賦將歸〔三〕。近傳道士連三咽〔四〕,久悟禪門第一機〔五〕。夜永庵中詩自得,日高門外客來稀〔六〕。此心素定誰能勸,秖有丁寧詔莫違〔七〕。

【箋注】

〔一〕作於元豐四年(一〇八一)十二月。毛君:毛維瞻。

〔二〕謂因政務繁忙而消瘦。《梁書・沈約傳》:"百日數旬,革帶常應移孔;以手握臂,率計月小半分。以此推算,豈能支久?"

〔三〕《樂府詩集・琴曲歌辭二・將歸操》引《孔叢子》曰:"趙使聘夫子,夫子聞鳴犢與竇犨之見殺也,回輿而旋,爲操曰《將歸》。"参《史記・孔子世家》。唐王勃《山中》:"長江悲已滯,萬里念將歸。"

〔四〕謂從道士學養身之術。《雲笈七籤・雜修攝部一・導引按摩》:"《導引經》云:清旦未起,啄齒二七。閉目握固,漱漏唾三咽氣。"

〔五〕禪門第一機:佛教禪宗最重要的機要。《五燈會元·保寧英禪師法嗣·臨安府廣福院惟尚禪師》:"[惟尚]述偈呈印曰:須是南泉第一機,不知不覺驀頭錐。"

〔六〕唐白居易《履道西門二首》之二:"履道西門獨掩扉,官休病退客來稀。"

〔七〕"此心"二句:謂毛歸心已定。語本《詩·小雅·采薇》:"曰歸曰歸,歲亦莫止。"漢鄭箋:"丁寧歸期,定其心也。"素定:早就確定。丁寧:告誡;囑咐。

次韻毛君絶句〔一〕

中池有士閉重關〔二〕,夜發天光走玉環〔三〕。白日對人人不識,幅巾破褐任塵漫〔四〕。

【箋注】

〔一〕作於元豐四年(一〇八一)十二月。

〔二〕中池:膽。《黄庭内景經·中池》:"中池内神服赤珠。"梁丘子注:"膽爲中池。"士:猶衛士。《雲笈七籤·三洞經教部·經三·太上黄庭外景經》:"中池有士服赤朱,横下三寸神所居,中外相距重閉之。"

〔三〕謂胸中如日光如明月般澄澈。天光:日光。玉環:喻圓月。唐白居易《和櫛沐寄道友》:"高星粲金粟,落月沉玉環。"

〔四〕幅巾:見《次韻孫户曹朴柳湖》注〔六〕。

次韻毛君留别〔一〕

問天乞得不訾身〔二〕,屈指人間今幾人?魚縱江潭真窟宅,鶴飛松嶺倍精神〔三〕。清風吹雨停歸騎,舊圃留花送晚春〔四〕。自號白雲知有意,便從丹竈拂埃塵〔五〕。

【箋注】

〔一〕作於元豐五年(一〇八二)三月。"清風吹雨停歸騎,舊圃留花送晚春。"云"晚春"詩當作於三月。留别:猶贈别。

〔二〕不訾身:極言十分貴重。《後漢書・馮勤傳》:"人臣放逐受誅,雖復追加賞賜賻祭,不足以償不訾之身。"唐李賢注:"訾,量也。言無量可比之,貴重之極也。訾與資同。"

〔三〕"魚縱"二句:謂毛歸田如龍歸大江,鶴飛松嶺。

〔四〕唐鄭谷《所知從事近藩偶有懷寄》:"酒醒草檄聞殘漏,花落移廚送晚春。"

〔五〕"自號"二句:謂毛從此將煉丹養身。參《和毛國鎮白雲莊五詠》。

送毛君致仕還鄉〔一〕

古人避世事,豈問家有無?但言鴻鵠性,不受樊籠拘〔二〕。公家昔盛時,阡陌連三衢〔三〕。倉①廪濟寒餓〔四〕,婚嫁營羈孤〔五〕。千金赴高義,脱手曾須臾〔六〕。晚爲二千石〔七〕,得不償所逋〔八〕。撫掌不復言,但以文字娱。我恨見公遲,冉冉垂霜鬚。高吟看落筆〔九〕,劇飲驚倒壺〔一〇〕。負罪不自知,適意忘憂虞〔一一〕。忽聞叩天閽〔一二〕,言旋故山廬。朋友不及謀,親戚亦驚呼。人生各有意,何暇問俗徒。嗟我好奇節〔一三〕,嘆公真丈夫。天高片帆遠,目斷清風徂〔一四〕。惟應東宫保,迎笑相携扶〔一五〕。

【校記】

①倉:原本作"食",據宋建本、叢刊本、四庫本改。

【箋注】

〔一〕作於元豐五年(一〇八二)三月。致仕:辭去官職。

〔二〕樊籠:此指官府等禮法制度對己的拘束。參《送王鞏之徐州》注〔二三〕。

〔三〕阡陌:此指農田。三衢(qú):(城邑的)大道。三:言其多。

〔四〕倉廪:糧倉。

〔五〕謂爲無依靠者備辦婚嫁之事。營:經辦;辦理。羈孤:羈旅孤獨的人。《文選·謝莊〈月賦〉》:"親懿莫從,羈孤遞進。"唐李善注:"羈孤,羈客孤子也。"

〔六〕脱手:出手。

〔七〕二千石:漢代内自九卿郎將,外至郡守尉之俸禄等級均爲二千石。此指毛爲筠州守事。

〔八〕謂毛清廉,所得尚不足以抵償所積欠。逋(bū):指所欠賦税債物。

〔九〕唐杜甫《莫相疑行》:"集賢學士如堵牆,觀我落筆中書堂。"

〔一〇〕倒壺:倒壺相傾。蘇軾《夷陵縣歐陽永叔至喜堂》:"寄語公知否?還須數倒壺。"

〔一一〕憂虞:憂慮,憂患。同義連文。唐杜甫《北征》:"揮涕戀行在,道途猶恍惚。乾坤含瘡痍,憂虞何時畢!"

〔一二〕謂給皇帝上書。天閽(hūn),本指天帝的守門人。《楚辭·屈原〈遠遊〉》:"命天閽其開關兮,排閶闔而望予。"

〔一三〕奇節:奇特的節操。《史記·蕭相國世家論》:"蕭相國何於秦時爲刀筆吏,録録未有奇節。"

〔一四〕"天高"二句:唐李白《黄鶴樓送孟浩然之廣陵》:"孤帆遠影碧空盡,唯見長江天際流。"

〔一五〕"惟應"二句:謂回鄉當與趙抃共樂。蓋毛與趙均浙江衢州人,故云。東宫保:謂趙抃,抃熙寧四年以太子少保致仕。毛與趙友好。參《毛國鎮生日二絶》之一。

贈景福順長老二首并引①〔一〕

轍幼侍先君,聞嘗游廬山,過圓通〔二〕,見訥禪師〔三〕,留連久之〔四〕。元豐五年,以謫居高安,景福順公不遠百里惠然來訪,自言昔從訥於圓通,逮與先君游,歲月遷謝〔五〕,今三十六年矣。二公皆吾里人〔六〕,訥之化去已十一年〔七〕,而順公七十四,神完氣定,聰明了達,對之悵然〔八〕。懷想疇昔,作二篇贈之。

其一

屈指江西老〔九〕，多言劍外人〔一〇〕。身心已無著，鄉黨漫相親〔一一〕。竄逐知何取，周旋意甚真〔一二〕。仍將大雷雨〔一三〕，一洗百生塵〔一四〕。

【校記】

①引：原作“序”，據宋大字本改。

【箋注】

〔一〕作於元豐五年（一〇八二）春。三蘇父子因避蘇序（蘇洵之父）諱，序皆作叙或作引。景福順長老：《五燈會元·上藍順禪師法嗣·參政蘇轍居士》：“［參政蘇轍居士］字子由，元豐三年以睢陽從事。左遷瑞州榷筦之任。是時，洪州上藍順禪師與其父文安先生有契。因往訪焉，相得歡甚。公咨以心法。順示搐鼻因緣。已而有省，作偈呈曰：‘中年聞道覺前非，邂逅相逢老順師。搐鼻徑參真面目，掉頭不受別鉗鎚。枯藤破衲公何事，白酒青鹽我是誰。慚愧東軒殘月上，一杯甘露滑如飴。’”按，洪州，今屬江西南昌。上藍，即上藍院。宋祝穆《方輿勝覽·隆興府》：“上藍院：唐馬祖道一禪師道場，今爲府城叢林第一。”

〔二〕據後“念昔先君子，南游四十年”句，則時當在慶曆二年（一〇四二）。

〔三〕圓通：圓通寺，位於廬山西南西耳峰下，初名崇勝寺，元豐年間，改爲東林寺。

〔四〕訥禪師：俗姓蹇，字中敏，梓州中江（今四川中江縣）人，少而英特，詩書過目成誦。年十一依漢州什邡竹林寺元昉，十七試《法華》得度，受具於潁真律師，以講學冠兩川，耆年多下之。後出蜀，後遊廬山，得法於榮禪師。南康守程師孟請住歸宗，又遷圓通。仁宗皇帝聞其名，皇祐初詔住京之淨因。訥稱目疾，不能奉詔，有旨令舉自代，遂舉僧懷璉，璉應詔引對，問佛法大意稱旨，天下賢訥知人。既老，休居於寶積岩，無疾而化。

〔五〕遷謝：謂時間遷移流逝。

〔六〕里人：二十五家爲一里。《周禮·地官·遂人》：“五家爲鄰，五鄰爲里。”此猶言同鄉。

〔七〕化去:指死亡。晉陶潛《讀山海經詩十三首》之十:"同物既無慮,化去不復悔。"

〔八〕了達:佛典語。徹悟;通曉。《六祖大師法寶壇經》卷一:"明與無明,凡夫見二。智者了達,其性無二。無二之性,即是實性。"

〔九〕屈指:彎下指頭計算。

〔一〇〕劍外:劍閣以南的地區。此指蜀地。

〔一一〕謂在當地的蜀人和自己很親近。

〔一二〕周旋:交際往來。真:真摯;真誠。

〔一三〕雷雨:當指佛法。

〔一四〕百生:猶衆生。

其二

念昔先君子〔一〕,南游四十年。相看順老在,想見訥師賢。歲歷風輪轉〔二〕,禪心海月圓〔三〕。常情計延促〔四〕,無語對潸然。

【箋注】

〔一〕先君子:指蘇洵。

〔二〕謂歲月飛逝如風輪旋轉之快。歲歷:猶歲月。風輪:寺觀建築上的一種裝飾物,靠風力轉動發聲。南朝梁劉孝綽《酬陸長史倕》:"影塔圖花樹,經臺總香藥。月殿曜朱旛,風輪和寶鐸。"

〔三〕此謂順長老禪心如海月之圓。禪心:佛教用語。謂清静寂定的心境。南朝梁江淹《吴中禮石佛》:"禪心暮不雜,寂行好無私。"

〔四〕謂一般的人只會考慮壽命的長短。延促:長短。唐謝偃《聽歌賦》:"短不可續,長不可去。延促合度,舒縱所有。"

次韻孔平仲著作見寄四首〔一〕

其一

昔在京城南,成均對茅屋①〔二〕。清晨屣履過,不顧車擊轂〔三〕。時有江南生〔四〕，能使多士服〔五〕。同儕畏鋒鋭〔六〕，兄弟更馳逐〔七〕。文成劇翻水〔八〕，賦罷有餘燭〔九〕。連收頷底髭〔一〇〕，未耗髀中肉〔一一〕。飛騰困中路，黽勉啄場粟〔一二〕。歸來九江上，家有十畝竹〔一三〕。一官粗包裹，萬卷中自足〔一四〕。還如白司馬，日聽杜鵑哭〔一五〕。我來萬里外，命與江波觸②。罪重慚故人，囊空仰微禄〔一六〕。已爲達士笑〔一七〕，尚謂愚者福〔一八〕。米鹽日草草〔一九〕，奔走常碌碌〔二〇〕。尺書慰貧病，佳句爛珪玉〔二一〕。多難畏人知〔二二〕，胡爲强題目〔二三〕？徂年慕桑梓〔二四〕，歸念寄鴻鵠。但願洗餘愆〔二五〕，躬耕江一曲〔二六〕。

【校記】

①屋：叢刊本作“屈”，形近而誤。

②觸：叢刊本作“觴”，形近而誤。

【箋注】

〔一〕作於元豐五年（一〇八二）春。孔平仲：見《孔平仲著作江州官舍小庵》注〔一〕。

〔二〕成均：古之大學名。按，孔爲治平二年（一〇六五）進士，時轍在京師，兩人彼時相識。

〔三〕車擊轂：車輪中心插軸的部分互相碰撞。極言擁堵。語本《戰國策·齊策一》：“臨淄之途，車轂擊，人肩摩，連衽成帷，舉袂成幕，揮汗成雨。”

〔四〕江南生：指孔平仲。

〔五〕多士：衆多的賢士。

〔六〕鋒鋭：才穎突出。

〔七〕兄弟：指平仲及其兄文仲、武仲，時有“清江三孔”之號。

〔八〕翻水：猶言傾水。《史記·高祖本紀》：“［秦］地勢便利，其以下兵於諸侯，譬猶居高屋之上建瓴水也。”南朝宋裴駰集解引三國魏如淳曰：“瓴，盛水瓶也。居高屋之上而翻瓴水，言其向下之勢易也。”唐韓愈《寄崔二十六立之》：“文如翻水成，初不用意爲。”蘇軾《袁公濟和劉景文登介亭詩復次韻答之》：“文如翻水成，賦作叉手速。”劇：猶勝過。按，此與下句皆言其文思敏捷。

〔九〕謂寫完一篇賦一根蠟燭尚未用完。《南史・王僧孺傳》:“竟陵王子良嘗夜集學士,刻燭爲詩,四韻者則刻一寸,以此爲率。文琰曰:‘頓燒一寸燭,而成四韻詩,何難之有。’”

〔一〇〕韓愈《寄崔二十六立之》:“連年收科第,若摘頷底髭。”

〔一一〕謂科第輕鬆而獲。髀中肉:大腿上的肉。參《次韻子瞻麻田青峰寺下院翠麓亭》注〔一一〕。按,此反原典意而用之。

〔一二〕《詩・小雅・小宛》:“交交桑扈,率場啄粟。哀我填寡,宜岸宜獄。”鄭箋:“我窮盡寡財之人,仍有獄訟之事,無可以自救,但持粟行卜,求其勝負,從何能得生。”唐韋承慶《靈臺賦》:“其趨利也,若饑烏聯翩而争場粟。”按,此謂孔仕途不得意。黽(mǐn)勉:盡力。

〔一三〕孔平仲《寄子由》:“豈無數畝田,亦有千箇竹。”

〔一四〕謂孔爲官只是謀生,當以讀書爲樂。

〔一五〕“還如”二句:唐白居易《琵琶行》:“其間旦暮聞何物,杜鵑啼血猿哀鳴。”白司馬:白居易,元和十年,曾貶謫九江,任江州司馬。參《李簡夫挽詞二首》之一注〔五〕。

〔一六〕囊空:謂無錢。唐杜甫《空囊》:“囊空恐羞澀,留得一錢看。”

〔一七〕唐皇甫冉《落第後東遊留別》:“果以浮名誤,深貽達士羞。”

〔一八〕白居易《秦中吟十首・立碑》:“但欲愚者悦,不思賢者嗤。”《老子》第二十章:“乘乘兮若無所歸,衆人皆有餘,而我獨若遺,我愚人之心也哉,沌沌兮。俗人昭昭,我獨若昏;俗人察察,我獨悶悶。”蘇轍《老子解》:“沌沌,若愚而非愚也”。又“世俗以分别爲智,聖人知群妄之不足辨也,故其外若昏,其中若悶。”

〔一九〕謂監酒税心力交瘁。《詩・小雅・巷伯》:“驕人好好,勞人草草。”毛傳:“草草,勞心也。”參《次韻王適遊真如寺》注〔一三〕。

〔二〇〕碌碌:煩忙勞苦貌。唐牟融《遊報本寺》:“自笑微軀長碌碌,幾時來此學無還。”

〔二一〕謂孔詩如玉般燦爛。

〔二二〕台灣故宫博物院藏蘇軾《赤壁賦》後有小字注曰:“軾去歲作此賦,未嘗輕出以示人,見者蓋一二人而已。欽之(按,即傅堯俞。)有使至,求近文,遂親書以寄。多難畏事,欽之愛我,必深藏之不出也。又有《後赤壁賦》,筆倦未能寫,當俟後信。軾白。”蘇軾《赤壁賦》與此詩作於同時,“烏臺詩案”後兄弟二人已如驚弓之鳥,不輕易以筆墨示人,更不輕易臧否人物。參下注。

〔二三〕謂不便品評朝事及朝中人物。《世説新語・德行》:“晉文王稱阮嗣宗至慎,每與之言,言皆玄遠,未嘗臧否人物。”題目:品評。

〔二四〕見《寄題陳憲郎中竹軒》注〔八〕。徂年:流年。

〔二五〕餘愆(qiān):餘罪。

〔二六〕蘇轍家眉山有岷江、青衣江流過。蘇軾《遊金山寺》:“我家江水初發源,宦遊直送江入海。”故云。

其二

共居天地間①,大類一間屋。推排出高下,何異車轉轂〔一〕? 死生本晝夜〔二〕,禍福固倚伏〔三〕。誰令塵垢昏,浪與紛華逐〔四〕。譬如薪中火,外照不自燭〔五〕。感君探至道,勸我減粱②肉。虚心有遺味,實腹不須粟〔六〕。芬敷謝桃杏,清勁比松竹〔七〕。息微知氣定,睡少驗神足。胡爲嗜一飽,坐使百神哭〔八〕? 要知丹砂異,不受腥腐觸〔九〕。可憐山林姿〔一〇〕,自縛斗升禄〔一一〕。君看出世士,肯屑世間福? 寧從市井游〔一二〕,與衆同碌碌〔一三〕。不願束冠裳,腰金佩鳴玉〔一四〕。斯人今何在? 未易識凡目〔一五〕。恐在廬山中,飛翔逐黄鵠。試用物色尋〔一六〕,應歌《紫芝曲》〔一七〕。

【校記】

①間:宋建本、叢刊本作“中”。

②粱:叢刊本作“粢”,不辭,形近而誤。

【箋注】

〔一〕“共居”四句:謂人在天地之間的争逐,如衆人在屋中擁擠,如馳車在路上奔競。推排:擁擠。唐白居易《放言五首》之二:“禍福迴還車轉轂,榮枯反覆手藏鉤。”

〔二〕謂死生如晝夜的循環。《莊子・至樂》:“生者,假借也;假之而生生者，塵垢也。死生爲晝夜。且吾與子觀化而化及我，我又何惡焉？”

〔三〕《老子》第五十八章：“禍兮福之所倚，福兮禍之所伏。”

〔四〕“誰令”二句：謂自己不免爲世俗玷污而追逐功名。塵垢：指功名利禄。

〔五〕“譬如”二句：比喻自己如薪燃而外表光亮而没注意内在的修養。

〔六〕“感君”四句：謂孔勸其修煉、辟穀之類。

〔七〕“芬敷”二句：謂不要像桃杏那樣榮枯瞬息，而像松竹那樣四季長青。芬敷：茂盛貌。清勁：清翠堅挺。

〔八〕“息微”四句：建議蘇轍講求飲食，注意呼吸吐納。百神：道家認爲主宰人身各部份的神靈。《黄庭經・至道》：“至道不煩決存真，泥丸百節皆有神。髮神蒼華字太元，腦神精根字泥丸，眼神明上字英玄，鼻神玉壟字靈堅，耳神空閒字幽田，舌神通命字正倫，齒神峭鋒字羅千。一面之神宗泥丸，泥丸九真皆有房。”

〔九〕“要知”二句：强調儘量素食，也即上所謂減粱肉意。腥腐：指肉食之類。道家認爲辟穀才能長生。《黄庭經・百穀》：“百穀之實土地精，五味外美邪魔腥。臭亂神明胎氣零，那從反老得還嬰。三魂忽忽魄糜傾，何不食氣太和精，故能不死入黄寧。”丹砂：見《次韻蔣夔寒夜見過》注〔四〕。

〔一〇〕謂己本有山林隱逸者的資質。

〔一一〕蘇軾《上梅直講書》：“其後益壯……方學爲對偶聲律之文，求斗升之禄。”按，此喻微薄的俸禄。

〔一二〕市井：指市集中流俗之人。即平常人，庶民百姓。

〔一三〕謂隨波逐流。碌碌：隨衆附合貌。

〔一四〕唐岑文本《三元頌》：“腰金鳴玉，執贄奉璋。”腰金：古代朝官的腰帶，按品級鑲以不同的金飾，品級高者亦以純金製成。後因以泛指身居顯要。金，亦指金印或金魚袋。鳴玉：古人在腰間佩帶玉飾，行走時使之相擊發聲。《國語・楚語下》：“王孫圉聘於晉，定公饗之。趙簡子鳴玉以相。”三國吴韋昭注：“鳴玉，鳴其佩玉以相禮也。”

〔一五〕謂一般人看不出（出世士）來。凡目：俗眼。

〔一六〕漢劉向《列仙傳・關令尹喜》：“老子西遊，喜先見其氣，知有真人當過，物色而遮之，果得老子。”

〔一七〕謂應該歸隱。唐杜甫《洗兵馬》：“隱士休歌《紫芝曲》，詞人解撰《河清頌》。”按，此反杜詩意而用之。紫芝曲：即《採芝操》。指隱逸避世之歌。相傳漢初東園公、綺里季、夏黄公、角里先生避亂隱居，稱商山四皓，作歌曰：“漠漠商洛，深谷威夷。曄曄紫芝，可以療飢。皇農邈遠，余將安歸？駟馬高蓋，其憂甚大。富貴而畏人，不若貧賤而輕世。”宋郭茂倩《樂府詩集・琴曲歌辭・採芝操》解題曰：“《採芝操》，四皓所作也。《古今樂録》曰：‘南山四皓隱居，高祖聘之，四皓不甘，仰天歎而作歌。’”

其三

百病侵形骸，漸老同破屋〔一〕。中有一寸空，能用輻與轂〔二〕。忽如丹砂走，不受凡火伏〔三〕。前瞻已①不遠，後躡愈難逐〔四〕。將炊甑中飯，未悟窗下燭〔五〕。聰明役聲形，口腹嗜魚肉。塵泥翳泉井，荆棘敗禾粟〔六〕。未知按妙指，漫欲理絲竹〔七〕。廬山多名緇〔八〕，過客禮白足〔九〕。達觀等存亡，世俗强歌哭〔一〇〕。確然金石心〔一一〕，不畏蚊蚋觸。順忍爲裳衣〔一二〕，供施謝榮禄。真人我自有，渡海笑徐福〔一三〕。衆皆指庸庸，自顧非碌碌。愧君詩意厚，桃李報瓊玉〔一四〕。舉網羅衆禽，有獲非一目〔一五〕。喧啾定無用〔一六〕，要自取黄鵠〔一七〕。君看大方家〔一八〕，慎勿留一曲〔一九〕。

【校記】

①已：宋建本、叢刊本作“意”。

【箋注】

〔一〕屋：喻身體，佛經常用。

〔二〕《老子》第十一章：“三十輻共一轂，當其無，有車之用。”

〔三〕“忽如”二句：云凡火煉不成丹砂，比喻高尚的節操不爲世俗所容。丹砂：見《次韻蔣夔寒夜見過》注〔四〕。凡火：比喻世俗功名利禄之類。

〔四〕“前瞻”二句：語本《論語・子罕》：“顔淵喟然嘆曰：‘仰之彌高，鑽之彌堅。瞻之在前，忽焉在後。夫子循循然善誘人，博我以文，約我以禮，欲罷不能。'"後躡(niè):追蹤於後。此言雖有高尚的理想,但卻因塵俗的污染而難以實現。

〔五〕"將炊"二句:與上詩注〔五〕意同,也是説未能内自反省。

〔六〕"聰明"四句:謂理想與現實相矛盾。所謂"聰明役身形"即陶潛《歸去來兮辭》"既自以心爲形役,奚惆悵而獨悲"意。

〔七〕"未能"二句:謂不善于彈奏卻要去擺弄樂器。漢張衡《歸田賦》:"彈五弦之妙指,詠周孔之圖書。"

〔八〕名緇:名僧。緇,黑色僧衣。唐柳宗元《法華寺石門精室三十韻》:"願言懷名緇,東峰旦夕仰。"

〔九〕白足:後秦鳩摩羅什弟子曇始,足白於面,雖跣涉泥淖而未嘗汙濕,時稱"白足和尚"。南朝梁慧皎《高僧傳·神異下·曇始》:"釋曇始,關中人。自出家以後,多有異迹……始足白於面,雖跣足泥水,未嘗沾濕,天下咸稱白足和尚。"唐劉禹錫《海門潮别浩初師》:"都人禮白足,施者散金錢。"此泛指高僧。

〔一〇〕"達觀"二句:謂達觀之人視生死爲一事,而世人卻無法看透。即莊子"齊生死"之論。南朝宋羅含《更生論》:"達觀者所以齊死生,亦云死生爲寤寐,誠哉是言!"

〔一一〕《後漢書·王常傳》:"後帝於大會中指常謂群臣曰:'此家率下江諸將輔翼漢室,心如金石,真忠臣也。'"確然:剛强,堅定。

〔一二〕"順忍"二句:謂自己信奉佛法。順忍:順即隨順。謂四地、五地、六地菩薩順菩提道,趣向無生之果,故名順忍。供施:即"供養"。意指供食物、衣服等予佛法僧三寶、師長、父母、亡者等。供養初以身體行爲爲主,後亦包含純粹的精神供養,故有身分供養、心分供養之分。

〔一三〕《史記·秦始皇本紀》載:方士徐福爲迎合秦始皇迷信長生之術,上書説海上有三座神山,請得童男童女數千人,乘樓船入海,一去不返。此指外出求仙尋道者。

〔一四〕"愧君"二句:感謝對方詩意的篤厚情深。《詩·衛風·木瓜》:"投我以木桃,報之以瓊瑶。匪報也,永以爲好也。投我以木李,報之以瓊玖。匪報也,永以爲好也。"

〔一五〕南朝宋顔延之《庭誥》:"得鳥者羅之一目,而一目之羅無時得鳥矣。”唐劉知幾《史通·叙事》:“捕高鳥者張其萬罝,而獲之由於一目。”目:孔眼。

〔一六〕喧啾:鳥雀的嘰嘰喳喳聲。唐韓愈《聽穎師彈琴》:“喧啾百鳥群,忽見孤鳳凰。”

〔一七〕《文選·屈原〈卜居〉》:“寧與黄鵠比翼乎?將與雞鶩争食乎?”唐劉良注:“黄鵠,喻逸士也。”

〔一八〕大方家:謂見多識廣、明曉大道的人。《莊子·秋水》:“今我覩子之難窮也,吾非至於子之門則殆矣,吾長見笑於大方之家。”

〔一九〕一曲:猶一隅。《莊子·天下》:“不該不遍,一曲之士也。”《荀子·解蔽》:“凡人之患,而蔽於一曲,暗於大理。”

其四

治生非所長,兒女驚滿屋〔一〕。作官又迂疏〔二〕,不望載朱轂〔三〕。因緣罣罪罟〔四〕,未許即潛伏〔五〕。空餘讀書病〔六〕,日與古人逐。老妻憐眼昏,入夜屏燈燭〔七〕。上官念貧窶〔八〕,時節饋醪肉〔九〕。衰年類蒲柳〔一〇〕,世事劇麻粟〔一一〕。數日望歸田,寄語先栽竹。文章亦細事〔一二〕,勤苦定何足?君詩四相攻,欲看守陴哭〔一三〕。愧無即墨巧①,不解火牛觸〔一四〕。自非太學生,雕琢事干禄〔一五〕。安心已近道,閉口豈非福?胡爲調狂詞,玉石相落碌②〔一六〕?腹中抱丹砂,舌下漱白玉〔一七〕。作詩雖云好,未免亂心目〔一八〕。奕秋教二人,不取志鴻鵠〔一九〕。摩詰非不言,遺韻寄終曲〔二〇〕。

【校記】

①巧:宋建本、蜀藩刻本作“功”,似作“功”義長。

②碌:叢刊本作“禄”,形近而誤。

【箋注】

〔一〕蘇轍子女甚多,三子七女(有二女夭折)。

〔二〕迂疏:迂遠疏闊。唐權德輿《自楊子歸丹陽初遂閒居聊呈惠公》:“蹇淺逢機少,迂疏應物難。”

〔三〕朱轂:猶朱輪。參《雜興二首》之二注〔一〕。

〔四〕因緣:佛教語。佛教謂使事物生起、變化和壞滅之主要條件爲因,輔助條件爲緣。《翻譯名義集·釋十二支》:"[僧]肇曰:'前緣相生,因也;現相助成,緣也。'"罣(guà):受牽連。按,此謂自己因兄長而獲罪。

〔五〕謂有罪在身,不能即時隱退。

〔六〕病:癖好。

〔七〕屏(bǐng):遮蔽(而免得刺眼)。

〔八〕貧窶:貧窮;窘困。

〔九〕醪肉:猶酒肉。

〔一〇〕蒲柳:水楊。入秋便凋零。喻未老先衰,體質衰弱。典出《世説新語·言語》:"顧悦與簡文同年,而髮蚤白。簡文曰:'卿何以先白?'對曰:'蒲柳之姿,望秋而落;松柏之質,經霜彌茂。'"

〔一一〕麻粟:芝麻與小米。喻細碎而繁多。

〔一二〕三國魏曹丕《典論·論文》:"蓋文章經國之大業,不朽之盛事,年壽有時而盡,榮樂止乎其身,二者必至之常期,未若文章之無窮也。"此反曹丕意而用之,亦憤激之詞。蘇軾《初别子由》:"妻子亦細事,文章固虚名。"細事:小事。

〔一三〕"君詩"二句:謂和孔詩如攻城之艱。《左傳·宣公十二年》:"楚子圍鄭,旬有七日。鄭人卜行成,不吉,卜臨于大宫,且巷出車,吉。國人不臨,守陴者皆哭。"按,陴(pí):城上的女牆。

〔一四〕"愧無"二句:謂不能如田單能破敵陣(喻和詩不易)。《史記·田單列傳》:"燕既盡降齊城,唯獨莒、即墨不下。燕軍聞齊王在莒,并兵攻之。淖齒既殺湣王於莒,因堅守,距燕軍,數年不下。燕引兵東圍即墨,即墨大夫出與戰,敗死。城中相與推田單,曰:'安平之戰,田單宗人以鐵籠得全,習兵。'立以爲將軍,以即墨距燕。"又"田單乃收城中得千餘牛,爲絳繒衣,畫以五彩龍文,束兵刃於其角,而灌脂束葦於尾,燒其端。鑿城數十穴,夜縱牛,壯士五千人隨其後。牛尾熱,怒而奔燕軍,燕軍夜大驚。牛尾炬火光明炫燿,燕軍視之皆龍文,所觸盡死傷。"

〔一五〕"自非"二句:謂自己不屑於如那些奔走鑽營的太學生一樣。參

《次子瞻夜字韻作中秋對月二篇一以贈王郎二以寄子瞻》之一注〔一一〕。

〔一六〕“胡爲”二句:謂自己言語不謹慎,于是遭到了許多人的攻擊。玉石:指各種人。落碌:滚動貌。此即韓愈“擠之而又下石焉”(《柳子厚墓誌銘》)之意。

〔一七〕“腹中”二句:丹砂:指道教徒用朱砂煉成的云可以使人長生的丹藥。参《次韻蔣夔寒夜見過》注〔四〕。白玉:喻唾液。吞咽唾液,乃道家之養身法之一。

〔一八〕《老子》第十二章:“五色令人目盲,五音令人耳聾,五味令人口爽,馳騁畋獵令人心發狂。”

〔一九〕“弈秋”二句:《孟子·告子上》:“弈秋,通國之善弈者也。使弈秋誨二人弈,其一人專心致志,惟弈秋之爲聽。一人雖聽之,一心以爲有鴻鵠將至,思援弓繳而射之,雖與之俱學,弗若之矣。”按,此只借字面意義,謂志向高遠未必是好事。

〔二〇〕“摩詰”二句:謂意在言外。《維摩詰所説經》卷二:“文殊師利曰:‘如我意者,於一切法無言無説。無示無識離諸問答是爲入不二法門。’於是文殊師利問維摩詰:‘我等各自説已,仁者當説,何等是菩薩入不二法門?’時維摩詰默然無言。文殊師利歎曰:‘善哉善哉,乃至無有文字語言,是真入不二法門。’”

附録　孔平仲《寄子由》

晨興悲風鳴,霜霰集我屋。忽驚歲云晚,日月疾轉轂。穴蟲知天時,閉户各潛伏。而我亦勞止,擾擾尚馳逐。宵征戴星明,暮飯多見燭。灰塵彫鬚眉,銅臭蝕肌肉。念當投劾去,牽繫五斗粟。豈無數畝田,亦有千箇竹。平生羨爲農,水旱憂不足。空效鳥雀飢,唧啾如聚哭。内顧復遲回,行藏類羝觸。長卿著犢鼻,揚子投天禄。岷峨能生賢,獨不主爲福。如君乃栖栖,似我宜碌碌。連山積雪壯,霽色明群玉。對此想清標,凛然疑在目。安得兩翅長,高舉逐黄鵠。飛去墮君前,綢繆論心曲。

《再寄子由》

湓城趨高安，相望若鄰屋。思君腸九迴，終夕轉車轂。一從江上别，再見臘與伏。岧嶤阻躋攀，疲曳愧躡逐。此心敢忘德，炯炯如寸燭。念昔見教勤，綢繆均骨肉。及今無所成，長大惟食粟。讀君《黄樓賦》，溢耳感絲竹。蹈海始知深，秋水暫自足。斯文道中喪，吊古堪慟哭。勃興得公家，萬物困陵觸。聲名載不朽，豈羨卿相禄。琢琱窮乃工，未剥不爲復。嗟予空有心，資性本碌碌。佳篇屢寄酬，珍賜比金玉。隋珠照十乘，只報一魚目。反顧拙丹青，何由希畫鵠。黄華强再奏，取笑陽春曲。

《余比見管勾太平觀劉朝奉見嫌太盛教以一食之法自用有效因以告子由且進先耆後欲之説蒙示長篇竊服高致謹再用元韻和寄》

廬山九江南，勝隱類王屋。中有劉先生，逃榮棄朱轂。我嘗問持養，次第蒙攝伏。操心要常存，尤戒忌追逐。教人啖火棗，喻世指風燭。一從屏晚膳，已覺失頤肉。諒能早如此，盎自有餘粟。寢甘無復夢，行健不須竹。萃地涌清波，漱飲每充足。當使百靈朝，如聞九蟲哭。欲塵亦遂掃，由味方有觸。甘肥自煎熬，其毒甚回禄。願公亦澹薄，同享秀眉福。丈夫貴决烈，安得猶碌碌。淘沙始見金，椎石方逢玉。所以老氏言，爲腹不爲目。未能便仙去，輕舉隨白鵠。且保臨老年，眼明腰不曲。

陰晴不定簡唐覲秘校并敖吴二君五首〔一〕

其一

積雨春連夏，新晴忽復陰。江痕漲猶在〔二〕，梅氣潤相侵〔三〕。蕉紵還須脱〔四〕,圖書漸不禁〔五〕。江南舊風俗,愁絶北來心〔六〕。

【箋注】

〔一〕作於元豐五年(一〇八二)四月。"積雨春連夏,新晴忽復陰。""蠶眠初上簇,麥熟正磨鐮。"知是夏初作。唐覲:《三蘇年譜》卷三十二:"覲爲高安人,博學嗜書,隱居不仕,蘇轍與游。高安本屬豫章,或就此言。"秘校:當是秘書省校書郎之省。敖吴二君:不詳,俟考。

〔二〕江痕:江水浸濕江岸的痕跡。唐元稹《送友封》:"斗柄未回猶帶閏,江痕潛上已生春。"

〔三〕梅氣:梅雨時之濕氣。明李時珍《本草綱目·水一·雨水》:"梅雨或作霉雨,言其沾衣及物,皆生黑霉也。芒種後逢壬爲入梅,小暑後逢壬爲出梅。又以三月爲迎梅雨,五月爲送梅雨。"

〔四〕蕉紵:見《寒雨》注〔三〕。

〔五〕謂圖書將受潮生霉。不禁:經不起(潮濕)。

〔六〕謂己由南京(商丘)來筠。

其二

蠶眠初上簇〔一〕,麥熟正磨鐮。雲氣重重合,江流夜夜添。薦飢人甚困〔二〕,多病我仍兼。欲就橋南宿,單衣莫雨霑〔三〕。

【箋注】

〔一〕蠶眠:蠶蜕皮前不動不食如睡眠,故云。唐王維《渭川田家》:"雉雊麥苗秀,蠶眠桑葉稀。"簇(cù):供蠶吐絲作繭之用具。

〔二〕薦飢:連年災荒,連續災荒。薦,通"洊"。《續資治通鑑長編·神宗元豐五年》:"[夏四月]甲寅,始御正殿,復常膳。上以自春亢旱,靡神不宗,及此雨尺餘,喜見於色,謂輔臣曰:'禁中令人掘地,潤及五寸,秋成當復有望,殆天助也。'"又"癸亥,詔:'聞風翔府、鳳階成等州饑民流移東來以數萬,州郡未有安集之計,令提舉司按實以聞。'"

〔三〕霑:浸濕。

其三

漲江方斷渡,小棹信輕生〔一〕。貧賤誰憐汝?漂浮空自驚。一官終竊食〔二〕,何計早歸耕?忽發騷人恨,淒涼久未平。

【箋注】

〔一〕"漲江"二句:感慨撑船者爲生計冒著危險擺渡。斷渡:禁渡。小棹:短槳,此指小船。輕生:不愛惜自己的生命。

〔二〕竊食:竊取俸禄。謂任官而無所事事。常用作自謙之詞。

其四

西鄰豫章客〔一〕,病骨瘦欒欒〔二〕。清夜眠孤枕,終朝飽一簞〔三〕。雨多愁不出,講罷未應餐。約我晴相過,門前泥欲乾。

【箋注】

〔一〕豫章客:指唐覲。唐高安人,舊屬豫章。卷十二《送唐覲》亦云:"西家幸有著書人。"

〔二〕欒欒:身體瘦瘠貌。蘇軾有"伯父送先人下第歸蜀"云云長題詩之六:"故人如念我,爲説瘦欒欒。"

〔三〕《論語·雍也》:"子曰:'賢哉回也!一簞食,一瓢飲,在陋巷,人不堪其憂,回也不改其樂,賢哉回也!'"一簞:一竹編盛裝的飯。喻貧寒。

其五

二子薪中楚〔一〕,相携泮上遊〔二〕。虀鹽聊度日〔三〕,爻象久忘憂〔四〕。寂寞君何病,驅馳我自羞〔五〕。何時采芹處〔六〕,永日看鳧鷗。

【箋注】

〔一〕二子:就敖、吴而言,從下句知二人正攻舉業。薪中楚:見《次韻頓起考試徐沂舉人見寄二首》之一注〔七〕。

〔二〕泮上:指學宫。參《燕貢士》注〔二〕。

〔三〕虀鹽:醃菜和鹽。此喻生活之清貧。參《次韻李逵見贈》注〔四〕。

〔四〕爻象:《周易》中有爻辭和象辭。敖、吴二人中或有學《易》者。蘇軾《治易洞》:"自昔遥聞太守高,明爻象彖日忘勞。"

〔五〕"寂寞"二句:羨慕對方不汲汲於名利。寂寞:恬淡;清静。《淮南子·原道》:"其魂不躁,其神不嬈,湫漻寂寞,爲天下梟。"漢高誘注:"寂寞,恬淡也。"

〔六〕采芹:見《和胡教授蒙太守策試諸生》注〔三〕。

國家社科基金
GUOJIA SHEKE JIJIN HOUQI ZIZHU XIANGMU
後期資助項目

蘇轍詩編年箋注

The Collation, Annotation and Chronology of Su Zhe's Poems

三

[宋]蘇　轍 撰
蔣宗許 袁津琥 陳　默 箋注

中華書局
ZHONGHUA BOOK COMPANY

蘇轍詩編年箋注卷十二

雨後遊大愚[一]

風光四月尚春餘,淫雨初乾積潦除[二]。古寺蕭條仍負郭[三],閑官疎散亦肩輿[四]。摘茶户外烝黄葉,掘笋林中間緑蔬。一飽人生真易足[五],試營茅屋傍僧居。

【箋注】

〔一〕作於元豐五年(一〇八二)四月。"風光四月尚春餘"明言時令。大愚:大愚山。在筠州東郊。參《次韻王適遊真如寺》。

〔二〕積潦:成災的積水。

〔三〕謂古寺尚存。古寺:大愚山上有真如寺。仍:依然。負郭:靠近城郭。

〔四〕肩輿:轎子。參《寒食前一日寄子瞻》注〔五〕。

〔五〕晉陶潛《飲酒詩》之十:"傾身營一飽,少許便有餘。"

送高安羅令①審禮[一]

一邑憂勞水旱中[二],牛刀閑暇似無功[三]。政成仍喜新蠶熟,歸去還將舊槖空[四]。清白久聞誇父老[五],沉埋誰爲訴諸公[六]?

謫居長恨交游少，悵望肩輿又欲東〔七〕。

【校記】

①羅令：宋大字本作"令羅"，誤倒。

【箋注】

〔一〕作於元豐五年（一〇八二）四月。"新蠶熟"知是四月。高安：筠州治所。在今江西高安市。羅審禮，按，《江西通志》卷四十九載：熙寧二年己酉解試，有龍泉人同名，未知與此是否一人？俟考。

〔二〕憂勞：憂患勞苦。《管子·牧民》："民惡憂勞，我佚樂之。"

〔三〕謂羅大材小用。牛刀：殺牛的刀。參《次韻宿州教授劉涇見贈》注〔五〕。

〔四〕謂其爲政清廉。

〔五〕謂其清白被父老夸贊。

〔六〕謂埋没不得大用，誰能告之執政。沉埋：埋没。唐杜甫《贈比部蕭郎中十兄》："漂蕩雲天闊，沉埋日月奔。致君時已晚，懷古意空存。"諸公：朝廷的執政者。

〔七〕似羅令有東行之舉。肩輿：轎子。這裏借言羅將離任。

送唐覲〔一〕

溪上幽居少四鄰〔二〕，西家幸有著書人〔三〕。經年食菜誰憐瘦？終日題詩自不貧①〔四〕。身在江湖釣竿地，心馳蘭會戰車塵〔五〕。此行便有飛騰處〔六〕，笑殺年來老病身〔七〕。唐君常欲爲陝西官，慨然有功名之志。

【校記】

①貧：宋建本作"賢"，誤。

【箋注】

〔一〕作於元豐五年（一〇八二）五月。唐覲：見《陰晴不定簡唐覲秘校并敖吴二君五首》之一注〔一〕。

〔二〕唐賈島《題李凝幽居》:“閒居少鄰並,草徑入荒園。”

〔三〕著書人:指唐覲。其寓所位于蘇轍之西。參《陰晴不定簡唐覲秘校并敖吴二君五首》之四注〔一〕。

〔四〕唐杜甫《短歌行送祁録事歸合州因寄蘇使君》:“後生相勸何寂寥,君有長才不貧賤。”宋張耒《題外甥楊克一詩篇》:“藝成斧鑿真須棄,學富篇章自不貧。”

〔五〕“身在”二句:謂唐身居閑職而想到報效國家。蘭會:蘭州和會州(會州約當今甘肅靖遠一帶)。會州,《宋史·地理志三》:“元豐五年熙河路加蘭會二字,時未得會州。元符二年始進築,割西安城以北六砦隸州。”又“初置熙河路經略安撫使,熙州、河州、洮州、岷州、通遠軍五州屬焉。後得蘭州,因加蘭會字。元祐改熙河蘭會路爲熙河蘭岷路。”《續資治通鑑長編·神宗元豐四年》:“[九月]是日(二日),李憲入蘭州。”又“熙河路都大經制司言:‘九月乙酉收復蘭州。’”又“李憲又言:‘乞建蘭州爲帥府,以鎮洮爲列郡,以浩爲熙河蘭會路安撫副使兼知蘭州,王文郁、苗履爲本路鈐轄。牽復趙濟,令兼熙河、秦鳳兩路財利事,應副軍須。’並從之。”蘭會當時是抗擊西夏前線,戰車塵指李憲收復蘭州事。按,會州約當今甘肅白銀靖遠縣一帶。

〔六〕飛騰:猶言飛黄騰達。杜甫《奉寄李十五秘書文嶷》之二:“飛騰知有策,意度不無神。”清仇兆鼇注:“飛騰,猶韓文言飛黄騰達之意。”

〔七〕轍對唐的志向頗不以爲然。杜甫《贈别鄭煉赴襄陽》:“戎馬交馳際,柴門老病身。”唐張籍《寄王六侍御》:“誰能借問功名事,只自扶持老病身。”

次韻唐覲送姜應明謁新昌杜簿〔一〕

夫子雖窮氣浩然〔二〕,輕蓑短笠傲江天〔三〕。薄遊到處唯耽酒〔四〕,歸去無心苦問田〔五〕。泮上講官殊不俗〔六〕,山中老簿亦疑仙〔七〕。相從未足還辭去,欲向曹溪更問禪〔八〕。姜如晦方作嶺外之行。

【箋注】

〔一〕作於元豐五年(一〇八二)夏。姜應明:見《登郡譙偶見姜應明司馬醉歸》注〔一〕。新昌：地名，屬筠州，今在江西宜豐境内。杜簿：不詳，俟考。

〔二〕浩然：見《次韻子瞻見寄》（袞袞河渭濁）注〔一三〕。

〔三〕謂姜與樵漁爲伍。唐張志和《漁歌子》："西塞山前白鷺飛，桃花流水鱖魚肥。青箬笠，緑蓑衣，斜風細雨不須歸。"

〔四〕薄游：猶薄宦。指爲薄禄而宦游於外。《文選·謝朓〈休沐重還道中〉》："薄遊第從告，思閑願罷歸。"唐李周翰注："薄游，薄宦也。"耽酒：好酒；沉溺於酒。唐白居易《恨去年》："老去唯耽酒，春來不著家。"

〔五〕問田：謂營求家産。參《次韻子瞻見寄》注〔一八〕。

〔六〕泮上講官：此稱贊姜。姜當是任講官之職。泮上，見《燕貢士》注〔二〕。

〔七〕山中老簿：當指新昌杜簿。

〔八〕曹溪：本水名，在廣東省曲江縣東南雙峰山下。慧能（俗姓盧，後被尊爲禪宗六祖）曾在曹溪旁之寶林寺演法。按，此因姜往嶺外，故轍有問禪之言。

新種芭蕉〔一〕

芭蕉移種未多時，濯濯芳莖已數圍〔二〕。畢竟空心何所有〔三〕，攲傾大葉不勝肥〔四〕。蕭騷莫雨鳴山樂〔五〕，狼籍秋霜脱敝衣〔六〕。堂上幽人觀幻久〔七〕，逢人指示此身非〔八〕。

【箋注】

〔一〕作於元豐五年（一〇八二）夏。"芭蕉移種未多時，濯濯芳莖已數圍。"當是春日移種而夏已濃蔭。按，芭蕉乃佛經中經常用來取喻的對象，指空幻不堅久之物。唐白居易《逸老》："筋骸本非實，一束芭蕉草。"詩即本佛經意。

〔二〕濯濯（zhuó）：肥澤貌。圍：計量周長的約略單位。舊説尺寸長短不一。《墨子·備城門》："木大二圍。"

〔三〕《大智度論·放光釋論》："諸法如芭蕉，一切從心生。若知法無實，是心亦復空。”

〔四〕攲傾：歪倒傾斜貌。

〔五〕蕭騷：雨大貌。

〔六〕狼藉：秋風肆虐貌。敝衣：喻老的蕉葉。

〔七〕《佛本行集經》卷十四：“恒常無真實，猶如芭蕉心。幻化誑人意，空拳誘小兒。”又卷十八：“如芭蕉心，無有真實。”幻：佛教語。指假相，以佛教立場而言，諸法皆由因緣和合而生，由因緣離散而滅，一切事象皆無實體性，故可稱爲幻。

〔八〕佛經每以芭蕉喻人身之脆弱不久。《維摩詰所説經》卷一：“是身如芭蕉中無有堅，是身如幻從顛倒起，是身如夢爲虚妄見。”《大般涅槃經》卷一：“是身不堅猶如蘆葦、伊蘭、水泡、芭蕉之樹。”唐劉禹錫《病中一二禪客見問因以謝之》：“身是芭蕉喻，行須筇竹杖。”

次韻姜應明黄蘖山中見寄〔一〕

垂老閑居味更深〔二〕，此身隨世任浮沉〔三〕。北窗未厭曲肱卧〔四〕，西洛能傳擁鼻吟〔五〕。匹馬徬徨猶寄食〔六〕，敝裘安樂信無心。我今漂泊還相似〔七〕，同愧高僧支道林〔八〕。

【箋注】

〔一〕作於元豐五年（一〇八二）夏。黄蘖山在新昌縣西一百里（今江西宜豐縣境内），乃禪宗臨濟宗祖庭，知姜應明已謁見杜簿。姜應明：見《登郡譙偶見姜應明司馬醉歸》注〔一〕。

〔二〕唐韋應物《答崔主簿問兼簡温上人》：“閑居澹無味，忽復四時周。”此反韋意而用之。宋歐陽脩《送劉公度縣丞赴江陵》：“投分復連牆，閒居味更長。”

〔三〕漢司馬遷《報任安書》：“故且從俗浮沉，與時俯仰，以通其狂惑。”唐齊己《酬廬山張處士》：“髮枯身老任浮沉，懶泥秋風更役吟。”

〔四〕謂如陶潛高枕而卧。北窗：見《六月十三日病起走筆寄仇池》注〔一五〕。曲肱:見《次韻偶成》注〔七〕。

〔五〕謂姜風雅如謝安。擁鼻吟:見《郭祥正國博醉吟庵》注〔五〕。

〔六〕寄食:依附别人生活。

〔七〕唐李昌符《送友人》:"我今漂泊還如此,江劍相逢亦未知。"

〔八〕謂都不如支的超脱放達。支道林(三一四—三一六):名遁。晉高僧。本姓關氏,陳留(治今河南陳留鎮)人,一説河東林慮(今河南林縣)人。嘗隱支硎山,别稱支硎,世稱支公,又稱林公。晉哀帝時詔至洛陽東安寺。繼竺潛講法于禁中。支善談玄理,名動當時,謝安、王羲之等並與交遊。參南朝慧皎《高僧傳·支遁傳》。

次韻黄大臨秀才見寄〔一〕

故人聚散霜前葉〔二〕,往事眇茫風際煙〔三〕。游宦一生非有己,隱居萬事不由天〔四〕。崎嶇檻阱方①謀食〔五〕,嘯傲山林肯計年〔六〕?賴已將心問盧老〔七〕,相逢他日笑風顛〔八〕。

【校記】

①方:叢刊本作"力",誤。

【箋注】

〔一〕作於元豐五年(一〇八二)初秋。黄大臨:黄庭堅之兄,字元明,號寅庵,洪州分寧(今江西修水)人,紹聖間爲萍鄉令。蘇轍與黄庭堅之交往始于此年。黄庭堅《豫章黄先生文集》卷十九《寄蘇子由書三首》之一云:"誦執事之文章而願見二十餘年矣。官學匏繫,一州輒數歲,迄無參對之幸。"黄大臨與轍之交往,亦當在書後。按,此詩又作黄庭堅詩,見《山谷外集》卷七。

〔二〕謂重聚很難。霜降則葉落,因以喻不久長,故云。

〔三〕謂往事模糊不清了。唐韓愈《謝自然詩》:"須臾自輕舉,飄若風中煙。"

〔四〕"游宦"二句:謂自身遭際皆身不由己,只有聽人擺布。《列子·力命》:"汝疾不由天,亦不由人,亦不由鬼。稟生受形,既有制之者矣,亦有知之者矣。”晉張湛注:“夫死生之分,修短之期,咸定於無爲,天理之所制矣,但愚昧者之所惑,玄達者之所悟也。”

〔五〕漢司馬遷《報任安書》:“猛虎在深山,百獸震恐。及在檻穽之中,摇尾而求食,積威約之漸也。”檻阱:本指捕獸的陷坑,喻人世間的牢籠。宋歐陽脩《别後奉寄聖俞二十五兄》:“自兹遭檻穽,一落誰引汲?”崎嶇:猶輾轉。

〔六〕嘯傲:放歌長嘯,傲然自得。形容放曠不受拘束。晉郭璞《遊仙》之八:“嘯傲遺世羅,縱情在獨往。”

〔七〕盧老:指禪宗六祖慧能(六三八—七一三)。唐時嶺南新州(今廣東新興縣)人,俗姓盧,與神秀同師黄梅弘忍禪師,受其法。神秀稱北宗,慧能稱南宗,居韶州曹溪山寶林寺,後被尊爲禪宗六祖。憲宗謚爲大鑒禪師。

〔八〕風癲:即瘋癲。風,後來寫作“瘋”。

附録　黄大臨(一作黄庭堅)《奉寄子由》

鍾鼎功名淹筦庫,朝廷翰墨寫風煙。遥知道院頗岑寂,定是壺中第幾天。歷下笑談漫一夢,江南消息又餘年。動心忍性非無意,吏部如今信大顛。

次韻李朝散游洞山二首〔一〕

其一

古寺依山占幾峰〔二〕,精廬彷彿類天宫〔三〕。三年欲到官爲礙〔四〕,百里相望意自通。無事佛僧何處著,入群鳥獸不妨同〔五〕。眼前簿領何時脱〔六〕? 一笑相看丈室中〔七〕。

【箋注】

〔一〕作於元豐五年(一〇八二)秋。“休夏巾瓶誰與共? 迎秋水石不勝閑。”知已在秋時。《三蘇年譜》卷三十二:“李朝散或爲李撫辰。”朝散:見《戲贈李朝散》注〔一〕。洞山:禪宗曹洞宗祖庭,在筠州境内(今江西宜豐縣北)。

〔二〕古寺:當指洞山寺,又稱普利寺。《江西通志》卷一百十一《瑞州府》:“洞山寺:即普利寺。在新昌縣太平鄉。唐大中時,良价禪師募雷衡地建。中有新豐、洞雲二亭,逢渠橋、考功泉、夜合石諸勝。宋真宗、仁宗有御書飛白草字及黄庭堅所書《新豐吟》。”

〔三〕精廬:佛寺;僧舍。

〔四〕謂三年來皆因公事纏繞而欲去不能。唐白居易《和望曉》:“相望山隔礙,欲去官羈絆。”礙:妨礙。

〔五〕《論語·微子》:“夫子憮然曰:‘鳥獸不可與同群,吾非斯人之徒與而誰與? 天下有道,丘不與易也。’”此反其意而用之。

〔六〕宋王安石《飲裴侯家》:“我曹偶脱簿領間,何忍愛惜一日閑。”

〔七〕丈室:相傳毗耶離(在中印度)維摩詰大士以稱病爲由,與前來問疾的文殊等討論佛法,妙理貫珠。其卧疾之室雖一丈見方而能容納無數聽衆。唐顯慶年間,王玄策奉敕出使印度,過維摩詰故宅,乃以手板縱横量之,僅得十笏,因號方丈、丈室。見《維摩詰經》、《釋氏要覽·住處·方丈》。後即指僧侶居住的房間。

其二

僧老經時不出山〔一〕,法堂延客未曾關〔二〕。心開寶月嬋娟處〔三〕,身寄浮雲出没間。休夏巾瓶誰與共? 迎秋水石不勝閑〔四〕。近來寄我《金剛頌》〔五〕,欲指胸中無所還〔六〕。

【箋注】

〔一〕經時:歷時很久。

〔二〕法堂:佛教語。寺中演説佛法的講堂。唐王維《過福禪師蘭若》:“巖壑轉微逕,雲林隱法堂。”

〔三〕心開:謂心靈開悟。寶月:明月。南朝梁吴均《碎珠賦》:“寶月生焉,越浦隋川。”嬋娟:形容月色明媚。

〔四〕“休夏”二句:謂夏秋時游賞不能偕同。“休夏”“迎秋”互文。巾瓶:即净瓶。夏天用來裝水洗濯手面以消暑。水石:猶泉石。多借指清麗勝景。

唐李白《經亂後避地剡中留贈崔宣城》:“忽思剡溪去,水石遠清妙。”

〔五〕金剛頌:即《金剛經》,大乘佛教般若系經典,以金剛比喻智慧之鋭利、光明與堅固,能斷一切煩惱。六祖慧能曾作注解。

〔六〕《金剛經》卷一:“若爲一切有爲法,如夢幻泡影,如露亦如電,應作如是觀。”《金剛般若疏》卷一:“一切有爲法,如夢幻泡影。内心外境,悉無所有。”

簡學中諸生〔一〕

泮水秋生藻荇涼〔二〕,莫窗燈火亂螢光〔三〕。圖書粗足惟須讀,菽粟才供且自强。羽籥暗催新節物〔四〕,弦歌不廢近詩章〔五〕。腐儒最喜南遷後,仍見西雍白鷺行〔六〕。

【箋注】

〔一〕作於元豐五年(一〇八二)秋。轍時兼權筠州州學教授。“泮水秋生藻荇涼,莫窗燈火亂螢光。”明言時令。簡:致書簡(與諸生)。

〔二〕泮水:見《燕貢士》注〔二〕。藻荇:萍藻和荇菜。

〔三〕《晉書·車胤傳》:“胤恭勤不倦,博學多通。家貧不常得油,夏月則練囊盛數十螢火以照書,以夜繼日焉。”

〔四〕羽籥(yuè):古代祭祀或宴饗時舞者所持之舞具和樂器。此指秋冬漸近。羽,指雉羽。籥,一種編組多管樂器。《禮記·文王世子》:“春夏學干戈,秋冬學羽籥。”

〔五〕勉勵諸生勤學。弦歌:依琴瑟而詠歌。《周禮·春官·小師》:“小師掌教鼓鞀、柷、敔、塤、簫、管、弦、歌。”漢鄭玄注:“弦,謂琴瑟也。歌,依詠詩也。”此指儒家經典的學習。晉嵇蕃《答趙景真書》:“故顔生居陋,不改其樂。孔父困陳,弦歌不廢。”近:親近。詩章:詩篇。

〔六〕“腐儒”二句:謂自己看見州學生勤奮非常高興。腐儒:迂腐之儒者。唐杜甫《江漢》:“江漢思歸客,乾坤一腐儒。”南遷:謂貶謫到南方。西雍:古代位于都邑西郊的澤宫。《詩·周頌·振鷺》:“振鷺于飛,於彼西雝。”毛傳:“雝,澤也。”宋王應麟《詩地理考》:“先儒多謂辟雝在西郊,故曰西雝。”此指州學。白鷺:喻州學生。

以蜜酒送柳真公〔一〕

牀頭釀酒一年餘,氣味全非卓氏壚〔二〕。送與幽人試嘗看,不應知是百花鬚〔三〕。

【箋注】

〔一〕作於元豐五年(一〇八二)秋。柳真齡(安期)來筠州,以蜜酒送之,軾作詩。真齡答詩,轍次韻。柳真公:見《和子瞻鐵拄杖》注〔一〕。蜜酒:用蜂蜜釀的酒,蘇軾有《蜜酒歌》,轍亦有和,見本卷《和子瞻蜜酒歌》。

〔二〕謂全非家鄉風味。據蘇軾《蜜酒歌敘》:"西蜀道士楊世昌善作蜜酒,絶醇釅。"卓氏:卓文君,西漢臨邛(今四川邛崍市)人,富商卓王孫女,司馬相如飲於卓氏,文君新寡,相如以琴心挑之,文君夜奔相如,同歸成都。相如家徒四壁,因又之臨邛,令文君當壚賣酒。卓氏恥之,分與文君財物。復回成都,買田宅爲富人。相如疾死,文君爲誄傳於世。見《史記·司馬相如列傳》。按,此以卓氏壚喻蜀地的酒。

〔三〕謂或想不到這酒是蜂蜜釀的。百花鬚:百花之花蕊。唐杜甫《陪李金吾花下飲》:"見輕吹鳥毳,隨意數花鬚。"蘇轍《和子瞻蜜酒歌》:"口銜澗水拾花須,沮洳滿房何不有?"

次韻柳見答〔一〕

桂酒無人寄豫章〔二〕,江西官釀惟豫章最佳。羈愁牢落遣誰當〔三〕?烹煎崖蜜真牽强〔四〕,慚愧山蜂久蓄藏。江上鱠鱸橙正熟〔五〕,山頭吹帽菊初香〔六〕。漂流異日俱陳迹〔七〕,笑説過從想未忘〔八〕。

【箋注】

〔一〕作於元豐五年(一〇八二)秋八月。"江上鱠鱸橙正熟,山頭吹帽菊初香。”爲八月物事。

〔二〕桂酒：此喻美酒。豫章：此指高安，唐時屬豫章郡，宋時屬江南西道洪州，後置筠州。

〔三〕謂無酒何以解愁。羈愁：羈旅之愁。牢落：孤寂。

〔四〕崖蜜：山崖間野蜂所釀之蜜。色青，味微酸。牽强：猶勉强，還不錯。

〔五〕用張翰故事。見《送劉道原學士歸南康》注〔五〕。

〔六〕晉陶潛《征西大將軍長史孟府君傳》云：晉孟嘉九月九日與桓温等遊於龍山，有風吹嘉帽墜於地，嘉不之覺，温令孫盛爲詩以嘲之。嘉不動容，請筆紙作答，了不容思，文辭超卓，四座嗟歎。

〔七〕晉王羲之《蘭亭集序》：“向之所欣，俛仰之間，已爲陳迹。”

〔八〕過從：交往。

披仙亭晚飲〔一〕

落日欲没多雲煙，南山暝鴉歸北山。樓臺城上半明滅〔二〕，燈火橋頭初往還。江西八月熱猶在，坐中遷客頭欲班〔三〕。何時解網聽歸去〔四〕，黄花白酒疏籬間〔五〕。

【箋注】

〔一〕作於元豐五年（一〇八二）秋八月。詩明言八月。披仙亭：在高安。見《和毛君州宅八詠》。

〔二〕宋歐陽脩《嵩山十二首・中峰》：“烟嵐半明滅，落照在峰端。”

〔三〕遷客：貶謫放逐之人。此處轍自指。班：通“斑”。斑白。唐元稹《悟禪三首寄胡果》之三：“莫驚頭欲白，禪觀老彌深。”

〔四〕解網：解脱塵網。喻世俗禮法的束縛與約束。晉陶潛《歸園田居五首》之一：“誤落塵網中，一去三十年。”

〔五〕蘇軾《九日黄樓作》：“黄花白酒無人問，日暮歸來洗靴韈。”陶潛《飲酒二十首》之五：“採菊東籬下，悠然見南山。”

金沙臺〔一〕

待罪東軒僅兩秋,榷酤事了且夷猶〔二〕。獎崇善類詢輿論,過訪仁賢棹小舟〔三〕。契合通家心異姓,情敦同氣邁凡流〔四〕。金沙臺上聊舒樂,即景題詩閤酒甌。

【箋注】

〔一〕作於元豐五年(一〇八二)八月前後。本詩輯自清黄廷金同治《瑞州府志》卷二十二。元豐三年(一〇八〇)十二月初八日蘇轍作《東軒記》,此詩云"待罪東軒僅兩秋",故當在元豐五年。"榷酤事了且夷猶"是其監筠州鹽酒税閒暇之時,遊歷筠州遍訪仁賢。《金沙劉氏家譜》亦收此詩,題作《訪劉平伯》,似更爲切題。此譜亦曰:"平伯翁,字端甫,襟度開豁,有大志,戀儒業,累躓文場,退居葆醇,以敦樸持家,以詩課子,睦族幫鄰,遠近咸稱長者。元豐庚申,蘇文定公轍謫監筠州鹽酒税,以道義交,極稠密。越五載甲申,蘇文忠公軾自黄州移汝來視文定,聞端甫名,特過訪焉,因贈墨竹圖四幅及詩文,復書唤渡亭三字,以記來蹤,遂改所居曰來蘇。"可詳參戴佳臻《蘇轍〈金沙臺〉詩作考》。《江西通志》卷七十一:"劉平伯,高安人。漢建城侯之裔,高蹈好文,名士推之。二蘇兄弟過訪,並有賡詠。子瞻寫墨竹以贈,今猶珍藏其家。按,劉平伯名姓不見於兩蘇公集,姑存之。"《江西通志》卷三十八"金沙臺":"《安志》在府治東南二里許。漢長沙定王子拾建,爲遊觀之所。"

〔二〕榷酤:漢以後,歷代政府所實施的酒類專賣制度。後以泛指一切酒業管制措施。《漢書·武帝紀》:"[天漢]三年春二月……初榷酒酤。"唐顔師古注引三國吴韋昭曰:"謂禁民酤釀,獨官開置,如道路設木爲榷,獨取利也。"宋周煇《清波雜志》卷六:"榷酤創始於漢,至今賴以佐國用。"夷猶:從容自得貌。

〔三〕"獎崇"二句:善類、仁賢皆爲有德賢能之士。此處謂劉平伯。

〔四〕"契合"二句:謂蘇、劉兩家交往密切融洽。契合:投合,意氣相投。唐杜甫《投贈哥舒開府翰二十韻》:"策行宜戰伐,契合動昭融。"

余居高安三年晨①入莫出輒過聖壽訪聰長老謁方子明浴頭笑語移刻而歸歲月既久作一詩記之〔一〕

朝來賣酒江南市，日莫歸爲江北人〔二〕。禪老未嫌参請數〔三〕，漁舟空怪往來頻。每慚菜飯分齋鉢，時乞香泉洗病身。世味漸消婚嫁了〔四〕，幅巾緇②褐許相親〔五〕。

【校記】

①"晨"上：叢刊本有"每"。

②緇：原作"緣"，據宋大字本、宋建本、蜀藩刻本改。

【箋注】

〔一〕作於元豐五年（一〇八二）秋八月。蘇轍元豐三年至筠州，多從道全禪師、克文（雲庵）禪師、聖壽省聰禪師游。聖壽：高安聖壽禪院，兼容佛道。聰長老：聰禪師：綿州鹽泉王氏子，幼事劍門慈雲海亮師，年二十三，誦經得度。始游成都，再南至吴越。後游江西高安，人敬愛之，延住真如、開善、聖壽三道場。因疾而寂，春秋五十有五。詳見蘇轍《逍遥聰禪師塔碑》。方子明：與聰禪師俱爲慧林宗本圓照禪師弟子。浴頭：寺廟裏管澡堂及燒水的人。移刻：一會兒。謂時間不長。刻，漏刻。計時單位。古代以漏壺計時，一晝夜分爲百刻。漢哀帝建平二年分晝夜爲百二十刻。梁武帝天監年間，以八刻爲一辰，晝夜十二辰共得九十六刻。《漢書・哀帝紀》："漏刻以百二十爲度。"唐顔師古注："舊漏晝夜共百刻，今增其二十。"

〔二〕"朝來"二句：從蘇轍詩可知，在新橋未成前是每天渡河到任所。

〔三〕禪老：僧侣中之老者。参請：佛教語。拜見請益之意。數：頻繁。

〔四〕唐白居易《詠懷》："尚平婚嫁了無累，馮翊符章封卻還。"参《次韻子瞻與安節夜坐三首》之二注〔五〕。世味：功名宦情等。了：完畢。

〔五〕幅巾：見《次韻孫户曹朴柳湖》注〔四〕。緇褐：黑色僧服。

次韻子瞻感舊見寄[一]

少年耽世味[二],徘徊不能去。老來悟前非[三],尚愧昔游處[四]。君才最高峙,鶴行雞群中[五]。我雖非君對,顧以兄弟同[六]。結髮皆讀書[七],明月入我牖[八]。縱橫萬餘卷,臨紙但揮手[九]。學成竟無用,掩卷空自疑。卻尋故山友,重赴幽居期[一〇]。秋風送餘熱,冉冉如人老[一一]。衣裘當及時,田廬亦須早。種竹竹生笋,種稻稻亦成。浩歌《歸來》曲[一二],曲終有遺聲。

【箋注】

〔一〕作於元豐五年(一〇八二)九月。軾詩《初秋寄子由》,叙嘉祐五、六年寓京師事。轍次韻。詩言"秋風送餘熱",當爲九月時令。

〔二〕世味:功名宦情之類事。

〔三〕《淮南子·原道》:"故蘧伯玉年五十,而有四十九年非。"晉陶潛《歸去來兮辭》:"識迷途其未遠,覺今是而昨非。"

〔四〕漢禰衡《鸚鵡賦》:"感平生之遊處,若壎篪之相須。"

〔五〕見《次韻道潛見寄》注〔六〕。

〔六〕"我雖"二句:謙言自己本不如兄,但因爲是弟兄而被人相提並論。對:匹配。

〔七〕結髮:束髮。古代男子自成童開始束髮,因以指初成年。慶曆四年(一〇四四),軾九歲,轍六歲,"軾續從張易簡讀書。轍始入學,當爲本歲事。自是至出蜀,或切磋琢磨,或登山臨水,未嘗相捨"(參《三蘇年譜》卷三)。又《龍川略志》卷一:"余幼居鄉閭,從子瞻讀書天慶觀。"

〔八〕晉陸機《擬明月何皎皎》:"安寢北堂上,明月入我牖。"

〔九〕揮手:猶揮灑。謂不費氣力。

〔一〇〕幽居:隱居。

〔一一〕唐劉禹錫《送春曲三首》之二:"春已暮,冉冉如人老。映葉見殘花,連天是青草。"冉冉:漸漸。

〔一二〕歸來曲：指陶潛《歸去來兮辭》。

附録　蘇軾《初秋寄子由》

百川日夜逝，物我相隨去。惟有宿昔心，依然守故處。憶在懷遠驛，閉門秋暑中。藜羹對書史，揮汗與子同。西風忽淒厲，落葉穿户牖。子起尋裌衣，感歎執我手。朱顔不可恃，此語君莫疑。别離恐不免，功名定難期。當時已悽斷，況此兩衰老。失途既難追，學道恨不早。買田秋已議，築室春當成。雪堂風雨夜，已作對牀聲。

次韻和人豐歲〔一〕

風雨迎寒欲勞農〔二〕，今年真不負元豐〔三〕。蓋藏共荷官無擾〔四〕，眠食安知帝有功〔五〕？草笠黄冠將蜡祀〔六〕，羔羊朋酒亦《豳風》〔七〕。請君早具躋堂飲〔八〕，退食委蛇正自公〔九〕。

【箋注】

〔一〕作於元豐五年（一〇八二）九月。原詩作者不詳。

〔二〕勞農：勸勉農耕。《禮記·月令》："［孟夏之月］命野虞出行田原，爲天子勞農勸民，毋或失時。"

〔三〕"元豐"本爲宋神宗年號，然"元"另有"大"義。元豐：大豐收。

〔四〕蓋藏：儲藏。《禮記·月令》："［孟冬之月］命百官，謹蓋藏。"漢鄭玄注："謂府庫囷倉有藏物。"

〔五〕《藝文類聚·人部二十·隱逸上》引《帝王世紀》："老人曰：'吾日出而作，日入而息。鑿井而飲，耕田而食。帝何力於我哉？'"

〔六〕謂年終祭祀。草笠、黄冠，皆年終舉行蜡祭時裝束。《禮記·郊特牲》："黄衣黄冠而祭，息田夫也。野夫黄冠；黄冠，草服也。"鄭玄注："言祭以息民，服像其時物之色，季秋而草木黄落。"又"大羅氏，天子之掌鳥獸者也。諸侯貢屬焉，草笠而至，尊野服也。"鄭玄注："諸侯於蜡，使使者戴草笠，貢鳥獸也。"

〔七〕謂可如《詩・豳風・七月》所記載一樣,殺羊飲酒,慶賀豐收。朋酒:兩樽酒。《詩・豳風・七月》:"朋酒斯饗,曰殺羔羊。"毛傳:"兩樽曰朋。"

〔八〕《詩・豳風・七月》:"躋彼公堂,稱彼兕觥。"毛傳:"公堂,學校也。"

〔九〕退食:公餘休息。參《和子瞻東陽水樂亭歌》注〔六〕。

同孔常父作張夫人詩〔一〕

女子勿言弱,男兒何必强?君看張夫人,身舉十五喪〔二〕。頭上脱笄珥,篋中斥襦裳〔三〕。築墳連丘山,松柏鬱蒼蒼。親戚不爲助,涕泣感道傍。昔有王氏老,身爲尚書郎。親死棄不葬,簪裾日翱翔。白骨委廬陵,宦游在岐陽〔四〕。一旦有丈夫,軒軒類佯狂。相面識心腹,開口言災祥〔五〕:"嗟汝平生事,不了令誰當〔六〕?汝身暖絲綿,汝口甘稻粱。衣食未嘗廢,此事乃可忘〔七〕?"一言中肝心,投身拜其牀〔八〕。傍人漫不知,相視空茫茫。終言"汝不悛〔九〕,物理久必償〔一〇〕。兒女病手足,相隨就淪亡"〔一一〕。鄙夫本愚悍,過耳風吹牆〔一二〕。明年及前期〔一三〕,長子憂骭瘍〔一四〕。一麾守巴峽,雙柩還故鄉〔一五〕。弱息雖僅存,蹣跚亦非良〔一六〕。誰言天地寬,網目固自張〔一七〕。古事遠不信,近事世所詳。企張非求福〔一八〕,禍敗當懲王〔一九〕。嘉祐末年,李士寧言王君事於右扶風〔二〇〕,其報甚速。張夫人,南都人,孔推官常甫作詩言其賢,邀余同作,并言李生事,或足以警世云。

【箋注】

〔一〕作於元豐五年(一〇八二)九月。孔常父:孔武仲。見《和孔教授武仲濟南四詠》注〔一〕。

〔二〕舉:經辦。十五喪:十五人的喪事。

〔三〕"頭上"二句:謂張夫人典當首飾衣物而治喪事。笄珥(jī ěr):古代婦女常用以裝飾髮耳之飾件。《淮南子・修務》:"嘗試使之施芳澤,正娥眉,設笄珥,衣阿錫。"漢高誘注:"笄,婦人首飾;珥,瑱也。"斥:取。襦裳:猶衣裳。襦,短衣;短襖。襦有單、複,單襦則近乎衫,複襦則近襖。

〔四〕“昔有”六句：謂王某親死不葬而仍在外做官。簪裾：古代顯貴者的服飾。借指顯貴。北周庾信《奉和永豐殿下言志》之二：“星橋擁冠蓋，錦水照簪裾。”翺翔：猶遨遊。廬陵：吉州舊稱。戰國時屬楚，秦屬九江郡，二漢屬豫章郡。孫策分置廬陵郡，南朝因之。隋平陳置吉州，煬帝初州廢置廬陵郡，唐爲吉州，或爲廬陵郡，屬江南道。宋屬江西路。治廬陵（今江西吉安市）。岐陽：今陝西鳳翔。漢時屬右扶風。參《子瞻寄示岐陽十五碑》注〔一〕。

〔五〕“一旦”四句：謂一男性術士給王某相面。丈夫：指此術士。軒軒：舉止奇特貌。佯狂：裝瘋。謂看來瘋瘋顛顛的。按，孔凡禮先生解讀有誤。佯狂者是術士。

〔六〕不了：猶言不承受。

〔七〕此事：謂親喪當葬事。乃：竟然。

〔八〕“一言”二句：謂術士的話揭穿了王某的醜行，王某心服口服。牀：坐椅。

〔九〕悛（quān）：悔改。

〔一〇〕物理：事物之理；天理。償：償還。此謂報應。

〔一一〕相隨：接二連三。

〔一二〕“鄙夫”二句：謂術士云其將遭報應，但王某很快就忘到腦後。愚悍：愚蠢而凶悍。按，“風吹牆”當是從李白《答王十二寒夜獨酌有懷》“世人聞此皆掉頭，有如東風射馬耳”化出。

〔一三〕前期：術士預言的時間範圍。

〔一四〕骭瘍（gàn yáng）：脛瘡。《爾雅·釋訓》：“既微且尰：骭瘍爲微，腫足爲尰。”晉郭璞注：“骭，腳脛；瘍，瘡。”

〔一五〕“一麾”二句：謂在巴峽作郡守，結果與長子都死了。一麾：謂以朝官出爲外任。語出南朝宋顔延之《五君詠·阮始平》：“屢薦不入官，一麾乃出守。”巴峽：指今重慶以東江面的石洞峽、銅鑼峽、明月峽，即《華陽國志·巴志》所稱的巴郡三峽。雙柩：猶言兩副棺材。

〔一六〕“弱息”二句：謂雖然還有一個幼子，但卻是跛子。蹒跚：跛行貌。

〔一七〕“誰言”二句：《老子》七十三章：“天網恢恢，疏而不失。”

〔一八〕企張：猶言企慕張夫人。企：踮起腳。

〔一九〕懲王：把王某作爲鑒戒。

〔二〇〕李士寧：見《正旦夜夢李士寧過我談説神怪久之草草爲具仍以一小詩贈之》注〔一〕。

次煙字韻答黄庭堅〔一〕

病卧江干鬢帶雪，老捻書卷眼生煙〔二〕。貧如陶令仍耽酒〔三〕，窮似湘累不問天〔四〕。令弟近應憐廢學〔五〕，大兄昔許叩延年〔六〕。比聞蔬茹隨僧供〔七〕，相見能容醉後顛〔八〕？魯直兄舊於齊州以養生見教。

【箋注】

〔一〕作於元豐五年（一〇八二）九月。黄庭堅（一〇四五——一一〇五）：字魯直，號山谷道人，晚號涪翁，洪州分寧（今江西修水縣）人，黄庶次子。英宗治平四年舉進士第，調葉縣尉。神宗熙寧五年除北京國子監教授。元豐三年改知吉州太和縣，六年調監德州德平鎮。哲宗立，召爲校書郎、《神宗實録》檢討官。逾年遷著作佐郎，加集賢校理，擢起居舍人、秘書丞等。紹聖初，出知宣州，改鄂州。二年，新黨謂其修《實録》"多誣"，貶涪州别駕、黔州安置，後徙戎州。元符三年徽宗即位，召還，旋又以文字罪除名，羈管宜州。崇寧四年卒於貶所，年六十一。庭堅工詩，主學杜甫，開創江西詩派。善草書、行書，列宋四大家。《宋史》有傳。

〔二〕"病卧"二句：謂己在筠州之困頓。江干：江邊；江岸。唐白居易《喜入新年自詠》："白鬢如雪五朝臣，又值新正第七旬。"捻（niǎn）：用手指搓（書角）。

〔三〕陶令：晉陶潛，性嗜酒，或置酒招之，造飲必盡，期在必醉。見《晉書·陶淵明傳》。參《答文與可以六言詩相示因道濟南事作十首》之六注〔二〕。

〔四〕湘累：指屈原，曾撰《天問》。《漢書·揚雄傳》引揚雄《反離騷》："因江潭而網記兮，欽弔楚之湘纍。"唐顔師古注："李奇曰：諸不以罪死曰纍。屈原赴湘死，故曰湘纍也。"

〔五〕謂黄庭堅應仍愛傳統經學。廢學：牢騷話，針對新學而言。

〔六〕謂黄大臨嘗以養生之術教轍。叩：叩問；咨詢。延年：延長壽命。《楚辭・屈原〈天問〉》："延年不死，壽何所止？"

〔七〕比聞：最近聽説。蔬茹：猶言蔬菜，茹，蔬菜的總名。《漢書・食貨志上》："還廬樹桑，菜茹有畦。"唐顔師古注："茹，所食之菜也。"

〔八〕謂不知道見面後能否一起痛飲（因對方正吃齋）。唐草書家張旭醉後往往有顛狂之態，人稱"張顛"，見唐張懷瓘《書斷》。參《石蒼舒醉墨堂》注〔八〕。

附録　黄庭堅《次元明韻奉寄子由》

半世交親隨逝水，幾人圖畫入凌煙。春風春雨花經眼，江北江南水拍天。欲解銅章行問道，定知石友許忘年。春令各有思歸恨，日月相催雪滿顛。

東軒長老二絶并叙①〔一〕

始余於官舍營東軒〔二〕，彭城曹君焕子文自浮光訪余於高安〔三〕，道過黄岡。家兄子瞻以詩送之曰："君到高安幾日迴？一時抖擻舊塵埃。贈君一籠牢收取〔四〕，盛取東軒長老來。"君過廬山，見圓通知慎禪師〔五〕，出詩示之。師嘗與余通書，見之欣然。明日謂君："昨見黄州詩，通夕不寐，以一偈繼之。曰：'東軒長老未相逢，卻見黄州一信通。何用揚眉資目擊，須知千里事同風。'吾野人，不能數爲書，君爲我誦之而已。"君既至，未暇及此。客有自廬山至者曰："慎師送客出門，還入丈室，燕坐而寂。"君乃具道其事。余感之，作二絶。其一以答子瞻，其二以答慎也。

其一

東軒正②似虚空樣〔六〕，何處人家籠解盛〔七〕？縱使盛來無處著③，雪堂自有老師兄〔八〕。子瞻新築東坡雪堂。

【校記】

①叙:原作“序”,據蜀藩刻本改。

②正:三蘇祠本作“只”。

③處著:蜀藩刻本、叢刊本作“著處”。

【箋注】

〔一〕作於元豐五年(一〇八二)壬戌九月。《輿地紀勝·江南西路·瑞州·景物上·東軒》:“《新志》云:在貢院。元豐中,欒城居之,有《種蘭詩》曰:‘蘭生幽谷無人識,客種東軒爲我香。’東坡自黄移汝,取道訪欒城,留東軒十日,有詩。”東軒長老:蘇轍曾作《東軒記》,蘇過《和叔父移居東齋》自注:“公舊自謂東軒長老。”

〔二〕東軒:當取義於陶潛《飲酒》之七:“嘯傲東軒下,聊復得此生。”參《送提刑孫頎少卿移湖北轉運》注〔九〕。

〔三〕曹焕:字子文,光州知州曹九章之子,後娶蘇轍女。政和元年任山陽令。有《志喜樓記》傳世。《三蘇年譜》卷三十二:“焕赴筠,當爲完婚。”浮光:據《太平寰宇記·淮南道五·光州》,弋陽郡光州光山縣有浮光山,一名弋浮山,在縣西北八里。

〔四〕收取:猶言收著。取,動詞後綴。

〔五〕知慎:潤州金山懷賢圓通禪師法嗣,臨濟宗僧人。《續傳燈録》作“知謹”,疑爲一人。餘不詳。俟考。

〔六〕謂自己已歸於空寂,無形可盛。虚空:虚與空者,無之别稱。虚無形質,空無障礙,故名虚空。

〔七〕南朝梁吴均《續齊諧記》:“陽羨許彦相綏安山,行遇一書生,年十七八,卧側云:腳痛。求寄鵞籠中。彦以爲戲言,書生便入籠,籠亦不更廣,書生亦不更小,宛然與雙鵞並坐,鵞亦不驚。彦負籠而去,都不覺重。”三國吴康僧會譯《舊雜譬喻經》卷上、《法苑珠林》卷七十六引《靈鬼志》等亦有類似記載,二蘇詩均本此而發。盛:盛取。解:能。

〔八〕老師兄:指蘇軾。

其二

擔頭挑得黄州籠,行過圓通一笑開〔一〕。卻到山前人已寂〔二〕,亦無一物可擔迴。

【箋注】

〔一〕圓通：指廬山圓通寺。

〔二〕寂：圓寂。佛教指僧尼死。此言知慎禪師已死。

附録　蘇軾《子由在筠作東軒記或戲之爲東軒長老其婿曹焕往筠余作一絶句送曹以戲子由曹過廬山以示圓通慎長老慎欣然亦作一絶送客出門歸入室趺坐化去子由聞之乃作二絶一以答余一以答慎明年余過圓通始得其詳乃追次慎韻》

其一

君到高安幾日回，一時斗擻舊塵埃。贈君一籠牢收取，盛取東軒長老來。予送曹詩。

其二

大士何曾有生死，小儒底處覓窮通。偶留一吷千山上，散作人間萬竅風。予次慎韻。

題方子明道人東窗〔一〕

紙窗雲葉浄〔二〕，香篆細煙青〔三〕。客到催茶磨〔四〕，泉聲響石瓶〔五〕。禪關敲每應〔六〕，丹①訣問無經〔七〕。贈我刀圭藥〔八〕，年來髮變星〔九〕。

【校記】

①丹：叢刊本作“肝”。

【箋注】

〔一〕作於元豐五年（一〇八二）九月。方子明：見《余居高安三年晨入莫出輒過聖壽訪聰長老謁方子明浴頭笑語移刻而歸歲月既久作一詩記之》

注〔一〕。

〔二〕雲葉:言窗紙繪有雲霧樹木。

〔三〕香篆:香名,形似篆文。宋洪芻《香譜·香篆》:"[香篆]鏤木以爲之,以範香塵爲篆文,然於飲席或佛像前,往往有至二三尺徑者。"

〔四〕茶磨:用茶磨磨茶。宋莊季裕《雞肋編》卷下:"南安軍上猶縣北七十里石門保小邏村出堅石,堪作茶磨,其佳者,號'掌中金'。……其磨茶四周皆匀如雪片,齒雖久更開斷。"

〔五〕古人多用石瓶裝取井泉水,取其接近天然,以保證沖泡茶葉時之品質。唐曹松《觀山寺僧穿井》:"況是分嵓眼,同來下石瓶。"又《題鶴鳴泉》:"何因值舟頂,滿汲石瓶回。"

〔六〕禪關:禪門。唐賈島《宿慈恩寺郁公房》:"竹陰移冷月,荷氣帶禪關。"

〔七〕謂煉丹術玄虚而不好理解。丹訣:煉丹術。晉干寶《搜神記》卷一:"有人入焦山七年,老君與之木鑽,使穿一盤石……四十年,石穿,遂得神仙丹訣。"無經:不能以常意理解。唐張蠙《宿開照寺光澤上人院》:"真身非有像,至理本無經。"

〔八〕刀圭:中藥量器名。此指藥物。參《張安道生日》之二注〔六〕。

〔九〕星:髮變斑白。南朝梁何遜《白髮詩》:"絲白不難染,蓬生本易扶。唯此星星髮,獨與衆中殊。"按,此二句是前果後因。因爲頭髮斑白了,所以贈給我藥物。

次前韻〔一〕

閉門何所事?毛髮日青青〔二〕。齒折登山屐〔三〕,塵生貰酒瓶〔四〕。調心開貝葉〔五〕,救病讀《難經》〔六〕。定起無人見〔七〕,寒燈一點星。

【箋注】

〔一〕作於元豐五年(一〇八二)九月。

〔二〕青青(jīng):(頭髮)茂盛。《詩·衛風·淇奥》:“瞻彼淇奥,緑竹青青。”毛傳:“青青,茂盛貌。”

〔三〕謂自己久不出門,登山裝備已壞。登山屐:見《次韻子瞻延生觀後山上小堂》注〔二〕。

〔四〕謂酒瓶放置很久不用。《後漢書·范冉傳》:“有時絶粒,窮居自若,言貌無改。閭里歌之曰:‘甑中生塵范史雲,釜中生魚范萊蕪。’”貰(shì):賒欠。《史記·高祖本紀》:“常從王媪、武負貰酒。”南朝宋裴駰集解引三國吴韋昭曰:“貰,賒也。”

〔五〕調心:調攝心性。貝葉:古代印度人用以寫經的樹葉。因指佛經。

〔六〕難經:原名《黄帝八十一難經》,傳爲戰國時扁鵲所著。此泛指醫書。

〔七〕定起:佛教徒修行中的入定和起身打坐。

迎寄王適〔一〕

投竄千山恨不深〔二〕,扁舟夏涉氣如烝〔三〕。重來匹馬君何事〔四〕?歸去飛鴻我未能。養氣經年惟脱粟〔五〕,讀書終夜有寒燈。安心且作衰慵伴〔六〕,海底鯤魚會化鵬〔七〕。

【箋注】

〔一〕作於元豐五年(一〇八二)九月。“歸去飛鴻”當是九月事。

〔二〕投竄:放逐;流放。宋梅堯臣《雲外庵》:“山僧好寂静,入雲恨不深。”

〔三〕謂王適從黄州冒暑前來。

〔四〕匹馬:一匹馬,此指一人一馬。

〔五〕養氣:參《次韻子瞻見寄》(衮衮河渭濁)注〔一三〕。脱粟:糙米。參《次韻子瞻宿南山蟠龍寺》注〔九〕。

〔六〕衰慵:衰老慵懶之人。轍自指。

〔七〕勉勵適終有大展才華之時。參《送林子中安厚卿二學士奉使高麗二首》之二注〔三〕。

王度支陶挽詞二首〔一〕

其一

風迹殊不昧〔二〕，聲名豈偶然？長途催騄驥，爽氣激鷹鸇〔三〕。薏苡成遺恨〔四〕，松楸卜遠年〔五〕。淒涼故吏盡，誰泣鬣封前〔六〕？

【箋注】

〔一〕作於元豐五年（一〇八二）歲末。《三蘇年譜》以爲"陶字樂道，京兆萬年人。神宗時，嘗權三司使，故以度支稱之"，誤。此王陶另有其人。王陶：字子元，韶州曲江（今廣東韶關市）人，式子。博學有俊才，登天聖五年進士第，歷信州軍事推官、吉州泰和縣令。官至京東提刑、度支中郎。先是父式天聖初進士及第，既而陶兄弟三人又同年及第，陶子履古亦登進士，曲江稱"三世進士第"。見余靖《宋故大理寺丞知梅州王（式）君墓碣銘》。《續資治通鑑長編·神宗熙寧五年》："甲戌，復昭信軍節度副使王陶爲度支郎中致仕。陶前坐妄奏官吏及子履潔販私茶、銅、鹽敗官，雖會赦當叙，而年已七十，故令致仕也。"詩曰"薏苡成遺恨"，正是此事。陶以"度支郎中致仕"，故蘇轍挽詞以王度支稱之。

〔二〕風跡：猶風節，風操。《後漢書·朱浮傳》："頗欲厲風跡。"唐李賢注："風化之跡也。"不昧：不損壞，不湮滅。唐杜甫《回棹》："吾家碑不昧，王氏井依然。"

〔三〕"長途"二句：謂王稟性激昂英爽，敢於擔當。騄（lù）驥：指駿馬。《文選·張衡〈南都賦〉》："騄驥齊鑣，黄閒機張。"唐李善注："騄驥，駿馬之名也。"爽氣：英爽豪邁之氣。鷹鸇：這裏泛指猛禽。鸇（zhān），猛禽名。

〔四〕謂王陶妄奏吴天常事令人遺憾。《宋會要輯稿·職官六五·黜降官二》："八月二十五日，前提點福建路刑獄公事、度支郎中王陶責建寧軍節度副使，不僉書州事，復州安置。坐妄奏知南劍州吴天常徇私不公，挾情紀捨構事，不覺察男履潔興販私茶鹽、收買銅器、受客人銀錢、夾帶私鹽故也。"《後漢書·

馬援傳》："初援在交阯，常餌薏苡實，用能輕身省慾，以勝瘴氣。南方薏苡實大，援欲以爲種，軍還，載之一車，時人以爲南土珍怪，權貴皆望之。援時方有寵，故莫以聞。及卒後，有上書譖之者，以爲前所載還皆明珠文犀。"蘇軾《和王鞏並次韻》之五："巧語屢曾遭薏苡，庾詞聊復託芎藭。"薏苡：植物名。子粒（薏苡仁）供食用、釀酒，可入藥。

〔五〕松楸（qiū）：松樹與楸樹。墓地多植，因以代稱墳墓。南朝齊謝朓《齊敬皇后哀策文》："陳象設於園寢兮，映輿鍐於松楸。"

〔六〕鬣封：馬鬣封。墳墓上封土之形。此指墳墓。

其二

京塵昔傾蓋〔一〕，江國見佳城〔二〕。零落舊冠劍〔三〕，艱難孝弟兄〔四〕。存亡看世俗〔五〕，意氣憶平生。曉鐸知人恨，幽音亦未平〔六〕。

【箋注】

〔一〕京塵：此指京城。語本晉陸機《爲顧彦先贈婦二首》之一："京洛多風塵，素衣化爲緇。"蘇軾《次韻孫巨源見寄五絶》之五："不羨京塵騎馬客，羨他淮月弄舟人。"傾蓋：車上的傘蓋靠在一起。指初次相識或偶然相逢。參《北京送孫曼叔屯田權三司開拆司》注〔五〕。

〔二〕江國：江河衆多的區域。一般指江南。佳城：喻指墓地。《文選·沈約〈冬節後至丞相第詣世子車中作〉》："誰當九原上，鬱鬱望佳城。"唐李周翰注："佳城，墓之塋域也。"王陶故鄉爲廣東韶關市，爲湞江、武江、北江三水交會處，故稱"江國"。

〔三〕猶言零落的故人。指自己。舊冠劍：語出劉禹錫《和牛僧孺》："猶有當時舊冠劍，待公三日拂埃塵。"事見《太平廣記·雜録·劉禹錫》。牛僧孺赴舉，嘗投贄于劉禹錫，劉肆意改纂，"歷三十餘歲，劉轉汝州，僧孺鎮漢南，枉道駐旌信宿，酒酣直筆以詩喻之……僧孺詩曰：'粉署爲郎四十春，向來名輩更無人。休論世上昇沉事，且鬬罇前見在身。珠玉會應成咳唾，山川猶覺露精神。莫嫌恃酒輕言語，會把文章謁後塵。'禹錫詩云：'昔年曾忝漢朝臣，晚歲空餘老病身。初見相如成賦日,後爲丞相掃門人。追思往事咨嗟久,幸喜清光笑語頻。猶有當時舊冠劍,待公三日拂埃塵。'牛吟和詩,前意稍解。"

〔四〕謂王陶弟兄皆以孝稱。按,王陶弟王防,亦舉進士。

〔五〕謂由人之存亡可觀世風之薄厚。

〔六〕"曉鐸"二句:早晨屋檐上的風鈴也似在傾訴冤屈。鐸(duó):此指風鈴。殿閣塔簷的懸鈴,風吹發出響聲。

次韻陳師仲主簿見寄〔一〕

朽株難刻畫,枯葉任凋零〔二〕。舊友頻相問,村酤獨未醒〔三〕。山牙收細茗〔四〕,江實得流萍〔五〕。頗似申屠子,都忘足被刑〔六〕。

【箋注】

〔一〕作於元豐五年(一〇八二)歲末。陳師仲:字傳道,彭城人(今江蘇徐州市),陳師道之兄。曾爲錢塘主簿。主簿:官名。漢代中央及郡縣官署多置之。其職責爲主管文書,辦理事務。宋時以主簿爲初事之官。本詩描繪自己在筠的生活,頗多久貶未歸之激憤。

〔二〕"朽株"二句:憤激之詞。語出《論語·公冶長》:"宰子晝寢。子曰:'朽木不可雕也,糞土之牆不可杇也,於予與何誅?'"

〔三〕"舊友"二句:謂自己常常與朋友痛飲。村酤(gū):猶言村釀。

〔四〕謂山上有鮮嫩的芽茶。細茗:茶樹長出的細芽。《説文·艸部》:"茗,荼芽也。"牙:後來寫作"芽"。

〔五〕謂江邊有甘美的水果。流萍:典出漢劉向《説苑·辨物》:"楚昭王渡江,有物大如斗,直觸王舟,止於舟中。昭王大怪之,使聘問孔子。孔子曰:'此名萍實,令剖而食之,惟霸者能獲之,此吉祥也。'"後遂以"萍實"謂甘美的水果。

〔六〕"頗似"二句:申屠子:申徒嘉。春秋時鄭國賢士,傳説爲刖者,與子産同師於伯昏無人。《莊子·德充符》:"申徒嘉,兀者也。而與鄭子産同師於伯昏無人。子産謂申徒嘉曰:'我先出,則子止;子先出,則我止。'其明日,又與合堂同席而坐。子産謂申徒嘉曰：'我先出，則子止；子先出，則我止。今我將出，子可以止乎？其未邪？且子見執政而不違，子齊執政乎？'申徒嘉曰：'先生之門，固有執政焉如此哉？子而悦子之執政而後人者也？聞之曰："鑒明則塵垢不止，止則不明也。久與賢人處則無過。"今子之所取大者，先生也。而猶出言若是，不亦過乎？'子産曰：'子既若是矣，猶與堯争善，計子之德，不足以自反邪？'申徒嘉曰：'自狀其過，以不當亡者衆，不狀其過，以不當存者寡，知不可奈何，而安之若命，唯有德者能之。遊於羿之彀中。中央者，中地也；然而不中者，命也。人以其全足笑吾不全足者衆矣，我怫然而怒；而適先生之所，則廢然而反，不知先生之洗我以善邪？吾與夫子遊十九年矣，而未嘗知吾兀者也。今子與我遊於形骸之内，而子索我於形骸之外，不亦過乎？'"此讚譽陳氏高誼如昏無人，而以"不狀其過"、"安之若命"之有德者自居。《三蘇年譜》以爲此申屠子或爲《漢書·儒林傳》中之申公，誤。都忘：全忘。

寄題江涣長官南園茅齋〔一〕

白髮辛勤困小邦，塵勞坐使壯①心降〔二〕。河陽罷後成南圃〔三〕，彭澤歸來卧北窗〔四〕。畦畔草生親荷鍤〔五〕，牀頭酒熟自傾缸〔六〕。因君遣我添歸興，舊有茅茨濯錦江〔七〕。

【校記】

①壯：各本作"將"，據四庫本改。

【箋注】

〔一〕作於元豐五年（一〇八二）歲末。江涣：詩有"河陽罷後"、"彭澤歸來"語，知江涣嘗爲一縣之長。餘不詳。俟考。

〔二〕謂委身下吏摧折了志氣。塵勞：世俗事務的煩惱。壯心：猶言雄心。降：頹廢；頹唐。

〔三〕謂江涣如潘岳在河陽遍種桃花。河陽：指潘岳（二四七—三〇〇）。岳字安仁。晉滎陽中牟（今河南鶴壁市）人。琅邪内史潘芘之子。少以才穎見稱，鄉邑號爲奇童。初任河陽令，勤于政事。曾在河陽縣中滿種桃李，傳爲美談。累官至黄門侍郎,故稱潘黄門。岳性輕躁,趨勢利,與石崇等諂事賈謐,居二十四友之首。及趙王倫篡位,中書令孫秀誣以謀反,夷三族。岳美姿容,工詩賦,詞藻豔麗,尤長于哀誄之體。《馬汧督誄》《哀永逝文》及《悼亡詩》三首最爲著名。《晉書》有傳。按,此處只是説江如潘之風雅。

〔四〕彭澤:指晉陶潛,曾爲彭澤令。北窗:見《六月十三日病起走筆寄仇池》注〔一五〕。據此。知江曾爲縣令。故轍以潘陶擬之。

〔五〕陶潛《歸園田居五首》之三:"晨興理荒穢,帶月荷鋤歸。"鍤(chā):鍬。

〔六〕蘇軾《記夢迴文二首》之二:"空花落盡酒傾缸,日出山融雪漲江。"又蘇過《次韻叔父小雪二首》之一:"似聽竹聲知有雪,便添酒興欲傾缸。"

〔七〕茅茨:茅草蓋的屋頂。亦指茅屋。濯錦江:即蜀江。《太平寰宇記·劍南西道一·益州》:"濯錦江即蜀江,水至此濯錦,錦彩鮮潤於他水,故曰濯錦江。"唐駱賓王《艷情代郭氏答盧照鄰》:"娥眉山上月如眉,濯錦江中霞似錦。"此藉指家鄉。

詠霜二首〔一〕

其一

江南雪不到,霜露滿山村。紙被欺氈厚〔二〕,茅檐笑瓦温〔三〕。何曾凝去聲沼淥〔四〕? 有意隔朝暾〔五〕。底日身無事〔六〕,高眠不出門?

【箋注】

〔一〕作於元豐五年(一〇八二)歲末。"江南雪不到,霜露滿山村。紙被欺氈厚,茅檐笑瓦温。"應是歲末情景。

〔二〕謂紙被比厚氈還暖和。紙被:古時用藤纖維紙製成的一種被子。蘇軾《物類相感志·衣服》:"紙被舊而毛起者將破,用黄蜀葵梗五七根,捶碎水浸涎刷之則如新。或用木槿針葉搗水刷之亦妙。"

〔三〕謂茅草房比瓦房温暖。按,茅草蓋的房子冬暖夏涼。

〔四〕沼渌（lù）：清澈的池水。

〔五〕朝暾（tūn）：初生的太陽。

〔六〕底日：什麼時候。

其二

清霜欺客病，乘夜逼窗扉。坐睡依爐暖〔一〕，細聲聞葉飛〔二〕。蕉絺空滿篋〔三〕，砧杵旋催衣〔四〕。起看庭前草，松筠未覺非〔五〕。

【箋注】

〔一〕坐睡：坐著打盹。爐：地爐。

〔二〕謂細微的聲音是樹葉在飄零。

〔三〕蕉絺：蕉布。參《寒雨》注〔三〕。

〔四〕砧杵：擣衣石和棒槌。

〔五〕松筠：松樹和竹子。《禮記·禮器》："其在人也，如竹箭之有筠也，如松柏之有心也。二者居天下之大端矣，故貫四時而不改柯易葉。"按，此寓歲寒然後知松柏之後凋意。

次韻吴厚秀才見寄〔一〕

壯心摧折漸無餘〔二〕，早歲爲文老不如。登木求魚知我拙〔三〕，循窠覓兔笑君疏〔四〕。清尊獨酌夜方半，白髮潛生歲欲除〔五〕。久恐交親還往絶，牀頭猶喜數行書〔六〕。

【箋注】

〔一〕作於元豐五年（一〇八二）歲末。"清尊獨酌夜方半，白髮潛生歲欲除。"知在歲末。吴厚：見《次韻吴厚秀才見贈三首》之一注〔一〕。

〔二〕摧折：挫折、打擊。宋韓琦《一志》："顛毛從自變，肯使壯心摧。"

〔三〕謂自己不合時宜。登木求魚：爬到樹上尋找魚。猶言背道而馳。語出《孟子·梁惠王上》："以若所爲求若所欲，猶緣木而求魚也……緣木求魚，雖不得魚，無後災。以若所爲求若所欲，盡心力而爲之，後必有災。"

〔四〕笑吴無意於功名的疏懶。覓兔:即"覓兔(菟)裘"的省文。尋找退隱之地。兔,通"菟"。菟裘本爲地名,在今山東省泗水縣。《左傳・隱公十一年》:"羽父請殺桓公,以求大宰。公曰:'爲其少故也,吾將授之矣。'使營菟裘,吾將老焉。"後因以稱告老或退隱的居處。唐白居易《重修香山寺畢題二十二韻以紀之》:"可憐終老地,此是我菟裘。"按,前《次韻吴厚秀才見贈三首》之二有"羨君負郭足爲生",知吴有産業足以謀生,此即承上詩而言。

〔五〕謂一年又將要過去了。唐劉長卿《送張判官罷使東歸》:"范叔寒猶在,周王歲欲除。"除:去。《詩・唐風・蟋蟀》:"今我不樂,日月其除。"毛傳:"除,去也。"唐孔穎達疏:"日月其將過去。"

〔六〕"久恐"二句:言常常害怕親戚朋友斷了音信,高興你給我寄了信來。交親:親戚朋友。還往:往來。

乾荔支〔一〕

含露迎風惜不嘗〔二〕,故將赤日損容光〔三〕。紅消白瘦香猶在〔四〕,想見當年十八娘〔五〕。

【箋注】

〔一〕作於元豐五年(一〇八二)歲末。

〔二〕此喻荔枝在枝頭時之狀。

〔三〕謂在陽光下晾曬。

〔四〕紅:果殼。白:果肉。唐白居易《荔枝圖譜》:"[荔枝]殼如紅繒,膜如紫綃,瓤肉瑩白如冰雪。"

〔五〕十八娘:荔枝名品之一。參《毛君惠温柑荔支二絶》之二注〔一〕。

次韻王適元日并示曹焕二首〔一〕

其一

井底屠酥浸舊方〔二〕,牀頭冬釀壓瓊漿〔三〕。舊來喜與門前客〔四〕,

終日同爲酒後狂〔五〕。老大心情今已盡〔六〕，塵埃鬚髮①亦無光〔七〕。江南留滯歸何日？萬里逢春思故鄉〔八〕。

【校記】

①鬚髮：原本、宋建本作"鬢髮"，據蜀藩刻本改。

【箋注】

〔一〕作於元豐六年（一〇八三）元日。王適：見《次王適韻送張耒赴壽安尉二首》之一注〔一〕。曹焕：見《東軒長老二絶》之一注〔三〕。

〔二〕古代風俗，於農曆正月初一飲屠蘇酒，服之以去瘟疫。晉葛洪《肘後備急方》卷八："小品正朝屠蘇酒法，令人不病瘟疫。大黄五分、川椒五分、朮桂各三分、桔梗四分、烏頭一分、菝楔二分。七物細切，以絹囊貯之，十二月晦日正中時懸置井中至泥，正曉拜慶前出之。正旦，取藥置酒中，屠蘇飲之於東向。藥置井中能迎歲，可世無此病，此華佗法。"南朝梁宗懔《荆楚歲時記》："［正月一日］長幼悉正衣冠，以次拜賀，進椒柏酒，飲桃湯，進屠蘇酒……次第從小起。"

〔三〕瓊漿：喻美酒。壓：釀酒的一種方法。北魏賈思勰《齊民要術・作酢法》："至十月中，如壓酒法，毛袋壓出，則貯之。"唐羅隱《江南行》："水國多愁又有情，夜槽壓酒銀船滿。"

〔四〕謂一向好客。唐李適之《罷相作》："爲問門前客，今朝幾箇來？"舊來：從前；向來。

〔五〕唐劉禹錫《送王司馬之陝州》："府公既有朝中舊，司馬應容酒後狂。"

〔六〕謂萬念俱灰。唐元稹《酬樂天歎窮愁》："老去心情隨日減，遠來書信隔年聞。"老大：謂年老。

〔七〕《楚辭・王逸〈九思・憫上〉》："含憂强老兮愁不樂，鬚髮薴悴兮顠鬢白。"

〔八〕南朝梁何遜《邊城思》："春色邊城動，客思故鄉來。"

其二

放逐三年未遣回〔一〕，復驚爆竹起春雷〔二〕。祈年粗有樽中桂〔三〕，寄遠仍持嶺上梅〔四〕。莫笑牛狸抵羊酪〔五〕，漫將崖蜜代官醅〔六〕。二君未肯嫌貧病〔七〕，猶得衰顔一笑開〔八〕。

【箋注】

〔一〕蘇轍元豐三年（一〇八〇）來監筠州鹽酒税。

〔二〕古時元日有燃放爆竹之習俗。南朝梁宗懔《荆楚歲時記》："正月一日是三元之日也，謂之端月。雞鳴而起，先於庭前爆竹，以辟山臊惡鬼。"

〔三〕謂有玉桂浸製的酒祈年。《漢書・禮樂志》："牲繭栗，粢盛香。尊桂酒，賓八鄉。"唐顔師古注引漢應劭曰："桂酒，切桂置酒中也。"

〔四〕《太平御覽・時序部・春中》引《荆州記》："陸凱與范曄爲友，在江南寄梅花一枝，詣長安與曄，并贈詩云：'折梅逢驛使，寄與隴頭人。江南無所有，聊贈一枝春。'"

〔五〕牛狸：牛尾貍。參《次韻王適食茅栗》注〔五〕。

〔六〕謂用蜜酒代替官酒。去年秋有《以蜜酒送柳真公》詩。官醅：官府釀造的酒。

〔七〕二君：指王適、曹焕。

〔八〕謂開顔一笑。宋蔡襄《寒食梨花小飲》："此君慰人意，相對一笑開。"

寄梅仙觀楊智遠道士〔一〕

道師近在真人峰，欲往見之路無從〔二〕。去年許我入城市，塵埃暗天待不至。莫往莫來勞我心〔三〕，道書寄我千黄金〔四〕。繭衣肉食思慮短〔五〕，文字滿前看不見。口傳指授要有時〔六〕，脱去羅網當見之〔七〕。梅翁漢朝南昌尉〔八〕，手摩龍鱗言世事〔九〕。一朝拂衣去不還〔一〇〕，身騎白驎翳紅鸞〔一一〕。我今雖復墮塵土〔一二〕，道師何不與我語？他年策足投名山〔一三〕，相逢拍手一破顔〔一四〕。

【箋注】

〔一〕作於元豐六年（一〇八三）正月。楊智遠：曾著有《梅仙觀記》，載《道藏輯要》翼集九，題作"仙壇觀道士楊智遠編"。餘不詳。俟考。梅仙觀：《輿地紀勝・江南西路・隆興府・仙釋・梅福》:"［梅福］於是棄南昌尉,去妻子,入洪崖山,得道爲神仙。有梅仙觀、梅仙壇,在豐城縣北岸。"参《次韻任遵聖見寄》注〔四〕。

〔二〕蘇軾《送程德林赴真州》:"君欲言之路無從,移書諫臣以自通。"

〔三〕謂對方不能來而自己又不能去。語出《詩・邶風・終風》:"莫往莫來,悠悠我思。"又《燕燕》:"瞻望弗及,實勞我心。"

〔四〕唐李白《陳情贈友人》:"延陵有寶劍,價重千黄金。"道書:道家的典籍。

〔五〕《左傳・莊公十年》:"肉食者鄙,未能遠謀。"晉杜預注:"肉食,在位者。"

〔六〕口傳:口頭傳授。指授:指導。

〔七〕謂辭官,擺脱世俗禮法之約束。

〔八〕梅翁:即梅福。

〔九〕謂直言犯上。《韓非子・説難》:"夫龍之爲蟲也,柔可狎而騎也,然其喉下有逆鱗徑尺,若人有嬰之者則必殺人。人主亦有逆鱗,説者能無嬰人主之逆鱗則幾矣。"古人以龍喻君主,因以"摩龍鱗"等喻犯人主之怒。據《漢書》本傳:"是時成帝委任大將軍王鳳。鳳專埶擅朝,而京兆尹王章素忠直,譏刺鳳,爲鳳所誅,王氏浸盛,災異數見。群下莫敢正言。"福因上書言事。

〔一〇〕唐李白《贈閭丘宿松》:"偶來拂衣去,誰測主人情。"拂衣:謂歸隱。

〔一一〕白驎:駿馬名。驎,斑紋似魚鱗的馬。《詩・魯頌・駉》"有驒有駱"毛傳:"青驪驎曰驒。"唐孔穎達疏:"孫炎云:色有淺深似魚鱗也。"紅鸞:神話傳説中的紅色仙鳥。

〔一二〕塵土:塵世;塵事。唐沈亞之《送文穎上人遊天台》:"莫説人間事,崎嶇塵土中。"

〔一三〕策足:猶言抽身。唐李德裕《臣友論》:"善人良士,秖可以淡水相成,虚舟相值。聞其患也,則策足先去,曰:'見幾而作,不俟終日。'知其危也,則奉身而退,曰:'既明且哲,以保其身。'良士之於人如是,曷若識劇孟朱亥哉?"

〔一四〕破顔:露出笑容。

春雪〔一〕

温風吹破臘〔二〕，留雪惱新春〔三〕。信逐殘梅到〔四〕，花從半夜勻〔五〕。旋消微覆瓦〔六〕，狂下亦欺人。壓竹時聞落〔七〕，埋萱久未伸〔八〕。山川濛不解〔九〕，樓觀洗成新。擁褐僧方睡，開門客屢嚬〔一〇〕。爨煙知歲稔〔一一〕，履迹笑吾貧〔一二〕。畦凍初生韭，泥融正賣薪〔一三〕。寒魚争就汕〔一四〕，濁酒頗無巡〔一五〕。預喜田宜麥，盤餐餅餌頻〔一六〕。

【箋注】

〔一〕作於元豐六年（一〇八三）正月。“温風吹破臘，留雪惱新春。信逐殘梅到，花從半夜勻。”知時令爲正月。

〔二〕破臘：臘月將過。宋楊億《次韻和章子美對雪》：“破臘連空粉絮飄，離離一番長山苗。”

〔三〕惱：挑逗、撩撥。

〔四〕謂殘梅帶來春天的信息。宋宋祁《送客不及》：“曾是松心同歲晚，忍無梅信發春前。”

〔五〕花：雪花。

〔六〕蘇軾《次韻毛滂法曹感雨詩》：“雪堂初覆瓦，上簟無下莞。”

〔七〕唐方干《叙雪獻員外》：“紛紜宛轉更堪看，壓竹摧巢井徑漫。”

〔八〕謂萱草尚未出土。萱：見《次韻王適雪晴復雪二首》之二注〔六〕。

〔九〕謂到處是白茫茫一片。濛：彌漫籠罩。

〔一〇〕嚬：同“顰”。皺眉。

〔一一〕爨（cuàn）煙：炊煙。歲稔：年成豐熟。

〔一二〕謂很少有人和自己來往。此即陶潛《讀山海經詩十三首》之一：“窮巷隔深轍，頗迴故人車”詩意。

〔一三〕“畦凍”二句：謂冰雪凍壞了初生的韭菜，泥濘的道路上有賣柴的經過。泥融：（結冰的）泥水開始融化。唐杜甫《絶句二首》之一：“泥融飛燕子，沙煖睡鴛鴦。”

〔一四〕汕（shàn）：一種魚網。《爾雅·釋器》：“罺謂之汕。”晉郭璞注：“今之撩罟。”清郝懿行義疏：“按，撩罟，今謂之抄網。”

〔一五〕無巡：飲酒不分次數，謂隨意暢飲。參《次韻毛君遊陳氏園》注〔六〕。

〔一六〕謂飲食豐足。蘇軾《南園》：“春畦雨過羅紈膩，夏壠風來餅餌香。”盤餐：盤盛食物。

贈石臺問長老二絶并叙〔一〕

石臺長老問公，本成都吴氏子，棄俗出家，手書《法華經》〔二〕，字細如黑蟻，前後若一，將誦之萬遍，雖老而精進①不倦〔三〕，脅不至席者二十有三年〔四〕。余來高安，以鄉人相好。蓋余懶而好睡，見之惕然自警，因贈之二小詩云。

其一

法達曾經見老盧〔五〕，半生勤苦一朝虚〔六〕。心通口誦方無礙〔七〕，笑把吴鸞細字書〔八〕。蜀中藏經，往往有古仙人吴采鸞細書經卷，精妙可愛。

【校記】

①進：宋大字本作“神”。

【箋注】

〔一〕作於元豐六年（一〇八三）春。石臺：《輿地紀勝·江南西路·瑞州·景物下·石臺山》：“在新昌縣南二十里，中有清涼禪院。東坡欒城嘗遊焉，有詩贈長老問公。”又《仙釋·問長老》：“新昌報恩院，治平中改曰清涼禪院。有東坡欒城贈問長老詩。問嘗手寫《蓮華經》，字如黑蟻，卧不就席者二十年。故坡詩有‘誰信吾師非不睡，睡蛇已死得安眠’欒城有：‘蒲團布衲一繩牀，心地虚明睡亦忘’之句。”

〔二〕法華經：全稱《妙法蓮華經》，後秦鳩摩羅什譯。爲大乘佛教要典之一。妙法，意爲所説教法微妙無上；蓮華經，比喻經典之潔白完美。該經主旨，認爲小乘佛教各派過分重視形式，遠離教義真意，故爲把握佛陀之真精神，乃採用詩、譬喻、象徵等文學手法，以讚歎永恒之佛陀。其重點在弘揚“三乘歸一”，即聲聞、緣覺、菩薩之三乘歸於一佛乘，調和大小乘之各種説法，以爲一切衆生皆能成佛。

〔三〕精進：佛教語。謂修行過程中，不懈怠地努力上進。蓋精進爲修道之根本。《梁書·江革傳》：“革精信因果，而高祖未知，謂革不奉佛教，乃賜革《覺意詩》五百字，云：‘惟當勤精進，自强行勝脩。豈可作底突，如彼必死囚。以此告江革，並及諸貴遊。’”

〔四〕脅（xié）不至席：形容佛教徒勤苦修行，不躺下睡覺。語本波栗濕縛尊者［脅尊者］勤修苦行，終不以脅至席之故事。見唐玄奘《大唐西域記·健馱邏國》。脅，身軀兩側自腋下至腰上之部分。

〔五〕法達：洪州豐城（今江西豐城市）人，七歲出家，喜誦《法華經》。《五燈會元》有傳。此指問長老。

〔六〕法達初喜誦《法華經》，而不得經意，後經六祖啓發，“踊躍歡喜，以偈贊：‘經誦三千部，曹谿一句亡。未明出世旨，寧歇累生狂。羊鹿牛權設，初中後善揚。誰知火宅内，元是法中王。’祖曰：‘汝今後方可爲念經僧也。’”

〔七〕無礙：佛教語。謂通達自在，没有障礙。

〔八〕吴鸞：即吴彩鸞。傳其自言西山吴真君之女，唐太和末書生文簫游西山，與彩鸞遇，約與俱歸。簫貧不自給，彩鸞日寫孫緬《唐韻》一編，鬻以度日。如是者十載，後往吴越王山，各跨一虎而去。

其二

蒲團布衲一繩牀〔一〕，心地虚明睡自亡〔二〕。長伴空中月天子〔三〕，東方行道到西方〔四〕。

【箋注】

〔一〕繩牀：見《贈浄因臻長老》注〔二〕。唐白居易《贈僧·自遠禪師》：“自出家來長自在，緣身一衲一繩牀。”

〔二〕虚明：指内心清虚純潔。亡：無。

〔三〕月天子：月宫的天子。佛經謂爲大勢至菩薩的化身。隋吉藏《法華經義疏》卷一："復有名月天子者。注解云：帝釋輔臣也。有人云，月天子即月天也……復有經云，觀世音名寶意，作日天子。大勢至名寶吉祥，作月天子。"

〔四〕謂欲循環往復，遍世界行道。

附録　蘇軾《子由作二頌頌石臺長老同公手寫蓮經字如黑蟻且誦萬遍脇不至席二十餘年予亦作二首》

其一

眼前擾擾黑蚍蜉，口角霏霏白唾珠。要識吾師無礙處，試將燒卻看瞋無。

其二

眼睛心地兩虚圓，脇不沾牀二十年。誰信吾師非不睡，睡蛇已死得安眠。

和毛國鎮白雲莊五詠〔一〕

掬泉軒

卜築高深已有山〔二〕，起居清潤可無泉〔三〕？穿牆白練秋聲細〔四〕，照屋清銅曉色鮮〔五〕。已放魚鰕嫌跳擲，更除蘋藻任漪漣〔六〕。衹應明月中霄下，長共禪心相向圓。

【箋注】

〔一〕作於元豐六年（一〇八三）春。白雲莊：《浙江通志》卷四十八《古迹·衢州府·白雲莊》引《輿地紀勝》："在江山縣南三十五里石門，有軒堂臺榭之勝。邑人毛維瞻建，趙抃題四詠。"按，今趙抃《清獻集》卷四僅存《掬泉軒》、《平溪堂》、《眺望臺》三詠，另《柴氏四隱集》卷一題作《白雲莊四首》有《嬾歸閣》，此謂四詠。

〔二〕卜築：擇地建築住宅。

〔三〕清潤：清新滋潤。

〔四〕白練：本謂白色熟絹。此指如練的泉水。南朝齊謝朓《晚登三山還望京邑》："餘霞散成綺，澄江静如練。"

〔五〕清銅：喻朝日。蘇軾《新城道中二首》之一："嶺上晴雲披絮帽，樹頭初日挂銅鉦。"

〔六〕漪漣：即漣漪。因無水藻，故池塘水面，水波盪漾。

平溪堂

清溪似與隱君謀〔一〕，故入堂前漫不收。盥手從今休汲井〔二〕，浮觴取意便臨流〔三〕。花漂澗谷來應遠〔四〕，石激琴箏久未休〔五〕。莫把朱欄强圍繞，山家事事要清幽。

【箋注】

〔一〕隱君：隱君子；隱士。《史記·老子韓非列傳》："老子，隱君子也。"謀：商量；勾通。

〔二〕白練：本謂白色熟絹。此指如練的江水。南朝齊謝朓《晚登三山還望京邑》："餘霞散成綺，澄江静如練。"盥(guàn)手：洗手。汲井：汲取井水。

〔三〕浮觴：古代每逢三月上旬的巳日集會水渠旁，在上流放置酒杯，任其飄浮，停在誰面前，誰即取飲，叫"流觴"或"浮杯"。取意：隨意。

〔四〕謂溪水中飄來花瓣而知道它是從遠遠的澗谷中流出。

〔五〕謂水流衝擊巖石發出如琴箏的聲音久久回響。

眺遠臺

山似高人長遠人〔一〕，不登高處見無因。築臺土石無多子〔二〕，照眼峰巒得許新〔三〕。陣馬奔騰時絶遠〔四〕，風濤舒卷忽無垠。白雲自是逃名處〔五〕，猶恐此中藏隱淪〔六〕。

【箋注】

〔一〕謂好山總是在人跡罕至處。高人：志行高尚的人。多指隱士。遠人：

離人遠。

〔二〕無多子:不多。子,語辭。宋胡宿《又和前人》:“詩中活法無多子,眼裏知音有幾人。”蘇軾《追和子由去歲試舉人洛下所寄詩九首》之《暴雨初晴樓上晚景五首》之一:“煙雲好處無多子,及取昏鴉未到間。”《五燈會元·南嶽下四世·黄檗運禪師法嗣》:“師於言下大悟,乃曰:‘元來黄檗佛法無多子!’”

〔三〕照眼:猶耀眼。許:如此。

〔四〕謂遠處的山峰如陣馬奔騰。陣馬:破陣之馬。

〔五〕逃名:逃避聲名而不居。唐駱賓王《晚泊江鎮》:“轉蓬驚别渚,逃名謝蟻邱。還嗟帝鄉遠,空望白雲浮。”

〔六〕隱淪:指隱者。唐杜甫《贈韋左丞丈》:“此意竟蕭條,行歌非隱淪。”

濯纓庵〔一〕

臨池濯足惜泉清,纓上無塵且强名。横木爲橋便獨往,結茅依島①類天成〔二〕。往還漸少人誰識?寢食無爲身轉輕〔三〕。有似三吴朱處士〔四〕,釣魚誰與話西征〔五〕?

【校記】

①島:叢刊本作“皛”,形近而誤。

【箋注】

〔一〕庵名取意於《孟子·離婁上》:“有孺子歌曰:‘滄浪之水清兮,可以濯我纓;滄浪之水濁兮,可以濯我足。’”

〔二〕謂建造簡陋的屋舍。結茅:編茅爲屋。蘇軾《新居》:“結茅得兹地,翳翳村巷永。”天成:不假人工,自然而成。

〔三〕無爲:不刻意作爲,指隨性。轉:更。

〔四〕宋阮閲《詩話總龜·譏誚門中》:“徐州雲龍山人張天驥,不遠千里見朱定國於錢塘。愛其中風物,遂欲徙家居焉。春盡思歸,以詩戲之云:‘羨公飄蕩一孤舟,來作錢塘十日遊。水洗禪心都眼浄,山供詩筆總眉愁。雪中乘興真聊爾,春盡思歸都罷休。何事卻尋朱處士,種魚萬尾橘千頭。’”未知是否此人。處士:指有才德而隱居不仕的人。

〔五〕用東漢嚴光故事,嚴光與光武帝劉秀爲布衣交,光武登基後光釣于澤,光武望光襄助國事,徵召不起,漁耕於富春江畔。參《後漢書・逸民傳・嚴光》。此謂何時能有人去與毛談軍國大事。蓋宋王朝西邊爲戰争前線。

白雲莊偶題

歸去携家住白雲〔一〕,雲中猿鶴許同群〔二〕。陶公酒後詩偏好〔三〕,疏傅金餘客屢醺〔四〕。芒屩潛行逐漁釣〔五〕,壺漿時出勞耕耘〔六〕。卻看人世應微笑,未熟黄粱晝夢紛〔七〕。

【箋注】

〔一〕唐李洞《送友罷舉赴邊職》:"莫辭秉笏隨紅旆,便好携家住白雲。"

〔二〕猿鶴:見《白鶴觀》注〔三〕。

〔三〕陶公:指陶潛。陶以嗜酒著稱。參《答文與可以六言詩相示因道濟南事作十首》之六注〔二〕。

〔四〕謂如疏廣叔侄散金以接待父老賓客。《漢書・疏廣傳》:"廣既歸鄉里,日令家共具設酒食,請族人故舊賓客,與相娱樂。數問其家金餘尚有幾所,趣賣以共具。居歲餘,廣子孫竊謂其昆弟老人廣所愛信者曰:'子孫幾及君時頗立産業基阯,今日飲食費且盡。宜從丈人所,勸説君買田宅。'老人即以閒暇時爲廣言此計,廣曰:'吾豈老誖不念子孫哉?顧自有舊田廬,令子孫勤力其中,足以共衣食,與凡人齊。今復增益之以爲贏餘,但教子孫怠墯耳。賢而多財,則損其志;愚而多財,則益其過。且夫富者,衆之怨也;吾既亡以教化子孫,不欲益其過而生怨。又此金者,聖主所以惠養老臣也,故樂與鄉黨宗族共饗其賜,以盡吾餘日,不亦可乎!'"參《李簡夫挽詞二首》之一注〔四〕。

〔五〕芒屩:草鞋。貧賤者所著。

〔六〕壺漿:用壺盛著酒水去犒勞耕耘的農夫。

〔七〕黄粱晝夢:唐沈既濟《枕中記》載:盧生在邯鄲客店遇道士吕翁,生自歎窮困,翁探囊中枕授之曰:枕此當令子榮適如意。時主人正蒸黄粱,生夢入枕中,享盡富貴榮華。及醒,黄粱尚未熟,怪曰:"豈其夢寐耶?"翁笑曰:"人世之事亦猶是矣。"後因以"黄粱夢"喻虚幻的事和不能實現的欲望。

附録　趙抃《白雲莊四首》

掬泉軒

好山深處静開軒,目送孤雲手弄泉。枕石堂無金玉富,濯纓家有子孫賢。初尋舊隱逢三伏,已發新吟僅百篇。聞説夜分煩暑散,涼飈渾似素秋天。

平溪堂

亭號休休古退藏,豈如溪上構虚堂。坐邀城市真瀟灑,卻謂江湖太渺茫。下筆新題無俗事,搘笻野服是家常。臨流最有清風快,未見故人心已涼。

眺望臺

治圃我依浮石灘,築臺君占白雲山。三秋一日登臨外,千里同風咫尺間。峰黛陰晴長黯黯,溜琴朝夕自潺潺。休官誰道何曾見,林下如今兩處閒。

嬾歸閣

溪流回合逗方池,軒檻前臨面翠微。紫陌紅塵行不顧,白雲青嶂坐忘歸。方榮即隱誰能繼,未老休官世所稀。我昔凌雲登閣會,主翁留飲見蟾暉。

次韻王適落日江上二首〔一〕

其一

寒煙冪清江〔二〕,漁唱扁舟上〔三〕。江轉少人家,自此知安往?維舟倚叢薄〔四〕,明月獨相向。欲曉醉應醒,還逐輕鷗揚〔五〕。

【箋注】

〔一〕作於元豐六年(一〇八三)春。與後之與王適交游諸詩同作於春季。

“落葉誤投籤,繁霜疑積雪。苦寒良難久,愛此元氣潔。”“繁霜”“苦寒良難久”,知尚爲春寒料峭之時。

〔二〕冪(mì):覆蓋。

〔三〕漁唱:漁人唱的歌。唐周瑀《潘司馬别業》:“湖畔聞漁唱,天邊數雁行。”

〔四〕叢薄:叢生的草木。

〔五〕見《衢州趙閲道少師濯纓亭》注〔四〕。

其二

稍息南市喧,初上東山月。潛魚忽驚踴,飢雁時斷絶。落葉誤投籤〔一〕,繁霜疑積雪。苦寒良難久,愛此元氣潔〔二〕。

【箋注】

〔一〕誤以爲落葉聲是報時聲。投籤:古時宫中或投籤以報時。語出《陳書·世祖本紀》:“每雞人伺漏,傳更籤於殿中,乃敕送者必投籤於階石之上,令鎗然有聲。云:‘吾雖眠,亦令驚覺也。’”此喻落葉聲。

〔二〕元氣:自然之氣。

張秀才見寫陋容〔一〕

潦倒形骸山上樗〔二〕,每經風雨輒①凋疏。勞君爲寫支離狀〔三〕,異日長看老病初〔四〕。落筆縱横中自喜〔五〕,賦形深穩妙無餘〔六〕。偶然挂壁低頭笑,俱幻何妨彼亦如〔七〕。

【校記】

①輒:叢刊本作“輒”,形近而誤。

【箋注】

〔一〕作於元豐六年(一〇八三)春。張秀才:不詳,俟考。寫:摹寫。此謂畫像。

〔二〕唐白居易《歲日家宴戲示弟侄等兼呈張侍御二十八丈殷判官二十二兄》:"形骸潦倒雖堪歎,骨肉團圓亦可榮。"樗(chū):臭椿。古以爲不成材之木。《莊子·逍遥遊》:"惠子曰:'吾有大樹,人謂之樗。其大本擁腫而不中繩墨,其小枝捲曲而不中規矩。立之塗,匠者不顧。'"

〔三〕支離:殘缺而不中用。語出《莊子·人間世》:"夫支離其形者,猶足以養其身,終其天年,又況支離其德者乎!"此喻己衰老之狀。蘇軾《次韻王定國馬上見寄》:"昨夜霜風入裌衣,曉來病骨更支離。"

〔四〕老病:年老多病。唐白居易《齋居偶作》:"不須憂老病,心是自醫王。"

〔五〕落筆:下筆。杜甫《莫相疑行》:"集賢學士如堵牆,觀我落筆中書堂。"縱横:雄健奔放。杜甫《戲爲六絶句》之一:"庾信文章老更成,淩雲健筆意縱横。"

〔六〕賦形:這裏指對外形進行描摹。深穩:深沉穩健。杜甫《韋諷録事宅觀曹將軍畫馬圖引》:"可憐九馬争神駿,顧視清高氣深穩。"

〔七〕《圓覺經》卷上:"彼之衆生,幻身滅故,幻心亦滅。"

同王適曹焕游清居院步還所居〔一〕

身爲江城吏〔二〕,心似野田叟。尋僧忽忘歸,飽食莫携手。畏人久成性,路繞古城後。茅茨遠相望,雞犬亦時有〔三〕。人還市井罷,日落狐兔走。迴風吹横煙,燒火卷林藪。草深徑漸惡,荆棘時挂肘。褰裳涉沮洳〔四〕,斜絶汙池口〔五〕。投荒分岑寂〔六〕,敧側吾自取〔七〕。二君獨何爲,經歲坐相守?游從乏車騎,飲食厭菘韭〔八〕。周旋未忍棄〔九〕,辛苦亦何負?歸來倚南窗〔一〇〕,試挹樽中酒。笑問黄泥行,此味還同否?子瞻謫居齊安,自臨皋亭游東坡,路過黄泥坂,作《黄泥坂詞》。二君皆新自齊安來,故云。

【箋注】

〔一〕作於元豐六年(一〇八三)春。蘇軾《黄泥坂詞》有云:"歲既宴兮草木腓。”知《黄泥坂詞》作於歲末,而此詩末自注云:“二君皆新自齊安來。”故知此詩作於春季。曹煥:見《東軒長老二絶》之一注〔三〕。

〔二〕蘇轍監筠州鹽酒税,故云。

〔三〕“茅茨”二句:唐曇翼《招隱》:“茅茨隱不見,雞鳴知有人。”茅茨:茅草房。極言住居簡陋。

〔四〕《詩·鄭風·褰裳》:“子惠思我,褰裳涉溱。”又《魏風·汾沮洳》:“彼汾沮洳,言采其莫。”唐孔穎達疏:“沮洳,潤澤之處。”

〔五〕謂斜行繞過池塘。絶:穿過。汙(yū):迂曲;繞彎。

〔六〕投荒:貶謫至荒遠之地。唐韓愈《縣齋有懷》:“投荒誠職分,領邑幸寬赦。”岑寂:寂寞,孤獨冷清。唐張説《驪山下逍遥公舊居》:“岑寂罕人至,高深獲我思。”

〔七〕攲側:歪倒摇晃貌。唐杜甫《瘦馬行》:“絆之欲動轉攲側,此豈有意仍騰驤。”按,此爲牢騷語,謂自己的挫折是自找的。

〔八〕厭:飽。菘(sōng)韮:白菜和韭菜。明李時珍《本草綱目·菜一·菘》:“菘,即今人呼爲白菜者。有二種,一種莖圓厚微青,一種莖扁薄而白。”韮,同“韭”。此泛指當地之蔬菜。

〔九〕周旋:照顧。

〔一〇〕南窗:謂如晉陶潛似的閑適。陶潛《歸去來兮辭》:“倚南窗以寄傲,審容膝之易安。”

附録　蘇軾《黄泥坂詞》

出臨皋而東騖兮,並叢祠而北轉。走雪堂之坡陀兮,歷黄泥之長坂。大江洶以左繚兮,渺雲濤之舒卷。草木層累而右附兮,蔚柯丘之葱蒨。余旦往而夕還兮,步徙倚而盤桓。雖信美而不可居兮,苟娱余于一眄。余幼好此奇服兮,襲前人之詭幻。老更變而自哂兮,悟驚俗之來患。釋寶璐而被繒絮兮,雜市人而無辨。路悠悠其莫往來兮,守一席而窮年。時游步而遠覽兮,路窮盡而旋反。朝嬉黄泥之白雲兮,暮宿雪堂之青烟。喜魚鳥之莫余驚兮,幸樵蘇之我嫚。初被酒以行歌兮,忽放杖而醉偃。草爲茵而塊爲枕兮,穆華堂之清宴。紛墜露之濕衣兮，升素月之團團。感父老之呼覺兮，恐牛羊之予踐。于是蹶然而起，起而歌曰：月明兮星稀，迎余往兮餞余歸。歲既晏兮草木腓，歸來歸來兮，黄泥不可以久嬉。

次韻王適春雨〔一〕

久遭客禁往還稀〔二〕，風雨蕭條祗自知。春色有情猶入眼〔三〕，客愁無賴巧侵眉〔四〕。山僧寄語收茶日〔五〕，野老留人供社時〔六〕。久住不須嫌寂寞，此間偏與拙相宜〔七〕。

【箋注】

〔一〕作於元豐六年（一〇八三）春。

〔二〕客禁：賓客之禁。指斷絶賓客往來。《漢書・楊惲傳》："其友人安定太守西河孫會宗，知略士也，與惲書諫戒之，爲言大臣廢退，當闔門惶懼，爲可憐之意，不當治産業，通賓客，有稱譽。"

〔三〕唐杜甫《庭草》："楚草經寒碧，庭春入眼濃。"

〔四〕宋黄庭堅《次韻王稚川客舍二首》之一："五湖歸夢常苦短，一寸客愁無奈多。"無賴：無奈。杜甫《絶句漫興九首》之一："眼見客愁愁不醒，無賴春色到江亭。"

〔五〕收茶：采摘春茶。

〔六〕社：此指春社。古時於春耕前祭祀土神，以祈豐收。《禮記・明堂位》："是故，夏礿、秋嘗、冬烝、春社、秋省，而遂大蠟，天子之祭也。"漢鄭玄注："春田祭社。"

〔七〕偏：表程度。最。唐元稹《遣悲懷三首》之一："謝公最小偏憐女，自嫁黔婁百事乖。"拙：謙稱自己。

和子瞻蜜酒歌〔一〕

蜂王舉家千萬口〔二〕，黄蠟爲糧蜜爲酒〔三〕。口銜潤水拾花鬚〔四〕，沮洳滿房何不有〔五〕？山中醉飽誰得知？割脾分蜜曾無遺〔六〕。調和知與酒同法，試投麯蘗真相宜。城中禁酒如禁盜，三百青銅愁杜老〔七〕。先生年來無俸錢，一斗徑須囊一倒〔八〕。餔糟不聽漁父言〔九〕，煉蜜深愧仙人傳〔一〇〕。掉頭不問辟穀藥〔一一〕，忍飢不如長醉眠。

【箋注】

〔一〕作於元豐六年(一〇八三)春。蜜酒：用蜂蜜釀製的酒。《東坡志林》卷八："蜜酒法：予作蜜酒格，與真水亂。每米一斗，用蒸餅麵二兩半、餅子一兩半。如常法，取醅液再入蒸餅麵一兩釀之。三日嘗看，味當極辣且硬。則以一斗米炊飯投之；若甜軟，則每投更入麵與餅各半兩。又三日，再投而熟，全在釀者斟酌增損也。入水少爲佳。"宋張邦基《墨莊漫録》卷五："東坡性喜飲，而飲亦不多。在黄州，嘗以蜜爲釀，又作《蜜酒歌》，人罕傳其法。每蜜用四斤煉熟，入熟湯，相攪成一斗，入好麪麯二兩，南方白酒餅子米麯一兩半，擣細，生絹袋盛，都置一器中，密封之。大暑中，冷下。稍凉，温下。天冷，即熱下。一二日即沸，又數日沸定，酒即清可飲。初，全帶蜜味，澄之半月，渾是佳酎。方沸時，又煉蜜半斤，冷投之尤妙。予嘗試爲之，味甜如醇醪。善飲之人，恐非其好也。"

〔二〕宋羅願《爾雅翼・釋蟲》："蜂有千百數，中有大者爲王，群蜂舁之，從其所往。"

〔三〕黄蠟：即蜂蠟，色黄，故稱。蘇軾《蠟梅一首贈趙景貺》："蜜蜂採花作黄蠟，取蠟爲花亦其物。"明李時珍《本草綱目・蟲一・蜜蠟》："蠟乃蜜脾底也。取蜜後煉過，濾入水中，候凝取之，色黄者俗名黄蠟。"

〔四〕花鬚：花蕊。參《茶花》注〔一〕。

〔五〕謂蜂房逐漸爲蜜所滋潤。《詩・魏風・汾沮洳》："彼汾沮洳，言采其莫。"蘇轍《詩集傳》卷五："沮洳，漸潤也。"

〔六〕脾：蜜脾。蜜蜂營造的釀蜜的房。其形如脾，故云。見宋陸佃《爾雅翼・蜂》。唐李商隱《閨情》："紅露花房白蜜脾，黄蜂紫蝶兩參差。"

〔七〕唐杜甫《偪側行贈畢四曜》："速宜相就飲一斗，恰有三百青銅錢。"

〔八〕謂傾其所有。五代王定保《唐摭言・氣義》："［士人］曰：'前堯山令樊澤，舉制科，至此，馬斃囊空，莫能前進。'執《易》造焉，遽輟作乘馬，倒囊濟之。”蘇軾《答李邦直》:“曷不倒囊橐,賣劍買蛾眉。”

〔九〕漁父言:見《再和十首》之七注〔二〕。

〔一〇〕據蘇軾《蜜酒歌叙》:“西蜀道士楊世昌善作蜜酒,絶醇釅。”故此云仙人傳。

〔一一〕辟穀:道家的一種修煉術。辟穀時,不食五穀,但仍食藥物,並須兼做導引等工夫。《史記·留侯世家》:“乃學辟穀,道引輕身。”

附録　蘇軾《蜜酒歌》并叙

西蜀道士楊世昌,善作蜜酒,絶醇釅。余既得其方,作此歌以遺之。

真珠爲漿玉爲醴,六月田夫汗流泚。不如春甕自生香,蜂爲耕耘花作米。一日小沸魚吐沫,二日眩轉清光活。三日開甕香滿城,快瀉銀瓶不須撥。百錢一斗濃無聲,甘露微濁醍醐清。君不見南園采花蜂似雨,天教釀酒醉先生。先生年來窮到骨,問人乞米何曾得。世間萬事真悠悠,蜜蜂大勝監河侯。

次韻講律李司理憲見贈〔一〕

强將羔雁聘黄晞〔二〕,破褐疏巾倚夕暉〔三〕。禮律縱横開卷盡〔四〕,虀鹽冷落待賢非〔五〕。日高几案弦歌罷〔六〕,夜永窗扉燈火微。猶喜江邊莫春近,舞雩風雨得同歸〔七〕。

【箋注】

〔一〕作於元豐六年(一〇八三)二月底。詩云“猶喜江邊莫春近,舞雩風雨得同歸”,知作於二月底。講律:宣講律令。李憲:不詳,俟考。司理:官名。參《送霸州司理翟曼》注〔一〕。

〔二〕黄晞(? —一〇五七):字景微,自號聱隅子。建安(今福建建甌市)人。少時以有道稱於閩中。獨好古學,無所不通,尤潛心於《春秋》、《易》。景祐中,年四十,貢禮部,又上策求應直言詔科,俱不偶。遂無心仕進,於京師僦舍僻處，士子競造其門。公卿大夫交章論薦，皆辭謝。嘉祐元年，仁宗從其志，特授太學助教致仕。二年四月卒。《宋史》有傳。其本傳云："石介在太學，遣諸生以禮聘召，晞走匿鄰家不出。樞密使韓琦表薦之，以爲太學助教致仕。受命一夕卒。"歐陽脩《讀徂徠集》有："羔鴈聘黄晞，晞驚走鄰家。"之句，即記此事。羔雁：小羊和雁。古時常用作徵召或晉謁的禮物。

〔三〕破褐：破舊的粗布衣。疏巾：簡陋的頭巾。

〔四〕禮律：禮法與刑律。縱横：多貌。

〔五〕虀鹽：醃菜和鹽。指清貧的生活。語本唐韓愈《送窮文》："太學四年，朝虀暮鹽。惟我保汝，人皆汝嫌。"

〔六〕弦歌：指禮樂教化。參《次韻宿州教授劉涇見贈》注〔五〕。

〔七〕《論語·先進》："曰：'莫春者，春服既成。冠者五六人，童子六七人，浴乎沂，風乎舞雩，詠而歸。'夫子喟然歎曰：'吾與點也。'"舞雩：古人用于祭天禱雨之處的地方。

次韻王適遊陳氏園〔一〕

宿雨晴來春已晚〔二〕，衆花飄盡野猶香。舞雩便可同沂上〔三〕，飲禊何妨似洛陽〔四〕。新圃近聞穿沼闊，漲江初喜放舟長〔五〕。年來簿領縈人甚〔六〕，何計相隨入醉鄉〔七〕？

【箋注】

〔一〕作於元豐六年（一〇八三）三月。"宿雨晴來春已晚，衆花飄盡野猶香。"時令當爲三月。陳氏園：不詳，俟考。

〔二〕唐劉禹錫《路傍曲》："南山宿雨晴，春入鳳皇城。"宿雨：經宿的雨，多日連續的雨。

〔三〕謂可如孔子與弟子游春。參上詩注〔七〕。

〔四〕謂能如西晉石崇金谷園聚會一様盡興。《晉書·劉琨傳》："時征虜將軍石崇河南金谷澗中有别廬，冠絶時輩，引致賓客，日以賦詩。"又《石苞傳》："崇有别館在河陽之金谷，一名梓澤，送者傾都，帳飲於此焉。"金谷園在今洛陽老城東北七里處。飲禊:修禊時飲酒。修禊,古代民俗于農曆三月上旬的巳日(三國魏以後始固定爲三月初三)到水邊嬉戲,以祓除不祥。《世説新語·企羨》"王右軍得人以《蘭亭集序》方《金谷詩序》"劉孝標注引晉王羲之《臨河叙》曰:"永和九年,歲在癸丑,暮春之初,會於會稽山陰之蘭亭,修禊事也。"

〔五〕放舟:行舟,開船。

〔六〕縈:攪擾;纏繞。

〔七〕蘇軾《飲湖上初晴後雨二首》之一:"朝曦迎客宴重岡,晚雨留人入醉鄉。"

答孔平仲二偈〔一〕

其一

熟睡將經作枕頭〔二〕,君家事業太悠悠〔三〕。要須睡著元非睡〔四〕,未可昏昏便爾休。

【箋注】

〔一〕作於元豐六年(一〇八三)三月。蘇軾《與子由》第三簡(或題作《書子由答孔平仲二偈後》)末云:"元豐六年三月二十五日夜,已封書訖,復以此寄子由。"故知轍詩當在三月作。

〔二〕謂孔氏以詩書傳家。《文選·班固〈答賓戲〉》:"徒樂枕經籍書,紆體衡門,上無所蒂,下無所根。"吕向注:"枕經典而卧,鋪詩書而居也。"唐杜荀鶴《贈溧水崔少府》:"庭户蕭條燕雀喧,日高窗下枕書眠。"

〔三〕悠悠:久長;久遠。唐杜甫《發秦州》:"大哉乾坤内,吾道長悠悠。"按,此言孔平仲是孔子的後裔,故云。

〔四〕睡:佛教所謂十纏之一(十種纏縛衆生之煩惱),心識昏沈而失覺知者。《後漢書·邊韶傳》:"邊韶字孝先,陳留浚儀人也,以文學知名,教授數百人。韶口辯,曾晝日假卧,弟子私謿之曰:'邊孝先,腹便便。懶讀書,但欲眠。'

韶潛聞之,應時對曰:'邊爲姓,孝爲字。腹便便,五經笥。但欲眠,思經事。寐與周公通夢,静與孔子同意。'"

其二

龜毛兔角號空虚〔一〕,既被無收豈是無？自有真無遍諸有,燈光何礙也嫌渠？

【箋注】

〔一〕龜毛兔角:佛典中常見之譬喻。指現實中全然不存在之事物。《楞嚴經》卷一:"無則同於龜毛兔角,云何不著?"《大智度論》卷一:"一切種、一切時、一切法門中,求不可得。譬如兔角、龜毛常無。"按,龜本無毛,然龜游水中時,身沾水藻,人視之,乃有誤認水藻爲龜毛者。又,兔亦無角,然直豎之長耳亦有被誤認爲兔角之時。經論中常用以比喻凡夫之妄執實我實法。蓋凡夫常將因緣所成之假有法,妄執爲實有之故。

次韻柳真公閑居春日〔一〕

春寒漸欲減衣綿,雨勢冥冥水拍天〔二〕。一局無言消日永〔三〕,新詩得意許人傳〔四〕。惜花田地慵掃,護笋藩籬可細編〔五〕。好事報君知我喜,同官欲到得閑眠〔六〕。

【箋注】

〔一〕作於元豐六年(一〇八三)三月。詩所云"雨勢冥冥""日永""惜花慵掃"皆當是暮春景象。柳真公:即柳真齡,參《和子瞻鐵拄杖》注〔一〕。

〔二〕冥冥:昏暗貌。《楚辭·屈原〈九歌·山鬼〉》:"靁填填兮雨冥冥,猨啾啾兮又夜鳴。"唐韓愈《題臨瀧寺》:"潮陽未到吾能説,海氣昏昏水拍天。"

〔三〕唐李中《春晚過明氏閒居》:"數局棋中消永日,一樽酒裏送殘春。"蘇軾《潁州初别子由二首》之一:"從今得閒暇,默坐消日永。"一局:下棋一次。唐張固《幽閒鼓吹》引宣宗時李遠詩"長日唯銷一局碁"。

〔四〕唐姚合《寄酬盧侍御》:"詩新得意恣狂疏,揮手終朝力有餘。"

〔五〕藩籬:籬笆或栅欄。

〔六〕同官:同僚。《左傳·文公七年》:"同官爲寮。"

次韻王適東軒即事三首〔一〕

其一

新竹依牆未出尋〔二〕,牆東桃李卻成林。池塘草長初饒夢〔三〕,村落鶯啼恰稱心〔四〕。江滿船頭朝欲轉〔五〕,泥融屐齒莫尤深〔六〕。閉門憐子成書癖〔七〕,試買村醪相伴斟。

【箋注】

〔一〕作於元豐六年(一〇八三)三月。"新竹倚牆""池塘草長""歸夢游絲向日遲"等皆暮春情態。

〔二〕謂新竹還没長高。

〔三〕南朝宋謝靈運極賞從弟惠連,云:"每有篇章,對惠連則得佳語。"嘗於永嘉西堂思詩,竟日不就,忽夢惠連,即得"池塘生春草"佳句。見南朝梁鍾嶸《詩品》卷中引《謝氏家傳》。按,謝靈運《登池上樓》:"池塘生春草,園柳變鳴禽。"

〔四〕唐李中《春日途中作》:"雨過江山出,鶯啼村落深。"唐杜甫《江畔獨步尋花七絶句》之五:"留連戲蝶時時舞,自在嬌鶯恰恰啼。"

〔五〕杜甫《江漲》:"漁人縈小楫,客易拔船頭。"

〔六〕屐齒:屐底的齒。泥融:謂雨雪後路途泥濘。

〔七〕書癖:愛書到病態的地步。典出《晉書·杜預傳》:"預常稱[王]濟有馬癖,[和]嶠有錢癖。武帝聞之,謂預曰:'卿有何癖?'對曰:'臣有《左傳》癖。'"唐高適《古樂府飛龍曲留上陳左相》:"公才山吏部,書癖杜荆州。"

其二

眼看東鄰五畝花,茅檐竹户野人家〔一〕。過牆每欲隨飛蝶〔二〕,歸舍誰憐已莫鴉。幽客偶來成晚飯,野僧何日寄新茶?三年氣味長如此[三],歸計遲遲也自嘉[四]。

【箋注】

〔一〕唐蘇頲《經三泉路作》:"竹障山鳥路,藤蔓野人家。"

〔二〕唐王駕《雨晴》:"蛺蝶飛來過牆去,卻疑春色在鄰家。"

〔三〕氣味:意趣,情調。唐白居易《和裴相公傍水閑行絶句》:"爲報野僧岩客道,偷閒氣味勝長閑。"

〔四〕嘉:善。

其三

北園春草徑微微[一],未用頻教剪棘茨[二]。蜂陣紛紛初養蜜[三],鶯巢淺淺欲生兒。客情流水兼山遠[四],歸夢游絲向日遲[五]。懶病相將渾欲慣,賴君索我强裁詩[六]。

【箋注】

〔一〕謂野草幾將道路遮掩了。唐賈島《荒齋》:"草合徑微微,終南對掩扉。"

〔二〕棘茨:荆棘蒺藜。蘇軾《次韻子由東亭》:"遥知小檻臨廛市,定有新松長棘茨。"

〔三〕蜂陣:指進出蜂巢的蜜蜂。養蜜:猶釀蜜。

〔四〕謂客情如流水。兼:和,與。唐司空曙《送嚴使君遊山》:"赤燒兼山遠,青蕪與浪連。"

〔五〕謂歸鄉之夢如游絲般飄浮渺茫。游絲:本指飄動著的蛛絲。南朝梁沈約《三月三日率爾成篇》:"遊絲映空轉,高楊拂地垂。"

〔六〕唐杜甫《江亭》:"故林歸未得,排悶强裁詩。"裁詩:作詩。

送李憲司理還新喻[一]

采芹芹已老[二],浴沂沂尚寒。蒯緱長嘆息[三],苜蓿正闌干[四]。

黄卷忘憂易〔五〕，青衫行路難〔六〕。歸耕未有計，且復調閑官。

【箋注】

〔一〕作於元豐六年（一〇八三）三月。“采芹芹已老，浴沂沂尚寒。”芹老當在三月，而“浴沂”正用《論語·先進》：“暮春者，春服既成，冠者五六人，童子六七人，浴乎沂，風乎舞雩，詠而歸。”知作於三月無疑。李憲：見《次韻講律李司理憲見贈》注〔一〕。新喻：今江西新餘。

〔二〕芹：《爾雅·釋草》：“芹，楚葵。”晉郭璞注：“今水中芹。”宋邢昺疏：“案《本草》云：水芹一名水英。陶注云：二月三月作英時，可作葅，及瀹食之。又有渣芹，可爲生菜，亦可生噉。”

〔三〕蒯緱：這裏指用手握著用草繩纏結的劍柄。《史記·孟嘗君列傳》：“馮先生甚貧，猶有一劍耳，又蒯緱。”南朝宋裴駰集解：“言其劍把無物可裝，以小繩纏之也。”

〔四〕唐薛令之《自悼》：“盤中何所有，苜蓿長闌干。”苜蓿：謂飲食粗劣，生活清貧。參《次韻子瞻送范景仁遊嵩洛》注〔九〕。闌干：縱横交錯貌。

〔五〕黄卷：謂書籍。參《舟次大雲倉回寄孔武仲》注〔六〕。

〔六〕謂世路艱難。青衫：下層官吏身穿的袍服。

問黄蘗長老疾〔一〕

四大俱非五蘊空〔二〕，身心河岳盡消熔①〔三〕。病根何處容他住，日夜還將藥石攻〔四〕？

【校記】

①消熔：宋建本、叢刊本、四庫本作“消鎔”，蘇軾《答子由頌》作“圓融”。

【箋注】

〔一〕作於元豐六年（一〇八三）三月。蘇轍《全禪師塔銘》云：“六年，師得疾甚苦，從醫於市，見我語不離道，曰：‘吾病宿業也，殆不復起矣。君無忘道。異時見我，無相忘也。’既而病良愈，還居山中。”按，《欒城集》編纂次第，似亦當是年三月作。黄蘗長老：見《雪中洞山黄蘗二禪師相訪》注〔一〕。

〔二〕四大：佛教以地、水、火、風爲四大。認爲四者分别包含堅、濕、暖、動四種性能，人身即由此構成。因亦用作人身的代稱。《大方廣圓覺修多羅了義經》卷一："我今此身，四大和合。"五蘊：色蘊、受蘊、想蘊、行蘊、識蘊的總稱。五蘊中，前一種屬于物質，後四種屬于精神，乃是構成人身的五種要素。《般若波羅蜜多心經》卷一："觀自在菩薩，行深般若波羅蜜多時，照見五蘊皆空，度一切苦厄。"

〔三〕謂一切都不存在了。身心：指肉體和意念。河岳：黄河和五嶽的並稱。語本《詩・周頌・時邁》："懷柔百神，及河喬嶽。"毛傳："喬，高也。高岳，岱宗也。"後泛指山川。按，此言有形的與無形的都已不存在。

〔四〕"病根"二句：謂服藥是不必要的，因爲一切都是"空"，病根已無所寄托，何病可言。

附録　蘇軾《答子由頌》

子由問黄檗長老疾云："五蘊皆非四大空，身心河嶽盡圓融。病根何處容他住，日夜還將藥石攻。"不知黄檗如何答。老僧代云："有病宜須著藥攻，寒時火燭熱時風。病根既是無容處，藥石還同四大空。"六月二十日。

曾子固舍人挽詞〔一〕

少年漂泊馬光禄〔二〕，末路騫騰朱會稽〔三〕。儒術遠追齊稷下〔四〕，文詞近比漢京西〔五〕。平生碑版無容繼，此日銘詩誰爲題〔六〕？試數廬陵門下士〔七〕，十年零落曉星低〔八〕。

【箋注】

〔一〕作於元豐六年（一〇八三）四月一日。《年表》："［元豐］六年（一〇八三）癸亥，四月丙辰朔，中書舍人曾鞏卒，有挽詞。"曾子固：即曾鞏（一〇一九—一〇八三），字子固，建昌南豐人（今江西南豐縣）。少警悟，援筆成文，歐陽脩一見奇之。登嘉祐進士第，歷知齊、襄、洪、福、明、亳、滄諸州，所在多有政績,拜中書舍人卒。鞏性孝友,父亡,奉繼母益至,撫四弟九妹于委廢單弱之中,宦學婚嫁,一出其力。其爲文原本《六經》,參之以司馬遷、韓愈,一時無人可及。謚文定,學者稱南豐先生。有《元豐類稿》傳世。《宋史》有傳。

〔二〕謂鞏如唐代的馬周。馬光禄:指唐馬周(六〇一—六四八),字賓王,茌平(今山東茌平縣)人。嗜學,善《詩》、《春秋》,補州助教。不治事,去職,舍中郎將常何家。貞觀中詔百官言得失事,何武人不涉學,周爲何條二十餘事,太宗怪而問之,何言周所爲。太宗召語,大悦,拜監察御史,累拜中書侍郎。岑文本稱馬周論事無一字可增減,令人忘倦。後遷中書令,進銀青光禄大夫卒。新舊《唐書》有傳。

〔三〕謂鞏如朱買臣晚年發跡。騫騰:猶飛騰。騫,通"騫"。唐杜甫《贈特進汝陽王二十二韻》:"筆飛鸞聳立,章罷鳳騫騰。"朱會稽:指西漢朱買臣(?—前一一五),字翁子,會稽吴(今江蘇蘇州市)人,家貧好學,因嚴(莊)助薦,拜會稽守,後爲丞相長史,告張湯陰事,湯自殺,武帝亦誅買臣。《史記》《漢書》有傳。

〔四〕謂曾家儒術深湛。齊稷下:見《送龔鼎臣諫議移守青州二首》之一注〔二〕。按,曾"家世爲儒"(見《上歐陽學士第一書》),故此謂其儒術深湛。

〔五〕謂文章可比駕西漢如司馬遷、劉向等。漢京西:即西京。指西漢。宋王震《元豐類稿原序》:"先生自負要似劉向,不知韓愈爲何如爾。"《宋史·曾鞏傳》:"爲文章上下馳騁,愈出而愈工,本原《六經》,斟酌於司馬遷、韓愈,一時工作文詞者鮮能過也。"

〔六〕"平生"二句:謂曾所撰碑銘無人可及,而今誰來爲曾作銘詩啊。按,曾鞏平生有墓志銘六十餘篇,如《尚書都官員外郎王公墓誌銘》《光禄少卿晁公墓誌銘》《寶月大師塔銘》等皆爲名篇。曾鞏爲碑志,不惟文辭雅訓,且又公正客觀,其《寄歐陽舍人書》具道其碑志精神:"夫銘志之著於世,義近于史,而亦有與史異者。蓋史之於善惡,無所不書,而銘者,蓋古之人有功德材行志義之美者,懼後世之不知,則必銘而見之。或納於廟,或存於墓,一也。苟其人之惡,則于銘乎何有?此其所以與史異也。其辭之作,所以使死者無有所憾,生者得致其嚴。而善人喜于見傳,則勇於自立;惡人無有所紀,則以愧而懼。至於通材達識,義烈節士,嘉言善狀,皆見於篇,則足爲後法。警勸之道,非近乎史,其將安近?”蘇轍“無容繼”之評,亦公允之論。碑版:碑碣上所刻的志傳文字。南朝宋謝靈運《入華子岡是麻源第三谷》:“圖牒復摩滅,碑版誰聞傳。”

〔七〕廬陵:指歐陽脩。參《陪歐陽少師永叔燕潁州西湖》注〔一〕。

〔八〕喻歐門弟子逐漸凋零之意。

次韻子瞻臨皋新葺南堂五絶〔一〕

其一

江聲六月撼長堤,雪嶺千重過屋西〔二〕。一葉軒昂方斷渡〔三〕,南堂蕭散夢寒溪〔四〕。

【箋注】

〔一〕作於元豐六年(一〇八三)六月。蘇軾《與蔡景繁十四首》之九:“臨皋南畔,竟添卻屋三間,極虚敞便夏。”又之十:“近專人還,奉狀必達。忽復中夏,永日杜門,無如思渴仰何? 不審履茲薄熱,起居何似?”又之十一:“近葺小屋,强名南堂。暑月少舒,蒙德殊厚。小詩五絶,乞不示人。”云“便夏”、“中夏”,“暑月”,知蘇軾原詩作於五月。蘇轍詩有“江聲六月撼長堤”語,知作於六月。臨皋南堂:在黄州(今湖北黄岡)州治南一里,《施注蘇詩》卷二十:“《齊安拾遺》:夏澳口之側,本水驛,有亭曰臨皋。郡人以驛之高陂上築南堂,爲先生游息。”另據蘇軾《與蔡景繁書》,則此亭或爲淮南轉運副使蔡景繁所建。

〔二〕雪嶺:喻波浪。唐孟郊《有所思》:“古鎮刀攢萬片霜,寒江浪起千堆雪。”蘇軾《望海樓晚景五絶》之一:“海上濤頭一綫來,樓前指顧雪成堆。”

〔三〕謂禁渡而有小船出没。一葉:一艘小船。軒昂:輕快迅疾貌。指在浪中任意出没。斷渡:禁渡。蘇軾《大風留金山兩日》:“塔上一鈴獨自語,明日顛風當斷渡。”按,轍前《陰晴不定簡唐覲秘校并敖吴二君五首》之三:“漲江方斷渡,小棹信輕生”同此情形。

〔四〕蕭散:猶瀟灑。寒溪:見《黄州陪子瞻遊武昌西山》附録。爲昔年兄弟同遊之處。

其二

旅食三年已是家〔一〕，堂成非陋亦非華。何方道士知人意，授與爐中一粒砂〔二〕？

【箋注】

〔一〕蘇軾元豐三年（一〇八〇），貶黄州，任團練副使。旅食：客居。

〔二〕砂：指丹砂。蘇軾原詩有“更開幽室養丹砂”語。

其三

北牖清風正滿牀〔一〕，東坡野菜漫充腸。華池自有醍醐味〔二〕，丈室仍聞薝蔔香〔三〕。

【箋注】

〔一〕唐白居易《獨眠吟二首》之二：“就中今夜最愁人，涼月清風滿床席。”北牖：指朝北的窗。唐王棨《涼風至賦》：“北牖閒眠，西園夜宴。”

〔二〕華池：口的舌下部位。泛指口。《藝文類聚・人部一・口》引《養生要尹氏内解》：“口爲華池。”蘇軾《龍虎鉛汞論》：“但行之數日間，舌下筋微急痛，當以漸馴致，若舌尖果能及懸癰，則致華池之水，莫捷於此也。”醍醐：見《飲酒過量肺疾復作》注〔一一〕。

〔三〕丈室：一丈見方之屋。極言其小。參《次韻李朝散游洞山二首》之一注〔七〕。薝蔔：又作簷蔔，或稱蕃梔子，顔色以紅色居多，也有白色者。宋周去非《嶺外代答・香門・蕃梔子》：“蕃梔子出大食國，佛書所謂簷蔔花是也。海蕃乾之如染家之紅花也。今廣州龍涎所以能香者，以用蕃梔故也。又深廣有白花，全似梔子花而五出，人云亦自西竺來，亦名簷蔔，此説恐非是。”

其四

鄰人漸熟容賒酒，故客親留爲種蔬。住穩不論歸有日，船通何患出無車〔一〕？

【箋注】

〔一〕謂此處多乘船以行。出無車：語出《戰國策・齊四》："居有頃，[馮諼]復彈其鋏，歌曰：'長鋏歸來乎，出無車。'左右皆笑之，以告。"

其五

客去知公醉欲眠〔一〕，酒醒寒月墮江煙。牀頭復有三升蜜〔二〕，貧困相資恐是天。

【箋注】

〔一〕《宋書・陶潛傳》："潛若先醉，便語客：'我醉欲眠，卿可去。'其真率如此。"李白《山中與幽人對酌》："我醉欲眠卿且去，明朝有意抱琴來。"

〔二〕三升蜜：謂蜜酒。參《和子瞻蜜酒歌》注〔一〕。

附録　蘇軾《南堂五首》

其一

江上西山半隱堤，此邦臺館一時西。南堂獨有西南向，卧看千帆落淺溪。

其二

暮年眼力嗟猶在，多病顛毛卻未華。故作明窗書小字，更開幽室養丹砂。

其三

他年夜雨困移牀，坐厭愁聲點客腸。一聽南堂新瓦響，似聞東塢小荷香。

其四

山家爲割千房蜜，稚子新畦五畝蔬。更有南堂堪著客，不憂門外故人車。

其五

掃地焚香閉閣眠，簟紋如水帳如烟。客來夢覺知何處，挂起西窗浪接天。

次韻王適大水〔一〕

高安昔到歲方閏,大水初去城如墟。危譙墮地瓦破裂〔二〕,長橋斷纜船逃逋〔三〕。漂浮隙穴亂群蟻,奔走沙礫摧嘉蔬〔四〕。里閭破散兵火後〔五〕,飲食弊陋魚鰕餘〔六〕。投荒豈復有便地〔七〕,遇災祇復傷羸軀。人言西有蛟蜃穴,閏年每與風雷俱〔八〕。漫溝溢壑恣游蕩,傾崖拔木曾須臾。雞豚浪走不復保〔九〕,老稚[①]裸[②]泣空長吁〔一〇〕。滯留再與玆水會,淪胥未哂斯民愚〔一一〕。人生所遇偶然耳,得失何用分錙銖〔一二〕。

【校記】

①稚:原作"椎",據宋建本、蜀藩刻本改。

②裸:原本作"裸",宋建本作"顆",三蘇祠本作"裸",據三蘇祠本改。

【箋注】

〔一〕作於元豐六年(一〇八三)閏六月。蘇轍元豐三年七月到筠州,是年六月大水。九月閏。《續資治通鑑長編·神宗元豐三年》:"[六月]京東西路提點刑獄司言:'緣澶州吴村堤都水監丞司開決水口,致大河水流入濮州,枯河行流,下接横壟口已下,濮、鄆州修貼堤道。'上批:'宜令都水監勘會。今夏大河水不曾漲大,元無危急,都水因何有此施行,于農忙時致驚動勞擾並河居民以聞。'"又"[秋七月]甲子,詔:'廣武、雄武上下埽雖據地形,保無疏虞,然方今霖潦不測,河流湍怒之際,須賴諳知水勢之人主領處畫,則措置不謬,免朝廷憂。可速遣外都水監丞陳德甫往相視。'"又"都水監言澶州孫村、陳埽及大吴、小吴埽河決。"又"乙亥,詔:'澶州、大名府被河水淹溺闕食户,大人日給米一升,小兒半升。即流移逐熟,經過河渡,若將帶隨行物,其税渡錢聽免收一季。'"

〔二〕危譙:城門上高聳的瞭望樓。

〔三〕逃逋:猶逋逃。這裏指被水沖跑。

〔四〕謂農田蔬菜等都被水沖毁了。

〔五〕謂水患過後恍如戰亂劫掠之景象。兵火:戰争造成的災火。唐曹松《鉛山寫懷》:"天涯兵火後,風景畏臨門。"

〔六〕謂只能捕撈殘餘魚蝦度日。弊陋:簡陋粗劣。

〔七〕謂遭貶謫是不會有好地方的。便地:便利之地。

〔八〕"人言"二句:謂人們説每逢閏年蛟龍便要興風作浪。蛟蜃:此指水中神怪。明李時珍《本草綱目·鱗一·蜃》:"蛟之屬有蜃,其狀亦是蛇而大,有角如龍狀……能吁氣成樓臺城郭之狀,將雨即見,名蜃樓,亦曰海市。"

〔九〕浪走:無目的的四處奔跑。

〔一〇〕長吁:長嘆。

〔一一〕"滞留"二句:謂又遇上閏年説不定將發大水,幸而老百姓愚蠢不會説是我牽連他們的。淪胥:相率牽連。《詩·小雅·雨無正》:"若此無罪,淪胥以鋪。"毛傳:"淪,率也。"鄭箋:"胥,相鋪徧也。言王使此無罪者見牽率相引而徧得罪也。"清王引之《經義述聞·毛詩中》:"'鋪'字當訓病,《韓詩》作'痡',本字也。謂相率而入於刑,入於刑則病苦。"按,這是憤激之詞。

〔一二〕謂無須將得失分得太清楚。

贈三局能師二絶〔一〕

其一

得失從來似偶然,因師聊復問行年〔二〕。此生竟墮陰陽數〔三〕,方信修行力未全〔四〕。

【箋注】

〔一〕作於元豐六年(一〇八三)閏六月。三局能師:不詳,俟考。《孔譜》:"似其人爲術士之類。"

〔二〕行年:流年。舊時星命家所謂某人當年所行的運,如唐張籍《贈任道人》:"欲得定知身上事,憑君爲算小行年。"

〔三〕慚愧自己對命運不能把握而求神問卜。

〔四〕謂自己的修習作行之功未到。

其二

旅食江干秋復春〔一〕，歸耕未遂不勝貧〔二〕。憑師細考何年月，可買山田養病身〔三〕？

【箋注】

〔一〕謂在高安過了一年又一年。唐李白《贈漢陽輔録事二首》之二："其中字數無多少，衹是相思秋復春。"江干：江邊。此指高安。

〔二〕蘇軾《贈王仲素寺丞》："歸耕獨患貧，問子何所齎。"歸耕：辭官回鄉耕田。

〔三〕唐張籍《病中酬元宗簡》："東風漸暖滿城春，獨向深房養病身。"

臨川陳憲大夫挽詞二首〔一〕

其一

一時冠蓋盛臨川〔二〕，直亮推公益友先〔三〕。淡泊朱絲初少味，蕭疏翠竹久彌鮮〔四〕。崎嶇處世曾何病〔五〕，奔走成功亦偶然〔六〕。天理更疏①終不失〔七〕，雍雍今見子孫賢〔八〕。

【校記】

①更疏：叢刊本作"踈更"，誤倒。

【箋注】

〔一〕作於元豐六年（一〇八三）七月。從"秋風灑涕松楸外，談笑猶疑對竹軒"知在秋日。從《年表》、《三蘇年譜》繫於七月。陳憲：見《寄題陳憲郎中竹軒》注〔一〕。臨川：今江西撫州。

〔二〕謂臨川仍人傑地靈之地。冠蓋：此當指才學之士。唐王勃《滕王閣序》："睢園緑竹，氣凌彭澤之樽；鄴水朱華，光照臨川之筆。"當即此意。

〔三〕謂陳爲朋友中之翹楚。直亮：正直，誠信。亮，通“諒”。語本《論語·季氏》：“孔子曰：‘益者三友，損者三友。友直，友諒，友多聞，益矣。’”宋邢昺疏：“直謂正直，諒謂誠信，多聞謂博學。”

〔四〕“淡泊”二句：謂陳之友情是最經得起考驗的。蘇軾《送俞節推》：“吴興有君子，淡如朱絲琴。”按，此即所謂“君子之交淡若水，小人之交甘若醴；君子淡以親，小人甘以絶”意。按，此處雙關，因陳曾有竹軒，借以言陳品格高邁。

〔五〕謂陳生前仕途坎坷。崎嶇：坎坷不平貌。

〔六〕指那些趨炎附勢者。

〔七〕《老子》第七十三章：“天網恢恢，疎而不失。”

〔八〕雍雍：和洽貌。

其二

五月扁舟憶過門，哀憐逐客爲招魂〔一〕。開樽不惜清泉潔〔二〕，揮汗相看白雨翻〔三〕。病起清言驚苦瘦〔四〕，歸休尺牘尚相存〔五〕。秋風灑涕松楸外〔六〕，談笑猶疑對竹軒〔七〕。公家有竹軒，轍嘗賦詩。

【箋注】

〔一〕逐客：蘇轍自喻。招魂：見《柳子玉郎中挽詞二首》之一注〔七〕。

〔二〕謂置酒款待。開樽：打開酒缸。

〔三〕白雨：暴雨。蘇軾《和子由次月中梳頭韻》：“夏畦流膏白雨翻，北窗幽人卧羲軒。”

〔四〕苦瘦：太瘦；極瘦。

〔五〕《漢書·陳遵傳》：“性善書，與人尺牘，主皆臧去以爲榮。”尺牘：信札，書信。

〔六〕松楸：松樹與楸樹。墓地多植，因以代稱墳墓。

〔七〕見《寄題陳憲郎中竹軒》。

次韻知郡賈蕃大夫思歸〔一〕

江城漂泊最多時〔二〕，邂逅誰令長者期。得坎浮槎應有命〔三〕，投林鶯鵲且安枝〔四〕。何年笑語還留客，終日勤勞數問兒〔五〕。鈴閣清虚非此比〔六〕，秋風歸興恐非宜〔七〕。

【箋注】

〔一〕作於元豐六年（一〇八三）七月。從《年表》。賈蕃（一〇一二—一〇八一）：字仲通，其先趙之真定（治今河北正定縣）人，元祐四年八月七日卒，年七十。宋畢仲游《朝議大夫賈公墓誌銘》："官制行，改朝奉大夫知筠州，遷朝散大夫，賜三品服。"據《宋史・神宗紀》，元豐五年五月知官制。則賈蕃之知筠州當在五年秋冬。詩云"秋風歸興"，則賈蕃知郡僅一年左右。據《續資治通鑑長編・神宗熙寧四年》："［五月］是日（戊戌十四日），東明縣民以縣科助役錢不當，相率遮宰相自言，凡數百家。王安石既説諭令退，遂白上曰：'知東明縣賈蕃者，范仲淹女婿，好附流俗，非上所建立。近樞密院選差勾當進奏院。去年，進奏院妄以朝廷事報四方，令四方疑懈於奉行法令。今使勾當，宜得平實者，如蕃殆不可用。'上以爲然，因令究東明事。蕃，管城人，琰曾孫也。"又"［六月］上批：'賈蕃可令治其不奉法之罪，其他罪勿劾。昭示四方，使知朝廷用刑公正。'王安石曰：'臣亦嘗責趙子幾但案蕃違法壞助役事，勿治他事，子幾乃云已得其罪狀不敢貸，若法當治，治之固不害朝廷用刑公正也。臣於蕃輩，未嘗與之計校，緣臣所爲儘是國事，蕃輩附下罔上，壞得陛下國事，臣有何喜愠？且小人衆多，安可一一與計校？'"知蕃亦反對新法，且身體力行抵制助役錢，且因此獲罪。有《宋故内殿崇班新差西京皇城司巡檢上騎都尉郭公墓誌銘》傳世。轍詩"得坎浮槎應有命，投林鶯鵲且安枝"指七月丙辰（十三日）被罷兼權筠州州學教授事。《續資治通鑑長編・神宗元豐六年》："［四月］國子司業朱服言：'諸州學或不置教授，乞委長吏選見任官兼充，先以名上禮部，從本監體驗可爲教授，即依所乞。其舊補差教授悉放罷。有筠州學策題三道，乖戾經旨，今録進呈。'於是禮部言：'乞令本監具如何體驗外官學行堪充教授，及杜絶徇私請託舊弊，然後立法。其見爲教授人，候有新官令罷。其筠州權教授、監本州酒税蘇轍，乞令本路别差官兼管勾。'從之。"故《年表》可從。知郡：知州。

〔二〕江城：指高安，即筠州。

〔三〕坎：《易》卦名。八卦之一。坎象徵險難。《易・説》："坎，陷也。"

又:“坎爲水、爲溝瀆、爲隱伏、爲矯輮、爲弓輪。其於人也,爲加憂、爲心病、爲耳痛、爲血卦、爲赤。”此指蘇轍被罷兼權筠州州學教授事。高安瀕水,故云浮槎。蘇軾《和蔡准郎中見邀游西湖三首》之二:“高人無心無不可,得坎且止乘流浮。”

〔四〕三國魏曹操《短歌行》:“月明星希,烏鵲南飛。繞樹三匝,何枝可依。”唐李白《贈柳圓》:“還同月下鵲,三繞未安枝。”蘇軾《次韻蔣穎叔》:“月明驚鵲未安枝,一棹飄然影自隨。”此反其意而用之。

〔五〕謂王適很辛苦。蘇轍貶筠,王適隨侍,適爲轍婿。

〔六〕鈴閣:見《答文與可以六言詩相示因道濟南事作十首》之十注〔二〕。清虚:清静,無人。

〔七〕此用張翰故事。參《送劉道原學士歸南康》注〔五〕。

久不作詩呈王適〔一〕

憐君多病仍經暑,笑我微官長坐曹〔二〕。落日東軒談不足〔三〕,秋風北棹意空勞〔四〕。懶將詞賦占鴞臆〔五〕,頻夢江湖把蟹螯〔六〕。筆硯生塵空度日〔七〕,他年何用繼《離騷》〔八〕。

【箋注】

〔一〕作於元豐六年(一〇八三)七月。“落日東軒談不足,秋風北棹意空勞。”作於秋日無疑。而情緒落寞,應是罷官之後。

〔二〕坐曹:在衙門裏值班辦公。參《送吕希道少卿知滁州》注〔二〕。

〔三〕東軒:見《送提刑孫頎少卿移湖北轉運》注〔九〕。

〔四〕謂徒增憂愁。勞:憂愁。唐盧象《追涼歷下古城西北隅此地有清泉喬木》:“前賢真可慕,衰病意空勞。”

〔五〕此謂懶藉鵩鳥之類賦以預測吉凶禍福。參《池州蕭丞相樓二首》之二注〔六〕。

〔六〕此用晉畢卓事。見《次韻張恕九日寄子瞻》注〔三〕。

〔七〕謂無心作詩文筆硯已擱置許久。唐杜甫《贈李白》:“痛飲狂歌空度日,飛揚跋扈爲誰雄。”

〔八〕謂無須如《離騷》一樣傾訴心中勞苦。

喜王鞏承事北歸〔一〕

同罪南遷驚最遠〔二〕,乘流北下喜先歸。謂言一笑秋風後〔三〕,卻顧千山驛路非〔四〕。嶺外雲煙隨夢遠,江邊魚蟹爲人肥。還家嫁女都無事〔五〕,卧讀詩書晝掩扉〔六〕。

【箋注】

〔一〕作於元豐六年(一〇八三)七月。王定國元豐二年以蘇軾詩案牽連謫監賓州鹽酒務,至此遇赦北歸。鞏寄轍詩,轍和。詩云“秋風後”,知作於秋日。心緒頹然,自是罷官之後。承事:承事郎的省稱。古無此階,宋元豐更官制以承事郎换大理評事,爲狀元及第宰相任子之初官。

〔二〕賓州在今桂林西南,屬廣南西路,距東京四千餘里,故云最遠。

〔三〕謂言:以爲。《玉台新詠·古詩爲焦仲卿妻作》:“謂言無罪過,供養卒大恩。”

〔四〕謂因爲時間長久江山面目已不同了。卻顧:回顧;回頭看。

〔五〕下《和王鞏見寄三首》之二有“婚嫁須纓珥”語,王鞏似還有女未嫁。都:全。

〔六〕北周庾信《仰和何僕射還宅懷故》:“步檐朝未掃,蘭房晝掩扉。”蘇軾《首夏官舍即事》:“令人卻憶湖邊寺,垂柳陰陰晝掩扉。”

復次煙字韻答黄大臨庭堅見寄二首〔一〕

其一

水竹遮藏自一川〔二〕,日高茅屋始炊煙。犬牙舂米新秋後〔三〕,麥粒烝茶欲社天〔四〕。冠蓋祇今成棄物〔五〕,杉松它日記栽年。定應笑我勞生在〔六〕，卯睡聞呼衣爲顛〔七〕。

【箋注】

〔一〕作於元豐六年(一〇八三)八月。黄庭堅詩題爲《再次韻寄子由》。轍詩“犬牙舂米新秋後”，明言秋，而“明月隨人共一天”亦是秋日景象，黄庭堅詩有“只今黄落又凋年”也明言秋天降臨。再則轍詩云“欲社天”，社日在立秋後第五個戊日，故繫於秋八月。黄大臨：見《次韻黄大臨秀才見寄》注〔一〕。庭堅：即黄庭堅。見《次煙字韻答黄庭堅》注〔一〕。

〔二〕唐杜甫《鄭典設自施州歸》：“青山自一川，城郭洗憂戚。”

〔三〕犬牙：喻新舂出的米形如犬牙。

〔四〕麥粒：喻茶芽。宋曾鞏《嘗新茶》：“麥粒收來品絶倫，葵花製出樣争新。”自注：“丁晉公《北苑新茶詩序》云：‘茶芽採時如𪎊麥之大者。’”烝茶：即蒸茶。茶葉製作中的一個過程。宋趙汝礪《北苑别録・蒸茶》：“茶芽再四洗滌，取令潔净，然後入甑，俟湯沸蒸之。然蒸有過熟之患，有不熟之患。過熟則色黄而味淡，不熟則色青易沉而有草木之氣，唯在得中之爲當也。”欲社：謂將要社祭。

〔五〕冠蓋：官員的冠服和車乘。冠，禮帽；蓋，車蓋。

〔六〕勞生：見《張安道生日》之二注〔五〕。

〔七〕謂早晨覺未睡醒就要急忙赴任所。語本《詩・齊風・東方未明》：“東方未明，顛倒衣裳。顛之倒之，自公召之。”卯：卯時。指早晨五時至七時。舊時官署辦公從卯時始。

其二

十載勞①思寤寐間〔一〕，新詩態度比雲煙〔二〕。清風吹我無千里〔三〕，明月隨人共一天〔四〕。歸去林泉應避暑，北征道路恐經年〔五〕。與君共愧知時鶴〔六〕，養子先依黑柏顛〔七〕。

【校記】

①勞：宋大字本、宋建本、叢刊本作“懷”。

【箋注】

〔一〕勞思：極言思念之深。勞，頻繁、多。唐盧照鄰《望宅中樹有所思》：

“勞思復勞望，相見不相知。”

〔二〕態度：風姿、意度。唐杜牧《李賀集序》：“賀字長吉，元和中，韓吏部亦頗道其歌詩。雲煙綿聯，不足爲其態也。”

〔三〕唐韓愈《送李員外院長分司東都》：“兩地無千里，因風數寄聲。”按，時黄仍知太和（今江西吉安泰和縣）。

〔四〕唐李洞《送雲卿上人游安南》：“島嶼分諸國，星河共一天。”宋歐陽脩《舟中寄劉昉秀才》：“明月隨人來遠浦，青山答鼓送行舟。”蘇軾《次韻子由使契丹至涿州見寄四首》之二：“胡羊代馬得安眠，窮髮之南共一天。”

〔五〕謂回歸或許要一年纔能到家。唐杜甫有《北征》：“皇帝二載秋，閏八月初吉。杜子將北征，蒼茫問家室。”按，蘇轍貶筠，家眷皆在潁昌。

〔六〕調侃謂自己與黄皆不如鶴之知時。《淮南子・説山》：“雞知將旦，鶴知夜半，而不免於鼎俎。”韓愈《雜詩》之四：“獨有知時鶴，雖鳴不緣身。”

〔七〕杜甫《義鶻行》：“陰崖二蒼鷹，養子黑柏顛。”按，杜甫《義鶻行》詩叙鷹養子于柏顛，蛇入其巢，吞其子殆盡。雌鷹無可奈何，雄鷹歸來，偕健鶻（獵鷹）與蛇鬥，終殺蛇而復仇。蘇軾烏臺詩案，爲李定等所羅織，罪莫須有，蘇轍引此，其意甚明。

附録　黄庭堅《再次韻奉答子由》

其一

蠆尾銀鈎寫珠玉，剡藤蜀繭照松烟。似逢海若談秋水，始覺醯雞守甕天。何日青揚能覿面，只今黄落又凋年。萬錢買酒從公醉，一鉢行歌聽我顛。

其二

想見蘇耽携手仙，青山桑柘冒寒煙。麒麟墮地思千里，虎豹憎人上九天。風雨極知鷄自曉，雪霜寧與菌争年。何時確論傾樽酒，醫得儒生自聖顛。

予初到筠即於酒務庭中種竹四叢杉二本及今三年二物皆茂秋八月洗竹培杉偶賦短篇呈同官〔一〕

種竹成叢杉①出檐，三年慰我病厭厭〔二〕。剪除亂葉風初好，封植孤根笋自添[三]。高節不知塵土辱[四],堅姿試待雪霜霑[五]。屬君留取障斜日,仍記當年此滯淹[六]。

【校記】

①杉:原作"移",據宋建本、蜀藩刻本改。

【箋注】

〔一〕作於元豐六年(一〇八三)八月。《年表》:"八月,洗竹培杉,偶賦短篇呈同官。"洗竹:削去叢竹的繁枝。《埤雅·釋草》:"今人穿沐叢竹,芟其繁亂,不使分其勢,然後枝幹茂擢,俗謂之洗。洗竹第如洗華例,非用水也。"同官:即同僚。

〔二〕三年:蘇轍于元豐三年來至高安,迄今已三年。厭厭:亦作"懨懨",萎靡不振貌。唐劉兼《春晝醉眠》:"處處落花春寂寂,時時中酒病懨懨。"

〔三〕謂在母竹下堆上一些肥沃的新土。使長新筍。

〔四〕唐張九齡《竹詩》:"高節人相重,虛心世所知。"

〔五〕堅姿:堅强的風姿。宋梅堯臣《檜詠》:"秀木豔叢那可擬,但將霜雪定堅姿。"按,此暗用《論語·子罕》"歲寒然後知松柏之後凋"意。

〔六〕謂沉淪久處于此。滯淹:即淹滯,淹留。唐韋莊《冬日長安感志寄獻虢州崔郎中二十韻》:"帝里無成久滯淹,别家三度見新蟾。"

附録　蘇軾《次韻子由種杉竹》

吏散庭空雀噪簷,閉門獨宿夜厭厭。似聞梨棗同時種,應與杉篁刻日添。糟麴有神熏不醉,雪霜誇健巧相沾。先生坐待清陰滿,空使人人歎滯淹。

和王鞏見寄三首[一]

其一

南遷①春及秋,江湖未云半[二]。逮此歸路長,始悟行日遠。幽憂脱沉痼〔三〕，清夢驚婉娩〔四〕。行行逢故人〔五〕，笑語雜悲泫〔六〕。

【校記】

①遷：宋建本、蜀藩刻本、叢刊本作“還”，形近而誤。

【箋注】

〔一〕作於元豐六年（一〇八三）八月。此與下詩當是王鞏於歸途中寄轍，轍次韻。故繫之於八月。

〔二〕“南遷”二句：云王鞏貶謫時半年多還未走到一半路程。江湖：用作動詞。謂渡越江湖。蓋王鞏往賓州多走水路故云。未云半：即未半。云，前綴。

〔三〕幽憂：此指幽深憂勞之地。即貶所。沉痼：積久難治之病。漢劉楨《贈五官中郎將》之二：“余嬰沉痼疾，竄身清漳濱。”

〔四〕清夢：猶美夢。婉娩：本指言語委婉，容貌柔順。此當指情意綢繆。唐韓愈《送李正字歸湖南》：“孤游懷耿介，旅宿夢婉娩。”蘇軾《次韻李邦直感舊》：“婉娩有時來入夢，温柔何日聽還鄉。”

〔五〕行行：猶言逐漸，將要。晉陶潛《飲酒》之十六：“行行向不惑，淹留遂無成。”

〔六〕悲泫：悲傷的淚水。

其二

江秋北風多，歸帆未應駛〔一〕。天寒雁南向，家書空滿紙。契闊幸安平〔二〕，婚嫁須纓珥〔三〕。交游何爲者？空復念君至〔四〕。

【箋注】

〔一〕駛：急。因王鞏北歸，南風始順風助力。

〔二〕契闊：久别。宋梅堯臣《淮南遇楚才上人》：“契闊十五年，尚謂卧巖庵。”

〔三〕纓珥：此泛指婚嫁時需要的物品。纓，彩帶，古時女子許嫁時所佩。《禮記·曲禮上》：“女子許嫁，纓。”珥，珠玉做的耳飾。按，王定國似有女未嫁。

〔四〕“交游”二句：謂徒然掛念，但慚愧不能于財物上對其有所幫助。至：

深切。

其三

折葉每安心〔一〕，連環非所計〔二〕。感君扁舟返，念我一廛廢〔三〕。懷思樂全老，疇昔忘言契〔四〕。丹砂儻已成〔五〕，白首願終惠〔六〕。

【箋注】

〔一〕謂通過讀書來讓自己安心。折葉：指旋風葉裝的册頁。此指書籍。近人余嘉錫《書册制度補考》曰："大昌所謂册葉，即歐陽所謂策子，徽宗所謂旋風册子。然則葉子也，旋風葉也，册葉也，同實而異名者也。島田氏謂旋風葉者，疊摺成册，兩折一張褾紙，概粘其首尾於褾紙，其翻風之狀，宛轉如旋風。"

〔二〕謂自己不抱赦還的希望。連環：本指連結成串的玉環。此指暗喻還家。唐韓愈《送張道士序並詩》："昨宵夢倚門，手取連環持。"宋魏仲舉編《五百家注昌黎文集》注："孫（汝聽）曰：持連環，以示還意。"

〔三〕感嘆自己不能回歸。一廛：見《贈吴子野道人》注〔一〇〕。

〔四〕"懷思"二句：謂懷念張方平。懷思：懷念。樂全老：指張方平。方平字安道，號樂全居士，王鞏爲其婿也。蘇軾《次韻王定國南遷回見寄》："樂全老子今禪伯，掣電機鋒不容擬。"自注："謂張安道也，定國其婿。"疇昔：過去；當年。忘言契：不須交談，自然契合，極言相知之深。《晉書·山濤傳》："與嵇康、吕安善。後遇阮籍，便爲竹林之遊，著忘言之契。"參《張安道尚書生日》注〔一〕。

〔五〕丹砂：見《次韻蔣夔寒夜見過》注〔四〕。

〔六〕希望能惠贈（丹砂）。南朝宋顔延之《赭白馬賦》："願終惠養，蔭本枝兮。"

復次韻〔一〕

滕王閣在誰携手〔二〕，徐孺湖寬可放情〔三〕。楚客解書南國恨〔四〕，秦筝助發上林鶯〔五〕。繫匏獨負杯中物〔六〕，擁鼻知逢洛下生〔七〕。問得長鬚添夢想〔八〕，蓬窗燈火達天明。近遣僕至鍾陵〔九〕，還，言定國與黄君魯直會於舟中，燈火終夜而去。

【箋注】

〔一〕作於元豐六年（一〇八三）八月。從詩句知王鞏已到南昌。

〔二〕滕王閣：江南三大名樓之一，本爲唐代滕王李元嬰所築，在今江西南昌。

〔三〕徐孺湖：洪州有徐孺湖。徐孺，即徐穉（九七——一六八）。穉字孺子，東漢豫章南昌（今江西南昌市）人。躬自耕稼，不食他力，鄉黨服其恭儉義讓，甚爲太守陳蕃及名士郭泰（林宗）所賞。蕃例不待賓，唯爲穉設一榻，去則懸之。識漢室將傾，隱居不仕。公府屢辟、舉有道、拜太守，桓帝安車徵，並不就。《後漢書》有傳。放情：縱情。

〔四〕用莊舄故事云王鞏懷念故鄉。見《和强君瓦亭》注〔五〕。

〔五〕謂與王夜宴有歌女助興。秦筝：見《除夜會飲南湖懷王鞏》注〔七〕。上林鶯：此喻歌女歌喉之美妙。上林，古宫苑名。後指帝王苑囿。唐温庭筠《漢皇迎春詞》："碧艸含情杏花喜，上林鶯囀游絲起。"宋韓維《和子華兄聞布穀聲而鸎聲寂然》："自笑拙艱成底事，十年不聽上林鶯。"

〔六〕《論語·陽貨》："吾豈匏瓜也哉，焉能繫而不食？"三國魏何晏集解："匏，瓠也。言瓠瓜得繫一處者不食故也，吾自食物，當東西南北，不得如不食之物繫滯一處。"按，匏瓜味苦，故繫置不用。比喻不爲時用，賦閑。杯中物：指酒。晉陶潛《責子》："天運苟如此，且進杯中物。"

〔七〕擁鼻：見《郭祥正國博醉吟庵》注〔五〕。洛下生：此戲指黄庭堅。

〔八〕謂夢中懷想王鞏與黄庭堅聚會之樂。長鬚：指男僕。参《飲餞王鞏》注〔六〕。夢想：夢中懷想。漢司馬相如《長門賦》："忽寢寐而夢想兮，魄若君之在旁。"

〔九〕鍾陵：今江西進賢縣鍾陵鄉。《三蘇年譜》卷三十三："鍾陵乃進賢，在洪州東南，屬洪州。舟由此北去，即爲洪州。……轍未能與鞏晤。"

孔毅父封君挽詞二首〔一〕

其一

交契良人厚〔二〕，家風季婦賢〔三〕。詩書中有助，蘋藻歲無愆〔四〕。象服期他日〔五〕，恩封屬此年。神傷自不覺〔六〕，弔客問潸然〔七〕。

【箋注】

〔一〕作於元豐六年（一〇八三）八月。詩爲挽孔平仲夫人所作。毅父：指孔平仲。見《孔平仲著作江州官舍小庵》注〔一〕。封君：受有封邑的貴族。秦漢以後，亦及婦女。此指孔之妻子。

〔二〕交契：情誼。良人：女子對丈夫的稱呼。

〔三〕季婦：平仲有兄二，故此稱其婦爲季婦。

〔四〕《詩·召南·采蘋》："于以采蘋，南澗之濱。于以采藻，于彼行潦。"《詩小序》："《采蘋》，大夫妻能循法度也，能循法度，則可以承先祖共祭祀矣。"後因以"蘋藻"借指婦女的美德。愆：過失。

〔五〕象服：古代后妃、貴夫人所穿禮服，上面繪有各種物象作爲裝飾。《詩·鄘風·君子偕老》："象服是宜。"毛傳："象服，尊者所以爲飾。"

〔六〕神傷：傷神，傷心。晉孫盛《晉陽秋》："［荀粲］婦偶病亡，未殯，傅嘏往唁，粲不哭神傷，曰'佳人難得'，痛悼不已。"

〔七〕潸然：悲傷流淚貌。

其二

别日笑言重，歸來藥餌憂〔一〕。鐘歌掩不試，貝①葉亂誰收〔二〕？恨極囊封在〔三〕，情多壟木②稠〔四〕。埋文應自作〔五〕，一一記徽猷〔六〕。

【校記】

①貝：叢刊本作"其"，誤。

②木:叢刊本作“水”,誤。

【箋注】

〔一〕藥餌:藥物。

〔二〕謂孔平仲的書籍散亂無人整理了。貝葉:古代印度人用以寫經的樹葉。因借指書籍。

〔三〕謂孔妻還留下了遺囑。囊封:本指密封的奏章。此指孔妻留下的不爲外人知曉的遺囑。

〔四〕壟木:墳壟周圍的樹木。

〔五〕埋文:墓誌。因放在墓裏,刻有死者生平事蹟,故云。

〔六〕徽猷:美善之道。《詩·小雅·角弓》:“君子有徽猷,小人與屬。”毛傳:“徽,美也。”鄭箋:“猷,道也。君子有美道以得聲譽,則小人亦樂與之而自連屬焉。”

附録　蘇軾《孔毅父妻挽詞》

結褵記初歡,同穴期晚歲。擇夫得温嶠,生子勝王濟。高風相賓友,古義仍兄弟。從君吏隱中,窮達初不計。云何抱沉疾,俯仰便一世。幽陰淒房櫳,芳澤在巾袂。百年縱得滿,此路行亦逝。那將有限身,長瀉無益涕。君文照今古,不比山石脆。當觀千字誄,寧用百金瘞。

上高息軒起亭二絶〔一〕

其一

山下清溪溪上市,溪光山色映人煙〔二〕。幽亭正在人聲裏,長與溪山共寂然。

【箋注】

〔一〕作於元豐六年(一〇八三)八月。至上高,賦《息軒》、《起亭》二絶。《三蘇年譜》卷三十三:“嘉慶《上高縣志》卷十六謂息軒、起亭在縣後圃。上高乃筠州屬邑。"今屬江西上高縣。

〔二〕唐李中《漁父二首》之一:"偶向蘆花深處行,溪光山色晚來晴。"

其二

溪父起收罾下鯉〔一〕,山翁起賣焙中茶〔二〕。長官亦與人俱起,笑擁黄紬放早衙〔三〕。

【箋注】

〔一〕溪父:溪邊的漁夫。罾:見《放閘二首》之二注〔一〇〕。

〔二〕焙(bèi):指焙茶的裝置或場所。唐陸羽《茶經·茶之具》:"焙,鑿地深二尺,闊二尺五寸,長一丈,上作短牆,高二尺,泥之。"

〔三〕見《再和三首》之一注〔四〕。

九月十一日書事〔一〕

東牆瘦菊早開花〔二〕,九日金鈿已自嘉〔三〕。黍麥候遲初響甕〔四〕,米鹽法細未還家〔五〕。潑醅昨夜驚泉涌〔六〕,洗盞今晨聽婦誇〔七〕。歸采茱萸重一醉〔八〕,不須怪問日時差〔九〕。

【箋注】

〔一〕據詩意,乃書自釀酒之事。

〔二〕瘦菊:指菊花枝幹稀疏。

〔三〕金鈿:本指婦女的首飾。因其形狀如開放的菊花,故以代指菊花。

〔四〕謂季節推遲故釀酒比往年晚。候遲:指節候推遲。響甕:酒發酵聲。

〔五〕謂公務繁雜很少回家。米鹽:喻繁雜瑣碎。《史記·天官書》:"皋、唐、甘、石因時務論其書傳,故其占驗淩雜米鹽。"唐張守節正義:"淩雜,交亂也;米鹽,細碎也。"按,蘇轍時官監筠州鹽酒稅。

〔六〕潑醅(pēi):去除酒糟,爲釀酒的最後一個步驟。《山堂肆考·飲食·潑醅》:"李白詩'恰似蒲桃初潑醅',潑或作醱。潑醅,開酒也。"晉裴秀《大蜡詩》:"有肉如丘,有酒如泉。"

〔七〕謂妻子誇贊酒好。洗盞：清洗酒盞。蘇軾《小兒》："還坐愧此言，洗盞當我前。"

〔八〕佩茱萸、飲菊花酒，皆重陽習俗。参《戲呈試官》注〔二〕。

〔九〕謂已過重陽節。

和王適寒夜讀書〔一〕

久從市井役〔二〕，百事廢不理。感君讀書篇，惜此寒夜晷〔三〕。殷勤附燈燭〔四〕，黽勉就圖史〔五〕。逡巡揖虞夏〔六〕，汗漫馳劉李〔七〕。斯文家舊物，早歲夙從事〔八〕。一從慕膻腥〔九〕，中棄如敝屣〔一〇〕。今夕亦何夕〔一一〕？忽如舊游至。終篇再三嘆〔一二〕，推枕不成寐〔一三〕。人生無百年〔一四〕，所欲知有幾？懸知未必得〔一五〕，奔走若趨市〔一六〕。微言寄翰墨，開卷入心耳〔一七〕。胡爲棄不收？所逐在難覬〔一八〕。

【箋注】

〔一〕作於元豐六年（一〇八三）九月。

〔二〕謂長期從事鹽酒雜役之事。《漢書·貨殖傳序》："商相與語財利於市井。"唐顔師古注："凡言市井者，市，交易之處；井，共汲之所，故總而言之也。"

〔三〕晷（guǐ）：本指測度日影以確定時刻的儀器，此指光陰。

〔四〕謂經常夜讀。唐薛令之《靈岩寺》："草堂棲在靈山谷，勤苦詩書向燈燭。"

〔五〕黽勉：見《送轉運判官李公恕還朝》注〔四〕。圖史：圖書史籍。代指書籍。

〔六〕謂王讀聖賢經典恭順有致。《禮記·表記》："虞夏之質，殷周之文，至矣。"逡巡：恭順貌。虞夏：指上古有虞氏之世和夏代。代指先聖。

〔七〕謂王縱横馳騁於史籍之中。汗漫：謂漫遊之遠。劉李：指劉漢和李唐。此泛指史籍。

〔八〕"斯文"二句：謂家世以詩書傳家，年少時致力于此。斯文：指禮樂教化。語出《論語·子罕》:“天之將喪斯文也,後死者不得與於斯文也。”舊物:猶言故物,傳家的東西。夙:平素;平時。

〔九〕語本《莊子·徐无鬼》:“羊肉不慕蟻,蟻慕羊肉,羊肉羶也。”一從:自從。羶腥:喻俗世名利。

〔一〇〕見《次韻子瞻見寄》(袞袞河渭濁)注〔一四〕。

〔一一〕唐杜甫《贈衛八處士》:“人生不相見,動如參與商。今夕復何夕,共此燈燭光。”唐元稹《江陵三夢》:“今夕亦何夕,夢君相見時。”

〔一二〕《文選·古詩十九首·西北有高樓》:“一彈再三歎,慷慨有餘哀。”

〔一三〕推枕:推開枕頭。謂失眠。

〔一四〕唐孟郊《勸酒》:“人無百年壽,百年復如何。”

〔一五〕懸知:料想;預知。

〔一六〕《史記·孟嘗君列傳》:“生者必有死,物之必至也。富貴多士,貧賤寡友,事之固然也。君獨不見夫朝趨市者乎?明旦側肩爭門而入,日暮之後,過市朝者掉臂而不顧。”

〔一七〕“微言”二句:謂閱讀古代典籍,時時將自己的心得付諸篇章。微言:精神玄妙之言。翰墨:文章。三國魏曹丕《典論·論文》:“是以古之作者,寄身於翰墨,見意於篇籍。”唐儲光羲《貽余處士》:“莫言異舒卷,形音在心耳。”

〔一八〕謂自己爲何不再如王一樣讀書,只因所追逐的事情難以達到。此蘇轍沉淪下僚的激憤之語。左思《詠史》之八:“計策棄不收,塊若枯池魚。”難覬:難以達到的(東西)。

和王適新葺小室〔一〕

向日堂東一室存,竹爲窗壁席爲門〔二〕。心如白月光長照〔三〕,氣結丹砂體自温〔四〕。飯軟莫嫌紅米賤〔五〕,酒香故取潑醅渾〔六〕。他年一笑同誰説〔七〕,伴我三年江上村〔八〕。

【箋注】

〔一〕作於元豐六年(一〇八三)九月。

〔二〕謂小室簡陋。《太平御覽・妖異部・怪》引《述異記》:“郭中産宅在江陵枇杷寺。南宋元嘉中,起齋屋,以竹爲窗櫺。”《史記・陳丞相世家》:“負隨平至其家,家乃負郭窮巷,以弊席爲門。”唐杜甫《敝廬遣興奉寄嚴公》:“還思長者轍,恐避席爲門。”

〔三〕白月:猶明月。唐劉長卿《宿北山禪寺蘭若》:“青松臨古路,白月滿寒山。”

〔四〕謂收到運氣吐納之效如煉成丹砂。蘇軾《與王定國書》:“子由昨來陳相别,面色殊清潤,目光炯然,夜中行氣,臍腹間隆隆如雷聲,其所行持亦吾輩所常論者,但此君有志節能力行耳。”參《次韻蔣夔寒夜見過》注〔四〕。

〔五〕紅米:即紅稻。參《次韻子瞻潁州留别二首》之二注〔五〕。

〔六〕潑醅:見《九月十一日書事》注〔六〕。

〔七〕宋梅堯臣《和永叔内翰》:“思歸有夢同誰説,强意題詩只自寬。”

〔八〕王適從蘇轍來高安,已三年。

病中賈大夫相訪因遊中宫僧舍二首〔一〕

其一

江城寒氣入肌膚,得告歸來强自扶〔二〕。五馬獨能尋杜老〔三〕,一牀深愧致文殊〔四〕。體虚正覺身如幻〔五〕,談劇能令病自無〔六〕。明日出門還擾擾〔七〕,年來真畏酒家壚〔八〕。

【箋注】

〔一〕作於元豐六年(一〇八三)九月。賈大夫:即賈蕃。見《次韻知郡賈蕃大夫思歸》注〔一〕。中宫:當是居處附近一道觀名。從其二“東鄰修竹野僧家”可知。或道觀與僧舍毗近。

〔二〕得告:同意告假。唐韋元甫《木蘭歌》:“老父舊羸病,何以彊自扶?”

〔三〕唐杜甫《將赴成都草堂途中有作先寄嚴鄭公五首》之一:“五馬舊曾

諳小徑，幾回書札待潛夫。"五馬：見《送吕希道少卿知滁州》注〔三〕。賈任筠州知州，故云。杜老：杜甫。此蘇轍自指。

〔四〕唐白居易《答閑上人來問因何風疾》："一床方丈向陽開，勞動文殊問疾來。"此用維摩詰生病，文殊師利菩薩問疾事。參《楊惠之塑維摩像》注〔一〕。文殊：文殊師利菩薩。參《畫文殊普賢》注〔一〕。

〔五〕身如幻：佛家常喻。參《新種芭蕉》注〔七〕。

〔六〕談劇：猶劇談，暢談。

〔七〕擾擾：煩亂貌。

〔八〕《世説新語·傷逝》："王濬沖爲尚書令，著公服，乘軺車，經黄公酒壚下過。顧謂後車客：'吾昔與嵇叔夜、阮嗣宗共酣飲於此壚。竹林之遊，亦預其末。自嵇生夭、阮公亡以來，便爲時所羈紲。今日視此雖近，邈若山河。'"杜甫《纜船苦風戲題四韻奉簡鄭十三判官》："因聲置驛外，爲覓酒家壚。"按，此因故舊凋零而傷感。

其二

東鄰修竹野僧家，亂柳枯桑一徑斜〔一〕。逐客慣曾迂短策〔二〕，使君何事駐高牙〔三〕？蕭條已似連村塢〔四〕，邂逅應容設晚茶。慚愧病夫無氣力，隔牆空聽吏兵嘩。

【箋注】

〔一〕唐唐彦謙《題證道寺》："彎環青徑斜，自是野僧家。"

〔二〕謂自己曾經以策論自以爲是。迂：夸誕；自矜。短策：見識短淺的策論。按，蘇轍制科考試時即曾上《御試制策》，直陳仁宗之弊，言辭懇切激烈，另有《六國論》等。言短策，乃憤激之詞。

〔三〕高牙：大纛，牙旗。《文選·潘岳〈關中詩〉》："桓桓梁征，高牙乃建。"唐李善注："牙，牙旗也。兵書曰：牙旗，將軍之旗。"唐李周翰注："牙，大旗也。"按，高牙，指賈的儀仗。此謂没想到賈造訪自己。此暗用杜甫《賓至》："豈有文章驚海内，漫勞車馬駐江干。"

〔四〕村塢：村莊。多指山村。

和王適炙背讀書〔一〕

少年讀書處,寒夜冷無火。老來百事慵,炙背但空坐。眼昏愁細書〔二〕,把卷惟恐卧〔三〕。寒衣補故褐,家釀熟新糯〔四〕。微微窗影斜,曖曖①雲陰過〔五〕。昏然偶成寐,鼻息已無奈。兒童更笑呼,書册正前墮。衰懶今自由,不復問冬課〔六〕。

【校記】

①曖曖:原本作"暖暖",據宋小字本、宋建本、蜀藩刻本改。

【箋注】

〔一〕作於元豐六年(一〇八三)冬。"少年讀書處,寒夜冷無火","寒衣""冬課",知作於冬季。炙背:曬背。見《和子瞻煎茶》注〔八〕。詩詠老來慵態,很是逼真而無奈。

〔二〕細書:小字。宋王安石《臺上示吴願》:"細書妨老讀,長簟愜昏眠。"

〔三〕《禮記·樂記》:"魏文侯問於子夏曰:'吾端冕而聽古樂,則唯恐卧。'"

〔四〕"寒衣"二句:寒衣是故褐補綴而成,家中的米酒是用新成熟的糯米釀就。

〔五〕曖曖:昏昧不明貌。參《踏青》注〔一二〕。

〔六〕謂而今讀書隨意而已。冬課:冬閒時課讀。

同王適賦雪〔一〕

北風吹雨雨不斷,遍滿虚空作飛霰〔二〕。紙窗獨卧不成眠,茅屋無聲時一泫〔三〕。烏烏錯莫寒未起〔四〕,庭户空明夜驚旦〔五〕。重樓複閣爛生光〔六〕,絶澗連山漫不見。夾砌雙杉洗更碧〔七〕,滿田碧草埋應爛。城中閉户無履迹〔八〕,市上孤煙數晨爨〔九〕。細排玉箸短垂檐〔一〇〕,暗結輕冰時入研〔一一〕。撥灰有客顧尊俎〔一二〕,迹兔何人試鷹犬〔一三〕? 未容行役掃車轂〔一四〕,應有老農歌麥飯。一來江城若俄頃〔一五〕,四見白花①飛面旋〔一六〕。坐看酒甕誰敢嘗,歸踏冰泥屢成濺。年來橋板斷不屬,莫出肩輿足憂患〔一七〕。到家昏黑空自笑,訴婦勤勞每長嘆。牀頭有酒未用沽,囊裏無錢不勞算〔一八〕。更令雪片大如手〔一九〕,終勝溪瘴長熏眼〔二〇〕。謁告猶能不出門〔二一〕,典衣共子成高讌〔二二〕。

【校記】

①白花:三蘇祠本作“百花”。

【箋注】

〔一〕作於元豐六年(一〇八三)冬。

〔二〕遍滿:遍及;佈滿。飛霰:飄舞的雪珠。

〔三〕泫:水從高處滴下。

〔四〕烏烏:烏鴉。《左傳・襄公十八年》:“師曠告晉侯曰:‘烏烏之聲樂,齊師其遁。’”錯莫:紛亂昏暗。唐杜甫《遠懷舍弟穎觀等》:“雲天猶錯莫,花蕚尚蕭疏。”清仇兆鼇注:“錯莫,謂紛錯冥莫。”

〔五〕謂烏鴉因爲雪的亮光以爲天明了。空明:空曠澄澈。

〔六〕謂燦爛耀眼。南朝梁武帝《樂府》:“珊瑚挂鏡爛生光,平頭奴子提履箱。”

〔七〕夾砌:臺階兩邊。唐白居易《傷宅》:“繞廊紫藤架,夾砌紅藥欄。”

〔八〕履迹:脚迹;脚印。

〔九〕晨爨:清早作飯的炊煙。唐齊己《荆渚病中因思匡廬遂成三百字寄梁先輩》:“微煙動晨爨,細雨滋園蔬。”

〔一〇〕玉箸:屋簷垂掛的冰柱。

〔一一〕輕冰:薄冰。暗結輕冰時入研:輕冰:薄冰。唐李商隱《樂遊原》:“拂硯輕冰散,開尊緑酎濃。”研(yàn):硯臺。

〔一二〕撥灰:撥動爐灰,使其復燃。

〔一三〕迹兔:尋找野兔的蹤跡。

〔一四〕謂無人準備出行。行役:泛稱行旅,出行。

〔一五〕江城:指高安,即筠州。俄頃:片刻。極言時間之迅速。

〔一六〕謂來筠已經四(年)見落雪。宋歐陽脩《蝶戀花》:“面旋落花風蕩漾。柳重煙深,雪絮飛來往。”又《寄聖俞》:“風餘落蕊飛面旋,日暖山鳥鳴交加。”

〔一七〕“年來”二句:謂歸家本近的橋早已毁壞,所以只好坐轎繞道回去。

〔一八〕蘇軾《次韻孔毅甫久旱已而甚雨三首》:“四鄰相率助舉杵,人人知我囊無錢。”

〔一九〕唐李白《嘲王歷陽不肯飲酒》:“地白風色寒,雪花大如手。”

〔二〇〕溪瘴:溪邊的瘴氣。

〔二一〕謁告:請假;告假。

〔二二〕唐杜甫《曲江》之二:“朝回日日典春衣,每日江頭盡醉歸。”典衣:典當衣物(買酒)。高讌(yàn):盛宴。

蘇轍詩編年箋注卷十三

除夜〔一〕

老去不自覺〔二〕,歲除空一驚〔三〕。深知無得喪〔四〕,久已罷經營〔五〕。黄卷譏前失〔六〕,清樽借後生〔七〕。何年遂疎懶,伏臘任躬耕〔八〕。

【箋注】

〔一〕作於元豐六年(一〇八三)除夕。除夜:見《除夜會飲南湖懷王鞏》注〔一〕。

〔二〕唐白居易《曲江感秋》:"闇老不自覺,直到鬢成絲。"

〔三〕歲除:年終。舊俗於臘歲(冬至後三戌之後)前一日擊鼓驅疫,謂之逐除,故云歲除。

〔四〕得喪:猶得失。指名利的利到與失去。語本《易・井》:"改邑不改井,無喪無得,往來井井。"蘇軾《景純復以二篇一言其亡兄與伯父同年之契一言今者唱酬之意仍次其韻》:"等是浮休無得喪,粗分憂樂有閑忙。"

〔五〕經營:謀劃營求。

〔六〕黄卷:書籍。參《舟次大雲倉回寄孔武仲》注〔七〕。

〔七〕謂美酒是晚輩備辦的。清樽:指美酒。借:憑借。

〔八〕"伏臘"二句:謂何年能歸耕故鄉。漢楊惲《報孫會宗書》:"臣之得罪已三年矣,田家作苦,歲時伏臘,烹羊炰羔,斗酒自勞。"伏臘:伏祭和臘祭之日,或泛指節日。

次韻秦觀梅花〔一〕

病夫毛骨日凋槁〔二〕，愁見米鹽惟醉倒〔三〕。忽傳騷客賦寒梅，感物傷春同懊惱〔四〕。江邊不識朔風勁〔五〕，牆頭亦有南枝早〔六〕。未開素質夜先明〔七〕，半落清香春更好。鄰家小婦學閑媚，靚妝惟有長眉掃〔八〕。孤芳已與飛霰競，結子仍先百花老〔九〕。苦遭横笛亂飛英〔一〇〕，不見游人醉芳草〔一一〕。可憐物性空自知〔一二〕，羞作繁華助芒昊〔一三〕。

【箋注】

〔一〕作於元豐七年（一〇八四）正月。按秦觀和詩云"恨春相逢苦不早"，當已立春。蘇軾和詩云："多情立馬待黄昏，殘雪消遲月出早。江頭千樹春欲暗，竹外一枝斜更好。"亦可見是春日，姑繫之于正月。秦觀：見《次韻秦觀秀才携李公擇書相訪》注〔一〕。

〔二〕毛骨：毛髮與骨骼。蘇軾《送吕希道知和州》："鳳雛驥子生有種，毛骨往往傳諸郎。"凋槁：本指草木凋零枯萎。唐韓愈《秋懷》之十一："西風蟄龍蛇，衆木日凋槁。"此指毛髮凋零，容顏枯槁。

〔三〕謂繁瑣的監鹽酒税事務令人常常借酒澆愁。

〔四〕蘇軾《減字木蘭花·贈君猷家姬》："懊惱風情，春著花枝百態生。"

〔五〕謝靈運《歲暮》："明月照積雪，朔風勁且哀。"

〔六〕南枝早：指梅花。參《寒雨》注〔四〕。

〔七〕素質：素雅的質地。

〔八〕"鄰家"二句：謂梅花如淡妝的鄰家少婦，只是隨意地涂了下眉毛。唐杜甫《虢國夫人》："却嫌脂粉涴顏色，澹掃蛾眉朝至尊。"閑媚：閒雅嫵媚。靚妝：美麗的妝扮。

〔九〕"孤芳"二句：謂梅花已落，梅子初現。孤芳：獨秀的香花，此處指梅花。飛霰：喻雪花飄舞。

〔一〇〕漢笛中曲有《梅花落》。《樂府詩集・横吹曲辭四・梅花落》郭茂倩題解："《梅花落》本笛中曲也。按唐大角曲，亦有《大單于》、《小單于》、《大梅花》、《小梅花》等曲，今其聲猶有存者。"隋江總《梅花落》："長安少年多輕薄，兩兩常唱《梅花落》。"唐李白《與史郎中飲聽黄鶴樓上吹笛》："黄鶴樓中吹玉笛，江城五月落梅花。"

〔一一〕唐李頎《送崔侍御赴京》："惜别醉芳草，前山勞夢思。"唐孫魴《芳草》："野吹閑摇闊，遊人醉卧深。"

〔一二〕《老子》第三十三章："知人者智，自知者明。勝人者有力，自勝者强。"唐宋之問《放白鷴篇》："我心河海白雲垂，憐此珍禽空自知。"

〔一三〕芒昊：蒼天。

附録　秦觀《和黄法曹憶建溪梅花》

海陵參軍不枯槁，醉憶梅花愁絶倒。爲憐一樹傍寒溪，花水多情自相惱。清淚班班知有恨，恨春相逢苦不早。甘心結子待君來，洗雨梳風爲誰好。誰云廣平心似鐵，不惜珠璣與揮掃。月没參横畫角哀，暗香銷盡令人老。天分四時不相貸，孤芳轉盼同衰草。要須健步遠移歸，亂插繁華向晴昊。

蘇軾《和秦太虚梅花》

西湖處士骨應槁，只有此詩君壓倒。東坡先生心已灰，爲愛君詩被花惱。多情立馬待黄昏，殘雪消遲月出早。江頭千樹春欲闇，竹外一枝斜更好。孤山山下醉眠處，點綴裙腰紛不掃。萬里春隨逐客來，十年花送佳人老。去年花開我已病，今年對花還草草。不知風雨捲春歸，收拾餘香還畀昊。

種蘭〔一〕

蘭生幽谷無人識〔二〕，客種東軒遺我香〔三〕。知有清芬能解穢〔四〕，更憐細葉巧淩霜。根便密石秋芳早〔五〕，叢倚修筠午蔭涼〔六〕。欲遣蘼蕪共堂下，眼前長見《楚詞》章〔七〕。

【箋注】

〔一〕作於元豐七年(一〇八四)正月。蘇轍自繫此詩於上詩後，則當在正月。

〔二〕《淮南子·説山》："蘭生幽宫，不爲莫服而不芳。"唐陳陶《種蘭》："種蘭幽谷底，四遠聞馨香。"

〔三〕客種：謂從幽谷移來。東軒：見《東軒長老二絶》之一注〔一〕。

〔四〕解穢：去除穢氣。

〔五〕便(pián)：安也。《楚辭·屈原〈大招〉》："魂乎歸徠，恣所便只。"漢王逸注："便，猶安也。"密石：細碎的石子。

〔六〕蘭花喜陰，故云。修筠：長竹。

〔七〕"欲遣"二句：《楚辭·屈原〈九歌·少司命〉》："秋蘭兮麋蕪，羅生兮堂下。"王逸注："麋，一作蘪。"宋洪興祖補注引晉郭璞曰："香草，葉小如萎狀。"蘼蕪：又稱江蘺，香草名。

上元夜〔一〕

新春收積雨〔二〕，明月澹微雲〔三〕。照水疏燈出〔四〕，因風遠樂聞。天涯仍有節，人事竟何分〔五〕？賣酒真拘束〔六〕，何時一醉醺？

【箋注】

〔一〕作於元豐七年(一〇八四)上元夜。上元：即農曆正月十五上元節，今通稱元宵節。

〔二〕謂久雨終停。

〔三〕唐孟浩然殘句："微雲淡河漢，疎雨滴梧桐。"

〔四〕上元夜有放燈習俗。此謂水中倒映出斑駁的燈影。

〔五〕人事：人間世事。此言自己爲什麽不能與家人在一起。《樂府詩集·雜曲歌辭十三·焦仲卿妻》："自君别我後，人事不可量。"

〔六〕蘇轍時監筠州鹽酒税，故云賣酒。

次韻王適元夜二首〔一〕

其一

燈光欲凝不驚風，月色初晴若發蒙〔二〕。羈客不眠詩未就，游人半醉夜方中〔三〕。荒城熠燿相明滅〔四〕，野水芙蓉亂白紅〔五〕。知欲訪僧同寂寂〔六〕，應憐病懶畏爞爞〔七〕。

【箋注】

〔一〕作於元豐七年(一〇八四)上元夜。元夜:即上元夜。宋歐陽脩《生查子·元夕》:"去年元夜時,花市燈如晝。"

〔二〕發蒙:揭開蒙蓋的東西。《禮記·仲尼燕居》:"三子者,既得聞此言也于夫子,昭然若發蒙矣。"按,此謂一下子明亮了。

〔三〕北周庾信《咏畫屏風詩二十五首》之一:"酒醺人半醉,汗濕馬全驕。"

〔四〕謂燈火閃爍。熠燿(yì yào):閃爍貌。《詩·豳風·東山》:"町畽鹿場,熠燿宵行。"毛傳:"熠燿,燐也。燐,螢火也。"明滅:謂忽明忽暗。

〔五〕謂水中的河燈紅白相間。芙蓉:即荷花形制的河燈。

〔六〕寂寂:清静幽閑。漢秦嘉《贈婦詩》:"寂寂獨居,寥寥空室。"

〔七〕病懶:轍自謂多病而懶散。爞爞(chóng):本指熱氣薰蒸貌。《爾雅·釋訓》:"爞爞、炎炎,薰也。"晉郭璞注:"皆旱熱薰炙人。"此指熱鬧喧囂處。

其二

宿雨初乾試火城〔一〕,端居無計伴①游行〔二〕。厭看門外繁星動,想見僧窗一點明。老罷逢春無樂事〔三〕,夢回孤枕有鄉情〔四〕。重因佳句思樊口〔五〕,一紙家書百鎰輕〔六〕。

【校記】

①伴:叢刊本作"半"。誤。

【箋注】

〔一〕火城:古代朝會時的火炬儀仗。唐李肇《唐國史補》卷下:"每元日、冬至立仗,大官皆備珂傘,列燭有至五六佰炬者,謂之火城。"此謂元夜熱鬧的燈市。

〔二〕端居:深居簡出。唐孟浩然《臨洞庭湖贈張丞相》:"欲濟無舟楫,端居恥聖明。"無計:没考慮。

〔三〕唐于邈《野外行》:"老病無樂事,歲秋悲更長。"老罷:謂年老百事皆廢。唐杜甫《聞斛斯六官未歸》:"老罷休無賴,歸來省醉眠。"

〔四〕夢回:夢中醒來。宋歐陽脩《答子履學士見寄》:"夢回枕上黄粱熟,身在壺中白日長。"

〔五〕樊口:在今黄岡境。此言思念在黄岡的蘇軾。不云黄岡,一則有所忌諱,二亦音韻關係,此處當用仄聲字。

〔六〕杜甫《春望》:"烽火連三月,家書抵萬金。"鎰(yì):古代重量單位。合二十兩,一説二十四兩。

王子立與遲等遊陳家園橋敗幾不成行晚自酒務往見之明日雨作偶爾成詠〔一〕

桃李城東近不遥,偶聞花發喜相邀。斷橋似欲妨佳思〔二〕,好雨猶能借此朝。隨分開樽依緑草〔三〕,偶然信馬及餘瓢〔四〕。重來莫道無閑暇,紫燕黄鸝日漸嬌〔五〕。

【箋注】

〔一〕作於元豐七年(一〇八四)二月。"偶聞花發""紫燕黄鸝日漸嬌"應是二月情景。王子立:即王適。見《次王適韻送張耒赴壽安尉二首》之一注〔一〕。遲:即蘇遲(?——一一五五)。字伯充,蘇轍長子。嘗從學於王適。後於建炎二年以右朝散大夫直秘閣。歷知婺州、泉州、處州。其知婺州時,奏減民税,父老爲立生祠,因家焉。後贈少傅。見明鄭柏《金華賢達傳》。陳家園:不詳。俟考。偶爾:偶然。

〔二〕佳思:美好的意趣。

〔三〕隨分:隨意;任意。開樽:開瓶飲酒。

〔四〕謂趕上飲宴。餘瓢:尚未結束的酒宴。瓢,葫蘆之一種。此謂酒器。

〔五〕唐謝偃《樂府新歌應教》:"紫燕欲飛先繞棟,黄鶯始哢即嬌人。"紫燕:燕名。也稱越燕。體形小而多聲,頷下紫色。見宋羅願《爾雅翼·釋鳥》。黄鸝:即黄鶯。

幽蘭花二絶〔一〕

其一

李徑桃蹊次第開〔二〕,穠香百和襲人來〔三〕。春風欲擅秋風巧〔四〕,催出幽蘭繼落梅。

【箋注】

〔一〕作於元豐七年(一〇八四)二月。"李徑桃蹊次第開",應是二月景象,正月則未開,三月則花時已過。《三蘇年譜》云:"幽蘭之發,約爲二月間。"甚是。

〔二〕"李徑桃蹊"語當是從《史記·李將軍列傳》"桃李不言,下自成蹊"中化出。唐杜甫《寒雨朝行視園樹》:"桃蹊李徑年雖故,梔子紅椒艷復殊。"次第:依次。唐白居易《北園》:"北園東風起,雜花次第開。"

〔三〕謂各種花香沁人心脾。唐杜甫《即事》:"雷聲忽送千峰雨,花氣渾如百和香。"百和:古時稱由各種香料和成的香爲百和香。南朝梁吴均《行路難》之四:"博山爐中百和香,鬱金蘇合及都梁。"

〔四〕擅:佔有,據有。

其二

珍重幽蘭開一枝〔一〕,清香耿耿聽猶疑〔二〕。定應欲較香高下,故取群芳競發時。

【箋注】

〔一〕珍重：珍貴，貴重。蘇軾《西齋》："榴花開一枝，桑棗沃以光。"

〔二〕耿耿：見《茶花》之一注〔四〕。

胡長史祠堂〔一〕

白首青衫仍隱居〔二〕，晚抛環堵就安輿〔三〕。生芻忽改蒸嘗地〔四〕，函丈空悲講解餘〔五〕。弟子璵璠相照耀〔六〕，兒孫松桂共扶疏〔七〕。我來恨不瞻遺老，空怪鄉鄰盡讀書〔八〕。

【箋注】

〔一〕作於元豐七年（一〇八四）二月。胡長史：不詳。俟考。從"恨不瞻遺老"可知胡爲筠州本地人且蘇轍至筠時即已過世。祠堂：祭祀先賢的廟堂。

〔二〕唐顧非熊《送從叔尉澠池》："白首青衫猶未换，又騎羸馬出函關。"青衫：下級官吏的服飾。

〔三〕謂胡老而自解教職頤養天年。環堵：四周環著每面一方丈的土牆。形容簡陋的居室。《禮記・儒行》："儒有一畝之宫，環堵之室。"唐孔穎達疏："環堵，面一堵也，五版爲堵。"安輿：猶言安車。參《章氏郡君挽詞》注〔五〕。

〔四〕謂胡長史已過世只留下祠堂在。生芻：賢人；賢者。語出《詩・小雅・白駒》："生芻一束，其人如玉。"蒸嘗：本指秋冬二祭。後泛指祭祀。

〔五〕謂胡當年講學之地猶存。函丈：講學者與聽講者坐席之間相距一丈。《禮記・曲禮上》："若非飲食之客，則布席，席間函丈。"漢鄭玄注："謂講問之客也。函，猶容也，講問宜相對容丈，足以指畫也。"

〔六〕謂胡弟子出衆者多。璵璠（yú fán）：《説文・玉部》："璵，璵璠，魯之寶玉。"此喻弟子才德之美。

〔七〕松桂：喻子孫操行之美。扶疏：枝葉繁茂分披貌。此喻其子孫之衆多。

〔八〕"我來"二句：謂胡的流風餘韻還在。

孫賓叟道人〔一〕

萬里飄然不繫舟〔二〕，酒壚一笑便相投〔三〕。千金不換金丹訣①〔四〕，何事惟須一布裘〔五〕？

【校記】

①訣：宋大字本作“詇”，形近而誤。

【箋注】

〔一〕作於元豐七年（一〇八四）春。孫賓叟：當是道士。餘不詳。俟考。此詩當是用道士厲歸真故事。宋郭若虚《圖畫見聞誌·紀藝上·厲歸真》：“道士厲歸真，異人也。莫知其鄉里，善畫牛虎兼工鷙禽雀竹，綽有奇思。惟著一布裘，入酒肆娼家，每有人問其所以，輒大張口茹其拳而不言。梁祖召問云：‘君有何道理？’歸真對曰：‘衣單愛酒，以酒禦寒，用畫償酒，此外無能。’梁祖然之。”

〔二〕不繫舟：不繫纜繩的船。用喻無所羈束，自由自在。參《次韻轉運使鮮于侁新堂月夜》注〔一〇〕。

〔三〕酒壚：猶言酒店。參《寒食遊南湖三首》之三注〔一〕。相投：互相投緣。

〔四〕金丹訣：燒製金丹的秘訣。古代方士煉金石爲丹藥，認爲服之可以長生不老。宋張君房《雲笈七籤》有《金丹部》。

〔五〕何事：何故。

新橋〔一〕

六月長橋斷不收，朱欄初喜映春流。虹腰宛轉三百尺，鯨背參差十五舟〔二〕。入市樵蘇看絡繹，歸家鹽酪免遲留〔三〕。病夫最與民同喜，卯酉忽忽無復憂〔四〕。

【箋注】

〔一〕作於元豐七年(一〇八四)三月。“朱欄初喜映春流”,應是三月景象。

〔二〕謂橋橋面由十五艘船支撑。這是浮橋。《爾雅・釋水》“天子造舟”宋邢昺疏:“言造舟者,比船於水,加板於上,即今之浮橋。”按,高安浮橋始建于五代十國時期楊吴乾貞二年(九二八),名永安橋,位于城隍廟前,十三舫,比舟爲梁,鐵攬繩牽,隨波升降。宋太平興國七年(九八二)增爲十四舫,元豐年間增爲十五舫,移州治前。此即所謂十五舟。參差:高低。

〔三〕“入市”二句:謂新橋建成方便了百姓。樵蘇:砍柴割草。絡繹:連續不斷。鹽酪:鹽和乳酪。此泛指生活必須品。

〔四〕謂自己早晚上衙歸家亦無須提前出發了。卯酉:早晚。

曾子宣郡太挽詞二首〔一〕

其一

族大徽音遠〔二〕,年高福祚多〔三〕。生兒盡龍虎〔四〕,封國裂① 山河〔五〕。象服驚初掩〔六〕,埋文信不磨②〔七〕。送車江郭滿〔八〕,咽絶聽哀歌〔九〕。

【校記】

①裂:宋大字本作“列”。

②磨:宋大字本作“睡”,誤。

【箋注】

〔一〕作於元豐七年(一〇八四)三月。曾子宣即曾布。曾布爲曾鞏之異母弟。曾布(一〇三六——一〇七),字子宣。與兄鞏同登進士第。熙寧初爲集賢校理,與吕惠卿共創青苗助役保甲農田之法,進翰林學士,兼三司使。後以事忤王安石,出知饒州。哲宗時知樞密院。時章惇爲相,布助之甚力,冀引爲執政。惇惡之。布復攻惇。徽宗立,拜布爲右僕射,獨當國。復與蔡京不協,爲其所構,責授舒州司户。卒謚文肅。《宋史》有傳。參《曾子固舍人挽詞》注〔一〕。《曾鞏集》附有肇所撰鞏行狀,云鞏有二母,一曰吴氏,爲文成郡太君;一曰朱氏,爲仁壽郡太君。此詩云:“生兒盡龍虎,封國裂山河。”當是指鞏與布。郡太:即郡太君之簡稱。爲宋時文武大臣母妻封號之一。

〔二〕徽音:德音。指令聞美譽。《詩·大雅·思齊》:“大姒嗣徽音,則百斯男。”鄭箋:“徽,美也。”

〔三〕祚(zuò):福。《詩·大雅·既醉》:“君子萬年,永錫祚胤。”鄭箋:“長予女福祚,至于子孫。”

〔四〕龍虎:猶言如龍如虎。喻才華過人。蘇軾《九日黄樓作》:“詩人猛士雜龍虎,楚舞吴歌亂鵝鴨。”自注:“坐客三十餘人,多知名之士。”舊題宋王十朋《東坡詩集注》:“崔班《灼灼歌》:坐中之客皆龍虎。”按,曾布與其兄鞏嘉祐二年同登進士第。

〔五〕謂弟兄都曾爲封疆大吏。裂山河:謂分土而封。語出《梁書·文帝紀》:“上賞方伯,下賞剖符。並裂山河,以紆青紫。”

〔六〕象服:見《孔毅父封君挽詞二首》之一注〔五〕。

〔七〕埋文:指墓銘。因埋於地下而名。

〔八〕此因曾布家鄉南豐多水,故云。

〔九〕咽(yè)絶:哽咽欲絶。

其二

安輿遍西北〔一〕,丹旐歷江湖〔二〕。存没終無憾〔三〕,哀榮兩得俱〔四〕。新封崇①馬鬣〔五〕,餘福薦浮圖〔六〕。家法蘋蘩在〔七〕,空堂始一虞〔八〕。

【校記】

①崇:宋大字本作“宗”,誤。

【箋注】

〔一〕安輿:猶言安車。參《章氏郡君挽詞》注〔五〕。按,曾布曾貶謫秦州(今甘肅天水市)、慶州(今甘肅慶陽市)等地,疑其母一直就養布處,故云。

〔二〕丹旐(zhào):猶丹旌。出喪所用的紅色銘旌。

〔三〕存没:存殁。

〔四〕哀榮:生前死後蒙受的榮寵。語本《論語·子張》:"其生也榮,其死也哀。"三國魏何晏集解:"故能生則榮顯,死則哀痛。"

〔五〕馬鬣(liè):馬鬣封。墳墓上封土之形。因指墳墓。唐李白《上留田行》:"蓬科馬鬣今已平,昔之弟死兄不葬。"

〔六〕謂請僧侶做薦事。薦,指請和尚念經以超度亡靈。

〔七〕謂能遵從祭祀舊儀。蘋蘩(fán):《詩·召南》有《采蘋》及《采蘩》篇。《詩·召南·采蘩序》:"《采蘩》,夫人不失職也。夫人可以奉祭祀,則不失職矣。"

〔八〕虞:祭祀名。既葬而祭叫虞,有安神之意。《釋名·釋喪制》:"既葬,還祭於殯宫曰虞。謂虞樂安神,使還此也。"

次韻王適一百五日太平寺看花二絶〔一〕

其一

遍入僧房花照眼〔二〕,細尋芳徑蝶隨行〔三〕。歸時不怕江波晚,新有橋虹水上横〔四〕。

【箋注】

〔一〕作於元豐七年(一〇八四)寒食。《三蘇年譜》卷三十四:"元豐六年爲閏年,今年清明、寒食在二月下旬,故《年表》繫……於二月。"一百五日:指寒食節。冬至後一百零五天即爲寒食節,故名。參《寒食前一日寄子瞻》注〔一〕。唐姚合《寒食詩》之一:"今朝一百五,出户雨初晴。"參洪邁《容齋四筆》卷四。從詩言回歸時過橋可知太平寺在筠州城外。

〔二〕南朝梁武帝《春歌》:"堦上香入懷,庭中花照眼。"唐杜甫《曲江二首》之一:"且看欲盡花經眼,莫厭傷多酒入脣。"

〔三〕唐陸龜蒙《訓病中見寄》:"早晚卻還巖下電,共尋芳徑結煙條。"宋王安石《北山》:“細數落花因坐久,緩尋芳草得歸遲。”

〔四〕參前《新橋》。

其二

小檻明窗曾不住〔一〕,閑花芳草遣誰栽?但須匹馬尋幽勝〔二〕,攜取清樽到處開〔三〕。

【箋注】

〔一〕小檻:護花的柵欄。

〔二〕幽勝:幽静的勝地。唐齊己《送人遊武陵湘中》:“遍尋幽勝了,湘水泛清澄。”

〔三〕清樽:猶言美酒。到處:隨處。

又次韻遊小雲居〔一〕

溪上浮花片片輕〔二〕,溯流登岸得山行。僧房幽絶雲居小,春日陰晴野色明。永遠林棲真有道〔三〕,溺沮耕養亦忘情〔四〕。此身此意何年遂?空使常談笑老生〔五〕。

【箋注】

〔一〕作於元豐七年(一〇八四)三月。此亦當是次王適韻,故云“又次韻”,時在其後,且詩言“春日陰晴”,因繫之三月。小雲居:《輿地紀勝·江南西路·瑞州·景物下·小雲居》:“資教院,在高安縣來賢鄉,一名小雲居。”

〔二〕唐劉禹錫《雙溪》:“浮花擁曲處,遠影落中心。”唐沈亞之《春詞酬元微之》:“美人手暖裁衣易,片片輕花落剪刀。”

〔三〕永遠林棲:東晉時著名高僧慧永、慧遠。兩人曾分别駐錫廬山西林寺、東林寺,故云林棲。參《不到東西二林》注〔二〕。

〔四〕溺沮:桀溺、長沮。傳説中春秋時隱士,曾耦耕于野。《論語·微子》:“長沮,桀溺耦而耕,孔子過之,使子路問津焉。”忘情:無喜怒哀樂之情。唐杜甫《寫懷》之一:“全命甘留滯,忘情任榮辱。”

〔五〕自己解嘲説歸耕成了空話。語本《三國志・魏書・管輅傳》:“颺曰:‘此老生之常譚。’輅答曰:‘夫老生者見不生,常譚者見不譚。’”

復次前韻答潛師〔一〕

憐君古木依巖槁,江西飲盡須彌倒〔二〕。野花幽草亦何爲,險韻高篇空自惱〔三〕。萬點浮溪輒長嘆,一枝過嶺仍誇早〔四〕。拾香不忍游塵汙〔五〕,嚼蕊更憐真味好〔六〕。道人遇物心有得,瓦竹相敲緣自掃〔七〕。誰知真妄了不妨〔八〕,令我至今思璉老〔九〕。妙明精覺昔未識,但向閑窗看詩草〔一〇〕。浮雲時起鳥四飛,畢竟安能亂清昊〔一一〕?

【箋注】

〔一〕作於元豐七年(一〇八四)春。詩爲再次秦觀詩韻,當稍作於前詩後。前韻:指《次韻秦觀梅花》。潛師:僧道潛:見《贈杭僧道潛》注〔一〕。

〔二〕宋釋道原《景德傳燈録・居士龐藴》:“後參馬祖,問曰:‘不與萬法爲侶者,是甚麽人?’祖曰:‘待汝一口吸盡西江水,即向汝道。’”須彌:見《將出洛城過廣愛寺見三學演師引觀楊惠之塑寶山朱瑶畫文殊普賢爲賦三首》之二注〔四〕。

〔三〕險韻:險僻難押的詩韻。參《次韻毛君山房即事十首》之八注〔一〕。高篇:猶言大作,佳作。

〔四〕見《寒雨》注〔四〕。道潛和詩有“門前誰送一枝梅”句。

〔五〕謂撿起梅花花瓣不忍它被塵穢污染。

〔六〕嚼蕊:咀嚼花瓣。唐白居易《玩半開花贈皇甫郎中》:“銜杯嚼蕊思,唯我與君知。”按,道潛和詩有“嚼蘂齅香無此好”句。

〔七〕“道人”二句:謂參寥心中俗念不存,如風吹竹梢掃去瓦上塵埃一樣。

〔八〕真妄:佛教語。指真實和虛妄。

〔九〕璉老:懷璉。見《遊净因院寄璉禪師》注〔一〕。

〔一〇〕“妙明”二句:謂以前只知道潛詩作頗佳,卻不識其道行也如此高深。妙明:真妙之明心,以名無漏之真智。《首楞嚴經》卷一:“發妙明心,開我道眼。”精覺:敏悟。詩草:詩作。

〔一一〕清昊:猶青天。《文選·謝靈運〈擬魏太子“鄴中集”詩·平原侯植〉》:“哀音下迴鵠,餘哇徹清昊。”唐吕向注:“清昊,天也。”

附録　僧道潛《次韻少游和子理梅花》

朔風蕭蕭方振槁,雪壓茆齋欲欹倒。門前誰送一枝梅,問訊山僧少病惱。强將筆力爲摹寫,麗句已輸何遜早。碧桃丹杏空自妍,嚼蕊嗅香無此好。先生携酒傍玉叢,醉裹雄辭驚電掃。東溪不見謫仙人,江路還逢少陵老。我雖不飲爲詩牽,不惜山衣同藉草。要看陶令插花歸,醉卧清風軼軒昊。

蘇軾《再和潛師》

化工未議蘇群槁,先向寒梅一傾倒。江南無雪春瘴生,爲散冰花除熱惱。風清月落無人見,洗妝自趁霜鐘早。惟有飛來雙白鷺,玉羽瓊枝鬭清好。吴山道人心似水,眼浄塵空無可埽。故將妙語寄多情,横機欲試東坡老。東坡習氣除未盡,時復長篇書小草。且撼長條餐落英,忍飢未擬窮呼昊。

景福順老夜坐道古人搐鼻語〔一〕

中年聞道覺前非〔二〕,邂逅仍逢老順師。搐鼻徑參真面目〔三〕,掉頭不受别鉗鎚〔四〕。枯藤破衲公何事〔五〕,白酒青鹽我是誰〔六〕?慚愧東軒殘月上〔七〕,一杯甘露滑如飴〔八〕。

【箋注】

〔一〕作於元豐七年(一〇八四)三月。景福順老:見《贈景福順長老二首并引》注〔一〕。據偈所云“東軒”,是順禪師來訪轍于筠州。《五燈會元》列順禪師于臨濟宗,爲南嶽下十二世,不列章次。搐鼻:抽動鼻孔。

〔二〕唐崔湜《襄陽早秋寄岑侍郎》:“時來矜早達,事往覺前非。”參《次韻吕君興善寺静軒》注〔二〕。

〔三〕蘇轍《香城順長老真贊引》:"予嘗問道於公,以搐鼻爲答。予即以偈謝之曰"云云。蘇軾《題西林壁》:"不識廬山真面目,只緣身在此山中。"

〔四〕謂不須别人授教而自己領悟。鉗錘:謂剃落頭髮,錘打身體。比喻禪家的授受點化。

〔五〕枯藤:藤製手杖。何事:爲何;何故。

〔六〕謂完全失去了自我。参《遊净因院寄璉禪師》注〔三〕。蘇轍時監筠州鹽酒税,故云。

〔七〕東軒:見《東軒長老二絶》之一注〔一〕。

〔八〕甘露:甘美的露水。此語帶雙關,兼指順長老所説佛法。《妙法蓮華經》卷三:"爲大衆説,甘露浄法。"明李時珍《本草綱目·水一·甘露》[釋名]引《瑞應圖》:"甘露,美露也。神靈之精,仁瑞之澤,其凝如脂,其甘如飴,故有甘、膏、酒、漿之名。"

畫枕屏〔一〕

繩牀竹簟曲屏風〔二〕,野水遥山霧雨濛〔三〕。長有灘頭釣魚叟〔四〕,伴人閑卧寂寥中〔五〕。

【箋注】

〔一〕作於元豐七年(一〇八四)春。畫枕屏:畫有圖畫的枕前的屏風。詩歷叙屏上景物。

〔二〕繩牀:見《贈浄因臻長老》注〔二〕。竹簟:竹席。曲屏風:可以收疊的屏風。《爾雅·釋宫》:"容謂之防。"晉郭璞注:"形如今牀頭小曲屏風。"唐王琚《美女篇》:"屈曲屏風繞象牀,萎蕤翠帳綴香囊。"

〔三〕此句當是描寫屏風上所繪山水。

〔四〕當是屏風上繪有釣魚翁。

〔五〕寂寥:寂静無聲。唐劉滄《長安冬夜書情》:"上國棲遲歲欲終,此情多寄寂寥中。"

次韻王適留别〔一〕

遠謫勞君兩度行〔二〕，復將文字試平衡〔三〕。干時豈爲斗升禄〔四〕？聞道應忘寵辱驚〔五〕。未了新書誰與讀〔六〕，重留佳句不勝情。决科事畢知君喜〔七〕，俗學消磨意自清〔八〕。

【箋注】

〔一〕作於元豐七年（一〇八四）四月上旬。王適赴徐州，應解試，作詩留别，轍次韻。時蘇軾由黄州量移汝州，有《將至筠先寄遲适遠三猶子》，有云：“未見豐盈犀角兒，先逢玉雪王郎子。”于建昌逢王適。《三蘇年譜》繫於四月。今從。

〔二〕元豐三年轍自南京赴筠州，王適隨行。元豐四年赴徐州應舉，當是應舉後即回筠。元豐七年再赴徐。故云兩度行。

〔三〕謂又去參加科舉考試，讓考官評價自己的文章。衡：衡器，即秤桿。

〔四〕干時：求合於當時。斗升禄：比喻微薄的薪俸。參《次韻子瞻遊甘露寺》注〔二五〕。

〔五〕《老子》第十三章：“寵辱若驚，貴大患若身。何謂寵辱若驚？寵爲下，得之若驚，失之若驚，是謂寵辱若驚。”

〔六〕蘇轍此間正在作《古史》，其《乘小舟出筠江二首》之二有云：“《古史》欲成身愈困，客來未免答譏嘲。”

〔七〕决科：謂參加射策，决定科第。後指參加科舉考試。漢揚雄《法言·學行》：“或曰：‘書與經同，而世不尚，治之可乎？’曰：‘可。’或人啞爾笑曰：‘須以發策决科。’”晉李軌注：“射以决科，經以策試，今徒治同經之書而不見用，故笑之。”

〔八〕蘇軾《送人序》：“士之不能自成，其患在於俗學。俗學之患，枉人之材，窒人之耳目。”

次韻子瞻特來高安相别先寄遲适遠卻寄邁迨過遯〔一〕

老兄騎騾① 日百里〔二〕，據鞍作詩若翻水〔三〕。忽吟春草思惠連〔四〕，因之亦夢添丁子〔五〕。群兒競②長堪一笑，老馬卧餐何日起〔六〕？聞兄盡室皆舊人〔七〕，見面未曾惟遯耳。遲年最長二十六〔八〕，已能幹父窮愁裏〔九〕。豫兒揚眉稍剛勁〔一〇〕，黨子温純無愠喜〔一一〕。我兄憔悴我亦窮，門户久長真待爾。但令戢戢見頭角〔一二〕，甑倒囊空定何恥〔一三〕？家藏萬卷須盡讀，此外一簪無所恃〔一四〕。船中未用廢詩書，閉窗莫看江山美。

【校記】

①騾：宋建本、蜀藩刻本作"驢"。

②競：叢刊本作"盡"。

【箋注】

〔一〕作於元豐七年(一〇八四)四月底或五月初。《年表》繫此詩于三月癸卯。《三蘇年譜》云蘇軾詩約作於四月二十七八日，則蘇轍詩自是稍後。卻寄：後寄。按：蘇遲、蘇适、蘇遠，爲蘇轍子。蘇邁、蘇迨、蘇過、遯兒，爲蘇軾子。蘇遲，見《王子立與遲等遊陳家園橋敗幾不成行晚自酒務往見之明日雨作偶爾成詠》注〔一〕。蘇适(一〇六八—一一二二)，字仲南，轍次子。河南郟縣出土蘇遲作《蘇仲南墓誌銘》：初以郊恩授承務郎，任郊社局令。蘇轍貶嶺南，"仲南移疾而歸，求田問舍，縮衣節口，以備南北養生之具"。後歷官太常寺太祝，通判廣信軍，官至承議郎。宣和四年卒。蘇遠，見《和子瞻喜虎兒生》注〔一〕。蘇邁，字伯達，蘇軾長子，軾原配王弗所生。嘉祐四年(一〇五九)生於眉山，文章政事，綽有父風，嘗爲饒州德興尉、酸棗尉。因受其父牽連，仕途坎坷。以考最，遷雄州防禦推官，終駕部員外郎。蘇迨，字仲豫，蘇軾次子，繼室王閏之所生，後官承務郎。蘇過，字叔黨，蘇軾幼子，亦繼室王閏之所生，晚權通判中山府。蘇軾三子中文學成就最高，有《斜川集》傳世。《宋史》附蘇軾傳。蘇遯，侍妾王朝云黄岡所生，未期而夭。

〔二〕騎騾：蘇軾詩云飲馬，此云騎騾者，古詩中馬多爲權貴、在位者之騎乘工具，騾、驢則爲隱士、寒士之騎乘工具。蘇軾《次荆公韻四絶》之三："騎騾渺渺入荒陂，想見先生未病時。"

〔三〕謂蘇軾才思敏捷。據鞍作詩，語本《世説新語・文學》："桓宣武北征，袁虎時從，被責免官。會須露布文，唤袁倚馬前令作，手不輟筆，俄得七紙。”若翻水：此喻滔滔不絶。參《次韻孔平仲著作見寄四首》之一注〔八〕。

〔四〕惠連：謝靈運族弟。十歲能屬文，書畫并妙，謝靈運特賞愛。元嘉中爲司徒彭城王義康法曹參軍。年三十七卒。參《次韻王適東軒即事三首》之一注〔三〕。此以謝惠連自況。

〔五〕添丁子：兒子。語出唐韓愈《寄盧仝》："去歲生兒名添丁，意令與國充耘耔。"蘇軾《安國寺尋春》："病過春風九十日，獨抱添丁看花發。"

〔六〕猶言老驥伏櫪。唐王維《酌酒與裴迪》："世事浮雲何足問，不如高卧且加餐。"

〔七〕盡室：全家。

〔八〕遲：清王文誥總案："'遲年最長'乃'邁年最長'之訛。子由卻寄四侄，必無獨略去邁而以己子遲夾入之理，集刻顯誤。"説是，可從。

〔九〕謂子能繼承父志。幹父："幹父之蠱"之省。語出《易·蠱》："初六，幹父之蠱，有子，考无咎，厲終吉。"三國魏王弼注："處事之首，始見任者也。以柔巽之質，幹父之事，能承先軌，堪其任者也，故曰有子也。"

〔一〇〕謂蘇迨剛健强勁。

〔一一〕謂蘇過沉穩從容。《論語·公冶長》："令尹子文，三仕爲令尹，無喜色；三已之，無愠色。"温純：温和純厚。

〔一二〕謂諸子侄都顯示出超群的才華。唐韓愈《柳子厚墓誌銘》："雖少年，已自成人，能取進士第，嶄然見頭角焉。"戢戢（jí）：群聚貌。

〔一三〕韓愈《寒食日出遊》："囊空甑倒誰救之，我今一食日還併。"

〔一四〕一簪：一根髮簪。此猶言冠簪。指入仕作官。

附録　蘇軾《將至筠先寄遲适遠三猶子》

露宿風餐六百里，明朝飲馬南江水。未見豐盈犀角兒，先逢玉雪王郎子。對牀欲作連夜語，念汝還須戴星起。夜來夢見小於菟，猶是髧髦垂兩耳。憶過濟南春未動，三子出迎殘雪裏。我時移守古河東，酒肉淋漓渾舍喜。而今憔悴一羸馬，逆旅擔夫相汝爾。出城見我定驚嗟，身健窮愁不須恥。我爲乃翁留十日，掣電一歡何足恃。惟當火急作新詩，一醉兩翁勝酒美。

次韻子瞻端午日與遲适遠三子出遊〔一〕

人生逾四十，朝日已過午。一違少壯樂〔二〕，日迫老病苦〔三〕。丹心變爲灰〔四〕，白髮粲可數〔五〕。惟當理鋤耰〔六〕，教子藝稷黍〔七〕。誰令觸網羅〔八〕，展轉在荆楚〔九〕。平生手足親，但作十日語〔一〇〕。朝游隔提携，夜卧困烝煮〔一一〕。未歌《棠①棣》詩，已治芻靈祖〔一二〕。士②生際風雲〔一三〕，富貴若騎虎〔一四〕。奈何貧賤中，所欲空齟齬〔一五〕？

【校記】

①棠：叢刊本作"唐"。

②士：叢刊本作"亡"，誤。

【箋注】

〔一〕作於元豐七年（一〇八四）端午。蘇軾詩題作《端午遊真如遲适遠從子由在酒局》，知轍未同行。

〔二〕違：猶言遠離。唐杜甫《湖中送敬十使君適廣陵》："少壯樂難得，歲寒心匪他。"

〔三〕謂一天天迫近衰老疾病之苦。

〔四〕見《將至南京雨中寄王鞏》注〔七〕。

〔五〕杜甫《法鏡寺》："朱甍半光炯，户牖粲可數。"粲：明白。

〔六〕鋤耰（yōu）：鋤和耰。農具名。

〔七〕藝：種植。稷黍：泛指五穀。《詩·唐風·鴇羽》："王事靡盬，不能蓺稷黍。"鄭箋："我迫於王事，無不攻緻，故盡力焉。既則罷倦，不能播種五穀。"

〔八〕謂兄弟因"烏臺詩案"而獲罪。網羅：法網。

〔九〕荆楚：筠州舊爲楚地。

〔一〇〕"平生"二句：謂兄弟只相聚了十天。手足親：喻兄弟。漢焦贛《易林·益之蒙》："飲酒醉酣，跳起争鬬，手足紛拏，伯傷仲僵。"宋彭汝礪《試諸葛生筆因書所懷寄諸弟》之四:“世路文章貴,人生手足親。”

〔一一〕“朝游”二句:謂很少時間能夠交談。因白天蘇轍得去酒務,而晚上天氣熱倦怠欲睡。提携:携手。烝煮:喻天氣炎熱。

〔一二〕“未歌”二句:謂兄弟剛剛見面不久,卻又不得不分離了。棠棣:也作“常棣”,木名。《詩·小雅·常棣》:“常棣之花,鄂不韡韡,凡今之人,莫如兄弟。”詩《序》:“常棣,燕兄弟也。”後因以常棣喻兄弟。芻靈:用茅草紮成的人馬,爲祭神之物。祖:指祖道。即分别時祭路神。此不過籍此言分别,並非就要如古人祭祀。

〔一三〕杜甫《夔府書懷四十韻》:“社稷經綸地,風雲際會期。”

〔一四〕喻仕途危險如在虎背上。《晉書·温嶠傳》:“今之事勢,義無旋踵,騎猛獸,安可中下哉!”按,唐人因避李淵祖父李虎諱易“虎”爲“獸”。《資治通鑑》則作“虎”。唐李白《久别廣陵諸公》:“中迴聖明顧,揮翰凌雲煙。騎虎不敢下,攀龍忽墮天。”

〔一五〕齟齬:本指上下齒不相對應。引申謂難如人意。

附録　蘇軾《端午遊真如遲适遠從子由在酒局》

一與子由别,卻數七端午。身隨綵絲繫,心與昌歜苦。今年匹馬來,佳節日夜數。兒童喜我至,典衣具雞黍。水餅既懷鄉,飯筒仍愍楚。謂言必一醉,快作西川語。寧知是官身,糟麴困熏煮。獨携三子出,古刹訪禪祖。高談付梁羅,梁、羅,遲、适小名。詩律到阿虎。歸來一調笑,慰此長齟齬。

次韻子瞻留别三首〔一〕

其一

公來十日坐東軒〔二〕,手自披雲出朝日〔三〕。山川滿目竟何有〔四〕?波浪翻天同一濕〔五〕。諸門迭出驚異狀〔六〕,間道懷歸終舊壁[①]〔七〕。此行千里[②]隔江河,何人更問維摩疾〔八〕?

【校記】

①壁:各本作"壁",據四庫本宋邵浩編《坡門酬唱集》蘇軾《别子由三首兼别遲》附《欒城次韻》之一及清查慎行《蘇詩補注》附《子由次韻三首》之一改。

②千里:原作"十里",據宋建本、蜀藩刻本改。

【箋注】

〔一〕作於元豐七年(一〇八四)端午後。詩云"公來十日",此詩當作於五月七八日。

〔二〕東軒:見《東軒長老二絶》之一注〔一〕。

〔三〕謂與兄軾交流使自己豁然開朗。漢徐幹《中論·審大臣》:"文王之識也,灼然若披雲而見日,霍然若開霧而觀天。"

〔四〕唐李嶠《汾陰行》:"山川滿目淚沾衣,富貴榮華能幾時?"

〔五〕蘇軾當是坐船離高安,赴汝州任團練副使,故云。蘇軾《别子由三首兼别遲》清查慎行《蘇詩補註》卷二十三引《景德傳燈録》:"洞山與雲居過水洞,問:'水多少。'雲居曰:'不濕。'居卻問:'水多少?'洞曰:'不乾。'"

〔六〕謂蘇軾沿途不斷變换視角欣賞山川的瑰麗奇美。

〔七〕蘇轍謙言蘇軾在自己這裏了無收獲。蓋蘇軾原詩云:"三年磨我費百書,一見何止得雙璧。"按,此用"完璧歸趙"故事。趙國有價值連城的和氏璧,秦王陰謀詐取,"相如度秦王雖齋,決負約不償城,乃使其從者衣褐懷其璧,從徑道亡,歸璧于趙"。參《史記·廉頗藺相如列傳》。

〔八〕謂弟兄難以互相關照。維摩疾:見《次韻毛君病中菊未開》注〔六〕。

其二

野人性似修行僧〔一〕,長願幽居近林麓。南遷無計脱簪組〔二〕,西歸誰爲栽松竹〔三〕?頭上白雲即飛蓋〔四〕,耳畔清泉當鳴玉〔五〕。洛川猶是冠蓋林〔六〕,更願高飛逐黄鵠〔七〕。

【箋注】

〔一〕謂己如出家學佛的僧徒。

〔二〕唐白居易《遊悟真寺詩》:“今來脱簪組,始覺離憂患。”南遷:謂貶謫到南方。

〔三〕西歸:謂歸鄉隱居。二蘇家本西蜀,故云。

〔四〕謂將白雲當作車蓋。飛蓋:飛馳的車蓬。按,此與下句皆謂隱者的高潔。

〔五〕謂將清泉當作玉佩作響。鳴玉:佩玉發聲。《文選·潘岳〈西征賦〉》:“飛翠緌,施鳴玉,以出入禁門者衆矣。”唐李善注:“《禮記》曰:‘君子行則鳴佩玉。’”按,此從孔稚圭事化出。《南齊書·孔稚圭傳》:“門庭之内,草萊不剪,中有蛙鳴。或問之曰:‘欲爲陳蕃乎?’稚珪笑曰:‘我以此當兩部鼓吹,何必期效仲舉?’”

〔六〕洛川:洛水。此指地近洛陽之汝州(今河南汝州市)。冠蓋林:冠蓋之林藪。極言官宦之多。漢班固《西都賦》:“冠蓋如雲,七相五公。”唐杜甫《夢李白》詩之二:“冠蓋滿京華,斯人獨顦顇。”按,蘇軾詩有“水南卜築吾豈敢,試向伊川買修竹”語,蘇轍則以爲洛陽(伊川)仍是繁華之地。

〔七〕謂希望到更僻遠的地方隱居。黄鵠:鳥名。常用以比況高潔之士。《商君書·畫策》:“黄鵠之飛,一舉千里。”唐韓愈《送諸葛覺往隨州讀書》:“入海觀龍魚,矯翮逐黄鵠。”

其三

東西南北無住身〔一〕,羯末封胡四男子〔二〕。彫鎪不遣治章句〔三〕,爛漫先令飽文字〔四〕。疏慵嗟我厲之人,生子夜中唯恐似〔五〕。傳家粗足不願餘,同駕柴車還我里〔六〕。

【箋注】

〔一〕謂四處飄泊,無有定所。語本《禮記·檀弓上》:“今丘也東西南北之人也。”

〔二〕羯(jié)末封胡:《晉書·王凝之妻謝氏》:“[謝道韞]初適凝之,還,甚不樂。安曰:‘王郎,逸少子,不惡,汝何恨也?’答曰:‘一門叔父有阿大(謝尚)、中郎(謝據);群從兄弟復有封胡羯末,不意天壤之中乃有王郎!’封謂謝韶，胡謂謝朗，羯謂謝玄，末謂謝川，皆小字也。”後用爲稱美兄弟子侄之辭。蘇軾《密酒歌又一首答二猶子與王郎見和》：“封胡羯末已可憐，不知更有王郎子。”按，四人除謝玄外皆早卒。謝玄：見《王仲儀尚書挽詞》注〔三〕。

〔三〕彫鎪（sōu）：雕刻，刻鏤。章句：見《次韻毛君將歸》注〔四〕。

〔四〕謂不拘泥，廣泛涉獵。爛漫：喻廣博。

〔五〕“疏慵”二句：《莊子·天地》：“厲之人夜半生子，遽取火而視之，汲汲然唯恐其似己也。”厲（lài）：生癩瘡；癩瘡。疏慵：疏懶。

〔六〕“傳家”二句：謂以詩書傳家已足，當與兄歸隱故里。參《送鮮于子駿還朝兼簡范景仁》注〔二五〕。

附録　蘇軾《别子由三首兼别遲》

其一

知君念我欲别難，我今此别非他日。風裏楊花雖未定，雨中荷葉終不濕。三年磨我費百書，一見何止得雙璧。願君亦莫嘆留滯，六十小劫風雨疾。

其二

先君昔愛洛城居，我今亦過嵩山麓。水南卜築吾豈敢，試向伊川買修竹。又聞緱山好泉眼，傍市穿林瀉冰玉。遥想茅軒照水開，兩翁相對清如鵠。

其三

兩翁歸隱非難事，惟要傳家好兒子。憶昔汝翁如汝長，筆頭一落三千字。世人聞此皆大笑，慎勿生兒兩翁似。不知樗櫟薦明堂，何似鹽車壓千里。

次韻子瞻行至奉新見寄〔一〕

四年候公書〔二〕，長視飛鴻背〔三〕。十日留公談，欲作白蓮會〔四〕。筠州無可語者，往還惟一二僧耳。匏瓜一遭繫〔五〕，賣酒長不在〔六〕。夜歸步江漘〔七〕，明月照清瀨〔八〕。心開忽自得〔九〕，語異竟非背〔一〇〕。音倍。一樽談笑間，萬事寂寥外。欲同千里行，奈此一官礙。何年真耦耕〔一一〕，舉世無此大〔一二〕？

【箋注】

〔一〕作於元豐七年（一〇八四）五月九日後。《蘇軾文集》卷六十六《書李志忠文後》："元豐七年，軾舟行赴汝海，自富川陸走高安，别家弟子由。五月九日，過新吴（按東漢置新吴縣，宋爲奉新縣）。"是知此詩當作於五月九日後。奉新：在今江西奉新地。

〔二〕自元豐三年（一〇八〇），蘇轍與兄軾會於黄州，迄今凡四年。

〔三〕飛鴻：雁。古人有大雁傳書之傳説。參《次韻秦觀秀才携李公擇書相訪》注〔九〕。

〔四〕白蓮會：見《不到東西二林》注〔四〕。

〔五〕謂爲衣食而奔走。匏瓜：見《復次韻》注〔六〕。

〔六〕謂常常不得空閑陪軾。賣酒：蘇轍指其監筠州鹽酒税一事。

〔七〕漘（chún）：水邊。

〔八〕唐王維《山居秋暝》："明月松間照，清泉石上流。"清瀨：清澈的淺水沙石灘。

〔九〕謂忽然有了感悟。唐錢起《戲贈張五弟諲三首》之一："對君忽自得，浮念不煩遣。"

〔一〇〕謂世事的看法上弟兄雖然時有差異但精神上相通的。

〔一一〕耦耕：二人並耕。此指與兄歸隱。《論語·微子》："長沮、桀溺耦而耕，孔子過之，使子路問津焉。"蘇軾《浣溪沙》："軟草平莎過雨新，輕沙走馬路無塵，何時收拾耦耕身？"

〔一二〕大：好；善。

附録　蘇軾《初别子由至奉新作》

雙鵲先我來，飛上東軒背。書隨好夢到，人與佳節會。一歡難把玩，回首了無在。卻渡來時溪，斷橋號淺瀨。茫茫暑天闊，靄靄孤城背。

青山旺暞中，落日淒涼外。盛衰豈我意，離合非所礙。何以解我憂，粗了一事大。

贈醫僧鑒清二絶〔一〕

其一

《肘後》醫方老更精〔二〕，鬢眉白盡氣彌清。祇應救病能無病〔三〕，豈是平生學養生？

【箋注】

〔一〕作於元豐七年（一〇八四）夏。上詩自注云："筠州無可語者，往還惟一二僧耳。"鑒清、善正（見後詩）當即往還之僧。以情事推之，兄軾離筠後無聊賴，于是又有與醫僧之往還。或當在五六月間。

〔二〕肘後：謂醫書。參《送文與可知湖州》注〔二二〕。

〔三〕救病：治病。《吕氏春秋·勸學》："夫弗能兑而反説，是拯溺而硾之以石也，是救病而飲之以堇也，使世益亂。"漢高誘注："救，治也。"

其二

門人久作開堂老〔一〕，庭檜看成合抱圍〔二〕。它日浴堂歸洗背〔三〕，回頭還解放光輝〔四〕。

【箋注】

〔一〕謂鑒清弟子已佛法高深。門人：弟子。開堂：佛教語。指開壇説法。蘇軾《重請戒長老住石塔疏》："大士未曾説法，誰作金毛之聲；衆生各自開堂，何關石塔之事。"

〔二〕謂親手栽種的檜樹已合抱。暗用《世説新語·言語》："桓公北征經金城，見前爲琅邪時種柳皆已十圍。慨然曰：'木猶如此，人何以堪！'攀枝執條，泫然流淚。"看：逐漸。唐杜甫《絶句二首》之二："今春看又過，何日是歸年。”合抱:兩臂環抱。多形容樹身之粗大。《老子》第六十四章:“合抱之木,生於毫末。”

〔三〕浴堂:澡堂。寺院中有浴堂。北魏楊衒之《洛陽伽藍記·寶光寺》:“[趙逸]指園中一處曰:‘此是浴堂。前五步,應有一井。’”

〔四〕謂回歸再一一咀嚼禪理。放光輝:即放光明。佛教謂如來降生時放大光明普照世界。光明具有破除黑暗、彰顯真理之作用。《法苑珠林》卷十四:“身黄金色三十二相,放大光明,普照三千大千世界。”

贈醫僧善正〔一〕

老怯江邊瘴癘鄉〔二〕,城東時喜到公房。歷言五藏如經眼〔三〕,欲去三彭自有方〔四〕。身厭遠游安静默,術因多病更深長〔五〕。時時爲我談尊宿〔六〕,曾入南公古道場〔七〕。

【箋注】

〔一〕作於元豐七年(一〇八四)夏。善正:餘不詳,俟考。

〔二〕瘴癘:瘴氣。唐杜甫《悶》:“瘴癘浮三蜀,風雲暗百蠻。”

〔三〕歷言:清楚地談論。五藏:即五臟。指心、肝、脾、肺、腎。《管子·水地》:“五味者何?曰五藏。酸主脾,鹹主肺,辛主腎,苦主肝,甘主心。”經眼:呈現在眼前。杜甫《曲江二首》之一:“且看欲盡花經眼,莫厭傷多酒入脣。”

〔四〕三彭:即三尸神。道家稱在人體内作祟的三個神,每於庚申日向天帝呈奏人的過惡。唐段成式《酉陽雜俎·玉格》:“三尸一日三朝:上尸青姑,伐人眼;中尸白姑,伐人五臟;下尸血姑,伐人胃命。”唐張讀《宣室志》卷一:“契虚因問棰子曰:‘吾向者謁覲真君,真君問我三彭之讐,我不能對。’棰子曰:‘夫彭者,三尸之姓,常居人身中,伺察功罪,每至庚申日,籍於上帝。故凡學仙者,當先絶其三尸,如是則神仙可得,不然雖苦其心無補也。’”

〔五〕深長:精深。

〔六〕尊宿:指年老而有名望的高僧。唐賈島《送靈應上人》:“遍參尊宿遊方久,名嶽奇峰問此公。”

〔七〕南公:南方遺老。參《絶勝亭》注〔七〕,《衢州趙閲道少師濯纓亭》注〔七〕。古道場:古寺。宋趙彦衛《雲麓漫鈔》卷六:"漢明帝夢金人,而摩騰竺法始以白馬陁經入中國,明帝處之鴻臚寺。後造白馬寺居之,取鴻臚寺之義。隋曰道場,唐曰寺,本朝則大曰寺,次曰院。"此當指位于隆興府黄龍山的黄龍寺(在今屬江西修水縣)。

食菱〔一〕

野沼漲清泉,烏菱不直錢〔二〕。蟹肥螯正滿,石破髓初堅〔三〕。節物秋風早,樽罍夜月偏〔四〕。令人思淮上〔五〕,小舫藕如椽①〔六〕。

【校記】

①椽:叢刊本作"掾",形近而誤。

【箋注】

〔一〕作於元豐七年(一〇八四)初秋。"節物秋風早""蟹肥螯正滿""藕如椽",當是初秋時。

〔二〕烏菱:指老菱。參《將還江州子瞻相送至劉郎洑王生家飲别》注〔九〕。

〔三〕謂菱實已經長好可食了。

〔四〕謂飲酒到深夜。樽罍:樽與罍皆盛酒器。此代指飲酒。

〔五〕淮上:淮水之上。此"思淮上",當是思念兄軾,蘇軾五月九日過奉新,七月十六日過金陵,則可推知六七月間初秋,軾正沿淮河而下。蘇軾《次韻王定國會飲清虚堂》:"卜築君方淮上郡,歸心我已劍南川。"

〔六〕言藕之長大。唐韓愈《古意》:"太華峰頭玉井蓮,開花十丈藕如船。"

留滯高安四年有餘忽得信聞當除官真揚間偶成小詩書于屋壁〔一〕

數間茅屋久蹉跎,四見秋風入薜蘿〔二〕。北棹偶然追雁羽,南公誰復伴漁蓑〔三〕？三年賈傅驚吾老〔四〕，九歲劉郎愧爾多〔五〕。此去仍家江海上〔六〕，不妨一葉弄清波〔七〕。

【箋注】

〔一〕作於元豐七年(一〇八四)秋。"四見秋風入薜蘿"，知秋日作。信：消息。除官：授官。真揚：真州、揚州。真州，宋屬淮南東路，治永正(今江蘇儀徵市真州鎮)。參《送董揚休比部知真州》注〔一〕。揚州，宋屬淮東路。治江都(今江蘇揚州市)。參《揚州五詠》注〔一〕。

〔二〕薜蘿：薜荔和女蘿。兩者皆野生植物，常攀緣於山野林木或屋壁之上。此代指所居之處。

〔三〕謂自己將赴真揚一帶。北棹：指蘇軾赴汝州。南公：南方遺老。參《絶勝亭》注〔七〕。

〔四〕謂自己已容顏衰老了。賈傅：西漢賈誼，曾任長沙王太傅。《史記·賈生列傳》："賈生爲長沙王太傅三年，有鴞飛入賈生舍，止于坐隅。楚人命鴞曰'服'。賈生既以適居長沙，長沙卑溼，自以爲壽不得長。"參《王公生日》注〔八〕。

〔五〕謂比劉禹錫放逐時間短。這是牢騷很盛的話。劉郎：指唐劉禹錫。據《再遊玄都觀絶句引》："余貞元二十一年爲屯田員外郎，時此觀未有花。是歲出牧連州，尋貶朗州司馬。居十年，召至京師。人人皆言有道士手植仙桃，滿觀如紅霞，遂有前篇，以志一時之事。"按，劉禹錫貞元二十一年出牧連州，元和九年十二月召回(八〇五—八一四)，時爲九年。劉詩序蓋言成數。參《次韻謫官壽春舟過宛丘見寄二首》之二注〔六〕。

〔六〕揚州、儀徵濱江臨海，故云。

〔七〕唐白居易《泛春池》："波上一葉舟，舟中一尊酒。"蘇軾《臨江仙》："小舟從此逝，江海寄餘生。"

洪休上人少年讀書以多病出家居泐潭爲馬祖修塔以三絶句來謁答一首〔一〕

早除郎①將少年狂〔二〕，祖塔結緣歸故鄉〔三〕。習氣未消餘業在〔四〕，逢人依舊琢詩章〔五〕。

【校記】

①郎：叢刊本作"即"，形近而誤。

【箋注】

〔一〕作於元豐七年（一〇八四）甲子秋。洪休：洪州人（今江西南昌），餘不詳，俟考。泐潭：《輿地紀勝・江南西路・隆興府・景物上・泐潭》："在靖安縣北四十里，上有寶峰院，號石門山。荆公口占示禪師詩：去歲別南嶽，前年返泐潭。"上人：見《過興教贈釗上人》注〔一〕。馬祖（七〇九—七八八）：唐代禪僧。名道一，俗姓馬，漢州什邡縣人（今四川什邡市），南嶽懷讓之法嗣。初依資州處寂和尚剃染，就渝州圓律師受具足戒。開元年間，就懷讓習曹溪禪法，言下領旨，密受心法。大曆四年（七六九），駐錫鐘陵（今江西進賢縣）開元寺，貞元四年（七八八）正月，登建昌石門山，經行林中託付後事，於二月四日示寂，世壽八十。唐憲宗謚其號爲"大寂禪師"。後其派壯大，世稱洪州宗。《五燈會元》卷三有傳。

〔二〕郎將：武官名。唐宋設官，於中郎將之外，復置郎將。唐唐彦謙《金陵九日》："緑酒莫辭今日醉，黄金難買少年狂。"

〔三〕謂因修建馬祖靈塔，而與佛法結下因緣。

〔四〕習氣：佛教語。謂煩惱的殘餘成分。蘇軾《再和潛師》："東坡習氣除未盡，時復長篇書小草。"業：佛教語。佛教謂業由身、口、意三處發動，分别稱身業、口業、意業。業分善、不善、非善非不善三種，一般偏指惡業，孽。它决定在六道中的生死輪回。

〔五〕謂其喜歡賦詩。琢：雕琢推敲。

勉子瞻失幹子二首〔一〕

其一

人生本無有，衆幻妄聚耳〔二〕。手足非吾親，何況妻與子〔三〕？偶來似可樂,强作室家喜〔四〕。忽去未免悲,欣成要矜毀〔五〕。君家兩歲兒,畢竟何自始?變化違初心〔六〕,涕泗劇翻水〔七〕。吾儕近始悟,造物聊復試〔八〕。道力竟未完,聰明信難恃〔九〕。

【箋注】

〔一〕作於元豐七年(一〇八四)甲子七月二十八日後。蘇軾有《去歲九月二十七日在黄州生子名遯小名幹兒頎然穎異至今年七月二十八日病亡於金陵作二詩哭之》。幹:幹兒。蘇遯小名。蘇軾侍妾王朝雲所生。

〔二〕《佛説大方等頂王經》卷一:"四大皆空,無復異空。色如聚沫,痛癢如泡。思想如芭蕉,生死如夢。識如幻,三界猶化。五趣如影,所以如影從緣對生。"

〔三〕"手足"二句:佛教認爲四大皆空,自然身體也非己之所有,故云。參《問黄蘗長老疾》注〔二〕。三國魏阮籍《詠懷詩》之四:"一身不自保。何況戀妻子。"

〔四〕室家:指家庭成員。《詩・小雅・常棣》:"宜爾室家,樂爾妻帑。"

〔五〕謂慶幸成功的同時也要考慮到失敗。此指得到了就要考慮有可能失去。欣成:慶幸成功。矜毁:謹慎毁敗。晉葛洪《抱朴子・論仙》:"有始者必有卒,有存者必有亡。"

〔六〕初心:本意;原意。

〔七〕翻水:見《次韻孔平仲著作見寄四首》注〔八〕。此喻淚水之多。

〔八〕謂幹兒的來而復去或許是造物來測試(您的)定力。造物:指創造萬物的神。《莊子・大宗師》:"偉哉,夫造物者將以予爲此拘拘也。"蘇軾《答程天侔書》之一:"尚有此身,付與造物者,聽其運轉,流行坎止,無不可者。"

〔九〕"道力"二句:謂佛學的修爲還没到家(所以悲痛),這不是僅靠聰明就能達到最高境界的。道力:本指由道體所發出無畏的力量。《首楞嚴經》卷一:"阿難見佛,頂禮悲泣,恨無始來一向多聞,未全道力。"完:完備。恃:依仗。

其二

破甑不復顧,彼無愛甑心〔一〕。棄璧負赤子,始驗愛子深〔二〕。誠知均非我，胡爲有不能〔三〕？一從三界游〔四〕，久被百物侵。朝與喜怒交，莫與寵辱臨。四物皆不勝〔五〕，生死獨未曾。不經大火燒，孰爲真黄金？棄置父子恩，長住旃檀林〔六〕。

【箋注】

〔一〕"破甑"二句：《後漢書・孟敏傳》："客居太原，荷甑墮地，不顧而去。林宗見而問其意，對曰：'甑已破矣，視之何益？'"

〔二〕"棄璧"二句：《莊子・山木》："子桑雩曰：'子獨不聞假人之亡與？林回棄千金之璧，負赤子而趨。或曰：爲其布與？赤子之布寡矣。爲其累與？赤子之累多矣。棄千金之璧，負赤子而趨，何也？林回曰：彼以利合，此以天屬也。夫以利合者，迫窮禍患害相棄也；以天屬者，迫窮禍患害相收也。'"赤子：嬰兒。

〔三〕"誠知"二句：謂如果知道無物無我的道理，就什麽也能夠割舍。

〔四〕三界：佛教指衆生輪回的欲界、色界和無色界。

〔五〕"朝與"四句：謂還没擺脱塵世的束縛。四物：喜怒寵辱。參《次韻吕君興善寺静軒》注〔五〕。

〔六〕"棄置"二句：勸蘇軾精神上皈依佛法，忘掉悲痛。

附録　蘇軾《去歲九月二十七日在黄州生子名遯小名幹兒頎然穎異至今年七月二十八日病亡於金陵作二詩哭之》

其一

吾年四十九，羈旅失幼子。幼子真吾兒，眉角生已似。未期觀所好，蹁躚逐書史。摇頭却梨栗，似識非分恥。吾老常鮮歡，賴此一笑喜。忽然遭奪去，惡業我累爾。衣薪那免俗，變滅須臾耳。歸來懷抱空，老淚如瀉水。

其二

我淚猶可拭，日遠當日忘。母哭不可聞，欲與汝俱亡。故衣尚懸架，漲乳已流牀。感此欲忘生，一卧終日僵。中年忝聞道，夢幻講已詳。

儲藥如丘山，臨病更求方。仍將恩愛刃，割此衰老腸。知迷欲自反，一慟送餘傷。

偶遊大愚見餘杭明雅照師舊識子瞻能言西湖舊遊將行賦詩送之[一]

五年賣鹽酒[二]，勝事不復知[三]。城東古道場[四]，蕭瑟寒松姿。出游誠偶爾，相逢亦不期。西軒吴越僧[五]，弛擔未多時[六]。言住西湖中，巖谷涵清漪[七]。卻背閭井喧，曲盡水石奇。昔年蘇夫子[八]，杖屨無不之[九]。三百六十寺[一〇]，處處題清詩[一一]。麋鹿盡相識，況乃比丘師[一二]？辯浄二老人[一三]，精明吐琉璃[一四]。笑言每忘去，蒲褐相依隨[一五]。門人几杖立[一六]，往往聞談詞。風雲一解散，變化何不爲？辯入三昧火[一七]，卵塔長松欹[一八]。浄老不復出[一九]，麈尾清風施。蘇公得罪去[二〇]，布衣拂霜髭。空存壁間字，鬱屈蟠蛟螭[二一]。知我即兄弟，微官此棲遲[二二]。問何久自苦[二三]，五斗寧免飢[二四]？俯首笑不答[二五]，且爾聊敖嬉。我兄次公狂[二六]，我復長康癡[二七]。反復自爲計，定知山中宜。但欲畢婚娶[二八]，每爲故人疑。君歸漫灑掃，野鶴非長羈[二九]。

【箋注】

〔一〕作於元豐七年（一〇八四）八月。詩云："城東古道場，蕭瑟寒松姿。"當是秋深情景。大愚：大愚山。見《次韻王適遊真如寺》注〔一〕。明雅照師：熙寧七年（一〇七四），在杭嘗與蘇軾游（參《三蘇年譜》卷二十四）餘不詳。俟考。

〔二〕指蘇轍元豐三年，來高安監筠州鹽酒税事。

〔三〕謂無快樂可言。唐韓愈《合江亭》："勝事誰復論，醜聲日已播。"

〔四〕道場：指佛寺。參《贈醫僧善正》注〔七〕。

〔五〕吴越僧:指餘杭明雅照師。

〔六〕弛擔:放下擔子,息肩。此指甫來真如寺。

〔七〕清漪:《詩·魏風·伐檀》:“河水清且漣猗。”後以“清漪”謂水清澈而有波紋。蘇軾《渚宫》:“臺中絳帷誰復見,臺下野水浮清漪。”

〔八〕蘇夫子:指蘇軾。

〔九〕杖屨:謂拄杖漫步。蘇軾《送范景仁遊洛中》:“杖屨攜兒去,園亭借客看。”

〔一〇〕蘇軾《懷西湖寄晁美叔同年》:“三百六十寺,幽尋遂窮年。”

〔一一〕清詩:清静幽雅的詩篇。參《和頓主簿起見贈二首》之二注〔四〕。按,寺院修建一般是在清幽之地,而僧人生活是清心寡欲的,士大夫在寺院游憩,也是爲了尋覓超脱于凡塵的清静,反映在詩歌中則是現實與精神的交融,故稱之爲清詩。

〔一二〕比丘:佛教語。梵語的譯音。意譯“乞士”,以上從諸佛乞法,下就俗人乞食得名,爲佛教出家“五衆”之一。指已受具足戒的男性,俗稱和尚。

〔一三〕辯:辯才。俗姓徐,名元浄、字無象,杭之於潛(今浙江於潛鎮)人,曾居杭州壽聖寺,元祐六年卒。參蘇軾《龍井辯才法師塔碑》。浄:指浄慈寺長老宗本,即圓照禪師。常州無錫(今江蘇無錫市)管氏子。年十九依姑蘇承天水安道昇禪師出家。巾侍十載,剃度受具,又三年禮辭遊方,至池陽謁振宗,久而開悟,於是名播寰宇。元豐五年,神宗下詔闢相國寺六十四院爲八禪二律,召爲慧林第一祖。既至,神宗遣使問勞。閲三日,傳旨就寺之三門爲士民演法。後辭歸雲游。《五燈會元》卷十六有傳。

〔一四〕琉璃:爲佛家七寶之一。又譯爲“青色寶”。《慧琳音義》卷一:“其寶青色,瑩徹有光,凡物近之,皆同一色,帝釋髻珠,云是此寶。”此喻佛法。

〔一五〕蒲褐:蒲團褐衣。蘇軾《雨中過舒教授》:“坐依蒲褐禪,起聽風甌語。”

〔一六〕几杖:坐几和手杖,皆老者所用。《禮記·曲禮上》:“謀於長者,必操几杖以從之。”

〔一七〕《傳法正宗記》曰:釋迦以化期爲近,乃命迦葉,以清浄法眼及金縷僧伽梨衣付汝。一旦往拘尸那城右脅而卧,泊然大寂。内之金棺。待迦葉至,而後三昧火燔然而焚,舍利光燭天地。此指辯才圓寂後火化。

〔一八〕謂辨才塔前的松樹已經很大了。卵塔:無縫塔之一。塔身無縫棱級層等而呈現卵形者。即用一碑石造成似鳥卵之橢圓形塔,作爲僧侶之墓碑。

〔一九〕"浄老"二句:謂辯才禪師(辯才名元浄)閉門説法不再外出。麈尾:見《和子瞻鳳翔八觀八首·石鼓》注〔一九〕。

〔二〇〕謂蘇軾熙寧七年(一〇七四)調任密州知州事。《宋史·蘇軾傳》:"時新政日下,軾於其間,每因法以便民,民賴以安。徙知密州。"

〔二一〕鬱屈:屈曲貌。蛟螭:本指蛟龍。此喻壁間字之形狀。

〔二二〕棲遲:滯留。《後漢書·馮衍傳下》:"久棲遲於小官,不得舒其所懷,抑心折節,意悽情悲。"

〔二三〕《漢書·蘇武傳》:"單于使陵至海上,爲武置酒設樂,因謂武曰:'……人生如朝露,何久自苦如此?'"

〔二四〕五斗:極言俸禄之微薄。參《答文與可以六言詩相示因道濟南事作十首》之六注〔二〕。

〔二五〕蘇洵《寄楊緯》:"低頭笑不答,解纜風帆滿。"

〔二六〕次公:指漢蓋寬饒。字次公。爲官廉正不阿,刺舉無所回避。平恩侯許伯治第新成,權貴均往賀,寬饒不行,請而後往,自尊無所屈。許伯親爲酌酒,寬饒曰:"無多酌我,我乃酒狂。"丞相魏侯笑道:"次公醒而狂,何必酒也?"參《漢書·蓋寬饒傳》。蘇軾《贈孫莘老七絶》:"時復中之徐邈聖,毋多酌我次公狂。"

〔二七〕長康:指晉顧愷之。見《王詵都尉寶繪堂詞》注〔二四〕。

〔二八〕謂辨完子女婚事,了卻俗務,心無牽掛,避世優遊。參《次韻子瞻與安節夜坐三首》之二注〔五〕。

〔二九〕"君歸"二句:囑托對方回去灑掃等待,自己不久即將歸隱造訪。

將移績溪令〔一〕

坐看酒壚今五年〔二〕,恩移巖邑稍西還〔三〕。它年貧富隨天與〔四〕,何日身心聽我閑〔五〕? 山栗似拳應自飽,蜂糖如土不須慳〔六〕。仲卿意向桐鄉好，身後烝嘗亦此間〔七〕。

【箋注】

〔一〕作於元豐七年（一〇八四）九月。據《年表》，九月，轍除歙州績溪令。績溪：今安徽績溪縣。

〔二〕元豐三年，轍貶監筠州鹽酒税。至此已五年。

〔三〕謂積溪比筠州距京都近。巖邑：險要的城邑。《左傳·隱公元年》："制，巖邑也，虢叔死焉。"清成履恒《嘉慶績溪縣志序》："歷宣州，抵徽境，出入山谷中，臨涖績溪，度其地勢，廣輪百里，非若雄州劇邑爲大都會。然勢居宣歙之脊，爲入徽之衝，山高泉美，土田足耕。"

〔四〕《論語·顔淵》："司馬牛憂曰：'人皆有兄弟，我獨亡。'子夏曰：'商聞之矣，死生有命，富貴在天。'"

〔五〕聽：任隨；任憑。

〔六〕"山栗"二句：謂績溪物産豐富。山栗、蜂糖皆績溪土産。《太平寰宇記·江南西道二·歙州》："土産：硾紙、茶、漆、蜜……。"蜂糖：即蜂蜜。宋彭乘《墨客揮犀》卷九："楊行密之據揚州，民呼'蜜'爲'蜂糖'。"按，西南方言亦稱蜜爲蜂糖，蘇轍用土語。如土：極言其多而不值錢。唐白居易《六年寒食洛下宴遊贈馮李二少尹》："米價賤如土，酒味濃於錫。"蘇軾《泛舟城南會者五人分韻賦詩得人皆苦炎字四首》之三："紫蟹鱸魚賤如土，得錢相付何曾數。"慳（qiān）：節約；吝惜。

〔七〕"仲卿"二句：謂自己將終老績溪。仲卿：指西漢朱邑。字仲卿，西漢循吏，廬江舒（今安徽舒城縣）人。少時嘗爲舒桐鄉嗇夫，後任北海太守，以治行第一，入爲大司農。《漢書》有傳。其本傳有云："邑病且死，屬其子曰：'我故桐鄉吏，其民愛我，必葬我桐鄉，後世子孫奉嘗我，不如桐鄉民。'及死，其子葬之桐鄉西郭外，民果然共爲邑起冢立祠，歲時祠祭，至今不絶。"烝嘗：指祭祀。

約洞山文老夜話〔一〕

山中十月定多寒，纔過開爐便出山〔二〕。堂衆久參緣自熟〔三〕，郡人迎請怪忙還。問公勝法須時見,要我清談有夜闌①〔四〕。今夕客房應不睡,欲隨明月到林間。

【校記】

①闌:宋大字本、宋建本、叢刊本作"閑"。

【箋注】

〔一〕作於元豐七年(一〇八四)十月。詩云"山中十月定多寒,纔過開爐便出山",是知作於十月。轍將離筠,與故舊話别,以下諸詩皆當作於十月。洞山文老:見《次韻洞山克文長老》注〔一〕。

〔二〕開爐:開爐齋。因十月有開爐節,故云。宋吴自牧《夢粱録·十月》:"諸大刹寺院設開爐齋,供貴家。"

〔三〕參:遊訪僧人;參究禪理。

〔四〕"問公"二句:謂與洞山相約作長夜談。勝法:美稱佛法。猶言高妙的佛法。要:邀約。

將之績溪夢中賦泊舟野步〔一〕

扁舟逢野岸,試出步崇岡。山轉得幽谷,人家餘夕陽。被畦多緑茹〔二〕,堆屋剩黄粱〔三〕。深羨安居樂,誰令志四方〔四〕?

【箋注】

〔一〕作於元豐七年(一〇八四)十月。

〔二〕被:覆蓋。緑茹:緑色的蔬菜。茹,蔬菜的總名。《漢書·食貨志上》:"還廬樹桑,菜茹有畦。"唐顔師古注:"茹,所食之菜也。"

〔三〕黄粱:黄色的小米。此暗用"黄粱美夢"的典故。見《白雲莊偶題》注〔七〕。

〔四〕"深羨"二句:後悔自己走上仕途。《左傳·僖公二十三年》:"[姜氏]謂公子(重耳)曰:'子有四方之志,其聞之者,吾殺之矣。'"後以"四方志"指經營天下或安邦定國的遠大志向。《三國志·魏書·荀攸傳》:"天下方有事,而劉表坐保江漢之閒,其無四方志可知矣。"

謝洞山石臺遠來訪別〔一〕

竄逐深山無友朋，往還但有兩三僧〔二〕。共游渤澥無邊處〔三〕，扶出須彌最上層〔四〕。未盡俗緣終引去〔五〕，稍諳①真際自虚澄〔六〕。坐令顛老時奔走，竊比韓公愧未能〔七〕。

【校記】

①諳：叢刊本作"暗"，誤。

【箋注】

〔一〕作於元豐七年（一〇八四）十月。洞山石臺：即問長老。見《贈石臺問長老二絶》之一注〔一〕。

〔二〕但有：只有。

〔三〕渤澥：即渤海。《文選·司馬相如〈子虚賦〉》："浮渤澥，游孟諸。"唐李善注引漢應劭曰："渤澥，海別支也。"

〔四〕須彌：須彌山。見《將出洛城過廣愛寺見三學演師引觀楊惠之塑寶山朱瑶畫文殊普賢爲賦三首》之二注〔四〕。

〔五〕唐許渾《記夢》："塵心未盡俗緣在，十里下山空月明。"蘇軾《寄劉孝叔》："逝將棄官往卒業，俗緣未盡那得睹。"

〔六〕真際：佛教語。指宇宙本體，亦指成佛的境界。《文選·王中〈頭陀寺碑文〉》："蔭法雲於真際，則火宅晨涼。"李善注："《維摩經》曰：'同真際，等法性，不可量。'僧肇曰：'真際，實際也。'"虚澄：清虚澄明。

〔七〕"坐令"二句：謂不能如韓愈禮數周到而讓問長老奔走勞碌。韓愈《與孟簡尚書書》："潮州時，有一老僧號大顛，頗聰明識道理。遠地無可與語者，故自山召至州郭，留十數日，實能外形骸以理自勝，不爲事物侵亂。與之語，雖不盡解，要且自胸中無滯礙，以爲難得。"顛老（七三二—八二四）：即大顛，俗名陳寶通（一説姓楊），唐開元二十年生於廣東潮州。大曆中，與藥山惟儼並師事惠照於西山。即復與之同遊南嶽，參石頭。貞元六年（七九〇），開闢牛巖，立精舍，蛇虎皆遠遁。七年又於邑西幽嶺下創建禪院，名曰靈山，出入猛虎隨之。時已大悟宗旨,得曹溪之緒,門人傳法者千餘人,自號爲大顛和尚。元和十四年(八一九),韓愈貶潮州,與之交。長慶四年,一日告辭大衆而逝,年九十三。參《景德傳燈録》卷十四。韓公:即韓愈。見《初到陳州二首》之二注〔二〕。

贈方子明道人〔一〕

水銀成銀利十倍〔二〕,丹砂爲金世無對〔三〕。此人靳術不肯傳〔四〕,闔户泥牆畏天戒〔五〕。今子何爲與我言,人生貧富寧非天〔六〕?鉗錘橐籥枉心力〔七〕,虀鹽布被①隨因緣〔八〕。我來江西晚聞道,一言契我心所好。廓然正若大虚空,平生伎倆都除掃〔九〕。子言舊事浄慈師〔一〇〕,未斷有爲非浄慈〔一一〕。此術要將救飢耳,人人有命何憂飢〔一二〕?

【校記】

①被:宋大字本、宋建本、叢刊本作“褐”。

【箋注】

〔一〕作於元豐七年(一〇八四)十月。方子明:見《余居高安三年晨入莫出輒過聖壽訪聰長老謁方子明浴頭笑語移刻而歸歲月既久作一詩記之》注〔一〕。

〔二〕晉葛洪《神仙傳·程偉妻》:“偉亦好黄白之術,煉時即不成,妻乃出囊中藥少許,以器盛水銀,投藥而煎之,須臾成銀矣。”

〔三〕《史記·孝武本紀》:“少君言於上曰:‘祠竈則致物,致物而丹砂可化爲黄金。’”無對:没有匹配。丹砂:見《次韻蔣夔寒夜見過》注〔四〕。

〔四〕靳(jìn)術:謂吝惜而不公開秘術。靳,吝惜。

〔五〕謂緊閉大門堵塞牆縫以免泄漏天機。闔(hé)户:閉門。泥牆:把牆縫補好。天戒:猶天譴。

〔六〕見《臨江蕭氏家寶堂》注〔八〕。

〔七〕謂一切外在的努力都是白費。漢賈誼《吊屈原賦》:“且夫天地爲爐兮,造化爲工;陰陽爲炭兮,萬物爲銅。合散消息兮,安有常則?”橐籥(tuó yuè):古代冶煉時用以鼓風吹火的裝置,猶今之風箱。《老子》第五章:“天地之間,其猶橐籥乎?虚而不屈,動而愈出。”吴澄注:“橐籥,冶鑄所以吹風熾火之器也。爲函以周罩於外者,橐也;爲轄以鼓扇於内者,籥也。”枉:徒然;白費。

〔八〕謂一切聽憑自然最好。虀鹽:見《次韻李逵見贈》注〔四〕。

〔九〕謂自己一切都已淡然,也即盡歸于虚無之意,所以對方子明的道術不感興趣了。伎倆:能耐;本領。

〔一〇〕事:侍奉;從學于。浄慈:慧林宗本圓照禪師。見《偶遊大愚見餘杭明雅照師舊識子瞻能言西湖舊遊將行賦詩送之》注〔一三〕。

〔一一〕謂方還未擺脱俗念。有爲:即有爲法。佛教語。謂因緣所生、無常變幻的現象世界。《金剛經》卷一:“一切有爲法,如夢幻泡影,如露亦如電,應作如是觀。”

〔一二〕“此術”二句:《世説新語·假譎》:“湣度道人始欲過江,與一傖道人爲侣。謀曰:‘用舊義往江東,恐不辦得食。’便共立‘心無義’。既而此道人不成渡。湣度果講義積年。後有傖人來,先道人寄語云:‘爲我致意湣度,無義那可立?治此計權救飢爾,無爲遂負如來也!’”

回寄聖壽聰老〔一〕

五年依止白蓮社〔二〕,百度追尋丈室游〔三〕。睡待磨茶長展轉〔四〕,病蒙煎藥久遲留〔五〕。贊公夜宿詩仍作〔六〕,巽老堂成記許求〔七〕。回首萬緣俱一夢〔八〕,故應此物未沉浮。

【箋注】

〔一〕作於元豐七年(一〇八四)十月。聖壽聰長老:見《余居高安三年晨入莫出輒過聖壽訪聰長老謁方子明浴頭笑語移刻而歸歲月既久作一詩記之》注〔一〕。

〔二〕白蓮社:見《不到東西二林》注〔四〕。按,此以白蓮社美稱聖壽寺。依止:依托;依附。

〔三〕丈室：見《次韻李朝散游洞山二首》之一注〔七〕。

〔四〕磨茶：宋代喝茶，係將茶葉磨成茶粉沖泡，然後飲啜。參《題方子明道人東窗》注〔四〕。

〔五〕煎藥：將藥熬煮。遲留：逗留。

〔六〕此以贊公比聰老。贊公：唐京師大雲寺主，杜甫在秦州時，與之多有往還。有《寄贊上人》、《西枝村尋置草堂地夜宿贊公土室二首》等詩。蘇軾《雪齋》："紛紛市人争奪中，誰信言公似贊公。"

〔七〕巽老堂：《三蘇年譜》卷三十五："似聖壽寺新成巽老堂，欲轍爲記，轍許之。今《集》無此記，或未作也。"

〔八〕宋釋智圓《初晴登疊翠亭偶成》："已覺萬緣真是夢，豈因閑事妄勞形。"萬緣：指一切因緣。

乘小舟出筠江二首〔一〕

其一

短舫漂浮真似葉〔二〕，小蓬低淺僅如巢。幽吟但覺山川走，因①睡不知風雨交〔三〕。紅飯白醪供醉飽〔四〕，青蓑黄箬可纏包〔五〕。一竿鶴髮它年事，萬斛龍驤任見嘲〔六〕。

【校記】

①因：宋建本、四庫本作"困"。

【箋注】

〔一〕作於元豐七年（一〇八四）十一月。蘇轍《全禪師塔銘》："七年，轍蒙恩移績溪令，十一月將西行，意師必來别我，師遂以病不出。"《三蘇年譜》謂此詩當移《將移績溪令》前，失察。《將移績溪令》云改官事，而此詩則爲離筠時作。

〔二〕短舫：小船。

〔三〕蘇軾《和陶怨詩示龐鄧》："風雨睡不知，黄葉滿枕前。"

〔四〕紅飯：即紅米飯。白醪：即甜白酒。白居易《代書詩一百韻寄微之》："白醪充夜酌，紅粟備晨炊。"

〔五〕謂裝束如漁翁。青蓑：蓑衣。黄箬：黄色的斗笠。箬竹可以編製斗笠。久則色黄，故曰黄箬。唐張志和《漁父辭》："西塞山邊白鷺飛，桃花流水鱖魚肥。青箬笠，绿蓑衣，斜風細雨不須歸。"按，蘇轍有《效韋蘇州調笑詞》，其句有云："漁父，漁父，水上微風細雨。青蓑黄箬裳衣，紅酒白魚莫歸。"知此處指漁翁裝束。

〔六〕"一竿"二句：謂他年漁釣江湖，任隨别人嘲笑自己無大志。唐杜甫《遣悶奉呈嚴公二十韻》："白水魚竿客，清秋鶴髮翁。"龍驤：指大船。晉龍驤將軍王濬爲伐吴曾造大船。唐李白《永王東巡歌》之八："君看帝子浮江日，何似龍驤出峽來！"清王琦注引《晉書·武帝紀》："咸寧五年十一月大舉伐吴，遣龍驤將軍王濬、廣武將軍唐彬率巴蜀之兵浮江而下。"蘇軾《大風留金山兩日》："龍驤萬斛不敢過，漁舟一葉從掀舞。"

其二

宦遊欲學林間鵲，每到新年旋疊巢〔一〕。篷①箬籠船聊似屋〔二〕，漁樵把臂②便成交〔三〕。不妨袖裹携詩卷〔四〕，尚可牀頭置藥包〔五〕。《古史》欲成身愈困〔六〕，客來未免答譏嘲〔七〕。

【校記】

①篷：原作"蓬"，據三蘇祠本改。

②臂：叢刊本作"筆"，誤。

【箋注】

〔一〕旋：現，臨時。疊巢：猶築巢；壘窩。

〔二〕蘇軾《寒食雨》："小屋如漁舟，濛濛水雲裹。"此反其意，以漁舟如小屋。

〔三〕把臂：握持手臂，表示親密。《世説新語·賞譽》："謝公道豫章，若遇七賢，必自把臂入林。"

〔四〕唐白居易《憶晦叔》："遊山弄水携詩卷，看月尋花把酒杯。"

〔五〕藥包：裝藥的包裹。通常稱作藥裹，此處爲入韻改稱“藥包”。意義無别。唐杜甫《將赴成都草堂途中有作先寄嚴鄭公五首》之三：“書籤藥裹封蛛網，野店山橋送馬蹄。”

〔六〕謂撰寫《古史》將成。《四庫全書總目·古史》：“轍以司馬遷《史記》多不得聖人之意，乃因遷之舊，上自伏羲、神農，下訖秦始皇，爲本紀七，世家十六，列傳三十七，自謂追録聖賢之遺意，以明示來世，至於得失成敗之際，亦備論其故。”

〔七〕西漢哀帝時，丁傅董賢用事，諸附離之者起家至二千石，揚雄草創《太玄》，有以自守，泊如也。人或嘲之，雄因著《解嘲》以答客。

寄題孔氏顔樂亭〔一〕

顔巷久已空，顔井固不遷。荆榛翳蔓草〔二〕，中有百尺泉。誰復飲此水，裹飯耕廢田〔三〕？有賢孔氏孫〔四〕，芟夷發清源〔五〕。廢牀見綆刻〔六〕，古甃昏苔痕〔七〕。引缸注瓢樽，千歲忽復然。嗟哉古君子，至此良獨難。口腹不擇味，四體不擇安〔八〕。遇物一皆可，孰爲我憂患〔九〕？阮生未忘酒〔一〇〕，嵇生未忘鍛〔一一〕。欲忘富貴樂，托物僅自完〔一二〕。無托中自得，嗟哉彼誠賢〔一三〕！

【箋注】

〔一〕作於元豐七年（一〇八四）十一月。蘇軾《顔樂亭詩》叙云：“顔子之故居所謂陋巷者，有井存焉，而不在顔氏久矣。膠西太守孔君宗翰始得其地，浚治其井，作亭于其上，命之曰顔樂。”轍所謂寄題，亦當是應孔宗翰之請而作。孔宗翰（？—一〇八八），字周翰，曲阜（今山東曲阜市）人。道輔次子。舉進士，知仙源縣。歷知陝、揚、洪、兖州。哲宗元祐元年，召爲司農少卿，遷鴻臚卿，進刑部侍郎。三年，以寶文閣待制知徐州，未拜而卒。《宋史》有傳。顔樂：當取義於《論語》顔淵“簞令瓢飲”。見《再次前韻四首》之三注〔三〕。

〔二〕唐張九齡《南陽道中作》：“驅馬歷闉闍，荆榛翳阡陌。”

〔三〕裹飯：包裹著飯食。《莊子·大宗師》：“子輿與子桑友，而霖雨十日。

子輿曰：'子桑殆病矣！'裹飯而往食之。"

〔四〕孔氏孫：指孔宗翰。

〔五〕芟夷：拔除（井邊的）雜草。

〔六〕廢牀：廢棄的井邊的圍欄。綆刻：井繩摩擦的痕跡。

〔七〕古甃（zhòu）：陳舊的以磚瓦等砌成之井壁。

〔八〕《論語·學而》："子曰：'君子食無求飽，居無求安，敏於事而慎於言，就有道而正焉，可謂好學也已。'"

〔九〕"遇物"二句：言如果隨遇而安，就無憂患可言。

〔一〇〕阮生：指阮籍。《晉書·阮籍傳》："博覽群籍，尤好莊老，嗜酒。"參《送柳子玉》注〔一一〕。

〔一一〕嵇生：指嵇康。《晉書·嵇康傳》："性絶巧而好鍛。宅中有一柳樹甚茂，乃激水圜之，每夏月居其下以鍛。"參《次韻子瞻減降諸縣囚徒事畢登覽》注〔一六〕。

〔一二〕"欲忘"二句：謂嵇阮爲了全身遠害，寄精神於酒和鍛來保全自己。自完：猶自保；自全。

〔一三〕"無托"二句：謂孔精神自足，不必依賴外物，比起嵇阮輩更爲高明。

附録　蘇軾《顔樂亭詩》并叙

顔子之故居所謂陋巷者，有井存焉，而不在顔氏久矣。膠西太守孔君宗翰，始得其地，浚治其井，作亭于其上，命之曰顔樂。昔夫子以簞食瓢飲賢顔子，而韓子乃以爲哲人之細事，何哉？蘇子曰：古之觀人也，必於其小者觀之，其大者容有僞焉。人能碎千金之璧，不能無失聲於破釜；能搏猛虎，不能無變色於蜂蠆。孰知簞食瓢飲之爲哲人之大事乎？乃作《顔樂亭詩》以遺孔君，正韓子之説，且以自警云。

天生烝民，爲之鼻口。美者可嚼，芬者可嗅。美必有惡，芬必有臭。
我無天遊，六鑿交鬬。騖而不返，跬步商受。偉哉先師，安此微陋。
孟賁股栗，虎豹卻走。眇然其身，中亦何有。我求至樂，千載無偶。

執瓢從之，忽焉在後。

徐孺亭〔一〕

徐君鬱鬱澗底松〔二〕，陳君落落堂上棟〔三〕。澗深松茂不遭伐，堂毀棟折傷其躬〔四〕。二人出處勢不合，譬如日月行西東。朝①爲賓主兩相好，一榻挂壁吹清風。人生遇合何必同〔五〕，一朝利盡更相攻〔六〕。先號後笑不須怪〔七〕，外物未可疑心胸。比干諫死微子去〔八〕，自古不辨汙與隆〔九〕。我來故國空嘆息〔一〇〕，城東舊宅生茅蓬〔一一〕。平湖十頃照清廟〔一二〕，獨畫徐子遺陳公。二人皆合配社稷，胡不相對祠堂中？

【校記】

①朝：宋大字本、宋建本、四庫本作"胡"。

【箋注】

〔一〕作於元豐七年（一〇八四）十一月。至南昌，游徐孺亭、滕王閣。道潛寄詩，次韻。徐孺亭：在鍾陵（今江西南昌市）東湖之南（見唐權德輿《徐孺亭馬上口號》），當是爲紀念東漢徐穉而修建。此詩認爲當將陳蕃與徐穉並祭。參《復次韻》注〔三〕。

〔二〕見《次韻子瞻與蘇世美同年夜飲》注〔五〕。

〔三〕陳君：指陳蕃（？—一一六八）。蕃字仲舉。後漢平輿（今河南平輿縣）人，少有大志，郡舉孝廉，再遷爲樂安太守。累拜太尉。竇太后臨朝，以蕃爲太傅，封高陽侯。與后父大將軍竇武同心戮力，共參朝政。徵用名賢，高潔之士争歸之，漢末士大夫因之而崇尚氣節。與武謀誅宦官曹節、王甫等，事泄爲宦官矯詔殺害。參《後漢書·徐穉傳》。其本傳有云："時陳蕃爲太守，以禮請署功曹，（徐）穉不免之，既謁而退。蕃在郡不接賓客，唯穉來，特設一榻，去則縣之。"

〔四〕"澗深"二句：謂徐能避身遠害，而陳蕃謀事不密被殺。

〔五〕《吕氏春秋·遇合》："凡遇合也時，時不合，必待合而後行。"

〔六〕《史記·鄭世家》:"太史公曰:'語有之:以權利合者,權利盡則交疏。'"

〔七〕《易·同人》:"九五,同人先號咷而後笑,大師克相遇。"後以"先號後笑"指命運先凶後吉。

〔八〕《史記·殷本紀》:"紂愈淫亂不止。微子數諫不聽,乃與太師、少師謀,遂去。比干曰:'爲人臣者不得不以死爭。'迺强諫紂。紂怒曰:'吾聞聖人心有七竅。'剖比干觀其心。"《莊子·人間世》:"昔者桀殺關龍逢,紂殺王子比干。"唐成玄英疏:"比干,殷紂之庶叔,忠諫而被割心。"微子:名啓,殷紂王庶兄,封於微(今山東梁山縣西北)。因見紂淫亂將亡,數諫,紂不聽,遂出走。周武王滅商,復其官。周公誅武庚,乃命微子統率殷族,奉其先祀,封於宋。爲宋之始祖。

〔九〕《禮記·檀弓上》:"吾先君子無所失道,道隆則從而隆,道汙則從而汙。"漢鄭玄注:"汙,猶殺也,有隆有殺,進退如禮。"

〔一〇〕故國:(徐穉的)故鄉。

〔一一〕《太平寰宇記·江南西道四·洪州》:"徐孺子宅在州東北三里。按:《洞仙傳》云:'孺子少有高節,追美梅福之德,仍於福宅東立宅。'"茅蓬:猶茅草。

〔一二〕平湖:指東湖。清廟:此指供奉祭祀徐穉的祠堂。

滕王閣〔一〕

客從筠溪來,敧仄困一葉〔二〕。忽逢①章貢餘〔三〕,滉蕩天水接〔四〕。風霜出洲渚,草木見毫末。勢奔西山浮,聲動古城𡑮〔五〕。樓觀卻相倚,山川互開闔〔六〕。心驚魚龍會〔七〕,目送鳧雁滅〔八〕。遥瞻客帆久,更悟江流闊〔九〕。史君東魯儒〔一〇〕,府有徐孺榻〔一一〕。高談對賓旅〔一二〕,確論精到骨〔一三〕。餘思屬湖山,登臨寄遺堞〔一四〕。驕王應笑滕〔一五〕,狂客亦憐勃〔一六〕。萬錢罄一飯〔一七〕,千金賣豐碣〔一八〕。豪風相淩蕩,俳語終倉猝〔一九〕。歐陽文忠公嘗云:"王勃記文似俳,而唐人貴之如此,何也?"事往空長江〔二〇〕,人來逐飛楫〔二一〕。短篇竟蕪陋,絶景費彈壓〔二二〕。但當倒罌瓶〔二三〕,一醉付江月〔二四〕。

【校記】

①逢:蜀藩刻本、叢刊本作"聞",誤。

【箋注】

〔一〕作於元豐七年(一〇八四)十一月。往績溪途中作。滕王閣:在今江西南昌,爲唐高祖之子滕王元嬰所建。

〔二〕筠溪:即筠江。見《乘小舟出筠江二首》之一注〔一〕。攲(qī)仄:歪斜,逼仄。一葉:指一艘小船。

〔三〕章貢:指贛江。其東源貢水出武夷山脈,西源章水出大庾嶺,在贛州市匯合後稱贛江。曲折北流,縱貫全省。

〔四〕唐王勃《滕王閣序》:"落霞與孤鶩齊飛,秋水共長天一色。"滉蕩:搖晃,飄蕩貌。

〔五〕唐孟浩然《臨洞庭湖贈張丞相》:"氣蒸雲夢澤,波撼岳陽城。"業(yè):高聳貌。唐杜甫《望嶽》:"紫蓋獨不朝,争長嶫相望。"清仇兆鼇注:"嶫,山峻貌。"

〔六〕蘇軾《白水山佛跡巖》:"峰巒尚開闔,澗谷猶呼舞。"

〔七〕唐杜甫《草閣》:"魚龍回夜水,星月動秋山。"

〔八〕三國魏嵇康《贈秀才入軍五首》之四:"目送歸鴻,手揮五弦。"杜甫《薄遊》:"遥空秋鴈滅,半嶺暮雲長。"

〔九〕唐張祜《送蘇紹之歸嶺南》:"夜月江流闊,春雲嶺路深。"

〔一〇〕史君:使君。對州郡長官的尊稱。史,通"使"。東魯:原指春秋魯國。後以指魯地(相當今山東省)。《文選·孔稚珪〈北山移文〉》:"世有周子,雋俗之士。既文且博,亦玄亦史。然而學遁東魯,習隱南郭。"

〔一一〕徐孺榻:見《徐孺亭》注〔三〕。

〔一二〕賓旅:羈旅之人。蘇轍自謂。

〔一三〕猶言講論精闢入骨。唐方干《贈夏侯評事》:"講論參同深到骨,停騰姹女立成銀。"

〔一四〕遺堞:遺存下的城牆。堞,城上呈齒形的矮牆,俗稱女牆。

〔一五〕謂笑滕王的驕妄。《舊唐書・滕王元嬰傳》:"永徽中,元嬰頗驕縱逸遊,動作失度。"

〔一六〕謂愛王勃的狂放不拘。《新唐書・王勃傳》:"初道出鍾陵,九月九日,都督大宴滕王閣。宿命其婿作序,以夸客。因出紙筆遍請,客莫敢當。至勃,沆然不辭。都督怒起更衣,遣吏伺其文輒報。一再報,語益奇。乃矍然曰:'天才也。'請遂成文,極歡罷。"

〔一七〕萬錢:極言當時滕王閣飲宴之豪奢。《晉書・何曾傳》:"每燕見,不食太官所設。帝輒命取其食,蒸餅上不拆作十字不食。食日萬錢,猶曰無下箸處。"

〔一八〕元辛文房《唐才子傳・王勃》:"[勃]途過南昌,時都督閻公新造滕王閣成,九月九日大會賓客,將令其壻作記,以誇盛事。勃至入謁,帥知其才,因請爲之。勃欣然對客操觚,頃刻而就。文不加點,滿座大驚。辭别,帥贈百縑,即舉帆去。勃屬文綺麗,請者甚多,金帛盈積,心織而衣,筆耕而食。"按:此雖元人所作,或宋時已有此類傳説。豐碣:指王勃所作《滕王閣序》。

〔一九〕俳(pái)語:講究對偶的駢體文字。

〔二〇〕王勃《滕王閣詩》:"閣中帝子今何在?檻外長江空自流。"

〔二一〕飛楫:本指飛快的划槳。此猶言飛舟。

〔二二〕彈壓:謂把事物窮形極相地描繪出來。

〔二三〕罌瓶:酒器。謂飲酒。

〔二四〕蘇軾《念奴嬌》:"人生如夢,一樽還酹江月。"

次韻道潛南康見寄〔一〕

一葉追隨魚與龍〔二〕,紅粳白酒幸年豐〔三〕。也知山色遥相待,苦畏君詩欲見攻〔四〕。乘興風帆終日去,尋幽蠟屐及春同〔五〕。請君先入開先寺〔六〕,待濯清溪看玉虹〔七〕。

【箋注】

〔一〕作於元豐七年(一〇八四)十一月。時道潛在南康,寄詩與轍,轍次韻。道潛：見《贈杭僧道潛》注〔一〕。南康：南康軍，《宋史·地理志四》："同下州。太平興國七年，以江州星子縣建爲軍。"轄都昌、建昌、星子。

〔二〕一葉：一艘小船。魚與龍：泛指水族。

〔三〕紅粳：見《次韻子瞻潁州留别二首》之二注〔五〕。

〔四〕謂道潛以詩投贈，逼己唱和。

〔五〕謂當在來年春天穿著蠟屐一同游賞山水。尋幽：尋求幽勝。蠟屐：涂蠟的木屐。屐以木製，蠟以防腐。《世説新語·雅量》："或有詣阮（阮孚），見自吹火蠟屐，因嘆曰：'未知一生當著幾量屐！'神色閑暢。"

〔六〕宋祝穆《方輿勝覽·南康軍·開先寺》："在城西十五里。南唐時李中主嘗建此寺……寺後有瀑布，山南瀑布無慮數十，皆積雨方見，惟此不竭。水源在山頂，人未有窮者，或曰西入康王谷爲水簾，東爲開先瀑布。"

〔七〕玉虹：喻瀑布。

附録　道潛《聞子由舟及南昌以寄之》

高安居士實人龍，五載南遷道愈豐。域外城池剛自守，人間膏火詎能攻。屢嗟江海星霜隔，行喜雲林笑語同。五老峰前佳氣象，待君一醉吐長虹。

車浮并叙〔一〕

結木如巢，承之以簀，沉之水中，以浮識其處，方舟載兩輪，挽而出之，漁人謂之車浮。此《詩》所謂汕也。與遲、适同作《車浮》詩。

寒魚得汕便爲家，兩兩方舟載小車〔二〕。謀食旋遭芳餌誤〔三〕，求安仍值積薪遮〔四〕。情存未免人先得，欲盡要令物莫加〔五〕。身似虚舟任千里，世間何處有罣罝〔六〕？

【箋注】

〔一〕作於元豐七年（一〇八四）十二月。《三蘇年譜》卷三十五："詩作於南昌、都昌途中。"以行程及前後詩推之，或當已至十二月。車浮：據蘇轍叙，當是一種浮于水面、類似車輪的圓形捕魚工具。《詩・小雅・南有嘉魚》:“南有嘉魚,烝然汕汕。”毛傳:“汕汕,樔也。”鄭箋:“樔者,今之撩罟也。”清郝懿行義疏:“按,撩罟,今謂之抄網。”

〔二〕小車:車浮。

〔三〕芳餌:指車浮下的誘餌。

〔四〕積薪:指車浮下編織的類似巢的部份。

〔五〕“情存”二句:謂欲謀身安,需考慮無害。加:加害。

〔六〕“身似”二句:謂只要不爲外物所拘,則可避身遠害。唐白居易《詠懷》:“心似虛舟浮水上,身同宿鳥寄林間。”罦罝(fú jū):指捕捉鳥獸之網。《後漢書・馬融傳》:“罦罝羅羉。”唐李賢注:“罦,雉網也;罝,兔罟也。”

題都昌清隱禪院〔一〕

北風江上落潮痕〔二〕,恨不乘舟便到門。樓觀飛翔山斷際,松筠陰翳水來源〔三〕。升堂猿鳥晨窺坐,乞食帆檣莫繞村〔四〕。誰道溪巖許深處,一番行草認元昆〔五〕。長老惟湜①曾識子瞻兄於淨因〔六〕,有簡刻石。

【校記】

①湜:叢刊本作“是”,誤。

【箋注】

〔一〕作於元豐七年(一〇八四)十二月。都昌:南康軍屬縣,以縣有都村,南接南昌,西望建昌,故名。今屬江西都昌。禪院在縣治南二里南山。《三蘇年譜》卷三十五:“此禪院乃惟湜所經營。”

〔二〕唐崔國輔《漂母岸》:“幾年崩塚色,每日落潮痕。”

〔三〕松筠:松和竹。陰翳:遮蔽。

〔四〕“升堂”二句:謂禪院中的猿鳥頗通人性。唐杜荀鶴《送友人宰潯陽》:“有時猿鳥來公署,到處煙霞是道鄉。”唐王建《七泉寺上方》:“日夕猿鳥合,覓食聽山鐘。”帆檣:掛帆的桅杆。

〔五〕行草:介于行書和草書之間的一種書法字體。蘇軾《郭熙畫秋山平遠》:"爲君紙尾作行草,烱如嵩洛浮秋光。"元昆:長兄,此指蘇軾。

〔六〕惟湜:俗姓林,福清(今福建福清市)人。禪宗臨濟宗浮山法遠禪師之法嗣,屬南嶽下十一世。熙寧間自廬山出住清隱禪院,後主虔州崇慶禪院。參蘇軾《虔州崇慶禪院新經藏記》、黄庭堅《南康軍都昌縣清隱禪院記》、《五燈會元》卷十二《清隱惟湜禪師》。

送章户掾赴澧州〔一〕

江船不厭窄,船窄始宜行。風裏長先過,灘頭一倍輕。迎親無惡處,禄養勝躬耕〔二〕。澧上春蘭早〔三〕,猶堪弔屈生〔四〕。

【箋注】

〔一〕作於元豐七年(一〇八四)十二月。以詩意推之,作此詩時,當已離都昌而在江行途中作。章户掾:不詳。户掾,州郡屬官,主管民户。澧州:春秋時楚地,秦屬黔中郡,二漢屬武陵郡,兼置荆州。吴分置天門郡,晉宋齊皆因之。隋平陳置松州,尋改爲灃州,煬帝初爲澧陽郡,唐爲澧州,或爲澧陽郡,屬江南道。宋屬荆湖北路。治澧陽(今湖南澧縣)。

〔二〕"迎親"二句:章似前往澧州就職以便奉養雙親。禄養:以官俸養親。古人認爲官俸本爲養親之資。《鹽鐵論・殊路》:"孝莫大以天下一國養,次禄養,下以力。"躬耕:親身從事農業生産。

〔三〕《楚辭・屈原〈九歌・湘夫人〉》:"沅有芷兮澧有蘭,思公子兮未敢言。"

〔四〕屈生:屈原。屈原曾流放于楚南郢之邑,沅湘之間,故云。

除夜泊彭蠡湖遇大風雪①〔一〕

莫發鄔陽市〔二〕,曉捞彭蠡口。微風吹人衣〔三〕,霧繞廬山首。舟人釋篙笑,此是風伯候〔四〕。杙舟未及深〔五〕,飛沙忽狂走。暗空②轉車轂,渌水起岡阜〔六〕。衆帆落高張,斷纜已不救〔七〕。我舟舊如山,此日亦何有〔八〕?老心畏波瀾,歸卧塞窗牖。土囊一已發[③],萬竅無不奏〔九〕。初疑丘山裂,復恐蛟蜃鬥〔一〇〕。鼓鐘相轟豗〔一一〕,戈甲互磨叩〔一二〕。雲霓黑旗展,林木萬弩彀〔一三〕。曳柴眩人心〔一四〕,振旅擁軍後〔一五〕。或爲羈雌吟,或作倉兕吼〔一六〕。衆音雜呼吸,異出殊圈臼〔一七〕。中霄變凝洌,飛霰集紛糅〔一八〕。蕭騷蓬響乾〔一九〕,晃蕩窗[④]光透〔二〇〕。堅凝忽成積,澎湃殊未究。紵縞鋪前洲,瓊瑰琢遥岫。山川莽同色,高下齊一覆〔二一〕。淵深竄魚鼈,野曠絶鳴雊。孤舟四鄰斷,餘食數升糗〔二二〕。寒虀僅盈盎,腊肉不滿豆〔二三〕。弊裘擁衾眠,微火拾薪構。可憐道路窮,坐使妻子詬〔二四〕。幽奇雖云極,岑寂頃未覯〔二五〕。一年行將除,兹歲真浪受。朝來陰雲剥,林表紅日漏。風棱恬已收〔二六〕,江練平不縐〔二七〕。兩槳舞夷猶〔二八〕,連峰吐奇秀。同行賀安穩,所識問癯瘦。驚餘空自憐,夢覺定真否〔二九〕。春陽著城邑,屋瓦凍初溜〔三〇〕。艱難當有償,爛熳醉醇酎〔三一〕。

【校記】

①風雪:原作風雨,據宋大字本、蜀藩刻本改。

②暗空:原本、宋大字本、宋建本作"晴空",據蜀藩刻本改。

③發:蜀藩刻本、叢刊本作"從"。

④窗:宋建本作"搖"。

【箋注】

〔一〕作於元豐七年(一〇八四)除夕。彭蠡湖:鄱陽湖舊稱(今在江西)。

〔二〕鄡(qiāo)陽:都昌西漢時舊稱(今江西都昌)。

〔三〕宋劉攽《涉伊水宿寶應寺》:"飲馬清泠泉,涼風吹人衣。"

〔四〕風伯:風神。此指風。候:徵兆。

〔五〕杙(yì)舟:將船的纜繩拴繫于木樁上。

〔六〕"暗空"二句:謂雷聲隆隆,波濤洶涌。轉車轂:喻打雷。

〔七〕"衆帆"二句:謂來不及降下船帆,船就在風浪中顛簸升降,纜繩瞬間便被掙斷。

〔八〕"我舟"二句:謂自己的船本來很好,但此刻亦毫無安全可言。如山:喻安穩。

〔九〕"土囊"二句:云一旦風起就鋪天蓋地而來。土囊:洞穴。參《和子瞻題風水洞》注〔二〕。萬竅:天地萬物的孔隙。參《和毛君新葺困庵船齋》注〔六〕。

〔一〇〕蛟蜃:此指湖中大型水生動物。參《寄濟南守李公擇》注〔三〇〕。

〔一一〕轟豗(huī):形容衆聲喧闐。唐韓愈《元和聖德詩》:"衆樂驚作,轟豗融冶。"祝充注:"轟,群車聲。豗,相擊聲。"

〔一二〕磨叩:摩擦;叩擊。

〔一三〕"雲霓"二句:謂暴風雪來臨前烏雲及林木之狀。彀:發射。

〔一四〕曳(yè)柴:古代作戰用的一種詐敵方法。即以車曳柴起塵,造成衆軍奔馳的假像,以迷惑敵人。《左傳·僖公二十八年》:"狐毛設二旆而退之。欒枝使輿曳柴而僞遁,楚師馳之。"晉杜預注:"曳柴起塵,詐爲衆走。"眩:迷惑;迷亂。

〔一五〕《詩·小雅·采芑》:"伐鼓淵淵,振旅闐闐。"此與上句以戰喻風勢。

〔一六〕"或爲"二句:謂波濤聲音時高時低,或如哀鳴,或如咆哮。羈雌:失偶的雌鳥。《文選·謝靈運〈晚出西射堂〉》:"羈雌戀舊侶,迷鳥懷故林。"唐劉良注:"羈雌,無耦也。"倉兕:傳説中的一種水獸。漢王充《論衡·是應》:"倉兕者,水中之獸也,善覆人船。"

〔一七〕"衆音"二句:謂各種聲音匯聚混雜在一起。《莊子·逍遥游》:"野馬也,塵埃也,生物之以息相吹也……山林之畏佳,大木百圍之竅穴似鼻、似口、似耳、似枅、似圈、似臼、似洼者、似污者。"圈臼:指山林中的各種孔隙。

〔一八〕"中霄"二句:謂天氣突然變冷下起了雪來。凝冽:謂嚴寒。紛糅(róu):衆多而雜亂。《楚辭·宋玉〈九辯〉》:"惟其紛糅而將落兮,恨其失時而無當。"漢王逸注:"紛糅,衆雜也。"南朝宋謝惠連《雪賦》:"霰淅瀝而先集,雪紛糅而遂多。"

〔一九〕蕭騷:蕭條淒涼。乾:形容聲音清脆響亮。唐岑參《虢州西亭陪端公宴集》："開瓶酒色嫩，踏地葉聲乾。"

〔二〇〕晃蕩：閃爍不定貌。

〔二一〕"紵縞"四句：謂大雪籠罩了天地。紵縞：白色苧麻編織的粗布和細白的生絹。唐元稹《冬白紵歌》："西施自舞王自管，雪紵翻翻鶴翎散。"韓愈《詠雪贈張籍》："隨車翻縞帶，逐馬散銀盃。"這與下面的瓊瑰等都用以形容冰雪。

〔二二〕糗（qiǔ）：炒熟之米麥。指乾糧。

〔二三〕豆：古代食器。形似高足盤，有蓋。

〔二四〕詬：辱罵；指責。《左傳・哀公八年》："曹人詬之，不行。"晉杜預注："詬，詈辱也。"按，此言埋怨，並非責罵。是亦因韻腳而用詬字。

〔二五〕覯（gòu）：遇見；看見。

〔二六〕風棱（léng）：風威；使人敬畏的氣勢。韓愈《送侯參謀赴河中幕》："提師十萬餘，四海欽風棱。"清顧嗣立注："《漢書・李廣傳》：'威稜憺乎鄰國。'李奇曰：'神靈之威曰稜。'"恬：安静；平静。

〔二七〕南朝齊謝脁《晚登三山還望京邑》："餘霞散成綺，澄江静如練。"

〔二八〕夷猶：從容自得貌。唐王維《汎前陂》："此夜任孤櫂，夷猶殊未還。"

〔二九〕夢覺：夢醒。

〔三〇〕溜：滴水。此言屋檐上的冰凌纔開始化。

〔三一〕醇酎（zhòu）：味厚的美酒。《西京雜記》卷四引漢鄒陽《酒賦》："凝醳醇酎，千日一醒。"

附録　參寥《和子由彭蠡湖遇風雪》

夫子經濟材，妙質静而默。當年大廷中，如堵觀射策。雄哉賢父兄，一日並輝赫。勳業望夔龍，寧論二千石。扶摇吝不惜，困此垂天翼。五載貶筠陽，區區校尋尺。鹽車厄驥足，道路行歎惜。脱身當歲晏，行李唯典籍。高懷久達觀，不見憔悴色。悠悠東下船，晚次彭蠡側。江風忽崩騰，江水翻且黑。飄風斷黄蘆，落雁委砂磧。鵝毛飛雪片，滿野來無極。龍驤飛萬斛，欲進不可得。淹留向汀灣，蕭瑟日將夕。

黄昏勢漸壯，夜半已堆積。魚龍亦悲嘯，凛氣增几席。青燈冷不眠，坐漱元和液。危檣翻曉鴉，霽日動窗隙。搴幃望廬山，萬仞絶寸碧。茫茫銀世界，蕩蕩月闐域。順流復前趨，百里俄頃刻。暫停篙櫓喧，卻着登山屐。五老笑相迎，千巖委圭璧。紛紛林下士，洗眼冀一識。松門共邀迓，香霧浮羃羃。相將擁寒爐，軟語同夙昔。堂堂赤眼師，既往有遺跡。愕然窣堵波，縹緲根石壁。清晨陪拄杖，緩步躡山肋。徘回憩蒼嶺，左右抗松櫪。猿猱侮僮僕，上下或戲劇。巴僧眉半雪，解后語鄉國。卻返朱砂峰，招提更岑寂。中藏李氏書，盛事誇絶特。東坡老居士，邇亦有題墨。一覽慰君心，都忘遠行役。

正旦夜夢李士寧過我談説神怪久之草草爲具仍以一小詩贈之〔一〕

先生惠然肯見客，旋買雞豚旋烹炙〔二〕。人間飲食未須嫌，歸去蓬壺卻無吃〔三〕。

【箋注】

〔一〕作於元豐八年（一〇八五）正月初一。李士寧：宋蜀之蓬州（今四川儀隴縣南）人，當時著名方士。熙寧八年（一〇七五）正月，沂州民朱唐告餘姚主簿李逢逆謀，提點刑獄王庭筠以爲逢語意雖悖，但無實狀。上疑之，遣周輔往。周輔查悉逢奸狀，且連逮宗室子世居。另，兩人皆與道士李士寧有過往，且士寧以言蠱惑世居爲“宗室子孫當享其祚”，神宗大怒，遂委派御史中丞鄧綰、知制誥沈括、同知諫院范百禄、御史徐禧等人查辦，李士寧被編管湖南。事見《續資治通鑑長編・神宗熙寧八年》、邵伯温《邵氏聞見録》、司馬光《涑水紀聞》。李士寧好言鬼神異事，宋筆記雜著中多有記述，可參看蔡絛《鐵圍山叢談》、劉攽《中山詩話》、蘇軾《東坡志林》、李壁《王荆文公詩箋注》“杳杳人傳多異事”句注。李與當時士大夫過從甚密，除蘇軾弟兄外，還有歐陽脩、王安石等。歐陽脩有《贈李士寧》、王安石有《贈李士寧道士》。蘇軾《東坡志林》卷一：“元豐八年正月旦日，子由夢李士寧，草草爲具，夢中贈一絶句云：‘先生惠然肯見客，旋買雞豚旋亦炙。人間飲酒未須嫌，歸去蓬萊卻無吃。'明年閏二月六日爲予道之，書以遺過子。"蘇轍元豐五年《同孔常父作張夫人詩》下小注有："嘉祐末年，李士寧言王君事於右扶風，其報甚速。"從"人間"二句，知李士寧早已過世。

〔二〕旋：現；臨時。

〔三〕蓬壺：即蓬萊。古代傳説中的海中仙山。晉王嘉《拾遺記·高辛》："三壺則海中三山也。一曰方壺，則方丈也；二曰蓬壺，則蓬萊也；三曰瀛壺，則瀛洲也。形如壺器。"

舟中風雪五絶〔一〕

其一

北風吹雪密還稀，雪勢漸多風力微。孤棹獨依銀世界①〔二〕，山川路絶欲安歸？

【校記】

①銀世界：宋大字本、宋建本、蜀藩刻本、叢刊本作"銀色界"。

【箋注】

〔一〕作於元豐八年（一〇八五）正月。

〔二〕銀世界：宋趙抃《至成都有作二首》之二："峰聳雲粧銀世界，江深春動錦波瀾。"

其二

曉風吹浪①作銀山〔一〕，夜雪争妍布玉田〔二〕。風力漸衰波更惡，通宵撼我正安眠。

【校記】

①吹浪：宋大字本、宋建本、蜀藩刻本、叢刊本作"起浪"。

【箋注】

〔一〕銀山:喻波濤之大。唐張繼《九日巴丘楊公臺上宴集》:“萬疊銀山寒浪起,一行斜字早鴻來。”

〔二〕玉田:形容冰雪覆蓋的田野。唐李紳《登禹廟降雪》:“玉田千畝合,瓊室萬家開。”

其三

擁纜埋蓬不見船〔一〕,船窗一點莫燈然〔二〕。幽人永夜歌《黄竹》〔三〕,賴有丹砂暖寸田〔四〕。

【箋注】

〔一〕謂船停泊于岸邊,船纜、船篷並爲積雪覆蓋。

〔二〕然:後來寫作“燃”。

〔三〕黄竹:本地名,傳周穆王曾於此地作詩三章。《穆天子傳》卷五:“日中大寒,北風雨雪,有凍人。天子作詩三章以哀民,曰:‘我徂黄竹。’”云云。後往往成爲形容悲哀的詞藻。唐李商隱《瑶池》:“瑶池阿母綺窗開,《黄竹》歌聲動地哀。”

〔四〕謂腹中真氣充盈,如服丹砂。蘇軾《與王定國書》:“子由昨來陳相别,面色殊清潤,目光炯然,夜中行氣,臍腹間隆隆如雷聲。”丹砂:見《次韻蔣夔寒夜見過》注〔四〕。寸田:《雲笈七籤·三洞經教部·經二·上清黄庭内景經》:“寸田尺宅可治生”注曰:“謂三丹田各方一寸,故曰寸田……經云寸田尺宅,彼尺宅謂面也。”蘇軾《游羅浮山一首示兒子過》:“玉堂金馬久流落,寸田尺宅今誰耕。”

其四

濁醪粗飯不成歡〔一〕,白浪飛花雪作團〔二〕。窗外時來一雙鴨,沉浮①笑我不禁寒〔三〕。

【校記】

①浮沉:原本作“沉浮”。宋大字本、宋建本、蜀藩刻本作“浮沉”。浮:叢

刊本作“淳”。從音韻看，作“浮沉”是。據改。

【箋注】

〔一〕濁醪：濁酒。成歡：盡歡；盡興。唐白居易《琵琶行》：“醉不成歡慘將別，別時茫茫江浸月。”

〔二〕此極言雪之大。宋黄庭堅《從時中乞蒲團》：“撲屋陰風雪作團，織蒲投我最宜寒。”

〔三〕沉浮：或沉或浮。不禁：經受不起。

其五

江面澄清雪未融，扁舟蕩漾水無蹤。篙師不用忽忽去〔一〕，遍看廬山群玉峰〔二〕。

【箋注】

〔一〕篙師：撑船的熟手。唐杜甫《水會渡》：“篙師暗理楫，歌笑輕波瀾。”

〔二〕《穆天子傳》卷二有群玉之山，傳爲西王母所居。此指雪後如玉的山峰。蘇軾《藏春塢三首》之二：“莫尋群玉峰頭路，莫看玄都觀裏花。”

題南康太守宅五老亭〔一〕

五老高閑不入城〔二〕，開軒肯就史君迎〔三〕。坐中莫著閑賓客，物外新成六弟兄〔四〕。雲氣飄浮衣袂舉〔五〕，泉流灑落佩環聲〔六〕。岌然終日俱無語〔七〕，静壽相看意自明〔八〕。

【箋注】

〔一〕作於元豐八年（一〇八五）正月。《輿地紀勝・江南東路・南康軍・景物下・五老亭》：“在棲賢樓。”五老峰：同上《五老峰》：“在廬山，五峰相連。《論語讖》云：仲尼曰：‘飛爲流星，上入爲昴。故河洛間有五老峰，此峰以其峭拔而效其名焉。’”五老亭：同上《五老閣》：“在郡齋。舊有五老亭，蘇黄門、黄太史皆有詩。”南康：見《次韻道潛南康見寄》注〔一〕。

〔二〕五老:指廬山五老峰,因如峰巒如五老人之狀,故云。

〔三〕史君:即使君。此指南康軍知府。《蘇譜》:"時南康知府爲徐師回(字望聖)。蘇轍居師回府中,題師回之宅五老亭,陪師回訪劉顗山居,并留題。"

〔四〕謂五老和知府共六人。故云六兄弟。

〔五〕衣袂:衣袖。此喻雲氣之狀。唐白居易《長恨歌》:"風吹仙袂飄颻舉,猶似霓裳羽衣舞。"

〔六〕唐柳宗元《至小丘西石潭記》:"從小丘西行百二十步,隔篁竹,聞水聲,如鳴珮環。"

〔七〕岌(jí)然:高聳貌。

〔八〕《論語·雍也》:"子曰:'知者樂水,仁者樂山。知者動,仁者静,知者樂,仁者壽。'"

書廬山劉顗宮苑屋壁三絶〔一〕

其一

山西舊將本書生,歸老巖間未厭兵〔二〕。卧聞布水中宵起,錯認邊風萬馬聲〔三〕。

【箋注】

〔一〕作於元豐八年(一〇八五)正月。《三蘇年譜》卷三十六:"宋施元之、顧禧《注東坡先生詩》卷四十《遺詩》,録《欒城集》此三詩,題云:'劉顗宮苑退老於廬山石碑庵。顗,陝西人。本進士换武,家有聲妓云。'注:'三詩,東坡過南康所作,諸集無傳者。浙東提舉徐子禮藏,云,其家舊有此本。所謂徐使君,即其曾王父望聖也。'按,注所云'所謂徐使君',乃其二'五馬親來看射虎,不愁醉尉惱將軍'自注中語。自注云:'時與徐使君同往。'《欒城集》脱去此七字。今詳考此三詩,實爲蘇轍所作。蘇轍與徐師回(望聖)同來觀劉顗射虎表演,故如是云。'五馬'謂徐師回。蘇轍既爲師回撰《南康直節堂記》,師回及其後人遂珍藏蘇轍之所作。由記與詩,可以肯定蘇轍在南康曾逗留數日,劉顗亦爲師回之友。……此三詩,載《蘇軾詩集》卷四十八;施注定此三詩爲軾作,蓋未詳考。……《金石萃編》載皇祐甲午李清臣等草堂寺題名石刻,中有知萬年劉顗景年之姓名及字,知顗字景清。"宫苑:職官名,宋有宫苑總副監、牧監、副丞、主簿等官。見《宋史·職官志》。

〔二〕"山西"二句:謂劉出自將門。《漢書·趙充國傳·贊》曰:"秦漢以來,山東出相,山西出將。"山西:劉家陝西,處崤山、華山以西地區,故云。

〔三〕"卧聞"二句:謂劉夜聽瀑布聲以爲是風聲夾雜著萬馬奔騰之聲。布水:瀑布。蘇軾《答陳季常書》:"今日遊白水佛跡山,山上布水三十仞,雷輥電散,未易名狀。"邊風:邊庭肅殺之風。

其二

雕弓挂壁恥言勳〔一〕,出入樵漁便作群。五馬親來看射虎〔二〕,不愁醉尉惱將軍〔三〕。

【箋注】

〔一〕謂劉遭棄置不用。

〔二〕五馬:稱太守。參《送吕希道少卿知滁州》注〔三〕。按,此指徐師回。射虎:《史記·李將軍列傳》:"[李]廣所居郡,聞有虎,嘗自射之。及居右北平,射虎,虎騰傷廣,廣亦竟射殺之。"唐杜甫《曲江三章》之三:"短衣匹馬隨李廣,看射猛虎終殘年。"蘇軾《江城子·密州出獵》:"爲報傾城隨太守,親射虎,看孫郎。"

〔三〕《史記·李將軍列傳》:廣以出雁門與匈奴戰失利,免官家居。"嘗夜從一騎出,從人田間飲。還至霸陵亭,霸陵尉醉,呵止廣。廣騎曰:'故李將軍。'尉曰:'今將軍尚不得夜行,何乃故也!'止廣宿亭下。"參《次韻答陳之方秘丞》注〔二〕。

其三

肩輿已棄躡風騅〔一〕,舊物仍存楊柳枝〔二〕。一曲清歌尤近好〔三〕,

五陵故態未全衰〔四〕。

【箋注】

〔一〕肩輿：轎子。躡（niè）風：奔馳如風。《淮南子・覽冥》："騁若飛，騖若絶，縱矢躡風，追猋歸忽。"騅：駿馬。

〔二〕謂劉風雅，家有能歌善舞的侍女。楊柳枝：唐白居易有妓樊素，善唱《楊柳枝》。唐白居易《不能忘情吟》："鬻駱馬兮放楊柳枝，掩翠黛兮頓金羈。馬不能言兮長鳴而卻顧，楊柳枝再拜長跪而致辭。"

〔三〕清歌：清亮動聽的歌聲。

〔四〕謂劉貴族子弟的風采仍在。五陵：長陵、安陵、陽陵、茂陵、平陵五縣的合稱。均在渭水北岸今陝西咸陽市附近。爲西漢五個皇帝陵墓所在地，多豪貴居之。顗又陝西人，故云。故態：舊有的習尚風貌。

再遊廬山三首〔一〕

其一

當年五月訪廬山〔二〕，山翠溪聲寢食間。藤杖復隨春色到，寒泉頓與客心閑。巖頭懸布煎茶足〔三〕，峽口驚雷泛葉慳〔四〕。待得前村新雨遍，扁舟應逐①好風還。

【校記】

①逐：蜀藩刻本、叢刊本作"復"。

【箋注】

〔一〕作於元豐八年（一〇八五）正月。

〔二〕當年：往年；昔年。按，指元豐三年（一〇八〇）庚申六月間游廬山事。見《遊廬山山陽七詠》。

〔三〕懸布：瀑布。唐杜佑《杜城效居王處士鑿山引泉記》："懸布垂練，摇曳晴空。"

〔四〕謂浪急小船難行。泛葉：泛舟。此用"葉"代指小舟。慳：阻礙。唐杜甫《銅官渚守風》："早泊雲物晦，逆行波浪慳。"清仇兆鼇注："慳，阻滯難行也。"

其二

憶自棲賢夜入城〔一〕，道邊蘭若一僧迎〔二〕。偶然不到終遺恨，特地來遊慰昔情〔三〕。海外聲聞安至此〔四〕，堂中天鼓爲誰鳴〔五〕？怱怱復向深山去，一盞醍醐飽粟罌〔六〕。羅漢院有新羅羅漢〔七〕，堂中法鼓特大。

【箋注】

〔一〕棲賢：棲賢寺。《江西通志》卷一百一十三："棲賢寺在星子縣五老峰下，南齊參軍張希之創，唐李渤嘗讀書于此。"

〔二〕蘭若：指寺院。意爲寂浄無苦惱煩亂之處。唐杜甫《謁真諦寺禪師》："蘭若山高處，煙霞嶂幾重。"

〔三〕"偶然"二句：謂專程游賞以補先前的遺憾。蘇轍《廬山棲賢寺新修僧堂記》："元豐三年，余得罪遷高安。夏六月，過廬山，知其勝而不敢留。"

〔四〕謂域外的佛教怎麽傳入了中國。聲聞：佛家稱聞佛之言教，證四諦之理的得道者。此指佛教。《大乘義章》卷十七："觀察四諦而得道者，悉名聲聞。"

〔五〕天鼓：法鼓。佛教法器之一。舉行法事時用以集衆唱贊的大鼓。《妙法蓮華經》卷三："擊于大法鼓，而吹大法螺。"

〔六〕醍醐：本指從酥酪中提製出的油。此喻粥之狀。粟罌：即罌粟。果實可熬粥。宋邵桂子《疏屋詩爲曹雲西作》："胡麻饋餾，罌粟醍醐。"蘇轍《種罌粟》："罌小如罌，粟細如粟。與麥偕種，與穄皆熟。苗堪春菜，實比秋穀。研作牛乳，烹爲佛粥。"

〔七〕新羅（前五七—九三五）：中世紀時朝鮮半島的國家之一。四世紀時由三韓的辰韓斯盧部所建，統治地區先在朝鮮半島東南部，漸擴至大同江以南。五〇三年定國號爲"新羅"，都金城（今韓國廣尚北道慶州市）。宋陳舜俞《廬山記・叙山北篇》："此岩石之間，可庇風雨，亦有幽泉，可結烹濯，昔海東僧居焉，故稱新羅巖。"

其三

此山巖谷不知重，赤眼浮圖自一峰〔一〕。芒蹺隨僧踐黄葉〔二〕，曉光消雪墮長松。石泉試飲先師錫〔三〕，午飯歸尋下寺鐘。勝處轉多渾恐忘〔四〕，出山惟見白雲濃〔五〕。

【箋注】

〔一〕赤眼浮圖：智常禪師之靈塔，宋陳舜俞《廬山記・叙山南篇》："至祖教院，舊名上偃臺。其南有盤龍庵、西源庵，後有寶輪庵，皆不遠百步。由寶林至稠水庵三里，稠水至幽邃庵一里，由幽邃至赤眼禪師庵塔一里。禪師即所謂赤眼歸宗，卒葬此山之石人峰下，以石爲像，凛然如生。"赤眼，見《游廬山山陽七詠・歸宗寺》注〔一〕。

〔二〕芒蹺：猶草鞋。

〔三〕謂泉水是先師住錫之處的。先師：指赤眼禪師。錫：錫杖。參《次韻子瞻遊徑山》注〔九〕。

〔四〕勝處：風景優美的地方。

〔五〕唐張喬《華山》："樹黏青靄合，崖夾白雲濃。"

汲陽阻風〔一〕

鍾陵距池陽〔二〕，相望千里内。江神欺我貧，屢作風雨礙。欲投皖公宿〔三〕，三日逢一噫〔四〕。孤篷面空山，朝食淡無菜。白醪幸餘瀝〔五〕，黄卷漫相對〔六〕。飢吟非吾病〔七〕，疾走老所戒。焦先近不遠，蝸舍聞尚在〔八〕。區區問養生〔九〕，借我一帆快。

【箋注】

〔一〕作於元豐八年（一〇八五）正月。汲陽：當即池陽洑。其地在趙屯與皖公山之間。宋周必大《泛舟游山録》："乙巳早，與兄弟别。北風粗可掛颿，才至上口遽止，牽挽過趙屯，望見皖公山。夜泊汲陽洑，四無人煙，止可避東北風。”

〔二〕鍾陵：西晉太康初置，屬豫章郡，尋廢。南朝梁復置，隋初又廢。唐再置，後廢鍾陵入南昌，宋改置進賢鎮，屬江南西路隆興府。治所在今江西南昌進賢縣。池陽：即池州。本宣州地，唐武德四年以宣州之秋浦、南陵二縣置，後或廢或立。屬江南道。宋屬江東路。治貴池（今安徽池州市貴池區）。

〔三〕皖公：山名。《輿地紀勝·淮南西路·安慶府·景物下·皖公山》：“《輿地志》謂周大夫皖伯之神也。李白《江上望皖公山》：‘奇峰出奇雲，秀木含秀氣。青冥皖公山，巉絶出人意。’又荆公詩云：‘蒼茫空失皖公山。’”故知此詩作於自廬山往池州途中。

〔四〕噫（yī）：此指風。《莊子·齊物論》：“夫大塊噫氣，其名爲風。”

〔五〕白醪：糯米甜酒。餘瀝：剩酒。晉陶潛《詠貧士詩》之二：“傾壺絶餘瀝，闚竈不見煙。”

〔六〕黄卷：書籍。參《舟次大雲倉回寄孔武仲》注〔六〕。

〔七〕唐錢起《江行無題》之二十一：“詩癖非吾病，何妨吮短毫。”

〔八〕“焦先”二句：焦先：字孝然。參《次韻毛君山房遣興》注〔二〇〕。

〔九〕區區：自稱的謙詞。

張嘉祐〔一〕

道人何爲者？陽狂時放言〔二〕。寶塔昔所構，鐵券今尚存〔三〕。此張所言，其余都不可曉。漫浪難究悉〔四〕，孰知彼根源？草庵劣容膝，俯仰拳肩跟〔五〕。無食輒行乞，一飽常閉門。爾來二十年〔六〕，未嘗變寒温〔七〕。嗟哉豈徒然，此意未易言。偶來一笑喜，但恐笑我昏。

【箋注】

〔一〕作於元豐八年（一〇八五）二月。張嘉祐：據詩意，似爲當時一奇人。餘不詳。俟考。

〔二〕陽狂：佯狂。放言：放縱其言，不受拘束。《後漢書·荀韓鍾陳傳論》：“漢自中世以下，閹豎擅恣，故俗遂以遁身矯絜放言爲高。”唐李賢注：“放肆其言,不拘節制也。"按,據詩意,張之行徑有類今俗語所謂吹牛。

〔三〕鐵券:又稱鐵契。是古代皇帝頒賜功臣授以世代享受某種特權的憑證。《漢書·高帝紀下》:"又與功臣剖符作誓,丹書鐵契,金匱石室,藏之宗廟。"《後漢書·祭遵傳》:"丹書鐵券,傳於無窮。"

〔四〕漫浪:不著邊際的話。究悉:詳盡;明白。

〔五〕"草庵"二句:謂張之居處極其狹窄。劣:僅。容膝:僅能容納雙膝。參《孔平仲著作江州官舍小庵》注〔五〕。唐韓愈《和皇甫湜陸渾山火用其韻》:"縮身潛喘拳肩跟,君臣相憐加愛恩。"

〔六〕爾來:從那時以來。

〔七〕謂從來如此不曾改變。寒温:冷和熱,猶寒暑。此處爲押韻而代指行爲的變化。

效韋蘇州調嘯詞二首〔一〕

其一

漁父,漁父,水上微風細雨。青蓑黄箬裳衣〔二〕,紅酒白魚莫歸〔三〕。莫歸,莫歸,歸莫,長笛一聲何處〔四〕?

【箋注】

〔一〕作於元豐八年(一〇八五)二月。《三蘇年譜》卷三十六:"蓋爲周行江上時所作。此二首,乃詞,調爲《調笑令》,别見《東坡樂府》卷下。第一首'水上'《東坡樂府》即作'江上'。按:作'江上'是。第一首'暮歸,暮歸',第二首'塞北'、'苦寒,苦寒',《東坡樂府》分别作'歸暮'、'塞外'、'寒苦'。此二詞次《集》此處,疑爲轍所作,而誤入《東坡樂府》,然其時久矣。"按,《三蘇年譜》説是,《欒城集》乃轍自編定,當不誤。韋蘇州:唐代韋應物,曾爲蘇州刺史,故云。《調嘯詞》之一:"胡馬,胡馬,遠放燕支山下。跑沙跑雪獨嘶,東望西望路迷。迷路,迷路,邊草無窮日暮。"其二:"河漢,河漢,曉掛秋城漫漫。愁人起望江南,江南塞北别離。離别,離别,河漢雖同路絶。"

〔二〕青蓑黄箬:見《乘小舟出�江二首》之一注〔五〕。

〔三〕紅酒:一種紅色的美酒。宋葛立方《韻語陽秋》卷十九:"[酒]有以紅爲貴者,李賀所謂小槽酒滴珍珠紅是也。今閩廣間所釀酒,謂之紅酒,其色殆類燕脂。《酉陽雜俎》載賈家蒼頭能别水,常乘小艇于黄河中,以瓠瓟接河源水以釀酒。經宿色如絳,名爲崑崙觴,是又紅酒之尤者也。"白魚:見《次韻王鞏同飲王廷老度支家戲詠》注〔二〕。

〔四〕五代譚用之《秋宿湘江遇雨》:"漁人相見不相問,長笛一聲歸島門。"

其二

歸雁,歸雁,飲啄江南南岸〔一〕。將飛卻下盤桓〔二〕,塞北春來苦寒。苦寒,苦寒,寒苦,藻荇欲生且住〔三〕。

【箋注】

〔一〕飲啄:飲水,啄食。

〔二〕盤桓:徘徊;逗留。

〔三〕藻荇:萍藻和荇菜。此泛指各種水生植物。

至池州贈陳鼎秀才〔一〕

淮陽學舍舊相依〔二〕,常誦曹溪第一機〔三〕。卻到江西心有悟〔四〕,回看過去事皆非〔五〕。孤舟遠適身如寄〔六〕,二頃躬耕道自肥〔七〕。欲看齊山君去否〔八〕? 閑中徒侣近來稀〔九〕。

【箋注】

〔一〕作於元豐八年(一〇八五)二月。陳鼎:據詩,當是熙寧三年(一〇七〇)至熙寧六年(一〇七三),蘇轍陳州教授任上時相識。餘不詳。俟考。池州:即池陽。參《汲陽阻風》注〔二〕。

〔二〕淮陽:今屬河南淮陽縣。參《張安道尚書生日》注〔三〕。

〔三〕曹溪:見《次韻唐覲送姜應明謁新昌杜簿》注〔七〕。第一機:見《次韻毛君上書求歸未報》注〔五〕。按,此謂常在一起探討佛學。

〔四〕謂筠州五年的貶謫生涯有所感悟。

〔五〕即今是而昨非義。參《次韻子瞻感舊見寄》注〔三〕。唐鮑溶《感興》："白日不饒我，如今事皆非。"

〔六〕《文選·曹丕〈善哉行〉》："人生如寄，多憂何爲？"唐李善注引《尸子》："老萊子曰：'人生天地之間，寄也。'"蘇軾《至濟南李公擇以詩相迎次其韻二首》之一："宦遊到處身如寄，農事何時手自親。"

〔七〕謂道義制勝，心安理得。參《次韻吕君興善寺静軒》注〔五〕。二頃：見《送張公安道南都留臺》注〔二〇〕。

〔八〕齊山：山名。《太平寰宇記·江南西道三·池州》："貴池：縣東南六里有齊山祠，復有九頂山洞。"

〔九〕唐白居易《與皇甫庶子同遊城東》："閑遊何必多徒侶，相勸時時舉一杯。"此反其意用之。徒侶：同伴。

次韻遲初入宣河〔一〕

遠客安長道〔二〕，低篷稱小溪〔三〕。雲添濕帆雨，舟滯没篙泥。草緑耕牛健，村深候鳥啼。陶翁①方作令〔四〕，《歸去》未成題〔五〕。

【校記】

①翁：宋大字本作"公"。

【箋注】

〔一〕作於元豐八年（一〇八五）二月。遲：蘇轍長子。宣河：當是宣城近郊的河流。遍問徽籍學人，云今無有名宣河者。

〔二〕長道：漫長的旅途。

〔三〕謂小船正適合在小溪中行進。低篷：小舟。稱：匹配。

〔四〕陶翁：晉陶潛。此自況。

〔五〕謂歸隱尚遥遥無期。歸去：即《歸去來兮辭》，爲陶潛決定辭官歸隱後所作。

次韻侯宣州利建招致政汪大夫〔一〕

社甕壺漿接四鄰〔二〕，肩輿拄杖試紅塵〔三〕。慣眠林下三竿日〔四〕，來看城中萬井春〔五〕。世上升沉無限事〔六〕，樽前强健不貲身〔七〕。經過已足知公政，長見車中有老人〔八〕。

【箋注】

〔一〕作於元豐八年（一〇八五）二月。侯利建：《三蘇年譜》卷三十六："利建元祐元年以江東提刑爲江東轉運副使，二年爲京東漕，旋爲金部郎中。"按，利建爲眉州人，慶曆進士。見《四川通志》卷三十三。故蘇轍《次韻侯宣城疊嶂樓雙溪閣長篇》有"異邦逢故人"語。宣州：春秋時屬吴，後屬越，越滅屬楚，秦屬障郡，二漢爲丹陽郡。晉武帝分置宣城郡，宋齊梁陳皆因之。隋唐或爲宣州，或爲宣城郡。唐屬江南道。宋屬江東路。乾道二年升爲寧國府。治宣城（今安徽宣城市）。參《文獻通考・輿地考四・宣州》。致政：猶致仕。指官吏將執政的權柄歸還給君主。《禮記・王制》："五十而爵，六十不親學，七十致政。"漢鄭玄注："還君事。"汪大夫：不詳。俟考。

〔二〕社甕：舉行春社時盛酒的酒罎，此指春酒。唐杜牧《郡齋獨酌》："叔舅欲飲我，社甕爾來嘗。"

〔三〕肩輿：轎子。紅塵：車馬揚起的灰塵，因以喻繁華之地。

〔四〕《南齊書・天文志上》："永明五年十一月丁亥，日出高三竿，朱色赤黄。"唐韓鄂《歲華紀麗・春》："日上三竿。"舊注："古詩云：'日上三竿風露消。'"蘇軾《溪陰堂》："酒醒門外三竿日，卧看溪南十畝陰。"

〔五〕萬井：猶言萬户。古代以地方一里爲一井，萬井即一萬平方里。《漢書・刑法志》："地方一里爲井……一同百里，提封萬井。"唐韓濬《清明日賜百寮新火》："灼灼千門曉，輝輝萬井春。"

〔六〕唐杜甫《存殁口號二首》之一："玉局他年無限事，白楊今日幾人悲。"

〔七〕不貲（zī）：極爲貴重。參《次韻毛君留别》注〔二〕。

〔八〕"經過"二句：稱侯政績卓越，教化成功。《孟子・梁惠王上》："謹庠序之教,申之以孝悌之義,頒白者不負戴於道路矣。"

次韻侯宣城疊嶂樓雙溪閣長篇〔一〕

作官如負擔,一負當且弛〔二〕。不知息肩處〔三〕,妄問道遠邇。我乘章江流〔四〕,卻入宛溪水〔五〕。捨舟陟崔嵬〔六〕,行路極句①己〔七〕。名都便欲過,佳處賴公指。仰攀疊嶂高,俯閲雙溪美〔八〕。不悟身乘空,但覺風吹耳。雲煙變遥壑,歌吹聞近市〔九〕。倦游得清曠〔一〇〕,行役有新喜〔一一〕。公言頃榛穢,斬伐從我始。堰水種蒲蓮〔一二〕,開山蒔梅李〔一三〕。擁本待成陰〔一四〕,養花要食子。遺風揖桓謝〔一五〕,及老邀黄綺〔一六〕。邦人魚依蒲〔一七〕,食客莪在沚〔一八〕。春陰迫寒食,謂我姑且止〔一九〕。嗟余去鄉國,屢把刀環視〔二〇〕。感公鵠鷺修,憐我鳧鴨庳〔二一〕。異邦逢故人〔二二〕,寧復固辭理。高談雲漢上,爛醉笙歌裏。落日盡公嘆②〔二三〕,推挽未應起〔二四〕。

【校記】

①句:叢刊本作"旬",形近而誤。

②歎:宋建本、四庫本作"歡"。

【箋注】

〔一〕作於元豐八年(一〇八五)二月。《輿地紀勝·江南東路·寧國府·景物下·雙溪閣》:"在府治,取宛、句二水以爲之名。""春陰迫寒食,謂我姑且止。"知作於二月末。

〔二〕弛:解除,指放下擔子。

〔三〕息肩:卸去負擔。《左傳·襄公二年》:"鄭成公卒,子駟請息肩於晉。"晉杜預注:"欲辟楚役,以負擔喻。"

〔四〕章江:即章水。參《滕王閣》注〔三〕。

〔五〕宛溪:在宣城東(今安徽宣城)。唐李白《宛溪館》:"吾憐宛溪好,百尺照心明。”即其地。

〔六〕崔嵬:《詩·周南·卷耳》:“陟彼崔嵬,我馬虺隤。”毛傳:“崔嵬,土山之戴石者。”因泛指高峻的山。

〔七〕句己:此謂蜿蜒曲折。《資治通鑑·晉紀三十九·晉安帝義熙十一年》:“後八十餘日,熒惑出東井,留守句己,久之乃去。”元胡三省注:“句,讀曰‘鉤’。鉤己,謂環繞而行如鉤,又成‘己’字也。”

〔八〕雙溪:即宛、句二水。

〔九〕歌吹:歌聲和樂聲。南朝宋鮑照《蕪城賦》:“廛閈撲地,歌吹沸天。”

〔一〇〕清曠:清明曠達。

〔一一〕行役:因公務而出外跋涉。按,此指往績溪赴任。

〔一二〕蒲蓮:菖蒲和荷花。

〔一三〕蒔(shì):種植。

〔一四〕擁:培土。蘇軾《送周正孺知東川》:“清時養材傑,杞梓方培擁。”

〔一五〕揖:揖讓。猶言比並。桓謝:指東晉桓彝(曾任宣城内史)和南朝齊謝朓(曾任宣城太守),均爲宣城名宦。桓彝(二七六—三二八),字茂倫,晉譙國龍亢(今安徽懷遠縣西北)人。元帝爲相時以爲安東將軍,累遷中書郎、尚書吏部郎,名顯朝廷。王敦擅權,彝以疾去職。明帝將伐王敦,拜彝散騎常侍。敦平,以功封萬壽縣男。繼官宣城内史,在郡有惠政,百姓稱戴。蘇峻反,彝固守涇縣,城陷爲蘇峻將韓晃所殺。亂平,追贈廷尉。《晉書》有傳。謝朓(四六四—四九九),字玄暉,南朝齊陳郡陽夏(今河南太康縣)人。少以文學知名,爲竟陵王蕭子良“竟陵八友”之一。文章清麗,善草隸,長五言詩。明帝輔政,以爲驃騎諮議,領紀室,轉中書郎,出爲宣城太守。建武中爲尚書吏部郎,兼知衛尉事。後江祏等謀立始安王遥光,朓不可。爲遥光所誣殺。有《謝宣城集》。《南齊書》有傳。

〔一六〕黄綺:漢初商山四皓中之夏黄公、綺里季。晉陶潛《飲酒》之六:“咄咄俗中愚,且當從黄綺。”此指山林隱逸之士。參《次韻子瞻聞不赴商幕三首》之二注〔六〕。

〔一七〕謂治内百姓安居樂業。《詩·小雅·魚藻》:“魚在在藻,依于其蒲。王在在鎬,有那其居。”鄭箋:“那,安貌。天下平安,王無西方之虞,故其居處那然安也。”

〔一八〕謂門下屬吏怡然舒適。《詩·小雅·菁菁者莪》:“菁菁者莪,在彼中沚。”莪(é):即莪蒿。按,從“公言”到此,皆是侯向轍陳述在郡的種種作爲及設想。

〔一九〕“春陰”二句:侯建議轍天氣陰冷又迫近寒食節了不妨停下休息幾天。

〔二〇〕刀環:刀頭上的環。環、還同音,因以“刀環”爲“還歸”的隱語。《漢書·李陵傳》:“立政等見陵,未得私語,即目視陵,而數數自循其刀環,握其足,陰諭之,言可歸還也。”唐高適《入昌松東界山行》:“王程應未盡,且莫顧刀環。”

〔二一〕“感公”二句:感慨侯人生成功而自愧不如。鵠鷺:鵠和鷺。古常以喻志向遠大。參《觀試進士呈試官》注〔二〕。修:高。庳(bì):低下。

〔二二〕故人:侯利建,亦爲眉州人。

〔二三〕嘆:讚美。

〔二四〕極言因歡樂不願離開。猶俗語所謂拉也拉不走。

初到績溪視事三日出城南謁二祠遊石照偶成四小詩呈諸同官①〔一〕

梓桐廟〔二〕

行年五十治丘民〔三〕,初學催科愧廟神〔四〕。無限②青山不容隱,卻看黄卷自憐貧〔五〕。雨餘嶺上雲披絮〔六〕,石淺溪頭水蹙鱗〔七〕。指點縣城如手大〔八〕,門前五柳正摇春〔九〕。

【校記】

①叢刊本題後有小字如下:一首謁梓橦廟,二首謁汪王廟,三首四首游石照。蛇足不可取。

②限:叢刊本作“恨”。

【箋注】

〔一〕作於元豐八年(一〇八五)二月末。《年表》:"至績溪有《謁城隍廟》、《孔子廟文》。視事三日,有《出城南謁二祠》、《游石照寺》,有《縣中諸花多交代江君所栽牡丹已過芍藥方盛偶寄小詩》。"績溪:今安徽績溪。視事:到職處理相關事務。

〔二〕梓桐廟:《三蘇年譜》卷三十六:"《新安志》卷六《績溪·祠廟》:'梓山廟,在東南一里。《方輿記》云,初於山下置良安縣。舊有方白石,忽化爲雙白鳥,飛向山,遂於山下鳥棲處立廟。邑人敬之,行立種殖,皆不敢背。'此梓山廟或即梓桐廟。"

〔三〕蘇轍本年四十六歲,此云五十,舉其成數而已。丘民:泛指百姓。《孟子·盡心下》:"是故得乎丘民而爲天子。"

〔四〕催科:催收租税。租税有科條法規,故稱。《宋史·職官志三》:"以四善、三最考守令:……獄訟無寃、催科不擾爲治事之最。"

〔五〕黄卷:書籍。參《舟次大雲倉回寄孔武仲》注〔六〕。

〔六〕唐韓愈《晚寄張十八助教周郎博士》:"晴雲如擘絮,新月似磨鎌。"蘇軾《新城道中》二首之一:"嶺上晴雲披絮帽,樹頭初日掛銅鉦。"

〔七〕蹙鱗:使游魚感到困窘。鱗:指魚。

〔八〕謂縣城很小。如手:語本《後漢書·岑彭傳》:"時田戎擁衆夷陵,聞秦豐被圍,懼大兵方至,欲降。而妻兄辛臣諫戎曰:'今四方豪傑各據郡國,洛陽地如掌耳。不如按甲以觀其變。'"

〔九〕謂當如陶淵明而歸隱。晉陶潛《五柳先生傳》:"宅邊有五柳樹,因以爲號焉。"唐鄭谷《望湘亭》:"登臨獨無語,風柳自摇春。"

汪王廟〔一〕

石門南出衆山巔,沃壤清溪自一川〔二〕。老令舊諳田事樂,春耕正及雨晴天。可憐鞭撻終無補〔三〕,早向叢祠乞有年〔四〕。歸告仇梅省文字〔五〕,麥苗含穗欲蠶眠〔六〕。

【箋注】

〔一〕汪王廟:《輿地紀勝·江南東路·徽州·人物·汪華》:"績溪人。大業之亂,保據邊境,并有宣、杭、睦、饒、婺五州,帶甲十萬,建號吴王,凡十餘年。唐武德四年,納款於唐,就拜持節總歙、宣、杭、睦、饒、婺等六州諸軍事,歙州刺史,封越國公。七年朝京師。貞觀中卒,歸葬於歙。土人祠之,號爲汪王神。國朝封靈濟王,廟號忠顯。"《新安志》卷五"祠廟":"忠顯廟有二,一在縣側,一在東七里越國公故城,宅井在焉。"

〔二〕唐杜甫《鄭典設自施州歸》:"青山自一川,城郭洗憂戚。"

〔三〕唐高適《封丘作》:"拜迎官長心欲碎,鞭撻黎庶令人悲。"

〔四〕叢祠:建在叢林中的神廟。《史記·陳涉世家》:"又閒令吴廣之次所旁叢祠中,夜篝火,狐鳴呼曰'大楚興,陳勝王'。"唐司馬貞索隱引《戰國策》漢高誘注:"叢祠,神祠也。叢,樹也。"有年:豐年,豐收。年,收成。《詩·小雅·甫田》:"我取其成,食我農人,自古有年。"鄭箋:"倉廩有餘,民得賒貰取食之,所以紓官之蓄滯,亦使民愛存新穀。自古者,豐年之法如此。"

〔五〕謂年成好則自然國泰民安。宋陸游《老學庵筆記》卷四:"唐拾遺耿湋《下邽喜叔孫主簿鄭少府見過》云:'不是仇梅至,何人問百憂。'蘇子由作績溪令時,有《贈同官》云:'歸報仇梅省文字,麥苗含穟欲蠶眠。'蓋用湋語也。近歲均州刻本,輒改爲'仇香'。"按,仇:當指仇覽,見《後漢書·仇覽傳》:"仇覽,字季智,一名香,陳留考城人也……勸人生業,爲制科令。至於果菜爲限,雞豕有數,農事既畢,乃令子弟群居,還就黌學。其剽輕游恣者,皆役以田桑,嚴設科罰,躬助喪事,賑恤窮寡。"梅當指梅福。梅福數上書言政事。參《漢書·梅福傳》。又參《寄梅仙觀楊智遠道士》。

〔六〕蠶眠:見《陰晴不定簡唐覲秘校并敖吴二君五首》之二注〔一〕。

附録　汪暭《次韻李明府上事初謁登源廟用蘇黄門韻見示》

緩引前訶度嶺巔,真祠猶鎮舊山川。懸知幽德如存日,更有孤忠合老天。雙炷爐香祈一稔,兩詩題詠播千年。民安善政神應喜,桑蔭兒童犢背眠。

石照二首〔一〕

其一

行盡清溪到碧峰〔二〕，陰崖翠壁盡杉松〔三〕。故留石照邀行客〔四〕，上徹青山最後重〔五〕。

【箋注】

〔一〕《新安志》卷五《績溪·山阜》："石照山：在縣東五里，有石高二丈，光可以鑒。"

〔二〕唐王維《桃源行》："坐看紅樹不知遠，行盡清溪忽值人。"清溪：按，據《新安志》卷五《績溪·山阜》：績溪境内有臨溪、徽溪。

〔三〕陰崖：背陽的山崖。

〔四〕故：特意。

〔五〕上徹：上遍。徹，盡；全。

其二

雨開石照正新磨〔一〕，鳥度猿攀野老①過〔二〕。忽見塵容應笑我〔三〕，年來底事白鬚多〔四〕？

【校記】

①野老：原作"野客"，據宋大字本、宋建本、蜀藩刻本改。

【箋注】

〔一〕新磨：剛打磨。參上首注〔一〕。

〔二〕謂當山居者登涉如猿鳥般便捷。唐李白《蜀道難》："黄鶴之飛尚不得過，猿猱欲度愁攀援。"

〔三〕塵容：塵俗的容態。南朝齊孔稚珪《北山移文》："焚芰製而裂荷衣，抗塵容而走俗狀。"

〔四〕唐姚合《從軍樂二首》之二："誰道從軍樂，年來鑷白鬚。"底事：何事；爲什麽。

縣中諸花多交代江君所栽牡丹已過芍藥方盛偶寄小詩〔一〕

偶來山邑便成家，慚愧潘生滿縣花〔二〕。想見清樽檻邊飲〔三〕，尚留佳句壁間誇〔四〕。根株未老年年好〔五〕，豔色方穠日日加。聞道北游無意味〔六〕，春深河上足風沙〔七〕。

【箋注】

〔一〕作於元豐八年（一〇八五）乙丑二月末。詩題云"牡丹已過，芍藥方盛"，詩云"春深"，是知當已二月末。江君：生平事蹟不詳，俟考。交代：指前後任相接替，移交。此指前任姓江的縣令。參《送交代劉莘老》注〔一〕。

〔二〕潘生：指西晉潘岳。北周庾信《枯樹賦》："若非金谷滿園樹，即是河陽一縣花。"蘇軾《次韻孫巨源寄漣水李盛二著作并以見寄五絶》之四："詩豪正值安仁在，空看河陽滿縣花。"《白孔六帖·縣令》："潘岳爲河陽令，樹桃李花，人號曰：河陽一縣花。"參《寄題江渙長官南園茅齋》注〔二〕。

〔三〕清樽：猶言美酒。

〔四〕當是江君有題壁詩尚存。

〔五〕宋王安石《送方劭祕校》："武昌官柳年年好，他日春風憶此時。"好：繁茂漂亮。

〔六〕北游：當指赴汴京。似前任江君赴京任職。

〔七〕唐張祜《破陣樂》："秋來四面足風沙，塞外征人暫别家。"足：多。

楊主簿日本扇〔一〕

扇從日本來，風非日本風。風非扇中出，問風本何從？風亦不自知，當復問太空〔二〕。空若是風穴〔三〕，既自與物同。同物豈①空性？是物非風宗。但執日本扇，風來自無窮。

【校記】

①豈:宋建本、叢刊本作“起”。誤。

【箋注】

〔一〕作於元豐八年(一〇八五)二月末。楊主簿:不詳。俟考。《三蘇年譜》卷三十六:“涉及風之最終形成,似探討物之奥秘,蓋參禪也。”其説是。宋江少虞《宋朝事實類苑·風俗襍誌·日本扇》:“熙寧末,余遊相國寺,見賣日本國扇者。琴漆柄,以鵶青紙厚如餅,揲爲旋風扇,淡粉畫平遠山水,薄傅以五彩。近岸爲盡蘆衰蓼,鷗鷺佇立,景物如八、九月間。艤子舟漁人披蓑釣其上,天末隱隱有微雲飛鳥之狀。意思深沉,筆勢精妙,中國之扇畫者,或不能也。索價絶高,余時苦貧,無以置之,每以爲恨。其後再訪都市,不復有矣。”宋鄧椿《畫繼》卷十:“倭扇以松板兩指許砌疊,亦如摺疊扇者。其柄以銅,黶錢環,又黄絲絛,甚精妙。板上罨畫山川、人物、松竹、花草,亦可喜。竹山尉王公軒,惠恭后家,嘗從明州舶官得兩柄。”

〔二〕太空:天空。《關尹子·二柱》:“一運之象,周乎太空。”

〔三〕風穴:古代傳説中的洞穴名。《淮南子·覽冥》:“羽翼弱水,暮宿風穴。”漢許慎注:“風穴,北方寒風從地出也。”

次韻答人幽蘭〔一〕

幽花耿耿意羞春〔二〕,紉佩何人香滿身〔三〕? 一寸芳心須自保〔四〕,長松百尺有爲薪〔五〕。

【箋注】

〔一〕作於元豐八年(一〇八五)三月。寄寓懷才不遇的苦悶。

〔二〕耿耿:香氣清溢貌。

〔三〕紉(rèn)佩:謂撚綴秋蘭,佩帶在身。語本《楚辭·屈原〈離騷〉》:“紉秋蘭以爲佩。”

〔四〕蘇軾《岐亭道上見梅花戲贈季常》:“數枝殘緑風吹盡,一點芳心雀啅開。”

〔五〕《文選·古詩十九首·去者日以疏》:“古墓犁爲田,松柏摧爲薪。”蘇軾《觀子美病中作嗟嘆不足次韻》:“百尺長松澗下摧,知君此意爲誰來。”

次韻汪①法曹山間小酌〔一〕

高情不奈簿書圍〔二〕,行揖青山肯見隨〔三〕。緑野逢花將盡日,清樽迨我正閑時〔四〕。檐間雙燕欲生子,葉底新梅初滿枝〔五〕。笑殺華陽窮縣令〔六〕,牀頭酒盡祇嚬眉〔七〕。

【校記】

①汪:宋建本、叢刊本、四庫本作“江”,形近而誤。

【箋注】

〔一〕作於元豐八年(一〇八五)三月。“緑野逢花將盡日,清樽迨我正閑時。檐間雙燕欲生子,葉底新梅初滿枝。”花將盡,葉底新梅,知已是春末。汪法曹:汪宗臣。各本誤作“江”,非是。宋汪晫《康範詩集·附録外集》引本詩。附録按語:“按《家乘》:宗臣字漢公,熙寧間任將作監主簿,御史蔡承禧試公詳明吏理,保遷潤州司法參軍。”法曹:掌司法的官吏。《事物紀原·撫字長民·法曹》:“漢公府掾史有賊曹掾,主刑法曹之任也。歷代皆有,或爲法曹。隋以後與功曹同。”

〔二〕簿書:官府的簿籍文書。

〔三〕行揖:拱手行禮。此指尋訪,遊覽。

〔四〕清樽:美酒。迨:等到。

〔五〕新梅:楊梅。明李時珍《本草綱目·果二·楊梅》:“楊梅,樹葉如龍眼及紫瑞香。冬月不凋,二月開花結實,形如楮實子,五月熟。”

〔六〕華陽:績溪舊名。宋羅願《新安志·州郡沿革》:“[永嘉二年]又以宣州旌德寇王萬敵平,析歙之古華陽鎮,置績溪縣。”

〔七〕嚬(pín)眉:皺眉頭。

官舍小池有鸂鶒遺二小雛二首〔一〕

其一

半畝清池藻荇香〔二〕，一雙鸂鶒競悠揚〔三〕。來從碧澗巢安在？飛過重城毋自將〔四〕。野鳥似非官舍物〔五〕，宰君昔是釣魚郎〔六〕。直言愧比奇章老①，得縣無心更激昂〔七〕。

【校記】

①老：叢刊本作"者"，誤。

【箋注】

〔一〕作於元豐八年（一〇八五）四月。鸂鶒（xī chì）：水鳥名。形大于鴛鴦，而多紫色，好並游。俗稱紫鴛鴦。

〔二〕藻荇：萍藻和荇菜。參《燕貢士》注〔二〕。

〔三〕謂小雛緩慢游動。悠揚：蕩漾。

〔四〕將：携帶。

〔五〕野鳥入舍，爲古人所忌。《漢書・五行志》："野鳥入廟，敗亡之異也。"又："野鳥入處，宫室將空。"又《賈誼傳》："誼爲長沙傅三年，有服飛入誼舍，止於坐隅。服似鴞，不祥鳥也。"按，此處只是戲言野鳥只是偶然在官舍池中，以此與下句作襯，云自己也不該在此。

〔六〕宰君：對縣令的敬稱。此處蘇轍用以自指。參《次韻秦觀見寄》注〔一九〕。

〔七〕"直言"二句：謂不能如牛僧孺質直敢言，對時政已失望。奇章：指牛僧孺（七七九—八四七）。僧孺字思黯，唐安定鶉觚（今甘肅靈臺縣）人，隋牛弘後裔。第進士，憲宗時與李宗閔對策，"條指失政，其言鯁訐，不避宰相"。累官御史中丞。穆宗時同平章事。敬宗立，封奇章郡公。文宗時與李宗閔相結，懷私昵黨，排斥所憎。權傾天下，時稱牛李。武宗時累貶循州長史。宣宗立，還爲太子少師卒。贈太尉。有《幽怪録》傳世。新舊《唐書》有傳。

其二

清池定誰主？鸂鶒自來馴。知我無傷意，憐渠解托身〔一〕。橋陰棲息穩，島外往來頻。勿食游魚子〔二〕，從交①長細鱗〔三〕。

【校記】

①交：四庫本作"教"。

【箋注】

〔一〕解：懂得，知道。托身：棲身，寄身。

〔二〕游魚子：指魚卵。

〔三〕從交：任憑；讓。細鱗：謂孵化成魚。

附録　汪晫《次韻李明府追和蘇黄門鸂鶒池》

池上先生詩句香，得公詩句更揄揚。精神相對陳圭瓚，意氣潛交冶鏌將。賢令舊容老文學，山農今見謫仙郎。百年剩喜風流續，未有名禽首屢昂。先文學登文定蘇公之門甚久。

《次韻李明甫追和蘇黄門鸂鶒池》

無穢水常浄，忘機鳥自馴。重來圓宿夢，因省是前身。尤物遺靈在，珍毛薦瑞頻。何當還抱子，池上啄遊鱗。

神宗皇帝挽詞三首〔一〕

其一

稽古堯無作〔二〕，勤邦禹有功〔三〕。政新天地力〔四〕，事改漢唐風。禮樂寰中盛〔五〕，梯航海外通〔六〕。華封徒有誦〔七〕，龍御忽乘空〔八〕。

【箋注】

〔一〕作於元豐八年(一〇八五)三月初五。三月戊戌(初五日),神宗卒,哲宗即位。轍撰挽詞。宋神宗(一〇四八—一〇八五):英宗長子,名頊。初政可觀。後用王安石,創制置三司條例司,行新法,廢逐元老,擯斥切直之士,國内騷動。欲取靈夏,滅西羌,功不成。在位十八年。

〔二〕稽古:考察古事。《書·堯典》:"曰若稽古,帝堯曰放勳。"

〔三〕勤邦:勤勞於邦國之事。《書·大禹謨》:"帝曰:'來,禹!洚水儆予,成允成功,惟汝賢。克勤于邦,克儉于家,不自滿假,惟汝賢。'"

〔四〕政新:指熙寧二年,以王安石爲參知政事,主持變法事。王安石主張"天變不足懼,人言不足恤,祖宗之法不足守",神宗皆聽任之。天地力:唐羅隱《籌筆驛》:"時來天地皆同力,運去英雄不自由。"

〔五〕禮樂:指文德教化。寰中:宇内,天下。

〔六〕謂睦鄰海外諸國。《宋史·神宗紀二》:"十二月丙寅,省熙河岷三州官百四十一員。丁卯,文武官加恩。己丑,遼遣耶律寧等來賀正旦。是歲高麗入貢,渭井、長寧夷十郡及武都夷内附。"梯航:梯與船。用於登山渡水的工具。此指水陸交通。

〔七〕華封:謂各地的頌禱之詞。《莊子·天地》:"堯觀乎華,華封人曰:'嘻,聖人。請祝聖人,使聖人壽。'堯曰:'辭。''使聖人富。'堯曰:'辭。''使聖人多男子。'堯曰:'辭。'封人曰:'壽、富、多男子,人之所欲也,女獨不欲,何邪?'堯曰:'多男子則多懼,富則多事,壽則多辱。是三者非所以養德也,故辭。'"唐成玄英疏:"華,地名也,今華州也。封人者,謂華地守封疆之人也。"此泛指。

〔八〕謂神宗去世。龍御:本謂天子車駕,此指帝王去世。

其二

承平終不處,付托①重艱難。統接神孫正〔一〕,人依聖母安〔二〕。橋山封劍佩〔三〕,原廟見衣冠〔四〕。萬國纏哀處〔五〕,嵩陽②檜柏寒〔六〕。

【校記】

①付：原作"副"，據宋大字本、宋建本、蜀藩刻本改。

②嵩陽：蜀藩刻本、叢刊本作"高陽"，三蘇祠本作"蒿陽"，皆形近而誤。

【箋注】

〔一〕謂哲宗即位。統：大統。即帝位。神孫：對後嗣的美稱。此指宋哲宗趙煦，生於熙寧九年，時年僅九歲。

〔二〕聖母：對皇太后的尊稱。此指宋英宗高皇后。《宋史·高皇后紀》："元豐八年，帝不豫，浸劇。宰執王珪等入問疾，乞立延安郡王爲皇太子，太后權同聽政。帝頷之。……力行故事，抑絶外家私恩。文思院奉上之物，無問巨細，終身不取其一。人以爲女中堯舜。元祐八年九月屬疾崩，年六十二。"

〔三〕橋山：山名。在今陝西省黄陵縣西北，相傳爲黄帝葬處，沮水穿山而過，山狀如橋。《史記·五帝本紀》："黄帝崩，葬橋山。"南朝宋裴駰集解引《皇覽》："黄帝冢在上郡橋山。"此指宋神宗永裕陵。劍佩：寶劍和垂佩。南朝宋鮑照《代蒿里行》："虚容遺劍佩，實貌戢衣巾。"此指隨葬品。

〔四〕原廟：在正廟以外另立的宗廟。《史記·高祖本紀》："及孝惠五年，思高祖之悲樂沛，以沛宫爲高祖原廟。"裴駰集解："謂'原'者，再也。先既已立廟，今又再立，故謂之原廟。"衣冠：借指縉紳，士大夫。

〔五〕纏哀：哀痛纏繞。唐韋應物《悲故交》："積憤方盈抱，纏哀忽逾度。"

〔六〕嵩陽：宋神宗永裕陵位于鞏縣（今河南鞏義市）嵩山與洛河之間，唐時屬嵩陽縣。檜柏：檜和柏。此指永裕陵旁所植之樹。

其三

取士忘疏賤，量書廢寢興〔一〕。芻言本何益〔二〕，玉殿最先登〔三〕。日角依俙想〔四〕，堯言涕泗稱〔五〕。龍髯遠莫及〔六〕，零淚涷成冰〔七〕。

【箋注】

〔一〕謂神宗勤勞于政事。《史記·秦始皇本紀》："天下之事無大小皆決於上，上至以衡石量書。"唐張守節正義："衡：秤衡也。言表牋奏請秤取一石，日夜有程期,不滿不休息。”寢興:睡下和起床。泛指日夜或起居。

〔二〕芻言:割草的人的話。比喻淺陋的言論。按,熙寧二年(一〇六九)三月,蘇轍上書論事(見《欒城集》卷二十一《上皇帝書》)。

〔三〕玉殿:宫殿的美稱。按,熙寧二年三月丙子,神宗批蘇轍奏付中書,即日召對延和殿。

〔四〕日角:額骨中央部分隆起,形狀如日。舊時相術家認爲是大貴之相。《後漢書·光武帝紀上》:“身長七尺三寸,美須眉,大口,隆準,日角。”唐李賢注引鄭玄《尚書中候》注:“日角謂庭中骨起,狀如日。”《宋史·神宗紀一》:“帝隆準龍顔。”此指神宗容顔。依俙:同“依稀”。

〔五〕謂神宗言論如堯一樣聖明。堯言:帝堯的話。《漢書·夏侯勝傳》:“勝曰:‘陛下所言善,臣故揚之。堯言布於天下,至今見誦。臣以爲可傳,故傳耳。’”

〔六〕謂神宗成仙而去。《史記·孝武本紀》:“黄帝采首山銅鑄鼎於荆山下,鼎既成,有龍垂胡髯下迎黄帝。黄帝上騎,群臣後宫從上龍七千餘人,龍乃上去,餘小臣不得上,乃悉持龍髯。”

〔七〕零淚:眼淚。

附録　畢仲游《恭輓神宗皇帝二首》

其一

御極三宸正,調元一氣淳。銅臺漳水夜,玉匣漢陵春。

其二

地拓山河舊,天升日月新。自今遺老内,有是四朝人。

次韻答人見寄〔一〕

對案青山雲氣騰,天將隙地養無能〔二〕。窗扉迎暑梅將溜〔三〕,虚市無人冷欲冰〔四〕。寂默忘言慚社燕,毰毸困睡比春鷹〔五〕。深知大府容衰病〔六〕,復值年來蠶麥登〔七〕。

【箋注】

〔一〕作於元豐八年(一〇八五)四月。"蠶麥登"當已初夏。所答對象俟考,或不便明示。下不再贅説。

〔二〕隙地:閒田。《左傳·哀公十二年》:"宋鄭之間有隙地焉。"晉杜預注:"隙地,閒田。"無能:蘇轍自謂。

〔三〕謂梅花高大將及屋簷。迎署:對著官署。溜:通"霤",屋簷。

〔四〕虚市:墟市,集市。

〔五〕"寂默"二句:謂疏懶的自己看到展翅翱翔的社燕和春鷹覺得傷感和慚愧。社燕:燕子春社時來,秋社時去。故有"社燕"之稱。蘇軾《送陳睦知潭州》:"有如社燕與秋鴻,相逢未穩還相送。"毰毸(péi sāi):披拂貌。參《襄陽古樂府二首·野鷹來》注〔三〕。

〔六〕大府:上級官府。

〔七〕登:豐收。《淮南子·主術》:"歲登穀豐,乃始縣鐘鼓,陳干戚。"漢高誘注:"登,成也。年穀豐熟也。"

次韻答人檻竹〔一〕

猗猗元自直〔二〕,落落不須扶〔三〕。密節風吹①展,清陰月共鋪。叢長傲霜雪〔四〕,根瘦恥泥塗。更種愁無地,應須剪碧蘆〔五〕。

【校記】

①吹:宋建本、叢刊本作"催"。

【箋注】

〔一〕作於元豐八年(一〇八五)四月。

〔二〕猗猗:美盛貌。《詩·衛風·淇奥》:"瞻彼淇奥,緑竹猗猗。"毛傳:"猗猗,美盛貌。"

〔三〕落落:孤高,稀疏貌。扶:扶持。

〔四〕蘇軾《送鄭户曹賦席上果得榧子》:"願君如此木,凜凜傲霜雪。"

〔五〕碧蘆:蘆葦。唐裴説《鷺鷥》:"浴偎紅日色,棲壓碧蘆枝。"

蘇轍詩編年箋注卷十四

次韻王薦推官見寄〔一〕

可憐衰病孰爲媒〔二〕？私喜鄰邦得雋才〔三〕。玉案愧無酬錦繡〔四〕，木瓜卻用報瓊瑰〔五〕。風流似欲傳諸謝〔六〕，格律猶應學老梅〔七〕。始信山川出才士，扁舟新自宛溪來〔八〕。薦，宣人也。

【箋注】

〔一〕作於元豐八年(一〇八五)四月。王薦:《三蘇年譜》卷三十六:"《新安志》卷三《歙縣·賢宰》:'王薦,字繼道,宣城人。常從學於蔣之奇,登第後,以雄州防禦推官知歙縣事。其爲政捐利於民,專務興崇學校,招後進使就學,作《勸學文》以率之。'"知薦時爲歙縣令,蓋薦爲歙令以前嘗任推官。

〔二〕媒:引薦,推薦。《列子·周穆王》:"宋陽里華子中年病忘……魯有儒生自媒能治之。"

〔三〕鄰邦:指歙縣。歙縣、績溪都屬歙州。

〔四〕錦繡:此喻王投贈之精美詩篇。《文選·張衡〈四愁詩〉》:"美人贈我錦繡段,何以報之青玉案。"唐李善注:"錦繡:有五采,成文章。玉案:君所憑倚。"

〔五〕《詩·衛風·木瓜》:"投我以木瓜,報之以瓊琚。"

〔六〕諸謝：謝氏家族謝安、謝石、謝玄等。此當指謝朓。《南齊書·謝朓傳》："朓少好學，有美名，文章清麗。"後出爲宣城太守。王爲宣城人，故以之相比。參《次韻侯宣城疊嶂樓雙溪閣長篇》注〔一五〕。

〔七〕老梅：指梅堯臣（一〇〇二—一〇六〇），字聖俞，宣州宣城（今安徽宣城市）人。工詩，以深遠古淡爲意，間出奇巧，初未爲人所知。天聖中，用叔父梅詢蔭爲桐城主簿，調河南主簿。錢惟演留守西京，特嗟賞之，爲忘年交，引與酬唱。歐陽脩與爲詩友，自以爲不及。於是知名於時。景祐元年，自德興縣令知建德縣。寶元二年，知襄城縣。慶曆元年，監湖州稅；五年，爲許昌簽書判官；八年，爲簽書鎮安軍節度判官。皇祐四年監永濟倉。大臣屢諫宜在館閣，嘉祐元年召試，賜進士出身，爲國子監直講。五年，累遷尚書都官員外郎。預修《唐書》，成，未奏而卒。有《宛陵集》四十卷。見歐陽脩《梅聖俞墓誌銘》。《宋史》有傳。

〔八〕宛溪：在宣城東（今安徽宣城市）東。唐李白《宛溪館》："吾憐宛溪好，百尺照心明。"即其地。

郭尉愿惇夫以琳上人書詩爲示次韻〔一〕

勉强冠裳四十餘〔二〕，同官早歲亦山居。朝來過我三竿日〔三〕，袖有幽僧數紙書〔四〕。家住一廛何計反〔五〕，官供五斗①未應無〔六〕。聞渠秋後來相訪，脱粟藜羹祇自如〔七〕。

【校記】

①斗：蜀藩刻本、叢刊本作"斛"。

【箋注】

〔一〕作於元豐八年（一〇八五）四月。郭愿：字惇夫，時爲徽州尉。餘不詳。俟考。琳上人：維琳。湖州武康（在今浙江德清縣）人。俗姓沈，好學能詩，與蘇軾往來甚密。蘇軾有雜記《維琳》。明釋明河《補續高僧傳·宋維琳傳》："熙寧中，東坡倅杭，請住徑山，繼登慧淵公法席。叢林蔚然，衆心歸附，久之憚煩，退静於邑之銅山。結菴名無畏，自號'無畏大士'。建中靖國初，東坡自儋耳還至毗陵,以疾告老。師往問慰,坡答之以詩。始師之居銅山也,院有松合抱,縣大夫將取以治廨,師知之,命削皮題詩其上曰:'大夫去作棟梁材,無復清陰護緑苔。只恐夜深明月下,悮他千里鶴飛來。'尉至。讀其詩乃止。宣和元年,師既老。朝廷崇右道教,詔僧爲德士皆頂冠。師獨不受命,縣遣使諭之,師即集其徒,説偈趺坐而逝。"

〔二〕謂自己爲官實屬勉爲其難。勉强:能力不足而强爲之。唐杜甫《法鏡寺》:"身危適他州,勉强終勞苦。"冠裳:本指官吏的全套禮服。此代指官職。按,是年蘇轍四十七歲。

〔三〕謂郭到時太陽已很高了。三竿日:見《次韻侯宣州利建招致政汪大夫》注〔四〕。

〔四〕幽僧:從詩題知指琳上人。

〔五〕謂家鄉的條件不足以歸隱。一廛:見《贈吴子野道人》注〔一〇〕。反:後來寫作"返"。此指返回故里眉山。

〔六〕謂雖俸禄微薄但卻不可或缺。五斗:見《答文與可以六言詩相示因道濟南事作十首》之六注〔二〕。

〔七〕脱粟:糙米。参《次韻子瞻宿南山蟠龍寺》注〔九〕。藜藿:藜和藿。《文選·曹植〈七啓〉》:"予甘藜藿,未暇此食也。"唐劉良注:"藜藿,賤菜,布衣之所食。"

次韻汪琛監簿見贈〔一〕

連宵暑雨氣如秋,過客不來誰與游?賴有澹臺肯相顧〔二〕,坐令彭澤未能休〔三〕。琴疏不辨彈新曲〔四〕,學廢誰令致束修〔五〕?慚愧邑人憐病懶,共成清浄勸遲留。

【箋注】

〔一〕作於元豐八年(一〇八五)四月。蘇轍《全禪師塔銘》:"五月辛亥得疾寒熱,癸丑益甚。"則詩作於病前,而詩云"連宵暑雨",則當在夏四月作。《三蘇年譜》卷三十六:"乾隆《績溪縣志》卷一:'豁然亭:宋汪琛建。蘇轍宰邑,常與琛登高賦詩。'……同上書卷八謂汪暐爲西園人,蘇轍喜與之游。……卷十引《環谷存稿》(按:當即《環谷集》)附録謂蘇轍與汪琛友善,家藏轍手澤尚新,有次韻汪二首(按:即《集》卷十四《次韻汪琛監簿見贈》)。據此,知琛與暐蓋族人,琛亦績溪人。"

〔二〕謂汪高潔如澹臺滅明。澹臺:澹臺滅明,春秋時魯國人。《論語·雍也》:"子游爲武城宰。子曰:'女得人焉耳乎?'曰:'有澹臺滅明者,行不由徑,非公事未嘗至於偃之室也。'"此指汪,贊其高潔。

〔三〕彭澤:指晉陶潛,曾爲彭澤令。此以自喻。

〔四〕不辦:不能。

〔五〕束修:亦作"束脩"。脩,乾肉。古代入學敬師的禮物。《論語·述而》:"子曰:'自行束脩以上,吾未嘗無誨焉。'"宋邢昺疏:"束脩,禮之薄者。"

周昉畫美人歌〔一〕

深宫美人百不知,飲酒食肉事游嬉〔二〕。彈絲吹竹舞羅衣〔三〕,曲終對鏡理鬢眉。岌然高髻玉釵垂〔四〕,雙鬟窈窕萼葉微〔五〕。宛轉躑躅從嬰兒,倚楹俯檻皆有姿〔六〕。擁扇執拂知從誰〔七〕,瘦者飛燕肥玉妃〔八〕。俯仰向背樂且悲,九重深遠安得窺〔九〕?周生執筆心坐馳〔一〇〕,流傳人間眩心脾。飛瓊小玉雲霧幃〔一一〕,長風吹開忽見之。夢魂清夜那復追,老人衰朽百事非〔一二〕。展卷一笑亦胡爲?持①付少年良所宜〔一三〕。

【校記】

①持:叢刊本作"特"。

【箋注】

〔一〕作於元豐八年(一〇八五)四月。周昉:字仲朗,一字景玄。京兆(今陝西西安)人。曾任越州長史、宣州長史别駕。唐代著名畫家,尤善仕女,當時號稱古今之冠。見《宣和畫譜》卷六。

〔二〕謂宫中美人無聊,只是從事遊玩嬉戲。

〔三〕謂操弄各種樂器,身著羅衣而起舞。絲,代指弦樂器;竹,代指管樂器。唐李白《寄王漢陽》:"錦帳郎官醉,羅衣舞女嬌。"

〔四〕岌然:高聳貌。

〔五〕萼(è)葉:此當指如萼葉的髮飾。

〔六〕"宛轉"二句:謂畫中美人姿態萬千而又自然隨和。宛轉:纏綿;動人。躑躅(zhí zhú):徘徊貌,此指舞姿。南朝宋鮑照《舞鶴賦》:"始連軒以鳳蹌,終宛轉而龍躍。躑躅徘徊,振迅騰摧。"嬰兒:初生幼兒。此謂美人如嬰兒之自然隨和,不知人間是非。《老子》第二十章:"我獨泊兮其未兆,如嬰兒之未孩。"

〔七〕謂後面的侍女跟隨。拂:拂塵。

〔八〕謂周所畫美人不管胖瘦都風華絶代。飛燕:見《陪毛君夜游北園》注〔一一〕。玉妃:指楊貴妃(七一九—七五六)。妃名玉環,號太真,蒲州永樂(山西永濟市)人。體態豐盈,膚如凝脂。本爲唐玄宗子壽王李瑁妃。後入宫得幸爲玄宗之寵妃,專擅後宫。安史之亂,玄宗逃亡入蜀,六軍嘩變,玄宗不得已賜死貴妃。新舊《唐書》有傳。蘇軾《孫莘老求墨妙亭詩》:"杜陵評書貴瘦硬,此論未公吾不憑。短長肥瘦各有態,玉環飛燕誰敢憎。"宋郭若虚《圖畫見聞志·故事拾遺·周昉》:"郭汾陽婿趙縱侍郎嘗令韓幹寫真,衆稱其善。後復請昉寫之。二者皆有能名。汾陽嘗以二畫張於坐側,未能定其優劣。一日趙夫人歸寧,汾陽問曰:'此畫誰也?'云:'趙郎也。'復曰:'何者最似?'云:'二畫皆似,後畫者爲佳。蓋前畫者空得趙郎狀貌,後畫者兼得趙郎情性笑言之姿爾。'後畫者乃昉也。汾陽喜曰:'今日乃决二子之勝負。'於是令送錦綵數百疋以酬之。昉平生畫牆壁卷軸甚多,貞元間,新羅人以善價收置數十卷持歸本國。"

〔九〕宋魏慶之《詩人玉屑·舊跋》:"[王建]初爲渭南尉,與宦者王守澄有宗人之分,因過飲,以相譏戲。守澄深憾,曰:'吾弟所作宫詞,禁掖深邃,何以知之?'將奏劾。建因以詩解之曰:'先朝行坐鎮相隨,今日春宫見長時。脱下御衣偏得著,進來龍馬每教騎。嘗承密旨還家少,獨奏邊情出殿遲。不是當家頻向説,九重争遣外人知。'事遂寢。"九重:指宫禁。唐王勃《銅雀妓》:"妾本深宫妓,曾城閉九重。君王歡愛盡,歌舞爲誰容。"

〔一〇〕承上而言,謂周雖未到宫禁,但意念卻得其精神。《莊子·人間世》:"瞻彼闋者,虚室生白,吉祥止止。夫且不止,是之謂坐馳。"唐成玄英疏:"苟不能形同槁木,心若死灰,則雖容儀端拱,而精神馳騖,可謂形坐而心馳者也。"按,用此典戲言周何以能畫出宫中美人。

〔一一〕飛瓊:許飛瓊。傳説中的仙女名。西王母之侍女。《漢武帝内傳》:"[王母]又命侍女許飛瓊鼓震靈之簧。"小玉:神話中仙人侍女名。唐白居易《長恨歌》:"金闕西廂叩玉扃,轉教小玉報雙成。"

〔一二〕宋梅堯臣《七夕有感》:"去年此夕肝腸絶,歲月淒涼百事非。"

〔一三〕"展卷"二句:戲言自己老了,這樣的畫還是送給年青人比較合適。

病中郭尉見訪〔一〕

偶成三日寒兼熱,知是多聞力未全〔二〕。卻問藥王求妙劑,慚非摩詰已虚圓〔三〕。勞公强説修行漸,顧我方爲病垢纏〔四〕。應是牀頭有新酒〔五〕,欲邀佳客故留連。

【箋注】

〔一〕作於元豐八年(一〇八五)五月。蘇轍《全禪師塔銘》:"五月辛亥得疾寒熱,癸丑益甚。"郭尉:見《郭尉愿惇夫以琳上人書詩爲示次韻》注〔一〕。

〔二〕謂未能多聞佛法而受護持。《維摩詰所説經》卷一:"多聞是道場,如聞是行故。"

〔三〕"卻問"二句:謂自己没達到摩詰的修爲,有病還得服藥。藥王:佛教菩薩名。《正法華經》卷九:"是藥王品威德所立,所流布處若有疾病,聞是經法病則消除,無有衆患。"唐岑參《臨洮龍興寺玄上人院同詠青木香叢》:"只爲能除疾,傾心向藥王。"虚圓:虚幻而空靈。虚,虚無。圓,渾融而無形迹。按:佛教中,虚與空都是無的别名。參《楊惠之塑維摩像》注〔一〕。蘇軾《子由作二頌頌石臺長老同公手寫蓮經字如黑蟻且誦萬遍脇不至席二十餘年予亦作二首》:"眼睛心地兩虚圓,脅不沾牀二十年。"

〔四〕病垢:因病帶來的煩惱。

〔五〕唐白居易《詠興五首·池上有小舟》:"牀前有新酒,獨酌還獨嘗。"

病後〔一〕

一經寒熱攻骸骨〔二〕,正似兵戈①過室廬〔三〕。柱木支撑終未穩〔四〕,筋皮收拾久猶疏。芭蕉張王要須朽〔五〕,雲氣浮游畢竟虚。賴有衣中珠尚在,病中點檢亦如如〔六〕。

【校記】

①戈:宋大字本、宋建本、蜀藩刻本、叢刊本作"戎"。

【箋注】

〔一〕作於元豐八年(一〇八五)五月。

〔二〕寒熱:中醫指怕冷發熱之癥狀。即今所謂發燒。

〔三〕謂病後身體如戰争劫掠後之屋舍,空虚衰敗。兵戈:此指戰争。

〔四〕柱木:喻骨架。

〔五〕芭蕉:此暗指色身。見《新種芭蕉》。張王(zhàng wàng):旺盛貌。唐韓愈《和侯協律詠筍》:"得時方張王,挾勢欲騰騫。"

〔六〕"賴有"二句:謂自己佛性尚存。衣中珠:法華七喻之一。據法華經卷四"五百弟子授記品"載,有人至親友家醉酒而卧,此時親友忽有官事當行,以無價寶珠係其衣裹,與之而去,其人醉卧都不覺知。起已,行至他國,爲求衣食,倍受艱難,若稍有得,便以爲足。後會遇親友,具語前事,其人乃以寶珠購其所需。蓋昔佛爲菩薩時,教化聲聞弟子,令發一切智心,而今彼等忘失不覺知,既得阿羅漢道,即謂真滅度;今佛出現令彼等覺醒,指示其所得非爲究竟,而令其歸入一乘。此喻最重要的東西。點檢:指審視内心。如如:佛教語。永恒存在的真如。參《毛國鎮生日二絶》之二注〔四〕。

張公洞〔一〕

亂山深處白雲堆〔二〕,地拆中空洞府開。藹甕有天含宇宙〔三〕,瑶臺無路接蓬萊〔四〕。金芝春暖青牛卧〔五〕，珠樹月明黄鶴回〔六〕。此日登臨興何限，春風吹綻碧桃腮〔七〕。

【箋注】

〔一〕作於元豐八年（一〇八五）五月。本詩輯自沈敕《荆溪外紀》卷七。蘇軾《送别》云："初歸陽羨，子由從歙溪來，與邵梁父子、單錫兄弟同遊張公，惜别子由。"

〔二〕唐譚銖《題九華山》："或接白雲堆，或映紅霞天。"

〔三〕繭甕：南朝梁任昉《述異記》卷上："園客者，濟陰人……常種五色香草，積十餘年，服食其實。忽有五色蛾集香草上，客薦之以布，生華蠶焉。至蠶時，有一女自來助養蠶，以香草食之，得繭一百二十枚。繭大如甕，每一繭繅六七日絲方盡。"

〔四〕瑶臺：指傳説中的神仙居處。晉王嘉《拾遺記·昆侖山》："傍有瑶臺十二，各廣千步，皆五色玉爲臺基。"蓬萊：蓬萊山。常泛指仙境。

〔五〕唐李白《尋雍尊師隱居》："花暖青牛卧，松高白鶴眠。"金芝：金色芝草。古代傳説中的一種仙藥。《漢書·宣帝紀》："金芝九莖産於函德殿銅池中。"唐顔師古注引漢服虔曰："金芝，色像金也。"《史記·老子韓非列傳》："於是老子廼著書上下篇，言道德之意五千餘言而去，莫知其所終。"唐司馬貞索隱引漢劉向《列仙傳》："老子西遊，關令尹喜望見有紫氣浮關，而老子果乘青牛而過也。"後因以"青牛"爲神仙道士之坐騎。

〔六〕珠樹：神話中的仙樹。黄鶴：道教仙鳥。如黄鶴樓即是因此得名。唐閻伯里《黄鶴樓記》："州城西南隅有黄鶴樓者，圖經云：'費禕登僊，嘗駕黄鶴返憩於此。'遂以名樓。事列神仙之傳跡。存述異之志觀。"唐李白《江上吟》："仙人有待乘黄鶴，海客無心隨白鷗。"

〔七〕唐王轂《玉樹曲》："天花數朵風吹綻，對舞輕盈瑞香散。"

復病三首〔一〕

其一

病作日短至，病消秋氣初〔二〕。山深足氛瘴〔三〕，俗儉少肴蔬〔四〕。

藥亂曾何補？心安當自除。朝廷閔流落〔五〕，已是脱遷居〔六〕。

【箋注】

〔一〕作於元豐八年（一〇八五）七月。下詩有"一病五十日"，可知。以下諸詩皆作於七月。

〔二〕"病作"二句：謂發病時畏寒如冬日，病消時則虚弱不堪。日短：白天最短的一天。指冬至日。《書・堯典》："日短星昴，以正仲冬。"孔傳："日短，冬至之日。"

〔三〕氛瘴：瘴氣。

〔四〕俗儉：風俗節儉。蘇軾《常潤道中有懷錢塘寄述古五首》之五："地偏不信容高蓋，俗儉真堪著腐儒。"

〔五〕流落：漂泊外地。此蘇轍自謂。

〔六〕謂脱離遷居之生活。遷居：謂貶謫流離。

其二

寒作埋冰雪，熱攻投火湯〔一〕。今生那有此？宿業未應亡〔二〕。委順一無損，力争徒自傷〔三〕。頹然付一榻，是處得清涼〔四〕。

【箋注】

〔一〕"寒作"二句：謂時冷時熱。冷時如埋在冰雪中，熱時如放在火上烤或開水中。

〔二〕宿業：前世的善惡因緣。佛教相信衆生有三世因果，認爲過去世所作的善惡業因，可以産生今生的苦樂果報。

〔三〕"委順"二句：《老子》第三十二章："不自是故彰，不自伐故有功，不自矜故長。夫惟不争，故天下莫能與之争。古之所謂曲則全者，豈虚言哉，誠全而歸之。"委順：聽任，順從。唐白居易《委順》："宜懷齊遠近，委順隨南北。"

〔四〕"頹然"二句：晉陶潛《與子儼等疏》："常言五六月中，北窗下卧，遇涼風暫至，自謂是羲皇上人。"頹然：和順貌。

其三

一病五十日，復爾當解官〔一〕。不才歸亦樂，無食去猶難〔二〕。黽勉人應笑,低徊意已闌〔三〕。舊師摩詰老〔四〕,把卷静中看。

【箋注】

〔一〕復爾:再這樣。解官:辭官。

〔二〕"不才"二句:謂因爲生計只好充數。按,此爲牢騷語。"不才"句暗用孟浩然《歲暮歸南山》"北闕休上書,南山歸敝廬。不才明主棄,多病故人疏"語。"無食"句暗用《論語·陽貨》:"吾豈匏瓜也哉?焉能繫而不食。"參《復次韻》注〔六〕。唐杜甫《發秦州》:"我衰更懶拙,生事不自謀。無食問樂土,無衣思南州。"

〔三〕"黽勉"二句:蘇軾《和子由木山引水二首》之一:"崎嶇好事人應笑,冷淡爲歡意自長。"黽勉:勉强。此指仍竭力就職。低徊:謂情感或思緒縈回。闌:感傷;消沉。

〔四〕摩詰老:指唐王維。維字摩詰。《舊唐書·王維傳》:"維弟兄俱奉佛……退朝之後,焚香獨坐,以禪誦爲事。"又王維《酬張少府》:"晚年唯好静,萬事不關心。"參《王維吴道子畫》注〔一〕。

送琳長老還大明山〔一〕

身老與世疏,但有世外緣〔二〕。五年客江西〔三〕,掃軌謝往還〔四〕。依依二三老〔五〕,示我馬祖禪〔六〕。身心忽明曠〔七〕,不受垢汙纏〔八〕。偶成江東游〔九〕,欲别空凄然。緣散衆亦去,飄若風中煙〔一〇〕。高安三長老與①之甚熟,别後文老去洞山,聰老去聖壽,全老化去。華陽本荒邑〔一一〕,緇素明星懸〔一二〕。偶然得老尉〔一三〕,舊依育王山〔一四〕。璉公善知識〔一五〕,不見十九年〔一六〕。我昔未聞道,問以所入門。告我從信入〔一七〕,授我《普眼篇》〔一八〕。冉冉百尺松,起自一寸根〔一九〕。南歸髮盡白,尺書今始傳。不知鄰邑中,乃有門人賢。百里走相訪,觸熱汗雨翻。懷中出詩卷,清絶如斷蟬〔二〇〕。我適病寒熱,氣力才綿綿〔二一〕。空齋默相向,欲語不能宣。未暇答佳意，歸錫鏘金環〔二二〕。空有維摩病〔二三〕，愧無維摩言〔二四〕。

【校記】

①與：叢刊本作“去”，誤。

【箋注】

〔一〕作於元豐八年（一〇八五）七月。琳長老：即《郭尉愿惇夫以琳上人書詩爲示次韻》之琳上人。大明山：《咸淳臨安志》卷二十七：“大明山：在（昌化）縣西九十里，南接嚴州，昔悟空禪師所隱。今山下立慧照院。”

〔二〕世外：塵世之外。

〔三〕蘇轍元豐三年（一〇八〇）至高安，監筠州鹽酒税。

〔四〕掃軌：掃除車輪痕跡。比喻隔絶人事。《後漢書・杜密傳》：“同郡劉勝，亦自蜀郡告歸鄉里，閉門掃軌，無所干及。”唐李賢注：“軌，車迹也。言絶人事。”

〔五〕依依：親近誠摯貌。

〔六〕馬祖：見《洪休上人少年讀書以多病出家居泐潭爲馬祖修塔以三絶句來謁答一首》注〔一〕。

〔七〕明曠：明白，曠達。

〔八〕垢汙：世俗之煩惱。

〔九〕此謂琳長老辭别高安三老而東遊至大明山。

〔一〇〕唐韓愈《謝自然詩》：“須臾自輕舉，飄若風中煙。”

〔一一〕華陽：績溪舊稱華陽。

〔一二〕謂無論是僧還是俗的出色人物都很顯眼。緇素：此指僧俗。緇，僧尼所著。參《次韻孔平仲著作見寄四首》之三注〔八〕。素，佛教徒著緇衣，因稱俗家爲“白衣”。北齊顔之推《顔氏家訓・歸心》：“一披法服，已墮僧數，歲中所計，齋講誦持，比諸白衣，猶不啻山海也。”清盧文弨注：“僧衣緇，故謂世人爲白衣。”懸：高高掛著。

〔一三〕謂與郭愿相識。蓋郭愿爲徽州尉。老：謙敬之詞。參《郭尉愿惇夫以琳上人書詩爲示次韻》注〔一〕。

〔一四〕育王山：宋祝穆《方輿勝覽・慶元府》：“在鄞縣（今浙江寧波）東三十里。”晉太康中，并州人劉薩訶得阿育王塔於此，因名。

〔一五〕璉公：懷璉。見《贈杭僧道潛》注〔一二〕。善知識：佛教語。梵語意譯。聞名爲"知",見形爲"識":即善友之意。《大方廣佛華嚴經》卷二十一:"常樂大願,修習菩提,依善知識,離諂曲心。"

〔一六〕治平三年(一〇六六)四月戊申,蘇轍父蘇洵卒,轍自大名府回京師,或於是時與璉相識。

〔一七〕信:佛教語。心所(心之作用)之名。爲七十五法之一,亦爲百法之一。爲"不信"之對稱。即對一物件,能令其心與心之作用産生清浄之精神作用,故"唯信能入"爲進入佛道之初步。

〔一八〕普眼篇:當指唐朝善無畏、一行等譯《大日經疏》。普眼,觀世音之慈眼普觀一切衆生謂之普眼。《大日經疏》卷五:"如來究竟觀察十緣生句,得成此普眼蓮華,故名觀自在。約如來之行,故名菩薩。"又卷十:"以此普眼而觀衆生,故名觀自在者。"

〔一九〕"冉冉"二句:借松喻修行的漸進過程。

〔二〇〕斷蟬:深秋的蟬鳴,因其鳴叫時斷時續故云。南唐李建勳《送李冠》:"匀如春澗長流水,怨似秋枝欲斷蟬。"

〔二一〕綿綿:微細,微弱。

〔二二〕錫:錫杖。僧人所持的禪杖。参《次韻子瞻遊徑山》注〔九〕。

〔二三〕維摩病:見《楊惠之塑維摩像》注〔一〕。

〔二四〕維摩言:據《維摩詰所説經》卷二:"文殊師利白佛言:'世尊,彼上人者,難爲詶對,深達實相,善説法要,辯才無滯,智慧無礙。一切菩薩法式悉知,諸佛秘藏,無不得。'"

病退〔一〕

冷枕單衣小竹牀,卧聞秋雨滴心涼〔二〕。此間本浄何須洗,是病皆空豈有方〔三〕?示疾維摩元自在〔四〕,放身南嶽離思量〔五〕。病根欲去真元①在〔六〕,中夜②夢游何有鄉〔七〕。

【校記】

①元:叢刊本作"源",誤。

②中夜:宋大字本、宋建本、蜀藩刻本、叢刊本作“昨夜”。

【箋注】

〔一〕作於元豐八年(一〇八五)七月。

〔二〕唐白居易《陰雨》:“望闕雲遮眼,思鄉雨滴心。”

〔三〕空:佛教語。與“有”相對,指萬物從因緣生,没有固定,虚幻不實。

〔四〕示疾維摩:見《楊惠之塑維摩像》注〔一〕。

〔五〕南嶽:指霍山,即天柱山。此時轍在績溪,正處皖南山區,故言。《爾雅·釋山》:“霍山爲南嶽”清郝懿行義疏:“霍山在今廬江灊縣,潛水出焉。别名天柱山。漢武帝以衡山遼曠,故移其神於此。今其土俗人皆呼之爲南嶽……以霍山即南柱,亦止得爲漢武之南嶽,而不得爲《爾雅》之南嶽矣。”參《贈致仕王景純寺丞》注〔二〕、《將移績溪令》注〔三〕。

〔六〕真元:指人的元氣。唐元稹《韋氏館與周隱客杜歸和泛舟》:“時物欣外獎,真元隨内修。”

〔七〕何有鄉:即無何有之鄉。原指什麽都没有的地方,後謂静寂無爲,逍遥自得之地。語出《莊子·逍遥游》:“今子有大樹,患其无用,何不樹之於无何有之鄉,廣莫之野。”唐成玄英疏:“無何有,猶無有也。莫,無也。謂寬曠無人之處,不問何物,悉皆無有,故曰無何有之鄉也。”

病後白髮〔一〕

枯木自少葉,不堪經曉霜〔二〕。病添衰髮白,梳落細絲長。筋力從凋朽,肝心罷激昂〔三〕。勢如秋後雨,一度一淒涼。

【箋注】

〔一〕作於元豐八年(一〇八五)七月。

〔二〕此暗用《世説新語》語意。參《宣徽使張安道生日》注〔一四〕。

〔三〕謂已無心於仕途。唐白居易《渭村退居寄禮部崔侍郎翰林錢舍人詩一百韻》:“泥尾休摇掉,灰心罷激昂。”

答琳長老寄幽蘭白朮黄精三本①二絶〔一〕

其一

谷深不見蘭生處,追逐微風偶得之〔二〕。解脱清香本無染〔三〕,更因②一嗅識真知③〔四〕。

【校記】

①三本:宋建本作“二本”。

②因:原作“困”,據宋大字本、宋建本改。

③知:原作“如”,據宋大字本、宋建本改。

【箋注】

〔一〕作於元豐八年(一〇八五)七月。黄精、白朮,皆養生之藥,當爲病愈後所寄。琳長老:即《郭尉愿惇夫以琳上人書詩爲示次韻》之琳上人。白朮(zhú):藥草名。根莖可入藥。《爾雅·釋草》:“朮,山薊。”晉郭璞注:“《本草》云:朮,一名山薊。今朮似薊而生山中。”宋邢昺疏:“陶注云:有兩種,白朮葉大有毛,甜而少膏;赤朮葉細小,苦而多膏是也。”黄精:藥草名。多年生草本,中醫以根莖入藥。按,此三種植物,中醫皆入藥,以爲久服能輕身延年。三本:三株。

〔二〕謂蘭生深谷,因香而始得知。唐張九齡《感遇》之一:“蘭葉春葳蕤,桂華秋皎潔。……誰知林棲者,聞風坐相悦。”

〔三〕解脱:消釋。按,因蘭已乾枯,故云。染:佛家指不潔凈。

〔四〕真知:佛家謂真智之知。真智:明白真如實相的智慧。

其二

老僧似識衆生病〔一〕,久在山中養藥苗。白朮黄精遠相寄,知非象馬費柔調〔二〕。

【箋注】

〔一〕《佛本行經》卷一："以最勝法藥，當療衆生病。"衆生：又名有情，即一切有情識的動物。

〔二〕謂養生得慢慢調養，不似騎乘那様容易調教好。象馬：象和馬，後常指騎乘。《五燈會元·東土祖師·初祖菩提達磨大師者》引般若多羅對達摩所説偈："路逢跨水復逢羊，獨自栖栖暗渡江。日下可憐雙象馬，二株嫩桂久昌昌。"柔調：温和地調治。《三國志·魏書·董昭傳》："又何患其不知己矣，但當吞之以藥而柔調耳。"

次韻侯宣城題疊嶂樓〔一〕

小邑來時路，宣城最近鄰。樓臺百年舊〔二〕，花竹一番新。登覽春深日〔三〕，凝思病後身。何時對樽酒，重爲洗埃塵？

【箋注】

〔一〕作於元豐八年（一〇八五）七月。"登覽春深日，凝思病後身。"知爲病愈後作。侯宣城：見《次韻侯宣州利建招致政汪大夫》注〔一〕。疊嶂樓：見《次韻侯宣城疊嶂樓雙溪閣長篇》注〔一〕。

〔二〕疊嶂樓乃獨孤霖於唐僖宗咸通十二年（八七一）在原南齊宣城太守謝朓北樓的基礎上改建而成。故云。

〔三〕春深：春色正盛。是年二月，轍曾與侯共登疊嶂樓。參《次韻侯宣城疊嶂樓雙溪閣長篇》注〔一〕。

初聞得校書郎示同官三絶〔一〕

其一

讀書猶記少年狂，萬卷縱横曬腹囊〔二〕。奔走半生頭欲白，今年始得校書郎〔三〕。

【箋注】

〔一〕作於元豐八年(一〇八五)八月。《年表》:"丁卯,以轍爲秘書省校書郎,有《初聞得校書郎示同官三絶》,有《答王定國問疾》,有《辭靈惠廟歸過新興院》,過桐廬,有《游桐君山寺》。"校書郎:東漢時,徵召學士至蘭台或東觀宫中藏書處校勘典籍,其職爲郎中者,稱校書郎中(亦省稱校書郎);其職爲郎者,則稱校書郎。三國魏始置校書郎官職,司校勘宫中所藏典籍諸事。唐以後歷代因之。詳參《通典・職官八》。

〔二〕《世説新語・排調》:"郝隆七月七日出日中仰卧。人問其故,答曰:'我曬書。'"

〔三〕"奔走"二句:唐張籍《同白侍郎杏園贈劉郎中》:"一去瀟湘頭欲白,今朝始見杏花春。"

其二

百家小邑萬重山〔一〕,慚愧斯民愛長官〔二〕。粳稻如雲梨棗熟〔三〕,暫留聊復爲加餐〔四〕。

【箋注】

〔一〕謂績溪爲山區小縣。按,績溪在皖南山區。

〔二〕慚愧:感幸之詞。意爲難得、僥倖。

〔三〕粳稻:見《李氏園》注〔二五〕。如雲:言其多也。蘇軾有"梅聖俞詩中有毛長官者"云云長題詩:"羨君封境稻如雲,蝗自識人人不識。"

〔四〕謂多進飲食,保重身體。加餐:慰勸之辭。《後漢書・桓榮傳》:"願君慎疾加餐,重愛玉體。"

其三

病後濁醪都少味〔一〕,老來歡意苦無多〔二〕。臨行寂寞空相對,不作新詩奈客何〔三〕?

【箋注】

〔一〕濁醪:猶言濁酒。酒以清爲好。參《石蒼舒醉墨堂》注〔五〕。

〔二〕唐韓愈《除官赴闕至江州寄鄂岳李大夫》:"年皆過半百,來日苦無多。"宋梅堯臣《杜和州寄新醅吴正仲云家有海鮮約予携往就酌逡巡又云幕中有會且罷此飲》:"長頸善謳須賸謳,只恐老來歡意休。"

〔三〕謂不作詩對不起朋友。

績溪二詠〔一〕

豁然亭〔二〕

南看城市北看山,每到令人意豁然。碧瓦千家新過雨〔三〕,青松萬壑正生煙〔四〕。經秋卧病聞斤響〔五〕,此日登臨負酒船〔六〕。徑請諸君作佳句,壁間題我此詩先。

【箋注】

〔一〕作於元豐八年(一〇八五)八月。"經秋卧病"、"此日登臨",知是病後游覽作。而詩中興致甚高,可知已得校書郎任訊。

〔二〕見《次韻汪琛監簿見贈》注〔一〕。

〔三〕謂纔經歷了雨水的沖刷。蘇軾《出都來陳所乘船上有題小詩八首不知何人有感余心者聊爲和之》:"吾行亦偶然,及此新過雨。"

〔四〕生煙:此謂雨後山谷和樹上散發出的水霧。南齊謝朓《遊東田》:"遠樹曖阡阡,生煙紛漠漠。"

〔五〕斤響:斧斤的聲響。

〔六〕謂辜負了載酒行樂的船。《晉書·畢卓傳》:"卓嘗謂人曰:'得酒滿數百斛船,四時甘味置兩頭,右手持酒杯,左手持蟹螯,拍浮酒船中,便足了一生矣。'"

翠眉亭〔一〕

誰安雙嶺曲彎彎,眉勢低臨户牖間。斜擁千畦鋪渌水,稍分八字放遥山。愁霏宿雨峰巒濕,笑卷晴雲草木閑。忽憶故鄉銀色界〔二〕,舉頭千里見蒼顔〔三〕。

【箋注】

〔一〕宋韓元吉《南澗甲乙稿》卷十九引《蘇文定公祠碑》:"歙之績溪縣西隅有亭曰翠眉,不知其何人作也。前則二小山對出。自亭而望,嫵然如眉,地勢平衍,林木茂蔚。元豐末,蘇文定公爲縣,愛其幽清,時往遊焉,賦詩其上。公去而邑人思之,即亭爲祠。中更黨籍禁錮之餘,書毀跡滅,重爲寇攘之厄,井邑蕩然。公之遺翰,了無在者。紹興中好事者餙縣廨一堂名以景蘇,後令曹訓刻公在績溪所爲詩三十六篇于石,而摩公之像于亭。"《江南通志·輿地紀·古跡》:"翠眉亭在績溪縣西,亭前小山相對如眉,宋蘇轍嘗遊焉,謂似其鄉之眉山,故名。後即亭爲蘇轍祠。"

〔二〕謂懷想大雪覆蓋的峨眉山,山在今四川樂山境内。因峨眉山是佛教名山故云。

〔三〕蒼顔:此指蒼翠的群山。

附録　汪晫《遊翠眉用蘇黄門子由韻》

黛拂娥眉兩月彎,虚亭著與小三間。吾翁先見如樗里,此老遺思比峴山。千仞遠峰和我瘦,一庭芳香伴春閒。登臨涕落當年事,不見仙人玉雪顔。

《過西園視豁然亭舊址景仰蘇黄門有感用其留題韻示五弟八弟》

西風落葉滿空山,懷古情悰每愴然。詩句尚傳人化鶴,危亭何在草生煙。披尋舊址營華構,追繼當時醉玉船。要爲故家復遺業,當知此舉合爲先。

辭靈惠廟歸過新興院書其屋壁〔一〕

來時稻葉針鋒細,去日黄花黍粒粗〔二〕。久病終慚多廢政〔三〕,豐年猶喜慰耕夫。青山片片添紅葉,渌水星星照白鬚〔四〕。東觀校讎非老事,眼昏那復競鉛朱〔五〕?

【箋注】

〔一〕作於元豐八年(一〇八五)九月初。即將離歙。黄花、紅葉,應是九月物事。《新安志》卷五《績溪·僧寺》:"新興院在惟新上鄉新安里。唐乾符五年建。"靈惠廟:《大明一統志》卷十五《太平府·涇縣》:"靈惠廟:在涇縣西五里,祀晉宣城内史桓彝。"疑此亦同。

〔二〕謂菊花已含苞如黍粒狀。

〔三〕敝政:存在弊病的政令。

〔四〕唐李白《梁甫吟》:"寧羞白髮照渌水,逢時壯氣思經綸。"星:鬢髮花白貌。晉左思《白髮賦》:"星星白髮,生於鬢垂。"《宋書·謝靈運傳》:"[何]長瑜自國侍郎至平西記室參軍,嘗於江陵寄書與宗人何勗,以韻語序義慶州府僚佐云:'陸展染鬢髮,欲以媚側室。青青不解久,星星行復出。'"

〔五〕"東觀"二句:謂自己老了已不適合做校書的工作了。東觀:東漢洛陽南宫内觀名。明帝詔班固等修撰《漢記》于此,章和二帝時爲皇宫藏書之府。後因以稱國史修撰之所。《後漢書·安帝紀》:"詔謁者劉珍及《五經》博士校定東觀《五經》、諸子、傳記、百家藝術,整齊脱誤,是正文字。"唐李賢注:"《洛陽宫殿名》曰:'南宫有東觀。'"鉛朱:鉛粉筆和朱筆。《西京雜記》卷三:"揚子雲好事,常懷鉛提槧,從諸計吏訪殊方絶域四方之語。"又宋趙彦衛《雲麓漫鈔》卷四:"宋景文公修《唐書》,稿用表紙朱界,貼界以墨筆書舊文,傍以朱筆改之。"

郭尉惠古鏡〔一〕

凛如秋月照虚空〔二〕,遇水留形處處同。一瞬自成千億月〔三〕,精神依舊滿胸中。俗言以鏡予人,捐己精神〔四〕,故解之云。

【箋注】

〔一〕作於元豐八年(一〇八五)九月。郭尉:見《郭尉愿惇夫以琳上人書詩爲示次韻》注〔一〕。《三蘇年譜》卷三十六:"贈鏡之意,當爲送行。"

〔二〕凜(lǐn)如:猶凜然,寒冷貌。

〔三〕千億:極言其多。《詩·大雅·假樂》:"千禄百福,子孫千億。"

〔四〕錢鍾書《管錐編》卷二百一十:"俗忌正復相通,以己之形容曾落鏡中,影從神留,鏡去則神俱去矣。"又引方以智《藥地炮莊》卷一《齊物論》:"章大力曰:'影以翳光,而如形之餘,非離也。神工灸影以起病,短狐射影以中人;是則去身之物,尚亦關身也耶?'"

歙縣歲寒堂〔一〕

檻外甘棠錦繡屏〔二〕,長松何者擅亭名〔三〕?浮花過眼無多日〔四〕,勁節淩寒盡此生〔五〕。暗長茯苓根自①大〔六〕,旋收金粉氣尤清〔七〕。長官不用求琴譜,但聽風聲②作弄聲〔八〕。

【校記】

①自:宋建本作"日",似作"日"義長。

②聲:宋大字本、宋建本、蜀藩刻本、四庫本作"吹",似作"吹"義長。

【箋注】

〔一〕作於元豐八年(一〇八五)九月。《三蘇年譜》卷三十六:"《新安志》卷三《歙縣·官廨》:'縣廳在州城,東有松風亭。元豐中,王薦爲宰時,知州事張慎修易之爲歲寒亭。少蘇公在績溪,爲賦詩,而發運使蔣之奇爲作賦,刻石亭上。'同上《賢宰》:'王薦,字繼道,宣城人。常從學於蔣之奇,登第後,以雄州防禦推官知歙縣事。其爲政捐利於民,專務興崇學校,招後進使就學,作《勸學文》以率之。'據此,轍詩蓋美王薦之政。又,《輿地紀勝·江南東路·徽州·景物下·歲寒亭》:'在歙縣廳。'歲寒亭當即歲寒堂。"

〔二〕甘棠:見《陪歐陽少師永叔燕潁州西湖》注〔二〕。

〔三〕亭名當取義《論語·子罕》:"歲寒,然後知松柏之後彫也。"

〔四〕唐杜甫《曲江二首》之一:"且看欲盡花經眼,莫厭傷多酒入脣。"按,此與下句皆自況自喻之詞。

〔五〕晉范雲《詠寒松》:"凌風知勁節,負霜見直心。"

〔六〕茯苓:見《過九華山》注〔八〕。

〔七〕金粉:指松花。參《次韻毛君燒松花六絶》之二注〔一〕。

〔八〕《南史·陶弘景傳》:"特愛松風,庭院皆植松,每聞其響,欣然爲樂。"按,古琴曲有《風入松》。弄聲:樂聲。

邵武游氏老人三清①堂紫芝〔一〕

黑龜赤鳳早逢師〔二〕,白髮蒼顔老不衰。丹鼎一丸深自秘〔三〕,紫芝三葉卻先知〔四〕。煙薰晴日雲容薄〔五〕,色凝秋霜玉性奇〔六〕。何日刀圭救羸病〔七〕,盡芟荆棘種交梨〔八〕?

【校記】

①清:宋大字本作"消",形近而誤。

【箋注】

〔一〕作於元豐八年(一〇八五)九月。邵武:今福建邵武一帶。游氏老人:不詳。俟考。三清:道教指玉清、上清、太清三清境。紫芝:也稱木芝。道教以爲仙草。漢王充《論衡·驗符》:"建初三年,零陵泉陵女子傅寧宅,土中忽生芝草五本,長者尺四五寸,短者七八寸,莖葉紫色,蓋紫芝也。"又《初稟》:"朱草之莖如針,紫芝之栽如豆。"

〔二〕謂游氏本身有神仙資質。宋白玉蟾《玄關顯秘論》:"取青龍肝,白虎髓,赤鳳血,黑龜精,入土釜,啓熒惑,命關伯,化成丹砂,開華池,吸神水,飲刀圭,從無入有,無質生質,抽鉛添汞,結成聖胎,十月既滿,氣足形圓,身外有身,謂之胎仙。"唐吕岩《七言》之一:"火取南方赤鳳髓,水求北海黑龜精。"

〔三〕自秘:秘不示人。

〔四〕《太平御覽·休徵部二·芝》引《論衡》:"芝草一莖三葉,食之令人眉壽慶生,蓋仙人之所食。"

〔五〕謂煉丹時升起的煙霧。雲容:猶雲氣。宋梅堯臣《春寒》:"春晝自陰陰,雲容薄更深。"

〔六〕謂丹藥煉成後色如秋霜。神仙之道有食玉屑者,可知能以玉石入丹藥,故言"玉性奇"。

〔七〕唐韓愈《又寄周隨州員外》:"金丹别後知傳得,乞取刀圭救病身。"刀圭:見《張安道生日》之二注〔六〕。

〔八〕荆棘:喻心中的雜念。交梨:道教所稱的仙果。参《張公生日》注〔一八〕。

舟過嚴陵灘將謁祠登臺舟人夜解及明已遠至桐廬望桐君山寺縹緲可愛遂以小舟遊之作二絶〔一〕

其一

扁舟怱草出山來〔二〕,慚愧嚴公舊釣臺〔三〕。舟子未應知此恨,夢中飛楫定誰催〔四〕?

【箋注】

〔一〕作於元豐八年(一〇八五)九月末。蘇轍《寄龍井辯才法師三絶序》:"轍自績溪蒙恩召還,將自宣城沿大江以歸。家兄子瞻以書告曰:'不如道歙溪,過錢塘,一觀老兄遺迹。'轍用其言。既至吴中,迫於水涸不能久留。十月八日遊上天竺,子瞻昔與辯才師相好,今隔南山不得見,乃作三小詩以寄之。"嚴陵灘:位于桐廬縣城西南十五公里的富春江,傳爲東漢嚴光歸隱垂釣處。《後漢書·逸民傳·嚴光》:"嚴光字子陵,一名遵,會稽餘姚人也。少有高名,與光武同遊學。及光武即位,光乃變名姓,隱身不見。……除爲諫議大夫不屈,乃耕於富春山。後人名其釣處爲嚴陵瀨焉。"後陸續修建有嚴子陵祠、嚴子陵釣魚臺。桐君山:宋祝穆《方輿勝覽·建德府》:"桐君山:在桐廬。有人採藥結廬桐木下,人問其姓,指桐木示之,江山因以桐名郡,曰桐廬。"

〔二〕怱草:匆忙,倉促。

〔三〕謂不能如嚴的隱遁而感到慚愧。

〔四〕飛楫:謂划槳如飛。定:到底。

其二

嚴公釣瀨不容看〔一〕，猶喜桐君有故山〔二〕。多病未須尋《藥録》〔三〕，從今學取衲僧閑〔四〕。

【箋注】

〔一〕嚴公釣瀨：即嚴子陵釣魚臺。

〔二〕故山：指桐君山。

〔三〕藥録：《桐君採藥録》，南朝梁陶弘景《本草序》："又云，有《桐君採藥録》説其花葉形色。"参《隋書・經籍志》。

〔四〕衲僧：僧侶。

溯潮二首〔一〕

其一

潮來海若一長呼，潮去蕭條一吸餘〔二〕。初見千艘委泥土〔三〕，忽浮萬斛溯空虛〔四〕。映山少避曾非久〔五〕，借勢前行卻自如。天地尚遭人意料，乘時使氣定粗疏〔六〕。

【箋注】

〔一〕作於元豐八年（一〇八五）九月。乘舟過杭。溯潮：俗稱回頭潮。

〔二〕"潮來"二句：謂潮水的來去是海神的一呼一吸。若：海神名。

〔三〕委：丟棄。猶言擱淺。

〔四〕萬斛：指能裝載萬斛的大船。唐杜甫《三韻三篇》之二："蕩蕩萬斛船，影若揚白虹。"空虛：天空。

〔五〕映山：隱山，依傍著山脚。映，遮；隱藏。《文選・顔延之〈應詔觀北湖田收〉》："樓觀眺豐穎，金駕映松山。"唐李善注："映，猶蔽也。"

〔六〕《魏書・閹官傳序》："乘勢使氣爲朝野之患者，何可勝舉。"使氣：恣逞意氣。粗疏：粗狂肆意。

其二

匹練縈回出海門〔一〕，黄泥先變碧波渾。初來似欲傾滄海〔二〕，正滿真能倒百源〔三〕。流枿飛騰竟何在〔四〕？扁舟睥睨久仍存〔五〕。自慚不作山林計〔六〕，來往終隨萬物奔。

【箋注】

〔一〕匹練：白絹。此喻海潮潮頭。海門：海口。内河通海之處。

〔二〕滄海：古人認爲衆水所彙集的地方。漢董仲舒《春秋繁露·觀德》："故受命而海内順之，猶衆星之共北辰，流水之宗滄海也。"

〔三〕正滿：滿潮，潮水最盛時。倒：猶言傾瀉。百源：衆水之源。《禮記·月令》："[仲夏之月]命有司爲民祈祀山川百源。"漢鄭玄注："衆水始所出爲百源。"

〔四〕枿(niè)：樹木砍伐後留下的根株。此指潮水所携帶的各種漂浮物。

〔五〕睥睨：傾斜貌。

〔六〕山林：借指歸隱。蘇軾《王安石贈太傅制》："方需功業之成，遽起山林之興。"

贈王復處士〔一〕

候潮門外王居士〔二〕，平昔交遊遍海涯〔三〕。本種杉松爲老計〔四〕，晚將亭榭付鄰家。爲生有道終安隱〔五〕，好事來遊空嘆嗟。猶有東坡舊詩卷，欣然對客展龍蛇〔六〕。王君舊有園亭，子瞻兄名之曰種德〔七〕。其亭頃以貧故鬻之矣。

【箋注】

〔一〕作於元豐八年(一〇八五)九月。在杭州游憩。王復：蘇軾《種德亭引》："處士王復，家於錢塘。爲人多技能，而醫尤精。期於活人而已，不志於利。築室候潮門外，治園圃、作亭榭，以與賢士大夫游，惟恐不及。然終無所求,人徒知其接花蓺果之勤,而不知其所種者德也,乃以名其亭。”

〔二〕候潮門:在杭州城東。居士:古代稱有德才而隱居不仕或未仕的人。《禮記·玉藻》:“居士錦帶。”漢鄭玄注:“居士,道藝處士也。”

〔三〕謂王在沿海一帶交游很廣。

〔四〕蘇軾有《王復秀才所居雙檜二首》,據詩可知,其曾植松柏等樹。

〔五〕爲生:猶謀生。

〔六〕龍蛇:此指蘇軾題詩墨蹟。唐李白《草書歌行》:“怳怳如聞神鬼驚,時時只見龍蛇走。”

〔七〕種德:猶布德。施恩德於人。語出《書·大禹謨》:“皐陶邁種德,德乃降,黎民懷之。”孔傳:“邁,行;種,布。”

張惕山人即昔所謂惠思師也余舊識之於京師忽來相訪茫然不復省徐自言其故戲作二小詩贈之〔一〕

其一

昔日高僧今白衣〔二〕,人生變化定難知。故人相見不相識〔三〕,空怪解吟無本詩〔四〕。

【箋注】

〔一〕作於元豐八年(一〇八五)九月。時在杭游憩,張惕相訪。張惕:曾出家,居錢塘孤山,法號惠思,與歐陽脩、蘇軾等有往來,後還俗。山人:山林隱士。

〔二〕白衣:世俗之人,與僧對言。參《送琳長老還大明山》注〔一二〕。

〔三〕唐賀知章《回鄉偶書二首》之一:“兒童相見不相識,笑問客從何處來。”

〔四〕空怪:只怪。無本:唐代詩人賈島初爲僧,法號無本,後還俗。舊題宋尤袤《全唐詩話·賈島》:“島字浪仙,范陽人。初爲浮圖,名無本。”此喻張惕。

其二

聽誦長江近章句〔一〕,喜逢澄觀已冠巾〔二〕。醉吟揮弄清潮①水,誰信從前戒律人〔三〕?

【校記】

①潮:宋大字本、宋建本、叢刊本作"湖"。時在杭州,作"潮"是。

【箋注】

〔一〕長江:賈島。曾官長江主簿。此與下"澄觀"皆以喻張惕。

〔二〕澄觀:唐代高僧,曾被尊爲華嚴宗四祖,俗姓夏侯,越州山陰(今浙江紹興)人。冠巾:加冠和束頭巾。古代用以區别士和庶人。《釋名·釋首飾》:"二十成人,士冠,庶人巾。"此指張已還俗。

〔三〕"醉吟"二句:謂張惕酒酣吟詩弄潮,行徑全如世俗之人。蓋杭州弄潮,是非常時尚的行爲。戒律人:指僧侣,因需持戒,如不能飲酒等,故云。

次韻子瞻送楊傑主客奉詔同高麗僧遊錢塘〔一〕

人言長安遠如日〔二〕,三韓住處朝日赤〔三〕。飛帆走馬入齊梁〔四〕,卻渡吴江食吴橘〔五〕。玉門萬里唯言九〔六〕,行人淚墮陽關酒〔七〕。佛法西來到此間〔八〕,遍滿曾如屈伸手〔九〕。出家王子身心虚,飄然渡海如過渠〔一〇〕。遠來忽見①傾盆雨〔一一〕,屬國真逢戴角魚〔一二〕。至人無心亦無法②〔一三〕,一物不見誰爲敵〔一四〕?東海東邊定有無〔一五〕,拍手笑作中朝客。

【校記】

①忽見:宋大字本、宋建本、蜀藩刻本作"欲見"。

②法:三蘇祠本作"怯",誤。

【箋注】

〔一〕作於元豐八年(一〇八五)九月。蘇軾詩題爲《送楊傑》。主客:始於西漢，初名客曹，掌外國夷狄事。至宋時元豐新制，主要掌管外國朝貢、國信等事。從六品。楊傑：字次公，無爲（今安徽無爲縣）人。少有名於時，舉進士。元豐中，官太常者數任，一時禮樂之事，皆預討論。元祐中，爲禮部員外郎，出知潤州。除兩浙提點刑獄，六年，爲徐王府侍講。卒，年七十。自號無爲子，有文集二十餘卷，《樂記》五卷。《宋史》有傳。高麗僧：即義天（一〇五五——一〇一）。朝鮮天台宗開祖。高麗文宗之第四子，俗姓王，名煦，字義天。爲避宋哲宗之諱，故以字行。又稱祐世僧統。年十一，從靈通寺爛圓剃度出家，研修華嚴經學。元豐八年入宋，從有誠、浄源學華嚴；復隨從諫習天台，且依元昭習律；又從宗本、了元學禪。三年後歸國，携回千餘卷經典章疏。《續資治通覽長編・元豐八年》："［秋七月］……癸丑，高麗國祐世僧統求法沙門釋義天等見于垂拱殿，進佛像經文，賜物有差。"高麗，朝鮮舊稱。宋元照《芝蘭遺編・爲義天僧統開講要義》："高麗王子弘真祐世廣智僧統義天，同弟子壽良，航海求法。首登師門，元豐八年十二月二十八日，偕館伴主客學士楊傑就寺，請師陞座，發揚細要。義天矍然避席作禮，請所著書歸遼東摹板流通。"

〔二〕《世説新語・夙惠》："晉明帝數歲，坐元帝膝上。有人從長安來……因問明帝：'汝意謂長安何如日遠？'答曰：'日遠。不聞人從日邊來，居然可知。'元帝異之。明日，集群臣宴會，告以此意。更重問之，乃答曰：'日近。'元帝失色，曰：'爾何故異昨日之言邪？'答曰：'舉目見日，不見長安。'"按，此言高麗距太陽更近，因爲太陽從東升起。

〔三〕三韓：指高麗。漢時朝鮮南部有馬韓、辰韓、弁辰（三國時亦稱弁韓），合稱三韓。《後漢書・東夷傳・三韓》："韓有三種：一曰馬韓，二曰辰韓，三曰弁辰……馬韓最大，共立其種爲辰王，都目支國，盡王三韓之地。"

〔四〕謂或乘船或騎馬趕路。指義天渡海來北宋。飛帆：喻船行迅疾如飛。《藝文類聚・人部三・嘯》引《王廙别傳》："王導與庾亮遊於石頭，會遇廙至。爾日迅風飛帆，廙倚樓而長嘯，神氣甚逸。"齊梁：此指南朝之齊梁，即今江南一帶。

〔五〕吴江：古稱笠澤江、松陵江、松江。主要流經江蘇、上海一帶，今稱吴淞江。《國語・越語上》："三江環之。"三國吴韋昭注："三江：吴江、錢唐江、浦陽江。"吴橘：吴地特産。宋葉夢得《避暑録話》卷下："今吴中橘，亦惟洞庭東西兩山最盛。他處好事者園圃僅有之,不若洞庭人以爲業也。"参《毛君惠温柑荔支二絶》注〔一〕。

〔六〕《太平御覽·百卉部·草》引郭憲《洞冥記》:"瑶琨去玉門九萬里。有碧草如麥,刈之以釀,則味如酒而醲烈。驗之則顔色如醉,飲一合則三旬不醒,飲甜水則隨飲隨醒。"

〔七〕陽關:古關名。在今甘肅省敦煌市西南古董灘附近,因位于玉門關以南,故稱。自此而西,則離開所謂中國之範圍而進入蠻夷荒涼之地了。唐王維《渭城曲》:"勸君更盡一杯酒,西出陽關無故人。"

〔八〕印度在中國西部,佛教最先流傳進當時的西域等地,繼而傳播到中原。《五燈會元》時時可見"如何是西來意"之類的問答。此間:指錢塘。

〔九〕謂佛法傳播迅速。

〔一〇〕"出家"二句:謂義天求法虔誠且佛法精深。身心虚:即虚無身,指佛身通融自在,而離一切如光影。《佛説無量壽經》卷一:"顔貌端正,超世希有,容色微妙,非天非人。皆受自然虚無之身,無極之體。"

〔一一〕謂義天來北宋學習佛法。此以傾盆雨喻法雨的廣布。佛法普度衆生,如雨之潤澤萬物。《大般涅槃經》卷二:"無上法雨,雨汝身田,令生法芽。"《妙法蓮華經》卷三:"普雨大法雨,度無量衆生。"

〔一二〕屬國:典屬國的省稱。漢賈誼《治安策》:"陛下何不試以臣爲屬國之官以主匈奴?"此指楊傑。因楊官主客,略同於漢代的典屬國。戴角魚:舊題漢劉向《列仙傳·子英》:"子英者,舒鄉人也。善入水捕魚,得赤鯉,愛其色好,持歸,著池中。數以米穀食之,一年,長丈餘,遂生角,有翅翼,子英怪異,拜謝之。魚言:'我來迎汝,汝上背,與汝俱昇天。'即大雨。子英上其魚背,騰昇而去,歲歲來歸故舍食飲見妻子,魚復來迎之,如此七十年,故吴中門户皆作神魚。"唐盧肇《别宜春赴舉》:"辭鄉且伴銜蘆雁,入海終爲戴角魚。"按,此謂高麗僧義天爲人中俊傑。

〔一三〕至人:指超越世俗,達到無我境界的人。参《次韻子瞻題張公詩卷後》注〔五〕。無心:佛家謂無妄心雜念。《將出洛城過廣愛寺見三學演師引觀楊惠之塑寶山朱瑶畫文殊普賢爲賦三首》之三注〔三〕。無法:佛教語。即無法相。一切法都是緣生的,既無真實之體,亦無真實之相,故云無法相。

〔一四〕《大乘無生方便門》卷一:"凡所有相皆是虚妄,看心若浄名浄心地,莫卷縮身心舒展身心,放曠遠看平等盡虚空看。和問言:'見何物'子云:'一物不見'和:'看浄細細看,即用浄心眼無邊無涯除遠看。'和言:'問無障礙看。'和問:'見何物'答:'一物不見。'和:'向前遠看,向後遠看,四維上下一時平等看,盡虚空看,長用浄心眼看,莫間斷亦不限多少看,使得者然身心調用無障礙。'"

〔一五〕謂義天在高麗就已通達佛法,此次來宋可欣然無礙。有無:有法與無法。此處指佛法。

附録　蘇軾《送楊傑》并叙

無爲子嘗奉使登太山絶頂,鷄一鳴,見日出。又嘗以事過華山,重九日飲酒蓮華峰下。今乃奉詔與高麗僧統遊錢塘。皆以王事,而從方外之樂,善哉未曾有也,作是詩以送之。

天門夜上賓出日,萬里紅波半天赤。歸來平地看跳丸,一點黄金鑄秋橘。太華峰頭作重九,天風吹灎黄花酒。浩歌馳下腰帶鞓,醉舞崩崖一揮手。神遊八極萬緣虚,下視蚊雷隱污渠。大千一息八十返,笑厲東海騎鯨魚。三韓王子西求法,鑿齒彌天兩勍敵。過江風急浪如山,寄語舟人好看客。

寄龍井辯才法師三絶并叙〔一〕

轍自績溪蒙恩召還,將自宣城沿大江以歸。家兄子瞻以書告曰:"不如道歙溪,過錢塘,一觀老兄遺①迹。"轍用其言,既至吴中,迫於水涸,不能久留。十月八日,游上天竺〔二〕。子瞻昔與辯才師相好,今隔南山不得見,乃作三小詩以寄之。

其一

我兄教我過東吴,遺墨山間無處無。忽報冬潮催出堰②〔三〕,俗緣深重道心粗〔四〕。

【校記】

①遺：叢刊本作“潰”，誤。

②堰：原作“洭”，據宋大字本、宋建本、蜀藩刻本改。

【箋注】

〔一〕作於元豐八年（一〇八五）十月八日。辨才：見《偶遊大愚見餘杭明雅照師舊識子瞻能言西湖舊遊將行賦詩送之》注〔一三〕。龍井：地名。在浙江省杭州市西湖西南山地中。井泉清冽，有盛名。宋秦觀《龍井記》：“龍井舊名龍泓，距錢塘十里。吴赤烏中，方士葛洪嘗鍊丹於此，事見《圖記》。其地當西湖之西，淛江之北，風篁嶺之上，實深山亂石之中泉也。每歲旱，禱雨於他祠不獲，則禱於此，其禱輒應，故相傳以爲有龍居之。”

〔二〕上天竺：寺名。在杭州天竺山，西湖之西。其地有上天竺、中天竺、下天竺，合稱天竺三寺。爲僧道翊創建于後晉天福四年。

〔三〕冬潮水勢漸縮，故需及時出堰。宋佚名《錦繡萬花谷前集》卷五：“夏潮大，冬潮小。潮者，據朝來也，言夕至也。一月之中，天再東再西，故潮水再大再小。又夏時日居南宿，陰消陽盛，而天高一萬五千里，故夏潮大也。冬時日居北宿，陰盛陽消而天卑一萬五千里，故冬潮小也。”

〔四〕俗緣：佛教以因緣解釋人事，因稱塵世之事爲俗緣。

其二

山色青冥葉未紅，湖光凝碧曉無風。行窮上下兩天竺，望斷南山龍井龍〔一〕。

【箋注】

〔一〕南山：又稱南高峰。在龍井之東。龍井：見上首注〔一〕。

其三

井水中藏東海魚〔一〕，側盆翻雨洗凡夫〔二〕。隔山欲共公相見，莫道從來一滴無。

【箋注】

〔一〕宋秦觀《龍井記》:"夫所謂龍者,俄有大魚自泉中躍出,觀者異焉,然後知井之有龍不謬,而其名由此益大聞。"

〔二〕言禱雨得雨時景象。側盆:猶言傾盆。

元絳參政挽詞〔一〕

吴越朝天功在民〔二〕,當年卿相亦仁人〔三〕。曾孫終與元豐政〔四〕,故老猶知異代因〔五〕。吏治清明開白日〔六〕,文詞俊發吐青春〔七〕。鄴都從事堂中客〔八〕,涕灑高原柏子新〔九〕。

【箋注】

〔一〕作於元豐八年(一〇八五)十月。《續資治通鑑長編·神宗元豐七年》:"[六月]蘇州言資政殿學士、太子少保致仕元絳卒。"元絳(一〇〇九—一〇八四):字厚之,錢塘(今浙江杭州市)人。天聖二年賜同學究出身,八年擢進士第,調江寧推官,攝上元令,知永新、海門縣、台州,有政績。入爲度支判官。儂智高反嶺南,以直集賢院爲廣東轉運使。以功遷工部侍郎。歷兩浙、河北轉運使、鹽鐵副使。擢天章閣待制,知福州。徙廣、越、荆南,爲翰林學士、知開封府,遷三司使。熙寧八年,參知政事。元豐二年,罷知潁州,改青州。以資政殿學士、太子少保致仕。絳所治有威名,而無節操,在翰林時諂事王安石及其子弟,爲時論所輕。七年六月卒,年七十六。參蘇頌《元章簡公神道碑》、王安禮《元公墓志銘》。《宋史》有傳。

〔二〕吴越:五代十國之一,錢鏐所建。朝天:朝覲天子。指錢鏐孫錢俶降宋事。

〔三〕《宋史·元絳傳》:"其先臨川危氏。唐末,曾祖仔倡聚衆保鄉里,進據信州,爲楊氏所敗,奔杭州,易姓曰元。"又:"祖德昭,仕吴越至丞相。"

〔四〕熙寧八年(一〇七五)十二月,元絳自翰林學士兼侍讀學士、判太常寺兼群牧使、工部侍郎拜參知政事。

〔五〕謂其祖先輔佐錢氏多有善政,留下了福澤。故老:耆老。

〔六〕元初爲吏,多有善政。《宋史·元絳傳》:"知通州,海門縣淮民多盜販鹽,制置使建言滿二十斤者皆坐徒。絳曰:'海濱之人恃鹽以爲命,非群販比也。'笞而縱之。擢江西轉運判官知台州,州大水冒城,民廬蕩析,絳出庫錢即其處作室數千區,命人自占,與期三歲償費,流者皆復業。"唐貫休《送吏部劉相公除東川》:"皇天開白日,殷鼎輟誠臣。"

〔七〕謂元年青時便以文章擅名。青春:指年青時。《宋史·元絳傳》:"絳生而敏悟,五歲能作詩,九歲謁荆南太守,試以三題,上諸朝,貧不能行。長,舉進士,以廷試誤賦韻,得學究出身。"

〔八〕謂自己曾爲元絳的下屬。鄴都:在今河北省臨漳縣境内。故蘇轍用以指河北。鄴都從事乃蘇轍自指,蓋蘇轍治平二年曾官大名府留守推官,管句大名府路安撫總管司機宜文字。據王安禮《元公墓志銘》:"英宗即位,遷右諫議大夫,又遷給事中、知應天府兼西京留守司,又徙河北路都轉運使。"推知此時元絳當爲河北路都轉運使。蘇轍詩中屢以從事自稱。參《送轉運判官李公恕還朝》注〔九〕。

〔九〕柏子:柏樹。古人陵墓前多植松柏。

過王介同年墓〔一〕

平生使氣坐生風〔二〕,徐扣方知學有功〔三〕。應奉讀書無復忘〔四〕,虞翻忤物自甘窮〔五〕。埋根射策久彌奮〔六〕,投老爲邦悍莫攻〔七〕。墳木未須驚已拱〔八〕,少年我亦作衰翁。昔與中甫同登制科〔九〕,僕年最少,今已老矣。

【箋注】

〔一〕作於元豐八年(一〇八五)十一月。王介(?—一〇七六):字中甫,衢州常山(今浙江常山縣)人。嘉祐六年,與蘇軾、蘇轍同登制科,入第四等,遷祕書丞,知臨海縣。後擢知湖州,累官至秘閣校理。熙寧三年,罷判鼓院、同知太常禮院,歸館供職。九年卒。

〔二〕謂王介性情恣意且善談。王介剛直史傳筆記中多有記載,如:《宋史·劉攽傳》:"考試開封舉人,與同院王介争詈,爲監察御史所劾罷。"宋張耒《明道雜誌》:"性聰悟絶人。所嘗讀書皆成誦,而任氣多忤物,以故不達,終於館職知州。"蘇軾《與歐育等六人飲酒》:"記取六人相會處,引杯看劍坐生風。"

〔三〕徐扣:慢慢叩問,請教。扣,同"叩",求教。語本《禮記·學記》:"善待問者如撞鐘,叩之以小者,則小鳴;叩之以大者,則大鳴。待其從容,然後盡其聲。"

〔四〕謂介如應奉博聞强記。應奉:字世叔,東漢汝南南頓(今河南項城市)人。奉少聰明,自爲童兒及長,凡所經履,莫不暗記,讀書五行並下。累官武陵太守,有威恩,爲蠻夷所服。黨人事起,以疾自退。諸公多薦舉,會病卒。《後漢書》有傳。

〔五〕謂介如虞翻剛正不阿。《吴興備志》卷五引《石林詩話》:"介字石甫,常山人,性强記,負直氣,累官至祕閣校理。與安石甚款,未嘗降意相下。初安石屢召不起,後受學士之命,介以詩寄之,有云:'草廬三顧動春蟄,蕙帳一空生曉寒。'蓋有所諷云。"按,此言字石甫,或誤,或一字石甫,待考。虞翻:字仲翔。三國吴餘姚(今浙江餘姚市)人,初爲會稽守王朗功曹,後歷事孫策、孫權。博學有口辯,性不協俗,數犯顔諫争,屢忤孫權。權積怒非一,遂徙翻交州(轄今越南部分及廣西欽州、廣東雷州)。竟以貶逐死。《三國志》有傳。

〔六〕埋根:猶言紮根。本指作戰時堅守不退。《後漢書·馬融傳》:"盡力率厲,埋根行首,以先吏士。"唐李賢注:"埋根,言不退。"此指下苦功。射策:漢代考試取士方法之一。此指應試。《漢書·蕭望之傳》:"望之以射策甲科爲郎。"唐顔師古注:"射策者,謂爲難問疑義書之於策,量其大小署爲甲乙之科,列而置之,不使彰顯。有欲射者,隨其所取得而釋之,以知優劣。射之言投射也。"

〔七〕《宋史·王介傳》:"歲餘,升集英殿修撰、知襄陽府、京西安撫使。徙知慶元府兼沿海制置使,以疾奉祠。"投老:垂老;臨老。

〔八〕謂王介去世已久。墓木:語本《左傳·僖公三十二年》:"蹇叔哭之曰:'孟子,吾見師之出而不見其入也。'公使謂之曰:'爾何知!中壽,爾墓之木拱矣。'"晉杜預注:"合手曰拱。言其過老,悖不可用。"

〔九〕《續資治通鑑長編·仁宗嘉祐六年》:"[八月]乙亥,御崇政殿,策試賢良方正能直言極諫者著作佐郎王介、福昌縣主簿蘇軾、澠池縣主簿蘇轍。軾所對入第三等,介第四等,轍第四等次。"

將遊金山寄元長老〔一〕

粗砂施佛佛欣受,怪石供僧僧不嫌〔二〕。空手遠來還要否?更無一物可增添。

【箋注】

〔一〕作於元豐八年(一〇八五)十一月。金山在今江蘇鎮江西北。元長老:即佛印(一〇三二—一〇九八)。宋代高僧,俗姓林,字覺老,江西浮梁(今江西浮梁縣)人。二歲學論語,長從寶積寺日用出家。十九歲,入廬山開先寺,列善暹之法席,又參圓通之居訥。訥驚其翰墨曰:"骨格已似雪竇,後來之俊也。"二十八歲,住江州承天寺。當時名士蘇東坡、黄山谷等均與之交善,以章句相酬酢。神宗欽其道風,特賜高麗磨衲、金鉢,贈號"佛印禪師"。元符元年正月示寂,世壽六十七。有語録行世。參《五燈會元》卷十六。

〔二〕宋曉瑩《雲卧紀譚》卷上:"佛印禪師平居與東坡昆仲過從,必以詩頌爲禪悦之樂。住金山時,蘇黄門子由欲謁之,而先寄以頌曰……佛印即酬以偈:'空手持來放下難,三賢十聖聚頭看。此般供養能歆享,木馬泥牛亦喜歡。'然黄門、佛印以斯道爲際見之歡,視老杜贊公來往,風流則有間矣。"蘇軾有《前怪石供》《後怪石供》兩文寫給佛印。參《蘇軾全集校注》兩文註釋。

元老見訪留坐具而去戲作一絶調之〔一〕

石霜舊奪裴休笏〔二〕,坐具祇今君自留。留放書房還會否?受降曾不費戈矛。

【箋注】

〔一〕作於元豐八年(一〇八五)十一月。元老:即元長老佛印。見上詩注

〔一〕。調:戲謔。

〔二〕石霜:即潭州石霜山慶諸禪師。俗姓陳,唐廬陵新淦(今江西新幹縣)人。《五燈會元·道吾智禪師法嗣·潭州石霜山慶諸禪師》:"裴相公來。師拈起裴笏,問:'在天子手中爲珪,在官人手中爲笏,在老僧手中且道喚作甚麽?'裴無對。師乃留下笏。"裴休(七九一—八六四):字公美,唐孟州濟源(今山東濟源市)人。操守嚴正,擢進士第,舉賢良方正異等,歷諸府辟署,入爲監察御史,大中時以兵部侍郎進同中書門下平章事。大和後漕法久壞,休著新法十條,又立税茶十二法,人以爲便。執政五年,罷爲宣武軍節度使。封河東縣子,歷昭義、河東、鳳翔、荆南四鎮節度使卒。休能文章,善書,嗜浮屠法,居常不御酒肉。爲人藴籍,進止雍閑,宣宗嘗贊休真儒者。贈太尉。新舊《唐書》有傳。

元老和示小詩自謂非戰之罪復作一絶并坐具還之〔一〕

請君卻領彌天具〔二〕,不欲終收陷虎名〔三〕。莫道昏沉非戰罪,何如不戰屈人兵〔四〕?

【箋注】

〔一〕作於元豐八年(一〇八五)十一月。非戰之罪:語出《史記·項羽本紀》:"項王自度不得脱,謂其騎曰:'……此天之亡我,非戰之罪也。'"此用作戲謔之詞,似指佛印與轍詩詞唱和之文戰不利。

〔二〕卻領:領回。彌天具:指前詩所言坐具。彌天:彌天子之省文。指釋子;高僧。唐楊衡《宿陟岵寺雲律寺院》:"像宇鬱參差,寶林疏復密。中有彌天子,燃燈坐虚室。"

〔三〕戲言不願意背上詐取的惡名。語本《逸周書·周祝解》:"故虎之猛也而陷於獲,人之智也而陷於詐。"

〔四〕《孫子·謀攻》:"是故百戰百勝,非善之善者也;不戰而屈人之兵,善之善者也。"

子瞻與長老擇師相遇於竹西石塔之間屢以絶句贈之又留書邀轍同作遂以一絶繼之〔一〕

遠老陶翁好弟兄〔二〕，虎溪廬阜久逢迎〔三〕。何須更要經平子，清議從來貴士衡〔四〕。

【箋注】

〔一〕作於元豐八年（一〇八五）十一月。竹西：揚州竹西寺。擇師：揚州石塔寺（又稱木蘭院）長老無擇。餘不詳。俟考。

〔二〕遠老：東晉高僧慧遠。《不到東西二林》注〔二〕。此藉指無擇。陶翁：晉陶潛。此藉指蘇軾。

〔三〕虎溪：在廬山東林寺。參《不到東西二林》注〔六〕。

〔四〕“何須”二句：謙言不需要稱量、比較，自然是哥哥的詩好。平子：指後漢張衡（七八—一三九）。字平子，後漢南陽西鄂（今河南南陽市）人。少善屬文，通五經，貫六藝。時天下承平日久，王侯以下，莫不踰侈，衡作《二京賦》以諷諫。安帝雅聞衡善術學，徵拜郎中，“再遷爲太史令，遂乃研覈陰陽，妙盡璇璣之正，作渾天儀，著《靈憲》、《算罔論》，言甚詳明。”衡作渾天儀，候風地動儀，時人皆服其妙。永和初出爲河間相，徵拜尚書卒。有《周易訓詁》及遺文數十篇。《後漢書》有傳。張衡曾批評班固的《兩都賦》，薄而陋之，乃更造《二京賦》。《藝文類聚・居處部一・總載居處》：“後漢張衡《西京賦》曰：‘昔班固睹世祖遷都於洛邑，懼將必逾溢制度，不能遵先聖之正法也，故假西都賓盛稱長安舊制，有陋洛邑之議，而爲東都主人折禮衷以答之，張平子薄而陋之，故更造焉。’”此謂無須經張衡這樣的人品評。《世説新語・方正》：“盧志於衆坐問陸士衡：‘陸遜、陸抗是君何物？’答曰：‘如卿於盧毓、盧珽。’士龍失色，既出户，謂兄曰：‘何至如此？彼容不相知也。’士衡正色曰：‘我父、祖名播海内，寧有不知？鬼子敢爾！’議者疑二陸優劣，謝公以此定之。”清議：社會輿論。士衡：指西晉陸機（二六一—三〇三）。機字士衡，晉吴郡吴（今江蘇蘇州市）人，祖遜、父抗，皆爲三國吴將相。機少有文才，與弟陸雲齊名，並稱“二陸”。西晉滅吴，閉門讀書十年，後與弟雲入洛陽，附事權貴，名列"二十四友"。累遷太子洗馬、著作郎。後事成都王司馬穎，曾任平原内史，故稱"陸平原"。"八王之亂"成都王穎討長沙王乂，任機爲後將軍、河北大都督。戰敗，爲孟玖、盧志等人譖害，與弟雲及二子蔚、夏同被處死。《晉書》有傳。按，此以陸機况蘇軾。

附録　蘇軾《余將赴文登過廣陵而擇老移住石塔相送竹西亭下留詩爲别》

竹西失卻上方老，石塔還逢惠照師。我亦化身東海去，姓名莫遣世人知。

高郵贈别杜介供奉〔一〕

淮南魚米年年賤〔二〕，直便歸休無俸錢〔三〕。錦背圖書何益事〔四〕？塵生弦管正參禪〔五〕。逢人未廢一樽酒〔六〕，送客長隨百里船〔七〕。世上得如君自在，不須開府事開邊〔八〕。幾先去年送家兄子瞻至高郵，今年復留此相别。

【箋注】

〔一〕作於元豐八年(一〇八五)十一月。杜介：見《題杜介供奉熙熙堂》注〔一〕。

〔二〕唐白居易《鹽商婦》："何况江頭魚米賤，紅鱠黄橙香稻飯。"

〔三〕直便：即便；即使。按，此與上句合起來的意思是即使没俸錢了但因爲魚米賤也不愁衣食。

〔四〕謂文章著作能有什麽用處。既爲杜不平，亦是自嘲。

〔五〕謂杜遠離聲樂而潛心修持。蘇軾《次韻劉貢父李公擇見寄二首》之二："何人勸我此間來，弦管生衣甑有埃。"

〔六〕謂杜好客。佚名《别李陵詩》："我有一樽酒，欲以贈遠人。"

〔七〕謂隨船送行百里之外。極言其爲人篤於情誼。

〔八〕謂不必考慮動干戈而獵取功名了。開府：古代指高級官員(如三公、大將軍、將軍等）成立府署，選置僚屬。開邊：謂用武力開拓疆土。按，杜介曾官供奉，爲武職階官，故云。

答王定國問疾〔一〕

五年竄南荒〔二〕，頑質不伏病。吸清吐濁穢〔三〕，氣練骨隨勁〔四〕。澹然久忘歸〔五〕，寂寂就遐屏〔六〕。國恩念流落〔七〕，牽挽畀鄰境〔八〕。葉舟溯長江，藤鞋過重嶺〔九〕。峽深蔦蘿惡〔一〇〕，山險崖石橫。恢台①夏初發〔一一〕，氛霧秋愈盛〔一二〕。菘薤食有時，豚羔詎曾省〔一三〕？門開訟氓入〔一四〕，日晏鴂舌競〔一五〕。肝脾得寒熱〔一六〕，冰炭迫晨暝〔一七〕。俚醫固空疏〔一八〕，蠻覡劇粗猛〔一九〕。老妻但坐哭，遺語未肯聽。長子亦在牀〔二〇〕，一卧昏不醒。思歸未可得，即死付②前定〔二一〕。如如性終在〔二二〕，冉冉歲將冷〔二三〕。筋骸稍輕安，冠服强披整〔二四〕。餘方厭苓朮〔二五〕，日食禁醪茗〔二六〕。髮衰亂隨櫛，骨瘦空看影〔二七〕。簿書勉復親〔二八〕，環玦非所請〔二九〕。馬老固伏櫪〔三〇〕，槎流③舊安井〔三一〕。淩兢就輕車〔三二〕，邂逅出修綆〔三三〕。此生誠夢幻〔三四〕，俯仰成弔慶〔三五〕。故人枉新詩〔三六〕，萬里慰孤耿〔三七〕。賞音我非曠〔三八〕，斲鼻君真郢〔三九〕。南遷昔所同〔四〇〕，卧疾今亦并。遠行信由天，未死庸非命〔四一〕？歸舟正飄兀〔四二〕，齋舍念清淨〔四三〕。作書附鴻翼〔四四〕，去路瞻斗柄〔四五〕。閘水漸安流〔四六〕，吴音未全正〔四七〕。一樽對清言，及此冬夜永④〔四八〕。

【校記】

①台：原作“召”，據宋大字本、宋建本改。

②付：原作“副”，據宋大字本、宋建本、蜀藩刻本改。

③流：宋大字本作“留”。

④永：叢刊本作“水”，形近而誤。

【箋注】

〔一〕作於元豐八年(一〇八五)十二月。“一樽對清言,及此冬夜永。”知作於寒冬。《三蘇年譜》卷三十六:“似此詩仍作於邵伯閘。”詩云“閘水漸安流,吴音未全正”,是。此前王定國聞蘇轍卧病,嘗寄詩慰問,至是作答。黄庭堅嘗有《次韻定國聞蘇子由卧病績溪》。王定國:即王鞏。參《次韻王鞏廷評招飲》注〔一〕。宋葛立方《韻語陽秋》卷十一:“蘇子由自績溪被召,除校書郎,元祐之初年也。山谷《和王定國詩》云:‘后皇蒔嘉橘,中歲多成織。佳人來何時,天爲啓玉齒。’言欲子由變熙豐人才也。《和子由病起被召詩》云:‘方來立本朝,獻納繼晨暝。必開曲突謀,滿慰傾耳聽。’言欲子由變熙豐法度也。其措意如此,然官不得至侍從,謫黔移戎,流離困躓,豈非命哉! 至建中靖國之初,雜用熙豐、元祐人才,山谷喜而成詩云:‘維摩老子五十七,天子大聖初元年。傳聞有意用幽仄,病著不能朝日邊。’後雖有銓曹之召,不旋踵又有宜州之行,有才無命,如山谷者,其可憫也!”

〔二〕指元豐三年來高安,監筠州鹽酒税。

〔三〕謂學習道家呼吸練氣之術,即所謂吐納。

〔四〕謂練氣後筋骨隨之强勁。蘇軾《養生偈》:“閑邪存誠,練氣養精。”

〔五〕澹然:恬淡貌。《楚辭·屈原〈九歌·東君〉》:“羌色聲兮娱人,觀者憺兮忘歸。”漢王逸注:“憺,安也。……憺然意安而忘歸也。”澹,同“憺”。

〔六〕謂寂寞地在南荒屏居。寂寂:孤單冷落貌。

〔七〕國恩:猶言皇恩。

〔八〕牽挽:指爲當道援引。鄰境:指元豐七年(一〇八四)移歙州績溪令。

〔九〕“葉舟”二句:參前《舟中風雪五絶》所寫。

〔一〇〕蔦蘿:又名寄生。此泛指山中各種藤科植物。

〔一一〕謂山中瘴氣旺盛。恢台:旺盛貌。《楚辭·宋玉〈九辯〉》:“收恢台之孟夏兮,然欿傺而沈臧。”宋洪興祖補注引黄庭堅曰:“恢,大也。台,即胎也。言夏氣大而育物。”

〔一二〕氛霧:本指霧氣。《禮記·月令》:“仲冬行夏令,則其國乃旱,氛霧冥冥,雷乃發聲。”漢鄭玄注:“氛霧冥冥……霜露之氣散相亂也。”此指瘴氣。

〔一三〕“菘薤”二句:謂没有肉食,主要以蔬菜度日。菘薤(xiè):白菜和蓶。此泛指山區蔬菜。蓶，即藠頭。參《同王適曹煥游清居院步還所居》注〔八〕。

〔一四〕訟氓：訴訟之百姓。

〔一五〕鴂(jué)舌：喻語言難懂。《孟子·滕文公上》："今也南蠻鴃舌之人，非先王之道。"漢趙岐注："鴃，博勞鳥也。"

〔一六〕寒熱：見《病後》注〔二〕。

〔一七〕謂早晚寒熱之狀，猶如卧冰炭火烘烤。

〔一八〕俚醫：醫術粗淺的民間醫生。

〔一九〕蠻覡(xí)：指當地少數民族巫師。

〔二〇〕長子：指蘇遲。見《王子立與遲等遊陳家園橋敗幾不成行晚自酒務往見之明日雨作偶爾成詠》注〔一〕。

〔二一〕前定：宿命論說法，謂凡事均爲命中註定。唐白居易《和思歸樂》："窮達有前定，憂喜無交争。"

〔二二〕如如：佛教語。永恒存在的真如。參《毛國鎮生日二絶》之二注〔四〕。

〔二三〕冉冉：漸進貌。形容時光漸漸流逝。三國魏吴質《答魏太子箋》："日月冉冉，歲不我與。"

〔二四〕謂病後初癒，下床活動。披整：披上衣服，整理帽子。

〔二五〕苓：茯苓。參《過九華山》注〔八〕。朮(zhú)：白朮。參《答琳長老寄幽蘭白朮黄精三本二絶》之一注〔一〕。中醫以茯苓、白朮，健脾補氣。

〔二六〕醪茗：酒和茶。

〔二七〕骨瘦：形容羸瘦骨立。蘇軾有"伯父送先人下第歸蜀"云云長題詩之二："瘦骨寒將斷，衰髯摘更稀。"

〔二八〕謂勉强支撑著處理公務。

〔二九〕謂盡忠職守，不作回還之請。環：諧音還。《荀子·大略》："絶人以玦，反絶以環。"唐楊倞注："古者，臣有罪，待放於境，三年不敢去；與之環則還，與之玦則絶。皆所以見意也。"唐劉禹錫《望賦》："望如何其望最傷，俟環玦兮思帝鄉。"

〔三〇〕謂安於現狀。伏櫪：見《明日安厚卿强幾聖復召飲醉次前韻》注

〔一五〕。

〔三一〕謂如枯槎掉到了井裏,再也不會流動了。

〔三二〕淩兢:戰慄貌。此喻病體初癒。

〔三三〕云偶爾從事一點如汲水灌園之類的體力活。修綆:長的井繩。

〔三四〕見《次韻張恕春莫》注〔八〕。

〔三五〕謂禍福無常,俯仰之間,即成悲喜。俯仰:低頭和抬頭。

〔三六〕枉:猶言屈尊。

〔三七〕孤耿:謙詞。猶言敝人的心意。蘇洵《與歐陽内翰書三》:"閤下當時賜音問,以慰孤耿。"

〔三八〕謂王高明。曠:師曠。春秋時晉國的樂官。

〔三九〕謂王如運斤的郢人匠石般與自己投合。《莊子·徐无鬼》:"郢人堊慢其鼻端,若蠅翼,使匠石斲之;匠石運斤成風,聽而斲之,盡堊而鼻不傷。"

〔四〇〕南遷:貶謫到南方。按,元豐二年(一〇七九),王鞏因蘇軾"烏台詩案"牽連,謫監賓州(今廣西賓陽縣)鹽酒稅。

〔四一〕《論語·季氏》:"孔子曰:'君子有三畏:畏天命、畏大人、畏聖人之言。'"

〔四二〕飄兀:飄蕩;擺動。

〔四三〕上句"歸舟"云云自指,本句"齋舍"云云指王鞏。

〔四四〕謂寫信給王鞏。鴻翼:古有雁足傳書之説,故云。

〔四五〕韓愈《讀東方朔雜事》:"瞻相北斗柄,兩手自相挼。"斗柄:北斗柄。古人常據北斗以辨明方向。

〔四六〕安流:舒緩平穩地流動。唐杜甫《雨不絶》:"眼邊江舸何忽促,未待安流逆浪歸。"

〔四七〕揚州位於長江以北,漸離吴地,故云。

〔四八〕蘇軾《渝州寄王道矩》:"歸夢不成冬夜永,厭聞船上報更籌。"

附録　黄庭堅《次韻子由績溪病起被召寄王定國》

種萱盈九畹,蘇子憂國病。炎蒸卧百戰,山立有餘勁。斯人廊廟器,不合從遠屏。江湖摇歸心,白髮侵老境。艱難喜歸來,如晴月生嶺。

仍懷阻歸舟，風水蛟鰐横。補衮諫官能，用儒吾道盛。上書詆平津，蠹藁初記省。至今民社計，非事頰舌競。方來立本朝，獻納繼晨暝。人材包新舊，王度濟寬猛。必開曲突謀，滿慰傾耳聽。斯文吕與張，泉下亦蘇醒。天聰四門闢，國勢九鼎定。身得遭太平，分甘守閑冷。天津十年面，相見頎而整。何時及國門，休暇過煮茗。燒燈留夜語，鴻雁看對影。但恐張羅地，頗復多造請。維此禮部公，寒泉甃舊井。謫去久羸瓶，召還汲脩綆。太任决齋宫，陛下天統慶。日月進亨衢，經緯寒耿耿。西走已和戎，南遷無哀郢。誰言兩逐臣，朝轡天街並。王子竄炎洲，萬死保軀命。還家頰故紅，信亦抱淵静。稅屋待車音，掃門親箒柄。行當懷書傳，載酒求是正。端如嘗橄欖，苦過味方永。

《次韻定國聞蘇子由卧病績溪》

炎洲冬無冰，十月雷𩆩𩆩。及春瘴癘行，用人祭非鬼。巫師司民命，藥石不入市。溪弩潛發機，土風甚不美。蘇子卧江南，感歎中夜起。聞道病在床，食魚不知旨。寒暑戰胸中，士窮有如此。此公天機深，爵禄心已死。養生遺形骸，觀妙得骨髓。后皇蒔嘉橘，中歲多成枳。佳人何時來，爲天啓玉齒。湔祓瘴霧姿，朝趨去天咫。諸公轉洪鈞，國器方薦砥。矢詩寫予心，莊語不加綺。

和子瞻次孫覺諫議韻題邵伯閘上斗野亭見寄〔一〕

扁舟未遽解〔二〕，坐待兩閘平〔三〕。濁水汙人思，野寺爲我清。昔游有遺詠〔四〕，枯墨存高甍〔五〕。故人獨未來，一樽誰與傾〔六〕？北風吹微雲，莫寒依月生。前望邗溝路〔七〕，卻指鐵甕城〔八〕。茅檐卜兹地〔九〕，江水供晨烹。試問東坡翁，畢老幾此行〔一〇〕？奔馳力不足〔一一〕，隱約性自明〔一二〕。早爲歸耕計，免慚老僧榮。僧榮，斗野主人也。子瞻將卜居丹陽蒜山下，此亭正當歸路，故云爾。

【箋注】

〔一〕作於元豐八年（一〇八五）十二月。《三蘇年譜》卷三十六："《集》次此詩於《高郵贈别杜介供奉》後,似有誤。以邵伯閘在高郵之南,揚州之北。”邵伯閘:見《召伯埭上斗野亭》注〔一〕。斗野亭:見同上。孫覺:見《次韻子瞻餘杭法喜寺緑野亭懷吴興太守孫莘老》注〔一〕。諫議:見《送龔鼎臣諫議移守青州二首》之一注〔一〕。

〔二〕解:解纜。此指靠岸。

〔三〕邵伯閘爲三門兩室船閘,此謂進入船閘後,等待下一船閘蓄水,以便通過。《三蘇年譜》卷三十六謂:“轍乃沿運河北上。閘即邵伯閘,即邵伯堰。其時閘水水流不安穩。”非是。

〔四〕遺詠:當即《揚州五詠・僧伽塔》。

〔五〕高甍(méng):猶高樓。甍:屋脊。

〔六〕“故人”二句:唐羅隱《茅齋》:“西齋一卮酒,衰老與誰傾。”故人:指孫覺。

〔七〕邗溝:聯繫長江與淮河的古運河之一,爲春秋末年吴王夫差開鑿。

〔八〕鐵甕城:南朝陳顧野王《輿地志》:“吴大帝孫權所築,周回六百三十步,開南、西二門,内外皆固以磚壁。”宋祝穆《方輿勝覽・鎮江府》:“鐵甕城:唐乾符中,周寶爲潤帥,築羅城二十餘里,仍號鐵甕城,又云吴孫權所築。”按,揚州南與鐵甕城隔江相望。

〔九〕謂他日當歸老於此。茅檐:猶茅屋。

〔一〇〕謂一生能到幾次。

〔一一〕奔馳:猶言奔競。指對名利的追逐。

〔一二〕隱約:猶言深居簡出。《莊子・山木》:“夫豐狐文豹,棲於山林,伏於巖穴,静也;夜行晝居,戒也;雖飢渴隱約,猶旦胥疏於江湖之上而求食焉,定也。”

附録　孫覺《題召伯斗野亭》

淮海無林丘,曠澤千里平。一渠閑防豬,物色故不清。老僧喜穿築,北户延朱甍。簷楯斗杓落,簾幃河漢傾。平湖杳無涯,湛湛春波生。結纜嗟已晚,不見芙蓉城。尚想紫芡盤,明珠出新烹。平生有微尚,一舟聊寄行。遇勝輙偃蹇,霜須刷澄明。可待齒牙豁,歸與謝浮榮。

蘇軾《次韻孫莘老斗野亭寄子由在邵伯堰》

落帆謝公渚,日腳東西平。孤亭得小憩,暮景含餘清。坐待斗與牛,錯落挂南甍。老僧如夙昔,一笑意已傾。新詩出故人,舊事疑前生。吾生七往來,送老海上城。逢人輒自哂,得魚不忍烹。似聞績溪老,復作東都行。小詩如秋菊,艷艷霜中明。過此感我言,長篇發春榮。

黄庭堅《外舅孫莘老守蘇州留詩斗野亭庚申十月庭堅和》

謝公所築埭,未數曲池平。蘇州來賦詩,句與秋氣清。結構擅空濶,湖光浮棟甍。惟斗天司南,其下百瀆傾。具宫産明月,含澤遍諸生。槃礴淮海間,風煙侵十城。籟蕭吹木末,浪波沸庖烹。我來杪摇落,霜清見魚行。白鷗遠飛來,得我若眼明。佳人歸何時,解衣繞厢榮。

秦觀《和孫莘老題召伯斗野亭》

淮海正冬仲,霜雪滋不平。芰荷枯折盡,積水寒更清。輟棹得佳觀,湖天繞朱甍。信美無與娱,濁醪聊自傾。北眺桑梓國,悠然白雲生。南望古邗溝,滄波帶蕪城。村墟翳茅竹,孤烟起晨烹。簷間鳥聲落,客子念當行。攬衣視日景,薄暮漏微明。何時復來游,春風發鮮榮。

次韻子瞻題泗州監倉東軒二首〔一〕

其一

肩輿裊裊渡浮梁〔二〕,吏隱知君寄一倉〔三〕。十里游看飛皂蓋〔四〕,小軒相對有壺漿〔五〕。清宵往往投車轄〔六〕,永日霏霏散篆香〔七〕。留滯淮南久仍樂〔八〕,莫年何意復爲郎〔九〕?

【箋注】

〔一〕作於元豐八年(一〇八五)十二月。轍詩云:"梅生紅粟初迎臘,魚躍銀刀正出淮。"知作於十二月。泗州:位於今江蘇盱眙縣境内,舊城已于康熙三十五年（一六九六）因黄河奪汴入淮而淤埋。宋周必大《跋東坡詩帖》："瀏陽丞新喻蕭君一致，五世從祖潛夫，元豐七年監盱眙倉，坡公歲除前過其東軒，留題二詩，蓋量移汝州時也。按盱眙隸泗州，州在淮北，其縣治即淮陰。故都梁號淮南第一。山景物清曠，公既樂之，而潛夫諱淵，蓋慕陶靖節者，其人又可知矣。"可知泗州監倉爲蕭淵。

〔二〕肩輿：轎子。裊裊（niǎo）：摇曳貌。浮梁：浮橋。

〔三〕指蕭淵爲泗州南山監倉事。吏隱：見《和文與可洋州園亭三十詠·吏隱亭》注〔一〕。

〔四〕皂蓋：古代官員所用的黑色蓬傘。

〔五〕壺漿：此謂酒漿。

〔六〕清宵：猶言良宵。投車轄：謂留客。參《同李倅鈞訪趙嗣恭留飲南園晚衙先歸》注〔一七〕。

〔七〕霏霏：香氣濃郁貌。篆香：又稱香篆。參《題方子明道人東窗》注〔三〕。

〔八〕據本首注〔一〕引《跋東坡詩帖》，蕭淵，瀏陽人（今湖南瀏陽市），元豐七年監盱眙倉，盱眙隸泗州，州在淮北，其縣治即淮陰，在淮南。

〔九〕謂作小官。暗用馮唐故事。參《柳子玉郎中挽詞二首》之一注〔三〕。

其二

萬斛塵飛日爲霾〔一〕，無心退食自成齋〔二〕。梅生紅粟初迎臘〔三〕，魚躍銀刀正出淮〔四〕。卧病空看帆度磧〔五〕，誦詩猶記雪填階。夾河南北俱形勝〔六〕，且借高城作兩崖〔七〕。

【箋注】

〔一〕謂塵土飛揚，天昏地暗。

〔二〕退食：公餘休息。參《和子瞻東陽水樂亭歌》注〔六〕。

〔三〕紅粟：喻梅花花苞尚如粟粒大。臘：臘月。

〔四〕銀刀：喻魚潔白修長。

〔五〕磧（qì）：急流。《漢書·武帝紀》"甲爲下瀨將軍"唐顔師古注引臣瓚曰："瀨，湍也，吴越謂之瀨，中國謂之磧。"

〔六〕謂淮河兩岸風景秀美。形勝:山川秀美之地。宋祝穆《方輿勝覽·招信軍》:"風俗:東南之秀。"

〔七〕高城:此指泗州城。

附録　蘇軾《泗州南山監倉蕭淵東軒二首》

其一

偶隨樵父採都梁,南山名都梁山,山出都梁香故也。竹屋松扉試乞漿。但見東軒堪隱几,不知公子是監倉。溪中亂石牆垣古,山下寒蔬匕箸香。我是江南舊遊客,挂冠知有老蕭郎。

其二

北望飛塵苦晝霾,洗心聊復寄東齋。珍禽聲好猶思越,野橘香清未過淮。有信微泉來遠嶺,無心明月轉空階。一官倉庾真堪老,坐看松根絡斷崖。

答顏復國博〔一〕

歲晚河水①留晝船〔二〕,一軒修竹喜蕭然〔三〕。詩詞温厚新成格〔四〕,道論精微近入禪〔五〕。病後不勝清醑釅〔六〕,别時仍得舊書傳。欲成《古史》須咨考〔七〕,陋巷何因接尺椽〔八〕?

【校記】

①水:宋大字本、宋建本、四庫本作"冰"。

【箋注】

〔一〕作於元豐八年(一〇八五)十二月。"歲晚河水留晝船",知作於十二月。顏復:見《雨中陪子瞻同顏復長官送梁燾學士舟行歸汶上》注〔一〕。國博:國子博士的簡稱。參《王公生日》注[八]。

〔二〕冬季水枯船行遲緩,故云。

〔三〕蕭然:蕭灑;悠閒。晉葛洪《抱朴子·刺驕》:"高蹈獨往,蕭然自得。"

〔四〕謂其詩詞温厚而有新格調。温厚:温柔敦厚。《禮記·經解》:"温柔敦厚,詩教也。”唐殷文圭《寄賀杜荀鶴及第》:“九子舊山增秀絶,《二南》新格變風騷。”

〔五〕謂顔復精通佛理。精微:精深微妙。《禮記·經解》:“絜静精微,《易》教也。”入禪:謂與禪理相通。

〔六〕清醑(xǔ):清酒。唐白居易《風雨中尋李十一因題船上》:“小榼酤清醑,行廚煮白鱗。”釃:酒味濃厚。

〔七〕謂將向顔請教。古史:見《乘小舟出筠江二首》之二注〔六〕。咨考:詢問查考。蘇洵《譜例》:“昔者洵嘗自先子之日而咨考焉,由今而上得五世。”

〔八〕此謙言何時向顔請教。因顔復爲顔回之後,故以陋巷、尺椽比顔。陋巷,語出《論語·雍也》:“賢哉,回也! 一簞食,一瓢飲,在陋巷,人不堪其憂,回也不改其樂。”尺椽:一尺長的屋椽。指簡陋的房屋。蘇軾《與趙陳同過歐陽叔弼小齋戲作》:“尺椽亦何有,而我常客居。”

次韻王定民宣德〔一〕

彭城寺壁看詩來,顔氏瓢樽偶共開〔二〕。茅屋未完先鑿沼〔三〕,竹林成後想宜梅。新詩妙絶難爲繼,高論微低得共陪〔四〕。第一詞人生不識〔五〕,茲行尚喜揖君才〔六〕。

【箋注】

〔一〕作於元豐八年(一〇八五)十二月。王定民:字佐才,東萊(今山東煙台市)人。博學能詩,善書法,與蘇轍弟兄親近,蘇軾有《答王定民》詩。元祐間知衡陽縣,權教授修葺學宇,又爲《勸學頌》以勉學者,人傳頌之。元祐中又嘗知湘陰縣,時州縣無學,肄業之士惟歸書院,定民始創學宫於南浦,於是居業有所。《宋史·藝文志》録其《雙誨編》二十四卷。《三蘇年譜》卷三十六:“轍原由運河北行,後改由汴河西北行。亳距汴河不遠,轍或值乘舟逗留之際,往訪定民於亳也。”宣德:宣德郎的省稱。隋置,爲散官。唐沿用。宋政和四年以爲與宣德門名相同,曾改稱宣教郎。宣德郎屬文散官,正七品。王定民詩今已無存,宋吴曾《能改齋漫録·沿襲》記其《雪詩》:“天邊密勢來猶濕,地上微和積易消。”按，蘇轍當是第一次會晤王，故云“生不識”。

〔二〕《三蘇年譜》卷二十八：“叙熙寧十年在彭城事；顏氏乃謂顏復，知其時與定民嘗從蘇軾兄弟游。”是。

〔三〕鑿沼：開鑿池塘。

〔四〕“新詩”二句：謂王詩才高妙而清談又能不故作高深之論。微低：稍低，不故作高深。

〔五〕謂過去不認識王。第一詞人：稱贊王詩。這不過是交際套語罷了。

〔六〕謂有幸得識王。揖：拜候。

河冰〔一〕

扁舟多艱虞〔二〕，與我平日類。初乘滂洋流，旋涉凍淺地〔三〕。日西陰風作，夜半流澌至〔四〕。悄然孤寂枕，覺此凝冽氣。河聲噤不喧〔五〕，燈花結復墜〔六〕。忽來觸舟去，聲與裂帛似〔七〕。平明發窗扉，吏卒僵①未起。奔騰陣馬過〔八〕，洶涌晴雲駛〔九〕。紛紛散環玦〔一〇〕，卷卷浮席被〔一一〕。匯流忽騰蹙〔一二〕，曲岸相撐抵〔一三〕。欹危起丘山〔一四〕，汗漫接州沚〔一五〕。連艘恣淩轢〔一六〕，千槌競紛委〔一七〕。剛强初悍頑〔一八〕，潰散終披靡〔一九〕。掃除就虚曠，沿溯弄清泚〔二〇〕。我行無疾徐，乘流得坎止〔二一〕。偶然迫②還期，愧此墮千③指〔二二〕。陰陽有定數〔二三〕，開塞亦常理〔二四〕。窮冬治舟行〔二五〕，嗟此豈天意？

【校記】

①僵：叢刊本作“疆”，誤。

②迫：原作“追”，據宋大字本、宋建本、蜀藩刻本改。

③千：叢刊本作“十”，誤。

【箋注】

〔一〕作於元豐八年（一〇八五）十二月。轍由汴河舟行。

〔二〕艱虞:艱難憂患。唐杜甫《北征》:"維時遭艱虞,朝野少暇日。"

〔三〕"初乘"二句:謂始是大水奔流,繼而水淺冰凍。滂洋:衆多而廣大貌。

〔四〕流澌:《楚辭·屈原〈九歌·河伯〉》:"與女遊兮河之渚,流澌紛兮將來下。"漢王逸注:"流澌,解冰也。"此指河水上流動的浮冰。

〔五〕噤(jìn):此指河流因浮冰而流動緩慢,不再發出聲音。

〔六〕謂時間流逝。蘇軾《上元夜過赴儋守召獨坐有感》:"燈花結盡吾猶夢,香篆殘時汝欲歸。"

〔七〕裂帛:撕開繒帛。唐白居易《自蜀江至洞庭湖口有感而作》:"疏河似翦紙,決壅同裂帛。"

〔八〕謂浮冰聲勢很大。陣馬:見《放閘二首》之二注〔八〕。

〔九〕晴雲:喻浮冰之貌。駛:迅疾。

〔一〇〕謂浮冰撞擊舟船破碎如碎裂的玉器。環玦:玉環和玉玦,並爲佩玉。《漢書·雋不疑傳》:"不疑冠進賢冠,帶櫑具劍,佩環玦,褒衣博帶,盛服至門上謁。"唐顔師古注:"環,玉環也。玦即玉佩之玦也。帶環而又著玉佩也。"蘇軾《虎跑泉》:"至今遊人灌濯罷,卧聽空堦環玦響。"

〔一一〕謂大塊的浮冰就像浮動的卧席和被褥。卷卷:蜷縮貌。

〔一二〕騰蹙(cù):迅疾衝擊貌。

〔一三〕謂在河道的彎曲處,浮冰堆積擠壓。撑抵:抗拒。

〔一四〕謂浮冰或被擠壓到岸邊,如山丘隆起。攲危:傾斜欲墜貌。

〔一五〕謂浮冰或被沖上水中的陸地。汗漫:廣大無邊貌。州沚:水中的陸地。

〔一六〕連艘:指連綿不絶的船隊。淩轢(lì):淩壓。

〔一七〕謂河面隆起的浮冰被船隻不斷撞擊後,像經槌子錘擊,紛紛倒塌。

〔一八〕悍頑:强悍,冥頑。

〔一九〕披靡:本指草木倒伏貌,此猶言征服。

〔二〇〕清泚:清澈的水。

〔二一〕漢賈誼《鵩鳥賦》:"乘流則逝,得坎則止;縱軀委命,不私與己。"顔師古注引孟康曰:"《易》坎爲險,遇險難而止也。"

〔二二〕謂縴夫冒寒拉縴凍掉了指頭。按,此是夸張的説法。墮(duò):掉;落。唐李華《吊古戰場文》:"積雪没脛,堅冰在鬚。鷙鳥休巢,征馬踟躕。繒纊無温,墮指裂膚。"

〔二三〕定數:氣數;命運。南朝梁劉孝標《辯命論》:"寧前愚而後智,先非而終是?將榮悴有定數,天命有至極而謬生妍蚩?"

〔二四〕開塞:河流的暢通和堵塞。

〔二五〕窮冬:隆冬。

復賦河冰四絶〔一〕

其一

客心凛凛怯寒冰〔二〕,擁褐無言夜漏深〔三〕。河伯似知歸意速〔四〕,風號西北故相禁。

【箋注】

〔一〕作於元豐八年(一〇八五)十二月。

〔二〕凛凛:驚恐畏懼貌。《三國志·蜀書·法正傳》:"先主每入,衷心常凛凛。"

〔三〕謂已是深夜的時刻。漏,古代滴水記時的器具。

〔四〕唐杜甫《發閬中》:"女病妻憂歸意速,秋花錦石誰復數。"河伯:傳説中的河神。《莊子·秋水》:"於是焉,河伯欣然自喜,以天下之美爲盡在己。"唐陸德明釋文:"河伯姓馮,名夷,一名冰夷,一名馮遲……一云姓吕,名公子;馮夷是公子之妻。"

其二

春來歸夢劇飛凫〔一〕,夜半流澌擁舳艫〔二〕。似勝去年彭蠡口〔三〕,雪封廬岳浪翻湖〔四〕。

【箋注】

〔一〕劇:甚,極。猶言超過。飛鳧:指船。南朝梁宗懔《荆楚歲時記》:“五月五日競渡,俗爲屈原投汨羅日,傷其死故,並命舟檝以拯之。舸舟取其輕利謂之飛鳧。”

〔二〕流澌:浮動的冰塊。舳艫:船頭和船尾的並稱。多泛指前後首尾相接的船。

〔三〕見《除夜泊彭蠡湖遇大風雪》注〔一〕。

〔四〕廬岳:廬山。

其三

朝來縣令借長船〔一〕,仍遣千夫上下牽。不惜瓊瑶分衆手〔二〕,貪看雲片滿河壖〔三〕。

【箋注】

〔一〕長船:大船。

〔二〕瓊瑶:喻雪花。分:指(手)破裂。《素問·五常政大論》:“其動瘍涌,分潰癰腫。”王冰注:“分,裂也。”

〔三〕雲片:喻浮冰。河壖:河邊地。這裏指沿河上下。參《次韻王君北都偶成三首》之二注〔一〕。

其四

輕紈破碎珮環流〔一〕,顛倒鏘鳴亂觸舟〔二〕。解綍投篙曾不顧〔三〕,不知何處擁汀洲〔四〕。

【箋注】

〔一〕輕紈:謂河面鋪上一層雪的薄冰。珮環:像玉珮玉環的浮冰。參《河冰》注〔一〇〕。

〔二〕鏘鳴:形容浮冰互相碰撞發出的聲音。

〔三〕解綍(fú):猶言解纜。綍:大繩。《詩·小雅·采菽》:“汎汎楊舟,綍纚維之。”宋朱熹集傳:“纚、維皆繫也。言以大索纚其舟而繫之也。”

〔四〕謂不知在哪兒停船泊岸。汀洲:水中的陸地。

河冰稍解喜呈王適〔一〕

留滯江湖白髮生〔二〕,西歸猶苦①凍峥嶸〔三〕。春風未到冰先解,河水初深船自輕。去國偶然經晝夢〔四〕,逢人稍欲問都城。羈鴻共有成行喜〔五〕,雙鯉應將尺素迎〔六〕。

【校記】

①苦:宋建本作"喜",誤。

【箋注】

〔一〕作於元豐八年(一〇八五)十二月。《三蘇年譜》卷三十六:"適將自徐州至。"

〔二〕唐劉禹錫《徵還京師見舊番官馮叔達》:"南宫舊吏來相問,何處淹留白髮生。"

〔三〕峥嶸:猶凛冽。唐羅隱《雪霽》:"南山雪乍晴,寒氣轉峥嶸。"

〔四〕謂曾經過姑蘇。去國:謂被貶出都。晝夢:典出《吴越春秋·夫差内傳》:"吴王果興九郡之兵,將與齊戰,道出胥門,因過姑胥之臺,忽晝假寐於姑胥之臺,而得夢。"此以代蘇州。按,吴王嘗因夢而求公孫聖解之,聖直言而被殺,轍用此,亦有深意焉。

〔五〕羈鴻:猶征鴻。蘇轍自喻。

〔六〕雙鯉:指書信。參《和見寄》注〔七〕。尺素:猶尺書。參《游景仁東園》注〔六〕。

河冰復結復次前韻〔一〕

懊惱河冰散復生,徂年近已失峥嶸〔二〕。身留短舫厭厭睡〔三〕,目送飛鴻一一輕〔四〕。引縴①低徊疑上坂〔五〕,打淩辛苦甚②攻城〔六〕。

東風憐我歸心速〔七〕，稍變楊梢百里迎〔八〕。

【校記】

①縴：宋大字本、宋建本、叢刊本作“絳”，形近而誤。

②辛苦甚：叢刊本作“甚苦辛”，誤倒。

【箋注】

〔一〕作於元豐八年（一〇八五）十二月。

〔二〕徂年：流年。峥嶸：喻豪情。參《次韻子瞻與安節夜坐三首》之二注〔一〕。

〔三〕厭厭：通“懨懨”。精神委靡貌。唐劉兼《春晝醉眠》：“處處落花春寂寂，時時中酒病懨懨。”

〔四〕三國魏嵇康《送秀才從軍》之四：“目送歸鴻，手揮五弦。”蘇軾《襄陽樂》：“北人聞道襄陽樂，目送飛鴻應斷腸。”

〔五〕引縴（qiàn）：牽引縴繩。低徊：徘徊滯留。上坂（bǎn）：上坡。按，此謂船行十分緩慢。

〔六〕打凌：敲打冰面上的冰凌。《宋史·河渠志四》：“時節啓閉，以除蹙凌、打凌之苦，通江淮八路商賈大舶，以供京師之饒。”

〔七〕東風：春風。

〔八〕謂從楊柳梢頭看風向已變爲順風。楊梢：楊柳枝梢。

題南都留守妙峰亭〔一〕

我登妙峰亭，欲訪德雲師〔二〕。春陽被原野，瀰渙含流澌〔三〕。未復桃李色，稍增松桂姿。孑孑①東來檣〔四〕，冉冉將安之〔五〕？萬物委天運〔六〕，此身免奔馳〔七〕。悵然懷舊游，一丘覆茅茨〔八〕。清泠久沮洳〔九〕，文雅空頽隳〔一〇〕。提携二三子〔一一〕，醉倒春風吹。不見妙峰處，安知德雲期。南遷久忘反〔一二〕，有獲空自知。歸來覽新構〔一三〕，恍然發深思。遠行極南海〔一四〕，此地初不移。酌我一斗酒，盡公終日嬉。德雲非公歟〔一五〕？相對欲無詞。

【校記】

①孑:叢刊本作"夫"。

【箋注】

〔一〕作於元祐元年(一〇八六)正月。"春陽被原野,濉涣含流澌。""提携二三子,醉倒春風吹。"知已到春天。南都留守:《三蘇年譜》卷三十七:"時王益柔(勝之)爲南都留守。妙峰亭新榜乃蘇軾所書。時在元豐八年二月間。轍詩未云及益柔,益柔或已離任。"按,從下邊"酌我"四句,知孔説非。妙峰,即謂妙高峰,蘇軾《南都妙峰亭》舊題宋王十朋《東坡詩集注》引趙次公曰:"德雲比丘居勝樂國妙峰山之上,事見《華嚴經》,今南都有妙峰亭,而子由詩云:'我登妙峰亭,欲訪德雲師。'閏州金山有妙高臺,而先生詩曰:'中有妙高臺,雲峰自孤起。'又曰:'何須尋德雲,即此比丘是。'則二山之亭與臺所以得名者,皆以其孤峰,遂取勝樂之妙峰名之耳。惟其得妙峰、妙高之名,故二公詩又遂用德雲爲事實耳。"

〔二〕德雲:《華嚴經》中善財童子問法于五十三善知識,而德雲比丘乃第一也。

〔三〕濉(suī)涣:言濉水水勢盛大。濉,水名。爲古蒗蕩渠(即鴻溝,爲溝通黄河淮河的人工運河)的支津。流經今河南開封、商丘一帶。流澌:浮冰。

〔四〕孑孑(jié jié):孤獨。唐韓愈《食曲河驛》:"而我抱重罪,孑孑萬里程。"檣:船桅杆。此指坐船。

〔五〕冉冉:迷茫貌。

〔六〕天運:猶天命;自然的氣數。晉陶潛《責子》:"天運苟如此,且盡杯中物。"

〔七〕奔馳:猶言奔競。指對名利的追逐。

〔八〕"悵然"二句:謂昔日老友凋零,如今墳丘已長滿茅茨。舊游:老友。一丘:墳墓。

〔九〕沮洳(rù):低濕。

〔一〇〕文雅:猶文教。頽隳:敗壞。

〔一一〕"提携"二句:提携:猶言帶著。二三子:見《登南城有感示文務光王適秀才》注〔四〕。

〔一二〕南遷:指元豐三年(一〇八〇),赴高安監筠州鹽酒税事。

〔一三〕新構:新修的建築,即妙峰亭。

〔一四〕南海:言南方偏遠之處。語出《左傳·僖公四年》:“君處北海,寡人處南海,唯是風馬牛不相及也。”此謂筠州。

〔一五〕公:指南都留守王益柔。

附録　蘇軾《南都妙峰亭》

千尋掛雲闕,十頃含風灣。開門弄清泚,照見雙銅鐶。池臺半禾黍,桃李餘榛菅。無人肯回首,日暮車班班。史君非世人,心與古佛閑。時要聲利客,來洗塵埃顔。新亭在東阜,飛宇凌通闤。古甓磨翠壁,霜林散煙鬟。孤雲抱商丘,芳草連杏山。俯仰盡法界,逍遥寄人寰。亭亭妙高峰,了了蓬艾間。五老壓彭蠡,三峰照潼關。均爲拳石小,配此一掬慳。煩公爲標指,免使勤躋攀。

秦觀《南京妙峰亭》

王公厭承明,出守南宫鑰。結構得崇丘,巋然瞰清洛。是時謫仙人,發軔自廬霍。郊原春鳥鳴,來此動豪酌。報投一何富!玉案金刀錯。新牓揭中楹,千載見遠托。朅來訪陳迹,物色屬摇落。人煙隔鳧雁,田疇帶城郭。紅蕖隕風漪,砂礫卷飛籜。青青陵上姿,獨汝森自若。人生如博弈,得喪難前約。金鎚初控頤,已復東方作。大明昇中天,龍鸞入階閣。深懲漁奪弊,法令一刊削。斯民如解懸,喜氣鬱磅礴。公乎數登覽,行矣翔寥廓。

次韻發運路昌衡淮南見山堂〔一〕

疊石初成得賜環〔二〕,未應苔蘚上蒼顔〔三〕。據鞍華岳旌旄裏〔四〕,回首淮山夢想間〔五〕。烽火日傳西塞静〔六〕,丘陵應伴壯心閑。終南太白皆公有〔七〕,肯向庭中更作山?

【箋注】

〔一〕作於元祐元年(一〇八六)正月。路昌衡:字持正,開封祥符(今河南開封市)人。起進士,元豐二年爲太常博士,四年爲開封府司録參軍。八年爲江淮發運。元祐元年爲陝西轉運副使,繼知廣州,徙荆南、潭州、慶州。紹聖中召爲衛尉、大理卿,遷工部侍郎。元符元年以寶文閣待制知開封府。出知瀛洲,徙永興軍,進直學士、知成都。徽宗朝,坐李清臣獄事,責居郢州。起知滁州、定州、復知開封府,徙南京留守。又坐前上書事,落職入黨籍,卒。《宋史》有傳。《續資治通鑑長編·哲宗元祐元年》:"[正月]丙申,以朝奉郎權發遣淮南轉運副使路昌衡、承議郎工部郎中吕大忠並權發遣陝西轉運副使。"淮南:淮南路。舊爲一路,熙寧五年分爲東西兩路。包括今江蘇安徽等地。見山堂:當是于堂前疊石成山,取開門見山之意。按,時路爲陝西轉運副使。

〔二〕謂淮南見山堂初成時自己遇赦回京。賜環:見《答王定國問疾》注〔二八〕。

〔三〕謂山石上尚無苔蘚。此指堂新築不久。蒼顔:蒼翠之色。

〔四〕謂路在陝西轉運副使任。華岳:華山(在今陝西華陰)。旌旄:旗幟。此指路之儀仗。

〔五〕淮山:指淮南見山堂。

〔六〕西塞:陝西在開封以西,故云。

〔七〕終南:指終南山。在今陝西西安市南。太白:指太白山。在今陝西眉縣東南。

送戴朝議歸蜀中〔一〕

岷山招我早歸來〔二〕,劍閣横空未易回〔三〕。北叟忽驚鵾鴂晚〔四〕,西轅欲及海棠開〔五〕。避仇賦客親耕耒①〔六〕,因亂詩翁著酒杯〔七〕。但愛江山無一事,爲言父老莫相猜〔八〕。

【校記】

①耒:叢刊本作"來",形近而誤。

【箋注】

〔一〕作於元祐元年(一〇八六)二月。《續資治通鑑長編·哲宗元祐元年》:"[二月]右司諫蘇轍始供諫職。"戴朝議:指戴蒙。蒙初名莊,後改名蒙,字正仲,號無知子,吴興(今浙江湖州市)人。慶曆六年進士。元豐元年以尚書都官郎中知綿州。八年,管勾成都玉局觀。軾、轍作詩送行。朝議:朝議大夫之簡稱。始置于隋,散官。玉局觀:《太平寰宇記·劍南西道·益州》:"玉局潭在城南柳堤玉局觀内,張道陵得道之所其一也。"《蜀中廣記·名勝記三·成都府》引《方輿勝覽》:"道經二十四化,上應二十四氣,六十甲子分隸之,玉局化其一也。彭乘《玉局記》云:後漢永壽元年,李老君與張道陵至此,有局腳玉床自地而出,老君昇座,爲道陵説南北斗經。既去而座隱地中,因成洞穴,故以玉局名之。"

〔二〕岷山:山名。在今四川省北部,綿延今四川、甘肅兩省邊境。蘇轍家鄉眉山附近之峨眉山即屬岷山山峰之一。

〔三〕劍閣:今四川劍閣一帶,爲進出蜀地之門户。唐杜甫《劍門》:"惟天有設險,劍閣天下壯……一夫怒臨關,百萬未可傍。"《詩話總龜·感事門》引唐玄宗詩:"劍閣横空峻,鑾輿出狩回。"

〔四〕北叟:蘇轍自指。鶗鴂(tí jué):杜鵑鳥。參《東湖》注〔一三〕。

〔五〕西轅:指戴蒙將西入蜀事。轅,駕車木,引申指車。海棠:蜀地特産。《太平寰宇記·劍南西道一·益州》:"土産:……海棠花。此樹尤多。繁艷未開時,如硃砂,爛漫稍白,半落如雪,天下所無也。"《三蘇年譜》卷三十七:"謂四五月抵蜀。則自京師出發,當爲二三月。"

〔六〕謂蒙或如揚雄親自勞作。避仇賦客:用揚雄事。《漢書·揚雄傳》:"而揚季官至廬江太守。漢元鼎間避仇復遡江上,處岷山之陽曰郫,有田一壥,有宅一區,世世以農桑爲業。自季至雄,五世而傳一子,故雄亡它揚於蜀。"從詩意看,戴蒙似有不得已事。俟考。

〔七〕謂戴蒙或如杜甫借酒解愁。詩翁:指負有詩名而年事較高者。這裏代指杜甫。杜甫在蜀詩作,多有借酒澆愁語。著(zhuó):貪戀;沉溺。

〔八〕爲言:猶言爲報,替我告訴。唐王績《在京思故園見鄉人問》:"羈心祇欲問,爲報不須猜。行當驅下澤,去剪故園萊。"

附録　蘇軾《送戴蒙赴成都玉局觀將老焉》

拾遺被酒行歌處,野梅官柳西郊路。聞道華陽版籍中,至今尚有城南杜。我欲歸尋萬里橋，水花風葉暮蕭蕭。芋魁徑尺誰能盡，榿木三年已足燒。百歲風狂定何有，羨君今作峨眉叟。縱未家生執戟郎，也應世出埋輪守。莫欺老病未歸身，玉局他年第幾人。會待子猷清興發，還須雪夜去尋君。

次韻子瞻送陳睦龍圖出守潭州〔一〕

海上石橋餘折棟〔二〕，大舶記君過鐵甕〔三〕。東行萬里若乘空〔四〕，老蜃長鯨應入鞚〔五〕。波搖風卷卧不起，免教髀肉鞍磨痛〔六〕。歸來過我話艱苦，驚汗津津尚流汞〔七〕。海涯風物畫成圖，錯落天吴兼紫鳳〔八〕。至今想像隔人世①，往往風濤吹晝夢〔九〕。長沙欲往厭飛楫〔一〇〕，幸有千兵作迎送〔一一〕。文章清逸世少比，科第峥嶸聲自重〔一二〕。遠行屢屈衆所嘆，出祖誰攀車欲動〔一三〕。明朝鼓角背王城〔一四〕，莫聽《單于》吹曉弄〔一五〕。子雍奉使三韓，轍時在南都，見其往返，故此詩言之〔一六〕。

【校記】

①世：叢刊本作"事"，誤。

【箋注】

〔一〕作於元祐元年（一〇八六）二月十七日。《年表》："丙子，有《送陳睦出守潭州》。"陳睦（？—一〇八五）：字和叔，又字子雍，莆田（今福建莆田市）人，嘉祐六年進士第二。治平中爲秘書丞。三年詔舉館閣才學之士，睦與劉攽、李常、李清臣輩首被選擢，除秘閣校理。熙寧中提舉兩浙常平，以丞相曾公亮薦遷提點刑獄。八年，兼監察御史，後判登聞鼓院。元豐初假起居舍人、直昭文館，奉使高麗。還，權判刑部，進史館修撰，遷鴻臚少卿。七年改寶文閣待制、知廣州。八年，直龍圖閣、知潭州。卒，贈少保。潭州：自春秋以來爲黔中地，楚國之南境，秦爲長沙郡，漢爲長沙國，或爲長沙郡。六朝時有變遷。隋置潭州，煬帝初州廢置長沙郡，唐爲潭州，或爲長沙郡，屬江南道。宋屬荆湖南路。治長沙（今湖南長沙市）。包括今湖南長沙、湘潭、益陽、株洲等地。參

《文獻通考·輿地考五·潭州》。

〔二〕神宗元豐二年，陳睦嘗出使高麗。《續資治通鑑長編·神宗元豐二年》："［二月］命太常博士、秘閣校理陳睦假起居舍人直昭文館，爲高麗國信副使，代林希。希謫監杭州樓店務。"以下言渡海事。《藝文類聚·靈異部下·神》引《三齊略記》："始皇作石橋，欲過海觀日出處。于時有神人能驅石下海，城陽一山石盡起立，嶷嶷東傾，狀似相隨而去云。石去不速，神人輒鞭之，盡流血，石莫不悉赤，至今猶爾。"又"始皇於海中作石橋，非人功所建。"唐李商隱《海上》："石橋東望海連天，徐福空來不得仙。"

〔三〕鐵甕：鐵甕城，在今江蘇鎮江。參《遊金山寄揚州鮮于子駿從事邵光》注〔一四〕。

〔四〕喻水勢之大，船隻好像航行在空中。唐王維《送秘書晁監還日本國》："九州何處遠，萬里若乘空。"

〔五〕老蜃長鯨：泛指江河裏的各種水生怪物。鞚（kòng）：馬籠頭。此喻征途。

〔六〕髀肉：大腿上的肉。參《次韻子瞻麻田青峰寺下院翠麓亭》注〔一一〕。按，此與上句言乘船比騎馬舒適。以上叙奉使三韓事。參《送林子中安厚卿二學士奉使高麗二首》。

〔七〕"歸來"二句：謂陳睦説起當時渡海的危險，緊張得汗水長淌。汞：舊題宋王十朋《東坡詩集注·送陳睦知潭州》注："汞，水銀也。《敬夫物類相感》云：'登汞泉在滄州九梘山。山出泉，濶百步，亦云流汞渠，雖泛金石，終不沈，故州人以瓦鐵爲船舫。'"

〔八〕唐杜甫《北征》："天吴及紫鳳，顛倒在裋褐。"天吴：水神名。紫鳳：傳説中的神鳥。此當泛指異域珍禽異獸。

〔九〕謂白天做夢時仍夢見在海中航行。

〔一〇〕長沙：長沙郡，潭州舊稱。飛檝：猶言飛船。極言船快。

〔一一〕千兵：當指隨行儀仗。

〔一二〕崢嶸：卓越。

〔一三〕祖：本指出行時祭祀路神。《左傳·昭公七年》："公將往，夢襄公祖。"晉杜預注："祖，祭道神。"此謂餞行。

〔一四〕鼓角：戰鼓和號角。此指早晨報時的聲音。背：反。猶言離開。

〔一五〕單于：曲調名。前蜀韋莊《綏州作》："一曲單于暮烽起，扶蘇城上月如鈎。"

〔一六〕此時蘇轍正在南京留守張方平處任簽書應天府判官，故言"見其往還"云云。《續資治通鑑長編·神宗元豐元年》："［九月］壬辰，安燾、陳睦言，已離高麗國涉海，今月乙亥至明州定海縣，詔燾等速赴闕。"

附録　蘇軾《送陳睦知潭州》

華清縹緲浮高棟，上有纈林藏石甕。一杯此地初識君，千巖夜上同飛鞚。君時年少面如玉，一飲百觚嫌未痛。白鹿泉頭山月出，寒光潑眼如流汞。朝元閣上酒醒時，卧聽風鑾鳴鐵鳳。舊遊空在人何處，二十三年真一夢。我得生還雪髯滿，君亦老嫌金帶重。有如社燕與秋鴻，相逢未穩還相送。洞庭青草渺無際，天柱紫蓋森欲動。湖南萬古一長嗟，付與騷人發嘲弄。

送王震給事知蔡州〔一〕

朝廷入忘返，冠蓋如雲屯〔二〕。賢哉貴公子，獨以民社言〔三〕。西臺出命書，落筆波濤翻〔四〕。東臺典封駁，坐惜日月奔〔五〕。試劇得上蔡〔六〕，高卧强東藩〔七〕。旱歲獨多麥，時雨如傾盆。鈴軒省鞭扶〔八〕，幕府多壺樽〔九〕。逡巡文字樂〔一〇〕，斥去簿領煩〔一一〕。賜環行當至〔一二〕，坐席恐未温〔一三〕。三槐日成陰，富貴屬曾孫〔一四〕。

【箋注】

〔一〕作於元祐元年（一〇八六）閏二月。《續資治通鑑長編·哲宗元祐元年》："［二月］壬辰，金紫光禄大夫尚書左丞吕公著爲門下侍郎，給事中王震爲龍圖閣待制知蔡州。"蘇軾亦有送行詩。轍詩次王鞏韻。原詩《欒城集》編次《司馬温公挽詞》後，今正。王震：字子發，莘縣（今山東莘縣）人，旦曾孫。以父任試銓優等,賜及第。熙寧六年習學中書刑房公事,遂爲檢正。元豐五年試右司員外郎兼權提轄拘催市易司物,進起居舍人。充北朝禮信使,還爲中書舍人。元祐初以龍圖閣待制知蔡州,移知鄭州、陜州。紹聖間復爲給事中,權吏部尚書,拜龍圖閣直學士、知開封府。後因與章惇交惡,紹聖中奪職知岳州卒。《宋史》有傳。給事:即給事中,屬門下省,掌侍從規諫,稽察六部之弊,有駁正制敕違失及章奏封還之權。蔡州:宋爲淮康軍節度,屬京西北路,治汝陽(今河南汝陽縣)。參《送頓起及第還蔡州》注〔一〕。

〔二〕謂達官貴人很多。參《寄范丈景仁》注〔二〕。

〔三〕民社:指人民和社稷。《論語·先進》:"有民人焉,有社稷焉。"蘇軾《送張嘉父長官》:"微官有民社,妙割無雞牛。"

〔四〕"西臺"二句:言王草制之神速。西臺:官署名。中書省的别稱。《文獻通考·職官考五·中書省》:"[中書省]後魏亦謂之西臺……唐武德三年,復中書省。龍朔二年改爲西臺。"此沿用舊稱,蓋王震嘗爲中書舍人,故云。命書:詔書;詔令。唐杜甫《八哀詩·故右僕射相國張公九齡》:"波濤良史筆,蕪絶大庾嶺。"蘇軾《題李景元畫》:"聞説神仙郭恕先,醉中狂筆勢瀾翻。"

〔五〕"東臺"二句:謂王掌詔制恪盡職守。東臺:唐高宗時曾改門下省爲東臺,後因以沿稱門下省。《新唐書·百官志二》:"龍朔二年,改門下省曰東臺。"封駁:封還並對詔敕之不當者加以駁正。此制漢時已有,但無專職掌管。至唐始由門下省掌管,對有失宜詔敕可以封還,有錯誤者則由給事中駁正。五代廢。宋太宗時復唐舊制。參本詩注〔一〕。杜甫《贈比部蕭郎中十兄》:"漂蕩雲天闊,沉埋日月奔。"

〔六〕試劇:任用承擔繁重的職務。參《送董揚休比部知真州》注〔四〕。上蔡:古蔡國蔡叔始封地,在今河南上蔡。宋時屬蔡州,此代指蔡州。

〔七〕期許王如汲黯之能而治理好蔡州。參《王公生日》注〔一五〕。東藩:東邊的州郡。

〔八〕希望王清净而少施刑法。鈴軒:即鈴閣。參《答文與可以六言詩相示因道濟南事作十首》之十注〔三〕。鞭抶(chì):用鞭抽打。此指刑罰。

〔九〕謂與幕僚飲酒賦詩。壺樽:盛酒的酒器。

〔一〇〕宋梅堯臣《途中寄上尚書晏相公二十韻》:"平生獨以文字樂,曾未敢恥貧賤爲。”逡巡:徘徊,猶言沉浸。

〔一一〕蘇軾《九日袁公濟有詩次其韻》:“平生傾蓋悲歡裏,早晚抽身簿領間。”

〔一二〕賜環:謂朝廷召回。參《答王定國問疾》注〔二九〕。

〔一三〕謂停留時間之短暫。語出《淮南子・修務》:“孔子無黔突,墨子無煖席。”晉葛洪《抱朴子・辨問》:“突無凝煙,席不暇煖,其事則鞅掌罔極,窮年無已。”

〔一四〕“三槐”二句:期許王震將來得大用,使王家更爲昌盛。三槐:見《次韻答王鞏》注〔八〕。曾孫:指王震。參注〔一〕。

附録　蘇軾《用王鞏韻送其侄震知蔡州》

九門插天開,萬馬先朝屯。舉鞭紅塵中,相見不得言。夜走清虚宿,扣門驚鵲翻。君家汾陽家,永巷車雷奔。夕郎方不夕,列戟以自藩。相逢開月閣,畫簷低金盆。至今夢中語,猶舉燈前樽。阿戎修玉牒,未憚筆削煩。君歸助獻納,坐繼岑與温。我客二子間,不復尋諸孫。子美詩云:權門多噂沓,且復尋諸孫。

《用王鞏韻贈其姪震》

衡門老苔蘚,行柏千兵屯。開樽邀落日,未對烏鳥言。清風舉吹籟,散亂書帙翻。傳呼一何急,人馬從車奔。貧居少賓客,鄰婦窺籬藩。牆頭過春酒,緑泛田家盆。比來伏青蒲,坐捉白獸樽。王猷修潤色,亦有簿領煩。朝廷貴二陸,屢聞天語温。猶能整筆陣,愧我非韓孫。

後省初成直宿呈子瞻二首〔一〕

其一

掖垣初罷斧斤響,棟宇猶聞松桂香〔二〕。江海暫來俱野客〔三〕,雲霄并直愧華堂〔四〕。月明似與人煙遠,風細微聞禁漏長〔五〕。諫草未成眠未穩〔六〕，始知天上極清涼〔七〕。

【箋注】

〔一〕作於元祐元年（一〇八六）三月。後省：宋神宗元豐八年後對門下、中書外省的别稱。《宋史・職官志一》：“［門下省］給事中四人，分治六房，掌讀中外出納，及判後省之事。”又“［中書省］舍人四人，舊六人。掌行命令爲制詞，分治六房，隨房當制，事有失當及除授非其人，則論奏封還詞頭……及修官制，遂以實正名，而判後省之事。”《文獻通考・職官考四・拾遺補闕》：“元豐肇新官制，左右司諫各一人，正七品；左右正言各一人，從七品。同掌規諫諷諭，凡朝廷有闕失，大事則廷諍，小事則論奏，分隸兩省。寄禄左右司諫爲朝奉郎，左右正言爲承議郎。”《續資治通鑑長編・哲宗元祐元年》：“［三月］起居舍人蘇軾免試爲中書舍人，仍賜金紫。”蘇轍爲右司諫，屬門下省，蘇軾爲中書舍人，故有緣同值宿。

〔二〕“掖垣”二句：謂後省竣工不久。即詩題所謂“初成”，故還聞得到木材的香味。掖垣：唐代稱門下、中書兩省。因分别在禁中左右掖，故稱。《新唐書・權德輿傳》：“左右掖垣，承天子誥命，奉行詳覆，各有攸司。”

〔三〕謂兄弟皆遠貶歸來。江海：此喻偏遠之地。

〔四〕謂兄弟兩人皆供直後省。雲霄：喻身居高處。

〔五〕禁漏：宫中計時漏刻。唐韋莊《宫怨》：“一辭同輦閉昭陽，耿耿寒宵禁漏長。”

〔六〕諫草：諫書之草稿。杜甫《晚出左掖》：“避人焚諫草，騎馬欲鷄棲。”又《春宿左省》：“明朝有封事，數問夜如何。”

〔七〕謂後省之夜晚。按，此處隱含高處不勝寒之意。位高任重，分外小心。

其二

射策當年偶一時〔一〕，對牀夜雨失前期〔二〕。廬間還往無多地〔三〕，夢裏追尋亦自疑。螭墨屢乾朝已久〔四〕，囊封希上出猶遲〔五〕。茅檐半破松筠老〔六〕，歸念蕭然欲語誰〔七〕？

【箋注】

〔一〕射策:泛指應試。參《過王介同年墓》注〔六〕。

〔二〕見《逍遥堂會宿二首引》之一注〔七〕。

〔三〕廬:古代官員值宿所住的房舍。《漢書·嚴助傳》:"君厭承明之廬,勞侍從之事,懷故土,出爲郡吏。"唐顏師古注引張晏曰:"直宿所止曰廬。"

〔四〕螭墨:官府所用刻有螭紋的墨。

〔五〕囊封:密封的奏章。古時臣下上書奏事,防有洩漏,用皂囊封緘,故稱。

〔六〕謂故居已經敗落。唐李紳《重到惠山》:"碧峰依舊松筠老,重得經過已白頭。"

〔七〕蕭然:心緒消沉貌。

送千之侄西歸〔一〕

京洛東游歲月深〔二〕,相逢初喜解微吟〔三〕。夢中助我生池草〔四〕,别後同誰飲竹林〔五〕?文字承家憐女在〔六〕,風流似舅①慰人心〔七〕。便將格律傳諸弟〔八〕,王謝諸人無古今〔九〕。

【校記】

①舅:叢刊本作"舊",誤。

【箋注】

〔一〕作於元祐元年(一〇八六)三月。宋吕陶《静安縣君蒲氏墓誌銘》:"資政殿學士諱宗孟之姊,贈太中大夫蘇公諱涣之冢婦,太子中舍不欺之妻,……子五人,千乘、千之某官,千能、千秋、千鈞皆舉進士。"

〔二〕京洛:本指洛陽。因東周、東漢均建都于此,故名。後泛指京城。唐李白《憶舊遊寄譙郡元參軍》:"行來北京歲月深,感君貴義輕黄金。"

〔三〕蘇軾《送李供備席上和李詩》:"家聲赫奕蓋并凉,也解微吟錦瑟傍。"微吟:此指能詩。

〔四〕謂常與千之唱和。參《次韻王適東軒即事三首》之一注〔三〕。

〔五〕《晉書·阮咸傳》:"[阮]咸任達不拘,與叔父籍爲竹林之游。"

〔六〕唐杜甫《宗武生日》:"詩是吾家事,人傳世上情。"承家:傳繼家風。女:後來寫作"汝"。

〔七〕謂千之如其舅蒲宗孟之文采風流。似舅:典出《晉書·何無忌傳》:"何無忌,劉牢之之甥,酷似其舅。"唐王維《送嚴秀才還蜀》:"寧親爲令子,似舅即賢甥。"参《寄題蒲傳正學士閬中藏書閣》注〔一〕。

〔八〕囑千之教其弟弟們作詩之法。格律:詩的規矩章法。

〔九〕謂當使蘇門子弟如王謝子弟那樣出色。王謝:見《次子瞻夜字韻作中秋對月二篇一以贈王郎二以寄子瞻》之一注〔一〇〕。

附録　蘇軾《次韻子由送千之姪》

江上松楠深復深,滿山風雨作龍吟。年來老幹都生菌,下有孫枝欲出林。白髮未成歸隱計,青衫儻有濟時心。閉門試草三千牘,仄席求人少似今。

送表弟程之元知楚州〔一〕

與君外兄弟〔二〕,初如一池魚。中年雲雨散〔三〕,各異澗谷居〔四〕。客舍復相從,語極長唏嘘〔五〕。青衫奉朝謁〔六〕,白髮驚晨梳。百年不堪把〔七〕,一樽歡有餘。清言我未厭,昨夜聞除書〔八〕。淮南旱已久〔九〕,疲民食田蔬。詔發上供米〔一〇〕,仍疏古邗渠〔一一〕。要須賢使君,均此積歲儲〔一二〕。徑乘兩槳去,不待五馬車〔一三〕。别離難重陳,勞徠不可徐〔一四〕。政成得召節〔一五〕,歲晚當歸歟〔一六〕?

【箋注】

〔一〕作於元祐元年(一〇八六)三月。程之元:字德孺,眉州眉山(今四川眉山市)人。熙興六年爲戎州司户參軍,尋調夔州安撫司勾當公事,遷本路轉運判官、轉運使。元豐二年,以太子中舍徙知嘉州。元祐初知楚州,五年,提點廣南東路刑獄。七年,由右朝奉郎進主客郎中。楚州:春秋時屬吴,戰國時屬楚，秦屬九江郡，漢屬臨淮郡，晉屬臨淮、廣陵二郡地，隋初楚州，唐改爲楚州，或爲淮陰郡，宋屬淮東路。治山陽（今江蘇淮安市）。地在今江蘇淮陰、山陽、鹽城一帶。參《文獻通考·輿地考四·楚州》。

〔二〕外兄弟：表兄弟。《儀禮·士喪禮》："外兄弟在其南南上。"漢鄭玄注："外兄弟，異姓有服者也。"唐孔穎達疏："謂若舅之子、姑姊妹、從母之子等，皆是有服者也。"

〔三〕漢王粲《贈蔡子篤詩》："風流雲散，一别如雨。"後用"雲雨"比喻分離。唐杜甫《渝州候嚴六侍御不到先下峽》："聞道乘驄發，沙邊待至今。不知雲雨散，虚費短長吟。"

〔四〕謂各居一處難得一見。唐韓愈《示兒》："山鳥旦夕鳴，有類澗谷居。"

〔五〕唏嘘：歎息。

〔六〕謂自己從績溪令任上回到朝廷任職。朝謁：入朝覲見。

〔七〕謂時光流逝不由自己。

〔八〕除書：任免官員的文書。

〔九〕《續資治通鑑長編·哲宗元祐元年》："［春正月］今自去冬以來，都無雨雪，畿甸及京東、西近而易知也，陝西、河北、江、淮之遠，有人來者，臣每詢訪，皆云'大旱'。"

〔一〇〕《續資治通鑑長編·哲宗元祐元年》："［二月］詔淮南東、西路提舉常平司體量饑歉以義倉及常平斛斗依條賑濟訖奏。"

〔一一〕邗渠：即邗溝。參《高郵别秦觀三首》之一注〔二〕。

〔一二〕積歲：多年。

〔一三〕"徑乘"二句：囑之元乘船赴任。蓋淮南災情特急。五馬車：指作郡守。參《送吕希道少卿知滁州》注〔三〕。

〔一四〕勞徠（láo lái）：以恩德招之使來。《詩·小雅·鴻雁序》："萬民離散，不安其居，而能勞來還定，安集之。"《漢書·平當傳》："使行流民幽州，舉奏刺史二千石勞徠有意者。"唐顔師古注："勞者，恤其勤勞也。徠者，以恩招徠也。"

〔一五〕召節：召還的符節。《續資治通鑑長編·哲宗元祐二年》："［五月］詔令學士院降敕書奬諭知楚州程之元，以淮南賑濟所言，之元究心存撫，請褒擢故也。"

〔一六〕歸歟:回返。《論語·公冶長》:"子在陳曰:'歸與,歸與!吾黨之小子狂簡,斐然成章,不知所以裁之。'"

駕幸親賢宅贈隨駕諸公〔一〕

日日南風夜氣煩,一聲鳴蹕萬人看〔二〕。禁溝飛水清黄道〔三〕,涼殿分冰遍從官〔四〕。急雨未成昏觀闕〔五〕,微飆稍覺泛和鑾〔六〕。相看揮汗塵埃裏,散髮何人舊不冠〔七〕。

【箋注】

〔一〕作於元祐元年(一〇八六)五月末。"南風夜氣煩""涼殿分冰""相看渾汗",知時爲五六月。親賢宅:宗室子弟就學之所。《宋史·職官志二》:"舊制:親賢宅置講書。紹興十二年改爲府教授,掌教親賢宅南班宗子。"《續資治通鑑長編·哲宗元祐元年》:"[五月]己巳,揚王顥、荆王頵遷外第,太皇太后、皇帝幸其第。詔顥二子、頵七子,並特轉一官。"小字注曰:"鮮于綽《傳信記》云:二王始遷子親賢宅。未遷之前,哲宗車駕臨幸,按行新第。既遷,諸男孝貽等各轉一官。制詞云:'先皇帝篤兄弟之好,以恩勝義,不許二叔出居於外,蓋武王待周、召之意。太皇太后嚴朝廷之法,以義制恩,始從其請,出就外宅,得孔子還其子之義。二聖不同,同歸於道,可以爲萬世法。'此語蘇子瞻所作也。"

〔二〕鳴蹕(bì):謂古代帝王出行時扈從喝道開路。

〔三〕謂灑水整飭道路。飛水:灑水。黄道:帝王出遊時所走的道路。其説不一:唐李白《上之回》:"萬乘出黄道,千騎揚彩虹。"清王琦注:"蕭士贇曰:《前漢·天文志》:日有中道。中道者,黄道也。日,君象,故天子所行之道亦曰黄道。"宋陸游《老學庵筆記》卷七:"高廟駐蹕臨安,艱難中,每出猶鋪沙藉路,謂之黄道,以三衙兵爲之。"宋周密《武林舊事·大禮》:"上服衮冕,步至小次,升自午階,天步所臨,皆藉以黄羅,謂之黄道。"

〔四〕涼殿:可以取涼的殿堂。《樂府詩集·清商曲辭一·子夜四時歌夏歌十六》:"窈窕瑶臺女,冶遊戲涼殿。"分冰:分發冰塊以供消暑用。《大戴禮記·夏小正》:"頒冰。頒冰者,分冰以授大夫也。"

〔五〕謂天空陰暗觀闕變得昏濛。

〔六〕謂微風輕傳著鑾鈴聲。泛:猶言晃動。和鑾(luán):古代車上的鈴鐺。掛在車前揹木上稱"和",掛在軛首或車架上稱"鸞"。《詩·小雅·蓼蕭》:"和鸞雝雝,萬福攸同。"毛傳:"在軾曰和,在鑣曰鸞。"

〔七〕謂自己有幸觀看此盛況。散髮:披散頭髮,喻放逸自適。

次韻子瞻飲道者院池上〔一〕

雨氣涼侵殿,河流滲入池。黄粱瀹魚子〔二〕,白酒瀉鵝兒〔三〕。風細初生袖,塵清免汙眉。郊行不意得〔四〕,拂壁看題詩。

【箋注】

〔一〕作於元祐元年(一〇八六)三月。道者院:《汴京勝跡志》卷十一:"[道者院]在鄭門外五里,宋時所建,每歲中元節十月朔,設大會道場,焚錢山,祭軍陣亡歿孤魂,金季兵燬。"

〔二〕黄粱:黄小米。瀹(yuè):煮。魚子:魚卵。

〔三〕鵝兒:酒名。參《次韻毛君病中菊未開》注〔四〕。

〔四〕不意:没想到。

附録　蘇軾《道者院池上作》

下馬逢佳客,携壺傍小池。清風亂荷葉,細雨出魚兒。井好能冰齒,茶甘不上眉。歸途更蕭瑟,真個解催詩。

答孔平仲惠蕉布二絶〔一〕

其一

裘葛終年累已輕〔二〕,薄蕉如霧氣尤清。應知浣濯衣棱敗〔三〕,少助晨趨䘏蔡聲〔四〕。

【箋注】

〔一〕作於元祐元年(一〇八六)五月末。孔平仲至京師,惠轍蕉布,作詩相謝。孔平仲:見《孔平仲著作江州官舍小庵》注〔一〕。蕉布:見《寒雨》注〔三〕。

〔二〕裘葛:裘,冬衣;葛,夏衣。泛指四季衣服。

〔三〕衣棱:衣角。

〔四〕晨趨:早朝。䘏蔡:衣服摩擦聲。《文選·司馬相如〈子虛賦〉》:"扶輿猗靡,翕呷䘏蔡。"晉郭璞注引三國魏張揖曰:"䘏蔡,衣聲也。"

其二

燈籠白葛扇裁紈〔一〕,身似山僧不似官。更得雙蕉縫直裰①〔二〕,都人渾作道人看〔三〕。

【校記】

①裰:叢刊本、四庫本作"掇",形近而誤。

【箋注】

〔一〕謂孔燈籠爲白葛布所蒙,扇面爲輕紈所裁製。白葛:白夏布。嶺南特産。唐杜甫《送段功曹歸廣州》:"交趾丹砂重,韶州白葛輕。"紈:白色細絹。按,孔曾官虔州騎都尉(治今江西贛州市),與嶺南相鄰,故有白葛、蕉布之屬。

〔二〕雙蕉:兩疋蕉布。或孔所贈爲其中兩種。直裰(duō):古家居常服,俗稱道袍。宋郭若虚《圖畫見聞志一·論衣冠異制》:"晉處士馮翼,衣布大袖,周緣以皂,下加襴,前繫二長帶,隋唐朝野服之,謂之馮翼之衣,今呼爲直掇。"

〔三〕道人:和尚。宋葉夢得《避暑録話》卷下:"晉宋間佛學初行,其徒猶未有僧稱,通曰道人,其姓則皆從所授學。"

次韻朱光庭司諫喜雨〔一〕

焦枯連夏火〔二〕,洗濯待秋霖。都邑溝渠浄,郊原黍豆深〔三〕。流膏侵地軸〔四〕,晴意動風琴〔五〕。誰似臣居易,先成喜雨箴〔六〕。

【箋注】

〔一〕作於元祐元年(一〇八六)六月。“焦枯連夏火,洗濯待秋霖。”知詩作於六月。云“喜雨”,當是指自去冬以來,都無雨雪,各地乾旱成災。參《送表弟程之元知楚州》注〔九〕。朱光庭(一〇三七—一〇九四):字公掞,河南偃師(今河南偃師市)人。嘉祐二年進士及第,調萬年主簿,歷四縣令。元豐八年,以司馬光薦召爲左正言,言事無所畏避。元祐元年,遷左司諫。二年,改左司員外郎,十月,遷太常少卿。四年,拜侍御史,爲右諫議大夫。五年,遷給事中。乞補外,除集賢殿修撰、知同州,改亳州。六年正月召還,復爲給事中。坐罪復落職守亳,歲餘,徙潞州,加集賢殿學士。紹聖元年卒於任,年五十八。紹聖中入元祐黨籍,追貶柳州别駕。徽宗立,復其官。《宋史・朱景傳》有附傳。司諫:見《後省初成直宿呈子瞻二首》注〔一〕。

〔二〕夏火:古以五行配四季,夏爲火。《魏書・律曆志》:“推五行用事日:……春木、夏火、秋金、冬水,四立即其用事。”

〔三〕深:茂盛。唐杜甫《春望》:“國破山河在,城春草木深。”

〔四〕流膏:滋潤土壤的雨水。《管子・度地》:“樹以荆棘,以固其地,雜之以柏楊,以備決水,民得其饒,是謂流膏。”地軸:古代傳説中大地的軸。此謂大地。晉張華《博物志・地》:“崑崙山北地轉下三千六百里,有八玄幽都,方二十萬里,地下有四柱,四柱廣十萬里,地有三千六百軸,犬牙相舉。”

〔五〕風琴:語本《禮記・樂記》:“昔者舜作五弦之琴以歌《南風》。”此指風吹萬物發出的聲音。

〔六〕“誰似”二句:謂諫官當如白居易時時不忘其職責。《新唐書・白居易傳》:“[元和]四年,天子以旱甚,下詔有所蠲貸,振除災沴。居易見詔節未詳,即建言乞盡免江淮兩賦以救流瘠,且多出宫人。憲宗頗采納。”詔下七日即連降三日雨。故白居易有《賀雨》詩曰:“詔下纔七日,和氣生沖融。凝爲油油雲,散作習習風。晝夜三日雨,淒淒復濛濛。萬心春熙熙,百穀青芃芃。人變愁爲喜,歲易儉爲豐。”喜雨箴:指白居易《賀雨》詩。其末云:“小臣誠愚陋,職忝金鑾宫。稽首再三拜,一言獻天聰。君以明爲聖,臣以直爲忠。敢賀有其始,亦願有其終。”蘇軾《次韻張昌言喜雨》:“愛君誰似元和老,《賀雨》詩成即諫書。"

附録　蘇軾《次韻朱光庭喜雨》

久苦趙盾日,欣逢傅説霖。坐知千里足,初覺兩河深。破屋常持傘,無薪欲爨琴。清詩似庭燎,雖美未忘箴。

次韻光庭省中書事〔一〕

放浪江湖久惰慵,安排誰置從官中〔二〕。粗疏空與延和對〔三〕,開納初還正①觀風〔四〕。二鄙兵銷真帝力〔五〕,四方雨足自天功〔六〕。時將一勺傾滄海〔七〕,漫使人知達四聰〔八〕。

【校記】

①正:四庫本作"貞"。

【箋注】

〔一〕作於元祐元年(一〇八六)七月初。作時當稍晚於上詩。上詩喜雨,此言"四方雨足",是其一證。且"二鄙兵銷真帝力"當是指此年六月,蘇轍、文彦博、范純仁等多人論蘭州、五寨或守或棄之事,最終歸還侵地。《續資治通鑑長編·哲宗元祐元年》:"[七月]甲戌,右司諫蘇轍言:'臣近奏乞,因夏國遣使入貢,歸其侵地,竊聞朝廷已降詔開許。'"小字注曰:"按蘇轍十九日奏,則降詔當在十九日以前,初八日范純仁建議後。吕公著《家傳》所記二詔,即是許還侵地詔也,但《家傳》不載月日耳。已附初八日。"可知詩當作於七月初。亦可詳參《長編》本年六月。

〔二〕從官:國君的近臣。

〔三〕延和:宫殿名。爲宋群臣朝覲皇帝及皇帝與群臣議事之場所。

〔四〕開納:廣泛採納。正觀:貞觀,唐太宗年號,此因避宋仁宗趙禎諱改。

〔五〕二鄙:指北方與遼、西夏所接壤的地方。鄙,邊鄙。帝力:帝王的恩德。

〔六〕天功:上天的賜與。參上首喜雨事。

〔七〕此言欲以己詩引出朱的大作。一勺:極言其少。此喻己才智之薄。梁鍾嶸《詩品》卷十三:“余常言,陸才如海,潘才如江。”

〔八〕謂朱的詩必將遠播。四聰:能遠聞四方的聽覺。《書·舜典》:“明四目,達四聰。”唐孔穎達疏:“達四方之聰,使爲己遠聽四方也。”

附録　蘇軾《次韻朱光庭初夏》

朝罷人人識鄭崇,直聲如在履聲中。卧聞陳響梧桐雨,獨詠微涼殿閣風。諫苑君方續承業,醉鄉我欲訪無功。陶然一枕誰呼覺,牛蟻新除病後聰。

送陳侗同年知陝府〔一〕

上書乞江淮,得請臨關河〔二〕。所得非所願,親友或相訶〔三〕。丈夫志四方〔四〕,所遇常逶迤〔五〕。況當國西屏〔六〕,形勝古來多〔七〕。崑渠涌北郭〔八〕,華岳垂①東阿〔九〕。羌虜昔未平〔一〇〕,驛騎如飛梭〔一一〕。間諜時出没,關梁苦誰何〔一二〕?爾來一清浄,西望多麥禾。魏絳方和戎〔一三〕,先零正投戈〔一四〕。秦人釋重負,道路聞行歌。便當卧齋閣,次第除網羅〔一五〕。時時一嘯詠〔一六〕,未用勤催科〔一七〕。諸孤寄吴越〔一八〕,食口如雁鵝〔一九〕。時分橐中金,何必手自摩〔二〇〕?

【校記】

①垂:原作“乘”,據宋大字本改。

【箋注】

〔一〕作於元祐元年(一〇八六)六月十二日。《續資治通鑑長編·哲宗元祐元年》:“[六月]衛尉少卿陳侗知陝州。”小字注曰:“侗出守必有故,當考。初八日文及已除少衛尉。”按,此從蘇軾《陳侗知陝州敕》可知:“死喪之威,兄弟孔懷。願爲一郡,以卹幼孤。”又據劉攽《故朝奉大夫權知陝州軍府事陳君墓誌銘》:"[元祐元年]四月,君弟子雍終於知潭州,君求爲郡以撫存其家,得知陝府。"下文"所得非所願"正謂此。陳侗(一〇二四—一〇八八):字成伯,興化軍莆田(今福建莆田市)人。少孤,從其母鞠於外家,居蘇州,苦志力學。母終,養育弟妹。嘉祐二年登進士第,調河南府福昌縣主簿。歷商洛縣令,知宣州南陵縣。召試學士院,除館閣校勘,判登聞鼓院,同知太常禮院,改集賢校理,出知湖州、宣州。還朝,拜少府少監、衛尉少卿。遷朝奉大夫、知陝州,加直秘閣、知梓州。有政聲。元祐三年卒,年六十五。有文集十五卷。見劉攽《故朝奉大夫權知陝州軍府事陳君墓誌銘》。陝府:治所在今河南三門峽市。同年:古代科舉考試同科中式者之互稱。唐宋時同榜進士稱"同年"。

〔二〕"上書"二句:謂陳侗欲出任江淮州郡而被任陝府。得請:猶言所請獲准。關河:指函谷等關與黄河。《史記·蘇秦列傳》:"秦四塞之國,被山帶渭,東有關河,西有漢中。"唐張守節正義:"東有黄河,有函谷、蒲津、龍門、合河等關。"此指陝府所轄。

〔三〕訶:責難;譏諷。參注〔一〕。

〔四〕三國魏曹植《贈白馬王彪》:"丈夫志四海,萬里猶比鄰。"

〔五〕逶迤:猶言坎坷,曲折。唐白居易《哭崔常侍晦叔》:"逶迤二十年,與世同浮沉。"

〔六〕西屏:西邊的屏障。

〔七〕形勝:謂地理位置優越,地勢險要。

〔八〕崑渠:即昆明渠。《陝西通志》卷三十九:"昆明渠水東北流注堨水陂,陂水北出逕漢武帝建章宫東,於鳳闕南東注沈水,又北逕鳳闕東。沈水又北分爲二水,一水東北流,一水北逕神明臺東,又逕漸臺東,又北流注渭。"

〔九〕華岳:西岳華山。

〔一〇〕羌虜:西夏党項族爲西羌族的一支,故云。

〔一一〕飛梭:飛速運動的梭子。蘇軾《百步洪》之二:"佳人未肯回秋波,幼輿欲語防飛梭。"此言軍情之緊急。

〔一二〕誰何:盤問詰查。《六韜·金鼓》:"凡三軍以戒爲固,以怠爲敗,令我壘上,誰何不絶。"按,宋初直到神宗時,與西羌的戰事時有發生。

〔一三〕唐杜甫《投贈哥舒開府翰二十韻》:"廉頗仍走敵,魏絳已和戎。"魏絳:春秋時晉國大夫。悼公時,勸晉侯和戎。晉無戎患,國勢日振,八年之中,九和諸侯,復興霸業。

〔一四〕先零:漢羌族的一支,此指西夏。投戈:放下武器,比喻休戰。漢揚雄《解嘲》:"叔孫通起於枹鼓之間,解甲投戈,遂作君臣之儀,得也。"

〔一五〕謂和静致治,不施刑法。

〔一六〕嘯詠:長嘯,吟詠。

〔一七〕催科:催收租税。租税有科條法規,故稱。

〔一八〕謂其弟子雍的子女尚在吴地。

〔一九〕食口:猶言仰給食物之家小。雁鵝:喻家小之衆。唐韓愈《崔十六少府攝伊陽以詩及書見投因酬三十韻》:"舉族仰薄宦,有時未朝餐。得米日已晏,隔牆聞讙呼。衆口極鵝雁,前計頓乖張。"

〔二〇〕"時分"二句:戲勸陳要將錢財分與家人。《史記·陸賈列傳》:"有五男,迺出所使越得橐中裝賣千金,分其子,子二百金,令爲生産。"

附録　蘇軾《次韻子由送陳侗知陝州》

誰能如鐵牛,横身負黄河。滔天不能没,尺箠未易訶。世俗自無常,徐公故逶迤。别來不可説,事與浮雲多。當時無限人,毁譽即墨阿。虚聲了無實,夜蟲鳴機梭。相逢一笑外,奈此白髮何。天驥皆籋雲,長鳴飽芻禾。王庭旅百寶,大貝隨弓戈。君獨一麾去,欲賡五袴歌。甘棠古樂國,白酒金叵羅。知君不久留,治行中新科。過客足嗔喜,東堂記分鵝。此外但坐嘯,後生工揣摩。

送張恕朝奉南京簽判二首〔一〕

其一

楚蟹吴柑初著霜〔二〕,梁園官酒試羔羊〔三〕。老如計相非無齒〔四〕,清似留侯未卻糧〔五〕。杖屨稍通賓客過〔六〕,殽蔬要遣子孫嘗〔七〕。

詔書委曲如公意〔八〕，幕府新除朱紱郎〔九〕。

【箋注】

〔一〕作於元祐元年（一〇八六）九月末。張恕爲張方平之子，二家一向往來頻繁。朝奉：宋有朝奉郎、朝奉大夫等官名。宋人因以“朝奉”尊稱士人。“楚蟹吴柑初著霜”，時令當爲九月。南京：宋大中祥符七年，因應天府爲趙匡胤舊藩，建爲南京。地在今河南商丘南。簽判：州郡屬官。掌公案文牘等。參《送青州簽判俞退翁致仕還湖州》注〔一〕。

〔二〕宋高似孫《蟹略·蟹品》根據地域劃分，有洛蟹、吴蟹、越蟹、楚蟹、淮蟹之名目。按，秋天霜降後之蟹最爲肥美。

〔三〕謂應天府將備酒接待張。梁園：見《送轉運判官李公恕還朝》注〔二〕。官酒：官釀官賣的酒。《詩·豳風·七月》：“朋酒斯饗，曰殺羔羊。”按，《七月》原意是説秋收後慶祝，此但借用字面飲宴義。

〔四〕謂張年雖老而身體尚健。《史記·張蒼傳》：“蒼之免相後，老，口中無齒，食乳。”計相：指漢張蒼。蒼爲陽武（在今河南原陽縣境）人，秦時爲御史，後歸漢，從攻臧荼有功，封北平侯。精通律曆，明習圖書計籍。蕭何爲相，蒼以列侯居相府，領主郡國上計，謂之計相。文帝初爲丞相。後謝病免。卒謚文。《史記》《漢書》有傳。按，此與下句皆用張姓典故，古人詩文中往往以本姓前賢典故以褒美對方。後不再作説明。

〔五〕謂如張良的清廉但未辟穀。參《下邳黄石公廟》注〔一〕。留侯：指漢張良（？—前一八五）。良字子房，穎川域父（今河南寶豐縣東）人。其先韓人。秦滅韓，良悉以家財求客刺秦王，爲韓報仇，得力士狙擊始皇於博浪沙，中副車。秦求賊甚急，良更姓名亡匿下邳，受《太公兵法》于圯上老人。劉邦起兵，良常爲畫策，滅項羽，定天下，劉邦即位，封留侯。以功名終，謚文成。《史記》《漢書》有傳。卻糧：謂不粒食。《史記·留侯世家》：“［張良］乃學辟穀，道引輕身。會高帝崩。吕后德留侯，乃彊食之曰：‘人生一世間，如白駒過隙，何至自苦如此乎？’留侯不得已，彊聽而食。”

〔六〕杖屨：拄杖而行。稍：漸漸。過：過訪。

〔七〕謂以儉樸教育子孫。《後漢書·楊震傳》：“性公廉，不受私謁，子孫常蔬食步行。故舊長者或欲令爲開産業，震不肯，曰：‘使後世稱爲清白吏，子孫以此遺之，不亦厚乎？'"

〔八〕謂張方平對張恕爲南京簽判非常欣慰滿意。蘇軾《張文定公墓誌銘》："恕今爲右朝散郎、通判應天府，信厚敦敏篤學，朝廷數欲用之，以公老不忍去左右，詔聽之。"委曲：殷勤周到。

〔九〕朱紱(fú)：指官服。見下首注〔一〕。

其二

朱紱還家罷倚門〔一〕，留都無事最宜親〔二〕。下車趨走驚鄰舍〔三〕，决獄平反慰老人〔四〕。相見祇今多邂逅，舊游他日半埃塵〔五〕。何年重起扁舟興，會作東湖十日賓〔六〕？

【箋注】

〔一〕謂張恕回本籍爲官其父不再掛念。倚門：指父母思念兒女倚門而望歸。參《次韻子瞻與安節夜坐三首》之三注〔二〕。按，此處單指其父張方平，蓋張恕母馬氏已去世。轍元豐元年有《祭永嘉郡夫人馬氏文》《代南京留守祭永嘉郡夫人馬氏文》。

〔二〕留都：指南京。宋大中祥符七年，因應天府爲趙匡胤舊藩，建爲南京。地在今河南商丘南。

〔三〕謂事父孝敬，鄰舍爲之驚嘆。此用《漢書·韓延壽傳》："延壽嘗出臨上車，騎吏一人後至，敕功曹議罰白。還至府門，門卒當車，願有所言。延壽止車問之，卒曰：'《孝經》曰："資於事父以事君而敬同，故母取其愛，而君取其敬，兼之者父也。"今旦明府早駕，久駐未出，騎吏父來，至府門不敢入，騎吏聞之，趨走出謁。適會明府登車。以敬父而見罰，得毋虧大化乎？'延壽舉手輿中曰：'微子，太守不自知過。'"趨走：古禮，小步疾行，以示莊敬。

〔四〕謂其能如雋不疑平反冤獄而使張方平愉悦。典出《漢書·雋不疑傳》："每行縣録囚徒還，其母輒問不疑：'有所平反，活幾何人？'即不疑多有所平反，母喜笑，爲飲食，語言異於他時；或亡所出，母怒，爲之不食。"

〔五〕唐鄭谷《忍公小軒二首》之二："舊遊前事半埃塵，多向中林結净因。”

〔六〕“何年”二句:期以他年與張同游。唐吴商浩《宿山驛》:“好同范蠡扁舟興,高挂一帆歸五湖。”東湖:在南京。

送賈訥朝奉通判眉州〔一〕

歸念長依落日邊〔二〕,壺漿今見逆新官〔三〕。聲傳已覺謳歌遍,身到前知政令寬〔四〕。民病賢人來已暮〔五〕,時平蜀道本無難〔六〕。明年我欲修桑梓,爲賞庭前荔子丹。眉州倅廳舊有荔支二株〔七〕,甚大。

【箋注】

〔一〕作於元祐元年(一〇八六)九月末。蘇軾送别賈詩云:“鹿頭北望應逢臈,人日東郊尚有梅。”趙次公注曰:“鹿頭關在綿州羅江縣,下鹿頭觀則趨成都而往眉矣。自成都趨眉乃一直南往,而云北望未詳。時乃季冬,故曰逢臈。”按,季冬乃農曆十二月,蘇軾詩推測賈此時當到鹿頭關,且能在來年正月初七人日觀賞梅花。參考蘇軾兄弟與父洵出蜀時間,在嘉祐元年閏三月從成都出發至五六月抵京師,途中近兩月,蓋賈當最遲在本年九月末出發。賈訥:舊題宋王十朋《東坡詩集註》:“曾爲朝散郎。”餘不詳。俟考。

〔二〕因蜀地在西,故云。

〔三〕謂百姓將擁戴賈的赴任。壺漿:簞食壺漿的省文。參《送蘇公佐修撰知梓州》注〔三〕。逆:迎接。

〔四〕“聲傳”二句:謂賈還未到任已名聲遠播。

〔五〕《後漢書·廉范傳》:“舊制:禁民夜作,以防火災。而更相隱蔽,燒者日屬。范乃毁削先令,但嚴使儲水而已。百姓爲便乃歌之曰:‘廉叔度,來何暮。不禁火,民安作,平生無襦今五绔。’”病:艱難困苦。

〔六〕蜀地艱險,舊有“蜀道難,難于上青天”之説,見唐李白《蜀道難》。

〔七〕倅:指充任州郡的副職官員。《宋史·職官志七》曰:“職掌倅貳郡政,凡兵民、錢穀、户口、賦役、獄訟聽斷之事,可否裁決,與守臣通簽書施行。”蘇軾《密州通判廳題名記》:“未一年而君來倅是邦。”即通判。

附録　蘇軾《送賈訥倅眉二首》

其一

當年入蜀歎空回，未見峨眉肯再來。童子遥知頌襦袴，使君先已洗樽罍。李大夫，眉之賢守也。鹿頭北望應逢雁，人日東郊尚有梅。人日出東郊，渡江，遊蟇頤山，眉之故事也。我老不堪歌《樂職》，後生試覓子淵才。

其二

老翁山下玉淵回，手植青松三萬栽。父老得書知我在，小軒臨水爲君開。試看一一龍蛇活，更聽蕭蕭風雨哀。便與甘棠同不翦，蒼髯白甲待歸來。先君葬於蟆頤山之東二十餘里，地名老翁泉。君許爲一往，感歎之深，故及。

次韻黄庭堅學士猩毛筆〔一〕

不悟身邊一斗紅，聖賢隨世亦時中〔二〕。何人知有中書巧〔三〕，縛送能書陳孟公〔四〕？

【箋注】

〔一〕作於元祐元年（一〇八六）九月末。黄庭堅：見《復次煙字韻答黄大臨庭堅見寄二首》注〔一〕。猩毛筆：宋任淵《山谷詩集注》卷三《和答錢穆父詠猩猩毛筆》注："《雞林志》云：'高麗筆蘆管黄，毫健而易乏，舊云猩猩毛。或言是物四足長尾，善緣木，蓋狖毛或鼠鬚之類爾。'"

〔二〕時中：儒家謂立身行事，合乎時宜，無過與不及。《易·蒙》："蒙亨，以亨行，時中也。"唐孔穎達疏："謂居蒙之時，人皆願亨，若以亨道行之，於時則得中也。"《禮記·中庸》："君子之中庸也，君子而時中。"孔穎達疏："謂喜怒不過節也。"

〔三〕中書：即中書君。唐韓愈作寓言《毛穎傳》，稱毛筆爲毛穎。言穎居中山爲蒙恬所獲，獻于秦皇，秦皇封之于管城，號管城子，"累拜中書令，與上益狎，上嘗呼爲中書君"。後因以"中書君"爲毛筆的别稱。蘇軾《自笑》："多謝中書君，伴我此幽棲。"

〔四〕陳孟公：指漢陳遵。字孟公，漢杜陵（今陝西西安市）人。少放縱不拘，哀帝末以功封嘉威侯。居長安。性好客，每會飲，取客車轄投井中，雖有急不得去。善書，與人尺牘，主皆臧去以爲榮。請求不敢逆，所到衣冠懷之，唯恐在後。王莽奇其才，起爲河南太守。更始時爲大司馬護軍，留朔方，爲賊所殺。《漢書》有傳。《三蘇年譜》："筆乃錢勰（穆父）所贈，而軾甚愛之，庭堅乃作二詩，一奉勰，一奉軾。二人時並爲中書舍人。……陳孟公謂［蘇］軾，蓋以戲庭堅。"

附録　黄庭堅《戲詠猩猩毛筆》

其一

桄榔葉暗賓郎紅，朋友相呼墮酒中。政以多知巧言語，失身來作管城公。

其二

明窗脱帽見蒙茸，醉着青鞋在眼中。束縛歸來儻無辱，逢時猶作黑頭公。

《和答錢穆父詠猩猩毛筆》

愛酒醉魂在，能言機事疏。平生幾兩屐，身後五車書。物色看王會，勳勞在石渠。拔毛能濟世，端爲謝楊朱。

孔武仲《猩猩毛筆與黄魯直同賦》

染血以爲衣，稍親日月光。封唇以佐酒，衆饌登華堂。誰令拔其毛，萬里歸文房。纖妍依象管，寂寞伴螢囊。生已多言語，死猶近文章。一身皆有用，豈恤軀幹傷。鼠鬚固微細，兔毫亦尋常。物以異爲貴，嗟哉俱自戕。

李誠之待制挽詞二首〔一〕

其一

脱遺章句事經綸〔二〕，滿腹龍蛇自屈伸〔三〕。南駕威聲傳絶域〔四〕，西征舊恨失奸臣〔五〕。空留諫疏驚頹靡〔六〕，終托詩詞話苦辛〔七〕。直氣如雲未應盡〔八〕，一雙嗣子亦騏驎〔九〕。

【箋注】

〔一〕作於元祐元年（一〇八六）九月末。李誠之：見《和李誠之待制燕别西湖》注〔一〕。蘇軾元祐二年有《故李誠之待制六丈挽詞》。

〔二〕脱遺：脱離，拋棄。章句：見《次韻毛君將歸》注〔四〕。經綸：見《送吕希道少卿知滁州》注〔八〕。

〔三〕謂李志向遠大，韜略過人，而又能屈能伸。

〔四〕《宋史·李師中傳》："師中攝帥事，交阯耀兵於邊，聲言將入寇。師中方宴客，飲酒自若，草六榜揭境上，披以其情，得不敢動，即日貢方物。紹泰懼，委巢穴遁去。儂智高子宗旦保火峒，衆無所屬，前將規討以幸賞，遂固守。師中檄諭禍福，立率其族以地降。"

〔五〕《宋史·李師中傳》："遷直史館、知鳳翔府。种諤取綏州，師中言：'西夏方入貢，叛狀未明，恐彼得以藉口，徒啓其釁端也。'鄜延路覘知西夏駐兵綏、銀州，檄諸路當牽制，師中疏論牽制之害。時諸將皆請行，師中曰：'不出兵，罪獨在帥，非諸將憂也。'既而此舉卒罷。"

〔六〕《宋史·李師中傳》："其志尚甚高，每進見多陳天人之際，君臣大節，請以進賢退不肖爲宰相考課法。"

〔七〕唐杜甫《贈王二十四侍御契四十韻》："會面嗟黧黑，含淒話苦辛。"《宋史·藝文志》："李師中詩三卷。"

〔八〕《東都事略·李師中傳》："師中爲人落落有氣節。"又《宋史·李師中傳》："又自稱薦曰：'天生微臣，蓋爲聖世。有臣如此，陛下其舍諸？'"

〔九〕謂李子嗣皆才能傑出。宋劉摯《右司郎中李公墓誌銘》："四男：修，登封縣尉，卒；价，左殿班直；偁，濟州推官；伉，將作監主簿。"嗣子：嫡長子，亦泛指兒子。騏驎：麒麟。喻才能傑出的人。《晉書·顧和傳》："和二歲喪父，總角便有清操，族叔榮雅重之，曰：'此吾家麒麟，興吾宗者，必此人也。'"唐杜甫《徐卿二子歌》："孔子釋氏親抱送，盡是天上麒麟兒。"

其二

濟南風物在西湖〔一〕，湖上逢公初下車〔二〕。談笑樽前伏齊虜〔三〕，旌旗門外聽除書〔四〕。一封未奏先焚草〔五〕，三黜歸來便種蔬〔六〕。涙落西堂歌酒地，杉松空見歲寒餘〔七〕。

【箋注】

〔一〕西湖：濟南西湖。蘇轍曾有《和李誠之待制燕别西湖》。

〔二〕熙寧六年(一〇七三)，李師中嘗知齊州，招蘇轍爲齊州掌書記。下車：初任職。語出《禮記·樂記》："武王克殷，反商，未及下車，而封黄帝之後於薊。"

〔三〕其事今已不詳。或當是指李在齊翦滅寇盜之類。

〔四〕除書：拜官授職的文書。

〔五〕焚草：焚燒草稿，以示謹慎。《宋書·謝弘微傳》："每獻替及論時事，必手書焚草，人莫之知。"

〔六〕三黜：多次貶謫。參《送張公安道南都留臺》注〔一二〕。《續資治通鑑長編·神宗熙寧三年》："［冬十月］己卯，前知秦州、右司郎中、天章閣待制李師中落天章閣待制，降授度支郎中、知舒州。"又《神宗熙寧七年》："［二月］右司郎中、知齊州李師中爲天章閣待制、知瀛州，既而王安石論師中詐冒不可用，即罷之。"小字注曰："五月一日責和州。"又《哲宗元祐四年》："［五月］故朝散大夫、右司郎中李師中追復天章閣待制。師中在先朝，坐上書責降和州團練副使、本州安置，至是，其子稱訴於朝，乃有是命。"小字注曰：《舊録》云："李師中追復天章閣待制。師中在先朝上書自言：'臣愚不肖，亦未忘舊學。陛下欲爲富國强兵之事，則有禁暴豐財之術；欲爲代工熙載之事，則有利用厚生之道。有臣如此，陛下其舍諸？'先帝批：'師中敢肆誕謾，輒求大用，朋邪罔上，愚弄朕躬，識其奸邪，所宜顯黜。'責授檢校水部員外郎、和州團練副使、本州安置。"

〔七〕謂李不幸而逝世。歲寒：見《次韻子瞻與蘇世美同年夜飲》注〔六〕。

附録　蘇軾《故李誠之待制六丈挽詞》

青青一寸松，中有梁棟姿。天驥墮地走，萬里端可期。世無阿房宫，可建五丈旂。又無穆天子，西征燕瑶池。才大古難用，老死亦其宜。丈夫恐不免，豈患莫已知。公如松與驥，少小稱偉奇。俯仰自廊廟，笑談無羌夷。清朝竟不用，白首仍憂時。願斬横行將，請烹乾没兒。

言雖不見省,坐折姦雄窺。嗟我去公久,江湖生白髭。歸來耆舊盡,零落存者誰。比公嵇中散,龍性不可羈。疑公李北海,慷慨多雄詞。凄涼《五君詠》,沉痛《八哀詩》。邪正久乃明,人今屬公思。九原不可傳,千古有餘悲。

畢仲遊《輓李成之待制六丈三首》

其一

高論嵇中散,行吟楚大夫。笑談雖自若,放逐竟何辜。浮世終難料,蒼天不可呼。莫論身後事,忠義付諸孤。

其二

西帥旌幢舊,東州几杖新。偏裨嘗破膽,徒弟盍書紳。雄略渾無敵,沈機妙若神。不須鋤盜賊,公在本良民。

其三

道孤從白眼,骨朽任黄泉。不與今人合,空爲後世憐。文章還誤己,窮達竟歸天。遺藁知猶在,應容手自傳。

司馬温公挽詞四首〔一〕

其一

白髮三朝舊〔二〕,青山一布衾〔三〕。封章留帝所〔四〕,德澤在人心〔五〕。未起謳吟切〔六〕,來歸顧①托深〔七〕。楊公不久住〔八〕,天意定難忱〔九〕。

【校記】

①顧:蜀藩刻本、叢刊本作"故",誤。

【箋注】

〔一〕作於元祐元年(一〇八六)九月。《續資治通鑑長編·哲宗元祐元年》:"[九月]丙辰朔,正議大夫、守尚書左僕射兼門下侍郎司馬光卒。光爲政踰年，而病居其半，每欲以身徇社稷，躬親庶務，不舍晝夜。賓客見其體羸，曰：‘諸葛孔明二十罰以上皆親之，以此致疾，公不可以不戒。’光曰：‘死生命也。’爲之益力。病革不復自覺，諄諄如夢中語，然皆朝廷天下事也。”司馬温公：即司馬光。參《司馬君實端明獨樂園》注〔一〕。

〔二〕司馬光歷仕仁宗、英宗、神宗、哲宗四朝。蘇轍《代三省祭司馬丞相文》：“白髮蒼顏，三世之臣。”

〔三〕謂司馬光之清貧。布衾：布被。西漢丞相公孫弘節儉，“爲布被，食不重肉。”參《和柳子玉紙帳》注〔五〕。

〔四〕封章：言機密事之章奏皆用皂囊重封以進，故名封章。亦稱封事。

〔五〕《宋史·司馬光傳》：“[光薨]京師人罷市往弔，鬻衣以致奠，巷哭以過車。及葬，哭者如哭其私親，嶺南封州父老亦相率具祭，都中及四方皆畫像以祀，飲食必祝。”

〔六〕云未被起用時百姓急切地謳歌、頌揚，希望光能任職。《宋史·司馬光傳》：“凡居洛陽十五年，天下以爲真宰相，田夫野老皆號爲司馬相公，婦人孺子亦知其爲君實也。帝崩赴闕臨，衛士望見，皆以手加額曰：‘此司馬相公也。’所至民遮道聚觀，馬至不得行。曰：‘公無歸洛，留相天子活百姓。’”又“光知陳州，過闕，留爲門下侍郎。蘇軾自登州召還，緣道人相聚號呼曰：‘寄謝司馬相公，毋去朝廷，厚自愛，以活我。’是時天下之民引領拭目，以觀新政。”

〔七〕指神宗去世後，宣仁太后（宋英宗皇后，神宗母、哲宗祖母）起用司馬光爲相事。

〔八〕以司馬光比唐代楊炎。楊炎：字公南，鳳翔天興（今陝西鳳翔縣）人。文藻雄麗，豪爽尚氣，德宗時累拜門下侍郎，同中書門下平章事。作兩税法，一變租庸調舊制，“自是人不土斷而地著，賦不加斂而增入，版籍不造而得其虚實，吏不誡而姦無所取，輕重之權，始歸朝廷矣。炎興嶺表，以單議悟天子，中外翕然，屬望爲賢相”。後爲盧杞所構，賜死。新舊《唐書》有傳。按，司馬光爲相，一廢新法，天下仰望，其狀與楊炎頗似。故以之作比。

〔九〕忱（chén）：信。《詩·大雅·大明》：“天難忱斯，不易維王。”毛傳：“忱，信也。”鄭箋：“天之意難信矣。”

其二

決策傳賢際〔一〕,危言變法初〔二〕。紛紛看往事,一一驗遺書〔三〕。富貴終何有〔四〕? 清貧衹自如〔五〕。西州不忍過,行哭便回車〔六〕。

【箋注】

〔一〕指司馬光上書仁宗要求早立嗣事。傳賢:立嗣傳位。《孟子·萬章上》:"人有言至於禹而德衰,不傳於賢而傳於子。"《宋史·司馬光傳》:"仁宗始不豫,國嗣未立,天下寒心而莫敢言。諫官范鎮首發其議,光在并州聞而繼之,且貽書勸鎮以死争……未幾,詔英宗判宗正,辭不就,遂立爲皇子,又稱疾不入……英宗遂受命。"

〔二〕指王安石熙寧變法開始,司馬光便批評之。《宋史·司馬光傳》:"安石得政,行新法,光逆疏陳其利害。"危言:直言。

〔三〕司馬光遺書不見載籍。蘇轍所言,當有其據。《宋史·司馬光傳》:"元豐五年,忽得語澁疾,疑且死,豫作遺表置卧内,即有緩急,當以界所善者上之。"

〔四〕謂光不求富貴。參《次韻偶成》注〔七〕。

〔五〕《宋史·司馬光傳》:"洛中有田三頃,喪妻,賣田以葬。惡衣菲食,以終其身。"

〔六〕"西州"二句:謂人們對司馬光逝世十分傷心。見上首注〔五〕。西州:見《歐陽太師挽詞三首》之三注〔三〕。

其三

區區非爲己〔一〕,懇懇欲亡生〔二〕。力盡心終在,身亡勢亦成〔三〕。遺民拋劍戟〔四〕,故老半公卿〔五〕。魏丙生前友,俱傳漢相名〔六〕。

【箋注】

〔一〕區區:一心一意;盡心盡力。

〔二〕懇懇:誠摯殷切貌。亡生:忘生。參上之一注〔一〕。

〔三〕元豐八年(一〇八五),司馬光爲門下侍郎期間,先後廢除了王安石當政期間推行的方田均税法、市易法、保馬法等。

〔四〕謂百姓致力耕種。《漢書·龔遂傳》:"民有帶持刀劍者,使賣劍買牛,賣刀買犢,曰:'何爲帶牛佩犢?'"

〔五〕唐姚合《送盧二弟茂才罷舉遊洛謁新相》:"離筵俯岐路,四坐半公卿。"按,司馬光主政期間,先後召回因反對新法而被貶的劉摯、范純仁、李常、蘇軾、蘇轍等。

〔六〕"魏丙"二句:謂光如漢魏相、丙吉善待僚屬。魏丙:西漢名相魏相和丙吉。魏相,字弱翁,漢濟陰定陶(今山東菏澤市定陶區)人。少學《易》,爲郡卒吏,以對策高第爲茂陵令。宣帝時累官御史大夫。霍光卒,請損霍氏權以全功臣。代韋賢爲丞相。宣帝勵精圖治,相數上便宜,帝皆采納。封高平侯,卒謚憲。《史記》《漢書》有傳。丙吉,字少卿,漢魯國(今山東境)人。爲廷尉監。宣帝生數日,以衛太子事繫獄,賴吉得全,封博陽侯。代魏相爲丞相,仁而愛民,於官屬務掩其過,世稱其賢。卒謚定。《史記》《漢書》有傳。

其四

少年真狷淺,射策本粗疏〔一〕。欲廣忠言地,先收衆棄餘〔二〕。流離見更化,邂逅捧除書〔三〕。趙孟終知厥,他人恐罵予〔四〕。

【箋注】

〔一〕"少年"二句:蘇轍自謂當年參加制科考試的策論淺陋粗疏。言外之意對司馬光是心存感激的。《宋史·蘇轍傳》:"策入,轍自謂必見黜,考官司馬光第以三等……宰相不得已,寘之下等。"射策:指應試。參《過王介同年墓》注〔六〕。按,當時考試雖設四等,其實一、二等是虚設的,三等即爲高第,故蘇轍感激甚至。狷(juàn)淺:急躁浮淺。

〔二〕謂將放逐的賢臣一一召回。語本《史記·貨殖列傳·白圭傳》:"而白圭樂觀時變,故人棄我取,人取我與。"

〔三〕"流離"二句:謂自己有幸能被召回任職。流離:指輾轉貶謫各地。更化:改制;改革。《漢書·禮樂志》:"爲政而不行,甚者必變而更化之,乃可理也。"邂逅:僥倖。除書:拜官授職的文書。

〔四〕"趙孟"二句:謂司馬光瞭解自己,别人也許會罵自己忘恩負義。蓋議回河、雇役，與文彦博、司馬光異同。参《續資治通鑑長編·哲宗元祐二年》。趙孟：春秋時趙盾，趙衰子。輔佐襄公、靈公。爲正卿，在内輯睦諸臣，對外力拒秦楚。晉國一時幾如文公時之强盛。然馭下嚴厲，時人以謂其父衰爲冬日之陽，而盾爲夏日之陽。此以趙盾比司馬光。厥：韓厥。《左傳·成公十七年》："召韓厥，韓厥辭曰：'昔吾畜於趙氏，孟姬之讒，吾能違兵。'"晉杜預注："畜，養也；違，去也。韓厥少爲趙盾所待養，及孟姬之亂，晉將討趙氏，而厥去其兵，示不與黨。"

附録　畢仲游《輓司馬温國公丞相二首》

其一

黄髪來雖暮，丹心病未休。艱難天下事，際會老臣謀。似覺浮風返，空嗟白日留。定知名洶洶，萬歲與千秋。

其二

禮絶非因貴，哀深卻有榮。世間都畫像，海外亦聞聲。後事雖從老，前賢是友生。故應房魏輩，泉下定交情。

張耒《故僕射司馬文正公挽詞四首》

其一

黼座方恭默，邦家付老臣。頌歌民一口，形勢國千鈞。富庶新田里，忠臣舊搢紳。裴公恨不早，丘禱歎無神。

其二

辭爵浮雲外，安民反手中。山林獨往意，衮繡太平功。布被終身儉，貂冠一命崇。他年兩行淚，碑下泣羊公。

其三

經濟心猶壯，清羸疾易傷。那知兩楹奠，遽失萬夫望。家有詩書積，墳無金玉藏。誰知幅巾斂，曾佩上公章。

其四

伊洛平生興，園林獨樂居。曾過鄭公里，得御李膺車。華屋當年客，名山異代書。定知傳不朽，埋玉自沾裾。

送王廷老朝散知虢州〔一〕

滿腹貯精神〔二〕，觸手會衆理〔三〕。一廢十五年，直坐才多爾〔四〕。我昔游宋城〔五〕，憶始識君子。簿書填丘山，賓客亂蜂蟻〔六〕。出尋城下宅，屨屣牀前履〔七〕。清談如鋸木，落屑紛相委〔八〕。解頤自有樂〔九〕，置酒姑且止。逡巡破黄封〔一〇〕，婉娩歌皓齒〔一一〕。風高熊正白〔一二〕，霜落蟹初紫〔一三〕。夜闌意未厭，河斜客忘起〔一四〕。歸來笑僮僕，熟醉未曾爾。江湖一流蕩，歡意日頽弛〔一五〕。西還經舊游，相逢值新喜。詔催西州牧，門有朱轓梍〔一六〕。都城挽不住，山賊近方侈〔一七〕。提刀索崖谷，援桴動閭里〔一八〕。居家百無與，王事非有已。何日卻休官〔一九〕，復飲梁王市〔二〇〕？

【箋注】

〔一〕作於元祐元年(一〇八六)九月末。虢州屬陝西路之永興軍路，距鳳翔不遠。蘇軾亦賦詩送行，見蘇軾《送王伯敭守虢》。次三月。考轍詩"風高熊正白，霜落蟹初紫"，應是深秋景象，故繫之九月。王廷老：見《次韻王鞏同飲王廷老度支家戲詠》注〔一〕。朝散：見《戲贈李朝散》注〔一〕。虢州：春秋時虢國地，晉滅虢，其地屬晉，戰國時屬秦魏二國之境，後屬三川郡，漢武置弘農郡，後漢因之。唐武德元年改爲鼎州，八年改虢州，後爲弘農郡，屬河南道。宋屬永興軍路。治虢略(今河南靈寶縣境)。

〔二〕《晉書·温嶠傳》："深結錢鳳，爲之聲譽，每曰：'錢世儀精神滿腹。'嶠素有知人之稱，鳳聞而悦之。"

〔三〕觸手：猶言隨手。

〔四〕"一廢"二句：謂王廢罷是因爲多才。唐杜甫《有懷台州鄭十八司户》："從來禦魑魅，多爲才名誤。"熙寧中，廷老任權兩浙轉運副使度支郎中，爲王靖彈劾失職，罷之。見《宋史·王靖傳》、《續資治通鑑長編·神宗熙寧十年》。坐：因爲。

〔五〕宋城：南京應天府。蘇轍《祭王虢州伯敭文》："君以罪廢，還家宋都。

轍適在是。簿書之閑,往走君廬。忘其厄窮,笑歌歡呼。夜飲不歸,月墮城隅。”元豐元年(一〇七八)蘇轍亦有《次韻王鞏同飲王廷老度支家戲詠》。

〔六〕謂文書之類堆如山積,王能禮賢下士,故應酬繁劇,不堪其擾。

〔七〕“出尋”二句:謂時時訪問接待賢人。宋王安石《韓持國見訪》:“賴此城下宅,數蒙故人留。”《後漢書·鄭玄傳》:“國相孔融深敬於玄,屣履造門。”唐李賢注:“屣謂納履未正,曳之而行,言趨賢急也。”

〔八〕“清談”二句:謂王善言談。鋸木:見《次韻答孔武仲》注〔四〕。

〔九〕解頤:開顔歡笑。參《次韻秦觀秀才携李公擇書相訪》注〔一三〕。

〔一〇〕黄封:酒名。宋代官釀,因用黄羅帕或黄紙封口,故名。後泛指酒。蘇軾《岐亭》之三:“爲我取黄封,親拆官泥赤。”清王文誥總案:“京師官法酒以黄紙或黄羅絹冪瓶口,名黄封酒。”

〔一一〕蘇軾《定風波》:“自作清歌傳皓齒,風起,雪飛炎海變清凉。”婉娩:柔美,美好。此指歌女。

〔一二〕謂熊背正肥。熊白爲珍貴美味。明李時珍《本草綱目·獸二·熊》[釋名]引陶弘景曰:“脂即熊白,乃背上肪,色白如玉,味甚美。寒月則有,夏月則無。”

〔一三〕謂蟹肥。蓋霜後蟹殼呈紫紅色。

〔一四〕河斜:謂銀河漸漸隱去,天快亮了。因爲銀河晚上纔看得見。

〔一五〕頽弛:此指消沉。

〔一六〕朱轓(fān):車乘兩旁之紅色障泥。柅(nǐ):塞於車輪下的制動之木。此指貴人所乘之車。

〔一七〕此年諸處多闕雨澤,盜賊頗多。《續資治通鑑長編·哲宗元祐元年》:“[二月]見今河北、陝西、京東西,所在常有盜賊,攘劫抄竊,殆無虚日,鄉野閭井,人頗不安。”又“[四月]陝西轉運司言:‘本路近歲賊盜多出商山,乞將商、虢二州及永興軍乾祐縣山居百姓,並依重法地分施行。’詔:‘强盜三人已上,並依重法地分施行。’”侈:(聲勢、數量等)大。

〔一八〕“提刀”二句:謂王帶領鄉兵一起圍剿山賊。蘇軾《次韻劉貢父李公擇見寄二首》之二:“磨刀入谷追窮寇,灑涙循城拾棄孩。”援桴:拿起鼓槌。此謂擊鼓進剿山賊。

〔一九〕休官：辭官。

〔二〇〕梁王市：指廷老之家鄉南京應天府。西漢梁孝王曾於此修苑囿。參《送轉運判官李公恕還朝》注〔二〕。

送魯有開中大知洺州①次子瞻韻〔一〕

仲連雖不仕〔二〕，而非綺與園〔三〕。逡巡笑談間〔四〕，屢解戰鬬繁〔五〕。子敬識二孫，長揖鼓鼙喧〔六〕。意氣感周郎，振策起江村〔七〕。二賢繼英風〔八〕，千載爲高門。曾孫事仁祖〔九〕，風義夙所敦〔一〇〕。臺閣餘故事〔一一〕，父老稱遺言。白髮識公子，十載友元昆〔一二〕。婆娑久不試，俯仰色愈温〔一三〕。五馬忽嘶鳴〔一四〕，朱輪夾征軒〔一五〕。旌旆隔河②至〔一六〕，部曲幾人存〔一七〕？銅虎不可留〔一八〕，芻狗行當燔〔一九〕。秋潦決河防〔二〇〕，遺黎化驚魂〔二一〕。憂心念千里，何暇把一樽？西城叩門别，南風吹帽翻〔二二〕。嗟我限出謁，未敢逾短垣〔二三〕。新晴水尚壯，想見民驚奔。安得萬丈堤，止此百里渾？姑爾救一境，誰當理其源？百聞貴一見〔二四〕，尺書爲我論〔二五〕。

【校記】

①洺州：原作洛州，據宋大字本、宋建本、三蘇祠本改。

②河：宋建本作“江”。

【箋注】

〔一〕作於元祐元年（一〇八六）九月。考轍詩：“秋潦決河防，遺黎化驚魂。憂心念千里，何暇把一樽？”明言秋潦。故繫於九月。魯有開：字元翰，參知政事宗道從子。譙縣（今安徽亳縣）人。好禮學，通《左氏春秋》，以蔭知韋城縣，皇祐五年進士，歷確山、萬縣令。富弼薦，以爲有古循吏風，尋知南康軍。熙寧行新法，忤王安石，出通判杭州。熙寧十年知衛州，元豐元年知冀州。元祐年間歷知信陽軍，洺、滑州，復守冀。卒，年七十五。《宋史》有傳。中大：宋代京官候選人的别稱。宋周煇《清波别志》卷中:“近世京朝官曰太中,選人曰中大。”洺州:春秋時赤狄之地,其後屬晉,七國時趙所都。秦屬邯鄲郡,漢初置廣平國,後漢省入鉅鹿郡,後爲魏郡之西部,魏改爲廣平郡。唐初劉黑闥都之,克平置洺州,或爲廣平郡,屬河北道。宋爲廣平郡防禦,治永年(今河北永年縣)。

〔二〕仲連:戰國時齊國人魯仲連,高蹈不仕,喜爲人排患、釋難、解紛亂,曾力阻趙尊秦爲帝。後田單言於齊王欲爵之,連逃隱於海上以終。《史記》有傳。

〔三〕綺、園:指“商山四皓”中的綺里季和東園公。參《次韻子瞻聞不赴商幕三首》之二注〔六〕。

〔四〕逡巡:極言時間之短暫。

〔五〕指阻趙尊親秦爲帝事。見《戰國策・趙三》。

〔六〕“子敬”二句:言魯肅輔佐孫策、孫權事。子敬:指三國吴魯肅(一七二—二一七),字子敬,臨淮東城(今安徽定遠縣)人。家富於財,好施予,得鄉邑之譽。周瑜薦于孫權,建議孫權結劉備以抗曹操。拜奮武校尉,從權破皖城,轉横江將軍。肅爲人方嚴,雖在軍政,手不釋卷。又善談論,能屬文。周瑜之後,以肅爲冠。《三國志》有傳。二孫:指孫策、孫權。孫策(一七五—二〇〇),字伯符,漢末吴郡富春(今浙江杭州市富陽區)人,孫堅長子。策初與周瑜善。堅死後,策依附袁術,術以堅部曲歸之。獻帝興平二年(一九五)率軍渡江,平定江東,據有吴、會稽、豫章、丹楊、廬陵、廬江等郡,以周瑜、張昭、張紘等爲輔佐,建立割據政權。曹操表爲討逆將軍、封吴侯。後遇刺亡,由其弟權統其衆。《三國志》有傳。孫權,見《次韻子瞻遊甘露寺》注〔一三〕。

〔七〕“意氣”二句:周瑜爲居巢長,求糧,肅有米兩囷,囷三千斛,遂指贈一斛。瑜遂薦于孫權。周郎:指三國吴周瑜(一七五—二一〇)。瑜字公瑾,三國吴舒(今安徽舒城縣)人。美姿容,善音律。與孫策同年友好。建安間策授瑜建威中郎將,時年二十四,吴中呼爲周郎。後事孫權,敗曹操于赤壁,拜偏將軍,領南郡太守。擬進取蜀,卒于巴丘。《三國志》有傳。

〔八〕二賢:當指魯肅子魯淑及魯肅孫魯睦。《三國志・吴書・魯肅傳》:“遺腹子淑既壯,濡須督張承謂終當到至。永安中爲昭武將軍、都亭侯、武昌督。建衡中,假節,遷夏口督。所在嚴整有方幹。鳳皇三年卒,子睦襲爵,領兵馬。”

〔九〕言魯宗道事宋仁宗聲名昭章。曾孫:對曾孫以下的統稱。《詩·周頌·維天之命》:“惠我文王,曾孫篤之。”鄭箋:“曾,猶重也。自孫之子而下,事先祖皆稱曾孫。”此指魯宗道。宗道字貫之,宋譙(今安徽亳州市)人。登進士,天禧中爲右正言,多所論列。仁宗時判吏部流内詮,客觀公允,拜參知政事。宗道爲人剛正,疾惡少容,遇事敢言,不爲小謹。樞密使曹利用恃權驕横,宗道每于御前折之,自是爲貴戚所嚴憚,目爲魚頭參政。以其姓上爲魚,兼言其骨骾如魚頭。卒謚肅簡。《宋史》有傳。仁祖:指宋仁宗(一〇一〇——一〇六三)。真宗第六子,名禎。母李宸妃,章獻太后養爲己子。年十三繼位,太后稱制凡十一年。太后崩,始親政。任富弼以和契丹,任韓琦、范仲淹以拒西夏。恭儉仁恕,慎刑愛民,爲有宋第一仁主。在位四十一年崩,廟號仁宗。

〔一〇〕敦:厚重;篤實。《易·艮》:“敦艮,吉。”唐孔穎達疏:“敦,厚也……在上能用敦厚以自止,不陷非妄,宜其吉也。”

〔一一〕臺閣:漢時指尚書臺。魯宗道曾拜右諫議大夫參知政事,故云。

〔一二〕元昆:長兄。此指蘇軾。《魯元翰中大挽詞二首》之二自注曰:“子瞻兄始與元翰皆倅杭州。及自彭城還止都門,寓居范景仁東園。元翰時來相過,予始識之。”蘇軾任杭州通判自熙寧四年(一〇七一)至熙寧七年(一〇七四),此言“十載”,取其成數。

〔一三〕“婆娑”二句:謂魯不以進退在意。此句暗用《論語·公冶長》:“令尹子文三仕爲令尹,無喜色;三已之,無愠色。”婆娑:閒散自得。

〔一四〕五馬:作州郡長官。參《送吕希道少卿知滁州》注〔三〕。此指魯知洺州事。

〔一五〕朱輪:古代王侯顯貴所乘的車子。參《雜興二首》之二注〔一〕。征軒:遠行的車。

〔一六〕洺州因境内有洺水得名。

〔一七〕南朝宋鮑照《代東武吟》:“將軍既下世,部曲亦罕存。”

〔一八〕銅虎:漢代發兵用的銅質虎符。此借指官印。

〔一九〕芻狗:古代祭祀時用草紮成的狗。此芻狗當是祖道用。參《初發彭城有感寄子瞻》注〔二一〕。又參《次韻子瞻端午日與遲适遠三子出遊》注

〔一二〕。

〔二〇〕《續資治通鑑長編·哲宗元祐元年》:“[六月](蘇轍言)然自六月大雨,淮水泛溢,泗、宿、亳三州大水,夏田既已不收,秋田亦復蕩盡,前望來年夏麥,日月尚遠,勢不相接,深可憂慮。”

〔二一〕遺黎:指劫後餘生的百姓。

〔二二〕“西城”二句:謂魯瀟灑而多才。用晉孟嘉故事。參《次韻柳見答》注〔六〕。

〔二三〕“嗟我”二句:戲言自己不能翻牆擅自離開任地與魯送行。逾短垣:語本《國語·吴語》:“今君掩王東海,以淫名聞於天下,君有短垣而自逾之。”按以短垣代指任區。

〔二四〕《漢書·趙充國傳》:“百聞不如一見,兵難隃度。臣願馳至金城,圖上方略。”

〔二五〕尺書:謂書信。參《遊景仁東園》注〔六〕。

附録　蘇軾《用舊韻送魯元翰知洛州》

我在東坡下,躬耕三畝園。君爲尚書郎,坐擁百吏繁。鳴蛙與鼓吹,等是俗物喧。永謝十年舊,老死三家村。惟君綈袍信,到我雀羅門。緬懷故人意,欲使薄夫敦。新年對宣室,白首代堯言。相逢問前輩,所見多後昆。道館雖云樂,冷卿當復温。還持刺史節,卻駕朱輪軒。黄髪方用事,白鬚宜少存。嗣聖真生知,救民如救燔。初囚羽淵魄,盡返湘江魂。坐憂東郡決,老守思王尊。北流桑柘没,故道塵埃翻。知君一寸心,可敵千步垣。流亡自棲止,老幼忘崩奔。得閑閉閤坐,勿使道眼渾。聊乘應捨筏,直泝無生源。歸來成二老,夜榻當重論。

蘇轍詩編年箋注卷十五

次韻李曼朝散得郡西歸留别二首[一]

其一

風波定後得西歸[二]，烏鵲喧呼里巷知[三]。未熟黄粱驚破夢，相看白髮信乘危[四]。豚肩尚有冬深味[五]，鼉器應逢市合時[六]。父老爲公留臘酒，不須猶唱《式微》詩[七]。

【箋注】

〔一〕作於元祐元年(一〇八六)十月。蘇軾有《李曼知果州制》。李曼:字修孺，梓州射洪(今四川射洪縣)人。嘉祐進士。治平中知洪雅縣。熙寧六年以職方員外郎知瀘州。元豐四年知遂州。元祐六年，因范祖禹薦充獻納科，仕至利州路提點刑獄。李曼文傳於今者有《移建孔子廟碑》(見同治《嘉定府志》卷四十三)。宋吕陶《送修儒歸通泉用陳圖南賦》有"高懷無累能知止"語，可見其爲人。而曼與蘇軾弟兄及馮山等多所唱和，知其能詩。朝散:見《戲贈李朝散》注〔一〕。參《范太史集》卷五十五《手記》、《續資治通鑑長編》卷三百一十三等。

〔二〕《續資治通鑑長編·神宗熙寧六年》:"[五月]上曰:'審是非、察忠邪,今若所難,然不忠信之人跡狀著顯者未嘗不行法;其未顯者,吾取其潔,不保其往也。如昨知瀘州李曼,可謂有過矣,而黨庇者至多。范百度受命體量,獨排群議,而奏其實,此可褒進矣,而近臣亦有言百禄不當得館職者,此不可不察也。'安石又具道曼事本末曰:'不知何人庇曼。'因言:'士大夫君子固有不爲功名爵禄事陛下,徒以致君臣之義者,陛下似於君子小人未察也。'"又《元豐四年》:"[六月]林廣言:'知遂州李曼決配犯階級卒郭立不當,亦不關報,曼昨知瀘州引惹邊事,今又不量情理,縱軍士犯罪,恐别致生事。'詔轉運司劾李曼,仍發遣出川界,永不與川峽差遣。"風波當即指此。《蘇軾文集》卷三十九《李曼知果州制》:"乃者無實之訴,朕既察之矣。"似李曼事已得昭雪。西歸:李爲蜀人,所得郡爲果州(今四川南充市),故云。

〔三〕烏鵲:古以鵲噪而行人至,因常以烏鵲預示遠人將歸。唐杜甫《喜觀即到復題短篇》之二:"待爾嗔烏鵲,抛書示鶺鴒。"清仇兆鰲注:"按《西京雜記》:乾鵲噪而行人至。"

〔四〕"未熟"二句:謂爲官似黄粱一夢,如今回鄉白髮蒼蒼,始知仕宦如入險地。黄粱:見《白雲莊偶題》注〔七〕。乘危:踏上危險之地。

〔五〕謂回歸正深冬時。豚肩:豬肘子。按,蜀地有腌臘豬肉的習俗,製法工巧,味道佳美,故云。

〔六〕謂春天將到。蓋蠶具一般都是年後置備。蠶器:養蠶的器具。市合:開市。

〔七〕謂不必再唱懷歸詩。式微:見《登南城有感示文務光王遹秀才》注〔一一〕。

其二

懷印徒行尚故衣,邸中掾史見猶疑〔一〕。千人上冢鄉關動〔二〕,五馬行春雨澤隨〔三〕。醉裹墜車初未覺〔四〕,道中破甑復誰悲〔五〕?西行漫遣親朋喜,早賦陶翁《歸去》詩〔六〕。

【箋注】

〔一〕"懷印"二句:謂李如朱買臣衣錦還鄉。《漢書·朱買臣傳》:"初,買臣免,待詔,常從會稽守邸者寄居飯食。拜爲太守,買臣衣故衣,懷其印綬,步歸郡邸。直上計時,會稽吏方相與群飲,不視買臣。買臣入室中,守邸與共食。食且飽,少見其綬,守邸怪之,前引其綬,視其印,會稽太守章也。守邸驚,出語上計掾吏。皆醉,大呼曰:'妄誕耳!'守邸曰:'試來視之。'其故人素輕買臣者,入視之,還走,疾呼曰:'實然。'"

〔二〕謂掃墓時的排場讓鄉鄰仰慕。上冢:上墳,掃墓。

〔三〕五馬:指作太守。參《送吕希道少卿知滁州》注〔三〕。行春:謂官吏春日出巡。《後漢書·鄭弘傳》:"弘少爲鄉嗇夫,太守第五倫行春,見而深奇之,召署督郵,與孝廉。"唐李賢注:"太守常以春行所主縣,勸人農桑,振救乏絶。"

〔四〕《莊子·達生》:"夫醉者之墜車,雖疾不死。骨節與人同,而犯害與人異,其神全也。"

〔五〕《後漢書·孟敏傳》:"客居太原,荷甑墮地,不顧而去。林宗見而問其意,對曰:'甑已破矣,視之何益?'"

〔六〕謂早日歸隱。陶翁:晉陶潛。歸去:《歸去來兮辭》。

附録　蘇軾《次韻李修孺留别二首》

其一

十年流落敢言歸,魚鳥江湖只自知。豈意青天掃雲霧,盡呼黄髮寄安危。風流吾子真前輩,人物他年記一時。我欲折繻留此老,緇衣誰作好賢詩。

其二

此生别袖幾回麾,夢裏黄州空自疑。何處青山不堪老,當時明月巧相隨。窮通等是思家意,衰病難堪送客悲。好去江魚煮江水,劍南歸路有姜詩。

送程建用宣德西歸〔一〕

昔與君同巷,參差對柴荆〔二〕。艱難奉老母,弦歌教諸生〔三〕。黎藿飽臧獲，布褐均弟兄〔四〕。貧賤理則窮〔五〕，禮義日益明。我親本知道，家有月旦評〔六〕。逡巡户牖間，時聞嘆息聲："善惡不可誣，孝弟神所聽〔七〕。我見此家人，處約能和平〔八〕。它年彼君子，豈復地上行〔九〕？"爾來三十年，遺語空自驚。松阡映天末〔一〇〕，苦淚緣冠纓。子親八十五，皤然老人星〔一一〕。安輿及禄養〔一二〕，平反慰中情〔一三〕。月俸雖不多，足備甘與輕〔一四〕。今年復考課〔一五〕，得秩真代耕〔一六〕。倚門老鶴望〔一七〕，策馬飛鴻征。歸來歲云莫〔一八〕，手奉屠蘇觥〔一九〕。我詩不徒作，以遺鄉黨銘。君昔嘗稅居，與弊廬東西相望，武昌君見其家事〔二〇〕，知非貧賤人也。此語未嘗語人。俯仰三十年矣，因君西歸，作詩言之，不覺流涕。

【箋注】

〔一〕作於元祐元年（一〇八六）十月二十三日。《三蘇年譜》卷三十八："此詩作於元祐元年（一〇八六）丙寅，時程建用（彝仲）自京師返蜀教授東川，蘇軾亦有送行詩。轍詩'今年'云云，即謂爲教授也。"程建用：字彝仲，眉山（今四川眉山）人。少與蘇軾弟兄、家安國兄弟等從學于劉巨。元豐間知中江，以循吏稱，嘗作書寄蘇子瞻，記山亭、狀風物、寫情景山川如在几案間，學識才行有大過人者。宣德：宣德郎之省稱。官名。隋置爲散官。唐宋沿用。程建用時爲宣德郎。

〔二〕謂兩家住居錯落相對。參差：錯落貌。

〔三〕"艱難"二句：謂程當年在眉山舌耕奉親。弦歌：此謂教授弟子。參《次韻宿州教授劉涇見贈》注〔五〕。

〔四〕"黎藿"二句：互文。謂程家上下同甘共苦。藜藿：見《郭尉愿惇夫以琳上人書詩爲示次韻》注〔七〕。臧獲：古代對奴僕的賤稱。《方言》卷三："荆淮海岱雜齊之間罵奴曰臧，罵婢曰獲。"

〔五〕《易・説》："窮理盡性，以至於命。"

〔六〕"我親"二句：轍追想其母當年預期程將有大作爲。我親：指蘇洵之妻、蘇軾蘇轍兄弟之母程夫人。知道：謂深明人世之理。《管子・戒》："聞一言以貫萬物，謂之知道。"月旦評：即品評人物。典出《後漢書・許劭傳》："初，劭與靖俱有高名，好共覈論鄉黨人物，每月輒更其品題，故汝南俗有'月旦評'焉。"

〔七〕《詩·小雅·伐木》："神之聽之，終和且平。"

〔八〕處約：生活在窮困之中。《論語·里仁》："子曰：'不仁者，不可以久處約。'"和平：和諧；和睦。

〔九〕杜甫《驄馬行》："近聞下詔喧都邑，肯使騏驎地上行。"清仇兆鼇注："末言奇材當得大用，乃借馬以頌李。"

〔一〇〕謂母親墓地上松樹已掩映天日。松阡：植有松樹的墓地。

〔一一〕老人星：即"壽星"。《史記·天官書》："狼比地有大星，曰南極老人。老人見，治安；不見，兵起。"唐張守節正義："老人一星，在弧南，一曰南極，爲人主占壽命延長之應。"

〔一二〕安輿：安車。禄養：以官俸養親。參《送章户掾赴澧州》注〔二〕。

〔一三〕平反：平反冤獄。參《送張恕朝奉南京簽判二首》之二注〔四〕。

〔一四〕謂飲食與衣服豐足。《孟子·梁惠王上》："爲肥甘不足於口與？輕暖不足於體與？"

〔一五〕考課：漢時推行考課制度，按一定標準考核官吏優劣，分别等差，決定升降賞罰，歷朝因之。

〔一六〕代耕：古時稱官吏食禄爲代耕。語本《禮記·王制》："諸侯之下士，視上農夫，禄足以代其耕也。"

〔一七〕老鶴：老，對年長者的尊稱。鶴，常與仙人爲伍，喻長壽者。此老鶴謂程年邁的母親，與上"老人星"意同，猶言老壽星。

〔一八〕歲云暮：即歲暮。云，句中語氣詞。晉陶潛《詠貧士》："淒厲歲云暮，擁褐曝前軒。"

〔一九〕屠蘇：屠蘇酒。古代風俗，於農曆正月初一飲屠蘇酒。參《次韻王適元日并示曹焕二首》之一注〔二〕。

〔二〇〕武昌君：指蘇洵妻即蘇軾蘇轍之母程夫人。誥封武昌縣君。

附録　蘇軾《送程建用》

先生本舌耕，文字浩千頃。空倉付公子，坐待發苕穎。十年困新説，兒女争捕影。鑿垣種蒿蓬,嘉穀誰復省。空餘南陔意,太息北堂冷。織屨隨方進,採薪教韋逞。辛勤守一經,菽水賢五鼎。今年聞起廢,《魯史》復光景。公子亦改官,三就縶馬頸。歸來一笑粲,素髮颯垂領。會看金花詔,湯沐奉朝請。天公不吾欺,壽與龜鶴永。

吕陶《送程彝仲赴東川教授》

與君同縣又同甲,家世相同學爲業。陪從最舊今老矣,四十餘年如一霎。吁嗟先德去已久,後嗣皆能守家法。君之一第得稍晚,更向小官勤檢押。鄉閭執友在詞禁,奉詔親題薦賢札。美材猶未立朝廷,歸馭依然走川峽。文章近歲頗頹靡,庠序得人須鎮壓。欲疎密網在提綱,思遏狂瀾當下牐。由來文黨俗寖盛,定見子昂才不乏。羨君高堂有慈母,日侍歡顔問單裌。寶牋銀絡累年封,他日恩書應滿匣。聖君文母切求治,數路招來不爲狹。讀書到老必有用,一發胸中補熙洽。喬松千支雪中青,肯向西風感衰颯。

次韻子瞻杜介供奉送魚〔一〕

天街雪霽初通駟〔二〕,禁籞冰開漸躍魚〔三〕。十尾煩君穿細柳,一杯勸我芼青蔬〔四〕。寒樽獨酌偶逢客,佳句相酬不用書〔五〕。江海歸來叨禁近〔六〕,空令同巷往來疏。

【箋注】

〔一〕作於元祐二年(一〇八七)正月。杜介:見《題杜介供奉熙熙堂》注〔一〕。

〔二〕謂雪後車輛剛通。天街:京城中的街道。

〔三〕禁籞:指禁苑。參《次韻王君北都偶成三首》之三注〔一〕。

〔四〕芼(mào):雜;佐。蘇軾《魚蠻子》:"破釜不著鹽,雪鱗芼青蔬。"

〔五〕謂都在朝任職,互相酬唱不必再寄信。

〔六〕謂蘇軾任翰林學士事。禁近:禁中帝王身邊。多指翰林院或官署在宫中的文學近侍之臣。唐元稹《令狐楚衡州刺史制》:"早以文藝,得踐班資;

憲宗念才，擢居禁近。”

附録　蘇軾《杜介送魚》

新年已賜黄封酒，舊友仍分頳尾魚。陋巷關門負朝日，小園除雪得春蔬。病妻起斫銀絲鱠，稚子讙尋尺素書。醉眼朦朧覓歸路，松江烟雨晚疎疎。

次韻子瞻招王蘧朝請晚飲〔一〕

矯矯公孫才不貧〔二〕，白駒衝雪喜新春〔三〕。忽過銀闕迷歸路，誤認瑶臺尋故人〔四〕。訪我不嫌泥正滑〔五〕，留君深愧酒非醇。歸時九陌鋪寒月〔六〕，清絶空教僕御顰〔七〕。

【箋注】

〔一〕作於元祐二年（一〇八七）正月八日。蘇軾詩題作《正月八日招王子高飲和王晉卿》。王蘧（qú）：初名迴，字子高，一字子開，虞部員外郎正路之次子。幼以詞名，與蘇軾兄弟相友善，軾嘗作《芙蓉城》詩以贈。後再娶于澄江，遂家焉。元祐中曾任通判，以病致仕。元祐七年擬除知秀州，以諫官鄭雍、吴立禮論劾，改知無爲軍。建中靖國間爲夔州運判，崇寧中詔領施州。官至左中散大夫。著有《經效癰疽方》一卷。參蘇軾《芙蓉城》王文誥注。《續資治通鑑長編·哲宗元祐七年》：“［三月］御史中丞鄭雍言：‘伏見右朝請郎王蘧除知秀州。’”從詩稱謂知王此年已爲朝請郎。朝請：即朝請郎。官名。隋文帝時設置，爲散官八郎之一。唐朝置爲文散官，北宋沿置。元豐三年廢，改爲寄禄官。

〔二〕矯矯：卓然不群貌。《漢書·叙傳下》：“賈生矯矯，弱冠登朝。”

〔三〕白駒：此語帶雙關。《詩·小雅》有《白駒》篇，以白駒喻賢士。參《雜興二首》之二注〔六〕。衝雪：冒雪。

〔四〕“忽過”二句：謂雪中辨不清方向。銀闕、瑶臺：皆喻雪中宫觀之狀。

〔五〕唐杜甫《偪側行贈畢四曜》：“東家蹇驢許借我，泥滑不敢騎朝天。”

〔六〕九陌：本指漢長安城中的九條大道。《三輔黄圖·長安八街九陌》：

"《三輔舊事》云:長安城中八街,九陌。"此指都城大道雪後月光照映之狀。

〔七〕謂夜晚雪境美妙至極,而駕車的僕隸卻因路滑難行而皺眉。顰:皺眉。

附録　蘇軾《正月八日招王子高飲》

屋雪號風苦戰貧,紙窗迎日稍知春。正如薝蔔林中坐,更對芙蓉城裏人。昨想玉堂空冷徹,誰分銀榼送清醇。海山知有東南角,正看歸鴻作小顰。

子瞻與李公麟宣德共畫翠石古木老僧謂之憩寂圖題其後〔一〕

東坡自作蒼蒼石,留取長松待伯時。祇有兩人嫌未足,更收前世杜陵詩〔二〕。

【箋注】

〔一〕作於元祐二年(一〇八七)正月十二日。李公麟(一〇四九——一〇六):字伯時,號龍眠居士,舒州(今安徽舒城縣)人,南唐李昇四世孫。熙寧三年(一作元祐三年)進士,歷長康、長垣尉,泗州録事參軍,因陸佃薦爲中書門下後省删定官、御史檢法。官至朝奉郎。公麟好古博學,長于詩,多識奇字,自夏商以來鐘鼎尊彝,皆考訂世次,辨識款識。尤工畫,鞍馬、佛像、山水、人物皆臻精妙,論者謂當爲宋畫中第一。元符三年病痹,遂致仕,肆意于龍眠山巖壑間。崇寧五年卒,年五十八。《宋史》有傳。憩寂圖:創意與圖名本唐杜甫《戲爲雙松圖歌》:"天下幾人畫古松,畢宏已老韋偃少。絶筆長風起纖末,滿堂動色嗟神妙。兩株慘裂苔蘚皮,屈鐵交錯回高枝。白摧朽骨龍虎死,黑入太陰雷雨垂。松根胡僧憩寂寞,龐眉皓首無住著。偏袒右肩露雙腳,葉裏松子僧前落。韋侯韋侯數相見,我有一匹好東絹,重之不減錦繡段,已令拂拭光凌亂,請公放筆爲直幹。"

〔二〕謂將杜甫詩也録在畫上。杜陵:指杜甫。見《和張安道讀杜集》

注〔一〕。

附録　蘇軾《次韻子由題憩寂圖後》

東坡雖是湖州派，竹石風流各一時。前世畫師今姓李，不妨還作輞川詩。

黄庭堅《次韻子瞻子由題憩寂圖二首》

其一

松含風雨石骨瘦，法窟寂寥僧定時。李侯有句不肯吐，淡墨寫出無聲詩。

其二

龍眠不似虎頭癡，筆妙天機可並時。蘇仙漱墨作蒼石，應解種花開此詩。

王君貺宣徽挽詞三首〔一〕

其一

妙年收賈傅〔二〕，白首貴王陽〔三〕。志氣文章在，功名歲月長〔四〕。遺孫依舊德，故吏滿諸方〔五〕。河朔三持節〔六〕，斯民定不忘。

【箋注】

〔一〕作於元祐二年(一〇八七)正月。王君貺：見《次韻王君貺尚書會六同年》注〔一〕。宣徽：宣徽使之省稱，見《宣徽使張安道生日》。按，君貺曾爲宣徽北院使。

〔二〕賈傅：西漢賈誼，曾爲長沙王太傅。王以十九歲舉進士第一，故轍擬之以賈誼。參《王公生日》注〔八〕。

〔三〕王陽：西漢王吉字子陽，亦稱王陽。數上書言朝廷得失。參《贈吴子野道人》注〔一一〕。

〔四〕“志氣”二句：唐韓愈《調張籍》：“李杜文章在，光焰萬丈長。”

〔五〕《後漢書·袁紹傳》:“袁氏樹恩四世,門生故吏遍於天下。”

〔六〕謂三次作河朔長官。河朔:指黄河以北的地區。《宋史·王拱辰傳》:“復以翰林學士權三司使。坐舉富民鄭旭,出知鄭州,徙澶、瀛、并三州。”

其二

謫墮神仙侶〔一〕,飛翔鸞鳳姿〔二〕。舊逢黄石老,陰許赤松期〔三〕。歷歷僧伽記〔四〕,申申鄧傅詞〔五〕。翻然歸海嶠〔六〕,無復世人知。

公少年過泗州,於僧伽塔中見一老僧,謂公:“歸視祖墓有白兔者,君當第一人及第。”已而果然。既登科,見張鄧公,爲公言:“吾爲射洪令,尉捕得一人,疑其行劫,吾覺其非是,釋之。問其所從來,則山中隱者也。以藥遺我,曰:‘服此藥,可以終天年而無病。’且約我貴極人臣。今子方且貴,慎勿笞辱道人。”公終身用其言。轍佐公於大名,親見公言之。

【箋注】

〔一〕謂王爲神仙貶謫人間。參《次韻秦觀秀才携李公擇書相訪》注〔一六〕。

〔二〕唐元稹《酬樂天》:“君爲邑中吏,皎皎鸞鳳姿。”

〔三〕“舊逢”二句:謂王少逢異人云其將美仕而高壽。黄石老:見《下邳黄石公廟》注〔一〕。赤松期:見《張安道尚書生日》注〔七〕。

〔四〕歷歷:清晰貌。僧伽:見《揚州五詠·僧伽塔》注〔一〕。

〔五〕申申:猶屢屢,謂多言及。鄧傅:即注中之張鄧公張士遜(九六四—一〇四九)。字順之,光化軍乾德(今湖北老河口市)人。淳化中舉進士,調鄖城主簿,遷射洪令,改襄陽令,歷江南、廣東、河北轉運使。累遷尚書左丞。天聖六年拜禮部尚書、同中書門下平章事。罷知江寧府,移許州。明道初復入相,坐事罷,出判許州,徙河南府。寶元元年再入相,時朝廷多事,以老病無所建明,爲韓琦所論,乃拜太傅,封鄧國公致仕。皇祐元年卒,年八十六,謚文懿。《宋史》有傳。

〔六〕言王成仙而去。翻然:飛升貌。海嶠:海上仙山。傳説海中有三神山,故云。

其三

從軍在河上〔一〕,仗鉞喜公來〔二〕。幕府方閑暇,歌鐘得縱陪〔三〕。

它年老賓佐，過國泣樓臺。猶有墳碑在，仍令故客開〔四〕。今樞密安公厚卿昔與轍同在幕府，公家方求厚卿作墓碑〔五〕。

【箋注】

〔一〕河上：此指大名府（治今河北大名縣）。

〔二〕仗鉞：手持黄鉞，引申爲統帥軍隊。《三蘇年譜》卷十五："治平二年（一〇六五），……轍辭韓琦，離京師，至大名。時王拱辰（君貺）知大名府兼北京留守。强至（幾聖）佐幕，安燾（厚卿）佐幕，姚孝孫（光祖）佐幕。"

〔三〕歌鐘：歌樂聲。指飲宴。縱陪：追陪。

〔四〕開：刊刻。

〔五〕安公厚卿：即安燾。見《明日安厚卿强幾聖復召飲醉次前韻》注〔一〕。

送杜介歸揚州〔一〕

揚州繁麗非前世〔二〕，城郭蕭條卻古風。尚有花畦春雨後，不妨水調月明中〔三〕。東都甲第非嫌汝〔四〕，北牖羲皇自屬翁〔五〕。清洛放船經月事〔六〕，急先騶馹繞芳叢〔七〕。

【箋注】

〔一〕作於元祐二年（一〇八七）正月。杜介：見《題杜介供奉熙熙堂》注〔一〕。揚州：宋屬淮東路。治江都（今江蘇揚州市）。參《和子瞻玉盤盂二首》之一注〔三〕。

〔二〕《資治通鑑·唐紀七十五·唐昭宗景福元年》："先是，揚州富庶甲天下。時人稱揚一益二。"並可參《容齋隨筆》卷九。

〔三〕水調：曲調名。參《揚州五詠·九曲池》注〔四〕。

〔四〕東都：指東京汴梁。甲第：見《次韻子瞻題長安王氏中隱堂五首》之一注〔三〕。

〔五〕謂如陶淵明般閑暇舒適。參《六月十三日病起走筆寄仇池》注〔一五〕。

〔六〕謂從汴渠行船一月即可到揚州。清洛:汴渠。放船:開船。

〔七〕謂將在二月時即可歸家。蓋杜鵑鳴叫是在春末。參《東湖》注〔一三〕。

附録　蘇軾《送杜介歸揚州》

再入都門萬事空,閑看清洛漾東風。當年幃幄幾人在,回首觚稜一夢中。採藥會須逢蓟子,問禪何處識龐翁。歸來鄰里應迎笑,新長淮南舊桂叢。

次韻子瞻與鄧聖求承旨同直翰苑懷武昌西山舊遊〔一〕

我游齊安十日回〔二〕,東坡桃李初未栽。扁舟亂流入樊口〔三〕,山雨未止淫黄梅〔四〕。寒溪聞有古精舍〔五〕,相與推挽登崔嵬〔六〕。山深縣令喜客至〔七〕,寺荒蔓草生經臺〔八〕。黄鵝白酒得野饋〔九〕,藤牀竹簟無纖埃〔一〇〕。可憐還客畏人見,共怪青山誰爲堆?行驚晚照催出谷,中止亂石傾餘罍。古今相望兩令尹〔一一〕謂元結與①鄧君也〔一二〕,文詞灑落千山隈〔一三〕。野人豈復識遺趣,過客時爲剜蒼苔〔一四〕。五年留滯屐齒禿〔一五〕,一朝揮手船頭開。玉堂卻憶昔游處〔一六〕,笑問五柳應彫摧〔一七〕。滿朝文士蚤貴達,馮淩霄漢乘風雷〔一八〕。入參祕殿出華省〔一九〕,何曾著足空山來。漂流邂逅覽遺躅〔二〇〕,耳中尚有江聲哀。

【校記】

①與:叢刊本作“弄”,誤。

【箋注】

〔一〕作於元祐二年(一〇八七)二月。鄧聖求(一〇二七—一〇九四):字温伯,建昌(今江西永修縣)人。皇祐進士。仁宗時知武昌縣,熙寧中,遷翰林學士。哲宗元豐八年八月,進翰林學士承旨,與修《神宗實録》。元祐間遷尚書右丞,與李邦直相緣爲奸,轍嘗上書抨擊,爲李鄧所短,出知潁州。承旨:官名。唐代翰林院有翰林學士承旨,位在諸學士上。凡大詔令、大廢置、重要政事,皆得專對。宋仍其制。翰苑:翰林院的别稱。《宋史·蕭服傳》:"文辭勁麗,宜居翰苑。"懷武昌西山舊遊:事在元豐三年(一〇八〇)庚申六月,見《黄州陪子瞻遊武昌西山》。

〔二〕齊安:見《黄州陪子瞻遊武昌西山》注〔二〕。

〔三〕樊口:地名,今在湖北鄂州市鄂州區。因當樊港入江之口,故名。

〔四〕黄梅:梅子黄時之雨,俗稱梅雨。唐杜甫《多病執熱奉懷李尚書》:"思霑道暍黄梅雨,敢望宫恩玉井冰。"

〔五〕寒溪:見附録蘇軾詩。按,寒溪旁舊有寒溪寺。精舍:見同上。

〔六〕崔嵬:《詩·周南·卷耳》:"陟彼崔嵬,我馬虺隤。"毛傳:"崔嵬,土山之戴石者。"因泛指高峻的山。

〔七〕縣令:指鄧聖求。

〔八〕經臺:用於諷誦佛經的平臺。南朝宋謝靈運《山居賦》:"面南嶺,建經臺;倚北阜,築講堂;傍危峰,立禪室;臨浚流,列僧房。"

〔九〕謂各類美酒。黄鵝:指黄酒,一種淡黄色的美酒。唐杜甫《舟前小鵝兒》:"鵝兒黄似酒,對酒愛新鵝。"宋祝穆《方輿勝覽·漢州》土産有"鵝兒酒",謂"乃漢中酒名,蜀中無能及者"。

〔一〇〕竹簟:竹席。

〔一一〕令尹:此泛指州縣等地方長官。

〔一二〕元結(七一九—七七二):字次山,唐河南魯山(今河南魯山縣)人。天寶進士。肅宗召詣京師,上時議三篇。帝悦之,累遷水部員外郎。代宗時以親老歸樊上。晚拜道州刺史,有政聲,再遷容管經略史。身諭蠻酋,綏定諸州,民樂其教,罷還京師卒。有《次山集》。新舊《唐書》有傳。結嘗居寒溪上。鄧君:鄧聖求。宋祝穆《方輿勝覽·鄂州》:"西山:武昌西山,天下勝處也。自孫氏讌集以來,至元子始顯。逾二百年,鄧安惠公爲邑,訪元子之跡,爲之作《窪樽銘》,則又顯。東坡先生謫居黄岡間,往遊焉,愛其山水,多見於文字中。"

〔一三〕謂文詞多刻於山崖石壁之間。

〔一四〕謂經過的文人雅士時時刮去苔蘚以辨識真跡。

〔一五〕五年：當指鄧聖求任武昌令之時間。屐齒：見《次韻子瞻減降諸縣囚徒事畢登覽》注〔一五〕。

〔一六〕玉堂：官署名。漢侍中有玉堂署，宋以後翰林院亦稱玉堂。《漢書・李尋傳》："過隨衆賢待詔，食太官，衣御府，久汙玉堂之署。"唐顔師古注："玉堂殿在未央宫。"清王先謙補注引何焯曰："漢時待詔於玉堂殿，唐時待詔於翰林院，至宋以後，翰林遂並蒙玉堂之號。"

〔一七〕五柳：此處雙關，一是武昌多柳，晉陶侃鎮武昌時，"課諸營種柳"。二是陶潛自號五柳先生，此調侃蘇軾恐未必能如陶潛真的歸隱。按，蘇轍詩中調侃其兄歸隱詩句甚多。參"前言"。

〔一八〕喻聲勢之煊赫。馮淩：憑陵；凌駕。

〔一九〕"入參"二句：此戲言其兄如今已出入翰林院，怎麽又想起西山之遊。

〔二〇〕漂流：漂泊。遺躅：遺跡。

附録　蘇軾《武昌西山》并叙

嘉祐中，翰林學士承旨鄧公聖求，爲武昌令。常遊寒溪西山，山中人至今能言之。軾謫居黄岡，與武昌相望，亦常往來溪山間。元祐元年十一月二十九日，考試館職，與聖求會宿玉堂，偶話舊事。聖求嘗作《元次山窪尊銘》，刻之巖石，因爲此詩，請聖求同賦，當以遺邑人，使刻之銘側。

春江渌漲蒲萄醅，武昌官柳知誰栽。憶從樊口載春酒，步上西山尋野梅。西山一上十五里，風駕兩腋飛崔嵬。同遊困卧九曲嶺，褰衣獨到吴王臺。中原北望在何許，但見落日低黄埃。歸來解劍亭前路，蒼崖半入雲濤堆。浪翁醉處今尚在，石臼抔飲無樽罍。爾來古意誰復嗣，公有妙語留山隈。至今好事除草棘，常恐野火燒蒼苔。當時相望不可見，玉堂正對金鑾開。豈知白首同夜直，卧看椽燭高花摧。江邊曉夢忽驚斷，銅環玉鎖鳴春雷。山人帳空猿鶴怨，江湖水生鴻雁來。請公作詩寄父老，往和萬壑松風哀。

《西山詩和者三十餘人再用前韻爲謝》

朱顔發過如春醅，胸中梨棗初未栽。丹砂未易掃白髮，赤松卻欲參黄梅。寒溪本自遠公社，白蓮翠竹依崔嵬。當時石泉照金像，神光夜發如五臺。飲泉鑒面得真意，坐視萬物皆浮埃。欲收暮景返田里，遠泝江水窮離堆。還朝豈獨羞老病，自歎才盡傾空罍。諸公渠渠若夏屋，吞吐風月清隅隈。我如廢井久不食，古甃缺落生陰苔。數詩往復相感發，汲新除舊寒光開。遥知二月春江闊，雪浪倒卷雲峰摧。石中無聲水亦静，云何解轉空山雷。韋應物詩：水性本云静，石中固無聲。如何兩相激，雷轉空山驚。欲就諸公評此語，要識憂喜何從來。願求南宗一勺水，往與屈賈湔餘哀。

劉攽《鄧聖求往爲武昌令刻石元次山窪尊及蘇子瞻謫官黄州遊武昌見前刻後同在翰林因有詩示余余爲次韻和之》

側江小屋香酒醅，出林繚逕叢花栽。溪風暫過響修竹，嶺雪未盡兼寒梅。往遊武昌值佳境，白雲漫漫縈崔嵬。孫家舊事頗可見，樊山杳靄臨釣臺。赤壁樓船不餘燼，屬車豹尾空塵埃。埋名腐骨彼誰子，正見邱墟黄土堆。三分割據亦徒話，今人尚爲羞缾罍。謝公伏令首佳句，游衍相與期江隅。次山孟宰繼有作，窪尊取飲摩蒼苔。兩公雄才又超拔，明珠照人眸瞼開。騰龍始知爪牙壯，掣鷹無復毛羽摧。腰金佩魚見官秩，不似遷客談象雷。朝廷一入不得出，邱壑何事煩公來。南人歌聲易慷慨，公詩感激成歎哀。

孔武仲《次韻蘇翰林西山詩》詩中兼述鄧聖求窊樽事。

黄州水米宜新醅，東坡好花公自栽。折花倒酒送流景，不念春風飄落梅。醉投青山上九曲，吴王故宫壓崔嵬。寒潭已無昔光景，凉殿歘變今樓臺。南陽翰林當此日，力探奇險祛塵埃。西江雪浪接溪谷，巨石森起繁如堆。手披荒榛得突兀，中有窊處成尊罍。漫郎蹤跡塵土暗，從此出躍樊山隈。大賢坎坷終必用，古劍雙蟄生莓苔。忽抛光芒萬丈去，星斗辟易青天開。欃槍枉矢莫妄動，以湯滴雪誰先摧？搜奇振淹自明主,區區識寶非張雷。陽春一奏衆争和,咸韶蕩默群仙來。雖然此亦外物耳,豈繫兩公樂與哀?

黄庭堅《次韻子瞻武昌西山》

漫郎江南酒隱處,古木參天應手栽。石砌爲尊酌花鳥,自許作鼎調鹽梅。平生四海蘇太史,酒澆不下胸崔嵬。黄州副使坐閑散,諫疏無路通銀臺。鸚鵡洲前弄明月,江妃起舞襪生埃。次山醉魂招彷彿,步入寒溪金碧堆。洗湔塵痕飲嘉客,笑倚武昌江作罍。誰知文章照今古,野老争席漁争隈。鄧公勒銘留刻畫,刳剔銀鉤洗緑苔。琢磨十年烟雨晦,摸索一讀心眼開。謫去長沙憂鵩入,歸來杞國痛天摧。玉堂卻對鄧公直,北門唤仗聽風雷。山川悠遠莫浪許,富貴崢嶸今鼎來。萬壑松聲如在耳,意不及此文生哀。

張耒《次韻蘇公武昌西山》

靈均不醉楚人醅,秋蘭靡蕪堂下栽。九江仙人棄家去,吴市不知身姓梅。東坡先生送二子,一丘便欲藏崔嵬。脱遺簪笏玩杖屨,招揖魚鳥營池臺。西山寂寥舊風月,百年石樽埋古埃。洗樽致酒招浪士,荒墳空餘黄土堆。但傳言語古味在,一勺玄酒藏山罍。鄧公歎息爲摩撫,重刻文字蒼崖隈。五年見盡江上客,兩屐踏遍空山苔。謝公富貴知不免,醉眼來爲蒼生開。長虹一吐誰得掩,六翮故在何人摧。横翔相與顧鴻雁,寶劍再合張與雷。山猿澗鳥汝勿怨,天遣兩公聊一來。豈如屈賈終不遇,詩賦長遺後人哀。

晁補之《次韻蘇公翰林贈同職鄧温伯懷舊作》

雪堂蜜酒花作醅,教蜂使釀花自栽。堂前雪落蜂正蟄,恨蜂不采西山梅。漫郎飲處書有迹,無酒可沃胸崔嵬。不知幾唤樊口渡,五見新曆頒清臺。鄧公昔嘆不可挽,素衣未化京洛埃。山中相邀阻筇杖,天上對直同金罍。祇今江邊春更好,漁蓑不曬懸牆隈。百年變化誰得料,劍光自出豐城苔。老儒經濟國勢定,近臣獻納天顔開。蜀公亭上别公處,花柳未逐東風摧。尚容登堂談落屑,不愧索米腸鳴雷。因知流落本天命，何必挽引須時來？九關沉沉虎豹静，無復極目江楓哀。

送楊孟容朝奉西歸〔一〕

三十始去家〔二〕，四十初南遷〔三〕。五十復還朝〔四〕，白髮正紛然。故人從西來，鞍馬何聯翩〔五〕！握手得一笑，喜我猶生全〔六〕。别離多憂患，夢覺非因緣〔七〕。惟餘歸耕計，粗有山下田。久縻太倉粟〔八〕，空愧鄉黨賢。老兄富治行〔九〕，令德齊高年〔一〇〕。幸此民事清，未厭軍壘偏。父老携壺漿，稚子迎道邊〔一一〕。應有故相識，問我何當旋？君恩閔衰病，歸駕行將鞭〔一二〕。

【箋注】

〔一〕作於元祐二年（一〇八七）二月末。楊孟容：明凌迪知《萬姓統譜》卷四十一："眉山人，累官知懷安軍。在治平時，與濮議不合。在熙寧間，議新法又不合。元祐中，乞致仕，哲宗書'清節'二字賜之。"蘇軾《送楊孟容》："我家峨眉陰，與子同一邦。相望六十里，共飲玻瓈江。"知與蘇家相距不遠。蘇軾詩言"子歸治小國"，楊當是往任知縣之類小官。

〔二〕指治平三年（一〇六六），蘇轍父蘇洵卒於京師，轍與兄軾載喪歸蜀。熙寧元年（一〇六八），兄弟免喪，離蜀去家，東游京師。

〔三〕指元豐二年（一〇七九），轍貶監筠州鹽酒税。

〔四〕指元豐八年（一〇八五），傳詔轍以承議郎爲秘書省校書郎。元祐元年（一〇八六），至京師。

〔五〕謂故鄉的朋友們絡繹不絶地來看望自己。故人：指故鄉的朋友們。聯翩：連續不斷貌。

〔六〕生全：全身。猶言健在。

〔七〕《莊子·大宗師》："仲尼曰：'……且方將化惡知不化哉？方將不化惡知已化哉？吾特與汝其夢未始覺者邪？'"

〔八〕太倉：西漢京師儲穀的糧倉。《史記·平準書》："太倉之粟，陳陳相因。"蘇軾《和李邦直沂山祈雨有應》："神龍社鬼各言功，無功日盜太倉粟。"此以太倉粟喻官俸。

〔九〕謂楊富於從政的才能。

〔一〇〕謂楊德隨年增。令德:美德。

〔一一〕壺漿:見《次韻張耒見寄》注〔四〕。晉陶潛《歸去來兮辭》:"僮僕歡迎,稚子候門。"

〔一二〕"君恩"二句:謂皇帝或將體諒自己老病而恩賜還鄉。

附録　蘇軾《送楊孟容》

我家峨眉陰,與子同一邦。相望六十里,共飲玻璃江。江山不違人,遍滿千家窗。但苦窗中人,寸心不自降。子歸治小國,洪鐘噎微撞。我留侍玉座,弱步敧豐扛。後生多高才,名與黄童雙。不肯入州府,故人餘老龐。殷勤與問訊,愛惜霜眉厖。何以待我歸,寒醅發春缸。

次韻孔武仲學士見贈〔一〕

羨君耽讀書,日夜論今古。雖復在家人〔二〕,不見釋手處。意求五車盡〔三〕,未惜雙目苦。蓬萊倚霄漢〔四〕,簡册充棟宇〔五〕。學成擅囷倉〔六〕,筆落走風雨〔七〕。破籠閉野鶴,短草藏文虎〔八〕。鬢鬚忽半白,兒女無復乳〔九〕。知君不能薦,愧我終何補。偶來相就談,日落久未去。歸鞍得新詩,佳句爛如組〔一〇〕。古風棄彫琢,遺味比樂府。且復調塤篪,泠然五音舉〔一一〕。

【箋注】

〔一〕作於元祐二年(一〇八七)二月末。孔武仲:見《和孔教授武仲濟南四詠》注〔一〕。

〔二〕雖復:雖然。復,後綴。

〔三〕五車:謂書籍。《莊子·天下》:"惠施多方,其書五車。"

〔四〕蓬萊:《後漢書·竇章傳》:"是時學者稱東觀爲老氏臧室,道家蓬萊山。"後因以指秘閣。按,此時孔爲秘書省正字、校書,故云。

〔五〕謂其書之多。唐柳宗元《唐故給事中皇太子侍讀陸文通先生墓表》："其爲書處則充棟宇，出則汗牛馬。"

〔六〕囷倉：糧倉。此喻功名利禄。

〔七〕唐杜甫《寄李十二白二十韻》："筆落驚風雨，詩成泣鬼神。"

〔八〕"破籠"二句：謂孔不得志。文虎：虎皮有文采，故稱虎爲文虎。此喻孔不得其位。

〔九〕謂生計艱難。乳：撫養。

〔一〇〕謂孔詩如絲帶般絢爛飄逸。宋歐陽脩《酬學詩僧惟晤》："又如古衣裳，組織爛成文。"組：絲帶。

〔一一〕"古風"四句：稱贊孔詩古樸高妙可比肩漢樂府詩且宜配樂演奏。塤篪（xūn chí）：見《次韻子瞻聞不赴商幕三首》之三注〔一〕。此泛指樂器。泠然：形容清越激揚的聲音。

附録　蘇軾《見子由與孔常父唱和詩輒次其韻余昔在館中同舍出入輒相聚飲酒賦詩近歲不復講故終篇及之庶幾諸公稍復其舊亦太平盛事也》

君先魯東家，門户照千古。文章固應爾，鬒鬣餘似處。雖非蒙倛狀，尚有歷國苦。誦書口瀾翻，布穀雜杜宇。十年困奔走，櫛沐飽風雨。吾道其非耶，野處豈兕虎。灞陵閑老將，柏直口尚乳。自君兄弟還，鼎立知有補。蓬山耆舊散，故事誰刪去。來迎馮翊傳，出餞會稽組。吾猶及前輩，詩酒盛册府。願君倡此風，揚觶斯杜舉。

孔武仲《答蘇子由留贈》

西垣有古人，磔磔氣貌古。落筆成文章，無可加損處。策蹇得過門，殷勤相勞苦。湛然神觀全，秀粹充眉宇。語我春已闌，斯民望時雨。宿麥正滿野，驕暘惡如虎。雲師未灑澤，赤子將誰乳。侍臣當憂國，密計應裨補。又云好著書，安得一州去。知公趣操異，不爲夸腰組。衣錦若還鄉，亦當從幕府。

送家定國朝奉西歸〔一〕

我懷同門友〔二〕,勢如曉天星〔三〕。老去髮垂素〔四〕,隱居山更青。退翁聯科第,俯仰三十齡〔五〕。仕官守鄉國〔六〕,出入奉家庭。鵠鷺性本静〔七〕,芷蘭深自馨〔八〕。新詩得高趣,衆耳昏未聽。笑我老憂患,奔走如流萍〔九〕。冠裳强包裹〔一〇〕,齒髮坐彫零〔一一〕。晚春首歸路〔一二〕,朱轓照長亭〔一三〕。縣令迎使君,彩服導輜軿〔一四〕。長嘆或垂涕,平反知有令〔一五〕。此樂我已亡,雖達終不寧。

【箋注】

〔一〕作於元祐二年(一〇八七)三月。家定國:見《送家定國同年赴永康掾》注〔一〕。西歸:指知嘉州。

〔二〕家定國弟兄與蘇軾弟兄少時曾同學於眉州宿儒劉巨。

〔三〕南朝陳孔魚《古兩頭纖纖》:"腷腷膊膊雞初鳴,磊磊落落向曙星。"《王直方詩話》:"蘇東坡贈参寥云:'故人各在天一角,相望落落如晨星。'《任師中挽辭》云:'相看半作晨星没,可憐太白與殘月。'而黄門《送退翁守懷安》亦云:'我懷同門友,勢如曉天星。〔友或作客〕'學者尤多用此。"

〔四〕唐杜甫《有懷台州鄭十八司户》:"海隅微小吏,眼暗髮垂素。"垂素:長出白髮。

〔五〕"退翁"二句:謂自己與家定國嘉祐二年同登第迄今已三十年了。俯仰:低頭和抬頭。比喻時間短暫。

〔六〕鄉國:故鄉。

〔七〕謂家性格内斂。鵠鷺:鵠和鷺。古常以喻出色的人才。參《觀試進士呈試官》注〔二〕。

〔八〕謂家德行高潔。芷蘭:白芷、蘭草,皆香草名。

〔九〕唐李白《留别西河劉少府》:"余亦如流萍,隨波樂休明。"

〔一〇〕見《寒食遊南湖三首》之三注〔五〕。

〔一一〕坐:漸漸。

〔一二〕唐陳子昂《還至張掖古城聞東軍告捷贈韋五》:“孟秋首歸路,仲月旅邊亭。”首:向。

〔一三〕朱幡:紅色的旗幡。達官顯貴者所用。長亭:古時于道路每隔十里設長亭,供旅客食宿。

〔一四〕謂家將如老萊子之孝養父母。輜軿:輜車和軿車的並稱。《漢書·張敞傳》:“禮,君母出門則乘輜軿。”唐顔師古注:“輜軿,衣車也。”此指載女眷之車子。參《送趙屼秘書還錢塘》注〔一一〕。

〔一五〕平反:平反冤獄。《送張恕朝奉南京簽判二首》之二注〔四〕。

附録　蘇軾《次韻子由送家退翁知懷安軍》

吾州同年友,粲若琴上星。當時功名意,豈止拾紫青。事既喜違願,天或不假齡。今如圖中鶴,俛仰在一庭。吾州同年友十三人,今存者六人而已,故有“琴上星”“圖中鶴”之語。西南正春旱,廢沼黏枯萍。翩然一麾去,想見靈雨零。我無謫仙句,待詔沉香亭。空騎内廄馬,天仗隨雲軿。竟無絲毫補,眷焉誰汝令。永愧舊山叟,憑君寄丁寧。

次韻劉貢父省上示同會二首〔一〕

其一

流落江湖東復西,歸來未洗足間泥〔二〕。偶隨鵬翼培風上〔三〕,時得衙香滿袖携〔四〕。落筆逡巡看�森直〔五〕,醉吟清絶許分題〔六〕。相望魯衛雖兄弟〔七〕,終畏鄰封大國齊〔八〕。

【箋注】

〔一〕作於元祐二年(一〇八七)三月十七日。劉貢父:即劉攽。見《次韻劉貢甫學士畫松石圖歌》注〔一〕。省:指中書省。同會:同時與會之人。可考者計有蘇頌、胡宗愈、陸佃等。

〔二〕此喻匆遽。

〔三〕培風:憑風。參《送林子中安厚卿二學士奉使高麗二首》之二注〔三〕。又《莊子·逍遥遊》:"風之積也不厚,則其負大翼也無力,故九萬里則風斯在下矣。而後乃今培風,背負青天而莫之夭閼者,而後乃今將圖南。"

〔四〕衙香:香名。角香的俗稱。唐賈至《早朝大明宫》:"劍佩聲隨玉墀步,衣冠身染御爐香。"唐杜甫《和賈至舍人早朝大明宫》:"朝罷香烟携滿袖,詩成珠玉在揮毫。"蘇軾《和子由除夜元日省宿致齋三首》之二:"朝回兩袖天香滿,頭上銀幡笑阿咸。"轍亦爲中書舍人,故此用賈至詩意。

〔五〕逡巡:迅疾貌。謂才思敏捷。儤(bào)直:官吏在官府連日值宿。唐楊鉅《翰林學士院舊規·初入儤直例》:"每新人入,五儤三直一點,自後兩直一點,兩人齊入即無點。初入亦須酌量都儤直數足三直多少。"

〔六〕分題:詩人聚會,分探題目而賦詩,謂之分題。又稱探題。宋嚴羽《滄浪詩話·詩體》:"有擬古,有連句,有集句,有分題。"自注:"古人分題,或各賦一物,如云送某人分題得某物也。或曰探題。"

〔七〕《論語·子路》:"子曰:'魯衛之政,兄弟也。'"按,此蘇轍將兄與己比作小國,與下句相對。

〔八〕謂劉詩非己可及。

其二

掖垣不復限東西〔一〕,賓客來衝霧雨泥〔二〕。白酒黄封開瀲灧〔三〕,朱纓青籠落提携〔四〕。五花愧我連書判〔五〕,三道高君免試題〔六〕。誰遣松蒿同一谷〔七〕,淩雲他日恐難齊〔八〕。

【箋注】

〔一〕掖垣:見《後省初成直宿呈子瞻二首》之一注〔二〕。

〔二〕衝:冒。

〔三〕黄封:宋代官釀之酒。參《送王廷老朝散知虢州》注〔一〇〕。瀲灧:酒滿貌。

〔四〕謂席間提携籠子所盛之櫻桃。朱纓:指櫻桃。《太平廣記·雜録·史思明》:"櫻桃一籠子,半已赤,半已黄。"

〔五〕謙言自己不稱職。五花：唐宋時，中書省各官員，對軍國大事因所見不同，須分别在文書上簽具意見並署名，謂之"五花判事"。《資治通鑑·唐紀九·唐太宗貞觀三年》："故事：凡軍國大事，則中書舍人各執所見，雜署其名，謂之五花判事。"

〔六〕推揚劉才幹出衆。《續資治通鑑長編·哲宗元祐元年》："［十二月］庚子，朝議大夫直龍圖閣劉攽爲中書舍人，仍免試三道。"三道：《續資治通鑑長編·真宗大中祥符三年》："［正月］丙子，詔京朝官换武職，諸司使以下换文資者，並試時務策三道，不習文辭者，許直述其事，其换武職問以邊事。"

〔七〕謂同處中書省。松蒿：松樹和蒿草。分别喻指劉攽和自己。

〔八〕凌雲：凌駕于雲霄之上。此喻劉。唐杜荀鶴《小松》："自小刺頭深草裏，而今漸覺出蓬蒿。時人不識凌雲木，直待凌雲始道高。"

附録　蘇軾《次韻劉貢父省上》

密雲今日破郊西，疎雨翛翛未作泥。要及清閑同笑語，行看衰病費扶携。花前白酒傾雲液，户外青驄響月題。不用臨風苦揮淚，君家自與竹林齊。貢父詩中，有不及與其兄原甫同時之歎，然其兄子仲馮，今爲起居舍人。

《再和》

當年曹守我膠西，共厭餔糟與汩泥。自古赤丸成習俗，因公黄犢免提携。生還各有青山興，病起猶能小字題。莫怪歌呼數相和，曾將獄市寄全齊。貢父爲曹州，盜賊皆奔秦境，蓋嘗有詩云：從教晉盜稍奔秦。

蘇頌《三月十七日三舍人宴集西省劉叔貢作詩貽坐客席上走筆和呈》

簪纓曉入鳳池西，雨過重廊不踏泥。禁掖英僚初拜慶，儒林舊侣許攀携。兩朝雲露陪嘉宴，二紀塵埃愧舊題。四户對開參國論，風流無復羡南齊。

《重次前韻奉酬子由子開叔貢三舍人二首》

其一

都堂直北正衙西，同日三賢拜紫泥。供張府泉批敕賜，刊碑朱墨典籤攜。姓名非夕金甌覆,手筆他年玉簡題。制詔温純詩什健,若非元白更誰齊。

其二

公宴將闌日欲西,酒酣揮汗浥如泥。重陪簪槖聯鑣出,仍得篇章滿篋攜。直舍怳迷新户牖,賜書猶識舊籤題。中宴憩於東廡,見舊院所賜監書盡在几案,歆動久之。豈惟夢想鈞天路,更似聞韶子在齊。

陸佃《依韻和呈劉貢父舍人三首》

其一

鵷鷺朝來又集西,聯鑣初卸錦障泥。奪袍況有詩先捷,倒玉何妨酒屢攜。詔下競看花作判,賦成曾借柳爲題。衣冠異日傳圖畫,惟有三家盛事齊。

其二

酒半詩成日轉西,驪珠纔抵一丸泥。未饒白雪無人和,不忝東山有妓攜。班綴定應連玉筍,姓名還得夢金題。飛騰便見新官上,傳語花開慎莫齊。

其三

三家成佛本來西,共坐蓮胎出淤泥。舊謂知制誥爲一佛出世。歸侍玉除還似約,去腰金印定如攜。慇懃鳥勸花前醉,邂逅人逢葉上題。縱有鳳毛傳序遠,未應能似雁行齊。

次韻孔武仲三舍人省上〔一〕

君不見西都校書宗室叟〔二〕,東魯高談鼓瑟手〔三〕。偶然同我西掖垣〔四〕,并立曉班分左右〔五〕。龍文百斛世無價〔六〕,自注:屬二公。瓦釜枵然但升斗〔七〕。諸兄落落不可望〔八〕,兩季幸肯分餘光〔九〕。大孔奮飛自南鄉,聯翩群雁相追翔,渠家冠蓋尤堂堂〔一〇〕。

【箋注】

〔一〕作於元祐二年(一〇八七)三月末。孔武仲:見《和孔教授武仲濟南四詠》注〔一〕。三舍人:指蘇轍、劉攽、曾肇。省上:指中書省。

〔二〕謂劉攽是劉向、劉歆的後裔。西都校書:指劉向、劉歆父子在西都長安校書事。劉向:楚元王劉交四世孫,字子政。成帝時掌校書天禄閣。其子歆繼之,著《七略》,爲我國古代第一部目録學著作。《漢書》有傳。

〔三〕謂曾肇是曾參的後裔。《論語・先進》嘗記曾參鼓瑟事:"'點,爾何如?'鼓瑟希,鏗爾。"

〔四〕西掖垣:又稱西省,即中書省之别稱。參《後省初成直宿呈子瞻二首》之一注〔二〕。

〔五〕曉班:早朝。

〔六〕謂劉、曾是文章高手。龍文百斛:指繪有龍紋能盛百斛的鼎。《史記・趙世家》:"十八年,秦武王與孟説舉龍文赤鼎,絶臏而死。"唐韓愈《病中贈張十八》:"龍文百斛鼎,筆力可獨扛。"

〔七〕自謙淺陋無學。瓦釜:陶製的炊器。《楚辭・屈原〈卜居〉》:"黄鐘毁棄,瓦釜雷鳴。"枵然:中空貌。

〔八〕謂三人都不可企及。落落:高超,卓越貌。

〔九〕謙言自己弟兄有幸得與三人交往。兩季:指兄蘇軾和自己。

〔一〇〕"大孔"三句:謂孔氏弟兄如群雁飛翔,由文仲領頭。聯翩:連續不斷貌。冠蓋:指官員的冠服和車乘。此指官員。堂堂:盛大貌。

附録　孔武仲《三舍人題名於後省皆賦詩因寄呈劉貢父》

西垣寂寞今已久,三賢文章鳳池手。朝來不復戀山中,後至儻誰居客右。華堂刻石映今古,秀句連章動星斗。鴒原棣萼俱相望,龍吟虎嘯生輝光。就中貢父我故鄉,況有小阮争翺翔,翩翩亦試中書堂。

《蘇子由示詩再用前韻》

公家兩賢涉世久,六馬從容轡在手。驅馳有節心有常,進退不隨人左右。十年挫抑心不回,方知有膽大如斗。鸞坡鳳閣蔚相望,爍爍奎壁連晶光。我家辛勤出寒鄉,斥鷃未易追翱翔,莫將滄溟比坳堂。

《曾子開示詩再用前韻》

川滔海積歲月久,書禿十毫未停手。昔人四十夸專城,公佩黄金來帝右。當年逸足起江西,時輩共喜星之斗。榮華未滿衆所望,天啓叔季侍清光。莫言晝錦歸故鄉,莫對秋雁思南翔,且登金門上玉堂。

劉攽《次韻孔常父》

老翁衰遲爲日久,自知不是文章手。紫微熒煌十二星,青閣彤庭掖垣右。誰令孤翼此飛棲,正似枯槎犯牛斗。諸公可親復可望,黄鍾渾宏秋水光。但論四海矧故鄉,清詩翻翻鴻鵠翔,願言與子同升堂。

蘇軾《次韻三舍人省上》

紛紛榮瘁何能久,雲雨從來翻覆手。怳如一夢墮枕中,却見三賢起江右。曾子開、劉貢父、孔常父皆江西人。嗟君妙質皆瑚璉,顧我虚名但箕斗。明朝冠蓋蔚相望,共扈翠輦朝宣光。武皇已老白雲鄉,正與羣帝驂龍翔,獨留杞梓扶明堂。

送錢承制赴廣東都監〔一〕

家聲遠繼河西守〔二〕,游宦多便嶺外官〔三〕。南海無波閑鬬舸〔四〕,北堂多暇得羞蘭〔五〕。忽聞《常棣》歌離索〔六〕,應寄寒梅報好安〔七〕。它日扁舟定歸計〔八〕,仍將犀玉付江湍〔九〕。

【箋注】

〔一〕作於元祐二年(一〇八七)末。錢承制:當爲吴越王錢鏐後人。餘不詳。俟考。承制:即内殿承制。宋孫逢吉《職官分紀·横行東西班大小使臣·内殿承制》:"國朝大中祥符二年,詔置内殿承制,班在内殿崇班上,秩比殿中丞。元祐,令内殿承制正八品。"都監:即路分都監。《宋史·職官志七》:"路分都監:掌本路禁旅、屯戍、邊防、訓練之政令,以肅清所部。"

〔二〕河西守:指東漢竇融。西漢末年,赤眉入長安,涼州等地郡守因推竇融行河西五郡大將軍事,保境安民,後歸降光武。其事與吴越王錢鏐爲免生靈涂炭歸降宋朝之事相類,故此取與相較。

〔三〕多便:謂自由瀟灑。調侃之詞。嶺外:五嶺以南地區,此指廣東。

〔四〕謂南疆安寧,無戰事。唐楊炯《老人星賦》:"南海無波,東風入律。"鬪舸:猶言戰船。

〔五〕北堂:指母親的居室。《詩·衛風·伯兮》:"焉得諼草,言樹之背。"毛傳:"背,北堂也。"羞蘭:即蘭羞。佳餚。

〔六〕常棣:見《次韻子瞻端午日與遲适遠三子出遊》注〔一二〕。離索:離別。

〔七〕見《次韻王適元日并示曹焕二首》之一注〔四〕。

〔八〕春秋時,越國大臣范蠡輔佐越王勾踐滅吴後,"遂乘輕舟以浮於五湖,莫知其所終"。見《國語·越語下》。此謂將如范蠡歸隱。

〔九〕犀玉:犀牛角和玉。此指南方珍稀難得之物。

附録　蘇軾《送錢承制赴廣西路分都監》

當年我作《表忠碑》,坐覺江山氣未衰。舞鳳尚從天目下,收駒時有渥洼姿。踞牀到處堪吹笛,横槊何人解賦詩。知是丹霞燒佛手,先聲應已懾群夷。廣西僧寺,頃有佛動之異,錢君碎而投之江中。

次韻曾子開舍人四月一二日扈從二首〔一〕

其一

萬人齊仗足聲匀〔二〕,翠輦徐行不動塵〔三〕。夾道歡呼通老稚,從官雜遝數徐陳〔四〕。旌旗稍放龍蛇卷〔五〕,旒冕初看日月新〔六〕。天遣雨師先灑道〔七〕,農夫不復誤占辛〔八〕。農家常以上辛占麥,辛深則麥熟。今年正月八日得辛,而雨不時,應駕未出一日,初得雷雨,麥始有望。

【箋注】

〔一〕作於元祐二年(一〇八七)四月一、二日。曾子開:即曾肇(一〇四七一一一〇七），字子開，建昌南豐（今江西南豐縣）人。曾鞏異母弟，曾布弟。治平四年進士，歷崇文院校書、館閣校勘兼國子監直講、同知太常禮院。遷國史編修官，進吏部郎中。元祐元年，爲《神宗實録》檢討，擢起居舍人，轉中書舍人。乞外，歷知州府。七年，入爲吏部侍郎。出知徐州、江寧府。紹聖元年，徙知瀛洲。又歷知滁、泰、海州。徽宗即位，復召爲中書舍人。遷翰林學士兼侍讀，改龍圖閣學士，復出知州府。崇寧初，落職，謫知和州，徙岳州，繼貶濮州團練副使，汀州安置。大觀元年卒於鎮江，年六十一，紹興初謚文昭。《宋史》有傳。扈從：隨從皇帝出巡。宋陳巖肖《庚溪詩話》卷下："元祐間，東坡與曾子開肇同居兩省，扈從車駕，赴宣光殿，子開有詩，其略曰：'鼎湖弓劍仙遊遠，渭水衣冠輦路新。'又曰：'階除翠色迷宫草，殿閣清陰老禁槐。'詩語亦佳。"

〔二〕謂儀仗隊步伐整齊。仗：儀仗。

〔三〕唐杜甫《麗人行》："黄門飛鞚不動塵，御厨絡繹送八珍。"翠輦：飾有翠羽的帝王車駕。

〔四〕恭維曾等有徐陳之才。雜遝：繁多。徐陳：漢末徐幹和陳琳的並稱。《文選·陸厥〈奉答内兄希叔〉》："離宫收杞梓，華屋富徐陳。"唐李善注："《魏志》曰：'文帝爲五官郎將，北海徐幹，廣陵陳琳，並見友善。'"徐幹（一七〇—二一七），漢末北海（今山東昌樂縣東南）人。仕爲司空軍謀祭酒掾屬、五官將文學，與孔融、陳琳、阮瑀、應瑒、劉楨、王粲合稱建安七子。淡于功名。有箕山之志。著《中論》，辭義典雅，爲時所稱。陳琳（？—二一七），字孔璋，漢末廣陵（今揚州市）人。初爲何進主簿，後歸袁紹。嘗爲袁作伐曹操檄文。紹敗，操愛其才而不殺，以爲記室。凡軍國草檄，多出琳手。屢蒙厚賜。徙門下督卒。

〔五〕謂繪有龍蛇的彩旗在風中舒卷。

〔六〕旒冕：即冕旒。古代大夫以上的禮冠。頂有延，前有旒，故曰"冕旒"。天子之冕十二旒，諸侯九，上大夫七，下大夫五。見《周禮·夏官·弁師》。此指皇帝。

〔七〕《淮南子·原道》："令雨師灑道，使風伯埽塵。"雨師：古代傳説中司雨的神。《周禮·春官·大宗伯》："以槱燎祀司中、司命，飌師、雨師。"灑道：清掃道路。

〔八〕占辛：宋時農家根據正月上旬辛日出現之遲早預卜當年麥收，謂之

“占辛”。參自注。

其二

衣冠雙日款蓬萊〔一〕，簾脱瓊鉤扇不開〔二〕。清曉逮①驚三殿啓〔三〕，翠華遥自九天來〔四〕。晨光稍稍侵黄蓋〔五〕，瑞霧霏霏著禁槐〔六〕。千兩翟車觀禮罷〔七〕，歸時滿載德風迴〔八〕。是日，内外命婦皆會景靈〔九〕，仰瞻三宫，肅然雍穆，不言而化，諸公之家有能言之者。

【校記】

①逮：宋大字本、蜀藩刻本、叢刊本作“連”。

【箋注】

〔一〕謂官吏以及眷屬們就像瞻望仙境一樣等待車駕。衣冠：衣和冠。古代士以上戴冠，因用以指士以上的服裝。此指大臣。雙日：逢雙的日子。《舊唐書·文宗紀論》：“故事，天子隻日視事，帝謂宰輔曰：‘朕欲與卿等每日相見，其輟朝、放朝，用雙日可也。’”款：扣。蓬萊：蓬萊山。古代傳説中的神山名。亦常泛指仙境。《史記·封禪書》：“自威、宣、燕昭使人入海求蓬萊、方丈、瀛洲，此三神山者，其傳在勃海中。”

〔二〕謂門簾掩着，宫門尚未開啓。扇：泛指門扇、門扉。北魏楊衒之《洛陽伽藍記·法雲寺》：“重門啓扇，閣道交通。”

〔三〕三殿：皇宫中的三大殿。宋王安石《送鄆州知府宋諫議》：“通班三殿邃，徙部十城兼。”

〔四〕翠華：天子儀仗中以翠羽爲飾的旗幟或車蓋。《文選·司馬相如〈上林賦〉》：“建翠華之旗，樹靈鼉之鼓。”李善注：“翠華，以翠羽爲葆也。”九天：指宫禁。唐王維《和賈舍人早朝大明宫之作》：“九天閶闔開宫殿，萬國衣冠拜冕旒。”

〔五〕黄蓋：皇帝出巡時儀仗中的黄色傘蓋。明王圻《三才圖會·儀制四·黄蓋》：“按漢乘輿黄屋左纛，黄屋者，車蓋也，後世因爲黄蓋，乃其遺制也，元制黄織，上加金浮屠。”

〔六〕菲菲：盛多貌。著（zhuó）：附著。禁槐：宫禁中種植的槐樹。

〔七〕翟車:本指古代后妃乘坐的以雉羽爲飾的車子。《周禮·春官·巾車》:"翟車,貝面組總,有握。"漢鄭玄注:"以翟飾車之側……后所乘以出桑。"此指内外命婦所乘之車。

〔八〕德風:《論語·顔淵》:"君子之德風,小人之德草。草上之風,必偃。"宋邢昺疏:"在上君子,爲政之德若風;在下小人,從化之德如草。"此指國君爲政仁德之風爲德風。

〔九〕景靈:即景靈宫。宋真宗"推本世系,遂祖軒轅",以軒轅皇帝爲趙姓始祖。宋曾鞏《隆平集·寺觀》:"大中祥符間,在京及仙源縣壽丘竝建景靈宫,立聖祖殿;仙源縣壽丘建太極觀,立聖祖母殿。"據此知此景靈宫當指京城之景靈宫。

附録　蘇軾《次韻曾子開從駕二首》

其一

槐街緑暗雨初匀,瑞霧香風滿後塵。清廟幸同觀濟濟,豐年喜復接陳陳。雍容已饜天庖賜,俯伏初嘗貢茗新。輦路歸來聞好語,共驚堯顙類高辛。

其二

入仗魂驚愧草萊,一聲清蹕九門開。暉暉日傍金輿轉,習習風從玉宇來。流落生還真一芥,周章危立近三槐。學士班近執政。道傍倘有山中舊,問我收身早晚回。

再和〔一〕

其一

病起江南力未匀,强將冠劍拂埃塵〔二〕。木雞自笑真無用〔三〕,芻狗何勞收已陳〔四〕。行從鑾旗風日細〔五〕,側聽廟樂管弦新〔六〕。誰知四載勤勞後〔七〕,并舉成功祚泣辛〔八〕。

【箋注】

〔一〕作於元祐二年（一〇八七）四月。

〔二〕謂因生病未能履職，致使冠劍上都積滿了灰塵。唐劉禹錫《酬淮南牛相公述舊見貽》："猶有登朝舊冠冕，待公三入拂埃塵。"冠劍：古代官員戴冠佩劍。

〔三〕《莊子·達生》："紀渻子爲王養鬭雞，十日而問曰：'雞已乎？'曰：'未也，方虚憍而恃氣。'……十日又問，曰：'幾矣，雞雖有鳴者，已無變矣。望之似木雞矣，其德全矣，異雞無敢應者，反走矣。'"唐成玄英疏："神識安閑，形容審定……其猶木鷄不動不驚，其德全具，他人之雞，見之反走。"《五燈會元·南院顒禪師法嗣·汝州風穴延沼禪師》："問：'古曲無音韻，如何和得？'齊師曰：'木雞啼子夜，芻狗吠天明。'"按，此與下句都是牢騷很盛的話，也透露出自己未能從駕的失落。

〔四〕《莊子·天運》："夫芻狗之未陳也，盛以篋衍，巾以文繡，尸祝齊戒以將之；及其已陳也，行者踐其首脊，蘇者取而爨之而已。"芻狗：古代祭祀時用草紮成的狗。參《初發彭城有感寄子瞻》注〔二一〕。

〔五〕鑾旗：天子鹵簿屬車上樹立的旗。赤色，編以羽毛，上繡鸞鳥。此指天子車駕。

〔六〕唐張説《將赴朔方軍應制》："天文日月麗，朝賦管弦新。"

〔七〕此"四載"謂已自元豐七年（一〇八四）被召回至今。

〔八〕謂如今國運昌盛，自己有幸得還而感慨泣下。祚：賜。泣辛：因感慨艱難的前事而流淚。

其二

宸心惻惻念汙萊〔一〕，南籞西池閉不開〔二〕。長樂鳴鞘千乘出〔三〕，顧成薦鬯萬方來〔四〕。從臣暗泣新宫柳〔五〕，父老行依輦路槐〔六〕。雙闕影斜朱户啓〔七〕，都人留看屬車回〔八〕。

【箋注】

〔一〕謂皇帝擔憂荒廢的田地。宸心：帝王的心意。惻惻：懇切貌。汙萊：

荒廢的田地。《詩·小雅·十月之交》:“徹我牆屋,田卒汙萊。”毛傳:“下則汙,高則萊。”

〔二〕謂不將外水引入禁苑以免影響農耕。籞:古代帝王的禁苑。參《次韻王君北都偶成三首》之三注〔一〕。

〔三〕長樂:宫殿名,即長樂宫。西漢高帝時,就秦興樂宫改建而成。漢初皇帝在此視朝。惠帝後,爲太后居地。此泛指宫殿。鳴鞘:揮動鞭梢使發聲。唐李白《行行且遊獵篇》:“金鞭拂雪揮鳴鞘,半酣呼鷹出遠郊。”清王琦注引《廣韻》:“鞘,鞭鞘也。”

〔四〕顧成:本漢文帝廟名。《漢書·文帝紀》:“[四年冬]作顧成廟。”顔師古注引應劭曰:“文帝自爲廟,制度卑狹,若顧望而成,猶文王靈臺不日成之,故曰顧成。”此指皇帝之宗廟。薦:進獻。鬯(chàng):古代宗廟祭祀用的香酒。以鬱金香合黑黍釀成。《禮記·曲禮下》:“凡摯:天子,鬯;諸侯,圭。”唐孔穎達疏:“天子鬯者,釀黑黍爲酒,其氣芬芳調暢,故因謂爲‘鬯’也。”萬方:萬邦。此指天下各地。

〔五〕謂赴宣光殿安置神宗皇帝肖像事。《續資治通鑑長編·哲宗元祐二年》:“[夏四月]壬午朔,以景靈宫宣光殿奉安神宗皇帝神御禮畢,上詣宫行酌獻之禮。”又“癸未,太皇太后、皇太后親行酌獻,皇太妃、諸妃、大長公主、公主、六宫内人等並赴神御前陪位。”

〔六〕輦路:天子車駕所經的道路。《文選·班固〈西都賦〉》:“輦路經營,脩除飛閣。”唐李善注:“輦路,輦道也。”

〔七〕朱户:古代帝王賞賜諸侯或有功大臣的朱紅色的大門,古爲“九錫”之一種。《韓詩外傳》卷八:“諸侯之有德,天子錫之。一錫車馬,再錫衣服……六錫朱户。”

〔八〕屬車:帝王出行時的侍從車。《漢書·賈捐之傳》:“鸞旗在前,屬車在後。”顔師古注:“屬車,相連屬而陳於後也。屬,音之欲反。”

送顧子敦奉使河朔〔一〕

去年送君使河東〔二〕,今年送君使河北。連年東北少安居,慷慨憐君色自得〔三〕。河流西决不入土，千里汗漫敗[①]原隰〔四〕。壯夫奔亡老稚死〔五〕，粟麥無苗安取食？君憂臣辱自古然〔六〕，自説[②]過門三不入〔七〕。忠誠一發鬼神輔〔八〕，心念既通[③]謀計集。隄防旋立村落定，波浪欲收蛟蜃泣〔九〕。二年歸國未爲久，故舊相看髮猶黑。成功豈在延世下〔一〇〕，好勇真令腐儒服〔一一〕。此時爲國頌河平〔一二〕，當使君名長不没。

【校記】

① 敗：宋建本、蜀藩刻本、叢刊本作“被”。

②説：宋建本、宋大字本作“詭”。叢刊本作“跪”，皆誤。

③通：宋建本作“空”。

【箋注】

〔一〕作於元祐二年（一〇八七）四月三十日。《續資治通鑑長編·哲宗元祐二年》：“［夏四月］癸巳，給事中顧臨爲天章閣待制、河北路都轉運使。”顧子敦（一〇二八—一〇九九）：名臨，字子敦，會稽（今浙江紹興市）人。學於胡瑗，通經學，長於訓詁，黄宥中舉説書科，爲國子監直講，遷館閣校勘、同知禮院。神宗以臨喜論兵，詔編《武經要略》。歷任湖南轉運判官、開封府推官、知潁州，入爲吏部郎中、秘書少監，以直龍圖閣爲河東轉運使。元祐二年，擢給事中，以天章閣待制出爲河北都轉運使。歷刑、兵、吏三部侍郎兼侍讀，元祐七年授翰林學士。紹聖初，以龍圖閣學士知定州，徙應天、河南府。爲郭茂恂所劾，奪職知歙州，後斥饒州居住。元符二年卒，年七十二。嘗與梁燾合撰《總戎集》十卷。《宋史》有傳。蘇軾、孔文仲、劉攽、黄庭堅等亦有送行詩。

〔二〕《續資治通鑑長編·哲宗元祐元年》：“秘書少監顧臨直龍圖閣爲河東路轉運使。”小字注曰：“臨出使，當考。”

〔三〕自得：自己感到舒適。

〔四〕汗漫：漫無邊際。此指肆意流淌。原隰：原野。

〔五〕《孟子·梁惠王下》：“凶年饑歲，君之民老弱轉乎溝壑，壯者散而之四方者幾千人矣。”奔亡：奔走、逃亡。

〔六〕《國語·越語下》：“［范蠡］對曰：‘臣聞之爲人臣者，君憂臣勞，君辱臣死。'"

〔七〕《孟子·滕文公上》:"當是時也,禹八年於外,三過其門而不入,雖欲耕,得乎?"

〔八〕《文子》卷上:"積道德者天與之,地助之,鬼神輔之。"

〔九〕謂河防既立,蛟蜃無處安身,故哭泣。

〔一〇〕期望顧將來可比並漢代王延世治河之功。王延世,字長叔,犍爲資中(今四川資中)人。武帝時爲河隄使者,以竹落長四丈大九圍盛以小石,兩船夾載而下之,三十六日河隄成。武帝曰:"東郡河決,流漂二州,……惟延世長於計策,功費約省,用力日寡,朕甚嘉之。其以延世爲光禄大夫,秩中二千石,賜爵關内侯,黄金百斤。"

〔一一〕腐儒:迂腐之儒者。語出《荀子·非相》:"故《易》曰:'括囊,無咎無譽。'腐儒之謂也。"

〔一二〕河平:河患平息。

附録　蘇軾《送顧子敦奉使河朔》

我友顧子敦,軀膽兩俊偉。便便十圍腹,不但貯書史。容君數百人,一笑萬事已。十年卧江海,了不見愠喜。磨刀向豬羊,釃酒會鄰里。歸來如一夢,豐頰愈茂美。平生批敕手,濃墨寫黄紙。會當勒燕然,廊廟登劍履。翻然向河朔,坐念東郡水。河來屹不去,如尊乃勇耳。

《次韻子瞻送顧子敦河北都運二首》

其一

儒者給事中,顧公甚魁偉。經明往行河,商略頗應史。勞人又費之,國計安能已。成功渠有命,得人斯可喜。似聞阻飢餘,惡少驚邑里。啓鑰探珠金,奪懷取姝美。部中十盜發,一二書奏紙。西連魏三河,東盡齊四履。此豈小事哉,何但行治水。使民皆農桑,乃見真儒耳。

其二

今代顧虎頭,骨相自雄偉。不令長天官,亦合丞御史。能貧安四壁,無愠可三已。昨來立清班,國士相顧喜。何因將使節,風日按千里。汲黯不居中,似非朝廷美。太任録萬事,御坐留諫紙。發政恐傷民,天步薄冰履。蒼生憂其魚,南畝多被水。公行圖安集,信目勿信耳。

劉攽《送子惇出使河北》

禹績基壺口,堯仁被冀方。官迎赤車使,詔選瑣闈郎。力學推元稹,高才屬長康。壯懷來慷慨,得志自軒昂。愛直容知默,中和異吐剛。一臺傳駮議,二府見分章。前效平原淺,嚴威夏日長。居常祇逢掖,試躍即干將。雲漢昭回地,鵷鸞八九行。穹廬休夕拜,韉弩備晨裝。洚水成滔陸,流庸頗異鄉。挂冠勞畚鍤,佩犢問耕桑。哺乳增飦粥,完膚滌痏瘡。朴忠將漕最,惇厚訓兵强。冀馬羅馳傳,河魚飽食魴。細書夸睇視,淳酎沃煩腸。肯作田園計,寧嫌鬢髮蒼。能令老者奮,直與大鵬翔。處世當何語,懷君豈易忘。哂由終所畏,與點自知狂。

席上再送

人言虎頭癡〔一〕,勇①作河朔游。黄河六七月,不辨馬與牛〔二〕。單車徑北渡,横身障西流〔三〕。虎頭亦不癡,志在萬户侯〔四〕。徜徉歷三邊〔五〕,歸借坐上籌〔六〕。腰垂黄金印,不受白髮羞〔七〕。此計雖落落〔八〕,但問有志不? 臨岐且一醉〔九〕,行役方未休。

【校記】

①勇:叢刊本作“湧”。

【箋注】

〔一〕用西晉顧愷之典,謂臨爲其本家。顧愷之,見《王詵都尉寶繪堂詞》注〔二四〕。

〔二〕形容水勢浩大,遠望分不清牛馬。《莊子・秋水》:“秋水時至,百川灌河。涇流之大,兩涘渚崖之間,不辯牛馬。”

〔三〕唐韓愈《進學解》:“障百川而東之,回狂瀾於既倒。”横身:猶言挺身。

〔四〕萬户侯:食邑萬户之侯。《戰國策・齊策四》:“有能得齊王頭者,封萬户侯。”極言高爵顯位。

〔五〕三邊:前詩《送顧子敦奉使河朔》云“去年送君使河東,今年送君使河北”,此泛指邊疆。

〔六〕《史記·留侯世家》:“食其未行,張良從外來謁。漢王方食,曰:‘子房前!客有爲我計橈楚權者。’具以酈生語告,曰:‘於子房何如?’良曰:‘誰爲陛下畫此計者?陛下事去矣。’漢王曰:‘何哉?’張良對曰:‘臣請藉前箸爲大王籌之。’”

〔七〕“腰垂”二句:謂佩印出使已很榮耀,不比老而無爲者。黄金印:黄金製作的印章。古時公侯將相所佩。唐白居易《贈楚州郭使君》:“黄金印綬懸腰底,白雪歌詩落筆頭。”唐岑參《首春渭西郊行呈藍田張二主簿》:“愁窺白髮羞微禄,悔别青山憶舊谿。”

〔八〕落落:高卓貌。

〔九〕臨岐:本爲面臨岐路,後亦用爲贈别之辭。《文選·鮑照〈舞鶴賦〉》:“指會規翔,臨岐矩步。”唐李善注:“岐,岐路也。”唐杜甫《送李校書》:“臨岐意頗切,對酒不能喫。”

附録 孔文仲《四月三十日慈孝寺山亭席上口占送子敦都運待制赴河北》

送客城南寺,蕭然雲泉秋。客意在萬里,聊作須臾遊。昨夜過新雨,清風滿梁州。簪裳合俊彦,河圖並天球。古來功名人,未就不肯休。譬如鑿空使,尚致安石榴。矧今南畝氓,往往東西流。君能安輯之,千倉與萬輈。“古來”下八句與劉攽和詩全同,必有一誤,俟考。

黄庭堅《慈孝寺餞子敦席上奉同孔經父八韻》

日永知槐夏,雲黄喜麥秋。同朝國士集,賜沐吏功休。祇園冠蓋地,清與耳目謀。晴雲浮茗椀,飛雹落文楸。一客衆主人,醉此顧虎頭。虎頭持龍節,排河使東流。厥田惟上上,桑麻十數州。計功不汗馬,可致萬户侯。

劉攽《慈孝寺送顧待制次韻和孔舍人》

丈夫老益壯,鬢毛豈知秋。多君志慷慨,不避千里遊。躍馬過黄河,北視三四州。要官在東序,河圖間天球。古來功名人,未就不肯休。譬如鑿空使,尚致安石榴。況今南畝民,往往東西流。還定安輯之,千倉仍萬輈。

次韻孔文仲舍人酴醿〔一〕

蒼蛇凍不死，輕素暖仍歸〔二〕。落蕊時吹面，繁香自撲幃〔三〕。光凝真照夜〔四〕，枝軟或牽衣〔五〕。似厭風霾苦〔六〕，應思霧雨霏。開樽迎最盛，掃地見初稀。賴有清陰在，金波肯發揮〔七〕？

【箋注】

〔一〕作於元祐二年（一〇八七）四月末。孔文仲（一〇三三——一〇八八）：字經父，臨江新淦（今江西峽江縣）人，延之子。嘉祐六年登進士第，授試秘書省校書郎、餘杭縣尉，轉台州推官。熙寧三年應賢良方正科，對策力論王安石所建理財、訓兵之法爲非是，罷歸故官。吴充爲相，除充國子監直講，换三班院主簿，出通判保德軍。遷奉議郎、通判火山軍。元豐八年，轉承議郎。元祐元年，召爲秘書省校書郎，進禮部員外郎，遷起居舍人，擢左諫議大夫，改中書舍人。元祐三年春同知貢舉，時已病，及奏榜歸第而卒，年五十六。與兄文仲、弟平仲齊名，稱“清江三孔”。孔文仲元祐元年爲起居舍人，二年爲中書舍人。酴醿：見《次韻子瞻送范景仁遊嵩洛》注〔八〕。

〔二〕“蒼蛇”二句：謂酴醿春天後開始復蘇。蒼蛇：酴醿的藤狀枝幹如黑蛇。輕素：喻酴醿花瓣。

〔三〕幃（wéi）：帷幕，帷帳。

〔四〕酴醿花爲白色，故云。

〔五〕南朝梁簡文帝《採蓮詩》：“荷絲傍繞腕，菱角遠牽衣。”按，酴醿爲薔薇科植物，攀緣莖，莖上有鉤狀的刺，故此云“枝軟”、“牽衣”。

〔六〕風霾：颷風，塵霾。

〔七〕謂不知月光會不會照臨。金波：月光。《漢書·禮樂志》：“月穆穆以金波，日華燿以宣明。”唐顔師古注：“言月光穆穆，若金之波流也。”

次韻張昌言給事省中直宿〔一〕

還家未暇拂塵衣，携被重來趁落暉。省户鳴騶久分散〔二〕，宫槐棲鵲共翻飛〔三〕。周廬見月①風霾静〔四〕，斜漢横空星斗稀〔五〕。多病心身怯清禁〔六〕，故山依約夢西歸。

【校記】

①月：原作"日"，據宋大字本、宋建本改。

【箋注】

〔一〕作於元祐二年（一〇八七）五月。張昌言（一〇一三——一〇八七）：名問，字昌言，襄陽（今湖北襄陽市）人。以進士起家，通判大名府，擢提點河北刑獄，徙江東、淮南轉運使。加直集賢院、户部判官，復爲河北轉運使。入爲度支副使，拜集賢殿修撰、河東轉運使，坐誤軍須，貶知光化軍。熙寧間，不阿附新法，提舉崇福宫。熙寧末，知滄州，歷知河陽、潞州。元祐初，爲秘書監、給事中，累官正議大夫。元祐二年卒，年七十五。《宋史》有傳。給事：即給事中。參《送王震給事知蔡州》注〔一〕。值宿：值夜班。

〔二〕省户：宫門；禁門。鳴騶：古代隨從顯貴出行並傳呼喝道的騎卒。唐岑參《送顔平原》："海風掣金戟，導吏呼鳴騶。"

〔三〕唐李白《温泉侍從歸逢故人》："逢君奏明主，他日共翻飛。"

〔四〕周廬：古代皇宫周圍所設警衛廬舍。《史記・秦始皇本紀》："衛令曰：'周廬設卒甚謹，安得賊敢入宫？'"南朝宋裴駰集解引三國吴薛綜曰："士傅宫外，内爲廬舍，晝則巡行非常，夜則警備不虞。"

〔五〕斜漢：指秋天向西南方向偏斜的銀河。《文選・謝莊〈月賦〉》："斜漢左界，北陸南躔。"唐李善注："漢，天漢也。"唐李周翰注："秋時又漢西南斜，遠於左界。"

〔六〕清禁：指皇宫。皇宫中清静嚴肅，故稱。

附録　蘇軾《次韻張昌言給事省宿》

馮顛久已皺殘雪，戎眼何曾眩落暉。朔野按行猶爵躍，東臺瞑坐覺烏飛。道家有烏飛入兔宫之説。漫誇年少容吾在，樂天詩云：猶有誇張少年處，笑呼張丈唤殷兄。若鬬尊前舉世稀。待向嵩陽求水竹，一犁煙雨伴公歸。

次韻劉貢父西掖種竹〔一〕

竹迷誰定知迷否〔二〕，趁取滂沱好雨初。栽向鳳池吹律處〔三〕，斸從芸閣殺青餘〔四〕。迎風一嘯朝回早〔五〕，弄月相差直宿疏〔六〕。應怪籍咸林下客〔七〕，相看不飲作除書〔八〕。仲馮方作左史〔九〕，必與貢父並直於此。

【箋注】

〔一〕作於元祐二年（一〇八七）五月。詩言“竹迷”，即“竹醉”日，栽竹之日。宋范致明《岳陽風土記》：“五月十三日謂之龍生日，可種竹，《齊民要術》所謂竹醉日也。”劉貢父：即劉攽。見《次韻劉貢甫學士畫松石圖歌》注〔一〕。西掖：中書或中書省的别稱。參《後省初成直宿呈子瞻二首》之一注〔二〕。

〔二〕竹迷：竹迷日。宋陳元靚《歲時廣記・季夏月・竹迷日》：“《筍譜》：民間説竹有生日，即五月十三日，移竹宜用此日。或陰雨土虚，則鞭行，明年筍莖交至。一云竹迷日栽竹，年年生筍。”

〔三〕鳳池：即鳳凰池。禁苑中池沼。魏晉南北朝時設中書省于禁苑，掌管機要，接近皇帝。故稱中書省爲“鳳凰池”。南朝齊謝朓《直中書省》：“兹言翔鳳池，鳴珮多清響。”吹律：吹奏管樂。

〔四〕芸閣：即芸香閣，本爲秘書省的别稱。因秘書省司典圖籍，而芸香葉可驅蟲，故以之指省中藏書、校書處。殺青：將竹火炙去水分後，刮去青色表皮，以便書寫和防蠹。《太平御覽・文部二十二・簡》引漢劉向《别録》：“殺青者，直治竹作簡書之耳。新竹有汁，善朽蠹。凡作簡者，皆於火上炙乾之。”

〔五〕朝回：早朝回來。

〔六〕相差：（竹葉）互相參差。直宿：值夜班。疏：竹影交錯貌。

〔七〕籍咸：阮籍及其侄阮咸。阮籍，見《送柳子玉》注〔一二〕。阮咸（二三四—三〇五），字仲容，晉陳留尉氏（今河南尉氏縣）人，阮籍從子。妙解音律，善彈琵琶。縱酒任情，不拘禮俗。爲“竹林七賢”之一，與籍並稱“大小阮”。歷散騎侍郎、始平太守。《晉書》有傳。按，此指劉攽及劉奉世。《晉書・嵇康傳》:“[嵇康]所與神交者,惟陳留阮籍、河内山濤。豫其流者,河内向秀、沛國劉伶、籍兄子咸、琅邪王戎,遂爲竹林之游,世所謂竹林七賢也。”

〔八〕除書:拜官授職的文書。劉攽時爲中書舍人,掌詔誥制書之類。

〔九〕仲馮:指劉奉世(一〇四一——一一一三),字仲馮,臨江新喻(今江西新餘市)人。敞子。第進士。熙寧三年,同編修《經武要略》,兼删定諸房例册。四年,檢詳樞密院吏房文字,改刑房。元豐元年,直史館,爲國史院編修官,以事謫監陳州糧料院。元祐元年,權樞密都承旨。四年,爲户部侍郎。五年,改吏部侍郎,權户部尚書。七年,拜樞密直學士、簽樞密院事。紹聖元年,出知成德軍,改定州,逾年,知成都府。明年,以元祐黨人責分司南京,居郴州。四年,貶隰州團練副使。徽宗立,盡還官職,知定州、大名府、鄆州。崇寧初,再奪職,責居沂兖,以赦得歸。政和三年卒,年七十三。事見《東都事略》卷七十六,《宋史》有傳。左史:官名。周代史官有左史、右史之分。左史記行動,右史記言語。見《禮記・玉藻》。一曰左史記言,右史記事。見《漢書・藝文志》。唐宋曾以門下省之起居郎、中書省之起居舍人爲左、右史,分别主記事與記言。劉奉世時爲起居郎,故稱其爲左史。

附録　劉攽《西省種竹偶書呈同省諸公并寄鄧蘇二翰林》

五月十三竹迷日,今年仍自晏陰初。分將池籞千竿翠,就得楓槐一雨餘。紅葉蒼苔相映帶,南榮北户頓蕭疏。欲爲林下諸君詠,便是濤戎亦盡書。

蘇軾《次韻劉貢父西省種竹》

要知西掖承平事,記取劉郎種竹初。舊德終呼名字外,後生誰續笑談餘。昔李公擇種竹館中,戲語同舍,後人指此竹,必云李文正手植。貢父笑曰:“文正不獨繫筆,亦知種竹耶?”時有筆工李文正。成陰障日行當見,取筍供庖計已疎。白首林間望天上,平安時報故人書。

次韻貢父子開直宿〔一〕

擲簡摇毫氣吐虹①〔二〕,興餘庭藥詠殘紅〔三〕。今宵文字知無幾,齁睡簾中笑二公。

【校記】

①虹：宋大字本、宋建本作“風”，誤。

【箋注】

〔一〕作於元祐二年（一〇八七）六月。貢父：即劉攽。見《次韻劉貢甫學士畫松石圖歌》注〔一〕。子開：即曾肇。見《次韻孔武仲三舍人省上》注〔一〕。

〔二〕唐韓愈《贈崔立之評事》：“摇毫擲簡自不供，頃刻青紅浮海蜃。”宋歐陽脩《答王禹玉見贈》：“昔時叨入武成宫，曾看揮毫氣吐虹。”蘇軾《次韻張琬》：“知君不向窮愁老，尚有清詩氣吐虹。”摇毫：猶言揮毫。

〔三〕唐朱慶餘《同友人看花》：“尋花不問春深淺，縱是殘紅也入詩。”庭藥：庭院中的芍藥。殘紅：落花。

去年冬轍以起居郎入侍邇英講不逾時遷中書舍人雖忝冒愈深而瞻望清光與日俱遠追記當時所見作四絶句呈同省諸公〔一〕

其一

邇英肅肅曉霜清〔二〕，玉宇時聞槁葉零〔三〕。風過都城吹廣内〔四〕，萬人笑語落中庭。

【箋注】

〔一〕作於元祐二年（一〇八七）六月。起居郎：職官名。負責侍從皇帝，修起居注等。魏晉及南北朝多以著作郎兼修《起居注》，北魏始置“起居令史”，另有“修起居注”，“監起居注”等官。隋代於内史省設“起居舍人”。唐宋又於門下省設“起居郎”和“起居舍人”分掌其事。邇英：邇英閣。宋代禁苑宫殿名。義取親近英才，故名。宋張邦基《墨莊漫録》卷七：“元祐中，哲宗旬日一召輔臣，于邇英閣聽講讀。時曾肇子開、蘇轍子由，自左右史並除中書舍人，入侍講筵。子由作詩呈同省諸公,悉和之。邇英、延義,皆祖宗所建講讀之所。記注官賜坐,飲茶將罷,賜湯,仍皆免拜;無復外廷之禮。故子開詩云:'二閣從容訪古今,諸儒葵藿但傾心。君臣相對疑賓主,誰識昭陵用意深。'邇英閣前槐後竹,雙槐極高而柯葉拂地,狀如龍蛇,或謂之鳳尾槐。子開詩云:'鳳尾扶疏槐影寒,龍吟蕭瑟竹聲乾。漢皇恭默尊儒學,不似公孫見不冠。'子由詩云:'銅瓶灑遍不勝寒,雨點匀圓凍未乾。回首曈曨朝上日,槐龍對舞覆衣冠。'並謂此也。"清光:清美的風采。多喻帝王的容顔。《漢書・晁錯傳》:"今執事之臣皆天下之選已,然莫能望陛下清光,譬之猶五帝之佐也。"唐顔師古注引晉灼曰:"今之臣不能望見陛下之光景所及。"

〔二〕肅肅:恭敬貌。《詩・大雅・思齊》:"雝雝在宫,肅肅在廟。"毛傳:"肅肅,敬也。"

〔三〕玉宇:宫殿的美稱。唐王昌齡《段宥廳孤桐》:"槁葉零落盡,空柯蒼翠殘。"

〔四〕廣内:本爲漢宫廷藏書之所。《漢書・藝文志》"於是建藏書之策"唐顔師古注引三國魏如淳曰:"劉歆《七略》:'外則有太常、太史、博士之藏,内則有延閣、廣内、祕室之府。'"

其二

銅瓶灑遍不勝寒〔一〕,雨點匀圓凍未乾。回首曈曨朝日上〔二〕,槐龍對舞覆衣冠。邇英前有雙槐甚高,而柯葉拂地,狀若龍蛇。講官進對其下〔三〕。

【箋注】

〔一〕謂汲水灑掃。銅瓶:汲水用的銅製的瓶。

〔二〕曈曨:日初出漸明貌。《説文・日部》:"曈,曈曨,日欲明也。"

〔三〕見上詩注〔一〕。

其三

早歲西廂跪直言〔一〕,起迎天步晚臨軒。何知老侍曾孫聖〔二〕,欲泣龍髯吐復吞〔三〕。轍昔舉制策,坐於崇政西廊,蓋邇英之北也。是日晚,仁皇自延和步入崇政,過所試幄前。瞻望天表,最爲親近。

【箋注】

〔一〕早歲:指嘉祐二年(一〇五七)三月,宋仁宗御崇政殿試進士事。

〔二〕曾孫聖:指宋仁宗之曾孫宋哲宗。

〔三〕龍髯:見《神宗皇帝挽詞三首》之三注〔六〕。此指宋仁宗。

其四

講罷淵然似不勝〔一〕,詩書默已契天心〔二〕。高宗問答終垂世〔三〕,未信諸儒測淺深。

【箋注】

〔一〕謂自覺内容不夠深廣。淵然:深邃貌。不勝:不盡;不及。

〔二〕契:符合。天心:皇帝的心意。

〔三〕高宗:指殷高宗武丁。今《書・説命》即記其與傅説問答之辭。

附録　蘇軾《軾以去歲春夏侍立邇英而秋冬之交子由相繼入侍次韻絶句四首各述所懷》

其一

曈曈日腳曉猶清,細細槐花暖欲零。坐閲諸公半廊廟,僕射吕公、門下韓公、右丞劉公,皆自講席大用。時看黄色起天庭。

其二

上尊初破早朝寒,茗盌仍霑講舌乾。陛楯諸郎空雨立,故應慚悔不儒冠。

其三

兩鶴摧頹病不言,年來相繼亦乘軒。誤聞九奏聊飛舞,可得徘徊爲啄吞。

其四

微生偶脱風波地,晚歲猶存鐵石心。定似香山老居士,世緣終淺道根深。樂天自江州司馬除忠州刺史,旋以主客郎中知制誥,遂拜中書舍人。軾雖不敢自比,然謫居黄州，起知文登，召爲儀曹，遂忝侍從，出處老少，大略相似，庶幾復享此翁晚節閑適之樂焉。

劉攽《次子由韻三首》

其一

流霞飲過已忘寒，和筆螭坳墨色乾。温室前頭問名木，此身知不悮儒冠。

其二

四朝傳説直臣言，萬事多君與輊軒。重到彤墀揮翰處，想知雲夢一時吞。

其三

華光勸講想天臨，白髮儒先遇主心。仍寄史臣揮直筆，聖謨文思與幾深。

張耒《次韻子由舍人先生追讀邇英絶句四首》

其一

天寒書殿曉班清，氣爽仙盤瑞露零。講罷群公佩聲散，一竿宫日轉槐庭。

其二

聯翩右史直西垣，舊墨螭頭點未乾。自是退之平昔事，可須慚著進賢冠。

其三

冠佩煌煌拱北辰，道人風骨自軒軒。茯苓松下龜黿老，須乞靈丹一粒吞。

其四

恭默誰聆金玉音，陶甄萬物付無心。君王好學真天意，憂國論思不厭深。

黄庭堅《子瞻去歲春夏侍立邇英子由秋冬間相繼入侍作詩各述所懷予亦次韻四首》

其一

赤壁歸來入紫清，堂堂心在鬢彫零。江沙踏破青鞋底，卻結絲絇侍禁庭。

其二

胸蟠萬卷夜光寒，筆倒三江硯滴乾。大似不蒙稽古力，只今猶著侍臣冠。

其三

對掌絲綸罷記言，職親黄屋傍堯軒。雁行飛上猶回首，不受青雲富貴吞。

其四

樂天名位聊相似，卻是初無富貴心。只欠小蠻樊素在，我知造物愛公深。

《再次韻四首》

其一

隆儒殿閣對横經，咫尺清都雨露零。見説文星環北極，人間無路仰天庭。

其二

風欞倒影日光寒，堯日當中露正乾。殿上給扶鳴漢履，螭頭簪筆見秦冠。

其三

萬國歸心天不言，諸儒争席異臨軒。聖功典學形歌頌，更覺曹劉不足吞。

其四

延和西路古槐陰，不隔朝宗夙夜心。公有胸中五色線，平生補衮用功深。

晁補之《次韻兩蘇公講筵唱和四首》

其一

白髮歸聯侍從榮，未應江海歎飄零。禽魚不與鈞天觀，想見群龍舞洞庭。

其二

李公素譽壓朝端，曾泝龍門鬣未乾。雖愧彭宣惟賜食，未慚貢禹亦彈冠。

其三

纘服憂勤未有言，諸儒經術侍彤軒。九疇咸叙今天錫，三畫何人昔夢吞。

其四

金玉誰人詠德音，太平無象屬人心。日高初散露門講，天上五雲宫殿深。

次韻張問給事喜雨〔一〕

已收蠶麥無多日，旋喜山川同一雲〔二〕。禾黍趁時青覆壟〔三〕，池塘流潤渌生①文〔四〕。兩宫尚廢清晨集〔五〕，中禁初消永夜薰〔六〕。倉粟半空民望足，深耕疾耨肯忘君〔七〕？

【校記】

①生：叢刊本作“先”，誤。

【箋注】

〔一〕作於元祐二年（一〇八七）六月。張問：見《次韻張昌言給事省中直宿》注〔一〕。給事：即給事中。見《送王震給事知蔡州》注〔一〕。

〔二〕同一雲：即同雲。謂將要下雨。語本《詩·小雅·信南山》：“上天同雲，雨雪雰雰。”宋朱熹集傳：“同雲，雲一色也。將雪之候如此。”

〔三〕謂禾黍長得十分茂盛。趁時：趕上好的天時。覆壟：籠蓋了田埂。

〔四〕謂池塘落雨後水更清澈。流潤：流佈滋潤。按，此是諛美之詞，謂雨水是帝王恩德所賜。

〔五〕兩宫：此指宋哲宗、高太后。

〔六〕中禁：即禁中，皇帝所居之處。熏：猶言炎熱。

〔七〕謂農夫努力耕作。《孟子·梁惠王上》：“王如施仁政於民，省刑罰，薄税斂,深耕易耨,壯者以暇日,修其孝悌忠信。”耨(nòu):小手鋤。此泛指農活。

附録　蘇軾《次韻張昌言喜雨》

千里黄流失故居,年來赤地到青徐。遥聞争誦十行詔,無異親巡六尺輿。精貫天人一言足,雲興嶽瀆萬靈趨。愛君誰似元和老,賀雨詩成即諫書。

又《和張昌言喜雨》

二聖憂勤忘寢食,百神奔走會風雲。禁林夜直鳴江瀨,清洛朝回起縠紋。夢覺酒醒聞好句,帳空簟冷發餘薰。秋來定有豐年喜,剩作新詩準備君。

劉攽《和張給事喜雨》

匆驚四野連宵雨,盡是諸山觸石雲。雷響透空如欲墜,電光劃暗總成紋。祝官陳信無虚語,梵宇凝香不斷薰。帝力由來人莫識,始知延譽屬夫君。

黄庭堅《次韻張昌言給事喜雨》

三雨全清六合塵,詩翁喜雨句凌雲。垤漂戰蟻餘追北,柱擊乖龍有裂文。減去鮮肥憂玉食,徧宗河嶽起爐薰。聖功惠我豐年食,未有涓埃可報君。

范祖禹《和張給事喜雨》

玉座焦勞側席居,侍臣憂國盡應徐。宸心有感先離畢,星使分祈未下輿。觸石寸雲寰宇遍,稽天巨浸百川趨。不才太史那能頌,唯待豐年以喜書。

《又和張給事喜雨》

瞻望昭回每夜分,崇朝忽起泰山雲。乾坤蕩暑如醒醉,江海生波想織紋。禁漏深迷天闕曉,朝衣凉帶御爐熏。時清封奏何妨簡,獻納賡歌見愛君。

次韻宋構朝請歸守彭城〔一〕

得郡迎親願不違〔二〕，書來無復寄當歸〔三〕。馬馳未覺西南遠，烏哺何辭日夜飛〔四〕。湖水欲平官舍好，茶征初復訟氓稀〔五〕。平反聞道加餐飯〔六〕，五褲應須換破衣〔七〕。

【箋注】

〔一〕作於元祐二年（一〇八七）六月。宋構：字承之，成都雙流（今四川成都市雙流區）人。元豐七年爲夔州路轉運判官。紹聖三年提舉川茶事。彭城：徐州舊稱。參《徐州送江少卿》注〔一〕。

〔二〕據蘇軾《送宋構朝散知彭州迎侍二親》，知迎親爲迎其父母。

〔三〕《三國志・蜀書・姜維傳》南朝宋裴松之注引孫盛《雜記》曰："初，姜維詣亮，與母相失，復得母書，令求當歸。維曰：'良田百頃，不在一畝。但有遠志，不在當歸也。'"按，遠志、當歸本爲藥名，此語帶雙關。

〔四〕烏哺：舊稱烏鳥能反哺其母，故以喻人子奉養其親。晉傅咸《申懷賦》："盡烏鳥之至情，竭歡敬於膝下。"

〔五〕《宋史・食貨志下》："元祐元年，侍御史劉摯奏疏曰：'蜀茶之出，不過數十州，人賴以爲生，茶司盡榷而市之。園户有茶一本，而官市之，額至數十斤。官所給錢，靡耗於公者，名色不一，給借保任，輸入視驗，皆牙儈主之，故費於牙儈者又不知幾何。是官於園户名爲平市，而實奪之……欲伐茶則有禁，欲增植則加市，故其俗論謂地非生茶也，實生禍也……'右司諫蘇轍繼言：吕陶嘗奏改茶法，止行長引，令民自販，每緡長引錢百，詔從其請，民方有息肩之望……明年，熙河、秦鳳、涇原三路茶仍官爲計置，永興、鄜延、環慶許通商，凡以茶易穀者聽仍舊，毋得逾轉運司和糴價，其所博斛斗勿取息。"茶征：征收茶税。

〔六〕平反：平反冤獄。《送張恕朝奉南京簽判二首》之二注〔四〕。

〔七〕五褲：又寫作"五絝"。參《送賈訥朝奉通判眉州》注〔五〕。

附録　蘇軾《送宋構朝散知彭州迎侍二親》

東來誰迎使君車，知是丈人屋上烏。丈人今年二毛初，登樓上馬不用扶。使君負弩爲前驅，蜀人不復談相如。老幼化服一事無，有鞭不施安用蒲。春波如天漲平湖，鞓紅照坐香生膚。卷鞲上壽白玉壺，公堂登歌鳳將雛。諸孫歡笑争挽鬚，蜀人畫作西湖圖。

次韻劉貢父省中獨直〔一〕

簾深巧爲隔朝暾〔二〕，竹密時能引雀喧。朝罷宿醒還續夢〔三〕，静中諸妄稍歸根〔四〕。坐曹聞道仍分省〔五〕，出沐誰當與比①軒〔六〕？竹簟茅檐它日事〔七〕，重因遺詠記君恩。

【校記】

①比：叢刊本作"並"。

【箋注】

〔一〕作於元祐二年（一〇八七）六月。劉貢父：即劉攽。見《次韻劉貢甫學士畫松石圖歌》注〔一〕。

〔二〕朝暾（tūn）：初升的太陽。

〔三〕宿醒：猶宿醉。三國魏徐幹《情詩》："憂思連相屬，中心如宿醒。"

〔四〕諸妄：佛家有妄心、妄念、妄執、妄染、妄情等，當指此。歸根：歸于本原。《老子》第十六章："致虚極，守静篤，萬物並作，吾以觀復。夫物芸芸，各復歸其根。歸根曰静。"三國魏王弼注："各返其所始也。"

〔五〕坐曹：在衙署值班辦公。參《送吕希道少卿知滁州》注〔二〕。分省：謂分部門辦公。

〔六〕出沐：即休沐。謂官吏歸家休息。《初學記・政理部・假》："休假亦曰休沐。《漢律》：'吏五日得一下沐。'言休息以洗沐也。"比軒：猶言同車。《晉書・和嶠傳》："入爲給事黄門侍郎，遷中書令，帝深器遇之。舊監令共車入朝，時荀勗爲監，嶠鄙勗爲人，以意氣加之，每同乘，高抗專車而坐。乃使監令巽車,自嶠始也。”劉攽爲中書舍人,故以此喻其尊貴。

〔七〕謂他日歸隱之時。宋歐陽脩《内制集序》:“若夫涼竹簟之暑風,曝茅簷之冬日,睡餘支枕,念昔平生仕宦出處,顧瞻玉堂,如在天上。”竹簟:竹席。

附録　蘇軾《次韻劉貢父獨直省中》

明窗畏日曉先暾,高柳鳴蜩午更喧。筆老詩新疑有物,心空客疾本無根。隔牆我亦眠風榻,上馬君先鎖月軒。共喜早歸三伏近,解衣盤礴亦君恩。

得告家居次韻貢父見寄〔一〕

君恩賜告許歸來〔二〕,雨後中庭有緑苔。起問日高三丈久〔三〕,卧聞車過九門開〔四〕。泥封連日傳新語〔五〕,腕脱知君有軼才〔六〕。十八、二十二兩日,除目猥多。待得晴乾追後乘〔七〕,未應塵土熱如灰〔八〕。

【箋注】

〔一〕作於元祐二年(一〇八七)六月末。得告:獲準請假。貢父:即劉攽。見《次韻劉貢甫學士畫松石圖歌》注〔一〕。

〔二〕賜告:漢律,官二千石者病滿三月當免。“賜告”謂皇帝優賜其假,准其帶印綬僚屬歸家治病。《史記·高祖本紀》:“高祖爲亭長時,常告歸之田。”南朝宋裴駰集解引三國魏孟康曰:“漢律,吏二千石有予告、賜告。予告者,在官有功最,法所當得者也。賜告者,病滿三月當免,天子優賜,復其告,使得帶印紱,將官屬,歸家治疾也。”此指准予告假。

〔三〕日高三丈:形容天已大亮。《後漢書·祭祀志》:“二十二日辛卯晨,燎祭天於泰山下。”唐李賢注引:“《封禪儀》曰:晨祭也。日高三丈,所燔燎燔,燎煙正北也。”

〔四〕九門:禁城中的九種門。古宫室制度,天子設九門。《禮記·月令》:“[季春之月]田獵、罝罘、羅罔、畢翳、餧獸之藥,毋出九門。”漢鄭玄注:“天子九門者,路門也、應門也、雉門也、庫門也、皋門也、城門也、近郊門也、遠郊門也、闕門也。”此指宫門。

〔五〕泥封：古人封緘書函多用封泥封住繩端打結處，蓋上印章稱“泥封”。又書簡用青泥，詔書用紫泥，登封玉檢用金泥。此指撰寫詔書文告等。

〔六〕腕脱：手腕脱位。語出《新唐書・蘇瓌傳》：“元宗平内難，書詔填委，獨頲在太極後閤。口所占授，功狀百緒，輕重無所差。書史白曰：‘丐公徐之，不然手腕脱矣。’”此喻其文思敏捷，屬草迅疾。

〔七〕後乘：本指隨從在後的車馬。此指效仿追趕劉。

〔八〕謂彼時天已變涼了。

黄幾道郎中同年挽詞二首〔一〕

其一

温恭天賦此心良，惠愛人知政術長〔二〕。井水無波任瓶綆〔三〕，牛刀投隙應宫商〔四〕。分符出遍名城守〔五〕，携被歸從華省郎〔六〕。不到汝陰遺恨遠〔七〕，坐令湖水減清光〔八〕。

【箋注】

〔一〕作於元祐二年（一〇八七）八月四日。黄幾道：名好謙，字幾道，陳州宛丘（今河南淮陽縣）人。嘉祐二年進士。“嘉祐中調新蔡令，歲饑，嬰兒多棄道上。好謙勸富民賑恤，令小兒給壯者之半，全活甚衆。”（《清一統志》）累遷監察御史裹行，哲宗立，召爲駕部郎中，歷知蔡州、濮州、揚州，再知潁州，未到任卒。蘇軾有《祭黄幾道文》，見《蘇軾文集》卷六十三。《晚香堂蘇帖》有祭好謙文，首云：“維元祐二年，歲次丁卯，八月庚辰朔，越四日癸未，翰林學士、朝奉郎、知制誥蘇軾，朝奉郎、試中書舍人轍，謹以清酌庶羞之奠，昭告於故潁州使君同年黄兄幾道之靈。”黄好謙子寔之兩女分别爲蘇轍子适、遜妻。同年：古代科舉考試同科中式者之互稱。唐宋時同榜進士稱“同年”

〔二〕謂黄嘗官新蔡令，歲凶，好謙賑之，全活甚衆。

〔三〕此與下句皆謂黄于政事游刃有餘。語出《莊子・刻意》：“褚小者不可以懷大,綆短者不可以汲深。”綆:井繩。

〔四〕謂黄從政如庖丁解牛那樣得心應手。《莊子・養生主》:“庖丁爲文惠君解牛,手之所解,肩之所倚,足之所履,膝之所踦,砉然嚮然,奏刀騞然,莫不中音,合於桑林之舞,乃中經首之會。”

〔五〕分符:猶剖符。謂帝王封官授爵,分與符節的一半作爲信物。唐孟浩然《送韓使君除洪州都曹》:“述職撫荆衡,分符襲寵榮。”参注〔一〕。

〔六〕黄嘗官著作佐郎、駕部郎中、户部員外郎等。故云。華省:清貴者的官署。

〔七〕汝陰:指潁州(今安徽阜陽市)。按,幾道元祐二年,遣任潁州知州,未到任卒。

〔八〕潁州因臨潁水,境内湖泊衆多,尤以西湖知名。歐陽脩、蘇軾均有題詠。

其二

早歲相從能幾時,淮陽花發正游嬉〔一〕。鳴弓矍相人如堵〔二〕,席地滄浪柳作帷〔三〕。十載舊游真是夢,一時佳客尚存誰? 遥聞葬日車千兩〔四〕,漬酒綿中寄一悲〔五〕。轍昔與幾道相遇於陳,陳守張聖民相與游從甚密〔六〕,逮今將三十年。當時賓客在者少矣,而幾道復化去,言之淒惻無已。

【箋注】

〔一〕指熙寧五年,蘇轍任陳州教授期間,曾與其遊。

〔二〕矍相:見《次韻王適州學新修水閣》注〔七〕。唐杜甫《莫相疑行》:“集賢學士如堵牆,觀我落筆中書堂。”按,此言黄聲譽甚高。

〔三〕滄浪:此指水邊。柳作帷:謂垂柳如帷幕。

〔四〕謂其交游之廣,爲人所尊崇。《漢書・樓護傳》:“母死送葬者致車二三千兩,閭里歌之曰:‘五侯治喪樓君卿。’”又《袁盎傳》:“雒陽劇孟嘗過盎,盎善待之。安陵富人有謂盎曰:‘吾聞劇孟博徒,將軍何自通之?’盎曰:‘劇孟雖博徒,然母死,客送喪車千餘乘,此亦有過人者。’”

〔五〕《後漢書・徐稺傳》唐李賢注引三國吴謝承《後漢書》:“稺諸公所辟,雖不就,有死喪,負笈赴弔。常於家豫炙鷄一隻,以一兩綿絮漬酒中,暴乾以裹鷄,徑到所起冢外,以水漬綿,使有酒氣,斗米飯、白茅爲藉,以鷄置前,釃酒畢,留謁則去,不見喪主。"後因以"漬酒"爲朋友間弔喪墓祭的典故。南朝梁劉孝標《廣絶交論》:"繐帳猶懸,門罕漬酒之彦。"

〔六〕張聖民:即張芻。見《次韻張芻諫議燕集》注〔一〕。

和王定國寄劉貢父〔一〕

度嶺當年惜遠行〔二〕,過淮今日似前生〔三〕。留連秋思江侵海〔四〕,摇蕩春心花滿城〔五〕。欲寄尺書慵把筆〔六〕,偶聞佳句獨含情〔七〕。何時復看清虚會〔八〕,醉聽秦①筝促柱聲〔九〕。

【校記】

①秦:原作"纂",據宋大字本、宋建本改。

【箋注】

〔一〕作於元祐二年(一〇八七)八月。王定國:即王鞏。見《次韻王鞏廷評招飲》注〔一〕。

〔二〕指元豐二年(一〇七九),王鞏因蘇軾"烏臺詩案"牽連,謫監賓州(今廣西賓陽縣)鹽酒税。嶺:五嶺。

〔三〕按,元祐元年,王由司馬光舉薦,擢爲宗正丞。同年十月,因上疏被指離間宗室,除揚州通判。

〔四〕揚州瀕江臨海。秋思:秋日寂寞淒涼的思緒。

〔五〕唐僧皎然《長門怨》:"春風日日閉長門,摇蕩春心自夢魂。"按,此暗言揚州多聲伎之樂。

〔六〕尺書:謂書信。參《遊景仁東園》注〔六〕。

〔七〕唐杜甫《奉送郭中丞兼太僕卿充隴右節度使三十韻》:"漸衰那此别,忍淚獨含情。"

〔八〕王鞏自號清虚先生。

〔九〕謂宴會管弦之樂。促柱:急絃。支絃的柱移近則絃緊,故稱。漢馬融《長笛賦》:"若絙瑟促柱,號鐘高調。"

附録 劉攽《酬王定國》

臥讀羣言起欲行，壯夫爲不負平生。上書略數三千牘，掉鞅何煩七十城。築室曾同老農計，寄詩猶見故人情。病軀嬾厭金門步，長愧彤廷午漏聲。

故濮陽太守贈光禄大夫王君正路挽詞二首〔一〕

其一

落落承平佐，英英嗣世風〔二〕。芝蘭托庭户〔三〕，鸑鷟峙椅桐〔四〕。結客賢①豪際，傾財緩急中〔五〕。悲傷聞故老，淪謝未衰翁〔六〕。

【校記】

①賢：宋大字本作“英”。

【箋注】

〔一〕作於元祐二年（一〇八七）九月十九日。《蘇軾文集》卷六十三《祭王宜甫文》：“維元祐二年，歲次丁卯，九月庚辰朔，十九日戊辰，具位蘇軾，謹以酒果之奠，昭告於故比部郎中贈光禄大夫王公宜甫親家翁之靈。”王正路：字宜甫，王適之父。仕不顯，據挽詩知其嘗爲幕僚、縣令之類。軾爲祭文，轍爲挽詞。適乃轍次女之婿。

〔二〕“落落”二句：謂王磊落有古人風采。落落：猶言磊落。承平：猶言太平。英英：俊美而有才華。晉潘岳《夏侯常侍誄》：“英英夫子，灼灼其儁。”按，詩言“承平佐”，王似當曾爲幕僚。待考。

〔三〕《世説新語·言語》：“謝太傅問諸子姪：‘子弟亦何預人事？而正欲使其佳？’諸人莫有言者。車騎答曰：‘譬如芝蘭玉樹，欲使其生於階庭耳。’”後因以芝蘭喻子弟出衆。

〔四〕鸑鷟、椅桐：皆喻子弟之優秀。唐李白《贈饒陽張司户燧》：“寧知鸑鳳意，遠託椅桐前。”蘇軾《祭張文定公文》：“壽考之餘，報施亦豐。一子四孫，鸞鵠在庭,以華其終。”椅桐:椅樹和梧桐樹。《詩·鄘風·定之方中》:“樹之榛栗,椅桐梓漆。”宋朱熹集傳:“椅,梓實桐皮;桐,梧桐也。”

〔五〕謂仗義爲别人解難。傾財:傾盡家財。緩急:緊急。緩不爲義。

〔六〕淪謝:凋敝貌。未衰翁:蘇轍自指。

其二

吴中試良守〔一〕,濮上繼嘉聲〔二〕。平賦權家恨〔三〕,蠲租盗俗清〔四〕。家貧久未葬,身去獨留名。天報多男子〔五〕,終存好弟兄〔六〕。

【箋注】

〔一〕吴中:指今江蘇一帶。據此,則正路曾知吴地。

〔二〕濮水:指正路知濮陽(治今河南濮陽市)事。嘉聲:美好的聲譽。

〔三〕謂因爲公平課税引起權勢者的仇恨。平賦:公平課税。南朝宋何承天《社頌》:“稱物平賦,百姓熙雍。”

〔四〕謂免除租税使爲盗者亦歸耕于農。蠲租:免除租税。宋趙與時《賓退録》卷六:“由是推之,唐初以前,必皆有蠲租故事,中世方不然。”

〔五〕《史記·吴王濞列傳》:“蓋聞爲善者,天報之以福;爲非者,天報之以殃。”多男子:語出《莊子·天地》:“堯觀乎華。華封人曰:‘嘻,聖人,請祝聖人,使聖人壽。’堯曰:‘辭。’‘使聖人富。’堯曰:‘辭。’‘使聖人多男子。’堯曰:‘辭。’”

〔六〕指正路子王遹、王適兄弟。見《登南城有感示文務光王遹秀才》注〔一〕、《次王適韻送張耒赴壽安尉二首》之一注〔一〕。

韓幹三馬〔一〕

老馬側立鬃尾垂〔二〕,御者高拱持青絲〔三〕。心知後馬有争意,兩耳微起如立錐〔四〕。中馬直視翹右足,眼光未動①心先馳。僕夫旋作奔佚②想〔五〕,右手正控黄金羈〔六〕。雄姿③駿發最後馬〔七〕,回身奮鬣真權奇〔八〕。圉人頓轡屹山立〔九〕,未聽決驟争雄雌〔一〇〕。物生先後亦偶爾,有心何者能忘之?晝師韓幹豈知道?晝馬不獨晝馬皮。晝出三馬腹中事,似欲譏世人莫知〔一一〕。伯時一見笑不語,告我韓幹非晝師〔一二〕。

【校記】

①未動:原本、宋建本作"已動",據宋大字本改。

②奔佚:宋建本作"奔逸"。

③姿:宋大字本作"雌",誤。

【箋注】

〔一〕作於元祐二年(一〇八七)九月末。蘇軾及蘇頌、劉攽、王欽臣、黄庭堅、張耒皆次韻。此詩《蘇軾詩集》次本年夏,《三蘇年譜》依《欒城集》次第,今從。韓幹:唐代著名晝家。大梁(今河南開封市)人,官至太府寺丞,善寫貌人物,尤工鞍馬。初師曹霸,後自辟蹊徑,獨擅當時。見唐張彦遠《歷代名晝記》卷九。

〔二〕鬃(zōng):頸部的長毛。南朝陳徐陵《紫騮馬》:"玉鐙繡纏鬃,金鞍錦覆幪。"清吴兆宜注:"鬃,馬鬣也。"

〔三〕青絲:馬轠繩。南朝梁王僧孺《古意》:"青絲控燕馬,紫艾飾吴刀。"

〔四〕馬在受驚或争鬥時兩耳會豎起。故曰如立錐。

〔五〕奔佚:猶奔逸。

〔六〕黄金羈:以黄金爲飾的馬籠頭。南朝梁吴均《别夏侯故章》:"白馬黄金羈,青驪紫絲鞚。"

〔七〕駿發:英姿風發。

〔八〕權奇:良馬善行。《文選·顔延之〈赭白馬賦〉》:"雄志倜儻,精權奇兮。"唐張銑注:"權奇,善行貌。"

〔九〕圉(yǔ)人:《周禮》官名。掌管養馬放牧等事。此指養馬人。頓轡:放下轠繩。山立:喻象高山一樣屹立不動。《禮記·玉藻》:"立容,辨卑毋諂,頭頸必中,山立時行。"唐孔穎達疏:"山立者,若住立則嶷如山之固,不摇動也。"

〔一〇〕決(xuè)驟:迅速奔跑。蘇軾《歸來引》:"紛野馬之決驟兮,幸余首之未羈。"

〔一一〕“畫師”四句：謂韓幹是要畫出馬的神韻。語本唐杜甫《丹青引》：“弟子韓幹早入室，亦能畫馬窮殊相。幹惟畫肉不畫骨，忍使驊騮氣凋喪。”知道：知曉大道。

〔一二〕“伯時”二句：謂李伯時言韓幹非一般畫匠可比。伯時：見《子瞻與李公麟宣德共畫翠石古木老僧謂之憩寂圖題其後》注〔一〕。

附録　蘇軾《次韻子由書李伯時所藏韓幹馬》

潭潭古屋雲幕垂，省中文書如亂絲。忽見伯時畫天馬，朔風胡沙生落錐。天馬西來從西極，勢與落日爭分馳。龍膺豹股頭八尺，奮迅不受人間羈。元狩虎脊聊可友，開元玉花何足奇。伯時有道真吏隱，飲啄不羨山梁雌。丹青弄筆聊爾耳，意在萬里誰知之。幹惟畫肉不畫骨，而況失實空留皮。煩君巧説腹中事，妙語欲遣黄泉知。君不見韓生自言無所學，厩馬萬匹皆吾師。

劉攽《次韻蘇子瞻韓幹馬贈李伯時》

韓幹畫馬名獨垂，冰紈數幅横素絲。諸公賦詩邀我和，我如鈍椎逢利錐。區中纔容三萬里，正可騕褭一日馳。朝燕暮吴亦其亞，幸得夷路無縶羈。此間三馬皆國馬，瑰資逸態成崛奇。有如秋空見霜鶻，下睨衆禽俱伏雌。良工苦心爲遠别，天機要眇潛得之。區區駑駘浪自負，豈可醜骨包妍皮。李侯灑筆定超詣，尚有天驥君未知。宛王母寡今授首，汗血不敢藏貳師。

王欽臣《次韻蘇子由詠李伯時所藏韓幹馬》

天閑不遇頭亦垂，真姓本不求青絲。由來奇骨類奇士，立見俱似囊中錐。鳳頭初踏蔥嶺至，繡膊東由青海馳。春風宛轉白玉鐙，晚日照耀黄金羈。李侯對此意匠發，造物真比毫端奇。方歅之相豈可擬，顛倒未免雄稱雌。翰林相繼寫高韻，何止羊何共和之。玉花照夜古稱美，顔色乃是論其皮。固知神駿不易寫，心與道合方能知。文章書畫固一理，不見摩詰前身應畫師。

蘇頌《次韻蘇子瞻題李公麟畫馬圖》

霜紈横卷書條垂，軸以瑇瑁囊青絲。披圖二妙駭人目，筆劃勁利如刀錐。龍媒迥出丹青手,勢若飛動將奔馳。轡銜如在赤墀立,僕御猶縱紅纓羈。子虔六轡銜沃若,長康駿骨稱天奇。雖傳畫譜入神品,未有墨客評黄雌。六詩形似到作者,三馬意象能言之。奇蹤莫辨霸或幹,高韻壓倒陸與皮。從來神物不常有,未遇真賞何人知?君不見開元廄馬四十萬,作頌要須張帝師。

黄庭堅《詠李伯時摹韓幹三馬次子由韻簡伯時兼寄李德》

太史瑣窗雲雨垂,試開三馬拂蛛絲。李侯寫影韓幹墨,自有筆如沙畫錐。絶塵超日精爽緊,若失其一望路馳。馬官不語臂指揮,乃知仗下非新羈。吾嘗覽觀在坰馬,驚騊成列無權奇。緬懷胡沙英妙質,一雄可將千萬雌。决非皂櫪所成就,天驥生駒人得之。千金市骨今何有,士或不價五羖皮。李侯畫隱百僚底,初不自期人誤知。戲弄丹青聊卒歲,身如閲世老禪師。

又《次韻子瞻和子由觀韓幹馬因論伯時畫天馬》

于闐花驄龍八尺,看雲不受絡頭絲。西河驄作蒲萄錦,雙瞳夾鏡耳卓錐。長楸落日試天步,知有四極無由馳。電行山立氣深穩,可耐珠轡白玉羈。李侯一顧歎絶足,領略古法生新奇。一日真龍入圖畫,在坰群雄望風雌。曹霸弟子沙苑丞,喜作肥馬人笑之。李侯論幹獨不爾,妙畫骨相遺毛皮。翰林評書乃如此,賤肥貴瘦渠未知。况我平生賞神駿,僧中云是道林師。

張耒《讀蘇子瞻韓幹馬圖詩》

我雖不見韓幹馬,一讀公詩如見者。韓生畫馬常苦肥,肉中藏骨以爲奇。開元有臣善司牧,四十萬匹屯山谷。養之罕用食之豐,力不曾施空長肉。韓生圖像無乃然,我謂韓生巧未全。君不見昔時騏驥人未得,饑守鹽車惟有骨。昂藏不受塵土侵,伯樂未來空佇立。騏驥乏食肉常臞,韓生不寫瘦馬駒。誰能爲驥傳之圖,不如凡馬飽青芻。

書郭熙横卷〔一〕

鳳閣鸞臺十二屏〔二〕,屏上郭熙題姓名。崩崖斷壑人不到,枯松野葛相欹傾。黄散給舍多肉食〔三〕,食罷起愛飛泉清。皆言古人不復見,不知北門待詔白髪垂冠纓〔四〕。袖中短軸纔半幅,慘澹百里山川横〔五〕。巖頭古寺擁雲木,沙尾漁舟浮晚晴〔六〕。遥山可見不知處,落霞斷雁俱微明〔七〕。十年江海興不淺〔八〕,滿帆風雨通宵行。投篙椓杙便止宿〔九〕,買魚沽酒相逢迎。歸來朝中亦何有,包裹觀闕圍重城。日高困睡心有適,夢中時作東南征〔一〇〕。眼前欲擬要真物,拂拭東①絹付與汾陽生〔一一〕。

【校記】

①東:原作"束",據宋大字本、宋建本改。

【箋注】

〔一〕作於元祐二年(一〇八七)九月末。依《欒城集》次第。郭熙:字淳夫,河陽温(今河南温縣)人,工畫山水寒林,師承李成畫法,爲藝畫院藝學士,官翰林待詔。得雲煙出没、峰巒隱顯之態,年老落筆愈壯。見《宣和畫譜》卷十一及宋郭若虚《圖畫見聞志》卷四。

〔二〕鳳閣:唐武則天光宅元年(六八四)改中書省爲鳳閣、遂用爲中書省的别稱。鸞臺:唐時門下省的别名。《新唐書・百官志二》:"垂拱元年改門下省曰鸞臺。"十二屏:黄庭堅《跋郭熙畫山水》:"郭熙元豐末爲顯聖寺悟道者作十二幅大屏,高二丈餘,山重水複,不以雲物映帶,筆意不乏。余嘗招子瞻兄弟共觀之,子由嘆息終日,以爲郭熙因爲蘇才翁家摹六幅李成《驟雨》,從此筆墨大進。"

〔三〕黄散:指黄門侍郎與散騎常侍。兩者同爲門下省官員,晉以後,共掌尚書奏事,故合稱黄散。《晉書・陳壽傳》:"杜預將之鎮,復薦之於帝,宜補黄散。"給舍:給事中及中書舍人的並稱。宋朱弁《曲洧舊聞》卷六:"近來給舍封駁太多,而晁舍人特甚。"肉食:高位厚禄。《左傳・莊公十年》:"肉食者鄙,未能遠謀。”晉杜預注：“肉食，在位者。”

〔四〕北門：唐宋學士院在禁中北門，因以爲學士院的代稱。待詔：官名。漢代徵士未有正官者，均待詔公車，其特異者待詔金馬門，備顧問，後遂以待詔爲官名。唐有翰林待詔，負責四方表疏批答、應和文章等事。後改爲翰林供奉。

〔五〕慘澹：苦心思慮貌。唐杜甫《丹青引》：“詔謂將軍拂絹素，意匠慘澹經營中。”

〔六〕沙尾：沙灘的邊緣。杜甫《春水》：“三月桃花浪，江流復舊痕。朝來没沙尾，碧色動柴門。”

〔七〕斷雁：孤雁。隋薛道衡《出塞》之二：“寒夜哀笛曲，霜天斷雁聲。”

〔八〕杜甫《南池》：“平生江海興，遭亂身局促。”

〔九〕椓杙（zhuó yì）：捶釘木樁。《尚書大傳》卷四：“椓杙者有數。”漢鄭玄注：“杙者，繫牲者也。”按，此謂繫船。

〔一〇〕謂睡夢中還想到建功立業。東南征：語出《詩・魯頌・泮水》：“濟濟多士，克廣德心。桓桓于征，狄彼東南。”漢王粲《從軍詩五首》之二：“我君順時發，桓桓東南征。”

〔一一〕東絹：舊稱四川省鹽亭縣産的鵝溪絹。多用于繪畫。杜甫《戲爲韋偃雙松圖歌》：“韋侯韋侯數相見，我有一匹好東絹，重之不減錦繡段。已令拂拭光凌亂，請公放筆爲直幹。”汾陽生：唐郭子儀曾因功封汾陽王，此謂郭熙爲郭子儀的後裔。郭子儀（六九七——七八一），唐華州鄭（今陝西華州區）人。玄宗時爲朔方節度使，平安史之亂，功第一。永泰元年，僕固懷恩叛，誘説吐蕃、回紇、黨項等三十萬人入寇。京師大震，代宗急遣郭子儀屯涇陽禦之，子儀恩結回紇，遂與共破吐蕃。子儀一身繫國之安危二十年，累官至太尉，中書令，封汾陽郡王，號“尚父”。新舊《唐書》有傳。

題王生畫三蠶蜻蜓二首〔一〕

其一

飢蠶未得食①，宛轉不自持〔二〕。食蠶聲如雨〔三〕，但食無復知。老蠶不復食,矯首有所思。君畫三蠶意,還知使者誰〔四〕?

【校記】

①食:宋大字本作“葉”。

【箋注】

〔一〕作於元祐二年(一〇八七)九月末。王生:疑爲王詵。蘇東坡、蘇轍、李公麟、黄庭堅、秦觀、張耒、晁補之、陳師道、王詵、米芾、鄭獬、蔡肇、劉巨濟、陳碧虚、王仲至、圓通大師等十六人會聚在詵家,賦詩唱和琴棋書畫。李公麟繪《西園雅集圖》,米芾撰《西園雅集記》以記當時盛況。王詵,見《王詵都尉寶繪堂詞》注〔一〕。

〔二〕宛轉:謂使身體翻來覆去。唐盧照鄰《山行寄劉李二參軍》:“事去紛無限,愁來不自持。”

〔三〕謂蠶食桑葉聲。

〔四〕似謂三蠶各有寓意,冀採風使者有所悟。《後漢書・李郃傳》:“和帝即位,分遣使者,皆微服單行,各至州縣,觀採風謡。”

其二

蜻蜓飛翾翾〔一〕,向空無所著〔二〕。忽然逢飛蚊,驗爾飢火作〔三〕。一飽困竹稍〔四〕,凝然反冥寞〔五〕。若無飢渴患,何貴一簞樂〔六〕?

【箋注】

〔一〕翾翾(xuān):飛貌。

〔二〕著:依附。唐白居易《答元八郎中楊十二博士》:“身覺浮雲無所著,心同止水有何情。”

〔三〕飢火:言飢餓之極。白居易《旱熱》之二:“壯者不耐飢,飢火燒其腸。”

〔四〕困:方言。睡,睡覺。宋王定國《甲申雜録》:“忽昏困如夢。”按,今四川方言亦如是。

〔五〕冥寞:猶冥寂,玄默。唐岑參《文公講堂》:“豐碑文字滅,冥寞不知年。”

〔六〕謂如顔淵安于貧窶。參《送顔復赴闕》注〔二〕。

贈寫真李道士〔一〕

君不見景靈六殿圖功臣〔二〕，進賢大羽東西陳〔三〕。能令將相長在世，自古獨有曹將軍〔四〕。嵩高李師掉頭笑〔五〕，自言弄筆通前身〔六〕。百年遺像誰復識？滿朝冠劍多偉人〔七〕。據鞍一見心有得，臨窗相對疑通神〔八〕。十年江海鬚半脱，歸來俯仰慚簪紳〔九〕。一揮七尺倚牆立〔一〇〕，客來顧我誠似君。金章紫綬本非有〔一一〕，緑蓑黄箬甘長貧〔一二〕。如何畫作白衣老，置之茅屋全吾真〔一三〕？

【箋注】

〔一〕作於元祐二年（一〇八七）九月末。蘇軾《贈李道士》序云道士尹可元有罪當死，李宗君活之，自誓死後當爲李氏子以報恩，“可元既死二十餘年，而君子世昌之婦，夢可元入其室，生子曰得柔，小名蜀孫。幼而善畫，既長，讀《莊》《老》，喜之，遂爲道士，賜號妙應。事母以孝謹聞。其寫真，蓋妙絶一時云。”寫真：畫人的真容。

〔二〕景靈六殿：宋李心傳《建炎雜記甲集》卷二《景靈東西宫》：“祖宗以來，帝后神御皆道釋之館。祖宗元豐中，始倣漢原廟之制，即景靈宫之東西爲六殿，每殿皆館御。前殿以奉宣祖以下御容，而後殿以奉母后，各揭以美名。”

〔三〕謂殿東西廊列功臣畫像。唐杜甫《丹青引》：“良相頭上進賢冠，猛將腰間大羽箭。”進賢：進賢冠。古時朝見皇帝的一種禮帽。原爲儒者所戴，唐時百官皆戴用。《後漢書・輿服志下》：“進賢冠，古緇布冠也，文儒者之服也。前高七寸，後高三寸，長八寸。公侯三梁，中二千石以下至博士兩梁，自博士以下至小史私學弟子，皆一梁。”大羽：大羽箭。

〔四〕曹將軍：唐朝著名畫家曹霸。魏曹髦之後。髦畫稱于後代，霸在開元中已得名。天寶末，每詔寫御馬及功臣，官至左武衛將軍。見唐張彦遠《歷代名畫記》卷九。

〔五〕嵩高：即嵩山。

〔六〕前身:佛教語。猶前生。唐白居易《昨日復今辰》:"所經多故處,卻想似前身。"

〔七〕冠劍:戴冠佩劍。爲官員之裝束。

〔八〕"據鞍"二句:謂李哪怕是路上相逢過,只要臨窗一想便能勾畫出對方的神韻。

〔九〕簪紳:冠簪和衣帶。此指士大夫。

〔一〇〕唐韓愈《苦寒》:"中宵倚牆立,淫淚何漸漸。"七尺:喻身軀。

〔一一〕金章紫綬:金質的官印和紫色的絲帶。皆達官顯貴之象徵。《漢書・百官公卿表上》:"相國、丞相,皆秦官,金印紫綬。"

〔一二〕緑蓑黄箬:爲漁翁之裝束,此指隱居生活。參《乘小舟出�江二首》之一注〔五〕。

〔一三〕"如何"二句:謂李道士應該考慮將自己畫成一布衣老者在茅屋中纔符合本真。唐李頎《漁父歌》:"於中還自樂,所欲全吾真。"白衣:謂布衣百姓。全吾真:保全自己的本性。《莊子・盜蹠》:"子之道狂狂汲汲,詐巧虚僞事也,非可以全真也,奚足論哉!"《漢書・楊王孫傳》:"欲贏葬,以反吾真。"唐顔師古注:"真者,自然之道也。"

次韻子瞻題郭熙平遠二絶〔一〕

其一

亂山無盡水無邊,田舍漁家共一川。行遍江南識天巧〔二〕,臨窗開卷兩茫然〔三〕。

【箋注】

〔一〕作於元祐二年(一〇八七)八月。蘇軾有《郭熙秋山平遠二首》,轍即次此韻。《蘇軾全集校注》繫於八月。今從。郭熙:見《書郭熙横卷》注〔一〕。平遠:山水畫的一種取景方法,自近山望遠山,意境綿邈曠遠。宋郭思纂集《林泉高致》載其父郭熙之説:"山有三遠:自山下而仰山顛,謂之'高遠';自山前而窺山後,謂之‘深遠’;自近山而望遠山,謂之‘平遠’。”

〔二〕天巧:天然工巧。唐韓愈《答孟郊》:“規模背時利,文字覷天巧。”

〔三〕謂畫中和景中難以區别。臨窗:謂望窗外的景致。

其二

斷雲斜日不勝秋,付與騷人滿目愁〔一〕。父老如今亦才思〔二〕,一蓑風雨釣槎頭〔三〕。

【箋注】

〔一〕騷人:詩人。

〔二〕才思:才情,思致。唐韓愈《晚春》:“楊花榆莢無才思,惟解漫天作雪飛。”

〔三〕蘇軾《定風波》:“竹杖芒鞵輕勝馬,誰怕? 一蓑煙雨任平生。”槎頭:猶言船頭。槎,木筏。

附録 蘇軾《郭熙秋山平遠二首》

其一

目盡孤鴻落照邊,遥知風雨不同川。此間有句無人識,送與襄陽孟浩然。

其二

木落騷人已怨秋,不堪平遠發詩愁。要看萬壑争流處,他日終煩顧虎頭。

畢仲游《和子瞻題文周翰郭熙平遠圖二首》

其一

牕間咫尺似天邊,不識應言小輞川。聞説平居心目倦,暫開黄卷即醒然。

其二

木落山空九月秋,畫時應欲遣人愁。因思夢澤經由處,二十年間若轉頭。

蘇過《題郭熙平遠》

其一

木落沙明秋浦，雲收煙澹瀟湘。曾學扁舟范蠡，五湖深處鳴榔。

其二

望斷水雲千里，横空一抹晴嵐。不見邯鄲歸路，夢中略到江南。

其三

諸子只應見畫，此中我獨知津。寫到水窮天杪，定非塵土中人。

送歐陽辯〔一〕

我年十九識君翁〔二〕，鬢髮白盡顴頰紅〔三〕。奇姿雲卷出翠阜，高論河決生清風〔四〕。我時少年豈知道，因緣父兄願承教〔五〕。文章疏略未足云〔六〕，舉止猖狂空自笑〔七〕。公家多士如牛毛〔八〕，揚眉抵掌氣相高〔九〕。下客逡巡愧知己〔一〇〕，流枿低昂隨所遭〔一一〕。卻來京洛三十載〔一二〕，重到公家二君在〔一三〕。伯亡仲逝無由追〔一四〕，淚落數行心破碎。京城東西正十里，雨落泥深旱塵起。衣冠纏繞類春蠶〔一五〕，一歲相從知有幾？去年叔爲尚書郎〔一六〕，家傳舊業行有望。今年季作澶淵吏〔一七〕，米鹽騷屑何當起〔一八〕？前輩今無一二存，後來幸有風流似。黄河西行淤没屋，桑柘如雲麥禾熟〔一九〕。年豐事少似宜君，飽讀遺書心亦足〔二〇〕。

【箋注】

〔一〕作於元祐二年（一〇八七）八月。詩云“黄河西行淤没屋，桑柘如雲麥禾熟”，禾熟時在八月。歐陽辯（一〇四九—一一〇二）：字季默，歐陽脩第四子。時監澶州酒，後官宣德郎、監宜州河北酒税。

〔二〕君翁：指歐陽辯之父歐陽脩。按，嘉祐元年（一〇五六），蘇洵携蘇軾、蘇轍至京師，見知於歐陽脩。參《陪歐陽少師永叔燕潁州西湖》注〔一〕。

〔三〕謂歐陽脩氣色紅潤，精神矍鑠。

〔四〕指嘉祐年間，河決商湖，北京留守賈昌朝欲開横壠故道回河，使東流。有李仲昌者，欲導入六塔，河議者莫知所從。歐陽脩上疏以爲河水重濁，理無不淤，下流既淤，上流必决，以近事驗之，决河非不能力塞，故道非不能力復，但勢不能久耳。横壠功大難成，雖成，將復决。六塔狹小，而以全河注之，濱棣德博，必被其害。不若因水所趨，增堤峻防，疏其下流，縱使入海事。見《宋史·歐陽脩傳》。

〔五〕言因爲父兄的緣故纔有機會見到歐陽脩。因緣：機會；緣分。唐韓愈《答李秀才書》："時吾子在吴中，其後愈出在外，無因緣相見。"

〔六〕疏略：粗疏；苟簡。

〔七〕猖狂：謂不知高低，自以爲是。《莊子·在宥》："浮遊，不知所求；猖狂，不知所往。"唐成玄英疏："無心妄行，無的當也。"

〔八〕謂歐門人才濟濟。《太平御覽·人事部·諺下》引《蔣子萬機論》曰："學者如牛毛，成者如麟角。"

〔九〕謂歐陽脩獎拔人才不遺餘力。《梁書·任昉傳》："類田文之愛客，同鄭莊之好賢。見一善則盱衡扼腕，遇一才則揚眉抵掌。雌黄出其脣吻，朱紫由其月旦。於是冠蓋輻湊，衣裳雲合。輜軿擊轊，坐客恒滿。蹈其閫閾，若升闕里之堂；入其奥隅，謂登龍門之坂。"抵掌：拊掌、擊掌。

〔一〇〕下客：下等的門客。此蘇轍自謙之詞。逡巡：恭順貌。

〔一一〕流枿：水上漂浮的樹枝。參《送劉道原學士歸南康》注〔二〕。

〔一二〕蘇轍元豐八年（一〇八五）回京任校書郎，正三十年。故云。

〔一三〕二君：指歐陽辯及其兄歐陽棐。歐陽棐（一〇四七—一一一三），歐陽脩第三子。字叔弼。廣覽强記，能文詞，登進士乙科，知襄州。忤曾布婦兄魏泰，徙潞州。元符三年始復以朝散郎還朝，爲尚書吏部郎中，遷右司郎中。請外，遂以朝奉大夫直祕閣知蔡州。有政聲。以坐黨籍廢。政和三年卒於潁州，年六十七。歐陽脩諸子中，叔弼爲文章冠首。宋畢仲游有《歐陽叔弼傳》，《宋史》有傳。蓋是時發、奕皆已亡故。參下注。

〔一四〕伯亡仲逝：指辯之長兄歐陽發、次兄歐陽奕。歐陽發（一〇四〇—一〇八五），字伯和，歐陽脩長子。少好學，師事安定胡瑗，得古樂鍾律之説。不治科舉，文詞獨探古始立論議，自書契來君臣世系，制度文物，旁及天文地理靡不悉究。以父恩補將作監主簿,賜進士出身,累遷殿中丞。卒年四十六。《宋史》有傳。歐陽奕(一〇四〇—一〇七八),字仲純,歐陽脩次子。曾爲朝散郎,尚書職方員外郎,充集賢校理。蘇轍《歐陽文忠公夫人薛氏墓誌銘》:"元祐四年八月戊午終于京師,……子男八人:發,故承議郎少府監丞。奕,故光禄寺丞,監陳州糧料院。棐,朝散郎,尚書職方員外郎,充集賢校理。辯,宣德郎,監宜州河北酒税。其四人皆未名而卒。"參蘇軾《祭歐陽伯和父文》、《祭歐陽仲純父文》。

〔一五〕謂如做繭之蠶,包裹嚴密。

〔一六〕指歐陽辯三兄歐陽棐。

〔一七〕謂歐陽辯監澶州酒。蘇軾有《送歐陽辯監澶州酒》詩。澶淵,古縣名。故城在今河南省濮陽市西。隋置,唐避高祖李淵諱改名澶水縣,宋復舊名。

〔一八〕米鹽:喻小吏繁雜瑣碎之俗事。參《九月十一日書事》注〔五〕。騷屑:愁苦貌。

〔一九〕如雲:形容盛多。《詩·鄭風·出其東門》:"出其東門,有女如雲。"毛傳:"如雲,衆多也。"

〔二〇〕遺書:先人遺留下的書。指歐陽脩的書。

附録　蘇軾《送歐陽辯監澶州酒》

汗血駕顧車,何從致千里。紛紛糟麴間,欲試賢公子。君家江南英,濯足滄浪水。卻渡舊黄河,漲沙埋馬耳。由來付造物,倚伏何窮已。當念楚子文,三仕無愠喜。

次韻錢勰待制秋懷〔一〕

壯心老自消,秋思悲不怨。中懷不堪七〔二〕,那用日食萬〔三〕。朝陽浄塗潦〔四〕,白露霑草蔓〔五〕。夾衣搜故褚〔六〕,酒債積新券〔七〕。狙猿便林藪,冠帶愁檻圈〔八〕。夢追赤松游〔九〕,食我青精飯〔一〇〕。歸心久已爾,佳句聊復勸①。近聞洮東將,閒出邊馬健。禆王坐受縛，右袂行將獻〔一一〕。念此愧無功，歸歟適吾願〔一二〕。

【校記】

①勸：叢刊本作“勤”，形近而誤。

【箋注】

〔一〕作於元祐二年（一〇八七）九月末。詩云“朝陽淨塗潦，白露霑草蔓。夾衣搜故褚，酒債積新券”，應是深秋。“近聞洮東將，閒出邊馬健。禪王坐受縛，右袂行將獻。”乃擒鬼章事。种誼擒鬼章在此年八月，故繫此于九月。錢勰（一〇三四——一〇九七）：字穆父，臨安（今浙江杭州市）人，彦遠之子。早慧，熙寧三年中秘閣選，廷對已入等，以不附王安石，遂不得第。以蔭知尉氏縣，授流内銓主簿。權鹽鐵判官。歷提點京西、河北、京東刑獄。元祐初，遷給事中，以龍圖閣待制知開封府。三年，知越州；五年，徙瀛洲；七年，徙青州。召拜工部、户部侍郎，進尚書，加龍圖閣直學士，復知開封府。罷知池州。紹聖四年卒，年六十四，謚文肅。勰藏書甚富，工行草書，文章得西漢體。《宋史》有傳。待制：官名，唐置。宋因其制，于殿、閣均設待制之官，如“保和殿待制”、“龍圖閣待制”之類，典守文物，位在學士、直學士之下。

〔二〕不堪七：即七不堪。三國魏嵇康因爲不滿當時執政的司馬師、司馬昭等，所以在屬于司馬氏集團的山濤薦其爲選曹郎時，表示拒絶，並在《與山巨源絶交書》中列陳自己不能出仕之原因，“有必不堪者七，甚不可者二”。後來詩文中把“七不堪”作爲疏懶或才能不稱的典故。唐孟浩然《京還贈張維》：“欲徇五斗禄，其如七不堪。”

〔三〕日食萬：日食萬錢之省辭，喻豪奢。語出《晉書・何曾傳》：“性奢豪……蒸餅上不拆作十字不食，食日萬錢，猶曰無下筯處。”

〔四〕塗潦：猶行潦。謂道路泥濘積水。

〔五〕《詩・鄭風・野有蔓草》：“野有蔓草，零露漙兮。”

〔六〕故褚：舊棉衣。清王筠《説文句讀・衣部》：“以綿裝衣曰褚。”

〔七〕酒債：因賒飲所負的債。漢孔融《失題》：“歸家酒債多，門客粲幾行。”唐杜甫《曲江二首》之二：“酒債尋常行處有，人生七十古來稀。”

〔八〕“狙猿”二句：謂山林隱逸的生活舒服自在。便：適合。冠帶：戴帽子、束腰帶。按，以“狙猿”喻山林隱逸閒適之生活，以“冠帶”喻仕宦不得自由的情形。參《寄孫朴》注〔一四〕。

〔九〕赤松：古神仙名。參《張安道尚書生日》注〔七〕。

〔一〇〕青精飯：即立夏吃的烏米飯。相傳首爲道家太極真人所制，服之延年。後佛教徒亦多于陰曆四月八日造此飯以供佛。杜甫《贈李白》："豈無青精飯，使我顔色好。"

〔一一〕"近聞"四句：指當年破獲鬼章事。《續資治通鑑長編·哲宗元祐二年》："［八月］戊戌，知岷州种誼復洮州擒果莊，……於是遣總管姚兕部洮西，領武勝正兵合河州熟户，搗講珠城，脇取倫布宗部族，遣人走間道焚河橋，以絶西援。誼部洮東，以岷州蕃將包順爲前鋒，由格隆谷會通遠寨蕃兵，宵濟巴淩川。期是月十五日出師……漢兵四面攻之，其板築猶未畢也。士皆鏖鬬，呼聲動天地，一鼓破之，擒鬼章及其大首領九人，斬馘數千，獲牛羊、器甲數萬計。城中萬餘人爲官軍所蹙，入洮水而死者幾半。誼固識鬼章，既被擒，戲問曰：'别後安否？'鬼章曰：'天不使我復故土，命也！'師雄度官軍必勝，前命工爲檻車，遂縛載鬼章送闕下。"洮：水名。黄河上游支流，在甘肅省西南。裨王：漢時稱匈奴的小王。《史記·衛將軍驃騎列傳》："漢輕騎校尉郭成等逐數百里，不及，得右賢裨王十餘人，衆男女萬五千餘人，畜數千百萬，於是引兵而還。"唐司馬貞索隱："小顔云：'裨王，小王也，若裨將然。'"右袂：右邊的衣袖。此指少數民族頭領的左膀右臂。

〔一二〕歸歟：謂歸而隱居。

附録　蘇軾《和穆父新凉》

家居妻兒號，出仕猿鶴怨。未能逐什一，安敢摶九萬。常恐樗櫟身，坐纏冠蓋蔓。受知如負債，粗報乃焚券。但知眠牛衣，寧免刺虎圈。清風來既雨，新稻香可飯。紫螯應已肥，白酒誰能勸。君今崔蔡手，政比趙張健。三公行可致，一語自先獻。幸推江湖心，適我魚鳥願。

宿滎陽寧氏園〔一〕

喧卑背城市〔二〕，曠蕩臨溪水〔三〕。車流溯絶壁〔四〕，河潤及桃李〔五〕。居人有佳思〔六〕,過客得新喜。中橋一回顧,欲入迷所自。

【箋注】

〔一〕作於元祐二年(一〇八七)九月末。滎陽:今河南滎陽。寧氏園:不詳。

〔二〕喧卑:喧鬧低下。南朝宋鮑照《舞鶴賦》:"去帝鄉之岑寂,歸人寰之喧卑。"

〔三〕曠蕩:遼闊;寬廣。《文選·王褒〈洞簫賦〉》:"彌望儻莽,聯延曠盪。"唐李善注:"儻莽、曠盪,寬廣之貌。"

〔四〕車流:來往不絶,猶如流水的車輛。漢劉向《列女傳·明德馬后》:"前過濯龍門上,見外家問起居,車如流水馬如龍。"

〔五〕河潤:黄河的滋潤。按,滎陽瀕臨黄河。

〔六〕佳思:巧妙的思緒。

滎陽唐高祖太宗石刻像并叙〔一〕

滎陽大海院高齊石像二,高不數寸而姿製甚妙。唐高祖爲鄭州刺史,太宗方幼而病甚,禱之即愈。因各爲一碑,刻彌勒佛,且記其事,至今皆在。元祐二年九月,祭告永裕陵〔二〕,過而觀焉,作小詩以授院僧。

誰言膚寸像〔三〕,勝力妙人天〔四〕。欲療衆生病〔五〕,陰扶濟世賢。身微須① 覆護〔六〕,眼浄照幾先〔七〕。豈爲成功報?猶應歷劫緣〔八〕。

【校記】

①須:宋大字本作"頊",誤。

【箋注】

〔一〕作於元祐二年(一〇八七)九月末。從叙云"元祐二年九月"可知。唐高祖:即李淵(五六六—六三五),字叔德,隴西成紀(今甘肅秦安縣北)人。仕隋爲太原留守。隋末起兵稱帝,國號唐,平群雄而一天下。在位九年,傳位太子世民,自稱太上皇。太宗:即李世民(五九九—六四九)。李淵次子。隋末,力勸淵起兵,後率兵蕩平各地義軍及割據勢力。其爲人善用兵,知人善任,勇於納諫。即位後施行均田制及租庸調法,興修水利,恢復生産,國因富强,史稱"貞觀之治"。參新舊《唐書》。

〔二〕永裕陵:神宗趙頊陵墓。地在今河南鞏縣八陵村。

〔三〕膚寸:古長度單位。一指寬爲寸,四指寬爲膚。《公羊傳·僖公三十一年》:"膚寸而合。"漢何休注:"側手爲膚,案指爲寸。"此極言其小。

〔四〕勝力:殊勝之力。人天:此指世間。

〔五〕見《答琳長老寄幽蘭白朮黄精三本二絶》之二注〔一〕。

〔六〕覆護:保護,庇佑。

〔七〕照幾:洞察事物的隱微。幾,隱微。多指事物的先兆。《易·繫辭下》:"幾者,動之微,吉之先見者也。"

〔八〕歷劫:謂經過劫數,乃形容長遠之時間。參《畫文殊普賢》注〔五〕。

次韻劉貢父和韓康公憶其弟持國二首〔一〕

其一

霜風瑟瑟①卷梧蕉〔二〕,燕處超然夜寂寥〔三〕。羽客信來丹鼎具〔四〕,石淙夢斷水聲遥〔五〕。赤松作伴誰當見〔六〕?黄鵠高飛未易招〔七〕。劍履終身定何益〔八〕?勤勞付與沛中蕭〔九〕。

【校記】

①瑟瑟:叢刊本作"琴瑟",誤。

【箋注】

〔一〕作於元祐二年(一〇八七)九月。韓康公:見《過韓許州石淙莊》注〔一〕。持國:即韓維(一〇一七—一〇九八),字持國,開封雍丘(今河南杞縣)人,億子,絳弟。以蔭補將作監主簿,歷知太常禮院,潁王府記室參軍。英宗時召休起居注,進知制誥、知通進銀臺司。神宗即位,除龍圖閣直學士,歷知汝州、開封府、襄州。熙寧七年召爲翰林學士承旨,兼侍讀學士,知制誥、知通進封駁事。出知河陽、許州,加資政殿學士提舉嵩山崇福宫。元祐初拜門下侍郎。二年,出知鄧州、潁昌府,後以太子少傅致仕。紹聖中責授崇信軍節度副使,均州安置。元符元年,復左朝議大夫,卒,年八十二。事跡見《名臣碑傳琬琰集·韓侍郎維傳》《宋史》有傳。

〔二〕瑟瑟:風觸物聲。梧蕉:梧桐、芭蕉。

〔三〕燕處:閑居。寂寥:形容夜静無聲。唐杜甫《後出塞五首》之二:"中天懸明月,令嚴夜寂寥。"

〔四〕羽客:修煉的道士。丹鼎:煉丹用的鼎。此泛指修煉的工具。

〔五〕石淙:見《過韓許州石淙莊》自注及注〔一〕。

〔六〕赤松:古仙人。參《張安道尚書生日》注〔七〕、《過韓許州石淙莊》注〔一二〕。

〔七〕謂自由愜意之生活。

〔八〕劍履:"劍履上殿"之省。指上朝時可不解劍,不脱履,爲古代國君賜予元老重臣的一種殊榮。《後漢書·董卓傳》:"尋進卓爲相國,入朝不趨,劍履上殿。"

〔九〕沛中蕭:指西漢蕭何(前二五七——前一九三)。沛(今江蘇豐縣)人,初爲沛主吏掾,高祖爲亭長,何嘗佑之。及從入關,諸將皆争取金帛,何獨收秦相府律令圖書藏之,漢以是知天下阸塞,户口多少。又進韓信以爲大將,楚漢相距,何常守關中,轉輸給餉,軍中無乏。天下定,以功第一封酇侯,爲開國名相。何居家置田宅,必窮僻處,不治垣屋,曰:"後世賢,知吾儉。不賢,毋爲勢家所奪。"卒謚文終。《史記》《漢書》有傳。

其二

愛君憂世老彌深,特操要須得失臨〔一〕。晚歲飛騰推有德〔二〕,故鄉安穩信無心〔三〕。小邦近似西山隱〔四〕,元氣終當北斗斟〔五〕。聖主方求三世舊〔六〕,老臣何止一遺簪〔七〕?

【箋注】

〔一〕謂只有在得失到來時纔能檢驗出人的操守。特操:獨立的操守。

〔二〕謂韓絳爲康國公事。飛騰：猶言飛黄騰達。參《送唐覲》注〔六〕。

〔三〕謂韓絳元祐二年（一〇八七）告老辭官事。後有《送韓康公歸許州》詩。

〔四〕用伯夷叔齊故事。西山：山名。指首陽山。在今山西省永濟縣南。相傳伯夷、叔齊隱居於此。晉陸機《演連珠》之四八："是以吞縱之彊不能反蹈海之志，漂櫓之威不能降西山之節。"後常用爲隱居之典。

〔五〕《詩·小雅·大東》："維北有斗，不可以挹酒漿。"此反用其意。斟：傾倒。

〔六〕韓絳歷仕仁宗、英宗、神宗，故此云"三世舊"。

〔七〕遺簪：孔子出遊，遇一婦人失落簪子而哀哭。孔子弟子勸慰她。婦人曰："非傷亡簪也，吾所以悲者，蓋不忘故也。"事見《韓詩外傳》卷九。此以"遺簪"喻故情。

附録　劉攽《次韻韓康公二首》

其一

疊石疏篁淺藥苗，淡雲清雨意寥寥。鄭侯僻地規摹别，荀令西濠步武遥。繞砌芝蘭歡内集，滿蹊桃李慰佳招。原情獨恨飛鴻遠，悵望三秋詠采蕭。

其二

清汝泱泱紫邏深，緑車紅旆付重臨。聖朝不逆原鴒意，達士俱存塞馬心。日赤報衙容晏枕，夜闌留宴縱清斟。鳳池何必全勝此，薄暮歸休客萬簪。

蘇軾《次韻劉貢父所和韓康公憶持國二首》

其一

夢覺真同鹿覆蕉，相君脱屣自參寥。顔紅底事髮先白，室邇何妨人自遥。狂似次公應未怪，醉推東閣不須招。援毫欲作衣冠表，盛事終當繼八蕭。唐蕭氏，自瑀及遘，八宰相。

其二

閉户端居念獨深，小軒朱檻憶同臨。燎鬚誰識英公意，英公爲其姊作粥，燎鬢,曰:"吾與姊皆老矣,能幾進之。"黄髮聊知子建心。子建《與楚王彪别》詩云:王其愛玉體,共享黄髮期。已託西風傳絶唱,且邀明月伴孤斟。他時内集應呼我,下客先判醉墮簪。

次韻劉貢父從駕〔一〕

一經空記弟傳兄〔二〕,舊德終慚比長卿〔三〕。扈駕聯翩來接武〔四〕,登科先後憶題名〔五〕。竹林共集連諸子〔六〕,棣萼相輝賴友生〔七〕。它日都門俱引去,不應廣受獨華榮〔八〕。

【箋注】

〔一〕作於元祐二年(一〇八七)十一月。蘇軾有《次韻劉貢父叔姪扈駕》。劉貢父:即劉攽。見《次韻劉貢甫學士畫松石圖歌》注〔一〕。從駕:隨從皇帝出行。

〔二〕謂自己學問爲兄所傳。按,此"一經空記"蓋有諷焉。《宋史·選舉志一》:"[用王安石之議]於是改法,罷詩賦、帖經、墨義,士各占治《易》《詩》《書》《周禮》《禮記》一經兼《論語》《孟子》。"

〔三〕謂自己不在"舊德"之列而不預扈駕。舊德:德高望重之長者。此用漢薛廣德扈駕事。長卿:指漢薛廣德,字長卿,漢相(在今安徽宿縣西北)人,以《魯詩》教授,楚國龔勝、龔舍師事焉。蕭望之薦其經行,除諫議大夫。代貢禹爲御史大夫。及爲三公,直言諫諍。未幾乞骸骨,賜安車駟馬東歸。《漢書》有傳。其本傳嘗記其扈駕事:"其秋,上酎祭宗廟,出便門,欲御樓船。廣德當乘輿車,免冠頓首曰:'宜從橋。'詔曰:'大夫冠。'廣德曰:'陛下不聽臣,臣自刎,以血汙車輪,陛下不得入廟矣。'"

〔四〕扈駕:隨侍皇帝的車駕。聯翩:連續不斷貌。接武:步履相接。喻跟隨其後。

〔五〕劉攽與兄劉敞同舉慶曆六年(一〇四六)進士。敞子劉奉世舉嘉祐六年(一〇六一)進士。題名:古人爲紀念科場登録,常于石碑或壁柱上題記姓名。

〔六〕見《次韻劉貢父西掖種竹》注〔七〕。

〔七〕棣蕚：喻兄弟。《詩・小雅・常棣》："常棣之華，鄂不韡韡。凡今之人，莫如兄弟。……雖有兄弟，不如友生。"

〔八〕"它日"二句：謂當如疏廣、疏受叔侄功成身退。參《李簡夫挽詞二首》之一注〔四〕。華榮：榮耀。

附録　蘇軾《次韻劉貢父叔姪扈駕》

玉堂孤坐不勝清，長羨枚鄒接長卿。只許隔牆聞置酒，時因議事得聯名。機雲似我多遺俗，廣受如君不治生。共託屬車塵土後，鈞天一餉夢中榮。

聞京東有道人號賀郎中者唐人也其徒有識之者作詩寄之〔一〕

賀老稽山去不還，鏡湖獨棹釣魚船〔二〕。南來太白尋無處〔三〕，卻作郎官又幾年？岱下迎鑾驚典謁，蒙①山施藥愍耕田〔四〕。試窮腳力追行迹〔五〕，亦使今生識地仙〔六〕。

【校記】

①蒙：叢刊本作"家"，形近而誤。

【箋注】

〔一〕作於元祐二年（一〇八七）十二月。蘇軾《送喬仝寄賀君六首叙》："又有喬仝者，少得大風疾幾死，賀使學道。今年八十，益壯盛。人無復見賀者而仝數見之。元祐二年十二月，仝來京師十許日，予留之不可。曰：'賀以上元期我於蒙山。'"蘇軾所謂喬仝者即轍詩之"其徒"。故知作於十二月。京東：此指京東東路，今山東東部一帶。轍心知其妄，故詩頗戲謔調侃。

〔二〕"賀老"二句：叙唐代賀知章事。賀知章：見《次韻秦觀秀才携李公擇書相訪》注〔一五〕。稽山：會稽山的省稱。在浙江紹興。鏡湖：在今浙江紹興會稽山北麓。東漢永和五年（一四〇年），會稽太守馬臻主持修建。以水平如鏡,故名。“有詔賜鏡湖剡川一曲”(《新唐書》本傳)。賀知章《回鄉偶書二首》之二:“唯有門前鏡湖水,春風不改舊時波。”

〔三〕戲言李白找不到“賀郎中”了。蓋李白與賀知章爲忘年交。參《次韻王鞏見贈》注〔二一〕。李白:見《章氏郡君挽詞》注〔三〕。

〔四〕“岱下”二句:蘇軾《送喬仝寄賀君六首叙》:“舊聞靖長官、賀水部,皆唐末五代人,得道不死。章聖皇帝東封,有謁於道左者。其謁云:‘晉水部員外郎賀亢。’再拜而去,上不知也。已而閱謁見之,大驚,物色求之不可得。”岱:岱嶽,即泰山。在今山東泰安。迎鑾:迎接天子的車駕。鑾,鑾駕,天子之車。因泰山爲歷代帝王封禪之地,故云。典謁:掌管賓客請見事務的小官。蒙山:又稱東山。在今山東臨沂。愍耕田:同情那“得大風疾幾死”的農夫。參注〔一〕。

〔五〕腳力:兩腿的力氣。

〔六〕地仙:住在人間的仙人。晉葛洪《抱朴子·論仙》:“按《仙經》云:‘上士舉形昇虛,謂之天仙;中士遊於名山,謂之地仙;下士先死後蜕,謂之尸解仙。’”

附録 蘇軾《送喬仝寄賀君六首》并叙

舊聞靖長官、賀水部,皆唐末五代人,得道不死。章聖皇帝東封,有謁於道左者,其謁云:晉水部員外郎賀亢。再拜而去,上不知也。已而閱謁,見之,大驚,物色求之不可得。天聖初,又使其弟子喻澄者詣闕進佛道像,直數千萬。張公安道與澄游,具得其事。又有喬仝者,少得大風疾,幾死。賀使學道,今年八十,益壯盛。人無復見賀者,而仝數見之。元祐二年十二月,仝來京師十許日,余留之,不可,曰:賀以上元期我於蒙山;又曰:吾師嘗游密州,識君於常山道上,意若喜君者。作是詩以送之,且作五絶句以寄賀。

其一

君年二十美且都,初得惡疾墮眉鬚。紅顔白髮驚妻孥,覽鏡自嫌欲棄軀。結茅窮山啖松腴,路逢逃秦博士盧。方瞳照野清而臞,再拜未起煩一呼。覺知此身了非吾，炯然蓮花出泥塗。隨師東遊渡濰邦，濰、邦，密州二水名。山頭見我兩輪朱。豈知仙人混屠沽，爾來八十胸垂胡。上山如飛嗔人扶，東歸有約不敢渝。新年當參老仙儒，秋風西來下雙鳧，得棗如瓜分我無？

其二

生長兵間早脱身，晚爲元祐太平人。不驚渤澥桑田變，來看龜蒙漏澤春。

其三

曾謁東封玉輅塵，幅巾短褐亦逡巡。行宫夜奏空名姓，悵望雲霞縹緲人。

其四

垂老區區豈爲身，微言一發重千鈞。始知不見高皇帝，正似商山四老人。

其五

舊聞父老晉郎官，已作飛騰變化看。聞道東蒙有居處，願供薪水看燒丹。

其六

千古風流賀季真，最憐嗜酒謫仙人。狂吟醉舞知無益，粟飯藜羹問養神。

送家安國赴成都教授三絶〔一〕

其一

城西社下老劉君〔二〕，春服舞雩今幾人〔三〕？白髮弟兄驚我在，喜君浮宦亦天倫〔四〕。微之先生門人，惟僕與子瞻兄、復禮與退翁兄皆仕耳。

【箋注】

〔一〕作於元祐二年（一〇八七）十二月。蘇軾有《送家安國教授歸成都》

詩。家安國:字復禮,與蘇軾兄弟同鄉。舉進士不第。元符元年爲瀘南倅(同治《嘉定府志》卷四十六引《憩園偶談》),有《范文正公祠堂記》《春秋通義》二十四卷等。《蘇軾文集》卷五十九《與家復禮》:"前辱遠别,悵戀不已。陰寒,起居佳否?"此爲家安國將歸成都,軾以詩相送,且附此書。云"陰寒",知爲隆冬。

〔二〕謂劉家與社壇相鄰。社:社壇。古代封土爲社,各栽種其土所宜之樹,以爲祀社神之所在。《公羊傳·哀公四年》:"社者,封也。"漢何休注:"封土爲社。"老劉君:劉巨。眉山人。宋葉寘《愛日齋叢抄》卷四:"眉山劉微之巨教授郡城之西壽昌院,從遊至百人。蘇明允命東坡兄弟師之,時尚幼。微之賦《鷺鷥》詩,末云:'漁人忽驚起,雪片逐風斜。'坡從旁曰:'先生詩佳矣。竊疑斷章無歸宿,曷若雪片落蒹葭乎?'微之曰:'吾非若師也。'坡兄弟應制科,微之贈詩有曰:'驚人事業傳三館,動地文章震九州。老夫欲别無他祝,只願雙封萬户侯。'自是三蘇名著天下。而微之竟不第。郡三公以遺逸舉,不應。鄉人但呼爲孝廉。其卒也,范蜀公弔以詩曰:'案前曾立二賢良。'今潁濱集中《送家安國》詩:'城西社下老劉君,春服舞雩今幾人。'自注:微之先生門人,惟僕與子瞻兄,復禮與退翁兄,皆仕耳。正謂此。"

〔三〕謂昔年隨侍于師長的童子至今已無多了。參《次韻邦直見答》注〔六〕。

〔四〕浮宦:猶遊宦。天倫:指得享天倫,回鄉任教授事。

其二

垂白相逢四十年〔一〕,猖狂情味老俱闌〔二〕。論兵頓似前賢語〔三〕,莫作當年故目看〔四〕。

【箋注】

〔一〕謂自少時同學於劉巨門下,至今日重逢,分别已近四十年。

〔二〕猖狂:喻少時意氣風發,聰明外揚之貌。闌:闌珊。衰減、消沉貌。

〔三〕家安國喜論兵,《宋史·藝文志二》著録"家安國《平蠻録》三卷"。

〔四〕《三國志·吴書·吕蒙傳》:"因爲肅畫五策,肅於是越席就之,拊其背曰:'吕子明,吾不知卿才略所及乃至於此也。'遂拜蒙母,結友而别。"南朝宋裴松之注引《江表傳》:"蒙曰:'士別三日,即更刮目相待。'"故目:猶言老眼光。

其三

石室多年款誌平〔一〕,新書久溷里中生〔二〕。遣師今見朝廷意,文律還應似兩京〔三〕。

【箋注】

〔一〕謂石室題詠之類已消磨殆盡。石室:西漢時,文翁所建學校。晉常璩《華陽國志》卷三:"始文翁立文學精舍講堂,作石室,一作玉室。在城南。永初後,堂遇火,太守陳留高眹更修立,又增造二石室。"款誌:即款識。

〔二〕新書:當指王安石變法時所頒布的新經義。參《次韻劉涇見寄》注〔二四〕。

〔三〕"遣師"二句:謂朝廷遣家是希望恢復舊學。文律:文法。兩京:兩漢。

附録　蘇軾《送家安國教授歸成都》

別君二十載,坐失兩鬢青。吾道雖艱難,斯文終典刑。屢作退飛鷁,羞看乾死螢。一落戎馬間,五見霜葉零。夜談空説劍,春夢猶横經。新科復舊貫,童子方乞靈。須煩凌雲手,去作入蜀星。蒼苔高眹室,古柏文翁庭。初聞編簡香,稍覺鋒鏑腥。岷峨有雛鳳,梧竹養修翎。嗚呼應嶰律,飛舞集虞廷。吾儕便歸老,亦足慰餘齡。

三日上辛祈穀除日宿齋户部右曹元日賦三絶句寄呈子瞻兄〔一〕

其一

七度江南自作年〔二〕,去年初喜奉椒盤〔三〕。冬來誤入文昌省〔四〕,

連日齋居未許還。

【箋注】

〔一〕作於元祐三年（一〇八八）正月元日。上辛：農曆每月上旬的辛日。祈穀：古代祈求穀物豐熟的祭禮。《禮記·月令》："［孟春之月］天子乃以元日祈穀于上帝。"除日：除夕。宿齋：古代指舉行祭祀等禮儀前的齋戒。

〔二〕七度：指元豐三年（一〇八〇）至元祐元年（一〇八六）。

〔三〕謂元祐二年過年纔得一家團聚。椒盤：古時正月初一日用盤進椒，飲酒則取椒置酒中。唐杜甫《杜位宅守歲》："守歲阿戎家，椒盤已頌花。"

〔四〕文昌省：尚書省之别稱。唐武則天光宅元年，改尚書省爲文昌臺。此謂已任户部右曹事。

其二

今歲初辛日正三〔一〕，明朝春氣漸東南。還家强作銀幡會〔二〕，雪底蒿芹欲滿籃〔三〕。

【箋注】

〔一〕正三：正月初三。

〔二〕銀幡：用金銀箔羅彩製成，爲歡慶春日來臨，用作裝飾或饋贈之物。宋高承《事物紀原·歲時風俗·春幡》："《後漢書》曰：立春皆青幡幘。今世或剪綵錯緝爲幡勝，雖朝廷之制，亦鏤金銀或繒絹爲之，戴於首。亦因此相承設之。或於歲旦刻青繒爲小幡樣，重累凡十餘，相連綴以簪之。此亦漢之遺事也，俗間因又曰'年幡'，此亦其誤也。"

〔三〕蒿芹：青蒿、芹菜。用以製作春盤。《古今事文類聚·天時部·食生菜》："東晉李鄂立春日命以蘆菔、芹芽爲菜盤相饋貺。唐立春日，春餅生菜，號春盤。齊人月令立春日食生菜，取迎新之意。坡詩：'漸覺東風料峭寒，青蒿黄韭試春盤。'又云：'蓼茸蒿笋試春盤。'"唐杜甫《立春》："春日春盤細生菜，忽憶兩京全盛時。"

其三

北客南來歲欲除，燈山火急萬人扶〔一〕。燈山例以北使見日立。欲觀翠輦巡游盛〔二〕,深怯南宫鎖鑰拘〔三〕。

【箋注】

〔一〕燈山:搭的山形的大型燈彩。《宋史・樂志十七》:"每上元觀燈,樓前設露臺,臺上奏教坊樂,舞小兒隊。臺南設燈山,燈山前陳百戲,山棚上用散樂、女弟子舞。"

〔二〕翠輦:飾有翠羽的帝王車駕。

〔三〕謂自己宿齋户部右曹。南宫:尚書省的别稱。謂尚書省象列宿之南宫,故稱。《後漢書・鄭弘傳》:"建初,爲尚書令……弘前後所陳有補益王政者,皆著之南宫,以爲故事。"丘仲孚著《南宫故事》百卷,亦以南宫稱尚書省。唐及以後,尚書省六部統稱南宫。

附録　蘇軾《和子由除夜元日省宿致齋三首》

其一

江淮流落豈關天,禁省相望亦偶然。等是新年未相見,此身應坐不歸田。

其二

白髮蒼顔五十三,家人强遣試春衫。朝回兩袖天香滿,頭上銀幡笑阿咸。

其三

當年踏月走東風,坐看春闈鎖醉翁。白髮門生幾人在,卻將新句調兒童。

喻良能《元日追次東坡和子由省宿致齋韻》

五十之年又過三,依然白髮照青衫。年來大起山林興,任達從教笑阮咸。

送韓康公歸許州〔一〕

功成不願居〔二〕,身退有餘勇〔三〕。心安里閭適〔四〕,望益搢紳重〔五〕。朝爲北闕辭〔六〕,莫犯南河凍。人知疏公達〔七〕,王命顯父送〔八〕。百壺山泉溢〔九〕,千兩春雷動〔一〇〕。旋聞二季賢,繼以一章控。詔書未云可,廷論已争竦〔一一〕。兹行迫寒食〔一二〕,歸及掃先壟〔一三〕。萬人擁道看,一子腰金從〔一四〕。爾曹勿驚嗟,令德勸勤種〔一五〕。

【箋注】

〔一〕作於元祐三年(一〇八八)二月末。致仕後居潁昌。元祐二年冬入京觀燈。宋趙令畤《侯鯖録》卷四:"韓康公絳子華謝事後,自潁入京看上元,至十六日私第會從官九人,皆門生故吏,盡一時名德,如傅欽之、胡完夫、錢穆父、東坡、劉貢父、顧子敦皆在坐。"將歸許昌,轍作詩送行。絳未行。詩云"兹行迫寒食,歸及掃先壟",是當在二月末。韓康公:見《過韓許州石淙莊》注〔一〕。

〔二〕《老子》第二章:"生而不有,爲而不恃,功成而不居。"

〔三〕謂韓老而健。《左傳·成公二年》:"齊高固入晉師,桀石以投人,禽之而乘其車,繫桑本焉。以徇齊壘,曰:'欲勇者賈余餘勇。'"晉杜預注:"賈,買也。言己勇有餘,欲賣之。"蘇軾《次前韻再送周正孺》:"醉鄉追舊游,筆陣賈餘勇。"

〔四〕里閭:猶言里巷,鄉里。

〔五〕搢紳:即縉紳。指插笏於紳帶間,爲舊時官宦的裝束。因借指士大夫。

〔六〕北闕:見《江州五詠·琵琶亭》注〔六〕。

〔七〕疏公:指西漢疏廣。參《李簡夫挽詞二首》之一注〔四〕。

〔八〕顯父:德高望重的長者。《詩·大雅·韓奕》:"顯父餞之,清酒百壺。"毛傳:"顯父,有顯德者也。"唐孔穎達疏:"父者,丈夫之稱,以有顯德,故稱顯父。"

〔九〕百壺:指踐行時,所斟酒之多。見上注。

〔一〇〕千兩:喻送行車輛之多。春雷:喻車輛行進之聲。

〔一一〕"旋聞"四句:謂絳之弟弟據傳有二個出色,但朝臣意見并不一致。二季:韓絳凡兄弟八人:韓綱、韓綜、韓絳、韓繹、韓維、韓縝、韓緯、韓緬。韓絳弟弟中唯韓維、韓縝《宋史》有傳,或當是指此二人。韓維:見《次韻劉貢父和韓康公憶其弟持國二首》之一注〔一〕。韓縝(一〇一九—一〇九七):字玉汝,開封雍丘(今河南杞縣)人,韓億第六子。慶曆二年登進士第。嘉祐中,歷殿中侍御史、侍御史、度支判官,出爲兩浙、淮南、河北、陝西等路轉運使。熙寧中,以天章閣待制知秦州、瀛洲、開封府。奉命與遼使畫界,除樞密都承旨,加龍圖閣直學士。元豐四年,同知樞密院事;六年,進知院事。哲宗立,拜尚書右僕射兼中書侍郎。元祐元年,罷爲觀文殿大學士,知潁昌、永興、河南、太原等軍府,致仕。紹聖四年卒,年七十九,謚莊敏。《宋史》有傳。《宋史·韓縝傳》:"元祐元年,御史中丞劉摯、諫官孫覺、蘇轍、王覿論縝才鄙望輕,在先朝爲奉使,割地六百里以遺契丹,邊人怨之切骨,不可使居相位。章數十上,罷爲觀文殿大學士,知潁昌府。"元祐二年閏二月,蘇轍有《乞罷左右僕射蔡確韓縝狀》《乞罷右僕射韓縝札子》《乞黜降韓縝狀》。三月,有《乞責降韓縝第七狀》《乞責降韓縝第八狀》等。轍所謂"一章控"當即指此等。

〔一二〕寒食:寒食節。參《寒食前一日寄子瞻》注〔一〕。

〔一三〕先壟:先人的墳墓。

〔一四〕一子:指韓宗師。字傳道,以父任,歷州縣職。既登第,王安石薦爲度支判官,提舉河北常平,累官至集賢殿修撰,知河中府。《宋史·韓絳傳》有附傳。腰金:見《次韻孔平仲著作見寄四首》之二注〔一四〕。從:跟隨。

〔一五〕謂種德。即布德。施恩德于人。語出《書·大禹謨》:"皋陶邁種德,德乃降,黎民懷之。"孔傳:"邁,行;種,布。"

次韻王欽臣祕監集英殿井〔一〕

碧甃涵雲液〔二〕,銅瓶響玉除〔三〕。汲花攢點罷,灑霧喚班初〔四〕。龍餅煎無數〔五〕,蠔研滴有餘〔六〕。從官方醉飽,一酌解清虚〔七〕。

【箋注】

〔一〕作於元祐三年(一〇八八)三月十一日。《續資治通鑑長編·哲宗元祐三年》:"[三月]戊午,試特奏名及武舉進士。"蘇轍與王欽臣等爲考官,轍有《廷試武舉策問》一首。王欽臣有詩,轍次韻。王欽臣:字仲至,應天宋城(今河南商丘市)人,王洙之子。以父蔭爲大理寺丞,熙寧三年文彦博薦試學士院,賜進士及第。任開封府判官,徙群牧判官。元豐中,歷熙和路轉運使、陝西轉運副使。元祐初,爲工部郎中、直秘閣,進太僕少卿,遷秘書監。六年,擢工部侍郎,權吏部侍郎。紹聖元年降知廬州,徙饒州,入元祐黨籍,四年斥提舉江州太平觀。徽宗立,復待制,起知潁昌府。卒年六十七。生平爲文至多,家藏書數萬卷。《宋史》有傳。秘監:秘書省少監之省稱。爲省之佐貳,佐監領本省事。集英殿:原名廣政殿,始建于宋太祖趙匡胤初年,主要爲宴飲和策試進士時使用。

〔二〕碧甃:磚瓦上長滿苔蘚的井壁。雲液:指雨水,露水。《藝文類聚・内典上・内典》引南朝梁元帝《莊嚴寺僧旻法師碑》:"夫宏才妙物,雲液之所降生。"

〔三〕銅瓶:汲水用的銅製的瓶。玉除:玉階。用作石階的美稱。《文選・曹植〈贈丁儀〉》:"凝霜依玉除,清風飄飛閣。"唐李善注:"玉除,階也。"

〔四〕"汲花"二句:謂上朝前用井水澆花、灑掃。汲花:汲取井水澆花。攢點:宋制,宫中更漏比民間短,宫中五更過後,民間才是四更盡;宫中五更完畢,梆鼓交作,始開宫門,稱爲"攢點"。俗稱蝦蟆更、六更。宋無名氏《豹隱紀談》:"楊誠齋詩云:'天上歸來有六更。'蓋内樓五更絶,柝鼓變作,謂之蝦蟆更。禁門方開,百官隨入。所謂六更者也,外方則謂之攢點云。"攢點已是天明了。唤班:掌管朝班儀節的官吏呼唤百官施朝儀。宋蔡絛《鐵圍山叢談》卷一:"昔哲廟惡百官班聯不肅,而後臺吏號知班者必贊言端笏立定。"

〔五〕龍餅:又稱龍團。閩地所産名茶,餅狀,上有龍紋,故稱。宋張舜民《畫墁録》卷一:"先丁晉公爲福建轉運使,始製爲鳳團,後又爲龍團,貢不過四十餅,專擬上供,雖近臣之家,徒聞之而未嘗見也。"參《和子瞻煎茶》注〔五〕。

〔六〕謂在墨硯中换上水。螭研:刻有螭形紋飾的研臺。

〔七〕謂品茶領略到清虚的韻致。清虚:清爽愜意。

集賢殿考試罷二首〔一〕

其一

振鷺紛紛未著行〔二〕,初從江海覘清光〔三〕。卷聲風雨中庭起〔四〕,

筆勢雲煙累幅長〔五〕。病眼尚能分白黑，衆毛空復數驪黄〔六〕。禁中已許公孫第，得失何私物自忙〔七〕。

【箋注】

〔一〕作於元祐三年（一〇八八）三月二十五日。《續資治通鑑長編·哲宗元祐三年》："［三月］庚午，賜特奏名進士武舉諸科舉人進士經明行修王鄰臣等同五經三禮學究出身，假承務郎、京府助教、諸州文學助教、右班殿直、三班奉職借職差使凡五百三十有三人。"庚午爲二十三日，蘇轍詩有"前日鼓旗聞苦戰，明朝雷雨出潛鱗"語，則詩當作於試罷二日。

〔二〕振鷺：見《次韻李公擇寄子瞻》注〔六〕。此喻應試學生。

〔三〕江海：喻應試考生之衆。清光：喻皇帝的容顔。

〔四〕謂考生試卷精彩。唐杜甫《寄李十二白二十韻》："筆落驚風雨，詩成泣鬼神。"蘇軾《次韻秦太虚見戲耳聾》："須防額癢出三耳，莫放筆端風雨快。"又《王維吴道子畫》："當其下手風雨快，筆所未到氣已吞。"

〔五〕雲煙：喻揮灑自如的墨蹟。杜甫《飲中八仙歌》："張旭三杯草聖傳，脱帽露頂王公前，揮毫落紙如雲煙。"蘇軾《次韻答滿思復》："紙落雲煙供醉後，詩成珠玉看朝還。"

〔六〕"病眼"二句：暗言别人未必如自己公允。衆毛：三國吴陸璣《毛詩草木鳥獸蟲魚疏》卷下《振鷺于飛》："［鷺］頭上有毛十數枚，長尺餘，毵毵然，與衆毛異，甚好。將欲取魚時，則弭之。"驪黄：傳説古代善相馬的伯樂年老，推薦九方皋爲秦穆公訪求駿馬。三月後於沙丘求得之。穆公問爲何馬，回答説是"牡而黄"；穆公派人去看，卻是"牝而驪"。于是責備伯樂。伯樂喟然歎息説："若皐之所觀，天機也。得其精而忘其粗，在其内而忘其外；見其所見，不見其所不見；視其所視，而遺其所不視。若皐之相馬，乃有貴乎馬者也。"見《列子·説符》。此喻甄拔人才。

〔七〕"禁中"二句：謂最後取决于皇帝，考官閲卷只是徒勞。公孫：用漢公孫弘故事。見《和柳子玉紙帳》注〔五〕。物：人。

其二

衰病相侵眼漸昏〔一〕，青燈細字苦勞神〔二〕。遍看大軸知無力〔三〕，聽誦奇篇賴有人。前日鼓旗聞苦戰〔四〕,明朝雷雨出潛鱗〔五〕。殿廬困極唯思睡〔六〕,卻憶登科似後身〔七〕。

【箋注】

〔一〕唐白居易《老病幽獨偶吟所懷》:"眼漸昏昏耳漸聾,滿頭霜雪半身風。"

〔二〕謂批閲試卷。參《次韻頓起考試徐沂舉人見寄二首》之二注〔三〕。

〔三〕大軸:書寫厚重的試卷。因彼時書卷仍爲卷軸裝,故云大軸。

〔四〕鼓旗:擂鼓摇旗。喻考生考場拼搏之狀。

〔五〕潛鱗:猶言潛龍。因爲韻腳而用鱗。比喻(待選出的)傑出的人才。漢王粲《贈蔡子篤》:"潛鱗在淵,歸雁載軒。"

〔六〕蘇軾《和子由四首·送春》:"酒闌病客惟思睡,蜜熟黄蜂亦懶飛。"殿廬:指殿旁廬幕,爲朝臣候朝及值宿之所。宋葉夢得《石林燕語》卷五:"殿廬幕次:三省官爲一幕,樞密院爲一幕,兩省官爲一幕,尚書省官爲一幕,御史臺爲一幕。中司則獨設椅子,坐於隔門之内;惟翰林學士與知開封府同幕。"《蘇軾文集》卷五十八與李之純(端伯)第一簡:"舍弟鎖宿殿廬,未及奉狀。"

〔七〕謂見今應試之考生恍如當年自己應考之時。後身:佛教有"三世"的説法。謂轉世之身爲"後身"。

問蔡肇求李公麟畫觀音德雲〔一〕

好事桓靈寶〔二〕,多才顧長康〔三〕。何嘗爲人畫,但可設奇將〔四〕。久①聚要當散,能分慰所望。清新二大士〔五〕,畀我夜燒香〔六〕。

【校記】

①久:叢刊本作"夕",誤。

【箋注】

〔一〕作於元祐三年(一〇八八)三月末。蔡肇:字天啓,丹陽(今江蘇丹陽市)人。始師事王安石,長于歌詩。中進士,爲明州户掾,除太學正,通判常州。《東都事略》有傳。李公麟:見《子瞻與李公麟宣德共畫翠石古木老僧謂之憩寂圖題其後》注〔一〕。觀音:即觀世音。佛教菩薩名。慈悲的化身,救苦救難之神。德雲:佛經中人名。善財童子所參的五十三知識之一。

〔二〕桓靈寶:即桓玄(三六九—四〇四),字敬道,小字靈寶,譙國龍亢(今安徽懷遠縣)人。温子,襲父爵爲南郡公。初爲義興守,棄官歸。安帝時爲江州刺史、都督荆州等八郡軍事,據江陵。元興二年(四〇三),率兵東下,攻入建康,迫安帝禪位。建國號楚,年號建始,旋改永始。劉裕起兵討之,兵敗,被斬於建康。《晉書》有傳。好事:謂好風雅之事。《晉書·桓玄傳》:"[桓玄]嘗使作輕舸載服玩及書畫等物,或諫之。玄曰:'書畫服玩,既宜恒在左右。且兵凶戰危,脱有不意,當使輕而易運。'衆咸笑之。"

〔三〕顧長康:見《王詵都尉寶繪堂詞》注〔二四〕。

〔四〕《晉書·文苑傳·顧愷之》:"愷之嘗以一廚畫糊題其前,寄桓玄,皆其深所珍惜者。玄乃發其廚後,竊取畫,而緘閉如舊以還之,紿云未開。愷之見封題如初,但失其畫,直云妙畫通靈,變化而去,亦猶人之登仙,了無怪色。"將:取得;獲取。

〔五〕大士:佛教對菩薩的統稱。

〔六〕畀:使。

韓康公挽詩三首〔一〕

其一

閥閲元高世〔二〕,功名自發身〔三〕。堂堂揖真相〔四〕,矯矯出稠人〔五〕。許國心先定〔六〕,輕財物自親〔七〕。傳經比①韋氏,世世得良臣〔八〕。

【校記】

①比:叢刊本作"此",誤。

【箋注】

〔一〕作於元祐三年(一〇八八)三月九日。《續資治通鑑長編·哲宗元祐三年》:“［三月］鎮江軍節度使、守司空、開府儀同三司致仕,康國公韓絳卒。”韓康公:指韓絳。參《過韓許州石淙莊》注〔一〕。本詩推賞韓的功績,並歷述與韓的情誼。

〔二〕閥閱:祖先有功業的世家。蘇軾《答曾學士啓》:“而況圭璋之質,近生閥閱之家。”按,韓絳父韓億景祐四年(一〇三七)曾除户部、參知政事,慶曆二年(一〇四二),以太子少傅致仕。卒贈太子太保,謚忠獻。《宋史》有傳。

〔三〕謂韓自身才華出衆。宋葉夢得《石林燕語》卷九:“韓康公得解,過省、殿試,皆第三人。其後爲執政,自樞密副使、參知政事拜相,及再宰,四遷皆在熙寧中,此前輩所未有也。蘇子容挽辭云:‘三登慶曆三人第,四入熙寧四輔中。’”發身:成名;起家。《禮記・大學》:“仁者以財發身,不仁者以身發財。”漢鄭玄注:“發,起也。言仁人有財則務於施與,以起身成其令名。”

〔四〕謂韓儀容偉岸。堂堂:形容容貌壯偉。《論語・子張》:“曾子曰:‘堂堂乎張也,難與並爲仁矣。’”三國魏何晏集解引鄭玄曰:“言子張容儀盛而於仁道薄也。”宋葉夢得《石林燕語》卷六:“熙寧末,王荆公相,韓康公、王禹玉爲參知政事,三人亦皆同年,仍在第甲連名,禹玉第一,康公第二,荆公第三。荆公再入,仍與康公並相,尤爲難得。時陸子履作詩云:‘須信君王重儒術,一時同榜用三人。’”真相:猶言真宰相。《隋書・高熲傳》:“熲有文武大略……當朝政將二十年,朝野推服,物無異議,治致升平,熲之力也。論者以爲真宰相。”《舊唐書・杜景儉傳》:“則天嘗以季秋内出梨花一枝示宰臣曰:‘是何祥也?’諸宰臣曰:‘陛下德及草木,故能秋木再花,雖周文德及行葦,無以過也。’景儉獨曰:‘……又臣等忝爲宰臣,助天理物,理而不和,臣之罪也。’於是再拜謝罪。則天曰:‘卿真宰相也。’”

〔五〕矯矯:卓然不群貌。稠人:衆人。

〔六〕許國:謂將一身奉獻給國家。《晉書・陸玩傳》:“誠以身許國,義忘曲讓。”

〔七〕見《送龔鼎臣諫議移守青州二首》之一注〔八〕。物:人。

〔八〕“傳經”二句:謂如西漢韋賢、韋玄成父子。韋氏以傳經起家,兩代爲相,鄒魯諺曰:“遺子黄金滿籯,不如一經。”見《漢書》本傳。按,韓億、韓絳亦兩代爲相,故取以相較。

其二

耆年時一二〔一〕,新第闕西南〔二〕。好客心終在〔三〕,忘懷日縱談〔四〕。規模人共記〔五〕,風味我猶諳〔六〕。誰是羊曇首,回車意不堪〔七〕?

【箋注】

〔一〕謂年高者已所存無幾。耆年:老年。

〔二〕謂其府第在宫闕西南。

〔三〕《宋史·韓絳傳》:"絳臨事果敢,不爲後慮,好延接士大夫。"

〔四〕忘懷:無拘無束。蘇軾《吴子野將出家贈以扇山枕屏》:"忘懷紫翠間,相與到白首。"

〔五〕規模:才具氣概。

〔六〕風味:風采。

〔七〕"誰是"二句:謂親人無比悲傷。羊曇:晉謝安之甥。參《歐陽太師挽詞三首》之三注〔三〕。

其三

師曠聞弦日〔一〕,相如作賦年〔二〕。雖慚衆人後,貪值主文賢〔三〕。北道初聞召,南江正遠遷〔四〕。平生闕親近,遺恨屬新阡〔五〕。

【箋注】

〔一〕師曠:春秋時晉國樂師,以善於辯音著稱。此喻韓善識文章好壞。

〔二〕相如:西漢著名辭賦家司馬相如。參《和張安道讀杜集》注〔三一〕。此自比。

〔三〕"雖慚"二句:謂自己在韓作考官時有幸得中。《宋會要輯稿·選舉》:"嘉祐二年正月六日,以翰林學士歐陽脩知貢舉,翰林學士王珪、龍圖閣直學士梅摯、知制誥韓絳、集賢殿修撰范鎮並權同知貢舉。"貪值:猶言幸值。按,蘇轍於此年中第,蘇軾第五名,蘇轍第十五名,故云。

〔四〕"北道"二句:上句指元豐元年(一〇七八),韓絳拜建雄軍節度使,知定州,入爲西太一宫使事。見《宋史・韓絳傳》。下句指元豐二年(一〇七九)蘇轍監筠州鹽酒税事。

〔五〕新阡:新築的墳塚。參《王仲儀尚書挽詞》注〔八〕。

附録　蘇軾《韓康公挽詞三首》

其一

故國非喬木,興王有世臣。嗟余後死者,猶及老成人。德業經文武,風流表搢紳。空餘行樂地,處處泣遺民。

其二

再世忠清德,三朝翊贊勳。功成不歸國,就訪敢忘君。舊學嚴詩律,餘威靖塞氛。何當繼《韓奕》,故吏總能文。

其三

西第開東閣,初筵點後塵。笙歌邀白髮,燈火樂青春。扶路三更罷,回頭一夢新。賦詩猶墨溼,把卷獨沾巾。

劉攽《韓康公挽詞三首》

其一

初還丞相印,併授上公封。門戟交行馬,衣章雜繡龍。策書休命畢,拜老未臨雍。遺愛無時息,淒凉在輟舂。

其二

八龍歸濟美,四輔號無官。魯衛聯三壽,韋平屬二難。大勳流竹帛,盛事絶衣冠。今日哀榮禮,賢豪共永歎。

其三

乘輿錫臨弔,朝士盛班辭。笳鼓千人仗,輼輬數仞旗。壞梁蕭畫在,藏壑説舟移。無復龍淵劍,空傳禹甸詩。

陸佃《韓康公挽歌詞三首》

其一

熙寧初見築隄沙,曾與千官聽白麻。常棣行中排宰相,公家呼公爲三相公,洛中相公爲六相公。梧桐名上識韓家。京師人呼桐木韓家,以别魏公。平生事業留青史，一夜塵埃暗碧紗。聞説手栽桃李在，春來應有萬株花。

其二

三台光耀紫微中，康國仍兼萬户封。有子晨昏長侍膳，公子少卿未嘗出仕，常在左右。誰家兄弟盡登庸。非關庚日曾占鵬，自是辰年併值龍。公以辰年原月辰日辰時薨。他日凌烟求繪匠，願憑丹筆爲形容。

其三

龍虎常瞻牓上名，識公初向鳳凰城。三千賓客知毛遂，晚登公門，最辱知遇。五百人家待晏嬰。公分俸贍族人甚衆。擬看玉書容拔宅，安知金鼎誤垂成。後園履迹今蕪没，惟有清風伴月明。

送高士敦赴成都兵鈐〔一〕

揚雄老病久思歸〔二〕，家在成都更向西〔三〕。邂逅王孫馳驛①騎〔四〕，丁寧父老問耕犁〔五〕。禪房何處不行樂〔六〕，壁像君家有舊題〔七〕。德厚不妨三世將〔八〕，時平空自萬夫齊〔九〕。

【校記】

①驛：宋大字本、宋建本作“馹”。

【箋注】

〔一〕作於元祐三年（一〇八八）夏。高士敦爲成都兵馬鈐轄，轍兄弟皆有詩送行。高士敦：字仲穆，宣仁后從弟。真宗朝忠武軍節度使高瓊之孫。曾爲西京左藏庫副使兼閤門通事舍人。兵鈐：即兵馬鈐轄，宋武官名，初爲將帥之職，行營統兵出征，受本路都部署節制。神宗朝行將兵法後，路分鈐轄于有帥司去處，佐帥臣總轄本路軍馬；其餘諸路，管轄本路不係將屯駐、駐泊、就糧禁軍，訓練、校閲、賞罰，並與知州同共商量、簽書行遣軍馬公事。高時任成都府利州路兵馬鈐轄。按，蘇轍有《論高士敦向宗良札子》，可參看。

〔二〕揚雄：見《答文與可以六言詩相示因道濟南事作十首》之六注〔一〕。此處蘇轍自比。

〔三〕轍家眉山，在成都以西。唐岑參《過磧》：“爲言地盡天還盡，行到安西更向西。”

〔四〕王孫：因高士敦爲宣仁太后高氏之從弟，故云。

〔五〕耕犁：此指農事。

〔六〕禪房：佛徒習静之所。泛指寺院。

〔七〕謂成都多有唐代詩人高適的題詠。蓋高適曾先後任蜀州刺史、劍南節度使。

〔八〕《史記·王翦傳》：“陳勝之反秦，秦使王翦之孫王離擊趙，圍趙王及張耳鉅鹿城。或曰：‘王離，秦之名將也。今將彊秦之兵，攻新造之趙，舉之必矣。’客曰：‘不然。夫爲將三世者，必敗。必敗者何也？以其所殺伐多矣，其後受其不祥。今王離已三世將矣。’”《漢書·李廣蘇建傳》：“贊曰：……然三代之將，道家所忌。”按，高士敦，曾祖高英、祖高繼勛皆爲宋名將，有勛王室。

〔九〕萬夫齊：猶言萬夫敵。

附録　蘇軾《次韻許冲元送成都高士敦鈐轄》

移中老監本虚名，懶作燕山萬里行。余昔與高君，同奉使契丹，辭免，不行。坐看飛鴻迎使節，歸來駿馬换傾城。高才本不緣勳閥，餘力還思治蜀兵。西望雪山烽火盡，不妨樽酒寄平生。

黄庭堅《送高士敦赴成都鈐轄二首》

其一

玉鈐金印臨參井，控蜀通秦四十州。日下書來望鴻鴈，江頭花發醉貔貅。巴滇有馬駒空老，林箐無人葉自秋，能爲將軍歌此曲。嗚機割錦與纏頭。

其二

捧日高宣事，東京四姓侯。軍中聞俎豆，廟勝脱兜鍪。燒燭海棠夜，香衣藥市秋。君平識行李，河漢接天流。

五月一日同子瞻轉對〔一〕

羸病不堪金束腰〔二〕，永懷江海舊漁樵〔三〕。對牀貪聽連宵雨〔四〕，奏事驚同朔旦朝〔五〕。大耿功名元自異〔六〕，中茅服食舊相要〔七〕。一封同上憐狂直〔八〕，詔許昌言賴有堯〔九〕。

【箋注】

〔一〕作於元祐三年（一〇八八）五月一日。轉對：宋代臣僚每隔數日，輪流上殿指陳時政得失，謂之“轉對”。宋高承《事物紀原·公式姓諱·轉對》：“《唐會要》曰：正元中，詔每御延英，令諸司長官二人奏本，司事常參官每日二人引見，訪以政事，謂之巡對。宋朝因之，曰轉對。”

〔二〕謂居官任職。參《次韻孔平仲著作見寄四首》之二注〔一四〕。

〔三〕江海：喻偏遠隱居之處。漁樵：喻歸隱之生活。唐杜甫《村夜》：“胡羯何多難，漁樵寄此生。”

〔四〕見《逍遥堂會宿二首引》。

〔五〕朔旦：舊曆每月初一。此謂五月初一一起入朝。

〔六〕大耿：東漢耿弇，爲耿況之長子，故云大耿。見《後漢書·耿弇傳》“今大耿兵少於彼”唐李賢注：“弇，況之長子，故呼爲大耿。”耿弇，後漢茂陵（今陝西西安市）人。少好學，習父業。北謁光武，留署門下吏，以功加大將軍。從破銅馬、高湖、赤眉、青犢諸軍。光武即位，拜建武大將軍，封好畤侯。破張步、拔全齊，凡平郡四十六，未嘗挫折。卒謚愍。《後漢書》有傳。按，此以耿弇況蘇軾。

〔七〕謂自己志尚隱遁。中茅：語本《梁書·陶弘景傳》：“昔漢有咸陽三茅君得道來掌此山，故謂之茅山，乃中山立館，自號華陽隱居。”要：邀。蘇轍自指。

〔八〕狂直：疏狂率直。《漢書·朱雲傳》：“此臣素著狂直於世。使其言是，不可誅；其言非，固當容之。”按，此指對策被斥事。參《次韻子瞻聞不赴商幕三首》之一注〔一〕。

〔九〕昌言：無所忌諱之言。語本《書·皋陶謨》：“禹拜昌言曰：‘俞！’”唐孔穎達疏：“禹乃拜受其當理之言。”有堯：即堯。喻皇帝如堯之聖明。

附録　蘇軾《次韻子由五月一日同轉對》

跪奉新書笏在腰，談王正欲伴耕樵。晉陽豈爲一門事，高祖謂温大雅兄弟云:我起義晉陽,止爲卿一門耳。宣政聯同五月朝。貞元中,詔曰:自今後五月一日,御宣政殿,與文武百僚相見。憂患半生聯出處,歸休上策早招要。後生可畏吾衰矣,刀筆從來錯料堯。

次韻劉貢父題文潞公草書〔一〕

鷹揚不減少年時〔二〕,墨作龍蛇紙上飛〔三〕。應笑學書心力盡,臨池寫遍未裁衣〔四〕。

【箋注】

〔一〕作於元祐三年(一〇八八)五月。文潞公:即文彦博(一〇〇六—一〇九七),字寬夫,汾州介休(今太原介休市)人。仁宗時第進士,累官同中書門下平章事,封潞國公。熙寧中爲王安石所惡,引去。拜司空,河東節度使。尋以太師致仕。元祐初命平章軍國重事,居五年復致仕。歷仕仁、英、神、哲四朝,爲將相五十年,名聞四夷。文彦博平居接物謙下,尊德樂善。兼工書法。有《潞公集》。《宋史》有傳。

〔二〕鷹揚:喻草書飛揚之狀。唐竇臮《述書賦》卷上:"積薪之美,更覽稚恭。名齊逸少,墨妙所宗。善草則鷹摶隼擊,工正則劍鍔刀鋒。"

〔三〕龍蛇:喻草書飛動圓轉的筆勢。唐李白《草書歌行》:"怳怳如聞神鬼驚,時時只見龍蛇走。"

〔四〕《晉書·衛恒傳》:"漢興而有草書……弘農張伯英者,因而轉精甚巧。凡家之衣帛,必書而後練之。臨池學書,池水盡黑。"唐杜甫《殿中楊監見示張旭草書圖》:"有練實先書,臨池真盡墨。"蘇軾《石蒼舒醉墨堂》:"不須臨池更苦學,完取絹素充衾裯。"

送王宗望郎中赴河東漕〔一〕

春初戎馬掠河壖〔二〕,屬國倉皇不解鞍〔三〕。未免驅民饋邊食〔四〕,旋聞奉使輟郎官〔五〕。年高轉覺精神勝,慮穩要令事業安〔六〕。持節近看葱嶺雪〔七〕，擁裘應慣雁門寒〔八〕。

【箋注】

〔一〕作於元祐三年（一〇八八）五月。《續資治通鑑長編·哲宗元祐三年》："［五月］倉部郎中王宗望爲河東路轉運副使。"王宗望（一〇二三——一〇九九）：字磻叟，光州固始（今河南固始縣）人。以蔭累擢夔州路轉運副使。哲宗朝，歷倉部郎中，司農少卿，江淮發運使，後擢工部侍郎，以集賢殿修撰知鄆州卒。《宋史》有傳。河東：《文獻通考·户口考二》："河東路：州十四：潞、晋、麟、府、代、絳、隰、忻、汾、澤、憲、嵐、石。豐。府一：太原。軍七：威勝、寧化、平定、岢嵐、火山、保德、吉鄉。監一：大通。縣七十三。"漕：轉運司的簡稱。清錢大昕《十駕齋養新録·帥漕憲倉》："帥、漕、憲、倉，蓋當時案牘之稱。帥，謂安撫司；漕，謂轉運司；憲，謂提點刑獄司；倉，謂提舉常平司。"

〔二〕《續資治通鑑長編·哲宗元祐三年》："［春正月］樞密院言：'夏賊逆命，不修職貢，繼而舉國大犯涇原，狼狽空回，諸路牽制，斬獲亦多。度其奸心，必圖再舉，尚不聞諸路探報到舉措次第。觀其謀，但外則示弱，爲款我之計，内則陰集，潛俟和暖，直來奔衝。竊慮失於探候，有弛堤備。'詔陝西、河東逐路經略司嚴戒邊將及城寨官，募人探伺，先知所向，常若寇至，過爲之備。"河壖（ruán）：指黄河邊地。參《次韻王君北都偶成三首》之二注〔一〕。

〔三〕謂邊防的將軍們十分緊張忙碌。屬國：官名。典屬國的省稱。始於秦，主蠻夷降者，漢因之，成帝時併入大鴻臚。此以代指相關的將軍。漢賈誼《治安策》："陛下何不試以臣爲屬國之官以主匈奴？"

〔四〕謂驅使百姓爲邊地輸送糧食。

〔五〕謂由倉部郎中轉河東路轉運副使事。

〔六〕慮穩：思慮周詳。

〔七〕持節：作地方長官。參《送提刑孫頎少卿移湖北轉運》注〔一〕。葱嶺：即今帕米爾高原，時屬遼。

〔八〕雁門：戰國時趙國郡名，此指河東。

程之元表弟奉使江西次前年送赴楚州韻戲别〔一〕

送君守山陽〔二〕，羨君食淮魚〔三〕。送君使鍾陵〔四〕，羨君江上居〔五〕。憐君喜爲吏，臨行不唏嘘〔六〕。紛紛出歌舞，緑髮照瓊梳〔七〕。歸鞍踏涼月〔八〕，倒盡清樽餘〔九〕。嗟我病且衰，兀然守文書〔一〇〕。齒疏懶食肉，一飯甘青蔬。愛水亦已乾〔一一〕，塵土生空渠。清貧雖非病〔一二〕，簡易由無儲〔一三〕。家使赤腳嫗〔一四〕，何煩短轅車〔一五〕。君船繫東橋，玆行尚徐徐。對我竟不飲，問君獨何歟？

【箋注】

〔一〕作於元祐三年（一〇八八）六月。《年表》："六月癸卯，以承議郎程之元爲江南西路轉運判官，有《送之元奉使江西》詩。"程之元：見《送表弟程之元知楚州》注〔一〕。

〔二〕指程元祐元年知楚州事。山陽：縣名。參《次韻子瞻記十月十六日所見》注〔一四〕。

〔三〕淮魚：即淮白魚。爲楚州特産。見《太平寰宇記·淮南道二·楚州》。蘇軾《贈孫莘老七絶》之五："三年京國厭藜蒿，長羨淮魚壓楚糟。"

〔四〕鍾陵：即鍾山，今在江蘇南京市。

〔五〕謂任所在長江邊。宋梅堯臣《送辛都官知鄂州》："去都越千里，城在江上居。"

〔六〕唏嘘：抽噎。

〔七〕緑髮：見《贈致仕王景純寺丞》注〔三〕。瓊梳：飾以美玉的髮梳。蘇軾《南鄉子》："不是使君能矯世，誰留？教有瓊梳脱麝油。"

〔八〕涼月：秋月。《事物異名録·歲時·七月》引南朝梁元帝《纂要》："七月曰首秋、初秋、上秋、肇秋、蘭秋、涼月。"

〔九〕清樽：美酒。宋强至《庭前梨桃二花方盛爲暴雨所吹感事成篇》："清樽倒盡却興感，席上餘春天畔家。"

〔一〇〕兀然：孤獨貌。

〔一一〕愛水：佛教語。指因愛欲而産生的津液、眼淚之類。《首楞嚴經》卷八："因諸愛染，發起妄情，情積不休，能生愛水。是故衆生心憶珍羞，口中水出；心憶前人，或憐或恨，目中淚盈。"

〔一二〕語本《史記·仲尼弟子列傳》:"子貢相衛,而結駟連騎,排藜藿入窮閻,過謝原憲。憲攝敝衣冠見子貢,子貢耻之,曰:'夫子豈病乎?'原憲曰:'吾聞之,無財者謂之貧,學道而不能行者謂之病。若憲貧也,非病也。'子貢慚,不懌而去,終身耻其言之過也。"

〔一三〕簡易:疏略平易。無儲:謂家無儲積。

〔一四〕赤脚嫗:見《飲餞王鞏》注〔六〕。

〔一五〕謂不近女色自然不會如王導那樣狼狽。《晉書·王導傳》:"初,曹氏性妬,導甚憚之,乃密營别館,以處衆妾。曹氏知,將往焉。導恐妾被辱,遽令命駕,猶恐遲之,以所執麈尾柄驅牛而進。司徒蔡謨聞之,戲導曰:'朝廷欲加公九錫。'導弗之覺,但謙退而已。謨曰:'不聞餘物,惟有短轅犢車,長柄麈尾。'"

送周正孺自考功郎中歸守梓潼兼簡吕元鈞三絶〔一〕

其一

白髮熙寧老諍臣〔二〕,凛然心膽大於身〔三〕。吾儕坐看馮唐去〔四〕,誰起雲中廢棄人〔五〕?

【箋注】

〔一〕作於元祐三年(一〇八八)七月十二日。《年表》繫六月,《續資治通鑑長編·哲宗元祐三年》:"[七月]考功郎中周尹知梓州。"周正孺:名尹,成都府新繁(今四川成都市)人。與周表權爲從兄弟,同登慶曆六年進士。嘗知利州。熙寧末累官屯田郎中,九年兼侍御史。十年提點荆湖北路刑獄,歷提點河北刑獄,知眉州。丁母憂,服除,入爲主客郎中,遷考功郎中兼權吏部。元祐四年知梓州,五年除直秘閣。按,蘇軾有《送周正孺知東川》詩,此云梓潼,誤。吕元鈞(一〇二八—一一〇四):名陶,字元鈞,號浄德,成都(今四川成都市)人。皇祐五年進士,調銅梁令,知太原壽陽縣,府帥唐介辟爲簽書判官。熙寧三年應制舉,對策枚數新法之過,雖入等,纔通判蜀州。改知彭州。十年,屢上書言禁榷蜀茶之弊，責監懷州商税。起知廣安軍，召爲司門郎中。元祐元年，擢殿中侍御史。二年，因與蘇軾兄弟同賈易、朱光庭等争論，被目爲蜀黨。後出任梓州、成都府路轉運副使。七年，回朝任起居舍人，改中書舍人，進給事中。紹聖初，出知陳州，移潞州、梓州。後奪職分司衡州居住，徽宗立，復集賢殿修撰、知梓州。崇寧元年致仕。是年秋被列入元祐黨人碑。三年卒，年七十七。著有《淨德集》。《宋史》有傳。

〔二〕熙寧：宋神宗趙頊年號（一〇六八—一〇七七）。正孺爲慶曆六年（一〇四六）進士，至熙寧時已二十餘年矣，知其時已老，故云白髮。諍臣：諫諍之臣。《白虎通·諫諍》引《孝經》："天子有諍臣七人，雖無道，不失其天下。"按，周尹熙寧時曾爲侍御史，掌彈糾公事，故此比之諍臣。

〔三〕《舊唐書·李昭德傳》載：丘愔上疏劾李昭德"今有秩之吏，多爲昭德之人。陛下勿謂昭德小心，是我手臂。臣觀其膽，乃大於身"。

〔四〕馮唐：見《柳子玉郎中挽詞二首》之一注〔二〕。

〔五〕漢文帝時雲中守魏尚。因坐上功首虜差六級，下吏，削爵罰作。後因馮唐諫，文帝令馮唐持節赦魏尚，復以爲雲中守。見《史記·馮唐列傳》。

其二

十年符竹守吾州〔一〕，故吏相逢嘲土牛〔二〕。毋①謂徐公不堪用〔三〕，諸人自與世沉浮。

【校記】

①毋：原本、宋建本作"母"，據宋文集本改。

【箋注】

〔一〕謂周曾知利州、眉州事。符竹：謂行使郡守職權。參《送王恪郎中知襄州》注〔六〕。

〔二〕土牛：喻晉升緩慢。《三國志·魏書·鄧艾傳》："［州泰］景元二年薨，追贈衛將軍。"南朝宋裴松之注引晉郭頒《魏晉世語》："［州泰］九年居喪，宣王留缺待之，至，三十六日擢爲新城太守。宣王爲泰會，使尚書鍾繇調泰：'君釋褐登宰府，三十六日擁麾蓋，守兵馬郡；乞兒乘小車，一何駛乎？'泰曰：

‘誠有此。君，名公之子，少有文采，故守吏職；獼猴騎土牛，又何遲也！’”

〔三〕徐公：指三國魏之徐邈，字景山，燕國薊縣（今北京市）人。歷任丞相軍謀掾、奉高縣令、尚書郎、隴西太守。魏文帝時，任譙國相、安平太守、潁川典農中郎將。後出任涼州刺史、使持節領護羌校尉。正始元年授大司農，後遷司隸校尉。晚年爲光禄大夫，數歲即拜司空，固辭不受。嘉平元年，以大夫薨于家，年七十八。用公禮葬，謚曰穆侯。《三國志》有傳。其本傳曰：“盧欽著書稱邈曰：‘徐公志高行潔，才博氣猛。其施之也，高而不狷，潔而不介，博而守約，猛而能寬，聖人以清爲難，而徐公之所易也。’或問欽：‘徐公當武帝之時，人以爲通。自在涼州及還京師，人以爲介，何也？’欽答曰：‘往者毛孝先、崔季珪等用事，貴清素之士，于時皆變易車服，以求名高，而徐公不改其常，故人以爲通。比來天下奢靡，轉相倣效，而徐公雅尚自若，不與俗同，故前日之通，乃今日之介也。是世人之無常，而徐公之有常也。’”蘇軾《次韻子由送陳侗知陝州》：“世俗自無常，徐公故逶迤。”

其三

東道如聞近稍安，乘驄按部凜生寒〔一〕。忽逢太守能相下〔二〕，俱是從來言事官〔三〕。

【箋注】

〔一〕唐孟浩然《與顔錢塘登障樓望潮作》：“驚濤來似雪，一坐凜生寒。”乘驄：指侍御史。參《次韻王鞏上元見寄三首》之三注〔二〕。按部：按察、巡視所管轄之地。

〔二〕謂周謙恭能爲人之下。相下：互相謙讓。

〔三〕指周嘗爲侍御史事。見其一注〔二〕。

盧鴻①草堂圖〔一〕

昔爲太室游〔二〕，盧巖在東麓〔三〕。直上登封壇〔四〕，一夜繭生足〔五〕。徑歸不復往，巒壑空在目。安知有十志〔六〕，舒卷不盈幅。

一處一廬生，裘褐蔭喬木〔七〕。方爲世外人〔八〕，行止何須録〔九〕。百年入箧笥〔一〇〕，犬馬同一束〔一一〕。嗟予縛世累，歸來有茅屋。江干百畝田〔一二〕，清泉映修竹。尚將逃姓名〔一三〕，豈復上圖軸〔一四〕？

【校記】

①盧鴻：叢刊本作"鴻盧"，誤倒。

【箋注】

〔一〕作於元祐三年（一〇八八）七月末。《蘇軾文集》卷七十《跋盧鴻學士草堂圖》："此唐盧丞相、段文昌本，今在内侍都知劉君元方家。元祐三年七月，予館伴北使於都亭驛，劉以示予，爲賦此篇。迨、過遠來省，書令同作。"蘇轍之作，當亦此時。盧鴻：《舊唐書・隱逸傳》又作盧鴻一，字浩然，唐時隱士，工書善畫，曾隱居嵩山，開元六年，徵至東都，謁見不拜，授諫議大夫。固辭，放還山，賜草堂一所。按，此詩又作蘇軾詩。清查慎行《蘇詩補注》云："此詩亦見《欒城集》第十五卷中，題云《盧鴻草堂圖》，蓋子由曾試舉人洛下，有登嵩山諸什，故起句云然。東坡未嘗游太室也。今駁正。"詩對盧鴻之隱頗不以爲然，謂其不僅獲名于當世，且欲留名于將來。自己的態度則是連姓名都未必要讓人知道，更不要説圖畫而傳之久遠。

〔二〕太室：山名，即嵩山。蘇轍熙寧五年與頓起曾同遊嵩山。參《熙寧壬子八月於洛陽妙覺寺考試舉人及還道出嵩少之間至許昌共得大小詩二十六首》注〔一〕。

〔三〕盧巖：盧鴻隱居之處。《河南通志》卷五十《河南府》："盧巖寺：在登封縣城東北一十五里，即唐諫議盧鴻隱居之處。開元中，改爲寺。"

〔四〕登封壇：在嵩山峻極峰。見《登封壇》詩注。

〔五〕唐杜甫《觀公孫大娘弟子舞劍器行》："老夫不知其所往，足繭荒山轉愁疾。"

〔六〕十志：按：清查慎行《蘇詩補註・例略》謂："盧鴻一《草堂圖》有十志，詳載《唐詩紀》及周密《雲煙過眼録》。"今考宋周密《雲煙過眼録》卷三，似《草堂圖》凡一卷十幅，幅各有一詩題詠。

〔七〕裘褐：指粗劣衣服。

〔八〕蘇軾《送芝上人遊廬山》："豈知世外人，長與魚鳥逸。"

〔九〕行止：行跡，行蹤。録：記録。此謂圖畫。

〔一〇〕謂百年之後，盧所畫畫卷，被人收藏於篋笥之中。

〔一一〕宋米芾《畫史》："劉子禮以一百千買錢樞密家畫五百軸，不開看，直交過。錢氏喜。既交畫，只一軸盧鴻自畫《草堂圖》，已直百千矣，其他常筆固多也。"此句似言此事，言盧畫與他畫相雜。

〔一二〕"江干"二句：唐李德裕《憶平泉山居贈沈吏部一首》："清泉繞舍下，修竹蔭庭除。"江干：江岸；江邊。

〔一三〕謂逃避聲名。《後漢書·法真傳》："法真名可得而聞，身難得而見；逃名而名我隨，避名而名我追。"唐司空圖《歸王官次年作》："酣歌自適逃名久，不必門多長者車。"

〔一四〕圖軸：畫軸；畫卷。

秦虢夫人走馬圖二絶〔一〕

其一

秦虢風流本一家，豐枝穠葉映雙花①〔二〕。欲分妍醜都無處〔三〕，夾道遊人空嘆嗟〔四〕。

【校記】

①雙花：叢刊本作"花雙"，誤倒。

【箋注】

〔一〕作於元祐三年（一〇八八）七月末。秦虢夫人：即楊玉環之八姐秦國夫人、三姐虢國夫人。《舊唐書·玄宗楊貴妃傳》："有姊三人，皆有才貌，玄宗並封國夫人之號。長曰大姨封韓國，三姨封虢國，八姨封秦國。並承恩澤，出入宫掖，勢傾天下。"

〔二〕雙花：喻秦國夫人、虢國夫人。

〔三〕謂没辦法分别高下。都:全。

〔四〕嘆嗟:(因羨慕而發出的)感歎之聲。

其二

朱幩玉勒控飛龍〔一〕,笑語喧嘩步驟同。馳入九重人不見〔二〕,金鈿翠羽落泥中〔三〕。

【箋注】

〔一〕朱幩(fén):馬嚼環兩旁的紅色扇汗用具。《詩·衛風·碩人》:"四牡有驕,朱幩鑣鑣。"玉勒:帶有玉飾的有嚼子的馬絡頭。飛龍:喻駿馬。漢張衡《南都賦》:"駟飛龍兮騤騤,振和鸞兮京師。"

〔二〕九重:指宫禁,朝廷。

〔三〕金鈿:見《高齋》注〔四〕。翠羽:見《送梁交之徐州》注〔三〕。按,此句語本唐白居易《長恨歌》:"花鈿委地無人收,翠翹金雀玉搔頭。"但此用其辭而非其意。

韓幹二馬〔一〕

玉帶胡奴騎且牽〔二〕,銀鬃白鼻兩争先〔三〕。八坊龍種知何數〔四〕,乞與岐邠并錦韉〔五〕。

【箋注】

〔一〕作於元祐三年(一〇八八)七月末。蘇軾《書韓幹二馬》當是寫子由此詩。韓幹:見《韓幹三馬》注〔一〕。

〔二〕玉帶:飾玉的腰帶。胡奴:少數民族馴馬人。

〔三〕此指韓幹所畫二馬。銀鬃:白色鬃馬的馬。白鼻:即白鼻騧。一種白鼻黑喙的黄馬。唐李白《白鼻騧》:"銀鞍白鼻騧,緑地障泥錦。"

〔四〕八坊:唐代監牧所屬八處養馬之所。龍種:指駿馬。《周禮·庾人》:"馬八尺以上爲龍,七尺以上爲騋,六尺以上爲馬。"《魏書·吐谷渾傳》:"青海周回千餘里,海内有小山。每冬冰合後,以良馬置此山,至來春收之,馬皆有孕,所生得駒,號爲龍種。"

〔五〕乞與:給與。岐邠:地名。今陝西岐山縣、彬縣一帶。即所謂周原一帶,適宜馬匹之生長。錦韉(jiān):錦製的襯托馬鞍的坐墊。唐岑參《衛節度赤驃馬歌》:"紅纓紫鞚珊瑚鞭,玉鞍錦韉黄金勒。"

附録　蘇軾《書韓幹二馬》

赤髯碧眼老鮮卑,回策如縈獨善騎。赬白紫騮俱絶世,馬中湛岳有妍姿。

試制舉人呈同舍諸公二首〔一〕

其一

垣中不減臺端峻〔二〕,池上來從柱下嚴〔三〕。同直舊曾連月久〔四〕,暫來還喜二公兼。僕頃與孫莘老同在諫垣,與彭器資同在西掖〔五〕。直言已許侵彈奏〔六〕,新告行聞振滯淹〔七〕。顧我粗官何所與〔八〕?西曹衹合論茶鹽〔九〕。

【箋注】

〔一〕作於元祐三年(一〇八八)九月八日。《續資治通鑑長編·哲宗元祐三年》:"[九月]御史中丞孫覺、户部侍郎蘇轍、中書舍人彭汝礪、祕書省正字張續考試應賢良方正能直言極諫科舉人。"

〔二〕垣中:猶言掖垣之中。掖垣,見《後省初成直宿呈子瞻二首》之一注〔一〕。按,彭汝礪爲中書舍人。臺端:又稱臺雜。《通典·職官六·御史臺》:"侍御史之職有四,謂推、彈、公廨、雜事……臺内之事悉主之,號爲臺端,他人尊之曰端公。"《新唐書·百官志三》:"侍御史六人……久次者一人知雜事,謂之雜端,殿中監察職掌、進名、遷改及令史考第,臺内事顓决,亦號臺端。"按,孫覺爲御史中丞。

〔三〕池上:指鳳凰池。參《次韻劉貢父西掖種竹》注〔三〕。柱下:御史代稱。周秦置柱下史。《漢書・張蒼傳》:"秦時爲御史,主柱下方書。"唐顔師古注:"柱下,居殿柱之下,若今侍立御史矣。"按,此言孫、彭同爲主考。

〔四〕同直:一起值班。

〔五〕孫莘老:即孫覺。見《次韻子瞻餘杭法喜寺緑野亭懷吴興太守孫莘老》注〔一〕。彭器資(一〇四二—一〇九五):即彭汝礪,字器資,饒州鄱陽(今江西鄱陽縣)人。治平二年進士第一。歷保信軍推官、武安軍掌書記、潭州軍事推官、國子直講、大理寺丞、太子中允、監察御史裏行。元豐初,以館閣校勘爲江西轉運判官,改提點京西刑獄。元祐二年擢起居舍人,三年,遷中書舍人。加集賢殿修撰。入權兵、刑二部侍郎。進權吏部尚書。紹聖元年,降待制出知江州。紹聖二年正月卒,年五十四。生平事跡見曾肇《彭待制汝礪墓誌銘》。《宋史》有傳。

〔六〕猶言行施彈劾奏聞之職權。按,此句按正常語序當爲"已許直言侵彈奏"。

〔七〕謂使沉淪不顯、長期未能得到舉薦任用的人才得到起用。滯淹:謂人沉抑于下而不得升進。亦指滯淹之人。《左傳・文公六年》:"宣子於是乎始爲國政……續常職,出滯淹。"晉杜預注:"拔賢能也。"唐劉禹錫《蘇州謝恩賜加章服》:"伏遇陛下膺期御宇,大振滯淹。"

〔八〕粗官:自謙之詞,謂不如彭、張之人所任中書、秘書等省官職清華。

〔九〕西曹:此指户部。茶鹽:喻瑣碎細小之事。

其二

早歲同科止六人〔一〕,中年零落半埃塵〔二〕。卻將舊學收新進〔三〕,幾誤今生是後身〔四〕。骯髒別都遺老驥〔五〕,沉埋秘府愧潛鱗〔六〕。制科前輩,今獨張公安道一人。後來未用,惟張去華而已〔七〕。憐君尚勝劉蕡在〔八〕,白首諸侯呼上賓〔九〕。

【箋注】

〔一〕指嘉祐六年八月(一〇六一),蘇轍兄弟試制科舉人事。六人:按,六人所可考者有蘇軾、蘇轍、王介。《續資治通鑑長編・仁宗嘉祐六年》"[八月]

乙亥，御崇政殿，策試賢良方正能直言極諫。著作佐郎王介、福昌縣主簿蘇軾、澠池縣主簿蘇轍，軾所對第三等，介第四等，轍第四等次。"

〔二〕半埃塵：猶言大半化爲埃塵，即已去世。唐鄭谷《忍公小軒二首》之二："舊遊前事半埃塵，多向林中結浄因。"

〔三〕此時王安石之新學已廢，故云。

〔四〕後身：見《集賢殿考試罷二首》之二注〔七〕。

〔五〕骯髒：高亢剛直貌。參《次韻張耒見寄》注〔一二〕。

〔六〕謂張績沉淪下僚。秘府：此指秘書省。潛鱗：見《集賢殿考試罷二首》之二注〔五〕。

〔七〕張去華：即張績，字去華。時以秘書省正字爲考官。蘇軾元祐年間《張績除宣德郎制》有云："可特授宣德郎，依舊太學博士。"餘不詳。俟考。

〔八〕劉蕡：字去華，昌平（今北京昌平）人，唐寶曆二年進士。大和二年，應賢良方正，上書極言宦官亂政誤國，及除弊之法，因中官當途，考官不敢留蕡在籍中。李郃謂人曰："劉蕡不第，我輩登科，實厚顔矣。"新舊《唐書》有傳。按，因張與劉績字同，故引以作比。

〔九〕上賓：貴客；佳賓。參《章氏郡君挽詞》注〔二〕。

次韻張去華院中感懷〔一〕

登朝已老似王陽〔二〕，脱葉何堪霧雨涼〔三〕。案上細書憎蟻黑〔四〕，禁中新酒愛鵝黄〔五〕。臨階野菊偏能瘦〔六〕，倚檻青松解許長〔七〕。仕宦不由天禄閣〔八〕，坐曹終日漫皇皇〔九〕。轍頃自績溪除校書郎，未至京，除右司諫，竟不入館，故以爲恨。

【箋注】

〔一〕作於元祐三年（一〇八八）九月八日後。張去華：即張績。見上詩之一注〔一〕、之二注〔七〕。

〔二〕王陽：見《贈吴子野道人》注〔一一〕。

〔三〕脱葉：暗喻己衰老之狀，如秋天之落葉。

〔四〕謂看厭了案上的卷子。蟻黑:喻細字如黑蟻之狀。

〔五〕鵝黄:鵝黄酒。

〔六〕偏:最。唐元稹《遣悲》之一:“謝公最小偏憐女,自嫁黔婁百事乖。”

〔七〕解:能。許:如此。

〔八〕天禄閣:漢宫中藏書閣名。参《次韻子瞻將之吴興贈孫莘老》注〔七〕。此指秘書省。

〔九〕坐曹:在衙門裹辦公。皇皇:惆悵貌。

蘇轍詩編年箋注卷十六

表弟程之邵奉議知泗州〔一〕

馬有千里足〔二〕,所願百里程〔三〕。馬心自爲計,安用終日行？何人志四方,欲買千金輕〔四〕？吾弟有俊才,見事心眼明。二年坐北部〔五〕,萬口①傳佳聲。談笑頑狡伏〔六〕,何曾用敲榜〔七〕？艱難得銅虎〔八〕,洗眼長淮清〔九〕。民事不足爲,但當食魚烹〔一〇〕。負重貴餘力〔一一〕,過飽多傷生〔一二〕。不見大路馬〔一三〕,垂頭畏繁纓〔一四〕。

【校記】

①口:宋文集本作“户”。

【箋注】

〔一〕作於元祐三年(一〇八八)九月。蘇軾亦有詩。程之邵(？—一一〇五):字懿叔,眉州眉山(今四川眉山市)人。以父蔭爲新繁主簿。熙寧中,入爲三司磨勘官。元豐初,除廣東轉運判官。元祐初,提舉利、梓路常平,二年,罷知祥符縣。俄知泗州,爲夔路轉運判官。除主管秦、蜀茶馬公事,知鳳翔府,徙鄭州。元符初,復爲都大管勾陝西路茶馬公事,以增羨,連加直龍圖閣、集賢殿修撰,三進秩,爲熙河路都轉運使。崇寧三年,擢顯謨閣待制。攝熙河帥事有功，方録功轉太中大夫，得疾，以崇寧四年卒，贈龍圖閣直學士。《宋史》有傳。奉議：奉議郎之簡稱。寄禄官名。北宋元豐三年九月，由太常、秘書、殿中丞、著作郎改。泗州：見《次韻子瞻題泗州監倉東軒二首》之一注〔一〕。

〔二〕千里足：指千里馬。《韓詩外傳》卷七："使驥不得伯樂，安得千里之足？"《樂府詩集・横吹曲辭五・木蘭詩》："願馳千里足，送兒還故鄉。"

〔三〕百里：借指縣令。《漢書・百官公卿表上》："縣大率方百里。"《後漢書・循吏傳・仇覽》："［王］涣謝遣曰：'枳棘非鸞鳳所棲，百里豈大賢之路。'"唐李賢注："時涣爲縣令，故自稱百里也。"程：限度。

〔四〕謂遠大的志向比千金還貴重。

〔五〕北部：《三國志・魏書・武帝紀》："年二十，舉孝廉爲郎，除洛陽北部尉。"後因以借指令尉。《南史・齊紀上》："少府蕭惠開雅有知人鑑，謂人曰：'昔魏武爲洛陽北部時，人服其英，今看蕭建康，但當過之耳。'"

〔六〕頑狡：凶頑狡詐之人。

〔七〕敲榜：木棒擊打。參《送李鈞郎中》注〔六〕。

〔八〕銅虎：銅虎符之省稱。參《送王恪郎中知襄州》注〔六〕。按，此處指官印。

〔九〕洗眼：猶拭目。唐杜甫《贈王二十四侍御契四十韻》："洗眼看輕薄，虚懷任屈伸。"長淮：指淮河。因泗州瀕淮，故云。參《次韻子瞻潁州留别二首》之二注〔一〕。

〔一〇〕"民事"二句：謂程施政簡要。《老子》第六十章："治大國若烹小鮮。"清袁枚《隨園隨筆・烹小鮮之訛》："老子言治大國若烹小鮮，言烹小魚者不事割鱗剖腹，意在簡便耳。"

〔一一〕《論語・學而》："行有餘力，則以學文。"

〔一二〕《論語・鄉黨》"不多食"，漢孔安國注："不過飽。"《抱朴子・極言》："是以養生之方：……不欲極餓而食，食不過飽。"

〔一三〕大路馬：拉載大輅的馬。大輅，古時天子所乘之車，此喻重車。此蘇轍自謂。

〔一四〕纓：套馬的革帶。駕車用。《儀禮・既夕禮》："薦馬纓，三就入門，北面交轡，圉人夾牽之。"漢鄭玄注："纓，今馬鞅也。"

附録　蘇軾《送程七表弟知泗州》

江湖不在眼,塵土坐滿顔。繫舟清洛尾,初見淮南山。淮山相媚好,曉鏡開烟鬟。持此娱使君,一笑簿領間。使君如天馬,朝燕暮荆蠻。時無王良手,空老十二閑。聊當出毫末,化服狡與頑。勿謂無人知,古佛臨濤灣。赤子視萬類,流萍閱人寰。但使可此人,餘事真茅菅。

次韻子瞻書黄庭内景卷後贈蹇道士拱辰〔一〕

君誦《黄庭》内外篇〔二〕,本欲洗心不求仙〔三〕。夜視片月墮我前〔四〕,黑氛剥盡朝日妍〔五〕。一暑一寒久自堅,體中風行上通天〔六〕。亭亭孤立孰傍緣〔七〕? 至哉道師昔云然〔八〕,既已得之戒不傳。知我此心未虧騫〔九〕,指我嬰兒藏谷淵〔一〇〕。言未絶口行已旋〔一一〕,我思其言夜不眠。

【箋注】

〔一〕作於元祐三年(一〇八八)九月。黄庭堅《次韻子瞻書黄庭經尾付蹇道士》宋史容注:"東坡《書黄庭經跋》云:'成都道士蹇拱宸翊之葆光法師將歸廬山,東坡居士蘇軾子瞻爲書《黄庭内景經》一卷,龍眠居士李公麟伯時爲畫經相贈之,元祐三年九月二十二日。'時山谷亦正在史局。山谷和篇其序云十月四日。"是知蘇轍詩當作於九月。按,蹇拱辰字翊之,善持戒行,符水多驗,嘗至高安,後居京城爲人治病,所獲不貲。

〔二〕黄庭:即《黄庭經》,道教經名。内容以歌訣形式講説道家養生之道。《雲笈七籤・三洞經教部・經二・上清黄庭内景經釋題》:"黄者中央之色也,庭者四方之中也。外指事即天中、人中、地中;内指事即腦中、心中、脾中。故曰黄庭。"

〔三〕洗心:洗滌心胸。喻除去惡念或雜念。《易・繫辭上》:"聖人以此洗心。"

〔四〕此喻煉丹之過程。《雲笈七籤・金丹部三・合丹法》:"寒之一日發視，丹砂當飛著上釜，如奔月墮星，雲繡九色。霜流煒燁。又如凝霜積雪，劍芒翠光，玄華八暢，羅光紛紜。"

〔五〕喻道行日深，滓穢日去。《雲笈七籤·秘要訣法部三·櫛髮咒》："轉燭揚光，掃穢除氛。"又《讚頌部·讚頌歌》："心理六覺暢，目棄塵滓氛。流霞耀金室，虚堂散重玄。"

〔六〕喻煉氣有成貌。《雲笈七籤·諸家氣法部一·元氣論》："但勤用功，即氣自永息，不從口鼻出入，一一自然從皮膚毛孔流散，如風雲在山澤天地，自然自在。"

〔七〕亭亭：高聳貌。北魏酈道元《水經注·沽河》："陽樂水又東南傍狼山南，山石白色特上，亭亭孤立，超出群山之表。"

〔八〕道師：得道之師。指道家的修煉成功者。

〔九〕虧騫：虧損。

〔一〇〕嬰兒：道家喻無欲求保全天性。《老子》第十章："專氣致柔，能嬰兒乎？"三國魏王弼注："言任自然之氣，致至柔之和，能若嬰兒之無所欲乎？則物全而性得矣。"谷淵：謂如山谷深淵之幽深。按，此《老子》常以淵谷爲喻。如第四章："道沖而用之或不盈，淵兮似萬物之宗。"

〔一一〕《後漢書·袁譚傳》："言未絶口，頭已斷地。"旋：改變。

附録　蘇軾《書黄庭内景經尾》并叙

余既書《黄庭内景經》，以贈葆光道師，而龍眠居士復爲作經相其前，而畫余二人像其後。筆勢雋妙，遂爲希世之寶，嗟歎不足，故復贊之。

太上虚皇出靈篇，黄庭真人舞胎仙。髯耆兩卿相後前，丱妙夾侍清且妍。十有二神服鋭堅，巍巍堂堂人中天。問我何修果此緣，是心朝空夕了然，恐非其人世莫傳。殿以二士蒼鵠騫，南隨道師歷山淵。山人迎笑喜我還，問誰遣化老龍眠。

黄庭堅《次韻子瞻書黄庭經尾付蹇道士》

琅函絳簡蘂珠篇，寸田尺宅可蕲仙。高真接手玉宸前，女丁來謁粲六妍。金鑰閉欲形完堅，萬物蕩盡正秋天。使形如是何塵緣，蘇李筆墨妙自然，萬靈拱手書已傳。傳非其人恐飛騫，當付驪龍藏九淵。蹇俟奉告請周旋，緯蕭探手我不眠。

次韻子瞻好頭赤〔一〕

沿邊壯士生食肉〔二〕，小來騎馬不騎竹〔三〕。翩然赤手挑青絲，捷下巔崖試深谷〔四〕。牽入故關榆葉赤〔五〕，未慣中原暖風日。黄金絡頭依圉人〔六〕，俯聽北風懷所歷〔七〕。

【箋注】

〔一〕作於元祐三年（一〇八八）秋。蘇軾詩題爲《戲書李伯時畫御馬好頭赤》，黄庭堅、晁補之、張耒皆次韻。宋周密《雲煙過眼録》卷一："李伯時《天馬圖跋》云：'……右一疋，元祐二年十二月廿三日於左天駟監揀中秦馬好頭赤，九歲，四尺五寸。一疋，元祐三年閏月上元日洰溪進照夜白。'"好頭赤：宋代著名畫家李伯時所畫五匹御馬之一名。此畫今藏故宫博物院。旁有黄庭堅題跋："右一匹，元祐二年十二月廿三日于左天駟監揀中秦馬好頭赤，九歲，四尺六寸。"

〔二〕謂邊地之習俗。《史記・項羽本紀》："項王曰：'賜之彘肩。'則與一生彘肩。樊噲覆其盾於地，加彘肩上，拔劍切而啗之，項王曰：'壯士。'"《太平寰宇記・嶺南道十四・峰州》："文狼城在新昌縣。《林邑記》云：'蒼梧以南有文狼人，野居無室宅，依樹止宿，漁食生肉，採香爲業，與人交市，若上皇之民。'"

〔三〕騎竹：騎竹馬。兒童游戲時用竹竿當馬。《後漢書・郭伋傳》："始至行部，到西河美稷，有童兒數百，各騎竹馬，道次迎拜。"

〔四〕"翩然"二首：唐杜甫《前出塞九首》之二："走馬脱轡頭，手中挑青絲。捷下萬仞岡，俯身試搴旗。"赤手：空手，徒手。青絲：指馬韁繩。巔崖：高崖。

〔五〕"牽入"二句：謂好頭赤不習慣關内風物。榆葉：榆樹葉。

〔六〕圉人：本《周禮》官名。掌管養馬放牧等事。此指養馬的人。《周禮・夏官・圉人》："圉人掌養馬芻牧之事。"參《雜興二首》之二注〔二〕。

〔七〕《古詩十九首·行行重行行》:"胡馬依北風,越鳥巢南枝。"

附録　蘇軾《戲書李伯時畫御馬好頭赤》

山西戰馬飢無肉,夜嚼長稭如嚼竹。蹄間三丈是徐行,不信天山有坑谷。豈如廐馬好頭赤,立仗歸來卧斜日。莫教優孟卜葬地,厚衣薪櫘入銅歷。

黄庭堅《和子瞻戲書伯時畫好頭赤》

李侯畫骨不畫肉,筆下馬生如破竹。秦駒雖入天仗圖,猶恐真龍在空谷。精神權奇汗溝赤,有頭赤烏能逐日。安得身爲漢都護,三十六城看歷歷。

晁補之《次韻蘇翰林廄馬好頭赤》

君不見崑崙龍種非凡肉,不但蹄高耳批竹。區區吴蜀有二駿,跳過斷橋飛出谷。萬蹄縱牧原野赤,汧隴收駒日復日。未須天廏驚好頭,冀北未空聊一歷。

張耒《次韻蘇内相好頭赤》

世無將軍飛食肉,宛馬不來鞭費竹。赤驇當御亦偶然,冀北此曹量計谷。慚愧蒲梢汗流赤,翻鬣胡風嘶漢日。麒麟不合地上行,誰道風雲未經歷。

送葆光蹇師遊廬山〔一〕

建成市中有狂人〔二〕,縱酒駡市無與親。敲門訪我何逡巡〔三〕,頭蓬面垢氣甚真〔四〕。截河引水登崑崙,下洗尺宅骨髓勻〔五〕。告我入室要自門〔六〕,仙翁道師豈遺君?歸來插足九陌塵〔七〕,獨游凝祥芳草春。蕭然孤鶴鳴雞群〔八〕,子欲不死存谷神〔九〕。海山微明朝日暾〔一〇〕,丹成寄子勿妄云。出入無朕窮無垠〔一一〕,相思一笑君乃信。

【箋注】

〔一〕作於元祐三年(一〇八八)十月。參《次韻子瞻書黄庭内景卷後贈蹇道士拱辰》注〔一〕。葆光:蹇之道號。《莊子·齊物論》:"注焉而不滿,酌焉而不竭,而不知其所由來,此之謂葆光。"當取義於此。

〔二〕建成:即高安。《太平寰宇記·江南西道四·筠州》:"高安縣舊二十九鄉,今十一鄉。本建城縣。雷次宗《豫章記》云:'漢高祖六年置,隸豫章。以其創建城邑,故曰建城。'"按,《漢志》作"建成",蘇轍《次韻子瞻和淵明飲酒二十首》之五:"昔在建成市,鹽酒晝夜喧。"

〔三〕逡巡:急促貌。

〔四〕頭蓬面垢:言不修邊幅,外表不整潔。北齊顔之推《顔氏家訓·風操》:"子則草履粗衣,蓬頭垢面。"

〔五〕尺宅:指顔面。參《舟中風雪五絶》之三注〔四〕。

〔六〕謂學道要循序漸進。入室:語本《論語·先進》:"由也升堂矣,未入於室也。"宋邢昺疏:"言子路之學識深淺,譬如自外入内,得其門者。入室爲深,顔淵是也;升堂次之,子路是也。"

〔七〕唐羅隱《送蘄州裴員外》:"六枝仙桂最先春,蕭灑高辭九陌塵。"參《次韻子瞻招王蘧朝請晚飲》注〔六〕。

〔八〕見《次韻道潛見寄》注〔六〕。

〔九〕《老子》第六章:"谷神不死,是謂玄牝。"三國魏河上公注:"人能養神則不死,神謂五藏之神也。"引申指導引養生之術。

〔一〇〕謂胸中如有太陽從海底升起。暾(tūn):日初出貌。參《次韻子瞻書黄庭内景卷後贈蹇道士拱辰》注〔五〕。

〔一一〕無朕:没有跡象或先兆。

附録　蘇軾《送蹇道士歸廬山》

物之有知蓋恃息,孰居無事使出入。心無天遊室不空,六鑿相攘婦争席。法師逃人入廬山,山中無人自往還。往者一空還者失,此身正在無還間。綿綿不絶微風裏,内外丹成一彈指。人間俯仰三千秋,騎鶴歸來與子遊。

同子瞻次梅聖俞舊韻題鄉舍木山〔一〕

江槎出没浮犀牛〔二〕,波濤掀天谷爲洲①。江寒水落驚霜秋〔三〕,危根瘦節鳴寒流。脆朽吹去誰鐫鎪〔四〕,連峰疊嶂立酋酋〔五〕。吾家此山不易得,十年棄置空自尤。猿號鶴唳豈無意〔六〕?委蛇怪我懷羔裘〔七〕。西歸父老拍手笑〔八〕,笑憶翁子躬薪槱〔九〕。去時三山今有五,不問故園惟一丘。

【校記】

①洲:宋文集本作"舟"。

【箋注】

〔一〕作於元祐三年(一〇八八)十月末。蘇軾《木山叙》:"吾先君子嘗蓄木山三峰,且爲之記與詩。詩人梅二丈聖俞見而賦之,今三十年矣。而猶子千乘又得五峰益奇,因次聖俞韻,使并刻之其側。"蘇軾《送千乘千能兩姪還鄉》有云:"西來四千里,敝袍不言寒。"時令當已是初冬。故繫于十月。梅聖俞:即梅堯臣。見《次韻王薦推官見寄》注〔七〕。木山:木假山。蘇洵《嘉祐集》卷十五有《木假山記》。另有佚詩《寄楊緯》亦言木假山事。參《木山引水二首》。

〔二〕江槎:江中飄浮的木頭。

〔三〕霜秋:深秋。蘇軾《送文與可出守陵州》:"而況我友似君者,素節凛凛欺霜秋。"

〔四〕鐫鎪(sōu):鏤刻。

〔五〕酋酋:高貌。唐杜牧《洛中送冀處士東遊》:"壇宇寬帖帖,符彩高酋酋。"

〔六〕猿號鶴唳:喻隱居閒處之生活。語本南朝齊孔稚圭《北山移文》:"蕙帳空兮夜鶴怨,山人去兮曉猨驚。"

〔七〕《詩·召南·羔羊》:"羔羊之皮,素絲五紽。退食自公,委蛇委蛇。"蘇轍集傳:"小曰羔,大曰羊。皮所以爲裘,大夫燕居之服素白也。……委蛇,自得之貌。"

〔八〕以下乃懸想他日回歸情景。

〔九〕薪槱(yǒu):砍柴備燒。《詩·大雅·棫樸》:"芃芃棫樸,薪之槱之。"毛傳:"槱,積也。"鄭箋:"豫斫以爲薪,至祭皇天上帝及三辰,則聚積以燎之。"唐陸德明釋文:"槱,積木燒也。"

附録　梅堯臣《蘇明允木山》

空山枯楠大蔽牛,霹靂夜落魚鳧洲。魚鳧水射千秋蠹,肌爛隨沙蕩漾流。惟存堅骨蛟龍鏤,形侔三山中雄酋。左右兩峰相挾翼,尊奉君長無慢尤。蘇夫子見之驚且喜,買於溪叟憑貂裘。因嗟大不爲梁棟,又歎殘不爲薪槱。雨侵蘚澀得石瘦,宜與夫子歸隱丘。

蘇軾《木山二首》并叙

吾先君子嘗蓄木山三峰,且爲之記與詩。詩人梅二丈聖俞,見而賦之。今三十年矣,而猶子千乘,又得五峰,益奇。因次聖俞韻,使并刻之其側。

木生不願回萬牛,願終天年仆沙洲。時來幸逢河伯秋,掀然見怪推不流。蓬婆雪嶺巧雕鏤,蟄蟲行蟻爲豪酋。阿咸大膽忽持去,河伯好事不汝尤。城中古沼浸坤軸,一林瘦竹吾菟裘。二頃良田不難買,三年榿木行可槱。會將白髮對蒼巘,魯人不厭東家丘。

次韻子瞻送千乘千能〔一〕

少年食糠覈〔二〕,吐去願一官。躬耕遇歛獲,不知以爲歡〔三〕。謂言一飛翔,要勝終屈蟠〔四〕。朝廷未遑入,江海失所安〔五〕。多憂變華髮,照影慚雙鸞〔六〕。恩①從萬里歸,獨喜大節完〔七〕。日食太倉米〔八〕,篋中有餘紈。奇窮不當爾〔九〕,自信處此難。長女聞孀居〔一〇〕,將食淚滴盤。老妻飽憂患,悲吒摧心肝〔一一〕。西飛問黄鵠,誰當救飢寒?二子憐我老,輩致心一寬。别久得會合,喜極成辛酸〔一二〕。忽聞倚門望〔一三〕,有書驚歲闌〔一四〕。深情見緩急〔一五〕,欲報非琅玕〔一六〕。勸爾勤孝友,慎毋慕衣冠〔一七〕。淵渟自成井〔一八〕,放瀉當生瀾〔一九〕。豈有白雪駒,舉足無和鑾〔二〇〕?

【校記】

①恩:宋建本作"思",形近而誤。

【箋注】

〔一〕作於元祐三年(一〇八八)十月末。參上詩解題。千乘、千能:蘇轍伯父蘇涣之孫,堂兄不欺之子。參《送千之侄西歸》注〔一〕。

〔二〕糠覈:指粗劣的食物。參《辛丑除日寄子瞻》注〔一〇〕。

〔三〕"躬耕"二句:謂没有領略到躬耕的快樂。斂獲:指收割。語本《詩·谷風·甫田》:"彼有不穫穉,此有不斂穧。彼有遺秉,此有滯穗,伊寡婦之利。"

〔四〕"謂言"二句:云人們總説作官比埋没好。謂言:即説。言,助詞。飛翔:喻出仕。屈蟠:喻伏處隱居。

〔五〕"朝廷"二句:謂自己還未入朝爲官就流落江海。

〔六〕"多憂"二句:謂自己如今因憂慮而白頭。唐劉長卿《奉餞鄭中丞罷浙西節度還京》:"千里懷去思,百憂變華髮。"雙鸞:鏡子。典出《太平御覽·羽族部·鸞》引南朝宋范泰《鸞鳥詩》序:"昔罽賓王結罝峻祁之山,獲一鸞鳥,王甚愛之,欲其鳴而不致也。乃飾以金樊,饗以珍羞。對之逾戚,三年不鳴。夫人曰:'聞鳥見其類而後鳴,何不縣鏡以映之!'王從言。鸞覩影感契,慨焉悲鳴,哀響中霄,一奮而絶。"

〔七〕謂自己不失節操。大節:指個人的品德操守。唐胡曾《河梁》:"不是子卿全大節,也應低首拜單于。"完:保全。

〔八〕太倉米:謂享受俸禄。參《送楊孟容朝奉西歸》注〔八〕。

〔九〕奇窮:困厄。

〔一〇〕蘇轍《祭亡婿文逸民文》:"我還南方,君旅成都。相望天涯,逾歲一書。我還京師,幸將見君。一病不復,發書酸辛。女有烈志,留鞠諸孤。賦詩《柏舟》,之死不渝。"孀居:寡居。參《次韻文務光秀才遊南湖》注〔一〕。

〔一一〕謂悲痛之極。晉歐陽建《臨終詩》:"上負慈母恩,痛酷摧心肝。"悲吒:悲歎;悲憤。《文選·郭璞〈遊仙詩〉之五》:"臨川哀年邁,撫心獨悲吒。"唐李善注:"吒,歎聲也。"

〔一二〕"老妻"以下八句:謂兩個侄兒用車將史氏送到京師。

〔一三〕謂父母倚門而望。參《次韻子瞻與安節夜坐三首》之三注〔二〕。

〔一四〕歲闌:歲暮。

〔一五〕謂危難之中見深情。緩急:危急,急難。緩,無義。

〔一六〕漢張衡《四愁詩》:"美人贈我琴琅玕,何以報之雙玉盤。"琅玕:似珠玉的美石。《書·禹貢》:"厥貢惟球、琳、琅玕。"孔傳:"琅玕,石而似玉。"此亦用《詩·衛風·木瓜》之意。

〔一七〕"勸爾"二句:勉勵二侄孝順父母友愛兄弟不要羨慕入仕作官的人。孝友:語出《詩·小雅·六月》:"侯誰在矣,張仲孝友。"毛傳:"善父母爲孝,善兄弟爲友。"

〔一八〕淵渟:深邃寧静。《魏書·宗欽傳》:"肅志琴書,恬心初素。潛思淵渟,秀藻雲布。"

〔一九〕放瀉:傾瀉。此與上句謂二侄當動静得體,張弛有度。

〔二〇〕"豈有"二句:寬慰二侄:有本事終有出頭之日。白雪駒:即白駒。喻賢人。語出《詩·小雅·白駒》:"皎皎白駒,食我場苗。縶之維之,以永今朝。"和鑾:代指車駕。參《駕幸親賢宅贈隨駕諸公》注〔六〕。

附録　蘇軾《送千乘千能兩姪還鄉》

治生不求富,讀書不求官。譬如飲不醉,陶然有餘歡。君看龐德公,白首終泥蟠。豈無子孫念,顧獨貽以安。鹿門上冢回,牀下拜龍鸞。躬耕竟不起,耆舊節獨完。念汝少多難,冰雪落綺紈。五子如一人,奉養真色難。烹雞獨饋母,自饗苜蓿盤。口腹恐累人,寧我食無肝。西來四千里,敝袍不言寒。秀眉似我兄,亦復心閑寬。忽然舍我去,歲晚留餘酸。我豈軒冕人,青雲意先闌。汝歸蒔松菊,環以青琅玕。檀陰三年成,可以挂我冠。清江入城郭,小圃生微瀾。相從結茅舍,曝背談金鑾。

題王詵都尉畫山水横卷三首〔一〕

其一

摩詰本詞客〔二〕，亦自名畫師〔三〕。平生出入輞川上〔四〕，鳥飛魚泳嫌人知。山光盎盎著眉睫〔五〕，水聲活活流肝脾〔六〕。行吟坐詠皆自[①]見，飄然不作世俗詞。高情不盡落縑素〔七〕，連峰絶澗開重帷。百年流落存一二，錦囊玉[②]軸酬不眥〔八〕。誰令食肉貴公子，不學父祖驅熊羆〔九〕。細氈净几讀文史〔一〇〕，落筆璀璨傳新詩〔一一〕。青山長江豈君事，一揮水墨光[③]淋漓。手中五尺小横卷，天末萬里分毫釐。謫官南出止筠潁〔一二〕，此心通達無不之。歸來纏裹任紈綺，天馬性在終難羈〔一三〕。人言摩詰是前世，欲比顧老疑不癡〔一四〕。桓公崔公不可與〔一五〕，但可與我寛衰遲〔一六〕。

【校記】

①自：宋建本、叢刊本作"目"，誤。

②玉：宋文集本作"𤣩"。叢刊本作"至"，皆誤。

③光：叢刊本作"先"，誤。

【箋注】

〔一〕作於元祐三年（一〇八八）十月末。王詵：見《王詵都尉寶繪堂詞》注〔一〕。此詩亦載《聲畫集》卷八作《題王維畫》，查慎行採入《蘇詩補注》，《蘇軾全集校注》已有辨析，以爲當是蘇轍作，可參看。

〔二〕摩詰：即王維。維字摩詰。參《王維吴道子畫》注〔一〕。

〔三〕王維《偶然作六首》之六："宿世謬詞客，前身應畫師。不能捨餘習，偶被時人知。"

〔四〕輞川：在今陝西藍田縣。王維晚年得宋之問藍田别墅，在輞口。輞水周于舍下，王與道友裴廸浮舟往來，彈琴賦詩，嘯詠終日，嘗聚其田園所爲詩，號《輞川集》。

〔五〕盎盎：洋溢貌；充盈貌。蘇軾《新釀桂酒》："擣香篩辣入瓶盆，盎盎春溪帶雨渾。"

〔六〕活活(guō guō)：水流聲。《詩·衛風·碩人》："河水洋洋，北流活活。"

〔七〕落：猶言留。縑(jiān)素：細絹，可用於作畫。

〔八〕極言王維畫作之受重視。被人用玉軸裝裱，用錦製成的袋子珍藏。蘇軾《次韻米黻二王書跋尾》之二："錦囊玉軸來無趾，粲然奪真疑聖智。"不訾(zī)：無法計算，形容十分貴重。

〔九〕謂王不繼承祖宗學武。王爲北宋開國名將王全斌之六世孫，祖王凱亦爲名將，後尚英宗女蜀國公主。熊羆：喻武勇之將士。《書·牧誓》："尚桓桓，如虎如貔，如熊如羆。"

〔一〇〕細氈：精美的毛氈，用於鋪在地上跪坐。

〔一一〕唐李白《江上吟》："興酣落筆摇五岳，詩成笑傲淩滄洲。"宋歐陽脩《戲劉原甫》之一："平生志業有誰先，落筆文章海内傳。"璀璨：光彩絢麗。

〔一二〕筠潁：筠州、潁州。《續資治通鑑長編·神宗元豐二年》："[十二月]絳州團練使、駙馬都尉王詵追兩官勒停、著作佐郎簽書應天府判官蘇轍監筠州鹽酒税務。"又《七年》："[二月]責授昭化軍節度行軍司馬均州安置王詵爲諸衛將軍、潁州安置。"筠州，宋屬江西路，治高安(今江西高安市)。參《筠州二詠》注〔一〕。潁州，宋屬京西北路。治汝陰(今安徽阜陽市)。參《次韻子瞻潁州留别二首》注〔一〕。

〔一三〕"歸來"二句：謂不管升沉否泰，王之自由瀟灑的性格不變。紈綺：本指精美的絲織品。晉潘岳《秋興賦》："珥蟬冕而襲紈綺之士，此焉遊處。"此以代指高官厚禄。蓋王又復官。《續資治通鑑長編·哲宗元祐元年》："[九月]駙馬都尉右監衛將軍王詵復登州刺史、駙馬都尉。"天馬：駿馬的美稱。參《和張安道讀杜集》注〔八〕。此句從唐殷文圭《送道者朝見後歸山》"天馬難將朱索絆，海鼇寧覺碧濤寬"化出。

〔一四〕顧老：指東晉著名畫家顧愷之。見《王詵都尉寶繪堂詞》注〔二四〕。

〔一五〕桓公：指東晉桓玄。又唐張彦遠《歷代名畫記》卷五："劉義慶《世説》云:桓大司馬每請長康與羊欣論書畫,竟夕忘疲。”參《問蔡肇求李公麟畫觀音德雲》注〔二〕。《聲畫集》卷八引此詩後自注曰:“桓玄嘗竊長康畫。崔圓嘗使摩詰畫壁。”崔公:即崔圓(七〇五—七六八),字有裕,貝州武城(今邢臺清河縣)人。早年歷任執戟、會昌縣丞、司勳員外郎、蜀郡長史。安史之亂時以迎接玄宗之功拜相。乾元元年罷相,改任太子少師,並充任東都留守。晚年授爲檢校尚書右僕射,後又改檢校左僕射,主持尚書省事務。新舊《唐書》有傳。唐張彦遠《歷代名畫記》卷五:“唐安禄山之陷兩京也,王維、鄭虔、張通皆處賊庭。洎克復之後,朝廷未決其罪,俱囚於楊國忠之舊第。崔圓相國素好畫,因召於私第,令畫數壁。當時皆以圓勳貴莫二,望其救解,故運思精深,頗極能事,後皆從寬典。至於貶竄,必獲善地。”

〔一六〕衰遲:衰年遲暮。

其二

憐君將帥雖有種〔一〕,多君智慧初無師〔二〕。篇章俊發已可駭〔三〕,丹青妙絶當誰知〔四〕?自言五色苦亂目〔五〕,況乃旨酒長傷脾〔六〕。手狂但可時弄筆,口病未免多微詞〔七〕。歌鐘一散任池館〔八〕,幅巾静坐空書帷〔九〕。偶從禪老得真趣〔一〇〕,此身不足非財訾〔一一〕。世間翻覆岸爲谷〔一二〕,猛獸相食虎與羆。逝將得意比春夢〔一三〕,獨取妙語傳清詩〔一四〕。眼看宫釀瀉酥酪〔一五〕,未與村酒分醇醨①〔一六〕。解鞍駿馬空伏櫪〔一七〕,寄書黄狗閑生鼇〔一八〕。江山平日偶有得,不自圖寫渾忘之。臨窗展卷聊自適〔一九〕,盤礴豈復冠裳羈〔二〇〕?欲乘漁艇發吾興〔二一〕,願入野寺嗟兒癡〔二二〕。行纏布襪雖已具〔二三〕,山中父老應嫌遲。

【校記】

①醨:原本、宋建本作“漓”,據宋文集本改。

【箋注】

〔一〕謂王是將門後代。參《王詵都尉寶繪堂詞》注〔五〕,上詩注〔九〕。

〔二〕謂繪畫無師自通。多:讚賞。唐獨孤及《送游員外赴淮西》:"多君有奇略,投筆佐元戎。"

〔三〕俊發:猶英發。南朝梁劉勰《文心雕龍·體性》:"是以賈生俊發,故文潔而體清。"

〔四〕丹青:丹砂和青雘,可作顔料。因指繪畫。

〔五〕《老子》第十二章:"五色令人目盲,五音令人耳聾。"

〔六〕旨酒:美酒。《詩·小雅·鹿鳴》:"我有旨酒,以燕樂嘉賓之心。"

〔七〕口病:口舌之病。謂道人長短。微詞:隱晦之批評。

〔八〕謂王被貶謫事。唐白居易《宿靈巖寺上院》:"葷血屏除唯對酒,歌鐘放散秖留琴。"歌鐘:歌樂聲。

〔九〕幅巾:見《次韻孫户曹朴柳湖》注〔四〕。

〔一〇〕禪老:佛道。老,老子。

〔一一〕《史記·司馬相如列傳》:"有一男兩女,所不足者非財也。"財訾:財産。

〔一二〕謂世事多變。《詩·小雅·十月之交》:"高岸爲谷,深谷爲陵。"

〔一三〕春夢:美夢。喻易逝無常之事。蘇軾《正月二十日與潘郭二生出郊尋春忽記去年是日同至女王城作詩乃和前韻》:"人似秋鴻來有信,事如春夢了無痕。"

〔一四〕唐杜甫《解悶》之六:"復憶襄陽孟浩然,清詩句句盡堪傳。"

〔一五〕酥酪:猶言"醍醐"。參《飲酒過量肺疾復作》注〔一一〕。

〔一六〕醇醨(lí):美酒和薄酒。

〔一七〕伏櫪:趴在馬槽上。參《次韻筠守毛維瞻司封觀修城三首》之二注〔二〕。

〔一八〕黄狗:指黄耳。爲西晉陸機所飼名犬。《晉書·陸機傳》:"初機有駿犬,名曰黄耳,甚愛之。既而羈寓京師,久無家問,笑語犬曰:'我家絶無書信,汝能齎書取消息不?'犬摇尾作聲。機乃爲書以竹筩盛之而繫其頸,犬尋路南走,遂至其家,得報還洛。"

〔一九〕自適:悠然閒適而自得其樂。《莊子·駢拇》:"夫適人之適,而不自適其適,雖盜跖與伯夷,是同爲淫僻也。"

〔二〇〕謂王繪畫得自然之趣。《莊子·田子方》:“宋元君將畫圖,衆史皆至,受揖而立;舐筆和墨,在外者半。有一史後至者,儃儃然不趨,受揖不立。因之舍。公使人視之,則解衣般礴臝。君曰:‘可矣,是真畫者也。’”清王先謙集解引司馬彪曰:“般礴,謂箕坐也。”

〔二一〕用山陰訪戴事。參《趙少師自南都訪歐陽少師於潁州留西湖久之作詩獻歐陽公》注〔一三〕。

〔二二〕謂欲入寺出家可惜兒女還小。癡:天真。唐元稹《六年春遣懷八首》之四:“婢僕曬君餘服用,嬌癡稚女繞床行。”

〔二三〕蘇軾《寄吴德仁兼簡陳季常》:“我遊蘭溪訪清泉,已辦布襪青行纏。”行纏:裹足布,綁腿布。遠行者用。

其三

我昔得罪遷南夷〔一〕,性命頃刻存篙師〔二〕。風吹波蕩到官舍,號呼誰復相聞知?小園畜蟻防橘蠹,橘性甘,多蠹。南人畜蟻於園中,蟻緣木食蠹。雖鄰家柯葉相接而蟻不相過,亦一異耳。空庭養蜂收蜜脾〔三〕。讀書一生空自笑,賣鹽竟日那復詞〔四〕。城中清溪可濯漱〔五〕,城上連峰堪幕帷。十千薄俸聊足用,魚多米賤憂無訾〔六〕。東坡居士最岑寂〔七〕,岌然深叢見狐羆〔八〕。坐隅止鵩偶成賦〔九〕,盤中食蟆時作詩〔一〇〕。憐君富貴可炙手〔一一〕,一時出走羞啜醨〔一二〕。澤傍憔悴凡幾歲〔一三〕,胸中芥蔕無一釐〔一四〕。江山别來今久矣,不獨能言能畫之。同朝執手不容久,笑我野馬初①受羈〔一五〕。袖中短卷墨猶濕,傍人笑指吾儕癡。方求農圃救貧病,它年未用譏樊遲〔一六〕。

【校記】

①初:原作“方”,據宋文集本、宋建本改。

【箋注】

〔一〕指元豐二年(一〇七九),貶監筠州鹽酒税事。參《放閘二首》《佛池口遇風雨》等詩。

〔二〕篙師：撑船的熟手。唐杜甫《水會渡》："篙師暗理楫，歌笑輕波瀾。"

〔三〕蜜脾：蜜蜂營造的釀蜜的房。其形如脾。參《和子瞻蜜酒歌》注〔六〕。

〔四〕蘇轍《東軒記》："然鹽酒税舊以三吏共事，余至，其二人者適皆罷去，事委於一。晝則坐市區鬻鹽、沽酒、税豚魚，與市人争尋尺以自效。"

〔五〕濯漱：謂濯纓漱流。參《衢州趙閲道少師濯纓亭》。又《世説新語·排調》："孫子荆年少時欲隱，語王武子，當枕石漱流，誤曰漱石枕流。王曰：'流可枕，石可漱乎？'孫曰：'所以枕流，欲洗其耳；所以漱石，欲礪其齒。'"

〔六〕謂無憂無慮。訾：希求；思慮。《禮記·少儀》："不疑在躬，不度民械，不願於大家，不訾重器。"漢鄭玄注："訾，思也。"參《和王適新葺小室》注〔五〕、《高郵贈别杜介供奉》注〔二〕。

〔七〕東坡居士：指蘇軾。時謫授黄州團練副使。岑寂：寂寞，孤獨。

〔八〕唐韓愈《寄崔二十六立之》："傲兀坐試席，深叢見狐羆。"岌然：高聳貌。

〔九〕參《次子瞻夜字韻作中秋對月二篇一以贈王郎二以寄子瞻》注〔一二〕及《久不作詩呈王適》注〔五〕。

〔一〇〕蘇軾在黄州當有吃蛤蟆之事。今不見於文獻，俟考。

〔一一〕炙手：喻權勢之盛。杜甫《麗人行》："炙手可熱勢絶倫，慎莫近前丞相嗔。"

〔一二〕謂王貶謫不習慣過貧賤生活。出走：指王貶謫。啜醨（lí）：喝薄酒。參《和子瞻監試舉人》注〔一八〕。

〔一三〕謂貶謫期間生活艱辛。語本《楚辭·屈原〈漁父〉》："屈原既放，遊於江潭，行吟澤畔，顔色憔悴，形容枯槁。"

〔一四〕語本漢司馬相如《子虚賦》："呑若雲夢者八九，於其胸中，曾不蔕芥。"

〔一五〕蘇軾《清遠舟中寄耘老》："山腰自懸蒼玉佩，野馬不受黄金羈。"

〔一六〕"方求"二句：謂自己準備歸隱躬耕。樊遲：孔子弟子，名須。嘗問稼問圃于孔子，爲孔子所斥譏。見《論語·子路》："樊遲請學稼。子曰：'吾不如老農。'請學爲圃。曰：'吾不如老圃。'樊遲出。子曰：'小人哉，樊遲也！上好禮,則民莫敢不敬;上好義,則民莫敢不服;上好信,則民莫敢不用情。夫如是,則四方之民襁負其子而至矣,焉用稼?'"

附録　蘇軾《書王定國所藏烟江疊嶂圖王晉卿畫》

江上愁心千疊山,浮空積翠如雲烟。山耶雲耶遠莫知,烟空雲散山依然。但見兩崖蒼蒼暗絶谷,中有百道飛來泉。縈林絡石隱復見,下赴谷口爲奔川。川平山開林麓斷,小橋野店依山前。行人稍度喬木外,漁舟一葉江吞天。使君何從得此本,點綴毫末分清妍。不知人間何處有此境,徑欲往買二頃田。君不見武昌樊口幽絶處,東坡先生留五年。春風摇江天漠漠,暮雲卷雨山娟娟。丹楓翻鴉伴水宿,長松落雪驚醉眠。桃花流水在人世,武陵豈必皆神仙。江上清空我塵土,雖有去路尋無緣。還君此畫三歎息,山中故人應有招我歸來篇。

又《王晉卿作烟江疊嶂圖僕賦詩十四韻晉卿和之語特奇麗因復次韻不獨紀其詩畫之美亦爲道其出處契闊之故而終之以不忘在莒之戒亦朋友忠愛之義也》

山中舉頭望日邊,長安不見空雲烟。歸來長安望山上,時移事改應潸然。管絃去盡賓客散,惟有馬埒編金泉。渥洼故自千里足,要飽風雪輕山川。屈居華屋啗棗脯,十年俯仰龍旂前。却因病瘦出奇骨,鹽車之厄寧非天。風流文采磨不盡,水墨自與詩争妍。畫山何必山中人,田歌自古非知田。鄭虔三絶君有二,筆勢挽回三百年。欲將巖谷亂窈窕,眉峰修嫮誇連娟。人間何有春一夢,此身將老蠶三眠。山中幽絶不可久,要作平地家居仙。能令水石長在眼,非君好我當誰緣。願君終不忘在莒,樂時更賦《囚山篇》。柳子厚有《囚山賦》。

王詵《奉和子瞻内翰見贈長韻》

帝子相從玉斗邊,洞簫忽斷散非烟。平生未省山水窟,一朝身到心茫然。長安日遠那復見,掘地寧知能及泉。幾年漂泊漢江上,東流不舍悲長川。山重水遠景無盡,翠幙金屏開目前。晴雲漠漠曉籠岫,碧嶂溶溶春接天。四時爲我供畫本,巧自增損嫫與妍。心匠構盡遠江意,筆鋒耕出西山田。蒼顔華髮何所遣,聊將戲墨忘餘年。將軍色山自金碧,蕭郎翠竹夸嬋娟。風流千載無虎頭,於今妙絶推龍眠。豈圖俗筆挂高咏,從此得名似謫仙。愛詩好畫本天性,輞川先生疑夙緣。會當别寫一匹烟霞境,更應消得玉堂醉筆揮長篇。

又《子瞻再和前篇非惟格韻高絶而語意鄭重相與甚厚因復用韻答謝之元祐己巳正月》

憶從南澗北山邊,慣見嶺雲和野烟。山深路僻空弔影,夢驚松竹風蕭然。杖藜芒屩謝塵境,已甘老去棲林泉。春籃采朮問康伯,夜竈養丹陪稚川。漁樵每笑坐争席,鷗鷺無機馴我前。一朝忽作長安夢,此生猶欲更問天。歸來未央拜天子,枯荄敢自期春妍。造物潛移真幻影,感時未用驚桑田。醉來却畫山中景,水墨想像追當年。玉堂故人相與厚,意使嫫母齊聯娟。豈知憂患耗心力,讀書懶去但欲眠。屠龍學就本無用,只堪投老依金仙。更得新詩寫珠玉,勸我不作區中緣。佩服忠言非論報,短章重次《木瓜篇》。

次韻子瞻十一月旦日鎖院賜酒及燭〔一〕

銅鐶玉鎖閉空堂〔二〕,腕脱初驚筆札忙〔三〕。紅燭遥憐風雪暗,黄封微瀉桂椒香〔四〕。光明坐覺幽陰破〔五〕,温暖深知覆育長〔六〕。明日白麻傳好語〔七〕,曼聲微繞殿中央〔八〕。

【箋注】

〔一〕作於元祐三年(一〇八八)十一月一日。是日軾直玉堂,詔賜宫燭法酒,軾作詩,轍次韻。鎖院:鎖閉學士院門,以保守機密。《宋史·職官志》:“凡拜宰相及事重者,晚漏上,天子御内東門小殿,宣召面諭,給筆札書所得旨。稟奏歸院,内侍鎖院門,禁止出入。夜漏盡,具詞進入;遲明,白麻出,閤門使引授中書,中書授舍人宣讀。”

〔二〕謂鎖閉在翰林院。銅環:銅製的門環。蘇軾《武昌西山》:“江邊曉夢忽驚斷,銅環玉鎖鳴春雷。"玉鎖:喻鎖之精美。

〔三〕腕脱:極言起草文稿之多使手腕脱臼。參《得告家居次韻貢父見寄》注〔六〕。

〔四〕黄封:官釀之酒。參《送王廷老朝散知虢州》注〔一〇〕。桂椒:指酒是用肉桂和山椒泡制的。《楚辭·屈原〈九歌·東皇太一〉》:"蕙肴蒸兮蘭藉,奠桂酒兮椒漿。"

〔五〕謂燭光明亮。幽陰:陰暗。坐:頓時。

〔六〕謂皇帝恩厚而感到温暖。《左傳·宣公十二年》:"申公巫臣曰:'師人多寒。'王巡三軍,拊而勉之,三軍之士皆如挾纊。"晉杜預注:"纊,綿也。言説以忘寒。"

〔七〕白麻:唐制,由翰林學士起草的凡赦書、德音、立后、建儲、大誅討及拜免將相等詔書都用白麻紙。因以指重要的詔書。唐白居易《杜陵叟》:"白麻紙上書德音,京畿盡放今年税。"宋葉夢得《石林燕語》卷三:"學士制不自中書出,故獨用白麻紙而已。"

〔八〕曼聲:長聲。此指中書舍人宣讀詔書的聲音。宋陸游《老學庵筆記》卷十:"蘇子容詩云:'起草才多封卷速,把麻人衆引聲長。'蘇子由詩云:'明日白麻傳好語,曼聲微繞殿中央。'蓋昔時宣制,皆曼延其聲,如歌詠之狀。張天覺自小鳳拜右揆,有旨下閤門,令平讀,遂爲故事。"

附録　蘇軾《卧病逾月請郡不許復直玉堂十一月一日鎖院是日苦寒詔賜官燭法酒書呈同院》

微霰疎疎點玉堂,詞頭夜下攬衣忙。分光御燭星辰爛,拜賜宫壺雨露香。醉眼有花書字大,老人無睡漏聲長。何時卻逐桑榆暖,社酒寒燈樂未央。

送周思道朝議歸守漢州三絶〔一〕

其一

早緣民事失茶官〔二〕,解印重來十二年〔三〕。美惡一周還自復〔四〕,

始知東里解言天〔五〕。

【箋注】

〔一〕作於元祐三年（一〇八八）冬。蘇軾、范祖禹皆有詩。蘇軾詩有"胡爲犯雨雪，歲晚行未已"語，知當作於歲末。周思道：名表臣，字思道。益州新繁（今四川成都市新都區）人。慶曆六年進士。熙寧元年，嘗通判利州，時有上神宗《論灾異不必肆赦》。熙寧末知漢州（今四川廣漢市），爲李稷誣奏罷去。元祐三年，再知漢州。朝議：朝議大夫之省稱。漢州：秦屬蜀郡，漢屬廣漢郡，後漢因之而兼置益州，晉置新都郡，宋、齊爲廣漢郡，隋併入蜀郡，唐垂拱二年分雒縣置漢州，或爲德陽郡，屬劍南道。領縣五。宋乾德二年以金堂屬懷安軍。屬成都路。治廣漢（今四川廣漢市）。參《文獻通考・輿地考七・漢州》。

〔二〕今其事已不可考。據下句，則其事當在宋神宗熙寧九年（一〇七六）。

〔三〕解印：免官或辭官。唐王維《濟上四賢詠》："解印歸田里，賢哉此丈夫。"

〔四〕一周：指周星即歲星。歲星十二年在天空迴圈一周。唐白居易《與劉蘇州書》："歲月易得，行復周星。"按，此即指十二年。

〔五〕《左傳・昭公十三年》："戊寅，風甚。壬午，大甚。宋、衛、陳、鄭皆火。梓慎登大庭氏之庫以望之曰：'宋、衛、陳、鄭也。'數日，皆來告火。裨竈曰：'不用吾言，鄭又將火。'鄭人請用之。子産不可。子大叔曰：'寶以保民也，若有火，國幾亡，可以救亡，子何愛焉？'子産曰：'天道遠，人道邇，非所及也，何以知之？竈焉知天道？是亦多言矣。豈不或信。'遂不與，亦不復火。"東里：古地名。春秋鄭國大夫子産所居地。舊址在今河南新鄭縣城内。《論語・憲問》："東里子産潤色之。"三國魏何晏集解："子産居東里。"按，此以東里代子産，言天道難知。參《利路提刑亡伯郎中挽詞二首》之二注〔二〕。

其二

梓漢東西甲乙州〔一〕，同時父子兩諸侯〔二〕。正孺時出守梓州。它年我作西歸計，兄弟還能得此不〔三〕？

【箋注】

〔一〕東西：梓州（治今四川三臺縣）位於蜀之東部、漢州（治今四川廣漢市)位於蜀之西部。甲乙:猶言數一數二。四川古稱天府,故云。

〔二〕父子:指思道及其侄正孺。見蘇軾《送周朝議守漢州》自注。正孺時知梓州。見《送周正孺自考功郎中歸守梓潼兼簡吕元鈞三絶》。

〔三〕兄弟:指兄軾與自己。

其三

酒壓郫筒憶舊酤〔一〕,花傳丘老出新圖〔二〕。漢州官酒,蜀中推第一。趙昌畫花〔三〕,模倣丘文播,亦西川①所無也。此行真勝成都尹,直爲房公百頃湖〔四〕。

【校記】

①川:宋大字本、宋建本、叢刊本作"州",形近而誤。

【箋注】

〔一〕酒壓:即壓酒。參《次韻子瞻新城道中》注〔六〕。郫筒:酒名。相傳晉山濤爲郫令,用竹筒釀酒,兼旬方開,香聞百步,俗稱"郫筒酒"。唐杜甫《將赴成都草堂途中有作先寄嚴鄭公》之一:"魚知丙穴由來美,酒憶郫筒不用沽。"清仇兆鼇注:"《成都記》:成都府西五十里,因水標名曰郫縣,以竹筒盛美酒,號爲郫筒。《華陽風俗録》:郫縣有郫筒池,池旁有大竹,郫人刳其節,傾春釀於筒,苞以藕絲,蔽以蕉葉,信宿香達於竹外,然後斷之以獻,俗號郫筒酒。"酤:此指酒。

〔二〕丘老:丘文播。五代後蜀漢州(今四川廣漢市)人,後改名潛,工畫山水人物,佛像神仙。見《益州名畫録》卷中。

〔三〕趙昌:見《王詵都尉寶繪堂詞》注〔二一〕。

〔四〕即房湖。爲唐代房绾上元二年貶任漢州刺史時所鑿。房琯(六九七—七六三),字次律。唐洛陽人。少好學,風度沉整,隱居陸渾山中十年。召爲盧氏令。玄宗幸蜀,拜吏部尚書、同平章事。奉册靈武,見肅宗,辭吐不凡,帝爲改容。參預機事,請自將平賊。用古車戰法,大敗於陳陶斜。還走行在請罪,帝宥之。後罷爲太子少師,終刑部尚書。新舊《唐書》有傳。

附録　蘇軾《送周朝議守漢州》

茶爲西南病,岷俗記二李。謂杞與稷也。何人折其鋒,矯矯六君子。謂思道與姪正儒、張永徽、吴醇翁、吕元鈞、宋文輔也。君家尤出力，流落初坐此。謂當收桑榆，華髮看劍履。胡爲犯雨雪，歲晚行未已。念歸誠得計，顧自爲謀耳。吾聞江漢間，瘡痏有未起。莫輕龔遂老，君王付尺箠。召還當有詔，挽袖謝鄰里。猶堪作水衡，供張園林美。

范祖禹《送周思道再知漢州三首》

其一

千山行盡見平川，雞犬相聞俗晏然。父老共知仁聖意，十年重借使君賢。

其二

使君昔日撫疲羸，曾奏囊封有直詞。一卧家山今白首，重來猶擁舊旌旗。

其三

兩川相望各繁華，二牧蕃宣出一家。衣繡聊爲鄉社寵，行看召節向天涯。

雪中訪王定國感舊〔一〕

昔游都城歲方除〔二〕，飛雪紛紛落花絮〔三〕。徑走城東求故人，馬蹄旋没無尋處〔四〕。翰林詞人呼巨源〔五〕，笑談通夜倒清樽。住在城西不能返，醉卧吉祥朝日暾〔六〕。相逢卻説十年事，往事皆非隔生死〔七〕。惟有飛霙似昔時〔八〕，許君一醉那須起。蘭亭俯仰迹已陳〔九〕，黄公酒壚愁殺人〔一〇〕。君知聚散翻覆手〔一一〕，莫作吴楚乘朱輪〔一二〕。

【箋注】

〔一〕作於元祐三年（一〇八八）十二月七日。蘇軾詩題有“興龍節侍宴前一日”語，興龍節，十二月八日，爲哲宗生日。故知作於十二月七日。王定國：即王鞏。見《次韻王鞏廷評招飲》注〔一〕。

〔二〕元豐元年(一〇七八)正月,蘇轍有《次韻張恕懷王鞏》一詩,自注:“去歲此日大雪,僕醉定國東齋。”去歲,即熙寧九年十年之交,與本詩“相逢卻説十年事”亦合,當即指此事。

〔三〕落花絮:喻飛雪飄舞之狀。《世説新語·言語》:“謝太傅寒雪日内集,與兒女講論文義。俄而雪驟,公欣然曰:‘白雪紛紛何所似?’兄子胡兒曰:‘撒鹽空中差可擬。’兄女曰:‘未若柳絮因風起。’公大笑樂。”

〔四〕唐岑參《白雪歌送武判官歸京》:“山迴路轉不見君,雪上空留馬行處。”此反其意而用之。

〔五〕巨源:指孫洙。見《孫巨源》注〔一〕。

〔六〕吉祥:佛教語。結跏趺坐。唐慧琳《一切經音義》卷八:“一曰吉祥,二曰降魔……其吉祥坐,先以左趾押右股,後以右趾押左股,令二足掌仰於二股之上,手亦右押左,仰安跏趺之上,名爲吉祥坐。”

〔七〕元豐二年(一〇七九),蘇轍貶監筠州鹽酒税。王鞏坐與蘇軾交通,受謗訕文字不繳,貶監賓州鹽酒税(今廣西賓陽),一子死貶所,一子死于家,己亦病幾死(見蘇軾《王定國詩集叙》)。

〔八〕飛霙:飛舞的雪花。

〔九〕蘭亭:在今浙江紹興。晉穆帝永和九年(三五三)三月初三,王羲之等四十一人,因禊事集于蘭亭。王羲之撰有《蘭亭詩序》,語有云:“夫人之相與,俯仰一世,或取諸懷抱,悟言一室之内;或因寄所託,放浪形骸之外;雖趣舍萬殊,静躁不同,當其欣於所遇,暫得於己,怏然自得,曾不知老之將至。及其所之既倦,情隨事遷,感慨係之矣。向之所欣,俛仰之間,以爲陳迹。”

〔一〇〕《世説新語·傷逝》:“王濬沖爲尚書令,著公服,乘軺車,經黄公酒壚下過。顧謂後車客:‘吾昔與嵇叔夜、阮嗣宗共酣飲於此壚。竹林之遊,亦預其末。自嵇生夭,阮公亡以來,便爲時所羈紲。今日視此雖近,邈若山河。’”

〔一一〕謂仕途禍福變幻莫測。翻覆手:語本唐杜甫《貧交行》:“翻手作雲覆手雨,紛紛輕薄何須數。”

〔一二〕謂没想到至吴楚爲官。莫:晚年。朱輪:見《雜興》之二注〔一〕。按,王鞏時通判揚州,爲吴楚故地。

附録　蘇軾《興龍節侍宴前一日微雪與子由同訪王定國小飲清虚堂定國出數詩皆佳而五言尤奇子由又言昔與孫巨源同過定國感念存没悲歎久之夜歸稍醒各賦一篇明日朝中以示定國也》

天風淅淅飛玉沙,詔恩歸沐休早衙。遥知清虚堂裏雪,正似薝蔔林中花。出門自笑無所詣,呼酒持勸惟君家。踏冰凌兢戰疲馬,扣門剥啄驚寒鴉。羨君五字入詩律,欲與六出争天葩。頭風已倩檄手愈,背癢恰得仙爪爬。銀瓶瀉油浮蟻酒,紫盌鋪粟盤龍茶。幅巾起作鸜鵒舞,疊鼓誰摻漁陽撾。九衢燈火雜夢寐,十年聚散空咨嗟。明朝握手殿門外,共看銀闕暾朝霞。

次韻王定國見贈〔一〕

枯木無枝不記年,寒灰誰遣强吹然〔二〕? 南遷不折知非安〔三〕,未老求閑愈覺賢。屢出詩章新管籥〔四〕,偶開畫卷小山川〔五〕。簿書填委慚君甚〔六〕,撥去歸來粗了眠。

【箋注】

〔一〕作於元祐三年(一〇八八)十二月八日後。上首附録蘇軾詩題云"明日朝中以示定國",則王定國詩當作於八日後。

〔二〕指王鞏元祐元年(一〇八六),由司馬光舉薦,重新被起用,任宗正丞事。《史記·韓長孺列傳》:"蒙獄吏田甲辱安國,安國曰:'死灰獨不復然乎?'"

〔三〕指元豐二年(一〇七九),王鞏貶監賓州鹽酒税事。不折:不屈服。

〔四〕管籥:本指笙簫,此指樂曲。

〔五〕王鞏善畫。此"小山川"謂山水田園類的畫作。宋張邦基《墨莊漫録》卷八:"予在京師時,嘗偶得大年所作横卷《歸田園》,竹籬茅舍,煙林蔽虧,遥岑遠水,咫尺千里,葭蕪鷗鷺,宛若江鄉。蓋大年得意畫也。表舅唐端仲題詩云:'聞君新得小山川,畫手從來部雍賢。不學農夫焉用稼,若爲王子豈知田。我真壟上躬耕客,親見人間小隱天。始識何年京樣熟,菊籬寧似景龍邊。'菊籬景門下景也。"

〔六〕蘇軾《次韻李邦直感舊》:"騶騎傳呼出跨坊,簿書填委入充堂。"填委:紛集,堆積。

附録　蘇軾《次韻王定國會飲清虚堂》

何遜揚州又幾年,官梅詩興故依然。何人可復間季孟,與子不妨中聖賢。卜築君方淮上郡,歸心我已劍南川。此身正似蠶將老,更盡春光一再眠。

王子難龍圖挽詞〔一〕

帝子乘鸞已列仙〔二〕,遺芳留得衆孫賢。俊科早與寒儒競〔三〕,禁從終償白髮年〔四〕。輦路聯鑣驚往事〔五〕,圃田回首泣新阡〔六〕。舊聞推歷知天命〔七〕,看熟黄粱定洒然〔八〕。

【箋注】

〔一〕作於元祐四年(一〇八九)正月二十二日。《續資治通鑑長編·哲宗元祐四年》:"[正月]龍圖閣直學士、大中大夫知鄭州王克臣卒。"按,王子難(一〇一四—一〇八九):名克臣,字子難。其先遼西人,後徙家洛陽,宋初重臣王審琦曾孫,景祐進士。元祐四年,以龍圖閣直學士、大中大夫卒,年七十六。《宋史》有傳。龍圖:龍圖閣直學士之簡稱。始置于宋景德四年(一〇〇七),從三品,班在樞密直學士之下,自天章至顯文閣直學士之上,形同階官,爲朝臣補外加恩之官。

〔二〕用周靈王太子晉事。道士浮丘公接太子晉至嵩山修煉三十餘年,七月七日乘白鶴回别家人,成仙而去。見《列仙傳》卷上。按,此恭維王之先祖早歸仙班。

〔三〕俊科：指王第景祐進士事。

〔四〕禁從：出入宫禁隨從。指晚年爲龍圖閣直學士事。

〔五〕輦路：見《再和》之二注〔六〕。聯鑣：猶聯轡，並馬而行。按，王曾爲尚書省工部侍郎，蘇轍爲中書省中書舍人，故云。

〔六〕圃田：古澤藪名。故地在今河南中牟縣西。當是王墓所在地。新阡：新築的坟塚。參《韓康公挽詩三首》之三注〔五〕。

〔七〕推歷：推算時曆。天命：上天賜與的壽命。

〔八〕謂明白榮華富貴不過是黄粱一夢便灑脱了。參《白雲莊偶題》注〔七〕。洒然：洒脱貌。

附録　蘇軾《王鄭州挽詞克臣》

羨君華髮起琳宫，右輔初還鼓角雄。千里農桑歌子産，一時冠蓋慕蕭嵩。那知聚散舂糧外，便有悲歡過隙中。京兆同僚幾人在，猶思對案筆生風。予爲開封府幕，與子難同廳。

吕司空挽詞三首〔一〕

其一

少年輕富貴，一意在詩書〔二〕。共恨經綸晚〔三〕，纔收老病餘〔四〕。寡言知德勝〔五〕，善應本中虚〔六〕。卒相承平業，謳歌元祐初〔七〕。

【箋注】

〔一〕作於元祐四年（一〇八九）二月三日。《續資治通鑑長編·哲宗元祐四年》："［二月］甲辰，司空同平章軍國事吕公著卒。輟視朝三日，乘輿臨奠，成服苑中，敕有司治葬，贈太師，申國公，謚正獻。公著自少講學，以治心養性爲本，識慮深敏，量閎而學粹，苟便於國，不以私利害動其心。與人至誠，不事表暴。其好士樂善，出於天性，士大夫有以人物爲意者，必問其所知，與其所聞相參覈，以待上求。"《龍川略志》卷七："予自爲户部而論之，至於中司，章凡十餘年上。中間晦叔爲司空，病愈，予間見之，不復言河事。晦叔自言曰：'河事終當與諸公講之，尚可上也。'未幾公病不起，竟莫之救。"吕司空：即吕公著（一〇一八—一〇八九），字晦叔，夷簡子，壽州（治今安徽淮南壽縣）人。登進士第，召試館職，不就。通判潁州，與郡守歐陽脩爲講學友。判吏部南曹，除同文院檢討、同判太常寺，改天章閣待制兼侍讀。英宗親政，加龍圖閣直學士，出知蔡州。神宗立，召爲翰林學士、知通進銀臺司。熙寧初，知開封府。二年爲御史中丞。以與王安石意見不合，出知潁州、河陽。召還提舉中太一宫，遷翰林學士承旨，改端明殿學士，知審刑院，同知樞密院事。元豐五年乞去位，除資政殿學士、定州安撫使。徙揚州。哲宗即位，還朝爲侍讀，拜尚書左丞、門下侍郎。元祐元年拜尚書左僕射兼中書侍郎。三年拜司空、同平章軍國事。四年卒，年七十二。《宋史》有傳。司空：周爲六卿之一，即冬官大司空，掌管工程。宋代爲文階名。

〔二〕一意：全心全意。《宋史·吕公著傳》："幼嗜學，至忘寢食。"

〔三〕遺憾吕大用太晚。《宋史·吕公著傳》："元祐元年，拜尚書右僕射兼中書侍郎。"經綸：見《送吕希道少卿知滁州》注〔八〕。

〔四〕唐盧綸《夜中得循州趙司馬侍郎書因寄回使》："地説炎蒸極，人稱老病餘。"

〔五〕《易·繫辭下》："吉人之辭寡，躁人之辭多。"

〔六〕善應：善于應對。《老子》第七十三章："天之道不争而善勝，不言而善應。"

〔七〕元祐：宋哲宗年號。《宋史·吕公著傳》："與司馬光同心輔正，推本先帝之志，凡欲革而未暇與革而未定者。一一舉行之，民讙呼鼓舞，咸以爲便。"

其二

將相家聲近〔一〕，勳名晚歲隆〔二〕。給扶安舊德〔三〕，賜府壓群公〔四〕。不見彌縫迹〔五〕，空推翼戴功〔六〕。山公舊多可〔七〕，寒士泣清風〔八〕。

【箋注】

〔一〕吕公著爲宋仁宗時名相吕夷簡之子。

〔二〕《宋史·吕公著傳》:"[元祐]三年四月,懇辭位。拜司空、同平章軍國事。宋興以來,宰相以三公平章重事者四人,而公著與父居其二,士豔其榮。"

〔三〕給扶:給予扶侍之人。古時君主賜給大臣的一種禮遇。清袁枚《隨園隨筆·給扶俠侍之分》:"常見岑文本畫古帝王像,一帝之側,必有二人擁侍而立者,亦復冕而貂蟬,但止三旒,非若天子之九旒,不解其制。朱萬同曰:'此魏、晉、六朝所謂給扶是也,宋猶行之,故《陳康伯傳》許肩輿至殿門,仍給扶。'"舊德:德高望重之老臣。

〔四〕《宋史·吕公著傳》:"詔建第於東府之南,啓北扉以便執政會議。凡三省樞密院之職,皆得總理。間日一朝,因至都堂,其出不以時,蓋異禮也。"

〔五〕謂吕能將政事完美于無形。彌縫:縫合;補救。唐元稹《楊汝士授右補闕制》:"朕聞袞職有闕,仲山甫補之。蓋所以節置天子之嗜欲,而彌縫其不及也。"

〔六〕謂可惜時間太短。翼戴:輔佐,擁戴。此指輔佐宋哲宗。《宋史·吕公著傳》:"將立太子。帝謂輔臣當以吕公著、司馬光爲師傅。"

〔七〕山公:即山濤(二〇五—二八三)。字巨源,晉河内懷縣(今河南武陟縣西南)人。好《老》《莊》,善飲酒,爲"竹林七賢"之一。年四十仕爲郡主簿,歷魏郎中、尚書吏部郎等。入晉,累遷冀州刺史、吏部尚書、太子少傅、右僕射、司徒等職。兩居選職達十餘年,所薦拔均稱職。以老疾辭官。《晉書》有傳。嵇康稱其"傍通,多可而少怪"。見《與山巨源絶交書》。

〔八〕《宋史·吕公著傳》:"[司馬]光薨,獨當國除吏,皆一時之選。"

其三

罷郡來清潁〔一〕,微官憶宛丘〔二〕。頽垣那可住,隱几若將休〔三〕。復起民欣願〔四〕,全歸天不留〔五〕。世間反覆手〔六〕,有德竟無憂〔七〕。公罷潁州①,退居於陳。轍爲陳學官,時請見焉。

【校記】

①潁州:原本、宋文集本作"潁川",據蜀藩刻本改。

【箋注】

〔一〕《宋史·吕公著傳》:"帝使舉吕惠卿爲御史,公著曰:'惠卿固有才,然姦邪,不可用。'帝以語安石,安石益怒,誣以惡語,出知潁州。"

〔二〕回憶在宛丘時與吕的交往。宛丘:治在今河南淮陽縣。參《次韻柳子玉謫官壽春舟過宛丘見寄二首》注〔一〕。

〔三〕隱几:憑靠在几案。休:罷休。參《楊惠之塑維摩像》注〔八〕。

〔四〕《宋史·吕公著傳》:"[熙寧]八年,彗星見。詔求直言,公著上疏……起知河陽。召還提舉中太一宫,遷翰林學士承旨,改端明殿學士,知審官院。"

〔五〕全歸:謂保身而得善名以終。參《柳子玉郎中挽詞二首》之二注〔四〕。唐杜牧《過魏文貞公宅》:"可憐貞觀太平後,天且不留封德彝。"

〔六〕謂吕敢於向皇上表達不同意見。反覆手:可以重復再三而不退避的大臣。語本《孟子·萬章下》:"君有大過則諫,反覆之而不聽,則易位。"

〔七〕《論語·憲問》:"子曰:'君子道者三,我無能焉。仁者不憂,知者不惑,勇者不懼。'"

次韻李豸秀才來别子瞻仍謝惠馬〔一〕

小牀卧客笑元龍〔二〕,彈鋏無輿下舍中〔三〕。五馬不辭分後乘〔四〕,輕裘初許弊諸公〔五〕。隨人射虎氣終在〔六〕,徒步白頭心頗同〔七〕。遥想據鞍横槊處〔八〕,新詩一一建安風〔九〕。

【箋注】

〔一〕作於元祐四年(一〇八九)四月十五日後。《晚香堂蘇帖》:"元祐元年,吾初入玉堂,蒙恩賜玉鼻騂。今年出守杭州,復沾此賜。東南例乘肩輿,得一馬足矣。而方叔未有馬,故以贈之。又恐方叔别獲嘉馬,不免賣此,故爲出公據,四年四月十五日,軾書。"李豸:即李廌(一〇五九——一一〇九),字方叔,號濟南，又號太華逸民，華州（治今陝西渭南市華州區）人。少以學問稱鄉里，謁蘇軾于黄州，贄文求知，軾激賞之，謂其爲"萬人敵"。又閉門讀書數年，再見軾，軾閲其所著，歎爲"張耒、秦觀之流"。鄉舉試禮部，軾典貢舉，遺之，賦詩以自責。中年絶進取意。大觀三年卒，年五十一。著文數千篇，由其子衮輯爲《濟南集》。見陳恬《李方叔遺稿序》、李之儀《月巖集序》。《宋史》有傳。

〔二〕謂被陳登所恥笑。参《次韻子瞻見寄》注〔一八〕。

〔三〕彈鋏（jiá）：彈劍。参《次韻王適食茅栗》注〔八〕。無輿、下舍：馮所歌有"出無車""無以爲家"之語。

〔四〕五馬：指作郡守。参《送吕希道少卿知滁州》注〔三〕。後乘：從臣的車馬。

〔五〕《論語·公冶長》："顔淵季路侍。子曰：'盍各言爾志？'子路曰：'願車馬衣輕裘，與朋友共，敝之而無憾。'"

〔六〕謂李氣概豪邁。射虎：見《書廬山劉顗宫苑屋壁三絶》之二注〔二〕。

〔七〕唐杜甫《徒步歸行》："青袍朝士最困者，白頭拾遺徒步歸。"徒步：指布衣之身。《戰國策·齊策四》："今夫士之高者乃稱匹夫徒步而處農畝，下則鄙野監門閭里，士之賤也亦甚矣。"

〔八〕横槊：横持長矛。指從軍或習武。此喻能文能武的豪邁瀟灑風度。唐元稹《唐故工部員外郎杜君墓系銘》："建安之後，天下文士遭罹兵戰，曹氏父子鞍馬間爲文，往往横槊賦詩，故其抑揚怨哀悲離之作，尤極於古。"蘇軾《後赤壁賦》："舳艫千里，旌旗蔽空，釃酒臨江，横槊賦詩，固一世之雄也。"

〔九〕建安：東漢獻帝時年號（一九六—二二〇）。彼時詩歌以詩風豪邁遒上著稱。

安厚卿樞密母夫人挽詞二首〔一〕

其一

家起側微中〔二〕，身兼富貴終〔三〕。慈仁本宜壽〔四〕，勤約自成風〔五〕。大府寧居久〔六〕，名邦賜沐雄〔七〕。共傳生子福，仍指讀

書功〔八〕

【箋注】

〔一〕作於元祐四年(一〇八九)七月初七日。《續資治通鑑長編·元祐四年》:"[秋七月]明堂禮儀使、知樞密院事安燾奏:'近爲母患病,乞罷明堂禮儀使及知樞密院事,除一在京宫觀差遣。'詔特給假,候母疾稍安日供職,其禮儀使司公事,令就家行遣。"又"甲戌……右諫議大夫范祖禹言:'臣伏聞安燾以母病在假,孫固以老疾求退。聞燾母病已危惙,固年踰七十,必是筋力漸難支持。'"《宋史·宰輔表第三》:"七月乙亥,安燾自知樞密院事丁母憂。"安厚卿:即安燾。見《送林子中安厚卿二學士奉使高麗二首》之一注〔一〕。

〔二〕側微:卑賤。《書·舜典》:"虞舜側微。"唐孔穎達疏:"此云側微,即《堯典》側陋也。不在朝廷謂之側,其人貧賤謂之微。"

〔三〕安燾嘗任户部尚書、知樞密院。

〔四〕慈仁:慈善仁愛。《莊子·天下》:"薰然慈仁,謂之君子。"

〔五〕勤約:勤儉,節約。

〔六〕大府:公府。此指安知樞密院事。《續資治通鑑長編·神宗元豐六年》:"[秋七月]太中大夫、試户部尚書安燾同知樞密院。"又《元祐四年》:"[秋七月]是日,知樞密院事安燾以母喪去位。"

〔七〕賜沐:給予休假。

〔八〕《宋史·安燾傳》:"幼警悟,年十一從學里中,羞與群兒伍。聞有老先生聚徒,往師之。先生曰:'汝方爲誦數之學,未可從吾游,當群試省題,一詩中選乃置汝。'燾無難色,詩成出諸生上,由是知名。"

其二

早歲參戎幕〔一〕,開門對粉牆〔二〕。初聞寡兄弟〔三〕,共羨好姑章〔四〕。一别飛騰速〔五〕,全歸福禄長。遺芳在子舍〔六〕,它日望巖廊〔七〕。

【箋注】

〔一〕《宋史》本傳:"登第,調蔡州觀察推官,至太常丞,主管大名府路機宜文字。"

〔二〕謂周遭都是富貴人家。粉牆:塗成白色的牆壁。

〔三〕寡兄弟:謂兄弟少。

〔四〕姑章:公婆。

〔五〕飛騰:猶言飛黄騰達。參《送唐觀》注〔六〕。

〔六〕芳:芳草,喻出衆之子弟。參《故濮陽太守贈光禄大夫王君正路挽詞二首》之一注〔三〕。

〔七〕巖廊:朝廷。這裏指在朝任高位。

范蜀公挽詞三首〔一〕

其一

能言人盡爾〔二〕,有立世終稀〔三〕。憂國常先衆,謀身亦勇歸〔四〕。見奇初或笑,要極未應非〔五〕。僅似西山老,終身止食薇〔六〕。

【箋注】

〔一〕作於元祐四年(一〇八九)八月二十二日。范蜀公:即范鎮。見《次韻范景仁侍郎移竹》注〔一〕。蘇軾《范景仁墓誌銘》:"以元祐四年八月己未,葬于汝之襄城縣汝安鄉推賢里。"

〔二〕感慨范之去世再没有敢于直言者了。意即老成凋謝之意。

〔三〕謂范之品節高尚。此暗用《孟子·萬章下》:"故聞伯夷之風者,頑夫廉,懦夫有立志。"

〔四〕"憂國"二句:謂范于國事有擔當,仁宗時,范請早立太子,章十九上,待命百餘日,鬚髮爲之白。哲宗立,韓維上書言范昔日擁立事,哲宗拜端明殿學士,將以爲門下侍郎。鎮辭曰:"六十三而求去,蓋以引年;七十九而復來,豈云中禮?"再三强之,卒不起,以銀青光禄大夫再致仕。

〔五〕"見奇"二句:謂范鎮行爲不類常人,但大節最終爲人欽佩。《宋史·范鎮傳》:"舉進士,禮部奏名第一。故事:殿廷唱第,過三人則首,禮部選者必越次抗聲自陳，率得寘上列。吴育、歐陽脩號稱耿介，亦從衆。鎮獨不然，同列屢趣之，不爲動。至第七十九人，乃從呼出應。退就列，無一言，廷中皆異之。自是舊風遂革。"又"鎮清白坦夷，遇人必以誠。恭儉慎默，口不言人過。臨大節，决大議色和而語壯，常欲繼之以死，雖在萬乘前，無所屈。"

〔六〕"僅似"二句：謂范鎮生活節儉差不多如伯夷叔齊。僅：幾乎；差不多。西山：周時伯夷、叔齊隱居之地，故以代稱二人。參《次韻子瞻渼陂魚》注〔八〕。

其二

賦傳長嘯久〔一〕，書奏鎛鐘新〔二〕。共嘆文章手〔三〕，終爲禮樂人〔四〕。遺風滿臺閣〔五〕，好語落簪紳〔六〕。欲取褒雄比，終非骨鯁臣〔七〕。

【箋注】

〔一〕《宋史·范鎮傳》："少時賦《長嘯》，卻胡騎。"

〔二〕鎛鐘：古樂器名。小鐘和大鐘。單獨懸掛，與編鐘不同。參注〔四〕。

〔三〕《宋史·范鎮傳》："范鎮字景仁，成都華陽人。薛奎守蜀，一見愛之。館於府舍，俾與子弟講學。鎮益自謙退，每步行趨府門，踰年，人不知其爲帥客也。及還朝，載以俱。有問奎入蜀何所得，曰：'得一偉人，當以文學名世。'宋庠兄弟見其文，自謂弗及，與爲布衣交。……其學本六經，口不道佛老申韓之説。契丹高麗皆傳誦其文。"

〔四〕《宋史·范鎮傳》："鎮於樂尤注意，自謂得古法，獨主房庶以律生尺之説。司馬光謂不然，往復論難，凡數萬言。初，仁宗命李照改定大樂，下王朴樂三律。皇祐中，又詔胡瑗等考正。神宗時，詔鎮與劉几定之。"

〔五〕謂范的風度在朝廷留下了典範。臺閣：此指中央政府部門。

〔六〕謂范在縉紳士大夫間留下了好的口碑。簪紳：猶縉紳。指士大夫。

〔七〕"欲取"二句：謂范鎮文才可比王褒、揚雄，但王、揚之品節則不如范。王褒，字子淵。西漢蜀人，宣帝時益州刺史王襄薦褒有逸才，應詔作《聖主得賢臣頌》稱旨，待詔左右，所幸宫館，則爲歌詠，議者以爲淫靡。頃之擢諫議大夫。

方士言益州有金馬碧雞之神，遣褒往祀，道卒。《漢書》有傳。揚雄，見《答文與可以六言詩相示因道濟南事作十首》之六注〔一〕。按，王褒、揚雄與范同爲蜀人，且皆工辭賦，故取以相較。骨鯁：喻剛直。《史記·吴太伯世家》："方今吴外困於楚，而内空無骨鯁之臣，是無奈我何。"

其三

劍外東來日，城西卻住年〔一〕。高齋留寓宿〔二〕，旅食正蕭然〔三〕。語愜聞投石〔四〕，詩新看涌泉〔五〕。清樽寄苦淚，一灑葉墳前〔六〕。

【箋注】

〔一〕"劍外"二句：追憶自己一直受到范的關照。劍外：劍閣以南的地區。此指蜀地。蘇轍弟兄嘉祐二年應試，得范之獎拔。熙寧九年（一〇七六）蘇轍兄弟回京師曾寓居范東園。參蘇軾《謝范舍人書》、蘇轍《祭范蜀公文》。

〔二〕高齋：高雅的書齋。常用作對他人屋舍的敬稱。參《寄范丈景仁》。

〔三〕旅食：客居；寄食。蕭然：孤寂貌。

〔四〕投石：謂如以石投水，莫逆于心。晉李康《運命論》："張良受黄石之符，誦三略之説，以遊於群雄，其言也，如以水投石，莫之受也。及其遭漢祖也，其言也如以石投水，莫之逆也。"

〔五〕涌泉：喻如泉水滔滔不絶。《易林·同人》："涌泉滑滑，流行不絶。"唐徐夤《送劉常侍》："言端信義如明月，筆下篇章似涌泉。"

〔六〕葉（shè）墳：言范葬於葉縣。蘇軾《范景仁墓誌銘》："以元祐四年八月己未，葬于汝之襄城縣汝安鄉推賢里。"按，襄城舊治在葉縣。

附録　韓維《范蜀公挽辭二首》

其一

正學躋經席，孤忠入諫垣。論儲十九疏，議樂數千言。勇去高門地，歸乘下澤轅。華顛不及用，遺恨滿丘樊。

其二

白圭絶玷成高節，古井無波見静心。朝廟肯隨時俯仰，閭閻寧與俗浮沉。新聲未及乘儀鳳,麗賦空餘擲地金。曾是南園預遊客,春風淚洒百花林。

范百嘉百歲昆仲挽詞二首〔一〕

其一

少年何敏鋭,才氣伏諸生〔二〕。展卷五行下〔三〕,揮毫萬字傾〔四〕。百年殊未艾〔五〕,一病竟無成。誰謂從夫子〔六〕,同開鬱鬱城〔七〕?

【箋注】

〔一〕作於元祐四年(一〇八九)八月二十二日。范百嘉、百歲皆范鎮子,早范鎮卒。"誰謂從夫子,同開鬱鬱城?"知二子附葬。本詩第一首挽范百嘉,第二首挽范百歲。

〔二〕謂才氣使諸生折服。

〔三〕謂范百嘉聰穎、記憶力驚人。五行下:猶言五行俱下,一目五行。《三國志·魏書·應瑒傳》南朝宋裴松之注引晉華嶠《漢書》:"瑒祖奉,字世叔,才敏,善諷誦,故世稱'應世叔讀書,五行俱下'。"

〔四〕猶言下筆萬言,喻文思之敏捷。揮毫:運筆。謂書寫或繪畫。此指作詩文。

〔五〕未艾:未到五十歲。艾,《荀子·致士》:"耆艾而信,可以爲師。"唐楊倞注:"五十曰艾,六十曰耆。"

〔六〕誰謂:誰會想到。夫子:指其父范鎮。

〔七〕鬱鬱:幽暗貌。此指墓地。唐柳宗元《亡妻弘農楊氏志》:"佳城鬱鬱,閉白日兮。"

其二

季子尤高爽〔一〕,顔家早哭回〔二〕。白頭生便爾〔三〕,黄壤遽相催〔四〕。舊草誰收拾〔五〕,新松剩插栽〔六〕。悲傷①有伯氏〔七〕,諸子尚嬰孩。

【校記】

①悲傷:宋文集本作“傷悲”。

【箋注】

〔一〕季子:指范百歲。因排行在末,故云。

〔二〕回:指孔子弟子顔回。早卒。

〔三〕謂范百歲小時便白髮。白頭:白髮。

〔四〕黄壤:猶言黄泉,指人死後埋葬的地方。《三國志·吴書·孫晧傳》“以濟元元”南朝宋裴松之注引晉虞溥《江表傳》:“天匪亡吴,孤所招也。瞑目黄壤,當復何顔見四帝乎!”

〔五〕舊草:生前留下的文稿。

〔六〕新松:指墓地前栽種的松柏。

〔七〕謂自己同時也悲惋百歲兄長百嘉。伯氏:哥哥。

題李公麟山莊圖二十首并叙〔一〕

伯時作《龍眠山莊圖》,由建德館至垂雲沜,著録者十六處。自西而東凡數里,巖崿隱見,泉源相屬,山行者路窮於此。道南溪山,深清秀峙,可游者有四,曰:勝金巖、寶華巖、陳彭漈、鵲源。以其不可緒見也,故特著於後。子瞻既爲之記,又屬轍賦小詩。凡二十章,以繼摩詰輞川之作云〔二〕。

建德館〔三〕

龍眠渌净①中〔四〕,微吟作雲雨。幽人建德居〔五〕,知是清風主〔六〕。

【校記】

①渌净:宋文集本作“净渌”。

【箋注】

〔一〕作於元祐四年(一〇八九)八月。李公麟:見《子瞻與李公麟宣德共畫翠石古木老僧謂之憩寂圖題其後》注〔一〕。《宋史·李公麟傳》:"元符三年,病痺,遂致仕。既歸老,肆意于龍眠山巖壑間,雅善畫,自作《山莊圖》,爲世寶。"此畫現藏於中國臺北故宫博物院。可參看。

〔二〕輞川:見《題王詵都尉畫山水横卷三首》之一注〔四〕。

〔三〕建德館:《江南通志》卷三十五《廬州府》:"同食館在府南城上。唐元和中,刺史路應求建。《左傳》云:楚人出師,自廬以往賑廩同食。因以爲名。後又改名建德館。"按,李爲舒州人(今安徽舒城縣),本詩所及《龍眠山莊圖》,皆爲舒州景物。

〔四〕龍眠:山名。宋祝穆《方輿勝覽·廬州》:"龍眠山。在舒城縣西南八十里,如卧龍狀。李公麟因取此山自號。"

〔五〕幽人:指幽居之士。蘇軾《定惠院寓居月夜偶出》:"幽人無事不出門,偶逐東風轉良夜。"

〔六〕宋黄庶《和白雲菴七首·清風軒》:"去朝昏宴坐向齋中,此身便是清風主。"

墨禪堂〔一〕

此心初無住,每與物皆禪〔二〕。如何一丸墨〔三〕,舒卷化山川。

【箋注】

〔一〕墨禪堂:疑爲李之畫室名,取以墨爲禪之意。

〔二〕"此心"二句:謂一切隨緣,故能物我如一。無住:佛教語。實相之異名。謂法無自性,無所住著,隨緣而起。佛教稱"無住"爲萬有之本。《六祖大師法寶壇經》卷一:"於諸法上,念念不住,即無縛也。此是以無住爲本。"

〔三〕丸:圓形物的量詞。此謂墨丸。元陶宗儀《南村輟耕録》卷二十九:"上古無墨,竹挺點漆而書。中古方以石磨汁,或云是延安石液。至魏晉時,始有墨丸,乃漆煙、松煤夾和爲之。所以晉人多用凹心硯者,欲磨墨貯瀋耳。自後有螺子墨,亦墨丸之遺制。"

華嚴堂〔一〕

佛口如瀾翻〔二〕,初無一正定〔三〕。晝作正定看,於何是佛性〔四〕?

【箋注】

〔一〕華嚴:佛教語。參《四禪寺》注〔六〕。

〔二〕瀾翻:本指水勢翻騰貌。比喻言辭滔滔不絶。唐韓愈《記夢》:"絜携陬維口瀾翻,百二十刻須臾間。"蘇軾《戲用晁補之韻》:"知君忍飢空誦詩,口頰瀾翻如布穀。"

〔三〕正定:佛教語。梵語"三昧"之意譯。謂屏除雜念,心不散亂,專注一境。爲八正道之一。《大乘義章》卷十三:"心住一緣,離於散動,故名爲定。言三昧者,是外國語。此名正定,定如前釋;離於邪亂,故説爲正。"

〔四〕佛性:佛教語。即佛陀之本性。爲如來藏之異名。據《北本涅槃經》卷七載,一切衆生悉有佛性,凡夫以煩惱覆而無顯,若斷煩惱即顯佛性。

雲薌閣〔一〕

清溪便種稻〔二〕,秋晚連雲熟〔三〕。不待見新舂,西風薌自足。

【箋注】

〔一〕薌:(xiāng):指穀類的香氣。按,古人祭祀有稻粱之類,此閣當是地勢高處的祭神之室。

〔二〕便:適宜。

〔三〕宋王安石《木末》:"繅成白雪桑重緑,割盡黄雲稻正青。"

發真塢〔一〕

山開稍有路,水放亦成川。遊人得所息,真意方澹然〔二〕。

【箋注】

〔一〕發真:佛教語。即發起自己本有之真性。《首楞嚴經》卷九:"汝等一人發真歸元,此十方空皆悉銷殞。"塢:村落。

〔二〕真意:自然的意趣。晉陶潛《飲酒》:"此中有真意,欲辨已忘言。"

薌茅館〔一〕

山居少華麗,牽茅結浄屋。此間不受塵,幽人亦新沐。

【箋注】

〔一〕草茅結成的館舍。薌：指紫蘇之類的香草。《禮記·内則》："薌，無蓼。"鄭玄注："薌，蘇荏之屬。"

瓔珞巖〔一〕

泉流逢石缺，脈散成寶網〔二〕。水作瓔珞看，山是如來想〔三〕。

【箋注】

〔一〕瓔珞：纓絡。用珠玉穿成的裝飾物。多爲佛像之頸飾。按，據詩意指山泉奔湧激起的水花如瓔珞。

〔二〕寶網：喻泉水遇石激起的水珠如網狀。

〔三〕如來：見《楊惠之塑維摩像》注〔二〕。

棲雲室〔一〕

石室空無主，浮雲自去來。人間春雨足，歸意帶風雷。

【箋注】

〔一〕棲雲：多指得道者或隱者居處。唐白居易《山中戲問韋侍御》："我抱棲雲志，君懷濟世才。"

秘全庵〔一〕

世道自破碎，全理未常違。溪山亦何有？永覺平日非。

【箋注】

〔一〕秘全：道家語。道家所謂全人即神人。《莊子·庚桑楚》："聖人工乎天而拙乎人，夫工乎天而俍乎人者，唯全人能之。"唐成玄英疏："全人，神人也。夫巧合天然，善能晦跡，澤及萬世而日用不知者，其神人之謂乎！"所謂秘全，即隱秘而求全，從而達到至高的境界。

延華洞〔一〕

共恨春不長，逡巡就摇落〔二〕。一見洞中天，真知世間惡。

【箋注】

〔一〕延華:猶言延生。華,年華。此亦用道家意,蓋道家追求長生。

〔二〕逡巡:頃刻。極言時間之短暫。摇落:凋殘,零落。《楚辭·宋玉〈九辯〉》:"悲哉秋之爲氣也!蕭瑟兮草木摇落而變衰。"

澄元谷〔一〕

石門日不下,潭鏡月長臨。細細溪風渡,相看識此心。

【箋注】

〔一〕澄元:澄净本元。即道家所謂的道。春秋晋程本《子華子·大道》:"元,無所不在也。人能守元,元則守之;人不守元,元則舍之。"

雨花巖〔一〕

巖花不可攀,翔蕊久未墮〔二〕。忽下幽人前,知子觀空坐〔三〕。

【箋注】

〔一〕雨花:佛教故事。佛祖説法,諸天降衆花,滿空而下。唐杜甫《謁文公上方》:"吾師雨花外,不下十年餘。"清仇兆鼇注:"《續高僧傳》:法雲講《法華經》,忽感天花,狀如飛雪,滿空而下,延於堂内,升空不墜。又勝光寺道宗講《大論》,天雨衆花,旋繞講堂,飛流户内。"

〔二〕翔蕊:回翔的落蕊。

〔三〕空:佛教語。謂萬物從因緣生,没有固定,虚幻不實。《維摩詰所説經》卷二:"色即是空,非色滅空,色性自空。"

泠泠谷〔一〕

層崖落飛泉,微風泛喬木。坐遣谷中人〔二〕,家家有琴筑〔三〕。

【箋注】

〔一〕泠泠:形容聲音清越。晋陸機《招隱詩》之二:"山溜何泠泠,飛泉漱鳴玉。"

〔二〕坐遣：致使；讓。

〔三〕琴筑：泛稱樂器。

玉龍峽

白龍晝飲潭〔一〕，修尾挂石壁。幽人欲下看，雨雹晴相射〔二〕。

【箋注】

〔一〕飲潭：下飲潭水。按，此當是山石如玉龍飲潭狀。

〔二〕雨雹：指濺起的水珠。

觀音巖〔一〕

倚崖開翠屏①，臨潭置苔石。有所獨無人，君心得未得？

【校記】

①屏：宋文集本作"壁"。

【箋注】

〔一〕觀音：即觀世音。佛教菩薩名。慈悲的化身，救苦救難之神。

垂雲泮〔一〕

未見垂雲泮，其如歸興何！路窮雙足熱，爲我洗磐陀〔二〕。

【箋注】

〔一〕《莊子·逍遥游》："鵬之背，不知其幾千里也，怒而飛，其翼若垂天之雲。"垂雲泮即命意于此。當是崖岸如翼狀。泮(pàn)：水邊，崖岸。

〔二〕磐陀：山石不平貌。畫中垂雲泮下有大石。

勝金巖〔一〕

置馬步巖間，巖前得平地。肴蔬取行簏〔二〕，粗飽有遺味①〔三〕。

【校記】

①遺味：宋建本、蜀藩刻本、叢刊本作"餘味"。似"餘味"義長。

【箋注】

〔一〕取意於隱居閒適清苦的生活勝過金玉滿堂。

〔二〕行篚:隨行携帶的竹編的用于盛物的容器。按,此取山林遺味勝過錦衣玉食意。

〔三〕粗飽:大致吃飽。《論語・學而》:"子曰:君子食無求飽,居無求安。"遺味:餘味。

寶華巖〔一〕

團團寶華巖〔二〕,重重蔭珍木。歸來得商鼎,試鬻溪邊緑〔三〕。

【箋注】

〔一〕寶華:珍貴的花。多指佛教中的花。

〔二〕團團:圓貌。可參《山莊圖》,其巖呈半圓形。

〔三〕"歸來"二句:謂覓得商代的鼎(的話),就采摘野菜烹煮。其畫中有童子炊煮之事。鬻(zhōu):通"煮"。

陳彭漈〔一〕

蒼壁立精鐵〔二〕,縣泉瀉天紳〔三〕。山行見已久,指與未來人。

【箋注】

〔一〕此地得名待考。或是陳摶、彭祖而來。陳摶,字圖南,宋真源(今河南鹿邑境)人。後唐末舉進士不第,遂隱于武當山九室巖。服氣辟穀。移居華山。每寢處,百餘日不起。周世宗召爲諫議大夫,不赴。太平興國中來朝,太宗甚重之,賜號希夷先生。摶好讀《易》,自號扶摇子,端拱中自知死期而卒。彭祖,古仙人。見《彭祖廟》注〔一〕。漈(jì):明楊慎《詩話補遺》卷一:"漈,閩中水名。鄭樵號夾漈可證。"

〔二〕宋鮮于侁《遊靈巖》:"嵌巖見石柱,任重立精鐵。"

〔三〕縣:後來寫作"懸"。天紳:自天垂下之帶。多形容瀑布。唐韓愈《送惠師》:"是時雨初霽,懸瀑垂天紳。"

鵲源

溪深龜魚驕，石瘦椿楠勁。借子木蘭船〔一〕，寬我芒鞋病。四詩皆記伯時所畫。

【箋注】

〔一〕木蘭船：見《次韻子瞻望湖樓上五絶》之一注〔二〕。

歐陽文忠公夫人挽詞二首〔一〕

其一

先生才蓋世，家事少經心〔二〕。流落初相偶〔三〕，委蛇志益深〔四〕。功名入圖史，文字刻璆琳〔五〕。有助知由内，《騶虞》欲重吟〔六〕。

【箋注】

〔一〕作於元祐四年（一〇八九）八月二十一日。蘇轍《歐陽文忠公夫人薛氏墓誌銘》："享年七十有三，元祐四年八月戊午終于京師。"歐陽文忠公夫人：即歐陽脩夫人薛氏。資政殿學士、尚書户部侍郎薛奎之第四女，絳州正平（今山西新絳縣）人。

〔二〕蘇轍《歐陽文忠公夫人薛氏墓誌銘》："夫人，簡肅公之第四女，母曰金城夫人，亦賢婦人也。夫人高明清正而敏於事，有父母之風，反歸于歐陽氏，治其家事。文忠所以得盡力于朝而不恤其私者，夫人之力也，而世莫知之。"

〔三〕指歐陽脩貶官事。蘇轍《歐陽文忠公夫人薛氏墓誌銘》："初，簡肅見文忠公，願以夫人歸焉。未幾而薨。及文忠公貶夷陵令，金城以簡肅之志，嫁夫人於許州，不數日，從公南遷。"

〔四〕委蛇：見《和子瞻東陽水樂亭歌》注〔六〕。

〔五〕璆琳：美玉。《爾雅・釋地》："西北之美者，有崐崙虚之璆琳、琅玕焉。"晉郭璞注："璆琳，美玉名。"按，此美稱墓碑。

〔六〕騶虞：《詩・召南》篇名。鄭玄《周南召南譜》："是故二國之詩，以后妃夫人之德爲首,終以《麟趾》、《騶虞》。言后妃夫人有斯德,興助其君子,皆可以成功,至於獲嘉瑞。"

其二

好禮忘耆老〔一〕,持家歷盛衰〔二〕。謹嚴終致一,貧富各從宜。晚歲仍聞道,臨終竟不疑〔三〕。外人傳一二,猶得載銘詩。

【箋注】

〔一〕謂忘記了自己也是老年。

〔二〕蘇轍《歐陽文忠公夫人薛氏墓誌銘》:"從文忠超艱難,歷侍從,登二府。既薨,盛衰之變備矣。而其出入豐約,皆有常度,以韓國治家之法,戒其諸婦;以文忠行己大節,厲其諸子,而不責以富貴。平居造次必以禮,辭氣容止雖温而莊,未嘗疾言厲色,而整衣冠、正顔色,雖寒暑疾病,不改其度。"

〔三〕蘇轍《歐陽文忠公夫人薛氏墓誌銘》:"將終,疾革,言語如平日。見諸子號泣,曰:'吾年至此,死其常也。此爾等憂,豈復預吾事邪?'其天性安於禮法,恬於禍福如此。"

將使契丹九日對酒懷子瞻兄并示坐中〔一〕

黄華已向初旬見〔二〕,白酒相携九日嘗〔三〕。萸①少一枝心自覺〔四〕,舂同斗粟味終長〔五〕。蘭生庭下香時起〔六〕,玉在②人前坐亦涼〔七〕。千里使胡須百日〔八〕,暫將中子治書囊〔九〕。

【校記】

①萸:叢刊本作"更",形近而誤。

②在:宋文集本作"作",誤。

【箋注】

〔一〕作於元祐四年(一〇八九)九月九日。契丹:古民族名。源於東胡。居今遼河上游西拉木倫河一帶,以遊牧爲生。北魏時,自號契丹。唐末,迭剌部首領阿保機統一各部族，稱帝建遼國。此指遼政權。

〔二〕黄華：即黄花，指菊花。參《和青州教授頓起九日見寄》注〔三〕。

〔三〕白酒：指美酒。此謂菊花酒。參《戲呈試官》注〔二〕。

〔四〕唐王維《九月九日憶山東兄弟》："遥知兄弟登高處，徧插茱萸少一人。"

〔五〕《史記·淮南衡山列傳》載，漢文帝劉恒之弟淮南厲王劉長謀反失敗，押往蜀郡嚴道縣，于路絶食而死。民間作歌云："一尺布，尚可縫；一斗粟，尚可舂；兄弟二人不能相容。"此以"斗粟"指兄弟之情。

〔六〕謂子弟不錯。參《故濮陽太守贈光禄大夫王君正路挽詞二首》之一注〔三〕。

〔七〕《世説新語·容止》："驃騎王武子是衛玠之舅，儁爽有風姿。見玠輒歎曰：'珠玉在側，覺我形穢。'"

〔八〕謂出使遼國往返需百日之久。

〔九〕將：帶上。中子：當指次子蘇适。

題王詵都尉設色山卷後〔一〕

還君横卷空長嘆〔二〕，問我何年便退休？欲借巖阿著茅屋〔三〕，還當溪口泊漁舟。經心蜀道雲生足〔四〕，上馬胡天雪滿裘〔五〕。萬里還朝徑歸去，江湖浩蕩一輕鷗〔六〕。

【箋注】

〔一〕作於元祐四年（一〇八九）九月末。詩云"上馬胡天雪滿裘"，知即將赴遼。王詵：見《王詵都尉寶繪堂詞》注〔一〕。

〔二〕唐李白《古詩》之四十："懷恩未得報，感别空長歎。"

〔三〕巖阿：山的曲折處。《文選·潘岳〈河陽縣作〉之二》："川氣冒山嶺，驚湍激巖阿。"唐吕良注："巖阿，山曲也。"

〔四〕唐李白《送友人入蜀》："見説蠶叢路，崎嶇不易行。山從人面起，雲傍馬頭生。"經心：留心。

〔五〕宋曾鞏《至荷湖二首》之二："我顛水没馬，我起雪滿裘。"

〔六〕"萬里"二句：謂自己出使歸來即棄官歸隱。唐杜甫《奉贈韋左丞丈二十二韻》："白鷗没浩蕩，萬里誰能馴。"又《旅夜書懷》："飄飄何所似，天地一沙鷗。"

附録　蘇軾《王晉卿所藏著色山二首》

其一

縹緲營丘水墨仙，浮空出没有無間。爾來一變風流盡，誰見將軍著色山？

其二

犖确何人似退之，意行無路欲從誰。宿雲解駮晨光漏，獨見山紅澗碧時。

又《書王定國所藏王晉卿畫著色山二首》

其一

白髮四老人，何曾在商顔。煩君紙上影，照我胸中山。山中亦何有，木老土石頑。正賴天日光，澗谷紛斕斑。我心空無物，斯文定何關。君看古井水，萬象自往還。

其二

君歸嶺北初逢雪，我亦江南五見春。寄語風流王武子，三人俱是識山人。

次韻子瞻相送使胡〔一〕

朔雪胡沙試此身〔二〕，青羅便面紫狐巾〔三〕。擁旜代北隨飛雁〔四〕，頓足江東有卧麟〔五〕。欺酒壺冰將送臘，照溪梅蕚定先春〔六〕。漢家五餌今方驗〔七〕，更愧當年嘆息人〔八〕。

【箋注】

〔一〕作於元祐四年(一〇八九)九月末。

〔二〕朔雪:北方的雪。南朝宋鮑照《學劉公幹體詩五首》之三:“胡風吹朔雪,千里度龍山。”

〔三〕便面:《漢書·張敞傳》:“然敞無威儀,時罷朝會,過走馬章臺街,使御吏驅,自以便面拊馬。”唐顔師古注:“便面,所以障面,蓋扇之類也。不欲見人,以此自障面則得其便,故曰便面,亦曰屏面。今之沙門所持竹扇,上袤平而下圜,即古之便面也。”紫狐巾:紫狐皮做的圍脖。

〔四〕謂自己出使北行。擁氈:裹著裘皮。代北:古地區名。泛指漢、晉代郡和唐以後代州北部或以北地區。當今山西北部及河北西北部一帶。《宋史·韓琦傳》:“契丹來求代北地,帝手詔訪琦……會安石再入相,悉以所争地與契丹。”此時代北已屬契丹。

〔五〕謂蘇軾受委屈外放。《續資治通鑑長編·哲宗元祐四年》:“[三月]丁亥,詔罷春宴,翰林學士蘇軾爲龍圖閣學士知杭州,從軾請也。”按,蘇軾請外,乃不得已。又《哲宗元祐四年》:“既踰月,軾言:‘臣近以臂疾,堅乞一郡,已蒙聖恩差知杭州。臣初不知其他,但謂朝廷哀憐衰疾,許從私便,及出朝參,乃聞班列中紛然皆言近日臺官論奏臣罪狀甚多,而陛下曲庇小臣,不肯降出,故許臣外補。臣本謂滿盈,力求閑退,既獲所欲,豈更區區自辨?但竊不平,數年以來,親見陛下以至公無私治天下,今乃以臣之故,使人上議聖明,以謂抑塞臺官,私庇近侍,其於君父所損不小,此臣之所以不得不辨也。’”

〔六〕“欺酒”二句:謂出發時是冬天,預測到契丹將到年末春初了。欺酒壺冰:謂壺中的酒結冰了。宋梅堯臣《潘樂二君對雪寄聲似欲予賦適方知之走筆奉呈》:“任凍不欺酒,競春先著花。”唐杜甫《贈特進汝陽王二十二韻》:“研寒金井水,簷動玉壺冰。”

〔七〕因爲邊地環境的惡劣纔體會到賈誼獻策的高明。五餌:指西漢賈誼進獻的籠絡匈奴的五種計謀。賜之盛服車乘,以壞其目;賜之盛食珍味,以壞其口;賜之音樂婦人,以壞其耳;賜之高堂邃宇倉庫奴婢,以壞其腹;于來降者,上以召幸之相娱樂,親酌而手食之,以壞其心,此五餌也。見賈誼《新書·匈奴》。

〔八〕《漢書·賈誼傳》:“誼數上疏陳政事,多所欲匡建。其大略曰:‘臣竊惟事埶可爲痛哭者一,可爲流涕者二,可爲長太息者六,若其它背理而傷道者,難徧以疏舉。’”

附録　蘇軾《送子由使契丹》

雲海相望寄此身,那因遠適更沾巾。不辭馹騎淩風雪,要使天驕識鳳麟。沙漠回看清禁月,湖山應夢武林春。單于若問君家世,莫道中朝第一人。

歐陽伯和仲純挽詞二首〔一〕

其一

之人雖早病〔二〕,對客每清言〔三〕。不信疾爲累,要稱學有原〔四〕。籧篨視名器〔五〕,果蓏指乾坤〔六〕。長短何須問,傳家已抱孫。

【箋注】

〔一〕作於元祐四年(一〇八九)歲末。歐陽脩夫人是年八月卒,轍有挽詞。歐陽伯和:即歐陽發。仲純:即歐陽奕。均見《送歐陽辯》注〔一四〕。本詩第一首挽歐陽發,第二首挽歐陽奕。

〔二〕之子:這個人。《詩·周南·漢廣》:“之子于歸,言秣其馬。”鄭箋:“於是子之嫁,我願秣其馬。”晉潘岳《悼亡詩》:“之子歸窮泉,重壤永休隔。”此指歐陽發。

〔三〕清言:議論高雅。

〔四〕《宋史·歐陽發傳》:“少好學,師事安定胡瑗,得古樂鍾律之説,不治科舉文詞,獨探古始立論議。自書契來君臣世系、制度文物,旁及天文地理,靡不悉究。”

〔五〕謂視名器爲籧篨,也即視功名利禄如敝屣之意。籧篨(qúchú):粗竹席。

〔六〕謂指乾坤如果蓏。言發精于天文。果蓏（luǒ）：瓜果之總稱。《宋史·律曆志》："元豐五年正月，翰林學士王安禮言：'詳定渾儀官歐陽發所上渾儀、浮漏木樣，具新器之宜，變舊器之失，臣等竊詳司天監浮漏疎謬不可用，請依新式改造。其至道皇祐渾儀、景表亦各差舛，請如法條奏修正。'從之。"

其二

仲氏氣無前〔一〕，爲文思涌泉〔二〕。飄然落筆地，時出《疾邪篇》〔三〕。杶榦要經雪，驊騮待①著鞭〔四〕。淒涼悲故客〔五〕，不及見華顛〔六〕。

【校記】

①待：原作"行"，據宋文集本、宋建本改。

【箋注】

〔一〕仲氏：此指歐陽奕。蘇軾《祭歐陽仲純父文》："人徒知其文章之世其家，操行之稱其門。而不知其志氣之豪健，議論之剛果。"

〔二〕涌泉：喻才華横溢，文思如泉之涌。語出《莊子·盜跖》："且跖之爲人也，心如涌泉，意如飄風。"

〔三〕東漢趙壹嘗作《刺世疾邪賦》。

〔四〕"杶榦"二句：謂歐陽奕英年早逝，不及大成。杶（chūn）：即櫄。木名。香椿。驊騮：見《記歲首鄉俗寄子瞻二首·踏青》注〔一〇〕。

〔五〕故客：蘇轍自指。因蘇轍爲歐陽脩門人，故云。

〔六〕謂没能看到二人與自己同老。華顛：白頭。指年老。《後漢書·崔駰傳》："唐且華顛以悟秦，甘羅童牙而報趙。"唐李賢注："《爾雅》曰：顛，頂也。華顛，謂白首也。"

附録　畢仲游《輓歐陽伯和三首》

其一

不起斯人疾，哀歌未是哀。淚流千點血，心死一團灰。白日空垂照，悲風亦自來。半塗成永訣,天道信悠哉。

其二

慟哭西原廻,晴雲爲我陰。山河一長劍,生死兩知心。世譜傳來久,天文驗自今。此名埋不得,未信九原深。

其三

純孝慈顏感,悲啼令季傷。梟飛元傍母,雁少不成雙。壽夭從開闢,賢愚竟渺茫。不須論甲子,未省鬢毛蒼。

奉使契丹二十八首〔一〕

次莫州通判劉涇韻二首〔二〕

其一

北國亦知岐有夷,何嘗烽火報驚危〔三〕。擁旜絶漠聞嘉語〔四〕,緩帶臨邊出好詩〔五〕。約我一樽迎嗣歲〔六〕,待君三館已多時〔七〕。從今無事唯須飲〔八〕,文字聲名人自知。

【箋注】

〔一〕作於元祐四年(一〇八九)十月至元祐五年正月。《續資治通鑑長編·哲宗元祐四年》:“[八月]刑部侍郎趙君錫、翰林學士蘇轍爲賀遼國生辰使,閤門通事舍人高遵固、朱伯材副之。”蘇轍《乞罷修河司札子》:“今年正月,還自虜中。”

〔二〕劉涇:見《次韻宿州教授劉涇見贈》注〔一〕。莫州:其地本屬瀛州,唐景雲二年分瀛州置鄚州,開元十三年改爲莫州。其後或爲文安郡,屬河北道,領縣六。宋時屬河北東路河間府。領縣三:莫、任邱、長豐。治莫(今河北任邱市)。參《文獻通考·輿地考二·莫州》。

〔三〕“北國”二句:謂少數民族也懂得禮義,不願輕動干戈。《詩·周頌·天作》:“天作高山,大王荒之。彼作矣,文王康之。彼岨矣,岐有夷之行。子孫保之。”蘇轍《詩集傳》:“文王既逝矣,岐周之人世載其夷易之道,子孫保之不替也。”

〔四〕擁旜:裹著裘皮。絶漠:横渡沙漠。《後漢書・西域傳序》:“浮河絶漠,窮破虜庭。”唐李賢注:“沙土曰漠,直度曰絶也。”

〔五〕緩帶:寬束衣帶。形容悠閒自在,從容不迫。《穀梁傳・文公十八年》:“姪娣者,不孤子之意也。一人有子,三人緩帶。”唐楊士勛疏:“緩帶者,優遊之稱也。”

〔六〕謂劉相約新春再見。嗣歲:《詩・大雅・生民》:“載燔載烈,以興嗣歲。”毛傳:“興來歲,繼往歲也。”鄭箋:“嗣歲,今新歲也。”

〔七〕恭維劉將爲朝廷大用。三館:唐有弘文(亦稱昭文)、集賢、史館三館,負責藏書、校書、修史等事項。宋因之,三館合一,並在崇文院中。

〔八〕唐李白《贈錢徵君少陽》:“秉燭唯須飲,投竿也未遲。”

其二

平世功名路甚夷〔一〕,不勞談説更騎危〔二〕。早年拭目看成賦〔三〕,近日收心聞琢詩。古錦屢開①新得句〔四〕,敝貂方競苦寒時〔五〕。南還欲向春風飲,塞柳凋枯恐未知。

【校記】

①開:叢刊本作“聞”,形近而誤。

【箋注】

〔一〕平世:太平之世。與“亂世”相對。唐曹勛《閑居泉州》:“平世功名不可期,羝羊自恨觸藩籬。”夷:平坦。

〔二〕騎危:《史記・魏世家》:“趙使人謂魏王曰:‘爲我殺范痤,吾請獻七十里之地。’魏王曰:‘諾。’使吏捕之,圍而未殺。痤因上屋騎危,謂使者曰:‘與其以死痤市,不如以生痤市。有如痤死,趙不予王地,則王將奈何?故不若與先定割地,然後殺痤。’魏王曰:‘善。’”南朝宋裴駰集解:“危,棟上也。”唐司馬貞索隱:“騎音奇。《禮》云:‘中屋履危。’蓋升屋以避兵也。”此喻危難時的舉措。

〔三〕拭目:擦亮眼睛。形容殷切期待或注視。《漢書・張敞傳》:“今天子以盛年初即位,天下莫不拭目傾耳,觀化聽風。”唐顔師古注:“言改易視聽,欲急聞見善政化也。”

〔四〕謂時有好詩。參《放榜後次韻毛守見招》注〔六〕。

〔五〕敝貂:貂皮衣服破爛了。語本《戰國策・秦策一》:“説秦王書十上而説不行,黑貂之裘弊,黄金百斤盡,資用乏絶。”唐杜甫《暮秋將歸秦留别湖南幕府親友》:“北歸衝雨雪,誰憫敝貂裘。”競:争競。苦寒:嚴寒。按,此言劉生活貧困。

贈知雄州王崇拯二首〔一〕

其一

趙北燕南古戰場〔二〕,何年千里作方塘〔三〕?煙波坐覺胡塵遠〔四〕,皮幣遥知國計長〔五〕。勝處舊聞荷覆①水〔六〕,此行猶及蟹經霜〔七〕。使君約我南來飲,人日河橋柳正黄〔八〕。生辰使例以人日還至雄州。

【校記】

①覆:宋文集本作“映”。

【箋注】

〔一〕雄州:本唐涿州瓦橋關,在易水之東,當九河之末。其地控扼幽、薊。晉陷契丹,周克復,建爲州。自周世宗以來,兩河之地置三關:霸州益津關、雄州瓦橋關、瀛州高陽關,分置重兵,與真定府定州相掎角。屬河北東路,治歸信(今河北雄縣)。《續資治通鑑長編・哲宗元祐元年》:“[三月]東上閤門使、權高陽關路兵馬鈐轄兼知恩州王崇拯知雄州。”宋阮閲《詩話總龜・送别門》:“王崇拯字拯之,與先君同在熙河,先君自熙河入京,相别於中塗,送先君云:‘渭城楊柳已青青,强駐行人聽《渭城》。不問使車歸路遠,且從樽酒滿杯傾。相逢洮塞休兵後,此去秦川照眼明。若立螭頭借前箸,且教充國事春耕。’先君誦于昊卿丞相,緣此知名於朝庭。”王崇拯:字拯之。曾官西京左藏庫副使、河北東路東上閤門副使、提舉河東義勇保甲等職。元祐元年,以東上閤門使、權高陽關路兵馬鈐轄兼知恩州知雄州。蘇軾有《王崇拯可遥郡刺史制》。餘不詳。俟考。

〔二〕趙北燕南:指雄州。《太平寰宇記·河北道十六·雄州》:"土産:古戰争之地。絹布之外,别無藥物。"

〔三〕《宋史·溝渠志》:"河北諸水,有通轉餉者,有爲方田限遼人者。"《玉海》卷一七六:"[端拱二年]内出手詔諭邊將曰:'朕今立法令,緣邊作方田,已頒條例,量地里之遠近,列置塞栅。此可以限其戎馬,而大利我之步兵也。'《續資治通鑑長編·真宗咸平六年》:[九月]甲子……是日,詔静戎順安威虜軍界並置方田,鑿河以遏敵騎。"参下詩注〔三〕。

〔四〕胡塵:胡地的沙塵。按,雄州屬河北東路河間府,與遼南京道接壤。

〔五〕皮幣:毛皮和繒帛。古代用作聘享的貴重禮物。《管子·五行》:"出皮幣,命行人修春秋之禮於天下諸侯。"國計:當指景德元年(一〇〇四),宋真宗與遼聖宗簽訂合約,宋每年給遼歲幣銀十萬兩,絹二十萬匹事。

〔六〕北魏酈道元《水經注·肥水》:"三春九夏,紅荷覆水。"

〔七〕蟹以霜降後時爲肥美。

〔八〕人日:指正月初七。参《次韻子瞻人日獵城西》注〔一〕。

其二

城裏都無一寸閑,城頭野水四汗漫〔一〕。與君但對湖光飲,久病偏須酒令寬〔二〕。何氏溝塍布棋局,李君智略走珠盤〔三〕。應存父老猶能説,有意功名未必難。

【箋注】

〔一〕汗漫:漫無邊際貌。見上首注〔一〕。

〔二〕酒令:宴會中助酒興的一種遊戲。推一人爲令官,違令或依令該飲的都要飲酒。明焦竑《焦氏筆乘續集·觴政》:"魏文侯與諸大夫飲,使公乘不仁爲觴政,殆即今之酒令耳。唐時文士,或以經史爲令,如退之詩'令徵前事爲',樂天詩'閒徵雅令窮經史'是也。或以呼盧爲令,樂天詩'醉翻衫袖抛小令,笑擲骰盆呼大采'是也。"

〔三〕"何氏"二句:贊頌何承矩、李允則治理雄州之功。《宋史·溝渠志》:"河北諸水,有通轉餉者,有爲方田限遼人者。"《宋史全文·太宗二》:"三月。

初，何承矩至滄州，即建屯田之議。會臨津令黄懋亦上書，請於河北諸州興作。乃以承矩爲制置河北緣延邊屯田使，以懋爲大理寺丞，充判官，發諸州鎮兵萬八千人給其役。是年八月，稻熟。始承矩建水田之議，沮之者頗衆，既而種稻又不熟，群議益甚，幾罷其事。及是，承矩載稻穗數車，遣吏部送闕下，議者乃息。自是葦蒲嬴蛤之饒，民賴其利。"溝塍：溝渠和田埂。《文選・班固〈西都賦〉》："溝塍刻鏤，原隰龍鱗。"唐李善注："鄭玄曰：'遂，廣深各二尺，溝倍之。'《説文》曰：'塍，稻田之畦也。'"何氏：即何承矩。見《送梁交供備知莫州》注〔八〕。李君：指李允則（九五三——一〇二八）。允則字垂範，宋太原盂縣（今山西太原市）人。少以才略聞，歷知滄雄等州鎮定高陽三路行營兵馬都監。在雄州多所建樹，契丹不敢妄動。仁宗時領康州防禦使。允則不事威儀，間或步出，遇民有可語者，延坐共語，以是洞知人情，訟至立斷，善撫士卒，皆得其用。在河北二十餘年，功最多，其方略設施，爲後人所信奉。《宋史》有傳。又《宋史・曹偕傳》："知雄州，議者欲廢塘濼爲田，偕曰：'何承矩、李允則營此累年，所以限契丹，廢之不可。'"走珠盤：謂智謀深湛不可窺測。唐杜牧《孫子注序》："後之人有讀武書予解者，因而學之，猶盤中走丸，丸之走盤，横斜圓直，計於臨時不可盡知，其必可知者。是知丸不能出於盤也。議於廊廟之上，兵形已成，然後付之於將。漢祖言指蹤者人也，獲兔者犬也，此其是也。"《宋史・石普等傳論》："李允則在河北二十年，設施方略，不動聲氣，契丹至以長者稱之。"

贈右番趙侍郎〔一〕

霜鬚顧我十年兄〔二〕，朔漠陪公萬里行〔三〕。騈馬貂裘寒自暖〔四〕，連牀齁息夜無聲〔五〕。同心便可忘苛禮〔六〕，異類猶應服至誠〔七〕。行役雖勞思慮少〔八〕，會看梨棗及春生〔九〕。

【箋注】

〔一〕右番：猶言右使。《宋史・錢勰傳》："奉使弔高麗……凡餽饟非故所有者皆弗納。歸次紫燕島，王遣二吏追餉金銀器四千兩。勰曰：'在館時既辭之矣，今何爲者？'吏泣曰：'王有命，徒歸則死。且左番已受。'勰曰：

‘左右番各有職，吾唯例是視，汝可死，吾不可受。’竟卻之。”趙侍郎：即趙君錫（一〇二八—一〇九九），字無愧，良規子。以父任授將作監主簿，復舉進士，以親故不願仕。父亡，調知武强縣。司馬光編《歷代君臣事跡》，辟爲同修。徙知大宗正丞、改宗正丞，同知太常禮院、開封府推官。元祐初自太常少卿擢給事中，進刑部侍郎、樞密都承旨，拜御史中丞。初稱蘇軾之賢，後附賈易，詆軾，宣仁后斥其“全無執守”，遂降知鄭、陳、澶三州及河南應天府。紹聖中貶少府少監、分司南京。元符二年卒，年七十二，謚文定。《宋史·趙安仁傳》有附傳。

〔二〕霜鬚：謂鬍鬚已白。趙年長蘇轍十一歲。

〔三〕朔漠：北方沙漠。

〔四〕騈馬：二馬並行。《後漢書·董卓傳》：“乃騈馬交臂相加，笑語良久。”唐李賢注：“騈，並也。”

〔五〕連牀：並榻而卧。唐白居易《奉送三兄》：“杭州暮醉連牀卧，吴郡春遊並馬行。”龜息：道教語。謂呼吸調息如龜，不飲不食而能長生。一説，以爲龜睡時，氣由耳出，因此長生。晉葛洪《抱朴子·對俗》：“《仙經》象龜之息，豈不有以乎？”

〔六〕《易·繫辭上》：“二人同心，其利斷金。”苛禮：指出使遼國時可能遇到的苛刻的禮數。

〔七〕《孟子·公孫丑上》：“以力服人者，非心服也，力不贍也；以德服人者，中心悦而誠服也，如七十子之服孔子也。”漢趙岐注：“以己德不如彼而往服從之，誠心服者也。”異類：指異族，契丹人。

〔八〕行役：因公務而遠道跋涉。

〔九〕梨棗：見《張公生日》注〔一八〕。

古北口道中呈同事二首〔一〕

趙侍郎〔二〕

獨卧繩牀已七年〔三〕，往來殊復少縈纏〔四〕。心遊幽闕烏①飛處〔五〕，身在中原山盡邊。梁市朝回塵滿馬〔六〕，蜀江春近水浮②

天〔七〕。枉將眼界疑心界〔八〕，不見中宵氣浩然〔九〕。

【校記】

①烏：宋文集本作“鳥”。

②浮：叢刊本作“序”，誤。

【箋注】

〔一〕古北口：在今北京密雲。爲連接松遼平原、内蒙古與中原之咽喉。

〔二〕趙侍郎：即趙君錫，見上首注〔一〕。

〔三〕繩牀：見《贈浄因臻長老》注〔二〕。

〔四〕縈纏：（爲俗事所）縈繞、糾纏。

〔五〕幽闃：山林幽僻之地。

〔六〕懷想在京時早朝回歸時的情景。

〔七〕懷想家鄉蜀地春天已將到來。

〔八〕宋晁迥《道院集要·真眼真心》：“學出世法者，眼界常不分別，心界常得安和。”

〔九〕指趙學道家修煉之術，有中宵煉氣之舉。

二副使〔一〕

笑語相從正四人〔二〕，不須嗟嘆久離群。及春煮菜過邊郡〔三〕，賜火煎茶約細君〔四〕。日暖山蹊冬未雪，寒生胡月夜無雲。明朝對飲思鄉嶺〔五〕，夷漢封疆自此分。

【箋注】

〔一〕二副使：指閤門通事舍人高遵固、朱伯材。參《奉使契丹二十八首》之一注〔一〕。

〔二〕四人：指蘇轍、趙君錫、高遵固、朱伯材。見同上。

〔三〕謂指製作春盤。參《三日上辛祈穀除日宿齋户部右曹元日賦三絶句寄呈子瞻兄》之二注〔三〕。

〔四〕謂與妻子相約清明前歸家。賜火：指清明時節。唐韓愈《寒食直歸遇雨》：“惟將新賜火，向曙著朝衣。”宋孫汝聽注：“《周禮》季春出火，即賜火也。”清顧嗣立注：“《唐會要》：‘清明取榆柳之火以賜近臣，順陽氣。’”煎茶：烹茶。細君：古稱諸侯之妻。後爲妻的通稱。《漢書·東方朔傳》："歸遺細君，又何仁也！"唐顔師古注："細君，朔妻之名。一説：細，小也。朔輒自比於諸侯，謂其妻曰小君。"

〔五〕思鄉嶺：在今河北灤平縣。《遼史·地理志》："至古北口，兩傍峻崖，僅容車軌。又度德勝嶺，盤道數層，俗名思鄉嶺。"宋路振《乘軺録》："五十里過大山，名摘星嶺，高五里，人謂之思鄉嶺。"

絶句二首

其一

亂山環合疑無路，小徑縈回長傍溪。彷彿夢中尋蜀道，興州東谷鳳州西〔一〕。

【箋注】

〔一〕清閻若璩《潛邱札記》卷三："古北口外舊有小興州、大興州、宜興縣、鳳州等處。蘇轍《古北道中詩》：'亂山環合疑無路，小徑縈迴長傍溪。彷彿夢中尋蜀道，興州東谷鳳州西。'明初隸版圖。永樂中，棄大寧，淪沙漠矣。"興州：宋屬利州路。治順政（今陝西略陽市）。參《興州新開古東池》注〔一〕。鳳州：宋屬秦鳳路鳳翔府。治梁泉（今陝西鳳縣）。按，興州、鳳州皆爲古蜀道中陳倉道之要隘。故蘇轍睹其名，動入蜀之思。

其二

日色映山才到地，雪花鋪草不曾消。晴寒不及陰寒重，攬篋猶存未著貂〔一〕。

【箋注】

〔一〕攬篋：謂在竹箱中翻取。

過楊無敵廟〔一〕

行祠寂寞寄關門〔二〕，野草猶知避血痕〔三〕。一敗可憐非戰罪〔四〕，太剛嗟獨畏人言〔五〕。馳驅本爲中原用，嘗享能令異域尊〔六〕。我欲比君周子隱〔七〕,誅彤①聊足慰忠②魂〔八〕。

【校記】

①彤:宋文集本、叢刊本、四庫本作"彤"。皆誤。

②忠:原作"中",據宋文集本、宋建本改。

【箋注】

〔一〕楊無敵:指楊業(一名繼業)。世爲并州太原(今山西太原市)人。弱冠事劉崇,屢立戰功,號無敵。歸宋,以爲右領軍衛大將軍,官至雲州觀察使,代州刺史,爲契丹所憚。雍熙三年,隨軍北伐,因監軍王侁威逼出兵且不援救,兵敗被俘,絶食而亡。《宋史》有傳。又《東都史略》卷三十四:"[楊業]屢立戰功,所向克捷,國人號爲楊無敵。"廟在今古北口河東村北門坡。蘇頌有《和仲巽過古北口楊無敵廟》。詩對楊業爲潘美等陷害而死深表憤慨,謂其冤有如西晉周處,只有將奸臣如潘美等明正典刑纔可以告慰忠魂。

〔二〕行祠:臨時的祠堂。

〔三〕楊業本受傷被俘,絶食而死,民間乃有撞死李陵碑下之説,疑蘇轍時已有此類傳説。

〔四〕一敗:指雍熙三年,楊業隨忠武軍節度使潘美北伐兵敗事。非戰罪:《史記・項羽本紀》:"項王自度不得脱,謂其騎曰:'……此天之亡我,非戰之罪也。'"

〔五〕謂爲監軍王侁威逼事。《宋史・楊業傳》:"[王]侁曰:'君侯素號無敵,今見敵逗撓不戰,得非有他志乎?'業曰:'業非避死,蓋時有未利,徒令殺傷士卒而功不立。今君責業以不死,當爲諸公先。'"

〔六〕嘗享:即"享嘗"。四時的祭祀。《禮記・祭法》:"遠廟爲祧,有二祧,享嘗乃止。"漢鄭玄注:"享嘗,謂四時之祭。"異域:指遼國國境。

〔七〕周子隱(?—二九九):即周處,字子隱。晉陽羨(今江蘇宜興市)人。少孤,横行鄉里,爲里人所惡。後折節改厲。仕吴爲無難督。吴平入洛,稍遷至新平太守,撫和戎狄,叛羌歸附。雍土美之,轉廣漢太守、楚内史,皆以能稱。拜散騎常侍,多所規諷。遷御使中丞,凡所糾劾,不避親貴。氐人齊萬年反,遺就征,梁王彤與處有隙,迫處進兵,又絶其後援。戰死。《晉書》有傳。

〔八〕謂誅王侁可慰忠魂。彤:晉司馬彤,字子徽,武帝子,封梁王,元康六年(二九六)。代趙王司馬倫爲征西大將軍,都督雍涼軍事。趙王倫纂位,以肜爲阿衡。卒謚孝。《晉書》有傳。按,此用周處與司馬肜事與楊王之事相比附。

附録　蘇頌《和仲巽過古北口楊無敵廟》

漢家飛將領熊羆,死戰燕山護我師。威信仇方名不滅,至今邊塞奉遺祠。

劉敞《楊無敵廟》在古口北

西流不返日滔滔,隴上猶歌七尺刀。慟哭應知賈誼意,世人生死兩鴻毛。

燕山〔一〕

燕山如長蛇,千里限夷漢〔二〕。首銜西山麓〔三〕,尾挂東海岸〔四〕。中開哆箕畢〔五〕,末路牽一綫。卻顧沙漠平,南來獨飛雁。居民異風氣,自古習耕戰。上論召公奭〔六〕,禮樂比姬旦〔七〕。次稱望諸君〔八〕,術略亞狐管〔九〕。子丹號無策,亦數游俠冠〔一〇〕。割棄何人斯〔一一〕,腥臊久不浣〔一二〕。哀哉漢唐餘,左衽今已半〔一三〕。玉帛非足云,子女罹蹈踐〔一四〕。區區用戎索〔一五〕,久爾縻郡縣〔一六〕。從來帝王師,要在侮亡亂〔一七〕。攻堅甚攻玉〔一八〕,乘瑕易冰泮〔一九〕。中原但常治,敵勢要自變。會當挽天河,洗此生齒萬〔二〇〕。

【箋注】

〔一〕燕山:我國北方的著名山脈之一,西起洋河,東至山海關。此詩歷數燕山歷史,對燕山淪爲異族之地頗爲傷感。

〔二〕燕山古爲北方遊牧民族和中原農耕民族的天然分界線。

〔三〕西山:今在北京,屬太行山脈。

〔四〕東海:今渤海。

〔五〕謂這一帶是箕星、畢星分野的延續。承前長蛇而言。《詩·小雅·

巷伯》:"哆兮侈兮,成是南箕。"唐陸德明釋文:"哆,昌者反,《説文》云:'張口也。'"箕畢:星宿名。箕,幽州的分野;畢,冀州的分野。

〔六〕上論:向上追溯。召公奭:周文王之子,武王滅紂,封召公于北燕。武王時爲三公,自陜以西,召公主之,甚得民譽。《史記》有傳。參《陪歐陽少師永叔燕潁州西湖》注〔三〕。

〔七〕姬旦:即周公旦,周文王子,召公奭之同父異母兄,傳曾制禮作樂,後封于魯。參《饋歲》注〔三〕。

〔八〕望諸君:指戰國樂毅。毅本中山靈壽(今河北靈壽縣)人後至燕,輔燕昭王敗齊,下齊國七十餘城。燕昭王死,爲燕惠王所疑,降趙,趙封樂毅于觀津,號曰望諸君。《史記》有傳。

〔九〕狐管:春秋時晉國的名臣狐偃和齊國的管仲。狐偃,字子犯,晉大夫,爲晉文公之舅。文公爲公子時,出亡在外,偃與兄毛從之十九年。文公定王室,取信諸侯而霸天下,偃之功最多。管仲,名夷吾。戰國齊潁上(今安徽潁上縣)人。少與鮑叔牙爲友,後相桓公,稱仲父。富國强兵,攘夷狄,尊周室,九合諸侯,一匡天下。有《管子》八十一篇,蓋後人匯增而成。《史記》有傳。

〔一〇〕雖然人們都認爲太子丹無謀,但也算是游俠之冠。《資治通鑑·秦紀二·始皇帝二十五年》:"臣光曰:'燕丹不勝一朝之忿以犯虎狼之秦,輕慮淺謀,挑怨速禍,使召公之廟不祀忽諸,罪孰大焉!而論者或謂之賢,豈不過哉!'"子丹:燕太子丹。燕王喜子。嘗質於秦,亡歸。陰養壯士,使荆軻刺秦王,事敗,荆軻被殺。秦王使王翦擊燕,燕王喜斬丹以獻秦。又三年,秦滅燕。

〔一一〕指後晉高祖石敬瑭於天福三年(九三八)將幽雲十六州割讓給遼事。

〔一二〕謂被割棄的地方長久不能收復。腥臊:契丹食牛羊肉,故云。

〔一三〕左衽:衣襟向左。爲古代某些少數民族的服裝特點。《書·畢命》:"四夷左衽,罔不咸賴。"此指淪陷,爲異族所佔領。

〔一四〕"玉帛"二句:謂用財物仍不能籠絡異族,邊境的百姓還時常被蹂躪踐踏。玉帛:圭璋和束帛。此泛指物資。蹈踐:蹂躪踐踏。

〔一五〕戎索:戎人之法。《左傳·定公四年》:"啓以夏政,疆以戎索。"晉杜預注:"大原近戎而寒,不與中國同,故自以戎法。"

〔一六〕縻:耗費。

〔一七〕"從來"二句:謂王者之師應該乘時度勢。語本《書·仲虺之誥》:"兼弱攻昧,取亂侮亡。"孔傳:"弱則兼之,闇則攻之,亂則取之,有亡形則侮之。"

〔一八〕《詩·小雅·鶴鳴》:"它山之石,可以攻玉。"

〔一九〕《管子·制分》:"凡用兵者,攻堅則韌,乘瑕則神。"冰泮:像冰一樣融解。

〔二〇〕"會當"二句:謂希望邊境停止征戰,拯救百萬生靈。唐杜甫《洗兵行》:"安得壯士挽天河,净洗甲兵長不用。"生齒:語出《周禮·秋官·司民》:"掌登萬民之數。自生齒以上,皆書於版。"漢鄭玄注:"男八月、女七月而生齒。版,今户籍也。"

趙君偶以微恙乘駝①車而行戲贈二絶句〔一〕

其一

鄰國知公未可風〔二〕,雙駝借與兩輪紅〔三〕。他年出塞三千騎〔四〕,卧畫輜車也要公〔五〕。

【校記】

①駝:原作"馳",據宋文集本、宋建本改。

【箋注】

〔一〕趙君:指趙君錫。見《右番趙侍郎》注〔一〕。駝車:用駱駝牽引的車子。宋沈括《熙寧使虜圖抄》:"奚人業伐山,陸種斫車,契丹之車皆資于奚。車工所聚曰打造館。其輜車之制如中國,後廣前殺而無般,材儉易敗不能任重而利於行山。長轂廣輪,輪之牙,其厚不能四寸,而軫之材不能五寸,其乘車駕之以駝,上施幰,惟富者加氈渎、文繡之飾。"從二詩相戲看,此行時趙與蘇轍關係當是十分融洽,故玩笑也開得很是隨便。

〔二〕《文選·司馬遷〈報任少卿書〉》:"李陵既生降,隤其家聲,而僕又佴之蠶室,重爲天下觀笑。"唐張銑注:"蠶室,漢行割刑之室,使其避風養瘡者。"《漢書·張安世傳》:"初,安世兄賀幸於衛太子,太子敗,賓客皆誅,安世爲賀上書,得下蠶室。"唐顏師古注:"謂腐刑也。凡養蠶者,欲其温而早成,故爲密室蓄火以置之。而新腐刑亦有中風之患,須入密室乃得以全,因呼爲蠶室耳。"

〔三〕兩輪紅:指朱輪。見《雜興二首》之二注〔一〕。

〔四〕《後漢書·馬援傳》:"明年秋,援乃將三千騎出高柳,行雁門、代郡、上谷障塞。烏桓候者見漢軍至,虜遂散去。"

〔五〕《史記·孫子吴起列傳》:"後魏伐趙,趙急請救於齊,齊威王欲將孫臏,臏辭謝曰:'刑餘之人不可。'於是乃以田忌爲將,而孫子爲師,居輜車中,坐爲計謀。"輜車:古代有帷蓋的車子。

其二

高屋寬箱虎豹裀〔一〕,相逢燕市不相親。忽聞中有京華語,驚喜開簾笑殺人。

【箋注】

〔一〕唐許堯佐《柳氏傳》,叙韓翊妾柳氏絶色,爲蕃將沙吒利所擄,"偶於龍首岡見蒼頭以駁牛駕輜軿,從兩女奴,翊偶隨之,自車中問曰:'得非韓員外乎?某乃柳氏也。'"後淄青節度使侯希逸上奏宣宗,詔沙吒利歸柳氏于韓翊。詩即戲用此故實。裀:墊子。

會仙館二絶句〔一〕

其一

北嶂南屏恰四周,西山微缺放溪流。胡人置酒留連客,頗識峰巒是勝遊〔二〕。

【箋注】

〔一〕宋沈括《熙寧使契丹圖抄》:"頓[館]之西南有大山,上有建石,望之如人,曰會仙石。山下大川流水,川間有石,屹然對山,乃築館其上,旁有茂木,下湍水,對峙大山。大山之西有斷崖,上聳數百尺,挺擢如屏,而鳴泉漱其下,使人過此,必置酒其上,遂以爲常。"宋洪皓《雪後會仙虜人置酒》:"座見會仙石,徑觀群玉峰。寒聲無近水,迷徑旋移松。"

〔二〕勝游:快意的遊覽。唐劉禹錫《奉和裴侍中將赴漢南留别座上諸公》:"管弦席上留高韻,山水途中入勝遊。"

其二

嶺上西行雙石人〔一〕,臨溪照水久逡巡〔二〕。低頭似愧南來使,居處雖高已失身〔三〕。

【箋注】

〔一〕賈敬顔《熙寧使契丹圖抄疏證稿》:"調查者曰:中頓即今于家店東溝,附近西南山上有二石並蒂屹立,似二人狀,今當地群衆稱爲'雙石人'。雙石人西側斷崖突兀,對岸川間有高八米、周環三十餘米之巨石零丁而立,與《圖抄》所述情景全然無異。在川間巨石後之東梁口,有零星遼瓦及定瓷殘片,當爲會仙館遺址所在。"此詩足見蘇轍的節操。

〔二〕逡巡:恭順貌。

〔三〕失身:指石人身陷異域。

出山

燕疆不過古北闕①〔一〕,連山漸少多平田。奚人自作草屋住〔二〕,契丹騈車依水泉〔三〕。橐駝羊馬散川谷〔四〕,草枯水盡時一遷〔五〕。漢人何年被流徙,衣服漸變存語言〔六〕。力耕分獲世爲客,賦役稀少聊偷安。漢奚單弱契丹横,目視漢使心凄然〔七〕。石瑭竊位不傳子〔八〕,遺患燕薊逾百年〔九〕。仰頭呼天問何罪?自恨遠祖從禄山〔一〇〕。此皆燕人語也。

【校記】

①闕:宋建本、蜀藩刻本、叢刊本、四庫本作"關",形近而誤。

【箋注】

〔一〕古北:地名,今北京密雲古北鎮。

〔二〕奚人:古族名。分佈在饒樂水(今内蒙古自治區西拉木倫河)流域。南北朝時稱庫莫奚。隋唐時稱奚。以遊牧爲生,後漸與契丹人同化。

〔三〕謂以車相連圍繞而爲營盤。駢車:車輛并連。

〔四〕槖駝:駱駝。

〔五〕《遼史·營衛志》:"遼國盡有大漠,浸包長城之境,因宜爲治。秋冬違寒,春夏避暑,隨水草,就畋漁,歲以爲常,四時各有行在之所,謂之巴納。"

〔六〕蘇軾有"子由將赴南都與余會宿於逍遥堂作兩絶句"云云長題詩:"猶勝相逢不相識,形容變盡語音存。"此反用《戰國策·趙策》豫讓事,豫讓事智伯,智伯爲趙襄子所殺,豫讓漆身爲厲,滅鬚去眉,自刑以變其容,吞炭而啞,欲殺趙襄子爲智伯復仇。此云弟兄有幸得以相見,不至將來對面不識。

〔七〕"漢奚"二句:謂漢人奚人受契丹欺凌,看見漢使時非常傷心。單弱:孤單勢弱。

〔八〕石瑭:指石敬瑭(八九二—九四二)。敬瑭出于西夷,臬捩雞之子,爲後唐明宗之婿,累功加中書令,令鎮太原。清泰三年(九三六)叛唐,割讓幽云十六州向契丹求援,契丹立其爲皇帝。契丹南下,後唐主自焚死。敬瑭入洛陽即位,國號晉,年號天福。在位七年死,廟號高祖。石敬瑭死時,立其侄石崇貴,是爲晉出帝。參新舊《五代史》本紀。

〔九〕燕薊:燕州、薊州。此泛指燕、幽、順、儒、檀、薊、涿、瀛、莫、新、嬀、武、蔚、應、寰、朔、雲十六州。

〔一〇〕禄山:指安禄山(七〇三—七五七)。禄山本姓康,唐營州柳城(今遼寧朝陽市)胡人,初名軋犖山,少孤,隨母嫁安安延偃,乃冒安姓。及長,忮忍多智,善猜度人情。通六蕃語。張守珪異之,拔爲裨將,擢至平盧節度。玄宗欲專用蕃將,深加寵信,遷范陽節度兼河北採訪使,再拜雲中太守河東節度使。後舉兵造反,陷京師,自稱雄武皇帝,國號燕。建元聖武。次年,爲其子安慶緒所殺。新舊《唐書》有傳。

奚君宅在中京南〔一〕。

奚君五畝宅,封户一成田〔二〕。故壘開都邑〔三〕,遺民雜漢編。不知臣僕賤,漫喜殺生權。燕俗嗟猶在,婚姻未許連〔四〕。

【箋注】

〔一〕中京:今内蒙寧城縣。

〔二〕封户:受奚人役使的漢人佃户。一成田:古謂方十里之地。《周禮·地官·小司徒》“乃經土地而井牧其四野”漢鄭玄注:“甸方八里,旁加一里,則方十里爲一成。”

〔三〕開:設置。

〔四〕謂奚人與漢人不得通婚。

惠州傳聞南朝逃叛者多在其間〔一〕。

孤城千室閉重闉,蒼莽平川絶四鄰〔二〕。漢使塵來空極目,沙場雪重欲無春。羞歸應有李都尉〔三〕,念舊可憐徐舍人〔四〕。會逐單于渭橋下〔五〕,歡呼齊拜屬車塵〔六〕。

【箋注】

〔一〕惠州:今遼寧建平縣。

〔二〕惠州處燕山山脈向遼沈平原過渡地帶。

〔三〕李都尉:指西漢騎都尉李陵。見《次子瞻夜字韻作中秋對月二篇一以贈王郎二以寄子瞻》注〔九〕。

〔四〕《舊唐書·李勣傳》:“貞元十七年,吐蕃陷麟州,驅掠民畜而去。至鹽州西横槽烽,蕃將號徐舍人者,環集漢俘於呼延州,謂僧延素曰:‘師勿甚懼。予本漢人,司空、英國公五代孫也。屬武太后斲喪王室,吾祖建義不果,子孫流落絶域,今三代矣。雖代居職任,掌握兵要,然思本之心,無忘於國。但族屬已多,無由自拔耳。此地蕃漢交境,放師還鄉。’數千百人解縛而遣之。”可憐:可愛;可敬。

〔五〕謂定當使契丹入朝稱臣。《漢書·宣帝紀》:“[甘露]三年春正月,匈奴呼韓邪單于稽侯狦來朝。……其左右當户之群皆列觀,蠻夷君長王侯迎者數萬人,夾道陳。上登渭橋,咸稱萬歲。”

〔六〕屬車:帝王出行時的侍從車。秦漢以來,皇帝大駕屬車八十一乘,法駕屬車三十六乘,分左中右三列行進。《漢書·賈捐之傳》:“鸞旗在前,屬車在後。"唐顔師古注:"屬車,相連屬而陳於後也。屬,音之欲反。"

神水館寄子瞻兄四絶〔一〕十一月二十六日,是日大風。

其一

少年病肺不禁寒,命出中朝敢避難? 莫倚皂貂欺朔雪,更催靈火煮鉛丹〔二〕。馬上作李若芝守一法〔三〕,似有功。

【箋注】

〔一〕神水館:在今河北平泉縣。《欽定熱河志》卷七十七:"神水館:在平泉州境内,遼置。蘇轍使契丹有《神水館詩》,今無考。"

〔二〕靈火:謂煉丹之火。鉛丹:道教謂以鉛煉成的丹,可服食。然此處"鉛丹"與"靈火"皆别有所指,似爲意念修煉之法。如蘇軾《續養生論》:"何謂鉛? 凡氣之謂鉛,或趨或蹶,或呼或吸,或執或擊。凡動者皆鉛也。"

〔三〕李若芝:不詳俟考。當是道家人物。守一:道家修養之術,謂專一精思以通神。語出《莊子·在宥》:"我守其一以處其和,故我修身千二百歲矣,吾形未常衰。"晉葛洪《抱朴子·地真》:"守一存真,乃能通神。"蘇軾《東坡志林·誦金剛經帖》:"道家言守一,若饑,'一'與之糧;若渴,'一'與之漿。"

其二

夜雨從來相對眠〔一〕,兹行萬里隔胡天。試依北斗看南斗〔二〕,始覺吴山在目前〔三〕。

【箋注】

〔一〕見《逍遥堂會宿二首》注〔一〕。

〔二〕唐杜甫《秋興八首》之二:"夔府孤城落日斜,每依北斗望京華。聽猿實下三聲淚,奉使虚隨八月槎。"按,此語本杜甫詩,杜詩"奉使虚隨八月槎"用漢張騫出使西域事,正與自己出使相切。南斗爲吴越的分星,此謂思念在吴地的兄軾。

〔三〕謂兄如在眼前,蓋蘇軾時爲杭州守。

其三

誰將家集過幽都〔一〕？逢見胡人問大蘇〔二〕。莫把文章動蠻貊〔三〕，恐妨談笑卧江湖〔四〕。

【箋注】

〔一〕家集：家人的文集。唐杜牧《冬至日寄小侄阿宜》詩："家集二百編，上下馳皇王。"幽都：北方之地。《書·堯典》："申命和叔宅朔方，曰幽都。"孔傳："北稱幽，則南稱明，從可知也。都，謂所聚也。"此指契丹境内。

〔二〕大蘇：指蘇軾。宋王辟之《澠水燕談録》卷八："張芸叟奉使大遼，宿州館中，有題子瞻《老人行》於壁者，聞范陽書肆亦刻子瞻詩數十篇，謂大蘇、小蘇。子瞻才名重當代，遠方外國亦愛服如此。芸叟題其後曰：'誰題佳句到幽都，逢著邊人問大蘇。'"蘇軾《記虜使誦詩》："昔余與北使劉霄會食，霄誦僕詩云：'痛飲從今有幾日，西軒月色夜來新。公豈不飲者耶？'虜亦喜吾詩，可怪也。"

〔三〕蠻貊：古代稱南方和北方落後部族。《書·武成》："華夏蠻貊，罔不率俾。"此指契丹。

〔四〕謂影響歸隱。唐劉長卿《送李七之笮水謁張相公》："東閣邀才子，南昌老腐儒。梁園舊相識，誰憶卧江湖。"

其四

虜①廷一意向中原〔一〕，言語綢繆禮亦虔〔二〕。顧我何功慚陸賈〔三〕，橐裝聊復助歸田〔四〕。

【校記】

①虜：四庫本作"北"，避諱而改。

【箋注】

〔一〕一意：專心。向：嚮往。

〔二〕綢繆：情意殷切。虔：謙敬；虔誠。

〔三〕陸賈：楚人。以客從高祖定天下。使説南越尉佗，賜印，封爲王，説佗稱臣。還拜大中大夫。時爲高祖説書，著新書二十篇，帝稱善，號爲《新語》。

周勃陳平誅諸吕，賈謀居多。文帝即位，復使尉佗，去黄屋稱制，皆如朝廷意。後以壽終。《史記》《漢書》有傳。

〔四〕槖裝：囊中所裝裹之物。指珠寶財物。參《和子瞻自徐移湖將過宋都途中見寄五首》之四注〔五〕。按，據此可見遼人賜予甚厚。

附録　蘇軾《次韻子由使契丹至涿州見寄四首》

其一

老人癡鈍已逃寒，子復辭行理亦難。余昔年辭免使北。要到盧龍看古塞，投文易水弔燕丹。

其二

胡羊代馬得安眠，窮髮之南共一天。又見子卿持漢節。遥知遺老泣山前。

其三

氈毳年來亦甚都，時時鴂舌問三蘇。余與子由入京時，北使已問所在。後余館伴，北使屢誦三蘇文。那知老病渾無用，欲向君王乞鏡湖。

其四

始憶庚寅降屈原，旋看蠟鳳戲僧虔。隨翁萬里心如鐵，此子何勞爲買田。

木葉山〔一〕

奚田可耕鑿，遼土直沙漠。蓬棘不復生，條幹何由作〔二〕？兹山亦沙阜〔三〕，短短見叢薄〔四〕。冰霜葉隨盡，鳥獸紛無托。乾坤信廣大，一氣均美惡〔五〕。胡爲獨窮陋？意似鄙夷落〔六〕。民生亦復爾〔七〕，詬汙不知怍〔八〕。君看齊魯間，桑柘皆沃若〔九〕。麥秋載萬箱〔一〇〕，蠶老簇千箔〔一一〕。餘粱及狗彘〔一二〕，衣被遍城郭。天工本何心？地力不能博。遂令堯舜仁〔一三〕，獨不施禮樂。

【箋注】

〔一〕木葉山：在今内蒙古西拉木倫河與老哈河合流處，海拉蘇他拉之西。爲契丹之發祥地。《遼史·地理志》："有木葉山，上建契丹始祖之廟。奇首可汗在南廟，可敦在北廟。繪塑二聖并八子神像。相傳有神人，乘白馬，自馬盂山浮土河而東。有天女，駕青牛車，由平地松林泛潢河而下。至木葉山二水合流相遇，爲配偶。生八子，其後族屬漸盛，分爲八部。每行軍及春秋時，祭必用白馬、青牛，示不忘本云。"

〔二〕條幹：樹枝，樹幹。

〔三〕沙阜：沙石積成的小山。

〔四〕謂到處都是一叢叢的低矮的灌木和野草。按，此處通常語序應是"見短短的叢薄"。

〔五〕謂天地間事應該是均衡的。一氣：指混沌之氣。古代認爲是構成天地萬物之本原。《莊子·大宗師》："彼方且與造物者爲人，而遊乎天地之一氣。"

〔六〕夷落：蠻夷的部落。

〔七〕民生：民衆，百姓。

〔八〕詬汙：即污垢，污穢。

〔九〕《詩·衛風·氓》："桑之未落，其葉沃若。"宋朱熹集傳："沃若，潤澤貌。"桑柘：桑樹和柘樹。其葉皆用以養蠶。

〔一〇〕《詩·小雅·甫田》："乃求千斯倉，乃求萬斯箱。"箱：車廂。

〔一一〕簇：供蠶吐絲作繭的用具。箔：養蠶用的竹篩子或竹席。

〔一二〕《孟子·梁惠王上》："狗彘食人食而不知檢，塗有餓莩而不知發。"

〔一三〕《禮記·大學》："堯舜率天下以仁，而民從之。"

虜帳①

虜帳冬住沙陀中〔一〕，索羊織葦稱行宫〔二〕。從官星散依冢阜〔三〕，氈廬窟室欺霜風〔四〕。舂粱煮雪安得飽？擊兔射鹿夸强雄〔五〕。朝廷經略窮海宇〔六〕，歲遺繒絮消頑凶②〔七〕。我來致命適寒苦〔八〕，積雪向日堅不融。聯翩歲旦有來使〔九〕，屈指已復過奚封〔一〇〕。禮成即日卷廬帳，釣魚射鵝滄海東〔一一〕。秋山既罷復來此〔一二〕，往返歲歲如旋蓬〔一三〕。彎弓射獵本天性，拱手朝會愁心胸〔一四〕。甘心五餌墮吾術〔一五〕，勢類畜鳥游樊籠〔一六〕。祥符聖人會天意，至今燕趙常耕農〔一七〕。爾曹飲食自謂得，豈識圖霸先③和戎〔一八〕？

【校記】

①虜帳：四庫本作"穹虜"，下同，避諱而改。

②頑凶：四庫本作"兵鋒"。

③先：叢刊本作"光"，誤。

【箋注】

〔一〕契丹族習俗，隨季節而四季遷徙。《遼史·營衛志》："冬捺鉢曰廣平淀。在永州東南三十里，本名白馬淀。東西二十餘里，南北十餘里，地甚坦夷，四望皆沙磧，木多榆柳。其地饒沙，冬月稍暖，牙帳多於此坐。冬，與北南大臣會議國事，時出校獵講武，兼受南宋及諸國禮貢。皇帝牙帳以槍爲硬寨，用毛繩連繫。每槍下黑氈傘一，以芘衛士風雪。槍外小氈帳一層，每帳五人，各執兵仗爲禁圍。南有省方殿，殿北約二里，曰壽寧殿。皆木柱竹榱，以氈爲蓋，彩繪韜柱，錦爲壁衣，加緋繡額，又以黄布繡龍爲地障，牕槅皆以氈爲之，傅以黄油絹。基高尺餘，兩廂廊廡，亦以氈蓋，無門户。"按，據蘇轍詩，則北宋時冬捺鉢已爲受各國禮貢之處。沙陀：猶言沙堆。

〔二〕索羊：將羊毛搓成繩索。織葦：編織蘆葦。

〔三〕冢阜：大的山阜。

〔四〕窟室：掘地爲室。

〔五〕《遼史·營衛志》："秋捺鉢曰伏虎林。七月中旬自納涼處起牙帳，入山射鹿及虎，林在永州西北五十里。……每歲車駕至，皇族而下，分布濼水側。伺夜將半，鹿飲鹽水，令獵人吹角效鹿鳴，既集而射之，謂之舐鹻鹿，又名呼鹿。"

〔六〕經略：謀劃。

〔七〕歲遺繒絮：指宋向遼獻歲幣事，參《贈知雄州王崇拯二首》之一注〔五〕。

〔八〕致命:傳達使命。

〔九〕聯翩:連續不斷貌。歲旦:元旦。

〔一〇〕奚封:奚人的疆界。

〔一一〕《遼史·營衛志》:"春捺鉢:曰鴨子河濼。皇帝正月上旬起牙帳,約六十日方至。天鵝未至,卓帳冰上,鑿冰取魚。冰泮,乃縱鷹鶻,捕鵝雁。晨出暮歸,從事弋獵。"滄海:指鴨子河。即今松花江。

〔一二〕謂遼人秋山後又回到冬巴納。秋山:原指遼帝至秋捺鉢射獵熊、虎、鹿的山,後來遼人稱入山秋獮活動爲"秋山"。每年初秋,皇帝都要入山納凉,並帶領群臣和兵士參加大型狩獵活動且舉行祭祀儀式。明宋濂《題王庭筠秋山應制詩》:"金源之制,每歲以正月如春水,九月幸秋山,五日之間,群臣一進起居表,其嚴慎如此之至者。志非在於田遊,將欲修兵政而紓民賦也。"

〔一三〕旋蓬:隨風飛轉的蓬草。唐李白《梁甫吟》:"東下齊城七十二,指麾楚漢如旋蓬。"

〔一四〕拱手:行拱手禮。朝會:指朝見遼國國君。

〔一五〕五餌:見《次韻子瞻相送使胡》注〔七〕。

〔一六〕樊籠:籬笆,囚籠。

〔一七〕"祥符"二句:謂真宗時與遼結盟後燕趙間人得以安居樂業。祥符聖人:指宋真宗。祥符,宋真宗年號有祥符大宗,故以之代真宗。真宗時對遼、西夏等采取懷柔政策,邊境少戰事。宋真宗(九六八—一〇二二),太宗第三子。名恒,初封壽王,以太子嗣位。景德初契丹犯澶淵,自將禦之。局勢本于宋有利,真宗畏敵,與遼盟,貢遼歲幣銀十萬兩、絹二十萬匹。一時經濟繁榮,邊境安寧。大中祥符初王欽若謀作天書,見于承天門,于是封泰山禪社首;丁謂上封禪祥瑞圖,示百官于朝堂。在位二十五年崩,廟號真宗。按,因真宗寵信王欽若、丁謂大興所謂天書、符瑞,故蘇轍譏之爲聖人。燕趙:此指河北東路、河北西路。戰國時屬燕國、趙國故地。宋時與契丹接壤。

〔一八〕和戎:指與少數民族媾和。《左傳·襄公四年》:"公曰:'然則莫如和戎乎?'對曰:'和戎有五利焉。'"

十日南歸馬上口占呈同事

南轅初喜去龍庭〔一〕,入塞猶須閲月行〔二〕。漢馬亦知歸意速〔三〕,朝陽已作故人迎。經冬舞雪長相避,屈指新春旋復生。想見雄州饋生菜〔四〕,菜盤酪粥任縱横〔五〕。

【箋注】

〔一〕南轅:轅木向南,指南歸。龍庭:本指匈奴單于祭天地鬼神之所。《後漢書·竇憲傳》:"躡冒頓之區落,焚老上之龍庭。"唐李賢注:"匈奴五月大會龍庭,祭其先、天地、鬼神。"此指遼國國君所在地。

〔二〕閲月:經歷一個月。

〔三〕唐杜甫《發閬中》:"女病妻憂歸意速,秋花錦石誰復數。"

〔四〕生菜:蔬菜(用以製作春盤)。杜甫《立春詩》:"春日春盤細生菜,忽憶兩京梅發時。"參《三日上辛祈穀除日宿齋户部右曹元日賦三絶句寄呈子瞻兄》之二注〔三〕。雄州:見《贈知雄州王崇拯二首》之一注〔一〕。

〔五〕酪粥:和以牛羊等乳汁的粥。宋梅堯臣《送刁景純學士使北》:"朝供酪粥冰生椀,夜卧氊廬月照沙。"

傷足

少年謬聞道〔一〕,直往寡所疑〔二〕。不知避礙險,造次逢顛危〔三〕。中歲飽憂患〔四〕,進退每自持〔五〕。長存鄙夫計〔六〕,未免達士嗤。前日使胡罷,晝夜心南馳。中塗冰塞川,滉漾無津涯〔七〕。僕夫執轡前,我亦忘①止之。馬眩足不禁,拉然卧中坻②〔八〕。異域非所息,據鞍幾不支。昔嘗誦《楞嚴》〔九〕,聞③有乞食師〔一〇〕。行乞遭毒刺,痛劇侵肝脾。念覺雖覺痛,無痛痛覺知〔一一〕。念極良有見,遂與凡夫辭。我今亦悟此,先佛豈見欺?但爾不即證,欲往常遲遲〔一二〕。咄哉後來心〔一三〕,當與初心期〔一四〕。

【校記】

①亦忘:叢刊本作“心志”,誤。

②坻:叢刊本作“抵”,形近而誤。

③聞:叢刊本作“閨”,形近而誤。

【箋注】

〔一〕聞道:知曉大道。《論語·里仁》:“子曰:朝聞道,夕死可矣。”

〔二〕《孟子·公孫丑上》:“昔者曾子謂子襄曰:‘子好勇乎? 吾嘗聞大勇於夫子矣。自反而不縮,雖褐寬博,吾不惴焉。自反而縮,雖千萬人吾往矣。’”漢趙岐注:“自省有義,雖敵家千萬人,我直往突之,言義之强也。”直往:猶言一往無前。

〔三〕《論語·里仁》:“君子無終食之間違仁,造次必於是,顛沛必於是。”三國魏何晏集解:“馬曰:造次,急遽。”此指輕率。

〔四〕飽:多。

〔五〕自持:自守。

〔六〕謂自己一向患得患失。語本《論語·陽貨》:“子曰:‘鄙夫可與事君也與哉? 其未得之也,患得之。既得之,患失之。苟患失之,無所不至矣!’”鄙夫:庸俗淺陋的人。

〔七〕滉漾:連綿詞。廣闊無涯貌。

〔八〕拉然:冰面斷裂聲。

〔九〕楞嚴:見《毛國鎮生日二絶》之二注〔二〕。

〔一〇〕乞食師:指畢陵伽婆蹉。《首楞嚴經》卷五:“畢陵伽婆蹉即從座起,頂禮佛足,而白佛言:我初發心從佛入道,數聞如來説諸世間不可樂事。乞食城中,心思法門。不覺路中毒刺傷足,舉身疼痛。我念有知,知此深痛。雖覺覺痛,覺清浄心,無痛痛覺。我又思惟:如是一身,寧有雙覺? 攝念未久,身心忽空。三七日中,諸漏虚盡,成阿羅漢,得親印記,發明無學。佛問圓通,如我所證,純覺遺身,斯爲第一。”

〔一一〕“念覺”二句:謂修道過程是痛苦的,而覺無痛時即覺悟了。參上注。

〔一二〕“念極”六句:謂自已雖悟得此理,但卻遲遲未能頓悟。證:佛教語。謂修習正法,如實體驗而悟入真理,稱爲證;即以智慧契合於真理。遲遲:

遲緩貌。

〔一三〕咄嗟：表示感嘆。

〔一四〕初心：初發心，指初發心求菩提道而未有深行者。

春日寄内〔一〕

春到燕山冰亦消，歸驂迎日喜嫖姚〔二〕。久行胡地生華髮，初試東風脱敝貂〔三〕。插髻小幡應正爾，點盤生菜爲誰挑〔四〕？附書勤掃東園雪，到日青梅未滿條。

【箋注】

〔一〕内：内人；妻子。

〔二〕歸驂：猶言歸車。嫖姚：迅疾貌。《漢書·禮樂志》："雅聲遠姚"唐顔師古注："姚，傈姚，言飛揚也。"

〔三〕東風：春風。

〔四〕"插髻"二句：謂春日頭戴銀幡和製作春盤。參《三日上辛祈穀除日宿齋户部右曹元日賦三絶句寄呈子瞻兄》之二注〔二〕、〔三〕。

渡桑乾〔一〕

北渡桑乾冰欲結，心畏穹廬三尺雪〔二〕。南渡桑乾風始和，冰開易水應生波〔三〕。穹廬雪落我未到，到時堅白如磐陀〔四〕。會同出入凡十日〔五〕，腥膻酸薄不可食〔六〕。羊脩乳粥差便人〔七〕，風隧沙場不宜客〔八〕。相携走馬渡桑乾，旌旆一返無由還〔九〕。胡人送客不忍去，久安和好依中原〔一〇〕。年年相送桑乾上，欲話白溝一惆悵〔一一〕。

【箋注】

〔一〕桑乾：桑乾河。爲海河的重要支流，永定河的上游。位于今河北省西北部和山西省北部朔州一帶。相傳每年桑葚成熟時乾涸，故云。

〔二〕穹廬：古代遊牧民族居住的氈帳。《漢書·匈奴傳下》："匈奴父子同穹廬卧。”唐顔師古注:“穹廬,旃帳也。其形穹隆,故曰穹廬。”唐白居易《别氊帳火爐》:“憶昨臘月天,北風三尺雪。”

〔三〕易水:易河,在今河北省易縣境内。

〔四〕自己警戒自己要守住節操。堅白:語出《論語·陽貨》:“不曰堅乎,磨而不磷;不曰白乎,涅而不緇。”三國魏何晏集解引漢孔安國曰:“言至堅者磨之而不薄,至白者染之於涅而不黑。”謂君子雖在濁亂而不能汙。後因以“堅白”形容志節堅貞,不可動摇。磐陀:大石頭。

〔五〕會同:古代諸侯朝見天子的通稱。《詩·小雅·車攻》:“赤芾金舃,會同有繹。”毛傳:“時見曰會,殷見曰同。繹,陳也。”此指覲見遼國國君。

〔六〕羶腥:因少數民族吃牛羊肉,故云。酸薄:謂奶酒酸而少味。

〔七〕羊脩:羊羓,即鹹羊肉乾。宋路振《乘軺録》:“是夕,宿於永和館,館在城南。九日,虜遣使置宴於副留守之第,第在城南門内,以駙馬都尉蘭陵郡王蕭寧侑宴。文木器盛虜食,先薦駱糜,用杓而啖焉。熊、肪、羊、豚、雉、兔之肉爲濡肉,牛、鹿、雁、鶩、熊、貉之肉爲臘肉,割之令方正,雜置大盤中。二胡雛衣鮮潔衣,持帨巾,執刀匕,遍割諸肉,以啖漢使。”乳粥:即乳糜。宋朱彧《萍洲可談》卷二:“先公使遼日,供乳粥一碗,甚珍。但沃以生油,不可入口,諭之使去油,不聽。因紿令以他器貯油,使自酌用之,乃許。自後遂得淡粥。大率南食多鹽,北食多酸,四夷及村落人食甘,中州及城市人食淡,五味中惟苦不可食。”便人:適合人。

〔八〕風隧:旋風。《詩·大雅·桑柔》:“大風有隧,有空大谷。”

〔九〕旌旆:旗幟,此指使臣的隊伍。

〔一〇〕和好:和睦友好。

〔一一〕白溝:白溝河。發源於太行山,流經于今山西東部、河北保定、張家口一帶。澶淵之盟後,成爲遼宋的界河。

送文太師致仕還洛三首〔一〕

其一

國老無心豈爲身〔二〕?五年朝謁慰簪紳〔三〕。元臣事業通三世〔四〕，舊將威名服四鄰〔五〕。遍閲後生真有道，欲談前事恐無人〔六〕。比公惟有凌雲檜〔七〕，歲歲何妨雨露新〔八〕。

【箋注】

〔一〕作於元祐五年(一〇九〇)二月二十九日。文首次致仕在元豐六年(一〇八三)。據《續資治通鑑長編·神宗元豐六年》:"[冬十一月]甲寅，河東節度使、守太尉、開府儀同三司、判河南府、潞國公文彦博爲河東永興節度使、守太師、開府儀同三司致仕。於是彦博乞免守太師及兩鎮節度，上批:'許罷兼永興軍，止以河東舊鎮、守太師致仕，仍貼麻行下。'"陸佃有《瓊林苑御筵奉詔送文太師致政歸西都四首》原注:"元豐七年三月二日。"元祐元年(一〇八六)，因司馬光薦，拜平章軍國重事。《續資治通鑑長編·哲宗元祐元年》:"[五月]河東節度使、守太師、開府儀同三司致仕、潞國公文彦博特授太師、平章軍國重事。"此次爲二次致仕。《續資治通鑑長編·哲宗元祐五年》:"[二月]庚戌，太師、平章軍國重事、潞國公文彦博爲守太師、開府儀同三司、護國軍山南西道節度使致仕。彦博自言，嘉祐中，封潞國公，經今三十餘年，爲是鄉國，乞不改封。從之。"文太師:指文彦博。見《次韻劉貢父題文潞公草書》注〔一〕。

〔二〕國老:告老退職的元老重臣。《左傳·僖公二十七年》:"國老皆賀子文。"唐孔穎達疏:"《王制》云:'有虞氏養國老於上庠，養庶老於下庠。'然則國老者，國之卿大夫士之致仕者也。"

〔三〕謂文再出五年讓朝中官吏慰籍心安。簪紳:冠簪和紳帶，爲古代官吏的服飾。唐顔師古《奉和正日臨朝》:"肅肅皆鵷鷺，濟濟盛簪紳。"

〔四〕元臣:元老重臣。三世:三代。按，文彦博實歷仕仁宗、英宗、神宗、哲宗四世。

〔五〕《宋史·文彦博傳》:"彦博逮事四朝，任將相五十年，名聞四夷。元祐間，契丹使耶律永昌、劉霄來聘，蘇軾館客，與使入覲，望見彦博於殿門外，卻立改容曰:'此潞公也邪?'問其年，曰:'何壯也?'軾曰:'使者見其容，未聞其語。其綜理庶務，雖精練少年有不如;其貫穿古今，雖專門名家有不逮。'使者拱手曰:'天下異人也。'既歸洛，西羌首領温溪心有名馬，請於邊吏，願以餽彦博，詔許之。其爲外國所敬如此。"

〔六〕“遍閲”二句：宋吴曾《能改齋漫録·事實·欲談前事恐無人》：“文潞公嘗曰：‘人但以彦博長年爲慶，獨不知閲世既久，内外親戚皆亡，一時交遊凋零殆盡，所接皆邈然少年，無可論舊事者。’王立之喜蘇黄門《送人歸洛詩》云：‘遍閲後生真有道，欲談前事恐無人。’殊不知蘇叙潞公語也。”

〔七〕宋歐陽脩《寄生槐》：“檜惟淩雲材，槐實凡木賤。奈何柔脆質，累此孤高幹。”

〔八〕雨露：喻皇帝之恩澤。唐杜荀鶴《塞上》：“戰士風霜老，將軍雨露新。”

其二

齊魯元勳古太師〔一〕，寂寥千載恐無之〔二〕。昔歸暫縮經邦手〔三〕，復起還當問道時〔四〕。入謁何曾須掖侍〔五〕？到家依舊擁旌麾〔六〕。孔公靈壽固應在〔七〕，秋晚香山訪佛祠〔八〕。

【箋注】

〔一〕指西周姜太公，佐周成就王業，封於齊地。見《史記·齊太公世家》。

〔二〕唐貫休《擬君子有所思二首》之一：“緬想斯人勝珪璧，寂寥千載不相逢。”

〔三〕謂文於宋神宗元豐時致仕事。《宋史·文彦博傳》：“王中正經制邊事，所過稱受密旨募禁兵，將之而西。彦博以無詔拒之，中正亦不敢募而去。久之，請老，以太師致仕，居洛陽。”

〔四〕《宋史·文彦博傳》：“元祐初，司馬光薦彦博宿德元老，宜起以自輔。宣仁后將用爲三省長官，而言事者以爲不可，乃命平章軍國重事，六日一朝，一月兩赴經筵，恩禮甚渥。然彦博無歲不求退。居五年，復致仕。”

〔五〕掖侍：攙扶，服侍。

〔六〕旌麾：旗幟。此指聲望。

〔七〕《漢書·孔光傳》：“［孔］光愈恐，固稱疾辭位。太后詔曰：‘太師光，聖人之後，先師之子。德行純淑，道術通明，居四輔職，輔道于帝。今年耆有疾，俊艾大臣，惟國之重，其猶不可以闕焉。《書》曰：“無遺耇老”。國之將興，尊師而重傅，其令太師毋朝，十日一賜餐，賜太師靈壽杖。’”靈壽：手杖。《山海經·海内經》:"靈壽實華。"晉郭璞注:"靈壽,木名也,似竹,有枝節。"三國吴陸璣《毛詩草木鳥獸蟲魚疏·其檉其椐》:"椐,樻。節中腫,似扶老。今靈壽是也。今人以爲馬鞭及杖。弘農共北山有之。"

〔八〕香山:位於今河南洛陽附近,因山上産香葛而得名。唐時白居易嘗隱居於此。佛祠:香山舊有香山寺。

其三

西都風物漢唐餘〔一〕,天作溪山養退居〔二〕。盈尺好花扶几杖〔三〕,拂天修竹倚庭除〔四〕。白頭伴侶誰猶健?率意壺飧久已疏〔五〕。公昔與司馬公同居洛下,常與諸老爲真率之會,酒肴果蔬隨有而具。我欲試求三畝宅〔六〕,從公它日賦歸歟〔七〕。先人昔游洛中,有卜築①之意。不肖常欲成就先志,顧未暇耳。

【校記】

①卜築:叢刊本作"小築",誤。

【箋注】

〔一〕西都:指西京洛陽。爲東漢、唐之都城。

〔二〕退居:退職家居。

〔三〕謂倚几扶杖賞花。几杖:坐几和手杖。皆尊老之意。盈尺:謂花朵很大。

〔四〕謂倚欄賞竹。庭除:庭階。按,此與上句皆言文致仕後悠閑的生活。

〔五〕《宋史·文彦博傳》:"其在洛也,洛人邵雍、程顥兄弟皆以道自重,賓接之如布衣交。與富弼、司馬光等十三人用白居易九老會故事,置酒賦詩相樂,序齒不序官,爲堂,繪像其中,謂之'洛陽耆英會',好事者莫不慕之。"壺飧:壺盛的湯飯熟食。

〔六〕三畝宅:極言其小。《淮南子·原道》:"故任一人之能,不足以治三畝之宅也。"蘇軾《次荆公韻四絶》之三:"勸我試求三畝宅,從公已覺十年遲。"

〔七〕歸歟:指歸隱。

附録　陸佃《瓊林苑御筵奉詔送文太師致政歸西都四首》元豐七年三月二日。

其一

車後鵷鸞隨劍履，帳前貔虎擁旌旄。星環紫極三階正，鼇立青天一柱高。上苑金杯新錫餞，下都銀鑰舊均勞。重來更捧宸章爛，華衮何如玉字褒。

其二

黄鉞新兼兩鎮雄，至和前已冠三公。傳將名德蠻夷外，老卻年華將相中。十雨變成堯壤厚，五雲飛盡傅巖空。《易飛候》云：“視四方有大雲，五色具而不雨，則其下賢人隱矣。”更聞定策刊彝鼎，千古英雄伏下風。

其三

太師勳業在丹書，乞得身歸主眷殊。五色詔容瞻鳳闕，白雲篇不换蛇珠。閒應物外神仙有，健復人間將相無。明夜畫船回首處，汴隄煙月柳千株。公歸上，特令具船。

其四

黄金曾酌御尊餘，恩禮何人更得如。北極星辰趨觀闕，西京花木卧田廬。手持宸翰春羅馥，身入仙壺晝景舒。八十爲師精力在，太公應愧齒先疎。

李公麟陽關圖二絶〔一〕

其一

百年摩詰陽關語〔二〕，三疊嘉榮意外聲〔三〕。誰遣伯時開縞素〔四〕，蕭條邊思坐中生〔五〕。

【箋注】

〔一〕作於元祐五年(一〇九〇)四月。《集》次此詩于下詩之前，姑次之四月。李公麟：見《子瞻與李公麟宣德共畫翠石古木老僧謂之憩寂圖題其後》注〔一〕。宋吴曾《能改齋漫録・辨誤・陽關圖》：“王維《送元二詩》：‘渭城朝雨裹輕塵,客舍青青柳色新。勸君更盡一杯酒,西出陽關無故人。'李伯時取以爲畫,謂《陽關圖》。"

〔二〕摩詰:指唐王維。維字摩詰。見《王維吴道子畫》注〔一〕。陽關:在今甘肅省敦煌市西南古董灘,爲中原通往西域之咽喉。参《次韻子瞻送楊傑主客奉詔同高麗僧游錢塘》注〔七〕。

〔三〕三疊:《陽關三疊》,古曲名。又稱《渭城曲》。因唐王維《送元二使安西》而得名。後入樂府,以爲送别之曲,反復誦唱,遂謂之《陽關三疊》。蘇軾《仇池筆記·陽關三疊》:"舊傳《陽關三疊》,今歌者每句再疊而已,若通一著,又是四疊,皆非是。每句三唱已應三疊,則叢然無復節奏。有文勛者,得古本《陽關》,每句皆再唱,而第一句不疊,乃知唐本三疊如此。樂天詩云:'相逢且莫推辭醉,聽唱《陽關》第四聲。'第四聲者,'勸君更盡一杯酒'也,以此驗之,若一句再疊,則此句爲第五聲,今爲第四聲,則一句不疊審矣。"唐劉禹錫《與歌者米嘉榮》:"唱得涼州意外聲,舊人唯數米嘉榮。"蘇軾《書林次中所得李伯時歸去來陽關二圖後》:"龍眠獨識殷勤處,畫出陽關意外聲。"米嘉榮:唐代音樂家,善歌。《宋朝事實類苑·詩歌賦詠·王建宫詞》:"唐世一藝之善,如公孫大娘舞劍器,若曹剛琵琶,米嘉榮歌,皆見於唐賢詩句,遂知名於世。"

〔四〕縞素:用於繪畫的白絹,此指畫卷。

〔五〕邊思:邊塞的思緒。

其二

西出陽關萬里行〔一〕,彎弓走馬自忘生〔二〕。不堪未别一杯酒〔三〕,長聽佳人泣渭城〔四〕。

【箋注】

〔一〕陽關:見上首注。

〔二〕唐劉商《胡笳十八拍·第九拍》:"髯胡少年能走馬,彎弓射飛無遠近。"

〔三〕見上詩注〔一〕。

〔四〕渭城:在今陝西咸陽渭城區。

學士院端午帖子二十七首〔一〕

皇帝閣六首

其一

溽暑避華構〔二〕,清風迎早期。楓槐高自舞,冰雪晚初消。

【箋注】

〔一〕作於元祐五年(一〇九〇)五月五日。學士院:官司名。唐玄宗開元二十六年(七三八)置。宋代沿置,爲皇帝秘書處,負責大官任命書(制誥)的起草,以及國書、赦書、德音、大號令等撰述之事。帖子:帖子詞,端午懸於門楣。宋周密《武林舊事·端午》:"先期學士院供帖子,如春日禁中排當。例用朔日,謂之端一,或傳舊京亦然。……帖子與艾人並懸門楣,以爲禳禬。"又《古今事文類聚·天時部·帖子規諫》:"學士院端午前一月,撰皇帝、皇后、夫人閤門帖子送後苑,作院用羅帛製造,及期進入。"

〔二〕溽暑:指盛夏氣候潮濕悶熱。《禮記·月令》:"[季夏之月]土潤溽暑,大雨時行。"華構:壯麗的建築物。

其二

南訛初應曆〔一〕,五日未生陰〔二〕。靈藥收《農録》〔三〕,薰風拂舜琴〔四〕。

【箋注】

〔一〕南訛:指夏時耕作及勸農等事。《書·堯典》:"申命羲叔,宅南交,平秩南訛,敬致。"孔傳:"訛,化也。掌夏之官,平叙南方化育之事……四時同之,亦舉一隅。"

〔二〕五日:指端午。

〔三〕靈藥:傳説中的仙藥。農録:《神農本草經》之類的醫書。按,端午有採藥習俗,見《競渡》。

〔四〕薰風:指初夏時的風。《吕氏春秋·有始》:"東南曰薰風。"舜琴:相傳舜彈五弦之琴,唱《南風歌》,有"南風之薰兮,可以解吾民之愠兮"句,見《孔子家語·辯樂》。

其三

皇心本夷曠〔一〕,一氣自炎涼。不廢荆吴舊〔二〕,民風見未央〔三〕。

【箋注】

〔一〕皇心:帝王之心。夷曠:平和曠達。

〔二〕荆吴:春秋時楚國及吴國。今長江中下游地區。按,端午傳説起源于春秋時荆楚一帶。

〔三〕民風:民俗。未央:未央宫,西漢宫殿名,此指朝廷。

其四

九門已散秦醫藥〔一〕,百辟初頒凌室冰〔二〕。飲食祈君千萬壽〔三〕,良辰更上辟兵繒〔四〕。

【箋注】

〔一〕九門:禁城中的九種門。參《得告家居次韻貢父見寄》注〔四〕。秦醫:本指春秋時扁鵲。此泛指良醫。按,民間端午多採摘菖蒲、艾草澡浴,以禳毒氣。今浙江奉化民間且有以端午前後之藥材最靈,必多採集以遺老人之習俗。皆當是古時風俗之遺留。

〔二〕百辟:百官。凌室:古代藏冰之室。《漢書·惠帝紀》:"秋七月乙亥,未央宫淩室災。"唐顔師古注:"淩室,藏冰之室也。"按,古有夏日皇帝賜冰之習俗。《周禮·天官·淩人》:"夏,頒冰掌事。"唐賈公彦疏:"夏頒冰者,據頒賜群臣。言掌事者,謂主此賜冰多少,合得不合得之事。"宋劉攽《末伏》:"每歲長安猶暑熱,内官相屬賜冰回。"

〔三〕千萬壽:祝福之詞。《詩·小雅·南山有臺》:"樂只君子,萬壽無期。"

〔四〕舊俗端午節時繫繞臂上的五彩絲線。謂可防避兵災瘟疫,故名。《太平御覽·時序部·五月五日》引漢應劭《風俗通》:"五月五日以五綵絲繫臂,名長命縷,一名續命縷,一名辟兵繒,一名五色縷,一名朱索。"一説,謂以始出繭爲絲織成,染以日月星辰鳥獸之狀的絹。參南朝梁宗懔《荆楚歲時記》、唐韓鄂《歲華紀麗・端午》。

其五

雨遲麥粒尤堅好〔一〕,日麗蠶絲轉細長〔二〕。入夏民間初解愠〔三〕,宫中時舉萬年觴〔四〕。

【箋注】

〔一〕堅好:飽滿結實。

〔二〕轉:副詞,更。

〔三〕愠:鬱結。參《皇帝閣六首》之二注〔四〕。

〔四〕萬年:祝禱之詞。《詩・大雅・江漢》:"虎拜稽首,天子萬年。"鄭箋:"拜稽首者,受王命策書也。臣受恩無可以報謝者,稱言使君壽考而已。"

其六

汴上初無招屈亭〔一〕,沅湘近在國南坰〔二〕。太守①漫解供新粽〔三〕,諫列猶應記獨醒〔四〕。

【校記】

①守:叢刊本、四庫本作"官"。

【箋注】

〔一〕汴上:指汴水。汴水爲隋煬帝所開運河。宋孟元老《東京夢華録・河道》:"汴河自西京洛口分水入京城,東去至泗州入淮,運東南之糧,凡東南方物自此入京城,公私仰給焉。"招屈亭:招尋屈原靈魂的亭榭。宋祝穆《方輿勝覽・常德府》:"亭榭:招屈亭。在城南。相傳三閭大夫以五月五日由黔中投汨羅,土人以舟救之,爲《何由得渡湖之歌》,其名咸呼云何在。"

〔二〕沅湘:沅水和湘水的並稱。戰國楚詩人屈原遭放逐後,曾長期流浪沅湘間。南坰:南邊的郊野。《詩・魯頌・駉》:"駉駉牡馬,在坰之野。"毛傳:"坰,遠野也。邑外曰郊,郊外曰野,野外曰林,林外曰坰。"

〔三〕傳説爲紀念屈原,民間端午有食粽的習俗。宋高承《事物紀原・舟車帷幄部·五綵》引《續齊諧記》:"屈原五月五日投汨羅死,楚人哀之。每至此日,以竹筒貯米,投水祭之。漢建武中,長沙區曲忽見一士,稱三閭大夫,曰:'見祭甚善,但常年所遺,爲蛟龍所竊。今若有惠,以楝葉塞筒,五綵線縛之,此二物蛟龍所憚。'曲依言。故世人五月五日作粽,并五綵線及楝葉,皆汨羅遺風也。"宋周密《武林舊事·端午》:"大臣貴邸均被細葛、香羅、蒲絲、艾朵、彩團、巧粽之賜,而外邸節物大率效尤焉。巧粽之品不一,至結爲樓臺舫輅,又以青羅作赤口白舌。"

〔四〕告誡諫官應有屈原的精神。《楚辭·屈原〈漁父〉》:"屈原曰:'舉世皆濁我獨清。衆人皆醉我獨醒。'"諫列:諫官之列。

太皇太后閣六首〔一〕

其一

決獄初迎雨〔二〕,開倉旋取陳〔三〕。青黄今接夏〔四〕,饑疫①免憂春〔五〕。

【校記】

①疫:宋建本作"疲",誤。

【箋注】

〔一〕太皇太后:皇帝的祖母。《漢書·外戚傳序》:"漢興,因秦之稱號,帝母稱皇太后,祖母稱太皇太后,適稱皇后,妾皆稱夫人。"此指宋英宗高皇后(一〇三二—一〇九三)。蒙城(今屬安徽亳州市)人,曾祖高瓊,祖父高繼勳皆宋之名將,母曹氏仁宗曹皇后之姊,爲開國功臣曹彬之後。少養宫中,與英宗同年。英宗即位,立爲皇后。神宗時尊爲皇太后。元豐八年(一〇八五)哲宗以年幼即位,尊爲太皇太后,秉朝政,廢除王安石新政,斥逐王黨,起用司馬光等爲相。愛惜民力,力倡節儉。抑制外戚,杜絶私恩。割邊塞不毛之地以與西戎,是以邊隙不生。臨政九年,朝廷清明,華夏綏定。史稱元祐更化。《宋史》有傳。

〔二〕決獄:判決獄訟。按,決獄而雨,喻公正無冤屈之意。袁安爲楚相,會楚王英事,互相牽引拘繫者千餘人,三年而獄不決,坐掠幽而死者百餘人,天用炎旱,赤地千里。安決獄事,人人具録其辭狀,本非首謀,爲王所引,應時理遣。一旬之中,延千人之命,其時甘雨滂沛,歲大豐稔。唐顔真卿爲監察御史,使河隴,時五原有寃獄,久不決。天且旱,真卿辨獄而雨,郡人呼御史雨。見《古今事文類聚·天道部·决獄而雨》。

〔三〕謂糧食豐足。《史記·平準書》:"太倉之粟,陳陳相因,充溢露積於外,至腐敗不可食。"陳:陳米。

〔四〕謂陳糧已經吃完,新糧還未接上,俗稱青黄不接。此反其意,謂糧食不缺。

〔五〕饑疫:饑荒和瘟疫。按,春天往往是饑荒和疾病發生的時候,此云二者皆無。

其二

簾密風時度,宮深日倍長〔一〕。紵羅隨節賜〔二〕,黍麥趁新嘗。

【箋注】

〔一〕宮深:宮殿深邃。

〔二〕紵羅:苧麻和綺羅。此泛指衣物。宋周密《武林舊事·端午》:"又分賜后妃、諸閤、大璫、近侍翠葉、五色葵榴、金絲翠扇、真珠百索、釵符經筒、香囊軟香、龍涎佩帶及紫練、白葛、紅蕉之類。"

其三

執熱寧忘濯〔一〕,清心自釋煩〔二〕。東朝聞好語〔三〕,畏日解餘暄〔四〕。

【箋注】

〔一〕執熱:謂手執灼熱之物。語出《詩·大雅·桑柔》:"誰能執熱,逝不以濯。"毛傳:"濯所以救熱也。"鄭箋:"當如手執熱物之用濯。"

〔二〕釋煩:消除煩惱。

〔三〕東朝:古代宮殿的别稱。指漢長樂宮,太后所居。因在未央宮之東,故稱。《史記·劉敬叔孫通列傳》:"孝惠帝爲東朝長樂宮。"南朝宋裴駰集解引《關中記》:"長樂宮本秦之興樂宮也。漢太后常居之。"《漢書·灌夫傳》:"東朝廷辯之。"唐顔師古注引三國魏如淳曰:"東朝,太后朝也。"好語:善言。

〔四〕謂聽太后一番話頓時覺得涼爽愜意。畏日:語本《左傳·文公七年》:"趙衰,冬日之日也;趙盾,夏日之日也。"晉杜預注:"冬日可愛,夏日可畏。"後因稱夏天的太陽爲"畏日",蘇軾《春貼子詞·皇太妃閣》之四:"自有梧楸鄣畏日,仍欣麥黍報豐年。"

其四

出磨玉塵除舊槀〔一〕,捧箱彩縷看新絲〔二〕。一年豐樂今將半,兩殿歡聲外得知〔三〕。

【箋注】

〔一〕玉塵:指茶葉粉。唐白居易《遊寶稱寺》:"酒嬾傾金液,茶新碾玉塵。"

〔二〕彩縷:指辟兵繒。見《皇帝閣六首》之四注〔四〕。

〔三〕兩殿:指皇帝與太皇太后所居處的宫殿。

其五

舟楫喧呼招屈處〔一〕,禽魚鼓舞放生中〔二〕。百官卻拜梟羹賜〔三〕,凶去方知舜有功〔四〕。

【箋注】

〔一〕指端午競渡。見《競渡》。

〔二〕放生:釋放被羈禁的禽獸。蘇軾《杭州乞度牒開西湖狀》:"天禧中,故相王欽若始奏以西湖爲放生池,禁捕魚鳥,爲人主祈福。自是以來,每歲四月八日,郡人數萬會于湖上,所活羽毛鱗介以百萬數。"

〔三〕梟(xiāo)羹:以梟肉製的羹湯。古代夏至日皇帝製之以賜臣下,寓有除絶邪惡之意。《史記·孝武本紀》:"祠黄帝用一梟破鏡。"南朝宋裴駰集解引三國魏如淳曰:"漢使東郡送梟,五月五日爲梟羹以賜百官。以惡鳥,故食之。"梟,即貓頭鷹,古以爲不祥之鳥。

〔四〕凶:指四凶。相傳爲堯舜時代四個惡名昭彰的部族首領。《左傳·文公十八年》:"舜臣堯,賓于四門,流四凶族渾敦、窮奇、檮杌、饕餮,投諸四裔,以禦魑魅。是以堯崩而天下如一,同心戴舜以爲天子,以其舉十六相,去四凶也。"

其六

玉殿清虚過暑天〔一〕，草廬煩促念民編〔二〕。外家近許遷新宅，不遣司農費一錢〔三〕。

【箋注】

〔一〕玉殿：此指玉堂。即翰林院。

〔二〕煩促：迫促；狹窄。民編：即編民。編入户籍的平民。

〔三〕《宋史·后妃傳上·英宗聖烈高皇后》："神宗立，尊爲皇太后，居寶慈宫。帝累欲爲高氏營大第，后不許。久之，但斥望春門外隙地以賜，凡營繕百役，費悉出寶慈，不調大農一錢。"司農：官名。漢始置，掌錢穀之事。亦稱大司農，爲九卿之一。宋有司農寺，掌倉場儲藏出納、園苑種植、諸路上供京都官吏禄粟、供給薪炭等等。

皇太后閣六首〔一〕

其一

壽康朝謁早〔二〕，長信燕閑多〔三〕。不有圖書樂，其如晝漏何〔四〕？

【箋注】

〔一〕皇太后：皇帝的母親。此指宋神宗欽聖憲肅向皇后（一〇四六——一一〇一），后河内（今河南沁陽市）人，故宰相敏中曾孫。治平三年，歸于潁邸，封安國夫人。神宗即位，立爲皇后。神宗疾篤，后贊宣仁后定建儲之議。哲宗立，尊爲皇太后。謙恭自抑，不使族黨弄權。徽宗立，請權同處分軍國事，后以長君辭。《宋史》有傳。

〔二〕壽康：長壽健康。蘇軾《皇帝達太皇太后賀大遼皇帝生辰書》："永介壽康，式符頌禱。"

〔三〕長信：本指漢長信宫。《三輔黄圖·漢宫》："［長樂宫］有長信、長秋、永壽、永寧四殿。高帝居此宫，後太后常居之。"此指太后。燕閑：閑暇。

〔四〕晝漏：指白天的時間。漏，漏壺，古代計時的器具。

其二

玉宇宜朱夏①〔一〕，壺冰生晚涼〔二〕。深心念行暍〔三〕，清夜久焚香〔四〕。

【校記】

①夏：叢刊本作"憂"，誤。

【箋注】

〔一〕玉宇：華麗的宫殿。朱夏：夏季。《爾雅·釋天》："夏爲朱明。"

〔二〕壺冰：喻月亮。唐元稹《獻滎陽公》："冰壺通皓雪，綺樹眇晴烟。"

〔三〕行暍（yē）：行道中暑的人。

〔四〕謂焚香禱告上天乞求國泰民安。

其三

蠶宫罷采擷〔一〕，暴室獻朱黄〔二〕。翕呷霜紈動〔三〕，闌班彩縷長〔四〕。

【箋注】

〔一〕蠶宫：古代王室養蠶的宫館。《禮記·祭義》："古者天子諸侯必有公桑蠶室。"唐孔穎達疏："公桑蠶室者，謂官家之桑，於處而築養蠶之室。"采擷（xié）：採摘。

〔二〕暴室：漢官署名。屬掖庭令，主織作染練。朱黄：指各種絲織物。《詩·豳風·七月》："七月鳴鵙，八月載績。載玄載黄，我朱孔陽，爲公子裳。"

〔三〕翕呷（xī xiā）：衣服張起貌。一説衣服摩擦聲。霜紈（wán）：潔白精緻的細絹。

〔四〕闌班：色彩錯雜鮮明貌。綵縷：彩色絲線。參《皇帝閤六首》之四注〔四〕。

其四

六宫無事著嬉游〔一〕，百藥初成及早收〔二〕。菖歜還羞十二節〔三〕，椿年自占八①千秋〔四〕。

【校記】

①八：叢刊本作"入"，誤。

【箋注】

〔一〕六宫:古代皇后的寢宫,正寢一,燕寢五,合爲六宫。《禮記·昏義》:“古者,天子后立六宫,三夫人、九嬪、二十七世婦、八十一御妻,以聽天下之内治,以明章婦順,故天下内和而家理。”漢鄭玄注:“天子六寢,而六宫在後,六官在前,所以承副施外内之政也。”因用以稱后妃或其所居之地。

〔二〕百藥:各種藥物。《吕氏春秋·孟夏》:“[孟夏之月]聚蓄百藥。”按,端午有採藥之習俗。

〔三〕謂進獻的菖歜是用十二節的菖蒲做成的。菖歜(chāng zàn):用菖蒲根切製成的醃製品。端午節有食菖蒲菹與飲菖蒲酒之俗。《左傳·僖公三十年》:“冬,王使周公閲來聘,饗有昌歜。”晉杜預注:“昌歜,昌蒲葅。”羞:進獻食物。《左傳·昭公二十七年》:“羞者獻體改服於門外。”杜預注:“羞,進食也。”按,古以菖蒲爲長生之藥,而十二節者爲最佳。參《李鈞壽花堂》注〔五〕。

〔四〕椿年:大椿樹的年齡。參《張安道生日二首》之一注〔二〕。

其五

萬壽仍縈長命縷〔一〕,虚心不著赤靈符〔二〕。民間風俗疑當共,天上清高定爾無〔三〕。

【箋注】

〔一〕萬壽:見《皇帝閣六首》之四注〔三〕。長命縷:指辟兵繒。參《皇帝閣六首》之四注〔四〕。

〔二〕赤靈符:佩掛胸前以避災邪的符籙。晉葛洪《抱朴子·雜應》:“或問辟五兵之道……或以五月五日作赤靈符,著心前。”宋周密《武林舊事·端午》:“道宫法院,多送佩帶符篆。”疑:猜度,估計。

〔三〕“民間”二句:謂天上大概無這些習俗。疑:猜度、估計。

其六

揚子江心瀉鏡龍〔一〕,波如細縠不摇風〔二〕。宫中驚①捧秋天月,長照人心助至公〔三〕。

【校記】

①驚:原作“禁”,據宋文集本、宋建本改。

【箋注】

〔一〕揚子江:古稱儀徵、揚州一帶的長江。因揚子津而得名。《古今事文類聚·天時部·帖子用鏡事》:“唐世五月五日,揚州於江心鑄鏡以進。”

〔二〕細縠(hú):縐紗,精細的有皺紋的絲織品。此喻波光粼粼的江面。

〔三〕至公:最公正;極公正。《吕氏春秋·慎大》:“湯立爲天子,夏民大説,如得慈親,朝不易位,農不去疇,商不變肆親郼如夏,此之謂至公。”

皇太妃閣五首〔一〕

其一

曉起鐘猶凝,朝回露欲乾〔二〕。逡巡下清蹕〔三〕,委曲問平安〔四〕。

【箋注】

〔一〕皇太妃:指宋神宗趙頊的妃子、宋哲宗生母朱氏。

〔二〕“曉起”二句:謂皇帝一早就向太妃問候請安。

〔三〕逡巡:恭順貌。清蹕:借指帝王的車輦。

〔四〕委曲:殷勤周至。

其二

壓蔗出寒漿〔一〕,敲冰簇畫堂〔二〕。人間正祥暑①〔三〕,天上絶清涼。

【校記】

①暑:宋建本作“延”,誤。

【箋注】

〔一〕壓蔗:壓榨甘蔗,以製作糖霜。宋周密《武林舊事·端午》:“及作糖霜、韻果、糖蜜、巧粽,極其精巧。”蘇軾《定惠院寓居月夜偶出》:“溜溜小槽如壓蔗,飲中真味老更濃。”

〔二〕敲冰:敲取冰塊。參《皇帝閣六首》之四注〔二〕。畫堂:古代宫中有彩繪的殿堂。泛指華麗的堂舍。

〔三〕袢(fán)暑:猶溽暑,炎暑。袢,氣候悶熱潮濕。五代徐鍇《説文繫傳·衣部》:"袢,煩溽也。"

其三

九夏清齋奉至尊〔一〕,消除癘疫去無痕〔二〕。太醫争獻天師艾〔三〕,瑞霧長縈堯母門〔四〕。

【箋注】

〔一〕九夏:夏季,夏天。至尊:皇帝。

〔二〕癘疫:瘟疫。《古今事文類聚·天時部·結艾人》:"荆楚人端午採艾結爲人,懸門户上,以禳毒氣。"

〔三〕天師艾:《古今事文類聚·天時部·畫天師》:"端午都人畫張天師像以賣。又作泥塑張天師,以艾爲鬚,以蒜爲拳,置于門上。"亦參上注。

〔四〕瑞霧:當指焚燒艾葉的煙霧。堯母門:漢昭帝降生地鉤弋宮的門名。《史記·外戚世家·鉤弋夫人》唐張守節正義引《括地志》云:"鉤弋宮在長安城中,門名堯母門也。"《漢書·外戚傳上·孝武鉤弋趙倢伃》:"[昭帝]任身十四月乃生,上曰:'聞昔堯十四月而生,今鉤弋亦然。'乃命其所生門曰堯母門。"此指朱氏所居住的殿門。

其四

紈扇新裁冰雪餘〔一〕,清風不隔紵羅疏〔二〕。飛升漫寫秦公子〔三〕,榮謝應憐漢婕妤〔四〕。

【箋注】

〔一〕紈(wán)扇:用白色細絹製成的團扇。

〔二〕紵羅:苧麻和綺羅。此當指紵羅所作的紗簾之類。

〔三〕秦公子:指秦穆公之女弄玉。舊題漢劉向《列仙傳》卷上:"蕭史者,秦穆公時人也。善吹簫,能致孔雀、白鶴於庭。穆公有女字弄玉,好之,公遂以女妻焉。日教弄玉作鳳鳴,居數年,吹似鳳聲,鳳凰來止其屋。公爲作鳳臺,夫婦止其上,不下數年,一旦皆隨鳳凰飛去,故秦人爲作鳳女祠於雍宮中,時有簫聲而已。"

〔四〕漢婕妤：指漢班婕妤。漢雁門郡樓煩班況女，班彪之姑。成帝時入宫爲婕妤。後失寵，退居東宫，作《扇詩》自傷，詩云："新裂齊紈素，鮮絜如霜雪。裁成合歡扇，團團似明月。出入君懷袖，動摇微風發。常恐秋節至，涼飈奪炎熱。棄捐篋笥中，恩情中道絶。"成帝崩，充奉園陵，死葬園中。《漢書》有傳。婕妤，宫中女官名。漢武帝時始置，位視上卿，秩比列侯。

其五

渺渺金河入禁垣〔一〕，漸臺雨過碧波翻〔二〕。共傳太液龍舟穩〔三〕，不似南方競渡喧〔四〕。

【箋注】

〔一〕金河：金水河。宋孟元老《東京夢華録・東都外城・河道》："西北曰金水河，自京城西南分京索河水築堤，從汴河上用木槽架過，從西北水門入京城。"禁垣：皇宫城牆。

〔二〕漸臺：臺名，詳見後。此當指金明池中之寶津樓。

〔三〕太液：即西漢太液池，在陝西省長安縣西。武帝元封元年（前一一〇年）開鑿，周回十頃。池中築漸臺，高二十餘丈；又起三山，以象瀛洲、蓬萊、方丈三神山，刻金石爲魚龍奇禽異獸之屬。此當指金明池。本爲閲習水戰之地，後成節日觀看水戲賽船之地。龍舟：此特指皇帝所乘之船。孟元老《東京夢華録・駕幸臨水殿觀争標錫宴》："大龍船約長三四十丈，闊三四丈，頭尾鱗鬣，皆雕鏤金飾，楻板皆退光，兩邊列十閤子，充閤分歇泊。中設御座龍水屏風，楻板到底深數尺，底上密排鐵鑄大銀樣如卓面大者壓重，庶不欹側也。"

〔四〕見《競渡》注〔一〕。

夫人閣四首〔一〕

其一

修廈欺晴日〔二〕，重簾度細風。群仙不煩促〔三〕，長在廣寒宫〔四〕。

【箋注】

〔一〕夫人：指皇帝妃嬪。

〔二〕修廈:猶言高樓,大廈。

〔三〕仙:仙子,指皇帝妃嬪。煩促:迫促;狹窄。

〔四〕廣寒宫:傳説唐玄宗于八月望日遊月中,見一大宫府,榜曰:“廣寒清虚之府。”因稱月中仙宫爲“廣寒宫”。見《龍城録》。此喻高而涼爽。

其二

尋芳空茂木〔一〕,鬥草得幽蘭〔二〕。歌舞纖絺健〔三〕,嬉游玉佩珊〔四〕。

【箋注】

〔一〕宋時端午有佩帶香囊的習俗。參《太皇太后六首》之二注〔二〕。

〔二〕鬥草:一種古代遊戲。競採花草,比賽多寡優劣,常于端午行之。南朝梁宗懔《荆楚歲時記》:“五月五日,四民並蹋百草,又有鬬百草之戲。”

〔三〕纖絺(chī):細葛布衣。健:飄舉貌。

〔四〕珊:珊珊。玉珮聲。

其三

新煮青�稻米香〔一〕,旋抽獨繭薄羅光〔二〕。剩堆雕俎添崖蜜〔三〕,争作輕衫薦壽觴。

【箋注】

〔一〕青篘:青竹。按,此當是指竹筍。

〔二〕獨繭:相傳仙人園客養蠶得繭大如甕,一繭繅絲數十日始盡。故亦以“獨繭”指個大、絲長之繭。參《搜神記》卷一。薄羅:稀疏而輕軟的絲織品。

〔三〕剩:盛;多。雕俎:刻有精美圖案的案板。按,宋周密《武林舊事·端午》:“插食盈架。設天師艾虎、意思山子數十座,五色蒲絲,百草霜,以大合三層,飾以珠翠、葵榴、艾花、蜈蚣、蛇蝎、蜥蜴等謂之毒蟲。”崖蜜:山崖間野蜂所釀之蜜。

其四

御溝繞殿細無聲〔一〕,飛灑彤墀曉氣清〔二〕。開到石榴花欲盡〔三〕,陰陰高柳一蟬鳴。

【箋注】

〔一〕御溝：流經宫苑的河道。

〔二〕彤墀：即丹墀。指宫殿的赤色臺階或赤色地面。

〔三〕北朝庾信《入彭城館》："夏餘花欲盡，秋近燕將歸。"

次韻門下劉侍郎直宿寄蘇左丞〔一〕

雷雨連年起卧龍〔二〕，穆然臺閣有清風〔三〕。一時晝諾雖云舊〔四〕，此日都俞本自公〔五〕。松竹經霜俱不改，鹽梅共鼎固非同〔六〕。一篇和遍東西府〔七〕，六律更成十二宫〔八〕。

【箋注】

〔一〕作於元祐五年（一〇九〇）夏。蓋三月蘇頌除官，而梁燾有異議，詩言"穆然臺閣有清風"則可見蘇頌已涖任且有所成效，是則至少在四月。故繫之於下。門下劉侍郎即劉摯，時任門下侍郎。見《送交代劉莘老》注〔一〕。門下：門下省。元豐以後，爲中央審令機構，輔佐皇帝决策。門下侍郎爲尚書左僕射兼官，以充侍中之職，任左相。蘇左丞：指蘇頌（一〇二〇—一一〇一），字子容，泉州南安（今福建南安市）人。慶曆二年進士，自書契以來，經史九流百家之説，至於圖緯律吕，星官筭法，山經本草，無所不通。元祐五年，爲尚書左丞。爲相務在使百官遵職，杜絶僥倖之源。戒疆埸之臣邀功生事。巍然獨立，爲時雅望。以太子少師致仕卒。《宋史》有傳。左丞：尚書左丞。文階名。元豐三年九月新訂《元豐寄禄格》，以階易官，其官易爲光禄大夫階，吏部侍郎轉尚書左丞。

〔二〕美稱蘇頌終得大用。《續資治通鑑長編·神宗元豐元年》："［正月］權御史中丞鄧潤甫言：'知虢州鄧綰近復龍圖閣待制，中外之論，皆謂綰在言路，肆爲邪慝，……今綰去位未幾，亟還近職，搢紳藉藉，莫知所謂。蓋蘇頌奪職八年，而後復諫議大夫；曾布五年而後得待制。綰何人，獨此超越。'"又《哲宗元祐五年》："［三月］翰林學士承旨、光禄大夫知制誥兼侍讀蘇頌爲右光禄大夫、守尚書左丞。"

〔三〕謂臺閣氣象一新。穆然：調和貌。《詩·大雅·烝民》："吉甫作誦，穆如清風。”鄭箋:“穆,和也。吉甫作此工歌之誦,其調和人之性如清風之養萬物然。”

〔四〕此針對梁燾而言。《續資治通鑑長編·哲宗元祐五年》:“[三月]御史中丞梁燾言:‘伏見近除韓忠彦同知樞密院,蘇頌尚書左丞,續有指揮。令忠彦立班在頌之下。臣竊惑之。以官制言之,則同知樞密院在左、右丞之下;以近例言之,則同知樞密院先入者,在左、右丞之上,忠彦自合在左、右丞上。今既不依官制,又不循近例,仰惟聖意,必以頌爲老舊,故特示此優禮。忠彦雖是晚輩,然進之在前;頌雖是舊人,然用之在後。竊以朝廷尚爵宜正先後之次,今既不以先後次之,則是陛下特形重輕之意。’”

〔五〕承上而言謂哲宗是公正的。都俞:語本《書·益稷》:“禹曰:‘都!帝,慎乃在位。’帝曰:‘俞!’”都,讚美;俞,同意。本以表示舜、禹等討論政事時發言的語氣,後用以讚美君臣間論政之和洽。

〔六〕鹽梅:鹽和梅子。鹽味鹹,梅味酸,均爲調味所需。喻指國家所需的各類賢才。語出《書·説命下》:“若作和羹,爾惟鹽梅。”孔傳:“鹽鹹梅醋,羹須鹹醋以和之。”

〔七〕東西府:指中書、樞密二府。中書在東,樞密院在西,故云。

〔八〕謂蘇頌輔佐天子調理陰陽十分稱職。六律:古代樂音標準名。相傳黄帝時伶倫截竹爲管,以管之長短分别聲音的高低清濁,樂器的音調皆以此爲准。樂律有十二,陰陽各六,陽爲律,陰爲吕。六律即黄鐘、大蔟(tài còu)、姑洗(xiǎn)、蕤(ruí)賓、夷則、無射(yì)。十二宫:十二律。古樂的十二調。陽律六已見上。陰律六:大吕、夾鐘、中吕、林鐘、南吕、應鐘。共爲十二律。按,樂分陰律陽律,古以爲宰臣的職責是輔佐天子調理陰陽,《漢紀·文帝紀一》:“宰相在上佐天子調理陰陽,下遂萬物之宜,外鎮撫四夷,内親附百姓,使公卿大夫各得其職。”此借陰陽律相合而稱揚蘇頌。

次韻張耒①學士病中二首〔一〕

其一

一卧憐君三十朝〔二〕,呼醫仍苦禁城遥。靈根自逐新陽發〔三〕,病枿從經野火燒〔四〕。吻燥未須尋麯蘗〔五〕，囊空誰與典絺蕉〔六〕？何時匹馬隨街鼓〔七〕，睡起頻驚髀肉消〔八〕。

【校記】

①耒：原作"來"，據宋文集本、宋建本改。

【箋注】

〔一〕作於元祐五年（一〇九〇）秋。張耒《卧病月餘呈子由二首》之二有云："風葉鳴窗已復朝，唤回歸夢故山遥。酒壺暗淡浮塵集，藥鼎青熒敗葉燒。閉户獨依寒蟋蟀，移床近就雨芭蕉。"全爲深秋情景。而轍詩"長空雁過疑相答，虚幌螢飛坐恐燒。稍覺新霜試松竹，未應寒雨敗梧蕉"，亦爲秋日情事。故知作於秋日。張耒：見《次韻答張耒》注〔一〕。

〔二〕三十朝：猶言三十天。

〔三〕靈根：借指人的身體。《文選·陸機〈君子有所思行〉》："宴安消靈根，酖毒不可恪。"唐吕延濟注："《黄庭經》云：'玉池清水灌靈根，靈根堅固老不衰。'然靈根喻身也。"

〔四〕病枿：生病的樹。按，此暗用白居易《賦得古原草送別》意："離離原上草，一歲一枯榮。野火燒不盡，春風吹又生。"

〔五〕蘇軾《次韻袁公濟謝芎椒》："燥吻時時著酒濡，要令卧疾致文殊。"吻燥：口乾。語本《文選·陸機〈文賦〉》："始躑躅於燥吻，終流離於濡翰。"李周翰注："燥，乾也；吻，脣也。謂神思馳逐皆得乾脣也。"麯蘗：本指酒曲，此指酒。

〔六〕囊空：謂貧困無錢。參《同王適賦雪》注〔二二〕。絺蕉：見《寒雨》注〔三〕。

〔七〕謂病愈上朝。街鼓：設置在京城街道的警夜鼓。宵禁開始和終止時擊鼓通報。始于唐，宋以後亦泛指"更鼓"。

〔八〕髀肉消：見《次韻子瞻麻田青峰寺下院翠麓亭》注〔一一〕。

其二

塵垢汙人朝復朝〔一〕，病中吟嘯夜方遥。長空雁過疑相答〔二〕，虚幌螢飛坐恐燒〔三〕。稍覺新霜試松竹，未應寒雨敗梧蕉〔四〕。從來百煉身如劍，火滅重磨未遽銷〔五〕。

【箋注】

〔一〕《世説新語·輕詆》："庾公權重，足傾王公。庾在石頭，王在冶城坐。大風揚塵，王以扇拂塵曰：'元規塵汙人。'"此用字面義。

〔二〕古有大雁傳書之傳説。

〔三〕謂因病恍惚誤以爲螢光是火光。宋阮閲《詩話總龜·評論門四》："而自見張文潛病中作七言詩，蘇黄門和之云：'長空雁過疑來答，虚幌螢飛坐恐燒。'秦觀云：'文潛讀至此不樂。'余曰：'何也？'觀云：'虚幌坐燒近于病死，病人所諱。'"虚幌：透光的窗簾或帷幔。

〔四〕"稍覺"二句：言只是小病，當無大礙。敗：毀壞。梧蕉：梧桐和芭蕉。

〔五〕"從來"二句：謂身體如劍，經過淬火當更爲鋒利。

附録 張耒《卧病月餘呈子由二首》

其一

蔀室悠悠昏復朝，强披《莊子》説《逍遥》。四禪未到風猶梗，九轉無功火不燒。學道若爲調鹿馬，是身不實似芭蕉。丹砂赤箭功何有，想聽清言意自消。

其二

風葉鳴窗已復朝，唤回歸夢故山遥。酒壺暗淡浮塵集，藥鼎青熒敗葉燒。閉户獨依寒蟋蟀，移牀近就雨芭蕉。雪深更請安心術，長日如年未易消。

晁補之《次韻蘇中丞喜文潛病間》

攜笻過子約朝朝，況是門無百步遥。午卧簷曦茶可煮，夜談窓霰栗堪燒。范魚何用驚生釜，鄭鹿應知夢覆蕉。試作文殊問居士，從今一飯久如消。

次韻張君病起二首〔一〕

其一

壯①年得疾勢能支，不廢霜螯左手持〔二〕。漸喜一杯留好客，未應五斗似當時〔三〕。口中舌在時聞句〔四〕，雪裏心安不問師〔五〕。去卧淮陽從病守〔六〕，功名他日許君期。

【校記】

①壯：叢刊本作“肚”，誤。

【箋注】

〔一〕作於元祐五年（一〇九〇）秋。當作於上詩之後，故繫於此。病起：病愈。

〔二〕見《績溪二詠·豁然亭》注〔六〕。

〔三〕五斗：此指酒量。參《次韻王鞏見贈》注〔一六〕。

〔四〕見《次韻子瞻廣陵會三同舍各以其字爲韻·劉貢甫》注〔八〕。

〔五〕《祖堂集》卷二：“大師自到東京。有一僧名神光，昔在洛中久傳莊老。年逾四十，得遇大師，禮事爲師。從至少林寺。每問于師，師並不言説。又自難曰：‘古人求法，敲骨取髓，刺血圖像，布髮掩泥，投崖飼虎。古尚如此，我何惜焉？’時大和十年十二月九日，爲求法故，立經子夜，雪乃齊腰。天明師見問曰：‘汝在雪中立，有如何所求耶？’神光悲啼泣淚而言：‘唯願和尚開甘露門，廣度群品。’師云：‘諸佛無上菩提，遠劫修行。汝以小意而求大法，終不能得。’神光聞是語已，則取利刀自斷左臂，置於師前。師語神光云：‘諸佛菩薩求法，不以身爲身，不以命爲命。汝雖斷臂求法，亦可在。’遂改神光名爲惠可。又問：‘請和尚安心？’師曰：‘將心來，與汝安心。’進曰：‘覓心了不可得。’師曰：‘覓得豈是汝心？與汝安心竟。’達摩語惠可曰：‘爲汝安心竟，汝今見不？’惠可言下大悟。”

〔六〕用西漢汲黯卧治淮陽事。見《王公生日》注〔一五〕。

其二

老去《生經》廢不行〔一〕，鏡中白髮見空驚〔二〕。解將沖氣通枯指，易甚新陽發舊莖〔三〕。一悟少年難久恃，不妨多病卻長生。文章繆忝追前輩，服食從來亦强名〔四〕。

【箋注】

〔一〕生經:西晉竺法護譯,主要記叙釋迦牟尼本生故事。此當泛指佛經。

〔二〕唐李白《將進酒》:“君不見高堂明鏡悲白髮,朝如青絲暮成雪。”

〔三〕“解將”二句:謂病後精心調養則必然如枯木逢春而迅速康健。沖氣:指陰陽兩氣互相激蕩。《老子》第四十二章:“萬物負陰而抱陽,沖氣以爲和。”

〔四〕服食:服用丹藥。道家養生術之一。《文選·古詩十九首·驅車上東門》:“服食求神仙,多爲藥所誤。”强名:虚名。

送侄邁赴河間令〔一〕

老去那堪用,恩深未敢歸。誰能告民病〔二〕,一一指吾非?爾赴河間治,無嫌野老譏〔三〕。仍將尺書報〔四〕,勿復問從違〔五〕。

【箋注】

〔一〕作於元祐五年(一〇九〇)十月。邁:蘇邁。見《次韻子瞻特來高安相别先寄遲适遠卻寄邁迨過遯》注〔一〕。河間:今河北河間市。按,此詩原編次在《後集》卷一,今按其時間移于此處。

〔二〕民病:民衆的苦難。《周禮·地官·司救》:“凡歲時有天患民病,則以節巡國中及郊野,而以王命施惠。”

〔三〕野老:村野老人。譏:批評。

〔四〕尺書:謂書信。參《遊景仁東園》注〔六〕。

〔五〕從違:指境遇的順逆。

滕達道龍圖挽詞二首〔一〕

其一

才適邦家用,學非章句儒〔二〕。遭逢初莫測,流落一長吁〔三〕。大節輕多難，深言究遠圖〔四〕。收功太原守，談笑視羌胡〔五〕。

【箋注】

〔一〕作於元祐五年（一〇九〇）十月二十四日。滕元發：見《池州蕭丞相樓二首》之一注〔八〕。蘇軾《故龍圖閣學士滕公墓誌銘》：“乃以龍圖閣學士知揚州，未至而薨。蓋元祐五年十月二十四日也。”蘇轍同月有《乞優恤滕元發家札子》。龍圖：龍圖閣學士。大中祥符三年（一〇一〇）始置，多爲翰林學士兼職或翰林學士别授差遣者除授。按，此二首原編在《後集》卷一，是蘇轍自編時漏掉而補于《後集》還是其他原因不得而知。姑按寫作時間繫於此。

〔二〕章句儒：指不能通達大義而拘泥于辨析章句的儒生。《漢書・夏侯勝傳》：“建所謂章句小儒，破碎大道。”

〔三〕《宋史・滕元發傳》：“王安石方立新法，天下詾詾然。恐元發有言，神宗信之也，因事，以翰林侍讀學士，出知鄆州。徙定州。初入郡，言新法之害，且曰：‘臣始以意度其不可耳，既爲郡，乃親見之。’歲旱求言，又疏奏：‘新法害民者，陛下既知之矣，但下一手詔，應熙寧三年以求所行有不便者，悉罷之，則民心悦而天意解矣。’皆不聽。歷青州、應天府、齊鄧二州。會婦黨李逢爲逆，或因以擠之，黜爲池州，未行，改安州。流落且十歲，猶以前過貶居筠州。”流落：飄泊外地，窮困失意。長吁：長歎。

〔四〕深言：深刻的言論。

〔五〕“收功”二句：《宋史・滕元發傳》：“哲宗登位……徙真定，又徙太原。元發治邊凛然，威行西北，號稱名帥。河東十二將，其八以備西邊，分半番休。元發至之八月，邊遽來告，請八將皆防秋。元發曰：‘夏若併兵犯我，雖八將不敵；若其不來，四將足矣。’卒遣更休。防秋將懼，扣閤争之。元發指其頸曰：‘吾已舍此矣，頭可斬，兵不可出。’是歲，塞上無風塵警。”羌胡：指西夏。

其二

南竄逢公弄水亭〔一〕，公時守池。北歸留我闔閭城〔二〕。壯年不見日千里〔三〕，餘論猶驚敵萬兵〔四〕。簡册何人知造滕〔五〕？邊防觸處竦先聲〔六〕。傷心繫舸城東地〔七〕，目斷安知有死生〔八〕。

【箋注】

〔一〕南竄:指元豐二年(一〇七九),蘇轍由南京(商丘)貶監筠州鹽酒税。弄水亭:在貴池。《明一統志・池州・宫室・弄水亭》:“在府城通遠門外,唐杜牧建,取李白‘飲弄水中月’之句爲名。宋陳舜俞詩:‘未識貴池好,嘗聞弄水名。白鳥鑒中立,畫船天上行。’”

〔二〕北歸:指元豐八年(一〇八五),蘇轍以承議郎爲秘書省秘書郎,由績溪北歸汴梁。闔閭城:指蘇州。闔閭,春秋時吴國國君名。《宋史・滕元發傳》:“哲宗登位,徙蘇揚二州。”

〔三〕《後漢書・王允傳》:“同郡郭林宗嘗見允而奇之,曰:‘王生一日千里,王佐才也。’”

〔四〕餘論:宏論。漢司馬相如《子虛賦》:“問楚地之有無者,願聞大國之風烈,先生之餘論也。”

〔五〕造膝:猶促膝。漢蔡邕《司空臨晉侯楊公碑》:“及其所以匡輔本朝,忠言嘉謀,造膝危辭,當事而行。”

〔六〕觸處:處處。先聲:預先發出的聲威。《史記・淮陰侯列傳》:“兵固有先聲而後實者,此之謂也。”參上詩注〔五〕。

〔七〕繫舸:猶言泊船。此指載滕靈柩的船。

〔八〕謂人生生死不可逆料。《論語・先進》:“未知生,焉知死。”目斷:猶望斷。一直眺望卻看不見。唐丘爲《登潤州城》:“鄉山何處是,目斷廣陵西。”

蘇轍詩編年箋注卷十七

次韻子瞻感舊〔一〕

還朝正三伏〔二〕,一再趨未央〔三〕。久從江海游,苦此劍佩長〔四〕。夢中驚和璞〔五〕,起坐憐老房〔六〕。子瞻夢中見人誦詩云:"度數形名本偶然,破琴今有十三弦。此生若遇邢和璞,始信秦箏是響泉。"因作《破琴詩》以記之。爲我忝丞轄,寘身願并涼〔七〕。子瞻每欲爲國守邊,顧不敢請耳。此心一自許,何暇憂陟岡〔八〕。早歲發歸念,老來未嘗忘〔九〕。淵明不久仕〔一〇〕,黔婁足爲康〔一一〕。家有二頃田,歲辦十口①糧。教敕諸子弟,編排舊文章。辛勤養松竹,遲莫多風霜。常恐先著鞭〔一二〕,獨引社酒嘗。火急報君恩〔一三〕,會合心則降〔一四〕。

【校記】

①口:原作"日",據宋建本、三蘇祠本改。

【箋注】

〔一〕作於元祐六年(一〇九一)八月五日。《欒城後集引》:"至崇寧五年,前後十五年,憂患侵尋,所作寡矣,然亦班班可見,復類而編之,以爲《後集》。"李俊清《〈欒城集〉考》(《古籍整理研究學刊》一九九一.二)認爲"編定時間是在崇寧五年九月末或十月初,所收詩文起元祐六年六月迄崇寧五年十月"。

〔二〕三伏:即初伏、中伏、末伏。參《和孔教授武仲濟南四詠・環波亭》注〔六〕。

〔三〕未央:本爲漢宫名,後借指宫殿。蘇軾《秋興》之三:"樓前夜月低韋曲,雲裏車聲出未央。"

〔四〕"久從"二句:謂自己早有歸隱之心,無奈何仕宦牽絆。劍佩:寶劍和垂佩。唐杜牧《冬至日寄小侄阿宜》:"我家公相家,劍佩嘗丁當。"

〔五〕和璞:邢和璞。唐朝道士,尚黄老,善心算,知人夭壽禍福。《太平廣記・神仙二十六・邢和璞》:"先生貌清羸,服氣,時餌少藥。人亦不詳所生。唐開元二十年至都,朝貴候之,其門如市。能增人算壽,又能活其死者。"唐段成式《酉陽雜俎・壺史》:"房琯太尉祈邢算終身之事,邢言:'若來由東南,止西北,禄命卒矣。降魄之處,非館非寺,非途非署。病起於魚飧,休於龜兹板。'後房自袁州除漢州,及罷歸,至閬州,舍紫極宫。適雇工治木,房怪其木理成形,問之,道士稱:'數月前,有賈客施數段龜兹板,今治爲屠蘇也。'房始憶邢之言。有頃,刺史具鱠邀,房歎曰:'邢君神人也。'乃具白于刺史,且以龜兹板爲托。其夕,病鱠而終。"蘇軾《破琴詩叙》:"舊説,房琯開元中嘗宰盧氏,與道士邢和璞出遊,過夏村口,入廢佛寺,坐古松下。和璞使人鑿地,得瓮中所藏婁師德與永禪師書,笑謂琯曰:'頗憶此否?'琯因悵然,悟前生之爲永師也。"

〔六〕老房:指房琯。《舊唐書・房琯傳》:"會北海太守賀蘭進明自河南至,詔授南海太守,攝御史大夫,充嶺南節度使。中謝,肅宗謂之曰:'朕處分房琯與卿正大夫,何爲攝也?'進明對曰:'琯與臣有隙。'上以爲然。進明因奏曰:'陛下知晉朝何以至亂?'上曰:'卿有説乎?'進明曰:'晉朝以好尚虚名,任王夷甫爲宰相,祖習浮華,故至於敗。今陛下方興復社稷,當委用實才,而琯性疏闊,徒大言耳,非宰相器也。陛下待琯至厚,以臣觀之,琯終不爲陛下用。'"參《送周思道朝議歸守漢州三絶》之三注〔三〕。

〔七〕"爲我"二句:謂自己願遠赴邊陲,不想再陷入政治紛争。丞轄:對尚書左右丞之稱。蘇轍《辭尚書右丞札子第二狀》:"今兹超遷丞轄……臣之私意實不遑安。"并涼:并州與涼州的合稱,皆爲邊陲之地。

〔八〕陟岡:語本《詩・魏風・陟岵》:"陟彼岡兮,瞻望兄兮。"

〔九〕"早歲"二句:謂自己年輕時即有歸隱之志,且此時未嘗忘懷。

〔一〇〕淵明：指晉陶潛。見《答文與可以六言詩相示因道濟南事作十首》之六注〔二〕。

〔一一〕黔婁：劉向《列女傳》卷二"魯黔婁妻"："昔先生君嘗欲授之政，以爲國相，辭而不爲，是有餘貴也。君嘗賜之粟三十鍾，先生辭而不受，是有餘富也。彼先生者，甘天下之淡味，安天下之卑位。不戚戚於貧賤，不忻忻於富貴。求仁而得仁，求義而得義。其謚爲康，不亦宜乎！"

〔一二〕"嘗恐"二句：著鞭：見《蜀井》注〔七〕。社酒：見《宿遷項羽廟》注〔六〕

〔一三〕火急：緊急；趕緊。蘇軾《臘日游孤山訪惠勤惠思二僧》："作詩火急追亡逋，清景一失後難摹。"

〔一四〕語出《詩・召南・草蟲》："亦既見止，亦既覯止，我心則降。"清馬瑞辰通釋："降者，夅之假借。《説文》：'夅，服也。'正與二章'我心則説'，《傳》訓爲服同義。"降：歡悦；悦服。

附録　蘇軾《感舊詩》并叙

嘉祐中，予與子由同舉制策，寓居懷遠驛，時年二十六，而子由二十三耳。一日，秋風起，雨作，中夜翛然，始有感慨離合之意。自爾宦遊四方，不相見者，十嘗七八。每夏秋之交，風雨作，木落草衰，輒悽然有此感，蓋三十年矣。元豐中，謫居黄岡，而子由亦貶筠州，嘗作詩以紀其事。元祐六年，予自杭州召還，寓居子由東府，數月復出領汝陰，時予年五十六矣。乃作詩，留别子由而去。

牀頭枕馳道，雙闕夜未央。車轂鳴枕中，客夢安得長。新秋入梧葉，風雨驚洞房。獨行殘月影，悵焉感初涼。筮仕記懷遠，謫居念黄岡。一往三十年，此懷未始忘。扣門呼阿同，子由，一字同叔。安寢已太康。青山映華髮，歸計三月糧。我欲自汝陰，徑上潼江章。想見冰盤中，石蜜與柿霜。予欲請東川而歸。二物，皆東川所出。憐子遇明主，憂患已再嘗。報國何時畢，我心久已降。

次韻題畫卷四首〔一〕

山陰陳迹〔二〕

卧對郗人氣已真〔三〕，晚依丘壑更無倫〔四〕。不須復預清言侣〔五〕，自是江東第一人〔六〕。逸少知清言之①害，然《蘭亭記》亦不免慕②清言耳〔七〕。

【校記】

①之：叢刊本作“慕”，誤。

②慕：叢刊本作“之”，誤。

【箋注】

〔一〕作於元祐六年（一〇九一）。此次蘇軾韻。

〔二〕詠王羲之蘭亭事。東晉永和九年（三五三）王羲之謝安等同遊於山陰蘭亭，羲之作《蘭亭集序》，其中有“向之所欣，俛仰之間，以爲陳迹，猶不能不以之興懷”語。

〔三〕《世説新語·雅量》：“郗太傅在京口，遣門生與王丞相書，求女壻。丞相語郗信：‘君往東廂，任意選之。’門生歸白郗曰：‘王家諸郎亦皆可嘉，聞來覓壻，咸自矜持，唯有一郎在東牀上坦腹卧，如不聞。’郗公云：‘正此好！’訪之，乃是逸少，因嫁女與焉。”

〔四〕《晉書·王羲之傳》：“羲之既去官，與東土人士盡山水之游，弋釣爲娱。又與道士許邁共修服食，採藥石，不遠千里，遍游東中諸郡，窮諸名山，泛滄海，歎曰：‘我卒當以樂死。’”丘壑：謂隱遁。《漢書·叙傳上》：“漁釣於一壑，則萬物不奸其志；棲遲於一丘，則天下不易其樂。”

〔五〕清言：猶言清談。指魏晉名士崇尚《老》《莊》、大暢玄風的談論。參《送劉長清敏》注〔二〕。按，王羲之嘗抨擊清言。《世説新語·言語》：“王右軍與謝太傅共登冶城，謝悠然遠想，有高世之志。王謂謝曰：‘夏禹勤王，手足胼胝；文王旰食，日不暇給。今四郊多壘，宜人人自效，而虚談廢務，浮文妨要，恐非當今所宜。’謝答曰：‘秦任商鞅，二世而亡，豈清言致患邪？’”

〔六〕蘇轍以爲王羲之識見爲東晋士人之冠。江東：即江左。此處代稱東晋。

〔七〕逸少：指王羲之。見《歸宗寺》注〔八〕。蘭亭記：即《蘭亭集序》。

雪溪乘興〔一〕

亟往遄歸真曠哉〔二〕，聾人不信有驚雷〔三〕。雖云不必見安道〔四〕，已誤扁舟犯雪來〔五〕。

【箋注】

〔一〕詠王徽之雪夜訪戴事。見《趙少師自南都訪歐陽少師於潁州留西湖久之作詩獻歐陽公》注〔一三〕。

〔二〕謂急往速歸真是曠達。

〔三〕謂常人不可理解。語本《韓詩外傳》卷六引《孟子》曰："夫電雷之起也，破竹折木，震驚天下，而不能使聾者卒有聞。"

〔四〕安道：指戴逵（三二六—三九六），字安道，晉譙郡銍縣（今安徽宿濉溪縣）人，後移居會稽剡縣（今浙江嵊州市）。善鼓琴，精繪畫鑄造雕刻，曾爲山陰靈寶寺造丈六無量佛及菩薩像。信奉佛教，但懷疑因果報應之説，著《釋疑論》（見《廣弘明集》卷十八）。爲人重氣節，不趨榮利。徵爲國子博士，不就。《晉書》有傳。

〔五〕犯雪：冒雪。唐韓愈《縣齋有懷》："求官去東洛，犯雪過西華。"

四明狂客〔一〕

失腳來游九陌塵〔二〕，故溪何日定抽身〔三〕？便同賀老扁舟去，已笑西山鄭子真〔四〕。

【箋注】

〔一〕四明狂客：指賀子章。見《次韻秦觀秀才携李公擇書相訪》注〔一五〕。

〔二〕失腳：犯錯誤。唐白居易《東南行一百韻》："翻身落霄漢，失腳到泥塗。博望移門籍，潯陽佐郡符。"自注："予自太子贊善大夫出爲江州司馬。"九陌:見《次韻子瞻招王蘧朝請晚飲》注〔六〕、《送葆光蹇師遊廬山》注〔七〕。此蘇轍自謂仕宦非本意。

〔三〕謂棄官引退。蘇軾《李頎秀才善畫山以兩軸見寄仍有詩次韻答之》:"詩句對君難出手,雲泉勸我早抽身。"

〔四〕鄭子真:名樸,字子真,西漢節士。漢成帝時人。《漢書・王貢兩龔鮑列傳》:"其後谷口有鄭子真,蜀有嚴君平,皆修身自保,非其服弗服,非其食弗食。成帝時,元舅大將軍王鳳以禮聘子真,子真遂不詘而終。"

西塞風雨〔一〕

雨細風斜欲暝時,淩波一葉去安歸〔二〕?遥知夜宿蛟人室〔三〕,浪卷波分不著直略切衣〔四〕。

【箋注】

〔一〕唐張志和《漁歌子》:"西塞山前白鷺飛,桃花流水鱖魚肥。青箬笠,緑蓑衣,斜風細雨不須歸。"

〔二〕淩波:行於水上。指乘船。漢嚴忌《哀時命》:"勢不能淩波以徑度兮,又無羽翼而高翔。"

〔三〕遥知:料想;擬想。蛟人:傳説居於海底的人。蛟,通"鮫"。晉木華《海賦》:"其垠則有天琛水怪,蛟人之室。"

〔四〕南朝梁任昉《述異記》卷上:"南海出蛟綃紗,泉先潛織,一名龍紗。其價百餘金,以爲服,入水不濡。"按,此極言漁人水性之好。

附録　蘇軾《又書王晉卿畫四首》

山陰陳迹

當年不識此清真,强把先生擬季倫。等是人間一陳迹,聚蚊金谷本何人。

雪溪乘興

溪山雪月兩佳哉,賓主談鋒夜轉雷。猶言不見戴安道,爲問適從何處來。

四明狂客

毫端偶集一微塵，何處溪山非此身。狂客思歸便歸去，更求敕賜枉天真。

西塞風雨

斜風細雨到來時，我本無家何處歸。仰看雲天真箬笠，旋收江海入蓑衣。

次韻門下吕相公車駕視學〔一〕

未識吾君龍鳳章，諸儒望幸久南庠〔二〕。輦回原廟初移蹕〔三〕，鷺集西雍已著行〔四〕。執爵稍前疑問道，獻琛不日數來王〔五〕。從官始悟熙寧意，遺我親臨見肯堂〔六〕。

【箋注】

〔一〕作於元祐六年（一〇九一）十月十五日。《續資治通鑑長編・哲宗元祐六年》："[十月]庚午，朝獻景靈宫，退幸國子監，詣至聖文宣王殿行釋奠禮，一獻再拜。幸太學，御敦化堂，召宰相、執政官、親王、從臣賜坐。"宋周密《武林舊事・車駕幸學》："先期三日，儀鸞司及内侍省官至國子監相視，八廂亦至學中搜檢。""禮官、國子監官、三學官、三學生並于堂下分東西立，次引執經官、講書官於堂下東壁面西立，宰臣、執政已下北向立，閤門奏班齊，上服帽，紅上蓋，玉束帶，絲鞋，出崇化堂坐。"吕相公：指吕大防（一〇二七—一〇九七）。字微仲，其先汲郡（治今河南衛輝市西南）人，後徙居京兆府藍田（今陝西藍田縣）。皇祐初進士及第，調馮翊主簿、永壽令。遷著作佐郎，知青城縣，韓絳鎮蜀，稱其有王佐才。入爲鹽鐵判官。英宗即位，改太常博士，命爲監察御史裏行。以争濮王稱考，出知休寧縣。神宗立，通判淄州。熙寧元年知泗州，爲河北轉運副使，召直舍人院。韓絳宣撫陝西，命爲判官，除知制誥。四年知延州，會環慶兵亂，落知制誥，以太常博士知臨江軍。數月徙知華州，除龍圖閣待制、知秦州。元豐初，徙永興。居數年，知成都府。哲宗繼位，召爲翰林學士，權開封府。遷吏部尚書。元祐元年，拜尚書右丞，進中書侍郎，封汲國公。在位凡八年,宣仁后崩,出知潁昌府,尋改永興軍。未幾,奪學士,知隨州,貶秘書監,分司南京,居郢州。紹聖四年貶舒州團練副使,循州安置。赴貶所途中,卒於虔州信豐,年七十一。注有《杜工部年譜》《韓吏部文公集年譜》等。《宋史》有傳。

〔二〕謂太學的師生切盼皇帝臨幸。望幸:盼望臨幸。南庠:古代太學的小學部。《禮記・王制》:"小學在公宮南之左,大學在郊。"宋王應麟《玉海・學校・釋奠・晉釋奠太學》引袁曜《釋奠詩》:"南庠貴齒,東學尚親。卑躬下問,降禮師臣。"

〔三〕原廟:在正廟以外另立的宗廟。《史記・高祖本紀》:"及孝惠五年,思高祖之悲樂沛,以沛宮爲高祖原廟。"南朝宋裴駰集解:"謂'原'者,再也。先既已立廟,今又再立,故謂之原廟。"宋程大昌《考古編・廟在郡國亦名原廟》:"(漢惠帝)乃詔有司立原廟,原廟之名始此。原者,如原蠶之原,既有大廟,又有此廟,是取'重'、'再'爲義也。"此原廟即景靈宮。《續資治通鑑長編・神宗元豐五年》:"[十一月]先是,祖宗神御殿分建于諸寺觀,上以爲未足以稱嚴奉之義,乃酌原廟之制,即景靈宮建十一殿,每歲孟月朝享,以盡時王之禮。及是,宮成,奉安禮畢,初朝享也。"移蹕:猶移駕。

〔四〕西雍:見《簡學中諸生》注〔六〕。唐羅隱《姑蘇城南湖陪曹使君遊》:"倚風荇藻先開路,迎旆鳧鷖盡著行。"

〔五〕"執爵"二句:謂皇帝親臨太學,與致仕老臣請教治國之道,又接受年輕太學生的禮拜。執爵:執杯。語出《禮記・樂記》:"食三老五更於大學,天子袒而割牲,執醬而饋,執爵而酳。"唐孔穎達疏:"執爵而酳者,謂食訖天子執爵而酳口也。"問道:請教道理。不日:不久。獻琛:進獻珍寶。語本《詩・魯頌・泮水》:"憬彼淮夷,來獻其琛。"數:屢屢;頻繁。

〔六〕"從官"二句:借視學事諷王安石新法。"熙寧意"當指王安石變法中的"三舍法"。《文獻通考・選舉考四・舉士》:"時州縣悉行三舍法,當官者子弟得免試入學,而士之在學者,積歲月累試,乃得應格。其不能輟身試補者,僅可從狹額應科舉,不得如在籍者三舍解試兼與而兩得,其貧且老者尤甚病之。時人議其法曰:'利貴不利賤,利少不利老,利富不利貧。'"從官:君王的隨從;近臣。《漢書・元帝紀》:"令從官給事宮司馬中者,得爲大父母,父母、兄弟通籍。”唐顔師古注:“從官,親近天子常侍從者皆是也。”肯堂:《書・大誥》:“若考作室,既底法,厥子乃弗肯堂,矧肯構?”孔傳:“以作室喻政治也,父已致法,子乃不肯爲堂基,況肯構立屋乎?”後以此喻子能繼承父業。

傅銀青挽詞二首〔一〕

其一

名自烏臺發〔二〕,恩從鳳沼深〔三〕。鹽梅和衆口〔四〕,金玉比誠心〔五〕。澹泊平生事,彌留一病侵〔六〕。遺言自無憾,朝野爲沾襟〔七〕。

【箋注】

〔一〕作於元祐六年(一〇九一)十一月十七日。《續資治通鑑長編・哲宗元祐六年》:“[十一月]中大夫、守中書侍郎傅堯俞卒。太皇太后謂執政曰:‘堯俞清直人。’又曰:‘金玉人也,可惜不至宰相。’對曰:‘堯俞自仁宗時至今,始終一節,有德望,真可爲朝廷惜。’上輟朝臨奠,贈右銀青光禄大夫,謚獻簡。司馬光嘗謂邵雍曰:‘清、直、勇三德,人所難兼,吾於欽之畏焉。’雍曰:‘欽之清而不耀,直而不激,勇而温,尤爲難矣。’時以雍之言爲然。”傅銀青:即傅堯俞。見《傅欽之學士濟源草堂》注〔一〕。按,此挽詞或是奉詔而爲,蘇轍本不與傅友好,此前一年十二月嘗有奏,《續資治通鑑長編・哲宗元祐五年》:“[十二月]壬子,御史中丞蘇轍言:‘……未幾,而傅堯俞任中書侍郎。堯俞與韓縝通昏,而素與純仁親厚,遂擢其弟純禮自外任權刑部侍郎,曾未數月,復擢補給事中。純禮門蔭得官,初無學術,因緣僥倖,致身侍從,與堯俞陰爲表裏,惟務成就諸韓。近日韓宗道自權户部侍郎遷試刑部,於法經年乃得待制,宗道之遷曾未三月,適遇青州闕守,特遷待制,出守青州,人言沸騰,徐乃依舊。其他韓氏親戚,度越衆人與優便差遣者,蓋未易一二數也。’”

〔二〕烏臺:即御史臺。傅爲監察御史裏行時不畏强豪,明辨是非,嘗對公主逾制、内侍跋扈等一一彈劾。爲朝野欽服。參《宋史》本傳。

〔三〕謂傅拜中書侍郎事。《續資治通鑑長編·哲宗元祐四年》:“[十一月]癸未,……朝請大夫、試吏部尚書傅堯俞爲中大夫、守中書侍郎。”鳳沼:指鳳凰池。《藝文類聚·職官部·中書令》引南朝宋謝莊《讓中書令表》:“臣聞璧門天邃,鳳沼神深。”唐代宰相稱同中書門下平章事,故後多以“鳳凰池”指宰相職位。

〔四〕謂傅能協調政事。鹽梅:見《次韻門下劉侍郎直宿寄蘇左丞》注〔六〕。

〔五〕謂傅坦蕩赤誠。本傳云:“太皇太后語輔臣曰:‘傅侍郎清直一節,終始不變,金玉君子也。方倚以相,遽至是乎?’……堯俞厚重言寡,遇人不設城府,人自不忍欺。論事君前,略無回隱;退與人言,不復有矜異色。”南朝宋顔延之《秋胡詩》:“義心多苦調,密比金玉聲。”

〔六〕彌留:久病不愈。《書·顧命》:“病日臻,既彌留,恐不獲誓言嗣兹。”宋蔡沈集傳:“病日至,既彌甚而留連。”

〔七〕謂朝廷與民間都爲傅的逝世傷心落淚。

其二

丹旐國西門〔一〕,茅廬濟水深〔二〕。官清貧似舊〔三〕,名重没猶存〔四〕。臺閣傳遺懿〔五〕,交游拭淚痕〔六〕。君恩不改故,延賞遍諸孫〔七〕。

【箋注】

〔一〕《左傳·襄公二十九年》:“葬楚康王,公及陳侯、鄭伯、許男送葬于西之外。諸侯之大夫皆至于墓。”丹旐:猶丹旌。舊時出喪時用的紅色銘旌。

〔二〕參《傅欽之學士濟源草堂》詩注。

〔三〕宋梅堯臣《和范景仁王景彝殿中雜題三十八首並次韻》之十:“囊橐無嫌貧似舊,風騷有喜句多新。”

〔四〕《論語·衛靈公》:“子曰:‘君子疾没世而名不稱焉。’”名重:名聲顯赫。

〔五〕臺閣:見《范蜀公挽詞三首》之二注〔五〕。遺懿:死者遺下的美德。

〔六〕交遊：朋友。

〔七〕謂對傅的褒賞將延及子孫。延賞：延及他人的賞賜。唐白居易《薛從可右清道率府兼倉曹制》："惟汝父平守吾藩鎮，能以忠力殄寇安人，疇庸既以啓封，延賞亦宜及嗣。"

大雪三絶句〔一〕

其一

閏歲窮冬已是春〔二〕，當①寒卻暖未宜人。陰風半夜催飛霰〔三〕，稍净天街一尺塵〔四〕。

【校記】

①當：叢刊本作"常"，誤。

【箋注】

〔一〕作於元祐六年（一〇九一）冬。

〔二〕窮冬：隆冬；深冬。

〔三〕飛霰：飛舞的雪珠。《詩·小雅·頍弁》："如彼雨雪，先集維霰。"鄭箋："將大雨雪，始必微温，雪自上下，遇温氣而摶謂之霰，久而寒勝則大雪矣。"

〔四〕天街：京城中的街道。

其二

玄①冥留雪付句芒，桃李雖憂麥未傷〔一〕。膏澤較遲三十日〔二〕，問天此意亦茫茫。

【校記】

①玄：叢刊本作"元"，因清本避"玄燁"諱而未回改。

【箋注】

〔一〕"玄冥"二句：此謂雪落在樹上，但所幸青苗未傷。玄冥：冬神。《楚辭・劉向〈九歎・遠遊〉》:"就顓頊而敶詞兮,考玄冥於空桑。"漢王逸注:"玄冥,太陰之神。"唐李白《大獵賦》:"若乃嚴冬慘切,寒氣凜冽,不周來風,玄冥掌雪。"句芒:古代傳説中的主木之官。又爲木神名。參《次韻子瞻二月十日雪》注〔二〕。

〔二〕膏澤:滋潤作物的雨水。三國魏曹植《贈徐幹》:"良田無晚歲,膏澤多豐年。"

其三

連歲金明不見冰〔一〕,上春風雪氣稜稜〔二〕。臺中曾奏《五行傳》,到此施行愧未曾〔三〕。

【箋注】

〔一〕金明:即金明池。在宋京開封西鄭門西北。《宋史・太宗紀一》:"[太平興國三年]詔鑿金明池。"宋孟元老《東京夢華録・三月一日開金明池瓊林苑》:"三月一日,州西順天門外,開金明池、瓊林苑。每日教習車駕上池儀範。"

〔二〕上春:孟春。指農曆正月。《周禮・春官・天府》:"上春,釁寶鎮及寶器。"漢鄭玄注:"上春,孟春也。"稜稜:嚴寒貌。《文選・鮑照〈蕪城賦〉》:"稜稜霜氣,蔌蔌風威。"唐李善注:"稜稜霜氣,嚴冬之貌。"

〔三〕"臺中"二句:謂天氣變化莫測,不按時節規律。五行傳:即《書・洪範》:"五行:一曰水,二曰火,三曰木,四曰金,五曰土。"

和王晉卿都尉茶蘼二絶句〔一〕

其一

春到都城曾未知,楸花時見萬年枝〔二〕。多情賴有王公子,解剪金盤寄所思〔三〕。春來未曾見花,但於禁中時見楸①花耳。

【校記】

①楸：叢刊本作“椒”，形近而誤。

【箋注】

〔一〕作於元祐七年（一〇九二）正月。從詩“春到都城”“未曾見花”可知。王晉卿：即王詵。見《王詵都尉寶繪堂詞》注〔一〕。荼蘼（tú mí）：即“酴醾”，花名。

〔二〕宋陸佃《埤雅·釋木楸》：“楸，美木也……莖榦喬聳淩雲，高華可愛。”唐韓愈《楸樹二首》之一：“誰人與脱青羅帔，看吐高花萬萬層。”

〔三〕金盤：金屬製成的花盤。

其二

後圃荼蘼手自栽，清於芍藥釅於梅〔一〕。舊來詩客今無幾〔二〕，三嗅馨香懶舉杯〔三〕。

【箋注】

〔一〕釅：指香味醲。

〔二〕參《送文太師致仕還洛三首》之一注〔六〕。詩客：詩人。

〔三〕唐杜甫《秋雨歎三首》之一：“堂上書生空白頭，臨風三嗅馨香泣。”

蔡州任氏閲世堂〔一〕

朱君長桐鄉，死食桐鄉社。吏民安君德，君亦愛其下。遺言於斯葬，存没勿相捨。自知得民深，千歲誰似者〔二〕？任君治新息，寬惠洽鰥寡。强梁順教詔，桴鼓不鳴野〔三〕。三年去復還，園木栽拱把〔四〕。居人敬閭巷〔五〕，禽鳥依屋瓦。蒼然百尺檜〔六〕，直幹任大廈。相要勿剪伐〔七〕，令尹昔所舍。

【箋注】

〔一〕作於元祐七年（一〇九二）正月。任伋知蔡州新息縣（今河南息縣）

置閱世堂。蘇軾有《閱世堂詩贈任仲微》。《校注》繫此詩於正月,蘇轍詩時間亦當大略相同,故繫於正月。任仲微爲任伋之子。任伋,見《送任師中通判黄州》注〔一〕。

〔二〕"朱君"以下八句:叙漢代朱邑事以況任伋。參《將移績溪令》注〔七〕。

〔三〕"任君"四句:叙任伋治新息事。鰥寡:指老弱孤苦者。《詩・小雅・鴻雁》:"爰及矜人,哀此鰥寡。"毛傳:"老無妻曰鰥,偏喪曰寡。"强梁:指逞强跋扈之人。教詔:教誨;教訓。桴鼓:指警鼓。唐崔日用《餞唐永昌》:"洛陽桴鼓今不鳴,朝野咸推重太平。"

〔四〕拱把:指徑圍大如兩手合圍。《孟子・告子上》:"拱把之桐梓,人苟欲生之,皆知所以養之者。"

〔五〕謂凡任留下的遺跡都爲縣民景仰。

〔六〕參後《閱世堂前任氏大檜》。

〔七〕《詩・召南・甘棠》:"蔽芾甘棠,勿翦勿伐,召伯所茇。"參《陪歐陽少師永叔燕潁州西湖》注〔三〕。

附録 蘇軾《閱世堂詩贈任仲微》

任公鎮西南,嘗贈繞朝策。當時若盡用,善陣無赫赫。淒涼十年後,邪正久已白。卻留封德彝,天意眇難測。象賢真驥種,號訴甘百謫。豈云報私仇,禍福指絡脈。高才食舊德,但恐里門窄。傷心千騎歸,贈印黄壤隔。惟有庭前檜,閱世不改色。千年與井在,記此王粲宅。

次韻門下吕相公同訪致政馮宣猷〔一〕

懶從朝謁事駸騑〔二〕,此去高眠罷倒衣〔三〕。詔許敲門訪耆舊〔四〕,天教築室俟來歸。石公熙載舊宅①〔五〕,張氏頃加修完〔六〕,公得之以成歸計,類非偶然者。肩輿尚肯追春色〔七〕,公來春將往洛中看花。鼓缶何妨傲夕暉〔八〕。所至成家即安隱,武昌誰乞釣魚磯〔九〕?

【校記】

①宅:叢刊本作“宇”,誤。

【箋注】

〔一〕作於元祐七年(一〇九二)夏。馮宣猷:指馮京。《續資治通鑑長編・哲宗元祐元年》:“[五月]中太一宫使馮京爲太子少師、依舊宣徽南院使致仕,從其請也。”再,馮京爲江夏人,而詩云“武昌誰乞釣魚磯”,正相榫合。詩云“天教築室俟來歸”,則致仕後即歸新宅。而詔許造訪,也當是新歸不久,故繫於夏。馮京(一〇二一—一〇九四),字當世,鄂州江夏(今湖北武漢市)人。富弼之婿。皇祐初舉進士,自鄉舉、禮部以至廷試,皆爲第一,以守將作監丞通判荆南府。遷太常丞、直集賢院、同修起居注。先後以龍圖閣待制、右正言知揚州、江寧府,以翰林學士知開封府,以端明殿學士知太原府。神宗即位,復爲翰林學士,改御史中丞,擢樞密副使,進參知政事。以反對王安石變法,罷知亳州,改渭州,徙成都府,以觀文殿學士知河陽。哲宗立,拜保寧軍節度使、知大名府,又改鎮彰德。元祐七年,告老,以太子少師致仕。紹聖元年卒,年七十四,謚文簡。《宋史》有傳。宋曾鞏《節度加宣徽制》:“夫德茂者,其賞異;功隆者,其報殊。是疇其底績之勤,錫以宣猷之號。”是知“宣徽”即“宣猷”。吕相公:指吕大防。見《次韻門下吕相公車駕視學》注〔一〕。

〔二〕朝謁:入朝覲見。驂騑:駕在服馬兩側的馬。亦指駕車之馬。

〔三〕謂不必再爲上朝弄得手忙腳亂。高眠:高枕安眠。倒衣:語本《詩・齊風・東方未明》:“東方未明,顛倒衣裳。顛之倒之,自公召之。”唐孔穎達疏:“群臣當以失晚,復恐後期,故於東方未明之時,急促惶遽,不暇整理衣服,故顛倒著衣裳而朝君。”

〔四〕耆舊:年高望重者。參《利路提刑亡伯郎中挽詞二首》之一注〔四〕。此謂馮。

〔五〕石公熙載:指石熙載。熙載字凝積,宋洛陽(今河南洛陽市)人。周顯德中進士,疏俊有有氣量,居家謹禮法。太宗尹京邑,表爲開封府推官。及即位,累擢至尚書右僕射。熙載性忠實,遇事盡言,無所顧避。人有善即薦之。卒謚元懿。《宋史》有傳。

〔六〕修完:修繕完備。

〔七〕肩輿:轎子。參《寒食前一日寄子瞻》注〔五〕。

〔八〕謂晚年過著快樂瀟灑的日子。鼓缶:猶言撫缶。語本《文選·楊惲〈報孫會宗書〉》:"烹羊炮羔,斗酒自勞。家本秦也,能爲秦聲。婦,趙女也,雅善鼓琴。奴婢歌者數人,酒後耳熱,仰天撫缶而呼嗚嗚。"唐李善注引應劭《漢書注》曰:"缶,瓦器也,秦人擊之以節歌。"夕暉:夕陽的光輝。此以喻晚景。

〔九〕"所至"二句:謂安於新居生活,不必再到故鄉(武昌)去魚釣。釣魚磯:釣魚時坐的巖石。北周明帝《貽韋居士詩》:"坐石窺仙洞,乘槎下釣磯。"

魯元翰中大挽詞二首〔一〕

其一

遺直誦家聲〔二〕,持心本至誠〔三〕。何勞求皦察,所至自安平〔四〕。氣象餘前輩,才華屬後生〔五〕。飛騰看諸子,相繼亦公卿。

【箋注】

〔一〕作於元祐七年(一〇九二)。按,元翰卒年不詳。蘇轍《欒城集》自繫於挽張安道之前,姑繫於七年。魯元翰:即魯有開。參《送魯有開中大知洺州次子瞻韻》注〔一〕。

〔二〕遺直:見《和孔武仲金陵九詠·天慶觀》注〔五〕。家聲:家族世傳的聲名美譽。

〔三〕持心:謂處事所抱的態度。《後漢書·韋彪傳》:"忠孝之人,持心近厚;鍛鍊之吏,持心近薄。"

〔四〕"何勞"二句:謂魯施政得當。皦察:明察。《三國志·魏書·袁渙傳》:"不爲皦察之行,然時人服其清。"安平:平安。

〔五〕"氣象"二句:謂魯足爲楷模。《宋史·循吏傳·魯有開》:"知確山縣,大姓把持官政,有開治其最甚者,遂以無事。興廢陂,溉民田數千頃。富弼守蔡,薦之,以爲有古循吏風。"

其二

十年初見范公園〔一〕，知與錢塘結弟昆〔二〕。樂易向人無不可〔三〕，疏慵憐我正忘言〔四〕。南遷卻返逢北渡〔五〕，遠聘相過適近藩。無復放懷嘩笑語，挽詩空寄淚潺湲〔六〕。子瞻兄始與元翰皆倅杭州〔七〕。及自彭城還止都門，寓居范景仁東園。元翰時來相過，予始識之。其後南還，元翰出守洛州。及奉使契丹，元翰復守滑臺〔八〕，皆接從容者久之。

【箋注】

〔一〕熙寧十年（一〇七七），蘇軾晤魯有開；有開知衛州，蘇軾有詩送行。詩即《送魯元翰少卿知衛州》："冗士無處著，寄身范公園。"施注：東坡自密移守河中，至京師，改徐州，時有旨不許入國門，寓城外范蜀公園，故首句云然。

〔二〕弟昆：弟兄。唐杜甫《彭衙行》："誓將與夫子，永結爲弟昆。"

〔三〕樂易：和樂平易。參《和子瞻東陽水樂亭歌》注〔八〕。無不可：謂不拘成見。語出《論語·微子》："虞仲、夷逸隱居放言，身中清，廢中權。我則異於是，無可無不可。"宋邢昺疏："我之所行，則與此逸民異，亦不必進，亦不必退，唯義所在。"

〔四〕忘言：謂不言而相知於心的友誼。《晉書·山濤傳》："後遇阮籍，便爲竹林之交，著忘言之契。"

〔五〕"南遷"二句：見詩末自注。

〔六〕"無復"二句：謂再也不能與魯開心笑語，只能以題詩來寄託自己哀思。潺湲：流動貌。《楚辭·屈原〈九歌·湘夫人〉》："慌忽兮遠望，觀流水兮潺湲。"按，此謂流淚。

〔七〕倅：通判。參《送賈訥朝奉通判眉州》注〔七〕。

〔八〕滑臺：滑州州治，在今河南省滑縣。相傳古有滑氏，於此築壘，後人築以爲城，高峻堅固。漢末以來爲軍事要衝。北魏以金墉、虎牢、碻磝稱河南四鎮。南燕慕容德曾建都於此。

贈司空張公安道挽詞三首〔一〕

其一

道廣中無競,才高治不煩〔二〕。安心本篤静,憂世亦時言〔三〕。壽考同儕盡,經綸故事存〔四〕。猶應門下客,微論記根原〔五〕。

【箋注】

〔一〕作於元祐七年(一〇九二)八月九日。《宋史·張方平傳》:"元祐六年薨,年八十五。贈司空。遺令毋請謚,尚書右丞蘇轍爲請,乃謚曰文定。"參《張安道尚書生日》注〔一〕。

〔二〕"道廣"二句:謂張方平通達而與世無争,其治世之才遊刃有餘。無競:不争,没有競争。《詩·大雅·桑柔》:"君子實維,秉心無競。"《荀子·彊國》:"佚而治,約而詳,不煩而功,治之至也。"

〔三〕《宋史·張方平傳》:"帝以豐財省費訪群臣,方平既條對,又獨上數千言,大略以爲:'祥符以來,務爲姑息,漸失祖宗之舊。取士、任子、磨勘、遷補之法壞,命將養兵,皆非舊律。國用既窘,則政出多門;大商豪民乘隙射利,而茶鹽香礬之法亂。此治忽盛衰之本,不可以不急。'帝覽對甚悦,且大用。"時言:時時發表自己的意見。

〔四〕"壽考"二句:謂張得高壽,同輩人都已作古,其卓著功勳將永遠留存。壽考:年高;長壽。《詩·大雅·棫樸》:"周王壽考,遐不作人。"鄭箋:"文王是時九十餘矣,故云壽考。"同儕:同伴,伙伴。經綸:見《送吕希道少卿知滁州》注〔八〕。

〔五〕"猶應"二句:謂門下賓客當記下張平時的言論而考索大道。微論:精妙的言論。微,精深;奥妙。《荀子·解蔽》:"處一之危,其榮滿側;養一之微,榮矣而未知。"唐楊倞注:"微,精妙也。"

其二

孤高出世學,豪邁謫仙人〔一〕,早歲猶和俗,中年自識真〔二〕。定餘時發照〔三〕，塵盡四無鄰〔四〕。聞道騎箕尾，還應事玉宸①〔五〕。

【校記】

①宸：宋建本作“晨”，誤。

【箋注】

〔一〕謂張如李白之豪放。參《次韻秦觀秀才携李公擇書相訪》注〔一六〕。

〔二〕“早歲”二句：謂張早年順應世情，到中年則參透了人生真諦。和俗：順應世情。三國魏阮籍《詣蔣太尉奏記辭辟命》：“進無和俗崇譽之高，退無静默恬沖之操。”識真：識認自然之道。按，張安道頗習養生之術。參《宣徽使張安道生日》以下各注。

〔三〕定餘：禪定之後。定，禪定。參《少林寺贈頓起》注〔四〕。發照：表現出照臨萬物的智慧。蘇轍《再祭張宫保文》：“由是嗇氣養神，以終其身。中忘我以發照，外忘物而遠塵。”

〔四〕《五燈會元·楊岐會禪師法嗣·舒州白雲守端禪師》：“岐曰：‘吾聞伊過橋遭有省，作偈甚奇，能記否？’師誦曰：‘我有明珠一顆，久被塵勞關鎖。今朝塵盡光生，照破山河萬朵。’岐笑而趨起，師愕然，通夕不寐。”無鄰：無與倫比。

〔五〕“聞道”二句：謂張去世是天帝召入仙班了。《莊子·大宗師》：“傅説得之，以相武丁，奄有天下，乘東維，騎箕尾，而比於列星。”本謂傅説星，在箕星尾星之間，相傳爲傅説死後升天所化，後因以指遊仙。此謂人去世。《宋史·趙鼎傳》：“書銘旌云：‘身騎箕尾歸天上，氣作山河壯本朝。’”玉宸：北極星所居，即紫微垣。本主帝王，引申爲天帝。

其三

西蜀識公初，南都從事餘〔一〕。一言知我可，久好復誰知？學術留元嘆，家聲付伯魚〔二〕。霜天近生日，聞挽重欷歔〔三〕。

【箋注】

〔一〕“西蜀”二句：蘇轍《追和張公安道贈别絶句引》：“予年十八，與兄子瞻東游京師。是時張公安道守成都，一見以國士相許，自爾遂結忘年之契。”轍亦有《送張公安道南都留臺》詩。

〔二〕"學術"二句:謂張學術及家聲皆後繼有人。學術:治國之術。元嘆:指三國吴顧雍(一六八—二四三),字元歎,吴郡吴縣(今江蘇蘇州市)人。《三國志·吴書·顧雍傳》:"蔡伯喈從朔方還,嘗避怨於吴,雍從學琴書。"南朝宋裴松之注引《江表傳》曰:"雍從伯喈學,專一清静,敏而易教。伯喈貴異之,謂曰:'卿必成致,今以吾名與卿。'故雍與伯喈同名,由此也。《吴録》曰:'雍字元歎,言爲蔡雍之所歎,因以爲字焉。'"伯魚:指孔子的兒子鯉。字伯魚。見《寄題陳憲郎中竹軒》注〔三〕。

〔三〕"霜天"二句:張方平去世時間與生日相近(九月二十三日)。霜天:深秋。欷歔:歎息聲;抽噎聲。三國魏曹植《卞太后誄》:"百姓欷歔,嬰兒號慕。"

次韻子瞻和淵明飲酒二十首〔一〕

其一

我性本疏懶〔二〕,父母强教之。逡巡就科選〔三〕,逮此年少時。幽憂二十年,懶性祇如兹。偶然踐黄闥〔四〕,俯仰空自疑〔五〕。乞身未敢言,常愧外物持〔六〕。

【箋注】

〔一〕作於元祐七年(一〇九二)九月。第十五首有"争埽習禮迹"語,其事發生在是年九月。宋費衮《梁谿漫志·東坡改和陶集引》:"東坡既和淵明詩,以寄潁濱使爲之引。潁濱屬稿寄坡,自'欲以晚節師範其萬一也',其下云:"嗟夫!淵明隱居以求志,詠歌以忘老,誠古之達者,而才實拙。若夫子瞻仕至從官,出長八州,事業見於當世,其剛信矣,而豈淵明之拙者哉?孔子曰:'述而不作,信而好古。竊比于我老彭。'古之君子其取于人則然。"東坡命筆改云:"嗟夫!淵明不肯爲五斗粟,一束帶見鄉里小人,而子瞻出仕三十餘年,爲獄吏所折困,終不能悛,以陷大難,乃欲以桑榆之末景,自託於淵明,其誰肯信之?

雖然，子瞻之仕，其出入進退猶可考也，後之君子，其必有以處之矣。孔子曰：‘述而不作，信而好古。竊比于我老彭。’《孟子》曰：‘曾子、子思同道。’區區之迹，蓋未足以論士也。”此文，今人皆以爲潁濱所作，而不知東坡有所筆削也。宣和間，六槐堂蔡康祖得此稿於潁濱第三子（遜），因録以示人，始有知者。陶潛有《飲酒二十首》，其序云：“余閒居寡歡，兼比夜已長。偶有名酒，無夕不飲。顧影獨盡，忽焉復醉。既醉之後，輒題數句自娱。紙墨遂多，辭無詮次，聊命故人書之以爲歡笑爾。”淵明：見《答文與可以六言詩相示因道濟南事作十首》之六注〔二〕。

〔二〕疏懶：懶散。唐張籍《書懷》：“自小信成疏懶性，人間事事總無功。”

〔三〕逡巡：勉强。科選：科舉考試。

〔四〕黄閫：本指門下省。此謂官場。宋曾鞏《相制三》：“朕飭正三省，綱理萬事。號令所出，本諸西臺；閲審駁論，屬之黄閫；推而達之，則在會府。”蘇轍《謝太中大夫門下侍郎表》之一：“黄閫之崇，惟賢是用；四品之貴，匪功弗加。”

〔五〕蘇軾《次韻李修孺留别二首》之二：“此生别袖幾回麾，夢裏黄州空自疑。”俯仰：形容沉思默想。

〔六〕“乞身”二句：謂自己爲功名所累而無法擺脱。乞身：古代以作官爲委身事君，故稱請求辭職爲乞身。參《張公生日》注〔八〕。外物：身外之物。多指利欲功名之類。

其二

人言性本静〔一〕，不必林與山。世雖有此理，知誰非妄言？自我作歸計〔二〕，於今十餘年。低回軒冕中〔三〕，此語愧虚傳〔四〕。

【箋注】

〔一〕《禮記·樂記》：“人生而静，天之性也。”

〔二〕歸計：回鄉歸隱的想法。唐羅隱《遣興》：“青雲路不通，歸計奈長蒙。”

〔三〕低回：徘徊；流連。軒冕：本指大夫以上官員的車乘和冕服。借指官位爵禄。《莊子·繕性》：“古之所謂得志者，非軒冕之謂也，謂其無以益其樂而已矣。”

〔四〕虚傳:空傳其事。

其三

世人豈知我?兄弟得我情。少年喜文章,中年慕功名。自從落江湖,一意事養生〔一〕。富貴非所求〔二〕,寵辱未免驚〔三〕。平生不解飲〔四〕,欲醉何由成?

【箋注】

〔一〕"自從"二句:謂仕途遭受打擊後便以養生爲要。唐白居易《效陶潛體詩十六首》:"或飛青雲上,或落江湖間。"養生:攝養身心之道。

〔二〕陶潛《歸去來兮辭》:"富貴非吾願,帝鄉不可期。"唐李白《短歌行》:"富貴非所願,爲人駐頹光。"

〔三〕《老子》第十三章:"得之若驚,失之若驚,是謂寵辱若驚。"

〔四〕解飲:懂得飲酒之道。李白《月下獨酌四首》之一:"月既不解飲,影徒隨我身。"蘇軾《與臨安令宗人同年劇飲》:"我雖不解飲,把盞歡意足。"

其四

秋鴻一何樂,空際乘風飛〔一〕。秋蟲一何憂〔二〕,壁間終夜悲〔三〕。憂樂本何有〔四〕?力盡兩無依。物生逐所遇〔五〕,久行不知歸〔六〕。少年氣難回,老者百事衰。聊復沃以酒〔七〕,永與狂心違〔八〕。

【箋注】

〔一〕"秋鴻"二首:唐白居易《續古詩十首》之七:"上有和鳴雁,下有掉尾魚。飛沉一何樂,鱗羽各有徒。"空際:空中。乘風:憑藉風力。

〔二〕唐李子卿《聽秋蟲賦》:"況白露之夜遥,聽陰蟲之啾啾。且鳴因夜急,思以秋苦。始趯而緣階,轉嘤嘤而入户。輕颸颯而韻合,殘溜泠而響聚。"

〔三〕唐白居易《燕詩示劉叟》:"卻入空巢裏,啁啾終夜悲。"

〔四〕《論語·述而》:"葉公問孔子于子路,子路不對。子曰:'汝奚不曰:其爲人也,發憤忘食,樂以忘憂,不知老之將至云爾?'"

〔五〕陶潛《歸去來兮辭》:"聊乘化而歸盡,樂夫天命復奚疑。"

〔六〕《莊子·齊物論》:“予惡乎知惡死之非弱喪而不知歸者邪!”晉郭象注:“少而失其故居,名爲弱喪。夫弱喪者,遂安於所在而不知歸於故鄉也。”唐成玄英疏:“謂少年遭亂,喪失桑梓,遂安他土而不知歸。”

〔七〕沃:本義爲澆灌,引申指飲酒。

〔八〕謂絶訣功名之望。狂心:進取之心。

其五

昔在建成市〔一〕,鹽酒晝夜喧〔二〕。夏潦恐天漏〔三〕,冬雷知地偏。妻孥日告我〔四〕,胡不反故山〔五〕? 一來朝廷上,七年不知還〔六〕。有寓均建成,且志昔日言。

【箋注】

〔一〕建成:即高安。參《送葆光蹇師遊廬山》注〔二〕。

〔二〕謂自己監筠州鹽酒税事。

〔三〕蘇轍於元豐四年(一〇八一)夏在筠州有《江漲》詩云:“山中三日雨,江水一丈高。”夏潦:夏季因久雨而形成的大水。《宋史·河渠志七》:“夏潦漲溢,荆南、復州千餘里,皆被其害。”天漏:謂雨量過多。唐杜甫《九日寄岑參》:“安得誅雲師,疇能補天漏。”

〔四〕妻孥:妻子和兒女。《詩·小雅·常棣》:“宜爾家室,樂爾妻帑。”毛傳:“帑,子也。”帑,通“孥”。

〔五〕故山:舊山,故鄉。漢應瑒《别詩》之一:“朝雲浮四海,日暮歸故山。”

〔六〕“一來”二句:蘇轍於元豐八年(一〇八五)八月以秘書省校書郎召回至今整七年。

其六

夢中見百怪,一一皆謂是。醉中身已忘,萬事隨亦毁〔一〕。此心不應然,外物妄使爾。安心十年後,此語知非綺〔二〕。

【箋注】

〔一〕謂(因爲醉了)一切都隨之而無影無蹤。

〔二〕綺：綺語。佛教語。指藻飾或不實之詞。南朝梁武帝《答菩提樹頌手敕》："但所言國美，皆非事實，不無綺語過也。"《法苑珠林》卷八十八引《成實論》："雖是實語，以非時故，即名綺語。或是時以隨順衰惱無利益故，或雖利益，以言無本，義理不次，惱心説故，皆名綺語。"按，此處猶言虛語。

其七

開卷觀古人〔一〕，誰非一世英？骨肉委黄壚〔二〕，泯滅俱無情〔三〕。憧憧來無盡，擾擾相奪①傾〔四〕。驚雷震朱夏〔五〕，鮮能及②秋鳴。得酒且酣飲，問誰逃死生〔六〕？

【校記】

①奪：叢刊本作"奉"，誤。

②及：叢刊本作"入"，誤。

【箋注】

〔一〕開卷：打開書本。此謂讀書。唐韓愈《出門》："開卷讀且想，千載若相期。"

〔二〕骨肉：身體。《禮記・檀弓下》："骨肉歸復於土，命也！"黄壚：猶黄泉。《淮南子・覽冥》："上際九天，下契黄壚。"漢高誘注："上與九天交接，下契至黄壚，黄泉下壚土也。"

〔三〕泯滅：滅絶；消失。無情：不留情。

〔四〕"憧憧"二句：謂書中古人龍争虎鬥的故事比比皆是，歷歷在目。憧憧：往來不絶貌。擾擾：紛亂貌，煩亂貌。

〔五〕朱夏：夏季。《爾雅・釋天》："夏爲朱明。"

〔六〕"得酒"二句：謂且需飲酒即可，誰能逃得過生死。唐白居易《浩歌行》："古來如此非獨我，未死有酒且酣歌。"

其八

明月出東牆，萬物含餘姿〔一〕。孤蟬庇繁蔭，衆鳥棲高枝〔二〕。解衣適少事，捫腹知亡奇〔三〕。朝與群動作，莫復何所爲？此時不自有,日出還受羈〔四〕。

【箋注】

〔一〕餘姿:賞玩不盡的姿容。晉傅玄《卻東西門行》:“回目流神光,傾亞有餘姿。”

〔二〕“孤蟬”二句:三國魏曹植《蟬賦》:“棲高枝而仰首兮,賴朝露之清流。”此反曹意而用。繁蔭:濃密的樹蔭。

〔三〕“解衣”二句:謂飽食而閑適。捫腹:撫摸腹部。唐白居易《飽食閑坐》:“捫腹起盥漱,下階振衣裳。”蘇軾《寓居定惠院之東》:“先生食飽無一事,散步逍遥自捫腹。”亡奇:無奇。謂没有不順心的事。奇,謂命運不好,遇事不利。唐韓愈《寄崔二十六立之》:“不脱吏部選,可見偶與奇。”錢仲聯集釋引廖瑩中注:“古人以遇合爲耦,不遇爲奇。”

〔四〕“此時”二句:謂晚上是自己的時間,天明後又不免爲世事纏擾了。

其九

尺書千里至,輟食手自開。將卜東南居〔一〕,故鄉非所懷。勿言湖山美〔二〕,永與平生乖〔三〕。鴻雁秋南來,及春思故棲〔四〕。蛟龍乘風雲,既雨反其泥〔五〕。兄弟通四海〔六〕,叩門事雖諧〔七〕。直道竟三黜〔八〕,去國終恐迷。何如自衛反,闕里從參回〔九〕?

【箋注】

〔一〕蘇軾此時已決計在東南終老而不回故鄉了。

〔二〕蘇軾前已買田陽羨。湖山:湖水與山色。

〔三〕乖:違背。

〔四〕故棲:原來棲息之處。此謂家鄉。陶潛《歸園田居五首》之一:“羈鳥戀舊林,池魚思故淵。”唐孟郊《鴉路溪行呈陸中丞》:“瘦馬戀舊林,羇禽思故棲。”

〔五〕“蛟龍”二句:謂人們天旱求雨,蛟龍降雨後仍回到原來的地方。

〔六〕《論語·顔淵》:“君子敬而無失,與人恭而有禮,四海之内皆兄弟也!君子何患乎無兄弟也。”

〔七〕陶潛《乞食》:“行行至斯里,叩門拙言辭。”

〔八〕《論語·微子》:“柳下惠爲士師,三黜。人曰:‘子未可以去乎?’曰:‘直道而事人,焉往而不三黜?’”

〔九〕“何如”二句:謂不如像孔子那樣離開衛國回到家鄉去教授幾個學生。《論語·子罕》:“子曰:‘吾自衛反魯,然後樂正,《雅》、《頌》各得其所。’”闕里:孔子故里。在今山東曲阜城内闕里街。因有兩石闕,故名。孔子曾在此講學。後建有孔廟,幾占全城之半。《孔子家語·七十二弟子解》:“顔由,顔回父,字季路,孔子始教學於闕里,而受學,少孔子六歲。”從參回:讓曾參、顔回那樣的學生跟著。

其十

羌虜忘君恩,戰鼓驚四隅。邊候失晨夜,驛騎馳中塗〔一〕。詔書止①窮征,諸將守來驅。敵微勢可料,師競力無餘〔二〕。防邊未云失,憂懷愧安居〔三〕。

【校記】

①止:叢刊本作“北”,誤。

【箋注】

〔一〕“邊候”二句:謂邊境戰事緊急,羽書頻傳。按,此年與西夏時有摩擦。參《續資治通鑑長編》本年下。

〔二〕競:强盛;强勁。《詩·周頌·執競》:“執競武王,無競維烈。”宋朱熹集傳:“競,强也。”

〔三〕憂懷:憂慮;憂思。

其十一

修己以安人〔一〕,嗟古有此道。平生妄謂得,忽忽恨衰老〔二〕。年來亦見用,何益世枯槁〔三〕? 逡巡事朝謁,出入自媚好〔四〕。報君要得人〔五〕,被褐信懷寶〔六〕。斯人何時見? 即上歸耕表。

【箋注】

〔一〕《論語·憲問》:"子曰:'修己以敬。'曰:'如斯而已乎?'曰:'修己以安人。'"

〔二〕《楚辭·屈原〈離騷〉》:"欲少留此靈瑣兮,日忽忽兮其將暮。"忽忽:倏忽,急速貌。

〔三〕"年來"二句:晉陶潛《飲酒》詩之十一:"雖留身後名,一生亦枯槁。"

〔四〕唐韓愈《南内朝賀歸呈同官》:"婉孌自媚好,幾時不見擠。"

〔五〕得人:謂得到德才兼備的人。此謂用人得當。《論語·雍也》:"子曰:'女得人焉耳乎?'"宋邢昺疏:"孔子問子游,言女在武城,得其有德之人乎?"

〔六〕《老子》第七十章:"夫唯無知,是以不我知。知我者希,則我者貴。聖人被褐懷玉。"

其十二

春旱麥半死,夏雨欣及時。出郊視禾田,父老有好辭。秋陰結愁霖〔一〕,似欲直敗兹。冥冥人天際,影響良不疑〔二〕。精誠發中禁〔三〕,慇默非有欺。雞號日東出,乃令民信之〔四〕。

【箋注】

〔一〕"秋陰"二句:秋雨連綿,要毁掉這個好年景。愁霖:久雨。雨久使人愁,故稱。《初學記·天部·雨》引《纂要》:"雨久曰苦雨,亦曰愁霖。"

〔二〕"冥冥"二句:謂天人間的關係如影子和回聲。語本《書·大禹謨》:"惠迪吉,從逆凶,惟影響。"孔傳:"吉凶之報,若影之隨形,響之應聲,言不虚。"

〔三〕謂皇帝的精誠能感動上天。精誠:真誠。《莊子·漁父》:"真者,精誠之至也,不精不誠,不能動人。"中禁:指皇帝。

〔四〕《論語·顔淵》:"子貢問政。子曰:'足食,足兵,民信之矣。'"

其十三

天廚釀冰池,摇蕩畏出境〔一〕。年衰雜羸病〔二〕,一酹百不醒〔三〕。

鸞臺異諸曹〔四〕，有政非簿領〔五〕。頹然雖無謫，因謝出囊穎〔六〕。回首愧周行〔七〕，群英粲彪炳〔八〕。

【箋注】

〔一〕“天廚”二句：謂池子裏是上天釀的酒，怕溢出來了，于是用冰封了起來。按，此處雙關，蘇轍監酒税，天廚亦指皇帝的庖厨。唐蕭至忠《送張亶赴朔方應制》：“推食天廚至，投醪御酒傳。”蘇轍《元祐八年生日謝表》之一：“老逢誕日，泣養親之無從；賜出天廚，愧君恩之莫報。”

〔二〕羸病：衰弱生病。唐韓偓《傷亂》：“交親流落身羸病，誰在誰亡兩不知。”

〔三〕釂：飲盡杯中酒。《禮記·曲禮上》：“長者舉未釂，少者不敢飲。”漢鄭玄注：“盡爵曰釂。”百：完全。唐杜甫《徐卿二子歌》：“吾知徐公百不憂，積善袞袞生公侯。”

〔四〕鸞臺：見《書郭熙横卷》注〔二〕。諸曹：猶言各部。亦借指各部的官員。《漢書·百官公卿表上》：“侍中、中常侍得入禁中，諸曹受尚書事。”唐顔師古注引晉灼曰：“《漢儀注》諸吏、給事中日上朝謁，平尚書奏事，分爲左右曹。”

〔五〕簿領：官府的簿册文書。

〔六〕謂因感謝聖恩而時時欲有所表現。囊穎：猶言脱穎而出。參《次韻毛君見贈》注〔三〕。

〔七〕周行：周官的行列。《詩·周南·卷耳》：“嗟我懷人，寘彼周行。”毛傳：“行，列也。思君子，官賢人，置周之列位。”按，此泛指朝官。

〔八〕群英：謂同僚。彪炳：輝耀；照耀。南朝宋鮑照《學劉公幹體五首》之四：“彪炳此金塘，藻耀君王池。”

其十四

淮海老使君，受詔行當至〔一〕。當官不避事〔二〕，無事輒徑①醉。平生自相許〔三〕，兄先弟亦次。東南豈徒往？多難嫌暴貴〔四〕。白首六卿中〔五〕，嚼蠟那復味〔六〕。

【校記】

①徑:叢刊本作“征”,誤。

【箋注】

〔一〕“淮海”二句:謂蘇軾將受命入朝。《續資治通鑑長編·哲宗元祐七年》:“[秋七月]癸卯……使龍圖閣學士蘇軾爲兵部尚書,充鹵簿使。”

〔二〕避事:謂逃避職事。

〔三〕唐李商隱《偶成轉韻七十二句贈四同舍》:“斬蛟破璧不無意,平生自許非匆匆。”

〔四〕暴貴:突然顯貴。《禮記·曲禮下》:“君子已孤,不更名;已孤暴貴,不爲父作謚。”唐孔穎達疏:“本爲士庶,今起爲諸侯,非一等之位,故云暴貴也。”

〔五〕六卿:六官。《書·周官》:“六卿分職,各率其屬,以倡九牧,阜成兆民。”後以此泛稱朝廷重臣。按,蘇轍本年六月“爲太中大夫、守門下侍郎”。見《續資治通鑑長編·哲宗元祐七年》。

〔六〕嚼蠟:比喻無味。《首楞嚴經》卷八:“我無欲心,應汝行事,於横陳時,味如嚼蠟。”宋王安石《示董伯懿》:“嚼蠟已能忘世味,畫脂那更惜時名。”

其十五

去年旅都城,三月不求宅〔一〕。彼哉安知我?争掃習禮迹〔二〕。三已竟無怨〔三〕,心伏鷙鳥百〔四〕。無私心如丹,經患髪先白。功名已不求,餘事復何惜?

【箋注】

〔一〕“去年”二句:追記蘇軾元祐六年官京師事。蘇軾《感舊詩引》:“元祐六年,予自杭州召還,寓居子由東府,數月復出領汝陰。時予年五十六矣,乃作詩留别子由而去。”

〔二〕“彼哉”二句:記叙關於郊祀的論争。謂因爲關於祭祀的争論于是自己去熟悉相關禮制。時吕大防、蘇頌、蘇轍、范百禄等皆有説。埽:指埽地,古代郊祀的儀制,於壇下掃地設祭。《禮記·禮器》:“有以下爲貴者,至敬不壇,埽地而祭。”唐孔穎達疏:“初則燔柴於大壇,燔柴訖,於壇下掃地而設祭。此周法也。”參《續資治通鑑長編·哲宗元祐七年》九月事。

〔三〕謂自己弟兄多次貶謫。三已:語出《論語·公冶長》:“令尹子文三仕爲令尹,無喜色;三已之,無慍色。”唐劉禹錫《酬李相公喜歸鄉國自鞏縣夜泛洛水見寄》:“且無三已色,猶泛五湖舟。”

〔四〕《漢書·鄒陽傳》載《上吴王書》:“臣聞鷙鳥累百,不如一鶚。”唐顔師古注:“鷙擊之鳥,鷹鸇之屬也。”按,蘇轍前後彈劾大臣的奏章頗多,而同時被彈劾的奏章亦不少。其間最尖鋭者莫過於楊康的彈劾,其有云:“當時吕誨大奮忠義,屢疏安石,謂亂天下者必此人也。又曰,必無安静之理。皆果如其言。此亦天下所共知也。陛下若悦蘇轍文學而用之,不疑是猶又用一安石也。轍以文學自負,而剛狠好勝,則與安石無異矣。”(《續資治通鑑長編·哲宗元祐六年》)云“心伏”乃爲反語。

其十六

家居簡餘事,猶讀《内景經》〔一〕。浮塵掃欲盡〔二〕,火棗行當成〔三〕。清晨委群動〔四〕,永夜依寒更〔五〕。低帷閟①重屋,微月流中庭〔六〕。依松白露上,歷坎幽泉鳴。功從猛士得〔七〕,不取兒女情。

【校記】

①閟:叢刊本作“悶”,形近而誤。

【箋注】

〔一〕内景經:即《黄庭内景經》。參《次韻子瞻書黄庭内景卷後贈蹇道士拱辰》注〔一〕、〔二〕。

〔二〕浮塵:心中雜念。唐韓愈《忽忽》:“絶浮塵,死生哀樂兩相棄,是非得失付閒人。”

〔三〕火棗:傳説中的仙果,食之能羽化飛行。參《張公生日》注〔一八〕。

〔四〕唐權德輿《晨坐寓興》:“清晨坐虚齋,群動寂未喧。”

〔五〕晉潘岳《秋興賦》:“何微陽之短晷,覺涼夜之方永。”唐駱賓王《送別》:"寒更承夜永,涼夕向秋澄。"

〔六〕微月:猶眉月,新月。農曆月初的月亮。晉傅玄《雜詩》:"清風何飄颻,微月出西方。"中庭:即庭中。唐韓偓《效崔國輔體四首》:"淡月照中庭,海棠花自落。"

〔七〕《史記·高祖本紀》:"酒酣,高祖擊筑,自爲歌詩曰:'大風起兮雲飛揚,威加海内兮歸故鄉,安得猛士兮守四方!'"猛士:猶勇士。

其十七

南方有貧士,狂怪如病風〔一〕。垢面髮如葆〔二〕,自汙屠酒中。導我引河水,上與崑崙通〔三〕。長箭挽不盡〔四〕,不中無尤弓①〔五〕。

【校記】

①弓:叢刊本作"另",誤。

【箋注】

〔一〕此詩寫葆光蹇師。參《送葆光蹇師遊廬山》詩注。狂怪:狂放古怪;恣肆奇特。病風:本指患風搐或風痹病。按,此取其癲狂義。

〔二〕葆:叢生的草。《漢書·燕剌王劉旦傳》:"當此之時,頭如蓬葆,勤苦至矣,然其賞不過封侯。"唐顔師古注:"草叢生曰葆。"

〔三〕"導我"二句:謂將道家導引之法傳授給自己。崑崙:道家謂頭。《雲笈七籤·三洞經教部·經三·太上黄庭外景經》:"子欲不死修崑崙。"又《三洞經教部·經八·太上老君内觀經》:"眼爲日月,髮爲星辰,眉爲華蓋,頭爲崑崙。"按,此謂真氣的的循環往復。

〔四〕唐杜甫《前出塞九首》之六:"挽弓當挽强,用箭當用長。"

〔五〕尤:責怪。

其十八

清秋九日近,菊酒皆可得〔一〕。永愧陶翁飢〔二〕,雖飢心不惑。懷忠受正命〔三〕,賦命本通塞〔四〕。斯人今苟在,可與同事國〔五〕。惜哉委荊榛①〔六〕,忍飢長默默。

【校記】

①榛:原作"秦",據宋建本、叢刊本改。

【箋注】

〔一〕"清秋"二句:謂重陽將近。九日:指農曆九月九日重陽節。《藝文類聚·歲時部中·九月九日》引南朝梁吴均《續齊諧記》:"今世人每至九日,登山飲菊酒。"

〔二〕晉陶潛《乞食》:"飢來驅我去,不知竟何之。行行至斯里,叩門拙言辭。主人解余意,遺贈副虚期。談諧終日夕,觴至輒傾杯。情欣新知歡,言詠遂賦詩。感于漂母惠,愧我非韓才。銜戢知何謝,冥報以相貽。"

〔三〕正命:儒家以順應于天道、得其天年而死爲得"正命"。《孟子·盡心上》:"盡其道而死者,正命也;桎梏死者,非正命也。"漢趙岐注:"盡修之道,以壽終者爲得正命也。"

〔四〕賦命:給以生命。陶潛《與子儼等疏》:"天地賦命,生必有死。"通塞:謂境遇之順逆。晉潘岳《西征賦》:"生有脩短之命,位有通塞之遇。"

〔五〕事國:爲國家效力。

〔六〕荆榛:泛指叢生灌木,此謂辭世。

其十九

我友二三子〔一〕,兼有仕未仕。青松出林秀,豈獨私與己?斂然不求人〔二〕,而我自罍恥〔三〕。臨風忽長鳴,誰信日千里〔四〕?江行視漁父,但自正綱紀〔五〕。持綱起萬目,魴鱒皆可止〔六〕。老成日就衰,所餘殆難恃。

【箋注】

〔一〕二三子:見《登南城有感示文務光王適秀才》注〔四〕。

〔二〕斂然:自我約束貌。指隱退。

〔三〕罍(léi)恥:語本《詩·小雅·蓼莪》:"瓶之罄矣,維罍之恥。"鄭箋:"瓶小而罍大。罄,盡也。瓶小而盡,罍大而盈。言爲罍恥者,刺王不使富分貧,衆恤寡。"罍、缾皆盛水器,罍大而缾小。罍尚盈而缾已竭,喻不能分多予寡,爲在位者之恥。指因未能盡職而心懷愧疚。

〔四〕日千里:謂才智出衆。語本《後漢書·王允傳》:"同郡郭林宗嘗見允而奇之,曰:'王生一日千里,王佐才也。'"

〔五〕綱紀:猶言綱。綱,提網的總繩。《書·盤庚上》:"若網在綱,有條而不紊。"

〔六〕"持綱"二句:謂抓住網繩,大小魚都裝入網中。魴鱒(fáng zūn):《詩·豳風·九罭》:"九罭之魚,鱒魴。"宋朱熹集傳:"鱒,似鯶而鱗細眼赤。"魴,大魚。按,此以魴鱒泛指魚。

其二十

諸妄不可賴,所賴惟一真〔一〕。内欲求性命,油然反清淳。外將應物化,致一常日新〔二〕。商於四父老,携手初逃秦。翻然感漢德,投足復踐塵〔三〕。出處蓋有道,豈爲諸吕勤〔四〕?嗟我千歲後,澹然與之親。還將山林姿,俯首要路津〔五〕。囊中舊時物,布衣白綸巾〔六〕。功成不歸去,愧此同心人〔七〕。

【箋注】

〔一〕"諸妄"二句:謂只有真淳是最可貴的。諸妄:所有,一切。《漢書·李廣傳》:"而諸妄校尉已下,材能不及中,以軍功取侯者數十人。"唐顔師古注引張晏曰:"妄猶凡也。"

〔二〕《易·繫辭下》:"三人行,則損一人;一人行,則得其友:言致一也。"《禮記·大學》:"湯之盤銘曰:'苟日新,日日新,又日新。'"

〔三〕"商於"四句:見《次韻子瞻聞不赴商幕三首》之二注〔六〕。

〔四〕諸吕:劉邦之妻吕后的親族吕産、吕禄等。惠帝、吕后死後,吕禄爲上將軍,吕産任相國,欲顛覆漢朝。周勃與陳平等共誅諸吕,迎立代王恒,是爲文帝。漢司馬遷《報任少卿書》:"絳侯誅諸吕,權傾五伯,囚於請室。"參《史記·吕后本紀》。

〔五〕"還將"二句:謂勉强從政。山林姿:隱士的材質。宋王安石《信陵坊有籠山樂官》:"萬里山林姿,羽毛何璀璀。"要路津:重要的道路和渡口。比喻顯要的職位。《文選・古詩十九首・今日良宴會》:"何不策高足,先據要路津。"唐杜甫《奉贈韋左丞丈二十二韻》:"自謂頗挺出,立登要路津。"

〔六〕唐白居易《訪陳二》:"曉垂朱綬帶,晚著白綸巾。"

〔七〕謂自己與四皓心靈相通。

附録　蘇軾《和陶飲酒二十首》

吾飲酒至少,常以把盞爲樂。往往頹然坐睡,人見其醉,而吾中了然,蓋莫能名其爲醉爲醒也。在揚州時,飲酒過午輒罷。客去,解衣盤礴終日,歡不足而適有餘。因和淵明《飲酒》二十首,庶以彷佛其不可名者,示舍弟子由、晁无咎學士。

其一

我不如陶生,世事纏綿之。云何得一適,亦有如生時。寸田無荆棘,佳處正在兹。縱心與事往,所遇無復疑。偶得酒中趣,空杯亦常持。

其二

二豪詆醉客,氣湧胸中山。漼然忽冰釋,亦復在一言。嗇氣實其腹,云當享長年。少飲得徑醉,此祕君勿傳。

其三

道喪士失己,出語輒不情。江左風流人,醉中亦求名。淵明獨清真,談笑得此生。身如受風竹,掩冉衆葉驚。俯仰各有態,得酒詩自成。

其四

蠢蠕食葉蟲,仰空慕高飛。一朝傅兩翅,乃得黏網悲。啁啾同巢雀,沮澤疑可依。赴水生兩殼,遭閉何時歸。二蟲竟誰是,一笑百念衰。幸此未化間,有酒君莫違。

其五

小舟真一葉,下有暗浪喧。夜棹醉中發,不知枕几偏。天明問前路,已度千重山。嗟我亦何爲,此道常往還。未來寧早計,既往復何言。

其六

百年六十化,念念竟非是。是身如虚空,誰受譽與毁。得酒未舉杯,喪我固忘爾。倒牀自甘寢,不擇菅與綺。

其七

頃者大雪年,海波翻玉英。有士常痛飲,飢寒見真情。牀頭有敗榼,孤坐時一傾。未能平體粟,且復澆腸鳴。脱衣裹凍酒,每醉念此生。

其八

我坐華堂上,不改麋鹿姿。時來蜀岡頭,喜見霜松枝。心知百尺底,已結千歲奇。煌煌凌霄花,纏繞復何爲。舉觴酹其根,無事莫相羈。

其九

芙蓉在秋水,時節自闔開。清風亦何意,入我芝蘭懷。一隨采折去,永與江湖乖。斷絲不復續,斗水何足栖。不如玉井蓮,結根天池泥。感此每自慰,吾事幸不諧。醉中有歸路,了了初不迷。乘流且復逝,抵曲吾當回。

其十

籃輿兀醉守,路轉古城隅。酒力如過雨,清風消半途。前山正可數,後騎且勿驅。我緣在東南,往寄白髮餘。遥知萬松嶺,下有三畝居。

其十一

民勞吏無德,歲美天有道。暑雨避麥秋,温風送蠶老。三咽初有聞,一溉未濡槁。詔書寛積欠,父老顔色好。再拜賀吾君,獲此不貪寶。頹然笑阮籍,醉几書謝表。

其十二

我夢入小學,自謂總角時。不記有白髮,猶誦論語辭。人間本兒戲,顛倒略似兹。惟有醉時真,空洞了無疑。墜車終無傷,莊叟不吾欺。呼兒具紙筆,醉語輒録之。

其十三

醉中雖可樂,猶是生滅境。云何得此身,不醉亦不醒。癡如景升牛,莫保尻與領。黠如東郭㕙,束縛作毛穎。乃知嵇叔夜,非坐虎文炳。

其十四

我家小馮君,天性頗醇至。清坐不飲酒,而能容我醉。歸休要相依,謝病當以次。豈知山林士，骫髒乃爾貴。乞身當念早，過是恐少味。

其十五

去鄉三十年，風雨荒舊宅。惟存一束書，寄食無定迹。每用愧淵明，尚取禾三百。頎然六男子，粗可傳清白。於吾豈不多，何事復歎息。

其十六

嘵嘵六男子，絃誦各一經。復生五丈夫，戢戢丁欲成。歸田了門户，與國充踐更。普兒初學語，玉骨開天庭。淮老如鶴雛，破殼已能鳴。舉酒屬千里，一歡愧凡情。

其十七

淮海雖故楚，無復輕揚風。齋厨聖賢雜，無事時一中。誰言大道遠，正賴三杯通。使君不夕坐，衙門散刀弓。

其十八

何人築東臺，一郡坐可得。亭亭古浮圖，獨立表衆惑。蕪城閱興廢，雷塘幾開塞。明年起華堂，置酒弔亡國。無令竹西路，歌吹久寂默。

其十九

晁子天麒麟，結交及未仕。高才固難及，雅志或類己。各懷伯業能，共有丘明恥。歌呼時就君，指我醉鄉里。吴公門下客，賈誼獨見紀。請作《鵩鳥賦》，我亦得坎止。行樂當及時，緑髮不可恃。

其二十

蓋公偶談道，齊相獨適真。頽然不事事，客至先飲醇。當時劉項罷，四海創痍新。三杯洗戰國，一斗消强秦。寂寞千載後，陽公嗣前塵。醉卧客懷中，言笑徒多勤。我時閱舊史，獨與三人親。未暇餐脱粟，苦心學平津。草書亦何用，醉墨淋衣巾。一揮三十幅，持去聽坐人。

次韻子瞻道中見寄〔一〕

兄詩有味劇雋永，和者僅同如畫影〔二〕。短篇泉洌不容挹，長韻風吹忽千頃〔三〕。經年淮海定成集，走書道路未遑請〔四〕。相思半夜發清唱〔五〕，醉墨平明照東省〔六〕。詩到，適在省中。南來應帶蜀岡泉〔七〕，西信近得蒙山茗〔八〕。出郊一飯歡有餘，去歲此時初到潁。

【箋注】

〔一〕作於元祐七年（一〇九二）九月。《續資治通鑑長編·哲宗元祐七年》："［八月］癸酉，兵部尚書龍圖閣學士蘇軾兼侍讀。"則赴任當在九月。

〔二〕"兄詩"二句：謂蘇軾詩韻味深長，唱和者只能勉爲其難。雋永：意味深長。《漢書·蒯通傳》："通論戰國時説士權變，亦自序其説，凡八十一首，號曰《雋永》。"唐顔師古注："雋，肥肉也；永，長也。言其所論甘美而義深長也。"畫影：描摹表像。

〔三〕"短篇"二句：謂兄詩短篇清淳甘美，長篇恢弘磅礴。挹：酌，以瓢舀取。《詩·小雅·大東》："維北有斗，不可以挹酒漿。"蘇軾《送程建用》："先生本舌耕，文字浩千頃。"

〔四〕走書：來信。

〔五〕清唱：謂優美的詩篇。

〔六〕醉墨：見《石蒼舒醉墨堂》注〔一〕。

〔七〕問蘇軾可帶來蜀岡的泉水。蜀岡泉：蘇軾《歸宜興留題竹西寺三首》之一："剩覓蜀岡新井水，要携鄉味過江東。"舊題王十朋《東坡詩集注》引趙次公曰："竹西寺，山上有井，其水味如蜀江，號曰蜀岡，故先生謂之爲鄉味。"宋施元之注："《唐·地理志》：貞元四年，節度使杜亞自江都西循蜀岡之右引陂趨城。按，蜀岡有井，陸羽品爲第五泉，相傳與岷江相通。"

〔八〕謂自己近來得到蒙山的名茶。蒙山茗：蒙山的茶葉。蒙山，又名蒙頂山。因山上出産茶葉而知名，蒙山茗自唐朝起即是朝廷貢茶。唐孟郊《憑周況先輩于朝賢乞茶》："蒙茗玉花盡，越甌荷葉空。"宋文同《謝人寄蒙頂新茶》："蜀土茶稱聖，蒙山味獨珍。"信：使者。

附録　蘇軾《召還至都門先寄子由》

老身倦馬河堤永，踏盡黄榆緑槐影。荒雞號月未三更，客夢還家得一頃。歸老江湖無歲月，未填溝壑猶朝請。黄門殿中奏事罷，詔許來迎先出省。已飛青蓋在河梁，定餉黄封兼賜茗。遠來無物可相贈，一味豐年説淮潁。

郊祀慶成〔一〕

盛禮彌三祀〔二〕，初元正七年〔三〕。祭兼天地報，儀自祖宗傳。講義金華久〔四〕，近有旨，講讀官訓釋祖宗齋祠故事十五條，日陳於前。齋心玉食鮮〔五〕。秋成通四海〔六〕，廩實到窮邊。今秋諸道皆奏豐稔，而陝西、河東極邊尤甚。塵卷跳疆寇，西羌入寇環州，邊吏邀擊〔七〕，敗去。琛來浸海船〔八〕。高麗使前十日到闕，預觀大禮。人和神亦荅，物備禮誠全。廟室開深靚〔九〕，郊丘對廣圜〔一〇〕。翠帷新祕殿，寶仗溢通廛〔一一〕。周冕裘繒儉，《周禮》：大裘而冕以祀天。有司欲爲羔裘，度用百羔。上以其害物，以黑繒代之。唐車保介便。玉輅有"正觀"款志："進退安重；奕世所寶。"導前多舊德，迎拜或華顛〔一二〕。薦潔求陰燧〔一三〕，馳誠寄燎煙〔一四〕。垂精粲星斗〔一五〕，望秩遍山川〔一六〕。降輅追前躅，回班戒弗虔〔一七〕。徹細深屈體〔一八〕，屏蓋切承天〔一九〕。上至太廟門，降輅，步入齋殿，至郊壇止。百官回班，仍去黄道褥。三事皆循祖宗故事，而去傘特出上意。嶰谷灰初應〔二〇〕，緹室吹灰〔二一〕，久廢不講。近太史考求遺書〔二二〕，復修其法。扶桑日欲躔〔二三〕。旌旗逐風轉，歌舞送天旋。簾啓瞻宸極〔二四〕，雞號識漏泉〔二五〕。矜愚開罪罟，釋欠靖民編〔二六〕。樂作波翻海，書行箭脱弦〔二七〕。東朝歸福胙，南極本高仙〔二八〕。有道知難犯，無私每得賢。劬勞就聖德〔二九〕，謙畏絶私權〔三〇〕。治道初無象〔三一〕，神功竟莫宣〔三二〕。下臣叨進玉〔三三〕，隨見頌誠然。臣於景靈郊丘實進玉幣。

【箋注】

〔一〕作於元祐七年（一〇九二）十一月十四日。本歲郊祀。參《續資治通鑑長編》本年下。郊祀：古代于郊外祭祀天地，南郊祭天，北郊祭地。郊謂大祀，祀爲群祀。《漢書·郊祀志下》："帝王之事莫大乎承天之序，承天之序莫重於郊祀……祭天於南郊，就陽之義也；瘞地於北郊，即陰之象也。"慶成：謂郊祀之禮告畢。

〔二〕彌:遍;滿。《周禮·春官·大祝》:“國有大故天烖,彌祀社稷禱祠。”漢鄭玄注:“彌,猶徧也。”三祀:古代春季三種祭禮的合稱,即大祀、中祀、小祀。《周禮·春官·大宗伯》:“以禋祀祀昊天上帝,以實柴祀日月星辰,以槱燎祀司中、司命、飌師、雨師。”鄭玄注:“三祀皆積柴實牲體焉,或有玉帛燔燎而升煙,所以報陽也。”

〔三〕初元:皇帝登極改元,元年稱“初元”。此時爲元祐七年,正是宋哲宗七年,故言。蘇軾《次韻蔣穎叔錢穆父從駕景靈宫》之二:“與君並直記初元,白首還同入禁門。”

〔四〕金華:即金華殿,殿在未央宫内。西漢中常侍班伯曾于此受業。《漢書·叙傳上》:“時上方鄉學,鄭寬中、張禹朝夕入説《尚書》、《論語》於金華殿中,詔伯受焉。”唐顔師古注:“金華殿在未央宫。”

〔五〕齋心:祛除雜念,使心神凝寂。玉食:美食。《書·洪範》:“惟辟作福,惟辟作威,惟辟玉食。”孔傳:“言惟君得專威福,爲美食。”

〔六〕秋成:秋季豐收。

〔七〕邀擊:攔擊;截擊。《漢書·匈奴傳上》:“大將軍霍光欲發兵邀擊之。”

〔八〕琛:珍寶。參《次韻門下吕相公車駕視學》注〔五〕。漢張衡《東京賦》:“藩國奉聘,要荒來質,具惟帝臣,獻琛執贄。”按,此謂高麗貢品。

〔九〕深靚:深邃寧静。宋歐陽脩《真州東園記》:“其寬閑深靚,可以答遠響而生清風。”

〔一〇〕郊丘:古天子郊祭天地于圜丘。

〔一一〕寶仗:天子的儀仗。通廛:指四通八達的街區。

〔一二〕“導前”二句:謂參與郊祀的都是德高望重的老臣。《續資治通鑑長編·哲宗元祐七年》:“[八月]丁丑,召河東節度使致仕、潞國公文彦博,太子少師、宣徽南院使致仕馮京,太子少傅致仕韓維,入陪郊祀。”舊德:指德高望重的老臣。迎拜:迎見禮拜。《禮記·曲禮下》:“君若迎拜,則還辟不敢答拜。”鄭玄注:“迎拜,謂君迎而先拜之。”華顛:白頭。指年老。按,此“舊德”與“華顛”互文。

〔一三〕陰燧：古時月夜承接露水的盤子。晉干寶《搜神記》卷十三："夫金之性一也，以五月丙午日中鑄，爲陽燧；以十一月壬子夜半鑄，爲陰燧。"

〔一四〕馳誠：向上天表達誠意。燎煙：燔燎祭天的煙縷。

〔一五〕垂精：發射光芒。《漢書·叙傳下》："炫炫上天，縣象著明，日月周輝，星辰垂精。"

〔一六〕望秩：謂按等級望祭山川。《書·舜典》："歲二月，東巡守，至於岱宗，柴，望秩於山川。"孔傳："東嶽諸侯竟内名山大川，如其秩次望祭之。謂五嶽牲禮視三公，四瀆視諸侯，其餘視伯子男。"

〔一七〕"降輅"二句：《續資治通鑑長編·哲宗元符元年》："［十一月］知樞密院事曾布言：'陛下比以甲子冬至躬祀圜丘，自奉祠景靈，已徹黄道裀褥，詔讀册官至御名勿興。及赴大次，又詔百官不許回班，所以深致寅畏之意。至太廟門降輅，入趨齋宫及升輅赴郊，皆屏蓋卻輦，步趨以進。薦獻之際，至神宗室，悽愴泣涕。逮還版位，沾濡未已，惻怛感左右。臣備位輔臣，職在贊導，悉所親睹。伏乞宣付史官，書之典册。'從之。"降輅：下車。前躅：前人的遺範。

〔一八〕徹：撤除，撤去。《儀禮·鄉射禮》："乃徹豐與觶。"鄭玄注："徹，猶除也。"絪：通"裀"襯墊；褥子。參上注。

〔一九〕承天：承奉天道。見自注。

〔二〇〕嶰谷：昆侖山北谷名。《漢書·律曆志》："黄帝使泠綸，自大夏之西，昆侖之陰，取竹之嶰谷生，其竅厚均者，斷兩節間而吹之，以爲黄鐘之宫。"

〔二一〕緹室：古代察候節氣之室。該室門户緊閉，密佈緹縵，故名。《後漢書·律曆志上》："候氣之法，爲室三重，户閉，塗釁必周，密佈緹縵。室中以木爲案，每律各一，内庳外高，從其方位，加律其上，以葭莩灰抑其内端，案曆而候之。氣至者灰動。"

〔二二〕遺書：指前人的遺著。

〔二三〕扶桑：傳説日出于扶桑之下，拂其樹杪而升，因謂爲日出處。亦代指太陽。《楚辭·屈原〈九歌·東君〉》："暾將出兮東方，照吾檻兮扶桑。"漢王逸注："日出，下浴於湯谷，上拂其扶桑，爰始而登，照曜四方。"躔：日月運行。此謂太陽將落山。

〔二四〕宸極：即北極星。《晉書·律曆志中》："昔者聖人擬宸極以運璿璣,揆天行而序景曜,分辰野,敬農時,興物利,皆以繫順兩儀,紀綱萬物者也。”

〔二五〕漏泉:謂承接雨露甘泉的恩澤。《漢書·吾丘壽王》:“臣聞周德始乎后稷,長於公劉,大於大王,成于文武,顯于周公,德澤上昭,天下漏泉,無所不通。”

〔二六〕“矜愚”二句:謂大赦天下,免除百姓的積欠賦税。《續資治通鑑長編·哲宗元祐七年》:“[五月]自二聖臨御以來,每以施捨己責爲先務。登極赦令,每次郊赦,或隨事指揮,皆從寬厚。凡今所催欠負,十有六七皆君恩所貸矣。”罪罟:罪網。語本《詩·小雅·小明》:“豈不懷歸,畏此罪罟。”鄭箋:“我誠思歸,畏此刑罪羅網我,故不敢歸爾。”釋欠:免除虧欠的租税。

〔二七〕宋參寥子《同韓子蒼遊黄山觀約高壽朋張公碩不至》:“駝裘躍馬去翩翩,一舍逡巡箭脱弦。”

〔二八〕“東朝”二句:此祝福太后長壽之語。東朝:見《太皇太后閣六首》之三注〔三〕。歸:通“饋”。福胙:祭祀所用的肉類。南極:見《送程建用宣德西歸》注〔一一〕。

〔二九〕劬勞:勞累;勞苦。《詩·小雅·蓼莪》:“哀哀父母,生我劬勞。”

〔三〇〕謙畏:謙遜敬慎。

〔三一〕治道:治理國家的方針、政策、措施等。《禮記·樂記》:“是故審聲以知音,審音以知樂,審樂以知政,而治道備矣。”無象:義理玄微難測。語出《老子》:“繩繩兮不可名,復歸於無物。是謂無狀之狀,無象之象,是謂忽怳。”

〔三二〕神功:多用以頌揚帝王的功績。《文選·任昉〈到大司馬記室箋〉》:“神功無紀,作物何稱。”唐吕延濟注:“謂高祖神妙之功無能記述。”

〔三三〕叨:猶忝。表示承受之意。用作謙詞。

次韻姚道人二首〔一〕

其一

西山學采薇〔二〕,東坡學煮羹〔三〕。昔在建成市,豈復衣冠情?朋友日已疏〔四〕,止接盲①趙生〔五〕。畜智徇所安〔六〕,元氣賴以存。

時於星寂中，稍護亂與昏〔七〕。河流發九地，欲挽升天門〔八〕。枉用十年力，僅餘一燈温〔九〕。老病竟未除，驚呼欲狂奔。何日新雨餘，得就季主②論〔一〇〕？

【校記】

①盲：叢刊本作“育”，形近而誤。

②主：叢刊本作“王”，形近而誤。

【箋注】

〔一〕作於元祐八年（一〇九三）。姚道人：即姚安世，自號丹元子。明王鏊《姑蘇志》卷三十一“寧極齋”云：“在飲馬橋，郡人方士姚安世所居。安世能詩文，亦辯博，自號丹元子。元祐末往來京師，與王定國遊，自言目接上清諸仙，蘇子瞻一見奇之，以爲異人，又稱其詩有謫仙風采。”

〔二〕《史記·伯夷列傳》：“武王已平殷亂，天下宗周，而伯夷、叔齊恥之，義不食周粟，隱于首陽山，采薇而食之。及餓且死，作歌，其詞曰：‘登彼西山兮，采其薇矣。以暴易暴兮，不知其非矣。神農、虞、夏忽焉没兮，我安適歸矣？于嗟徂兮，命之衰矣’遂餓死于首陽山。”

〔三〕蘇軾《東坡羹頌》引：“東坡羹，蓋東坡居士所煮菜羹也。不用魚肉五味，有自然之甘。其法以菘若蔓菁若蘆菔若薺，皆揉洗數過，去辛苦汁，以生油少許塗釜緣及瓷盌在菜湯中，入生米爲糝。”又《狄韶州煮蔓菁蘆菔羹》：“我昔在田間，寒庖有珍烹。常支折腳鼎，自煮花蔓菁。中年失此味，想像如隔生。誰知南粵老，解作東坡羹。中有蘆菔根，尚含曉露清。勿語貴公子，從渠嗜羶腥。”

〔四〕《古詩十九首·去者日以疏》：“去者日以疏，生者日以親。”已，通以。

〔五〕蘇轍在筠州與一盲人趙姓丐者有交往，其人類有道者，嘗與轍談養生之道。參蘇轍《丐者趙生傳》。

〔六〕《吕氏春秋·情欲》：“論早定則知早嗇，知早嗇則精不竭。”

〔七〕“時於”二句：謂在夜静更深時屏除雜念，調理自己元氣。

〔八〕“河流”二句：此行氣的比況説法。蘇轍在筠，頗信趙生之説而運氣。參《贈吴子野道人》注〔八〕。九地、天門皆比況導引之語。

〔九〕謂只是心燈尚明。

〔一〇〕季主：司馬季主。《史記・日者列傳》："天新雨，道少人，司馬季主閑坐，弟子三四人侍，方辯天地之道，日月之運，陰陽吉凶之本。二大夫再拜謁，司馬季主觀其狀貌，如類有知者，即禮之，使弟子延之坐。坐定，司馬季主復理前語，分別天地之終始，日月星辰之紀，差次仁義之際，列吉凶之符，語數千言，莫不順理。"

其二

高人隱陋巷，至藥初無方〔一〕。心知無生妙，運轉開陰陽。本如凌雲松，豈受尺寸量？氣如幽谷蘭，時送清風香〔二〕。嗟我本病肺〔三〕，寒暑隨翕張〔四〕。丹砂苦落落〔五〕，青春去堂堂〔六〕。清詩墮雲霧，至音叩琳琅〔七〕。山海信多士，世俗非所望。遠游居臨安〔八〕，間出從諸①王。他年解冠佩，共游無邊疆〔九〕。儀麟既委照，永謝過隙光〔一〇〕。

【校記】

①諸：叢刊本作"請"，形近而誤。

【箋注】

〔一〕至藥：猶妙藥。多指方士所煉的丹藥。

〔二〕"心知"六句：謂姚道人能運轉陰陽調和吐納。陰陽：指天地間化生萬物的二氣。《易・繫辭上》："陰陽不測之謂神。"《廣弘明集・辯惑篇第二・決對傅奕廢佛法僧事》："豈以凡夫之情而疑聖賢之事，何異斗筲測大海，尺寸量虛空，其可得乎？"唐陳陶《種蘭》："種蘭幽谷底，四遠聞馨香。"

〔三〕蘇轍有肺疾，累見于其詩文。

〔四〕翕張：斂縮舒張。語本《老子》第三十六章："將欲歙之，必固張之；將欲弱之，必固强之。"按，此爲肺病隨寒暑反反復復。

〔五〕丹砂：見《次韻蔣夔寒夜見過》注〔四〕。落落：猶寥落。此如杜甫詩所謂"未就丹砂愧葛洪"意。

〔六〕唐薛能《春日使府寓懷二首》之一："青春背我堂堂去，白髮欺人故故生。"堂堂：猶言公然。

〔七〕“清詩”二句：謂姚之詩玄妙高深，琳琅滿目。清詩：清新雅致的詩章。參《和頓主簿起見贈二首》之二注〔四〕。《世説新語・賞譽》：“王仲祖、劉真長造殷中軍談，談竟俱載去。劉謂王曰：‘淵源真可。’王曰：‘卿故墮其雲霧中。’”參《送王鞏之徐州》注〔一八〕。

〔八〕臨安：縣名。在今杭州境。

〔九〕“他年”二句：謂將來辭官而跟隨姚學道成仙。解冠珮：猶言“解冠”。謂辭官。語出《後漢書・逸民傳・逢萌》：“［逢萌］即解冠挂東都城門，歸，將家屬浮海，客於遼東。”

〔一〇〕“儀麟”二句：恭維説姚的光耀照拂著自己，自己將會長生不老。儀麟：恭維對方，猶言鸞駕，蓋仙人以麟鳳爲坐騎。永謝：永遠告别。過隙光：謂人生短暫。語出《莊子・知北游》：“人生天地之間，若白駒之過隙，忽然而已。”

次韻子瞻上元扈從觀燈二首〔一〕

其一

虜去①邊城少奏章，雪殘中禁罷焚香。都人知有新年喜，争看琱輿金鳳凰〔二〕。

【校記】

①虜去：四庫本作“烽息”，清人避諱而改。

【箋注】

〔一〕作於元祐八年（一〇九三）正月十五日。《續資治通鑑長編・哲宗元祐八年》：“［正月］壬辰，幸凝祥池、中太一宫、集禧觀、醴泉觀、大相國寺，御宣德門，召從臣觀燈。”

〔二〕琱輿：玉飾之車。多爲對車駕的美稱。漢張衡《思玄賦》：“轙琱輿而樹葩兮，擾應龍以服路。”

其二

春來有意乞歸耕〔一〕，足痺三年久未平〔二〕。頃奉使契丹，墜馬傷足，已三年矣。忽記上元鑾輅出〔三〕，起聽前殿曉鐘聲。

【箋注】

〔一〕歸耕：謂辭官回鄉種田。《吕氏春秋·贊能》："子何以不歸耕乎，吾將爲子遊。"

〔二〕謂使遼墜馬留下了後遺癥。參《傷足》詩。足痺：腿病。平：康復。唐賈島《酬慈恩寺文郁上人》："期登野閣閑應甚，阻宿山房疾未平。"

〔三〕鑾輅：猶鑾駕。漢張衡《東京賦》："乘鑾輅而駕蒼龍。"

附録　蘇軾《上元侍飲樓上三首呈同列》

其一

澹月疎星遶建章，仙風吹下御爐香。侍臣鵠立通明觀，一朵紅雲捧玉皇。

其二

薄雪初消野未耕，賣薪買酒看升平。吾君勤儉倡優拙，自是豐年有笑聲。

其三

老病行穿萬馬群，九衢人散月紛紛。歸來一點殘燈在，猶有傳柑遺細君。侍飲樓上，則貴戚争以黄柑遺近臣，謂之傳柑，蓋尚矣。

秦觀《次韻東坡上元扈從三絶》

其一

赭皇黴底望龍章，不斷惟聞蠟炬香。一片韶音歸複道，重瞳左右列英皇。

其二

端門魏闕鬱峥嶸，燈火如山輦路平。不待上林鶯百囀，教坊先已進春聲。

其三

仗下蕃夷各一群,機泉如雨自繽紛。諦觀香案傍邊吏,卻是茅山大小君。此三詩魯直、少游集中皆有之,未知誰之所作,姑兩存之。

蔡州壺公觀劉道士〔一〕并引

元祐八年七月,彭城曹煥子文至自安陸〔二〕,爲予言:"過淮西,入壺公觀。觀縣壺之木,木老死久矣,環生孫蘖無數。聞有老道士劉道淵,年八十七,非凡人也。謁之,神氣甚清,能言語,服細布單衣,縫補殆遍。壁間題者多以不易衣爲美。煥問其意,道淵悵然曰:'此故淮西守歐陽永叔所贈也。世人稱永叔工文詞,善辯論,忠信篤學而已〔三〕。君知是人竟何從來耶?公與我有夙契,且齊年也。昔將去吾州,留此以别。吾服之三十年,嘗破而補之矣,未嘗垢而浣也。比嘗得其訃:吾亦去此不久矣。'煥聞之,愕然莫測。徐問其故,皆不答。"予少與兄子瞻皆從公游,究觀平生,固嘗疑公神仙中人,非世俗之士也。公亦嘗自言:"昔與謝希深、尹師魯、梅聖俞數人同游嵩高〔四〕,見蘚書四大字於蒼崖絶澗之上,曰'神清之洞'。問同游者,惟師魯見之,以此亦頗自疑本世外人。"今聞道淵言,與曩意合,因作詩以示公子棐叔弼〔五〕。

思潁求歸今幾時?布衣猶在老劉師。龍章舊有世人識〔六〕,蟬蜕惟應野老知〔七〕。昔葬衣冠今在否?近傳音問不須疑〔八〕。曾聞圯上逢黄石,久矣留侯不見欺〔九〕。

【箋注】

〔一〕作於元祐八年(一〇九三)七月。宋陳師道《後山談叢》卷三:"蔡州壺公觀有大木,世亦莫能名也,高數十尺,其枝垂入地,有枝復出爲木,枝復下垂,如是三四,重圍環列,如子孫然。世傳漢費長房遇仙者處,木即縣壺者。沈丘令張戣,閩人,嘗至蔡,爲余言:'乃榕木也,嶺外多有之,其四垂旁出,無足怪者。'"壺公:傳説中之仙人。典出《後漢書·方術傳·費長房》:"費長房者,汝南人也。曾爲市掾。市中有老翁賣藥,縣一壺於肆頭,及市罷,則跳入壺中。市人莫之見,唯長房於樓上睹之,異焉,因往再拜奉酒脯。翁知長房之意其神也,謂之曰:'子明日可更來。'長房旦日復詣翁,翁乃與俱入壺中。唯見玉堂嚴麗,旨酒甘肴盈衍其中,共飲畢而出。翁約不聽與人言之。後乃就樓上候長房曰:'我神仙之人,以過見責,今事畢當去,子寧能相隨乎?樓下有少酒,與卿爲别。'"北魏酈道元《水經注·汝水》:"昔費長房爲市吏,見王壺公懸壺於市,長房從之,因而自退,同入此壺,隱淪仙路。"

〔二〕曹焕:字子文,蘇轍婿。參《東軒長老二絶》之一注〔三〕。

〔三〕篤學:專心好學。

〔四〕謝希深:即謝絳(九九四—一〇三九)。字希深,杭州富陽(今浙江杭州富陽區)人,濤子。大中祥符八年,登進士甲科,知汝陰縣。以文章爲楊億所薦,擢秘閣校理、同判太常禮院。仁宗朝,累遷太常博士,歷判州府,爲國史編修官,知制誥,判吏部流内銓、太常禮院。絳在位屢陳時弊,建白政事,革正典制。所至建學舍,興儒學。其文章議論,爲儒林一時所宗。寶元二年卒,年四十六。《宋史》有傳。尹師魯:即尹洙(一〇〇一—一〇四七)。字師魯,河南府(今河南洛陽市)人,仲宣次子,源弟。天聖二年進士,調絳州正平縣主簿,歷河南府户曹參軍、安國軍節度判官、知光澤縣。舉書判拔萃,遷山南東道掌書記、知伊陽縣。召試,爲館閣校勘,遷太子中允。會范仲淹貶,敕榜朝堂,戒百官爲朋黨,獨上書願與俱貶,遂落校勘,復爲掌書記、監唐州酒税。作《叙燕》《息戍》等九篇,言朝廷軍政之弊甚切。大將葛懷敏辟爲陝西經略判官,因諸將兵敗好水川,降爲濠州通判。韓琦知秦州,奏爲秦州通判,遷知涇、渭二州,兼涇原路經略公事。坐城水洛與邊將異議,徙知慶、晉、潞州。又坐以公使錢爲部將償債,貶崇信軍節度副使、徙監均州酒税。慶曆七年卒,年四十七。少嘗師事穆修,深於《春秋》,爲文簡而有法,實歐、蘇古文之前導。有《河南先生文集》二十七卷。見歐陽脩《尹師魯墓誌銘》。《宋史》有傳。梅聖俞:指梅堯臣。參《次韻王薦推官見寄》注〔七〕。

〔五〕公子棐叔弼:指歐陽脩第三子歐陽棐。參《送歐陽辯》注〔一三〕。

〔六〕贊譽歐陽脩不同凡響的風采和文采世人皆知。《世説新語·賞譽》:

“顧彦先,八音之琴瑟,五色之龍章。”

〔七〕蟬蜕:喻脱胎换骨。多指修道成真或羽化仙去。晉左思《吴都賦》:“桂父練形而易色,赤須蟬蜕而附麗。”

〔八〕音問:音訊;書信。唐劉長卿《石梁湖有寄》:“煙波日已遠,音問日已絶。”

〔九〕“曾聞”二句:謂神仙之事古已有之,如張良逢黄石公便是。參《下邳黄石公廟》注〔一〕。

大行太皇太后挽詞二首〔一〕

其一

内治隆三世,尊臨極九年〔二〕。神孫克負荷,大業付安全。有道華夷靖,無心怨惡悛〔三〕。和熹盛東漢〔四〕,從此不稱賢①。

【校記】

①稱賢:叢刊本作“賢稱”,誤倒。

【箋注】

〔一〕作於元祐八年(一〇九三)九月初三日。太皇太后:指宋英宗高皇后。見《太皇太后閣六首》之一注〔一〕。

〔二〕“内治”二句:謂高皇后垂簾聽政而天下得治。内治:指對婦女進行的教育。《禮記·昏義》:“古者,天子后立六宫、三夫人、九嬪……以聽天下之内治,以明章婦順,故天下内和而家理。”鄭玄注:“内治,婦學之法也。”唐孔穎達疏:“案九嬪職云‘掌婦學之法’,故知内治是婦學也。”尊臨:居尊臨下。猶言統治和管轄。

〔三〕“神孫”四句:謂哲宗能擔當重任,宋代江山社稷穩固,民族關係和睦。神孫:後嗣的美稱。多稱君主。此謂宋哲宗。負荷:背負肩擔。《左傳·昭公七年》:“子産曰:‘古人有言曰,其父析薪,其子弗克負荷。’”晉杜預注:“荷,擔也。”大業:謂帝業。《書·盤庚上》:“天其永我命於兹新邑,紹復先王之大業，底綏四方。"

〔四〕謂高皇后比鄧皇后强。和熹：和熹皇后鄧綏（八一——一二一）。《後漢書·皇后紀上·和熹鄧皇后》："和熹鄧皇后諱綏，太傅禹之孫也。父訓，護羌校尉；母陰氏，光烈皇后從弟女也。"又"自太后臨朝，水旱十載，四夷外侵，盜賊内起。每聞人饑，或達旦不寐，而躬自減徹，以救災厄，故天下復平，歲還豐穰。"

其二

約己心全小〔一〕，寬民德有餘〔二〕。外家恩澤少，先后禮容虚。有司每以章獻太后故事爲請〔三〕，德音輒深自非薄，不敢當而止。原廟因前室，有司將築神宗皇帝神御，有詔："自處治隆，以成就宣、光。"中朝避册書。頃歲將受册寶，當御前殿，謙避不欲，遂退即後殿而已。功名不勝紀，四謚嘆猶疏。近以四謚進呈，上嘆曰："太皇太后盛德，豈四謚所能盡！"

【箋注】

〔一〕約己：約束自己。《宋史》本傳有云：神宗欲爲后弟士林遷官，后堅執不允，"帝累欲爲高氏營大第，后不許。久之，但斥望春門外隙地以賜，凡營繕百役，費悉出寶慈，不調大農一錢"。其從父西征失律而敗，抵罪。蔡確議復其罪，后直斥其非。

〔二〕本傳云："哲宗嗣位，尊爲太皇太后。驛召司馬光、吕公著。未至，迎問今日設施所宜先。未及條上，已散遣修京城役夫，減皇城覘卒，止禁庭工技，廢導洛司，出近侍尤無狀者。戒中外毋苛斂，寬民間保户馬。"

〔三〕謂依照章獻太后的禮儀。章獻太后：指真宗劉皇后。其先家太原，後徙益州，爲華陽（今四川成都市）人。在襁褓而孤，鞠於外氏，善播鼗。年十五入襄邸，真宗即位，入爲美人。大中祥符中爲修儀，進德妃，卒立爲后。李宸妃生仁宗，后以爲己子，與楊淑妃撫視甚至。性警悟，曉書史，聞朝廷事能記其本末。真宗退朝，閲天下封奏，多至中夜，后皆預聞。真宗久疾，事多決於后。真宗崩，遺詔尊后爲皇太后，軍國重事權取處分。加上尊號曰"應天、齊聖、顯功、崇德、慈仁、保壽太后"。凡稱制十一年，年六十五崩。謚曰"章獻明肅"，葬於永定陵之西北。《宋史》有傳。舊制:皇后皆二謚,稱制加四謚自后始。追贈三世,皆至太師尚書令兼中書令。父封魏王。初仁宗即位尚少,太后稱制,雖政出宫闈,而號令嚴明,恩威加天下,左右近習亦少所假借,宫掖閒未嘗妄改作,内外賜與有節。《宋史》有傳。

附録　畢仲游《恭輓宣仁聖烈太皇太后四首》

其一

受遺開嗣聖,約禮避前人。聽覽從公議,艱難付老臣。官車閶闔晚,帳殿鞏原春。似待吾君長,雲軒即上賓。

其二

聽朝鶩屢輟,端拱異平居。垂殿簾初徹,因山道已除。書遺長樂記,音斷濯龍車。誥下猶加惠,華夷定宴如。

其三

因革功兼至,權宜道可稱。力扶天步穩,端拱太陽升。椒寢移彤管,泉關付漆燈。須知天子孝,不獨改園陵。

其四

勳業三朝盛,哀榮萬國同。人疑無外戚,家不選中宫。天泣時零雨,神遊恐御風。憂勞如治水,九載亦成功。

張耒《太皇太后挽詞》

共政艱難際,臨朝保佑初。經綸付耆老,利澤到樵漁。禮盛謙常抑,功成委不居。聖君深致孝,盡守典刑餘。

次韻姚道人〔一〕

道人偶許俗人知,法喜非妻解養兒〔二〕。夜久金莖添沆瀣〔三〕,室虚寶月映琉璃〔四〕。遠來醉俠忽忽返,近出詩仙句句奇〔五〕。獨怪區區踐繩墨,相逢未省角巾攲〔六〕。

【箋注】

〔一〕作於元祐八年（一〇九三）。此篇《山谷集》中亦有，題作《次韻文安國紀夢》。因《欒城集》爲蘇轍手編，故當爲蘇轍所作。姚道人：見《次韻姚道人二首》之一注〔一〕。

〔二〕法喜：佛教語。謂聞見、參悟佛法而産生的喜悦。《維摩詰所説經》卷二："法喜以爲妻，慈悲以爲女。"

〔三〕金莖：用以擎承露盤的銅柱。《文選·班固〈西都賦〉》："抗仙掌以承露，擢雙立之金莖。"唐李善注："金莖，銅柱也。"沆瀣（hàng xiè）：夜間水氣，露氣。《楚辭·屈原〈遠遊〉》："飡六氣而飲沆瀣兮，漱正陽而飲朝霞。"

〔四〕寶月：明月。《首楞嚴經》卷八："反流全一，六用不行。十方國土，皎然清淨。譬如琉璃，内懸明月，身心快然，妙圓平等。"唐鮑溶《懷惠明禪師》："雪山世界此涼夜，寶月獨照瑠璃宫。"

〔五〕"遠來"二句：謂姚道人能飲善詩。唐韋莊《題許渾詩卷》："江南才子許渾詩，字字清新句句奇。"

〔六〕"獨怪"二句：謂自己囿於塵俗循規蹈矩不及姚灑脱。漢張衡《思玄賦》："竦余身而順止兮，遵繩墨而不跌。"角巾欹：典出《後漢書·郭泰傳》："嘗于陳梁間行遇雨，巾一角墊，時人乃故折巾一角，以爲'林宗巾'。"後以此典指名士高逸灑脱。

次韻石芝〔一〕并引

子瞻昔在黄州，夢游人家，井間石上生①紫藤，枝葉如赤箭。主人言："此石芝也。"折而食之，味如雞蘇而甘。起賦八韻記之。元祐八年，予與子瞻皆在京師，客有至自登州者，言海上諸島，石向日者多生耳，海人謂之石芝。食之味如茶，久而益甘。海上幽人或取服之，言甚益人。客以一籃遺子瞻。遂次前韻。

雞鳴東海朝日新，光蒙②洲島霧雨勻。一晞石上遍生耳〔二〕，幽子自食無來賓〔三〕。寄書乞取久未許，箬籠蕉囊海神户。户，止也。《左傳》："屈蕩户之。"一掬誰令墮我前，無爲知我超諸數〔四〕？此身不願清廟瑚〔五〕，但願歸去隨樵蘇〔六〕。龜龍百歲豈知道？養氣千息存其胡〔七〕。塵中學仙定難脱，夢裏食芝空酷烈〔八〕。中山軍府得安閑，更試朝霞磨鏡鐵〔九〕。

【校記】

①生：叢刊本作"坐"，誤。

②蒙：叢刊本作"家"，形近而誤。

【箋注】

〔一〕作於元祐八年（一〇九三）九月。詩云"中山軍府得安閑"，則當在蘇軾知定州任命後。《續資治通鑑長編·哲宗元祐八年》："［六月］壬申，禮部尚書、端明殿學士、翰林侍讀學士、左朝散郎蘇軾知定州。"原書自注："按，蘇軾奏議，八月十九日以端明侍讀禮書論讀漢唐正史，則六月二十六日不應已除定。又《實録》於九月十三日再書除定州，恐六月二十六日所書或誤。不然，六月二十六日初除，尋不行故。"因繫之九月。

〔二〕晞：曝；曬。

〔三〕幽子：隱士。此謂海上幽人。唐韓愈《别趙子》："海上諸山中，幽子頗不無。"

〔四〕"一掬"二句：一掬（jū）：兩手所捧。參《次韻子瞻祈雨》注〔三〕。諸數：見《張安道生日二首》之一注〔五〕。

〔五〕清廟：即太廟。古代帝王的宗廟。《詩·周頌·清廟》："於穆清廟，肅雝顯相。"瑚：瑚璉。語出《論語·公冶長》："子貢問曰：'賜也何如？'子曰：'汝，器也。'曰：'何器也？'曰：'瑚璉也。'"三國魏何晏集解引漢包咸曰："瑚璉，黍稷之器，夏曰瑚，殷曰璉，周曰簠簋。宗廟之器，貴者。"

〔六〕樵蘇：打柴砍草的人。

〔七〕謂龜龍暗合養生吐納之術。蘇軾《聞公擇過雲龍張山人輒往從之公擇有詩戲用其韻》："不如學養生，一氣服千息。"胡：壽。《詩·周頌·載芟》："有飶其香，邦家之光；有椒其馨，胡考之寧。"毛傳："胡，壽也；考，成也。"

〔八〕酷烈：濃烈。《文選·司馬相如〈上林賦〉》："芬芳漚鬱，酷烈淑鬱。"唐李善注引晉郭璞曰："香氣盛也。"

〔九〕"中山"二句:建議蘇軾繼續研習養生之道。中山:戰國時國名,滅於趙。漢高祖時置中山郡,景帝時改中山國,後漢因之。北魏時改爲定州。隋唐時或爲博陵郡或爲定州。宋爲定州。屬河北西路。治安喜(今河北定縣)。磨鏡鐵:用吕洞賓故事。《唐才子傳·吕巖》:"又嘗負局奩於市,爲賈尚書淬古鏡,歸忽不見。留詩云:'袖裏青蛇淩白日,洞中仙果艷長春。須知物外餐霞客,不是塵中磨鏡人。'"

附録　蘇軾《石芝》并引

元豐三年五月十一日癸酉,夜夢遊何人家。開堂西門,有小園、古井。井上皆蒼石。石上生紫藤如龍蛇,枝葉如赤箭。主人言,此石芝也。余率爾折食一枝,衆皆驚笑。其味如雞蘇而甘,明日作此詩。

空堂明月清且新,幽人睡息來初匀。了然非夢亦非覺,有人夜呼祁孔賓。披衣相從到何許,朱欄碧井開瓊户。忽驚石上堆龍蛇,玉芝紫笥生無數。鏘然敲折青珊瑚,味如蜜藕和雞蘇。主人相顧一撫掌,滿堂坐客皆盧胡。亦知洞府嘲輕脱,終勝嵇康羨王烈。神仙一合五百年,風吹石髓堅如鐵。

又《石芝》并引

予昔夢食石芝,作詩記之。今乃真得石芝於海上,子由和前詩見寄。予頃在京師,有鑿井得如小兒手以獻者。臂指皆具,膚理若生。予聞之隱者,此肉芝也。與子由烹而食之。追記其事,復次前韻。

土中一掌嬰兒新,爪指良是肌骨匀。見之怖走誰敢食,天賜我爾不及賓。旌陽遠遊同一許,長史玉斧皆門户。我家韋布三百年,祗有陰功不知數。跪陳八簋加六瑚,化人視之真塊蘇。肉芝烹熟石芝老,笑唾熊掌嚬雕胡。老蠶作繭何時脱,夢想至人空激烈。古來大藥不可求,真契當如磁石鐵。

故樞密簽書贈正議大夫王彦霖挽詞二首〔一〕

其一

試吏有能名，升臺擅直聲〔二〕。雄飛極九載〔三〕，修路止三城〔四〕。
壯志方凌厲〔五〕，遺書忽嘆驚。老人殊可念，白首泣新塋〔六〕。

【箋注】

〔一〕作於元祐八年（一〇九三）。《宋史全文·哲宗元祐七年》："［六月］丙午，王巖叟爲端明殿學士知鄭州，以楊畏言巖叟天資至險，彊愎循情，父子豫政，貨賂公行……故有是命。"《宋史》本傳："明年徙河陽，數月卒，年五十一。贈左正議大夫。"是知當作於八年。王彦霖（一〇四四—一〇九四）：即王巖叟。字彦霖，大名清平（今山東臨清市）人。年十八，鄉舉、省試、廷對皆第一，調欒城簿。熙寧中，韓琦留守北京，辟爲屬。哲宗初，爲監察御史，累上書言役錢、榷鹽之弊，論蔡確罪狀。遷左司諫兼權給事中，改侍御史，起居舍人，拜中書舍人，權知開封府。元祐六年任樞密直學士、簽書院事。後爲御史排擊，出知鄭州。八年，徙河陽，數月而卒，年五十一，謚恭簡。紹聖中入黨籍。《宋史》有傳。

〔二〕"試吏"二句：謂王無論是出任補吏還是作監察御史，皆有名聲。《宋史·王巖叟傳》："後知定州安喜縣，有法吏罷居鄉里，導人爲訟，巖叟捕撻於市，衆皆竦然。定守吕公著歎曰：'此古良吏也。'"又"哲宗即位，用劉摯薦，爲監察御史。時六察尚未言事，巖叟入臺之明日，即上書論社稷安危之計，在從諫用賢，不可以小利失民心。遂言役錢斂法太重，民力不勝，願復差法如嘉祐時。又言河北榷鹽法尚行，民受其弊，貧者不復食。録大名刻石《仁宗詔書》以進，又以河北天下根本，自祖宗以來，推此爲惠。願復其舊。"試吏：出任官吏。《漢書·高帝紀上》："及壯，試吏，爲泗上亭長，廷中吏無所不狎侮。"唐顔師古注引漢應劭曰："試用補吏。"能名：能幹的名聲。《後漢書·侯霸傳》："後爲淮平大尹，政理有能名。"直聲：正直之言。《漢書·張敞傳》："今朝廷不聞直聲，而令明詔自親其文，非策之得者也。"顔師古注："言朝臣不進直言，以陳其事。"

〔三〕雄飛：比喻奮發有爲。《東觀漢記·趙温傳》："大丈夫生當雄飛，安能雌伏！"按，九載當言王自哲宗即位到王去世。

〔四〕《宋史·王巖叟傳》："夏人數萬侵定西之東、通遠之北，壞七厓巉堡，掠居人，轉侵涇原及河外鄜、府州，衆遂至十萬。熙帥范育偵伺夏右廂種落大抵趣河外，三疏請乘此進堡砦，築龕谷、勝如、相照、定西而東徑隴諸城。朝議未一，或欲以七巉經毁之地，皆以與夏。巖叟力言不可與，彼計得行，後患未已。因請遣官諭熙帥，即以户部員外郎穆衍行視，築定遠以據要害。其調兵貲費，一從便宜，不必中覆。定遠遂城，皆巖叟之力。"

〔五〕謂王志趣高遠且意氣昂揚。《宋史·王巖叟傳》："宰相劉摯、右丞蘇轍以人言求避位，巖叟曰：'元祐之初，排斥奸邪，緝熙聖治，摯與轍之功居多。原深察譏毁之意，重惜腹心之人，無輕其去就。'兩宫然之。"又"司馬光以其進諫無隱，稱之曰：'吾寒心栗齒，憂在不測，公處之自如，至於再三，或累十數章，必行其言而後已。'"

〔六〕"可念"二句：謂王之父母俱在，令人傷心。可念：可憐。

其二

傾蓋晚相親，東西省户鄰〔一〕。聽君占諫草〔二〕，繼我出詞綸〔三〕。京尹聲初浹〔四〕，樞庭迹尚新〔五〕。邯鄲炊未熟〔六〕，榮謝隔逡巡〔七〕。

【箋注】

〔一〕"傾蓋"二句：元豐八年（一〇八五），蘇轍與王巖叟被吕公著和司馬光推薦。《續資治通鑑長編·神宗元豐八年》："［六月］承議郎蘇轍、新授察官王巖叟，並有才氣，可充諫官或言事御史。"元祐初王爲監察御史，後爲左司諫，蘇轍爲右司諫。當是此時相識。傾蓋：見《北京送孫曼叔屯田權三司開坼司》注〔五〕。省户：指中書、門下省。故下句有"諫草"之語。

〔二〕諫草：諫書的草稿。參《後省初成直宿呈子瞻二首》之一注〔六〕。

〔三〕元祐元年(一〇八六)蘇轍與王巖叟共同彈劾吕惠卿。詳見《續資治通鑑長編·哲宗元祐元年》六月。

〔四〕京尹:京兆尹。唐韓愈《京尹不臺參答友人書》:"京尹,郡國之首。"浹:遍及;滿。《宋史·王巖叟傳》:"熙寧中,韓琦留守北京,以爲賢,辟管勾國子監,又辟管勾安撫司機宜文字,監晉州折博、煉鹽務。韓絳代琦,復欲留用。巖叟謝曰:'巖叟,魏公之客,不願出他門也。'士君子稱之。"

〔五〕樞庭:政權中樞;内庭。宋曾鞏《侍中制》:"比回翔於禁闥,遂更踐於樞庭。"按,此謂作監察御史。

〔六〕見《白雲莊偶題》注〔七〕。

〔七〕榮謝:草木茂盛與凋零。喻興衰。唐劉禹錫《秋扇詞》:"莫道恩情無重來,人間榮謝遞相催。"逡巡:頃刻。

讀史六首

其一

留侯决成敗〔一〕,面折愧周昌〔二〕。垂老召商叟〔三〕,鴻鵠自高翔。

【箋注】

〔一〕留侯:指漢張良。參《送張恕朝奉南京簽判二首》之一注〔五〕。

〔二〕《史記·張丞相列傳》:"周昌者,沛人也。其從兄曰周苛,秦時皆爲泗水卒史。及高祖起沛,擊破泗水守監,於是周昌、周苛自卒史從沛公,沛公以周昌爲職志,周苛爲客。"又"昌爲人彊力,敢直言,自蕭、曹等皆卑下之。昌嘗燕時入奏事,高帝方擁戚姬,昌還走,高帝逐得,騎周昌項,問曰:'我何如主也?'昌仰曰:'陛下即桀紂之主也。'於是上笑之,然尤憚周昌。"

〔三〕商叟:指商山四皓。參《次韻子瞻聞不赴商幕三首》之二注〔六〕。

其二

諸吕更相王〔一〕,陳平氣何索〔二〕!千金壽絳侯〔三〕,劉宗知有托。

【箋注】

〔一〕《漢書·外戚傳》:"殺高祖子趙幽王友,共王恢,及燕靈王建。於是立侄子吕台爲吕王,台弟産爲梁王,建城侯吕釋之子禄爲趙王,台子通爲燕王。"

〔二〕陳平(前?—前一七八):漢陽武(今河南原陽縣)人。少時家貧,好讀書,多謀略。從劉邦定天下,積功任護軍中尉,封曲逆侯。惠帝時爲相,"吕太后時,王諸吕,諸吕擅權,欲劫少主,危劉氏,右丞相陳平患之,力不能争,恐禍及已,常燕居",後用陸賈計,"迺以五百金爲絳侯壽,厚具樂飲,太尉亦報如之。此兩人深相結,則吕氏謀益衰",卒誅諸吕,迎立文帝。《史記》《漢書》有傳。

〔三〕絳侯:即周勃(前?—前一六九)。沛(今江蘇豐縣)人。從漢高祖起兵。爲人木彊敦厚,高祖以爲可屬大事。佐劉邦定天下,封絳侯。邦死,諸吕欲代劉氏,勃與陳平謀,卒誅諸吕而立文帝,劉氏賴以安。文帝即位,以勃爲右丞相。後歸封國,被誣繫獄,賴公主以免。詳見《史記·絳侯周勃世家》。《史記·陸賈列傳》:"爲陳平畫吕氏數事。陳平用其計,迺以五百金爲絳侯壽,厚具樂飲;太尉亦報如之。此兩人深相結,則吕氏謀益衰。"

其三

賈生料吴楚,竟斃大梁城〔一〕。一身不自保〔二〕,痛①哭空傷生。

【校記】

①痛:叢刊本作"庯",誤。

【箋注】

〔一〕"賈生"二句:賈生:指賈誼。其本傳有云:"居頃之,拜賈生爲梁懷王大傅。梁懷王,文帝之少子,愛,而好書,故令賈生傅之。文帝復封淮南厲王子四人皆爲列侯。賈生諫,以爲患之興自此起矣。賈生數上疏,言諸侯或連數郡,非古之制,可稍削之。文帝不聽,居數年,懷王騎墮馬而死,無後。賈生自傷爲傅無狀,哭泣歲餘亦死。賈生之死,時年三十三矣。"參《王公生日》注〔八〕。

〔二〕三國魏阮籍《詠懷詩》之四:“一身不自保,何況戀妻子。”

其四

桓文服荆楚〔一〕,安取破國都? 孔明不料敵,一世空馳驅〔二〕。

【箋注】

〔一〕桓文:春秋時齊桓公與晉文公。齊桓公(?—前六四三),姓姜,名小白。春秋時齊侯,五霸之一。周莊王十一年(前六八六),以兄襄公暴虐,去國奔莒。襄公被殺,歸國即位,任管仲爲相,尊周室,攘夷狄,九合諸侯,一匡天下,終其身爲盟主。後管仲死,寵任豎刁、易牙。開方等,耽於享樂,政事荒廢。及卒,諸子争立,霸業遂衰。參《史記·齊世家》。晉文公(前六九七—前六二八),晉獻公次子。名重耳。獻公嬖寵驪姬,殺太子申生。重耳奔狄。在外流亡十九年,假秦穆公之力以歸晉,時年六十二。用狐偃、趙衰、賈佗、先軫諸賢,誅王子帶,納周襄王,救宋破楚,遂繼齊桓公而稱霸諸侯。在位九年,卒謚文。參《史記·晉世家》。

〔二〕“孔明”二句:謂諸葛亮對形勢估量不確。其本傳云:“然連年動衆,未能成功。蓋應變將略,非其所長歟?”參《八陣磧》注〔七〕。清賀裳《載酒園詩話·詠史》:“子由曰:‘桓文服荆楚,安取破國都? 孔明不料敵,一世空馳驅。’余以此言太謬,丕之於漢,豈若楚之于周哉! 漢賊不兩立,鞠躬盡瘁,豈得與共主尚存者等!”黄白山評:“南渡以前,《紫陽綱目》未出,諸公皆據陳壽《三國志》帝魏寇蜀,且因其‘應變將略非其所長’之語,並孔明亦不甚取。如老泉論劉備之用諸葛孔明,治國之才,則非將也。子由詩貶孔明,亦猶乃翁之見耳。古來詩人,惟子美可稱孔明知己。如《蜀相》詩及‘諸葛大名垂宇宙’一律,推服甚至,真不以成敗論英雄者耶!”

其五

安石善談笑,揮麈卻苻秦〔一〕。安起并吞意,終殘吴越人〔二〕。

【箋注】

〔一〕“安石”二句:謂謝安從容擊退了前秦的入侵。安石:指謝安。參《王仲儀尚書挽詞》注〔二〕。揮麈：揮動麈尾。參《和子瞻鳳翔八觀八首·石鼓》注〔一九〕。苻秦：指前秦的苻堅（三三六—三八五）。堅字永固，一字文玉，略陽臨渭（在今甘肅天水市東）人。秦苻健稱帝，子苻生嗣位，凶暴。苻生爲堅從兄，堅殺生自立。前後滅前燕，取仇池；占晉漢中，取成都；克定前涼、代地。重用王猛，國以富强。晉太原五年，堅大舉攻晉，與謝玄等戰于淝水，大敗而還。鮮卑、羌等首領皆叛離，國勢益弱。後爲姚萇所殺。《晉書》有傳。按，此但言謝安的從容鎮定，其實謝安當時是在圍棋。《世説新語·雅量》："謝公與人圍棊，俄而謝玄淮上信至。看書竟，默然無言，徐向局。客問淮上利害，答曰：'小兒輩大破賊。'意色舉止，不異於常。"

〔二〕"妄起"二句：其本傳云："安方欲混一文軌，上疏求自北征。"後雖病卒，但北征之事屢興，勞民傷財，不能克成。故云。

其六

江河浪如屋，要須滄海容。可憐狄仁傑，猶復負婁公〔一〕。

【箋注】

〔一〕"可憐"二句：宋王讜《唐語林·雅量》："狄梁公與婁師德同爲相。狄公排斥師德非一日，則天問狄公曰：'朕大用卿，卿知所自乎？'對曰：'臣以文章直道進身，非碌碌因人成事。'則天久之曰：'朕比不知卿，卿之遭遇，實師德之力也。'因命左右取筐篋，得十許通薦表，以賜梁公。梁公閲之，恐懼引咎，則天不責。出於外曰：'吾不意爲婁公所涵，而婁公未嘗有矜色。'"狄仁傑（六三〇—七〇〇）：字懷英，號德英，唐太原（今山西太原市）人。舉明經，高宗時屢遷大理丞，斷積獄萬七千人，時稱平恕。擢江南巡撫使，毁吴楚淫祠千七百所。爲豫州刺史，活蒙詿誤論死者二千餘人。武后時以鸞臺侍郎同平章事，居位以舉賢爲意，先後舉張柬之、桓彦範、敬暉、竇懷貞及姚崇等皆爲中興名臣。力勸武后續立唐嗣，唐祚得以維繫。卒贈文昌右相，謚文惠，睿宗時追封梁國公。新舊《唐書》有傳。婁公：指婁師德。師德字宗仁，唐原武（在今河南原陽縣境）人。第進士，上元初爲監察御史，以功遷殿中侍御史，兼河源軍司馬。與吐蕃戰，八戰八捷。武后時累官同平章事，總邊要爲將相者三十餘年，恭勤樸忠，豁達容人。卒謚貞。新舊《唐書》有傳。

次韻子瞻生日見寄〔一〕

日月中人照與芬，心虛慮盡氣則薰〔二〕。彤霞點空來群群，精誠上徹天無雲。寸田幽闕熛不焚〔三〕，眇視中外絳錦紋。冥然物我無復分〔四〕，不出不入常氤氳〔五〕。道師東西指示君，乘此飛仙勿留墳。茅山隱居有遺文〔六〕，世人心動隨虻蚊。不信成功如所云，早夜賓餞同華勳〔七〕。爾來僅能破魔軍〔八〕，我經生日當益勤。公禀正氣飲不醺，梨棗未實要鋤耘〔九〕。日云莫矣收桑枌，西還閉門止紛紛〔一〇〕。憂愁真能散淒焄〔一一〕，萬事過耳今不聞。《登真隱訣》云〔一二〕："日中青帝曰照龍韜，其夫人曰芬豔嬰〔一三〕。"

【箋注】

〔一〕作於紹聖元年（一〇九四）二月。蘇轍生日爲二月二十，故知。

〔二〕《雲笈七籤·雜修攝部一·養性延命録》："夫禀氣含靈，惟人爲貴。人所貴者，蓋貴於生。生者神之本，形者神之具。神大用則竭，形大勞則斃。若能遊心虛静，息慮無爲，候元氣于子後時，導引於閑室，攝養無虧，兼餌良藥，則百年耆壽是常分也。"

〔三〕寸田：道教語。參《舟中風雪五絶》之三注〔四〕。幽闕：指腎。《黄庭内景經·五行》："伏牛幽闕羅品列。"梁丘子注："伏牛腎之象，腎爲幽闕。"

〔四〕《莊子·齊物論》："昔者莊周夢爲蝴蝶，栩栩然蝴蝶也，自喻適志與，不知周也。俄然覺，則蘧蘧然周也。不知周之夢爲蝴蝶與，蝴蝶之夢爲周與？"

〔五〕氤氳：指陰陽二氣交會和合之狀。《白虎通·嫁娶》引《易》："天地氤氳，萬物化淳。"

〔六〕茅山：山名。在江蘇句容縣東南。原名句曲山。相傳有漢茅盈與弟衷固采藥修道于此，因改名茅山。《南史·隱逸傳下·陶弘景》："止于句容之句曲山，恒曰……昔漢有三茅君得道來掌此山，故謂之茅山。"

〔七〕謂探索追尋堯舜高壽之道。早夜：猶終日。賓餞：賓，通"儐"，迎；餞，送。語本《書·堯典》："分命羲仲，宅嵎夷，曰暘谷。寅賓出日，平秩東作。”又“分命和仲，宅西，曰昧谷。寅餞納日，平秩西成。”華勳：《書·堯典》：“曰若稽古帝堯，曰放勳。”又《舜典》：“曰若稽古帝舜，曰重華。”後因以“華勳”爲堯與舜的並稱。蘇軾《子由生日以檀香觀音像爲壽》：“君方論道承華勳，我亦旗鼓嚴中軍。”因傳説堯舜都年過百歲，故後世多用作高壽的典故。

〔八〕魔軍：煩惱。

〔九〕梨棗：即交梨火棗。道家所説的仙果。參《張公生日》注〔一八〕。

〔一〇〕“日云”二句：謂早作歸隱之計。“日云暮矣”云云即“失之東隅，收之桑榆”義，語本《後漢書·馮異傳》：“赤眉破平，士吏勞苦，始雖垂翅回谿，終能奮翼黽池。可謂失之東隅，收之桑榆。”桑枌：猶言桑榆。枌，木名。白色樹皮之榆。《詩·陳風·東門之枌》：“東門之枌，宛丘之栩。”毛傳：“枌，白榆也。”

〔一一〕謂將憂愁散盡。淒：雲興起貌。《説文·水部》：“淒，雨雲起也。從水，妻聲。《詩》曰：‘有渰淒淒。’”焄：煙火向上冒。《玉篇·火部》：“焄，火上出也。亦作熏。”

〔一二〕登真隱訣：南朝梁陶弘景著，言神仙修煉之事。

〔一三〕《雲笈七籤·日月星辰部一·太上結璘月中五帝夫人諱字服色》：“月中青帝夫人，諱隱娥珠，字芬豔嬰。衣青華瓊錦帔，翠龍鳳文飛羽裙。”

附録　蘇軾《子由生日以檀香觀音像及新合印香銀篆盤爲壽》

旃檀婆律海外芬，西山老臍柏所薰。香螺脱黶來相群，能結縹緲風中雲。一燈如螢起微焚，何時度盡繆篆紋。繚繞無窮合復分，綿綿浮空散氤氲。東坡持是壽卯君，君少與我師皇墳。旁資老聃釋迦文，共厄中年點蠅蚊。晚遇斯須何足云，君方論道承華勛。我亦旗鼓嚴中軍，國恩未報敢不勤。但願不爲世所醺，爾來白髮不可耘。問君何時返鄉枌，收拾散亡理放紛，此心實與香俱焄，聞思大士應已聞。

和子瞻雪浪齋〔一〕

謫居杜老嘗東屯〔二〕，波濤繞屋知龍尊。門前石岸立精鐵〔三〕，潮汐洗盡莓苔昏[四]。野人相望夾水住,扁舟時過江西村。窗中縞練舒眼界,枕上雷霆驚耳門[五]。不堪水怪妄欺客[六],欲借楚些時招魂[七]。人生出處固難料,流萍著水初無根[八]。旌旗旋逐金鼓發[九],蓑笠尚帶風雨痕。高齋雪浪卷蒼石,北叟未見疑戲論。激泉飛水行亦凍,窮邊臘雪如翻盆[一〇]。一杯徑醉萬事足[一一],江城氣味猶應存[一二]。

【箋注】

〔一〕作於紹聖元年(一〇九四)四月。蘇軾詩明言"四月辛酉紹聖元"。此詩對蘇軾知中山、自身遭貶多有不平意,故以唐杜甫詩借題發揮。蓋是年三月二十六日,蘇轍除端明殿學士,知汝州。杜甫居夔州時居長江邊,頗與蘇軾雪浪齋意境同。

〔二〕東屯:杜甫《自瀼西荆扉且移居東屯茅屋四首》清仇兆鰲引宋黄鶴注:"公以大曆二年移居東屯,當是其時作。"引宋于稟《東屯少陵故居記》:"峽中多高山峻谷,地少平曠,東屯距白帝五里,而近稻田水畦,延袤百頃,前帶清溪,後枕高岡,樹林葱蒨,氣象深秀,稱高人逸士之居。"

〔三〕杜甫《鐵堂峽》:"山風吹遊子,縹緲乘險絶。硤形藏堂隍,壁色立精鐵。"

〔四〕莓苔:青苔。晉孫綽《游天台山賦》:"踐莓苔之滑石,搏壁立之翠屏。"

〔五〕"窗中"二句:謂晝看江水,夜聽濤聲都别有情趣。

〔六〕杜甫《秋日夔府詠懷奉寄鄭監李賓客一百韻》:"風期終破浪,水怪莫飛涎。"

〔七〕楚些(suò):《楚辭·招魂》句尾多有"些"字,因以爲《招魂》之代稱。又"楚辭"多悽婉,因以代低沈淒涼之歌詩。蘇軾《次韻杭人裴維甫》:"悽涼楚些緣吾發,邂逅秦淮爲子留。"參沈括《夢溪筆談·辨證》。

〔八〕"人生"二句:對蘇軾知定、自己貶汝心有不平,故引杜甫"流萍"語。杜甫有"秦州見敕目薛三璩授司議郎"云云長題詩:"栖遑分半菽,浩蕩逐流萍。"

〔九〕《通典・兵二・法制》："軍政曰：'言不相聞，故爲金鼓；視不相見，故爲旌旗。夫金鼓旌旗者，所以一人之耳目也；人既專一，則勇者不得獨進，怯者不得獨退。紛紛紜紜，鬥亂而不可亂；渾渾沌沌，形圓而不可敗。'"

〔一〇〕"激泉"二句：謂雪浪石上的紋理如冰雪。杜甫《白帝》："白帝城中雲出門，白帝城下雨翻盆。"

〔一一〕謂一醉忘憂。蘇軾《借前韻賀子由生第四孫斗老》："無官一身輕，有子萬事足。"

〔一二〕謂昔日謫監筠州酒稅情景猶在目前。江城：指筠州，其城臨筠水。

附録　蘇軾《雪浪齋銘》并引

予於中山後圃，得黑石，白脈，如蜀孫位、孫知微所畫石間奔流，盡水之變。又得白石曲陽，爲大盆以盛之，激水其上，名其室曰雪浪齋云。

盡水之變蜀兩孫，與不傳者歸九原。異哉駁石雪浪翻，石中乃有此理存。玉井芙蓉丈八盆，伏流飛空漱其根。東坡作銘豈多言，四月辛酉紹聖元。

《雪浪石》

太行西來萬馬屯，勢與岱岳爭雄尊。飛狐上黨天下脊，半掩落月先黄昏。削成山東二百郡，氣壓代北三家村。千峰石卷矗牙帳，崩崖鑿斷開土門。揭來城下作飛石，一礮驚落天驕魂。承平百年烽燧冷，此物僵卧枯榆根。畫師爭摹雪浪勢，天工不見雷斧痕。離堆四面繞江水，坐無蜀士誰與論。老翁兒戲作飛雨，把酒坐看珠跳盆。此身自幻孰非夢，故國山水聊心存。

又《同前》

我頃三章乞越州，欲尋萬壑看交流。且憑造物開山骨，已見天吴出浪頭。石中有似海獸形狀。履道鑿池雖可致，玉川卷地若爲收。洛陽泉石今誰主？莫學癡人李與牛。

參寥子《次韻蘇端定武雪浪齋》

孔明氣宇白玉温，忠義勇決踰王尊。葛巾羽扇傳號令，塞垣徹警無塵昏。良辰往往挾將佐，射雕走馬循烟村。歸來飲酒坐堂上，賓從如雲填戟門。一朝郡圃得奇石，雪浪觸眼驚神魂。旁求蒼珉琢巨斛，偃然卧土知無根。三牛曳歸置堦圯，錯磨不許留纖痕。興來作詩寄臺閣，雄詞妙筆争考論。將軍今謫窮海外，會見羲娥窺覆盆。殷勤寄與朔方客，佳致勿毁宜長存。

秦觀《雪浪石》

漢庭卿士如雲屯，結綬彈冠朝至尊。登高履危足在外，神色不變惟伯昏。金華掉頭不肯住，乞身欲老江南村。天恩許兼兩學士，將兵百萬守北門。居士强名曰天元，寤寐山水勞心魂。高齋引泉注奇石，迅若飛浪來雲根。朔南修好八十載，兵法雖妙何足論。夜闌蕃漢人馬静，想見雉堞低金盆。報罷五更人吏散，坐調一氣白元存。少一韻。

張耒《和定州端明雪浪齋》

中山士馬如雲屯，號令惟覺將軍尊。熊旗犀甲羅左右，金鉦鳴鼓諠朝昏。少年畎畝老爲將，誰能復記躬耕村。東坡先生事業異，道峻不得安修門。眼前富貴念不起，惟有山林勞夢魂。榛中奇石安至此，坐蒙湔洗見本根。奔流驟浪勢萬里，至畫乃掃筆墨痕。黄牛三峽固細事，赤壁長江何足論。能令萬古蛟蜃怪，幺麽入此琉璃盆。扁舟獨往則不可，平生致君言具存。

晁補之《次韻蘇門下寄題雪浪石》

居庸滅烽惟留屯，時平更覺將軍尊。鈴齋看雪擁衲坐，急鼓又報邊城昏。百壺高宴梨栗圃，千里未盡桑麻村。天憐公老無以樂，一星飛墮從天門。得無遺履穀城化，恐是吃草金華魂。不然荆棘霜露底，兀然奇怪來無根。女媧擣錬所遺棄，奔潨尚有河漢痕。豈其謀國坐不用，聊以永日寧復論。跳梁不憂牧並塞，綏納可使魚游盆。公歸廊廟誰得挽，此石萬古當長存。

蹇師嵩山圖〔一〕并引

葆光法師蹇君未嘗至嵩山，欲往游焉。元祐九年春，磐桓都下，得古畫一幅，以示其客。客曰："此嵩山圖也。予昔嘗游焉。峰嶺、徑遂、觀剎皆是。"君喜曰："此將以導予也。吾昔熙寧中自陳之洛，往來皆出嵩少之間。"時方重九，與偕行者約曰："與子於此登高乎？今筋力尚强，可以一往，異日復至，或不能矣。"今年三月，以罪出守汝州〔二〕，聞此州在嵩少之陽，登城北望，可以盡得其勝。君何時爲此游？吾將舉酒與子相望，雖不能同，亦庶幾焉。系之以詩曰：

峻極登高二十年〔三〕，汝州回望一依然。君行亦是高秋後〔四〕，試覓神清古洞天〔五〕。神清洞事見上。

【箋注】

〔一〕作於紹聖元年（一〇九四）夏。蘇轍三月二十六日任命，到任當在四月。

〔二〕汝州：見《送劉長清敏》注〔二〕。

〔三〕峻極：指嵩山。語本《禮記·孔子閒居》："其在《詩》：嵩高維嶽，峻極于天。"

〔四〕高秋：深秋。

〔五〕見《蔡州壺公觀劉道士引》。

望嵩樓〔一〕在汝州。

連山障吾北，二室分西東。東山幾何高？不爲太室容。西山爲我低，少室見諸峰〔二〕。臨軒一長嘆，隱見由所逢。試問山中人，二室竟誰雄？雄雌久已定，分别徐亦空。可憐汝陽酒，味與上國同。游心四山外〔三〕，寄適杯酒中。

【箋注】

〔一〕作於紹聖元年（一〇九四）夏。《清一統志·汝州》："樓在州治子城内，唐劉禹錫《送廖彦謀詩》'望嵩樓上忽相見'即此。"

〔二〕少室：嵩山有三峰，東爲太室山，中爲峻極山，西爲少室山。參《辛丑除日寄子瞻》注〔一四〕。

〔三〕遊心：浮想騁思。

思賢堂〔一〕

楊公守臨汝〔二〕,俯仰八十載。推遷城市非〔三〕,散落篇章在〔四〕。外物固難必〔五〕,清名竟安賴〔六〕? 孤亭右洲渚,斜日到冠佩〔七〕。飛翔棟宇回〔八〕,滉蕩波流對〔九〕。稍存楸梧高,大剪菰蒲穢。遺編訪諸子,翠石補前廢〔一〇〕。吏民亦潸然,未替甘棠愛〔一一〕。

【箋注】

〔一〕作於紹聖元年(一〇九四)五六月間。蓋四月到任,而整飭得有一段時間。

〔二〕楊公:即楊億(九七四——一〇二〇),字大年,浦城(今福建浦城)人。少而有名,年十一,真宗聞其名,詔詣闕下試詩賦,授秘書省正字。後賜進士第,真宗時兩爲翰林學士,官終工部侍郎,兼史館修撰,卒謚文。億性耿介,尚名節。文格雄健,喜獎誘後進。與王欽若等纂《册府元龜》一千卷。有《括蒼》《武夷》《汝陽》等集。《宋史》有傳。蘇轍《汝州楊文公詩石記》:"祥符六年(一〇一三),楊公大年以翰林學士請急還陽翟省親疾,繼稱病求解官。章聖皇帝以其才高名重,排群議,貸不加罪。逾年(一〇一四)以秘書監知汝州。"按,據此整八十年。

〔三〕推遷:推移變遷。晉陶潛《榮木》詩序:"日月推遷,已復九夏。"

〔四〕蘇轍《汝州楊文公詩石記》:"紹聖元年四月,予自門下侍郎得罪出守兹土。時亭弊已甚,詩石散落,亡者過半,取公汝陽編詩而刻之,乃增廣思賢,龕石於左右壁。嗚呼!"

〔五〕語本《莊子·外物》:"外物不可必,故龍逄誅,比干戮,箕子狂,惡來死,桀紂亡。"

〔六〕此處亦有感慨,蓋楊大年名聲昭著亦不免爲人攻訐而不得大用。清名:清美的聲譽。

〔七〕"孤亭"二句:謂獨自在思賢亭内,夕照及冠。

〔八〕語本《詩·小雅·斯干》:"如鳥斯革,如翬斯飛。"宋朱熹集傳:"其棟宇峻起，如鳥之警而革也，其簷阿華采而軒翔，如翬之飛而矯其翼也，蓋其堂之美如此。”

〔九〕滉蕩：江水波動貌。

〔一〇〕“稍存”四句：謂對思賢堂進行修繕並搜羅楊散落的詩文。參注〔四〕。

〔一一〕“吏民”二句：見《陪歐陽少師永叔燕潁州西湖》注〔三〕。

阻風〔一〕　自汝遷筠〔二〕，八①月過真州〔三〕。江漲倍常歲，而風不順。

大水蔑洲浦〔四〕，牽挽無復施。我舟恃長風〔五〕，風止將安爲？塌然委積水〔六〕，坐被弱纜維。市井隔峰嶺，食盡行將飢。長嘯呼風伯〔七〕，厄窮豈不知〔八〕？蓬蓬起東南〔九〕，旗尾西北馳〔一〇〕。所望乃大謬〔一一〕，開門訊舟師〔一二〕。舟師掉頭笑：沿溯要有時，溯者不少息，沿者長嗟咨〔一三〕。飄風不終日〔一四〕，急雨常相隨。雨止風亦止，倏倏弄清漪。我言未見信，君行自見之。

【校記】

①八：叢刊本作“歲”，誤。

【箋注】

〔一〕作於紹聖元年（一〇九四）八月。阻風不行，其間亦多寓意。

〔二〕《年表》：“七月丁巳（十八日），降授左朝議大夫知袁州轍守本官，試少府監，分司南京、筠州居住。”

〔三〕真州：宋屬淮南東路，治永正（今江蘇儀徵市真州鎮）。參《送董揚休比部知真州》注〔一〕。

〔四〕洲浦：洲邊。蘇轍《洞山文長老語録叙》：“譬如大海，濕性融溢，隨風舒卷，波濤流轉，充遍洲浦，無一不到。”

〔五〕恃：依賴；憑藉。長風：遠風。《文選·左思〈吴都賦〉》：“習御長風，狎翫靈胥。”晉劉逵注：“長風，遠風也。”

〔六〕塌然：停滯難動貌。

〔七〕風伯:風神。

〔八〕厄窮:艱難困苦。謂阻風事。

〔九〕蓬蓬:風吹動貌。

〔一〇〕旗尾:旗幟的尾端。唐劉禹錫《飛鳶操》:"旗尾飄揚勢漸高,箭頭砉劃聲相似。"

〔一一〕大謬:大錯。漢司馬遷《報任安書》:"而事乃有大謬不然者。"

〔一二〕舟師:船夫;舵手。

〔一三〕"舟師"四句:謂順水逆水都應相時而動。沿溯:順水下行與逆水上行。嗟咨:慨歎。

〔一四〕《老子》第二十三章:"希言自然。故飄風不終朝;驟雨不終日。孰爲此者?天地。"飄風:旋風;暴風。《詩・小雅・何人斯》:"彼何人斯,其爲飄風。"毛傳:"飄風,暴起之風。"

次韻子瞻游羅浮山〔一〕

客①迷墮澗逢玉京〔二〕,雲行天喬風號鳴〔三〕。暗中過盡石髓滑〔四〕,驚喜觀闕朝霞明。東坡南去類此客,擠者力盡非求生〔五〕。偶然瀕海少氛氣〔六〕,復有福地容②躬耕〔七〕。諸侯歷聘謝魯叟〔八〕,茅檐燕坐師老彭〔九〕。天樞旋結日珠重,人寰下視鴻毛輕〔一〇〕。俗緣漸覺冰雪解〔一一〕,元氣乍復蛟虬獰〔一二〕。遠游脱屣入蓋竹,初怪長史留家庭。後來玉斧小兒子,亦入《真誥》參仙經〔一三〕。試令子弟學諸許,還家不用《劍閣銘》〔一四〕。洞天聞亦有圖籍,但恐未免如公卿。此心願與世無事,不願與世平不平。

【校記】

①客:叢刊本作"安",誤。

②容:原作"客",據宋建本、蜀藩刻本改。

【箋注】

〔一〕作於紹聖元年(一〇九四)十月。蘇軾《游羅浮山記》曰:"紹聖元年九月二十七日，東坡公遷於惠州，艤舟泊頭鎮，明晨肩輿十五里，至羅浮山……同游者幼子過。"蘇軾有《游羅浮山一首示兒子過》詩。羅浮山：《輿地紀勝・廣南東路・廣州・景物下・羅浮山》："《寰宇記》云：在南海縣，本名蓬萊山，一峰在海中與羅山合，因名。山有洞通句曲，又有璇房瑶室七十二所。裴淵《廣州記》云：羅浮二山隱天，唯石樓一路可登。《羅浮山記》曰：羅浮者，蓋總稱羅山浮山，二山合體謂之羅浮。在增城、博羅二縣（在今廣東）之境。"葛洪晚年于羅浮山煉丹，其煉丹竈至宋猶存。

〔二〕玉京：道家稱天帝所居之處。晉葛洪《枕中書》引《真記》："元都玉京，七寶山，週迴九萬里，在大羅之上。"

〔三〕夭喬：縱恣貌。唐吕岩《七言》之三十："庚虎循環餐絳雪，甲龍夭喬迸靈泉。"

〔四〕石髓：即石鐘乳。

〔五〕"東坡"二句：謂蘇軾南遷時有人欲將其置之死地。唐韓愈《柳子厚墓誌銘》："今夫平居里巷相慕悦，酒食游戲相徵逐，詡詡强笑語以相取下，握手出肺肝相示，指天日涕泣，誓生死不相負背，真若可信。一旦臨小利害，僅如毛髮比，反眼若不相識。落陷穽，不一引手救，擠之而又下石焉者，皆是也。"按，蘇轍此言主要是指時相章惇等。章惇與轍弟兄原甚友好。章惇草蘇軾責授之制有云："訕上之惡，衆憝其愆；造言之誅，法謹於近。……行污而醜正，學辟而欺愚。"

〔六〕氛氣：陰霾，霧氣。《楚辭・王褒〈九懷・思忠〉》："連五宿兮建旄，揚氛氣兮爲旌。"漢王逸注："舉布霾霧作旗表也。"

〔七〕此爲反語。蘇軾《到惠州謝表》："但以瘴癘之地，魑魅爲鄰；衰疾交攻，無復首丘之望。"

〔八〕漢蔡邕《琴操》："《猗蘭操》者，孔子所作也。孔子歷聘諸侯，諸侯莫能任。自衛反魯，過隱谷之中，見薌蘭獨茂，喟然歎曰：'夫蘭當爲王者香，今乃獨茂，與衆草爲伍，譬猶賢者不逢時，與鄙夫爲倫也。'"歷聘：謂遊歷天下以求聘用。謝：推辭；謝絶。魯叟：指孔子。

〔九〕老彭：《論語・述而》："述而不作，信而好古，竊比於我老彭。"三國魏何晏集解引漢包咸曰："老彭，殷賢大夫。"宋王安石《鍾山即事》："茅簷相對坐終日，一鳥不鳴山更幽。"

〔一〇〕"天樞"二句：此蓋有深意，謂高后去世後，哲宗親政致使朝中舊臣頻遭貶謫。而兄弟二人命運更是輕如鴻毛。天樞：唐延載元年武則天所立自紀功德的柱子。開元初詔令毁之。《舊唐書·則天皇后紀》："梁王武三思勸率諸蕃酋長奏請大徵斂東都銅鐵，造天樞於端門之外，立頌以紀上之功業。"唐李休烈《詠毁天樞》："天門街上倒天樞，火急先須卸火珠。"此以天樞代高后之政。日珠：太陽。指代君主。人寰（huán）：人間；人世。鴻毛輕：漢司馬遷《報任安書》："人固有一死，或重於泰山，或輕於鴻毛，用之所趨異也。"

〔一一〕俗緣：佛教以因緣解釋人事，因稱塵世之事爲俗緣。唐韓偓《閑興》："他山冰雪解，此水波瀾生。"

〔一二〕蛟虯：蛟與虯。唐韓愈《劉生詩》："青鯨高磨波山浮，怪魅炫曜堆蛟虯。"此喻奸邪之臣。獰：兇猛；兇惡。

〔一三〕"遠游"四句：言許穆許翽父子事。許穆，字思玄。晉丹陽句容（今江蘇句容市）人，傳入華陽洞得道，遇王母女雲林夫人降教之，得爲左卿仙侯。其子揆、虎牙、翽、孫靈真並得道成仙。參南朝梁陶弘景《許長史舊館壇碑》，《建康實録》卷九。

〔一四〕"試令"二句：謂率令子弟們學道輕身，將來歸家時不會有險阻之嘆了。劍閣銘：晉張載作，備言劍閣之險難，如"壁立千仞，窮地之險。……一人荷戟，萬夫趦趄"云云。

附録　蘇軾《游羅浮山一首示兒子過》

人間有此白玉京，羅浮見日雞一鳴。南樓未必齊日觀，鬱儀自欲朝朱明。東坡之師抱朴老，真契久已交前生。玉堂金馬久流落，寸田尺宅今誰耕。道華亦嘗啖一棗，契虚正欲仇三彭。鐵橋石柱連空横，杖藜欲趁飛猱輕。雲溪夜逢瘖虎伏，斗壇晝出銅龍獰。小兒少年有奇志，中宵起坐存黄庭。近者戲作凌雲賦，筆勢彷佛《離騷經》。負書從我盍歸去，群仙正草《新宫銘》。汝應奴隸蔡少霞，我亦季孟山玄卿。還須略報老同叔，贏糧萬里尋初平。

蘇過《和大人遊羅浮山》

我公陰德誰與京？學道豈厭遲蜚鳴。世間出世無兩得，先使此路荒承明。謫官羅浮定天意，不涉憂患那長生。海涯莫驚萬里遠，山下幸足五畝耕。人生露電非虚語，大椿固已悲老彭。蓬萊方丈今咫尺，富貴敝屣孰重輕。結茅願爲麋鹿友，無心坐伏豺虎獰。況公方瞳已照座，奕奕神光在天庭。出青入元二氣换，妙理默契《黄庭經》。但願他時仇池主，不願更勒燕然銘。稚川刀圭儻可得，簪組永謝漢公卿。腹中梨棗晚自成，本無荆棘何所平。

次韻子瞻江西〔一〕

許君馬老共一邦〔二〕，西山斷處流蜀江。誰令十載重渡瀧〔三〕，灘頭舊寺晨鐘撞。亂流赤腳記淙淙，道俗自謂丹霞龐〔四〕。便令築室修畦矼〔五〕，往還二老笻一雙〔六〕。予與筠州總長老有十年之舊〔七〕。

【箋注】

〔一〕作於紹聖元年（一〇九四）十月。

〔二〕謂江西多神仙。《雲笈七籤·經教相承部·真系》云："今道門以經籙授受，所自來遠矣。其昭彰尤著，使吸紳先生不惑者：自晉興寧乙丑歲，衆真降授于楊君，楊君授許君，許君授子玄文，玄文付經于馬朗。"

〔三〕瀧：瀧江。長江流域贛江東岸最大支流。經永豐縣、吉水縣、吉安市青原區，入贛江。按，蘇轍元豐二年監筠州酒税，元豐七年（一〇八四）就任積溪令，八年六月詔回朝，至此正十年。

〔四〕《祖堂集》卷四："丹霞和尚，嗣石頭。師諱天然，少親儒墨，業洞九經。初與龐居士同侶入京求選，因在漢南道寄宿次，忽夜夢日光滿室。有鑒者云：'此是解空之祥也。'又逢行腳僧，與喫茶次，僧云：'秀才去何處？'對曰：'求選官去。'僧云：'可惜許功夫，何不選佛去？'秀才曰：'佛當何處選？'其僧提起茶垸，曰：'會摩？'秀才曰：'未測高旨。'僧曰：'若然者，江西馬祖今現住世説法，悟道者不可勝記，彼是真選佛之處。'二人宿根猛利，遂返秦遊而造大寂。"

〔五〕矼(gāng):石橋。

〔六〕筇:筇竹杖。

〔七〕筠州:宋屬江西路,治高安(今江西高安市)。參《筠州二詠》注〔一〕。總長老:俗姓施,劍州尤溪(今福建三明市)人。十一歲依寶雲寺兆法師出家,十九受戒,精研佛法。元豐三年,詔升東林爲禪寺,南昌守王韶請爲住持,爲東林第一代祖師。元祐四年,賜號照覺大師。

附録 蘇軾《江西一首》

江西山水真吾邦,白沙翠竹石底江。舟行十里磨九瀧,篙聲犖确相舂撞。醉卧欲醒聞淙淙,真欲一口吸老龐。何人得雋窺魚矼,舉叉絶叫尺鯉雙。

雨中遊小雲居〔一〕

賣酒高安市,早歲逢五秋〔二〕。常懷簡書畏,未暇雲居游〔三〕。十載還上都,再謫仍此州〔四〕。廢斥免羈束〔五〕,登臨散幽憂〔六〕。鄉黨二三①子,結束同一舟〔七〕。雨餘江漲高,林薄煩撑鈎〔八〕。積陰薦雷作,兩山亂雲浮。雨點落飛鏃,江光濺輕漚〔九〕。笑語曾未畢,風雲遽誰收?舟人指松檜,古刹依林丘〔一〇〕。老僧昔還住,晚飯迎淹留〔一一〕。食菜吾自飽,饋肉煩賢侯〔一二〕。嚴城迫吹角〔一三〕,歸棹隨輕鷗〔一四〕。聯翩閲村塢,燈光明譙樓〔一五〕。肩輿踐積甃〔一六〕,塗潦分潛溝〔一七〕。居處方自適,未知厭拘囚〔一八〕。

【校記】

①二三:叢刊本作"二二",誤。

【箋注】

〔一〕作於紹聖元年(一〇九四)十月。小雲居:見《又次韻游小雲居》

注〔一〕。

〔二〕“賣酒”二句：蘇轍於元豐三年（一〇七九）轍貶監筠州鹽酒税。元豐八年（一〇八五）九月，轍除歙州績溪令。歷時五年。

〔三〕“常懷”二句：畏公務繁忙，無暇游玩。簡書：此指官府的約束。參《寄孫朴》注〔五〕。

〔四〕“十載”二句：轍元豐八年（一〇八五）詔回朝，距此正十年。再謫：第二次貶謫。

〔五〕廢斥：廢黜擯斥。羈束：猶拘束。《文選·張協〈雜詩〉之八》：“述職投邊城，羈束戎旅間。”唐吕延濟注：“羈束，猶拘束也。”唐白居易《早春遊曲江》：“散職無羈束，羸驂少送迎。”

〔六〕蘇軾《借前韻賀子由生第四孫斗老》：“今日散幽憂，彈冠及新沐。”

〔七〕“鄉黨”二句：謂與友朋出游。二三子：見《登南城有感示文務光王適秀才》注〔四〕。結束：整治行裝。唐善生《送智光之南值雨》：“結束衣囊了，炎州定去遊。”

〔八〕謂下垂的樹枝阻擾行進。林薄：交錯叢生的草木。《楚辭·屈原〈九章·涉江〉》：“露申辛夷，死林薄兮。”漢王逸注：“叢木曰林，草木交錯曰薄。”

〔九〕輕漚：浮在水面的水泡。唐元稹《哭小女降真》：“雨點輕漚風復驚，偶來何事去何情。”

〔一〇〕古刹：古廟。

〔一一〕迎：遇，遭逢。《説文·辵部》：“迎，逢也。”淹留：挽留，留住。唐杜甫《賓至》：“竟日淹留佳客坐，百年粗糲腐儒餐。”

〔一二〕饋肉：贈送肉食。事本《孟子·萬章上》：“繆公之於子思也，亟問亟餽鼎肉。子思不悦，於卒也，摽使者出諸大門之外，北面稽首再拜而不受曰：‘今而後知君之犬馬畜伋。’蓋自是臺無餽也。”賢侯：對有德位者的敬稱。按，此賢侯當或是地方名紳。蘇轍但用此典，無貶義。

〔一三〕謂城門將關閉。

〔一四〕唐韓偓《野釣》：“細雨桃花水，輕鷗逆浪飛。風頭阻歸棹，坐睡倚蓑衣。”歸棹：回去的小船。

〔一五〕譙樓：城門上的瞭望樓。唐唐彦謙《叙别》：“譙樓夜促蓮花漏，樹陰摇月蛟螭走。”

〔一六〕積甃:指堆砌磚石的道路。甃,磚石。

〔一七〕謂道路泥濘積水。塗潦:猶行潦。潛溝:下水道。

〔一八〕拘囚:拘束,束縛。

國家社科基金
GUOJIA SHEKE JIJIN HOUQI ZIZHU XIANGMU
後期資助項目

蘇轍詩編年箋注

The Collation, Annotation and Chronology of
Su Zhe's Poems

四

[宋]蘇　轍 撰
蔣宗許 袁津琥 陳　默 箋注

中華書局
ZHONGHUA BOOK COMPANY

蘇轍詩編年箋注卷十八

次韻子瞻上元見寄〔一〕

誰憐東坡老,獨看南海燈。故人隱山麓,燕坐銷牀稜〔二〕。人生天運中〔三〕,往返成廢興。炎起爨下薪〔四〕,凍合瓶中冰①〔五〕。賴有不變處,寂如方定僧〔六〕。建成亦巖邑〔七〕,燈火高下層。頭陁舊所識〔八〕,天寒髮鬅鬙〔九〕。問我何②時來,嗟哉谷爲陵〔一〇〕。幸此米方賤,日食聊一升〔一一〕。夜出隨衆樂,餔糟共騰騰〔一二〕。

【校記】

①冰:宋建本作“冷”,叢刊本作“水”,皆誤。

②何:宋建本作“向”,形近而誤。

【箋注】

〔一〕作於紹聖二年(一〇九五)正月十五日。時蘇軾已在惠州。

〔二〕謂久坐牀稜都磨光了。燕坐:坐禪。蘇軾《成都大悲閣記》:“吾燕坐寂然,心念凝默,湛然如大明鏡。”牀稜:床榻承坐面的棱角。

〔三〕唐唐彦謙《和陶淵明貧士詩七首》之一:“人生繫天運,何用登深悲。”

〔四〕謂兄爲良才遭遇災難。典出《後漢書·蔡邕傳》:“吴人有燒桐以爨者,邕聞火烈之聲,知其良木,因請而裁爲琴,果有美音。”

〔五〕謂政治形勢嚴峻。語出《淮南子·說山訓》:“見一葉落而知歲之將暮,睹瓶中之冰而知天下之寒。”凍合:猶言冰封。

〔六〕謂如坐禪入定的和尚。唐劉得仁《宿僧院》:“樹摇幽鳥夢,螢入定僧衣。”

〔七〕謂高安地形險要。建成:即高安。參《送葆光蹇師游廬山》注〔二〕。巖邑:險要的城邑。

〔八〕頭陁:佛教語。即頭陀。意爲“抖擻”,即去掉塵垢煩惱。因用以稱僧人。南朝齊王中《頭陀寺碑文》:“以法師景行大迦葉,故以頭陀爲稱首。”

〔九〕鬅鬙(péngsēng):頭髮散亂貌。

〔一〇〕感嘆世事難料(蘇轍又由門下侍郎貶知筠)。語本《詩·小雅·十月之交》:“高岸爲谷,深谷爲陵。”毛傳:“言易位也。”鄭箋:“易位者,君子居下,小人處上之謂也。”

〔一一〕《南齊書·良政傳·傅琰》:“臨淮劉玄明亦有吏能,爲山陰令,大著名績。琰子翽問之,玄明曰:‘我臨去當告卿。’將别,謂之曰:‘作縣唯日食一升飰,而莫飲酒。’”

〔一二〕“夜出”二句:謂隨波逐流。餔糟:飲酒。參《次韻李公擇寄子瞻》注〔五〕。唐元稹《送東川馬逢侍御使回十韻》:“餞筵君置醴,隨俗我餔糟。”騰騰:舒緩貌;悠閒貌。唐寒山《詩》之二百六十八:“騰騰且安樂,悠悠自清閑。”

附録 蘇軾《上元夜》

前年侍玉輦,端門萬枝燈。璧月挂罘罳,珠星綴觚稜。去年中山府,老病亦宵興。牙旗穿夜市,鐵馬響春冰。今年江海上,雲房寄山僧。亦復舉膏火,松間見層層。散策桄榔林,林疎月鬅鬙。使君置酒罷,簫鼓轉松陵。狂生來索酒,買道人也。一舉輒數升。浩歌出門去,我亦歸瞢騰。

次韻子瞻連雨江漲二首〔一〕

其一

南過庾嶺更千山〔二〕,炁潤由來共一天〔三〕。雲塞虚空雨翻甕,江侵城市屋浮船。東郊晚稻須重插，西舍原蠶未及眠〔四〕。獨棹扁舟趁申卯，米鹽奔走笑當年〔五〕。

【箋注】

〔一〕作於紹聖二年(一〇九五)四月。

〔二〕庾嶺:《輿地紀勝·廣南東路·南雄州·景物下·大庾嶺》:"劉嗣之《南康記》云:漢兵擊吕嘉，衆潰，有裨將戍是嶺，以其姓庾，以其多梅，亦曰梅嶺。高一千三百五十丈，蒼翠疊巘，壁立峻峭，往來艱於登陟。唐張九齡奉召開鑿。至國朝嘉祐造磚甃砌成路，行者便之。又《元和志》云:此嶺本名塞上。漢伐南越有監軍姓庾，城於此城，故名大庾。五嶺之戍，此爲最東，故又名東嶺。"今大庾嶺，在江西廣東交界處。古稱塞上、東嶠。(見《元和郡縣圖志》卷三十四)

〔三〕烝潤:濕熱蒸發。宋戴侗《六書故地理二》:"嵐，盧含切。山氣烝潤也。"

〔四〕"雲塞"四句:謂雨勢極大，農作物受損嚴重。唐杜甫《白帝》:"白帝城中雲出門，白帝城下雨翻盆。"原蠶:二蠶，即夏秋第二次孵化的蠶。《周禮·夏官·馬質》:"若有馬訟，則聽之，禁原蠶者。"漢鄭玄注:"原，再也。"

〔五〕"獨棹"二句:謂當年在高安爲生計駕著小船來去辦公務。趁:趕。申卯:是説卯時忙著出門申時下班往家趕。申，下午三到五時。卯，早晨五到七時。

其二

客到炎陬喜暫涼〔一〕，江吹虚閣雨侵廊。回看野寺山溪隔，卧覺晨炊稻飯香。荔餉深紅陋櫻棗〔二〕，桂醅淳白比琳琅〔三〕。思移嶠北應非晚〔四〕，未省南遷日月長〔五〕。

【箋注】

〔一〕炎陬:指南方炎熱邊遠地區。陬，四隅。謂邊遠偏僻之地。《文選·左思〈吴都賦〉》:"其荒陬譎詭，則有龍穴内蒸，雲雨所儲。"晉劉逵注:"陬，四隅，謂邊遠也。"

〔二〕謂深紅色的荔枝比櫻桃棗子都可口。

〔三〕桂醑:猶言桂酒。指用玉桂浸泡的酒。

〔四〕謂量移五嶺之北。移:即量移。多指官吏因罪遠謫,遇赦酌情調遷近處任職。唐白居易《自題》:"一旦失恩先左降,三年隨例未量移。"嶠(jiào):特指五嶺。

〔五〕未省:不覺得。

附録 蘇軾《連雨江漲二首》

其一

越井岡頭雲出山,牂牁江上水如天。牀牀避漏幽人屋,浦浦移家蜑子船。龍卷魚鰕并雨落,人隨雞犬上牆眠。只應樓下平堦水,長記先生過嶺年。

其二

急雨蕭蕭作晚涼,卧聞榕葉響長廊。微明燈火耿殘夢,半濕簾櫳浥舊香。高浪隱牀吹甕盎,暗風驚樹擺琳琅。先生不出晴無用,留與空堦滴夜長。

次韻侄過江漲〔一〕

陰淫夏爲秋〔二〕,雨暴溪作瀆〔三〕。缺防舊通市,流潦幾入屋〔四〕。雖幸廩粟空〔五〕,猶惜畦蔬緑。鹿駭不擇音〔六〕,鴻羈分遵陸〔七〕。室誚曾子還〔八〕,城謳華元衄〔九〕。中情久岑寂〔一〇〕,外物競排蹙〔一一〕。設心等一慈,開懷受諸毒〔一二〕。道力雖未究,游波偶然伏〔一三〕。糧須三月聚〔一四〕,艾要七年蓄〔一五〕。君恩許北還,從此當退縮〔一六〕。

【箋注】

〔一〕作於紹聖二年(一〇九五)四月。按,蘇過詩當是與蘇軾詩同時作,故繫於四月。

〔二〕陰淫：陰氣過分。

〔三〕瀆（dú）：江河大川。《釋名・釋水》："天下大水四，謂之四瀆，江、河、淮、濟是也。"

〔四〕流潦：地面流動的積水。《韓詩外傳》卷二："高牆豐上激下，未必崩也，降雨興，流潦至，則崩必先矣。"

〔五〕廩（lǐn）粟：公家庫藏之糧。

〔六〕《左傳・文公十七年》："鹿死不擇音。"按，此與下句言飛禽走獸都驚惶混亂了。

〔七〕《詩・豳風・九罭》："鴻飛遵陸，公歸不復，於女信宿。"蘇轍《詩集傳》："鴻飛而遵陸，不得已也。"

〔八〕謂原住的房子也嘲笑自己回來。《莊子・外物》："曾子居衛，緼袍無表，顔色腫噲，手足胼胝，三日不舉火，十年不製衣，正冠而纓絶，捉衿而肘見，納屨而踵決。曳縰而歌，商頌聲滿天地，若出金石。天子不得臣，諸侯不得友，故養志者忘形，養形者忘利，致道者忘心矣。"曾子：指曾參。字子輿，曾點之子，孔子弟子。參性質魯，事親至孝，日三省其身，悟一貫之旨，相傳述《大學》，作《孝經》，以其學傳子思，子思以傳孟子。後世稱爲宗聖。

〔九〕謂高安城笑自己失敗歸來。《左傳・宣公二年》："將戰，華元殺羊食士，其御羊斟不與。及戰，曰：'疇昔之羊子爲政，今日之事我爲政。'與入鄭師，故敗。……宋人以兵車百乘，文馬百駟以贖華元于鄭。半入，華元逃歸，立于門外，告而入。見叔牂曰：'子之馬然也。'對曰：'非馬也，其人也。既合而來奔。'宋城，華元爲植，巡功，城者謳曰：'睅其目，皤其腹，棄甲而復。于思于思，棄甲復來。'"華元：春秋時宋大夫。參《史記・宋微子世家》。衄（nǜ）：挫折；失敗。

〔一〇〕中情：内心的情感。岑寂：寂寞。

〔一一〕排蹙（cù）：排擠。猶言攬擾。

〔一二〕"設心"二句：謂自己以平等慈愛之心對待塵世的煩惱。等一慈：佛教語。即等慈。平等之慈悲。《佛説維摩詰經》卷二："行平等慈，平若虚空。"開懷：放寬胸懷；推誠相待。諸毒：佛教語。此謂塵世之煩惱。《大方廣佛華嚴經》卷二十八："亂意巧妙奪人心，懷惡興謀肆諸毒。"

〔一三〕"道力"二句:謂自己道力雖然尚未通達,但有時亦如水波一時伏貼。道力:因修道而得之功力。究:達,貫徹。游波:水中的波浪。

〔一四〕《莊子·逍遥游》:"適莽蒼者,三飡而反,腹猶果然。適百里者宿舂糧,適千里者三月聚糧。"按,此與下句皆言凡事當預作準備。

〔一五〕《孟子·離婁上》:"今之欲王者,猶七年之病求三年之艾也。"漢趙岐注:"今之諸侯欲行王道,而不積其德,如至七年病而卻求三年時艾,當畜之乃可得。以三年時不畜藏之,至七年欲卒求之,何可得乎?艾可以爲灸人病,乾久益善,故以爲喻。"

〔一六〕"君恩"二句:言如果有機會北歸就退休。宋歐陽脩《答張學士書》:"衰朽百病交攻,難堪久處兹地,漸欲謀爲退縮。"

附録　蘇軾《江漲用過韻》

草木生故墟,牛羊滿空瀆。春江圍草市,夜浪浮竹屋。已連漲海白,尚帶霍山緑。坎離更休王,魚鼈横陵陸。得非崑崙囚,欲報陸渾衂。行看北風競,來救南國蹙。長驅連山燒,一掃含沙毒。孤吟慂造化,何時停倚伏。當憐水旱甿,不作舟車蓄。江流儻席卷,社酒期茅縮。

亡嫂靖安君蒲氏挽詞二首〔一〕

其一

家風足圖史〔二〕,婦德儼蘋蘩〔三〕。湯沐從夫寵〔四〕,冠衣席弟恩。
克家傳衆子,有後慶多孫〔五〕。追養心何極〔六〕,增封禮尚存。

【箋注】

〔一〕作於紹聖二年(一〇九五)七月。宋吕陶《静安縣君蒲氏墓誌銘》:"紹聖某年七月某日以疾終于眉山之所居。"故知作於七月。亡嫂:指蘇轍堂兄蘇不欺(子明)之妻。

〔二〕圖史:載入史册。

〔三〕蘋蘩:見《曾子宣郡太挽詞二首》之二注〔七〕。儼:宛如。

〔四〕"湯沐"二句:謂蒲氏受到封贈是因爲雙方家族的輝煌。"從夫寵""席弟恩"泛言而互文。即吕陶《静安縣君蒲氏墓誌銘》所云:"資政公(蒲宗孟)以其性行静專,動有法度,事父母奉舅姑皆盡敬愛,請以静安封之。又嘗丐于朝,乃賜以帔。"

〔五〕"克家"二句:謂蒲氏後嗣衆多。克家:謂能承擔家事。《易·蒙》:"納婦吉,子克家。"唐孔穎達疏:"子孫能克荷家事,故云子克家也。"按,蒲氏後嗣甚衆,有子五人,女三人,孫男十三人,孫女八人。《左傳·桓公二年》:"臧孫達其有後於魯乎!君違,不忘諫之以德。"晉杜預注:"積善之家,必有餘慶。故曰'其有後於魯'。"

〔六〕追養:謂祭祀死者,繼盡孝養之道。《禮記·祭統》:"祭者,所以追養繼孝也。"唐孔穎達疏:"養者是生時養親,孝者生時事親,親今既没,設禮祭之,追生時之養,繼生時之孝。"

其二

宦游非不遂〔一〕,流落自粗疏〔二〕。宗黨半天末〔三〕,存亡驚素書〔四〕。佳城東嶺外,茂木故阡餘〔五〕。遥想千車送〔六〕,臨江涕滿裾。

【箋注】

〔一〕不遂:不順利。《楚辭·屈原〈九章·思美人〉》:"知前轍之不遂兮,未改此度。"

〔二〕謂貶謫是自己的失誤。粗疏:疏略不精明。

〔三〕謂宗族大多相距遥遠。宗黨:宗族,鄉黨。天末:天的盡頭。指極遠的地方。

〔四〕謂常常接書信時忐忑不安(怕有不好的信息)。素書:古人以白絹作書,故以稱書信。漢蔡邕《飲馬長城窟行》:"呼兒烹鯉魚,中有尺素書。長跪讀素書,書中竟何如?"

〔五〕"佳城"二句:謂蒲氏葬在東嶺外的祖墓。佳城:喻指墓地。參《王度支陶挽詞二首》之二注〔二〕。故阡:祖墓。

〔六〕千車:見《黄幾道郎中同年挽詞二首》之二注〔四〕。

寄題武陵柳氏所居二首〔一〕

天真堂〔二〕

宦游閲盡山川勝，歸老方知氣味真〔三〕。歌哭不移身自穩〔四〕，往還無間語尤親〔五〕。永懷前輩無因見，猶喜諸郎有此人〔六〕。千歲展禽風未改，不加琱琢世稱珍〔七〕。

【箋注】

〔一〕作於紹聖二年（一〇九五）七月。從《孔譜》。蘇轍《古史後序》："九年三月，始以罪黜守臨汝，不數月復降守富春，行至彭澤，復以少府監分司南京而居高安。往來之間凡十有一年，太守柳君平年老更事，憐予遠來，其吏民亦知予疇昔之無害也，相與安之，於城東南陬得民居十數間葺而居之，逾月而定。"是知柳氏當指柳平。《江西通志・名宦》："柳平字子儀，武陵人，元祐中知筠州。江西惟筠州不囂於訟，及子儀至，政益清簡，漸以無訟。乃新燕居之堂榜曰江西道院，以鼓舞其俗，百姓悦之。"從詩中知柳嘗爲郎官。俟考。

〔二〕天真堂：命意于《莊子・漁父》："禮者，世俗之所爲也；真者，所以受於天也，自然不可易也。故聖人法天貴真，不拘於俗。"參《次韻沈立少卿白鹿》注〔五〕。

〔三〕唐白居易《閑意》："漸老漸諳閑氣味，終身不擬作忙人。"

〔四〕白居易《即事重題》："身穩心安眠未起，西京朝士得知無。"

〔五〕無間：没有隔閡；關係極密。

〔六〕蘇軾《王文玉挽詞》："猶喜諸郎有曹志，文章還復富波瀾。"

〔七〕"千歲"二句：謂柳氏猶有柳下惠之風範。展禽：春秋魯大夫展獲，字季，又字禽，曾爲士師官，食邑柳下，謚惠，故稱其爲展禽、柳下季、柳士師、柳下惠等。以柳下惠之名最爲著稱。相傳他與一女子共坐一夜，不曾淫亂。後常用以借指有操行的男子。按，此謂對方是展禽後裔。

康樂樓〔一〕

邑居欲盡溪山好〔二〕，不作層樓無奈何。巖谷滿前收蠟屐〔三〕，漪漣極目卷漁蓑。安心已得安身法〔四〕，樂土偏令樂事多〔五〕。千里筠陽猶静治〔六〕，還家一笑定無他。

【箋注】

〔一〕康樂樓：命意於《禮記·樂記》："嘽諧慢易繁文簡節之音作，而民康樂。"

〔二〕邑居：謂聚邑而居。《後漢書·西南夷傳·哀牢》："乃分置小王，往往邑居，散在谿谷。"

〔三〕巖谷：猶山谷。蠟屐：見《次韻道潛南康見寄》注〔五〕。

〔四〕安身：存身。唐白居易《對鏡》："静中得味何須道，穩處安身更莫疑。"

〔五〕樂土：安樂之地。語出《詩·魏風·碩鼠》："逝將去女，適彼樂土。"唐李白《金陵江上遇蓬池隱者》："酒來笑復歌，興酣樂事多。"蘇軾《次韻周邠》："南遷欲舉力田科，三徑初成樂事多。"

〔六〕静治：猶言無爲而治。蘇軾《九日袁公濟有詩次其韻》："古來静治得清閒，我愧真常也一班。"

筠州州宅雙蓮〔一〕

緑蓋紅房共一池，一雙游女巧追隨。鏡中比并新妝後，風際携扶欲舞時〔二〕。露蕊暗開香自倍〔三〕，霜蓬漸老折猶疑〔四〕。殷勤畫手傳真態〔五〕，道院生綃數幅垂〔六〕。

【箋注】

〔一〕作於紹聖二年（一〇九五）夏。蓮花是夏日開，從"緑蓋紅房"可知。

〔二〕"緑蓋"四句：寫雙蓮嬌美之態如新妝初成翩翩起舞的女子。新妝：謂女子新穎别致的打扮修飾。南朝梁王訓《應令詠舞》："新妝本絶世，妙舞亦如仙。"

〔三〕唐黄頗《風不鳴條》:"稍開含露蕊,才轉惹煙條。"

〔四〕霜蓬:霜後的蓮蓬。猶疑:猶豫不決。

〔五〕畫手:繪畫的高手。真態:本色;天然風致。唐獨孤及《和李尚書畫射虎圖歌》:"居然畫中見真態,若務除惡不顧私。"

〔六〕生綃:未漂煮過的絲織品。古時多用以作畫,因亦以指畫卷。唐韓愈《桃源圖》:"流水盤迴山百轉,生綃數幅垂中堂。"

奉同子瞻荔支嘆〔一〕

蜀中荔支止嘉州〔二〕,餘波及眉半有不〔三〕?稻糠宿火卻霜霰,結子僅與黄金侔〔四〕。近聞閩尹傳種法,移種成都出巴峽。名園競擷絳紗苞,蜜漬瓊膚甘且滑〔五〕。北①游京洛②墮紅塵,箬籠白曬稱最珍〔六〕。思歸不復爲蓴菜,欲及炎風朝露勻〔七〕。平居著鞭苦不早〔八〕,東坡南竄嶺南道。海邊百物非平生〔九〕,獨數山前荔支好。荔支色味巧留人,不管年來白髮新〔一〇〕。得歸便擬尋鄉路,棗栗園林不須顧。青枝丹實須十株,丁寧附書老農圃〔一一〕。

【校記】

①北:叢刊本作"比"。誤。

②洛:叢刊本作"路"。誤。

【箋注】

〔一〕作於紹聖二年(一〇九五)夏。蘇軾有《四月十一日初食荔枝》詩,《荔枝嘆》當作於此後不久。

〔二〕嘉州:見《初發嘉州》注〔一〕。

〔三〕謂荔枝産地延續到眉州部分地區。半有不:或許有一半地方(産荔枝)吧?

〔四〕"稻糠"二句:謂荔枝貴重,入秋後要靠焚燒稻穀殻來祛除霜霰。稻糠:稻穀的殻。宿火:隔夜未熄的火。霜霰:霜和霰。晉陶潛《歸園田居五首》

之二:"常恐霜霰至,零落同草莽。"侔:齊等;相當。

〔五〕"名園"二句:謂荔枝貴重,或用絳紗包裹,或用蜂蜜做成蜜餞。

〔六〕白曬:見《毛君惠温柑荔支二絶》之二注〔二〕。

〔七〕"思歸"二句:謂希望回歸時吃到故鄉的荔枝。蓴菜:見《送劉道原學士歸南康》注〔五〕。

〔八〕著鞭:努力进取。参《蜀井》注〔七〕。

〔九〕平生:平素;往常。

〔一〇〕年來:近年來。唐秦系《山中書懷寄張建封大夫》:"昨日年催白髮新,身如麋鹿不知貧。"

〔一一〕"得歸"四句:謂他日回鄉,其他都無需携帶,但一定要帶上幾棵荔枝苗。丹實:荔枝的果實。唐白居易《題郡中荔枝詩十八韻兼寄萬州楊八使君》:"素華春漠漠,丹實夏煌煌。"丁寧:囑咐,告誡。《詩・小雅・采薇》:"曰歸曰歸,歲亦莫止。"鄭箋:"丁寧歸期,定其心也。"附書:捎信;寄信。

附録　蘇軾《荔支嘆》

十里一置飛塵灰,五里一堠兵火催。顛阬仆谷相枕藉,知是荔支龍眼來。飛車跨山鶻横海,風枝露葉如新採。宫中美人一破顔,驚塵濺血流千載。永元荔枝來交州,天寶歲貢取之涪。至今欲食林甫肉,無人舉觴酬伯游。漢永元中,交州進荔支龍眼。十里一置,五里一堠。奔騰死亡,罹猛獸毒蟲之害者無數。唐羌字伯游,爲臨武長,上書言狀,和帝罷之。唐天寶中,蓋取涪州荔支,自子午谷路進入。我願天公憐赤子,莫生尤物爲瘡痏。雨順風調百穀登,民不飢寒爲上瑞。君不見武夷溪邊粟粒芽,前丁後蔡相籠加。大小龍茶始於丁晉公,成於蔡君謨。歐陽永叔聞君謨進小龍團,驚歎曰:"君謨士人也,何至作此事!"争新買寵各出意,今年鬬品充官茶。今年閩中監司,乞進鬬茶,許之。吾君所乏豈此物,致養口體何陋耶。洛陽相君忠孝家,可憐亦進姚黄花。洛陽貢花,自錢惟演始。

次韻子瞻梳頭〔一〕

水上有車車自翻,懸霤如綫垂前軒〔二〕。霜蓬已枯不再緑〔三〕,有客勸我抽其根。枯根一去紫茸茁〔四〕，珍重已試幽人言。紛紛華髮何足道，當返六十過去魂。近有道士相教：拔白後〔五〕，以水火養之，當不復生，故以爲答。

【箋注】

〔一〕作於紹聖二年（一〇九五）六月。舊題宋王十朋《東坡詩集注》："子由詩叙云：'轍有白髮，近二十年矣，然止百餘莖，不增不減。虔州道人王正彦，教令拔去，以真水火養之，當不復更生。從其言，已數月，而白髮不出，更年歲不見，豈真不生邪？子瞻兄示我《月中梳頭》詩，戲次來韻，言拔白之驗。'"

〔二〕"水上"二句：謂頭髮如水車上傾斜的水瀑和屋簷懸流的水線。

〔三〕霜蓬：散亂的白髮。唐李白《怨歌行》："沈憂能傷人，緑鬢成霜蓬。"

〔四〕紫茸：此謂新生細軟的絨髮。

〔五〕拔白：拔去白髮。漢應璩《雜詩》之三："贏醜人所惡，拔白自洗蘇。"

附録　蘇軾《六月十二日酒醒步月理髮而寢》

羽蟲見月争翾翻，我亦散髮虚明軒。千梳冷快肌骨醒，風露氣入霜蓬根。起舞三人漫相屬，停杯一問終無言。曲肱薤簟有佳處，夢覺瓊樓空斷魂。

《和子由次月中梳頭韻》

夏畦流膏白雨翻，北窗幽人卧羲軒。風輪曉長春筍節，露珠夜上秋禾根。或爲予曰：草木之長，常在昧明間。早作而伺之，乃見其拔起數寸，竹筍尤甚。又夏秋之交，稻方含秀，黄昏月出，露珠起于其根，纍纍然忽自騰上，若有推之者，或入于莖心，或垂于葉端。稻乃秀實，驗之信然。此二事與子由養生之説契，故以此爲寄。從來白髮有公道，始信丹經非妄言。此身法報本無二，他年妙絶兼形魂。《傳燈録》：有形神具妙者，乃不復有解化之事。

勸子瞻修無生法〔一〕

除卻靈明一一空〔二〕，年來丹竈漫施功〔三〕。掌中定有庵摩在，雲際懸知霧雨濛〔四〕。已賴信心留掣電〔五〕,要須净戒拂昏銅〔六〕。誰言逐客江南岸〔七〕,身世雖窮心不窮〔八〕?

【箋注】

〔一〕作於紹聖二年(一〇九五)。無生法:佛教語。參《贈净因臻長老》注〔八〕。

〔二〕靈明:明潔無雜念的思想境界。

〔三〕本年兄弟二人學道頗勤,故云。

〔四〕"掌中"二句:謂如果修無生法就可以把握天地萬物的變化。《維摩詰所説經》卷一:"吾見此釋迦牟尼佛土三千大千世界,如觀掌中菴摩勒果。"

〔五〕謂以虔誠之心而而求延年益壽。信心:虔誠信仰之心。掣電:閃電。佛教常以之形容人生及萬物的虚幻短暫。《金剛經》卷一:"一切有爲法,如夢幻泡影,如露亦如電,應作如是觀。"

〔六〕謂净修而拂除瘴氣。净戒:佛門清净的戒律。《梁書・諸夷傳・中天竺》:"常修净戒,式導不及。"昏銅:唐齊己《送遷客》:"瘴昏銅柱黑,草赤火山秋。"此處割裂"昏銅"二字以指瘴氣。

〔七〕唐杜甫《夢李白》之一:"江南瘴癘地,逐客無消息。"

〔八〕唐白居易《我身》:"窮則爲鷦鷯,一枝足自容。苟知此道者,身窮心不窮。"唐李賀《野歌》:"男兒屈窮心不窮,枯榮不等嗔天公。"

子瞻和陶公讀山海經詩欲同作而未成夢中得數句覺而補之〔一〕

此心淡無著,與物常欣然〔二〕。虚閑偶有見,白雲在空間。愛之欲吐玩,恐爲時俗傳。逡巡自失去,雲散空長天。永愧陶彭澤,佳句如珠圓。

【箋注】

〔一〕作於紹聖二年(一〇九五)初冬。蘇軾詩第一首云"今日天始霜",廣州氣候炎熱,有霜當在初冬。陶公:指陶潛。

〔二〕陶潛《五柳先生傳》:“好讀書,不求甚解,每有會意,便欣然忘食。”

附録　蘇軾《和陶讀山海經》并引

淵明《讀山海經》十三首,其七首皆仙語,余讀《抱朴子》有所感,用其韻賦之。

其一

今日天始霜,衆木斂以疎。幽人掩關卧,明景翻空廬。開心無良友,寓眼得奇書。建德有遺民,道遠我無車。無糧食自足,豈謂穀與蔬。愧此稚川翁,千載與我俱。畫我與淵明,可作三士圖。學道雖恨晚,賦詩豈不如。

其二

稚川雖獨善,愛物均孔顔。欲使蟪蛄流,知有龜鶴年。辛勤破封蟄,苦語劇移山。博哉無窮利,千載食此言。

其三

淵明雖中壽,雅志仍丹丘。遠矣無懷民,超然邈無儔。奇文出纊息,豈復生死流。我欲作九原,異世爲三遊。

其四

子政信奇逸,妙算窮陰陽。淮南枕中訣,養鍊歲月長。豈伊臭濁中,争此頃刻光。安知青藜火,丈人非中黄。

其五

亂離棄弱女,破冢割恩憐。寧知効龜息,三歲號窮山。長生定可學,當信仲弓言。支牀竟不死,抱一無窮年。

其六

二山在咫尺,靈藥非草木。玄芝生太元,黄精出長谷。仙都浩如海,豈不供一浴。何當從山火,束緼分寸燭。

其七

蜀士李八百,穴居吴山陰。默坐但形語,從者紛如林。其後有李寬,雞鵠非同音。口耳固多僞,識真要在心。

其八

黄花冒甘谷,靈根固深長。廖井窨丹砂,紅泉湧尋常。二女戲口鼻,松膏以爲糧。聞此不能寐,起坐夜未央。

其九

談道鄙俗儒,遠自太史走。仲尼實不死,於聖亦何負。紫文出吴宫,丹雀本無有。遼哉廣桑君,獨顯三季後。

其十

金丹不可成,安期渺雲海。誰謂黄門妻,至道乃近在。尸解竟不傳,化去空餘悔。丹成亦安用,御氣本無待。

其十一

鄭君故多方,元翁所親指。奇文二百篇,了未出生死。素書在黄石,豈敢辭跪履。萬法等成壞,金丹差可恃。

其十二

古强本妄庸,蔡誕亦夸士。曼都斥仙人,謁帝輕舉止。學道未有得,自欺誰不爾。稚川亦隘人,疏録此庸子。

其十三

東坡信畸人,涉世真散材。仇池有歸路,羅浮豈徒來。踐蛇及茹蠱,心空了無猜。携手葛與陶,歸哉復歸哉。

石盆種菖蒲甚茂忽開八九華或言此華壽祥也遠因生日作頌亦爲賦此〔一〕

石盆攢石養菖蒲,沮洳沙泉韭葉鋪〔二〕。世説華開難值遇〔三〕,天將壽考報勤劬〔四〕。心中本有長生藥,根底暗添無限鬚〔五〕。更爾屈蟠增瘦硬,它年老病要相扶〔六〕。

【箋注】

〔一〕作於紹聖三年(一〇九六)二月二十日。菖蒲:見《李鈞壽花堂》注

〔三〕。華:後來寫作"花"。遠:蘇轍第三子蘇遜。參《和子瞻喜虎兒生》注〔一〕。

〔二〕沮洳(jù rù):低濕之地。《詩・魏風・汾沮洳》:"彼汾沮洳,言采其莫。"唐孔穎達疏:"沮洳,潤澤之處。"

〔三〕值遇:遭逢。《爾雅・釋言》:"遇,偶也。"晉郭璞注:"偶爾相值遇。"

〔四〕壽考:年高;長壽。《詩・大雅・棫樸》:"周王壽考,遐不作人。"鄭箋:"文王是時九十餘矣,故云壽考。"勤劬:指辛苦勞累之人。

〔五〕謂菖蒲根部蓬生如鬍鬚狀,故云。

〔六〕謂希望菖蒲能延緩衰老。

附録　蘇軾《和子由盆中石菖蒲忽生九花》

春莢秋英兩須臾,神藥人間果有無。無鼻何由識薝蔔,有花今始信菖蒲。芳心未飽兩蛺蝶,寒意知鳴幾蟪蛄。記取明年十二節,小兒休更鑷霜鬚。

成都僧法舟爲其祖師寶月求塔銘於惠州還過高安送歸〔一〕

少年能講大乘經〔二〕,法施堂中不出扃。爲許先師傳後世,徑從西海集南溟〔三〕。忘身直犯黄茅瘴〔四〕,滿意初成白塔銘〔五〕。寄我淚痕歸萬里〔六〕,遥知露滴潤松青。

【箋注】

〔一〕作於紹聖三年(一〇九六)三月。繫年理由參《三蘇年譜》卷五十一。寶月(一〇一二——一〇九五):即蘇惟簡。蘇轍宗兄,九歲事成都中和勝相院慧悟大師,十九得度,二十九賜紫,三十六賜號。清亮敏達,綜練萬事,端身以律物,勞已以裕人,人皆高其才,服其心。凡所欲爲,趨成之。更新其精舍之在成都與郫者凡一百七十三間,經藏一,盧舍那阿彌陀彌勒大悲像四,塼橋二十七。曾掌理成都、郫縣衆多僧舍。喜施藥,所活不可勝數。蘇軾有《寶月大師塔銘》。惠州:南漢以循州歸善縣置禎州,以歸善、海豐、博羅、河源四縣來屬。宋天禧四年以州名犯仁宗御名,改爲惠州。屬廣東路。治歸善(治今廣東惠州市惠陽區)。高安:筠州治所。在今江西高安市。

〔二〕大乘:佛教語。摩訶衍那的意譯。佛教派别之一。與“小乘”相對。“大乘”强調利他,普度一切衆生,提倡以“六度”爲主的“菩薩行”,如發大心者所乘的大車,故名“大乘”。《妙法蓮華經》卷二:“若有衆生,從佛世尊聞法信受,勤修精進,求一切智、佛智、自然智、無師智,如來知見、力、無所畏,愍念、安樂無量衆生,利益天人,度脱一切,是名大乘,菩薩求此乘故,名爲摩訶薩。”

〔三〕謂法舟從成都到惠州。因成都在西,而惠州臨南海。

〔四〕黄茅瘴:嶺南在秋季草木黄落時的瘴氣。晉嵇含《南方草木狀》卷上:“黄茅枯時瘴疫大作,交廣皆爾也。土人呼曰黄茅瘴,又曰黄芒瘴。”宋范成大《桂海虞衡志》:“邕州兩江水土尤惡,一歲無時無瘴。春曰青草瘴,夏曰黄梅瘴,六七月曰新禾瘴,八九月曰黄茅瘴,土人以黄茅瘴爲尤毒。”

〔五〕謂法舟往惠求得蘇軾所作《寶月大師塔銘》。

〔六〕淚痕:眼淚。唐岑參《巴南舟中夜市》:“見雁思鄉信,聞猿積淚痕。孤舟萬里外,秋月不堪論。”

東西京二絶〔一〕

其一

親祀甘泉歲一終〔二〕,屬車徐動不驚風〔三〕。宓妃何預詞臣事,指點譏訶①豹尾中〔四〕。

【校記】

①訶:叢刊本作“詞”,形近而誤。

【箋注】

〔一〕此篇與下《唐相二絶》繫年不可考,姑按《欒城集》次第繫此。

〔二〕甘泉:宫名。故址在今陝西淳化西北甘泉山。本秦宫。漢武帝增築擴建,在此朝諸侯王,饗外國客;夏日亦作避暑之處。《三輔黄圖·甘泉宫》:“一曰雲陽宫……始皇二十七年作甘泉宫及前殿,築甬道自咸陽屬之。漢武帝建元中增廣之。周回一十九里,中有牛首山,望見長安城。”

〔三〕屬車:見《再和》之二注〔八〕。

〔四〕“宓妃”二句:謂一些文人總喜歡吟詠評論宓妃。宓妃:傳説中的洛水女神。《文選・司馬相如〈上林賦〉》:“若夫青琴、宓妃之徒,絶殊離俗。”唐李善注引三國魏如淳曰:“宓妃,伏羲氏女,溺死洛,遂爲洛水之神。”詞臣:舊指文學侍從之臣。譏訶:譏責非難。豹尾:豹尾車。指天子屬車。豹尾爲天子屬車上的飾物,懸于最後一車。漢蔡邕《獨斷》下:“秦滅九國,兼其車服,故大駕屬車八十一乘也,尚書、御史乘之。最後一車懸豹尾。”晉崔豹《古今注・輿服》:“豹尾車,周制也,所以象君子豹變,尾言謙也,古軍正建之,今唯乘輿得建之。”《宋史・輿服志一》:“豹尾車。古者軍正建豹尾。漢制,後車一乘垂豹尾,豹尾以前即同禁中。”按,此戲言宓妃和詞臣們有什麽關係,後車的詞臣們總是説東道西的。

其二

犀箸金盤不暇嘗〔一〕,更須石上擣黄粱〔二〕。數錢未免河東舊,不識前朝大練光〔三〕。

【箋注】

〔一〕謂山珍海味都享用不盡。犀箸:用犀角製成的筷子。唐杜甫《麗人行》:“犀筯厭飫久未下,鸞刀縷切空紛綸。”金盤:金屬製成的餐具。漢辛延年《羽林郎》:“就我求珍肴,金盤膾鯉魚。”

〔二〕《後漢書・五行志一》:“桓帝之初,京都童謡曰:‘城上烏,尾畢逋。公爲吏,子爲徒。一徒死,百乘車。車班班,入河間。河間姹女工數錢,以錢爲室金爲堂,石上慊慊舂黄粱。梁下有懸鼓,我欲擊之丞卿怒。’案此皆謂爲政貪也……河間姹女工數錢,以錢爲室金爲堂者,靈帝既立,其母永樂太后好聚金以爲堂也。石上慊慊舂黄粱者,言永樂雖積金錢,慊慊常若不足,使人舂黄粱而食之也。”

〔三〕“數錢”二句:謂董皇后母儀天下了仍如藩侯夫人舊態(“孝仁董皇后諱某,河間人,爲解犢亭侯萇夫人。”《後漢書》本傳),不知道祖宗的節儉美德。《後漢書・皇后紀上・明德馬皇后》:“常衣大練,裙不加緣。”唐李賢注:“大練,大帛也。杜預注《左傳》曰:大帛,厚繒也。”蘇軾《御試制科策》:“後宫有大練之飾,則天下以羅紈爲羞。”

唐相二絶

其一

楊王滅後少英雄〔一〕,猶自澄思卻月中〔二〕。已得惠妃歡喜見〔三〕,方頭笑殺曲江公〔四〕。

【箋注】

〔一〕楊王:楊,指隋楊王朝,王,指隋末各地以王世充爲代表的割據勢力。

〔二〕謂唐玄宗晚年沉溺女色,故李林甫得以跋扈。澄思:深思;静思。晉葛洪《抱朴子·君道》:“人主不澄思於治亂,不深鑒於亡徵,雖目分百尋之秋豪,耳精八音之清濁……猶無補於土崩,不救乎瓦解也。”卻月:指卻月眉,唐代女性畫眉的一種類型。唐杜牧《閨情》:“娟娟卻月眉,新鬢學鴉飛。”明楊慎《丹鉛續録·十眉圖》:“唐明皇令畫工畫十眉圖……六曰月棱眉,又名卻月眉。”

〔三〕謂李林甫得到武惠妃的賞識。武惠妃(六九九—七三七):則天從父兄子恒安王攸止女,幼入宫,唐玄宗李隆基寵妃。生壽王、盛王及二公主。欲立壽王,李林甫希妃意,陷太子、鄂光二王,皆廢死。惠妃旋亦死。

〔四〕謂張九齡不知變通。方頭:謂性梗直而不通事宜。宋趙令畤《侯鯖録》卷八:“今人謂拙直者名方頭。”此言笑殺不知變通的張九齡。曲江公:指張九齡(六七八—七四〇),字子壽。唐韶州曲江(今廣東韶關市)人。景龍初登進士第,開元中徵拜同平章事中書令。玄宗生日,百僚多獻珍異,惟九齡進《千秋金鑒録》,具陳前古廢興之道。帝欲相李林甫,九齡力諫,帝不聽,卒相林甫。九齡以尚書右丞罷政事。卒謚獻。九齡文學冠一時,立朝謇謇有大節,天下呼曲江公而不名。嘗預言安禄山必反。有《曲江集》。新舊《唐書》有傳。其本傳有云:“當是時,帝在位久,稍怠於政,故九齡議論必極言得失,所推引皆正人。武惠妃謀陷太子瑛,九齡執不可。妃密遣宦奴牛貴兒告之曰:‘廢必有興,公爲援,宰相可長處。’九齡叱曰:‘房幄安有外言哉?’遽奏之,帝爲動色。

故卒九齡相而太子無患。”按,轍此言蓋激憤不平之詞。

其二

朝中寂寂少名卿〔一〕,晚歲雄猜氣益横〔二〕。心怕無鬚少年士,可憐未識玉奴兄〔三〕。

【箋注】

〔一〕寂寂:寥落冷清。名卿:有聲望的公卿。

〔二〕謂李林甫晚年猜忌强横。雄猜:猶多疑。南朝宋謝靈運《擬魏太子鄴中集詩序》:“漢武帝徐樂諸才,備應對之能,而雄猜多忌,豈獲晤言之適。”《新唐書》本傳:“林甫自見結怨者衆,憂刺客竊發,其出入,廣騶騎,先驅百步,傳呼何衛,金吾爲清道,公卿辟易趨走。所居重關複壁,絡版甃石,一夕再徙,家人亦莫知也。或帝不朝,群司要官悉走其門,臺省爲空。”

〔三〕“心怕”二句:謂李林甫只是擔心宦官們左右皇帝而失寵,没想到勁敵卻是楊國忠。本傳云:“林甫薄國忠材孱無所畏,又以貴妃故善之。及是,權益盛貴震天下,始交惡若仇敵然。”無鬚:代指宦官。語本《新唐書·竇懷貞傳》:“性諂詐善諧,結權貴,宦者用事,尤所畏奉,或見無須者,誤爲之禮。”玉奴兄:指楊國忠。唐鄭嵎《津陽門》:“玉奴琵琶龍香撥,倚歌促酒聲嬌悲。”自注:“玉奴乃太真小字。”楊國忠(?—七五六),唐蒲州永樂(今山西芮城縣)人。楊貴妃同曾祖兄。張易之之甥。初名釗,少飲博無行,不爲姻族恥。從父元琰死蜀州,國忠護視其家,因與妹虢國夫人通。玄宗時由御史至宰相,領四十餘使,淫縱不法。安禄山有寵,國忠惡其不下己,屢言其反,禄山被逼果反。潼關陷,玄宗奔蜀,陳玄禮率軍士誅之于馬嵬坡下,争啖其肉且盡。新舊《唐書》有傳。見《周昉畫美人歌》注〔八〕。

寓居六詠〔一〕

其一

手植天隨菊〔二〕,晨添苜蓿盤〔三〕。叢長憐夏苦,花晚怯秋寒。素食舊所愧〔四〕，長齋今未闌〔五〕。殷勤拾落蕊〔六〕，眼暗讀書難〔七〕。

【箋注】

〔一〕作於紹聖三年（一〇九六）。此首詠菊。

〔二〕謂如陸龜蒙似種菊。唐陸龜蒙《奉和太湖詩·縹緲峰》："身爲大塊客，自號天隨子。"《新唐書·隱逸傳·陸龜蒙》："陸龜蒙字魯望……時謂江湖散人，或號天隨子、甫里先生。"陸龜蒙《杞菊賦》："天隨子宅荒少牆，屋多隙地，著圖書所，前後皆樹以杞菊。春苗恣肥，日得以採擷之，以供左右杯案。"天隨：隨順天然；純任自然。語出《莊子·在宥》："尸居而龍見，淵默而雷聲，神動而天隨，從容無爲而萬物炊累焉。"

〔三〕謂生活清貧。苜蓿：見《次韻子瞻送范景仁遊嵩洛》注〔九〕。

〔四〕素食：即素餐。不勞而食。語出《詩·魏風·伐檀》："彼君子兮，不素食兮。"宋黄庭堅《贛上食蓮有感》："甘飡恐臘毒，素食則懷慚。"

〔五〕長齋：指長期素食。

〔六〕落蕊：猶言落英，即落花。《楚辭·屈原〈離騷〉》："朝飲木蘭之墜露兮。夕餐秋菊之落英。"

〔七〕謂視力不好了讀書不方便。唐韋應物《寓居永定精舍》："眼暗文字廢，身閑道心精。"宋徐鉉《病題二首》之一："脾傷對客偏愁酒，眼暗看書每愧燈。"

其二

山丹炫南土〔一〕，盈尺愧西京〔二〕。所至曾無比，知非浪得名。未須求別種，尚欠剥繁英〔三〕。行復春風度〔四〕，天涯眼暫明〔五〕。

【箋注】

〔一〕山丹：百合的一種。參《次韻子瞻送范景仁遊嵩洛》注〔六〕。南土：南方地區。《詩·大雅·崧高》："往近王舅，南土是保。"唐孔穎達疏："當於南方之土，於是安居之矣。"

〔二〕謂不如洛陽牡丹那樣碩大鮮艷。西京：指洛陽。

〔三〕繁英：繁盛的花。晉劉琨《重贈盧諶》："朱實隕勁風，繁英落素秋。"

〔四〕唐王之涣《涼州詞》:“羌笛何須怨楊柳,春風不度玉門關。”

〔五〕唐白居易《聞微之江陵卧病以大通中散碧腴垂雲膏寄之因題四韻》:“到時想得君拈得,枕上開看眼暫明。”

其三

鄰家三畝竹,蕭散倚東牆〔一〕。誰謂非吾有,時能惠我涼。雪深聞毁折〔二〕,風作任披猖〔三〕。事過還依舊,相看意愈長。

【箋注】

〔一〕蕭散:瀟灑,無拘束。唐皎然有“苕溪草堂自大歷三年夏新營洎秋及春”云云長題詩:“竹生自蕭散,雲性常潔白。”

〔二〕毁折:毁損。

〔三〕披猖:飄摇,飛揚。唐唐彦謙《春深獨行馬上有作》:“日烈風高野草香,百花狼藉柳披猖。”

其四

弱榴生掩冉〔一〕,插竹强支叉。旋疊封根石,能開著子花〔二〕。扶持物遂性〔三〕,綴緝我成家。故國田園少,何須恨海涯〔四〕?

【箋注】

〔一〕掩冉:披靡偃倒貌。蘇軾《和飲酒》之三:“身如受風竹,掩冉衆葉驚。”

〔二〕著子:結子。

〔三〕遂性:順應本性。唐白居易《犬鳶》:“見彼物遂性,我亦心適然。”

〔四〕蘇軾《寄高令》:“田園知有兒孫委,蚤晚扁舟到海涯。”海涯:海邊。

其五

大雞如人立〔一〕,小雞三寸長。造物均①付予,危冠兩昂藏〔二〕。出欄風易倒,依草枯不僵。後庭花草盛,憐汝計②興亡。或言矮雞冠即玉樹後庭花。

【校記】

①均：宋建本作“匀”，誤。

②計：叢刊本作“討”，形近而誤。

【箋注】

〔一〕大雞：雞指雞冠花，夏季開花，花序呈雞冠狀，故名。本詩所詠當是壽星雞冠。《廣群芳譜·花譜·雞冠》：“又有一種五色者最矮，名壽星雞冠，扇面者以矮爲佳，帚樣者以高爲趣，今處處有之。三月生苗，入夏高者五六尺，矮者纔數寸，其葉青柔，頗似白莧菜而窄，梢有赤脉，紅者莖赤，黄者白者莖青白，或圓或扁，有筋起。六七月莖端開花，穗圓長而尖者如青箱之穗，扁卷而平者如雄雞之冠。花大有圍一二尺者，層層疊卷可愛，穗有小筒子在其中，黑細光滑，與莧實無異。花最耐久，霜後始蔫。”

〔二〕昂藏：形容高聳挺立。唐杜甫《四松》：“幽色幸秀髮，疏柯亦昂藏。”

其六

西鄰分半井，十口無渴憂。歲旱百泉竭，日供八家求。艱難念生理〔一〕，沾足愧寒流。比聞山田婦，出汲争群牛。山中澗谷枯竭，汲者每苦牛奪其水。一人出汲，輒數人持杖護之。

【箋注】

〔一〕唐杜甫《春日江村》之一：“艱難昧生理，飄泊到如今。”生理：生計。

附録　蘇軾《次韻子由所居六詠》

其一

堂前種山丹，錯落馬腦盤。堂後種秋菊，碎金收辟寒。草木如有情，慰此芳歲闌。幽人正獨樂，不知行路難。

其二

詩人故多感，花發憶兩京。石榴有正色，玉樹真虚名。粲粲秋菊花，卓爲霜中英。萸盤照重九，纈蕊兩鮮明。

其三

幽居有古意,義井分西牆。誰云三伏熱,止須一杯涼。先生坐忍渴,群囂自披猖。衆散徐酌飲,逡巡味尤長。

其四

先生飯土塯,無物與劉叉。何以娱醉客,時覷砌下花。井水分西鄰,竹陰借東家。蕭然行脚僧,一身寄天涯。

其五

東齋手植柏,今復幾尺長。知有桓司馬,榛茅爲遮藏。近聞南臺松,新枝出餘僵。年來此懷抱,豈復驚凡亡。

其六

新居已覆瓦,無復風雨憂。榿栽與籠竹,小詩亦可求。尚欲煩貳師,刺山出飛流。應須鑿百尺,兩綆載一牛。

蘇過《次韻叔父所居六首》

其一

旅寓仍艱歲,豨毛入饋盤。泥芹洗秋白,露菊擷朝寒。未覺江湖遠,空驚歲月闌。諸兒還自喜,頗亦試艱難。

其二

野卉非千葉,妖紅媿兩京。依然守舊態,誰與製新名?琥珀綴圓石,燕脂染落英。願因少陵句,草木亦鮮明。

其三

湫隘黄門宅,喧囂半雉牆。此君時掩苒,小屋自清涼。月落寒梢静,春回稺筍猖。兒童護雞犬,更看引鞭長。

其四

榴實江南少,依稀綴樹叉。稍存後彫質,能吐欲然花。西蜀雖吾里,東軒是故家。田園隨處是,何必買生涯。

其五

户外從羅雀,空階放草長。大雞俄獨立,衆卉已難藏。意氣矜全盛,萎蕤憫欲僵。伶俜蜂與蝶,未免歎脣亡。

《蘇過詩文編年箋注》:"原本《斜川集》《次韻叔父寓居六詠》下載四首,而又有《和叔父所居六首之一》,今依轍詩正其篇第,曰《秋菊》、曰《山丹》、曰《新竹》、曰《榴花》、曰《雞冠》。其中《甘井》一詩《斜川集》已佚。"

和子瞻新居欲成二首〔一〕

其一

老罷子卿還屬國〔二〕,功成定遠恨陽關〔三〕。漂流豈必風波際〔四〕,顛沛何妨枕席間〔五〕。伏臘便應隨俚俗〔六〕,室廬聞似勝家山〔七〕。因①緣宿世非今日〔八〕,賴有陰功許旋還〔九〕。此説見佛書。

【校記】

①因:叢刊本作"囙",形近而誤。

【箋注】

〔一〕作於紹聖四年(一〇九七)正月。蘇軾《和陶時運四首引》:"丁丑二月十四日,白鶴峰新居成,自嘉祐寺遷入。"此詩云"欲成",則繫於正月爲宜。

〔二〕老罷:衰老疲憊。子卿:指蘇武(?—前六〇),字子卿,漢京兆(今陝西西安市東南)人,天漢中以中郎將使匈奴,單于欲降之。武不屈,"乃囚武大窖中,絶不飲食。天雨雪,武卧嚙雪與旃毛并咽之";後徙武海上,"廩食不至,掘野鼠去中實而食之。"終不屈。昭帝時得還,拜典屬國,宣帝立,賜爵關内侯。《漢書》有傳。

〔三〕定遠:指班超(三二—一〇二),字仲升,後漢扶風安陵(今陝西咸陽市)人。爲人有志,不修細節。家貧,與人抄書養母。嘗投筆嘆曰:"大丈夫當效傅介子、張騫立功異域,以取封侯,安能久事筆硯間乎?"明帝章帝時出使西域,歷軍司馬、將軍長史、西域都護。安集五十餘國,封定遠侯。在西域三十一年。年老乞歸,徵還拜射生校尉。卒年七十一。《後漢書》有傳。本傳有云,班超久在西域,年老思歸,建初十二年上疏云:"臣不敢望到酒泉郡,但願生入玉門關。"陽關:古關名。見《次韻子瞻送楊傑主客奉詔同高麗僧游錢塘》

注〔七〕。

〔四〕唐杜甫《詠懷古跡五首》之一:“支離東北風塵際,漂泊西南天地間。”

〔五〕《論語·里仁》:“君子無終食之間違仁,造次必於是,顛沛必於是。”

〔六〕謂當隨波逐流。漢楊惲《報孫會宗書》:“臣之得罪已三年矣,田家作苦,歲時伏臘,烹羊炰羔,斗酒自勞。家本秦也,能爲秦聲。婦,趙女也,雅善鼓瑟。奴婢歌者數人,酒後耳熱,仰天拊缶而呼烏烏。”俚俗:民間習俗。

〔七〕家山:謂故鄉。

〔八〕因緣宿世:謂前世因緣。又有“宿世因緣周”,爲法華三周之一。參《妙法蓮華經》。

〔九〕陰功:指在人世間所爲而在陰間可記功之好事。

其二

山連上帝朱①明府〔一〕,心是南宗無盡燈〔二〕。過此②欹③危空比夢〔三〕,年來瘴毒冷如冰〔四〕。圖書一笑寧勞客,音信頻來尚有僧〔五〕。梨棗功夫三歲辦〔六〕,不緣憂患亦何曾?

【校記】

①朱:叢刊本作“珠”,誤。

②此:叢刊本作“去”,誤。

③欹:叢刊本作“歌”,形近而誤。

【箋注】

〔一〕朱明府:即“朱明輝真之洞天”,道教十大洞天的第七洞天。在廣東羅浮山。

〔二〕無盡燈:佛教語。謂以一燈點燃千百盞燈。比喻以佛法度化無數衆生。《維摩詰所説經》卷一:“無盡燈者,譬如一燈然百千燈,冥者皆明,明終不盡……夫一菩薩開導百千衆生,令發阿耨多羅三藐三菩提心,於其道意,亦不滅盡,隨所説法,而自增益一切善法。是名無盡燈也。”

〔三〕欹危:危難。

〔四〕蘇軾《和歐陽少師寄趙少師次韻》:“公家冷如冰,百呼無一諾。”瘴毒:瘴氣毒霧。

〔五〕參寥、曇秀等高僧皆渡海探望蘇軾且音信頻頻,故云。

〔六〕梨棗:見《張公生日》注〔一八〕。

附録　蘇軾《白鶴峰新居欲成夜過西鄰翟秀才二首》

其一

林行婆家初閉户,翟夫子舍尚留關。連娟缺月黄昏後,縹緲新居紫翠間。繫悶豈無羅帶水,割愁還有劍鋩山。韓退之云:水作青羅帶,山爲碧玉篸。柳子厚云:海上尖峰若劍鋩,秋來處處割愁腸。皆嶺南詩也。中原北望無歸日,鄰火村舂自往還。

其二

甕間畢卓防偷酒,壁後匡衡不點燈。待鑿平江百尺井,要分清暑一壺冰。佐卿恐是歸來鶴,次律寧非過去僧。他日莫尋王粲宅,夢中來往本何曾。

次遲韻二首〔一〕

其一

老謫江南岸,萬里修烝嘗〔二〕。三子留二子〔三〕,嵩少道路長〔四〕。累以二孀女,辛勤具糇糧〔五〕。誰令南飛鴻,送汝至我旁?飢寒不能病,氣紓色亦康〔六〕。拊背問家事〔七〕,嗟我久已忘。力耕當及春〔八〕,無爲久南方。還家語諸女,素剛非王章〔九〕。

【箋注】

〔一〕作於紹聖四年(一〇九七)正月。遲:指蘇遲。蘇轍長子,字伯充。是時蘇遲自潁來。

〔二〕烝嘗:本指秋冬二祭。後亦泛稱祭祀。《詩·小雅·楚茨》:"絜爾牛羊,以往烝嘗。”鄭箋:“冬祭曰烝,秋祭曰嘗。”

〔三〕蘇遲、蘇适留居潁昌。參後《和遲田舍雜詩九首引》

〔四〕蘇轍此時家人居潁昌,故云。《詩・秦風・蒹葭》:“溯洄從之,道阻且長。”

〔五〕“累以”二句:謂兩個寡居的女兒爲生計辛勞。二孀女:指長女文務光妻與次女王適之妻。具:備辦;準備。餱糧:乾糧;食糧。《詩・大雅・公劉》:“迺裹餱糧,于橐于囊。”宋朱熹集傳:“餱,食。糧,糗也。”

〔六〕紓:舒緩;延緩。《詩・小雅・采菽》:“赤芾在股,邪幅在下,彼交匪紓,天子所予。”毛傳:“紓,緩也。”

〔七〕拊背:輕拍肩背。表示撫慰。唐高適《遇沖和先生》:“拊背念離别,依然出户庭。”

〔八〕力耕:努力耕作。《楚辭・屈原〈卜居〉》:“寧誅鋤草茅以力耕乎?將游大人以成名乎?”

〔九〕要蘇遲轉告女兒不要爲自己擔心,自己雖然一向剛直,但也不會如王章那樣不審時度勢。王章:字仲卿,西漢泰山巨平(今山東泰安市南)人。少以文學爲官,稍遷至諫大夫,在朝廷名敢直言。元帝初,擢爲左曹中郎將,與御史中丞陳咸相善,共毀中書令石顯,爲顯所陷,咸減死髡,章免官。成帝立,徵章爲諫大夫,遷司隸校尉,大臣貴戚敬憚之。王尊免後,代者不稱職,章以選爲京兆尹。時,帝舅大將軍王鳳輔政,章雖爲鳳所舉,非鳳專權,不親附鳳。會日有蝕之,章奏封事,召見,言鳳不可任用,宜更選忠賢。上初納受章言,後不忍退鳳。章由是見疑,遂爲鳳所陷,罪至大逆。事在《元后傳》。

其二

世事非吾憂〔一〕,物理有必至〔二〕。常暘百川竭〔三〕,顧亦防雨耳。陰陽相糾纏〔四〕,反覆更自治〔五〕。幽懷澹不起〔六〕,默坐識其意〔七〕。長子念衰老,遠行重慚愧。疏慵身似僧〔八〕,岑寂家近寺〔九〕。但聞事日新,未覺吾有異。器鍠本自出,藩角徒不遂〔一〇〕。得失衆共知〔一一〕,窮達佛所記〔一二〕。要令北歸日,粗究一大事〔一三〕。

【箋注】

〔一〕唐白居易《適意兩首》："置心世事外，無喜亦無憂。"

〔二〕《戰國策・齊策四》："事有必至，理有固然，君知之乎？"

〔三〕《尚書大傳》卷三："厥罰常陽。"《説苑・辨物》："夫河伯以水爲國，以魚鱉爲民；天久不雨，水泉將下，百川竭，國將亡，民將滅矣，彼獨不用雨乎？"常暘：指長期乾旱不雨。

〔四〕糾纏：交互纏繞。《鶡冠子・世兵》："禍乎福之所倚，福乎禍之所伏，禍與福如糾纏。"

〔五〕反覆：變化無常。自治：自然安治。《尹文子・大道上》："法用則反道，道用則無爲而自治。"

〔六〕幽懷：隱匿在内心的情感。

〔七〕默坐：無言静坐。

〔八〕唐許渾《南亭夜坐貽開元禪定二道者》："光陰難駐跡如客，寒暑不驚心似僧。"疏慵：疏懶；懶散。

〔九〕岑寂：寂静。參《和子瞻金山》注〔七〕。

〔一〇〕"器鍠"二句：謂自己本欲有所作爲，但事與願違。器鍠：樂器發出的聲音。鍠，象聲詞。藩角：以角抵撞藩籬。語本《易・乾》："上六，羝羊觸藩，不能退，不能遂，無攸利，艱則吉。"三國魏王弼注："有應於三，故不能退；懼於剛長，故不能遂。"按，此謂自己進退維谷，難以施展。

〔一一〕謂過去的是非大家心裏明白。語出杜甫《偶題》："文章千古事，得失寸心知。"

〔一二〕謂自己已皈依佛法。窮達：困頓與顯達。

〔一三〕蘇軾《趙閲道高齋》："超然已了一大事，持冠而去真秋毫。"

次遠韻〔一〕

萬里謫南荒，三子從一幼。謬追《春秋》餘〔二〕，賴爾牛馬走〔三〕。憂病多所忘，問學非復舊。借書里諸生，疑事誰當叩？吾兒雖懶教，擢穎既冠後〔四〕。求友卷中人〔五〕，玩心竹間岫〔六〕。時令檢遺闕，相對忘昏晝〔七〕。兄來試謳吟〔八〕，句法漸翹秀〔九〕。暫時鴻雁飛，迭發塤篪奏〔一〇〕。更念宛丘子，頎然何時覯〔一一〕？

【箋注】

〔一〕作於紹聖四年（一〇九七）正月。從"兄來"云云可知。

〔二〕蘇轍作《古史》，故言。參《乘小舟出筠江二首》之二注〔六〕。春秋：見《次韻子瞻寄眉守黎希聲》注〔五〕。

〔三〕謂蘇遠能如司馬遷助成父業。牛馬走：像牛馬般奔波勞碌。參《次前韻答景仁》注〔二〕。

〔四〕擢穎：猶言脱穎而出。既冠：成年。

〔五〕謂與古人爲友。《新唐書·狄仁傑傳》："爲兒時，門人有被害者，吏就詰，衆争辨對。仁傑誦書不置，吏讓之，答曰：'黄卷中方與聖賢對，何暇偶俗吏語耶？'"

〔六〕謂寄情山水。玩心：猶言專心致志。岫：峰巒。晉陶潛《歸去來兮辭》："雲無心以出岫，鳥倦飛而知還。"

〔七〕"時令"二句：謂蘇遠時時爲自己翻檢典籍。遺闕：有所遺忘闕失處。唐杜甫《九日寄岑參》："沉吟坐西軒，飲食錯昏晝。"

〔八〕謳吟：歌唱吟詠。唐白居易《張常侍池涼夜閑宴贈諸公》："或嘯或謳吟，誰知此閑味？"

〔九〕句法：詩句的結構方式。蘇軾《次韻范淳父送秦少章》："句法本黄子，二豪與揩磨。"宋嚴羽《滄浪詩話·詩辨》："詩之品有九……其用工有三：曰起結，曰句法，曰字眼。"翹秀：出類拔萃。

〔一〇〕謂蘇遠與蘇遲更相唱和。語出《詩·小雅·何人斯》："伯氏吹壎，仲氏吹篪。"參《次韻子瞻聞不赴商幕三首》之三注〔一〕。

〔一一〕"更念"二句：謂思念在潁的蘇适。頎然：風姿挺秀。覯：遇見；看見。《詩·小雅·裳裳者華》："我覯之子，我心寫兮。"

次韻子瞻和陶公止①酒〔一〕雷州作。

少年無大過，臨老重復止。自言衰病根，恐在酒杯裏。今年各南遷〔二〕，百事付諸子。誰言瘴霧中，乃有相逢喜？連牀聞動息〔三〕，一夜再三起。溯流俯仰得，此病竟何理？平生不尤人，未免亦求己。非酒猶止之，其餘真止矣。飄然從孔公，乘桴南海涘〔四〕。路逢安期生，一笑千萬祀〔五〕。

【校記】

①止：叢刊本作"正"，形近而誤。

【箋注】

〔一〕作於紹聖四年（一〇九七）。六月十一日後。蘇軾《和陶止酒引》："丁丑歲，余謫海南，子由亦貶雷州。五月十一日相遇於藤，同行至雷，六月十一日相别渡海。余時病痔呻吟，子由亦終夕不寐。因誦淵明詩，勸余止酒，乃和元韻，因以贈别，庶幾真止矣。"蘇轍《子瞻和陶淵明詩集引》："是時轍亦遷海康，書來告曰：'古之詩人有擬古之作矣，未有追和古人者也。追和古人則始於東坡。吾於詩人無所甚好，獨好淵明之詩。淵明作詩不多，然其詩質而實綺，癯而實腴，自曹劉鮑謝李杜諸人皆莫及也。吾前後和其詩凡百數十篇，至其得意，自謂不甚愧淵明，今將集而并録之，以遺後之君子，子爲我志之。'"雷州：秦象郡地，二漢以後並屬合浦郡地。煬帝初州廢，屬合浦郡，唐置雷州，或爲海康郡，屬嶺南道。宋屬廣西路，領海康一縣。治今廣東海康縣。參《文獻通考·輿地考九·雷州》。

〔二〕是年六月，吕大防、劉摯、蘇轍皆被貶謫。葉濤《蘇轍散官安置制》："朋奸擅國，責有餘辜。造訕欺天，理不可赦。其加顯黜，以正明刑。降授左朝議大夫、試少府監、分司南京、筠州居住蘇轍，操傾側孽臣之心，挾縱横策士之計。始與兄軾，肆爲詆巇。晚同相光，協濟險惡。搆無根之辭而欺世，聚不逞之黨以蔽朝。謂邪説爲讜言，指善政爲苛法。矯誣太后，愚弄沖人。助成奸謀，交毁先烈。發怨懟於君臣之際，亡忌憚於父子之間。陰懷動摇，公肆排訐。粤予親政，尚爾撓權。持罔上之素心，爲怙終之私計。罪同首惡，法在嚴誅。而事久益彰，罰輕未稱。朕顧瞻嚴廟，跂念裕陵，義不敢私，恩難從貸，黜居散秩，投置遐陬。非徒今日知馭衆之威，亦使後世識爲臣之義。勉思寬憲，務蓋往愆。可責授化州别駕、雷州安置。"

〔三〕此時蘇遲蘇遠二子在身邊,故云。

〔四〕"飄然"二句:《論語·公冶長》:"子曰:'道不行,乘桴浮於海。'"

〔五〕"路逢"二句:安期生:仙人名。秦、漢間齊人,一説琅琊阜鄉人。傳説曾從河上丈人習黄帝、老子之説,賣藥東海邊。秦始皇東游,與語三日夜,賜金璧數千萬,皆置之阜鄉亭而去,留書及赤玉舄一雙爲報。後始皇遣使入海求之,未至蓬萊山,遇風波而返。一説,生平與蒯通友善,嘗以策干項羽,未能用。後之方士、道家因謂其爲居海上之神仙。事見《史記·樂毅列傳》、漢劉向《列仙傳》等。《史記·封禪書》:"安期生仙者,通蓬萊中,合則見人,不合則隱。"《漢書·蒯通傳》:"通善齊人安其生,安其生嘗干項羽,羽不能用其策。而項羽欲封此兩人,兩人卒不肯受。"

附録　蘇軾《和止酒》并引

丁丑歲,予謫海南,子由亦貶雷州。五月十一日,相遇於藤,同行至雷。六月十一日,相别,渡海。余時病痔呻吟,子由亦終夕不寐。因誦淵明詩,勸余止酒。乃和原韻,因以贈别,庶幾真止矣。

時來與物逝,路窮非我止。與子各意行,同落百蠻裏。蕭然兩别駕,各携一稺子。子室有孟光,我室惟法喜。相逢山谷間,一月同卧起。茫茫海南北,粗亦足生理。勸我師淵明,力薄且爲己。微痾坐杯酌,止酒則瘳矣。望道雖未濟,隱約見津涘。從今東坡室,不立杜康祀。

次韻子瞻過海〔一〕

我還海康郡,猶在寰海中〔二〕。送君渡海南,風帆若張弓。笑揖彼岸人,回首平生空。平生定何有?此去未可窮〔三〕。惜無好勇夫,從此乘桴翁〔四〕。幽子疑龍鰕,牙須竟誰雄〔五〕?閉門亦勿見,一嗅同香風。晨朝飽粥飯,洗鉢隨僧鐘。有問①何時歸?兹焉若將終〔六〕。居家出家人,豈復懷兒童〔七〕?老聃真吾師,出入初猶龍〔八〕。籠樊顧甚密，俯首姑爾容。衆人指我笑，韁鎖無此工〔九〕。一瞬千佛土，相期兜率宫〔一〇〕。

【校記】

①有問：三蘇祠本作“借問”。

【箋注】

〔一〕作於紹聖四年（一〇九七）六月。

〔二〕“我遷”二句：謂自己貶雷州雖遠而尚在海内。寰海：海内；全國。海康：縣名，雷州治所。

〔三〕“笑揖”四句：謂與兄告别。彼岸人：指蘇軾。唐張籍《留别江陵王少府》：“别後空回首，相逢未有期。”

〔四〕“惜無”二句：《論語·公冶長》：“子曰：‘道不行，乘桴浮於海，從我者其由與！’子路聞之喜。子曰：‘由也！好勇過我，無所取材！’”

〔五〕“幽子”二句：北魏酈道元《水經注·沅水》：“（盧）循鄉人語循，蝦鬚長一尺。循以爲虚，責其人，乃至東海取鰕鬚長四尺速送示循。循始復謝，厚爲遺。”韓愈《别趙子》：“海中諸山中，幽子頗不無。相期風濤觀，已久不可渝。又嘗疑龍蝦，果誰雄牙鬚。”

〔六〕《三國志·魏書·管寧傳》：“中國少安，客人皆還，唯寧晏然，若將終焉。”

〔七〕“居家”二句：謂雖然家居，而精神上與出家人相通。唐賈島《送張校書季霞》：“義往不可屈，出家如入家。”

〔八〕“老聃”二句：謂老子道行高深奇妙，如龍之變化不可測。語本《史記·老子韓非列傳》：“孔子去，謂弟子曰：‘……至於龍吾不能知，其乘風雲而上天。吾今日見老子，其猶龍邪！’”老聃：即老子。見《次韻子瞻減降諸縣囚徒事畢登覽》注〔二二〕。

〔九〕蘇軾《成都進士杜暹伯升出家名法通往來吴中》：“若教俯首隨韁鎖，料得如今似我能。”韁鎖：韁繩和鎖鏈。喻束縛，拘束。《漢書·叙傳上》：“今吾子已貫仁誼之羈絆，繫名聲之韁鎖。”唐顔師古注：“韁，如馬韁也。”

〔一〇〕“一瞬”二句：謂將來成佛。千佛土：西方佛國。兜率宫：猶言天宫。佛教謂天分多層，第四層叫兜率天。它的内院是彌勒菩薩的净土，外院是天上衆生所居之處。《妙法蓮華經》卷七:"若有人受持讀誦,解其義趣,是人命終……即往兜率天上彌勒菩薩所。"

附録 蘇軾《行瓊儋間肩輿坐睡夢中得句云千山動鱗甲萬谷酣笙鐘覺而遇清風急雨戲作此數句》

四州環一島,百洞蟠其中。我行西北隅,如度月半弓。登高望中原,但見積水空。此生當安歸,四顧真途窮。眇觀大瀛海,坐詠談天翁。茫茫太倉中,一米誰雌雄。幽懷忽破散,永嘯來天風。千山動鱗甲,萬谷酣笙鐘。安知非群仙,鈞天宴未終。喜我歸有期,舉酒屬青童。急雨豈無意,催詩走群龍。夢雲忽變色,笑電亦改容。應怪東坡老,顔衰語徒工。久矣此妙聲,不聞蓬萊宫。

《次前韻寄子由》

我少即多難,邅回一生中。百年不易滿,寸寸彎强弓。老矣復何言,榮辱今兩空。泥洹尚一路,所向餘皆窮。似聞崆峒西,仇池迎此翁。胡爲適南海,復駕垂天雄。下視九萬里,浩浩皆積風。回望古合州,屬此琉璃鐘。離别何足道,我生豈有終。渡海十年歸,方鏡照兩童。還鄉亦何有,暫假壺公龍。峨眉向我笑,錦水爲君容。天人巧相勝,不獨數子工。指點昔遊處,蒿萊生故宫。

過侄寄椰冠〔一〕

衰髮秋來半是絲〔二〕,幅巾緇撮强爲儀〔三〕。垂空旋取海椶子,蜀中海椶,即嶺南椰木,但不結子耳。束髮裝成老法師。變化密移人不悟〔四〕,壞成相續我心知〔五〕。茅檐竹屋南溟上,亦似當年廊廟時〔六〕。

【箋注】

〔一〕作於紹聖四年(一〇九七)九月。蘇過有《椰子冠》詩,作於紹聖四年(一〇九七)九月。時蘇過侍父再遷海南,當地土人以椰子殼爲冠。蘇過效之,且爲詩，蘇轍次韻。椰冠：晉嵇含《南方草木狀》卷下："椰樹，葉如栟櫚，高六七丈，無枝條。其實大如寒瓜，外有棕皮，次有殻，圓而且堅。剖之有白膚，厚半寸，味似胡桃，而極肥美。有漿，飲之得醉。俗謂之越王頭，云昔林邑王與越王有故怨，遣俠客刺得其首，懸之於樹，俄化爲椰子。"按，蘇軾有次韻，見《寓居二首》下附。

〔二〕唐白居易《答山侣》："頷下髭須半是絲，光陰向後幾多時。"

〔三〕緇撮：即緇布冠。其制小，僅可束髮髻。《詩·小雅·都人士》："彼都人士，臺笠緇撮。"宋朱熹集傳："緇撮，緇布冠也。"

〔四〕密移：暗中遷移。《首楞嚴義疏注經》卷二："王言：'世尊！變化密移，我誠不覺。寒璁遷流，漸至於此。何以故。我年二十，雖號年少，顏貌已老初十歲時。三十之年，又衰二十。於今六十，又過於二，觀五十時，宛然强壯。'"

〔五〕此謂世界相續。衆生困惑不斷造業，故其依報世界亦不斷安立。《大慧普覺禪師普説》卷十八："彼大海中，火光常起。彼洲潬中，江河常注。水勢劣火，結爲高山。是故山石擊則成焰，融則成水。土勢劣水，抽爲草木。是故林藪遇燒成土，因絞成水。交妄發生，遞相爲種。以是因緣，世界相續。"

〔六〕"茅檐"二句：謂一旦看穿了，朝廷與閑居並無區别。廊廟：殿下屋和太廟。指朝廷。《後漢書·申屠剛傳》："廊廟之計，既不豫定，動軍發衆，又不深料。"唐李賢注："廊，殿下屋也；廟，太廟也。國事必先謀於廊廟之所也。"

附録　蘇過《椰子冠》

玉珮犀簪暗網絲，黄冠今習野人儀。著書豈獨窮周叟，説偈還應見祖師。椶子偶從遺物得，竹皮同使後人知。平生冠冕非吾意，不爲飛鳶跕墮時。

寓居二首〔一〕

東亭

十口南遷粗①有歸，一軒臨路閲②奔馳〔二〕。市人不慣頻回首，坐客相諳便解頤〔三〕。慚愧天涯善知識〔四〕，增添城外小茅茨。《華嚴》未讀河沙偈〔五〕，偃仰明窗手自披〔六〕。

【校記】

①粗：宋建本、叢刊本作"粒"，誤。

②閱：叢刊本作"闊"，誤。

【箋注】

〔一〕作於紹聖四年（一〇九七）秋。"偃仰明窗""月從海上涌金盆，直入東樓照病身"當是秋日景象。《三蘇年譜》卷五十二云："《輿地紀勝·雷州·人物》：'吴國鑒，海康人，爲太廟齋郎。紹聖中，蘇轍貶雷州，僦國鑒宅居，爲創一小閣。'此小閣或即東亭、東樓。"蘇軾有和詩，蘇過亦嘗和之，但《東樓》已佚，僅存《東亭》。

〔二〕此暗言看那些奔兢趨走的人（表演）。

〔三〕解頤：謂開顏歡笑。參《次韻秦觀秀才携李公擇書相訪》注〔一三〕。

〔四〕"慚愧"二句：謂感謝當地人幫助自己得以在城外安居。慚愧：感謝。善知識：佛教語。指正直而有德行，能教導正道之人。反之，教導邪道之人，稱爲惡知識。《佛本行集經》卷四十三："莫與諸惡知識交，常親智慧善知識。"茅茨：指簡陋的居室。

〔五〕華嚴：即《華嚴經》。參《四禪寺》注〔六〕。河沙：即恒河沙。恒河沙粒至細，其量無法計算。諸經中凡形容無法計算之數，多以"恒河沙"一詞爲喻。《大方廣佛華嚴經》卷七："如是等比光明門，無量無邊恒沙數。"

〔六〕偃仰：謂仰卧窗前閑翻《華嚴經》。

東樓

月從海上涌金盆〔一〕，直入東樓照病身。久已無心問南北，時能閉目待儀麟〔二〕。颶風不作三農喜〔三〕，是歲，海無颶風。舶客初來百物新〔四〕。歸去有時無定在〔五〕，漫隨俚俗共欣欣〔六〕。

【箋注】

〔一〕金盆：喻月亮。五代後蜀花蕊夫人徐氏《宫詞》之三十四："天外明河翻玉浪，樓西涼月涌金盆。”

〔二〕“久已”二句：謂自己早已不在乎南貶北謫，不時想到的是修身成仙。儀麟：猶言鸞駕。參《次韻姚道人二首》之二注〔一〇〕。

〔三〕謂農夫高興無颶風之災。三農：指農民。參《臘雪五首》之一注〔六〕。

〔四〕唐白居易《晚題東林寺雙池》：“向晚雙池好，初晴百物新。”

〔五〕有時：何時。定在：猶定準。晉陶潛《飲酒》之一：“衰榮無定在，彼此更共之。”

〔六〕見《和子瞻新居欲成》之一注〔六〕。

附録　蘇軾《次韻子由三首》

東亭

仙山佛國本同歸，世路玄關兩背馳。到處不妨閑卜築，流年自可數期頤。遥知小檻臨廛市，定有新松長棘茨。誰道茆簷劣容膝，海天風雨看紛披。

東樓

白髮蒼顔自照盆，董生端合是前身。獨栖高閣多辭客，爲著新書未絶麟。小醉易醒風力軟，安眠無夢雨聲新。長歌自誷真堪笑，底處人間是所欣。柳子厚詩云：長歌返故室，自誷非所欣。

椰子冠

天教日飲欲全絲，美酒生林不待儀。自漉疎巾邀醉客，更將空殼付冠師。《前漢·高祖紀》云：薛有作冠師。規摹簡古人争看，簪導輕安髮不知。更著短簷高屋帽，東坡何事不違時。

蘇過《東亭》

閉眼黄庭萬想歸，此心久已息紛馳。幽居正喜門羅雀，晨起何妨笏拄頤。自喜丹田足梨棗，不憂瘴雨帶茅茨。三山咫尺承明遠，世路榛蕪誰與披。

所寓堂後月季再生與遠①同賦〔一〕

客背有芳叢,開花不遺月〔二〕。何人縱尋斧〔三〕,害意肯留枿②〔四〕?偶乘秋雨滋,冒土見微茁。猗猗抽條穎〔五〕,頗欲傲寒冽〔六〕。勢窮雖云病,根大未容拔。我行天涯遠,幸此城南茇〔七〕。小堂劣容臥〔八〕,幽閣粗可躡。中無一尋空〔九〕,外有四鄰帀③〔一〇〕。窺牆數柚實,隔屋看椰葉。葱蒨獨兹苗〔一一〕,愍愍待其活〔一二〕。及春見開敷〔一三〕,三嗅何忍折〔一四〕?

【校記】

①遠:叢刊本作"遂",形近而誤。

②枿:叢刊本作"折",形近而誤。

③帀:宋建本、蜀藩刻本作"匝"。

【箋注】

〔一〕作於紹聖四年(一〇九七)秋。詩云"偶乘秋雨滋"可知。蘇軾、蘇過皆有和詩。

〔二〕"客背"二句:謂月季花與月亮變化同行,月月開放。

〔三〕尋斧:用斧。《文選·陸機〈五等諸侯論〉》:"尋斧始於所庇,制國昧於弱下。"唐李善注引賈逵《國語》注曰:"尋,用也。"按,此謂修剪月季花。

〔四〕枿(niè):此謂月季修剪後留下的根株。

〔五〕猗猗(yī):美盛貌。《詩·衛風·淇奥》:"瞻彼淇奥,緑竹猗猗。"毛傳:"猗猗,美盛貌。"穎:嫩芽;芽尖。蘇軾《雲龍山觀燒得雲字》:"細雨發春穎,嚴霜倒秋蕡。"

〔六〕寒冽:寒冷。

〔七〕茇:草舍。《詩·召南·甘棠》:"蔽芾甘棠,勿翦勿伐,召泊所茇。"鄭箋:"茇,草舍也。"

〔八〕劣:僅;剛。

〔九〕此謂窄小。

〔一〇〕四鄰:周圍鄰居。帀:環繞;圍繞。

〔一一〕蔥蒨(cōng qiàn):青翠茂盛貌。

〔一二〕謂小心翼翼地護理月季苗的成長。愍愍:小心細致貌。

〔一三〕開敷:(花朵)開放。

〔一四〕蘇軾《和黄魯直食筍次韻》:"胡爲遭暴横,三嗅不忍嘬。"三嗅:語出《論語·鄉黨》:"子曰:'山梁雌雉,時哉時哉!'子路共之,三嗅而作。"唐孔穎達疏:"此記孔子感物而歎也。梁,橋也;共,具也;嗅,謂鼻歆其氣;作,起也。孔子行於山梁,見雌雉飲啄得其所,歎曰:'此山梁雌雉得其時哉,而人不得其時也。'子路失指,以爲夫子云時哉者,言是時物也,故取而共具之。孔子以非己本意,義不苟食,又不可逆子路之情,故但三嗅其氣而起也。"

附録　蘇軾《次韻子由月季花再生》

幽芳本長春,暫瘁如蝕月。且當付造物,未易料枯枿。也知宿根深,便作紫筍茁。乘時出婉娩,爲我暖栗冽。先生蚤貴重,廟論推英拔。而今城東瓜,不記召南茇。陋居有遠寄,小圃無闊躡。還爲久處計,坐待行年匝。子由明年六十。臘果綴梅枝,春杯浮竹葉。誰言一萌動,已覺萬木活。聊將玉蕊新,世謂此玫瑰花也。插向綸巾折。

蘇過《次韻叔父月季再生》

瘴海不知秋,幽人忘歲月。只記庭中花,幾度開還枿。憶昔移居時,始且青荑茁。殷勤主人惠,浸灌寒泉洌。顔色日鮮好,條枝爭秀拔。意無後人翦,喜託先生茇。海康接儋耳,雲水何由躡。俯檻獨四顧,悵此波濤匝。聞道海門松,僵枝出繁葉。困窮不足道,喜有千人活。不似玄都花,蔌蔌那容折。

浴罷〔一〕

逐客例幽憂〔二〕,多年不洗沐〔三〕。予髪櫛無垢,身垢要須浴。顛隮本天運〔四〕,憒①恨當誰復?茅檐容病軀,稻飯飽枵腹〔五〕。形骸但瘰瘁〔六〕，氣血尚豐足。微陽閲九地〔七〕，浮彩見雙目〔八〕。枯槁如束薪〔九〕，堅緻比温玉〔一〇〕。長齋雖云浄，閲月聊一沃〔一一〕。石泉浣巾帨〔一二〕，土釜煮桃竹〔一三〕。南窗日未移，困卧久彌熟。《華嚴》有餘秩〔一四〕，默坐心自讀。諸塵忽消盡〔一五〕，法界了無矚〔一六〕。恍如仰山翁，欲就潙叟卜〔一七〕。猶恐墮聲聞〔一八〕，大願勤自督〔一九〕。

【校記】

①憤：叢刊本作"僨"，形近而誤。

【箋注】

〔一〕作於紹聖四年（一〇九七）冬。蘇軾、蘇過父子皆有和詩。

〔二〕謂放逐之人免不了寂寞憂傷。

〔三〕唐白居易《沐浴》："經年不沐浴，塵垢滿肌膚。"

〔四〕顛隮：本謂衰敗覆滅。語本《書・微子》："今爾無指，告予顛隮。"孔傳："汝無指意，告我殷邦，顛隕隮墜，如之何其救之。"此謂困頓挫折。天運：猶天命。

〔五〕枵腹：空腹。謂饑餓。

〔六〕瘰瘁：瘦弱憔悴。

〔七〕謂腹中陽氣始生。微陽：陽氣始生。參《次韻景仁丙辰除夜》注〔三〕。九地：猶言遍地，大地。

〔八〕謂雙目神采奕奕。浮彩：猶色彩。《文選・張協〈七命〉》："流綺星連，浮彩豔發。光如散電，質如耀雪。"唐李周翰注："浮彩，謂色也。"

〔九〕枯槁：消瘦，憔悴。

〔一〇〕宋梅堯臣《依韻答李晉卿結交篇》："試看温玉堅，何似春冰折。"堅緻：堅固細密。温玉：和潤的玉。

〔一一〕沃：洗濯。唐杜甫《喜聞官軍已臨賊境二十韻》："誰雲遺毒螫，已是沃腥臊。"清仇兆鼇注："沃，以蕩滌其穢也。"

〔一二〕巾帨：手巾。

〔一三〕土釜：瓦鍋。桃竹：竹的一種。質地堅實，其筍可食。《本草綱目·菜二·桃竹筍》:"《拾遺藏器》曰:'南人謂之黄筍,灰汁煮之可食,不爾戟人喉。'"

〔一四〕餘秩:剩下的篇章。

〔一五〕塵:佛家指不净和能污濁人們真性的一切事物。

〔一六〕法界:法者諸法,界者邊際之義,窮極諸法的邊際,故稱法界。

〔一七〕"恍如"二句:仰山翁:指唐高僧慧寂。曾修行于江西仰山,故稱。與溈山(今湖南寧鄉西)靈祐同爲佛教禪宗溈仰宗始祖。相傳靈祐嗣法于百丈懷海,慧寂又嗣法於靈祐。溈叟:即禪宗溈仰宗的創始人溈山禪師靈祐。《宋高僧傳·唐袁州仰山慧寂傳》:"[慧寂]後參大溈山禪師,提誘哀之棲泊十四五載而足跛,時號跛腳驅烏。凡於商擢多示其相。時韋胄就寂請伽陀,乃將紙畫規圓相,圓圍下注云:思而知之落第二頭,云不思。而知落第三首,乃封呈達。自爾有若干勢以示學人,謂之仰山門風也。"《五燈會元·溈山祐禪師法嗣·袁州仰山慧寂通智禪師》:"師閉目坐次,有僧潛來身邊立,師開目,於地上作此㊌相,顧視其僧。僧無語。師携拄杖行次,僧問:'和尚手中是甚麽?'師便拈向背後,曰:'見麽?'僧無對。師問一僧:'汝會甚麽?'曰:'會卜。'師提起拂子,曰:'這箇六十四卦中阿那卦收?'僧無對。師自代云:'適來是雷天大壯,如今變爲地火明夷。'"

〔一八〕謂不敢荒廢佛理。隳(huī):荒廢;廢棄。聲聞:大乘佛教就得道之因緣而釋,聞佛之聲教而悟解得道,稱爲聲聞。

〔一九〕大願:佛教語"大誓願"的省文。指普度一切衆生的廣大的願心。《千光眼觀自在菩薩秘密法經》卷一:"先發大誓願,欲度一切衆。"

附録　蘇軾《次韻子由浴罷》

理髮千梳净,風晞勝湯沐。閉息萬竅通,霧散名乾浴。頹然語默喪,静見天地復。時令具薪水,漫欲濯腰腹。陶匠不可求,盆斛何由足。海南無浴器,故常乾浴而已。老雞卧糞土,振羽雙瞑目。倦馬驟風沙,奮鬣一噴玉。垢净各殊性,快愜聊自沃。雲母透蜀紗,琉璃瑩蘄竹。稍能夢中覺,漸使生處熟。《楞嚴》在牀頭,妙偈時仰讀。返流歸照性,獨立遺所矚。未知仰山禪,已就季主卜。安心會自得,助長毋相督。

《借前韻賀子由生第四孫斗老》

今日散幽憂,彈冠及新沐。況聞萬里孫,已報三日浴。朋來四男子,大壯泰臨復。開書喜見面,未飲春生腹。無官一身輕,有子萬事足。舉家傳吉夢,殊相驚凡目。爛爛開眼電,磽磽峙頭玉。李賀詩云:頭玉磽磽眉刷翠,杜郎生得真男子。但令强筋骨,可以耕衍沃。不須富文章,端解耗紙竹。君歸定何日,我計久已熟。長留五車書,要使九子讀。吾與子由共九孫男矣。簞瓢有内樂,軒冕無流矚。人言适似我,窮達已可卜。早謀二頃田,莫待八州督。吾前後典八州。

蘇過《次韻叔父浴罷》

黄門昔萬機,下士勤握沐。今已與世疏,雅志追沂浴。丹田有宿火,如比陽來復。轆轤自轉水,離坎俱實腹。謫居百事乏,惟喜薪水足。時濯西風塵,一寓歸鴻目。勿驚髀肉少,衣褐真懷玉。明鏡雖無垢,新苗良待沃。雨餘餐巖岫,露重膏松竹。更觀雲入山,心與境同熟。珍重耆城言,妙解何須讀。潔香非外求,清静常返矚。物初信可游,儻來非所卜。益師莊叟言,養生貴緣督。

次遠韻齒痛〔一〕

元明散諸根〔二〕,外與六塵合〔三〕。流中積緣氣〔四〕,虚妄無可托。弊陋少空明,婦姑相攘奪〔五〕。日出暵焦牙〔六〕,風來動危擢〔七〕。喜汝因病悟〔八〕,或免終身著。更須誦《楞嚴》〔九〕,從此脱纏縛〔一〇〕。

【箋注】

〔一〕作於紹聖四年(一〇九七)冬。詩多以佛理爲喻,要其旨歸,亦是囑遠心境開闊,愛惜本元之意。

〔二〕元明:佛教語。謂衆生固有的清净光明的本性。《首楞嚴經》卷一:“無始菩提涅槃,元清净體;則汝今者識精元明,能生諸緣。”

〔三〕六塵:佛教語。即色、聲、香、味、觸、法。與“六根”相接,便能染汙净心，導致煩惱。《大方廣圓覺修多羅了義經》卷一："妄認四大爲自身相，六塵緣影爲自心相。"

〔四〕緣氣：緣慮心之氣分。

〔五〕"弊陋"二句：《莊子・外物》："室無空虚，則婦姑勃溪；心無天遊，則六鑿相攘。大林丘山之善於人也，亦神者不勝。"

〔六〕暵（hàn）：暴曬。牙：後來寫作"芽"。

〔七〕蘀（tuò）：《説文・艸部》："蘀，草木凡皮葉落陊地爲蘀。"《詩・鄭風・蘀兮》："蘀兮蘀兮"毛傳："蘀，槁也。"唐孔穎達疏："落葉謂之蘀。"宋朱熹集傳："蘀，木槁而將落者也。"

〔八〕《維摩詰所説經》卷二："其以方便，現身有疾。以其疾故，國王大臣、長者居士、婆羅門等，及諸王子，並余官屬，無數千人，皆往問疾。其往者，維摩詰因以身疾，廣爲説法：'諸仁者！是身無常、無强、無力、無堅、速朽之法，不可信也！爲苦、爲惱，衆病所集，諸仁者！如此身，明智者所不怙……。'"蘇轍《筠州聖壽院法堂記》："夫多病則與學道者宜，多難則與學禪者宜。"

〔九〕楞嚴：見《毛國鎮生日二絶》之二注〔二〕。

〔一〇〕纏縛：纏繞束縛。

子瞻聞瘦以詩見寄次韻〔一〕

多生習氣未除肉〔二〕，長夜安眠①懶食粥〔三〕。屈伸久已效熊虎〔四〕，倒挂漸擬同蝙蝠〔五〕。衆笑忍飢長杜門，自恐莫年還入俗。經旬輒瘦駭鄰父，未信腦滿添黄玉〔六〕。海夷旋覺似齊魯，山蔌仍堪嘗菽粟〔七〕。孤船會復見洲渚，小車未用安羊鹿〔八〕。海南老兄行尤苦，樵爨長須同一②僕〔九〕。此身所至即所安〔一〇〕，莫問歸期兩黄鵠〔一一〕。

【校記】

①長夜安眠：原作"長安夜眠"，據宋建本、蜀藩刻本改。

②一：叢刊本作"二"，誤。

【箋注】

〔一〕作於紹聖四年(一〇九七)冬。

〔二〕多生:佛教以衆生造善惡之業,受輪回之苦,生死相續,謂之"多生"。蘇軾《入寺》:"多生宿業盡,一氣中夜存。"習氣:見《洪休上人少年讀書以多病出家居溈潭爲馬祖修塔以三絶句來謁答一首》注〔四〕。

〔三〕謂多睡少食以養生。

〔四〕謂做五禽操。《後漢書・方技傳・華佗傳》:"華佗曰:古之仙者,爲導引之事,以求難老。吾有一術,名五禽之戲:一曰虎,二曰鹿,三曰熊,四曰猿,五曰鳥。亦以除疾,兼利蹄足,以當導引。"

〔五〕謂效蝙蝠倒掛。北魏酈道元《水經注・夷水》:"《玄中記》曰:'蝙蝠百歲者倒懸,得而服之,使人神仙。'"

〔六〕《證類本草・雌黄》:"味辛甘平,大寒,有毒,……久服輕身,增年不老,令人腦滿。"蘇軾《和子由送將官梁左藏仲通》:"南都從事亦學道,不恤腸空誇腦滿。"舊題宋王十朋《東坡詩集注》引程縯曰:"道家云:'欲得不死,腸中無滓;欲得不老,還精補腦。'"

〔七〕"海夷"二句:謂心安則未必有地域界線。海夷:海濱。

〔八〕"孤船"二句:謂出行則是乘船而不用車。羊鹿:羊車與鹿車並稱。謂雕飾精美的小車。《太平御覽・車部四・鹿車》引漢應劭《風俗通》:"鹿車,窄小裁容鹿也。"《釋名・釋車》:"羊車。羊,祥也;祥,善也。善飾之車。"

〔九〕長須:指男僕。參《飲餞王鞏》注〔六〕。按,時蘇軾身邊只有幼子蘇過一人而已,"凡生理晝夜寒暑之所須者,一身百爲,而不知其難。翁板則兒築之,翁樵則兒薪之,翁賦詩書則兒更端起拜之,爲能須臾樂乎先生者也"(晁説之《宋故通直郎眉山蘇叔黨墓志銘》)。

〔一〇〕謂當隨遇而安,心境恬適。

〔一一〕謂不必懷念故土。當然這是牢騷話。語本《漢書・西域傳下・烏孫國》:"昆莫年老,言語不通,公主悲愁,自爲作歌曰:'……居常土思兮心内傷,願爲黄鵠兮歸故鄉。'"

附録　蘇軾《聞子由瘦》儋耳至難得肉食。

五日一見花豬肉,十日一遇黄雞粥。土人頓頓食藷芋,薦以熏鼠燒蝙蝠。舊聞蜜唧嘗嘔吐，稍近蝦蟇緣習俗。十年京國厭肥羜，日日烝花壓紅玉。從來此腹負將軍，俗諺云：大將軍食飽捫腹而歎曰："我不負汝。"左右曰："將軍固不負此腹，此腹負將軍。"未嘗出少智慮也。今者固宜安脱粟。人言天下無正味，蝍蛆未遽賢麋鹿。海康别駕復何爲，帽寬帶落驚僮僕。相看會作兩臞仙，還鄉定可騎黄鵠。

次韻子瞻獨覺〔一〕

咄咄書空中有怪〔二〕，内熱搜膏發瘧疥〔三〕。羹藜飯芋如固然〔四〕，飽食安眠真一快〔五〕。午雞鳴屋呼不起〔六〕，欠伸吉貝重衾裏〔七〕。此身南北付天工〔八〕，竹杖芒鞋即行李〔九〕。夜長卻對一燈明，上池溢流微有聲〔一○〕。幻中非幻人不見〔一一〕，本來日月無陰晴。

【箋注】

〔一〕作於紹聖四年（一○九七）冬。蘇軾詩有云："瘴霧三年恬不怪，反畏北風生體疥。"考蘇軾于紹聖元年十一月二日至惠州，云三年，云北風，自當是在四年冬。

〔二〕《世説新語·黜免》："殷中軍被廢，在信安，終日恒書空作字。揚州吏民尋義逐之，竊視，唯作'咄咄怪事'四字而已。"按，殷浩被廢，心頗不平，故有是舉。用此可見欒城深意。

〔三〕《莊子·則陽》："並潰漏發，不擇所出，漂疽疥癰，内熱溲膏是也。"唐陸德明釋文："'膏'，司馬云：'謂虚勞人屎上生肥白沫也。'"内熱：謂人體陰陽不協，虚火上亢。

〔四〕羹藜：即藜羹。以嫩藜煮成之羹。飯芋：以芋爲飯。皆謂粗劣的食物。

〔五〕唐白居易《思舊》："已開第七秩，飽食仍安眠。"一快：一件快事；一件舒心事。蘇軾《慈湖夾阻風五首》之四："暴雨過雲聊一快，未妨明月卻當空。"

〔六〕唐顧況《過山農家》："板橋人渡泉聲，茅簷日午雞鳴。"

〔七〕吉貝：本指棉花和木棉。此謂棉被。《梁書·諸夷傳·林邑國》："吉貝者，樹名也。其華成時如鵝毳，抽其緒紡之以作布，潔白與紵布不殊。"按，以上四句又用白居易《風雪中作》:“兩重褐綺衾,一領花茸氈。粥熟呼不起,日高安穩眠。”詩意。

〔八〕謂自己南北奔波皆聽天由命。

〔九〕唐貫休《寒月送玄道士入天台》:“芒鞋竹杖寒凍時,玉霄忽去非有期。”蘇軾《定風波》:“竹杖芒鞋輕勝馬,誰怕? 一蓑煙雨任平生。”

〔一〇〕“夜長”二句:謂長夜難眠,於是習道家吞嚥之法。上池:本指凌空承取或取之於竹木上的雨露。後用以名佳水。《史記·扁鵲倉公列傳》:“[長桑君]乃出其懷中藥予扁鵲:‘飲是以上池之水,三十日當知物矣。’”唐司馬貞索隱:“案:舊説雲上池水謂水未至地,蓋承取露及竹木上水,取之以和藥。”因用以指唾液。

〔一一〕此用佛教語意,謂萬物了無實性。晉陶潛《歸園田居五首》之四:“人生似幻化,終當歸空無。”唐曹松《感世》:“觸目盡如幻,幻中能幾時。”

附録　蘇軾《獨覺》

瘴霧三年恬不怪,反畏北風生體疥。朝來縮頸似寒鴉,焰火生薪聊一快。紅波翻屋春風起,先生默坐春風裏。浮空眼纈散雲霞,無數心花發桃李。翛然獨覺午窗明,欲覺猶聞醉鼾聲。回首向來蕭瑟處,也無風雨也無晴。

次韻子瞻夜坐〔一〕

月入虚窗疑欲旦,香凝幽室久猶薰。清風巧爲吹餘瘴,疏雨時來報斷雲〔二〕。南海炎涼身已慣,北方毀譽耳誰聞〔三〕? 遥知挂壁瓢無酒〔四〕,歸舶還將一酌分。

【箋注】

〔一〕作於紹聖四年(一〇九七)年十二月。蘇軾詩作於十二月十七日,可知。

〔二〕謂片雲爲雨之前兆。斷雲:片雲。唐杜甫《雨四首》之一:“微雨不滑道，斷雲疏復行。”報：告。

〔三〕“南海”二句：謂自己已習慣雷州天氣，朝廷的糾葛紛争已無心掛念。炎涼：猶冷熱。毁譽：詆毁和讚譽。晉葛洪《抱朴子·自叙》：“而洪之爲人，信心而行，毁譽皆置於不聞。”

〔四〕《太平御覽·器物部七·瓢》引漢蔡邕《琴操》：“許由無杯器，常以手捧水。人以一瓢遺之，由操飲畢，以瓢掛樹。風吹樹，瓢動，歷歷有聲。由以爲煩擾，遂取捐之。”唐姚合《春日閒居》：“客來無酒飲，搔首擲空瓢。”

附録　蘇軾《十二月十七日夜坐達曉寄子由》

燈燼不挑垂暗蕊，爐灰重撥尚餘薰。清風欲發鴉翻樹，缺月初升犬吠雲。閉眼此心新活計，隨身孤影舊知聞。雷州别駕應危坐，跨海清光與子分。

次韻子瞻寄賀生日〔一〕

弟兄本三人，懷抱喪其一〔二〕。頎然仲與叔，耆老天所騭〔三〕。師心每獨往〔四〕，可否輒自必〔五〕。折足非所恨，所恨覆鼎實〔六〕。上賴吾君仁，議止海濱黜。淒酸念母氏，此恨何時畢？平生賢孟博，苟生不謂吉〔七〕。歸心天若許，定卜老泉室〔八〕。淒涼百年後，事付何人筆？於今兄獨知，言之泣生日。

【箋注】

〔一〕作於元符元年（一〇九八）二月二十日。

〔二〕蘇洵長子景先卒于寶元元年。見蘇洵《極樂院造六菩薩記》。

〔三〕“頎然”二句：謂兄與己都到了老年是上天所賜。耆老：年老。騭：安排。

〔四〕北周宇文逌《庾信集序》：“矜簡儼然，師心獨往。”師心：謂執著於正道，不爲外物左右。

〔五〕自必：自己堅信；自以爲必然。蘇軾《聞子由爲郡僚所捃恐當去官》：“雖然敢自必，用舍置度外。”

〔六〕“折足”二句：謂自己貶謫無所謂，遺憾的是國事不堪。《易·鼎》：

“鼎折足,覆公餗,其形渥,凶。”唐孔穎達疏:“鼎足既折,則覆公餗(餗,糁也,八珍之膳)也。渥,沾濡之貌也。既覆公餗,體則渥霑也。施之於人,知小而謀大,力薄而任重,如此必受其至辱,災及其身也。”鼎實:鼎中所盛之物。語出《易・鼎》:“九二,鼎有實。”

〔七〕“淒酸”四句:謂母親和自己弟兄都景仰范滂母子,以爲苟且偷生不可取。《亡兄子瞻端明墓志銘》:“太夫人嘗讀《東漢史》至《范滂傳》,慨然太息。公侍側曰:‘軾若爲滂,夫人亦許之否乎?’太夫人曰:‘汝能爲滂,吾顧不能爲滂母耶?’公亦奮厲有當世志。太夫人喜曰:‘吾有子矣。’”孟博:指後漢范滂(一三七——一六九)。字孟博,汝南征羌(今河南漯河市)人。少厲清節,爲州里所服。舉孝廉光禄四行,以清詔使使冀州,登車攬轡,慨然有澄清天下之志,遷光禄勳主事,投劾去。太守宗資署爲功曹,坐鉤黨下獄。釋歸。建寧中大誅黨人,自詣獄。與其子訣曰:“吾欲使汝爲惡,則惡不可爲;使汝爲善,則我不爲惡。”天下聞之,皆爲流涕。《後漢書》有傳。苟生:苟且偷生。淒慘:悲酸。母氏:母親。《詩・邶風・凱風》:“有子七人,母氏勞苦。”

〔八〕清王文誥《總案》卷一:“老泉者,公(按,謂蘇軾。)以稱其父之墓也。”清袁枚《隨園詩話》:“老泉者,眉山蘇氏塋有老人泉。”按,此言將來歸葬于父墓旁。

附録　蘇軾《子由生日》

上天不難知,好惡與我一。方其未定間,人力破陰騭。小忍待其定,報應真可必。季氏生而仁,觀過見其實。端如柳下惠,焉往不三黜。天有時而定,壽考未易畢。兒孫七男子,子由三子四孫。次第皆逢吉。遥知設羅門,獨掩懸罄室。回思十年事,無愧篋中筆。但願白髮兄,年年作生日。

次韻子瞻寄黄子木杖〔一〕

老至亦有漸,五十惟杖始〔二〕。行年日辰匝〔三〕,幸免鄉閭恥〔四〕。

罪重瘡難平,餘痂未脱疻〔五〕。登山足猶健,不用扶兒子。我衹念辛勤,贈此携且倚。它年賜環日〔六〕,田舍尤須此。早收藤節杖〔七〕,旋綴烏皮几〔八〕。茅檐數間足,不用伐桐杞。

【箋注】

〔一〕作於元符元年(一〇九八)二月二十日後。黄子木:海南的一種藤狀植物,堅實可作手杖,即蘇軾詩所謂"海南無嘉植,野果名黄子。堅瘦多節目,天材任操倚"也。

〔二〕"老至"二句:謂人總是慢慢衰老,五十歲開始拄杖行走。《禮記·王制》:"五十杖於家。"漸:有逐漸發展的過程。唐白居易《牡丹芳》:"重華直至牡丹芳,其來有漸非今日。"

〔三〕行年:經歷的年歲,此謂當時年齡。日辰:指天干和地支。漢王充《論衡·詰術》:"日十而辰十二,日辰相配,故甲與子連。"匝:周;圈。按,蘇轍生於寶元二年(一〇三九),此時整六十歲,故言。

〔四〕《顔氏家訓·終制》:"古人云:'五十不爲夭。'吾已六十餘,故心坦然,不以殘年爲念。"鄉閭:鄉親;同鄉。

〔五〕此喻貶謫之痛猶存。疻(zhǐ):毆人致皮膚腫起無創瘢者爲"疻"。

〔六〕賜環:舊時放逐之臣,遇赦召還謂"賜環"。參《答王定國問疾》注〔二九〕。按,此謂歸老。

〔七〕謂漫步早早歸去。藤節杖:《詩·大雅·皇矣》"其檉其椐"唐孔穎達疏:"孫炎曰:'樻,腫節可以作杖。'三國吴陸璣疏云:'節中腫以扶老,今人以爲馬鞭及杖。'"

〔八〕謂在坐榻上休息。烏皮几:烏羔皮裹飾的小几案。古人坐時用以靠身。參《題杜介供奉熙熙堂》注〔六〕。綴:縫製。

附録　蘇軾《以黄子木拄杖爲子由生日之壽》

靈壽扶孔光,菊潭飲伯始。雖云閑草木,豈樂蒙此恥。一時偶收用,千載相瘢疻。海南無嘉植,野果名黄子。堅瘦多節目,天材任操倚。嗟我始剪裁,世用或緣此。貴從老夫手,往配先生几。相從歸故山,不愧仙人杞。《本草》:枸杞,一名仙人杖。

次韻子瞻謫居三適〔一〕

旦起理髮

道人雞鳴起,趺坐存九宫〔二〕。靈液流下田〔三〕,茯苓抱長松〔四〕。顛毛得餘潤〔五〕,冉冉欺霜風。俯就無數櫛,九九爲一通〔六〕。洗沐廢已久,徐之勿忽忽。氣來自涌泉〔七〕,至此知幾重? 近聞西邊將,袒裼擁馬鬃。歸來建赤油,不復儕伍同〔八〕。笑我守尋尺〔九〕,求與真源逢〔一〇〕。人生各有安〔一一〕,未肯易三公〔一二〕。

【箋注】

〔一〕作於元符元年(一〇九八)春。

〔二〕趺坐:盤腿端坐。參《畫文殊普賢》注〔二〕。九宫:道家語。三光、三寶、三生的合稱。《黄庭内景經·五行》"三五合氣九九節"梁丘子注引《玄妙經》:"三者,在天爲日、月、星,名曰三光;在地爲珠、玉、金,名曰三寶;在人爲耳、鼻、口,名曰三生……合三者爲九宫。"按,此謂道人早上運氣之法。

〔三〕靈液:唾液。道教以爲唾液可以灌溉臟腑,潤澤肢體,故稱。《雲笈七籤·諸家氣法部五·幻真先生服内元氣訣法》:"津液候滿口則嚥之……如此三,止。是謂漱嚥靈液,灌溉五藏,面乃生光。"下田:即下丹田。

〔四〕茯苓:見《過九華山》注〔八〕。

〔五〕顛毛:頭髮。《國語·齊語》:"班序顛毛,以爲民紀統。"三國吴韋昭注:"顛,頂也。毛,髮也。"

〔六〕古有梳髮保健法。《説郛·攝生要録·櫛髮》:"真人曰:'髮多櫛去風,明目不死之道也。'又曰:'頭髮梳百度。'安樂詩云:'髮是血之餘,一日一次梳。通血脉,散風濕。'"

〔七〕涌泉:穴位名。參《送楊騰山人》注〔四〕。

〔八〕"近聞"四句:對西鄙戰事頗有微辭。"西邊將"似指鍾傳。《續資治通鑑長編·哲宗紹聖四年》:“[十二月]辛丑,樞密院言:‘熙河蘭岷路經略安撫判官鍾傳,統領本路並秦鳳將兵出塞討蕩,斬獲約四千級,及殺獲首領頗多。’詔:‘得功將佐士卒,令傳速具功狀,從鍾傳審察以聞。’”袒裼:脱去上衣,裸露肢體。謂其勇猛。《詩·鄭風·大叔于田》:“襢裼暴虎,獻於公所。”毛傳:“襢裼,肉袒也。”赤油:指用紅油塗過的布帛。古代常用以裝飾器仗或車輿等,以示尊貴。晉崔豹《古今注·輿服》:“殳,前驅之器也,以木爲之。後世……以赤油韜之。”儕伍:同輩;同一層次(的人)。

〔九〕尋尺:喻微小或微細之物。唐韓愈《送張道士序》:“大匠無棄材,尋尺各有施。”

〔一〇〕真源:謂本源,本性。

〔一一〕唐李白《會别離》:“人生各有志,豈不懷所安。”

〔一二〕《孟子·盡心上》:“柳下惠不以三公易其介。”

午窗坐睡

定中龍眠膝〔一〕,定起柳生肘〔二〕。心無出入異〔三〕,三昧亦何有〔四〕？晴窗午陰轉〔五〕,坐睡一何久？頽然擁褐身,剥啄叩門手〔六〕。褰帷顧我笑〔七〕,疑我困宿酒〔八〕。不知吾喪我〔九〕,冰消不遺壽〔一〇〕。空虚無一物〔一一〕,彼物自枯朽。夢中得靈藥,此藥從誰受？侵尋入四支〔一二〕,欲洗自無垢。從今百不欠,衹欠歸田叟。

【箋注】

〔一〕謂抱膝而眠。

〔二〕《莊子·至樂》:“支離叔與滑介叔觀于冥伯之丘、昆侖之虚,黄帝之所休。俄而柳生其左肘,其意蹶蹶然惡之。支離叔曰:‘子惡之乎?’滑介叔曰:‘亡,子何惡!生者,假借也;假之而生生者,塵垢也。死生爲晝夜。且吾與子觀化而化及我,我又何惡焉!’”

〔三〕《孟子·告子上》:“操則存,舍則亡,出入無時,莫知其鄉,惟心之謂與?”

〔四〕三昧:佛教語。意譯爲“正定”。謂屏除雜念,心不散亂,專注一境。

《大智度論》卷七:“何等爲三昧? 善心一處住不動,是名三昧。”

〔五〕宋晁端禮《菩薩蠻》:“午陰未轉晴窗暖,無風著地楊花滿。”

〔六〕剥啄:象聲詞。敲門聲。

〔七〕褰帷:撩起帷幔。

〔八〕宿酒:猶宿醉。唐白居易《早興》:“半銷宿酒頭仍重,新脱冬衣體乍輕。”

〔九〕見《楊惠之塑維摩像》注〔八〕。

〔一〇〕遺壽:未盡天年;短壽。按,此與上不過皆言死生如晝夜循環而已,不必在意。

〔一一〕唐慧能《菩提偈·菩提本無樹》:“菩提本無樹,明鏡亦非台,本來無一物,何處惹塵埃。”

〔一二〕侵尋:漸進,漸次發展。四支:四肢。《易·坤》:“君子黄中通理,正位居體,美在其中,而暢於四支,發於事業,美之至也。”唐孔穎達疏:“四支,猶人手足,比於四方物務也。”

夜卧濯足

海民慢寒備,不畜衾與裯〔一〕。雖苦地氣泄〔二〕,亦無徒跣憂〔三〕。逐客久未安,集舍占鵂鶹〔四〕。念昔使胡中〔五〕,車馳卒不留。貂裘溯北風,十襲猶颼颼〔六〕。中塗履冰河,馬倒身自投〔七〕。宛足費馮翼,千里煩斧鞲〔八〕。十年事湯劑,風雨氣輒浮〔九〕。南來足憂慮,此病何時瘳〔一〇〕? 名身孰親疏〔一一〕? 慎勿求封侯!

【箋注】

〔一〕“海民”二句:謂海邊居民因天暖而不備冬資。慢:輕忽;怠忽。

〔二〕《禮記·月令》:“[仲冬之月]命有司曰:‘土事毋作,慎毋發蓋,毋發室屋,及起大衆,以固而閉,地氣沮泄,是謂發天地之房。’”唐孔穎達疏:“令地沮泄,謂洩漏地之陽氣。”

〔三〕徒跣:赤足。《禮記·問喪》:“親始死,雞斯徒跣。”清陳澔集説:“徒跣,無屨而空跣也。”

〔四〕“逐客”二句:謂夜久難眠,鵂鶹飛入房舍。參《池州蕭丞樓二首》之二注〔六〕。鵂鶹:鴟鴞的一種。在古書中常被視爲不祥之鳥。《梁書·侯景傳》:"所居殿常有鵂鶹鳥鳴,景惡之,每使人窮山野討捕焉。"

〔五〕蘇轍嘗出使契丹。參《奉使契丹二十八首》。

〔六〕十襲:將物品一層又一層地包裹起來。此謂穿的很多。颼颼:冷貌。

〔七〕"中塗"二句:參《傷足》詩注。投:謂跌倒在地。

〔八〕"宛足"二句:感謝途中隨從的照料幫扶。宛足:謂緩步慢行。《文選·傅毅〈舞賦〉》:"或有宛足鬱怒,般桓不發,後往先至,遂爲逐末。"唐李善注:"言馬按足緩步。"馮翼:《詩·大雅·卷阿》:"有馮有翼,有孝有德,以引以翼。"韝韝(juǎn gōu):本指卷束衣袖並加臂套。蘇軾《送宋構朝散知彭州迎侍二親》:"韝韝上壽白玉壺,公堂登歌鳳將雛。"此謂扶持幫助。

〔九〕"十年"二句:謂十年來一直服中藥,蓋颳風下雨舊傷便會作痛。

〔一〇〕瘳(chōu):病癒。《書·説命上》:"若藥弗瞑眩,厥疾弗瘳。"

〔一一〕《老子》第四十四章:"名與身孰親?身與貨孰多?"

附録　蘇軾《謫居三適三首》

旦起理髮

安眠海自運,浩浩朝黄宫。日出露未晞,鬱鬱濛霜松。老櫛從我久,齒疏含清風。一洗耳目明,習習萬竅通。少年苦嗜睡,朝謁常悤悤。爬搔未云足,已困冠巾重。何異服轅馬,沙塵滿風騣。琱鞍響珂月,實與杻械同。解放不可期,枯柳豈易逢。誰能書此樂。獻與腰金翁。

午窻坐睡

蒲團盤兩膝,竹几閣雙肘。此間道路熟,徑到無何有。身心兩不見,息息安且久。睡蛇本亦無,何用鈎與手。神凝疑夜禪,體適劇卯酒。我生有定數,禄盡空餘壽。枯楊下飛花,膏澤回衰朽。謂我此爲覺,物至了不受。謂我今方夢,此心初不垢。非夢亦非覺,請問希夷叟。

夜卧濯足

長安大雪年,束薪抱衾裯。雲安市無井,斗水寬百憂。今我逃空谷,孤城嘯鵂鶹。得米如得珠。食菜不敢留。況有松風聲,釜鬲鳴颼颼。瓦盎深及膝,時復冷暖投。明燈一爪翦,快若鷹辭韝。天低瘴雲重,地薄海氣浮。土無重腿藥,獨以薪水瘳。誰能更包裹,冠履裝沐猴。

同子瞻次過遠重字韻[一]

孟子自誇心不動[二],未試永嘉鐵輪重[三]。弟兄六十老病餘,萬里同遭海隅送[四]。長披羊裘類嚴子[五],罷食豬肝同閔仲[六]。大男留處事田畝,幼子隨行躬釜甕[七]。低眉語笑接鄰父,彈指吁嗟到蠻洞。茅茨一日敢忘葺?桑柘十年須勉種[八]。來時邂逅得相攜[九],歸去逡巡應復從。莫驚憂患爾來同,久知出處平生共[一〇]。雖令子孫治家學,休炫文章供世用[一一]。潁川築室久未成[一二],夜來忽作西湖夢[一三]。

【箋注】

〔一〕作於元符元年(一〇九八)二月。

〔二〕《孟子·公孫丑上》:"公孫丑問曰:'夫子加齊之卿相,得行道焉,雖由此霸王不異矣。如此,則動心否乎?'孟子曰:'否。我四十不動心。'"

〔三〕永嘉:此指玄覺禪師(六六五—七一二)。俗姓戴,字明道,法號玄覺,又號真覺大師,謚號無相,温州永嘉人(今屬浙江温州市)。唐朝禪宗、天台兩宗大師,倡天台、禪宗融洽之説。留有《永嘉集》以及《永嘉證道歌》。其生平見《祖堂集》卷三、《宋高僧傳》卷八、《佛祖歷代通載》卷十三。《永嘉證道歌》:"假使鐵輪頂上旋,定慧圓明終不失。"

〔四〕"弟兄"二句:謂兄弟倆分别被貶海南和化州别駕。唐盧綸《夜中得循州趙司馬侍郎書因寄回使》:"地説炎蒸極,人稱老病餘。"

〔五〕見《再次前韻四首》之三注〔四〕。

〔六〕《東觀漢記·閔貢傳》:"閔仲叔居安邑,老病家貧,不能買肉,日買一片豬肝,屠者或不肯爲斷。安邑令候之,問諸子何飯食,對曰:'但食豬肝,屠者或不肯與之。'令出敕市吏,後買輒得。仲叔怪問之,其子道狀,乃歎曰:'閔仲叔豈以口腹累安邑耶?'遂去之沛。"

〔七〕"大男"二句:蘇轍貶雷州,長子遲、次子适居潁,幼子遠隨侍。

〔八〕《管子·權修》:“十年之計,莫如樹木。”

〔九〕“來時”二句:謂來時與兄偶然相逢,期願回歸時能一道。參《次韻子瞻和陶公止酒》注〔一〕。邂逅:偶然;僥倖。

〔一〇〕唐白居易《别舍弟後月夜》:“平生共貧苦,未必日成歡。”

〔一一〕“雖令”二句:謂雖然教導子孫讀書向學,但叫他們不要把經術文章看得那麽重要。按,此是憤激之詞。蘇轍有《漁家傲》詞云:“蚤歲文章供世用,中年禪味疑天縱。”參後附録《欒城遺言》。舊題唐柳宗元《龍城録》引裴武公得鬼詩:“廢興盡系前生數,休炫英雄勇冠軍。”

〔一二〕潁川:即許州。參《傅欽之學士濟源草堂》注〔九〕。

〔一三〕西湖:見《傅欽之學士濟源草堂》注〔七〕

附録　蘇軾《過於海舶得邁寄書酒作詩遠和之皆粲然可觀子由有書相慶也因用其韻賦一篇并寄諸子姪》

我似老牛鞭不動,雨滑泥深四蹏重。汝如黄犢走卻來,海闊山高百程送。庶幾門户有八慈,不恨居鄰無二仲。他年汝曹笏滿牀,中夜起舞踏破甕。會當洗眼看騰躍,莫指癡腹笑空洞。譽兒雖是兩翁癖,積德已自三世種。豈惟萬一許生還,尚恐九十煩珍從。六子晨耕簞瓢出,衆婦夜績燈火共。《春秋》《古史》乃家法,詩筆《離騷》亦時用。但令文字還照世,糞土腐餘安足夢。

次韻子瞻和淵明擬古九首〔一〕

其一

客居遠林薄〔二〕,依牆種楊柳。歸期未可必,成陰定非久〔三〕。邑中有佳士,忠信可與友〔四〕。相逢話禪寂〔五〕,落日共杯酒〔六〕。艱難本何求,緩急肯相負? 故人在萬里,不復爲薄厚。米盡鬻衣衾〔七〕,時勞問無有。

【箋注】

〔一〕作於元符元年(一〇九八)二月。楊柳當是在二月栽插。蘇籀《欒城遺言》:"公(蘇轍)所著《和陶詩擬古九首》,亦坡公代公作。"而《總案》以爲"邑中有佳士"云云當"實有所指,公亦何從備知其細,此非代言所能盡也"。其説是。

〔二〕林薄:交錯叢生的草木。參《雨中遊小雲居》注〔八〕。

〔三〕"歸期"二句:謂歸期不可預料,但柳樹成蔭卻不用多久。

〔四〕《論語·學而》:"曾子曰:'吾日三省吾身:爲人謀而不忠乎? 與朋友交而不信乎? 傳不習乎?'"

〔五〕禪寂:佛教語。釋家以寂滅爲宗旨,故謂思慮寂静爲禪寂。《維摩詰所説經》卷一:"一心禪寂,攝諸亂意。"

〔六〕唐白居易《閒遊即事》:"逢人共杯酒,隨馬有笙歌。"

〔七〕鬻(yù):賣。

其二

閉門不復出,兹焉若將終。蕭然環堵間,乃復有爲戎〔一〕。我師柱下史,久以雌守雄。金刀雖云利,未聞能斫風〔二〕。世人欲困我,我已安長窮〔三〕。窮甚當辟穀〔四〕,徐觀百年中〔五〕。

【箋注】

〔一〕"蕭然"二句:謂自己本已淡出政治,竟然仍有人加害。蕭然:晉陶潛《五柳先生傳》:"環堵蕭然,不蔽風日。"乃復:竟然。復,後綴。戎:寇敵。《易·解》:"負且乘,亦可醜也。自我致戎,又誰咎也。"宋朱熹本義:"戎,古本作寇。"按,此言政敵。考史籍,《續資治通鑑長編·哲宗紹聖四年》:"[十一月]御史中丞邢恕言:'劉奉世,當元祐間,先合劉摯陰爲謀主,傾害策立顧命大臣,有不利王室之意。劉摯既去,即訪吕大防、蘇轍,内交陳衍,相爲表裏,遂登政府。宣仁聖烈皇后寢疾之際,奸謀逆計,皆奉世與大防、轍通同,其爲惡不在大防、轍二人下。'"又《哲宗元符元年》:"[二月]知虔州鍾正甫言:'伏聞朝廷以司馬光、吕公著、蘇軾、蘇轍等悖逆罪狀,命官置局,編録成書,以正邦刑,爲世大戒。臣竊恐朝廷尚有遺隱,未盡編録。今據臣所知,悉具奏陳,以備采擇。'"

〔二〕"我師"四句:明白老子以柔克剛的道理,又能把我怎樣。《老子》第二十八章:"知其雄,守其雌,爲天下溪。"柱下史:周秦官名,即漢以後的御史。因其常侍立殿柱之下,故名。相傳老子曾爲周柱下史。《後漢書·王充王符等傳論》:"貴清静者,以席上爲腐議;束名實者,以柱下爲誕辭。"唐李賢注:"柱下,老子也。"金刀:指武器;刀劍。

〔三〕長窮:長久地貧賤下去。語出三國魏曹植《出婦吟》:"嗟寃結而無訴,乃愁苦以長窮。"

〔四〕辟穀:謂不食五穀。參《和子瞻蜜酒歌》注〔一一〕。按,此既謂自己修身有法,亦爲自嘲之語。

〔五〕唐戴叔倫《感懷二首》之二:"人生百年中,會合能幾時。"

其三

蕭蕭髮垂素〔一〕,晡日迫西隅〔二〕。道人愍我老,元氣時卷舒〔三〕。歲惡風雨交〔四〕,何不完子廬?萬法滅無餘〔五〕,方寸可久居。將掃道上塵,先拔庭中蕪。一浄百亦浄,我物皆如如〔六〕。

【箋注】

〔一〕唐杜甫《有懷台州鄭十八司户》:"海隅微小吏,眼暗髮垂素。"蕭蕭:稀疏貌。

〔二〕晡(bū)日:傍晚的太陽。西隅:西方。

〔三〕元氣:指人的精神,精氣。宋曾鞏《寄孫之翰》:"誰爲胸中斡太極,元氣浩浩隨卷舒。"

〔四〕歲惡:荒年,謂一年無收成。《漢書·卜式傳》:"往年西河歲惡,率齊人入粟。"唐顔師古注:"歲惡,猶凶歲也。《禮記》曰:'歲凶,年穀不登。'"唐杜甫《雨過蘇端》:"雞鳴風雨交,久旱雲亦好。"

〔五〕萬法:佛教語。意譯"法",指事物及其現象,也指理性、佛法等。"萬法"指一切事物。

〔六〕如如:見《毛國鎮生日二絶》之二注〔四〕。

其四

夜夢被髪翁〔一〕，騎驎下大荒。獨行無與游，闖然款我堂〔二〕。高論何峥嶸〔三〕，微言何渺茫！我徐聽其説，未離翰墨場〔四〕。平生氣如虹〔五〕，宜不葬北邙〔六〕。少年慕遺文〔七〕，奇姿揖昂昂〔八〕。衰罷百無用，漸以圜斫方〔九〕。隱約就所安〔一〇〕，老退還自傷〔一一〕。

【箋注】

〔一〕唐韓愈《雜詩》："指摘相告語，雖還今誰親。翩然下大荒，被髪騎騏驎。"

〔二〕闖然：突然進入貌。款：至。《文選・張衡〈西京賦〉》："掩長楊而聯五柞，繞黄山而款牛首。"三國吴薛綜注："款，至也。"

〔三〕唐李白《大鵬賦》："吐峥嶸之高論，開浩蕩之奇言。"峥嶸：卓越，不平凡。

〔四〕翰墨場：即翰墨林，猶言文壇。南朝宋謝瞻《張子房詩》："濟濟屬車士，粲粲翰墨場。"唐杜甫《壯遊》："往昔十四五，出遊翰墨場。"

〔五〕唐劉禹錫《贈元九侍御文石枕以詩奬之》："文章似錦氣如虹，宜薦華簪緑殿中。"

〔六〕北邙：指墓地、墳墓。北邙，山名。即邙山。在洛陽之北。東漢、魏晉的王侯公卿多葬于此。陶潛《擬古九首》之四："一旦百歲後，相與還北邙。"

〔七〕晉葛洪《抱朴子・尚博》："雖有益世之書，猶謂之不及前代之遺文也。"

〔八〕昂昂：出群；高潔。《楚辭・屈原〈卜居〉》："寧昂昂若千里之駒乎？將氾氾若水中之鳧乎？"漢王逸注："昂昂，志行高也。"

〔九〕謂漸同流俗。圜斫方：語本《楚辭・屈原〈離騷〉》："鷙鳥之不群兮，自前世而固然。何方圜之能周兮，夫孰異道而相安？"漢荀悦《漢紀・成帝紀二》："撓直爲曲，斫方爲圓，穢素絲之潔，推亮直之心。"

〔一〇〕隱約：困厄；儉約。《楚辭・嚴忌〈哀時命〉》："居處愁以隱約兮，志沈抑而不揚。"王逸注："言己放於山澤，隱身守約。"

〔一一〕自傷：自我傷感。唐權德輿《月夜過靈徹上人房因贈》："此身會逐白雲去，未洗塵纓還自傷。"

其五

海康雜蠻蜒〔一〕，禮俗久未完〔二〕。我居近閭閻〔三〕，願先化衣冠〔四〕。衣冠一有恥〔五〕，其下胡爲顔？東鄰有一士，讀書寄賢關〔六〕。歸來奉親友，跬步行必端〔七〕。慨然顧流俗，嘆息未敢彈〔八〕。提提烏鳶中〔九〕，見此孤翔鸞〔一〇〕。漸能衣裘褐，袒裼知惡寒〔一一〕。

【箋注】

〔一〕海康：即海康縣。漢元鼎六年（前一一一）置徐聞縣于此，隋文帝開皇九年（五八九）始置海康縣，意爲海疆安寧而得名。後建置雖有分合，但海康一名沿用至今。蠻蜒：蜒，舊時南方少數民族之一。《輿地紀勝・廣南西路・瓊州・景物上・蜑家》："《圖經》曰：蜑户以船爲生，居無室廬，專以捕魚自贍。"按，此處泛指海康境内少數民族。

〔二〕禮俗：禮儀與習俗。《周禮・天官・大宰》："六曰禮俗，以馭其民。"完：完備。

〔三〕閭閻：民間。

〔四〕謂文明禮教從讀書之人開始，後以"東鄰士"爲例。衣冠：指士子，讀書人。

〔五〕《論語・爲政》："子曰：'導之以政，齊之以刑，民免而無恥；導之以德，齊之以禮，有恥且格。'"

〔六〕賢關：進入仕途的門徑。語本《漢書・董仲舒傳》："太學者，賢士之所關也，教化之本原也。"唐顔師古注："關，由也。"

〔七〕跬（kuǐ）步：半步，跨一腳。《大戴禮記・勸學》："是故不積跬步，無以致千里；不積小流，無以成江海。"按，此言其恪守禮節。

〔八〕"慨然"二句：謂"東鄰士"處事鶴立雞群，但卻不敢批評鄉風。

〔九〕烏鳶：烏鴉和老鷹。均爲貪食之鳥。《莊子・列禦寇》："莊子將死，弟子欲厚葬之……曰:‘吾恐烏鳶之食夫子也。’”按,此謂未經開化之民。

〔一〇〕孤翔鸞:謂東鄰士。

〔一一〕“漸能”二句:謂東鄰的讀書人衣著已同於中原習慣。衣(yì):穿(衣服)。袒裼:脱去上衣,裸露肢體。《詩·鄭風·大叔于田》:“襢裼暴虎,獻於公所。”毛傳:“襢裼,肉袒也。”惡寒:怕冷。

其六

佛法行中原,儒者恥論兹。功施冥冥中,亦何負當時?此方舊雜染〔一〕,渾渾無名緇〔二〕。治生守家室〔三〕,坐使斯人疑〔四〕。未知酒肉非,能與生死辭〔五〕。熾哉吴閩間,佛事不可思。生子多穎悟〔六〕,得①報豈汝②欺〔七〕?時俾正法眼〔八〕,一出照曜之。誰爲邑中豪,勤誦我此詩?

【校記】

①得:宋建本、蜀藩刻本、叢刊本作“德”,皆誤。

②汝:蜀藩刻本、叢刊本作“吾”。

【箋注】

〔一〕雜染:佛家語。清浄之對稱。指善、惡、無記等一切有漏法。《成唯識論》卷三:“雜染法者謂苦集諦,即所能趣生及業惑;清浄法者謂滅道諦,即所能證涅槃及道。”

〔二〕名緇:指名僧。緇,黑色僧衣。按,謂此處佛法不盛。

〔三〕治生:經營家業;謀生計。家室:家庭;家眷。《詩·周南·桃夭》:“之子于歸,宜其家室。”毛傳:“家室,猶室家也。”清陳奂傳疏:“《孟子·滕文公篇》:‘丈夫生而願爲之有室,女子生而願爲之有家。’桓十八年《左傳》:‘申繻曰:女有家,男有室,無相瀆也,謂之有禮。’此家室互言也。渾言之,室亦家也。”

〔四〕坐:致;以致。

〔五〕生死:佛家語。一切衆生惑業所招,生者死,死者生也。《首楞嚴經》卷三:“生死死生,生生死死,如旋火輪。”

〔六〕穎悟:聰明。《晉書·王戎傳》:“戎幼而穎悟,神彩秀徹。”

〔七〕得報:得善報。

〔八〕正法眼:即正法眼藏。佛教語。禪宗用來指全體佛法(正法)。朗照宇宙謂眼,包含萬有謂藏。相傳釋迦牟尼以正法眼藏付與大弟子迦葉,是爲禪宗初祖,爲佛教以"心傳心"授法的開始。《釋氏稽古略》卷一:"佛在靈鷲山中,大梵天王以金色波羅華持以獻佛。世尊拈華示衆,人天百萬悉皆罔攝,獨有迦葉,破顔微笑。世尊曰:'吾有正法眼藏涅槃妙心,分付迦葉。'今以禪門之意解之,則是正爲佛心之德名,此心徹見正法,故曰正法眼。深廣而萬德含藏,故曰藏。"

其七

憂來感人心,悒悒久未和〔一〕。呼兒具濁酒〔二〕,酒酣起長歌〔三〕。歌罷還獨舞,黍麥力誠多〔四〕。憂長酒易消〔五〕,脱去如風花〔六〕。不悟萬法空〔七〕,子如此心何?

【箋注】

〔一〕悒悒(yì):憂鬱,愁悶。

〔二〕具:置備。

〔三〕唐王昌齡《長歌行》:"人生須達命,有酒且長歌。"

〔四〕黍麥:謂酒,因酒爲黍麥等糧食作物釀成,故言。

〔五〕唐温庭筠《雪二首》之一:"硯水池先凍,窗風酒易消。"

〔六〕風花:風中飛舞的花。唐白居易《寄同病者》:"或有始壯者,飄忽如風花。"

〔七〕謂萬物皆空。萬法:指一切事物。

其八

杜門人笑我,不知有天游〔一〕。光明遍十方〔二〕,咫尺陋九州〔三〕。此觀一日成,衮衮通法流〔四〕。竿木常自隨,何必返故丘〔五〕?老聃白髮年,青牛去西周。不遇關尹喜,履迹誰能求〔六〕?

【箋注】

〔一〕天遊:謂放任自然。語出《莊子・外物》:"胞有重閬,心有天遊。室無空虛,則婦姑勃谿;心無天遊,則六鑿相攘。”晉郭象注:“遊,不係也。”唐成玄英疏:“虛空,故自然之道遊其中。”

〔二〕十方:佛教謂東南西北及四維上下。唐韓偓《僧影》:“智燈已滅餘空燼,猶自光明照十方。”

〔三〕謂九州不過咫尺之地。陋:輕視;看不上。

〔四〕衮衮:相繼不絶貌。法流:佛教語。謂相續不絶的佛法。

〔五〕“竿木”二句:謂悟道在心,不必拘于時地。《景德傳燈録》卷六:“鄧隱峰辭師,師云:‘什麽處去?’對云:‘石頭去。’師云:‘石頭路滑。’對云:‘竿木隨身,逢場作戲。’”故丘:故鄉。

〔六〕“老聃”四句:見《樓觀》注〔二〕、〔三〕。

其九

鋤田種紫芝〔一〕,有根未堪采。逡巡歲月度,太息毛髮改〔二〕。晨朝玉露下,滴瀝投滄海〔三〕。須牙忽長茂,枝葉行可待。夜燒沉水香〔四〕,持戒勿中悔〔五〕。

【箋注】

〔一〕紫芝:也稱木芝。參《邵武游氏老人三清堂紫芝》注〔一〕。

〔二〕太息:大聲長歎,深深地歎息。《史記·蘇秦列傳》:“於是韓王勃然作色,攘臂瞋目,按劍仰天太息曰:‘寡人雖不肖,必不能事秦。’”唐司馬貞索隱:“太息,謂久蓄氣而大吁也。”

〔三〕“晨朝”二句:謂個人只能是滄海一滴。晨朝:清晨。唐杜甫《與任城許主簿游南池》:“晨朝降白露,遥憶舊青氈。”

〔四〕沉水香:即是沉香。其香濃郁,木心堅實,入水必沉,故稱沉水香。

〔五〕中悔:中途反悔;後悔。猶言半途而廢。

附録　蘇軾《和陶擬古九首》

其一

有客叩我門,繫馬門前柳。庭空鳥雀散,門閉客立久。主人枕書卧,夢我平生友。忽聞剥啄聲，驚散一杯酒。倒裳起謝客，夢覺兩愧負。坐談雜今古，不答顔愈厚。問我何處來，我來無何有。

其二

酒盡君可起，我歌已三終。由來竹林人，不數濤與戎。有酒從孟公，慎勿從揚雄。崎嶇頌沙麓，塵埃污西風。昔我未嘗達，今者亦安窮。窮達不到處，我在阿堵中。

其三

客去室幽幽，服鳥來坐隅。引吭伸兩翅，太息意不舒。吾生如寄耳，何者爲吾廬。去此復何之，少安與汝居。夜中聞長嘯，月露荒榛蕪。無問亦無答，吉凶兩何如。

其四

少年好遠遊，蕩志隘八荒。九夷爲藩籬，四海環我堂。盧生與若士，何足期渺茫。稍喜海南州，自古無戰場。奇峰望黎母，何異嵩與邙。飛泉瀉萬仞，舞鶴雙低昂。分流未入海，膏澤彌此方。芋魁倘可飽，無肉亦奚傷。

其五

馮冼古烈婦，翁媪國於兹。策勳梁武後，開府隋文時。三世更險易，一心無磷緇。錦繖平積亂，犀渠破餘疑。廟貌空復存，碑板漫無辭。我欲作銘誌，慰此父老思。遺民不可問，僂句莫予欺。犦牲菌雞卜，我當一訪之。銅鼓壺盧笙，歌此送迎詩。

其六

沉香作庭燎，甲煎粉相和。豈若炷微火，縈烟嫋清歌。貪人無飢飽，胡椒亦求多。朱劉兩狂子，隕墜如風荷。本欲竭澤漁，奈此明年何。朱初平、劉誼欲冠帶黎人，以取水沉耳。

其七

雞窠養鶴髮，及與唐人游。來孫亦垂白，頗識李崖州。再逢盧與丁，閲世真東流。斯人今在亡，未遽掩一丘。我師吴季子，守節到晚周。一見春秋末，渺焉不可求。

其八

城南有荒池，瑣細誰復採。幽姿小芙蕖，香色獨未改。欲爲中州信，浩蕩絶雲海。遥知玉井蓮，落蕊不相待。攀躋及少壯，已失那容悔。

其九

黎山有幽子，形槁神獨完。負薪入城市，笑我儒衣冠。生不聞詩書，豈知有孔顔。翛然獨往來，榮辱未易關。日暮鳥獸散，家在孤雲端。問答了不通，歎息指屨彈。似言君貴人，草莽栖龍鸞。遺我古貝布，海風今歲寒。

雨中招吴子野先生〔一〕循州作。

柴門不出蓬生徑，暑雨無時水及堂。辟穀賴君能作客〔二〕，暫來煎蜜餉桃康〔三〕。

【箋注】

〔一〕作於元符二年（一〇九九）四月。《續資治通鑑長編·哲宗元符元年》："［三月］癸酉，三省言：'提舉荆湖南路常平等事董必奏："體量到知雷州，朝請郎張逢，同本州官吏至門首接見蘇軾、蘇轍。次日爲會，召軾、轍在監司行衙安泊，又令僦進納太廟齋郎吴國鑑宅。逢每月率一兩次移厨傳管待，差白直七人借事。本州海康縣令陳諤差雜直追呼工匠等應副吴國鑑修宅，又勒居民拆退籬腳，闊開小巷，通行人馬，以避轍門巷，及借手力等事。"'詔蘇轍移循州安置，張逢特勒停，陳諤特衝替。本路提點刑獄，梁子美既與蘇轍係婚姻之家，不申明迴避，并其餘監司失覺察，各罰金三十斤。"蘇轍移循，當在四月，詩有"暑雨無時水及堂"，故繫之四月。吴子野：見《贈吴子野道人》注〔一〕。循州：秦、二漢南海郡地，晉亦然。隋平陳置循州，煬帝初州廢，置龍川郡。唐復爲循州，或爲海豐郡，屬嶺南道。宋因之，屬廣南東路，治龍川（今廣東龍川縣）參《文獻通考·輿地考九·古南越》。

〔二〕辟穀：見《和子瞻蜜酒歌》注〔一一〕。

〔三〕煎蜜：似謂辟穀所食藥物以蜜煎製。桃康：道教指下元神。《黄庭内景經·脾長》:"男女佪九有桃康。"梁丘子注:"桃康,下神名。主陰陽之事。"按,此戲言款待吴。

答吴和二絶〔一〕

其一

三間浰水小茅屋〔二〕,不比麻田新草堂〔三〕。問我秋來氣如火,此間何事得安康?

【箋注】

〔一〕作於元符二年(一〇九九)秋。詩云"秋來"可知。

〔二〕浰水:在今廣東和平縣境。

〔三〕吴子野爲廣東揭陽人,其地有麻田山,子野自號麻田山人。

其二

慣從李叟游都市〔一〕,久伴藍翁醉晝堂〔二〕。不似蘇門但長嘯,一生留恨與嵇康〔三〕。子野昔與李士寧縱游京師,與藍喬同客曾魯公家甚久〔四〕。

【箋注】

〔一〕李叟:指李士寧。見《正旦夜夢李士寧過我談説神怪久之草草爲具仍以一小詩贈之》注〔一〕。

〔二〕藍翁:當即下自注中之藍喬。蘇軾《雜詩十一首》之七宋施元之注:"英州鄭総作《藍喬傳》:'喬字子升,循州龍川人,母陳氏,禱羅浮山而孕。年十二已能爲詩文,求道書讀之,辭母之江淮,抵京師,七年而歸,語母曰:"兒所以復返者,念母故也。"瓢中出丹一粒餽焉,以黄金數斤遺母曰:"是真氣所成。"潮州人吴子野遇之於京師,方大暑,同登汴橋買瓜。喬曰:"塵埃汙吾瓜,當於水中噉爾。"自擲於河,至夜不出。吴候其邸,則已酣寢,始知喬已得道,遂與執爨。語人曰:"吾羅浮仙人也,由此升天矣。"一日躡風雲而上征,宫中歷歷聞笙簫聲,猶長吟李太白詩云:“下窺夫子不可及,矯首相思空斷腸。”吴子野嘗謁東坡於惠州。’”

〔三〕“不似”二句:謂吴子野能與人推心置腹交談,不似孫登那樣高深莫測。蘇門:指孫登。參《和子瞻三游南山九首·樓觀》注〔五〕。嵇康:見《次韻子瞻減降諸縣囚徒事畢登覽》注〔一六〕。

〔四〕曾魯公:指曾公亮(九九八—一〇七八),字明仲,號樂正。泉州晉江(今福建泉州市)人。仁宗天聖二年進士,累官端明殿學士,知鄭州。爲政有能聲,至夜户不閉。嘉祐中拜同中書門下事,封兖國公,魯國公,熙寧中以太保致仕。卒贈太師、中書令,配享英宗廟廷,賜謚宣靖。公亮方厚莊重,沈深周密,然性吝嗇,殖貨至鉅萬。帝寵王安石,不能持正匡救,時譏其持禄固寵。《宋史》有傳。

附録　蘇軾《次韻子由贈吴子野先生二絶句》

其一

馬迹車輪滿四方,若爲閉著小茅堂。仙心欲捉左元放,癡疾還同顧長康。

其二

江令蒼苔圍故宅,謝家語燕集華堂。先生笑説江南事,只有青山繞建康。

閏九月重九與父老小飲四絶〔一〕

其一

九日龍山霜露凝,龍川九日氣如烝〔二〕。偶逢閏月還重九,酒熟①風高喜不勝。

【校記】

①熟:原作“熱”,據宋建本、蜀藩刻本改。

【箋注】

〔一〕作於元符二年(一〇九九)閏九月九日。

〔二〕龍川:今廣東龍川縣。

其二

獲罪清時世共憎〔一〕,龍川父老尚相尋。直須便作鄉關看〔二〕,莫起天涯萬里心〔三〕。

【箋注】

〔一〕清時:清明之時。這是反話。唐王勃《滕王閣序》:"屈賈誼於長沙,非無聖主;竄梁鴻於海曲,豈乏明時。"

〔二〕鄉關:家鄉;故鄉。

〔三〕蘇軾《次韻惠循二守相會》:"且同月下三人影,莫作天涯萬里心。"

其三

客主俱年六十餘,紫萸黄菊映霜鬚。山深瘴重多寒勢〔一〕,老大須將酒自扶。

【箋注】

〔一〕寒勢:嚴寒。唐司空圖《新歲對寫真》:"生情暗隔千重恨,寒勢常欺一半春。"

其四

尉他①城下兩重陽〔一〕,白酒黄雞意自長。卯飲下牀虚已散〔二〕,老年不似少年忙。

【校記】

①他:宋建本、蜀藩刻本作"佗"。按,佗、他爲異體字。

【箋注】

〔一〕尉他(?—前一三七):真定(治今河北正定縣)人,秦時爲南海龍川令，本名趙佗，南海尉任囂死，佗行南海尉事，故亦稱尉佗。秦破滅，佗即擊并桂林、象郡，自立爲南越武王。漢定天下，因立尉佗爲南越王。高后時，佗乃自尊號南越武帝，發兵犯邊，高后擊未果，益囂張，以財賂遺閩越、西甌、駱，役屬焉，東西萬餘里。乃乘黄屋左纛，稱制，與中國侔。文帝時，陸賈使南越，曉以利害，尉佗去帝制内附。建元四年卒。見《史記·南越列傳》。

〔二〕卯飲：早晨飲酒。唐白居易《卯飲》："卯飲一盃眠一覺，世間何事不悠悠。"

求黄家紫竹杖并引

予於龍川買曾氏小宅，宅西南隅有紫竹百餘竿，爲藤蔓所困，無復直幹，雖爲伐藤，而見竹偃弱無可爲杖者。黄氏老家有紫竹甚茂，乞得一莖，勁挺可喜。聞黄氏竹舊自曾氏移植，偶爲詩示之。

曾家紫竹君家種〔一〕，曾園竹與荒藤共。藤驕竹瘁如畏人〔二〕，不似君家竹森聳〔三〕。我來買宅非爲宅①，愛此風梢②時一弄〔四〕。磨刀向藤久未忍，樹倒藤披真自送。繁陰一豁新笋地，狂鞭欲向青春動〔五〕。我身病後少筋力，遍求拄杖扶腰痛。蕭蕭瘦幹未能任〔六〕，一畝君家知足用。一枝遺我拄尋君，老酒仍煩爲開甕〔七〕。

【校記】

①宅：宋建本作"家"，誤。

②梢：叢刊本作"稍"，形近而誤。

【箋注】

〔一〕君家：敬詞。猶貴府，您家。

〔二〕驕：旺盛，繁茂。瘁：孱弱，枯槁。

〔三〕森聳：高聳；挺拔。

〔四〕弄：欣賞；把玩。

〔五〕狂鞭：指迅猛生長的鞭筍。

〔六〕蕭蕭：稀疏。唐牟融《遊報本寺》："茶煙裊裊籠禪榻，竹影蕭蕭掃徑苔。"

〔七〕"一枝"二句:謂能否給我一枝做拄杖,我就能拄著找你去喝酒了。此調笑之語。

和子瞻和陶雜詩十一首〔一〕時有赦書北還。

其一

大道與衆往,疾驅衹自塵〔二〕。徐行聽所之,何者非吾身〔三〕? 卻過白鶴峰〔四〕,雞犬來相親。築室依果樹,有無通四鄰〔五〕。安眠豈有足,良夜惟恐晨。晨朝亦何事,倦對往來人〔六〕。

【箋注】

〔一〕作於元符三年(一一〇〇)。其爲組詩,未必成於一時。《欒城集》中不存,輯自宋黄州刊本《東坡先生和陶淵明詩》卷三附。赦書北還:此年正月十二日哲宗卒,徽宗即位。《施譜》:"二月,先生以登極恩移廉州安置。同時,化州别駕、循州安置蘇轍移永州。"

〔二〕"大道"二句:此謂北還之景象。疾驅:駕著車馬急速行進。自塵:猶自汙。《詩·小雅·無將大車》:"無將大車,祇自塵兮。"

〔三〕"徐行"二句:《莊子·知北遊》:"舜問乎丞:'道可得而有乎?'曰:'汝身非汝有也,汝何得有夫道!'舜曰:'吾身非吾有也,孰有之哉?'曰:'是天地之委形也;生非汝有,是天地之委和也;性命非汝有,是天地之委順也;子孫非汝有,是天地之委蜕也。故行不知所往,處不知所持,食不知所味。天地之强陽氣也,又胡可得而有邪!'"蘇軾《臨江仙》:"長恨此身非我有,何時忘卻營營? 夜闌風静縠紋平,小舟從此逝,江海寄餘生。"聽:任憑。

〔四〕白鶴峰:在惠州。紹聖元年(一〇九四)十月二日,蘇軾到責授寧遠軍節度副使、惠州安置貶所。紹聖四年(一〇九七)築屋於白鶴峰上。蘇軾《和陶時運四首引》:"丁丑二月十四日,白鶴峰新居成,自嘉祐寺遷入。"

〔五〕謂和鄰居間互通有無。《三國志·魏書·楊俊傳》:"同行者百餘家,俊振濟貧乏,通共有無。"

〔六〕"安眠"四句:謂倦於應對。晨朝:清晨。

其二

莫言三謫遠〔一〕,歸路近庾嶺〔二〕。誰憐東坡窮,垂老徙此景〔三〕。幸無薪炭役〔四〕,豈念冰雪冷〔五〕?平生笑子厚,山水記柳永〔六〕。孜孜苦懷歸,何異走逃影〔七〕。吾觀兩蠻觸,出縮方馳騁〔八〕。百年寄龜息〔九〕,幸此支牀静〔一〇〕。

【箋注】

〔一〕三謫:謂蘇軾一生,仕途浮沉,數次貶謫。元豐二年,因"烏臺詩案",貶黄州。哲宗親政後,紹聖元年蘇軾先謫英州,六月因來之邵等疏其詆斥先朝,詔謫惠州。紹聖四年,又責授瓊州别駕,移昌化軍安置。蘇軾在建中靖國元年《自題金山畫像》詩中亦自嘲道:"心似已灰之木,身如不繫之舟。問汝平生功業,黄州惠州儋州。"

〔二〕蘇軾《贈嶺上老人》:"問翁大庾嶺頭住,曾見南遷幾箇回?"庾嶺:山名。即大庾嶺。參《次韻子瞻連雨江漲二首》之一注〔二〕。

〔三〕垂老:將近老年。唐杜甫《垂老别》:"四郊未寧静,垂老不得安。"

〔四〕謂有幸没有傜役的壓力。

〔五〕謂能夠回歸已是萬幸,没有去考慮日後的生計問題。蓋海南地暖而内地寒冷。

〔六〕"平生"二句:謂一向笑話柳宗元貶謫柳州永州還寫下諸多的山水游記。子厚:指柳宗元(七七三—八一九),字子厚,唐河東解(今山西運城市解州鎮)人。貞元九年進士,中博學宏辭科。順宗永貞元年爲禮部員外郎,參與王叔文集團改革。改革失敗,貶永州司馬,元和十年改柳州刺史,卒於任。世稱柳柳州,亦稱柳河東。其詩文皆工,有盛名於當時後世。與韓愈合稱韓柳,爲唐宋八大家之一。新舊《唐書》有傳。永貞元年(八〇五)九月,柳宗元被貶爲邵州刺史,十一月在赴任途中,又被加貶爲永州司馬。直至元和十年(八一五)離開永州,整十年。柳永:柳州永州並稱。

〔七〕“孜孜”二句:謂是非無處不在。《莊子·漁父》:“人有畏影惡迹而去之走者,舉足愈數而迹愈多,走愈疾而影不離身。自以爲尚遲,疾走不休,絶力而死。不知處陰以休影,處静以息迹,愚亦甚矣。”孜孜:急切貌。懷歸:思歸故里。《詩·小雅·小明》:“豈不懷歸,畏此罪罟。”

〔八〕“吾觀”二句:蠻觸:《莊子·則陽》:“有國於蝸之左角者,曰觸氏;有國於蝸之右角者,曰蠻氏。時相與争地而戰,伏屍數萬,逐北,旬有五日而後反。”後以“蠻觸”爲典,常以喻指爲小事而争鬥者。出縮:猶伸縮。

〔九〕龜息:見《贈右番趙侍郎》注〔五〕。

〔一〇〕支牀:《史記·龜策列傳》:“南方老人用龜支牀足,行二十餘歲,老人死,移床,龜尚生不死。龜能行氣導引。”北周庾信《小園賦》:“坐帳無鶴,支牀有龜。”清倪璠注:“喻己久住長安,若龜支牀矣。”

其三

我來適惡歲,斗米如珠量〔一〕。何時舉頭看,歲月守心房〔二〕。念我東坡翁,忍飢海中央〔三〕。願翁勿言飢,稷卨調陰陽〔四〕。玉池有清水,生肥滿中腸〔五〕。

【箋注】

〔一〕“我來”二句:謂荒年米少,珍如珠玉。惡歲:荒年。蘇軾《縱筆三首》之三:“北船不到米如珠,醉飽蕭條半月無。”

〔二〕《春秋·哀公十三年》:“冬十有一月,有星孛于東方。”公羊傳:“何以書? 記異也。”漢何休注:“周十一月,夏九月,日在房心。房心,天子明堂布政之庭,於此旦見與日争明者,諸侯代主治,典法滅絶之象,是後周室遂微,諸侯相兼,爲秦所滅,燔書道絶。”蘇轍《春秋集解》曰:“旦而孛見,故不得其次也。”按,此隱射蔡京當政世道黑暗。其欲表達的意義本當是日在房心,但不免太露,故用了這樣一句含糊有歧的句子。

〔三〕海中央:瓊州。紹聖四年,又責授瓊州别駕,移昌化軍安置。

〔四〕謂有賢相調理陰陽。稷卨:即稷契。稷和契的並稱。唐虞時代的賢臣。漢王逸《九思·守志》:“配稷契兮恢唐功,嗟英俊兮未爲雙。”按,此憤激之語,諷刺時相蔡京。

〔五〕"玉池"二句:接上而諷,謂可以吞口水療饑。玉池:道教語。指口。《黄庭外景經·上部經》:"玉池清水灌靈根。"務成子注:"口爲玉池太和宫。"蘇軾《菜羹賦》:"登盤盂而薦之,具匕筴而晨飧;助生肥於玉池,與五鼎其齊珍。"肥,指積聚的唾液。

其四

故山縱得歸,無復昔遺老。家風知在否,後生恐難保〔一〕。似聞老翁泉,曾作泥土燥〔二〕。窮冬忽涌溢〔三〕,絡繹瓶瓮早〔四〕。此翁終可信,明月耿懷抱〔五〕。從我先人游〔六〕,安得不聞道〔七〕? 老翁泉在先人墳下。

【箋注】

〔一〕"故山"四句:謂即使歸鄉,亦是物是人非,家風不存。故山:舊山。喻家鄉。後生:後嗣,子孫。《詩·商頌·殷武》:"壽考且寧,以保我後生。"

〔二〕"似聞"二句:謂老翁泉曾經乾涸。老翁泉:民國《眉山縣誌》卷一:"蘇洵墓在蟇頤山東老翁泉傍。"

〔三〕謂隆冬時老翁泉忽然泉水噴涌。窮冬:隆冬;深冬。涌溢:涌流而出。《漢書·李尋傳》:"間者重以水泉湧溢,旁宫闕仍出。"

〔四〕謂人們絡繹不絶前往老翁泉汲水。瓶罌:陶瓷容器。此泛指各種汲水用具。

〔五〕耿:光明;照耀。《楚辭·屈原〈離騷〉》:"跪敷衽以陳辭兮,耿吾既得此中正。"漢王逸注:"耿,明也。"

〔六〕先人:謂蘇洵。

〔七〕《論語·里仁》:"朝聞道,夕死可矣。"

其五

幽憂如蟄蟲〔一〕,雷雨驚奮豫〔二〕。無根不萌動〔三〕,有翼皆騫翥〔四〕。嗟我獨枯槁〔五〕,無來孰爲去? 念兄當北遷,海闊煎百慮〔六〕。往來七年間〔七〕,信矣夢幻如〔八〕。從今便築室,占籍無所住〔九〕。四方無不可,莫住生滅處〔一〇〕。縱浪大化中,何喜復何懼〔一一〕?

【箋注】

〔一〕蟄蟲:藏在泥土中過冬的蟲豸。《禮記·月令》:"[孟春之月]冬風解凍,蟄蟲始振。"

〔二〕唐儲光羲《貽王侍御出臺掾丹陽》:"四月純陽出,雷雨始奮豫。"奮豫:勃發,震盪。語本《易·豫》:"象曰:雷出地奮,豫。先王以作樂崇德,殷薦之上帝,以配祖考。"

〔三〕萌動:開始發芽。《禮記·月令》:"[孟春之月]是月也,天氣下降,地氣上騰。天地和同,草木萌動。"

〔四〕南朝宋范泰《贈袁湛謝混》:"亦有後出雋,離群盡騫翥。"騫翥:飛舉貌。騫,通"鶱"。

〔五〕唐白居易《首夏》:"天和遺漏處,而我獨枯槁。"

〔六〕唐杜甫《羌村三首》其二:"蕭蕭北風勁,撫事煎百慮。"

〔七〕此謂元祐八年(一〇九三)哲宗親政,新黨再度掌權。紹聖元年(一〇九四)六月,蘇軾别爲寧遠軍節度副使,貶至惠州。紹聖四年,又至儋州,元符三年(一一〇〇)徽宗即位奉赦北還,整七年。

〔八〕陶潛《飲酒》之八:"吾生夢幻間,何事紲塵羈。"蘇軾《祭王宜甫文》:"百年夢幻,其究何獲。"

〔九〕"從今"二句:謂今後將在此定居不再他往了。占籍:上報户口,入籍定居。

〔一〇〕《大寶積經》卷八十九:"世尊:此無生亦不應説是無生,何以故?有言説者則有生滅,若具淨智則無生滅。無生滅處是畢竟盡,是故世尊,以平等際。"

〔一一〕陶潛《神釋》:"縱浪大化中,不喜亦不懼。"大化:指宇宙,大自然。

其六

嘗聞左師言,少子古所喜〔一〕。二兒從兩父,服辱了百事〔二〕。佳子何關人〔三〕，自怪餘此意。看書時獨笑，屢與古人值〔四〕。他年會六子〔五〕，道眼誰最駛〔六〕？衣鉢儻可傳〔七〕，田園不復置。

【箋注】

〔一〕“嘗聞”二句：小兒子自來爲父母所寵愛。《戰國策・趙四》：“左師公曰：‘老臣賤息舒祺，最少，不肖；而臣衰，竊愛憐之。願令得補黑衣之數，以衛王宮。没死以聞。’”左師：春秋時官名，爲六卿之一。

〔二〕“二兒”二句：謂兩個兒子忍辱負重虔心侍候兩位老人。蓋蘇轍幼子蘇遠隨父至雷州，蘇過隨蘇軾至儋州。了百事：謂一切日常生活瑣事都由二兒承擔。

〔三〕《世説新語・言語》：“謝太傅問諸子姪：‘子弟亦何預人事？而正欲使其佳。’諸人莫有言者。車騎答曰：‘譬如芝蘭玉樹，欲使其生於階庭耳。’”

〔四〕值：遇到；碰上。《莊子・知北遊》：“明見無值。”唐成玄英疏：“值，會遇也。”

〔五〕會：聚。六子：謂蘇軾三子，蘇邁、蘇迨、蘇過，蘇轍三子，蘇遲、蘇适、蘇遠。參《次韻子瞻特來高安相别先寄遲适遠卻寄邁迨過遯》。

〔六〕道眼：佛教語。指能洞察一切，辨别真妄的眼力。宋曾鞏《一鶚》：“嘗聞一鶚今始見，眼駛骨緊精神豪。”按，此言六子誰最聰慧。

〔七〕衣鉢：佛教語。衣，袈裟；鉢，食具。佛教禪宗自初祖至五祖皆以衣鉢相傳，作爲傳法的信證。此謂傳家學。蘇軾《再和許朝奉》：“傳家有衣鉢，斷獄盡《春秋》。”

其七

舜以五音言〔一〕，二《雅》良褊迫〔二〕。變《風》猶井牧，驅人遂阡陌〔三〕。周餘幾崩壞〔四〕，況經甫與白〔五〕？崎嶇收狂瀾〔六〕，還付濫觴窄〔七〕。二《莊》涇渭雜，恐有郭象客〔八〕。壁藏待知者，金石聞舊宅〔九〕。

【箋注】

〔一〕舜：見《屈原塔》注〔四〕。《禮記・樂記》：“昔者舜作五弦之琴，以歌

《南風》;夔始制樂,以賞諸侯。"按,此詩言從上古王道的樂歌到《詩經》再到後來的詩歌是每況愈下,自己所作的《詩集傳》是對《詩經》的總結研究,希望能傳之後世知音。

〔二〕二雅:《詩經》中《大雅》《小雅》的合稱。唐韓愈《石鼓歌》:"陋儒編《詩》不收入,《二雅》褊迫無委蛇。"褊迫:狹窄,不寬廣。

〔三〕"變風"二句:謂《國風》多是詠唱的井田間的勞作情形。變風:指《詩經》"國風"中邶至豳等十三國的作品。《詩大序》:"至於王道衰,禮儀廢,政教失,國異政,家殊俗,而變風變雅作矣。"《詩・邶風・柏舟詁訓傳》唐陸德明題解:"從此訖《豳・七月》,十三國並變風也。"清馬瑞辰《毛詩傳箋通釋・風雅正變説》:"變化下之名爲刺上之什,變乎風之正體,是謂變風。"井牧:謂按土質區劃田地,或爲井田耕作,或爲牧地畜牧,二牧而當一井,以便於授田、貢賦。《詩・大雅・崧高》:"王命召伯,徹申伯土田。"鄭箋:"治者正其井牧,定其賦税。"宋歐陽脩《原弊》:"三代之法皆如此,而最備於周,周之法曰'井牧'。"驅:逼迫,迫使。遂:前進;前往。阡陌:田界。

〔四〕餘:猶末。崩壞:敗壞衰落。

〔五〕甫與白:唐代詩人杜甫和李白並稱。杜甫,見《和張安道讀杜集》注〔一〕。李白,見《章氏郡君挽詞》注〔三〕。韓愈《酬司門盧四兄雲夫院長望秋作》:"高揖群公謝名譽,遠追甫白感至誠。"按,此謂後世詩人逐漸失去了《詩經》的本色。

〔六〕韓愈《進學解》:"障百川而東之,迴狂瀾於既倒。"蘇軾《書黄子思詩集後》:"唐末司空圖,崎嶇兵亂之間,而詩文高雅,猶有承平之遺風。"

〔七〕濫觴:指小水。江河發源處水很小,僅可裝滿酒杯。北魏酈道元《水經注・江水一》:"江水自此已上至微弱,所謂發源濫觴者也。"

〔八〕"二莊"二句:謂向秀與郭象所注莊子難以釐清。《世説新語・文學》:"初,注莊子者數十家,莫能究其旨要。向秀於舊注外爲解義,妙析奇致,大暢玄風。唯秋水、至樂二篇未竟而秀卒。秀子幼,義遂零落,然猶有别本。郭象者,爲人薄行,有俊才。見秀義不傳於世,遂竊以爲己注。乃自注秋水、至樂二篇,又易馬蹄一篇,其餘衆篇,或定點文句而已。後秀義别本出,故今有向、郭二《莊》,其義一也。"涇渭:指涇水和渭水。《詩・邶風・谷風》"涇以渭濁，湜湜其沚”毛傳：“涇渭相入而清濁異。”郭象（二五二—三一二）：字子玄，洛陽（今河南洛陽市）人。西晉玄學家。少有才理，好老莊，能清言。官至黃門侍郎、太傅主簿。曾注《莊子》。《晉書》有傳。

〔九〕“壁藏”二句：用壁書的典故説希望自己的《詩集傳》能傳之後世。《漢書・景十三王傳・魯恭王餘》：“恭王初好治宫室，壞孔子舊宅以廣其宫，聞鐘磬琴瑟之聲，遂不敢復壞。於其壁中得古文經傳。”

其八

大道如衣食，六經所耕桑〔一〕。家傳《易》《春秋》，未易相秕糠〔二〕。久種終不獲，歲晚嗟無糧。念此坐嘆息，追飛及頽陽〔三〕。天公亦假我〔四〕，書成麟未傷〔五〕。可憐陸忠州，空集千首方〔六〕。何如學袁盎，日把無何觴〔七〕。

【箋注】

〔一〕“大道”二句：謂以儒家思想傳家。大道：正道；常理。此謂儒家思想。六經：六部儒家經典。《莊子・天運》：“孔子謂老聃曰：‘丘治《詩》、《書》、《禮》、《樂》、《易》、《春秋》六經，自以爲久矣，孰知其故矣。’”《漢書・司馬遷傳贊》：“又其是非頗繆於聖人，論大道則先黄老而後六經。”

〔二〕“家傳”二句：謂蘇氏經史之學不可小看。蘇洵有《六經論》，其中含《易論》《禮論》《樂論》《詩論》《書論》《春秋論》。蘇轍有《春秋集解》，蘇軾有《東坡易傳》。三國魏曹植《與楊德祖書》：“夫街談巷説，必有可采，擊轅之歌，有應風雅，匹夫之思，未易輕棄也。”相秕糠：猶言輕看它們。相，指代性副詞。秕糠，秕子和糠，均屬糟粕。比喻没有價值的東西。

〔三〕“久種”四句：此謙言自己年老依然無所成就，但卻努力不輟。嗟：嘆詞。表悲傷。追飛：形容疾速。三國魏嵇康《贈秀才入軍》：“風馳電逝，躡景追飛。”頽陽：落日。

〔四〕《史記・孔子世家》：“假我數年，若是，我於《易》則彬彬矣。”

〔五〕謂自己有幸完成《春秋集解》身體尚康健，不似孔子《春秋》成了絶筆。春秋魯哀公十四年獵獲麒麟。相傳孔子作《春秋》至此而輟筆。《春秋・

哀公十四年》："春，西狩獲麟。"晉杜預注："麟者仁獸，聖王之嘉瑞也。時無明王出而遇獲，仲尼傷周道之不興，感嘉瑞之無應，故因《魯春秋》而脩中興之教。絶筆於'獲麟'之一句，所感而作，固所以爲終也。"

〔六〕"可憐"二句：謂陸贄集醫方用心良苦。陸忠州：即陸贄（七五四——八〇五）。字敬輿，吴郡嘉興（今浙江嘉興市）人，大曆八年進士，中博學宏辭、書判拔萃科。德宗即位，召充翰林學士。貞元八年出任宰相，後因直言進諫，被貶忠州（今重慶忠縣）别駕。因忠州氣候惡劣，疾疫流行，遂編録《陸氏集驗方》，供人治病。順宗即位後，下詔召還陸贄，詔未至而贄已逝。新舊《唐書》有傳。

〔七〕"何如"二句：謂每天飲酒，不過問其他的事情。袁盎（約前二〇〇—前一五〇）：字絲，漢初楚國（今江蘇徐州市）人，性剛直，有才幹，膽識過人，因數次直諫犯上，調任隴西都尉，後遷徙爲吴相。吴楚反時，奏請斬晁錯以平衆怒，亂平後封爲太常。後爲吴王刺客所殺。《漢書·袁盎傳》："南方卑溼，絲能日飲，亡何，説王毋反而已。如此幸得脱。"唐顔師古注："無何，言更無餘事。"蘇軾《趙既見和復次韻答之》："酸寒可笑分一斗，日飲無何足袁盎。"

其九

五年寓黄閣〔一〕，盛服朝玄端〔二〕。愧無昔人姿，謬作奇章遷〔三〕。牛僧孺亦貶循州。還從九淵底，回望百尺巔〔四〕。身世俱一夢，往來適三餐〔五〕。天公本無心，誰爲此由緣〔六〕？從今罷述作，盡付《逍遥》篇〔七〕。

【箋注】

〔一〕謂自己元祐間與聞大政。黄閣：漢代丞相、太尉和漢以後的三公官署避用朱門，廳門涂黄色，以區别於天子。漢衛宏《漢舊儀》卷上："［丞相］聽事閤曰黄閣。"按，轍元祐四年爲吏部侍郎，六年爲中大夫、守尚書右丞，七年爲太中大夫、守門下侍郎，至八年正五年。

〔二〕盛服：謂嚴肅端莊的朝服。《禮記·中庸》："使天下之人齊明盛服，以承祭祀。"玄端：諸侯朝服。《論語·先進》："端章甫"三國魏何晏集解引鄭玄:"端,玄端也。衣玄端,冠章甫,諸侯日視朝之服。"

〔三〕"愧無"二句:謂没有牛僧儒的地位卻貶謫相同。唐武宗即位后,李德裕當權,會昌四年(八四四)牛僧儒以交結澤潞(今山西長治市)叛藩的罪名,貶爲循州長史。奇章:指牛僧儒。牛嘗封奇章郡公。参《官舍小池有瀏鵜遺二小雛二首》之一注〔七〕。

〔四〕"還從"二句:謂而今回想元祐間居高位時如在九淵而望高樓。九淵:深淵。語出《莊子·列御寇》:"夫千金之珠,必在九重之淵,而驪龍頷下。"漢揚雄《解嘲》:"抗之則在青雲之上,抑之則在深淵之下。"百尺巔:《世説新語·黜免》:"殷中軍廢後,恨簡文曰:'上人著百尺樓上,儋梯將去。'"

〔五〕"身世"二句:謂人生如夢幻但求食能果腹足矣。蘇軾《岐亭五首》之二:"一年如一夢,百歲真過客。"又《天竺寺》:"四十七年真一夢,天涯流落涕横斜。"

〔六〕唐儲光羲《臨江亭五詠》之四:"平生何以恨?天地本無心。"

〔七〕"從今"二句:謂從此不再著述,但求逍遥自得。逍遥篇:《莊子》有《逍遥遊》篇。篇中借用大鵬和小鳩、大椿和朝菌的比喻,説明任何事物都不能超越自己本性和客觀環境,主張各任其性,放棄一切大小、榮辱、死生、壽夭的差别觀念,便能逍遥自在,無往而不適。後用以指自由自在,無拘無束的遊玩。唐白居易《和思歸樂》:"身委逍遥篇,心付頭陀經。尚達死生觀,寧爲寵辱驚。"

其十

吾兄昔在朝,屢欲請會稽〔一〕。誓將老陽羨〔二〕,洞天隱蒼崖〔三〕。兄已買田陽羨,近張公、善卷兩洞天〔四〕。時事乃大謬,寧復守此懷〔五〕?區區芥子中,豈有兩須彌〔六〕?舉眼即見兄,何者爲别離?尻輿駕神馬,孰爲策與羈〔七〕?弭節過蓬萊,海波看增虧〔八〕。

【箋注】

〔一〕蘇軾有"七年九月自廣陵召還"云云長題詩三首之二:"夢繞吴山卻月廊,白梅盧橘覺猶香。會稽且作須臾意,從此歸田策最良。"會稽:郡名。秦置,在今江蘇東部及浙江西部地。

〔二〕蘇軾《菩薩蠻》:"買田陽羨吾將老,從來只爲溪山好。"陽羨:即宜興,在今江蘇。秦漢時稱陽羨,故名。

〔三〕洞天:道教稱神仙的居處,意謂洞中别有天地。南朝梁任昉《述異記》卷下:"人間三十六洞天,知名者十耳,餘二十六天,出《九微志》,不行於世也。"

〔四〕張公洞、善卷洞皆在今江蘇宜興市。元豐八年(一〇八五)蘇轍有《張公洞》詩。

〔五〕"時事"二句:謂蘇軾無辜經歷諸多貶謫,還能否不變初衷。漢司馬遷《報任安書》:"日夜思竭其不肖之材力,務壹心營職,以求親媚於主上,而事乃有大謬不然者。"

〔六〕"區區"二句:見《將出洛城過廣愛寺見三學演師引觀楊惠之塑寶山朱瑶畫文殊普賢爲賦三首》之二注〔四〕。

〔七〕"尻輿"二句:《莊子·大宗師》:"浸假而化予之尻以爲輪,以神爲馬,予因以乘之,豈更駕哉。"唐成玄英疏:"尻無識而爲輪,神有知而作馬。因漸漬而變化,乘輪馬以遨遊。苟隨任以安排,亦於何而不適者也。"謂以尻爲車輿而神遊。後以"尻輪神馬"爲隨心所欲遨遊自然之典。

〔八〕"弭節"二句:謂與神仙爲伍看世事的變化。此暗用"滄海桑田"之典。晉葛洪《神仙傳·王遠》:"麻姑自説云:'接侍以來,已見東海三爲桑田。'"弭節:駕馭車子。《文選·張衡〈東京賦〉》:"大丙弭節,風后陪乘。"三國吴薛綜注引漢高誘曰:"二人,太乙之御也。"

其十一

紅爐厄夏景,團扇悲秋凉〔一〕。來鴻已遵渚〔二〕,去燕亦辭梁〔三〕。冰蠶懷凍藪,火鼠安炎鄉〔四〕。曲士漫談道〔五〕,夏蟲豈知霜〔六〕?物化何時休,嘆息此路長〔七〕。

【箋注】

〔一〕"紅爐"二句:以紅爐團扇不適用於夏秋謂世間事物皆因時而異。紅爐:燒得很旺的火爐。團扇:見《去年秋扇二絶句》之一注〔一〕。

〔二〕語本《詩·豳風·九罭》:“鴻飛遵渚,公歸無所。”原謂鴻雁循著水中小洲飛翔。後用以形容鴻飛。唐劉禹錫《含輝洞述》:“遵渚之鴻,有時而飛。”

〔三〕梁何遜《落日贈范雲》:“早雁出雲歸,故燕辭簷别。”

〔四〕“冰蠶”二句:冰蠶:傳説中的一種蠶。晉王嘉《拾遺記·員嶠山》:“有冰蠶長七寸,黑色,有角有鱗,以霜雪覆之,然後作璽,長一尺,其色五彩,織爲文錦,入水不濡,以之投火,經宿不燎。”火鼠:傳説中的異鼠。其毛可織火浣布。《初學記·政理部·貢獻第三》引東方朔《神異經》曰:“南荒之外有火山,晝夜火燃。火中有鼠,重百斤。毛長二尺餘,細如絲,可以作布。”蘇軾《徐大正閑軒》:“冰蠶不知寒,火鼠不知暑。”

〔五〕曲士:鄉曲之士。比喻孤陋寡聞的人。《莊子·秋水》:“曲士不可以語於道者,束於教也。”唐陸德明釋文引晉司馬彪曰:“曲士,鄉曲之士也。”《文選·左思〈吴都賦〉》:“齷齪而筭,顧亦曲士之所歎也。”晉劉逵注:“曲,謂僻也。言筭量蜀地,亦是曲僻之士。”

〔六〕喻人囿於見聞,知識短淺。語本《莊子·秋水》:“井蛙不可以語於海者,拘於虚也;夏蟲不可以語於冰者,篤於時也。”

〔七〕“物化”二句:謂事物的變化何時能休止。

附録 蘇軾《和陶雜詩十一首》

其一

斜日照孤隙,始知空有塵。微風動衆竅,誰信我忘身。一笑問兒子,與汝定何親。從我來海南,幽絶無四鄰。耿耿如缺月,獨與長庚晨。此道固應爾,不當怨尤人。

其二

故山不可到,飛夢隔五嶺。真游有黄庭,閉目寓兩景。室空無可照,火滅膏自冷。披衣起視夜,海闊河漢永。西窗半明月,散亂梧楸影。良辰不可繫,逝水無留騁。我苗期後枯,持此一念静。

其三

真人有妙觀,俗子多妄量。區區勸粒食,此豈知子房。我非徒跣相,終老懷未央。兔死縛淮陰,狗功指平陽。哀哉亦何羞,世路皆羊腸。

其四

相如偶一官,嗤鄙蜀父老。不記犢鼻時,滌器混傭保。著書曾幾許,渴肺灰土燥。琴臺有遺魄,笑我歸不早。作書遺故人,皎皎我懷抱。餘生幸無愧,可與君平道。

其五

孟德黠老狐,姦言嗾鴻豫。哀哉喪亂世,梟鸞各騰翥。逝者知幾人,文舉獨不去。天方斲漢室,豈計一郗慮。昆蟲正相齧,乃比藺相如。我知公所坐,大名難久住。細德方險微,豈有容公處。既往不可悔,庶爲來者懼。

其六

博大古真人,老聃關尹喜。獨立萬物表,長生乃餘事。稚川差可近,儻有接物意。我頃登羅浮,物色恐相值。徘徊朱明洞,沙水自清駛。滿把菖蒲根,歎息復棄置。

其七

藍喬近得道,常苦世褊迫。西遊王屋山,不踐長安陌。爾來寧復見,鳥道度太白。昔與吴遠遊,同藏一瓢窄。潮陽隔雲海,晚歲儻見客。伐薪供養火,看作棲鳳宅。

其八

南榮晚聞道,未肯化庚桑。陶頑鑄强獷,枉費塵與糠。越子古成之,韓生教休糧。參同得靈鑰,九鎖啓伯陽。鵝城見諸孫,貧苦我爲傷。空餘焦先室,不傳元化方。遺像似李白,一奠臨江觴。

其九

餘齡難把玩,妙解寄筆端。常恐抱永歎,不及丘明遷。親友復勸我,放心餞華顛。虚名非我有,至味知誰餐。思我無所思,安能觀諸緣。已矣復何歎,舊説《易》兩篇。

其十

申韓本自聖,陋古不復稽。巨君縱獨慾,借經作巖崖。遂令青衿子,珠璧人人懷。鑿齒井蛙耳，信謂天可彌。大道久分裂，破碎日愈離。我如終不言，誰悟角與羈。吾琴豈得已，昭氏有成虧。

其十一

我昔登朐山，出日觀滄涼。欲濟東海縣，恨無石橋梁。今兹黎母國，何異于公鄉。蠔浦既黏山，暑路亦飛霜。所欣非自誷，不怨道里長。

賦豐城劍〔一〕北歸塗中作。

劍氣夜干斗〔二〕，精誠初莫隔。全身寄獄户，隱約還自得〔三〕。張雷彼知我，勉爲汝一出〔四〕。腰間雜環佩，亦既報之德〔五〕。凛凛天地間，要非手中物〔六〕。躍入延平水〔七〕，三日飛霹靂。出當乘風雷，歸當卧泉石。千年故穴在，三嘆泉上客。

【箋注】

〔一〕作於元符三年(一一〇〇)四月。《年表》：四月庚戌，元子生。辛亥，赦天下。丁巳，輒移岳州。敕曰："朕即祚以來，哀士大夫失職者衆。……現授某官蘇轍，擢自先帝，與聞政機，坐廢累年，在約彌厲。漸還善地，仍畀兵團。可濠州團練副使，岳州居住。"蘇轍有《移岳州謝狀》。豐城劍：見《次韻吕君豐城寶氣亭》注〔二〕。此詩以劍自況，"出當乘風雷，歸當卧泉石"寓意甚明。並表示要好好報答皇帝的大恩。

〔二〕劍氣：指劍的光芒。唐錢起《江行無題》："自憐非劍氣，空向斗牛星。"

〔三〕"全身"二句：謂寶劍隱身監獄而自保。《晉書·張華傳》："[張華曰]：'吾少時有相者言，吾年出六十，位登三事，當得寶劍佩之。斯言豈效與！'因問曰：'在何郡？'焕曰：'在豫章豐城。'華曰：'欲屈君爲宰，密共尋之，可乎？'焕許之。華大喜，即補焕爲豐城令。焕到縣，掘獄屋基，入地四丈餘，得一石函，光氣非常，中有雙劍，並刻題，一曰龍泉，一曰太阿。"自得：猶言自適。

〔四〕"張雷"二句：謂劍因爲張華雷焕是知己而現身。張雷：指張華與雷焕。張華(二三一—三〇〇)，字茂先，晉范陽方城(今河北涿州市)人。父平爲曹魏漁陽郡守。華學問該博,圖緯方技之書無不詳覽。默記强識,時人比之子産。武帝時拜中書令。伐吴,華以爲必克。爲度支尚書,量計運漕,决定廟算。吴平,封廣武侯。惠帝即位,拜太子少傅,進右光禄大夫,爲趙王倫所害。卒之日,家無餘財,惟文史充棟。凡奇秘世所希見者,皆華手識。有《博物志》傳世。《晉書》有傳。雷焕,豫章人,通緯象。得寶劍,一自配,一與張華,知張華之將受禍,且預知劍將化去。參《晉書·張華傳》。

〔五〕"腰間"二句:謂自己將報答君恩,報答知己。《詩·衛風·木瓜》:"投我以木瓜,報之以瓊琚。"《詩·小雅·蓼莪》:"欲報之德,昊天罔極。"

〔六〕要非:猶言總不是。

〔七〕《晉書·張華傳》:"焕卒,子華爲州從事,持劍行經延平津,劍忽於腰間躍出墮水,使人没水取之,不見劍,但見兩龍各長數丈,蟠縈有文章,没者懼而反。須臾光彩照水,波浪驚沸,於是失劍。"

范丞相堯夫挽詞二首〔一〕許州作。

其一

持身守忠恕〔二〕,臨事恥浮沉〔三〕。直道更三黜,平生惟一心〔四〕。家風來自遠〔五〕,國論老彌深〔六〕。令德①真如玉〔七〕,泥沙枉見侵。

【校記】

①德:叢刊本作"待",誤。

【箋注】

〔一〕作於建中靖國元年(一一〇一)。正月初八日。范丞相:即范純仁(一〇二七—一一〇一),字堯夫,吴縣(今江蘇蘇州市)人,范仲淹次子。仁宗皇祐元年進士。父殁後出仕知襄城縣,累官侍御史、同知諫院,出知河中府,徙成都路轉運使。哲宗立,拜官給事中,元祐元年同知樞密院事,後拜相。哲宗親政,累貶永州安置。徽宗立,官復觀文殿大學士,後以目疾乞歸。卒謚忠宣,《宋史》有傳。

〔二〕持身:立身;修身。《論語·里仁》:"夫子之道,忠恕而已矣。"宋朱熹集注:"盡己之謂忠,推己之謂恕。"

〔三〕謂范臨事恥於隨波逐流。

〔四〕《論語·微子》:"柳下惠爲士師,三黜。人曰:'子未可以去乎?'曰:'直道而事人,焉往而不三黜?'"《宋史·范純仁傳》:"其所上章疏,語多激切。神宗悉不付外,純仁盡録申中書,安石大怒,乞加重貶。神宗曰:'彼無罪,姑與一善地。'命知河中府,徙成都路轉運使。"又:"純仁就逮,民萬數遮馬涕泗,不得行,至有自投於河者。獄成,古以誣告謫。亦加純仁以他過,黜知信陽軍。"又:"夏人犯境,朝廷欲罪將吏。純仁自引咎求貶。秋,有詔貶官一等,徙河南府,再徙潁昌。"

〔五〕《書·泰誓上》:"予有臣三千,惟一心。"

〔六〕國論:有關國家大計的言論。參《宋史》本傳。

〔七〕令德:美德。《詩·小雅·白駒》:"生芻一束,其人如玉。"

其二

南遷頭已白,北返病初加〔一〕。君意知無罪,天心許到家。同朝曾忝舊〔二〕,握手一長嗟〔三〕。時事紛無已,還應付棣華〔四〕。

【箋注】

〔一〕"南遷"二句:謂范被貶時年事已高,而北返時又患眼疾。《宋史·范純仁傳》:"既而吕大防等竄嶺表,會明堂肆赦,章惇先期言:'此數十人,當終身勿徙。'純仁聞而憂憤……疏奏,忤惇意,詆爲同罪,落職知隨州。"又"明年,又貶武安軍節度副使、永州安置。時疾失明,聞命怡然就道。或謂近名,純仁曰:'七十之年,兩目俱喪,萬里之行,豈其欲哉?但區區之愛君,有懷不盡,若避好名之嫌,則無爲善之路矣。'"又"居三年,徽宗即位,欽聖顯肅后同聽政,即日授純仁光禄卿,分司南京、鄧州居住。"

〔二〕《宋史·范純仁傳》:"蘇轍論殿試策問,引漢昭變武帝法度事。哲宗震怒曰:'安得以漢武比先帝?'轍下殿待罪,衆不敢仰視。純仁從容言:'武帝雄才大略,史無貶辭。轍以比先帝,非謗也。陛下親事之始,進退大臣,不當如訶叱奴僕。'右丞鄧潤甫越次曰:'先帝法度,爲司馬光、蘇轍壞盡。'純仁曰:

‘不然，法本無弊，弊則當改。’哲宗曰：‘人謂秦皇、漢武。’純仁曰：‘轍所論，事與時也，非人也。’哲宗爲之少霽。轍平日與純仁多異，至是乃服謝純仁曰：‘公佛地位中人也。’轍竟落職知汝州。”

〔三〕謂自己真心佩服范。長嗟：長歎。參上注。

〔四〕《詩·小雅·常棣》：“常棣之華，鄂不韡韡。凡今之人，莫如兄弟。”

附録　畢仲遊《輓范丞相忠宣公六首》

其一

曳杖三朝老，持衡一品尊。忽同秦逐客，幾見楚寃魂。公袞方還第，輀車已及門。遺言不須記，一一表中存。

其二

出處從來定，榮華取次休。嘗看居相府，只似在安州。不事千金産，能捐萬户侯。哀哉天報施，僅免葬江流。

其三

伏枕言雖少，遺書志可哀。尚謀裨國事，猶欲盡人材。白日空垂照，悲風亦自來。更驚諸老盡，吾道信悠哉。

其四

大節誰堪擬，危言每可驚。不牽身外物，寧向澤邊行。近闕官皆復，還家殁亦榮。升堂誰慟哭，知是老門生。

其五

忠義傳三世，衣冠盛百年。功名富貴地，父子弟兄賢。被放長如往，生歸豈偶然。至家還不起，無處問蒼天。

其六

揮淚西原上，晴雲爲我陰。誰知如望歲，竟不復爲霖。主聖空搗己，民思未絶吟。已休還一慟，非但哭知音。

卜居〔一〕

我歸萬里初無宅，鳳去千年尚有臺〔二〕。誰爲繞池先種竹？可憐當砌已栽梅。囊貲衹數腰金在〔三〕,歸計長遭鬢雪催。欲就草堂終歲事,落成鄰舍許銜杯〔四〕。

【箋注】

〔一〕作於建中靖國元年(一一〇一)正月。

〔二〕漢劉向《列仙傳·蕭史》:"蕭史者,秦穆公時人也。善吹簫,能致孔雀白鶴於庭。穆公有女,字弄玉,好之。公遂以女妻焉……公爲作鳳臺,夫婦止其上。"

〔三〕謂囊中無錢只剩下一條腰帶。腰金:古代朝官的腰帶,按品級鑲以不同的金飾,品級高者亦以純金製成。

〔四〕唐杜甫《客至》:"肯與鄰翁相對飲,隔籬呼取盡餘杯。"

和子瞻過嶺〔一〕

山林瘴霧老難堪〔二〕,歸去中原荼亦甘〔三〕。有命誰令終返北?無心自笑欲巢南〔四〕。蠻音慣習疑傖語〔五〕,脾病縈纏帶嶺嵐〔六〕。手挹祖師清浄水〔七〕,不嫌白髮照毶毶〔八〕。

【箋注】

〔一〕作於建中靖國元年(一一〇一)。

〔二〕瘴霧:猶瘴氣。

〔三〕《詩·邶風·谷風》:"誰謂荼苦,其甘如薺。"毛傳:"荼,苦菜也。"鄭箋:"荼誠苦矣,而君子於己之苦毒,又甚於荼,比方之,荼則甘如薺。"

〔四〕巢南:語本《文選·古詩十九首·行行重行行》:"胡馬依北風,越鳥巢南枝。"按,此謂思念故土。

〔五〕蠻音:南方口音。《禮記·王制》:"南方曰蠻,雕題交趾,有不火食者矣。"傖語:北方口音的土語。唐劉知幾《史通·雜説中》:"南呼北人曰傖,西謂東胡曰虜。"

〔六〕蘇轍有肺脾疾。參《戲次前韻寄王鞏二首》之一注〔五〕,《將至南京雨中寄王鞏》注〔六〕。

〔七〕清浄水：即八功德水。見《八功德水》注〔一〕。

〔八〕毿毿（sān）：散亂貌。

附録　蘇軾《過嶺寄子由》

其一①

七年來往我何堪，又試曹溪一勺甘。夢裏似曾遷海外，醉中不覺到江南。波生濯足鳴空澗，霧遶征衣滴翠嵐。誰遣山鷄忽驚起，半巖花雨落毿毿。

其二

投章獻策謾多談，能雪冤忠死亦甘。一片丹心天日下，數行清淚嶺雲南。光榮歸佩呈佳瑞，瘴癘幽居弄晚嵐。從此西風庾梅謝，卻迎誰與馬毿毿。

【校記】

①此詩一題《過嶺二首》之二，因韻同收入。

子瞻贈嶺上老人次韻代老人答

嶺頭盧老一爐灰〔一〕，長短根莖各自栽〔二〕。輕賤已消先世業〔三〕，知君海上去仍回。

【箋注】

〔一〕盧老：指六祖惠能。見《次韻黄大臨秀才見寄》注〔七〕。

〔二〕此用佛家語。謂人生的遭際都是自己的行爲造成的。《妙法蓮華經玄義》卷六："名色各異，種類若干，如上中下根莖葉等。隨其種性，各得生長，即是機應不同意也。"

〔三〕先世業：前世的業緣。先世，猶言前生。原爲佛教語。謂前一輩子，對今生而言。唐寒山《詩》之四十一："今日如許貧，總是前生作。"《大方廣十輪經》卷七："常説柔軟語，遠離於惡口。衆生所愛樂，能滅先世業。令衆生歡悦，菩薩之法將。"按，此言蘇軾海上的貶逐已抵消了前世的業緣。

附録 蘇軾《贈嶺上老人》

鶴骨霜髯心已灰,青松合抱手親栽。問翁大庾嶺頭住,曾見南遷幾箇回?

蘇轍詩編年箋注卷十九

大行皇太后挽詞二首〔一〕

其一

累朝宗内治〔二〕，晚歲擅鴻勳〔三〕。立子得元聖，收簾奉長君〔四〕。一言消横逆〔五〕，多難弭紛紜〔六〕。仙馭曾非遠〔七〕，長瞻鞏洛雲〔八〕。

【箋注】

〔一〕作於建中靖國元年（一一〇一）正月。《宋史·凶禮二》："神宗欽聖憲肅皇后向氏，建中靖國元年正月十三日崩。"参《皇太后閣六首》之一注〔一〕。

〔二〕累朝：歷朝；歷代。内治：指對婦女進行的教育。参《大行太皇太后挽詞二首》之一注〔二〕。

〔三〕鴻勳：偉大的功勳。

〔四〕謂取消垂簾聽政，還政于君。《宋史·后妃傳下·神宗欽聖獻肅向皇后》："徽宗立，請權同處分軍國事，后以長君辭。"

〔五〕《宋史·后妃傳下·神宗欽聖獻肅向皇后》："帝將卜后及諸王納婦，后敕向族勿以女置選中。族黨有欲援例以恩换閤職，及爲選人求京秩者，且言有特旨,后曰:‘吾族未省用此例,何庸以私情撓公法。’一不與。”

〔六〕《宋史·后妃傳下·神宗欽聖獻肅向皇后》:“凡紹聖、元符以還,惇所斥逐賢大夫士,稍稍收用之。”弭(mǐ):止。

〔七〕仙馭:婉辭,古謂人死爲駕鶴仙遊,因稱“仙馭”。唐韓愈《大行皇太后挽歌詞》之三:“雲隨仙馭遠,風助聖情哀。”

〔八〕鞏洛:鞏洛二古地名的並稱,地在今河南洛陽一帶。按,此謂自己長瞻悼念。

其二

家風承舊相〔一〕,國體繼皇姑〔二〕。定策從中禁〔三〕,傳聲震海隅。春風開閉蟄,朝露濕焦枯〔四〕。萬里生還客〔五〕,冠纓淚雨濡。

【箋注】

〔一〕《宋史·后妃傳下·神宗欽聖獻肅向皇后》:“神宗欽聖憲肅向皇后,河内人,故宰相敏中曾孫也。治平三年,歸於潁邸,封安國夫人。神宗即位,立爲皇后。”

〔二〕謂向皇后繼承宣仁皇后高氏的才能與美德。國體:國家的典章制度。皇姑:古代婦女對丈夫已故的母親的尊稱。《儀禮·士昏禮》:“某氏來婦,敢告于皇姑某氏。”按,此謂向皇后繼承宣仁皇后高氏的才能與美德。《宋史·后妃傳上·英宗宣仁聖烈高皇后傳》:“臨政九年,朝廷清明,華夏綏定……人以爲女中堯舜。”

〔三〕《宋史·后妃傳下·神宗欽聖獻肅向皇后》:“故事有如御正殿、避家諱、立誕節之類,皆不用。至聞賓召故老、寬徭息兵、愛民崇儉之舉,則喜見於色。才六月,即還政。”

〔四〕“春風”二句:謂向皇后之德猶如春風雨露,沾溉萬物。閉蟄:蟲類藏伏冬眠。焦枯:乾枯。

〔五〕謂自己由雷州返還。

附録　畢仲游《恭輓欽聖憲肅皇太后二首》

其一

維昔艱難際,安危屬母慈。元龜猶不豫,大策更誰咨。搴霧雲方合,當空月遽迷。聖君常泣慕,知以舜爲師。

其二

嗣聖當天日,權宜道不居。力明當辟事,豫下撤廉書。備物端門遠,神遊武帳虚。不知任與姒,較德定何如。

追尊皇太后挽詞二首〔一〕

其一

月缺年何久？龍飛事一新〔二〕。追崇名號正,同祔禮容均〔三〕。鳳翣低迎日,龍輴細起塵〔四〕。都人知舜孝〔五〕,擁紼盡霑巾〔六〕。

【箋注】

〔一〕作於建中靖國元年(一一〇一)。追尊:爲死者追加尊號。

〔二〕龍飛:《易・乾》:"飛龍在天,利見大人。"唐孔穎達疏:"若聖人有龍德,飛騰而居天位。"遂以"龍飛"爲帝王的興起或即位。

〔三〕"追崇"二句:謂對皇太后的封號及合葬禮儀符合禮法。追崇:對死者追加封號。祔:合葬。《禮記・檀弓上》:"周公蓋祔。"漢鄭玄注:"祔,謂合葬。"唐孔穎達疏:"周公以來,蓋始祔葬。祔即合也,言將後喪合前喪。"禮容:禮制儀容。均:公平;公允。

〔四〕"鳳翣"二句:寫送葬場景。鳳翣:指用野雞或孔雀羽毛編成的大掌扇,古代帝后儀仗用物。唐劉禹錫《德宗神武孝文皇帝挽歌》之二:"鳳翣擁銘旌,威遲異吉行。"龍輴:載天子棺柩的車。其車轅畫以龍。《禮記・檀弓上》:"天子之殯也,菆塗龍輴以椁。"漢鄭玄注:"天子殯以輴車,畫轅爲龍。"

〔五〕《書・堯典》:"師錫帝曰:'有鰥在下,曰虞舜。'帝曰:'俞？予聞,如何？'岳曰:'瞽子,父頑,母嚚,象傲;克諧以孝,烝烝乂,不格姦。'帝曰:'我其試哉！女于時,觀厥刑於二女。'釐降二女於嬀汭,嬪于虞。帝曰:'欽哉！'"

〔六〕紼(fú):通"綍"。指下葬時引柩入穴的繩索。後泛指牽引棺材的大繩。《禮記・曲禮上》:"助葬必執紼。"

其二

德美鍾岐嶷〔一〕,榮華倍感傷。一時朝野恨,百世本支長〔二〕。出祖悲無憾〔三〕,因山儉有光〔四〕。他年過嵩洛〔五〕,望拜裕陵旁〔六〕。

【箋注】

〔一〕謂太后德行俊美。岐嶷:《詩·大雅·生民》:"誕實匍匐,克岐克嶷。"宋朱熹集傳:"岐嶷,峻茂之狀。"按,此謂太后德行俊美。

〔二〕本支:同一家族的嫡系和庶出子孫。《漢書·韋玄成傳》:"子孫本支,陳錫無疆。"

〔三〕出祖:古人外出時祭路神。《詩·大雅·韓奕》:"韓侯出祖,出宿于屠。"唐孔穎達疏:"言韓侯出京師之門,爲祖道之祭。"

〔四〕此句謂依山而葬,不需起墳以示節儉。

〔五〕嵩洛:嵩山和洛水的並稱。此代指洛陽。

〔六〕裕陵:宋人對神宗的習慣稱呼。神宗陵本名永裕陵,在河南鞏縣西南。蘇軾《送陳伯修察院赴闕》:"裕陵固天縱,筆有雲漢姿。"

贈史文通奉議二首〔一〕

其一

牆北史居士,挂冠心轉閑〔二〕。頂開人共怪,神去夜深還〔三〕。白雪微侵鬢,丹砂久駐顔〔四〕。從君欲問道,何日徑開關〔五〕?

【箋注】

〔一〕作於建中靖國元年(一一〇一)。史文通:《宋史·李筠傳》有"觀察判官史文通爲水部郎中"語,或即此人。餘不詳。俟考。

〔二〕挂冠:辭官。參《送劉道原學士歸南康》注〔六〕。

〔三〕"頂開"二句:謂史居士對佛道的修行都頗爲精通。頂開:即開頂門眼。佛教傳説摩醯首羅天有三眼,其中一眼,豎生額頭,稱"頂門眼",高低一顧,萬類齊瞻,徹底明瞭,最超常眼。見《續傳燈録·浮山法遠圜鑒禪師》。因以喻指具有明智徹底的洞察力。《續傳燈録·蘆山法真禪師》:"欲明向上事,須具頂門眼;若具頂門眼,始契出家心。既契出家心,常具頂門眼。"神:元神,道家稱人的靈魂爲元神。

〔四〕"白雪"二句:謂史居士雖然有了白髮,但面容很年輕。

〔五〕"從君"二句:謂自己想向史學習道術,但不知史肯接納否。開關:猶言開門。

其二

有叟住東野,畏人希入城〔一〕。君時共還往〔二〕,我欲問修行〔三〕。早歲識巖客〔四〕,近時逢絳生〔五〕。真能訪茅屋,屣履試將迎〔六〕。

【箋注】

〔一〕畏人:避開人。唐杜甫《畏人》:"畏人成小築,褊性合幽棲。"

〔二〕還往:往來。宋曾鞏《答葛蘊》:"歸來客舍中,未及還往頻。"

〔三〕修行:此謂學佛或學道。

〔四〕巖客:居于山中的隱士。參《山齋》注〔六〕。

〔五〕絳生:即"絳縣老人"指稱高壽之人。《左傳·襄公三十年》:"二月癸未,晉悼夫人食輿人之城杞者。絳縣人或年長矣,無子,而往與於食。有與疑年,使之年。曰:'臣小人也,不知紀年。臣生之歲,正月甲子朔,四百有四十五甲子矣,其季於今三之一也。'吏走問諸朝。師曠曰:'……七十三年矣。'史趙曰:'亥有二首六身,下二如身,是其日數也。'士文伯曰:'然則,二萬六千六百有六旬也。'"

〔六〕屣履:拖著鞋子走路。匆忙貌。《後漢書·鄭玄傳》:"國相孔融深敬於玄,屣履造門。"唐李賢注:"屣謂納履未正,曳之而行,言趨賢急也。"

次前韻示楊明二首〔一〕

其一

晚歲有餘樂〔二〕,天教一向閑。嵩陽百口住,嶺外七年還〔三〕。卜①

宅先鄰晏〔四〕，携瓢欲飲顔〔五〕。吴僧來不久〔六〕，相約叩禪關〔七〕。

【校記】

①卜：叢刊本作“十”，誤。

【箋注】

〔一〕作於建中靖國元年（一一〇一）春夏間。楊明：字子微，楊濟甫子。蘇軾有《與楊濟甫》《與楊子微》書。詩中吴僧即道潛。十二月，道潛離潁昌，往登封，遊崇山。有《揖仙亭》詩。蘇轍有《寄題登封揖仙亭》。道潛《次韻試可見訪峻極遇雨》云及“暑”“飛蚊”，爲盛夏。則道潛到潁昌，當爲春間事。試可名異，時知登封，見宋樓鑰《攻媿集》卷七十二《跋參寥詩》。本詩言“吴僧來不久”，與楊詩當在春夏之交。參《贈杭僧道潛》注〔一〕。

〔二〕餘樂：不盡之樂。晉陶潛《桃花源詩》：“怡然有餘樂，于何勞智慧。”

〔三〕“嵩陽”二句：哲宗紹聖元年（一〇九四），章惇執政，新黨得勢，元祐黨人慘遭迫害，蘇轍亦不能倖免。先後被貶謫汝州、筠州。紹聖四年，新黨人物又誣陷蘇轍等人爲臣不忠，遠放雷州。至元符三年（一一〇〇）還，整七年。期間，蘇轍將家小安置在潁川，獨與次子蘇遜前往。

〔四〕卜宅：選擇住地。唐杜甫《爲農》：“卜宅從玆老，爲農去國賒。”參《次韻子瞻初到杭州見寄二絶》之二注〔二〕。

〔五〕《論語・雍也》：“子曰：‘賢哉回也！一簞食，一瓢飲，在陋巷，人不堪其憂，回也不改其樂，賢哉回也！’”蘇籀《欒城遺言》：“公曰：顔子簞瓢陋巷，我是謂矣。”

〔六〕吴僧：即道潛。

〔七〕禪關：禪門。此謂參禪修煉。

其二

甘井原依廟〔一〕，平①湖亦近城。幅巾朝食罷，芒屩雨中行〔二〕。擾擾初何事〔三〕？悠悠畢此生〔四〕。欲邀東郭叟〔五〕，煩子作郊迎。

【校記】

①平：叢刊本作“于”，誤。

【箋注】

〔一〕甘井：水味清甜的井。《莊子·山木》："直木先伐，甘井先竭。"

〔二〕"幅巾"二句：早飯後戴幅巾，著芒鞋出行，此謂生活閒適。幅巾：見《次韻孫户曹朴柳湖》注〔四〕。芒屩：即芒鞋。

〔三〕擾擾：紛亂貌。

〔四〕悠悠：閒適貌。唐高適《封丘作》："我本漁樵孟諸野，一生自是悠悠者。"

〔五〕東郭叟：東鄰的老人。

附録　參寥子《次韻子由侍郎書事二首》

其一

七年依嶺外，遇物即防閑。宿負初償畢，他生豈復還。飄飄疑鶴骨，奕奕藹童顔。自許喬松壽，玄機密鎖關。

其二

直材不易得，於國實長城。造父還能御，驊騮豈憚行。買田鄰少室，爲計老餘生。居士來何晚，江淮遣候迎。

唐修撰義問挽詞二首〔一〕

其一

家風臺柏老〔二〕，遺直故依然〔三〕。節見南遷後〔四〕，神凝未瞑前。臨民舊有法〔五〕，訓子適成篇。九轉今猶在〔六〕，《參同》豈妄傳〔七〕？

【箋注】

〔一〕作於建中靖國元年（一一〇一）春夏間。唐修撰：即唐義問（？—一一〇一），字士宣。江陵府江陵（今湖北荆州市）人，介次子。善文辭，熙寧中以辟召爲司農管勾公事。從曾孝寬使河東，還奏事，記利害綱目於笏。擢湖南轉運判官。元祐初，起知齊州，提點京東刑獄，河北轉運副使。文彦博薦，加集賢修撰，帥荆南，後拜湖北轉運使。進直龍圖閣，知廣州，章惇秉政，貶舒州團練副使。久之，復故官。建中靖國元年知潁昌，卒。《宋史》有傳。

〔二〕臺柏：即柏臺，御史臺的别稱。參《次韻王鞏上元見寄三首》之三注〔二〕。按，此謂其父曾爲御史。《宋史・唐介傳》："入爲監察御史裏行，轉殿中侍御史。"

〔三〕遺直：見《和孔武仲金陵九詠・天慶觀》注〔五〕。

〔四〕謂唐貶舒州團練副使事。《宋史・唐義問傳》："章惇秉政，治棄渠陽罪，貶舒州團練副使。"

〔五〕臨民：治民。

〔六〕九轉：見《次韻子瞻對月見憶並簡崔度》注〔二〕。

〔七〕參同：即《周易參同契》。東漢魏伯陽作，簡稱《參同契》，道教早期經典，被視爲"丹經之祖"。全書托易象而論煉丹，參同"大易""黄老""爐火"三家之理而會歸於一，以乾坤爲鼎器，以陰陽爲堤防，以水火爲化機，以五行爲輔助，以玄精爲丹基等，闡明煉丹的原理和方法，爲道教最早的系統論述煉丹的經籍。

其二

我返南荒日〔一〕，君臨舊許初〔二〕。笑談寬老病〔三〕，旌旆擁茅廬〔四〕。酒盞開雖數，溪堂到尚疏。誰言生死隔，近在浹旬餘〔五〕？

【箋注】

〔一〕此謂元符三年（一一〇〇）由雷州還。

〔二〕謂唐知潁昌事。見《宋史》本傳。

〔三〕唐劉禹錫《酬淮南牛相公述舊見貽》："少年曾忝漢庭臣，晚歲空餘老病身。"

〔四〕謂唐到家拜望。旌旆：指唐義問的儀仗。

〔五〕浹旬：《資治通鑑・後漢紀四・漢隱帝乾祐三年》："比皇帝到闕，動涉浹旬，請太后臨朝聽政。"元胡三省注："十日爲浹旬。"按，此謂時間短。

寄題登封揖仙亭〔一〕

靈王太子本讀書〔二〕,縱談穀洛參諸儒〔三〕。生來不見全盛初,老成遺訓誰楷模？心知漸失文武餘,蕭然直入山中居。山間吹笙鳳凰呼,升天白日乘龍車〔四〕。周人聚觀拜路隅,明月爲佩雲爲裾①〔五〕。歸來千歲孰在②無？赤松老彭自爲徒〔六〕。上侍玉宸臨九區〔七〕,烜赫不類山澤癯〔八〕。依山作邑賢大夫,夜中焚香溯空虛〔九〕。我欲從之駕肩輿,秋風八月來徐徐。

【校記】

①裾:宋建本、叢刊本作“裙”,形近而誤。

②在:叢刊本作“任”,形近而誤。

【箋注】

〔一〕作於建中靖國元年(一一〇一)八月。從“秋風八月來徐徐”可知。參寥子有《揖仙亭》詩,《三蘇年譜》云:“寄題或即以道潛而作也。”説是。故附參寥詩于後。此詩“我欲從之”云云,其心中鬱悶可見。

〔二〕靈王太子:即太子晉。名晉,字子喬,周靈王姬泄心的太子,人稱太子晉。後被奉爲王氏始祖,故又稱其爲王子晉、王子喬或王喬。

〔三〕《藝文類聚·儲宫部·儲宫》引《春秋外傳》曰:“靈王二十二年,穀洛鬬,將毁王宫,王欲壅之。太子晉諫曰:‘晉聞古之長民者,不隳山,不崇藪,不防川,不竭澤。’靈王不從。”又曰:“師曠見太子晉曰:‘吾聞太子之語,高於太山,願聞一言。’太子曰:‘吾聞太師之來,喜而又懼。汝知人年長短吉凶也。’師曠曰:‘君色赤,君聲清,火色不壽。’太子曰:‘然！卻後三年,吾上賓於帝,汝慎無言,殃將及汝。’太子時年十五。後三年而卒。”

〔四〕“心知”四句:謂王子晉知道周王室不再有文武之盛,故學仙而去。參《次韻子瞻減降諸縣囚徒事畢登覽》注〔四七〕。龍車:神仙所乘之車。

〔五〕“周人”二句:謂王子喬得道飛昇的場景。路隅:路邊。

〔六〕赤松:見《張安道尚書生日》注〔七〕。老彭:《論語·述而》:“述而不作，信而好古，竊比於我老彭。"三國魏何晏集解引包咸曰："老彭，殷賢大夫。"一説爲老聃、彭祖的並稱。清劉寶楠正義引鄭玄曰："老，老聃；彭，彭祖。"老聃，即老子。參《次韻子瞻減降諸縣囚徒事畢登覽》注〔二二〕。

〔七〕玉宸：指天帝。九區：九州。

〔八〕《史記・司馬相如列傳》："相如以爲列仙之傳居山澤間，形容甚臞。"烜赫：昭著；顯赫。

〔九〕空虚：指天空。唐趙璜《曲江上巳》："欲問神仙在何處，紫雲樓閣向空虚。"

附録　參寥子《揖仙亭》

崧陽古令尹，製錦誇妙手。鳴絃對高堂，坐使風俗厚。政成思考槃，觴豆宴賓友。開亭面緱嶺，佳致昔未有。雲烟靄葱蘢，青壁冠星斗。王子果真仙，揖君千載後。鸞車駐縹緲，彷彿容暫偶。天風吹簫笙，凄響落户牖。紛紛驚坐客，往往爲回首。相顧弗復言，且進杯中酒。

吴沖卿夫人秦國挽詞二首〔一〕

其一

國老相隨盡〔二〕，家風慨獨存。見夫成相業〔三〕，聽子得忠言。夫人長子起居昔將論事，以南遷之憂訪於夫人，夫人以當官許焉。氣節嶄多士，聲華盛一門〔四〕。平生高義重〔五〕，未易俗人論〔六〕。

【箋注】

〔一〕吴沖卿：指吴充（一〇二一—一〇八〇）。充字沖卿，建州浦城（今福建浦城縣）人，吴育弟。未冠，舉景祐五年進士高第，調穀熟縣主簿。入爲國子監直講、吴王宫教授，除集賢校理，爲京西、淮南、河東轉運使。英宗即位，權鹽鐵副使。熙寧間，爲同中書門下平章事、監修國史，請召還司馬光等。與王珪並相，遭王珪、蔡確困毁。元豐三年，罷爲觀文殿大學士、西太一宫使。卒贈司空兼侍中，謚正憲。《宋史》有傳。吴沖卿夫人，李宥女。宋李清臣《吴正憲公充墓誌銘》："公娶李氏右諫議大夫宥之女，封鄭國夫人。子男三：安詩，國子博士。安持，太常博士權群牧判官。安時，太常寺奉禮郎，早卒。"宋葉䕫《愛日齋叢抄》卷三："《潁川集·吴沖卿夫人秦國挽詩》有云：'見夫成相業，聽子得忠臣。'自注：'夫人長子起居昔將論事，以南遷之憂告於夫人，夫人以當官許焉。'吕紫微《詩話》以爲孔毅甫學士建中靖國間作，以'見夫'爲'贊夫'，亦云其子傳正安詩。紹聖初，以左史權中書舍人，欲論事，懼親老未敢，夫人聞之，促其子論列，由此遂貶，夫人不以爲恨。復注：'詩乃蘇子由作。'蓋誤指爲毅甫矣。按，紹聖初，子由以策題引喻失當罷政，吴權中書舍人命詞，有'文學風節，天下所聞'及'原情終是愛君'之語，罷起居郎。又以爲給舍附吕汲公與子由，謫監光州鹽酒税，再竄連州。初章惇復官，將召用，吴不書黄，惇既相，必追仇也。然去國本坐行子由責詞，蘇公注將論事，或槩言立朝時。《詩話》遂證其由此遷謫也。昔梅聖俞《挽齊國長公主》云：'每令夫結友，不爲子求郎。'論使事之工，則此勝。"

〔二〕國老：見《次韻景仁飲宋温之南軒二首》之一注〔二〕。

〔三〕《宋史·吴充傳》："充内行修飭，事兄甚謹。爲相務安静。性沉密，對家人語，未嘗及國家事，所言於上，人莫知者。將終，戒妻子勿以私事干朝廷，帝益悲之。"

〔四〕"氣節"二句：謂吴門氣節高尚且一家子弟皆有聲譽。聲華：猶言聲譽榮耀。唐李涉《卻歸巴陵途中走筆寄唐知言》："唐氏一門今五龍，聲華殷殷皆如鐘。"

〔五〕高義：行爲高尚合于正義。蘇軾《送吕行甫司門倅河陽》："子生公相家，高義久峥嶸。"

〔六〕漢司馬遷《報任安書》："然此可爲智者道，難爲俗人言也。"

其二

《雅》《頌》成章早〔一〕，《春秋》發論長〔二〕。風規留叔向〔三〕，文采似中郎〔四〕。覽古明興廢，臨危喜激昂。南遷初不恨，李杜得從滂〔五〕。

【箋注】

〔一〕雅頌:《詩經》内容和樂曲分類的名稱。雅樂爲朝廷的樂曲,頌爲宗廟祭祀的樂曲。《論語·子罕》:"子曰:'吾自衛返魯,然後樂正,雅頌各得其所。'"

〔二〕春秋:見《次韻子瞻寄眉守黎希聲》注〔五〕。

〔三〕風規:風度品格。叔向(?—約前五二八):姬姓,羊舌氏,名肸,字叔向,又字叔譽,因封于楊(今山西洪洞縣),以邑爲氏,别爲楊氏,又稱叔肸、楊肸。春秋後期晉國賢臣。其出身晉國公族,歷事晉悼公、平公、昭公三世,爲晉平公傅、上大夫,以正直和才識見稱于世。

〔四〕中郎:指蔡邕(一三二—一九二),字伯喈,陳留(在今河南開封境)人。博學多才,精於辭章、音律、書畫。靈帝時拜郎中,與楊賜等奏定《六經》文字,立碑太學門外。後以事免官。董卓擅權,强徵邕爲祭酒,累遷中郎將。卓敗,以黨下獄死。《後漢書》有傳。

〔五〕"南遷"二句:謂與吴充爲伍遷謫無所恨。李杜:指李膺和杜密。李膺(一一〇—一六九),字元禮,潁川郡襄城縣(今河南襄城縣)人。初舉孝廉,桓帝時累官至司隸校尉,法不避貴,朝野憚之。旋爲宦官誣免。靈帝立,起爲長樂少府,以謀誅宦官不成遇害。《後漢書》有傳。杜密(?—一六九),字周甫,潁川陽城(今河南登封市)人。東漢"八俊"之一,有"天下良輔杜周甫"之譽,亦引坐黨錮事被徵,自殺。滂:即范滂。見《次韻子瞻寄賀生日》注〔八〕。《後漢書》本傳云:"建寧二年,遂大誅黨人。詔下,急捕滂等。督郵吴道至縣,抱詔書,閉傳舍,伏床而泣。……母曰:'汝今得與李杜齊名,死亦何恨!既有令名,復求壽考,可兼得乎?'"

十一月十三日雪〔一〕

南方霜露多,雖寒雪不作。北歸亦何喜,三年雪三落〔二〕。我田在城西,禾麥敢嫌薄?今年①陳宋災,水旱更爲虐〔三〕。閉糴斯不仁,逐熟自難卻〔四〕。飢寒雖吾患,尚可省鹽酪〔五〕。飛蝗昨過野,遺種遍陂濼〔六〕。春陽百日至,鬧若蠶生箔〔七〕。得雪流土中,及泉盡魚躍〔八〕。美哉豐年祥，不待炎火灼〔九〕。呼兒具樽酒，對婦同一酌〔一〇〕。誤認屋瓦鳴，更願聞②雪腳〔一一〕。

【校記】

①年：四庫本作"來"，誤。

②聞：宋建本、叢刊本作"開"，形近而誤。

【箋注】

〔一〕作於崇寧元年（一一〇二）十一月十三日。《宋史·職官志一》："崇寧元年七月，詔如熙寧條例司故事，都省置講議司。以宰相蔡京提舉，侍從爲詳定官，卿監爲參詳官；又置檢討官，凡宗室、冗官、國用、商旅、鹽鐵、賦調、尹牧，每一事各三人主之。時又分武備一房，别爲樞密院講議司。"《續資治通鑑長編拾補·徽宗崇寧元年》："［十月］戊寅，詔：'……及妄議熙寧以來常平、免役、市易、保馬、鹽法、契頭、義倉等事，並請上感蟲蝗水旱、凶賊交起、日蝕地震、鹽池變海等。語言狂悖，事理誕妄，託意鹽池，潛圖奸利，理當懲罰，以戒亂化之民。其裴筠特送五百里外州軍編管，所有講議司許陳言利害文字指揮勿行。'"《年表》："［崇寧元年，五月］是月庚午，詔蘇軾追貶崇信軍節度行軍司馬，其元追復舊官告繳納。蘇轍更不叙職名。乙亥，詔蘇轍等五十餘人，令三省籍記姓名，更不得與在京差遣。"又"［閏六月］戊寅，詔轍降爲朝請大夫，以銓品責籍之時差次不倫故也。"《宋史·徽宗紀一》："［崇寧元年八月］丙子，詔司馬光等二十一人子弟毋得官京師。"蘇轍此詩之心情可知。"誤認屋瓦鳴"更見其膽戰心驚的狀態。

〔二〕"南方"四句：表面言南北天氣差異，但其中説雪似有所指代，本年新黨又開始得勢加之水旱蝗災氾濫。

〔三〕"今年"二句：《宋史·五行志三》："崇寧元年七月久雨，壞京城廬舍，民多壓溺而死者。"

〔四〕"閉糴"二句：謂此時政府囤積糧食，防止災民進入轄區，此批評朝廷政策不當。閉糴：禁止糴米。語本《左傳·僖公十五年》："晉饑，秦輸之粟；秦饑，晉閉之糴。"逐熟：指災民往豐熟地區流亡乞食。蘇軾《論河北京東盜賊狀》："若夏税一例不放，則人户必至逃移。尋常逃移，猶有逐熟去處，今數千里無麥，去將安往？但恐良民舉爲盜矣。"

〔五〕“飢寒”二句:謂雖年景不濟,但尚可生存。

〔六〕“飛蝗”二句:《宋史·五行志一下》:“元符元年八月,高郵軍蝗抱草死。崇寧元年夏,開封府界、京東、河北、淮南等路蝗。二年,諸路蝗,令有司酺祭,三年、四年,連歲大蝗,其飛蔽日。來自山東及府界河北尤甚。”遺種:謂蝗蟲産卵。陂(bēi):堤防;堤岸。《詩·陳風·澤陂》:“彼澤之陂,有蒲與荷。”毛傳:“陂,澤障也。”唐孔穎達疏:“澤障,謂澤畔障水之岸,以陂内有此二物,故舉陂畔言之,二物非生於陂上也。”濼(pō):湖泊。按,此言蝗蟲遍地産卵。

〔七〕“春陽”二句:謂春天到來,蝗蟲密集如箔上之蠶。箔(bó):養蠶所用竹篩,竹席。

〔八〕“得雪”二句:謂雪大將蝗卵徹底消滅了大家都非常高興。及泉:語出《孟子·盡心上》:“有爲者辟若掘井,掘井九軔而不及泉,猶爲棄井也。”此謂徹底解决問題。魚躍:當是“鳶飛魚躍”之省辭。語出《詩·大雅·旱麓》:“鳶飛戾天,魚躍於淵。”孔穎達疏:“其上則鳶鳥得飛至於天以遊翔,其下則魚皆跳躍於淵中而喜樂,是道被飛潛,萬物得所,化之明察故也。”後以“鳶飛魚躍”謂萬物各得其所。

〔九〕《詩·小雅·大田》:“田祖有神,秉畀炎火。”鄭箋:“田祖之神不受此害,持之付與炎火,使自消亡。”宋朱熹集傳:“故願田祖之神,爲我持此四蟲,而付之炎火之中也。”蘇轍《詩集傳》:“仁人在上則蟲蝗不作,民以爲田祖投之火耳。”宋王讜《唐語林·政事上》:“《大田》之詩,‘秉畀炎火’者,捕蝗之術也。”

〔一〇〕唐白居易《寄元九》:“唯有元夫子,閑來同一酌。”

〔一一〕雪脚:密集落地的雪花。此詞似由“雨脚”衍生而來。唐杜甫《茅屋爲秋風所破歌》:“牀頭屋漏無乾處,雨脚如麻未斷絶。”

補子瞻贈姜唐佐秀才〔一〕并引

予兄子瞻謫居儋耳〔二〕,瓊州進士姜唐佐往從之游〔三〕。氣和而言道,有中州士人之風。子瞻愛之,贈之詩曰:“滄海何曾斷地脈,白袍端合破天荒。”且告之曰:“子異日登科,當爲子成此篇。”君游廣州州學,有名學中。崇寧二年正月,隨計過汝南〔四〕,以此句相示。時子瞻之喪再逾歲矣，覽之流涕。念君要能自立，而莫與終此詩者，乃爲足之。

生長茅間有異芳，風流稷下古諸姜〔五〕。適從瓊管魚龍窟〔六〕，秀出羊城翰墨場〔七〕。滄海何曾斷地脈〔八〕，白袍端合破①天荒〔九〕。錦衣他日千人看〔一〇〕，始信東坡眼目長〔一一〕。

【校記】

①破：叢刊本作“被”，形近而誤。

【箋注】

〔一〕作於崇寧二年（一一〇三）正月。從“引”可知。姜唐佐：字君弼。海南瓊山（今海南海口市瓊山區）人。宋哲宗元符二年（一〇九九）九月至次年三月從學于東坡。宋釋惠洪《冷齋夜話》卷一：“東坡在儋耳，有姜唐佐者從乞詩。唐佐，朱崖人，亦書生。東坡借其手中扇，大書其上曰：‘滄海何曾斷地脈，朱崖從此破天荒。’又書司命宫楊道士息軒曰：‘無事此静坐，一日是兩日。若活七十年，便是百四十。黄金不可成，白髮日夜出。開眼三十秋，速於駒過隙。是故東坡老，貴汝一念息。時來登此軒，望見過海席。家山歸未得，題詩寄屋壁。’有黎女插茉莉花，嚼檳榔，戲書姜秀郎几間曰：‘暗麝著人簪茉莉，紅潮登頰醉檳榔。’其放浪如此。”又卷五：“又謁姜唐佐，唐佐不在，見其母。母迎笑，食余檳榔。余問：‘識蘇公否？’母曰：‘識之。然無奈好吟詩。公嘗杖而至，指西木榻，自坐其上。問曰：“秀才何往？”我言入村未還。有包燈心紙，公以手拭開，書落紙。祝曰：“秀才歸，當示之。”今尚在。’余索讀之，醉墨欹傾。曰：‘張睢陽生猶罵賊，嚼齒空齦；顔平原死不忘君，握拳透爪。’”東坡又有《與姜唐佐書六首》叙兩人之交往甚詳。按，此可見東坡與姜家過從甚密。

〔二〕儋（dān）耳：漢武帝元鼎六年置，唐改爲儋州，宋熙寧六年改昌化軍，屬瓊州，治宜倫（在今海南儋縣境内）。蘇軾于哲宗紹聖四年至元符三年被貶爲瓊州别駕，昌化軍安置。

〔三〕瓊州：土地與珠崖郡同，唐割崖州置瓊州，或爲瓊山郡，屬嶺南道。宋屬廣西路。治瓊山（在今海南海口市中南部）。

〔四〕汝南：春秋時沈、蔡二國之地，戰國時爲楚魏二國之境，秦屬潁川郡，漢高帝置汝南郡,後漢因之,魏晉亦曰汝南郡。隋初郡廢,煬帝初復置汝南郡,唐爲荆河州或爲汝南郡,宋改蔡州。地在今河南汝南縣境。

〔五〕“生長”二句:謂姜秀才出類拔萃,當是齊國諸姜後裔。稷下:見《送龔鼎臣諫議移守青州二首》之一注〔二〕。按,儋耳爲蠻荒之地,故言茅間。

〔六〕適從:猶言來自。瓊管:古代瓊州府的别稱。

〔七〕羊城:即五羊城。廣州的别名。相傳古代有五仙人乘五色羊執六穗秬而至此,故稱。見宋錢易《南部新書·庚》:“吴脩爲廣州刺史,未至州,有五仙人騎五色羊,負五穀而來。今州廳梁上,畫五仙人騎五色羊爲瑞,故廣南謂之五羊城。”又見《太平寰宇記·嶺南道一·廣州》引《續南越志》。唐高適《送柴司户劉判官之嶺外》:“海對羊城闊,山連象郡高。”翰墨場:猶文壇。

〔八〕此言姜秀才雖然在海外,仍不比内地學人差。

〔九〕白袍:見《放榜後次韻毛守見招》注〔四〕。破天荒:五代王定保《唐摭言·海述解送》:“荆南解比號天荒。大中四年劉蜕舍人以是府解及第,時崔魏公作鎮,以破天荒錢七十萬資蜕。蜕謝書略曰:‘五十年來,自是人廢;一千里外,豈曰天荒!’”後以指前所未有或第一次出現。

〔一〇〕此用衣錦還鄉意。《舊唐書·姜謩傳》:“衣錦還鄉,古人所尚。今以本州相授,用答元功。”

〔一一〕謂蘇軾善識人,見識卓遠。眼目:眼力;見識。

遷居汝南〔一〕

我昔還自南,從此①適舊許〔二〕。再歲常杜門,壁觀無與語〔三〕。何人自驚顧,未聽即安處〔四〕? 亟逃潁州籍,來貫汝南户。妻孥不及將,童僕具樽俎〔五〕。身如孤棲鵲,夜②起三繞樹〔六〕。故人樂安生〔七〕,風節似其父。忻然暫一笑〔八〕,捨我西南去。去已還閉門,時作野田步。蕭條古僧舍,遺像得顏魯〔九〕。精神凛如生,今昔吾與女。已同羈窮厄,但脱生死怖〔一〇〕。幸世方和平,有土非寇虜〔一一〕。春寒燒黄茅,晝飯煮青茹〔一二〕。何必瀼上田〔一三〕,幸此足粳稌〔一四〕。歸心念狂簡，裁製時已莫③〔一五〕。

【校記】

①此：叢刊本作"北"，誤。

②夜：原本作"衣"，依叢刊本、四庫本改。

③已莫：叢刊本作"莫時"，誤。

【箋注】

〔一〕作於崇寧二年（一一〇三）春。從"春寒燒黄茅"可知。蘇轍上詩云姜唐佐正月"隨計過汝南"，故獨居避禍當是元年冬事。《續資治通鑑長編拾補・徽宗崇寧二年》："［四月］丁巳，詔焚毁蘇軾《東坡集》並《後集》印板。""乙亥，詔：三蘇集及蘇門學士黄庭堅、張耒、晁補之、秦觀及馬涓文集，范祖禹《唐鑑》、范鎮《東齋記事》、劉攽《詩話》、僧文瑩《湘山野録》等印板，悉行焚毁。"《能改齋漫録・記詩・除東坡書撰碑額》："崇寧二年，有旨，應天下碑碣榜額，係東坡書撰者，並一例除毁。蓋本於淮南西路提點刑獄霍英所請。時廬山簡寂觀榜亦遭毁去，李商老爲賦云：'筆底颶風吹海波，榜懸鬱鬱照巖阿。十年呵禁煩神護，奈爾焚拊滅札何！'"

〔二〕舊許：指汝南，即蔡州。《左傳・昭公九年》："昔我皇祖伯父昆吾，舊許是宅。"晉杜預注："陸終氏生六子，長曰昆吾，少曰季連，季連，楚之祖，故謂昆吾爲伯父，昆吾嘗居許地，故曰舊許是宅。"唐孔穎達疏："舊許是宅，昆吾嘗居許地，許既南遷，故云舊許是宅。"

〔三〕壁觀：指一意禪觀，身心如牆壁，寂静而不動，一切妄想不能侵入。即指禪宗初祖菩提達摩所傳禪法之特點爲心如壁立。《五燈會元・東土祖師・初祖菩提達磨大師》："［大師］寓止於嵩山少林寺，面壁而坐，終日默然，人莫測之，謂之壁觀婆羅門。"

〔四〕安處：安定閒適地生活。《詩・小雅・小明》："嗟爾君子，無恒安處。"

〔五〕"妻孥"二句：謂孤身避禍汝南，只帶著童僕照料生活。樽俎：古代盛酒食的器皿。樽以盛酒，俎以盛肉。此處代指日常生活所需。

〔六〕三國魏曹操《短歌行》："月明星稀，烏鵲南飛。繞樹三匝，何枝可依？"

〔七〕樂安生：似爲其人之號，故隱去其名。餘不詳。俟考。

〔八〕忻(xīn)然：喜悦貌；愉快貌。

〔九〕顔魯：指顔真卿(七〇九—七八五)，字清臣，唐京兆萬年(治今西安)人。開元進士，累官至監察御史，以忤楊國忠出爲平原太守。安禄山反，與從兄杲卿共起兵。亂平入官京師，旋連連遭讒貶黜。後爲刑部尚書，封魯郡公，世稱顔魯公。德宗建中三年，以受命勸喻謀叛鎮將李希烈被害。新舊《唐書》有傳。

〔一〇〕"已同"二句：謂羈窮相同，好在還無性命之憂。羈窮：窮困漂泊。生死怖：佛教語，對于生死之恐懼。《大方廣佛華嚴經》卷十一："入於佛法，離諸苦藴。永息一切生死怖畏，到無所畏一切智處，摧壞一切老死大山，安住平等大涅槃城。"

〔一一〕"幸世"二句：此戲言自己逢太平盛世有地可種不用去做盜賊。有土：本指有土地之君或有封地之臣。《書·皋陶謨》："達于上下，敬哉有土！"孔傳："有土之君，不可不敬慎。"寇虜：盜賊。

〔一二〕晝飯：午飯。青茹：青菜。

〔一三〕潩：即潩水。今名清潩河。參《傅欽之學士濟源草堂》注〔七〕。

〔一四〕粳稌(tú)：同義連文。稌，稻；粳稻。《詩·周頌·豐年》："豐年多黍多稌，亦有高廩，萬億及秭。"毛傳："稌，稻也。"

〔一五〕"歸心"二句：謂想要有所規制可惜自己已老了。《論語·公冶長》："子在陳曰：'歸與！歸與！吾黨之小子狂簡，斐然成章，不知所以裁之。'"三國魏何晏集解引孔[安國]曰："簡，大也。孔子在陳，思欲歸去，故曰：'吾黨之小子狂簡者，進取於大道，妄作穿鑿以成文章，不知所以裁制，我當歸以裁之耳。'遂歸。"

索居三首〔一〕

其一

索居非謫地，垂老更窮途〔二〕。去住看人意〔三〕，幽憂賴我無。小園花草穢〔四〕，陋巷犬羊俱〔五〕。近覺根塵離〔六〕，忘言日益愚〔七〕。

【箋注】

〔一〕作於崇寧二年(一一〇三)春。詩云“春陰道路泥”可知。索居：孤獨地散處一方。《禮記・檀弓上》：“吾離群而索居，亦已久矣。”漢鄭玄注：“群，謂同門朋友也；索，猶散也。”參上詩注〔一〕。

〔二〕唐杜甫《投贈哥舒開府翰二十韻》：“幾年春草歇，今日暮途窮。”

〔三〕此爲怨懟之詞，蓋曾多次被貶爲某地居住，故云。

〔四〕穢：荒蕪；雜草叢生。

〔五〕唐王維《渭川田家》：“斜光照墟落，窮巷牛羊歸。”

〔六〕根塵：佛教語。佛家謂眼、耳、鼻、舌、身、意爲六根，色、聲、香、味、觸、法爲六塵。色之所依而能取境者謂之根；根之所取者，謂之塵。合稱根塵。《首楞嚴經》卷五：“根塵同源，縛脱無二。”蘇軾《次韻定慧長老守欽見寄》之四：“根塵各清浄，心境兩奇絶。”

〔七〕《漢書・爰盎傳》：“而君自閉箝天下之口，而日益愚。”忘言：謂心中領會其意，不須用言語來説明。語本《莊子・外物》：“言者所以在意，得意而忘言。”

其二

平生亦何事，十載苦顛隮〔一〕？夢險曾非險，覺迷終不迷〔二〕。客居兼壯子〔三〕，别久愧良妻。稍訝音書闊，春陰道路泥。

【箋注】

〔一〕謂自紹聖元年(一〇九四)至今整九年，十載蓋言成數。顛隮：困頓挫折。參《浴罷》注〔四〕。

〔二〕《首楞嚴經觀心定解》卷四：“此迷無本性畢竟空，昔本無迷似有迷覺，覺迷迷滅，覺不生迷。此正是無生之理。”

〔三〕謂一人獨居事必躬親。壯子：猶言壯丁，因爲音韻關係而用壯子。

其三

許蔡古鄰國〔一〕，風煙相雜和。蕭然客舍静，不願主人過。野薺春將老,淮魚夏漸多。街南病居士〔二〕,有酒對酣歌。

【箋注】

〔一〕此謂潁川與汝南。參《遷居汝南》詩。許:古國名。周時分封的諸侯國,姜姓。在今河南許昌東。蔡:古國名。周時諸侯國名。周武王弟叔度始封于蔡,後因反叛,被流放而死。周成王復封其子蔡仲于此。建都上蔡(今河南上蔡縣西南)。

〔二〕唐白居易《北院》:"還如病居士,唯置一床眠。"

聞諸子欲再質卞氏宅〔一〕

我生髮半白,四海無尺椽〔二〕。卞氏昔冠冕,子孫今蕭然〔三〕。願以棟宇餘〔四〕,救此朝夕懸〔五〕。顧我亦何有?較子差尚賢。傾囊不復惜〔六〕,掃地幸見捐〔七〕。南鄰隔短牆,兩孫存故廛。松竹手自種,風霜歲逾堅。幽花亂蜂蝶〔八〕,古木嘶蜩蟬〔九〕。垂陰可數畝,成功幾百年。人心苦無厭〔一〇〕,隱居恨未圓〔一一〕。得之苟有命,老矣聊息肩〔一二〕。畚土填隙穴,結茅苴漏穿〔一三〕。粗爾容偃息〔一四〕,豈復求華鮮?西歸信已乎,永雜孫陳編〔一五〕!

【箋注】

〔一〕作於崇寧二年(一一〇三)春。質:買。卞氏宅:當爲卞仲謀所居。仲謀爲當時名流,韓維有《卞仲謀八老會》詩曰:"同牓同僚同里客,斑毛素髮入華筵。三杯耳熱歌聲發,猶喜歡情似少年。"且維有《和微之》詩自注曰:"范堯夫相公,卞大夫在坐。"句末自注:"賓主四人並家潁昌。"且維又有《同曼叔化光遊卞氏園》《過卞氏園亭》《再遊卞氏園亭》《暮春遊卞氏園》《題卞大夫翠陰亭》《贈卞大夫》及多首在潁昌卞氏園題詠之詩。劉攽亦有《題卞大夫西湖所居》詩可參。

〔二〕尺椽:見《答顏復國博》注〔八〕。按,蘇轍謂自己居無定所。

〔三〕"卞氏"二句:謂卞家本爲仕宦,而如今子孫都凋落了。冠冕:仕宦之家。

〔四〕楝宇：房屋的正中和四垂。指房屋。語本《易·繫辭下》："上古穴居而野處，後世聖人易之以宫室，上棟下宇，以待風雨。"按，此謂多餘的房屋。

〔五〕謂救貧救饑。語本《左傳·僖公二十六年》："齊侯曰：'室如縣罄，野無青草。何恃而不恐？'"晋杜預注："時夏四月，今之二月，野物未成，故言居室而資糧盡，在野則無蔬食之物，所以當恐。"

〔六〕傾囊：盡出所有。

〔七〕謂傾盡所有購得。掃地：比喻全部，盡數。《舊唐書·李百藥傳》："及大業嗣文，世道交喪，一時人物，掃地將盡。"

〔八〕唐杜甫《絶句六首》之二："藹藹花蕊亂，飛飛蜂蝶多。"

〔九〕蜩蟬：即蟬。

〔一〇〕無厭：不滿足；没有限止。《左傳·襄公三十一年》："大夫多貪，求欲無厭。"

〔一一〕未圓：未能圓滿。

〔一二〕息肩：棲止休息。

〔一三〕"畚土"二句：謂修繕房屋。畚土：搬裝泥土。《宋史·蘇軾傳》："軾遂買地築室，儋人運甓畚土以助之。"隙穴：壁縫，洞穴。結茅：編茅爲屋。蘇軾《新居》："結茅得兹地，翳翳村巷永。"苴：填補；堵塞。

〔一四〕偃息：睡卧止息。

〔一五〕此希望子孫多賢。孫陳：即"荀陳"，蓋避其父蘇洵嫌名。荀，謂荀淑（八三——一四九），字季和，東漢潁川潁陰（今河南許昌市）人，荀況十一世孫，荀爽父。博學而不好章句，俗儒非之，然以高行知人稱名州里。凡所識拔，皆爲英彦。安帝時徵拜郎中，遷當塗長。去職歸家，時賢李固、李賢皆師之。後舉賢良方正，以對策譏刺貴倖，爲大將軍梁冀所忌，初補朗陵侯相。治事明理，人稱神君。復棄官歸，閑居養志。八子俱有名。世號"八龍"。潁陰令以昔高陽氏有才子八人，改其所居西豪里曰高陽里。《後漢書》有傳。陳，謂陳寔（一〇四——一八七），字仲弓，後漢潁川（今河南許昌市）人。桓帝時爲太丘縣長，治以清静，百姓安適。靈帝初，大將軍竇武辟爲掾屬。寔以平正聞名鄉里，里人有云："寧爲刑罰所加，不爲陳君所短。"中平四年卒，海内赴弔者三萬餘人。有六子，紀、諶最賢。《後漢書》有傳。

任氏閱世堂前大檜〔一〕

君家大檜長百尺,根如車輪身弦直〔二〕。壯夫連臂不能抱,孤鶴高飛直上立〔三〕。狂風動地舞枝幹,大雪翻空洗顔色〔四〕。人言此檜三百年,未知昔是何人植? 君家大夫老不遇〔五〕,一生使氣未嘗屈〔六〕。没身不説歸故里〔七〕,遺愛自知懷舊邑①。此翁此檜兩相似,相與閱世何終極? 汝南山淺無良材,櫟柱楝椽聊障日。便令殺身起大廈,亦恐衆材無匹敵〔八〕。且留枝葉撓雲霓〔九〕,猶得世人長太息〔一〇〕。

【校記】

①邑:原作"色",據宋建本、蜀藩刻本改。

【箋注】

〔一〕作於崇寧二年(一一〇三)春。任氏:《參送任師中通判黄州》注〔一〕、《蔡州任氏閱世堂》注〔一〕。詩詠大檜,實乃自澆壘塊。

〔二〕弦直:挺直。

〔三〕唐李群玉《宿鳥遠峽化台遇風雨》:"孤鶴長松顛,獨宿萬巖雨。"

〔四〕蘇軾《上巳日與二三子携酒出遊隨所見輒作數句明日集之爲詩故詞無倫次》:"南山古臺臨斷岸,雪陣翻空迷仰俯。"

〔五〕君家大夫:指任師中。不遇:不得志;不被賞識。《孟子·梁惠王下》:"吾之不遇魯侯,天也;臧氏之子焉能使予不遇哉?"

〔六〕使氣:恣呈意氣。秦觀《瀘州使君任公墓表》有"任俠,喜事"之評。

〔七〕没身:終身。

〔八〕"便令"二句:謂如果將大檜砍伐作棟梁,但卻没有木材可以匹配。

〔九〕謂讓大檜枝葉繁茂挺拔直入雲霄。雲霓:偏義複詞。指雲霄。

〔一〇〕《楚辭·屈原〈離騷〉》:"長太息以掩涕兮,哀民生之多艱。"

贈蔡駜居士〔一〕

結茅汝上衹三間〔二〕，種稻城西僅一廛〔三〕。梅老外生詩律在〔四〕，秀公弟子佛心傳〔五〕。埋盆疊石常幽坐〔六〕，留客開樽輒醉眠〔七〕。聞道鄰僧乞米送，時無韓子定誰憐〔八〕？

【箋注】

〔一〕作於崇寧二年（一一〇三）春。蔡駜：生平不詳。詩云"梅老外生"，當是梅堯臣外甥，梅堯臣有《送甥蔡駰下第還廣平》詩，則與蔡駰當是兄弟；而又稱居士，云"秀公弟子"，則或是曇秀俗家弟子。是則能詩而通佛理。

〔二〕結茅：建造茅屋。

〔三〕一廛：一人居住的地方。參《贈吴子野道人》注〔一〇〕。按，此但言地畝不多。

〔四〕梅老：指梅堯臣。參《次韻王薦推官見寄》注〔七〕。

〔五〕秀公：指曇秀。

〔六〕此句謂埋盆作小潭，疊石作假山。

〔七〕《宋書·陶潛傳》："潛若先醉，便語客：'我醉欲眠卿可去。'其真率如此。"

〔八〕"聞道"二句：唐韓愈《寄盧仝》："至今鄰僧乞米送，僕忝縣令能不耻。"韓子：指韓愈。參《初到陳州二首》之二注〔二〕。

癸未生日〔一〕

我生本無生〔二〕，安有六十五？生來逐世法〔三〕，妄謂得此數。隨流登中朝，失腳墮南土〔四〕。人言我當喜，亦言我當懼〔五〕。我心終頹然，喜懼不入故。歸來二頃田，且復種禾黍〔六〕。或疑潁川好，又使汝南去。汝南亦何爲？均是食粟處〔七〕。兒言生日至，可就瞿曇語〔八〕。平生不爲惡，今日安所訴？老聃西入胡〔九〕，孔子東歸魯〔一〇〕。我命不在天〔一一〕，世人汝何預？

【箋注】

〔一〕作於崇寧二年（一一〇三）二月二十日。

〔二〕無生：佛教語。謂没有生滅，不生不滅。參《贈淨因臻長老》注〔八〕。

〔三〕"生來"二句：世法：佛教語。謂世間一切生滅無常的事物。《大方廣佛華嚴經》卷一："佛觀世法如光影。"數：年數，歲數。《吕氏春秋·盡數》："長也者，非短而續之也，畢其數也。"漢高誘注："盡其長久之數。"

〔四〕"隨流"二句：回顧自己年輕時從參加科舉做官到被貶南土的一生。

〔五〕"人言"二句：謂世人對自己評價不同。《論語·里仁》："一則以喜，一則以懼。"

〔六〕"歸來"二句：《晉書·隱逸傳·陶潛》："在縣，公田悉令種秫穀，曰：'令吾常醉於酒足矣。'妻子固請種秔，乃使一頃五十畝種秫，五十畝種秔。"按，此暗用上典，其隱含意表示没有陶潛的瀟灑。

〔七〕"或疑"四句：謂所處何地已無所謂，只是尋一處吃飯的地方罷了。

〔八〕瞿曇：見《東方書生行》注〔八〕。

〔九〕老聃：見《次韻子瞻減降諸縣囚徒事畢登覽》注〔二二〕。

〔一〇〕《史記·孔子世家》："而衛孔文子將攻太叔，問策于仲尼。仲尼辭不知，退而命載而行，曰：'鳥能擇木，木豈能擇鳥乎！'文子固止。會季康子逐公華、公賓、公林，以幣迎孔子，孔子歸魯。"孔子：見《次韻子瞻減降諸縣囚徒事畢登覽》注〔二二〕。

〔一一〕晉葛洪《抱朴子·黄白》："我命在我不在天，還丹成金億萬年。"蘇軾《廣陵會三同舍各以其字爲韻仍邀同賦·劉貢父》："我命不在天，羿彀未必中。"

白鬚〔一〕

中歲謬學道〔二〕，白鬚何由生？故人指我笑〔三〕，聞道未能行〔四〕。

我笑謝故人，唯唯亦否否〔五〕。老聃古道師，白髮生而有〔六〕。佛告波斯匿，汝有不白存〔七〕。亭中掌亭人，何嘗隨客奔〔八〕？客去不用留，主在亭不毁。墁牆支折棟〔九〕，在我不在爾。道成款玉晨〔一〇〕，跪乞五色丸〔一一〕。肝心化黄金〔一二〕，齒髮何足言？

【箋注】

〔一〕作於崇寧二年（一一〇三）春。

〔二〕中歲：中年。唐王維《終南别業》："中歲頗好道，晚家南山陲。"

〔三〕故人：舊交；老友。

〔四〕聞道：領會某種道理。此謂養生之道。

〔五〕《史記·太史公自序》："'夫子所論，欲以何明？'太史公曰：'唯唯，否否，不然。'"按，此猶言不知如何作答。

〔六〕"老聃"二句：《太平廣記·神仙一·老子》："或云，母懷之七十二年乃生，生時，剖母左腋而出。生而白首，故謂之老子。"老聃：見《次韻子瞻減降諸縣囚徒事畢登覽》注〔二二〕。

〔七〕"佛告"二句：波斯匿：舍衛國之王名，譯曰和悦，又曰月光，玄奘譯作勝軍，義浄譯曰勝光，梵授王之子也。與佛同日生。《佛説舍衛國王十夢經》卷一："王夢見大樹生花者，後世人年未滿三十，頭當生白髮。王夢見三事者正爲是耳。"

〔八〕"亭中"二句：此亦用關尹喜事。参《樓觀》注〔三〕。

〔九〕"墁牆"二句：蘇轍此二句詩蓋有深意。崇寧元年，蔡京拜相並對元祐黨人進行迫害。同年刻《元祐黨人碑》。宋王明清《揮麈後録》卷一："徽宗登極，復皆召用，有意調一而平之。蔡元長相矣，使其徒再行編類黨人，刊之於石，名之云'元祐姦黨'，播告天下。但與元長意異者，人無賢否，官無大小，悉列其中；屏而棄之，殆三百餘人。"可見蘇轍此時已對世局失望而只需明哲保身即可。詩用意取自《易·大過》："大過，棟撓，利有攸往。亨。"唐孔穎達正義："棟撓者謂屋棟也，本之與末俱撓弱，以言衰亂之世始終皆弱也。"又《周易·大過》："九三：棟橈，凶。"三國魏王弼注："居大過之時，處下體之極，不能救危拯弱，以隆其棟，而以陽處陽，自守所居，又應於上，係心在一，宜其淹溺而凶衰也。"唐孔穎達正義："棟橈凶者，居大過之時，處下體之極，以陽居陽，不能救危拯弱,唯自守而已。”

〔一〇〕款:殷勤招待。玉晨:仙人之號。南朝梁陶弘景《真靈位業圖》:“第二中位,上清高聖太上玉晨玄皇大道君,爲萬道之主。”

〔一一〕五色丸:仙藥。語本三國魏曹丕《遊仙詩》:“西山一何高,高高殊無極。上有兩仙僮,不飲亦不食。與我一丸藥,光耀有五色。服藥四五日,身體生羽翼。”唐白居易《尋王道士藥堂因有題贈》:“常悲東郭千家塚,欲乞西山五色丸。”

〔一二〕謂服食仙藥將得道成仙。梁陶弘景《真誥》:“君曰:仙道有絳樹青實,服之化爲黄金。”按,蘇轍因爲是對白鬚而言,云將變化得很徹底,豈止是胡鬚。

寒食二首〔一〕

其一

寒食今年客汝南,餘樽傾瀉亦醺酣〔二〕。道人久厭世間濁〔三〕,僧舍猶存肉食慚〔四〕。花折園夫時送客,餳留孫女尚分甘〔五〕。永叔詩有“爲翁寒食留餳”之句〔六〕。欲遊紫極誰爲伴〔七〕?長揖孤松對不談。紫極宫有巨松,可數人抱。

【箋注】

〔一〕作於崇寧二年(一一〇三)閏二月。

〔二〕蘇軾《次韻和王鞏》:“歸來千首詩,傾瀉五石樽。”醺酣:酣醉貌。

〔三〕《太平廣記·神七·丹丘子》:“先生遽言曰:‘吾久厭濁世,汝羶於時者,顯晦既殊,幸無見忌。’”

〔四〕謂己雖退隱,但仍領取俸禄。此牢騷之語,崇寧元年曾被削官,並降授朝議大夫。肉食:見《書郭熙横卷》注〔三〕。晉葛洪《抱朴子·逸民》:“退士不居肉食之列。”

〔五〕餳(xíng):麥芽糖。分甘:本謂分享甘美之味,後亦以喻慈愛、友好、關切等。語本《漢書・司馬遷傳》:"愚以爲李陵素與士大夫絶甘分少,能得人之死力,雖古名將不過也。"唐顔師古注:"自絶旨甘而與衆人分之,共同其少多也。"

〔六〕宋歐陽脩《出省有日書事》:"誰向兒童報歸日,爲翁寒食少留餳。"永叔:歐陽脩字永叔。參《陪歐陽少師永叔燕潁州西湖》注〔一〕。

〔七〕紫極:道教稱天上仙人居所。晉葛洪《抱朴子・微旨》:"但彼人之道成,則蹈青霄而遊紫極。"

其二

寄住汝南懷嶺南,五年一醉久猶酣。身逃争地差云静〔一〕,名落塵寰終自慚〔二〕。耳畔飛蠅看尚在〔三〕,鼻中醇酢近能甘〔四〕。今朝寒食唯當飲,買酒先防客欲①談〔五〕。

【校記】

①欲:宋建本作"飲",形近而誤。

【箋注】

〔一〕争地:是非之地。差:勉强。

〔二〕唐白居易《初罷中書舍人》:"自慚拙宦叨清貫,還有癡心怕素餐。"

〔三〕謂讒佞之人還在攻擊自己。本當作青蠅,因畏禍而作飛蠅。語本《詩・小雅・青蠅》:"營營青蠅,止于樊。豈弟君子,無信讒言。營營青蠅,止于棘。讒人罔極,交亂四國。"

〔四〕謂現在什麽都能夠忍受。語出范質《宋名臣言行録》前集卷一:"[范質]嘗謂同列曰:'人能鼻吸三斗醇醋,即可爲宰相矣。'"按,酢,同"醋"。

〔五〕謂不敢談論國事。《史記・曹相國世家》:"日夜飲醇酒。卿大夫已下吏及賓客見參不事事,來者皆欲有言。至者,參輒飲以醇酒,間之,欲有所言,復飲之,醉而後去,終莫得開説,以爲常。"

潁川城東野老〔一〕姓劉氏,名正。

我歸潁川無故人,城東野老須如銀。少年椎埋起黄塵〔二〕,晚歲折節依仙真〔三〕。走如麏鹿人莫親〔四〕,呼來上堂飲清樽。踞牀閉目略頻伸〔五〕,指我黄河出崑崙〔六〕。東流入海還天津,沐浴周遍纔逡巡。嬰兒跏趺乘日輪〔七〕,脱身游戲走四鄰。逢人不告非自珍,許我已老知閉門。東朝太行①款真君〔八〕,告我不返游峨岷〔九〕。還家一舍卧不晨,闔棺空空但衣巾〔一〇〕。平生自言師洞賓〔一一〕,嗟世賤目貴所聞〔一二〕。

【校記】

①行:宋建本、蜀藩刻本、叢刊本作"山",皆誤。

【箋注】

〔一〕作於崇寧二年(一一〇三)。

〔二〕謂劉正年輕時是豪俠。椎埋:泛指殺人。《史記·酷吏列傳》:"王温舒者,陽陵人也。少時椎埋爲姦。"南朝宋裴駰集解引徐廣曰:"椎殺人而埋之。"

〔三〕謂劉正老來學道。折節:改變平素志行。《史記·貨殖列傳》:"富人争奢侈,而任氏折節爲儉,力田畜。"

〔四〕謂其行走如飛。麏鹿:即鹿。《文選·沈約〈宿東園〉》:"驚麏去不息,征鳥時相顧。"唐李善注:"今以江東人呼鹿爲麏。"

〔五〕頻伸:欠伸。打呵欠,伸懶腰。《禮記·少儀》"君子欠伸"漢鄭玄注:"以此皆解惓之狀。伸,頻伸也。"唐陸德明釋文:"頻,本又作嚬。"

〔六〕《書·禹貢》:"河出昆侖。"《爾雅·釋水》:"河出昆侖虚,色白。所渠並千七百,一川色黄。百里一小曲,千里一曲一直。"按,"指我"以下七句皆是比況修道養氣使真氣循環的奥妙。

〔七〕謂如嬰兒盤腿坐使真氣體内循環。跏趺(jiā fū):"結跏趺坐"之略稱。參《畫文殊普賢》注〔二〕。日輪:太陽。日形如車輪而運行不息,故名。

〔八〕真君:真人。指得道者。

〔九〕峨岷:峨眉山與岷山的並稱。

〔一〇〕謂劉正尸解成僊而去。晉葛洪《抱朴子·論仙》:"帝覺,以語左右曰:'如我之夢,少君將舍我去矣。'數日,而少君稱病死。久之,帝令人發其棺視尸,唯衣冠在焉。按《僊經》云:‘上士舉形昇虚,謂之天僊;中士遊於名山,謂之地僊;下士先死後蜕,謂之尸解僊。’今少君必尸解者也。”

〔一一〕洞賓:指吕洞賓。原名吕巖,字洞賓,以字行。咸通中及第,兩任縣令。黄巢亂,移家終南山得道,道號純陽子,綽號回道人,傳説中道教仙人,爲八仙之一。有劍術,百餘歲而童顔。步履輕疾,頃刻數百里。《全唐詩》有其詩四卷共二百餘首。《宋史・藝文志》神仙類著録吕洞賓《九真玉書》一卷。

〔一二〕漢張衡《東京賦》:“若客所謂,末學膚受,貴耳而賤目者也。”北齊顔之推《顔氏家訓・慕賢》:“世人多蔽,貴耳賤目。”

汝南示三子〔一〕

此生賴有三男子,到處來看老病翁〔二〕。飲食粗便魚稻足〔三〕,音塵不隔馬牛風〔四〕。道場莫問何方是〔五〕,舍宅元依畢竟空〔六〕。且爾不歸歸亦得,汝曹免復走西東〔七〕。

【箋注】

〔一〕作於崇寧二年(一一〇三)春。

〔二〕到處:處處,各處。此言由各處來。

〔三〕粗便:大略方便;還算方便。

〔四〕謂能時通音訊。《左傳・僖公四年》:“唯是風馬牛不相及也。”唐孔穎達疏引服虔曰:“風,放也,牝牡相誘謂之風。”

〔五〕《維摩詰所説經》卷一:“憶念我昔出毘耶離大城,時維摩詰方入城。我即爲作禮而問言:‘居士從何所來。’答我言:‘吾從道場來。’我問:‘道場者何所是?’答曰:‘直心是道場無虚假故……一念知一切法是道場成就一切智故。’”

〔六〕舍宅:房舍。喻身體。《佛般泥洹經》卷二:“比丘言:‘佛是天上天下之尊,云何不從天請藥,可使病愈。’佛言:‘如人舍宅,久故皆當壞。地續安如故,佛心安如地。身如故舍,心無病,但身有病耳。’”依:佛教語。爲依止,依憑之意。畢竟空:佛教語。意指諸法究竟不可得。《大智度論》卷三十一:“畢竟空者,以有爲空無爲空破諸法無有遺餘,是名畢竟空。”又曰:“問曰:‘畢竟空無所有,則是性空。今何以重説?’答曰:‘畢竟空者名爲無有遺餘。性空者名爲本來常爾。’”

〔七〕汝曹:你們。走西東:言奔波。

謝任亮教授送千葉牡丹〔一〕

花從單葉成千葉,家住汝南疑洛南〔二〕。亂剥浮苞任狼藉〔三〕,并偷春色恣醺酣〔四〕。香穠得露久彌馥,頭重迎風似不堪。居士誰知已離畏〔五〕,金盤剪送病中庵。

【箋注】

〔一〕作於崇寧二年(一一〇三)春。謝任亮:據詩意,似亦居汝南。餘不詳。俟考。千葉牡丹:唐蘇鶚《杜陽雜編》卷中:“穆宗皇帝殿前種千葉牡丹,花始開香氣襲人,一朵千葉,大而且紅,上每睹芳盛,嘆曰人間未有。”《説郛·種樹書·花》:“牡丹千葉者,蜀人號爲京花,謂洛陽種也。單葉者只號爲川花,又曰山丹,又曰山花。”

〔二〕宋代東京開封、西京洛陽。唐宋特崇牡丹,京都更勝。

〔三〕浮苞:指多餘冗贅的花苞。

〔四〕醺酣:沉醉貌。

〔五〕謂已看透世間各種恐懼,悟得真理,無慾無求。離畏:佛教語。離諸怖畏。所謂怖畏即不活畏、惡名畏、死畏、惡道畏、大衆威德畏等。若遠離此五怖畏,稱爲五離怖畏。《維摩詰所説經》卷二:“已離畏者一切五欲無能爲也。”

思歸二首〔一〕

其一

汝南百日留,走遍三男子〔二〕。思歸非吾計,聊亦爲爾耳。行裝理肩輿，客舍卷牀笫〔三〕。兒言世情惡〔四〕，平地風波起〔五〕。舟行或易摇，舟静姑且已。匏繫雖非願〔六〕，蠖屈當有俟〔七〕。老人思慮拙〔八〕，小子言有理〔九〕。晨炊廪粟紅，晚①市淮魚美。索居庖無人〔一〇〕，歸去迎伯姊〔一一〕。終歲得安閑，幽居無彼此。

【校記】

①晚：原本作“曉”。宋建本、蜀藩刻本、叢刊本作“晚”，“晨”“晚”相對，據改。

【箋注】

〔一〕作於崇寧二年（一一〇三）春末。詩云“百日留”，轍上年冬到汝南，則可知此詩當作於春末。

〔二〕謂三個兒子遲、适、遠都輪番探望。

〔三〕牀笫（zǐ）：牀和墊在牀上的竹席。泛指牀鋪。《周禮·天官·玉府》：“掌王之燕衣服、衽席、牀笫。”漢鄭玄注：“笫，簀也。”

〔四〕唐杜甫《佳人》：“世情惡衰歇，萬事隨轉燭。”

〔五〕唐劉禹錫《竹枝詞》：“常恨人心不如水，等閑平地起波瀾。”唐杜荀鶴《將過湖南經馬當山廟因書三絶》之二：“祇怕馬當山下水，不知平地有風波。”

〔六〕謂爲生計而從仕。匏繫：見《復次韻》注〔六〕。

〔七〕蠖屈：謂像尺蠖一樣的屈曲之形。喻隱居不仕。語本《易·繫辭下》：“尺蠖之屈，以求信也；龍蛇之蟄，以存身也。”

〔八〕晉陶潛《歸園田居五首》之一：“開荒南野際，守拙歸園田。”

〔九〕小子：晚輩。此謂其兒子。

〔一〇〕索居：見《索居三首》之一注〔一〕。

〔一一〕囑兒子回歸叫長女來照顧自己。伯姊：大姐。《詩·邶風·泉水》：“問我諸姑，遂及伯姊。”

其二

我老不待言，有女年四十。念我客汝南，無與具朝食。翩然乘肩輿，面有風土色〔一〕。許蔡雖云近，傳舍三經夕〔二〕。衰老累汝曹，愧嘆心不懌〔三〕。磨刀鱠縷紅〔四〕,洗盞酒花白〔五〕。母老行役難〔六〕,女來生理葺。外孫跨鞍馬,遇事亦閑習。居然數口家〔七〕,解我百憂集〔八〕。厄窮須父子,他人非所及〔九〕。

【箋注】

〔一〕"我老"六句:謂女兒因自己年老無人照料,匆匆而來。具:置備。朝食:早餐。風土色:匆忙疲憊貌。

〔二〕謂三天方到汝南。傳(zhuàn)舍:古時供行人休息住宿的處所。

〔三〕"衰老"二句:謂因自己的衰老而累及兒女感到歉疚不快。愧嘆:慚愧感歎。懌(yì):喜悦;快樂。

〔四〕鱠縷:魚片,肉絲。蘇軾《春菜》:"茵蔯甘菊不負渠,鱠縷堆盤纖手抹。"

〔五〕酒花:浮在酒面上的泡沫。蘇軾《行香子・秋興》:"都將萬事,付與千鍾,任酒花白,眼花亂,燭花紅。"

〔六〕《詩・魏風・陟岵》:"陟彼屺兮,瞻望母兮。母曰:'嗟,予季!行役夙夜無寐。'"鄭箋:"[孝子行役],此又思母之戒,而登屺山而望之也。"

〔七〕居然:猶安然。形容平安,安穩。《詩・大雅・生民》:"不康禋祀,居然生子。"

〔八〕唐杜甫《百憂集行》:"强將笑語供主人,悲見生涯百憂集。"

〔九〕"厄窮"二句:謂艱難時只有父子相扶持,外人無法幫上忙。厄窮:艱難困苦。

萬蝶花〔一〕

誰唱殘春蝶戀花〔二〕,一團粉翅壓枝斜〔三〕。美人欲向釵頭插,又恐驚飛鬢似鴉〔四〕。

【箋注】

〔一〕作於崇寧二年(一一〇三)春末。從"殘春"可知。

〔二〕蝶戀花:詞牌名。唐教坊曲名《鵲踏枝》,後用爲詞牌,改名爲《蝶戀花》,取義于南朝梁元帝“翻堦蛺蝶戀花情”句。雙調六十字,仄韻。

〔三〕唐李商隱《蝶》:“孤蝶小徘徊,翩翾粉翅開。”

〔四〕唐杜牧《閨情》:“娟娟卻月眉,新鬢學飛鴉。”

春盡〔一〕三月二十三日立夏。

春風過盡百花空,燕坐笙簫起滅中。樹影連天開翠幕,鳥聲入耳當歌童〔二〕。《楞嚴》十卷幾回讀〔三〕,法酒三①升是客同〔四〕。試問鄰僧行乞在,何人閑暇似衰翁〔五〕?

【校記】

①三:叢刊本作“二”。

【箋注】

〔一〕作於崇寧二年(一一〇三)三月二十三日。

〔二〕唐韓愈《和武相公早春聞鶯》:“早晚飛來入錦城,誰人教解百般鳴。春風紅樹驚眠處,似妒歌童作豔聲。”

〔三〕楞嚴:見《毛國鎮生日二絶》之二注〔二〕。

〔四〕法酒:按官府法定規格釀造的酒。唐劉禹錫《晝居池上亭獨吟》:“法酒調神氣,清琴入性靈。”

〔五〕“試問”二句:謂化緣送米的和尚也没有自己閑暇。語本唐韓愈《寄盧仝》:“至今鄰僧乞米送,僕忝縣令能不恥。”衰翁:老翁。

夢中詠醉人〔一〕四月十日夢得篇首四句,起而足之。

城中醉人舞連臂,城外醉人相①枕睡。此人心中未必空,暫爾頹然似無事〔二〕。我生從來不解飲〔三〕,終日騰騰少憂累。昔年曾見樂全翁,自説少年飲都市。一時同飲石與劉,不論升斗俱不醉。樓中日夜狂歌呼,錢盡酒空姑且止。都人疑是神仙人,誰謂兩人皆醉死〔四〕。此翁年老不復飲，面光如玉心如水〔五〕。我今在家同出家〔六〕，萬法過前心不起〔七〕。此翁已死誰與言？欲言已似前生記〔八〕。

【校記】

①人相：叢刊本作“相人”，誤倒。

【箋注】

〔一〕作於崇寧二年（一一〇三）四月十日。

〔二〕暫爾：暫且，暫時。爾，詞綴。頹然：頹放不羈貌。

〔三〕唐李白《月下獨酌四首》之一：“月既不解飲，影徒隨我身。”

〔四〕“昔年”八句：蘇軾《書淵明飲酒詩後》：“張安道飲酒，初不言盞數，少時與劉潛、石曼卿飲，但言當飲幾日而已。歐公盛年時，能飲百盞，然常爲安道所困。聖俞亦能飲百許盞，然醉後高叉手而語彌温謹。此亦知其所不足而勉之，非善飲者。善飲者，淡然與平時無少異也。若僕者，又何其不能飲？飲一盞而醉，醉中味與數君無異，亦所羨爾。”

〔五〕《漢書·鄭崇傳》：“上責崇曰：‘君門如市人，何以欲禁切主上？’崇對曰：‘臣門如市，臣心如水。’”唐顔師古曰：“言至清也。”

〔六〕謂不出家而修煉佛法。唐李邕《大雲寺禪院碑》：“邕來守是邦，偶聞兹事。依僧依佛，何日忘之。在家出家，惟其常矣。”唐白居易有《在家出家》，其詩云：“中宵入定跏趺坐，女唤妻呼多不應。”

〔七〕謂自己已無生滅之煩惱。萬法：佛教語。指一切事物。心不起：即心“無起”，“無起”即“無生”。謂諸法之實相無生滅。參《贈浄因臻長老》注〔八〕。《大乘本生心地觀經》卷五：“能住寂静無人聲，於諸散亂心不起。”

〔八〕前生：佛教語。謂前一輩子，對今生而言。唐寒山《詩》之四十一：“今日如許貧，總是前生作。”

立秋偶作〔一〕六月二十三日。

十年憂患本誰知？慚愧仙翁有舊期。度嶺還家天許我〔二〕，斸山種粟我尤誰〔三〕？秋風欲踐故人約〔四〕，春氣潛通病樹滋〔五〕。心似死灰鬢似雪〔六〕,眼看多事亦奚爲〔七〕?

【箋注】

〔一〕作於崇寧二年(一一〇三)六月二十三日。

〔二〕謂由雷州返還。

〔三〕尤:責備,責怪。

〔四〕謂與故人有秋天相會的約定。

〔五〕春氣:春季的陽和之氣。《莊子·庚桑楚》:"夫春氣發而百草生,正得秋而萬寶成。"唐劉禹錫《酬樂天揚州初逢席上見贈》:"沉舟側畔千帆過,病樹前頭萬木春。"按,此指養生有得,體中春氣漸漸充盈。

〔六〕《莊子·齊物論》:"形固可使如槁木,而心固可使如死灰乎!"蘇軾《陪歐陽公燕西湖》:"謂公方壯鬢似雪,謂公已老光浮頰。"

〔七〕《論語·子路》:"誦詩三百,使于四方,不能專對,雖多亦奚以爲?"多事:多事故;多事變。按,此頗有所感。《宋史·徽宗紀》:"[四月]丁卯,詔毁吕公著、司馬光、吕大防、范純仁、劉摯、范百禄、梁燾、王巖叟景靈西京繪像;己巳,以初謁景靈宫赦天下。乙亥,詔毁刊行《唐鑑》並三蘇、秦、黄等文集。"

汝南遷居〔一〕

病暑暑已退,思歸未成歸。人事不可期,當受不當違〔二〕。客居汝南城,未覺吾廬非〔三〕。忽聞鵲反巢〔四〕,坐使鳩驚飛。三繞擇所安〔五〕,一枝粗得依。我來衆草生,漸見百卉腓〔六〕。天行若循環,物化如發機〔七〕。閉目内自觀,此理良密微〔八〕。

【箋注】

〔一〕作於崇寧二年(一一〇三)秋。從"漸見百卉腓"可知。

〔二〕"人事"二句:謂世事不可逆料,只能隨遇而安。不可期:不可預知。唐白居易《九年十一月二十一日感事而作》:"禍福茫茫不可期,大都早退自先知。"

〔三〕晉陶潛《移居二首》之一:"弊廬何必廣,取足蔽床席。鄰曲時時來,抗言談在昔。"

〔四〕“忽聞”二句：當是對朝廷事有所指。《詩·召南·鵲巢》：“維鵲有巢，維鳩居之。”坐：遂，乃。

〔五〕三國魏曹操《短歌行》之一：“月明星稀，烏鵲南飛。繞樹三匝，何枝可依？”

〔六〕“我來”二句：謂已從春到秋。《詩·小雅·四月》：“秋日淒淒，百卉具腓。”毛傳：“腓，病也。”按，此二句謂時光飛逝。

〔七〕“天行”二句：謂命運流轉循環往復，事物瞬息萬變。物化：事物的變化。參《柳子玉郎中挽詞二首》之一注〔五〕。發機：弓弩發射。言其快。《淮南子·原道訓》：“恬然則縱之，迫則用之。其縱之也若委衣，其用之也若發機。”漢高誘注：“機，弩機關。”

〔八〕密微：邃密微妙。

寄内〔一〕

與君少年初相識，君年十五我十七〔二〕。上事姑章旁兄弟〔三〕，君雖少年少過失〔四〕。昏晨定省歲月短〔五〕，五十還朝定何益？憂深責重樂無幾，失足一墜南海北。身居阱中不見天〔六〕，仰面虛空聞下石〔七〕。丈夫學道等憂患，婦人亦爾何從得？歸來舊許生白鬚①，回顧慚君髮如漆。還居汝南復何事？龜老支牀隨所擲〔八〕。相望一月兩得書，聞君肺病久消釋。我經三伏常暴下〔九〕，近喜秋風掃烝濕〔一〇〕。病除寢食未復故，相見猶驚身似腊〔一一〕。劉根夫婦俱有道〔一二〕，去日饒君著鞭策。

【校記】

①鬚：三蘇祠本作“髮”。

【箋注】

〔一〕作於崇寧二年（一一〇三）秋。詩中有“我經三伏常暴下，近喜秋風掃烝濕”，當在初秋。

〔二〕至和二年（一〇五五），十七歲的蘇轍同十五歲的史氏結婚。蘇軾《十八大阿羅漢頌·跋》：“子由以二月二十日生，其婦德陽郡夫人史氏以十一月十七日生。”

〔三〕姑章：同“姑嫜”，即公婆。唐顔師古《匡謬正俗》卷六：“古謂舅姑爲姑章。”

〔四〕謂史氏年紀雖小但聰明賢慧。少年：年輕，年紀小。

〔五〕定省：謂子女早晚向親長問安。《禮記·曲禮上》：“凡爲人子之禮，冬温而夏凊，昏定而晨省。”漢鄭玄注：“定，安其牀衽也；省，問其安否何如。”

〔六〕《莊子·秋水》：“井鼃不可以語於海者，拘於虚也。”

〔七〕下石：往井中丢石塊。比喻乘人之危加以陷害。語出唐韓愈《柳子厚墓誌銘》：“落陷穽，不一引手救，反擠之，又下石焉者，皆是也。”

〔八〕見《和子瞻和陶雜詩十一首》之二注〔一〇〕。

〔九〕暴下：急性腹瀉。韓愈《病中贈張十八》：“中虚得暴下，避冷卧北窗。”蘇軾《與米元章書》之二十六：“某昨日飲冷過度，夜暴下，旦復疲甚。”

〔一〇〕烝濕：暑濕。

〔一一〕腊（xī）：乾肉。謂腹瀉後瘦弱貌。

〔一二〕《後漢書·方術傳·劉根》：“劉根者，潁川人也。隱居嵩山中。諸好事者，自遠而至，就根學道，太守史祈以根爲妖妄，乃收執詣郡，數之曰：‘汝有何術，而誣惑百姓？若果有神，可顯一驗事。不爾，立死矣。’根曰：‘實無它異，頗能令人見鬼耳。’祈曰：‘促召之，使太守目睹，爾乃爲明。’根於是左顧而嘯，有頃，祈之亡父祖近親數十人，皆反縛在前，向根叩頭曰：‘小兒無狀，分當萬坐。’顧而叱祈曰：‘汝爲子孫，不能有益先人，而反累辱亡靈！可叩頭爲吾陳謝。’祈驚懼悲哀，頓首流血，請自甘罪坐。根嘿而不應，忽然俱去，不知在所。”亦見《太平廣記·神仙十》。

病愈二首〔一〕

其一

學道雖云久，沉痾竟未除〔二〕。炎烝度三伏〔三〕，晻曖覺中虚〔四〕。嘉穀不自長，荒榛終費鋤。何辭用蘭石，梨棗得扶疏〔五〕？

【箋注】

〔一〕作於崇寧二年(一一〇三)秋。三伏是在立秋後。

〔二〕沉屙(ē):重病,久治不愈的病。按,蘇轍有肺疾。

〔三〕炎烝:暑熱薰蒸。北周庾信《奉和夏日應令》:“五月炎烝氣,三時刻漏長。”

〔四〕晻曖:熱盛貌。中虚:中氣虚弱。唐韓愈《病中贈張十八》:“中虚得暴下,避冷卧北窗。”

〔五〕“嘉穀”四句:此四句用比喻,表面説打理田地,使莊稼果樹豐美,實謂修道應有決心,不可荒廢。嘉穀:古以粟(小米)爲嘉穀,後爲五穀的總稱。《書·吕刑》:“稷降播種,農殖嘉穀。”蘭石:謂如蘭之芳香,石之堅貞。喻節操高尚。梨棗:指交梨火棗。參《張公生日》注〔一八〕。

其二

病退日身輕,身輕心轉清。山空流水上,海静寸燈明〔一〕。朝市誰留住〔二〕?林泉自不行〔三〕。筠溪慚丐士,流蕩過平生〔四〕。

【箋注】

〔一〕用佛家語。謂心中平静,明澈無礙。

〔二〕朝市:泛指名利之場。晋陶潛《感士不遇賦》:“擁孤襟以畢歲,謝良價於朝市。”

〔三〕林泉:指隱居之地。

〔四〕“筠溪”二句:回憶兩次貶謫高安事(凡九年)而羞慚光陰虚度。筠溪:即筠江。參《乘小舟出筠江二首》。丐士:窮困潦倒的讀書人。流蕩:漂泊;流浪。平生:此生;一生。

九日三首①〔一〕

其一

早歲寡歡意〔二〕,衰年仍病纏。客居逢九日,斗酒破千錢〔三〕。萸菊驚秋晚〔四〕，兒孫慰目前〔五〕。登高懶不出，多酌任頹然〔六〕。

【校記】

①原題作《九月三日》，誤。據三蘇祠本、叢刊本改。

【箋注】

〔一〕作於崇寧二年（一一〇三）九月九日。

〔二〕晉陶潛《飲酒二十首》序："余閒居寡歡，兼比夜已長，偶有名酒，無夕不飲。顧影獨盡，忽焉復醉。"唐元稹《苦雨》："不足生詬怒，但苦寡歡娱。"

〔三〕此言酒貴。唐楊凝《戲贈友人》："美酒非如平樂貴，十升不用一千錢。"按，十升即一斗，此反其意而用之。

〔四〕萸菊：茱萸和菊花。參《和青州教授頓起九日見寄》注〔三〕。

〔五〕目前：眼前；跟前。唐白居易《金鑾子晬日》："從此累身外，徒云慰目前。"

〔六〕頹然：倒下貌。唐柳宗元《始得西山宴遊記》："引觴滿酌，頹然就醉，不知日之入。"

其二

狂夫老無賴〔一〕，見逐便忘歸。小酌還成醉，僑居不覺非〔二〕。妻孥應念我，風雨未縫衣。憂患十年足，何時賦《式微》〔三〕？

【箋注】

〔一〕無賴：無聊。謂情緒因無依託而煩悶。

〔二〕覺非：感覺有悔悟意。亦慨歎人事遭遇。語出晉陶潛《歸去來兮辭》："覺今是而昨非。"

〔三〕式微：《詩·邶風》篇名。《詩序》説，黎侯流亡於衛，隨行的臣子勸他歸國。後以賦《式微》表示思歸之意。《左傳·襄公二十九年》："滎城伯賦《式微》乃歸。"

其三

黄菊與秋競，白鬚隨日添。時人知不憙〔一〕，野老未相嫌。但酌清樽盡〔二〕,猶存薄俸霑〔三〕。日西聞客至,更問酒家帘〔四〕。

【箋注】

〔一〕憙(xǐ):同"喜"。喜歡;喜好。

〔二〕清樽:酒器。借指酒。

〔三〕薄俸:微薄的俸禄。霑:受益;沾光。猶言恩澤。

〔四〕謂到酒店喝酒。宋陳襄《詠雪》:"價高龜手藥,勢壓酒家帘。"

立冬聞雷〔一〕九月二十九日。

陽淫不收斂〔二〕,半歲苦常燠〔三〕。禾黍飼蝗螟〔四〕,粳稻委平陸〔五〕。民飢强扶耒,秋晚麥當宿。閔然候一雨〔六〕,霜落水泉縮。薈蔚山朝隮〔七〕,滂沱雨翻瀆〔八〕。經旬勢益暴,方冬歲愈蹙。半夜發春雷,中天轉車轂〔九〕。老夫睡不寐,稚子起驚哭。平明視中庭,松菊半摧秃〔一〇〕。潛發枯草萌,亂起蟄蟲伏。薪槱不出市,晨炊午未熟。首種不入土,春餉難滿腹〔一一〕。書生信古語,《洪範》有遺牘〔一二〕。時無中壘君〔一三〕,此意誰當告?

【箋注】

〔一〕作於崇寧二年(一一〇三)九月二十九日。按,古人以爲冬雷爲災異。《太平御覽·天部·雷》引《易妖占》:"天冬雷,地必震。教令撓則冬雷,民饑。"

〔二〕陽淫:炎熱的天氣。

〔三〕常燠:亦作"常奥"。長期燠熱。《尚書大傳》卷三:"厥罰常奥。"燠(yù):暖;熱。

〔四〕蝗螟:蝗與螟。兩種莊稼的害蟲。《吕氏春秋·不屈》:"蝗螟,農夫得而殺之,奚故,爲其害稼也。"

〔五〕此謂稻子都倒在地上。

〔六〕閔然:憂傷貌。

〔七〕《詩·曹風·候人》:"薈兮蔚兮,南山朝隮。"毛傳:"隮,升雲也。"薈蔚:雲霧彌漫貌。《文選・木華〈海賦〉》:"瀝滴滲淫,薈蔚雲霧。"唐李周翰注:"薈蔚,雲霧津潤氣也。"

〔八〕滂沱:雨大貌。《詩・小雅・漸漸之石》:"月離於畢,俾滂沱矣。"

〔九〕此謂雷聲轟鳴。參《和韓宗弼暴雨次韻》注〔五〕。

〔一〇〕摧禿:枝葉殘敗。

〔一一〕"薪槱"四句:謂砍柴、播種都要順時而爲。薪槱(yǒu):柴木。參《同子瞻次梅聖俞舊韻題鄉舍木山》注〔九〕。首種:最先播種的莊稼。指稷。《禮記・月令》:"[孟春之月]行冬令,則水潦爲敗,雪霜大摯,首種不入。"鄭玄注:"舊説首種謂稷。"孔穎達疏:"按《考靈耀》云:日中星鳥,可以種稷。則百穀之内稷先種,故云首種。首即先也,種在百穀之先也。"

〔一二〕洪範:《尚書》篇名。其中有云:"歲月日時無易,百穀用成,乂用明,俊民用章,家用平康。日月歲時既易,百穀用不成,乂用昏不明,俊民用微,家用不寧。"

〔一三〕中壘君:指西漢劉歆。劉歆精通陰陽五行,嘗官中壘校尉。參《初發彭城有感寄子瞻》注〔一九〕。按,劉歆父子皆精通陰陽五行,參《漢書・五行志》。

將歸二首〔一〕十月初三日作。

其一

久客初何事?言歸似有名。騰騰且隨俗〔二〕,落落竟無成〔三〕。病苦醫猶厭,囊空身自輕〔四〕。家人驚别後,無限白鬚生〔五〕。

【箋注】

〔一〕作於崇寧二年(一一〇三)十月初三日。

〔二〕騰騰:悠閑自得貌。

〔三〕唐張籍《南歸》:"豈知東與西,憔悴竟無成。"落落:猶言落漠,寥落。

〔四〕唐貫休《送僧遊天台》:"囊空心亦空,城郭去騰騰。"

〔五〕唐白居易《酬嚴中丞晚眺黔江見寄》:“臨流有新恨,照見白鬚生。”

其二

爲客不滿歲〔一〕,還家見兩孫。遥知臨竹户,相對引瓢樽〔二〕。老罷那嫌瘦〔三〕,心寬尚喜存。風波隨處有〔四〕,何幸免驚奔〔五〕?

【箋注】

〔一〕滿歲:一年;整年。

〔二〕瓢樽:泛指酒器。

〔三〕老罷:衰老疲憊。

〔四〕唐韓愈《贈别元十八協律六首》之二:“風波無程期,所憂動不測。”

〔五〕驚奔:驚駭而奔走。

示資福諭老〔一〕并引

予讀《楞嚴》,至“塵既不緣,根無所偶。反流全一,六用不行”,釋然而笑曰:“吾得入涅盤路矣!”然孤坐終日,猶苦念不能寂。復取《楞嚴》讀之,至其論意根曰〔二〕:“見聞逆流,流不及地,名覺知性。”乃嘆曰:“雖知返流,未及如來法海,而爲意所留。隨識分别,不得名無知覺明,豈所謂返流全一也哉?”乃作頌以示諭老。

幽居百無營〔三〕,孤坐若假寐〔四〕。根塵兩相接〔五〕,逆流就一意〔六〕。意念紛無端〔七〕,中止不及地。寂然了無覺〔八〕,乃造真實際〔九〕。百川入滄溟〔一〇〕,衆水皆一味〔一一〕。止爲潭淵深,動作濤瀾起。動止初何心?乃遇適然耳〔一二〕。吾心未嘗勞,萬物將自理〔一三〕。

【箋注】

〔一〕作於崇寧二年(一一〇三)。資福諭老:生平不詳。俟考。

〔二〕意根:佛教語。爲六根中的第六根。佛教謂眼、耳、鼻、舌、身、意。根爲能生之意，眼爲視根，耳爲聽根，鼻爲嗅根，舌爲味根，身爲觸根，意爲念慮之根。意根指對于法境而生意識，故名。

〔三〕幽居：隱居。

〔四〕假寐（mèi）：不脱衣冠打盹。

〔五〕根塵：見《索居三首》之一注〔五〕。

〔六〕逆流：佛教語。“順流”之對稱。于生死之流中，逆向而上，以入于覺悟之境界。有情衆生于無始以來，起惑造業，隨順生死之流，而難以超脱輪回，故須以逆流之心對治之。

〔七〕意念：思慮；念頭。

〔八〕寂然：指寂静無事之狀態，或心中呈現平静澄澈之境地。《維摩詰所説經》卷一：“法常寂然，滅諸相故。”

〔九〕實際：佛教語。指“真如”、“法性”境界。猶言實相。《金光明最勝王經》卷一：“實際之性，無有戲論，惟獨如來證實際法戲論永斷，名爲涅槃。”

〔一〇〕滄溟：大海。唐趙嘏《獻淮南李相公》：“萬里有雲歸碧落，百川無浪到滄溟。”

〔一一〕此用佛教大海衆譬喻。衆水入海，則爲同一鹹味，四姓出家，則皆爲一味如大海。故云海衆。又譬衆之多者曰海。《增一阿含經》卷四十四：“此閻浮提有四大河，一切諸流皆投歸於海。衆僧如彼大海，所以然者，流河決水以入於海便滅本名，但有大海之名耳。”

〔一二〕“止爲”四句：謂自己修煉佛學動止隨心而發。適然：隨性貌。

〔一三〕《雲笈七籤·七部名數要記部·九守》：“故聖人以静爲治，以動爲亂。故曰：‘勿惑勿攖，萬物將自清，勿驚勿駭，萬物將自理，謂之天道。’”自理：自然而治。

三不歸行〔一〕

客心摇摇若懸旌〔二〕，三度欲歸歸不成。方春欲歸我自懶，秋冬欲歸事自變。問我欲歸定何時？天公默定人不知。孔公晚歲將入楚，磐桓陳蔡行且住〔三〕。昭王已死不復南〔四〕，意欲歸老父母邦。

衛靈父子無足取，姑爾息肩俟東魯〔五〕。三桓豈知用聖人，哀公亦自不能臣。冉求一戰卻齊虜，請君召師君亦許〔六〕。歸來閉户理《詩》《書》〔七〕，弁[①]冕時出從大夫。夢見周公已不復〔八〕，老死故國心亦足。孔公愈老愈屯邅〔九〕，顧我未及門下賢。鄉邦萬里不能往，妻孥近寄潁川上。依嵩架潁結茅茨，自問此志[②]於何期？汝南一寓歲行復，來年歸去栽松竹。

【校記】

①弁：叢刊本作"并"，形近而誤。

②志：叢刊本作"忘"，形近而誤。

【箋注】

〔一〕作於崇寧二年（一一〇三）冬。詩云"來年歸去"則知當還未逾年。三不歸：語本《管子·輕重丁》："男女相好往來之市者，罷市相睹樹下，談語終日不歸；男女當壯，扶輦推輿，相睹樹下，歡笑超距，終日不歸；父兄相睹樹下，論議玄語，終日不歸。是以田不發，五穀不播，麻桑不種，璽縷不治。内嚴一家而三不歸，則帛布絲纊之賈，安得不貴？"後因稱流連忘返爲"三不歸"。蘇轍反用其意，言欲歸而不得。

〔二〕摇摇：心神不定貌。《詩·王風·黍離》："行邁靡靡，中心摇摇。"毛傳："摇摇，憂無所愬。"唐孔穎達疏："《戰國策》云：楚威王謂蘇秦曰：寡人心摇摇然，如懸旌而無所薄。然則摇摇是心憂無所附著之意。"

〔三〕"孔公"二句：《史記·孔子世家》："孔子遷于蔡三歲，吴伐陳。楚救陳，軍于城父。聞孔子在陳蔡之閒，楚使人聘孔子。孔子將往拜禮，陳蔡大夫謀曰：'孔子賢者，所刺譏皆中諸侯之疾。今者久留陳蔡之閒，諸大夫所設行皆非仲尼之意。今楚，大國也，來聘孔子。孔子用於楚，則陳蔡用事大夫危矣。'於是乃相與發徒役圍孔子於野。不得行，絶糧。從者病，莫能興。孔子講誦，弦歌不衰。子路愠見曰：'君子亦有窮乎？'孔子曰：'君子固窮，小人窮斯濫矣。'"

〔四〕《史記·孔子世家》："昭王將以書社地七百里封孔子。楚令尹子西曰：'王之使使諸侯有如子貢者乎？曰無有。王之輔相有如顔回者乎？曰無有。王之將率有如子路者乎？曰無有。王之官尹有如宰予者乎？曰：無有。且楚之祖封於周，號爲子男五十里。今孔丘述三五之法，明周召之業，王若用之，則楚安得世世堂堂方數千里乎？夫文王在豐，武王在鎬，百里之君卒王天下。今孔丘得據土壤，賢弟子爲佐，非楚之福也。'昭王乃止。其秋，楚昭王卒于城父。"又"於是孔子自楚反乎衛。是歲也，孔子年六十三，而魯哀公六年也。"

〔五〕"衛靈"二句：謂孔子暫棲衛國是爲了等待時機回魯國。《史記・孔子世家》："孔子曰：'魯衛之政，兄弟也。'是時，衛君輒父不得立，在外，諸侯數以爲讓。而孔子弟子多仕於衛，衛君欲得孔子爲政。子路曰：'衛君待子而爲政，子將奚先？'孔子曰：'必也正名乎！'子路曰：'有是哉，子之迂也！何其正也？'孔子曰：'野哉由也！夫名不正則言不順，言不順則事不成，事不成則禮樂不興，禮樂不興則刑罰不中，刑罰不中則民無所錯手足矣。夫君子爲之必可名，言之必可行。君子於其言，無所苟而已矣。'"

〔六〕"冉求"二句：《史記・孔子世家》："其明年，冉有爲季氏將師，與齊戰於郎，克之。季康子曰：'子之於軍旅，學之乎？性之乎？'冉有曰：'學之於孔子。'季康子曰：'孔子何如人哉？'對曰：'用之有名；播之百姓，質諸鬼神而無憾。求之至於此道，雖累千社，夫子不利也。'康子曰：'我欲召之，可乎？'對曰：'欲召之，則毋以小人固之，則可矣。'"

〔七〕《史記・孔子世家》："孔子之時，周室微而禮樂廢，《詩》《書》缺。追迹三代之禮，序《書傳》，上紀唐虞之際，下至秦繆，編次其事。曰：'夏禮吾能言之，杞不足徵也。殷禮吾能言之，宋不足徵也。足，則吾能徵之矣。'觀殷夏所損益，曰：'後雖百世可知也，以一文一質。周監二代，郁郁乎文哉。吾從周。'故《書傳》、《禮記》自孔氏。"

〔八〕《論語・述而》："子曰：'甚矣！吾衰也，久矣吾不復夢見周公。'"三國魏何晏集注引漢孔安國曰："孔子衰老，不復夢見周公，明盛時夢見周公欲行其道也。"

〔九〕屯邅：不進貌。《易・屯》："六二，屯如、邅如，乘馬班如。"孔穎達疏："屯是屯難，邅是邅回。"

罷提舉太平宮①欲還居潁川〔一〕

避世山林中,衣草食芋栗〔二〕。奈何處朝市,日耗太倉積〔三〕。中心久自笑〔四〕,公議肯相釋〔五〕? 終然幸寬政〔六〕,尚許存寄秩〔七〕。經年汝南居,久與茅茨隔〔八〕。祠宮②一掃空〔九〕,避就兩皆失〔一〇〕。父子相携扶,里巷行可即。屋敝且圬牆〔一一〕,蝗餘尚遺粒。交游忌點染〔一二〕,還往但親戚。閉門便衰病,杜口謝彈詰〔一三〕。餘年迫懸車〔一四〕,奏草屢濡筆〔一五〕。籍中顧未敢〔一六〕,爾後儻容乞。幽居足暇豫〔一七〕,肉食多憂栗〔一八〕。永懷城東老,未盡長年術〔一九〕。

【校記】

①宮:原作"官"。《潁濱年表》作"宮",《欒城後集》有《復官宮觀謝表》云"復准告授臣太中大夫提舉鳳翔府上清太平宮"殆此職,因據改。

②宮:原作"官",據《潁濱年表》改。

【箋注】

〔一〕作於崇寧二年(一一〇三)冬。蘇轍《潁濱遺老傳》下:"皇子生,復徙岳州,已乃復舊官,提舉鳳翔上清太平宮。有田在潁川,乃即居焉。居二年,朝廷易相,復降授朝請大夫,罷祠宮。"

〔二〕芋栗:橡栗。因其形似芋艿,故名。唐杜甫《南鄰》:"錦里先生烏角巾,園收芋栗未全貧。"

〔三〕"奈何"二句:言自己作官是虚耗稟禄。朝市:指朝廷。太倉:古代京師儲穀的大倉。《史記・平準書》:"太倉之粟,陳陳相因。"

〔四〕中心:心中。《詩・王風・黍離》:"行邁靡靡,中心摇摇。"

〔五〕《續資治通鑑長編拾補・徽宗崇寧元年》:"[五月]庚午,臣僚上言……又言:'蘇轍坐窮兵黷武之謗,如此之類有實跡者,宜行放棄。'"

〔六〕寬政:謂爲政寬大。

〔七〕寄秩:罷官後仍可領取的俸禄。秩,俸禄。

〔八〕茅茨：用以謙稱自己的家。此即指所購卞氏宅。見《聞諸子欲再質卞氏宅》注〔一〕。

〔九〕祠宫：謂罷祠宫。参注〔一〕。

〔一〇〕避就：避開與趨就。《莊子·盜蹠》："夫欲惡避就，固不待師，此人之性也。"唐成玄英疏："夫欲之則就，惡之則避，斯乃人物之常情，不待師教而後爲之哉。"

〔一一〕圬（wū）牆：謂粉刷牆壁。

〔一二〕謂朋友多怕影響自己而漸漸疏遠。點染：玷污；污染。杜甫《八哀詩·故著作郎貶台州司户滎陽鄭公虔》："反復歸聖朝，點染無滌盪。"清仇兆鼇注："虔本心歸王室，但一受僞命，無從洗滌。"

〔一三〕謂對時政得失絶不開口批評。《漢書·杜業傳》："天下莫不望風而靡，自尚書近臣，皆結舌杜口，骨肉親屬，莫不股栗。"《世説新語·德行》："晉文王稱阮嗣宗至慎，每與之言，言皆玄遠，未嘗臧否人物。"彈詰：詰問；責問。

〔一四〕謂接近七十歲了。懸車：致仕。語出漢班固《白虎通·致仕》："臣年七十懸車致仕者，臣以執事趨走爲職，七十陽道極，耳目不聰明，跂踦之屬，是以退老去避賢者……懸車，示不用也。"後因以之代指七十歲。《周書·韋孝寬傳》："孝寬每以年迫懸車，屢請致仕。"按，是年蘇轍六十五歲。

〔一五〕奏草：奏章的草稿。按，此與下句謂屢屢想上奏章，但最終猶豫未成。

〔一六〕謂已入黨籍之中不敢（上奏章）。

〔一七〕暇豫：悠閑逸樂。参《喜雪呈李公擇》注〔一六〕。

〔一八〕肉食：見《書郭熙横卷》注〔三〕。憂栗："栗"通"慄"。憂愁恐懼。

〔一九〕"永懷"二句：遺憾没有得到劉正養生之精要。城東老：指劉正。参《潁川城東野老》。長年術：長壽的方術。《新唐書·杜伏威傳》："伏威好神仙長年術。"

次遲韻寄适遜〔一〕

飢民畏寒尤惡雪，旋理破裘紝敗纊〔二〕。我雖久客未成歸，黍酒甕虀還潑節〔三〕。汝南薪炭舊如土,爾來薄俸纔供爇〔四〕。眼前暖熱無可道,心下清涼有餘潔〔五〕。潁川歸去知何時?祠宫欲罷無同列。夜中仿佛夢兩兒,欲迓老人先聚説〔六〕。

【箋注】

〔一〕作於崇寧二年(一一〇三)。遲:長子蘇遲。适:次子蘇适。遜:幼子。

〔二〕謂補綴破舊的衣被。紝(rèn):織布帛的絲縷。此謂織補。纈(xié):染有彩文的絲織品。《資治通鑑·唐紀四十八·唐德宗貞元三年》:"請發左藏惡繒染爲綵纈。"元胡三省注:"撮綵以線結之而後染色,既染則解其結,凡結處皆元白,餘則入染色矣,其色斑斕,謂之纈。"敗:破爛。

〔三〕虀(jī):腌菜。潑節:猶言過節,度節。

〔四〕"汝南"二句:謂自己的俸禄只够賣炭過冬。爇(ruò):燒,焚燒。

〔五〕"眼前"二句:謂對於政治上的得失早已泰然處之。

〔六〕迓(yà):迎接。

次遲韻對雪〔一〕十一月二十七日

雪寒近可憂,麥熟遠有喜〔二〕。我生憂喜中,所遇一已委。平生聞汝南,米賤豚魚美。今年惡蝗旱,流民鬻妻子。一食方半菽〔三〕,三日已于耜〔四〕。號呼人誰聞〔五〕?愍惻天自邇〔六〕。繁陰忽連夕,飛霰墮千里〔七〕。卷舒驚太速,原隰殊未被〔八〕。貧家望一麥,生事如毛起〔九〕。薦饑當逐熟〔一〇〕,西去真納履〔一一〕。

【箋注】

〔一〕作於崇寧二年(一一〇三)十一月二十七日。

〔二〕"雪寒"二句:謂雖然現在下雪冬天很難度過,但對春天的麥苗有好處。

〔三〕半菽:謂半菜半糧,指粗劣的飯食。《漢書·項籍傳》:"今歲飢民貧,卒食半菽。"唐顔師古注:"孟康曰:'半,五升器名也。'臣瓚曰:'士卒食蔬菜以菽雜半之。’瓚説是也。菽謂豆也。”

〔四〕《詩・豳風・七月》:“三之日于耜。”宋朱熹集傳:“于耜,言往修田器也。”

〔五〕號呼:哀號哭喊;大聲叫唤。語出《詩・大雅・蕩》:“既愆爾止,靡明靡晦。式號式呼,俾晝作夜。”《楚辭・屈原〈九章・惜誦〉》:“退静默而莫余知兮,進號呼又莫吾聞。”

〔六〕滑惻:憐憫。

〔七〕“繁陰”二句:謂天連陰數日,終于開始降大雪。繁陰:陰雲濃密。連夕:連續幾天。飛霰:即飛雪。

〔八〕“卷舒”二句:謂雪來去的太快,原野未覆蓋就結束了。原隰:原野。

〔九〕“貧家”二句:謂窮人半年的希望都寄托在來年的麥子收成。唐劉叉《偶書》:“日出扶桑一丈高,人間萬事細如毛。”生事如毛:謂生計的事情多如牛毛。

〔一〇〕薦饑:連年災荒;連續災荒。逐熟:指災民往豐熟地區流亡乞食。

〔一一〕謂或將西歸。納屨:辭别。

還潁川〔一〕甲申正月五日。

昔賢仕不遇,避世游金馬〔二〕。嗟我獨何爲,不容在田野?欹區寄汝南〔三〕,落泊反長社〔四〕。東西俱畏人,何適可安者?故廬已荆榛,遺壟但松檟〔五〕。頹齡迫衰暮①〔六〕,舊物一已捨。安能爲妻孥,辛苦問田舍〔七〕?平生事瞿曇〔八〕,心外知皆假。歸休得溟渤〔九〕,坐受百川瀉。何人實造物〔一〇〕,未聽相陶冶〔一一〕?

【校記】

①暮:叢刊本作“慕”,形近而誤。

【箋注】

〔一〕作於崇寧三年(一一〇四)正月五日。

〔二〕見《送鮮于子駿還朝兼簡范景仁》注〔二四〕。

〔三〕欹(qī)區:同“崎嶇”。喻處境困難。

〔四〕落泊：窮困失意；流落無依。長社：本漢縣名，隋改潁川，唐復舊名。宋屬許州。地在今許昌市。

〔五〕"故廬"二句：謂故鄉眉州屋頹田荒，丘墓不掃。壟：墳墓。松檟：松樹和檟樹。松、檟二樹常被栽植墓前，亦作墓地的代稱。《北史·隋紀上·文帝紀論》："墳土未乾，子孫繼踵爲戮；松檟纔列，天下已非隋有。"

〔六〕"頹齡"二句：謂年已遲暮，相識的人多已逝去。頹齡：衰老之年。衰暮：遲暮。比喻晚年。舊物：猶言舊人。

〔七〕問田舍：見《次韻子瞻見寄》注〔一八〕。

〔八〕瞿曇：代稱佛教。參《東方書生行》注〔七〕。

〔九〕唐陸龜蒙《奉酬襲美先輩吴中苦雨一百韻》："謂我同光塵，心中有溟渤。"溟渤：溟海和渤海。多泛指大海。

〔一〇〕唐劉禹錫《武陵書懷五十韻》："百川宗渤澥，五岳輔昆侖。"

〔一一〕聽：聽任。陶冶：陶鑄。教化。《漢書·董仲舒傳》："臣聞命者天之令也，性者生之質也，情者人之欲也。或夭或壽，或仁或鄙，陶冶而成之，不能粹美。"唐顔師古注："陶以喻造瓦，冶以喻鑄金也。言天之生人有似於此也。"

題郾城彼岸寺二首〔一〕

文殊院古柏〔二〕

曾看大柏孔明祠〔三〕，行盡天涯未見之。此樹便當稱子行〔四〕，他山祇可作孫枝。棟梁知是誰家用？舟楫唯應海上①宜〔五〕。日莫飛鴉集無數，青田老鶴未曾知〔六〕。

【校記】

①上：各本作"水"，據宋建本改。

【箋注】

〔一〕作於崇寧三年（一一〇四）。郾城：宋屬潁昌府，在今河南。此詩亦多寄寓。

〔二〕當是彼岸寺中之文殊院。文殊:即文殊師利菩薩。參《畫文殊普賢》注〔一〕。

〔三〕蘇轍嘉祐四年最後一次至成都,見大柏。唐杜甫《古柏行》:"孔明廟前有老柏,柯如青銅根如石。霜皮溜雨四十圍,黛色參天二千尺。"孔明:即諸葛亮。參《八陣磧》注〔七〕。

〔四〕"此樹"二句:謂文殊院古柏比孔明祠柏樹相比于只可稱子輩,而其他只可謂孫輩了。子行:子輩。

〔五〕此暗用《論語·公冶長》:"子曰:道不行,乘桴浮于海。"

〔六〕《藝文類聚·鳥部一·鶴》引南朝宋鄭緝之《永嘉郡記》:"有洙沐溪,去青田九里。此中有一雙白鶴,年年生子,長大便去,祗惟餘父母一雙在耳,精白可愛,多云神仙所養。"青田:山名。在浙江省青田縣西北境。相傳青田産鶴。

武宗元比部畫文殊玄奘〔一〕

遺墨消磨顧陸餘〔二〕,開元一一數吴盧〔三〕。本朝唯有宗元①近,國本長留後世模。出世真人氣雍穆〔四〕,入蕃老釋面清癯〔五〕。居人不惜游人愛,風雨侵陵色欲無〔六〕。

【校記】

①元:叢刊本作"不",誤。

【箋注】

〔一〕武宗元(約九九〇—一〇五〇):原名宗道,字總之,河南白波(今河南孟津縣)人。以蔭得太廟齋郎,官虞部員外郎。擅畫道釋人物,鬼神,師吴道子法。文殊:文殊師利菩薩。參《畫文殊普賢》注〔一〕。玄奘(約六〇二—六六四):唐代高僧。洛州緱氏縣(今河南偃師市)人,俗姓陳,名禕。自幼誦習經典,大業八年(六一二)破格以沙彌身分録入僧籍。唐武德五年(六二二)受具足戒,又學律部。後復從道深受成實論。貞觀三年(六二九)西行,遍遊五天竺,歷謁名賢,叩詢請益,尋求梵本。東歸後,爲太宗、高宗所欽重,供養于大内,賜號"三藏法師"。玄奘熟諳佛典,精於經、律、論三藏,世稱唐三藏,爲傑出之譯經家,法相宗之創始人。麟德元年(六六四)二月五日示寂。《續高僧傳》、《法苑珠林》等有傳。

〔二〕顧陸:見《王詵都尉寶繪堂詞》注〔二四〕。

〔三〕吴盧:唐代畫家吴道子與盧棱伽並稱。吴道子:見《吴道子畫四真君》注〔一〕。盧棱伽:棱伽,一作欏伽,長安(今陜西西安)人。唐代畫家。吴道子弟子。

〔四〕出世真人:指文殊菩薩。雍穆:莊重貌。

〔五〕入蕃老釋:指玄奘。清癯:猶清瘦。

〔六〕"居人"二句:謂當地人不加保護,風雨侵蝕佛像已色澤黯淡。

上巳日久病不出示兒侄二首〔一〕

其一

春氣侵脾久在牀,開門桃李著泥香〔二〕。牛鳴頗覺西湖近〔三〕,鳳去長憐北榭荒。欲出老人無伴侣〔四〕,退歸諸子解農桑。南鄰約賣千竿竹,拄杖穿林看笋長。

【箋注】

〔一〕作於崇寧三年(一一〇四)三月初三日。蘇過有和詩。上巳:三月上旬之巳日,古時節日。漢前,上巳必取巳日。魏以後,習用三月初三,不管巳日與否。見《宋書・樂志》。

〔二〕唐鄭谷《燕》:"閑几硯中窺水淺,落花徑裏得泥香。"

〔三〕謂聽得見西湖湖畔的牛叫。西湖:指許州西湖。參《傅欽之學士濟源草堂》注〔七〕。

〔四〕謂自欲出而無伴。蓋人們都有所畏避而不願親近。蘇過和詩有"翟公門外常羅雀"語,也透露出蘇轍的寂寥信息。

其二

卧聞諸子到西湖,鵠鷺翩翩衆客俱〔一〕。紈扇藤鞋試輕快〔二〕,隻雞斗酒助歡娱〔三〕。行歌久已饒渠輩〔四〕,睡美猶應屬老夫〔五〕。春服既成沂可①浴〔六〕,孔門世不乏迂儒〔七〕。

【校記】

①可:叢刊本作“正”,誤。

【箋注】

〔一〕鵠鷺:鵠和鷺。古以喻出色的人才。參《觀試進士呈試官》注〔二〕。

〔二〕紈(wán)扇:團扇。輕快:輕便有力。

〔三〕隻雞斗酒:本謂菲薄的祭品。語出《後漢書·橋玄傳》:“又承從容約誓之言:‘徂没之後,路有經由,不以斗酒隻雞過相沃酹,車過三步,腹痛勿怨。’”按,此謂簡單的酒食。

〔四〕謂瀟灑歡樂是年青人的事了。行歌:邊走邊唱。饒:讓。渠輩:他們。

〔五〕謂老來多睡。睡美:猶言美睡,即睡得香甜。唐韓偓《傷春》:“中酒向陽成美睡,惜花衝雨覺輕寒。”

〔六〕《論語·先進》:“莫春者,春服既成,冠者五六人,童子六七人,浴乎沂,風乎舞雩,詠而歸。”

〔七〕迂儒:迂腐的儒生。按,此謂固守本心之人。

附録　蘇過《次韻叔父上巳二首》

其一

日晏幽人未下牀,春風暗度百花香。掩關頗得禪家味,卻掃從教世路荒。絶口誰能論夢幻,逢人聊祇話耕桑。翟公門外常羅雀,要放空階草木長。

其二

幾年零落卧江湖,樂事何人與我俱。上巳偶尋流水禊,泛觴聊爲小兒娱。殘杯冷炙慚佳節,草服黄冠慕野夫。永謝輕肥追世好,窺園已愧下帷儒。

葺東齋〔一〕三月十八日。

弊屋如燕巢，歲歲添泥土。泥多暫完潔〔二〕，屋老終難固。況復非吾廬，聊爾避風雨。圖書易新幌〔三〕，几杖移故處。宵眠不擇安，鼻息若炊釜〔四〕。兒孫喜相告，定省便早莫〔五〕。我生溪山間，弱冠衡茅住①〔六〕。生來乏華屋，所至輒成趣。苦恨無囊金〔七〕，莫克償地主。投老付天公〔八〕，著身豈無所？

【校記】

①住：叢刊本作"往"，形近而誤。

【箋注】

〔一〕作於崇寧三年（一一〇四）三月十八日。蘇過有和詩。

〔二〕完潔：繕完整潔。

〔三〕幌：簾幔。多以絲帛或布做成。《文選·張協〈七命〉》："重殿疊起，交綺對幌。"唐李善注引《文字集略》曰："幌，以帛明牕也。"

〔四〕鼻息：特指熟睡時的鼾聲。蘇軾《次韻劉貢父李公擇見寄二首》之一："少思多睡無如我，鼻息雷鳴撼四鄰。"

〔五〕定省：子女早晚向親長問安爲"定省"。參《寄内》注〔五〕。

〔六〕此蘇轍自謂年輕時居住簡陋。弱冠：古時以男子二十歲爲成人，初加冠，因體猶未壯，故稱弱冠。《禮記·曲禮上》："二十曰弱，冠。"唐孔穎達疏："二十成人，初加冠，體猶未壯，故曰弱也。"

〔七〕囊金：謂錢。唐司空曙《送人遊嶺南》："囊金如未足，莫恨故鄉遥。"

〔八〕蘇軾《陪歐陽公燕西湖》："已將壽夭付天公，彼徒辛苦吾差樂。"

附録　蘇過《和叔父移居東齋》

去鄉三十年，夢寐猶西土。阨窮未能歸，諒亦君子固。結廬箕潁間，絶意爲霖雨。聊清一室地，僅作跏趺處。邇來又謝客，不待羹轢釜。西齋舊翳密，日晏窗先暮。東軒得爽塏，真作禪侣住。公舊自謂東軒長老。

陶潛採菊時,尚復有真趣。公今觀此心,湛然忘客主。坐了一大緣,固已遺能所。

次遲韻千葉牡丹二首〔一〕

其一

溪上名園似洛濱〔二〕,花頭種種鬥尖新〔三〕。共傳青帝開金屋〔四〕,欲遣姚黄比玉真〔五〕。秦嶺猶應篆詩句〔六〕,杜鵑直恐降天神〔七〕。老人髮少花頭重〔八〕,起舞欹斜酒力匀〔九〕。

【箋注】

〔一〕作於崇寧三年(一一〇四)暮春。牡丹一般是春末夏初開,而下詩云“畢竟春風不揀擇”,則當是在春末。千葉牡丹:見《謝任亮教授送千葉牡丹》注〔一〕。

〔二〕溪(yì):古水名。今名清溪河。參《傅欽之學士濟源草堂》注〔七〕。

〔三〕尖新:新穎;新奇。宋晏殊《山亭柳》:“家住西秦,賭博藝隨身。花柳上,鬭尖新。”

〔四〕青帝:我國古代神話中的五天帝之一,是位于東方的司春之神。金屋:青帝所居之所。

〔五〕姚黄:牡丹名種之一。參《次王適韻送張耒赴壽安尉二首》之二注〔一〕。玉真:仙女。按,此謂青帝以姚黄比仙女。

〔六〕元辛文房《唐才子傳·韓湘》:“公爲開樽,湘聚土,以盆覆之,噀水,良久,開碧花三朵,花片上有詩一聯云:‘雲横秦嶺家何在,雪擁藍關馬不前。’公甚怪異,未喻其意。曰:‘他日驗之。’告違去。未幾,公以諫佛骨事謫潮州刺史。”按,用此典云“家何在”,而下句杜鵑“不如歸去”皆思鄉情結。

〔七〕謂回歸故鄉無望。杜鵑:鳥名。相傳爲古蜀王杜宇之魂所化。春末夏初,常晝夜啼鳴,鳴曰“不如歸去”,其聲哀切。南朝宋鮑照《擬行路難》之六:“中有一鳥名杜鵑,言是古時蜀帝魂。其聲哀苦鳴不息,羽毛憔悴似人髡。”

唐杜甫《杜鵑行》:"君不見昔日蜀天子,化作杜鵑似老烏。寄巢生子不自啄,群鳥至今與哺雛。"

〔八〕花頭:花朵。佚名《擷芳詞》:"風摇蕩,雨蒙茸,翠條柔弱花頭重。"

〔九〕攲斜:此謂酒後歪斜不正。

其二

老人無力年年懶,世事如花種種新〔一〕。百巧從來知是妄,一機何處定非真〔二〕? 園夫漫接曾無種,物化相乘豈有神〔三〕? 畢竟春風不揀擇,隨開隨落自匀匀〔四〕。

【箋注】

〔一〕唐薛逢《六街塵》:"年光與物隨流水,世事如花落曉風。"

〔二〕"百巧"二句:謂世事繁華之物皆是虚幻,而一旦機緣發動遍觸處皆真。機:根機、機緣之意。《六祖大師法寶壇經》卷一:"一切無有真,不以見於真。若見於真者,是見盡非真。"

〔三〕"園夫"二句:謂牡丹花種難得,只有通過嫁接來培育,這是造化使然啊。物化:造化。相乘:相加;相繼。

〔四〕"畢竟"二句:謂無論嫁接與否,春風都同樣對待,任花開花落。揀擇:挑選。匀匀:均匀貌。

盆池白蓮〔一〕

白蓮生淤泥,清濁不相干〔二〕。道人無室家,心迹兩蕭然〔三〕。我住西湖濱,蒲蓮若雲屯〔四〕。幽居常閉户,時聽游人言。色香世所共,眼鼻我亦存。鄰父閔我獨,遺我數寸根。潩水不入園〔五〕,庭有三尺盆。兒童汲甘井,日晏泥水温。及秋尚百日,花葉隨風翻。舉目得秀色,引息收清芬。此心湛不起〔六〕,六塵空過門〔七〕。誰家白蓮花,不受風霜殘?

【箋注】

〔一〕作於崇寧三年(一一〇四)春末。詩云"及秋尚百日"可知。

〔二〕"白蓮"二句:謂白蓮雖生于淤泥之中,但本性與淤泥無關。

〔三〕南朝宋謝靈運《齋中讀書》:"昔余遊京華,未嘗廢丘壑。矧乃歸山川,心迹雙寂漠。"

〔四〕雲屯:如雲之聚集。形容盛多。

〔五〕漠水:古水名。今名清漠河。參《傅欽之學士濟源草堂》注〔七〕。

〔六〕湛:安貌。《方言》第十三:"湛,安也。"晉郭璞注:"湛然,安貌。"不起:無起,即無生。參《贈浄因臻長老》注〔八〕。

〔七〕六塵:佛教語。謂煩惱。參《次遠韻齒痛》注〔三〕。

詠竹二首〔一〕

其一

湖濱宜草木,修竹可三尋。廛居多野思〔二〕,移種近牆陰。及爾迷未醒,方予熱正侵。無嫌不逮本,地薄肯成林?

【箋注】

〔一〕作於崇寧三年(一一〇四)五月。詩云"及爾迷未醒",元王禎《農書》卷十:"移竹多用辰日,又用臘月,非此時移栽則不活。惟五月十三日謂之竹醉日,又謂之竹迷日,栽竹則茂盛。"是知當在五月。蘇過有和詩。

〔二〕廛居:猶廛宅。城邑百姓的住房。《荀子·王制》:"順州里,定廛宅。"唐楊倞注:"廛,謂市内百姓之居,宅謂邑内居也。"按,此謂居住在城市。野思:閑散自適的心思。

其二

南鄰竹甚茂,門巷不容賓〔一〕。縣印君當往〔二〕,囊金我患貧。翠旌稍亂起〔三〕,犀角笋初匀〔四〕。不惜圖書賣,端來作主人。

【箋注】

〔一〕門巷:門庭里巷。唐杜甫《遣興》之二:"客子念故宅,三年門巷空。"

〔二〕縣印:謂作官。縣,後來寫作"懸"。按,此言别人去作官去。

〔三〕翠旌:本謂用翡翠鳥羽毛製成的旌旗。此指竹葉。

〔四〕犀角:借指筍。宋梅堯臣《韓持國再遺洛中斑竹筍》:"牡丹開盡桃花紅,班筍迸林犀角豐。"

附録 蘇過《次韻叔父詠竹二首》

其一

江湖猶在眼,水竹負幽尋。故買比鄰宅,期分數畝陰。影侵書帙亂,色映緑苔侵。肅殺秋將至,霜餘出茂林。

其二

此君非草木,勁節凛佳賓。相對山陰禊,曾伴南阮貧。琳琅風葉響,水墨月窗匀。何必籃輿出,敲門問主人。

見兒侄唱酬次韻五首〔一〕

其一

芝蘭生吾廬,一雨一增蒨。本亦何預人,懷抱終眷眷〔二〕。老傳時已迫〔三〕,塵垢日須浣〔四〕。永慚舊文書,展讀不終卷〔五〕。

【箋注】

〔一〕作於崇寧三年(一一〇四)夏。第五首有"三伏罷飲酒,桂漿携一觴"語可知。

〔二〕"芝蘭"四句:欣慰子女成才,自己時刻繫心。芝蘭:芷和蘭。皆香草。此喻優秀子弟。參《故濮陽太守贈光禄大夫王君正路挽詞二首》之一注〔三〕。蒨(qiàn):茂盛。懷抱:心懷;心意。唐杜甫《遣興》之三:"有子賢與愚,何必掛懷抱。"眷眷:依戀反顧貌。《詩・小雅・小明》:"念彼共人,睠睠懷顧。"

〔三〕謂已到該囑咐後事的年齡。《禮記·曲禮》:"人生十年曰幼,學;二十曰弱,冠;三十曰壯,有室;四十曰强,而仕;五十曰艾,服官政;六十曰耆,指使;七十曰老,而傳。"漢鄭玄注:"傳家事。"

〔四〕塵垢:佛教謂煩惱。

〔五〕"永慚"二句:慚愧自己讀書不能終卷。文書:書籍;文章。

其二

讀書雖不惡〔一〕,不讀亦自好〔二〕。根牙就區別,花實隨時老〔三〕。耘鋤不可無,雨露勿憂少。我釣不在魚〔四〕,一竿寄洲島〔五〕。

【箋注】

〔一〕不惡:不壞;不錯。唐白居易《西行》:"藹藹三月天,閑行亦不惡。"

〔二〕亦自:也,也是。自,後綴。

〔三〕"根牙"二句:《正法華經》卷二:"解脱憂恐拔斷根牙,枝葉華實如來慧現。"

〔四〕唐李德裕《重憶山居六首·釣石》:"嚴光隱富春,山色谿又碧。所釣不在魚,揮綸以自適。"

〔五〕唐戴叔倫《閑思》:"何似嚴陵灘上客,一竿長伴白鷗閑。"

其三

宇宙非不寬〔一〕,閉門自爲阻。心知外塵惡〔二〕,且忍閑居苦。跏趺默非睡〔三〕,龕燈翳復吐〔四〕。道士爲我言,嬰兒出歌舞〔五〕。

【箋注】

〔一〕宇宙:天地。

〔二〕外塵:佛教語。自認識作用而言,爲六根(眼、耳、鼻、舌、身、意)所攝取之對象,即色、聲、香、味、觸、法等六塵,又稱六境。凡夫以爲六塵皆在于内心之外,故稱外塵。

〔三〕跏趺:見《畫文殊普賢》注〔二〕

〔四〕龕(kān)燈:佛龕、神龕前的長明燈。按,此句謂長明燈忽明忽暗。

〔五〕"道士"二句:謂養生之道是快樂瀟灑。嬰兒:指色澤鮮嫩如嬰兒,古常以嬰兒色以狀得道之人。《老子》第十章:"專氣致柔,能嬰兒乎?"第二十八章:"知其雄,守其雌,爲天下溪。爲天下溪,常德不離,復歸於嬰兒。"《莊子·達生》:"魯有單豹者,巖居而水飲,不與民共利,行年七十而猶有嬰兒之色。"

其四

身病要須閑〔一〕,閑極自成趣。空虛雖近道,懶拙初非悟〔二〕。偶將今生脚,遠著古人履。大小適相同,本來無别處〔三〕。

【箋注】

〔一〕要須:必須;需要。

〔二〕懶拙:怠惰笨拙。多表示不汲汲于功名富貴,藏拙自適。唐杜甫《發秦州》:"我衰更嬾拙,生事不自謀。"按,嬾,同"懶"。

〔三〕"偶將"四句:謂無古今無大小無是非之别。是亦有《莊子》齊物意。

其五

西湖雖不到,甘井竊餘涼。三伏罷飲酒,桂漿携一觴〔一〕。冠者五六人〔二〕,起舞互低昂〔三〕。人生有離合〔四〕,此歡未易忘。

【箋注】

〔一〕桂漿:指酒漿,美酒。《楚辭·屈原〈九歌·東君〉》:"操餘弧兮反淪降,援北斗兮酌桂漿。"

〔二〕《論語·先進》:"莫春者,春服既成,冠者五六人,童子六七人,浴乎沂,風乎舞雩,詠而歸。"

〔三〕低昂:起伏;升降。漢楊惲《報孫會宗書》:"是日也,拂衣而喜,奮袖低昂,頓足起舞。"

〔四〕唐杜甫《垂老别》:"人生有離合,豈擇衰老端。"

附録　蘇過《和毋仲山雨後》

其一

柴門似郊居,煙草碧萋蒨。君能慰幽獨,數面情已眷。山雨洗茅屋,耳目清如浣。憑君發妙語,筆有書萬卷。

其二

杜陵有佳句,久旱雨亦好。從教怨行旅,頗覺慰父老。我似廣文貧,飽食平生少。忍飢山澤儒,未易窺三島。

其三

西湖跬可至,不畏城闉阻。芒鞵與竹杖,穿泥未爲苦。清波暗萍藻,中有芙蕖吐。驟雨真可人,新荷亦欣舞。

其四

能琴何必弦,但曉琴中趣。學道何所得,知迷即真悟。嘗觀指非月,要似足忘屨。歸吾無所歸,兹焉定歸處。

其五

吾廬不知暑,心閒自清涼。醉鄉豈難入,不假陶令觴。白髮我摧朽,青雲子軒昂。溪山會先往,簪組未汝忘。

初得南園〔一〕

倒囊僅得千竿竹〔二〕,掃地初開一畝宫。千里故園魂夢裏〔三〕,百年生事寂寥中〔四〕。晏家不願諸侯賜〔五〕,顔氏終成陋巷風〔六〕。洗竹移花吾事了〔七〕,子孫他日記衰翁。

【箋注】

〔一〕作於崇寧三年(一一〇四)夏。得園移竹,是先後行爲,而洗竹移花,亦當是夏日事。蘇過有和詩。

〔二〕倒囊:傾囊,倒出囊中所有的錢。掃地:全部;盡數。參《聞諸子欲再質卞氏宅》注〔六〕〔七〕。

〔三〕此時蘇轍懷歸之想愈加强烈。魂夢:夢;夢魂。

〔四〕唐李中《留題胡參卿秀才幽居》:"竹蔭庭除蘚色濃,道心安逸寂寥中。"

〔五〕《晏子春秋·内篇雜下》:"景公謂晏子曰:'昔吾先君桓公以書社五百封管仲,不辭而受,子辭之何也?'晏子曰:'嬰聞之,聖人千慮,必有一失,愚人千慮,必有一得。意者管仲之失,而嬰之得者耶?故再拜而不敢受命。'"

〔六〕《論語·雍也》:"子曰:'賢哉回也!一簞食,一瓢飲,在陋巷,人不堪其憂,回也不改其樂,賢哉回也!'"

〔七〕洗竹:見《秋八月洗竹培杉偶賦短篇呈同官》注〔一〕。移花:移植花木。

附録 蘇過《和新葺南園》

道眼年來等色空,塊蘇不羡化人宫。敢嫌仲蔚蓬蒿陋,久誤邯鄲夢幻中。甕牖繩樞知達觀,兔葵燕麥任春風。箕山咫尺行當隱,巢許高蹤躡二公。

移竹〔一〕

牆陰竹蒙密,板築念相妨〔二〕。欲補園東缺〔三〕,欣乘雨後涼。三年生筍遍,一徑引風長。但恐翁彌老,筇枝懶復將〔四〕。

【箋注】

〔一〕作於崇寧三年(一一〇四)夏。移竹當在夏日,且詩有"雨後涼"語,故知作於夏日。

〔二〕"牆陰"二句:謂竹子太密,妨礙建築。蒙密:茂密。板築:代指牆。

〔三〕"欲補"二句:謂移出的竹子正可補園子的缺口亦可雨後乘涼。

〔四〕筇枝:筇竹杖。參《山房》注〔二〕。

記夢〔一〕七月二十六日①。

長魚三尺困横盆,送入清流喜欲奔。報我金匙僅盈寸,擲還聊喜不貪存〔二〕。

【校記】

①"日"下:叢刊本有"丑"。

【箋注】

〔一〕作於崇寧三年(一一〇四)七月二十六日。

〔二〕《左傳·襄公十五年》:"宋人或得玉,獻諸子罕。子罕弗受。獻玉者曰:'以示玉人,玉人以爲寶也,故敢獻之。'子罕曰:'我以不貪爲寶,爾以玉爲寶,若以與我,皆喪寶也。不若人有其寶。'"

蘇轍詩編年箋注卷二十

葺居五首〔一〕

其一

南堂初一家,隔絶歲月久。開牆北風入,爽氣通户牖〔二〕。棟梁未摧折〔三〕,斤斧聊結構〔四〕。非言事輪奐,粗反昔人舊〔五〕。

【箋注】

〔一〕作於崇寧三年(一一〇四)夏。詩云"草蔓半縈纏,樗櫟互虧蔽。已令具刀鐮,稍俟秋霜厲",藤蔓瘋長,顯見爲盛夏情景。

〔二〕蘇軾《和文與可洋川園池三十首·吏隱亭》:"昨夜清風眠北牖,朝來爽氣在西山。"

〔三〕棟梁:房屋的大梁。摧折:毁壞;折斷。

〔四〕謂動工修整。結構:連結構架,以成屋舍。唐孟浩然《題大禹寺義公禪房》:"義公習禪處,結構依空林。"

〔五〕"非言"二句:謂只是在原基礎上修葺,大略恢復原樣。輪奂:形容屋宇高大衆多。《禮記·檀弓下》:"晉獻文子成室,晉大夫發焉。張老曰:'美哉輪焉!美哉奂焉!'"漢鄭玄注:"輪,輪囷,言高大;奂,言衆多。"

其二

庭方止數尋,風月所從入。百年養毒樹,攢芒比刀戟。伐之念生久,不伐愁跣足〔一〕。且復爲人謀〔二〕,庖椹利朝食〔三〕。皂角木宜食椹。

【箋注】

〔一〕"百年"四句:謂庭院中的皂角樹上的芒刺,乾落後鋒利可刺人。

〔二〕爲人謀:替别人考慮。《論語·學而》:"曾子曰:'吾日三省吾身:爲人謀而不忠乎?'"

〔三〕椹:菌名。晉張華《博物志·異草木》:"江南諸山郡中,大樹斷倒者,經春夏生菌,謂之椹,食之有味,而忽毒殺。"按,此謂皂角樹砍伐後可用來生蘑菇。

其三

竹林失蕃養,春笋日瑣細。草蔓半縈纏,樗櫟互虧蔽〔一〕。已令具刀鐮,稍俟秋霜厲。欲成林下飲,更種園東地〔二〕。

【箋注】

〔一〕"竹林"四句:謂竹林荒蕪,雜草雜樹纏絆遮蔽。虧蔽:遮掩。唐宋之問《自衡陽至韶州謁能禪師》:"迴首望舊鄉,雲林浩虧蔽。"

〔二〕"已令"四句:謂等秋天到來,草木枯萎好收拾清理苑囿。

其四

雜花生竹間,竹荒花亦瘁〔一〕。移花通狂①鞭〔二〕,春到兩皆遂。牆東破茅屋,排去收遺址。時來拾瓦礫,細細留花地。

【校記】

①狂:叢刊本作"在",誤。

【箋注】

〔一〕瘁(cuì):憔悴;枯槁。

〔二〕狂鞭：指迅猛生長的鞭筍。

其五

東南皆民居，屋敗如齟齒〔一〕。一完誠未能〔二〕，綴葺聊且爾〔三〕。內修晨夜虞〔四〕，外結比鄰喜。無心本何營，生理未免此。

【箋注】

〔一〕齟齒：上下牙齒參差不相應。形容屋破敗不堪。

〔二〕一完：全部繕修完備。

〔三〕綴葺：修補；縫補。唐顧況《上古之什補亡訓傳·燕于巢》："燕燕于巢，綴葺惟戊。"

〔四〕虞：考慮；謀劃。

再賦葺居三絶〔一〕

其一

誰將修竹寄鄰家〔二〕，秋斫長竿春食芽〔三〕。旋築高牆護雞犬，稍容嵇阮醉喧嘩〔四〕。

【箋注】

〔一〕作於崇寧三年（一一〇四）秋。詩云"旋築高牆護雞犬""西望吾廬已自奢"，則當已修繕完備，漸趨安適。

〔二〕修竹：長長的竹子。

〔三〕芽：謂竹筍。

〔四〕嵇阮：三國魏嵇康與阮籍的並稱。兩人詩文齊名，皆以嗜酒、孤高不阿著稱。參《次韻子瞻減降諸縣囚徒事畢登覽》注〔一六〕、《送柳子玉》注〔一一〕。清賀裳《載酒園詩話·補遺·蘇轍》："北歸潁上後，詩間雜詼諧，多涉筆成趣。如《九日》：'酒慳慚對客，風起任飄冠。'《葺居》：'旋築高牆護雞犬，稍容嵇阮醉喧嘩。’然至《題任氏大檜》詩：‘便令殺身起大廈，亦恐衆材無匹敵。且留枝葉撓雲霓，猶得世人長太息。’不徒徑直之氣不衰，凜然有大臣以身存亡繫國重輕之義。”

其二

短垣疏户略藏遮，翠竹長松夾徑斜。游宦歸來四十載〔一〕，粗成好事一田家。

【箋注】

〔一〕蘇轍于仁宗嘉祐元年（一〇五六）出川，二年中進士，英宗治平二年（一〇六五），始任大名府（北京）留守推官，哲宗元符三年（一一〇〇）退居潁昌。言四十，取成數。

其三

南北高堂本富家，百年梁柱半攲斜〔一〕。略教扶起猶堪住，西望吾廬已自奢〔二〕。

【箋注】

〔一〕攲斜：歪斜不正。

〔二〕晉陶潛《讀山海經詩十三首》之一：“孟夏草木長，遶屋樹扶疎。衆鳥欣有託，吾亦愛吾廬。”唐白居易《玩松竹二首》之一：“吾亦愛吾廬，廬中樂吾道。前松後修竹，偃卧可終老。”按，此謂新居已比故鄉眉州的房屋寬敞。

歲莫口號二絶〔一〕

其一

六十年來又七年，眼昏頭白意茫然〔二〕。逢人欲説平生舊〔三〕，少有能知兩世前〔四〕。

【箋注】

〔一〕作於崇寧三年(一一〇四)十二月。口號:謂隨口吟成,與"口占"相似。始見于南朝梁簡文帝《仰和衛尉新渝侯巡城口號》。後爲詩人襲用。

〔二〕唐白居易《任老》:"面黑眼昏頭雪白,老應無可更增加。"

〔三〕平生舊:過去的事;過去的朋友。唐韋應物《同李二過亡友鄭子故第》:"不是平生舊,遺蹤要可傷。"

〔四〕兩世:兩代人。按,此亦故舊凋零之意。

其二

兩世相從今幾人?回頭强半已埃塵〔一〕。此心點檢終如一〔二〕,時事無端日日新〔三〕。

【箋注】

〔一〕回頭:回頭之間,喻時間短促。猶言一會兒。唐白居易《春盡日》:"無人開口共誰語,有酒回頭還自傾。"强半:大半;過半。埃塵:塵土。此謂化爲埃塵,言離世。

〔二〕謂自己節操依舊。點檢:反省;檢點。

〔三〕《易·繫辭上》:"富有之謂大業,日新之謂盛德。"唐孔穎達疏:"其德日日增新。"《禮記·大學》:"湯之盤銘曰:'苟日新,日日新,又日新。'"按,此亦暗諷時事多變。

雪後小酌贈内〔一〕乙酉正月九日。

薄雪爲燈止①,和風應節來〔二〕。出游吾已懶,小酌意難裁〔三〕。竹徑泥方滑,菁畦凍欲開。細君憐老病〔四〕,加料作新醅〔五〕。

【校記】

①止:叢刊本作"正",形近而誤。

【箋注】

〔一〕作於崇寧四年(一一〇五)正月初九日。

〔二〕應節:順應節令。三國魏曹丕《讓禪令》:"風雨應節,禎祥觸類而見。"

〔三〕裁:消除;解除。

〔四〕細君:古稱諸侯之妻。後爲妻之通稱。參《古北口道中呈同事二首·二副使》注〔四〕。

〔五〕加料:似謂酒中加入養生中藥之類。新醅:新釀的酒。唐白居易《問劉十九》:"緑蟻新醅酒,紅泥小火爐。晚來天欲雪,能飲一杯無?"

喜雨〔一〕三月二十三日。

奪官分所甘〔二〕,年來禄又絶〔三〕。天公尚憐人,歲賚禾與麥〔四〕。經冬雪屢下,根鬚連地脈。庖廚望餅餌,甕盎思麯糵〔五〕。一春百日旱,田作龜板拆。老農淚欲墮,無麥真無食〔六〕。朱明候纔兆,風雷起通夕〔七〕。田中有人至,膏潤已逾尺。繼來不違願,飽食真可必〔八〕。民生亦何幸〔九〕,天意每相恤。我幸又已多,鋤耒坐不執。同爾樂豐穰,異爾苦①税役。時聞吏號呼,手把縣符赤。歲賦行自辦,横斂何時畢〔一〇〕!

【校記】

①苦:叢刊本作"若",形近而誤。

【箋注】

〔一〕作於崇寧四年(一一〇五)三月二十三日。

〔二〕奪官:削去官職。

〔三〕蘇轍於崇寧二年冬罷祠。參《罷提舉太平宫欲還居潁川》注〔一〕。

〔四〕賚(lài):賞賜,賜予。《詩·商頌·烈祖》:"既載清酤,賚我思成。"毛傳:"賚,賜也。"

〔五〕"經冬"四句:謂冬天雪降,禾麥春苗得以滋養,預示豐收的年景。根鬚:鬚根,指植物的根。地脈:指地下水。甕盎:謂酒器。麯糵:謂酒。

〔六〕"一春"四句:謂春至後又百日無雨,大地如龜甲般皸裂,小春眼看無望。拆:同"坼"。裂開。

〔七〕“朱明”二句：謂剛剛要進入夏季，便已風雨大作了。朱明：夏季。

〔八〕“繼來”二句：謂雨遂人願，今年應可以五穀豐登了。可必：謂可以預料其必然如此。

〔九〕民生：生民，民衆。

〔一〇〕“同爾”六句：雖然有了對豐收的期望，但苛捐雜税卻讓自己爲民生煩惱。豐穰：猶豐熟。號呼：大聲叫唤。語本《詩·大雅·蕩》：“既愆爾止，靡明靡晦。式號式呼，俾晝作夜。”唐柳宗元《捕蛇者説》：“悍吏之來吾鄉，叫囂乎東西，隳突乎南北。”縣符：指縣衙發出的公文。此謂收税的文書。横斂：謂濫征捐税。宋何薳《春渚紀聞·徐氏父子俊偉》：“時蔡京當國，方引用小人，布列要近，賦外横斂，以供花石之費，天下之民，殆不聊生。”

收蜜蜂〔一〕

空中蜂隊如車輪，中有王子蜂中尊〔二〕。分房減口未有處〔三〕，野老解與蜂語言〔四〕。前人傳蜜延客住，後人秉艾催客奔。布囊包裹鬧如市，坌入竹屋新且完〔五〕。小窗出入旋知路，幽圃首夏花正繁〔六〕。相逢處處命儔侣，共入新宅長子孫。今年活計知尚淺，蜜蠟未暇分主①人〔七〕。明年少割助和藥，慚愧野老知利源〔八〕。

【校記】

①主：宋建本作“生”，形近而誤。

【箋注】

〔一〕作於崇寧四年（一一〇五）夏。蜜蜂分群一般是在春末夏初，而詩明言首夏。蜜蜂繁殖多了以後，每當春末夏初，往往由新出的蜂王帶著部分蜜蜂飛出老巢另覓住所，而這時也就是詩所説的“收蜜蜂”之時。

〔二〕“空中”二句：謂蜂群從空中過如車輪響動，護衛著中間的蜂王。

〔三〕分房減口：舊時荒年，爲減輕家庭負擔，維持生計，人口多者每使部分外出逃荒，謂分房減口或分身減口。按，這裏是指蜜蜂的“分家”。

〔四〕解：懂得。

〔五〕“前人”四句：謂捕峰安居之法，先用蜜糖吸引，然後焚燒艾草驅趕，裹入布囊再放入竹製的蜂巢裹定居。艾：即艾草。焚燒後的煙霧可驅蜂蟲。客：這裹指蜜蜂。坌（bèn）：聚集；積聚。

〔六〕首夏：初夏。農曆四月。南朝宋謝靈運《游赤石進帆海》：“首夏猶清和，芳草亦未歇。”

〔七〕“今年”二句：謂初分的蜂群當年還不能取蜜。活計：謂釀蜜之事。蜜蠟：見《和子瞻蜜酒歌》注〔三〕。晉張華《博物志・雜説下》：“諸遠方山郡幽僻處出蜜蠟，人往往以桶聚蜂，每年一取。”主人：養蜂人。

〔八〕“明年”二句：謂來年即可取蜜了。和藥：調製藥物。慚愧：感幸之詞。此爲難得之義。利源：財利的來源。

養竹〔一〕

病竹養經年，生笋大如母〔二〕。初番放出林，末番任供口〔三〕。欲求五寸圍〔四〕，更聽三年後〔五〕。蕭疏盡椽桷①，無復堪作帚〔六〕。吾廬適營葺〔七〕，便可開户牖。秀色到衣冠，清風蕩塵垢。物生恨失養〔八〕，養至無不厚。斧斤日摧剥，陰陽自難救〔九〕。閑居玩草木，農圃即師友〔一〇〕。養人如養竹，舉目皆孝秀〔一一〕。

【校記】

①桷：叢刊本作“桶”，形近而誤。

【箋注】

〔一〕作於崇寧四年（一一〇五）夏。竹笋在夏日挺出。

〔二〕母：指長出竹筍的竹子。

〔三〕“初番”二句：謂最早生出來的筍任其生長，而後出的竹筍則取來餐食。按，竹筍通常是早出的能夠長大成林，晚出的通常長不大，故人們多將晚出的竹筍挖來食用。如杜甫《三絶句》之三：“會須上番看成竹，客至從嗔不出迎。”宋趙次公注云：“蜀人於竹，言上番則成竹，又曰上篢筍，下番則不成竹，亦曰下篢筍。”

〔四〕釋贊寧《筍譜》:“竹大者五六寸圍,長二丈。其中實滿。筍至四月已後方出,味甚美。”

〔五〕聽:等到。《禮記·雜記下》:“不聽事焉。”漢鄭玄注:“聽,猶待也。”

〔六〕“蕭疏”二句:謂竹子養得高大的可做椽桷,不然只能做掃帚。蕭疏:稀疏;稀少。唐白居易《游石門澗》:“蕭疏野生竹,崩剥多年石。”按,竹長得稀疏的纔長得高大。

〔七〕營葺:修建;修繕。唐杜甫《客堂》:“事業只濁醪,營葺但草屋。”

〔八〕失養:未能照料。

〔九〕“斧斤”二句:謂竹經受人爲的摧殘是自然造化所無法救治的。摧剥:猶摧殘。蘇軾《和文與可洋州園池三十首·篔簹谷》:“漢川修竹賤如蓬,斤斧何曾赦籜龍?”

〔一〇〕《論語·子路》:“樊遲請學稼。子曰:‘吾不如老農。’請學爲圃。曰:‘吾不如老圃。’”

〔一一〕孝秀:忠孝優秀。

和遲田舍雜詩九首〔一〕并引

吾①家本眉山,田廬之多寡,與揚子雲等〔二〕。仕宦流落,不復能歸。中竄嶺南,諸子不能盡從,留之潁川,買田築室,賒飢寒之患。既蒙恩北還,因而居焉。然拙於生理,有無之計,一付諸子。夏五月,麥方登場,遲往從諸農夫,簞瓢銍艾〔三〕,知以爲樂,作詩九章,澹然有詩人之思。歸而出之,爲和之云。

其一

麥生置不視,麥熟爲一來〔四〕。我懶客亦惰②,田荒誰使開〔五〕?勤事知有獲〔六〕,直駕獨未③回。交游悉吾病,門巷多蒼苔〔七〕。

【校記】

①吾:四庫本作“余”。

②惰:叢刊本作"情",形近而誤。

③未:叢刊本作"永",形近而誤。

【箋注】

〔一〕作於崇寧四年(一一〇五)五月。從引可知。

〔二〕揚子雲:即揚雄。《漢書·揚雄傳》:"揚雄字子雲,蜀郡成都人,……有田一廛,有宅一區,世世以農桑爲業。"参《答文與可以六言詩相示因道濟南事作十首》之六注〔一〕。

〔三〕銍艾:收割。引申指收穫。艾,通"乂"。《詩·周頌·臣工》:"命我衆人,庤乃錢鎛,奄觀銍艾。"毛傳:"銍,獲也。"

〔四〕一來:來一趟。

〔五〕開:即墾荒,開田。

〔六〕《楚辭·屈原〈九章·抽思〉》:"孰無施而有報兮,孰不實而有獲?"漢王逸注:"空穗滿田,無所得也。以言上不施惠,則下不竭其力;君不履信誠,則臣下僞惑也。"

〔七〕"交游"二句:謂朋友知道自己體弱多病,而很少登門。交游:朋友。蒼苔:青色苔蘚。唐杜甫《醉時歌》:"先生早賦《歸去來》,石田茅屋荒蒼苔。"按,"病",此爲婉語,實際含世態炎凉,門可羅雀義。

其二

我生無定居,投老旋求宅〔一〕。未暇棟宇完,先問松筠碧。牀鋭日益銷,車轄轉生澀〔二〕。東家雖告貧,鬻否猶未必〔三〕。

【箋注】

〔一〕投老:垂老;臨老。

〔二〕"牀鋭"二句:謂自己時時卧床,很少出門。牀鋭:牀稜。蘇轍《閒居五詠·杜門》:"牀鋭日日銷,髀肉年年肥。"車轄:車軸兩端的鍵,即銷釘。

〔三〕"東家"二句:屋主雖貧困,但是否出售還未可知。鬻(yù):賣。《孟子·萬章上》:"百里奚自鬻於秦養牲者。"

其三

偶自十年閑〔一〕,非繼七①人作〔二〕。早歲漫云云,志大終落落〔三〕。齒髮已半空,頭顱不難度〔四〕。顔曾本吾師〔五〕,終身美藜藿〔六〕。

【校記】

①七:蜀藩刻本作"十",誤。按,作"七"是,參《論語·微子》。

【箋注】

〔一〕唐白居易《幽居早秋閒詠》:"誰人知此味,臨老十年閑。"

〔二〕謂自己賦閑是不得已。《隋書·隱逸傳序》:"洪崖兆其始,箕山扇其風,七人作乎周年,四皓光乎漢日。魏晉以降,其流逾廣,其大者則輕天下,細萬物。其小者則安苦節,甘賤貧。"七人:指周代的七個隱者。《論語·微子》:"逸民:伯夷、叔齊、虞仲、夷逸、朱張、柳下惠、少連。子曰:'不降其志,不辱其身,伯夷、叔齊與!'"

〔三〕"早歲"二句:謂年青時志向遠大,高談闊論,結果一事無成。云云:猶紜紜。紛紜;紛紛(多用于形容言語、議論多而雜)。漢仲長統《昌言·損益》:"爲之以無爲,事之以無事,何子言之云云也?"落落:猶言寥落。失意困頓貌。

〔四〕"齒髮"二句:謂自己已老了,無前景可言。南朝梁陶弘景《與從兄書》:"仕宦期四十左右作尚書郎,即抽簪高邁。今三十六方作奉朝請,頭顱可知,不如早去。"度:預料。

〔五〕顔曾:孔子弟子顔回和曾參的並稱。參《再次前韻四首》之三注〔三〕、《次韻侄過江漲》注〔八〕。

〔六〕《文選·曹植〈七啓〉》:"予甘藜藿,未暇此食也。"唐劉良注:"藜藿,賤菜,布衣之所食。"

其四

至人竟安在〔一〕? 陶鑄皆秕糠〔二〕。世俗那得知〔三〕,楚楚事冠裳〔四〕。方醉狂正作,吾語未可莊〔五〕。天定能勝人〔六〕,更看熟黄粱〔七〕。

【箋注】

〔一〕至人：見《楊惠之塑維摩像》注〔五〕。

〔二〕《莊子·逍遥遊》："是其塵垢粃糠，將猶陶鑄堯舜者也。"

〔三〕唐杜甫《送孔巢父謝病歸遊江東兼呈李白》："自是君身有仙骨，世人那得知其故。"

〔四〕楚楚：鮮明貌。《詩·曹風·蜉蝣》："蜉蝣之羽，衣裳楚楚。"毛傳："楚楚，鮮明貌。"按，此謂作官。

〔五〕"方醉"二句：晉陶潛《飲酒》之二十："但恨多謬誤，君當恕醉人。"

〔六〕《史記·伍子胥列傳》："吾聞之，人衆者勝天，天定亦能破人。"

〔七〕見《白雲莊偶題》注〔七〕。

其五

平湖近西垣〔一〕，杖屨可以遊〔二〕。偶從大夫後〔三〕，不往三經秋。盎中插蒲蓮，菱芡亦易求〔四〕。閉門具樽俎〔五〕，父子相獻酬〔六〕。

【箋注】

〔一〕平湖：即西湖。

〔二〕杖屨：拄杖散步。

〔三〕謂偶然乘車前往。《論語·先進》："顔淵死，顔路請子之車以爲之椁。子曰：'才不才，亦各言其子也。鯉也死，有棺而無椁，吾不徒行以爲之椁，以吾從大夫之後，不可徒行也。'"唐王維《上張令公》："當從大夫後，何惜隸人餘。"

〔四〕菱芡（qiàn）：菱角實和芡實。參《寄濟南守李公擇》注〔九〕。

〔五〕謂準備酒肉。

〔六〕謂隨意斟飲。獻酬：謂飲酒時主客互相敬酒。《詩·小雅·楚茨》："獻醻交錯，禮儀卒度，笑語卒獲。"鄭箋："始主人酌賓爲獻，賓既酌主人，主人又自飲酌賓曰醻。"

其六

試問西寺僧，云何古佛意[一]？別無安心法[二]，但復餅師饋[三]。外物來無從[四]，往亦無所至。佛法見在前，我亦從此逝[五]。

【箋注】

〔一〕古佛：佛教語。對先佛或古德之尊稱。按，禪宗參問常有"如何是古佛心"之類問頭。參燈録類著作。

〔二〕安心：見《少林寺贈頓起》注〔四〕。蘇軾《和子由寄題孔平仲草庵次韻》："逢人欲覓安心法，到處先爲問道庵。"

〔三〕《宋高僧傳·唐荊州天皇寺道悟傳》："[崇]信在俗爲渚宫胡餅師之子，弱齡宛異，神府寬然。昔天皇寺悟禪師隱耀藏光，人莫我測。信家居寺巷，恒日提餅笥饋悟公齋食。食畢，且留一餅曰：'吾惠汝，以蔭子孫。'信一日自念曰：'餅是我持去，何以返遺我邪？莫別有旨乎？'遂拱手問焉。悟公曰：'是汝持來，復汝何咎？'"

〔四〕"外物"二句：謂無所謂來去，即一切都不存在。《維摩義記》卷三："來無所從去無所至，以來無來去更不去。菴羅會空故來無從，維摩室空故去無至。"《佛説弘道廣顯三昧經》卷一："道無可至，無有去故。道無所來，無從來故。"

〔五〕蘇軾《臨江仙》："小舟從此逝，江海寄餘生。"

其七

老佛同一源[一]，出山便異流。少小本好道，意在三神洲[二]。子房見黄石[三]，願封小國留[四]。終老預人事[五]，斷穀爲吕憂[六]。

【箋注】

〔一〕老佛：道家與佛家。蘇轍謂佛道共有一個源頭。一是以佛解老，如《道德真經注》，一是以老解佛，如《書傳燈録後》。蘇轍《歷代論·梁武帝》："東漢以來，佛法始入中國，其道與老子相出入，皆《易》所謂形而上者。……老佛之道，非一人之私説也。自有天地，而有是道矣。"

〔二〕"少小"二句：謂小時便有求仙學道之念。三神洲：即三神山。傳説東海中仙人所居之山，即蓬萊、方丈、瀛洲。《史記·秦始皇本紀》："齊人徐市等上書，言海中有三神山，名曰蓬萊、方丈、瀛洲，仙人居之。"

〔三〕子房：指漢張良。參《下邳黄石公廟》注〔一〕。

〔四〕《史記·留侯世家》："漢六年正月，封功臣。良未嘗有戰鬭功，高帝曰：'運籌策帷帳中，決勝千里外，子房功也。自擇齊三萬户。'良曰：'始臣起下邳，與上會留，此天以臣授陛下。陛下用臣計，幸而時中，臣願封留足矣，不敢當三萬户。'乃封張良爲留侯，與蕭何等俱封。"

〔五〕謂張良老來還是在爲漢家天下謀劃。人事：指國家大事。

〔六〕見《送張恕朝奉南京簽判二首》之一注〔五〕。

其八

蒼然澗下松〔一〕，不願世雕刻。斧斤百夫手，牽挽千牛力。斲成華屋柱，加以綴衣飾〔二〕。人心喜相賀，松心終自惜〔三〕。

【箋注】

〔一〕晉左思《詠史》之二："鬱鬱澗底松，離離山上苗。"

〔二〕謂成爲宫室中的裝飾物。《書·顧命》："兹既受命還，出綴衣于庭，越翼日乙丑，王崩。"孔傳："綴衣，幄帳。"唐孔穎達疏："綴衣是施張於王坐之上，故以爲幄帳也。"

〔三〕清賀裳《載酒園詩話·補遺·蘇轍》：評此詩曰："蒼渾沉深，即列之唐人中，亦錚錚者。"

其九

汲汲陷有爲〔一〕，昏昏墮無記〔二〕。湛然古井水〔三〕，心在獨無意。讀書非求解〔四〕，食粟姑自遂。幸有三男子，力田奉租税〔五〕。

【箋注】

〔一〕有爲：即有爲法。參《贈方子明道人》注〔一一〕。

〔二〕無記：佛教語。謂事物之性體中容，不可記爲善，亦不可記爲惡者。

《阿毘達磨俱舍論》卷二："於此所説十有對中，除色及聲餘八無記，謂五色根，香味觸境，不可記爲善不善性，故名無記。"

〔三〕形容心境十分平静或一點也不動情。語本唐孟郊《烈女操》："波瀾誓不起，妾心古井水。"蘇軾《以雙刀遺子由子由有詩次其韻》："湛然如古井，終歲不復瀾。"湛(zhàn)然：清澈貌。

〔四〕晉陶潛《五柳先生傳》："好讀書，不求甚解；每有會意，便欣然忘食。"

〔五〕力田：努力耕田。指勤於農事。

雨病〔一〕

晴送麥入倉，雨催穀含穗〔二〕。共怪天公仁，曲盡老農意。誰爲三日霖〔三〕，下漉一丈地〔四〕？百谷争奔流，通川不可厲〔五〕。夜聞屋山落〔六〕，晝説城闉閉〔七〕。老羸知奈何，脾病尤所畏〔八〕。中宵得暴下〔九〕，亭午卧忘起〔一〇〕。良醫過我言〔一一〕，勿藥行自喜。損食存谷神〔一二〕，收心辟邪氣〔一三〕。兀然槁木居〔一四〕，油爾元和至〔一五〕。天唯不窮人，人則昧其理〔一六〕。學道三十年，愧爾良醫賜。

【箋注】

〔一〕作於崇寧四年(一一〇五)六月。從"穀含穗"可知。

〔二〕謂雨後穀穗能成熟飽滿。

〔三〕霖(lín)：久雨。《左傳·隱公九年》："凡雨，自三日以往爲霖。"

〔四〕漉(lù)：滲流。《史記·司馬相如列傳》："滋液滲漉，何生不育。"

〔五〕謂大水而不可渡。厲：涉水。連衣涉水叫厲，提起衣服涉水叫揭。語出《詩·邶風·匏有苦葉》："深則厲，淺則揭。"毛傳："以衣涉水爲厲，謂由帶以上也。揭，褰衣也。"

〔六〕謂雨勢大，感覺聽到屋脊崩落。屋山：屋脊。

〔七〕城闉(yīn)：城内重門，此泛指城郭。

〔八〕蘇轍有脾病。《和子瞻過嶺》詩曰："蠻音慣習疑傖語，脾病縈纏帶嶺嵐。"

〔九〕暴下:急性腹瀉。參《寄内》注〔九〕。

〔一〇〕亭午:正午。蘇軾《上巳出遊隨所見作句》:"三杯卯酒人徑醉,一枕春睡日亭午。"

〔一一〕過:來訪。《詩·召南·江有汜》:"子之歸,不我過。"

〔一二〕谷神:谷,通"穀",義爲保養。神,指五臟神。《老子》第六章"谷神不死"河上公注:"人能養神則不死,神謂五藏之神也。"

〔一三〕收心:謂約束意念,使不旁騖。邪氣:中醫指傷人致病的因素。《素問·欬論》:"皮毛先受邪氣。"

〔一四〕見《楊惠之塑維摩像》注〔五〕。

〔一五〕油爾:油然。元和:順暢祥和。元,善;吉。和,和順;平和。

〔一六〕"天唯"二句:謂天無絶人之路,而人卻常常不明此理。蘇軾《海市》:"率然有請不我拒,信我人厄非天窮。"

施崇寧寺馬〔一〕并引

予自龍川還潁川,安於閑放,不畜車馬。僧悟緣自成都來〔二〕,爲予致一滇馬,甚駿。曰:"聞公歸自南方,家無良馴,此可以備登山之乘。"予愧其意,不能卻也。然馬入吾廄,輒苦多病,意其非吾物也。西鄰僧道和禪席之盛〔三〕,鄉閭之所奔走。乃祝之曰:"俾爾爲和馬,歸依佛法乘,病或已乎?"因爲詩以示和。

南歸閉門萬事了,病卧常多起常少〔四〕。未用田間下澤車〔五〕,何須櫪上追風驃〔六〕。鄉人記我少年日〔七〕,滇馬爲致風前鳥〔八〕。三年伏櫪人共怪〔九〕,馬不能言①心可曉。坐馳千里氣蟠結〔一〇〕,日食生芻空自笑〔一一〕。主人自是箕潁人〔一二〕,誰復爲送洮岷道〔一三〕?支公惠眼識神駿〔一四〕,山下泉甘足芳草。法流一洗百病消〔一五〕,翹足長鳴且忘老。

【校記】

①言:叢刊本作"苦",誤。

【箋注】

〔一〕作於崇寧四年(一一〇五)。

〔二〕悟緣:寶月大師蘇惟簡(蘇轍宗兄)徒孫。見蘇軾《寶月大師塔銘》。

〔三〕道和(一〇五七—一一二四):宋代雲門宗僧。福建興化仙遊人,俗姓潘。賜號"祖照禪師"。禮天清德璋爲師而出家受戒,又參謁净因道臻、圓通法秀。法秀入寂後,參隨善本,受印可,住持江蘇真州長蘆寺,廣揚宗風。宣和六年示寂,世壽六十八。見《五燈會元·真州長蘆道和祖照禪師》。禪席:和尚的講席。

〔四〕"南歸"二句:謂自從南歸回潁川後,常疾病纏身。

〔五〕下澤車:一種適宜在沼澤地上行駛的短轂輕便車。唐柳宗元《同劉二十八院長述舊言懷感時書事通贈二君子》:"誰采中原菽,徒巾下澤車。"參《和子瞻金山》注〔一〇〕。

〔六〕追風驃:謂奔跑急速的良馬。晉崔豹《古今注》卷中《鳥獸》:"秦始皇有七名馬:一曰追風,二曰逐兔,三曰躡影,四曰追電,五曰飛翮,六曰銅雀,七曰晨鳧。"

〔七〕唐寒山《詩》之一百一:"尋思少年日,游獵向平陵。"

〔八〕風前鳥:比風還快的鳥。此謂馬之快。蘇軾《歸去來集字十首》之一:"雲内流泉遠,風前飛鳥輕。"

〔九〕伏櫪:馬伏在槽上。指受人馴養。

〔一〇〕蟠結:鬱積;鬱結。

〔一一〕生芻(chú):鮮草。《詩·小雅·白駒》:"生芻一束,其人如玉。"

〔一二〕箕潁:箕山和潁水。相傳堯時,賢者許由曾隱居箕山之下,潁水之陽。後因以"箕潁"指隱居者或隱居之地。南朝宋謝靈運《擬魏太子〈鄴中集詩·徐幹〉》序:"少無宦情,有箕潁之心事,故仕世多素辭。"按,此箕潁人謂隱居不仕之人。

〔一三〕謂馬不能馳騁邊陲。洮岷:古時洮州和岷州的並稱,大致爲今甘肅甘南地區的臨潭和定西地區的岷縣。此一帶宋時爲戰爭前線。

〔一四〕《世説新語·言語》:"支道林常養數匹馬,或言道人畜馬不韻,支曰:'貧道重其神駿。'"支公:支道林。參《次韻姜應明黄蘗山中見寄》注〔八〕。

按,此以支道林況道和。

〔一五〕法流:佛教語。相續不絶的佛法。

南堂新甃花壇二首〔一〕

其一

亂竹侵紅藥〔二〕,病花羞晚春〔三〕。移根近談笑〔四〕,得土長精神〔五〕。榮悴非由爾〔六〕,芬芳止爲人。庭西井泉好,汲灌每躬親〔七〕。

【箋注】

〔一〕作於崇寧四年(一一〇五)夏。從"羞晚春"可知。"榮悴非由爾,芬芳止爲人"寓意甚明。

〔二〕紅藥:芍藥花。南朝齊謝朓《直中書省》:"紅藥當階翻,蒼苔依砌上。"

〔三〕唐錢起《病花》:"叢筱輕新暑,孤花占晚春。"

〔四〕移根:猶移植。

〔五〕唐韓偓《早起探春》:"句芒一夜長精神,臘後風頭已見春。"

〔六〕榮悴:榮枯。晉陶潛《形贈影》:"草木得常理,霜露榮悴之。"

〔七〕汲灌:打水澆灌。

其二

老木不忍①伐,横去聲枝宜少除〔一〕。根莖漸有托,雨露稍分餘。生意初無損,開花終自如。他年諸草木,成就此幽居〔二〕。

【校記】

①忍:叢刊本作"恐",不辭,誤。

【箋注】

〔一〕横枝:雜亂無章的樹枝。

〔二〕成就:造就;成全。

夢中謝和老惠茶〔一〕

西鄰禪師憐我老，北苑新茶惠初到〔二〕。晨興已覺三嗅多〔三〕，午枕初便一杯少。七碗煎嘗病未能，兩腋風生空自笑〔四〕。定中直往蓬萊山〔五〕，盧老未應知此妙〔六〕。

【箋注】

〔一〕作於崇寧四年（一一〇五）。和老：即道和。參《施崇寧寺馬》注〔三〕。

〔二〕北苑：宋代名茶産地。宋熊蕃《宣和北苑貢茶録》："五代之季，建屬南唐，歲率諸縣民採茶北苑。"按，建，建州，今福建建甌縣。宋趙汝礪《北苑別録》："厥今，茶自北苑上者，獨冠天下，非人間所可得也。"

〔三〕謂多次聞茶香。三嗅：見《所寓堂後月季再生與遠同賦》注〔一四〕。

〔四〕"七碗"二句：唐盧仝《走筆謝孟諫議寄新茶》："一碗喉吻潤；兩碗破孤悶；三碗搜枯腸，唯有文字五千卷；四碗發輕汗，平生不平事，盡向毛孔散；五碗肌骨清；六碗通仙靈；七碗吃不得也，唯覺兩腋習習清風生。"

〔五〕定：佛教語。心專注于一物件，而達于不散亂之精神作用，或即指其凝然寂静之狀態。

〔六〕盧仝《走筆謝孟諫議寄新茶》："蓬萊山，在何處？玉川子，乘此清風欲歸去。山上群仙司下土，地位清高隔風雨。"盧老：即盧仝。唐濟源（今河南濟源市）人。隱少室山，自號玉川子。博覽工詩，韓愈甚稱之。朝廷徵爲諫議不赴。好飲茶，爲茶歌，句多奇警。後死於甘露之變。

新霜〔一〕

敗檐疏户秋寒早①，老人腳冷先知曉。濃霜滿地作微雪，落葉投空似飛鳥〔二〕。新春未覺廩庾空〔三〕，宿逋暗奪衾裯少〔四〕。早田首種未言入〔五〕，敢信來年真食麩〔六〕？

【校記】

①早：宋建本作“草”，形近而誤。

【箋注】

〔一〕作於崇寧四年（一一〇五）秋。

〔二〕投空：從空中飄落。

〔三〕謂舂米繳納賦税所剩無幾了。廩庾：糧倉。

〔四〕謂典當衣服償還債務。宿逋：久欠的税賦或債務。衾裯：指被褥床帳等卧具。語本《詩·召南·小星》：“肅肅宵征，抱衾與裯，寔命不猶。”

〔五〕謂天寒首批莊稼還未播種。首種：最先播種的莊稼。參《立冬聞雷》注〔一一〕。

〔六〕謂不敢相信明年小春有收成。麨（chǎo）：米、麥等炒熟後磨粉製成的乾糧。明李時珍《本草綱目·穀四·麨》：“麨以炒成，其臭香，故糗从臭，麨从炒省也。”敢：豈敢。

戲作家釀二首〔一〕

其一

方暑儲麴蘖〔二〕，及秋舂秫稻〔三〕。甘泉汲桐柏〔四〕，火候問鄰媪〔五〕。唧唧鳴甕盎〔六〕，暾暾化梨棗〔七〕。一撥欣已熟，急搦嫌不早〔八〕。病色變渥丹〔九〕，羸軀驚醉倒。子雲多交游，好事時相造〔一〇〕。嗣宗尚出仕，兵廚可常到〔一一〕。嗟我老杜門，奈此平生好。未出禁酒國〔一二〕，恥爲甕間盜〔一三〕。一醉汁滓空〔一四〕，入腹誰復告？俗諺有“入腹無臟”之語〔一五〕。

【箋注】

〔一〕作於崇寧四年（一一〇五）秋。

〔二〕麴蘖（qū niè）：酒麴。《書·説命下》：“若作酒醴，爾惟麴糵。”

〔三〕秫稻：即糯稻。明李時珍《本草綱目·穀一·稻》：“糯稻，南方水田多種之,其性黏,可以釀酒,可以爲粢,可以蒸糕,可以熬餳,可以炒食,其類亦多。”

〔四〕謂用桶汲甘洌的井水。桐柏:謂水桶。因柏木比較堅牢,所以做桶多用之,爲了防腐蝕,用桐油反復涂飾。

〔五〕謂釀酒時發酵的時間和程度。

〔六〕唧唧:酒發酵聲。

〔七〕暾暾:温熱貌。按,此謂把酒中要加入的輔料化開。

〔八〕搊(chōu):用手指鉤取物。

〔九〕渥丹:潤澤光豔的朱砂。多形容紅潤的面色。《詩·秦風·終南》:“顔如渥丹,其君也哉!”鄭箋:“渥,厚漬也。顔色如厚漬之丹,言赤而澤也。”

〔一〇〕“子雲”二句:《漢書·揚雄傳》:“家素貧,耆酒,人希至其門。時有好事者載酒肴從游學,而鉅鹿侯芭常從雄居,受其《太玄》《法言》焉。”子雲:即揚雄。參《答文與可以六言詩相示因道濟南事作十首》之六注〔一〕。

〔一一〕“嗣宗”二句:《三國志·魏書·阮籍傳》南朝宋裴松之注:“籍以世多故,禄仕而已。聞步兵校尉缺,廚多美酒,營人善釀酒,求爲校尉,遂縱酒昏酣,遺落世事。”嗣宗:即阮籍。參《送柳子玉》注〔一二〕。

〔一二〕唐盧仝《歎昨日三首》之三:“何時出得禁酒國,滿甕釀酒曝背眠。”蘇軾《書盧仝詩》:“盧仝詩云:‘何時得去禁酒國。’吾今謫嶺南,萬户酒家有一婢,昔嘗爲酒肆,頗能伺候冷暖。自今當不乏酒,可以日飲無何,其去禁酒國矣。”

〔一三〕《藝文類聚·職官部四·吏部郎》引《晉中興書》:“畢卓,字茂世,新蔡人。少希放達,爲胡毋輔之所知。太興末爲吏部郎,常飲酒廢職,比舍郎釀酒熟,卓因醉,夜至其甕間取酒飲之。掌酒者不察,謂是盜執而縛之,郎往視,乃畢吏部也。遽釋其縛。卓遂引主人燕于甕側,致醉而去。卓常謂人曰:‘右手持酒杯,左手持蟹螯。拍浮酒池中,便足了一生。’”

〔一四〕汁滓:汁液與渣滓。《周禮·天官·酒正》“二曰醴齊”漢鄭玄注:“醴猶體也,成而汁滓相將,如今恬酒矣。”唐杜甫《孟倉曹步趾領新酒醬二物滿器見遺老夫》:“藉糟分汁滓,甕醬落提携。”清仇兆鼇注:“竹牀笮酒,分出汁滓,其清汁爲酒,濁滓則糟也。”

〔一五〕謂吃下肚就没有贓證了。典出宋何薳《春渚紀聞·牛酒帖》:“獨畢少董所藏一帖,醉墨瀾翻,而語特有味。云:‘今日與數客飲酒,而純臣適至,秋熱未已,而酒白色,此何等酒也,入腹無贓,任見大王。既與純臣飲,無以侑酒,西鄰耕牛適病足,乃以爲衾,飲既醉,遂從東坡之東直出,至春草亭而歸,時已三鼓矣。’”按,今西南方俗猶有此語。

其二

我飲半合耳,晨興不可無〔一〕。千錢買一斗,衆口分須臾。月俸本有助,法許吏未俞〔二〕。愍愍坐相視〔三〕,饞涎落盤盂〔四〕。潁濮舊乏水,粳糯貴如珠〔五〕。今年利陂堨〔六〕,碓聲喧里閭〔七〕。典衣易鐘釜,入甕生①醍醐〔八〕。歡欣走童孺,左右陳肴蔬。細酌奉翁媼〔九〕,餘潤霑庖廚。詰朝日南至〔一〇〕,相戒留全壺。一家有喜色,經冬可無沽。莫怪杜拾遺,斗水寬憂虞〔一一〕。

【校記】

①生:叢刊本作“坐”,形近而誤。

【箋注】

〔一〕“我飲”二句:謂早晨一定要喝一點酒。合(gě):量詞。一升的十分之一。言其少。晨興:早起。

〔二〕“月俸”二句:言按照法令自己應該有俸禄的,但主管官吏卻不給予。俞:表示應答和首肯,猶是。《書·堯典》:“帝曰:‘俞,予聞,如何?’”

〔三〕愍愍:可憐貌。

〔四〕饞涎:口水。蘇軾《將之湖州戲贈莘老》:“吴兒鱠縷薄欲飛,未去先説饞涎垂。”

〔五〕“潁濮”二句:謂潁川自古缺水,故稻米昂貴。

〔六〕陂堨:蓄水塘。晉杜預《論水利疏》:“陂堨歲决,良田變生蒲葦。”

〔七〕碓(duì)聲:舂米的聲音。按,此謂糧食豐收且水利可用。

〔八〕醍醐:喻美酒。唐白居易《將歸一絶》:“更憐家醖迎春熟,一甕醍醐待我歸。”

〔九〕謂酒釀好後請老人先嘗。細酌:謂美酒。

〔一〇〕詰朝:詰旦,早晨。《左傳·僖公二十八年》:"戒爾車乘,敬爾君事,詰朝將見。"晉杜預注:"詰朝,平旦。"

〔一一〕唐杜甫《引水》:"人生留滯生理難,斗水何直百憂寬。"杜拾遺:即杜甫。見《和張安道讀杜集》注〔一〕。

冬至雪〔一〕

旱久魃不死〔二〕,連陰未成雪〔三〕。微陽九①地來〔四〕,顛風三日發〔五〕。父老竊相語,號令風爲節。講武罷冬夫〔六〕,畿甸休保甲〔七〕。累囚出死地〔八〕,冗官去煩雜。手詔可人心〔九〕,吾君信明哲〔一〇〕。風頻雪猶吝,來歲恐無麥。天公聽一言,惟幸早誅魃。

【校記】

①九:叢刊本作"凡",不辭,形近而誤。

【箋注】

〔一〕作於崇寧四年(一一〇五)冬至。

〔二〕魃(bá):神話傳説中的旱神。《詩·大雅·雲漢》:"旱魃爲虐,如惔如焚。"毛傳:"魃,旱神也。"清馬瑞辰通釋:"字通作'妭'……《山海經·大荒北經》:'係昆之山有人,衣青衣,名曰黄帝女妭。黄帝攻蚩尤冀州,蚩尤請風伯、雨師縱大風雨。黄帝乃下天女曰妭,雨止,遂殺蚩尤。妭不得上,所居不雨。'妭即魃字之叚借。"按,此言魃當有政治隱喻,似言新黨諸人。後詩同。

〔三〕連陰:連續陰天。《漢書·鮑宣傳》:"白虹虷日,連陰不雨。"

〔四〕微陽:冬至後白天漸長,古代認爲是陽氣初動。參《次韻景仁丙辰除夜》注〔四〕。九地:遍地;大地。

〔五〕顛風:狂風。

〔六〕講武:講習武事。《國語·周語上》:"三時務農,而一時講武。"冬夫:冬季服徭役的民夫。

〔七〕畿甸:指京城地區。《周書·蕭詧傳》:"昔方千而畿甸,今七里而磐縈。"保甲:宋代的一種鄉兵制度。熙寧初,王安石變募兵而爲保甲。其法:十家爲一保,有保長。五十家爲一大保,有大保長。十大保爲一都保,有正副都保正。家有兩丁以上者,選一人做保丁,組成保甲,授以弓弩,教之戰陣。參《宋史・兵志六》、《文獻通考・兵考五・兵制》。

〔八〕《續資治通鑑長編拾補・徽宗崇寧四年》:"[九月]御筆手詔:'元祐姦黨,詆誣先帝,罪在不赦,曩屈常憲,貸與之生,屏之遠方,固無還理,棄死貶所,豈不爲宜! 今先烈紹興,年穀豐稔,鑄鼎以安廟社,作樂以協神明。嘉祥薦臻,和氣浹洽;肆頒赦宥,覃及萬方。興造邦誣,久責遐裔;一夫失所,朕尚惻然。用示至仁,稍從内徙;服我寬德,其革爾心。應嶺南移荆湖,荆湖移江淮,江淮移近地,惟不得至四輔畿甸。'"

〔九〕可:符合;切合。

〔一〇〕信:果真,確實。明哲:明智。《書・説命上》:"知之曰明哲,明哲實作則。"孔傳:"知事則爲明智,明智則能製作法則。"

歲莫二首〔一〕

其一

嶺南萬里歸來客,潁上六年多病身〔二〕。未死誰言猶有命〔三〕,長閑豈復更尤人? 眼看世事知難了〔四〕,手注遺編近一新〔五〕。點檢平生無幾恨〔六〕,濁醪初熟正逢春〔七〕。

【箋注】

〔一〕作於崇寧四年(一一〇五)。

〔二〕"嶺南"二句:唐劉禹錫《詶樂天揚州初逢席上見贈》:"巴山楚水悽涼地,二十三年棄置身。"當爲二句所本。

〔三〕《論語・顔淵》:"死生有命,富貴在天。"

〔四〕唐施肩吾《觀花後遊慈恩寺》:"世事知難了,應須問苦空。"

〔五〕此即指下詩之《春秋集解》。

〔六〕點檢：反省；檢點。唐錢起《初至京口示諸弟》："點檢平生事，焉能出蓽門。"

〔七〕濁醪：濁酒。

其二

文章習氣消未盡〔一〕，般若初心老漸明〔二〕。粗有《春秋》傳舊學〔三〕，終憑止觀定無生〔四〕。維摩晚亦諧生事，彌勒初猶重世名〔五〕。鬚髮來年應更白，莫留塵滓溷澄清〔六〕。

【箋注】

〔一〕習氣：佛教語。謂煩惱的殘餘成分。佛教認爲一切煩惱皆分現行、種子、習氣三者，既伏煩惱之現行，且斷煩惱之種子，尚有煩惱之餘氣，現煩惱相，名爲"習氣"。《大方廣佛華嚴經》卷六十一："摧伏衆魔及諸外道，滅除一切煩惱習氣，入菩薩地，近如來地。"

〔二〕般若：佛教語。意譯"智慧"。佛教用以指如實理解一切事物的智慧。大乘佛教稱之爲"諸佛之母"。蘇軾《小篆般若心經贊》："稽首《般若多心經》，請觀何處非般若。"初心：佛教語。指初發心願學習佛法者。

〔三〕春秋：謂自己所作《春秋集解》。

〔四〕止觀：佛教修行法門之一。"止"意爲掃除妄念，專心一境；"觀"意爲在"止"的基礎上發生智慧，辨清事理。佛教主張通過"止觀"即可"悟"到"性空"而成佛。無生：佛教語。謂没有生滅，不生不滅。參《贈浄因臻長老》注〔八〕。

〔五〕"維摩"二句：《維摩詰所説經》卷一："所有耆舊，能喜世間一切，治生諧偶。雖獲俗利，不以喜悦。"《首楞嚴義疏注經》卷五："彌勒菩薩即從座起，頂禮佛足。而白佛言：'我憶往昔經微塵劫，有佛出世，名日月燈明，我從彼佛而得出家。心重世名，好遊族姓。'"

〔六〕《世説新語·言語》："司馬太傅齋中夜坐。于時天月明浄，都無纖翳，太傅歎以爲佳。謝景重在坐，答曰：'意謂乃不如微雲點綴。'太傅因戲謝曰：'卿居心不浄，乃復强欲滓穢太清邪？'"按，轍用此典戲言鬚髮全白了好。

春後望雪〔一〕

秋雨僅熟禾,冬雪不掩①塊〔二〕。温風搜麥根,天意欲爲害〔三〕。老農强推測,妄謂春當改〔四〕。三陽已换節〔五〕,六出尚茫昧〔六〕。朝看扶桑暾〔七〕,夜聽土囊噫〔八〕。倉場久空竭〔九〕,榆棗方伐賣。丁夫病風熱,孺子作瘡疥〔一〇〕。無知此何辜,得罪彼有在。造物伊誰憎,亦復自無奈〔一一〕? 慎勿翻雪海,凍餒無疆界〔一二〕。

【校記】

①掩:宋建本作"换",不辭,誤。

【箋注】

〔一〕作於崇寧四年(一一〇五)春。望雪:希望下雪。

〔二〕"秋雨"二句:謂秋雨纔使禾稻成熟,冬天的雪連地面都没掩住。

〔三〕"温風"二句:謂熱風吹灼著地面,麥苗乾枯缺水。温風:熱風。《後漢書·張衡傳》:"温風翕其增熱兮,惄鬱邑其難聊。"唐李賢注:"温風,炎風也。"搜:吹;灼。

〔四〕"老農"二句:老農還在僥倖推測,説今年的春天要來得晚些了。

〔五〕三陽:古人稱農曆十一月冬至一陽生,十二月二陽生,正月三陽開泰,合稱"三陽"。此謂春天。

〔六〕六出:花分瓣叫出,雪花六角,因以爲雪的别名。《太平御覽·天部十二·雪》引《韓詩外傳》:"凡草木花多五出,雪花獨六出。雪花曰霙。"茫昧:渺茫。

〔七〕扶桑:即太陽。參《郊祀慶成》注〔二三〕。暾(tūn):日初出貌。

〔八〕土囊:即洞穴。參《和子瞻題風水洞》注〔二〕。噫:呼氣;吹氣。按,此謂吹風。

〔九〕倉場:農家的倉房場圃。

〔一〇〕"丁夫"二句:謂大人小孩因正月未雪且温熱而患病。丁夫:壯健的男子。孺子:幼兒,兒童。瘡疥:即疥瘡。

〔一一〕“無知”四句：謂上天爲什麽怏及無辜啊。《小雅・正月》：“憂心惸惸，念我無禄。民之無辜，并其臣僕。哀我人斯，于何從禄。瞻烏爰止，于誰之屋？瞻彼中林，侯薪侯蒸。民今方殆，視天夢夢。既克有定，靡人弗勝。有皇上帝，伊誰云憎？”按，《小雅・正月》本是刺幽王而作，蘇轍暗用此，寓意很深，故也用得比較隱晦。

〔一二〕“慎勿”二句：謂千萬不要雪太大，不然百姓又要挨凍。唐劉禹錫《客有爲余話登天壇遇雨之狀因以賦之》：“滉瀁雪海翻，槎枒玉山碎。”按，此只用劉字面義，劉本非指雪。凍餒：謂饑寒交迫。《孟子・盡心上》：“不煖不飽，謂之凍餒。”

除夜〔一〕

年更六十七，旬滿三百六〔二〕。俯仰定何爲？萬事如轉轂〔三〕。禪心澹不起〔四〕，非人自歌哭〔五〕。芸芸初莫禦，勢盡行將復。學道道可成〔六〕，無心心每足〔七〕。守歲聽兒曹〔八〕，自笑未免俗〔九〕。

【箋注】

〔一〕作於崇寧四年（一一〇五）除夜。

〔二〕旬：十天。《書・堯典》：“朞，三百有六旬有六日，以閏月定四時成歲。”唐陸德明釋文：“十日爲旬。”

〔三〕轉轂（gǔ）：飛轉的車輪。參《次韻孔平仲著作見寄四首》之二注〔二〕。

〔四〕禪心：佛教用語。謂清静寂定的心境。唐皎然《答李季蘭》：“天女來相試，將花欲染衣。禪心竟不起，還捧舊花歸。”

〔五〕非人：道家語。指游心于物外，形神寂静，有如槁木的異人。《莊子・田子方》：“孔子見老聃，老聃新沐，方將披髮而乾，慹然似非人。”晉郭象注：“寂泊之至。”唐成玄英疏：“慹然不動摇，若槁木，故似非人。”歌哭：又唱又哭。唐白居易《寄唐生》：“歌哭雖異名，所感則同歸。”

〔六〕學道：此謂學佛。蘇軾《將至廣州用過韻寄邁迨二子》：“皇天遣出家，臨老乃學道。”

〔七〕無心：佛家謂無妄心雜念。參《將出洛城過廣愛寺見三學演師引觀楊惠之塑寶山朱瑶畫文殊普賢爲賦三首》之三注〔三〕。

〔八〕守歲：見《别歲》注〔一〕。兒曹：猶兒輩。

〔九〕《世説新語·任誕》：“阮仲容、步兵居道南，諸阮居道北。北阮皆富，南阮貧。七月七日，北阮盛曬衣，皆紗羅錦綺。仲容以竿挂大布犢鼻褌於中庭。人或怪之，答曰：‘未能免俗，聊復爾耳。’”

喜雨〔一〕

歷時書不雨，此法存《春秋》〔二〕。我請誅旱魃〔三〕，天公信聞不？魃去未出門，油雲裹嵩丘〔四〕。濛濛三日雨〔五〕，入土如膏流。二麥返生意〔六〕，百草萌牙抽〔七〕。農夫但相賀，漫不知其由。魃來有巢穴，遺卵遍九州〔八〕。一掃不能盡，餘孽未遽休〔九〕。安得風雨師，速遣雷霆搜。衆魃誠已去，秋成儻無憂〔一〇〕。

【箋注】

〔一〕作於崇寧五年（一一〇六）。此喜雨亦深有寓意，蓋是年正月十四日大赦天下，毁元祐姦黨石刻。參《年表》、《長編拾補》卷二十六。

〔二〕“歷時”二句：《穀梁傳·文公二年》：“歷時而言不雨，文不憂雨也。”晉范寧注：“今文公歷四時乃書，是不勤雨也。”春秋：見《次韻子瞻寄眉守黎希聲》注〔五〕。

〔三〕旱魃：傳説中引起旱災的怪物。參《冬至雪》注〔一〕。

〔四〕油雲：濃雲。語出《孟子·梁惠王上》：“天油然作雲，沛然下雨。”晉陸機《赴洛》之一：“谷風拂脩薄，油雲翳高岑。”嵩丘：嵩山。

〔五〕唐白居易《賀雨》：“凝爲油油雲，散作習習風。晝夜三日雨，淒淒復濛濛。”

〔六〕二麥：大麥和小麥。此泛指莊稼。生意：生機。

〔七〕萌牙：即萌芽。

〔八〕“魑來”二句：喻指新黨的黨羽遍布天下。

〔九〕遽：盡，完。《廣雅·釋言》：“腒，央也。”清王念孫疏證：“腒，字或作渠，又作巨，又作遽。卷一云：央，盡也。卷四云：央，已也……諸書或言未央，或言未遽，或言未遽央，其義一也。”

〔一〇〕“安得”四句：希望有人能剪除姦佞，便可天下太平了。

甲子日雨〔一〕

一冬無雪①麥方病，細雨逆春歲有望〔二〕。愁見積陰連甲子〔三〕，復令父老念耕桑。瘦田未足終年計〔四〕，濁酒誰供清旦嘗〔五〕？賴有真人不飢渴，閉門卻掃但焚香〔六〕。

【校記】

①雪：原作“雷”，據宋文集本、宋建本、蜀藩刻本改。

【箋注】

〔一〕作於崇寧五年（一一〇六）二月初一日。古以爲甲子日不宜下雨。唐張鷟《朝野僉載》卷一：“春雨甲子，赤地千里。夏雨甲子，乘船入市。秋雨甲子，禾頭生耳。冬雨甲子，鵲巢下地，其年大水。”

〔二〕逆：迎也。歲：年景，一年的農業收穫。《左傳·昭公三十二年》：“閔閔焉如農夫之望歲。”

〔三〕積陰：連續天陰下雨。

〔四〕瘦田：瘠薄之田。蘇軾《新渡寺送任仲微》：“倦游安税駕，瘦田失歸耘。”

〔五〕蘇轍有喝早酒的習慣。《戲作家釀二首》之一：“我飲半合耳，晨興不可無。”

〔六〕“賴有”二句：謂自己有真人教辟穀之法，即使無飲食也可無憂。閉門卻掃：謂不交賓客。參《次韻子瞻見寄》注〔八〕。

新火〔一〕

百口共一竈〔二〕，終年事烹煎〔三〕。力耕飼飢饞，竈弊火亦煩。昨日一百五〔四〕,老稚俱食寒。呼童戛枯竹〔五〕,粲然吐青煙。適從何方來,熒熒百家傳〔六〕? 性火出真空〔七〕,應量曾無邊〔八〕。老病何所求,石瓶煮寒泉〔九〕。斂爲一夫用,無心固當然。

【箋注】

〔一〕作於崇寧五年(一一〇六)寒食。唐宋習俗,清明前一日禁火寒食,到清明節再起火賜百官,稱爲"新火"。唐杜甫《清明》之一:"朝來新火起新煙,湖色春光浄客船。"蘇軾《徐使君分新火》:"臨臯亭中一危坐,三月清明改新火。"参《寒食前一日寄子瞻》注〔一〕。

〔二〕謂全家在一起生活。竈(zào):即做飯用的灶。

〔三〕蘇軾《徐使君分新火》:"起携蠟炬繞空屋,欲事烹煎無一可。"

〔四〕一百五:指寒食節。冬至後一百零五天即爲寒食節,故名。参《寒食前一日寄子瞻》注〔一〕。

〔五〕戛(jiá):折斷。

〔六〕熒熒:微光閃爍貌。

〔七〕性火:佛教語。謂遍佈於一切物質現象的火性。與具體的"事火"相對。《首楞嚴經》卷三:"汝猶不知,如來藏中,性火真空,性空真火,清浄本然,周偏法界。"真空:佛教語。一般謂超出一切色相意識界限的境界。

〔八〕應量:應量器之簡稱,即鉢。

〔九〕石瓶:煮茶的器皿。梅堯臣《次韻和永叔嘗新茶雜言》:"石瓶煎湯銀梗打,粟粒鋪面人驚嗟。"

次韻和人詠酴醾〔一〕

蜀中酴生醾如積,開落春風山寂寂〔二〕。已憐正發香晻曖,猶愛未開光的皪〔三〕。半垂野水弱如墜,直上長松勇無敵〔四〕。風中娜娜應數丈〔五〕,月下煌煌真一色〔六〕。故園聞道開愈繁,老人自恨歸無日〔七〕。百花已過春欲莫,燕坐繩牀空嘆①息〔八〕。朝來滿把得幽香,按頭亂插銅瓶濕〔九〕。一番花②蕊轉頭空〔一〇〕,誰能往問天台拾〔一一〕?

【校記】

①歎:原本、宋文集本作"數",據宋建本、蜀藩刻本改。

②花:三蘇祠本作"佳"。

【箋注】

〔一〕作於崇寧五年(一一〇六)。酴醾:見《和文與可洋州園亭三十詠·荼蘼洞》注〔一〕。

〔二〕寂寂:寂静無聲貌。

〔三〕"已憐"二句:謂正開與未開之花皆明媚動人。晻曖(ǎn ài):盛貌。南朝梁武帝《朝雲曲》:"張樂陽臺歌上謁,如寢如興芳晻曖。"的皪(dì lì):光亮鮮明貌。《文選·司馬相如〈上林賦〉》:"明月珠子,的皪江靡。"唐李善注:"《説文》曰:'玓瓅,明珠光也。'玓瓅與的皪音義同。"

〔四〕"半垂"二句:謂有的枝莖下垂接近水面。有的則攀緣喬木而直上。

〔五〕娜娜(nuó nuó):細長而柔弱貌。宋梅堯臣《依韻和永叔子履冬夕小齋聯句見寄》:"到時春怡怡,萬柳枝娜娜。"

〔六〕煌煌:光彩奪目貌。《詩·陳風·東門之楊》:"昏以爲期,明星煌煌。"朱熹集傳:"煌煌,大明貌。"按,以上六句寫酴醾的六種形態。

〔七〕老人:蘇轍自謂。

〔八〕燕坐:指坐禪。蘇軾《成都大悲閣記》:"吾燕坐寂然,心念凝默,湛然如大明鏡。"繩牀:見《贈浄因臻長老》注〔二〕。

〔九〕按頭:即案頭。按,通"案"。

〔一〇〕唐白居易《自詠》:"百年隨手過,萬事轉頭空。"

〔一一〕天台拾:天台山拾得子事。拾得,姓氏籍貫不詳。唐朝天台山僧,爲國清寺之散聖之一,與寒山並稱於世。相傳天台山之豐干曾于山中赤城道側,忽聞小兒啼哭,尋得一約數歲的孩童,故爲取名拾得。拾得詩多説因果報應,人生空幻虛無。如:"三界如轉輪,浮生若流水。蠢蠢諸品類,貪生不覺死。汝看朝垂露,能得幾時子。"今存近五十首,《四庫全書》附寒山詩後。

閑居五詠〔一〕

杜門

可憐杜門久,不覺杜門非。牀鋭日日銷〔二〕,髀肉年年肥〔三〕。眼暗書罷讀,肺病酒亦稀〔四〕。經年客不至,不冠仍不衣〔五〕。視聽了不昧,色聲久已微〔六〕。終然渾爲一〔七〕,誰言我無歸〔八〕?

【箋注】

〔一〕作於崇寧五年(一一〇六)春。

〔二〕牀鋭:牀棱。參《和遲田舍雜詩九首》之二注〔二〕。

〔三〕謂漸漸發胖。髀肉:見《次韻子瞻麻田青峰寺下院翠麓亭》注〔一一〕。

〔四〕蘇轍有肺疾,屢見於其詩文。

〔五〕仍:又;且。

〔六〕"視聽"二句:謂自己早已祛除外物的困惑,不爲世間俗事所擾。不昧:明亮。《老子》第十四章:"其上不皦,其下不昧。"色聲:六塵中之色塵聲塵也。參《次遠韻齒痛》注〔三〕、《見兒侄唱酬次韻五首》之三注〔二〕。

〔七〕渾爲一:即渾一,同一。《晉書·庾敳傳》:"至理歸於渾一兮,榮辱固亦同貫。"

〔八〕無歸:無所歸宿。

坐忘〔一〕

少年嘗病肺,納息肺自斂〔二〕。靈液洗昏煩〔三〕,百藥無此驗〔四〕。爾來觀坐忘,一語頓非漸〔五〕。道妙有至力,端能破諸暗〔六〕。跏趺百無營〔七〕,純白乃受染〔八〕。至人不妄言,此説豈吾僭?

【箋注】

〔一〕坐忘:道家謂物我兩忘、與道合一的精神境界。參《賦黄鶴樓贈李公擇》注〔一〇〕。

〔二〕納息:呼吸吐納導引之法。

〔三〕靈液:即唾液。參《次韻子瞻謫居三適·旦起理髮》注〔三〕。昏煩:昏沉煩悶。

〔四〕百藥:各種藥物。驗:靈驗。

〔五〕頓非漸:即能頓悟而未能漸悟。頓悟,謂不假時間和階次,直接悟入真理。漸悟,謂漸次修行,心明累盡,方能達到無我正覺境界。《維摩義記》卷一:"頓漸雖殊,以其當時受大受處一,是故對斯二人所説爲菩薩藏,聖教雖衆不出此二。"

〔六〕《方廣大莊嚴經》卷五:"獲智慧明能破諸暗。"

〔七〕跏趺:見《畫文殊普賢》注〔二〕

〔八〕純白:猶善。《大寶積經》卷五十七:"若純白業得純白報,若雜業者當受雜報。是故汝等離純黑雜業,修純白業。如是應修。"

讀書

習氣不易除〔一〕,書魔閑即至〔二〕。圖史紛滿前,展卷輒忘睡。古今浩無垠〔三〕,得失同一軌。前人已不悟,今人復如此。愍然嫠婦憂〔四〕,嗟哉肉食鄙〔五〕。掩卷勿重陳〔六〕,慟哭傷人氣。

【箋注】

〔一〕習氣:見《歲莫二首》之二注〔一〕

〔二〕魔:見《洛陽試院樓上新晴五絶》之四注〔三〕。此謂書魔指嗜書入迷。唐白居易《白髮》:"書魔昏兩眼,酒病沉四肢。"

〔三〕無垠:無邊際。《楚辭·屈原〈遠遊〉》:"道可受兮而不可傳,其小無内兮其大無垠。"

〔四〕謂寡婦尚有憂國忘家之念。語出《左傳·昭公二十四年》:"嫠不恤其緯,而憂宋國之隕,爲將及焉。"嫠(lí)婦:寡婦。

〔五〕謂身居高位、俸禄豐厚的人目光短淺。《左傳·莊公十年》:"肉食者鄙,未能遠謀。"

〔六〕重陳:再陳説,重復叙述。晉劉琨《扶風歌》:“棄置勿重陳,重陳令心傷。”

買宅

我老未有宅,諸子以爲言〔一〕。東家欲遷去,餘積尚可捐〔二〕。一費豈不病?百口儻獲安。田家伐榆棗,賦役輸緡錢〔三〕。長大可雙棟,瑣細堪尺椽〔四〕。生理付兒曹,老幸食且眠。

【箋注】

〔一〕以爲言:以之爲言。謂抱怨“未有宅”。

〔二〕謂多年的積蓄够買宅之用。餘積:多餘積蓄。捐:耗費。

〔三〕“田家”二句:謂兒女們去田家砍伐要修繕房屋的樹木,又與“東家”去繳納買宅的税金。《宋史·食貨志上》:“宋制歲賦,其類有五,……曰城郭之賦,宅税、地税之類是也。”緡錢:指以千文結紮成串的銅錢,漢代作爲計算税課的單位。此指税金。

〔四〕“長大”二句:謂大樹可做棟梁小樹可作椽子。唐韓愈《進學解》:“夫大木爲宊,細木爲桷,欂櫨、侏儒,椳、闑、扂、楔,各得其宜,施以成室者,匠氏之工也。”長(cháng)大、瑣細:樹木之粗壯與細小者。

移竹

前年買南園〔一〕,本爲一畝竹。稍去千百竿,欲廣西南屋〔二〕。本心初不爾,百口居未足〔三〕。黽勉斤斧餘〔四〕,慚愧琅玕緑〔五〕。園東①有餘地,補種何年復?凛凛歲寒姿〔六〕,餘木非此族②〔七〕。

【校記】

①園東:四庫本作“東園”。

②族:叢刊本作“簇”,形近而誤。

【箋注】

〔一〕見《初得南園》。

〔二〕“稍去”二句:謂欲砍伐些竹子,擴建西南方的屋子。

〔三〕“本心”二句：我的本意並非如此，但家中人多，無處居住。

〔四〕黽勉：勉强。

〔五〕琅玕（láng gān）：形容竹之青翠。指竹。唐杜甫《鄭駙馬宅宴洞中》：“主家陰洞細煙霧，留客夏簟青琅玕。”清仇兆鼇注：“青琅玕，比竹簟之蒼翠。”

〔六〕《論語·子罕》：“歲寒，然後知松柏之後凋也。”參《次韻子瞻與蘇世美同年夜飲》注〔六〕。

〔七〕族：品類；種類。蘇軾《題楊次公蕙》：“蕙本蘭之族，依然臭味同。”

城中牡丹推高皇廟園遲适聯騎往觀歸報未開戲作〔一〕

漢廟名園甲潁昌，洛川珍品重姚黄〔二〕。雨餘往看初疑晚，春盡方開自不忙。争占一時人意速〔三〕，養成千葉化功①長〔四〕。老人終歲關門坐，花落花開已兩忘〔五〕。

【校記】

①功：叢刊本、四庫本作“工”。

【箋注】

〔一〕作於崇寧五年（一一〇六）春末。“春盡方開”可知。高皇廟園：《史記·高祖本紀》：“高祖置酒雒陽南宫。”唐張守節正義引《括地志》：“南宫在雒州雒陽縣東北二十六里洛陽故城中。”或即此地。

〔二〕洛川：洛水。即今河南洛河。三國魏曹植《洛神賦》：“容與乎陽林，流沔乎洛川。”姚黄：牡丹名種之一。參《次王適韻送張耒赴壽安尉二首》之二注〔一〕。

〔三〕謂姚黄爲牡丹中的極品，人們都争先恐後去觀賞。

〔四〕謂開花只是短時間，但其成長過程是不容易的。化功：造化之功。

〔五〕謂一切皆不經意。唐王建《江南臺四首》之三：“樹頭花落花開，道上人去人來。朝愁暮愁即老，百年幾度三臺。”

外孫文驥與可學士之孫也予親教之學作詩俊發猶有家風喜其不墜作詩贈之〔一〕

已矣石室老〔二〕,奄然三十年〔三〕。遺孫生不識,妙理定誰傳?孔伋仍聞道〔四〕,賈嘉終象賢〔五〕。文章猶細事〔六〕,風節記高堅〔七〕。

【箋注】

〔一〕作於崇寧五年(一一〇六)。蘇軾《文驥字説》:“馬之於德,力盡於蹄齧,智盡於竊銜詭轡。以蹄齧之力爲千里,以竊詭之智爲道迷。此之謂驥。文與可學士之孫,逸民秀才之子,蘇子由侍郎之外孫,小名驥孫,因名之曰‘驥’。不稱其力稱其德,字之曰‘元德’。元祐三年外伯翁東坡居士書。”東坡居士言:“驥孫才五歲,入吾家,見先府君畫像,曰:‘我嘗見於大慈寺中和院。’試呼出相之,骨法已奇,神氣沉穩。此兒一日千里,吾輩猶及見之。他日學問,知驥之在德不在力,尚不辜東坡之言。元祐三年十月,癸酉門下後省書。”

〔二〕石室:即文與可。參《文與可學士墨君堂》注〔一〕。

〔三〕奄然:猶奄忽。指去世。按,文與可于元豐二年(一〇七九)去世,距此時二十七年,蓋言其成數。

〔四〕孔伋(前四八三—前四〇二):字子思,戰國初期魯國人。孔子之孫,孔鯉之子,儒家的主要代表之一,曾受業于曾子。

〔五〕賈嘉:賈誼之孫。《史記·屈原賈生列傳》:“及孝文崩,孝武皇帝立,舉賈生之孫二人至郡守,而賈嘉最好學,世其家,與余通書。至孝昭時,列爲九卿。”象賢:謂能效法先人的賢德。《儀禮·士冠禮》:“繼世以立諸侯,象賢也。”漢鄭玄注:“象,法也,爲子孫能法先祖之賢,故使之繼世也。”

〔六〕蘇軾《送歐陽推官赴華州監酒》:“文章乃餘事,學道探玄窟。”細事:小事。參《次韻孔平仲著作見寄四首》之四注〔一二〕。

〔七〕風節:風骨節操。高堅:高尚堅貞。

春深三首〔一〕

其一

郊原紅緑變青陰，閉户不知春已深〔二〕。稍喜荒畦添野薺，坐看新竹補疏林。簾中飛絮縈殘夢，窗外啼鶯伴獨吟。欲聽《楞嚴》終懶出〔三〕，道人知我粗①無心〔四〕。僧維覺時講《楞嚴》〔五〕。

【校記】

①粗：原作"祖"，據宋文集本、叢刊本改。

【箋注】

〔一〕作於崇寧五年（一一〇六）春末。

〔二〕唐貫休《酬張相公見寄》："閑户不知芳草歇，無能唯擬住山深。"

〔三〕楞嚴：即《楞嚴經》。參《毛國鎮生日二絶》之二注〔二〕。

〔四〕無心：佛家謂無妄心雜念。參《將出洛城過廣愛寺見三學演師引觀楊惠之塑寶山朱瑶畫文殊普賢爲賦三首》之三注〔三〕。

〔五〕維覺：不詳俟考。

其二

小園松竹有清陰〔一〕，懶病從兹日益深〔二〕。醉客滿堂慚北海〔三〕，野僧同社憶東林〔四〕。逢人問道空長嘯〔五〕，久客思歸尚越吟〔六〕。三十年前誦《圓覺》〔七〕，年來雖老解安心〔八〕。

【箋注】

〔一〕清陰：清涼的樹陰。晉陶潛《歸鳥》："顧儔相鳴，景庇清陰。"

〔二〕唐温庭筠《夜看牡丹》："希逸近來成懶病，不能容易向春風。"

〔三〕謂自己不似孔融賓客滿門。北海：東漢孔融，曾爲北海相。參《次韻王鞏代書》注〔五〕。

〔四〕謂不似晉時慧遠與陶潛、劉遺民等結社時時聚會。野僧：野，指陶潛等隱逸；僧則指慧遠等。東林：指東林寺。參《不到東西二林》注〔一〕。

〔五〕謂自己懶于交接。長嘯：撮口發出悠長清越的聲音。參《山齋》注〔六〕。

〔六〕越吟：謂思念故鄉。參《和强君瓦亭》注〔五〕。

〔七〕圓覺：即《圓覺經》。謂如來所證之理性具足萬德，圓滿周備，靈明朗然。又以一切有情皆有本覺、真心，自無始已來常住清浄，昭昭不昧，了了常知，就體而言，稱一心；就因而言，稱如來藏；就果而言，則稱圓覺。與真如、佛性、法界、涅槃、菩提等畢竟同一。《圓覺經》即演説此法。

〔八〕解：明了；領悟。安心：即禪宗的禪定。參《少林寺贈頓起》注〔四〕。

其三

偶有茅檐溴水陰〔一〕，溴水自西湖聽水亭下派流，自城北而東，吾廬適在其南。近依城市淺非深。幽居每自比陳寔〔二〕，古學何人貴杜林〔三〕？鄰父時來陪小飲〔四〕，兒曹頗解續微吟〔五〕。前年僅了《春秋傳》〔六〕，後有仁人知我心〔七〕。

【箋注】

〔一〕溴水：古水名。今名清溴河。參《傅欽之學士濟源草堂》注〔七〕。

〔二〕陳寔：見《聞諸子欲再質卞氏宅》注〔一五〕。

〔三〕杜林（？—四七）：字伯山，杜鄴子，扶風茂陵（今陝西興平）人。少好學，時稱通儒。建武六年（三〇）官侍御史，仕至大司空。得漆書《古文尚書》一卷，嘗寶愛不離身。尤工古文，過于鄴。倉頡篇多古字，俗師失其讀，杜林爲作訓。《後漢書》有傳。

〔四〕小飲：猶小酌。唐白居易《病中逢秋招客夜酌》："夜來身校健，小飲復何如。"

〔五〕謂兒輩能夠唱和作詩。微吟：小聲吟詠。蘇軾《送李供備席上和李詩》："家聲赫奕蓋并涼，也解微吟錦瑟傍。"

〔六〕謂所作《春秋集解》。

〔七〕唐李白《悲歌行》:"悲來不吟還不笑,天下無人知我心。"唐白居易《太湖石》:"豈伊造物者,獨能知我心。"

次遲韻示陳天倪秀才侄孫元老主簿〔一〕

茅檐有佳客,肅肅清風興〔二〕。吾孫成均來,左右皆良朋〔三〕。爲憐衆兄弟,將冠未有稱。條枚失熂燎〔四〕,中林化薪蒸〔五〕。老夫方苦貧,不辦酒如澠〔六〕。夏田已失麥,種豆喜多蠅。俗以①多蠅爲豆熟之祥。何以待君子?簞瓢容一升〔七〕。君來豈非誤?門庭冷如冰〔八〕。

【校記】

①以:叢刊本作"人",誤。

【箋注】

〔一〕作於崇寧五年(一一〇六)夏。"夏田已失麥"可知。陳天倪:不詳。俟考。元老:即蘇元老(約一〇七八—約一一二四),字子廷,號九峰,眉州(今四川眉山市)人,蘇轍之族孫。幼孤力學,長于春秋,善屬文。蘇軾喜其爲學有功,蘇轍亦愛獎之。舉進士,歷太常少卿,外和内勁,不妄與人交。梁師成欲因緣見且求其文,拒不答,言者遂論元老蘇軾從孫,且爲元祐邪説,罷爲提點明道宫,後累官太常少卿。《宋史》有傳。

〔二〕宋歐陽脩《答原父》:"子來清風興,蕭蕭吹几簟。"

〔三〕良朋:好友。《詩·小雅·常棣》:"每有良朋,況也永歎。"

〔四〕條枚:枝幹。《詩·周南·汝墳》:"遵彼汝墳,伐其條枚。"宋朱熹集傳:"枝曰條,榦曰枚。"熂燎:縱火焚燒野草。《詩·大雅·旱麓》:"瑟彼柞棫,民所燎矣。"鄭箋:"柞棫之所以茂盛者,乃人熂燎,除其旁草,養治之使無害也。"按,此與下句皆言自家子弟失去發展的條件。

〔五〕中林:林野。《詩·周南·兔罝》:"肅肅兔罝,施于中林。"毛傳:"中林,林中。"薪蒸:薪柴。《詩·小雅·無羊》:"爾牧來思,以薪以蒸,以雌以雄。"鄭箋:"麤曰薪,細曰蒸。"

〔六〕《左傳·昭公十二年》:“有酒如澠,有肉如陵。”

〔七〕“何以”二句:白居易有“常樂里閒居偶題十六韻”云云長題詩:“何以待君子,數竿對一壺。”《論語·雍也》:“子曰:‘賢哉回也! 一簞食,一瓢飲,在陋巷,人不堪其憂,回也不改其樂,賢哉回也!’”

〔八〕言自己因爲罪謫而門可羅雀。冷如冰:極言冷落無人往來。唐白居易《司馬廳獨宿》:“官曹冷似冰,誰肯來同宿?”

再次前韻示元老〔一〕

豪傑多自悟,不待文王興〔二〕。四方有餘師〔三〕,十室豈無朋〔四〕? 我老不知時,早歲誰誤稱? 歸來理茅屋,對客食藜蒸〔五〕。遇渴即飲水,何嘗問淄澠〔六〕? 冠裳强包裹〔七〕,毁譽如飛蠅〔八〕。植根久已爾,苕穎日自升〔九〕。忘我亦忘法〔一〇〕,無冰知消冰〔一一〕。

【箋注】

〔一〕作於崇寧五年(一一〇六)。作時同上。

〔二〕“文王”二句:謂説豪傑不一定要遇上明君纔能顯現。文王:指周文王。見《和子瞻鳳翔八觀八首·石鼓》注〔一〇〕。按,這裏是説的反話。

〔三〕餘師:多可受教之處。《孟子·告子下》:“夫道若大路然,豈難知哉? 人病不求耳。子歸而求之,有餘師。”漢趙岐注:“有餘師,師不少也,不必留館學也。”

〔四〕《論語·公冶長》:“子曰:‘十室之邑,必有忠信如丘者焉,不如丘之好學也。’”

〔五〕藜蒸:采藜的嫩葉蒸熟爲食。多指粗劣之食。

〔六〕淄澠:淄水和澠水的並稱。皆在今山東省。相傳二水味各不同,混合之則難以辨别。《吕氏春秋·精諭》:“孔子曰:‘淄澠之合者,易牙嘗而知之。’”

〔七〕見《寒食遊南湖三首》之三注〔五〕。

〔八〕見《寒食二首》之二注〔三〕。

〔九〕苕穎：即河草。唐劉禹錫《畬田行》："蒼蒼一雨後，苕穎如雲發。"

〔一〇〕《莊子·天運》："忘親易，使親忘我難；使親忘我易，兼忘天下難。"

〔一一〕宋釋延壽《宗鏡録》卷六十七："如湯消冰，無有別冰，知冰消者。"

築室示三子〔一〕

宅舍元依畢竟空〔二〕，小乘慣住草庵中〔三〕。一生滯念餘妻子〔四〕，百口僑居怯雨風〔五〕。松竹已栽猶稍稍〔六〕，棟梁未具勿忽忽。三間道院吾真足，餘問兒曹莫問翁。

【箋注】

〔一〕作於崇寧五年（一一〇六）。

〔二〕《六祖大師法寶壇經》卷一："皮肉是色身，色身是舍宅。不言歸依也。"

〔三〕小乘：佛教語。又作聲聞乘。二乘之一，乃大乘、菩薩乘之對稱。意譯爲狹小之車乘，指運載狹劣之根機以達小果之教法；即於所修之教、理、行、果，與能修之根機均爲小劣之法門。《妙法蓮華經玄贊》卷七："止宿草庵者猶住二乘。"

〔四〕滯念：凝結在心中的思念。此謂牽掛。

〔五〕僑居：寄居他鄉。

〔六〕稍稍：初長貌。

開窗〔一〕

緑竹琅玕色〔二〕，紅葵旌節花〔三〕。開窗風細細〔四〕，窺户月斜斜。活計無多子〔五〕，文章自一家。一牀方病卧，隨意上三車〔六〕。

【箋注】

〔一〕作於崇寧五年（一一〇六）夏。北方地寒，旌節花開通常是在夏初。

〔二〕琅玕：形容竹之青翠。參《閑居五詠·移竹》注〔五〕。

〔三〕旌節花：花名。春夏之交開花。花小，色黄，成穗狀的花序如旌節，故名。《太平廣記·草木四·旌節花》引《黎州漢源縣圖經》："黎州漢源縣有旌節花，去地三二尺，行行皆如旌節也。"宋張唐英《蜀檮杌》卷下："初，有道士朱桃椎謁之於階前，以劍撥土，取花子三粒種之，須臾成花三朵，謂處回曰：'此仙人旌節花，公富貴之兆。'"明楊慎《升菴集》卷七十九："蘇子由詩：'緑竹琅玕色，紅葵旌節花。'借喻葵形，非謂旌節即葵也。"

〔四〕宋柳永《蝶戀花》："佇倚危樓風細細。望極春愁，黯黯生天際。"

〔五〕無多子：没有多少；不多。子，語辭。《五燈會元·臨濟宗·臨濟義玄禪師》："元來黄檗佛法無多子。"

〔六〕三車：佛教語。喻三乘。謂以羊車喻聲聞乘（小乘），以鹿車喻緣覺乘（中乘），以牛車喻菩薩乘（大乘）。見《法華經·譬喻品》。唐李白《僧伽歌》："真僧法號號僧伽，有時與我論三車。"清王琦注："三車，謂羊車、鹿車、牛車也……當是以三獸之力有大小，三車之所載有多寡，喻三乘諸賢聖道力之深淺耳。"按，上三車謂修煉佛法。

遜往泉城獲麥〔一〕

少年食稻不食粟，老居潁川稻不足〔二〕。人言小麥勝西川，雪花落磨煮成玉。冷淘槐葉冰上齒〔三〕，湯餅羊羹火入腹〔四〕。五年隨俗粗得飽〔五〕，晨朝稻米纔供粥。兒曹知我老且饞，觸熱泉城正三伏〔六〕。田家有信呼即來，亭午驅牛汗如浴〔七〕。吾兒生來讀書史，不慣田間争斗斛〔八〕。今年久旱麥粒細，及半罷休饒老宿〔九〕。歸來爛熳煞蒼耳〔一〇〕，來歲未知還爾熟？百口且留終歲儲，貧交强半倉無穀。

【箋注】

〔一〕作於崇寧五年（一一〇六）夏。獲麥已明時令。

〔二〕"少年"二句：蘇轍老家四川眉山是魚米之鄉，主食以米爲主，故云。

〔三〕唐杜甫《槐葉冷淘》："青青高槐葉，采掇付中廚。新面來近市，汁滓宛相俱。入鼎資過熟,加餐愁欲無。碧鮮俱照箸,香飯兼苞蘆。經齒冷於雪,勸人投此珠。"宋王洙注曰:"以槐葉溲麪爲冷淘,取其碧鮮可愛。"蘇軾亦有《二月十九日携白酒鱸魚過詹使君食槐葉冷淘》詩。

〔四〕湯餅:即今之水煮面條。《藝文類聚·食物部·餅》引晉束晳《餅賦》:"玄冬猛寒,清晨之會。涕凍鼻中,霜凝口外。充虛解戰,湯餅爲最。"

〔五〕謂在潁川從衆吃麵食。隨俗:從俗;從衆。

〔六〕觸熱:冒著炎熱。蘇軾《送顏復兼寄王鞏》:"胡爲一朝舍我去,輕衫觸熱行千里。"三伏:見《和孔教授武仲濟南四詠·環波亭》注〔六〕。

〔七〕亭午:正午。

〔八〕"吾兒"二句:謂蘇遜自小讀書不習慣和租田者争多少。斗斛(hú):斗與斛。十斗曰斛。此謂獲麥事。

〔九〕"今年"二句:謂租糧只收到一半,就讓利給老農了。老宿:本指年老資深者,這裏因音韻關係借指老農。饒:猶言讓。

〔一〇〕蒼耳:即卷耳。明李時珍《本草綱目·草四·枲耳》[釋名]引蘇頌曰:"詩人謂之卷耳,《爾雅》謂之蒼耳,《廣雅》謂之枲耳。"三國吴陸璣《毛詩草木鳥獸蟲魚疏》:"[卷耳]葉青,白色,似胡荽,白華,細莖蔓生,可煮爲茹,滑而少味,四月中生子,正如婦人耳璫,今或謂之耳璫草,鄭康成謂是白胡荽,幽州人謂之爵耳。"

送元老西歸〔一〕

晝錦西歸及早秋〔二〕,十年太學爲親留。讀詩俯就當年説〔三〕,答策甘從下第收〔四〕。莫嫌簿領妨爲學〔五〕,從此文章始自由〔六〕。家有吏師遺躅在〔七〕,當令耆舊識風流〔八〕。伯父仕宦四十年〔九〕,當時號爲吏師。

【箋注】

〔一〕作於崇寧五年(一一〇六)。元老:蘇轍侄孫。《宋史·蘇元老傳》言元老"尋除成都路轉運副使"轉運之官"掌經度一路財賦",又稱"漕臣"。參

《次遲韻示陳天倪秀才侄孫元老主簿》注〔一〕。

〔二〕晝錦：衣錦晝行。指富貴還鄉。語出《漢書·項籍傳》，項羽入關，屠咸陽。或勸其留居關中，羽見秦宫已毁，思歸江東，曰："富貴不歸故鄉，如衣繡夜行，誰知之者。"

〔三〕俯就：委屈而從。當年説：謂王安石所著《字説》及《三經新義》。《續資治通鑑長編·哲宗元祐元年》載侍御史劉摯言："今之治經，以應科舉，則與古異矣。以陰陽性命爲之説，以氾濫荒誕爲之辭，專誦熙寧所頒《新經》《字説》，而佐以莊、列、佛氏之書，不可究詰之論，争相誇尚。場屋之間，群輩百千，渾用一律，主司臨之，瑉玉朱紫，困於眩惑。其中雖有深知聖人本旨、該通先儒舊説，苟不合於所謂《新經》《字説》之學者，一切在所棄而已。至於蹈襲他人，剽竊舊作，主司猝然亦莫可辨。蓋其無所統紀，無所隱括，非若詩、賦之有聲律、法度，其是非工拙，一披卷而盡得知也。"

〔四〕答策：朝廷選人時，提出當時政治、經濟等問題，要求對答，應選者作答，謂之"答策"。宋葉適《制科》："蓋昔以三題試進士，而爲制舉者，以答策爲至難；彼其能之，則猶有以取之。"下第：下等；劣等。

〔五〕爲學：做學問；治學。《老子》第四十八章："爲學日益，爲道日損。"

〔六〕蘇籀《欒城遺言》："公言：近世學問濡染陳俗卻人，雖善士亦或不免。蓋不應鄉舉，無以干禄。但當謹擇師友湔洗之也。"

〔七〕遺躅：猶遺訓。參轍撰《伯父墓表》。

〔八〕蘇軾《追和子由去歲試舉人洛下所寄詩五首暴雨初晴》之二："風流耆舊消磨盡，只有青山對病翁。"

〔九〕伯父：指蘇涣。參《利路提刑亡伯郎中挽詞二首》之一注〔一〕。

蜀人舊食决明花耳潁川夏秋少菜崇寧老僧教人并食其葉有鄉人西歸使爲父老言之戲作〔一〕

秋蔬舊采决明花，三嗅馨香每嘆嗟〔二〕。西寺衲僧并食葉，因君説與故人家。

【箋注】

〔一〕作於崇寧五年(一一〇六)。决明花:即黄花决明。

〔二〕三嗅:見《所寓堂後月季再生與遠同賦》注〔一四〕。

諸子將築室以畫圖相示三首〔一〕

其一

還家卜築初無地〔二〕,隨分經營似有時〔三〕。多斫修篁終未忍〔四〕,略存古柏更無疑。畫圖且作百間計①,入室猶應三歲期。得到安居真老矣〔五〕,一生歌哭任於斯〔六〕。

【校記】

①間計:宋文集本作"開許",形近而誤。

【箋注】

〔一〕作於崇寧五年(一一〇六)。

〔二〕卜築:擇地建築住宅,即定居之意。参《和柳子玉共城新開御河過所居牆下》注〔二〕。

〔三〕隨分:隨意;任意。唐王績《獨坐》:"百年隨分了,未羨陟方壺。"經營:籌畫營造。《書·召誥》:"卜宅,厥既得卜,則經營。"

〔四〕修篁(huáng):修竹,長竹。

〔五〕蘇軾《次韻答賈耘老》:"可憐老驥真老矣,無心更秣天山禾。"

〔六〕《禮記·檀弓下》:"晉獻文子成室。晉大夫發焉。張老曰:'美哉輪焉,美哉奂焉。歌於斯,哭於斯。'"

其二

舊廬近已借諸子,新宅分甘臨老時〔一〕。萬里松楸終獨往〔二〕,四方兄弟亦何疑〔三〕?竹間疏户幽人到,林上長松野鶴期。已覺高軒㦬衛賜〔四〕,可憐黄犬哭秦斯〔五〕。

【箋注】

〔一〕分甘:見《寒食二首》之一注〔五〕。按,此謂兒輩將新宅留與自己。

〔二〕謂自己終有一死。松楸:松樹與楸樹。墓地多植,因以代稱墳墓。

〔三〕《論語·先進》:"君子敬而無失,與人恭而有禮,四海之内皆兄弟也。"

〔四〕衛賜:指孔子弟子端木賜。字子貢。衛人。少孔子三十一歲,好比方人物,孔子嘗以瑚璉稱之。子貢善言辭,嘗説吴出師敵齊以存魯。善貨殖,七十子之中,最爲饒益。參《史記·孔子弟子列傳》。《莊子·讓王》:"原憲居魯,環堵之室,茨以生草;蓬户不完,桑以爲樞而甕牖;二室,褐以爲塞;上漏下濕,匡坐而弦。子貢乘大馬,中紺而表素,軒車不容巷,往見原憲。原憲華冠縰履,杖藜而應門。子貢曰:'嘻!先生何病?'原憲應之曰:'憲聞之,無財謂之貧,學而不能行謂之病。今憲貧也,非病也。'子貢逡巡而有愧色。原憲笑曰:'夫希世而行,比周而友,學以爲人,教以爲己,仁義之慝,輿馬之飾,憲不忍爲也。'"

〔五〕秦斯:指李斯(前二八〇—前二〇八),楚上蔡(今河南上蔡縣西南)人,嘗從荀卿學帝王術,西仕于秦,爲客卿。始皇既定天下,斯爲丞相,定郡縣之制,下禁書令,以小篆統一文字。始皇崩,斯聽趙高計,矯詔廢公子扶蘇。二世立,趙高居中用事,斯爲高所構,二世二年七月,具斯五刑,論腰斬咸陽市。斯出獄,與其中子俱執,顧謂其中子曰,吾欲與若復牽黄犬俱出上蔡東門逐狡兔,豈可得乎?遂父子相哭,而夷三族。《史記》有傳。黄犬:獵犬。晉向秀《思舊賦》:"昔李斯之受罪兮,歎黄犬而長吟。"

其三

積因得果通三世〔一〕,臨老長閑自一時。久爾觀心終未悟〔二〕,偶然見道了無疑。南遷北返吾何病?片瓦尺椽天與期〔三〕。自斷此生今已矣,世間何物更如斯?

【箋注】

〔一〕積因得果:佛教語。謂因緣和果報。根據佛教輪回之説,種什麽因,結什麽果；善有善報，惡有惡報。《大般涅槃經後分》卷上："善惡之報，如影隨形。三世因果，循環不失。"

〔二〕觀心：見《張公生日》注〔一一〕。

〔三〕片瓦尺椽：謂容身之所。宋梅堯臣《乾明院碧鮮亭》："尺椽片瓦何嘗有，方丈東頭一畝餘。"

題韓駒秀才詩卷〔一〕

唐朝文士例能詩，李杜高深獨①到希〔二〕。我讀君詩笑無語，恍然重見儲光羲〔三〕。

【校記】

①獨：原本、宋文集本作"得"，據宋建本、蜀藩刻本改。

【箋注】

〔一〕作於崇寧五年（一一〇六）。韓駒（一〇八二—一一三五）：字子蒼，號牟陽，又號北憲居士，世稱陵陽先生，陵井監（治今四川仁壽縣）人。少有文稱，大觀四年以獻頌補假將仕郎。召試舍人院，賜進士出身，除秘書省正字。尋坐爲蘇軾學，謫監華州蒲城縣市易務，知洪州分寧縣，召爲著作郎、校正御前文籍。宣和五年除秘書少監，遷中書舍人，兼修國史，尋兼權直學士院。制詞簡重，爲時所推。坐鄉黨曲學，以集英殿修撰提舉江州太平觀。靖康元年再除中書舍人，左遷應天尹，謫黄州。高宗即位，知江州。紹興元年寓居洪州。五年，卒於撫州。《宋史》有傳。宋曾季貍《艇齋詩話》："韓子蒼少以詩見蘇黄門，黄門贈詩云：'我讀君詩默無語，恍然重見儲光羲。'人問黄門：'何以比儲光羲？'黄門云：'見其行針佈線似之。'"宋周必大《平園續稿》："蘇公［轍］謂儲光羲高處似陶淵明，平處似王摩詰，而以韓子蒼比之。"

〔二〕"唐朝"二句：此謂唐代文人皆能作詩，但達到李杜高度的人畢竟少數。唐劉禹錫《白舍人曹長寄新詩有遊宴之盛因以戲酬》："蘇州刺史例能詩，西掖今來替左司。"李杜：即李白和杜甫。李白，見《章氏郡君挽詞》注〔三〕。杜甫，見《和張安道讀杜集》注〔一〕。

〔三〕恍然：仿佛。宋韓駒《題畫太一真人》："恍然坐我水仙府，蒼煙萬頃波粼粼。"儲光羲（約七〇六—約七六三）：唐代詩人。潤州延陵（今江蘇丹陽市）人。祖籍兖州（今山東兖州市）。開元十四年進士，授馮翊縣尉，轉汜水、安宜、下邽等縣尉。仕宦不得意，隱居終南山的别業。後出山任太祝，世稱儲太祝。遷監察御史。天寶末，奉使至范陽。安史亂起，叛軍攻陷長安，被俘，迫受僞職，後脱身歸朝，貶死嶺南。《唐才子傳》："光羲……工詩，格高調逸，趣遠情深，削盡常言，挾風雅之道，養浩然之氣。覽者猶聆《韶》《濩》音，先洗桑濮耳，庶幾乎賞音也。"其事蹟散見於顧況《監察御史儲公集序》《唐詩紀事》《唐才子傳》。

秋社分題〔一〕

天公閔貧病〔二〕，雨止得豐穰〔三〕。南畝場功作〔四〕，東家社酒香〔五〕。分均思孺子〔六〕，歸遺笑東方〔七〕。肯勸拾遺住，休嫌父老狂〔八〕。

【箋注】

〔一〕作於崇寧五年（一一〇六）秋。秋社：見《次韻王鞏留别》注〔六〕。分題：詩人聚會，分探題目而賦詩，謂之分題。參《次韻劉貢父省上示同會二首》之一注〔六〕。

〔二〕貧病：既窮且病。唐姚合《寄王度居士》："天公與貧病，時輩復輕欺。"

〔三〕豐穰：猶豐熟。

〔四〕南畝：謂農田。南坡向陽，利於農作物生長，古人田土多向南開闢，故稱。《詩·小雅·大田》："俶載南畝，播厥百穀。"場功：指修築場地和翻曬、脱粒等農事。《國語·周語中》："野有庾積，場功未畢。"三國吴韋昭注："治場未畢。《詩》云：'九月築場圃。'"

〔五〕東家：東鄰。社酒：舊時于春秋社日祭祀土神，飲酒慶賀，稱所備之酒爲社酒。宋孟元老《東京夢華録·秋社》："八月秋社，各以社糕、社酒相賫送貴戚。"

〔六〕孺子：指陳平。參《讀史六首》之二注〔二〕。《史記·陳丞相世家》："里中社，平爲宰；分肉食甚均。父老曰：'善，陳孺子之爲宰！'平曰：'嗟乎！

使平得宰天下,亦如是肉矣。'"

〔七〕東方:即東方朔。參《次韻王鞏代書》注〔六〕、《次韻張恕九日寄子瞻》注〔五〕。

〔八〕"肯勸"二句:謂豐收後村民特别好客。唐杜甫《遭田父泥飲美嚴中丞》:"今年大作社,拾遺能住否? 叫婦開大瓶,盆中爲吾取。感此氣揚揚,須知風化首。語多雖雜亂,説尹終在口。朝來偶然出,自卯將及酉。久客惜人情,如何拒鄰叟。高聲索果栗,欲起時被肘。指揮過無禮,未覺村野醜。"拾遺:指杜甫。參《和張安道讀杜集》注〔一〕。

釀重陽酒〔一〕

風前隔年麯,甕裏重陽酒。適從臺無饋,飲啜不濡口〔二〕。秋嘗日已迫,收拾煩主婦〔三〕。仰空露成霜〔四〕,搴庭菊將秀。金微火猶壯,未可多覆蔀①〔五〕。唧唧候鳴蟹〔六〕,涓涓報初溜〔七〕。輕巾漉糟腳,寒泉養罌缶〔八〕。誰來共嘉節? 但約鄰人父〔九〕。生理正艱難,一醉陶衰朽〔一〇〕。他年或豐餘,此味恐無有〔一一〕。

【校記】

①蔀:原本、宋建本作"篰",據宋文集本、蜀藩刻本改。

【箋注】

〔一〕作於崇寧五年(一一〇六)秋。

〔二〕"適從"二句:謂自從俸禄斷絶,便很少飲酒。臺無饋:開始没有饋贈。指無俸禄。參《雨中遊小雲居》注〔一二〕。濡:沾濕。

〔三〕"秋嘗"二句:謂秋祭將近,主婦忙于釀酒。秋嘗:《禮記·王制》:"天子諸侯宗廟之祭,春曰礿,夏曰禘,秋曰嘗,冬曰烝。"按,此泛指祭祀。

〔四〕《詩·秦風·蒹葭》:"蒹葭蒼蒼,白露爲霜。"

〔五〕"金微"二句:謂雖金星衰微,但火星還未曾偏西,故天氣依然炎熱,釀酒發酵不可多蓋物事。《詩·豳風·七月》:"七月流火,九月授衣。"唐孔穎達疏:"於七月之中,有西流者,是火之星也,知是將寒之漸。"覆蔀:覆蓋。

《易·豐》:"豐其蔀。"三國魏王弼注:"蔀,覆曖,鄣光明之物也。"

〔六〕謂等待酒缸裏酒發酵出聲。

〔七〕謂釀出清亮的酒。《文選·潘岳〈射雉賦〉》:"天泱泱以垂雲,泉涓涓而吐溜。"徐爰注:"涓涓,清新之色。"

〔八〕"輕巾"二句:謂用布巾過濾酒糟,并裝入瓶中放入冰涼的泉水以保鮮。罌缶:大腹小口的瓶。《漢書·韓信傳》:"以木罌缶度軍。"唐顔師古注:"罌缶,謂瓶之大腹小口者也。"按,此謂盛酒器。

〔九〕"誰來"二句:謂無人共飲,只好請鄰翁對飲。父(fǔ):同"甫"。對老年男子的尊稱。晉潘岳《秋興賦》:"偃息不過茅屋茂林之下,談話不過農夫田父之客。"按,此暗言知舊都遠避。

〔一〇〕陶:喜悦,快樂。唐李白《春歸終南山松龍歸隱》:"且復命酒樽,獨酌陶永夕。"衰朽:老邁無能。此蘇轍自謂。

〔一一〕"他年"二句:謂這種無拘無束,與野老田父共飲的樂趣未必是順境中能體味得到的。

中秋無月同諸子二首〔一〕

其一

風雨來無定,泥塗日向深〔二〕。直埋今夜月,真失衆人心〔三〕。雲外天衢浄〔四〕,人間濁霧侵。幽人久不寐,起坐夜愔愔〔五〕。

【箋注】

〔一〕作於崇寧五年(一一〇六)八月十五日。因中秋無月而感嘆時事,寄希望於將來。

〔二〕泥塗:泥濘。

〔三〕"直埋"二句:謂月亮深埋雲裏,讓天下人都失望。直埋:猶言全部掩蓋。

〔四〕天衢:天空廣闊,任意通行,如世之廣衢,故稱天衢。

〔五〕愔愔（yīn yīn）：幽深貌；悄寂貌。

其二

卷衣换斗酒〔一〕，欲飲月明中。坐看浮雲合〔二〕，遥憐四海同。舊説：中秋陰晴，四海同之。清光知未泯〔三〕，來歲尚無窮〔四〕。且盡樽中渌〔五〕，高眠聽雨風〔六〕。

【箋注】

〔一〕唐李白《將進酒》："五花馬，千金裘，呼兒將出换美酒，與爾同銷萬古愁。"

〔二〕唐杜甫《佐還山後寄三首》："山晚浮雲合，歸時恐路迷。"

〔三〕清光：清亮的光輝。此謂月光。

〔四〕來歲：來年。晉陶潛《酬劉柴桑》："今我不爲樂，知有來歲不？"按，此對將來報以希望。

〔五〕渌：同"醁"。醽醁的省稱。美酒名。唐崔國輔《對酒吟》："寄言世上諸少年，平生且盡杯中渌。"

〔六〕蘇軾《初别子由》："秋眠我東閣，夜聽風雨聲。"

予昔在京師畫工韓若拙爲予寫真今十三年矣容貌日衰展卷茫然葉縣楊生畫不減韓復令作之以記其變偶作〔一〕

白髮蒼顔日日新，丹青猶是舊來身〔二〕。百年迅速何曾住〔三〕？方寸空虚老更真〔四〕。一幅蕭條寄衰朽〔五〕，異時仿佛見精神。近存八十一章注〔六〕，從道老聃門下人〔七〕。

【箋注】

〔一〕作於崇寧五年（一一〇六）。韓若拙：北宋畫家。宋鄧椿《畫繼》："韓若拙，洛人。善作翎毛，每作一禽，自嘴至尾、足，皆有名，而毛羽有數。政、宣間兩京推以爲絶筆,又能傳神。宣和末,應募使高麗,寫國王真。會用兵,不畏行。年八十餘,死襄陽。”

〔二〕“白髮”二句:謂自己已白髮衰顏,但畫中卻依然如十年前,逝者如斯。

〔三〕南朝宋謝朓《泛水曲》:“百年如流水,寸心寧共知。”

〔四〕唐白居易《松齋自題》:“形骸委順動,方寸付空虛。”

〔五〕蘇軾《游武昌寒溪西山寺》:“今朝横江來,一葦寄衰朽。”

〔六〕此指己所作《老子解》。

〔七〕老聃:即老子。見《次韻子瞻減降諸縣囚徒事畢登覽》注〔二二〕。

九日獨酌三首〔一〕

其一

府縣嫌吾舊黨人〔二〕,鄉鄰畏我昔黄門〔三〕。終年閉户已三歲,九日無人共一樽。白酒近令沽野店,黄花旋遣折籬根〔四〕。老妻也説無生話〔五〕,獨酌油然對子孫〔六〕。

【箋注】

〔一〕作於崇寧五年(一一〇六)九月九日。

〔二〕謂紹聖間曾被列爲元祐黨人之列。參《宋史·哲宗紀二》、《徽宗紀一》。

〔三〕黄門:漢設黄門官,晉爲門下省,唐宋皆因之。蘇轍元祐六年進門下侍郎,世稱蘇黄門。

〔四〕籬根:竹籬近地處。唐高適《宋中遇陳二》:“籬根長花草,井上生莓苔。”

〔五〕無生:佛教語。謂没有生滅,不生不滅。參《贈浄因臻長老》注〔八〕。

〔六〕蘇軾《次韻答王定國》:“舊雨來人今不來,油然獨酌卧清虚。”

其二

故國忘歸懶問人,新居斫竹旋開門。菊生牆下不知節,酒滴牀頭初滿樽〔一〕。漲水驟來真有浪，浮雲卷去自無根〔二〕。凡心漫作《潁濱傳》〔三〕，留與他年好事孫〔四〕。

【箋注】

〔一〕牀：指糟牀，即壓酒器。

〔二〕唐元稹《送王十一南行》："我留石難轉，君泛雲無根。"蘇軾《送范純粹守慶州》："浮雲無根蔕，黄潦能須臾。"

〔三〕宋葉夢得《石林燕語》卷十："子由有嶺外歸許下，號潁濱遺老，亦自爲傳。家有遺老齋。蓋元祐人至子由，存者無幾矣。"在今《欒城集》中。

〔四〕謂作傳以遺兒孫。好事：謂瞭解先輩事業。

其三

平昔交游今幾人〔一〕？後生誰復款吾門〔二〕？茅檐適性輕華屋〔三〕，黍酒忘形敵上尊〔四〕。東圃旋移花百本〔五〕，西軒恨斫竹千根。舍南賴有凌雲柏〔六〕，父老經過説二孫。古柏孫何、僅所種〔七〕。

【箋注】

〔一〕交遊：朋友。

〔二〕後生：後輩。《論語·子罕》："後生可畏，焉知來者之不如今也。"款：叩；敲擊。《晏子春秋·雜上》："景公飲酒，夜移于晏子之家。前驅款門，曰：'君至。'"

〔三〕適性：稱心，合意。

〔四〕謂如果是知己聚飲什麽酒都好。忘形：謂朋友相處不拘形跡。唐杜甫《醉時歌》："得錢即相覓，沽酒不復疑。忘形到爾汝，痛飲真吾師。"唐白居易《效陶潛體詩》之七："我有忘形友，迢迢李與元。"上尊：上等酒。猶言美酒。唐陸龜蒙《江南秋懷寄華陽上人》："俄分上尊酒，驟厭五侯鯖。"按，上尊本指御廚之酒，蘇轍用之泛稱美酒。

〔五〕本：量詞。猶棵株。《荀子·富國》："然後瓜桃棗李，一本數以盆鼓。"唐楊倞注："一本，一株也。"

〔六〕謂有高聳入雲的柏樹。唐李德裕《春暮思平泉雜詠二十首·柏》：

“未若淩雲柏,常能終歲紅。”

〔七〕二孫:自注言孫何、孫僅。孫何(九六一—一〇〇四):字漢公,蔡州汝陽(今河南汝陽縣)人。淳化三年進士第一,爲將作監丞、通判陝州。召入直史館,遷秘書丞、京西轉運副使、歷右正言,改右司諫。真宗時權户部判官,出爲京東轉運副使,徙兩浙轉運使。景德元年代還,判太常禮院,俄知制誥,掌三班院。是年冬以疾卒,年四十四。何篤學,倡古文,爲時所重。著《駁史通》十餘篇,有集四十卷。《宋史》有傳。(孫)僅(九六九—一〇一七):字鄰幾,孫何弟。咸平元年進士第一,爲舒州團練推官,舉賢良方正入第四等,擢光禄寺丞、直集賢院,俄知浚儀縣。景德初拜太子中允、開封府推官,改判官,遷右正言、知制誥,同知審官院。歷知永興軍府、審刑院,權知開封府,出知河中府,復領審刑院。久之,進給事中。天禧元年正月卒,年四十九。有集五十卷。《宋史》有傳。

泉城田舍〔一〕

泉城欲治麥禾囷,五畝鄰家肯見分〔二〕。莫問三吴朱處士〔三〕,似勝吾鄉揚子雲〔四〕。陰晴卒歲關憂喜,豐約終身看逸勤〔五〕。家世本來耕且養,諸孫不用恥鋤耘〔六〕。

【箋注】

〔一〕作於崇寧五年(一一〇六)。

〔二〕“泉城”二句:謂鄰居讓出宅基給自己修倉。囷:圓形穀倉。五畝:指屋基地。語出《孟子·梁惠王上》:“五畝之宅,樹之以桑,五十者可以衣帛矣。”

〔三〕朱處士:參《和毛國鎮白雲莊五詠·濯纓庵》注〔四〕。

〔四〕揚子雲:即揚雄。參《答文與可以六言詩相示因道濟南事作十首》之六注〔一〕。

〔五〕“陰晴”二句:謂天氣的陰晴,自身的勤奮與否是農家的生存之道。

〔六〕“家世”二句:謂家世歷來是耕讀傳家,不必以耕耘爲恥。蘇轍《示諸子》:“兄弟躬耕真盡力,鄉鄰不慣枉稱賢。”自注:“范五德孺近語遲:‘聞君家兄弟善治田。’”

蘇轍詩編年箋注卷二十一

丙戌十月二十三日大雪〔一〕

秋成粟滿倉,冬藏雪盈尺〔二〕。天意愍無辜〔三〕,歲事了不逆〔四〕。誰言豐年中〔五〕,遭此大泉厄①〔六〕。肉好雖甚精,十百非其實。田家有餘糧,靳靳未肯出〔七〕。閭閻但坐視,愍愍不得食〔八〕。朝飢願充腸,三五本自足〔九〕。飽食就茗飲,竟亦安用十〔一〇〕? 奸豪得巧便,輕重竊相易〔一一〕。鄰邦穀如土,胡越兩不及〔一二〕。閑民本無賴,翩然去井邑〔一三〕。土著坐受窮,忍飢待捐瘠〔一四〕。彼哉陶鈞手,用此狂且愎〔一五〕。天且無奈何,我亦長太息。

【校記】

①厄:叢刊本作"死",不辭,誤。

【箋注】

〔一〕此下爲《欒城三集》。《欒城第三集引》:"當政和元年,復收拾遺稿,以類相從,謂之《欒城第三集》。"李裕民《宋詩話叢考》(《文史》第二十三輯)認爲最後編定時間在"政和二年九、十月間"。作於崇寧五年(一一〇六)十月二十三日。此詩對當時推行大錢憤怒抨擊。

〔二〕《禮記・樂記》:"春作夏長,仁也;秋收冬藏,義也。"

〔三〕《漢書·禮樂志》:"王者承天意以從事,故務德教而省刑罰。"無辜:没有罪。《詩·小雅·正月》:"民之無辜,並其臣僕。"宋朱熹集傳:"與此無罪之民,將俱被囚虜而同爲臣僕。"

〔四〕言一年來風調雨順。歲事:一年的農事。了不:全不。

〔五〕誰言:誰料;哪料。豐年:豐收之年。按,詩謂豐年是相對前幾年而言。據《宋史·徽宗紀一》:"崇寧元年春正月丁丑,太原等十一郡地震,詔死者家賜錢有差。"又"甲辰,以雨水壞民廬舍,詔開封府振恤壓溺者。"又:"[崇寧二年]是歲,諸路蝗。"又"[崇寧三年八月]壬寅,大雨,壞民廬舍,令收瘞死者。"又"冬十月辛居朔,大雨雹。"又:"是歲,諸路蝗。"又《徽宗紀二》:"[崇寧四年二月]甲子,雨雹。"又"[十一月]是歲,蘇、湖、秀三州水,賜乏食者粟。"而崇寧五年無災害記録,且"[崇寧五年春正月]丁未,太白晝見,赦天下,除黨人一切之禁"。又"夏四月丁丑,停免兩浙水災州郡夏税。"

〔六〕大泉:大錢。《周禮·天官·外府》"掌邦布之入出"鄭玄注:"布,泉也……泉始蓋一品,周景王鑄大泉,而有二品。"此大錢相對于宋通行小平錢而言,其後神宗熙寧時鑄折二,蔡京以折五、折十鑄之,但其實際重量、材質、大小並未與其面值相符。《宋史·食貨志下》:"會蔡京當政,將以利惑人主,托假紹述,肆爲紛更。有許天啓者,京之黨也,時爲陝西轉運副使,迎合京意,請鑄當十錢。"又"自熙寧以來,折二錢雖行民間,法不許運致京師,故諸州所積甚多。至是,發運司因請以官帑所有折二錢改鑄折十錢。三年,遂罷鑄小平錢及折五錢。"又"四年,立錢綱驗樣法。崇寧監以所鑄御書當十錢來上,緡用銅九斤七兩有奇,鉛半之,錫居三之一。"又"五年,兩浙盜鑄尤甚,小平錢益少,市易濡滯。"又"折十錢爲幣既重,一旦更令,則民驟失厚利。又諸路或用或否,往往不盡輸于官,冒法私販。始令四輔、畿内、開封府許搜索舟車,賞視舊法增倍。水陸所由,官司失察者皆停替,而受納不揀選、容私錢其間者,以差定罪法。"

〔七〕"肉好"四句:謂大錢雖然造作精良但卻不能抵十錢用,農民收割了糧食因爲對大錢不相信而不願意賣。肉好:古代圓形玉器和錢幣等的邊和孔。肉,邊;好,中間之孔。《爾雅·釋器》:"肉倍好謂之璧,好倍肉謂之瑗,肉好若一謂之環。"《漢書·食貨志下》:"[周景王]卒鑄大錢,文曰'寶貨',肉好皆有周郭。”靳靳：吝嗇貌；吝惜貌。

〔八〕“閶閻”二句：謂城裏人買不上糧食只好傷心挨餓。慼慼：傷心貌。

〔九〕“朝飢”二句：謂如饑餓了要吃早飯，三五個錢就足夠了。朝飢：早晨空腹時感到的饑餓。《詩·周南·汝墳》“惄如調飢”鄭箋：“惄，思也。未見君子之時，如朝飢之思食。”充腸：猶充饑。按，此與下二句皆言當十錢對人們非常不方便。

〔一〇〕“飽食”二句：謂吃飽了飯再喝喝茶，也用不了一個當十的大錢。

〔一一〕“奸豪”二句：謂奸商以錢幣輕重買賣牟利。輕重：謂大錢與小錢。

〔一二〕“鄰邦”二句：謂相鄰的地區糧食很賤但無法運來。胡越：胡地在北，越在南，比喻疏遠隔絶。《淮南子·俶真》：“六合之内，一舉而千萬里。是故自其異者視之，肝膽胡越；自其同者視之，萬物一圈也。”漢高誘注：“肝膽喻近，胡越喻遠。”

〔一三〕“閑民”二句：謂閑散無業之人就離開故土。閑民：閒散無事之民。無賴：無所倚靠；無可奈何。井邑：故里。

〔一四〕“土著”二句：謂世代居住者挨餓等死。土著：世代居住在當地的人。捐瘠：饑餓而死。《漢書·食貨志上》：“堯禹有九年之水，湯有七年之旱，而國亡捐瘠者，以畜積多而備先具也。”唐顔師古注：“孟康曰：‘肉腐爲瘠。捐，骨不埋者。’瘠，瘦病也。言無相棄捐而瘦病者耳。”

〔一五〕“彼哉”二句：謂用了一個壞人執政。陶鈞手：猶言治理國家的人。陶鈞，本指製作陶器所用的轉輪，引申指治理國家。《舊唐書·文苑傳下·劉蕡》：“至若念陶鈞之道，在擇宰相而任之，使權造物之柄。”狂且愎：猖狂而剛愎自用。按，此暗指蔡京。

畫嘆〔一〕并引

武宗元比部學吴道子畫佛菩薩鬼神，燕肅龍圖學王摩詰畫山川水石〔二〕，皆得其仿佛。潁川僧舍往往見之，而里人不甚貴重，獨重趙、董二生。二生雖工而俗，不識古名畫遺意，作《畫嘆》。

武燕未遠嗟誰識，趙董紛紛枉得名。已矣孫陳舊人物，至今但數漢公卿〔三〕。

【箋注】

〔一〕作於崇寧五年(一一〇六)。

〔二〕武宗元:見《武宗元比部畫文殊玄奘》注〔一〕。吴道子、王摩詰:見《王維吴道子畫》注〔一〕。燕肅(九六一—一〇四〇):字穆之,青州益都(在今山東青州市西北)人,家曹州(治今山東曹縣)。咸平三年舉進士,補鳳翔府觀察推官,歷任知縣、通判、提刑、知州,遷侍御史、直昭文館。天聖中,判刑部,擢龍圖閣待制,知審刑院,歷知梓、亳、青州。景祐中判太常寺兼大理寺,進龍圖閣直學士,知潁、鄧州。寶元中以禮部侍郎致仕,康定元年卒。年八十。肅雅多巧思,精審音律,嘗造指南、記里鼓二車,又上《蓮花漏法》,爲《海潮圖》,著《海潮論》。能畫,尤善山水寒林,入妙品。又喜爲詩,多至數千篇。《宋史》有傳。《宣和畫譜》卷十一:"文臣燕肅,字穆之。……文學治行,縉紳推之。其胸次瀟灑,每寄心繪事,尤喜畫山水寒林,與王維相上下,獨不喜爲設色。"又"而王安石於人物慎許可,獨題肅之所畫《瀟湘山水圖》詩云:'燕公侍書燕王府,王求一筆終不與。奏論讞死誤當赦,全活至今何可數?'"又"歷官至龍圖閣直學士,以尚書禮部侍郎致仕。子孫既顯,贈太師,天下止稱燕公。"趙董:不詳。俟考。

〔三〕"已矣"二句:見《聞諸子欲再質下氏宅》注〔一五〕。

夢中反古菖蒲〔一〕并引

古詩云:"石上生菖蒲,一寸十二節。仙人勸我食,令我好顔色。"十一月八日四鼓,夢中反之作四韻,見一愚公在側,借觀示之,赧然有愧恨之色〔二〕。

石上生菖蒲,一寸十二節。仙人勸我食,再三不忍折。一人得飽滿〔三〕,餘人皆不悦。已矣勿復言,人人好顔色。

【箋注】

〔一〕作於崇寧五年(一一〇六)十一月八日。蘇籀《欒城遺言》:"崇寧丙戊十一月八日四鼓,夢中及古菖蒲詩云:‘一人得飽滿,餘人皆不悦。’之句,王介甫在側借觀,示之赧然,有愧恨之色。”菖蒲:見《李鈞壽花堂》注〔三〕、〔五〕。

〔二〕愧恨:慚愧怨恨。

〔三〕飽滿:吃飽。

次遲韻復雪〔一〕

老人怕寒愁早作〔二〕,夜聞飛霰知相虐〔三〕。粟車未到泥復深〔四〕,場薪欲盡心驚愕〔五〕。山川滉蕩勢如海〔六〕,孤舟一葉知安泊?山中故人消息斷〔七〕,欲問有無隔溪壑〔八〕。人言王生好事人,回船不顧山陰約〔九〕。故侯生來本貧窶〔一〇〕,妻子至今美藜藿〔一一〕。曳履長歌解忍飢〔一二〕,裹飯往飼今誰托〔一三〕?家人來告酒可篘〔一四〕,洗盞開瓶同一酌〔一五〕。

【箋注】

〔一〕作於崇寧五年(一一〇六)冬。落雪當在冬季。

〔二〕早作:早起。《後漢書·列女傳·曹世叔妻》:“晚寢早作,勿憚夙夜。”唐李賢注:“作,起也。”

〔三〕飛霰:飛雪。

〔四〕粟車:運送糧食的車。

〔五〕場薪:場院裏的柴火。驚愕:吃驚而發愣。《漢書·霍光傳》:“群臣皆驚鄂失色,莫敢發言,但唯唯而已。”唐顔師古注:“凡言鄂者,皆謂阻礙不依順也,後字作愕,其義亦同。”按,此謂無過冬禦寒之資。

〔六〕謂雪後山川一色。滉蕩:高遠貌。

〔七〕故人:舊交;老友。

〔八〕有無:有餘與不足。《書·益稷》:“懋遷有無化居,烝民乃粒,萬邦作乂。”清孫星衍疏:“有爲有餘,無爲不足也。”

〔九〕“人言”二句:謂人們不懂得王徽之,認爲山陰訪戴不可理解。好事:多事。參《趙少師自南都訪歐陽少師於潁州留西湖久之作詩獻歐陽公》注〔一三〕。王生:即王徽之(? —三八八)。字子猷。晉琅邪臨沂(今山東臨沂市)人,王羲之之子,凝之弟,獻之兄。歷大司馬桓温参軍、車騎桓沖騎兵参軍、黄門侍郎。後棄官家居,以病終。任情放達,傲物慢世。興之所至,千里命駕。性好竹,稱:"何可一日無此君邪?"《晉書》有傳。

〔一〇〕故侯:指召平。《史記·蕭相國世家》:"召平者,故秦東陵侯。秦破,爲布衣,貧,種瓜於長安城東,瓜美,故世俗謂之'東陵瓜',從召平以爲名也。"貧窶:貧乏,貧窮。按,因蘇轍嘗爲副相,故以"故侯"自嘲。此下三句皆言自己生活貧窘。

〔一一〕藜藿:藜和藿。指粗劣的飯菜。参《郭尉愿惇夫以琳上人書詩爲示次韻》注〔七〕。

〔一二〕見《次韻侄過江漲》注〔八〕。

〔一三〕謂無人憐憫自己。《莊子》:"子輿與子桑友,而霖雨十日,子輿曰:'子桑殆病矣,裹飯而往食之。'"

〔一四〕篘(chōu):過濾(酒)。唐鄭谷《書村叟壁》:"春蔬和雨割,社酒向花篘。"此言酒已釀好。

〔一五〕洗盞:洗杯。指飲酒。唐杜甫《謝嚴中丞送青城山道士乳酒一瓶》:"鳴鞭走送憐漁父,洗盞開嘗對馬軍。"蘇軾《次韻趙令鑠惠酒》:"開瓶自洗盞,肴核誰與具。"

次韻文氏外孫驥以其祖父與可學士書卷還謝悰學士〔一〕

西南自是賢俊府,衰老思歸謾留許〔二〕。春禾磨麥非平生,子孫便推我作古〔三〕。賢哉與可詩中傑〔四〕,筆墨餘功散繒楮①〔五〕。南陽諸謝世有人,此邦亦自非其土〔六〕。一時與我俱作客,白髮蒼顔愧非伍。儒術真傳漢太翁〔七〕,風流未滅晉諸庾〔八〕。兩家尚有往還帖,舊集脱遺應可補〔九〕。明窗展卷清淚滴〔一〇〕,恍②然似與故人語。欲鎖空廚付長康,恐君譏我不與取〔一一〕。

【校記】

①楮:叢刊本作"褚",形近而誤。

②恍:叢刊本作“忱”,形近而誤。

【箋注】

〔一〕作於崇寧五年(一一〇六)。文驥:文與可孫、蘇轍外孫(見《硯箋》)。事迹未詳。謝悰:字公定。杭州富陽(今浙江杭州富陽區)人。謝絳之孫,謝師厚子。元祐三年以布衣應賢良方正能直言極諫科,賜進士出身,除初等職官。七年爲均州軍事判官。見《續資治通鑑長編·哲宗元祐三年》、《卻掃編》卷中、《愧郯録》卷中、雍正《山西通志》卷五十八。《山西通志》卷二百一載謝悰《修清虚觀碑記》。

〔二〕思歸:想回故鄉。許:即許昌。

〔三〕“春禾”二句:謂子孫都推舉自己作和詩。作古:謂不依舊規,自創先例。《舊唐書·高宗紀下》:“上曰:‘自我作古,可乎?’”

〔四〕《論語·雍也》:“子曰:‘賢哉回也!一簞食,一瓢飲,在陋巷,人不堪其憂,回也不改其樂。賢哉回也。’”

〔五〕繒楮:帛和紙,皆爲古代書寫之具。

〔六〕“南陽”二句:謂謝亦是流寓居許。按,謝氏祖籍南陽,東漢時謝氏祖先纘仕至典農中郎將,祖衡至國子祭酒。至兩晉之交,經衡子鯤、鯤子尚逐漸形成門户,後謝安兄弟于東晉崛起,使謝氏與王氏並稱而爲東晉一流門閥。三國魏王粲《登樓賦》:“雖信美而非吾土,曾何足以少留。”

〔七〕謂文家是漢代文翁一脈相承。漢太翁:指文翁(前一五六—前一〇一)。文翁名黨,安徽舒城(今安徽廬州江縣)人。漢景帝末年爲蜀郡守,興教育、舉賢能、修水利,政績卓著。其本傳云:“繇是大化,蜀地學於京師者比齊魯焉。至武帝時,乃令天下郡國皆立學校官,自文翁爲之始云。文翁終於蜀,吏民爲立祠堂,歲時祭祀不絶。至今巴蜀好文雅,文翁之化也。”

〔八〕謂謝家祖宗風流不遜色於東晉庾氏。按,這其實多少有些恭維的成分。庾氏興起于漢,曹魏時即爲名族,東晉時庾亮爲一代風流之冠,諸庾名聲時遠超謝家,故當時對謝家有“新出門户”之譏。(《世説新語·簡傲》)

〔九〕“兩家”二句:謂文謝二家有當年文與可與謝家的交往書信,可以補舊集的脱遺。脱遺:遺漏。

〔一〇〕展卷:開卷。清淚:眼淚。唐唐彦謙《宿田家》:“使我不成眠,爲渠滴清淚。"

〔一一〕"欲鎖"二句:《晉書·文苑傳·顧愷之》:"愷之嘗以一廚畫糊題其前,寄桓玄,皆其深所珍惜者。玄乃發其廚後,竊取畫,而緘閉如舊以還之,紿云未開。愷之見封題如初,但失其畫,直云妙畫通靈,變化而去。"

附録 蘇過《謝公定以所藏文與可詩示其孫驥驥有詩次韻》

骨冷能詩庾開府,妙句天成醉翁許。醉翁已作神清游,伯牙絶弦空千古。謝翁家無甔石儲,獨富牙籤收繭楮。詩豪遺墨宛在世,不與□□俱化土。後生無復見老師,句法凛然猶可度。幼孫風流自一種,疑是江東王謝伍。君不見西京柱下太史公,留滯周南歎無補。傳家有子能續業,執手潸然只虚語。子孫他日繼文翁,太史家風爾乎取。

守歲〔一〕

歲云莫矣誰能守〔二〕?唯有此心初不移〔三〕。宇宙隨流任爾去,虚空對面即吾師〔四〕。三杯醉倒聊從俗〔五〕,一點靈明欲語誰〔六〕?來日日新無限事〔七〕,歸根一笑彼安知〔八〕?

【箋注】

〔一〕作於崇寧五年(一一〇六)除夕。守歲:見《次韻子瞻記歲莫鄉俗三首·别歲》注〔一〕。

〔二〕《詩·小雅·小明》:"昔我往矣,日月方除。曷云其還,歲聿云莫。"唐杜甫《錦樹行》:"今日苦短昨日休,歲云暮矣增離憂。"

〔三〕此蘇轍之鄉俗。晉周處《風土記》:"蜀之風俗,晚歲相與餽問,謂之餽歲;酒食相邀,爲别歲;至除夕達旦不眠,謂之守歲。"參《次韻子瞻記歲莫鄉俗三首》。

〔四〕謂如以佛家"空"的觀念看來,無所謂歲月變化。

〔五〕唐李白《月下獨酌四首》之二:"三杯通大道,一斗合自然。"從俗:依從習俗。《禮記・曲禮上》:"禮從宜,使從俗。"

〔六〕靈明:明潔無雜念的思想境界。

〔七〕《禮記・大學》:"湯之盤銘曰:'苟日新,日日新,又日新。'"按,此亦諷政令紛更。

〔八〕歸根:歸於本原。參《次韻劉貢父省中獨直》注〔四〕。

上元不出〔一〕

春寒未脱紫貂裘,燈火催人夜出游。老厭歌鐘空命酒〔二〕,病嫌風露怯登樓。擁袍坐睡曾無念〔三〕,結客追歡久已休〔四〕。試問西鄰傳法老〔五〕,此時情味似儂不〔六〕?

【箋注】

〔一〕作於大觀元年(一一〇七)正月十五。

〔二〕歌鐘:歌樂聲。空:僅;只。

〔三〕擁:圍裹。無念:佛教語。謂無虚妄之心念。《出曜經》卷七:"無念及放逸,亦不習所修。睡眠不求悟,是謂入深淵。"

〔四〕追歡:猶尋歡。唐杜甫《九日登梓州城》:"追歡筋力異,望遠歲時同。"

〔五〕傳法老:即道和。參《施崇寧寺馬》注〔三〕。

〔六〕儂(nóng):我。

將築南屋借功田家〔一〕

先人敝廬寄西南〔二〕,不歸三紀今何堪〔三〕!卜營菟裘閲歲三〔四〕,西成黍豆餘石甔〔五〕。借功田家并鑁杴〔六〕,農事未起來不嫌〔七〕。并遣浮客從丁男〔八〕,芒鞋秃巾短後衫〔九〕。杵聲登登駭閭閻〔一〇〕,期我一月久不厭。我方窮困人所諳〔一一〕,有求不答心自甘。一言見許不妄談〔一二〕,歆汝信厚心懷慚〔一三〕。晨炊暮餉增醯鹽〔一四〕,歸時不礙田與蠶。

【箋注】

〔一〕作於大觀元年(一一〇七)正月。詩云"農事未起""歸時不礙田與蠶"可知。詩叙述雇用勞力修房的情況,對鄉鄰的誠摯厚意表示感激。借功:謂請農工,即農户幫忙修建而用糧食或錢鈔付酬。

〔二〕《禮記・檀弓下》:"君之臣免於罪,則有先人之敝廬在,君無所辱命。"按,此指眉山老家。

〔三〕《書・畢命》:"既歷三紀。"孔傳:"十二年曰紀。"按,蘇轍熙寧二年(一〇六九)守父喪滿還京,迄此已是三十八年未曾還鄉。云三季,蓋言成數。

〔四〕卜營:占卜營造。語本《國風・鄘風・定之方中》:"定之方中,作於楚宮。揆之以日,作於楚室。樹之榛栗,椅桐梓漆。爰伐琴瑟,升彼虚矣。以望楚矣,望楚與堂。景山與京,降觀于桑。卜云其吉,終然允臧。"毛傳曰:"定,營室也。"宋朱熹集傳:"定,北方之宿,營室星也。此星昏而正中,夏正十月也。於是時可以營制宫室,故謂之營室。"菟裘:參《舟次磁湖以風浪留二日不得進子瞻以詩見寄作二篇答之前篇自賦後篇次韻》之二注〔一〕。

〔五〕謂遇上豐年有了些餘糧。西成:謂秋天莊稼已熟,農事告成。參《次韻子瞻潁州留别二首》之二注〔六〕。石甔(dān):猶儋石。

〔六〕钁(jué):钁頭。明徐光啓《農政全書》卷二十一:"钁,劚田器也……蓋農家開闢地土,用以劚荒。凡田園山野之間用之者,又有闊狹大小之分。然總名曰钁。"杴(xiān):農具名。似鍬,而鏟較方闊,柄端無短拐。按,此钁杴連用泛言農具。

〔七〕未起:謂農活還未開始。

〔八〕謂鄉鄰全力幫助。浮客:謂寄居在地主莊園裏的外地佃農。蘇洵《田制》:"富民之家,地大業廣,阡陌連接,募召浮客,分耕其中,鞭笞驅役,視以奴僕。"丁男:即男丁。因音韻關係而顛倒。按,此謂鄉鄰組織佃户和成年男子都來幫自己建房。

〔九〕禿巾:謂光著頭不包頭巾。《後漢書・孔融傳》:"又融爲九列,不遵朝儀,禿巾微行,唐突宫掖。"唐李賢注:"謂不加幘。"

〔一〇〕此謂夯土聲。登登:象聲詞。指敲擊聲。《詩・大雅・緜》:"度之薨薨，築之登登。”唐劉禹錫《許州文宣王新廟碑》：“瀷水之濒，城池在東。登登其杵，坎坎其斧。”

〔一一〕諳（ān）：熟悉；知道。

〔一二〕謂請求鄉鄰助工，鄉鄰們爽快答應。妄談：猶妄言，空話。

〔一三〕蘇軾《自金山放船至焦山》：“我來金山更留宿，而此不到心懷慚。”信厚：誠實敦厚。

〔一四〕謂感謝鄉鄰的幫助，於是在飲食上儘量安排得豐盛精良一些。晨炊暮餉：謂早飯和晚飯。醢（hǎi）：同“醯”。肉醬。

丁亥生日〔一〕

少年即病肺，喘作鋸木聲。中年復病脾，暴下泉流傾〔二〕。困①苦始知道〔三〕，處世百欲輕〔四〕。收功在晚年〔五〕，二疾忽已平〔六〕。來年今日中，正行七十程。老聃本吾師〔七〕，妙語初自明〔八〕。至哉希夷微〔九〕，不受外物嬰〔一〇〕。非三亦非一〔一一〕，了了無形形〔一二〕。迎隨俱不見〔一三〕，瞿曇謂無生〔一四〕。湛然琉璃内，寶月長盈盈〔一五〕。

【校記】

①困：叢刊本作“因”，形近而誤。

【箋注】

〔一〕作於大觀元年（一一〇七）二月二十日。

〔二〕“少年”四句：蘇轍有肺脾疾，詩中常見。參《戲次前韻寄王鞏二首》之一注〔五〕，《將至南京雨中寄王鞏》注〔六〕。暴下：急性腹瀉。蘇轍詩中屢屢言“暴下”，《寄内》：“我經三伏常暴下，近喜秋風掃烝濕。”《雨病》：“中宵得暴下，亭午卧忘起。”

〔三〕知道：謂通曉天地之道，深明養生奧妙。

〔四〕謂凡事輕心寡欲。

〔五〕收功：取得效驗；獲得療效。

〔六〕平：平復，康復。唐賈島《酬慈恩寺文郁上人》：“期登野閣閑應甚，阻宿山房疾未平。"

〔七〕見《次韻子瞻過海》注〔八〕。

〔八〕蘇轍晚年作《老子解》,對老子之語當有感悟。

〔九〕希夷:語本《老子》:"視之不見名曰夷,聽之不聞名曰希。"三國魏河上公注:"無色曰夷,無聲曰希。"後因以"希夷"指虚寂玄妙。

〔一〇〕晉張協《雜詩》之三:"至人不嬰物,餘風足染時。"嬰:糾纏;羈絆。

〔一一〕此爲佛教語。依圓教所談,法身、般若、解脱等三德與空、假、中等三諦之義理、德用雖各相異,然圓融相即,不離一味。一即三,故爲三而非三;三即一,故爲一而非一。此即非三非一,乃圓教至極之深義。

〔一二〕無形:道家語,以爲凡有形者皆起於無形。《淮南子·原道》:"夫無形者,物之大祖也;無音者,聲之大宗也。"

〔一三〕迎隨:指首尾。語出《老子》第十四章:"迎之不見其首,隨之不見其後。"

〔一四〕瞿曇:釋迦牟尼的姓。參《東方書生行》注〔八〕。無生:佛教語。謂没有生滅,不生不滅。參《贈浄因臻長老》注〔八〕。

〔一五〕見《次韻姚道人》注〔四〕。宋王安石《望江南》:"願我六根常寂静,心如寶月映琉璃。"

初葺遺老齋二首〔一〕

其一

髭鬚渾白已經歲〔二〕,腰痛春來日又多〔三〕。一味安閑猶有礙,卻令朝謁擬如何〔四〕? 築居定作子孫計,好事久遭僧佛呵〔五〕。尤愧白家履道宅〔六〕,十年成就飽經過。

【箋注】

〔一〕作於大觀元年(一一〇七)三月。詩中"腰痛春來日又多"知爲三月。

〔二〕髭鬚:鬍子。唇上曰髭,唇下爲鬚。

〔三〕謂腰痛一天天加劇。唐杜甫《寄高三十五書記》："嘆惜高生老，新詩日又多。"

〔四〕"一味"二句：謂閑居尚且多故，如還要朝覲不知如何受得了。朝謁：入朝覲見。按，此亦自我安慰之辭。

〔五〕此"好事"爲憤激之詞，其實是指過去爲國事而多言。

〔六〕宋陳振孫《白文公年譜》："穆宗長慶四年甲辰，至洛。始卜居履道坊，得故散騎常侍楊憑宅。蓋公平生從仕，至是始有俸餘，於是定居於洛，以爲終焉之計。"又"文宗大和三年己酉春，以病免官，除太子賓客分司。以春暮至洛。《歸履道宅》詩云'今日是長歸'，自是迄公薨，凡十八年在洛，終不渝長歸之語。"白居易《洛下卜居》："未請中庶禄，且脱雙驂易。"自注："買履道宅，價不足，因以兩馬償之。"《歸履道宅》："驛吏引藤輿，家童開竹扉。往時多暫住，今日是長歸。眼下有衣食，耳邊無是非。不論貧與富，飲水亦應肥。"

其二

爲留十步南牆竹，莫怪門前鳥雀多〔一〕。陋巷何妨似顔子〔二〕，勢家應未奪蕭何〔三〕。詩書懶惰何曾讀，氣息調匀不用呵〔四〕。多病從來少賓客，杜門今復幾人過〔五〕？

【箋注】

〔一〕"爲留"二句：因竹生繁茂，而鳥雀常棲於此處。此亦暗用"門可羅雀"典。參《宣徽使張安道生日》注〔一二〕。

〔二〕《論語·雍也》："賢哉，回也！一簞食，一瓢飲，在陋巷，人不堪其憂，回也不改其樂。"

〔三〕勢家：有權勢的人家。《史記·蕭相國世家》："後世賢，師吾儉；不賢，毋爲勢家所奪。"蕭何：見《次韻劉貢父和韓康公憶其弟持國二首》之一注〔九〕。

〔四〕調匀：調和均匀。呵：噓氣；哈氣。按，此呵當爲調和氣息，使呼吸平穩之用。

〔五〕"多病"二句：謂自己多病而少賓客。語本唐孟浩然《歲暮歸南山》：

"不才明主棄,多病故人疏。"過:來訪;過往。

謝人惠千葉牡丹〔一〕

東風催趁百花新〔二〕,不出門庭一老人〔三〕。天女要知摩詰病,銀瓶滿送洛陽春〔四〕。可憐最後開千葉〔五〕,細數餘芳尚一旬〔六〕。更待游人歸去盡,試將童冠浴湖濱〔七〕。

【箋注】

〔一〕作於大觀元年(一一〇七)三月。由"可憐最後開千葉,細數餘芳尚一旬"可知千葉牡丹將落。當在暮春。千葉牡丹:見《謝任亮教授送千葉牡丹》注〔一〕。

〔二〕隋楊廣《喜春遊歌二首》之一:"禁苑百花新,佳期遊上春。"

〔三〕《易・節》:"不出門庭,凶。"唐白居易《閑居》:"風雨蕭條秋少客,門庭冷静晝多關。"

〔四〕"天女"二句:《維摩詰所説經》卷二:"時維摩詰室有一天女,見諸大人聞所説法便現其身,即以天華散諸菩薩、大弟子上,華至諸菩薩即皆墮落,至大弟子便著不墮。一切弟子神力去華,不能令去。"銀瓶:花瓶。唐白居易《六年立春日人日作》:"試作循潮封眼想,何由得見洛陽春。"按,此謂花。

〔五〕可憐:可喜。

〔六〕宋王安石《薔薇》之三:"細數落花因坐久,緩尋芳草得歸遲。"

〔七〕童冠:指青少年。語出《論語・先進》:"莫春者,春服既成,冠者五、六人,童子六、七人,浴乎沂,風乎舞雩,詠而歸。"按,此謂其兒孫輩。

移陳州牡丹偶得千葉二本喜作〔一〕

小圃初開清潩岸,名花近取宛丘城〔二〕。争言千葉根難認,忽發雙葩眼自明〔三〕。謫墮神仙終不俗,飛來鸞鳳有餘清〔四〕。細鋤瓦礫除荆棘,未可令齊衆草生〔五〕。

【箋注】

〔一〕作於大觀元年(一一〇七)三月。千葉:即千葉牡丹。參《謝任亮教授送千葉牡丹》注〔一〕。

〔二〕宛丘:陳州州治。治在今河南淮陽縣。參《次韻柳子玉謫官壽春舟過宛丘見寄二首》注〔一〕。

〔三〕"争言"二句:謂千葉牡丹難以辨識,但開花後即不言自明了。

〔四〕"謫墮"二句:形容千葉牡丹如神仙般超凡脱俗又如鸞鳳般清虚飄逸。暗喻自己不與世俗同流合污。

〔五〕"細鋤"二句:謂仔細清理花旁荒穢之物,使其不與雜草混雜。荆棘:泛言荒穢的雜草。

因舊〔一〕并叙

予因卞氏故居改築新宅,其廳事陋甚。有柴氏廳三間,求售三百餘萬錢,力不能致。子遲曰:"因卞之舊而易,其尤不可。子孫若賢,當師公儉。"予愧其言,從之,作《因舊》詩。

君不見,林上鵲,冬深始營巢〔二〕,及春巢已成。又不見,梁上燕,春深初作窠,及夏雛已生。我爲一區屋〔三〕,三年費經營〔四〕。紛紛伐梧楸〔五〕,日厭斤斧聲。老境①能幾何〔六〕,何日安餘齡〔七〕?一言愧吾兒,事忌與力争〔八〕。青楊易三棟〔九〕,赤榆换雙楹〔一〇〕。指顧行即具,構築役亦輕〔一一〕。鄭侯念子孫,不處高閈閎〔一二〕。吾今何人斯?此則坐右銘〔一三〕。

【校記】

①境:原作"竟",據宋建本、叢刊本改。

【箋注】

〔一〕作於大觀元年(一一〇七)春夏間。

〔二〕營巢:築巢。《宋史·樂志十四》:"伊鵲營巢,珍禽攸處。"

〔三〕一區:表數量。指一所宅院。《漢書·揚雄傳》:"有田一廛,有宅一區。"

〔四〕經營：籌畫營造。《書·召誥》："卜宅，厥既得卜，則經營。"

〔五〕梧楸：泛言建屋之木材。

〔六〕老境：老年時期。《禮記·曲禮上》："七十曰老，而傳。"唐孔穎達疏："七十曰老而傳者，六十至老境而未全老，七十其老已至，故言老也。"

〔七〕餘齡：猶餘歲，餘年。

〔八〕此暗用"量力而行"。語本《左傳·昭公十五年》："力能則進，否則退，量力而行。"

〔九〕青楊：樹木名。木材白色，質地輕鬆，供建築用。晉崔豹《古今注·草木》："白楊葉圓，青楊葉長，柳葉亦長細。"棟：屋之正梁。《儀禮·鄉射禮》："序則物當棟。"漢鄭玄注："是制五架之屋也，正中曰棟，次曰楣，前曰庪。"

〔一〇〕榆：榆樹。《詩·唐風·山有樞》："山有樞，隰有榆。"按，榆木去皮呈微紅色，故言赤榆。楹：廳堂的前柱。《詩·小雅·斯干》："殖殖其庭，有覺其楹。"孔穎達疏："有覺然高大者，其宫寢之楹柱也。"

〔一一〕"指顧"二句：謂建屋所需材料已備齊。指顧：一指一瞥之間。形容時間的迅速。行：通"桁"。梁上或門框上的横木。《文選·何晏〈景福殿賦〉》："桁梧複疊，勢合形離。"唐李善注："桁，梁上所施也。桁與衡同。"構築：構造建築。

〔一二〕"酇侯"二句：《史記·蕭相國世家》："何置田宅必居窮處，爲家不治垣屋。曰：'後世賢，師吾儉；不賢，毋爲勢家所奪。'"酇侯：即蕭何。見《次韻劉貢父和韓康公憶其弟持國二首》之一注〔九〕。閈閎：里巷的大門。《左傳·襄公三十一年》："高其閈閎，厚其牆垣。"

〔一三〕坐右銘：置於座右，用以自勉自戒的格言。語本《文選·崔瑗〈座右銘〉》唐吕延濟題注："瑗兄璋爲人所殺，瑗遂手刃其仇，亡命，蒙赦而出，作此銘以自戒，嘗置座右，故曰座右銘也。"

初成遺老齋二首〔一〕

其一

花時懶出伴游人〔二〕，暑雨深藏養病身〔三〕。新宅丁丁厭斤斧〔四〕，舊書寂寂卷埃塵。久將生事累諸子〔五〕，頓斂浮根付一真〔六〕。遺老齋成謀宴坐〔七〕，澹然無語接來賓〔八〕。

【箋注】

〔一〕作於大觀元年(一一〇七)夏。"暑雨深藏養病身"知在夏天。

〔二〕花時:百花盛開的時節。常指春日。

〔三〕唐張籍《病中酬元宗簡》:"東風漸暖滿城春,獨向深房養病身。"

〔四〕丁丁:象聲詞。指伐木聲。《詩·小雅·伐木》:"伐木丁丁,鳥鳴嚶嚶。"毛傳:"丁丁,伐木聲也。"

〔五〕生事:猶生計。唐白居易《觀稼》:"停杯問生事,夫種妻兒穫。"

〔六〕浮根:佛教語。佛教以五官爲"浮根"。亦泛指軀殼。《首楞嚴經》卷一:"縱觀如來青蓮華眼亦在佛面,我今觀此浮根四塵衹在我面。"一真:佛教語。又名真如。真者真實之義,如者如常之義,諸法之體性離虚妄而真實,故云真,常住而不變不改,故云如。《大乘止觀法門》卷一:"此心即自性清净心,又名真如,亦名佛性,亦名法身,亦名如來藏,亦名法界,亦名法性。"

〔七〕宴坐:指坐禪。《維摩詰所説經》卷一:"夫宴坐者,不於三界現身意,是爲宴坐。"

〔八〕《宋史·蘇轍傳》:"築室于許,號潁濱遺老,自作傳萬餘言,不復與人相見,終日默坐,如是者幾十年。"

其二

舊説潁川宜老人,朱櫻斑笋養閑身〔一〕。無心已絶衣冠念〔二〕,有眼不遭車馬塵〔三〕。青簡自書《遺老傳》〔四〕,白鬚仍寫去年真。齋成謾作笑談主,已是蕭然一世賓〔五〕。

【箋注】

〔一〕朱櫻:櫻桃之一種。成熟時呈深紅色,故稱。晉左思《蜀都賦》:"朱櫻春熟,素柰夏成。"斑筍:斑竹的筍。

〔二〕謂早已無功名之心。無心:佛家謂無妄心雜念。參《將出洛城過廣愛寺見三學演師引觀楊惠之塑寶山朱瑶畫文殊普賢爲賦三首》之三注〔三〕。

〔三〕謂以法眼看無所謂塵與不塵。有眼:謂有法眼。法眼,佛教語。“五眼”之一。謂菩薩爲度脱衆生而照見一切法門之眼。《無量壽經》卷下:“法眼觀察,究竟諸道。慧眼見真,能渡彼岸。”慧遠義疏:“智能照法,故名法眼。”唐章孝標《送無相禪師入關》:“九衢車馬塵,不染了空人。”

〔四〕謂自作《潁濱遺老傳》。青簡:竹簡。《後漢書·吴祐傳》:“[吴]恢欲殺青簡以寫經書。”唐李賢注:“殺青者,以火炙簡令汗,取其青易書,復不蠹,謂之殺青,亦謂汗簡。”

〔五〕謂人生一世不過在人間作客一次。唐李白《春夜宴從弟桃花園序》:“夫天地者,萬物之逆旅也;光陰者,百代之過客也。而浮生若夢,爲歡幾何?”

蠶麥二首〔一〕

其一

疏慵自分人嫌我〔二〕,貧病可憐天養人。蠶眠已報冬裘具〔三〕,麥熟旋供湯餅新〔四〕。擷桑曉出露濡足,拾穗暮歸塵滿身。家家辛苦大作社〔五〕,典我千錢追四鄰〔六〕。

【箋注】

〔一〕作於大觀元年(一一〇七)夏。從“蠶眠”“麥熟”“消長夏”可知。

〔二〕疏慵:疏懶;懶散。自分:自料,自以爲。

〔三〕謂蠶事成功冬天的衣服有著落了。

〔四〕湯餅:見《遜往泉城獲麥》注〔二〕。

〔五〕作社:作秋社。參《次韻王鞏留别》注〔六〕。

〔六〕謂也與鄉鄰一樣祭祀。典:典當東西。唐白居易《勸酒》:“歸去來,頭已白,典錢將用買酒吃。”

其二

三界人家多鮮福,一時蠶麥得難兼〔一〕。鋤耰已愧非吾力〔二〕,湯火尤驚取不廉〔三〕。貴客争誇火①浣布〔四〕，貧家粗有水精鹽〔五〕。薄衫冷麵消長夏〔六〕，捫腹當知百不堪〔七〕。

【校記】

①火：叢刊本作“大”，不辭，誤。

【箋注】

〔一〕“三界”二句：謂農民總是十分辛苦，很難蠶麥都獲得豐收。三界：佛教指衆生輪回的欲界、色界和無色界。見《俱舍論·世分别品》。此指指芸芸衆生。鮮福：少福分。與下《苦雨》“斯人薄福德，二事未易當”意同。

〔二〕謂自己已無力從事農事。

〔三〕謂生活用品來之不易。湯：指飲食。火：指冬日取暖之物。

〔四〕火浣布：即石棉布。《列子·湯問》：“火浣之布，浣之必投於火。”清阮葵生《茶餘客話》卷十八：“火浣布，出四川越嶲嵩廳番地。五鑾山石縫内生草，其根俗名不朽木，性純陰，番民取以撚綫織成布。己丑，外臬使益贈一幅，每幅不過數尺。其質粗，置火中經刻不然。以抹几案油穢，入烈火，膩處即有焰，焰息穢去，焰即穢也，布仍完整，故名火浣。”按，此與下句慨嘆貧富懸殊之大。

〔五〕水精鹽：亦作“水晶鹽”。一種晶瑩明澈如水晶的鹽。唐李白《題東溪公幽居》：“客到但知留一醉，盤中衹有水精鹽。”明陸容《菽園雜記》卷一：“環慶之墟有鹽池，産鹽皆方塊，如骰子，色瑩然明徹，蓋即所謂水晶鹽也。”

〔六〕《白孔六帖·博棊》引《幽閑鼓吹》：“令狐相擬李遠爲杭州，宣宗曰：‘李遠云：長日惟銷一局棊，豈可臨郡。’相曰：‘詩人之言非有實也。’”蘇軾《司馬君實獨樂園》：“樽酒樂餘春，棋局消長夏。”

〔七〕捫腹：撫摸腹部。多形容飽食後怡然自得的樣子。唐白居易《飽食閑坐》：“捫腹起盥漱，下階振衣裳。”又《除夜寄微之》：“鬢毛不覺白毿毿，一事無成百不堪。”參《次韻錢緦待制秋懷》注〔二〕。

文氏外孫入村收麥〔一〕

欲收新麥繼陳穀〔二〕，賴有諸孫替老人。三夜陰霪敗場圃〔三〕，一竿晴日舞比鄰〔四〕。急炊大餅償飢乏，多博村酤勞苦辛〔五〕。閉廪歸來真了事〔六〕，賦詩憐汝足精神。

【箋注】

〔一〕作於大觀元年(一一〇七)夏。文氏外孫：即文驥。參《外孫文驥與可學士之孫也予親教之學作詩俊發猶有家風喜其不墜作詩贈之》注〔一〕。

〔二〕陳穀：陳年的稻穀。《吕氏春秋·博志》："冬與夏不能兩刑，草與稼不能兩成，新穀熟而陳穀虧。"

〔三〕陰霪：連綿不斷的雨。場圃：農家收打作物的地方。《詩·豳風·七月》："九月築場圃，十月納禾稼。"

〔四〕謂天晴了農民都十分高興，歡呼雀躍。

〔五〕博：特指以貿易方式换取，猶言買。唐盧仝《若雪寄退之》："市頭博米不用物，酒店買肉不肯賒。"村酤：村酒。勞：慰勞。《詩·魏風·碩鼠》："三歲貫女，莫我肯勞。"

〔六〕閉廪：穀物入倉。了事：會辦事；精明能幹。《資治通鑑·梁紀十七·梁武帝太清二年》："[侯]景又請遣了事舍人出相領解。"元胡三省注："了事，猶言曉事也。"

李方叔新宅〔一〕

我年七十無住宅，斤斧①登登亂朝夕〔二〕。兒孫期我八十年，宅成可作十年客。人壽八十知已難，從今未死且磐桓〔三〕。不如君家得衆力〔四〕，咄嗟便了三十間〔五〕。李君雖貧足圖史，旋鑿明窗安净几〔六〕。閉門但辦作詩章，好事時來置樽俎〔七〕。我恨年來不出門，不見君家棟宇新。心安即是身安處〔八〕，自揣頭顱莫問人〔九〕。

【校記】

①斧：原作"釜"，據宋建本、叢刊本改。

【箋注】

〔一〕作於大觀元年(一一〇七)。李方叔:即李廌(一〇五九—一一〇九)。字方叔,號濟南,又號太華逸民,華州(今陝西渭南市華州區)人。少以學問稱鄉里,謁蘇軾於黄州,贄文求知,軾激賞之,謂其爲"萬人敵"。又閉門讀書數年,再見軾,軾閱其所著,歎爲"張耒、秦觀之流"。鄉舉試禮部,軾典貢舉,遺之,賦詩以自責。中年絶進取意。大觀三年卒,年五十一。著文數千篇,由其子裒輯爲《濟南集》,又稱《月巖集》,另有《師友談記》《德隅堂畫品》等。見陳恬《李方叔遺稿序》,李之儀《月巖集序》,《宋史》有傳。

〔二〕登登:象聲詞。指敲擊聲。《詩·大雅·緜》:"度之薨薨,築之登登。"

〔三〕磐桓:徘徊;逗留。《易·屯》:"初九,磐桓,利居貞,利建侯。"三國魏王弼注:"不可以進,故磐桓也。"

〔四〕君家:敬稱對方。猶您。衆力:衆人之力。

〔五〕咄嗟(duō jiē):吆喝聲。用以形容時間短暫,猶言頃刻之間。晉左思《詠史詩八首》之八:"俛仰生榮華,咄嗟復彫枯。"三十間:略言其多。蘇轍《因舊》:"我爲一區屋,三年費經營。"蓋對比而言。

〔六〕宋歐陽脩《試筆》:"蘇子美嘗言,明窗净几,筆硯紙墨皆極精良,亦自是人生一樂。"

〔七〕"閉門"二句:謂李在新居讀書作詩,接待朋友。

〔八〕《景德傳燈録》卷三:"光曰:'我心未寧,乞師與安。'師曰:'將心來與汝安。'曰:'覓心了不可得。'師曰:'我與汝安心竟。'"唐白居易《初出城留别》:"我生本無鄉,心安是歸處。"蘇軾《定風波》:"試問嶺南應不好,卻道,此心安處是吾鄉。"

〔九〕謂已有自知之明。自揣頭顱:自我估量。參《和遲田舍雜詩九首》之三注〔四〕。

苦雨〔一〕七月朔。

蠶婦絲出盎〔二〕,田夫麥入倉。斯人薄福德〔三〕,二事未易當〔四〕。

忽作連日雨,坐使秋田荒。出門陷塗潦〔五〕,入室崩垣牆〔六〕。覆壓先老稚,漂淪及牛羊〔七〕。餘糧詎能久,歲晚憂糟糠〔八〕。天災非妄行,人事密有償〔九〕。嗟哉竟未悟,自謂予不戕〔一〇〕。造禍未有害,無辜輒先傷〔一一〕。簞瓢吾何憂〔一二〕,作詩熱中腸〔一三〕。

【箋注】

〔一〕作於大觀元年(一一〇七)七月初一日。苦雨:久下成災之雨。《左傳·昭公四年》:"春無淒風,秋無苦雨。"晉杜預注:"霖雨爲人所患苦。"唐孔穎達疏:"《詩》云'以祈甘雨',此云苦雨。雨水一也,味無甘苦之異養物爲甘,害物爲苦耳。"《宋史·徽宗紀二》:"是歲秦鳳旱,京東水,河溢,遣官振濟,貸被水户租。廬州雨豆。汀、懷一州慶雲見,乾寧軍、同州黄河清。"又《五行志一上·水》:"大觀元年夏京畿大水,詔工部都水監疏導,至於八角鎮,河北、京西河溢,漂溺民户。"

〔二〕絲出盎:見《送龔鼎臣諫議移守青州二首》之二注〔五〕。

〔三〕斯人:猶斯民。謂上二句所言"蠶婦""田夫"。福德:佛教語。指過去世及現在世所行之一切善行,及由于一切善行所得之福利。《佛説大方廣善巧方便經》卷四:"況復我今末世苾芻薄福德,故乞食所難,不應生苦,但當行乞。雖復少得,而亦爲足。"

〔四〕謂蠶與莊稼的豐收二者難以兼得。

〔五〕塗潦:猶行潦。謂道路泥濘積水。

〔六〕垣牆:院牆;圍牆。

〔七〕"覆壓"二句:謂大雨後房屋崩壞壓老幼,洪水沖走牛羊等牲畜。老稚:老幼。老人和小孩。《孟子·滕文公上》:"使老稚轉乎溝壑,惡在其爲民父母也?"

〔八〕糟糠:謂粗劣的食物,貧者以之充饑。

〔九〕"天災"二句:謂天災是人作孽而招的報應。

〔一〇〕"嗟哉"二句:謂那些壞人還自言無罪。戕:戕賊;殘害。

〔一一〕"造禍"二句:製造災禍之人無恙,而無罪的平民卻受傷最深。

〔一二〕謂自己簡陋的生活還是可以保證。《論語·雍也》:"一簞食,一瓢飲,在陋巷,人不堪其憂,回也不改其樂。賢哉回也!"

〔一三〕謂内心憂傷。唐杜甫《贈衛八處士》:"訪舊半爲鬼,驚呼熱中腸。"

殺①麥二首〔一〕

其一

麥幸十分熟，雨過三日霪〔二〕。初晴尚未伏，半夜卷重陰〔三〕。細築場無隙〔四〕，輕推磨有音。驚聞諸縣水，一曒直千金〔五〕。

【校記】

①殺：叢刊本作“報”，誤。

【箋注】

〔一〕作於大觀元年（一一〇七）夏。殺麥：猶言收割麥子。《資治通鑑·陳紀九·陳長城公至德元年》：“千子前任趙州，百姓歌之曰：‘老禾不早殺，餘種穢良田。’”元胡三省注：“今人猶呼割稻爲殺稻。”

〔二〕霪（yín）：久雨貌。

〔三〕謂風起雲濃。重陰：指雲層密佈的陰天。漢張衡《南都賦》：“玄雲合而重陰，谷風起而增哀。”

〔四〕謂將打麥場弄得十分平整無縫隙。

〔五〕謂天晴難得。曒：同“曬”。

其二

雨後麥多病，庾中蛾欲飛〔一〕。不辭終日暑，幸脱半年飢。潦水來何暴〔二〕，秋田望已微。農夫愚可念〔三〕，此報定誰非〔四〕！

【箋注】

〔一〕“雨後”二句：謂雨後濕潤，蟲卵孵化致麥生蟲。庾：泛指糧庫。《文選·左思〈魏都賦〉》：“囹圄寂寥，京庾流衍。”唐李周翰注：“庾，倉也。”

〔二〕潦（lǎo）：雨水大貌。此指雨後的大水。

〔三〕可念：可憐。

〔四〕報：猶言報應；果報。《荀子·宥坐》："爲善者天報之以福，爲不善者天報之以禍。"

立秋後〔一〕

伏中苦熱焦皮骨〔二〕，秋後清風濯肺肝。天地不仁誰念爾〔三〕，身心無著偶能安〔四〕。詩書久爲消磨日〔五〕，毛褐還須準擬寒〔六〕。謾許百年知到否，相從一日且磐桓〔七〕。

【箋注】

〔一〕作於大觀元年（一一〇七）秋。

〔二〕苦熱：酷熱。唐杜甫《舟中苦熱遣懷》："人舟雖苦熱，垢膩可溉灌。"

〔三〕《老子》第五章："天地不仁，以萬物爲芻狗。"參《初發彭城有感寄子瞻》注〔二一〕。念：愛憐。《書·多士》："惟時天罔念聞，厥惟廢元命，降致罰。"唐孔穎達疏："惟是桀有惡辭，故天無復愛念，無復聽聞。"

〔四〕無著：佛教語。無所羈絆；無所執著。

〔五〕消磨：消遣，打發時光。唐鄭谷《梓潼歲暮》："酒美消磨日，梅香著莫人。"

〔六〕謂準備過冬的棉衣。準擬：準備；打算。

〔七〕"謾許"二句：謂人生百歲，總得一天天度過。磐桓：徘徊；逗留。

初築南齋〔一〕

我老不自量〔二〕，築室盈百間〔三〕。舊屋收半料，新材伐他山〔四〕。盎中粟將盡〔五〕，橐中金亦殫〔六〕。涼風八月高，扶架起南邊〔七〕。首成遺老齋，願與客周旋〔八〕。古檜長百尺，翠竹森千竿〔九〕。隔城過清潁，有井皆甘泉。平生隱居念，眷眷在山川〔一〇〕。誰言白髮年，有作竟不然〔一一〕。我本師瞿曇，所遇無不安〔一二〕。諸子知我懷，勉更求榱椽〔一三〕。堂成鋪莞簟〔一四〕，無夢但安眠。

【箋注】

〔一〕作於大觀元年(一一〇七)八月。詩有"涼風八月高"語可知。

〔二〕自量:自己估量。唐韓愈《調張籍》:"蚍蜉撼大樹,可笑不自量。"

〔三〕築室:建築屋舍。《詩·大雅·緜》:"曰止曰時,築室于兹。"

〔四〕"舊屋"二句:謂築室的材料一半由舊屋拆除所得,一半取自山林。

〔五〕盎:盛器。韓愈《此日足可惜贈張籍》:"篋中有餘衣,盎中有餘糧。"

〔六〕橐(tuó):盛物的袋子。《詩·大雅·公劉》:"迺裹餱糧,于橐于囊。"毛傳:"小曰橐,大曰囊。"殫:盡,竭盡。

〔七〕扶架:腳手架。

〔八〕周旋:交往;交際。

〔九〕唐白居易《池上篇》:"有水一池,有竹千竿。"森:高聳,峙立。

〔一〇〕眷眷:依戀反顧貌。

〔一一〕唐齊己《懷金陵李推官僧自牧》:"也應有作懷清苦,莫謂無心過白頭。"

〔一二〕"我本"二句:謂自己習佛,能隨遇而安。瞿曇:指佛教。參《東方書生行》注〔八〕。

〔一三〕榱椽:架屋承瓦的木頭。方的叫榱,圓的叫椽。此泛言建築材料。

〔一四〕莞簟(guān diàn):蒲席與竹席。《詩·小雅·斯干》:"下莞上簟,乃安斯寢。"鄭箋:"莞,小蒲之席也。竹葦曰簟。"古時以蒲席鋪墊于竹席下,較安適,因以"莞簟"爲安樂之意。

中秋月望十六終夜如晝〔一〕

秋氣久已到〔二〕,月明如可期。雲生未望夜,天借極圓時。冷澈登臨倦〔三〕,衰慵起舞遲〔四〕。兔閑長搗藥〔五〕,桂老尚生枝〔六〕。運轉何年住,清明與物宜〔七〕。油然任消長〔八〕,斤斧定何施?

【箋注】

〔一〕作於大觀元年(一一〇七)八月十六日。月望:月,滿月。月滿之時,通常在月半，故亦用以指舊曆每月十五日。《吕氏春秋·精通》："月也者，群陰之本也。月望則蚌蛤實，群陰盈。"漢高誘注："月，十五日盈滿，在西方與日相望也。"《藝文類聚·天部上·月》引《釋名》："望，月滿之名也，日月遥相望也。"

〔二〕秋氣：指秋日淒清之氣。《吕氏春秋·義賞》："春氣至，則草木産，秋氣至，則草木落。"

〔三〕登臨：登山臨水。謂遊覽。語本《楚辭·宋玉〈九辯〉》："憭慄兮若在遠行，登山臨水兮送將歸。"

〔四〕唐白居易《偶作》："坐悶低眉久，行慵舉足遲。"衰慵：衰老慵懶。起舞：謂刻苦用功。典出《晉書·祖逖傳》："［祖逖］與司空劉琨俱爲司州主簿，情好綢繆，共被同寢。中夜聞荒雞鳴，蹴琨覺曰：'此非惡聲也。'因起舞。"

〔五〕晉傅玄《擬天問》："月中何有？白兔擣藥。"

〔六〕晉虞喜《安天論》："俗傳月中仙人桂樹。"宋洪邁《容齋四筆》卷六："世俗多指言月中桂爲娑羅樹，不知所起。"宋歐陽脩《定力院七葉木》："伊洛多佳木，娑羅舊得名。常於佛家見，宜在月中生。"

〔七〕清明：謂清澈明朗。歐陽脩《秋聲賦》："蓋夫秋之爲狀也，其色慘淡，煙霏雲斂；其容清明，天高日晶。"

〔八〕油然：自然而然。

釀重陽酒〔一〕

家人欲釀重陽酒，香麴甘泉家自有。黄花抱蕊有佳思〔二〕，金火未調無好手〔三〕。老奴但欲致村酤，小婢争言試三斞。我年七十似童兒，逢節嘆欣事從厚〔四〕。廩粟已空豆方實，羔豚雖貴魚可取。病嫌秋雨難爲腹，老咽饞涎空有口〔五〕。折花誰是送酒人，來客但有鄰家父。閉門一醉莫問渠，巷争不用纓冠救〔六〕。

【箋注】

〔一〕作於大觀元年（一一〇七）九月。重陽酒：舊俗重陽節登高，飲菊花酒。此重陽酒即菊花酒。唐鄭谷《漂泊》:"黄花催促重陽酒,何處登高望二京。"

〔二〕黄花:菊花。參《戲呈試官》注〔二〕。

〔三〕金火:猶言火候。秋屬金,爲與上相對故稱金火。

〔四〕"老奴"四句:謂家中上下奔忙,老奴想直接買村酒而婢女想釀三斗試試,自己如頑童般贊歎欣喜。

〔五〕饞涎:口水。

〔六〕"閉門"二句:謂一切外面的事都不關心。《孟子·離婁下》:"今有同室之人鬥者,救之,雖被髮纓冠而救之,可也。"謂不暇束髮而結纓往救。後因以"纓冠"形容急迫或急切救助他人。

戲題菊花〔一〕

春初種菊助盤蔬,秋晚開花插酒壺〔二〕。微物不多分地力,終年乃爾任人須。天隨匕箸幾時輟〔三〕,彭澤樽罍未遽無〔四〕。更擬食根花落後,一依《本草》太傷渠〔五〕。

【箋注】

〔一〕作於大觀元年(一一〇七)八月十六日。

〔二〕"春初"二句:謂春日菊花苗可食,秋天可釀酒。蘇軾《後杞菊賦》:"吾方以杞爲糧,以菊爲糗,春食苗、夏食葉、秋食花實而冬食根,庶幾乎西河南陽之壽。"

〔三〕唐陸龜蒙《杞菊賦》:"天隨子宅荒少牆,屋多隙地,著圖書所前後皆樹以杞菊。春苗恣肥,日得以採擷之,以供左右杯案。及夏五月,枝葉老硬,氣味苦澀,旦暮猶責兒童拾掇不已。"天隨:唐陸龜號天隨子。參《寓居六詠》之一注〔二〕。匕箸:食具,羹匙和筷子。按,陸龜蒙云"旦暮猶責兒童拾掇不已",故蘇轍戲言"幾時休"。

〔四〕晉陶潛《飲酒》之七:"秋菊有佳色,裛露掇其英。汎此忘憂物,遠我遺世情。"參《答文與可以六言詩相示因道濟南事作十首》之六注〔二〕。

〔五〕本草:《神農本草經》的省稱。因所記諸藥以草類爲多,故稱《本草》。按,菊花之根、苗、花、葉皆可入藥,故云"太傷渠"。

九日三首〔一〕

其一

昔忝衣冠舊,今從野老游。籬根菊初綻,甕面酒新篘〔二〕。不負重陽節,都無舉世憂〔三〕。人生定誰是?萬事本悠悠〔四〕。

【箋注】

〔一〕作於大觀元年(一一〇七)九月九日。

〔二〕篘:過濾(酒)。參《次遲韻復雪》注〔一四〕。

〔三〕謂一切都已淡然,毀譽都不上心了。《莊子・逍遥游》:"舉世譽之而不加勸,舉世非之而不加沮。"

〔四〕唐王績《贈程處士》:"百年長擾擾,萬事悉悠悠。"

其二

欲就九日飲,旋炊三斗醅。今朝不一醉,坐客有空回〔一〕。白髮何須吝,黄花恨晚開〔二〕。問知瓶未罄,相勸盡餘杯〔三〕。

【箋注】

〔一〕唐司空圖《力疾馬上走筆》:"釀黍長添不盡杯,只憂花盡客空回。"

〔二〕黄花:菊花。因此年閏十月,故菊花開晚。

〔三〕唐杜甫《客至》:"肯與鄰翁相對飲,隔籬呼取盡餘杯。"唐羅隱《安陸贈徐礪》:"還把餘杯重相勸,不堪秋色背郧城。"

其三

從古重此日,今人那得違?菊遲知歲閏〔一〕,酒貴念人飢。身安且自慰,家遠不成歸。尚憶少年樂,驚呼人盡非。

【箋注】

〔一〕此年閏十月,故季節推後。

十日二首〔一〕

其一

酒經重九尚殘卮,雨送初寒問篋衣。養氣安閑真得計〔二〕,讀書勤苦已知非〔三〕。謾存講説傳家學,深謝交游絶世譏〔四〕。築室未成中自笑,何如茅屋對柴扉?

【箋注】

〔一〕作於大觀元年(一一〇七)九月十日。

〔二〕得計:契合心意。語出《莊子·徐无鬼》:"於蟻棄知,於魚得計,於羊棄意。"唐陸德明釋文引司馬彪云:"蟻得水則死,魚得水則生,羊得水則病。"清郭慶藩集釋引郭嵩燾曰:"魚相忘於江湖……故曰於魚得計。"按,蘇轍晚年頗行養氣之法。

〔三〕唐柳宗元《三贈劉員外》:"信書成自誤,經事漸知非。"

〔四〕晉陶潛《歸去來兮辭》:"歸去來兮,請息交以絶遊。世與我而相違,復駕言兮焉求?"

其二

憂患經懷沃漏卮〔一〕,榮華過眼脱輕衣。定心稍覺無來往〔二〕,時事誰能問是非?禄去身安常自喜〔三〕,宅成囊竭可無譏。交游散盡餘親戚,酒熟時來一叩扉〔四〕。

【箋注】

〔一〕謂憂患一直縈心不解。《世説新語·任誕》:"阮籍胸中壘塊,故須酒澆之。"沃:澆。漏巵:酒器。

〔二〕定心:佛教語。修禪行而遠離亂意。《大智度論》卷二十六:"定心者,定名一心不亂。亂心中不能得見實事,如水波蕩,不得見面。如風中燈,不能得點。"

〔三〕蘇軾《借前韻賀子由生第四孫斗老》:"無官一身輕,有子萬事足。"按,蘇轍于崇寧中罷祠。《宋史·蘇轍傳》:"崇寧中,蔡京當國,又降朝請大夫,罷祠,居許州。"

〔四〕叩扉:敲門。

初成遺老齋待月軒藏書室三首〔一〕

遺老齋①

老人身世兩相遺,緑竹青松自蔽虧〔二〕。已喜形骸今我有,枉將名字與人知。往還但許鄰家父,問訊纔通説法師。燕坐蕭然便終日〔三〕,客來不識我爲誰〔四〕。遺老齋。

【校記】

①遺老齋:原題在詩尾,今移至句首爲題,下同。

【箋注】

〔一〕作於大觀元年(一一〇七)秋。詩云"待月",又有"夜久客寒要一飲",當是秋夜。

〔二〕蔽虧:謂因遮蔽而半隱半現。唐盧照鄰《雜曲歌辭·行路難》:"千尺長條百尺枝,丹桂青榆相蔽虧。"

〔三〕唐貫休《閒居作》:"默坐便終日,孤峰只此清。"

〔四〕唐韓愈《歸彭城》:"遇酒即酩酊,君知我爲誰。"唐白居易《自在》:"自問我爲誰,胡然獨安泰。"

待月軒

軒前無物但長空,孤月忽來東海東〔一〕。圓滿定從何處得?清明許與衆人同。憐渠生死未能免，顧我盈虧略已通〔二〕。夜久客寒要一飲，油然細酌意無窮〔三〕。待月軒。

【箋注】

〔一〕“軒前”二句：蘇轍《待月軒記》：“築室於斯，闢其東南爲小軒。軒之前廓然無障，幾與天際。每月之望，開户以須月之至。月入吾軒，則吾坐於軒上，與之徘徊而不去。”

〔二〕謂從自身的遭際明白了月亮盈虧的道理。

〔三〕油然：悠然；安然。蘇軾《次韻答王定國》：“舊雨來人今不來，油然獨酌卧清虚。”

藏書室

讀書舊破十年功〔一〕，老病茫然萬卷空。插架都將付諸子〔二〕，閉關①猶得養衰翁。案頭螢火從乾死〔三〕，窗裏飛蠅久未通〔四〕。自見老盧真面目，平生事業有無中〔五〕。藏書室。

【校記】

①閉關：叢刊本作“閑門”，不辭，誤。

【箋注】

〔一〕謂自己讀書遠不止十年功夫。《宋書・沈攸之傳》：“攸之晚好讀書，手不釋卷，《史》《漢》事多所諳憶，常歎曰：‘早知窮達有命，恨不十年讀書。’”

〔二〕謂將書籍傳與兒子。插架：置書于書架上。唐韓愈《送諸葛覺往隨州讀書》：“鄴侯家多書，插架三萬軸。”

〔三〕唐杜甫《題鄭十八著作丈故居》：“窮巷悄然車馬絶，案頭乾死讀書螢。”螢火：比喻微弱的燈火。從：讓；任他。

〔四〕《聯燈會要・洪州百丈山懷海禪師法嗣・福州古靈神讚禪師》：“又一日看經次，有蠅子鑽窗，師云：世界如許廣闊，鑽他故紙，驢年去。遂作頌云：空門不肯出，投窗也大癡。百年鑽故紙，何日出頭時。”

〔五〕“自見”二句：謂自從懂得佛學的奥妙後，知道一切都是虚無。老盧：

指六祖慧能。見《次韻黄大臨秀才見寄》注〔七〕。

久雨〔一〕

雲低氣尚濁,雨細泥益深。經旬勢不止,晚稼日已侵〔二〕。閑居賴田食,憂如老農心。堆場欲生耳〔三〕,棲畝將陸沉〔四〕。常賦雖半釋,雜科起相尋〔五〕。凶年每多暴,此憂及山林〔六〕。號呼天不聞,有言不如喑〔七〕。願見雲解脱,秋陽破群陰〔八〕。

【箋注】

〔一〕作於大觀元年(一一〇七)秋。詩云"秋陽破群陰"可知。

〔二〕晚稼:晚種晚出的作物。

〔三〕堆場:堆放穀物的場院。耳:穀物經雨所生的芽。唐張鷟《朝野僉載》卷一:"秋甲子雨,禾頭生耳。"

〔四〕棲畝:《初學記·帝王部·西鄰禴祭》引《子思子》:"東户季子之時,道上雁行而不拾遺,耕耨餘糧宿諸畝首。"後遂以"棲畝"謂將餘糧存積田畝之中,以頌豐年盛世。陸沈:因久雨而沉入泥中。

〔五〕"常賦"二句:謂固定的賦税雖因久雨而減半,但其他雜税卻相尋而至。常賦:固定的賦税。雜科:雜税。

〔六〕"凶年"二句:謂如遭遇荒年將盜賊並起。《孟子·告子上》:"富歲,子弟多賴;凶歲,子弟多暴。非天之降才爾殊也,其所以陷溺其心者然也。"凶年:荒年。

〔七〕喑:緘默不言。

〔八〕"願見"二句:謂希望早日雲開雨停,陽光普照。解脱:謂久雨之雲消釋。

方築西軒穿地得怪石〔一〕

卞氏平日本富家,庭中怪石蹲麏麚〔二〕。子孫分散不復惜〔三〕,排棄坑谷埋泥沙。一株躍出隨畚鍤〔四〕，知我開軒方種花。頩然遠嶺垂澗壑，豁然洞穴通煙霞〔五〕。十夫徙置幸不遠〔六〕，軒前桐柏陰交加。我家舊隱久不到，小池尺水三流槎。少年旋繞看不足〔七〕，時呼野老來煎茶。老人得此且自慰，更訪餘石探幽遐〔八〕。或言下①舊石尚多，但未知沉淪處爾。

【校記】

①“下”下：叢刊本、四庫本有“氏”。

【箋注】

〔一〕作於大觀元年（一一〇七）秋冬間。當是前築室的繼續工程。

〔二〕麏：獐子。麚（jiā）：《説文・鹿部》：“麚，牡鹿。”此麏麚連言，泛言像鹿一樣的石雕。

〔三〕分散：離散。唐杜甫《月夜憶舍弟》：“有弟皆分散，無家問死生。”

〔四〕畚鍤（běn chā）：指挖運泥土之用具。畚，盛土器；鍤，起土器。

〔五〕“頩然”二句：叙怪石奇妙之狀。煙霞：雲霞。

〔六〕謂將怪石移放至軒前。徙置：移放。

〔七〕旋繞：環繞。謂圍觀。唐皎然《洞庭山維諒上人院階前孤生橘樹歌》：“清陰獨步禪起時，徙倚前看看不足。”

〔八〕幽遐：僻遠（處）。

肺病〔一〕

肺病比不作〔二〕，屈信三十年〔三〕。今年胡爲爾？呀然上衝咽〔四〕。寒冰未易温，死灰①誰使然〔五〕？醫言無庸怪〔六〕，此理環無端〔七〕。少年少戕敗，今日存精堅〔八〕。假年復除害，非人豈非天〔九〕？

【校記】

①灰：叢刊本作“友”，形近而誤。

【箋注】

〔一〕作於大觀元年（一一〇七）。

〔二〕比:近。此言近年不曾發作。

〔三〕屈信:猶言屈伸。信,通"伸"。此言肺病幾十年或愈或起。

〔四〕呀(xiā)然:張口貌。

〔五〕"寒冰"二句:謂肺疾本愈卻因何復發。死灰復燃,語出《史記·韓長孺列傳》:"蒙獄吏田甲辱安國,安國曰:'死灰獨不復然乎?'"

〔六〕無庸:無須,不必。《左傳·隱公元年》:"無庸,將自及。"晉杜預注:"言無用除之,禍將自及。"

〔七〕《靈樞經·衛氣》:"陰陽相隨,外内相貫,如環之無端。"

〔八〕"少年"二句:謂年青時病根未除,老來成了頑疾。

〔九〕《左傳·成公十八年》:"周子曰:'孤始願不及此,雖及此,豈非天乎!'"

送遜監淮西酒并示諸任二首〔一〕

其一

疇昔南遷海上雷,艱難唯與汝同來〔二〕。再從龍尉茅叢底,旋卜雲橋荔子堆〔三〕。相與閉門尋舊學,誰言復出理官醅〔四〕?乘田委吏先師事〔五〕,莫學陶翁到即回〔六〕。

【箋注】

〔一〕作於大觀元年(一一〇七)。

〔二〕"疇昔"二句:謂紹聖四年(一〇九七),蘇轍被貶化州别駕、雷州安置,蘇遜隨父前往。

〔三〕"再從"二句:謂元符元年再貶循州(今廣東惠州市東)事。《宋史》本傳:"[紹聖]三年又責化州别駕、雷州安置,移循州。"因廣東盛産荔枝,故云。龍尉:隋置循州,改龍川郡,轍爲别駕,故言龍尉。雲橋:即雲嶠。蘇軾《鬱孤臺》:"望斷横雲嶠,魂飛咤雪洲。"舊題宋王十朋《東坡詩集注》引趙次公曰:"横雲嶠,以言五嶺。"

〔四〕“相與”二句：謂本想父子閉門切磋學問，没想到蘇遜卻復出爲官。舊學：昔時所學。官醅：官酒。蘇遜爲監淮西酒，故言。

〔五〕謂當學孔子安於卑微的職務。乘（shèng）田：春秋時魯國主管畜牧的小吏。《孟子·萬章下》：“［孔子］嘗爲乘田矣。”漢趙歧注：“乘田，苑囿之吏也，主六畜之芻牧者也。”委吏：古代管理糧倉的小官。《孟子·萬章下》：“孔子嘗爲委吏矣，曰：‘會計當而已矣。’”趙岐注：“委吏，主委積倉廩之吏也。”先師：指孔子。見《次韻子瞻減降諸縣囚徒事畢登覽》注〔二二〕。

〔六〕陶翁：即陶淵明。參《答文與可以六言詩相示因道濟南事作十首》之六注〔二〕。其《歸去來兮辭序》：“及少日，眷然有歸歟之情。何則？質性自然，非矯厲所得。饑凍雖切，違己交病。嘗從人事，皆口腹自役。於是悵然慷慨，深愧平生之志。猶望一稔，當斂裳宵逝。尋程氏妹喪于武昌，情在駿奔，自免去職。仲秋至冬，在官八十餘日。”

其二

淮西留滯昔經年，唯有諸任時往還〔一〕。炊黍①留賓不嫌陋，借書度日免長閑。歸來潩水無人問，夢繞伊家古檜間〔二〕。二老舊游唯我在，後生誰復識蒼顔〔三〕？遵聖、師中二老人雖鄉人，今無識之者矣〔四〕。

【校記】

①黍：叢刊本作“黎”，形近而誤。

【箋注】

〔一〕謂崇寧二年（一一〇三）居汝南時與任家多往還。

〔二〕謂時時懷念任。伊家：猶言你家。參《任氏閲世堂前大檜》。

〔三〕蒼顔：蒼老的容顔。蘇轍自謂。

〔四〕遵聖：即任遵聖。見《泊南井口期任遵聖》注〔一〕。師中：即任師中。見《送任師中通判黄州》注〔一〕。

附録　蘇過《送八弟赴官汝南》

丈夫志四方，彈冠苦不早。終童來請纓，賈誼試三表。二子俱弱冠，功名滿懷抱。要非江湖士,未易語枯槁。君年逾三十,閉門試幽討。父兄逼從仕,攬轡方稍稍。久安田舍樂,寧坐元龍笑。白髮始爲郎,定似馮唐老。效官麴糵間,區區營一飽。雖知漿饋薄,要使人無保。淮蔡山川美,民淳足魚稻。作詩慰所思,夢繞池塘草。

風雪〔一〕閏十月十一日。

冬温未宜人〔二〕,風雪中夜止。疾雷略吾窗,輕冰入吾被。病去適三日,驚起存一氣。心安氣亦安,二物本非二〔三〕。皎然一寸燈,下燭九泉底。物來無不應,物去未嘗昧〔四〕。恨我俗緣深〔五〕,撓此古佛智。醫來視六脈〔六〕,六脈非昔比。醫適有此言。

【箋注】

〔一〕作於大觀元年(一一〇七)閏十月十一日。

〔二〕謂暖冬對人身體不好。即後上《大雪三絶句》之一"當寒卻暖未宜人"之意。

〔三〕"心安"二句:謂心安氣安本爲一體。參《病愈二首》之二注〔一〕。

〔四〕"皎然"四句:謂心靈澄澈通透,利害不縈于心。參《病愈二首》之二注〔一〕。

〔五〕俗緣:俗緣:佛教以因緣解釋人事,因稱塵世之事爲俗緣。

〔六〕六脈:中醫切脈的六個部位。人的左右手腕各分寸、關、尺三脈,合稱六脈。《史記·扁鵲倉公列傳》"不待切脈"張守節正義引《黄帝素問》:"待切脈而知病。寸口六脈,三陰三陽,皆隨春秋冬夏觀其脈之變,則知病之逆順也。"

讀傳燈録示諸子〔一〕

大鼎知難一手扛〔二〕,此心已自十年降〔三〕。舊存古鏡磨無力〔四〕,近喜三更月到窗〔五〕。早歲文章真自累〔六〕,一生憂患信難雙。從今父子俱清浄〔七〕,共説無生或似龐〔八〕。

【箋注】

〔一〕作於大觀元年(一一〇七)冬。傳燈録:指記載禪宗歷代傳法機緣之著作。傳燈,意謂以法傳人,如燈火相傳,輾轉不絶。燈録之作,萌芽於南北朝,而正式之燈録則出現於禪宗成立以後,經歷代輾轉相續,至宋代達於極盛。禪宗語要,具在諸燈録中,代表作以宋代之《景德傳燈録》《天聖廣燈録》《建中靖國續燈録》《聯燈會要》《嘉泰普燈録》等五燈爲代表。蘇轍所讀按時間計或當是前二種。

〔二〕《文選・王融〈三月三日曲水詩序〉》:"彯摇武猛,扛鼎揭旗之士。"唐劉良注:"扛、揭,皆舉也。"按,此當是對元祐年間爲黄門侍郎時欲有所作爲而發的感慨。

〔三〕謂十年前即已心灰意懶了即詩所謂心降也即降心。降心:本指平抑心氣。語本《左傳・僖公二十五年》:"天子降心以逆公,不亦可乎?"

〔四〕《景德傳燈録》卷十三:"問:'古鏡未磨時如何?'師曰:'天魔膽裂。'僧曰:'磨後如何?'師曰:'軒轅無道。'"又卷十七:"問:'古鏡未磨時如何?'師曰:'不施功。'曰:'磨後如何?'師曰:'不照燭。'"又卷二十一:"問:'古鏡未磨時如何?'師曰:'古鏡。'僧曰:'磨後如何?'師曰:'古鏡。'"卷二十三:"問:'古鏡未磨時如何?'師曰:'昧不得。'曰:'磨後如何?'師曰:'黑如漆。'"卷二十四:"問:'古鏡未磨時如何?'師曰:'照破天地。'曰:'磨後如何?'師曰:'黑似漆。'"

〔五〕《景德傳燈録》卷十:"師言下悟理。乃往嵩嶽瑠璃壇納戒,卻返南泉。異日問南泉:'知"有"底人向什麽處休歇。'南泉云:'山下作牛去。'師云:'謝指示。'南泉云:'昨夜三更月到窗。'"按,此謂學佛已有所得。

〔六〕唐杜甫《奉贈韋左丞丈二十二韻》:"紈袴不餓死,儒冠多誤身。"

〔七〕清浄:佛教語。指遠離惡行與煩惱。

〔八〕《景德傳燈録》卷八:"襄州居士龐藴者,衡州衡陽縣人也。字道玄,世以儒爲業。而居士少悟塵勞,志求真諦。唐貞元初謁石頭和尚,忘言會旨。復與丹霞禪師爲友。一日石頭問曰:'子自見老僧已來,日用事作麽生?'對曰:'若問日用事,即無開口處。'復呈一偈云:'日用事無别,唯吾自偶諧。頭頭非取捨,處處勿張乖。朱紫誰爲號,丘山絶點埃。神通并妙用,運水及般柴。'石頭然之曰:‘子以緇耶? 素耶?’居士曰:‘願從所慕。’遂不剃染。後之江西參問馬祖云:‘不與萬法爲侶者是什麽人?’祖云:‘待汝一口吸盡西江水,即向汝道。’居士言下頓領玄要,乃留駐參承。經涉二載,有偈曰:‘有男不婚,有女不嫁,大家團欒頭,共説無生話。’”

夢中詠西湖〔一〕

誰鑿西湖十里中,扁舟載酒揚輕風。草木蕃滋百事足,寒暄淡薄四時同〔二〕。東鄰適與吾廬便,西岸遥將岳麓通。閑游草草無人識,竹杖藤鞋一老翁。前四句夢中得,後四句起而足之。

【箋注】

〔一〕作於大觀元年(一一〇七)。

〔二〕寒暄:冷暖。唐皇甫冉《巫山峽》:“朝暮泉聲落,寒暄樹色同。”

買炭〔一〕

苦寒搜病骨〔二〕,絲纊莫能禦〔三〕。析薪燎枯竹〔四〕,勃鬱煙充宇〔五〕。西山古松櫟,材大招斤斧〔六〕。根槎委溪谷,龍伏熊虎踞〔七〕。挑抉靡遺餘,陶穴付一炬〔八〕。積火變深黳,牙角猶憤怒〔九〕。老翁睡破氈,正晝出無屨〔一〇〕。百錢不滿籃,一坐幸至莫。御爐歲增貢,圓直中常度〔一一〕。閭閻不敢售,根節姑付汝〔一二〕。升平百年後,地力已難富。知夸不知嗇〔一三〕,俯首欲誰訴? 百物今盡然,豈爲一炭故? 我老或不及,預爲子孫懼。

【箋注】

〔一〕作於大觀元年(一一〇七)冬。唐白居易有《賣炭翁》,蘇轍詩内容頗近之,頗斥徽宗朝的窮奢極欲。

〔二〕苦寒:嚴寒。搜:悽冷貌。

〔三〕絲纊:絲綿。此謂棉衣。

〔四〕此謂劈枯竹爲柴。析薪:劈柴。《詩·小雅·小弁》:"伐木掎矣,析薪扡矣。"燎(liǎo):燒。

〔五〕勃鬱:茂盛;旺盛。此謂煙多。

〔六〕《管子·乘馬》:"蔓山,其木可以爲材,可以爲軸,斤斧得入焉,九而當一。"

〔七〕"根槎"二句:謂燒炭不需要的樹根樹枝拋棄在溪谷中成爲野獸藏身的掩蔽物。

〔八〕"挑抉"二句:謂挑選木材,挖地穴燒炭。挑抉:挑選。陶穴:古代鑿地而成的土室。《詩·大雅·緜》:"古公亶父,陶復陶穴,未有家室。"毛傳:"陶其壤而穴之。"鄭箋:"鑿地曰穴,皆如陶然。"

〔九〕"積火"二句:謂樹已燒成炭了,枝叉挺立怒張的樣子仍在。積火:積久焚燒的大火。黳(yī):黑。牙角:枝杈。

〔一〇〕"老翁"二句:謂燒炭翁悲苦之狀。正晝:猶言大白天。

〔一一〕"御爐"二句:謂燒製進貢的炭大小長短都要合乎規矩。

〔一二〕"闤闠"二句:謂只能將一些不符合規格的炭在市場銷售。根節:樹根和有節疤的木材(燒製的炭)。

〔一三〕夸:奢侈。《荀子·仲尼》:"主損絀之,則恐懼而不怨,貴而不爲誇。"唐楊倞注:"夸,奢侈也。"嗇:愛惜。《吕氏春秋·先己》:"凡事之本,必先治身,嗇其大寶。"漢高誘注:"嗇,愛也。"

欲雪〔一〕

今年麥中熟〔二〕,餅餌不充口〔三〕。老農畏冬旱,薄雪未覆畝。驕陽引狂風〔四〕,三白知應否〔五〕?久晴車牛通,薪炭家家有。惟有口腹憂,此病誰能救?達官例謀身,一醉日自富〔六〕。尚應天愍人,雲族朝來厚〔七〕。飛花得盈尺〔八〕,一麥可平取。

【箋注】

〔一〕作於大觀元年(一一〇七)冬。

〔二〕中熟：中等的年成。

〔三〕餅餌：餅類食品的總稱。參《次韻子瞻記十月十六日所見》注〔一三〕。充口：飽腹。

〔四〕驕陽：猛烈的陽光。

〔五〕三白：三度下雪。唐佚名《占年》："正月三白，田公笑赫赫。"蘇軾《次韻陳四雪中賞梅》："高歌對三白，遲暮慰安仁。"

〔六〕"達官"二句：謂達官有固定俸禄，可吃喝無憂。語本《詩・小雅・小宛》："彼昏不知，壹醉日富。"鄭箋："童昏無知之人飲酒一醉，自謂日益富，誇淫自恣，以財驕人。"

〔七〕雲族：雲層。唐宋之問《温泉莊卧病》："兹山棲靈異，朝夜翳雲族。"

〔八〕飛花：喻指雪。

那吒〔一〕

方北①天王有狂子〔二〕，袛知拜佛不拜父。佛知其愚難教語，寶塔令父左手舉。兒來見佛頭輒俯，且與拜父略相似。佛如優曇難值遇〔三〕，見者聞道出生死〔四〕。嗟爾何爲獨如此？業果已定磨不去〔五〕。佛滅到今千萬祀，袛在江湖挽船處〔六〕。

【校記】

①方北：四庫本作"北方"，誤倒。

【箋注】

〔一〕作於大觀元年（一一〇七）。那吒：佛教護法神名。那吒俱伐羅的省稱。相傳爲毗沙門天王（多聞天王）之子，析骨還父，析肉還母，運大神力，爲父母說法。《西遊記》《封神演義》中的哪吒即由此演化而來。唐鄭棨《開天傳信記》："宣律方知是神異人也，乃少年也。宣律遽問：'弟子何人，中夜在此？'少年曰：'某非常人，即毗沙王之子那吒太子也。護法之故，擁護和尚久矣。'"

〔二〕方北天王：即毗沙門天王。佛教四大天王之一。此天王爲閻浮提北方的守護神，又因福德之名聞四方，故名多聞天。其有五位太子，名稱分别是最勝、獨健、那吒、常見、禪只。

〔三〕優曇：花名。即優曇鉢花。譯曰靈瑞，瑞應。《妙法蓮華經文句》卷四："優曇花者，此言靈瑞。三千年一現，現則金輪王出。"

〔四〕生死：即生死苦海。指各種苦難之世界，亦即生死輪回之三界六道。衆生沉淪於三界之苦惱中，渺茫無際，猶如沉没於大海難以出離，故以廣大無邊之海爲喻。《大方廣佛華嚴經》卷三："示諸衆生安樂行處，開示智慧解脱境界。恒以智身，住離貪際，超越一切生死苦海。"

〔五〕業果：業，指善惡業；果，即由業所感人、天、鬼、畜等之果報。又作業報。由業而報果，此乃自然之法理，稱爲"業果法然"。《首楞嚴經》卷四："唯殺、盜、淫三爲根本；以是因緣，業果相續。"

〔六〕《阿毘達磨俱舍論》卷二十："諸境界中流注相續泄過不絶故名爲漏。如契經説，具壽當知。譬如挽船逆流而上，設大功用行尚爲難；若放此船順流而去，雖捨功用行不爲難。"挽船：拉船；牽船。

示諸子〔一〕

老去惟堪一味閑〔二〕，坐①令諸子了生緣〔三〕。般柴運水皆行道〔四〕，挾策讀書那廢田〔五〕？兄弟躬耕真盡力，鄉鄰②不慣枉稱賢。裕人約己吾家世〔六〕，到此相承累百年。范五德孺近語遲："聞君家兄弟善治田，蓋取其不盡利爾③。"

【校記】

①坐：宋建本作"久"。

②鄰：原作"憐"，據宋建本、叢刊本改。

③爾：四庫本作"耳"。

【箋注】

〔一〕作於大觀元年（一一〇七）。

〔二〕一味：佛經中以如來教法，喻爲甘味，因其理趣之唯一無二，故曰一味。《妙法蓮華經》卷三："如來説法，一相一味。"《大般涅槃經》卷五："又解脱者，名爲一味。"

〔三〕謂只是安坐指揮兒子們爲生計忙碌。生緣：佛教語。塵世的緣分。

〔四〕唐龐藴《呈石頭和尚偈》："日用事無别，唯吾自偶諧。頭頭非取捨，處處没張乖。朱紫誰爲號？北山絶點埃。神通並妙用，運水及搬柴。"参《讀傳燈録示諸子》注〔八〕。行道：修道。

〔五〕謂勤奮讀書。《莊子·駢拇》："問臧奚事，則挾筴讀書。"唐陸德明釋文："筴字又作策，李云：'竹簡也。古以寫書，長二尺四寸。'"

〔六〕唐司空圖《太尉琅琊王公河中生祠碑》："夫約己裕人，招懷必信。推誠體國，嫌釁自平。"

戊子正旦〔一〕

百歲行來已七①分〔二〕，筋骸轉覺不如人〔三〕。法傳心地初投種〔四〕，雨過花開不待春〔五〕。識路一時如有得，到家諸事本非新〔六〕。舊陳芻狗今無用，付與時人藉兩輪〔七〕。

【校記】

①七：叢刊本作"弋"，不辭，形近而誤。

【箋注】

〔一〕作於大觀二年（一一〇八）正月一日。

〔二〕蘇轍生於寶元二年（一〇三九），至此年虚歲七十，故言。

〔三〕筋骸：猶筋骨。

〔四〕心地：見《毛國鎮生日二絶》之二注〔三〕。

〔五〕唐元稹《紅荆》："庭中栽得紅荆樹，十月花開不待春。"

〔六〕"識路"二句：當是對元祐執政時的感慨。本欲有所作爲，結果一切付諸東流。識路：暗用老馬識途典故。《韓非子·説林上》："管仲、隰朋從於桓公而伐孤竹，春往冬返，迷惑失道，管仲曰：'老馬之智可用也。'乃放老馬而隨之，遂得道。"

〔七〕"舊陳"二句：舊時祭祀的芻狗，用來襯墊車輪。芻狗：古代祭祀時用草紮成的狗。《老子》第五章："天地不仁，以萬物爲芻狗；聖人不仁，以百姓爲芻狗。"參《初發彭城有感寄子瞻》注〔二一〕《再和》之一注〔四〕。

八璽〔一〕

秦人一璽十五城，百二十城當八璽〔二〕。元日臨軒組綬新，君臣相顧無窮喜〔三〕。九鼎峥嶸夏禹餘〔四〕，八璽錯落古所無。古人鄙陋今人笑，父老不慣空驚呼。

【箋注】

〔一〕作於大觀二年（一一〇八）正月。《宋史·輿服志六》："大觀元年，又得玉工，用元豐中玉琢天子、皇帝六璽，疊篆。初，紹聖間，得漢傳國璽，無檢，幅又不闕，疑其一角缺者，乃檢也。有《檢傳》考驗甚詳，傳于世。帝於是取其文而黜其璽不用，自作受命寶，其方四寸有奇，琢以白玉，篆以蟲魚，鎮國、受命二寶，合天子皇帝六璽，是爲八寶。……又詔曰：'永惟受命之符，當有一代之制，而尚循秦舊，六璽之用，度越百年之久，或未大備。自天申命，地不愛寶，獲金玉於異域，得妙工於編氓。八寶既成，夐無前比，殆天所授，非人能爲，可以來年元日，御大慶殿恭受八寶。'"又《禮志十九》："其後徽宗以元日受八寶及定命寶，冬至日受元圭，皆于大慶殿行朝賀禮。"從以上材料可知，受八寶當是元日事，此事當天下盡知，蘇轍詩亦當會是知後所寫，故繫於正月。

〔二〕"秦人"二句：戰國時秦王欲以十五城易趙和氏璧，徽宗製八璽，故引以譏之。參《史記·廉頗藺相如列傳》。

〔三〕《宋史·徽宗紀》大觀二年（一一〇八）正月初一日紀事："受八寶於大慶殿，赦天下，文武進位一等。"

〔四〕九鼎：相傳夏禹鑄九鼎，象徵九州，夏商周三代奉爲象徵國家政權的傳國之寶。戰國時，秦楚皆有興師到周求鼎之事。周顯王時，九鼎没於泗水彭城下。唐武后、宋徽宗也曾鑄九鼎。《宋史·五行志四》："［崇寧］四年三月，鑄九鼎，用金甚厚，取九州水土内鼎中。"

題舊鍾馗[一]并引

癸丑歲，予爲興德軍掌書記，是歲大旱。除日，府中饋畫鍾馗行雪中，狀甚怪。後三十六年，檢篋中舊畫得之，戲作此篇[二]。

濟南書記今白須[三]，歲節鍾馗舊緑襦。舉手托天欣見雪，破鞋踏凍可憐渠。滔滔時輩今黄壤[四]，六六年華屬老夫[五]。兒女未容翁便去，銀瓶隔夜浸屠酥[六]。

【箋注】

〔一〕作於大觀二年（一一〇八）正月。從"銀瓶隔夜浸屠酥"可知。鍾馗：傳説人物。唐人題吴道子畫鍾馗像。宋沈括《夢溪補筆談・雜誌》："禁中舊有吴道子畫鍾馗，其卷首有唐人題記曰：'明皇開元講武驪山，歲翠華還宫，上不懌，因痁作，將逾月，巫醫殫伎，不能致良。忽一夕，夢二鬼，一大一小。其小者衣絳犢鼻，屨一足，跣一足，懸一屨，搢一大筠紙扇，竊太真紫香囊及上玉笛，繞殿而奔。其大者戴帽，衣藍裳，袒一臂，鞹雙足，乃捉其小者，刳其目，然後擘而啖之。上問大者曰："爾何人也？"奏云："臣鍾馗氏，即武舉不捷之士也。誓與陛下除天下之妖孽。"夢覺，痁若頓瘳，而體益壯。乃詔畫工吴道子，告之以夢曰："試爲朕如夢圖之。"道子奉旨，恍若有睹，立筆圖訖以進。上瞠視久之，撫几曰："是卿與朕同夢耳，何肖若此哉！"道子進曰："陛下憂勞宵旰，以衡石妨膳，而痁得犯之。果有蠲邪之物，以衛聖德。"因舞蹈上千萬歲壽。上大悦，勞之百金。批曰："靈祇應夢，厥疾全瘳。烈士除妖，實須稱奬。因圖異狀，頒顯有司。歲暮驅除，可宜徧識。以祛邪魅，兼静妖氛。仍告天下，悉令知委。"'熙寧五年，上令畫工摹搨鐫板，印賜兩府輔臣各一本。是歲除夜，遣入内供奉官梁楷就東西府給賜鍾馗之象。觀此題相記，似始於開元時。皇祐中，金陵上元縣發一冢，有石誌，乃宋征西將軍宗慤母鄭夫人墓。夫人，漢大司農鄭衆女也。慤有妹名鍾馗。後魏有李鍾馗，隋將喬鍾馗、楊鍾馗。然則'鍾馗'之名，從來亦遠矣，非起於開元之時。開元之時，始有此畫耳。'鍾馗'字亦作'鍾葵'。"清顧炎武《日知録・終葵》："《考工記》：'大圭長三尺，杼上終葵首。'

《禮記·玉藻》:‘終葵,椎也。’《方言》:‘齊人謂椎爲終葵。’馬融《廣成頌》:‘終葵,揚關斧。’蓋古人以椎逐鬼,若大儺之爲耳。今人於户上畫鍾馗像,云唐時人能捕鬼者,玄宗嘗夢見之,事載沈存中《補筆談》。未必然也。《魏書》:‘堯暄本名鍾葵,字辟邪。’則古人固以鍾葵爲辟邪之物矣。又有淮南王佗子名鍾葵,有楊鍾葵、丘鍾葵、李鍾葵、慕容鍾葵、喬鍾葵、段鍾葵,于勁字鍾葵,張白澤本字鍾葵,《唐書》有王武俊將張鍾葵,則以此爲名者甚多,豈以其形似而名之?抑取辟邪之義與,《左傳·定四年》:‘分康叔以殷民七族,有終葵氏。’是又不可知其立名之意也。”

〔二〕癸丑:熙寧六年(一〇七三),序中所言“除日,府中饋畫鍾馗行雪中”云云,似即是沈括所説“熙寧五年(一〇七二),上令畫工摹搨鐫板,印賜兩府輔臣各一本”中所印之本。

〔三〕熙寧六年(一〇七三)夏,蘇轍由陳州學官改任齊州(治今山東濟南市)掌書記。

〔四〕時輩:當時有名的人物。唐白居易《四年春》:“時輩推遷年事到,往還多是白頭人。”黄壤:猶黄泉。

〔五〕六六:六的六倍,三十六。按,熙寧五年至此整三十六年。

〔六〕屠酥:見《次韻王適元日并示曹焕二首》之一注〔二〕。

七十吟〔一〕

年來霜雪上人頭〔二〕,我爾① 相將七十秋〔三〕。欲去天公未遣去〔四〕,久留敝宅恐難留〔五〕。六窗漸暗猶牽物〔六〕,一點微明更著油〔七〕。近聽老盧親下種〔八〕,滿田宿草費鋤耰〔九〕。

【校記】

①爾:宋建本作“亦”,誤。

【箋注】

〔一〕作於大觀二年(一一〇八)二月。蓋蘇轍生日爲二月二十,是詩當作於此前後。

〔二〕霜雪:喻指白髮。唐杜甫《奉寄河南韋尹丈人》:"江湖漂短褐,霜雪滿飛蓬。"清仇兆鼇注引朱鶴齡曰:"霜雪,喻頭白也。"

〔三〕相將:相偕,相共。按,此當是指與妻子相濡以沫。

〔四〕天公:天。以天擬人,故稱。

〔五〕謂身體已經老邁,來日無多了。敝宅:破房子。宅,佛家語指肉身。參《汝南示三子》注〔六〕。

〔六〕六窗:猶六根。參《索居三首》之一注〔六〕。唐貫休《酬王相公見贈》:"九德陶鎔空有跡,六窗清淨始通禪。"牽物:爲外物所牽制。

〔七〕喻還需加速佛法的進修。

〔八〕謂聽高僧講論佛法。《五燈會元·六祖大鑒禪師旁出法嗣第一世·西域崛多三藏者》:"西域崛多三藏者,天竺人也。於六祖言下契悟。後遊五臺,見一僧結庵靜坐,師問曰:'孤坐奚爲?'曰:'觀靜。'師曰:'觀者何人?靜者何物?'其僧作禮問曰:'此理何如?'師曰:'汝何不自觀自靜。'彼僧茫然。師曰:'汝出誰門邪?'曰:'秀禪師。'師曰:'我西域異道,最下種者不墮此,見兀然空坐,於道何益。'其僧卻問:'師所師者何人?'師曰:'我師六祖。汝何不速往曹溪,決其真要。'其僧即往參六祖,六祖垂誨,與師符合,僧即悟入。師後不知所終。"下種:播種。此指以佛法開悟。

〔九〕此用佛經意,謂心中的荆棘當除去。

久旱府中取虎頭骨投邢山潭水得雨戲作〔一〕

邢山潭中黑色龍,經年懶卧泥沙中。嵩陽山中白額虎〔二〕,何年一箭肉爲土〔三〕?龍雖生,虎雖死,天然猛氣略相似〔四〕。生不益人死何負?虎頭枯骨金石堅,投骨潭中潭水旋。龍知虎猛心已愧,虎知龍懶自增氣。山前一戰風雨交,父老曉起看麥苗〔五〕。君不見岐山死諸葛,真能①奔走生仲達〔六〕。

【校記】

①真能:叢刊本作"能真"。誤倒。

【箋注】

〔一〕作於大觀二年(一一〇八)春。下《種花》有"得春雨"語,《夏至後得雨》有"麥乾春澤匝"知當是春旱後逢雨。《太平廣記·龍六·虎頭骨》引《尚書故實》:"南中旱,即以長繩繫虎頭骨,投有龍處。入水,即數人牽制不定。俄頃,雲起潭中,雨亦隨降。"

〔二〕白額虎:猛虎。唐李白《大獵賦》:"雖鑿齒磨牙而致伉,詎謂南山白額之足覩。"清王琦注:"白額虎蓋虎之老者,力雄勢猛,人所難禦。"唐王維《老將行》:"射殺山中白額虎,肯數鄴下黄鬚兒。"

〔三〕謂不知何時爲人所射殺。何年:猶何時。

〔四〕猛氣:勇猛的氣概。三國魏曹植《七啓》:"哮闞之獸,張牙奮鬣。志在觸突,猛氣不慴。"

〔五〕"龍知"四句:謂龍虎争鬥而使風雨大作。《焦氏易林》卷四:"白龍黑虎,起伏俱怒,戰於阪兆。"蘇軾《起伏龍行》:"赤龍白虎戰明日,倒卷黄河作飛雨。"

〔六〕《三國志·蜀書·諸葛亮傳》注引《漢晉春秋》載民謡:"死諸葛走生仲達。"

生日〔一〕

扶杖今年見國人〔二〕,懸弧早歲憶兹晨〔三〕。佛身三世歸依地〔四〕,鄰寺百僧清浄因〔五〕。蘧子知非慚已晚〔六〕,白公起定惜餘春〔七〕。舞雩一濯平湖水〔八〕,鄉黨驚呼白髮新〔九〕。是日,南堂供三世佛,西寺齋僧百人。

【箋注】

〔一〕作於大觀二年(一一〇八)二月二十日。

〔二〕扶杖:拄杖。唐劉長卿《偶然作》:"豈能將白髮,扶杖出人間。"

〔三〕懸弧:古代風俗尚武,家中生男,則於門左掛弓一張,後因稱生男爲懸弧。語本《禮記·内則》:"子生,男子設弧於門左,女子設帨於門右。"

〔四〕三世:佛家以過去、現在、未來爲三世。歸依:佛教語。信仰佛教者的入教儀式。因對佛、法、僧三寶表示歸順依附,故稱。隋慧遠《大乘義章》卷十:"歸投依伏,故曰歸依。"

〔五〕清浄:佛教語。指遠離惡行與煩惱。

〔六〕蘧子:名瑗,字伯玉,春秋時衛國蒲邑(今河南長垣縣伯玉村)人。曾輔佐衛國"獻、殤、靈"三代國君。其事跡在《左傳》《吕氏春秋》《史記》中有載。《淮南子·原道》:"故蘧伯玉年五十,而有四十九年非。"

〔七〕唐白居易《題天竺南院贈閒元旻清四上人》:"山深景候晚,四月有餘春。"按,此謂白居易雖篤信佛法但也愛惜春光。起定:謂白居易與佛理契合。白居易詩中多言佛道,如《渭村退居寄禮部崔侍郎翰林錢舍人詩一百韻》:"息亂歸禪定,存神入坐亡。斷癡求慧劍,濟苦得慈航。不動爲吾志,無何是我鄉。可憐身與世,從此兩相忘。"參《李簡夫挽詞二首》之一注〔五〕。

〔八〕謂出門逍遥一下,在湖邊洗濯。語本《論語·先進》:"莫春者,春服既成。冠者五六人,童子六七人,浴乎沂,風乎舞雩,詠而歸。"舞雩:古人用於祭天禱雨之處。此借指休憩之地。

〔九〕唐牟融《春日山亭》:"醉來重整華陽巾,搔首驚看白髮新。"蘇軾《正月二十一日病後述古邀往城外尋春》:"老來厭逐紅裙醉,病起空驚白髮新。"

將拆舊屋權住西廊〔一〕

平生未有三間屋,今歲初成百步廊。欲趁閑年就新宅,不辭暑月卧斜陽〔二〕。修篁已謝前人種〔三〕,甘井何妨衆口嘗。奔走從來成底事〔四〕?安居到處漫爲鄉〔五〕。

【箋注】

〔一〕作於大觀二年(一一〇八)春。詩云"閑年"可知。

〔二〕謂露天住在西廊中。唐牟融《山中有懷李十二》:"白髮流年淹舊業,碧山茅屋卧斜陽。"暑月:夏月。

〔三〕修篁(huáng):修竹,長竹。

〔四〕底事:何事。

〔五〕安居:安静、安定地生活。到處:猶言處處。参《李方叔新宅》注〔八〕。

種花二首〔一〕

其一

築室力已盡,種花功尚疏。山丹得春雨〔二〕,豔色照庭除〔三〕。末品何曾數〔四〕,群芳自不如。今秋接千葉,試取洛①人餘。

【校記】

①洛:原作"落",據宋建本、叢刊本改。

【箋注】

〔一〕作於大觀二年(一一〇八)春。"得春雨"可知。從後邊"接千葉"知種的是千葉牡丹。

〔二〕山丹:見《次韻子瞻送范景仁遊嵩洛》注〔六〕。

〔三〕庭除:庭院。

〔四〕末品:花之次品。

其二

築室少閑地,種花能幾畦?松筠舊滿眼,桃李漸成蹊〔一〕。無計通湖水,長思種藕泥。幽懷終不愜〔二〕,拄杖出城西。

【箋注】

〔一〕《史記·李將軍列傳》:"桃李無言,下自成蹊。"

〔二〕不愜:不稱心。

同遲賦千葉牡丹〔一〕

未換中庭三尺土，漫種數叢千葉花。園工言近家糞土多蟲，故不宜花。須換黃土三尺，花乃茂云①。造物不違②遺老意，一枝頗似洛人家。名園不放尋芳客〔二〕，陋巷希聞載酒車〔三〕。未忍畫瓶修佛供，清樽酌盡試山茶。

【校記】

①"云"下：叢刊本有"之"。

②違：叢刊本作"連"，不辭，誤。

【箋注】

〔一〕作於大觀二年(一一〇八)春。千葉牡丹：見《謝任亮教授送千葉牡丹》注〔一〕。

〔二〕尋芳：游賞美景。

〔三〕謂無人來親近自己。參《司馬君實端明獨樂園》注〔二〇〕。

同遲賦春晚〔一〕

池塘春旱欲生塵，一雨能令草木新〔二〕。脾病不嫌櫻笋薄〔三〕，廩空偏喜麥禾勻〔四〕。白鬚照水湖光凈，淥酒留人鳥哢頻〔五〕。但恐少年嫌老醜，眼前無復一時人。

【箋注】

〔一〕作於大觀二年(一一〇八)三月。

〔二〕唐鄭谷《蜀中三首》之二："夜無多雨曉生塵，草色嵐光日日新。"唐王維《鄭果州相過》："麗日照殘春，初晴草木新。"

〔三〕蘇轍有脾肺疾，詩中常見。

〔四〕此謂麥苗均勻不缺苗。

〔五〕渌酒：美酒。哢（lòng）：鳥鳴。

春無雷〔一〕

經冬無雪麥不死，秋雨過多深入土〔二〕。人言來歲定無麥〔三〕，農父掉頭笑不許〔四〕。清明雨足麥欣欣〔五〕，旋敕奴婢修破囷〔六〕。大麥過期當半熟，小麥未晚猶十分〔七〕。東家西舍發陳積，十錢一餅猶難得〔八〕。向來天公不爲人，市人半是溝中瘠〔九〕。前望麥熟一月期，老稚相勸聊忍飢〔一〇〕。誰令伏枕①作寒熱〔一一〕，囊中無錢誰肯醫？天公愛人何所吝，一春雨作雷不震。雷聲一起百妖除，病人起舞不須扶〔一二〕。

【校記】

①枕：叢刊本作"椀"，不辭，誤。

【箋注】

〔一〕作於大觀二年（一一〇八）三月。

〔二〕"經冬"二句：因秋雨豐沛，所以冬天雖無雪小麥依然未枯死。

〔三〕蘇軾《喜雨亭記》："無麥無禾，歲且薦飢。"來歲：來年。

〔四〕掉頭：摇頭。不許：不同意。

〔五〕欣欣：草木茂盛貌。晉陶潛《歸去來兮辭》："木欣欣以向榮，泉涓涓而始流。"

〔六〕囷（qūn）：圓形穀倉。參《次韻子瞻竹䶉》注〔二〕。

〔七〕"大麥"二句：謂因雨纔至，大麥可得半，小麥可全熟。十分：猶十成。

〔八〕"東家"二句：謂農民都將陳年稻穀拿出來食用，且糧少價高，十文錢也不能買到一個餅。

〔九〕《荀子·榮辱》："糧食太侈，不顧其後，俄則屈安窮矣；是其所以不免於凍餓，操瓢囊爲溝壑中瘠者也。"清王念孫《讀書雜誌·荀子一》："瘠讀爲'掩骼埋胔'之'胔'。露骨曰'骼'，有肉曰'胔'。瘠，借字耳。"瘠（jí）：通"胔"。未完全腐爛的屍體。

〔一〇〕"前望"二句：謂眼看還有一月麥子成熟，老小互相安慰來忍受飢餓。

〔一一〕伏枕：語出《詩·陳風·澤陂》："寤寐無爲，輾轉伏枕。"後多指因病弱、年老而長久卧床。唐杜甫《病後過王倚飲贈歌》："王生怪我顏色惡，答云伏枕艱難遍。"

〔一二〕"天公"四句：皆有所喻。天公當是喻徽宗，病人則謂自己；春雨美言大赦恩澤，雷是希望有朝一日天子敕令祛除蔡京等一衆奸佞。《續資治通鑑長編拾補·徽宗大觀二年》："正月壬子朔，受八寶於大慶殿，大赦天下。"又："己未，太尉、左僕射兼門下侍郎魏國公蔡京爲太師。"

聞卞氏舊有怪石藏宅中問其遺孫指一廢井云盡在是矣井在室中牀下尚未能取先作一首〔一〕

昔人游宦久江湖，怪石嵌空駭里閭〔二〕。一井深藏緣底事〔三〕？百年不出待潛夫〔四〕。棄捐泥土性仍在，睥睨林亭氣漸蘇〔五〕。微物廢興猶有定，此生窮達謾長吁。

【箋注】

〔一〕作於大觀二年(一一〇八)春夏間。依其前後詩作時而繫。

〔二〕嵌空：玲瓏。唐杜甫《鐵堂峽》："修纖無垠竹，嵌空太始雪。"清仇兆鼇注："嵌空，玲瓏貌。"

〔三〕緣：因爲。底事：何事。

〔四〕杜甫《將赴成都草堂途中有作先寄嚴鄭公五首》之一："五馬舊曾諳小徑，幾回書札待潛夫。"潛夫：隱者。

〔五〕唐元稹《酬樂天雪中見寄》："敲扶密竹枝猶亞，煦暖寒禽氣漸蘇。"

仲夏始雷〔一〕

陽氣溟濛九地來〔二〕，經春涉夏始聞雷。麥禾此去或可望，桃李向來誰使開？號令迍邅人共怪，陰陽顛倒物應猜〔三〕。一聲震蕩雖驚耳〔四〕，遍地妖氛未易回〔五〕。

【箋注】

〔一〕作於大觀二年(一一〇八)五月。

〔二〕溟濛：猶言蒙朧。

〔三〕"號令"二句：對時政頗爲不滿。迍邅：難行貌。猜：恐懼；害怕。《廣雅·釋詁二》："猜，懼也。"

〔四〕震蕩：動摇，摇蕩。謂雷聲。

〔五〕《續資治通鑑長編拾補·徽宗大觀二年》：［正月］注曰："蔡京導主上酷好祥瑞，而李譓以竹釘竪芝草於蟾蜍背以獻，及至一夕而解，故釘猶存。梁子野進嘉禾，則以膠黏紙纏，皆不之罪。范齊詐稱牛生一物，今已被村民壞了。竊慮即麒麟也。程祈言扶邦彦家收得異禽，恐鳳凰也。此等無根之語，不可勝數。天大雨雪，都城平地八尺，飛鳥盡死，九街水滑，人馬莫行。臘月之雷，京等指爲瑞雷。三月之雪，以爲瑞雪。拜表稱賀，作詩贊詠，滅異不書。其視天變，曾不若童稚之可侮，盡本安石之言，謂天變不足畏。噫！自古物以罕見爲奇，豈有芝草五萬本而仙鶴數萬隻，竹生米數十萬石以爲祥瑞？此等誑誕之語，君臣同爲誣罔，豈不貽笑於後世哉？"

讀舊詩〔一〕

早歲吟哦已有詩〔二〕，年來七十才①全衰。開編一笑恍如夢〔三〕，閉目徐思定是誰？敵手一時無復在〔四〕，賞音他日②更難期〔五〕。老人不用多言語，一點空明萬法師〔六〕。

【校記】

①才：叢刊本作"未"，誤。

②日：叢刊本作"已"，誤。

【箋注】

〔一〕作於大觀二年(一一〇八)。

〔二〕吟哦:寫作詩詞;推敲詩句。唐李郢《偶作》:"一杯正發吟哦興,兩盞還生去住愁。"

〔三〕蘇軾《廣陵會三同舍各以其字爲韻仍邀同賦·劉貢父》:"廣陵三日飲,相對怳如夢。"

〔四〕唐姚合《贈張籍太祝》:"古風無敵手,新語是人知。"

〔五〕賞音:知音。

〔六〕空明:指洞澈而靈明的心性。萬法:佛教語。指一切事物。

五月園夫獻紅菊二絶句〔一〕

其一

黄花九月傲清霜,百草滿園無此香。紅紫無端盜名字,試尋《本草》細商量〔二〕。

【箋注】

〔一〕作於大觀二年(一一〇八)五月。

〔二〕"紅紫"二句:謂此花中紅紫者是否可名菊,自己有些疑問,翻《本草》定奪。商量:思量。

其二

南陽白菊有奇功,潭上居人多老翁〔一〕。葉似皤蒿莖似棘〔二〕,未宜放入酒杯中〔三〕。

【箋注】

〔一〕"南陽"二句:晉葛洪《抱朴子·仙藥》:"南陽酈縣山中有甘谷水,谷水所以甘者,谷上左右皆生甘菊,菊花墮其中,歷世彌久,故水味爲變。其臨此谷中居民,皆不穿井,悉食甘谷水,食者無不老壽,高者百四五十歲,下者不失八九十，無夭年人，得此菊力也。故司空王暢、太尉劉寬、太傅袁隗，皆爲南陽太守，每到官，常使酈縣月送甘谷水四十斛以爲飲食。此諸公多患風痹及眩冒，皆得愈，但不能大得其益，如甘谷上居民，生小便飲食此水者耳。”

〔二〕皤蒿：即白蒿。一名艾蒿，俗呼蓬蒿。《爾雅·釋草》：“蘩，皤蒿。”晉郭璞注：“即白蒿。”《詩·召南·采蘩》：“於以采蘩，于沼于沚。”三國吴陸璣疏：“蘩，皤蒿，凡艾白色爲皤蒿。今白蒿春始生，及秋香美可生食，又可蒸食。一名游胡，北海人謂之旁勃。”

〔三〕謂此菊不宜泡酒。

夏至後得雨〔一〕

天惟不窮人，旱甚雨輒至。麥乾春澤匝〔二〕，禾槁夏雷墜。一年失二雨，廪實真不繼〔三〕。我窮本人窮，得飽天所畀〔四〕。奪禄十五年〔五〕，有田潁川涘〔六〕。躬耕力不足，分獲中自愧〔七〕。餘功治室廬，棄積沾狗彘〔八〕。久養無用身，未識彼天意。

【箋注】

〔一〕作於大觀二年（一一〇八）六月。

〔二〕春澤：春雨。

〔三〕“一年”二句：謂一年如在春種夏長時雨不至，則收成無望。

〔四〕畀（bì）：賜與。《書·洪範》：“帝乃震怒，不畀洪範九疇。”孔傳：“畀，與。”

〔五〕奪禄：扣發俸禄。紹聖元年（一〇九四），章惇執政，新黨得勢，元祐黨人慘遭迫害。蘇轍云奪禄十五年當即此年。

〔六〕涘（sì）：水邊。《莊子·秋水》：“秋水時至，百川灌河，涇流之大，兩涘渚崖之間，不辯牛馬。”唐成玄英疏：“涘，岸也。”

〔七〕分獲：言收租所得。

〔八〕謂餘糧用於養殖家畜。狗彘：犬與豬。

遲往泉店殺麥〔一〕

罷民不耕獲，豈利有攸往〔二〕？古人爲我言，許此亦無妄〔三〕。一冬免鋤犁，二麥盈甕盎〔四〕。火老金尚伏〔五〕，雨過築場壤〔六〕。鄰家助伯亞〔七〕，蒼耳割榛莽〔八〕。朝陽得終日，經歲可無恙。老夫終病慵，長子幸可仗〔九〕。劬勞慎勿厭，餅餌家共享〔一〇〕。秋田雨初足，已作豐熟想〔一一〕。歸來報好音〔一二〕，相對開臘釀〔一三〕。

【箋注】

〔一〕作於大觀二年戊子（一一〇八）夏。收麥是在夏季。殺麥：割麥。參《殺麥》二首注〔一〕。

〔二〕"罷民"二句：謂民不耕種，利從何來。《周易·无妄》："不耕獲，不菑畬，則利有攸往。"三國魏王弼注曰："不耕而穫，不菑而畬，代終已成而不造也。不擅其美，乃盡臣道，故利有攸往。"又"《象》曰：不耕穫，未富也。"罷民：不從教化，不事勞作之民。《周禮·秋官·大司寇》："以圜土聚教罷民。"漢鄭玄注："民不湣作勞，有似於罷。"耕獲：耕種收穫。

〔三〕"古人"二句：謂古人亦知自己所言非虛。

〔四〕"一冬"二句：謂秋收後將稻田種上麥子，整個冬季不費鋤犁，大麥小麥亦可豐收。

〔五〕謂已到夏末。火老：指殘夏。火旺於夏，故云。金尚伏：秋氣還伏藏不顯。古以秋屬金，此謂節令已到夏末，但秋氣還没萌動。

〔六〕場壤：場圃中平整的土地。此謂雨後可更好的將土地夯平壓實。

〔七〕謂鄰居老少都來幫忙。此句表達爲錯綜，正常語序當是"鄰家伯亞助"。伯，年長的；亞，年次的，年小的。

〔八〕謂幫助在荆棘中采摘蒼耳。蒼耳：見《遜往泉城獲麥》注〔一〇〕。

〔九〕"老夫"二句：謂自己慵懶散漫，而幸有蘇遲可依仗。慵：懶惰，懶散。唐杜甫《王十七侍御掄許携酒至草堂奉寄此詩便請邀高三十五使君同到》："老夫卧穩朝慵起，白屋寒多暖始開。"

〔一〇〕"劬勞"二句:勉勵蘇遲不要怕辛苦,家中老小飲食都在依靠他。劬勞:勞累;勞苦。《詩·小雅·蓼莪》:"哀哀父母,生我劬勞。"厭:厭煩。

〔一一〕豐熟:猶豐收。

〔一二〕好音:猶言好消息。《詩·檜風·匪風》:"誰將西歸,懷之好音。"

〔一三〕臘釀:臘月釀製的酒。

夏夜對月〔一〕

大火直南方,萬物委爐炭〔二〕。微雲吐涼月,中夜初一浣。老人氣如縷,枕簟亦流汗〔三〕。披衣繞中庭,星斗嘒相粲〔四〕。鳴蜩思清露〔五〕,抱葉一長嘆。棲鵲亦未安,繞樹再三轉〔六〕。我生仰田食,候雨占雲漢〔七〕。梈然未可期〔八〕,無食終誰怨?褰帷竟不寐〔九〕,夜氣凈如練〔一〇〕。愛之不忍觸,惟恐朝來散〔一一〕。

【箋注】

〔一〕作於大觀二年(一一〇八)夏。

〔二〕"大火"二句:謂天氣炎熱難當。大火:即心宿。此言大火在南方,當正是暑夏。參《遲往泉店殺麥》注〔五〕。爐炭:爐中的炭火。極言其熱。

〔三〕唐杜甫《火》:"流汗卧江亭,更深氣如縷。"

〔四〕《玉篇》:"嘒,衆星貌。"

〔五〕鳴蜩:蟬之一種,亦稱秋蟬。《詩·豳風·七月》:"四季秀葽,五月鳴蜩。"毛傳:"蜩,螗也。"唐孔穎達疏:"《方言》曰:楚謂蟬爲蜩,宋衛謂之螗,陳鄭謂之蜋蜩,秦晉謂之蟬。是蜩、蟬一物方俗異名耳。"

〔六〕三國魏曹操《短歌行》:"月明星稀,烏鵲南飛。繞樹三匝,何枝可依?"

〔七〕《詩·大雅·雲漢》:"倬彼雲漢,昭回於天。"鄭箋:"時旱渴雨,故宣王夜仰視天河,望其候焉。"後因以"雲漢"爲炎暑乾旱之喻。《太平廣記·畫一·劉褒》引晉張華《博物志》:"劉褒,漢桓帝時人。曾畫雲漢圖,人見之覺熱;又畫北風圖,人見之覺涼。"

〔八〕枵然：腹空饑餓貌。蘇軾《送筍芍藥與公擇》之一：“久客厭虜饌，枵然思南烹。”

〔九〕褰帷：撩起帷幔。

〔一〇〕夜氣：夜間的清涼之氣。

〔一一〕朝來：早晨。《世説新語・簡傲》：“西山朝來，致有爽氣。”

千葉白蓮花〔一〕

蓮花生淤泥，浄色比天女〔二〕。臨池見千葉，謫墮問何故〔三〕。空明世無匹，銀瓶送①佛所〔四〕。清泉養芳潔〔五〕，爲我三日住。蔫然落寶牀〔六〕，應返梵天去〔七〕。

【校記】

①送：宋建本作“貯”，誤。

【箋注】

〔一〕作於大觀二年（一一〇八）夏。蓮花是在夏日開放。

〔二〕“蓮花”二句：謂蓮花雖生于淤泥之中，但其純浄的本色有如天女。

〔三〕謫墮：猶謫降。唐陸龜蒙《白芙蓉》：“似説玉皇親謫墮，至今猶著水霜袍。”按，此謂天女因何謫降人間。

〔四〕“空明”二句：謂因其世所罕有，故著之銀瓶用以供佛。空明：空虛澄明。無匹：無可匹比。

〔五〕芳潔：芳香清潔。

〔六〕蔫然：花草枯萎貌。寶牀：貴重的坐具或卧具。此處指寺廟中的陳設。

〔七〕梵天：佛經中稱三界中的色界初三重天爲“梵天”。《百喻經》卷二：“汝今當信我語，修諸苦行，投巖赴火，捨是身已，當生梵天，長受快樂。”

追和張公安道贈別絶句〔一〕并引

予年十八，與兄子瞻東游京師〔二〕。是時張公安道守成都，一見以國士相許，自爾遂結忘年之契〔三〕。公晚事裕陵，君臣之義初不淺也。既而與用事者異議，拂衣而出，初守宛丘，次守南都，予亦以議論不合連從公游。元豐初子瞻以詩獲罪，竄居黄州，予謫監筠州酒税。公淒然不樂，酌酒相命，手寫一詩爲别曰："可憐萍梗飄浮客〔四〕，自嘆匏瓜老病身〔五〕。從此空齋挂塵榻〔六〕，不知重掃待何人。"後七年蒙恩召還，復見公南都。自是又八年而有升沉之嘆，時公薨已數年矣。及自龍川還潁川，侄過出子瞻遺墨，中有公所贈章，覽之泣下不能止，乃追和之。

少年便識成都尹，中歲仍爲幕下賓。待我江西徐孺子，一生知己有斯人。

【箋注】

〔一〕作於大觀二年（一一〇八）。蘇軾《祭張文定公（方平）文》之一："時我兄弟，尚未冠紳。得交於公，先子是因。"宋洪邁《容齋四筆》卷四："張文定公在蜀，一見蘇公父子，即以國士許之。熙寧中，張守陳州南都，辟子由幕府。元豐初，東坡謫齊安，子由貶監筠酒税，與張别，張淒然不樂，酌酒相命，手寫一詩曰：'可憐萍梗飄蓬客，自歎匏瓜老病身。從此空齋掛塵榻，不知重掃待何人？'後七年，子由召還，猶復見之于南都。及元符末，自龍川還許昌，因侄叔黨出坡遺墨，再讀張所贈詩，其薨已十年，泣下不能已，乃追和之曰：'少年便識成都尹，中歲仍爲幕下賓。待我江西徐孺子，一生知己有斯人。'兩詩皆哀而不怨，使人至今有感於斯文。今世薄夫受人異恩，轉眼若不相識，況於一死一生，拳拳如此，忠厚之至，殆可端拜也。"宋胡仔《苕溪漁隱叢話前集·張文定》："東坡云：'因嗟萍梗才名客，自歎匏瓜老病身。一榻從兹還倚壁，不知重掃是何人？'元豐三年，家弟子由謫官筠州，安道口占此詩爲别，已而涕下。安道平生未嘗出涕向人也。"

〔二〕嘉祐元年（一〇五六），蘇洵攜二子軾、轍至成都，將赴京師。《年表》："是春，轍父子三人同游京師，過成都，謁知益州張方平。方平一見，待以國士。"

〔三〕忘年之契：猶言忘年交。以才德相契，不拘年齡、行輩而結成的知交。《南史·何遜傳》："弱冠州舉秀才，南鄉范雲見其對策，大相稱賞，因結忘年交。”

〔四〕謂蘇軾弟兄漂泊無定。萍梗:浮萍斷木。參《劉道原學士歸南康》注〔二〕。

〔五〕謂自己被閑置廢退。瓠瓜:見《復次韻》注〔六〕。

〔六〕用陳蕃懸榻待徐孺子事。參《復次韻》注〔三〕、《徐孺亭》注〔三〕。

蘇轍詩編年箋注卷二十二

遺老齋絶句十二首[一]

其一

杜門本畏人[二],門開自無客[三]。孤坐忽三年[四],心空無一物[五]。

【箋注】

〔一〕作於大觀二年(一一〇八)夏日之後。詩有"當暑"云云可知。從詩内容看,十二首非作於一時。

〔二〕唐王勃《别人四首》之四:"客子常畏人,何爲久留滯。"

〔三〕蘇軾《次韻孔文仲推官見贈》:"門前自無客,敢作揚雄麈。"

〔四〕《宋史·蘇轍傳》:"築室于許,號潁濱遺老,自作傳萬餘言,不復與人相見,終日默坐,如是者幾十年。"

〔五〕唐王維《青龍寺曇壁上人兄院集》:"眼界今無染,心空安可迷。"

其二

衆音入我耳,諸色過吾目[一]。聞見長歷然[二],靈源不受觸[三]。

【箋注】

〔一〕“衆音”二句：各色事物經耳過目。《六度集經》卷七：“惑之以榮華，亂之以衆音。”

〔二〕歷然：清晰貌。

〔三〕靈源：心靈。觸：佛教語。六塵之一，即身根所生之感受。參《次遠韻齒痛》注〔三〕。

其三

兹心浄無垢〔一〕，尚愛南齋竹。當暑得清風，冷然若新沐〔二〕。

【箋注】

〔一〕唐道宣《浄心誡觀法》：“浄心者，于汝現行煩惱、諸部過患，教修對治，令汝即時隨分解脱，垢染漸滅，心轉明浄，發生定慧，起于大乘清浄信心，趣向菩提種性住處，……有此義故，名爲浄心。”

〔二〕“當暑”二句：謂暑天竹林風吹過，清涼如剛洗頭髮。冷然：涼爽；涼快。

其四

老檜真百尺，疏竹疑千畝。紛紛霰雪中〔一〕，見此歲寒友〔二〕。

【箋注】

〔一〕霰雪：雪珠和雪花。《楚辭·屈原〈九章·涉江〉》：“霰雪紛其無垠兮，雲霏霏而承宇。”唐白居易《秦中吟·重賦》：“夜深煙火盡，霰雪白紛紛。”

〔二〕歲寒：參《次韻子瞻與蘇世美同年夜飲》注〔六〕。

其五

栽竹種松檜，十年未成陰。昔人定知我，爲我養南林。

其六

久無叩門聲，剥啄問何故〔一〕？田中有人至，昨夜盈尺雨。

【箋注】

〔一〕剥啄:象聲詞。敲門聲。蘇軾《次韻趙令鑠惠酒》:“門前聽剥啄,烹魚得尺素。”

其七

我居近西城,城枕湖一曲〔一〕。不到平湖上,何物禁吾足?

【箋注】

〔一〕枕:臨;靠近。唐白居易《餘杭形勝》:“餘杭形勝四方無,州傍青山縣枕湖。”

其八

北臨鳳凰臺,鳳去臺亦圮〔一〕。萋萋修①竹林〔二〕,喈喈何日至〔三〕?

【校記】

①修:宋建本作“循”,誤。

【箋注】

〔一〕“北臨”二句:鳳凰臺:《河南通志》卷五十二:“鳳凰臺有二,一在州治西南,漢黄霸守潁川時鳳凰數集潁地,諸邑皆有臺,此爲最著。”蘇轍所言,當即此臺。

〔二〕萋萋:草木茂盛貌。《詩·周南·葛覃》:“葛之覃兮,施于中谷,維葉萋萋。”毛傳:“萋萋,茂盛貌。”

〔三〕喈喈:象聲詞。禽鳥鳴聲。《詩·周南·葛覃》:“黄鳥于飛,集於灌木,其鳴喈喈。”

其九

昔我過嵩麓,雲移見諸峰〔一〕。重游未有日,想像曀霾中〔二〕。

【箋注】

〔一〕“昔我”二句:蘇轍游嵩少,是在熙寧五年。參《熙寧壬子八月於洛陽妙覺寺考試舉人及還道出嵩少之間至許昌共得大小詩二十六首》注〔一〕。

〔二〕謂只能想象嵩少山中雲霾遮蔽的景象。曀霾：語本《詩·邶風·終風》："終風且曀"又"終風且霾"。

其十

避事已謝客〔一〕，養性不看書〔二〕。書中多感遇〔三〕，掩卷輒長吁〔四〕。

【箋注】

〔一〕宋徐度《却掃編》卷中："蘇黄門子由南遷既還，居許下，多杜門不通賓客。有鄉人自蜀川來見之，伺候於門，彌旬不得通。宅南有叢竹，竹中爲小亭，遇風日清美，或徜徉亭中。鄉人既不得見，則謀之閽人，閽人使待於亭旁。如其言，後旬日果出，鄉人因趨進，黄門見之大驚，慰勞久之，曰：'子姑待我於此。'翩然復入，迨夜竟不復出。"謝客：謝絶會客。蘇軾《東園》："杜門謝客恐生謗，且作人間鵬鷃遊。"

〔二〕養性：謂修養身心，涵養天性。語本《孟子·盡心上》："存其心，養其性，所以事天也。"

〔三〕感遇：對所遇事物的感慨。

〔四〕掩卷：合上書本。多爲閱讀中有所感觸的舉動。唐李白《翰林讀書言懷呈集賢諸學士》："觀書散遺帙，探古窮至妙。片言苟會心，掩卷忽而笑。"長吁：長歎。按，後二句是因，前"養性不看書"是果。因爲看書難免動感情，所以就不看。

其十一

人言里中舊，獨有陳太丘〔一〕。文若命世人，惜哉憂人憂〔二〕。

【箋注】

〔一〕"人言"二句：自己以陳太丘自比。唐劉禹錫《和董庶中古散調詞贈尹果毅》："行逢里中舊，撲樕昔所嗤。"陳太丘：即陳寔。見《聞諸子欲再質卞氏宅》注〔一五〕。

〔二〕“文若”二句：謂荀彧託身非當。文若：即荀彧（一六三—二一二），字文若，漢末潁川潁陰（今河南許昌市）人，荀淑孫，荀粲父。少有能名，何顒目爲“王佐之才”。初舉孝廉，遷亢父令。董卓之亂，辭歸鄉里，率宗人避地冀州。袁紹待以上賓。彧度紹終不能成事，遂棄而從曹操。操與語，喜曰：“吾之子房也！”任爲司馬。軍國之事，多獻籌謀。操挾獻帝自洛陽遷都許昌，擒吕布，敗袁紹，平定兗冀諸州，率彧爲之策。歷侍中、守尚書令。後沮操進爵爲公，忤操之意，終以此飲藥自殺。《後漢書》《三國志》有傳。命世：著名於當世。多用以稱譽有治國之才者。《漢書·楚元王傳贊》：“聖人不出，其間必有命世者焉。”

其十二

巢由老箕山〔一〕，遁世聊可耳〔二〕。臨流愧堯舜〔三〕，又甚陳仲子〔四〕。

【箋注】

〔一〕巢由：巢父和許由並稱。相傳爲堯時高士，堯欲讓位與二人，均不受。後來詩文均用爲隱居不仕的典故。

〔二〕遁世：避世隱居。

〔三〕晉皇甫謐《高士傳·許由》：“堯讓天下於許由……由於是遁耕於中岳潁水之陽，箕山之下，終身無經天下色。堯又召爲九州長，由不欲聞之，洗耳於潁水濱。”

〔四〕陳仲子：即《荀子·不苟》、《韓非子·外儲説右》之“田仲”，《荀子·非十二子》之“陳仲”，亦作“於陵仲子”。《淮南子·泛論》：“季襄、陳仲子立節抗行，不入洿君之朝，不食亂世之食，遂餓而死。”漢高誘注：“陳仲子，齊人，孟子弟子。”《孟子·滕文公下》：“匡章曰：‘陳仲子豈不誠廉士哉？居於陵，三日不食，耳無聞，目無見也。井上有李，螬食實者過半矣，匍匐往，將食之三咽，然後耳有聞，目有見。’”

移花〔一〕八月十六日。

種花南堂南，堂毁花亦瘁〔二〕。理畦西軒西，花好未忍棄。殷勤拔陳草〔三〕,秋①雨流入地。移根傅生土,指日春風至〔四〕。花來本陳洛,盈尺不爲異。力②求千葉枝,更與一溉水。人功誠已盡,天巧行可致。我老百不爲,愛此養花智。

【校記】

①秋:叢刊本作"狄",形近而誤。

②力:叢刊本作"方",似作"方"義長。

【箋注】

〔一〕作於大觀二年(一一〇八)八月十六日。

〔二〕瘁(cuì):毀壞;損害。《文選·陸機〈歎逝賦〉》:"悼堂構之隤瘁,愍城闕之丘荒。"唐李善注:"瘁猶毀也。"

〔三〕陳草:荒草。

〔四〕指日:猶不日。謂爲期不遠。

服栗〔一〕

老去日添腰腳病,山翁服栗舊傳方。經霜斧刃全①金氣,伸手丹田借火光〔二〕。入口鏘鳴初未熟〔三〕,低頭咀噍不容忙〔四〕。客來爲説晨興晚,三②咽徐收白玉漿〔五〕。

【校記】

①全:叢刊本作"金",形近而誤。

②三:叢刊本作"二",誤。

【箋注】

〔一〕作於大觀二年(一一〇八)秋。板栗成熟是在中秋左右。

〔二〕"經霜"二句:云秋天霜後即可采摘板栗了,用斧刃敲開硬殼就可食用了。所謂借火光,是因爲板栗能補腎强身,故云。《證治準繩》卷十一:"古人云,補腎不如補脾,予謂補脾不如補腎,腎氣若壯,丹田火盛上蒸脾土,脾土温和,中焦自治,膈開能食矣。"

〔三〕鏘鳴：形容聲音清越。按，此謂比較硬，纔入口覺得還没成熟。

〔四〕咀嚥：猶咀嚼。

〔五〕“客來”二句：謂告訴客人吃栗的方法是要在早晚慢慢吞咽。白玉漿：指生栗的汁。明李時珍《本草綱目·果一·栗》：“栗生食，可治腰脚不遂。”按，此亦指道家吞咽之法。參《次韻子瞻獨覺》注〔一〇〕。

白菊〔一〕

白菊長先黄菊開，年年九日泛新醅〔二〕。猶存古曆摽花①候〔三〕，不奈時人信手栽〔四〕。得勢從教盈九畹〔五〕，俯眉聊復引三杯。愈風明目須真物〔六〕，能使神農爲爾回〔七〕。

【校記】

①花：叢刊本作“范”，形近而誤。

【箋注】

〔一〕作於大觀二年（一一〇八）秋。

〔二〕晉陶潛《飲酒二十首》之七：“秋菊有佳色，裛露掇其英。汎此忘憂物，遠我遺世情。”汎：同“泛”，謂用菊花泡酒。參《和青州教授頓起九日見寄》注〔三〕。

〔三〕摽（biào）：落下。《詩·召南·摽有梅》：“摽有梅，其實七兮。”毛傳：“摽，落也。”候：節氣，時令。

〔四〕謂可惜人們隨便栽種。不奈：可惜。信手：隨手。

〔五〕《楚辭·屈原〈離騷〉》：“余既滋蘭之九畹（wǎn）兮，又樹蕙之百畝。”漢王逸注：“十二畝曰畹。”

〔六〕傳統認爲菊可愈風明目。《本草綱目·草四·菊》引唐蘇頌《圖經》：“白菊花酒，天寶單方，治丈夫婦人久患頭風眩悶，頭髮乾落，胸中痰壅，每發即頭旋眼昏，不覺欲倒者，是其候也。……春末夏初，收白菊軟苗陰乾擣末空腹取一方寸匕和無灰酒服之，日再服，漸加三方寸匕。若不飲酒者，但和羹粥汁服亦得。秋八月合花收，暴乾，切取三大斤以生絹袋盛貯三大斗酒中，經七日服之,日三次,常令酒氣相續爲佳。”

〔七〕神農:太古帝王名。始教民爲耒耜,務農業。又傳他曾嘗百草,發現藥材,教人治病。也稱炎帝,謂以火德王。

九日家釀未熟〔一〕

平生不喜飲,九日猶一酌。今年失家釀,節到真寂寞〔二〕。牀頭瀉餘樽,畦菊吐微萼。洗盞對妻孥,肴蔬隨厚薄。興來欲徑醉,量盡還自卻〔三〕。傍人嘆身健,省己知脾弱〔四〕。尚有姑射人,自守常綽約〔五〕。養生要慈儉〔六〕,已老慚矍鑠〔七〕。燕居漸忘我〔八〕,杜門奚不樂? 風麴日已乾,濁醪可徐作〔九〕。

【箋注】

〔一〕作於大觀二年(一一〇八)九月九日。

〔二〕寂寞:冷清。

〔三〕“洗盞”四句:謂與家人對飲,菜餚隨意,本想一醉方休,但考慮自己酒量還是要節制。

〔四〕“傍人”二句:謂别人稱頌自己身體强健,但自己深知脾病,故飲酒需節制。

〔五〕“尚有”二句:《莊子·逍遥遊》:“藐姑射之山,有神人居焉,肌膚若冰雪,綽約若處子。”綽約:柔婉美好貌。

〔六〕養生:攝養身心使長壽。《莊子·養生主》:“文惠君曰:‘善哉! 吾聞庖丁之言,得養生焉。’”慈儉:慈愛儉約。

〔七〕謂自己身體不好。矍鑠:老而勇健。《後漢書·馬援列傳》云援時年六十,尚能披甲上馬,帝贊曰:“矍鑠哉! 是翁也。”

〔八〕燕居:閒居。忘我:謂自己超然塵俗,與自然融爲一體的境界。

〔九〕“風麴”二句:謂酒麴已慢慢風乾,家釀就可釀製了。風麴:將酒麴在空氣中晾曬。麴,酒麯。北魏賈思勰《齊民要術·笨麯並酒》:“作春酒法:治麯欲浄,剉麯欲細,曝麯欲乾。”濁醪:濁酒。

南齋獨坐〔一〕

獨坐南齋久，忘家似出家〔二〕。香煙穠作穗〔三〕，茶面結成花。細竹纔通徑，長松初有槎。往還真斷絶，一一數歸鴉。

【箋注】

〔一〕作於大觀二年（一一〇八）秋。

〔二〕謂雖然居家但萬念俱空和出家并無區别。

〔三〕穗：謂穗狀之物。宋林逋《送式遵師謁金陵王相國》之三："天竺孱顔暫掩扉，講香浮穗上行衣。"

西成〔一〕

野老端相慶，西成僅十分〔二〕。寒來多釀[①]酒，客過預留饙〔三〕。近事姑求飽〔四〕，遠憂要浪聞〔五〕。一壺真有理，終日得醺醺〔六〕。

【校記】

①釀：叢刊本作"醿"，誤。

【箋注】

〔一〕作於大觀二年（一一〇八）秋。西成：謂秋天莊稼已熟，農事告成。《書·堯典》："平秩西成。"唐孔穎達疏："秋位在西，於時萬物成熟。"

〔二〕僅（jìn）：幾乎；接近。十分：猶十成。按，此謂年景好。

〔三〕饙（fēn）：指蒸熟的飯。北魏賈思勰《齊民要術·造神麴並酒等》："其下饙法；山饙甕中，取釜下沸湯澆之，僅没飯便止。"石聲漢注："［饙］是將米蒸到半熟的飯。四川、湖南都有這樣的辦法，都是用水煮到半熟，用箕撈出。這樣的飯，現在四川稱爲'生饙子'。"

〔四〕《論語·學而》："子曰：'君子食無求飽，居無求安，敏於事而慎於言，就有道而正焉，可謂好學也已。'"按，此反孔子意而用之，謂無所事事，飽食而已。這也是牢騷很盛的話。

〔五〕浪聞:莫聞。浪,副詞。表示否定。相當於"莫"。唐李商隱《回中牡丹爲雨所敗》之二:"浪笑榴花不及春,先期零落更愁人。"

〔六〕醺醺:酣醉貌。

藏菜〔一〕

爨清葵芥充朝膳〔二〕,歲晚風霜斷菜根。百日園枯未易過,一家口衆復何言〔三〕? 多排甕盎先憂盡,旋設盤盂未覺煩〔四〕。早晚春風到南圃〔五〕,侵淩雪色有新萱〔六〕。

【箋注】

〔一〕作於大觀二年(一一〇八)秋。在秋天藏菜以備冬天食用。

〔二〕爨清:謂生活艱難。朝膳:早餐。

〔三〕"百日"二句:入冬後没有蔬菜,家中人口衆多如何度過。

〔四〕"多排"二句:謂藏菜充足,就不會有急用時的煩惱。甕盎、盤盂:皆言藏菜的器皿。旋:臨時。

〔五〕早晚:何時。唐李商隱《重有感》:"晝號夜哭兼幽顯,早晚星關雪涕收。"

〔六〕謂冰雪融化了,就有新鮮蔬菜可吃。唐杜甫《臘日》:"侵陵雪色還萱草,漏泄春光有柳條。"萱:即萱草。俗稱黄花菜,可作蔬菜,根可入藥。

示諸子〔一〕

諸子才不惡〔二〕,功名舊有言。窮愁念父母〔三〕,心力盡田園〔四〕。志在要須命〔五〕,身閑且養源〔六〕。游魚脱淵水,何處有飛翻〔七〕?

【箋注】

〔一〕作於大觀二年(一一〇八)秋。下有"示諸孫"詩,依常理,則當先有示諸子詩而後纔有示諸孫,故繫於九月。

〔二〕不惡:不壞;不錯。

〔三〕漢蔡琰《悲憤詩》:"感時念父母,哀歎無窮已。"窮愁:窮困愁苦。

〔四〕唐杜荀鶴《山中寄詩友》:"仙桂算攀攀合得,平生心力盡于文。"

〔五〕謂有志向還得看命運如何。

〔六〕養源:保養本源,涵養本性。《荀子·君道》:"君子者,治之原也。官人守數,君子養原,原清則流清,原濁則流濁。"

〔七〕"游魚"二句:謂魚失去了水源,就不可能飛騰變化。此暗用《莊子·逍遥遊》:"北冥有魚,其名爲鯤,鯤之大,不知其幾千里也;化而爲鳥,其名爲鵬,鵬之背不知其幾千里也。"

示諸孫〔一〕

少年真力學〔二〕,玄月閉書帷〔三〕。老去渾無賴〔四〕,心空自不知〔五〕。交遊誰識面〔六〕?文字略存詩。笑向諸孫説:疏慵非汝師〔七〕。

【箋注】

〔一〕作於大觀二年(一一〇八)秋。從"玄月"可知。

〔二〕力學:努力學習。

〔三〕玄月:夏曆九月的别稱。《國語·越語下》:"至於玄月,王召范蠡而問焉。"三國吴韋昭注:"《爾雅》曰:'九月爲玄。'"書帷:書齋的帷帳。借指書齋。南朝齊徐孝嗣《答王儉詩》:"書帷停月,琴袖承飆。"

〔四〕無賴:無所寄託。

〔五〕心空:佛教語。謂心性廣大,含容萬象,有如虚空之無際。唐王維《青龍寺曇壁上人兄院集》:"眼界今無染,心空安可迷。"

〔六〕識面:相見。參《遺老齋絶句十二首》之十注〔一〕。

〔七〕謂不要像自己一樣疏懶。

十一月一日作〔一〕

晝短圖書看不了，夜長鼓角睡難堪〔二〕。老懷騷屑誰爲伴〔三〕？心地空虚成妄談〔四〕。酒少不妨鄰叟共〔五〕，病多賴有衲僧諳〔六〕。覺師識病善用藥。積陰深厚陽初復，一點靈光勤自參〔七〕。

【箋注】

〔一〕作於大觀二年(一一〇八)十一月一日。

〔二〕"晝短"二句：謂晝短夜長，讀書睡覺諸事不順。

〔三〕謂老邁心情落寞没有知己。老懷：老年心情。騷屑：淒清愁苦。唐元稹《遣病十首》之三："今來漸諱年，頓與前心别。白日速如飛，佳晨亦騷屑。"

〔四〕謂還不能達到空虚的境界。參《毛國鎮生日二絶》之二注〔三〕。

〔五〕唐杜甫《客至》："肯與鄰翁相對飲，隔籬呼取盡餘杯。"

〔六〕衲僧：和尚，僧人。此指自注中的覺師即維覺。餘不詳。俟考。其生平不詳。

〔七〕謂當時時參悟佛性。靈光：佛道指人的良善的本性。謂在萬念俱寂的時候，良善的本性會發出光耀。

冬至日〔一〕

陰陽升降自相催〔二〕，齒髮誰教老不回〔三〕？猶有髻珠常照物〔四〕，坐看心火冷成灰〔五〕。酥煎隴阪經年在〔六〕，柑橘吴江半月來〔七〕。官冷無因得官酒〔八〕，老妻微笑潑新醅〔九〕。

【箋注】

〔一〕作於大觀二年(一一〇八)十二月。冬至在十二月二十左右。

〔二〕《國語·越語下》："陽至而陰，陰至而陽；日困而還，月盈而匡。"

〔三〕齒髮：指年齡。唐令狐楚《夏至日衡陽郡齋書懷》："齒髮將六十，鄉闗越三千。"

〔四〕髻珠:佛教語。國王髮髻中的明珠。語出《妙法蓮華經》卷五:"此《法華經》,是諸如來第一之説,於諸説中,最爲甚深,末後賜與,如彼强力之王,久護明珠,今乃與之。"按,此謂佛法。

〔五〕猶言心如死灰。形容不爲外物所動的一種精神狀態。語本《莊子·知北遊》:"形若槁骸,心若死灰。"

〔六〕酥煎:謂用牛羊乳熬製成的油。蘇軾《雨中明慶賞牡丹》:"明日春陰花未老,故應未忍著酥煎。"清查慎行《蘇詩補注》引《復齋漫録》:"東坡明慶牡丹詩云云,孟蜀時兵部尚書李昊每將牡丹數株分遺朋友,與牛酥同贈,且曰:'俟花凋謝,即以酥煎食之,無棄穠艷。'其風流貴重如此。"隴阪:即隴山　。《文選·張衡〈四愁詩〉》:"我所思兮在漢陽,欲往從之隴阪長。"唐李善注:"應劭曰:'天水有大阪,名曰隴阪　。'《秦州記》曰:'隴阪九曲,不知高幾里。'"《書·禹貢》"因桓是來"清孫星衍注引漢鄭玄曰:"桓是隴阪名,其道盤桓旋曲而上。"按,因酥油多産于甘肅等地牧區,故云隴阪。

〔七〕吴地柑橘甜美。參《毛君惠温柑荔支二絶》之一注〔一〕。

〔八〕唐杜甫《醉時歌》:"諸公衮衮登臺省,廣文先生官獨冷。"

〔九〕潑新醅:即醱醅。重釀未濾的酒。唐白居易《初冬月夜得長句》:"最恨潑醅新熟酒,迎冬不得共君嘗。"

臘中三雪〔一〕

一臘不虚①度,三雪自相因。暗添池上凌〔二〕,稍壓麥中塵。餘潤想猶在,苦寒將及春。殷勤欲盡酒,扶養病衰人。

【校記】

①虚:宋建本、蜀藩刻本、叢刊本作"空"。

【箋注】

〔一〕作於大觀二年(一一〇八)十二月底。

〔二〕凌(líng):冰。《文選·張衡〈思玄賦〉》:"魚矜鱗而並凌兮,鳥登木而失條。”舊注:“淩,冰也。”

伐雙穀[一]臘月①二十七日作。

芳蘭非不嘉[二],當門自宜鋤。矧此惡木陰[三],久妨長者車[四]。僕夫礪尋斧[五],告我日方除。久持不忍意,柯條益扶疏[六]。植根雖云固[七],伐去曾須臾。我途雖不寬,出入自有餘。開門聽還往[八],并納賢與愚。荒穢一朝盡,來者皆虚徐[九]。

【校記】

①臘月:叢刊本作“十二月”。

【箋注】

〔一〕作於大觀二年(一一〇八)臘月二十七日。穀:落葉喬木。又稱構或楮。《詩·小雅·鶴鳴》:“爰有樹檀,其下維穀。”毛傳曰:“穀,惡木也。”

〔二〕“芳蘭”二句:語本《三國志·蜀書·周群傳》:“先主常銜其不遜,加忿其漏言,乃顯裕諫争漢中不驗,下獄,將誅之。諸葛亮表請其罪。先主答曰:‘芳蘭生門,不得不鉏。’裕遂棄市。”又《南史·齊江夏王鋒傳》:“江敩聞其死,流涕曰:‘芳蘭當門,不得不鋤,其《修柏》之賦乎。’”

〔三〕矧(shěn):況且;而況。惡木:賤劣的樹。《文選·陸機〈猛虎行〉》:“渴不飲盜泉水,熱不息惡木陰。”唐李善注:“《管子》曰:夫士懷耿介之心,不蔭惡木之枝。惡木尚能恥之,況與惡人同處!”按,此惡木暗喻加害于自己的政敵。

〔四〕謂使長者車駕不來。長者:指顯貴的人。《史記·陳丞相世家》:“[陳平]家乃負郭窮巷,以弊席爲門,然門外多有長者車轍。”

〔五〕僕夫:駕馭車馬之人。《詩·小雅·出車》:“召彼僕夫,謂之載矣。”毛傳:“僕夫,御夫也。”礪(lì):磨;磨治。尋斧:用斧。《文選·陸機〈五等諸侯論〉》:“尋斧始於所庇,制國昧於弱下。”李善注引賈逵《國語》注曰:“尋,用也。”按,此謂所用之斧。

〔六〕柯條:枝條。扶疏:繁茂。

〔七〕植根：紮根。

〔八〕聽：任。還往：往來。

〔九〕虚徐：從容不迫；舒緩。《爾雅·釋訓》："其虚其徐，威儀容止也。"晉郭璞注："雍容都雅之貌。"

除日〔一〕

年年最後飲屠酥〔二〕，不覺年來七十餘。十二《春秋》新罷講①〔三〕，五千《道德》適親書〔四〕。木經霜雪根無蠹，船出風波載本虚。自怪多年客箕潁，每因吾黨賦歸歟〔五〕。

【校記】

①講：三蘇祠本作"註"。

【箋注】

〔一〕作於大觀二年（一一〇八）除日。

〔二〕屠酥：見《次韻王適元日并示曹焕二首》之一注〔二〕。

〔三〕謂自己所作《春秋集解》。因《春秋》記載魯國自隱公至哀公十二公時事，故云。

〔四〕謂自己所作《老子解》。因《老子》又稱《道德五千言》，故云。

〔五〕歸歟：見《送表弟程之元知楚州》注〔一六〕。

上元夜适勸至西禪觀燈〔一〕

三年不踏門前路，今夜仍看屋裏燈〔二〕。照佛有餘長自照，澄心無法便成澄〔三〕。追歡狂客去忘返，入定孤僧唤不膺〔四〕。更到西禪何所問，隔牆魚鼓正登登〔五〕。

【箋注】

〔一〕作於大觀三年（一一〇九）正月十五。适：蘇轍次子。

〔二〕“三年”二句：謂自己久未出門。

〔三〕“照佛”二句：謂内心澄澈自然與佛理偕合。澄心：使心情清静。《文子·上義》：“老子曰：‘凡學者能明於天人之分，通於治亂之本，澄心清意以存之，見其終始，反於虚無，可謂達矣。’”

〔四〕入定：佛教語。謂佛教徒閉目静坐，不起雜念，使心定於一處。唐白居易《在家出家》：“中宵入定跏趺坐，女唤妻呼多不應。”

〔五〕魚鼓：即木魚。登登：象聲詞。指敲擊聲。蘇軾《孫莘老求墨妙亭》：“龜趺入坐螭隱壁，空齋晝静聞登登。”

程八信孺表弟剖符單父相過潁川歸鄉待闕作長句贈别〔一〕

我生猶及見大門〔二〕，弟兄中外十七人〔三〕。兩家門户甲鄉黨，正如潁川數孫陳〔四〕。嗈嗈鳴雁略雲漢〔五〕，風吹散落天一垠〔六〕。歸來勉强整毛羽，飲水啄粒傷離群〔七〕。東西隔絶不敢恨，死生相失長悲辛〔八〕。蕭蕭華髪對妻子〔九〕，往往老淚流衣巾①。仲叔已盡季亦老，雙星孤月耿獨存〔一〇〕。老夫閉門不敢②出，喜君三度乘朱輪〔一一〕。今春剖符地尤勝，不齊自古留芳塵〔一二〕。回車訪我念衰老，挽衣把臂才逡巡〔一三〕。君行到官我未死，杖藜便是不速賓〔一四〕。一尊酌我當有問，此國豈有賢於君？兄弟中惟僕與程八、程九在耳〔一五〕。

【校記】

①巾：叢刊本作“中”，形近而誤。

②敢：宋建本、蜀藩刻本、叢刊本作“復”。

【箋注】

〔一〕作於大觀三年（一一〇九）。信孺：名之祥。餘不詳。俟考。單父：本春秋魯邑名，漢爲縣名，歷代相沿。宋置單州，單父屬單州，爲京東路之西路。

〔二〕大門：大族。唐元稹《盧頭陀詩序》：“盧氏既爲大門，族兄弟且賢豪。”

〔三〕中外:指中表之親。父親姊妹(姑母)的兒女叫外表,母親的兄弟(舅父)姊妹(姨母)的兒女叫内表,合稱中表。按,此言十七人,當指蘇家叔伯弟兄及外家程氏弟兄,宋吕陶《太中大夫武昌程公墓誌銘》:"公諱濬,字治之。子男五人:之才、之元、之邵、之祥、之儀。"則其餘十二人當是指蘇家堂兄弟。

〔四〕孫陳:見《聞諸子欲再質卞氏宅》注〔一五〕。

〔五〕噰噰:鳥的和鳴聲。《文選·孫綽〈游天台山賦〉》:"覿翔鸞之裔裔,聽鳴鳳之噰噰。"唐李善注:"《爾雅》曰:'噰噰,和也。'謂聲之和也。"雲漢:雲霄,高空。

〔六〕此謂天各一方。垠:界限;邊際。

〔七〕謂兄弟群衆凋落殆盡。飲水啄食。語本《莊子·養生主》:"澤雉十步一啄,百步一飲,不蘄畜乎樊中。"唐成玄英疏:"飲啄自在,放曠逍遥,豈欲入樊籠而求服養! 譬養生之人,蕭然嘉遁,唯適情於林籟,豈企羡於榮華!"

〔八〕悲辛:悲傷辛酸。唐杜甫《奉贈韋左丞丈二十二韻》:"殘杯與冷炙,到處潛悲辛。"

〔九〕蘇軾《次韻韶守狄大夫見贈二首》之一:"華髮蕭蕭老遂良,一身萍掛海中央。"蕭蕭:稀疏。

〔一〇〕"仲叔"二句:時蘇轍中外兄弟僅存轍與之祥二人。

〔一一〕朱輪:古代王侯顯貴所乘的車子。因用朱紅漆輪,故稱。《文選·楊惲〈報孫會宗書〉》:"惲家方隆盛時,乘朱輪者十人。位在列卿,爵爲通侯。"李善注:"二千石皆得乘朱輪。"

〔一二〕"今春"二句:謂單父是留下了宓子齊流風餘韻的地方。漢劉向《説苑·政理》:"孔子謂宓子賤曰:'子治單父而衆説,語丘所以爲之者。'曰:'不齊父其父,子其子,恤諸孤而哀喪紀。'"剖符:猶剖竹。參《章氏郡君挽詞》注〔五〕。不齊:指孔子弟子宓不齊。字子賤,魯人,宰單父,賢而有才,知仁愛,百姓不忍欺。孔子稱之爲君子。後世追封爲單父侯。芳塵:美好的聲譽。

〔一三〕把臂:握持手臂。唐錢起《過沈氏山居》:"貧交喜相見,把臂歡不足。"

〔一四〕謂希望還有機會拄着拐杖去拜會程。不速賓:没有邀請而自己來的客人。《易·需》:"有不速之客三人來,敬之終吉。"唐孔穎達疏:"速,召也。

不須召喚之客有三人自來。"

〔一五〕程八:指程之祥。程九:指程之儀。

種松〔一〕

城郭人家歲寒木〔二〕,檜柏森森映華屋〔三〕。青松介僻不入城〔四〕,野性特嫌塵土辱。中庭冉冉盈尺苗〔五〕,條幹雖短風霜足〔六〕。培根不用糞壤厚〔七〕,插竹預防雞犬觸〔八〕。他年期汝三丈高,獨立仙翁毛髮緑〔九〕。老翁①自分不及見,子孫見汝知遺直〔一〇〕。

【校記】

①翁:宋建本、蜀藩刻本、叢刊本作"人"。

【箋注】

〔一〕作於大觀三年(一一〇九)春。種樹需在春季。此亦自況而兼寄期望于後輩。

〔二〕《論語·子罕》:"子曰:'歲寒,然後知松柏之後凋也。'"參《次韻子瞻與蘇世美同年夜飲》注〔六〕。

〔三〕森森:樹木繁密貌。晉潘岳《懷舊賦》:"墳壘壘而接壟,柏森森以攢植。"

〔四〕介僻:猶狷介。耿介孤僻,不隨流俗。

〔五〕晉左思《詠史》之二:"鬱鬱澗底松,離離山上苗。以彼徑寸莖,蔭此百尺條。"

〔六〕條幹:枝幹。

〔七〕培根:以土覆根上。宋王安石《古松》:"豈因糞壤栽培力,自得乾坤造化心。"

〔八〕此謂以竹枝插作籬笆狀,以防雞犬踐踏。

〔九〕暗寓自己成仙歸來。毛髮緑:見《過九華山》注〔一一〕。

〔一〇〕"老人"二句:謂自己預料看不見松長大,但子孫會看到松樹的高潔。自分:自料。遺直:見《和孔武仲金陵九詠·天慶觀》注〔五〕。

二月望日雪二絶〔一〕

其一

玄冥留雪惱中春〔二〕，損麥傷花病老人。已典布裘捐衲襪，朝來酒盡乞比鄰〔三〕。

【箋注】

〔一〕作於大觀三年(一一〇九)二月十五。

〔二〕玄冥：神名。冬神。參《大雪三絶句》之二注〔一〕。中春：指農曆二月十五日。這天是春季的正中，故稱。唐徐凝《二月望日》："長短一年相似夜，中秋未必勝中春。"

〔三〕比鄰：鄉鄰，鄰居。晉陶潛《雜詩》之一："得歡當作樂，斗酒聚比鄰。"

其二

老翁衰病不憂花〔一〕，百口唯須麥養家。聞道田中猶要雪，兼收凝白試山茶〔二〕。

【箋注】

〔一〕謂自己心已禪定，没有妄念。語本《楞嚴經》卷四："亦如翳人，見空中華；翳病若除，華於空滅。忽有愚人，於彼空華所滅空地，待華更生；汝觀是人，爲愚爲慧？"按，此即所謂空花，指隱現於病眼者視覺中的繁花狀虚影。

〔二〕凝白：指積雪。

遜自淮康酒官歸覲逾旬而歸送行二絶句〔一〕

其一

官期未滿許寧親〔二〕，平日宦遊無此恩〔三〕。雨遍公田及私畝〔四〕，學書兼得問筠孫〔五〕。

【箋注】

〔一〕作於大觀三年(一一〇九)。歸覲:歸謁父母。

〔二〕寧親:省親。唐李白《送王孝廉覲省》:"寧親候海色,欲動孝廉船。"

〔三〕平日:平時;通常。恩:恩惠。

〔四〕《詩·小雅·甫田》:"有渰萋萋,興雨祈祈。雨我公田,遂及我私。"

〔五〕謂還能趁機督促兒子的書法。筠:蘇遜長子。餘不詳。俟考。

其二

乘田委吏責無多〔一〕,舊學年來竟若何〔二〕? 開卷新詩可人意〔三〕,到官無復廢吟哦〔四〕。

【箋注】

〔一〕謂作小吏公務當不是太多。乘田委吏:指作小官。參《送遜監淮西酒并示諸任二首》之一注〔五〕。

〔二〕舊學:昔時所學。

〔三〕可人意:讓我滿意。人:指代自己。

〔四〕到官:猶到任,上任。無復:不要。復,後綴。吟哦:寫作詩詞;推敲詩句。唐李郢《偶作》:"一杯正發吟哦興,兩盞還生去住愁。"

去年秋扇二絶句〔一〕

其一

篋中秋扇委塵埃〔二〕,春晚炎風拂面來〔三〕。舊物不辭爲世用〔四〕,故人相見莫心猜〔五〕。

【箋注】

〔一〕作於大觀三年(一一〇九)夏。秋扇:漢班婕妤《怨歌行》:"新裂齊紈素，皎潔如霜雪。裁爲合歡扇，團團似明月。出入君懷袖，動摇微風發。常恐秋節至，涼風奪炎熱。棄捐篋笥中，恩情中道絶。”後因以“秋扇”比喻婦女年老色衰而見棄。此二詩皆是對自己人生經歷的感慨。

〔二〕謂丟棄不用。

〔三〕炎風：熱風。唐韓愈《縣齋有懷》：“毒霧恒熏晝，炎風每燒夏。”

〔四〕漢王充《論衡·自紀》：“爲世用者，百篇無害；不爲用者，一章無補。”不辭：不推辭。按，此當是對自己貶後曾重起的解釋。

〔五〕猜：疑惑。

其二

扇中秦女舊乘鸞〔一〕，拂去浮塵色尚鮮。未盡炎風早歸去，不堪秋後乞哀憐〔二〕。

【箋注】

〔一〕謂扇中所畫故事爲秦穆公女弄玉之事。參《次韻王鞏欲往徐州見子瞻以事不成行》注〔七〕。

〔二〕“未盡”二句：謂不如在秋天未到時就離開，免得不用時被棄置的淒涼。

讀舊詩〔一〕

老人詩思如枯泉，轆轤不下甕盎乾〔二〕。舊詩展卷驚三年，粲然佳句疑昔賢〔三〕。老來百事不如前，藜羹稻飯嗟獨便。飽食餘暇晝日眠，安用琢句愁心肝〔四〕？

【箋注】

〔一〕作於大觀三年（一一〇九）。

〔二〕“老人”二句：謂自己詩才枯竭。

〔三〕謂看到自己早年的詩句，十分驚訝，懷疑是先賢之作。

〔四〕蘇軾《送蜀僧去塵》：“十年讀《易》費膏火，盡日吟詩愁肺肝。”琢句：

推敲詩文的字句。唐貫休《寄匡山紀公》:"寄言無别事,琢句似終身。"

堂成不施丹雘唯紙窗水屏蕭然如野人之居,偶作〔一〕

高棟虚窗五月涼,客來掃地旋焚香。白雲低繞明月觀,漲海東流清暑堂〔二〕。病久渴心思沆瀣〔三〕,夢回餘念屬瀟湘〔四〕。老人夫婦修行久,此處從今是道場〔五〕。

【箋注】

〔一〕作於大觀三年(一一〇九)。丹雘(wò):可供塗飾的紅色顔料。《書·梓材》:"若作梓材,既勤樸斲,惟其塗丹雘。"唐孔穎達疏:"雘是彩色之名,有青色者,有朱色者。"宋周必大《二老堂雜誌·記恭請聖語》:"[上]從至翠寒堂,棟宇顯敞,不加丹雘。"水屏:山水屏風。

〔二〕"白雲"二句:指屏風所畫内容。

〔三〕謂因病時常想到修仙學道。沆瀣(hàngxiè):夜間水氣,露氣。《楚辭·屈原〈遠遊〉》:"飡六氣而飲沆瀣兮,漱正陽而飲朝霞。"

〔四〕謂夢醒後想到的是歸隱江湖。瀟湘:湖南瀟水和湘水的合稱。古人常代指江湖歸隱之處。如唐尹懋《同燕公汎洞庭》:"幸奏瀟湘雲壑意,山傍容與動仙橈。"餘念:雜念;其他念頭。《法苑珠林》卷一百七:"長養浄心,惟在得戒,無餘念也。"

〔五〕唐白居易《郡齋暇日憶廬山草堂兼寄二林僧社三十韻多叙貶官已來出處之意》:"身老同丘井,心空是道場。"

南齋竹三絶〔一〕

其一

幽居一室少塵緣〔二〕,妻子相看意自閑〔三〕。行到南窗修竹下,恍然如見舊溪山。

【箋注】

〔一〕作於大觀三年(一一〇九)。

〔二〕塵緣:佛教、道教謂與塵世的因緣。唐韋應物《春月觀省屬城始憩東西林精舍》:"佳士亦棲息,善身絶塵緣。"

〔三〕自閑:悠閒自得。唐李白《山中問答》:"問君何事棲碧山,笑而不答心自閑。"

其二

舊山修竹半塵埃,誰種南林待我來?新笋出牆秋雨足,閉門長與護蒼苔。

其三

里中佳客舊孫陳〔一〕,我自疏慵不見人。目倦細書長掩卷〔二〕,心遊法界四無鄰〔三〕。

【箋注】

〔一〕孫陳:見《聞諸子欲再質卞氏宅》注〔一五〕。

〔二〕細書:小字。

〔三〕《大方廣佛華嚴經》卷三:"遊心法界如虚空,是人乃知佛境界。"按,此謂參禪。

中秋新堂看月戲作〔一〕

年年看月茅檐下,今歲堂成月正圓。自笑吾人强分别,不應此月倍嬋娟〔二〕。虚窗每怯高風度〔三〕,碧瓦頻驚急雨懸。七十老翁渾未慣,安居始覺貴公賢〔四〕。聞都下諸家新建甲第壯麗,頃所未有。

【箋注】

〔一〕作於大觀三年(一一〇九)八月十五日。

〔二〕“自笑”二句：謂月亮從來都是一樣。嬋(chán)娟：形容月色明媚。按，此當是有所諷喻。

〔三〕高風：指秋風。《太平御覽・時序部十・秋下》引南朝梁元帝《纂要》：“風(秋風)曰商風、素風、淒風、高風、涼風、激風、悲風。”唐杜甫《奉送郭中丞充隴右節度使三十韻》：“斜日當軒蓋，高風卷旆旌。”師尹注：“高風，八月風也。”

〔四〕“七十”二句：“未慣”調侃自己，且又感京都貴人們能够安居華屋的高明，故稱戲作。

午寢〔一〕

食飽年來幸有秋〔二〕，倒牀清夢百無憂〔三〕。忍飢終愧首陽客，睡足何須雲夢州〔四〕。冰酒黄封生不喜，春芽紫笋向誰求〔五〕？平生尚有書魔在〔六〕，一卷還堪作枕頭〔七〕。

【箋注】

〔一〕作於大觀三年(一一〇九)秋。

〔二〕謂此年秋有收成。有秋：豐收，有收成。晉陶潛《丙辰歲八月中于下潠田舍穫》：“司田眷有秋，寄聲與我諧。”

〔三〕蘇軾《初别子由》：“明日無晨炊，倒牀作雷鳴。”清夢：猶美夢。

〔四〕“忍飢”二句：謂自己飽食安眠，不苛求條件。首陽客：指伯夷、叔齊。參《次韻子瞻渼陂魚》注〔八〕。雲夢州：唐杜牧《憶齊安郡》：“半年睡足處，雲夢澤南州。”雲夢：古藪澤名。見《次韻王君北都偶成三首》之三注〔六〕。

〔五〕“冰酒”二句：所言皆爲名貴之物，此謂自己不貪圖逸樂(仕宦)，只求生活恬淡。冰酒：用玉製瓶裝的酒。即美酒。唐李商隱《蠅蝶雞麝鸞鳳等成篇》：“玳瑁明書閣，琉璃冰酒缸。”黄封：宋代官釀之酒。參《送王廷老朝散知虢州》注〔一〇〕。春芽：指春茶。宋梅堯臣《答建州沈屯田寄新茶》：“春芽研白膏，夜火焙紫餅。”紫筍：茶名。蘇軾《宿臨安淨土寺》：“覺來烹石泉，紫筍發輕乳。”宋陸游有《病酒新愈獨卧蘋風閣戲書》詩，自注：“紫筍，蒙頂之上者，其味尤重。"唐陸羽《茶經》:"陽崖陰林,紫者上,緑者次,筍者上,芽者次。"

〔六〕書魔:謂嗜書入迷。唐白居易《白髮》:"書魔昏兩眼,酒病沉四肢。"

〔七〕唐杜荀鶴《贈溧水崔少府》:"庭户蕭條燕雀喧,日高窗下枕書眠。"

九月陰雨不止病中把酒示諸子三首〔一〕

其一

旱久翻成霧雨災〔二〕,老人腹疾强銜杯〔三〕。官醅菉豆適初熟〔四〕,籬菊黄花終未開〔五〕。兒女共憐佳節過,雞豚恐有故人來〔六〕。衰年此會真餘幾,薄酒無多不用推〔七〕。

【箋注】

〔一〕作於大觀三年(一一〇九)九月九日。

〔二〕謂旱災變爲澇災。霧雨:指連綿不絶的雨。

〔三〕腹疾:腹瀉等腸胃病。蘇轍詩中有"我經三伏常暴下""中宵得暴下"之語。强:勉强。銜杯:飲酒。

〔四〕菉豆:緑豆。此用緑豆釀成的一種色碧、味厚的酒。宋黄庭堅《醇碧頌》:"荆州士大夫家,菉豆曲酒,多碧色可愛,而病於不醇,田子醖成而味厚,故予名之曰'醇碧'而頌之。"

〔五〕籬菊:謂籬下的菊花。語本晉陶潛《飲酒》之五:"採菊東籬下,悠然見南山。"

〔六〕唐孟浩然《過故人莊》:"故人具雞黍,邀我至田家。"

〔七〕"衰年"二句:謂自己已至暮年,與諸子相處的機會也不多了,聊且就飲。

其二

九日不能飲,呦呦覺胃寒。妻孥勸把盞,萸菊正堆盤。懶極久成病,年高終鮮歡〔一〕。道人嫌服藥,心息自相安〔二〕。

【箋注】

〔一〕此用杜甫《羌村三首》之二："晚歲迫偷生，還家少歡趣"詩意。蘇軾《去歲九月二十七日在黄州生子名遯小名幹兒頎然穎異至今年七月二十八日病亡於金陵作二詩哭之》："吾老常鮮歡，賴此一笑喜。"鮮歡：少樂趣。

〔二〕心息：心無所念。

其三

庭菊兼黄白，村醪雜聖賢〔一〕。微吟還自喜，不飲信徒然。陶亮貧非病〔二〕，孟嘉醒亦顛〔三〕。相看莫相笑，與爾各當年。

【箋注】

〔一〕謂好酒劣酒兼雜。聖賢：見《次韻分司南京李誠之待制求酒二首》之二注〔三〕。

〔二〕謂己如陶潛貧而非病。見《程之元表弟奉使江西次前年送赴楚州韻戲別》注〔一二〕。陶潛，字元亮。因對仗省稱爲陶亮。參《答文與可以六言詩相示因道濟南事作十首》之六注〔二〕。

〔三〕謂己如孟嘉酒醉心明。孟嘉：字萬年。晉江夏鄳（今河南信陽市東北）人。吴司空孟宗之曾孫。陶潛外祖父。嘉少有文才，以清操知名。太尉庾亮領江州，辟爲廬陵從事，轉勸學從事，深爲時流器重。後爲桓温參軍，累遷從事中郎、長史。性嗜酒，飲多而舉止不亂，自謂得酒中真趣。卒年五十一（一説五十三）。事見《晉書·桓温傳》。參陶潛《晉故征西大將軍長史孟府君傳》。又參《次韻柳見答》注〔六〕。

落葉滿長安分題〔一〕

有客倦長安，秋風正颯然〔二〕。九衢飛亂葉〔三〕，八水凝寒煙〔四〕。摇落南山見〔五〕，淒涼陋巷偏〔六〕。名園失緑暗，清渭泛紅鮮〔七〕。衣信催煩杵〔八〕，狼烽報極邊〔九〕。長江苦吟處〔一〇〕，日暮想横鞭。

【箋注】

〔一〕作於大觀三年（一一〇九）秋。分題：詩人聚會，分探題目而賦詩，謂之分題。參《次韻劉貢父省上示同會二首》之一注〔六〕。按,“落葉滿長安”出唐賈島《憶江上吴處士》:“秋風吹渭水,落葉滿長安。”

〔二〕颯(sà)然:形容風聲。

〔三〕唐貫休《秋末長興寺作》:“長廊飛亂葉,寒雨更無人。”

〔四〕八水:八川。指關中地區。《初學記·地部中·八水》引晉戴祚《西征記》:“關内八水,一涇,二渭,三灞,四滻,五澇,六潏,七灃,八滈。”唐駱賓王《帝京篇》:“五緯連影集星躔,八水分流横地軸。”

〔五〕摇落:凋殘,零落。《楚辭·宋玉〈九辯〉》:“悲哉秋之爲氣也,蕭瑟兮草木摇落而變衰。”南山:指終南山。

〔六〕《論語·雍也》:“賢哉,回也!一簞食,一瓢飲,在陋巷,人不堪其憂,回也不改其樂。”

〔七〕“名園”二句:謂秋日的景色,園林中草木凋零,清澈的渭水中漂浮著凋落的紅葉。唐盧照鄰《晚渡渭橋寄示京邑遊好》:“草變黄山曲,花飛清渭流。”

〔八〕謂索要寒衣的書信使杵聲更急。杵:搗衣的棒槌。

〔九〕謂邊庭的戰訊通過烽火傳來。狼烽:指古時邊防燃狼糞以報警的烽火。

〔一〇〕長江:指賈島。曾官長江主簿。參《張愓山人即昔所謂惠思師也余舊識之於京師忽來相訪茫然不復省徐自言其故戲作二小詩贈之》之一注〔四〕。賈島《寄令狐相公》:“策杖馳山驛,逢人問梓州。長江那可到,行客替生愁。”唐張蠙《傷賈島》:“生爲明代苦吟身,死作長江一逐臣。”

臘月九日雪三絶句〔一〕

其一

天公留雪待嘉平〔二〕,飛霰來時曉未明〔三〕。病士擁衾催煖酒,閉門不聽掃瑶瓊〔四〕。

【箋注】

〔一〕作於大觀三年(一一〇九)十二月九日。

〔二〕嘉平:臘祭的别稱。《史記·秦始皇本紀》:"三十一年十二月,更名臘曰'嘉平'。"

〔三〕飛霰:飛雪。

〔四〕瓊瑶:喻指冰雪。

其二

去年家釀不須沽,秫米今年絶市無〔一〕。雪没前山薇蕨盡〔二〕,誰憐無語獨携鋤。

【箋注】

〔一〕秫米:糯米。

〔二〕薇蕨:薇和蕨。嫩葉皆可作蔬,爲貧苦者所常食。晉劉琨《扶風歌》:"資糧既乏盡,薇蕨安可食。"

其三

臘中得雪春宜麥,甕裏無糟寒惱人〔一〕。未暇樽罍伴①佳客,先將餅餌許比鄰〔二〕。

【校記】

①伴:叢刊本作"佳",誤。

【箋注】

〔一〕糟:古指未漉清的帶滓的酒。《禮記·内則》:"飲,重醴,稻醴清糟,黍醴清糟,粱醴清糟。"漢鄭玄注:"糟,醇也。"唐孔穎達疏:"此稻、黍、粱三醴,各有清糟;以清糟相配重設,故云重醴;凡致飲之時,有清者,有糟者。"

〔二〕餅餌:餅類食品的總稱。參《次韻子瞻記十月十六日所見》注〔一三〕。比鄰:鄉鄰,鄰居。

己丑除日二首〔一〕

其一

閲遍時人身亦老,卷殘舊曆意茫然〔二〕。髭鬚白盡無添處〔三〕,甲子重來又十年〔四〕。酒儉不容時一醉,堂成且喜夜安眠。《春秋》似是平生事〔五〕,屋壁深藏付後賢〔六〕。

【箋注】

〔一〕作於大觀三年(一一〇九)十二月三十日。

〔二〕"閲遍"二句:感慨時光流逝,自己身老而無所適從。舊曆:舊曆本。謂一年的曆書又翻完了。

〔三〕唐元稹《過東都别樂天二首》之二:"自識君來三度别,這回白盡老髭鬚。"

〔四〕甲子:甲,天干的首位;子,地支的首位。古代以天干和地支遞次相配,如甲子、乙丑、丙寅之類,統稱甲子。從甲子起至癸亥止,共六十,故又稱爲六十甲子。古人用以紀日或紀年。按,此年蘇轍滿七十周歲,故言。

〔五〕蘇轍有《春秋集解》。

〔六〕用孔壁藏書故事。屋壁:房屋的夾牆。漢孔安國《尚書序》:"我先人用藏其家書於屋壁。"《漢書・劉歆傳》:"及魯恭王壞孔子宅,欲以爲宫,而得古文於壞壁之中。"

其二

橘紅安穩近誰傳〔一〕,予舊有腹疾,或教服橘皮煎丸,經月良愈。鬢雪蕭騷久已然〔二〕。梅柳任教修故事,蠶絲聊與祝新年。鄉人以餳蜜和麵象梅枝柳葉,又以肉雜物爲羹,名之曰蠶絲。敲門賀客辭多病,守歲諸孫聽不眠。粗有官酤供夜飲,一瓶渾濁且稱賢〔三〕。

【箋注】

〔一〕橘紅：指去橘絡後的橘皮。可入藥。有去濕化痰之效。宋韓彦直《橘録·入藥》："橘皮最有益於藥，去盡脈則爲橘紅。"明李時珍《本草綱目·果二·橘》[集解]引王好古曰："橘皮以色紅日久者爲佳，故曰紅皮、陳皮。去白者曰橘紅也。"安穩：平穩，此謂藥性温和。

〔二〕鬢雪：形容鬢髮斑白如雪。唐白居易《別行簡》："漠漠病眼花，星星愁鬢雪。"蕭騷：稀疏。

〔三〕見《次韻分司南京李誠之待制求酒二首》之二注〔三〕。

附録　蘇過《次韻叔父黄門己丑歲除二首》

其一

坐閲星周幾變遷，恒河見性但依然。求田問舍追三徑，面壁灰心過九年。公自庚辰歲歸潁昌，杜門不出今十年矣。早退得閒真玩歲，跏趺數息是安眠。從今甲子當須記，異日應無史趙賢。

其二

卒歲優哉樂事全，家庭瑞氣鬱葱然。椒花頌酒祈新福，臘雪飛空作有年。塞馬未歸人勿歎，黄粱已熟客猶眠。潁濱遺老非虚語，萬古巢由不獨賢。公自號潁濱遺老。

同外孫文九新春五絶句〔一〕

其一

佳人旋貼釵頭勝〔二〕，園父初挑雪底芹〔三〕。欲得春來怕春晚，春來會似出山雲〔四〕。

【箋注】

〔一〕作於大觀四年（一一一〇）春。文九：文驥子。餘不詳。俟考。

〔二〕佳人：美女。釵頭：釵的首端。勝：古代婦女首飾。《漢書·司馬相如傳下》:"〔西王母〕矐然白首戴勝而穴處兮,亦幸有三足烏爲之使。"唐顔師古注:"勝,婦人首飾也,漢代謂之華勝。"《釋名·釋首飾》:"華勝:華,象草木之華也;勝,言人形容正等,一人著之則勝,蔽髪前爲飾也。"

〔三〕唐杜甫《崔氏東山草堂》:"盤剥白鴉谷口栗,飯煮青泥坊底芹。"蘇軾《東坡八首》之三:"泥芹有宿根,一寸嗟獨在。雪芽何時動,春鳩行可膾。"

〔四〕晉陶潛《歸去來兮辭》:"雲無心以出岫,鳥倦飛而知還。"

其二

甕中臘腳長憂凍〔一〕,户外春風那得知?酒熟定應花未①動,舉瓢先對柳千絲。

【校記】

①未:叢刊本作"木",誤。

【箋注】

〔一〕臘腳:《事林廣記·别集·臘腳春酒》:"臘月内,烝兩石漿米或白飯,亦可攤案上。凍得三五分,使曲四十斤爲末,一斉糁在飯上。用宿熟水和匀,擇不浸滲好甕,將宿飯投入甕中,以腳實踏之。以宿熟水三斗蓋面,交凍定後用蓋疏使泥泥了,令周密不得出了氣,直候向去,花發開盆取醅分使用。一甕分爲十甕,將十甕醅分作百甕,百甕分作千甕。醅熟醡下酒清,一季内不酸。此法甚妙,若盛夏用此腳造酒,永不酸臭,秘惜可也。"按,此謂甕中待熟的酒。

其三

菊葉萱芽初出土,凍虀冷麵欲宜人〔一〕。老人脾病難隨汝,洗釜磨刀待晚春。

【箋注】

〔一〕凍虀:即醃菜。清項映薇《古禾雜識·蔬菜》:"芥菜亦有數種,惟婆婆芥差勝。又有黄矮菜,最肥大,自武林來者居多。入冬有青菜,家家醃之盈缸;其法於燈下繫新草履,蹴踏數四,壓之以石,浹旬始熟,所謂凍虀是也。"

其四

築室恨除千本竹〔一〕,及春先補百株花。隔年預與園夫約,春雨晴時問汝家。

【箋注】

〔一〕崇寧五年(一一〇六)春。蘇轍《閑居五詠·移竹》:"稍去千百竿,欲廣西南屋。"知築室曾去掉了一片竹林。

其五

雪覆西山三頃麥,一犁春雨祝天工〔一〕。麥秋幸與人同飽〔二〕,昔日黄門今老農〔三〕。

【箋注】

〔一〕宋蘇舜欽《田家詞》:"山邊夜半一犁雨,田父高歌待收獲。"一犁:雨已浸透土壤有一犁深,即犁田時不見乾土。

〔二〕麥秋:麥熟季節。指夏曆四、五月。

〔三〕黄門:漢設黄門官,晉爲門下省,唐宋皆因之。蘇轍元祐七年(一〇九二)進門下侍郎,世稱蘇黄門。

上元前雪三絶句〔一〕

其一

臘中平地雪盈尺,嵩隗山田麥尚乾〔二〕。不管上元燈火夜,飛花處處作春寒〔三〕。

【箋注】

〔一〕作於大觀四年(一一一〇)春。

〔二〕隗(wěi):高峻。《玉篇·阜部》:"隗,高也。"

〔三〕飛花：喻指雪。唐岑參《白雪歌送武判官歸京》："北風捲地白草折，胡天八月即飛雪。忽如一夜春風來，千樹萬樹梨花開。"

其二

閉門不問門前事〔一〕，燈火薰天自不知。聞道朝來雪又下，老人今歲未應飢。

【箋注】

〔一〕唐白居易《奉和思黯相公雨後林園四韻見示》："便成林下隱，都忘門前事。"

其三

天公似管人間事，近事傳聞半是非。但使麥田饒①雨雪，飢人得飽未相違。

【校記】

①饒：宋建本作"餘"，誤。

上元雪〔一〕

上元燈火家家辦，遍地瓊瑶夜夜深〔二〕。衲被蒙頭真老病〔三〕，紗籠照佛本無心〔四〕。牀頭酒甕恰三斗，山下麥田真百金。乞我終年醉且飽〔五〕，端能擁鼻作微吟〔六〕。

【箋注】

〔一〕作於大觀四年（一一一〇）正月十五日。

〔二〕瓊瑶：喻雪。唐白居易《西樓喜雪命宴》："四郊鋪縞素，萬室甃瓊瑶。"

〔三〕衲被：補綴過的被子。"燈録"著作中多"衲被蒙頭"之語。唐劉禹錫《酬淮南牛相公述舊見貽》："少年曾忝漢庭臣，晚歲空餘老病身。"

〔四〕無心:佛家謂無妄心雜念。

〔五〕《詩·周頌·執競》:"既醉既飽,福禄來反。"

〔六〕擁鼻:掩鼻。參《郭祥正國博醉吟庵》注〔五〕。

春陰〔一〕

春後誰令百日陰,雨淫風横兩相侵。天公未有惜花意,野老空存念麥心〔二〕。共怪叢筠亦黄落〔三〕,終憐老檜獨蕭森〔四〕。過中不克陽安在,夏旱前知未易禁〔五〕。是春,所在竹林皆黄落,頃所未見。

【箋注】

〔一〕作於大觀四年(一一一〇)三月。從"百日陰"可知。

〔二〕"春後"四句:謂入春後天未放晴,陰雨連綿,花未放而先折,農民擔心冬麥歉收。唐杜荀鶴《和高秘書早春對雪登樓見寄之什》:"天有惜花意,恐花開染塵。"

〔三〕黄落:謂草木枯萎凋零。《禮記·月令》:"[季秋之月]草木黄落,乃伐薪爲炭。"按,竹子一般不會黄落,且又在春天,故言怪。

〔四〕蕭森:茂盛貌。按,此言老檜蒼勁茂盛。

〔五〕"過中"二句:謂春天已過半而仍然多雨,夏旱是不可避免的了。《吕氏春秋·情欲》:"秋早寒則冬必暖矣,春多雨則夏必旱矣。"過中:春天過半。不克:不能戰勝。《詩·大雅·常武》:"不測不克,濯征徐國。"鄭箋:"其勢不可測度,不可攻勝。"陽:太陽;陽光。《詩·小雅·湛露》:"湛湛露斯,匪陽不晞。"毛傳:"陽,日也。"按,此謂陽光不能戰勝陰雲。

庭中種花〔一〕

空庭一無有,初種六株花。青桐緑楊柳,相映成田家。春雨散膏油〔二〕,朝暾發萌牙〔三〕。造物知我心,初來盡枯槎。開花已可貴,結子誠①益佳。百事盡如此,一生復何嗟。我生本窮陋〔四〕,中年旅朝衙〔五〕。失腳墮南海,生還夢荒遐〔六〕。築室雖不多,於我則已奢。松筠伴衰老,已矣無復加。

【校記】

①誠:原作“成”,據宋建本、叢刊本改。

【箋注】

〔一〕作於大觀四年(一一一〇)春。

〔二〕膏油:比喻滋潤作物的雨水。唐韓愈《雙鳥詩》:“雷公告天公,百物須膏油。”

〔三〕朝暾:朝陽。萌牙:即“萌芽”。

〔四〕窮陋:貧瘠而閉塞。

〔五〕朝衙:即早衙。舊時官府早上卯時坐衙治事,故稱“朝衙”。唐白居易《城上》:“城上鼕鼕鼓,朝衙復晚衙。”按,此謂中年仕宦。

〔六〕“失腳”二句:謂貶雷州事。失腳:比喻受挫折或犯錯誤。白居易《東南行一百韻》:“翻身落霄漢,失腳到泥塗。博望移門籍,潯陽佐郡符。”自注:“予自太子贊善大夫出爲江州司馬。”生還:活著回來。

曾郎元矩見過逾月聽其言久而不厭追感平昔爲賦詩〔一〕

胄子相從得佳婿〔二〕,遲初於太學識元矩,因有姻議。掖垣同直喜①良朋〔三〕。交情不意隔生死〔四〕,世事休論有廢興。宿草芊綿淚入土〔五〕,故琴牢落恨填膺〔六〕。遠來似覺清談勝,試問傳家今幾燈〔七〕?

【校記】

①喜:三蘇祠本作“嘉”,形近而誤。

【箋注】

〔一〕作於大觀四年(一一一〇)。曾元矩:蘇轍女婿,從本詩自注知嘗爲太學生,且其父曾與蘇轍同僚。依《孔譜》,曾元矩即曾縱,爲曾肇子。官至左諫議大夫。餘不詳。俟考。

〔二〕胄子:國子學生員。晉潘尼《釋奠頌》:"莘莘胄子,祁祁學生。"

〔三〕謂己曾與元矩父曾肇同僚。蘇轍有元祐二年(一〇八七)有《次韻孔武仲三舍人省上》詩,與劉攽、曾肇同直省上。掖垣:唐代稱門下、中書兩省。因分别在禁中左右掖,故稱。《新唐書·權德輿傳》:"左右掖垣,承天子誥命,奉行詳覆,各有攸司。"同直:指朝臣一同當值。

〔四〕《史記·汲鄭列傳》:"始翟公爲廷尉,賓客闐門,及廢,門外可設雀羅。翟公復爲廷尉,賓客欲往,翟公乃大署其門曰:'一死一生,乃知交情;一貧一富,乃知交態;一貴一賤,交情乃見。'"

〔五〕《禮記·檀弓上》:"朋友之墓,有宿草而不哭焉。"唐孔穎達疏:"宿草,陳根也,草經一年則根陳也,朋友相爲哭一期,草根陳乃不哭也。"芊綿:草木茂盛貌。

〔六〕《世説新語·傷逝》:"王子猷、子敬俱病篤,而子敬先亡,子猷問左右:'何以都不聞消息,此已喪矣。'語時了不悲,便索輿來奔喪,都不哭。子敬素好琴,便徑入坐靈牀上,取子敬琴彈,弦既不調,擲地云:'子敬!子敬!人琴俱亡!'"牢落:孤寂。

〔七〕佛家指傳法爲傳燈。佛法猶如明燈,能破除迷暗,故稱。此借言學業言語的授受。

閉門〔一〕

閉門潁昌市,不識潁昌人。身閑未易過,閑久生暗塵。我念作閑計,欲與黄卷親〔二〕。少年病書史,未老目先昏。掩卷默無言〔三〕,閉目中自存〔四〕。心光定中發,廓然四無鄰。不知心已空,不見外物紛〔五〕。瞿曇昔嘗云,咄哉不肯信。一見勿復失,愈久當愈真〔六〕。

【箋注】

〔一〕作於大觀四年(一一一〇)。

〔二〕黄卷:書籍。參《舟次大雲倉回寄孔武仲》注〔六〕。

〔三〕蘇軾《阮籍嘯臺》:"阮生古狂達,遁世默無言。"

〔四〕蘇軾《次韻錢越州見寄》:"搔頭白髮秋無數,閉眼丹田夜自存。"自存:自察;自思。

〔五〕"心光"四句:謂自己心中空明,無物無我。心光:佛教謂佛心所照之光。《觀念阿彌陀佛相海三昧功德法門》卷一:"但有專念阿彌陀佛衆生,彼佛心光常照是人。"唐王維《青龍寺曇壁上人兄院集》:"眼界今無染,心空安可迷。"

〔六〕"瞿曇"四句:謂自己往昔對佛教也不相信,但真正接觸後又無法丢棄且篤信越久越覺真誠。瞿曇:釋迦牟尼的姓。參《東方書生行》注〔八〕。咄哉:不屑貌。

林笋復生〔一〕

春寒侵竹竹憔悴〔二〕,父老皆云未嘗記。偶然雷雨一尺深,知爲南園衆君子〔三〕。從地涌出長如人,一一便有凌雲氣。吾家老圃倦栽接,但以歲寒相嫵媚〔四〕。一朝紛紛看黄落〔五〕,嵇阮相過無醉地〔六〕。陰陽往復知有數〔七〕,已病還瘳非即①死〔八〕。呼童徑語鄰舍翁,種竹未改當年意。姚黄魏②紫終誤人〔九〕,千葉重臺定何事〔一〇〕?

【校記】

①即:叢刊本作"郎",形近而誤。

②魏:原作"左",據宋建本、蜀藩刻本改。

【箋注】

〔一〕作於大觀四年(一一一〇)夏。竹筍在夏季長出。

〔二〕憔悴:凋零;枯萎。

〔三〕君子:即竹。因竹又稱此君,故言。《世説新語·任誕》:"王子猷嘗暫寄人空宅住,便令種竹。或問:'暫住何煩爾?'王嘯詠良久,直指竹曰:'何可一日無此君!'"

〔四〕“吾家”二句:謂家中的園工懶於培植,只是用天冷來敷衍拖沓。栽接:栽培接種。嫵媚:此指軟語搪塞。

〔五〕黄落:謂草木枯萎凋零。《禮記·月令》:“[季秋之月]草木黄落,乃伐薪爲炭。”

〔六〕嵇阮:三國魏嵇康與阮籍的並稱。二人同爲竹林七賢,竹林七賢皆以善飲名世。參《次韻子瞻減降諸縣囚徒事畢登覽》注〔一六〕、《送柳子玉》注〔一二〕。

〔七〕蘇軾《次韻孔毅甫久旱已而甚雨三首》之一:“陰陽有時雨有數,民是天民天自恤。”往復:循環不息。有數:有氣數,有因緣。謂命中註定。

〔八〕瘳(chōu):病癒。

〔九〕姚黄、魏紫:皆爲牡丹名品。參《次王適韻送張耒赴壽安尉二首》之二注〔一〕。

〔一〇〕重臺:復瓣的花。唐韓偓《妬媒》:“好鳥豈勞兼比翼,異華何必更重臺。”

老柏〔一〕

柏根可合抱,柏身長百尺。我年類汝老,我心同汝直〔二〕。我貧初無居〔三〕,愛汝買此宅。索居懷舊友〔四〕,開軒得三益〔五〕。風中有餘勁,老①後不改色〔六〕。我貧不栽花,繞屋多種竹。全家謬聞道,舉目無他物。晨興輒相對,知我有慚德〔七〕。

【校記】

①老:宋建本、四庫本作“雪”,作“老”義長。

【箋注】

〔一〕作於大觀四年(一一一〇)。

〔二〕“柏根”四句:以柏比自己之年紀和忠直。

〔三〕居:住所,住宅。

〔四〕《禮記·檀弓上》:“吾離群而索居,亦已久矣。”漢鄭玄注:“群,謂同門朋友也;索,猶散也。”

〔五〕三益:謂直、諒、多聞。語本《論語·季氏》:“孔子曰:益者三友,損者三友。友直,友諒,友多聞,益矣。”按,此偏指柏之直。

〔六〕“風中”二句:謂柏老而彌堅,不改初衷。實以自喻。

〔七〕慚德:因言行有缺失而内愧于心。《書·仲虺之誥》:“成湯放桀于南巢,惟有慚德,曰:‘予恐來世以台爲口實。’”

蠶麥〔一〕

春寒風雨淫,蠶麥止半熟〔二〕。耕桑未嘗親,有獲敢求足?鄰田老翁嫗〔三〕,囊空庾無粟〔四〕。機張久乏緯〔五〕,食晏惟薄粥。熟耕種未下〔六〕,屢禱雲不族〔七〕。私憂止寒餓〔八〕,王事念鞭扑〔九〕。爲農良未易,爲吏畏簡牘〔一〇〕。閉門差似可,忍飢有餘福。

【箋注】

〔一〕作於大觀四年(一一一〇)夏。蠶麥:指蠶與麥的收成。

〔二〕“春寒”二句:謂春寒與春雨交加,蠶與麥的只能收一半

〔三〕翁嫗:老翁老婦的並稱。指老年夫婦。

〔四〕庾:穀倉。

〔五〕謂無絲綿可紡織。緯:織物的横線。與“經”相對。《禮記·間傳》“禫而纖”漢鄭玄注:“黑經白緯曰纖。”

〔六〕熟耕:爲避免作物重茬和保持土壤肥沃而進行的精耕。

〔七〕族:叢集;聚集。《莊子·在宥》:“雲氣不待族而雨,草木不待黄而落。”唐成玄英疏:“族,聚也。”

〔八〕私憂:私自擔憂。寒餓:寒冷饑餓。

〔九〕謂擔憂賦税勞役無法繳納或完成而受罰。王事:此指官府之事如賦税勞役之類。

〔一〇〕簡牘:指文書。

喜雨〔一〕

夏田已報七分熟，秋稼方憂十日乾。好雨徐來不倉卒，天公似欲救艱難。魃張鷹犬無遺力〔二〕，社近雞豚趁早寒〔三〕。老病隨人幸一飽，爐香無語衹長嘆。

【箋注】

〔一〕作於大觀四年（一一一〇）秋。

〔二〕謂旱熱鷹犬都疲弊難耐。魃（bá）：神話傳説中的旱神。參《冬至雪》注〔二〕。

〔三〕謂秋社將近畜牲一早就到處覓食了（因爲秋社祭祀有祭品可覓）。

題東坡遺墨卷後〔一〕

少年喜爲文，兄弟俱有名。世人不妄言，知我不如兄。篇章散人間，墮地皆瓊英〔二〕。凛然自一家〔三〕，豈與餘人争？多難晚流落，歸來分死生〔四〕。晨光迫殘月〔五〕，回顧失長庚〔六〕。展卷得遺草〔七〕，流涕濕冠纓。斯文久衰弊〔八〕，涇流自爲清。科斗藏壁中，見者空嘆驚。廢興自有時，詩書付西京〔九〕。

【箋注】

〔一〕作於大觀四年（一一一〇）。

〔二〕瓊英：比喻美妙的詩文。唐孟郊《同從叔簡酬盧殷少府》："羞將片石文，闞此雙瓊英。"蘇軾《南歌子·送行甫赴餘姚》："且將新句琢瓊英。我是世間閑客，此閑行。"

〔三〕"凛然"二句：《北史·祖瑩傳》："作文須自出機杼，成一家風骨，何能共人同生活也。"

〔四〕"多難"二句：謂兄弟二人於紹聖元年（一〇九四）哲宗親政後連遭貶

謫,後蘇軾至儋州,蘇轍至循州,故言“流落”。徽宗即位,建中靖國元年(一一〇一)兄弟遇赦,七月蘇軾在北歸途中於常州去世,故言“分死生”。唐杜甫《懷舊》:“那因喪亂後,便有死生分。”

〔五〕唐白居易《雜曲歌辭·生别離》:“晨雞載鳴殘月没,征馬重嘶行人出。”

〔六〕長庚:古代指傍晚出現在西方天空的金星。亦名太白星。《史記·天官書》“察日行以處位太白”唐司馬貞索隱引《韓詩》:“太白晨出東方爲啓明,昏見西方爲長庚。”《新唐書·文藝傳中·李白》:“白之生,母夢長庚星,因以命之。”按,此謂失去了兄長,且以李白譬軾。

〔七〕遺草:猶遺稿。

〔八〕《論語·子罕》:“天之將喪斯文也,後死者不得與於斯文也。”

〔九〕“科斗”四句:謂蘇軾的遺作將如孔壁中的典籍那樣珍貴且傳留後世。參《和子瞻鳳翔八觀八首·石鼓》注〔二四〕。西京:指漢西京洛陽,劉向、劉歆父子曾在洛陽整理群書。參《次韻子瞻將之吴興贈孫莘老》注〔七〕。

洗竹〔一〕

寒甚南軒竹半黄,晚抽旱笋雜榛荒。不嫌毒手千竿盡〔二〕,稍放清風八月涼。短篲祇堪除糞壤〔三〕,新萌會看伏牛羊。扶持造化須人力〔四〕,早聽人言布麥糠〔五〕。

【箋注】

〔一〕作於大觀四年(一一一〇)秋。從“八月涼”可知。洗竹:削去叢竹的繁枝。參長題詩“予初到筠即於酒務庭中種竹”云云注〔一〕。

〔二〕毒手:凶狠的手段。此戲稱伐竹一事。

〔三〕篲(huì):掃帚。

〔四〕唐杜甫《古柏行》:“扶持自是神明力,正直原因造化功。”

〔五〕北魏賈思勰《齊民要術》卷五:“其居東北角者,老竹,種不生,生亦不能滋茂;故須取其西南引少根也。稻麥糠糞之。二糠各自堪糞,不令和雜。不用水澆。”

寄張芸叟〔一〕并引

張芸叟侍郎編樂府詩相示，繼以書問手戰之故，懇懇有見憐衰病意，作小詩謝之。

老矣張芸叟，親編樂府詞。才高君未覺，手戰我先衰。點黐舊無對〔二〕，吟哦今與誰？十年酬唱絶，歡喜得新詩。

【箋注】

〔一〕作於大觀四年（一一一〇）。張芸叟：即張舜民。字芸叟，自號浮休居士，又號矴齋，邠州（治今陝西彬縣）人。治平二年進士，爲襄樂令。元豐四年，從高遵裕征西夏，因作詩述及宋軍久屯失利之情，坐謫監邕州鹽米倉，又改監郴州酒税。元祐初，以司馬光薦，召爲監察御史，累擢吏部侍郎。崇寧初，坐元祐黨，謫楚州團練副使，商州安置。後復集賢殿修撰。舜民慷慨喜論事，以剛直敢言稱。《宋史》有傳。

〔二〕謂張草書絶倫當時。點黐：草書筆勢。漢崔瑗《草書勢》：“或黝黗點黐，或狀似連珠，絶而不離。”

蘇轍詩編年箋注卷二十三

兩中秋絶句二首〔一〕并叙

昔予謫居龍川，己卯歲閏九月重九，南方初有涼氣，予置酒招同巷黄氏老，與之對酌，作四絶句。其卒章曰:“尉他城下兩重陽，白酒黄雞意自長。卯飲下牀虚已散，老年不似少年忙。”明年蒙恩北歸，寓居潁川。庚寅歲閏八月遇兩中秋，賦兩絶句以繼前作。俯仰十有二年〔二〕，時正苦腹疾，秋思索然，老病日加，亦理勢然矣。

其一

潁川城下兩中秋〔三〕，金氣初凝火尚流〔四〕。脾病家人不教飲〔五〕，官廚好酒亦難求〔六〕。

【箋注】

〔一〕作於大觀四年(一一一〇)閏八月十五日。

〔二〕蘇轍元符三年(一一〇〇)退居潁昌，至此只十一年。古人計歲以虚歲記即十二。

〔三〕此年閏八月，故言兩中秋。

〔四〕謂雖已入秋但天氣還不涼爽，即前序所謂初有涼氣。金氣:秋氣。南朝梁簡文帝《倡婦怨情》:"玉關驅夜雪,金氣落嚴霜。"火:即火星。《詩·豳風·七月》:"七月流火,九月授衣。"參《釀重陽酒》注〔五〕。

〔五〕不教:猶言不讓,不允許。

〔六〕《晉書·阮籍傳》:"籍聞步兵厨營人善釀,有貯酒三百斛,乃求爲步兵校尉。"官廚:供官員飲食的廚房。

其二

兩逢重九尉他城〔一〕,蜑叟相從倒酒瓶〔二〕。十①二年來均寂寞〔三〕,此心南北兩冥冥〔四〕。

【校記】

①十:叢刊本作"卜",誤。

【箋注】

〔一〕尉他城:即龍川。參《閏九月重九與父老小飲四絶》之四注〔一〕。

〔二〕謂與土著相處甚歡,常常在一起痛飲。蜑叟:猶言漁翁。蜑(dàn):舊時南方少數民族之一。參《次韻子瞻和淵明擬古九首》之五注〔一〕。唐張籍《寄和州劉使君》:"别離已久猶爲郡,閑向春風倒酒瓶。"

〔三〕唐柳宗元《酬韶州裴曹長使君》:"在亡均寂寞,零落間惸鰥。"

〔四〕冥冥:渺茫貌。

贈德仲〔一〕

我昔見子京邑時,鬚髪如漆無一絲〔二〕。今年相見潁昌市,霜雪滿面知爲誰〔三〕?故人分散隔生死〔四〕,孑然惟以影自隨〔五〕。憐子肝心如鐵石〔六〕,昔所謂可今不移。世間取舍竟誰是〔七〕?惟有古佛終難欺。嗟哉我自不知子,意子清浄持律師〔八〕。忽然微笑不言語,袖中錦繡開新詩〔九〕。可憐相識二十載,終日對面初不知〔一〇〕。蚌含明珠不肯吐,暗行沙底藏光輝。蚌爲身計良可耳,旁人不悟寧非嗤〔一一〕？

【箋注】

〔一〕作於大觀四年(一一一〇)。德仲:從詩句可知德仲當是一信佛修行之人。餘不詳。俟考。

〔二〕唐杜甫《醉歌行》:"汝身已見唾成珠,汝伯何由髪如漆。"

〔三〕杜甫《奉寄河南韋尹丈人》:"江湖漂裋褐,霜雪滿飛蓬。"

〔四〕唐顧況《大茅嶺東新居憶之子從真》:"懷哉隔生死,悵矣徒登臨。"

〔五〕晉李密《陳情表》:"煢煢孑立,形影相弔。"

〔六〕宋張邦基《墨莊漫録》卷三:"無咎嘆曰:'人疑宋開府鐵石心腸,及爲《梅花賦》,清豔殆不類其爲人。'"按,此謂德仲不改初心。

〔七〕《漢書·賈誼傳》:"爲人主計者,莫如先審取舍。"唐顔師古注:"取謂所擇用也,舍謂所棄置也。"

〔八〕清浄:佛教語。指遠離惡行與煩惱。持律:佛教語。又作持比尼、知律。即持守戒律不犯。持守律儀乃比丘所特重當務之事,雖小事亦不忽略,故稱持律堅固。師:對僧、尼、道士的尊稱。此尊稱修道之德仲。

〔九〕唐韓偓《同年前虞部李郎中自長沙赴行在余以紫石研贈之賦詩代書》:"紫光稱近丹青筆,聲韻宜裁錦繡詩。"

〔一〇〕初:全;始終。

〔一一〕"蚌含"四句:謂德仲深藏不露,故自己原來不知道德仲善詩。漢班固《答賓戲》:"又不聞和氏之璧,韞於荆石;隨侯之珠,藏於蚌蛤乎?歷世莫眂,不知其將含景曜、吐英精,曠千載而流光也。"

閏八月二十五日菊有黄花園中粲然奪目九日不憂無菊而憂無酒戲作〔一〕

年年九日憂無菊,今歲牀空未有糟〔二〕。世事何嘗似人意〔三〕?天公端解惱吾曹〔四〕。金龜解去瓶應滿〔五〕,玉液傾殘氣尚豪〔六〕。門外白衣還到否〔七〕?今時好事恐難遭〔八〕。

【箋注】

〔一〕作於大觀四年(一一一〇)閏八月二十五日。

〔二〕牀:即糟牀。榨酒的器具。参《記歲首鄉俗寄子瞻二首·踏青》注〔三〕。

〔三〕《晉書·羊祐傳》:"天下不如意,恒十居七八。"宋劉敞《依韻和永叔即席送擇之出守陝府》:"乃知人事不如意,自古十常有八九。"

〔四〕吾曹:猶我輩;我們。

〔五〕唐李白《對酒憶賀監二首序》:"太子賓客賀公,於長安紫極宫一見余,呼余爲'謫仙人',因解金龜,换酒爲樂。"清王琦注:"金龜蓋是所佩雜玩之類,非武后朝内外官所佩之金龜。"

〔六〕玉液:喻美酒。

〔七〕白衣:指送酒的吏人。南朝宋檀道鸞《續晉陽秋·恭帝》:"王宏爲江州刺史,陶潛九月九日無酒,於宅邊東籬下菊叢中摘盈把,坐其側。未幾,望見一白衣人至,乃刺史王宏送酒也。即便就酌而後歸。"李白《九日登山》:"因招白衣人,笑酌黄花菊。"蘇軾《有以官法酒見餉者求述古爲移廚飲湖上》:"喜逢門外白衣人,欲鱠湖中赤玉鱗。"

〔八〕遭:逢,遇到。

九日三首〔一〕

其一

瓢尊空挂壁,九日若爲歡〔二〕? 白髮逃無計,黄花開已闌〔三〕。酒慳慚對客〔四〕,風起任①飄冠〔五〕。賴有陶翁伴〔六〕,貧居得自寬〔七〕。

【校記】

①起任:宋建本作"任若",誤。

【箋注】

〔一〕作於大觀四年(一一一〇)九月九日。

〔二〕“瓢尊”二句：謂家中無酒，何以爲歡。參《次韻子瞻夜坐》注〔四〕。

〔三〕“白髮”二句：謂人無法逃避衰老，又一年菊花將敗。闌：將盡；將完。

〔四〕慳（qiān）：不多。

〔五〕用東晉孟嘉九月九日游龍山風吹帽落事。見《次韻柳見答》注〔六〕。

〔六〕陶翁：即陶潛。陶有“采菊東籬下，悠然見南山”語。

〔七〕貧居：謂窮居困處。自寬：自我寬慰。

其二

解衣换村酒〔一〕，酒薄不須嫌〔二〕。節到勿空過〔三〕，杯行且强拈〔四〕。得閑身尚健，適意事難兼。醉卧南窗日，誰知酸與甜〔五〕？

【箋注】

〔一〕唐杜荀鶴《送姚庭珪》：“脱衣將换酒，對酌話何之。”

〔二〕不須：不用；不必。

〔三〕空過：虚度。唐林寬《少年行》：“白日莫空過，青春不再來。”

〔四〕杯行：沿座行酒，此謂飲酒。漢王粲《公讌》：“合坐同所樂，但愬杯行遲。”强拈：勉强捏持（酒杯）。

〔五〕晉陶潛《問來使》：“我屋南窗下，今生幾叢菊。”

其三

幼子淮西客〔一〕，雙壺思老人〔二〕。遠來經醖淡〔三〕，細酌喜清醇〔四〕。飲罷遥憐汝，歸來早及春。南齋昔未有，餘似舊時貧〔五〕。

【箋注】

〔一〕見《送遜監淮西酒并示諸任二首》。

〔二〕謂遜帶回好酒。宋文瑩《湘山野録》卷下：“生（饒竦）少與劉史館相公沖之有素，時劉相館職知衡州，生假道封下，因謁之。公覩名紙，已顣頞不悦，生趨前亟曰：‘某此行有少急幹，不可暫緩，行李已出南關，又不敢望旌麾潛過，須一拜見，但乞一飯而去。’公既聞不肯少留，遂開懷待之。問曰：‘途中無闕否？’生曰：‘並無，惟乏好酒爾。’遂贈佳醖一擔。拜别，鞭馬遂行，公頗幸其去。至耒陽，密覘其令譽不甚謹，遽謁之曰：‘知郡學士甚託致意，有雙壺，乃兵廚精醞，仗某携至奉贈，請具書謝之。’其令聞以書爲謝，必非誑詐；又幸其以酒令故人送至，其勢可持，大喜之。急戒刻木，數刻間，醵金半鍰贐之，瞥然遂去。後數日，劉公得謝醞書方寤，寤已噬臍矣。”按，此事頗傳于士大夫間，兹後雙壺即爲贈酒常典。舉數例。宋梅堯臣《永叔贈酒》：“窮臘忽可怪，雙壺故人傳。”《雪中廖宣城寄酒》：“宣城太守閔窮旅，雙壺貯醞兵吏頒。”蘇軾《與朱康叔十七首》之一：“珍惠雙壺，遂與子由累醉，公之德也。”宋黄庭堅《次韻伯氏謝安石塘蓮花酒》：“王孫欲遣雙壺到，如入醉鄉三月春。”

〔三〕謂從水路來。《文選·馬融〈長笛賦〉》：“顩淡滂流，碓投瀺穴。”唐李善注：“顩淡，水摇盪貌。”

〔四〕細酌：仔細品嘗。清醇：清净純正。三國魏嵇康《琴賦》：“蘭殽兼御，旨酒清醇。”

〔五〕謂一切依舊，只是新建了南齋。唐朱慶餘《題章正字道正新居》：“獨在御樓南畔住，生涯還似舊時貧。”

戲題三絶〔一〕

其一

懊惱嘉榮白髮年〔二〕，逢人依舊唱《陽關》〔三〕。渭城朝雨今誰聽〔四〕？研鼓跳踉一破顔〔五〕。

【箋注】

〔一〕作於大觀四年（一一一〇）冬。第一首“研鼓跳踉一破顔”是看民間雜戲，雜戲一般是在冬閑或春初農事已畢或未始時。依原編次第，繫于冬。此以米嘉榮自況，亦懷舊傷時之嘆。

〔二〕唐劉禹錫《與歌者米嘉榮》：“唱得梁州意外聲，舊人唯數米嘉榮。近來時世輕先輩，好染髭鬚事後生。”嘉榮：指唐代音樂家米嘉榮。參《李公麟陽關圖二絶》之一注〔三〕。

〔三〕王維《送元二使安西》中有“西出陽關無故人”句，宋郭茂倩《樂府詩集》以爲“《渭城》《陽關》之名，蓋因辭云”。陽關：古關名。見《次韻子瞻送楊傑主客奉詔同高麗僧游錢塘》注〔七〕。此代指王維《送元二使安西》詩。

〔四〕謂自己賦詩而無知音者。

〔五〕此言時人欣賞的是下里巴人的東西。砑鼓：宋時百戲之一。宋洪邁《夷堅丁志・胡道士》：“胡五者，宜黄細民，每鄉社聚戲作砑鼓時則爲道士，故目爲胡道士。”宋孟元老《東京夢華録・六月六日崔府君生日二十四日神保觀神生日》：“自早呈拽百戲，如上竿、趯弄、跳索……叫果子、學像生、倬刀、裝鬼、砑鼓、牌棒、道術之類，色色有之。”跳踉：跳躍。破顔：露出笑容。

其二

謝傅淒涼已老年，胡琴羌笛怨遺賢。使君於此雖不俗，挽斷髭鬚誰見憐〔一〕？

【箋注】

〔一〕《晉書・桓伊傳》：“及孝武末年，嗜酒好内，而會稽王道子昏誾尤甚，惟狎昵諂邪，於是國寶讒諛之計稍行於主相之間。而好利險詖之徒，以安功名盛極，而構會之，嫌隙遂成。帝召伊飲讌，安侍坐。帝命伊吹笛。伊神色無迕，即吹爲一弄，乃放笛云：‘臣於箏分乃不及笛，然自足以韻合歌管，請以箏歌，并請一吹笛人。’帝善其調達，乃敕御妓奏笛。伊又云：‘御府人於臣必自不合，臣有一奴，善相便串。’帝彌賞其放率，乃許召之。奴既吹笛，伊便撫箏而歌《怨詩》曰：‘爲君既不易，爲臣良獨難。忠信事不顯，乃有見疑患。周旦佐文武，《金縢》功不刊，推心輔王政，二叔反流言。’聲節慷慨，俯仰可觀。安泣下沾衿，乃越席而就之，捋其鬚曰：‘使君於此不凡。’帝甚有愧色。”謝傅：即謝安：見《王仲儀尚書挽詞》注〔三〕。胡琴：古樂器名。古代泛稱來自北方和西北各族的撥弦樂器。此指箏。羌笛：古代的管樂器。長二尺四寸，三孔或四孔。因出於羌中，故名。唐王之涣《涼州詞》之一：“羌笛何須怨楊柳，春風不度玉門關。”宋沈括《夢溪筆談・樂律》：“笛有雅笛，有羌笛，其形制所始，舊説皆不同。”按，此亦以謝安自況。

其三

遍地花鈿嘆①百年，蒼顔白髮意淒然〔一〕。回頭笑指此郎子，破賊將來知有天〔二〕。

【校記】

①嘆：叢刊本作"歎"，誤。

【箋注】

〔一〕"遍地"二句：慨嘆唐代自玄宗後百年衰落。唐白居易《長恨歌》："花鈿委地無人收，翠翹金雀玉搔頭。君王掩面救不得，回看血淚相和流。"按，唐玄宗安史之亂奔蜀，百餘年後僖宗因黄巢之亂再奔蜀，情形略似。

〔二〕"回頭"二句：宋孫光憲《北夢瑣言》卷四："唐黄巢犯闕，僖宗幸蜀，張相國濬白身未有名第，時在河中永樂莊居。里有一道士，或麻衣，或羽帔，不可親狎。一日，張在村路前行，後有唤'張三十四郎，駕前待爾破賊'。回顧，乃是此道士。相國曰：'某一布衣耳，何階緣而能破賊乎？'道士勉其入蜀，適遇相國聖善疾苦，未果南行。道者乃遺兩粒丹曰：'服此可十年無恙。'相國得藥奉親，所疾痊復。後歷登台輔，道者亦不復見。破賊之説，何其驗哉！"按，晚唐張濬，善大言，喜弄兵，學縱横術，嘗自比謝安、裴度，僖宗奔蜀，得幸，進諫議大夫，後得昭宗寵幸，討伐李克用，大敗，唐軍自此愈弱。後爲朱全忠所殺。《新唐書·張濬傳》贊云："濬以亂止亂，悖繆厥心，悲夫！"按，蘇轍譏笑張濬弄兵實際上加速了唐王朝的滅亡。蘇轍此詩，實有所隱射，蓋徽宗立，蔡京童貫狼狽爲奸，專權弄兵。參《宋史·童貫傳》。蘇轍之嘆，可謂遠見卓識，宋朝之亡，實多因此。《宋史·徽宗紀》："及童貫用事，又佳兵勤遠，稔禍速亂，他日國破身辱，遂與石晉重貴同科，豈得諉諸數哉？"有天：猶言有時，有日。

木冰〔一〕

老病不眠知夜寒，晨興薄冰滿庭前。枯榆老柳變精妍，細梢如苗粗如椽〔二〕。風敲碎玉落紛然〔三〕，冰裹槲葉誰雕鎸〔四〕？鄰家父老呼東垣〔五〕,欲沽官酒囊無錢。我亦①强起試一觀〔六〕,樹稼不見今十年〔七〕。

【校記】

①亦:原作“有”,據宋建本、蜀藩刻本改。

【箋注】

〔一〕作於大觀四年(一一一〇)冬。從木冰可知。木冰:雨雪霜沾附于樹木遇寒而凝結成冰。《春秋·成公十六年》:“王正月,雨木冰。”晉杜預注:“記寒過節,冰封著樹。”

〔二〕“枯榆”二句:謂樹木因冰凌變得精緻漂亮。

〔三〕碎玉:喻碎冰。

〔四〕唐李賀《高平縣東私路》:“侵侵槲葉香,木花滯寒雨。”

〔五〕謂鄰父叫自己起來觀賞奇景。東垣:唐代稱門下省爲東垣。蘇轍嘗官門下侍郎。故云。

〔六〕强起:勉强起床。宋王安石《强起》:“推枕欲强起,問知星正明。”

〔七〕樹稼:即樹介。嚴寒時節,樹上霜雪霧露凝凍成冰,狀如著介冑故稱。《舊唐書·讓皇帝憲傳》:“[開元]二十九年冬,京城寒甚,凝霜封樹,時學者以爲《春秋》‘雨木冰’即此是,亦名樹介,言其象介冑也。憲見而歎曰:‘此俗謂樹稼者也。諺曰:樹稼,達官怕。必有大臣當之,吾其死矣。’”

夜坐〔一〕

少年讀書目力耗〔二〕,老怯燈光睡常早。一陽未復夜正長〔三〕,城上鼓聲寒考考〔四〕。老僧勸我習禪定〔五〕,跏趺正坐推不倒〔六〕。一心無著徐自静〔七〕,六塵消盡何曾掃〔八〕?湛然已似須陀洹〔九〕,久爾不負瞿曇老〔一〇〕。回看塵勞但微笑〔一一〕,欲度群迷先自了〔一二〕。平生誤與道士游,妄意交梨求火棗〔一三〕。知有毗盧一徑通〔一四〕,信脚直前無別巧〔一五〕。

【箋注】

〔一〕作於大觀四年(一一一〇)冬。從“一陽未復”“寒考考”可知。詩“平生誤與道士游”云云,知蘇轍已一心向佛了。

〔二〕目力:視力。

〔三〕一陽:即冬至。曹植《冬至獻襪頌表》:“千載昌期,一陽嘉節,四方交泰,萬物昭蘇。”按,冬至日當天夜最長。

〔四〕考考:擊鼓聲。唐韓愈《鄆州谿堂詩》:“既歌以舞,其鼓考考。”

〔五〕禪定:佛教禪宗修行方法之一。參《少林寺贈頓起》注〔四〕。

〔六〕跏趺:見《畫文殊普賢》注〔二〕。

〔七〕無著:佛教語。無所執著。

〔八〕六塵:見《次遠韻齒痛》注〔二〕。

〔九〕須陀洹:佛教語。意譯爲“預流”“入流”。入流者,初入聖道之義。

〔一〇〕瞿曇:釋迦牟尼的姓。參《東方書生行》注〔八〕。

〔一一〕塵勞:佛教徒謂世俗事務的煩惱。《無量壽經》卷上:“散諸塵勞,壞諸欲塹。”

〔一二〕度:渡過之意。指從此處渡經生死迷惑之大海,而到達覺悟之彼岸。群迷:許多迷惑之衆生。《觀經玄義分》:“不謂群迷性隔,樂欲不同。雖無一實之機,等有五乘之用。”自了:自己明白。

〔一三〕“平生”二句:謂自己對虚妄修仙之事有所醒悟。參《張公生日》注〔一八〕。

〔一四〕毗盧:佛名。毗盧舍那之省稱。即大日如來。爲密教供奉之本尊與最上根本佛。

〔一五〕信腳:隨意前行。唐白居易《野行》:“仰頭聽鳥立,信腳望花行。”

老史〔一〕

口食陽翟粟,身衣陽穀絲〔二〕。二物不相即〔三〕,飽暖常不時〔四〕。老史知我窮,一歲一奔馳。方暑勸脂車,苦寒伺來歸〔五〕。嗟我垂老年,未免憂寒飢。老史甚忠信〔六〕,但恨性重遲〔七〕。事我三十年，閔閔不相離〔八〕。我門了無求，辛苦終不辭。平生金石交，至此或已携〔九〕。老史未易得，試復養其兒〔一〇〕。

【箋注】

〔一〕作於大觀四年（一一一〇）。老史：當是一史姓僕役，蘇轍妻姓史，當是其隨嫁蘇家的奴僕。因其老而忠誠，故尊稱之。

〔二〕"口食"二句：謂衣食皆仰仗于潁州新置田産。陽翟：今河南禹州市，相傳爲大禹出生地。蘇轍時買田于此。蘇軾《次韻高要令劉湜峽山寺見寄》"嵩山三十六"自注："子由近買田陽翟，北望嵩山甚近。"陽穀：當是陽穀谷的略稱。《通志·地理略》："穀水出澠池縣陽穀谷，東南至河南入洛。"按，陽穀産絲，不詳，待考。

〔三〕《論衡·自然》："天者，普施氣萬物之中，穀愈飢而絲麻救寒，故人食穀衣絲麻也。夫天之不故生五穀絲麻以衣食人，由其有災變不欲以譴告人也。"相即：相就。《詩·衛風·氓》："匪來貿絲，來即我謀。"鄭箋："即，就也。"

〔四〕謂饑寒隨時可能産生。不時：隨時；臨時。

〔五〕"方暑"二句：謂無論寒暑，老史對其照顧有加。脂車：油塗車軸，以利運轉。借指駕車出行。參《四十一歲歲莫日歌》注〔三〕。來歸：前來饋送。歸，通"饋"。

〔六〕忠信：忠誠信實。

〔七〕重遲：遲鈍；遲緩。《漢書·杜周傳》："周少言重遲，而内深次骨。"唐顔師古注："遲謂性非敏速也。"

〔八〕閔閔：關切貌。

〔九〕"平生"二句：謂過去的至交，而今有的已如路人了。金石交：《漢書·韓信傳》："今足下雖自以爲與漢王爲金石交，然終爲漢王所禽矣。"携：離心；離散。

〔一〇〕謂當照顧好老史的兒子。

臘雪次遲韻〔一〕

冬儲久未辦〔二〕，佳雪爲人留。穀豆入高廩〔三〕，薪蒸轉十①輈〔四〕。

紛紛了歲事〔五〕,閔閔念農疇〔六〕。家有二頃田,一頃種來牟[②]〔七〕。風聲夜中變,飛霰曉來休〔八〕。粗畢今歲寒,復免來年[③]憂。天公知人心,未禱得所求。傾瓢有遺酌,起和田中謳。

【校記】

①十:宋建本、蜀藩刻本、叢刊本作"千",不可能千輈之多,誤。

②來牟:原本作"米辨",不辭,據叢刊本改。

③來年:宋建本、叢刊本作"來歲"。

【箋注】

〔一〕作於大觀四年(一一一〇)冬。

〔二〕冬儲:謂冬天備辦的衣食之類。

〔三〕《詩·周頌·豐年》:"豐年多黍多稌,亦有高廩,萬億及秭。"毛傳:"廩,所以藏齍盛之穗也。"

〔四〕薪蒸:薪柴。《周禮·天官·甸師》:"帥其徒以薪蒸役外内饔之事。"清孫詒讓正義:"薪蒸即薪柴也。"轉:車運;轉運。輈(zhōu):車。

〔五〕歲事:指一年的事務。《尚書大傳》卷五:"耰鉏已藏,祈樂已入,歲事已畢,餘子皆入學。"

〔六〕閔閔:憂愁貌。《左傳·昭公三十二年》:"余一人無日忘之,閔閔焉如農夫之望歲,懼以待時。"晉杜預注:"閔閔,憂貌。"農疇:猶農田。按,此謂惦念冬麥。

〔七〕來牟:古時大小麥的統稱。《詩·周頌·思文》:"貽我來牟,帝命率育。"宋朱熹集傳:"來,小麥。牟,大麥。"

〔八〕"風聲"二句:謂夜半風起雪落,早晨雪停。夜中:夜半。曉來:天亮時。飛霰:飛雪。

小雪〔一〕

小雪僅能消膈熱,苦寒偏解惱衰翁〔二〕。年豐誰使百物貴?心浄要令萬事空〔三〕。老去禪功深自覺〔四〕,生來滯運與人同〔五〕。閑中未斷生靈念〔六〕,清夜焚香處處通〔七〕。

【箋注】

〔一〕作於大觀四年(一一一〇)冬。

〔二〕解:能夠;會。晉陶潛《九日閒居》:"酒能祛百慮,菊解制頹齡。"

〔三〕唐王維《酬張少府》:"老來唯好静,萬事不關心。"

〔四〕唐白居易《歲暮道情二首》之二:"禪功自見無人覺,合是愁時亦不愁。"

〔五〕唐韓愈《進學解》:"命與仇謀,取敗幾時。"滯運:坎坷的命運。

〔六〕生靈:人民;百姓。

〔七〕謂夜裏焚香禱告上天福祐蒼生。

土牛〔一〕

天①地非不仁,萬物自芻狗〔二〕。土牛適成象〔三〕,逡巡見屠剖〔四〕。田家挽雙角,歸理繅絲釜。生無負重力,死作初耕候〔五〕。碎身本②不辭,及物稍無負。君看劉表牛,豈脱曹公手〔六〕?

【校記】

①天:叢刊本作"大",誤。

②本:宋建本、蜀藩刻本、叢刊本作"初"。

【箋注】

〔一〕作於大觀四年(一一一〇)冬末。土牛:用泥土摶製的牛。古代在農曆十二月出土牛以除陰氣。後來,立春時造土牛以勸農耕,象徵春耕開始。《禮記·月令》:"[季冬之月]命有司大難,旁磔,出土牛,以送寒氣。"鄭玄注:"土牛者,丑爲牛,牛可牽止也。"清孫希旦集解:"出土牛者,牛爲土畜,又以作之,土能勝水,故於旁磔之時,出之於九門之外,以禳除陰氣也。"《後漢書·禮儀志上》:"立春之日,夜漏未盡五刻,京師百官皆衣青衣,郡國縣道官下至斗食令史,皆服青幘,立青幡,施土牛耕人於門外,以示兆民,至立夏。"

〔二〕《老子》第五章:"天地不仁,以萬物爲芻狗;聖人不仁,以百姓爲芻狗。”

〔三〕成象:猶言成形。

〔四〕逡巡:頃刻。見:被。屠剖:即注一“旁磔”之意。

〔五〕“生無”二句:謂牛活著時已老羸無力,死了還作爲開始耕作的象徵。

〔六〕“君看”二句:《世説新語·輕詆》:“桓公入洛,過淮泗,踐北境,與諸僚屬登平乘樓,眺矚中原,慨然曰:‘遂使神州陸沈,百年丘墟,王夷甫諸人不得不任其責!’袁虎率爾對曰:‘運自有廢興,豈必諸人之過?’桓公懍然作色,顧謂四坐曰:‘諸君頗聞劉景升不?有大牛重千斤,噉芻豆十倍於常牛,負重致遠,曾不若一羸牸。魏武入荆州,烹以饗士卒,于時莫不稱快。’意以況袁。四坐既駭,袁亦失色。”

除夜二首〔一〕

其一

年年賦除夜,一賦一①衰殘〔二〕。家有三斗釀〔三〕,春餘半月寒。雞豚不改舊,鄰里自相歡。元日應無客,蕭然不著冠。

【校記】

①一:叢刊本作“二”,誤。

【箋注】

〔一〕作於大觀四年(一一一〇)十二月除夜。

〔二〕衰殘:猶衰老。

〔三〕釀:酒。《世説新語·賞譽》:“劉尹云:‘見何次道飲酒,使人欲傾家釀。’”

其二

七十三年客,相從尚幾年〔一〕?西方他日事〔二〕,東魯一經傳〔三〕。

漸解平生縛，初安半夜禪〔四〕。紛紛爭奪際，何意此心全〔五〕。

【箋注】

〔一〕“七十”二句：謂自己來日無多了。

〔二〕西方：本指西方净土。佛教所謂西方極樂世界。佛教徒認爲居住在這裹，就可獲得一切歡樂，擺脱人間一切苦惱。《佛説阿彌陀經》卷一：“從是西方，過十萬億佛土，有世界名曰極樂……其國衆生，無有衆苦，但受諸樂，故名極樂。”

〔三〕謂孔子在魯國傳經。孔子爲春秋魯人，故稱。按，此謂孔子七十三歲去世，留《論語》傳世。

〔四〕“漸解”二句：謂自己對世俗之事已然看開，只安心禪理。

〔五〕“爭奪”二句：謂世俗的無謂紛爭，已無心掛礙。

遺老齋南一柏雙幹昔歲坐堂上僅可見也今出屋已尺餘偶賦〔一〕

翠柏擢雙幹〔二〕，冉冉出屋危〔三〕。柏長雖云喜，我老亦可知。苦寒不改色，烈風終自持〔四〕。門閑斷來客，相對不相欺〔五〕。

【箋注】

〔一〕作於政和元年（一一一一）春初。從“苦寒”“烈風”知天尚寒冷。

〔二〕擢：出；聳出。《文選·張衡〈西京賦〉》：“徑百常而莖擢。”三國吴薛綜注：“擢，獨出貌也。”

〔三〕危：高；高聳。《國語·晉語八》：“拱木不生危，松柏不生埤。”漢高誘注：“危，高險也。”

〔四〕烈風：暴風；疾風。《書·舜典》：“納於大麓，烈風雷雨弗迷。”唐孔穎達疏：“烈風是猛疾之風。”自持：自守。

〔五〕蘇軾《王復秀才所居雙檜二首》之一：“凜然相對敢相欺，直幹凌空未要奇。”

正月十六日〔一〕

上元已過欲收燈〔二〕，城郭游人一倍增。陌上紅塵霏似霧，雲間明月冷如冰。誰言世上驅馳客，老作庵中寂定僧〔三〕。漏水半消燈火冷〔四〕，長空無滓色澄澄〔五〕。

【箋注】

〔一〕作於政和元年（一一一一）正月十六日。

〔二〕收燈：舊俗農曆正月十五爲燈節，正月十三日謂上燈，正月十八日謂收燈。

〔三〕"誰言"二句：謂誰也料不到自己如此大的落差。驅馳客：辛苦奔走的人，此謂自己。寂定：佛家謂心不馳散，保持安静不動的精神狀態。《百喻經》卷四："佛正法寂定，明照於世間。"

〔四〕謂夜已深。蘇軾《除夜病中贈段屯田》："蕭條燈火冷，寒夜何時旦。"

〔五〕《世説新語·言語》："司馬太傅齋中夜坐，于時天月明淨，都無纖翳，太傅歎以爲佳。謝景重在坐，答曰：'意謂乃不如微雲點綴。'太傅因戲謝曰：'卿居心不淨，乃復强欲滓穢太清邪！'"澄澄：清澈明潔貌。

七十三歲作〔一〕

一生有志恨無才〔二〕，久爾蕭蕭白髮催〔三〕。力學當年真①自信，初心到此未應回〔四〕。舊人化去渾無幾〔五〕，新障重生撥不開〔六〕。七十三年還住否？獲麟後事轉難裁〔七〕。

【校記】

①真：叢刊本作"貞"，形近而誤，後此類不再出校。

【箋注】

〔一〕作於政和元年（一一一一）二月二十日。

〔二〕《後漢書·孔融傳》:"融負其高氣,志在靖難,而才疏意廣,迄無成功。"

〔三〕唐李白《對酒》:"昨日朱顔子,今日白髮催。"

〔四〕"力學"二句:謂年青時就矢志讀書著述,到老初心不改。

〔五〕蘇軾《次韻子由病酒肺疾發》:"舊人眼看盡,老伴餘幾個。"

〔六〕蘇軾《有美堂暴雨》:"遊人腳底一聲雷,滿座頑雲撥不開。"障:佛教語。煩惱之異名。煩惱能障礙聖道,故名障。

〔七〕獲麟:見《和子瞻和陶雜詩十一首》之八注〔五〕。按,孔子七十三歲而逝且蘇轍有《春秋集解》,故轍有此感慨。

春旱彌月郡人取水邢山二月五日水入城而雨〔一〕

春旱時聞孽火然〔二〕,邢山龍老不安眠〔三〕。麥生三寸未覆壟,雨過一犁初及泉〔四〕。深愧貧民飢欲死〔五〕,可憐肉食坐稱賢〔六〕。南齋遺老知尤幸〔七〕,湯餅黄齏又一年〔八〕。

【箋注】

〔一〕作於政和元年(一一一一)二月五日。

〔二〕孽火:因天旱引起的山火。然:後來寫作"燃"。

〔三〕見《久旱府中取虎頭骨投邢山潭水得雨戲作》注〔一〕。

〔四〕謂落了透雨。一犁:雨已浸透土壤有一犁深,即犁田時不見乾土。

〔五〕《漢書·東方朔傳》:"臣朔生亦言,死亦言,朱儒長三尺餘,奉一囊粟,錢二百四十;臣朔長九尺餘,亦奉一囊粟,錢二百四十。朱儒飽欲死,臣朔飢欲死。臣言可用,幸異其禮;不可用罷之,無令但索長安米。"

〔六〕可憐:可恨,可悲。肉食:見《書郭熙橫卷》注〔三〕。

〔七〕南齋遺老:皆爲蘇轍齋名,此指自己。

〔八〕湯餅:水煮的麵食。黄齏:鹹醃菜。

龍川道士〔一〕廖有象

昔我遷龍川〔二〕,不見平生人〔三〕。傾囊買破屋〔四〕,風雨庇病身〔五〕。頎然一道士〔六〕，野鶴墮雞群〔七〕。飛鳴閭巷中，稍與季子親〔八〕。剌口問生事〔九〕，褰裳觀運斤〔一〇〕。俯仰忽三年〔一一〕，愈久意愈真。送我出重嶺〔一二〕，長揖清江濱〔一三〕。方營玉皇宫，棟宇期一新〔一四〕。成功十年後〔一五〕，脱身走中原〔一六〕。見公心自足，徒步非我勤。我歸客箕潁，晝日長掩關〔一七〕。僕夫忽告我，門有萬里賓〔一八〕。問其所從來，笑指南天雲。心知故人到，驚喜不食言〔一九〕。我老益不堪，惟有二頃田。年年種麥禾，僅能免飢寒。君來亦何爲？助我耕且耘。嗟古或有是，今世非所聞〔二〇〕。

【箋注】

〔一〕作於政和元年（一一一一）。廖有象：從詩可知，其人在龍川爲一道觀觀主，且有弟子若干。初與蘇遜有交，後頗爲蘇轍家生事效力。兩詩對廖的真誠幫助十分感激，亦對廖之浪跡天下有所規勸。餘不詳。俟考。

〔二〕蘇轍紹聖五年（一〇九八）移循州（龍川）安置。

〔三〕平生：舊交；老交情。

〔四〕傾囊：盡出所有。

〔五〕病身：體弱多病之身。唐白居易《彭蠡湖晚歸》："何必爲遷客，無勞是病身。"

〔六〕頎然：風姿挺秀貌。蘇軾《送晁美叔發運右司年兄赴闕》："君來扣門如有求，頎然鶴骨清而修。"

〔七〕《世説新語・容止》："有人語王戎曰：'嵇延祖卓卓如野鶴之在雞群。'答曰：'君未見其父耳！'"

〔八〕謂與蘇遜往來。季子：幼子。指轍三子蘇遜。

〔九〕剌（là）口：多言多語。韓愈《寄盧仝》："彼皆剌口論世事，有力未免遭驅使。"生事：猶生計。

〔一〇〕謂撩起衣襟學習勞作。褰裳：撩起下裳。《詩・鄭風・褰裳》："子惠思我，褰裳涉溱。"運斤：揮動斧頭砍削。

〔一一〕俯仰：謂周旋勞作。三國魏阮籍《詠懷》之三十二："去此若俯仰，如何似九秋？"

〔一二〕重嶺：重疊起伏的山嶺。按，此謂元符三年（一一〇〇），哲宗崩，徽宗大赦天下，轍由循州北歸。

〔一三〕長揖：拱手高舉，自上而下行禮。《漢書・高帝紀上》："沛公方踞牀，使兩女子洗。酈生不拜，長揖曰：'足下必欲誅無道秦，不宜踞見長者。'"唐顔師古注："長揖者，手自上而極下。"按，此謂送别。

〔一四〕"方營"二句：謂廖有象正修建玉皇宫。

〔一五〕此謂玉皇宫營建完成。

〔一六〕脱身：抽身擺脱。

〔一七〕掩關：關門。白居易《長安閒居》："風竹松煙晝掩關，意中長似在深山。"

〔一八〕三國魏曹植《門有萬里客行》："門有萬里客，問君何鄉人。"

〔一九〕食言：言已出而又吞没之。謂言而無信。《書・湯誓》："爾無不信，朕不食言。"孔傳："食盡其言，僞不實。"按，此謂上文"成功十年後，脱身走中原"之約。

〔二〇〕"我老"八句：謂自己年老，貧寒不能自給，廖前來幫助自己耕耘。這種情誼世所少見。

重贈〔一〕

出家無復家，視身等雲浮〔二〕。東西隨風行，忽然遍九州。君居龍川城，築室星一周。屋瓦如翬飛〔三〕，象設具冕旒〔四〕。弟子五六人，門徒散林丘〔五〕。本爲百年計，自可一世留。胡爲不復顧？脱去如弊裘。萬里一藤杖，來從故人游。故人病老翁，輕重恐未酬。疑君了心法〔六〕，萬物皆浮漚〔七〕。去彼非有嫌，來此亦無求。是心摩尼珠，不受篋笥收〔八〕。故人感君意，一言還信不？遠行不爲此，浪走非良謀〔九〕。

【箋注】

〔一〕作於政和元年（一一一一）。

〔二〕唐杜甫《别贊上人》:"是身如浮雲,安可限南北。"

〔三〕翬飛:謂如彩鳥飛翔。語本《詩·小雅·斯干》:"如翬斯飛。"宋朱熹集傳:"其簷阿華采而軒翔,如翬之飛而矯其翼也。"後因以"翬飛"形容宫室的高峻壯麗。翬,五彩山雞。《詩·小雅·斯干》鄭箋:"伊洛而南,素質,五色皆備成章,曰翬。翬者,鳥之奇異者也。"

〔四〕象設:原指佛像。《文選·王屮〈頭陀寺碑文〉》:"象設既闢,晬容已安。"唐吕向注:"象,謂佛之形象也。"此處指道教造像。

〔五〕門徒:弟子;徒弟。

〔六〕謂廖修道有所得。

〔七〕唐李遠《題僧院》:"百年如過鳥,萬事盡浮漚。"

〔八〕"是心"二句:謂自己已皈依佛教,不再爲世俗所左右。摩尼珠:佛教寶珠。此喻有清净心。唐杜甫《贈蜀僧閭丘師兄》:"惟有摩尼珠,可照濁水源。"

〔九〕"故人"四句:謂自己勸誡廖不要再四處奔波,可安心修道。浪走:四處奔走;胡亂奔走。蘇軾《送安惇秀才失解西歸》:"萬事早知皆有命,十年浪走寧非癡。"良謀:好主意。

食櫻笋二首〔一〕

其一

一旱經春草木焦,朱櫻結子獨盈條〔二〕。盤中宛轉明珠滑,舌上逡巡絳雪消〔三〕。仰嚙佳人露猶濕〔四〕,偷銜啼鳥語尤嬌〔五〕。南方荔子争先後,羞見炎風六月燒〔六〕。

【箋注】

〔一〕作於政和元年(一一一一)夏。從"一旱經春"可知。第二首以竹自喻,其間不無憤懣之意。

〔二〕"一旱"二句:謂春旱嚴重,而紅櫻桃確結子滿枝頭。

〔三〕"盤中"二句:謂櫻桃光亮圓潤,味道爽口鮮美。逡巡:徘徊不進。此謂將櫻桃含在口中。絳雪:本謂丹藥名。此形容櫻桃的顔色及爽滑。《漢武帝内傳》:"其次藥有丸丹、金液……元霜,絳雪。"唐孟郊《送蕭鍊師入四明山》:"絳雪爲我飯,白雲爲我田。"

〔四〕謂美人仰頭張口含食帶露的櫻桃。囁:含吮。

〔五〕謂啼鳥啄食櫻桃十分歡暢。

〔六〕"南方"二句:謂櫻桃先於荔枝成熟,不和荔枝争寵。

其二

林竹抽萌不忍挑〔一〕,誰家盈束伴晨樵。籜龍似欲號無罪〔二〕,食客安知惜後凋〔三〕。不願鹽梅調鼎味〔四〕,姑從律吕應《簫韶》〔五〕。林間老死雖無用,一試冬深雪到腰〔六〕。

【箋注】

〔一〕挑:挖;掘。《墨子·非儒下》:"挑鼠穴,探滌器。"

〔二〕籜(tuò)龍:竹笋。蘇軾《和文與可洋川園池三十首·篔簹谷》:"漢川修竹賤如蓬,斤斧何曾赦籜龍。"

〔三〕《論語·子罕》:"歲寒,然後知松柏之後凋也。"此借以指竹,竹亦冬不落葉。

〔四〕鹽梅:見《次韻門下劉侍郎直宿寄蘇左丞》注〔六〕。

〔五〕謂做成笛簫之類管樂器吹奏。韶:舜時樂曲名,盛美之至。《論語·述而》:"子在齊聞韶,三月不知肉味。"

〔六〕唐齊己《荆渚逢禪友》:"閑吟莫忘傳心祖,曾立階前雪到腰。"

西軒畫枯木怪石〔一〕

西軒素屏開白雲〔二〕,婆娑老桂依霜輪〔三〕。顧兔出走蟾蜍奔〔四〕,河漢卷海機石蹲①〔五〕。牽牛自載倚桂根〔六〕,清風颯然吹西②鄰〔七〕。東坡妙思傳子孫〔八〕,作詩彷佛追前人〔九〕。筆墨墮地稱奇珍,閉藏不聽落泥塵〔一〇〕。老人讀書眼病昏,一看落筆生精神。

【校記】

①蹲:叢刊本作"罇",誤。

②西:叢刊本、四庫本作"四"。

【箋注】

〔一〕作於政和元年(一一一一)。轍云"東坡妙思",而蘇過詩"豪端雖愧蜀兩孫"則爲謙遜語,可知當是蘇過所畫。

〔二〕素屏:白色的屏風。唐白居易《三謡·素屏謡》:"素屏素屏,孰爲乎不文不飾,不丹不青……吾不令加一點一畫於其上,欲爾保真而全白。"

〔三〕婆娑(suō):猶扶疏,紛披貌。霜輪:指月亮。唐陸龜蒙《中秋待月》:"轉缺霜輪上轉遲,好風偏似送佳期。"

〔四〕顧兔:見《守歲》注〔三〕。蟾蜍:《後漢書·天文志上》"言其時星辰之變"南朝梁劉昭注:"羿請無死之藥於西王母,姮娥竊之以奔月……姮娥遂託身於月,是爲蟾蠩。"

〔五〕機石:傳説中天上織女支織機之石。《事類賦·地部·石》注引南朝梁宋懔《荆楚歲時記》:"張騫尋河源,得一石,示東方朔。朔曰:'此是天上織女支機石。'"《太平御覽·天部八·漢》引《集林》曰:"昔有一人,尋河源見婦人浣紗以問之,曰:此天河也,乃與一石而歸,問嚴君平,云:'此織女支機石也。'"《藝文類聚·地部·石》:"《詠石》詩曰:'天漢支機罷,仙嶺博棋餘。零陵舊是燕,昆池本學魚。雲移蓮勢出,苔駮錦文疏。還當穀城下,別自解兵書。'"

〔六〕牽牛:即牛郎星。亦指牛郎織女神話傳説故事中的人物。《文選·曹植〈洛神賦〉》:"歎匏瓜之無匹兮,詠牽牛之獨處。"唐李善注引曹植《九詠》注:"牽牛爲夫,織女爲婦,織女牽牛之星,各處河鼓之旁,七月七日,乃得一會。"按,以上爲所畫故事。

〔七〕颯(sà)然:形容風聲。

〔八〕謂過畫得蘇軾畫神韻。妙思:精妙的構思。按,蘇軾亦善畫枯木,參下附孔詩。

〔九〕《欒城遺言》:"公曰:文郎作詩髣髴追前人,畫墨竹過李康年遠矣。"

〔一〇〕不聽：不許，不讓。泥塵：塵土。

附録　蘇過《次韻叔父題畫木石屏風》

老人萬事無心雲，年來道眼等卧輪。西軒坐閱車馬奔，垂天不展空鵬蹲。屏間怪石千年根，端爲先生來結鄰。豪端雖愧蜀兩孫，要非丹青閱世人。空山老幹不效珍，荆人異璞埋埃塵。幸此不遭世俗昏，棟梁圭瓚徒勞神。

孔武仲《子瞻畫枯木》

寒雲行空亂春華，西風凛凛空吹沙。夫子抱膝若喪魄，誰知巧思中萌芽。敗毫淡墨任揮染，蒼莽菌蠢移龍蛇。略增點綴已成就，止見枯木成槎枒。更無丹青相掩翳，惟有口鼻隨穿呀。往年江湖飽觀畫，或在山隈溪水涯。腹中空洞夜藏魅，巔頂突兀春無花。徑深最宜繫畫舸，日落時復停歸鴉。蘇公早與俗子偶，避世欲種東陵瓜。窺觀盡得物外趣，移向紙上無毫差。醉中遺落不秘惜，往往流傳藏人家。趙昌丹青最細膩，直與春色争豪華。公今好尚何太癖，曾載木車出岷巴。輕肥欲與世爲戒，未許木葉勝枯槎。萬物流形若泫露，百歲俄驚眼如車。樹猶如此不長久，人以何者堪矜誇。悠悠坐見死生境，但隨天機無損加。卻笑金城對宫柳，泫然流涕空咨嗟。

悟老住慧林〔一〕

能公住嶺南，貞①觀呼不起〔二〕。忠公客中禁，朝恩不爲累〔三〕。道人無浄穢，所遇忘嗔喜。悟公清浄人，心厭紛華地。慧林虚法席〔四〕，去有遲遲意。投身淤泥中，佛法何處是？引身山林間，過患差無幾。力小難自欺，心安似無愧。悟世常失人，違心輒喪己。徐行勿與較，乘流得坎止〔五〕。君看浄因揩，志以直自遂。殺身竟何益，犯難豈爲智〔六〕？去住本由天，毋求亦無避。相期明且哲，大雅亦如此〔七〕。

【校記】

①貞:原本、宋建本作“正”,當是沿襲宋人避仁宗嫌諱改,今回改。

【箋注】

〔一〕作於政和元年(一一一一)。悟老:即修顒禪師,字證悟,圓照禪師弟子。與富弼、歐陽脩、司馬光、蘇轍等均有交往。元豐五年圓照禪師被召爲慧林禪刹第一祖。《釋氏稽古略》卷四:“[圓照禪師]嗣天衣懷禪師。嗣師之法道者曰修顒、省聰、崇信、守一等。再傳如顒之有富鄭公弼,聰之有蘇黄門轍,信之有慈受禪師懷深。”《禪林寶訓音義》卷一:“丞相富弼,字彦國,河南府人。宋神宗拜爲鄭國公,又封韓國公,謚文忠定公。得法於投子修顒也。致仕洛陽,以書答蘇州圓照本禪師云:‘曾見顒師悟入深,因緣傳得老師心。東南謾説江山遠,目覩靈光演妙音。’”慧林:指京師之慧林禪院,在大相國寺内。其院前後多以名僧爲主持。從詩的内容看,似朝廷欲用修顒禪師爲慧林主持,修顒心有不願,蘇轍規勸其就任。

〔二〕“能公”二句:《舊唐書·方伎傳·僧神秀》附“慧能”:“神秀嘗奏則天,請追慧能赴都,慧能固辭。神秀又自作書重邀之,慧能謂使者曰:‘吾形貌短陋,北土見之,恐不敬吾法。又先師以吾南中有緣,亦不可違也。’竟不度嶺而死。”能公:即六祖慧能。見《次韻黄大臨秀才見寄》注〔七〕。按,貞觀爲唐太宗年號,此當是蘇轍一時誤記。

〔三〕“忠公”二句:忠公:即慧忠(六七五—七七五)。唐越州諸暨(今浙江諸暨市)人,俗家名冉虎茵,法名釋慧忠,世稱南陽慧忠國師,謚號大證禪師。《宋高僧傳·唐均州武當山慧忠傳》:“肅宗皇帝載定區夏,聞其德高,以上元二年正月十六日敕内給事孫朝進馹騎迎請。其手詔曰:‘皇帝信問,朕聞調御上乘以安中土,利他大士共濟群生。師以法鑒高懸,一音演説,藏開祕密,境入圓明,大悲不倦於津梁,至善必明於兼濟。尊雄付囑,實在朕躬。思與道安宣揚妙用,廣滋福潤,以及大千。傳罔象之玄珠,拔沉迷之毒箭。良緣斯在,勿以爲勞。杖錫而來,京師非遠。齋心已久,副朕虚懷。春寒,師得平安好!遣書指不多及。’忠常以道無不在,華野莫殊,遂高步入宫,引登正殿。霜杖初下,日照龍衣。天香以焚,風飄羽蓋。時忠驤首接武,神儀肅若。天子欽之,待以師禮。”又“忽疾將亟,國醫罔效。自知去辰,衆問後事。乃曰:‘佛有明教,依而行之,則無累矣,吾何言哉?’粤十年十二月九日子時右脅累足,泊然長往。所司聞奏,皇情憫焉。中使臨吊,賻贈甚厚。敕謚號曰大證禪師。”

〔四〕法席:佛教語。講解佛法的座席。亦泛指講解佛法的場所。

〔五〕漢賈誼《鵩鳥賦》:“乘流則逝,得坎則止;縱軀委命,不私與己。”唐顔師古注引孟康曰:“《易》坎爲險,遇險難而止也。”按此言隨緣自適。

〔六〕“君看”四句:謂不必像道揩禪師那樣招來禍患。浄因揩:即芙蓉道楷禪師。其爲宋左街十方浄因禪院禪師,得洞上之宗於投子山義青禪師,徽宗賜紫衣,固辭不受。帝怒,下之獄。後被放逐,庵於芙蓉湖上。因號芙蓉。政和八年寂。《五燈會元・投子青禪師法嗣・東京天寧芙蓉道楷禪師》:“大觀初,開封尹李孝壽奏師道行卓冠叢林。宜有褒顯,即賜紫方袍,號‘定照禪師’。内臣持敕命至,師謝恩竟,乃陳己志:‘出家時嘗有重誓,不爲利名,專誠學道,用資九族。苟渝願心,當棄身命。父母以此聽許,今若不守本志,竊冒寵光,則佛法親盟背矣。’於是修表具辭。復降旨京尹,堅俾受之。師確守不回,以拒命坐罪。奉旨下棘寺,與從輕。寺吏聞有司,欲徙淄州。有司曰有疾,與免刑,及吏問之。師曰:‘無疾。’曰:‘何有灸瘢邪?’師曰:‘昔者疾,今日愈。’吏令思之。師曰:‘已悉厚意,但妄非所安。’乃恬然就刑而行。從之者如歸市。及抵淄州,僦居,學者愈親。明年冬,敕令自便,庵於芙蓉湖心。”

〔七〕“相期”二句:《詩・大雅・烝民》:“既明且哲,以保其身。夙夜匪解,以事一人。”大雅:《文選・班固〈西都賦〉》:“大雅宏達,于兹爲群。”唐李善注:“大雅,謂有大雅之才者。《詩》有《大雅》,故以立稱焉。”

蠶麥〔一〕

春旱麥半熟,蠶收僅十分〔二〕。不憂無餅餌〔三〕,已幸有襦裙〔四〕。造化真憐汝,耕桑不謾勤。經過話關陝,貧病不堪聞〔五〕。

【箋注】

〔一〕作於政和元年(一一一一)夏。

〔二〕僅:幾乎;差不多。此謂蠶事豐收。

〔三〕餅餌:餅類食品的總稱。參《次韻子瞻記十月十六日所見》注〔一三〕。

〔四〕襦裙:上身穿的短衣和下身束的裙子,是宋代婦女通常的衣著。此泛指衣服。

〔五〕"經過"二句:謂路過的人説陝西地區受災嚴重。經過:路過(的人)。貧病:既窮且病。不堪:不忍。

北堂〔一〕

吾廬雖不華,粗有南北堂。通廊開十窗,爽氣來四方〔二〕。風長日氣遠〔三〕,六月有餘涼〔四〕。兒女避不居,留此奉爺娘〔五〕。爺娘髮如絲,不耐寒暑傷。單衣焦葛輕〔六〕,軟飯菘芥香〔七〕。無客恣臥起,有客羅壺觴〔八〕。今年得風痺〔九〕,摩膏沃椒湯〔一〇〕。念終捨此去,故山松柏蒼〔一一〕。此地亦何爲? 歲時但烝嘗〔一二〕。

【箋注】

〔一〕作於政和元年(一一一一)夏。

〔二〕爽氣:謂涼爽之氣。

〔三〕日氣:謂暑熱之氣。

〔四〕餘涼:充裕的涼蔭。

〔五〕爺娘:父母。古樂府《木蘭詩》:"旦辭爺孃去,暮宿黄河邊。"

〔六〕謂葛布衣服輕而涼快。焦葛:即蕉布。晉嵇含《南方草木狀·甘蕉》:"一種大如藕,子長六七寸,形正方,少甘,最下也,其莖解散如絲,以灰練之,可紡績爲絺綌,謂之蕉葛。"

〔七〕謂菜肴可口。菘芥:菘菜和芥菜。此以菘芥泛指菜肴。

〔八〕"無客"二句:謂没有客人時隨意起卧,來客人時盡情飲酒,言其悠閒。羅:陳列。唐杜甫《贈衛八處士》:"問答未及已,驅兒羅酒漿。"

〔九〕風痺:中醫學指因風寒濕侵襲而引起的肢節疼痛或麻木的病癥。《靈樞經·壽夭剛柔》:"病在陽者命曰風病,在陰者命曰痺病,陰陽俱病,命曰風痺病。"

〔一〇〕因風痺而塗藥並用花椒水浸洗。按,花椒水可除濕去寒。

〔一一〕"念終"二句:希望自己能歸葬故里。

〔一二〕"此地"二句:謂自己死後子孫當逢年過節祭奠自己。參《將移績溪令》注〔七〕。

秋稼①〔一〕

雨晴秋稼如雲屯,豆没雞兔禾没人〔二〕。老農歡笑語行路,十年儉薄無今晨〔三〕。無風無雨更一月,藜羹黍飯供四鄰。天公似許百姓足,人事未可一二論〔四〕。窮邊逃卒到處滿,燒場入室才逡巡〔五〕。縣符星火雜鞭棰,解衣乞與猶怒嗔〔六〕。我願人心似天意,愛惜老弱憐孤貧〔七〕。古來堯舜知有否?詩書到此皆空文〔八〕。

【校記】

①稼:原作"旅",據宋建本、蜀藩本改。

【箋注】

〔一〕作於政和元年(一一一一)秋。秋稼:秋季的莊稼。唐劉禹錫《太和戊申歲大有年詔賜百僚出城觀秋稼》:"長安銅雀鳴,秋稼與雲平。"

〔二〕"雨晴"二句:謂秋天莊稼豐收,豆禾長勢喜人。雲屯:如雲之聚集。形容盛多。

〔三〕"老農"二句:謂老農在路上愉快的談笑,感歎很久没像現在一樣有豐收喜悦。

〔四〕"天公"二句:謂天公使百姓富足,但人禍確難以預料。一二:一一;逐一。

〔五〕"窮邊"二句:謂邊地的逃兵到處搶劫糧食焚燒場圃。窮邊:荒僻的邊遠地區。宋蘇舜欽《己卯冬大寒有感》:"窮邊苦寒地,兵氣相纏結。"逃卒:逃兵。

〔六〕“縣符”二句:謂官府收税的文書迅速到達,且蠻横强徵。縣符:指縣衙發出的文書。此謂收税的文書。星火:流星。形容急速。晉李密《陳情表》:“州司臨門,急於星火。”

〔七〕“我願”二句:謂自己希望人事如天公般體貼百姓。

〔八〕“古來”二句:謂堯舜一樣的明君是否真的有,那些歌頌他們的詩文也都是空文罷了。

七夕〔一〕

火流知節换〔二〕,秋到喜身安。林鵲真安往,河橋晚未完〔三〕。得閑心不厭,求巧老應難〔四〕。送酒誰知我,瓢樽昨暮乾〔五〕。

【箋注】

〔一〕作於政和元年(一一一一)七月七日。

〔二〕火流:即流火。《詩·豳風·七月》:“七月流火,九月授衣。”唐孔穎達疏:“於七月之中,有西流者,是火之星也,知是將寒之漸。”

〔三〕河橋:鵲橋。

〔四〕求巧:猶乞巧。舊時風俗,農曆七月七日夜(或七月六日夜)婦女在庭院向織女星乞求智巧,稱爲“乞巧”。南朝梁宗懍《荆楚歲時記》:“七月七日爲牽牛織女聚會之夜。是夕,人家婦女結綵縷,穿七孔鍼,或以金銀鍮石爲鍼,陳瓜果於庭中以乞巧,有喜子網於瓜上則以爲符應。”

〔五〕瓢樽:泛指酒器

食雞頭〔一〕

風開芡背鐵爲鬚,斧斫沙磨旋付廚。細嚼兼收上池水〔二〕,徐咽還成滄海珠〔三〕。佳客滿堂須一斗,閑居賴我近平湖。多年不到會靈沼,氣味宛然初不殊〔四〕。

【箋注】

〔一〕作於政和元年(一一一一)秋。雞頭成熟是在秋天。雞頭:即芡實。參《次韻子瞻渼陂魚》注〔二〕。

〔二〕上池水:指唾液。參《次韻子瞻獨覺》注〔一〇〕。按,道家養生有咽唾液之法。

〔三〕滄海珠:本謂珍品。語本《新唐書・狄仁傑傳》:"舉明經,調汴州參軍。爲吏誣訴,黜陟,使閻立本召訊,異其才,謝曰:'仲尼稱觀過知仁,君可謂滄海遺珠矣。'"此謂圓潤的芡實。

〔四〕"多年"二句:此蘇轍追憶熙寧七年(一〇七四)秋所寫《西湖二詠・食雞頭》詩,詩云:"東都每憶會靈沼,南國陂塘種尤足。"故云"氣味""初不殊"。

秋雨〔一〕

禾田已熟畏愁霖〔二〕,積潦欲乾泥尚深。一雨一涼秋向晚〔三〕,似安似病老相侵。人間有盡皆歸物〔四〕,世外無生賴有心〔五〕。要覓塵埃不到處〔六〕,一燈相照夜愔愔〔七〕。

【箋注】

〔一〕作於政和元年(一一一一)秋。

〔二〕愁霖:久雨。雨久使人愁,故稱。《初學記・天部・雨》引《纂要》:"雨久曰苦雨,亦曰愁霖。"

〔三〕向晚:將晚。指到晚秋,謂秋天將盡而冬天將到。蜀俗有"一場秋雨一場寒,十場秋雨穿上棉"語。

〔四〕謂人生總難免一死。物:指物化。語出《莊子・刻意》:"聖人之生也天行,其死也物化。"《文選・古詩十九首・回車駕言邁》:"人生非金石,豈能長壽考。奄忽隨物化,榮名以爲寶。"唐李善注:"化,謂變化而死也。不忍斥言其死,故言隨物而化也。"

〔五〕謂要懂得無生的道理必須要心無旁騖。無生:佛教語。謂没有生滅,不生不滅。參《贈浄因臻長老》注〔八〕。

〔六〕塵埃：猶塵俗。《淮南子·俶真》："芒然仿佯於塵埃之外，而消摇於無事之業。"

〔七〕謂心燈明亮無礙。參《次韻子瞻獨覺》注〔一〇〕。愔愔：和悦安舒貌。

補種牡丹二絶〔一〕

其一

野草凡花著地生〔二〕，洛陽千葉種難成〔三〕。姚黄性似天人潔〔四〕，糞壤埋根氣不平〔五〕。

【箋注】

〔一〕作於政和元年（一一一一）秋。

〔二〕唐王建《晚秋病中》："霜下野花渾著地，寒來溪鳥不成群。"

〔三〕此謂千葉牡丹難以種成。參《謝任亮教授送千葉牡丹》注〔一〕。

〔四〕《莊子·逍遥遊》："藐姑射之山，有神人居焉。肌膚若冰雪，綽約若處子。不食五穀，吸風飲露，乘雲氣，御飛龍，而游乎四海之外。其神凝，使物不疵癘而年穀熟。"

〔五〕《廣群芳譜·花譜·牡丹三》："人言牡丹性瘦不喜糞，又言夏時宜頻澆水，亦殊不然。余圃中亦用糞乃佳。又中州土燥，故宜澆水，吾地濕，安可頻澆，大都此物宜於沙土耳。"糞壤：穢土。《楚辭·屈原〈離騷〉》："蘇糞壤以充幃兮，謂申椒其不芳。"

其二

换土移根花性安①，猶嫌入伏午陰煩。清泉翠幄非難辦，絶色濃香别眼看。

【校記】

①性安:叢刊本作"清性"。不辭。誤。

辛卯①九日三首〔一〕。

其一

九日真佳節,年年長賦詩。深慚鶴髮老〔二〕,每與菊花期。帽落無人拾〔三〕,酒狂聊自持〔四〕。豐年餘社甕〔五〕,天意念衰羸。

【校記】

①辛卯:原本無,據宋建本、叢刊本補。

【箋注】

〔一〕作於政和元年(一一一一)九月九日。

〔二〕鶴髮:白髮。北朝周庾信《竹杖賦》:"子老矣! 鶴髮鷄皮,蓬頭歷齒。"

〔三〕帽落:用晉孟嘉故事。參《次韻柳見答》注〔六〕。

〔四〕酒狂:謂縱酒使氣。唐白居易《閑出覓春戲贈諸郎官》:"迎春日日添詩思,送老時時放酒狂。"自持:自我克制。唐許渾《早秋三首》之三:"書劍豈相誤,琴尊聊自持。"

〔五〕社甕:即社酒。舊時于春秋社日祭祀土神,飲酒慶賀,稱所備之酒爲社酒。

其二

我飲不爲酒,黄花競此時。茱萸謾辟惡〔一〕,麴櫱助和脾〔二〕。淺酌何勞訴〔三〕,獨醒徒爾爲〔四〕。來年我猶健〔五〕,相對亦如斯。

【箋注】

〔一〕宋吴自牧《夢粱録・九月》:"今世人以菊花、茱萸浮於酒飲之,蓋茱萸名‘辟邪翁’,菊花爲‘延壽客’,故假此兩物服之,以清陽九之厄。”

〔二〕麯櫱:謂酒。和脾:調和脾胃。

〔三〕淺酌:淺斟,淺飲。謂徐徐飲酒。唐白居易《泛太湖書事寄微之》:“玉杯淺酌巡初匝,金管徐吹曲未終。”訴:推辭不飲(酒)。蘇軾《定風波》:“但看低昂煙雨裏,不已,勸君休訴十分盃。”

〔四〕獨醒:獨自清醒。喻不同流俗。《楚辭·屈原〈漁父〉》:“屈原曰:‘舉世皆濁我獨清,衆人皆醉我獨醒,是以見放!’”

〔五〕唐杜甫《九日藍田崔氏莊》:“明年此會知誰健,醉把茱萸子細看。”

其三

河朔今將到〔一〕,山陽近欲行〔二〕。老懷驚聚散〔三〕,一酌慰平生〔四〕。陋巷連牆久,長淮照眼明〔五〕。到官紛訟牒〔六〕,應憶此時情。遲歸自河朔,節前當至。曹郎將赴山陽〔七〕,節後當行①。

【校記】

①“行”下:叢刊本有“也”。

【箋注】

〔一〕河朔:指黄河以北的地區。

〔二〕山陽:縣名。指楚州山陽縣。今屬淮安市。

〔三〕晉李充《送許從》:“離合理之常,聚散安足驚。”唐杜甫《送重表侄王砅評事使南海》:“亂離又聚散,宿昔恨滔滔。”

〔四〕一酌:一飲;一醉。杜甫《落日》:“濁醪誰造汝,一酌散千憂。”

〔五〕長淮:指淮河。參《次韻子瞻潁州留别二首》之二注〔一〕。照眼明:分外耀眼。唐韓愈《題張十一旅舍三詠·榴花》:“五月榴花照眼明,枝間時見子初成。”

〔六〕謂到任後即要忙於政事。訟牒:訴狀。

〔七〕曹郎:見下詩注。

曹郎子文赴山陽令〔一〕

囊空口衆不堪閑，卻喜平生得細論〔二〕。鶴髮進封償舊德〔三〕，彩衣聽訟勉平反〔四〕。楚風剽疾觀新政〔五〕，浙水蕭條詠舊恩〔六〕。記取老人臨别語，茶瓢霜後早相存〔七〕。

【箋注】

〔一〕作於政和元年（一一一一）。曹焕：字子文，蘇轍婿。

〔二〕謂與曹焕講論文義。唐杜甫《春日憶李白》："何時一尊酒，重與細論文。"

〔三〕鶴髮：白髮。參《辛卯九日三首》之一注〔二〕。舊德：謂先人的德澤；往日的恩德。《易·訟》："食舊德，貞厲，終吉。"按，此或指朝廷對曹九章有所封贈。

〔四〕謂可時時娱悦父母。彩衣：用老萊子故事。參《送趙屼秘書還錢塘》注〔一一〕。聽訟：聽理訴訟；審案。平反：平反冤獄。參《送張恕朝奉南京簽判二首》之二注〔四〕。

〔五〕剽疾：强悍敏捷。《史記·留侯世家》："楚人剽疾，願上無與楚人争鋒。"

〔六〕曹焕父曹九章嘗爲光州太守，此云其父在光州善政爲百姓歌詠。

〔七〕"記取"二句：囑曹焕秋後摘取葫蘆製茶瓢。茶瓢：分茶用的瓢。通常是用成熟的葫蘆剖成兩半製成。宋黄庭堅《與敦禮祕校帖五》之二："生瓢承見惠亦好，但恨折時太嫩。相茶瓢與相邛竹同法，不欲肥而欲瘦，但須飽霜露耳。"

早睡〔一〕

老人如嬰兒，起晏睡常早〔二〕。粗氈薄絮被，孤枕自媚好〔三〕。倒牀作龜息〔四〕，逡巡輒復覺〔五〕。隔門燈火明，仿佛聞語笑〔六〕。杯棬相勸酬〔七〕，往往見譏誚〔八〕。披衣坐跏趺〔九〕，衰老當自了。室空窗亦虚，半夜明月到。老盧下種法〔一〇〕，從古無此妙。根生花輒開，得者自不少。要須海底行，更問藥山老〔一一〕。

【箋注】

〔一〕作於政和元年（一一一一）秋。從"薄絮被""明月到"可知。

〔二〕"老人"二句：人老後如嬰兒習性，早睡晚起。

〔三〕謂睡得香甜。媚好：愛悦。

〔四〕龜息：見《贈右番趙侍郎》注〔五〕。

〔五〕逡巡：頃刻。輒復：就。復，後綴。覺：醒。

〔六〕仿佛：隱約貌。語笑：談笑。

〔七〕杯棬：亦作"桮棬"。本謂木質的飲器。語出《孟子·告子上》："性，猶杞柳也；義，猶桮棬也。以人性爲仁義，猶以杞柳爲桮棬。"此謂杯酒。勸酬：謂互相勸酒，敬酒。

〔八〕謂常常被子孫們調侃戲笑。

〔九〕跏趺：見《畫文殊普賢》注〔二〕。

〔一〇〕老盧：六祖慧能。下種：佛教語。台宗所立種熟脱三時之第一時。于久遠之昔聞談而下一乘之種子也。《妙法蓮華經》卷一："衆生久遠蒙佛善巧令，種佛道因緣。"《大方廣佛華嚴經》卷十："下佛種子于衆生田，生此覺芽，是故能令佛寶不斷。"參《次韻黄大臨秀才見寄》注〔七〕。

〔一一〕《景德傳燈録》卷二十八："澧州藥山惟儼和尚上堂曰：'祖師只教保護。若貪瞋起來切須防禦。'……即今洗浄威儀持瓶挈鉢者是，保任免墮諸趣，第一不得棄遮箇，遮箇不是易得。須向高高山頂立，深深海底行。此處行不易，方有少相應。如今出頭來，盡是多事人。"藥山：即藥山惟儼（七五一—八三四）。唐代僧。山西絳州（今山西新絳縣）人，俗姓韓。十七歲依潮陽西山慧照禪師出家。大曆八年就衡山希澡受具足戒。博通經論，嚴持戒律。後參謁石頭希遷，密領玄旨。次參謁馬祖道一，言下契悟，奉侍三年。後復還石頭，爲其法嗣。不久，至澧州藥山，廣開法筵，四衆雲集，大振宗風。唐太和八年示寂，世壽八十四。一説太和二年十二月示寂，世壽七十。敕謚"弘道大師"。

廳前柏〔一〕

稚柏如嬰兒，冉冉三①尺長〔二〕。移根出澗石〔三〕，植幹對華堂。重露浓膏沐〔四〕,清風時抑揚〔五〕。我老不耐寒,憐汝堪風霜〔六〕。朝夕望爾長,尺寸常度量。知非老人伴,可入諸孫行。想見十年後〔七〕,檐前蔚蒼蒼〔八〕。人來顧汝笑〔九〕,誦我此詩章。

【校記】

①三:叢刊本作"冉",涉上而誤。

【箋注】

〔一〕作於政和元年(一一一一)秋。

〔二〕冉冉:柔弱下垂貌。三國魏曹植《美女篇》:"柔條紛冉冉,葉落何翩翩。"

〔三〕移根:猶移植。唐鄭澣有"中書相公任兵部侍郎日"云云長題詩:"得地公堂裏,移根澗水隈。"

〔四〕唐柳宗元《晨詣超師院讀禪經》:"日出霧露餘,青松如膏沐。"集注引孫汝聽曰:"如膏沐者,言霧露之餘,松柏皆如洗沐也。"

〔五〕《詩·大雅·烝民》:"吉甫作誦,穆如清風。"毛傳:"清微之風,化養萬物者也。"抑揚:吹拂。

〔六〕《論語·子罕》:"子曰:'歲寒,然後知松柏之後凋也。'"憐:愛。

〔七〕想見:推想而知。

〔八〕宋孔武仲《藤杖贈張從道》:"群木蔚蒼蒼,烏藤壽最長。"蔚:草木茂密。蒼蒼:深青色。蘇軾《留題仙都觀》:"山前江水流浩浩,山上蒼蒼松柏老。"

〔九〕顧:視,看。

十月①二十九日雪四首〔一〕

其一

牀頭唧唧糟鳴甕〔二〕,夜半蕭蕭雪打窗〔三〕。擁褐旋驚花著樹〔四〕,潑醅初喜酒盈缸〔五〕。鄰翁晨乞米三斗,釣户暮留魚一雙。自笑有無今粗足,遥憐逐客過重江。時逐客有過湖嶺者〔六〕。

【校記】

①十月:宋建本、蜀藩刻本、叢刊本作"十二月"。

【箋注】

〔一〕作於政和元年(一一一一)十月二十九日。

〔二〕唧唧:酒發酵聲。

〔三〕唐羅隱《寄楊秘書》:"蕭蕭簷雪打窗聲,因憶江東阮步兵。"蘇軾《書雙竹湛師房二首》之二:"白灰旋撥通紅火,卧聽蕭蕭雪打窗。"

〔四〕謂雪花飛灑。唐韓愈《春雪》:"到江還作水,著樹漸成花。"擁褐:穿著粗布衣服。蘇軾《次韻柳子玉二首·地爐》:"細聲蚯蚓發銀缾,擁褐横眼天未明。"

〔五〕潑醅:即醱醅。參《九月十一日書事》注〔六〕。

〔六〕此逐客似是張尚英。張爲蜀人,入元祐黨籍,本年出知河南府,尋落職知鄧州,再謫汝州團練副使,衡州安置。此"過湖嶺"及"過重江",皆與去衡州(今湖南衡陽市)所經路途相符,且爲"逐客",張爲衡州安置,宋時官吏被貶謫,稍重者稱安置。《續資治通鑑長編拾補·徽宗政和元年》:"[十月]辛亥,太中大夫、知鄧州張商英責授崇信軍節度副使,衡州安置。"可詳參《續資治通鑑長編拾補》本年。

其二

龕燈照室久妨睡〔一〕,雪氣侵人不隔窗〔二〕。枕上詩成那起草〔三〕,槽頭酒滴暗鳴缸〔四〕。遠來狂客應回去,高卧幽人未有雙〔五〕。猶憶新灘泊船處,堆蓬積玉撼長江〔六〕。

【箋注】

〔一〕龕燈:佛龕前的長明燈。

〔二〕雪氣:下雪散發出來的寒氣。唐朱慶餘《與賈島顧非熊無可上人宿萬年姚少府宅》:"堂虚雪氣入,燈在漏聲殘。"

〔三〕唐白居易《酬夢得霜夜對月見懷》:"枕上酬佳句,詩成夢不成。"

〔四〕此謂冬夜極静。

〔五〕《晉書·隱逸傳·陶潛》:"嘗言夏月虚閑,高卧北窗之下,清風颯至,自謂羲皇上人。"

〔六〕"猶憶"二句:追憶嘉祐四年(一〇五九)冬南行途中在新灘泊船時遇雪情景。參《屈原塔》注〔一〕。

其三

幽居漫爾存三徑〔一〕,燕坐何妨應六窗〔二〕。老憶舊書時展卷〔三〕,病封藥酒旋開釭。小園摇落黄花盡,古檜飛鳴白鶴雙。珍重老盧留種子,養生不復問王江〔四〕。

【箋注】

〔一〕幽居:深居。三徑:見《和張安道讀杜集》注〔二一〕。

〔二〕六窗:猶六根。參《索居三首》之一注〔六〕。

〔三〕展卷:開卷。此謂展開書卷。

〔四〕"珍重"二句:謂信佛法而不信其他。老盧留種:佛教語。參《早睡》注〔一〇〕、《次韻黄大臨秀才見寄》注〔六〕。王江:見《次韻子瞻對月見憶並簡崔度》注〔八〕。

其四

鷁子一飛超漲海〔一〕,蜂兒終日透晴窗。心空莫著書千卷,客到長留酒半釭。性命早知元有分,文章誰信舊無雙〔二〕。何年結束尋歸路,還看蟆頤下飲江〔三〕。

【箋注】

〔一〕漲海:南海的古稱。南朝宋鮑照《蕪城賦》:"南馳蒼梧漲海,北走紫塞雁門。"《舊唐書·地理志四》:"南海在海豐縣南五十里,即漲海,渺漫無際。"

〔二〕宋歐陽脩《宋司空挽辭》:"文章天下無雙譽,伯仲人間第一流。"

〔三〕蟆頤:山名。在四川眉山縣東。民國《眉山縣誌》卷一:"蘇洵墓在蟇頤山東老翁泉傍。"又"蟇頤山,治東八里以濱玻璃江,林巒特秀如蝦蟆,故名。

山周約五里,腹有洞深二丈餘,洞有泉自山罅流出,極清洌,潛通玻璃江,名老人泉。"

附録　蘇過《次韻叔父小雪二首》

其一

屏帷夜久灰殘獸,紙帳寒驚月在窗。似聽竹聲知有雪,便添酒興欲傾缸。西鄰正想蒲團穩,古殿遥瞻老柏雙。自笑窮愁拙生理,不謀升斗待西江。

其二

夜來小雪猶凝地,睡起扶桑已著窗。卻喜少陵時炙背,不憂北海屢空缸。豐年何待豚蹄祝,薄淖聊煩蠟屐雙。試走湖邊望嵩少,殆如疊嶂在煙江。

冬日即事〔一〕

寒日初加一綫長〔二〕,臘醅添浸隔羅光〔三〕。新年衹願多新酒,舊疾微令變舊方〔四〕。自昔杯棬元窄小〔五〕,得閑筋力尚康强〔六〕。買田種秫貧無計〔七〕,自有人家爲插秧。近來腹疾頗退,足疾尚①餘一二,醫婁生言舊②所用藥須少增損。

【校記】

①尚:叢刊本作"舊",誤,上下互誤。

②舊:叢刊本作"尚",誤。

【箋注】

〔一〕作於政和元年(一一一一)。冬日:即冬至日。

〔二〕南朝梁宗懔《荆楚歲時記》:"晉魏間宫中以紅線量日影,冬至後日影添長一線。"唐杜甫《至日遣興奉寄北省舊閣老兩院故人二首》之一:"何人錯憶窮愁日,愁日愁隨一綫長。"

〔三〕臘醅:臘月釀製的酒。

〔四〕“新年”二句：謂希望新年有新酒喝，希望舊病能夠通過增減藥物而痊愈。

〔五〕杯棬：猶杯酒。

〔六〕康强：安樂强健。《書·洪範》：“身其康彊，子孫其逢，吉。”

〔七〕謂不能如陶潛種秫以釀酒。參《次韻分司南京李誠之待制求酒二首》之一注〔三〕。

畫學董生畫山水屏風〔一〕

承平百事足〔二〕，鴻都無不有。策牘試篆隸，丹青寫飛走〔三〕。紛然四方集，狐兔萃林藪。何人知有①益，長嘯呼鷹狗。奔逃走城邑，驚顧念糊口。素屏開白雲〔四〕，稱我茅檐陋。濡毫願揮灑，峰巒映巖竇〔五〕。巨石連地②軸〔六〕，飛布瀉天漏〔七〕。縈山一徑通，過水微橋構〔八〕。山③家煙火然〔九〕，遠寺晨鐘叩〔一〇〕。僧從何方來，行速午齋後。有客呼渡船，隔水惟病叟。听然發一笑〔一一〕，此處定真否？人生初偶然，與此誰夭壽？厄窮妄自憐，一醉輙日富〔一二〕。客至亦④茫然，邀我沽⑤斗酒。

【校記】

①有：叢刊本作“無”，誤。

②地：叢刊本作“也”，誤。

③山：叢刊本作“出”，誤。

④亦：叢刊本作“一”，誤。

⑤沽：叢刊本作“酤”。

【箋注】

〔一〕作於政和元年（一一一一）。

〔二〕承平：治平相承；太平。唐鮑防《雜感》：“漢家海内承平久，萬國戎王皆稽首。”

〔三〕寫：描摹；畫。飛走：飛禽走獸。晉左思《吴都賦》：“籠烏兔於日月，窮飛走之棲宿。”

〔四〕見《西軒畫枯木怪石》注〔二〕。

〔五〕巖竇：即岩穴。

〔六〕地軸：古代傳説中大地的軸。晉張華《博物志・地》：“地有三千六百軸，犬牙相舉。”

〔七〕飛布：瀑布。天漏：水量大。

〔八〕“縈山”二句：謂畫中有繞山的小路和水上的小橋。

〔九〕唐貫休《春晚書山家屋壁二首》之一：“柴門寂寂黍飯馨，山家煙火春雨晴。”

〔一〇〕唐齊己《移居西湖作二首》之一：“殘更正好眠涼月，遠寺俄聞報曉鐘。”

〔一一〕听（yǐn）然：笑貌。《説文・口部》：“听，笑貌也。從口，斤聲。”

〔一二〕日富：日益富有。喻醉酒。參《欲雪》注〔六〕。

冬至日作〔一〕

羲和飛轡留不住〔二〕，小兒逢節喜欲舞。人言老翁似小兒，烝豚釀酒多爲具。潁川本自非吾鄉〔三〕，鄰里十年成舊故。誰令閉户謝往還，壽酒獨向兒孫舉。飲罷跏趺閉雙目，寂然自有安心處〔四〕。心安自謂無老少，不知鬚髮已如素。似聞錢重薪炭輕，今年九九不難數〔五〕。

【箋注】

〔一〕作於政和元年（一一一一）冬至日。

〔二〕羲和：傳爲日之御者。《楚辭・屈原〈離騷〉》：“吾令羲和弭節兮，望崦嵫而勿迫。”漢王逸注：“羲和，日御也。”

〔三〕漢王粲《登樓賦》：“雖信美而非吾土，曾何足以少留。”唐唐彦謙《舟中望紫巖》：“無歸亦自可，信美非吾鄉。”

〔四〕安心：即禪宗的禪定。參《少林寺贈頓起》注〔四〕。

〔五〕謂冬日有炭無憂。九九：由冬至日起，歷八十一日，每九天爲“一九”，按次序定名爲“一九”、“二九”至“九九”。亦指“九九”中最末一個九天。唐薛能《漢廟祈雨回陽春亭有懷》：“九九已從南至盡，芊芊初傍北籬新。”

冬至雪二首〔一〕

其一

一氣潛萌九地中，雪花微落四無風。初陽便有回天力〔二〕，宿瘴徐看卷地空〔三〕。家釀再投猶恨薄，官酤多取定無功。時人淺陋終無益，徑就天公借一豐。

【箋注】

〔一〕作於政和元年（一一一一）冬至日。

〔二〕初陽：古謂冬至一陽始生，因以冬至至立春以前的一段時間爲初陽。

〔三〕卷地：從地面席捲而過。形容勢頭迅猛。蘇軾《錢安道席上令歌者道服》：“烏府先生鐵作肝，霜風卷地不知寒。”

其二

佳節蕭條陋巷中，雪穿窗户有顔風〔一〕。出迎過客知非病〔二〕，歸對先師喜屢空〔三〕。黍醞盈瓢終寡味，石薪烘竈信奇功〔四〕。頗嫌半夜欺毛褐，卻喜年來麥定豐〔五〕。

【箋注】

〔一〕謂如顔淵似的清貧樂道。語本《論語・雍也》：“子曰：‘賢哉，回也！一簞食，一瓢飲，在陋巷，人不堪其憂，回也不改其樂。賢哉，回也。’”

〔二〕非病：見《程之元表弟奉使江西次前年送赴楚州韻戲别》注〔一二〕。

〔三〕謂如顔淵貧窮無財。《論語・先進》：“回也其庶乎！屢空。”三國魏何晏集解：“言回庶幾聖道，雖數空匱而樂在其中。”晉陶潛《始作鎮軍參軍經曲阿》：“被褐欣自得，屢空常晏如。”

〔四〕石薪:石炭。即煤。

〔五〕"頗嫌"二句:謂雖覺寒冷但想到來年豐收也就高興了。

讀樂天集戲作五絶〔一〕

其一

樂天夢得老相從,洛下詩流得二雄〔二〕。自笑索居朋友絶,偶然得句與誰同?

【箋注】

〔一〕作於政和元年(一一一一)。宋葉𥳑《愛日齋叢抄》卷三:"子由《讀白集》五絶句,極論所處同異,今盡抄其詩。"詩載其後。樂天集:指白居易的詩集,居易字樂天。參《李簡夫挽詞二首》之一注〔五〕。

〔二〕"樂天"二句:謂樂天夢得二人一生過從甚密,相互扶持。夢得:指劉禹錫,禹錫字夢得。參《次韻謫官壽春舟過宛丘見寄二首》之二注〔六〕。白居易《哭尚書劉夢得詩二首》之一:"四海齊名白與劉,百年交分兩綢繆。同貧同病退閑日,一生一死臨老頭。杯酒英雄君與曹,文章微婉我知秋。賢豪雖歿精靈在,應共微之地下遊。"其中"百年交分兩綢繆"可見其深情。

其二

樂天得法老凝師〔一〕,後院猶存楊柳枝〔二〕。春盡絮飛餘一念〔三〕,我今無累百①無思〔四〕。

【校記】

①百:原本作"日",據宋建本、蜀藩刻本、叢刊本改。

【箋注】

〔一〕貞元十六、十七年間,白居易兩度至洛,參訪東都聖善寺法凝禪師,求得"觀、覺、定、慧、明、通、濟、舍"八字心要,並發揮爲八漸偈。參白居易《八漸偈序》。此詩頗戲謔言白居易雖學佛但不忘女色。

〔二〕楊柳枝:唐白居易侍姬名。其中侍姬小蠻善舞,腰似柳枝,樊素善歌《楊柳枝》,因以爲兩人的昵稱。唐白居易《别柳枝》:"兩枝楊柳小樓中,嫋娜多年伴醉翁。明日放歸歸去後,世間應不要春風!"又《對酒有懷寄李十九郎中》:"往年江外抛桃葉,去歲樓中别柳枝。"自注:"樊蠻也。"《舊唐書·白居易傳》:"樊素、蠻子者,能歌善舞。"唐孟棨《本事詩·事感》:"白尚書姬人樊素善歌,妓人小蠻善舞,嘗爲詩曰:'櫻桃樊素口,楊柳小蠻腰。'"

〔三〕唐劉禹錫《楊柳枝》:"春盡絮飛留不得,隨風好去落人家。"

〔四〕無累:無所掛礙。唐劉長卿《江中晚釣寄荆南一二相識》:"一身已無累,萬事更何欲。"

其三

樂天投老刺杭蘇〔一〕,溪石胎禽載舳艫〔二〕。我昔不爲二千石,四方異物固應無。

【箋注】

〔一〕刺杭蘇:爲杭蘇二州刺史。白居易在唐長慶二年(八二二)七月被任命爲杭州刺史,寶曆元年(八二五)五月被任命爲蘇州刺史。

〔二〕溪石:即太湖石。白居易《太湖石記》:"石有族聚,太湖爲甲,羅浮、天竺之徒次焉。今公之所嗜者甲也。先是,公之僚吏,多鎮守江湖,知公之心,惟石是好,乃鉤深致遠,獻瑰納奇,四五年間,累累而至。公於此物,獨不謙讓,東第南墅,列而置之,富哉石乎。"胎禽:鶴的别稱。南朝梁陶弘景《瘞鶴銘》:"相此胎禽,浮丘著經。"白居易《求分司東都寄牛相公十韻》:"萬里歸何得,三年伴是誰。華亭鶴不去,天竺石相隨。"按,此二者皆爲珍異之物。舳艫:見《陪子瞻遊百步洪》注〔五〕。按,言其多。

其四

樂天引洛注池塘,畫舫飛橋映緑楊〔一〕。溴水隔城來不得,不辭策杖看湖光〔二〕。

【箋注】

〔一〕“樂天”二句：白居易在洛陽有《引泉》詩云：“一爲止足限，二爲衰疾牽。邴罷不因事，陶歸非待年。歸來嵩洛下，閉户何翛然！静掃林下地，閑疏池畔泉。伊流狹似帶，洛石大如拳。誰教明月下，爲我聲濺濺。竟夕舟中坐，有時橋上眠。何用施屏障？水竹繞牀前。”

〔二〕“漢水”二句：謂自己不能如白居易般引水入園，只有拄杖自行去看湖光。策杖：拄杖。漢水：古水名。今名清漢河。參《傅欽之學士濟源草堂》注〔七〕。

其五

樂天種①竹自成園〔一〕，我亦牆陰數百竿。不共伊家鬬多少，也能不畏雪霜寒。

【校記】

①種：叢刊本作“私”，誤。

【箋注】

〔一〕宋李格非《洛陽名園記・大字寺園》：“大字寺園，唐白樂天舊園也。樂天云：‘吾有第，在履道坊。五畝之宅，十畝之園。有水一池，有竹千竿。’是也。今張氏得其半，爲會隱園，水竹尚甲洛陽，但以其圖考之，則某堂有某水。某亭有某木。其水，其木至今猶存，而曰堂曰亭者，無復彷佛矣。豈因于天理者，可久而成於人力者，不可恃耶？寺中，樂天石刻存者尚多。”

記病〔一〕

我病在脾胃，一病四十年。微傷輒暴下〔二〕，傾注如流泉。去年醫告我，此病猶可痊〔三〕。試取薑豆附〔四〕，三物相和丸。服之不旬浹〔五〕，病去如醫言。醫言藥有毒，病已當速捐〔六〕。我意藥有功，服久功則全。侵尋作風痺〔七〕，兩足幾蹣跚〔八〕。徐悟藥過量，醫初固云然。舊病則已除，奈此新病纏。醫言無甚憂，前藥姑捨旃〔九〕。藥毒久自消，真氣從此完〔一〇〕。鄙夫不信醫〔一一〕，私智每自賢〔一二〕。咄哉已往咎，終身此韋弦①〔一三〕。

【校記】

①弦：叢刊本作"弘"，形近而誤。

【箋注】

〔一〕作於政和元年（一一一一）。

〔二〕暴下：急性腹瀉。參《寄内》注〔六〕。

〔三〕痊：愈。

〔四〕薑豆附：即生薑、豆蔻、附子三味藥，生薑可温脾胃，豆蔻、附子可温中止瀉。

〔五〕旬浹：浹旬。滿十天。亦指較短的時日。

〔六〕捐：放棄；捨棄。《説文·手部》："捐，棄也。"

〔七〕侵尋：漸次發展。風痺：見《北堂》注〔九〕。

〔八〕蹣跚：行步摇晃跌撞貌。

〔九〕旃（zhān）：之；焉。《詩·魏風·陟岵》："上慎旃哉，猶來無止。"清馬瑞辰通釋："之、旃一聲之轉，又爲'之焉'之合聲，故旃訓'之'，又訓'焉'。"

〔一〇〕真氣：人體的元氣。

〔一一〕鄙夫：庸俗淺陋之人。蘇轍自謂。

〔一二〕私智：個人的智慧。《管子·禁藏》："故國多私勇者其兵弱，吏多私智者其法亂。"唐尹知章注："私智則營己而背公，故多亂。"自賢：自以爲是。

〔一三〕"咄哉"二句：咄哉：歎息。咎：失誤，錯誤。韋弦：《韓非子·觀行》："西門豹之性急，故佩韋以自緩；董安於之性緩，故佩弦以自急。故以有餘補不足，以長續短之謂明主。"後因以"韋弦"比喻外界的啓迪和教益。用以警戒以往的過失。

除日二首〔一〕

其一

屠酥末後①不辭飲〔二〕，七十四人今自希〔三〕。筋力明年應更減，誠心憂世久知非〔四〕。脾寒服藥近方驗,風痺經冬勢漸微。得罪明時歸已晚〔五〕,此生此病任人譏。

【校記】

①末後:宋建本、叢刊本作"最後"。

【箋注】

〔一〕作於政和元年(一一一一)十二月除日。

〔二〕屠酥:見《次韻王適元日并示曹煥二首》之一注〔二〕。

〔三〕唐杜甫《曲江二首》之二:"酒債尋常行處有,人生七十古來稀。"

〔四〕"筋力"二句:謂自己年老體衰,憂世之心已殆盡。筋力:猶體力。《禮記・曲禮上》:"貧者不以貨財爲禮,老者不以筋力爲禮。"

〔五〕唐王勃《滕王閣序》:"屈賈誼於長沙,非無聖主;竄梁鴻於海曲,豈乏明時。"按,蘇轍亦如王勃説的是反話。

其二

七十四年明日是,三千里外未歸人〔一〕。酒篘泉涌如迎節〔二〕,詩句雲生喜見春〔三〕。賀客不來知我病,鄰家竊語笑吾真。時人莫作樂天看,燕坐端能畢此身。樂天居洛陽日,正與予年相若,非齋居道場,輒携酒尋花〔四〕,游賞泉石,略無暇日。予性拙且懶,杜門養病,已僅十年,樂天未必能爾也。

【箋注】

〔一〕唐戴叔倫《除夜宿石頭驛》:"一年將盡夜,萬里未歸人。"按,此極言故鄉蜀地遥遠。

〔二〕酒篘:用篾子編成的漉酒具。

〔三〕雲生:雲起。形容盛多。

〔四〕唐杜甫《嚴中丞枉駕見過》:"元戎小隊出郊坰,問柳尋花到野亭。"

上元〔一〕

上元車馬正喧喧〔二〕,老病無聊長掩門。不著繁燈眩雙目〔三〕,獨邀明月上前軒〔四〕。跏趺默坐聞三鼓〔五〕，寂寞誰來共一樽？已覺城中塵土臭，急將清雨洗乾坤〔六〕。

【箋注】

〔一〕作於政和二年(一一一二)正月十五日。

〔二〕喧喧：形容聲音喧鬧。

〔三〕著：讓。

〔四〕唐李白《月下獨酌》之一："舉杯邀明月，對影成三人。"

〔五〕跏趺(jiāfū)："結跏趺坐"之略稱。見《畫文殊普賢》注〔二〕。默坐：無言静坐。三鼓：三更。

〔六〕唐杜甫《客居》："安得覆八溟，爲君洗乾坤。"蘇軾《喜劉景文至》："江淮旱久塵土惡，朝來清雨濯鬢鬚。"

春旱〔一〕

舊俸存無幾〔二〕，生齒日益多〔三〕。敝廬雖粗完〔四〕，空廩無麥禾〔五〕。首種二頃田，奈此春旱何！誰能持隻雞，一酹邢山阿？飢寒誰相念？幸龍未見訶〔六〕。去年投虎頭，扣門用干戈〔七〕。邂逅一尺雨，豈復陰陽和〔八〕？幽明初不隔〔九〕，誠意豈在多？惻然上通天①〔一〇〕，矧此一盤渦〔一一〕？雲興雨隨至〔一二〕，父老行且歌〔一三〕。

【校記】

①通天：叢刊本作"天通"，誤倒。

【箋注】

〔一〕作於政和二年(一一一二)春。

〔二〕舊俸：舊日存下的俸禄。

〔三〕生齒：人口。

〔四〕粗完：大略的修繕(完備)。

〔五〕空廩:空糧倉。廩,糧倉。麥禾:泛指糧食。

〔六〕"誰能"四句:謂去邢山潭水處求雨,希望邢山老龍能見諒。參《春旱彌月郡人取水邢山二月五日水入城而雨》、《久旱府中取虎頭骨投邢山潭水得雨戲作》。

〔七〕"去年"二句:謂《久旱府中取虎頭骨投邢山潭水得雨戲作》中以龍虎争鬥以求雨降,故云"用干戈"。

〔八〕"邂逅"二句:謂當時僥倖得一場雨,並非陰陽調和所致。按,舊所謂風調雨順是宰相燮理陰陽,蘇轍意有所譏。

〔九〕幽明:人與鬼神。宋王安石《全椒張公有詩在北山西庵僧者墁之悵然有感》:"幽明永隔休炊黍,真俗相妨久絶弦。"

〔一〇〕惻然:哀憐貌;悲傷貌。

〔一一〕盤渦:水旋流形成的深渦。《文選・郭璞〈江賦〉》:"盤渦谷轉,淩濤山頹。"唐張銑注:"盤渦,言水深風壯,流急相衝,盤旋作深渦如谷之轉。"按,此謂求雨之潭。

〔一二〕《孟子・梁惠王上》:"天油然作雲,沛然下雨,則苗勃然興之矣。"

〔一三〕唐杜甫《日暮》:"羌婦語還哭,胡兒行且歌。"

壬辰生日兒侄諸孫有詩所言皆過記胸中所懷亦自作〔一〕

生日今朝是,忽忽又一年〔二〕。讀書真已矣,閉目但茫然〔三〕。下種言非妄〔四〕,開花果定圓。驅羊舊有法,視後直須鞭〔五〕。

【箋注】

〔一〕作於政和二年(一一一二)二月二十日。

〔二〕忽忽:匆忙貌。

〔三〕茫然:無所知貌。《莊子・盜蹠》:"目芒然無見。"

〔四〕下種:見《早睡》注〔一〇〕。

〔五〕"驅羊"二句:《莊子・達生》:"田開之見周威公。威公曰:'吾聞祝腎學生。吾子與祝腎游,亦何聞焉?'田開之曰:'開之操拔篲以侍門庭,亦何聞於夫子!’威公曰:‘田子無讓!寡人願聞之。’開之曰:‘聞之夫子曰:“善養生者,若牧羊然,視其後者而鞭之。”’威公曰:‘何謂也?’田開之曰:‘魯有單豹者,巖居而水飲,不與民共利,行年七十而猶有嬰兒之色,不幸遇餓虎,餓虎殺而食之。有張毅者,高門、縣薄,無不走也,行年四十而有内熱之病以死。豹養其内而虎食其外,毅養其外而病攻其内。此二子者,皆不鞭其後者也。’”

附録　蘇過《叔父生日》

其一

百川赴東海,如走萬國朝。横岫列嵩岱,衆山失岧嶢。吾道豈不尊,凛然干雲霄。斯文有盟主,坐制狂瀾漂。天實相我公,高卧不知招。手持文章柄,燦若北斗標。末學病多歧,寖令世俗澆。申商日充塞,仁義愈寂寥。造物真有意,俾公以後凋。群邪終放鄭,正始會聞韶。過也匪私祝,彼蒼自昭昭。後生方有託,未用憂簞瓢。

其二

溝瀆嗟尋常,因爲吞舟厄。風無九萬里,焉載垂天翼。老人卧箕潁,初非厭簪紱。時哉莫吾容,道大俗隘迫。虎兕歌曠野,鸞鳳棲枳棘。蒼生謾悵望,吾道何欣戚。卜築殆將隱,門無翟公客。高縱躡巢由,援手謝禼稷。我觀造物意,申甫爲時出。未應兹偉人,獨不裨衮職。功名世所趨,富貴亦過隙。豈知難老福,天以壽有德。亭亭南澗松,不羨棟梁索。方兹閲寒暑,寧欲顧匠石。世間出世間,此道無兩得。回首承明廬,摩挲看銅狄。

其三

鬱鬱澗底松,千年養奇幹。盤根入窈窕,翠蓋摩雲漢。巖深飽霜雪,路絶窺輪奂。空回牛刀手,屢發匠石歎。物生非不逢,得天地所贊。雖微棟梁求,幸免斤斧難。我公廟堂人,端委四夷憚。豈惟福蒼生,高風激貪懦。云何卧箕潁,當寧方宵旰。吾道久寂寥,賢愚良未判。汗顔與血指,袖手寧坐看。卷懷霖雨心,警策露電觀。形神妙自契,眉目光璀璨。長松信可依,柯葉四時貫。東風漫滋榮,寒雨徒零亂。

何異楚靈椿，春秋安可算。

其四

物居覆載間，陰陽爲盛衰。我觀衆草木，春風不相遺。春風蹔能榮，還有摇落時。區區諉消長，歲月胡能支。世人如草木，世態豈異兹。擾擾方寸中，坐受寵辱移。晝錦方自眩，飲水誰汝知？可憐千金軀，坐困毫與釐。大哉孔孟志，夫子真能師。浩然剛大氣，直養充四維。貧富未易動，寒暑何從窺？塞馬無倚伏，昭琴謝成虧。還觀儻來物，造物戲小兒。臞仙事吐納，閲世猶有之。至人不導引，眉壽何復疑。惟應廣成子，當與此心期。

白鬚〔一〕

少年不辦求良藥，老病無疑生白鬚。下種已遲空悵望〔二〕，無心猶幸省工夫〔三〕。虚明對面誰知我〔四〕，寵辱當前莫問渠〔五〕。自頃閉門今十載，此生畢竟得如愚〔六〕。

【箋注】

〔一〕作於政和二年（一一一二）春。詩當是因生日而生感慨。

〔二〕下種：見《早睡》注〔一〇〕。悵望：惆悵。

〔三〕無心：佛家謂無妄心雜念。

〔四〕虚明：指内心清虚純潔。唐劉長卿《送薛據宰涉縣》："心鏡常虚明，時人自淪翳。"

〔五〕寵辱：榮寵與恥辱。參《次韻王適留别》注〔五〕。

〔六〕《論語·爲政》："子曰：'吾與回言，終日不違如愚。'"按，此謂緘口不問世事。

林笋〔一〕

竹林遭凍曾枯死，春笋連年再發生〔二〕。天與歲寒終倔强〔三〕，澤分淇澳轉敷榮〔四〕。狂鞭已逐草侵徑，疏影長隨月到楹。嵇阮欲來從我飲〔五〕，開門一笑亦逢迎〔六〕。

【箋注】

〔一〕作於政和二年（一一一二）春。

〔二〕發生：萌發，滋長。

〔三〕倔强：强硬直傲。按，此謂笋之再生。

〔四〕謂在水的灌溉浸潤下竹子長得十分茁壯繁茂。《詩·衛風·淇奥》："瞻彼淇奥，緑竹猗猗。"清馬瑞辰《毛詩傳箋通釋》："《正義》引陸璣疏云：'淇奥二水名。'《釋文》引《草木疏》曰：'奥亦水名。'劉昭《郡國志》注引《博物志》云：'有奥水流入淇水。'"

〔五〕嵇阮：三國魏嵇康與阮籍的並稱。二人同爲竹林七賢，竹林七賢皆以善飲名世。參《次韻子瞻減降諸縣囚徒事畢登覽》注〔一六〕、《送柳子玉》注〔一一〕。

〔六〕逢迎：迎接；接待。

遊西湖〔一〕

閉門不出十年久，湖上重游一夢回。行過閭閻争問訊，忽逢魚鳥亦驚猜〔二〕。可憐舉目非吾黨〔三〕，誰與開樽共一杯？歸去無言掩屏卧，古人時向夢中來。

【箋注】

〔一〕作於政和二年（一一一二）春。當是春暖花開，兒孫擁老人同游。與下詩皆爲春日作。

〔二〕"行過"二句：謂人們争先恐後問候自己，而自己對一切都那麼陌生驚訝。驚猜：驚奇；驚訝。

〔三〕《左傳·昭公十二年》："［南蒯］將適費，飲鄉人酒。鄉人或歌之曰：'我有圃，生之杞乎！從我者子乎，去我者鄙乎，倍其鄰者恥乎！已乎已乎，非吾黨之士乎！'"

泛潩水〔一〕

早歲南遷恨舳艫〔二〕，歸來平地憶江湖〔三〕。半篙春水花千片，八尺輕船酒一壺〔四〕。徐轉城陰平野闊，稍通竹徑小亭孤。前朝宰相終難得，父老咨嗟今亦無。自潩溝泛舟至曲水園，本①文潞公舊物，潞公以遺賈魏公〔五〕，今爲賈氏園矣。

【校記】

①本：宋建本作"云"，作"本"義長。

【箋注】

〔一〕作於政和二年（一一一二）春。從"半篙春水花千片"可知。潩水：古水名。今名清潩河。參《傅欽之學士濟源草堂》注〔七〕。

〔二〕舳艫：見《陪子瞻遊百步洪》注〔五〕。

〔三〕唐白居易《閒居偶吟招鄭庶子皇甫郎中》："誠知厭朝市，何必憶江湖。"

〔四〕白居易《宿杜曲花下》："覓得花千樹，携來酒一壺。"

〔五〕文潞公：指文彦博。見《次韻劉貢父題文潞公草書》注〔一〕。賈魏公：指賈昌朝（九九七—一〇六五），字子明，真定獲鹿（今河北石家莊市鹿泉區）人。天禧元年獻頌，賜同進士出身，授晉陵主簿。歷知宜興、東明縣。遷尚書禮部郎中、史館修撰，擢知制誥、權判吏部流内銓兼侍講，進龍圖閣直學士、權知開封府。慶曆三年，拜參知政事。次年，以工部侍郎充樞密使。五年，拜同中書門下平章事、集賢殿大學士，仍兼樞密使。七年，出判大名府，移山南東道節度使。後除尚書右僕射、觀文殿大學士、判尚書都省。嘉祐元年，進封許國公。英宗即位，進封魏國公。治平二年卒，年六十八。謚文元。王珪有《賈文元公昌朝墓志銘》。《宋史》有傳。宋葉夢得《石林詩話》："賈文元曲水園在許昌城北，有大竹三十餘畝，潩河貫其中，以入西湖，最爲佳處。初爲本州民所有，文潞公爲守，買得之。潞公自許移鎮北門，而文元爲代。一日，挈家往游，題詩壁間，云：'畫船載酒及芳辰，丞相園林潩水濱。虎節麟符抛不得，卻將清景付閑人。’遂走使持詩寄北門。潞公得之大喜，即以地券歸賈氏。文元亦不辭而受。然文元居京師後，亦不復再至，園今荒廢，竹亦殘毀過半矣。”

感秋扇〔一〕

團扇經秋似敗荷，丹青仿佛舊松蘿。一時用舍非吾事〔二〕，舉世炎涼奈爾何〔三〕？漢代誰令收汲黯〔四〕，趙人猶欲用廉頗〔五〕。心知懷袖非安處〔六〕，重見秋風愧恨多〔七〕。

【箋注】

〔一〕作於政和二年（一一一二）秋。秋扇：見《去年秋扇二絶句》之一注〔一〕。

〔二〕用舍：使用或丟棄。語本《論語·述而》：“子謂顔淵曰：‘用之則行，舍之則藏，唯我與爾有是夫。’”謂被任用就行其道，不被任用就退隱。《文選·蔡邕〈陳太丘碑文序〉》：“其爲道也，用行舍藏，進退可度。”唐吕延濟注：“言其道德於時，用之則行，捨之則藏。”

〔三〕炎涼：比喻人情勢利，反復無常。南朝梁簡文帝《倡婦怨十二韻》：“含涕坐度日，俄傾變炎涼。”

〔四〕汲黯：見《寄題密州新作快哉亭二首》之二注〔三〕。收：收録；任用。

〔五〕廉頗：戰國趙將。趙惠文王時，頗率師破齊，取晉陽，拜爲上卿。長平之役，堅壁禦秦，秦師不得進。趙孝成王十五年，頗破燕於鄗，封信平君，爲相國。悼惠王時，獲罪奔燕。《史記·廉頗藺相如列傳》：“廉頗居梁久之，魏不能信用。趙以數困于秦兵，趙王思復得廉頗，廉頗亦思復用於趙。趙王使使者視廉頗尚可用否。廉頗之仇郭開多與使者金，令毀之。趙使者既見廉頗，廉頗爲之一飯斗米，肉十斤，被甲上馬，以示尚可用。”按，此謂雖老仍思爲國效力。

〔六〕懷袖：猶懷抱。漢班婕妤《怨歌行》：“出入君懷袖，動摇微風發。”安處：安定閒適地生活。《詩·小雅·小明》：“嗟爾君子，無恒安處。”

〔七〕愧恨：慚愧怨恨。

附録　蘇籀《大父令賦舊扇》

裁紈當團扇，當暑不離手。炎涼一推遷，委擲昏塵垢。蒙蒙縈蛛網，闇闇迷遠岫。人情逐時移，浪自分好醜。一朝被收録，已迫朱明候。開篋振浮埃，清風亦生袖。有愛必有憎，無新故無舊。可憐漢婕妤，涕泣將爲咎。賢哉楚令尹，無欣亦無詬。

西軒種山丹〔一〕

淮陽千葉花，到此三百里。城中衆名園，栽接比桃李。吾廬適新成，西有數畦地。乘秋種山丹，得雨生可喜。山丹非佳花，老圃有深意〔二〕。宿根已得土，絶品皆可寄〔三〕。明年春陽升，盈尺爛如綺。居然盜天功，信矣斯人智。根苗相因依，非真亦非僞〔四〕。客來但一笑，勿問所從致。

【箋注】

〔一〕作於政和二年（一一一二）秋。詩云"乘秋種"可知。參《謝任亮教授送千葉牡丹》注〔一〕。

〔二〕謂家中園工考慮到來春嫁接的問題。宋朱弁《曲洧舊聞》卷四："張峋撰《譜》三卷，凡一百一十九品，皆叙其顔色容狀及所以得名之因，又訪於老圃得種接養護之法，各載於圖後。"

〔三〕"宿根"二句：謂山丹種植成活了，可以嫁接所有好的品種。

〔四〕"根苗"二句：謂二者相因而生，無所謂真僞了。

風痺三作〔一〕

年老百病生，風痺已三作。主家長患聾，説法仍害脚。十年學趺坐〔二〕，從此罷雀躍〔三〕。閉目時自觀，寸田飽耕鑿〔四〕。下種本無種，服藥亦非藥。田熟根自生，病去如花落〔五〕。吾生默已定，有數誰能卻〔六〕？數盡吾則行，未應墮冥漠〔七〕。

【箋注】

〔一〕作於政和二年（一一一二）秋。風痺通常是秋日發作，故繫于秋。

〔二〕趺坐：即"結跏趺坐"。參《畫文殊普賢》注〔二〕。按，此謂修佛。

〔三〕雀躍：如雀之跳躍。《莊子・在宥》："鴻蒙方將拊脾雀躍而遊。"唐成玄英疏："雀躍，跳躍也。"按，此與上句趺坐對應，一静一動，謂自己修禪静心而不浮躁。

〔四〕"閉目"二句：謂時時閉目養心煉氣。寸田：見《舟中風雪五絶》之三注〔四〕。耕鑿：耕田鑿井。語出古詩《擊壤歌》："日出而作，日入而息，鑿井而飲，耕田而食，帝力於我何有哉？"

〔五〕"下種"四句：謂養病如修佛，只要順其自然，就可病愈如初。按，此似自我安慰之詞，由"三作"可知此時風痺已非常嚴重。下種：見《早睡》注〔一〇〕。

〔六〕數：天命；命運。

〔七〕"數盡"二句：謂自己命數已盡時就可離開，宋葛立方《韻語陽秋》卷十二："子由誦《楞嚴經》，悟一解六亡之義，自言於此道更無疑。然其作《風痹詩》，乃有'數盡吾則行，未應墮冥漠'之句，則于理尚有礙也。"

新作南門〔一〕

于公決獄多陰功，自知有子當三公，高作里門車馬通〔二〕。定國精明有父風，飲酒一石耳目聰〔三〕。漢家宰相仍侯封，左右中興始且終〔四〕。我家讀書自我翁，恥言法律羞兵戎〔五〕。中年出入黄門中〔六〕，智巧不足稱愚忠〔七〕，雖云寡過亦無功〔八〕。不忮不求心粗空①〔九〕，舉世知我惟天工，恃此知不累兒童。作門不庳亦不隆〔一〇〕，陋巷正與顔生同〔一一〕，勢家笑唾儻見容〔一二〕。

【校記】

①粗空：叢刊本作"空粗"。誤倒。

【箋注】

〔一〕作於政和二年(一一一二)冬。建築房舍之事功通常當在冬天農閑之時,故繫於冬。

〔二〕"于公"三句:于公:即漢丞相于定國之父。《漢書·于定國傳》:"定國父于公,其閭門壞,父老方共治之。于公謂曰:'少高大閭門,令容駟馬高蓋車。我治獄多陰德,未嘗有所冤,子孫必有興者。'至定國爲丞相,永爲御史大夫,封侯傳世云。"

〔三〕定國:指于定國(?—前四〇),字曼倩,東海郯縣(今山東郯城縣西南)人。少學法于父,父死,亦爲獄吏。爲人謙恭,重經術。其决疑平法,務在公允。當時稱之曰:張釋之爲廷尉,天下無冤民,于定國爲廷尉,民自以爲不冤。甘露中爲丞相,封西平侯。《漢書》有傳。定國善飲,其本傳云:"定國食酒至數石不亂,冬月治請讞,飲酒益精明。爲廷尉十八歲,遷御史大夫。"

〔四〕"漢家"二句:謂于定國父子能善始善終。仍侯封:接續封侯。参注〔二〕。

〔五〕謂自己是儒學相傳。

〔六〕黄門:漢設黄門官,晉爲門下省,唐宋皆因之。蘇轍元祐七年(一〇九二)進門下侍郎,世稱蘇黄門。

〔七〕《宋史·蘇轍傳》:"元祐秉政,力斥章蔡,不主調停;及議回河、雇役,與文彦博、司馬光異同;西方之謀又與吕大防、劉摯不合。君子不黨,於轍見之。"

〔八〕蘇洵《仲兄郎中字序》:"君子之處於世,不求有功,不得已而功成,則天下以爲賢。不求有言,不得已而言出,則天下以爲口實。嗚呼,此不可以與他人道。"蘇軾《次韻秦少游王仲至元日立春三首》之二:"己卯嘉辰壽阿同,願渠無過亦無功。"寡過:少犯錯誤。

〔九〕謂自己不嫉害貪求。語出《詩·邶風·雄雉》:"不忮不求。"鄭箋:"我君子之行,不疾害,不求備於一人,其行何用爲不善,而君獨遠使之在外,不得來歸?"蘇轍《詩集傳》:"忮,害也。宣公好富而多求,國人苦之,故告其君子曰:'吾不知孰爲德行,苟不忮害,不貪求,斯可矣,何用之不善哉?'"

〔一〇〕庳(bì):低下。隆:拱起。謂門適中。

〔一一〕《論語·雍也》:"子曰:'賢哉回也!一簞食、一瓢飲,在陋巷,人不堪其憂,回也不改其樂,賢哉回也!'"

〔一二〕漢趙壹《疾邪詩音》之二:"勢家多所宜,咳唾自成珠。"

蘇轍詩編年箋注卷二十四

喜侄邁還家[一]

一别忽忽歲五除,還家怪我白髭鬚[二]。懷中初見孫三世,巷口新成宅一區。侄房添一男孫,予亦葺成敝廬,皆别後事。林下酒尊還漫設[三],牀頭《易傳》近看無[四]。老年游宦真安往,南北相望結草廬。

【箋注】

〔一〕作於政和二年(一一一二)春。詩云"歲五除",當是除日之後,且通常省親當在歲之末或初,故繫於春。

〔二〕怪:驚異。

〔三〕用三國魏阮籍、阮咸叔侄故事。《世説新語・任誕》:"陳留阮籍、譙國嵇康、河内山濤三人年皆相比,康年少亞之。預此契者,沛國劉伶、陳留阮咸、河内向秀、琅邪王戎。七人常集於竹林之下,肆意酣暢,故世謂'竹林七賢'。"

〔四〕用晉王湛、王濟叔侄故事。《世説新語・賞譽》"王汝南既除所生服"南朝梁劉孝標注引鄧粲《晉紀》曰:"王湛字處沖,太原人。隱德,人莫之知。雖兄弟宗族亦以爲癡,唯父昶異焉。昶喪,居墓次,兄子濟往省湛,見床頭有《周易》,謂湛曰:'叔父用此何爲?頗曾看不?'湛笑曰:'體中佳時,脱復看耳。

今日當與汝言。'因共談《易》,剖析入微,妙言奇趣,濟所未聞,歎不能測。"按,蘇軾有《易傳》,也是勉勵蘇邁繼承家學。

次前韻〔一〕

心空煩惱不須除〔二〕,白盡年來罷鑷鬚〔三〕。隨俗治生終落落〔四〕,苦心憂世漫區區。居連里巷知安否?食仰田園問有無。我已閉門還往絶,待乘明月過君廬。

【箋注】

〔一〕作於政和二年(一一一二)春。

〔二〕心空:佛教語。謂心性廣大,含容萬象,有如虛空之無際。

〔三〕鑷鬚:謂拔除白髮。亦稱之爲鑷白。唐李白《秋日煉藥院鑷白髮贈元六兄林宗》:"長籲望青雲,鑷白坐相看。"

〔四〕治生:經營家業。落落:形容孤高,與人難合。

喜雨〔一〕五月十九日夏至

一旱經春夏已半,好雨通宵曉未收〔二〕。氣爽暫令多病喜,來遲未解老農憂〔三〕。力耕僅足公家取,遺秉休違寡婦求〔四〕。時向林間數新竹,籜龍騰上欲迎秋〔五〕。

【箋注】

〔一〕作於政和二年(一一一二)五月十九日。

〔二〕唐杜甫《春夜喜雨》:"好雨知時節,當春乃發生。"通宵:整夜。唐白居易《郊陶潛體詩十六首》之十一:"一酌酧其魂,通宵雨不歇。"收:停止。

〔三〕"氣爽"二句:謂雨所帶來的清爽氣息令自己歡喜,但卻仍未解除老農的憂患。

〔四〕《詩·小雅·大田》:"有渰萋萋,興雨祈祈。雨我公田,遂及我私。

彼有不獲穉，此有不斂穧，彼有遺秉，此有滯穗，伊寡婦之利。”蘇轍《詩集傳》：“時雨既降，斯民急其上，先憂公田而後其私。及其成也，田有餘穀，力不能盡，故以有餘爲鰥寡之利。”

〔五〕籜（tuò）龍：竹笋。

雨過〔一〕

東南流注已鳴澗，西北霏微僅斂塵〔二〕。人意共懷艱食病〔三〕，天公那有不仁人？雲移已分貧無福〔四〕，雩應方知社有神〔五〕。田里相望無一舍〔六〕，終年苦樂會須勻〔七〕。

【箋注】

〔一〕作於政和二年（一一一二）夏。流注鳴澗當是夏日情景。

〔二〕霏微：雨細小貌。

〔三〕艱食：糧食匱乏。《書·益稷》：“暨稷播，奏庶艱食鮮食。”孔傳：“艱，難也。衆難得食處，則與稷教民播種之。”

〔四〕謂雨雲已散開知道没雨了。已分：已知。

〔五〕雩（yú）：古代爲祈雨而舉行的祭祀。《左傳·桓公五年》：“龍見而雩。”晉杜預注：“龍見，建巳之月。蒼龍，宿之體，昏見東方，萬物始盛，待雨而大，故祭天，遠爲百穀祈膏雨。”

〔六〕田里：田地和廬舍。《周禮·地官·遂人》：“凡治野，以下劑致甿，以田里安甿。”唐賈公彦疏：“以田里安甿者，田則爲百畮之田，里則五畮之宅。民得業則安，故云安甿也。”一舍：古以三十里爲一舍。《左傳·僖公二十八年》“退三舍辟之”杜預注：“一舍三十里。”

〔七〕終年：全年；一年到頭。

溽暑〔一〕

東風吹鼎方然薪，游魚出没一世人〔二〕。隨湯①上下猶欣欣，不識河漢清涼津〔三〕。十年我已不出門,可憐尚寄生死濱。老知下種功力②新〔四〕,開花結子當有辰。寒暑一過聊嚬呻〔五〕,至此有道非有神。

【校記】

①湯:三蘇祠本作"波"。

②力:宋建本作"爲"。

【箋注】

〔一〕作於政和二年(一一一二)夏。溽(rù)暑:指盛夏氣候潮濕悶熱。

〔二〕謂一生苦樂只自知。《莊子·秋水》:"莊子與惠子遊於濠梁之上,莊子曰:'儵魚出游從容,是魚樂也。'惠子曰:'子非魚,安知魚之樂。'莊子曰:'子非我,安知我不知魚之樂。'"

〔三〕"隨湯"二句:謂自己無懼溽暑悶熱之狀。《莊子·齊物論》:"至人神矣!大澤焚而不能熱,河漢沍而不能寒,疾雷破山而不能傷,飄風振海而不能驚。"湯:熱水。

〔四〕下種:見《早睡》注〔一〇〕。

〔五〕嚬呻:謂蹙眉呻吟。唐李白《鳴皋歌送岑徵君》:"冥鶴清唳,飢鼯嚬呻。"

外孫文九伏中入村曬麥〔一〕

春田不雨憂無麥,入囷得半猶足食。伏中一曬不可緩,旱田蒼耳猶難得〔二〕。人言春旱夏當潦,入伏未保天日好。老農經事言不虛,防風防雨如防盜。外孫讀書舊有功,五言七字傳祖風〔三〕。旋投詩筆到田舍〔四〕,知我老來饞且慵。秋田正急車難起,汗滴肩赬愧鄰里〔五〕。磨聲細轉雪花飛,舉家百口磨牙齒。食前方丈我所無〔六〕,烝餅十字或有諸〔七〕。孫歸何用慰勤苦,烹雞亦有烝胡盧。唐相盧懷慎既老家居,諸公嘗往問疾,公設食待客,敕庖夫浄去毛,勿拗折其項。客喜,爲當食烝鵝鴨也。食至,乃烝胡盧耳。諸公皆不飽,公食之殊美。

【箋注】

〔一〕作於政和二年(一一一二)夏。

〔二〕蒼耳:見《遜往泉城獲麥》注〔八〕。

〔三〕五言七字:言其詩才。祖風:祖輩的風範。

〔四〕投:放置。

〔五〕肩赬:肩膀因挑擔穀物而發紅。

〔六〕方丈:指方丈之食。極言肴饌之豐盛。《孟子·盡心下》:"食前方丈,侍妾數百人,我得志,弗爲也。"

〔七〕烝餅十字:裂紋呈十字形的蒸餅(饅頭),今俗謂開花饅頭。《晉書·何曾傳》:"蒸餅上不拆作十字不食。食日萬錢,猶曰無下箸處。"

附録　蘇籀《次韻大父曬麥》

西郊歲種十畝麥,自笑不耕惟坐食。吾人一飽已天幸,此外何心更求得。我田長熟無旱潦,玉粒收來堅且好。豈同豪右執券契,虐取多求急於盜。我家治生無奇功,累世守此慈儉風。倉囷不滿非所恤,冒暑一曬安敢慵。長空不見纖雲起,沽酒烹雞會鄰里。炎飈不厭塵滿身,冷餅行看冰上齒。閒居捨此一事無,狥時干禄姑捨諸。信知爲農自足樂,秦相未必賢牽盧。

大雨後詠南軒竹二絶句〔一〕

其一

苦寒壞我千竿緑,好雨還催衆笋長〔二〕。痛飲雖無嵇阮客〔三〕,瓢尊一試午陰涼。

【箋注】

〔一〕作於政和二年(一一一二)夏。筍長是在夏季。

〔二〕杜甫《春夜喜雨》:"好雨知時節,當春乃發生。"

〔三〕嵇阮：三國魏嵇康與阮籍的並稱。二人同爲竹林七賢，竹林七賢皆以善飲名世。參《次韻子瞻減降諸縣囚徒事畢登覽》注〔一六〕、《送柳子玉》注〔一一〕。

其二

葉開翡翠才通日〔一〕，節竦琅玕不怕風〔二〕。稍放西邊深二丈，端如幽谷茂林中①。竹西有二丈隙地，笋猶未到。

【校記】

①端如幽谷茂林中：叢刊本作"端谷如幽茂中林"，不辭，誤。

【箋注】

〔一〕翡翠：喻竹葉。通日：謂有日光通過。唐薛能《晚春》："陰成杏葉纔通日，雨著楊花已汙塵。"

〔二〕琅玕：本謂玉石，此處形容竹之青翠，亦指竹。唐杜甫《鄭駙馬宅宴洞中》："主家陰洞細煙霧，留客夏簟青琅玕。"清仇兆鼇注："青琅玕，比竹簟之蒼翠。"

秋後即事〔一〕

苦熱真疑不復涼〔二〕，火流漸見迫西方〔三〕。清風一夜吹茅屋，竹簟今朝避石牀〔四〕。露濕中庭菊含蕊，水浮西浦稻生芒。秋成得飽家家事〔五〕，莫笑農夫喜欲狂〔六〕。

【箋注】

〔一〕作於政和二年（一一一二）秋。

〔二〕苦熱：酷熱。

〔三〕火流：猶流火。參《七夕》注〔二〕。

〔四〕石牀：供人坐卧的石製用具，甚清涼。唐唐彦謙《詠竹》："醉卧涼陰沁骨清，石床冰簟夢難成。"

〔五〕秋成：收穫；收成。

〔六〕杜甫《聞官軍收河南河北》："卻看妻子愁何在，漫捲詩書喜欲狂。"

送遲赴登封丞〔一〕

昔我過嵩陽，秋高日重九〔二〕。晨邀同行客，共舉登高酒。藤鞋生胼胝〔三〕，一覽河山富。封壇土消盡〔四〕，中夜捫星斗。下山雙足廢，欲上知難又〔五〕。回首煙雲中，隱約見巖岫〔六〕。未老約來游，何意七十後〔七〕。吾兒性静默〔八〕，丞邑山路口。秋暑山尚煩，冬雪山方瘦。春山利遊觀，安輿即①迎父〔九〕。

【校記】

①即：叢刊本作"郎"，形近而誤。

【箋注】

〔一〕作於政和二年（一一一二）秋。詩云"秋暑山尚煩"，知去爲秋時。

〔二〕蘇轍熙寧五年與頓起曾同游嵩山。參《熙寧壬子八月於洛陽妙覺寺考試舉人及還道出嵩少之間至許昌共得大小詩二十六首》注〔一〕。

〔三〕胼胝：老繭。《荀子・子道》："夙興夜寐，耕耘樹藝，手足胼胝，以養其親。"

〔四〕封壇：見《登嵩山十首・登封壇》注〔一〕。

〔五〕唐韓愈《祭郴州李使君文》："念睽離之在期，謂此會之難又。"

〔六〕巖岫：峰巒。唐戴叔倫《聽霜鐘》："髣髴煙嵐隔，依稀巖岫重。"

〔七〕何意：豈料；不意。

〔八〕静默：安静沉默。《文子・微明》："聖人深居以避患，静默以待時。"

〔九〕"春山"二句：囑蘇遲春天時接自己到登封游玩。遊觀：猶遊覽。

省事〔一〕

早歲讀書無甚解〔二〕，晚年省事有奇功〔三〕。自許平生初不錯，人言畢竟兩皆空〔四〕。空中有實何人見，實際心知與佛同〔五〕。煩惱消除病亦去，閉門便了此生中。

【箋注】

〔一〕作於政和二年(一一一二)秋。蘇轍之卒在是年十月三日，最後一聯是自覺大限將至？抑亦讖語耶？《漁隱叢話前集·東坡九》："《三山老人語録》云：蘇子由嘗作《省事》詩云：'早歲讀書無甚解，晚年省事有奇功。'蓋省事，即省念入道之門也。"

〔二〕晉陶潛《五柳先生傳》："好讀書，不求甚解。每有會意，便欣然忘食。"唐白居易《松齋自題》："書不求甚解，琴聊以自娱。"

〔三〕奇功：意想不到的效果。

〔四〕"自許"二句：謂不管是自我評價還是他人的是非短長，都歸于空無。

〔五〕"空中"二句：謂實和空是相對而言的。空：謂一切存在之物中，皆無自體、實體、我等，此一思想即稱空。亦即謂事物之虚幻不實，或理體之空寂明浄。《肇論疏·宗本義》："薩涉有不生疲厭，而能觀空也。對前言涉有不迷空，此言觀空不厭有也。以觀空不厭有，所以觀空不即取證也。是爲一念之力權慧具矣者。涉有不迷空，權中有實。觀空不厭有，則實中有權。初言一念之力權慧具者，則是權中有實也。後言一念之力權慧具者，則是實中有權也。好思下，審思則見也。"

廣福僧智昕西歸〔一〕

老①人寄東巖，蕭然四無鄰〔二〕。八尺清冷泉，中有白髪人。婆娑弄明月，松間夜相賓。平生指庚壬〔三〕，終老投此身。築室潁川市，西望長悲辛。故山比丘僧，繭足超峨岷〔四〕。歸塗三千里，秋風入衣巾。北崦百步外〔五〕，我夢一室新。速營三②間堂，永奉兩足尊〔六〕。我歸要有時，久遠與子親。悟老非凡僧，瓦礫化金銀。歸去味玄言，見日當自陳〔七〕。

【校記】

①老：叢刊本作"先"，誤。

②三：叢刊本作“二”，誤。

【箋注】

〔一〕作於政和二年（一一一二）秋。詩云“弄明月”“秋風入衣巾”可知。廣福：指廣福院，地在今四川德陽市中江縣廣福鎮。爲西漢鄧通鑄錢之所，唐代設鑄錢官，於此鑄錢，後置銅山縣。元廢。其地有寺院名廣福院。智昕當住錫於此。智昕：不詳。俟考。此詩對故鄉充滿懷念，希望能夠有朝一日回到故鄉。從目前文獻看，此詩也爲蘇轍平生最後一首詩。

〔二〕唐白居易有“華城西北雉堞最高”云云長題詩：“高居稱君子，瀟灑四無鄰。”

〔三〕庚壬：西北方。庚、壬在五方中分别屬西、北方。蘇轍《卜居賦引》：“昔先君相彭、眉之間爲歸全之宅，指其庚壬曰：‘此而兄弟之居也。’”

〔四〕謂智昕遠道從蜀地來潁。繭足：極言跋涉之苦，足爲之生繭。《戰國策·宋衛》：“［墨子］百舍重繭，往見公輸般。”

〔五〕崦：山；山曲。

〔六〕兩足尊：如來佛的尊號。《妙法蓮華經》卷一：“無上兩足尊，願説第一法。”蘇軾《遊浄居寺》：“稽首兩足尊，舉頭雙涕揮。”

〔七〕“悟老”四句：謂將向智昕細説道悟的高深。悟老：見《悟老住慧林》注〔一〕。

蘇轍詩編年箋注附録

一、蘇轍本傳

《宋史·蘇轍傳》

蘇轍，字子由，年十九，與兄軾同登進士科，又同策制舉。仁宗春秋高，轍慮或倦於勤，因極言得失，而於禁廷之事，尤爲切至。曰：

陛下即位三十餘年矣，平居静慮，亦嘗有憂於此乎，無憂於此乎？臣伏讀制策，陛下既有憂懼之言矣。然臣愚不敏，竊意陛下有其言耳，未有其實也。往者寶元、慶曆之間，西夏作難，陛下晝不安坐，夜不安席，天下皆謂陛下憂懼小心，如周文王。然自西方解兵，陛下棄置憂懼之心，二十年矣。古之聖人，無事則深憂，有事則不懼。夫無事而深憂者，所以爲有事之不懼也。今陛下無事則不憂，有事則大懼，臣以爲憂樂之節易矣。臣疏遠小臣，聞之道路，不知信否？

近歲以來，宫中貴姬至以千數，歌舞飲酒，優笑無度，坐朝不聞咨謨，便殿無所顧問。三代之衰，漢、唐之季，女寵之害,陛下亦知之矣。久而不止,百蠹將由之而出。内則蠱惑之所汚,以傷和伐性;外則私謁之所亂,以敗政害事。陛下無謂好色於内,不害外事也。今海内窮困,生民愁苦,而宫中好賜不爲限極,所欲則給,不問有無。司會不敢争,大臣不敢諫,執契持敕,迅若兵火。國家内有養士、養兵之費,外有契丹、西夏之奉,陛下又自爲一阱以耗其遺餘,臣恐陛下以此得謗,而民心不歸也。

策入,轍自謂必見黜。考官司馬光第以三等,范鎮難之。蔡襄曰:"吾三司使也。司會之言,吾愧之而不敢怨。"惟考官胡宿以爲不遜,請黜之。仁宗曰:"以直言召人,而以直言棄之,天下其謂我何?"宰相不得已,置之下等,授商州軍事推官。時父洵被命修《禮書》,兄軾簽書鳳翔判官。轍乞養親京師。三年,軾還,轍爲大名推官。逾年,丁父憂。服除,神宗立已二年,轍上書言事,召對延和殿。

時王安石以執政與陳升之領三司條例,命轍爲之屬。吕惠卿附安石,轍與論多相牾。安石出《青苗書》使轍熟議,曰:"有不便,以告勿疑。"轍曰:"以錢貸民,使出息二分,本以救民,非爲利也。然出納之際,吏緣爲姦,雖有法不能禁,錢入民手,雖良民不免妄用;及其納錢,雖富民不免踰限。如此,則恐鞭箠必用,州縣之事不勝煩矣。唐劉晏掌國計,未嘗有所假貸。有尤之者,晏曰:'使民僥倖得錢,非國之福;使吏倚法督責,非民之便。吾雖未嘗假貸,而四方豐凶貴賤,知之未嘗逾時。有賤必糴,有貴必糶,以此四方無甚貴、甚賤之病,安用貸爲?'晏之所言,則常平法耳。今此法見在而患不修,公誠能有意於民,舉而行之,則晏之功可立俟也。"安石曰:"君言誠有理,當徐思之。"自此逾月不言青苗。

會河北轉運判官王廣廉奏乞度僧牒數千爲本錢,于陝西漕司私行青苗法,春散秋斂,與安石意合,於是青苗法遂行。安石因遣八使之四方,訪求遺利。中外知其必迎合生事,皆莫敢言。轍往見陳升之曰:“昔嘉祐末,遣使寬恤諸路,各務生事,還奏多不可行,爲天下笑。今何以異此?”又以書抵安石,力陳其不可。安石怒,將加以罪,升之止之,以爲河南推官。會張方平知陳州,辟爲教授。三年,授齊州掌書記。又三年,改著作佐郎。復從方平簽書南京判官。居二年,坐兄軾以詩得罪,謫監筠州鹽酒税,五年不得調。移知績溪縣。

哲宗立,以秘書省校書郎召。元祐元年,爲右司諫。宣仁后臨朝,用司馬光、吕公著,欲革弊事,而舊相蔡確韓縝、樞密使章惇皆在位,窺伺得失,轍皆論去之。吕惠卿始諂事王安石,倡行虐政以害天下。及勢鈞力敵,則傾陷安石,甚於仇讎,世尤惡之,至是,自知不免,乞宫觀以避貶竄。轍具疏其姦,以散官安置建州。

司馬光以王安石雇役之害,欲復差役,不知其害相半於雇役。轍言:“自罷差役僅二十年,吏民皆未習慣。況役法關涉衆事,根芽盤錯,行之徐緩,乃得審詳。若不窮究首尾,忽遽便行,恐既行之後,别生諸弊。今州縣役錢,例有積年寬剩,大約足支數年,且依舊雇役,盡今年而止。催督有司審議差役,趁今冬成法,來年役使鄉户。但使既行之後,無復人言,則進退皆便。”

光又以安石私設《詩》、《書新義》考試天下士,欲改科舉,别爲新格。轍言:“進士來年秋試,日月無幾,而議不時決。詩賦雖小技,比次聲律,用功不淺。至於治經,誦讀講解,尤不輕易。要之,來年皆未可施行。乞來年科場,一切如舊,惟經義兼取注疏及諸家論議,或出己見,不專用王氏學。仍罷律義,令舉人知有定論,一意爲學,以待選試,然後徐議元祐五年以後科舉格式,未爲晚也。”光皆不能從。

初,神宗以夏國内亂,用兵攻討,乃於熙河增蘭州,於延安增安疆、米脂等五砦。二年,夏遣使賀登位,使還,未出境,又遣使入境。朝廷知其有請蘭州、五砦地意,大臣議棄守未決。轍言曰:"頃者西人雖至,疆埸之事,初不自言。度其狡心,蓋知朝廷厭兵,確然不請,欲使此議發自朝廷,得以爲重。朝廷深覺其意,忍而不予,情得勢窮,始來請命,一失此機,必爲後悔。彼若點集兵馬,屯聚境上,許之則畏兵而予,不復爲恩;不予則邊釁一開,禍難無已。間不容髮,正在此時,不可失也。況今日之事,主上妙年,母后聽斷,將帥吏士,恩情未接,兵交之日,誰使效命?若其羽書沓至,勝負紛然,臨機決斷,誰任其責?惟乞聖心以此反覆思慮,早賜裁斷,無使西人别致猖狂。"於是朝廷許還五砦,夏人遂服。遷起居郎、中書舍人。

朝廷議回河故道,轍爲公著言:"河決而北,自先帝不能回。今不因其舊而修其未至,乃欲取而回之,其爲力也難,而爲責也重,是謂智勇勢力過先帝也。"公著悟,竟未能用。進户部侍郎。轍因轉對,言曰:"財賦之原,出於四方,而委於中都。故善爲國者,藏之於民,其次藏之州郡。州郡有餘,則轉運司常足;轉運司既足,則户部不困。唐制,天下賦税,其一上供,其一送使,其一留州。比之於今,上供之數可謂少矣。然每有緩急,王命一出,舟車相銜,大事以濟。祖宗以來,法制雖殊,而諸道蓄藏之計,猶極豐厚。是以斂散及時,縱捨由己,利柄所在,所爲必成。自熙寧以來,言利之臣,不知本末之術,欲求富國,而先困轉運司。轉運司既困,則上供不繼;上供不繼,而户部亦憊矣。兩司既困,故内帑别藏,雖積如丘山,而委爲朽壤,無益於算也。"

尋又言:

臣以祖宗故事考之,今日本部所行,體例不同,利害相遠,宜隨事措置,以塞弊原。謹具三弊以聞:其一曰分河渠案以爲都水監,其二曰分胄案以爲軍器監,其三曰分修造案以爲將作監。三監皆隸工部,則本部所專,其餘無幾,出納損益,制在他司。頃者,司馬光秉政,知其爲害,嘗使本部收攬諸司利權。當時所收,不得其要,至今三案猶爲他司所擅,深可惜也。

蓋國之有財,猶人之有飲食。飲食之道,當使口司出納,而腹制多寡。然後分布氣血,以養百骸,耳目賴之以爲聰明,手足賴之以爲力。若不專任口腹,而使手足、耳目得分治之,則雖欲求一飽不可得矣,而況於安且壽乎!今户部之在朝廷,猶口腹也,而使他司分治其事,何以異此?自數十年以來,群臣每因一事不舉,輒入建他司。利權一分,用財無藝。他司以辦事爲效,則不恤財之有無;户部以給財爲功,則不問事之當否。彼此各營一職,其勢不復相知,雖使户部得材智之臣,終亦無益,能否同病,府庫卒空。今不早救,後患必甚。

昔嘉祐中,京師頻歲大水,大臣始取河渠案置都水監。置監以來,比之舊案,所補何事?而大不便者,河北有外監丞,侵奪轉運司職事。轉運司之領河事也,郡之諸埽,埽之吏兵、儲蓄,無事則分,有事則合。水之所向,諸埽趨之,吏兵得以併功,儲蓄得以併用。故事作之日,無暴斂傷財之患,事定之後,徐補其闕,兩無所妨。自有監丞,據法責成,緩急之際,諸埽不相爲用,而轉運司不勝其弊矣。此工部都水監爲户部之害,一也。

先帝一新官制,並建六曹,隨曹付事,故三司故事多隸工曹,名雖近正而實非利。昔胄案所掌,今内爲軍器監而上隸工部,外爲都作院而上隸提刑司,欲有興作,户部不得與議。訪聞河北道近歲爲羊渾脱,動以千計。渾脱之用,必軍行乏水,過渡無船,然後須之。而其爲物,稍經歲月,必至蠹敗。朝廷無出兵之計,而有司營戢,不顧利害,至使公私應副,虧財害物。若專在轉運司,必不至此。此工部都作院爲户部之害,二也。

昔修造案掌百工之事,事有緩急,物有利害,皆得專之。今工部以辦職爲事,則緩急利害,誰當議之?朝廷近以箔場竹箔,積久損爛,創令出賣,上下皆以爲當。指揮未幾,復以諸處營造,歲有科制,遂令般運堆積,以破出賣之計。臣不知將作見工幾何,一歲所用幾何?取此積彼,未用之間,有無損敗,而遂爲此計。本部雖知不便,而以工部之事,不敢復言。此工部將作監爲户部之害,三也。

凡事之類此者多矣,臣不能遍舉也。故願明詔有司,罷外水監丞,舉河北河事及諸路都作院皆歸轉運司,至於都水、軍器、將作三監,皆兼隸户部,使定其事之可否,裁其費之多少,而工部任其功之良苦,程其作之遲速。苟可否、多少在户部,則傷財害民,户部無所逃其責矣。苟良苦、遲速在工部,則敗事乏用,工部無所辭其譴矣。制出于一,而後天下貧富,可責之户部矣。

哲宗從之,惟都水仍舊。

朝廷以吏部元豐所定吏額,比舊額數倍,命轍量事裁減。吏有白中孚曰:"吏額不難定也。昔之流内銓,今侍郎左選也,事之煩劇,莫過此矣。昔銓吏止十數,而今左選吏至數十,事不加舊而用吏至數倍,何也?昔無重法、重禄,吏通賕賂,則不欲人多以分所得。今行重法,給重禄,賕賂比舊爲少,則不忌人多而幸於少事。此吏額多少之大情也。舊法,日生事以難易分七等,重者至一分,輕者至一釐以下,積若干分而爲一人。今若取逐司兩月事定其分數,則吏額多少之限,無所逃矣。"轍曰:"此群吏身計所係也。若以分數爲人數,必大有所損,將大致紛訴,雖朝廷亦不能守。"乃具以白宰執,請據實立額,俟吏之年滿轉出,或事故死亡者勿補,及額而止。不過十年,羨額當盡。功雖稍緩,而見吏知非身患，不復怨矣。吕大防命諸司吏任永壽與省吏數人典之，遂背轍議以立額，日裁損吏員，復以好惡改易諸局次。永壽復以贓刺配，大防略依轍議行之。代軾爲翰林學士，尋權吏部尚書。使契丹，館客者侍讀學士王師儒能誦洵、軾之文及轍《茯苓賦》，恨不得見全集。使還，爲御史中丞。

自元祐初，一新庶政，至是五年矣。人心已定，惟元豐舊黨分布中外，多起邪説以摇撼在位，吕大防、劉摯患之，欲稍引用，以平夙怨，謂之"調停"。宣仁后疑不决，轍面斥其非，復上疏曰：

臣近面論，君子小人不可並處，聖意似不以臣言爲非者。然天威咫尺，言詞迫遽，有所不盡，臣而不言，誰當救其失者！親君子，遠小人，則主尊國安；疏君子，任小人，則主憂國殆。此理之必然。未聞以小人在外，憂其不悦而引之於内，以自遺患也。故臣謂小人雖不可任以腹心，至於牧守四方，奔走庶務，無所偏廢可也。若遂引之於内，是猶患盜賊之欲得財，而導之於寢室，知虎豹之欲食肉，而開之以垌牧，無是理也。且君子小人，勢同冰炭，同處必争。一争之後，小人必勝，君子必敗。何者？小人貪利忍恥，擊之則難去，君子潔身重義，沮之則引退。古語曰："一薰一蕕，十年尚猶有臭。"蓋謂此矣。

先帝聰明聖智，疾頽靡之俗，將以綱紀四方，比隆三代。而臣下不能將順，造作諸法，上逆天意，下失民心。二聖因民所願，取而更之，上下忻慰。則前者用事之臣，今朝廷雖不加斥逐，其勢亦不能復留矣。尚賴二聖慈仁，宥之於外，蓋已厚矣。而議者惑於説，乃欲招而納之，與之共事，謂之"調停"。非輩若返，豈肯但已哉？必將戕害正人，漸復舊事，以快私忿。人臣被禍，蓋不足言，臣所惜者，祖宗朝廷也。惟陛下斷自聖心，勿爲流言所惑，勿使小人一進，後有噬臍之悔，則天下幸甚。

疏入，宣仁后命宰執讀於簾前，曰："轍疑吾君臣兼用邪正，其言極中理。"諸臣從而和之，"調停"之説遂已。

轍又奏曰：

竊見方今天下雖未大治，而祖宗綱紀具在，州郡民物粗安。若大臣正己平心，無生事要功之意，因弊修法，爲安民靖國之術，則人心自定，雖有異黨，誰不歸心？向者異同反覆之心，蓋亦不足慮矣。但患朝廷舉事，類不審詳。曩者，黄河北流，正得水性，而水官穿鑿，欲導之使東，移下就高，汩五行之理。及陛下遣使按視，知不可爲，猶或固執不從。經今累歲，回河雖罷，減水尚存，遂使河朔生靈，財力俱困。今者西夏、青唐，外皆臣順，朝廷招來之厚，惟恐失之。而熙河將吏創築二堡，以侵其膏腴，議納醇忠，以奪其節鉞，功未可覬，争已先形。朝廷雖知其非，終不明白處置，若遂養成邊釁，關陝豈復安居？如此二事，則臣所謂宜正己平心，無生事要功者也。

昔嘉祐以前，鄉差衙前，民間常有破産之患。熙寧以後，出賣坊場以雇衙前，民間不復知有衙前之苦。及元祐之初，務於復舊，一例復差。官收坊場之錢，民出衙前之費，四方驚顧，衆議沸騰。尋知不可，旋又復雇。去年之秋，又復差法。又熙寧雇役之法，三等人户，並出役錢，上户以家産高强，出錢無藝，下户昔不充役，亦遣出錢。故此二等人户，不免咨怨。至於中等，昔既已自差役，今又出錢不多，雇法之行，最爲其便。罷行雇法，上下二等，欣躍可知，唯是中等則反爲害。且如畿縣中等之家，例出役錢三貫，若經十年，爲錢三十貫而已。今差役既行，諸縣手力，最爲輕役；農民在官，日使百錢，最爲輕費。然一歲之用，已爲三十六貫，二年役滿，爲費七十餘貫。罷役而歸，寬鄉得閑三年，狹鄉不及一歲。以此較之,則差役五年之費,倍於雇役十年。賦役所出,多在中等。如此條目,不便非一,故天下皆思雇役而厭差役,今五年矣。如此二事,則臣所謂宜因弊修法,爲安民靖國之術者也。

臣以聞見淺狹,不能盡知當今得失。然四事不去,如臣等輩猶知其非,而況於心懷異同,志在反覆,幸國之失,有以藉口者乎?臣恐如此四事,彼已默識於心,多造謗議,待時而發,以摇撼衆聽矣。伏乞宣諭宰執,事有失當,改之勿疑,法或未完,修之無倦。苟民心既得,則異議自消。陛下端拱以享承平,大臣逡巡以安富貴,海内蒙福,上下攸同,豈不休哉!

大臣恥過,終莫肯改。

六年,拜尚書右丞,進門下侍郎。初,夏人來賀登極,相繼求和,且議地界。朝廷許約,地界已定,付以歲賜。久之,議不決。明年,夏人以兵襲涇原。殺掠弓箭手數千人,朝廷忍之不問,遣使往賜策命。夏人受禮倨慢,以地界爲辭,不復入謝,再犯涇原。四年,來賀坤成節,且議地界。朝廷先以歲賜予之,地界又未決。夏人乃於疆事多方侵求,熙河將佐范育、种誼等,遂背約侵築質孤、勝如二堡,夏人即平盪之。育等又欲以兵納趙醇忠,及擅招其部人千餘,朝廷卻而不受,西邊騷然。轍乞罷育、誼,别擇老將以守熙河。宣仁后以爲然,大臣竟主育、誼,不從。

轍又面奏:"人君與人臣,事體不同。人臣雖明見是非,而力所不加,須至且止;人君於事,不知則已,知而不能行,則事權去矣。臣今言此,蓋欲陛下收攬威柄,以正君臣之分而已。若專聽所謂,不以漸制之,及其太甚,必加之罪,不免逐去。事至如此,豈朝廷美事?故臣欲保全大臣,非欲害之也。"

六年,熙河奏:"夏人十萬騎壓通遠軍境,挑掘所爭崖巉,殺人三日而退。乞因其退,急移近裏堡砦於界,乘利而往,不須復守誠信。"下大臣會議。轍曰:"當先定議欲用兵耶,不用耶?"吕大防曰："如合用兵，亦不得不用。"轍曰："凡用兵，先論理之曲直。我若不直，兵决不當用。朝廷須與夏人議地界，欲用慶曆舊例，以彼此見今住處當中爲直，此理最簡直。夏人不從，朝廷遂不固執。蓋朝廷臨事，常患先易後難，此所謂先易者也。既而許於非所賜城砦，依綏州例，以二十里爲界，十里爲堡鋪，十里爲草地。要約纔定，朝廷又要兩砦界首侵夏地，一抹取直，夏人見從。又要夏界更留草地十里，夏人亦許。凡此所謂後難者也。今欲於定西城與隴諾堡一抹取直，所侵夏地凡百數十里。隴諾祖宗舊疆，豈所謂非所賜城砦耶？此則不直，致寇之大者也。"劉摯曰："不用兵雖美，然事有須用兵者，亦不可不用也。"轍奏曰："夏兵十萬壓熙河境上，不於他處，專於所争處殺人、掘崖巉，此意可見，此非西人之罪，皆朝廷不直之故。熙河輒敢生事，不守誠信，臣欲詰責帥臣耳。"後屢因邊兵深入夏地，宣仁后遂從轍議。

時三省除李清臣吏部尚書，給事中范祖禹封還詔書，且言姚勔亦言之。三省復除蒲宗孟兵部尚書。轍奏："前除清臣，給諫紛然，争之未定。今又用宗孟，恐不便。"宣仁后曰："奈闕官何？"轍曰："尚書闕官已數年，何嘗闕事？今日用此二人，正與去年用鄧温伯無異。此三人者，非有大惡，但昔與王珪、蔡確輩並進，意思與今日聖政不合。見今尚書共闕四人，若並用似此四人，使黨類互進，恐朝廷自是不安静矣。"議遂止。

紹聖初，哲宗起李清臣爲中書舍人，鄧潤甫爲尚書左丞。二人久在外，不得志，稍復言熙、豐事以激怒哲宗意。會廷試進士，清臣撰策題，即爲邪説。轍諫曰：

伏見御試策題，歷詆近歲行事，有紹復熙寧、元豐之意。臣謂先帝以天縱之才，行大有爲之志，其所設施，度越前古，蓋有百世不可改者。在位近二十年，而終身不受尊號。裁損宗室，恩止祖免，減朝廷無窮之費。出賣坊場，顧募衙前，免民間破家之患。黜罷諸科誦數之學，訓練諸將慵惰之兵。置寄禄之官，復六曹之舊，嚴重禄之法，禁交謁之私。行淺攻之策以制西夏，收六色之錢以寬雜役。凡如此類，皆先帝之睿算，有利無害，而元祐以來，上下奉行，未嘗失墜也。至於其他，事有失當，何世無之。父作之於前，子救之於後，前後相濟，此則聖人之孝也。

漢武帝外事四夷，内興宫室，財用匱竭，於是修鹽鐵、榷酤、均輸之政，民不堪命，幾至大亂。昭帝委任霍光，罷去煩苛，漢室乃定。光武、顯宗以察爲明，以讖决事，上下恐懼，人懷不安。章帝即位，深鑒其失，代之以寬厚、愷悌之政，後世稱焉。本朝真宗右文偃武，號稱太平，而群臣因其極盛，爲天書之説。章獻臨御，攬大臣之議，藏書梓宫，以泯其迹；及仁宗聽政，絶口不言。英宗自藩邸入繼，大臣創濮廟之議。及先帝嗣位，或請復舉其事，寢而不答，遂以安静。夫以漢昭、章之賢，與吾仁宗、神宗之聖，豈其薄於孝敬而輕事變易也哉？臣不勝區區，願陛下反覆臣言，慎勿輕事改易。若輕變九年已行之事，擢任累歲不用之人，人懷私忿，而以先帝爲辭，大事去矣。

哲宗覽奏，以爲引漢武方先朝，不悦。落職知汝州。居數月，元豐諸臣皆會於朝，再責知袁州。未至，降朝議大夫、試少府監，分司南京，筠州居住。三年，又責化州别駕，雷州安置，移循州。徽宗即位，徙永州、岳州，已而復太中大夫，提舉鳳翔上清太平宫。崇寧中，蔡京當國，又降朝請大夫，罷祠，居許州，再復太中大夫致仕。築室于許，號潁濱遺老，自作傳萬餘言，不復與人相見。終日默坐，如是者幾十年。政和二年，卒，年七十四。追復端明殿學士。淳熙中，謚文定。

轍性沉静簡潔，爲文汪洋澹泊，似其爲人，不願人知之，而秀傑之氣終不可掩，其高處殆與兄軾相迫。所著《詩傳》、《春秋傳》、《古史》、《老子解》、《欒城文集》並行於世。三子：遲、适、遜。族孫元老。

論曰：蘇轍論事精確，修辭簡嚴，未必劣於其兄。王安石初議青苗，轍數語柅之，安石自是不復及此，後非王廣廉傅會，則此議息矣。轍寡言鮮慾，素有以得安石之敬心，故能爾也。若是者，軾宜若不及，然至論軾英邁之氣，閎肆之文，轍爲軾弟，可謂難矣。元祐秉政，力斥章、蔡，不主調停；及議回河、雇役，與文彦博、司馬光異同，西邊之謀，又與吕大防、劉摯不合。君子不黨，於轍見之。轍與兄進退出處，無不相同，患難之中，友愛彌篤，無少怨尤，近古罕見。獨其齒爵皆優於兄，意者造物之所賦與，亦有乘除於其間哉！

《潁濱遺老傳》上

潁濱遺老姓蘇氏，名轍，字子由。父曰眉山先生，隱居不出，老而以文名天下，天下所謂老蘇者也。歐陽文忠公以文章獨步當世，見先生而嘆曰："予閲文士多矣，獨喜尹師魯、石守道，然意常有所未足。今見君之文，予意足矣！"先生既不用於世，有子軾轍，以所學授之曰："是庶幾能明吾學者。"母成國太夫人程氏，亦好讀書，明識過人，志節凛然。每語其家人："二子必不負吾志。"

轍年十九舉進士，釋褐。二十三舉直言，仁宗親策之於廷。時上春秋高，始倦於勤。轍因所問，極言得失，曰：

陛下即位三十餘年矣，平居靜慮，亦嘗有憂於此乎？無憂於此乎？臣伏讀制策，陛下既有憂懼之言矣。然臣愚不敏，竊意陛下有其言矣，未有其實也。往者寶元、慶曆之間，西羌作難，陛下晝不安坐，夜不安席。天下皆謂陛下憂懼小心如周文王。然自西方解兵，陛下棄置憂懼之心二十年矣。

古之聖人無事則深憂，有事則不懼。夫無事而深憂者，所以爲有事之不懼也。今陛下無事則不憂，有事則大懼。臣以爲憂樂之節易矣！臣疏遠小臣，聞之道路，不知信否。近歲以來，宫中貴姬至以千數，歌舞飲酒，優笑無度。坐朝不聞咨謨，便殿無所顧問。三代之衰，漢唐之季，女寵之害，陛下亦知之矣。久而不止，百蠹將由之而出。内則蠱惑之所汙，以傷和伐性；外則私謁之所亂，以敗政害事。陛下無謂好色於内不害外事也。今海内窮困，生民愁苦，而宫中好賜不爲限極，所欲則給，不問有無。司會不敢争，大臣不敢諫，執契持敕，迅若兵火。國家内有養士、養兵之費，外有北狄、西戎之奉。陛下又自爲一阱，以耗其遺餘。臣恐陛下以此得謗，而民心不歸也。

策入，轍自謂必見黜。然考官司馬君實第以三等，范景仁難之。蔡君謨曰："吾三司使也。司會之言，吾愧之而不敢怨。"惟胡武平以爲不遜，力請黜之。上不許，曰："以直言召人，而以直棄之，天下謂我何？"宰相不得已，寘之下第，除商州軍事推官。知制誥王介甫意其右宰相專攻人主，比之谷永，不肯撰詞。宰相韓魏公哂曰："此人策語，謂宰相不足用，欲得婁師德、郝處俊而用之，尚以谷永疑之乎？"知制誥沈文通亦考官也，知其不然，故文通當制，有愛君之言。諫官楊樂道見上曰："蘇轍，臣所薦也。陛下赦其狂直而收之，盛德之事也，乞宣付史館。"上悦，從之。

是時先君被命修禮書，而兄子瞻出簽書鳳翔判官，傍無侍子。轍乃奏乞養親三年。子瞻解還，轍始求爲大名推官。逾年，先君捐館舍。及除喪，神宗嗣位，既三年矣，求治甚急。轍以書言事，即日召對延和殿。時王介甫新得幸，以執政領三司條例。上以轍爲之屬，不敢辭。介甫急於財利而不知本，吕惠卿爲之謀主，轍議事多牾。一日，介甫出一卷書，曰："此青苗法也，諸君熟議之，有不便以告，勿疑。”他日，轍告之曰：“以錢貸民，使出息二分，本以救民之困，非爲利也。然出納之際，吏緣爲奸，雖有法不能禁。錢入民手，雖良民不免非理費用。及其納錢，富民不免違限。如此則鞭棰必用，州縣事不勝煩矣！唐劉晏掌國計，未嘗有所假貸。有尤之者，晏曰：‘使民徼幸得錢，非國之福；使吏倚法督責，非民之便。吾雖未嘗假貸，而四方豐凶貴賤，知之未嘗逾時。有賤必糴，有貴必糶。以此四方無甚貴甚賤之病，安用貸爲？’晏之所言，則漢常平法耳。今此法見在而患不修，公誠有意於民，舉而行之，劉晏之功可立俟也。”介甫曰：“君言有理，當徐議行之。後有異論，幸勿相外也。”自此逾月不言青苗。會河北轉運判官王廣廉召議事。廣廉嘗奏乞度僧牒數千道爲本錢，行陜西漕司，私行青苗法，春散秋斂，與介甫意合，即請而施之河北。自此青苗法遂行於四方。

初，陳陽叔以樞密副使與介甫共事，二人操術不同。介甫所唱，陽叔不深和也。既召謝卿材、侯叔獻、陳知儉、王廣廉、王子韶、程顥、盧秉、王汝翼等八人，欲遣之四方，搜訪遺利。中外傳笑，知所遣必生事迎合，然莫敢言者。轍求見陽叔。陽叔逆問：“君獨來見，何也？”對曰：“有疑，欲問公耳。近日召八人者欲遣往諸路，不審公既知利害所在，事有名件，而使往案實之耶；其亦未知其實，漫遣出外，網捕諸事也？”陽叔曰：“君意謂如何？”對曰：“昔嘉祐末，遣使寬恤諸路，事無所指，行者各務生事。既還奏，例多難行，爲天下笑。今何以異此？”陽叔曰：“吾昔奉敕看詳寬恤等事，如范堯夫輩所請多中理。”對曰：“今所遣如堯夫者有幾？”陽叔曰：“所遣果賢，將不肯行，君無過憂。”對曰：“公誠知遣使之不便，而恃遣者之不行，何如？”陽叔曰：“君姑退，得徐思之。”後數日，陽叔召屬官於密院，言曰：“上即位之初，命天下監司具本路利害以聞，至今未上。今當遣使，宜得此以議。可草一劄子,乞催之。”惠卿覺非其黨中意,不樂,漫具草,無益也。轍知力不能救,以書抵介甫、陽叔,指陳其決不可者,且請補外。介甫大怒,將見加以罪。陽叔止之,奏除河南推官。會張文定知淮陽,以學官見辟,從之三年,授齊州掌書記。復三年,改著作佐郎,復從文定簽書南京判官。居二年,子瞻以詩得罪,轍從坐,謫監筠州鹽酒税。五年不得調。

平生好讀《詩》《春秋》,病先儒多失其旨,欲更爲之傳。老子書與佛法大類,而世不知,亦欲爲之注。司馬遷作《史記》,記五帝三代,不務推本《詩》《書》《春秋》,而以世俗雜説亂之,記戰國事多斷缺不完,欲更爲《古史》。功未及究,移知歙績溪。始至而奉神宗遺制。居半年,除祕書省校書郎。明年,至京師,除右司諫。宣仁后臨朝,用司馬君實、吕晦叔等,欲革弊事。舊相蔡確、韓縝、樞密使章惇皆在位,窺伺得失,中外憂之。轍言曰:

先帝臨御僅二十年,厲精政事,變更法度,將以力致太平,追復三代。是以擢任臣庶,多自小臣致位公相。用人之速,近世無與比者。究觀聖意,本欲求賢自助,以利安生民,爲社稷長久之計。豈欲使左右大臣媮合苟容,出入唯唯,危而不持,顛而不扶,竊取利禄以養妻子而已哉?然自法行以來,民力凋弊,海内愁怨。先帝晚年寢疾彌留,照知前事之失,親發德音,將洗心自新,以合天意,而此志不遂,奄棄萬國。天下聞之,知前日弊事,皆先帝之所欲改,思慕聖德,繼之以泣。是以皇帝踐祚,聖母臨政,奉承遺旨。罷導洛,廢市易,損青苗,止助役,寬保甲,免買馬,放修城池之役,復茶鹽鐵之舊,黜吴居厚、吕孝廉、宋用臣、賈青、王子京、張誠一、吕嘉問、蹇周輔等。命令所至,細民鼓舞相賀。臣愚不知朝廷以爲凡此誰之罪也?上則大臣蔽塞聰明,逢君之惡;下則小臣貪冒榮利,奔競無恥。二者均皆有罪,則大臣以任重責重,小臣以任輕責輕,雖三尺童子所共知也。今朝廷既已罷黜小臣,至於大臣,則因而任之,將復使燮和陰陽,陶冶民物,臣竊惑矣。竊惟朝廷之意,將以體貌大臣,待其愧恥自去,以全國體。今確等自山陵以後,猶偃然在職,不肯引咎辭位以謝天下。謹案確等受恩最深,任事最久,據位最尊,獲罪最重,而有靦面目,曾不知愧。確等誠以昔之所行爲是耶,則今日安得不爭?以昔之所行爲非耶,則昔日安得不言?窮究其心,所以安而不去者,蓋以爲是皆先帝所爲,而非吾過也。夫爲大臣,忘君徇己,不以身任罪戾,而歸咎先帝。不忠不孝,寧有過此?臣竊不忍千載之後書之簡策。大臣既自處無過之地,則先帝獨被惡名。此臣所以痛心疾首,當食不飽,至於涕泗之横流也。陛下何不正其罪名,上以爲先帝分謗,下以慰臣子之意。今獨以法繩治小臣,而置確等,大則無以顯揚聖考之遺意,小則無以安反側之心。故臣竊謂大臣誠退,則小臣非建議造事之人,可一切不治,使得革面從君,竭力自效,以洗前惡。伏乞出臣此章,宣示確等,使自處進退之分,臣雖萬死不恨也。

三人竟皆逐去,然卒不以其前後反覆歸咎先帝罪之,世以爲恨。吕惠卿始諂事介甫,倡行虐政,以害天下。其後勢鈞力抗,則傾陷介甫,甚於仇讎,世尤惡之。時惠卿自知罪大,乞宫觀自便,不預貶竄。轍具疏其奸,請加深譴。乃以散官安置建州,天下韙之。

司馬君實既以清德雅望專任朝政,然其爲人不達吏事。知雇役之害,欲復行差役,不知差雇之弊其實相半。講之未詳,而欲一旦復之。民始聞而喜,徐而疑懼,君實不信也。王介甫以其私説爲《詩書新義》,以考試天下士。學者病之。君實改爲新格,而勢亦難行。方議未定,轍言:“自罷差役,至今僅二十年,吏民皆未習慣。況役法關涉衆事,根牙磐錯,行之徐緩,乃得審詳。若不窮究首尾,忽遽便行,恐既行之後,别生諸弊。今州縣役錢,例有積年寬剩,大約足支數年。若且依舊雇役,盡今年而止。催督有司審議差役,趁今冬成法,來年役使鄉户。但使既行之後,無復人言,則進退皆便。”又言:“進士來年秋試,日月無幾,而議不時決,傳聞四方,不免惶惑。詩賦雖號小技,而比次聲律,用功不淺。至於治經,誦讀講解,尤不可輕易。要之,來年皆未可施行。欲乞先降指揮,來年科場一切如舊,惟經義兼取注疏及諸家議論,或出己見,不專用王氏學,仍罷律義。令天下舉人知有定論,一意爲學,以待選試。然後徐議元祐五年以後科舉格式,未爲晚也。”衆皆以爲便,而君實始不悦矣。

是歲上將親饗明堂,轍言曰:

三代常祀:一歲九祭天,再祭地,皆天子親之。故於其祭也,或祭昊天,或祭五天,或獨祭一天,或祭皇地祇,或祭神州地祇,要於一歲而親祀必遍。降及近世,歲之常祀,皆有司攝事,三歲而後一親祀。親祀之疏數,古今之變,相遠如此。然則其禮之不同,蓋亦其勢然也。謹按國朝舊典:冬至圜丘,必兼饗天地,從祀百神。若其有故,不祀圜丘,别行他禮,或大雩於南郊,或大饗於明堂,或恭謝於大慶,皆用圜丘禮樂神位。其意以爲皇帝不可以三年而不親祀天地百神故也。臣竊見皇祐明堂遵用此法,最爲得禮。自皇祐以後,凡祀明堂,或用鄭氏説,獨祀五天帝;或用王氏説,獨祀昊天上帝。雖於古學各有援據,而考之國朝之舊,則爲失當。蓋儒者泥古而不知今,以天子每歲遍祀之儀,而議皇帝三年親祀之禮,是以若此其疏也。今者皇帝陛下對越天命,逾年即位,將以九月有事於明堂,義當并見天地,遍禮百神,躬薦誠心,以格靈貺。臣恐有司不達禮意,以古非今,執王鄭偏説以亂本朝大典。

夫禮沿人情，人情所安，天意必順。今皇帝陛下始親祠事，而天地百神無不咸秩。豈不俯合人情、仰符天意？臣愚欲乞明詔禮官，今秋明堂用皇祐明堂典禮，庶幾精誠陟降，溥及上下。

時大臣多牽於舊學，不達時變。奏入，不報。然轍以爲《周禮》一歲遍祭天地，皆人主親行，故郊丘有南北，禮樂有同異。自漢唐以來，禮文日盛，費用日廣，事與古異，故一歲遍祀不可復行。唐明皇天寶初，始定三歲一親郊，於致齋之日，先享太清宫，次享太廟，然後合祭天地，從祀百神。所以然者，蓋謂三年一次大禮，若又不遍，則於人情有所不安。至於遍祭之禮，已自差官攝事，未嘗少廢。此近世變禮，非復三代之舊，而議者欲以三代遺文參亂其間，失之遠矣！至七年，上將親郊，轍備位政府，乃與諸公共伸前議，合祭天地，識者以爲當。

初，神宗以夏國内亂，用兵攻討。於熙河路增置蘭州，於延安路增置安疆、米脂等五寨。至此，夏國雖屢遣使，而未修職貢。二年，夏始來賀登極，使還，未出境，又遣使入界。朝廷知其有請地之意，然大臣議棄守未決。轍言曰：

頃者，西人雖至，而疆埸之事初不自言。度其狡心，蓋知朝廷厭兵，確然不請，欲使此議發自朝廷，得以爲重。朝廷深覺其意，忍而不予，情得勢窮，始來請命。今若又不許，使其來使徒手而歸，一失此機，必爲後悔。彼若點集兵馬，屯聚境上。許之則畏兵而予，不復爲恩；不予則邊釁一開，禍難無已。間不容髮，正在此時，不可失也。今議者不深究利害，妄立堅守之議，苟避棄地之名，不度民力，不爲國計，其意止欲私己自便，非社稷之計也。臣又聞議者或謂棄守皆不免用兵，棄則用兵必遲，守則用兵必速，遲速之間，利害不遠。若遂以地予之，恐非得計。臣聞聖人應變之機，正在遲速之際，但使事變稍緩，則吾得算已多。昔漢文景之世，吴王濞内懷不軌，稱病不朝，積財養兵，謀亂天下。文帝專務含養，置而不問，加賜几杖，恩禮日隆。濞雖包藏禍心，而仁澤浸漬，終不能發。及景帝用鼂錯之謀，欲因其有罪，削其郡縣。以爲削之亦反，不削亦反，削之則反疾而禍小，不削則反遲而禍大。削書一下，七國盡反。至使景帝發天下兵，遣三十六將，僅而破之。議者若不計利害之淺深，較禍福之輕重，則文帝隱忍不决，近於柔仁；景帝剛斷必行，近於强毅。然而如文帝之計，禍發既遲，可以徐爲備禦，稍經歲月，變故自生，以漸制之，勢無不可；如景帝之計，禍發既速，未及旋踵，已至交兵，鋒刃既接，勝負難保，社稷之命，决於一日。雖食鼂錯之肉，何益於事？今者欲棄之策與文帝同，而欲守之計與景帝類。臣乞宣喻執政，欲棄者理直而禍緩，欲守者理曲而禍速。曲直遲速，孰爲利害？况今日之事，主上妙年，母后聽斷，將帥吏士，恩情未接，兵交之日，誰使效命？若其羽書沓至，勝負紛然，臨機决斷，誰任其責？惟乞聖心以此反覆思慮，早賜裁斷，無使西戎别致猖狂，棄守之議皆不得其便。

於是朝廷許還五寨，夏人遂服。

轍尋遷起居郎，爲中書舍人。時朝廷起文潞公於既老，以太師平章軍國重事。

初，元豐中，河决大吴，先帝知故道不可復還，因導之北流，水性已順，惟河道未深，隄防未立，歲有决溢之患，本非深害也。至此，諸公皆未究悉河事，而潞公欲以河爲重事，中書侍郎吕微仲、樞密副使安厚卿從而和之。始謂河西北流入泊淀，久必淤淺，異日或從北界入海，則河朔無以禦狄。故三人力主回河之計，諸公莫能奪。吕晦叔時爲中書相，轍間見問曰："公自視智勇孰與先帝？勢力隆重能鼓舞天下孰與先帝？"晦叔驚曰："君何言歟？"對曰："河决而北，自先帝不能回，而諸公欲回之，是自謂智勇勢力過先帝也。且河决自元豐，導之北流亦自元豐，是非得失今日無所預。諸公不因其舊而修其未完，乃欲取而回之，其爲力也難，而其爲責也重矣！"晦叔唯唯，曰："當與諸公籌之。"既而回河之議紛紛而起，晦叔亦以病没。

轍遷户部侍郎，嘗因轉對，言曰：

財賦之原，出於四方，而委於中都。故善爲國者，藏之於民，其次藏之州郡。州郡有餘，則轉運司常足。轉運司既足，則户部不困。唐制：天下賦税，其一上供，其一送使，其一留州。比之於今，上供之數可謂少矣。然每有緩急，王命一出，舟車相銜，大事以濟。祖宗以來，法制雖殊，而諸道畜藏之計，猶極豐厚。是以斂散及時，縱捨由己，利柄所在，所爲必成。自熙寧以來，言利之臣不知本末之術，欲求富國，而先困轉運司。轉運司既困，則上供不繼。上供不繼，而户部亦憊矣。兩司既困，故内帑别藏雖積如丘山，而委爲朽壤，無益於算。故臣願舉近歲朝廷無名封樁之物，歸之轉運司。蓋禁軍闕額與差出衣糧，清汴水脚與外江綱船之類，一經擘畫，例皆封樁。夫闕額禁軍，尋當以例物招置，而出軍衣糧，罷此給彼，初無封樁之理。至於清汴水脚雖減於舊，而洛口費用，實倍於前。外江綱船雖不打造，而雇船運糧，其費特甚。重復刻剥，何以能堪？故臣謂諸如此比，當一切罷去。況祖宗故事，未嘗有此。但有司固執近事，不肯除去。惟陛下斷而與之，則轉運司利柄稍復，而户部亦有賴矣。

朝廷重違近制，卒不能改。尋又言：

臣謹以祖宗故事考今日本部所行，體例不同，利害相遠。恐合隨事措置，以塞弊原。謹昧死具三弊以聞：其一曰分河渠案以爲都水監，其二曰分胄案以爲軍器監，其三曰分修造案以爲將作監。三監皆隸工部,則本部所專,其餘無幾。出納損益,制在他司。頃者,司馬光秉政,知其爲害,嘗使本部收攬諸司利權。當時所收,不得其要,至今三案猶爲他司所擅,深可惜也。祖宗參酌古今之宜,建立三司,所領天下事幾至大半,權任之重,非他司比。推原其意,非以私三司也。事權分則財利散,雖欲求富,其道無由。蓋國之有財,猶人之有飲食。飲食之道,當使口司出納,而腹制多寡,然後分布氣血,以養百骸。耳目賴之以爲明,手足賴之以爲力。若不專任口腹,而使手足耳目得分治之,則雖欲求一飽,不可得矣,而況於安且壽乎?今户部之在朝廷,猶口腹也,而使他司分治其事,何以異此?自數十年以來,群臣不明祖宗之意,每因一事不舉,輒以三司舊職分建他司。利權一分,用財無藝。他司以辦事爲效,則不恤財之有無;户部以給財爲功,則不問事之當否。彼此各營一職,其勢不復相知。雖使户部得才智之臣,終亦無益。能否同病,府庫卒空。今不早救,後患必甚。昔嘉祐中,京師頻歲大水,大臣始取河渠案置都水監。置監以來,比之舊案,所補何事?而大不便者,河北有外監丞侵奪轉運司職事。轉運司之領河事也,郡之諸埽,埽之吏兵、儲蓄,無事則分,有事則合。水之所向,諸埽趨之,吏兵得以并功,儲蓄得以并用。故事作之日,無暴斂傷財之患。事定之後,徐補其闕,兩無所妨。自有監丞,據法責成,緩急之際,諸埽不相爲用,而轉運司不勝其弊矣。此工部都水監爲户部之害,一也。先帝一新官制,並建六曹,隨曹付事。故三司故事,多隸工曹。名雖近正,而實非利。昔胄案所掌,今内爲軍器監而上隸工部,外爲都作院而上隸提刑司。欲有興作,户部不得與議。訪聞河北道近歲爲羊渾脱,動以千計。渾脱之用,必軍行乏水,過渡無船,然後須之。而其爲物,稍經歲月,必至蠹敗。朝廷無出兵之計,而有司營職,不顧利害,至使公私應副,虧財害物。若專在轉運司,必不至此。此工部都作院爲户部之害,二也。昔修造案掌百工之事,事有緩急,物有利害,皆得專之。今工部以辦職爲事,則緩急利害,誰當議之?朝廷近以箔場竹箔積久損爛,創令出賣,上下皆以爲當。指揮未幾,復以諸處營造歲有料制,遂令般運堆積,以破出賣之計。臣不知將作見工幾何?一歲所用幾何?取此積彼,未用之間,有無損敗,而遂爲此計。本部雖知不便,而以工部之事,不敢復言。此工部將作監爲户部之害,三也。凡事之類此者多矣,臣不能遍舉也。故願明詔有司,罷外水監丞,舉河北河事及諸路都作院皆歸轉運司。至於都水、軍器、將作三監皆兼隸户部,使定其事之可否,裁其費之多少。而工部任其功之良苦,程其作之遲速。苟可否多少在户部,則傷財害民,户部無所逃其責矣;苟良苦遲速在工部,則敗事乏用,工部無所辭其譴矣。利出於一,而後天下貧富可責之户部矣。

朝廷以爲然,從之,惟都水監仍舊。

轍自爲中書舍人,與范子功、劉貢父同詳定六曹條例。子功領吏部。元豐所定吏額,主者苟悦群吏,比舊額幾數倍。朝廷患之,命量事裁減,已再上再卻矣。子功奉使,轍兼領其事。吏有白中孚者,進曰:"吏額不難定也。昔之流内銓,今侍郎左選也。事之煩劇,莫過此矣。昔銓吏止十數,而今左選吏至數十。事不加舊而用吏至數倍,何也?昔無重法重禄,吏通賕賂,則不欲人多以分所得;今行重法,給重禄,賕賂比舊爲少,則不忌人多,而幸於少事。此吏額多少之大情也。舊法:日生事以難易分七等,重者至一分,輕者至一釐以下,積若干分而爲一人。今若取逐司兩月事,定其分數,則吏額多少之限無所逃矣。"轍以其言遍問屬官,皆莫應。獨李之儀對曰:"是誠可爲也。"即與之儀議之曰:"此群吏身計所繫也。若以分數爲人數,必大有所損,將大致紛訴,雖朝廷亦將不能守。"乃具以白宰執,請據實立額,俟吏之年滿轉出。或事故死亡者勿補,及額而止,不過十年,羨額當盡。功雖稍緩,而見吏知非身患,不復怨矣。諸公以爲然,遂申尚書省,取諸司兩月生事。諸司吏皆疑懼,莫肯供。再申,乞榜諸司,使知所立額,俟它日見闕不補,非法行之日即有減損也。榜出,文字即具。至是成書,以申三省。左僕射吕微仲大喜,欲攘以爲己功,以問三省吏,皆莫曉。有諸司吏任永壽者,頗知其意。微仲悦之,於尚書省創吏額房,使永壽與三省吏數人典之。小人無遠慮而急於功利,即背前約,以立額日裁損吏員,復以好惡改易諸吏局次。凡近下吏人,惡爲上名所壓者,即爲撥出上名於他司。閑慢司分欲入要地者,即自寺監撥入省曹之類是也。凡奏上行下,皆微仲專之,不復經三省。法出,中外洶洶,微仲既爲御史所攻,永壽亦以恣横贓汙,以徒罪刺配。久之,微仲知衆不伏,乃使左右司再加詳定,略依本議行下。

時子瞻自翰林學士出知餘杭,朝廷即命轍代爲學士。尋又兼權吏部尚書。未幾,奉使契丹。虜以其侍讀學士王師儒館伴。師儒稍讀書,能道先君及子瞻所爲文,曰"恨未見公全集。"然亦能誦《服茯苓賦》等,虜中類相愛敬者。

《潁濱遺老傳》下

還朝,爲御史中丞。命由中出,宰相以下多不悦。所薦御史率以近格不用。自元祐初,革新庶政,至是五年矣,一時人心已定。惟元豐舊黨分布中外,多起邪説,以摇撼在位。吕微仲與中書侍郎劉莘老二人尤畏之,皆持兩端,爲自全計。遂建言欲引用其黨,以平舊怨,謂之調亭。宣仁后疑不決。轍於延和面論其非,退,復再以劄子論之。其一曰:

臣近面論君子小人不可並處朝廷,竊觀聖意,似不以臣言爲非者。然天威咫尺,言詞迫遽,有所不盡。退伏思念,若使邪正並進,皆得預聞國事,此治亂之幾而朝廷所以安危者也。臣誤蒙聖恩,典司邦憲。臣而不言,誰當救其失者? 謹復稽之古今,考之聖賢之格言,莫不謂親近君子、斥遠小人,則人主尊榮,國家安樂;疏外君子、進任小人,則人主憂辱,國家危殆。此理之必然,非一人之私言也。其於《周易》,所論尤詳。皆以君子在内、小人在外爲天地之常理,小人在内、君子在外爲陰陽之逆節。故一陽在下,其卦爲《復》。二陽在下,其卦爲《臨》。陽雖未盛,而居中得地,聖人知其有可進之道。一陰在下,其卦爲《姤》。二陰在下,其卦爲《遯》。陰雖未壯,而聖人知其有可畏之漸。若夫居天地之正,得陰陽之和者,惟《泰》而已。《泰》之爲象,三陽在内,三陰在外。君子既得其位,可以有爲;小人奠居於外,安而無怨。故聖人名之曰《泰》。泰之言安也,言惟此可以久安也。方泰之時,若君子能保其位,外安小人,使無失其所,則天下之安未有艾也。惟恐君子得位,因勢陵暴小人,使之在外而不安,則勢將必至於反覆。故《泰》之九三曰:"無平不陂,無往不復。"竊惟聖人之戒深切詳盡,所以誨人者至矣。獨未聞以小人在外,憂其不悦而引之於内,以自遺患者也。故臣前所上劄子,亦以謂小人雖决不可任以腹心。至於牧守四方,奔走庶務,各隨所長,無所偏廢。寵禄恩賜,彼此如一,無一可指,如此而已。若遂引而置之於内,是猶畏盜賊之欲得財而導之於寢室,知虎豹之欲食肉而開之以坰牧。天下無此理也。且君子小人,勢同冰炭,同處必争。一争之後,小人必勝,君子必敗。何者? 小人貪利忍恥,擊之難去。君子潔身重義,知道之不行,必先引退。故古語曰:"一薰一蕕,十年尚猶有臭。"蓋謂此矣。先帝以聰明聖智之資,疾頽靡之俗,將以綱紀四方,追迹三代。今觀其設意,本非漢唐之君所能仿佛也,而一時臣佐不能將順聖德,造作諸法,率皆民所不悦。及二聖臨御,因民所願,取而更之,上下欣慰。當此之際,先朝用事之臣皆布列於朝,自知上逆天意,下失民心,徬徨踧踖,若無所措。朝廷雖不加斥逐,其勢亦自不能復留矣。尚賴二聖慈仁,不加譴責,而宥之於外,蓋已厚矣。今者政令已孚,事勢大定,而議者惑於浮説,乃欲招而納之,與之共事,欲以此調亭其黨。臣謂此人若返,豈肯徒然而已哉?必將戕害正人,漸復舊事,以快私忿。人臣被禍,蓋不足言。臣所惜者,祖宗朝廷也。蓋自熙寧以來,小人執柄二十年矣。建立黨與,布滿中外,一旦失勢,晞覬者多。是以創造語言,動摇貴近,脅之以禍,誘之以利,何所不至?臣雖未聞其言,而概可料矣。聞者若又不加審察,遽以爲然,豈不過甚矣哉?臣聞管仲治齊,奪伯氏駢邑三百,飯蔬食,没齒無怨言。諸葛亮治蜀,廢廖立、李嚴爲民,徙之邊遠,久而不召。及亮死,二人皆垂泣思亮。夫駢、立、嚴三人者,皆齊蜀之貴臣也。管葛之所以能戮其貴臣,而使之無怨者,非有他也。賞罰必公,舉措必當。國人皆知所與之非私而所奪之非怨,故雖仇讎,莫不歸心耳。今臣竊觀朝廷用舍施設之間,其不合人心者尚不爲少。彼既中懷不悦,則其不服固宜。今乃直欲招而納之,以平其隙,臣未見其可也。《詩》曰:“無競維人,四方其訓之。”陛下誠以異同反覆爲憂,惟當久任才性忠良、識慮明審之士,但得四五人常在要地,雖未及臯陶、伊尹,而不仁之人知自遠矣。惟陛下斷自聖心,不爲流言所惑,毋使小人一進,後有噬臍之悔,則天下幸甚。臣既待罪執法,若見用人之失,理無不言。言之不從,理不徒止。如此,則異同之迹益復著明,不若陛下早發英斷,使彼此泯然無迹可見之爲善也。

奏入,宣仁后命宰執於簾前讀之,仍諭之曰:"蘇轍疑吾君臣遂兼用邪正,其言極中理。"諸公相從和之。自此,參用邪正之説衰矣。

轍復奏曰:

聖人之德,莫如至誠。至誠之功,存於不息。有能推至誠之心而加之以不息之久,則天地可動,金石可移。況於斯人,誰則不服?臣伏見太皇太后陛下、皇帝陛下隨時弛張,改革弊事,因民所惡,屏去小人。天下本無異心,群黨自作浮議。近者德音一發,衆心涣然。正直有依,人知所嚮。惟二聖不移此意,則天下誰敢不然?衛多君子而亂不生,漢用汲黯而叛者寢。苟存至誠不息之意,自是太平可久之功。此實社稷之福,天下之幸也。然臣以謂昔所柄任,其徒實繁,布列中外,豈免窺伺?若朝廷施設必當,則此輩覬望自消。昔田蚡爲相,所爲貪鄙,則竇嬰、灌夫睥睨宫禁;諸葛亮治蜀,行法廉平,則廖立、李嚴雖流徙邊郡,終身無怨。此則保國寧人之要術,自古聖賢之所共由者也。臣竊見方今天下雖未大治,而祖宗綱紀具在,州郡民物粗安。若大臣正己平心,無生事要功之意,因弊修法,爲安民靖國之術,則人心自定。雖有異黨,誰不歸心?向者異同反覆之心,蓋亦不足慮矣,但患朝廷舉事類不審詳。曩者黄河北流,正得水性,而水官穿鑿,欲導之使東。移下就高,汩五行之理。及陛下遣官按視,知不可爲,猶或固執不從。經今累歲,回河雖罷,減水尚存,遂使河朔生靈財力俱困。今者西夏、青唐,外皆臣順,朝廷招來之厚,惟恐失之。而熙河將吏創築二堡,以侵其膏腴;議納醇忠,以奪其節鉞。功未可覬,争已先形。朝廷雖知其非,終不明白處置。若遂養成邊釁,關陝豈復安居?如此二事,則臣所謂宜正己平心、無生事要功之意者也。昔嘉祐以前,鄉差衙前,民間常有破産之患。熙寧以後,出賣坊場以雇衙前,民間不復知有衙前之苦。及元祐之初,務於復舊,一例復差。官收坊場之錢,民出衙前之費。四方驚顧,衆議沸騰。尋知不可,旋又復雇。雇法有所未盡,但當隨事修完,而去年之秋,復行差法。雖存雇法,先許得差。州縣官吏利在起動人户,以差爲便。差法一行,即時差足。雇法雖在,誰復肯行?臣頃奉使契丹,河北官吏皆爲臣言:“豈朝廷欲將賣坊場錢别作支費耶?不然,何故惜此錢而不用,竭民力以供官?”此聲四馳,爲損非細。又,熙寧雇役之法,三等人户並出役錢。上户以家産高强,出錢無藝。下户昔不充役,亦遣出錢。故此二等人户不免咨怨。至於中等,昔既已自差役,今又出錢不多,雇法之行,最爲其便。及元祐罷行雇法,上下二等欣躍可知,唯是中等,則反爲害。臣請且借畿内爲比,則其餘可知矣。畿縣中等之家,例出役錢三貫,若經十年,爲錢三十貫而已。今差法既行,諸縣手力,最爲輕役;農民在官,日使百錢,最爲輕費。然一歲之用,已爲三十六貫。二年役滿,爲費七十餘貫。罷役而歸,寬鄉得閑三年,狹鄉不及一歲。以此較之,則差役五年之費,倍於雇役十年。賦役所出,多在中等。如此,安得民間不以今法爲害而熙寧爲利乎?然朝廷之法,官户等六色役錢,衹得支雇役人。不及三年,處州役而不及縣役,寬剩役錢,衹得通融鄰路鄰州而不及鄰縣。人户願出錢雇人充役者,衹得自雇而官不爲雇。如此之類,條目不便者非一。故天下皆思雇役而厭差役,今五年矣。如此二事,則臣所謂宜因弊修法,爲安民靖國之術者也。臣以聞見淺狹,不能盡知當今得失。然四事不去,如臣等輩猶知其非,而況於心懷異同、志在反覆、幸國之失有以藉口者乎?臣恐如此四事,彼已默識於心,多造謗議,待時而發,以摇撼衆聽矣。

伏乞宣諭宰執，事有失當，改之勿疑；法或未完，修之無倦。苟民心既得，則異議自消。陛下端拱以享承平，大臣逡巡以安富貴。海内蒙福，上下所同，豈不休哉？

然大臣怙權恥過，終莫肯改。比轍爲執政，三省又奏除李清臣爲吏部尚書。給事中范祖禹封還詔書，進呈不允，祖禹執奏如初。左正言姚勔亦言不當。三省復除蒲宗孟兵部尚書。轍謂諸公："且候邦直命下，然後議此，如何？"皆不應。及簾前，微仲奏："諸部久闕尚書，見在人皆資淺，未可用。又不可闕官，須至用前執政。"上有黽勉從之之意。轍奏："前日除李清臣，給諫紛然，争之未定。今又用宗孟，恐不便。"宣仁后曰："奈闕官何？"轍曰："尚書闕官已數年，何嘗闕事？今日用此二人，正與去年用鄧温伯無異。此三人者，非有大惡。但昔與王珪、蔡確輩並進，意思與今日聖政不合。見今尚書共闕四人，若並用似此四人，使互進黨類，氣勢一合，非獨臣等耐何不得，亦恐朝廷難耐何矣！且朝廷祇貴安静，如此用人，臺諫安得不言？臣恐自此鬧矣！"宣仁后曰："信然，不如且静。"諸公遂卷除目持下。轍又奏："臣去年初作中丞，首論此事，聖意似以臣言爲然。今未及一年，備位於此。若遂不言，實恐陛下怪臣前後異同。"上曰："然。"乃退。

六年春，詔除尚書右丞。轍上言："臣幼與兄軾同受業先臣，薄祐早孤。凡臣之宦學皆兄所成就。今臣蒙恩與聞國政，而兄適亦召還，本除吏部尚書，復以臣故，改翰林承旨。臣之私意尤不遑安。況兄軾文學政事皆出臣上，臣不敢遠慕古人舉不避親，祇乞寢臣新命，得與兄同備從官，竭力圖報，亦未必無補也。"不聽。

逾年，遷門下侍郎。時吕微仲與劉莘老爲左右相。微仲直而闇，莘老曲意事之。大事皆決於微仲。惟進退士大夫，莘老陰竊其柄，微仲不悟也。轍居其間，迹危甚。莘老昔爲中司，臺中舊僚多爲之用，前後非意見攻。宣仁后覺之。莘老既以罪去，微仲知轍無他，有相安之意。然其爲人則如故，天下事卒不能大有所正，至今愧之。

蓋是時所争議，大者有二：其一，西邊事。其二，黄河事。初，夏人來賀登極，相繼求和，且議地界。朝廷許之。本約地界已定，然後付以歲賜。久之，議不决。明年，人多保忠以兵襲涇原，殺掠弓箭手數千人而去。朝廷隱忍不問，即遣使往賜策命。夏人受禮倨慢，以地界爲詞，不復入謝，且再犯涇原。四年，乃復來賀坤成，且議地界。朝廷急於招納，疆議未定，先以歲賜予之。尋覺不便，乃於疆事多方侵求，不守定約。而熙河將佐范育、种誼等又背約侵築質孤、勝如二堡。夏人隨即平蕩。育等又欲以兵納趙醇忠，又擅招蕃部千餘人，朝廷卻而不受，西邊騷然。轍力言其非，乞罷育、誼，更擇老將以守熙河。宣仁后深以爲是，而大臣主之。轍面奏："此輩皆大臣親舊，不忍壞其資任。雖其同列，亦不敢異議。陛下獨不見黄河事乎？當時德音宣諭，至深至切，然非大臣意，至今不了。人君與人臣事體不同。人臣雖明見是非，而力所不加，須至且止。人主於事不知則已，知而不得行，則事權去矣。臣今言此，蓋欲陛下收攬威柄，以正君臣之分而已。若專聽其所爲，不以漸制之，及其太甚，必加之罪，祇如韓維專恣太甚，范純仁阿私太甚，皆不免逐去。事至如此，豈朝廷美事？故臣之意，蓋欲保全大臣，非欲害之也。"宣仁后極以爲然，而不能用。

六年六月，熙河奏："夏人十萬騎壓通遠軍境上，挑掘所争崖巉，殺人，三日而退。乞因其退軍，未能復出，急移近裏堡寨於界上修築，乘利而往，不須復守誠信。"諸公會議都堂，轍謂微仲："今欲議此事，當先定議：欲用兵耶，不用兵耶？"微仲曰："如合用兵，亦不得不用。"轍曰："凡欲用兵，先論理之曲直。我若不直，則兵决不當用。朝廷頃與夏人商量地界，欲用慶曆舊例，以漢蕃見今住坐處當中爲界，此理最爲簡直。夏人不從，朝廷遂不固執。

蓋朝廷臨事常患先易後難,此所謂先易者也。既而許於非所賜城寨依綏州例以二十里爲界,十里爲堡鋪,十里爲草地。非所賜城寨,指謂延州、塞門、義合、石州、吴堡、蘭州諸城寨,通遠軍定西城。要約纔定,朝廷又要於兩寨界首相望,侵係蕃地,一抹取直。夏人黽勉見從。要約未定,朝廷又要蕃界更留草地十里,通前三十里。夏人亦又見許。凡此所謂後難者也。今者又欲於定西城與隴諾堡相望,一抹取直,所侵蕃地,凡百數十里。隴諾,祖宗舊疆,豈所謂非所賜城寨耶?此則不直,致寇之大者也。今須欲不顧曲直,一面用兵,不知二聖謂何?"莘老曰:"持不用兵之説雖美,然事有須用兵者,亦不可固執。"轍曰:"相公必欲用兵,須道理十全。敵人横來相加,勢不得已,然後可耳。今吾不直如此,兵起之後,兵連禍結,三五年不得休,將奈何?"諸公乃許,不從熙河之計。明日,面奏之。轍曰:"夏人引兵十萬,直壓熙河境上,不於他處作過,專於所争處殺人、掘崖巉,此意可見此非西人之罪,皆朝廷不直之故。"微仲曰:"朝廷指揮亦不至大段不直。"轍曰:"熙河帥臣輒敢生事奏乞,不守誠信,乘夏人抽兵之際移築堡寨。臣以爲方今堡寨雖或可築,至秋深馬肥,夏人能復引大兵來争此否?"諸人皆言:"今已不許之矣。"轍曰:"臣欲詰責帥臣耳,若不加詰責,或再有陳乞。"諸人皆曰:"俟其再乞,詰責未晚。"宣仁后曰:"邊防忌生事,早與約束。"諸人乃聽。

已而蘭州又以遠探爲名,深入西界,殺十餘人。轍曰:"邊臣貪功生事,不足以示威,徒足以敗壞疆議,理須戒敕。"不聽。既又以防護打草爲名,殺六七人,生擒九人。微仲知不便,欲送還生口,因奏其事。轍曰:"邊臣貪冒小勝,不顧大計,極害事。今送還九人甚善,可遂戒敕邊臣。"微仲不欲,曰:"近日延安將副李儀等深入陷没,已責降一行人,足以爲戒。"轍曰:"李儀深入以敗事,被責。蘭州深入得功,若不戒敕,將謂朝廷責其敗事而喜其得功也。”宣仁后曰：“然。”乃加戒敕。

然七年夏人竟大入河東。朝廷乃議絶歲賜，禁和市，使沿邊諸路爲淺攻計，命熙河進築定遠城。夏人不能争。未幾，復大入環慶。復議使熙河進築汝遮。中書侍郎范子功獨不可。轍度其意：昔延安帥臣趙卨，范氏姻家也。方議地界，以綏州二十里爲例，議出於卨。熙河斥其不可。議久不决，而卨死，故子功持之。轍謂之曰：“綏州舊例施於延安可耳。熙河遠者或至七八十里，其不從宜矣。方論國事，親舊得失不宜置胸中也。”衆皆稱善，而子功悻然不服。會西人乞和，議遂不成。未幾，右相蘇子容以事去位。子功以同省待罪。因遂其請，實以汝遮故也。

轍自爲諫官，論黄河東流之害。及爲執法，最後論三事：其一，存東岸清豐口；其二，存西岸披灘水口；其三，除去西岸激水鋸牙。朝廷以付河北監司，惟以鋸牙爲不可去。轍於殿廬中與微仲論之，微仲曰：“無鋸牙則水不東，水不東則北流，必有患。”轍曰：“然北京百萬生靈，歲有决溺之憂，何以救之？且分水東入故道，見今淤合者多矣，分水之利亦自不復能久。若俟漲水已過，盡力修完北流隄防，使足勝漲水之暴，然後徹去鋸牙，免北京危急，此實利也。”莘老曰：“河北監司不如此言，奈何？”轍曰：“公豈不知外官多所觀望耶？”微仲曰：“河事至大，難以臆斷。”轍曰：“彼此皆非目見，當以公議參之耳。”及至上前，二相皆以分水爲便。轍具奏前語，且曰：“必欲重慎，候漲水過，故道增淤，即併力修完北隄，然後徹去鋸牙，庶幾可也。”近至都堂，二相遽批聖語曰：“依都水監所定。”轍語堂吏：“適所奏不然。”莘老失措，微仲知不可，乃曰：“明日别議。”卒改批“不得添展”乃已。

八年正月，都水吴安持乞於北流作軟堰，定河流，以免淤填。時微仲在告，轍奏曰：“先帝因河决大吴，導之北流，已得水性。惟隄防未完，每歲不免决溢，此本黄河常事耳。是時北京之南、黄河西岸有闞村、樊村等三斗門,遇河水泛溢,即開此三門,分水北行於無人之地,至北京北,合入大河,故北京生聚無大危急。自數年來,大臣創議回河。水官王孝先、吴安持等即塞此三門,貼築西隄,又作鋸牙馬頭,約水向東,直過北京之上,故北京連年告急。然約水既久,東流遂多於往歲。蓋分流有利有害,秋水泛漲,分入兩流,暫時且免决溢,此分水之利也;河水重濁,緩則生淤,既分爲二,不得不緩,故今日北流淤塞,此分水之害也。然將來漲水之後,河流東、北,蓋未可知。臣等昨於都堂問吴安持,安持亦言:'去年河水自東,今年安知河水不自北?'"宣仁后笑曰:"水官尚作此言,況他人乎?"轍又奏曰:"臣今但欲徐觀夏秋河勢所向。水若東流,則北流不塞,自當淤斷;水若北流,則北河如舊,自可容納。似此處置,安多危少,行之無疑。若行險徼幸,萬一成功,如水官之意,臣不敢從也。乞令安持等結罪保明河流所向,及軟堰既成,有無填塞河道致將來之患,然後遣使按行,具可否利害。"后復笑曰:"若令結罪,必謂執政脅持之。且水官猶不保河東、北,況使者暫往乎? 姑别議之可也。"

二月,微仲乃朝,轍具以前語諭之。微仲口雖不伏,而意甚屈,曰:"軟堰且令具功料申上,朝廷更行相度。"轍曰:"如此終非究竟,必欲且爾,亦可。"八日,轍方在式假,三省得旨,批曰:"依水監所奏。下手日,具功料取旨。"轍以非商量本意,以劄子論之。微仲即日在告。十二日,轍入對奏曰:"自去年十一月後來,至今百日間耳。水官凡四次妄造事端,摇撼朝廷。第一次安持十一月出行河,先乞一面措置河事。舊法:馬頭不得增損。臣知安持意在添進馬頭。即指揮除兩河門外,許一面措置。安持奸意既露。第二次乞於東流北添進五七埽緷。臣知安持意欲因此多進埽緷,約令北流入東。即令轉運司同監視,不得過所乞緷數。安持奸意復露。第三次即乞留河門百五十步。臣知安持意在回河,改進馬頭之名爲留河門,即不許。安持計窮。第四次即乞作軟堰。凡安持四次擘畫,皆回河意耳。臣昨已令中書工房問水監兩事:其一,勘會北流元祐二年河門原闊幾里?逐年開排,直至去年,祇闊三百二十步,有何緣故?其二,勘會東流河門見闊幾步?每年漲水東出,水面南北闊幾里?南面有無隄岸?北京順水隄不没者幾尺?將來北流若果淤斷,漲水東行,係合併北流多少分數?有無包畜不定?今兩問猶未答,便即施行,實太草草。"后嗟嘆久之,深以所言爲然。二十四日,與微仲同進呈,微仲曰:"蘇轍所議河事,今軟堰已不可作,無可施行。"轍曰:"軟堰本自不可作。然臣本論吴安持百日之間四次妄造事端,動摇朝聽。若令依舊供職,病根不去,河朔被害無已。"微仲曰:"水官弄泥弄水,别用好人不得,所以且用安持。"轍曰:"水官職事不輕,奈何以小人主之?《易》曰:'開國承家,小人勿用。'未聞小人有可用之地也。"此後是非終不能决。會宣仁晏駕。

九年正月,安持奏乞塞梁村口,縷張包口,開清豐口以東雞爪河。八日,轍以祈穀宿齋三省,即令安持與北京留守司相度施行。時微仲爲山陵使,行有日矣。轍見之待漏,語及河事。微仲直視曰:"此大事,不可不慎。"轍曰:"誠然,公亦宜慎之。"時范堯夫爲右相,舊不直東流。轍告之曰:"當與微仲議定,乃令西去。"堯夫曰:"命已下,奈何?"轍曰:"事有理,誰敢不從?"議於皇儀門外,再降指揮,使都水與本路安撫提轉同議,可即施行,有異議亟以聞。堯夫自外來,始意轍與微仲比。及此,大相信服。既而安撫許沖元乞候過漲水,因河所向,閉所不行口。堯夫奏乞令許將與吴安持同議,一面施行。轍曰:"河勢難定,恐須令諸司共議,乃得其實。"上以爲然。既行,上特宣喻曰:"河事不小,可遣兩制以上二人,按行相度。"堯夫曰:"河役已起,方議遣官,恐稽留役事。"上曰:"但使議論得實,雖遲一年何損?"乃遣中書舍人吕希純、殿中侍御史井亮采往視之。二人歸，極以北流爲便。方施行，樞密簽書劉仲馮援舊例，乞與河議。仲馮本文潞公、吴沖卿門下士也，其言紛然。吕井之議遂格，而轍亦以罪見逐。於是河流遂東。凡七年，而後北流復通。

微仲之在陵下也，堯夫奏乞除執政，上即用李邦直爲中書侍郎，鄧聖求爲尚書右丞。三人久在外，不得志，遂以元豐事激怒上意，邦直尤力。舊法：母后之家，十年一奏門客。時皇太妃之兄朱伯材以門客奏徐州富人竇氏，堯夫無以裁之。一日日中，請轍於都堂與邦直議之。轍曰："上始親政，皇太妃閤中事，當遍議之。車服儀制已付禮部矣。皇太后月費，尚書省已奏乞依太皇太后矣。皇太妃宜付户部議定，至於奏薦，亦當議。有所予，付吏部可也。凡事付有司，必以法裁處。朝廷又酌其可否而後行，於體爲便。"明日，奏之。上曰："月費俟内中批出。奏薦，皇太后家減二年，皇太妃十年。"議已定。邦直獨曰："此可爲後法，今姑予之可也。"上從之。邦直之附會類如此。

會廷策進士，邦直撰策題，即爲邪説以扇惑群聽。轍論之曰：

伏見御試策題歷詆近歲行事，有欲復熙寧、元豐故事之意。臣備位執政，不敢不言。然臣竊料陛下本無此心，其必有人妄意陛下牽於父子之恩，不復深究是非，遠慮安危，故勸陛下復行此事。此所謂小人之愛君，取快於一時，非忠臣之愛君，以安社稷爲悦者也。臣竊觀神宗皇帝以天縱之才，行大有爲之志，其所施設，度越前古，蓋有百世而不可改者也。臣請爲陛下指陳其略。先帝在位近二十年，而終身不受尊號。裁損宗室，恩止袒免，減朝廷無窮之費。出賣坊場，雇募衙前，免民間破家之患。罷黜諸科誦數之學，訓練諸將慵墮之兵。置寄禄之官，復六曹之舊，嚴重禄之法，禁交謁之私。行淺攻之策以制西戎，收六色之錢以寬雜役。凡如此類，皆先帝之睿算，有利無害，而元祐以來，上下奉行，未嘗失墜者也。至於其他，事有失當，何世無之？父作之於前，子救之於後，前後相濟，此則聖人之孝也。漢武帝外事四夷，内興宫室，財用匱竭，於是修鹽鐵、榷酤、均輸之政。民不堪命，幾至大亂。昭帝委任霍光，罷去煩苛，漢室乃定。光武、顯宗，以察爲明，以讖决事，天下恐懼，人懷不安。章帝即位，深鑒其失，代之以寬。愷悌之政，後世稱焉。及我本朝真宗皇帝，右文偃革，號稱太平，群臣因其極盛爲天書之説。及章獻明肅太后臨御，覽大臣之議，藏書梓宫，以泯其迹。仁宗聽政，亦絶口不言。天下至今韙之。英宗皇帝自藩邸入繼，大臣過計，創濮廟之議，朝廷爲之洶洶者數年。及先帝嗣位，或請復舉其事，寢而不答，遂以安静。夫以漢昭、章之賢，與吾仁宗、神宗之聖，豈其薄於孝敬而輕事變易也哉？蓋有不可不以廟社爲重故也。是以子孫既獲孝敬之實，而父祖不失聖明之稱。此真明君之所務，不可與流俗議也。臣不勝區區，願陛下反覆臣言，慎勿輕事改易。若輕變九年已行之事，擢任累歲不用之人，人懷私忿，而以先帝爲詞，則大事去矣。

奏入不報，再以劄子面論之，上不悦。李鄧從而媒櫱之，乃以本官出知汝州。居數月，元豐諸人皆會於朝，再謫知袁州。未至，降授朝議大夫，分司南京，筠州居住。居三年，責授化州别駕，雷州安置。未期年，或言方南行，兄弟相遇中途。至雷，賃富民屋以居，復移循州。今上即位，大臣猶不悦，徙居永州。皇子生，後徙岳州，已乃復舊官，提舉鳳翔上清太平宫。有田在潁川，乃即居焉。居二年，朝廷易相，復降授朝請大夫，罷祠宫。

凡居筠、雷、循七年，居許六年。杜門復理舊學，於是《詩》《春秋傳》《老子解》《古史》四書皆成。嘗撫卷而嘆，自謂得聖賢之遺意，繕書而藏之。顧謂諸子："今世已矣，後有達者，必有取焉耳。"家本眉山,貧不能歸,遂築室於許。先君之葬在眉山之東,昔嘗約祔於其廋,雖遠不忍負也,以是累諸子矣。

予居潁川六年,歲在丙戌秋九月,閲篋中舊書,得平生所爲,惜其久而忘之也,乃作《潁濱遺老傳》,凡萬餘言。已而自笑曰:"此世間得失耳,何足以語達人哉!"昔予年四十有二,始居高安,有一二衲僧游,聽其言,知萬法皆空,惟有此心不生不滅。以此居富貴,處貧賤,二十餘年而心未嘗動,然猶未睹夫實相也。及讀《楞嚴》,以六求一,以一除六,至於一六兼忘,雖踐諸相,皆無所礙。乃油然而笑曰:"此豈實相也哉?夫一猶可忘,而況《遺老傳》乎?雖取而焚之,可也。"

二、孫汝聽《蘇潁濱年表》[①]

仁宗寶元二年己卯

二月丁亥,蘇轍生。轍字子由,一字同叔,眉山人,老蘇先生之季子,其世家已具《老蘇先生表》中。

康定元年庚辰

慶曆元年辛巳

二年壬午

三年癸未

四年甲申

五年乙酉

六年丙戌

---

①本年表依據《永樂大典》卷之二千三百九十九過録標點。格式以年提頭,其下按月份分段,其文字一依《永樂大典》,訛誤之處校改並加脚注説明緣由,其餘均不變。

七年丁亥

五月乙酉，轍祖父序卒。

八年戊子

父洵以家艱，閉户讀書，因以行學授二子，曰："是庶幾能明吾學者。"

皇祐元年己丑

二年庚寅

三年辛卯

四年壬辰

五年癸巳

至和元年甲午

二年乙未

轍娶史氏，年十五，父曰瞿。

嘉祐元年丙申

是春，轍父子三人同遊京師。過成都，謁知益州張方平。方平一見，待以國士。

七月癸巳，以侍御史范師道、開封府判官祠部郎中直秘閣王疇、祠部員外郎集賢校理胡俛、屯田員外郎集賢校理韓彦、太常博士集賢校理王瓘、太常丞集賢校理宋敏求考試開封舉人，轍中其選。明年登第後，有《謝秋試官啓》。

二年丁酉

轍兄弟試禮部中第。

三月辛巳，上御崇政殿試進士。丁亥，放章衡以下及第出身。轍中第五甲，有《上韓琦樞密書》。

四月癸丑，轍母武陽縣君程氏卒于家，轍父子還蜀。

三年戊戌

四年己亥

十月，侍父遊京師。

十二月，至江陵，集舟中所爲詩賦一百爲《南行集》。

五年庚子

自江陵至京師，途中所爲詩賦又七十三篇，爲《南行後集》，轍有《南行後集引》。

三月，以選人至流内銓。天章閣待制楊畋調銓之官吏，轍授河南府澠池縣主簿。畋謂轍曰："聞子求舉直言，若必無人，畋願備數。"於是舉轍應才識兼茂明於體用科。兄弟寓懷遠驛。

十一月，歐陽永叔爲樞密副使，有賀啓。

六年辛丑

有上富弼丞相、曾公亮參政及兩制書。

八月丁卯，會翰林學士吴奎、龍圖閣直學士楊畋、御史中丞王疇、知制誥王安石考試制科舉人于秘閣。乙亥，上御崇政殿策試制科人。時上春秋高，始倦於勤，轍因所問，極言得失。覆考官司馬光第以三等，初考官胡宿争不可。光與范鎮議，以轍爲第四等。蔡襄曰："吾三司使也，司會之言，吾愧之而不敢怨。"惟胡宿以爲不遜，力請黜之。詔差官重定。司馬光奏："臣近蒙差赴崇政殿後覆考應制舉人，試卷内'閆'、'毡'兩號所對策，辭理俱高，絶出倫輩。然'毡'所對命秩之差，虚實之相養等一兩事，與所出差舛。臣遂與范鎮同議，以'閆'爲第三等，爲'毡'第四等。詳定官已定從覆考。竊知初考官以爲不當，朝廷更爲差官重定，復從初考，以'毡'爲不入等。臣竊以國家置此六科，本欲取材識高遠之士，國不以文辭華靡，記誦雜博爲賢。'毡'所試文辭，臣不敢言。但見其指陳朝廷得失，無所顧慮，於四人之中，最爲切直。今若以此不蒙甄收，則臣恐天下之人皆以爲朝廷虚設直言極諫之科。而'軾'以直言被黜,從此四方以言爲諱,其於聖主寬明之德虧損不細。臣區區所憂,正在於此,非爲臣已考爲高等,苟欲遂非取勝而已也。伏望陛下察臣愚心,特收'軾'入等,使天下之人皆曰'軾'所對事目雖有漏落,陛下特以其切直收之,豈不美哉!"既而執政以'軾'所試進呈,欲黜之,上不許,曰:"其言切直,不可棄也。"乃降一等收之,即轍也。己卯,以轍爲試秘書省校書郎,充商州軍事推官。制曰:"朕奉先聖之緒以臨天下,雖夙寤晨興,不敢康寧,而常懼躬有所闕,羞於前烈。日御便坐,以延二三大夫垂聽而問。而轍也指明其微,甚直不阿,雖文采未極,條貫靡究,亦可謂知愛君矣。朕親覽見,獨嘉焉。其以轍爲州從事,以試厥功。克慎爾術,思永修譽。"時知制誥王安石意轍右[①]宰相專攻人主,比之谷永,不肯撰詞。宰相韓琦笑曰:"此人策語謂宰相不足用,欲得婁師德、郝處俊而用之,尚以谷永疑之乎?"知制誥沈遘亦考官也,知其不然,故當制有愛君之言。諫官楊畋見上曰:"蘇轍,臣所薦也,陛下赦其狂直而收之,盛德之事也,乞宣付史館。"上悦從之。

轍有《謝制科啓》。是時父洵被命編修禮書,而兄軾出簽書鳳翔判官,傍無侍子。轍乃奏乞養親,詔從之。

十二月,軾赴官,十九日,與轍别於鄭州西門外。有《辛丑除日寄子瞻》詩。

七年壬寅

《次韻子瞻減降諸縣囚徒事畢登覽》詩。

四月,諫議大夫楊畋卒,年五十六,有哀詞。

八月乙亥,伯父利州路提點刑獄涣卒,年六十二。

---

①右:《永樂大典》作"古",不辭,據文意,當爲"右"字。形近而誤。

《次韻子瞻秋雪見寄》詩,《次韻子瞻記歲暮鄉俗三首》,有《新論》三首。

八年癸卯

有《記歲首鄉俗寄子瞻二首》,寒食前一日,有寄兄詩。

三月辛未,仁宗崩。

六月庚辰,涣夫人楊氏卒,有挽詩。

英宗治平元年甲辰

四月晦日,有《題上清宫辭後》。

十二月,軾自鳳翔解官歸京師。

二年乙巳

轍爲大名府留守推官,有《謝韓丞相啓》。尋差官勾大名府路安撫總管司機宜文字。有《北京送孫①曼叔屯田權三司開拆司》詩,有《中秋夜八絶》。

冬,有《留守王君貺生日》詩。

三年丙午

春,有《送陳安期都官》詩。

二月,有《寒食贈遊壓沙諸君》詩。

四月戊申,父洵卒於京師,年五十八。轍兄弟自汴入淮,泝于江歸。

十二月,入峽。

四年丁未

正月丁巳,英宗崩。

十月壬申,葬父彭山縣安鎮鄉可龍里。

---

①孫:《永樂大典》作遜,當作"孫"。孫曼叔即孫永。據《欒城集》及《宋史》改。

神宗熙寧元年戊申

冬，轍兄弟免喪，東遊京師。

二年己酉

春，至京師。

二月甲子，參知政事王安石、知樞密院陳升之同制置三司條例。

三月，轍上書論事。丙子，上批付中書曰："詳觀疏意，知轍潛心當世之務，頗得其要。鬱於下僚，使無所伸，誠亦可惜。"即日召對延和殿。癸未，以轍爲制置三司條例司檢詳文字。安石急於財利而不知本，吕惠卿爲之謀主。轍議事率不合，因以書抵安石，指陳其事之不可行者。安石大怒，欲加以罪，升之止之。

八月庚戌，轍上言："每於本司商量公事，動皆不合。臣已有狀申本司，具述所議不同事，乞除一合入差遣。"上問所以處轍，曾公亮奏，欲與堂除差遣，上從之，以轍爲河南府留守推官。乃定制策登科者，不復試館職，皆送審官與合入差遣，自此始。癸丑，以三司度支副使蘇寀爲集賢殿修撰知梓州。有《送蘇公佐》詩。

三年庚戌

正月九日，差充省試點檢試卷官。

二月戊午，觀文殿學士、新知河南府張方平知陳州，方平奏改辟轍爲陳州教授。有《初到陳州》詩二首。

八月丙戌，知成都府陸詵卒，有《陸介夫挽詞》。

九月，吕陶中賢良方正科，有代方平《答陶啓》，有代張方平《論時事書》。

十二月，王安石同平章事。

四年辛亥

六月甲子，歐陽脩以太子少師致仕，有賀脩啓，有《陪歐陽公燕潁州西湖》詩，有《次韻子瞻潁州留别》詩。

八月戊寅，張方平除南京留臺，有送方平詩。

九月，知制誥、直學士院陳襄知陳州，轍有迎襄啓。

十二月，《次韻子瞻初到杭州見寄二首》。

五年壬子

六月，曾公亮致仕，轍有賀啓。

閏七月二十三日，歐陽文忠公脩卒，有祭文並挽詞三首。

八月，同頓起等於洛陽妙覺寺考試舉人，及畢事，共得大小詩二十六首。

六年癸丑

二月，重到潁州，有寄軾詩二首。甲申有《次韻二月十日雪》詩。

四月，樞密使文彦博罷，以守司徒兼侍中判河陽。彦博辟轍爲學官，轍有謝啓。已而改齊州掌書記，有《自陳適齊戲題》詩。

九月，尚書右司郎中、知登州李師中來知齊州。

十月，有《京西北路轉運使題名記》。

七年甲寅

二月己巳朔，以李師中爲天章閣待制知瀛州。有《師中燕别西湖詩序》並《送師中赴瀛州》詩。

四月壬辰，以知青州、右諫議大夫李肅之知齊州。有代肅之到任謝上表，有《送青州簽退翁致仕還湖州》詩。

九月丙申，有《和青州教授頓起九日見寄》詩，有《和子瞻喜虎兒生》詩。

十一月辛亥，有《洛陽李氏園亭記》。

八年乙卯

有《和劉敏殿丞送春》、《趙至節推首夏》詩，有《遊太山詩四首》，有《舜泉》詩，有《閔子廟記》及《次韻徐正權謝示閔子廟記及惠紙》詩。

六月辛亥，吏部尚書同平章事昭文館大學士王安石授尚書左僕射兼門下侍郎同平章事，以修《詩》、《書》、《周禮》義畢推恩也。轍有《東方書生行》。

九年丙辰

二月辛丑，李肅之提舉南京鴻慶宫，以病自請也。有《和李常赴歷下道中雜詠十二首》。

九月，有《次韻李常九日見約以疾不赴》詩。

十月，宰相王安石罷，轍歸京師，有《自齊州回論時事書》。

十二月辛亥，有《次韻范鎮除夜》詩。

十年丁巳

正月八日，有《王氏清虚堂記》，有《次韻范鎮正月十二日訪吴縝寺丞二絶》。轍以舉者改著作佐郎，有謝啓。

二月癸巳，以張方平爲南京留守。方平辟轍簽書應天府判官，有謝方平啓。時軾亦得徐州，兄弟相遇於澶、濮之間，相從至徐，留百餘日，有《逍遥堂會宿》等詩，有《漢高帝廟試劍石銘》，有《漢高帝廟祈晴文》。徐州大水。

九月，轍自徐至南京，有《寄王鞏》詩，有《九日送交代劉摯①》詩。

十月甲辰，祀南郊，大赦天下。有《代方平免陪祀表》、《賀南郊表》並謝加恩表。有《除夜會飲南湖懷鞏》詩。張方

①摯：《永樂大典》作"勢"，據《欒城集》改。

平請老,拜東太一宫使就第。以龔鼎臣知應天府。

元豐元年戊午

正月,有《次韻王鞏上元閑遊見寄三首》。

二月,寒食,有《遊南湖》詩三首。

五月己卯,知應天府龔鼎臣爲右諫議大夫知青州,有《代鼎臣謝知青州表》,有《送龔諫議知青州》詩二首。戊戌,提舉醴泉觀、兵部郎中陳汝羲知應天府,有《代謝上表》。有《送林子中安厚卿奉使高麗》詩。

七月癸巳,《同李倅鈞訪趙嗣恭留飲南園晚衙先歸》詩,有《秋祀高辛》詩,有《答徐[1]州陳師仲書》。

八月丙辰,有《中秋見月寄兄》詩。

九月,有《黄樓賦》,有《次韻張恕九日寄兄》詩,有《次韻頓起試徐沂舉人見寄》詩二首。

二年己未

正月丁丑,有《次韻軾人日獵城西》詩。己丑,資政殿大學士知杭州趙抃以太子少保致仕,有賀抃啓。庚寅,新知湖州文同卒於陳州,有《祭與可文》。

二月丁巳,以軾知湖州,有《和軾自徐移湖將至宋都途中見寄》五首。

四月三日,有《古今家誡序》,有《代張方平乞致仕表》。

七月甲戌,以宣徽南院使、東太一宫使張方平爲太子少師、宣徽南院使致仕,有《代方平謝表》。

八月,軾下御史臺獄,轍上書乞納在身官贖兄罪,不報。

十二月癸亥,軾責授水部員外郎、黄州團練副使,轍亦坐

---

[1]徐:《永樂大典》作"陳",據《欒城集》此篇作《答徐州陳師仲書二首》之一有"去年轍從家兄游徐州,君兄弟始以客來見",知當爲"徐"。

貶監筠州鹽酒税。

三年庚申

自南京適筠,有《過龜山》詩、《高郵别秦觀》詩、《揚州五詠》、《遊金山》詩、《初至金陵》詩、《池州蕭丞相樓二首》、《過九華山》詩、《佛池口遇風雨》詩。

五月,至黄州,有《陪軾遊武昌西山》詩。

六月,有《自黄州還江州》詩,有《遊廬山》詩、《南康阻風遊東寺》詩。至筠有《次韻筠守毛維瞻司封觀修城》三首。

八月乙巳,有《中秋對月》二首,《子瞻次夜字韻》。

九月戊辰,有《次韻毛君九日》詩。辛未,屯田郎劉涣凝之卒,有哀詞。

十二月丙寅,有《東軒記》。

四年辛酉

五月癸巳,有《廬山新修僧堂記》。

六月壬申,有《聖壽院法堂記》。

七月甲午,有《吴氏浩然堂記》,有《送王適徐州赴舉》詩。

八月,有《試院唱酬十一首》。

九月,有《聖祖殿記》。

十二月,有《黄州師中庵記》。

五年壬戌

有《上高縣學記》,有《送毛君司封致仕還鄉》詩。

六年癸亥

正月丁丑朔,有《次韻王適元日并示曹焕》二詩。閏六月,有《次韻王適大水》詩。

四月丙辰朔,中書舍人曾鞏卒,有挽詞。

七月丙辰,國子司業朱服言:“諸州學或不置教授,乞委長吏選見任官兼充,先以名上禮部,從本監體驗,可爲教授,即依所乞。其餘逐州舊補差教授悉乞放罷。"仍録進轍權筠州教授所撰策題三道,以其乖戾經旨,禮部言:"見爲教授人,候有新官令罷。其蘇轍乞令本路别差官兼管勾。"從之。有《次韻賈蕃大夫思歸》詩。

八月,有《庭中種松竹》詩。

九月癸酉,有《書事》詩。

十一月壬寅朔,有《黄州快哉亭記》。

十二月,文彦博致仕,轍有賀啓。庚子,有《除夜》詩。

七年甲子

正月乙卯,有《上元夜》詩並《次韻王適上元夜》二首。

二月,有《次韻王適一百五日太平寺看花二絶》。子瞻自黄移汝。

三月癸卯,有《次韻子瞻特來高安相别卻寄邁迨過遯》詩,並《和端午日與遲适遠三子遊真如寺》詩,《次韻子瞻贈别》詩。

七月乙丑,軾幼子遯卒,有《勉子瞻失幹子》詩二首。

九月,以轍爲歙州績[1]溪令,《謝洞山石台遠來訪别》詩,《乘小舟出筠江》詩,除夜宿彭蠡湖,有《遇大風雪》詩。

八年乙丑

正月丙申朔,有《正旦夜夢李士[2]寧》詩並《舟中風雪五絶》。己酉,有《南康軍直節堂記》並《太守宅五老亭》詩。有《再遊廬山詩》。至績溪有《謁城隍神》、《孔子廟文》。視事三日,有《出城南謁二祠》、《遊石照寺》詩,有《縣中諸花多交

①績溪:《永樂大典》作"續淡"。當爲抄録中形近而誤。

②士:《永樂大典》作"志"。《欒城集》作"士"。《續資治通鑑長編・神宗熙寧八年》、邵伯温《邵氏聞見録》、司馬光《涑水紀聞》等書均有其事跡。

代江汝明所種牡丹已過芍藥方開》詩。

三月戊戌，神宗崩，哲宗即位，己亥①，大赦天下。有《代歙州賀登極表》。轍始至邑，適有朝旨，江東諸郡市廣西戰馬。江東素乏馬，每縣雖不過十餘疋，而諸縣括民馬，吏緣爲姦，有馬之家爲之騷然。轍謂縣尉郭惇愿曰："廣西取馬使臣未至，事忌太遽，徐爲之備可也。邑孰爲有馬者？"惇愿曰："邑有遞馬簿，歲月遠矣，然有無之實，尚得其半也。"即取簿封之。又曰："何從得馬牙人乎？"曰："召粥羊豕者詰之，則馬牙出矣。"果得曾人市馬者，辭以不能。曰："吾不責汝以馬，但爲我供文書耳。"曰："諾。"州符日至縣，督責買馬，乃以夏税過期爲名，召諸鄉保正副騾問之曰："汝保誰爲有及格馬者？"相顧辭不知。曰："保正副不知，誰則知之？第勿以有爲無、以無爲有，則免罪矣。汝等所具，吾將使人訴其不實，而陳其脱略者，不可不實也。"人知不免，皆以實告。復諭之曰："買馬事止此矣。廣西取馬者至郡則馬出，若不至則已矣。"皆再拜曰："邑人幸矣！"然取馬者卒不至。

五月，轍卧疾，至秋良愈，有《病退》詩，有《病後白髮》詩。

八月戊午，資政殿學士司馬光爲門下侍郎。丁卯，以轍爲祕書省校書郎，有《初得校書郎示同官三絶》，有《答王定國問疾》詩，有《辭靈惠廟歸過新興院》詩。過桐廬②，有《遊桐君山寺》詩。

---

①己亥：《續資治通鑑長編·神宗元豐八年》："三月乙未，大赦天下，其赦法用第二等。"

②桐廬：《永樂大典》作"相廬"，誤。宋祝穆《方輿勝覽·建德府》："桐君山：在桐廬。有人採藥結廬桐木下，人問其姓，指桐木示之，江山因以桐名郡，曰桐廬。"

十月己巳，有《遊杭州天竺寺》詩。丁丑，以轍爲右司諫。

哲宗元祐元年丙寅

轍至京師。

二月癸酉，有《論臺諫言事留中不行狀》。甲戌，有《久旱乞放民間積欠狀》。乙亥，有《論罷免役錢行差役法狀》。丙子，有《送陳睦出守潭州》詩。癸未，有《論蜀茶五害狀》。丙戌，有《乞選用執政狀》。

閏二月己丑朔，有《乞罷左右僕射蔡確韓縝狀》。庚寅，確罷爲觀文殿大學士知陳州，以門下侍郎司馬光爲右僕射。是日有《乞罷蔡京知開封府狀》。壬辰，轍言："陛下以久旱，憂禱勤至，自冬歷春，天意未答，災害廣遠。又近歲民苦重斂，儲積空匱。應官債負，有資産耗竭實不能出者，令州縣監司保明除放，使民心説附。"詔户部勘會諸欠官本息罰錢，並免役、坊場净利錢數目，及民户見有無抵當物力，具保明以聞。甲午，右諫議大夫孫覺同轍進對，有旨俟簾下，内臣盡出，方敷奏。是日有《乞罷右僕射韓縝劄子》。壬寅，有《乞招河北保甲充軍以消盜賊狀》。癸卯，有《差役五事狀》。甲辰，有《乞黜降韓縝狀》。丙午，轍言："竊見近日以蜀中賣鹽、榷茶及市易比較爲人疾苦，委成都提點刑獄郭槩體量事實。臣觀此三事，利害易見，而槩畏憚茶官陸師閔，不敢依限體量，足以見其意在拖延。始因提舉官韓玠收息增羨，槩以韓玠叔祖縝見任右僕射，意欲趍附，妄言韓玠不曾以户口比較息錢。又代説詞理已在赦前，槩謂朝廷不合相度，赦前之事，附下罔上。乞罷黜郭槩，别委官體量。"詔郭槩特差替，其賣鹽市易，令黄廉先次體量，詣實以聞。有《乞罷章惇知樞密院狀》並《乞牽復英州别駕鄭俠狀》。庚戌，知開封府蔡京出知成德軍。辛亥,有《廢官水磨狀》並《乞葬埋城外白骨狀》。是日,章惇罷知汝州。壬子,有《乞賑救淮南飢民狀》。甲寅,有《乞罷蔡京知真定府狀》。丙辰,有《乞罷安燾知樞密院狀》。

三月己未,有《再論安燾狀》。乙丑,有《論發運司以糴米代諸路上供狀》。丁卯,有《乞責降韓縝第七狀》。壬申,有《乞責降韓縝第八狀》。甲戌,有《乞給還京西水櫃所易民田狀》。庚辰,有《論三省事多留滯狀》。

四月己丑,右僕射韓縝罷知潁昌府。庚寅,有《言科場事狀》。丙申,有《招畿縣保甲充軍狀》。庚子,有《乞令户部役法所會議狀》。己酉,有《乞禁軍日一①教狀》。壬子,有《乞差官與黄廉同體量蜀茶狀》。乙卯,有《乞以發運司米救淮南飢民狀》。

五月壬戌,有《論明堂神位狀》。甲子,有《乞借常平錢買上供及諸州軍糧狀》。丁卯,有《論蔡京知開封府不公第五狀》。乙亥,有《乞誅竄吕惠卿狀》。丁丑,有《再乞差官同黄廉體量茶法狀》。壬午,有《再言役法劄子》。乙酉,有《乞責降吕和卿狀》。

六月己丑,有《乞兄子邁罷德興尉狀》。甲午,有《再乞罪吕惠卿狀》。戊戌,吕和卿責知台州。庚子,有《論青苗狀》。壬寅,資政殿大學士、正議大夫、提舉西京嵩山崇福宫吕惠卿落職,降中散大夫、光禄卿,分司南京,蘇州居住。甲辰,有《三論差役狀》。丙午,有《論吕惠卿第三狀》。辛亥,

①日一:《永樂大典》作“旦”。當爲豎寫連文而致誤。考《欒城集》此文作《乞禁軍日一教狀》,其曰:“臣請使禁軍除新募未習之人,其餘日止一教,使得以其餘力爲生。”當本於此。

再責惠卿爲建武軍節度副使，建州安置，不得簽書公事。甲寅，有《論蘭州等地[①]狀》。

七月壬戌，有《再論蘭州等地狀》。甲子，有《論京畿保甲冬教等事狀》。甲戌，有《論西邊警備狀》。己卯，有《再論青苗錢狀》。壬午，有《乞放市易欠錢狀》。癸未，以刑部郎中杜紘爲右司郎中。甲申，有《言淮南水潦狀》。

八月丙戌朔，有《乞罷杜紘右司郎中狀》。丁亥，有《論差除監司不當狀》。己丑，有《乞罷青苗錢狀》並《申三省狀》。辛卯，詔諸路提刑司，自今後常平司錢穀，令州縣依舊法糴糶，其青苗錢更不俵散。壬辰，有《再言杜紘狀》。癸巳，有《言張璪劄子》、《請罷右職縣尉劄子》、《論户部侍郎張頡劄子》。丙申，有《再言張璪狀》。丁酉，有《言張頡第三狀》。己亥，有《言責降官不當帶觀察團練使狀》。癸卯，有《言張頡第四狀》。甲辰，以轍爲起居郎，有《辭免》二狀。丙午，有《論傅堯俞等謂司馬光爲司馬相公狀》。戊申，有《言張頡第五狀》、《辭起居舍人第二狀》。辛亥，有《申三省論張頡狀》。轍權中書舍人。

九月己卯，中書侍郎張璪罷知鄭州，有制。

十一月丙子，轍召試中書舍人。戊寅，制曰："在昔典謨、訓誥、誓命之文，爲體不同，而其旨無二。學者宗之，以爲大訓。蓋當是時，豈特經紀法度，後世有不能及哉！至於左右言語之臣，皆聖人之徒，亦非後世之士所能髣髴也。斯道未墜，得人則興，庶幾先王，朕竊有志。具官某，學有家法，名重天下。高文大册，爲國之光。追還古風，有望於汝。矧夫

①《論蘭州等地狀》與下《再論蘭州等地狀》，《永樂大典》"等地"二字均作"池"。據《欒城集》改。

身備近侍,職在論思,位於西臺,實與政事。以爾器識,足以輔余不及;以爾諒直,足以行其所知。兼是數長,朕命惟允。任重於己,責難於君,在爾勉之,以永終譽。可中書舍人。”有《辭免狀》二,《謝表》二。

十一月戊午,尚書右丞吕大防爲中書侍郎,御史中丞劉摯爲尚書右丞。轍有大防、摯制。

十二月丁亥,有《論梁惟簡除遥郡刺史不當狀》。庚寅,有《不撰葉康直秦州告狀》。

二年丁卯

正月辛巳,以給事中顧臨爲河北都轉運使,有送臨詩。

五月己巳,太師文彦博等言:“伏奉詔旨,以時雨愆期,太皇太后陛下憂閔元元,側身修行,躬自貶薄,以奉天戒,權停受册之禮。今時雨溥注,二麥既登,秋稼有望,正名定位,義不可後。謹據太史局選定八月初四崇上徽號。”不許。轍有《請太皇太后受册表》。戊申,尚書左丞李清臣以資政殿學士知河陽,有制。辛未,集賢殿修撰知陳州鮮于侁卒,有《子駿哀詞》。

七月辛未,有《門下侍郎韓維爲資政殿大學士知鄧州制》。

八月丁未,熙河蘭會路經略司言:“今月十九日岷州行營將官种誼收復洮州,擒西蕃大首領鬼章。”戊申,宰相率百官賀於延和殿,轍有賀表,有《論西事狀》。

九月甲子,以講《論語》終篇,賜宰臣、執政、經筵官宴於東宫。轍有《謝講論語賜宴表》。

十月,以奉安神御於西京,轍先告裕陵。壬午,還過鄭州列子觀,有《御風辭》一首。甲辰,有《游師雄除陝西路轉運判官制》。

十一月甲戌,以轍依前朝奉郎試户部侍郎,有《辭免劄子》並《謝表》二。言者論買撲場務人,自熙寧初至元豐末,多有四界,少者三界,緣有實封投狀添價之法,小民争得務勝,不復計較利害。自始至末添錢多者至十倍,由此破蕩家産,傍及保户,猶不能足。父子流離,深可閔卹。乞取累界内酌中一界爲額,除元額已足外,其元額雖未足,而於酌中額得足,並與釋放。唯未足者,依舊催理,及酌中額而止。轍善其説,奏請施行之。天下欠户蒙賜者不可勝數。

十二月戊申,宿齋於右曹。

三年戊辰

正月己酉朔,有三絶句寄軾。辛亥,祈穀。

三月丙辰,韓康公絳卒,有挽詞三首。丁未,上策試進士。戊午,策試武舉于集英殿,以轍及王欽臣等爲考官。轍有《廷試武舉策問》一首,有《次韻欽臣集英殿井》詩。己巳,賜進士及第出身,有《考試罷》詩二首。

四月戊寅,以文思副使兼閤門通事舍人高士敦爲成都府利州路兵馬鈐轄,有《送士敦》詩。

五月丙午朔,文德殿轉對,有《論事狀》。有詩。

六月癸卯,以承議郎程之元爲江南西路轉運判官,有《送之元奉使江西》詩。丙辰,以朝請大夫、考工郎中周尹知梓州,有《送尹兼簡吕陶二絶》。

九月辛亥,以御史中丞孫覺並轍、中書舍人彭汝礪、祕書正字張繢考試制科舉人。有《呈同舍諸公》二首,有《次韻繢院中感懷》一首。

十一月癸卯朔,有《次韻軾旦日鎖院賜酒及燭》詩。有《祭范景仁文》。

四年己巳

正月癸巳，知鄭州王克臣卒，有挽詞。

二月甲申，司空申國公吕公著卒，有《吕司空挽詞》三首。

六月辛丑朔。丁未，以轍爲吏部侍郎，有《辭免劄子》。辛亥，以轍爲翰林學士、知制誥，有《辭免劄子》、《謝宣召狀》、《謝賜對衣金帶鞍馬》、《謝敕[1]設狀》。

八月辛丑，以轍及刑部侍郎趙君錫爲賀遼國生辰信使。己未，范鎮葬汝州襄城縣，子百嘉、百歲附焉。轍有《蜀公挽詞》三首，《百嘉百歲挽詞》二首。辛酉，撰《太皇太后將來明堂禮成罷賀賜門下手詔》。

九月丙子，有《將使契丹九日對酒懷子瞻兄並示坐中》詩。戊寅，上齋於垂拱殿，百官齋於明堂。己卯，薦饗景靈宫。庚辰，齋於垂拱殿，有《皇帝宿齋明堂問太皇太后皇太后皇太妃聖體答書》六首。辛未，大享明堂禮畢，御宣德門，肆赦，有《皇帝謝禮畢太皇太后皇太后皇太妃答書》。有宰相吕大防、皇伯祖、叔祖、皇弟並馮京、劉昌祚[2]加恩制。有《歐陽文忠公夫人薛氏墓誌銘》。

十月戊戌，轍進呈《神宗皇帝御集》。命宰執觀讀，吕大防讀詩數篇，太皇太后泣下。二十五日，轍壻王適卒。

轍至契丹，虜主以其侍讀學士王師儒館伴。師儒稍讀書，能道轍父兄所爲文，曰："恨未見公全集。"然亦能誦《服茯苓賦》等，虜中愛敬之。轍、君錫使還，過相州，有《祭韓忠[3]獻公文》

---

①敕：《永樂大典》作"救"，形近而誤。據《欒城集》本篇改。
②劉昌祚：《永樂大典》作"劉昌作"。誤。據《欒城集》及《宋史》改。
③忠：《永樂大典》作"中"。誤。

五年庚午

有《王子立秀才文集引》。

二月庚戌，太師文彦博除開府儀同三司、河東節度使致仕，有《除彦博制》。有《河東官吏軍民示喻敕書》，有《送彦博致仕還洛》詩三首。

三月壬申，以尚書左丞韓忠彦同知樞密院事，以翰林學士承旨蘇頌爲尚書右丞。有《賜忠彦頌辭免不允詔》。有《賜知樞密院孫固乞致仕不許不允詔》。己卯，以知亳州鄧温伯爲翰林學士承旨。

四月，有《乞罷五月朔旦朝會劄子》，上從之。丁巳，轍有《太皇太后皇帝以旱賜門下避殿減膳》、《罷五月朔文德殿視朝手詔》二首。辛酉，有《除馮京司空彰德軍節度使再任知大名府制》，有《彰德軍官吏軍民示喻敕書》。

五月己巳，有《端午帖子》二十五首。乙亥，群臣詣閤門拜表，請御正殿，復常膳，有《不許不允批答》。自是四上表，乃從之。壬辰，以轍爲龍圖閣直學士、御史中丞，有《辭免劄子》並《謝表》。

六月辛丑，以禮部侍郎陸佃權禮部尚書，兵部侍郎趙彦若權兵部尚書。轍有《論執政生事劄子》，有《分别邪正劄子》。自元祐初革新庶政，至是五年矣，一時人心已定。惟元豐舊黨分佈中外，多起邪説，以摇撼在位。吕大防及中書侍郎劉摯尤畏之，遂建言欲引用其黨，以平舊怨，謂之“調停①”。宣仁后疑不決，轍於延和面論其非，退復再以劄子論之，反復深切。

①調停：《永樂大典》作“調亭”。《欒城集·再論分别邪正劄子》：“今者政令已孚，事勢大定，而議者惑於浮説，乃欲招而納之，與之共事，欲以此調停其黨。”《續資治通鑑長編·哲宗元祐五年》六月亦作“調停”。

宣仁后命宰執於簾前讀之，仍喻之曰："蘇轍疑吾君臣遂兼用邪正，其言極中理。"諸公相從和之，自是參用邪正之説衰矣。

八月丙辰，轍言新除知荆州王光祖不當，詔以光祖爲太原府路總管。

九月八日，有論役法五事劄子。

十月己酉，以徐君平、虞策並爲監察御史，從轍薦也。又言新除知順安軍王安世罪狀，詔罷爲京西南路都監。其違法事，令都水監依條施行。癸丑，轍有《裁損待高麗事件劄子》，從之。乙卯，龍圖閣學士滕元發卒，轍有《乞優卹元發家劄子》。

十二月辛卯，尚書右丞許將罷爲資政殿學士、知許州。甲辰，殿中侍御史上官均言："右丞許將不當罷執政。中丞蘇轍、侍御史孫升等附會大臣意指，姦邪不忠。臣竊聞外議，以爲轍等合爲朋黨，動移聖意，以疑似不明細事，合謀併力，逐一執政，自此大臣人人不得安位矣。伏乞早賜施行，以協中外之望。"詔罷均知廣德軍。丁未，以轍爲龍圖閣學士。

六年辛未

二月庚寅朔。辛卯，門下侍郎劉摯[1]爲尚書右僕射，兼中書侍郎。癸巳，以轍爲中大夫、守尚書右丞，有《辭免劄子》四首。轍言："兄軾召還，本除吏部尚書，以臣之故，除翰林學士承旨。臣之私意，尤不遑安。乞寢新命，與兄軾同備從官。"詔不許，有謝表二。己酉，有《謝生日表》二首。

八月辛亥，以軾爲龍圖閣學士、知潁州，有《次韻子瞻感舊》詩，有《乞外任劄子》。

十月庚戌，上朝獻景靈宫，因幸太學。有《車駕視學》。

[1]劉摯：《永樂大典》作"劉執"。誤。

甲戌，以王鞏得罪自劾，家居待罪，遣中使賜詔不允。

十一月乙酉朔，右僕射劉摯以觀文殿學士知鄆州。庚子，監察御史安鼎罷知絳州。先是鼎與趙君錫、賈易同造飛語，誣罔兄軾惡逆之罪。君錫、易既謫去，鼎猶在言路，復因王鞏事攻轍甚急。宣仁察其誣，故斥黜之。辛丑，中書侍郎傅堯俞卒，有挽辭。

十二月乙卯朔，張文定公方平卒。甲戌，有《祭方平文》。丁丑，有《李簡夫少卿詩集序》。

七年壬申

二月癸酉，有《生日謝表》二首。

四月，以轍攝太尉，充册皇后告期使。

五月戊戌，立皇后孟氏。

六月辛酉，以轍爲太中大夫、守門下侍郎，有《辭免劄子》一首，表二首，謝表二首。

八月，有祭文與可及文逸民文二首。癸酉，故龍圖閣學士滕甫葬，有甫挽詞二首。

九月壬辰，太皇太后垂簾，三省進呈翰林學士顧臨等郊祀議。太皇太后曰："宜依仁宗、先帝故事。"吕大防、蘇頌與轍請合祭，唯范百禄議不同。甲午，再進呈。翌日，太皇太后宣諭曰："皇帝即位以來，未嘗親祀天地，今且合祭，宜有名也。"令學士院降詔。

十一月癸巳，合祭天地於圜丘，大赦天下，有《進郊祀慶成》詩並狀。以郊祀恩，特加護軍，進開國伯，食實封二百户。有《乞免加恩表》二首，《謝加恩表》二首。

八年癸酉

正月癸巳，有《次韻子瞻上元扈從觀燈》詩。

二月丁卯，有《謝生日表》二首。

三月丁亥，監察御史董敦逸言轍及范百禄差除不當事，留中不下。轍奏："臣近以御史董敦逸言川人大盛，差知梓州馮如晦[①]不當，指爲臣過，遂具劄子及面陳本末。尋蒙德音宣諭，察敦逸之妄而以臣言爲信。臣德望淺薄，言者輕相誣罔，若非聖明在上，心知邪正所在，則孤危之蹤，難以自安。切詳敦逸所言，謂馮如晦事乃其前狀所言之一則，其餘事不可不辨，遂乞一一付外施行。復蒙再三宣諭，以謂其他别無實事。伏惟聖恩深厚，知臣愚拙，曲加庇護，仰涵恩造，死生不忘。然臣忝備執政，知人言臣過惡，而嘿然不辨，實難安職。陛下愛臣雖深，而不令臣得知敦逸所言，臣竊有所未諭也。若敦逸所言果中臣病，何惜使臣引去，以謝朝廷。若敦逸所言不實，亦使臣略加别白，然後出入左右，粗免愧恥。如不蒙開允，非所以愛臣也。所有董敦逸言臣章疏，伏乞早賜付三省施行。"己丑，有《北流軟堰劄子》。

四月甲子，以李清臣爲吏部尚書。給事中范祖禹封還詔書，進呈不允。轍於簾前極論之。己卯罷。

五月丙申，董敦逸罷知臨江軍。

六月己未，賜知潁昌府范純仁詔書，召赴闕。

七月丙子，以純仁爲右僕射兼門下侍郎。

八月庚申，張方平葬，有祭方平文並挽詞。辛酉，太皇太后不豫。壬戌，吕大防、范純仁、蘇轍、鄭雍、韓忠彦、劉奉世入問聖體。

九月戊寅，太皇太后高氏崩。乙酉，詔轍撰《大行太皇太后謚册文》。癸巳，有《祭兄嫂同安郡君王氏文》。

---

①馮如晦：《永樂大典》作"馮如悔"。誤。《續資治通鑑長編・哲宗元祐六年》："［七月］户部郎中馮如晦爲集賢校理、知梓州。"

十一月戊子，三省樞密院同進呈中書舍人吕希純封還劉惟簡等除内侍省押班詞頭，上曰："禁中闕人，兼亦有近例。"吕大防奏曰："雖有此，衆論頗有未安。"轍曰："此事非謂無例，蓋爲親政之初，中外拭目，以觀聖德，首先擢用内臣，故衆心驚疑耳。然臣等昨來開陳不盡，不能仰回聖意，致使宣佈於外，以至有司封駮，此皆臣等之罪。"劉奉世曰："雖有近例，外人不可户曉，但以率先施行爲非耳。"大防曰："致令人言，浼瀆聖聽，此實臣罪。今若不從其言，其餘舍人亦必未肯奉行。轉益滋章，於體不便。臣聞太祖一日退朝，有不悦之色。左右覺而問之，太祖曰：'適對臣僚指揮，事有失當，至今悔之也。'以此見人君不以無失爲明，以能悔而改之爲善耳。"上釋然曰："除命且留，俟祔廟取旨可也。"轍又奏："竊聞仁宗聽政之初，即下手詔，凡内批轉官或與差遣，並未得施行，仰中書、樞密院審取處分。史臣記之曰：'是時上方親閲庶政，中外聞之，人情大悦。'正與今日事相類矣。"大防等知上從善如流，莫不欣幸。壬辰，轍言："奉敕撰《大行太皇太后謚册文》，謹先進呈。"詔恭依。壬寅，轍奏：准敕差篆太皇太后謚寶文。據太常寺狀，合依所請到謚，以"宣仁聖烈皇后之寶"爲文。

十二月己巳，群臣詣慶壽宫，上大行太皇太后謚册。

紹聖元年甲戌

正月丁丑，詔禮部給度牒千，付京東等路體量賑濟司募人入粟。

二月，司農卿王孝先言："賑濟之餘，軍糧匱竭。"又送伴北使張元方等還言："相、滑等州飢民衆多，倉廩空虚。"轍見范純仁、鄭雍議曰："此事豈可不令上知？"二人皆不欲，曰："侍郎何以爲計？卻恐上問及。"轍曰："雖未知所出，然當令上知之。昔真宗初即位,李沆作相,每以四方水旱盜賊聞奏。參知政事王旦謂沆曰:‘今天下幸無事,不宜以細事撓上聽。’沆曰:‘人主年少,當令聞四方艱難。不爾,侈心一生,無如之何。吾老不及見,此參政異日憂也。’”純仁曰:“善。”劉奉世曰:“誠宜先白,若上先言,極不便。”既而純仁奏:“近日張元方自河朔來,言流民甚衆。”轍曰:“元方言相州見養流民四萬餘人,通利軍一萬餘人,滑州二千餘人。然軍中月糧止支一斗,其餘盡令坐倉。蓋倉廩已空矣,恐别生事。”上曰:“爲之奈何?”轍曰:“滑州已支山陵餘糧萬石與之,可以支援兩月耳。兼京東賑濟司準備糧食太多,提刑司又太多,已令安撫轉運司再相度矣。俟見得去着,更議應副。又京城賑濟應副備至,然省倉軍糧止有二年五月備,臣曾令王孝先具的實數子在此。”上曰:“何其寡備至此?”轍曰:“非一日之故,蓋累年官賣米太多。去年臣曾與吕大防商量,限市價九十已上乃出糶。今爲饑饉,止賣六十,蓋不得已也。熙寧初,臣在條例司,竊見是年有九年以下糧。”上曰:“須九年乃可。”轍曰:“九年未易遽置,但陛下常以爲意,慎事惜費,令三五年間有三五年備,亦漸可也。臣之愚意以爲,朝廷新經大喪,繼以饑饉匱乏,若災止如此尚可,萬一更水旱,何以繼之?方今正是君臣恐懼修省之日,不可不知耳。”丁未,以户部尚書李清臣爲中書侍郎,兵部尚書鄧温伯爲尚書右丞。二人久在外不得志,遂以元豐事激怒上意,清臣尤力。己酉,葬宣仁聖烈皇后于永厚陵。轍有挽詞二首。己未,虞主祔廟。

三月乙亥,左僕射吕大防罷爲觀文殿大學士、知潁昌府。乙酉,上御集英殿,策試進士。李清臣撰策題,即爲邪説,以扇惑群聽。轍上疏曰:“伏見御試策題,歷詆近歲行事,有欲復熙寧、元豐故事之意。臣備位執政,不敢不言。然臣竊料陛下本無此心,其必有人妄意陛下牽於父子之恩,不復深究是非,遠慮安危,故勸陛下復行此事。此所謂小人之愛君,取快於一時;非忠臣之愛君,以安社稷爲悦者也。臣竊觀神宗皇帝以天縱之才,行大有爲之志,其所施設,度越前古,蓋有百世而不可改者也。臣請爲陛下指陳其略。先帝在位近二十年,而終身不受尊號;裁損宗室,恩止袒免,減朝廷無窮之費;出賣坊場,雇募衙前,免民間破家之患;罷黜諸科誦數之學,訓練諸將慵惰之兵;置寄禄之官,復六曹之舊;嚴重禄之法,禁交謁之私;行淺攻之策以制西戎,收六色之錢以寬雜役。凡如此類,皆先帝之睿筭,有利無害。而元祐以來上下奉行,未嘗失墜者也。至於他事有失當,何世無之?父作之於前,子救之於後,前後相濟,此則聖人之孝也。漢武帝外事四夷,内興宫室,財用匱竭,於是修鹽鐵、榷酤、均輸之政,民不堪命,幾至大亂。昭帝委任霍光,罷去煩苛,漢室乃定。光武、顯宗以察爲明,以讖決事,天下恐懼,人懷不安。章帝即位,深鑒其失,代之以寬。豈弟之政,後世稱焉。及我本朝,真宗皇帝右文偃革,號稱太平,群臣因其極盛,爲天書之説。及章獻明肅太后臨御,攬大臣之議,藏書梓宫,以泯其跡。仁宗聽政,亦絶口不言,天下至今韙之。英宗皇帝自藩邸入繼,大臣過計,創濮廟之議。朝廷爲之洶洶者數年。及先帝嗣位,或請復舉其事,寢而不答,遂以安靖。夫以漢昭、章之賢與吾仁宗、神宗之聖,豈其薄於孝敬而輕事變易也哉?蓋有不可不以廟社爲重故也。是以子孫既獲孝敬之實,而父祖不失聖明之稱,此真明君之所務,不可與流俗議也。臣不勝區區,願陛下反覆臣言,慎勿輕事改易。若輕變九年已行之事,擢任累歲不用之人,人懷私忿而以先帝爲詞,則大事去矣!"奏入,不報。再以劄子面論之。上不悦曰:"人臣言事何所害？但卿昨日以劄子奏，謂機事不可宣於外，請祕而不出；今日乃對衆陳之，且引漢武帝以上比先帝，引喻甚失當。”轍曰：“漢武帝明主也。”王曰：“卿所奏言漢武帝外事四夷，内興宫室，立鹽鐵、榷酤、均輸之法。其意止謂武帝窮兵黷武，末年下哀痛之詔，豈明主也？”范純仁進曰：“武帝雄材大略，史無貶詞，況轍所論事與時也，非論人也。”上意稍解。轍退上奏：“今者偶因政事，懷有所見，輒欲傾盡，以報知遇。而天資闇冥，不達機務，論事失當，冒犯天威，不敢自安。伏乞聖慈憐臣不識忌諱，出於至愚，少寬刑誅，特賜屏逐，以允公議。”李、鄧從而媒糵之。丁酉，除端明殿學士、知汝州。告詞略曰：“文學風節，天下所聞。擢任大臣，本出朕意。事有可否，固宜指陳。而言或過中，引義非是。朕雖曲爲含忍，在爾自亦難安。原誠終是愛君，薄責尚期改過。”上批：“蘇轍引用漢武故事比擬先帝，事體失當，所進入詞語，不著事實。朕進退大臣，非率易也，蓋義不得已。可止以本官知汝[1]州，仍别撰詞進入。”制曰：“朕以眇躬，上承烈考之緒，夙夜祇飭，懼無以丕揚休功。實賴左右輔弼之臣，克承厥志。其或身在此地，倡爲姦言，怫於衆聞，朕不敢赦。太中大夫守門下侍郎蘇轍頃被選擢，與聞事機，義當協恭，以輔初政。而乃忘體國之義，徇習非之私。始則密奏以指陳，終於宣言而眩聽。至引漢武上方先朝，欲以窮奢黷武之姿，加之經德秉哲之上。言而及此，其心謂何？宜解東臺之官，出守列郡之寄。尚爲寬典，姑務省循。可特授依前太中大夫、知汝州。”

四月壬戌，轍至汝州，有謝上表。是日以提舉杭州洞霄宫章惇爲尚書左僕射兼門下侍郎，右僕射范純仁罷爲觀文殿

①汝：《永樂大典》本作“洪”。據上文“除端明殿學士、知汝州”改。

大學士、知潁昌府。丁卯，有《謝雨文》，有《汝州楊文公詩石記》。

五月癸卯，侍御史虞策、殿中侍御史來之邵、井亮采言："轍近以論事失當，責守汝州，而吴安詩草制有'風節天下所聞'及'原誠本於愛君'之語，命詞乖剌如此！質之公議，難逭典刑。"又監察御史郭知章言："安詩行蘇轍誥，重輕止徇於私情，褒貶不歸於公議，不加黜責，何以懲戒？"詔安詩罷起居郎。乙巳，虞策言："太中大夫、知汝州蘇轍引漢武帝比先朝，止守近郡，請遠謫以懲其咎。"上曰："已謫矣，可止也。"乙丑，有《龍興寺吴畫殿記》。

六月甲戌，右正言上官均言："近具劄子論奏前宰臣吕大防、門下侍郎蘇轍擅權欺君，竊弄威福，及前御史中丞李之純等朋邪誣罔，同惡相濟。乞明正典刑，以服中外。既及旬浹，未蒙施行。臣以爲人主之所以臨制天下，爲腹心之臣者莫重於執政，爲耳目之官者莫重於諫官。審詔誥、慎出納者莫重於舍人、給事。吕大防、蘇轍擅操國柄，不畏公議，引用柔邪之臣如李之純輩，充塞要路，以固寵禄。又以張耒、秦觀撰次國史，曲明大防輩改變法度之功。是以人主賞罰私其好惡，其惡一也。同時執政如胡宗愈、許將、劉摯、蘇頌皆以與吕大防、蘇轍議論異同，轍陰諭諫官、御史死力排擊，卒皆斥罷。敢以姦謀轉移陛下腹心之臣，易於反掌，其罪二也。李之純頃在成都與吕大防相善，大防秉政，引用之純爲侍郎，又除知開封府。之純尹京無狀，又府舍遺火，延燒殆盡，法當譴責，反挾私愛擢爲御史中丞。楊畏、虞策、來之邵等皆任爲諫官、御史，是四人者，傾險柔邪，嗜利無恥，其所彈擊者皆受大防、蘇轍密諭，或附會風指，以濟其欲。是以天下耳目之官佐其喜怒，以塗蔽朝廷之視聽，其罪三也。舍人主出制命，給事主行封駁。命令有未善,差除有未當,皆許繳駁。如范祖禹、喬執中、吴安詩、吕希純四人者,皆附會吕大防、蘇轍好惡,隨意上下,不恤公論,其所繳駁者皆大防、蘇轍之所惡,其所掩蔽者皆大防、蘇轍之所愛。是以天子掌誥命出納之臣濟其好惡,其罪四也。吕大防自爲執政以至宰相,凡八九年,最爲歲久。蘇轍執政雖止三四年,而强狠狥私尤甚。如隳壞先帝役法、官制、學校科舉之制,士民失業。棄先帝經畫塞徼要害之地,招西戎侵侮,邊陲之患,至今未弭,其罪五也。吕大防、蘇轍身爲大臣,義當竭忠盡公以輔佐人主,乃便辟柔佞,陰結宦官陳衍,伺探宫禁密旨,以固寵禄,其罪六也。大防、蘇轍同惡相濟,固非一日。李之純、楊畏、虞策、來之邵爲朝廷耳目,曾不糾察,反陰相黨附,以圖進用。御史黄慶基、董敦逸憤發彈奏蘇轍等專權之罪,罷斥爲轉運判官。李之純、楊畏、來之邵希附軾、轍等,反指慶基、敦逸以爲誣陷忠良,不當更除監司,遂謫守軍壘。陛下既親機務,洞分邪正,軾、轍既已斥罷,來之邵輩方始奏論。其朋邪罔上,趍時附勢,情狀明白,衆所共知,非臣之私言臆度也。李之純既已罷免尚書,謫守單州,今楊畏尚爲禮部侍郎,來之邵爲侍御史,虞策爲起居郎,喬執中爲給事中。范祖禹、吕希純雖出守外郡,皆尚除待制。罪同罰異,此中外之所未喻也。議者以爲李之純柔懦無能,遄爲中丞,其所附吕大防、蘇轍指意彈擊,皆楊畏、來之邵朝夕説喻,脅持爲之。二子姦險,過於之純。之純既已斥謫,而二人尚居清要,哆然自得,曾不愧避。臣聞治國之要,莫先於辨邪正;欲辨邪正,莫若驗之以事。今楊畏輩邪險之情皆已明驗,若不加斥遠方,俾安要近,則是邪正兼容,忠佞雜處,蠹敗國政,理之必然。竊觀陛下自親機務,收還權會,大防、蘇轍黨人十已去七八。然楊畏等六人尚居清要,未快士論。伏望陛下考察吕大防、蘇轍擅權欺君、姦邪不忠之罪，推究楊畏等朋邪害正、趨時反覆之惡，譴責黜免，明正典刑，以示天下。”制曰：“事君者有犯勿欺，所以盡爲臣之節；無禮必逐，豈容逃慢上之誅？太中大夫、知汝州蘇轍父子兄弟，挾機權變詐之學，驚愚惑衆。轍昔以賢良方正對策於庭，專斥上躬，固有異志。有司言轍懷姦不忠，如漢谷永，宜在罷黜。我仁祖優容，特命以官。在神考時獻書縱言時事，召見詢訪，使與討論。與軾大倡醜言，未嘗加罪。仰惟二聖厚恩，宜何以報？垂簾之初，老姦擅國。置在言路，使詆先朝。以君父爲仇，無復臣子之義。愎忮深阻，出其天資。援引猥浮，盜竊名器。專恣可否，疇敢誰何？至與大防中分國柄，罔上則合謀取勝，狗私則立黨相傾。排嫉忠良，眩亂風俗。既洞察險詖，猶肆誕謾，假設虚詞，規喧朝聽。比雖薄責，未厭公言。繼覽奏封，交疏惡狀。維爾自廢忠順之道，而予務全終始之恩。甫屈刑章，尚假民社。往自循省，毋速後愆。可特降左朝議大夫、知袁州。”

七月丁巳，三省言：“近聞朝廷以吕大防、劉摯、蘇轍落職降官，黜知小郡。臣始以謂陛下慈厚，不欲盡言，姑示薄責而已。今覩制詞，在大防則曰睥睨兩宫，呼吸群助，誣累慈訓，包藏禍心；在劉摯則曰誣詆聖考，愚視朕躬，窺伺禁省，密爲離間；在轍則曰老姦擅國，肆詆先朝。以君父爲仇，無臣子之義。既及此矣，則罪重謫輕，情法相遠。伏望更加詳酌，以正其罪。”監察御史周秩言：“朝廷議吕大防、劉摯落職，降蘇轍三官，責知小郡，臣愚竊以爲未也。大防等罪尚可以爲民師帥乎？然大防與摯始責，姑易地再施行猶可也；轍之責已再三矣，而止於降官，則不若未責，而更容臣等極論之也。臣愚謂大防等罪不在蘇轍之下，大防、摯、轍是皆言之而又行之者也。蓋大防等所言所行,皆害先朝之事。彼得罪於先朝,而輕論之,它日有得罪於陛下者,而重論之,於義安乎?吕惠卿以沮難司馬光,罪至散官安置。則爲人臣者寧犯人主,勿犯權臣,爲得計也。且摯與轍譏斥先朝,不減於軾。大防又用軾之所謀所言,而得罪輕於蘇軾,天下必以爲非。”詔司馬光、吕公著各追所贈官并謚告,及追所賜神道碑額。降授左正議大夫、知隨州吕大防守本官行祕書監,分司南京,郢州居住;降授左朝議大夫、知黄州劉摯守本官,試光禄卿,分司南京,蘄州居住;降授朝議大夫、知袁州轍守本官,試少府監,分司南京,筠州居住。轍在郡有異政,既罷去,父老送者皆嗚咽流涕,數十里不絶。

八月,過真州,有《阻風》詩。行至江州彭澤縣,被筠州之命。

九月癸亥,至筠,有謝表。

二年乙亥

正月壬子,《次韻兄惠州上元見寄》詩。甲辰,有《曹谿卓錫泉銘》。

二月二十五日,有《古史後序》一首。

九月戊申,逍遥聰老卒,有塔碑。辛未,饗明堂,大赦天下,轍有賀表。

三年丙子

二月,有《盆中石菖蒲忽生九花》一首。

三月乙未,有《祭寶月大師文》並《送成都僧法舟西歸》詩。

四年丁丑

二月庚辰,三省言:“吕大防、劉摯、蘇轍爲臣不忠,朝廷雖嘗懲責,而罰不稱愆。其餘同惡相濟,倖免者甚衆,亦當量罪,示有懲艾。”詔:大防責舒州團練副使、循州安置;劉摯鼎州團練副使、新州安置。又制曰:“朋姦擅國,責有餘辜。造訕欺天,理不可赦。其加顯黜,以正明刑。降授左朝議大夫、試少府監、分司南京、筠州居住蘇轍,操傾側孽臣之心,挾縱横策士之計。始與兄軾肆爲詆欺,晚同相光協濟險惡,造無根之詞而欺世,聚不逞之黨以蔽朝。謂邪説爲讜言,指善政爲苛法。矯誣太后,愚弄沖人。助成姦謀,交毀先烈。發怨懟於君臣之際,忘忌憚於父子之間。陰懷動摇,公肆排訐。粤予親政,尚爾撓權。持罔上之素心,爲怙終之私計。罪同首惡,法在嚴誅。而事久益彰,罰輕未稱。朕顧瞻嚴廟,跂念裕陵,義不敢私,恩難以貸。黜居散秩,投置遐陬。非徒今日知馭衆之威,亦使後世識爲臣之義。勉思寬憲,務蓋往愆。可責授化州别駕、雷州安置。”

閏二月甲辰,軾責授瓊州别駕,昌化軍安置。

五月甲子,兄弟相遇於藤,相與同行。

六月丁亥,至雷州,有《謝到州表》。癸巳,軾與轍相别,渡海往昌化,有《和子瞻過南海》詩。

十月,軾有《停雲》詩寄轍,轍次韻答之。

十一月己卯,廣西經略安撫司走馬承受段諷言:“知雷州張逢周恤安置人蘇轍及軾兄弟,與之同行至雷州。請下不幹礙官司按罪。”詔提舉荆湖南路常平董必具實狀以聞。

十二月癸未,新州安置劉摯卒。己亥,有《和陶詩集序》。

元符元年戊寅

二月,軾以轍生日,有《沈香山子賦》贈轍,轍和以答之。丙申,詔差河北路轉運副使吕升卿、提舉荆湖南路常平董必並充廣南東西路察訪。時有告劉摯在政府日謀廢立者,章惇、蔡卞欲因是起大獄嶺表，悉按誅元祐臣僚，故遣升卿等。戊申，長星見。

三月癸丑，詔吕升卿等差充廣南東西路察訪指揮更不施行。癸酉，提舉荆湖南路常平董必言："朝請郎知雷州張逢於轍初到州日，同本州官吏門接。次日爲具召之，館於監司行衙，又令僦進見人吴國鑒宅居止，每月率一再移厨管待轍，差借白直七人。海康縣令陳某追工匠應副國鑒修宅。"詔轍移循州安置，逢勒停，譚衝替。

八月，轍至循州，寓居城東之聖壽寺。已乃裒橐中之餘鬻之，得五十千，以易民居大小十間。北垣有隙地可以毓蔬，有井可以灌，乃與遜荷鉏其間。州民黄氏，宦學家也，有書不能具，時假其一二讀之。題《白樂天文集》後。

二年己卯

有巢谷者自眉山徒步訪轍於循州，又將見軾於海南，行至新州而卒，年七十三，轍爲之傳。

四月二十九日，有《龍川略志序》。

七月二十二日，有《龍川别志序》。

閏九月丁丑，有《春秋傳後序》。戊寅重陽，有《與父老小飲四絶》。

十一月辛未，有《祭新①婦黄氏文》。

三年庚辰

正月己卯，哲宗崩，徽宗即位。庚辰，大赦天下。

二月癸亥，轍量移永州安置。轍有《次韻子瞻和陶淵明雜詩十一首》。

---

①新：《永樂大典》作"孫"。據《欒城集》有《祭八新婦黄氏文》。此"新婦"指蘇遠之妻，黄寔之女。蘇轍南遷，蘇遠夫婦隨侍。

四月庚戌,元子生。辛亥,赦天下。丁巳,轍移岳州,敕曰:"朕即祚以來,哀士大夫失職者衆。雖稍收叙,未厭朕心。兹者天祚予家,挺生上嗣。國有大慶,賚及萬方。解網卹辜,何俟終日? 責授某官蘇轍,擢自先帝,與聞政機,坐廢累年,在約彌厲。漸還善地,仍畀兵團。可濠州團練副使,岳州居住。"轍歸至處州被命,有謝狀。

十一月癸亥朔,敕曰:"朕初踐祚,思赴治功,敷求俊良,常恐不及。念雖廢棄,不忍遐遺。轍富有藝文,嘗預機政。謫居荒裔,積有歲時。稍從内遷,志節彌厲。昭還故秩,仍領真祠。服我異恩,無忘報稱。可特授太中大夫、提舉鳳翔府上清宫,外州軍任便居住。"至鄂州被命,有謝表。有田在潁昌府,因往居焉。

徽宗建中靖國元年辛巳

正月己巳,中太一宫使范純仁卒,轍有挽詞。甲戌,欽聖憲肅皇后向氏崩,有慰表並挽詞三首。

三月丙子,有《祭東塋文》。戊寅,有《鮮于侁父母贈告跋》。

五月丙戌,欽聖憲肅皇后神主祔於廟室,轍有《慰表》二首。

七月丁亥,軾卒於常州。

九月癸亥,有祭文。

十月,有《追和軾歸去來詞》。

十一月庚辰,祀南郊,赦天下,轍有賀表。

十二月庚寅,王東美器之妻蘇氏卒,有墓誌。丙申,有《祭范子中朝散文》。

崇寧元年壬午

三月戊午,跋《巢谷傳》。

四月丁未,有《祭王氏嫂文》。

五月丁卯,有《祭兄文》。是月庚午,詔蘇軾追貶崇信軍節度行軍司馬,其元追復舊官告繳納。蘇轍更不叙職名。乙亥,詔蘇轍等五十餘人,令三省籍記姓名,更不得與在京差遣。

閏六月癸酉,葬軾於汝州郟城縣小峨眉山,有墓誌銘,有《再祭八新婦文》。戊寅,詔轍降爲朝請大夫,以銓品責籍之時差次不倫故也。有謝表。

八月丙子,詔司馬光等子弟並不得任在京差遣。太常寺太祝蘇適與外任合入差遣。

十一月十三日,有《雪》詩。

二年癸未

正月,補《子瞻謫居儋耳唐佐從之學》、《遷居蔡州》詩。

二月,《寒食詩》。己巳,有《癸未生日》詩。

三月甲午,《跋楞嚴經》,有《六孫名字説》。辛丑,《春盡》詩。次日立夏。

四月戊午,有《夢中詠醉人》詞。

六月庚午,有《立秋偶作》。

九月乙酉,有《九日》詩,有《立冬聞雷》詩。

十月,有《罷提舉太平宫欲還居潁昌》詩。

十一月癸卯,有《次遲韻對雪》一首。

三年甲申

正月庚寅,還潁昌,有《甲申歲設醮青詞》。

三月丙子,有《上巳日久病不出示兒姪》詩。辛卯,有《葺東齋》詩並《初得南園》詩。

六月,詔頒元祐姦黨姓名三百九人刻石諸州。

七月丁酉,有《記夢》詩,有《抱一頌》,有《葺居五首》,

有《歲暮口號二首》。

四年乙酉

正月戊寅,有《雪後小酌贈内》詩。

三月庚戌,有《喜雨》詩。

五月,《和遲田舍雜詩九首》。

七月甲寅,詔元祐宰執墳寺特免毀拆,不得充本家功德院,並别賜敕額,爲國焚修。

《冬至雪》詩,有《歲暮》二首、《除夜》詩。

五年丙戌

正月戊戌,彗出西方。丁未,大赦天下,毁元祐姦黨石刻。

三月辛亥,提舉南京鴻慶宫范純禮卒,純禮字彝叟,轍有祭文。己未,姪孫元老中進士第,有《次遲韻贈陳元倪秀才並送元老歸鄉》詩。有《秋社分題》詩,有《築室示三子》詩,有《中秋無月》二首、《九日獨酌》三首。

九月,有《潁濱遺老傳》及《欒城後集序》。

十月庚戌,有《大雪》詩。是時行大錢當十,民以爲病,故詩中及之。

十一月八日,有《夢中反古菖蒲》詩,有《守歲》詩。

大觀元年丁亥

正月庚戌,詔應係籍宰執墳寺,會經放罷者並給還,轍有謝表。

二月,有《丁亥生日》詩。

七月乙酉朔,有《苦雨》詩,有《釀重陽酒》詩。有《九日》詩,有《初成遺老齋待月軒藏書室》三詩,有《送少子遜赴蔡州酒官》詩二首,有《論語拾遺》二十七章。

十一月乙丑,詔八寶初成,可於來年正月用之。

二年戊子

正月壬子，有《正旦》詩。是日，帝受八寶，赦天下。轍復朝議大夫，遷中大夫，皆有謝表並焚黄文。有《七十吟》。

二月，有《生日》詩，有《八璽》詩。有《夏至後得雨》詩。

八月癸巳，有《移花》詩。

十二月壬辰，有《伐雙榖》詩，有《除日詩》、《書老子解後》。

三年己丑

有《上元夜適勸至西禪觀燈》詩。

二月庚寅，有《望日雪》詩。遜自淮康歸覲，逾旬而歸，有《送行》詩二首。

八月，有《中秋新堂看月》詩。

九月，有《重九陰雨病中把酒示諸子》詩。有《己丑除日》詩。

四年庚寅

有《新春五絶》，有《上元雪》詩。

閏八月辛亥，有《兩[①]中秋》詩。辛酉，有《菊》，有《黄花》詩，有《除夜》二詩。

政和元年辛卯

有《正月十六日》一首。有《七十三歲作》一首，有《七夕》詩、《重九》詩。

十月戊午，有《雪》詩四首，有《冬至》詩、《除日》詩，有《欒城第三集序》、《卜居賦》、《再題老子解後》。

二年壬辰

有《壬辰年寫真贊》。

---

①兩：《永樂大典》作"雨"，誤。據《欒城集》改，因大觀四年閏八月，故云"兩"。

二月，有《壬辰生日記胸中所懷自作》一首。

五月十九日，有《喜雨》詩，有《送遲赴登封丞》詩。

八月辛亥，《題蔡幾先海外所集文後》。

九月庚申，有《墳院記》。是月壬午，中大夫轍轉太中大夫致仕。轍居潁昌十三年。潁昌當往來之衝，轍杜門深居，著書以爲樂，謝卻賓客，絶口不談時事。意有所感，一寓於詩，人莫能窺其際。

十月三日，轍卒，年七十四。

十一月乙丑，追復端明殿學士，特賜宣奉大夫。

七年三月二十五日，夫人史氏卒，同葬汝州郟城縣上瑞里。

三子：遲，字伯充，官至太中大夫，工部侍郎，徽猷閣待制，紹興二十五年卒；适，字仲南，官至承議郎，通判廣信軍，宣和四年卒；遜，字叔寬，官奉議郎，通判瀘州潼川府，靖康元年卒。五女，文務光、王適、曹煥、王浚明、曾縱其壻也。務光字逸民，適字子立，煥字子文，縱字①元矩。遲二子：簡、策。适三子：籀、範、築。遜四子：筠、箴、箱、簦。

轍有《詩傳》二十卷，《春秋集傳》十二卷，《老子解》二卷，《欒城集》、《後集》、《第三集》共八十四卷，《應詔集》十二卷。子瞻評其文，以爲“子由之文實勝僕，而世俗不知，乃以爲不如。其人深不願人知之，其文如其爲人。故汪洋澹泊，有一唱三歎之聲，而其秀傑之氣，終不可没”。轍少讀《太史公書》，患其疏略。漢景、武之間，《尚書》古文、《詩毛氏》、《春秋左氏》皆不列於學宫，世能讀之者少，故其所記堯舜三代之事多不合聖人之意。戰國之際，諸子辯士各自著

①《永樂大典》“字”後衍一“子”字，曾縱字元矩，曾肇子。

書,或增損古事以自信其説,一切信之,甚者至採世俗之語以易古文舊説。及秦焚書,戰國之史不傳於民間,秦惡其議己也,焚之略盡。幸而野史一二存者,遷亦未暇詳也。故其記戰國有數年不書一事者。於是因遷之舊,上觀《詩》、《書》、《春秋》,旁取《戰國策》及秦漢雜録,起伏羲、神農,訖秦始皇帝爲七本紀,十六世家,三十七列傳,謂之《古史》,凡六十卷。晚在海康,刊定舊解《老子》,寄子瞻。子瞻題其後曰:"昨日子由寄《老子新解》,讀之不盡卷,廢卷而歎:使戰國有此書,則無商鞅、韓非;使漢初有此書,則孔、老爲一;使晉、宋間有此書,則佛、老不爲二。不意老年見此奇特。"及歸潁昌,時方詔天下焚滅元祐學術,轍敕諸子録所爲《詩》、《春秋傳》、《古史》,子瞻《易》、《書》傳、《論語説》,以待後世君子。復作《易説》三章及《論語拾遺》,以補子瞻之闕。其論大衍之數五十,天地之數五十有五,盡掃古今學者增損附會之説,得其本真。既歿,籀等述其緒訓,爲《潁濱遺語》一卷。

紹興中,以遲貴,累贈太師,封魏國公,史氏楚國太夫人。

三、蘇籀《欒城遺言》

【四庫全書總目提要】籀字仲滋,眉州人,轍之孫遲之子也。南渡後居婺州,官至監丞。籀年十餘歲時侍轍於潁昌,首尾九載,未嘗去側,因録其所聞可追記者若干語以示子孫,故曰遺言。中間辨論文章流别,古今人是非得失,最爲詳晰,頗能見轍作文宗旨。其精言奥義,亦多足以啓發來學。惟籀私於其祖,每陰寓抑軾尊轍之意,似非轍之本心。又謂吕惠卿、王安石之隙起於《字説》及《三經義》,核之史傳,亦非事實。至謂轍母夢蛟龍伸臂而生轍,引孔子生時二龍附徵在之房爲比，又襍載轍崇寧丙戌夢見王介甫事，尤爲失之誕妄。特籀親承祖訓，耳濡目染，其可信者亦多，究非影響比也。

公言：春秋時先王之澤未遠，士君子重義理，持節操，其處死生之際，卓然凜然，非後世之士所及。蓋三代之遺民也，當時達者，語三代遺事甚多，今捨此無以考證。

公爲籀講《老子》數篇曰："高於《孟子》二三等矣。"

公言：伊周以道德深妙得之，管、葛、房、杜、姚、宋以才智高偉得之，皆不可窺測。

公解《孟子》二十餘章，讀至浩然之氣一段，顧籀曰："五百年無此作矣。"

公言：仲尼《春秋》，或是令丘明作傳以相發明。

公常云：在朝所見，朝廷遺老數人而已，如歐陽公永叔、張公安道皆一世偉人。蘇子容、劉貢父博學强識，亦可以名世。予幸獲與之周旋，聽其誦説放失舊聞，多得其詳實。其於天下事，古今得失，折衷典據甚多。東坡與貢父會，語及不獲已之事。貢父曰："充類至義之盡也。"東坡曰："貢父乃善讀《孟子》歟！"

公試進士河南府，問："三代以禮樂爲治本，刑政爲末，後世反之，儒者言禮樂之效與刑政之敝，其相去甚遠。然較其治亂盛衰，漢文帝、唐太宗海内安樂，雖三代不能加。今祖宗法令脩明，求之前世，未有治安若今之久者。然而禮樂不如三代，世之治安不在禮樂歟？"河南士人皆不能喻此意。司馬温公問："如此發策，亦自有説乎？"公曰："安敢無説。"温公默然。既而見文定，文定曰："策題，國論也。蓋元豐間流俗多主介甫説而非議祖宗法制也。"

公言：歐陽文忠公讀書五行俱下，吾嘗見之。但近覷耳，若遠視，何可當。

公曰："吾爲《春秋集傳》，乃平生事業。"

公年十六爲《夏商周論》，今見於《古史》。年二十作《詩傳》。

公言：先曾祖晚歲讀《易》，玩其爻象，得其剛柔遠近喜怒逆順之情，以觀其詞，皆迎刃而解，作《易傳》未完疾革，命二公述其志。東坡受命，卒以成書。初二公少年皆讀《易》，爲之解説，各仕它邦。既而東坡獨得文王伏羲超然之旨，公乃送所解予坡。今《蒙》卦猶是公解。

公少年與坡公治《春秋》，公嘗作論，明聖人喜怒好惡，譏《公》《穀》以日月土地爲訓。其説固自得之。元祐間後進如張大亨嘉父亦攻此學，大亨以問坡，坡答書云："《春秋》儒者本務，然此書有妙用，學者罕能領會，多求之繩約中，乃近法家者流，苛細繳繞，竟亦何用？惟丘明識其用，終不肯盡談，微見端兆，欲使學者自求之。故僕以爲難，未敢輕論也。"

公自熙寧謫高安，覽諸家之説，爲《集傳》十二卷。紹聖初再謫南方，至元符三易地，最後卜居龍川白雲橋，《集傳》乃成。歎曰："此千載絶學也。"既而俾坡公觀之，以爲古人所未至。

公言：東坡律詩最忌屬對偏枯，不容一句不善者。古詩用韻，必須偶數。

公曰：吾莫年於義理無所不通，悟孔子一以貫之者。

東坡幼年作《卻鼠刀銘》，公作《缸硯賦》，曾祖稱之，命佳紙脩寫裝飾，釘於所居壁上。

公曰：子瞻之文奇，予文但穩耳。

公曰：吾讀《楚詞》，以爲除書。

公在諫垣，論蜀茶祖宗朝量收税。李杞、劉佐、蒲宗閔取息初輕，後益重，立法愈峻。李稷始議極力掊取，民間遂困。稷引陸師閔共事，額至一萬貫。陸師閔又乞額外以百萬貫爲獻。成都置都茶場，公條陳五害，乞放榷法，令民自作交易。但收税錢，不出長引，止令所在場務據數抽買博馬茶，勿失武備而已。言師閔百端淩虐細民,除茶遞官吏養兵所費所收錢七八十萬貫,蜀人泣血無所控告。公講畫纖悉曲折,利害昭炳,時小吕申公當軸,歎曰:只謂蘇子由儒學,不知吏事精詳至於如此。公論役法,尤爲詳盡。識者韙之。

公曰:李德裕謫崖州,著《窮愁志》,言牛僧孺將圖不軌。不意老臣爲此言也。

張十二病後詩一卷頗得陶元亮體。然余觀古人爲文,各自用其才耳。若用心專模倣一人,捨己徇人,未必貴也。

張十二之文波瀾有餘,而出入整理骨骼不足。秦七波瀾不及張,而出入徑健簡捷過之。要知二人後來文士之冠冕也。

元祐間公及蘇子容、劉貢父同在省中,二人各云,某輩少年所讀書,老而遺忘。公亦云然。貢父云:"觀君爲文,强記甚敏。"公辭焉。二人皆曰:"某等自少記憶書籍,不免抄節,而後稍不忘。觀君家昆仲,未嘗抄節,而下筆引據精切,乃真記得者也。"

賈誼、宋玉賦皆天成自然,張華《鷦鷯賦》亦佳妙。

子瞻諸文皆有奇氣,至《赤壁賦》髣髴屈原、宋玉之作,漢唐諸公皆莫及也。

公曰:余少年苦不達爲文之節度,讀《上林賦》如觀君子佩玉冠冕,還折揖讓,音吐皆中規矩,終日威儀,無不可觀。

公曰:予少作文,要使心如旋床,大事大圓成,小事小圓轉,每句如珠圓。

公曰:凡爲詩文不必多,古人無許多也。

公曰:余《黄樓賦》學《兩都》也,晚年來不作此工夫之文。

貢父嘗謂公所爲訓詞曰:"君所作强於令兄。"

公曰:申包胥哭秦庭一章,子瞻誦之。得爲文之法。

公曰:范蜀公少年,儀矩任真,爲文善腹藁作賦。場屋中,默坐至日晏,無一語,及下筆,頃刻而就。同試者笑之。范公遂魁成都。

公曰：莊周《養生》一篇，誦之如龍行空，爪趾鱗翼所及，皆自合規矩。可謂奇文。

唐儲光羲詩高處似陶淵明，平處似王摩詰。

歐公碑版今世第一。集中《怪竹辯》乃甚無謂，非所以示後世。

唐皇甫湜論朝廷文字，以燕許爲宗，文奇則怪矣。

公曰：李方叔文似唐蕭、李，所以可喜。韓駒詩似儲光羲。

陳正叔引《論語》，云南郊行事迴，不當哭温公。公曰："古人但云哭則不歌，不曰歌則不哭。蓋朋友之故，何可預期？"

公曰：讀書須學爲文，餘事作詩人耳。

公曰：讀書百遍，經義自見。

族兄在廷，問公學文如何，曰："前輩但看多做多而已，區以别矣。如瓜芋之區，自反而縮。如王祭不供，無以縮酒。"

公曰：去陳言，初學者事也。

公讀一江西臨川前輩集曰：胡爲竊王介甫之説以爲己説。

公言：吕吉甫、王子韶皆解《三經》并《字説》，介甫專行其説，兩人所作皆廢弗用，王、吕由此矛盾。

公曰：文貴有謂，予少年聞人唱《三臺》，今尚記得云云。其詞至鄙俚，而傳者有謂也。

公讀由余事曰：女樂敗人，可以爲戒。

公聞以螺鈿作茶器者云：凡事要敦簡素，不然天罰。

公曰：漢武帝所得人才皆鷹犬馳驅之才，非以道致君者也。

公曰：以伍員比管仲，猶鷹隼與鳳鸞。

王介甫用事，富鄭公罷政，過南京，謂張文定公曰："不料其如此，亦嘗薦之。"文定操南音謂公曰："富七獨不慚惶乎？"公問："吾丈待之如何？"文定曰："某則不然，初見其讀書，亦頗有意於彼,既而同在試院,見其議論乖僻,自此疎之。”

黄魯直盛稱梅聖俞詩不容口,公曰:“梅詩不逮君。”魯直甚喜。

晁無咎作《東皐記》,公見之曰:“古人之文也。”

姪孫元老呈所爲文一卷,公曰:“似曾子固少年時文。”陳恬《題襄城北極觀鐵脚道人》詩,詩似退之。

公大稱任象先之文,以爲過其父德翁。

徐蒙獻書,公曰:“甚佳,但波瀾不及李方叔。”

公每語籀云:聞吾言,當記之勿忘,吾死,無人爲汝言此矣。

公曰:莊周多是破執,言至道無如五千文。

公言:班固諸叙,可以爲作文法式。

公曰:文郎作詩髣髴追前人,畫墨竹過李康年遠矣。

或問公陳瑩中,公曰:英俊人也,但喜用《字説》尚智。

公曰:李太白詩過人,其平生所擅如浮花浪蘂,其詩云:“羅幃舒卷,似有人開。明月直入,無心可猜。”不可及。

公解《詩》時年未二十,初出《魚藻》《兔苴》等説,曾祖編札,以爲先儒所未喻。作《夏商周論》纔年十有六,古人所未到。

公讀《新經義》,曰:乾纏了濕纏,做殺也不好。謂介甫曰:“色取仁而行違,居之不疑,乃仲尼所謂聞者也。”

公曰:唐士大夫少知道,知道惟李習之、白樂天。喜《復性書》三篇,嘗寫《八漸偈》于屏風。

《易》曰一陰一陽之謂道,坡公以爲陰陽未交,公以坡公所説爲未允。公曰:“陰陽未交,元氣也,非道也,政如云一龍一蛇之謂道也。謂之龍亦可,謂之蛇亦可。”

公曰:張文定死而復蘇,自言所見地位清高。又曰:吾得不做宰相氣力。

公論唐人開元燕、許云:文氣不振,倔强其間。自韓退之一變復古，追還西漢之舊。然在許昌觀《唐文粹》，稱其碑頌，往往愛張、蘇之作。又覽唐皇甫湜持正《諭業》云：所譽燕、許文極當，文奇則涉怪，施之朝廷不須怪也。蓋亦取燕、許公。

公中歲歸自江南，過宋，聞鐵龜山人善術數，邀至舟中問休咎，云："此去十年如飛騰升進，前十年流落已過，然尚有十年流落也。"後皆如其言。

曾祖母蜀國太夫人夢蛟龍伸臂而生公。王子年《拾遺記》，孔子當生之夜，二蒼龍亘天而下，來附徵在之房，誠吉兆也。

籀年十有四，侍先祖潁昌，首尾九年，未嘗暫去侍側，見公終日燕坐之餘，或看書籍而已。世俗藥餌玩好，公漠然忘懷。一日因爲籀講《莊子》二三段訖，公曰："顏子簞瓢陋巷，我是謂矣。"所聞可追記者若干語，傳諸筆墨以示子孫。

公令籀作詩文五六年，後忽謂籀曰："汝學來學去透漏矣。"嘗與文氏家姑言之亦如此。

公謂籀曰：蘇瓌訓頲，常令衣青布襦伏於床下，出其頸受榎楚，汝今懶惰可乎？

馬公知節《詩草》一卷，公跋云："馬公子元，臨事敢爲，立朝敢言。以將家子得讀書之助，作詩蓋其餘事耳。蚤知成都，以抑强扶弱爲蜀人所喜。然酷嗜圖畫，能第其高下，成都多古畫壁，每至其下，或終日不轉足。蜀中有高士孫知微以畫得名，然實非畫師也。公欲見之而不可得，知微與壽寧院僧相善，嘗於其閣上畫《惠遠送陸道士》、《藥山見李習之》二壁。僧密以告公，公徑往從之，知微不得已擲筆而下，不復終畫。公不以爲忤，禮之益厚。知微亦愧其意，作《蜀江出山圖》，伺其罷去，追至劍門贈之。蓋公之喜士如此。陽翟李君方叔，公之外玄孫也，以此詩相示，因記所聞於後。辛巳季春丙寅眉山蘇轍子由題。"李名豸。

潁昌吾祖書閣有厨三隻，《春秋説》一軸，解注以《公》《穀》

《左氏》,其複卷末後題:丙申嘉祐元年冬,寓居興國浴室東壁第二位,讀《三傳》,次年夏辰時,坡公書名押字。少年親書。此卷壓積蠹簡中,未嘗開緘。籀偶開之,一一對擬今黄門《春秋集傳》,悉皆有指定之説。想爾時與坡公同學,潛心稽考,老而著述大成,遺書具在,當以黄門《集傳》爲證。據坡公晚歲謂《春秋傳》皆古人未至,故附記之於斯。

《大悲圓通閣記》公偶爲東坡作,坡云:"好箇意思。"欲别作而卒用公所著。《和陶詩擬古九首》亦坡代公作。

范淳父雒中問公求論題,公以《莊子》"孝未足以言至仁"令范作,范論詆斥莊子,公曰:"曾閔匹夫之行,堯舜仁及四海。"

公云:王介甫解佛經三昧之語用《字説》,示關西僧法秀,秀曰:"相公文章,村和尚不會。"介甫悖然。又問如何,秀曰:"梵語三昧,此云正定,相公用華言解之,誤也。"公謂坐客曰:"《字説》穿鑿儒書,亦如佛書矣。"

公與關西文長老相善,公晚年自政府謫官筠州,既而復責雷州,威命甚峻。時文老特來唁公,留宿所寓宅中。公被命,即登轎出郭外,文老亦相隨去,歎曰:"克文處之,尚恐不能,公真大過人者。"

東坡病殁于晉陵,伯達、叔仲歸許昌,生事蕭然。公篤愛天倫,曩歲别業在浚都,鬻之九千數百緡,悉以助焉,囑勿輕用。時公方降三官,謫籍奪俸。

公言:吕微仲性闇,邊事河事皆乖戾,故子孫不達。

公言:《易》云精義入神以致用,不是要説脱空。

崇寧丙戌十一月八日四鼓,夢中及《古菖蒲詩》云"一人得飽滿,餘人皆不悦"之句,王介甫在側借觀,示之赧然,有愧恨之色。

公言場屋之敝曰:昔南省賦題官韻於字,舉子程文云:"何以加於?"其文中選。後詩韻有同者,或曰:"何以更加於?"大抵場屋多此類也。

公言:張文潛詩云“龍驚漢武英雄射,山笑秦皇爛漫遊”,晚節作詩,似稍失其精處。

公蚤歲教授宛丘,或者屢以房中術自鬻於前。公曰:“此必晚損。”止傳其養氣嗇神之法。

公言:近世學問濡染,陳俗卻人,雖善士亦或不免。蓋不應鄉舉,無以干禄,但當謹擇師友湔洗之也。

公讀《易》,謂人曰:“有合討論處甚多,但來理會。”籀輩弱齡駑怯,憚公嚴峻,不敢發問,今悔之無及。

東坡遺文流傳海内,《中庸論》上中下篇,墓碑云:公少年讀《莊子》,太息曰:“吾昔有見於中,口不能言。今見《莊子》,得吾心矣。”乃出《中庸論》,其言微妙,皆古人所未喻,今後集不載此三論,誠爲闕典。

公講《論語》,至“畏大人”曰:如文潞公亦須是加敬。所言當信重之。

先王議事以制,不爲刑辟,東坡有人法兼用之説,公以爲勅令不可不具。二公之論不同。坡外集有策題一首乃此意。

公云:《晉史》唐賢房、杜輩所作,議論可據。籀思之,本朝《新唐書》歐、宋諸公一代賢傑所作,以文字浩博,人不能該覽,惜哉,必有篤於此學者。

公語韓子蒼云:學者觀儒書,至於佛書,亦可多讀,知其器能也。

公妙齡舉,方聞見在朝兩制諸公書,云:“其學出於《孟子》,而不可誣也。”有解説二十四章。老年作詩云:“近存八十一章注,從道老聃門下人。”蓋老而所造益妙,碌碌者莫測矣。

公悟悦禪定,門人有以《漁家傲》祝生日及濟川者,以非其志也。乃賡和之:“七十餘年真一夢,朝來壽斝兒孫奉。憂患已空無復痛，心不動，此間自有千鈞重。蚤歲文章供世用，中年禪味疑天縱，石塔成時無一縫。誰與共，人間天上隨它送。”

箴眼醫王彦若在張文定公門下，坡公於文定坐上贈之詩，引喻證據博辯，詳切高深，後學讀之茫然。坡公敏於著述如此。先祖屢云。

坡撰《富公碑》以擬寇公，公稍不甚然之。作《德威堂銘》、《居士集叙》，公極賞慨其文，咨嗟不已。

公潁昌牡丹時多作詩，前後數四，云“溴上名園似洛濱。欲遣姚黄比玉真”之句。又曰：“造物不違遺老意，一枝頗似雒人家。”稱道雒家，慇懃不已。敬想富鄭公、文潞公、司馬温公、范忠宣公皆看花耆德偉人也，風流追憶不逮。後生茫然爾，先祖蓋歎前哲云。或曰，嵇康《廣陵散》亦歎也。

東坡求《龍井辯才師塔碑》於黄門，書云：“兄自覺談佛不如弟。”今此文見《欒城後集》。又《天竺海月塔碑》，以坡與之遊，故銘云：“我不識師面，知其心中事。”儒者談佛，爲坡公所取。兵火失其書翰。

公言：秦火後漢叔孫通、賈誼、董仲舒諸人以詩書禮樂彌縫其闕。西漢之文。後世莫能髣髴。今朝廷求魁偉之才，黜謬妄之學，可以追兩漢之餘，漸復三代之故，後學當體此説。

四、目録序跋

《四庫全書總目提要》卷一百五十四：《欒城集》五十卷、《欒城後集》二十四卷、《欒城三集》十卷、《應詔集》十二卷，宋蘇轍撰。

轍有《詩傳》，已著録。按晁公武《讀書志》、陳振孫《書録解題》載《欒城》諸集卷目並與今本相同。惟《宋史・藝文志》載《欒城集》八十四卷、《應詔集》十卷、《策論》十卷、《均陽雜著》一卷。焦竑《國史·經籍志》則又于《欒城集》外别出《黄門集》七十四卷,均與晁、陳二家所紀不合。今考《欒城集》及《後集》、《三集》共得八十四卷,《宋志》蓋統舉言之。《策論》當即《應詔集》,而誤以十二卷爲十卷,又複出其目。惟《均陽雜著》未見其書,或後人掇拾遺文、别爲編次而佚之歟?至竑所載《黄門集》,宋以來悉不著録,疑即《欒城集》之别名,竑不知而重載之。《宋志》荒謬,《焦志》尤多舛駁,均不足據,要當以晁、陳二氏見聞最近者爲準也。其正集乃爲尚書左丞時所輯,皆元祐以前之作。《後集》則自元祐九年至崇寧四年所作。《三集》則自崇寧五年至政和元年所作。《應詔集》則所集策論及應試諸作。轍之孫籀撰《欒城遺言》,於平日論文大旨叙録甚詳,而亦頗及其篇目。如紀辯才塔碑,則云見《欒城後集》,于《馬知節文集跋》、生日《漁家傲》詞諸篇之不在集中者,則並爲全録其文,以拾遺補闕。蓋集爲轍所手定,與東坡諸集出自他人裒輯者不同。故自宋以來,原本相傳,未有妄爲附益者。特近時重刻甚稀。此本爲明代舊刊,尚少譌闕。陸游《老學庵筆記》稱,轍在績溪贈同官詩有"歸報仇梅省文字,麥苗含穟欲蠶眠"句,譏均州刻本輒改作"仇香"之非。今此乃作"仇梅",則所據猶宋時善本矣。

晁公武《郡齋讀書志》卷四:蘇子由《欒城集前集》五十卷、《後集》二十四卷、《第三集》十卷、《應詔集》十二卷。

蘇轍子由,洵之次子也。年十九中進士第。二十二舉直言,因所問極言得失。策入,或欲黜之,仁宗不許曰:"以直言招人而以直言棄,天下謂我何!"擢商州推官。久之,其兄以詩得罪,從坐謫監筠州酒税。宣仁臨朝,相温公,擢中書舍人,代子瞻爲翰林學士。未幾,拜尚書左丞。紹聖初,謫置雷州,後北還。凡居雷、循七年,居許十六年,杜門理舊學,於是《詩》、《春秋傳》、《老子解》、《古史》書皆成,自謂得聖賢遺意。

陳振孫《直齋書録解題》卷十七：欒城集解題

《欒城集》五十卷、《後集》二十四卷、《第三集》十卷、《應詔集》十二卷：門下侍郎文定公蘇轍子由撰。一字同叔。欒城，真定府縣也。蘇氏望趙郡，欒城元魏時屬趙郡，故云。晚居潁濱，自號潁濱遺老，故集或名。

宋淳熙刻本鄧光序

右欒城先生家集，校閩、蜀本篇目，間有增損。從郡齋紬繹其故，蓋復官謝表後所附益章疏稿有所削也。於政事書、條例司狀，見公入朝之始，揆事中遠，如漢賈誼；議河流、邊事、茶、役法，分别君子小人之黨，反復利害，深入骨髓，竊比之陸宣公贄。歌詩千數百篇，曾無幾微見用舍廢興之異。晚歲杜門潁川，喜秋稼句曰："我願人心似天意，愛惜老弱憐孤貧。"仁民愛物，可謂中心藏之，何日忘之矣！伏讀斂衽，請事斯語。淳熙六年七月望日，從政郎、充筠州州學教授鄧光謹書。

宋淳熙刻本蘇詡序

太師文定欒城公集，刊行于時者，如建安本頗多缺謬，其在麻沙者尤甚，蜀本舛亦不免。是以覽者病之。今以家藏舊本，前後並第三集合爲八十四卷，皆曾祖自編類者，謹與同官及小兒輩校讎數過，鋟版於筠之公帑云。時淳熙己亥中元日，曾孫朝奉大夫權知筠州軍州事詡謹書。

宋開禧刻本蘇森序

先文定公《欒城集》，先君吏部淳熙己亥守筠陽日，以遺稿校定，命工刊之。未幾，被召到闕，除郎。因對，孝宗皇帝玉音問曰："子由之文，平淡而深造於理。《欒城集》天下無善本，朕欲刊之。"先君奏曰："臣假守筠陽日，以家藏及閩、蜀本三考是正，鏤板公帑，字畫差太粗，亦可觀，容臣進呈。"對畢，得旨："速進來。"翌朝，上詣德壽宫，起居升輦之際，宣諭左右催進。後聞丞相魯國王公、丞相鄭國梁公云:“上置諸御案。上日閲五板。”森無所肖似,濫承人乏。到官之初,重念先君所刊家集,遭際乙夜之觀,實爲榮遇。其板以歲久字畫悉皆漫滅,殆不可讀。今樽節浮費,乃一新之。昔文忠、文定二祖,筠實舊遊之地,邦人建祠祝之。又況先君嘗守是邦,遺愛在人。此集之再刊,亦從邦人之請也。開禧丁卯上元日,四世孫朝奉郎權知筠州軍州事蘇森謹書。

明蜀藩刻本崔廷槐序

《欒城集》暨《欒城後集》、《三集》凡八十四卷,宋蘇文定公潁濱先生所著,我皇明蜀王殿下所刻也。巡撫臺東阜劉公、監察侍御合川王公,胥有論撰,弁之首簡,金輝玉潤,光映縹緗。廷槐睹而歎曰:嗟乎!可以傳矣。夫文章與世運相爲流通者也。六籍以還,作者相繼,春秋、戰國、先秦、兩漢、魏晉齊梁之間,屈、宋、班、馬、荀、楊、董、賈、曹、劉、沈、謝、嵇、阮之徒,下逮盛唐李、杜、韓、柳諸公,郁郁彬彬,號稱極盛。雖其體裁風格、律調音響,抑揚變化,言人人殊,要之發舒道德之光,闡明鬼神之秘,窮探天地之變,左右典墳,羽翼風雅,則異世而同符焉。嗚呼!至矣。宋興,文教炳蔚,詞人輩出。嘉祐以後,眉山三蘇名擅天下。而一代文宗歐陽文忠公輩,極力爲之延譽。一時學士大夫聞談三蘇氏,罔弗斂衽敬服,蓋當世之絶唱也。乃文定公以沈静簡潔之資,席家庭師友之訓,平生著作,與東坡相上下。而氣充才贍,自成己格。議者謂爲汪洋澹泊,有秀傑之氣。究其所至,蓋已闖李、杜、韓、柳之門,窺古人堂室之奥矣。乃其時有稱述之曰蘇黄,曰歐蘇,曰歐曾蘇云云然者,類指東坡。而東坡自謂則云:“子實勝我。”豈其兄弟自相標榜耶?抑當時之人,以其父兄之故,而軋之使後耶?今天下之士,崇治理者嘉唐虞,敦行誼者師周孔,鴻名偉績,後先相望。至其發軔之始,文藝之場,無弗躡李、杜、韓、柳、歐、蘇而進焉。則斯集之刻也,固天下之士所願見者;乃歷宋至今幾數百載,而全編始出。又得博雅諸公崇尚而表章之,謂非斯集斯文之大幸與?廷槐不敏,不足與論古今作者之意,乃幸遊公之鄉,與聞刻集事,而又猥以不腆之辭,附諸群玉之後,故不靳摭拾如右。因長史高君鵬爲王誦焉。若王樂善好禮,崇古右文,賢明之懿,太宰玉溪公校録之勞,通政石川公詡贊之力,暨我東皋公、合川公屬王刻集之故,則前序見之,兹弗敢贅也。嘉靖辛丑夏六月朔,四川按察司提督水利帶管提學僉事膠東崔廷槐書。

明蜀藩刻本劉大謨序

物之顯晦,各有其時。故荆山之玉,俟卞和而始獻;豐城之劍,待雷焕而始出;鹽車之驥,須伯樂而始重。況文章爲天地間至寶,弗遇其人,則空歷年所,湮没無聞。曾謂顯晦不有時乎?有宋文運弘開,五星再聚,故三蘇並出於眉山。若文定者,天性高明,資稟渾厚,既有父文安以爲之師,又有兄文忠以爲之友,故其文章遂成大家。議者謂其汪洋澹泊,深醇温粹,似其爲人。文忠亦嘗稱之,以爲實勝於己,信不誣也。夫何老泉、東坡全集盛行,獨公所著雖附《三蘇集》,而采輯未備?雖有《潁濱集》,而脱誤實多,君子未嘗不三歎焉。玉溪家有《欒城集》善本,謀諸石川。以公眉人也,故托合川欲刻之眉州。合川能以是書爲己任,謀諸藩臬,謂公蜀産也,故命有司欲刻之蜀省。蜀王殿下聞之,毅然曰:"文定,三蜀之豪傑也。其文章,三蜀之精華也。孤忝主蜀,可諉之他人乎?"於是令高長史鵬、舒教授文明校正鋟梓,以廣其傳。噫!文定之文,固無終晦之理。然匪玉溪則夜光藴于石;匪石川、合川則龍精沈於獄;匪蜀殿下則驊騮、緑耳混於駑駘、款段,又烏能有今日之顯哉!玉溪,乃張公名潮,吏部左侍郎,四川内江人。石川,乃張子名寰,通政司右參議,直隸昆山人。合川,乃王子名珩,巡按四川監察御史,直隸交河人。蜀殿下,則號適庵,實我太祖高皇帝七葉孫,其樂善好古,率多類此云。嘉靖二十年歲在辛丑五月吉日，儀封劉大謨書。

明蜀藩刻本王珩序

余庚子被命按蜀，數月，得吾師玉溪公所録《欒城集》八十四卷。通政張子石川亦以書道公意，謂文定眉之文英，其所爲文與詩，宜刻於眉，庶先賢精華不至淪没。此公意也。是時適秋試士，未暇付之有司。既而撤闈，又聞蜀王殿下素被服禮義，學閑詩書，常于寒士爲忘勢之交，尤好蓄古今書籍，乃與巡撫東阜公以其集詢之王。王大悦，謂三蘇西蜀豪傑，宋興文運之盛，以文鳴於世，與歐陽公並稱者，蘇之外無聞焉。文定之文與詩，又素稱沖雅，不事豔麗。今幸得睹其全集，即命付諸鋟，不必眉也。復令長史高鵬與教授等官司其事。余時亦以地方少歉，南歷嘉、眉。公暇，即詣蘇祠，訪其遺跡，亦以夙仰其風也。有指其池以相告者曰：此東坡所浚蓮池，即其讀書處也。近有生徒剗荷爲畹，樹以稻。其人夜夢三蘇公令人笞之，既而司道來謁，詰之，得其狀，怒而重責之，禁不得再藝。衆皆異之，謂東坡之精靈未泯也。有指其樹以相告者曰：此者，老泉手所植榆也。大數十圍，中枯有罅，可容數人，牧童往往攀入戲蹂。近以塵飛雨注，罅漸以合，而枝葉復生。衆皆異之，謂老泉之精靈未泯也。嗚乎，池開於東坡，樹植於老泉，數百年之後，猶能使盗者被譴，枯者起榮。況其所爲文與詩，發乎性情，會乎神景，才思精縕，盡在於斯。使其淪没不傳於世，彼文定者，其在天之靈又當何如也邪！

或又曰：眉舊有《三蘇集》，乃前大巡朱雨崖檄其州守所刻也。謂三蘇眉人，而眉無集刻，亦所以重其里也。但板已昏漶，而詩體未備，終爲缺典也。然則今日斯集之刻，是又不但補蘇集之未備，而文定公數百年才思所發，得以流布天下，垂諸不朽。其視東坡之蓮、老泉之榆，水木花草一物之微尚克永世者，豈可同年語邪！歸成都，適集刻告成，因以所聞者爲王言之。王喜其説，謂此正不忘先賢遺澤之意也。遂書以爲序。嘉靖辛丑夏五月，巡按四川監察御史、前翰林起士交河王珩序。

五、參考書目

《十三經注疏》　［清］阮元校刻，中華書局（影印清嘉慶刊本），二〇〇九年十月。

《十三經注疏》　《十三經注疏》整理委員會整理，北京大學出版社，二〇〇〇年十二月。

《毛詩傳箋通釋》　［清］馬瑞辰，中華書局，一九八九年三月。

《史記》　［漢］司馬遷編撰，［南朝宋］裴駰集解，［唐］司馬貞索隱，［唐］張守節正義，中華書局，二〇一三年九月。

《漢書》　［漢］班固編撰，［唐］顔師古注，中華書局，一九六二年六月。

《三國志》　陳壽編撰，中華書局，［南朝宋］裴松之注，中華書局，一九八二年七月。

《後漢書》　［南朝宋］范曄編撰，中華書局，［唐］李賢注，中華書局，一九六五年五月。

《晉書》　［唐］房玄齡編撰，中華書局，一九七四年十一月。

《宋書》　［南朝梁］沈約編撰，中華書局，一九七四年十月。

《魏書》　［北齊］魏收編撰，中華書局，一九七四年六月。

《南齊書》　［梁］蕭子顯編撰，中華書局，一九七二年一月。

《北齊書》　［唐］李百藥編撰，中華書局，一九七二年十一月。

《周書》　［唐］令狐德棻編撰，中華書局，一九七一年十一月。

《梁書》［唐］姚思廉編撰,中華書局,一九七三年五月。

《陳書》［唐］姚思廉編撰,中華書局,一九七二年三月。

《南史》［唐］李延壽編撰,中華書局,一九七五年六月。

《北史》［唐］李延壽編撰,中華書局,一九七四年十月。

《隋書》［唐］魏徵等編撰,中華書局,一九七三年八月。

《舊唐書》［唐］劉昫等編撰,中華書局,一九七五年五月。

《新唐書》［宋］歐陽脩、宋祁編撰,中華書局,一九七五年二月。

《新五代史》［宋］歐陽脩編撰,［宋］徐無黨注,中華書局,一九七四年十二月。

《宋史》［元］脱脱編撰,中華書局,一九八五年六月。

《資治通鑑》［宋］司馬光編著,中華書局,二〇一一年八月。

《續資治通鑑長編》［宋］李燾編著,中華書局,二〇〇四年九月。

《續資治通鑑長編拾補》［清］黄以周等輯注,顧吉辰點校,中華書局,二〇〇四年一月。

《唐會要》［宋］王溥編撰,上海古籍出版社,二〇〇六年十二月。

《唐六典》［唐］李林甫等編撰,陳仲夫點校,中華書局,一九九二年一月。

《通典》［唐］杜佑編,中華書局,一九八四年二月。

《通志》［宋］鄭樵編,中華書局,一九八七年一月。

《文獻通考》［元］馬端臨編,中華書局,二〇一一年九月。

《禪林僧寶傳》［宋］釋惠洪,江蘇廣陵古籍刻印社,一九九二年十月。

《景德傳燈録》［宋］道原著,顧宏義譯注,上海書店,二〇一〇年一月。

《五燈會元》［宋］普濟著，中華書局，一九八四年十月。

《弘明集校箋》［南朝梁］僧佑撰，李小榮注，上海古籍出版社，二〇一三年十一月。

《高僧傳》［南朝梁］釋慧皎撰，湯用彤校注，中華書局，一九九二年十月。

《宋高僧傳》［宋］贊甯撰，范祥雍校，中華書局，一九八七年八月。

《莊子集解》［戰國］莊周，［清］王先謙集解，中華書局，一九八七年十月。

《論衡校釋》［漢］王充著，黄暉校釋，中華書局，一九九〇年二月。

《抱朴子内篇校釋》［晉］葛洪著，王明校釋，中華書局，一九八五年三月。

《抱朴子外篇校釋》［晉］葛洪著，楊明照校釋，中華書局，上册一九九一年十二月、下册一九九七年十〇月。

《顏氏家訓集解》［北齊］顏之推著，王利器集解，中華書局，一九九三年十二月。

《讀史方輿紀要》［清］顧祖禹著，賀次君 施和金校，中華書局，二〇〇五年三月。

《輿地紀勝》［宋］王象之著，李勇先校點，四川大學出版社，二〇〇五年十月。

《元豐九域志》［宋］王存著，王文楚 魏嵩山校，中華書局，二〇一一年二月。

《方輿勝覽》［宋］祝穆撰，［宋］祝洙增訂，施和金點校，中華書局，二〇〇三年六月。

《宋元方志叢刊》　中華書局編輯部編，中華書局，二〇一五年九月。

《太平廣記》［宋］李昉等編,中華書局,一九六一年九月。

《太平御覽》［宋］李昉等編,中華書局,一九六〇年一月。

《唐才子傳箋證》［元］辛文房撰,周紹良箋證,中華書局,二〇一〇年九月。

《登科記考補正》［清］徐松撰,孟二冬補正,北京燕山出版社,二〇〇三年七月。

《全唐詩》［清］彭定求等編,中華書局,一九六〇年四月。

《全宋詩》北京大學古文獻研究所編,北京大學出版社,一九九三年九月。

《全宋文》四川大學古籍所編,安徽教育出版社,二〇〇六年一月。

《全宋筆記》(全十編)上海師範大學古籍整理研究所編,大象出版社(二〇〇三—二〇一八)

《歷代史料筆記叢刊》中華書局。

《蘇軾全集校注》［宋］蘇軾著,張志烈、馬德富、周裕鍇等校注,河北人民出版社,二〇一〇年六月。

《蘇軾詩集合注》［宋］蘇軾著,［清］馮應榴輯注,黄任軻、朱懷春校點,上海古籍出版社,二〇〇一年六月。

《蘇軾詞編年校注》［宋］蘇軾著,鄒同慶、王宗堂校注,中華書局,二〇〇七年十月。

《李白全集校注匯釋集評》詹鍈主編,百花文藝出版社,一九九六年十二月。

《杜甫全集校注》［唐］杜甫著,蕭滌非、廖仲安、張忠綱等編,人民文學出版社,二〇一四年一月。

《杜詩詳注》［唐］杜甫著,［清］仇兆鼇注,中華書局,一九七九年十月。

《韓昌黎詩繫年集釋》　［唐］韓愈著，錢仲聯集釋，上海古籍出版社，一九九八年一月。

《韓昌黎文集校注》　［唐］韓愈著，馬其昶校注，馬茂元整理，上海古籍出版社，二〇一四年二月。

《韓愈文集匯校箋注》　［唐］韓愈著，劉真倫、岳珍校注，中華書局，二〇一〇年八月。

《白居易集箋校》　［唐］白居易著，朱金城箋校，上海古籍出版社，一九八八年十二月。

《白居易文集校注》　［唐］白居易著，謝思煒校注，中華書局，二〇一一年一月。

《白居易詩集校注》　［唐］白居易著，謝思煒校注，中華書局，二〇〇六年七月。

《玉溪生詩集箋注》　［唐］李商隱著，［清］馮浩注，上海古籍出版社，一九七九年十一月。

《李商隱詩歌集解》　［唐］李商隱著，劉學鍇 余恕誠集解，中華書局，二〇〇四年十一月。

《杜牧集繫年校注》　［唐］杜牧著，吴在慶校注，中華書局，二〇一一年三月。

《温庭筠全集校注》　［唐］温庭筠著，劉學鍇校注，中華書局，二〇〇七年七月。

《歐陽脩詩文集校箋》　［宋］歐陽脩著，洪本健校箋，上海古籍出版社，二〇〇九年八月。

《梅堯臣集編年校注》　［宋］梅堯臣著，朱東潤編年校注，上海古籍出版社，二〇〇六年十一月。

《嘉祐集箋注》　［宋］蘇洵著，曾棗莊 金成禮注，上海古籍出版社，一九九三年三月。

《王荆文公詩箋注》　［宋］王安石著，［宋］李壁注，上海古籍出版社，二〇一〇年十二月。

《司馬光集》［宋］司馬光著，李文澤 霞紹暉校點，四川大學出版社，二〇一〇年二月。

《淮海集箋注》［宋］秦觀著，徐培均箋注，上海古籍出版社，二〇〇〇年十一月。

《山谷詩集注》［宋］黄庭堅著，［宋］任淵，［宋］史容，［宋］史季温注，上海古籍出版社，二〇〇三年十二月。

《劍南詩稿校注》［宋］陸游著，錢仲聯校注，上海古籍出版社，二〇〇五年四月。

《蘇舜欽集》［宋］蘇舜欽著，沈文倬校，上海古籍出版社，二〇一一年六月。

《曾鞏集》［宋］曾鞏著，中華書局，一九八四年十一月。

《蘇魏公文集》［宋］蘇頌著，王同策等校，中華書局，一九九八年九月。

《張方平集》［宋］張方平著，鄭涵點校，中州古籍出版社，一九九二年十月。

《丹淵集》［宋］文同著，四部叢刊初編，上海書店影印本，一九八九年。

《景文集》［宋］宋祁著，商務印書館（叢書集成本），一九三六年。

《彭城集》［宋］劉攽著，商務印書館（叢書集成本），一九三五年。

《公是集》［宋］劉敞著，商務印書館（叢書集成本），一九三五年。

《范文正公集》［宋］范仲淹著，商務印書館（萬有文庫薈要本），一九六五年。

《劉克莊集箋校》［宋］劉克莊著，辛更儒箋校，中華書局，二〇一一年十一月。

《蜀中廣記》［明］曹學佺,上海古籍出版社,一九九三年。

《水經注校證》［北魏］酈道元編著,陳橋驛校證,中華書局,二〇〇七年七月。

《朱子全書》［宋］朱熹著,朱傑人等編,上海古籍出版社,二〇一〇年九月。

《大唐西域記校注》［唐］玄奘,［唐］辯機著,季羨林校注,二〇〇〇年四月。

《宋代詔令全集》曾棗莊 王智勇 王蓉貴主編,四川大學出版社,二〇一三年三月。

《宋名臣奏議》［宋］趙汝愚,上海古籍出版社(影印四庫全書本),一九八七年。

《歷代名臣奏議》［明］楊士奇,［明］黄淮編,上海古籍出版社,二〇一二年十二月。

《宋會要輯稿》［清］徐松輯,中華書局,一九五七年十一月。

《宋人軼事彙編》丁傳靖編,中華書局,二〇〇三年十二月。

《夢溪筆談校證》［宋］沈括著,胡道静校證,古典文學出版社,一九五七年三月。

《宋代日記叢編》顧宏義 李文整理標校,上海書店出版社,二〇一三年七月。

《管錐編》錢鍾書著,生活・讀書・新知三聯書店,二〇〇八年六月。

《宋代官制辭典》龔延明編著,中華書局,一九九七年四月。

《佛學大辭典》丁福保編,中國書店,二〇一一年七月。

《三蘇年譜》　孔凡禮撰，北京古籍出版社，二〇〇四年十月。

《蘇轍年譜》　曾棗莊著，陝西人民出版社，一九八六年十一月。

《三蘇全書》　曾棗莊、舒大剛主編，語文出版社，二〇〇一年十一月。

《北宋文學家年譜》　曾棗莊、舒大剛著，臺北文津出版社，一九九九年六月。

《宋人年譜叢刊》　吴洪澤、尹波主編，四川大學出版社，二〇一三年十二月。

蘇轍詩編年箋注篇目索引

以篇名首字筆畫爲序

二畫

三畫

四畫

五畫

六畫

七畫

八畫

九畫

十畫

十一畫

十二畫

十三畫

十四畫

十五畫

十六畫

十七畫

十八畫

十九畫

二十畫

二十二畫

二十四畫

二十五畫

二十七畫

後　　記

《蘇轍詩編年箋注》三校終於結束了！按照慣例，得寫個後記對全書進行一番交代。看到眼前待裝箱快遞的補粘得百衲衣般的盈尺校稿，再比較當年報國家社科基金時的初稿，已經是面目全非了。雖常常自詡心如止水，面對校稿，又豈能不感慨繫之。

整理蘇轍的著作，設想很早。最初的動因不諱言有稻粱謀意，因爲在高校工作，科研是必不可少的考核手段，而課題自然是其中重要的指標。遠溯三十多年前（一九八三—一九八四），我們在四川大學古籍整理研修班結業時，每人在曾棗莊先生指導下完成蘇過《斜川集》中的一篇校注。結業後，舒大剛、我、李家生、李良生等將全集校注完，此書一九九六年在巴蜀書社出版，二〇一二年又在中華書局出了修訂本《蘇過詩文編年箋注》。蘇過爲蘇軾之幼子而蘇轍之侄，其詩文中多涉及到蘇轍，且蘇轍也曾與蘇過有不少的唱和詩。於是乎，比過去讀書期間對蘇轍的了解更多了一些。二〇〇三年，我離開綿陽師專，到西南科技大學文學院謀食。爲了應付學校科研要求，便以蘇轍著作的整理爲題申報了四川師範大學"巴蜀文化中心"的項目，資助經費爲 1 萬元。原不曾想到的是，川師大的課題經費管理自有特色，要求項目承擔者的相關經費需到本部即成都獅子山下去報帳。西科大在綿陽,這很麻煩,自然也就放棄了這筆經費,但相關的研究卻是在斷續地進行著。最早曾安排譚勤、劉介、胡俊俊試做一些校勘工作。後來,四川大學古籍研究所所長舒大剛教授獲得國家社科基金重大委托項目即"巴蜀全書",身爲唐宋八大家而又是四川眉山籍的蘇轍自然在計劃之内,承蒙大剛教授的提携,蘇轍詩文的整理得以在《巴蜀全書》中立項。有了動力,整理的工作也加快了進度。至於我們何以分别詩文而成書,拙意已見前言。

蘇轍詩的編年箋注由我主持,參加者有袁津琥、陳默、譚勤、胡俊俊、楊觀、蔣信、傅娜等人。當時的分工是這樣的,體例由我和陳默制定,統稿由我和陳默負責,胡俊俊負責編年,譚勤負責校勘,蔣信注一—六卷,袁津琥注七—十六卷,陳默負責十七—二十四卷,楊觀負責附録材料的蒐集。經過兩年時間,初稿完成。由於過去大家對蘇轍及相關的文獻涉獵有限,再則蘇轍詩文的箋注完全是開荒工作,除一些年譜外,具體的解讀没有任何前人的注釋可以依傍,不像唐宋及其他歷史上的大家們多有前人的校注可資剪裁,以故,留下的問題委實不少。最大的弊端是箋注中往往釋事而忘義,也就是説只注釋了一些典故詞語,對全詩産生的背景、反映的基本傾向以及詩句中藴含的精神隔膜非常嚴重。可以説,有不少詩完全不知所云。面對這種困難,我和陳默一方面熟悉《宋史》及宋代及後世的筆記雜著,了解所涉人物的史實掌故,另一方面針對詩中反映的内容,注意在《續資治通鑑長編》、《長編拾補》、《宋會要輯稿》、《文獻通考》、《東都事略》等書中找到座標,以史證詩,間亦以《全宋詩》、《全宋文》以及筆記雜著中所涉人物掌故,辨析和考證蘇轍在地方及朝中任職時的思想演變軌跡。同時我們還注意以詩證詩(這主要是那些唱和詩與蘇轍詩的鉤連)和在類書、方志中鉤沉索隱。這樣一來,蘇轍詩的眉目也逐漸清晰,我們心中算是稍覺踏實了。或值得一提的是,我們統稿的方法與通常大型書籍分工統稿不一樣,因爲那樣統稿,難免在語言風格、前後照應等方面不協調甚至抵捂。我們采取的模式是,我在前面統稿,而陳默則在後閲讀,因爲任何人都不免有知識的短板,解詩時或有所蔽,再則我們今天要想達到乃凝於神的治學境界殊非易事甚至於不可能,稍一分心則不免滑過。陳默化身爲第一個讀者,迎而拒之,平心而察之,每有所疑,便在 QQ 中交流,而後一起討論解决直至通達。從開始注釋到殺青,我和陳默網上的交流不下數十萬言之多。事實證明,這樣的效果不錯,留下的問題漸少,原注中的謬誤也不斷得到匡正。如此經歷了兩遍完成了全稿的統一規範。二〇一四年,投稿中華書局,經中華書局俞國林、李天飛先生等審定,簽訂了合同,旋即印出一校。一校的過程歷時四月,主要是校正錯訛。同年,爲檢驗稿子的質量,中華書局推薦參加國家社科基金後期資助的遴選,未獲通過。由此,我們意識到肯定還有問題,在徵求了李天飛兄的意見後,决定再加打磨,以期精良。又如上述的方法再過兩遍,是以五稿了。二〇一五年秋,我們將第五稿奉交中華,中華書局負責此項工作的羅華彤先生不憚其煩,再次推薦。承蒙評審專家認真審讀,在提出了一些問題的基礎上,給予了頗高的評價而得以立項,獲得國家社科基金資助三十五萬元。雖然,我們并未因此懈怠,綜合專家的審改意見,特别是書局俞國林先生予以了精心的指導(因李天飛兄已離開中華,責編徑由俞先生擔任),例如體例的問題,注解的詳略尺度把握、徵引材料的規範等等。又經兩遍修繕,成爲奉交中華書局的基本定稿。

交稿後,我和陳默又在作《蘇轍文編年箋注》的統稿工作,這個過程當然和詩集息息相關,詩集的問題乃至謬誤隨時有所發現,於是又在電子稿上進行匡補。二校校樣下來後,陳默夫婦全力投入,前後修改增補詩集箋注竟有十多萬字之多。爲此,既感欣慰,亦覺慚赧。欣慰的是改正和補苴能進一步提高箋注的質量,可既不負國家社科基金辦的厚望,同時也或不至於玷辱中國古籍整理第一社中華書局的盛名。而慚愧的是因爲我們學識的淺陋,若干遍的修改還留下了如許多的問題。改補的結果,必將增加中華書局排印的許多困難。一度,我們向俞先生請示,爲了避免在校勘補入時太過繁瑣或導致新的誤失,是否可考慮重排,我們願意承擔重排的經費。俞先生告訴我們,不須擔心,中華的校勘人員非常專業敬業,一定會盡力將校補的内容嵌入而趨臻完善。於是,百衲衣般的二校稿在三個月後放到了我的書案上。當時擔心排印的困難,我和仰顧先生聯繫,"《蘇轍詩編年箋注》校稿,改動粘貼非常多,請兄撥冗多囑托校録人員萬分小心!""鄙處肯定仔細核紅。安排給最好的核紅專業人員。"這就是中華的精神!

二校交書局後,由於先前的教訓,我們絲毫不敢懈怠,我和陳默仍時時閲讀電子稿,發現其中問題依然不少,注錯了的,注漏了的,附録原先没發現的,累贅重沓的,甚至還有低級錯誤存在,真讓人怵然心驚。針對這種情況,我們下定決心徹底核查。三校稿校樣下來,仍然由陳默夫婦承擔,而我時刻在電腦前"待命",凡是他們覺得需要商量的就隨時發我,而後我們一起討論求得共識,同時我也將自己發現的問題不時發給他們補苴。這個過程從二〇一八年十月開始,迄今已是七個多月。雖然還没到"卷帙從衡,丹黄紛雜,夏不知暑,冬不知寒,晝不知出户,夜不知掩扉"的程度,若論辛苦,亦庶幾近之。比起第二校,就清通簡要而言,凡删去十五萬字之多;就匡謬補闕來説,增補亦近 5 萬餘字。期間,我們遇到有什麽問題,亦隨時向責編許慶江先生(俞先生因爲高就,責編改由許先生擔任)求教。許先生的賜教,是李天飛先生、羅華彤先生、俞國林先生的學術接力,給了我們以莫大的幫助。

所以,假如此書還有一定的質量的話,李天飛先生審讀於前,羅華彤先生推轂而再,俞國林先生指導其三,而許慶江先生善事於後。四位先生功莫大焉。

從二〇〇四年開始有整理蘇轍詩文的想法,到而今近四百萬字的《蘇轍詩編年箋注》《蘇轍文編年箋注》的完成(文集還在打磨中),彈指之間,已歷十五個春秋。而今頭顱如雪,目睛如霧,其間苦樂,唯自心知,不足爲外人道。不過,感慨還是有的。劉貢父《寄王宗傑》詩云:"謀拙材疎嬾是真,豈堪爲吏走風塵。已知富貴非吾望,欲以詩書老此身。爲問折腰從斗米,何如白眼看時人。聞君高卧辭冠冕,多幸佯狂亦有鄰。"此詩很是會心。對於我這種無爲吏資質的人來説,尋章摘句的雕蟲生涯倒是比較合適。昔人有云,不做無聊之事,難遣有涯之生。以有涯而求無涯,樂亦在其中矣。唯一覺得遺憾的是,陳默是我的研究生,此子聰明過人,本有仕途的才具,讀研時領導就十分器重,當時有留校作輔導員的希望,但他放棄了。要知道,高校由輔導員而入仕者多多。研究生畢業後,陳默先後經歷了三個單位,每個單位領導都覺得值得培養。可惜的是,他自從跟從我修訂《世説新語辭典》以來,便中毒太深,對這種壯夫不爲的勾當着了魔,現在他在綿陽師院李白中心工作,一片冰心全在注疏了。目前,袁津琥教授正潛心研究《藝概》,且目力欠佳,没時間再做蘇轍。楊觀教授是李白研究中心及文史學院的領導,奔忙於文山會海之間,當然,廳級的曙光正在前面閃耀。譚勤遠在浙江師大,承擔著國社項目及教學工作分身乏術。胡俊俊在四川幼專,研究潛質倒很不錯,但因爲投身到偉大中國夢的扶貧工作中,尚在涼山扶貧,三二年都無暇及此。犬子蔣信正醉心於他的李白、杜甫詩的全譯。因此,我手上的多個項目實在是離不開陳默傅娜夫婦的輔佐。從已有的成績展望,陳默將來在古籍整理的田地中耕耘出驕人成績是必然的。不過,學既優而又不往仕途奔趨,就不免浪費了才幹。在我看來,以他的聰明才智,若進入仕途好好走下去,王侯將相或不可能,但弄個廳級官員當如拾草芥。於他自己,應該是淪落泥淖;於社會國家,説不定是埋没了一個黨的好幹部。俗語云:“男怕入錯行,女怕嫁錯郎。”我將無辜的陳默帶進了溝裹!他本可以兼濟,卻只能獨善。每思及此,頗有另類的“賊夫人之子”的慚愧。於是,心有戚戚焉。好在,他還年輕,剛過而立,識迷途其未遠,一旦幡然悔誤,機會還是大大的存在。

蔣宗許

二〇一九年五月四日於涪城芙蓉溪畔